〔南朝梁〕劉勰 著
詹鍈 義證

文心雕龍義證

一

上海古籍出版社

圖書在版編目(CIP)數據

文心雕龍義證 /（南朝梁）劉勰著 ；詹鍈義證. 上海 ：上海古籍出版社，2025. 8. --（中國古典文學叢書）. -- ISBN 978-7-5732-1511-6

Ⅰ. I206. 2

中國國家版本館 CIP 數據核字第 2025PB4990 號

首届向全國推薦優秀古籍整理圖書

中國古典文學叢書

文心雕龍義證

（全四册）

〔南朝梁〕劉勰　著

詹鍈　義證

上海古籍出版社出版發行

（上海市閔行區號景路 159 弄 1-5 號 A 座 5F　郵政編碼 201101）

（1）網址：www. guji. com. cn

（2）E-mail：guji1@guji. com. cn

（3）易文網網址：www. ewen. co

上海展强印刷有限公司印刷

開本 850×1168　1/32　印張 63. 125　插頁 23　字數 1,354,000

2025 年 8 月第 2 版　2025 年 8 月第 1 次印刷

印數：1—1,000

ISBN 978-7-5732-1511-6

I・3903　精裝定價：318. 00 元

如有質量問題，請與承印公司聯繫

電話：021-66366565

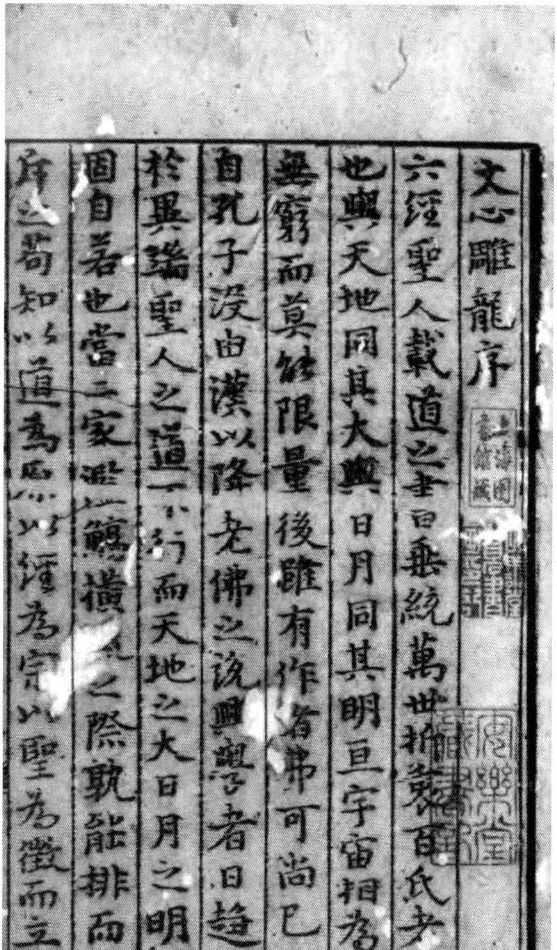

文心雕龍序

六經聖人載道之書垂統萬世折衷百氏者

也與天地同其大與日月同其明亘宇宙相爲

無窮而莫能限量後雖有作者弗可尚已

自孔子沒由漢以降老佛之說興學者日趨

於異端聖人之道不行而天地之大日月之明

固自若也當二家濫觴橫流之際孰能排而

斥之苟知以道爲原以經爲宗以聖爲徵而立

元至正十五年刊本《文心雕龍》書影

文心雕龍目録

卷一

原道第一　徵聖第二　宗經第三

正緯第四　辯騷第五

卷二

明詩第六　樂府第七　詮賦第八

頌讚第九　祝盟第十

卷三

銘箴第十一　誄碑第十二

哀弔第十三　雜文第十四

明弘治十七年馮允中刊本《文心雕龍》書影

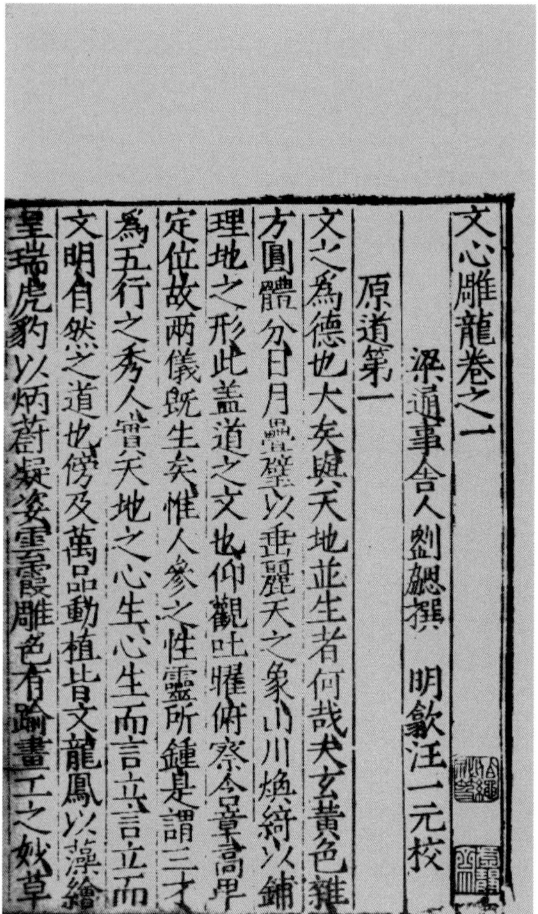
文心雕龍卷之一
梁通事舍人劉勰撰　明歙汪一元校
原道第一
文之爲德也大矣與天地並生者何哉夫玄黃色雜方圓體分日月疊璧以垂麗天之象山川煥綺以鋪理地之形此蓋道之文也仰觀吐曜俯察含章高卑定位故兩儀既生矣惟人參之性靈所鍾是謂三才爲五行之秀人實天地之心生心生而言立言立而文明自然之道也傍及萬品動植皆文龍鳳以藻繪呈瑞虎豹以炳蔚凝姿雲霞雕色有踰畫工之妙草

明嘉靖十九年汪一元私淑軒刊本《文心雕龍》書影

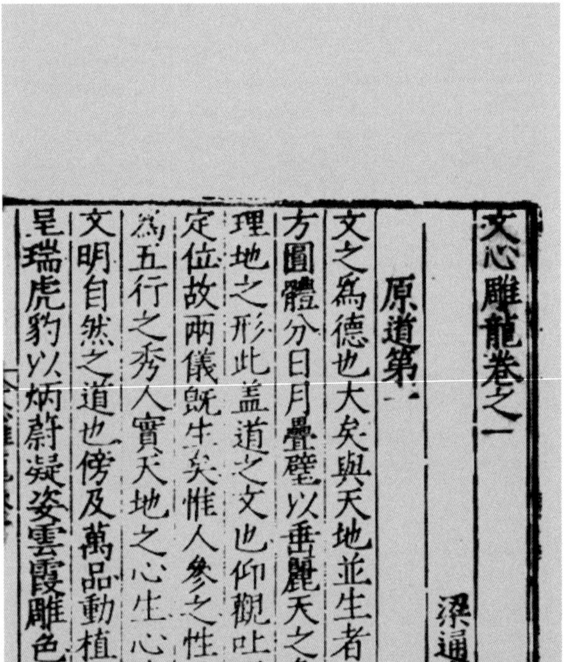
文心雕龍卷之一

梁通事舍人劉勰撰

原道第一

文之爲德也大矣與天地並生者何哉夫玄黄色雜方圓體分日月疊璧以垂麗天之象山川煥綺以鋪理地之形此蓋道之文也仰觀吐曜俯察含章高卑定位故兩儀既生矣惟人參之性靈所鍾是謂三才爲五行之秀人實天地之心生心生而言立言立而文明自然之道也傍及萬品動植皆文龍鳳以藻繪呈瑞虎豹以炳蔚凝姿雲霞雕色有踰畫工之妙草

明嘉靖二十二年佘誨刊本《文心雕龍》書影

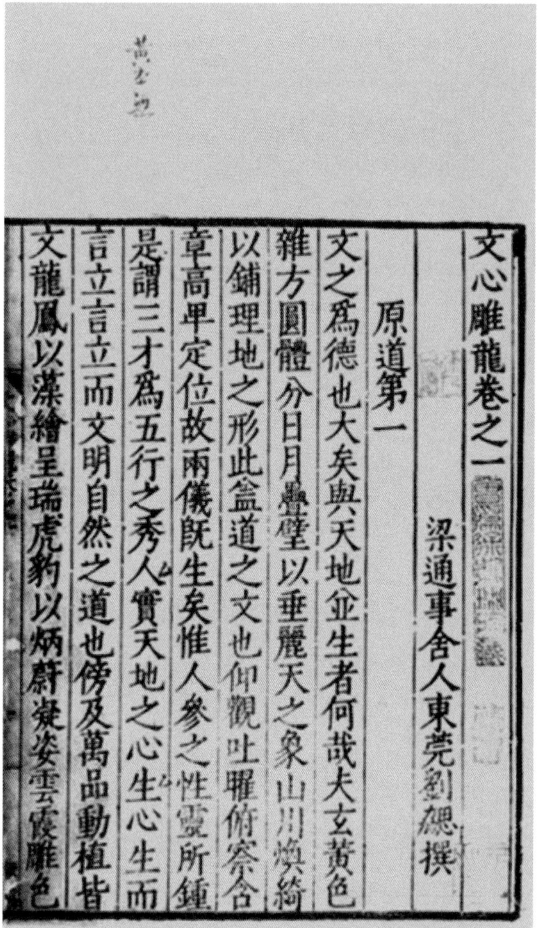
文心雕龍卷之一
梁通事舍人東莞劉勰撰
原道第一
文之爲德也大矣與天地並生者何哉夫玄黄色
雜方圓體分日月疊璧以垂麗天之象山川煥綺
以鋪理地之形此葢道之文也仰觀吐曜俯察含
章高卑定位故兩儀既生矣惟人參之性靈所鍾
是謂三才爲五行之秀人實天地之心生心生而
言立言立而文明自然之道也傍及萬品動植皆
文龍鳳以藻繪呈瑞虎豹以炳蔚凝姿雲霞雕色

明萬曆七年張之象刊本《文心雕龍》書影

序例

我於四十年代在四川白沙國立女子師範學院爲諸生授文心雕龍，深感作者劉勰熟讀群經，博覽子史，於齊梁以前文集無不洞曉，而又深通内典，思想綿密。原書大量運用形象語言，説明極其複雜的抽象問題，許多句法都是化用古籍，非反復鑽研難以探其奥義。至於其中所闡述的理論，就更加難以明其究竟。建國以來，學習辯證唯物主義及文藝理論，對於文心雕龍始有更進一步的理解。近二十多年來，又曾先後爲中文系教師和研究生講授文心雕龍，對原書的理解逐步深入，因而有寫文心雕龍義證之意。

通過幾十年的摸索，我感到文心雕龍主要是一部講寫作的書，序志篇一開始就説得很清楚：「夫文心者，言爲文之用心也。」過去有人把文心雕龍當作論文章作法的書，也有人把文心雕龍當作講修辭學的書，都有一定的道理。但這部書的特點是從文藝理論的角度來講文章作法和修辭學，而作者的文藝理論又是從各體文章的寫作和對各體文章代表作家作品的評論當中總結出來的。劉勰的批評標準是經書，他認爲經書從内容到形式都是寫作的楷模，所以他主張宗經。他提出要向聖人學習，徵聖篇明確地說：「是以論文必徵於聖，徵聖必宗於經。」全書開宗明義在原道篇裏提出「道沿聖以垂文，聖因文以明道」。這個「文」，主要是指經書的文辭。正緯篇則是根據經書來檢驗緯書，發現緯書有四個方面的僞託，而加以批判糾正的。至於辨騷，也是以經書爲準繩，來辨别楚辭與風雅的四同四異，發現楚辭對詩經的風雅來説是有了變異的。文心雕龍中雖然也列了史傳和諸子兩個專篇，但在劉勰看來，史傳之文和諸子之文，是不能與經書相比的。

如果從文學樣式來説，無論經書、史書、子書，都不外乎詩文。不過劉勰並不把經書當作某一文體來看，而是尊之爲「聖文」，認爲經書是一切文體的本源。他只對經書以後的各種文體的代表作家和代表作品進行評論，所以中國早期的文學評論就是詩文評。中國的目録學，於集部中特設詩文評一類，文心雕龍即是列爲詩文評類之首的。如果説中國古代文學理論有什麼民族特點，它首先是以詩文評爲主，其中的文這一大類並不限於文學作品，而是包括了大量的不具形象的應用文字的。中國早期的文學理論是從詩文中總結出來的，小説戲曲比較後起。從詩經時代起，詩歌就是和音樂不可分割的。魏晉以來，書法、繪畫比較發達，表現在文心雕龍中不僅有對於音樂的評論，也把書法、繪畫等藝術理論的概念，運用到文學理論中來。文心雕龍研究文采的美，因而以「雕鏤龍文」爲喻，從現代的角度看起來，文心雕龍中所涉及的理論問題屬於美學範疇。然而以文心雕龍爲代表的中國古代文藝理論，畢竟不同於西方的文藝理論。西方文藝理論的鼻祖是亞里士多德的詩學，其中所研究的主要對象是史詩和戲劇，因而一開頭就離不開人物形象。羅馬時代講究演説，西方的古典文學理論和修辭學，有一部分是從演説術中總結出來的。我們今天從美學的角度來研究文心雕龍，不能不和西方的美學對照，却不能生硬地用西方的文藝理論和名詞概念來套。我們要像清朝的漢學家研究經書那樣，對於文心雕龍的每一句話，每一個字，都要利用校勘學、訓詁學的方法，弄清它的含義；對於其中每一個典故都要弄清它的來源，弄清劉勰是怎樣運用自如的；並且根據六朝的具體環境和時代思潮，判明它應該指的是什麼。這樣對於文心雕龍的理解纔有比較可靠的基礎。同時，我們不僅從微觀的角度來研究，也要從宏觀的角度來研究，不能僅限於字句的理解，只見樹木不見森林。

近些年來，文心雕龍已成顯學，研究論文層見迭出，大量湧現，出版的注釋、翻譯、專門論著以及介紹文心雕龍的通俗讀物也不在少數。研究人員各抒己見，真正體現了百家争鳴的精神。有的意見分歧，已經達到了針鋒相對的程度。問題愈辯而愈明，從發展學術來説，這自然是好事。但是有些文章和論著，對同一問題的解説，往往各執一辭；有的甚至把自己的看法强加在劉勰身上，多空論而少實證。筆者寫這部書的方法，是要把文心雕龍的每字每句，以及各篇中引用的出處和典故，都詳細研究，以探索其中句義的來源。上自經傳子史，以至漢晉以來文論，凡是有關的，大都詳加搜考。其次是參照本書各篇，展轉互證。再其次是引用劉勰同時人的見解，以比較論點的異同。再就是比附唐宋以後文評詩話，以爲參證之資。對於近人和當代學者的解釋，也擇善而從，間有駁正。從已經發表的各家注解和譯文來看，對原文的理解出入很大，有許多地方是值得商榷的，在此就不一一列舉。

文心雕龍現存最早的板刻是元至正刊本，其中錯簡很多，不宜作爲底本。原著經過明人校訂，到清黄叔琳文心雕龍輯注（簡稱「黄注」）出，會粹各家校語和注釋，成爲一部最通行的刊本。范文瀾的文心雕龍注（簡稱「范注」）就是以黄注本爲底本，而又附録了鈴木虎雄、趙萬里、孫蜀丞諸家校語的。抗日戰争發生後，楊明照在郭紹虞、張孟劬指導下，于燕京大學研究院寫出畢業論文文心雕龍研究，一九五八年删訂出版，取名爲文心雕龍校注。王利器在這部書稿的基礎上，于校勘方面加以擴大，寫成文心雕龍新書，一九八〇年修訂出版，改名文心雕龍校證（簡稱校證）。楊明照又增訂了原書，取名爲文心雕龍校注拾遺（簡稱校注），於一九八二年出版。楊王二家所校各本，筆者大都進行覆核，寫成文心雕龍板本叙録，列於本書卷首。本書原文即以校證爲底本。於覆校有異文時，特爲標出，間或校改其明顯訛字。校證、校注二書所列各本校語，用詞不盡一致，例如校注所稱弘治本，校證稱爲馮本，因其與馮舒校本（亦稱「馮校」）易於混淆，還是稱弘治本爲妥。此外梅本有初刻與第六次校定本之異，校證分别稱爲「梅本」與「梅六次本」，校注則稱爲「萬曆梅本」和「天啓梅本」，其實是一樣的。文心雕龍訓故，校證稱爲王惟儉本，校注則稱爲「訓故本」，也是一樣的。在此特加説明，以資識别。校證、校注所作校語，本書並未全部羅列，惟在校證對黃注本進行校改的地方，則一一引録。楊、王二家間有失校處，則予以補充。二家校語與原本不符時，也予指正。對范、楊、王以及各家校語有不同意見時，則作出自己的判斷，但有時也兩存其説。校語往往牽涉文義，單獨標出，易與注解割裂，故一律列入義證之中，不别出校記。

本書帶有會注性質。文心雕龍最早的宋辛處信注已經失傳。王應麟玉海、困學紀聞中所引文心雕龍原文附有注解。雖然這些注解非常簡略，本書也予以引録，以徵見宋人舊注的面貌。黃叔琳文心雕龍輯注，大多采録明梅慶生文心雕龍音注（簡稱「梅注」）、王惟儉文心雕龍訓故（簡稱訓故）。明人注本目前比較難得，王惟儉訓故尤爲罕見。兹爲保存舊注，凡是梅本和訓故徵引無誤的注解，大都照録明人舊注，只有黃本新加的注纔稱「黃注」。無論梅注、訓故和黃注，原來大都不注篇目，則一一標明篇名或卷數，以便檢索。

辛亥革命以來，在大學講授文心雕龍始於劉師培，黃侃繼之。劉師培未發講義，當年羅常培先生曾用速記法作了記録，整理出來，發表的只有兩篇，取名左盦文論，見西南聯合大學中文系編的國文月刊。黃侃在講授過程中寫了文心雕龍札記（簡稱札記），雖然没有編完，但是極見工力，本書多加采録。范文瀾從黃侃受業，先編成文心雕龍講疏，後改寫爲文心雕龍注，成爲在注釋方面貢獻最大的一部。五十多年來，文心雕龍研究者大都以這部書爲依據，來進行探索。范注徵引雖博，但有時釋事而忘義。范注引書雖注篇名，而引文與原書每有出入。本書對這些引文都一一核對，引文有誤處按原著校改，删節而未加删節號處則仍其舊。范注引録的古代作品達四百多篇，占了全書很大一部分。這些作品如屈原離騷、陸機文賦之類，篇幅既長，全文引録也不能説明問題，而且這些資料也不難得，以故本書大都删削，只徵引其中和劉勰論點可以互相印證的段落。爲了徵實劉勰對某一作家作品的評論，本書有時采録他人的評語作爲參證。劉永濟文心雕龍校釋（簡稱校釋），因所據板本較少，校勘方面無多創獲，但在釋義方面每有卓見。本書也時有引録。

本書取材較廣，對於近代各種資料，無論聽課筆記，殘篇斷簡，已刊未刊，筆者本着片善不遺的精神，多有採擷。對於當代各家注釋、譯文和專著、論文，筆者也廣泛收集，力求吸取新解。臺灣近三十年來，研究文心雕龍成果顯著，因此類書籍在大陸不經見，故多有引録。香港所出文心雕龍研究著作爲數不多，但有的甚見功力，故亦有所摘録。施友忠英文譯本第二版第三版，亦曾詳加參照，但徵引不多。日本學者的譯著和論文，所引僅以用漢文寫成或有漢語譯文者爲限。

當代著述，筆者認爲可資發明文心含義者，多逕録原文，注明出處。各家所引古書資料，本書注明轉引。有時筆者原稿已有引文，而他人已先我發表，也説明已見某書，以免「乾没」之嫌。各家注釋雷同之處甚多，引證則取其最先發表者。兩人合著之書，其中某些注解顯出一人之手，則予標出。如本書所引「牟注」，均見陸侃如、牟世金合編文心雕龍譯注。之所以這樣標，是因爲這些條注解出現在陸先生故後。但是臺灣著作，如李曰剛文心雕龍斠詮與其弟子黄春貴文心雕龍之創作論及沈謙文心雕龍批評論發微亦多有雷同處，則不知這些地方是誰最先提出的見解。

對於那些原文不易理解，注釋非常分歧的地方，筆者認爲兩可的，則儘量並存，提供讀者參考。但多數則擇善而從，間書己見。再就是本書引録的當代著作，不一定筆者都贊賞，更不一定贊成其作者之爲人。本書重在注釋和解説的準確性，本着不以人廢言的精神，偶見確解，雖一鱗半爪，摘録不遺。臺灣學者的著作，在字句解釋上有些可取處，但由于保守的世界觀和文學觀，加上有人不敢踰黄侃札記雷池一步，對文心雕龍整體的理解是缺少發展眼光的。

本書徵引資料紛繁，注解部分如置于篇末或每段之後，因條數較多，來回翻檢，閲讀不便。故于每段中又分成若干小節，使原文與注解保持在同一或相鄰的頁面上，以省翻檢之勞。又爲加深讀者對原文的總的理解，各篇都標明段落大意。對各篇篇目也作了題解。

全書以論證原著本義爲主，也具有集解的性質，意在兼採衆家之長，而不是突出個人的一得之見，使讀者手此一編，可以看出歷代對文心雕龍研究的成果，也可以看出近代和當代對文心雕龍的研究有哪些創獲。至于筆者解説文心雕龍的態度，則是大體依照劉勰寫這部書的宗旨：「有同乎舊談者，非雷同也，勢自不可異也；有異乎前論者，非苟異也，理自不可同也。同之與異，不屑古今，擘肌分理，唯務折衷。」（序志篇）筆者覺得這樣纔能給一般研究工作者提供一個謹嚴的讀本，以便讀者作進一步的分析研究。

本書編寫的總原則是「無徵不信」。筆者希望能比較實事求是地按照文心雕龍原書的本來面目，發現其中有哪些理論是古今中外很少觸及的東西；例如劉勰的風格學，就是具有民族特點的文藝理論，對于促進文學創作的百花齊放，克服創作中的公式化、概念化會起一定的作用。這樣來研究文心雕龍，可以幫助建立民族化的中國古代文藝理論體系，以指導今日的寫作和文學創作，並作爲當代文學評論的借鑒。

詹鍈一九八六年二月于天津

文心雕龍板本叙録

文心雕龍是我國文學理論批評史上最有影響的一部著作，可是由于古本失傳，需要我們對現存的各種版本進行細緻的校勘和研究，糾正其中的許多錯簡，才能使我們對文心雕龍中講的問題，得到比較正確的理解。現在就把多年來在北京、上海、天津、南京、濟南所見的各種版本和抄校本加以介紹，希望能引起文心雕龍研究者的注意。

宋史藝文志載辛處信文心雕龍注十卷。這部書久已亡佚，明清兩代文獻中，都没有徵引過。今存各種板本中，元刻本就是最早的了。

一、元至正十五年（一三五五）刊本文心雕龍十卷。

結一廬藏書，今藏上海圖書館，二册。

卷首爲錢惟善文心雕龍序，序題下方有「安樂堂藏書記」印和「明善堂覽書畫印記」。從這兩顆印章説明這個本子在清代曾經怡親王收藏。根據藏書紀事詩卷四第一百九十三頁，「安樂堂印」、「明善堂印」都是怡親王藏書的印記。

錢序中説：

嘉興郡守（郡守二字原文模糊不清，玆據明徐𤊹校本補）劉侯貞家多藏書，其書皆先御史節齋先生手録。侯欲廣其傳，思與學者共之，刊梓郡庠，令余叙其首。……余嘗職教于其地而目擊者，故不敢辭。……侯可謂能世其家學者，故樂爲之序。至正十五年龍集乙未秋八月曲江錢惟善序。

可見這個本子是乙未年嘉興知府劉貞刻的。序文下注「雪川楊清之刊」。其次爲「文心雕龍目録」，下有「徐乃昌讀」印。正文每半葉十行，每行二十字。其款式爲：

文心雕龍卷一

梁通事舍人劉勰彦和述

原道第一

綫口本。板心有的注「謝茂刊」，有的注「楊清刊」。

黄丕烈蕘圃藏書題識卷十載文心雕龍跋語説：

頃郡中張青芝家書籍散出，中有青芝臨（何）義門先生校本，首載錢（惟善）序一篇，亦屬鈔補，爰録諸卷端素紙，行款用墨筆識之。噫！阮華山之宋本不可見，即元刊亦無從問津，徒賴此校本留傳，言人人殊。……聊著於此，以見古刻無傳，臨校全不足信有如此者。

甲子（一八〇四）十一月六日，蕘翁記。

的確臨校本是不能全信的，即如北京圖書館藏傳校元本文心雕龍（底本是廣東朱墨套印紀評本）注明：「元至正嘉興郡學刊本，每半葉九行，行十七字。」而我經眼的元至正嘉興刊本却是每半葉十行，每行二十字。

蕘圃藏書題識卷十又載：「戊辰（一八〇八）三月，得元刻本校正，並記行款。」

傅增湘徐興公校文心雕龍跋中說：

> 文心雕龍一書……傳世乃少善本，阮華山之宋槧，自錢功甫一見後，踪迹遂隱。即黄蕘圃所得之元至正嘉禾（嘉興）本，後此亦不知何往。……辛巳（一九四一）五月十九日藏園識。

以傅增湘這樣的藏書家和校勘學家，都不知道元至正刻本文心雕龍的下落。現在上海圖書館藏的元刻本，可能和黄丕烈的藏本不是一個來源。總之，這是我們今天所能看到的最早的刻本。

這個本子的隱秀篇，自「而瀾表方圓」句後有缺文，下接「朔風動秋草」，中間脱四百字。元刻本每半葉二百字，看來是整缺一板。又序志篇在「則嘗夜夢執丹漆之禮器」的「夢」字以下有缺文，下接「觀瀾而索源」，中間脱三百二十二字。

這個本子是許多明刻本的祖本。范文瀾文心雕龍注、楊明照文心雕龍校注、王利器文心雕龍校證中都説没有見過這一刻本，可見是稀世之珍。但是它有兩處大的脱漏，其它錯簡的地方也很多。我們不能因爲它是今存最早的刻本，就忽略了其中的許多錯簡。這是我們必須細心校勘的。

二、明弘治十七年馮允中刻活字本文心雕龍十卷。北京圖書館藏，分訂四册。卷首有重刊文心雕龍序。序中説：

余素粗知嗜文，每覽是書，輒愛玩不忍釋。然惜其摹印脱略，讀則有歎。兹奉命至江南，巡歷之暇，偶聞都進士玄敬，家藏善本，用假是正，既慰夙願矣。……惟是石渠具草之用，皂囊封事之作，以迪後彦而備時需者，不可一日缺。則是編能無益乎！此予捐廪而行之者，蓋有以也。……弘治十七年歲在甲子四月上澣日，文林郎監察御史郴陽馮允中書於姑蘇行臺之涵清亭。

正文每半葉十行，每行二十字。其款式爲：

文心雕龍卷第一

梁通事舍人劉勰

隱秀篇和序志篇缺文和元至正刻本同。卷第十末刻「吴人楊鳳繕寫」。最後有都穆跋。跋語説：

梁劉勰文心雕龍十卷，元至正間嘗刻於嘉興郡學，歷歲既久，板亦漫滅。弘治甲子，監察御史郴陽馮公出按吴中，謂其有益於文章家，而世不多見，爲重刻以傳。……吴人都穆識。

天禄琳瑯書目後編卷十一元版集部：

文心雕龍一函八册，書末刻吴人楊鳳繕寫。元趙孟頫、虞集，明徐有貞、吴寬，本朝耿藩遞藏，餘無考。

後面抄録了大量的藏書印。葉德輝書林清話卷七「明人刻書載寫書生姓名」條説：「天禄琳瑯後編十一元版（此以明版誤作元版）文心雕龍十卷，末刻吴人楊鳳繕寫。」一九三四年故宫博物院出版的故宫善本書目也把天禄琳瑯書目後編十一的元版文心雕龍一函八册改列爲明刻本。這個本子的卷末正是刻了「吴人楊鳳繕寫」，可見清故宫所收的和這是一個板刻。天禄琳瑯書目所載的那些「虞集家藏」等等藏書印，都是後人僞造的。這個本子則只有今人周叔弢的「曾在周叔弢處」方印一塊，就不知道是怎樣流傳來的了。

三、嘉靖十九年（一五四〇）汪一元私淑軒刻本文心雕龍十卷。

北京大學藏。北京圖書館藏一本有清褚德儀校。卷首有方元禎序，據此知道這個本子是汪一元嘉靖庚子刻於新安的。正文每半葉十行，每行二十字。板心上方有「私淑軒」三字。其款式爲：

文心雕龍卷之一

梁通事舍人劉勰撰　明歙汪一元校

按此本從弘治本出，而略有增改。隱秀篇、序志篇缺文與元至正本同。

四、徐𤊹校汪一元私淑軒刻本。

北京大學藏，分訂三册。卷前有加頁一紙，抄福州府志，記徐𤊹、徐延壽、徐鍾震三代履歷：

徐𤊹，字惟起，閩縣人，博學工文，與兄熥齊名。善草隸書，詩歌婉麗。萬曆間，與曹學佺狎主閩中詞盟，後進皆稱興公詩派。性嗜古，聚書萬卷，居鼇峰麓，環堵蕭然，而牙籤四圍，縹緗之富，卿侯不能敵也。其考據精核。自樂府歌行及近體無所不備。著有徐氏筆精、榕陰新檢、紅雨樓集、鼇峰集。子延壽，字存永，詞賦激昂，有尺木堂稿。孫鍾震，字器之，有雪樵集。

卷首載徐𤊹崇禎己卯（一六三九）題記説：

此本吾辛丑（一六〇一）年校讎極詳，梅子庚刻於金陵，列吾姓名於前，不忘所自也。後吾得金陵善本，遂舍此少觀。前序八篇，半出吾抄録，半乃汝父（指延壽）手書，又金陵刻之未收者。……崇禎己卯中秋書付鍾震。

眉上小字是吾所書，間有謝伯元注者，伯元看書甚細耳。

以下抄録梁書劉勰傳，下注「南史有傳稍略」。然後是手抄的各種板本的序七篇：

（一）元錢惟善至正本文心雕龍序。

（二）佘誨本序。

（三）嘉靖乙巳（一五四五）葉聯芳書樂應奎本序，據此可知樂應奎本刻於嘉靖二十四年。這個本子未見。

（四）樂應奎序。

（五）青社誠軒載璽信父撰文心雕龍序，下署「嘉靖四十五年（一五六六）歲次丙寅上元」。這個嘉靖丙寅朱載璽刻本也未見。

（六）弘治本馮允中序。

（七）建安西橋程寬撰刻文心雕龍序，内稱「嘉靖辛丑（一五四一）建陽張子安明將重鋟於閩」，可是張安明這個福建刻本未見流傳。

以下才是這個刻本的方元禎序。

正文有黄筆、藍筆、硃筆、白筆圈點（依楊慎本）和硃筆、藍筆、墨筆校語。隱秀篇抄補了四百多字，徐𤊹在篇末的跋語説：

隱秀一篇，諸本俱脱，無從覓補。萬曆戊午（一六一八）之冬，客游豫章，王孫朱孝穆得故家舊本，因録之，亦一快心也。

序志篇脱漏的三百多字，是徐氏取廣文選本訂補的。

書末又手抄八份材料：

（一）楊慎致禺山公（張含）書。

（二）徐𤊹萬曆二十九年（一六〇一）跋語一條。

（三）徐𤊹萬曆三十五年（一六〇七）跋語説：「偶得升庵校本，初謂極精。……越七年……又校出脱誤若干，合升庵、伯元之校，尤爲嚴密。」

（四）附録曹學佺書，下款爲「戊申（一六〇八）八月朔日弟佺頓首」。

（五）録晁公武郡齋讀書志評文心雕龍語一條，下注「見文獻通考」。後有一行云：「庚戌（一六一〇）穀日又取鬱儀王孫本校一過。」

（六）徐𤊹萬曆四十年（一六一二）跋語一條。

（七）録伍讓文心雕龍序，這就是徐𤊹崇禎跋語中所説的「前序八篇」之一。序文中説伍讓和貴陽太守謝文炳曾於萬曆十九年（一五九一）刻文心雕龍於貴陽郡庠，可是未見傳本。

（八）徐𤊹萬曆四十七年（一六一九）跋語説：「第四十隱秀一篇，原脱一板。予以萬曆戊午（一六一八）之冬，客游南昌，王孫孝穆（即朱謀㙔）云：『曾見宋本，業已抄補。』予從孝穆録之。予家有元本，亦係脱漏，則此篇文字既絶而復搜得之，孝穆之功大矣。因而告諸同志，傳鈔以成完書。」

從徐𤊹父子所抄録的許多篇序跋來看，他收羅了元明兩朝各種板刻的文心雕龍，他用來校勘的許多板本，有的已經失傳，只是仰賴徐𤊹抄補的序跋，我們才知道有這些板本。徐𤊹的校補是在他以前刊行的各種板本的匯校。傅氏還有一九四一年臨徐𤊹校文心雕龍二册，現藏北京圖書館。他所用的底本是佘誨刊本。傅增湘徐興公校文心雕龍跋，見國民雜志一九四一年第十期。

五、嘉靖二十二年（一五四三）佘誨刻本。北京圖書館、北京大學均有藏本。卷首有文心雕龍序，序中説：「苦印傳之不廣……遂校梓布焉。」末署「時嘉靖癸卯（一五四三）仲春朔日古歙佘誨序」。正文每半葉十行，每行二十字。其款式爲：

文心雕龍卷之一

梁通事舍人劉勰撰

這個本子的隱秀篇有缺文，序志篇的缺文就已經補進去了。

六、張之象本。北京大學藏。卷首有序文説：

文心雕龍十卷四十九篇，合篇終序志一篇爲五十篇。……獨是書世乏善本，譌舛特甚，好古者病之。比客梁溪，見友人秦中翰汝立藏本頗佳，請歸研討，始明徹可誦。……予遂梓之。……萬曆七年（一五七九）歲次己卯春三月朔旦，碧山外史雲間張之象撰。

下列：

訂正文心雕龍名氏

張之象字玄超　秦柱字汝立

校閱文心雕龍名氏

陸瑞家字信卿　程一枝字巢父

諸純臣字民極　陸光宅字興中

張雲門字九韶　董開大字元功

楊繼美字彥孫　蔡懋孝字仲逵

沈荆石字侯璧　錢日省字三孺

正文每半葉十行，每行十九字。每卷末列有校者姓名，和卷首一致。涵芬樓四部叢刊影印的「嘉靖本」，少了張之象序和卷首的訂正校閱名氏，實際上是張之象本。其款式爲：

文心雕龍卷之一　　梁通事舍人東莞劉勰撰

這個本子的隱秀篇和序志篇都不全。

七、胡維新兩京遺編本文心雕龍。

北京大學藏本，有失名硃、黃、墨三色校語和批詞。根據胡維新、原一魁作的序，知道兩京遺編刻於萬曆十年（一五八二）。正文每半葉九行，每行十七字。其款式爲：

文心雕龍卷之一　　　　梁通事舍人東莞劉勰彥和著

商務印書館叢書集成初編影印的就是這個本子。

八、何允中漢魏叢書本文心雕龍。

這部叢書刻於萬曆二十年（一五九二）。卷首有佘誨序。正文每半葉九行，每行二十字。其款式爲：

文心雕龍卷一　　　　梁東莞劉勰著　張遂辰閱

九、梅慶生音注本。

萬曆三十七年（一六〇九）刻於南昌。卷首有顧起元序，許延祖楷書。顧序說：

升庵先生酷嗜其（指文心雕龍）文，咀唼菁藻，爰以五色之管，標舉勝義，讀者快焉。顧世夐文渝，駁蝕相禪，間攄戡定，猶俟刬除。豫章梅子庚氏既擷東莞之華，復賞博南之鑒，手自校讎，博稽精考，補遺刊衍，汰彼淆訛。凡升庵先生所題識者，載之行間，以核詞致。至篇中曠引之事，畢用疏明；旁採之文，咸爲昭晰。……萬曆己酉（一六〇九）嘉平月江寧顧起元序撰於懶真草堂。

下列「校刻楊升庵先生批點文心雕龍音注凡例」、都穆跋、朱謀㙔跋、楊升庵先生與張禺山公書，後有梅氏對張含的介紹，注明「己酉孟冬，梅慶生識」。還列有文心雕龍讎校姓氏和音注校讎姓氏，梁書劉舍人本傳。正文每半葉九行，每行十八字。音校用雙行小字刻在正文下面，注附在每篇之末。其款式爲：

楊升庵先生批點文心雕龍卷之一

梁通事舍人劉勰著

明豫章梅慶生音注

十、文心雕龍訓故十卷。

王惟儉撰，萬曆三十九年（一六一一）自刻本。

北京圖書館、山東省圖書館藏。

是書首列合刻訓注文心雕龍史通序。序中說：

二劉訓故者，梁劉彥和、唐劉子玄所著書，而損仲王君爲之訓也。……損仲慕古好奇，於學無所不窺，讀是二書，有味乎其言，翻閱群籍，注爲訓箋。參互諸刻，正其差謬。疑則乙其處，以俟考訂。浹歲而書成，刻以傳焉。……萬曆辛亥（一六一一）四月之吉，祥符張同德昭甫氏題。

其次是文心雕龍訓故序，草書。序中說文心雕龍：

惟是引證之奇，等絳老之甲子；兼之字畫之誤，甚晉史之己亥。爰因誦校，頗事箋釋。庶暢厥旨，用啓童蒙。……萬曆己酉（一六〇九）夏日王惟儉序。

可見王惟儉的訓故和梅慶生的音注是同年寫成的。

下面是南史劉勰傳和凡例。凡例説：

一、是書之注，第討求故實，即有奥語偉字，如鳥迹魚網之隱，玄駒丹鳥之奇，既讀是書，未應河漢。姑不置論。

一、故實雖煩，以至舜禹周孔之聖，游夏僑肸之賢，世所共曉，無勞訓什。

一、古稱善注，六經之外，無如裴松之之注三國志，劉孝標之注世説。然裴注發遺事於本史之外，劉注廣異聞於原説之餘；故理欲該贍，詞競煩縟。若此書世更九代，詞人罔遺。而人詳其事，事詳其篇，則殺青難竟，摘鉛益勞。故人止字里之概，文止篇什之要，勢難備也。

一、諸篇之中，或一人而再見，或一事而累出，止於首見注之。其或人雖已及，而事非前注者，方再爲訓什。

一、此書卷分上下，篇什相等。而上卷訓釋，視下倍之。以上卷評諸文之體，事溢於詞；下卷詳撰述之規，詞溢於事。故訓有繁簡，非意有初終也。

一、訓釋總居每篇之末，則原文便於讀誦。至於直載引證之書，而不復更題原文者，省詞也。

一、是書凡借數本，凡校九百一字，標疑七十四處，其標疑者，即墨□本字，以俟善本，未敢臆改。

正文每半葉十行，每行二十字。其款式爲：

文心雕龍卷之一

明河南王惟儉訓

每篇末注校若干字。隱秀篇有缺文。每卷末注寫刻人姓名。最後有跋語説：

滇本載楊升庵先生簡畧山云……林宗載有此條，乃從南中一士大夫藏本録之者。然林宗本亦多誤，政不知楊公原本今定落何處耳。

這裏提到的有滇本、林宗本和楊慎的原本。這些本子究竟怎樣面目，不得而知。文心雕龍訓故世間流傳很少，清黄叔琳文心雕龍輯注的注解部分，有很多是從這裏抄去的。黄叔琳的序中只提到是在梅慶生音注本的基礎上加工的，而没有提文心雕龍訓故，只在原校姓氏表上最後加了王惟儉的姓名。其實所謂「黄叔琳注」，有多少是黄氏或其門客注的呢？

十一、凌雲五色套印本劉子文心雕龍。

北京圖書館藏，二卷五册，明閔繩初刻。卷首有曹學佺序。序中説：

雕龍苦無善本，漶漫不可讀，相傳有楊用修批點者，然義隱未標，字譌猶故。予友梅子庚從事於斯，音注十五，而校正十七，差可讀矣。予以公暇，取青州本對校之，間一籤其大指，是亦以易見意，而少補兹刻之易見事易誦者也。江州與子庚將别書。萬曆壬子（一六一二）仲春友人曹學佺撰。

青州本，未見。

次爲楊升庵先生與張禺山書，吴興閔繩初刻楊升庵先生批點文心雕龍引，草書。再次爲吴興凌雲（宣之）凡例，行書。其中第三條説：

元本字句多脱誤，惟梅子庚本考訂甚備，因全依之，且注元脱、元誤並元改補人於上，庶使閲者知之。

第六條説：

各注元居各篇後，今並於各卷後，以便稽考。人名及鳥獸等名，元注本文下，今以硃載於旁，庶文易明，而不至本文間斷。

以下爲劉舍人本傳和文心雕龍校讎姓氏，其中首列：

批評　楊慎字用修

參評　曹學佺字能始

音注　梅慶生字子庚

校正　朱謀㙔（以下除最後增一胡孝轅外，與梅慶生音注本同）

正文每半葉九行，每行十九字。其款式爲：

劉子文心雕龍

第一册　卷上之上　收正文十三篇

第二册　卷上之下　第十四篇至第二十五篇

第三册　卷下之上　第二十六篇至第三十八篇

第四册　卷下之下　第三十九篇至第五十篇（隱秀篇有缺文）

第五册　全部是注解

十二、天啓二年（一六二二）梅慶生重修音注本。

這個本子有兩種：一爲金陵聚錦堂本，一爲古吴陳長卿本。卷首有天啓壬戌宋穀重寫隸書顧起元文心雕龍批評音注序。卷一前葉板心下欄前後有「天啓二年梅子庚第六次校定藏板」等字樣。這兩種板刻流傳較廣，許多是後來用舊板印刷的，大都缺定勢篇，隱秀篇也有缺文。其它都和萬曆原刻一樣。

十三、天啓二年（一六二二）曹批梅慶生第六次校定本。

天津市圖書館藏。這個本子首列曹學佺文心雕龍序，行書，末署「萬曆壬子（一六一二）仲春友人曹學佺撰，天啓壬戌（一六二二）孟冬洪寬書」。以下爲文心雕龍批評音注序。款式和板心刻字以及其它方面，跟金陵聚錦堂刻、古吴陳長卿刻天啓二年梅注重修本是一樣的，只是卷首多一篇曹學佺序，而缺都穆舊跋和梁書劉舍人本傳。正文第一頁有「潘叔潤圖書記」、「子如」印，卷末有「古吳潘介祉叔潤氏收藏印記」篆刻。這個本子紙墨都是上選，字迹非常清晰，金陵聚錦堂本和古吳陳長卿本的漫漶處，這個本子也都認得出字來，可見是原印本。這個本子的板式大小、刊刻字體，甚至於斷板處，都和金陵聚錦堂、古吳陳長卿本一樣，可以看出這三個本子是用一個底板印的。只是這個本子有幾塊板子是抽換過的，凡是抽換的板子，不僅字句有改動，板式大小也不一樣。

這個本子和金陵聚錦堂本、古吳陳長卿本不同的地方還有幾點：

（一）這個本子每篇都加印了曹學佺的眉批。

（二）這個本子有定勢篇，許多聚錦堂本和陳長卿本文心雕龍都缺定勢篇。

（三）這個本子補刻了隱秀篇缺文兩板。其他梅刻本在隱秀篇後有跋語三條：

朱鬱儀云：隱秀一篇，脱數百字，不可復考。

謝耳伯云：内「涼飆動秋草」上或「怨曲也」句下，必脱數行，前云「隱之爲體」，此當論秀之爲用。

李孔章云：「涼飆」「怨曲」上下，信有脱文，但後篇俱發秀義，恐非脱秀之爲用。

這個本子則把這三條跋語删去，而另刻跋語一條如下：

朱鬱儀曰：隱秀中脱數百字，旁求不得，梅子庚既以注而梓之。萬曆乙卯（四十三年，一六一五)夏海虞許子洽於錢功甫萬卷樓檢得宋刻,適存此篇,喜而録之,來過南州,出以示余,遂成完璧,因寫寄子庚補梓焉。子洽名重熙,博奥士也。原本尚缺十三字,世必再有別本可續補者。

其他梅刻本正文之前還有朱鬱儀的文心雕龍跋一篇,其中説到「如隱秀一篇,脱數百字,不復可補」。末署「萬曆癸巳(一五九三)六月日,南州朱謀㙔跋」。這個本子因已補入隱秀篇缺文兩板,這篇跋語也就删去了。

用曹批梅六次本和聚錦堂本、陳長卿本對勘,發現有些墨釘和换字的地方都很精細,例如明詩篇「昔葛天氏樂辭云」,曹批梅六次本挖去「云」字,空一格,與敦煌唐寫本合;「玄鳥在曲」的「在」字改作「有」字,「六義環深」的「環」字改作「瓌」字,「清曲可味」的「曲」字改作「典」字,與唐寫本和太平御覽都合。可見這次的校定是很細心的。最值得注意的是增補的隱秀下半篇兩板,字的刻法和原板有區别。其中「凡」字、「盈」字、「緑」字、「煒」字都和其它各篇這些字的筆畫不同。最特别的是「恒溺思於佳麗之鄉」的「恒」字缺筆作「恒」。胡克家仿宋刻文選,「恒」字就缺筆作「恒」,「盈」字也不同。這可見抄補隱秀篇時,照宋本原樣模寫,而梅慶生補刻這兩板時,也照着宋本的原樣補刻。明朝中晚年還没有根據缺筆鑒定板本的風氣,假如明人作僞,怎麽會僞造得那麽周到,和上下文都吻合呢?我們不能輕信紀昀、黄侃指控隱秀篇補文爲僞造的一些説法。

十四、天啓七年(一六二七)謝恒抄、馮舒校本。

鐵琴銅劍樓藏，今藏北京圖書館。

卷首目録，次正文。每半葉九行，每行十九字。其款式爲：

文心雕龍卷第一

梁通事舍人劉勰彦和述

序志篇末跋云：「崇禎壬申（一六三二）仲冬覆閲。默菴老人記。」下有「上鄗馮氏藏書」篆文印。末有朱謀㙔跋，和聚錦堂本所載的一樣。又有錢功甫跋。跋語説：

按此書至正乙未刻於嘉禾，弘治甲子刻於吴門，嘉靖庚子刻於新安（按即汪一元本），癸卯又刻於建安（按即佘誨本），萬曆己酉刻於南昌（按即梅慶生初刻本）。至隱秀一篇，均元闕如也。余從阮華山得宋本鈔補，始爲完書。甲寅（一六一四）七月二十四日書於南宫坊之新居。

以下爲馮舒硃筆跋語：

功甫，諱允治，郡人也。厥考諱穀，藏書至多。功甫卒，其書遂散爲雲烟矣。余所得毘陵集、陽春録、簡齋詞、嘯堂集古，皆其物也。歲丁卯（一六二七），予從牧齋（錢謙益）借得此本，因乞友人謝行甫（恒）録之。録畢，閲完，因識此。其隱秀一篇，恐遂多傳於世，聊自録之。八月十六日，孱守居士記。

南都有謝耳伯校本，則又從牧齋所得本，而附以諸家之是正者也。讎對頗勞，鑒裁殊乏。

惟云朱改，則必鑿鑿可據。今亦列之上方。聞耳伯借之牧齋，時牧齋雖以錢本與之，而秘隱秀一篇，故别篇頗同此本，而第八卷獨缺。今而後始無憾矣。（馮舒之印）

丁卯中秋日閲始，十八日始終卷。此本一依功甫原本，不改一字，即有確然知其誤者，亦列之卷端，不敢自矜一隙，短損前賢也。孱守居士識。（上黨馮舒印）

崇禎甲戌（一六三四）借得錢牧齋趙氏抄本太平御覽，又校得數百字。

黄丕烈云：

馮己蒼（舒）手校本，藏同郡周香巖家。歲戊辰春，余校元刻畢，借此覆之。馮本謂出於錢牧齋，牧齋出於功甫，則其鈔必有自來矣。惜朱校紛如，即功甫面目已不能見。况功甫雖照宋槧增隱秀一篇，而通篇與宋槧是一是二，更難分别。古書不得原本，最未可信。雕龍其坐此累歟！（見文心雕龍校注引黄丕烈、顧千里合校本）

這個鈔校本曾經錢遵王、季振宜收藏，何焯的所謂校宋本文心雕龍，就是校的這個本子，而黄叔琳輯注本則是從何焯校本翻刻的。上引錢功甫、馮舒跋語，陸心源皕宋樓藏書志、張金吾愛日精廬藏書志都曾展轉傳録。錢功甫校宋本在錢牧齋後即已失傳。這個本子就是以錢功甫本爲底本的唯一鈔校本了。

十五、沈巖臨何焯批校本文心雕龍。

南京圖書館藏，三册。有「馬曰璐印」。這個本子首先抄錢允治（功甫）跋和沈巖臨何焯跋。

錢跋已見馮舒校本。何跋說：

康熙甲申（一七〇四）余弟心友得錢丈遵王家所藏馮己蒼手校本，功甫此跋，己蒼手抄於後。乙酉（一七〇五）攜至京師，余因補録之。己蒼以天啓丁卯從宗伯借得，因乞友人謝行甫録之，其隱秀一篇，恐遂多傳於世，聊自録之。則兩公之用心頗近於隘，後之君子不可不以爲戒。若余兄弟者，蓋惟恐此篇傳之不廣或被湮没也。乙酉除夕呵凍記。

這個本子的底本是曹批梅慶生第六次校定本，與天津市圖書館藏本同。卷首比天津市圖書館藏本又多了兩篇跋語。一篇是刻批點文心雕龍跋，行書。跋語說：

始徐興公得是批點本示予，予因取他刻數種復正之。比至豫章，以示朱鬱儀氏、李孔章氏，彼各有所正，而鬱儀者加詳矣。然訛缺尚亦有之。今歲焦太史讀予是本以爲善也，當梓，而會梅子庚氏慨文章之道日猥，盍以是書爲程爲則，乃肆爲訂補音注，使彦和之書頓成嘉本。……子庚别有水經注箋，將次第梓焉。始識之於此。時萬曆三十有七年，綏安謝兆申撰。

下有小字：

此謝耳伯己酉年初刻是書時作也。未嘗出以示予，其研討之功實十倍予。距今一十四載，予復改補七百餘字，乃無日不思我耳伯。……因手書付梓，用以少慰云。天啓二年壬戌仲冬至日麻原梅慶生識。

從這兩段跋語中，可以看出萬曆三十七年梅慶生音注本是謝兆申刻的。梅氏天啓二年改補的七百餘字，可能包括隱秀篇補文在内。

這個校本的目録書記第二十五下硃批「上篇」，程器第四十九下硃批「下篇」。後有硃筆跋語説：

義門師云：此書萬曆己卯雲間張之象所刊者分上下篇，而序志則爲一篇，似亦有本。然晁公武讀書志亦云五十篇，則此固未爲失也。……序志中，張氏刻脱誤尤甚。自「嘗夢執丹漆」至「觀瀾而索源」，中間失去數百字。張氏書其後遂云「嘗夢索源」。近代寡學，蓋不足道也。又云：序志中固自分上下篇，其中又自析爲四十九篇耳。……庚寅（康熙四十九年，一七一〇）五月十九日巖録。

這個本子的硃筆批校非常工整，有時引何本作某，有時引沈本作某，可以判定這不是何義門本人的批校本，也不是沈巖本人的批校本。是否馬曰璐過録的沈巖臨何焯批校本，就不得而知了。

十六、崇禎七年（一六三四）奇賞彙編本。

北京大學藏奇賞齋古文彙編二百三十六卷，明陳仁錫選，序作於崇禎甲戌孟春。卷之一百二十五至一百二十六爲劉子文心雕龍。卷前有佘誨序。其款式爲：

奇賞齋古文彙編卷之一百二十五

劉子文心雕龍　　史官陳仁錫明卿父評選

兩卷共選四十七篇，未選隱秀、指瑕、總術。所選入者也多有删節，有的有贊，有的不選贊語。有頂批。

十七、合刻五家言本。

金陵聚錦堂板，無序跋。正文每半葉九行，每行二十字。眉批列楊慎、曹學佺、梅慶生、鍾惺四家評語。其款式爲：

合刻五家言文心雕龍文言卷一

梁　東莞劉勰彦和著

成都楊慎用修

明　閩中曹學佺能始合評

竟陵鍾惺伯敬

十八、梁傑訂正本。

清華大學藏。首列曹學佺文心雕龍序，行書，每半葉五行。至「與子庾將别書」爲止，删去「萬曆壬子仲春友人」等字，在「曹學佺撰」下面是「曹學佺印」、「能始氏」二印。下爲劉舍人本傳。其款式爲：

文心雕龍卷一

梁　東莞劉勰彦和著

明　成都楊慎用修評點

閩中曹學佺能始參評

武林梁傑廷玉訂正

其餘與五家言全同。曹批不全，梅注也不全。

十九、（增定）漢魏六朝別解收文心雕龍一卷。

明葉紹泰纂，崇禎十五年刊。中國科學院圖書館藏。内收宗經、辨騷、明詩、樂府、詮賦、史傳、神思、體性、風骨、情采、夸飾、時序十二篇，每篇都加了簡單的解説。

二十、清謹軒藍格舊鈔本文心雕龍，不分卷。

北京大學藏。書前有序目，正文僅收四十一篇，缺通變、定勢、鎔裁、指瑕、附會、總術、知音、程器、序志等九篇。是選抄本，多有删節，都没有贊語。有的顯然是没抄完。抄完的在每篇後面有評語，也很簡單。

二十一、抱青閣刻本楊升庵先生批點文心雕龍十卷。

明張墉、洪吉臣參注。康熙三十四年（一六九五）重鐫，武林抱青閣梓行。日人鈴木虎雄黄叔琳本文心雕龍校勘記（見范文瀾文心雕龍注卷首引）説：「此書全襲梅本者。」葉德輝的跋語説：

> 注中援據各本，訂譌補闕，一一注明原書原文，在明人注書最有根柢。（郋園讀書志集部卷十六）

葉氏的話恐未盡然。這個本子的隱秀篇也有缺文。

二十二、古今圖書集成，雍正四年（一七二六）印銅活字本。

其中文學典第二卷文學總部收文心雕龍原道、徵聖、宗經、正緯、諧讔，以及神思以下的二十五篇，其中隱秀篇有缺文。第一三七卷詔命部收詔策篇。第一四六卷表章部收章表篇。第一五〇卷奏議部收奏啓、議對二篇。第一五三卷頌部收頌贊、封禪二篇。第一五六卷銘部收銘箴篇。第一五七卷檄移部收檄移篇。第一六一卷書札部收書記篇。第一六五卷傳部收史傳篇。第一六七卷碑碣部收誄碑篇。第一七一卷論部收論説篇。第一七四卷祝文部收祝盟篇。第一七五卷哀誄部收哀弔篇。第一八三卷騷賦部收辨騷、詮賦二篇。第一九〇卷詩部收明詩篇。第二四〇卷樂府部收樂府篇。第二六〇卷雜文部收雜文篇。

二十三、乾隆四年（一七三九）刊李安民批點本文心雕龍。江西省圖書館藏，未見。

二十四、乾隆六年（一七四一）姚培謙刻黄叔琳注養素堂本。

卷首有黄氏乾隆三年自序、例言、南史本傳，及原校姓氏。正文每半葉九行，每行十九字。其款式爲：

文心雕龍卷第一　　　北平黄叔琳昆圃輯注

梁劉勰撰　吴趨顧進尊光

武林金甡雨叔參訂

卷末有姚培謙跋。

這個本子是從乾隆以來到現在最通行也最有影響的注本。翻刻本石印的、鉛印的所在多有，就不一一介紹了。黄叔琳輯注主要是輯的梅慶生、王惟儉兩家的注，校勘主要也是根據這兩個本子和何焯校本。一般文心雕龍研究者，總是引「黄注」，其實黄氏本人（一説爲其門客所注）注的究竟有多少呢？

二十五、陳鱣校養素堂本。

北京圖書館藏。卷首有識語説：

文心雕龍、史通二書，少時最喜玩索，俱係北平黄氏刻本。史通既得盧弓父（文弨）學士所臨宋本相校，而是書則未見宋刊，每爲恨事。取其便於展讀，常置案頭，間有管窺之見，書諸上方焉。乾隆四十九年夏六月陳鱣識。

二十六、張松孫輯注本。

卷首有張氏乾隆五十六年（一七九一）序及凡例。凡例第一條説：

是書四十九篇，楊用修間有評語，今照梅本全録，總批附本篇之後，另批入本段之中。俱寫雙行小字，而加「楊批」二字以識之。

其第五條説：

注釋梅本簡中傷煩，黄本煩中傷雜，且皆附載各篇之後，長者累紙不盡，難於翻閱。愚於參考之中略加增損，即各注當句之下。其重出疊見者概從略焉。

實際上這個本子的注解只有「損」而無「增」，可以説是梅注、黄注的删節本。正文每半葉九行，每行十八字。其款式爲：

文心雕龍卷之一　　　梁劉勰撰　長洲張松孫鶴坪輯注
　　　　　　　　　　明楊慎批點　男　智瑩樂水校

二十七、王謨廣漢魏叢書本文心雕龍。

廣漢魏叢書，乾隆五十六年王謨刻。卷首有佘誨序，卷末有王謨跋。正文每半葉九行，每行二十字。其款式爲：

文心雕龍卷一　　　梁東莞劉勰著　張遂辰閲

隱秀篇有補文，注云：「從宋本補入。」其實就是從黄叔琳本補入，並不是直接從宋本補的。

二十八、黄叔琳注紀昀評本。

原刻爲道光十三年（一八三三）兩廣節署朱墨套印。有多種翻刻本。卷首有黄叔琳文心雕龍序，下有紀昀標注兩條。以下爲南史本傳和吴蘭修跋。紀昀評記於乾隆辛卯（一七七一）八月，隱秀篇評記於癸巳三月。正文每半葉十行，每行二十一字。黄氏原評黑字，紀評紅字。其款式爲：

文心雕龍卷第一

梁劉勰撰
北平黄叔琳注
河間紀昀評

二十九、顧黄合斠本文心雕龍，未見。

陳準顧黄合斠文心雕龍跋中説：

餘杭譚中義(獻)藏有顧黄合斠本十卷，至詳。……李慈銘越縵堂日記云：「顧黄二氏據元刻、弘治活字本、嘉靖汪一元本，朱墨合校，足爲是書第一善本。」……乃轉告樸社，囑其集資刊行。(圖書館學季刊，二卷二期，一九二八年三月)

後來没有看到樸社把它印出來。顧千里、黄丕烈合勘所根據的原本，今天既然全能看到，而且比他們看到的板本還多，奉爲「第一善本」的顧黄合斠本，也就不是那麽名貴了。

三十、顧譚合校本文心雕龍。

北京大學藏，四册，底本爲萬曆刊楊升庵評點梅慶生音注本。卷首有「華陽鄭氏百瞻樓珍藏圖籍」印。目録下有「華陽鄭言」印。目録後注：「此篇假萬松蘭亭齋抄迻顧千里、譚復堂兩先生評校本。顧用硃筆，譚用墨筆。百瞻樓丙寅夏季標識。」

譚獻復堂日記卷五：

顧千里傳校文心雕龍十卷，蓋出黄蕘圃，蕘圃則據元刻本、弘治活字本、嘉靖汪一元刻本，朱墨合施，足爲是書第一善本。……予就顧校，擇要録入鄂刻卷中。

可見這個本子是顧黄合斠本的傳校本。

三十一、崇文書局三十三種叢書本。

該叢書前署「光緒紀元夏月湖北崇文書局開雕」。

此本無序跋及刊刻人姓名。先目録，後正文。每半葉十二行，每行二十四字。其款式爲：

文心雕龍卷一

梁東莞劉勰著

這個本子和黄叔琳本多有出入，似出於漢魏叢書本。

三十二、敦煌唐寫本文心雕龍殘卷，草書。

原本今藏倫敦博物館東方圖書室。北京圖書館有照片。

這個卷子從原道篇贊文最後十三個字開始，到雜文篇，諧讔篇只有篇題。由銘箴篇張昶誤爲張旭來推斷，當是唐玄宗以後的手抄本。

鈴木虎雄有敦煌本文心雕龍校勘記，載内藤博士還歷祝賀支那學論叢，附有殘卷原文。國内有趙萬里和孫蜀丞的校勘記。趙萬里唐寫本文心雕龍殘卷校記見一九二六年六月清華學報三卷一期。孫校見范文瀾文心雕龍注引録。

引用書名簡稱

梅注　梅慶生文心雕龍注，萬曆三十七年刻本，天啓二年校定本。
訓故　王惟儉文心雕龍訓故，萬曆三十九年刻本。
黄注　黄叔琳文心雕龍輯注，養素堂本，紀昀批本。
補注　李詳文心雕龍補注，龍谿精舍叢書本。
札記　黄侃文心雕龍札記，中華書局上海編輯所本。
范注　范文瀾文心雕龍注，人民文學出版社，一九五八年。
雜記　葉長青文心雕龍雜記，自印本。
集注　顔虚心文心雕龍集注，見國文月刊二十一期、三十三期，只有前七篇。
校釋　劉永濟文心雕龍校釋，中華書局上海編輯所本。
校證　王利器文心雕龍校證，上海古籍出版社，一九八〇年。

校注　楊明照文心雕龍校注拾遺增訂本，上海古籍出版社，一九八二年。
周注　周振甫文心雕龍注釋，人民文學出版社，一九八一年。
郭注　郭晉稀文心雕龍注譯，甘肅人民出版社一九八二年。
牟注　陸侃如、牟世金文心雕龍譯注中牟注部分，齊魯書社本。
文論選　郭紹虞、王文生中國歷代文論選，上海古籍出版社本。
集釋稿　饒宗頤等文心雕龍集釋稿，只有前五篇，見文心雕龍研究專號香港版。
合校　潘重規唐寫文心雕龍殘本合校，一九七〇年香港版。
注訂　張立齋文心雕龍注訂，一九六七年臺灣版。
考異　張立齋文心雕龍考異，一九七四年臺灣版。
講疏　范文瀾文心雕龍講疏未徵引。此指唐亦男文心雕龍講疏，一九七四年臺灣版，只有前五篇。
綴補　王叔珉文心雕龍綴補，一九七五年臺灣版。
王金凌　王金凌文心雕龍文論術語析論，一九八一年臺灣版。
斠詮　李曰剛文心雕龍斠詮，一九八二年臺灣版。
橋川時雄　橋川時雄文心雕龍校讀，打印本，只有前五篇。
斯波六郎　原道至正緯四篇指斯波六郎文心雕龍札記，以下各篇指文心雕龍范注補正，見文心雕龍論文集，臺灣譯本。

朱遏先等筆記　朱遏先、沈兼士等聽講文心雕龍筆記原稿，只有前十八篇。朱、沈皆章太炎弟子，疑爲章太炎所講。

文心雕龍義證目録

卷九

卷十

卷一

原道第一

淮南子首列原道訓，高誘注：「原，本也。本道根真，包裹天地，以歷萬物，故曰原道，用以題篇。」本書序志篇：「蓋文心之作也，本乎道，師乎聖，體乎經……」易繫辭上：「一陰一陽之謂道，繼之者善也，成之者性也。仁者見之謂之仁，知者見之謂之知。百姓日用而不知，故君子之道鮮矣。」劉勰所謂道，就是易道。元錢惟善文心雕龍序：「自孔子没，由漢以降，老佛之説興，學者趨於異端，聖人之道不行，而天地之大，日月之明，固自若也。當二家濫觴横流之際，孰能排而斥之？苟知以道爲原，以經爲宗，以聖爲徵，而立言著書，其亦庶幾可取乎？嗚呼！此文心雕龍所由述也。」紀昀評（以下簡稱「紀評」）：「自漢以來，論文者罕能及此。彦和以此發端，所見在六朝文士之上。」又：「文以載道，明其當然；文原於道，明其本然，識其本乃不逐其末。首揭文體之尊，所以截斷衆流。」

黄侃文心雕龍札記（以下簡稱「札記」）：「韓非子解老篇曰：『道者，萬物之所然也，萬理之所稽也。理者，成物之文也；道者，萬物之所以成也。……』莊子天下篇曰：『古之所謂道術者果惡乎在？曰無乎不在。』案莊韓之言道，猶言萬物之所由然。文章之成，亦由自然，故韓子又言：『聖人得之以成文章。』韓子之言，正彦和所祖也。」其實黄侃的意思，並非是説劉勰原道之道就是道家之道。文心雕龍全書雖以儒家思想爲主，而並不排除玄學的影響，魏晉玄學就是以道家思想來説易的。自然之道和易道並不矛盾，而且在本篇裏是統一的。這裏所謂道，兼有雙重意義，廣義乃指自然之道，狹義僅謂儒家之道。二者也是統一的。

文之爲德也大矣〔一〕，與天地並生者，何哉〔二〕？夫玄黄色雜〔三〕，方圓體分〔四〕，日月疊璧〔五〕，以垂麗天之象〔六〕；山川焕綺，以鋪理地之形〔七〕：此蓋道之文也〔八〕。

〔一〕論語雍也：「中庸之爲德也，其至矣乎。」中庸：「鬼神之爲德，其盛矣乎。」朱注：「爲德，猶言性情功效。」此處句法略同，而德字取義有別。易乾文言正義引莊氏曰：「文謂文飾，以乾坤德大，故特文飾以爲文言。」德即宋儒「體用」之謂，「文之爲德」，即文之體與用，用今日的話説，就是文之功能、意義。重在「文」而不重在「德」。由于「文」之體與用大可以配天地，所以連接下文「與天地並生」。

〔二〕莊子齊物論：「天地與我並生，而萬物與我爲一。」此處推其説以論文。陸機文賦：「彼瓊敷與玉藻，若中原之有菽。同橐籥之罔窮，與天地乎並育。」范文瀾文心雕龍注（以下簡稱「范注」）「下文云：『人文之元，肇自太極。』故曰與天地並生。」

〔三〕易坤文言：「夫玄黄者，天地之雜也，天玄而地黄。」又繫辭下：「物相雜，故曰文。」韓康伯注：「剛柔交錯，玄黄相雜。」正義：「言萬物遞相錯雜，若玄黄相間，故謂之文也。」周禮考工記：「畫繢之事，雜五色。……天謂之玄，地謂之黄……玄與黄相次也。」柳宗元天説：「彼上而玄者，世謂之天；下而黄者，世謂之地。」

〔四〕大戴禮記曾子天圓篇：「天道曰圓，地道曰方。」淮南子天文訓：「天圓地方，道在中央。」又兵略訓：「夫圓者，天也；方者，地也。」

〔五〕説文玉部：「璧，瑞玉圜也。」尚書顧命：「宣重光。」釋文引馬融云：「日月星也。太極上元十一月朔旦冬至，日月如疊璧，五星如連珠，故曰重光。」莊子列禦寇：「吾以天地爲棺槨，以日月爲連璧，星辰爲珠璣。」漢書律曆志：「宦者淳于陵渠復覆太初曆晦朔弦望，皆最密，日月如合璧，五星如連珠。」

〔六〕易離彖辭：「離，麗也。日月麗乎天，百穀草木麗乎土。」正義：「麗謂附著也。」「麗天」，指日月附著于天空。易繫辭上：「在天成象，在地成形。」又：「縣（懸）象著明，莫大乎日月。」

〔七〕論語泰伯：「焕乎其有文章。」集解：「焕，明也。」小爾雅釋詁：「鋪、敷，布也。」易繫辭上：「仰以觀於天文，俯以察於地理。」正義「天有懸象而成文章，故稱文也；地有山川原隰，各有條理，故稱理也。」易繫辭上：「在地成形。」韓康伯注：「『形』況山川草木也。」論衡：「天有日月星辰謂之文，地有山川陵谷謂之理。」（此佚文，據意林卷三引。）王叔珉文心雕龍綴補（以下簡稱「綴補」）：「案劉子慎言篇：『日月者，天之文也。山川者，地之文也。』」

〔八〕清錢大昕味經窩類稿序：「道之顯者謂之文。」劉永濟文心雕龍原道篇釋義：「此篇論『文』原于『道』之義，既以日月山川爲道之文，復以雲霞草木爲自然之文，是其所謂『道』，亦自然也。此義也，蓋與『文』之本訓適相吻合。『文』之本訓爲迒遣，故凡經緯錯綜者，皆曰文，而經緯錯綜之物，必繁縟而可觀。故凡華采鋪棻者，亦曰文。惟其如此，故大而天地山川，小而禽魚草木，精而人紀物序，粗而花落鳥啼，各有節文，不相凌亂者，皆自然之文也。然則道也，自然也，文也，皆彌綸萬品而無外，條貫群生而靡遺者也。」這裏所謂「道之文」，即天地之文，亦即自然之文。這是說：以上這些現象都是大自然的美麗的文采。斯波六郎文心雕龍札記（以下簡稱「斯波六郎」）：「『道之文』意爲表現『道』的『文』。」

仰觀吐曜〔一〕，俯察含章〔二〕，高卑定位，故兩儀既生矣〔三〕。惟人參之〔四〕，性靈所鍾，是爲三才〔五〕。爲五行之秀，實天地之心〔六〕。心生而言立〔七〕，言立而文明〔八〕，自然之道也〔九〕。

〔一〕劉熙釋名釋天：「曜，耀也，光明照耀也。」淮南子天文訓：「圓者主明，明者吐氣者也。」魏明帝山陽公贈册文：「乾精承祚，坤靈吐曜。」

〔二〕札記：「易上經坤六三爻辭：『含章可貞。』王弼注爲『含美而可正』，是以『美』釋章。」橋川時雄文心雕龍校讀（以下簡稱「橋川時雄」）：「吐曜，天文，即日月也。含章，地理，即山川也。仰觀二句本易上繫辭『仰以觀于天文，俯以察于地理』句。」地有山川之美，可稱「含章」。

〔三〕易繫辭上：「天尊地卑，乾坤定矣。卑高以陳，貴賤位矣。」正義：「天以剛陽而尊，地以柔陰而卑。」

易繫辭上：「是故易有太極，是生兩儀；兩儀生四象，四象生八卦；八卦定吉凶，吉凶生大業。」韓康伯注：「夫有必始于無，故太極生兩儀也。太極者，無稱之稱，不可得而名，取其有之所極，况之太極者也。」正義：「混元既分，即有天地，故曰『太極生兩儀』，即老子云『一生二』也。不言天地，而言兩儀者，指其物體。下與四象相對，故曰兩儀，謂兩體容儀也。」

〔四〕荀子王制：「故天地生君子，君子理天地。君子者，天地之參也。」楊倞注：「參，與之相參，共成化育也。」禮記孔子閒居：「三王之德，參于天地。」鄭注：「參天地者，其德與天地爲三也。」中庸：「可以贊天地之化育，則可與天地參矣。」朱注：「與天地參，謂與天地並立爲三也。」漢書揚雄傳上：「參天地而獨立兮。」注云：「參之言三也。」「之」，指天地。

〔五〕易繫辭下：「易之爲書也，廣大悉備，有天道焉，有人道焉，有地道焉。兼三材而兩之，故六。六者非它也，三材之道也。」鄭玄曰：「太極函三爲一，相並俱生。是太極生兩儀，而三才已見矣。」易說卦：「是以立天之道，曰陰與陽；立地之道，曰柔與剛；立人之道，曰仁與義。兼三才而兩之，故易六畫而成卦。」後漢書張衡傳注：「三才，天地人。」白居易與元九書：「夫文尚矣，三才各有文：天之文，三光首之；地之文，五材首之；人之文，六經首之。」「性靈」，指人的智慧。序志篇：「歲月飄忽，性靈不居。」以上是說有陰陽然後有天地，有天地然後有萬物，有萬物然後有人類。而在天地萬物之中，惟人類乃「性靈所鍾」，所以與天地並列爲三才。

〔六〕黄叔琳校：「一本『實』上有『人』字，『心』下有『生』字。」徐復文心雕龍正字：「按『人』字當在上句『爲』字上，爲二句之主詞，應增。『生』字則涉下『文心生而言立』句衍。」楊明照文心雕龍校注拾遺（一九八二年增訂版，以下簡稱「校注」）謂此二句：「疑原作『爲五行之秀氣，實天地之心生』。下文『心生而言立』，即緊承『天地』句。徵聖篇贊『秀氣成采』，亦以『秀氣』連文。」說可併存。說文：「人，天地之性最貴者也。」禮記禮運篇：「故人者，其天地之德，陰陽之交，鬼神之會，五行之秀氣也。」又曰：「故人者，天地之心也，五行之端也，食味，别聲，被色而生者也。」正義：「『天地之心』也者，天地高遠在上，臨下四方，人居其中央，動靜應天地，天地有人，如人腹内有心，動靜應人也。故云『天地之心』也。王肅云：『人於天地之間，如五藏之有心矣。人乃生之最靈，其心，五藏之最聖者也。』『五行之端』也者，端猶首也。萬物悉由五行而生，而人最得其妙氣，明仁、義、禮、智，信爲五行之首也。」「天地之心」就是天地的核心。

〔七〕揚雄法言問神篇：「言，心聲也；書，心畫也。聲畫形，君子小人見矣」。這個「心」字是指的人，「心」也可以指思想。劉勰此句意思是説：人出現了便有語言。

〔八〕「文明」，謂文章顯明。

〔九〕老子第二十五章：「人法地，地法天，天法道，道法自然。」揚雄法言君子篇：「有生者必有死，有始者必有終，自然之道也。」論衡偶會篇：「命，吉凶之主也。自然之道，適偶之數，非有他氣旁物厭勝感動使之然也。」又自然篇：「妖氣爲鬼，鬼象人形，自然之道，非或爲之也。」阮籍達莊論：「求得者喪，争明者失，無欲者自足，空虚者受實。夫山静而谷深者，自然之道也；得之道而正者，君子之實也。」「乾坤易簡，故雅樂不煩；道德平淡，故無聲無味。不煩則陰陽自通，無味則百物自樂，日遷善成化而不自知，風俗移易而同于是樂。此自然之道，樂之所始也。」

「自然之道」，就是自然而然的道理。唐獨孤郁有辨文一文，發揮了原道篇的觀點説：「夫天之文，位乎上；地之文，位乎下，人之文，位乎中。不可得而增損者，自然之文也。……夫天豈有意于文采耶？而日月星辰不可踰。地豈有意于文采耶？而山川丘陵不可加。八卦、春秋豈有意于文采耶？而極與天地侔（比）。夫自然者，不得不然之謂也。」

札記：「案彦和之意，以爲文章本由自然生，故篇中數言自然，一則曰：『心生而言立，言立而文明，自然之道也。』再則曰：『夫豈外飾，蓋自然耳。』三則曰：『誰其尸之，亦神理而已。』尋繹其旨，甚爲平易。蓋人有思心，即有言語，既有言語，即有文章，言語以表思心，文章以代言語，惟聖人爲能盡文之妙，所謂道者，如此而已。此與後世言文以載道者截然不同。」以上幾句話的意思是説：五行組成的萬物之中，人是最優秀的，只有人有性靈，能思想，所以有資格和天地並稱爲「三才」，而且人是宇宙的核心。人在天地之間，好象心在肉體内一樣，是唯一能思想的事物。日本學者論中國古代文學的特點問題：「一九七四年出版吉川幸次郎的中國文學史。吉川幸次郎認爲，中國古代文學的特點，一言以蔽之，就是『人本主義』。他舉孝經中『天地之性，人爲貴』，禮記禮運篇中『故人者，其天地之德，陰陽之交，鬼神之會，五行之秀氣也』，尚書泰誓篇中『人非天地，無以爲生；天地非人，無以爲靈』等爲例。……而表現這種『人本主義』世界觀的最具有決定意義的東西，那便是『語言文化』，典型而爲『文學』。他舉文心雕龍作證，原道篇曰：『故兩儀既生矣，惟人參之，性靈所鍾，是爲三才。爲五行之秀，實天地之心。心生而言立，言立而文明，自然之道也。』」（見古籍整理出版情況簡報一九八〇年第二期）

傍及萬品〔一〕，動植皆文〔二〕。龍鳳以藻繪呈瑞〔三〕，虎豹以炳蔚凝姿〔四〕。雲霞雕色，有踰畫工之妙；草木賁華〔五〕，無待錦匠之奇。夫豈外飾，蓋自然耳〔六〕。

〔一〕王利器文心雕龍校證（以下簡稱「校證」）：「何焯校『傍』作旁。」校注：「按何校『旁』是。說文上部：『旁，溥也。』……漢書郊祀志上：『旁及四夷。』……其詞性並與此同，足爲推證。『旁及萬品』者，猶言溥及萬品耳。」「溥」，就是普。

〔二〕張衡東京賦：「動物斯生，植物斯長。」

〔三〕論衡書解篇：「龍鱗有文，於蛇爲神；鳳羽五色，於鳥爲君；虎猛，毛蚡蜦；龜知，背負文：四者體文質，於物爲聖賢。且夫山無林，則爲土山；地無毛，則爲瀉土；人無文，則爲僕（樸）人，土山無麋鹿，瀉土無五穀，人無文德，不爲聖賢。」

〔四〕黃叔琳注（以下簡稱「黃注」）：「易：大人虎變，其文炳也。又曰：君子豹變，其文蔚也。」按此革九五、上六象辭。毛西河仲氏易引王湘卿云：「虎文疏而著曰炳，豹文密而理曰蔚。」正義：「有文章之美，焕然可觀，有似虎變，其文彪炳。……然亦潤色鴻業，如豹文之蔚縟，故曰『君子豹變』也。」「凝姿」，形成毛色的美。

〔五〕校注：「按易序卦傳：『賁者，飾也。』此『賁』字亦當訓爲飾。……書僞湯誥：『賁若草木。』枚傳：『賁，飾也。……焕然咸飾，若草木同華。』蓋舍人語意所本。」「華」，花，謂草木裝飾上花朵。說苑反質篇：「孔子卦得賁，喟然仰而嘆息……曰：『……白玉不雕，寶珠不飾。……』」此處以「雕」與「賁」對文，正猶說苑以「雕」與「飾」對文。

〔六〕范注引孫蜀丞云：「三國蜀志秦宓傳：『或謂宓曰，足下欲自比於巢、許、四皓，何故揚文藻見瓌穎乎？宓答曰：僕文不能盡言，言不能盡意，何文藻之有揚乎？夫虎生而文炳，鳳生而五色，豈以五彩自飾畫哉，天性自然也。蓋河、洛由文興，六經由文起，君子懿文德，采藻其何傷？』彦和語意本此。」紀評：「齊梁文藻，日競雕華。標自然以爲宗，是彦和吃緊爲人處。」其實，鍾嶸詩品亦揭「自然」之説，如云：「感物吟志，莫非自然。」「自然英旨，罕值其人。」即其顯例。綴補：「彦和於文，主自然美。然其所謂自然，乃雕琢後之自然也。」

至如林籟結響，調如竽瑟〔一〕；泉石激韻，和若球鍠〔二〕。故形立則章成矣，聲發則文生矣〔三〕。夫以無識之物，鬱然有彩；有心之器，其無文歟〔四〕！

〔一〕莊子齊物論：「地籟則衆竅是已，人籟則比竹是已。」「結」，構成。李詳文心雕龍補注（以下簡稱「補注」）：「宋玉高唐賦：纖條悲鳴，聲似竽籟。」

〔二〕吴均與宋元思書：「泉水激石，泠泠作響。」尚書益稷：「戛擊鳴球。」孔傳：「球，玉磬。」「鍠」，説文金部云：「鍠，鐘聲也。詩曰：鐘鼓鍠鍠。」説文引詩見周頌執競，今本詩經作「喤喤。」毛傳云：「和也。」

〔三〕這兩句一指形文，一指聲文。「形立則章成」，指上文的「動植皆文」而言。荀子富國：「爲之雕琢刻鏤，黼黻文章。」楊倞注：「青與赤謂之文，赤與白謂之章。」札記：「彦和之意，蓋謂聲采由自然生，其雕琢過甚者，則寖失其本，故宜絶之，非有專隆樸質之語。」

魯迅漢文學史綱要第一篇「自文字至文章」：「梁之劉勰，至謂『人文之元，肇自太極』，三才所顯，並由道妙，『形立則章成矣，聲發則文生矣』，故凡虎斑霞綺，林籟泉韻，俱爲文章。其說汗漫，不可審理。」

〔四〕易繫辭上：「形乃謂之器。」韓康伯注：「成形曰器。」此言無知覺之物，猶且聲采並茂，何況有心思的人類，焉可無文耶？斯波六郎：「彥和從與『天之文』、『地之文』的關係以及與『聲之文』、『形之文』的關係，說明『人之文與天地並生』。情采篇中把『文』分成『形文』、『聲文』、『情文』三種，并云由此『發而爲辭章者，神理之數也』，這種說法和本篇的觀點是相同的。」見日本研究文心雕龍論文集第四十四頁。

以上爲第一段，說明自有天地以來就有文采，日月星辰山川草木鳥獸的文采，都是自然而然的。人爲萬物之靈，有了言語，就有文章，因而自然也有文采。

人文之元〔一〕，肇自太極〔二〕，幽讚神明〔三〕，易象惟先〔四〕。庖犧畫其始〔五〕，仲尼翼其終〔六〕。而乾坤兩位〔七〕，獨制文言〔八〕。言之文也，天地之心哉〔九〕！

〔一〕易賁彖辭：「觀乎天文以察時變，觀乎人文以化成天下。」李翱雜說：「日月星辰經乎天，天之文也；山川草木羅乎地，地之文也；志氣言語發乎人，人之文也。」「元」指本源或根源。

〔二〕易繫辭上：「是故易有太極。」正義：「太極謂天地未分之前，元氣混而爲一，即太初太一也。」

故老子曰『道生一』，即此太極是也。……天地剖判，固原乎太極，即人文之始，亦復有同然也。」淮南子覽冥訓：「引類於太極之上。」高誘注：「太極，天地始形之時也。」斯波六郎引易緯乾鑿度鄭注釋「太極」云：「氣象未分之時，天地之所始也。」晉書紀瞻傳：「顧榮言：『太極者，蓋謂混沌時矇昧未分。』」

〔三〕校證：「『讚』，黄本作『贊』，舊本俱作『讚』，御覽亦作『讚』。」按作「贊」是。易説卦：「昔者聖人之作易也，幽贊于神明而生蓍。」韓注：「幽，深也。贊，明也。」正義：「幽者隱而難見，故訓爲深也。贊者佐而助成……故訓爲明也。……聖人所以深明神明之道……神之爲道，陰陽不測，妙而無方，生成變化，不知所以然而然者也。」漢書終軍傳：「專神明之敬。」顔師古注：「明者，明靈，亦謂神也。」是「神明」即神道。

〔四〕漢書眭兩夏侯京翼李傳贊：「幽贊神明，通合天人之道者，莫著乎易、春秋。」易繫辭下：「是故易者，象也；象也者，像也。」正義：「謂卦爲萬物象者，法像萬物，猶若乾卦之象法像于天也。」左傳昭公二年：「晉侯使韓宣子來聘……見易象與魯春秋。」杜注：「易象，上下經之象辭。」按易象指卦象而言。乾卦正義：「懸掛物象，以示於人，故謂之卦。」下文「庖犧畫其始，仲尼翼其終」者，即指卦象而言。

〔五〕明梅慶生注（以下簡稱「梅注」）：「『庖犧畫其始』，亦作『虙犧』。……易繫辭下曰：『庖犧氏之王天下也，仰則觀象於天，俯則觀法於地，觀鳥獸之文，與地之宜，近取諸身，遠取諸物，於是始作八卦，以通神明之德，以類萬物之情。』」「慮」一作「伏」。明王惟儉文心雕龍訓故（以下簡稱「訓故」）：「易正義：『伏羲氏有天下，龍馬負圖，以出於河，遂法之，畫八卦。』」

此處以爲天文、地文、人文，於混沌初開之時，即已自然呈現，然缺乏記載工具，必至庖犧畫卦，書契出現後，方有文學。

〔六〕訓故：「易傳：夏商之末，易道中微，文王拘於羑里，繫以彖辭，易道復興。」黄注：「易通卦驗：孔子作上彖、下彖、上象、下象、上繫、下繫、文言、説卦、序卦、雜卦爲十翼。」史記孔子世家：「孔子晚而好易，序彖、繫、象、説卦、文言。」漢書藝文志：「至于殷、周之際，紂在上位，逆天暴物，文王以諸侯順命而行道，天人之占，可得而効，於是重易六爻，作上下篇。孔子爲之彖、象、繫辭、文言、序卦之屬十篇。故曰易道深矣，人更三聖，世歷三古。」橋川時雄：「按翼必兩相輔，故引申爲輔義，文王易經本分爲上下兩卷，十翼輔成二卷之義也。」論衡謝短篇：「伏羲作八卦，文王演爲六十四，孔子作彖、象、繫辭，三聖重業，易乃具足。」

〔七〕乾卦爲天而高，坤卦爲地而卑，二者有固定部位，故曰「兩位」。

〔八〕札記：「周易音義：『文言，文飾卦下之言也。』正義引莊氏曰：『文謂文飾，以乾坤德大，故特文飾以爲文言。』按此二説與彦和意正同。」易乾文言正義「文言者，是夫子第七翼也。以乾坤其易之門户邪？其餘諸卦及爻，皆從乾坤而出，義理深奥，故特作文言以開釋之。」他卦無文言，止乾坤兩卦有，故曰「獨制文言」。阮元文言説：「孔子於乾坤之言，自名曰文，此千古文章之祖也。爲文章者，不務協音以成韻，修辭以達遠，使人易誦易記，而惟以單行之語，縱横恣肆，動輒千言萬字，不知此乃古人所謂直言之言，論難之語，非言之有文也，非孔子之所謂文也。文言數百字，幾於句句用韻。孔子於此，發明乾坤之藴，詮釋四德之名，幾費修詞之意。……不但多用韻，抑且多用偶。……凡偶皆文也。於物兩色相偶而交錯之，乃得名爲文，文即象其形也。」

〔九〕易復彖辭：「復其見天地之心乎。」王弼注：「復者，反本之謂也。天地以本爲心者也。」正義：「天地養萬物以静爲心……寂然不動，此天地之心也。」

這裏説乾坤兩卦所以獨制文言，是因爲言語之文飾，是天地之本心，意思是説人之有言語，而言語又有文飾，是自然本有的特點。

若迺河圖孕乎八卦〔一〕，洛書韞乎九疇〔二〕，玉版金鏤之實，丹文緑牒之華〔三〕，誰其尸之？亦神理而已〔四〕。

〔一〕紀評：「何晏論語注引孔安國之説，謂河圖即八卦，與此孕乎八卦語相合。」易繫辭上：「河出圖，洛出書，聖人則之。」正義：「河龍圖發，洛龜書感。河圖有九篇，洛書有六篇。孔安國以爲河圖則八卦是也，洛書則九疇是也。」漢書五行志：「劉歆以爲虙羲氏繼天而王，受河圖，則而畫之，八卦是也；禹治洪水，賜雒書，法而陳之，洪範是也。」

〔二〕尚書洪範：「天迺錫禹洪範九疇。初一曰五行，次二曰敬用五事，次三曰農用八政，次四曰協用五紀，次五曰建用皇極，次六曰乂用三德，次七曰明用稽疑，次八曰念用庶徵，次九曰嚮用五福，威用六極。」孔傳：「天與禹，洛出書，神龜負文而出，列於背有數至于九，禹遂因而第之，以成九類。」正義：「疇是輩類之名，言其每事自相爲類者九，九者各爲一章，故漢書謂之九章。」論衡正説篇：「禹之時得洛書，書從洛水中出，洪範九章是也。」

札記：「漢書五行志上：『初一曰五行；次二曰羞用五事；次三曰農用八政；次四曰叶用五紀；次五曰建用皇極；次六曰艾用三德；次七曰明用稽疑；次八曰念用庶徵；次九曰嚮用五福，畏用六極。』凡此六十五字，皆雒書本文。彦和云：『洛書韞乎九疇。』正同此説。」

〔三〕范注：「尚書中候握河紀：『河龍出圖，洛龜書感，赤文緑字，以授軒轅。』（馬國翰玉函山房輯佚書）」

後漢書崔駰傳：「乃將鏤玄珪，册顯功。」注：「詩含神霧曰：『刻之玉版，藏之金匱。』」又張衡傳：「而僞稱洞視玉版。」注：「遯甲開山圖曰：『禹游于東海，得玉珪，碧色，長一尺二寸，圓如日月，以自照，自達幽冥。』」

大戴禮記保傅：「書之玉版，藏之金櫃。」漢書鼂錯傳：「刻于玉版，藏于金匱。」山海經中山經：「玄扈之水。」郭注引河圖云：「（蒼頡）臨于玄扈洛汭，靈龜負書，丹甲青文。」淮南子俶真訓：「洛出丹書，河出緑圖。」御覽八一引中候考河命：「黄龍負卷舒圖，赤文緑錯。」注：

「錯，分也；文而以緑色分其間。」即所謂丹文緑牒。金鏤，當指銅器鏤文，淮南子俶真訓言犧尊「鏤之以剞劂」、「華藻鎛鮮」者（古以金飾物謂之鎛）是也。後漢書方術傳序：「神經怪牒，玉策金繩。」本書封禪篇：「固知玉牒金鏤，專在帝皇也。」魏文帝典論：「漢帝衛侯送葬，皆珠襦玉匣，玉匣形如鎧甲，連以金鏤。」「鏤」，刻也。緯書尚書中候稱堯時「榮光出河，龍馬銜甲，赤文緑地」。劉勰實據書緯，易「赤」爲「丹」，曰「丹文緑牒」。「牒」，書版。「玉版」二句，互文見義，實謂玉版、金鏤、丹文、緑牒的華、實。文心常用華、實比喻辭采的文和質，徵聖篇：「然則，聖文之雅麗，固銜華而佩實者也。」

〔四〕詩召南采蘋：「誰其尸之？有齊季女。」毛傳：「尸，主。」易繫辭上：「陰陽不測之謂神。」韓注：「神也者，變化之極，妙萬物而爲言，不可以形詰者也。」王融三月三日曲水詩序：「設神理以景俗，敷文化以柔遠。」李善注：「神理猶神道也。周易曰：『聖人以神道設教而天下服。』」曹植武帝誄：「人事既關，聰鏡神理。」（誄文殘缺，輯録于全三國文）文選謝靈運述祖德詩，歌頌祖父謝玄功績說：「萬邦咸震懾，橫流賴君子。極溺由道情，龕暴資神理。」呂延濟注後兩句說：「言拯橫流之溺，由懷道情；勝暴靜亂，資神妙之理。」這詩中的「道情」與「神理」互文，合「神」與「道」便是「神道」。兩句所表達的正是「聖人以神道設教而天下服」的意思。顯然，「神理」之義，是本之于周易的。

論衡自然篇：「或曰：『太平之應，河出圖，洛出書，不畫不就，不爲不成，天地出之，有爲之驗也。……』曰：此皆自然也。夫天安得以筆墨而爲圖書乎？天道自然，故圖書自成。」

自鳥跡代繩，文字始炳〔一〕，炎皞遺事，紀在三墳〔二〕，而年世渺邈，聲采靡追〔三〕。

〔一〕孔安國尚書序：「古者伏犧氏之王天下也，始畫八卦，造書契，以代結繩之政，由是文籍生焉。」許慎説文解字序：「黄帝之史蒼頡，見鳥獸蹄迒之迹，知分理之可相別異也，初作書契。」范注：「易下繫辭：『上古結繩而治，後世聖人易之以書契。』鳥跡，謂書契也，情采篇：『鏤心鳥跡之中。』」呂氏春秋君守篇高誘注：「蒼頡生而知書寫，仿鳥迹以造文章。」本書練字篇：「夫文象列而結繩移，鳥跡明而書契作。」易革象辭：「大人虎變，其文炳也。」説文：「炳，明也。」「炳」是彰明顯著。

〔二〕「炎皞」，指炎帝神農氏、太皞伏犧氏。黄注：「三墳書久亡。元吴萊三墳辨：『三墳書，近出僞書也。世或傳。大抵言伏羲本山墳而作連山，神農本氣墳而作歸藏，黄帝本形墳而作乾坤。無卦爻，有卦象，文鄙而義陋，與周官太卜所掌異焉。』」左傳昭公十二年：「（楚）左史倚相趨過，王曰：『是良史也……是能讀三墳、五典、八索、九丘。』」杜注：「皆古書名。」正義：「孔安國尚書序云：『伏羲、神農、黄帝之書，謂之三墳，言大道也。』……周禮外史『掌三皇五帝之書』，鄭注：『楚靈王所謂三墳、五典是也。』賈逵云：『三墳，三王之書。』張平子説：『三墳三禮，禮爲大防。……書曰：誰能典朕三禮。三禮，天地人之禮也。』……馬融說：『三墳三氣，陰陽始生天地之氣也。』……此諸家者各以意言，無正驗，杜所不信，故云皆古書名。」馬叙倫文心雕龍黄注補正：「今所謂三墳，晁公武、陳振孫皆以爲僞書，出毛漸。」（文學月刊，一九三二年五月）

〔三〕「靡追」，無從考究。

唐虞文章，則煥乎始盛〔一〕。元首載歌〔二〕，既發吟咏之志；益稷陳謨，亦垂敷奏之風〔三〕。夏后氏興，業峻鴻績〔四〕，九序惟歌〔五〕，勳德彌縟〔六〕。

〔一〕校注：「『始』，黄校云：『馮本作爲。』按御覽引作『爲』。徵聖篇：『遠稱唐世，則煥乎爲盛。』辭義與此同，可證作『爲』是也。上文『鳥跡代繩，文字始炳』，已言文之起原；下言『元首載歌……益稷陳謨』云云，正明唐虞文章煥乎爲盛之績。若作『始盛』，匪特上下文意不屬，且與『文字始炳』之『始』字重出矣。」

論語泰伯：「子曰：大哉堯之爲君也，巍巍乎唯天爲大，唯堯則之。蕩蕩乎，民無能名焉。巍巍乎其有成功也，煥乎其有文章。」「煥」，鮮明。孔子專言堯，而歷來堯舜並稱，故此連及舜。此處所謂「文章」，爲廣義的文章，原指典章制度而言。

〔二〕尚書益稷篇（今文作皋陶謨）：「帝庸作歌曰：『敕天之命，惟時惟幾。』乃歌曰：『股肱喜哉，元首起哉，百工熙哉。』皋陶拜手稽首，颺言曰：『念哉，率作興事，慎乃憲。屢省乃成。欽哉。』乃賡載歌曰：『元首明哉，股肱良哉，庶事康哉。』」孔傳：「元首，君也。」指舜。又：「載，成也。」

〔三〕札記：「案彦和以『元首載歌』、『益稷陳謨』屬之文章，則文章不用禮文之廣誼。」尚書夏書有益稷。孔傳云：「禹稱其人，因以名篇。」正義云：「禹言暨益暨稷，是禹稱其二人。二人佐禹有功，因以此二人名篇。」尚書舜典：「敷奏以言，明試以功。」孔傳：「敷，陳也；奏，進也。諸侯四朝各使陳進治禮之言。」「益稷」，益和后稷。「陳謨」，説文鍇注：「泛議將定其謀曰謨。」「垂」，流傳。按益稷篇云：「敷納以言。……帝不時，敷同日奏罔功。」

〔四〕札記：「案業、績同訓功，峻、鴻皆訓大，此句位字，殊違常軌。」顏虚心文心雕龍集注（以下簡稱「集注」）：「案正緯篇：『夫神道闡幽，天命微顯。』徵聖篇：『抑引隨時，變通會適。』祝盟篇：『凡群言發華，而降神實務。』銘箴篇：『銘實表器，箴維德軌。』位字均與此同例，非違常軌也。」

〔五〕梅注：「左傳云：『九功之德，皆可歌也，謂之九歌。六府三事，謂之九功。水、火、金、木、土、穀，謂之六府。正德、利用、厚生謂之三事。』」按此見文公七年。尚書大禹謨：「禹曰：於，帝念哉！德惟善政，政在養民。水、火、金、木、土、穀，惟修；正德、利用、厚生，惟和。九功惟叙，九叙惟歌。戒之用休，董之用威，勸之以九歌，俾勿壞。」孔傳：「六府三事之功，有次叙，皆可歌。」漢書禮樂志：「皆學歌九德。」師古注：「水、火、金、木、土、穀謂之六府。正德、利用、厚生謂之三事。六府三事謂之九功。九功之德皆可歌也，故言九德也。」本書明詩篇：「及大禹成功，九序惟歌。」又時序篇：「至大禹敷土，九歌詠功。」

〔六〕「勳德」，即功德。校注：「説苑修文篇：『德彌盛者文彌縟。』」「縟」，繁采飾也。

逮及商周，文勝其質〔一〕，雅頌所被，英華日新〔二〕。文王患憂〔三〕，繇辭炳曜〔四〕，符采複隱〔五〕，精義堅深。重以公旦多材，振其徽烈〔六〕，制詩緝頌〔七〕，斧藻群言〔八〕。

〔一〕論語雍也：「子曰：質勝文則野，文勝質則史。文質彬彬，然後君子。」漢書杜欽傳：「殷因于夏，尚質；周因于殷，尚文。」校注：「按禮記表記：『子曰：虞夏之質，殷周之文，至矣。虞夏之文，不勝其質；殷周之質，不勝其文。』舍人遣詞本此。」

〔二〕范注：「鄭玄詩譜序：『邇及商王，不風不雅。』正義曰：『商亦有風雅，今無商風雅，唯有其頌，是周世棄而不録。故云：「近及商王，不風不雅。」言有而不取之。』」「被」同披。「英華」，花，喻辭采。大學：「湯之盤銘曰：苟日新，日日新，又日新。」通變篇：「虞夏質而辨，商周麗而雅。」

〔三〕易繫辭下：「易之興也，其於中古乎？作易者其有憂患乎？」又曰：「易之興也，其當殷之末世，周之盛德邪。當文王與紂之事邪？」史記太史公自序：「昔西伯拘羑里，演周易。」周易正義序：「卦辭、爻辭並是文王所作。」

〔四〕左傳僖公四年：「且其繇曰。」杜注：「繇，卜兆辭。」又閔公二年：「成季之繇。」杜注：「繇，卦兆之占辭。」即指卦辭和爻辭。「炳曜」，光輝照曜。

〔五〕補注：「左思蜀都賦：『符采彪炳。』劉逵注：『符采，玉之横文也。』」按原賦云：「符采彪炳，暉麗灼爍。」「符采」蓋言玉之光采，在此指文章的自然文采。練字篇：「複文隱訓。」總術篇：「奧者複隱。」隱秀篇：「隱以複意爲工。」

〔六〕史記魯周公世家集解云：「譙周曰：以太王所居周地爲采邑，故謂周公。」尚書金縢：「乃元孫不若旦多材多藝。」「振」原作「縟」。馮舒校云：「『縟』，朱改作『振』，按御覽改。」補注：「應璩與王將軍書：『雀鼠雖微，猶知徽烈。』」（文選劉峻廣絶交論李善注引）「振」，振興，發揚。詩小雅角弓：「君子有徽猷。」毛傳：「徽，美也。」「徽烈」，美業。

〔七〕校證：「『制』原作『剬』，今據御覽改。『制』『剬』隸書形近而譌。宗經篇：『據事剬範。』唐寫本『剬』作『制』。史記五帝本紀：『依鬼神以剬義。』正義：『剬，古制字。』又正義論字例：『制字作剬，此之般流，緣古少字，通共用之。』此『制』譌爲『剬』之證。（正義以「制」「剬」爲古今字，非。）」「制詩」，言製作詩篇。訓故：「書：周公居東二年，乃爲之詩以貽王，名之曰鴟鴞，王亦未敢誚公。國語：周文公之爲頌曰：『思文后稷，克配彼天。』」按此見周語。范注：「據毛詩豳風七月序，七月周公所作；據尚書金縢，鴟鴞周公所作；據國語周語上，時邁亦周公所作。故彦和云『剬詩緝頌』也。」「緝」，即輯。

校注：「按國語周語中：『周文公之詩曰：兄弟鬩於牆，外禦其侮。』漢書劉向傳：『文王既没，周公思慕歌詠文王之德，其詩曰：「於穆清廟……秉文之德。」』吕氏春秋古樂篇：『周公旦乃作詩曰：「文王在上，於昭于天，周雖舊邦，其命維新。」以繩文王之德。』是小雅常棣、大雅文王、周頌清廟，並周公所制。故舍人云然。」

〔八〕揚子法言學行篇：「吾未見好斧藻其德，若斧藻其楶者。」李軌注：「斧藻，猶刻桷丹楹之飾。」司馬光集注：「斧，斲削也；藻，文飾也。」范注：「尚書大傳：『周公攝政六年，制禮作樂。』此斧藻群言也。」張華女史箴：「斧之藻之。」「斧藻」，修飾删正之意。

至夫子繼聖，獨秀前哲〔一〕，鎔鈞六經〔二〕，必金聲而玉振〔三〕；雕琢情性〔四〕，組織辭令，木鐸起而千里應〔五〕，席珍流而萬世響〔六〕，寫天地之輝光〔七〕，曉生民之耳目矣〔八〕。

〔一〕李曰剛文心雕龍斟詮（以下簡稱「斟詮」）：「繼聖，謂繼文王、周公而爲聖也。」宋書符瑞志上：「夫體睿窮幾，含靈獨秀，謂之聖人。」「秀」，異也。孟子萬章：「自生民以來，未有如夫子者也。」本書序志篇：「自生人以來，未有如夫子者也。」

〔二〕漢書董仲舒傳：「夫上之化下，下之從上。猶泥之在鈞，唯甄者之所爲。猶金之在鎔，唯冶者之所鑄。」顔師古注：「鎔謂鑄器之模範也。鈞，造瓦之法，其中旋轉者。」「鎔鈞」，陶鑄之意，以喻修訂。

〔三〕孟子萬章下：「孔子之謂集大成，集大成也者，金聲而玉振之也。金聲也者，始條理也；玉振之也者，終條理也。」趙岐注：「孔子集先聖之大道，以成己之聖德者也，故能金聲而玉振之。振，揚也。故如金聲之有殺，振揚玉音，終始如一也。」朱注：「猶作樂者集衆音之小成，而爲一大成也。成者，樂之一終，書所謂『簫韶九成』是也。金，鐘屬；聲，宣也；玉，磬也；振，收也。此言聖德全備，如作樂之以鐘發聲，以磬收韻，集音之大成也。」

〔四〕淮南子精神訓：「衰世湊學，不知原心反本，直雕琢其性，矯拂其情，以與世交。」高誘注：「雕琢其天性，拂戾其本情，以合流俗，與世人交接也。」淮南子精神訓先「性」後「情」。陸機演連珠：「情生于性。」按「情性」，元刻本、兩京本，俱作「性情」，御覽亦作「性情」，爲是。「雕琢性情」猶陶冶性情，指修身言，「組織辭令」，指修辭言。

〔五〕校注：「『起』，御覽引作『啓』。何焯校作『啓』。按『啓』字義長。元本、弘治本、汪本、佘本、張本、兩京本……亦並作『啓』，不誤。『啓』、『起』音近，易譌。」校證：「『起』，各本作『啓』，梅改；黄本、張松孫本俱從之。」

易繫辭上：「子曰：君子居其室，出其言，善則千里之外應之，況其邇者乎？」論語八佾：「儀封人出曰：天將以夫子爲木鐸。」孔安國注曰：「木鐸，施政教時所振也。言天將命孔子制作法度以號令於天下。」尚書胤征：「遒人以木鐸巡于路。」孔傳：「木鐸，金鈴木舌，所以振文教。」

〔六〕禮記儒行：「哀公命席，孔子侍，曰：儒有席上之珍以待聘，夙夜强學以待問。」正義：「席猶鋪陳也。珍謂美善之道，言儒能鋪陳上古堯舜美善之道，以待君上聘召也。」「流」，傳播。「響」，響應。

〔七〕易大畜象辭：「輝光日新其德。」此句言夫子文采足與日月同光，照耀天地。

〔八〕此句言夫子之言論有啓聾振聵之功。

以上爲第二段，叙述「人文」的發展歷史，從八卦開始，其次是河圖、洛書。創始文字以後，有了三墳，經過夏、商，周文王、周公以至孔子，集其大成。

爰自風姓〔一〕，暨於孔氏，玄聖創典〔二〕，素王述訓〔三〕，莫不原道心以敷章〔四〕，研神理而設教〔五〕，取象乎河洛〔六〕，問數乎蓍龜〔七〕，觀天文以極變，察人文以成化〔八〕；然後能經緯區宇〔九〕，彌綸彝憲〔一〇〕，發揮事業〔一一〕，彪炳辭義〔一二〕。

〔一〕史記三皇本紀：「太皞庖犧氏，風姓。」庖犧即伏羲。

〔二〕莊子天道篇：「以此處下，玄聖素王之道也。」紀評：「玄聖當指伏羲諸聖，若指孔子，於下句爲複。」范注：「玄聖應作元聖。説文：『元，始也。』」張衡東京賦薛綜注：「玄，神也。」「玄聖」，謂神明的聖王，如伏羲。

〔三〕上文説「幽贊神明，易象惟先。庖犧畫其始，仲尼翼其終」。「述訓」正指孔子的「翼其終」，「創典」則是伏羲的「畫其始」。

北堂書鈔五十二引論語讖：「子夏曰：仲尼爲素王。」淮南子主術訓：「孔子……專行教道，以成素王。」漢書董仲舒傳：「孔子作春秋，先正王而繫萬事，見素王之文焉。」論衡超奇篇：「然則孔子之春秋，素王之業也。」杜預春秋左氏傳序：「説者以爲仲尼自衛反魯，脩春秋，立素王。」正義：「素，空也。言無位而空王之也。孔子自以爲素王，故作春秋立素王之法。」素王指有帝王之道而無其位的聖王，如孔子。論語述而：「子曰：述而不作。」孔子自以無天子之位，不能擔當作者之任，修訂六經，都是傳述先王舊文。劉勰以伏羲爲有位的「玄聖」，乃稱其「創典」，即創制禮典，指始畫八卦；孔子爲無位的「素王」，則稱其「述訓」，傳述故訓。

〔四〕荀子解蔽篇：「人心之危，道心之微。」「道心」，發于義理之心，對人心而言。尚書大禹謨：「人心惟危，道心惟微。」朱子全書尚書：「人心，人欲也；道心，天理也。所謂人心者，是血氣和合做成，道心是本來稟受得仁義禮智之心。」蔡傳：「心者，人之知覺，主於中而應于外者也。指其發於形氣者而言，則謂之人心。指其發於義理者而言，則謂之道心。人心易私而難公，故危；道心難明而易昧，故微。」

校證：「『以敷章』，各本作『裁文章』，黄本從御覽改。徐云：『御覽作「原道心以敷章」，對下句，是。』案鎔裁篇云：『兩句敷爲一章。』則『敷章』亦本書恒語。」「敷章」，發布辭采。

〔五〕易觀彖辭：「聖人以神道設教，而天下服。」正義：「神道者，微妙無方，理不可知，目不可見，不知所以然而然謂之神道。」「聖人法則天之神道，本身自行善，垂化于人，不假言語教戒……在下自然觀化服從。」饒宗頤文心雕龍集釋稿（以下簡稱「集釋稿」）：「神道，劉勰變言曰『神理』者，因上文言『誰其尸之，亦神理而已』，使上下文意相貫。」（見文心雕龍研究專號）唐逢行珪進鬻子表：「莫不原道心以裁章，研神聖而啓沃，彌綸彝訓，經緯區中。」即出於此。

〔六〕「河洛」謂河圖、洛書。「象」者，法也。

〔七〕易繫辭上：「探賾索隱，鈎深致遠，以定天下之吉凶，成天下之亹亹者，莫大乎著龜。是故，天生神物，聖人則之。天地變化，聖人效之。天垂象，見吉凶，聖人象之。河出圖，洛出書，聖人則之。」

「數」，運數，氣數。古人卜用龜，筮用蓍。論衡卜筮篇：「夫蓍之爲言耆也，龜之爲言舊也。明狐疑之事，當問耆舊也。」

〔八〕易賁彖辭：「觀乎天文以察時變，觀乎人文以化成天下。」李鼎祚周易集解引虞翻云：「日月星辰爲天文也。」又引干寶曰：「四時之變，縣乎日月；聖人之化，成乎文章。」正義：「聖人觀察人文，則詩書禮樂之謂，當法此教而化成天下也。」「極」，窮盡。「成化」，完成教化。

〔九〕左傳昭公二十五年：「禮，上下之紀，天地之經緯也。」正義：「言禮於天地，猶織之有經緯，得經緯相錯乃成文。」又二十八年：「經緯天地曰文。」詩大雅皇矣毛傳同。史記始皇本紀：「經緯天下。」「區宇」，文選東京賦：「區宇乂寧。」五臣劉良注：「區宇，天地也。」即天下四方之意。摯虞漢高祖贊：「經略區宇。」「經略」與經緯義同，喻治理。程器篇：「摛文必在緯軍國。」

〔一〇〕易繫辭上：「易與天地準，故能彌綸天地之道。」正義：「彌謂彌縫補合，綸謂經綸牽引。」尚書冏命：「永弼乃后於彝憲。」孔傳釋「彝憲」爲「常法」。序志篇：「彌綸群言爲難。」與「彌綸彝憲」的彌綸皆謂包羅統括。

〔一一〕揮，原作「輝」。何焯校云：「疑作揮。」范注引孫蜀丞曰：「『輝』當作揮。御覽引正作揮，當據正。」橋川時雄：「易説卦：『發揮於剛柔。』釋文引鄭注云：『揮，揚也。』」校注：「程器篇：『君子藏器，待時而動，發揮事業。』尤爲明證。其作『輝』者，乃音之誤。」校證：「按王惟儉本正作揮。」易繫辭上：「是故，形而上者謂之道，形而下者謂之器，化而裁之謂之變，推而行之謂之通，舉而措之天下之民，謂之事業。」易坤文言：「美在其中，而暢於四支，發於事業，美之至也。」序志篇：「唯文章之用，實經典枝條，五禮資之以成，六典因之致用，君臣所以炳煥，軍國所以昭明。」即謂「發揮事業」。

〔一二〕「彪炳」，輝煌，言文采煥發。明詩篇：「四始彪炳，六義環深。」詩品評郭璞詩：「憲章潘岳，文體相煇，彪炳可翫。」「彪炳辭義」，使辭義鮮明。

顏氏家訓文章篇論文章之作用云：「朝廷憲章，軍旅誓誥，敷顯仁義，發明功德，牧民建國，不可暫無（一本作施用多途）。至于陶冶性靈，從容風諫，入其滋味，亦樂事也。」與此處所云「經緯區宇，彌綸彝憲，發揮事業，彪炳辭義」者略同。

故知道沿聖以垂文，聖因文以明道〔一〕，旁通而無滯〔二〕，日用而不匱〔三〕。易曰：「鼓天下之動者存乎辭〔四〕。」辭之所以能鼓天下者，迺道之文也〔五〕。

〔一〕「以明道」的「以」，校證謂：「原作『而』，今從御覽改。此文『道沿聖以垂文』二句，以『以』字劄句爲偶，下文『旁通而無滯』二句，以『而』字劄句爲偶，『彌縫文體』，至爲明白。」「沿」，因也。

札記：「物理無窮，非言不顯，非文不傳，故所傳之道，即萬物之情，人倫之傳，無小無大，靡不並包。」漢書司馬遷傳：「孔子之時，上無聖君，下不得任用，故作春秋，垂空文以斷禮義。」又曰：「退論書策以舒其憤，思垂空文以自見。」後漢書劉瑜傳：「垂文炳耀。」羅根澤說：「道不可見，可見者惟明道之聖，所以欲求見道，必需徵聖。所以又作徵聖篇云：『徵之周孔，則文有師矣。』……聖人往矣，其人不可徵，惟有徵沿聖以垂之文，所以又作宗經篇。」（中國文學批評史第一冊二百十五頁）

〔二〕黃叔琳校：「『滯』，一作『涯』，從御覽改。」范校：「鈴木云：予所見御覽作『涯』，不作『滯』。」

范注引孫蜀丞曰：「『無涯』與『不匱』義近，不當改作『滯』也。御覽引此文亦作『涯』，不作『滯』，未知所據。」據此改作「涯」爲是。「旁」，溥也。「旁通」，猶言遍通。

〔三〕左傳襄公二十九年：「用而不匱，永錫爾類。」斯波六郎文心雕龍范注補正：「袁宏三國名臣贊：『仁義在躬，用之不匱。』」文賦：「塗無遠而不彌，理無微而弗綸，被金石而德廣，流管弦而日新。」

〔四〕易繫辭上：「鼓天下之動者存乎辭。」韓注：「辭，爻辭也。」正義：「鼓謂發揚，天下之動，動有得失，存乎爻卦之辭，謂觀辭以知得失也。」按此處所謂「辭」，本指爻辭，下文承易之文句而引申之，「辭」的含義遂擴大而爲泛指文辭。

〔五〕此處「道之文」，指聖人之道的文采。

第三段説明聖人之道和文的關係，聖人是通過文辭來進行教化的，而文辭之所以能起鼓動作用，就在它有藝術性。

贊曰〔一〕：道心惟微〔二〕，神理設教〔三〕。光采玄聖，炳燿仁孝〔四〕。龍圖獻體，龜書呈貌〔五〕。天文斯觀〔六〕，民胥以傚〔七〕。

〔一〕范注：「本書頌贊篇云：『贊者，明也，助也。』……易説卦傳云：『幽贊于神明而生蓍。』韓注曰：『贊，明也。』此彥和説所本。」

史通論贊篇：「夫每卷立論，其煩已多。而解論以贊，爲黷彌甚，亦猶文士製碑，序終而續以銘曰，釋氏演法，義盡而宣以偈言。」

〔二〕札記：「此荀子引道經之言，而梅賾僞古文采以入大禹謨，其辯詳見太原閻君尚書古文疏證。」范注：「荀子解蔽篇引道經曰：『人心之危，道心之微。』梅賾采此文入僞大禹謨，改兩之字爲惟字，彥和時不知古文尚書僞造，故用其語。」孔傳：「微則難明。」這是説「道心」是幽微難明的。

〔三〕「神理設教」，即以神道設教。

〔四〕上文云：「繇辭炳曜。」詔策篇：「符命炳燿。」説文：「燿，照也。」

孟子離婁：「孔子曰：道二，仁與不仁而已矣。」又：「堯舜之道，不以仁政，不能平治天下。」論語學而：「孝弟也者，其爲仁之本與？」孝經開宗明義章：「夫孝，德之本，教之所由生也。」儒家之道以仁爲核心，仁以孝爲根本。劉勰評論某些作家作品時，也是以仁、孝作爲一種尺度的。如諸子篇：「至如商韓，六蝨五蠹，棄孝廢仁，轘藥之禍，非虚至也。」程器篇：「黄香之淳孝。」指瑕篇：「左思七諷，説孝而不從，反道若斯，餘不足觀矣。」這説明劉勰原道仍以儒家思想爲主。

〔五〕禮記禮運：「河出馬圖。」鄭注：「馬圖，龍馬負圖而出也。」竹書紀年：「黄帝祭于洛水。」沈約附注：「龍圖出河，龜書作洛，赤文篆字，以授軒轅。」宋書符瑞志「作」作「出」，餘全同。

〔六〕易賁彖辭：「觀乎天文以察時變。」「斯」是用以把賓語提置動詞前的助詞。「天文」，指河圖、洛書。

〔七〕詩小雅角弓：「爾之教矣，民胥傚矣。」鄭箋：「天下之人皆學之，言上之化下，不可不慎。」爾雅釋詁：「胥，皆也。」

徵聖第二

「第」，唐寫本作「弟」，以下各篇同。

范注：「徵，驗也，謂驗之于聖人遺文也。……彦和此篇所稱之聖，指周公、孔子。」顔虚心文心雕龍集注（國文月刊第二十一期）：「書洪範：『次八曰念用庶徵。』鄭康成曰：『徵，驗也。』又禮記中庸：『雖善無徵，無徵不信。……故君子之道，本諸身，徵諸庶民。』鄭康成曰：『徵或爲證。』又漢書賈誼傳：『同姓襲是跡而動，既有徵矣。』注：『師古曰：徵，證驗也。』……禮記文王世子：『凡始立學者，必釋奠于先聖先師。』鄭康成曰：『先聖，周公若孔子。』又本篇曰：『徵之周孔，則文有師矣。』」李曰剛斠詮：「彦和此篇所稱之聖，即指孔子，雖曾有『徵之周孔，則文有師焉』之言，特叙筆偶及公旦耳。故篇中獨舉孔子之言論著述爲多。兩謂夫子，屢稱文章，皆指仲尼。况徵諸序志『嘗夜夢執丹漆之禮器，隨仲尼而南行』等句，則實屬意於孔子無疑矣。」

孫德謙太史公書義法卷上宗經篇：「劉彥和作文心雕龍，徵聖而下，繼以宗經。所以析爲二篇者，徵聖之意，則以聖人之言用爲攷徵，其文稱『先王聖化，布在方册，夫子風采，溢於格言』是也。昧者不察，見其中有『必宗於經』之説，遂謂此與宗經無異。吾謂不然。徵聖、宗經，明明各自爲篇。宗經者，蓋言文章體用俱備於經，與徵聖之奉聖人論文爲主者，其道則有别。易之『同歸殊塗』（見繫辭下），是其説也。」

劉永濟校釋：「紀昀評此篇爲裝點門面，謂『推到究極，仍是宗經』，非也。蓋徵聖之作，以明道之人爲證也，重在心。宗經之篇，以載道之文爲主也，重在文。……二義有别，顯然可見。」

原道篇説：「道沿聖以垂文。」揆劉勰之意，「道」、「聖」、「經」三者爲連鎖關係，「道」爲「聖」之本，「聖」爲「經」之本，而「經」爲後世文章之本。所以本篇説：「是以論文必徵于聖，窺聖必宗于經。」

所謂「徵聖」是「徵于聖」的簡稱，就是以聖人作標準來驗證，也就是從聖人那裏找根據。劉勰認爲只要取驗于周公孔子的著作，文章就有了師範，所以序志篇説「師乎聖」，即要後世爲文者取法於古代聖人。

此篇以人爲主，故曰徵聖；下篇以書爲主，故曰宗經。

夫作者曰聖，述者曰明〔一〕。陶鑄性情，功在上哲〔二〕。夫子文章，可得而聞〔三〕，則聖人之情，見乎文辭矣〔四〕。

〔一〕禮記樂記：「故知禮樂之情者能作，識禮樂之文者能述，作者之謂聖，述者之謂明。明聖者，述作之謂也。」鄭注：「述，謂訓其義也。」正義：「聖者通達物理，故作者之謂聖，則堯、舜、禹、湯是也。」「明者辨説是非，故脩述者之謂明，則子游、子夏之屬是也。」漢書禮樂志：「作者之謂聖。」注云：「作者謂有所興造也。」禮樂志又云：「述者之謂明。」注云：「述謂明辨其義而循行也。」論語述而：「子曰：述而不作。」論衡書解篇：「聖人作其經，賢者造其傳，述作者之意，採聖人之志。」張華博物志：「聖人製作曰經，賢者著述曰傳。」

〔二〕莊子逍遥遊：「是其塵垢粃糠，將猶陶鑄堯舜者也。」此處乃謂聖人（堯、舜、周、孔）之教化，將以陶鑄衆人之性情。原道篇云：「夫子繼聖，獨秀前哲。……雕琢情性，組織辭令。」「雕琢情性」，即此陶鑄性情。荀子性惡篇：「凡所貴堯禹君子者，能化性，能起僞。僞起而生禮義。然則聖人之於禮義積僞，亦猶陶埏而生之也。」此正强調聖人之「陶」化凡人。法言學行篇：「或曰：『人可鑄與？』曰：孔子鑄顔淵矣。」魏書儒林傳引常爽六經略注序：「然則仁義者，人之性也；經典者，身之文也，所以陶鑄神情，啓悟耳目。」陶鑄之義，即包含一切教化在内。劉勰滅惑論云：「其彌綸神化，陶鑄群生，無異也。」「功」謂功績。程器篇：「自非上哲，難以求備。」時序篇：「中宗以上哲興運。」上哲，即「上智」，此處指聖人。以上是説聖人著述，莫不有人文化成的作用，即一方面可陶鑄性情，敦勵品德；一方面可移風易俗，化成天下。

〔三〕論語公冶長：「子貢曰：夫子之文章，可得而聞也。」邢昺疏：「子貢言夫子之述作威儀禮法，有文彩形質著明，可以耳聽目視，依循學習，故可得而聞也。」劉寶楠論語正義：「據世家（史記孔子世家）諸文，則夫子文章，謂詩、書、禮、樂也。」

〔四〕范注：「易下繫辭：『聖人之情見乎辭。』唐寫本無『文』字。案文謂文章，辭謂言辭。義有廣狹，似不可删，循繹語氣，亦應有『文』字。」易繫辭下：「聖人之情見乎辭。」正義：「辭則言其聖人所用之情，故觀其辭而知其情也。」「見」，同現。楊明照范文瀾文心雕龍注舉正：「此用易繫，并無增改。誠以『辭』即『文辭』，一言已足，無須更加『文』字。……今本蓋傳寫者涉上下『文』字而衍。」（文學年報第三期）

先王聲教〔一〕，布在方册〔二〕；夫子風采〔三〕，溢於格言〔四〕。

〔一〕校證：「『聲教』原作『聖化』，據唐寫本改。練字篇亦云『先王聲教』。」尚書禹貢：「東漸于海，西被于流沙，朔南暨聲教，訖于四海。」孔傳：「此言五服之外，皆與王者聲教而朝見。」正義：「皆與聞天子威聲文教，時來朝見。」蔡傳：「聲，風聲。教謂教化。」

〔二〕禮記中庸：「哀公問政，子曰：文武之政，布在方策。」鄭注：「方，版也；策，簡也。」正義：「言文王爲政之道，皆布列于方牘簡策。」「方」是木板，「册」是穿起來的竹片，與策通用。「方册」，泛指書籍。

〔三〕「風采」，唐寫本作「文章」。如作「文章」，則與上文「夫子文章」重出，仍以「風采」爲是。漢書霍光傳：「政自己出，天下想聞其風采。」師古注：「采，文采。」書記篇云：「所以散鬱陶，託風采。」「風采」謂風度文采。

〔四〕唐寫本「於」作「乎」。范注：「論語比考讖云：『格言成法，亦可以次序也。』（文選潘岳閑居賦注引，又沈約奏彈王源注引。）（孔子）家語五儀篇云：『口不吐訓格之言。』注：『格，法也。』」「格言」蓋即可以爲法之語。三國魏志崔琰傳云：「此周、孔之格言，二經之明義。」「格言」，在此指論語等書而言。中庸：「是以聲名洋溢乎格言。」

是以遠稱唐世，則煥乎爲盛〔一〕；近褒周代，則郁哉可從〔二〕。此政化貴文之徵也〔三〕。

〔一〕「唐世」，指堯。論語泰伯篇：「子曰：大哉堯之爲君也，巍巍乎，唯天爲大，唯堯則之。蕩蕩乎，民無能名焉；巍巍乎其有成功也，煥乎其有文章。」集解：「煥，明也。」

〔二〕論語八佾篇：「子曰：周監於二代，郁郁乎文哉！吾從周。」孔安國注：「監，視也。言周文章備於二代，當從之。」正義：「郁郁，文章貌。言以今周代之禮法文章，迴視夏、商二代，則周代郁郁乎有文章哉。」皇疏：「郁郁，文章明著也。」

〔三〕意謂這些是政治教化都要重視文采之證。

鄭伯入陳，以文辭爲功〔一〕；宋置折俎，以多文舉禮〔二〕。此事蹟貴文之徵也〔三〕。

〔一〕校證：「各本『文』作『立』，馮校、何校、黄本改。」訓故：「春秋左傳：鄭伐陳，子産獻捷于晉，晉人問陳之罪，對曰：『陳忘周之大德，介恃楚衆，以憑陵我敝邑。天誘其衷，啓敝邑心，陳知其罪，授手于我，用敢獻功。』趙文子曰：『其辭順，犯順不祥。』乃受之。仲尼曰：『志有之：言以足志，文以足言。鄭入陳，非文辭不爲功，慎辭哉！』」按左傳襄公二十五年：「子展相鄭伯如晉，拜陳之功。……仲尼曰：『志有之：言以足志，文以足言。不言，誰知其志？言之無文，行而不遠。晉爲伯，鄭入陳，非文辭不爲功，慎辭也。』」蓋鄭伯之伐陳，晉爲霸主，進行質問，子産對答適當，故云「非文辭不爲功」。左傳正義云：「子産善爲文辭，于鄭有榮也。」即此意。

〔二〕訓故：「春秋左傳：宋人享趙文子，叔向爲介，司馬置折俎，禮也。仲尼使舉是禮也，以爲多文辭。」按此見襄公二十七年。杜注：「折俎，體解節折，升之于俎，合卿享宴之禮，故曰禮也。周禮：司馬掌會同之事。」又：「宋向戌自美弭兵之意，敬逆趙武，趙武、叔向因享宴之會，展賓主之辭，故仲尼以爲多文辭。」又引沈云：「舉謂記録之也。」正義：「蓋于此享也，賓主多有言辭，時人跡而記之。仲尼見其事，善其言，使弟子舉是宋享趙孟之禮，以爲後人之法。丘明述其意。仲尼所以特舉此禮者，以爲此享多文辭，以文辭爲可法，故特舉而施用之。」按「置」謂置辦。宴享大夫時，將牲體解節，折盛于俎，稱「折俎」。「俎」，盛牲體的禮器。

因賓主宴會上的辭令多有文采，孔子特使弟子把這些禮節記下來。

〔三〕范注：「『蹟』，唐寫本作『績』，是。爾雅釋詁：『績，功也。』」「事績」，政事邦交之功績。因鄭之獻捷，宋置折俎，皆有關邦交之事。

褒美子産，則云：「言以足志，文以足言〔一〕。」泛論君子，則云：「情欲信，辭欲巧〔二〕。」此修身貴文之徵也〔三〕。然則志足而言文〔四〕，情信而辭巧，迺含章之玉牒，秉文之金科矣〔五〕。

〔一〕見前引左傳襄公二十五年，杜注：「足，猶成也。」

〔二〕禮記表記：「子曰：情欲信，辭欲巧。」鄭注：「巧謂順而説也。」正義：「辭欲巧者，言君子情貌欲得信實，言辭欲得和順美巧，不違逆于理，與巧言令色者異也。」又表記：「無辭不相接也。」鄭注：「辭所以通情也。」

〔三〕禮記大學：「自天子以至於庶人，壹是皆以修身爲本。」

〔四〕校注：「此爲回應上文『言以足志，文以足言』之辭。」「志足」，猶志充，謂思想要充實。這句是説内在充實，外在自然美好。「而」，唐寫本作「以」。

〔五〕唐寫本「迺」作「乃」。易坤六三爻辭：「含章可貞。」王弼注：「含美而可正者也。」此處「含章」與「秉文」對，兩詞互義。左思吴都賦：「玉牒石記。」説文：「牒，札也。」文選劇秦美新：

「金科玉條。」李善注：「金科玉條，謂法令也。言金玉，貴之也。」「含章」、「秉文」，均指寫作。「玉牒金科」，猶金科玉律。

以上爲第一段，説明聖人對于文章（文采）的重視，無論政治教化，事迹功業，個人修養，都以文爲貴，而寫作的最高準則就是思想充實，情感真摯，言辭富于文采。

夫鑒周日月，妙極機神〔一〕；文成規矩，思合符契〔二〕。或簡言以達旨，或博文以該情，或明理以立體，或隱義以藏用〔三〕。

〔一〕校證：「馮舒云：『機當作幾。』何焯、黄叔琳云：『機疑作幾。』案論説篇：『鋭思於幾神之區』，正作『幾』。」范注：「易上繫辭：『陰陽之義配日月。』鑒周日月，猶言窮極陰陽之道。易上繫辭：『唯幾也，故能成天下之務；唯神也，故不疾而速，不行而至。』韓康伯注云：『適動微之會曰幾。』」釋文：「幾，本作機。」是「幾」亦可作「機」。斯波六郎文心雕龍范注補正：「范説恐非。『鑒周日月』與贊之『鑒懸日月』同意，謂明之週徧也。」易乾文言：「夫大人者，與天地合其德，與日月合其明。」易繫辭上：「懸象著明，莫大乎日月。」易繫辭下：「子曰：知幾其神乎！君子上交不諂，下交不瀆，其知幾乎。幾者動之微，吉之先見者也。君子見幾而作，不俟終日。」正義：「神道微妙，寂然不測，人若能豫知事之幾微，則能與其神道會合也。」繫辭上：「陰陽不測之謂神。」韓注：「神也者，變化之極，妙萬物而爲言，不可以形詰之者也。」

「鑒周日月」謂聖人的識鑒可以遍照日月，即謂能全面觀察自然界。「妙極機神」，形容聖人智慧之入微通神。唐逄行珪進鬻子表：「循環徵究，妙極機神。」即本於此。吉川幸次郎評斯波六郎文心雕龍原道徵聖篇札記：「『妙』即心理的靈妙……總之是説心理作用的最機微部分發揮到了最大限度。」

〔二〕「符契」，猶符節。韓非子主道：「言已應則執其契，事已增則操其符。符契之所合，賞罰之所生也。」漢書高帝紀：「秦王子嬰，素車白馬，繫頸以組，封皇帝璽符節。」師古曰：「符，謂諸所符合以爲契者也。」吉川幸次郎：「『符契』乃是『要點』之意，但『文成規矩』係表現形式合乎文章法則之意，『思合符契』……是説『思合于符契』，即作爲表現前提的思索與事物的要點一致，并被緊緊地把握住。總之，『鑒周日月』是因，『文成規矩』是果；『妙極機神』是因，『思合符契』是果。」

〔三〕札記：「『或簡言以達旨』四句——文術雖多，要不過繁簡隱顯而已，故彦和徵舉聖文，立四者以示例。」范注：「易上繫辭：『顯諸仁，藏諸用。』正義曰：『藏諸用者，謂潛藏功用，不使物知。是藏諸用也。』」

以上四句意謂聖人著作，有時用簡單的語言來表達意旨，有時擴大篇幅、縟説繁辭來詳盡地抒發感情；有時顯明事理來樹立文章的體制，有時隱晦含蓄把作品的用意暗藏起來，使讀者有想象的餘地。

明曹學佺批：「四句文之妙的。」

故春秋一字以褒貶〔一〕，「喪服」舉輕以包重〔二〕，此簡言以達旨也。

〔一〕范寧春秋穀梁傳序：「一字之褒，寵踰華衮之贈；片言之貶，辱過市朝之撻。」杜預春秋左氏傳序：「春秋雖以一字爲褒貶，然皆須數句以成言。」正義：「褒貶雖在一字，不可單書一字以見褒貶。」此因杜氏主張「固當依傳以爲斷」。

宗經篇：「春秋辨理，一字見義。」史傳篇：「褒見一字，貴踰軒冕；貶在片言，誅深斧鉞。」如春秋隱公元年：「鄭伯克段于鄢。」用「克」字貶鄭伯蓄意要攻弟公叔段。不稱弟，貶公叔段和兄對立。

〔二〕唐寫本「包」作「苞」。黃注：「明舉緦不祭，則重於緦之服，其不祭不言可知；舉小功不税，則重於小功者，其税可知，皆語約而義該也。」「緦不祭」，禮記曾子問：「曾子問曰：相識有喪服，可與於祭乎？孔子曰：緦不祭，又何助於人！」正義：「此一節論身有喪服，不得助他人祭事。……言身有喪服，尚不得自祭己家宗廟，何得助於他人祭乎！」「緦」，三月服，已有緦服，不得與祭，故曰緦不祭。禮記檀弓上：「曾子曰：小功不税，（鄭注：「據禮而言也，日月已過，乃聞喪而服曰税，大功以上然，小功輕不服。」）則是遠兄弟無服也。（鄭注：「言相離遠者，聞之恒晚。」）而可乎？（鄭注：「以己思怪之。」）」正義：「曾子以爲依禮，小功之喪日月已過，不更稅而追服，則是遠處兄弟聞喪恒晚，終無服而可乎？言不可也。」

邠詩聯章以積句〔一〕，儒行縟説以繁辭〔二〕，此博文以該情也〔三〕。

〔一〕訓故：「詩傳：周成王立，年幼不能涖阼，周公以冢宰攝政，乃述后稷、公劉之化，作詩以戒，謂之豳風。」梅注：「邠詩——七月之詩。」札記：「七月一篇八章，章十一句，此風詩之最長者。」范注：「説文：『邠，周大王國。』『豳，美陽亭即豳也。』段玉裁注曰：『經典多作豳，惟孟子作邠。』此云邠詩當指豳風七月篇。」

〔二〕訓故：「禮記儒行篇：哀公問曰：敢問儒行？孔子曰：遽數之，不能終其物，悉數之，乃留，更僕未可終也。」「辭」，唐寫本作詞。辭、詞通用。范注：「據禮記儒行篇鄭注，則孔子所舉十有五儒，加以聖人之儒爲十六儒也。」故曰「縟説以繁辭」。禮記儒行篇正義曰：「案鄭目録云：名曰儒行者，以其記有道德者所行也。」

〔三〕王金凌文心雕龍文論術語析論（以下簡稱「王金凌」）：「博文該情謂辭詳而兼包衆意。情作情意解。」

書契斷決以象夬〔一〕，文章昭晰以効離〔二〕，此明理以立體也。

〔一〕校注：「『斷決』，唐寫本作『決斷』。按唐寫本是也。七略：『書以決斷；斷者，義之證也。』（初學記卷二一、御覽卷六〇九引）易繫辭下韓注：『夬，決也；書契所以決斷萬事也。』」訓故：「易繫辭下云：上古結繩而治，後世聖人易之以書契，百官以治，萬民以察，蓋取諸夬。」按夬、決皆有斷義。夬，易卦名，乾下兑上。彖曰：「夬，決也，剛決柔也。健而説，決而和。」夬卦，五爻爲陽，一爻爲陰，故剛勝柔。「夬」，決也，書契的斷決萬事象之。唐寫本「夬」作「史」，誤。

〔二〕唐寫本「晢」作「哲」。校證：「『昭晢』原作『昭晣』，元本……馮本、佘本、兩京本、王惟儉本、彙函本、馮本作『哲』，徐校作『晢』。孫詒讓曰：『按説文日部云：「昭晢，明也。」「哲」或作「晢」，「晣」即「晢」之譌體。此書多作「哲」者，用通借字也。……』案徐校、孫説是，今據改。」又：「『効』原作『象』，唐寫本作『効』。案上文以『積句』與『繁辭』異文作對，下文以『曲隱』與『婉晦』異文作對，則此亦當以異文作對，不當俱作『象』也。今據唐寫本改。」訓故：「易離象曰：離，麗也。日月麗乎天，百穀草木麗乎土。」黄注引項安世曰：「日月麗乎天而成明，百穀草木麗乎土而成文，故離爲文又爲明。」易説卦傳：「離也者，明也，萬物皆相見，南方之卦也。聖人南面而聽天下，嚮明而治，蓋取諸此也。」又：「離爲火，爲日，爲電。」爲日爲火，皆文明之象。「文章昭晢」就是效法離卦的卦象。

宗白華中國美學史中重要問題的初步探索六易經的美學（二）離卦（見文藝論叢第六輯）：

「離☲：（一）離者，麗也。古人認爲附麗在一個器具上的東西是美的。……附麗和美麗的統一，這是離卦的一個意義。（二）離也者，明也。『明』古字，一邊是月，一邊是窗。月亮照到窗子上，是爲明。……而離卦本身形狀雕空透明，也同窗子有關。這說明離卦的美學和古代建築藝術思想有關。……離卦的美學乃是虛實相生的美學，乃是内外通透的美學。」

「四象」精義以曲隱〔一〕，「五例」微辭以婉晦〔二〕，此隱義以藏用也。

〔一〕易繫辭上：「易有太極，是生兩儀；兩儀生四象，四象生八卦。」正義：「兩儀生四象者，謂金、木、水、火，禀天地而有。」繫辭上又曰：「易有四象，所以示也。」札記：「四象：彥和之義蓋與莊氏同，故曰：四象精義以曲隱。正義引莊氏曰：四象，謂六十四卦之中有實象，有假象，有義象，有用象。」

周振甫文心雕龍注釋（以下簡稱「周注」）：「按如乾卦，以乾象天，當爲實象。乾象天，引申爲父，當爲假象。乾，健也，當爲義象。乾有四德：元亨利貞，即始通和正，開始亨通，得到和諧貞正，當爲用象。這四象的含義是曲折隱晦的。」

周易集解引虞翻說謂「四象」指「春、夏、秋、冬」，但此一解釋無法與「曲隱」關聯。

張立齋文心雕龍注訂（以下簡稱「注訂」）：「易繫上：『居則觀其象。』又云：『兩儀生四象。』又云：『法象莫大乎天地。』又云：『懸象著明，莫大乎日月。』是天地日月即四象也。易有明文，何事附會？其如正義金木水火土之説，莊氏實象假象之説，邵氏陰陽老少之説，率作意曲解，皆非易之本旨也。況『易有四象所以示也』，非天地日月而何？然則所謂『精義以曲隱』者，蓋不言天地日月而言乾坤陰陽也。」亦可備一説。

「精義」出繫辭下「精義入神」。韓注：「精義，物理之微者也。」「曲隱」出繫辭下「其言曲而中（韓注：「變化無恒，不可爲典要，故其言曲而中也。」），其事肆而隱（韓注：「事顯而理微也。」）」。

〔二〕唐寫本「以」作「而」。杜預春秋左氏傳序：「爲例之情有五，一曰微而顯，文見於此，而起義在彼……之類是也。二曰志而晦，約言示制，推以知例……之類是也。三曰婉而成章，曲從義訓，以示大順……之類是也。四曰盡而不汙，直書其事，具文見意……之類是也。五曰懲惡而勸善，求名而亡，欲蓋而章……之類是也。」

左傳成公十四年：「故君子曰：春秋之稱，微而顯，志而晦，婉而成章，盡而不汙，懲惡而勸善，非聖人誰能修之？」杜預序本此。

董仲舒春秋繁露精華篇：「春秋之爲學也，道往而明來者也。然而其辭體天之微，故難知也。」公羊傳定公元年：「定、哀多微辭。」孔廣森通義：「微辭者，意有所託而辭不顯，惟察其微者乃能知之。」

故知繁略殊形〔一〕，隱顯異術〔二〕；抑引隨時，變通適會〔三〕。徵之周孔，則文有師矣〔四〕。

〔一〕唐寫本「形」作「制」，應據改。制是文章體制。「繁」即上文「博文以該情」，「略」即「簡言以達旨」。

〔二〕「隱」即「隱義以藏用」；「顯」即「明理以立體」。

〔三〕校證：「『適會』原作『會適』，唐寫本作『適會』。」校注：「按唐寫本是。章句篇『隨變適會』，練字篇『詩騷適會』，養氣篇『優柔適會』，並其證也。」趙萬里唐寫本文心雕龍殘卷校記：「按上云抑引隨時，與此句相對成文，則以作適會爲是。」宋書鄭鮮之傳：「變通抑引，每事輒殊。」與此處用例同。「抑」謂抑制，即壓縮；「引」謂引伸。「適會」，適乎其會。「抑引」「變通」之理，易經發其端。易繫辭下：「易之爲書也不可遠，爲道也屢遷，變動不居，周流六虛，上下無常，剛柔相易，不可爲典要，唯變所適。」韓注：「變通貴於適時，趨舍存乎其會也。」文章抑引變通之理，本書屢屢言之。通變篇：「夫設文之體有常，變文之數無方。」鎔裁篇：「剛柔以立本，變通以趨時。」「謂繁與略，隨分所好。」章句篇：「隨變適會，莫見定準。」紀評：「繁簡隱顯，皆本乎經，後來文家，偏有所尚，互相排擊，殆未尋其源。八字精微，所謂文無定格，要歸于是。」

這是說文章有繁簡隱顯四種不同的表達方式，寫作時或者壓縮，或者引申，要看當時的需要；至于隱顯之間的變通，也要適應當前的情況。

〔四〕序志篇：「師乎聖。」

以上爲第二段，説明聖人著作的特點，在根據不同的情況，運用繁、略、隱、顯等不同方法，足以爲後世師。

是以論文必徵於聖，窺聖必宗於經。

校證：「『是以論文』二句，原作『是以政論文，必徵於聖，必宗於經。』王惟儉本『政』前有一□，楊慎補作『是以子政論文，必徵於聖，稚圭勸學，必宗於經』。……今案宗經篇：『邁德樹聲，莫不師聖，而建言修辭，鮮克宗經。』史傳篇：『立義選言，宜依經以樹則；勸戒與奪，必附聖以居宗。』又云：『宗經矩聖之典。』論説篇：『述聖通經，論家之正體也。』皆與此『徵聖』『宗經』意同，並撮略爲言，而不必指實爲何人。樂府篇：『昔子政論文，詩與歌别。』楊氏蓋涉彼妄補，不可從。今改從唐寫本。」按元刻本作「是以政論文，必徵於聖，必宗於經。」梅注：「『子』字元脱楊補」，「『稚圭勸學』四字元脱楊補」。于「稚圭勸學」注云：「漢書：匡衡字稚圭，東海承人也。成帝即位，衡上疏勸經學威儀之則曰：臣聞六經者，聖人所以統天地之心，著善惡之歸，明吉凶之分，通人道之正。使不悖于本性者也。故審六藝之指，則天人之理可得而和，草木昆蟲可得而育，此永永不易之道也。及論語、孝經聖人言行之要，宜究其意。」

橋川時雄文心雕龍校讀：「按唐寫無『子政』二字，二字後人强附，當删，未聞劉向有論文也。」又：「稚圭勸學——徐校不及此四字，何校惟從楊補，亦無所考，未詳楊據何本所增，唐寫本亦無此四字，而有『窺聖』二字，句順意通。以各本無『窺聖』二字，前後意不通，故後人任意改補。」校釋：「唐寫本……當從，升庵所補非也。」

「宗」是主。「窺聖必宗於經」是説聖人早已作古，欲窺知聖人的思想和文章，必須以經書爲主體，所以序志篇説：「體乎經。」

易稱：「辨物正言，斷辭則備〔一〕。」書云：「辭尚體要，不惟好異〔二〕。」

〔一〕「辨」原作「辯」，據唐寫本及易經改。唐寫本「辭」作「詞」。易繫辭下：「夫易彰往而察來，而微顯闡幽，開而當名，辨物正言，斷辭則備矣。」集解引干寶曰：「辨物，辨物類也。正言，言正義也。斷辭，斷吉凶也。如此，則備于經矣。」韓注：「開釋爻卦，使各當其名也。理類辨明，故曰斷辭也。」正義：「辨物正言者，謂辨天下之物，各以類正定言之。若辨健物，正言其龍；若辨順物，正言其馬，是辨物正言也。斷辭則備矣者，言開而當名，及辨物正言，凡此二事，決斷於爻卦之辭，則備具矣。」意思是説辨明事物，要用正當的言辭，這樣作出的判斷，就比較完備了。

〔二〕校證：「『不』原作『弗』，唐寫本作『不』，與僞畢命合，今據改。」校注：「『弗惟』，唐寫本作『不唯』。按『弗』作『不』，與僞畢命合。」（本書今作「不」者，唐寫本或御覽均作「不」，例多不具舉。）札記：「僞古文尚書畢命篇：『政貴有恒，辭尚體要，不惟好異。』孔氏傳：『辭以體實爲要，故貴尚之。若異于先王，君子所不好。』」正義：『爲政貴在有常，言辭尚其體實要約，當不唯好其奇異。』」風骨篇：「周書云：辭尚體要，弗唯好異。蓋防文濫也。」論衡超奇篇：「且淺意于華葉之言（文選陸士衡文賦注引作「虚談竟于華葉之言」），無根核之深，不見大道體要，故立功者希。」

「體要」，謂切實簡要。尚書蔡傳：「趣完具而已之謂體，衆體所會之謂要。」集説引夏氏僎曰：「體則具于理而無不足，要則簡而不至于餘，謂辭理足而簡約也。」又引王氏樵曰：「趣謂辭之旨趣，趣不完具則未能達意，而理未明，趣完具而不已則爲枝辭衍説，皆不可謂之體。」序志篇：「蓋周書論辭，貴乎體要。」即指此而言。

故知：正言所以立辯〔一〕，體要所以成辭〔二〕；辭成無好異之尤，辯立有斷辭之美〔三〕。雖精義曲隱，無傷其正言；微辭婉晦，不害其體要。體要與微辭偕通，正言共精義並用〔四〕；聖人之文章，亦可見也。

〔一〕唐寫本「辯」作「辨」，下文「辯立」之「辯」並同。校注：「按此語承上『易稱辨物正言』句，當以作『辨』爲是。」意謂正當的言辭才是建立辨物的標準。

〔二〕意謂切實簡要才能鑄成偉辭。春覺齋論文述旨：「何謂正言？本聖人之言，所以抗萬辯也。何謂體要？衷聖人之言，所以鑄偉辭也。然亦有難言者，文至于語録，成萬古正言之鵠，皆能一一施之文間耶？無論語録，即理學先儒之與書，語語靡不當，要觀朱考亭與陸象山、陳同甫諸先生書，無語不精，亦無語不要，而淺人恒苦其邃，豈朱、陸之言尚不衷于名理，而至索人之神志？紓曰：論道之書質，質則或絀于采；析理之言微，微則坐困于思。古之文章家，本盡備各體，不必各體中皆寓以理學之言。劉勰之贊此篇，亦曰：『精理爲文，秀氣成采。』大率析理精，則言匪不正，因言之正，施以詞采，秀氣自生。」

〔三〕校證：「『美』原作『義』，形近之誤，今改從唐寫本。『無尤』、『有美』對文。」范校：「孫云：唐寫本『（辭）成』下有『則』字。『辯』作『辨』，『立』下有『則』字。」

二句意謂鑄成偉辭就不會有追求奇異的過失，建立了辨物的標準，文辭必然有剛斷之美。

〔四〕札記：「案自『易稱辨物正言』，至『正言共精義並用』，乃承『四象』二語，以辨隱顯之宜。恐人疑聖文明著，無宜有隱晦之言，故申辨之。蓋正言者，求辨之正，而淵深之論，適使辨理堅强。體要者，制辭之成；而婉妙之文，益使辭致姱美。非獨隱顯不相妨礙，惟其能隱，所以爲顯也。然文章之事，固有宜隱而不宜顯者，易理邃微，自不能如詩書之明菿；春秋簡約，自不能如傳記之周詳。必令繁辭稱説，乃與體製相乖。聖人爲文，亦因其體而異，易非典要，故多陳幾深之言，史本策書，故簡立褒貶之法，必通此意，而後可與談經。」

注訂：「體要與微辭偕通，正意共精義並用者，言體要可以用微辭出之，正言可以由精義成之也。」

饒宗頤文心雕龍探源劉勰思想與宗炳顏延之之關係（四）觀書貴體要：「庭誥云：『觀書貴要，觀要貴博，博而知要，萬流可一。……褒貶之書，取其正言晦義，轉制衰王，微辭宣旨。』文心徵聖篇：『易稱辨物正言，書云辭尚體要。……雖精義曲隱，無傷其正言，微辭婉晦，不害其體要，體要與微辭偕通，正言共精義並用，聖人之文章亦可見也。』對于體要與正言、微辭相關之義，頗受庭誥之啓發，而加以推闡者。」

以上申述體要與微辭，正言與精義的關係，認爲二者並不矛盾，而是相得益彰。

顏闔以爲：「仲尼飾羽而畫，從事華辭〔一〕。」雖欲訾聖，弗可得已〔二〕。然則聖文之雅麗，固銜華而佩實者也〔三〕。

〔一〕校證：「『從』，原作『徒』。梅云：『「徒」，莊子作「從」。』何焯校作『從』，今據改。」梅注：「楊用脩云：顏闔事見莊子。」愚按莊子列禦寇篇：「魯哀公問于顏闔曰：吾以仲尼爲貞幹，國其有瘳乎？曰：殆哉圾乎！仲尼方且飾羽而畫，從事華辭，以支爲旨。忍性以視民，而不知不信，受乎心，宰乎神，夫何足以上民！」郭象注：「圾，危也。夫至人以民靜爲安，今一爲貞幹，則遺高跡于萬世，令飾競于仁義，而雕畫其毛彩。百姓既危殆，人亦無以爲安也。……飾畫，非任真也。將令後世之從事者，無實而意趣橫出也。」成玄英疏：「羽有自然之文，飾而畫之，則務人巧。」又：「修飾羽儀，喪其真性也。」意思是羽毛本有文采而又加以修飾描畫。「顔闔」，春秋戰國間魯國隱士。

〔二〕元刻本「呰」作「此言」。校證：「呰，舊本作『此言』二字，黄本改。馮校云：『此言當作呰。』何校云『此言乃呰字之訛。』王謨本亦云：『此言二字，呰字之譌。』案唐寫本正作『呰』。唐寫本『弗』作『不』，『已』作『也』。」論語子張：「叔孫武毁仲尼。子貢曰：『無以爲也，仲尼不可毁也。』」

〔三〕淮南子本經訓：「草木之句萌銜華戴實而死者，不可勝數。」「銜」，口含。「銜華」「佩實」，謂既有文采，又有内容。詮賦篇：「原夫登高之旨，蓋覩物興情，情以物興，故義必明雅；物以情覩，故詞必巧麗。麗詞雅義，符采相勝。」才略篇：「吐納經範，華實相扶。」札記：「此彦和徵聖篇之本意。文章本之聖哲，而後世專尚華辭，則離本浸遠，故彦和必以華實兼言。孔子曰：『質勝文則野，文勝質則史。文質彬彬，然後君子。』包咸注曰：『野，如野人，言鄙略也。史者，文多而質少；彬彬者，文質相半之貌。』審是，則文多者固孔子所譏，鄙略更非聖人所許，奈之何後人欲去華辭而專崇樸陋哉！如舍人者，可謂『得尚于中行』者矣。」

葉長青文心雕龍雜記（以下簡稱「雜記」）引錢基博云：「銜華佩實四字，厥爲彦和衡文之準繩，而緟以贊曰：『精理爲文，秀氣成采。』秀氣成采之謂銜華，精理爲文之謂佩實。昭明文選序謂『老莊之作，管孟之流，蓋以立意爲宗，不以能文爲本』，此佩實而不銜華者也。然范曄後漢書自序謂：『情志所託，故當以意爲主，以文傳意。以意爲主，則其旨必見；以文傳意，則其詞不流。然後抽其芬芳，振其金石耳。』……獨孤及李遐叔文集序以爲：『文教下衰，乃至有飾其辭而遺其意者，則潤色愈工，其實愈喪。及其大壞也，儷偶章句，使枝對葉，文不足言，言不足志。』此銜華而不佩實者也。銜華而不佩實，其敝極于齊梁之雕藻；佩實而不銜華，其末流爲宋明之語録。」

天道難聞，猶或鑽仰〔一〕；文章可見，胡寧勿思〔二〕？若徵聖立言，則文其庶矣〔三〕。

〔一〕唐寫本「猶」作「且」。論語公冶長：「子夏曰：夫子之文章可得而聞也；夫子之言性與天道，不可得而聞也。」集解：「章，明也；文彩形質著見，可以耳目循。性者，人之所受以生也。天道者，元亨日新之道深微，故不可得而聞也。」「鑽仰」，論語子罕：「顏淵喟然嘆曰：仰之彌高，鑽之彌堅。瞻之在前，忽焉在後。」集解：「言不窮盡。」疏：「仰而求之則益高，鑽而求之則益堅。」

〔二〕唐寫本「胡寧」作「寧曰」。校注：「詩小雅四月、大雅雲漢並有『胡寧忍予』之文。」范注：「胡寧猶言何乃。」詩邶風日月：「胡能有定，寧不我顧？」毛傳：「胡，何也。」箋云：「寧，猶言也。」又魏風園有桃：「其誰知之，蓋亦勿思。」

〔三〕唐寫本「若」字無。論語先進：「子曰：回也其庶乎，屢空。」集解：「言回庶幾聖道。」二句意謂在從事著作時，如能取徵于聖人，從内容到形式都向聖人學習，文章就寫得差不多了。第三段由「徵聖」過渡到「宗經」，强調華實並重，「徵聖立言」。

贊曰：妙極生知〔一〕，睿哲惟宰〔二〕。精理爲文〔三〕，秀氣成采〔四〕。鑒懸日月，辭富山海〔五〕。百齡影徂，千載心在〔六〕。

〔一〕唐寫本「贊」作「讚」，以下各篇均同。論語季氏：「孔子曰：生而知之者上也。」邢疏：「生而知之者上也者，謂聖人也。」「妙極生知」與上文「妙極幾神」類似。

〔二〕唐寫本「睿」作「叡」。詩商頌長發：「濬哲惟商。」尚書洪範：「明作哲……睿作聖。」後世「睿哲」有聖明之義。玉篇：「惟，爲也。」「宰」，主宰。吉川幸次郎：「『睿哲惟宰』或可解作『睿哲』即聖人爲人文之主宰。」斠詮：「言聖人之妙悟造於生知之極境，惟聰明睿智足以主宰一切。」

〔三〕文選王僧虔答顏延年詩：「珪璋既文府，精理亦道心。」李善注：「言珪璋之麗，既光于文府；精理之妙，亦窮于道心。」時序篇云：「微言精理，函滿玄席。」「精理」，謂精深之義理。

〔四〕本書諸子篇：「氣偉而采奇。」章表篇：「氣揚采飛。」聖人之文，正由于有秀氣，故文成異采。物色篇：「若夫珪璋挺其惠心，英華秀其清氣。」即是此意。

〔五〕校注：「按方言揚雄答劉歆書：『（張）伯松曰：是縣諸日月，不刊之書也。』」斠詮謂「鑒懸日月」「言聖人之見識周密，如日月之懸掛蒼穹」。饒宗頤等文心雕龍集釋稿：「『辭富山海』即宗經篇『若稟經以製式，酌雅以富言，是即山而鑄銅，煮海而爲鹽也』之意。」

〔六〕「影徂」，猶形影消逝。「徂」，往。最後兩句與諸子篇「標心於萬古之上，而送懷於千載之下，金石靡矣，聲其銷乎」取意略同。

集釋稿：「此云聖人往矣，而其心在，傳其心于後者，由于『聖人之情，見乎辭矣』之『辭』，與『夫子風采，溢於格言』之『格言』，即其『心』在于『文』也。心以文寄，全書屢言，蓋『心生文辭』（麗辭），文可見心，故『世遠莫見其面，覘文輒見其心』（知音），非特聖人之心存乎文，他人有心，亦如是也。」

王金凌：「此謂聖哲雖逝，其思想感情仍順經典而流傳後世，心即指其情意。」

楊慎批：「奇句也！諸贊例皆蛇足，如此麟角，固不一二。」

宗經第三

揚雄法言吾子篇：「舍舟航而濟乎瀆者，末矣；舍五經而濟乎道者，末矣。棄常珍而嗜乎異饌者，惡睹其識味也？委大聖而好乎諸子者，惡睹其識道也？」

又寡見篇：「或問：五經有辯乎？曰：惟五經爲辯。說天者莫辯乎易，說事者莫辯乎書，說體者莫辯乎禮，説志者莫辯乎詩，説理者莫辯乎春秋。舍斯，辯亦小矣。」桓譚新論有正經篇（第九），如言「古袟禮記、古論語、古孝經，乃嘉論之林藪，文義之淵海也」，即以經爲文辭之源（據饒宗頤文心雕龍探原文心各篇之取材述略）。

王充論衡佚文篇：「文人宜遵五經六藝爲文，諸子傳書爲文。」

清劉開書文心雕龍後：「伐薪必于崑鄧，汲水宜從江海，此宗經所由篤也。」

雜記于辨騷篇云：「原道之要，在于徵聖，徵聖之要，在于宗經。不宗經，何由徵聖？不徵聖，何由原道？緯既應正，騷亦宜辨，正緯辨騷，宗經事也。舍經而言道，言聖、言緯，言騷，皆爲無庸。然則宗經其樞紐之樞紐歟？」

饒宗頤文心雕龍探原劉勰文學見解之淵源：「宋書明帝（劉彧）紀云：『（帝）好讀書，愛文義，在藩時，撰江左以來文章志……舊臣才學之士，多蒙引進，參侍文籍。』宋世文章之盛，良由在上鼓吹之功，流風所被，棄經學而尚文藻。……若裴子野持論，無非欲其可被于絃歌，而止乎禮義。……彦和文心，力主宗經，與子野持論宗旨相符，不特説明各種文體皆導源于五經，且極力于經書中探索『文』之意義，以立其建言之根據。」

按徵聖篇説：「是以論文必徵於聖，窺聖必宗於經。」「宗」是主。原道和宗經兩篇，實際上是劉勰用來探索文章的「源」和「流」的，不能割裂開來看。

三極彝訓〔一〕，其書言經〔二〕。經也者，恒久之至道，不刊之鴻教也〔三〕。故象天地，效鬼神，參物序，制人紀〔四〕，洞性靈之奧區〔五〕，極文章之骨髓者也〔六〕。

〔一〕易繫辭上：「六爻之動，三極之道也。」韓康伯注：「三極，三材也。兼三材之道，故能見吉凶，成變化也。」正義：「六爻遞相推動而生變化，是天地人三材，至極之道。」尚書酒誥：「聰聽祖考之彝訓。」孔傳：「言子孫皆聰聽父祖之常教。」爾雅釋詁：「彝，常也。」

〔二〕校證：「『曰』舊作『言』，唐寫本及御覽六〇八俱作『曰』，今據改正。論説篇『聖哲彝訓曰經』，總術篇『常道曰經』，文例正同。」

〔三〕斯波六郎：「周易恒彖：『天地之道，恒久而不已也。』」斟詮：「至道，至極之道。禮記學記：『雖有至道，弗學不知其善也。』」

劉勰認爲經書宣講的是永恒的最高的道，不可更改的偉大的説教。杜預春秋左氏傳序：「左丘明受經於仲尼，以爲經者不刊之書也。」總術篇：「六經以典奥爲不刊。」

〔四〕唐寫本「效」作「効」。范注：「禮記禮運：『孔子曰：是故夫禮必本於天，殽於地，列於鬼神，達於喪祭射御冠昏朝聘。』釋文：『殽，户教切，法也。』此殆彦和説所本。」王更生文心雕龍范注駁正：「舍人此文，統論群經。范氏所引，似有未愜。」禮記禮運：「故聖人參於天地，並於鬼神，以治政也。」校注引漢書禮樂志：「六經之道同歸……故象天地而制禮樂，所以通神明，立人倫，正情性，節萬事者也。」「象天地」，取象于天地，效法天地。「效」，徵驗，從鬼神的變化得到徵驗。「參物序」，參究萬物的秩序，如日月四時等運行的秩序。「制人紀」，制定人倫的綱紀。這是説：聖人經典的内容包羅至廣，凡是宇宙萬物，人生百事（天地之道，鬼神之理，人物之事），莫不在其網羅涵蓋中。

〔五〕「性靈」，性情，靈魂。顔延之庭誥：「遂使業習移其天識，世服没其性靈。」「奧區」，班固西都賦：「防禦之阻，則天地之隩區焉。」後漢書班固傳引作「防禦之阻，則天下之奧區焉」，注：「奧，深也。言秦地險固，爲天下深奧之區域。」校注：「『奧區』，唐寫本作『區奧』。按唐寫本誤倒。贊中『奧府』，與此『奧區』同意。文選張衡西京賦：『實惟天地之奧區神皋。』蓋舍人『奧區』二字所本。」事類篇：「實群言之奧區，而才思之神皋也。」廣雅：「洞，深也。」全句意謂洞達人靈魂的深奧而不易見的領域。

〔六〕漢書禮樂志：「夫樂本情性，浹肌膚而藏骨髓。」序志篇：「輕采毛髮，深極骨髓。」「極」，盡也。全句謂極盡文章之根本精神。這是説經典的功用，表現在修身與爲文兩方面：一方面經典能洞見性靈的奧秘，足可爲陶鑄性情、修身做人的指南，一方面内容與形式兼容並蓄，可爲文章的楷模。

皇世三墳，帝代五典，重以八索，申以九丘〔一〕；歲曆緜曖〔二〕，條流紛糅〔三〕。

〔一〕左傳昭公十二年：「左史倚相趨過。王曰：是良史也，子善視之；是能讀三墳、五典、八索、九丘。」杜注：「皆古書名。」正義引賈逵云：「三墳，三皇之書；五典，五帝之典；八索，八王之法；九丘，九州亡國之戒。」孔安國尚書序：「伏犧、神農、黃帝之書謂之三墳，言大道也。少昊、顓頊、高辛、唐、虞之書謂之五典，言常道也。八卦之説，謂之八索，求其義也。九州之志，謂之九丘，丘，聚也，言九州所有，土地所生，風氣所宜，皆聚此書也。」札記：「此數語用僞孔尚書序義，彼文曰：春秋左氏傳曰：楚左史倚相能讀三墳、五典、八索、九丘，即謂上世帝王遺書也。」尚書堯典：「申命羲叔。」孔傳：「申，重也。」申與上文「重」義同。

〔二〕「歲曆」，年代。「緜曖」，久遠不明。

〔三〕楚辭九辯：「惟其紛糅而將落兮。」楚辭補注引五臣注云：「紛糅，衆雜也。」「條流紛糅」，斠詮：「謂枝條流派紛紜糅雜也。」

以上言古代文籍需要整理，引起下文孔子删述。

自夫子删述〔一〕，而大寶咸耀〔二〕。于是易張十翼〔三〕，書標七觀〔四〕，詩列四始〔五〕，禮正五經〔六〕，春秋五例〔七〕。

〔一〕「删」，元刻本作刊。徐𤊹校云：「刊，唐作删。」唐寫本正作「删」。

〔二〕孔安國尚書序：「至于夏、商、周之書，雖設教不倫，雅誥奧義，其歸一揆。是故歷代寶之，以爲大訓。」孔安國尚書序正義：「先君孔子生于周末，睹史籍之煩文，懼覽者之不一，遂乃定禮樂，明舊章，删詩爲三百篇，約史記而修春秋，讚易道以黜八索，述職方以除九丘。」

范注：「易下繫辭：『聖人之大寶曰位。』」注訂：「尚書顧命云：『越玉五重，陳寶，赤刀，大訓。』大訓者，三皇五帝之書也，爲陳寶之一。此云大寶，乃指孔子刪述之群經，與易繫辭之『大寶曰位』無涉。」

斠詮釋「大寶」爲偉大寶典，借指五經典籍。「大寶咸耀」謂群經皆大放光彩。「咸」字唐寫本作「啓」，亦可通。

〔三〕訓故：「易正義：十翼，孔子所作：上彖、下彖、上象、下象、上繫、下繫、文言、説卦、序卦、雜卦。」周易正義：「其彖、象等十翼之辭，以爲孔子所作，先儒更無異論。但數十翼，亦有多家。既文王易經本分爲上下二篇，則區域各別；彖、象釋卦，亦當隨經而分。故一家數十翼云：上彖一、下彖二、上象三、下象四、上繫五、下繫六、文言七、説卦八、序卦九、雜卦十。鄭學之徒，并從此説，故今亦依之。」「張」，發揚。

〔四〕困學紀聞卷二書：「文心雕龍云：『書標七觀。』孔子曰：『六誓可以觀義，五誥可以觀仁，甫刑可以觀誡，洪範可以觀度，禹貢可以觀事，皋陶謨可以觀治，堯典可以觀美。』見大傳。」原注：「孔叢子云：『帝典觀美，大禹謨禹貢觀事，皋陶謨益稷觀政，泰誓觀義。』此其略略異者。」按困學紀聞所引「孔子曰」見尚書大傳略説，未必爲孔子語。

范注：「六誓：甘誓、湯誓、泰誓、牧誓、費誓、秦誓。五誥：酒誥、召誥、洛誥、大誥、康誥。商書湯誥係東晉續出之僞古文，故大傳僅云五誥。」

札記：「案七觀所屬之篇，皆在伏生二十九篇内，若信爲孔子之語，何以不及百篇？疑此爲伏生傳益之言，非今古文之通説也。」

〔五〕范注：「毛詩序：『是以一國之事，繫一人之本，謂之風。言天下之事，形四方之風，謂之雅。雅者正也，言王政之所由廢興也。政有大小，故有小雅焉，有大雅焉。頌者，美盛德之形容，以其成功告于神明者也。是謂四始，詩之至也。』鄭箋云：『始者，謂王道興衰之所由也。』案四始之義，當以此爲準。其史記孔子世家之『關雎之亂，以爲風始，鹿鳴爲小雅始，文王爲大雅始，清廟爲頌始』；詩大雅正義所引汜歷樞『大明在亥，水始也；四牡在寅，木始也；嘉魚在巳，火始也；鴻雁在申，金始也』：皆今文家説，不足據。」按頌贊篇：「四始之至，頌居其極。」以頌爲四始之一，可見劉勰用毛詩序説。

〔六〕梅注：「謝耳伯云：五經，即五禮：吉、凶、賓、軍、嘉也。」訓故：「書舜典：『脩五禮。』注：吉、凶、軍、賓、嘉。」禮記祭統：「凡治人之道，莫急于禮；禮有五經，莫重于祭。」鄭注：「禮有五經，謂吉禮、凶禮、賓禮、軍禮、嘉禮也。」正義：「經者，常也，言吉、凶、賓、軍、嘉，禮所常行，故云禮有五經。」

〔七〕徵聖篇：「五例微辭以婉晦。」注見徵聖篇。

以上歷述三墳、五典、八索、九丘等，由于時代久遠，無法窮究，故僅舉書名而已。至于五經，乃孔子删訂，信而有徵，除舉出書名外，尚分别明其大要。

義既挻乎性情〔一〕，辭亦匠於文理〔二〕；故能開學養正，昭明有融〔三〕。

〔一〕校證：「『挻』原作『極』。唐寫本及銅活字本御覽作『挻』，宋本御覽、明鈔本御覽作『埏』。按『挻』『埏』俱『挻』形近之誤，老子十一章：『挻埴以爲器。』『挻』與『匠』義正相比，今改。」橋川時雄：「極字不通。挻、極形似之誤。挻字始然反。老子：『埏埴以爲器。』釋文引聲類云：『柔也。』河上公注云：『和也。』」斯波六郎同意趙萬里校記之説，謂應作「埏」，是「作陶器的模型」。又説：「此字又可作動詞用，如老子第十一章『埏埴以爲器』，荀子性惡篇『故陶人埏埴而爲器』，齊策三『挻子以爲人』等。」潘重規唐寫文心雕龍殘本合校：「『挻』蓋『挻』之譌。説文：『挻，長也。』字林同。聲類云：『柔也。』（據釋文引）老子：『挻埴以爲器。』字或誤作『埏』。朱駿聲曰：『柔，今字作揉，猶煣也。凡柔和之物，引之使長，搏之使短，可析可合，可方可圓，謂之挻。陶人爲坯，其一端也。』」按「挻」通「埏」，此處猶言陶冶。

〔二〕禮記三年問：「壹使足以成文理，則釋之矣。」孫希旦集解：「文，謂文章；理，謂條理。」顔延之庭誥：「文理精出。」「匠」謂意匠經營。斯波六郎認爲：「這二句是『易張十翼……春秋五例』的結果，概括了五經所備的特質，照應上文『洞性靈之奥區，極文章之骨髓』，兼與原道篇『雕琢性情，組織辭令』遥相呼應。」他又説以上一節在論孔子「删述的效能」。

〔三〕易蒙彖辭：「蒙以養正，聖功也。」正義：「謂能以蒙昧隱默自養正道，乃成至聖之功。」詩大雅既醉：「昭明有融。」鄭箋：「昭，光也。有，又。」「開學養正」，謂啓發學者，自養正道。左傳昭公五年「明而未融」，杜注：「融，朗也。」「昭明有融」謂使文章明而又朗。斠詮根據毛傳、鄭箋解作「五經能示學者以光明大道，又可使之長有令聞廣譽也。」這樣解與下文「然而」不易銜接。

然而道心惟微〔一〕，聖謨卓絶〔二〕，牆宇重峻〔三〕，而吐納自深〔四〕。譬萬鈞之洪鍾〔五〕，無錚錚之細響矣〔六〕。

〔一〕原道篇贊：「道心惟微。」

〔二〕「謨」，舊作「謀」，「謨」是謀議，「謨」「謀」可通。斯波六郎：「尚書伊訓：『聖謨洋洋，嘉言孔彰。』」斠詮：「卓絶，超越尋常莫可比並也。」

〔三〕校注：「書僞五子之歌：『峻宇雕牆。』枚傳：『峻，高大。』」「牆宇」指聖人的道德學問。論語子張篇：「子貢曰：譬之宫牆……夫子之牆數仞，不得其門而入，不見宗廟之美，百官之富。」「重峻」，重疊，高峻。

〔四〕校注：「『而』，唐寫本無，御覽引同。按二句一意貫注，『而』字實不應有，當據删。」神思篇：「吟詠之間，吐納珠玉之聲。」「吐納」只有吐意。「吐納」在此指言論。

〔五〕知音篇：「洪鍾萬鈞，夔曠所定。」黄注：「西京賦：『洪鍾萬鈞。』注：『三十斤曰鈞。』」

〔六〕後漢書劉盆子傳：「即所謂鐵中錚錚。」李賢注：「説文曰：『錚錚，金聲也。』鐵之錚錚，言微有剛利也。」説文段注：「後漢書曰：鐵中錚錚。鐵堅則聲異也。」「無錚錚之細響」，謂鐵中錚錚，決無細響也。

以上爲第一段，論述經的意義，經的價值，以及孔子删述的五經之内容及其教育作用。

夫易惟談天〔一〕，入神致用〔二〕，故繫稱：旨遠辭文，言中事隱〔三〕。韋編三絶〔四〕，固哲人之驪淵也〔五〕。

〔一〕校證：「黄叔琳云：『「夫」字從御覽增。』今案唐寫本正有『夫』字。」范注引陳漢章曰：「宗經篇『易惟談天』至『表裏之異體者也』二百字，并本王仲宣荆州文學志文。」張相古今文綜綴言：「王仲宣荆州文學記官志嚴鐵橋輯本，『百氏備矣』句下，多百八十八字，語意與文心雕龍宗經篇同，屬詞不類，疑爲誤會。」校注：「陳氏蓋據嚴輯全後漢文（卷九一）爲言；范氏所注出處，亦係迻録嚴書。皆不曾一檢類聚及御覽，故爲嚴可均所誤。」法言寡見篇：「説天者莫辯乎易。」

〔二〕范注：「易下繫辭：『精義入神，以致用也。』韓康伯注：『精義，物理之微者也，神寂然不動，感而遂通，故能乘天下之微，會而通其用也。』」此謂易經闡發精義進入微妙境地，足以致用。由談天道而通于人事，所以入神致用。

〔三〕梅注：「『文』原作『高』。」孫無撓曰：按易繫辭曰：「其旨遠，其辭文，其言曲而中，其事肆而隱。」按唐寫本正作「辭高」。「高」「遠」對文，雜文篇亦有「辭高而理疎」語。韓康伯注：「變化無恒，不可爲典要，故其言曲而中也。其事肆而隱者，事顯而理微也。」正義曰：「其旨遠者，近道此事，遠明彼事，是其旨意深遠。若龍戰于野，近言龍戰，乃遠明陰陽鬬爭，聖人變筆，是其旨遠也。其辭文者，不直言所論之事，乃以義理明之，是其辭文飾也，若黃裳元吉，不直言得中居職，乃云黃裳，是其辭文也。其言曲而中者，變化無恒，不可爲體要，其言隨物屈曲，而各中其理也。其事肆而隱者，易所載之事，其辭放肆顯露，而所論義理幽隱也。」

〔四〕訓故：「史記儒林傳序：孔子晚而好易，讀之韋編三絶，故爲之傳。」史記孔子世家：「孔子晚而喜易，序彖、繫、象、説卦、文言；讀易，韋編三絶。」范注：「焦循易圖略曰：『孔子讀易，韋編三絶，非不能解也，正是解得其參伍錯綜之故，讀至此卦此爻，知其與彼卦彼爻相比例，遂檢彼以審之。由此及彼，又由彼及此，千脈萬絡，一氣貫通，前後互推，端委悉見，所以韋編至於三絶。若云一見不解，讀至千百度，至於韋編三絶乃解，失之矣。』」

〔五〕莊子列禦寇：「河上有家貧恃緯蕭而食者，其子没于淵，得千金之珠。其父謂其子曰：取石來鍛之，夫千金之珠，必在九重之淵，而驪龍頷下。」「固」，唐寫本作「故」。橋川時雄：「按固故兩通。」此謂易經蘊藏「精義」，對哲人而言，實爲具有無價之寶的淵源。

書實記言〔一〕，而訓詁茫昧〔二〕；通乎爾雅，則文意曉然〔三〕。故子夏歎書，「昭昭若日月之明，離離如星辰之行〔四〕。」言昭灼也〔五〕。

〔一〕范注：「漢書藝文志：『古之王者世有史官，君舉必書……左史記言……言爲尚書。』」唐寫本「記」作「紀」。御覽同。

文史通義書教：「記曰：左史記言，右史記動，其職不見于周官，其書不傳于後世，殆禮家之愆文歟！後儒不察，而以尚書分屬記言，春秋分屬記事，則失之甚也。夫春秋不能舍傳而空存其事目，則左氏所記之言，不啻千萬矣。尚書典、謨之篇，記事而言亦見焉；訓、誥之篇，記言而事亦見焉。古人事見于言，言以爲事，未嘗分言、事爲二物也。」

〔二〕校注：「『訓詁』，唐寫本作『詁訓』。按元本、弘治本……四庫本亦並作『詁訓』。以下文『詁訓同書』及練字篇『雅以淵源詁訓』例之，此似以作『詁訓』爲得。」

校證：「『而訓詁茫昧』至『文意曉然』三句十四字，傳校元本、兩京本、王惟儉本、梅六次本、張松孫本，俱作『覽文如詭，而尋理即暢』二句十字。黄叔琳云：『是篇梅本「書實記言」以下，有「而訓詁茫昧，通乎爾雅，則文意曉然」云云，無「覽文」以下十字。「章條纖曲」下，有「執而後顯，採掇生辭，莫非寶也，春秋辨理」云云，注：「四句十六字元脱，朱從御覽補。」無「觀辭立曉」以下十二字。「諒以邃矣」下有「尚書則覽文如詭，而尋理即暢，春秋則觀辭立曉，而訪義方隱」云云。案爾雅本以釋詩，無關書之訓詁，且五經分論，不應獨舉書與春秋贅以「覽文」云云。鬱儀所補四句，辭亦不類，宜從王惟儉本。』紀云：『癸巳（一七七三）三月，與武進劉青垣編修在四庫全書處，以永樂大典所載舊本校勘。正與梅本相同，知王本爲明人臆改。』今按紀説是。御覽引此文，其次序與梅本全同，固知元本、傳校元本、兩京本、王惟儉本等之爲臆改，而梅六次本反改如元本，並于『表里之異體者也』下注云：『自「書實記言」下，倒錯難通，余從諸善本校定。』可謂先覺而後迷者也。」按元本與黄本同，與梅六次本異。

集注：「毛詩正義：『詁訓者，詁者古也，古今異言，通之使人知也。訓者，道也，道物之貌，以告人也。然則詁訓者，古今之異辭，辨物之形貌。』」斠詮：「詁訓，本爲古言；而以今語釋古言，亦曰詁訓。説文：『詁，故言也。』沈濤説文古文考：『後漢書桓譚、鄭興二傳注及一切經音義皆引云：「詁訓，古言也。」詁訓二字連文。』茫昧，謂空虛杳冥不可知也。」

〔三〕訓故：「西京雜記：『郭盛，字子偉，茂陵人，以爾雅周公所制。余嘗以問揚子雲。子雲曰：孔子門徒，游夏之儔所記以解釋六藝者也。家君以外戚傳稱：史佚教其子以爾雅。又記言孔子教魯哀公學爾雅，則爾雅之出遠矣。舊傳皆云周公所記也，「張仲孝友」之類，後人所足耳。』」黄注：「爾雅序：『爾雅者，所以通訓詁之指歸，叙詩人之興詠，總絶代之離辭，辨同實而異號者也。』釋詁一篇周公所作，釋言以下，或言仲尼所增，子夏所足，叔孫通所益，梁文所補。」

范注：「漢書藝文志：『書者，古之號令，號令於衆，其言不立具，則聽受施行者弗曉。古文讀應爾雅，故解古今語而可知也。』王先謙補注引沈欽韓曰：『大戴小辯篇：爾雅以觀于古，足以辨言矣。』又引葉德輝曰：『史記五帝、夏、周紀載尚書文，多以訓詁代經，即讀應爾雅也。』」大戴禮孔子三朝記稱孔子教魯哀公學爾雅，乃知爾雅由來已久。本書練字篇：「夫爾雅者，孔徒之所纂。」論衡是應篇：「爾雅之書，五經之訓詁。」是書詳明詁訓，當非一時一人之作。

四庫提要謂黃注本：「宗經篇末附注，極論梅本之舛誤，謂宜從王惟儉本；而篇中所載，乃仍用梅本，非用王本，自相矛盾。所注如宗經篇中『書實紀言，而訓詁茫昧，通乎爾雅，則文義曉然』句，謂『爾雅本以釋詩，無關書之訓詁』。案爾雅開卷第二字，郭注即引尚書『哉生魄』爲證；其他釋書者不一而足，安得謂與書無關？」

郝懿行文心雕龍輯注批注：「此注云云，愚所未曉。至于五經分論，獨舉書與春秋，所謂『簡言達旨』，『辭尚體要』，奚必徵引繁詞，乃爲可貴乎？練字篇云：『爾雅者，詩書之襟帶。』據兹一言，益知此注之紕繆。」

〔四〕校注：「唐寫本『明』上有『代』字，『行』上有『錯』字。按唐寫本是。舍人此語，本尚書大傳略說，而大傳原有『代』『錯』二字。當據增。禮記中庸：『辟如四時之錯行，如日月之代明。』亦其旁證。」

黃注：「尚書大傳：『子夏讀書畢，見於夫子，夫子問焉，子何爲於書？子夏對曰：書之論事也，昭昭如日月之代明，離離若參辰之錯行，上有堯舜之道，下有三王之義，商所受于夫子，志之于心，不敢忘也。』」范注：「郝懿行曰：『子夏歎書之言，見尚書大傳，而韓詩外傳二卷則稱子夏言詩，是知詩書一揆，詁訓同歸，故曰爾雅者，詩書之襟帶。』」「離離」，狀歷歷分明。晉書劉寶傳：「歷歷相次，不可得而亂也。」孔叢子論書稱子夏讀尚書畢，見孔子說：「書之論事也，昭昭然若日月之代明，離離然若星辰之錯行。」

〔五〕「昭」，唐寫本作「照」。「灼」是明亮，在此是說記載得非常明白。

詩主言志〔一〕，詁訓同書〔二〕；摛風裁「興」〔三〕，藻辭譎喻〔四〕；温柔在誦〔五〕，故最附深衷矣〔六〕。

〔一〕唐寫本「主」作「之」，亦可通。尚書堯典：「詩言志，歌永言，聲依永，律和聲。」孔傳：「謂詩言志以導之。」

〔二〕按元本無「詁」字。校證：「徐補『詁』字。馮校云：『「志」下御覽有「詁」字。』」札記：「詩疏曰：毛以爾雅之作多爲釋詩，而篇有釋詁釋訓，故依雅訓而爲詩立傳。據此，則詩亦須通古今語而可知，故曰詁訓同書。」范注：「詩大序：『詩者，志之所之也，在心爲志，發言爲詩。』毛詩周南關雎詁訓傳正義曰：『詁訓傳者，注解之別名，毛以爾雅之作多爲釋詩……故依爾雅詁訓而爲詩立傳。』」

〔三〕「摛風裁興」，斠詮：「謂抒布風雅，鎔裁比興。」

〔四〕「藻辭譎喻」，謂文辭華麗而比喻詭譎。詩大序：「主文而譎諫，言之者無罪，聞之者足以戒。」鄭箋：「譎諫，詠歌依違不直諫。」

〔五〕這句是説在誦讀中，可以體會到它温柔敦厚的特點。范注：「禮記經解：『温柔敦厚，詩教也。』鄭風子衿傳曰：『古者教以詩樂，誦之歌之絃之舞之。』正義：『誦之，謂背文闇誦之。』」

〔六〕此句元本、弘治本、汪本、佘本、張之象本……俱作「敢最附深衷矣」。校證本校記此處有誤。橋川時雄：「按作『最附深衷矣』尤通，『敢』字當從唐寫、御覽删。梅本改『敢』作『故』，亦無謂也。」「附」，接近；「深衷」，内心的深處。

禮以立體〔一〕，據事制範〔二〕；章條纖曲，執而後顯〔三〕；採掇片言〔四〕，莫非寶也〔五〕。

〔一〕「以」元本、弘治本作「季」，謝恒抄本作「記」，馮舒校云：「御『以』。」按唐寫本、黄本並作「以」，作「以」爲是。

廣雅：「禮，體也，得事體也。」釋名：「禮，體也，言得事之體也。」范注：「漢書藝文志：『禮以明體。』法言寡見：『説體者莫辯乎禮。』立體猶言明體。」又按此句在兩京本「立體」下有「弘用」二字。其後多種板本從之。但元刻本並無此二字。橋川時雄云：「『弘用』二字，後人妄附，宜删。」禮指禮經，包括周禮、儀禮、禮記。「禮以立體」，禮用來建立體制或準則。

〔二〕根據事理來制定規範。校證：「制，原作『剬』，唐寫本、梅六次本、張松孫本俱作『制』，今從之。」原道篇：「制詩緝頌。」校證：「『制』『剬』隸書形近而譌。史記五帝本紀：『依鬼神以剬義。』正義：『剬古制字。』」

〔三〕范注：「論語述而：『詩書執禮，皆雅言也。』邢疏：『禮不背誦，但記其揖讓周旋，執而行之，故言執也。』」禮記中庸：「禮儀三百，威儀三千。」故云「章條纖曲」。

〔四〕唐寫本「掇」作「綴」。校證：「『片』原作『生』，梅六次本、張松孫本、崇文本作『王』，何焯、黃叔琳云：『疑作片。』紀昀云：『生字疑聖字之譌。』案唐寫本、譚校本及宋本御覽正作『片』，今從之。史傳篇：『貶在片言，誅深斧鉞。』此亦本書作『片言』之證。」

〔五〕此謂讀者只要能採取其中的片言隻語，皆可以終生受用無窮。「寶」者，爲人生重要之憑藉。校證「『執而後顯』至『莫非寶也三句十二字，傳校元本、兩京本、王惟儉本作『觀辭立曉，而訪義方隱』二句九字。」按元本「執而後顯」以下四句脱。梅本云：「元脱，朱（鬱儀）按御覽補。」橋川時雄：「按『執而』四句十六字，今從唐寫本及御覽補。黃校云：案馮本有『執而』以下十六字。」

春秋辨理〔一〕，一字見義〔二〕；「五石」「六鷁」〔三〕，以詳略成文〔四〕，「雉門」、「兩觀」〔五〕。以先後顯旨〔六〕；其婉章志晦〔七〕，諒以邃矣〔八〕。

〔一〕春秋繁露實性：「春秋别物之理。」法言寡見篇：「説理者莫辯乎春秋。」

〔二〕范注：「『一字見義』，謂春秋一字以褒貶。」徵聖篇：「春秋一字以褒貶，此簡言以達旨也。」

〔三〕訓故：「春秋左傳僖公十六年正月：隕石于宋五，隕星也。是月，六鷁退飛過宋都，風也。」梅注：「春秋公羊傳：曷爲先言霣而後言石？霣石記聞，聞其磌然，視之則石，察之則五。曷爲先言六而後言鷁？六鷁退飛，記見也。視之則六，察之則鷁，徐而察之則退飛。」范注引臧琳經義雜記：「説文鳥部：『䳱，鳥也，從鳥兒聲。』按春秋僖公十六年『六鷁退飛』正義：『鷁字或作䳱。』釋文：『六鷁，五歷反，本或作䳱，音同。』又公羊、穀梁，釋文皆云『六鷁，五歷反』，可證三傳本皆作『䳱』，與説文同。今公羊注疏皆作『鷁』，惟何休『六䳱無常』，此一字未改。穀梁注疏皆作『䳱』，惟經文『六鷁退飛』此一字從『益』。蓋唐時左傳已有作『鷁』者，故後人據以易二傳也。」按「鷁」是一種像鷺鷥的水鳥，能高飛。校證：「『鷁』唐寫本、御覽作『䳱』。春秋僖十六年：『六鷁退飛。』釋文：『本或作䳱，音同。』」橋川時雄：「按説文無『鷁』字。」

〔四〕校證：「『略』，御覽作『備』。」

春秋僖公十六年：「春王正月戊申，朔，隕石于宋五。」「是月，六鷁退飛過宋都。」穀梁傳于此云：「子曰：石無知之物，䳱，微有知之物。石無知，故日之；䳱微有知之物，故月之。君子於物，無所苟而已。石、䳱且猶盡其辭，而况於人乎！」晉范甯集解：「石無知而隕，必天使之然，故詳而日之。鶂或時自欲退飛耳，是以略而月之。」此處「詳略成文」，蓋本范甯之說，以月日並記者爲「詳」，僅記月者爲「略」。

〔五〕梅注：「觀去聲。」又：「春秋定公二年，雉門及兩觀災。注云：『雉門，公宮之南門；兩觀，闕名也。』」訓故：「春秋定公二年五月，『雉門及兩觀災』。冬十月，『新作雉門及兩觀』。傳書『新作』者，譏僭王制而不能革也。」斠詮：「雉門，據周禮天官閽人鄭注，爲天子五門中之三門，在庫門之內。」

〔六〕梅注：「公羊傳云：『其言雉門及兩觀災何？兩觀微也。然則曷爲不言雉門災及兩觀？主災者兩觀也。時災者兩觀，則曷爲後言之？不以微及大也。』何休注云：『雉門兩觀，皆天子之制，門爲其主，觀爲其飾，故微也。』」春秋定公二年：「夏五月壬辰，雉門及兩觀災。」穀梁傳云：「其不曰雉門災及兩觀，何也？災自兩觀始也，不以尊者親災也，先言雉門，尊尊也。」「雉門」，魯宮南門。「兩觀」，是宮門外左右二臺上的樓，附屬於雉門。災實從兩觀起，如曰雉門災及兩觀，便與事實不符，倘曰兩觀災及雉門，按穀梁傳的解釋，兩觀卑，雉門尊，卑不可以及尊。無論按照公羊傳或穀梁傳的說法，都是經文先言雉門，後及兩觀，並且把災字放在兩觀下面，暗示兩觀主災。這樣既合事實，又顯示雉門重要，兩觀不重要。此處「先後顯旨」，有分別輕重或尊卑的用意。

〔七〕黃注：「『婉章志晦』見『五例』注。」左傳成公十四年：「故君子曰：春秋之稱，微而顯，志而晦，婉而成章，盡而不汙，懲惡而勸善。非聖人，誰能脩之？」杜注：「志，記也，晦亦微也，謂約言以紀事，事叙而文微。」又「婉，曲也，謂曲屈其辭，有所辟諱，以示大順，而成篇章。」又昭公十一年：「故曰：春秋之稱微而顯，婉而辨。」斯波六郎：「彥和此處雖僅用『婉章志晦』二句，實際上可能含有左氏傳『微而顯，志而晦，婉而成章，盡而不汙，懲惡而勸善』的全部意義。將這裏的『諒以邃矣』和左氏傳『非聖人誰能脩之』對照起來看，其中用意是值得玩味的。」

〔八〕校證：「御覽『諒以』作『源已』。唐寫本『以』作『已』。」按作「已」字義長。明屠隆文論（由拳集卷二十三）：「世人譚六經者，率謂六經寫聖人之心，聖人所謂道術，醇粹潔白，曉告天下，萬世燦然，如揭日月而行，是以天下萬世貴之也。夫六經之所貴者道術，固也，吾知之，即其文字奚不盛哉！易之沖玄，詩之和婉，書之莊雅，春秋之簡嚴，絕無後世文人學士纖穠佻巧之態，而風骨格力，高視千古，若禮檀弓、周禮考工記等篇，則又峯巒峭拔，波濤層起，而姿態橫出，信文章之大觀也。」

尚書則覽文如詭〔一〕，而尋理即暢；春秋則觀辭立曉，而訪義方隱〔二〕。此聖文之殊致〔三〕，表裏之異體者也〔四〕。

〔一〕校證：「『尚書則覽文如詭』至『而訪義方隱』四句二十四字，傳校元本，兩京本，王惟儉本，梅六次本，張松孫本，無。」梅注：「自『書實記言』下，倒錯難通，余從諸善本校定。」紀云：「四語括盡兩經，然此上疑脱數句。」黄叔琳云：「『諒以邃矣』下有『尚書則覽文如詭，而尋理即暢；春秋則觀辭立曉，而訪義方隱』云云……且五經分論，不應獨舉書與春秋，贅以『覽文』云云。」校釋：「黄叔琳……至謂不應獨舉書與春秋，亦非。舍人于分論五經之後，復提此二經並論者，正以二經隱顯有别，比論之以見聖文殊致，表裏異體，而各當神理也。近人張孟劬史微亦謂：『此篇論六藝之文，缺論易、禮、詩三經，疑有脱文。』其誤亦同。且上文明有論五經一段，何得曰缺邪？」

札記：「按尚書所記，即當時語言，當時固無所謂詭也。彦和此語，稍欠斟酌。然韓退之亦云『周誥、殷盤，佶屈聱牙』矣。」

玉篇：「詭，怪也。」此處謂尚書的文辭古怪難懂，與上文「訓詁茫昧」相應。

〔二〕橋川時雄：「唐寫本『觀』作『親』，誤。」

注訂：「尚書文艱義簡，理近而順，初思之易解，春秋辭顯句約，驟求之難得。」

〔三〕校證：「『聖文』原作『聖人』，徐校作『聖文』。按唐寫本、御覽俱作『聖文』，今據改。」「致」是表達，「殊致」謂表達方式不同。

斠詮：「聖文，指孔子所删修之尚書、春秋；殊致，謂風格互殊也。」

〔四〕橋川時雄：「按『觀辭立曉……』凡四句二十二字，汪、佘、張、胡各本，接于『春秋則』下，續于

『至根柢槃深』上，唐寫、御覽雖有一二字異同，亦與諸本同，造句頗順，意義相通也。時又按汪、佘、張舊本『章條纖曲』下，脱落『執而』四句十六字，今從唐寫、御覽補之。則此一節可以通暢。胡、王、楊、梅諸家何意故爲錯倒，致群疑紛起，竟迄于不可讀？劣迹可厭也。今將各本錯亂次第，列述于下：

［一］胡本、王本——以『然覽文如詭，而尋理即暢』十字，補于『書實紀言』下，『而訓詁茫昧，通乎爾雅，則文意曉然』十四字，則接于『最附深衷』句下，又『章條纖曲』下，有『觀辭立曉而訪義方隱，春秋則』十二字，『此聖人之殊致』二句，則接于『諒以邃矣』句下。

［二］梅本——梅本注云：『自「書實記言」下，倒錯難通，余從諸善本校定。』又曹能始批梅本云：『此段與青州本，互有同異，然以兹本爲得。』時按是本『書實記言』下有『然覽』十字，而缺『而詁』十四字，『而詁』十四字接『深衷』下，『纖曲』下有『執而』四句十六字，注云：『元脱，朱按御覽補。』下接『一字見義』句，此句下有『故觀辭立曉而訪義方隱』十字。『此聖人』二句，接『邃矣』下，倒錯略與胡、王兩本同，惟以從御覽增『執而』四句爲優，未及從御覽是正全篇，可惜。

［三］何校本——『書實紀事』句下删『而詁』十四字，附之于『深衷』下，『章條纖曲』句下，從御覽增『執而』四句，『諒以邃矣』句下，入『尚書則覽文如詭，而尋理即暢，春秋觀辭立曉』十八字，于『諒以邃矣』句下，入『曉而訪義方隱』六字于『異體者也』句上。按何校從御覽稍有

訂正，而未知完全從此是正也。

「四、黃本——黃本頗反于舊本之正，又從御覽增『執而』四句，誠是。惟篇末所記，甚爲糊塗，是則時之所不解也。篇末記云：『是篇梅本，書實……朱從御覽補。』時按梅本無『而訓』云云，有『然覽』十字，黃本所謂梅本，並非梅本，梅本錯誤，一爲已述于前。黃本又記云：『無「觀辭立曉」十二字……宜從王惟儉本。』……時又按梅本有『故觀辭』以下十字，無尚書云云等句，如前數條記述，黃本所謂梅本者，實正爲王本。如此之舛陋，可笑。紀昀云：『此注云王本，而所從仍是梅本。』紀昀又云：『癸巳三月，與武進劉青垣編修……校勘……知王本爲明人臆改。』時又按四庫所著録之永樂大典本，亦並不與梅本相同，四庫本則與汪、佘舊刻相同也。紀氏所記亦妄甚。」可見這一部分各本非常混亂，今一律就唐寫本校正。

斯波六郎：「上文自『夫易惟談天』至『諒以邃矣』分別論述五經文體特色，而此處再次概論五經本體，方式至爲繁瑣，恐非彦和樂意采用者。因此可以認爲『尚書則……』以下四句是在五經文體各論之後，舉出五經中雖有『言經則尚書，事經則春秋』（史傳篇）這樣一層深刻關係，但寫法却截然相反的二經用資對照，以説明聖文的殊致異體。」

至於根柢槃深〔一〕，枝葉峻茂〔二〕，辭約而旨豐，事近而喻遠〔三〕。是以往者雖舊，餘味日新〔四〕；後進追取而非晚〔五〕，前修運用而未先〔六〕。可謂太山徧雨，河潤千里者也〔七〕。

〔一〕舊本無「於」字，校證據唐寫本增。「柢」，説文：「木根也。」「槃」一作「盤」，與「蟠」通，彎曲意。「槃深」唐寫本作「盤固」。斯波六郎：「老子第五十九章有『深根固柢』語……『盤』爲『磐』之意，下接『固』字校『深』爲要（應是妥字）。……何以今本作『盤深』？……或是後人將『盤』解作『蟠』，故以『深』代『固』。」橋川時雄：「按有『於』是。作『槃固』，『槃深』並是。槃，盤之籀也。文選琴賦『盤紆隱深』，注云：『盤，曲……』」

〔二〕校注：「按楚辭離騷：『冀枝葉之峻茂兮。』王注：『峻，長也。』」斯波六郎認爲以上二句與隱秀篇「根盛而穎峻」意同。「『峻茂』者言枝葉非徒茂也，重點在于『峻』字。」蔡邕月令問答：「夫根柢植，則枝葉必相從也。」魏曹元首六代論：「譬之種樹，久則深固其根本，茂盛其枝葉。」

〔三〕史記屈原列傳讚離騷云：「其稱文小，而其指極大，舉類邇而見義遠。」即是「辭約而旨豐，事近而喻遠。」春覺齋論文「神味」條：「譚格謂『古人從裏面涵養而得，今人從外面掇拾而得』，裏面涵養者，是積萬事萬理，擷其精華，每成一篇，皆萬古不可磨滅之作，此陳繹曾所謂『精于事理之文，假筆札以著之者』耳。『辭約而旨豐，事近而喻遠』，斯云得矣。」

〔四〕「往者」，指五經。唐寫本「餘」上有「而」字。橋川時雄：「有『而』字是。」又：「唐寫本『雖』作『唯』，各本作『雖』，時按唯、雖兩通。」

〔五〕此謂後輩從中探索並不爲晚。

〔六〕校證：「『運』原作『文』，曹云：『文用疑作運用。』梅六次本、張松孫本改作『運』，今從之。唐寫本作『久用』。」斯波六郎：「改作『運用』頗爲惡劣。」范注：「唐寫本『文』作『久』，是。」校注：「按唐寫本作『久』是也，『文』其形誤。『久用』與上句『追取』，相對爲文。天啓梅本據曹學佺說改作『運』，非是。」潘重規云：「班固典引：『久而愈新，用而不竭。』久用未先，正本班語。『未先』與『非晚』亦相對爲文。」斠詮：「未先，未有前於此也。」直解爲「未嘗超先」。

〔七〕橋川時雄：「唐寫『偏』作『遍』，時按偏、遍兩通。」梅注：「公羊傳云：觸石而出，膚寸而合，不崇朝而偏雨乎天下者，唯泰山爾。河海潤乎千里。」訓故：「春秋考異郵：河者水之氣，四瀆之精，所以流化，故曰河潤千里。」按公羊傳文見僖公三十一年。

以上爲第二段，說明五經的主要寫作特點，及其偉大成就。

故論、說、辭、序，則易統其首〔一〕；詔、策、章、奏，則書發其源〔二〕；賦、頌、歌、讚，則詩立其本〔三〕；銘、誄、箴、祝，則禮總其端〔四〕；紀、傳、盟、檄，則春秋爲根〔五〕：並窮高以樹表，極遠以啓疆〔六〕。所以百家騰躍，終入環內者也〔七〕。

〔一〕校證：「梅六次本、張松孫本『首』作『旨』。」按此段說五經是各種文體的來源，所以用了「首」、「源」、「本」、「端」、「根」五字，作「旨」就和下面的句意不能配合了。

顔氏家訓文章篇：「夫文章者原本五經：詔、命、策、檄，生於書者也；序、述、論、議，生於易者也；歌、詠、賦、誦，生於詩者也；祭、祀、哀、誄，生於禮者也；書、奏、箴、銘，生於春秋者也。」

札記：「『論説辭序，則易統其首』，謂繫辭、説卦、序卦諸篇爲此數體之原也。尋其實質，則此類皆論理之文。」斠詮：「『辭序』之辭乃指孔子繫辭及後世題辭若趙岐孟子題辭之類而言，與『序述』亦相同。」斯波六郎：「論説篇曾云『序』爲『論』體之一種，『辭』論説篇未載，見于書記篇。」

〔二〕札記：「謂書之記言，非上告下，則下告上也。尋其實質此類皆論事之文。」

郭晉稀文心雕龍注譯（以下簡稱「郭注」）：「詔策云：『其在三代，事兼誥誓。』是『詔、策』原于『誥、誓』。尚書中有五誥、六誓，所以『詔、策』原于尚書。議對云『堯咨四岳』，『舜疇五人』；奏啓云：『唐虞之世，敷奏以言』；所以『奏、議』也是『書發其原』。」

斠詮：「顔（之推）謂檄原於書，劉（勰）則原於春秋；劉謂章奏原於書，顔則以書奏原於春秋，此其不同之處。然而書與春秋同爲史則一。」

〔三〕札記：「謂詩爲韻文之總匯。尋其實質，此類皆敷情之文。」斠詮：「劉言贊而未言詠，顔言詠而未言贊，但歌詠相類，頌贊相近，要其大體，亦無出入。」

郭注：「詮賦云：『詩有六義，其二曰賦。』樂府云：『樂辭曰詩，詩聲曰歌。』頌贊云：『四始之至，頌居其首。』又以爲贊者，『大抵所歸，其頌家之細條乎』，所以說：『賦、頌、歌、贊，則詩立其本。』」

〔四〕札記：「此亦韻文，但以行禮所用，故屬禮。」周禮太祝「作六辭」，其六爲「誄」。周太史「命百官箴王闕」。禮記祭統録衛孔悝鼎銘，又大學載商湯盤銘。儀禮有祝辭。斠詮：「惟劉言銘與箴原於禮，顏則以爲原於春秋，此其相異之處。」

〔五〕范注：「唐寫本『紀』作『記』，『銘』作『盟』，是。漢書藝文志云：『右史記事，事爲春秋。』」左傳僖公九年：「葵丘之盟曰：『凡我同盟之人，既盟之後，言歸于好。』」校證：「『盟』，原作『銘』，唐寫本作『盟』，今據改。朱、徐俱云：『銘當作移。』今按上文云：『銘誄箴祝，則禮總其端。』已出『銘』字，此不當復及之。定勢篇云：『符檄書移，則楷式於明斷；箴銘碑誄，則體制於弘深。』分別部居，與此正復相同。御覽五九七引李充翰林論云：『盟檄發于師旅。』此『盟檄』連文之證。朱校『銘』作『移』，其義近是，但非彥和之舊耳。」張立齋文心雕龍考異（以下簡稱「考異」）：「春秋盟會爲盛，從『盟』是。」札記：「紀傳乃紀事之文，移檄亦論事之文耳。」

郭注：「史傳云：『言經則尚書，事經則春秋』，故紀傳以『春秋爲根』。祝盟所舉曹沫、毛遂、秦昭、漢祖、臧洪、劉琨諸人之盟，皆載史傳；檄移所舉劉獻公、管仲、吕相等之詰責，皆見左傳，且謂『即今之檄文』；至於張儀、隗囂、陳琳等之檄文，亦無不見史傳，所以說：『紀、傳、盟、檄，則春秋爲根。』」

校注：「春秋左氏傳中所載盟辭至夥（如桓元年「越之盟」，僖九年「葵丘之盟」等不下十篇），故舍人云然。移文漢世始有（見漢書律曆志上、公孫弘傳、劉歆傳、張安世傳等），周代尚無其體，不得與檄相提並論。」

四庫全書總目提要卷一九二集部總集類存目二六藝流別：「至劉勰作文心雕龍，始以各體分配諸經，指爲源流所自，其説已涉於臆創。」

〔六〕「疆」，橋川時雄：「唐寫作『壃』。時按説文田部：疆，界也；俗作『壃』。唐寫非誤。」集注：「後漢書蓋勳傳：『乃指木表。』注：『表，標也。』」范注：「禮記樂記：『夫禮樂之極乎天而蟠乎地，行乎陰陽而通乎鬼神，窮高極遠而測深厚。』易上繫辭：『範圍天地之化而不過。』」注訂：「樹表者，建立體裁以爲準則。啓疆者，開拓範圍以爲利用。」斯波六郎：「『樹表』與『立表』、『植表』等同義。『窮高以樹表』是説文體分别顯示了最高水準。又『樹表』之語出淮南子天文訓。……『啓疆』與『拓境』、『拓宇』等同義。『極遠以啓疆』指把文體範圍擴大到最大限度。此二句言五經文章是各種文體的頂峰，兼又包含各種種類，故下文云百家無有能出此範圍者。由此可見彦和是把五經奉爲絶對權威的。又范注曾引樂記『窮高極遠』語，樂記鄭注云：『高、遠，三辰也。』『高』『遠』均指天空。如從鄭注，則樂記之『遠』，與此處之用法有異。」斠詮解此二句：「謂樹立文章之體式，來源最古；開闢後學之疆宇，流澤孔長也。」

〔七〕唐寫本無「者也」二字。范注：「漢書藝文志：『今異家者各推所長，窮知究慮，以明其指，雖有蔽短，合其要歸，亦六經之支與流裔。』」既然跳不出五經的圈子，就談不上向前發展。藝概卷一文概：「六經，文之範圍也。聖人之旨，於經觀其大，備其深，博無涯涘。乃文心雕龍所謂『百家騰踊，終入環内者也』。」斯波六郎：「『百家』指諸子百家。時序篇中述及諸子亦單言『百家』。『騰躍』者，言百家有超乎五經之概。此種説法與通變『雖軒翥出轍，而終入籠内』同。『百家騰躍』承上句『窮高以樹表』，『終入環内』承上句『極遠以啓疆』。漢書藝文志評諸子云：『今異家者，各推所長，窮知究慮，以明其指，雖有蔽短，合其要歸，亦六經之支與流裔。』乃言其思想，此處係論文章。」

若稟經以制式〔一〕，酌雅以富言〔二〕，是即山而鑄銅，煑海而爲鹽也〔三〕。

〔一〕「制」，原本作「製」，古通。札記：「此二句爲宗經篇正意。」「稟」謂稟承。斯波六郎：「『式』，即體式，指文章格式。」即論、説、辭、序等文體形式。

〔二〕郭注：「雅，指爾雅。郭璞爾雅序：『夫爾雅者，所以通詁訓之指歸，叙詩人之興詠，總絶代之離詞，辯同實而殊號者也。誠九流之津涉，六藝之鈐鍵，學覽者之潭奧，摛翰者之華苑也。

若乃可以博物不惑，多識于鳥獸草木之名者，莫近于爾雅。』所以説『酌雅以富言』。」斯波六郎：「『雅』當是爾雅。練字篇有云：『雅（爾雅）以淵源詁訓，頡（倉頡篇）以苑囿奇文。……該舊而知新，亦可以屬文。』」

〔三〕校證：「『即』原作『仰』，唐寫本作『即』……漢書吴王濞傳、鼂錯傳俱有『即山鑄錢，煮海爲鹽』語，師古曰：『即，就也。』此正彦和所本，今據改。」

校注：「史記吴王濞傳：『乃益驕溢，即山鑄錢，煮海水（漢書濞傳無水字）爲鹽。』索隱：『即者，就也。』此舍人遣詞所本。則作『仰』者，乃形近之誤也。」漢書鼂錯傳：「上曰：吴王即山鑄錢，煮海爲鹽，誘天下豪傑，白頭舉事，此其計不百全，豈發虖？」又吴王濞傳：「錯爲御史大夫，説上曰：……今吴王前有太子之隙，詐稱病不朝，于古法當誅。……不改過自新，乃益驕恣，公即山鑄錢，煮海爲鹽，誘天下亡人謀作逆亂。」唐寫本「鹽」下有「者」字。斯波六郎：「『即山而鑄銅，煮海而爲鹽』意爲對作文者説來，經書爲無盡藏之寶庫；前段末尾『太山遍雨，河潤千里』意爲經書對每一個作文者都施以無窮的恩惠，這兩個譬喻是前後呼應的。」

故文能宗經，體有六義〔一〕：一則情深而不詭〔二〕，二則風清而不雜〔三〕，三則事信而不誕〔四〕，四則義貞而不回〔五〕，五則體約而不蕪〔六〕，六則文麗而不淫〔七〕。揚子比雕玉以作器〔八〕，謂五經之含文也〔九〕。

〔一〕斯波六郎：「『體』當指文章的形式和内容渾一之姿。」「體有六義」，文體明辨序説文章綱領總論作「有六善焉」。王金凌：「易言之，文能宗經則可得此六項原則，施於作品亦有此六種現象。上一『體』字泛指整個文學作品的體要。」按「體」謂體製。附會篇云：「夫才量（童）學文，宜正體製，必以情志爲神明，事義爲骨髓，辭采爲肌膚，宫商爲聲氣。」可見「體製」包括情志、事義、文辭等方面。義，宜也，善也。詩大雅文王：「宣昭義問。」毛傳：「義，善。」

〔二〕感情深摯而不詭詐。

〔三〕風格清純而不駁雜。風骨篇：「意氣駿爽，則文風清焉。」

〔四〕叙事真實而不荒誕。斯波六郎：「『事』是構成作品内容的事實，近于今人所謂『素材』。」

〔五〕校證：「『貞』原作『直』，唐寫本作『貞』。……今據改。」廣雅釋詁一：「貞，正也。」斠詮：「貞，正定專一之義。」直解爲「義理堅正而不邪」。校注：「『直』，唐寫本作『貞』。按唐寫本是也。明詩篇：『辭譎義貞。』論説篇：『必使時利而義貞。』並其證。」「回」謂回邪。

〔六〕文體（風格）簡練而不蕪雜。

〔七〕文辭雅麗而不淫靡。法言吾子篇：「詩人之賦麗以則，辭人之賦麗以淫。」札記：「此乃文能宗經之效。六者之中，尤以事信、體約二者爲要。折衷群言，俟解百世，事信之徵也；芟夷煩亂，剪截浮辭，體約之故也。」其實「情深」是首要的。

曹學佺曰：「此書以心爲主，以風爲用。故于六義首見之，而末則歸之以文，所謂麗而不淫，即雕龍也。」

校釋：「情深風清，『志』之事也。事信義直，『辭』之事也。體約文麗，『文』之事也。……竊嘗推闡其義：『志』者，作者之情思也。『辭』者，情思所託之以見之事也。『文』者，所以表其『事』而因以見其『志』者也。」

〔八〕唐寫本「揚」上有「故」字。梅注：「揚子法言曰：或曰良玉不雕，美言不文，何謂也？曰：玉不雕，璠璵不作器；言不文，典謨不作經。」按此見法言寡見篇。

〔九〕「文」在此處指修飾。

夫文以行立，行以文傳，四教所先〔一〕，符采相濟〔二〕。勵德樹聲〔三〕，莫不師聖；而建言修辭，鮮克宗經〔四〕。是以楚豔漢侈〔五〕，流弊不還；正末歸本〔六〕，不其懿歟！

〔一〕范注：「論語述而篇：『子以四教：文、行、忠、信。』」四教之中，文與行領先，所以「四教所先」就是文與德行。

〔二〕左思蜀都賦：「其間則有虎珀丹青，江珠瑕英，金沙銀礫，符采彪炳。」劉淵林注曰：「符采，玉之横文也。」文選曹丕與鍾大理書李善注引王逸正部論：「或問玉符。曰：赤如鷄冠，黄如蒸栗，白如猪脂，黑如純漆，玉之符也。」珠寶之類必有特殊的光彩可據以驗其真僞，故稱「符采」。「濟」，成。文與行相互爲用，以成教化，猶玉之有符采。抱朴子文行篇：「或曰德行者，本也；文章者，末也。故四科之序，文不居上，然則著紙者，糟粕之餘事。……抱朴子答曰：……文可廢而道未行，則不得無文。……且文章之與德行，猶十尺之與一丈，謂之餘事，未之前聞也。」另一種解法是認爲，雖然「文」列其首，但必須像玉與其花紋那樣，和其它三項緊密地結爲一體。斯波六郎：「『符采相濟』宜解作文與行二者互爲表裏，以成符采。」

〔三〕范注：「僞大禹謨：『皋陶邁種德。』枚傳曰：『邁，行也。』今本『邁』誤作『勵』，唐寫本不誤。左傳文公六年：『樹之風聲。』」校注：「按『邁』字是。左傳莊公八年：『夏書曰：「皋陶邁種德。」』杜注：『邁，勉也。』又左傳僖公二十八年：『距躍三百，曲踊三百。』杜注：『百，猶勱也。』釋文：『勱，音邁。』疏本誤『勱』爲『勵』，與此同。蓋初由『邁』作『勱』，後遂譌爲『勵』耳。」

斯波六郎：「『邁德』與『樹聲』連用之例，見于魏吴質在元城與魏太子箋：『若乃邁德種恩，樹之風聲，使農夫逸豫於疆畔，女工吟詠於機杼，固非質之所能也。』」

斟詮：「唐寫本作『邁』，亦『勱』之同音假借字。」又：「勱德，謂勉進德業。」

〔四〕易乾文言：「修辭立其誠，所以居業也。」情采篇：「後之作者，遠棄風雅，近師辭賦。」

〔五〕通變：「楚漢侈而豔。」斯波六郎：「楚辭之豔，辨騷篇云：『耀豔而采華』，『驚采絶豔』，『中巧者獵其豔辭』。」漢書藝文志詩賦略：「其後宋玉、唐勒；漢興，枚乘、司馬相如，下及揚子雲，競爲侈麗閎衍之詞，没其諷諭之義。」皇甫謐三都賦序：「及宋玉之徒，浮文放發，言過於實，誇競之興，體失之漸，風雅之則，於是乎乖。逮漢賈誼，頗節之以禮，自是厥後，綴文之士，不率典言，並務誇張。……雷同景附，流宕忘返，非一時也。」

〔六〕校證：「唐寫本『正末』作『極正』。」

校注：「按唐寫本非是。『極』字蓋涉贊文而誤，又脱去『末』字耳。」橋川時雄：「唐寫『歟』作『哉』。時按歟、哉兩是。」郭注：「『末』，指當時文風。通變：『宋初訛而新。』定勢：『近代辭人，率好詭巧。』『本』，指五經文風。」文心詮賦篇：「宋發夸談，實始淫麗。……然逐末之儔，蔑棄其本，雖讀千賦，愈惑體要。遂使繁華損枝，膏腴害骨，無貴風軌，莫益勸戒。」

斯波六郎謂最後一段：「正面論説宗經之必要性，其中又分三節。自『故論説辭序』至『煮海而爲鹽也』十八句爲第一節。叙述後世諸文體皆源出五經文章。『故文能宗經』至『謂五經之含文也』十句爲第二節，論述文章中因宗經而生的長處。『夫文以行立』至『不其懿歟』十二句爲第三節，惋惜後世宗經之文甚少。……第三節之旨趣與徵聖篇末『天道難聞，猶或鑽仰……』大致相同，論述方法亦類似。」

第三段强調爲文必須宗經。作者認爲文能宗經，就會産生六方面的優點，違經就會産生流弊。又認爲後代各種文體都出于五經，所以本書上半部從明詩到書記分論文體，不能不以宗經爲根據。

贊曰：三極彝訓，道深稽古〔一〕。致化歸一〔二〕，分教斯五〔三〕。性靈鎔匠，文章奧府〔四〕。淵哉鑠乎〔五〕，群言之祖。

〔一〕校證：「『三極彝訓，道深稽古』原作『三極彝道，訓深稽古』。鈴木云：『案「三極彝訓」已見正文。此「道」、「訓」二字疑錯置。』案鈴木説是，今據改。」斯波六郎：「『道深稽古』云者，因其道深遠，故須稽古始能明之意。」

〔二〕校證：「『歸』，唐寫本作『惟』。」校注：「按『惟一』與『斯五』對，唐寫本是也。書僞大禹謨：『惟精惟一。』」「致」，達到。張衡二京賦：「帝者因天地以致化。」「致化惟一」是説達到教化的途徑只有一個，即宗經。

〔三〕校注：「按禮記經解：『孔子曰：入其國，其教可知也。其爲人也，温柔敦厚，詩教也；疏通知遠，書教也；廣博易良，樂教也；絜静精微，易教也；恭儉莊敬，禮教也；屬辭比事，春秋教也。』樂經久亡（篇中亦止論五經），故云『分教斯五』。」

〔四〕錢大昕恒言録卷一人身類「性靈」：「晉書樂志序：『性靈之表，不知所以發于詠歌。……』文心雕龍：『性靈鎔匠，文章奧府。』」斯波六郎：「『性靈鎔匠』與本文『洞性靈之奧區』、『義既埏乎性情』相當；『文章奧府』與本文『極文章之骨髓』、『辭亦匠於文理』相當。」斠詮：「奧府，猶言淵府。傅子曰：『詩之雅頌，書之典謨，文足以相副，翫之若近，尋之若遠，浩浩焉文章之淵府也。』」

〔五〕「淵」，深。「鑠」，美。全句意爲：多麽深遠美好啊！

正緯第四

隋書經籍志六藝緯類序：「孔子既叙六經以明天人之道，知後世不能稽同其意，故别立緯及讖，以遺來世。」

梅注：「緯者，讖緯之書也。經各有緯，如易之通卦驗、是虞謀，尚書之中候，詩之含神霧，禮之含文嘉，春秋之合誠圖、元命苞，孝經之援神契、鉤命訣，論語讖之類。按天文定者爲經，動者爲緯。」

訓故：「困學紀聞：易緯六，書緯五，詩緯三，禮緯三，樂緯三，春秋緯十四，孝經緯二。」

范注引胡應麟四部正譌曰：「世率以讖緯並論，二書雖相表裏，而實不同。緯之名所以配經，故自六經、語、孝而外，無復别出，河圖、洛書等緯皆易也。讖之依附六經者，但論語有讖八卷，餘不概見，以爲僅此一種，偶閲隋經籍志，注附見十餘家。乃知凡讖皆託古聖賢以名其書，與緯體制迥别。蓋其説尤誕妄；故隋禁之後永絶。類書亦無從援引，而唐宋諸藏書家絶口不談……又有以緯、候並稱者，今惟尚書中候見目中，他不可考云。」

四庫提要易類六云：「案儒者多稱讖緯，其實讖自讖，緯自緯。讖者，詭爲隱語，預決吉凶。緯者，經之支流，衍及旁義。蓋秦漢以來去聖日遠，儒者推闡論說，各自成書，與經原不相比附，如伏生尚書大傳，董仲舒春秋陰陽，核其文體，即是緯書，特以顯有主名，故不能託諸孔子。其他私相撰述，漸雜以術數之言，既不知作者爲誰，因附會以神其說。迨彌傳彌失，又益以妖妄之詞，遂與讖合而爲一。然班固稱『聖人作經，賢者緯之』；楊侃稱緯書之類謂之秘經，圖讖之類謂之內學，河、洛之書謂之靈篇；胡應麟亦謂讖緯二書，雖相表裏，而實不同：則緯與讖別，前人固已分析之。」

章士釗柳文指要下卷十五讖緯條：「吾十年前從北京圖書館借閱王西莊（鳴盛）蛾術編，見李越縵于書眉上以真正蠅頭細字，録有關讖緯一大段文字。……文如下：『緯與讖別，緯者所以補經，三代典制，聖人微言，往往而在，康成所注，及以解三禮者是也。讖者，哀平以後所盛行，而秦漢間亦間有之，乃推決休咎，假託符命，多瀆亂妖妄之言，如「亡秦者胡」及「赤伏符」、「白水真人」、「代漢者當塗高」、「八厶子系，十二爲期」之類是也。讖有圖而緯無圖，讖圖爲今世所傳推背圖之類，故曰圖讖。光武最信之。後書儒林尹敏傳：世祖令校圖讖，敏對曰：「讖者非聖人所作，其中多近鄙別字，頗類世俗之辭，恐貽誤後生。」帝不納。」鄭興傳：帝嘗問興郊祀事，曰：「吾欲以讖斷之何如？」興對曰：「臣不爲讖。」桓譚傳：「有詔會議靈臺所處。帝謂譚曰：吾欲以讖斷之何如？譚默然良久，曰：臣不讀讖。……復極言讖之非經。」又譚上疏稱：「今諸巧慧小才伎數之人，增益圖書，矯稱讖記。」是讖之與緯，分別甚明，譚不信讖，非不信緯也。讖以有圖，故稱圖書，亦曰圖緯。謂緯之有圖者也。張衡傳：「初，光武善讖，及顯宗肅宗，因祖述焉。自中興之後，儒者争學圖緯，兼復附以妖言。衡以圖緯虚妄，非聖人之法，乃上疏曰……讖書始出，蓋知之者寡，自漢取秦，可謂大事，當此之時，莫或稱讖。若夏侯勝、眭孟之徒，以道術立名，其所述著，無讖一言。劉向父子領校祕書，閲定九流，亦無讖録。成哀之後，乃始聞之。」其下歷引尚書讖、春秋讖、詩讖。又云：「往者侍中賈逵，摘讖互異三十餘事，諸言讖者皆不能説。」又云：「宜收藏圖讖，一禁絶之。」凡此皆絶不及緯，是衡特不信讖，非不信緯也。東漢諸儒，以緯爲内學，錢竹汀、趙甌北、王述菴皆考之甚詳。然習之者衆，不免有所附益，或以讖汩之，如春秋元命苞，本緯也，而張衡疏亦引元命苞，乃近讖語。三國志魏文帝紀注所引，皆緯讖雜出，自隋文禁讖並禁緯，悉焚其書，而今所傳者零殘之簡，皆讖緯互亂，不可復辨。如乾鑿度最稱純粹，而亦有「孔子曰』『丘按録讖論國定符」等語，是類雜有蒙孫之名，生衆妖及赤世蒙孫之語，與三國志注許芝所稱春秋佐助期言漢以蒙孫亡相合，皆漢末人以讖附緯，而康成注又多爲魏晉以後至唐術士所附益，支離錯謬，傳寫竄亂，不可究詰矣。』越縵此一文獨大特色，是將讖與緯劈分兩部，認爲讖屬離經叛道，而不可信，緯則與經相對，各守内外部位，終不失爲足可信據之學。」

徐養原緯候不起于哀平辨（范注引自嚴杰經義叢抄）云：「昔劉彦和著書，稱『緯有四僞，通儒討覈，謂起哀平』，自爾相沿，俱同此説。按劉熙（釋名）曰：『緯，圍也，反復圍繞，以成經也。

圖，度也，盡其品度也。讖者，纖也，其義纖微也。』此三者同實異名，然亦微有分別。蓋緯之名所以配經，故自六經論語孝經而外，無復別出，河圖洛書等緯皆易也。……竊意緯書當起于西京之季，而圖讖則自古有之。……要之圖讖乃術士之言，與經義初不相涉。至後人造作緯書，則因圖讖而牽合于經義，其於經義，皆西京博士家言，爲今文學者也。……」

劉師培國學發微（見乙巳年國粹學報叢談）：「周秦以還，圖籙遺文，漸與儒道二家相雜。入道家者爲符籙，入儒家者爲讖緯。董、劉大儒，競言災異，實爲讖緯之濫觴。哀平之間，讖學日熾，而王莽公孫述之徒，亦稱引符命，惑世誣民。及光武以符籙受命，而用人行政，惟讖緯之是從。由是以讖緯爲祕經，頒爲功令，稍加貶斥，即伏『非聖無法』之誅，故一二陋儒，援飾經文，雜糅讖緯，獻媚工諛，雖何鄭之倫，且沉溺其中而莫反（康成于緯，或稱爲傳，或稱爲說，且爲之作注），是則東漢之學術，乃緯學昌盛之時代也。夫讖緯之書，雖間有資于經術，然支離怪誕，雖愚者亦察其非；而漢廷深信不疑者，不過援緯書之說，以驗帝王受命之真，而使之服從命令耳。上以僞學誣其民，民以僞學誣其上。又何怪賄改漆書接踵而起乎（後漢書儒林傳）？此僞學所由日昌也。」

集注：「文選卷五十八郭有道碑文：『探綜圖緯。』注：『緯，六經及孝經皆有緯也。』」後漢書方術傳樊英傳：「善風角、星算，河洛七緯，推步災異。」注：「七緯者，易緯稽覽圖、乾鑿度、坤靈圖、通卦驗、是類謀、辨終備也；書緯璇機鈐、考靈曜、刑德放、帝命驗、運期授也；詩緯推度災、氾歷樞、含神霧也；禮緯含文嘉、稽命徵、斗威儀也；樂緯動聲儀、稽耀嘉、叶圖徵也；孝經緯援神契、鉤命訣也；春秋緯演孔圖、元命苞、文耀鉤、運斗樞、感精符、合誠圖、考異郵、保乾圖、漢含孳、佑助期、握誠圖、潛潭巴、説題辭也。」

集釋稿：「夫緯候蓋起自哀平之前，西漢之末（見徐養原緯候不起于哀平辨，詁經精舍文集卷十二），惟其勃興昌盛，則始自東漢（見劉師培國學發微）。六朝以降，其勢未衰。隋書經籍志云：『至宋大明中，始禁圖讖；梁天監以後，又重其制。』隋志有七經緯三十六篇，又有河圖、洛書，雜讖等篇，俱屬此類。李賢後漢書樊英傳注列易、書、詩、禮、樂、孝經、春秋諸緯共三十五篇，其所定未盡依隋志。北宋楊侃兩漢博聞卷十一舉秘經、内學、靈篇三類，以爲秘經即緯書，内學即圖讖，靈篇即河、洛之書也。是以讖緯之學，衆説紛紜，惟讖緯釐别爲二，則成定論。」

根據上引諸論，可見讖與緯性質不同；緯與經義有關，讖爲預決吉凶之書。惟近人陳槃考證，以爲讖緯不分。緯固附經，而讖亦未嘗不然；至其先後之序，則先有河圖、洛書，然後有由此而産生之讖，然後始有緯。見陳槃讖緯釋名（歷史語言研究所集刊第十一本）；論早期讖緯及其與鄒衍書説之關係（集刊第二十本）等。

校釋：「舍人之作此篇，以箴時也。蓋讖緯之説，宋武禁而未絶，梁世又復推崇。其書多託始仲尼，抗行經典，足以長浮詭之習，揚愛奇之風。故列四僞以匡謬，述四賢而正俗。疾其『乖道謬典』，正所以足成徵聖、宗經之義也。故次之以正緯。」

朱遏先等筆記：「梁武帝深惡緯書，彦和之作是篇，亦間有迎合之意。緯書，今文學派之流亞也。」

斯波六郎文心雕龍札記：「『正緯』云者，意爲對緯書的正確認識，亦即對緯書的錯誤評價的糾正。彦和之特撰此篇，當是由于當時承後漢以來風習，緯書十分流行，而且受到不適當的過高評價所致。」

「彦和于本篇所言之緯，意義甚廣，圖、讖皆包括在内。彦和把這廣義的緯分爲真僞兩部分。他相信河圖、洛書、堯之緑圖、文王丹書等天示聖人以祥瑞之物的存在，認爲它們是真的緯書，而成于後世術士之手者，則被斥爲僞的緯書。」「古來有圖讖之語，圖緯之語及讖緯之語。圖、讖、緯三者具有大致相同的内容，然而又有互異之處。……但是古來一向把這三者視作一物，彦和也是持這種觀點的，故把它們總稱爲緯。」

唐亦男文心雕龍講疏（以下簡稱「講疏」）：「『正』是辨正的意思。……全篇的主要内容就在辨正緯書的真僞與得失。」

按：緯書，是漢朝人配合儒家的經書僞托孔丘的話僞造出來的。在齊梁時代，緯書還流行，劉勰要從「宗經」的觀點來糾正他，所以叫「正緯」。

夫神道闡幽，天命微顯〔一〕，馬龍出而大易興〔二〕，神龜見而洪範燿〔三〕。

〔一〕易觀象辭：「觀天之神道，而四時不忒，聖人以神道設教，而天下服矣。」正義：「微妙無方，理不可知，目不可見，不知所以然而然，謂之神道。」

夸飾篇：「夫形而上者謂之道，形而下者謂之器。神道難摹，精言不能追其極；形器易寫，壯辭可得喻其真。」

斯波六郎：「此處的『神道』與『天命』相對，下文又有『神教』之語，看來應解作執司神秘事物的道。」

注訂：「凡彦和所稱神、神理、天命者，概指自然而言。自然不可窮極，故曰神。天道、神道皆統自然之理而言。究其極致者，乃謂之神理。承其賦予者，則謂之天命。」

論語爲政：「五十而知天命。」朱注：「天命，即天道之流行而賦于物者，乃事物所以當然之故也。」

范注：「易下繫：『夫易，彰往而察來，而微顯闡幽。』韓康伯注云：『易無往不彰，無來不察，而微以之顯，幽以之闡。闡，明也。』」

橋川時雄：「易繫辭下云：『君子知微知彰。』」

斯波六郎：「此處二句當謂『神道藉幽而明，天道托微而顯。』杜預春秋左氏傳序中有『微顯闡幽』語，顯係據繫辭之文，正義即釋作『徵其顯事，闡其幽理』。……『神道』與『天命』，其内容大致相同。……『幽』與『微』……一是形象上的説法，另一種是作用上的説法。」

〔二〕范注：「禮記禮運：『河出馬圖。』鄭注：『馬圖、龍馬負圖而出也。』正義引（尚書）中候握河紀：『伏犧氏有天下，龍馬負圖出於河，遂法之畫八卦。』又引握河紀注云：『龍而形象馬。』」

集釋稿：「見于其他緯書者有：中候考河命：『黄龍負卷舒圖，赤文緑錯。』（御覽八一引），中候握河紀：『龍馬銜甲，赤文緑字，自河而出。』（路史陶唐紀注）」

橋川時雄：「唐寫及各本同，四庫本作『龍馬』。按『龍馬』有典，當作『龍馬』，惟各本作『馬龍』，亦非不通。」

「大易興」，相傳伏犧據河圖制成八卦，周文王爲八卦作卦爻辭而成易（見周易正義序）。

斯波六郎：「『馬龍出』指河圖，『神龜見』指洛書。彦和認爲緯書的起源與河圖、洛書有關。上文『闡幽』、『微顯』如作『神道藉幽而明，天道托微而顯』解，此處『馬龍出』與『神龜見』則正當『幽』與『微』二字；『大易興』與『洪範耀』則當『闡』與『顯』二字。又上文『闡幽微顯』如照字面直讀，則彦和的看法當是『馬龍出』、『神龜見』爲『幽』，『大易興』、『洪範耀』爲『闡』；同時『大易興』，『洪範耀』等『顯』者係藉『馬龍出』『神龜見』等『微』者而彰現的。」

〔三〕「燿」唐寫本作「耀」；校證謂唐寫本作「曜」，誤。橋川時雄：「按『耀』、『燿』兩是，校注見原道篇。」

范注：「易上繫：『河出圖，洛出書，聖人則之。』正義引春秋緯云：『河以通乾出天苞，洛以流坤吐地符。河龍圖發，洛龜書感。河圖有九篇，洛書有六篇。孔安國以爲河圖則八卦是也，洛書則九疇是也。』尚書洪範：『天錫禹以洪範九疇。』」

集注：「論語子罕：『河不出圖。』孔曰：『河圖，八卦是也。』正義曰：『鄭玄以爲河圖、洛書龜龍銜負而出，如中候所説（案後漢書方術傳序：「河洛之文，龜龍之圖。」注引尚書中候曰：「堯沈璧于洛，玄龜負書，背中赤文朱字，止壇。舜禮壇于河畔，沈璧，禮畢，至于下昃，黄龍負卷舒圖，出水壇畔。」）龍馬銜甲，赤文緑色。甲似龜背，袤廣九尺，上有列宿斗正之度，帝王録紀興亡之數是也。』」

漢書五行志：「劉歆以爲虙犧氏繼天而王，受河圖，則而畫之，八卦是也；禹治洪水，賜雒書，法而陳之，洪範是也。」

集釋稿：「拾遺記卷二：『禹盡力溝洫，導川夷岳，黄龍曳尾于前，玄龜負青泥于後。玄龜，河精之使者也，龜頷下有印文，皆古篆字，作九州山川之字。』拾遺記卷十：『員嶠山……西有星池千里，池中有神龜，八足、六眼，背負七星日月八方之圖，腹有五岳四瀆之象。』」

陳槃論早期讖緯及其與鄒衍書説之關係：「洪範之取材，有出于戰國末年者，班志雖首引洪範，復云：『其法亦起五德終始。』是洪範之説，五德終始足以概之矣。」

「洪範」，大法。「耀」謂發出光彩。這幾句話和原道篇中「原道心以敷章，研神理而設教，取象乎河洛，問數乎蓍龜」，大意相同。

故繫辭稱「河出圖，洛出書〔一〕，聖人則之〔二〕」，斯之謂也。但世夐文隱〔三〕，好生矯誕〔四〕，真雖存矣，僞亦憑焉〔五〕。

〔一〕「辭」唐寫本作「詞」。「洛」顧校作「雒」。

〔二〕按見易繫辭上。橋川時雄：「前漢書五行志又引易，顔注云：『則，效也。』」注訂：「遠古聖哲，取天地物象之有益生民者，則而法之。此建文明之始，故河圖、洛書決信其有，然後人以尊崇太過，乃神其説，方士乘之肆惑，使人不能無疑者矣。而夫子有嘆者，亦傷時感事而已。然足證此説由來已久。」雜記：「神道闡幽，由于天命微顯，非人力所能致，故聖人則之。」

〔三〕集釋稿：「穀梁文十四年：『夐入千乘之國。』范寧注：『夐猶遠也。』」斯波六郎：「『文』指河圖、洛書中類似文字的圖形，『隱』指詞義隱晦不易理解的隱語之類。」集注：「後漢書方術傳序：『然神經怪牒，玉策金繩，關扃於明靈之府，封縢於瑶壇之上者，靡得而闚也。』蘇竟傳：『玄包幽室，文隱事明。』皆隱之謂也。」

〔四〕范引孫云：「唐寫本『誕』作『託』。」橋川時雄：「各本作『誕』，唐寫作『託』。按『託』『誕』兩通，然下有『皆託于孔子』句，作『託』似妥。」

〔五〕注訂：「康成注經，亦存緯説，蓋在擇焉而已。荀悦惜其雜真，未許煨燔，亦哲人之見也。」「憑」，依據，意謂假的也據此而出現。

斯波六郎：「此兩句意謂『真物雖存于世，然利用真物而問世的僞作亦應運而生』。『真』指河圖、洛書之類，『僞』指後世的所謂『緯書』。」

以上爲第一段，論緯書之發生。

夫六經彪炳，而緯候稠疊〔一〕；孝論昭晳〔二〕，而鉤讖葳蕤〔三〕。

〔一〕左思蜀都賦：「符采彪炳。」斯波六郎：「彪炳，謂文采美而明晰，主要是指六經文章。」後漢書方術傳序云：「至乃河洛之文，龜龍之圖，箕子之術，緯候之部，時有可聞者焉。」注：「緯，七經緯也；候，尚書中候也。」「七緯」見前題解。「候」，占驗。范注：「説文：『稠，多也。』蒼頡篇：『疊，重也，積也。』」「稠疊」，重複。這裏指緯書的繁多。

〔二〕校注「按『孝』，孝經也；『論』，論語也。孝經有鉤命訣，論語有讖，故繼云『鉤讖葳蕤』。猶上之先言六經，而繼云緯候然也。唐寫本作『考』，非是。『晳』當從唐寫本作『晢』。」校證：「『孝』，唐寫本作『考』。今按孝經序疏引鄭玄六藝論云：『孔子以六藝題目不同，指意殊別，恐道離散，後世莫知根源，故作孝經以總會之。』趙岐孟子題辭云：『論語者，五經之錧鎋，六藝之喉襟也。』據此，孝經爲六藝之總會，論語爲五經之錧鎋。敷贊聖旨，義已昭晳，復有葳蕤之鉤讖，則是打重台矣。舊作『孝』是，唐本作『考』，非。」補注：「明吴興淩雲本『晳』原作『晢』。許改。孫氏詒讓札迻云：『説文日部：昭晢，明也。晳或作晰，晰即晣之譌體，此書徵聖、明詩、總術三篇昭晰字，元本、馮鈔本（指馮舒抄本）亦並作哲，用通借字也。易大有九四象云：明辯晢也。釋文云：晢又作哲。彥和用經語多從別本。』（札迻語在徵聖篇「文章昭晢」條下，係據黃蕘圃校元至正本。案明淩雲所見元本「昭哲」在正緯篇，故剪裁孫語歸此條下。）」斯波六郎：「昭哲，意爲條理井然，主要指孝經與論語的內容。但此處之『彪炳』與下文『昭哲』爲互文的用法……是説六經與孝、論都是文采美艷，條理清晰，從而也就暗示緯書之類對于這些典籍説來是不必要的。」

〔三〕黃注：「司馬相如封禪文：紛綸葳蕤。注：言衆多也。」范注：「孝經緯有鉤命訣。四部正譌引鉤命訣注曰：『天地失序，必有沮泄，用陰陽逐治之也。』孫穀古微書曰：『緯書以命言者，莫如元命苞；鉤言者，莫如春秋之文耀鉤，河圖之稽耀鉤。茲據孝經緯，則直言訣矣。』論語無緯有讖。古微書曰：『論語不入經，亦不立緯，惟讖八卷。』」橋川時雄：「史記司馬相如傳：『紛綸葳蕤。』索隱引張揖云：『葳蕤，亂貌。』索隱引胡廣云：『委頓也。』文選文賦：『紛葳蕤以馺遝。』注云：『葳蕤，盛貌。』」

按經驗緯〔一〕，其僞有四：蓋緯之成經〔二〕，其猶織綜〔三〕，絲麻不雜，布帛乃成〔四〕；今經正緯奇，倍擿千里〔五〕，其僞一矣〔六〕。

〔一〕「按」，唐寫本作「酌」。橋川時雄：「按『酌』字妥。」斯波六郎：「『酌』者，引經據典斟酌之意也，更好地表達了以經爲本體的觀點。」

〔二〕集注：「按『成』字乃『於』字之誤。」校證：「『成』疑作『於』，蓋涉下文『布帛乃成』而誤。」考異：「緯經有相成之勢，蓋作緯者必依經以成，引經爲説，故『成』字爲長，王校疑作『於』者非是。」

斯波六郎：「『成』者『成就』、『成功』之『成』……『緯以成經』的説法已見釋名釋典藝：『緯，圍也，反覆圍繞，以成經也。』織機絲經有軸，緯有杼，亦以經爲本體。……此句所言經書、緯書，已經就語詞本身發了議論。」

〔三〕范注：「説文系部：『經，織從絲也。緯，織衡絲也。』段玉裁織字注云：『經與緯相成曰織。』玄應一切經音義引三倉：『綜，理經也，謂機縷持絲交者也。屈繩制經令得開合也。』」「綜」，織機上帶着經綫上下開合的裝置，這裏指織機。緯書的配合經書，好比織布機上緯綫的配合經綫。「織綜」，經緯綫交織。

〔四〕校注：「禮記禮運：『治其絲麻，以爲布帛。』」

斯波六郎：「『雜』者，混雜也，此處言絲綫、麻綫雖有經緯，但並不雜亂。與此處語意相類的説法見于齊梁間人陶弘景的發真隱訣序：『經者，常也，通也，謂常通而無滯，亦猶布帛之有經耳，必須銓綜緯緒，僅乃成功，若機關疏越，杼軸乖謬，安能斐然成文。』」

〔五〕范注：「孫詒讓札迻十二：『今經正緯奇，倍擿千里，倍擿即下文倍摘，字竝與「適」通。方言云：「適，悟也。」（廣雅釋詁同）郭注云：「相觸迕也。」倍適，猶言背迕也。』」

校注：「『擿』，唐寫本作『摘』。按『擿』、『摘』二字本通，猶『指摘』之爲『指擿』……然以下文『僞既倍摘』例之，此當依唐寫本作『摘』，上下始能一律。」

隋書經籍志六藝緯類序：「然其文辭淺俗，顛倒舛謬，不類聖人之旨。」又曰：「唯孔安國、毛公、王璜、賈逵之徒獨非之，相承以爲妖妄，亂中庸之典。」

〔六〕范注夾注：「顧校（矣）作『也』。」斯波六郎：「自此句至『其僞四矣』，四個『矣』字，顧千里均改爲『也』，改錯了。『矣』是自己確認客觀事實時所用的語氣詞，彥和恐正是爲了表達這種語氣才用『矣』字的。」

經顯，聖訓也；緯隱，神教也〔一〕。聖訓宜廣〔二〕，神教宜約，而今緯多於經〔三〕，神理更繁〔四〕，其僞二矣〔五〕。

〔一〕范注：「唐寫本無兩『也』字，尋繹語氣兩『也』字似不可刪。『聖』字唐寫本皆作『世』，義亦通。」

集釋稿：「神教，鄭玄六藝論：『河圖、洛書，皆天神言語，所以報告王者也。』（詩大雅文王序正義引）顏延之庭誥：『崇佛者本在於神教，故以治心爲先。』（全宋文卷三十六）按神教即以『神道設教』（易觀彖辭）。」

〔二〕校注：「唐寫本兩『聖』字並作『世』。按唐寫本是。夸飾篇：『雖詩書雅言，風俗訓世，事必宜廣。』此云『世訓』（因與下句「神教」對，故作「世訓」），彼云『訓世』，其誼一也。」

〔三〕唐寫本無「今」字。橋川時雄：「尋前後語意，無『今』字是。」

〔四〕這裏「神理」與「神教」同義，是指緯書中所載的由神靈顯示的微妙之理。隋書經籍志六藝緯類序：「光武以圖讖興，遂盛行於世。漢時又詔東平王蒼正五經章句，皆命從讖，俗儒趨時，益爲其學，篇卷第目，轉加增廣。」

〔五〕橋川時雄：「『僞二矣』，胡本『矣』作『也』。汪、佘本無『僞』字，『矣』作『也』。徐校云：補『僞』字，『也』改『矣』。黄校云：案馮本無『僞』字，『矣』作『也』。校云：『其二也。』謝本亦作『其僞二矣』。顧校作『也』。」按元刻本作「其二也」。

有命自天〔一〕，迺稱符讖〔二〕，而八十一篇〔三〕，皆託於孔子〔四〕，則是堯造緑圖〔五〕，昌制丹書〔六〕，其僞三矣〔七〕。

〔一〕斯波六郎：「詩大雅大明：『有命自天，命此文王。』」

〔二〕「迺」，唐寫本作「乃」。注訂：「符指河圖緯讖之類，下文言『康王河圖，陳在東序』，繼言『前世符命，歷代寶傳』，是知符命包括緯讖一類之作也。讖指論語讖之類。依附六經者曰緯，託古聖賢之言以名其書曰讖，讖緯體制有別。」劉勰認爲真正的符命、圖讖都是上天降下的。不是人造作的，所以認爲緯書託于孔子不可信。

〔三〕范注：「隋書經籍志六藝緯類序云：『易曰：「河出圖，洛出書。」然則聖人之受命也，必因積德累業，豐功厚利，誠著天地，澤被生人，萬物之所歸往，神明之所福饗，則有天命之應。蓋龜龍銜負，出于河、洛，以紀易代之徵，其理幽昧，究極神道，先王恐其惑人，祕而不傳。說者又云：孔子既叙六經，以明天人之道，知後世不能稽同其意，故別立緯及讖，以遺來世。其書出于前漢，有河圖九篇，洛書六篇（案此即圖書祕記，特篇數略異爾），云自黄帝至周文王所受本文。又別有三十篇，云自初起至于孔子，九聖之所增演，以廣其意。又有七經緯三十六篇，並云孔子所作，并前合爲八十一篇。』」

集釋稿：「八十一篇者，荀悦申鑒俗嫌篇：『世稱緯書仲尼作也。……然則八十一首，非仲尼之作矣。』」

注訂：「『河洛五九，六藝四九，謂八十一篇也。』見後漢書張衡傳注。」

〔四〕校注：「按桓譚新論：『讖出河圖、洛書，但有兆朕，而不可知；後人妄復加增依託，稱是孔丘，誤之甚也。』（意林三引）」札記：「據隋志，則託于孔子者，只七經緯耳。」

集釋稿：「上引隋志文，亦云『說者』而已，未明所指。」

斯波六郎：「荀悦申鑒俗嫌篇：『世稱緯書仲尼作也，臣悦叔父故司空爽辨之。』」

〔五〕訓故：「河圖挺佐輔：黄帝至于翠嬀之川，鱸魚折溜而至。蘭葉朱文，以授黄帝，名曰緑圖。」

范注：「尚書中候握河紀：『堯修壇河洛，仲月辛日禮備，至於日稷，榮光出河，休氣四塞，白雲起，風回摇，龍馬銜甲，赤文緑地，臨壇止霽，吐甲圖而蹝。』」（録自玉函輯佚書）

校證：「『緑』原作『録』，馮校云：『録當作緑。』黄注改。唐寫本、譚校本作『緑』。『緑圖』古通作『録圖』。淮南俶真篇：『洛出丹書，河出緑圖。』經義考二六四引劉安世作『河出丹書，洛出録圖。』説文：『録，金色也。』然則録亦就色而爲言也。」

橋川時雄：「唐寫及張、王、黄本作『緑』，何校録改緑，汪、佘、胡、梅本作『録』。黄校云云，按春秋隱公十年公羊傳云：春秋録内而略外。蓋古人文字著在方策，即從木刻之義，而引申之也。录、録、箓、籙皆通用。然緑圖與丹書對稱，並非方册之謂，改作『録』『籙』皆非。又按緑、録亦通，通緑，劍名。荀子性惡篇『文王之録』，注云：與緑同，以色名。」

斯波六郎：「御覽八十引鄭注云：『榮光五色，從河出，美氣四塞……甲所以藏圖，赤文色而緑地也。』」

注訂：「緑圖丹書——緑，丹，貴之也。圖、書，即河圖、洛書。參原道篇注。」

〔六〕訓故：「尚書帝命驗：季秋之月甲子，赤雀銜丹書止于酆，集于昌户，其書云：敬勝怠者吉，怠勝敬者滅。」

范注：「尚書中候我應：『周文王爲西伯，季秋之月甲子，赤雀銜丹書入豐鎬，止于昌户，乃拜稽首受最（最要言也）曰：「姬昌蒼帝子，亡殷者紂也。」』（録自玉函輯佚書）」

斯波六郎：「易是類謀有云：『文王比隆興，始霸，伐崇，作靈臺，受赤爵丹書，稱王制命，示王意。』（詩大雅文王序正義引）春秋元命苞云：『鳳凰銜丹書于文王之都。』（同上引）」

陳槃論早期讖緯及其與鄒衍書説之關係：「此類云文王所受丹書。銜書者，或曰鳳凰，或曰赤雀；雀所止處，或曰文王之都，或曰文王户。似與吕氏春秋及封禪書引作赤烏銜書集周社者不類。然古書多賴口授流傳，不免于異辭。抑方士怪迂不經，不無隨意附會。」

張爾田史微内篇卷五原緯：「（隋志）又曰：『七經緯三十六篇，並云孔子所作；並前，合爲八十一篇。』（見經籍志一）原注：劉彦和曰，『有命自天，迺稱符讖……則是堯造録圖，昌制丹書』矣。是自古舊説，皆以此八十一篇屬之孔子也。」

〔七〕下文云：「河不出圖，夫子有歎，如或可造，無勞喟然。」

文心雕龍雜記：「再申有命自天，非人力所能致之旨。」

商周以前，圖籙頻見〔一〕，春秋之末，群經方備〔二〕，先緯後經，體乖織綜〔三〕，其僞四矣。

〔一〕「以」唐寫本作「已」，古通。范注：「圖録、籙圖，散見緯書中。」陶潛聖賢群輔録引論語摘輔象『天老受天籙』，宋均注：『籙，天教命也。』」校證：「唐寫本『圖籙』作『録圖』，舊本『籙』俱作『録』，馮校云：『録疑作籙。』黄注本改。案文選運命論注引春秋元命苞：『應籙以次相代。』王命論注引『籙』作『録』。則籙録古通，不必改作。」

橋川時雄：「唐寫本作『緑圖』，胡、王、黄本作『圖籙』，汪、佘、張、梅本作『圖録』。按唐寫已作『緑圖』，從之似是。然圖籙、緑圖之語，多見緯書中，則不必改，録籙亦兩是。」

後漢書方術傳：「光武尤信讖言，士之赴趣時宜者，皆騁馳穿鑿，争談之也。故王梁、孫咸，名應圖籙，越登槐鼎之任，鄭興、賈逵以附同稱顯，桓譚、尹敏以乖忤淪敗。」又謝夷吾傳：「綜校圖録。」

斯波六郎：「『圖籙』與上文『符讖』同一内容，指河圖、洛書，堯之緑圖，文王昌之丹書等。」文選王融永明十一年策秀才文：「朕秉籙御天。」翰注：「籙，符命也。天子受命執之以御制天下也。」

〔二〕漢儒認爲六經是孔子在春秋末編定的，見漢書儒林傳。緯書既是配合經書的，照理應當先經後緯，然圖籙反而託言在商周以前，遂成自相矛盾。

〔三〕「乖」，違背。「織綜」，這裏指經緯相成之理。經綫和緯綫相織，應該是先有經綫，再織以緯綫，即劉勰所謂「經正而後緯成」（情采），也就是上文所説的「緯之成經，其猶織綜」。

僞既倍摘〔一〕，則義異自明〔二〕，經足訓矣〔三〕，緯何豫焉〔四〕。

〔一〕集釋稿：「黄注：『倍』疑作『掊』，抉摘之意。惟唐寫本仍作『倍』。孫氏札逡以爲與上文『倍摘』同語。」斯波六郎：「孫氏説于上文可通，于此則不可通。此句是論述緯書四僞以後的總結。如黄注所言，『倍』當是『掊』之誤。『掊摘』與『發摘』、『抉摘』結構相同，乃暴露、揭露之意。此言緯書之僞已被充份暴露。」

〔二〕斯波六郎：「『義異』，謂緯書之義與經書迥異也。此兩句意爲：『今之緯書托孔子之名以配經書，然其僞已如上述，故緯書與經書之異自可明白。』」

〔三〕斯波六郎：「此『訓』非『聖訓』之『訓』，當是『訓解』之『訓』。意謂經書已足訓解，與緯書何干？爲下文『義非配經』張本。」按「經足訓矣」應解作「經書足以爲訓」，非指訓解。

〔四〕集釋稿：「上句承上文『六經彪炳』，言經爲聖訓，必宗之也。下句承『緯候稠疊』，言緯多駢枝，不關弘情也，明其本不足以配經。」

以上爲第二段，論證緯書之僞有四：一、奇正不合；二、廣約不倫；三、天人不符；四、先後不當。

原夫圖籙之見〔一〕，迺昊天休命〔二〕，事以瑞聖，義非配經〔三〕。故河不出圖，夫子有歎〔四〕，如或可造，無勞喟然〔五〕。

〔一〕唐寫本「原」字無，「圖籙」作「録圖」。「見」，同現，出現。

〔二〕「迺」，唐寫本作「乃」。集釋稿：「上文已云：『有命自天，迺稱符讖。』此申前說。」按商頌長發：「何天之休。」箋：「休，美也。」

注訂：「『休命』云者，天錫福命也。左傳襄二十八年：『以禮承天之休。』注：『福禄也。』」

斠詮：「昊天休命，謂上天賜給美善之使命也。昊天，天之泛稱。周禮春官大宗伯：『以禋祀祀昊天上帝。』休命，猶言美命。易大有：『順天休命。』書僞古文武成：『俟天休命。』」

〔三〕集釋稿：「『事』與『義』分言，文選序『事出於沈思，義歸乎翰藻』，是其比。瑞，説文：『以玉爲信也。』段注：『瑞，節信也……引申爲祥瑞者，亦謂感召若符節也。』此處『瑞』用作動詞，與『配』爲對文。」「瑞」，祥瑞；「瑞聖」，瑞應聖王。

斯波六郎：「『事』指圖籙所載之事。『義』指圖籙之意義、作用。論語子罕篇：『子曰：鳳鳥不至，河不出圖，吾已矣夫。』孔注云：『有聖人受命，則鳳鳥至，河出圖，今無此瑞。』（敦煌本論語鄭注同。）孔（鄭）是以如聖人受命則天降瑞應的想法爲前提來注論語的，彦和此處之『事以瑞聖』當本孔（鄭）之見。此二句雖是對句，然重點在上句，是以其下又承以『故河不出圖，夫子有歎』。」

董仲舒天人對策：「臣聞天之所大奉使之王者，必有非人力所能致而自致者，此受命之符也。天下之人同心歸之，若歸父母，故天瑞應誠而至。書曰：『白魚入於王舟，有火覆於王屋，流爲烏。』此蓋受命之符也。……皆積善累德之效也。」

〔四〕范注：「論語子罕：『子曰：鳳鳥不至，河不出圖，吾已矣夫！』孔安國曰：『聖人受命，則鳳鳥至，河出圖，今天無此瑞，吾已矣夫者，傷不得見也。』」雜記：「『僞既倍摘……無勞喟然。』三申前旨。夫經緯猶云織綜，而圖籙之見，乃昊天休命，義非配經，謂之圖籙則可，謂之緯則不可。必也正名乎。此命篇之意也。」

〔五〕「造」，指僞造緯書。集注：「論語先進：『夫子喟然歎曰：吾與點也。』」

昔康王河圖，陳於東序〔一〕，故知前世符命〔二〕，歷代寶傳〔三〕，仲尼所撰〔四〕，序録而已〔五〕。

〔一〕訓故：「書顧命：赤刀大訓，弘璧琬琰，在西序。大玉、夷玉，天球、河圖，在東序。」范注：「尚書顧命：『河圖陳於東序。』案河圖與大玉、夷玉、天球並陳，意者，天球如渾天儀之類，河圖如輿地圖之類，雖歷代相傳，不必真是神祕之寶器。」集釋稿：「尚書顧命：『東序西嚮。』堂之東廂也。」顧命與康王之誥本爲一篇，後分爲兩篇。成王將崩，作顧命；康王立，作康王之誥。事本相連，猶堯典、舜典本合爲一，後分爲二也。斯波六郎：「周成王崩，子釗即康王即位。行登位儀式之處須陳列先王相傳的實物。東序即東廂，於該地陳列大玉、夷玉、天球及河圖，事見尚書顧命篇。河圖係伏羲氏君臨天下時出自黄河、歷代視爲珍寶的異物，見尚書古注。故下文彦和云：『故知前世符命，歷代寶傳。』」

〔二〕唐寫本「世」作「聖」。漢書王莽傳：「前煇光謝囂奏武功長孟通浚井得白石，上圓下方，有丹書著石，文曰『告安漢公莽爲皇帝』。符命之起，自此始矣。」後漢書班彪傳：「以爲漢德承堯，有靈命之符。」集釋稿：「漢書揚雄傳：『爰清静，作符命。』司馬相如封禪文：『且天爲質，闇示珍符。』又『修德以賜符』。文選卷四十八次『符命』一類。宋書特立符瑞志。」橋川時雄：「按後漢書方術傳序云：『王莽矯用符命。』又後漢書桓譚傳注云：『圖書即讖緯符命之類也。』」斯波六郎：「『前世』於此語意雖通，然唐寫本『世』字作『聖』，一是與前文『事以瑞聖』呼應，二是避下句『歷代』之『代』的同義語，自此兩點觀之，作『聖』字是。『符命』……其意爲天對有德者所降的符號標誌，此處指河圖洛書之類。上文所云『符讖』、『圖籙』與此處『符命』，詞形雖異，而含義相同。」

〔三〕橋川時雄：「周書顧命孔氏傳云：『河圖八卦，伏羲王天下，龍馬出河，遂則其文以畫八卦。謂之河圖，及典謨，皆歷代傳寶之。』按『歷代寶傳』本此。」

〔四〕「仲尼所撰」，相傳尚書是孔子編定的，顧命即在尚書中。

張爾田史微内篇卷五原緯：「原夫緯之起也，蓋王者神道設教之一端也。……易曰：『河出圖，洛出書，聖人則之。』蓋包乎政教典章之所不逮矣。三五以降，我孔子録焉。」原注：「劉勰正緯篇曰：『昔康王河圖，陳於東序……仲尼所撰，序録而已。』」

〔五〕集釋稿：「春秋緯：『孔子曰：丘覽史記，援引古圖，推集天變，爲漢帝製法，陳叙圖録。』（公羊經傳解詁隱公第一疏引春秋説）」

斯波六郎：「這雖是緯書之説，但彦和也可能有類似的想法。」又：「『序録』非云經典釋文之序録，大概是指記述符命或圖籙意義的記載。……彦和意謂符命皆由象徵性圖兆表示，孔子將它們寫成文字。」此處是説仲尼所撰，僅叙述其事而已。「序録」，即叙録，這裏指對「前世符命」的記叙。

於是伎數之士〔一〕，附以詭術，或説陰陽，或序災異〔二〕，若鳥鳴似語〔三〕，蟲葉成字〔四〕，篇條滋蔓〔五〕，必假孔氏〔六〕，通儒討覈，謂僞起哀平〔七〕，東序祕寶〔八〕，朱紫亂矣〔九〕。

〔一〕「伎」，唐寫本作「技」。橋川時雄：「按作技，誤。後漢書列傳桓譚傳『伎數之人』，作伎。」

斯波六郎：「『於是』制轄下文至『必假孔氏』各句。因孔子曾作序録，故後世伎數之士又作僞書，而托孔子之名。」

集注：「後漢書桓譚傳：『今諸巧慧小才伎數之人，增益圖書，矯稱讖記。』注：『伎謂方伎，醫方之家也。數謂數術，明堂、羲和、史、卜之官也。』」

〔二〕「序」，唐寫本作「叙」。

黄注：「隋經籍志：漢末，郎中郗萌，集圖緯讖雜占爲五十篇，謂之春秋災異。宋均、鄭玄，並爲讖律之注。然其文辭淺俗，顛倒舛謬，不類聖人之旨。」

橋川時雄：「按『伎數之士，附以詭術，或説陰陽，或序災異』數語，後漢書方術傳序『箕子之術』句，章懷太子注云：『箕子説洪範五行陰陽之術也。』『師曠之書』句注云：『占災異之書也。』今書七志有師曠六篇，彦和所言，蓋綜此而言。」

「陰陽」，根據四時、節氣、方位、星象來講人事吉凶的迷信。「序」，謂叙説。

桓譚抑讖重賞疏：「今諸小才伎數之人，增益圖書，矯稱讖記。」

〔三〕梅注：「柳陳父云：事出左傳：鳥鳴於亳社，如曰譆譆。甲午，宋大災，宋伯姬卒。」按此見襄公三十年。

范注：「漢書五行志：『董仲舒以爲伯姬如宋，五年宋恭公卒，伯姬幽居守節三十餘年，又憂傷國家之患禍，積陰生陽，故火生災也。』董説謬妄可笑，漢代陰陽災異之説，皆董生開其端也。」

注訂：「禮檀弓：『夫子嘻其甚也。』注：『嘻，悲恨之聲。』宋有災異，鳥先感之，作聲如言嘻嘻也。」

〔四〕梅注：「漢昭帝時，上林苑中大柳樹斷仆地，一朝起立，成枝葉，有蟲食其葉，成文字曰：『公孫病已立。』昭帝崩，無子，徵昌邑王嗣位，狂亂失道。（霍）光廢之，更立昭帝兄衛太子之孫，是爲宣帝。帝本名病已。」按此見漢書五行志中之下（又見宋書符瑞志上）。注訂：「此預言宣帝將立也。」

〔五〕「篇條」，指名目繁多的緯書。集注：「春秋左傳隱元年：『無使滋蔓，蔓，難圖也。』」

〔六〕唐寫本「假」作「徵」。黄注：「隋經籍志：説者又云：孔子既叙六經，以明天人之道，知後世不能稽同其意，故别立緯及讖，以遺來世。其書出於前漢。」

集注：「後漢書蘇竟傳：『夫孔氏祕經，爲漢赤制。』郅惲傳：『漢歷久長，孔爲赤制。』注：『言孔丘作緯，著歷運之期，爲漢家之制。漢火德尚赤，故云爲赤制。即春秋感精符云墨、孔生爲赤制』是也。」

橋川時雄：「按後漢書列傳桓譚傳載有譚上疏文，内云『矯稱讖記』云云。章懷太子注云：東觀記載譚書云：『矯稱孔丘爲讖記，以誤人主也。』彦和所説蓋亦本此。」

桓譚新論：「讖出河圖、洛書，但有兆朕，而不可知；後人妄復加增依託，稱是孔丘，誤之甚也。」（意林引）

〔七〕校證：「『僞』字舊無，唐寫本有。……今案有『僞』字是。……今據補正。」

范注：「尚書序正義曰：『緯文鄙近，不出聖人，前賢共疑，有所不取，通人考正，僞起哀平。』正義之文，蓋本彦和，唐寫本作『謂僞起哀平』，語意最明。」

黄注：「書洪範疏：緯、候之書，不知誰作，通人討覈，謂起哀平。」

補注：「詳案書疏即用彦和語，黄取以證此非是，通人自指張衡之説，見黄本篇後注。」

校注：「『謂』下唐寫本有『僞』字。按唐寫本是也。書洪範正義：『緯、候之書，不知誰作，通人討覈，謂僞起哀平。』孔氏即襲用舍人語，正有『僞』字。傳寫者蓋求其句整而删耳（黄注曾引書正義而删去『僞』字）。玉海六三引作『謂爲起哀平』，亦足爲原有『僞』字之證。」

按玉海卷六十三引作「通儒謂爲起哀平」，下注「張衡云」三字。

集注：「後漢書方術傳序：『是以通儒碩生。』注：『謂桓譚、賈逵、張衡之流也。』張衡傳：『讖書始出，蓋知之者寡。自漢取秦，用兵力戰，功成業遂，可謂大事，當此之時，莫或稱讖。若夏侯勝、眭孟之徒，以道術立名，其所著述，無讖一言。劉向父子領校祕書，閱定九流，亦無讖録。成哀之後，乃始聞之。……則知圖讖成於哀平之際也。』漢書哀帝紀：『待詔夏賀良等言赤精子之讖，漢家歷運中衰，當再受命，宜改元易號。』『四年春，大旱，關東民傳行西王母籌，經歷郡國，西入關，至京師。民又會聚，祠西王母。或夜持火上屋，擊鼓號呼相驚恐。』又息夫躬傳：『躬邑人河内掾賈惠往過躬，教以祝盜方。以桑東南指枝爲匕，畫北斗七星其上。躬夜自披髮，立中庭，向北斗，持匕招指祝盜。』又五行志下之上：『哀帝建平四年正月，民驚走，持藁或椒一枚，傳相付與，曰行詔籌。道中相過逢多至千數，或被髮徒踐，或夜折關，或踰牆入，或乘車騎奔馳，以置驛傳行，經歷郡國二十六，至京師。其夏，京師郡國民聚會里巷仟佰，設（祭）張博具，歌舞祠西王母。又傳書曰：「母告百姓，佩此書者不死，不信我言，視門樞下，當有白髮。」至秋止。』」按讖在先秦就有，但只是片言隻語，不成爲書。編定成書，當始於漢哀帝平帝時，這跟王莽篡位大造圖讖有關。

清汪繼培緯候不始於哀平辨：「緯候之書，周季蓋已有之。讖言赤龍感女媼，劉季興（按見詩緯含神霧，類聚卷九八引），劉秀發兵捕不道（按見後漢書光武帝紀上），以及當塗（按見後漢書袁術傳），典午（按見三國志蜀志譙周傳），莫不事合符節，智動蓍蔡。然而亡秦者胡，盧生奏其録（見史記秦始皇本紀）；亡秦必楚，南公述其言（見史記項羽本紀）。秦楚之際，祕文疊顯，其證一也。……宣帝時，王褒作九懷，其株昭篇云：『神章靈篇。』王逸以爲河圖、洛書讖緯文（見楚辭章句）。成帝時，李尋説王根云：『五經六緯。』孟康注以六緯爲五經與樂緯；張晏注以爲五經與孝經緯（見漢書李尋傳）。本文義隱，注爲闡達，其證五也。漢初求遺書，讖緯不入中祕，故劉向七略，不著於録。而民間誦習，歷可按驗。張衡謂『成哀之後，乃始聞之』，又言『成於哀平之際』（並見後漢書衡本傳）。要據其盛行之日而言。劉勰正緯遂謂起於哀平，荀悦申鑒俗嫌篇以爲『起於中興之前，終張之徒之作』，均未爲得也。」（詁經精舍文集卷十二下。）

〔八〕集注：「後漢書班固傳：『御東序之祕寶。』注：『東序，東廂也。祕寶，謂河圖之屬。』」「東序」，見上節「陳於東序」注。「祕寶」，劉勰認爲它是真的，後來的圖讖是假的。

〔九〕集注：「後漢書陳元傳：『夫明者獨見，不惑於朱紫。』左雄傳：『朱紫同色，清濁不分。』黄瓊傳：『使朱紫共色，粉墨雜糅。』趙岐傳注：『玉石朱紫，由此定矣。』張衡傳：『則朱紫無所眩，典籍無瑕玷矣。』論語陽貨：『惡紫之奪朱也。』」這裏比喻經書被緯書攪亂。

張爾田史微内篇卷五原緯：「以劉彦和之博識，譏其無益於經典，而取其有助於文章（説見正緯篇）。篇中雖謂『按經驗緯，其僞有四』。然所指皆係圖讖附益之謬。觀其後云：『東序祕寶，朱紫亂矣。』則劉氏意在去僞存真，固未嘗肆言曲詆也。與劉子玄惑經、疑古不同，學者不可不知。」

郝懿行文心雕龍輯注批注：「按『朱紫亂矣』句，本張衡疏云：『宜收藏圖讖，一禁絶之，則朱紫無所眩，典籍無瑕玷矣。』」按此見後漢書張衡傳。劉勰認爲「東序祕寶」與後人僞造的讖緯朱紫相亂，所以必辨其僞而正其失。

至於光武之世〔一〕，篤信斯術〔二〕，風化所靡，學者比肩〔三〕，沛獻集緯以通經〔四〕，曹褒撰讖以定禮〔五〕，乖道謬典〔六〕，亦已甚矣。

〔一〕校注：「『於』，唐寫本無。按此爲承上叙述之辭，『於』字不必有，當據删。」

〔一一〕訓故：「東觀漢記：光武避正殿讀讖，坐廡下，淺露，中風，苦咳也。」集注：「後漢書光武帝紀：『建武十七年二月乙亥晦，日有食之。』注：『東觀記曰：上以日食避正殿，讀圖讖，多御坐廡下，淺露，中風發疾，苦眩甚。左右有白大司馬史，病苦如此，不能動搖，自强從公。出乘以車，行數里，病差。』景丹傳：『世祖即位，以讖文用平狄將軍孫咸行大司馬。』注：『東觀記載讖文曰「孫咸征狄」也。』……鄭興傳：『帝嘗問興郊祀事曰：吾欲以讖斷之，何如？興對曰：臣不爲讖。帝怒曰：卿之不爲讖，非之耶？興惶恐曰：臣於書有所未學，而無所非也。帝意乃解。』桓譚傳：『是時，帝方信讖，多以決定嫌疑。……其後有詔會議靈臺所處，帝謂譚曰：吾欲讖決之。何如？譚默然良久曰：臣不讀讖。帝問其故，譚復極言讖之非經。帝大怒曰：桓譚非聖無法。將下斬之。譚叩頭流血，良久乃得解。』」時序篇有云：「自哀平陵替，光武中興，深懷圖讖，頗略文華。」注訂：「後漢書光武帝紀：『宛人李通等，以圖讖説光武云：劉氏復起，李氏爲輔。』又：『光武先在長安時，同舍生彊華，自關中奉赤伏符曰：劉秀發兵捕不道，四夷雲集龍鬭野，四七之際火爲主。』又中元元年：『是歲初起明堂、靈臺、辟雍，乃北郊兆域，宣佈圖讖於天下。』讖，符命之書。讖，驗也，言爲王者受命之徵驗也。據是知東漢之世，所以篤信斯術，其原起如是。」

〔一三〕集釋稿：「毛詩序：『風，風也，教也；風以動之，教以化之。』」

後漢書方術傳序：「漢自武帝頗好方術，天下懷協道藝之士，莫不負策抵掌，順風而屈焉。後王莽矯用符命，及光武尤信讖言，士之赴趨時宜者，皆騁馳穿鑿，争談之也。……自是習爲内學，尚奇文，貴異數，不乏於時矣。」李賢注：「内學，謂圖讖之書，其事祕密，故稱内。」

綴補：「藝文類聚二十、御覽四百二並引申子：『千里有賢者，是比肩而立也。』戰國策齊策：『千里而一士，是比肩而生。』」

申鑒俗嫌篇：「世稱緯書仲尼之作也。」明黄省曾注：「光武之世，篤信斯術，學者風靡；是以桓譚張衡輩，常發其虚僞矣。」

〔四〕玉海卷六十三引此文，於本句下注云：「沛王通論。」訓故：「後漢書：沛獻王輔，光武之子，好經書，善説京氏易、孝經、論語傳及圖讖，作五經論，時號之曰沛王通論。」按此見沛獻王輔傳。

時序篇：「沛王振其通論。」

〔五〕唐寫本「撰」作「選」。校注：「按唐寫本是。『選讖』，即後漢書本傳所謂『雜以五經讖記之文』之意。若作『撰』，則非其指矣。」

校證：「唐寫本『撰』作『選』，古通。史記司馬相如傳：『歷撰列辟。』集解引徐廣曰：『撰，一作選。』是其證。又何允中本、日本活字本、岡本『撰』作『制』。」橋川時雄：「撰、選兩是。」

梅注：「褒字叔通。」又「褒，魯國薛人。後漢章和元年，帝令小黄門持班固所上叔孫通漢儀十二篇，敕褒依禮條正，乃次序禮事，雜以五經讖記之文，撰次天子至於庶人冠婚吉凶始終制度，以爲百五十篇。」按此見後漢書曹褒傳。朱遏先等筆記：「先有今文學派，後有緯書，故以之通經定禮。」

〔六〕斯波六郎：「沛獻與曹褒事，足可證後漢之『乖道謬典』。」

是以桓譚疾其虛僞〔一〕，尹敏戲其深瑕〔二〕，張衡發其僻謬〔三〕，荀悅明其詭誕〔四〕，四賢博練，論之精矣〔五〕。

〔一〕玉海卷六十三引，於此句下注云：「譚上疏：『巧慧小才伎數之人，矯稱讖記。』」訓故：「後漢書：桓譚字君山，沛國相人，宋弘薦爲議郎給事中。時光武信讖，多以決定嫌疑。譚上疏以巧慧小才伎數之人，增益圖書，矯稱讖記，以欺誤人主，宜抑遠之。」范注：「後漢書桓譚傳載譚論讖事，録之如左：『是時帝方信讖，多以決定嫌疑。……譚復上疏曰：「凡人情忽於見事而貴於異聞，觀先王之所記述，咸以仁義正道爲本，非有奇怪虛誕之事。蓋天道性命，聖人所難言也。自子貢以下，不得而聞，況後世淺儒，能通之乎？今諸巧慧小才伎數之人，增益圖書，矯稱讖記，以欺惑貪邪，詿誤人主，焉可不抑遠之哉！臣譚伏聞陛下窮折方士黄白之術，甚爲明矣；而乃欲聽納讖記，又何誤也！其事雖有時合，譬猶卜數隻偶之類，陛下宜垂明聽，發聖意，屏群小之曲説，述五經之正義，略雷同之俗語，詳通人之雅謀。」帝省奏，愈不悦。』」

〔二〕校證：「何校黄注並云：『戲，疑作巇。』（紀本誤「𪸩」）案鬼谷子有抵巇篇。巇，罅也，此黄改字所本。尋後漢書儒林傳：『敏因其闕文增之曰：「君無口，爲漢輔。」』此所謂戲也。諧讔篇：『謬辭抵戲。』時序篇：『戲儒簡學』，用法正與此同，無事獻疑也。」

訓故：「後漢書：尹敏，字幼季，南陽人。歷官諫議大夫。」

札記：「案『戲』字不誤。後漢書儒林傳曰：『帝以敏博通經記，令校圖讖，使蠲去崔發所爲王莽箸録次比。敏對曰：讖書非聖人所作，其中多近鄙别字，頗類世俗之辭，恐疑誤後生。帝不納。敏因其闕文增之曰：君無口，爲漢輔。帝見而怪之，召敏問其故。敏對曰：臣見前人增損圖書，敢不自量，竊幸萬一。帝深非之。』此文所謂戲，即增闕事也。」

玉海卷六十三引此，句下注云：「敏曰：『讖書非聖人所作，頗類世俗之辭。』」

「深瑕」，唐寫本作「浮假」。

校釋：「蓋敏欲開悟光武，使知圖讖本前人浮僞之所，不可信，故戲增闕文也。」

趙萬里校記：「案此文與上句『桓譚疾其虚僞』相對成文，則唐本作浮假是也。」

斯波六郎：「『戲其深瑕』不可解。唐寫本作『浮假』，當從之。『浮假』者，無根據之意也。……『君無口』，實爲『尹』。」

校注：「按唐寫本是。『浮假』，謂其虚而不實也。麗辭篇：『浮假者無功。』亦以『浮假』

連文。」

〔三〕玉海卷六十三引此句，注云：「衡以圖緯虚妄，非聖人之法，上疏宜禁絶之。」訓故：「後漢書：張衡字平子，南陽西鄂人。永和初，遷侍中。衡以劉向父子領校祕書，並無讖記，成、哀之後，始聞之，殆必虚僞之徒，要取世資者爲之。」後漢書張衡傳：「初，光武善讖，及顯宗、肅宗，因祖述焉。自中興之後，儒者争學圖緯，兼復附以妖言。衡以圖緯虚妄，非聖人之法，乃上疏曰：『……立言於前，有徵於後，故智者貴焉，謂之讖書。讖書始出，蓋知之者寡。……成、哀之後，乃始聞之。尚書堯使鯀理洪水，九載績用不成，鯀則殛死，禹乃嗣興。而春秋讖云：「共工理水。」凡讖皆云黄帝伐蚩尤，而詩讖獨以爲蚩尤敗，然後堯受命。春秋元命苞中有公輸班與墨翟，事見戰國，非春秋時也。又言别有益州。益州之置，在於漢世，其名三輔諸陵，世數可知。至於圖中訖於成帝，一卷之書，互異數事。聖人之言，埶無若是，殆必虚僞之徒，以要世取資。往者侍中賈逵摘讖互異三十餘事，諸言讖者皆不能説。……此皆欺世罔俗，以昧埶位，情僞較然，莫之糾禁。且律曆、卦候、九宫、風角，數有徵效，世莫肯學，而競稱不占之書，譬猶畫工惡圖犬馬而好作鬼魅，誠以實事難形，而虚僞不窮也。宜收藏圖讖，一禁絶之，則朱紫無所眩，典籍無瑕玷矣。』」

斯波六郎：「『僻謬』，意爲不合於經典之僞語。張衡在上順帝請禁絶圖讖書中，從春秋讖、詩讖、春秋元命苞等書中列舉具例，以指摘其不合經典，相互矛盾之處。」

〔四〕唐寫本「誕」作「託」。

玉海卷六十三引此語作「詭誕」，下注云：「申鑒俗嫌第三：『世稱緯書仲尼之作，臣悦叔父爽辨之，蓋發其僞也。』」

訓故：「後漢書：荀悦，字仲豫，潁川人，歷官秘書監。悦申鑒俗嫌篇云：『世稱緯書仲尼之作，臣叔父爽辨之，蓋發其僞也。有起於中興之前終張之徒之作乎。』」校注：「『詭託』即『終張之徒之作』之意。應……改『誕』爲『託』。」

劉師培讖緯論（見乙巳年國粹學報文篇）：「或以災祥驗行事，或以星象示廢興（見春秋演孔圖、詩緯、春秋文耀鉤、春秋運斗樞諸書）。四始五際（齊詩説），已失經義之真；六甲九宮（春秋合誠圖），遂啓雜占之學。是則前知自詡，格物未明，易蹈疑衆之誅，允屬誣天之學。復有倉聖四目，虞舜重瞳，丹鳳含書（皆見春秋元命苞），赤龍紀瑞（詩含神霧），白雲覆孔子之居，赤血辨魯門之字（見春秋演孔圖），亦復説鄰荒謬，語類矯誣。此尹敏所由致疑，而君山所由耻習也。」

〔五〕唐寫本「論」字無。

講疏：「上文所舉『沛獻集緯以通經，曹褒撰讖以定禮』乃東漢學者承受西漢今文經學雜糅陰陽讖緯的影響，此節所舉桓譚、尹敏、張衡、荀悦四賢之『博練』，乃是繼承劉歆古文經學的精神。」

以上爲第三段，論緯書非孔子之作，又可分爲四節：

「原夫圖籙之見」至「序録而已」十四句，言孔子僅序録前聖符命。

「於是伎數之士」至「朱紫亂矣」十二句，言伎數之士多僞造緯書，是以真僞紛雜，難以區別。

「至於光武之世」至「亦以甚矣」八句，述後漢緯書之盛。

「是以桓譚疾其虛僞」至「論之精矣」六句，列舉後漢四賢對緯書的批判。

若乃羲農軒皞之源〔一〕，山瀆鍾律之要〔二〕，白魚赤烏之符〔三〕，黄銀紫玉之瑞〔四〕，事豐奇偉，辭富膏腴〔五〕，無益經典，而有助文章〔六〕。

〔一〕范注：「軒皞之皞，當指少皞。左傳昭公十七年：『郯子曰：我高祖少皞摯之立也，鳳鳥適至，故紀于鳥，爲鳥師。』」

集釋稿：「陶淵明飲酒詩：『羲農去我久。』羲、農有見於緯書者：『伏羲、女媧、神農爲三皇。』（文選東都賦注引春秋元命苞）又：『伏者，别也；羲者，獻也，法也。伏羲德洽上下，天應之以鳥獸文章，地應之以龜書，伏羲乃則象作易卦。神者，信也；農者，濃也。始信耒耜，教民耕種，其德濃厚如神，故爲神農也。』（御覽卷七八引禮含文嘉）又：『有神人，名石耳，蒼色大眉，戴玉理，駕玉龍，出地輔，號神農，始立地形，甄度四海，東西九十萬里，南北八十一萬里。』（御覽卷七八引春秋命歷序）軒皞亦有見於緯書：『軒轅氏以土德王，天下始有堂室，高棟深宇，以避風雨。』（御覽卷七九引春秋内事）又：『黃帝師於風后，風后善於伏犧氏之道，故推衍陰陽之事。』（後漢書張衡傳注引春秋内事）又：『炎帝號曰大庭氏，傳八世，合五百二十歲；黃帝一曰帝軒轅，傳十世，二千五百二十歲；次曰帝宣，曰少昊，一曰金天氏，則窮桑氏，傳八世，五百歲。』（禮記祭法正義引春秋命歷序）按炎帝即神農，左傳昭公十八年正義：『先儒舊説皆云，炎帝號神農氏，一曰大庭氏。』（參顧頡剛：三皇考）」這是説緯書裏保留了伏犧、神農、軒轅黃帝、少皞帝摯等的傳説來源。

〔二〕顏延之三月三日曲水詩序：「晷緯昭應，山瀆效靈。」

范注：「陳先生曰：『山瀆當是遁甲開山圖、河圖括地象，及古岳瀆經等。』漢書藝文志五行家有鍾律災應二十六卷，鍾律叢辰日苑二十三卷，鍾律消息二十九卷。」

集釋稿：「今引河圖括地象殘文二條於後：

「『崑崙山爲天柱，氣上通天。崑崙者地之中也，地下有八柱，柱廣十萬里，有三千六百軸，互相牽制，名山大川，孔穴相通。』（初學記卷五引）

「『崑崙之山爲地首，上爲握契，滿爲四瀆，横爲地軸，上爲天鎮，立爲八柱。』（御覽卷三八引）

「鍾律，漢書律曆志上：『五聲之本，生於黃鍾之律。』鍾律又見樂緯及春秋緯，各録一條如下：

「『夫聖人之作樂，不可以自娛也……故撞鐘者以知法度，鼓琴者以知四海，擊磬者以知民事。鐘音調則君道得，君道得則黃鍾蕤賓之律應；君道不得則鐘聲不調，鐘聲不調則黃鍾蕤賓之律不應。』（續漢書禮儀志中注引樂叶圖徵）

「『冬至日，人主與群臣左右縱樂。……人主乃使八士撞黃鍾之鐘，擊黃鍾之鼓。公卿、大夫、列士乃使八能之士擊黃鍾之鼓……鼓黃鍾之琴瑟……吹黃鍾之律。』（御覽五六五引春秋感精符）」

注訂：「山瀆鍾律四字對上文羲農軒皞而成文，四人四事耳。山即山岳，瀆即川瀆，鍾即鍾鼓，律即律呂也。因四皇之源，四事之要，紛見緯書。黃、范注皆鑿，不可從。」

斯波六郎：「『山瀆』，意爲五岳四瀆，泛指遠山大川。『鍾律』可解作『音律』。此語所本當是黃鍾音律爲五聲之本。（漢書律曆志上：「五聲之本，生於黃鍾之律。」）或鍾與律（管）爲音律之基準。……

「黃注、范注注『山瀆』、『鍾律』時均舉遁甲開山圖及鍾律災應等書名；然彥和於此未必指特定之書，泛指緯書中所言山川、音律乃至地理、音樂等要項耳。」

〔三〕校注：「『烏』，唐寫本作『雀』。按史記周本紀：『武王渡河中流，白魚躍入王舟中，武王俯取以祭。既渡，有火自上復於下，至於王屋，流爲烏，其色赤，其聲魄云。』尚書中候雒師謀：『有火自天，出於王屋，流爲赤烏。』鄭玄注云：『文王得赤雀丹書，今武王致赤烏。』（御覽卷八四引)論衡初稟篇:『文王得赤雀,武王得白魚赤烏。』是赤雀爲文王事,赤烏爲武王事矣。然古亦混言不別,呂氏春秋應同篇:『及文王之時,天先見火,赤烏銜丹書集於周社。』是以赤烏屬之文王也。舍人此文,殆原作赤雀,傳寫者求其與白魚同爲武王事而改之耳。」斯波六郎:「如以唐寫本爲是,則彦和當是取『白魚』於武王條,取『赤雀』於文王條。」

集釋稿:「按赤雀爲文王事,尚書中候我應:『周文王爲西伯,季秋之月甲子,赤雀銜丹書入豐,止於昌户,再拜稽首受。』(毛詩大雅文王序正義引)是文王得赤雀也。……尚書中候雒師謀:『太子發,以紂有三仁附,即位,不稱王,渡於孟津,中流受文命,待天謀,白魚躍入王舟,王俯取魚,長三尺,赤文有字,題目下名授右,有火自天,止於王屋,流爲赤烏。』(御覽卷八四引)是武王得赤烏也。」

斯波六郎:「所言周武王發事,當爲彦和之語所本。」

〔四〕校證:「『銀』原作『金』,今從唐寫本改。」梅注:「『瑞』,原作『理』,孫改。」校證:「案唐寫本、馮本、王惟儉本正作『瑞』。」

訓故:「漢書:漢武元封六年三月詔:朕禮首山,昆田出珍物,化或爲黄金。」

黄注:「雒書:王者不藏金玉,則紫玉見於深山。」

范注:「唐寫本『金』作『銀』,是。禮斗威儀:『君乘金而王,其政象平,黄銀見,紫玉見於深山。』」

集釋稿：「其他禮緯殘文有及此者，如：『君乘金而王，其政平，則蘭常生。』（文選卷三四七啓注）又：『君乘金而王，則紫玉見於深山。』（御覽卷八〇四）又：『君乘金而王，則黄銀見。』（御覽卷八一二）『君乘金而王，其政平，則黄銀見於深山。』（藝文類聚卷八三）」斯波六郎：「諸書所用，未必各出獨立之文，恐出於一文，諸書各截取所需部分耳。范氏亦持此種看法。『君乘金而王，其政平，則蘭常生……黄銀紫玉見於深山』恐較近於原文。」

〔五〕集釋稿：「史記留侯世家：『魁梧奇偉。』賈誼過秦論：『東割膏腴之地。』」「膏腴」，指辭采豐富。

〔六〕札記：「此言甚諦。然如易緯所説，有足以證明漢師説易者，書緯亦有可以考古曆法者，未可謂於説經毫無所用也。」文章流别論：「圖讖之屬，雖非正文之制，然以取其縱横有義，反覆成章。」范注：「文選注多引緯書語，是有助文章之證。」集釋稿：「文心諸子篇：『然洽聞之士，宜撮綱要，覽華而食實，棄邪而採正，極睇參差，亦學家之壯觀也。』」斯波六郎：「彦和此處態度與之相近，亦是棄短採長耳。」劉勰認爲緯書故事性强，又富於辭藻，雖然對於經典的解説并無幫助，而對於文章的寫作還是有助益的，於是寫了正緯篇。徐復觀文心雕龍漫談謂：「緯書與文學的關係，即是神話與文學的關係。」（見增補五版中國文學論集）如此理解可以幫助認識劉勰寫正緯篇之重要意義。

是以後來辭人〔一〕，採摭英華〔二〕，平子恐其迷學，奏令禁絶〔三〕；仲豫惜其雜真，未許煨燔〔四〕；前代配經，故詳論焉。

〔一〕校注：「『後』，唐寫本作『古』。按『後』、『古』於此並通。唐寫本作『古』，蓋舍人自其身世以前言之。」

考異：「後、古皆通，但『後』字爲長，指自哀、平讖緯既興之後而言也，不能概之以『古』。」

集釋稿：「案辭人指漢以下之辭賦家。漢書藝文志詩賦略引揚雄法言：『辭人之賦麗以淫。』又情采篇：『辭人賦頌，爲文而造情。』」

〔二〕校注：「『採』，唐寫本作『捃』。按以事類篇『捃摭經史』例之，唐寫本作『捃』是也。史記十二諸侯年表序：『及如荀卿、孟子、公孫固、韓非之徒，各往往捃摭春秋之文以著書。』」

〔三〕「恐」，唐寫本作「慮」。

集釋稿：「據後漢書本傳，張衡上奏禁讖，有言曰：『此皆欺世罔俗，以昧埶位。……宜收藏圖讖，一禁絶之。』」斯波六郎：「『迷學』當指於求學之際迷其正道、妄信邪說。」

〔四〕集釋稿：「荀悦，字仲豫，見後漢書卷九十二附淑傳。」

集注：「荀悦申鑒俗嫌篇：『或曰：燔諸？曰仲尼之作則否，有取焉則可，曷其燔？在上者不受虛言，不聽浮術，不採華名，不興僞事，言必有用，術必有典，名必有實，事必有功。』」

王鳴盛蛾術編卷二説録二讖緯條：「摯虞文章流別論云：『緯候之作，雖非正文之制，取其縱横有義，反覆成章。』劉勰文心雕龍云：『六經彪炳，而緯候稠疊。……無益經典，有助文章。是以平子恐其迷學，奏令禁絶；仲豫惜其雜真，未許煨燔。』愚謂摯、劉皆文人，故其言如此。緯雖無益於經，康成所注，皆有益者，學者宜研究之。」

斯波六郎：「荀悦申鑒俗嫌篇云：『世稱緯書仲尼之作也，臣悦叔父故司空爽辨之，蓋發其僞也，有起於中興之前，終張之徒之作乎？或曰雜，則以己雜仲尼乎，以仲尼雜己乎？若彼者，以仲尼雜己而已。然則可謂八十一首非仲尼之作矣。或曰燔諸？曰：仲尼之作則否。有取焉則可，曷其燔？』申鑒『以仲尼雜己』云者，指終張之徒以自身僞作爲本，而雜以仲尼之作。彦和所謂『雜真』，亦是指此。所謂『真』，當是指仲尼爲之序録者。」

范注：「彦和生於齊世，其時讖緯雖遭宋武之禁，尚未盡衰，士大夫必猶有講習者，故列舉四僞，以藥迷罔。蓋立言必徵於聖，製式必稟乎經，爲彦和論文之本旨。緯候不根之説，踳駁經義者，皆所不取。」

第四段，言緯書雖僞亦有益於文章。

贊曰：榮河温洛〔一〕，是孕圖緯。神寶藏用〔二〕，理隱文貴〔三〕。世歷二漢，朱紫騰沸〔四〕。芟夷譎詭〔五〕，採其雕蔚〔六〕。

〔一〕訓故：「尚書中候：帝堯即政，榮光出河，休氣四塞。」按此見握河紀。又：「易乾鑿度：帝盛德之應，洛水先温，九日乃寒。」集釋稿引，下有一句「五日變爲五色」（初學記卷九引）。橋川時雄：「『榮』，胡、梅本作『滎』，何校云：滎爲榮光也，作『滎』非。按滎之本義絶小水也，無光義，從原典作『榮』是，『滎』或『熒』之誤。」

斯波六郎：「『榮河』，指河水煥發榮光。前文『堯造緑圖』處引尚書中候『榮光起河，休氣四塞』，鄭注云：『榮光者，五色之光也。』」

校注：「『榮』，唐寫本作『采』……按『采』、『滎』二字並誤。文選江淹詣建平王上書：『榮光塞河。』李注：『尚書中候曰：「成王觀於洛河，沈璧，禮畢，王退。俟至於日昧，榮光並出幕河。」』初學記卷九帝王部事對：『温洛榮河。』事類賦卷七地部水：『温洛榮河之瑞。』並引易乾鑿度及尚書中候以注，尤爲切證。」

〔二〕集釋稿：「神寶，史記龜筴傳：『高廟中有龜室，藏内以爲神寶。』論語述而：『用之則行，舍之則藏。』」

〔三〕此句大意是：圖緯所講的道理比較隱晦，而文辭可貴。

講疏：「『理隱文貴』是説緯書中所講的理（姑不論其是否純正）大多爲象徵暗示的隱喻，但就文學寫作而言，却不失爲一種值得參考的方法。」

〔四〕集釋稿：「張衡西京賦：『木衣綈錦，土被朱紫。』詩小雅十月之交：『百川沸騰。』」「騰沸」即沸騰。

劉申叔讖緯論：「以經淆緯，始於西京；以緯儷經，基於東漢。」所以兩漢以來真僞雜糅，「朱紫騰沸」。

〔五〕集釋稿：「左氏隱六年：『如農夫之務去草焉，芟夷藴崇之。』杜預注：『芟，刈也；夷，殺也。』譎詭，王襃洞簫賦：『鶩合遝以詭譎。』李善注：『詭譎，猶奇怪也。』」

〔六〕校證：「『採』原作『糅』，據唐寫本改。『採』承『芟夷』而爲言也。」橋川時雄：「胡本作糅。……如作『糅』，意不通暢，作『採』甚是。」

校注：「『採其雕蔚』，即篇末『捃摭英華』之意。」

辨騷第五

元刻本「辨」作「辯」。校證：「汪本、佘本、張之象本、兩京本、何允中本、日本活字本、鍾本、梁本、王謨本、四庫本、崇文本『辨』作『辯』。」按唐寫本作「辨」，今從之。

橋川時雄：「楚辭及各本作辨，唐寫本作辨。楚辭夫蓉館、汲古閣本亦作辨，汪、張、佘、胡及四庫本作辯。説文辡部：辯，治也。段注云：俗多與辨不别。時按辯、辨二字同音義近，非關假借，通用已久。」

徐師曾文體明辨于楚辭類序云：「按楚辭者，詩之變也。……屈平後出，本詩義以爲騷，蓋兼六義而『賦』之義居多。厥後宋玉繼作，兼號楚辭。自是辭賦之家，悉祖此體。故宋宋祁有云：『離騷爲辭賦之祖，後人爲之，如至方不能加矩，至圓不能過規。』信哉斯言也。」

四庫全書總目提要集部楚辭類小序：「裒屈宋諸賦，定名楚辭，自劉向始也。後人或謂之騷，故劉勰品論楚辭，以『辨騷』標目。考史遷稱『屈原放逐，乃著離騷』，蓋舉其最著一篇。九歌以下，均襲騷名，則非事實矣。」

紀評：「離騷乃楚辭之一篇，統名楚辭爲騷，相沿之誤也。」又：「辭賦之源出于騷，浮艷之根，亦濫觴于騷，『辨』字極爲分明。」

補注：「詳案周中孚鄭堂札記云：史記太史公自序：屈原放逐著離騷。又云：作辭以諷諫，連類以争義，離騷有之。漢書遷傳：屈原放逐，乃賦離騷。皆舉首篇以統其全書，據此，彦和亦統全書而言，紀氏殆未審也。」

札記：「自彦和論文，别騷于賦，蓋欲以尊屈子，使離騷上繼詩經，非謂騷賦有二。觀詮賦篇云：『靈均唱騷，始廣聲貌。』是仍以離騷爲賦矣。隋書經籍志别楚辭于總集，意蓋亦同舍人。」

范注：「漢書藝文志：屈原賦二十五篇。二十五篇中，離騷爲最重，後人因以騷名其全書。（文史通義經解下云：『史遷以下，至取騷以名其全書。』按史公自序：『屈原放逐著離騷。』屈原傳亦未嘗單以騷爲名。）時序篇謂：『爰自漢室，迄于成哀，雖世漸百齡，辭人九變，而大抵所歸，祖述楚辭，靈均餘響，于是乎在。』以其影響甚大，故彦和于詮賦篇外，别論之（文選亦于賦外别標騷目，其實騷非文體之名）。」

許文雨文論講疏：「按劉氏此篇實總楚辭而言（標題曰騷，特舉其最著之一篇以代表全體），意謂楚辭足以嗣續風雅也。此種楚辭，班固藝文志竟標以賦稱，蓋辭賦本係同體耳。劉勰別有詮賦篇，舉班固所稱古詩之流以勘賦源，以爲『受命於詩人而拓宇於楚辭』。蓋劉氏訹于名號，必以荀況禮、智，宋玉風、釣，始敢稱之。亦可謂滯于形迹者已。」

自風雅寢聲〔一〕，莫或抽緒〔二〕，奇文鬱起〔三〕，其離騷哉〔四〕！固已軒翥詩人之後〔五〕，奮飛辭家之前〔六〕。豈去聖之未遠，而楚人之多才乎〔七〕！

〔一〕校注：「文選班固兩都賦序：『昔成康没而頌聲寢。』漢書禮樂志：「漢典寢而不著。」顏師古注：「寢，息也。」皇甫謐三都賦序：「至於戰國，王道陵遲，風雅寢頓。」

〔二〕説文：「抽，引也。」揚雄太玄經玄瑩：「群倫抽緒。」注：「抽，收也。」抽緒謂收引餘緒，即曹批「直接其緒」之義。注訂：「莫或抽緒者，嘆繼起無人也。」文論講疏：「論語微子：『太師摯適齊，亞飯干適楚，三飯繚適蔡，四飯缺適秦，鼓方叔入于河，播鼗武入于漢，少師陽、擊磬襄入于海。』蓋當時官失其業而分散，雅樂由是淪亡而不可復。」

文體明辨序説楚辭類：「風雅既亡，乃有楚狂鳳兮，孺子滄浪之歌，發乎情，止乎禮義，與詩人六義不甚相遠。但其辭稍變詩之本體，而以『兮』字爲讀，則夫楚聲固已萌蘖于此矣。」孟子離婁：「王者之迹息，而詩亡。」

〔三〕橋川時雄：「楚辭夫蓉館、汲古閣本『鬱』作『蔚』。時按蔚之本義，牡蒿也，古多借『蔚』爲『茂』字，蔚、鬱二字，亦一聲之轉。」

〔四〕梅注：「離騷者，猶離憂也。按史記屈原傳：原名平，楚之同姓也。爲楚左徒，王甚任之。上官大夫、令尹子蘭讒之，王怒而疏屈平，故憂愁幽思而作離騷。後人稱之曰騷經。又作九歌、天問、九章、遠遊、卜居、漁父諸篇。」王逸離騷序：「離，別也；騷，愁也。言己放逐離别，中心愁思。」應劭曰：「離，遭也；騷，憂也。」（史記屈原列傳索隱引）注訂：「戴震屈原賦注：『離騷，即牢愁也。』蓋古語。揚雄有畔牢愁，離、牢一聲之轉，今人猶言牢騷。」

〔五〕「固已」，橋川時雄：「各本及唐寫同，胡本作『固以』，楚辭夫蓉館、汲古閣本作『故以』。」又：「按後漢書班彪傳下注云：『軒翥，謂飛翔上下也。』廣雅釋詁一：翥，舉也。釋詁三：翥，飛也。」斯波六郎：「楚辭遠遊：『鸞鳥軒翥而翔飛。』洪興祖補注：『方言十：「翥，舉也。楚謂之翥。」』文選班固典引：「三足軒翥於茂樹。」李善注：「軒翥，飛貌。」「詩人」，指三百篇之作者。

〔六〕日知録二十一詩體代降條：「三百篇之不能不降而楚辭，楚辭之不能不降而漢魏，勢也。」是騷承于詩，賦又承于騷，三者有連綿生長之關係。「奮飛」，振翼而飛。詩邶風柏舟：「不能奮飛。」毛傳：「不能爲鳥奮翼而飛去。」注訂：「辭家指宋玉以下諸家而言。」

〔七〕孟子盡心下：「去聖人之世，若此其未遠也。」序志：「去聖久遠，文體解散。辭人愛奇，言貴浮詭。」橋川時雄：「左傳襄公二十年云：惟楚有才，晉實用之。」

以上爲第一段，初論騷體之興，繼軌風雅。

昔漢武愛騷，而淮南作傳〔一〕，以爲「國風好色而不淫，小雅怨誹而不亂〔二〕。若離騷者，可謂兼之〔三〕。蟬蜕穢濁之中〔四〕，浮游塵埃之外，皭然涅而不緇〔五〕，雖與日月争光可也。」

〔一〕梅注：「淮南王名安，漢高帝孫，厲王長之子也。武帝時，安入朝獻所作，内篇新出，上愛祕之，使爲離騷傳，旦受詔，日食時上。」

范注：「漢書淮南王傳：『淮南王安入朝，獻所作，内篇新出，上愛祕之。使爲離騷傳，旦受詔，日食時上。』顔師古注曰：『傳謂解説之，若毛詩傳。』王念孫讀書雜志漢書離騷傳條：『「傳」當作「傅」，傅與賦古字通。使爲離騷傅者，使約其大旨而爲之賦也。漢紀孝武紀云：「上使安作離騷賦，旦受詔，食時畢。」高誘淮南鴻烈解叙云：「詔使爲離騷賦，自旦受詔，日早食已。」此皆本于漢書。太平御覽皇親部十六引此作離騷賦，是所見本與師古不同。』」校證在神思篇「淮南崇朝而賦騷」句下云：「今案辨騷篇作『昔武帝愛才，淮南作傳』，則彦和已兩歧其說。尋漢紀武帝紀云：『上使安作離騷賦，旦受詔，日食時畢。』」御覽一五〇引漢書亦作『使爲離騷賦』。蓋此事自來兩傳，故彥和兼用也。」楊樹達漢書管窺以爲當作「傳」，傳「記述大意」，「賦」則「傳」之譌字。又其專文離騷傳與離騷賦詳論「傳」在西漢是指「通論雜說式」的傳，東漢方指「訓故式」的傳。武帝、劉安皆西漢人，故知所作離騷傳只是「泛論大意的文字」，不是訓故，所以能半日而畢。

校注：「章炳麟國故論衡明解故上：『淮南爲離騷傳，其實序也，太史依之以傳屈原。』」

〔二〕「誹」，元刻本作「謗」。校證：「『誹』原作『謗』，梅據許改。按唐寫本正作『誹』。」橋川時雄：「楚辭夫蓉館、汲古閣本作『誹』。」

詩大序：「關雎樂得淑女以配君子，憂在進賢，不淫其色，哀窈窕，思賢才，而無傷善之心焉，是關雎之義也。」

〔三〕曹學佺批：「詩亡之後，屈平直接其緒，故彥和正緯以辨騷也。此非劉子之言也，國風小雅，離騷兼之，漢人已言之矣。」范注：「唐寫本『可謂』下無『兼之』二字，誤。」史記屈原列傳「國風好色而不淫，小雅怨誹而不亂，若離騷者，可謂兼之矣。上稱帝嚳，下道齊桓，中述湯武，以刺世事。明道德之廣崇，治亂之條貫，靡不畢見。其文約，其辭微，其志潔，其行廉，其稱文小而其指極大，舉類邇而見義遠。其志潔，故其稱物芳；其行廉，故死而不容自疏。濯淖汙泥之中，蟬蛻於濁穢，以浮游塵埃之外，不獲世之滋垢，皭然泥而不滓者也。推此志也，雖與日月争光可也。」班固離騷序：「昔在孝武，博覽古文。淮南王安叙離騷傳，以『國風好色而不淫，小雅怨誹而不亂，若離騷者，可謂兼之。蟬蜕濁穢之中，浮游塵埃之外，皭然泥而不滓。推此志，雖與日月争光可也。』斯論似過其真。」文論講疏：「按謂離騷兼之，恐不盡然，因離騷雖有小雅之怨誹，而不似國風之好色。美人香草，皆是比喻之詞，屈原處境如此，安得復爲色欲所驅，而追戀美人乎？」斠詮：「案離騷好色，如稱宓妃、有娀、二姚之類，皆比喻，非實事。怨誹，如云『九死未悔，顑頷何傷』，亦怨而不亂也。」

〔四〕史記屈原列傳正義：「蜕，去皮也。」淮南子精神訓：「蟬蜕蛇解，游於太清。」蟬脱殼比喻解脱。

〔五〕「涅」，染黑。論語陽貨：「不曰白乎？涅而不緇。」孔注：「涅可以染皂。言至白者，染之於涅而不黑；喻君子雖在濁亂，濁亂不能污。」「皭然」，潔白貌。橋川時雄：「唐寫欄下記云：『緇，黑色。』説文：『涅，黑土在水中者也。』故唐寫欄下記云：『涅，水中黑。』」

班固以爲露才揚己〔一〕，忿懟沉江〔二〕；羿澆二姚〔三〕，與左氏不合〔四〕；崑崙懸圃〔五〕，非經義所載；然其文辭麗雅〔六〕，爲詞賦之宗〔七〕，雖非明哲〔八〕，可謂妙才。

〔一〕班固離騷序：「及至羿、澆、少康、二姚、有娀佚女，皆各以所識，有所增損，然猶未得其正也。故博采經書傳記本文，以爲之解。且君子道窮，命矣。……故大雅曰：『既明且哲，以保其身。』斯爲貴矣。今若屈原，露才揚己，競乎危國群小之間，以離讒賊，然責數懷王，怨惡椒蘭，愁神苦思，强非其人，忿懟不容，沈江而死，亦貶絜狂狷景行之士。多稱昆侖（范注：昆侖下疑脱懸圃二字。）冥婚宓妃，虚無之語，皆非法度之政，經義所載，謂之『兼詩風、雅而與日月争光』，過矣。然其文弘博麗雅，爲辭賦宗，後世莫不斟酌其英華，則象其從容。自宋玉、唐勒、景差之徒，漢興，枚乘、司馬相如、劉向、揚雄，騁極文辭，好而悲之，自謂不能及也。雖非明智之器，可謂妙才者也。」

劉熙載藝概卷三賦概：「班固以屈原爲露才揚己，意本揚雄反離騷，所謂『知衆嫮之嫉妬兮，何必揚纍之蛾眉』是也。然此論殊損志士之氣。」

〔二〕「懟」，怨恨。

〔三〕訓故：「離騷：『羿淫遊以佚田兮，又好射夫封狐。固亂流其鮮終兮，浞又貪夫厥家。澆身被服彊圉兮，縱欲而不忍，日康娱而自忘兮，厥首用夫顛隕。』又云：『及少康之未家兮，留有虞之二姚。』」梅注：「羿，有窮君之號。澆，寒浞子。二姚，虞君思之女，以妻夏后少康。」離騷王逸注：「浞，寒浞，羿相也。……因夏衰亂，代之爲政，娱樂田獵，不恤民事，信任寒浞，使爲國相。」又：「澆，寒浞子也。……浞殺羿而取羿妻，生澆，强梁多力，縱放其情，不忍其慾，以殺夏后相也。」又：「有虞，國名，姚姓。舜後也。昔寒浞使澆殺夏后相，少康逃奔有虞，虞因妻以二女。」

〔四〕札記：「案班孟堅序譏淮南王安作傳，説羿、澆、少康、二姚、有娀佚女，皆各以所識，有所增損，非譏屈子用事與左氏不合。彦和此語蓋有誤。」洪興祖楚辭補注卷一附録：「離騷用羿澆等事，正與左氏合。孟堅所云，謂劉安説耳。」按左傳哀公元年：「昔有過澆……滅夏后相，后緡方娠，逃出自竇，歸于有仍，生少康焉。爲仍牧正，惎澆能戒之。澆使椒求之，逃奔有虞，爲之庖正，以除其害。虞思于是妻之以二姚。」

羿，夏代部落有窮氏的君長。當啓的兒子太康時代，因夏亂，奪取政權。浞，即寒浞，羿所親信的國相。寒浞霸占了羿妻以後，生子過澆，武勇多力，殺死夏后相，後來他又爲相的兒子少康所殺。二姚。姚姓二女，夏少康妃。

注訂：「此據班固離騷序有『及至羿、澆、少康……然猶未得其正也』而言。但屈氏之論羿澆與左傳並無不合，見困學紀聞引洪慶善説。按左傳襄公四年，晉悼公納魏絳説和戎，絳引夏訓云，述后羿、寒浞、二姚事，與離騷皆同，豈班氏之説，或另有所據乎？」

〔五〕訓故：「離騷：『邅吾道夫崑崙兮，路脩遠以周流。』又：『朝發軔于蒼梧兮，夕余至乎懸圃。』」王逸注：「懸圃，神山也，在崑崙之上。」梅注：「水經云：『崑崙墟在西北，去嵩高五萬里，地之中也。其高萬一千里，河水出其東北陬。』酈道元注云：『崑崙之山三級，下曰樊桐，一名板松；二曰玄圃，一名閬風。上曰增城，一名天庭，是謂太帝之居。』山海經曰：西海之南，流沙之濱，赤水之後，黑水之前，有大山，名崑崙。』」黃注：「天問：『崐崙懸圃，其尻安在？』注『崑崙，山名，其巔曰懸圃。』」朱熹注：「崑崙，據水經，在西域……河水所出，非妄言也。但懸圃增城，高廣之度，諸怪妄説，不可信耳。」黄校：「懸，一作玄。」校注：「按唐寫本……作『玄』……『玄』與『懸』古字通。」姚範援鶉堂筆記卷四十文心雕龍辨騷：「按班氏離騷經章句叙云：『説五子以失家巷，謂伍子胥。及至羿、澆、少康、有娀佚女，皆各以所識有所增損，然猶未得其正也。』此並言淮南説騷之誤，彦和遂云與下崑崙、虙妃同爲譏屈之詞，失其指矣。」

〔六〕橋川時雄：「『然其』，唐寫及各本同，楚辭夫蓉館、汲古閣本『其』作『而』，時按從班固序作『其』是。」又：「唐寫無『辭』字，各本及楚辭夫蓉館本有『辭』。『其文辭麗雅』，本班固序，無『辭』字，似是。序作『雅麗』。」

〔七〕「宗」，祖，指開創者。

〔八〕校注：「『非明哲』，謂其投汨羅而死，詩大雅烝民：『既明且哲，以保其身。』」「哲」，智也。

王逸以爲詩人提耳〔一〕，屈原婉順〔二〕，離騷之文，依經立義〔三〕：駟虬乘鷖〔四〕，則時乘六龍〔五〕；崐崘流沙〔六〕，則禹貢敷土〔七〕。名儒辭賦〔八〕，莫不擬其儀表，所謂「金相玉質〔九〕，百世無匹」者也。

〔一〕訓故：「後漢書：王逸字叔師，南郡宣城人，順帝時官侍中，著楚辭章句。」王逸楚辭章句序：「且詩人怨主刺上，曰：『嗚呼小子，未知臧否，匪面命之，言提其耳。』風諫之語，於斯爲切。然仲尼論之，以爲大雅。引此比彼，屈原之辭，優遊婉順，寧以其君不智之故，欲提携其耳乎？而論者以爲露才揚己，怨刺其上，强非其人，殆失厥中矣。夫離騷之文，依託五經以立義焉：『帝高陽之苗裔』，則『厥初生民，時惟姜嫄』也……『駟玉虬而乘翳』，則『時乘六龍，以御天也』……『登昆侖而涉流沙』，則禹貢之敷土也。故智彌盛者其言博，才益多者其識遠。屈原之辭，誠博遠矣！自終没以來，名儒博達之士，著造辭賦，莫不擬則其儀表，祖式其模範，取其要妙，竊其華藻，所謂金相玉質，百世無匹，名垂罔極。永不刊滅者矣。」楚辭補注本「人」下有「之」字。詩大雅抑：「匪面命之，言提其耳。」正義：「非但對面命語之，我又親撕提其耳。」舊説周厲王無道，詩人作此詩諷諭，而且提撕厲王的耳朵，促使他驚覺。

〔二〕這是認爲離騷措辭還比大雅抑和緩。

〔三〕「依經立義」，漢書藝文志詩賦略論：「及楚臣屈原，離讒憂國，皆作賦以風，咸有惻隱古詩之義。」

〔四〕「駟」，黄注本作「駉」，誤。按唐寫本、元刻本、弘治本均作「駟」。校注：「離騷：『駟玉虬以乘鷖兮。』……當據各本改作『駟』。」

校證：「『鷖』原作『翳』。鈴木云：『洪本「翳」作「鷖」，可從。……』案王惟儉本作『鷖』，今據改。洪本，謂洪興祖楚辭補注也。」橋川時雄：「翳，蔽也，覆也，與『鷖』通用。故詩鳧鷖序釋文云：「翳鳥，鳳屬。」校注：「離騷……舊校云：『鷖一作翳。』……是『鷖』、『翳』二字古本相通。」按梅本正文作「翳」，在注文中作「鷖」，注云：「有角曰龍，無角曰虬。鷖，鳳凰別名也。」（此王逸注）訓故：「離騷：駟玉虬以乘鷖兮，溘埃風余上征。」楚辭補注：「言以鷖爲車而駕以玉虬也。駟，一乘四馬也。虬，龍類也……龍子有角者。鷖，于計、烏鷄二切。」

〔五〕易乾彖辭：「時乘六龍以御天。」王逸認爲離騷中的「駟玉虬」就是根據周易中的「乘六龍」寫的。正義：「此二句申明乾元乃統天之義，言乾之爲德以依時。乘駕六爻之陽氣，以控御於天體。六龍，即六位之龍也。以所居上下言之，謂之六位也。陽氣升降謂之六龍也。」

〔六〕離騷：「邅吾道夫崑崙兮，路脩遠以周流。」又：「忽吾行此流沙兮，遵赤水而容與。」王注：「流沙，沙流如水也。尚書（禹貢）曰：『餘波入於流沙。』」訓故：「書禹貢：『織皮崑崙，析支渠搜，西戎即敘。』又：『東漸于海，西被于流沙。』」招魂：「流沙千里。」

〔七〕尚書禹貢：「禹敷土。」正義：「禹分布治此九州之土。」

〔八〕橋川時雄：「唐寫及楚辭夫蓉館、汲古閣本作『詞』，各本作『辭』。」

〔九〕詩大雅棫樸：「金玉其相。」毛傳：「相，質也。」比喻文章的形式和内容都很華美。

及漢宣嗟嘆，以爲皆合經術〔一〕；揚雄諷味〔二〕，亦言體同詩雅〔三〕。四家舉以方經〔四〕，而孟堅謂不合傳〔五〕。褒貶任聲〔六〕，抑揚過實，可謂鑒而弗精〔七〕，翫而未覈者也〔八〕。

〔一〕校證：「唐寫本『術』作『傳』。」橋川時雄：「兩是。」范注：「漢書王褒傳：『宣帝時，修武帝故事，講論六藝群書，博盡奇異之好，徵能爲楚辭九江被公，召見誦讀。……所幸宮館，輒爲歌頌，第其高下，以差賜帛。議者多以爲淫靡不急。上曰：不有博弈者乎？爲之猶賢乎已！辭賦大者與古詩同義，小者辯麗可喜。辟如女工有綺縠，音樂有鄭衛，今世俗猶皆以此虞說耳目，辭賦比之，尚有仁義風諭，鳥獸草木多聞之觀，賢于倡優博弈遠矣。』」

〔二〕唐寫本「諷」作「談」，誤。斯波六郎：「户田浩曉氏校勘記補曰：『鍾本味作詠。』案應作『諷味』爲是。『諷味』之用例，見晉東海王越之敕世子毗『諷味遺言』（世說賞譽篇，又文選齊竟陵王行狀注引晉中興書）。」校證：「古論大觀『味』作『咏』。」綴補：「稗編七三引『味』作『咏』。」按「咏」字義長。

〔三〕校注：「按子雲語無攷，黄范諸家注亦未詳。王逸楚辭天問後序：『昔屈原所作，凡二十五篇，世相教傳，而莫能說天問，以其文義不次，又多奇怪之事。自太史公口論道之，多所不逮；至于劉向、揚雄，援引傳記（舊校云：「一作經傳。」）以解說之，亦不能詳悉。』舍人謂其『言體同詩雅』，就此可得其彷彿。」

橋川時雄：「按法言吾子卷第二云：『或曰賦可以諷乎？曰諷乎。』又云：『事勝辭則伉，辭勝事則賦，事辭稱則經。足言足容，德之藻矣。』李軌注云：『事辭相稱，乃合經典。』彥和所說亦本此。」

〔四〕梅注：「四家，即漢武、淮南、宣帝、揚雄。」曹學佺批：「四家當是王逸，非漢武。」

〔五〕范注：「鈴木云：洪本『傳』下有『體』字。」斠詮：「案『合傳』與上句『方經』對文，不應有『體』字。」

〔六〕斠詮：「任聲，任意言談，亦即信口批評之意。聲，即言也，見鬼谷子反應『以無形，求有聲』注。」注訂：「任聲指其言非，過實指其義謬。」

〔七〕唐寫本，「弗」作「不」。

〔八〕「覈」，核實。全句意謂玩味而未核實。橋川時雄：「唐寫『也』作『矣』，各本作『也』。」

以上爲第二段，辨别漢代各家對離騷的評價，認爲都有失於偏頗。

將覈其論，必徵言焉。故其陳堯舜之耿介〔一〕，稱禹湯之祇敬〔二〕：典誥之體也〔三〕。譏桀紂之猖披〔四〕，傷羿澆之顛隕〔五〕：規諷之旨也。虬龍以喻君子〔六〕，雲蜺以譬讒邪〔七〕：比興之義也。每一顧而掩涕〔八〕，歎君門之九重〔九〕：忠怨之辭也〔一〇〕。觀茲四事，同於風雅者也〔一一〕。

〔一〕訓故：「『彼堯舜之耿介兮，既遵道而得路。』王逸注：『耿，光也；介，大也。』」

〔二〕校證：「『禹湯』原作『湯武』，今從唐寫本及明翻宋本楚辭改。」黄注：「離騷：『湯禹儼而祇敬兮，周論道而莫差。』」范注：「據離騷應作湯禹。」校注：「按楚辭離騷：『湯禹儼而祇敬兮』，又：『湯禹嚴而求合兮』，并作『湯禹』；九章懷沙：『湯禹久遠兮』，亦作『湯禹』。疑舍人此文，原從離騷作『湯禹』，傳寫者以爲失叙，乃改爲湯武耳。若本作『禹湯』，恐不致誤也。」王逸注：「儼，畏也。祇，敬也。」

〔三〕唐寫本脱「典誥之體也，譏桀紂之猖披，傷羿澆之顛隕，規諷之旨」四句。范注：「詩無典誥之體。」注訂：「原述堯、舜、禹、湯，得尚書典誥之體要，非體裁之謂。」孔安國古文尚書序：「典、謨、訓、誥、誓命之文凡百篇。所以恢宏至道，示人主以軌範也。」

〔四〕離騷：「何桀紂之猖披兮，夫惟捷徑以窘步。」王逸注：「猖披，衣不帶之貌。……衣不及帶，欲涉邪徑。」猶今言行爲不檢。文選五臣注：「良曰：昌披，亂也。」

〔五〕離騷：「羿淫遊以佚田兮，又好射夫封狐；固亂流其鮮終兮，浞又貪夫厥家。澆身被服强圉兮，縱欲而不忍。日康娱而自忘兮，厥首用夫顛隕。」王逸注：「言羿因夏衰亂，代之爲政，娱樂畋獵，不恤民事，信任寒浞，使爲國相。浞行媚於内，施賂於外，樹之詐慝，而專其權勢。羿畋將歸，使家臣逢蒙射而殺之，貪取其家以爲己妻。」又：「澆，寒浞子。……言浞取羿妻而生澆，彊梁多力，縱放其慾，不能自忍。既滅夏后相，安居無憂，日作淫樂，忘其過惡，卒爲相子少康所誅。」

〔六〕黄注：「涉江：『駕青虬兮驂白螭。』注：『虬螭，神獸，宜於駕乘，以喻賢人清白可信任也。』」橋川時雄：「按虬龍注見前條，黄注引九章涉江亦無謂也。天問又有『焉有虬龍』句，王逸注略同。」

〔七〕黄注：「離騷：『飄風屯其相離兮，帥雲蜺而來御。』注：『飄風，無常之風，以興邪惡；雲蜺，惡氣，以喻佞人。』」校注：「按楚辭王逸離騷序：『離騷之文，依詩取興，引類譬諭……虬龍鸞鳳以託君子，飄風雲霓以爲小人。』」

「雲蜺」，一作「雲霓」。楚辭補注：「説文：霓，屈虹，青赤或白色，陰氣也。郭氏云：雄曰虹，謂明盛者；雌曰蜺，謂暗微者。」

〔八〕離騷：「長太息以掩涕兮，哀民生之多艱。」洪興祖補注：「掩涕，猶抆淚也。」哀郢：「望長楸而太息兮，涕淫淫其若霰；過夏首而西浮兮，顧龍門而不見。」

〔九〕黄注：「九辯：『豈不鬱陶而思君兮，君之門以九重。』注：『閽闔扃閉，道路塞也。』」文選五臣注：「雖思見君，而君門深邃，不可至也。」

〔一〇〕唐寫本「辭」作「詞」。下同，不重出校語。

〔一一〕唐寫本「於」作「乎」。范注：「詩無典誥之體。彦和云『觀兹四事，同於風雅』，似宜云：『同於書詩。』」斯波六郎：「案如范説，下文『故論其典誥則如彼』之『典誥』亦應改爲『書詩』。如以彥和此之『風雅』與彼之『典誥』互文而言，此『風雅』不應改。」注訂：「風雅概而言之也。離騷本詩之別裁，同於風雅者，不違詩人之旨也，故曰同。」

至于託雲龍〔一〕，說迂怪〔二〕，豐隆求宓妃〔三〕，鴆鳥媒娀女〔四〕：詭異之辭也。康回傾地〔五〕，夷羿彃日〔六〕，木夫九首〔七〕，土伯三目〔八〕：譎怪之談也〔九〕。依彭咸之遺則〔一〇〕，從子胥以自適〔一一〕：狷狹之志也〔一二〕。士女雜坐，亂而不分〔一三〕，指以爲樂；娛酒不廢，沉湎日夜〔一四〕，舉以爲懽〔一五〕：荒淫之意也。摘此四事〔一六〕，異乎經典者也〔一七〕。

〔一〕離騷：「駕八龍之婉婉兮，載雲旗之委蛇。」王逸注：「駕八龍者，言己德如龍，可制御八方；載雲旗者，言己德如雲雨，能潤施萬物也。」

〔二〕「迂怪」，迂遠怪誕。下文所說「木夫九首，土伯三目」等事，都是「說迂怪」。

〔三〕唐寫本「豐」上有「駕」字。趙萬里校記：「案此處上下文均三字爲句，『駕』字當據唐本補。」黃注：「『吾令豐隆乘雲兮，求宓妃之所在。』注：『豐隆，雲師，一曰雷師。宓妃，神女也，以喻隱士。』梅注：『宓妃，伏羲氏女，爲洛水神也。』五臣注：『宓妃，以喻賢臣。』」

〔四〕「娀女」，原作娥女，梅注本改，黃注本從之。唐寫本「鴆」上有「憑」字，「娥」作「娀」。趙氏校記：「案唐本是也，今本有脱誤，當據改。」離騷：「望瑤臺之偃蹇兮，見有娀之佚女。吾令鴆爲媒兮，鴆告余以不好。」王注：「有娀，國名，謂帝嚳之妃，契母簡狄也。配聖帝，生賢子，以喻貞賢也。」「鴆，運日也，羽有毒可殺人，以喻讒佞賊害人也。言我使鴆鳥爲媒，以求簡狄，其性讒賊，不可信用，還詐告我，言不好也。」

〔五〕梅注：「康回，共工名。蛇身朱髮。任智自神，俶亂天常，竊保冀方，自謂水德，欲壅防百川，隳高堙卑，以害天下。王逸離騷注云：共工怒觸不周山，地柱折，故傾也。」天問：「康回馮怒，地何故以東南傾？」王逸注：「康回，共工名也。淮南子言共工與顓頊争爲帝，不得，怒而觸不周之山。天維絶，地柱折，故東南傾也。」范注：「案淮南語在天文訓。」橋川時雄：「唐寫誤作『秉回』，『康』作秉，形似之譌。」按唐寫本此字在「康」「秉」之間。

〔六〕校證：「『彃』原作『蔽』，孫汝澄、徐𤊹改『彈』，王惟儉本同，唐寫本作『彃』。案天問：『羿焉彈日』，王注：『彈一作彃。』是彦和據一本作『彃』也。翻宋本楚辭載此文作『弊』。諸子篇『羿弊十日』，一本『弊』作『彃』。『弊』即『獘』之隸變，『蔽』又『獘』之形誤。『彃』『獘』音義俱同，今從唐寫本。」諸子：「羿弊十日。」梅注：「孫無撓曰：按離騷羿焉彈日。彈，射也。」淮南子本經訓：「逮至堯之時，十日并出，焦禾稼，殺草木，而民無所食。猰貐、鑿齒、九嬰、大風、封豨、脩蛇，皆爲民害。堯乃使羿誅鑿齒于疇華之野，殺九嬰于凶水之上，繳大風于青丘之野，上射十日而下殺猰貐，斷修蛇于洞庭，禽封豕于桑林，萬民皆喜。置堯以爲天子，于是天下廣狹險易遠近，始有道里。」范注：「天問『羿焉彈日？烏焉解羽？』王注：『淮南言堯時十日並出，草木焦枯。堯令羿仰射，十日中其九日。日中九烏皆死，墮其羽翼。』案淮南語在本經訓。」斠詮：「説文弓部：『彃，䠶也，從弓，畢聲。楚辭曰：芎焉彃日。』段注：『屈原賦天問篇文。今本芎作羿。……』……『彃』爲正字，其作『彈』者形誤，作『斃』者乃音假，仍宜從許慎所見漢本楚辭作『彃』爲是。不必從唐本作『斃』。」又：「案彥和此文作『夷羿』，蓋涉天問『帝降夷羿，革孽夏氏』之語而混用。王逸此語注云：『夷羿，諸侯，弒夏后相者也。』是夷羿乃弒夏后相之有窮后羿，與堯時射日之羿截然爲二人。論語憲問：『羿善射。』孔注：『羿，有窮國之君，篡夏后相之位，其臣寒浞殺之。』」

〔七〕校證：「『木夫』原作『木天』，王惟儉本作『一夫』，梅從謝改，注云：『按招魂云：「一夫九首，拔木九千。」……』今按唐寫本正作『木夫』。」黃注：「招魂：一夫九首，拔木九千些。」王注：「言有丈夫一身九首，强梁多力，從朝至暮，拔大木九千株也。」

〔八〕招魂：「土伯九約，其角觺觺些。……參目虎首，其身若牛些。」注：「土伯，后土之侯伯也。……其貌如虎，而有三目，身又肥大，狀如牛也。」斠詮：「案此與上則皆見招魂，彥和引之，足徵彥和所見楚辭列招魂爲屈原之作也。」斯波六郎：「案如下文所明言『固知楚辭者……』此段併論屈宋之作，引作宋玉之作，並不抵觸。」

〔九〕「譎怪」，譎詐奇怪。

〔一〇〕離騷：「雖不周于今之人兮，願依彭咸之遺則。」王注：「彭咸，殷賢大夫，諫其君不聽，自投水而死。遺，餘也。則，法也。言己所行忠信，雖不合于今之世，願依古之賢者彭咸餘法，以自率厲也。」

〔一一〕九章悲回風：「浮江淮而入海兮，從子胥而自適。」從子胥而自適，意謂準備投水而死，追隨子胥。洪注：「自適，謂順適自志也。」史記伍子胥傳：「吳王將北伐齊……伍子胥諫王釋齊而先越，而吳王不聽。太宰嚭既與子胥有隙，因讒之。吳王使使賜伍子胥屬鏤之劍曰：『子以此死。』伍子胥乃仰天嘆，告其舍人曰：『必抉吾眼懸吳東門之上，以觀越寇之入滅吳也。』乃自剄死。吳王聞之大怒，乃取子胥尸，盛以鴟夷革，浮之江中。」

〔一二〕「狷狹」，「狷」謂狷介，不肯同流合污，「狹」謂胸襟狹隘。

〔一三〕招魂：「士女雜坐，亂而不分些。」王注：「言醉飽酣樂，合罇促席，男女雜坐，比肩齊膝，恣意調戲，亂而不分別也。」

〔一四〕招魂：「娛酒不廢，沈日夜些。」王注：「言晝夜以酒相樂也。」朱注：「不廢，猶言不已。」「湎」，沈迷于酒。楚辭補注：「此皆宋玉之詞，非屈原意。自漢以來，靡麗之賦，勸百而諷一，其流至于齊梁而極矣，皆自宋玉倡之。」

〔一五〕「舉」與上文「指」字相對成文，當即指出之意。唐寫本「懽」作「歡」。

〔一六〕唐寫本「摘」作「指」。橋川時雄：「楚辭夫蓉館、汲古閣本作『擿』。」綴補：「按上文『指以爲樂』，此文『摘』作『指』，與上『指』字複，疑涉上文而誤。楚辭補注本『摘』作『適』，古字通用。」

〔一七〕唐寫本「乎」作「於」。注訂：「摘此四事，指上四事皆怪異之文，而異乎經典。然屈宋之旨，多託詞隱諷，此朱子所謂『生于繾綣惻怛，不能自已之至意』。讀者不可不辨也。」

故論其典誥則如彼〔一〕，語其夸誕則如此〔二〕，固知楚辭者，體憲于三代〔三〕，而風雜于戰國〔四〕，乃雅頌之博徒〔五〕，而詞賦之英傑也〔六〕。

〔一〕「典誥」即「同于典誥」之意。「典誥」雖屬尚書，在此也兼指其他經書，正如「同于風雅者也」之「風雅」不專指詩經。

〔二〕「夸」，元刻本、弘治本、張之象本、兩京本俱作「本」。梅注本改作夸，黄注本從之。唐寫本正作「夸」。曹學佺批：「摘其夸誕，此愛而知惡也。彥和欲扶風雅之切如此。」「夸誕」，謂夸張，荒誕。「論其典誥則如彼」，是概括屈原之文所同于經典者四事；「語其夸誕則如此」，是泛指屈原之文所異于經典者四事。

〔三〕「憲」字元刻本、弘治本不誤。馮舒校云：「『憲』，朱興宗改作『慢』，洪注楚辭附載此篇同作『夸』、『慢』。」梅六次本改作「慢」，注云：「元作憲，朱云：宋本楚辭作『體慢』。」校證：「『體憲』，梅據朱引宋本楚辭作『體慢』……蘇東坡詩集林子中以詩寄文與可及余與可既没追和其韻施注亦作『體慢』。案唐寫本、王惟儉本作『體憲』，今據改。屈子之文，體憲三代，故能取鎔經旨。『憲』讀『憲章』之『憲』。詔策篇『體憲風流』，正以『體憲』連文。」

〔四〕校證：「『雜』原作『雅』，施注蘇詩亦作『雅』。涉下文『雅頌』而誤，今從唐寫本改。此言屈子之文，雖風雜于戰國，然亦自鑄偉辭也。」范注：「『體慢』應據唐寫本作『體憲』。憲，法也。體法于三代，謂同于風雅之四事。『風雅』，亦應據唐寫本作『風雜』。風雜于戰國，謂異于經典之四事。」校釋：「唐寫本『慢』作『憲』，『雅』作『雜』是也。按屈子之文體法三代，故能『取鎔經旨』；風雜戰國，故又『自鑄偉辭』。此二字于辨章屈文最爲切要，當據改。」

校注：「時序篇云：『屈平聯藻於日月，宋玉交彩於風雲，觀其艷説，則籠罩雅頌，故知暐燁之奇意，出乎縱横之詭俗也。』正可作爲『風雜於戰國』一語注脚。」

藝概詩概：「劉勰辨騷謂楚辭『體慢于三代，風雅于戰國』，顧論其體，不如論其志，志苟可質諸三代，雖謂異地則皆然可耳。」

斠詮：「上文指屈作『同於風雅』者四事，『異乎經典』者亦有四事。故以『論其典誥則如彼，語其夸誕則如此』二語分承。今曰『體憲於三代』者，即指『同於風雅』之『典誥』而言；曰『風雜於戰國』者，則指『異乎經典』之『夸誕』而言。『憲』與『典誥』，『雜』與『夸誕』，兩相針對，若作『風雅於戰國』，非惟理脈不貫，亦且命義兩歧。」

〔五〕史記魏公子列傳：「公子聞趙有處士毛公，藏于博徒。」史記袁盎列傳：「安陵富人有謂盎曰：吾聞劇孟博徒。」集解：「如淳曰：『博盪之徒，或曰博戲之徒。』」知音篇：「彼實博徒，輕言負誚。」范注：「博徒，人之賤者。」意指楚辭比詩經差一點。注訂：「此謂比之雅頌，固遜之如博徒，于辭賦則崇之如英傑也。」

〔六〕橋川時雄：「汲古閣本『詞賦之英傑也』下洪注云：『此語施于宋玉可也。』」明許學夷詩源辨體楚：「劉勰云：『離騷軒翥詩人之後，奮飛辭家之前……乃雅頌之博徒，而詞賦之英傑也。』按淮南王、宣帝、揚雄、王逸皆舉以方經，而班固獨深貶之。劉勰始折衷，爲千古定論，蓋屈子本辭賦之宗，不必以聖經列之也。」藝概賦概：「騷爲賦之祖。太史公報任安書：『屈原放逐，乃賦離騷。』漢書藝文志：『屈原賦二十五篇。』不別名騷。劉勰辨騷曰：『名儒辭賦，莫不擬其儀表。』又曰：『雅頌之博徒，而辭賦之英傑也。』」

觀其骨鯁所樹，肌膚所附〔一〕，雖取鎔經旨，亦自鑄偉辭〔二〕。

〔一〕抱朴子辭意：「屬筆之家，亦各有病。其淺者，則患乎妍而無據，證援不給，皮膚鮮澤而骨鯁迴弱也。」按此骨鯁即骨幹。文心附會篇：「以情志爲神明，事義爲骨髓，辭采爲肌膚，宫商爲聲氣。」

斠詮：「『骨鯁』本應作『骨骾』。」注訂：「骨骾指意志，肌膚指文采。」

〔二〕范注：「唐寫本『偉』作『緯』，誤。」校證：「『旨』原作『意』，唐寫本、玉海二〇四作『旨』，今定從之。」札記：「二語最諦。異于經典者，固由自鑄其詞；同于風雅者，亦再經鎔煉，非徒貌取而已。」

藝概賦概：「或謂楚賦『自鑄偉辭』，其『取鎔經義』，疑不及漢。余謂楚取于經，深微周浹，無迹可尋，實乃較漢尤高。」

事類篇云：「屈宋屬篇，號依詩人，雖引古事，而莫取舊辭。」這話是指用事說的，却也可以和「雖取熔經意，亦自鑄偉辭」之說互相補充。

注訂：「因其志行本于忠誠，故曰取鎔經義；因其文采能變化風雅，故曰自鑄偉辭。」

講疏：「『取鎔經意』與『骨鯁所樹』相呼應，是就屈原作品的『質』（内容）講。……而『自鑄偉辭』則是與『肌膚所附』相呼應，乃是就屈原作品的『文』（形式）講。」

故騷經、九章，朗麗以哀志〔一〕；九歌、九辯，綺靡以傷情〔二〕；遠遊、天問，瓌詭而惠巧〔三〕；招魂、大招，耀艷而深華〔四〕。卜居標放言之致〔五〕，漁父寄獨往之才〔六〕。

〔一〕唐寫本無「故」字。王逸離騷經序：「離騷經者，屈原之所作也。……離，別也；騷，愁也；經，徑也。言已放逐別離，中心愁思，猶依道徑以風諫君也。……離騷之文，依詩取興，引類譬諭，故善鳥香草以配忠貞，惡禽臭物以比讒佞，靈脩美人以媲於君，宓妃佚女以譬賢臣，虬龍鸞鳳以託君子，飄風雲霓以爲小人。其辭温而雅，其義皎而朗，凡百君子莫不慕其清高，嘉其文采，哀其不遇，而愍其志焉。」前人因爲尊重離騷，所以稱之爲「經」。

王逸九章序：「屈原放於江南之野，思君念國，憂思罔極，故復作九章。章者，著也，明也。言己所陳忠信之道甚著明也。」按「朗」指「其義皎而朗」，「麗」謂雅麗，「哀志」謂使讀者「哀其不遇，而愍其志。」集釋稿：「太史公云：『余讀離騷、天問、招魂、哀郢，悲其志。』（史記屈原列傳）此即劉勰所謂『哀志』也。離騷固屬離憂之作，然哀志之句亦多。屈原列傳云：『其存君興國，而欲反覆之，一篇之中，三致志焉。』……離騷……下半部自『將往觀乎四荒』起，别開新意，筆調轉爲『朗麗』，令讀之者有神采飛揚之感。」

〔一一〕橋川時雄：「『歌』，唐寫作『哥』。時按：哥，聲也，古文以爲『歌』字，漢書多用『哥』爲『歌』也。」唐寫本「辯」作「辨」，「綺靡」作「靡妙」。

王逸九歌序：「昔楚南郢之邑，沅、湘之間，其俗信鬼而好祠。其祠必作歌樂鼓舞以樂諸神。屈原放逐，竄伏其域，懷憂苦毒，愁思沸鬱；出見俗人祭祀之禮，歌舞之樂，其詞鄙陋，因爲作九歌之曲。上陳事神之敬，下見己之冤結，託之以風諫。」王夫之楚辭通釋九歌序：「熟繹篇中之旨，但以頌其所祠之神，而婉娩纏綿，盡巫與主人之敬慕，舉無叛棄本旨，闌及己冤，但其情貞者其言惻，其志菀者其音悲。」

王逸九辯序：「九辯者，楚大夫宋玉之所作也。……宋玉者，屈原弟子也，閔惜其師忠而放逐，故作九辯以述其志。」王夫之楚辭通釋九辯序：「其詞激宕淋漓，異于風雅，蓋楚聲也。」

文選陸機文賦：「詩緣情而綺靡。」李善注：「綺靡，精妙之言。」橋川時雄：「按楚辭夫蓉館本九辨，作『辨』是。王逸序云：辨，變也，謂陳道德以變説君也。故作『辯』非。」

〔三〕校證：「唐寫本『惠』作『慧』，古通。」范注：「莊子天下篇釋文：『瓌瑋，奇特也。』」「瓌」，瑰的異體字，奇偉。

王逸遠遊序：「屈原履方直之行，不容于世。……遂叙妙思，託配仙人，與俱遊戲，周歷天地，無所不到。然猶懷念楚國，思慕舊故……是以君子珍重其志而瑋其辭焉。」

王逸天問序：「屈原放逐，憂心愁悴，彷徨山澤……見楚有先王之廟，及公卿祠堂，圖畫天地山川神靈，琦瑋僪佹，及古賢聖怪物行事……仰見圖畫，因書其壁，呵而問之，以渫憤懣，舒寫愁思。」本篇上文云：「康回傾地，夷羿彃日……譎怪之談也。」所以説：「遠遊、天問，瓌詭而惠巧。」

〔四〕王逸招魂序：「宋玉憐哀屈原忠而斥棄，愁懣山澤，魂魄放佚，厥命將落，故作招魂。欲以復其精神，延其年壽。」

校證：「『大招』原作『招隱』，徐校、譚校作『大招』，馮云：『「招隱」，楚辭本作「大招」，下云「屈宋莫追」。疑「大招」爲是。』案徐、馮、譚説是，唐寫本、王惟儉本正作『大招』，今據改。」札記：「招隱，宜從楚辭補注本作大招。」

王逸大招序：「大招者，屈原之所作也，或曰景差，疑不能明也。屈原放逐九年，憂思煩亂，精神越散，與形離別，恐命將終，所行不遂，故憤然大招其魂。」洪興祖補注：「屈原賦二十五篇，漁父以上是也，大招恐非原作。」唐寫本「深」作「采」。校注：「按唐寫本是。『深』，正作『罙』，蓋『采』初譌爲『罙』，後遂變爲『深』也。」

張立齋文心雕龍考異：「淮南小山有招隱士在續楚辭中，彥和所引不及賈誼以下諸篇，故從大招是。」又：「耀艷，文采外發也；深華，文采内蘊也。外發故曰耀，内蘊故曰深。深者，藏也。考工記：『梓人必深其爪。』即藏其爪也。采、採、彩互通，與『耀』字不協，從『深』是，楊校非。」楊用脩批：「耀艷深華四字，尤盡二篇妙處，故重圈之。」皮日休評楚辭幽秀古艷，亦與此相表裏，予稍易之云：招魂耀艷而深華，招隱幽秀而古朗。」

橋川時雄：「招魂，楚辭諸本俱謂宋玉作，未知何據。但史記太史公曰：『余讀離騷天問、招魂、哀郢，悲其志。』則當屬原作。玩其氣調，亦與九歌篇同。而以九辨、大招較之，殊似不逮。然而彥和此篇引招魂云：『一夫九首，土伯三目。』頗似以招魂爲原之辭，當俟再考。」

〔五〕王逸卜居序：「卜居者，屈原之所作也。屈原體忠貞之性而見嫉妬。……乃往至太卜之家，稽問神明，決之蓍龜，卜己居世，何所宜行，冀聞異策，以定嫌疑，故曰卜居也。」補注：「詳友丹徒陳祺壽云：『論語微子篇：隱居放言。集解引包咸云：放，置也，不復言世務。卜居云：吁嗟默默兮，誰知吾之廉貞。故彥和以放言美之。』按此句下云漁父寄獨往之才，亦言漁父鼓枻而去，獨往不返也。陳説甚確。」

札記：「卜居命龜之辭，繁多不翦，故曰放言。放言猶云縱言。陳解未諦。」放言，暢所欲言，不受拘束。晉書夏侯湛傳：「莊周駘蕩以放言。」

〔六〕王逸漁父序：「屈原放逐在江湘之間，憂愁嘆吟，儀容變易，而漁父避世隱身，釣魚江濱，欣然自樂。時遇屈原川澤之域，怪而問之，遂相應答。」范注：「孫君蜀丞曰：『文選任彦昇齊竟陵文宣王行狀注引淮南王莊子略要曰：「江海之士，山谷之人也，輕天下，細萬物而獨往者也。」司馬彪注曰：「獨往自然，不復顧世。」』」徐𤊹校云：「『往』，楚辭本作『任』。」校證：「案孫説是，徐校未可從。」楚辭補注作「獨任之才」，注云：「一云『獨任』當作『獨往』。」橋川時雄：「按『任』『往』並通，今從楚辭作任，與下句氣往之往不重。」莊子在宥篇：「獨往獨來。」

故能氣往轢古〔一〕，辭來切今〔二〕，驚采絶艷，難與並能矣〔三〕。

〔一〕斠詮：「氣往轢古，言其氣勢一往無前，足以陵踐古人也。轢，説文：『車所踐也。』」講疏：「『氣往轢古』是説……風格卓絶，精神超邁，度越古人；『辭來切今』是説楚辭離騷爲一種新興的文體，在形式方面，無論文法或修辭，都非常新鮮奇特，不但吸引當時人的注意，並能滿足讀者的興趣（切，合也）。」

〔二〕按「切今」當指切合當前的情景。下文説：「論山水，則循聲而得貌；言節候，則披文而見時。」可證。

〔三〕「難與並能」，是説别的作者難同他一樣地擅長。魯迅漢文學史綱要第四篇屈原及宋玉：「離騷之出，其沾溉文林，既極廣遠，評騭之語，遂亦紛繁。……楚雖蠻夷，久爲大國，春秋之世，已能賦詩，風雅之教，寧所未習？幸其固有文化，尚未淪亡，交錯爲文，遂生壯采。劉勰取其言辭，校之經典，謂有異有同，固雅頌之博徒，實戰國之風雅，『雖取鎔經義，亦自鑄偉辭。……故能氣往轢古，辭來切今，驚采絶艷，難與並能。』可謂知言者已。」

以上爲第三段，揭示楚辭各篇的藝術特色。

自九懷以下〔一〕，遽躡其迹〔二〕；而屈、宋逸步〔三〕，莫之能追〔四〕。

〔一〕「以」字，橋川時雄：「唐寫本及楚辭夫蓉館、汲古閣本作『已』，各本作『以』。」王逸九懷序：「九懷者，諫議大夫王褒之所作也。懷者，思也。……褒讀屈原之文……追而愍之，故作九懷以裨其詞……」

范注：「彦和所云九懷（王褒作）以下，當指東方朔七諫、劉向九嘆、嚴忌哀時命、賈誼惜誓、王逸九思諸篇。陳振孫書録解題云：『洪（興祖）氏從吴郡林虙得楚辭釋文一卷，乃古本，其篇第與今本不同。首離騷，次九辯，而後九歌、天問、九章、遠遊、卜居、漁父、招隱士、招魂、九懷、七諫、九嘆、哀時命、惜誓、大招、九思。』」

〔二〕「遽」，急也。注訂：「蓋諸家皆上本屈氏之體以作賦，故云『躡其跡』也。跡指屈宋，非指屈氏一人，因下文有屈、宋逸步之語，屈、宋聯稱，范注不省，謂專指屈氏者非。」斠詮：「躡，繼踵也，猶言追踪。其，指上述騷經、九章等十種屈宋之作。」

〔三〕莊子田子方：「夫子奔逸絶塵，而〔顔〕回瞠若乎後矣。」「逸」，奔跑。

〔四〕典論：「或問：『屈原、相如之賦孰愈？』曰：『優遊按衍，屈原之尚也。窮侈極妙，相如之長也。然原據托譬喻，其意周旋，綽有餘度矣。長卿、子雲，意未能及已。』」（北堂書鈔卷一百引）

故其叙情怨〔一〕，則鬱伊而易感〔二〕；述離居，則愴怏而難懷〔三〕；論山水，則循聲而得貌〔四〕；言節候，則披文而見時〔五〕。是以枚、賈追風以入麗，馬、揚沿波而得奇〔六〕；其衣被詞人，非一代也〔七〕。

〔一〕范注：「其，指屈原諸作。」斯波六郎：「案『其』指屈、宋。」

〔二〕後漢書崔寔傳：「智士鬱伊於下。」注云：「鬱伊，不申之貌。」「鬱伊」，同抑鬱，心情不舒暢。

〔三〕離居，這裏指屈原被流放而離開國都。九歌大司命：「將以遺兮離居。」「愴怏而難懷」，斠詮：「謂悲愴悵惘，難以爲懷也。……難以爲懷，亦即不忍卒讀之意。」

〔四〕如九歌、九章中之寫山水，而寫水者尤多。

〔五〕春覺齋論文流别論第一節：「涉江之詞曰：『哀南夷之莫吾知兮，旦余將濟乎江湘。乘鄂渚而反顧兮，欸秋冬之緒風。步余馬兮山皋，邸余車兮方林。乘舲船余上沅兮，齊吴榜而擊汰。船容與而不進兮，淹迴水而凝滯。朝發枉渚兮，夕宿辰陽；苟余心之端直兮，雖僻遠其何傷？入漵浦余儃佪兮，迷不知吾所如。深林杳以冥冥兮，乃猨狖之所居。山峻高以蔽日兮，下幽晦而多雨。霰雪紛其無垠兮，雲霏霏其承宇。哀吾生之無樂兮，幽獨處乎山中。吾不能變心以從俗兮，固將愁苦而終窮。』此一段，真所謂述離居，論山水，言節候，悉納于小小篇幅中矣。夫惟朝廷之莫己知，遂涉江而逝。然秋冬之風撲面，迴顧國都，已在蒼蒼莽莽之中。秋水漫天，楚江日暮，自枉渚至辰陽，初無托足之所。于是深林猨狖，雨雪淒迷，其中著一去國之孤臣，不特此身不可安頓，即此心亦寧有安頓之處？又知國家衰敗，斷無容己之人，即一己亦不願變心而從俗。不待讀涉江全文，只此小小結構，静中思之，在在咸中悲梗。」

曹學佺批：「山水循聲而得貌，節候披文而見時，此極真之文也。若緯書祗僞，惑矣，烏能真！」

以上指出楚辭在抒情和寫景各方面的成就。

〔六〕漢書藝文志詩賦略論：「楚臣屈原離讒憂國，皆作賦以風，咸有惻隱古詩之義。其後宋玉、唐勒，漢興枚乘、司馬相如，下及揚子雲，競爲侈麗閎衍之詞，没其風諭之義。」史記賈誼列傳：「誼爲長沙王太傅，意不自得，及渡湘水，爲賦以弔屈原。」

范注：「漢書枚乘傳：『梁客皆善屬辭賦，乘尤高。』藝文志屈原賦類下有枚乘賦九篇，賈誼賦七篇，司馬相如賦二十九篇。漢書揚雄傳：『蜀有司馬相如作賦甚弘麗温雅，雄心壯之，每作賦，常擬之以爲式。』」橋川時雄：「楚辭夫蓉館、汲古閣本無『是以』二字。『詞人』唐寫作『辭人』。」「沿波」，循屈、宋的餘波。

〔七〕「衣被」，加惠于人，這裏指給人以影響。

故才高者菀其鴻裁〔一〕，中巧者獵其豔辭〔二〕，吟諷者銜其山川〔三〕，童蒙者拾其香草〔四〕。若能憑軾以倚雅頌〔五〕，懸轡以馭楚篇〔六〕，酌奇而不失其真〔七〕，翫華而不墜其實〔八〕；則顧盼可以驅辭力〔九〕，欬唾可以窮文致〔一〇〕，亦不復乞靈於長卿〔一一〕，假寵於子淵矣〔一二〕。

〔一〕「菀」，梅注：「音鬱。」唐寫本作「苑」。趙萬里校記：「案唐本是也。『苑』與『蘊』通。廣雅云：『蘊，聚也。』是其義。」

范注：「菀訓鬱，訓蘊，是自動詞，下列三句中『獵』、『銜』、『拾』三字皆他動詞，語氣不順，疑『菀』即『捥』之假字，集韻：捥，取也。捥其鴻裁，謂取鎔屈宋製作之大義，以自製新辭，然此非淺薄所能，故曰『才高者捥其鴻裁』也。」

校證：「『菀』，唐寫本作『苑』，古通，漢書谷永傳注云：『菀，古苑字。』又百官公卿表上，太僕屬官之牧師菀令，即苑令也。管子水地篇：『地者，諸生之根菀也。』舊注：『菀，囿城也。』皆

『苑』、『菀』古通之證。詮賦篇『京殿苑獵』，以『苑』『獵』對文，與此正同。雜文篇云：『苑囿文情。』體性篇云：『文辭根葉，苑囿其中。』練字篇云：『苑囿奇文。』『苑』字義並與此同。蓋離騷一書，辭藻豐蔚，多所蘊蓄，若草木禽獸之苑囿然，後人多在其中討生活，所謂『衣被詞人，非一世也』。詮賦篇云『故知殷人輯頌，楚人理賦，斯並鴻裁之寰域，雅文之樞轄也。』亦『苑其鴻裁』之意也。」「鴻裁」，指文章的鴻偉體制。

潘重規唐寫文心雕龍殘本合校（以下簡稱「合校」）：「漢書谷永傳師古注云：『菀古苑字。』苑囿字，六朝人往往書作『菀』，此菀即『範』也。苑囿用作動詞，蓋範圍包括之意。詮賦篇云：『故知殷人輯頌，楚人理賦，斯並鴻裁之寰域，雅文之樞轄。』『才高者菀其鴻裁』，謂才高者能盡得其體製也。」

〔二〕橋川時雄：「夫蓉館本『中』作『志』，時按作『中巧』是。」札記：「中巧，猶言心巧。」斯波六郎：「案此『中』字爲『中的』之『中』，喻射。故下用『獵』字。梅音『中，去聲』，亦作『中的』解。」

〔三〕按「銜」有含咏意，如「含英咀華」。講疏：「『吟諷者銜其山川』是説諷誦欣賞的人，可以在楚辭的作品……中體會到寫景的樂趣。」

〔四〕易蒙：「匪我求童蒙，童蒙求我。」正義：「童蒙，闇昧之意。」「拾其香草」，謂拾取其中香草的比喻。王逸離騷經序：「善鳥香草以配忠貞。」楊批：「拾其香草，大奇句。」「童蒙」，啓蒙的童子。講疏謂「拾其香草」是説在楚辭的作品中「學習到各種博物的知識」，並引孔子的話説學詩可以「多識於鳥獸草木之名」（論語陽貨篇）。

魯迅摩羅詩力説二：「惟靈均將逝……則抽寫哀怨，鬱爲奇文。……然中亦多芳菲悽惻之音，而反抗挑戰，則終其篇未能見，感動後世，爲力非强。劉彦和所謂『才高者菀其鴻裁，中巧者獵其艷辭，吟諷者啣其山川，童蒙者拾其香草』，皆著意外形，不涉内質。孤偉自死，社會依然。四語之中，函深哀焉。」（墳，全集第一卷）

〔五〕校注：「左傳僖公二十八年：『子玉使鬭勃請戰，曰：「請與君之士戲，君馮軾而觀之。」』釋文：『馮，皮冰反。』」「馮軾」，靠在車前横木上，表示尊敬。「倚雅頌」，倚重雅頌，而楚辭不過是「雅頌之博徒」。

〔六〕此句意謂有節制地來駕御楚辭，也就是有選擇地學習楚辭，欣賞楚辭。

〔七〕札記：「彦和論文，必以存真實爲主，亦鑑于楚艷漢侈之流弊而立言。其實屈、宋之辭，辭華者其表儀，真實者其骨幹，學之者遺神取貌，所以有僞體之譏。」

校注：「『其真』，唐本作『居貞』。按『貞』字是，『居』則非也。」

校釋：「貞者，正也。對奇而言貞，與實對華而言同。」又「舍人論文，每反復于奇貞華實之間。奇華者，采之外彰者也。貞實者，道之内藴者也。屈子『取鎔經旨』，故不失其貞，不墜其實。屈賦『自鑄偉詞』，故可酌其奇，可翫其華。」

定勢篇：「舊練之才，則執正以馭奇；新學之鋭，則逐奇而失正；勢流不反，則文體遂弊。」

又謂：「然淵乎文者，並總群勢；奇正雖反，必兼解以俱通。」

〔八〕老子三十八章：「處其實，不居其華。」

「翫」，橋川時雄：「楚辭夫蓉館、汲古閣本作『玩』。時按翫，習也；玩，弄也。楚辭哀時命『誰可與玩此遺芳』王注：玩，習也。此假玩爲翫也。」按定勢篇云：「效騷命篇者，必歸艷逸之華。」但是不能損害作品内容的真實性。

春覺齋論文流别論第一節：「文心雕龍辯騷篇曰：『酌奇而不失其真，翫華而不墜其實。』是言真知騷者也。枚、賈得其麗，馬、揚得其奇，此私淑者之徑造其室也。然其叙情怨，述離居，論山水，言節候，綜此四者，披而讀之，暝目遐想，良有不可自解者。……

「乃知騷經之文，非文也，有是心血，始有是至言。賈誼惜誓，九嘆，皆有所感，故聲悲而韻亦長。東方、嚴忌諸人習而步之，彌不及矣。後人引吭佯悲，極其摹仿，亦咸不能似，似者唯一柳柳州。柳州解祟、懲咎、閔生、夢歸、囚山諸賦，則直步九章，而宥蝮蛇、斬曲几、憎王孫，則又與卜居、漁父同工而異曲。……即劉勰所謂真也，實也；不實不真，佳文又胡從出哉！」

「貞」指「規諷之旨」、「比興之義」，亦即「同于風雅」者，是楚辭與詩經精神相通之處。「奇」指「詭異之辭」、「譎怪之談」，亦即「異乎經典」者，是楚辭所獨具的光怪陸離的幻想形式。「華」是「詞采」，「實」是作品的思想内容。

〔九〕合校：「唐寫本『盼』作『眄』。案六朝人眄字，俗寫作『盻』，盻字是。」斠詮：「顧眄，還視曰顧，衺視曰眄。」校注：「按『眄』『盻』『盼』三字，形音誼俱別（王觀國學林卷十『盼眄盻』條辨之甚詳）。……三字形近，每致淆誤。此當以作『眄』爲是。」「驅」，謂驅遣。「辭力」，謂文辭氣力。

〔一〇〕「欬唾」，莊子秋水篇：「子不見夫唾者乎？噴則大者如珠，小者如玉。」因而有「欬唾成珠玉」一語。斠詮：「欬唾之聲甚微，因假以喻言語聲之輕者。」此處謂輕聲吟誦自己的作品。「文致」，文章的情趣。

〔一一〕左傳哀公二十四年「：寡人欲徼福於周公，願乞靈於臧氏。」「乞靈」，本指祈求神靈賜以援助，後泛指借助于外物。

〔一二〕左傳昭公四年：「君若苟無四方之虞，則願假寵以請於諸侯。」杜注：「欲借君之威寵以致諸侯。」范注：「王褒，字子淵，宣帝時辭家之首，故彥和云然。北堂書鈔九十七引桓譚新論云：『余少時好離騷，博觀他書，輒欲反學。』亦此意也。」

第四段，講楚辭對後代的影響。進而總結出效騷命篇的基本原則。

贊曰：不有屈原，豈見離騷〔一〕！驚才風逸〔二〕，壯志煙高〔三〕。山川無極，情理實勞〔四〕。金相玉式〔五〕，艷溢錙毫〔六〕。

〔一〕唐寫本「原」作「平」。此謂離騷由一個偉大作家所創造。

〔二〕此謂驚人才華，如飄風那樣奔放。

〔三〕范注：「『壯志』，唐寫本作『壯采』，是。」校注：「詮賦篇『時逢壯采』，亦以『壯采』連文。」鈴木云：「洪本校注云：『煙一作雲。』」考異：「騷體志鬱而文盛，『志』字非，從唐寫本作『采』是。」斠詮：「謂其壯麗之辭采，若煙飛雲翔也。」

〔四〕物色篇：「山林皋壤，實文思之奧府。……然屈平之所以能洞鑒風騷之情者，抑亦江山之助乎？」無窮，無極的山川，均賴作者運用匠心來表達，使主客觀交融爲一，故云「山川無極，情理實勞」。

斠詮：「言屈賦所叙寫之山川，固然悠遠無極；所抒發之情理，實亦煞費憂勞也。」

郭注：「今案勞當訓遼，聲之誤也。詩漸漸之石：『山川悠遠，非其勞矣。』箋云：『其道里長遠，邦域又勞勞廣闊。』正義：『鄭以勞爲遼遼，言廣闊之意。』又：『廣闊遼遼之字，當以遼遠之遼，而作勞字者，以古之字少，多相假借。詩人口之咏歌，不專以竹帛相授，音既相近，故遂用之。此字義自得通，故不言當作遼也。』劉彦和正用詩之鄭箋。」此又一解，贊美屈原的襟懷和感情像山川一樣遼闊。

〔五〕校注：「按詩大雅棫樸：『金玉其相。』毛傳：『相，質也。』左傳昭公十二年：『其詩曰：「祈昭之愔愔……式如玉，式如金。」』」

斠詮：「金相玉式，言其情辭兼備，有如以金爲質，以玉爲飾也。王逸楚辭章句序：『所謂金相玉質，百世無匹，名垂罔極，永不刊滅者矣。』……式，飾式，法式。」

〔六〕橋川時雄：「唐寫作『艷逸錙毫』，楚辭夫蓉館、汲古閣本作『艷溢錙毫』。徐校云：改本『艷溢錙毫』，又云：一作『絶艷稱豪』。梅本云：元作『絶益稱豪』。時按諸本紛雜，難得一是。然唐寫本、楚辭，僅差一字。逸、溢兩通。『溢』字妥。他本異同，皆出摸索，不問之可也。」

斠詮：「言其片詞隻字，皆艷采四溢，美不勝收也。錙毫，極言其細微。陸機文賦：『考殿最於錙銖，定去留於毫芒。』（五臣）注：『濟曰：「錙銖，秤兩也。毫，細毛也。皆至微小者也。」』」

按時序篇云：「屈平聯藻于日月，宋玉交彩于風雲。觀其艷説，則籠罩雅頌，故知暐燁之奇意，出乎縱横之詭俗也。」

卷二

明詩第六

這是一篇詩史，它具體地説明了詩體源流和詩歌發生發展的規律，並根據他的理論來説明各個時期代表作家作品的成就，還根據政治社會的升沉，來解釋各個時代的詩風。

大舜云：「詩言志，歌永言〔一〕。」聖謨所析〔二〕，義已明矣。是以在心爲志，發言爲詩〔三〕，舒文載實〔四〕，其在兹乎！詩者，持也，持人情性〔五〕；三百之蔽，義歸無邪〔六〕，持之爲訓，有符焉爾〔七〕。

〔一〕「歌」，唐寫本作「哥」，下並同。尚書舜典：「詩言志，歌永言。聲依永，律和聲。」舊傳釋此二句云：「謂詩言志以導之，歌詠其義以長其言。」左傳襄公二十七年：「詩以言志。」説文：「詩，志也，從言，寺聲。古文作訨，從言，㞢聲。」楊樹達説文十義釋詩：「志字從心，㞢聲，寺字亦從㞢聲。㞢、志、寺古音蓋無二。古文從言㞢，『言㞢』即『言志』也。篆文從言寺，『言寺』亦『言志』也。……蓋詩以言志爲古人通義，故造文者之制詩字也，即以言志爲文。其以㞢爲志，或以寺爲志，音近假借耳。……古詩、志二文同用，故許徑以『志』釋詩。」按「永」字通「詠」。

禮記樂記：「詩言其志也，歌詠其言也，舞動其容也。」宗經篇：「詩主言志，詁訓同書。」

〔二〕宗經篇：「聖謨卓絶。」「謨」，典謨，在此指舜典。

〔三〕詩大序：「詩者，志之所之也。在心爲志，發言爲詩。」正義：「詩者，人志意之所適也。雖有所適，猶未發口，蘊藏在心，謂之爲志，發見於言，乃名爲詩。言作詩者所以舒心志憤懣，而卒成於歌詠，故虞書謂之『詩言志』也。」

禮記孔子閒居：「志之所至，詩亦至焉。」漢書藝文志：「書曰：『詩言志，歌詠言。』故哀樂之心感而歌詠之聲發。誦其言謂之詩，詠其聲謂之歌。」宋書謝靈運傳論：「夫志動于中，則歌詠外發。」藏在內心的思想感情就是志，而表現爲語言就是詩。志藏在內心不可見，詩歌就是把它表現于外的一種工具。

〔四〕「文」謂文辭；「實」指實質，就是內容。注訂：「此四字即本上注正義所云『所以舒心志憤懣，而卒成于歌詠』也。」

〔五〕唐寫本「詩」上有「故」字。鄭玄詩譜序：「詩之道放于此乎？」正義：「詩緯含神霧云：『詩者，持也。』……爲詩所以持人之行，使不失隊。」楊慎評曰：「儀禮：『詩附之。』又云：『詩懷之。』皆訓爲持。此『詩者，持也』本此。千古詩訓字，獨此得之。」劉熙載藝概詩概：「詩之言持，莫先于内持其志，而外持風化從之。」范文瀾文心雕龍講疏：「樂記曰：『是故先王本之情性，稽之度數，制之禮義，合生氣之和，道五常之行，使之陽而不散，陰而不密，剛氣不怒，柔氣不懾，四暢交於中而發作於外，皆安其位而不相奪也。』吕氏春秋仲夏紀大樂篇曰：『成樂有具，必節嗜慾。』此之謂矣。」按持有制義，「持人情性」就是節制人的情感。這種看法是因襲儒家觀念，和下文所説詩之「順美匡惡，其來久矣」是有密切聯繫的。

〔六〕論語爲政：「子曰：『詩三百，一言以蔽之，曰思無邪。』」包咸注：「蔽，猶當也。」正義：「詩之爲體，論功頌德，止僻防邪，大抵皆歸於正，於此一句可以當之也。」「當」，有概括意。魯迅摩羅詩力説一：「中國之詩，舜云『言志』，而後賢立説，乃云『持人性情』，三百之旨，無邪所蔽。夫既言志矣，何持之云？强以無邪，即非人志。許自繇於鞭策羈縻之下，殆此事乎？」

〔七〕唐寫本「有」上有「信」字。言「持之爲訓」甚合詩意也（注訂）。紀評：「『大舜』九句是『發乎情』，『詩者』七句是『止乎禮義』。」

以上爲第一段，説明詩的産生及其教育作用。

人稟七情〔一〕，應物斯感，感物吟志〔二〕，莫非自然〔三〕。

〔一〕禮記禮運：「何爲人情？喜、怒、哀、懼、愛、惡、慾，七者弗學而能。」

〔二〕禮記樂記：「凡音之起，由人心生也。人心之動，物使之然也。感於物而動，故形於聲。」又：「夫民有血氣心知之性，而無哀樂喜怒之常，應感起物而動，然後心術形焉。」集注：「或詢詩人『應物斯感，感物吟志』之狀，則應之曰：陸士衡文賦：『竚中區以玄覽，頤情志於典墳。遵四時以嘆逝，瞻萬物而思紛。悲落葉於勁秋，喜柔條於芳春。心懍懍以懷霜，志眇眇而臨雲。』此其狀也。」宋書謝靈運傳論：「民稟天地之靈，含五常之德，剛柔迭用，喜愠分情。」本書物色篇：「歲有其物，物有其容。情以物遷，辭以情發。一葉且或迎意，蟲聲有足引心。況清風與朗月同夜，白日與春林共朝哉！是以詩人感物，聯類不窮。流連萬象之際，沉吟視聽之區。寫氣圖貌，既隨物以婉轉；屬采附聲，亦與心而徘徊。」詩品序：「氣之動物，物之感人，故搖蕩性情，形諸舞詠。」

〔三〕曹學佺批：「詩以自然爲宗，即此之謂。」日僧空海文鏡秘府論論文意：「自古文章，起於無作，興於自然，感激而成，都無飾練，發言以當，應物便是。古詩云：『日出而作，日入而息。鑿井而飲，耕田而食。』當句皆瞭也。其次，尚書歌曰：『元首明哉，股肱良哉，庶事康哉！』亦句句便瞭。自此之後，則有毛詩，假物成焉。」

朱熹詩集傳序：「人生而静，天之性也。感於物而動，性之欲也。夫既有欲矣，則不能無思；既有思矣，則不能無言；既有言矣，則言之所不能盡，而發於咨嗟咏歎之餘者，必有自然之音響節族而不能已焉。此詩之所以作也。」朱自清先生在詩言志辨裏説：「從反映現實的意義而言，情和志是不應有什麽分别的。自從陸機提出了『詩緣情而綺靡』之説，『情』和『志』纔有分别。劉勰是主張『詩言志』的，這個地方的『志』明指『七情』，因爲『感物吟志』既『莫非自然』，『緣情』作用也就包在其中了。」

昔葛天樂辭，玄鳥在曲〔一〕；黄帝雲門〔二〕，理不空絃〔三〕。至堯有大唐之歌〔四〕，舜造南風之詩〔五〕，觀其二文，辭達而已〔六〕。

〔一〕「昔葛天樂辭」原作「昔葛天氏樂辭云」。趙萬里唐寫本文心雕龍殘卷校記：「唐寫本『天』字『氏』字『云』字均無。案此文疑當作『昔葛天樂辭，玄鳥在曲』，方與下文『黄帝雲門，理不空綺』相對成文。今本衍『氏』字『云』字，唐本奪『天』字，均有誤。然終以唐本近是。」玉海卷一百六引作「昔葛天樂辭，玄鳥在曲」。校證：「『葛天樂辭，玄鳥在曲』者，謂葛天氏八闋之歌，中有玄鳥之樂也。樂府篇云『淫辭在曲』，文例正同。」呂氏春秋仲夏紀古樂篇：「昔葛天氏之樂，三人操牛尾，投足以歌八闋：一曰載民，二曰玄鳥，三曰遂草木，四曰奮五穀，五曰敬天常，六曰建帝功，七曰依帝德，八曰總禽獸之極。」按操牛尾投足以歌，確實是古代勞動人民的形象。至於八闋的内容，則不可考。大體前四闋反映生産勞動和原始宗教信仰，後四闋則有的反映了階級社會的意識形態。其中玄鳥見於商頌，其它各篇可能也是有歌辭的。

〔二〕訓故：「周官大司樂：奏黄鍾，歌大吕，舞雲門，以祀天神。」周禮春官大司樂：「以樂舞教國子，舞雲門大卷……」鄭注：「黄帝曰雲門、大卷。……言其德如雲之所出，民得以有族類。」蔡邕獨斷：「黄帝曰雲門，顓頊曰六莖，帝嚳曰五英。」

〔三〕校證：「『絃』原作『綺』，朱云：『當作絃。』……按唐寫本，玉海正作『絃』。詩譜序正義云：『大庭有鼓籥之器，黄帝有雲門之樂，至周尚有雲門，明其音樂和集。既能和集，必不空絃，絃之所歌，即是詩也。』即本文心。今據改。」札記：「理不空絃者，以其既得樂名，必有樂詞也。」

〔四〕趙氏文心雕龍殘卷校記：「唐寫本『唐』作『章』。」玉海引作「唐」。札記：「『唐』一作『章』。尚書大傳云：『報事還歸，二年譈然，乃作大唐之歌。』鄭注曰：『大唐之歌，美堯之禪也。』據此文，是大唐乃舜作以美堯，則作『大章』者爲是。樂記曰：『大章，章之也。』鄭注曰：『堯樂名。』」按莊子天下篇亦稱：「黄帝有咸池，堯有大章。」范注：「案大唐乃舜美堯禪之歌，不得云堯有，似當作『大章』爲是。然鄭注樂記『大章』，已云周禮闕之。彦和所見，當即尚書大傳大唐之歌，行文偶誤耳。」注訂：「鄭言『美堯之禪』，可證歌乃堯時之作，當可稱『堯有』。范注稱宜作『大章』，指彥和偶誤，非是。」

〔五〕訓故：「古今樂録：舜彈五絃之琴，歌南風之詩。」按禮記樂記：「昔者舜作五絃之琴，以歌南風。」歌辭載孔子家語辯樂解。本書時序篇：「有虞繼作，政阜民暇，『薰風』詩于元后，『爛雲』歌于列臣。」

〔六〕論語衛靈公：「子曰：辭達而已矣。」

詩品序：「昔南風之辭，卿雲之頌，厥義敻矣。」可見劉勰、鍾嶸二人對于南風之歌的評價不同。

及大禹成功，九序惟歌〔一〕；太康敗德，五子咸怨〔二〕；順美匡惡〔三〕，其來久矣〔四〕。

〔一〕本書原道篇：「夏后氏興，業峻鴻績，九序惟歌。」又時序篇：「至大禹敷土，九序詠功。」按尚書大禹謨云：「禹曰：於，帝念哉！德惟善政，政在養民。水、火、金、木、土、穀，惟修；正德、利用、厚生，惟和。九功惟叙，九叙惟歌。」孔傳：「言六府三事之功有次叙，皆可歌樂，乃德政之致。」序通叙。蔡傳：「叙者，言九者各順其理，而不汩陳以亂其常也。歌者，以九功之叙而詠之歌也。」「九序」是説九項重大的政治措施都安排好了。

〔二〕梅注：「夏書：太康尸位以逸豫，滅厥德，黎民咸貳。乃盤遊無度，畋于有洛之表，十旬弗反。有窮后羿，因民弗忍，距于河。厥弟五人，御其母以從，徯于洛之汭，五子咸怨，述大禹之誡以作歌。」歌辭見尚書夏書五子之歌篇。史記夏本紀：「帝啓崩，子帝太康立。帝太康失國，昆弟五人，須于洛汭，作五子之歌。」離騷：「五子用失乎家衖。」「怨」字，唐寫本、御覽並作「諷」。考異：「『五子咸怨』句本尚書五子之歌，諷字非。」按本書才略篇：「五子作歌，辭義温雅。」仍以「怨」字爲長。

〔三〕孝經事君章：「將順其美，匡救其惡。」鄭玄詩譜序：「論功頌德，所以將順其美；刺過譏失，所以匡救其惡。」

〔四〕古代學者對于詩的起源揣測紛紜。詩譜序説：「詩之興也，諒不于上皇之世；大庭軒轅，逮于高辛，其時有亡，載籍亦蔑云焉。虞書曰：『詩言志，歌永言，聲依永，律和聲。』然則詩之道放於此乎？」鄭氏的意思似乎認爲「詩」字最早見于虞書，因此就推定詩篇起源于舜的時代。按舜典一篇，近人考證以爲源出周人，而不是虞舜時代的作品。但從鄭玄以來，漢魏六朝學者每每喜歡在古書裏搜羅實例，證明虞舜以前已經有詩。劉勰所根據的書，如吕氏春秋、周禮、古文尚書、莊子天下篇、孔子家語等，都是比較晚出的；而且他所注意的，除去葛天樂辭以外，都是帝王家的詩篇，而對于作爲詩之起源的民歌不够重視，這顯然是嚴重的缺點。

宋書謝靈運傳論：「夫志動于中，則歌詠外發，六義所因，四始攸繫，升降謳謠，紛披風什。雖虞夏以前，遺文不覩，稟氣懷靈，理無或異。然則歌詠所興，宜自生民始也。」因爲人的感情受到外物的刺激，會發生喜怒哀樂的變化，就需要表現爲詩歌，來發抒自己的胸懷。就在遠古時代，情況和後代也是一樣的。那麽説起來，詩歌隨着語言，隨着人的情感而同時産生，它的來源是很遠的。祇是在殷周以前的詩歌遺文，已經看不到了。而先秦諸子所紀載的，或者經史所留傳的，大半是出于依托。像沈約這種多聞闕疑的精神，是比劉勰更切合實際的。

以上爲第二段，解釋詩的名義並論詩歌的起源。

自商暨周，雅頌圓備〔一〕，四始彪炳〔二〕，六義環深〔三〕，子夏監絢素之章〔四〕，子貢悟琢磨之句，故商、賜二子，可與言詩〔五〕。

〔一〕斯波六郎：「范氏謂『圓備』爲『周備』之譌，但與下文之『亦云周備』重複。『圓通』（論説、封禪）、『圓合』（鎔裁）、『圓覽』（總術）、『圓照』（知音）、『圓該』（知音）等『圓』字，不僅爲彥和所好用，又『圓備』亦見於文鏡秘府論（南）：『理貴於圓備，言資於順序。』」

〔二〕四始有毛、魯、韓、齊四家不同的説法，其中毛、韓二家和魯詩的説法是比較接近的。現在引魯詩的説法作代表。至于劉勰究竟相信哪一家的説法，在文心雕龍裏看不出來。史記孔子世家：「古者詩三千餘篇，及至孔子，去其重，取可施于禮義，上采契、后稷，中述殷、周之盛，至幽、厲之缺，始于衽席，故曰『關雎之亂以爲風始，鹿鳴爲小雅始，文王爲大雅始，清廟爲頌始』。三百五篇孔子皆弦歌之，以求合韶、武、雅、頌之音。」（孔安國習魯詩，司馬遷曾從司馬談問故，似乎史記中説詩的地方，可認爲代表魯詩的説法。）「彪炳」，是燦爛的意思。

〔三〕左傳昭公十七年：「環而塹之。」杜注：「環，周也。」「六義環深」，猶言六義周密而深厚。

〔四〕「監」，趙氏校記云：「按唐本作『鑒』，與御覽五八六正合。」

論語八佾：「子夏問曰：『巧笑倩兮，美目盼兮，素以爲絢兮，何謂也？』子曰：『繪事後素。』曰：『禮後乎？』子曰：『啓予者商也，始可與言詩已矣！』」

〔五〕唐寫本「詩」下有「矣」字。論語學而：「子貢曰：『貧而無諂，富而無驕，何如？』子曰：『可也，未若貧而樂，富而好禮者也。』子貢曰：『詩云：如切如磋，如琢如磨。其斯之謂與？』子曰：『賜也，始可與言詩已矣！告諸往而知來者。』」

自王澤殄竭，風人輟采〔一〕；春秋觀志，諷誦舊章〔二〕，酬酢以爲賓榮〔三〕，吐納而成身文〔四〕。逮楚國諷怨，則離騷爲刺〔五〕。秦皇滅典，亦造仙詩〔六〕。

〔一〕説文：「殄，盡也，絶也。」

漢書藝文志六義略：「古有採詩之官，王者所以觀風俗，知得失，自考證也。」孟子離婁下：

「王者之迹熄而詩亡。」班固兩都賦序：「昔成康没而頌聲寢，王澤竭而詩不作。」

〔二〕訓故：「春秋左傳鄭伯享趙孟於垂隴，子展、伯有、子西、子産、子太叔、二子石從。趙孟曰：七子從君以寵武（趙孟名）也，請皆賦以卒君貺，武亦以觀七子之志。」按此見左傳襄公二十七年。

范注：「春秋列國朝聘酬酢，必賦詩言志，然皆諷誦舊章，辭非己作，故彦和云然。」漢書藝文志詩賦略序：「古者諸侯卿大夫交接鄰國，以微言相感。當揖讓之時，必稱詩以諭其志，蓋以别賢不肖，而觀盛衰焉。故孔子曰『不學詩無以言』也。」

〔三〕左傳襄公二十七年：「文子告叔向曰……詩以言志，志誣其上而公怨之，以爲賓榮，其能久乎！」正義：「反將公之所怨以爲賓之榮寵。劉炫云：而公顯然將比來之怨以爲對賓之榮樂也。」

〔四〕左傳僖公二十四年：「介之推……對曰：言，身之文也。」斟詮謂吐納，「彦和用作『吐屬』、『談吐』解，指諷誦詩篇而言」。誦詩是當時外交上的禮節，就招待外賓講，是「以爲賓榮」；就顯出自己的才能講，是「以爲身文」。

〔五〕史記屈原列傳：「屈平之作離騷，蓋自怨生也。」淮南王劉安離騷傳：「國風好色而不淫，小雅怨誹而不亂；若離騷者，可謂兼之矣。上稱帝嚳，下道齊桓，中述湯武，以刺世事。」（史記屈原列傳引）

范注引郝懿行曰：「按漢志以騷爲賦，此篇以騷爲詩，蓋賦者古詩之流，離騷者含詩人之性情，具賦家之體貌也。」

〔六〕明李元陽史記題評卷六始皇本紀「使博士爲僊真人詩」引劉勰云：「秦皇滅籍，亦造仙詩。」玉海卷五十九引此句注云：「史記：始皇使博士爲仙真人詩。及行所遊天下，傳令樂人謌弦之。」梅注：「史記：秦始皇三十六年，有墮星下東郡，至地爲石。黔首或刻其石曰：始皇帝死而地分。始皇聞之，遣御史逐問，莫服，盡取石旁居人誅之。因燔銷其石。始皇不樂，使博士爲仙真人詩。及行所遊天下，傳令樂人歌弦之。」訓故略同。札記：「案上文三十五年盧生説始皇曰：真人者，入水不濡，入火不爇，凌雲氣，與天地久長。于是始皇曰：吾慕真人，自謂真人，不稱朕。」范注：「仙真人詩不傳。」

漢初四言，韋孟首唱〔一〕，匡諫之義，繼軌周人〔二〕。孝武愛文，柏梁列韻〔三〕，嚴馬之徒，屬辭無方。〔四〕

〔一〕梁啓超云：「案孟生卒年史不載，約當漢高祖時。」（中國之美文及其歷史）漢書韋賢傳載韋孟「爲楚元王傅，傅子夷王及孫王戊。戊荒淫不遵道，孟作詩諷諫。……或曰：其子孫好事，述先人之志而作是詩也」。未知孰是。楚元王爲高祖同母少弟。

〔二〕詩中説：「如何我王，不思守保。不惟履冰，以繼祖考。邦事是廢，逸遊是娱。犬馬繇繇，是放是驅。務彼鳥獸，忽此稼苗。烝民以匱，我王以媮。……曾不夙夜，以休令聞。……彌彌其失，岌岌其國。」希望楚王戊能「興國救顛」。

史通載文篇：「至如詩有韋孟諷諫……篇則賈誼過秦……此皆言成規則，爲世龜鏡。」說詩晬語：「韋孟諷諫，在鄒之作，肅肅穆穆，未離雅正。」「繼軌周人」是説韋孟的詩能繼承周代詩人諷諫的軌範。

注訂：「風雅之體，盛于周人。澤竭詩亡，至漢由韋孟始復作也，故曰：繼軌周人。」

〔三〕古文苑卷八柏梁臺詩：「武帝元封三年，作柏梁臺，語群臣二千石有能爲七言詩，乃得上坐。」柏梁臺詩每句押韻，一韻到底，故云「列韻」。

時序篇：「逮孝武崇儒，潤色鴻業，禮樂争輝，辭藻竟騖：柏梁展朝讌之詩，金堤制恤民之詠。」

日知録卷二十一：「漢武柏梁臺詩出三秦記，云是元封三年作，而考之于史，則多不符。……反覆考證，無一合者。蓋是後人擬作，剽取武帝以來官名及梁孝王世家乘輿駟馬之事以合之，而不悟時代之乖舛也。」

古詩源于柏梁臺詩下注云：「三秦記謂柏梁臺詩是元封三年作，然梁孝王薨于孝景之世，又光禄勳、大鴻臚、大司農、執金吾、京兆尹、左馮翊，右扶風，皆武帝太初元年所更名，不應預書于元封之時，其爲後人擬作無疑也。不然，郭舍人敢狂蕩無禮，而東方朔乃以滑稽語爲戲耶？」

今人逯欽立漢詩别録二柏梁臺詩（見中央研究院歷史語言研究所集刊第十三本），考證載録柏梁臺詩最早的古籍，是西漢舊記東方朔别傳及漢武帝集，而非三秦記。校注：「按柏梁臺詩顧炎武日知録謂出後人擬作，確爲不易之論。但前代無有疑其爲僞者。如……顔延之庭誥：『柏梁以來，繼作非一，所纂至七言而已。』（御覽五八六引）王僧孺謝齊竟陵王使撰衆書啓：『柏梁初構，首屬驂駕之辭。』（類聚五五引）……並其證。」

〔四〕嚴，梅注、范注以爲嚴忌，斯波六郎文心雕龍范注補正：「嚴恐爲嚴助。漢書嚴助傳云云，又東方朔傳云云，與司馬相如並舉者，有嚴助而無嚴忌。又據鄒陽傳、司馬相如傳，嚴忌僅仕吴、梁，未仕漢武。」斠詮：「案助爲忌子，相如與之先後同對，此處嚴，彦和蓋混指其父子二人，不必泥實。」

校注：「漢書禮樂志：『以李延年爲協律都尉，多舉司馬相如等數十人造爲詩賦……作十九章之歌。』」才略篇：「相如好書，師範屈宋，洞入夸艶，致名辭宗。然覈取精意，理不勝辭，故揚子以爲『文麗用寡者長卿』，誠哉是言也。」范注：「玉臺新詠卷九載司馬相如琴歌二首，出後人附會。」葉長青文心雕龍雜記（以下簡稱「雜記」）：「詩品序云：『王、揚、枚、馬之徒，辭賦競爽，而吟詠靡聞。』與此同。」

按禮記檀弓：「事親有隱而無犯，左右就養無方。」注：「方，猶常也。」「無方」的意思是説没有常軌，不一定是缺點，看時序篇的上下文就可明白。葉氏所引詩品序中的話，似乎和本文不符。校注：「郊祀歌十九章中，有三言、四言或雜言（無完整五言），並無固定形式，故云『屬辭無方』。」

至成帝品録，三百餘篇〔一〕，朝章國采〔二〕，亦云周備，而辭人遺翰，莫見五言〔三〕，所以李陵、班婕妤見疑於後代也〔四〕。

〔一〕漢書藝文志總序：「成帝時……詔光禄大夫劉向校經傳、諸子、詩賦。」漢書藝文志詩賦略：「凡歌詩二十八家，三百一十四篇。」

〔二〕斠詮：「朝章，指文士所作朝廟樂章……國采，指樂府所采各地歌謠而被之管弦者，如『代趙之謳，秦楚之風』皆是。」

〔三〕陔餘叢考卷二十三五言詩：「文心雕龍曰：漢成帝品録，三百餘篇，不見有五言。蓋在西漢時，五言猶是創體，故甄録未及也。」范注：「彦和之意，似謂三百餘篇中不見著名文士作五言詩，非謂三百餘篇無一五言詩也。採自民間之歌謠，非辭人所作，而盡多五言，彦和殆未嘗疑之也。」因爲五言詩起自民間，歌謠樂府用五言的比較多。文人學士每每不重視這種新體，縱然有人作，也不自居其名。文章流別論云：「五言者，『誰謂雀無角，何以穿我屋』之屬是也。于俳諧倡樂多用之。」如李延年北方有佳人歌，除「寧不知」三字外，通體五言，而李延年就是出身倡家。到了東漢，五言流行久了，文人纔有仿作的。

〔四〕唐寫本無「好」字。校證：「御覽『疑』作『擬』。按宋書顏延之傳，延之庭誥云：『逮李陵衆作，總雜不類，元是僞託，非盡陵制。』則『疑』讀作『擬』，亦通。」鍾嶸詩品序：「逮漢李陵，始著五言之目矣。……自王、揚、枚、馬之徒，詩賦競爽，而吟詠靡聞。從李都尉迄班婕妤，將百年間，有婦人焉，一人而已。」他並不認爲可疑。

文選録李少卿與蘇武詩三首，又蘇子卿詩四首。七首中玉臺新詠祇録蘇武「結髮爲夫妻」一首，其餘的都不録。而藝文類聚、初學記及古文苑所收的還有十首。大概唐朝所傳的蘇、李詩，除文選中的七首以外，還有這十首。明馮惟訥古詩紀則以前七首爲原作，後十首爲後人擬作。後十首中，李陵八首的末兩首，古文苑祇録首次兩聯，下注「闕」字，可見唐時後半已經佚失。而明楊慎升菴詩話却有末首的全文，説是「見修文殿御覽」。蘇、李詩的全部資料如此。

蘇軾答劉沔書：「李陵蘇武贈别長安，而詩有江漢之語。……正齊梁間小兒所擬作，決非西漢人，而（蕭）統不悟。」章樵古文苑注引蘇軾云：「劉子玄辨文選所載李陵與蘇武書非西漢文，蓋齊梁間文士擬作者也。吾因悟陵與蘇武贈答五言，亦後人所擬。」又云：「李陵、蘇武五言皆僞，而蕭統不能辨。」後來洪邁容齋隨筆、錢大昕十駕齋養新録也有類似的看法。按文選卷三十載謝靈運擬魏太子鄴中集詩八首，如果失去了作者的原名，後世一定認爲曹氏兄弟和建安七子贈答的作品，蘇李詩大概也是這一類的。關于這個問題，梁啓超在漢魏時代之美文一篇中辨證得詳明。近人馬雍又撰蘇李詩制作時代考，比較字法、句法、章法的體裁結構，推定蘇李詩爲魏晉人作（見國文月刊）。

訓故：「漢書：孝成班婕妤，帝初即位，選入後宮。始爲少使，俄而大幸，爲婕妤。後畏飛燕之譖，求供養太后長信宮。文選婕妤怨歌行。」

嚴羽滄浪詩話考證：「班婕妤怨歌行，文選直作班姬之名，樂府以爲顔延年作。」胡才甫箋注：「按樂府詩集相和歌辭楚調曲，怨歌行仍題班婕妤，無顔延年作，不知滄浪所據何本。」

文選李善注：「歌録曰：怨歌行古辭，然言古者有此曲而婕妤擬之。」

按陸機婕妤怨：「奇情在玉階，託意惟團扇。」明指此詩。縱然這首詩是後人擬作，也當在西晉以前，不可能出自顔延年的手筆。這裏劉勰祇是説李陵、班婕妤的詩篇後代有人懷疑，他自己並没有肯定這些都是僞作。

按召南行露，始肇半章〔一〕，孺子滄浪，亦有全曲〔二〕；暇豫優歌，遠見春秋〔三〕；邪徑童謡，近在成世〔四〕；閲時取證〔五〕，則五言久矣〔六〕。

〔一〕詩經召南行露第二章：「誰謂雀無角，何以穿我屋？誰謂女無家，何以速我獄？雖速我獄，室家不足。」本書章句篇：「五言見于周代，行露之章是也。」按大雅綿第九章通體五言。

〔二〕孟子離婁篇載孺子之歌曰：「滄浪之水清兮，可以濯我纓。滄浪之水濁兮，可以濯我足。」按歌中雖然有「兮」字，而實際上是以清、纓，濁、足押韻，所以説是「全曲」五言。

〔三〕國語晉語二：「優施乃飲里克酒，中飲，優施起舞曰：『暇豫之吾吾，不如鳥烏。人皆集于苑，己獨集于枯。』」

〔四〕梅注：「『邪徑敗良田，讒口亂善人。桂樹花不實，黄爵巢其顛。昔爲人所羨，今爲人所憐。』漢書五行志曰：成帝時歌謡也。桂，赤色，漢家象。花不實，無繼嗣也。王莽自謂黄象，黄爵巢其顛也。」除此以外，漢書尹賞傳載成帝時長安中爲尹賞作歌云：「安所求子死，桓東少年場。生時諒不謹，枯骨後何葬？」也是通體五言。

〔五〕「閲」，經歷。「閲時取證」，從歷史的發展上來證明。唐寫本「證」作「徵」。

〔六〕詩品序：「夏歌曰：『鬱陶乎予心。』楚謡曰：『名余曰正則。』雖詩體未全，然是五言之濫觴也。逮漢李陵，始著五言之目矣。」

文鏡秘府論論文意引皎然詩議：「五言之作，召南行露，已有濫觴。漢武帝時，屢見全什，非本李少卿也。」

文體明辨序説：「論者以爲五言之源，生于『南風』，衍于五子之歌，流于三百五篇，而廣于離騷，特其體未備耳。逮漢蘇、李，始以成篇。」按劉勰所舉，多是一鱗半爪，並非全體五言詩。成帝時童謡雖是通體五言，但不能算作「辭人遺翰」。劉氏之意大概是説西漢文士没有人作五言詩，至于五言歌謡，則行之久矣。

又古詩佳麗，或稱枚叔〔一〕，其孤竹一篇，則傅毅之詞〔二〕，比采而推〔三〕，兩漢之作乎？〔四〕

〔一〕枚乘，字叔。札記：「徐陵玉臺新詠有枚乘詩八首：『青青河畔草』一，『西北有高樓』二，『涉江採芙蓉』三，『庭中有奇樹』四，『迢迢牽牛星』五，『東城高且長』六，『明月何皎皎』七，『行行重行行』八。此皆在十九首中。玉臺又有『蘭若生春陽』一首，亦云枚叔作。文選古詩十九首李善注：古詩蓋不知作者，或云枚乘，疑不能明也。詩云『驅車上東門』，又云『游戲宛與洛』，此則辭兼東都，非盡是乘矣。」

〔二〕唐寫本「詞」作「辭」。「冉冉孤生竹」一首，文選以爲無名氏詩。樂府詩集題作冉冉孤竹行古辭，屬雜曲歌辭。陳沆詩比興箋卷一古詩十篇箋：「『冉冉孤生竹』首，劉勰謂：『孤竹篇，傅毅之詞。』後漢書言毅少作迪志詩，又以顯宗求賢不篤，士多隱處，作七激以諷。此詩猶是旨也。」許文雨詩品釋：「可見舊本均題爲古詩，彥和亦無斷然之意也。」

〔三〕「比」，比較；比較其文采而推論。唐寫本「采」作「彩」。

〔四〕趙萬里校記謂：「唐寫本『兩』上有『故』字，『乎』作『也』。按御覽五八六引『兩』上有『固』字。『固』『故』音近而訛。疑此文當作『固兩漢之作也』，今本有脱誤。」按「固」「故」字通。

黄侃詩品講疏謂劉氏出此言是「以枚乘爲西漢人，傅毅爲東漢人故」。

詩品序：「古詩眇邈，人世難詳，推其文體，固是炎漢之制，非衰周之倡也。」

按古詩十九首内容很複雜，自然不是一時代，更不是一個人的作品（沈德潛説）。劉勰根據傳説，把作者歸之于枚乘，自己也是疑信參半。蕭統認爲這些詩失去作者姓名，于是編在李陵之前，也是一種不得已的辦法。到徐陵編玉臺新詠，把古詩中的九首，加上作者枚乘的名字，這是没有確據的。現在把古詩十九首時代的可疑者，列舉于後：

「西北有高樓」，駱鴻凱文選學：「據洛陽伽藍記四以此樓爲西明門外之西北高樓，則楊衒之不以爲枚乘作也。」

「驅車上東門」，朱珔文選集釋：「上東門乃洛陽之門……長安東面三門，見水經注，無上東門之名。」又于「遥望郭北墓」下釋云：「蓋洛陽北門外有邙山，冢墓多在焉。則此即謂北邙之墓矣。」黄侃詩品講疏：「阮嗣宗詠懷詩注引河南郡圖經曰：東有三門，最北頭有上東門。按此東都城門名也。故疑東漢人之辭。」

「青青陵上柏」，詩中有「遊戲宛與洛」句，詩品講疏云：「古詩注曰：『漢書南陽郡有宛縣。洛，東都也。』案張平子南都賦注引摯虞曰，『南陽郡治宛，在京之南，故曰南都。』『南都賦曰：『夫南陽者，真所謂漢之舊都者也。』詩以宛洛互言，明在東漢之世。」藝苑卮言云：「宛洛爲故周都會，但『王侯多第宅』，周室王侯，不言第宅。『兩宫』、『雙闕』亦似東京語。」

「凛凛歲云暮」，駱鴻凱文選學：「詩云。『錦衾遺洛浦。』準以篇中地名，顯然知爲東漢之作也。」

「今日良宴會」，北堂書鈔引以爲曹植作，因「彈筝奮逸響，新聲妙入神」，不似西漢語。

「去者日已疏」、「客從遠方來」、「橘柚垂華實」三首，詩品上：「其外，『去者日已疏』四十五首，雖多哀怨，頗爲總雜，舊疑是建安中曹王所制。『客從遠方來』、『橘柚垂華實』，亦爲驚絶矣。」從詩品的上下文看來，似乎後兩首也包括在「四十五首」之中。

「迢迢牽牛星」，詩中有句云：「盈盈一水間。」顧炎武日知録：孝惠諱盈，枚乘詩「盈盈一水間」，在武昭之世而不避諱，可知爲後人之擬作，而不出于西京矣。同樣的情况還可以適用于

「青青河畔草」，因爲詩中有「盈盈樓上女」之句。同樣也適用于

「庭中有奇樹」，詩中有「馨香盈懷袖」之句。

「行行重行行」，詩中有「胡馬依北風，越鳥巢南枝」句。徐中舒説西漢有「代馬」、「飛鳥」對舉的成語，然並不工切；東漢則有以「胡馬」「越燕」對舉者，有以「代馬」「越鳥」對舉者，均較工穩，十九首中亦有「胡馬」「越鳥」之對，其非西漢人手筆可知（見五言詩發生時期的討論）。

「生年不滿百」，范注引朱彝尊曝書亭集玉臺新詠書後云：「就文選第十五首而論，『生年不滿百，常懷千歲憂。晝短苦夜長，何不秉燭遊？』則西門行古辭也。古辭：『夫爲樂，爲樂當

及時。何能生愁怫鬱？當復待來兹。』而文選更之曰：『爲樂當及時，何能待來兹？』古辭：『貪財愛惜費，但爲後世嗤。』而文選更之曰：『愚者愛惜費，但爲後世嗤。』古辭：『自非仙人王子喬，計會壽命難與期。』而文選更之曰：『仙人王子喬，難可與等期。』」

「明月皎夜光」，詩品講疏云：「案『明月皎夜光』一詩，稱節序皆是太初未改曆以前之言。詩云『玉衡指孟冬』，而上云『促織鳴東壁』，下云『秋蟬鳴樹間，玄鳥逝安適』，是此孟冬正夏正之孟秋，若在改曆以還，稱節序者不應如此。然則此詩乃漢初之作矣。」這是根據文選李善注的説法，認爲孟冬指夏曆的七月，因爲漢初是把夏曆的十月作正月的。歷來以爲十九首裏有西漢詩的，這句詩是重要的客觀的證據。俞平伯著古詩明月皎夜光辨，在清華學報上發表，他的結論説：「『玉衡指孟冬』指的是夏曆九月中。説『指孟冬』該是作于夏曆九月立冬以後，斗柄所指該是西北偏北的方位。這和詩中所寫别的景物都無不合處。」勞榦著古詩明月皎夜光節候解，也根據古代天文算法，證明本詩時序先後一致。可見並不能根據這句詩證明爲太初以前的作品。

根據以上各家考證，古詩十九首中時代可疑者，就有十四首之多。且十九首從表現方式來看，是那樣的委婉曲折；從表現出的形式來看，雖然不像魏晉詩那樣講究對偶，但句法調法已經有一定的規範可尋，音節也比較流暢，這些都和西漢的四言詩大爲不同。我們看到東漢中葉文人的五言詩還是很幼稚的，倘若西漢景帝、武帝的時代已經有十九首那樣成熟的作品，自然應當繼續發展，絶不致中斷二百年，到建安黄初年間才復興起來。

觀其結體散文〔一〕，直而不野〔二〕，婉轉附物〔三〕，怊悵切情〔四〕，實五言之冠冕也〔五〕。

〔一〕「結體」，謂結構文體。「結」用作動詞，如時序篇「結藻清英」之例。范注：「散文猶言敷文。」顔虚心文心雕龍集注：「廣雅釋詁三：散，布也。」「布文」，即鋪陳文采。

〔二〕詩品序：「觀古今勝語，多非補假，皆由直尋。」文鏡秘府論論文意引皎然詩議：「古詩以諷興爲宗，直而不俗，麗而不朽，格高而詞温，語近而意遠，情浮於語，偶象則發，不以力制，故皆合於語，而生自然。」謝榛四溟詩話卷三第三條：「古詩十九首平平道出，且無用功字面，若秀才對朋友説家常話，略不作意，如『客從遠方來，寄我雙鯉魚。呼童烹鯉魚，中有尺素書』是也。……魏晉詩家常話與官話相半；迨齊梁開口俱是官話。官話使力，家常話省力；官話勉然，家常話自然。」劉勰所謂「直而不野」是説古詩十九首雖然純任自然，還是有一定的文采，並没有到「質勝文則野」的程度。

〔三〕本書比興篇：「比者，附也。」「婉轉附物」是説委婉曲折地比附事物。物色篇：「寫氣圖貌，既隨物以宛轉；屬采附聲，亦與心而徘徊。」

胡寅與李叔易書引李仲蒙曰：「索物以托情，謂之比，情附物者也。」皎然詩式：「十九首辭義精炳，婉而成章。」王世貞藝苑卮言卷二：「漢魏人詩語，有極得三百篇遺意者……『胡馬依北風，越鳥巢南枝』，『衣帶日已緩』，『清商隨風發，中曲正徘徊』，『秋蟬鳴樹間，玄鳥逝安適』，『棄我如遺迹』，『盈盈一水間，脈脈不得語』，『弦急知柱促』，『去者日以疏，來者日以親』，『愁多知夜長』，『著以長相思，緣以結不解』，『出户獨彷徨，憂思當告誰』，此國風清婉之微旨也。」陸時雍古詩鏡總論：「詩之妙在托，托則情性流而道不窮矣。……夫所謂托者，正之不足而旁行之，直之不能而曲致之。情動於中，鬱勃莫已，而勢又不能自達，故托爲一意，托爲一物，托爲一境以出之。」

「附物」的意思是説古詩善用比喻，如胡馬、越鳥、陵柏、澗石、江芙、澤蘭、孤竹、女蘿等等，隨手寄興。至如「迢迢牽牛星」一首，純粹是假借牛女爲象，沒有一字實寫情感，而情感就寄托在其中。

〔四〕御覽作「惆悵切情」。「怊悵」、「惆悵」義同。楚辭七諫謬諫：「然怊悵而自悲。」「切」，切合。「切情」謂深切表達内心的感情。

陳祚明古詩選卷三：「十九首所以爲千古至文者，以能言人同有之情也。人情莫不思得志，而得志者有幾？雖處富貴，慊慊猶有不足，况貧賤乎！志不可得而年命如流，誰不感慨？人情于所愛，莫不欲終身相守，然誰不有別離？以我之懷思，猜彼之見棄，亦其常也。夫終身相守者，不知有愁，亦復不知其樂，乍一別離，則此情難已。逐臣棄妻與朋友闊絶，皆同此旨。故十九首唯此二意，而低回反覆，人人讀之皆若傷我心者，此詩所以爲性情之物。而同有之情，人人各具，則人人本自有詩也，但人人有情而不能言，即能言而言不能盡，故特推十九首以爲至極。」

〔五〕詩品上：「古詩，其源出于國風。陸機所擬十四首，文温以麗，意悲而遠，驚心動魄，可謂幾乎一字千金。」沈德潛説詩晬語：「古詩十九首……大率逐臣棄妻，朋友闊絶，游子他鄉，死生新故之感。或寓言，或顯言，或反覆言。初無奇辟之思，驚險之句，而西京古詩皆在其下。」

至於張衡怨篇〔一〕，清典可味〔二〕；仙詩緩歌，雅有新聲〔三〕。

〔一〕玉海卷五十九引此句注云：「見文選注、太平御覽。」原詩云：「猗猗秋蘭，植彼中阿。有馥其芳，有黃其葩。雖曰幽深，厥美彌嘉。之子云遠，我勞如何？」御覽九百八十三引衡怨詩曰：「秋蘭，嘉美人也。嘉而不獲用，故作是詩也。」

〔二〕困學紀聞卷十八評詩：「雕龍（明詩）云：張衡怨篇，清典可味。」何焯云：「『典』，閻（若璩）作『曲』，此以新刻校古書之弊。」趙萬里校記：「案黃校改『曲』作『典』，與唐本及御覽五八六引均合。」范注：「案作『典』字是。怨詩四言，義極典雅。」「清典」，謂清麗典雅。明梅鼎祚漢魏詩乘卷七引作「清曲可誦」。

宋書謝靈運傳論：「若夫平子艷發，文以情變，絕唱高蹤，久無嗣響。」

〔三〕「仙詩緩歌」無考。范注：「樂府古辭有前緩聲歌。」

暨建安之初，五言騰踊〔一〕，文帝、陳思，縱轡以騁節〔二〕；王、徐、應、劉，望路而爭驅〔三〕；並憐風月，狎池苑，述恩榮，敘酣宴〔四〕；慷慨以任氣，磊落以使才〔五〕，造懷指事，不求纖密之巧〔六〕；驅辭逐貌，唯取昭晰之能〔七〕；此其所同也〔八〕。

〔一〕玉海卷五十九引「踊」作「踴」。徐復文心雕龍正字：「按『踊』本當作『涌』。程器篇有『江河所以騰涌』句是正字，此以聲同假用。」按程器篇的「騰涌」是形容江河的，此處「騰踊」二字不必說是假借也可以通。唐寫本「踊」字作「躍」，意思也是一樣的。

〔二〕「節」是節制，指揮。「縱轡以騁節」，就是放開轡頭任意馳騁指揮，充分發揮籠絡作用。

〔三〕典論論文：「今之文人，魯國孔融文舉，廣陵陳琳孔璋，山陽王粲仲宣，北海徐幹偉長，陳留阮瑀元瑜，汝南應瑒德璉，東平劉楨公幹，斯七子者，於學無所遺，於辭無所假，咸以自騁驥騄於千里，仰齊足而並馳。」曹植與楊德祖書：「昔仲宣獨步于漢南，孔璋鷹揚于河朔，偉長擅名于青土，公幹振藻于海隅，德璉發跡于北魏，足下高視于上京。當此之時，人人自謂握靈蛇之珠，家家自謂抱荆山之玉。」魏志王粲傳：「王粲，字仲宣……著詩賦論議垂六十篇。……始文帝爲五官將，及平原侯植，皆好文學。粲與北海徐幹字偉長，廣陵陳琳字孔璋，陳留阮瑀字元瑜，汝南應瑒字德璉，東平劉楨字公幹，并見友善。……咸著文賦數十篇。」詩品序：「降及建安，曹公父子，篤好斯文；平原兄弟，鬱爲文棟。劉楨、王粲爲其羽翼。次有攀龍託鳳，自致于屬車者，蓋將百計。彬彬之盛，大備于時矣。」

〔四〕集注：「文選卷二十：曹子建公讌詩一首，王仲宣公讌詩一首，劉公幹公讌詩一首，應德璉侍五官中郎將建章臺集詩一首。卷二十二：魏文帝芙蓉池作一首。南齊書文學傳論：『飛館玉池，魏文之麗篆。』卷二十九：王仲宣雜詩一首，劉公幹雜詩一首，魏文帝雜詩二首，曹子建雜詩六首，情詩一首。」曹丕與吴質書：「徐、陳、應、劉，一時俱逝，痛何可言耶！昔日遊處，行則同輿，止則接席，何嘗須臾相失！每至觴酌流行，絲竹並奏，酒酣耳熱，仰而賦詩。當此之時，忽而不知樂也。」謝靈運擬魏太子鄴中集詩序：「建安末，余時在鄴宫，朝遊夕讌，究歡愉之極。天下良辰美景賞心樂事，四者難并。今昆弟友朋二三諸彦，共盡之矣。」時序篇：「仲宣委質於漢南，孔璋歸命於河北，偉長從宦於青土，公幹徇質於海隅，德璉綜其斐然之思，元瑜展其翩翩之樂，文蔚、休伯之儔，子叔、德祖之侣，傲雅觴豆之前，雍容衽席之上，洒筆以成酣歌，和墨以藉談笑。」

〔五〕謝靈運擬鄴中集劉楨詩序：「卓犖偏人，而文最有氣，所得頗經奇。」時序篇：「觀其時文，雅好慷慨，良由世積亂離，風衰俗怨，并志深而筆長，故梗概而多氣也。」詩品評劉楨詩也説：「仗氣愛奇，動多振絶。」劉師培南北文學不同論：「建安之初，詩尚五言。七子之作，雖多酬酢之章，然慷慨任氣，磊落使才，造懷指事，不求纖密，隱意蓄含，餘味曲包，而悲哀剛勁，洵乎北土之音。」

〔六〕「造懷」，猶言遣懷。「指事」，叙述事物。感情强烈，自然不去追求纖巧。典論論文：「應瑒和而不壯，劉楨壯而不密。」詩品評劉楨詩也説：「雕潤恨少。」

〔七〕唐寫本「辭」作「詞」。元刻本、弘治本「晰」作「哲」，徐𤊹校云：「當作晰。」自梅本以下改作「晰」。

〔八〕黄侃詩品講疏：「詳建安五言，毗于樂府。魏武諸作，慷慨蒼涼，所以收束漢音，振發魏響。文帝弟兄所撰樂府最多，雖體有所因，而詞貴獨創，聲不變古，而采自己舒，其餘雜詩，皆崇藻麗，故沈休文曰：至於建安，曹氏基命，三祖陳王，咸蓄盛藻，甫乃以情緯文，以文被質。言自此以上質勝于文也。若其述歡宴，愍亂離，敦友朋，篤匹偶，雖篇題雜沓，而同以蘇、李古詩爲原，文采繽紛，而不能離閭里歌謡之質。故其稱景物則不尚雕鏤，叙胸情則唯求誠懇，而又緣以雅詞，振其英響，斯所以兼籠前美，作範後來者也。自魏文已往，罕以五言見諸品藻，至文帝與吴質書始稱公幹五言詩之善者妙絶時人。蓋五言始興，惟樂歌爲衆，辭人競效，其風隆自建安，既作者滋多，故工拙之數可得而論矣。」駱鴻凱文選學：「此則建安時代五言之蔚起，以及遊覽之作，公讌之篇，充盈藝苑，皆由魏文、陳思所倡導，七子和之，新進復步其後塵，雷同祖構，由是丕然成一代之詩風也。」文鏡秘府論論文意引皎然詩議提出的看法不同，其中説：「建安三祖、七子，五言始盛，風裁爽朗，莫之與京。然終傷用氣使才，違于天真……而露造跡。」皎然詩式：「鄴中七子，陳王最高。劉楨辭氣偏，王得其中。不拘對屬，偶或有之，語與興驅，勢逐情起，不由作意，氣格自高，與十九首其流一也。」

及正始明道〔一〕，詩雜仙心〔二〕，何晏之徒，率多浮淺〔三〕。唯嵇志清峻〔四〕，阮旨遥深〔五〕，故能標焉〔六〕。若乃應璩百一〔七〕，獨立不懼〔八〕，辭譎義貞〔九〕，亦魏之遺直也〔一〇〕。

〔一〕校證：「『及』原作『乃』，據唐寫本、御覽改。作『乃』，與下文『若乃』複矣。」「明道」，明老莊之道。

〔二〕世説新語文學篇注引檀道鸞續晉陽秋：「正始中，王弼、何晏好莊老玄勝之談，而俗遂貴焉。」時序篇：「於時正始餘風，篇體輕澹。」「仙心」，道家思想。

〔三〕集注：「魏志卷九曹爽傳：『晏，何進孫……少以才秀知名，好老莊言，作道德論及諸文賦，著述凡數十篇。』」范注引名士傳曰：「是時曹爽輔政，識者慮有危機。晏有重名，與魏姻戚，内雖懷憂，而無復退也，著五言詩以見志。」他的擬古詩，如鶴遊太清，逍遥于五湖之間。所以説「詩雜仙心」。「率多浮淺」是説這種詩貌似深奥，而意實浮淺。顔氏家訓勉學篇：「何晏、王弼，祖述玄宗，遞相誇尚，景附草靡。皆以農、黄之化，在乎己身；周、孔之業，棄之度外。」詩品序：「爾後陵遲衰微，迄于有晉。」意思是説：從正始以來，玄談之風盛行，詩藝就比較差了。

〔四〕「志」字，元明各本俱作「旨」。何焯校本「旨」改「志」，黄叔琳本從之。唐寫本正作「志」。文選向秀思舊賦序：「余與嵇康、吕安，居止接近，其人并有不羈之才，然嵇志遠而疏。」詩品中：「晉中散嵇康詩，頗似魏文，過爲峻切，訐直露才，傷淵雅之致。然託喻清遠，良有鑒裁，亦未失高流矣。」「清峻」，就是本書風骨篇所説的「風清骨峻」。體性篇説：「叔夜儁俠，故興高而采烈。」劉熙載藝概詩概説：「叔夜之詩峻烈，嗣宗之詩曠逸，夷齊不降不辱，虞仲夷逸隱居放言，趣尚乃自古别矣。」「清」是清遠，「峻」是峻烈。所謂清遠，就是一種空靈高潔的境界。從贈秀才入軍十九首之十六及酒會詩七首之一這兩首中可以看出來。峻烈的詩可以幽憤詩爲代表，這一篇是他入獄所作，心境憤慨，情不能已，秉筆直書，自然就脱去清遠之氣，而入于峻烈一途了。

〔五〕集注：「魏志卷二十一（王粲傳）：『（阮）瑀子籍，才藻艷逸，而倜儻放蕩，行己寡慾，以莊周爲模則。官至步兵校尉。時又有譙郡嵇康，文辭壯麗，好言老莊，而尚奇任俠。至景元中，坐事誅。』」

晉書阮籍傳：「籍容貌瓌傑，志氣宏放，傲然獨得，任性不羈，而喜怒不形于色。能屬文，初不留意。作詠懷詩八十餘首，爲世所重。」

文選阮籍詠懷詩李善引顏延年、沈約等注云：「嗣宗身仕亂朝，常恐罹謗遇禍，因茲發詠，故每有憂生之嗟，雖志在譏刺，而文多隱蔽，百世之下，難以情測，故粗明大意，略其幽旨也。」江淹擬詠懷詩：「精衛銜木石，誰能測幽微？」詩品上謂阮籍「詠懷之作，可以陶性靈，發幽思，言在耳目之內，情寄八荒之表，洋洋乎會於風雅，使人忘其鄙近，自致遠大。頗多感慨之詞。厥旨淵放，歸趣難求」。說詩晬語卷上：「阮公詠懷，反覆零亂，興寄無端，和愉哀怨，俶詭不羈，讀者莫求歸趣。遭阮公之時，自應有阮公之詩也。」藝概詩概：「阮嗣宗詠懷，其旨固爲淵遠，其屬辭之妙，去來無端，不可蹤迹。後來如射洪（陳子昂）感遇，太白古風，猶瞻望弗及矣。」

劉師培中國中古文學史說：「嵇阮之詩，爲體迥異。大抵嵇詩清峻，而阮詩高渾。彥和所謂遙深，即阮詩之旨言，非阮詩之體也。」其實「遙深」即是體性篇所列八體之一「遠奧」的風格。「阮旨遙深」是說阮籍爲了避禍，寫詩多用象徵手法來表現他對現實的不滿，很難理解。魯迅先生説：「阮籍作文章和詩都很好，他的詩文雖也慷慨激昂，但許多意思都是隱而不顯的。宋的顏延之已經説不大能懂，我們現在自然更難看得懂他的詩了。他詩裏也説神仙，但他其實是不相信的。」（而已集魏晉風度及文章與藥及酒之關係）

〔六〕太平御覽引無此句。才略篇：「皆文名之標者也。」「標」指標舉，高出于衆。中國中古文學史：「詩品……與彦和所評相近，亦嵇、阮詩體不同之證也。要之，魏初詩歌，漸趨清靡，嵇阮矯以雄秀，多爲晉人所取法，故彦和評論魏詩亦唯推重二子也。」文鏡秘府論論文意引皎然詩議也提出不同的看法：「正始中，何晏，嵇阮之儔也。嵇興高邈，阮旨閑曠，亦難爲等夷。論其代，則漸浮侈矣。」

〔七〕唐寫本「一」作「壹」。訓故：「魏氏春秋：齊王芳即位，曹爽輔政，多違法度。璩作百一詩以諷。」

〔八〕文選應璩百一詩李善注：「據百一詩序云：『時謂曹爽曰：公今聞周公巍巍之稱，安知百慮有一失乎？』百一之名，蓋興于此也。」又引張方賢楚國先賢傳：「汝南應休璉作百一篇詩，譏切時事，徧以示在事者，咸皆怪愕，或以爲應焚棄之，何晏獨無怪也。」易大過象辭：「君子以獨立不懼。」注訂：「指諷諫曹爽，不懼其權勢也。下『魏之遺直』句亦本此。」

〔九〕詩大序：「主文而譎諫，言之者無罪，聞之者足以戒。」本書論説篇：「必使時利而義貞。」

李充翰林論：「應休璉作五言詩百數十篇，以風規治道，蓋有詩人之旨焉。」本書才略篇：「休璉風情，則百壹標其志。」詩品中謂應璩詩：「指事殷勤，雅意深篤，得詩人激刺之旨。」黄庭鵠古詩治評百一詩「下流不可處」云：「本譏朝士，而借己以諷，亦微而婉矣。」

〔一〇〕左傳昭公十四年：「仲尼曰：叔向，古之遺直也。」「遺直」是説一個人直道而行，有古人遺風。

晉世群才〔一〕，稍入輕綺〔二〕，張、潘、左、陸，比肩詩衢〔三〕，采縟於正始〔四〕，力柔於建安〔五〕，或析文以爲妙〔六〕，或流靡以自妍〔七〕，此其大略也〔八〕。

〔一〕「世」字，玉海卷五十九引作「出」。

〔二〕陸機文賦：「詩緣情而綺靡。」也可以代表當時人的看法。

〔三〕「張潘左陸」唐寫本作「張左潘陸」。詩品序：「太康中，三張、二陸，兩潘、一左，勃爾復興，踵武前王，風流未沫，亦文章之中興也。」但又云：「陸機爲太康之英，安仁、景陽爲輔。」與此所謂「比肩」稍異。沈德潛古詩源例言：「茂先、休奕，莫能軒輊；二陸、潘、張，亦稱魯衛。太沖拔出于衆流之中，豐骨峻上，盡掩諸家。鍾記室季孟于潘、陸之間，非篤論也。」

〔四〕宋書謝靈運傳論：「降及元康，潘、陸特秀，律異班、賈，體變曹、王，縟旨星稠，繁文綺合。」

〔五〕文鏡秘府論論文意：「晉世尤尚綺靡。古人云：采縟於正始，力柔於建安。」御覽五八六引三國典略：「昔潘、陸齊軌，不襲建安之風。」詩品上評陸機詩：「才高辭贍，舉體華美。氣少于公幹，文劣于仲宣。」古詩源評陸機詩云：「士衡詩亦推大家，然意欲逞博，而胸少慧珠，筆又不足以舉之，遂開出排偶一家。西京以來空靈矯健之氣，不復存矣。」曾毅解釋其中的原因說：「漢魏之詩，多起于患難流離之際；兩晉以後，則主供恬安娛樂之爲。凡人當困窮之境，其操危慮深，發之于文學者，每多幽婉感愴，可興可觀。反是而樂絲竹，盛讌遊，從容文藻之中，自鏤肝斲肺，傾于精巧，故其所作，恒緻密而少氣骨，整秀而乏精神。風會之所趨，常足以致文章之昇降，雖有豪傑，猶無奈何。晉代之文漸即繁縟，有由然矣。」（曾著中國文學史）

〔六〕「枏」同析。范注：「『枏文』，唐寫本作『析文』，按『析文』是。張遷、孔耽二碑『析』變作『枏』。麗辭篇：『至魏晉群才，析句彌密，聯字合趣，剖毫析釐。』」

〔七〕校注：「顏延之庭誥：『至於五言流靡，則劉楨、張華。』（御覽五八六引）沈約答甄琛書：『作五言詩者，善用四聲，則諷詠而流靡。』（文鏡秘府論天卷四聲論引）……是『流靡』謂辭韻調和也。」時序篇：「然晉雖不文，人才實盛：茂先搖筆而散珠，太沖動墨而横錦，岳、湛曜聯璧之華，機、雲標二俊之采，應、傅、三張之徒，孫、摯、成公之屬，并結藻清英，流韻綺靡。」詩品中評張華云：「巧用文字，務爲妍合。」詩品上評張協云：「文體華凈，少病累，又巧構形似之言，雄于潘岳，靡于太沖。」李充翰林論：「潘安仁之爲文也，猶翔禽之羽毛，衣被之繡縠。」世説文學篇注引孫興公云：「潘文爛若披錦，無處不善。」（詩品引謝混云：「潘詩爛若舒錦，無處不佳。」）

〔八〕孟子滕文公：「此其大略也。」中國中古文學史：「張華、張載之屬，均與士衡體近。然左思、劉琨、郭璞所作，渾雄壯麗，出于嗣宗。」

江左篇製，溺乎玄風〔一〕，嗤笑徇務之志〔二〕，崇盛忘機之談〔三〕，袁、孫已下，雖各有雕采〔四〕，而辭趣一揆〔五〕，莫與爭雄〔六〕，所以景純仙篇，挺拔而爲俊矣〔七〕。

〔一〕宋書謝靈運傳論：「有晉中興，玄風獨盛，爲學窮于柱下，博物止乎七篇。馳騁文辭，義殫乎此。自建武暨於義熙，歷載將百，雖綴響聯辭，波屬雲委，莫不寄言上德，託意玄珠，遒麗之辭，無聞焉爾。」時序篇：「自中朝貴玄，江左稱盛。因談餘氣，流成文體。是以世極迍邅，而辭意夷泰，詩必柱下之旨歸，賦乃漆園之義疏。」駱賓王和學士閨情詩啓：「爰逮江左，謳謡不輟。非有神骨仙才，專事玄風道意。」困學紀聞卷十三考史於此句下注云：「愚謂東晉玄虚之習，詩體一變，觀蘭亭所賦可見矣。」

〔二〕唐寫本「嗤」作「羞」，「徇」作「侚」。按「徇」與「殉」通，爲達到某種目的而獻身。司馬遷報任安書：「常思奮不顧身，以徇國家之急。」「徇務」，獻身于急務。干寶晉紀總論：「學者以莊老爲宗，而黜六經。談者以虚薄爲辯，而賤名檢。……當官者以望空爲高，而笑勤恪。」

〔三〕校證：「『忘』原作『亡』，唐寫本、梅六次本、徐校本、張松孫本、譚校本、御覽作『忘』……今據改。」按作「忘機」是。「忘機」指忘記人世一切機巧之事的一種淡泊寧静的心境。李白下終南山過斛斯山人宿置酒詩：「我醉君復樂，陶然共忘機。」

〔四〕訓故：「晉書：孫綽，字興公，太原人。領著作郎，遷廷尉卿。文選又有晉孫楚詩，然此云江左，乃綽也。」才略篇：「袁宏發軫以高驤，故卓出而多偏；孫綽規旋以矩步，故倫序而寡狀。」世説文學篇注引晉陽秋：「袁宏少有逸才，文章絶麗。」茲引袁、孫詩各一首以見一斑。袁宏從征行方頭山：「峨峨太行，凌虚抗勢。天嶺交氣，窈然無際。澄流入神，玄谷應契。四象悟心，幽人來憩。」孫綽答許詢詩其一：「仰觀大造，俯覽時物。機過患生，吉凶相拂。智以利昏，識由情屈。野有寒枯，朝有炎鬱。失則震驚，得必充詘。」

〔五〕「揆」，道也。孟子離婁：「先聖後聖，其揆一也。」文辭趨向于同一的道路，指「溺乎玄風」而言。唐寫本「辭」作「詞」，「趣」作「輒」。

〔六〕唐寫本「與」作「能」。世説文學篇注引續晉陽秋：「（許）詢及太原孫綽，轉相祖尚，又加以三世之辭，而詩騷之體盡矣。詢、綽并爲一時文宗，自此學者悉化之。至義熙中謝混始改。」詩品序：「永嘉時貴黄老，稍尚虚談。于時篇什，理過其辭，淡乎寡味。爰及江表，微波尚傳，孫綽，許詢，桓、庾諸公詩，皆平典似道德論，建安風力盡矣。」詩品下：「永嘉以來，清虛在俗。王武子輩，詩貴道家之言。爰洎江表，玄風尚備。真長、仲祖、桓、庾諸公猶相襲，世稱孫、許，彌善恬淡之詞。」南齊書文學傳論：「江左風味，盛道家之言，郭璞舉其靈變，許詢極其名理，仲文玄氣，猶不盡除。」劉師培南北文學不同論：「江左詩文，溺于玄風。辭謝雕采，旨寄玄虛。以平淡之詞，寓精微之理。故孫、許、二王，語皆平典，由嵇、阮而上溯莊周，此南文之別一派也。」

〔七〕唐寫本「俊」作「儁」。才略篇：「景純艷逸，足冠中興；郊賦既穆穆以大觀，仙詩亦飄飄而凌雲矣。」世説文學篇注引續晉陽秋：「郭璞五言，始會合道家之言而韻之。」詩品序：「郭景純用儁上之才，變創其體；劉越石仗清剛之氣，贊成厥美。然彼衆我寡，未能動俗。」文選郭璞遊仙詩李善注：「凡仙遊之篇，皆所以滓穢塵網，錙銖纓紱，餐霞倒景，餌玉玄都。而璞之制，文多自叙。雖志狹中區，而辭無俗累。」陳祚明曰：「景純本以仙姿遊于方内，其超越恒情，乃在選語奇傑，非關命意。遊仙之作，明屬寄托之詞，若以列仙之趣求之，非其本旨矣。」藝概詩概：「郭景純詩除殘去穢之情，第以『清剛』『儁上』目之，殆猶未覘厥藴。嵇叔夜、郭景純皆亮節之士，雖秋胡行貴玄默之致，遊仙詩假棲遯之言，而激烈悲憤，自在言外，乃知識曲宜聽其真也。」黄侃詩品講疏：「東晉玄言之詩，景純實爲之前導，特其才氣奇肆，遭逢險艱，故能假玄語以寫中情，非夫鈔録文句者所可擬況。若孫、許之詩，但陳要妙，情既離乎比興，體有近于伽陀；徒以風會所趨，仿效日衆。覽蘭亭集詩，諸篇共恉，所謂琴瑟專一，誰能聽之，達志抒情，復將焉賴！謂之風騷道盡，誠不誣也。」

按郭璞所作遊仙詩十四章，直抒胸臆，變永嘉平淡之體，無潘、陸華麗之風。雖然題作遊仙，而實際上和阮籍詠懷、左思詠史同一用意。詩品中評郭璞詩：「文體相煇，彪炳可翫，始變永嘉平淡之體，故爲中興第一，翰林以爲詩首。但遊仙之作，詞多慷慨，乖遠玄宗。」其實，「詞多慷慨，乖遠玄宗」正是郭璞遊仙詩的優點。

宋初文詠，體有因革〔一〕，莊老告退，而山水方滋〔二〕，儷采百字之偶，爭價一句之奇〔三〕，情必極貌以寫物，辭必窮力而追新〔四〕，此近世之所競也〔五〕。

〔一〕宋書謝靈運傳論：「爰逮宋氏，顏謝騰聲。靈運之興會標舉，延年之體裁明密，并方軌前秀，垂範後昆。」

文鏡秘府論論文意引皎然詩議：「晉世尤尚綺靡……宋初文格，與晉相沿，更憔悴矣。」

〔二〕詩品序：「謝客山水……斯皆五言之警策者也。」王士禛漁洋山人文略卷二雙江唱和集序：「詩三百五篇，于興觀群怨之旨，下逮鳥獸之名，無弗備矣。獨無刻畫山水者，間亦有之，亦不過數篇，篇不過數語，如『漢之廣矣』，『終南何有』之類而止。漢魏間詩人之作，亦與山水了不相及。迨元嘉間謝康樂出，始創爲刻畫山水之詞，務窮幽極渺，抉山谷水泉之情狀。昔人所云『莊老告退，而山水方滋』者也。宋齊以下，率以康樂爲宗。」章炳麟國故論衡辨詩：「玄言之殺，語及田舍。田舍之隆，旁及山川雲物，則謝靈運爲之主。」劉勰認爲宋初山水詩的興盛，正是對萌芽於正始，濫觴于江左的玄言詩的否定。再者，山水詩的發生，和莊老思想也不是没有關係。綴補云：「案謝靈運詩喜用老、莊，而此云『莊老告退，而山水方滋』者，蓋山水詩化莊、老入山水，一掃空談玄理，淡乎寡味之風也。」加上江南佳麗之地，詩人多放浪山林，潄流枕石，習染既久，刻畫自工。這對於山水詩的形成也有幫助。

〔三〕詩品上評謝靈運詩云：「尚巧似……頗以繁富爲累。」詩品中評顔延之詩云：「尚巧似，體裁綺密，情喻淵深。動無虚散，一句一字，皆致意焉。……湯惠休曰：『謝詩如芙蓉出水，顔如錯采鏤金。』顔終身病之。」按雕鏤之巧，始於顔謝，對偶之習起源於此。

〔四〕「情」在此指作品的思想、内容、情感等等。詩品上評謝靈運詩云：「嶸謂若人興多才高，寓目輒書，内無乏思，外無遺物，其繁富宜哉！然名章迥句，處處間起，麗典新聲，絡繹奔會。」皎然詩式：「情者，如康樂公『池塘生春草』是也。抑由情在言外，故其辭似淡而無味，常手覽之，何異文侯聽古樂哉！」黄庭鵠古詩冶卷十三引馮時可評曰：「康樂設奇託怪，鈎深抉隱，窮四時之變，極萬物之類。」

黄侃詩品講疏：「夫極貌寫物，有賴於深思，窮力追新，亦資於博學，將欲排除膚語，洗盪庸音，於此假塗，庶無迷路。世人好稱漢魏，而以顏謝爲繁巧，不悟規摹古調，必須振以新詞，若虛響盈篇，徒生厭倦，其爲蔽害，與勦襲玄語者政復不殊。以此知顏謝之術，乃五言之正軌矣。」表面看來，「儷采百字之偶，爭價一句之奇」似乎有傷刻飾，流爲繁巧，但這是對於玄言詩矯枉的必然結果。

〔五〕本書定勢篇：「自近代辭人，率好詭巧，原其爲體，訛勢所變，厭黷舊式，故穿鑿取新。……然密會者以意新得巧，苟異者以失體成怪。舊練之才，則執正以馭奇；新學之銳，則逐奇而失正。」物色篇：「自近代以來，文貴形似。窺情風景之上，鑽貌草木之中。吟詠所發，志惟深遠；體物爲妙，功在密附。」李諤上文帝論文體輕薄書：「江左齊梁……遂復遺理存異，尋虛逐微，競一韻之奇，爭一字之巧。連篇累牘，不出月露之形；積案盈箱，唯是風雲之狀。」劉勰對於當代文學的新趨勢，看得很清楚。在這趨勢裏，雖然也創立了一些新鮮的局面，而主要的弊病是缺乏內容。

故鋪觀列代，而情變之數可監〔一〕；撮舉同異，而綱領之要可明矣。

〔一〕趙氏校記謂：「唐寫本『監』作『鑒』。按御覽五八六引亦作『鑒』，與唐本合。」「情變之數」指詩中思想情感變化的規律。本書神思篇：「神用象通，情變所孕。」通變篇：「憑情以會通，負氣以適變。」時序篇：「時運交替，質文代變，古今情理，如可言乎。」

以上爲第二段，論詩體源流及歷代大家。最後四句總結上文。以下分述各種詩體。

若夫四言正體，則雅潤爲本〔一〕；五言流調，則清麗居宗〔二〕；華實異用，惟才所安〔三〕。故平子得其雅〔四〕，叔夜含其潤〔五〕，茂先凝其清〔六〕，景陽振其麗〔七〕。兼善則子建仲宣〔八〕，偏美則太沖公幹〔九〕。

〔一〕摯虞文章流別論：「夫詩雖以情志爲本，而以成聲爲節。然則雅音之韻，四言爲正。其餘雖備曲折之體，而非音之正也。」本書章句篇：「至於詩頌大體，以四言爲正。」

〔二〕「流調」謂流行曲調。

典論論文：「詩賦欲麗。」文賦：「詩緣情而綺靡。」文章流別論：「古詩率以四言爲體，而時有一句二句雜在四言之間。後世演之，遂以爲篇。……五言者……於俳諧倡樂多用之。」詩品序：「夫四言，文約意廣，取效風騷，便可多得。每苦文繁而意少，故世罕習焉。五言居文詞之要，是衆作之有滋味者也；故云會於流俗。」魏晉以後，五言逐漸繁盛起來，到了齊梁，已經成爲最流行的詩體。然而詩體雖定，評論家還有的眷戀舊體，不忍放棄。經隋至唐開元天寶間，李白還有「興寄深微，五言不如四言，七言又其靡也」（本事詩引）的說法。因爲風雅之音，四言居多，所以古人多把它視爲正體。至於詩文隨着時序演進，句讀也由短而加長，這是勢所必然，無可避免的。因此後人寫景抒情，多用五言。劉勰此處雖然四言五言並重，但「正體」「流調」之別，還是一種正統看法，不免爲時代所局限的。

〔三〕「華」，華麗，指上文的「清麗」；「實」，樸實，指上文的「雅潤」。兩句意謂：雅潤的四言詩和清麗的五言詩功用不同，擅長何種體裁要看作者的才情。

〔四〕本篇：「至於張衡怨篇，清典可味。仙詩緩歌，雅有新聲。」才略篇：「張衡通贍，蔡邕精雅，文史彬彬，隔世相望。」

〔五〕趙氏校記謂唐寫本「含作合。按御覽五八六引亦作合，與唐本同」。沈德潛古詩源：「叔夜四言詩多俊語，不摹倣三百篇，允爲晉人先聲。」王闓運曰：「嵇康四言則誠妙矣，然是從五言出，蓋五言之靡者也。」（文選學二六〇頁引）

〔六〕趙氏校記謂唐寫本「『凝』作『擬』。按御覽五八六引亦作『擬』，與唐本正合」。校注：「按『含』、『凝』、『振』三字并是。文鏡秘府論論文意：『古人云：「……叔夜含其潤，茂先凝其清，景陽振其麗。」』當即引此文。是空海所見，與今本正同。」才略篇：「張華短章，奕奕清暢。」

〔七〕左傳文公十六年杜注：「振，發也。」才略篇：「孟陽、景陽，才綺而相埒。」詩品上評張協詩云：「文體華浄，少病累，又巧構形似之言。……詞采葱蒨，音韻鏗鏘。使人味之，亹亹不倦。」詩源辨體卷五：「景陽五言雜詩，華采俊逸，實有可觀。如『房櫳無形跡，庭草萋以緑』；青苔依空牆，蜘蛛網四屋』；『浮陽映翠林，迴飆扇緑竹』；飛雨灑朝蘭，輕露棲叢菊』；『借問此何時，蝴蝶飛南園，流波戀舊浦，行雲思故山』等句，皆華彩俊逸者也。」劉熙載提出不同意見説：「張景陽詩開鮑明遠。明遠遒警絶人，然練不傷氣，必推景陽獨步，苦雨諸詩，尤爲高作，故鍾嶸詩品獨稱之。文心雕龍明詩云：『景陽振其麗。』麗何足以盡景陽哉！」（藝概詩概）

〔八〕顔延之庭誥論詩：「至於五言流靡，則劉楨、張華；四言側密，則張衡、王粲；若夫陳思王可謂兼之矣。」宋書謝靈運傳論：「子建、仲宣以氣質爲體，并標能擅美，獨映當時。」詩品上評曹植詩：「骨氣奇高，詞采華茂，情兼雅怨，體被文質，粲溢今古，卓爾不群。」南齊書文學傳論：「若陳思代馬群章，王粲飛鸞諸制，四言之美，前超後絶。」才略篇：「仲宣溢才，捷而能密，文多兼善，辭少瑕累，摘其詩賦，則七子之冠冕乎？」但詩品序云：「陳思爲建安之傑，公幹、仲宣爲輔。」又詩品上：「王粲……文秀而質羸，在曹劉間別構一體。方陳思不足，比魏文有餘。」評價與此稍異。

〔九〕曹丕與吴質書：「公幹有逸氣，但未遒耳。其五言詩之善者，妙絶時人。」詩品上評劉楨云：「仗氣愛奇，動多振絶，真骨凌霜，高風跨俗。但氣過其文，雕潤恨少。但自陳思已下，楨稱獨步。」

文鏡秘府論論文意：「古人云：具體唯子建仲宣，偏善則太沖公幹。平子得其雅，叔夜含其潤，茂先凝其清，景陽振其麗，鮮能兼通。」顯然引的是本篇，但字句稍有參差。詩源辨體卷四：「公幹、仲宣，一時未易優劣。鍾嶸以公幹爲勝，劉勰以仲宣爲優。予嘗爲二家品評：公幹氣勝於才，仲宣才優於氣。」才略篇：「左思奇才，業深覃思，盡鋭於三都，拔萃於詠史，無遺力矣。」詩品上評左思：「其源出於公幹，文典以怨，頗爲精切，得諷諭之致。」藝概詩概：「劉公幹、左太沖詩壯而不悲。」以上説明詩的體式，即文體風格，以及偏於某種風格的作家。

然詩有恒裁，思無定位〔一〕，隨性適分，鮮能圓通〔二〕。若妙識所難，其易也將至；忽以爲易，其難也方來〔三〕。

〔一〕明謝榛四溟詩話卷三第四條：「作詩不必執於一個意思，或此或彼，無適不可，待語意兩工乃定。文心雕龍曰：『詩有恒裁，思無定位。』此可見作詩不專於一意也。」「裁」，謂體裁。

〔二〕校證：「『圓通』舊作『通圓』，今據唐寫本御覽乙正。論説、封禪二篇俱有『圓通』語。」「圓」，無偏缺；「通」，無障礙。楞嚴經卷二十二：「阿難及諸大衆，蒙佛開示，慧覺圓通，得無疑惑。」在這裏用作全面貫通的意思。斠詮：「楞嚴正脈疏：『耳根聞性，人人本自圓通。如十方擊一鼓，一時並聞，是圓也；隔牆聽音，遠盡能悉，是通也。』」

體性篇：「然才有庸儁，氣有剛柔，學有淺深，習有雅鄭，並情性所鑠，陶染所凝。……故辭理庸儁，莫能翻其才；風趣剛柔，寧或改其氣；事義淺深，未聞乖其學；體式雅鄭，鮮有反其習。各師成心，其異如面。」史通自叙：「詞人屬文，其體非一，譬甘辛殊味，丹素異彩。後來祖述，識昧圓通。家有詆訶，人相掎摭，故劉勰文心生焉。」札記：「此數語見似膚廓，實則爲詩之道已具于此。『隨性適分』四字，已將古今家數派别不同之故包羅無遺矣。」

〔三〕校證：「『以』原作『之』，據唐寫本、御覽改正。」國語晉語四：「文公謂郭偃曰：『始也吾以治國爲易，今也難。』對曰：『君以爲易，其難將至矣；君以爲難，其易將至焉。』」「妙識」，善自體認。

四溟詩話卷四第六十三條：「此劉勰明詩至要，非老于作者不能發。凡構思當于難處用工，艱澀一通，新奇迭出，此所以難而易也。若求之容易中，雖十脱稿而無一警策，此所以易而難也。獨謫仙思無難易，而語自超絶，此朱考亭所謂『聖于詩者』是也。」梅注本附曹學佺批：「彦和不易言詩，乃深于詩者。」方東樹昭昧詹言卷十四第十四條：「韓公云：『艱窮怪變得，往往造平淡。』後人祇是出之容易。須是苦思，勿先趨平淡。」

至於三六雜言，則出自篇什〔一〕；離合之發〔二〕，則萌於圖讖〔三〕；回文所興，則道原爲始〔四〕；聯句共韻，則柏梁餘製〔五〕；巨細或殊，情理同致〔六〕，總歸詩囿，故不繁云。

〔一〕篇什謂詩經。文章流别論：「古之詩有三言、四言、五言、六言、七言、九言。古詩率以四言爲體，而時有一句二句雜在四言之間，後世演之，遂以爲篇。古詩之三言者，『振振鷺，鷺于飛』之屬是也。……五言者，『誰謂雀無角，何以穿我屋』之屬是也。……六言者，『我姑酌彼金罍』之屬是也。……七言者，『交交黄鳥止于桑』之屬是也。……古詩之九言者，『泂酌彼行潦挹彼注兹』之屬是也。」章句篇：「三言興于虞時，『元首』之詩是也。……六言七言，雜出詩騷。」文鏡秘府論論文意：「或曰：夫詩有三、四、五、六、七言之别，今可略而叙之。三言始于虞典『元首』之歌。四言本出南風，流于夏世，傳至韋孟，其文始具。六言散在騷雅。七言萌于漢。」注訂：「三言以周南『螽斯羽』、『麟之趾』爲始，前漢天馬歌承之。六言以周南卷耳『我姑酌彼金罍』及邶風北門『政事一埤益我』爲始。後漢梁鴻五噫歌承之。雜言者，古體之不拘字限者，如間三五言者皆是。」

〔二〕札記引古文苑孔融離合作郡姓名字詩，通體四言。此詩又見宋葉夢得石林詩話卷中及陔餘叢考卷二十二引。五言則有藝文類聚五十六引宋記室何長瑜離合詩：「宜然悦今會，且怨明晨别。肴蔌不能甘，有難不可雪。」注訂：「離合即後人謎語、拆字所仿。」

〔三〕校證：「『萌』原作『明』，徐校作『萌』。案唐寫本、梅六次本、張松孫本、御覽正作『萌』，今據改。」

文章流别論：「圖讖之屬，雖非正文之制，然以取其縱横有義，反復成章。」黄注引玉函山房輯佚書孝經右契：「孔子作孝經及春秋河洛成，告備于天，有赤虹下，化爲黄玉，長三尺。上刻文云：『寶文出，劉季握。卯金刀，在軫北。字禾子，天下服。』合卯金刀爲劉，禾子爲季也。」范注：「緯書多言卯金刀以射劉字，又當塗高射魏字（文選謝玄暉和伏武昌登孫權故城詩注引保乾圖），音之于射曹字（南齊書祥瑞志引尚書中候）。」

〔四〕梅注：「按苻秦竇滔妻蘇蕙織錦爲迴文，五綵相宣，縱廣八寸，題詩二百餘首（當作句），計八百餘言，縱横反覆，皆爲文章，名曰璇璣圖。宋賀道慶作四言迴文詩一首，計十二句，四十八言，從尾至首，讀亦成韻，而道原無可攷，恐『慶』字之誤也。」李詳文心雕龍黃注補正：「案道慶之前，迴文作者已衆，不得定『原』字爲『慶』之誤。」

范注：「晉書列女傳：竇滔妻蘇氏名蕙，字若蘭，滔被徙流沙，蘇氏思之，織錦爲迴文璇璣圖詩以贈滔。宛轉循環以讀之，詞甚悽惋，凡八百四十字。」

困學紀聞卷十八評詩：「詩苑類格謂回文出于竇滔妻所作。文心雕龍云：『迴文所興，則道原爲始。』又傅咸有迴文反覆詩，温嶠有迴文詩，皆在竇妻前。」原注：「皮日休曰：傅咸反復興焉，温嶠迴文興焉。」翁元圻注：「藝文類聚載曹植鏡銘，回環讀之，無不成文，實在蘇蕙以前。」陳望道修辭學發凡迴文類舉蘇蕙璇璣圖詩中的一首如下：

「仁智懷德聖虞唐，真志篤終誓穹蒼，欽所感想忘淫荒，心憂增慕懷慘傷。」

回過來讀是：

「傷慘懷慕增憂心，荒淫忘想感所欽，蒼穹誓終篤志真，唐虞聖德懷智仁。」

〔五〕宋高承事物紀原卷四集類：「自漢武爲柏梁詩，使群臣作七言詩，始有聯句體。」文體明辨序說：「按聯句詩起自柏梁，人各一句，集以成篇。其後宋孝武華林曲水、梁武帝清暑殿、唐中宗内殿諸詩，皆與漢同。」

〔六〕意謂三六雜言及離合、回文、聯句等詩，雖有大小之不同，而情理是一致的。

以上爲第三段，論述各種詩體的特點。

贊曰：民生而志〔一〕，詠歌所含。興發皇世〔二〕，風流二南〔三〕，神理共契〔四〕，政序相參〔五〕。英華彌縟〔六〕，萬代永耽〔七〕。

〔一〕謂人生而有志。

〔二〕鄭玄詩譜序：「詩之興也，諒不於上皇之世。」此處反其意而用之。

〔三〕詩大序：「然則關雎、麟趾之化，王者之風，故繫之周公。南，言化自北而南也。鵲巢、騶虞之德，諸侯之風也。先王之所以教，故繫之召公。周南、召南，正始之道，王化之基。」

〔四〕神思篇贊曰：「神用象通，情變所孕。物以貌求，心以理應。……結慮司契，垂帷制勝。」這是説「神」與「理」相契合而成詩。

〔五〕「序」就是時序篇之「序」。「政序」謂政教運轉之次序。

〔六〕情采篇：「心術既形，英華乃贍。」「英華」，指精美之篇章。

〔七〕「耽」，樂也，謂欣賞，愛好。

樂府第七

文鏡秘府論論文意：「樂府者，選其清調合律，唱入管弦，所奏即入之樂府聚之。如塘上行、怨歌行、長歌行、短歌行之類是也。」

徐師曾文體明辨「樂府」類：「按樂府者，樂官肄習之樂章也。」日知録樂府：「樂府是官署之名，其官有令，有音監，有游徼。……後人乃以樂府所採之詩，即名之曰樂府，誤矣。曰古樂府，尤誤。」

札記：蓋詩與樂府者，自其本言之，竟無區別，凡詩無不可歌，則統謂之樂府可也；自其末言之，則惟嘗被管弦者謂之樂，其未詔伶人者，遠之若曹、陸依擬古題之樂府，近之若唐人自撰新題之樂府，皆當歸之於詩，不宜與樂府淆溷也。……郭茂倩曰：「凡樂府歌辭，有因聲而作歌者，若魏之三調歌詩，因弦管金石造歌以被之，是也。有因歌而造聲者，若清商吳聲諸曲，始皆徒歌，既而被之弦管，是也。（案此本宋書樂志文）有有聲有辭者，若郊廟、相和、鐃歌、横吹等曲是也。有有辭無聲者，若後人之所述作，未必盡被於金石是也。案彥和作樂府篇，意主於被絃管之作，然又引及子建、士衡之擬作，則事謝絲管者亦附録焉。……今略區樂府以爲四種：一、樂府所用本曲，若漢相和歌辭，江南、東光之類是也。二、依樂府本曲以製辭，而其聲亦被絃管者，若魏武依苦寒行以製北上，魏文依燕歌行以製秋風是也。三、依樂府題以製辭，而其聲不被絃管者，若子建、士衡所作是也。四、不依樂府舊題，自創新題以製辭，其聲亦不被絃管者，若杜子美悲陳陶諸篇，白樂天新樂府是也。……」又：「彥和此篇大恉，在於止節淫濫。蓋自秦以來，雅音淪喪，漢代常用，皆非雅聲。魏晉以來，陵替滋甚，遂使雅鄭混淆，鐘石斯繆。彥和閔正聲之難復，傷鄭曲之盛行，故欲歸本於正文。以爲詩文果正，則鄭聲無所附麗，古之雅聲雖不可復，古之雅詠固可放依。蓋欲去鄭聲，必先爲雅曲。至如魏氏三祖所爲，猶且謂非正響。推此以觀，則簡文賦詠，志在桑中，叔寶耽荒，歌高綺艷，隋煬艷篇，辭極淫綺，彌爲漢魏之罪人矣。彥和生於齊世，獨能抒此正論，以挽澆風，洵可謂卓爾之才矣。」

劉勰在本篇中所討論的，主要是合樂的詩歌，但也涉及一些不合樂的作品。漢魏六朝詩的主流應該是樂府詩。而本篇論述的側重在配詩的音樂，對於樂府詩的內容很少涉及。可以說本篇主要敍述了樂府的發展歷史。

樂府者，「聲依永，律和聲」也〔一〕。鈞天九奏〔二〕，既其上帝〔三〕；葛天八闋〔四〕，爰乃皇時〔五〕。自咸英以降〔六〕，亦無得而論矣〔七〕。

〔一〕尚書舜典：「詩言志，歌永言，聲依永，律和聲。」孔傳：「聲謂五聲：宮、商、角、徵、羽；律謂六律六呂，十二月之音氣，言當依聲律以和樂。」正義：「詩言人之志意，歌詠其義以長其言，樂聲依此長歌爲節，律呂和此長歌爲聲。」「律」是樂律，即十二律：黄鐘、太簇、姑洗、蕤賓、夷則、無射、林鐘、南吕、應鐘、大吕、夾鐘、中吕。「永」通「詠」。「律和聲」就是用十二律來和五音相配合。

日知録樂章：「詩三百篇皆可以被之音而爲樂，自漢以下，乃以其所賦五言之屬爲徒詩，而其協於音者，則謂之樂府。宋以下，則其所謂樂府者，亦但擬其辭，而與徒詩無别，於是乎詩之與樂判然爲二，不特樂亡而詩亦亡。古人以樂從詩，今人以詩從樂。古人必先有詩而後以樂和之。舜命夔教胄子，詩言志，歌永言，聲依永，律和聲。是以登歌在上，而堂上堂下之器應之，是之謂以樂從詩。」

注訂：「和樂有調有辭，亦有調具而無其辭者，如古之所謂笙樂者是。」漢書藝文志：「書曰：『詩言志，歌詠言。』故哀樂之心感，而歌詠之聲發。誦其言謂之聲，詠其聲謂之歌。」

〔二〕梅注：「史記：趙簡子疾，五日不知人，七日乃寤，語大夫曰：我之帝所甚樂，與百神遊於鈞天，廣樂九奏，萬舞，不類三代之樂，其聲動人心。」按此見趙世家，亦見扁鵲列傳。吕氏春秋有始覽：「天有九野……中央曰鈞天。」高誘注：「鈞，平也，爲四方主，故曰鈞天。」

注訂：「九奏者，九成也。樂一終爲一成。書益稷：『簫韶九成。』正義：『成，猶終也。每曲一終，必變更奏。』」

〔三〕范注引郝懿行曰：「案其字疑錯，然章表篇有『既其身文』句，與此正同，又疑非誤。」

校注：「『既』，唐寫本作『暨』。『其』，玉海一百六引作『具』。按『暨』、『具』二字並誤。章表篇『既其身文』，奏啓篇『既其如兹』，句法並與此同。舍人剡山石城寺石像碑『金剛既其比堅』，亦可證。」

按程器篇：「名之抑揚，既其然矣。位之通塞，亦有以焉。」書記篇：「言既身文。」章表篇：「既其身文。」言其既爲身之文也。注訂：「既其上帝，爰乃皇時——此二句視九奏八闋，皆爲倒裝句法也，六朝文多有之。」

斠詮：「上帝，通常爲天，書湯誓：『惟皇上帝。』傳：『上帝，天也。』此處指天之尊神。」直解爲「傳説鈞天九奏之曲調，既爲上帝所特有之廣樂，不聞於人間」。

〔四〕梅注：「『闋』元作『閲』。按吕覽：葛天氏作樂也，三人操牛尾，投足以歌八闋。一曰載民，二曰玄鳥，三曰遂草木，四曰奮五穀，五曰謹天常，六曰達帝功，七曰依地德，八曰總萬物之極。是謂廣樂。」按此指吕氏春秋古樂篇。又見明詩篇「葛天樂辭」注。

〔五〕校證：「玉海一〇六『乃』作『及』。」

集注：「皇時猶言皇世，詳見明詩贊。」斠詮：「皇時，上皇時代，猶言上古之時。獨斷上：『上古天子，庖犧氏、神農氏稱皇，堯、殷、周始稱王。』」

〔六〕「以」，唐寫本作「已」。訓故：「黄帝樂曰咸池，帝嚳樂曰六英。」

范注：「白虎通論帝王禮樂：『禮記曰：黄帝樂曰咸池，帝嚳樂曰五英。』鄭注周禮春官大司樂云：『咸池，堯樂也。』樂記正義引樂緯云：『帝嚳曰六英。』據宋均注作六英是。（宋注云：「六英者，能爲天地四時六合之英華。」）」按禮記樂記：「咸池備矣。」鄭注：「咸池，黄帝所作樂名也。堯增修而用之。」

集注：「漢書禮樂志：『昔黄帝作咸池，顓頊作六莖，帝嚳作五英，堯作大章，舜作招，禹作夏，湯作濩，武王作武，周公作勺。勺言能勺先祖之道也。武，言以功定天下也。濩，言救民也。夏，大承二帝也。招，繼堯也。大章，章之也。五英，英華茂也。六莖，及根莖也。咸池，備矣。自夏以往，其流不可聞矣。』」

注訂：「漢書禮樂志作五英，與白虎通論引禮記同。不得作六英，樂緯及宋均注皆誤。范注失檢，其説尤非。且漢書云：『五英，英華茂也。』明爲五字也。」徐師曾文體明辨序説「樂府」類：「蓋自鈞天九奏，葛天八闋，樂之來尚矣。咸池以降，代有作者。」

〔七〕斠詮直解爲：「自黄帝樂咸池，帝嚳樂五英以後，亦因上古悠悠，無從得而推論矣。」

日知録樂章引朱子曰：「詩之作本言志而已，方其詩也，未有歌也；及其歌也，未有樂也，以聲依永，以律和聲，則樂乃爲詩而作，非詩爲樂而作也。詩出乎志者也，樂出乎詩者也。詩者其本，而樂者其末也。」

古今圖書集成文學典第二百四十一卷樂府部引周必大書譚該樂府後：「世謂樂府起於漢魏，蓋由惠帝有樂府令，武帝立樂府採詩夜誦也。唐元稹則以仲尼文王操、伯牙水仙操、齊櫝沐雉朝飛、衛女思歸引爲樂府之始，以予考之，『乃賡載歌』，『薰兮』『解愠』，在虞舜時，此體固已萌芽，豈止三代遺韻而已。」

至於塗山歌於「候人」，始爲南音〔一〕；有娀謠於「飛燕」，始爲北聲〔二〕；夏甲歎於東陽，東音以發〔三〕；殷整思於西河，西音以興〔四〕；音聲推移，亦不一概矣〔五〕。

〔一〕「歌」，唐寫本作「哥」，下同。玉海卷一百六引：「文心雕龍曰：『塗山歌於候人……西音以興。』」下注：「見呂氏春秋，此四方之歌也。」

梅注：「禹行功，見塗山之女，禹未之遇，而巡省南土，塗山人之女乃令其妾候禹於塗山之陽，女乃作歌曰：『候人兮猗！』實始作爲南音。」按此見呂氏春秋季夏紀音律篇。高誘注：「取塗山氏南音以爲樂歌也。」范注：「曹風有候人。」

〔二〕校證：「『於』原作『乎』，玉海作『于』，以上下文例之，作『于』爲是。今改作『於』。」「燕」，唐寫本作「鷰」。

梅注：「有娀氏有二佚女，居於九成之臺，飲食必以鼓，帝令燕往視之，鳴若謚隘（案原文作「謚隘」或「益隘」），二女愛而争搏之。覆以玉筐，少選發而視之，燕遺二卵，北飛遂不反。二女作歌，一終曰『燕燕往飛』。實始作爲北音。」按此亦見呂氏春秋音律篇。離騷：「有娀之佚女。」集注：「有娀，國名。佚，美也，謂帝嚳之妃契母簡狄也。」

〔三〕梅注：「夏后氏孔甲田於東陽萯山，天大風晦冥，孔甲迷惑，入於民室。主人方乳，或曰：『後來，乃良日也，之子是必大吉。』或曰：『不勝也，之子是必有殃。』後乃取其子以歸，曰：『以爲余子，誰敢殃之！』子長成人，幕動坼橑，斧斬其足，遂爲守門者。孔甲曰：『嗚呼，有疾，命矣夫！』乃作爲破斧之歌。實始爲東音。」按此亦見吕氏春秋音律篇。高誘注：「孔甲，禹後十四世皋之父，發之祖，桀之宗。」東陽，地名，在今山東費縣西南。

〔四〕「整」，元作「氂」，唐寫本作「鼇」。校證：「按玉海、王惟儉本正作『整』。」趙萬里校記：「案吕氏春秋音初篇云：殷整甲徙宅西河，猶思故處，實始作爲西音。此本當本吕覽，自以作『整』爲是，『氂』、『鼇』均形近致訛。」

梅注：「周昭王親將征荆，辛餘靡長且多力，爲王右，還反涉漢，梁敗。王及蔡公抎於漢中，辛餘靡振王北濟，又反振蔡公，周公乃侯之於西翟，實爲長公。殷整甲徙宅西河，猶思故處，實始作爲西音。」案此亦見吕氏春秋音律篇。畢沅注：「竹書紀年：『河亶甲，名整，元年自囂遷於相。』即其事也。」集釋：「相，即西河。整甲即河亶甲。」殷代帝王。

范注：「案吕氏之説，不見經傳，附會顯然。或者謂國風託之以製題，殆信古太甚之失也。」

札記：「案觀此，則後世依古題以製辭亦昉於古，塗山有『候人』之歌，其後曹風亦有候人之篇，則曹風依放塗山也。有娀有『燕燕』之歌，其後邶風亦有燕燕之篇，則邶風依放有娀也。孔甲有破斧之歌，其後豳風有破斧之篇，則豳風依放孔甲也。然其製題相同，託意則異。」

〔五〕校釋：「唐寫本『音』作『心』，是也。」

校注：「按唐寫本是。『心聲』二字出揚子法言問神篇，此指歌辭。書記、夸飾、附會三篇並有『心聲』之文。高誘淮南子修務篇注：『推移，猶轉易也。』」楚辭漁父：「而能與世推移。」

注訂：「『亦不一概矣』以上一節，皆據呂氏春秋音律篇爲説，范注誤爲音初篇。考呂氏之書雜而未純，不無齊東之語，然亦不盡爲虛構，文心引之者，以證聲音推移，各有其始。自咸英以降，既無得而稱，引呂氏之説以求備，並爲下文詩官采言張本。」

明王驥德曲律總論南北曲第二：「關西胡鴻臚侍（明正德進士，珍珠船是他所著的一部類書）珍珠船引劉勰文心雕龍謂塗山歌於『候人』，始爲南音；有娀謠乎『飛燕』，始爲北聲；及夏甲爲東，殷整爲西。古四方皆有音，而今歌曲但統爲南北。如擊壤、康衢、卿雲、南風，詩之二南，漢之樂府，下逮關、鄭、白、馬之撰，詞有雅鄭，皆北音也；孺子、接輿、越人、紫玉，吳歈、楚艷，以及今之戲文，皆南音也。……以辭而論，則宋胡翰（元明間人）所謂『晉之東，其辭變爲南、北，南音多艷曲，北音雜胡戎』。」

從「鈞天九奏」到「亦不一概矣」，爲一小節，推溯樂府的本源。

匹夫庶婦〔一〕，謳吟土風，詩官採言〔二〕，樂胥被律〔三〕，志感絲篁〔四〕，氣變金石〔五〕。是以師曠覘風於盛衰〔六〕，季札鑒微於興廢〔七〕，精之至也〔八〕。

〔一〕范校：「匹，元作及，許改。孫云：唐寫本及下有疋字。」校注：「按唐寫本是。……許改於文意雖合，於語勢則失矣。」

〔二〕「採」，唐寫本作「采」。漢書藝文志：「古有采詩之官，王者所以觀風俗，知得失，自考正也。」范注：「漢書食貨志上：『冬，民既入，婦人同巷，相從夜績。……男女有不得其所者，因相與歌詠，各言其傷。……孟春之月，群居者將散，行人振木鐸徇於路以採詩，獻之太師，比其音律，以聞於天子。故曰，王者不窺牖户而知天下。』公羊宣十五年傳何休注曰：『男女有所怨恨，相從而歌，饑者歌其食，勞者歌其事。男年六十，女年五十無子者，官衣食之，使之民間求詩，鄉移於邑，邑移於國，國以聞於天子。』方言載劉歆與揚雄書：『三代周秦軒車使者、遒人使者（玉海引古文苑「遒人」二字在「軒車使者」上，無下「使者」二字）以歲八月巡路宋（音求）代語童謠歌戲。』劉説與班、何略異（應劭風俗通義序同劉歆説）。當以漢書、公羊注爲是。」

〔三〕校證：「胥，原作『育』，許改作『盲』。謝云：『樂胥、大胥見禮記。』今按謝説是。」校注：「唐寫本作『肙』，即『胥』之或體。周禮春官大司樂：『大胥中士四人，小胥下士八人。』禮記王制：『小胥、大胥。』鄭注並云：『樂官屬也。』尚書大傳略説：『胥與就膳徹。』鄭注亦云：『胥，樂官也。』即其義。此作『樂胥』，與上句『詩官』相對。玉海一百六引正作『胥』，不誤。當據改。」

范注：「詩大序正義引鄭答張逸云：『國史采衆詩時，明其好惡，令瞽矇歌之。其無作主，皆國史主之，令可歌。』周禮瞽矇『掌九德六詩之歌以役大師』。此云樂盲，當指大師瞽矇而言。」

考異：「詩小雅：『君子樂胥。』從『胥』是。」

集注：「樂盲成辭，於古無説。漢書禮樂志屢稱『樂官』『師瞽』，則樂盲或爲樂官或師瞽之誤。詩官采言，樂官被律，相對成文也。」雜記：「言、律猶今世所謂歌譜。」斠詮：「被律，比配其音律也。」

〔四〕校釋：「絲篁，唐寫本作『絲簧』，是也。」校注：「按總術篇『聽之則絲簧』，亦以絲簧連文，則此當從唐寫本改作『簧』。」

〔五〕校證：「唐寫本『石』作『竹』，不可從。上已言『篁』，此不復言竹。」「金」指鐘，「石」指磬。

王金凌：「此處的志與氣即樂府中的情意，因爲能爲絲篁金石所感所變的只有情意。」

禮記樂記：「是故情深而文明，氣盛而化神，和順積中而英華發外，唯樂不可以爲僞。」斠詮：「氣，謂精神意氣。」按指人的精神狀態。

斠詮：「樂記又曰：『鐘聲鏗，鏗以立號，號以立橫，橫以立武，君子聽鐘聲則思武臣。石聲磬，磬以立辨，辨以致死，君子聽磬聲則思死封疆之臣。絲聲哀，哀以立廉，廉以立志，君子聽琴瑟之聲，則思志義之臣。竹聲濫，濫以立會，會以聚衆，君子聽竽笙簫管之聲，則思畜聚之臣。鼓鼙之聲讙，讙以立動，動以進衆，君子聽鼓鼙之聲，則思將帥之臣。君子之聽音非聽其鏗鏘而已也，彼亦有所合之也。』此爲彦和所本。」

〔六〕訓故：「春秋左傳：楚師侵鄭，晉人聞有楚師，師曠曰：不害，吾驟歌北風，又歌南風，南風不競，多死聲，楚必無功。」按此見襄公十八年。杜注：「歌者吹律以詠八風，南風音微，故曰不競。」

〔七〕梅注：「左傳襄公二十九年：吴公子札來聘，請觀於周樂云云。」訓故：「春秋左傳：吴公子札來聘，請觀於周樂，爲之歌周南召南，曰：美哉，始基之矣。爲之歌鄭，曰美哉，其細已甚，民弗堪也，是其先亡乎。自鄶以下無譏焉。」集注：「左傳襄公二十九年：『吴公子札來聘……請觀於周樂。使工爲之歌周南、召南，曰：美哉，始基之矣，猶未也，然勤而不怨矣。爲之歌邶、鄘、衛，曰：美哉，淵乎！憂而不困者也。吾聞衛康叔、武公之德如是，是其衛風乎？爲之歌王，曰：美哉！思而不懼，其周之東乎？……若有他樂，吾不敢請已。』」「季札」，春秋時吴王壽夢之子。

〔八〕唐寫本「至」作「志」。綴補：「按『至』、『志』古通，荀子中多此例。」斠詮直解爲：「其審察音律之精妙，亦云極矣。」

自「匹夫庶婦」至此，是講民間歌謡與音樂足以反映一個時代的風氣。

夫樂本心術，故響浹肌髓〔一〕，先王慎焉〔二〕，務塞淫濫〔三〕。敷訓胄子〔四〕，必歌九德〔五〕，故能情感七始〔六〕，化動八風〔七〕。

〔一〕范注：「漢書禮樂志：『夫樂本情性，浹肌膚而臧骨髓。』」校注：「禮記樂記：『應感起物而動，然後心術形焉。』」

集注：「漢書董仲舒傳：『樂者，所以變民風、化民俗也；其變民也易，其化民也著。故聲發於和而本於情，接於肌膚，臧於骨髓。故王道雖微缺而筦弦之聲未衰也。』」斠詮：「心術……即人運用其心思之方法，此處指内心思想情感之活動而言。浹……徹也，見爾雅釋言。淮南子原道：『不浹於骨髓。』此處有沁透滲入之意。」

〔二〕斯波六郎：「禮記樂記：『樂者，音之所由生也，其本在人心之感於物也……是故先王慎所以感之者。』」

〔三〕漢書禮樂志：「然自雅頌之興，而所承衰亂之音猶在，是謂淫過凶嫚之聲，爲設禁焉。」紀評：「『務塞淫濫』四字，爲一篇之綱領。」

黄注：「樂記：流辟邪散、狄成滌濫之音作，而民淫亂。」集注：「禮記樂記：『是故，先王慎其所以感之者。』又曰：『鄭聲好濫淫志。』」

〔四〕梅注：「舜典：帝曰：夔！命汝典樂，教胄子。」范注：「釋文引馬云：『胄，長也；教長天下之子弟。』」「敷訓」，施教。「胄子」，指卿大夫的子弟。

〔五〕梅注：「臯陶謨：『臯陶曰：亦行有九德：寬而栗，柔而立，愿而恭，亂而敬，擾而毅，直而温，簡而廉，剛而塞，彊而義。』漢書：『古者，自卿大夫師瞽以下，皆選有道德之人，朝夕習業，以教國子。國子者，卿大夫之子弟也。皆學歌九德。』」按此見禮樂志。

〔六〕范注：「漢書律曆志上：『書曰：「予欲聞六律、五聲、八音、七始詠，以出內五言。」……七者，天地四時人之始也。順以歌詠五常之言。』禮樂志安世房中歌：『七始、華始，肅倡和聲。』孟康曰：『七始，天地四時人之始；華始，萬物英華之始也。』……尚書大傳：『七始，天統也。』鄭注：『七始：黄鐘、林鐘、大簇、南吕、姑洗、應鐘、蕤賓也。』按彥和此文用今文尚書説。」黄注：「王應麟玉海：黄鐘、林鐘、太簇爲天、地、人之始，姑洗、蕤賓、南吕、應鐘爲四時之始。」按此見玉海後附小學紺珠律曆。

〔七〕梅注：「八風，晉書樂志云：乾之音石，其風不周；坎之音革，其風廣莫；艮之音匏，其風融；震之音竹，其風明庶；巽之音木，其風清明；離之音絲，其風景；坤之音土，其風涼；兑之音金，其風閶闔。」訓故：「易緯：八節之風謂之八風。左傳：夫舞所以節八音而行八風。杜注：八風，八方之風也。以八音之器，播八方之風，手之舞之足之蹈之，節其制而叙其情。」

范注：「史記律書説八風：不周風居西北，廣莫風居北方，條風居東北，明庶風居東方，清明風居東南，景風居南方，涼風居西南，閶闔風居西方。易緯通卦驗，春秋緯考異郵，淮南天文訓、地形訓，白虎通八風篇，劉熙釋名言八風皆先條風。惟左傳隱五年正義引服虔説，始不周風，與史記合。」

集注：「左傳隱五年杜注：八風……八方之風，謂東方谷風、東南方清明風、南方凱風、西南方涼風、西方閶闔風、西北方不周風、北方廣莫風、東北方融風。」呂氏春秋有始覽：「何謂八風？東北曰炎風，艮氣所生，一曰融風；東方曰滔風，震氣所生，一曰明庶風；東南曰熏風，或作景風，巽氣所生，一曰清明風；南方曰巨風，離氣所生，一曰凱風；西南曰淒風，坤氣所生，一曰涼風；西方曰飂風，兌氣所生，一曰閶闔風；西北曰厲風，乾氣所生，一曰不周風；北方曰寒風，坎氣所生，一曰廣莫風。」

呂氏春秋察傳：「孔子曰：昔者舜欲以樂傳教於天下，乃令重黎舉夔於草莽之中而進之，舜以爲樂正。夔於是正六律，和五聲，以通八風，而天下大服。」淮南子泰族訓：「夔之初作樂也，皆合六律而調五音，以通八風。及其衰也，以沈湎淫樂，不顧政治，至於滅亡。」

以上「八風」的具體名稱雖解釋不同，然大抵是八方之風。

以上爲第一段，論述樂府的起源及其教化作用。

自雅聲浸微，溺音騰沸〔一〕，秦燔樂經，漢初紹復〔二〕，制氏紀其鏗鏘〔三〕，叔孫定其容典〔四〕，於是武德興乎高祖，四時廣於孝文，雖摹韶夏，而頗襲秦舊〔五〕，中和之響〔六〕，闃其不還〔七〕。

〔一〕范注：「禮記樂記：子夏對魏文侯曰：今君之所好者，其溺音乎！文侯曰：敢問溺音何從出也？子夏對曰：鄭音好濫，淫志；宋音燕女，溺志；衛音趨數，煩志；齊音敖辟，喬志（謂傲辟驕志也）：此四者，皆淫於色而害於德，是以祭祀弗用也。」紀評：「八字貫下十餘行，非單品秦漢。」

漢書禮樂志：「周道始缺，怨刺之詩起。王澤既竭，而詩不能作。王官失業，雅頌相錯。……桑間、濮上、鄭、衛、宋、齊之聲並出。內則致疾損壽，外則亂政傷民。巧僞因而飾之，以營亂富貴之耳目。庶人以求利，列國以相間。故秦穆遺戎而由余去，齊人餽魯而孔子行。至於六國，魏文侯最爲好古，而謂子夏曰：寡人聽古樂則欲寐，及聞鄭、衛，余不知倦焉。子夏辭而辨之，終不見納，自此禮樂喪矣。」

注訂：「『雅聲……騰沸』二句言樂府之衰，始自戰國，秦漢以後，雖有紹復，終失舊觀，慨乎其言也。」

「溺」，沉迷，流蕩不返。「溺音」，謂淫溺之音。

文心雜記：「溺音者，宋、鄭、齊、衛淫色害德之音，祭祀弗用，而時君之所好也。」

〔二〕范注：「漢書藝文志：『六國之君，魏文侯最爲好古。孝文時，得其樂人竇公，獻其書，乃周官大宗伯之大司樂章也。』此樂經未經燔失之證。」「紹復」，繼承恢復。尚書盤庚上：「紹復先王之大業。」

有人認爲根本没有樂經，根據是漢書藝文志：「周衰，（禮樂）俱壞。樂尤微眇，以音律爲節，又爲鄭衛所亂，故無遺法。」顔虛心注：「其道精微，節在音律，不可具於書。」

〔三〕梅注：「漢書禮樂志：漢興，樂家有制氏，以雅樂聲律世世在太樂官，但能記其鏗鏘，而不能言其義。」（范注引作「記其鏗鎗鼓舞」，又謂藝文志樂類亦同此文。）「鏗鏘」，指節奏。

〔四〕校證：「『容典』，原作『容與』，唐寫本作『容典』。案後漢書曹褒傳論：『漢初，天下創定，朝制無文，叔孫通頗採經禮，參酌秦法，雖適物觀時，有救崩敝；然先王之容典，蓋多闕矣。』注：『容，禮容也；典，法則也。』此正彦和所本，今改從之。」

校注：「舍人所謂『定容典』者，蓋指其制宗廟樂（見漢書禮樂志，范注已具）之禮容法則也。新唐書歸崇敬傳：『治禮家學，多識容典。』亦可爲此當作『容典』之證。」

集注：「漢書禮樂志：『高祖時，叔孫通因秦樂人制宗廟樂。大祝迎神於廟門，奏嘉至，猶古降神之樂也。皇帝入廟門，奏永至，以爲行步之節，猶古采薺肆夏也。乾豆上，奏登歌。獨上歌，不以筦弦亂人聲，欲在位者偏聞之，猶古清廟之歌也。登歌再終，下奏休成之樂，美神明既饗也。皇帝就酒東廂，坐定，奏永安之樂，美禮已成也。』」

校釋：「自秦焚樂經，古代廟樂，唯存韶武。漢興，魯人制氏獨能記其鏗鏘鼓舞，故世在樂官。其後叔孫通因秦樂人製宗廟樂，其嘉至、永至、登歌，史志皆比附古樂爲説，獨休成、永安二篇不言，故知二篇乃叔孫自製。」

〔五〕漢書禮樂志：「高（祖）廟奏武德、文始、五行之舞，孝文廟奏昭德、文始、四時、五行之舞。孝武廟奏盛德、文始、四時、五行之舞。武德舞者，高祖四年作，以象天下樂己行武以除亂也。文始舞者，曰本舜招舞也，高祖六年更名曰文始，以示不相襲也。五行舞者，本周舞也，秦始皇二十六年更名曰五行也。四時舞者，孝文所作，以示天下之安和也。……高祖六年又作昭容樂、禮容樂。昭容者，猶古之昭夏也，主出武德舞。禮容者，主出文始、五行舞。……大氏皆因秦舊事焉。」

〔六〕禮記中庸：「喜怒哀樂之未發謂之中，發而皆中節謂之和。」

「韶」謂虞舜時的韶樂，「夏」謂夏禹時的大夏之樂。董仲舒春秋繁露楚莊王：「舜時，民樂其昭堯之業也，故韶。韶者，昭也。禹之時，民樂其三聖相繼，故夏。夏者，大也。」韶夏唯於行大禮時用之。

校注：「按禮記樂記：『故樂者，天地之命，中和之紀，人情之所不能免也。』」

荀子勸學篇：「禮之敬文也，樂之中和也，詩書之博也，春秋之微也，在天地之間者，畢矣。」

孔子家語辨樂：「故君子之音，温柔居中，以養生育之氣。憂愁之感，不加於心也；暴厲之動，不在於體也。夫然者，乃所謂治安之風也。小人之音則不然，亢麗微末，以象殺伐之氣。中和之感不載於心，温和之動不存於體。夫然者，乃所以爲亂之風。」

〔七〕注訂：「此本易豐卦『闃其無人』句，闃音去，入聲，言中和之音，繼起無作也。」「闃」，寂靜。

暨武帝崇禮〔一〕，始立樂府〔二〕；總趙代之音，撮齊楚之氣〔三〕。延年以曼聲協律〔四〕，朱馬以騷體製歌〔五〕。桂華雜曲，麗而不經〔六〕；赤雁群篇，靡而非典〔七〕。河間薦雅而罕御〔八〕，故汲黯致譏於天馬也〔九〕。

〔一〕校證：「『禮』，唐寫本作『祀』。案兩都賦序：『至於武宣之世，乃崇禮官，考文章，內設金馬、石渠之署，外興樂府協律之事。』此蓋彥和所本。唐寫本作『祀』，未可從。」

〔二〕札記：「此據漢書禮樂志文。樂府詩集則云：孝惠時，夏侯寬爲樂府令，始以名官，至武帝乃立樂府云。」

漢書禮樂志：「至武帝定郊祀之禮……乃立樂府。（師古曰：「始置之也，樂府之名蓋起於此。」王應麟曰：「惠帝時，有樂府令夏侯寬，更安世樂，似非始於武帝。」）采詩夜誦，有趙代秦楚之謳，以李延年爲協律都尉，多舉司馬相如等數十人，造爲詩賦，略論律呂，以合八音之調，作十九章之歌。」沈欽韓以爲以後制追述前事，非樂府始於孝惠。案：惠帝時但有樂府令之官，武帝時始置樂府署。

注訂：「樂府之立，似不始於武帝。其實樂府令爲官人，樂府爲官寺，高惠時之官制，率沿秦舊，樂府亦然，武帝之立樂府，乃建制也。故言採詩夜誦，皆有其職務，不同於一令也。又師古言始置之者，言始置於當時，重振之也，非謂古之所無。詩歌永言，見於舜典，則樂府之實，其來甚遠。」吴訥文章辨體序説：「後儒（遂）以樂府之名起於武帝，殊不知孝惠二年已命夏侯寬爲樂府令，豈武帝始爲新聲，不用舊辭也？」王先謙漢鐃歌釋文箋證例略：「劉勰文心雕龍謂漢武始立樂府。師古不察，襲謬以注漢書（按見禮樂志）。由此讀鐃歌者，以爲皆武帝時作。是大不然。高祖愛巴俞歌舞，令樂人習學之；嗣是樂府遂有巴俞鼓員矣。孝惠二年，夏侯寬爲樂府令矣。讀思悲翁、戰城南、巫山高三篇，知鐃歌肇於高祖之時；讀遠如期一篇，知鐃歌衍於宣帝之世。推原終始，皆在西都。」

〔三〕范注：「藝文志：『自孝武立樂府而採歌謡，於是有代、趙之謳，秦、楚之風，皆感於哀樂，緣事而發，亦可以觀風俗，知薄厚云。』案歌詩家有邯鄲、河間歌詩四篇，燕、代謳雁門、雲中、隴西歌詩九篇，齊、鄭歌詩四篇，吴、楚、汝南歌詩十五篇，歌詩凡有二十八家，彦和特舉其大者言之。」按范氏所引，見漢書藝文志詩賦略論。

「趙、代」指今河北、山西一帶。「齊、楚」指今山東、安徽、湖北一帶。「撮」，撮取。「氣」謂聲氣。沈約宋書謝靈運傳論：「雖清辭麗曲，時發乎篇，而蕪音累氣，固亦多矣。」

〔四〕漢書佞幸傳：「（李）延年善歌，爲新變聲。是時上方興天地諸祠，欲造樂，令司馬相如等作詩頌。延年輒承意弦歌所造詩，爲之新聲曲。而李夫人産昌邑王，延年繇是貴爲協律都尉。」「曼聲」，引長聲音。注訂：「『曼聲』即指『新變聲』也。」

〔五〕范注：「（漢書）補注引周壽昌曰：『相如死當元狩五年，死後七年延年始得見（元鼎六年）。是相如等前造詩，延年後爲新聲，多舉者，言舉相如等數十人之詩賦，非舉其人也。』周説是。陳先生曰：『朱、馬或疑爲司馬之誤，非是。案朱或是朱買臣。漢書本傳言買臣疾歌謳道中，後召見，言楚辭，帝甚説之。又藝文志有買臣賦三篇，蓋亦有歌詩，志不詳耳。』……買臣善言楚辭，彦和謂以騷體製歌，必有所見而云然。唐寫本亦作『朱馬』，明『朱』非誤字也。宋書樂志相和歌辭有陌上桑一曲，或即騷體製歌之遺。」

朱所作歌曲，今不傳。相傳武帝時的郊祀歌中有一部分是司馬相如作。文體明辨卷六「樂府」類引作「司馬以騷體製歌」。

注訂：「『朱馬以騷體製歌』——此爲漢賦隆起之漸，武帝愛騷，淮南作傳，是上有好之者。朱擅楚辭，司馬能賦，是下有甚焉者。文體演進，其跡甚顯。惟前言辨騷，此論樂府，着眼在『製歌』二字也。」

日知録樂章：「十九章，司馬相如等所作，略論律吕，以合八音者也。趙代秦楚之謳，則有協有否，以李延年爲協律都尉，採其可協者，以被之音也。」

雜記：「唐寫本正作『朱馬』。下文『繆朱所致』一語亦可證。」

校注：「『朱』沈巖校作『枚』。吳翌鳳校同。……按『朱』字不誤。朱爲朱買臣，王惟儉、梅慶生所注是也。沈、吴校爲『枚』（文選李善注曾四引枚乘樂府詩句「美人在雲端，天路隔無期」，蓋沈、吳所據）。徐、許改作『司』，非是。」

〔六〕梅注：「漢高唐山夫人作安世房中歌十七章，有桂華一章。」

集注：「漢書禮樂志：安世房中歌十七章，〔桂華一章十句：〕『都荔遂芳，窅窊桂華。孝奏天儀，若日月光。乘玄四龍，回馳北行。羽旄殷盛，芬哉芒芒。孝道隨世，我署文章。』」

紀評：「桂華尚未至于不經，赤雁等篇亦不得目之曰靡，蓋深惡塗飾，故矯枉過正。」「不經」謂不合正道。按劉勰此論可能是對樂曲說的，不是對歌辭說的。

注訂：「桂華、赤雁之作，彥和譏之者，蓋以其開後世符瑞頌讚之漸，違古立樂府之旨。故曰不經不典，不僅惡其塗飾，亦非矯枉過正也。」

〔七〕梅注：「赤雁：漢武帝太始三年行幸東海，獲赤雁作。」黃注：「禮樂志郊祀歌：象載瑜十八，太始三年，行幸東海，獲赤雁作。」按漢書禮樂志，辭如下：「象載瑜，白集西；食甘露，飲榮泉。赤雁集，六紛員；殊翁雜，五采文。神所見，施祉福；登蓬萊，結無極。」

校釋：「舍人此篇，於房中十七章舉桂華，於郊祀十九章舉赤雁，論桂華則曰『麗而不經』；評赤雁則曰『靡而非典』。證以後世通人評隲之語，益足見舍人衡鑒之精。宋書樂志曰：『商『漢武帝雖頗造新哥，然不以光揚祖考，崇述正德爲先，但多詠祭祀見事及其祥瑞而已。周雅頌之體闕焉。』此舍人所謂『靡而非典』也。齊召南曰：『周詩所謂房中樂者，人倫始於夫婦，故首以關雎、鵲巢。漢安世房中歌，直是祀神之樂。』此舍人所謂『麗而不經』也。舍人雖各舉一目，實可通論餘篇。紀評乃謂『桂華尚未至於不經，赤雁亦不得目之曰靡』，其言乖違如此，異哉！」

校注：「隋書音樂志上：『武帝裁音律之響，定郊丘之祭，頗雜謳謠，非全雅什。』並足與此相發。」

〔八〕梅注：「河間獻王名德，景帝子，武帝時獻雅樂，天子下太樂官，常存肄之，歲時以備數，然不常御。」

漢書禮樂志：「是時，河間獻王有雅材，亦以爲治道非禮樂不成，因獻所集雅樂。天子下太樂官，常存肄之，歲時以備數，然不常御，常御及郊廟，皆非雅聲。」此謂河間獻王劉德曾推薦古樂，但武帝很少採用。

〔九〕梅注：「史記樂書：漢武帝嘗得神馬渥洼水中，作歌曰：『太一貢兮天馬下，霑赤汗兮沫流赭。騁容與兮跇萬里，今安匹兮龍爲友。』後伐大宛得千里馬，馬名蒲捎，作歌曰：『天馬徠兮從西極，經萬里兮歸有德，承靈威兮懷外國，涉流沙兮四夷服。』中尉汲黯進曰：『凡王者作樂，上以承祖宗，下以化兆民。今陛下得馬，詩以爲歌，協於宗廟，先帝百姓，豈能知其音耶？』」

陔餘叢考卷二十三「樂府」：「文心雕龍曰：『漢武立樂府，總趙代之音，撮齊楚之氣……河間獻雅而不御，故汲黯致譏於天馬。』然則樂府本非雅樂也。」

至宣帝雅詩，頗效鹿鳴〔一〕。邇及元成〔二〕，稍廣淫樂〔三〕，正音乖俗〔四〕，其難也如此〔五〕。

〔一〕校證：「『宣帝雅詩，頗效鹿鳴』，原作『宣帝雅頌，詩效鹿鳴』，今據唐寫本改正。蓋『頗』初誤作『頌』，繼又誤乙在『詩』前也。『頗效』與『稍廣』對文。」

黄注：「（漢書）王褒傳：宣帝時，天下殷富，數有嘉應，上頗作歌詩，欲興協律之事。於是益州刺史王襄欲宣風化於衆庶，聞王褒有俊才，請與相見，使褒作中和、樂職、宣布詩，選好事者令依鹿鳴之聲，習而歌之。」「雅詩」即指中和、樂職、宣布詩。

〔二〕唐寫本「邇」作「逮」。校注：「按『逮』字是，當據改。」

斠詮：「邇，近也。見説文。元帝爲宣帝子，成帝爲宣帝孫，元、成緊接宣帝而嗣位，故云邇及，不須改字。」

漢書元帝紀贊：「元帝多材藝，善史書，鼓琴瑟，吹洞簫，自度曲，被歌聲，分刌節度，窮極幻眇。」注引應劭曰：「自隱度作新曲，因持新曲以爲歌詩聲也。」

〔三〕漢書禮樂志：「今漢郊廟詩歌，未有祖宗之事，八音調均，又不協於鐘律，而内有掖庭材人，外有上林樂府，皆以鄭聲施於朝庭。至成帝時……鄭聲尤甚。黄門名倡丙彊、景武之屬富顯於世。貴戚五侯定陵、富平外戚之家淫侈過度，至與人主争女樂。哀帝自爲定陶王時疾之，又性不好音，及即位，下詔曰：惟世俗奢泰文巧，而鄭衛之聲興。夫奢泰則下不孫而國貧，文巧則趨末背本者衆，鄭衛之聲興則淫辟之化流。而欲黎庶敦朴家給，猶濁其源而求其清流，豈不難哉！孔子不云乎？『放鄭聲，鄭聲淫。』其罷樂府官。」

〔四〕范注：「正音乖俗，如河間獻王獻雅樂，僅歲時備數，常御及郊廟皆非雅聲之類。」

〔五〕注訂：「意指上文所云『雅聲寖微』，『中和之響，闃其不還』，及『河間薦雅而罕御』。雖宣帝再振，終難繼響，亦世運之所關，故云其難也，此樂府之一大變也。」這幾句話的意思是說：自秦至漢初，一直就缺乏「正音」，直到漢宣帝時，纔有了「雅頌之作」；但到元、成之間，「淫樂」漸漸得勢了。故他慨嘆於「正音乖俗，其難也如此」。對於漢武帝創立樂府機關，劉勰提到李延年採集民歌配上樂律的貢獻，但總認爲宫廷樂章裏不應有「靡麗」的民間歌謡。這是由於他認爲「正音乖俗」，認爲雅正的音樂和民間俗曲走的不是一條路。

暨後漢郊廟〔一〕，惟雜雅章〔二〕，辭雖典文，而律非夔曠〔三〕。

〔一〕校證：「『漢』字原脱，據唐寫本補。」「郊」，祭天。「廟」，祭祖。文體明辨序説「樂府」類：「東漢明帝分樂爲四品：一曰大予樂，郊廟上陵用之。二曰雅頌樂，辟雍饗射用之。三曰黄門鼓吹樂，天子宴群臣用之。四曰：短簫鐃歌樂，軍中用之。其説雖具，而制亦不傳。」

〔二〕范注：「唐寫本『後』下有『漢』字，是。『雜』作『新』亦是。惟新雅章，指東平王蒼所製也。」按「雜」字義長，意謂後漢郊廟樂，雜用雅樂。後漢書東平憲王蒼傳：「蒼以天下化平，宜修禮樂。乃與公卿共議定南北郊冠冕車服制度，及光武廟登歌，八佾舞數，語在禮樂、輿服志。」

〔三〕「律」，音律，和上句的「辭」字分别指樂章的兩個方面。

札記：「按後漢書曹褒傳：顯宗即位，曹充上言，請制禮樂，帝善之，詔曰：今且改太樂官曰太予樂，詩歌曲操，以俟君子。據此，後漢之樂一仍先漢之舊。宋書樂志：漢明帝初，東平憲王制舞歌一章，薦之光武之廟。（按武德舞歌詩見樂府詩集。）又章帝自作食舉詩四篇，後漢樂詞之可考者僅此。」范注：「章帝又制雲臺十二門詩。」

至於魏之三祖，氣爽才麗〔一〕，宰割辭調〔二〕，音靡節平〔三〕。觀其「北上」衆引〔四〕，「秋風」列篇，或述酣宴，或傷羈戍，志不出於滔蕩〔五〕，辭不離於哀思〔六〕，雖三調之正聲〔七〕，實韶夏之鄭曲也〔八〕。

〔一〕鍾嶸詩品下魏武帝魏明帝詩：「曹公古直，甚有悲凉之句。叡不如丕，亦稱三祖。」「三祖」，太祖武帝操，高祖文帝丕，烈祖明帝叡。訓故：「武帝苦寒行『北上太行山，艱哉何巍巍』云云，文帝燕歌行『秋風蕭索天氣凉』云云，明帝月重輪及燕歌行。」王金凌：「氣與才都指才能，即才氣爽麗。爽説明思考能力迅速，麗則説明表達能力强。麗本指辭采，此處借用辭采的美，以喻才能。」按文心「氣」的概念詳見下養氣篇，王説將「氣」等同於「才」未妥。

〔二〕范注：「宋書樂志三：相和，漢時歌也。絲竹更相和，執節者歌。本一部，魏明帝分爲二。彦和所譏宰割辭調，或即指此。」

注訂：「宰割者，以新辭入舊調，或以舊辭按新聲，辭之長短，調之緩促，不因襲舊律也。范注據宋書樂志，以明帝分相和調爲二部爲宰割者，非是。古樂一部二部以人分，不以辭調分也。況『音節靡平』云者，明指辭調而言，與部無涉也。」「宰割辭調」謂分裂古調，製作新曲。

〔三〕「音靡節平」，王金凌：「靡指旋律柔和輕細，平則指節奏平淡而不强烈。」吴訥文章辨體序説「樂府」類：「魏晉以降，世變日下，所作樂歌，率皆誇靡虚誕，無復先王之意。」

〔四〕斠詮：「引，琴曲也。初學記：『古琴曲有九引。』」

〔五〕校證：「『滔』，元本……黄注本、王謨本作『淫』，唐寫本作『慆』，今從汪本、佘本、王惟儉本、日本刊本、崇文本等，定作『滔』。」

綴補：「按明嘉靖本淫作滔，古詩紀别集一引同。『滔蕩』複語，『滔』亦『蕩』也。（淮南子本經篇：『共工振滔洪水。』高誘注：『滔，蕩也。』）唐寫本作『慆』，『慆』乃『慆』之誤。滔、慆正假字。黄本作『淫』，蓋妄改。淮南子精神篇：『五藏摇動而不停，則血氣滔蕩而不休矣；血氣滔蕩而不休，則精神馳騁於外而不守矣。』（又見文子九守篇）。劉子防欲篇：『志氣縻於趣捨，則五藏滔蕩而不安。』並以滔蕩連文，與此取義亦同。」「滔蕩」，猶放蕩。

〔六〕黃注：「按魏太祖苦寒行『北上太行山』云云，通篇寫征人之苦。文帝燕歌行『秋風蕭瑟天氣涼』云云，亦託辭於思婦，所謂或傷羈戍，辭不離於哀思也。他若文帝於譙作、孟津諸作，則又或述酣宴，志不出於淫蕩之證也。」

札記：「宋書樂志載相和歌辭：駕六龍（當氣出倡）、厥初生（當精列）、天地間（當度關山）、惟漢二十二世（當薤露）、關東有義士（當蒿里行）、對酒歌太平時（當對酒）、駕虹蜺（當陌上桑）皆武帝作。登山有遠望（當十五）、棄故鄉（當陌上桑），皆文帝作。又晉荀勗撰清商三調，舊詞施用者，平調則周西（短歌行）、對酒（短歌行），爲武帝詞；秋風（燕歌行）、仰瞻（短歌行）、別日（燕歌行）爲文帝詞。清調則晨上（秋胡行）、北上（苦寒行）、願登（秋胡行）、蒲生（塘上行），爲武帝詞；悠悠（苦寒行）爲明帝詞。瑟調則古公（善哉行）、自惜（善哉行），爲武帝詞；朝日（善哉行）、上山（善哉行）、朝游（善哉行）爲文帝詞；我徂（善哉行）、赫赫（善哉行）爲明帝詞。此外，武帝有碣石（大曲步出夏門行），文帝有西山（大曲折楊柳行）、園桃（大曲煌煌京洛行），明帝有夏門（大曲步出夏門行）、王者布大化（大曲櫂歌行）諸篇。陳王所作，被於樂者亦十餘篇，蓋樂詞以曹氏爲最富矣。」

〔七〕黃注：「晉樂志：有因絲竹金石造歌以被之，魏世三調歌辭之類是也。又唐樂志曰：平調、清調、瑟調，皆周房中曲之遺聲，漢世謂之三調。又有楚調，漢房中樂也，與前三調，總謂之相和調。」

札記：「彦和云三調正聲者，三調本周房中曲之遺聲。隋書曰：『清樂其始即清商三調是也。並漢來舊曲，樂器形制並歌章古詞，與魏三祖所作者，皆被於史籍。平陳後獲之。高祖聽之，善其節奏，曰：此華夏正聲也。』（按此見音樂志）然則三調之爲正聲，其來已久。彦和云三祖所作爲鄭曲者，蓋譏其詞之不雅耳。」

「雖三調之正聲」意謂雖然直接繼承漢代樂府詩。

〔八〕這句意謂三曹的作品如果和虞舜、夏禹時的古樂比起來，其地位近於過去的鄭聲。注訂：「言韶夏之鄭曲者，正聲中有淫靡之辭，猶三百篇中之鄭風也。」

校釋：「傅玄曰：『魏武好法術，而天下貴刑名。魏文慕通達，而天下賤守節。』（掌諫職上疏）蓋魏武初政，乃偏霸之雄才，非休明之盛軌。文帝篡統，復崇尚放曠，不務儒術。影響及於文學，武既悲涼，文或慆蕩，皆非中和雅正之音。故雖美其『氣爽才麗』，而終斥爲『韶夏之鄭聲』也。」

此節明建安樂府變舊作之體，但批評曹操的苦寒行、曹丕的燕歌行，「志不出於滔蕩，辭不離於哀思」，説其中的内容不外乎滔蕩，文辭不離哀傷，從内容到形式都加以否定，這就未免過分了。

逮於晉世，則傅玄曉音，創定雅歌〔一〕，以詠祖宗〔二〕；張華新篇〔三〕，亦充庭萬〔四〕。

〔一〕訓故：「晉書：傅玄……曉音律，作鼓吹曲及晉郊祀諸歌。」晉書樂志：「及（晉）武帝受命之初，百度草創。泰始二年詔郊祀明堂，禮樂權用魏儀，遵周室肇稱殷禮之義，但改樂章而已，使傅玄爲之辭，凡十五篇。」傅玄造四廂樂歌三首，晉鼓吹曲二十二首，舞歌二首，宣武舞歌四首，宣文舞歌二首，鼙歌五首。晉書傅玄傳：「字休奕……博學，善屬文，解鐘律。」

〔二〕傅玄所作雅歌，有祭天地、神靈、祖宗的，如祠宣皇帝登歌、祠景皇帝登歌等即詠祖宗。

〔三〕訓故：「張華作晉四廂樂歌。」黄注：「晉樂志：使郭夏、宋識等造正德、大豫二舞，其樂章張華所作。」札記：「張華作四廂樂歌十六首，晉凱歌二首。黄注但舉舞歌，非也。」

〔四〕梅注：「詩：『公庭萬舞。』公羊傳：『萬者何？干舞也。』何休注云：干爲楯也。能爲人扞難而不使害人，故聖王貴之，以爲武樂。萬者，其篇名。武王以萬人服天下，民樂之，故名之云爾。」按引詩見邶風簡兮篇，毛傳：「以干、羽爲萬舞。」朱熹集傳：「萬者，舞之總名，武用干戚，文用羽籥也。」毛、朱釋與公羊傳異。訓故：「春秋左傳隱公五年九月：考仲子之宮，將萬焉。韓詩云：萬，大舞也。」是韓、毛皆以萬舞爲兼有文舞武舞的大舞，其説是。

然杜夔調律，音奏舒雅〔一〕，荀勖改懸，聲節哀急〔二〕，故阮咸譏其離聲〔三〕，後人驗其銅尺〔四〕；和樂之精妙，固表裏而相資矣〔五〕。

〔一〕梅注：「晉後略曰：鐘律之器，自周之末廢，而漢成哀之間，諸儒脩而治之，至後漢末復隳矣。魏武使協律知音者杜夔造之，不能考之典禮，徒依於時絲管之聲、時之尺寸而製之，甚乖失禮度。於是世祖命中書監荀勖依典制，定鐘律，既鑄律管，募求古器，得周時玉律數枚，比之不差。又諸郡舍倉庫或有漢時故鐘，以律命之，皆不叩而應，聲響韻合，又若俱成。晉諸公贊曰：律成，散騎侍郎阮咸謂勖所造聲高，高則悲。夫亡國之音哀以思，其民困。今聲不合雅，懼非德政中和之音，必是古今尺有長短所致。然今鐘磬是魏時杜夔所造，不與勖律相應，音聲舒雅，而久不知夔所造，時人爲之不足改易。勖性自矜，乃因事左遷咸爲始平太守，而病卒。後得地中古銅尺，校度勖今尺，短四分，方明咸果解音，然無能正者。」按晉諸公贊爲傅暢所作，見世説新語術解篇注引。

札記：「魏志杜夔傳曰：『杜夔以知音爲雅樂郎，後以世亂奔荆州。荆州平，太祖以夔爲軍謀祭酒，參太樂事，因令創製雅樂。夔善鐘律，聰思過人。時散郎鄧靜、尹齊善詠雅樂，歌師尹胡能歌宗廟郊祀之曲，舞師馮肅、服養曉知先代諸舞。夔總統研精，遠考諸經，近採故事，教習講肄，備作樂器，紹復先代古樂，皆自夔始也。』」此謂杜夔調整音律，節奏舒緩而温雅。

〔二〕唐寫本「哀」作「稍」。斠詮：「『聲節哀急』與上文『音奏舒雅』相對。」訓故：「通考：（晉）武帝時，張華、荀勗較杜夔所造鐘律，不合，乃出御府銅尺銅斛七具，較減新尺，短夔尺四分。」

晉書樂志：「荀勗以杜夔新製律呂校太樂總章、鼓吹八音，與律呂乖錯。乃制古尺，作新律呂，以調聲韻。……自謂宫商克諧，然論者猶謂勗暗解。時阮咸妙達八音，論者謂之神解。咸常心譏勗新律聲高，以爲高近哀思，不合中和，每公會樂作，勗意咸謂之不調，以爲異己，乃出咸爲始平相。後有田父耕於野，得周時玉尺，勗以校己所治鐘鼓金石絲竹，皆短校一米，於此優咸之妙，復徵咸歸。」

札記：「晉書律曆志云『武帝泰始九年，中書監荀勗校太樂，八音不和，始知後漢至魏尺長於古四分有餘，勗乃部著作郎劉恭依周禮制尺，所謂古尺也；依古尺更鑄銅律呂，以調聲韻，以尺量古器，與本銘尺寸無差。又汲郡盜發六國時魏襄王冢，得古周時玉律及鐘磬，與新律聲韻闇同。於時郡國或得漢時故鐘，吹律命之皆應。勗銘所云此尺者，勗新尺也，今尺者，杜夔尺也。荀勗造新鐘律，與古器諧韻，時人稱其精密，惟散騎侍郎陳留阮咸譏其聲高，聲高則悲，非興國之音，亡國之音。亡國之音哀以思，其人困，今聲不合雅，懼非德正至和之音，必古今尺有長短所致也。會咸病卒，武帝以勗律與周漢器合，故施用之。後始平掘地，得古銅尺，歲久欲腐，不知所出何代，果長勗尺四分，時人服咸之妙，而莫能厝意焉。史臣案：勗於千載之外，推百代之法，度數既宜，聲韻又契，可謂切密，信而有徵也，而時人寡識，據無聞之一尺，忽周漢之兩器，雷同臧否，何其謬哉！世説稱『有田父於野地中得周時玉尺，便是天下正尺，荀勖試以校己所治金石絲竹，皆短校一米』云。」「荀勖」，晉初音樂家。「懸」是樂器的架，這裏就指樂器。「改懸」，指荀勖改變杜夔所定的律吕。

〔三〕校注：「『聲』，唐寫本作『磬』。按唐寫本是也。禮記明堂位：『垂之和鍾，叔之離磬。』鄭注：『和、離，謂次序其聲縣也。』正義：『叔之離磬者，叔之所作編離之磬。……和、離謂次序其聲縣也者，聲解和也，縣解離也，言縣磬之時，其磬希疏相離。』據此，咸譏荀勖之離磬者，蓋以其改懸依杜夔所造鐘磬有所參池（詳范注）而言，若作『聲』，則非其指矣。」注訂：「咸譏荀勖造新尺短古尺四分也。」

「阮咸」，字仲容。爲竹林七賢之一，與叔父阮籍齊名，有大、小阮之稱。

〔四〕斠詮：「指晉書律曆志稱『始平掘得古銅尺，長勖尺四分。』及樂志稱『田夫得周時玉尺，勖以校己所治，皆短校一米』兩事而言。案：銅尺，銅鑄之尺，用以量較古樂器，又可依古尺爲準，鑄銅律吕以調聲韻。事見晉書律曆志。」

〔五〕校證：「舊本無『之』字，唐寫本有，今據補。」范注：「有『之』字是。表謂樂體，裏謂樂心。」按「表」指樂器，「裏」指樂章。「表裏相資」意謂必須樂器和樂章互相配合。徐師曾文體明辨序説樂府類：「逮及晉世，則有傅玄、張華之徒，曉暢音律，故其所作，多有可觀。然荀勖改杜夔之調，聲節哀急，見譏阮咸，不足多也。」

張華上壽食舉歌詩表序：「太始五年，尚書奏使太僕傅玄、中書監荀勗、黄門侍郎張華，各造正旦行禮及王公上壽酒、食舉樂歌詩。華上表。勗以魏氏歌詩二三四五言與古詩不類，以問司律中郎將陳頎，頎曰：彼之金石，未必皆當。故勗造晉歌，皆爲四言。唯王公上壽酒一篇爲三言五言，此則華、勗所明異旨也。」

以上爲第二段，論述兩漢、魏、晉時期樂府的發展史。

故知詩爲樂心，聲爲樂體〔一〕；樂體在聲，瞽師務調其器；樂心在詩，君子宜正其文〔二〕。「好樂無荒」〔三〕，晉風所以稱遠〔四〕；「伊其相謔」〔五〕，鄭國所以云亡〔六〕。故知季札觀樂〔七〕，不直聽聲而已〔八〕。

〔一〕文章流别論：「詩雖以情志爲本，而以聲成爲節。」禮記樂記：「凡音之起，由人心生也。人心之動，物使之然也。感於物而動，故形於聲。聲相應故生變，變成方謂之音。比音而樂之，及干戚羽旄謂之樂。」詩大序：「詩者，志之所之也，在心爲志，發言爲詩。」范注：「毛詩大序正義曰：『詩是樂之心，樂爲詩之聲，故詩樂同其功也。』又曰：『原夫作樂之始，樂寫人音。人音有小大高下之殊，樂器有宫徵商羽之異。依人音而制樂，託樂器以寫人，是樂本效人，非人效樂。但樂曲既定，規矩先成，後人作詩，模摩舊法，此聲成文謂之音。若據樂初之時，則人能成文，始入於樂。若據制樂之後，則人之作詩，先須成樂之文，乃成爲音。聲能寫情，情皆可見，聽音而知治亂，觀樂而曉盛衰，故神瞽有以知其趣也。』」

斠詮：「禮記樂記：『樂者，心之動也；聲者，樂之象也。』彦和所謂『聲爲樂體』與『聲爲樂象』義同。孔疏：『聲者樂之象也者，樂本無體，由聲而見，是聲爲樂之形象也。』」

〔二〕校注：「按左傳昭公二十一年：『夫音，樂之輿也；而鐘，音之器也。』」

曹學佺批：「先心後器，先詩後聲。此極得論樂府之體。」

文體明辨序説「樂府」類：「嗚呼，樂歌之難甚矣。工於詞者調未必協，諳於律者辭未必嘉。善乎劉勰之論曰：『詩爲樂心，聲爲樂體。樂體在聲，瞽師務調其器；樂心在詩，君子宜正其文。』安得律辭兼得者而使之作樂哉！」日知録樂章：「歌者爲詩，擊者、拊者、吹者爲器。合而言之謂之樂，對詩而言，則所謂樂者專屬八音，與於詩，立於禮，成於樂是也，分詩與樂言之也。專舉樂，則詩在其中，『吾自衛反魯，然後樂正，雅頌各得其所』是也，合詩與樂言之也。」

〔三〕黄注：「詩唐風蟋蟀篇。」「荒」，荒廢，此句意謂喜好娱樂，不要荒廢正業。

〔四〕「遠」，唐寫本作「美」。

黄注：「左傳：季札觀樂，『爲之歌唐，曰：思深哉，其有陶唐氏之遺民乎？不然，何憂之遠也』？注：『晉本唐國。』」按此見襄公二十九年。此句意謂季札稱之爲有遠見。

〔五〕黄注：「詩鄭風溱洧篇。」按原詩云：「維士與女，伊其相謔，贈之以勺藥。」「伊」，乃。「謔」，調笑。

〔六〕范注：「左傳季札見歌鄭曰：『美哉，其細已甚，民弗堪也，是其先亡乎！』」按此見左傳襄公二十九年。

集注：「『云』，『先』之誤字。」按「云亡」與「稱遠」對文，「云」字不誤。

〔七〕校證：「『觀樂』原作『觀辭』，今依左襄二十九年傳改。『觀樂』與下文『聽聲』相屬，且本贊亦作『觀樂』。」

〔八〕校注：「禮記樂記：『君子之聽聲，非聽其鏗鏘而已。』」此句意謂不僅聽其聲調，也注意歌辭。

若夫豔歌婉孌〔一〕，怨志訣絶〔二〕，淫辭在曲，正響焉生〔三〕！

〔一〕王先謙漢鐃歌釋文箋正例略：「豔者，辭中哀急婉孌之音。又慧地（劉勰出家後名）所謂『宫商大和』，『翻迴取均』（見聲律篇）者也。……所以鬱然荆豔，取重漢代，循其音節，俗聽飛馳。故劉氏釋豔，專屬之楚歌矣。……夫樂心在辭，務在正文；樂體在聲，要歸調器。漢詩辭豔，即乖雅歌，至延年協律以曼聲，復亡正響。古人所謂『詩聲俱鄭』（樂府篇），以故仲舒增嘆，而何武罷官者也。」

集注：「詩齊風猗嗟：『猗嗟孌兮，清揚婉兮。』曹風候人：『婉兮孌兮。』毛傳：『婉，少貌。孌，好貌。』」

斠詮：「豔歌，本相和曲中之瑟調曲，如豔歌何嘗行：『飛來雙白鵠，乃從西北來。……』辭情纏綿悱惻，殆即彥和所謂『婉孌』者耶？詩齊風甫田：『婉兮孌兮，總角丱兮。』傳：『婉孌，少好貌。』後漢書楊震傳：『絶婉孌之私。』朱祐傳贊：『婉孌龍姿。』注：『婉孌，猶親愛也。』」

〔二一〕唐寫本作「宛詩抉絶」。趙萬里校記：「按唐本近是。疑此文當作『怨詩訣絶』，與上句相對。」范注：「古辭白頭吟：『聞君有兩意，故來相決絶。』豔歌何嘗行：『上慙滄浪之天，下顧黄口小兒。』殆即彥和所指者耶？」校注：「唐寫本、元本、兩京本、胡本正作『訣』，未誤。當據改。」

集注：「禮記禮運：『丘之未逮也，而有志焉。』鄭康成曰：『志，謂識古文。』學記曰：『一年視離經辨志。』辨志，蓋亦謂識古文。說文：『詩，志也。』然則詩者，蓋與史同體，故曰詩，志也。孟子曰：『詩亡而後春秋作。』詩大序曰：『國史明乎得失之迹，傷人倫之廢，哀刑政之苛，吟咏性情以諷其上，達於事變，而懷其舊俗者也。』故曰詩志也。」

斠詮：「怨詩，本相和曲中之楚調曲，如白頭吟：『皚如山上雪，皎若雲間月，聞君有兩意，故來相決絶。……』語意幽怨淒涼，殆彥和所謂『訣絶』者耶？」

注訂：「『豔歌』，豔體之歌也。非如范注專指古辭豔歌行也。婉孌，本詩齊風甫田：『婉兮孌兮，總角丱兮。』鄭注：『婉孌，少女貌。』『怨志訣絶』，范注校本從唐寫本作『宛詩訣絶』，非是。論語：『詩……可以怨。』此怨志所本。『訣絶』，前漢書禮樂志：『天門開訣蕩。』訣，逸出也。絶，離騷：『雖萎絶其亦何傷兮。』注：『絶，落也。』」考異：「蓋訣絶狀其起落不定之勢，與婉孌乃對文也。」按此説不足據。

户田浩曉：「豔歌與怨詩相對而成文，『詩』字似是。」見黄叔琳本文心雕龍校勘記補。「訣」，分别。

〔三〕范注：「宋志皆列在大曲，故云淫辭在曲。紀評曰：『此乃折出本旨，其意爲當時宫體競尚輕豔發也。觀玉臺新詠，乃知彦和識高一代。』……宫體起在梁代，彦和此書成於齊世，不得云爲當時宫體發也。彦和所指，當即南齊書文學傳所稱鮑照體。」

注訂：「紀評所指，以爲樂府之作，晉宋以後，漸趨靡豔，宫體形成漸著，已不限於出自宫中者，范注以爲稱宫體云云，非是。且彦和所指係泛論，非指鮑照之作也。」

斟詮：「案當時新樂府，即宫體之先聲。……此種宫體詩歌，宋齊時代作者已多女性情態顔色之豔詩，如湯惠休之白紵歌，顔延之即詆爲『委巷中歌謡』。」

劉勰所以對於樂府詩很少肯定，更不提民間樂府，是因爲他受了儒家正統詩樂觀的嚴重影響，所以纔慨嘆「淫辭在曲，正響焉生」。

然俗聽飛馳〔一〕，職競新異〔二〕，雅詠温恭，必欠伸魚睨〔三〕；奇辭切至〔四〕，則拊髀雀躍〔五〕，詩聲俱鄭〔六〕，自此階矣〔七〕。

〔一〕注訂：「俗聽飛馳，猶近世之所謂流行歌曲也。」

〔二〕注訂：「職猶事也，從事競爲新異，以就世俗之所好也，與離騷『固時俗之工巧兮』同旨。」

〔三〕校注：「按詩小雅十月：『職競由人。』毛傳：『職，主也。』」

〔四〕校注：「按儀禮士相見禮：『君子欠伸。』鄭注：『志倦則欠，體倦則伸。』」顏氏家訓勉學篇：「公私宴集，談古賦詩，塞默低頭，欠伸而已。」

紀評：「『魚睨』似是瞠視之貌，魚目不瞬故也。」「温恭」有「和」意，和爲雅的重要條件之一。

集注：「文選洞簫賦：『遷延徙迤，魚瞰鷄睨。』李注：『魚目不瞑，鷄好斜視，故取喻焉。』睨，斜視也。」」斠詮：「『魚睨』，乃『魚瞰鷄睨』之省詞，藐視不滿之貌。」

注訂：「倦乏則欠伸起，味乏則魚睨行。魚目不瞬而能睨。此本漢書禮樂志：『魏文侯謂子夏曰：寡人聽古樂則欲寐，及聞鄭衛，余不知倦焉。』」

〔四〕斠詮：「晉書江統傳：『申論陸雲兄弟，辭甚切至。』」按祝盟篇要求立盟時要「感激以立誠，切至以敷辭」，奏啓篇提到漢代有名的奏文「理既切至，辭亦通暢」。文鏡秘府論論體：「獻納約戒，言唯折中，情必曲盡，切至之功也。」王金凌：「温雅之作易於引起含蓄婉約的情感，奇巧之文則易於引起飛揚奔迸的情感。奔迸的情感須要較大的刺激，所以創作時……須標新立異，曲入人心，以興發驚奇之感。」「切至」，疑指懇切周到而言。

〔五〕莊子在宥：「雲將東遊，過扶摇之枝，而適遭鴻濛，鴻濛方將拊髀雀躍而遊。」

斠詮：「拊髀，一作拍髀，以手拍股，興奮之狀。」

〔六〕范注：「詩聲俱鄭，猶言詩聲俱淫。」注訂：「『詩』指文辭。」

〔七〕「階」，唐寫本作「偕」。

集注：「毛詩小雅巧言：『彼何人斯，居河之麋。無拳無勇，職爲亂階。』箋云：『爲亂作階，言亂由之來也。』又大雅瞻卬：『懿厥哲婦，爲梟爲鴟，婦有長舌，維厲之階。』箋云：『階，所由上下也。』」此處指通向浮靡的階梯。

曹學佺批：「此非聲之罪也，辭之罪也。」

黄叔琳批：「聲詩雖別，亦必無詩淫而聲雅者，固知鄭聲既淫，則詩不待言矣。」

從「秦燔樂經」到「自此階矣」，評述中國古樂的蜕變。

凡樂辭曰詩，詠聲曰歌〔一〕，聲來被辭〔二〕，辭繁難節〔三〕；故陳思稱左延年閑於增損古辭，多者則宜減之〔四〕，明貴約也。

〔一〕校證：「『詠聲』原作『詩聲』，據唐寫本改。……玉海五九及一〇六兩引俱作『詩聲』，則宋本已誤也。」

校注：「『詩聲』，唐寫本作『詠聲』。按唐寫本是。漢書藝文志：『誦其言謂之詩，詠（咏之正字）其聲謂之歌。』舍人語似本此。禮記樂記：『歌，詠其聲也。』國語魯語下：『歌，所以詠詩也。』並其旁證。今本蓋涉上『詩』字而誤。」

王先謙漢鐃歌釋文箋正例略：「辭者，文言也；言成文而爲詩。慧地（劉勰出家後名）云：『樂辭曰詩』是也。」

樂記：「詩，言其志也；歌，詠其聲也。」詩大序正義：「然則在心爲志，出口爲言，誦言爲詩，詠聲爲歌，播於八音謂之樂，皆始末之異名耳。」

〔二〕晉書樂志：「凡樂章古辭，今之存者，並漢世街陌謠謳，江南可採蓮、烏生十五子、白頭吟之屬也。……凡此諸曲，始皆徒歌，既而被之絃管，又有因絲竹金石造歌以被之，魏世三調歌辭之類是也。」

〔三〕聲律配合辭句時，如果辭句過於繁雜，便難於調節。兩「辭」字唐寫本均作「詞」。

〔四〕校證：「『左』原作『李』，唐寫本作『左』。……此蓋淺人習聞李延年，少聞左延年致誤耳。今據改。」札記：「按李延年當作左延年。左延年，魏時之擅鄭聲者，見魏志杜夔傳。晉書樂志，增損古辭者，取古辭以入樂，增損以就句度也。……

陳思王植七哀詩原文（文選）：

明月照高樓，流光正徘徊；上有愁思婦，悲嘆有餘哀。借問嘆者誰？言是客子妻；君行踰十年，賤妾當獨棲。君若清路塵，妾若濁水泥；浮沉各異勢，會合何時諧？願爲西南風，長逝入君懷；君懷良不開，賤妾當何依？

晉樂府所奏楚調怨詩明月篇東阿王詞七解：

明月照高樓，流光正裴回；上有愁思婦，悲嘆有餘哀。（一解）

借問嘆者誰？自云客子妻；夫行踰十載，賤妾常獨棲。（二解）

念君過於渴，思君劇於飢；君爲高山柏，妾爲濁水泥。（三解）

北風行蕭蕭，烈烈入我耳；心中念故人，淚墮不能止。（四解）

沈浮各異路，會何當何諧？願作東北風，吹我入君懷。（五解）

君懷常不開，賤妾當何依？恩情中道絶，流止任東西。（六解）

我欲竟此曲，此曲悲且長；今日樂相樂，別後莫相忘。（七解）……」

宋書樂志一：「魏雅樂四曲……騶虞、伐檀、文王並左延年改其聲。……晉武泰始五年，張華表曰：按魏上壽食舉詩，及漢代所施用，其文句長短不齊，未皆合古。蓋以依詠絃節，本有因循，而識樂知音，足以制聲度曲，法用率非凡近之所能改。二代三京，襲而不變，雖詩章詞異，興廢隨時，至其韻逗留曲折，皆繫於舊，有由然也。」札記：「據此，是古樂府韻逗有定，故采詩入樂府者，不得不增損其文，以求合古矣。」

范注：「陳思語無考。」「閑」，熟習。

觀高祖之詠「大風」〔一〕；孝武之歎「來遲」〔二〕；歌童被聲，莫敢不協〔三〕。子建士衡，咸有佳篇〔四〕，並無詔伶人〔五〕，故事謝絲管〔六〕，俗稱乖調，蓋未思也〔七〕。

〔一〕「觀」，唐寫本作「覩」。梅注：「史記：十二年十月，高祖還歸，過沛宮，悉召故人父老子弟縱酒，發沛中兒，得百二十人，教之歌。酒酣，高祖擊筑，自爲歌詩，令兒皆和習之。歌曰：大風起兮雲飛揚，威加海内兮歸故鄉，安得猛士兮守四方！」按此見高祖本紀。

〔二〕梅注：「漢書外戚傳曰：李夫人早卒，帝思念不已，方士齊人少翁言能致其神，迺夜張燭，設帷帳，陳酒肉，而令帝居帷帳，遥望見好女如李夫人之貌，還幄坐而步。又不得就視，帝愈益相思悲感，爲作詩，令樂府諸音家絃歌之。歌曰：是耶非耶？立而望之，偏何姍姍其來遲！」

〔三〕「被聲」，配合聲律。漢書禮樂志：「初高祖既定天下，過沛，與故人父老相樂，醉酒歡哀，作『風起』之詩，令沛中僮兒百二十人習而歌之。」注訂：「此言先有歌辭，後被管絃，承詔令而爲，故不敢不協也。辭出成聲，未必即合曲調，必樂師按拍，有襯字合聲之舉而後可協。」

〔四〕唐寫本「咸」作「亟」。札記：「案子建詩用入樂府者，惟置酒（大曲野田黄雀行）、明月（楚調怨詩）及鼙舞歌五篇而已，其餘皆無詔伶人。士衡樂府數十篇，悉不被管絃之作也。今案文選所載，自陳思王美女篇以下至名都篇，陸士衡樂府十七首，謝靈運一首，鮑明遠八首，（謝玄暉鼓吹曲，樂府所用）繆熙伯以下三家挽詩，皆非樂府所奏。將以樂音有定，以詩入樂，須有增損，伶人畏難，故雖有佳篇，而事謝絲管歟？至於當時樂府所歌，又皆體近謳謡，音鄰鄭衛，故昭明屏不入録乎？」

〔五〕紀評：「唐人用樂府古題及自立新題者，皆所謂無詔伶人。」注訂：「舍人指雖有佳篇，並無詔伶人者，以其未曾下詔伶人使作譜合絃，備廊廟歌詠之也。據上文『歌童被聲，莫敢不協』益明，是惜子建、士衡之佳作被棄，並未經采入樂府而言也。」

〔六〕范注：「古今樂録曰：『估客樂者，齊武帝之所製也。帝布衣時嘗遊樊鄧，登阼以後，追憶往事而作歌。使樂府令劉瑶管弦被之，教習卒無成。有人啓釋寶月善解音律，帝使奏之，旬日之中，便就諧合。』是則詩辭非必不可入樂，惟視樂人能否使就諧合耳。」「謝」，辭，不用。清馮班鈍吟雜録碧滄軒本卷三正俗：「又樂府須伶人知音增損，然後合調。陳王、士衡，多有佳篇，劉彦和以爲『無詔伶人，事謝絲管』，則於時樂府，已有不歌者矣。」又鈍吟雜録古今樂府論（清詩話本）：「古詩皆樂也。文士爲之辭曰詩，樂工協之於鍾吕爲樂。自後世文士，或不閑樂，言志之文，乃有不可施於樂者。故詩與樂畫境。文士所造樂府，如陳思王、陸士衡，於時謂之乖調。劉彦和以爲『無詔伶人，故事謝絲管』，則是文人樂府亦有不諧鍾吕，直爲詩者矣。」

〔七〕范注：「詩大序正義曰：『初作樂者，準詩而爲聲；聲既成形，須依聲而作詩。故後之作詩者，皆主應於樂文也。』此即乖調俗説，不如彦和之洞達矣。」郭晉稀注：「今案嫻於聲者，則不必『依聲而作詩』，亦未必『乖調』。如劉彦和之論子建與士衡是也。懵於樂者，則必依腔製曲，如正義所云是也。」

注訂：「此二句言世俗不明，認佳篇見棄，而無詔伶人者，皆屬乖調之作，是誤解也。故云『未思』，蓋辨明之耳。范注引詩正義云云，謂不如彦和之洞達，此非也。蓋樂府歌曲之作，有先成辭而後製譜入調者，有因循舊曲，而後製新辭者，故正義有『後之作詩者，皆主應於樂文也』之言，此與彦和之論無涉。」

曹學佺批：「降及唐宋，絶句詩餘，凡被之管絃者，莫不皆然。」

黄叔琳評：「唐人用樂府古題及自立新題者，皆所謂無詔伶人也。」紀評：「唐伶人所歌，皆當時之詩也，此評未確。」

劉申叔曰：「蓋歌行或不入樂，自魏晉始。」

文心雜記：「案陳思稱延年閑於增損，則陳亦知音者。至其所作，特未詔伶人，非乖調也。此節蓋爲陳思吐氣，非所謂事謝絲管，聊附録也。」

校釋：「至舍人所謂『子建、士衡……蓋未思也』者，其論旨偏重辭義，故不以乖調之説爲然。時人之論，雖未詳所出，窺其用意，蓋主於聲。曹、陸之作，既不協律，而亦名樂府，以其乖於樂調，故稱乖調耳。言各有當，説得兩存，未可因此廢彼也。」

斠詮：「詩不論自立新題或襲用樂府古題，苟不依聲應樂者，俗皆謂之乖調。而舍人之論旨偏重辭義，故不以乖調之説爲然。」

至於軒岐鼓吹〔一〕，漢世鐃挽〔二〕，雖戎喪殊事，而並總入樂府〔三〕，繆襲所制〔四〕，亦有可算焉〔五〕。昔子政品文，詩與歌別〔六〕；故略具樂篇〔七〕，以標區界〔八〕。

〔一〕校證：「『軒岐』原作『斬伎』。俞云：『斬疑作軒。』徐云：『斬一作軒。』梅六次本、張松孫本、崇文本改作『軒』。『伎』，梅六次本、張松孫本作『代』。黄注云：『疑作岐。』……唐寫本、王惟儉本正作『軒岐』，今據改。」按唐寫本作「軒岐」。

校注：「按作『軒岐』是。東觀漢記樂志：『黄門鼓吹……其短簫鐃歌，軍樂也。其傳曰：黄帝、岐伯所作，以建威揚德，風敵（此字原脱，今補）勸士也。』」

崔豹古今注：「短簫鐃歌，軍樂也。黄帝使岐伯所作也。所以建武，揚德風，勸戰士也。……漢樂有黄門鼓吹，天子所以宴樂群臣。短簫鐃歌，鼓吹之一章耳。」

范注：「宋書樂志：『鼓吹蓋短簫鐃歌，蔡邕曰：軍樂也，黄帝、岐伯所出，以揚德、建武、勸士、諷敵也。』」

「軒」，即軒轅，爲黄帝名號。「岐伯」傳爲黄帝時主管醫藥之臣。

斠詮：「樂府詩集引劉瓛定軍禮云：『鼓吹，未知其始也。漢班壹雄朔野而有之矣！鳴笳以和簫聲，非八音也。』」

〔二〕黃注：「宋書樂志：漢鼓吹鐃歌十八曲。譙周法訓：挽歌者，高帝召田橫，至尸鄉自殺。從者不敢哭，爲此歌以寄哀音焉。古今注：薤露、蒿里，並喪歌也。言人命如薤上之露，易晞滅也，亦謂人死魂魄歸乎蒿里。至孝武時，李延年乃分爲二曲，薤露送王公貴人，蒿里送士大夫庶人，使挽柩者歌之，亦呼爲挽歌。」

札記：「鐃歌即鼓吹，挽歌即相和辭之蒿里。戎喪殊事，謂鐃歌用之兵戎，挽歌以給喪事也。」

范注：「晉書禮志中摯虞挽歌議曰：『漢魏故事，大喪及大臣之喪，執紼者挽歌，新禮以爲挽歌出於漢武帝役人之勞，歌聲哀切，遂以爲送終之禮，雖音曲摧愴，非經典所制，不宜以歌爲名。案挽歌因唱和而爲摧愴之聲，銜枚所以全哀，此亦以感衆，雖非經典所載，是歷代故事。詩稱「君子作歌，惟以告哀」，以歌爲名，亦無所嫌，宜定新禮如舊。』後漢書禮儀志下：「太皇太后，皇太后崩。」注：「丁孚漢儀曰：『柩將發於殿……女侍史官三百人皆著素，參以白素，引棺挽歌，下殿就車。』」

〔三〕范注：「唐寫本無『並』字，是。」

〔四〕黃注：「文章志：繆襲，字熙伯，作魏鼓吹曲及挽歌。」校證：「『制』原作『致』，紀云：『當作制。』案紀說是。」

范校：「鈴木云：燉本『襲』作『朱』，『致』作『改』。」范注：「作『朱』恐誤。」鈴木虎雄校勘記「宋書樂志曰：相和，漢舊歌也。本一部，魏明帝分爲二，本十七曲，朱生、宋識、列和等復合之爲十三曲……雕龍所謂繆、朱，蓋指繆襲、朱生而言乎？」札記：「按繆襲作魏鼓吹曲十二首，又挽歌一首。」

按晉書樂志下：「漢時有短簫鐃歌之樂，其曲有朱鷺……等曲，列於鼓吹，多序戰陣之事。及魏受命，改其十二曲，使繆襲爲詞，述以功德代漢。改朱鷺爲楚之平，言魏也。改思悲翁爲戰滎陽，言曹公也。改艾如張爲獲吕布，言曹公東圍臨淮擒吕布也。改上之回爲克官渡，言曹公與袁紹戰，破之於官渡也。改雍離爲舊邦，言曹公勝袁紹於官渡，還譙，收藏死亡士卒也。改戰城南爲定武功，言曹公初破鄴，武功之定，始乎此也。改巫山高爲屠柳城，言曹公越北塞，歷白檀，破三郡烏桓於柳城也。改上陵爲平南荆，言曹公平荆州也。改將進酒爲平關中，言曹公征馬超定關中也。改有所思爲應帝期，言文帝以聖德受命，應運期也。改芳樹爲邕熙，言魏氏臨其國，君臣邕穆，庶績咸熙也。改上邪爲太和，言明帝繼體承統，太和改元，德澤流布也。其餘並同舊名。」據此，從唐寫本作「改」爲是。

〔五〕「可算」，可以算數。

〔六〕札記：「此據藝文志爲言，然七略既以詩賦與六藝分略，故以歌詩與詩異類。如令二略不分，則歌詩之附詩，當如戰國策、太史公書之附入春秋家矣。此乃爲部類所拘，非子政果欲别歌於詩也。」

范注：「案詩爲樂心，聲爲樂體，詩與歌本不可分，故三百篇皆歌詩也。自漢代有在鄒、諷諫等不歌之詩，詩、歌遂畫然兩途。凡後世可歌之辭，不論其形式如何變化，不得不謂爲三百篇之嫡屬，而摹擬形貌之作，既與聲貌離絶，僅存空名，徒供目賞，久之亦遂陳熟可厭。別録詩、歌有別，班志獨録歌詩，具有精義，似非止爲部居所拘也。」

注訂：「漢書藝文志：『成帝時，詔光禄大夫劉向校經傳、諸子、詩賦。』品文即指校群書而言。「品」在這裏有研究、整理的意思。在劉向、劉歆的七略和班固的漢書藝文志裏，「詩」屬六藝略，「歌」屬詩賦略。

札記本篇説明：「劉向校書，以詩賦與六藝異略，故其歌詩亦不得不與六藝之詩異類。然觀藝文志所載，有樂府所採歌謡，有郊廟所用樂章，有帝者自撰歌詩，有材人名倡所作歌詩，有雜歌詩，此則凡詩皆以入録。以其可歌，故曰歌詩。劉彦和謂子政品文，詩與歌別，殆未詳考也。」

漢書藝文志：「至成帝時……詔光禄大夫劉向校經傳、諸子、詩賦……每一書已，向輒條其篇目，撮其旨意，録而奏之。會向卒，哀帝復使向子侍中奉車都尉歆卒父業。歆於是總群書而奏其七略。」班固據七略編成藝文志，保存在漢書内。其中詩六家四百六十一卷爲一類，又歌詩二十八家三百一十四篇爲一類，故云「詩與歌別」。

〔七〕校證：「唐寫本『具』作『序』，淩本作『叙』。」

〔八〕唐寫本「界」下有「也」字。

清汪師韓詩學纂聞樂府：「嘗考三百篇之聲歌，亡於東漢，而絶於晉；漢魏之樂府，亡於東晉，變於唐宋之長短句，而亂於金元之南北曲。前此，文心雕龍雖分詩與樂府爲二，（原注：「昔子政品文，詩與歌别。故略具樂篇，以標區界。」）然其論元、成以後之樂章，『辭雖典文，而律非夔、曠』；又論子建、士衡之篇『俗稱乖調』。奈何後之擬樂府者，妄用填詞之法以求合？……竊謂今人於詩，不妨以古樂府之題寫我胸臆（原注：「劉彦和曰：樂心在詩。」），而不必競競句字間也。」

以上爲第三段，論述音樂和詩歌的關係。

贊曰：八音摛文〔一〕，樹辭爲體〔二〕。謳吟坰野，金石雲陛〔三〕。韶響難追，鄭聲易啓〔四〕。豈惟觀樂，於焉識禮〔五〕。

〔一〕校注：「按周禮春官大師：『皆文之以五聲：宫，商，角，徵，羽；皆播之以八音：金，石，土，革，絲，木，匏，竹。』鄭玄注：『文之者，以調五聲，使之相次，如錦繡之爲文章。』此句『文』字誼與彼同。」按鄭玄注又云：「金，鐘鎛也；石，磬也；土，塤也；革，鼓鼗也；絲，琴瑟也；木，柷敔也；匏，笙也；竹，管也。」

〔二〕唐寫本「辭」作「詞」。

鄭樵通志樂府總序：「自后夔以來，樂以詩爲本，詩以聲爲用，八音六律爲之羽翼。」斟詮謂以上二句「言樂府之爲歌詩，必須調和八音以舒布聲華，建立雅辭以作爲本體」。

〔三〕詩魯頌駉：「駉駉牧馬，在坰之野。」毛傳：「邑外曰郊，郊外曰野，野外曰林，林外曰坰。」校注：「按『雲陛』，謂宮廷。左思七諷：『建雲陛之嵯峨。』南齊書孔稚珪傳：『臣謹仰述天官，伏奏雲陛。』文選謝朓始出尚書省詩：『十載朝雲陛。』」斠詮謂此二句：「言初乃國郊遠野匹夫庶婦所謳吟之土風民謡，逮詩官採獻，樂胥被律而後，即金聲玉振播諸廟堂（按應是宮廷）矣。」

〔四〕斠詮釋「啓」爲啓行，亦即「開路」之意。詩小雅六月：「元戎十乘，以先啓行。」朱注「啓，開；行，道也，猶言發程也。」

〔五〕唐寫本「觀」作「覩」。鄭樵通志樂府總序：「禮樂相須以爲用，禮非樂不行，樂非禮不舉。」校注：「此二句蓋用吳季札事（篇中曾明言之）。禮記檀弓下：『孔子曰：延陵季子，吳之習於禮者也。』」按上文已明言：「故知季札觀辭，不直聽聲而已。」

詮賦第八

文章流別論：「賦者，敷陳之稱，古詩之流也。古之作者，發乎情，止乎禮義。情之發，因辭以形之；禮義之旨，須事以明之。故有賦焉，所以假象盡辭，敷陳其志。前世爲賦者，有孫卿、屈原，尚頗有古詩之義，至宋玉則多淫浮之病矣。楚辭之賦，賦之善者也。故揚子稱賦莫深於離騷。賈誼之作，則屈原儔也。古詩之賦，以情義爲主，以事類爲佐。今之賦，以事形爲本，以義正爲助。情義爲主，則言省而文有例矣；事形爲本，則言富而辭無常矣。文之煩省，辭之險易，蓋由於此。夫假象過大，則與類相遠；逸辭過壯，則與事相違；辯言過理，則與義相失；麗靡過美，則與情相悖。此四過者，所以背大體而害政教。是以司馬遷割相如之浮說，揚雄疾『辭人之賦麗以淫』。」

札記：「觀彥和此篇，亦以麗詞雅義，符采相勝，風歸麗則，辭剪美稗爲要，蓋與仲治同其意恉。」

饒宗頤文心雕龍探原文心各篇之取材述略：「桓譚新論有道賦篇（第十二），全漢文輯存四條。如云：『子雲言能讀千賦則善賦。』彥和引用之。皇甫謐三都賦序舉相如、楊、班、張、馬、王爲賦之魁傑。彥和則益前此之荀、宋、枚、賈四家，進王褒而退季長，蓋又合皇甫、摯虞之說折衷之。文章流别論賦極詳；『四過』之說，較文心爲精。」

「詮賦」就是對賦體及其流變的解說。「詮」字，弘治本，張之象本、王惟儉本作「銓」，具有銓衡評論的意思。按以「詮」字爲長。

詩有六義，其二曰賦〔一〕。賦者，鋪也〔二〕，鋪采摛文，體物寫志也〔三〕。

〔一〕詩大序：「詩有六義：一曰風，二曰賦，三曰比，四曰興，五曰雅，六曰頌。」

〔二〕釋名釋典藝：「賦，敷也；敷布其義謂之賦。」小爾雅廣詁篇：「頒、賦、鋪、敷，布也。」周禮春官大師鄭注：「賦之言鋪，直鋪陳今之政教善惡。」

〔三〕唐寫本「采」作「彩」。「摛」，説文：「舒也。」文選班固答賓戲：「摛藻如春華。」李注引韋昭曰：「摛，布也。」

成公綏天地賦序：「賦者，貴能分賦物理，敷演無方，天地之盛，可以致思矣。」

陸機文賦：「詩緣情而綺靡，賦體物而瀏亮。」

本書物色篇：「體物爲妙，功在密附。」

空海文鏡秘府論六義：「二曰賦，皎云：『賦者，布也，匠事布文，以寫情也。』王云：『賦者，錯雜萬物，謂之賦也。』」

紀評：「『鋪采摛文』，盡賦之體；『體物寫志』，盡賦之旨。」

劉熙載藝概賦概：「屈原傳曰：『其志潔，故其稱物芳。』文心雕龍詮賦曰：『體物寫志。』余謂志因物見，故文賦但言賦體物也。」

又：「詩爲賦心，賦爲詩體。詩言持，賦言鋪，持約而鋪博也。古詩人本合二義爲一，至西漢以來，詩賦始各有專家。

「賦起於情事雜沓，詩不能馭，故爲賦以鋪陳之。斯於千態萬狀，層見迭出者，吐無不暢，暢無或竭。……

「樂章無非詩，詩不皆樂；賦無非詩，詩不皆賦。故樂章，詩之宮商者也；賦，詩之鋪張者也。」

劉師培論文雜記第二十一：「賦之爲體，則指事類情，不涉虚象，語皆徵實，辭必類物，故賦訓爲鋪，義取鋪張。循名責實，惟記事析理之文，可錫賦名。」

李詳文心雕龍黄注補正：「詩關雎正義云：『賦者，鋪陳今之政教善惡，其言通正變，兼美刺。』又云：『直陳其事不譬喻者皆賦辭。』按彦和『鋪采』二語，特指辭人之賦而言，非六義之本原也。」

按「體物寫志」是説描寫外物，描寫内心。（詩大序：「在心爲志。」）辭賦是着重體物的賦，騷賦是着重寫志的賦。關於賦的來源，這裏認爲賦體來自詩經的賦，表明詩和賦是同源的，而賦之不同於詩，在於「鋪采摛文」，即鋪陳文采。這就是説賦要作鋪張描寫。它既要描寫外物，也要描寫内心，而在進行鋪張的描寫時，又是盡量地選用藻采的。

昔邵公稱：「公卿獻詩，師箴瞽賦〔一〕。」傳云：「登高能賦，可爲大夫〔二〕。」詩序則同義，傳説則異體〔三〕，總其歸塗，實相枝幹〔四〕。故劉向明不歌而頌〔五〕，班固稱古詩之流也〔六〕。

〔一〕校證：「瞽字原脱。謝校作『師箴瞍賦』，王惟儉本同，徐校作『師瞽箴賦』。紀校同謝。譚引沈校云：『賦上當脱瞍字。』梅六次本、張松孫本作『師箴瞍賦』。案唐寫本、御覽五八七作『師箴瞽賦』，今從之。」

梅注：「呂氏春秋云：厲王虐民，國人皆謗。王使衛巫監謗者，國莫敢言。王喜以告召公曰：吾能弭謗矣。召公曰：是障之也，非弭之也。治川者，決之使導，治民者宣之使言。是故天子聽政，使公卿列士正諫陳詩，矇箴師誦，庶人傳語。」

國語周語上：「召公曰……故天子聽政，使公卿至於列士獻詩，瞽獻曲，史獻書，師箴，瞍賦，矇誦。」韋注：「師，少師也。箴，箴刺王闕以正得失也。無眸子曰瞍。賦公卿列士所獻詩也。有眸子而無見曰矇。周禮：矇主弦歌諷誦，謂箴諫之語也。」按「瞽賦」（或瞍賦）大抵如後世盲翁唱故事詩之類。

〔二〕訓故：「漢書：『傳曰：「不歌而誦謂之賦，登高能賦可以爲大夫。」言感物造耑，材質深美，可與圖（政）事，故可以爲大夫也。』」按此見漢書藝文志詩賦略論。

補注：「語見今（毛詩）定之方中傳。正義：『大夫，臣之最尊，故責其能。』彦和先引毛傳，後言劉向云云，係分別言，不以『不歌而頌』語歸之傳也。」

札記：「毛傳『登』作『升』。傳言九能，『能賦』居第五。」

毛詩定之方中正義曰：「升高能賦者，謂升高有所見，能爲詩賦其形狀，鋪陳其事勢也。」

〔三〕論文雜記第二十一：「昔邵公言公卿獻詩，師箴賦。毛傳言登高能賦，可以爲大夫。賦也者，指實事而言也。若夫春秋之時，以誦詩爲賦詩者，則誦詩者必陳其文，與鋪張之義同也。」

〔四〕斯波六郎：「周易繫辭下：『天下同歸而殊塗。』」

范注：「『詩序同義』，謂賦與比興並列於六義；『傳説異體』，謂周語以賦與詩箴諫，毛傳以賦與誓説誄别稱，有似乎自成一體也。然要其歸，皆賦詩陳事，非有大殊異，故曰『實相枝幹』。」按「異體」指不同於詩經而爲另一文體。此言詩序謂詩賦同義，而據傳説則詩賦異體，實則詩與賦如樹之幹與枝也。

〔五〕校證：「舊本『劉』上無『故』字，『向』下有『云』字，今從唐本及御覽改正。」

漢書藝文志：「不歌而誦謂之賦。」「頌」即誦。校注：「『不歌而頌』，本見漢志詩賦略（原出詩鄘風定之方中傳），而云劉向者，因漢志出於七略，而七略又本諸别録故也。」

章炳麟六詩説：「藝文志曰：不歌而誦謂之賦。韓詩外傳説孔子游景山上曰：『君子登高必賦。』子路、子貢、顔淵各爲諧語，其句讀參差不齊。次有屈原、荀卿諸賦，篇章閎肆，此則賦之爲名，文繁而不可被管弦也。」

劉文典先生曰：「賦與詩有一最清楚之界限，即不歌而誦謂之賦，古詩則未有不能被之管弦者也。」

〔六〕班固兩都賦序：「賦者古詩之流也。」皇甫謐三都賦序：「詩人之作，雜有賦體。子夏序詩曰：一曰風，二曰賦。故知賦者古詩之流也。」

藝概賦概：「賦，古詩之流。古詩如風、雅、頌是也，即離騷出於國風、小雅可見。言情之賦本於風，陳義之賦本於雅，述德之賦本於頌。」

上面一節，屬於序志篇所謂「釋名以章義」。

至如鄭莊之賦「大隧」〔一〕，士蔿之賦「狐裘」〔二〕，結言短韻〔三〕，詞自己作，雖合賦體，明而未融〔四〕，及靈均唱騷，始廣聲貌〔五〕。然則賦也者，受命於詩人，而拓宇於楚辭也〔六〕。

〔一〕梅注：「鄭莊公以弟叔段之故，遂寘母姜氏於城潁而誓之曰：不及黄泉，毋相見也。因潁考叔而告之，悔。對曰：君何患焉？若闕地及泉，隧而相見，其誰曰不然？公從之。公入而賦『大隧之中，其樂也融融』，姜出而賦『大隧之外，其樂也洩洩』。遂爲母子如初。」按此見左傳隱公元年。正義曰：「賦詩謂自作詩也。中、融，外、洩，各自爲韻，蓋所賦之詩有此辭，傳略而言之。」

〔二〕梅注：「左傳：晉獻公使士蔿爲二公子築蒲與屈，不慎。公讓之。退而賦曰：狐裘蒙茸，一國三公，吾誰適從！」按此見僖公五年。杜注：「此士蔿自作詩也。」

〔三〕校證：「『短』原作『拉』。……唐寫本、御覽、謝校本作『短』，今據改。」

札記：「『拞』即『短』之譌別字。逢盛碑：『命有悠拞。』悠拞即修短也。廣韻上聲二十四緩：『短，都管切。』拞同上。」

范注：「『結言短韻』謂鄭莊之賦僅二句，士蔿之賦僅三句也。」文賦：「或託言於短韻。」李善注：「短韻，小文也。」

〔四〕唐寫本「詞」作「辭」。左傳昭公五年：「明而未融，其當旦乎？」杜注：「融，朗也。」正義：「融是大明，故爲朗也。」這是說日初有光，尚未大亮。此處比喻賦體只是萌芽，尚未昌盛。

〔五〕「唱」字，宋晏殊類要卷三十一引作「賦」，本書物色篇：「及離騷代興，觸類而長，物貌難盡，故重沓舒狀。於是『嵯峨』之類聚，『葳蕤』之群積矣。」「聲貌」，聲音形貌，這裏指繪形繪聲。辨騷篇：「論山水，則循聲而得貌。」

〔六〕校證：「『而』字原無，據唐寫本、御覽、玉海五九補。」

姚範援鶉堂筆記卷四十文心雕龍詮賦：「詩有六義，賦居其一，故曰受命。楚辭，無賦名也。『拓』字爲是，言恢拓疆宇耳。作『括』非。」

斠詮：「漢志詩賦略云：『春秋之後，周道寖衰，聘問歌詠，不行於列國，學詩之士，逸在布衣，而賢人失志之賦作矣。』所謂受命於詩人，語義本此。」

「受命」，謂受名，得名。「拓宇」，紀評曰：「開拓之義也。」文選顏延年宋郊祀歌：「奄受敷錫，宅中拓宇。」李善注：「范曄後漢書虞詡曰：先帝開拓土宇。」

徐師曾文體明辨序説「楚辭」類：「屈平後出，本詩義以爲騷，蓋兼六義而賦之義居多。厥後宋玉繼作，並號楚辭。自是辭賦之家，悉祖此體。」胡應麟詩藪内編卷一：「騷與賦句語無甚相遠，體裁則大不同。騷複雜無倫，賦整蔚有序。騷以含蓄深婉爲尚，賦以誇張宏鉅爲工。」藝概賦概：「騷爲賦之祖。太史公報任安書：『屈原放逐，乃賦離騷。』漢書藝文志『屈原賦二十五篇』，不別名騷。劉勰辯騷曰：『名儒辭賦，莫不擬其儀表。』又曰：『雅頌之博徒，而辭賦之英傑也。』」

這一節是説：起初，賦皆短章，至屈原作離騷而始演爲長篇，意謂賦出於詩，至楚辭而始自成一體。

於是荀况禮智〔一〕，宋玉風鈞〔二〕；爰錫名號，與詩畫境〔三〕。六義附庸，蔚成大國〔四〕。遂客主以首引〔五〕，極聲貌以窮文〔六〕，斯蓋别詩之原始，命賦之厥初也〔七〕。

〔一〕玉海卷五十九引文心雕龍於本句下注云：「漢志：荀卿賦十篇，今其存者成相、佹詩並賦篇，而賦篇曰禮、曰知、曰蠶、曰箴、曰雲。」

〔二〕元刻本「鈞」作「釣」，以下各本多誤作「釣」。玉海卷五十九引作「宋玉風、釣」，注云：「見文選、古文苑。」

藝概賦概：「宋玉風賦出於雅，登徒子好色賦出於風，二者品居最上。釣賦縱横之氣駸駸乎入於説術，殆其降格爲之。」

〔三〕札記：「宋賦自楚辭、文選所載外，有諷、笛、釣、大言、小言、舞六篇，皆出古文苑。」范注：「謂荀、宋所造，始以賦名。」這是説賦至此始自立名目，顯然與詩劃分界限。漢書藝文志詩賦略論：「大儒孫卿及楚臣屈原離讒憂國，皆作賦以風，咸有惻隱古詩之義。其後，宋玉、唐勒；漢興，枚乘、司馬相如及揚子雲，競爲侈麗閎衍之詞，没其風諭之義。」清王芑孫漢賦卮言導源篇：「荀况賦篇言：『請陳佹詩。』班固言：『賦者古詩之流也。』曰佹，旁出之辭；曰流，每下之説。……單行之始，椎輪晚周；别子爲祖，荀况、屈原是也。繼别爲宗，宋玉是也。追其統系，三百篇其百世不遷之宗矣。下此則兩家歧出，有由屈子分支者，有自荀卿别派者。……相如之徒，敷興摛文，乃從荀法；賈、傅以下，湛思邈慮，具有屈心。……雖云一轂，略已殊塗。」

〔四〕「蔚」，文采盛貌，謂賦本詩之附庸，今已獨立而成爲一大國。注訂：「上言賦附庸於詩，然自屈、宋以降，風裁特盛，故云蔚成大國也。」皇甫謐三都賦序：「至於戰國，王道陵遲，風雅寖頓。於是賢人失志，辭賦作焉。是以孫卿屈原之屬，遺文炳然，辭義可觀。存其所感，咸有古詩之意，皆因文以寄其心，託理以全其制，賦之首也。」

藝概賦概：「賦別於詩者，詩辭情少而聲情多，賦聲情少而辭情多。皇甫士安三都賦序云：『昔之爲文者，非苟尚辭而已。』可見賦之尚辭不待言也。」

論文雜記第二十一：「昔文心雕龍之論賦也，謂『六義附庸，蔚成大國』。吾觀詩有六義，賦之爲體，與比興殊。……自戰國之時，楚騷有作，詞或比興，亦冒賦名（故班志稱離騷諸篇爲屈原賦），而賦體始淆。」

〔五〕校證：「梅引許云：『遂當作述。』徐（𤈦）校作『述』。四庫本、崇文本、讀書引十二作『述』。」

按作「述」義長。

漢書藝文志分賦爲四類：屈原以下二十家爲一類，陸賈以下二十一家爲一類，荀卿以下二十五家爲一類，客主賦以下十二家爲一類。論文雜記第八謂「客主賦以下十二家皆漢代之總集類也」。不知其何所據而云然。「述客主」云云，是設爲主客問答之辭。

范注：「荀子賦皆用兩人問對之體，客主賦當取法於此。『述客主以首引』，謂荀卿賦；『極聲貌以窮文』，謂屈原賦。故曰：『斯蓋別詩之原始，命賦之厥初。』」按洪邁容齋五筆：「自屈原詞賦，假爲漁父、日者問答之辭，後人作者，悉相規仿。」本書雜文篇云：「宋玉含才，頗亦負俗，始造對問，以申其志。」根據本篇下文「序以建言，首引情本」來看，「述客主以首引」是以叙述主客問答之辭開端。荀卿賦篇固有問答，但並非在篇首。且荀卿賦與客主賦在漢書藝文志中也不屬於一類。客主賦列於雜賦之首。范說恐誤。考異：「首引者，言序爲賦之首引也。」

國故論衡辨詩：「屈原言情，孫卿效物，陸賈賦不可見……蓋縱橫之變也。」依章太炎的解釋，屈原一派爲抒情之賦，孫卿一派爲體物之賦，陸賈一派爲縱橫之賦，雜賦爲諧讔之賦。古賦共分此四類。他又考漢人之賦，大半出於屈原，少數出於荀卿。武帝以後，宗室削弱，縱橫之辭無所用，故陸賈一派之賦亦不多見。按客主賦一類，漢書藝文志列雜賦居多，又有「成相雜辭」及「隱書」，故章氏謂爲諧讔之賦。雜文篇所論之答客難、解嘲，可以算是客主賦的變相。例如解嘲可以説是出於楚辭的卜居、漁父及宋玉對楚王問，也可説是由賦中之問答體變化而來。

〔六〕「極聲貌以窮文」是説極力描摹聲情形象，使得聲韻鏗鏘，形容盡致。「聲」字，唐寫本作「形」。斠詮：「本篇上文『及靈均唱騷，始廣聲貌』，下文『子淵洞簫，窮變於聲貌』，皆『聲貌』連文。」又：「聲貌窮文，謂宋賦窮極聲貌，實啓辭文之淫麗也。按范注『述客主以首引，謂荀卿賦』，是。至云『極聲貌以窮文，謂屈原賦』，則非，當謂宋玉賦，觀上文荀、宋並舉可知。」

〔七〕「别詩之原始」仍是申説詩賦之别。「命賦」，命名爲賦。詩大雅生民：「厥初生民。」這兩句爲本節主旨，既溯賦體的來源，更劃清詩賦的分野。

以上爲第一段，講賦的含義、起源及其與詩經、楚辭的關係。

秦世不文，頗有雜賦〔一〕。漢初詞人，循流而作〔二〕：陸賈扣其端〔三〕，賈誼振其緒〔四〕，枚、馬播其風〔五〕，王、揚騁其勢〔六〕；皋、朔已下，品物畢圖〔七〕。繁積於宣時，校閲於成世，進御之賦千有餘首〔八〕。討其源流，信興楚而盛漢矣〔九〕。

〔一〕玉海卷五十九引作「秦世頗有雜賦」，注云：「漢志：秦時雜賦九篇。」按漢書藝文志「秦時雜賦」屬孫卿賦一類。

〔二〕校證：「『循』原作『順』，今從唐寫本、御覽、徐校本改。」「作」謂起也。

〔三〕玉海五十九引此句，注云：「志二篇。」（按應作三篇）

訓故：「史記：陸賈，楚人，文帝時拜太中大夫。賈有孟春賦。」札記：「賈賦今無可見。」「扣其端」謂開其端。按陸賈賦在漢志爲一類之首。本書才略篇：「漢室陸賈，首案奇采，賦孟春而選典誥，其辯之富矣。」

斠詮引王念孫廣雅疏證謂扣與叩通：「論語子罕篇：『我叩其兩端而竭焉。』孔傳訓叩爲發。」又：「至陸賈之作，蓋縱横家之變，主於『騁辭』。舍人所謂『秦有雜賦。漢初詞人，順流而作，陸賈扣其端。』固漢賦中自成一家而巋然獨出之人物，堪稱漢賦開山之祖。」

〔四〕玉海五十九引此句，注云：「七篇」。范注引王應麟曰：「惜誓，弔屈原、鵩賦，古文苑有旱雲簴賦。」按賈誼賦漢志屬屈原賦一類。文章流别論：「賈誼之作，則屈原儔也。」「振其緒」，斠詮：「緒，業也，見禮記中庸『武王纘大王、王季、文王之緒』。」

〔五〕玉海引此句注云：「枚乘九篇，相如二十九篇。」枚乘賦今存梁王菟園賦和柳賦，見全漢文卷二十。司馬相如賦今存子虛賦、上林賦、哀秦二世賦、大人賦、長門賦、美人賦，見全漢文卷二十一、二十二。按枚乘、司馬相如賦漢志屬屈原賦一類。

校證：「『播』原作『同』，御覽、徐校本作『洞』。唐寫本作『播』。按作『播』義長，今據改。」校注：「按漢賦至枚、馬發揚光大，唐寫本作『播』是。播，揚也。」

〔六〕玉海引此句注云：「王褒十六篇，揚雄十二篇。」按漢志王褒賦屬屈原賦一類，揚雄賦屬陸賈賦一類。王褒賦今存洞簫賦，見文選卷十七。揚雄賦今存甘泉賦、長楊賦等八篇，見全漢文卷五十一、五十二。

〔七〕漢書藝文志：「枚皋賦百二十篇。」屬陸賈賦一類。漢書枚皋傳謂皋「從行至甘泉、雍、河東，東巡狩，封泰山……上有所感，輒使賦之。爲文疾，受詔輒成，故所作者多。司馬相如善爲文而遲，故所作少而善於皋」。又云：「凡可讀者百二十篇，其尤嫚戲不可讀者尚數十篇。」今俱失傳。

東方朔賦今不存，漢書藝文志也不列東方朔賦。「品物畢圖」謂皋、朔以後一切品物皆取以爲賦料，盡行描繪。斠詮：「品物畢圖，言各種物類描繪盡致也。品物，猶衆物。」

注訂：「皋、朔受詔詠物，賦體別開畦徑，自此始。」

〔八〕兩都賦序：「至於武宣之世……言語侍從之臣……時時間作。或以抒下情而通諷諭，或以宣上德而盡忠孝，雍容揄揚，著於後嗣，抑亦雅頌之亞也。故孝成之世，論而録之，蓋奏御者千有餘篇。」

漢書藝文志：「至成帝時，詔光禄大夫劉向校經傳諸子詩賦。」按漢志本於劉歆七略，總舉詩賦百六家，一千三百一十八篇。省其中歌詩二十八家，三百一十四篇，則爲賦七十八家，一千零四篇。

清王芑孫讀賦巵言獻賦：「獻賦始於漢。宋玉諸賦，頗稱楚王，然由意撰，羌非實事。漢賦孝成之世，奏御者千有餘篇，然非由自獻。蓋其時猶有輶軒之使，采詩夜誦，趙、代、秦、楚之謳，皆列樂府；賦亦當在采中，故劉勰云『繁積於宣時，校閲於成世』也。」

〔九〕文章辨體序説「古賦」類：「古今言賦，自騷之外，咸以兩漢爲古，蓋非魏晉已還所及。」論文雜記第四：「秦漢之世，賦體漸興，溯其淵源，亦爲楚辭之别派：憂深慮遠，幽通、思玄，出於騷經者也；甘泉、藉田，愉容典則，出於東皇、司命者也；洛神、長門，其音哀思，出於湘君、湘夫人者也；感舊、嘆逝，悲怨悽涼，出於山鬼、國殤者也；西征、北征，叙事記遊，出於涉江、遠遊者也；鵩鳥、鸚鵡，生嘆不辰，出於懷沙者也……七發乃九辯之遺，解嘲即漁父之意。淵源所自，豈可誣乎？蓋騷出於詩，故孟堅以賦爲古詩之流。」申説賦成立於楚而盛行於漢。

若夫京殿苑獵〔一〕，述行序志〔二〕，並體國經野〔三〕，義尚光大〔四〕，既履端於唱序〔五〕，亦歸餘於總亂〔六〕。序以建言，首引情本〔七〕；亂以理篇，寫送文勢〔八〕。按那之卒章，閔馬稱「亂」〔九〕，故知殷人緝頌〔一〇〕，楚人理賦〔一一〕。斯並鴻裁之寰域，雅文之樞轄也〔一二〕。

〔一〕校證：「『若』字舊無，據唐寫本、御覽增。」

黄注：「京殿，文選兩都、二京、靈光、景福之類是也。苑獵，上林、甘泉、長楊、羽獵之類是也。」此謂賦之取材。

〔二〕「序」，范引孫云：「唐寫本作『叙』，御覽亦作『叙』。」

黄注：「述行，北征、東征之類是也；序志，幽通、思玄之類是也。」此類作品常帶有自傳性質。

〔三〕周禮天官序官：「惟王建國，辨方正位，體國經野，設官分職，以爲民極。」鄭注：「體猶分也。經謂爲之里數。」王安石周官新義：「宫門城闕堂室之類，高下廣狹之制，凡在國者莫不有體，此之謂體國。井牧，溝洫，田萊之類，遠近多寡之數，凡在野者，莫不有經，此之謂經野。」

「國」，都城；「野」，田野。「體國經野」舊時也泛指治理國家。

〔四〕取義在崇尚規模光輝宏大，所以叫作「大賦」。易坤卦：「含弘光大，品物盛亨。」正義：「包含宏厚，光著盛大。」

〔五〕校證：「『唱』，黄注本作『倡』，舊本俱作『唱』，唐寫本、御覽亦作『唱』。按作『唱』是，今據改。

説文：『唱，導也。』上文『靈均唱騷』，明詩篇『韋、孟首唱』……是其證。」

左傳文公元年：「先王之正時也，履端於始，舉正於中，歸餘於終。」正義：「履，步也，謂推步曆之初始，以爲術曆之端首，舉月之正半，在於中氣，歸其餘分，置於終末，乃置閏也。」「履端」，這裏借指開端。

〔六〕「歸餘」，本指推算曆法每年積餘時日，這裏借指歸結。離騷「亂曰」王逸注：「亂，理也；所以發理詞指，總撮其大要也。屈原舒肆憤懣，極意陳詞，或去或留，文彩紛華，後結括以言，以明所趣之意也。」注訂：謂「賦以序爲首，以亂爲終。亂者……蓋猶後世戲曲之有尾聲也」。斠詮：「言開始既於篇首冠引序，以導叙作賦之緣由；最後又於篇末繫亂辭，以總束一篇之指趣也。」

〔七〕「首引情本」，謂首先引出作賦的本情。

〔八〕校證：「『寫送文勢』原作『迭致文契』，今從唐寫本、御覽改。世説新語文學篇桓宣武命袁彦伯作北征賦條注引晉陽秋云：『於寫送之致如爲未盡。』此彦和所本。附會篇亦有『寄在寫以遠送』之語。意俱謂收筆有不盡之勢也。文鏡秘府論定位篇有寫送文勢之語，即本文心。」

趙萬里唐寫本校記：「案御覽五八七引此文，與唐本正合。」范注：「寫送是六朝人常語，意謂充足也。附會篇：『克終底績，寄深寫送。』亦謂一篇之終，當文勢充足也。」

何焯義門讀書記文選賦宋玉高唐賦：「蘇子瞻謂：『自「玉曰唯唯」以前皆賦，而此謂之序，大可笑。』（按見東坡志林卷五）按相如賦首有亡是公三人論難，豈亦賦耶？是未悉古人之體製也。劉彦和云：『既履端於唱序，亦歸餘於總亂。序以建言，首引情本；亂以理篇，迭致文契。』則是一篇之中，引端曰序，歸餘曰亂，猶人身中之耳目手足，各異其名。蘇子則曰：莫非身也。是大可笑得乎？」

清王芑孫讀賦巵言謀篇：「詮賦曰：『履端於唱序，歸餘於總亂。亂以理篇，迭致文契。』蓋賦重發端，尤慎結局矣。」

户田浩曉作爲校勘資料的文心雕龍敦煌本：「斯波六郎博士又認爲『寫送』可能有收束之意，如文鏡秘府論（南）云：『細而推之，開發端緒，寫送文勢，則六言七言之功也。泛叙事由，平調聲律，四言五言之能也。體物寫狀，抑揚情理，三言之要也。』所謂六言七言宜於開發及收束，故晉陽秋『於寫送之致，如爲未盡』，或許是批評用此韻叙述時有欠收束。又高僧傳卷十三云釋曇智『既有高亮之聲，雅好轉讀……高調清徹，寫送有餘』。這是指在轉讀的段落或結束處引伸餘韻；又附會篇『寄在寫送』，也是説在完篇時，爲了發揮文章效果，應注意如何收束。……斯波博士所引高僧傳卷十三中，在釋曇調條下有『寫送清雅，恨工夫未足』的評語，與前引釋曇智語并見於經師項下，仍可解釋爲經文轉讀之際音聲的收束方式很是清雅。因此，我主張……將『寫送』釋爲『收束』。」

斠詮：「詩小雅蓼蕭：『我心寫兮。』集傳：『寫，輸寫也。我心輸寫而無留恨也。』玉篇：『寫，盡也，除也。』……此處『寫送』聯詞，有『盡情送足』之意。」

牟世金文心雕龍的范注補正：「案寫，盡也；送，畢也。……古今樂録：『歡聞歌者，晉穆帝升平初歌，畢輒呼「歡聞不？」以爲送聲，後因此爲曲名。』又曰：『子夜變歌前作「持子」送，後作「歡娱我」送。子夜警歌無送聲，仍作變。』『楊叛兒送聲云：「叛兒教儂不復相思。」』『凡歌曲終，皆有送聲，子夜以「持子」送曲，鳳將雛以「澤雉」送曲。』此外，唐書樂志也有關於『送聲』的記載。送聲爲樂曲之終了，此可爲斯波『收束』説明證。」

〔九〕梅注：「朱鬱儀云：『閔焉』當作『閔馬』，見魯語。愚按魯語：齊閭丘來盟，子服景伯戒宰人曰：陷而入於恭。閔馬父笑，景伯問之，對曰：笑吾子之大也。昔正考父校商之名頌十二篇於周太師，以那爲首。其輯之亂曰：自古在昔，先民有作，温恭朝夕，執事有恪。先聖王之傳恭，猶不敢專。稱曰自古，古曰在昔，昔曰先民。今吾子之戒吏人曰陷而入於恭，其滿之甚也。（亂，樂之卒章也。）」韋昭注：「『輯，成也。凡作篇章，篇義既成，撮其大要爲亂辭。詩者，歌也，所以節儛者也，如今三節儛矣，曲終乃更變章亂節，故謂之亂也。』」閔馬父語見國語魯語下。

〔一〇〕校證：「『緝』原作『輯』，今據唐寫本改。原道篇亦云『制詩緝頌』。」「『殷人緝頌』指閔馬父稱亂事。

〔一一〕「賦」指屈原宋玉之賦。藝概賦概：「文心雕龍云：『楚人理賦。』隱然謂楚辭以後無賦也。李太白亦云：『屈、宋長逝，無堪與言。』」這兩句承上，是説從商頌到楚辭都有亂辭。

〔三〕「鴻裁」、「雅文」，與下文「小制」、「奇巧」相對，都指大賦而言。「寰宇」，指範圍。「斯」，指序與亂而言。這兩句是説序和亂屬於大賦的範圍，也是形成「雅文」的關鍵。

至於草區禽族，庶品雜類〔一〕，則觸興致情〔二〕，因變取會〔三〕，擬諸形容，則言務纖密；象其物宜，則理貴側附〔四〕；斯又小制之區畛，奇巧之機要也〔五〕。

〔一〕黃注：「（漢書）藝文志：雜禽獸六畜昆蟲賦十八篇，雜器械草木賦三十三篇。」范注：「西京雜記雖云出自吳均，然其時或尚及見漢代雜賦之遺。」注中録西京雜記所載小賦數首：枚乘柳賦、魏文帝柳賦、路喬如鶴賦、公孫詭文鹿賦、羊勝屏風賦、鄒陽几賦、中山王勝文木賦。

〔二〕「致」，引起。「觸興致情」謂觸物起興而動情。藝概賦概：「春有草樹，山有烟霞，皆是造化自然，非設色之可擬。故賦之爲道，重象尤宜重興。興不稱象，雖紛披繁密而生意索然，能無爲識者厭乎？」

〔三〕因事物的變化而取得情與物的會合。

〔四〕易繫辭上：「聖人有以見天下之賾，而擬諸其形容，象其物宜，是故謂之象。」「形容」，猶言形貌。「諸」，猶其也。注：「乾剛坤柔各有其體，故曰擬諸形容。」疏：「擬諸其形容者，以此深賾之理，擬度諸物形容也。」「象其物宜者，聖人又法象其物之所宜，若象陽物，宜於剛也；若象陰物，宜於柔也。是各象其物之所宜……若泰卦比擬泰之形容，象其泰之物宜。」這裏四句話的意思是説：描摹事物的形貌時，言詞務必細密，取象時則貴在根據物性之所宜而作出貼切的比附。

清王芑孫讀賦卮言造句：「詮賦曰：『擬諸形容，則言務纖密；象其物宜，則理貴側附。』側附二字，可謂妙於語言。」

斠詮：「此數句論雜賦之特色。……側附，謂偪近切合也。儀禮公食大夫禮：『側其故處。』疏：『側，近也。』……附，合也。」

〔五〕「小制」指禽獸、器物、草木諸賦而言，即所謂小賦。「區畛」指範圍。紀評：「齊梁之際，小賦爲多，故判其區畛，以明本末。」

以上爲第二段，主要説明漢賦之興盛及大賦與小賦的特點。這裏把賦分爲京殿苑獵、述行序志、草區禽族、庶品雜類，和昭明文選的分類方式基本上是相同的。

觀夫荀結隱語，事數自環〔一〕；宋發巧談，實始淫麗〔二〕。枚乘菟園，舉要以會新〔三〕；相如上林，繁類以成豔〔四〕。賈誼鵩鳥，致辨於情理〔五〕；子淵洞簫，窮變於聲貌〔六〕。孟堅兩都，明絢以雅贍〔七〕；張衡二京，迅發以宏富〔八〕。子雲甘泉，構深偉之風〔九〕；延壽靈光，含飛動之勢〔一〇〕。凡此十家，並辭賦之英傑也〔一一〕。

〔一〕文體明辨序説「賦」類：「趙人荀況，遊宦於楚，考其時在屈原之前。所作五賦，工巧深刻，純用隱語，若今人之揣謎。於詩六義，不啻天壤，君子蓋無取焉。」但劉勰本人對荀賦是肯定的。諧隱篇説：「荀卿蠶賦，已兆其體。」才略篇説：「荀況學宗，而象物名賦，文質相稱，固巨儒之情也。」

范注：「案荀子五賦，皆假爲隱語，以問於人，如禮賦曰：『臣愚不識，敢請之王。』其下則所問之人重演其義而告之。如王曰：『此夫文而不采者與？』此即彦和所謂『事數自環』也。」

考異：「自環者，迴環反覆，自設問答也。如荀子五賦皆此體。」按「數」字與下聯「實始淫麗」的「始」字相對，乃是頻數或數次之義。「事數自環」乃是反覆迴環，來縮小包圍圈，以形成謎語。如禮賦於「此夫文而不采者與」之下，又有：「簡然易知而致有理者與？君子所敬而小人所不者與？性不得則若禽獸，性得之則甚雅似者與？匹夫隆之則爲聖人，諸侯隆之則一四海者與？」這樣反覆暗示，而「歸之禮」，就是「事數自環」。

〔二〕范注：「『巧談』，唐寫本作『夸談』，是。」范引孫云：「御覽作『詩』。」按玉海引此句仍作「巧談」，是本兩傳，「巧」未必爲形誤。注訂：「巧談者，不依正則也。如宋玉有好色、神女諸賦，故下句譏以『實始淫麗』。」

皇甫謐三都賦序：「及宋玉之徒，淫文放發，言過於實，誇競之興，體失之漸，風雅之則，於是乎乖。」

漢書藝文志詩賦略論：「其後宋玉、唐勒，漢興枚乘、司馬相如，下及揚子雲，競爲侈麗閎衍之詞，没其風諭之義。是以揚子悔之，曰：詩人之賦麗以則，辭人之賦麗以淫。」

文章流別論：「前世爲賦者，有孫卿、屈原，尚頗有古詩之義；至宋玉則多淫浮之病矣。」

夸飾篇：「自宋玉、景差，夸飾始盛。」時序篇：「宋玉交彩於風雲。」

清程廷祚騷賦論（中）：「荀卿禮、知二篇，純用隱語，雖始搆賦名，君子略之。宋玉以瑰偉之才，崛起騷人之後，奮其雄夸，乃與雅頌抗衡，而分裂其土壤，由是辭人之賦興焉。……觀其高唐、神女、風賦等作，可謂窮造化之精神，盡萬類之變態，瑰麗窈冥，無可端倪。」（金陵叢書本青溪集卷三）

論文雜記第二十一：「屈原離騷，引辭表旨，譬物連類，以情爲裏，以物爲表，抑鬱沈怨，與風雅爲節。……及宋玉、景差爲之，塗澤以摛辭，繁類以成體，振塵滓之澤，發芳香之鬯，亦葩經之嗣響也。」

校釋：「宋玉各篇，辭多夸飾，如風賦本止言大王之風芳涼，庶人之風穢惡，以見感於人者之不同耳。而寫大王之風，則以『凌高城』、『入深宮』、『抵華葉』、『徘徊桂椒』、『翱翔激水』、『擊芙蓉』、『獵蕙草、離秦蘅、槩新夷、被荑楊』、『上玉堂』、『躋羅帷』、『經洞房』，爲增飾之辭。寫庶人之風，則以『起窮巷』、『動沙堁、吹死灰、駭溷濁、揚腐餘』、『入甕牖』，爲增飾之辭，故曰『夸談』。他如高唐形容山勢之高峻，神女敷寫容色之豔麗，皆閎衍巨麗之文也。故又曰『淫麗』。」

斠詮：「賦與騷之不同，要在賦之偏重夸飾描寫。宋玉之九辯已具有此傾向，文選所載之五篇，即由九辯過渡而完成賦之形式，舍人所謂『宋玉風鈞，爰錫名號』，又曰『宋發夸談，實始淫麗』是也。」

〔三〕校證：「『菟園』原作『兔園』，唐寫本、元本……及御覽、玉海俱作『菟園』。案古文苑載枚氏此文正作『菟園』，比興篇亦作『菟園』，今據改。」

玉海卷五十九引此語，下注云：「見古文苑、藝文類聚。」

黄注：「漢書：枚乘，字叔。游梁，梁客皆善屬詞賦，乘又高。菟園，苑名。賦苑有枚乘菟園賦。」

校釋：「枚乘菟園，今存殘文，復多訛奪，不易句讀。然詞致檢鍊，鑄語新奇，尚循覽可得，故曰『舉要以會新』。」

〔四〕史記司馬相如列傳：「無是公言天子上林廣大，山谷水泉萬物，及子虛言楚雲夢甚衆，侈靡過其實。」

西京雜記卷二：「相如爲上林、子虛賦，意思蕭散，不復與外事相關。控引天地，錯綜古今，忽然如睡，躍然而興，幾百日而後成。」又卷三：「司馬長卿，時人皆稱典而麗，雖詩人之作不能加也。」又：「枚皋文章敏疾，長卿制作淹遲，皆盡一時之譽。而長卿首尾温麗，枚皋時有累句，故知疾行無善迹矣。」

才略篇：「相如好書，師範屈宋，洞入夸豔，致名辭宗。」

程廷祚騷賦論（中）：「子虛、上林，總衆類而不厭其繁，會群采而不流於靡，高文絶豔，其宋玉之流亞乎？」

校釋：「相如子虛、上林，實爲一篇。前篇以子虛夸楚王遊獵之盛，故以子虛爲名，先叙雲夢之山、之土、之石，復從其東、南、西、北，分寫四節，而南、西、北三節之中，又用高埤、中外、上下，帶叙其草木、鳥獸、鱗甲之屬，文辭已極繁富矣。其寫畋獵一段，既分獵走獸、弋飛鳥、網釣水族三節詳寫，於一二節之間，復插入美女一節，亦極其絢爛。下篇言天子之上林，文尤閎博。其中寫上林所在一段，先寫水勢、水族、水中珍異、水鳥，次寫山之林木、阜陵、香草、走獸，已包含極富，而寫上林之宫室、美玉、嘉果、茂木，以及林中之獸，其奇瑰又與前異；其寫天子之出獵之事一段，中間如所搏之獸，所弋之禽，皆珍奇之類，較前賦又不同；至其後叙置酒張樂，以及聲色之娱，尤極夸張之致，故曰『繁類以成豔』。」

〔五〕史記屈原賈生列傳：「賈生爲長沙王太傅。三年，有鴞飛入賈生舍，止於坐隅。楚人命鴞曰服。賈生既以適居長沙，長沙卑濕，自以爲壽不得長，傷悼之，乃爲賦以自廣。」

西京雜記卷六：「長沙俗以鵩鳥至人家，主人死。誼作鵩鳥賦，齊生死，等榮辱，以遣憂累焉。」

比興篇：「賈生鵩賦云：『禍之與福，何異糾纏。』此以物比理者也。」事類篇：「唯賈誼鵩賦，始用鷃冠之説。」

紀評：「鵩賦爲談理之始。」

藝概賦概：「鵩賦爲賦之變體，即其體而通之，凡能爲子書者，於賦皆足自成一家。」又：「屈子之賦，賈生得其質，相如得其文，雖塗徑各分，而無庸軒輊也。……賈生之賦志勝才，相如之賦才勝志。」

論文雜記第二十一：「賈生鵩賦，旨貫天人，入神致用，其言中，其事隱，擷道家之菁英，約儒家之正誼，其源出於易經。」

校釋：「賈誼鵩鳥……通篇大旨，在以道家齊物之理，自慰遠謫之情。故曰『致辨於情理』。」

〔六〕范注：「漢書王褒傳：『褒，字子淵，蜀人也。宣帝時爲諫大夫。……太子喜褒所爲甘泉及洞簫頌，令後宫貴人左右皆誦讀之。』文選有洞簫賦……其篇末亂辭結句云：『連延駱驛，變無窮兮。』彦和窮變二字所本。」

才略篇：「王褒構采，以密巧爲致，附聲測貌，泠然可觀。」

比興篇：「王褒洞簫云：『優柔温潤，如慈父之畜子也。』此以聲比心者也。」

論文雜記第二十一：「子淵之賦洞簫，馬融之賦長笛，咸洞明樂理，則亦音樂之妙論也。」

校釋：「子淵洞簫……首叙簫材所出之地，次叙製器審聲之巧，皆題前之文也。次寫度曲之時，音隨曲異，故以『巨音』、『妙聲』、『武聲』、『仁聲』分寫，復從聲之感人動物處形容其微妙，已能曲盡題旨。而亂辭又總理一篇之意，悉從籥聲着筆。故曰『窮變於聲貌』。」

〔七〕後漢書班固傳：「(固)自爲郎後，遂見親近。時京師修起宮室，濬繕城隍，而關中耆老猶望朝廷西顧。固感前世相如、壽王、東方之徒，造構文辭，終以諷勸，乃上兩都賦，盛稱洛邑制度之美，以折西賓淫侈之論。」

何義門云：「昭明選賦，獨冠兩都，以兼揚馬之長，義正而事實也。擘分賓主，堂堂正正之格。」(評注昭明文選)

「明絢以雅贍」謂風格鮮明絢爛而典雅繁富，明絢偏於辭句方面，雅贍偏於內容方面。

論文雜記第二十一：「班固兩都，誦德銘勳，從雍揄揚，事覈理舉，頌揚休明，遠則相如之封禪，近師子雲之羽獵，其源出於書經。」

校釋：「孟堅兩都……上篇首段總列西都之形勢，次寫前漢增飾之閎麗，因繼以城池市廛之廣，士女豪俠之衆，與夫郊原冠蓋之盛，貨殖之富……再次寫畿內之繁庶，則自山林原隰之饒沃，水利漕運之宜便皆具焉；再次寫宮館之壯麗……再次寫田獵之盛，宴飲之娛，遊觀之樂。……下篇以……明帝之增修洛京，皆合於法度，故於制度典禮，言之特詳，其蒐狩則順時講武也，其行幸則修祀崇禮也，其飲宴則王會燕享也，而勸農興學，崇儉抑侈，莫非王政之要……非精熟一代典章制度者，不能爲之，此舍人所謂『雅贍』也。」

〔八〕「發」字，唐寫本、御覽、元刻本作「拔」。校注：「按作『拔』是。……六朝習用『拔』字，如晉書文苑袁宏傳『辭又藻拔』，梁書文學上庾肩吾傳『謝客吐言天拔』……是也。」

後漢書張衡傳：「張衡，字平子。……永元中……天下承平日久，自王侯以下，莫不踰侈。衡乃擬班固兩都，作二京賦，因以諷諫。」

晉書左思傳：「劉逵注吴蜀而序之曰：班固兩都，理勝其辭；張衡二京，文過其意。」

才略篇：「張衡通贍。」體性篇：「平子淹通，故慮周而藻密。」

陸厥與沈約書：「平子恢富，羽獵累於憑虚。」

林紓春覺齋論文流別論二：「足與兩都抗衡者，良爲平子之二京。東漢自光武及和帝，均都洛陽，西都父老頗懷怨望。故孟堅作兩都賦，歸美東都，以建武爲發端，詳叙永平（明帝年號）制度之美，力與西都窮奢極侈之事相反，以堅和帝西還之心，雖頌揚，實寓諷諫。平子之叙西京，尤侈靡無藝：首述離宫之妍華，次及太液之三山，又次及於水嬉獵獸，雜陳百戲；百戲不已，又叙其微行，及歌舞靡曼之態，縱恣極矣。一轉入東京，則全以典禮勝奢侈。班、張二子，皆抑西而伸東，以二子均主居東者也。左思仍之，故三都之賦，力排吴、蜀，中間貫串全魏故實，語至堂皇，以魏都中原，晉武受禪，即在於鄴，此亦班、張二子之旨。」

校釋：「二京雖步趨孟堅，而西京盛舉荒靡，諷意尤切，故曰『迅拔』；東京鋪排典制，辭意淵深，故曰『宏富』。」「迅拔」，斠詮直解爲（文情）「迅疾拔卓」。

〔九〕校證：「『偉』原作『瑋』，據唐寫本、御覽改。徐校亦作『偉』。」按「深瑋」之「瑋」，乃據原賦「遊觀屈奇瑰瑋」而來，不必誤。「瑋」，深奇。

漢書揚雄傳：「揚雄，字子雲，蜀郡成都人也。……孝成帝時，客有薦雄文似相如者。上方郊祠甘泉泰畤、汾陰后土，以求繼嗣，召雄待詔承明之庭。正月，從上甘泉，還奏甘泉賦以諷。……甘泉本因秦離宫，既奢泰，而武帝復增通天、高光、迎風。宫外，近則洪厓、旁皇、儲胥、弩陆；遠則石關、封巒、枝鵲、露寒、棠梨、師得；遊觀屈奇瑰瑋，非木摩而不彫，墻塗而不畫，周宣所考，般庚所遷，夏卑宫室，唐虞棌椽三等之制也。且爲其已久矣，非成帝所造，欲諫則非時，欲默則不能已，故遂推而隆之，乃上比於帝室紫宫，若曰此非人力之所（能）〔爲〕，黨鬼神可也。」

才略篇：「子雲屬意，辭義最深，觀其涯度幽遠，搜選詭麗，而竭才以鑽思，故能理贍而辭堅矣。」體性篇：「子雲沉寂，故志隱而味深。」

文體明辨序説「賦」類：「兩漢而下，作者繼起，獨賈生以命世之才，俯就騷律，非一時諸人所及。他如相如長於叙事，而或昧於情；揚雄長於説理，而或略於辭。至於班固，辭理俱矣。若是者何？凡以不發乎情耳。然上林、甘泉，極其鋪張，而終歸於諷諫，而風之義未泯。兩都等賦，極其眩曜，終折以法度，而雅頌之義未泯。……故雖詞人之賦，而君子獨有取焉，以其爲古賦之流也。」

騷賦論（中）：「甘泉深偉，廟堂之鴻章也。」

校釋：「子雲……賦甘泉，以諷諫爲主；又多識奇字，喜沈思，故其文前半叙甘泉宮室，後半寫郊祀典禮，鑄詞用字，皆淵深而奇偉，故曰『構深瑋之風』。」

〔一〇〕後漢書文苑傳王逸傳：「子延壽，字文考，有儁才，少遊魯國，作靈光殿賦。後蔡邕亦造此賦，未成，及見延壽所爲，甚奇之，遂輟翰。」

才略篇：「延壽繼志，瓌穎獨標，其善圖物寫貌，豈枚乘之遺術歟？」

校注：「宋劉沆謝啓：『對靈光之殿，難含飛動之詞。』（見能改齋漫録卷十四記文。）遺辭即出於此……（沈佺期祭李侍御文有「思含飛動」語）。」

校釋：「文考靈光，專賦宮殿，篇中凡階堂壁柱，扉室房序，櫨枅栭掌，以及棟窗之雕刻，榱楣之繪畫，一一鋪寫，皆能得營造之精意，讀之覺鳥革翬飛之狀如在目前。故曰『含飛動之勢』。又此文既以摹略物象爲主，故用字鑄詞，亦能曲盡其妙，與子雲之作，可以比觀。惟子雲甘泉爲賦典禮之先型，文考靈光則賦宮殿之極則；賦典禮故以『深瑋』爲宜，賦宮殿則貴有『飛動』之勢。雙舉兩家，可見其同，各謚二字，足表其異，舍人評隲之精若此。」

〔一一〕藝概賦概：「古者辭與賦通稱。史記司馬相如傳言：『景帝不好辭賦。』漢書揚雄傳：『賦莫深於離騷，辭莫麗於相如。』則辭亦爲賦，賦亦爲辭，明甚。」

馮舒校本「英傑」原作「流」，校云：「流，御英傑。」元刻本作「流」，沈岩録何校本「流」字改「英傑」。

校注：「按『流』字過於空泛，當以作『英傑』爲是。文選皇甫謐三都賦序：『至如相如上林，揚雄甘泉，班固兩都，張衡二京，馬融廣成，王生靈光……皆近代辭賦之偉也。』彼言爲『偉』，此言爲『英傑』，其義無異也。辨騷篇：『固知楚辭者……而詞賦之英傑也。』句法與此相同，亦可證。唐寫本、文溯本作『英傑』，不誤。御覽、類要、玉海、小學紺珠四引，亦並作『英傑』。」

三都賦序：「逮漢賈誼，頗節之以禮。自時厥後，綴文之士，不率典言，並務恢張，其文博誕空類，大者罩天地之表，細者入毫纖之内，並充車聯駟，不足以載，廣夏接榱，不容以居也。其中高者，至如相如上林，揚雄甘泉，班固兩都，張衡二京，馬融廣成，王生靈光，初極宏侈之辭，終以約簡之制，焕乎有文，蔚爾麟集，皆近代辭賦之偉也。」

王應麟小學紺珠卷四藝文類辭賦十家：「荀卿、宋玉、枚乘兔園、相如上林、賈誼鵩鳥、子淵洞簫、孟堅兩都、張衡二京、子雲甘泉、延壽靈光。原注：『文心雕龍：凡此十家，辭賦之英傑。』」

以上爲周末及兩漢之代表作家。劉勰在評論兩漢的代表作品時，指出了這些賦的風格特點，這就是序志篇所謂「選文以定篇」。

及仲宣靡密，發端必遒〔一〕；偉長博通，時逢壯采〔二〕；太沖、安仁，策勳於鴻規〔三〕；士衡、子安，底績於流制〔四〕；景純綺巧，縟理有餘〔五〕；彦伯梗概，情韻不匱〔六〕；亦魏晉之賦首也。

〔一〕三國魏志王粲傳：「王粲，字仲宣，山陽高平人也……善屬文，舉筆便成，無所改定，時人常以爲宿構。然正復精意覃思，亦不能加也。著詩賦論議垂六十篇。」

范注：「發端，唐寫本作發篇，是。嚴可均全後漢文輯粲賦有大暑、遊海、浮淮、閑邪、出婦、思友、寡婦、初征、登樓、羽獵、酒、神女、槐樹等賦，雖頗殘缺，然篇率遒短，故彦和云然。」按「發端」亦可通。詩品中評謝朓詩：「善自發詩端，而末篇多躓。」

典論論文：「王粲長於辭賦，徐幹時有齊氣，然粲之匹也。如粲之初征、登樓、槐賦、征思，幹之玄猿、漏卮、團扇、橘賦，雖張、蔡不過也，然於他文，未能稱是。」

曹丕與元城令吳質書：「仲宣獨自善於辭賦，惜其體弱，不足起其文，至於所善，古人無以過也。」

陸雲與兄平原書云：「視仲宣集述征、登樓，前即甚佳，其餘平平，不得言情處。」（陸清河集）

才略篇：「仲宣溢才，捷而能密，文多兼善，辭少瑕累，摘其詩賦，則七子之冠冕乎。」

〔二〕魏志王粲傳：「北海徐幹，字偉長。」

札記：「徐幹賦，典論所稱玄猿、漏卮、團扇、橘賦四篇，并皆不存，所存賦無一完者。惟齊都賦一篇，多見徵引，劣能窺其體勢耳。」

斠詮：「全後漢文輯徐幹賦有齊都、西征、序征、哀别、冠、團扇、車渠、椀等賦，皆殘闕太甚，而識辨辭雄，殆彥和所謂『博通』『壯采』者歟？」

曹丕與吳質書：「偉長獨懷文抱質，恬淡寡欲，有箕山之志，可謂彬彬君子者矣。」

才略篇：「徐幹以賦論標美。」

〔三〕晉書文苑左思傳：「左思，字太沖，齊國臨淄人也。……貌寢，口訥，而辭藻壯麗。……造齊都賦一年乃成。復欲賦三都。……及賦成，時人未之重。思自以其作，不謝班、張，恐以人廢言，安定皇甫謐有高譽，思造而示之。謐稱善，爲其賦序。張載爲注魏都，劉逵注吳蜀。……司空張華見而嘆曰：『班張之流也。使讀之者盡而有餘，久而更新。』於是豪貴之家競相傳寫，洛陽爲之紙貴。」

晉書潘岳傳謂岳「早辟司空太尉府，舉秀才。泰始中，武帝躬耕藉田，岳作賦以善其事」。

范注：「策勳鴻規謂潘岳作藉田賦，左思作三都賦。文選藉田賦注引臧榮緒晉書曰：『泰始四年正月丁亥，世祖初藉於千畝，司空掾潘岳作藉田頌也。』注又曰：『藉田、西征咸有舊注。』是岳賦以此二篇爲最巨制，故獨有舊注。藉田尤關國家典制，彥和意即指此。」

劉師培中國中古文學史第四課：「東漢以來，詞賦雖逞麗詞，左思三都矯之，悉以徵實爲主。」

論文雜記第二十一：「及潘岳之徒爲之，藉田一賦，義典言弘，亦典、誥之遺音也。」

斠詮：「策勳，書勳勞於簡策。左氏桓公二年傳：『凡公行告於宗廟，反行飲至，舍爵策勳焉，禮也。』杜注：『既飲置爵，則書勳勞於策，言速紀有功也。』鴻規，謂偉大謀度。」

〔四〕文選文賦李注引臧榮緒晉書：「陸機字士衡，與弟雲勤學，天才綺練，當時獨絶，新聲妙句，係蹤張、蔡。」

晉書文苑成公綏傳：「成公綏字子安，東郡白馬人也。……少有俊才，詞賦甚麗。閑默自守，不求聞達。張華雅重綏，每見其文，嘆伏以爲絶倫。」文選録成公綏嘯賦。

「底」，引致。左傳昭公元年：「底禄以德。」注：「底，致也。」阮元謂經典中當「致」講的底，皆應作「厎」，之爾切。尚書禹貢：「覃懷厎績。」厎績就是獲致成績。附會篇：「克終底績，寄深寫遠。」

范注：「案陸機文賦言文之流品制作；成公綏嘯賦言因形創聲，隨事造曲；殆彦和所謂『底績於流制』者歟？」「流制」，謂流行制作。

〔五〕晉書郭璞傳：「郭璞字景純，河東聞喜人也。……博學有高才，而訥於言論，詞賦爲中興之冠。」

世説文學篇引郭璞别傳：「璞奇博多通，文藻粲麗，其詩賦誄頌，並傳於世。」

文選江賦注引晉中興書曰：「璞以中興，王宅江外，乃著江賦，述川瀆之美。」

范注：「彦和稱景純縟理有餘，縟謂文藻粲麗，理則如江賦『忽忘夕而宵歸，詠採菱以叩舷；傲自足於一嘔，尋風波以窮年』之類。」

王金淩：「江賦一篇，述川瀆之美，舉凡岸石之嵯峨，波濤之崩駭，水物之怪奇，羽族之繁類，莫不窮極描摹，令人目不暇觀，嘆爲絶景。而此賦之所以爲綺，亦在景物造形之瓌偉與鮮麗。」

才略篇：「景純豔逸，足冠中興，郊賦既穆穆以大觀，仙詩亦飄飄而凌雲矣。」

〔六〕晉書文苑袁宏傳：「袁宏字彦伯。」札記：「袁宏賦存者亦無完篇。晉書文苑傳曰：宏有逸才，文章絶美，累遷大司馬桓温府記室。温重其文筆，專綜書記。後爲東征賦，賦末列稱過江諸名流。……從桓温北征，作北征賦，皆其文之高者。」才略篇：「袁宏發軫以高驤，故卓出而多偏。」

校注：「按本段評論賦家，皆舉其名篇而言；此二句所指，疑爲宏之北征賦。……『梗概』應與時序篇『梗概多氣』之『梗概』同，猶言慷慨也。」范注謂：「東征賦述名臣功業，皆略舉大概，故云『彦伯梗概』。」似有未安。

世説文學篇：「桓宣武命袁彦伯作北征賦，既成，公與時賢共看，咸嗟嘆之。時王珣在坐云：『恨少一字，得寫字足韻當佳。』袁即於坐攬筆益云：『感不絶於余心，泝流風而獨寫。』公謂王曰：『當今不得不以此事推袁。』」注：「晉陽秋曰：宏嘗與王珣、伏滔同侍温坐，温令滔讀其賦，至『致傷於天下』，於此改韻云：此韻所云，慨深千載，今於『天下』之後，便移韻，於寫送之致，如爲未盡。滔乃云：得益寫一句或當小勝。桓公語宏：卿試思益之。宏應聲而益，王伏稱善。」即所謂「情韻不匱」也。

注訂：「此節稱十家爲英傑，仲宣以下爲賦首者，概見軒輊之分也。惟太沖、安仁雖後於延壽，實接踵揚馬，彥和立意，蓋遵時取論，用著沿革而已。至以雅贍論孟堅，宏富論平子，爲簡當之至，其餘繫語，各依其份，亦不易之言也。」

以上爲第三段，論先秦兩漢以至魏晉辭賦中的代表作家和代表作品。

原夫登高之旨，蓋覩物興情。情以物興，故義必明雅；物以情觀〔一〕，故詞必巧麗〔二〕。麗詞雅義，符采相勝〔三〕，如組織之品朱紫，畫繪之著玄黃〔四〕，文雖雜而有質，色雖糅而有本〔五〕。此立賦之大體也〔六〕。

〔一〕「登高」承上文「登高能賦」而言。「情觀」之「觀」，唐寫本作「覩」。

〔二〕典論論文：「詩賦欲麗。」

皇甫謐三都賦序：「然則賦也者，所以因物造端，敷弘體理，欲人不能加也。引而申之，故文必極美；觸類而長之，故辭必盡麗。然則美麗之文，賦之作也。」

定勢篇：「賦、頌、歌、詩，則羽儀乎清麗。」

文體明辨序説「賦」類：「情形於辭，則麗而可觀；辭合於理，則則而可法。使讀之者有興起之妙趣，有詠歌之遺音，揚雄所謂『詩人之賦麗以則』者是已。此賦之本義也。」

「義」就是内容，「義必明雅」就是説内容必須鮮明雅正。換言之，作賦時，首先要明確這篇賦的思想感情是由什麽事物引起的，而且在賦裏表現的内容應當是鮮明正確的，不應當由淫邪的事物所引起。這是就「寫志」來説的。「物以情觀，則詞必巧麗」，是就「體物」來説的。賦在描寫外物的時候，不是平板地進行描寫。賦家觀察外物，是通過情感來進行觀察的，因此他所用的文詞，必然具有感情色采，而表現得精巧華麗。

〔三〕文選左思蜀都賦：「符采彪炳，暉麗灼爍。」劉逵注：「符采，玉之横文也。」「符采」，蓋指玉之紋理光采，借指作品的感情色彩和文采。「相勝」，謂相稱。

藝概賦概：「賦，辭欲麗，迹也；義欲雅，心也。『麗辭雅義』，見文心雕龍詮賦。前此，揚雄傳云：『司馬相如作賦甚宏麗温雅。』法言云：『詩人之賦麗以則。』『則』與『雅』無異旨也。」又：「古人賦詩與後世作賦，事異而意同。意之所取，大抵有二：一以諷諫，周語『瞍賦矇誦』是也；一以言志，左傳趙孟曰『請皆賦以卒君貺，武亦以觀七子之志』，韓宣子曰『二三子請皆賦，起亦以知鄭志』是也。言志諷諫，非雅麗何以善之？」

〔四〕「組織」，絲麻之屬，分析經緯，縱横交貫，以編織成幅，曰組織。「品」指品列，亦可解作品分。札記：「『組織之品朱紫』二句，本司馬相如語意。西京雜記（卷二）載相如之詞曰：『合纂組以成文，列錦繡以爲質，一經一緯，一宫一商，此賦之迹也。若賦家之心，控引天地，總攬人物，錯綜古今，此得之於内，不可得而言傳。』」

「著」字，唐寫本、御覽作「差」。綴補：「差猶别也。」説亦可通。

〔五〕校證：「『雜』原作『新』，據唐寫本、御覽改。」

校注：「按作『雜』是。淮南子本經篇高注：『雜，糅也。』廣雅釋詁一：『糅，雜也。』此云雜，下云糅，文本相對爲誼；若作新，則不倫矣。」「本」，御覽、玉海、喻林八八引作「儀」。國語周語下：「儀之於民。」韋注：「儀，準也。」謂準則，法度，義亦可通。

按相如之論與彦和之文，論賦之藻采同而取義有别。彦和意謂：辭賦之體，必先具明雅之義，感物之情，有本有質，而後以巧麗之辭附之。而相如之言則謂賦内貴乎綱羅宏富，其外則以經緯纂組、宫商諧叶爲極則。惟以事類之宏富與詞句之整飭爲主，而未涉及賦之本質。在劉勰看來，「雅義」是根本，麗詞是末節。無論詞藻如何華麗，都不應埋没賦之本質。這所謂「本質」，即是要有「風軌」，要起勸戒作用。

〔六〕「大體」，指對某體文章的規格要求，或者對某體的風格要求。

文體明辨序説「賦」類：「然則學古者奈何？曰：發乎情，止乎禮義。其賦古也，則於古有懷；其賦今也，則於今有感；其賦事也，則於事有觸；其賦物也，則於物有況。以樂而賦，則讀者躍然而喜；以怨而賦，則讀者愀然以吁；以怒而賦，則令人欲按劍而起；以哀而賦，則令人欲掩袂而泣。動盪乎天機，感發乎人心，而兼出於六義，然後得賦之正體，合賦之本義。」這裏是强調賦之本質，但在劉勰看來，要使「雅義」在作品中充分地體現出來，還必須具有相應的完美藝術形式，這猶如一幅織錦，一幅圖畫，材料質地雖好，如無朱紫玄黄等顔色的調配，終究不能算是藝術品。

然逐末之儔，蔑棄其本，雖讀千賦〔一〕，愈惑體要〔二〕，遂使繁華損枝〔三〕，膏腴害骨〔四〕，無貴風軌，莫益勸戒〔五〕，此揚子所以追悔於雕蟲，貽誚於霧縠者也〔六〕。

〔一〕黄注：「桓譚新論：余素好文，見子雲善爲賦，欲從之學。子雲曰：能讀千首賦，則善爲之矣。」按此見道賦篇。

西京雜記卷二：「或問揚雄爲賦，雄曰：讀千首賦乃能爲之。」

〔二〕「體要」，謂大體與綱要。荀悦漢紀後序：「於是乃作考舊，通達體要，以述漢紀。」在文心雕龍裏，「體要」有時也作「大體」或「大要」，都是一個意思。在這篇裏，「體要」就是指的「大體」。

〔三〕補注：「戰國策秦策：『木實繁者披其枝。』」

〔四〕風骨篇：「辭之待骨，如體之樹骸，若瘠義肥辭，繁雜失統，則無骨之徵也。」

〔五〕奏啓篇：「必使理有典刑，辭有風軌。」袁宏三國名臣序贊：「風軌德音，爲世作範，不可廢也。」是「風軌」猶風範。

皇甫謐三都賦序：「昔之爲文者，非苟尚辭而已，將以紐之王教，本乎勸戒也。」

論衡譴告篇：「孝武皇帝好仙，司馬長卿獻大人賦，上乃仙仙有凌雲之氣。孝成皇帝好廣宮室，揚子雲上甘泉頌，妙稱神怪，若曰非人力所能爲，鬼神力乃可成。皇帝不覺，爲之不止。長卿之賦，如言仙無實效；子雲之頌，言奢有害。孝武豈有仙仙之氣者，孝成豈有不覺之惑哉？」

〔六〕法言吾子篇：「或問：『吾子少而好賦？』曰：『然。童子雕蟲篆刻。』俄而曰：『壯夫不爲也。』或曰：『賦可以諷乎？』曰：『諷乎，諷則已。不已，吾恐不免於勸也。』或曰：『霧縠之組麗。』曰：『女工之蠹矣。』」西漢學童必習秦書八體，蟲書、刻符是其中的兩體，纖巧難工。以喻作賦繪景狀物，與雕刻蟲書、篆寫刻符相似，都是童子所習的小技。「霧縠」，言錦繡，以比文章之浮華而無實用者。

以上是説那些捨本逐末的人，蔑視而遺棄本質。他們雖然讀了上千篇的賦，對於作賦的要領（包括風格要求）越來越弄不清楚。這樣鋪陳辭采的結果，好象大量的花朵壓損了花枝；大量的肥油反而有害於骨體。在風範品德方面没有什麽可貴之處，對於勸戒也没有幫助。這樣的賦就成了雕蟲小技，没有什麽價值了。

范注：「李調元賦話云：『鄴中小賦，古意尚存。齊梁人爲之，琢句愈秀，結字愈新，而去古亦愈遠。沈休文桐賦喧密葉於鳳晨，宿高枝於鸞暮，即古變爲律之漸矣。』齊梁文人，競尚藻豔，淫辭害義，觀戒莫聞。」

第四段講作賦的規格要求和風格要求，就是序志篇所謂「敷理以舉統」。

贊曰：賦自詩出，分歧異派〔一〕。寫物圖貌，蔚似雕畫〔二〕。抑滯必揚，言曠無隘〔三〕。風歸麗則〔四〕，辭翦荑稗〔五〕。

〔一〕「分歧異派」，唐寫本作「異流分派」。

紀評：「此分歧異派，非指賦與詩分，乃指京殿一段、草區一段言之，而其説仍側注小賦一邊。」

斠詮謂「異流分派」，「言賦爲六義之附庸，其體裁導源於詩，而屈偏寫志，宋宗鋪采，同源而異流，荀則兼綜詠物説理，陸賈則主博辨騁辭，一致而分派；後之詞人，順流而作，或爲京殿苑獵之長篇鉅製，或爲草區禽族之小型短品，采姿翻新，未可一概論也。」

〔二〕後漢書文苑傳：「贊曰：情志既動，篇辭爲貴。抽心呈貌，非雕非蔚。殊狀共體，同聲異氣。言觀麗則，永監淫費。」這裏講「蔚似雕畫」是專對賦而言，和「非雕非蔚」的觀點稍有區别。

藝概賦概：「戴安道畫南都賦，范宣嘆爲有益。知畫中有賦，即可知賦中宜有畫矣。」斠詮：「論其描寫景物，圖模形貌，文采鬱茂，有似雕刻繪畫之美。」

〔三〕校證：「『抑』原作『枍』，據唐寫本改。『曠』原作『庸』，唐寫本作『曠』。孫人和曰：『陸士衡文賦云：言曠者無隘。此彦和所本。』……今據改。」按文賦原文爲「言窮者無隘，論達者爲曠」。

校注：「賦主於鋪張揚厲，故曰：『抑滯必揚，言曠無隘。』」斠詮：謂作賦「言語放曠，文思自可通暢無阻」。

〔四〕法言吾子篇：「詩人之賦麗以則。」

〔五〕「萋」原作「美」。札記：「美當作萋。孟子告子上：『不如萋稗。』萋與蕛通。」按唐寫本作稊。「稊」，草名，似稗，亦作蕛。爾雅郭注：「蕛似稗，布地生穢草。」

元祝堯古賦辨體卷三兩漢體上：「騷人之賦與詩人之賦雖異，然猶有古詩之義，辭雖麗而義可則。……詞人之賦……辭極麗而過淫傷已。詩人所賦，固以吟詠情性也；騷人所賦，有古詩之義者，亦以其發乎情也。其情不自知而形於辭，其辭不自知而合於理。情形於辭，故麗而可觀；辭合於理，故則而可法。然其麗而可觀，雖若出於辭，而實出於情；其則而可法，雖若出於理，而實出於辭。……或失之於情，尚辭而不尚意，則無興起之妙，而於則乎何有？……又或失之於辭，尚理而不尚辭，則無詠歌之遺，而於麗乎何有？……二十五篇之騷，莫非發乎情者……所以其辭也麗，其理也則。……漢興，賦家專取……騷中贍麗之辭以爲辭……若情若理，有不暇及。故其爲麗已異乎風騷之麗，而則之與淫遂判矣。……心乎古賦者，誠當祖騷而宗漢，去其所以淫，而取其所以則，則庶不失古賦之本義云。」

梁章鉅退庵論文（文學津梁本）：「王惕甫有讀賦卮言一卷，自導源至總指，凡分十六段，自序謂上下源流，考鏡得失，略仿東莞雕龍之例，蓋近人之善言賦，無有過於是書者。」

頌讚第九

范注：「讚應作贊，說見徵聖篇。」釋名釋言語：「頌，容也，叙說其成功之形容也。」又釋典藝：「稱頌成功謂之頌。」又：「稱人之美曰讚。讚，纂也，纂集其美而叙之也。」

文章流別論：「王澤流而詩作，成功臻而頌興，德勳立而銘著，嘉美終而誄集。……周禮太師掌教六詩：曰風，曰賦，曰比，曰興，曰雅，曰頌。……頌者，美盛德之形容。……後世之爲詩者多矣，其稱功德者謂之頌，其餘則總謂之詩。頌，詩之美者也。古者聖帝明王，功成治定而頌聲興。於是史錄其篇，工歌其章，以奏於宗廟，告於鬼神。故頌之所美者，聖王之德也，則以爲律呂。或以頌形，或以頌聲，其細已甚，非古頌之意。」

札記：「以今考之，誦其本誼（義），『頌』爲借字，而形容頌美，又緣字後起之誼也。……是則頌之誼，廣之則籠罩成韻之文，狹之則唯取頌美功德。至於後世，二義俱行。」

校釋：「說文曰：『誦，諷也。』『頌，貌也。』誦之與頌，其義迥別。康成注詩、禮，皆以美盛德之形容者爲頌，古無以刺過之詩爲頌者。是以彥和論頌，謂『褒貶雜居，固末代之訛體』也。惟誦之爲用，止於諷誦，故其爲體，得兼美刺。家父之誦，誦之刺也，吉甫則美誦矣，其顯證也。然誦、頌二名，聲近通用，經典多有。後人多聞頌爲詩篇之異體，鮮知誦亦樂章之別稱，遂習而不察也。」

左庵文論文心雕龍頌贊篇（下）（劉申叔遺說，羅常培筆述，國文月刊一卷十期）：「贊之一體，三代時本與頌殊途，至東漢以後，界囿漸泯。考其起源，實不相謀。贊之訓詁：（一）明也；（二）助也。本義惟此而已。文之主贊明者，當推孔子作十翼以贊周易爲最古；乃知贊者，蓋將一書之旨爲之融會貫通以明之者也。及班孟堅作漢書，于志、表、紀、傳之後，綴以『贊曰』云云，皆就其前之所紀，貫串首尾，加以論斷，亦與此旨弗悖。由是以推，東漢以前，贊與頌之爲二體甚明。即就形式言，頌必有韻，而贊則可有韻亦可無韻也（漢書之贊皆無韻）。

「逮及後世，以贊爲讚美之義，遂與古訓相乖。不知漢書紀、傳所載，非盡賢哲，而孟堅篇必有贊，豈皆有褒無貶，有美無刺乎？（如吴王濞傳亦有贊）蓋總舉一篇大意，助本文而明之耳。正以見其不失古義也。

「至范蔚宗後漢書，乃以孟堅之傳爲論（無韻），而以叙傳中述某某第幾爲贊（四言有韻）。文選因名之爲述贊，别立一類。夫以漢書本文祇稱爲述者，而後漢書易名之曰贊。即此可以明兩漢與六朝區分文體之不同之點矣。

「東漢，鄭康成有尚書贊，叙尚書之源流；文亦散行，有類於後世之序。而漢碑中多有四言韻文而稱爲序者，又實即後世之所謂贊體。且古常以序贊並稱，故知贊之與序實源出一途。至如後之以贊頌相近，蓋就變體以言，非其本也。然自東漢以後，頌與贊已不甚分别矣。彦和於贊之本源，考之猶有未精，因附益之於此。」

四始之至，頌居其極〔一〕。頌者，容也，所以美盛德而述形容也〔二〕。昔帝嚳之世，咸墨爲頌，以歌九韶〔三〕。自商已下〔四〕，文理允備〔五〕。

〔一〕范注：「四始見宗經篇。鄭玄周頌譜：『頌之言容，天子之德，光被四表，格於上下，無不覆燾，無不持載，此之謂容。於是和樂興焉，頌聲乃作。』正義：『此解名之爲頌之意。頌之言容，歌成功之容狀也。』」

詩大序：「是以一國之事，繫一人之本，謂之風。言天下之事，形四方之風，謂之雅。雅者，正也，言王政之所由廢興也。政有小大，故有小雅焉，有大雅焉。頌者，美盛德之形容，以其成功告於神明者也。是謂四始，詩之至也。」鄭箋：「始者，王道興衰之所由。」正義引鄭玄答張逸云：「風也，小雅也，大雅也，頌也，此四者，人君行之則爲興，廢之則爲衰。」正義又云：「詩之至者，詩理至極，盡於此也。」

〔二〕玉海卷六十引：「頌者，容也，所以美盛德而述形容也。」下注：「朱文公曰：頌、容古字通。」左庵文論文心雕龍頌贊篇（上）（國文月刊，一卷九期）：「鄭康成以容爲包容之義，故詩譜云：『頌之言容。天子之德，光被四表，格於上下，無不覆燾，無不持載，此之謂容。』（周頌譜）與詩序不合。今案說文：『頌，貌也。』則仍當從詩序形容之義。」周禮太師鄭注曰：「頌之言誦也，容也，誦今之德，廣以美之。」孫詒讓云：「頌、誦、容並聲近義通。」

文鏡秘府論六義：「六曰頌。王曰：『頌者，讚也，讚歎其功，謂之頌也。』」

〔三〕梅注：「咸墨，帝嚳臣。帝命咸作九韶、六列、六英。」左庵文論：「彦和以咸墨（當依唐寫本作咸黑）之頌爲最古，今考莊子謂，黄帝張樂洞庭，有焱氏作頌（見天運篇）。當又在前。又，古詩紀引有黄帝時之衮龍頌，謂見史記樂書。案史記無此文，第見於晉王嘉拾遺記，真僞尚不可定。」

吕氏春秋仲夏紀古樂篇：「帝嚳命咸黑（玉海一〇三引吕氏春秋作咸墨。）作爲聲，歌九招、六列、六英。……帝舜乃命質脩九招、六列、六英以明帝德。」畢沅校云：「招、列、英至此始見，故誘於此下注，則上乃衍文明矣。」范注：「按困學紀聞四：『帝嚳命咸黑作爲聲歌……然則九招作於帝嚳之時，舜脩而用之。』『墨』，唐寫本作黑；『韶』，唐寫本作招。是。」校注：「按作『咸黑』是。咸黑事見吕氏春秋古樂篇。古樂志亦云：『古之善歌者有咸黑。』（御覽卷五七三引）」又：「按作『招』與吕氏春秋古樂篇合……當據改。」

〔四〕校注：「『商』下唐寫本有『頌』字。按有『頌』字，語意始明。御覽、唐類函引，亦並有之。」按唐類函作「自商頌以下，文理克備。」玉海卷六十引作「自商以下」。其實商頌亦宋人歌其先祖之詩，非殷商時之作。

考異：「此言自商以下之文理允備，非專指頌而言，故下文列舉風、雅、頌各體也。唐寫本『頌』字衍。」

〔五〕商頌譜：「問：周太師何由得商頌？曰：周用六代之樂，故有之。」正義：「自夏以上，周人亦存其樂，而得無其詩者，或本自不作，或有而滅亡故也。」王應麟辭學指南「頌」類：「詩有六義，六曰頌。莊子曰：『黃帝張咸池之樂，有焱氏爲頌。』文心雕龍曰：『帝嚳之世，咸墨爲頌，以歌九韶。』商周及魯皆有頌，所以游揚德業，褒讚成功。」詔策：「建安之末，文理代興。」奏啓：「魏代名臣，文理迭興。」「文理」，謂文辭條理。

夫化偃一國謂之風〔一〕，風正四方謂之雅〔二〕，雅容告神謂之頌〔三〕。風雅序人，故事兼變正〔四〕；頌主告神，故義必純美〔五〕。

〔一〕論語顏淵：「草上之風必偃。」這是說風吹草倒，舊用以比喻教化的普及。晉書潘尼傳釋奠頌：「學猶蒔苗，化若偃草。」詩大序：「風，風也，教也；風以動之，教以化之。」

〔二〕詩大序正義：「詩人總天下之心，四方風俗，以爲己意，而詠歌王政，故作詩道說天下之事，發見四方之風，所言者乃是天子之政，施齊正於天下，故謂之雅，以其廣故也。」「風正四方」，意謂以風匡正四方。

〔三〕校證：「『雅容告神謂之頌』，原作『容告神明謂之頌』，今從唐寫本、御覽改。」斠詮：「彥和開宗明義云：『四始之至，頌居其極。頌者，容也，所以美盛德而述形容也。』又曰：『雅容告神謂之頌。』此據詩大序立說，與釋名所謂『頌，容也，序說其成功之形容也』及『稱頌成功謂之頌』如出一轍。」又：「案淵鑑類函一九九引『雅容』作『雍容』。」「雅容告神」，謂以雍雅之儀容昭告神明。

〔四〕校證：「原無『故』字，據唐寫本、御覽補。又御覽『兼』作『資』。」校注：「御覽、唐類函引，亦有兩『故』字，與唐寫本合。」詩大序：「至於王道衰，禮義廢，政教失，國異政，家殊俗，而變風變雅作矣。國史明乎得失之迹，傷人倫之廢，哀刑政之苛，吟詠情性，以風其上，達於事變而懷其舊俗者也。」「變」，指的是時世由盛變衰，政教綱紀大壞。鄭玄詩譜序：「故孔子録懿王、夷王時詩訖於陳靈公淫亂之事，謂之變風、變雅。」在國風中，邶風以下十三國風爲變風，但豳風有描寫西周初期周公東征的事；大雅中民勞以後的詩、小雅中六月以後的詩爲變雅，但其中也有贊揚美政的。馬瑞辰以爲正變以政教得失而分，而不以時間爲界。

〔五〕玉海卷六十引，此二句下注云：「流別論曰：『頌，詩之美者也。』」左庵文論：「頌之本源蓋出於詩。六義四始，頌並厠焉。詩序云：『頌者，美盛德之形容，以其成功告于神明者也。』斯其涵義，第一重美。彦和云：『風雅序人，事兼變正；頌主告神，義必純美。』是風雅可有美刺，頌則有美無刺也。其次重形容。説文：『頌，貌也。』（即形容之容字，「容」本爲包容之義，與形容之義無涉。）古代詩歌皆可入樂。樂者，兼備歌舞；故形容盛德，必舞與聲相應以方物之也。又次重告于神明。頌之最古者，推商頌五篇，其詞率皆祭祀祖宗所用。即周頌三十餘篇，非祭祀天神地祇，即爲祭宗廟之文。是知告于神明乃頌之正宗也。逮及魯頌，多美僖公，不皆祭神之詞，是頌體之漸變。兩漢以降，但美盛德，兼及品物，非必爲告神之樂章矣。」

曹學佺批：「頌亦本於風雅，故摯虞云：『雜以風雅，而不變旨趣。』」

總以上，紀評曰：「此頌之本始。」

魯以公旦次編，商以前王追録〔一〕，斯乃宗廟之正歌〔二〕，非讌饗之常詠也〔三〕。時邁一篇，周公所製〔四〕；哲人之頌，規式存焉〔五〕。

〔一〕訓故：「詩傳：成王賜魯天子之禮樂，以祀周公，故有魯頌。詩商頌玄鳥，祭祀宗廟之樂，而曰『天命玄鳥』，又曰『奄有九有』，是追叙商王之所由生，以及有天下之初也。」按此二句梅本、黄本俱作「魯國以公旦次編，商人以前王追録」。此據唐寫本及御覽改。

黄注：「詩序：商頌那，祀成湯也；烈祖，祀中宗也；玄鳥，祀高宗也；長發，大禘也；殷武，祀高宗也。皆前代祭祀宗廟之樂。」范注：「鄭玄魯頌譜：『初，成王以周公有太平制典法之勳，命魯郊祭天三望，如天子之禮（此據禮記明堂位文）；故孔子録其詩之頌，同於王者之後。』又商頌譜：『宋大夫正考父校商之名頌十二篇於周太師，以那爲首，歸以祀其先王（鄭説本魯語）。孔子録詩之時，唯得此五篇而已。』」

魯頌譜正義：「明堂位云：『武王崩，成王幼，周公踐天子之位，以治天下六年，制禮作樂，頒度量，而天下大服。七年致政於成王，以周公有勳勞於天下，命魯公世世祀周公以天子之禮。』……是成王命魯之郊天也。……由命魯得郊天，用天子禮，同於王者之後，故孔子亦録取詩之頌，同於王者之後也。王者之後而有頌者，正謂宋有商頌，解魯頌所以得與商頌同稱頌之意也。」「魯以公旦次編」意謂魯以成王賞賜天子禮樂以祀周公，故其頌駉、有駜等四篇，得緊次編列於周頌之後。

〔二〕唐寫本「正歌」作「政哥」。左庵文論：「此語義殊未備，因告於神明，括有郊祀天地社稷宗廟而言；非僅限於宗廟也。」

〔三〕校注：「『讌饗』，唐寫本作『饗讌』……按元本、弘治本、汪本、佘本、張本、兩京本……並作『饗讌』，與唐寫本合。」

校證：「御覽、玉海『常』作『恒』。」按玉海六十於「非饗讌之恒詠也」句下注云：「商頌非以成功告神，其體異於周頌。魯頌詠僖公功德，纔如變風之美者耳，又與商頌異。」

〔四〕唐寫本「製」作「制」。國語周語上：「周文公之頌曰：『載戢干戈，載櫜弓矢，我求懿德，肆於時夏，允王保之。』」韋昭注：「文公，周公旦之謚也。頌，時邁之詩也。武王既伐紂，周公爲作此詩，巡守告祭之樂歌也。」左庵文論：「國語引時邁，謂爲周文公之頌（周語上）。彦和之言，蓋本於此。」

范注：「毛詩序曰：『時邁，巡守告祭柴望也。』正義曰：『宣十二年左傳云，昔武王克商，作頌曰「載戢干戈」，明此篇武王事也。國語稱周公之頌曰「載戢干戈」，明此詩周公作也。』」

〔五〕此二句意謂聖哲所作之頌，存有頌體之規模法式。

夫民各有心，勿壅惟口〔一〕；晉輿之稱原田〔二〕，魯民之刺裘鞸〔三〕，直言不詠〔四〕，短辭以諷，丘明、子高，並謂爲頌〔五〕，斯則野頌之變體〔六〕，浸被乎人事矣〔七〕。

〔一〕校注：「按詩大雅抑：『其維愚人，覆謂我僭，民各有心。』」國語周語上：「召公曰：是障之也。防民之口，甚於防川。……夫民慮之於心，而宣之於口，成而行之，胡可壅也？」

〔二〕訓故：「春秋左傳：晉侯次於城濮，楚師背酅而舍，晉侯患之，聽輿人之誦曰：『原田每每，舍其舊而新是謀。』」按此見僖公二十八年。杜注：「高平曰原，喻晉軍美盛，若原田之草每每然，可以謀立新功，不足念舊惠也。」「每每」，同膴膴，肥美貌。

〔三〕梅注：「呂氏春秋曰：『孔子始用於魯，魯人鷖誦之曰：麛裘而鞸，投之無戾。鞸而麛裘，投之無郵。』」「鷖」，人名也。「麛」，鹿子也，其皮以爲裘，加裼衣以朝君。「投」，棄也。「戾」、「郵」，皆罪也。按此見樂成篇。唐寫本「鞸」作「鞸」。斠詮：「鞸，釋名訓蔽膝；鞸，詩小雅毛傳訓容刀。字本有別，惟集韻謂『鞸』爲『鞸』之或字。」

〔四〕「直言不詠」，唐本作「直不言詠」。考異：「直言與下句短辭相偶，唐寫本筆倒，誤。」

〔五〕訓故：「此子順述孔子之事，非子高也。子高，孔穿之字。」范注：「孔叢子陳士義篇：子順曰：先君初相魯，魯人謗誦曰：『麛裘而芾，投之無戾；芾而麛裘，投之無郵。』及三年政成，化既行，民又作誦曰：『袞衣章甫，實獲我所；章甫袞衣，惠我無私。』」「並謂爲頌」原作「並諜爲誦」。校釋：「『諜』疑『謂』誤。『誦』應從唐寫本作『頌』。」

〔六〕校證：「『頌』原作『誦』，據唐寫本改。」

〔七〕唐寫本「乎」作「於」，應據改。

總以上，紀評：「此頌之漸變。」左庵文論：「『夫民各有心』至『浸被乎人事矣』。此節彥和羼誦於頌，實爲失考。案說文：『誦，諷也。』與頌義別。如所引左傳僖公二十八年：晉輿人之誦，及孔叢子載魯人謗誦孔子之詞（見陳士義篇），並皆百姓之歌謠；乃諷誦之誦，而非風、雅、頌之頌。」

斠詮直解爲「是則民間口頭之叶韻之誦語，乃頌之變體，而頌體由原本告祭宗廟之舞樂，亦漸進加諸人事矣」。

校釋：「舍人此篇，辨章頌之源流，乃舉『原田』『裘鞸』，皆謂之頌。考原田、裘鞸，本屬誦體，故美刺可用。若果是頌，則斯體之訛，不自後代矣。惟今本此文『爲頌』、『野頌』皆作『誦』字，與唐寫本異。疑後人據左傳、呂覽改舍人之文。細繹此段文章，舍人原本固是『頌』字，豈當時傳寫左傳、呂覽有作『頌』者，舍人因據以入文，又於誦、頌通用之故，有所未照？是以文意不免小疵。然『末代訛體』之論，實爲不刊之言，因爲辨正之如此。」

及三閭橘頌〔一〕，情采芬芳〔二〕，比類寓意〔三〕，又覃及細物矣〔四〕。

〔一〕梅注：「三閭，即屈原，掌王族昭、屈、景三姓，故曰三閭。」何焯批云：「橘頌乃賦也。」黄注：「離騷序：屈原與楚同姓，仕於懷王，爲三閭大夫。著九章，内一篇曰橘頌。」范注：「孟子萬章篇：『頌其詩。』頌詩，即誦詩也。故橘頌即橘誦，亦即橘賦。推之漢人所作，尚存此意。王褒洞簫頌即洞簫誦，亦即洞簫賦。馬融廣成頌即廣成誦，亦即廣成賦。蓋誦與賦二者音調雖異，而大體可通，故或稱頌，或稱賦，其實一也。」

〔二〕校證：「唐寫本『情采』作『辭采』。」斯波六郎：「作『辭采』者是。此句專謂形式。」

〔三〕楚辭集注：「舊説：屈原自比志節如橘，不可移徙是也。篇内意皆放此。」校證：「御覽『寓意』作『屬興』。」屈原用橘來自比，如「獨立不遷，豈不可喜兮。深固難徙，廓其無求兮。蘇世獨立，横而不流兮」。

〔四〕此句唐寫本作「乃覃及乎細物矣」。范注：「覃，延也。」楚辭通釋：「按李衡言『江陵有千頭木奴』，則楚之宜橘舊矣。原偶植之，因比物類志爲之頌，以自旌焉。」左庵文論：「『及三閭橘頌』至『又覃及細物矣』。此節推論頌體之漸變。頌之本源，用於容告神明；降及戰國，稱美物類者，亦可稱爲頌。議其正變，則漢書禮樂志之郊祀歌及唐山夫人安世房中歌，皆以祭神爲主，與商頌、周頌相同，實爲頌之正宗。至于屈平九章之橘頌，美及細物，乃頌之變體矣。漢魏之際，此類最多。如菊花頌等篇，與三代之頌殊途，然亦頌之一體。蓋雖非述德告神，而與『美』之旨弗悖焉。三代之時，賦頌二體，皆詩之附庸；自茲而後，蔚爲大國。漢魏之四言詩雖與頌相近，而於文體中稱頌不稱爲詩；其區分蓋皆起於三代後也。」

至於秦政刻文，爰頌其德〔一〕；漢之惠景〔二〕，亦有述容〔三〕；沿世並作，相繼於時矣〔四〕。

〔一〕唐寫本「於」作「乎」。玉海卷六十引此文，注云：「見史記。」黄注：「史記：秦始皇者名政，東行郡縣，上鄒嶧山，立石，與魯諸儒生議刻石，頌秦德。」札記：「史記載泰山、琅琊臺、之罘、東觀、碣石、會稽刻石文凡六篇；獨不載鄒嶧山刻石文。案秦刻石文多三句用韻，其後唐元結作大唐中興頌，而三韻輒易，清音淵淵，如出金石，説者以爲創體，而不知遠效秦文也。」范注引嚴可均全秦文曰：「案秦刻石三句爲韻，唯琅琊臺二句爲韻，皆李斯之辭。」史記秦始皇本紀：「二十八年，始皇東行郡縣，上鄒嶧山。立石，與魯諸儒生議刻石頌秦德，議封禪望祭山川之事。乃遂上泰山，立石，封，祠祀。下，風雨暴至，休於樹下，因封其樹爲五大夫。禪梁父。刻所立石。……於是乃並勃海以東，過黄、腄，窮成山，登之罘，立石頌秦德焉而去。南登琅琊，大樂之，留三月。乃徙黔首三萬户琅琊臺下。復十二歲，作琅琊臺，立石刻，頌秦德，明得意。」又：「三十四年……始皇置酒咸陽宫，博士七十人前爲壽。僕射周青臣進頌。」又：「三十七年十月癸丑，始皇出游。……上會稽，祭大禹，望於南海，而立石刻頌秦德。」

論衡須頌篇：「秦始皇東南游，升會稽山，李斯刻石，紀頌帝德，至琅琊亦然。秦無道之國，刻石文世，觀讀之者，見堯舜之美。由此言之，須頌明矣。」

左庵文論：「秦之刻石，與三代之頌不同。頌之音節雖無可考，然三代之詩皆可入樂，頌爲詩之一體，必可被之管弦。秦刻石則恐皆不能譜入樂章。故三代而後，頌與詩分，此其大變遷也。」

〔二〕玉海卷六十引本文于本句下注云：「李思孝景帝頌十五篇。」

〔三〕范注：「漢書藝文志有李思孝景皇帝頌十五篇。案彦和之意，以孝惠短祚，景帝崇黄老，不喜文學；然郊祀志（按應爲禮樂志）尚稱：『孝惠二年，使樂府令夏侯寬，備其簫管，更名曰安世樂，高廟奏武德文始五行之舞……孝景采武德舞以爲昭德，以尊太宗廟。』故云亦有述容也。」安世樂、昭德舞，是惠帝、景帝繼述高祖的音樂而成的樂舞，所以稱「述容」。斠詮：「『亦有述容』云者，正指此頌樂之舞容而言。」

〔四〕漢書淮南王安傳：「時武帝方好藝文，以安屬爲諸父，辯博善爲文辭……又獻頌德及長安都國頌，每宴見，談説得失，及方技賦頌，昏莫然後罷。」

總以上，紀評：「此頌體之初成。」

若夫子雲之表充國〔一〕，孟堅之序戴侯〔二〕，武仲之美顯宗〔三〕，史岑之述熹后〔四〕，或擬清廟〔五〕，或範駉那〔六〕，雖淺深不同〔七〕，詳略各異，其褒德顯容，典章一也〔八〕。

〔一〕玉海卷六十於本句下注云：「見漢書。」文章流別論：「揚雄趙充國頌，頌而似雅。」黃注：「趙充國傳：充國字翁孫，功德與霍光等，列畫未央宮。成帝時，西羌嘗有警，上思將帥之臣，追美充國，迺召黃門郎揚雄即充國圖畫而頌之。」按趙充國頌見漢書趙充國傳、文選卷四十七。

左庵文論：「揚雄趙充國頌將充國一生戰功皆括於内，最爲切題。蓋作頌以根據事實爲主，不宜流於浮泛。如其人功德行事有足稱述，則爲之作頌，應將其實在之美德或事實之源委確切寫出之；若徒作空泛之語，美則美矣，而於形容之義何關乎？」

〔二〕玉海卷六十於本句下注云：「竇融。」黃注：「後漢書：竇融，字周公，光武八年，與大軍會高平，封安豐侯，卒謚戴。文章流別有班固安豐戴侯頌。」文今佚。

文章流別論：「昔班固爲安豐戴侯頌，史岑爲出師頌、和熹鄧后頌，與魯頌體意相類，而文辭之異，古今之變也。揚雄趙充國頌，頌而似雅。」

〔三〕武仲，傅毅字。玉海卷六十於本句下注云：「傅毅作顯宗頌十篇。顯宗，東漢明帝廟號。」訓故：「後漢書：傅毅與班固、賈逵典校秘書，毅追美孝明帝功德最盛，而廟頌未立，乃依清廟作顯宗頌十篇。」按此見傅毅傳。

札記：「武仲之美顯宗並有上頌表，見文選責躬詩注，而文皆佚。」范注：「文佚。嚴可均全後漢文輯得兩條。」文章流別論：「傅毅顯宗頌，文與周頌相似，而雜以風雅之意。」

〔四〕校證：「『熹』……唐寫本作『燕』，即『熹』形誤。」玉海卷六十於此句下注云：「流別集及集林載史岑和熹鄧后頌并序。」

訓故：「後漢書：初，王莽末，沛國史岑子孝亦以文章顯，莽以爲謁者。注云：岑一字孝山，著出師頌。後漢書：平望侯劉毅以和熹鄧太后有德教，請令史官著長樂宮聖德頌。文章流別有和熹鄧皇后頌并序。」

黃注：「文選注：范曄後漢書曰：王莽末，沛國史岑字孝山，以文顯。文章志七志並載岑出師頌，而集林又載岑和熹鄧后頌。計莽末以訖和熹，百有餘年。又東觀漢記：東平王蒼上光武中興頌，明帝問校書郎：『此與誰等？』對曰：『前世史岑之比。』斯則莽末史岑，明帝時已云前世，不得爲和熹之頌明矣。蓋有二史岑：字子孝者，仕王莽；字孝山者，當和熹。書典散亡，未詳爵里，諸家遂以孝山之文載於子孝之集。」

札記：「此史岑，字孝山，在和帝時，與王莽時謁者史岑字子孝者爲二人，見文選出師頌注。和熹頌今亦佚。」

左庵文論：「傅毅明帝頌，史岑和熹頌，俱見全後漢文。」

文選出師頌李善注：「史岑有二：字子孝者，仕王莽之末；字孝山者，當和熹之際。」李周翰

注：「此頌蓋後漢安帝舅鄧隲出征西羌之頌。」和熹鄧后，東漢和帝的皇后。和帝死後，子殤帝立，鄧后臨朝。殤帝死，安帝立，后仍臨朝。后死後，安帝始親政。和熹是鄧后謚號。後漢書和熹鄧皇后紀：「元初五年，平望侯劉毅以太后（即熹后）多德政，欲令早有注記，上書安帝曰……宜令史官著長樂宫注、聖德頌，以敷宣景燿，勒勳金石……帝從之。」

〔五〕范注：「周頌清廟一章，章八句。……無韻。王國維觀堂集林説周頌篇謂頌之聲較風雅爲緩，故風雅有韻而頌多無韻。」

〔六〕范注：「魯頌駉四章，章八句。」「商頌那一章，二十二句。」清廟，周頌之首篇。序云：「祀文王也。周公既成洛邑，朝諸侯，率以祀文王焉。」「駉」，魯頌之首篇，序謂「頌僖公也」。「那」，商頌之首篇，序謂「祀成湯也」。文體明辨序説：「若商之那，周之清廟諸什，皆以告神，乃頌之正體也。至于魯頌駉、閟等篇，則用以頌僖公，而頌之體變矣。後世所作，皆變體也。其詞或用散文，或用韻語。」傅毅的頌摹仿清廟，揚雄的頌當是摹仿那，從贊美漢宣帝聯繫到贊美趙充國。

〔七〕校證：「唐寫本、王惟儉本、御覽『淺深』作『深淺』。」校注：「『淺深』，唐寫本作『深淺』，御覽引同。按元本、弘治本、活字本、汪本、佘本、張本、兩京本……崇文本並作『深淺』，未倒。」

〔八〕斠詮直解爲「褒美功德，顯揚儀容，同爲一代之典禮文章，無二致也」。按本篇上文謂「頌所以美盛德而述形容也」。

至於班、傅之北征西征，變爲序引〔一〕，豈不褒過而謬體哉〔二〕！馬融之廣成上林，雅而似賦〔三〕，何弄文而失質乎〔四〕！

〔一〕校證：「『西征』原作『西逝』，梅、馮疑『逝』作『巡』，黄本改『巡』。唐寫本作『西征』，今據改。傅毅有西征頌，見御覽三五一引。」校釋：「『西巡』原作『西逝』，朱校改。按傅毅有西征頌，當作『征』。」玉海卷六十引「西征」作「西逝」，又於「變爲序引」下注云：「班固、傅毅竇將車北征頌，又班固東巡、南巡頌。」黄注：「後漢書：竇憲遷大將軍，以傅毅爲司馬，班固爲中護軍，憲府文章之盛，冠於當世。毅所著詩、賦、誄、頌諸作，凡二十八篇。固所著賦、銘、誄、頌諸作，凡四十一篇。」札記：「班有竇將軍北征頌、東巡頌、南巡頌，傅有竇將軍北征頌、西征頌。班之北征頌在古文苑。」斠詮：「序、引，皆文體名。論説篇云：『序者次事，引者胤辭。』」

〔二〕唐寫本「過」作「通」，誤。左庵文論：「『西巡』或作『西逝』，誤。藝文類聚引有傅毅西巡、北巡、東巡諸頌。後漢書有班固之勒石燕然山銘（見竇憲傳），即北征頌也（按古文苑十二、藝文類聚九十六均引有班固車騎將軍竇北征頌）。此二篇之作法相同；序文較長而有韻；頌僅數語；事實皆叙於序中。（北征頌用「兮」調僅寥寥五句而已，而序中叙竇憲之事實甚詳。西巡頌序文與典引相近，頌亦甚短。）故彦和以爲非頌之正體。然後世亦頗不乏祖述之者，陸士龍、鮑明遠皆有此體，是序長頌短之篇，於六朝時亦正多也。」「褒過」，褒美過實。周振甫文心雕龍注釋（以下簡稱「周注」）：「車騎將軍竇北征頌，先寫車騎將軍竇憲才幹德行，次寫他統率將士北征，再寫他的破敵制勝，再寫他的功蹟。劉勰認爲頌的體例在於歌頌功德，不宜鋪叙事實，變爲序引，褒美過分而不合於體例。」

〔三〕玉海引於本句下注云：「見本傳。」馮舒校云：「『上林』疑作『東巡』。」斯波六郎：「玉燭寶典三有馬融上林頌之殘句。」校注：「按舍人此評，本文章流別論。既沿用仲治之語，想必得見季長之文。玉燭寶典三引馬融上林頌曰：『鶉鴿如烟。』是季長此頌，隋世尚存，故杜氏得徵引之也。何能因其頌文久佚，而遽疑作東巡耶！」訓故：「廣成，苑名。」「馬融」，東漢前期經學家、文學家。有集九卷，已亡佚。張溥輯漢魏六朝百三名家集中有馬季長集一卷。嚴可均輯全後漢文輯其文爲一卷。

後漢書馬融傳：「（融）爲校書郎中，詣東觀典校秘書。是時鄧太后臨朝，隲兄弟輔政。而俗儒世士，以爲文德可興，武功宜廢，遂寢蒐狩之禮，息戰陳之法，故猾賊從横，乘此無備。融乃感激，以爲文武之道，聖賢不墜，五才之用，無或可廢。元初二年，上廣成頌以諷諫。其辭曰云云。頌奏，忤鄧氏，滯於東觀，十年不得調。因兄子喪，自劾歸。太后聞之怒，謂融羞薄詔除，欲仕州郡，遂令禁錮之。太后崩，安帝親政，召還郎署，復在講部。出爲河間王厩長史。時車駕東巡岱宗，融上東巡頌，帝奇其文，召拜郎中。」

札記：「廣成頌見後漢書本傳。上林無可考，黃注謂上林疑作東巡。案全後漢文十八有東巡頌佚文，其體頗與廣成相類。」

左庵文論：「『廣成』之下，疑脱二字，或當作『體擬上林』。觀下文云『敷寫似賦，而不入華侈之區』，則此或謂廣成頌摹擬上林，非體之正也。頌文見後漢書融本傳。前有序文，與司馬相如、揚雄之上林、羽獵無殊；又，句不限於四言，三言與五言雜出，直爲賦體。案彦和以爲賦、頌本爲二體，不能相謀；故廣成之類，實非其正。然東漢之時，賦、頌不甚區分；如馬融長笛賦稱爲『頌曰』，是直與長笛頌相同，亦足徵二體之混淆矣。」范注：「郝懿行曰：『案黃注上林疑作東巡，從馬融傳也。然摯虞文章流别作廣成、上林，是必舊有其篇，不見於本傳而後亡之耳。』案藝文類聚引典論逸文，亦稱融撰上林頌，是融確有此文矣。」

校證：「漢志詩賦略荀賦類有李思孝景皇帝頌。文選潘安仁藉田賦注引臧榮緒晉書作藉田頌，此並賦、頌通稱之證。何、吴並云：『北征、廣成，雖標頌名，其實賦也。漢書王褒傳亦謂洞簫爲頌，並沿橘頌之名。何以致譏？』」

校釋：「馬融廣成名頌而實賦者。何焯云：『古人賦頌，通爲一名。馬融廣成所言者田獵，然何嘗不題曰頌？揚之羽獵亦有「遂作頌曰」之文。』按融作長笛賦，序曰：『追慕子淵、枚乘、劉伯康、傅武仲等簫、琴、笙頌，笛獨無，故聊復備數，作長笛頌云。』子淵洞簫賦，漢書謂之頌。漢志賦家亦有李思孝景皇帝頌十五篇，蓋不僅賦、頌可通爲一名，實亦成於敷布，又皆爲不歌而誦之體也。上林舊校疑作東巡，據融傳，無上林也。然摯虞文章流別亦謂：『廣成、上林，純爲今賦之體，而謂之頌。』則似果有上林頌者。藝文類聚一百引典論曰：『議郎馬融，以永興中，帝獵廣成，融從，是時北州遭水潦蝗蟲，撰上林頌以諷。』今檢廣成頌序，有『雖尚頗有蝗蟲』之言，又似上林即廣成。舊文闕佚，疑不能明，姑記於此，以俟詳考。」王金凌：「此頌有一段序文，旨在勸蒐狩以興武。中段從『是以大漢之初基也』至『胥而來同』，叙述蒐狩的過程，鋪張揚厲，純爲漢賦筆調。劉勰稱雅，是就此頌命意純正而言；譏其似賦，則就中段而言。」

〔四〕本書議對篇：「若不達政體，而舞筆弄文……固爲事實所擯；設得其理，亦爲遊辭所埋矣。」王金凌：「頌須要文，但不是華侈、巧麗的文。而廣成頌中段卻全爲賦體，流於巧麗，所以劉勰稱其弄文失質。」

又崔瑗文學，蔡邕樊渠〔一〕，並致美於序〔二〕，而簡約乎篇〔三〕。摯虞品藻，頗爲精覈，至云「雜以風雅」，而不變旨趣〔四〕；徒張虛論，有似黄白之僞説矣〔五〕。

〔一〕玉海卷六十引於本句下注云：「瑗南陽文學頌，蔡邕京兆樊惠渠頌，並見藝文類聚，後漢郡國志引蔡邕作樊陵頌。」

訓故：「後漢書：蔡邕，字伯喈，陳留圉人，歷官議郎。京兆尹樊德雲開渠利民，蔡作樊惠渠頌。」

按瑗爲崔駰之子。後漢書崔瑗傳：「瑗高於文辭，尤善爲書、記、箴、銘，所著賦、碑、銘、箴、頌、七蘇、南陽文學官志、嘆辭、移社文、悔祈、草書埶、七言，凡五十七篇。其南陽文學官志稱於後世，諸能爲文者皆自以弗及。」

札記：「案南陽文學頌見全後漢文四十五，蓋南陽文學官志之頌也。」

蔡邕京兆樊惠渠頌序云：「陽陵縣東……土氣辛螫，嘉穀不植……而涇水長流。……京兆尹樊君諱陵，字德雲……遂……樹柱累石，委薪積土，基跂工堅……清流浸潤……曩之鹵田，化爲甘壤……農民熙怡，悦豫且康。……謂之樊惠渠云爾。」

左庵文論：「崔瑗南陽文學頌，蔡邕樊惠渠頌，並見全文。彦和以此二篇別爲一節，與班、傅之北征西巡分別言之者，緣彼二篇序亦有韻，此二篇序無韻，頌亦較長，惟序文終較頌爲長耳。推舍人之意，以爲頌之正文既以叙事爲主，序文仍叙事，則有疊床架屋之弊。故序不宜『致美』，而以趙充國頌等篇爲正也。」

〔二〕「致美」，表達贊美之意，如京兆樊惠渠頌序首述農田水利之重要，並謂京兆尹樊陵命伍瓊開掘樊惠渠，使鹵地化爲良田，受到人民歌頌。王應麟辭學指南「頌」類：「宋書曰：鮑照爲河清頌，其序甚工，頌詩有序，亦不可略也。」

〔三〕「而簡約乎篇」以上，紀評：「此後世通行之格。」

〔四〕摯虞文章流别論云：「昔班固爲安豐戴侯頌，史岑爲出師頌、和熹鄧后頌，與魯頌體意相類，而文辭之異，古今之變也。揚雄趙充國頌，頌而似雅，傅毅顯宗頌，文與周頌相似，而雜以風雅之意。若馬融廣成、上林之屬，純爲今賦之體，而謂之頌，失之遠矣。」札記：「案仲治論頌，多爲彦和所取，然於頌之源流變體，有所未盡。」斠詮：「唯其如此，故彦和於叙及其『雜以風雅』之語後，而有『不辨旨趣』之譏也。」又：「彦和此節論摯虞文章流别論之品藻，雖頗精覈，但……以爲其語過於空洞，並未説明頌與風雅之旨趣究竟有何不同，使讀者難於瞭解其指歸所在，故於『至云雜以風雅』句後，即緊接此斷案曰：『而不辨旨趣。』則其所謂『不辨』云者，自指摯虞之評語但言其然而未申述其所以然而言。若作『變』，則係轉爲揚傅二家之頌有所辯護，無論於語氣辭意，俱嫌脱節，故以改從唐寫本爲勝。」唐寫本「變」作「辨」，按作「辨」字是。

〔五〕吕氏春秋别類篇：「相劍者曰：『白所以爲堅也，黄所以爲牣也。黄白雜，則堅且牣，良劍也。』難者曰：『白所以爲不牣也，黄所以爲不堅也。黄白雜，則不堅且不牣也，又柔則錈，堅且折，劍折且錈，焉得爲利劍！』」注訂：「牣則虧堅，堅則失牣，黄自黄，白自白，不可混雜。堅不可以爲牣，牣不可以爲堅也。猶賦即賦，頌即頌，頌之變近於賦者，則非賦非頌，體亂則名不正矣。名不正則失義爲多，故彦和之述頌，蓋欲正其名也矣。」

及魏晉雜頌〔一〕，鮮有出轍。陳思所綴，以皇子爲標〔二〕；陸機積篇，惟功臣最顯〔三〕；其褒貶雜居，固末代之訛體也〔四〕。

〔一〕校證：「『雜』原作『辨』，據唐寫本改。」范注：「辨，唐寫本作『雜』，是。」斠詮：「『雜頌』隱指下文『陳思所綴』，『陸機積篇』爲説。」

〔二〕玉海卷六十引作「以皇太子爲標」，下注云：「皇子生頌見初學記，皇太子頌見類聚。」札記：「文見全三國文卷十七。」范注引陳思王皇太子生頌，謂見藝文類聚四十五。按「綴」謂綴文，連綴辭句以成文也。「標」指標舉，突出。

〔三〕玉海卷六十引句下注云：「見文選。」黄注：「陸機集有漢高祖功臣頌。」陸雲與兄平原書：「漢功臣頌甚美。」梅注：「漢高祖功臣三十一人。」「積篇」，謂多篇。漢高祖功臣頌，對漢高祖及其功臣主要是褒，但亦有貶，如稱彭越爲「謀之不臧，捨福取禍」，稱韓王信爲「人之貪禍，寧爲亂亡」。即爲「褒貶雜居」。

〔四〕左庵文論：「『其褒貶雜居』二句，此專就陸士衡漢高祖功臣頌而言，與陳思王皇子生頌無涉。」

「總上彦和之意，以爲頌之體式所宜注意者有三：一、序不可長；二、與賦不同，應分其體；三、義主頌揚，有美無刺。」

「末代」，亦稱末世，衰亂之世。文心雕龍兩用「末代」（另一次見書記篇），均指魏晉時期。

以上爲第一段，論頌之意義、起源及頌體代表作家作品。

原夫頌惟典懿〔一〕，辭必清鑠〔二〕，敷寫似賦，而不入華侈之區〔三〕；敬慎如銘，而異乎規戒之域〔四〕；揄揚以發藻〔五〕，汪洋以樹義〔六〕，雖纖曲巧致〔七〕，與情而變〔八〕，其大體所底〔九〕，如斯而已。

〔一〕校證：「『典懿』原作『典雅』，謝校、徐校作『典懿』。案唐寫本、御覽正作『典懿』，今從之。」按「雅」亦通。

〔二〕詩周頌酌：「於鑠王師，遵養時晦。」毛傳：「鑠，美。」定勢篇：「賦頌歌詩，則羽儀乎清麗。」王金凌：「鑠是光采、光耀。……頌須清鑠，這是在麗的基礎上，配合褒德顯容而表現其光采。」

〔三〕左庵文論：「『頌惟典雅』至『而不入華侈之區』。頌主告神美德，與賦之『鋪采』『體物』者有殊。故文必典重簡約，應用經語以致其雅。在賦如摛寫八句，在頌則四語盡意。蓋賦放頌斂，體自各别也。」「賦」主要是鋪陳事物，有所贊美，一般也是表現在「體物」之中。「頌」則是直截了當地對人、事進行謳歌，若有所描繪，也是爲頌德所需。

三國志魏書武宣卞皇后傳注引魏略曰：「（卞）蘭獻賦贊述太子（曹丕）德美，太子報曰：『賦者，言事類之所附也；頌者，美盛德之形容也。故作者不虛其辭，受者必當其實。』」

〔四〕左庵文論：「三代之銘，分爲二體：一主儆戒，略近於箴；一主頌美，與頌爲伍。皆銘刻於器。前者如湯之盤銘及大戴禮武王踐祚篇之銘十七章；後者如孔悝鼎銘是也。彥和此所謂銘，專指近於箴之一體而言，故謂頌應『敬慎如銘，而異乎規戒之域』，不知銘中尚有頌美之一體。此句若易銘爲箴，則義無不安；以箴銘之作俱宜簡斂，而箴則惟有規戒之義，無頌美之義也。」

陸機文賦：「頌優游以彬蔚。」李善注：「頌以褒述功德，以辭爲主，故優游彬蔚。」呂向注：「優游，縱逸。彬蔚，華盛貌。」劉文典曰：「優游由雍容轉來，頌陳之大堂之上，故須態度雍容。」黃叔琳評：「陸士衡云：誦優游以彬蔚，不及此之切合頌體。」札記：「按彥和此文『敷寫似賦』二句，即彬蔚之說；『敬慎如銘』二句，即優游之說。」

這是說頌的特徵在鋪張描寫上有似於賦，但不像賦那樣的華麗誇張；在寫頌的態度上，敬慎有似於銘，但不像銘那樣的含有規戒之意。

札記：「又或變其名而實同頌體，則有若贊，有若祭文，有若銘，有若箴，有若誄，有若碑文，有若封禪，其實皆與頌相類似。」文鏡秘府論論體勢引此作：「頌者敷陳似賦，而不華侈；恭慎如銘，而異規箴。」

〔五〕班固兩都賦序：「雍容揄揚。」李善注：「揄，引也；揚，舉也。」「引舉」即稱揚之意。曹植與楊德祖書：「辭賦小道，固未足以揄揚大義，彰示來世也。」

〔六〕劉孝威重光詩：「風神灑落，容止汪洋。」「汪洋」用來形容深廣，常指人的氣度或文章氣勢。柳宗元宣城縣開國伯柳公行狀：「凡爲文，去藻飾之華靡，汪洋自肆，以適己爲用。」唐寫本「義」作「儀」。文鏡秘府論論文體六事，其一云：「夫模範經誥，褒述功業，淵乎不測，洋哉有閑，博雅之裁也。稱博雅則頌論爲其標。頌明功業，論陳名理，體貴於弘，故事宜博；理歸於正，故言必雅也。」文選序：「頌者，所以游揚德業，褒讚成功。」

〔七〕校釋：「唐寫本作『雖纖巧曲致』，是。」校注：「諧隱篇『纖巧以弄思』，正以『纖巧』連文；神思篇『文外曲致』，亦以『曲致』爲言。」斠詮：「案仍從今本爲勝。蓋『纖曲』與『巧致』上下對文，二者皆狀名短語，而非並列複詞，如此始可與下句『與情而變』相貫串，否則便難於索解矣。佩文韻府卷六十三、四『寘』三『巧致』條引與今本同。」又：「纖曲巧致，此四字與神思篇所謂『思表纖旨，文外曲致』二語之用詞大同小異。『纖曲』一詞亦見宗經篇『禮以立體，據事制範，章條纖曲』。唯彼此用法不同。彼作並列複詞，此則爲狀名短語，不可不辨。所謂『纖曲』，謂纖微之衷曲，有『微意』之義。……『巧致』，謂巧妙之意致，猶言『妙恉』。」

〔八〕唐寫本「與」作「興」。校證：「明詩篇『情變之數可監』……隱秀篇『文情之變深矣』……是『情變』一詞，本書習見，此文亦以『情變』爲言，非以『興情』連文也。」

〔九〕校注：「『底』唐寫本作『弘』，御覽引同。按『弘』字是，『弘』與『宏』通，『底』蓋『宏』之形誤。通變篇『宜宏大體』，語意與此同，可證。」

校證：「案『弘』讀如序志篇『弘之已精』之『弘』，亦通。」按「底」通「抵」，到也。

王應麟辭學指南引西山先生（真德秀）曰：「贊頌皆韻語，體式類相似。贊者贊美之辭，頌者形容功德。然頌比於贊，尤貴贍麗宏肆（夾注：須鋪張揚麗，以典雅豐縟爲貴）。」吴訥文章辨體序説：「西山云：贊頌體式相似，貴乎贍麗宏肆，而有雍容、俯仰、頓挫、起伏之態，乃爲佳作。」陳繹曾文説：「頌宜典雅和粹。」

左庵文論：「頌之作法：第一，應有雅音，常手爲文，音節類不能和雅；試取東漢蔡伯喈所作，與常文相較，即可辨其高下之所在。第二，頌雖主形容，但不可死於句下；應以從容揄揚，涵蓄有致爲佳。第三，頌文以典雅爲主，不貴艱深；應屏退雜書，惟鎔式經誥。現漢人所傳之頌，皆文從字順，自然而工；正不賴僻典詁字，以致奥遠（頌中若如法言、典引及賦之用字，即爲詭體），可以知已。

「後世之頌，大抵摹擬陸士衡漢高祖功臣頌者爲多。斯篇文固細密，作法亦中準繩。惟取格宜高，以此爲法，恐易流於板滯。（後世之頌，即使體裁去古未遠，然決不能如古人之簡約，以乏疏朗之致，而有塗附之弊也。）今欲作頌，姑捨周頌、商頌以去高遠；其切而近者，自應以陸士衡功臣頌爲式，而參以漢人之疏朗，以矯其板滯，再求音節和雅，即可得其體要矣。」

以上爲第二段，論頌的寫作要領及其風格特點。

讚者，明也，助也〔一〕。昔虞舜之祀，樂正重讚〔二〕，蓋唱發之辭也〔三〕。

〔一〕范注：「譚獻校云：『案御覽有助也二字，黄本從之，似不必有。』案譚説非。唐寫本亦有『助也』二字。」

校證：「下文『並颺言以明事，嗟歎以助辭』，即承此『明也，助也』爲説。」

札記：「彦和兼舉明、助二義，至爲賅備。詳讚字見經，始於皋陶謨。鄭君注曰：『明也。』蓋義有未明，賴讚以明之。故孔子讚易，而鄭君復作易贊，由先有易而後讚有所施，書贊亦同此例。至班孟堅漢書贊，亦由紀傳意有未明，作此以彰顯之，善惡並施。故贊非讚美之意。而後史或全不用贊，或其人非善，則亦不贊。此緣以贊爲美，故歧誤至斯。史贊之外，若夏侯孝若東方朔畫贊，則贊爲畫施；郭景純山海經、爾雅圖讚，則贊爲圖起，此贊有所附者，專以助爲義者也。」

明陳懋仁文章緣起注「讚」類襲此文云：「讚者明事，而嗟歎以助辭也。」

〔二〕玉海卷六十引「讚」作「贊」，其下注云：「尚書大傳。」

尚書大傳：「舜爲賓客，而禹爲主人。樂正進贊曰：『尚考大室之義，唐爲虞賓，至今衍於四海；成禹之變，垂於萬世之後。』於時，卿雲聚，俊士集，百工相和而歌卿雲。」鄭注：「舜既使禹攝天子之事，於祭祀避之賓客之位……樂正，樂官之長，周禮曰大司樂。」王通中説禮樂篇：「薛收曰：『贊其非古乎？』子曰：『唐虞之際，斯爲盛大，禹臯陶所以順天休命也。』」

左庵文論：「『樂正重讚』見尚書大傳。此爲贊字見於古書之最早者。當爲贊禮之贊，有助字之義，猶言相禮也。彦和以爲『唱發之辭』，恐不盡然。」

斠詮：「樂正重贊，御覽五七一……引尚書大傳作『樂正道贊』，文選王元長曲水詩序引尚書大傳作『樂正進贊』，惟路史後紀十二叙舜咨禹而巽位下云云作『樂人重贊』。按從尚書大傳作『樂正進贊』，義最可通。」

〔三〕唐寫本「辭」作「詞」。唱發之辭，指歌唱之前所作發引之辭。

及益讚於禹〔一〕，伊陟讚於巫咸〔二〕，並颺言以明事〔三〕，嗟嘆以助辭也〔四〕。故漢置鴻臚，以唱言爲讚〔五〕，即古之遺語也〔六〕。

〔一〕唐寫本「讚」作「贊」。梅注：「書大禹謨：益贊於禹曰：惟德動天，無遠弗届。滿招損，謙受益。時乃天道。」傳：「贊，佐；届，至也。」益以此義佐禹，欲其修德致遠。」益也稱伯益，舜時東夷部落的首領。相傳助禹治水有功，禹要讓位於益，益避居箕山之北。

〔二〕梅注：「史記：伊陟贊言於巫咸，巫咸治王家有成，作咸乂。」按史記殷本紀：「帝太戊立伊陟爲相。……伊陟贊言於巫咸，巫咸治王家有成，作咸艾，作太戊。」

范本夾注：「孫云：唐寫本兩『讚』字皆作『贊』。」校證：「按作『贊』是。」玉海卷六十二引作「贊」，於句下注云：「尚書。」

范注：「周禮州長、充人、大行人，注皆云『贊，助也』。易説卦傳『幽贊於神明』，書臯陶謨『思曰贊，贊襄哉』，韓注、孔傳皆曰『明也』。書序：『伊陟贊於巫咸，作咸乂四篇。』」按此指咸乂序。孔傳：「伊陟，伊尹子。贊，告也。巫咸，臣名。」

左庵文論：「益讚於禹，伊陟贊於巫咸。此仍當爲助字之義。彦和下云『嗟嘆以助辭』，亦似誤會贊有贊歎之義。蓋惑於當時之詁訓，其實本義不如是也。」

〔三〕比興篇：「且何謂爲比？蓋寫物以附意，颺言以切事者也。」時序篇：「颺言贊時，請寄明哲。」「颺」，「揚」的異體字。按史記封禪書：「伊陟贊巫咸，巫咸之興自此始。」索隱：「案尚書，巫咸，殷臣名，伊陟贊告巫咸。」

尚書益稷：「臯陶拜手稽首颺言。」傳：「大言而疾曰颺。」校證：「事物紀原、事物原始『颺』作『揚』。」

〔四〕唐寫本「也」字無。「嗟歎」，禮記樂記：「長言之不足，故嗟歎之。」毛詩序：「言之不足故嗟嘆之，嗟嘆之不足故永歌之。」

〔五〕校證：「『言』原作『拜』，今從顧校作『言』。」按「拜」亦通，無煩改字。訓故：「漢書注：胡廣曰：鴻，聲也；臚，傳也。所以傳聲贊導九賓也。」漢書百官公卿表：「典客，秦官……武帝太初元年更名大鴻臚。」應劭注曰：「郊廟行禮，讚九賓，鴻聲臚傳之也。」斠詮：「『唱拜』猶言『贊拜』，古者臣下朝拜天子，相者從旁習禮也。後漢書何熙傳：『贊拜殿中，音動左右。』」左庵文論：「此亦助字之義。」宋高承事物紀原集類「贊」：「文心曰：『昔虞舜重贊，及益贊於禹，伊陟贊於巫咸，並揚言以明事，嗟嘆以助辭。故漢置鴻臚，唱拜爲贊。』」考異：「以唱名引拜於殿上以謁君爲職，故云唱拜。」明王三聘古今事物考文事讚類：「文心曰：『昔舜禹重贊，及益贊於禹，伊陟贊於巫咸。……故漢置鴻臚，唱拜爲贊。』如相如贊荆軻，班固之褒貶以贊，蓋取益贊於禹之義。要自相如贊荆軻始。」

〔六〕古之遺語，指古代留傳下來口頭上講的贊語。

至相如屬筆，始讚荆軻〔一〕。及遷史固書，託讚褒貶〔二〕。約文以總録，頌體以論辭〔三〕；又紀傳後評〔四〕，亦同其名〔五〕。而仲治流別〔六〕，謬稱爲述，失之遠矣〔七〕。

〔一〕玉海於本句下注：「文章緣起。」校證：「御覽、玉海『筆』作『詞』。」黄注：「司馬相如荆軻贊，世已不傳。厥後班孟堅漢史以論爲贊，至宋范曄更以韻語。」

補注：「漢書藝文志雜家有荆軻論五篇，班固自注：『軻爲燕刺秦王，不成而死，司馬相如等論之。』案王氏應麟漢書藝文志考證引彦和論繫於荆軻論下，而未辨論與贊歧分之故；詳疑彦和所見漢書本作荆軻贊，故采入頌贊篇。若是論字，則必納入論説篇中，列班彪王命、嚴尤三將之上矣。」

左庵文論：「漢書藝文志雜家有荆軻論五篇，班固原注曰：『軻爲燕刺秦王，不成而死；司馬相如等論之。』彦和之言，當本於此。惟究爲論爲贊，今不可考。或即如後漢書之論，而在司馬相如時，尚稱爲贊耶？」

事物紀原集類「贊」：「如相如之贊荆軻，班固之褒貶以讚，皆取益贊於禹之意。要之，自司馬相如贊荆軻始。」

〔二〕「遷史固書」原作「史班固書」，梅本校改，黄本從之。御覽及玉海引均作「及史班書記」。唐寫本作「史斑固書」。

左庵文論：「所謂『託讚褒貶』者，蓋頌有褒無貶，贊則可褒可貶也。抑可見二體之異。」

范注：「史記於紀傳之後，必綴『太史公曰』。漢書每篇之後，必加『贊曰』。鄭樵通志序云：『班彪漢書不可得而見，所可見者，元、成二帝贊耳，皆於本紀之外，别紀所聞，可謂深入太史公之閫奥矣。凡左氏之有「君子曰」者，皆經之新意。史記之有「太史公曰」者，皆史之外事，不爲褒貶也。間有及褒貶者，褚先生之徒雜之耳。且紀傳之中，既載善惡，足爲鑑戒，何必紀傳之後，更加褒貶？此乃諸生決科之文，安可施於著述！殆非遷、彪之意。況謂爲贊，豈有貶詞？後之史家，或謂之論，或謂之序，或謂之詮，或謂之評，皆效班固，臣不得不劇論固也。』案贊有明、助二義。紀傳之事有未備，則於贊中備之，此助之義也；褒貶之義有未盡，則於贊中盡之，此明之義也。鄭氏誤以贊爲贊美之意，故不覺言之過當如此。」

文體明辨序説「贊」類：「按字書云：贊，稱美也。字本作『讚』。昔司馬相如初贊荆軻，其詞雖亡，而後人祖之，著作甚衆。……其體有三：一曰雜贊，意專褒美，若諸集所載人物文章書畫諸贊是也。二曰哀贊，哀人之殁，而述德以贊之者是也。三曰史贊，詞兼褒貶，若史記索隱，東漢、晉書諸贊是也。」又「評」類：「按字書云：評，品論也。史家褒貶之辭。蓋古者史官各有論著，以訂一時君臣言行之是非，然隨意命名，莫協於一，故司馬遷史記稱『太史公曰』，而班固西漢書則謂之贊。范曄東漢書又謂之論，其實皆評也，而評之名則始見於三國志。」

〔三〕左庵文論：「『約文以總録』與贊體正合。至『頌體以論辭』一語，『論辭』甚切，而云『頌體』則非也。」按下「以」字，唐寫本、御覽均作「而」，是。「總」，總結。「録」，記録。唐寫本「辭」作「詞」，下有「也」字。

校釋：「李詳黄注補正……疑彦和所見漢書，本作荆軻贊。章太炎則謂：『司馬相如始爲荆軻贊，以輔助論者。』據彦和此文，贊應與論相係屬者。』按李説臆斷不足信，章説從舍人明助之義悟入，説似可通。然觀遷固紀傳後文，意存褒貶，舍人謂其『頌體而論辭』。相如之作，或亦同此。又論説篇辨論有四品八名，其三品曰：『辨史則與贊評齊行。』是則贊之爲論，原論説之支條，未必定係屬於論後也。」

辭學指南「贊」類：「贊者，贊美贊述之辭。……文章緣起曰：『司馬相如荆軻贊，班史以論爲贊，范曄更以韻語。』」

周注：「史記太史公自序裏有個全書序目，講每篇内容，如：『漢既初興，繼嗣不明。迎王踐祚，天下歸心。蠲除肉刑，開通關梁。廣恩博施，厥稱太宗。作孝文本紀第十。』班固漢書叙傳作：『太宗穆穆，允恭玄默。化民以躬，帥下以德。農不供貢，罪不收孥，宫不新館，陵不崇墓。我德如風，民應如草。國富刑清，登我漢道。述文紀第四。』像這樣的全書序目有褒有貶，故説『託贊褒貶』。是各篇内容的概括，文體像頌，又發議論，故説『約文以總録，頌體以論辭』。」

〔四〕札記：「謂太史公自序述每篇作意，如云作五帝本紀第一之類。漢書叙傳亦倣其體，而云述高祖本紀第一。諸紀傳評皆總萃一篇之中，至范氏後漢書始散入各紀傳後，而稱爲贊，其用韻則正馬班之體也。」

〔五〕史通論贊篇云：「左傳發論，假君子以稱之。二傳云公羊子、穀梁子，史記云太史公，班固曰贊，荀悦曰論，東觀曰序，謝承曰詮，陳壽曰評，王隱曰議，何法盛曰述，揚雄曰譔，劉昺曰奏，袁宏、裴子野自顯姓名，皇甫謐、葛洪列其所號，而史官通稱史臣。其名萬殊，其歸一揆，必取便於時者，則總歸論贊焉。」郭注：「『紀傳後評』不同於上文所言之『託贊褒貶』，指史記、漢書全書自叙中之後評而言，如史記太史公自序，先述每篇作意，而後云『作××本紀第×』『作××列傳第×』是也。漢書叙傳依仿史記……後漢書始以『紀傳後評』散入每篇之後，亦爲『贊曰』。後漢書『贊曰』用韻，正與史漢相同。」

〔六〕范注引鈴木虎雄校勘記：「摯虞，字仲治，作治、作冶皆誤。」梅注：「楊用修云：摯虞著有文章流別論。」

〔七〕唐顔師古匡謬正俗卷五：「司馬子長撰史記，其自序一卷，總歷自道作書本意，篇别有引辭，即孔安國所云『書序，序所以爲作者之意也』。揚子雲著法言，其本傳亦載法言之目，篇皆引辭。及班孟堅爲漢書，亦放其意，於叙傳内又歷道之。而謙不敢自謂作者，避於擬聖，故改作爲述。然叙致之體，與馬揚不殊。後人不詳，乃謂班書本傳之外，别爲覆述，重申褒貶。摯虞撰流别集，全取孟堅書序爲一卷，謂之漢述，已失其意。而范蔚宗、沈休文之徒撰史者，詳論之外，别爲一首，華文麗句，標舉得失，謂之爲贊，自以取則班馬，不其惑歟？劉軌思（按應作彦和）文心雕龍雖略曉其意，而言之未盡。」漢書叙傳下師古注曰：「自『皇矣漢祖』以下諸叙，皆班固自論撰漢書意，此亦依放史記之叙目耳。史遷則云爲某事作某本紀，某列傳，班固謙不言作，而改言述，蓋避作者之謂聖，而取述者之謂明也。但後之學者，不曉此爲漢書敘目，見有述字，因謂此文追述漢書之事，乃呼爲漢書述，失之遠矣。摯虞尚有此惑，其餘曷足怪乎？」王先謙曰：「文選目録於此書紀傳贊稱『史述贊』。善注引皆作『漢書述』，並其證也。」左庵文論：「摯虞流别以班固之四言有韻者爲述，並未以紀傳後評爲述；而文心以爲其合紀傳後評並稱之，故有此言。實非仲治之失也。史記篇末無『贊』『論』字，祇作『太史公曰』。漢書於紀傳之後皆題『贊曰』，並無『述』字；惟叙傳中述有某某第幾，蓋以有韻者爲述，無韻者爲贊。而彦和乃以述及贊並稱爲贊也。」文體明辨序説：「劉勰有言：贊之爲體，促而不曠（應作「廣」），結言於四字之句，盤桓乎數韻之辭，其頌家之細條乎！可謂得之矣。至其謂班固之贊，與此同流，則余未敢以爲然也。蓋嘗取而玩之，其述贊也，名雖爲贊，而實爲評論之文（今入論類）；其叙傳也，詞雖似贊，而實則小序之語（今入小序類），安得概謂之贊而無辯乎？」按徐師曾的劃分贊體，是根據贊美之義。本篇給贊的解釋是「明也，助也」，取義比較寬。「遷史固書，託贊褒貶。」這樣的贊，可以幫助發明傳意，所以不論人的善惡，都可以叫作贊，和專門贊美的贊稍有區别。

及景純注雅，動植必讚〔一〕，義兼美惡〔二〕，亦猶頌之變耳〔三〕。

〔一〕唐寫本「注」下有「爾」字，「必讚」作「贊之」。玉海引於本句下注云：「隋志郭璞爾雅圖讚二卷。」

黄注：「郭璞傳：璞字景純，注釋爾雅，别爲音義圖譜。」札記：「案景純爾雅圖讚，隋志已亡，嚴氏可均輯録得四十八篇。」按隋志注：「梁有爾雅圖讚二卷，郭璞撰，亡。」

爾雅釋文叙録：「爾雅，郭璞注，三卷，音一卷，圖贊二卷。」宋以後不著録。今有嚴可均、馬國翰及王氏黄氏輯本。馬本序云：「其贊皆韻語古奥，詞寓箴規。」

〔二〕校證：「『義』，唐寫本作『事』，御覽作『讚』。」

周注：「如蟬：『蟲之精潔，可貴惟蟬。潛蜕棄穢，飲露恒鮮。』是贊美。如枳首（兩頭）蛇：『雖資天然，無異駢拇。』是貶。」

〔三〕左庵文論：「郭璞注山海經及爾雅皆有圖讚（見全晉文卷一百二十一），其體仍不失古贊義。蓋總括其事物，而以有韻之文包含之，並非每事稱美如東漢以來之所謂贊也。與頌體實不同。考贊之起源，本以助記誦爲主。一書散漫，記誦甚難；故括其義，約其辭，總期文連貫而記誦可資，固不問其體之有韻無韻也。西漢之時，有韻之文稱爲贊者甚少（此體所傳亦不多）；至於東漢，則以有韻四言，其體近頌而稱爲贊者至多。大致有象贊及哀贊二種。蔡中郎集有胡公夫人哀贊（卷四），前有序文，甚似誄碑之體；與頌相去甚遠。而漢以後，亦無聞焉。象贊者，就有德行者之畫像而贊之也。孔文舉諸人集中，皆有斯體。此與頌無甚分別。

漢魏以後其體日多；遂使贊體變爲稱美不稱惡之文。又後，非有韻不稱爲贊矣。文心本篇，未叙及鄭康成之尚書贊，亦爲失考。」

然本其爲義，事生奬歎〔一〕，所以古來篇體，促而不廣〔二〕，必結言於四字之句，盤桓乎數韻之辭〔三〕，約舉以盡情，昭灼以送文，此其體也〔四〕。發源雖遠，而致用蓋寡〔五〕，大抵所歸，其頌家之細條乎〔六〕！

〔一〕左庵文論：「贊之本義，並非奬歎；彦和此言，仍囿於後世之訓。」札記：「案奬歎即託贊褒貶，非必純爲贊美。」

〔二〕黄校：「廣一作曠，從御覽改。」唐寫本亦作「曠」。札記：「案四言之贊，大抵不過一韻數言而止，惟東方畫贊稍長。三國名臣序贊及漢書偶一换韻。至崔子玉草書勢，蔡伯喈篆勢隸勢，則又似賦矣。唐世司空圖二十四詩品，造語精警，亦贊之美者也。」左庵文論：「三國之時，頌贊雖已混淆，然尚以篇之長短分之。大抵自八句以迄十六句者爲贊，長篇者爲頌，其體之區別，至爲謹嚴。彦和所謂『促而不廣』云云，正與斯時贊體相合。及西晉以後，此界域遂泯。如夏侯湛之東方朔畫像贊，篇幅增恢，爲前代所無。袁弘三國名臣贊，與陸機高祖功臣頌實無別致，而分標二體。可知自西漢以下，頌贊已漸合爲一矣。」

〔三〕唐寫本「乎」作「于」，「辭」作「詞」。斠詮：「盤桓本謂行動之徘徊不前貌，彦和借以喻聲和之盤旋而有餘韻也。」

〔四〕唐寫本「昭」作「照」。校證：「梅六次本、張松孫本『送文』作『述義』，謝校、徐校亦作『述義』。」斠詮：「審上下文義，以作『送文』爲是，上句既言『約舉以盡情』，情可包義，指贊之内容言，文則就贊之外形言，送文謂寫送文華也。詮賦篇云：『亂以理篇，寫送文勢。』賦之亂詞，與贊文類似，彼以『送文』屬辭，可爲的證。」

李充翰林論：「容象圖而贊立，宜使辭簡而義正。」

文鏡秘府論論文體六事其二云：「敷演情志，宣昭德音，植義必明，結言唯正，清典之致也。……語清典則銘贊居其極。（銘題器物，贊述功德，皆限以四言，分有定準。）」此處「敷演情志，宣昭德音，植義必明，結言唯正」，可以拿來解釋這兩句話。紀評：「東方贊稍衍其文，亦變格也。」

〔五〕意謂贊從舜禹時開始，發源遠，但它的適用場合較少。

〔六〕左庵文論：「贊之作法，以四言有韻爲最通見，蔡中郎間有六字句者。漢人所爲贊，篇幅亦不甚長，其體則與頌相近，如班孟堅十八侯銘即爲前漢之功臣贊；夏侯孝若東方朔畫贊亦與揚子雲之趙充國頌無別。又三國蜀志楊戲傳（卷十五）稱，戲作季漢輔臣贊，贊昭烈以下臣子，是皆頌體也。惟以此種稱爲贊，而古時無韻之贊遂滅而不彰，若鄭康成之易贊、尚書贊，東漢以後，無支流矣。

「文心是篇所論，大概皆謂有韻之贊。推贊之本源，既別於頌體，雖後世已混淆無分，然實不能盡同。蓋頌放而贊斂，頌可略事鋪張，贊則不貴華詞，觀漢人之贊，篇皆短促，質富於文，樸茂之中，自然典雅。既不傷於華侈，亦不失之輕率：斯其所以足式也。」

元陳繹曾文說：「贊宜溫潤典實。」這和他說的「頌宜典雅和粹」非常類似，可見這兩種文體的風格是非常接近的。林紓春覺齋論文流別論三：「綜言之……（頌贊）二體均結言於四字之句，不能自鎮則近佻，不能自斂則近纖；累句相同，不自變換，則近沓；前後隔閡，不相照應，則近蹇；過艱惡澀，過險惡怪，過深惡晦，過易惡俚。……文既古雅，體不板滯；下字必嚴，撰言必巧，近之矣。」這是林紓根據桐城派的「義法」，對頌贊二體的語言風格要求，作了比較詳細的規定。他又說：「贊體不能過長，意長而語約，必務括本人之生平而已，與頌略異。」這主要是就贊美人的功德的贊來說的。

魏桓範世要論贊象篇說：「夫贊象之所作，所以昭述勳德，思詠政惠，此蓋詩頌之末流矣。……若言不足紀，事不足述，虛而爲盈，亡而爲有，此聖人之所疾，庶幾之所恥也。」（全三國文卷三十七）這些話可以證成本節的說法。

范注：「頌有稱頌功德之義；贊則無之。故彥和首標明助二訓，蓋恐後人之誤會也。鄭玄注皋陶謨曰：『贊，明也。』孔子贊易，鄭作易贊，皆以義有未明，作贊以明之。自誤贊爲美，而其義始歧，此考正文體者所當知也。至於贊之爲體，大抵不過一韻數言而止，東方朔畫贊稍長，三國名臣序贊及後漢書贊，偶一換韻。彥和所謂『古來篇體，促而不廣，必結言於四字之句，盤桓乎數韻之辭』，蓋即指此。陸士衡高祖功臣頌與三國名臣贊同體；郭景純山海經圖讚與江文通閩中草木頌同體，是知頌贊有相通者，彥和所謂頌之細條也。」

按梁元帝内典碑銘集林序：「班固碩學，尚云贊頌相似。陸機鈎深，猶稱碑賦如一。」金樓子立言篇亦云：「銘頌所稱，興公而已。夫披文相質，博約温潤，吾聞斯語，未見其人。班固碩學，尚云贊頌相似，陸機鈎深，猶稱碑賦如一。」劉孝綽昭明太子集序：「孟堅之頌，尚有似贊之譏。士衡之碑，猶聞類賦之貶。」

文章辨體序説「贊」類：「按贊者，贊美之辭。……西山（真德秀）云：贊頌體式相似，貴乎贍麗宏肆，而有雍容俯仰頓挫起伏之態，乃爲佳作。大抵贊有二體：若作散文，當祖班氏史評；若作韻語，當宗東方朔畫像贊。金樓子有云：『班固碩學，尚云贊頌相似。』信然。」

斠詮：「晉左貴嬪有德柔頌，又有德剛贊，文體如一，而别二名，是知頌贊有相通者，彥和所謂頌之細條也。」

第三段論贊之體用及其歷代流變，並辨明頌、贊之異同。

贊曰：容體底頌〔一〕，勳業垂讚。鏤影摛聲，文理有爛〔二〕。年積愈遠〔三〕，音徽如旦〔四〕。降及品物，炫辭作翫〔五〕。

〔一〕校釋：「『容體』，唐寫本作『容德』，是。」本文説：「頌者，容也，所以美盛德而述形容也。」可證。孟子離婁：「舜盡事親之道，而瞍底豫。」趙注：「底，致也。豫，樂也。」

〔二〕黄本原作「鏤彩摛文，聲理有爛」。此據唐寫本。校注：「按唐寫本是也。元本、弘治本、活字本、汪本、佘本、張本、兩京本……崇文本『彩』並作『影』，與唐寫本合，惟『聲文』二字誤倒。『影』『聲』相對成義，『文理』連文亦本書所恒見。」「鏤影摛聲」，猶繪影繪聲。

〔三〕校注：「『積』，唐寫本作『迹』。按『迹』字是。『年迹』與下『音徽』對。」按「積」字亦可通。本文：「陸機積篇，惟功臣最顯。」

〔四〕校注：「文選王儉褚淵碑文：『音徽與春雲等潤。』李善注：『音徽即徽音也。』」斠詮：「音徽，謂令聞廣譽。」詩經大雅思齊：「大姒嗣徽音。」鄭箋：「徽，美也。」「徽音」，猶德音。「如旦」，像太陽初升那樣明耀。

〔五〕可見劉勰對於描寫「品物」的頌贊，是不重視的，認爲這類的頌贊只是炫耀辭令，供作翫賞之用而已。

左庵文論：「贊文之有韻者，可分爲四：（一）哀贊——以蔡中郎胡公夫人哀贊爲準則。（二）像贊——李充翰林論云：『圖象立而贊興。』知東漢時，此體至爲盛行；後漢書趙岐傳云：『圖季札、子産、晏嬰、叔向四像居賓位，又自畫其像居主位，皆爲讚頌。』（卷九十四）可證。東方朔畫贊即屬此類。（三）史贊——此類以范蔚宗後漢書紀傳後之贊爲最佳。（大抵撮其人大略，爲之作贊者，不出三類。特東漢之時，有爲當時具令德之人作贊者，如蔡中郎焦君贊；亦有爲古人作贊者，如王仲宣正考父贊是也。）（四）雜贊——以上三者皆爲對人而作。至於爲一切品物作贊者，則屬此類。如郭璞山海經圖贊、爾雅圖贊，皆據圖而爲物作贊者，如繁欽硯贊等是。抑可知漢魏之贊，不限於人而已也。哀贊一體，後漸流爲與誄、祭文、神誥三體相合。即如蔡中郎胡公夫人哀贊，先叙其父母之德行，後言己身之悲哀，本爲人子思念考妣而作，及三體之文興，而此哀贊之名泯矣。」

祝盟第十

紀評：「此篇獨崇實而不論文，是其識高於文士處。非不論文，論文之本也。」

雜記：「先師吴翌亭云：『祝、盟二者本不相同，而其爲陳信之用者，則義固無殊也。』青案宗經篇云：『銘誄箴祝，則禮總其端。』以下三篇，皆自禮衍出。」

范注：「案周禮春官大祝掌六祝，作六辭，此祝盟命篇之本。」

又：「説文：『祝，祭主贊詞者。從示從兒口。』釋名：『祝，屬也，以善惡之詞相屬者也。』玉篇：『祝，祭詞也。』尚書洛誥：『逸祝册。』謂使史逸讀所作册祝之書告神。齊策：『爲儀千秋之祝。』注：『祈也。』周禮春官：『太祝掌六祝之辭，以事鬼神示；作六辭以通上下親疏遠近。』祝之本訓爲祭官，引申爲祭神祈福之辭。」

注訂：「祝，書洛誥：『逸祝册。』孔穎達疏：『使逸讀所作册祝之書唯告文武之神。』盟，周禮秋官：『司盟職，掌載之法，凡邦國有疑，會同，則掌其盟約之載，及其禮儀。』據是，主神明者曰祝，繫邦國者曰盟；一則企福于未來，獻功於當日者，屬之祝；結信於一時，要質於永久者，屬之盟。二者必假文辭以行，故祝有贊詞，盟有盟載，其義匪輕，其體宜立，故以祝盟成篇，亦述者之要也。」

文體明辨序説「盟」類：「按禮記：『涖物曰盟。』亦稱曰誓，謂約信之辭也。」

在先秦兩漢時代，祝文應用的範圍是很廣的。盟誓要告天，也是取信於神。其實祝文和盟誓本來是兩種不大相關的文體，這裏把二者合在一起來論述，可能是因爲二者都是和神打交道的。

天地定位，祀徧群神〔一〕，六宗既禋〔二〕，三望咸秩〔三〕，甘雨和風，是生黍稷，兆民所仰，美報興焉〔四〕。犧盛惟馨，本於明德〔五〕，祝史陳信，資乎文辭〔六〕。

〔一〕唐寫本「祀」作「禮」。斯波六郎：「周易説卦：『天地定位，山澤通氣。』」又：「尚書舜典：『望于山川，徧于群神。』」注訂：「群神指下文六宗、三望而言。」

〔二〕梅注：「尚書：『禋於六宗。』孔叢子：『宰我問六宗。孔子曰：所宗者六。埋少牢于太昭，所以祭時也；祖迎于坎壇，所以祭寒暑也；主于郊宫，祭日也；夜明，祭月也；幽禜，所以祭星也；雩禜，所以祭水旱也。』書正義云：『漢世以來，説六宗者多矣。』『孔光、劉歆……謂乾坤六宇。』『賈逵謂……天宗三，日、月、星；地宗三，河、海、岱。』『馬融云：天地春夏秋冬。』『鄭玄謂……星辰、司中、司命、風師、雨師。』」

黄注：「書：『禋於六宗。』孔安國傳：一四時，二寒暑，三日，四月，五星，六水旱。」

范注：「尚書舜典：『禋於六宗。』王肅注曰：『精意以享謂之禋。宗，尊也。所尊祭者其祀有六：謂四時也，寒暑也，日也，月也，星也，水旱也。』先儒説六宗者多家……未知孰是。……姑以王肅説當之。」

「六宗」，古代尊祀的六位神。書舜典：「肆類於上帝，禋於六宗。」「六宗」的説法不一，一説是水、火、雷、風、山、澤，一説是天地四方，參閲俞正燮癸巳類稿一虞六宗義。

「禋」，升烟以祭。通典禮四禋六宗引鄭玄注：「禋，烟也，取其氣報升報于陽也。」引申爲祭祀的通稱。國語周語上：「精意以享，禋也。」

〔三〕梅注：「三望：左傳杜注云：分野之星，國中山川，望而祭之。」

左傳僖公三十一年：「夏四月，四卜郊不從，乃免牲，非禮也，猶三望，亦非禮也。」春秋經僖公三十一年杜注：「三望，分野之星，國中山川，皆因郊祀望而祭之。魯廢郊天而脩其小祀，故曰猶。猶者，可止之辭。」

校注：「按公羊傳僖公三十一年：『卜郊不從，乃免牲，猶三望。三望者何？望，祭也。然則曷祭？祭泰山、河、海。』（穀梁范注引鄭玄曰：「望者，祭山川之名也。望海也，岱也，淮也。」）舍人上云『六宗』，此云『三望』，皆實有所指。」

「三望」，祭祀名。「望」，不能親詣所在，遥望而祭的意思。尚書舜典：「望秩於山川。」傳：「如其秩次望祭之。」在這兒就是有次序的意思。尚書洛誥：「祀于新邑，咸秩無文。」咸秩，都按次序祭祀。

〔四〕「黍稷」，孫云：「唐寫本作『稷黍』。」斯波六郎：「作『稷黍』是。詩小雅甫田：『琴瑟擊鼓，以御田祖，以祈甘雨，以介我稷黍，以穀我士女。』」

禮記郊特牲：「地載萬物，天垂象，取材於地，取法於天，是以尊天而親地也，故教民美報焉。」

〔五〕禮記大學：「大學之道，在明明德。」鄭注：「明明德，謂顯明其至德也。」正義：「在於章明己之光明之德。」

斯波六郎：「『犧盛』爲『犧牲粢盛』之略。尚書泰誓上：『犧牲粢盛，既于凶盜。』（春秋公羊傳桓公十四年何注：「黍稷曰粢，在器曰盛。」）春秋左氏傳僖公五年：『周書曰：黍稷非馨，明德爲馨。』（尚書君陳同）」孔傳：「所謂芬芳，非黍稷之氣，乃明德之馨。」「明德」，美德。

〔六〕唐寫本「乎」作「于」。斯波六郎：「春秋左氏傳襄公二十七年：『其祝史陳信於鬼神，無愧辭。』」「史」，原來掌管祭祀和記事。左傳昭公二十年：「竭情無私，其祝史祭祀，陳信不愧。」

注訂：「（以上）四句即所謂『美報興焉』。雖備犧盛，必賴明德；雖事陳信，必具文辭。此祝文之要，爲前半篇之綱領。以下溯祝文之始，及其沿革，此彥和述筆常法。」

范注：「周禮春官大祝……作六辭以通上下親疏遠近：一曰祠（祠者，交接之辭），二曰命（命，謂盟誓之辭），三曰誥（如盤庚將遷於殷，誥其世臣卿大夫，道其先祖之善功），四曰會（會，謂會同盟誓之辭），五曰禱（禱，賀慶言福祚之辭），六曰誄（誄，謂積累生時德行，以錫之命，主爲其辭也）。彥和以祝盟連稱，蓋本于此。」

校釋：「古者巫祝爲聯職。周官春官祝之屬，有太祝、小祝、喪祝、甸祝；巫之屬，有司巫、男巫、女巫。蓋巫以歌舞降神，祝以文辭事神。國語謂聰明聖知者始爲巫覡（見楚語）。鄭注周官，謂有文雅辭令者，始作大祝。是知二者乃先民之秀特，而文學之濫觴也。其後祝復與史同稱。燕禮大射，皆稱『祝史』。司馬遷亦云：『文史星曆，近乎卜祝之間。』蓋古者通稱掌文辭之官爲史。祝以作六辭爲職，亦擇善爲文辭者任之。故舍人釋祝之名義，亦曰『祝史陳信，資乎文辭』也。」

文體明辨序說：「按祝文者，饗神之辭也。劉勰所謂『祝史陳信，資乎文辭』者是也。」

昔伊耆始蜡，以祭八神〔一〕，其辭云：「土反其宅，水歸其壑，昆蟲毋作，草木歸其澤〔二〕。」則上皇祝文〔三〕，爰在茲矣。舜之祠田云〔四〕：「荷此長耜〔五〕，耕彼南畝，四海俱有〔六〕。」利民之志，頗形於言矣。

〔一〕禮記郊特牲：「伊耆氏始爲蜡。蜡也者，索也。歲十二月合聚萬物而索饗之也。」鄭注：「伊耆氏，古天子號也。」釋文：「或云即帝堯是也。」禮記郊特牲：「天子大蜡八。」釋文：「蜡祭有八神：先嗇一，司嗇二，農三，郵表畷四，貓虎五，坊六，水庸七，昆蟲八。」「蜡」，爲周代于每年農事完畢後舉行的祭祀。一、先嗇，祭神農；二、司嗇，祭后稷；三、農，祭古時田官之神；四、郵表畷，祭始創田間廬舍、開道路、劃疆界的人；五、祭貓虎，因其吃野鼠野獸，保護了禾苗；六、坊，祭堤坊；七、水庸，祭水溝；八、祭昆蟲，以免蟲害。

〔二〕此四句見禮記郊特牲。鄭注：「此蜡祝辭也。」正義：「土即坊也；反，歸也；宅，安也。土歸其宅，則得不崩。水，即水庸；壑，坑坎也。水歸其壑，謂不汎濫。……昆蟲毋作，謂不爲災。草，苔稗；木，榛梗之屬也。當各歸生藪澤之中，不得生於良田，害嘉穀也。」唐寫本「毋」作「無」。陳澔注：「土安則無崩圮，水歸則無泛溢，昆蟲謂螟蝗之屬害稼者。作，起也。草木各歸根於藪澤，不得生于耕稼之上也。『毋』『無』通。」

〔三〕文體明辨：「此祝文之祖也。」「上皇」，上古帝王，指伊耆氏。

〔四〕校證：「『祠』，王惟儉本作『祀』。」「祠」，祭祀。范注：「說文：『祠，春祭曰祠，品物少，多文辭也。』周禮春官：『小宗伯禱祠於上下神示。』注：『得求曰祠。』女祝：『凡内禱祠之事。』注：『報福喪祝以祭祀禱祠焉。』正義：『祈請求福曰禱，得福報賽曰祠。』」

〔五〕宋羅泌路史後紀：「舜掘地財，取水利，股肱不居，故祠於田曰：『荷此長耜，耕彼南畝，四海俱有。』志利民也。乃作米廩，以教于國，以臧帝耤。」

注訂：「舜之祠田云云：耜與畝協，類古歌辭，疑即祠田之文也。」

易繫辭下：「斫木爲耜，揉木爲耒。」上古時代的翻土工具。按困學紀聞卷十諸子「舜祠田漁雷澤」條：「尸子曰：『舜兼愛百姓，務利天下。其田（太平御覽有「歷山」二字）也，荷彼耒耜，耕彼南畝，與四海俱有其利。』……文心雕龍（祝盟篇）：『舜之祠田云：荷此耒耜，耕彼南畝，四海俱有。』謂之祠田，豈別有所據乎？」

〔六〕唐寫本「四」上有「與」字，是。

范注：「札迻十二：顧廣圻校云：『困學紀聞卷十引尸子曰：舜兼愛百姓，務利天下。其田也，荷彼耒耜，耕彼南畝，與四海俱有其利。』案尸子文見御覽八十一。『其田也』作『其田歷山也』，無祠田之文，今無可考。」

按此處疑當作「『與四海俱有其利』，愛民之志，頗形於言矣」。「頗形於言矣」以上，紀評：「祝之緣起。」

至於商履〔一〕，聖敬曰躋〔二〕，玄牡告天，以萬方罪己〔三〕，即郊禋之詞也〔四〕；素車禱旱〔五〕，以六事責躬〔六〕，則雩禜之文也〔七〕。

〔一〕注訂：「商湯，字天乙，又名履也。」

〔二〕范注：「詩商頌長發：『湯降不遲，聖敬曰躋。』箋云：『湯之下士尊賢甚疾，其聖敬之德日進。』」按正義：「其聖明恭敬之德日升。」

〔三〕范注：「論語堯曰：『予小子履，敢用玄牡，敢昭告於皇皇后帝。有罪不敢赦，帝臣不蔽，簡在帝心。朕躬有罪，無以萬方；萬方有罪，罪在朕躬。』孔安國注曰：『墨子引湯誓其辭若此。』孫詒讓墨子閒詁兼愛下注云：『論語堯曰篇集解：孔安國云：「墨子引湯誓。」國語周語内史過引湯誓與此下文略同。韋注云：「湯誓，商書伐桀之辭也。」今湯誓無此言，則散亡矣。』按孔安國引此作湯誓，或兼據國語文。尚賢中篇引湯誓，今書亦無之。』郝懿行曰：『案白虎通三軍三正篇並引論語「予小子履」數語爲湯伐桀告天之辭。』」

注訂：「書湯誥：『敢用玄牡，敢昭告於上天神后。』又：『其爾萬方有罪，在予一人。』」

〔四〕「郊禋」，祭天。

〔五〕范注：「墨子兼愛下：『湯曰：惟予小子履，敢用玄牡，告于上天后。曰：今天大旱，即當朕身履，未知得罪於上下，有善不敢蔽，有罪不敢赦，簡在帝心，萬方有罪，即當朕身，朕身有罪，無及萬方。』此文與湯誓大略相同。據墨子意，則湯禱旱之辭也。呂氏春秋順民篇：『湯克夏而正天下，天大旱，五年不收，湯乃以身禱於桑林，曰：「余一人有罪，無及萬夫，萬夫有罪，在余一人。無以一人之不敏，使上帝鬼神傷民之命。」於是翦其髮，鄽其手，以身爲犧牲，用祈福於上帝。民乃甚説，雨乃大至。』」

范注：「説文：『禱，告事求福也。』周禮春官小宗伯：『禱祠於上下神示。』注云：『祈福曰禱。』『大祝作六辭，五曰禱。』注云：『禱，賀慶言福祚之辭。』禮記檀弓：『君子謂之善頌善禱。』注云：『禱，求福也。』……是禱與祈一也。」

〔六〕唐寫本「責」下衍「人」字。梅注：「湯以六事自責，曰：政不節歟？民失職歟？宮室崇歟？女謁盛歟？苞苴行歟？讒夫昌歟？」

范注：「尸子：『湯之救旱也，乘素車白馬，著布衣，嬰白茅，以身爲牲，禱於桑林之野。』（藝文類聚八十二、初學記九引）荀子大略篇載其禱辭曰：『政不節與？使民疾與？何以不雨至斯極也？宮室榮與？婦謁盛與？何以不雨至斯極也？苞苴行與？讒夫興與？何以不雨至斯極也？』（公羊解詁二引韓詩傳、説苑君道篇、御覽八十三引帝王世紀略同。）」

説苑君道篇：「湯之時大旱七年，雒坼川竭，煎沙爛石。于是使人持三足鼎，祝山川，教之祝曰：政不節耶？使人疾耶？苞苴行耶？讒夫昌耶？宮室營耶？女謁盛耶？何不雨之極也？蓋言未已，而天大雨。」

校注：「按荀子（大略篇）、説苑（君道篇）所載湯禱旱之辭，均未標有六事二字。後漢書鍾離意傳：『上疏曰：「……昔成湯遭旱，以六事自責。」』（李注引帝王世紀同。）」

〔七〕唐寫本「則」作「即」。梅注：「説文：禱雨爲雩，禱晴爲禜。左傳：龍見而雩。雩，旱祭也。

又云：雪霜風雨之災，則禜之。禜，禳也。」

范注：「説文：『雩，夏祭樂於赤帝，以祈甘雨也。』又：『禜，設緜蕝爲營，以禳風雨、雪霜、水旱、癘疫於日月星辰山川也。』」

注訂：「論語先進：『風乎舞雩。』周禮春官司巫：『若國大旱，則帥巫而舞雩。』注云：『雩，旱祭也。』禜音詠，又音營，祭名。左傳昭元年：『山川之神，則水旱疫癘之災，於是乎禜之。日月星辰之神，則雪霜風雨之不時，於是乎禜之。』又按禜，許氏説文本左氏昭元之傳。」

及周之太祝，掌六祝之辭〔一〕，是以庶物咸生，陳於天地之郊；旁作穆穆，唱於迎日之拜〔二〕；夙興夜處，言於祔廟之祝〔三〕；多福無疆，布於少牢之饋〔四〕；宜社類禡〔五〕，莫不有文〔六〕。所以寅虔於神祇〔七〕，嚴恭於宗廟也。

〔一〕「祝」，范注引孫云：「唐寫本作祀。」校證亦謂唐寫本作「祀」，實則唐寫本作「祝」。周禮春官：「太祝，掌六祝之辭，以事鬼神示，祈福祥，求永貞。一曰順祝，二曰年祝，三曰吉祝，四曰化祝，五曰瑞祝，六曰筴祝。」鄭司農云：「順祝，順豐年也；年祝，求永貞也；吉祝，祈福祥也；化祝，弭災兵也；瑞祝，逆時雨，寧風旱也；筴祝，遠罪疾也。」按又見蔡邕獨斷。

〔二〕大戴禮記公符第七十九：「皇皇上天，照臨下土；集地之靈，降甘風雨；庶物群生，各得其所，靡今靡古，維予一人某，敬拜皇天之祜（祭天辭）。……維某年某月上日，明光於上下，勤施於四方，旁作穆穆。惟予一人某敬拜迎日於東郊（迎日辭）。」又按尚書洛誥：「惟公德，明光於上下，勤施於四方，旁作穆穆。」「庶物」，即萬物。「旁」，溥，廣大。「穆穆」，美好。意爲用「光明普照」等語來拜迎日出。

〔三〕唐寫本「處」作「寐」，「祝」作「祀」。斠詮：「『祀』原作『祝』，形近而誤。」范注：「儀禮士虞禮：『明日以其班祔，用嗣尸。（卒哭之明日也。班，次也。喪服小記曰：祔必以其昭穆。用嗣尸，謂從虞至祭惟用一尸而已。）曰：孝子某孝顯相，（稱孝者，吉祭，顯相，助祭者也。）夙興夜處，小心畏忌不惰，其身不寧，（不寧，悲思不安。）用尹祭（尹，祭脯也。）嘉薦普淖，（嘉薦，醢也。普淖，黍稷也。）普薦溲酒，適爾皇祖某甫，以隮祔爾孫某甫。尚饗。』」注訂：「祔廟——說文：『後死者合食於先祖。』又合葬亦曰祔。」釋名釋喪制：「又祭曰祔，祭於祖廟，以後死孫祔於祖也。」

〔四〕范注：「儀禮少牢饋食禮：『尸執以命祝。（命祝以嘏辭。）卒命祝，祝受以東北，面於尸西，以嘏于主人曰：皇尸命工祝，承致多福無疆于女孝孫。來女孝孫，使女受禄于天，宜稼于田，眉壽萬年，勿替引之。』（替，廢也。引，長也。）」儀禮少牢饋食禮：「少牢饋食之禮。」鄭玄注：「羊、豕曰少牢，諸侯之卿大夫祭宗廟之牲。」「布」，布陳、陳述。「少牢之饋」，諸侯的卿大夫用少牢到祖廟去祭已死的祖和父的祭禮。薦祭品于神及祖先曰「饋」。

〔五〕梅注：「禮記：『天子將出征，宜于社。』鄭玄注云：『宜，祭名。』詩：『是類是禡。』注：『師祭也。』師出征伐，類于上帝，禡于出征之地。」禮記王制：「天子將出征，類乎上帝，宜乎社，造乎禰，禡於所征之地。」鄭注：「類、宜、造皆祭名，其禮亡。禡，師祭也，爲兵禱。」陳澔注：「禡，行師之祭也。」注訂：「宜、社、類、禡，皆祭名。宜，爾雅釋天：『起大事，動大衆，必先有事乎社而後出，謂之宜。』社，説文：『地主也。』又禮記郊特牲：『社，祭土。』類，虞書：『肆類于上帝。』謂非常祀也。禡，説文：『師行所止。』恐有慢其神，下而祀之，曰禡。音罵。」

〔六〕校注：「周禮春官大祝：『大師宜於社，造於祖，設軍社類上帝，國將有事於四望；及軍歸，獻於社，則前祝。』鄭玄注：『前祝者，王出也，歸也，將有事於此神；大祝居前，先以祝辭告之。』舍人所謂『有文』者，即指祝辭言之也。」

〔七〕斯波六郎：「『虔』疑當作『畏』，尚書無逸：『嚴恭寅畏，天命自度。』蓋彦和所本。」斠詮：「寅虔，謂寅畏虔誠也。」文體明辨序説「祝文」類：「厥後虞舜祠田，商湯告帝，周禮設太祝之職，掌六祝之辭。春秋以降，史辭寖繁，則祝文之來尚矣。考其大旨，實有六焉：一曰告，二曰修，三曰祈，四曰報，五曰辟，六曰謁。用以饗天地、山川、社稷、宗廟，五祀群神，而總謂之祝文，其辭亦有散文、儷語之別也。」

以上爲第一段，言祝之起源及夏、商、周三代祝文所起的作用。

自春秋已下，黷祀諂祭〔一〕，祝幣史辭〔二〕，靡神不至〔三〕。至於張老成室，致美於歌哭之禱〔四〕；蒯聵臨戰，獲祐於筋骨之請〔五〕；雖造次顛沛，必於祝矣〔六〕。若夫楚辭招魂，可謂祝辭之組麗也〔七〕。

〔一〕校證：「『自』字原無，據唐寫本補。」

書說命：「黷于祭祀。」「黷」，褻慢不敬。論語爲政：「非其鬼而祭之，諂也。」

〔二〕校注：「左傳成公五年：『梁山崩……故山崩川竭，君爲之不舉。……祝幣，史辭，以禮焉。』杜注：『（祝幣）陳玉帛；（史辭）自罪責。』又昭公十七年：『祝，用幣；史，用辭。』杜注：『用幣於社，用辭以自責。』」

〔三〕校注：「按詩大雅雲漢：『靡神不舉。』鄭箋：『言王爲旱之故，求於群神，無不祭也。』又：『靡神不宗。』鄭箋：『言偏至也。』」

〔四〕校證：「唐寫本『於』作『如』，『成』作『賀』。『美』原作『善』，從唐寫本改。」

禮記檀弓下：「晉獻文子成室，晉大夫發焉。張老曰：『美哉輪焉，美哉奂焉，歌於斯，哭於斯，聚國族於斯。』文子曰：『武也得歌於斯，哭於斯，聚國族於斯，是全要領以從先大夫於九京也。』北面再拜稽首。君子謂之善頌善禱。」鄭注：「文子，趙武也。作室成，晉君獻之，謂賀也。諸大夫亦發禮以往。……善頌謂張老之言，善禱謂文子之言。」「張老」，晉國大夫。校注：「（檀弓下）鄭注：『善頌，謂張老之言；善禱，謂文子之言。』則此『禱』字當作『頌』，舍人蓋誤記。『成』『善』亦當依唐寫本改作『賀』『美』。」

〔五〕校證：「『祐』原作『佑』，從唐寫本改。」校注：「說文示部：『祐，助也。』」左傳哀公二年晉鄭之戰，衛太子蒯聵在晉趙鞅部下作戰，「望見鄭師來，太子懼，自投于車下。……衛太子禱曰：『曾孫蒯聵，敢昭告皇祖文王，烈祖康叔，文祖襄公，鄭勝亂從（鄭聲公助臣作亂），晉午（晉定公）在難，不能治亂，使（趙）鞅討之。蒯聵不敢自佚，備持矛焉。敢告：無絕筋，無折骨，無面傷，以集大事，無作三祖羞。大命不敢請，佩玉不敢愛。』」

〔六〕論語里仁：「造次必於是，顛沛必於是。」集解引馬曰：「造次，急遽；顛沛，偃仆。」朱注：「顛沛，傾覆流離之際。」

〔七〕紀評：「招魂似非祝辭。」范注：「楚辭招魂王逸注謂宋玉哀屈原厥命將落，欲復其精神，延其年壽，故作招魂。……又招魂句尾，皆用些字。夢溪筆談曰：『今夔、峽、湖、湘及江南獠人，凡禁呪句尾皆稱些，乃楚人舊俗。』呪即祝之俗字。」注訂：「楚辭集注招魂：『古者人死則使人以其上服升屋，履危北面而號曰：「皐！某復。」遂以其衣三招之，乃下以覆尸。』又王逸注：『招者，召也。以手曰招，以言曰召。』……又說文：『招，手呼也。』」

校證：「『麗』原作『纚』，從唐寫本改。法言吾子篇：『霧縠組麗。』李軌注：『霧縠雖麗，蠹害女工。』此彥和所本。今作『纚』者，涉上文偏旁而誤也。又唐寫本『麗』下有『者』字。」法言吾子篇：「或曰：霧縠之組麗。曰：女工之蠹矣。」這是説霧縠雖麗，但蠹害女工，以喻詞賦雖巧，卻惑亂經典。

漢之群祀〔一〕，肅其旨禮〔二〕，既總碩儒之義〔三〕，亦參方士之術〔四〕。所以祕祝移過〔五〕，異於成湯之心〔六〕；侲子毆疫〔七〕，同乎越巫之祝〔八〕：禮失之漸也〔九〕。

〔一〕校證：「唐寫本『漢』上有『逮』字。」

校注：「『之』，唐寫本作『氏』。按詔策篇『晉氏中興』，奏啓篇『晉氏多難』，句法與此相同，則唐寫本作『氏』是也。」考異：「蓋『氏』指晉氏族業之興衰，此二字爲指事類之相屬，『之』字爲長。」

注訂：「漢之群祀，始於高祖入關，爲漢王，立黑帝祠曰北時，後又詔於上帝山川諸神，各以其時禮祀之如故，則皆沿秦舊也。」

〔二〕校注：「『旨』字，唐寫本作『百』。何焯校作『百』。按『旨』字不可解，作『百』是。『百禮』蓋概括之辭，言其禮多耳。詩小雅賓之初筵、周頌豐年及戴芟並有『以洽百禮』之文，皆謂合聚衆禮以祭也。」

漢書郊祀志上：「高祖下詔曰：『吾甚重祠而敬祭，今上帝之祭及山川諸神當祠者，各以其時禮祠之如故。』」范注：「文帝以下，迭有增益，史記封禪書、漢書郊祀志言之詳矣。」

〔三〕校證：「『義』原作『儀』，從唐寫本改。」范注：「按當作『議』爲是。既總碩儒之議，亦參方士之術，謂如武帝命諸儒及方士議封禪，公玉帶上黄帝時明堂圖之類。」校注：「按范説是。史記司馬相如傳（封禪文）：『乃遷思回慮，總公卿之議，詢封禪之事。』（文選吕向注：『總，納。』）可證。」

〔四〕史記封禪書：「天子既聞公孫卿及方士之言……頗采儒術以文之。」

〔五〕梅注：「漢書郊祀志云：秦祝官有祕祝，即有災祥，輒祝祠移過於下。」訓故：「漢書文帝詔：今祕祝移過於下，朕甚不取，自今除之。」

范注：「史記封禪書：祝官有祕祝，即有菑祥，輒祝祠移過於下。（謂有災祥輒令祝官祠祭，移其咎惡于衆官及百姓也。）孝文帝下詔曰：今祕祝移過於下，朕甚不取，自今除之。」

〔六〕參閲上文：「至于商履……以萬方罪己。」

〔七〕梅注：「王性凝曰：事見後漢書。愚按鄧后紀注云：侲之言善也。善童，幼子也。侲子，逐役之人也。禮儀志云：大儺：選中黄門子弟年十歲以上，十二以下，百二十人爲侲子，皆赤幘皂製，執大鼗。方相氏黄金四目，蒙熊皮，玄衣朱裳，執戈揚盾。十二獸有衣毛角。中黄門行之，冗從僕射將之，以逐惡鬼于禁中。夜漏上水，朝臣會，侍中、尚書、御史、謁者、虎賁、羽林郎將執事，皆赤幘陛衛。乘輿御前殿。黄門令奏曰：『侲子備，請逐疫。』於是中黄門倡，侲子和曰：『甲作食殅，胇胃食虎，雄伯食魅，騰簡食不祥，攬諸食咎，伯奇食夢，强梁、祖明共食磔死寄生，委隨食觀，錯斷食巨，窮奇、騰根共食蠱。凡使十二神追惡凶，赫女軀，拉女幹，節解女肉，抽女肺腸。女不急去，後者爲糧。』殅音凶，磔音窄。」「敺」，驅的異體字。訓故：「大儺：選黄門爲侲子，丹首皂製，逐惡鬼禁中。」「侲」音振，童男童女。注訂：「大儺，謂逐疫于禁中也。」

〔八〕史記封禪書：「是時即滅南越，越人勇之乃言，『越人俗鬼，而其祠皆見鬼，數有效。昔東甌王敬鬼，壽百六十歲。後世怠慢，故衰耗。』乃令越巫立越祝祠。」按「越」，漢書郊祀志作「粤」。唐寫本「祝」作「説」，意謂和越巫騙人的説法相同。斠詮：「所謂『越巫之説』者，蓋指越人勇之所言也。」

〔九〕校證：「唐寫本以下諸本『禮』作『體』，黄注本改『體』。」校注：「何焯校『體』爲『禮』。按『體』謂事體，即上所云『漢氏群祀』。……文選皇甫謐三都賦序：『誇競之興，體失之漸。』（卷四五）即舍人所本。」「體」，指祝祀的大體。「漸」，開始。意謂春秋以來的祝祀已經變質。斠詮：「體謂體統，指祭祀之規制儀式而言。所謂『體失之漸』，謂祭祀之規制儀式漸流於荒誕淫濫，而非祭祀之禮典本身有何廢弛也。」

總以上，紀評：「祝之流弊。」

至如黄帝有祝邪之文〔一〕，東方朔有駡鬼之書〔二〕，於是後之譴呪，務於善駡〔三〕。唯陳思詰咎〔四〕，裁以正義矣〔五〕。

〔一〕唐寫本「祝邪」作「呪耶」。張君房雲笈七籤軒轅本紀：「帝巡狩東至海，登桓山，於海濱得白澤神獸，能言，達于萬物之情。因問天下鬼神之事，自古精氣爲物，遊魂爲變者，凡萬一千五百二十種。白澤能言之，帝令以圖寫之，以示天下。帝乃作祝邪之文以祝之。」

黄叔琳云：「祝，又音晝，詩大雅『侯詛侯祝』是也。俗作『呪』，非。故詛駡亦祝之一體。」

〔二〕訓故：「古文苑：王延壽夢賦序：臣弱冠嘗夜夢見鬼物與臣戰，臣遂得東方朔與臣作駡鬼之書。」

黄注：「按朔與延壽隔世久遠，或朔本有書，延壽得之則可，曰『與臣作』，謬矣。倘作書亦是夢中事，便無所不可。然彦和又豈以烏有爲實録乎？非後人傳寫之誤，即前代有傳寫失實者。」

范注：「案黄説甚是。東方朔駡鬼之書，今不可考。惟延壽夢賦尚存（古文苑卷六）。蓋亦駡鬼之流也。」

〔三〕紀評：「詛楚文之類是也。」

〔四〕校證：「『詰』原作『誥』，從唐寫本改。……子建詰咎文，見藝文類聚一百（「詰」誤「誥」）。」

梅注：「曹能始曰：按曹子建詰咎文序曰：五行致災，先史咸以爲應政而作。天地之氣，自有變動，未必政治之所興致也。於時大風發屋拔木，意有感焉。聊假天帝之命，以詰咎祈福。」

補注：「案困學紀聞（卷十七）引作詰咎，謂假天帝之命以詰風伯雨師，詰字較誥字爲長。陳思此文前詰風伯雨師，後有『皇祇赫怒』，『顧叱豐隆，息飆遏暴』，『慶雲是興』，『甘澤微微，雨我公田，爰既予私』，『年登歲豐，民無餒飢』云云，所謂『裁以正義』也。」

〔五〕詰咎文中經過對風雨之神的責問，最後使得風調雨順，「年登歲豐，民無餒飢」。「裁」，謂裁奪。曹植文不迷信鬼神，所以説「裁（斷）以正義」。

若乃禮之祭祝，事止告饗〔一〕；而中代祭文，兼讚言行〔二〕。祭而兼讚，蓋引神而作也〔三〕。又漢代山陵，哀策流文〔四〕；周喪盛姬，内史執策〔五〕。然則策本書贈〔六〕，因哀而爲文也。是以義同於誄〔七〕，而文實告神，誄首而哀末，頌體而祝儀〔八〕，太史所讀之讚，固周之祝文也〔九〕。

〔一〕校證：「『祝』原作『祀』，從唐寫本改。告饗之祝，見儀禮少牢饋食禮。」「禮之祭祝」，指上文所指祭神和祝文。

范注：「儀禮少牢饋食禮：『主人西面，祝在左，主人再拜稽首。祝曰：孝孫某，敢用柔毛（羊也）、剛鬣（豕也）、嘉薦（菹醢也）、普淖（普，大也。淖，和也。德能大和，乃有黍稷。），用薦歲事于皇祖伯某（伯某，其字也）。以某妃（某妃，某妻也）配（合食曰配）某氏（某氏，若言姜氏、子氏）。尚饗。』（尚，庶幾。饗，歆也。）」斠詮：「告饗，謂奉獻酒食，祝告鬼神歆享之也。」

范注：「説文：『祰，告祭也。』爾雅釋詁：『祈，告也。』毛詩大雅行葦：『以祈黃耇。』箋云：『祈，告也。』『告』，本字作『祰』。」

陳懋仁文章緣起注「祭文」類襲此文云：「夫禮祭以誠，止于告饗。」

〔二〕范注：「中代祭文，據文章緣起有杜篤祭延鍾文，文佚。」范注引曹操祀故太尉橋玄文，見後漢書橋玄傳，又見魏志武帝紀注引褒賞令。

文體明辨序説：「按祭文者，祭奠親友之辭也。古之祭祀，止于告饗而已。中世以還，兼讚言行，以寓哀傷之意，蓋祝文之變也。」

文體明辨序説「祭文」類：「古者祀享，史有册祝，載其所以祀之之意，考之經可見。若文選所載謝惠連之祭古冢，王僧虔之祭顔延之，則亦不過叙其所祭，及悼惜之情而已。」「中代」，本書頌贊篇稱晉代爲末代，可見這裏是以「中代」指漢魏時期。

〔三〕校注：「『神』，徐𤊹校作『伸』。……按此言祝文體制之蕃衍，『伸』字是。易繫辭上：『引而伸之』。」「而」，唐寫本作「之」。「引伸」，謂從哀祭引出贊德行來。

古今文綜第六部第一編第四章祭弔哀誄甲「祭文」：「孝經疏云：祭者，際也，人神相接，故曰際也。周禮：太祝掌六祝之辭，以事鬼神，告饗有文，此其嚆矢。迄乎後世，體寖孳乳。唐翼修曰：祭文之用有四：祈禱雨暘，驅逐邪魅，干求福澤，哀痛死亡，如此而已。」

〔四〕「山陵」，帝王墳墓。范注：「後漢書禮儀志：『司徒、太史令奉謚、哀策。』注曰：『晉時有人嵩高山下得竹簡一枚，上有兩行科斗書之。臺中外傳以相示，莫有知者。司空張華以問博士束皙。皙曰：「此明帝顯節陵中策也。」檢校果然。是知策用此書也。』案彦和謂『哀策流文』指此。文章緣起：『漢樂安相李尤作和帝哀策。』文佚。」「流文」，謂有哀策文流傳下來。「哀策前功德之文章。」「頌揚天子后妃生流文」，漢代祭皇帝陵墓，用哀策文，因而流行成爲文體，即下文所説「誄首而哀末，頌體而祝儀」。

〔五〕穆天子傳六：「天子西至于重璧之臺，盛姬告病……天子哀之。是日哀次，天子乃殯盛姬于轂丘之廟。……於是殤祀而哭，内史執策。」郭璞注：「策，所以書贈賵之事。内史，主策命者。」哀册文不傳。

〔六〕范注：「『書贈』，唐寫本作『書賵』，均通。」

校釋：「唐寫本『贈』作『賵』，是。」按「賵」音奉，給喪家送葬之物。

校注：「按儀禮既夕禮：『書賵於方。』鄭注：『方，板也。書賵奠賻贈之人名與其物于板。』則唐寫本作『賵』是也。『賵』『贈』二字形近，每易淆誤。」

〔七〕范注：「摯虞文章流別論：『今哀策，古誄之義。』（御覽五百九十六引）」

〔八〕校釋：「『儀』疑作『義』。」按仍應作「儀」。哀策文開頭像誄，結尾是哀詞，體裁像頌，而進行儀式像祝。

〔九〕校證：「『太史所讀之讚，固周之祝文也』，唐寫本作『太祝所讀，固祝之文者也』。汪本以下作『太史所作之讚，因周之祝文也。』今參定如此。言漢之哀策，即周之祝文耳。」

漢書百官公卿表上：「奉常……屬官……有太史。」後漢書續百官志：「太常，卿一人。……本注曰：掌禮儀祭祀。每祭祀，先奏其禮儀；及行事，常贊天子。」注曰：「漢舊儀曰：贊饗一人……掌贊天子。」范注：「案太常卿屬官，有太史令一人。禮儀志載太史令奉謚哀策，則彥和所云『太史作讚』，當爲指漢代而言矣。唐寫本作『太祝所讀，固祝之文者也』。語意似不甚明。」斯波六郎范注補正：「案此二句，疑當作『太史所讀，固周之祝文也』十字。續漢禮儀志下曰：『太史令自東南北面讀哀策。』據此，則漢太史令讀哀策可知。」

校釋：「按漢之太史，屬于奉常，禮儀志載太史令奉謚哀策，是此二句應作『太史所讀，固周之祝文也』，言漢之哀策，與祝文實同一物也。」

校注：「按唐寫本是。……續漢百官志二：『太祝令一人，六百石。本注曰：凡國祭祀，掌讀祝及迎送神。』」

以上爲第二段，言祝之流弊及其流變。

凡群言務華〔一〕，而降神務實，修辭立誠〔二〕，在於無媿〔三〕。祈禱之式，必誠以敬〔四〕；祭奠之楷，宜恭且哀：此其大較也〔五〕。班固之祀涿山〔六〕，祈禱之誠敬也；潘岳之祭庾婦〔七〕，祭奠之恭哀也〔八〕：舉彙而求〔九〕，昭然可鑒矣。

〔一〕校證：「『務』原作『發』，據唐寫本改。」

〔二〕易乾文言：「修辭立其誠。」正義：「外則修理文教，内則立其誠實。」此處借指寫祝辭的真誠。斠詮：「觀此，知祭文可分二種：一爲祭告山川，一爲祭奠親友。我國古代最重祀典，遠至唐虞之世，設有專官，以司其事。而祭奠親友則爲後起。東漢杜篤祭延鍾文，當爲祭奠親友文之較早者。此外又有所謂『祝文』，實爲祭文之先導，與祭文異名同實。」

〔三〕校證：「唐寫本『媿』作『愧』。」斯波六郎：「見『祝史陳信』條。又春秋左氏傳昭公二十年：『其祝史薦信，無愧心矣。』」

〔四〕校注：「按禮記曲禮上：『禱祠祭祀，供給鬼神，非禮不誠不莊。』鄭注：『莊，敬也。』」「式」指祈禱文之體式。

〔五〕紀評：「此雖老生之常談，然執是以衡文，其合格者亦寡矣。所謂三歲小兒道得，八十老翁行不得也。」

文章辨體序説「祭文」類：「大抵禱神以悔過遷善爲主，祭故舊以道達情意爲尚。若夫諛辭巧語，虛文蔓説，固弗足以動神，而亦君子之所厭聽也。」
文體明辨序説「祭文」類：「按祭文者……蓋祝文之變也。……劉勰云：『祭奠之楷，宜恭且哀。』若夫辭華而靡實，情鬱而不宣，皆非工于此者也。」

〔六〕「祀」唐寫本作「祠」。校證：「『涿』原作『濛』，今從唐寫本改正。」

范注：「班固祀濛山文不可考。唐寫本『濛』作『涿』。嚴可均全後漢文二十六輯得涿邪山祝文四句。」涿山在今蒙古人民共和國西部。

校釋：「按固有涿邪山祝文，今亦訛『涿』爲『濛』。」

〔七〕黄注：「潘岳集有爲諸婦祭庾新婦文。」范注謂見藝文類聚三十八，文缺不全。又見全晉文卷九十三。

〔八〕校證：「『祭奠』原作『奠祭』。今從唐寫本乙正。」

校注：「上文『祈禱之式，必誠以敬』，故承之曰『祈禱之誠敬也』。此當作『祭奠之恭哀也』，始能與上『祭奠之楷，宜恭且哀』句相應。」

〔九〕「彙」，類聚。

以上爲第三段，提出對祝文的規格要求。

盟者，明也〔一〕。騂毛白馬〔二〕，珠盤玉敦〔三〕。陳辭乎方明之下〔四〕，祝告於神明者也。

〔一〕釋名釋言語：「盟，明也。告其事于神明也。」周禮秋官序官：「司盟。」鄭注：「盟，以約辭告神，殺牲歃血，明著其信也。」

〔二〕黄注：「左傳：瑕禽曰：昔平王東遷，吾七姓從王，牲用備具，王賴之，而賜之騂旄之盟。」按此見襄公十年。杜注：「騂旄，赤牛也。舉騂旄者，言得重盟，不以犬鷄。」范注：「案『騂毛』當依左傳作『騂旄』。唐寫本正作『騂旄』。」「騂旄」，赤色的牛。黄注：「漢書：王陵曰：高皇帝刑白馬而盟曰：『非劉氏而王者，天下共擊之。』」按此見王陵傳。

〔三〕黄注：「周禮天官玉府：若合諸侯，則共珠盤玉敦。」鄭注：「敦，槃類，珠玉以爲飾。古者以槃盛血，以敦盛食，合諸侯者必割牛耳，取其血歃之以盟。珠槃以盛牛耳，尸盟者執之。」

〔四〕校注：「按儀禮覲禮：『諸侯覲于天子，爲宫方三百步，四門，壇十有二尋，深四尺，加方明於其上。方明者，木也。方四尺，設六色，東方青，南方赤，西方白，北方黑，上玄下黄。』鄭注：『方明者，上下四方神明之象也。上下四方之神者，所謂神明也。會同而盟，明神監之，則謂之天。天之司盟有象者，猶宗廟之有主乎？』周禮秋官司盟：『掌盟載之灋。凡邦國有疑會同，則掌其盟約之載及其禮儀，北面詔明神。』鄭玄注：『載，盟辭也。盟者書其辭於策……明神，神之明察者，謂日月山川也。覲禮加方明於壇上，所以依之也。詔之者，讀其載書以告之也。』」

在昔三王，詛盟不及〔一〕，時有要誓〔二〕，結言而退〔三〕。周衰屢盟〔四〕，弊及要劫〔五〕，始之以曹沫〔六〕，終之以毛遂〔七〕。

〔一〕黄注：「穀梁傳：詛盟不及三王。」按此見隱公八年。范寧注：「三王，謂夏、殷、周也。夏后有鈞臺之享，湯有景亳之命，周武有孟津之會，衆所歸信，不盟詛也。」

〔二〕周禮春官詛祝：「詛祝掌盟、詛、類、造、攻、説、禬、禜之祝號。」鄭注：「八者之辭皆所以告神明也。盟詛主於要誓。大事曰盟，小事曰詛。」

周禮春官詛祝：「作盟詛之載辭，以叙國之信用。」賈公彦疏：「作盟詛之載辭者，爲要誓之辭，載之於策。人多無信，故爲辭對神要之，使用信，故云以叙國之信用。」

左傳襄公九年：「公孫舍之曰：『昭大神，要言焉，若可改也，大國亦可叛也。』知武子謂獻子曰：『我實不德，而要人以盟，豈禮也哉！』」斠詮：「要，結約也。……誓，約束也，見説文言部。」

〔三〕春秋桓公三年經：「夏，齊侯、衛侯胥命于蒲。」左傳：「不盟也。」杜注：「申約言以相命，而不歃血也。」公羊傳：「古者不盟，結言而退。」

〔四〕校注：「按詩小雅巧言：『君子屢盟，亂是用長。』鄭箋：『屢，數也。盟之所以數者，由世衰亂，多相背違。』」文體明辨序説：「三代盛時，初無詛盟。雖有要誓，結言則退而已。周衰，人鮮忠信，于是刑牲歃血，要質鬼神，而盟繁興。然俄而渝敗者多矣。」

〔五〕校證：「『弊』原作『以』，『劫』原作『契』，今從唐寫本改。」校注：「按唐寫本是。公羊傳莊公十三年：『莊公升壇，曹子手劍而從之。……已盟，曹子摽劍而去之。要盟可犯，而桓公不欺，曹子可讎，而桓公不怨。』解詁：『臣約束君曰「要」，彊見要脅而盟爾，故云「可犯」。以臣「劫」君，罪「可讎」。』是『要劫』不能……截然分爲兩事……且舍人於此語下，即緊接『始之以曹沫，終之以毛遂』二句，『要劫』史實已爲指明。」

〔六〕史記刺客列傳：「曹沫者，魯人也……爲魯將，與齊戰，三敗北。魯莊公懼。乃獻遂邑之地以和。……齊桓公許與魯會于柯而盟。……曹沫執匕首劫齊桓公，桓公左右莫敢動……乃許盡歸魯之侵地。」索隱：「沫，音亡葛反。左傳、穀梁並作曹劌，沫劌聲相近而字異耳。」又云：「此作曹沫，事約公羊爲説，然彼無其名，直云曹子而已。且左傳魯莊十年，戰于長勺，用曹劌謀敗齊，而無劫桓公之事，十三年盟于柯，公羊始論曹子。穀梁此年惟云：『曹劌之盟，信齊侯也。』又不記其行事之時也。」

〔七〕訓故：「史記：秦圍邯鄲，平原君求救于楚。議日中不決。毛遂按劍歷階而上。楚王叱之，遂曰：『王之所以叱遂者，以楚國之衆也。今十步之内，王不得恃其衆也。王之命懸于遂手，吾君在前，叱者何也？』議定，遂謂楚王之左右曰：『取鷄狗馬之血來。』毛遂奉銅盤而進之楚王曰：『王當歃血而定從，次者吾君，次者遂。』」按此見平原君列傳。

及秦昭盟夷，設黄龍之詛〔一〕；漢祖建侯，定山河之誓〔二〕。然義存則克終，道廢則渝始〔三〕，崇替在人，呪何預焉〔四〕。

〔一〕梅注：「楊用脩云：『黄龍盟見西南夷傳。』愚案後漢書：『秦昭襄王時有一白虎，常從群虎，數遊秦、蜀、巴、漢之境，傷害千余人。昭王乃重募國中有能殺虎者，賞邑萬家，金百鎰。時有巴郡閬中夷人，能作白竹之弩，乃登樓射殺白虎。昭王嘉之，而以其夷人，不欲加封，乃刻石盟要，復夷人頃田不租，十妻不筭，傷人者論，殺人者得以倓錢贖死。盟曰：「秦犯夷，輸黄龍一雙；夷犯秦，輸清酒一鍾。」夷人安之。』」按此見南蠻西南夷列傳板楯蠻夷傳。范注：「常璩華陽國志巴志：『秦昭襄王與夷人刻石盟曰：秦犯夷，輸黄龍一雙；夷犯秦，輸清酒一鍾。』」

校注：「郝懿行文心雕龍輯注批注云：『按黄龍非可輸之物，疑「黄龍」當爲「璜瓏」之省文。説文：「璜，半璧也。瓏，禱旱玉也，龍文。」（按見玉部）抑或作黄瓏，爲瓏玉色黄者耳。』其説當否，姑録以備考。」

〔二〕黄注：「史記高祖功臣侯者年表：封爵之誓曰：『使河如帶，泰山若厲，國以永寧，爰及苗裔。』」「厲」，同「礪」，磨刀石。

〔三〕左傳成公十二年：「有渝此盟，明神殛之。」「渝始」，改變原來誓言。

〔四〕校證：「唐寫本『呪』作『祝』。」「崇替」，興廢。

斠詮：「此言盟起於周衰，春秋之世最盛。祝告神明以取信，後世盟書是其濫觴。誓始起於尚書湯誓牧誓，所以征伐誓師，與漢祖封建諸侯不同。」

若夫臧洪歃辭，氣截雲蜺〔一〕；劉琨鐵誓，精貫霏霜〔二〕；而無補於漢晉，反爲仇讐〔三〕。故知信不由衷〔四〕，盟無益也〔五〕。

〔一〕校證：「唐寫本『歃辭』作『唾血』。『唾』乃『歃』誤。」斠詮：「唐寫本『歃』作『哂』，字通。後漢書馮衍傳：『哂血昆陽。』唐寫本行書如此。」

梅注：「後漢書：臧洪，廣陵射陽人也。靈帝中平末，棄官還家，太守張超請爲功曹。時董卓弑帝，圖危社稷，超與洪西至陳留，見兄邈計事。邈引洪與語，大異之。乃與諸牧守大會酸棗，設壇場，將盟。既而更相辭讓，莫敢先登，咸共推洪。洪乃攝衣升壇，操（應作歃）血而盟曰：漢室不幸，皇綱失統。賊臣董卓，乘釁縱害，禍加至尊，毒流百姓。大懼淪喪社稷，翦覆四海。某等糾合義兵，並赴國難。凡我同盟，齊心一力，以致臣節。隕首喪元，必無二志。有渝此盟，俾墜其命。皇天后土，實皆鑒之。」按此見臧洪傳，下文云：「洪辭氣慷慨，聞其言者，無不激揚。」後來臧洪爲袁紹所敗，被殺。「歃」，歃血，口含血，一説，以指蘸血，塗于口旁。「截」，斷。王金凌：「盟辭内容爲獎掖王室，誓滅董卓，的確有一股剛正之氣在，則『氣截雲蜺』似乎應指正氣。」

校注：「唐寫本『歃辭』作『唾血』，『氣』作『辭』。……元明以來各本因脱去『血』字，故移『辭』字屬上，而增一『氣』字以彌縫其闕，於文殊不辭矣。」按「氣截雲蜺」之「氣」指辭氣而言，核諸後漢書原文，説亦可通。而且「氣截雲蜺」與下文「精貫霏霜」形成對偶。

〔二一〕梅注：「晉書：元帝稱制江左，琨乃令長史温嶠勸進。于是琨與段匹磾期討石勒，匹磾推琨爲大都督，喢血載書，檄諸方守，俱集襄國（按此見劉琨傳）。北堂書鈔琨與匹磾盟文曰：天不靖晉，難集上邦，四方豪傑，是焉煽動。乃憑陵于諸夏，俾天子播越震蕩，罔有攸底。二虜交侵，區夏將泯，神人乏主，蒼生無歸，百罹備臻，死喪相枕。肌膚潤于鋒鏑，骸骨曝于草莽，千里無烟火之廬，列城有兵曠之邑，兹所以痛心疾首，仰訴皇穹者也。臣琨蒙國寵靈，叨竊台岳；臣磾世效忠節，忝荷公輔，大懼醜類，猾夏王旅，隕首喪元，盡其臣禮。古先哲王，貽厥後訓，所以翼戴天子。敦序同好者，莫不臨之神明，結之盟誓。故齊桓會于邵陵，而群后加恭；晉文盟于踐土，而諸侯兹順。加臣等介在遐鄙，而與主相去迴遼，是以敢于先典，刑牲歃血。自今日既盟之後，皆盡忠竭節，以翦夷二寇。有加難于琨，磾必救；加難於磾，琨亦如之。繾綣齊契，披布胸懷，書功金石，藏于王府。有渝此盟，亡其宗族，俾墜軍旅，無其遺育。」「霏」，雲氣。「霏霜」，雪霜，比喻堅貞。

黄注：「劉琨傳：琨字越石。建武元年……琨、匹磾進屯固安，以俟衆軍。匹磾從弟末波納（石）勒厚賂，獨不進，乃沮其計。琨、匹磾以勢弱而退。」

〔二二〕校證：「唐寫本無『於』字。『漢晉』原作『晉漢』，今從唐寫本乙正。」

黄叔琳原評：「二盟義炳千古，不宜以成敗論之。」

紀評：「彦和此論紕繆，北平先生（黄叔琳）譏之是也。」

補注：「案黃注引後漢書臧洪傳『無不激揚』下，當添入『自是之後，諸軍各懷遲疑，莫適先進，遂使糧儲單竭，兵衆乖散』；原引晉書劉琨傳『以勢弱而退』下，當添入『末波許琨爲幽州刺史，共結盟而襲匹磾，請琨爲內應，而爲匹磾邏騎所得。琨別屯故征北府小城，末之知也。來見匹磾，匹磾遂留琨。會王敦密使匹磾殺琨。匹磾遂稱有詔收琨，遂縊之』。如此方與彥和本文『無補晉漢，反爲仇讎』相合。」臧洪後被同時起來反對董卓的袁紹所殺。所以說「無補」。

范注：「案彥和所云『無補晉漢，反爲仇讎；信不由衷，盟無益也』諸語，乃指當時與盟之人而言，于臧、劉二子，固已推崇無所不至矣。」

〔四〕斯波六郎：「春秋左氏傳隱公三年：『君子曰：信不由中，質無益也。』」「衷」與「中」通。

〔五〕校注：「按左傳桓十二年：『君子曰：苟信不繼，盟無益也。』」

夫盟之大體，必序危機，獎忠孝，共存亡，戮心力，祈幽靈以取鑒，指九天以爲正〔一〕；感激以立誠，切至以敷辭〔二〕，此其所同也〔三〕。然非辭之難，處辭爲難〔四〕。後之君子，宜存殷鑒〔五〕，忠信可矣，無恃神焉。

〔一〕斯波六郎：「離騷：『指九天以爲正兮，夫唯靈脩之故也。』」王逸注：「指，語也；九天，謂中央八方也；正，平也。」儀禮士昏禮：「女出于母左，父西面戒之，必有正焉。」正義：「以物爲憑曰正。」是「正」亦可作憑證解。「戮」，合力。

〔二〕後漢書楊震傳：「震前後所上，轉有切至，帝既不平之。」晉書江統傳：「申論陸雲兄弟，辭甚切至。」「切至」，形容言辭的懇切周到。

〔三〕文體明辨序説「盟」類（「誓」附）：「夫盟誓之文，必序危機，奬忠孝，戮心力，祈幽靈以取鑒，指九天以爲正，感激以立誠，切至以敷詞，此其所同也。然義存則克終，道廢則渝始，亦存乎人焉耳。嗚呼，勰爲斯言，其知盟誓之要者乎？」

〔四〕斠詮：「此二語從韓非子説難『則非知之難也，處知則難也』蜕化而出。……韓非子宋注釋其句云：『其思，鄰父非不知也，但處用其知，不得其宜，故或見戮，或見疑，故曰處之難也。』是此『處辭』之處，當作處用解，而處用有遵守之意。全句謂非撰寫誓辭之難，而是遵守誓辭爲難也。」

〔五〕校證：「『存』原作『在』，從唐寫本改。」詩大雅蕩：「殷鑒不遠，在夏后之世。」

以上第四段，言盟的意義、來源、發展及其規格要求。

贊曰：毖祀欽明〔一〕，祝史惟談〔二〕。立誠在肅〔三〕，修辭必甘。季代彌飾〔四〕，絢言朱藍〔五〕。神之來格〔六〕，所貴無慚〔七〕。

〔一〕唐寫本「毖」作「祕」。尚書洛誥：「予沖子夙夜毖祀。」孔傳：「言政化由公而立，我童子徒早起夜寐，慎其祭祀而已。」范注：「唐寫本『欽明』作『唾血』，非是。」校證：「『唾』亦『歃』誤。」尚書堯典：「欽明文思安安。」「欽」，敬也。正義：「照臨四方謂之明。」校注：「『欽明』疑爲『方明』之誤（篇中有「方明」之文）。此句本統言祝與盟二者，『毖祀方明』即慎祀上下四方神明之意。於祝於盟，均能闕合。作『欽明』，既不愜洽；若據唐寫本之『唾血』改爲『唼血』，則又不能施之於祝矣。」注訂：「書酒誥：『汝劼毖殷獻臣。』正義曰：『毖訓爲慎。』」

〔二〕「談」，指祀辭或盟辭。

〔三〕校證：「顧校、譚校『立』作『意』。案顧、譚校不可從。『修辭立誠』，乃易乾文言文，彥和此文本之。上文『修辭立誠』，『感激以立誠，切至以敷辭』，並作『立』，可證。」

〔四〕「季代」，末代，和時序篇中「季世」同，指晉代以後。

〔五〕校證：「『言』，何云：『疑作焉。』」「絢言朱藍」，言辭絢爛而尚華采，指後世祝盟崇尚辭藻，但祝盟宜求質實。

〔六〕詩大雅抑：「神之格思。」毛傳：「格，至也。」斠詮：「格亦訓感通，書說命：『格于皇天。』」

〔七〕校注：「篇中『凡群言發華，而降神務實，脩辭立誠，在於無媿』云云，即『所貴無慚』之意。」

卷三

銘箴第十一

禮記祭統：「夫鼎有銘。銘者自名也，自名以稱揚其先祖之美，而明著之後世者也。爲先祖者，莫不有美焉，莫不有惡焉。銘之義，稱美而不稱惡，此孝子孝孫之心也。唯賢者能之。銘者，論譔其先祖之有德善、功烈、勳勞、慶賞、聲名，列於天下，而酌之祭器，自成其名焉，以祀其先祖者也。顯揚先祖，所以崇孝也。身比焉，順也。明示後世，教也。夫銘者，壹稱而上下皆得焉耳矣。是故君子之觀於銘也，既美其所稱，又美其所爲。爲之者，明足以見之，仁足以與之，知足以利之，可謂賢矣。賢而勿伐，可謂恭矣。」注：「銘，謂書之刻之以識事者也。自名，謂稱揚其先祖之德，著己名於下。」

銘箴一開始就是先秦貴族的産物。左傳襄公十九年載臧武仲云：「夫銘，天子令德，諸侯言時計功，大夫稱伐。……且夫大伐小，取其所得，以作彝器，銘其功烈，以示子孫，昭明德而懲無禮也。」這裏説天子銘德不銘功，諸侯舉動得時而有功可以銘，大夫討伐別人有功，也可以銘。總之,這種銘都是當時貴族紀念所謂「功德」的。文章流別論云:「且上古之銘,銘於宗廟之碑。……後世以來之器銘之嘉者……咸以表顯功德。」另外有一種刻在器物上的銘,是以警戒爲目的的。這種警戒,有的是自戒的,有的是警戒別人的。褒贊功德的銘有兩種:一種是表揚生者的功德,一種是表揚死者的功德。至於箴,則完全以警戒爲主,而且警戒的目的也有警戒別人和自戒兩種:警戒別人的叫「官箴」,作自我警戒的叫「私箴」。箴的本義爲鍼石之鍼,是醫生治病的工具,因此把補缺防患的規戒之辭,就叫做箴。

饒宗頤文心雕龍探源五文心各篇之取材述略:「蔡邕有銘論(全後漢文七四)崔瑗有叙箴(全後漢文四五)。」

昔帝軒刻輿几以弼違〔一〕,大禹勒筍簴而招諫〔二〕,成湯盤盂,著日新之規〔三〕,武王戶席,題必戒之訓〔四〕,周公慎言於金人〔五〕,仲尼革容於欹器〔六〕,則先聖鑒戒〔七〕,其來久矣〔八〕。

〔一〕校注:「事始引作『軒轅輿几以弼不逮』,事物紀原集類四、事物考二引同,宋本御覽五百九十引作『昔軒轅帝刻輿以弼違』,活字本御覽作『昔軒轅刻輿以弼違』。喜多本、鮑本御覽作『昔軒轅帝刻輿几以弼違』。按諸書所引,皆有脱誤。帝王世紀:『(黃帝)或曰帝軒。』(御覽七九引)……文選張衡思玄賦『會帝軒之未歸兮』,又顏延之赭白馬賦『昔帝軒陟位』,是稱黃帝爲『帝軒』之證。書益稷：『予違汝弼。』此『弼違』二字所自出。（諧隱篇「其次弼違曉惑」，亦以弼違二字連文。）『輿几』與下句『筍簴』相儷。唐寫本作『昔帝軒刻輿几以弼違』，與今本正同。又按國語楚語上：『左史倚相曰：「……在輿，有旅賁之規……倚几，有誦訓之諫。」』韋注：『規，規諫也。誦訓，工師所誦之諫，書之於几也。』李尤几銘序：『昔帝軒仁智恭恕，恐事之有闕，作倚几之法。』（書鈔一三三、御覽七百一十引）張華有倚几銘，見書鈔一三三及御覽（七百一十）引。據此，則『輿几』似爲二物。」

玉海卷三十一：「皇王大紀：黃帝作輿几之箴以警宴安，作金几之銘以戒逸欲。」范注：「漢書藝文志道家載黃帝銘六篇。蔡邕銘論曰：『黃帝有巾几之法。』後漢書朱穆傳：『古之明君，必有輔德之臣，規諫之官，下至器物，銘書成敗，以防遺失。』注曰：『黃帝作巾几之法。』路史疏仡紀載黃帝巾几之銘曰：『毋翕弱，毋俷德，毋違同，毋傲禮。毋謀非德，毋犯非義。』諸書均作巾几，無作輿几者。留存事始：『文心曰：軒轅輿几，與弼不逮，即爲箴也。』留存，唐人，引文心作『輿几』，是彥和本作『輿几』，別有所本也。宋胡宏皇王大紀亦謂帝軒作輿几之箴，以警晏安。」

校證：「『以弼違』，事始、事物紀原、事物原始、山堂肆考作『以弼不逮』。案諧讔篇亦有『弼違』語，此疑出高承臆改。」

玉海卷二〇四辭學指南「銘」類：「銘始於黃帝，漢藝文志道家有黃帝銘六篇。（應劭曰：盤孟諸書，黄帝史孔甲所作銘也。）」
書益稷：「予違汝弼。」孔安國傳：「我違道，汝當以義輔正我。」後因稱糾正過失爲弼違。晉書武帝紀：「擇其能正色弼違，匡救不逮者以兼此選。」
〔二〕唐寫本「筍」作「簨」，「而」作「以」。校證：「御覽『而』作『以』。」
梅注：「淮南子：禹之時，以五音聽治，懸鐘鼓磬鐸置鞀，以待四方之士，爲號曰：教寡人以道者擊鼓，諭寡人以義者擊鐘，告寡人以事者振鐸，語寡人以憂者擊磬，有獄訟者摇鞀。當此之時，一饋而十起，一沐而三捉髮，以勞天下之民，此而不能達善效忠者，則才不足也。」按此見氾論訓。
訓故：「鬻子：大禹爲銘於筍簴曰：教寡人以道者擊鼓，教以義者擊鐘，教以事者振鐸，語以憂者擊磬。」
范注：「周禮春官典庸器注引杜子春曰：『筍讀如博選之選。横者爲筍，從者爲鐻。』釋文：『鐻，今或作簴。』」
注訂：「周禮冬官考工記：『梓人爲筍簴。』注：『樂器所縣，横曰筍，直曰簴。』」
按周禮春官典庸器：「帥其屬而設筍簴。」「筍簴」，同簨簴，古代縣鐘磬的架。「勒」，刻。
校注：「『筍』，唐本作『簨』。按筍、簨音同誼通。禮記明堂位：『夏后氏之龍簨簴。』釋文『簨本作筍』即其例。」

〔三〕范注：「禮記大學篇：『湯之盤銘曰：苟日新，日日新，又日新。』」鄭注：「盤銘，刻戒於盤也。」正義：「湯沐浴之盤而刻銘爲戒。」注訂：「盂，器名。此云『盤盂』，與『輿几』相類，皆引伸增文。」

〔四〕唐寫本「戒」作「誡」。玉海卷二〇四辭學指南銘類：「禹銘筍簴，湯銘於盤（銘者，名也，因其器名，書以爲戒也），武王聞丹書之言爲銘十六。」

訓故：「大戴禮：師尚父曰：臣聞以仁得之，以仁守之，其量百世。以不仁得之，以不仁守之，必及其世。王聞書之言，惕若恐懼，退而爲戒書。於户爲銘焉，於牖爲銘焉，凡二十五章。」

梅注：「户銘曰：『夫名難得而易失。無懃弗志，而曰我知之乎。無懃弗及，而曰我杖之乎。擾阻以泥之。若風將至，必先搖搖，雖有聖人，不能爲謀也。』席銘（按原書作席四端銘）曰：『安樂必敬，無行可悔。一反一側，亦不可不志。所鑑不遠，視爾所代。』」按以上均見大戴禮武王踐阼。

大戴禮記武王踐阼篇：「（武）王聞書之言，惕若恐懼，退而爲戒書。於席之四端爲銘焉，於機爲銘焉，於鑑爲銘焉，於盥盤爲銘焉，於楹爲銘焉，於杖爲銘焉，於帶爲銘焉，於履屨爲銘焉，於觴豆爲銘焉，於户爲銘焉，於牖爲銘焉，於劍爲銘焉，於弓爲銘焉，於矛爲銘焉。」

〔五〕孔子家語觀周：「孔子觀周……有金人焉，三緘其口而銘其背曰：古之慎言人也。戒之哉！無多言，多言多敗。無多事，多事多患。安樂必戒，無所行悔。勿謂何傷，其禍將長。勿謂何患，其禍將大。勿謂不聞，神將伺人。燄燄不滅，炎炎若何。涓涓不壅，終爲江河。綿綿不絶，或成網羅。毫末不札，將尋斧柯。誠能慎之，福之根也；曰是何傷，禍之門也。强梁者不得其死，好勝者必遇其敵。盜憎主人，民怨其上。君子知天下之不可上也，故下之；知衆人之不可先也，故後之。温恭慎德，使人慕之。執雌持下，人莫踰之。人皆趨彼，我獨守此。人皆或之，我獨不徙。内藏我智，不示人技；我雖尊高，人弗我害。誰能於此。江海雖左，長於百川，以其卑也。天道無親，而能下人。戒之哉！」

范注：「周公金人銘無可考。案嚴可均（全上古文卷一金人銘注）云：金人銘舊無撰人名。據太公陰謀、太公金匱，知即黄帝六銘之一。金匱僅載銘首二十餘字。説苑敬慎篇載其全文，録之於下：孔子之周，觀於太廟，右陛之前，有金人焉，三緘其口而銘其背曰云云。」其文與孔子家語所載略同。范注：「此道家附會之辭，僞跡顯然，不可信。」注訂：「金人銘撰人失載，此云周公，必舍人别有所據，蔡邕銘論有『周廟金人』語。」郭注：「今案此銘刻之於周之太廟，故彦和云『周公慎言於金人』也。」斠詮：「古所稱金人，多鑄銅爲之，即銅人也。」

〔六〕淮南子道應篇：「孔子觀桓公之廟，有器焉，謂之宥巵。孔子曰：『善哉，余得見此器。』顧曰：『弟子取水。』水至灌之，其中則正，其盈則覆。孔子造然革容曰：『善哉，持盈者乎！』」

按梅注引家語與此略同。

校注：「按仲尼觀欹器事，互見各書，早者自屬荀子；然舍人『革容』二字，則本淮南子道應篇也。（上言「慎言」，故此以「革容」對。）」

紀評：「欹器不言有銘，此句未詳，或六朝所據之書，今不盡見耳。」周注：「欹器不聞有銘，這是連類而說。」

「欹器」，本作「攲器」。荀子宥坐「有欹器焉」楊倞注：「文子曰：『三王五帝有勸戒之器名侑卮。』注云：『欹器也。』」「欹器」當爲古代盛酒用的一種祭器，因其傾欹易覆，故名。晉杜預、南朝祖沖之皆曾仿制，今其制已不傳。「革容」，變色，指引起警惕。

〔七〕校注：「唐寫本作『列聖鑑戒』，御覽引同。按唐寫本、御覽是也。今本『則』字乃『列』之形誤；『則聖鑑戒』，於文不辭，故又增『先』字以足之耳。封禪篇：『騰休明於列聖之上。』正以『列聖』連文。」

〔八〕注訂：「自黃帝始，迄於仲尼，列舉古聖賢，其重銘也如彼，才不及聖賢者，又將何如哉！述其沿習，即所以重其影響，所謂文外趣致，不可不知也。」

劉師培論文雜記：「銘者，古人儆勵之詞也。銘始於黃帝，故漢志道家類列黃帝銘六篇，厥後禹銘筍虡，湯銘浴盤，武王聞丹書之言，爲銘十六。而周代卿士大夫，莫不勒銘於器以示子孫。」

徐炬事物原始「銘」類：「銘，志也，記銘其功也。湯有盤銘，武王有衣銘、鏡銘。觴銘曰：『樂極則悲，沉湎致非。』崔子玉座右銘曰：『無道人之短，無説己之長，施人謹勿念，受施謹勿忘。』僧立息心銘曰：『毋多慮，毋多智。』」文體明辨序説：「考諸夏商鼎彝、尊卣、盤匜之屬，莫不有銘，而文多殘缺，獨湯盤見於大學，而大戴禮備載武王諸銘，使後人有所取法，是以其後作者寖繁，凡山川宫室門井之類，皆有銘詞。然要其體，不過有二：一曰警戒，二曰祝頌。」

故銘者，名也，觀器必也正名，審用貴乎盛德〔一〕。蓋臧武仲之論銘也，曰：「天子令德，諸侯計功，大夫稱伐〔二〕。」夏鑄九牧之金鼎〔三〕，周勒肅慎之楛矢〔四〕，令德之事也；吕望銘功於昆吾〔五〕，仲山鏤績於庸器〔六〕，計功之義也；魏顆紀勳於景鐘〔七〕，孔悝表勤於衛鼎〔八〕，稱伐之類也。

〔一〕唐寫本無「故」字。校注：「唐寫本作：『銘者，名也，親器必名焉。正名審用，貴乎慎德。』……按唐寫本僅『親』字有誤（唐寫本「觀」皆作「親」），餘並是也。今本作『觀器必也正名』，蓋寫者涉論語子路『必也正名乎』之文而誤。後遂於『名』字下加豆。『盛』，御覽、玉海六十引亦並作『慎』，與唐寫本合（餘同今本）。法言脩身篇：『或問銘？曰：「銘哉！銘哉！有意於慎也。」』是銘之用，固在慎德矣。頌讚篇：『敬慎如銘。』亦可證。」潘重規云：「唐寫本『觀』旁『勸』旁草書皆與『親』相似，實非誤字。」校釋：「唐寫本作『觀器必名焉』爲句，『正名』屬下『審用』爲句。是也。」

范注：「毛詩鄘風定之方中正義曰：『作器能銘者，謂既作器能爲其銘。若栗氏爲量，其銘曰：「時文思索，允臻其極。嘉量既成，以觀四國。永啓厥後，兹器爲則。」是也。（案此銘見考工記）。大戴禮説武王盤盂几杖皆有銘，此其存者也。銘者，名也，所以因其器名而書以爲戒也。』……釋名釋典藝：『銘，名也，述其功美，使可稱名也。』」

周禮夏官司勳：「凡有功者，銘書於王之太常，祭於大烝，司勳詔之。」鄭康成注：「銘之言名也。」釋名釋言語：「銘，名也，記名其功也。」

注訂：「銘，古通作名。禮記祭統：『鼎有銘，名者自名也。』加金旁者，以其題勒於鐘鼎也。」

文章流别論：「德勳立而銘著。」

〔二〕唐寫本無「武」字，「曰天子令德，諸侯計功，大夫稱伐」三句脱。范注：「左襄十九年傳：『季武子以所得於齊之兵作林鍾，而銘魯功焉。臧武仲謂季孫曰：非禮也。夫銘，天子令德（天子銘德不銘功），諸侯言時計功（舉得時，動有功，則可銘也），大夫稱伐（銘其攻伐之勞）。』」

「臧武仲」，魯大夫，臧孫氏，名紇，官司寇。「令」，善，美。此指銘其美德。

〔三〕唐寫本「鼎」字「矢」字均缺。范注：「左宣三年傳：『楚子伐陸渾之戎，遂至於雒，觀兵於周疆。定王使王孫滿勞楚子。楚子問鼎之大小、輕重焉。對曰：在德不在鼎。昔夏之方有德也，遠方圖物（圖畫山川奇異之物而獻之），貢金九牧（使九州之牧貢金），鑄鼎象物（象所圖物，著之於鼎），百物而爲之備，使民知神姦（圖鬼神百物之形，使民逆備之）。』案禹貢不言有銘，彦和以意説之。」

斠詮：「九牧，九州之長也。禮記曲禮下：『九州之長，入天子之國曰牧。』漢書郊祀志：『禹收九州之金，鑄九鼎，象九州。』」

〔四〕國語魯語下：「仲尼曰：……昔武王克商，通道于九夷百蠻，使各以其方賄來貢。……於是肅慎氏貢楛矢石砮，其長尺有咫。先王欲昭其令德之致遠也，以示後人，使永監焉。故銘其栝曰：肅慎氏之貢矢。」韋昭注：「刻曰銘。栝，箭羽之間也。」「肅慎氏」，古族名，商周時居「不咸山（長白山）北」，「東臨大海」，北至黑龍江中下游。「楛矢」，楛木做的箭。楛莖似荆，木可以作矢幹。

〔五〕黄注：「史記：太公望吕尚者，東海上人。」

范注：「蔡邕銘論：『吕尚作周太師而封于齊，其功銘于昆吾之冶。』逸周書大聚解：『乃召昆吾冶而銘之金版。』昆吾，當時善冶人名。」

斠詮：「吕望，即太公望吕尚也。『昆吾』有四義：一曰圜器，謂圜渾也。説文：『壺，昆吾圜器也。』段注：『缶部曰，古者昆吾作匋。壺者，昆吾始爲之。』二曰古國名，夏之昆吾國，夏伯昆吾封此，爲成湯所滅。……三曰山名，山海經中山經：『昆吾之山，其上多赤銅。』四曰治人名。」

〔六〕訓故：「古文苑仲山甫鼎銘注：竇憲北征，南單于遺憲古鼎，其傍銘曰『仲山甫鼎』。崔駰時爲主簿，因爲之銘。」「仲山甫」，周宣王時卿士，見詩經大雅烝民。

周禮春官典庸器：「掌藏樂器、庸器。」注：「庸器，伐國所獲之器，若崇鼎、貫鼎及以其兵物所鑄銘也。」

斠詮：「庸器，一謂伐國所獲之器也。……一謂銘功之器也。周禮春官序官『典庸器』注：『庸，功也。鄭司農云：有功者鑄器以銘其功。』後漢書竇憲傳：『南單于遺憲古鼎，容五斗，其旁銘曰：仲山甫鼎，其萬年子子孫孫永保用』。」

〔七〕校證：「『鐘』……唐寫本、御覽作『鍾』……『鍾』『鐘』古通。」

黄注：「國語：昔克潞之役，秦來圖敗晉功，魏顆以其身却退秦師于輔氏，親止杜回。其勳銘于景鍾。」按此見晉語七。韋昭注：「景鍾，景公鍾。」銘文今不存。

斠詮：「魏顆，春秋晉大夫犨子，仕爲卿。左傳宣十五年：『秋七月，秦桓公伐晉，次于輔氏。魏顆敗秦師於輔氏。獲杜回，秦之力人也。……』景鐘，晉景公所鑄之鐘也。」

〔八〕禮記祭統：「故衛孔悝之鼎銘曰：六月丁亥，公假于大廟。公曰：叔舅！乃祖莊叔，左右成公。成公乃命莊叔隨難于漢陽，即宮于宗周，奔走無射，啓右獻公，獻公乃命成叔纂乃祖服。乃考文叔，興舊耆欲，作率慶士，躬恤衛國，共勤公家，夙夜不解。民咸曰：休哉！公曰，叔舅，予女銘，若纂乃考服。悝拜稽首曰：對揚以辟之，勤大命施于烝彝鼎。」「勤」，勞苦。

玉海卷六十引文心雕龍作：「夏鑄九鼎，周勒楛矢，令德之事也。吕望銘昆吾，仲山鏤庸器，計功之義也。魏顆景鍾，孔悝衛鼎，稱伐之類也。」

玉海卷二〇四辭學指南「銘」類：「西山先生曰：古之爲銘，有稱述先人之德善勞烈者，衛孔悝鼎銘是也。有著儆戒之辭于器物者，如湯盤銘，武王几、杖、楹、席之銘是也。」

魏文帝與鍾繇五熟釜書：「夫周之尸臣，宋之考父，衛之孔悝，晉之魏顆，彼四臣者，並以功德勒名鐘鼎。」

斠詮：「孔悝，春秋衛正卿，逐輒立蒯聵，是爲莊公。莊公德之，銘之於鼎。事見左傳哀公十五、六年。」

若乃飛廉有石槨之錫〔一〕，靈公有奪里之謚〔二〕，銘發幽石，吁可怪矣〔三〕。趙靈勒跡於番吾〔四〕，秦昭刻博於華山〔五〕，夸誕示後，吁可笑也！詳觀衆例，銘義見矣〔六〕。

〔一〕梅注：「楊用脩云：『飛廉事見史記秦紀。』愚按秦紀：飛廉爲紂石北方，還，無所報，爲壇霍泰山而報，得石棺，銘曰：『帝令處父，不與殷亂。賜爾石棺以華氏。』死，遂葬于霍泰山。」范注引史記索隱曰：「『言處父至忠，國滅君死而不忘臣節，故天賜石棺，以光華其族。事蓋非實，譙周深所不信。』彥和意同譙周，故云可怪。『石槨』當據史記作『石棺』。」

注訂：「飛廉，一作蜚廉。史記秦本紀：『蜚廉善走，父子俱以材力事殷紂。』」斠詮謂：「『石北方』之『石』字當據御覽及淵鑑類函改作使。處父，飛廉字。」

〔二〕梅注：「莊子：仲尼問于豨韋曰：夫衛靈公所以爲靈者何耶？豨韋曰：夫靈公也，死卜葬于故墓，不吉；卜葬于沙丘而吉。掘之數仞，得石槨焉。洗而視之，有銘焉。曰：『不馮之（原書作「其」）子，靈公奪而埋之。』夫靈公之爲靈也久矣。搜神記曰：人死，精神歸于蒿里。」

范注：「博物志異聞篇：『衛靈公葬，得石槨。銘曰：不逢箕子，靈公奪我里。』」「奪里」舊作「蒿里」。校注：「蒿，唐寫本作『舊』；御覽引作『奪』。按『奪』字是，『舊』蓋『奪』之形誤，『蒿』則寫者臆改。『奪里』見莊子則陽篇。」

玉海卷六十引於本句下注云：「莊子。博物志：石槨銘云：靈公奪之我里。」

〔三〕校注：「鮑氏集蕪城賦：『莫不埋魂幽石。』」「吁可怪矣」唐寫本作「噫可怪也」。

注訂：「石槨之錫，蒿里之謚，皆銘發幽石，非人情也。況飛廉被逐，見于孟子，此秦人之後，自炫其說以耀祖，非事實也。故云『吁可怪矣』。」「幽石」，指埋藏于地下的石椁。

〔四〕梅注：「楊用脩云：趙靈事見韓非子。番吾，山名，何物白丁，改作番禺？番禺在南海古嶺，趙武靈何由至其地耶？按韓子：趙主父令工施鉤梯而緣潘吾，刻疏人跡其上，廣三尺，長五尺，而勒之曰：主父嘗遊于此。」按此見外儲説左上。潘吾，即番吾。唐寫本御覽正作潘吾。陳奇猷韓非子集釋謂：「在今正定府平山縣東南。漢地理志云：『縣有鐵山。』」

玉海卷六十引作：「趙靈勒跡于番禺。」原注云：「趙主父令工施鉤梯而緣番吾，刻疎人跡其上，而勒之曰：主父嘗遊于此。」札記：「刻疎當連讀，疎亦刻也。」

玉海卷六十：「韓非子：先王之賦頌，鍾鼎之銘，皆番吾之跡，華山之博也。」「趙靈」，趙武靈王，號主父。

〔五〕玉海卷六十引于本句下注云：「秦昭王令工施鉤梯而上華山，以松柏之心爲博，勒之曰：昭王嘗與天神博于此。」

梅注：「韓非子：秦昭王令工施鉤梯而上華山，以松柏之心爲博。箭長八尺，棊長八寸，而勒之曰：昭王嘗與天神博于此。」

范注：「趙武靈王自稱主父，秦昭王豈亦生時自謚耶？」按此見外儲説左上。

陳奇猷集釋：「博，同簙，説文云：『簙，局戲也，六箸，十二棊也。』博雅云：『博箸謂之箭。』」

〔六〕注訂：「自『若乃飛廉』以下至末，列舉二靈秦昭，皆怪詭妄作，非義之正也。」

蔡邕銘論：「春秋之論銘也，曰天子令德，諸侯言時計功，大夫稱伐。昔肅慎納貢，銘之楛矢，所謂天子令德者也。黄帝有巾几之法，孔甲有槃杅之誡，殷湯有甘誓之勒，毚鼎有丕顯之銘，武王踐阼，咨于太師，而作席几楹杖雜銘十有八章。周廟金人，緘口書背，銘之以慎言，亦所以勸進人主，勖于令德者也。昔召公作誥，先王賜朕鼎，出於武當曾水。呂尚作周太師而封于齊，其功銘于昆吾之冶。漢獲齊侯寶樽于槐里，獲寶鼎于美陽。仲山甫有補袞闕式百辟之功，周禮司勳凡有大功者，銘之大常，所謂諸侯言時計功者也。宋大夫正考父三命兹益恭，而莫侮其國。衛孔悝之父莊叔，隨難漢陽，左右獻公，衛國賴之，皆銘于鼎。晉魏顆獲秦杜回于輔氏，銘功于景鐘，所謂大夫稱伐者也。鐘鼎禮樂之器，昭德紀功，以示子孫，物不朽者，莫不朽于金石，故碑在宗廟兩階之間。近世以來，咸銘之于碑，德非此族，不在銘典。」

以上爲第一段，解説銘之起源、意義並據先秦銘文舉出類例。

至於始皇勒岳〔一〕，政暴而文澤，亦有疎通之美焉〔二〕。若班固燕然之勒〔三〕，張昶華陰之碣〔四〕，序亦盛矣〔五〕。

〔一〕訓故：「史記始皇二十八年，東行郡縣，上泰山，立石，封祠祀，刻石頌秦德焉而去。」

范注：「頌贊篇云：『秦政刻文，愛頌其德。』彼實頌體，而刻石則銘。」

就其文而言是頌，就其刻石而言就是銘。但有時頌贊等即使刻石也稱頌贊，而銘文也不一定全是歌頌的文章。換言之，刻石的不一定就是銘，也可能是其他文體，而銘文則以刻石或刻于器物爲常。

史記秦始皇本紀載始皇巡行各地，在山上刻石稱頌秦功德的，有泰山刻石、琅邪臺刻石、之罘西觀銘、之罘東觀銘等。銘文均李斯所作。

〔二〕唐寫本「有」作「其」。史記五帝本紀：「静淵以有謀，疏通而知事。」封禪篇：「秦皇銘岱，文自李斯，法家辭氣，體乏弘潤，然疎而能壯，亦彼時之絶采也。」禮記經解：「疏通知遠，書教也。」孫希旦集解：「疏通，謂通達於政事。」斟詮：「彦和藉其詞而申其義，承上文『政暴而文澤』言，有『疏導政理，通達民情』之意存焉。」

〔三〕唐寫本無「若」字。玉海卷六十引于句下注云：「見後漢書。」訓故：「文選：班固從竇憲北征，過燕然山，勒銘曰：鑠王師兮征荒裔，勦凶虐兮截海外。夐其邈兮亘地界，封神丘兮建隆嵑，熙帝載兮振萬世。」後漢書竇憲傳：「會南單于請兵北伐，乃拜憲車騎將軍……大破之。……登燕然山……刻石勒功，紀漢威德，令班固作銘。」春覺齋論文流別論四：「班蘭臺封燕然山銘文至肅穆，序不以華藻爲敷陳，骨節鏘然，銘用楚辭體，實則非也，楚辭之聲悲；銘詞之聲沉；楚辭之聲抗，銘詞之聲啞。其詞曰：『鑠王師兮征荒裔……熙帝載兮振萬世。』吐屬不類蘭臺。然蘭臺深知銘體典重，一涉悲抗，便爲失體，故聲沉而韻啞。」

〔四〕玉海卷六十引于句下注云：「見古文苑，文選注有張昶華山堂闕銘。」訓故：「古文苑華陰堂闕碑銘，張昶爲北地太守段煨作，其首云：嶽有五，而華處其一；瀆有四，而河在其數。其靈也至矣。蓋合祀河嶽之神也。」

范注：「張昶，唐寫本作張旭，古文苑十八載昶此文亦一作張旭。昶文又見藝文類聚七、初學記五。……昶字文舒，建安初爲給事黄門侍郎。」「碣」，圓頂的碑石。

〔五〕班固的封燕然山銘，和張昶的西嶽華山堂闕碑銘，都有很壯盛的序文。

蔡邕銘思，獨冠古今〔一〕。橋公之鉞，吐納典謨〔二〕；朱穆之鼎，全成碑文〔三〕；溺所長也〔四〕。

〔一〕范校引孫云：「御覽作『蔡邕之銘，思燭古今』。」校注：「按陸士龍文集與兄平原書：『蔡氏所長，唯銘頌耳。』」

斠詮：「蔡中郎集中多銘碑之文，且其構思之美巧，盛於别體，故云：獨冠古今。」

〔二〕唐寫本「吐」上有「則」字。玉海引于句下注云：「橋玄黄鉞銘見藝文類聚。」

蔡中郎集橋玄黄鉞銘：「帝命將軍，執兹黄鉞，威靈振耀，如火之烈。公之莅止，群狄斯柔，齊斧罔設，介士斯休。」范注：「水經注淮水篇謂此文是李友字仲僚所作。」又見全後漢文卷七十四。「吐納」，指模仿。文辭典雅，故言吐納典謨。

李翱答開元寺僧書：「夫銘，古多有焉。湯之盤銘，其辭云云；衛孔悝之鼎銘，其辭云云；秦始皇帝之嶧山銘，其辭云云。於盤則曰盤銘，於鼎則曰鼎銘，於山則曰山銘，盤之辭可遷之於鼎，鼎之辭可移之於山，山之辭可書之於碑，惟時之所紀爾。或盤或鼎，或嶧山，或黃鉞，其意與言皆同。」

〔三〕黃注：「蔡中郎集忠文朱公，名穆，字公叔。延熹六年卒。『肆其孤用，作茲寶鼎，銘載修功，俾後裔永用享祀，以知其先之德。』（按此見蔡邕鼎銘）按伯喈作朱公叔墳前石碑，前用散體，後繫四言韻語，至鼎銘則純作散體大篇，不著韻語，所謂『全成碑文』也。」

玉海卷六十引於此句下注云：「文章流別云，見上。」按文章流別論：「且上古之銘，銘于宗廟之碑。蔡邕爲楊公作碑，其文典正，末世之美者也。後世以來之器銘之嘉者，有王莽鼎銘、崔瑗杌銘、朱公叔鼎銘、王粲硯銘，咸以表顯功德，天子銘嘉量，諸侯大夫銘太常勒鐘銘之義。所言雖殊，而合德一也。」朱公叔，名穆，南陽宛人。官至尚書。有集二卷，已亡佚。嚴可均全後漢文輯其文共十一篇。後漢書卷四十三有傳。

注訂：「銘體之變，始于蔡中郎，多有散體居前，韻語綴後之作。鼎銘則通體作散，不著韻語，全以成碑文一類。唐宋以後從之，此銘文之變也。」又：「此即『觀器必也正名』之義，故此云『全成碑文，溺所長也』云云，有諷旨焉。」斠詮：「所謂『全成碑文』，極言其格意之失當。」

〔四〕蔡邕特長於寫碑文，全後漢文輯其碑文四十餘篇。「溺」，溺愛，指蔡邕慣于寫碑文，在他擅長處犯錯誤，把銘寫成碑文。

至如敬通雜器〔一〕，準矱戒銘〔二〕；而事非其物，繁略違中〔三〕。崔駰品物，讚多戒少〔四〕；李尤積篇，義儉辭碎〔五〕。蓍龜神物，而居博弈之中〔六〕；衡斛嘉量，而在臼杵之末〔七〕；曾名品之未暇，何事理之能閑哉〔八〕！

〔一〕玉海卷六十引此句，注云：「馮衍，見上。」按指上引初學記馮衍席前右、後右銘。訓故：「後漢書：馮衍，字敬通，京兆杜陵人，歷官司隸從事，以新陽侯事貶黜。古文苑載衍車銘。」

〔二〕范注：「戒銘，唐寫本作武銘，是。馮衍，字敬通。全後漢文二十輯衍銘文有刀陽、刀陰、杖、車、席前右、席後右、杯、爵等，蓋擬武王踐阼諸銘爲之。」校證：「唐寫本、御覽『戒』作『武』。」武銘：指傳爲武王的席四端銘、杖銘等。注訂：「取法乎武王踐祚諸銘而爲體也。如大戴記所載，參前『武王户席』注。」斠詮：「準矱，模範之意。武銘，謂武王踐阼諸銘。全句言馮敬通之雜器銘文蓋模擬武王踐阼諸銘爲之。」

〔三〕周注：「銘文同物不相應，詳略不恰當。如刀陰銘：『温温穆穆，配天之威。苗裔無疆，福禄來綏。』温穆同苗裔無疆等都和刀背無關。這篇銘是四句，杖銘是八句，長短相差一倍。」

〔四〕訓故：「後漢書：崔駰，字亭伯，涿郡安平人，歷官長岑長。古文苑載駰尊銘、襪銘。」

范注：「全後漢文四十四輯有車左、車右、車後、仲山甫鼎、樽、冬至襪、六安枕、刀劍、刻漏、縫、扇等銘文。」斠詮：「各篇充滿讚美之辭，故云：讚多戒少。」如樽銘：「獻酬交錯，萬國咸歡。」冬至襪銘：「長履景福，至於億年。」

〔五〕訓故：「後漢書：李尤，字伯仁，廣漢雒人。和帝時拜蘭臺令。」

文章流別論：「李尤爲銘，自山河都邑，至于刀筆笄契，無不有銘，而文多穢病；討論潤色，亦可采録。」

李尤集序：「尤好爲銘讚，門階户席，莫不有銘。」（文選任昉齊竟陵文宣王行狀李注引）

范注：「全後漢文五十嚴可均注曰：『按華陽國志十中「和帝召作東觀、辟雍、德陽諸觀賦銘懷戎頌百二十銘；著政事論七篇，帝善之。」今搜集群書，得八十四銘，其餘三十七銘亡。』……著龜、臼杵銘佚。（北堂書鈔六十二引魏文帝典論：李尤，字伯宗，年少有文章。賈逵薦尤有相如、揚雄之風，拜蘭臺令史，與劉珍等共撰漢紀。）」「義儉辭碎」：意義貧乏，文辭瑣碎。王金凌：「今觀李尤圍棋銘，旨在陳述由碁而想起的道理。……既無警戒，亦乏褒讚，内容空泛，難怪劉勰稱其『義儉』。」

〔六〕校證：「唐寫本、御覽『中』作『下』。」按「下」字是。「下」與「末」相對成文。

斯波六郎：「周易繫辭上：『探賾索隱，鉤深致遠，以定天下之吉凶，成天下之亹亹者，莫大乎著龜。是故天生神物，聖人則之。』」

〔七〕「嘉量」，古代標準量器名。周禮考工記㮚氏：「嘉量既成，以觀四國。」漢書律曆志上：「準繩嘉量。」顏師古注引張晏曰：「量知多少，故曰嘉。」唐寫本「臼杵」作「杵臼」。辭學指南「銘」類：「蔡邕銘論曰：『德非此族，不在銘典。』詩傳曰：『作器能銘，可以爲大夫。』考工記：『嘉量有銘。』文選序曰：『銘則序事清潤。』陸倕石闕、漏刻二銘皆有序。」校注：「按考工記有嘉量銘。摯虞文章流別論：『天子銘嘉量。』（御覽五百九十引）故舍人云然。」

〔八〕「閑」，通「嫻」，熟悉。注訂：「彥和譏李伯仁諸銘體雜未閑者，指蓍龜、嘉量各銘，與圍棋、杵臼諸篇並列也。」

魏文九寶〔一〕，器利辭鈍。唯張載劍閣〔二〕，其才清采〔三〕。迅足駸駸〔四〕，後發前至〔五〕，勒銘岷漢〔六〕，得其宜矣。

〔一〕玉海卷六十魏九寶銘：「典論：文帝爲三劍、三刀、三匕首，因姿定名，以銘其柎（此即九寶）。」全三國文卷八魏文帝典論劍銘自序云：「爲寶器九。劍三：一曰飛景，二曰流采，三曰華鋒。刀三：一曰靈寶，二曰含章，三曰素質。匕首二：一曰清剛，二曰揚文。靈陌刀一：曰龍鱗。」銘文較質直，故云「辭鈍」。

〔二〕黄注：「（晉書）張載傳：載『父收，蜀郡太守』。載『至蜀省父，道經劍閣。載以蜀人恃險好亂，因著銘以作誡』，『張敏見而奇之，乃表上其文，武帝遣使鐫之于劍閣山焉。』」銘文載文選卷五十六、晉書張載傳。

〔三〕「其才清采」，唐寫本作「清采其才」。王金凌：「清采，指文辭省浄而無雜語。……此處藉辭藻清采，説表達能力，謂其文才在運詞時，能表達得省浄。」

〔四〕「駸駸」，馬速行貌。詩小雅四牡：「載驟駸駸。」毛傳：「駸駸，驟貌。」

〔五〕注訂：「後發，起步在後也。前至，到達居先也。指張載生後於古人，而爲銘刻優于古人也。」

斯波六郎：「漢書藝文志：『形勢者，雷動風舉，後發而先至，離合背鄉，變化無常，以輕疾制敵者也。』」

辭學指南「銘」類：「張載劍閣銘末云：勒銘山阿，敢告梁益。則寓儆戒之旨。」

劍閣銘云：「矧兹狹隘，土之外區；一人荷戟，萬夫趦趄；形勢之地，非親勿居。」意在勸戒梁益二州（今川、陝一帶）之人，服從晉廷，不要作亂。

岷山與劍閣相連，漢水上源亦與劍閣相近。故以「岷山」代指劍閣。

〔六〕校注：「『勒銘』，唐寫本作『詔勒』。按唐寫本是也。『詔勒』，即晉書載本傳所謂『武帝遣使鐫之于劍閣山』之意。今本蓋寫者據銘末『勒銘山河』句而改耳。」

孫執升曰：「巉巉劍閣，宛然在目。然勒銘之意，正爲險不可恃也。歸重『德』字，深得古今制勝長策。通體典質，可與山川争壽。」（見于光華評注昭明文選）

文章辨體序説「銘」類：「按銘者，名也，名其器物以自警也。漢藝文志稱道家有黄帝銘六篇，然亡其辭。獨大學所載成湯盤銘九字，發明日新之義甚切。迨周武王則凡几席觴豆之屬，無不勒銘致警。厥後又有稱述先人之德善勞烈爲銘者，如春秋時孔悝鼎銘是也。又有以山川宫室門關爲銘者，漢班孟堅之燕然山，則旌征伐之功，晉張孟陽之劍閣，則戒殊俗之僭叛，其取義又各不同也。」

以上爲第二段，舉出秦漢以至魏晉以來各家銘文之雅俗與得失。

箴者，針也，所以攻疾防患，喻鍼石也〔一〕。斯文之興，盛於三代。夏商二箴，餘句頗存〔二〕。及周之辛甲，百官箴闕〔三〕，唯虞箴一篇，體義備焉〔四〕。

〔一〕范注：「説文竹部：『箴，綴衣箴也。從竹，咸聲。』又金部：『鍼，所以縫也。從金，咸聲。』箴與鍼通。鍼俗作針。『箴者』下應從唐寫本補『針也』二字。韋昭注周語曰：『箴，箴刺王闕以正得失也。』」古以石鍼刺穴道治病。

校注：「唐寫本『箴者』下，有『針也』二字。……御覽五八五引『防』作『除』，『石』下有『垣』字。按本書釋名，概繫二字以訓，此應從唐寫本增『針也』二字。淮南子説山篇：『醫之用針石。』漢書藝文志：『而用度箴石。』顔注：『箴所以刺病也；石謂砭石，即石箴也。』並足證御覽『石』下『㐬』字之非。」

校證：「『針也』二字原無，唐寫本有。案據本書文例，如『賦者，鋪也』，『銘者，名也』，『哀者，依也』，『弔者，至也』，皆以雙聲疊韻字爲訓，此正其比，今據補。」

文選序：「次則箴興於補闕。」五臣注：「箴所以攻疾防患，亦猶針石之針以療疾也。」

辭學指南「箴」類：「箴者，諫誨之辭，若箴之療疾，故名箴。」

文體明辨序説：「按説文云：箴者，誡也。蓋醫者以箴石刺病，故有所諷刺而救其失者，謂之箴，喻箴石也。」徐炬事物原始：「箴，誡也。張藴古作大寶箴，揚雄作酒箴戒成帝。……

按文心曰：軒轅輿几，以弼不逮，即爲箴之始。」

論文雜記：「箴者，古人諫誨之詞也。」自注：「書盤庚篇云：無伏小人之攸箴。詩庭燎序云：『因以箴之。』左傳載師曠之言曰：『百工誦箴諫。』」

〔二〕玉海卷二百四辭學指南：「文心雕龍曰：『夏商二箴，餘句頗存。』夏箴見于周書文傳篇；商箴見于吕氏春秋名類篇。」

玉海卷三十一夏箴條：「周書文傳解第二十五：文王受命九年，時維暮春，在鄗召太子發曰：吾語女，所保所守，厚德廣惠，忠信愛人，君子之行。夏箴曰：『中不容利，民乃外次。』開望曰：『土廣無守，可襲伐；土狹無食，可圍竭。』夏箴曰：『小人無兼年之食，遇天饑，妻子非其有也。大夫無兼年之食，遇天饑，臣妾輿馬非其有也。國君無兼年之食，遇天饑，百姓非其有也。戒之哉！弗思弗行，至無日矣。』文選王元長策秀才文注：周書夏箴曰：『小人無兼年之食，妻子非其妻子也。』（太平御覽引之。）文心雕龍：『夏商二箴，餘句頗存。』（原注：「呂氏春秋有商箴、周箴。」）」

呂氏春秋應同篇引商箴云：「天降災布祥，並有其職。」

補注：「案嚴氏元照蕙櫋雜記，據呂覽謹聽篇引周箴：『夫自念斯，學德未暮。』謂三代皆有箴，不獨夏商。舉此爲周箴餘句之證。」

胡廣百官箴叙曰：「箴諫之興，所由尚矣。聖君求之于下，忠臣納之于上。故虞書曰：『予違汝弼，汝無面從，退有後言。』墨子著書，稱夏箴之辭。」

北堂書鈔一〇二周書夏箴云：「天有四殃，水旱饑荒；非務積聚，何以備糧？」

〔三〕文章流别論：「祝史陳辭，官箴王闕。」文選序：「箴興于補闕。」

〔四〕校證：「『及周之辛甲』至『唯虞箴一篇』，三句十四字，原作『及周之辛甲百官箴一篇』，今從唐寫本、御覽改正。」

校注：「按今本文意不明，當據唐寫本及御覽訂補。事物考二引作：『及周辛甲，百官箴闕，虞人之箴，體義備焉。』文章緣起注引作：『及周之辛甲，百官箴闕，惟虞人箴一篇，體義備焉。』詞句雖小異，要足以證今本之非。」范注引孫蜀丞云：「御覽五八八引此文云：『及周之辛甲，百官箴闕，惟虞箴一篇，本義存焉。』」「體義」，體制、本義。

訓故：「春秋左傳：魏絳謂晉侯曰：『夏訓有之，有窮后羿。』公曰：『后羿何如？』曰：『昔周辛甲之爲太史也，命百官，官箴王闕。虞人之箴曰：芒芒禹跡，畫爲九州，在帝夷羿，冒于原獸，忘其國恤，而思其麀牡。虞箴如是，可不懲乎？』於是晉侯好田，故魏絳及之。」按此見襄公四年。末二句，范注引正義曰：「魏絳本意主勸和戎，忽云有窮后羿，以開公問，遂説羿事以及虞箴，乃與初言不相應會，故傳爲此二句以解魏絳之意。」杜注：「辛甲，周武王太史。闕，過也。使百官各爲箴辭戒王過。」

「辛甲」，原爲商臣，多次勸諫紂王，不被采納，遂離商到周。在周任太史，曾命令百官各爲箴辭，勸戒武王。左傳襄公四年載有虞人之箴，傳爲當時百官所作箴之一。「虞人」，掌山澤田獵的官員。

吴訥文章辨體序説：「按許氏説文：箴，戒也。商書盤庚曰：無或敢伏小人之攸箴。蓋箴者規誡之辭，若箴之療疾，故以爲名。古有夏商二箴，見于尚書大傳解、吕氏春秋，而殘缺不全，獨周太史辛甲命百官官箴王闕，而虞氏掌獵爲虞箴，其辭備載左傳。後之作者，蓋本于此。東萊云：凡作箴，須用官箴王闕之意，箴尾須依虞箴『獸臣司原，敢告僕夫』之類。」

春覺齋論文流別論四：「夏箴已亡，一見於逸周書。商箴則見於吕氏春秋名類篇。周箴則見于左氏傳魏絳告晉侯之言。所足以留爲世範者，唯一虞箴。」

迄至春秋，微而未絶。故魏絳諷君於后羿〔一〕，楚子訓民於在勤〔二〕。戰代已來〔三〕，棄德務功，銘辭代興，箴文萎絶〔四〕。

〔一〕「魏絳」，又稱魏莊子，晉國大夫。初任中軍司馬，後任新軍之佐，旋升爲下軍之將，曾力主與戎族和好，爲晉悼公采納。左傳襄公四年：「晉侯曰：『戎狄無親而貪，不如伐之。』魏絳曰：『……戎，禽獸也，獲戎失華，無乃不可乎？夏訓有之，曰有窮后羿。』公曰：『后羿何如？』對曰：『昔有夏之方衰也，后羿自鉏遷于窮石，因夏民以代夏政，恃其射也，不恤民事，而淫于原獸。棄武羅、伯因、熊髡、尨圉，而用寒浞……信而使之，以爲己相。……羿猶不悛，將歸自田，家衆殺而亨之，以食其子。』」三國魏志王朗傳引魏文帝詔書云：「魏絳稱虞箴以諷晉悼。」

〔二〕左傳宣公十二年：「欒武子曰：『楚自克庸以來，其君無日不討國人而訓之，於民生之不易，禍至之無日，戒懼之不可以怠。……箴之曰：民生在勤，勤則不匱。』」「楚子」，指楚莊王。「民」，唐寫本及御覽引作「人」。

〔三〕校證：「『戰代』本書常語。諸子篇『戰代所記』、養氣篇『戰代枝詐，攻奇飾説』、才略篇『戰代任武，而文士不絶』，並本書（應作「篇」）作『戰代』之證。」

〔四〕校證：「『萎絶』原作『委絶』，從唐寫本、御覽校改。夸飾篇『言在萎絶』、楚辭離騷『雖萎絶其何傷』，並作『萎』。」王逸注：「萎，病也。絶，落也。」

至揚雄稽古，始範虞箴〔一〕，作卿尹州牧二十五篇〔二〕。及崔、胡補綴，總稱百官〔三〕，指事配位，鞶鑑可徵〔四〕，信所謂追清風於前古，攀辛甲於後代者也〔五〕。

〔一〕辭學指南「箴」類：「周辛甲爲太史，命百官官箴王闕，虞人掌獵爲箴，漢揚雄擬其體爲十二州二十五官箴，後之作者咸依倣焉。」訓故：「漢書揚雄自序：箴莫大于虞箴，故作州箴。又古文苑揚雄州箴九，官箴十六。」按此見揚雄傳。崔瑗叙箴曰：「昔揚子雲讀春秋傳虞人箴而善之，于是作爲九州及二十五官箴規匡救，言君德之所宜，斯乃體國之宗也。」（全後漢文卷四十五）例如虞箴之末云：「獸臣司原，敢告僕夫。」意以獸臣有司郊原之責，吾不敢直告之，但告其僕。揚子雲仿之作州箴，冀州曰：「牧臣司冀，敢告在階。」揚州曰：「牧臣司揚，敢告執籌。」荆州曰：「牧臣司荆，敢告執御。」青州曰：「牧臣司青，敢告執矩。」徐州曰：「牧臣司徐，敢告僕夫。」

〔二〕四庫提要卷一四八揚子雲集：「然考（後漢書）胡廣傳，稱雄作十二州箴，二十五官箴，其九箴亡。則漢世止二十八篇。劉勰文心雕龍稱『卿尹、州牧二十五篇』，則又亡其三。」

余嘉錫四庫提要辨證揚子雲集條：「劉勰著書，意在評文，不甚留心考證。觀其命筆遣辭，平鋪直叙，意謂揚雄所作只二十五官箴，而忘其尚有十二州箴；非亡佚之餘，僅存此數也。此蓋行文時，惟憑記憶，未暇檢書，失之不詳審耳。」

斠詮校改此句爲「作十二州牧，二十五卿尹篇」。云：「胡廣傳所謂『十二州』，即彦和之『十二州牧』，所謂『二十五官箴』，即彦和之『二十五卿尹篇』，辭雖小異，義實一致。……張溥百三集所收之整篇二十箴，益以侍中、太史令、國三老、太樂令、太官令五箴之闕文，適爲嚴輯所得之三十三篇，若再益以所亡之四箴，則爲三十七，此即雄作之全數所謂『作十二州牧，卿尹二十五篇』是也。……總之，今存雄箴，全文完整者爲州牧箴十二，卿尹箴十六，共爲二十八箴。卿尹箴文字殘闕者五，全文亡佚者四。分目統計，則爲州牧箴十二，卿尹箴二十五，合如校定文句之數。」

〔三〕訓故：「古文苑：揚雄九箴亡闕，後涿郡崔駰及子瑗、臨邑侯劉騊駼增補十六篇，胡廣復繼作四篇，總名百官箴。」

黄注：「文章流别論：揚雄依虞箴作十二州、十二官箴傳于世。不具九官，崔氏累世彌縫其闕，胡公又以次其首目，而爲之解，署曰百官箴。」

補注：「案後漢書胡廣傳：『初，揚雄依虞箴作十二州二十五官箴，其九箴亡闕，後涿郡崔駰及子瑗，又臨邑侯劉騊駼增補十六篇。廣復繼作四篇。文甚典美，乃悉撰次首目，爲之解釋，名曰百官箴。凡四十八篇。』」范注：「揚雄傳謂箴莫大于虞箴，故遂作九州箴，崔、胡諸人亦皆放虞箴爲之，故彦和云：『唯虞箴一篇，體義備焉。』」

太平御覽卷五百八十八引崔瑗叙箴云：「昔揚子雲讀春秋傳虞人箴而善之，於是作爲九州及二十五官箴規匡救，言君德之所宜，斯乃體國之宗也。」章炳麟國故論衡辨詩：「詩與箴一實也。故自虞箴既顯，揚雄、崔駰、胡廣爲官箴，氣體文旨，皆弗能與虞箴異。蓋箴規誨刺者其義，詩爲之名。後世特以箴爲一種，與詩抗衡，此以小爲大也。」揚雄所作州箴凡十二首：冀州牧箴、兖州牧箴、青州牧箴、幽州牧箴、徐州牧箴、揚州牧箴、荆州牧箴、豫州牧箴、益州牧箴、雍州牧箴、幽州牧箴、并州牧箴、交州牧箴。姚鼐古文辭類纂云：「按子雲本傳：『箴莫善于虞箴，作州箴。』藝文志以州箴列于儒家。此本（按指十二州箴）録從藝文類聚，别無善本，蓋多舛誤。子雲文尚奇詭，而趙充國頌及此文獨平易，蓋箴頌之體宜爾也。漢武帝元封五年，始置刺史部十三州。……至平帝元始三年，始更十二州分界郡國所屬。……其文必平帝時作。」十二官箴，據後漢書胡廣傳當作二十五官箴。揚雄所作二十五官箴，在漢代已有亡闕，今可考見其文的篇目是大司農箴、侍中箴、光禄勳箴、大鴻臚箴、宗正卿箴、衛尉箴、太僕箴、廷尉箴、少府箴、執金吾箴、將作大匠箴、城門校尉箴、太史令箴、國三老箴、太樂令箴、太官令箴、上林苑令箴，均收于嚴可均全後漢文中。嚴氏輯文列于揚雄所作的官箴還有司空、尚書、太常、博士四箴，云崔駰、崔瑗所作，藝文類聚作揚雄。

玉海卷二〇四辭學指南「箴」類：「箴者，下規上之辭，須有古人諷諫之意，惟官名可以命題，所謂百官官箴王闕，各因其職以諷諫，如出周保章箴，則當以敬天爲説，其他皆然。又有非官名而出箴者（若宣室、上林、清臺之類），亦當引從規諷上立説。」

〔四〕左傳莊公二十一年：「鄭伯之享王也，王以后之鞶鑑予之。」杜注：「鞶帶而以鑑爲飾也。」正義曰：「鞶是帶也，鑑是鏡也。此與定六年傳皆鞶鑑雙言，則鞶鑑一物，故知以鏡飾帶。」

范注：「『可』，唐寫本作『有』。鞶鑑有徵，猶言明而有徵。」「鞶帶」，束衣的革帶。斠詮：「古亦書箴詞於其上，以爲鑑戒。」

〔五〕「信所謂」唐寫本作「可謂」。斯波六郎：「從文義推，作『可』者是。」注訂：「箴體大備，承前啓後，隆于兩漢。惟自崔、胡以降，其體漸駁，故有下文云云。」

春覺齋論文流別論四：「揚雄學古至深，爲九州牧箴，語質義精，聲響高騫，未易學步。」

至於潘勗符節，要而失淺〔一〕；温嶠侍臣，博而患繁〔二〕；王濟國子，引多而事寡〔三〕；潘尼乘輿，義正而體蕪〔四〕：凡斯繼作，鮮有克衷〔五〕。

〔一〕黃注：「（三國魏志）衛覬傳：建安末，河南潘勗與覬並以文章顯。（注引）文章志：勗字元茂，初名芝，改名勗。」曹操九錫策命，爲勗所作。

范注：「潘勗……獻帝時爲尚書郎，有集二卷。符節箴佚。」

〔二〕訓故：「晉書：温嶠爲太子太庶子，獻侍臣箴，略云：不以賢自盛，不以貴爲榮，思有虞之蒸蒸，尊周文之翼翼。屏彼佞諛，納此亮直。」

晉書温嶠傳：「遷太子中庶子，及在東宮，深見寵遇，太子與爲布衣之交。數陳規諷。又獻侍臣箴，甚有宏益。」范注：「今本誤侍爲傳，唐寫本不誤。……此文見藝文類聚十六，彦和謂其博而患繁，未審其故。」

〔三〕訓故：「晉書王濟字武子，太原人，歷官太僕，文辭秀茂，作國子箴。」

范注：「王濟國子箴，佚。晉書王濟傳謂濟嘗爲國子祭酒，則國子箴當作于此時也。」

「引多而事寡」原作「引廣事雜」。黄校云：「一作引多事寡。」校注：「按唐寫本作引多而事寡，御覽引同。玉海引作『文多事寡』，惟『文』字有異。」

校釋：「唐寫本作『引多而事寡』，下句『正』下亦有『而』字，是也。」

〔四〕訓故：「晉書：潘尼，字正叔，中牟人，岳從子也。歷官著作郎，作乘輿箴，以爲王者膺受命之期，總萬機而撫四海，簡群才而審所受，孜孜于得人，汲汲于聞過。不敢指斥至尊，故以乘輿名篇。」

晉書潘尼傳載乘輿箴云：「先儒既援古義，舉内外之殊；而高祖亦序六官，（范注：「尼祖勗作符節箴，此云高祖，恐誤。顔氏家訓風操篇：『潘尼稱其祖曰家祖。』正當指此文言，則『高』是『家』字之誤無疑。」）論成敗之要，義正辭約，又盡善矣。自虞人箴以至于百官，非唯規其所司，誠欲人主斟酌其得失焉。」按尼附見晉書潘岳傳，晉懷帝永嘉中卒，年六十餘，有集十卷。乘輿箴云「天下非一人之天下，乃天下之天下」，「故人主所患，莫甚于不知其過，而所美莫美于好聞其過」，故劉勰評以「義正」。王金凌文心雕龍文論術語析論：「潘尼以正反史例襯托主旨，鋪排亦多……由此而言，乘輿箴非但不簡，反而顯得煩冗。……劉勰認爲箴文須簡，則乘輿箴所以爲蕪，就在其繁雜。」

〔五〕衷，正中不偏。

至於王朗雜箴〔一〕，乃寘巾履〔二〕，得其戒慎，而失其所施〔三〕。觀其約文舉要，憲章戒銘〔四〕，而水火井竈，繁辭不已，志有偏也〔五〕。

〔一〕訓故：「魏志：王朗字景興，東海郡人。歷官御史大夫。所著奏、議、論、記，咸傳于世。」

〔二〕唐寫本「履」作「屨」。雜箴已散失，僅存數句。其中有巾箴、履箴，當是寫在巾履上。

〔三〕唐寫本「戒」作「誡」，無「所」字。文心雕龍雜記：「此謂巾履應施于銘，施于箴爲失也。」下文說：「箴誦于官，銘題于器。」古代箴詞多用于箴戒帝王，而雜箴中講到巾、履之類，故謂「失其所施」。

〔四〕校注：「『戒』，唐寫本作『武』；御覽引同。按『武』字是。『武銘』者，武王所題席、機等十七銘也。景興雜箴，多所則效之，故云。」考異：「憲章于武王之諸銘也。」

〔五〕案藝文類聚八十：「魏王朗雜箴曰：家人有嚴君焉，井竈之謂也。俾冬作夏，非竈孰能？俾夏作冬，非井孰閑？」注訂：「上言『失其所施』者，戒慎于己，義不及人，故云志有偏而近私也。」

以上爲第三段，解釋箴之意義及其來源，以爲漢代箴文可以媲美周代，魏晉以後箴文失之蕪雜。

夫箴誦於官〔一〕，銘題於器，名目雖異〔二〕，而警戒實同〔三〕。箴全禦過，故文資确切〔四〕；銘兼褒讚，故體貴弘潤〔五〕；其取事也必覈以辨〔六〕，其摛文也必簡而深〔七〕，此其大要也。

〔一〕校注：「左傳襄公四年：『昔周辛甲之爲大史也，命百官箴王闕。』杜注：『使百官各爲箴辭，戒王過。』詩小雅庭燎序：『庭燎，美宣王也；因以箴之。』國語周語上：『師箴。』韋注：『師，少師也。箴，箴刺王闕，以正得失也。』並『箴誦於官』之義。」

〔二〕校注：「『目』，唐寫本作『用』，御覽引同。按此承上『箴誦于官、銘題于器』之詞，『用』字是也。」

〔三〕所不同者，是銘以自戒爲主，而箴以警戒別人爲主。再就是銘多了一個褒讚功德的作用。

〔四〕校注：「确，黄校云：『元作確，朱改。』按唐本、御覽五八八引並作『确』。以奏啓篇『表奏确切』證之，自以作『确』爲是。」「确」音學，所謂「确切」，就是切實堅正。

黄注：「确，堅正也。崔實傳：指切時要，言辯而确。」按此見後漢書。

注訂：「确，堅實也。後漢書崔寔傳：『言辨而确。』注：『堅正也。』或體作『殼』，作『確』者非。音胡角切，又作『埆』。」

文體明辨序説「箴」類：「于是揚雄倣而爲之，其後作者相繼，而亦用以自箴。故其品有二：一曰官箴，二曰私箴。大抵皆用韻語，而反復古今興衰理亂之變，以垂警戒，使讀者惕然有不自寧之心，乃稱作者。此劉勰所以有『确切』之云也。」箴的作用，完全在消極方面的攻疾防患，所以要求「确切」。否則，辭涉游移，便失去它禦過的作用了。

玉海卷二〇四辭學指南「箴」類：「西山先生曰：箴銘贊頌，雖均韻語，然體各不同，箴乃規諷之文，貴乎有警戒切劘之意。」

至于寫箴的目的，既在于裨補闕失，就須立言謹嚴，也就是文字要寫得「确切」。因爲要求不嚴格，不能起到抑制的作用。這和文賦所説的「頓挫」「清壯」之義也是比較接近的。但是「确切」不等于直斥。文鏡秘府論南卷論文體六事，其六説：「舒陳哀憤，獻納約戒，言惟折中，情必曲盡，切至之功也。言切至則箴誄得其實。箴陳戒約，誄述哀情，故義資感動，言重切至也。切至之失也直。體尚專直，文好直斥，直乃行焉。謂文體不經營，專爲直詈，言無比附，好相指斥也。』「确切」和文鏡秘府論所説「切至」的風格是一致的。

〔五〕黄叔琳評：「陸士龍（應作「衡」）云：『銘博約而温潤，箴頓挫而清壯。』亦同斯旨。」文選文賦：「銘博約而温潤。」李善注：「博約謂事博文約也。銘以題勒示後，故博約温潤。」文選序：「銘則序事清潤。」封禪篇：「秦皇銘岱，文自李斯。法家辭氣，體乏弘潤。」定勢篇：「箴銘碑誄，則體制乎宏深。」

春覺齋論文流别論四：「銘箴之大要曰：『箴全禦過，故文資确切；銘兼褒讚，故體貴弘潤。』弘潤非圓滑之謂也。辭高而識遠，故弘；文簡而句澤，故潤。……箴者，攻疾防患，喻鍼石也。……綜言之，陳義必高，選言必精，賦色必古，結響必騫。」

「弘潤」和「温潤」的意思是差不多的，因爲銘中含教訓的意義，但對于貴族階級又不能板着面孔教訓，所以要温潤。而且銘還兼具褒贊德業的作用，含有積極方面的意義，旨不弘深，辭不温潤，便不易收積極的效果。

〔六〕校注：「『覈』，黄校云：元作『覆』。按『覈』字是。唐寫本、張本……作覈。」典論論文：「銘誄尚實。」注訂：「必覈以辨，必審精而辨明也。」

陳繹曾文説：「箴宜謹嚴切直，銘宜深藏切實。」典論論文所謂「尚實」，就是要切實，就是「其取事也必覈以辨」，也就是説要考核事實，不能作不必要的夸張。桓範世要論銘誄篇説：「夫渝世富貴，乘時要世，爵以賂至，官以賄成。……此乃繩墨之所加，流放之所棄。而門生故吏，合集財貨，刊石紀功，綜述勳德，高邈伊、周，下陵管、晏，遠追豹、産，近逾黄、邵，勢重者稱美，財富者文麗。後人相踵，稱以爲義。外若贊善，内爲己發，上下相效，競以爲榮，其流之弊，乃至于此。欺曜當時，疑誤後世，罪莫大焉。」（全三國文卷三十七）可見魏晉時代的銘誄多麼不切實際。

〔七〕文章流别論：「夫古之銘至約，今之銘至繁，亦有由也。質文時異，則既論之矣。」玉海卷二○四辭學指南「銘」類：「銘文體貴乎簡約清新。」又：「文心雕龍曰：箴貴确切，銘貴弘潤，事必覈以辨，文必簡而深。」

文賦所謂「博約」就是言簡意賅，就是「其摛文也必簡而深」。因爲銘是刻在器物上的，不能長篇大作。而且銘箴都是爲了使人諳誦，以便日夕反省的；篇幅長了，也不便于日夕諳誦。所謂「深」是和浮淺相對的。文鏡秘府論論文體六事，其二云：「語清典則銘贊居其極。……清典之失也輕，理入于浮，言失于淺，輕之起焉。叙事爲文，須得其理，理不甚會，則覺其浮；言須典正，涉于流俗，則覺其淺。」

總之，本篇對銘箴所提出的風格共同要求是切合事實，言簡意賅，不作不切實際的夸張。銘箴所不同者，祇是銘比較典重（贊曰：「義典則弘」），比較温潤；而箴要寫得比較嚴切，更富于警戒意味而已。

然矢言之道蓋闕〔一〕，庸器之制久淪〔二〕，所以箴銘寡用，罕施後代〔三〕。惟秉文君子〔四〕，宜酌其遠大焉〔五〕。

〔一〕補注：「段氏玉裁説文注云：『蓋闕』叠韻字。案二字雖見論語，而義近歇後，如盍各、言提之類，六朝人所習用也。」

〔二〕「庸器」，銘功之器。周禮春官序官：「典庸器。」注：「庸，功也。鄭司農云：『庸器，有功者鑄器銘其功。』」崔駰西征賦序：「愚聞昔在上世，義兵所克，工歌其詩，商陳其頌，書之庸器，列在明堂，所以顯武功也。」（藝文類聚五十九引）

矢言，誓言也。書盤庚上：「率籲衆慼，出矢言。……無或敢伏小人之攸箴。」孔傳釋「矢言」爲「正直之言」。蔡傳：「矢，誓也。史臣言盤庚欲遷于殷，民不肯往，盤庚率呼衆憂之人，出誓言以喻之，如下文所云也。」

〔三〕校證：「『寡』原作『異』，御覽作『實』；唐寫本作『寡』，與上下文意合，今據改。」考異：「作『寡』是，承上文蓋闕久淪之意也。」

「後」原作「於」。趙萬里唐寫本文心雕龍校勘記：「施下有後字，案唐本是也，與御覽五八八引合。」黄本『施』下有『於』字，即『後』字之譌。」

紀評：「此爲當時惟趨詩賦而發，亦補明評文不及近代之故。」

〔四〕斯波六郎：「詩周頌清廟：『濟濟多士，秉文之德。』」「秉」，主持，執掌。「秉文」，猶言主文。

〔五〕唐寫本「大」下有「者」字。「酌」，擇善而取。「遠大」，指弘潤、深遠。

以上是最後一段，指出箴銘二者名實之異同，及其寫作要領。

贊曰：銘實器表〔一〕，箴惟德軌〔二〕。有佩於言〔三〕，無鑒於水〔四〕。秉兹貞厲〔五〕，警乎立履〔六〕。義典則弘〔七〕，文約爲美。

〔一〕「器表」原作「表器」。趙萬里唐寫本文心雕龍校勘記謂唐本「『表器』作『器表』。器表與下句德軌相儷見義」。「器表」，器物的表記。

〔二〕易乾文言：「君子進德修業。」「德」，指德行。

〔三〕斠詮：「佩，謂服膺也，識之於心，有銘佩、感佩之意。」江淹爲建平王謝玉環刀等啓：「垂光既深，銘佩更積。」「有佩於言」意謂把應警戒的話銘記於心。

〔四〕校注：「按書酒誥：『古人有言曰：「人無於水監，當於民監。」』孔傳：『視水見己形，視民行事見吉凶。』國語吴語：『王其盍亦鑑於人，無鑑於水。』」按此伍子胥諫吴王語。韋昭注：「鑒，鏡也。以人爲鏡，見成敗；以水爲鏡，見形而已。」

〔五〕斯波六郎：「此二句據周易履九五：『夬履貞厲。象曰：夬履貞厲，位正當也。』」正義：「厲，危也。」高亨周易大傳今注本卦傳解：「貞，正也。」傳意：「夬履貞厲，比喻人用破裂之工具，行事雖正，亦有危險；然而不至于咎凶者，因其人以正道守其職位。」

〔六〕校證：「『警乎立履』原作『敬言乎履』。今據唐寫本改正。『警』之作『敬言』，此一字誤爲兩字也。鈴木云：『當作「警乎言履」，「言」「乎」二字，易地亦通。』」「言履」，即言行。「警乎言履」，即警惕自己的言行。

〔七〕「典」，謂典雅；「弘」，謂弘潤。

誄碑第十二

禮記曾子問：「賤不誄貴，幼不誄長。」注：「誄，累也，累列生時行迹，讀之以作謚。」斠詮：「誄，初本行狀，後世以爲哀祭文之一種，用於德高望重之死者，累列其生時功業，以致悼念，與施於卑幼夭折之『哀弔』有異。說文：『誄，謚也。』段注：『當云所以爲謚也。』」誄是用以表彰死者功業德行，表達哀悼之情的文章。

碑本來就是石碑，不是一種文體。誄碑的碑，嚴格說來應該叫作「碑文」。凡是刻在石碑上的文章，應該就叫作碑文。誄碑篇所論的碑文，是叙述死者生平的那一種。

周世盛德，有銘誄之文〔一〕。大夫之材，臨喪能誄〔二〕。誄者，累也；累其德行，旌之不朽也〔三〕。夏商已前，其詳靡聞〔四〕。周雖有誄，未被於士〔五〕。又賤不誄貴，幼不誄長〔六〕，其在萬乘，則稱天以誄之〔七〕。讀誄定謚〔八〕，其節文大矣〔九〕。

〔一〕周禮春官大祝：「作六辭以通上下親疏遠近……其六曰誄。」鄭注：「誄謂積累生時德行以錫之命，主爲其辭也。春秋傳曰：孔子卒，哀公誄之。」

校注：「後漢書种岱傳：『（李）燮聞岱卒，痛惜甚，乃上書求加禮於岱，曰「……昔先賢既没，有加贈之典；周禮盛德，有銘誄之文。」』章懷注：『周禮司勳曰：「凡有功者，銘書於王之太常。」又曰：「卿大夫之喪，賜謚誄也。」』」

斠詮：「銘誄皆記述死者功德之文辭。荀子禮論：『其銘誄繫世（謂帝繫世本之屬），敬傳其名也。』分别言之：銘，書死者名於旌，見周禮春官小祝『置銘』鄭注。又儀禮士喪禮：『爲名各以其物，亡，則以緇長半幅，經末長終幅，廣三寸，書銘於木，曰某氏某之柩。』注：『銘，明旌也。雜帛爲物，大夫士之所建也。……』舍人銘誄連文，則皆以銘誄各爲哀祭文之一種。」

〔二〕「材」，唐寫本作「才」。毛詩鄘風定之方中傳曰：「喪紀能誄……可謂有德音，可以爲大夫。」范注：「定之方中正義曰：『喪紀能誄者，謂於喪紀之事，能累列其行，爲文辭以作謚。』」

〔三〕范注：「釋名釋典藝：『誄，累也，累列其事而稱之也。』説文言部：『讄，禱也，累功德以求福。』又：『誄，謚也。謚，行之迹也。』蓋誄與謚相因者也。」

〔四〕范注：「唐寫本『詳』作『詞』，是。……御覽引禮記外傳曰：『古者生無爵，死無謚，謚法周公所爲也。堯、舜、禹、湯皆後追議其功耳。』然殷代亦間有謚號，如成湯、武丁之屬，故白虎通論謚曰：『禮郊特牲曰：「古者生無爵，死無謚。」此言生有爵，死當有謚也。』其誄詞世無傳者，故曰：其詞靡聞。」

文心雕龍雜記：「儀禮士冠禮：『死而謚，今也。古者生無爵，死無謚。』鄭注：『今謂周衰，記之時也。古謂殷，殷士生不爲爵，死不爲謚。』」

〔五〕范注：「陳立白虎通論謚疏證曰：『周禮典命：天子、公、侯、伯、子、男之士皆有命數。又檀弓云：「士之有誄。自此始也。」是周初士有爵無謚之明證。』周禮春官大史：『小喪賜謚。』注：『小喪，卿大夫也。』小史：『卿大夫之喪，賜謚讀誄。』皆士死無誄之證。」

〔六〕訓故：「禮記曾子問：『賤不誄貴，幼不誄長，禮也。唯天子稱天以誄之。諸侯相誄，非禮也。』」

文體明辨序説「誄」類：「按劉勰云：『柳妻誄惠子，辭哀而韻長。』則今私誄之所由起也。蓋古之誄本爲定謚，而今之誄惟以寓哀，則不必問其謚之有無，而皆可爲之。至于貴賤長幼之節，亦不復論矣。」

〔七〕校證：「『其』字原無，據唐寫本、御覽補。」

校注：「按『其』字當有。於『乘』下加豆，文勢較暢。詔策篇：『其在三代，事兼誥誓。』檄移篇：『其在金革，則逆黨用檄。』章表篇：『其在文物，赤白曰章。』句法並與此同，可證。」

范注：「白虎通論天子謚南郊曰：『天子崩，大臣至南郊謚之者何？以爲人臣之義，莫不欲褒稱其君，掩惡揚善者也；故至南郊，明不得欺天也。故曾子問孔子曰：「天子崩，臣下至南郊告謚之。」』陳立疏證：『釋名釋典藝云：「王者無上，故於南郊稱天以誄之。」禮曾子問注亦云：「春秋公羊說以爲讀誄制謚於南郊，若云受之於天然。」則此今文說也。曾子問又云：「天子至尊，故稱天以誄之。」有誄必有謚，故知天子謚於南郊也。』」

〔八〕校注：「周禮春官小史：『卿大夫之喪，賜謚，讀誄。』」逸周書謚法解：「維周公旦，大公望開嗣王業，建功於牧之野，終將葬，乃制謚，遂叙謚法。謚者，行之迹也。」

〔九〕書記篇：「若夫尊貴差序，則肅以節文。」章表篇：「肅恭節文，條理首尾。」顏氏家訓風操：「執燭沃盥，皆有節文。」「節文」，指禮節儀式，禮記鄉飲酒義：「賓出，主人拜送，節文終遂焉。」

自魯莊戰乘丘，始及於士〔一〕；逮尼父之卒，哀公作誄〔二〕，觀其慭遺之辭〔三〕，嗚呼之歎，雖非叡作，古式存焉〔四〕。至柳妻之誄惠子，則辭哀而韻長矣〔五〕。

〔一〕梅注：「檀弓：魯莊公及宋人戰於乘丘，（鄭注：十年夏。）縣賁父御，卜國爲右，馬驚敗績。公隊，佐車授綏。公曰：『末之卜也！』（鄭注：末之猶微哉，言卜國無勇。）縣賁父曰：『他日不敗績，而今敗績，是無勇也。』遂死之。（鄭注：二人赴敵而死。）圉人浴馬，有流矢在白肉。（鄭注：白肉，股裏肉。）公曰：『非其罪也。』遂誄之。（鄭注：誄其赴敵之功以爲謚。）

士之有誄，自此始也。（鄭注：周雖以士爲爵，猶無謚也。殷大夫以上爲爵。）」按此見禮記檀弓上。

〔二〕校證：「『之』字原無，據唐寫本、御覽補。」訓故：「春秋左傳哀公十六年，孔丘卒。公誄之曰：『旻天不弔，不憖遺一老，俾屏余一人以在位，煢煢余在疚。嗚呼哀哉，尼父，無自律！』」

「乘丘」，魯國地名，在山東滋陽縣西北。

〔三〕校證：「『辭』原作『切』，從唐寫本、御覽改。」詩小雅十月之交：「不憖遺一老，俾守我王。」「不憖」，猶言寧不，何不。

范注：「禮記檀弓上亦載：『魯哀公誄孔丘曰：天不遺耆老，莫相予位焉。嗚呼哀哉尼父。』鄭注曰：『尼父，因其字以爲之謚。』」

〔四〕紀評：「誄之傳者始於是，故標爲古式。」「叡作」，明智之作。

〔五〕訓故：「劉向列女傳：柳下惠卒，門人將誄之。妻曰：將誄夫子之德耶？則二三子不如妾知之也。乃誄曰：夫子之不伐兮，夫子之不竭兮，夫子之信誠而與人無害兮。柔屈從俗，不强察兮。蒙恥救民，德彌大兮。雖遇三黜，終不弊（蔽）兮。豈弟君子，永能厲兮。嗟乎惜哉，乃下世兮。庶幾遐年，今遂逝兮。嗚呼哀哉，神魂泄兮。夫子之謚，宜爲惠兮。」梅注引説苑同。柳下惠誄見列女傳卷二。「韻長」，謂情韻深長。紀評：「此誄體之始變，然其文出列女傳，未必果真出柳下婦也。」

暨乎漢世〔一〕，承流而作。揚雄之誄元后，文實煩穢〔二〕，沙麓撮其要〔三〕，而摯疑成篇〔四〕，安有累德述尊，而闊略四句乎〔五〕！杜篤之誄，有譽前代。吴誄雖工，而他篇頗疏〔六〕；豈以見稱光武而改盼千金哉〔七〕！傅毅所制，文體倫序〔八〕，孝山、崔瑗，辨絜相參〔九〕，觀其序事如傳，辭靡律調〔一〇〕，固誄之才也〔一一〕。

〔一〕唐寫本「乎」作「于」。

〔二〕唐寫本「煩」作「繁」。

黄注：「漢書：王莽建國五年，元后崩。詔揚雄作誄曰：太陰之精，沙麓之靈，作合於漢，配元生成。」左庵文論文心雕龍誄碑篇篇義：「見漢書元后傳及全漢文卷五十四。彦和譏其煩穢，繹今所傳，亦不盡然。」王金凌：「此文名爲誄元后，但中間一段，爲王莽作迴護，有悖誄文體例，所以稱爲煩穢。」

〔三〕校注：「『麓』，唐寫本作『鹿』，御覽引同。按春秋經僖公十四年：『秋八月辛卯，沙鹿崩。』作『鹿』，舍人必原用『鹿』字。今本蓋寫者據漢書元后傳改耳。」

校證：「唐寫本無『其』字。何校云：『有脱誤。』譚云：『沙麓句脱誤。』」沙麓，山名。在河北省大名縣東。漢書元后傳：「昔春秋沙麓崩。」春秋僖十四年：「沙麓崩。」公羊傳：「沙鹿者何？河上之邑也。」穀梁傳：「沙，山名也，林屬於山爲鹿。」按「其」字不當有，「沙麓撮要」者，謂元后誄：「沙麓之靈，太陰之精……作合於漢，配元生成。」四句，已撮舉全文的要領。因沙麓，指元后生長的地方。全文煩穢，實際上撮其要領，也不過是這四句話。

〔四〕唐寫本「摯」作「執」。范注：「『摯疑成篇』句，黄云有脱誤。姚範援鶉堂筆記四十云：『按此蓋謂摯虞讀雄此誄，而疑漢書所載爲成篇耳。』孫詒讓札迻十二云：『案此謂揚雄作元后誄，漢書元后傳僅撮舉四句，非其全篇也。摯疑此篇，摯當即摯虞。蓋揚文全篇，虞偶未見，撰文章流别遂疑全篇止此四句，故彦和難以累德述尊，必不如此闊略也。文無脱誤。』按姚、孫二氏説是也。漢書元后傳莽詔大夫揚雄作誄曰：『太陰之精，沙麓之靈，作合於漢，配元生成。』元后誄全文見藝文類聚十五，古文苑二十。」

雜記：「案孫説是也，而『疑』字不誤，無『疑』字則不詞矣。又四句當作四韻，漢書所録，六句四韻也。」

〔五〕校注：「『累』，另一明鈔本御覽引作『誄』。按作『誄』非是。文選顔延之宋文皇帝元皇后哀策文：『累德述懷』，是其證。」「累德」，累述尊貴者的德行。

「闊略」，疏略。漢書王莽傳：「闊略思慮。」師古注：「闊，寬也。略，簡也。」論衡實知：「衆人闊略，寡所意識。」

〔六〕後漢書文苑杜篤傳：「篤少博學，不修小節，不爲鄉人所禮。居美陽，與美陽令遊，數從請託，不諧，頗相恨。令怒，收篤送京師，會大司馬吴漢薨，光武詔諸儒誄之。篤於獄中爲誄，辭最高，帝美之，賜帛免刑。」吴漢誄（見藝文類聚四十七）：「篤以爲堯隆稷契，舜嘉皋陶，伊尹佐殷，吕尚翼周，若此五臣，功無與疇。今漢吴公，追而六之，乃作誄曰云云。」左庵文論：「今只傳大司馬吴漢誄一篇，見全後漢文卷二十八。句皆直寫，不甚錘鍊。漢人之誄，大致如此。」

〔七〕校證：「御覽『改盼』作『顧眄』，顧校『盼』作『盼』。」按應作「顧盼」，眷顧也。劉峻廣絶交論：「至于顧盼增其倍價，剪拂使其長鳴。」校釋：「『他』，御覽作『結』。詳審文氣，蓋指吴誄結尾未工，『他』字非。」戰國策燕策二：「（蘇代説淳于髡：）人有賣駿馬者，比三旦立市，人莫之知。往見伯樂曰：『臣有駿馬，欲賣之，比三旦立於市，人莫與言，願子還而視之，去而顧之，臣請獻一朝之賈。』伯樂乃還而視之，去而顧之，一旦而馬價十倍。」句意謂不能以光武帝稱美即以爲價值千金也。

〔八〕唐寫本「制」作「製」。左庵文論：「傅毅有明帝誄及北海王誄，見全後漢文卷四十三。調多轉折，音節甚高。」「倫序」，即倫次，指文章寫得有次序。

〔九〕黄注：「後漢書：蘇順，字孝山，和、安間，以才學見稱，所著賦、論、誄、哀辭、雜文凡十六篇。」按此見文苑蘇順傳。唐寫本「孝山」作「蘇順」。范注：「彦和於傅毅、崔瑗皆稱名，不容獨字蘇順，當據唐寫本改正。順所撰誄文有和帝誄（藝文類聚十二）及陳公（文選曹植上責躬詩表注）、賈逵（初學記二十一）二誄殘句。」

范注：「後漢書崔瑗傳：『瑗字子玉。……瑗高於文辭，尤善爲書、記、箴、銘，所著賦、碑、銘、箴、頌、七蘇（李賢注：瑗集載其文，即枚乘七發之流）、南陽文學官志、嘆辭、移社文、悔祈、草書埶、七言凡五十七篇。其南陽文學官志稱於後世，諸能爲文者皆自以弗及。』彥和稱瑗爲誄之才，而本傳不著。藝文類聚載瑗所撰和帝誄。」

左庵文論：「崔瑗所撰有和帝誄、竇貴人誄、司農卿鮑德誄，見全後漢文卷四十五。」

范注：「辨絜，猶言明約。」校證：「唐寫本、御覽『絜』作『潔』。」紀評：「所譏者煩穢繁緩，所取者倫序簡要新切，評文之中，已全見大意。」

左庵文論誄之源流：「降及漢世，制漸變古：揚雄之誄元后（揚雄漢元后誄見全漢文五十四），傅毅之誄顯宗（傅毅明帝誄，見全後漢文四十三），均違賤不誄貴之禮；而同輩互誄，及門生故吏之誄其師友者，亦不希見。若柳下惠妻謚夫爲惠，因而誄之（見列女傳二賢明傳），已啓士人私謚之風；下逮東漢，益爲加厲。朱穆傳云：『初，穆父卒，穆與諸儒考依古義，謚曰貞宣先生。及穆卒，蔡邕復與門人共述其體行，謚爲文忠先生。』李賢注引袁山松書曰：『蔡邕議曰：魯季文子君子以爲忠，而謚曰文子。又傳曰：忠，文之實也。忠以爲實，文以彰之，遂共謚穆。荀爽聞而非之。故張璠論曰：夫謚者，上之所贈，非下之所造，故顏、閔至德，不聞有謚。朱、蔡各以衰世臧否不立，故私議之。』（後漢書卷七十三朱暉傳附）陳寔傳云：『中平四年，年八十四，卒於家，何進遣使弔祭，海內赴者三萬餘人，制衰麻者以百數，共刊石立碑，謚爲文範先生。』（同上卷九十二）私謚既盛，誄文遂繁，亦必然之勢也。古代誄文確可徵信者，惟魯哀公誄孔子（見全上古三代文卷三頁二引左傳哀公十六年及史記孔子世家，又見檀弓上）及柳下惠妻誄其夫（見上古三代文卷十一頁十一引列女傳二）二篇。漢代之誄，皆四言有韻，魏晉以後，調類楚詞，與辭賦哀文爲近，蓋變體也。」

〔一〇〕紀評：「調字平聲。」

補注：「藝文類聚（十二）蘇順和帝誄略云：『往代崎嶇，諸夏擅命。爰茲發號，民樂其政。奄有萬國，群臣咸秩。大孝備矣，閟宮有恤。由昔姜嫄，祖妣之室。本支百世，神契惟一。』（又卷十五）崔瑗竇貴人誄云：『若夫貴人，天地之所留神，造化之所殷勤。華光耀乎日月，才智出乎浮雲。然猶退讓，未嘗專寵。樂慶雲之普覆，悼時雨之不廣。憂國念祖，不敢迨遑。』彥和所謂序事如傳，詞靡律調，於此可見一斑。」

〔一一〕國故論衡正齋送：「自誄出者，後有行狀。誄之爲言累其行迹而爲之謚，故文心雕龍曰：『序事如傳，辭靡律調，誄之才也。』此則後人行狀實當斯體。」

潘岳構意，專師孝山〔一〕，巧於序悲，易入新切〔二〕，所以隔代相望，能徽厥聲者也〔三〕。至如崔駰誄趙，劉陶誄黃〔四〕，並得憲章，工在簡要〔五〕，陳思叨名，而體實繁緩，文皇誄末，百言自陳〔六〕，其乖甚矣〔七〕。

〔一〕校證：「唐寫本『意』作『思』。」左庵文論：「彦和此語，蓋以孝山誄文已爲安仁導乎先路。此或齊梁之際，孝山所作流傳較多，彦和見其情文相生，有類安仁，故爲此論。由今所傳數篇觀之，已不足見其師襲之迹矣。」

〔二〕校證：「唐寫本、御覽『序』作『叙』。唐寫本、徐校本……『切』作『麗』。」按唐寫本作「切」，王校疏誤。「新切」，新穎而親切。左庵文論：「夫誄主述哀，貴乎情文相生。而情文相生之作法。或以纏綿傳神，輕描淡寫，哀思自寓其中；或以側豔表哀，情愈哀則詞愈豔，詞愈豔音節亦愈悲。古樂府之悲調，齊梁間之哀文，率皆類此。安仁誄文以後者勝，故彦和謂其『巧於序悲，易入新切』也。其後謝莊之宋宣貴妃誄，謝脁之齊敬皇后哀策文（並見文選卷五十七），情富哀思，詞甚清麗，餘風遺韻，並出安仁。降及徐陵、庾信，文極側豔，調亦過悲，此在誄文尚不違述哀之旨，施及他體，固非所宜矣。」又「安仁文氣疏朗，筆姿淡雅，而愈淡愈悲，無意爲文而自得天然之美。雖累數百言，而意思貫串，如出一句，與説話無異。」范注：「本書才略篇云：『潘岳敏給，辭自和暢；鍾美於西征，賈餘於哀誄。』與此同意。嚴可均全晉文九十二輯岳誄文有世祖武皇帝誄（藝文類聚十三）、楊荆州誄、楊仲武誄、馬汧督誄、夏侯常侍誄（並文選）等篇。兹録皇女誄一篇示例，亦彦和所謂巧於序悲者也。」皇女誄（藝文類聚十六）：「厥初在鞠，玉質華繁；玄髪儵曜，蛾眉連娟；清顱橫流，明眸朗鮮；迎時夙智，望歲能言。亦既免懷，提攜紫庭；聰惠機警，授色應聲；亹亹其進，好日之經；辭合容止，閑於幼齡。猗猗春蘭，柔條含芳；落英凋矣，從風飄颺；妙好弱媛，窈窕淑良；孰是人斯，而罹斯殃！靈殯既祖，次此暴廬；披覽遺物，徘徊舊居；手澤未改，領膩如初；孤魂遐逝，存亡永殊。嗚呼哀哉！」

江藩炳燭室雜文行狀説：「三代時誄而謚，於遺之日讀之。後世誄文，傷寒暑之退襲，悲霜露之飄零，巧於序悲，易入新切而已。交遊之誄，實同哀辭，后妃之誄，無異哀策，誄之本意盡失，而讀誄賜謚之典亦廢矣。」左庵文論：「誄之體裁，曹植云：『銘以述德，誄以述哀。』（上下太后誄表見全三國文卷十五頁九上引藝文類聚十五）故其作法應與銘頌異貫。東漢之誄，大抵前半叙亡者之功德，後半叙生者之哀思。惟就其傳於今者二十餘篇觀之，殆少情文相生之作。欲盡誄體之變，以達述哀之旨，必須參究西晉潘安仁各篇，始克臻纏綿悽愴之致，亦猶析理緜密之議論文，東漢各家不逮魏晉之嵇叔夜耳。」

按「易入新切」只是説明潘岳所寫的誄文的特點，這是屬於他的個人風格的。這種個人的風格特點，不一定能爲誄體共同的風格要求。明陳懋仁文章緣起注「碑」條引抱朴子云：「宏邈淫豔，非碑誄之施。」可見葛洪就認爲誄文不應當是「側豔」的。劉師培説「情愈哀則詞愈豔」，這句話是有問題的。在六朝比較有名的誄文中，如顏延之的陶徵士誄，就主要以樸素的風格來叙述陶潛的高風亮節，並寓哀傷之意，其中没有任何「側豔」的成份。可見「側豔」

不能作爲誄的風格要求。

〔三〕校證：「『代』疑作『世』，避唐諱改。才略篇亦有隔世相望語。『徽』原作『徵』，謝校作『徽』，按唐寫本正作『徽』，今據改。」范注：「唐寫本『徵』作『徽』，是。徽，美也。」中國中古文學史第四課引王隱晉書：「潘岳善屬文，哀誄之妙，古今莫比，一時所推。」

〔四〕訓故：「後漢書：劉陶，字子齊。」補注：「後漢書崔駰傳：所著詩、賦、銘、頌、書、記、表、七依、婚禮、結言、達旨、酒警二十一篇。劉陶傳言作七曜論、匡老子、反韓非、復孟軻及上書言當世便事、條教、賦奏、書記、辨疑，凡百餘篇。蔚宗所記皆不言有誄，彥和差遠范氏，乃作此云，宜具目覩，所未詳矣。」

〔五〕御覽「工」作「貴」，較勝。「憲章」，法度。

〔六〕校證：「『百言』原作『旨言』，謝校作『百言』。案唐寫本、御覽作『百言』，謂文帝誄末百餘言，皆自陳之辭，今據改。」唐寫本「言」下有「而」字。范注：「陳思王所作文帝誄，全文凡千餘言。誄末自『咨遠臣之渺渺兮，感凶問以怛驚』以下百餘言，皆自陳之辭。『旨』，唐寫作『百』，是。」

左庵文論：「陳思王文帝誄，見全三國文卷十九。彥和因篇末自述哀思，遂譏其『體實繁緩』。然繼陳思此作，誄文述及自身哀思者不可勝計。衡諸誄以述哀之旨，何『煩穢』之有？惟碑銘以表揚死者之功德爲主，若涉及作者自身，未免乖體耳。」

〔七〕劉師培講羅常培筆録漢魏六朝專家文研究十四，文章變化與文體遷訛：「陳思王魏文帝誄於篇末略陳哀思，於體未爲大違，而劉彥和文心雕龍猶譏其乖甚。唐以後之作誄者，盡棄事實，專叙自己，甚至作墓誌銘，亦但叙自己之友誼而不及死者之生平，其違體之甚，彥和將謂之何耶？」

若夫殷臣詠湯〔一〕，追褒玄鳥之祚〔二〕；周史歌文，上闡后稷之烈〔三〕。誄述祖宗，蓋詩人之則也。至於序述哀情，則觸類而長〔四〕。傅毅之誄北海，云「白日幽光，雰霧杳冥」〔五〕，始序致感〔六〕，遂爲後式；影而效者〔七〕，彌取於工矣〔八〕。

〔一〕校證：「『詠』原作『誄』，紀云：『誄湯之説未詳。』案唐寫本作『詠』，今據改。」校釋：「唐寫本『誄』作『詠』，是。」

〔二〕梅注：「商頌玄鳥之詩曰：『天命玄鳥，降而生商，宅殷土芒芒。古帝命武湯，正域彼四方。方命厥后，奄有九有。』」范注：「商頌長發序云：『長發，大禘也。』正義曰：『成湯受天明命，誅除亢惡，王有天下；又得賢臣爲之輔佐，此皆天之所祐，故歌詠天德，因此大禘而爲頌。』玄鳥之祚，即簡狄吞鳦卵而生契之事，正義所謂歌詠天德也。若然，彥和文意當指長發篇言之。」「祚」，賜福。「玄鳥」，燕子。玄鳥篇朱注：「玄鳥，鳦也。春分玄鳥降，高辛氏之妃，有娀氏女簡狄，祈於郊禖，鳦遺卵，簡狄吞之而生契，其後世遂爲有商氏，以有天下。事見史記。」

校注：「按此文明言『追褒玄鳥之祚』，而長發七章並無詠述簡狄吞鳦卵生契詞句，恐非舍人所指。玄鳥篇首以『天命玄鳥，降而生商』發端，即『追褒玄鳥之祚』也。『篇中曰「武湯」、曰「后」，曰「先后」、曰「武王」，皆謂湯』（陳奂詩毛氏傳疏玄鳥篇中語），即『詠湯』也。然則此二句所指，其爲商頌之玄鳥篇乎？」

〔三〕梅注：「周頌思文之詩曰：『思文后稷，克配彼天。立我烝民，莫匪爾極。』」范注：「大雅生民序云：『生民，尊祖也。后稷生於姜嫄，文武之功起於后稷，故推以配天焉。』」「史」，掌典禮的史官。「文」，指周文王。

周注：「大雅文王有聲歌頌周文王，再向上追溯，闡明周代祖先后稷的功績。」

〔四〕易繫辭上：「引而申之，觸類而長之，天下之能事畢矣。」正義：「謂觸逢事類而增長之。」王金陵：「此謂誄本施於祖宗，其後延及他人，而以傅毅北海靖王興誄爲例。」

〔五〕黄注：「後漢書：北海靖王興，齊武王伯升子也。永平七年薨。古文苑：傅毅此誄，其文不全，亦無白日幽光之語。」范注：「盧文弨抱經堂文集文心雕龍輯注書後云：『練字篇：「傅毅制誄，已用淮雨。」傅毅作北海靖王興誄云「白日幽光，淮雨杳冥。」古文苑所載，其文不全。今見此書誄碑篇者，又爲後人改去「淮雨」，易以「氛霧」二字矣。』」校釋：「盧文弨文心雕龍輯注書後曰：『鄭康成注大傳云：「淮雨，急雨之名。」是不以爲字誤，而詩正義引大傳，竟改作「列風淫雨」，蓋義僻則人多不曉也。』按鄭注『暴雨之名』，盧又誤作『急雨』。又按練字篇，彥和引傳誄而斥爲愛奇，則亦不從鄭説也。」傳毅用日暗霧昏來寫悲哀，借景物來抒情，即所謂觸類而長。

〔六〕「始序致感」，謂北海王誄序云：「劉興死後，其所轄境内，四民都「感傷」得「若傷厥親」。

〔七〕校證：「『影』原作『景』，從唐寫本、御覽改。」

〔八〕校證：「『工』原作『功』，謝改。徐云：『功當作「切」，承上「新切」語意。』案唐寫本作『功』，宋本御覽作『切』，銅活字本御覽、譚校本作『巧』。」斠詮：「案黄從謝改是。功工古通。切與巧皆功之形誤。」直解爲「取法精到，益形工巧矣」。

左庵文論：「彥和此節所論未允。玄鳥、后稷二篇皆是頌體，與葬時讀誄定謚之辭不同。且古者賤不誄貴，下不誄上，尤無於君死後數百年始作誄者。彥和引此二篇，意在證明誄以頌功德爲主，序述哀情由於後代引申，不知銘以述德，誄以述哀，體本不同，未容相混，即如最古之魯哀公誄孔子云：『旻天不弔，不慭遺一老，俾屏余一人以在位，煢煢余在疚！嗚呼哀哉，尼父，無自律！』以『嗚呼哀哉』作結，而亦未及孔子之功德。故知誄之爲用，原在述哀，惟以欲知所誄者爲誰，因兼及其言行耳。」

以上爲第一段，叙誄的意義及其歷史發展，並論各家誄文之優劣。

詳夫誄之爲制，蓋選言録行〔一〕，傳體而頌文，榮始而哀終〔二〕。論其人也，曖乎若可覿〔三〕；道其哀也，悽然如可傷。此其旨也〔四〕。

〔一〕斠詮：「言行二者皆指死者而言，選録則屬於作者。」

〔二〕斯波六郎：「論語子張：『其生也榮，其死也哀。』曹植王仲宣誄：『生榮死哀，亦孔之榮。』」

左庵文論：「此三句所論，甚爲明晰：誄須貼切本人，不應空泛，故謂之『傳體』；文則四言有韻，故謂之『頌文』。前半叙死者之功德，後半述時人之悲哀，故謂之『榮始而哀終』。」

文體明辨序説「誄」類：「其體先述世系行業，而末寓哀傷之意，所謂『傳體而頌文，榮始而哀終』者也。」「傳體而頌文」，即主體是叙事，但接近頌體。

〔三〕校注：「按『曖』字説文所無，當本是『僾』字。説文人部：『僾，仿佛也。』禮記祭義：『祭之日，入室，僾然必有見乎其位。』（説苑修文篇：『祭之日，將入户，僾然若有見乎其容。』釋文：『僾，微見貌。』正義：『僾，髣髴見也。』）」

校證：「時序篇贊：『曖焉如面。』辭意與此同。『曖』借『僾』字，説文：『僾，仿佛也。』詩曰：『僾而不見。』」

左庵文論：「此即謂叙言行非貼切不可，一人之誄不可移諸他人也。」又：「曹子建王仲宣誄『乃署祭酒，與君行止』至『榮耀當世，芳思晻藹』，叙粲作侍中時事，句句貼切，不能移諸他人：此即彦和所謂『論其人也，曖乎若可覿』也。『吾與夫子，義貫丹青』以下，子建自叙與仲宣之交誼及其哀傷。彦和譏之云：『陳思叨名，體實煩緩。文皇誄末，旨言自陳，其乖甚矣。』按此篇與潘安仁諸誄皆叙自己對死者之交誼，以表達其哀傷。良以纏綿悱惻之情必資交誼篤厚而發，誄主述哀，與銘頌不同，故無妨牽涉自己也。」

〔四〕御覽五九六引文章流别論曰：「詩頌箴銘之篇，皆有往古成文可仿依而作，惟誄無定制，故作者多異焉。」

文賦：「誄纏綿而悽愴。」李善注：「誄以陳哀，故纏綿悽愴。」意思是在纏綿的文采中隱寓着死者的事迹，而情感則要切至悽愴。顔延之陶徵士誄可以爲例。文章流别論雖然在當時説「誄無定制」，可是到了宋齊以後，誄還是有定制的。「旨」謂要旨。

以上爲第二段，講誄的寫作特點。

碑者，埤也〔一〕。上古帝皇，紀號封禪〔二〕，樹石埤岳，故曰碑也〔三〕。周穆紀跡於弇山之石〔四〕，亦古碑之意也〔五〕。又宗廟有碑，樹之兩楹〔六〕，事止麗牲，未勒勳績〔七〕；而庸器漸缺〔八〕，故後代用碑，以石代金〔九〕，同乎不朽，自廟徂墳，猶封墓也〔一〇〕。

〔一〕范注：「説文石部：『碑，豎石也。從石，卑聲。』釋典藝：『碑，被也。此本王葬時所設也。施其轆轤，以繩被其上，以引棺也。臣子追述君父之功美以書其上，後人因焉，故兼建於道陌之頭顯見之處，名其文，就謂之碑也。』埤禆二字，皆有增益之義，然禆訓接益也，埤訓增也，用埤字較適。」梅注：「埤，音皮。」校釋：「『埤也』，唐寫本作『裨也』，下『埤岳』同。御覽五八九同。按二字古通用。」斠詮：「舍人以埤訓碑，蓋音訓，取其自卑增高之意耳。」

〔二〕范注：「管子封禪篇：管仲曰：『古者封泰山禪梁父者七十二家，而夷吾所記者十有二焉。』唐寫本『皇』作『王』，是。王謂禹、湯、周成王之屬。」史記封禪書正義：「泰山上築土爲壇以祭天，報天之功，故曰封。泰山下小山上除地報地之功，故曰禪。言禪者神之也。」玉海卷六十：「事始：無懷氏封泰山，刻石紀功，此碑之始。」「紀號」，記功績。漢書武帝紀注引孟康曰：「王者功成治定……刻石紀號。」又引應劭曰：「刻石紀績也。」「號」，告。古代帝王表功明德，以告臣下。白虎通封禪：「王者易姓而起，必升泰山何？報告之義也。始受命之日，改制應天，功成封禪，以告太平也。……皆刻石紀號者，著己之功迹以自効也。封者，廣也。言禪者，明以成功相傳也。」

〔三〕唐寫本「埤」作「裨」。斠詮：「附於衣者曰裨，附於土者曰埤。此以作『埤』義勝。」禮記禮器：「因名山升中於天。」正義引白虎通云：「增泰山之高以報天，附梁父之基以報地。」

〔四〕梅注：「穆天子傳：天子觴西王母於瑶池之上，西王母爲天子謠曰：白雲在天，山陵自出，道里悠遠，山川間之。將子無死，尚能復來。天子答之曰：子歸東土，和治諸夏，萬民平均，吾顧見汝。比及三年，將復而野。天子遂驅升於弇山，乃紀丌跡於弇山之石，而樹之槐，眉曰西王母之山。」按此見卷三。

范注：「穆天子傳二：『季夏丁卯，天子北升於舂山之上，以望四野。……天子五日觀於舂山之上，乃爲銘迹於縣圃之上，以詔後世。』郭璞注云：『謂勒石銘功德也。秦始皇、漢武帝巡守登名山，所在刻石立表，此之類也。』歐陽修集古録自序云：『故上自周穆王以來，下更秦、漢、隋、唐、五代……莫不皆有，以爲集古録。』穆王銘辭，豈宋時尚存歟？」弇山，即崦嵫山，在今甘肅省。古代神話傳爲日没之處。以謂轉寫失真，故因其石本軸而藏之。

〔五〕校注：「『古』唐本無，元本、弘治本、汪本、佘本、張本、兩京本……作『石』。按『石』字誤。……玉海六十引無『古』字，與唐寫本正合。當據删。」

文體明辨序説碑文類引無「亦古碑之意也」句，下有：「秦始刻銘於嶧山之巔，此碑之所從始也。」「嶧山」，指李斯嶧山刻石，見全秦文卷一。

〔六〕范注：「樹之兩楹，謂碑樹於中庭，其位置當東楹西楹兩楹之間。（文選頭陀寺碑注引蔡邕銘論：『碑在宗廟兩階之間。』）」劉寶楠漢石例卷一墓碑例稱碑例：「宫廟之碑，皆在中庭，而文心雕龍云云，玉海亦謂『碑樹兩楹』。按兩楹不得有碑，此説誤也。」

訓故：「禮記祭義：『祭之日牽牲入廟門麗于碑。』孫何亦云：碑非文章之名，後人假以載其銘耳。」

補注：「劉氏寶楠漢石例（卷一）云：『紀功德亦以石，但不名碑，故史記封禪書引管子、秦始皇本紀並云刻石，不言立碑。墓用石名碑。與刻石紀功德名碑皆始於漢。文心雕龍謂碑名肇自上古，其説恐非。又兩楹不得有碑，是蓋指中庭之碑言也。』」

范注：「段玉裁注説文碑字云：『（儀禮）聘禮鄭注曰：「宮必有碑，所以識日景，引陰陽也。凡碑引物者，宗廟則麗牲焉。其材，宮廟以石，窆用木。」檀弓：「公室視豐碑，三家視桓楹。」注曰：「豐碑，斲大木爲之，形如石碑。」按此檀弓注即聘禮注所謂「窆用木」也。非石而亦曰碑，假借之稱也。秦人但曰刻石，不曰碑，後此凡刻石皆曰碑矣。始皇本紀上鄒嶧山立石，上泰山立石，下皆云刻所立石，其書法之詳也。凡刻石必先立石，故知豎石者碑之本義，宮廟識日影者是。』王兆芳文體通釋曰：『碑者，豎石也。古宮廟庠序之庭碑，以石麗牲，識日景；封壙之豐碑，以木懸棺繂，漢以紀功德，一爲墓碑，豐碑之變也；一爲宮殿碑，一爲廟碑，庭碑之變也；一爲德政碑，廟碑墓碑之變也。皆爲銘辭，所以代鐘鼎也。』」

〔七〕校注：「止，黄校云：『元作「正」。』按唐本、御覽五八九、玉海六〇並作『止』。祝盟篇：『事止告饗。』句法與此相同，亦足爲當作『止』之證。又按禮記祭義：『祭之日，君牽牲，穆答君，卿大夫序從；既入廟門，麗於碑。』鄭注：『麗猶繫也。』正義：『君牽牲入廟門，繫著中庭碑也。』」

〔八〕「庸器」，古代用以紀功的銅器。周禮春官序官：「典庸器。」鄭玄注：「庸，功也。鄭司農云：『庸器，有功者鑄器銘其功。』」

〔九〕唐陸龜蒙野廟碑：「碑者，悲也。古者懸而窆，用木，後人書之，以表其功德，因留之不忍去。碑之名由是而得。自秦漢以降，生而有功德政事者，亦碑之，而又易之以石，失其稱矣。」（見唐文粹）

宋孫何碑解「……碑非文章之名也，蓋後假載其銘耳。銘之不能盡者，復前之以序，而編録者通謂之文，斯失矣。陸機曰：碑披文而相質。則本末無據焉。銘之所始，蓋始於論撰祖考，稱述器用，因其鐫刻，而垂乎鑒誡也。銘之於嘉量者，曰量銘，斯可也，謂其文爲量不可也。銘之於景鐘，曰鐘銘，斯可也，謂其文爲鐘，不可也。銘之於廟鼎者，曰鼎銘，斯可矣，謂其文爲鼎，不可也。古者盤盂几杖，皆可銘，就而稱之曰：盤銘、盂銘、几銘、杖銘，則庶幾乎正，若指其文曰盤、曰盂、曰几、曰杖，則三尺童子，皆將笑之。今人之爲碑，亦由是矣。天下皆踵乎失，故衆不知其非也。蔡邕有黄鉞銘，不謂其文爲黄鉞也。崔瑗有座右銘，不謂其文爲座右也。檀弓曰：公室視豐碑，三家視桓楹。釋者曰：豐碑，斲大木爲之。桓楹者，形如大楹，謂之桓植。喪大記曰：君葬四綍二碑，大夫葬二綍二碑。又曰：凡封用綍去碑。釋者曰：碑，桓楹也。樹之於壙之前後，以拂繞之，間之轆轤，輓棺而下之，用綍去碑者，縱下之時也。祭義曰：祭之日，君牽牲，既入廟門，麗乎碑。釋者曰：麗，繫也，謂牽牲入廟，繫著中庭碑也。或曰：以絜貫碑中也。聘禮曰：賓自碑内聽命。又曰：東西北上碑南。釋者曰：宫必有碑，所以識日景引陰陽也。考是四説，則古之所謂碑者，乃葬祭饗聘之際，所植一大木耳。而其字從石者。將取其堅且久乎。然未聞勒銘於上者也。今喪葬令其螭首龜趺。洎丈尺品秩之制，又易之以石者，後儒增耳。堯、舜、夏、商、周之盛，六經所載，皆無刻石之事。管子稱無懷氏封泰山刻石紀功者，出自寓言，不足傳信。又世稱周宣王蒐於岐山，命從臣刻石，今謂之石鼓，或曰獵碣。洎延陵墓表碑，俗目爲夫子十字碑者，其事皆不經見，吾無取焉。司馬遷著始皇本紀，著其登嶧山、上會稽甚詳，止言刻石頌德，或曰立石紀頌，亦無勒碑之説，今或謂之『嶧山碑』者，乃野人之言耳。漢班固有泗水亭長碑文，蔡邕有郭有道、陳太丘碑文，其文皆有序冠篇，末則亂之以銘，未嘗斥碑之材而爲文章之名也。彼士衡未知何從而得之。由魏而下，迄乎李唐，立碑者不可勝數，大抵皆約班蔡而爲者也。雖失聖人述作之義，然猶髣髴乎古。迨李翺爲高愍女碑，羅隱爲三叔碑、梅先生碑，則所謂序與銘皆混而不分，集列其目，亦不復曰文。考其實，又未嘗勒之於石，是直以繞紼麗牲之具而名其文，戾孰甚焉。復古之士，不當如此。貽誤千載，職機之由。今之人爲文揄揚前哲，謂之贊也；警策官守，謂之箴可也；針砭史闕，謂之論可也；辨析政事，謂之議可也；祼獻宗廟，謂之頌可也；陶冶情性，謂之歌詩可也。何必區區於不經之題，而專以碑爲也！……」

紀評：「碑非文名，誤始陸平原，孫何糾之，拔俗之識也。」

陔餘叢考卷三十二碑表：「禮記祭義：『牲入廟門，麗牲於碑。』賈氏（公彦）以爲『宗廟皆有碑，以識日景。』……按此數説，則古人宫寢墳墓，皆植大木爲碑。而其字從石者，孫何云：取其堅且久也。（見宋文鑑卷一二五碑解）劉勰則謂『宗廟有碑，樹之兩楹，事止麗牲，未勒勳績，後代自廟徂墳，以石代金。』」

〔一〇〕范注：「禮記檀弓上：『孔子既得合葬於防。……於是封之崇四尺。』鄭注：『聚土曰封。』」書武成：「封比干墓。」傳：「封，益其土。」正義：「增封其墓也。」「自廟徂墳」，斠詮直解爲「由宗廟擴及墳壙」。

校釋：「碑之爲用，初樹之宗廟，所以麗牲，後立之墓穴，所以下棺。故漢碑首必有穿，其遺製也。舍人所謂『紀號封禪』、『樹石埤岳』，當起於後世。雖管子有古者封禪之君七十有二之説，其事未足深信。至於就碑撰文，實盛於東京，蔡氏其首選也。」

唐封演聞見記云：「豐碑本天子諸侯下棺之柱，臣子或書君父勳伐於其上，又立於隧口，故謂之神道。古碑上往往有孔，是貫繂索之象。則是墓道之有碑刻文，本由于懸窆之豐碑，而或易以石也。」

牟注：「禮記檀弓上：『古也墓而不墳。』殷商時墳、墓有別，墳是封土隆起的，墓是平的。這裏的『封墓』指上句説的『墳』，用以喻石碑同樣可保持長久。」

自後漢以來，碑碣雲起〔一〕；才鋒所斷，莫高蔡邕〔二〕。觀楊賜之碑，骨鯁訓典〔三〕，陳郭二文，詞無擇言〔四〕。周胡衆碑〔五〕，莫非清允〔六〕。其叙事也該而要，其綴采也雅而澤；清詞轉而不窮〔七〕，巧義出而卓立〔八〕；察其爲才，自然而至矣〔九〕。

〔一〕唐寫本「以」作「已」。黃注：「後漢書注：方者謂之碑，圓者謂之碣。」按此見竇憲傳注。

范注：「説文：『碣，特立之石也。』文體通釋曰：『碣者，與楬通，特立之石，藉爲表楬也。石，方曰碑，圓曰碣。』趙岐曰：『可立一圓石於墓前。』洪适曰：『似闕非闕，似碑非碑。』隋唐之制，三品以上立碑，七品以上立碣。主於表揚功德，與碑相通。」陳繹曾文説：「碑宜雄渾典雅，碣宜質實典雅。」

明陳懋仁文章緣起注：「碣，傑也。揭其操行，立之墓隧者也。其文與碑體相同也。」

陔餘叢考卷三十二「碑表」：「古碑之傳於世者，漢有楊震碑，首題太尉楊公神道碑銘（見隸釋卷十二）；又蔡邕作郭有道、陳太丘墓碑文，載在文選。後漢崔寔卒，袁隗爲之樹碑頌德（見崔寔傳）。故劉勰謂『東漢以來，碑碣雲起』。」

〔二〕王金凌：「以鋒言才，是説蔡邕叙事該要，綴采雅澤，有如鋒刃斬斫，無有枝蔓，則才鋒指叙事運詞時的表達能力。」「才鋒所斷」，根據才鋒所作的評斷。校注：「李充起居誡：『中世蔡伯喈長於爲碑。』（北堂書鈔一百引）」

〔三〕訓故：「後漢書：楊賜，字伯獻，太尉秉之子，以通尚書侍靈帝講於華光殿中，歷官太尉，卒謚文烈。」

范注：「蔡中郎集有楊賜碑四篇……骨鯁訓典，猶言以訓典爲骨幹。」「訓」、「典」，指尚書，因其中有堯典伊訓等篇。左傳文公六年：「告之訓典。」注：「訓典，先王之書。」封禪篇：「樹骨於訓典之區。」

文章流別論：「蔡邕爲楊公作碑，其文典正，末世之美者也。」注訂：「楊賜碑辭章結構，力慕典誥，故曰骨鯁訓典，猶韓文公之於平淮西碑也。」

〔四〕「詞」，唐寫本作「句」。訓故：「後漢書：陳寔，字仲弓，潁川許人，除太丘長。蔡中郎集陳太丘碑文。後漢書：郭太，字林宗，太原界休人，以有道徵不應。蔡中郎集郭有道林宗碑文。」

范注：「陳仲弓、郭林宗，漢季高士，德望並茂；世説新語德行篇注引續漢書：『林宗卒，蔡伯喈爲作碑，曰：「吾爲人作銘，未嘗不慚容，唯有郭有道碑頌無愧耳。」』（後漢書郭太傳：「蔡邕謂盧植曰：吾爲碑銘多矣，皆有慙德，唯郭有道無愧色耳。」）』故彦和謂其詞無擇言。（尚書呂刑：「罔有擇言在身。」孝經：「口無擇言，身無擇行。」擇，敗也。）」

校注：「『詞』，黄校云：『一作句，從御覽改。』按『句』字不誤。唐寫本、元本、弘治本、汪本、佘本、張本、兩京本……并作『句』。……『言』作『字』解，『句無擇言』者，謂每句無敗字也。」

斠詮：「句無擇言，謂語句確實無可指摘也。」

注訂：「擇，簡選也。無擇言者，無可指摘更易也。」沈約答樂藹書：「郭有道，漢末之匹夫，非蔡伯喈不足以偶三絶。」梁元帝内典碑銘集林序：「唯伯喈作銘，林宗無愧。」王勃與契苾將軍書：「伯喈雄藻，待林宗而無愧。」駱鴻凱文選學：「中郎郭有道碑自謂無媿辭，然觀稚川正郭之篇，則有道之人品可知。然文雖失實，於體無害也。」

〔五〕校證：「『胡』原作『乎』，從唐寫本、御覽改，徐校亦作『胡』。周謂周勰，胡謂胡廣、胡碩。」

校釋：「唐寫本『乎』作『胡』，御覽同，是。按中郎集有胡廣、胡碩等碑，故曰『衆碑』。」

〔六〕校證：「『莫非清允』，宋本御覽作『莫不精允』，明抄本御覽、明活字本御覽『清』作『精』。徐曰：『清一作精。』」

斠詮：「『清允』與下文『清詞』義重，揆諸下文，『叙事也該而要』及『巧義出而卓立』之申述語，自以作『精』爲勝。」

范注：「困學紀聞十三：『蔡邕文今存九十篇，而銘墓居其半，曰碑、曰銘、曰神誥、曰哀讚，其實一也。自云爲郭有道碑獨無愧辭，則其他可知矣。其頌胡廣、黄瓊，幾於老、韓同傳（史記韓非與老聃同傳），若繼成漢史，豈有南、董之筆！』（翁注曰：瓊非廣所能幾及，邕作頌而無所軒輊，故王氏譏之。）」

日知録十九作文潤筆條云：「蔡伯喈集中爲時貴碑誄之作甚多，如胡廣、陳寔各三碑，橋玄、楊賜、胡碩各二碑，至於袁滿來年十五，胡根年七歲，皆爲之作碑，自非利其潤筆，不至爲此。史却以其名重，隱而不言耳。文人受賕，豈獨韓退之諛墓金哉！」

〔七〕「該而要」，碑文不如史傳詳盡，但也不能遺漏太多，因此必須精要。然而爲求精要，有時不免漏略，則又須强調該贍。左庵文論：「清詞轉而不窮——凡碑銘及有韻之文，句宜典重，而用筆宜清。伯喈此篇（指郭有道碑）無一句輕而無一句不清。又文調常變，故音節和雅而不板滯：斯並足以垂範後昆者也。」又：「陳太丘碑，銘文不長，而頗能傳神：句句氣清，而善於含蓄。」「轉」，移，指變化。

〔八〕姚鼐古文辭類纂序：「碑誌類者，其體本於詩。」許文雨文論講疏：「按劉勰既以誄碑列於有韻之文，並述碑文之爲體：『其叙事也該而要，其綴采也雅而澤，清詞轉而不窮，巧義出而卓立。』是説也，殆以碑文原於詩之頌乎？」在唐宋八大家中，韓愈以碑版文字著稱，他寫的比較優秀的碑文，能顯示死者的人格特點，這就是劉勰所謂「巧義出而卓立」。

〔九〕校證：「『矣』字原無，據唐寫本、御覽補。」左庵文論：「此段推崇蔡中郎之碑文爲第一，蓋非一人之私言，實千古之定論也。試以伯喈之文與普通漢碑比較：一則詞調變化甚多，篇篇可誦，非普通漢碑之功候所能及；二則有韻之文易致散漫，而伯喈能作出和雅之音節，『清詞轉而不窮』，此皆其出類拔萃處。伯喈碑文，既可空前絶後，而傳於今者又多，潛心研索，當可盡其變化。」又：「綜觀伯喈之碑文，有全叙事實者，如胡廣碑（本集四，全後漢文七十六）；有就大節立言者，如范丹碑（本集二，全後漢文七十七）；有叙古人之事者，如王子喬碑（本集一，全後漢文七十五）；有叙尚書經義，並摹擬尚書文調者，如楊賜碑（本集三，全後漢文七十八）。千變萬化，層出不窮。有重複之字句，而無重複之音調，無重複之筆法；洵非當時及後世所能企及也。」

孔融所創，有摹伯喈〔一〕，張陳兩文〔二〕，辨給足采〔三〕，亦其亞也。及孫綽爲文〔四〕，志在於碑〔五〕，温王郗庾〔六〕，辭多枝雜〔七〕，桓彝一篇，最爲辨裁矣〔八〕。

〔一〕校證：「『摹』原作『慕』，據唐寫本。」校注：「謂其摹仿也。」

訓故：「後漢書：孔融字文舉，與蔡邕素善。邕卒後，有虎賁士貌類於邕。融每酒酣，引與之同坐。曰：雖無老成人，尚有典型。所著詩、頌、碑文凡二十五篇。」按此見孔融傳。

〔二〕黄注：「孔文舉有衛尉張儉碑銘，陳文無考。融没于曹子建之前，非陳思王也。」

范注：「全後漢文八十三據藝文類聚四十九、又文選注輯得孔融衛尉張儉碑銘一篇，殘缺不全。陳文亡佚。」張儉，字元節，漢末名士。

〔三〕韓非子難言：「捷敏辯給，繁於文采，則見以爲史。」「辨給」，謂便捷巧慧、善於言辭（據郝懿行爾雅義疏釋訓）。

〔四〕訓故：「晉書：孫綽，字興公，歷官著作郎，於時文士，綽爲其冠。温、王、郗、庾諸公之薨，必須綽爲碑文，然後刊石（按此見孫綽傳）。世説新語：孫興公作庾公誄，多寄託之辭，既成，示庾道恩，庾見慨然送還之，曰：先君與君自不至於此（按此見方正篇）。」

〔五〕「志在於碑」原作「志在碑誄」。校注：「唐寫本作『志在於碑』，御覽引同。按晉書綽本傳止稱其善爲碑文，本段亦單論碑，誄字實不應有，當據訂。南齊書文學傳論：『孫綽之碑，嗣伯喈之後。』亦足以證『誄』字誤衍。」

〔六〕校證：「『郗』原作『郤』，今據唐寫本、御覽、徐校改。」范注：「藝文類聚四十五有綽所撰丞相王導碑、太宰郗鑒碑，四十六有太尉庾亮碑，皆頗殘闕不全。桓彝碑全佚。」「王」謂王導碑，「温」謂温嶠碑。

〔七〕陳書良文心雕龍校注辨正：「周易繫辭：『中心疑者其辭枝。』枝，言辭分散也。舍人屢用之與其它字構詞，不特枝雜。如養氣篇：『戰代枝詐，攻奇飾説。』論説篇：『故其義貴圓通，辭忌枝碎。』」

左庵文論：「東晉以碑銘擅長者，當推孫綽、袁宏爲最。興公之桓彝碑，今已不傳。所存丞相王導碑、太宰郗鑒碑（全晉文引藝文類聚四十五）、太尉庾亮碑（全晉文引藝文類聚四十六），亦多殘闕。其文筆之雅雖遜伯喈，而辭句清新，叙事簡括，轉折直接，皆得力於伯喈者爲多。彦和謂其『辭多枝雜』，蓋亦責備賢者之意。」

〔八〕訓故：「晉書：桓彝字茂倫，譙國龍亢人。歷官宣城内史，在郡，蘇峻反，爲其將韓晃所害，綽爲碑文。」按此見桓彝傳。桓彝碑全佚。

校釋：「本篇選文，首舉邕作。孔、孫諸製，乃其流亞。今觀蔡氏諸碑，類皆逾揚盛美之辭，實啓貢諛獻媚之漸。故桓範著世要論，有『勢重者稱美，財富者文麗』之譏。而魏武勵俗，乃嚴立碑之禁，降及晉世，禁乃稍弛。」

蕭子顯南齊書文學傳論：「孫綽之碑，嗣伯喈之後；謝莊之誄，起安仁之塵。」

校注：「范甯穀梁傳集解序：『公羊辯而裁，其失也俗。』楊疏：『辯，謂說事分明；裁，謂善能裁斷。』……議對篇：『辭裁以辨。』亦可證。」

以上爲第三段，講碑的意義及其發展，並論各家碑文。

夫屬碑之體，資乎史才〔一〕，其序則傳〔二〕，其文則銘〔三〕，標序盛德〔四〕，必見清風之華；昭紀鴻懿，必見峻偉之烈〔五〕：此碑之制也〔六〕。夫碑實銘器，銘實碑文〔七〕，因器立名，事先於誄〔八〕，是以勒石讚勳者，入銘之域〔九〕，樹碑述亡者，同誄之區焉〔一〇〕。

〔一〕斠詮：「屬碑之體，謂撰述筆體之文字也。『屬』讀『屬文』之『屬』。」紀評：「東坡文章蓋世，而碑非所長，足證此言之信。」

〔二〕左庵文論：「『其序則傳』——碑前之序雖與傳狀相近，而實爲二體，不可混同。蓋碑序所敘生平，以形容爲主，不宜據事直書。自兩漢以迄唐五代，其用典對仗，遞有變化，而作法一致，型式相同。……未有據事直書，瑣屑畢陳，而與史傳、家傳相混者。試觀蔡中郎之郭有道碑，豈能與後漢書郭泰傳易位耶？彥和『其序則傳』一語，蓋謂序應包括事實，不宜全空，亦即陸機文賦所謂『碑披文以相質』之意，非謂直同史傳也。六朝碑序本無與史傳相同之作法，觀下文所云：『標序盛德……必見峻偉之烈。』則彥和固亦深知形容之旨，絕不致泯沒碑序與史傳之界域也。」

〔三〕駱鴻凱文選學：「碑文之作，乃子孫爲其父祖，弟子爲其師尊，親故爲其親故。揆之人情，宜以頌揚爲本。『授徒三千』，『行有九德』，辭雖溢美，義固無愆。文賦所云『披文相質』，彥和亦云『序傳文銘』。昌黎以史爲碑，更張舊作，自謂拔俗，於體乖矣。」

〔四〕唐寫本「序」作「叙」。北堂書鈔一〇二引李充起居戒云：「古之爲碑者，蓋以述德紀功，歸於實録也。」又引袁興萬年書云：「夫碑銘將以述詠功德，流美千載。」

〔五〕「昭」，明。「懿」，美。「峻」，高。「烈」，功業。劉師培所謂「形容」就是刻劃形象，要有描寫成分，不是純粹樸素的叙述。文選李善注解釋文賦「碑披文以相質」云：「碑以叙德，故文質相半。」也就是這個意思。劉勰所謂「標序盛德，必見清風之華；昭紀鴻懿，必見峻偉之烈」，就是説要把死者的高風亮節烘托出來，以顯示死者的雄偉英烈。其實富於文學意味的史傳文字，也需要藝術加工、塑造形象，並不是平鋪直叙。

〔六〕唐寫本「制」作「致」，誤。陳懋仁文章緣起注「碑」條引抱朴子云：「宏邈淫豔，非碑誄之施。」

〔七〕文章流別論：「古有宗廟之碑。後世立碑於墓，顯之衢路，其所載者銘辭也。」

梁元帝内典碑銘集林序：「夫世代亟改，論文之理非一；時事推移，屬詞之體或異。但繁則傷弱，率則恨省。存華則失體，從實則無味。或引事雖博，其意猶同；或新意雖奇，無所倚約；或首尾倫帖，事似牽課；或翻復博涉，體製不工。能使豔而不華，質而不野，博而不繁，省而不率，文而有質，約而有潤，事隨意轉，理逐言深，所謂菁華，無以間也。」（廣弘明集二十三）然洛陽伽藍記城東篇載隱士趙逸之言曰：「生時中庸之人爾，及死也，碑文墓誌必窮天地之大德，盡生民之能事，爲君共堯舜連衡，爲臣與伊皋等跡，牧民之臣，浮虎慕其清塵；執法之吏，埋輪謝其梗直。所謂生爲盜跖，死爲夷齊。妄言傷正，華詞損實。」

春覺齋論文流別論五：「大抵碑版文字，造語必純古，結響必堅騫，賦色必雅樸；往往宜長句者，必節爲短句，不多用虛字，則句句落紙，始見凝重。」

范注：「陸機文賦云：『碑披文以相質，誄纏緜而悽愴。』……紀評：『碑非文名，誤始陸平原。』案彦和不以碑爲文體，觀『其序則傳，其文則銘』；『碑實銘器，銘實碑文』數語，義至明顯。」

〔八〕校證：「『先』原作『光』，徐、梅俱云：『當作先。』案唐寫本正作『先』，今據改。」范注：「『因器立名，事先於誄。』謂刻石紀功，可用於生人，而誄則必用於死亡之後也。」注訂：「按『碑實銘器，銘實碑文』；『入銘之域，同誄之區』，由彦和此言，知碑之立名，孕於銘誄而生焉。所謂『因器立名』者是也。」

〔九〕校注：「『石』，唐寫本作『器』，御覽引同。按『器』字是。銘箴篇：『銘題於器。』即其義也。」

〔一〇〕校證：「『亡』原作『己』，據唐寫本、御覽、徐校本校正。」

左庵文論：「古代勒銘於銅器，後世始易爲刻石，碑者刻石之通稱，銘者刻文之常體，故謂『碑實銘器，銘實碑文』也。又彦和以『勒石讚勛』及『樹碑述己』爲銘誄之區劃，用意亦欠明晰。蓋碑銘不限於讚勛，或紀功以昭遺愛，或表墓以彰景行，樹石勒銘，用兼生死。推彦和之意，惟以紀功者爲銘，而以表墓者同誄。實則自漢以後，墓碑之體，顯與誄殊：一則純以死者爲主，一則兼抒作者之悲。述德陳哀，宜別人我。混而同之，轉兹迷惘矣。」其實劉勰並没有把誄、碑二體「混而同之」，只是説「樹碑述亡者」和誄屬於一類，「勒石讚勳者」和銘屬於一類。

又：「碑之源流——古者豎石廟庭之中央，謂之碑，所以麗牲，或識日景引陰陽也。其材宫廟以石，窆用木（見儀禮聘禮鄭注）。三代以上，銘皆勒於銅器，刻石者甚少。石鼓之時代，爲姬周抑爲宇文周，聚訟迄未能決（詳見王厚後齋碑録）。故三代有無刻石，尚屬疑問。然則豎石蓋爲碑之本義，刻銘則其後起義也。樹碑之風，漢始盛行，而東都尤甚。惟乃刻石之總名，而非文體之專稱。自其體製言，則有墓碑（此體最多，蔡中郎郭有道碑序云「樹碑表墓，昭銘景行」，又汝南周勰碑序亦云「建碑勒銘」，實銘體也），有祠堂碑（如梁相孔耽神祠碑，見隸釋五），有神廟碑（如西嶽華山廟碑，見隸釋二，三公山碑、石神君碑，均見隸釋三，堯廟碑，見隸釋一），有雜碑（如蜀郡太守何君閣道碑，見隸釋四），有紀功碑（如漢敦煌太守裴岑紀功碑，見金石萃編卷七）。自其文體言，則有銘（此體最多，如周憬功勳銘，見隸釋四，普通漢碑多有「乃作銘曰」四字），有頌（如西狹頌，見隸釋四），有叙（如張公神碑，見隸釋三），有記（如高朕修周公禮殿記，見隸釋一），有誄（如堂邑令房鳳碑，見隸釋九），有詩（如費鳳別碑，見隸釋九）。有銘後附以亂者（如巴郡太守樊敏碑，見隸釋十一），有有韻者（普通皆然），有無韻者（如修周公禮殿記、三公山碑、馮緄碑，見隸釋卷七）：蓋凡刻石皆可謂之碑，而非文章之一體，與銘箴頌贊之類不同。準是以言，則蔡邕石經及孔廟之官文書，雖非文章，而既刻於石，亦得稱碑，惟以銘體居十之六七，故漢人或統稱碑銘，碑謂刻石，銘則文體也。後世或以序文爲碑，有韻之文爲銘；或以有韻之文爲碑銘，無韻或四六之文爲碑；皆不知碑爲刻石之義也。又刻於闕者謂之闕銘（如嵩岳太室石闕銘，見隸釋四），以非豎立神道中央，故亦不得稱碑。至于墓表之名，漢人間亦用之，但就華表之石而名，體與墓碑無別。唐代以有銘者爲碑，無銘者爲墓表；後世又以大官稱神道碑，小官稱墓表（潘昂霄金石例卷一，黄宗羲金石要例，皆曰三品以上神道碑，三品以下墓表）：此皆近代不通之制度，實則漢人之墓表皆有韻，亦無官秩大小之别也。」

又：「墓誌銘——自裴松之奏禁私立墓碑，而後有墓誌一體。觀漢魏刻石之出土者，並無墓誌，亦足證此體之始於六朝也。墓誌一體，原爲不能立碑者而設，而風尚所趨，即本可立碑或帝王后妃之已有哀策者，亦並兼有之。南史中此類例證，不一而足，蓋變例也。後世於墓誌之外，復有墓碣、墓表，亦自此體而出。」

第四段論寫碑文的基本要求，兼及碑和銘、誄的關係。

贊曰：寫實追虚〔一〕，誄碑以立。銘德纂行〔二〕，文采允集〔三〕。觀風似面〔四〕，聽辭如泣〔五〕。石墨鐫華〔六〕，頽影豈戢〔七〕。

〔一〕「寫實」，謂「選言録行」叙事如傳。「追虚」，謂在描寫時，「必見清風之華」、「峻偉之烈」，或者「論其人也，曖乎若可覿；道其哀也，悽然如可傷」。

〔二〕校證：「『纂』原作『慕』，從唐寫本改。」

〔三〕校釋：「文采，唐寫本作『光彩』，是。」

斠詮：「光彩，本泛謂物相之光輝色彩，此乃喻人之事功彪炳，聲聞顯著，及文章華美而言。」

〔四〕「風」，風采。上文云「必見清風之華」，此風字正承上文而言。「似面」，似親見其面。

〔五〕左庵文論：「二句甚佳，作誄尤須有聽辭如泣之致。」

〔六〕斠詮：「說文墨字桂注：『古者漆書之後，皆用石墨以書。大戴禮所謂「石墨相著則黑」是也。漢以後松烟桐煤既盛，故石墨遂堙廢。』案石墨……古用於石刻漆書，取其黑色顯明，易於醒目也。鐫華，謂刻書其文華，用以表揚死者。」

〔七〕校注：「『忒』，唐寫本作戢。按本贊純用緝韻，此當以作『戢』爲是，若作『忒』，則失其韻矣。禮記緇衣：『其儀不忒。』釋文：『忒，本或作貣。』而『貣』俗又作『貮』，與『戢』形近。蓋『戢』初誤爲『貣』，後又誤爲『忒』耳。」

校釋：「唐寫本作『豈戢』，是。」

校證：「類聚九七引傅咸螢火賦『當朝陽而戢影』，此彦和所本。」按初學記三十螢火賦：「當朝陽於戢景兮，心宵昧而是征。」「頹」，衰敗。

斠詮：「頹影，謂死者頹墜之遺影。戢，説文訓藏兵，又斂息之義。……戢影有伏藏、斂息其影之義。此處所謂『頹影豈戢』者，極言誄碑之用，能增光泉壤，流譽後世，俾死者遺影不致淹滅無聞也。」

哀弔第十三

文章流别論：「哀辭者，誄之流也。崔瑗、蘇順、馬融等爲之，率以施於童殤夭折、不以壽終者。建安中，文帝與臨淄侯各失稚子，命徐幹、劉楨等爲之哀辭。哀辭之體，以哀痛爲主，緣以嘆息之辭。」

文章辨體序説「哀誄」類：「大抵誄則多叙世業，故今率倣魏晉，以四言爲句。哀辭則寓傷悼之情，而有長短句及楚體之不同焉。」

又「哀辭」類：「昔漢班固，初作梁氏哀辭，後人因之。……其文皆爲韻語，而四言騷體，惟意所之，則與誄體異矣。吴訥乃並而列之，殆不審之故歟？今取古辭自爲一類云。」

又「弔文」類：「弔文者，弔死之辭也。劉勰云：『弔者至也。詩曰：神之弔矣。賓之慰主，以至到爲言。』故謂之弔。古者弔生曰唁，弔死曰弔。」

章太炎正齋送：「古者弔有傷辭，謚有誄，祭有頌，其餘皆禱祝之辭，非著竹帛者也，上曲禮：『知生者弔，知死者傷。』正義曰：『弔辭口致命，傷辭書之於版。』……傷辭多者，不過萬字。上世作者，雖若滅若歿哉；觀魏武帝過橋玄墓，不忘疇昔，爲辭告奠，其文約省，哀戚已隆矣。斯蓋古之令軌，爲法於今者乎？……自傷辭出者，後有『弔文』，賈誼弔屈原，相如弔二世，録在賦篇。其特爲文辭，而迹可見於今者，若彌衡弔張衡、陸機弔魏武帝，斯皆異時致閔，不當棺柩之前，與舊禮言弔者異。……今之祭文，蓋古傷辭也。……其旁出者有哀辭，文章流别論曰：『崔瑗、蘇順、馬融等爲之，率施於童殤夭折，不以壽終者。』蓋死而不弔者三，畏、厭、溺。長殤（年十九至十六而死者）以下，與鮮死者同列（左昭五年傳：「葬鮮者自西門。」注：「不以壽終爲鮮。」），不可致弔，於是爲之哀辭。禮以義起，是故馬仲都以元舅車騎將軍之重，從駕溺死，明帝命班固於馬上三十步爲哀辭。蓋君臣慎禮，不以貴寵越也。今人以哀辭施諸壽終，斯所謂失倫者。」

斠詮：「彦和『哀弔』與後世文論家所謂『哀祭』一體，内涵有别。前者……僅爲『哀辭』、『弔文』二者之並稱，後者則通常包括哀、誄、祭、弔四者爲一大類。文心雕龍以誄合於碑，爲誄碑篇，祭附見於祝盟篇。哀弔其所以特立一篇者，殆因前代文體已有定制。……其時各體文既均有專集行世，疑有序引，可供采擷。……反觀後世文論家所設之哀祭類……以凡人之告於鬼神者，爲其標類之總綱，固可收執簡馭繁之便；而無如所包名目滋多，義用並非一致，究不若文心雕龍之囿別區分，比物醜類，而能各適其宜也。」

哀辭和弔文的區別，從本篇的説明來看，是哀辭多施於幼童，弔文多施於古人。從表面形式上來看，哀辭是四言體與騷體並用，而弔文一概屬於騷體。至於昭明文選的「哀」類，「哀上」收潘岳哀永逝文，是傷妻之辭。「哀下」所收對皇后的兩篇「哀策文」，和劉勰所論似不屬於一體。

賦憲之謚〔一〕，短折曰哀〔二〕。哀者，依也〔三〕。悲實依心〔四〕，故曰哀也。以辭遣哀，蓋下流之悼〔五〕，故不在黄髮〔六〕，必施夭昏〔七〕。

〔一〕「賦憲」二字，舊校：「孫云：當作『議德』。」紀評：「賦憲二字出汲冢周書，王伯厚困學紀聞已有考證，不得妄改爲『議德』。」

困學紀聞卷二書：「周書謚法：『惟三月既生魄，周公旦、太師望相嗣王發，既賦憲，受臚於牧之野。終葬，乃制謚。』今所傳周書云云，與六家謚法所載不同。」原注：「蓋今本缺誤，文心雕龍云『賦憲之謚』出於此。」盧文弨文心雕龍輯注書後曰：「此出周書謚法解：『既賦憲受臚於牧之野，乃制作謚。』今傳周書文多脱誤，惟困學紀聞所引尚有此語。」

校證：「按紀説是，唐寫本、困學紀聞二，俱作『賦憲』。」范注：「朱亮甫周書集訓云：『賦，布；憲，法；臚，旅也。布法於天下，受諸侯旅見之禮。』」

〔二〕斠詮：「短折，謂短命夭折也。」書洪範：「一曰凶短折。」傳：「短，未六十；折，未三十。」逸周書謚法解：「蚤孤短折曰哀，恭仁短折曰哀。」孔晁注，人「未知事」或「功未施」而死，謂之哀。

〔三〕校證：「『依』，王惟儉本作『㐂』，下句『依心』之『依』同。」范注：「説文：『哀，閔也，從口，衣聲。』哀、依同聲爲訓。」斠詮：「蓋悲哀實依心而發，故下又云『悲實依心』。」意思是説，悲是由心發出來的。

〔四〕文體明辨序説「哀辭」類：「夫哀之爲言依也，悲依於心，故曰哀；以辭遣哀，故謂之哀辭也。」郭注：「兩依字皆當借作偯。説文：偯，痛聲也。哀、依不僅古音相同，哀、偯古義本亦相近。故云：『哀者，依也。』」

〔五〕「遣」，發，指表達。校證：「『下流』舊本作『下淚』，黄注本『下』改『不』。」鈴木虎雄校勘記：「御覽、燉本作『下流』，可從。下流，指卑者而言。指瑕篇曰：『施之下流。』雕龍下流之義可知。」校釋：「按指瑕篇有『禮文在尊極，而施之下流』可證。『下流』者，幼小之流輩也。與『尊極』對文。三國志魏樂陵王茂傳：『今封茂爲聊城王，以慰太皇太后下流之念。』」

〔六〕范注：「爾雅釋詁上：『黃髮，老壽也。』詩南山有臺及行葦正義引舍人曰：『黃髮，老人髮白復黃也。』」

〔七〕左傳昭公十九年：「子産曰：寡君之二三臣札瘥夭昏。」杜注：「大死曰札，小疫曰瘥，短折曰夭，未名曰昏。」正義謂昏是「未三月而死也」。

昔三良殉秦，百夫莫贖，事均夭枉〔一〕，黃鳥賦哀〔二〕，抑亦詩人之哀辭乎！

〔一〕校證：「『枉』原作『横』，據唐寫本、御覽改。」校注：「按『枉』字是。帝王世紀：『伏羲氏……乃嘗味百藥而制九針，以拯夭枉焉。』華陽國志巴志：『是以清儉，夭枉不聞。』文選謝靈運廬陵王墓下詩：『脆促良可哀，夭枉特兼常。』並其證。」注訂：「夭横，横讀去聲。非理之死，故曰横也。」新唐書西域傳：「少死則曰夭枉，乃悲。」

〔二〕梅注：「史記：秦繆公卒，葬雍，從死者百七十七人。秦之良臣子輿氏三人，名曰奄息、仲行、鍼虎，亦在從死之中。秦人哀之，爲作黃鳥之詩曰：交交黃鳥，止於棘，誰從穆公？子車奄息。維此奄息，百夫之特，臨其穴，惴惴其慄。彼蒼者天，殲我良人，如可贖兮，人百其身。……」范注：「詩秦風黃鳥序曰：『黃鳥，哀三良也。國人刺穆公以人從死，而作是詩也。』正義曰：『文六年左傳云：「秦伯任好卒，以子車氏之三子奄息、仲行、鍼虎爲殉，皆秦之良也，國人哀之，爲賦黃鳥。」又秦本紀云：「穆公卒，葬於雍，從死者百七十人。」然則死者多矣，主傷善人，故言哀三良也。』」黄鳥中有「如可贖兮，人百其身」，故此云：「百夫莫贖。」

暨漢武封禪〔一〕，而霍嬗暴亡〔二〕，帝傷而作詩〔三〕，亦哀辭之類矣。降及後漢〔四〕，汝陽王亡，崔瑗哀辭〔五〕，始變前式〔六〕。然「履突鬼門」，怪而不辭〔七〕，「駕龍乘雲」，仙而不哀〔八〕；又卒章五言，頗似歌謡，亦彷彿乎漢武也〔九〕。

〔一〕注訂：「封土於山，而禪祭於地也。詩周頌時邁箋：『巡守告祭者，天子巡行邦國，至於方岳之下，而封禪也。』又史記正義：『以泰山上築土爲壇，以祭天，報天之功，故曰封。以泰山上小山上除地，報地之功，故曰禪。言禪者，神之也。』（按此見封禪書）。漢武以元封元年行封禪禮於泰山。」

〔二〕校證：「『霍嬗』原作『霍光病』，梅據曹改作『霍子侯』。」校注：「『子侯』，黄校云：『……又一本作霍嬗。』按黄氏所稱一本是也。唐寫本、訓故本及御覽引，並作『霍嬗』。曹改非是。史記封禪書：『天子既已封泰山。無風雨災。而方士更言蓬萊諸賢，若將可得。於是上欣然，庶幾遇之。乃復東至海上，望冀遇蓬萊焉。奉車子侯暴病，一日死。』」訓故：「漢書：霍去病，元封六年薨。子嬗嗣。嬗字子侯，爲奉車都尉，從封泰山，暴病死。漢武帝集：嬗死，上甚悼之，乃自爲歌詩。」

梅注：「漢書：霍去病子名嬗，字子侯。武帝愛之。幸其壯而將之，爲奉車都尉。從封泰山。……天子至梁父，禮祠地主，封泰山，下東方。禮畢，天子獨與侍中奉車子侯上泰山，亦有封，其事皆禁。明日，下陰道，禪泰山下阯東北肅然山，天子從禪還，坐明堂，群臣更上壽。復東至海上望，冀遇蓬萊焉。奉車子侯暴病，一日死。上乃遂去。」按此見霍去病傳及郊祀志。

〔三〕校注：「按漢武帝集：『奉車子侯暴病，一日死。上甚悼之，乃自爲歌詩。』（類聚五六、御覽五九二引）」武帝悼霍嬗詩亡。

〔四〕校證：「『降』字原無，據唐寫本、御覽補。」

校注：「按『降』字當有，於『漢』字下加豆，本書多有此句法。」

〔五〕范注：「汝陽王，不知何帝子。崔瑗仕當安、順諸帝朝，皆未有子封王；哀辭本文又亡，無可考矣。」

「王」字，宋本御覽作「主」。范注附録章錫琛據宋本御覽校記云：「『此本『王』作『主』，則是崔瑗作哀辭者，乃公主，非帝子。」周注：「後漢書后紀：汝陽長公主，和帝女，名劉廣。崔瑗字子玉，善文辭，所作汝陽主哀辭，已散失。」

〔六〕「前式」，指哀辭最初的體式用途。哀辭原只用於夭折者，後不盡限於幼年。

〔七〕斟詮：「履突，猶穿越也。依文例，本句與『駕龍乘雲』句，疑當爲崔瑗哀辭中之文字，『怪而不辭』、『仙而不哀』二句，則爲舍人評論崔瑗哀辭之語。」

校注：「按論衡訂鬼篇：『山海經又曰：「滄海之中，有度朔之山，上有大桃木，其屈蟠三千里，其枝間東北曰鬼門，萬鬼所出入也。」』（今本無）文選陸機挽歌：『今託萬鬼鄰。』李注引海水經（當是山海經）曰：『東海中有山焉，名度索，上有大桃樹，東北瘣枝名曰鬼門，萬鬼所聚。』」

〔八〕紀評：「此後世祭文之通病。」注訂：「『履突鬼門』四字與下句『駕龍乘雲』皆爲崔瑗哀辭中語。『怪而不辭』，『仙而不哀』，蓋譏之也。」

〔九〕范注：「瑗哀辭卒章五言，蓋仿武帝傷霍嬗詩也。」

校注：「漢武傷霍嬗詩及崔瑗汝陽王哀辭，均不可考；惟史記封禪書索隱引顧胤云：『案武帝集，帝與子侯家語云：「道士皆言子侯得仙，不足悲。」』可推其所作之不哀也。」「亦彷彿乎漢武也」唐寫本作「亦髣髴乎漢武也」。

至於蘇順、張升，並述哀文〔一〕，雖發其精華，而未極其心實〔二〕。建安哀辭，惟偉長差善，行女一篇，時有惻怛〔三〕。

〔一〕校證：「『順』原作『慎』，據唐寫本、御覽改。」范注：「蘇順著哀辭等十六篇。張升，字彥真，亦見後漢書文苑傳，著賦、誄、頌、碑、書，凡六十篇。（六十篇中必有哀辭，本傳失舉耳。）」

人所著哀辭並佚。」文章流別論：「哀辭者，誄之流也。崔瑗、蘇順、馬融等爲之，率以施於童殤夭折，不以壽終者。」蘇順字孝山，京兆霸陵人。東漢安帝、和帝年代，以才學知名，官郎中。後漢書文苑傳有傳。全後漢文輯存其文四篇，無哀辭。

〔二〕校證：「唐寫本、御覽無『精』字；王惟儉本『精』作『情』。『其』字原無，據唐寫本補。御覽『心』作『其』。」趙萬里云：「疑此當作『雖發其情華而未極其實』。『未極其實』意指未盡其情，或未盡其誠。國語晉語五：『夫貌，情之華也；言，貌之機也。……今陽子之貌濟，其言匱，非其實也。』」

〔三〕訓故：「曹子建集行女哀辭云：『三年之中，二子頻喪。』是子建之幼子也。」黄注：「文章流別論：『建安中，文帝與臨淄侯各失稚子，命徐幹、劉楨等爲哀辭。』是偉長亦有行女篇也。」徐幹，字偉長，北海人。官五官中郎將，有中論六卷，集五卷。原集已佚。全後漢文輯存其文十篇。現存徐、劉二家輯文中，都無哀辭。斠詮：「惻怛，即忉怛，悲喜傷痛也。」校注：「禮記問喪：『惻怛之心，痛疾之意。』」

及潘岳繼作，實鍾其美〔一〕。觀其慮贍辭變〔二〕，情洞悲苦〔三〕，敘事如傳，結言摹詩，促節四言，鮮有緩句〔四〕；故能義直而文婉，體舊而趣新，金鹿澤蘭〔五〕莫之或繼也〔六〕。

〔一〕校證：「『鍾』原作『踵』，唐寫本、御覽作『鍾』。左昭二十八年傳：『天鍾美於是。』杜預注云：『鍾，聚也。』此彥和所本。」斠詮：「岳巧於序悲，擅長哀辭，繼徐偉長而起之能手。……鍾美，兼其衆長之意。」

校注：「按『鍾』字是。才略篇：『潘岳敏給，辭自和暢，鍾美於西征，賈餘於哀誄。』是其證。」

〔二〕校證：「『贍』原作『善』，據唐寫本、御覽改。」

校注：「宋本、喜多本御覽引作『贍』。按『贍』字是，『贍』乃『贍』之誤。章表篇『觀其體贍而律調』，才略篇『理贍而辭堅』，句法與此相同，可證。」「贍」，周密。雜文篇：「夫文小易周，思閑可贍。」

〔三〕唐寫本「悲」作「哀」。郭注：「洞，深入也。」

〔四〕王金凌：「潘岳哀辭全爲四字句，而無任何長句，比較起來，毫無調節的餘地，因此稱其『促節』。促係指節奏進行較快。緩則相反。」「緩句」，鬆懈之句。

〔五〕黃注：「潘岳集：金鹿哀辭。金鹿，岳之幼子也。又爲任子咸妻作孤女澤蘭哀辭。澤蘭，子咸之女也。」

晉書潘岳傳：「岳美姿儀，辭藻絶麗，尤善爲哀誄之文。」范注：「潘岳巧於序悲，故擅長哀辭。金鹿、澤蘭而外，全晉文九十三尚輯有數篇。」

〔六〕唐寫本「也」字無。周注：「金鹿哀辭說：『嗟我金鹿，天資特挺。鬒髮凝膚，蛾眉螓領。柔情和泰，朗心聰警。嗚呼上天，胡思我門！良嬪短世，令子夭昏。既披我干，又剪我根。塊如瘣木，枯荄獨存。捐子中野，遵我歸路。將反如疑，回首長顧。』『鬒髮』四句敘事如傳，『捐子』四句結言摹詩，情極深婉。澤蘭哀辭的結尾說：『耳存遺響，目想餘顏；寢席伏枕，摧心剖肝。相彼鳥矣，和鳴嚶嚶；況伊蘭子，音影冥冥。彷徨丘壟，徒倚墳塋。』寫情敘悲，極爲深切。」

以上爲第一段，援引謚法以明哀文之意義及其運用範圍，兼論漢晉名家之作。

原夫哀辭大體，情主於痛傷，而辭窮乎愛惜〔一〕。幼未成德，故譽止於察惠；弱不勝務，故悼加乎膚色〔二〕。隱心而結文則事愜，觀文而屬心則體奢〔三〕。奢體爲辭，則雖麗不哀〔四〕；必使情往會悲，文來引泣〔五〕，乃其貴耳〔六〕。

〔一〕補注：「北堂書鈔卷一百二引文章流別論：『哀辭之體，以哀痛爲主，緣以嘆息之辭。』」注訂：「兩句爲哀辭定義，所以別乎誄碑者也。」「窮」，盡。斠詮：「大體，猶言要領。……史記平原君傳：『平原君翩翩，濁世之佳公子也，然未覩大體。』」

〔二〕按唐寫本「於」作「乎」。「譽止乎察惠」，御覽作「興言止乎察惠」；「悼加乎膚色」，御覽作「悼惜加乎容色」，應以御覽爲是。文體明辨序說：「或以有才而傷其不用，或以有德而痛其不壽。幼未成德，則譽止於察惠；弱不勝務，故悼加乎膚色。此哀辭之大略也。」范注：「惠與慧通。」文章辨體序説：「哀辭則寓傷悼之情，而有長短句及楚體不同。」斟詮：「成德，成就德行也。易乾：『君子以成德爲行。』」又：「察惠，謂明察敏慧也。」

〔三〕兩「奢」字唐寫本均作「夸」。范注：「『隱』本字作『㥯』，説文『㥯，痛也。』情采：『昔詩人什篇，爲情而造文；辭人賦頌，爲文而造情。』與此互相發明。」

詩柏舟：「耿耿不寐，如有隱憂。」傳曰：「隱，痛也。」

陸機文賦：「誇目者尚奢，愜心者貴當。」

〔四〕朱熹答王近思：「大抵吾友誠慤之心似有未至，而華藻之飾常過其哀。故所爲文，亦皆辭勝理，文勝質，有輕揚詭異之態，而無沉潛温厚之風，不可不深自警省，訥言敏行，以改故習之謬也。」

〔五〕注訂：「『情往會悲，文來引泣』，與辨騷篇『情往轢古，辭來切今』同一句法，皆警策之文。凡哀辭之作，要不出此範疇，故曰可貴耳。」

〔六〕校證：「『乃其貴耳』，文章緣起注作『乃爲貴乎』。」校釋：「舍人論文，以情性爲本柢，以理道爲準則。全書斥浮詭，黜繁縟，不一其詞。哀弔之文，尤在抒情攄悲，若文過縟麗，則情爲詞掩，體與義乖，將何以發讀者之嘆息哉！篇中『情往會悲，文來引泣』二語，實斯事之至要。」

這段話的意思是説：哀辭雖以傷悼爲主，但也要辨明哀悼對象，針對實際情況，恰如其分地表示惋惜和哀悼。內心有了隱痛，然後執筆爲文，就容易寫得恰當；假如「爲文而造情」，則容易作不適當的夸張。夸張過度的哀辭，雖然詞藻華麗，而內心没有哀痛，還是不能感動人的。

林紓春覺齋論文流別論第六節說：「哀詞者，既以情勝，尤以韻勝。韻非故作悠揚語也，情贍於中，發爲音吐，讀者不覺其緜亙有餘悲焉，斯則所謂韻也。」所謂「韻」，就是有情韻，就是音調的抑揚和內心的旋律一致。韓愈的祭十二郎文，就屬於哀辭一類。其所以千古以來打動人心者，即由於作者內心的沉痛，有真實的感情。但如說哀辭「以韻勝」，還是有語病的。以上爲第二段，講哀詞之體製及其寫作要領。

弔者，至也〔一〕。詩云：「神之弔矣。」言神至也〔二〕。君子令終定謚，事極理哀〔三〕，故賓之慰主，以至到爲言也〔四〕。壓溺乖道，所以不弔矣〔五〕。

〔一〕范注：「爾雅釋詁上：『弔，至也。』郝懿行義疏曰：『弔者，𨑩之叚音也。說文云：「𨑩，至也。」通作「弔」。詩「神之弔矣」（小雅天保），「不弔昊天」（小雅節南山），「不弔不祥」（大雅瞻卬），傳箋並云：「弔，至也。」書云「弔由靈」（盤庚下），逸周書祭公篇云「予維敬省不弔」，其義皆爲「至」也。』……案說文人部：『弔，問終也（謂有死喪而問之也），從人弓。古之葬者，厚衣之以薪，故人持弓，會敺禽也。』此訓問終之弔也。辵部：『𨑩，至也。從辵，弔聲。

（都歷切）』此訓至之弔也。」

〔二〕范注：「小雅天保：『神之弔矣，詒爾多福。』箋云：『神至者，宗廟致敬，鬼神著矣。』」唐寫本「至」上有「之」字。斠詮：「是知訓『問終』之字作『𢎗』，從人弓；訓『至到』之字作『迅』，從辵，弔聲，作『弔』者，乃其音叚。……舍人此篇謂『弔者至也。』詩曰：「神之弔矣。」言神之至也』者，弔迅叚音爲訓也。」

〔三〕斠詮直解爲：「乃人事之極盡，情理之至哀者。故賓客之弔慰喪主，必以至到爲名也。」

〔四〕校證：「唐寫本、御覽『以』上有『亦』字。」按有「亦」字是，上云「亦以至到爲言也」。范注：「此説稍迂，由未知『弔』『迅』『𢎗』三字之分。」文心雕龍雜記引錢基博云：「短折曰哀，所以哭死。至則稱弔，實用慰生。記曰：『知生者弔，知死者傷，知生而不知死，弔而不傷；知死而不知生，傷而不弔。』古人有别，劉氏已混。」

〔五〕「乖道」，乖違常道，不是善終。范注：「禮記檀弓上：『死而不弔者三（謂輕身忘孝也）：畏（人或時以非罪攻己，不能有以説之死之者。孔子畏於匡），厭（行止危險之下爲崩墜所壓殺），溺（馮河潛泳，不爲弔也）。』正義曰：『除此三事之外，其有死不得禮，亦不弔。』」

又宋水鄭火，行人奉辭〔一〕，國災民亡，故同弔也〔二〕。及晉築虒臺〔三〕，齊襲燕城，史趙、蘇秦，翻賀爲弔〔四〕，虐民構敵〔五〕，亦亡之道。凡斯之例，弔之所設也〔六〕。

〔一〕黄注：「左傳莊公十一年：秋，宋大水。公使弔焉，曰：天作淫雨，害於粢盛，若之何不弔？」

范注：「左傳昭公十八年：『宋、衛、陳、鄭皆火。……鄭使行人告於諸侯。宋、衛皆如是。陳不救火，許不弔災，君子是以知陳、許之先亡也。』周禮大宗伯職『以弔禮哀禍裁』，鄭注：『禍裁，謂遭水火。』司寇小行人職：『若國有禍裁，則令哀弔之。』左傳謂許不弔災，是諸侯皆相弔災矣。」

「行人」，官名。周禮秋官有行人，司朝覲聘問。春秋戰國時，各國都有設置。後爲使者之通稱。「奉辭」，謂以文辭慰問。

〔二〕「同弔」，謂對水火之災的慰問，如同弔唁。

〔三〕梅注：「虒音斯，元作虎，孫改。」又：「左傳：『晉築虒祁之宫，魯叔弓如晉，賀虒祁也。游吉相鄭伯以如晉，亦賀虒祁也。史趙見子太叔曰：甚哉，其相蒙也，可弔也，而又賀之。子太叔曰：若何弔也？其非唯我賀，將天下實賀。』杜注：『虒祁，地名。』築宫於虒祁之地。史趙，晉史也。子太叔，即游吉，鄭大夫也。」按此見昭公八年，虒臺故址在今山西省曲沃縣。

〔四〕梅注：「國策：燕文公卒，齊宣王因燕喪攻之，取十城。武安君蘇秦爲燕説齊王，再拜而賀，因仰而弔。齊王按戈而却曰：『此一何慶弔相隨之速也？』對曰：『人之飢所以不食烏喙者，以爲雖偷充腹，而與死同患也。今燕雖弱小，强秦之少壻也。上利其十城，而深與强秦爲仇。今使弱燕爲鴈行，而强秦制其後，以招天下之精兵，此食烏喙之類也。』」按此見燕策一。

紀評：「史趙、蘇秦，乃一時説辭，不得列之弔類。」注訂：「晉侯築虒祁之宫，叔向曰：『是宫成，諸侯必反。』故曰『有可弔而又賀之』也。」

〔五〕此句御覽作「害民構怨」。范注：「虐民，謂晉築虒祁。搆敵，謂齊伐燕。」注訂：「『虐民』指晉築虒臺，『搆敵』謂秦仇齊，皆爲反賀爲弔之證，此亦弔之非常也。彦和列之此類以爲廣義耳。故下云『凡斯之類，弔之所設也』云云。紀評譏之者，是與彦和指歸相左。」斠詮：「『搆』之正書應作『構』。案説文有『構』字，無『搆』字。……孟子告子：『秦楚搆兵。』焦循正義：『搆與構通。』雷浚説文外編：『搆是南宋人避諱字，故賈昌朝群經音辨手部尚無搆字。』」

〔六〕補注：「紀云云，案彦和明言『凡斯之例，弔之所設』，與上『弔者至也』一段，彼明弔字之訓，此推弔字之例，未爲不可。」

或驕貴以殞身〔一〕，或狷忿以乖道〔二〕，或有志而無時〔三〕，或行美而兼累〔四〕，追而慰之，並名爲弔。

〔一〕校證：「『以』原作『而』，據唐本、御覽改。」

文體明辨序説「弔文」類暗引此段，作：「或驕貴而殞身，或狷忿而道乖，或有志而無時，或美才而兼累，後人追而慰之，並名爲弔。」御覽「忿」作「介」。范注：「驕貴殞身，謂如二世；狷忿乖道，謂如屈原；有志無時，謂如張衡；美才兼累，謂如魏武。唐寫本美才作行美，非是。」「驕貴殞身」，如司馬相如哀秦二世賦中謂胡亥「持身不謹」等。

弔文之作，往往是對古人致追慕、追悼或追慰之意。對於死者，或悲其有志而不成功，或傷其懷才而不見用，或怪其狂簡而遭累，或惜其忠誠而殞身。以惻愴剴切，使讀者能明是非，辨邪正爲目的。

〔二〕揚雄反離騷中謂屈原作品放肆，思想狹窄。劉勰辨騷篇中謂屈原有「狷狹之志」。

〔三〕校注：「後漢書趙岐傳：『漢有逸人，姓趙名嘉，有志無時，命也奈何！』」禰衡弔張衡文謂：「伊尹值湯，呂望遇旦，嗟矣君生，而獨值漢。」此歎張衡生不逢時。「有志」謂懷抱理想。

〔四〕陸機弔魏武帝文謂：「豈不以資高明之質，而不免卑濁之累。」「兼」，加倍。「兼累」，謂更多疵累。

自賈誼浮湘，發憤弔屈，體周而事覈〔一〕，辭清而理哀，蓋首出之作也。及相如之弔二世，全爲賦體〔二〕，桓譚以爲其言惻愴，讀者歎息〔三〕；及卒章要切〔四〕，斷而能悲也〔五〕。

〔一〕校證：「『周』原作『同』，據唐寫本、御覽改。賈文名弔，不得云『體同』也。徐校亦作『周』。」范注引（鈴木）校勘記：「燉本『同』作『周』。案諸子篇曰：『呂氏鑒遠而體周。』此周字是也。」「事覈」，謂取事精要。

文選賈誼弔屈原文序云：「誼爲長沙王太傅，既以謫去，意不自得，及渡湘水，爲賦以弔屈原。屈原，楚賢臣也。被讒放逐，作離騷賦，其終篇曰：『已矣哉，國無人兮，莫我知也。』遂自投汨羅而死。誼追傷之，因自喻。」李善注引應劭風俗通曰：「賈誼與鄧通爲侍中同位，數廷議之。因是文帝遷爲長沙太傅，及渡湘水，投弔書曰：闒茸尊顯，佞諛得意。以哀屈原離讒邪之咎，亦因自傷爲鄧通等所愬也。」文體明辨序説：「若賈誼之弔屈原，則弔之祖也。然不稱文，故不得列之此篇。而後人又稱爲賦，則其失愈遠矣。」

〔二〕史記司馬相如傳：「常從上至上楊獵……還過宜春宮，相如奏賦，以哀二世行失也。」賦兼見漢書。

黄注：「（漢書）司馬相如傳：武帝還過宜春宮，相如奏賦以哀二世行失。注：宜春本秦之離宮，胡亥於此爲閻樂所殺，故感其處而哀之也。」周注：「賦説：『登陂陀之長阪兮，坌入曾宮之嵯峨。臨曲江之隑州兮，望南山之參差。』這樣寫全爲賦體，用鋪陳筆法。」

〔三〕范注：「桓譚語當在新論中，亡佚。」斠詮：「荀悦馮唐論：『賈誼過湘水弔屈原，惻愴動懷。』」

〔四〕「卒」，原作「平」。范注：「唐寫本『平章』作『卒章』，是。卒章，謂『持身不謹兮，亡國失勢』以下也。」按哀二世賦卒章云：「持身不謹兮，亡國失勢；信讒不寤兮，宗廟滅絕。嗚呼哀哉，操行之不得兮，墳墓蕪穢而不修兮，魂無歸而不食。」

〔五〕校證：「王惟儉本此句原注云：『此句疑有誤字。』」按宋本御覽「章」字下有「意」字。此處斷句應爲「及卒章意要，切斷而能悲也」，意思是説這篇弔文的卒章，具有重要含意，言辭剴切決斷，而又能表示悲痛之情。

揚雄弔屈，思積功寡，意深反騷〔一〕，故辭韻沈膇〔二〕；班彪蔡邕，並敏於致語〔三〕，然影附賈氏〔四〕，難爲並驅耳。

〔一〕校證：「『反騷』原作『文略』，據唐寫本改。」范注：「漢書揚雄傳：先是時，蜀有司馬相如，作賦甚弘麗溫雅，雄心壯之，每作賦，常擬之以爲式。又怪屈原文過相如，至不容，作離騷，自投江而死，悲其文，讀之未嘗不流涕也。以爲君子得時則大行，不得時則龍蛇，遇不遇命也，何必湛身哉！乃作書，往往摭離騷文而反之，自㟭山投諸江流，以弔屈原，名曰反離騷。……『意深文略』，唐寫本作『意深反騷』，是。意深反騷，猶言立意反騷。」

〔二〕范注：「左傳成公六年：『於是乎有沈溺重膇之疾。』杜注：『沈溺，濕疾；重膇，足腫。』子雲此文，意在反騷，了無新義，故辭韻沈膇，澳涊不鮮也。」

「沈膇」，斠詮：「謂辭語滯板，韻調臃腫也。」王金凌：「以比喻旋律滯塞而不流暢。」

〔三〕訓故：「蔡中郎集弔屈原文：□迵世而遥弔，託白水而騰文。」范注：「班彪悼離騷、蔡邕弔屈原文均殘缺不完。」校注：「『語』，唐寫本作『詰』；宋本、鈔本御覽引同。按『詰』字是。下句云『影附賈氏，難爲並驅』，今誦長沙弔屈原文，自『訊曰』以下有『致詰』意。叔皮、伯喈所作，雖無全璧，然據類聚（卷四十引蔡邕弔屈原文，卷五六引班彪弔離騷文）所引者，亦皆有『致詰』之詞。老子第十四章：『此三者，不可致詰。』是『致詰』二字固有所本也。後漢書袁安傳論：『雖有不類，未可致詰。』抱朴子内篇微旨：『淵乎妙矣難致詰。』亦並以『致詰』爲言。」斯波六郎：「致詰，蓋致反詰之意。」

〔四〕斠詮：「影附賈氏，謂模擬賈誼過於密切也。影附，謂如影之依附於形也。」周注：「影附賈氏，摹仿賈誼。班文：『惟達人進止得時，行以遂伸；否則詘而尺蠖，體龍蛇以幽潛。』即賈文：『襲九淵之神龍兮，沕深潛以自珍。』蔡文：『鶤鳩軒翥，鸞鳳挫翮；啄碎琬琰，寶其瓴甋。』即賈文：『鸞鳳伏竄兮，鴟梟翱翔。』『斡棄周鼎，寶康瓠兮。』」

胡、阮之弔夷齊〔一〕，褒而無聞〔二〕；仲宣所制，譏呵實工〔三〕。然則胡、阮嘉其清〔四〕，王子傷其隘〔五〕，各其志也〔六〕。禰衡之弔平子，縟麗而輕清〔七〕；陸機之弔魏武，序巧而文繁〔八〕。降斯已下，未有可稱者矣〔九〕。

〔一〕黄注：「文選思舊賦注：胡廣弔夷齊文曰：『援翰録弔以舒懷兮。』魏志：阮瑀，字元瑜，爲魏武管記室。弔伯夷文曰：『余以王事，適彼洛師。瞻望首陽，敬弔伯夷。求仁得仁，見嘆仲尼。没而不朽，身滅名飛。』」按後漢書胡廣傳：「胡廣，字伯始。……所著詩、賦、銘、頌、箴、弔及諸解詁，凡二十二篇。」「援翰録弔以舒懷兮」一語上下文不可知。

〔二〕范注：「『聞』唐寫本作『間』，是。孔安國注論語泰伯篇曰：『孔子推禹功德之盛美，言己不能復間厠其間。』……胡廣弔夷齊文，藝文類聚三十七載其殘文曰：『遭亡辛之昏虐，時繽紛以蕪穢；恥降志於汙君，溷雷同於榮勢。抗浮雲之妙志，遂蟬蛻以偕逝；徽六軍於河渚，叩王馬而慮計。雖忠情而指尤，匪天命之所謂；賴尚父之戒慎，鎮左右而不害。』阮瑀弔伯夷文（藝文類聚三十七）：『余以王事，適彼洛師；瞻望首陽，敬弔伯夷；東海讓國，西山食薇；重德輕身，隱景潛暉；求仁得仁，報之仲尼；没而不朽，身沉名飛。』」潘重規唐寫文心雕龍殘文合校（以下簡稱「合校」）：「胡廣、阮瑀、王粲均有弔夷齊文。胡、阮則褒嘉無間然之辭，仲宣則譏呵有傷之之意。宜從唐寫本作『無間』，文義方貫。」校注：「按唐寫本是也。今『無間』二字出論語泰伯。……『褒而無間』，蓋謂伯始、元瑜所作，止有褒揚而無非難也。今觀類聚所引殘文，誠有如舍人所評者。」

〔三〕「制」，唐寫本作「製」。王粲弔夷齊文見藝文類聚卷三十七。范注：「『王粲依附曹操，故有『知養老之可歸，忘除暴之爲念』之譏。」按除去這兩句以外，下文還説：「絜己躬以騁志，愆聖哲之大倫。」這也就是劉勰所説的「王子傷其隘」。

校注：「按陸士龍文集與兄平原書：『仲宣文……其弔夷齊辭不爲偉，兄二弔自美之；但其呵二子小工，正當以此言爲高文耳。』是舍人此評，本士龍也。」

〔四〕校注：「孟子萬章下：『孟子曰：伯夷，聖之清者也。』」斠詮：「謂胡廣、阮瑀嘉美二子之清高。」

〔五〕校注：「孟子公孫丑上：『孟子曰：伯夷隘。』」斠詮：「指王粲以二子之行徑狹隘而惋傷也。」

〔六〕校證：「『其』字原無……按唐寫本及御覽正有『其』字。奏啓篇『各其志也』，才略篇『各其善也』，章句篇『亦各有其志也』，俱有『其』字，今據補。」斯波六郎：「論語先進：『亦各言其志也已矣。』」

阮瑀弔伯夷文稱贊他「重德輕身」，「求仁得仁」，完全肯定。王粲弔夷齊文批評他們「忘除暴之爲念」，「愆聖哲之大倫」。二者一褒一貶，是由於各有自己的觀點。

〔七〕黄注：「後漢書：禰衡，字正平。弔平子文：『余今反國，命駕言歸，路由西鄂，追弔平子。』平子，張衡字也。衡，楚西鄂人。」禰衡弔張衡文見御覽五百九十六，其中無此數語。

「縟麗而輕清」，謂辭采縟麗而筆調輕清。王金凌：「言平子不遇，則以伊、呂反襯；言平子不朽，則以石、星、河水之有滅竭反襯；追慰平子，則以周旦先没，發夢孔丘爲喻，語氣雖輕狂，文辭則簡要，結構也緊密。劉勰稱其輕清，就是從簡要來評論的。」

〔八〕御覽「序」作「詞」。按應作「序」。此序開始云：「元康八年，機始以臺郎出補著作，游乎祕閣，而見魏武帝遺令，愾然嘆息，傷懷者久之。……於是遂憤懣而獻弔云爾。」方伯海曰：「若不將操生前驚天動地事業，極力揚厲，亦安見遺令之可哀。此是作文聲東擊西法。然後叙其死由出師西夏，復由平日遇險必濟，何至一疾便死，誰想到有此番遺令，此又是借彼形此法。然後將序文各截遺令，叙事間以議論，嶺斷雲橫，不使粘連一片，渾雄深厚……真晉文之雄也。」黄侃曰：「此文誚辱魏武，亦云酷矣，特託之傷懷耳。」（見文選學）

〔九〕范注：「御覽五百九十六有晉李充弔嵇中散文一篇，頗合彥和之準繩。」

以上爲第三段，叙弔之意義及其所施之事例範圍，並品評漢、晉各家弔文。

夫弔雖古義，而華辭未造〔一〕；華過韻緩，則化而爲賦〔二〕。固宜正義以繩理〔三〕，昭德而塞違〔四〕，割析褒貶〔五〕，哀而有正，則無奪倫矣〔六〕。

〔一〕范注：「左傳莊公十一年：『宋大水。公使弔焉，曰：天作淫雨，害於粢盛，若之何不弔！』又襄公十四年：『衛侯出奔齊，公使厚成叔弔於衛曰：寡君使瘠，聞君不撫社稷，而越在他竟，若之何不弔？以同盟之故，使瘠敢私於執事，曰：有君不弔，有臣不敏；君不赦宥，臣亦不帥職，增淫發洩，其若之何？（先弔君，復弔衛諸臣）此弔禍災之辭也。其辭皆質直無華，後世始敷以華辭耳。郝懿行曰：『未造，疑末造之譌。』是也。」斠詮：「末造，謂及衰亡之季世也。儀禮士冠禮：『公侯之冠禮也，夏之末造也。』此爲彦和借喻爲後代之意。」

〔二〕文體明辨序説「弔文」類：「大抵弔文之體，髣髴楚騷，而切要惻愴，似稍不同。否則，華過韻緩，化而爲賦，其能逃乎奪倫之譏哉！」王金凌：「痛傷之始，情切心悲，因此音節以急爲主。痛傷既久，於是其悲轉爲低徊，故其音節以緩爲主。……其所謂緩，即節奏進行的速度緩慢。」

〔三〕「繩理」，按一定的標準衡量事理。

〔四〕左傳桓公二年：「臧哀伯諫曰：『君人者，將昭德塞違，以臨照百官，猶懼或失之。』」正義：「昭德謂昭明善德，使德益彰聞也。塞違，謂閉塞違邪，使違命止息也。」

〔五〕校注：「『割』，唐寫本作『剖』。……按剖字是。（「剖」「割」形近，古籍中每淆誤。）體性篇『剖析毫釐』，麗辭篇『剖毫析釐』，並以『剖析』言之。」

〔六〕書舜典：「八音克諧，無相奪倫。」傳：「倫，理也。八音能諧，理不錯奪，則神人感和。」注訂：「此節示弔文之體，演至後世，皆文勝其質，宜有裁奪範疇，而後無失體之病，要惟賈生之作爲準。『固宜』以下，紀評稱爲『四語正變分明，而分寸不苟』，誠然。」

以上這幾句話的意思是説：弔文不應該過於華麗，如果過於華麗而音調過緩，就會變成賦體。弔文對於死者，雖然致慰悼之意，但是也要掌握分寸。應當以義理爲準繩，表揚其優點而杜絶以後的缺點，因此對於死者一字之褒貶都必須加以仔細的剖析。

春覺齋論文流别論六説：「古人有哭斯弔……蓋必循乎古義，有感而發，發而不失其性情之正；因憑弔一人而抒吾懷抱，尤必事同遇同，方有肺腑中流露之佳文。」總之，弔文以哀惋的風格爲主，縱然有的地方褒讚或歌頌死者的功德，也是和頌讚不同的。

第四段提出弔文寫作要領。

贊曰：辭之所哀〔一〕，在彼弱弄〔二〕。苗而不秀，自古斯慟〔三〕。雖有通才〔四〕，迷方失控〔五〕。千載可傷，寓言以送〔六〕。

〔一〕校證：「『之』原作『定』，『哀』原作『表』，據唐寫本改。」

〔二〕范注「左傳僖公九年：『夷吾弱不好弄。』杜注：『弄，戲也。』」注訂：「弱弄指上文『下流之悼』及『必施天昏』者而言也。」

〔三〕范注：「論語子罕篇：『苗而不秀者有矣夫，秀而不實者有矣夫。』孔安國注曰：『言萬物有生而不育成者，喻人亦然。』邢昺疏曰：『此章亦以顔回早卒，孔子痛惜之，爲之作譬也。』」論語先進：「顔淵死，子哭之慟。」

〔四〕典論論文：「唯通才能備其體。」郭注：「通才，如夷、齊、屈原、魏武，不是指作家中通才。」

〔五〕校證：「『失』原作『告』，據唐寫本改。『迷』『失』對文。」補注：「鮑照擬古第一首：迷方獨淪誤。」范注：「迷方失控，謂如華過韻緩，化而爲賦之類。」

斠詮：「竊意『迷方失控』殆謂遭時不遇，迷惘行方；偏宕放恣，失却控制。亦即概括篇中所謂『驕貴殞身，狷忿乖道，有志無時，美才兼累』四者而言。後人作文，一弔之，大有『悵望千秋一灑淚，蕭條異代不同時』之感。蓋弔文與哀辭之别，在其對衆迴異。『雖有通才，迷方失控』，乃與『在彼弱弄，苗而不秀』兩相對映者也。況以前後各四句分攝『哀辭』與『弔文』，亦舍人贊辭關照題目之常例也。斯波六郎范注補正：『按此非謂弔作者，謂弔人也。』誠然。」

〔六〕「寓」，寄托。「送」，猶言追弔。校注：「禮記祭義：『哀以送往。』又問喪：『哀以送之。』」

雜文第十四

孫梅四六叢話凡例：「若乃辨體正名，條分縷析，則文選序及文心雕龍所列，俱不下四十；而雕龍以對問、七發、連珠三者入於雜文，雖創例，亦其宜也。」

又卷二十六雜文類：「能文之士，無施不可。多或累幅，少即數言……雖無當於賦頌銘讚之流，亦未始非著作文章之任。則雕龍有雜文一目，叢話仍之。」

劉師培論文雜記論雜文源流曰：「劉彦和作文心雕龍，叙雜文爲一類。吾觀雜文之體約有三端。一曰『答問』，始於宋玉，蓋縱横家之流亞也。厥後子雲有解嘲之篇，孟堅有賓戲之答，而韓昌黎之進學解，亦此體之正宗也。一曰『七發』，始於枚乘，蓋楚詞九歌、九辯之流亞也。厥後曹子建作七啓，張景陽作七命，浩瀚縱横，體仿七發，蓋勸百諷一，與賦無殊，而盛陳服食游觀，亦近招魂、大招之作，誠文體之别出者矣（柳子厚晉問篇亦七類也）。一曰『連珠』，始於漢魏，蓋荀子演成相之流亞也。首用喻言，近於詩人之比興，繼陳往事，類於史傳之贊辭，而儷語韻文，不沿奇語，亦儷體中之别成一派者也。」

注訂：「雜文者，於詩、賦、箴、誄諸體以外之别裁，以其用不宏，因文生義，引義立體，而統歸斯類也者，故約爲『對問』、『七發』、『連珠』三式而已。所謂『文章之枝派，暇豫之末造』焉。惟『對問』之體，其源最古，尚書、論語正導先河，蓋古文辭貴簡要涵深，『對問』之體最爲便，然彦和謂宋玉始造『對問』者，以琳瑯宏肆，在申其志耳。其取意或欲稍叛於典籍，而又忽於卜居、漁父之在其前也。」

饒宗頤文心雕龍探源文心各篇之取材述略：「雜文——取傅玄七謨序、連珠序。」

斠詮：「文心雕龍論文叙筆，分文體二十類。於『文』中有所謂『雜文』者，乃明詩、樂府、詮賦、頌贊、祝盟、誄碑、哀弔及諧隱九類以外之别裁也。以其多爲即興之作，或因事造文，因文生義，引義立體，而統歸斯類，故約爲『對問』、『七發』、『連珠』三體而已；所謂『文章之枝派，暇豫之末造』者也。」

智術之子，博雅之人，藻溢於辭〔一〕，辭盈乎氣〔二〕。苑囿文情〔三〕，故日新殊致〔四〕。宋玉含才，頗亦負俗〔五〕，始造『對問』，以申其志〔六〕，放懷寥廓〔七〕，氣實使之〔八〕。

〔一〕校注：「漢書東方朔傳：『辯知閎達，溢於文辭。』顔注：『溢者，言其有餘也。』」「辭」唐寫本作「詞」。

〔二〕「辭盈」之「辭」，唐寫本作「辯」。斯波六郎文心雕龍范注補正：「從上句之關係推之，疑當從唐寫本。」

〔三〕范注：「苑囿，禽獸草木所聚，以喻文情豐茂也。」

注訂：「情以氣養，文以情生，故文盛則辭成，辭成則藻顯，若花木禽鳥之聚養生息于苑囿之中也。」斠詮：「苑囿，有薈萃之意。」體性篇：「文辭根葉，苑囿其中矣。」

〔四〕唐寫本「新」下有「而」字，是。「殊致」，情態不同。

〔五〕越絶書越絶外傳記范伯：「有高世之材，必有負俗之累。」「負俗」，謂受到世俗的譏刺和批評。漢書武帝紀：「士或有負俗之累而立功名。」顔注引晉灼曰：「負俗，謂被世譏論也。」

對楚王問中有「楚襄王問於宋玉曰：先生其有遺行與？何士民衆庶不譽之甚也？」故本篇云：「頗亦負俗。」

〔六〕紀評：「卜居、漁父已先是對問，但未標『對問』之名耳。然宋玉此文載於新序，其標曰『對問』，似亦蕭統所題。」

校注：「按文心成於齊代，爲時先於文選，昭明既可標題，舍人又何嘗不可？紀説過泥。」

范注：「文選『對問』類首列宋玉對楚王問一首，文如下：『楚襄王問於宋玉曰：「先生其有遺行與（遺行，可遺棄之行也）？何士民衆庶不譽之甚也？」宋玉對曰：「唯，然，有之，願大王寬其罪，使得畢其辭。……其曲彌高，其和彌寡。故鳥有鳳而魚有鯤；鳳皇上擊九千里，絶雲霓，負蒼天，翺翔乎杳冥之上；夫蕃籬之鷃，豈能與之料天地之高哉！鯤魚朝發崑崙之墟，暴鬐於碣石，暮宿於孟諸；夫尺澤之鯢，豈能與之量江海之大哉！故非獨鳥有鳳而魚有鯤也，士亦有之。……』」

「對問」一體，昭明文選叫做「設論」，其體式是設爲問答之辭。文章辨體序説改稱之爲「問對」，並加以解釋説：「『問對』體者，載昔人一時問答之辭，或設客難以著其意者也。」文體明辨序説「問對」類：「按『問對』者，文人假設之詞也。其名既殊，其實復異。」「以申其志」，謂發抒宋玉如鯤鳳般的大志。

〔七〕范注：「放懷寥廓，謂以鳳鯤自比。」「寥廓」，器量遠大。漢書鄒陽傳：「今欲使寥廓之士籠於威重之權，脅於位勢之貴。」顔注：「寥廓，遠大之度也。」又「寥廓」，空闊。漢書司馬相如傳：「猶焦明已翔乎寥廓之宇。」

何義門曰：「此文見於新序。」又：「氣餤自非小才可及。」

〔八〕唐寫本「之」作「文」。「氣實使文」，謂氣勢在駕馭文辭。

及枚乘摛艷，首製七發〔一〕，腴辭雲構〔二〕，夸麗風駭〔三〕。蓋七竅所發〔四〕，發乎嗜欲，始邪末正，所以戒膏粱之子也〔五〕。

〔一〕文選李善注：「七發者，說七事以啓發太子也。猶楚辭七諫之流。枚乘事梁孝王，恐孝王反，故作七發以諫之。」

此篇舊題「八首」，實爲一篇。六臣注文選李善注：「八首者，第一首是序。中六是所諫，不欲犯其顔，末一首始陳正道以干之。假立楚太子及吴客，以爲語端。」

校釋：「七體之興，舍人謂始於枚乘，章實齋謂肇自孟子之問齊王，近世章太炎獨以爲解散大招、招魂之體而成。今覈其實，文體孳乳，必於其類近，孟子問齊王之文，意雖近似，而文製相遠，大招、招魂，歷陳宫室、食飲、女樂、雜伎、游獵之事，與七發體類最近，特枚氏演爲七事，散著短章耳。辨章之功，吾許太炎矣。」

斠詮：「七發雖不以賦名，然實賦體，以反復問答，敷陳故事，其中雖偶然雜有詩句之餘響，而終不害其爲整篇散文化之漢賦體型也。……文凡八首：第一首是序，叙吴客爲楚太子陳致病之由，在縱耳目之欲，恣支體之安，案即指出楚太子之腐化享樂安逸懶惰是貴族子弟病根所在，非藥石鍼灸所能治，此顯係作者針對當時貴族之腐朽生活而提出之諷刺與勸戒。中六首是所諫之事：先陳音樂之妙，次陳飲食之美，次陳車馬之盛，次陳巡遊之樂，次陳田獵之壯，次陳觀濤之奇，由静而動，由近而遠，逐步啓發，誘導其改變生活方式，但太子均以病辭。末首始陳正道，欲進方術之士與太子，『論天下之精微，理萬物之是非』。於是『太子據几而起，涣然若一聽聖人辯士之言，涊然汗出，霍然病已』。全篇結構如此。作者體認安逸享樂腐化墮落之痼疾，唯有着手思想治療，始可從根救起，實具有深刻意義。」

〔二〕「搆」字，合校：「六朝、唐人寫本，『木』旁多作『才』。」案比興篇：「比體雲搆。」時序篇：「英采雲搆。」

〔三〕「風駭」，如風之四起。陸機皇太子宴玄圃宣猷堂有令賦詩：「協風傍駭。」李善注引廣雅：「駭，起也。」「腴辭雲搆，夸麗風駭」，就是鋪寫繁艷，夸飾宏麗。例如其中觀濤一段，既寫了濤勢的洶湧奇詭，也寫了觀濤者的感受，就顯示了這種特點。

〔四〕「七竅」，謂眼、耳、鼻、口之七孔。莊子應帝王：「人皆有七竅，以視、聽、食、息。」

〔五〕范注：「彥和謂『七竅所發，發乎嗜欲，始邪末正，所以戒膏粱之子也』，斯解最得其義。至此體之興，章實齋文史通義詩教上：『孟子問齊王之大欲，歷舉輕煖、肥甘、聲音、采色，七林之所啓也，而或以爲創之枚乘，忘其祖矣。』孫德謙六朝麗指云：『枚乘七發，近儒以孟子「齊宣王」章肥甘不足於口數語，謂爲此體濫觴，此固探本之談矣。然徵之孟子，猶不若「說大人」章益爲符合，其中疊言「我得志弗爲」，非枚乘之所宗歟？』案枚乘七發，本是辭賦之流，其所託始，仍應於楚辭中求之。考楚辭大招，自『五穀六仞』至『不遽惕只』，言飲食之醲美，即七發『犓牛之腴』一段所本也；自『代秦鄭衛』至『聽歌譔只』，言歌舞音樂之樂，即七發『龍門之桐』一段所本也；自『朱脣皓齒』至『恣所便只』，即七發『使先施、徵舒……嬿服而御』所本也；自『夏屋廣大』至『鳳凰翔只』，言宮室遊觀鳥獸之事，即七發『既登景夷之臺』『將爲太子馴騏驥之馬』『將以八月之望』諸段所本也。大招篇末言『上法三王國治民安之事』，即七發末首所本也。詳觀七發體構，實與大招大致符合，與其謂爲學孟子，無寧謂其變大招而成也。俞樾文體通釋叙曰：『古人之詞，少則曰一，多則曰九，半則曰五，小半曰三，大半曰七。是以枚乘七發，至七而止。屈原九歌，至九而終。不然，七發何以不六，九歌何以不八乎？若欲舉其實，則管子有七臣、七主篇，可以釋七。』案俞說名七之故，甚是。」注訂：「如易之『七日來復』，書之『以齊七政』，皆七發之所本，固不必如諸氏之所云也。昭明之立七體，亦以後人承作者衆，理繁歸類之道，宜其如彼，無可非焉。至於彥和之釋，雖曲解微嫌，但新意可喜，備一説則可，古人之立體之初，或不至若是耳。」莊子應帝王：「人皆有七竅，以視聽食息。」七發中有「飲食則温淳甘膬，脭醲肥厚」，「縱耳目之欲」，「衆芳芬郁，亂於五風」。又問：「太子能彊起聽之乎？」「太子能彊起嘗之乎？」「太子能彊起觀之乎？」足證「七竅所發，發乎嗜欲」之說。七發末段說：「將爲太子奏方術之士，有資略者……使之論天下之釋微，理萬物之是非……此亦天下要言妙道也。」這就是「始邪末正」，而所謂「膏粱之子」即七發篇中所説的「貴人之子」。

文章流別論：「七發造於枚乘，借吳、楚以爲客主。先言『出輿入輦，蹷痿之損；深宮洞房，寒暑之疾；靡曼美色，宴安之毒；厚味暖服，淫曜之害。宜聽世之君子要言妙道，以疏神導引，蠲淹滯之累』。既設此辭以顯明去就之路，而後説以色聲逸游之樂，其説不入，乃陳聖人辨士講論之娱，而霍然疾瘳。此因膏粱之常疾，以爲匡勸，雖有甚泰之辭，而不没其諷諭之義也。其流遂廣，其義遂變，率有辭人淫麗之尤矣。」文體明辨序説：「按『七』者，文章之一體也。詞雖八首，而問凡七，故謂之『七』；則『七』者，『問對』之别名，而楚詞七諫之流也。」

何義門曰：「數千言之賦，讀者厭倦，裁而爲七，移步换形，處處足以回易耳目，此枚叔所以爲文章宗。」（見于光華文選集評）

孫月峰曰：「亦是楚騷流派，分條侈説，全祖招魂……其馳騁處。真有捕龍蛇、搏虎豹之勢，尤爲千古傑作。」（同上）

邵子湘曰：「妙在奇麗中有跌宕之氣。」（同上）

方伯海曰：「按七發中，莫善於觀濤一截。濤是倏來倏去之水，性情形狀，與江海之水却又不同。……心思魄力，鑿險洞幽。……神技也，亦絶技也。」（同上）

楊佩瑗云：「合之爲鉅製，析之各爲小賦，楚人之遺則，源亦從招魂大招出耳。」（見文選學評隲篇引）

章士釗柳文指要卷十四「七發與晉問」條注云：「文心雕龍云：『七竅所發，發乎嗜欲，始邪末正，所以戒膏粱之子弟也。』據此，七發本乎七竅所發而得名，然則曹子達七啓、張協七命，亦七竅所啓所命乎？彥和之論，姑備一說。或謂七者少陽之數，乘欲發明陽德於君云。」又：「吾嘗讀呂氏春秋本生篇有言：『出則以車，入則以輦，務以自佚，命之曰招蹷之機；肥肉厚酒，務以相彊，命之曰爛腸之食；靡曼皓齒，鄭衛之音，務以自樂，命之曰伐性之斧。三患者，貴富之所致也。故古之人有不肯貴富者，由重生故也。』此之三患，枚生引之而增爲四，又錯綜其詞，至易『招蹷』爲『蹷痿』，李善因訾其謬爲好奇。雖然，呂覽本雜家言，其標本生一目，原不過依事類而賦，了無深意。獨至一入枚手，持與要言妙道相輔，致獲龍門聲價之譽。或且斷言此經一萬年仍是真理。夫言之當否之爲差距，其大如此。竊謂七發雖偉大，而意義偏於負面，短少正面；譬之於醫，祇當醫案，而未具療程；所謂要言妙道，亦止於空談，而並無實際。」

揚雄覃思文閣〔一〕，業深綜述，碎文璅語〔二〕，肇爲「連珠」〔三〕，其辭雖小〔四〕，而明潤矣。凡此三者〔五〕，文章之枝派〔六〕，暇豫之末造也〔七〕。

〔一〕校注：「『覃』，唐寫本作『淡』……誤。……此文覃思，即漢書揚雄傳『默而好深湛之思』也。又叙傳述：『輟而覃思，草法纂玄。』文選班固答賓戲：『揚雄覃思，法言、太玄。』晉書夏侯湛傳：『揚雄覃思於太玄。』蓋舍人謂雄覃思之所本。神思篇『覃思之人』，才略篇『業深覃思』，亦並以覃思連文。」

校證：「『閣』原作『闊』。王惟儉本、玉海五四、文通作『閣』。」紀評：「當作閣。」鈴木云：「案御覽、玉海『闊』作『閣』。玉海删『業深綜述』四字。」

范注：「覃思，猶言静思（後漢書文苑侯瑾傳『覃思著述』，注云：『覃，静也。』）。『文闊』，當作『文閣』。漢書揚雄傳贊：『雄校書天禄閣。』」

注訂：「書孔安國序：『研精覃思。』釋文：『深也。』」

〔二〕校注：「『璅』，御覽引作『瑣』。按『璅』『瑣』二字，古多通用不别。……以諸子篇『璅語必録』證之，此當作璅，始能前後一律。」以上兩句謂其學業深於對碎文瑣語作綜合論述。

〔三〕明方以智通雅釋詁卷三『連珠』始於韓子」條：「韓子比事，初立此名，而組織短章之體，則子雲也。勰曰：『雄覃思文閣，碎文瑣語，肇爲「連珠」。』是可想已。」

梅注：「藝文傳玄叙連珠（亦作連珠序）云：『所謂「連珠」者，興於漢章帝之世，班固、賈逵、傅毅三子受詔作之。而蔡邕、張華之徒又廣焉。其文體，辭麗而言約，不指説事情，必假喻以達其旨，而覽者微悟，合於古詩諷興之義。欲使歷歷如貫珠，易覩而可悦，故謂之「連珠」也。』愚按西漢揚雄已有連珠，班固擬連珠，非始於固也。」楊慎丹鉛總録：「北史李先傳：魏帝召先讀韓子連珠論二十二篇。韓子，韓非子。韓非書中有聯語，先列其目，而後著其解，謂之『連珠』。按此則『連珠』之體兆於韓非。任昉文章緣起謂『連珠』始於揚雄，非也。」

沈約注制旨連珠表曰：「竊聞『連珠』之作，始自子雲，放易象論，動模經誥，班固謂之命世，桓譚以爲絶倫。『連珠』者，蓋謂辭句連續，互相發明，若珠之結排也。雖復金鑣互騁，玉軑並馳，妍蚩優劣，參差相間。翔禽伏獸，易以心威；守株膠瑟，難與適變。水鏡芝蘭，隨其所遇，明珠燕石，貴賤相懸。」

文史通義詩教上：「韓非儲説，比事徵偶，『連珠』之所肇也。而或以第始於傅毅之徒，非其質矣。」

范注：「李先傳所云韓子連珠論二十二篇，今讀韓非書，並無『連珠論』之目。按韓非子内儲説上有七術七條，内儲説下有六徵六條，外儲説左上所舉凡六條，外儲説右上所舉凡六條，外儲説右下所舉凡五條……李先……以其辭義前後貫注，揚雄擬之稱連珠，因名爲『連珠論』。」揚雄所作連珠，今不全，全漢文卷五十三輯得數條。

文章辨體序説「連珠」類：「大抵『連珠』之文，穿貫事理，如珠在貫。其辭麗，其言約，不直指事情，必假物陳義以達其旨，有合古詩風興之義。其體則四六對偶而有韻。」

文體明辨序説「連珠」類：「按『連珠』者，假物陳義以通諷諭之詞也。連之爲言貫也，貫穿情理，如珠之在貫也。蓋自揚雄綜述碎文，肇爲『連珠』，而班固、賈逵、傅毅之流，受詔繼作，傅玄乃云興於漢章之世，誤矣。然其云：『辭麗言約，合於古詩諷興之義』，則不易之論也。」

〔四〕唐寫本「其」上有「珠連」二字。

〔五〕「凡此三者」，唐寫本作「凡三此文」，御覽無「凡三者」三字。

〔六〕「派」，御覽作「流」。

〔七〕唐寫本「豫」作「預」。范注：「（國語）晉語二：『優施曰：我教茲暇豫事君。』韋昭注：『暇，閑也；豫，樂也。』」時序篇：「暇豫文會。」「末造」，猶言末技。

以上爲第一段，總的介紹對問、七、連珠三種文體及其來源。

自對問已後〔一〕，東方朔效而廣之，名爲客難〔二〕，託古慰志〔三〕，疎而有辨〔四〕。揚雄解嘲，雜以諧謔〔五〕，迴環自釋，頗亦爲工〔六〕。

〔一〕「已」字，舊本作「以」。注訂：「凡兩漢名篇，辭屬問答，而目則別屬者，皆歸對問一類，亦彥和雜文立篇之意。」

〔二〕余嘉錫古籍校讀法明體例第二「秦漢諸子即後世之文集設論」條：「（漢書）東方朔傳：『朔因著論，設客難己，用位卑以自慰諭。』按據傳末言，此文（即答客難）亦在朔書二十篇之內（按漢志諸子略雜家有東方朔二十篇）。其體本是雜文，源出於屈原之漁父，宋玉之對問；而宋又仿莊子之寓言。故文心雕龍雜文篇曰『自對問以後，東方朔效而廣之』也。」

〔三〕漢書東方朔傳：「朔上書陳農戰彊國之計，因自訟獨不得大官，欲求試用。其言專商鞅、韓非之語也。指意放蕩，頗復詼諧，辭數萬言，終不見用。朔因著論，設客難己，用位卑以自慰諭。」其中「託古」，爲自己的不被重用作辯護，用以自慰的話，如：「夫蘇秦、張儀之時，周室大壞，諸侯不朝，力政争權，相禽以兵，並爲十二國，未有雌雄，得士者强，失士者亡，故談説行焉。身處尊位，珍寶充内，外有廪倉，澤及後世，子孫長享。今則不然，聖帝流德，天下震慴，諸侯賓服，連四海之外以爲帶，安於覆盂，動猶運之掌，賢不肖何以異哉？……使蘇秦、張儀與僕並生於今之世，曾不得掌故，安敢望常侍郎乎！故曰時異事異。」

〔四〕意謂雖然粗疎而有辨析。

〔五〕唐寫本「詎」作「調」。黄注：「（漢書）揚雄傳：哀帝時，丁、傅、董賢用事，諸附離之者或起家至二千石。時雄方草太玄，有以自守，泊如也。或嘲雄以玄尚白，而雄解之，號曰解嘲。」文章流别論：「若解嘲之弘緩優大，應賓之淵懿温雅，達旨之壯厲忼慷，應間之綢繆契闊，鬱鬱彬彬，靡有不長焉矣。」

漢書揚雄傳：「或嘲雄以玄尚白。」而解嘲云：「客徒欲朱丹吾轂，不知一跌將赤吾之族也。」又云：「今子乃以鴟梟而笑鳳皇，執蝘蜓而嘲龜龍，不亦病乎！」此所謂「雜以諧謔」。

〔六〕姚鼐於古文辭類纂中評此文云：「此文前半以取爵位富貴爲説，後半以有所建立於世成名爲説，故范雎、蔡澤、蕭、曹、留侯，前後再言之而義别，非重複也。末數句言人之取名，有建功於世者，有高隱者，有以放誕之行使人驚異，若司馬長卿、東方朔，亦所以致名也。今進不能建功，退不能高隱，又不肯失於放誕之行，是不能與數子者並，惟著書以成名耳。」方伯海曰：「按前後段落自明。前是嘲其草玄不適時用，下則解以時異戰國，士雖有才，無地可展。極贊玄理之妙。後是嘲古來乘時立功，不必草玄。下則解以諸人會逢其適，故得以功名見。時不同古，强學所爲，必膺世禍，不如確守玄業爲正。爽達中饒有奇氣，而前後血脈，亦復彼此關通。」于光華文選集評其中以戰國與漢代比，以世亂與世治比，反復説明時勢不同處境亦異，即所謂「回環自釋」。

班固賓戲，含懿采之華〔一〕；崔駰達旨，吐典言之裁〔二〕；張衡應間，密而兼雅〔三〕；崔寔客譏，整而微質〔四〕；蔡邕釋誨，體奧而文炳〔五〕；景純客傲，情見而采蔚〔六〕；雖迭相祖述，然屬篇之高者也〔七〕。

〔一〕上引文章流别論之應賓，即是班固答賓戲。訓故：「後漢書：班固自以二世才術，位不過郎。感東方朔、揚雄自論，以不遭蘇、張、范、蔡之時，作賓戲以自通。」按此見班固傳。黄注：「班固漢書叙傳：固永平中爲郎，典校秘書，專篤志於博學，以著述爲業。或譏以無功，又感東方朔、揚雄自論以不遭蘇、張、范、蔡之時，曾不折之以正道，明君子之所守，故聊復應焉，其辭曰賓戲。」

方伯海曰：「按所云著作，或是指前漢書而言。賓客之戲主，全在著作不足成名，欲其乘時取富貴以立功。因答以古來昧君子守身之正道，詭隨希合，一時尊顯，禍機旋發，若著作雖一時無赫赫之名，本道德發爲文章，雖晦於前，必傳於後。正是君子守身不失其正處。視之

客難、解嘲，道理尤正。……此篇雖是戲，當日必有其人，有其語，故借賓以發之。」（于光華文選集評）

孫月峯曰：「以正道作主張，自是理勝。造語最入細，字錘句鍊，極典雅工縟之致，可謂織文重錦，第風骨不若解嘲之古勁。」（同上）

何義門曰：「麗過於揚（指解嘲），其氣質則遠不逮矣。」（同上）

〔二〕「裁」，唐寫本作「式」。

范注：「崔駰達旨，見後漢書本傳。」本傳曰：「駰年十三，能通詩、易、春秋，博學有偉才，盡通古今訓詁百家之言，善屬文。少游太學，與班固、傅毅同時齊名。常以典籍爲業，未遑仕進之事。時人或譏其太玄静，將以後名失實。駰擬揚雄解嘲，作達旨以答焉。」按後漢書此段注引華嶠書曰：「駰譏揚雄，以爲范、蔡、鄒衍之徒，乘釁相傾，誑曜諸侯者也，而云『彼我異時』。又曰：竊貲卓氏，割炙細君，斯蓋士之贅行，而云『不能與此數公者同』。以爲失類而改之也。」但下引達旨，無此内容，可能非全文。「典言」，謂典重的語言。「裁」，體制。

〔三〕校注：「唐寫本及諸本『問』俱作『問』，馮校云：『問，當作間。』黄注本改『間』。」

黄注：「張衡傳：衡不慕當世，所居之官，輒積年不徙。自去史職，五載復還，乃設客問，作應間以見其志。」

張衡應間，見後漢書本傳。李賢注：「閒，非也。」注引衡集云：「觀者，覩余去史官五載而復還，非進取之勢也。唯衡内識利鈍，操心不改。或不我知者，以爲失志矣。用爲閒余。余應之以時有遇否，性命難求，因兹以露余誠焉，名之應閒云。」按此即應閒之序。「密而兼雅」，謂文辭細密而雅正，如云：「君子不患位之不尊，而患德之不崇；不恥禄之不伙，而恥智之不博。」

〔四〕按後漢書，寔爲崔駰之孫，崔瑗之子。

梅注：「後漢崔寔客譏曰：客有譏夫人之享天爵而應睿哲也……慕榮名而失厚，思慮勞乎形神。答曰云云。」

黄注：「『客』疑作『答』。崔寔傳：寔因窮困，以酤釀販鬻爲業，時人多以此譏之，建寧中病卒。所著碑、論、箴、銘、答、七言、祠文、表、記、書凡十五篇。」按後漢書原文爲：「初，寔父卒，剽賣田宅，起冢塋，立碑頌。葬訖，資産竭盡，因窮困，以酤釀販鬻爲業。時人多以此譏之，寔終不改。亦取足而已，不致盈餘。及仕官，歷位邊郡，而愈貧薄。……所著碑、論、箴、銘、答、七言、祠文、表、記、書，凡十五篇。」范注：「『客譏』應作『答譏』。……『答』，即此答譏也。藝文類聚十五（應爲二十五）載答譏文。」「整」，整飭，齊整。

王更生文心雕龍范注駁正：「『客譏』不應遽改爲『答譏』，蓋稱答客譏也。」斯波六郎范注補正云：「答客譏如答客難、答賓戲之類。或類聚作答譏，彦和稱爲『客譏』。」

周注：「客譏崔子潛思勵節，而勤苦貧困。答以『麟隱於遐荒，不紆機阱之路；鳳凰翔於寥廓，故節高而可慕』。即爲了避禍及保持高尚節操，甘於貧困。」

〔五〕後漢書蔡邕傳：「桓帝時，中常侍徐璜、左悺等五侯擅恣，聞邕鼓琴，遂白天子，勑陳留太守督促發遣。邕不得已，行到偃師，稱疾而歸。閒居翫古，不交當世。感東方朔客難及揚雄、班固、崔駰之徒設疑以自通，乃斟酌群言，韙其是而矯其非，作釋誨以戒厲云爾。」下引釋誨之辭：「有務世公子誨於華顛胡老曰：蓋聞聖人之大寶曰位……何爲守彼而不通此？……胡老曰：居，吾將釋汝。……於是公子仰首降階，忸怩而避。」「文炳」，文彩炳耀。王金凌：「華顛胡老列舉史例，表明禍福相倚之理，實無庸卑俯外戚之門，終則援琴而歌，歌頌遺俗寧情，遯世無悶之樂。綜觀全文，自無賦篇之麗，亦不致喚起色澤之美，而『炳』實自內容的光采煥發出來。」

〔六〕唐寫本「景純」作「郭璞」。黄注：「郭璞傳：璞字景純，好卜筮，縉紳多笑之。又自以才高位卑，乃著客傲。」

范注：「景純，應改郭璞，唐寫本是。客傲見晉書本傳。」

王金凌：「其中於景物之描寫，頗爲華美，『蔚』字係指此而言。」

〔七〕注訂：「『屬篇之高』指以上客難諸作而言，所謂無間然者也。以下所列，則概有微辭，文心一書，屬意至高。所論至嚴。」

文章辨體序説「問對」類：「文選所録宋玉之於楚王，相如之於蜀父老，是所謂問對之辭。至若答客難、解嘲、賓戲等作，則皆設辭以自慰者焉。」洪邁容齋隨筆：「東方朔答客難，自是文中傑出；揚雄擬之爲解嘲，尚有馳騁自得之妙；至於崔駰達旨、班固賓戲、張衡應問，則屋下架屋，章摹句寫，讀之令人可厭。迨韓退之進學解出，則所謂青出於藍而青於藍矣。」

至於陳思客問〔一〕，辭高而理疎〔二〕；庾敳客咨〔三〕，意榮而文悴〔四〕。斯類甚衆，無所取才矣〔五〕。

〔一〕范注：「文選張景陽雜詩注、廣絶交論注引陳思辯問，疑客問當作辯問。文佚無考（僅存「君子隱居，以養真也」，「游説之士，星流電耀」數語）。」

〔二〕文賦：「或辭害而理比，或言順而義妨。」總術篇：「或理拙而文澤。」

〔三〕唐寫本「咨」作「諮」。范注：「庾敳（五來切），字子嵩，晉書有傳。客咨佚。」晉書庾敳傳：「是時天下多故，機變屢起，敳常静默無爲。」

〔四〕校證：「『悴』原作『粹』……梅據朱改『悴』。按唐寫本、王惟儉本正作『悴』。總術篇：『或義華而聲悴。』附會篇：『若首唱榮華，而媵句憔悴。』『悴』與『華』、『憔悴』與『榮華』對言，與此正同。」

〔五〕校證：「『才』原作『裁』，從唐寫本改。」斯波六郎范注補正：「疑作『才』者可從。『無所取才矣』句亦見檄移第二十。『才』與『材』通。論語公冶長：『子曰：由也好勇過我，無所取材。』」

黃叔琳評：「凡此數子，總難免屋下架屋之譏，七體如子厚晉問，對問則退之進學解，體製仍前，而詞義超越矣。」

紀評：「詞高理疎，才士之華藻；意榮文悴，老手之頽唐，惟能文者有此病。此論入微。」

原夫茲文之設〔一〕，迺發憤以表志，身挫憑乎道勝〔二〕，時屯寄於情泰〔三〕；莫不淵岳其心，麟鳳其采〔四〕，此立體之大要也〔五〕。

〔一〕校證：「『夫』字原無，據唐寫本增。」

〔二〕斯波六郎：「淮南子精神篇：『故子夏見曾子，一臞，一肥。曾子問其故，曰：出見富貴之樂而欲之，入見先王之道，又説之。兩者心戰，故臞；先王之道勝，故肥。』」

〔三〕「於」唐寫本作「乎」。易屯彖曰：「屯，剛柔始交而難生。」故「屯」有艱難意。易泰象曰：「天地交，泰。」又説卦：「履而泰，然後安。」故「泰」有安意。

〔四〕注訂：「『淵岳其心』，指意境；『麟鳳其采』，指辭章。」斠詮解「淵岳其心」爲「其所抒寫之心情，無不如山岳之高，海洋之深」。

〔五〕「體」原作「本」。

校注：「唐寫本作『體』。按唐寫本是也。體，俗簡寫作体，後又誤爲本耳。……徵聖篇『或明理以立體』，宗經篇『禮以立體』，書記篇『隨事立體』，定勢篇『莫不因情立體』，並足爲此當『立體』之證。」

這類文章，雖然有似遊戲體裁，而作者的寫作態度是很嚴肅的。以上這幾句話是說：這種文章既然是發憤而作，就一定會有高深的思想，而辭采也是雄偉絢爛的。

文體明辨序説：「古者君臣朋友口相問對，其詞詳見於左傳、史、漢諸書。後人倣之，乃設詞以見志，於是有問對之文；而反覆縱横，真可以抒憤鬱而通意慮，蓋文之不可闕者也。」

以上爲第二段，評對問體作品及其寫作要領。

自七發以下，作者繼踵。觀枚氏首唱，信獨拔而偉麗矣〔一〕。及傅毅七激〔二〕，會清要之工〔三〕；崔駰七依，入博雅之巧〔四〕；張衡七辨，結采綿靡〔五〕；崔瑗七厲〔六〕，植義純正〔七〕；陳思七啓，取美於宏壯〔八〕；仲宣七釋，致辨於事理〔九〕。

〔一〕「七」是從枚乘七發創始的，後來有些文人專門仿效這篇文章的組織方式，隨形成一種文體。

〔二〕黄注：「後漢文苑傳：傅毅以顯宗求賢不篤，士多隱處，作七激以爲諷。」范注：「傅毅七激載藝文類聚五十七。」又見全晉文卷四十六。

〔三〕傅玄七謨序：「昔枚乘作七發，而屬文之士，若傅毅、劉廣世、崔駰、李尤、桓麟、崔琦、劉梁、桓彬之徒，承其流而作之者紛焉：七激、七興、七依、七款、七説、七蠲、七舉、七設之篇。於是通儒大才馬季長、張平子亦引其源而廣之。馬作七厲，張造七辨。或以恢大道而導幽滯，或以黜瑰奓而託諷詠，揚輝播烈，垂於後世者，凡十有餘篇。自大魏英賢迭作，有陳王七啓、王氏七釋、楊氏七訓、劉氏七華、從父侍中七誨，並陵前而邈後，揚清風於儒林，亦數篇焉。世之賢明，多稱七激工，餘以爲未盡善也。七辨是也，非張氏至思，比之七激，未爲劣也。七釋僉曰妙哉，吾無間矣。若七依之卓轢一致，七辨之纏緜精巧，七啓之奔逸壯麗，七釋之精密閑理，亦近代之所希也。」

周注：「七激講徒華公子托病幽處，清思黄老。玄通子勸他出來建功立業，先勸他聽妙音，次勸他吃美味，次勸他駕馭，觀獵，聽歌，觀舞，最後勸他學聖道，公子聽了就興起。全篇不像七發辭藻富麗，所以稱『會清要之工』。」

〔四〕「博雅」，唐寫本作「雅博」。范注：「崔駰七依，殘佚，全後漢文輯得九條。」周注：「七依是寫客用美味、宴樂、打獵、音樂等來勸説公子，使他振作起來。如寫宴樂：『回顧百萬，一笑千金。振飛縠以舞長袖，裊細腰以務抑揚。』巧於描寫。」

〔五〕范注：「張衡七辨，殘佚，全後漢文輯得十條。」周注：「七辨寫無爲先生隱居修仙，有七個人去勸説，虛然子講宫室之麗，雕華子講美味，安存子講音樂，闕丘子講美女，宫桐子講輿服，依衛子講遊仙，仿無子講聖學，把先生説服了。如寫美女：『鬒髮玄髻，光可以鑑。靨輔（面有酒渦）巧笑，清眸流眄。皓齒朱脣，的皪粲練。』寫得有文采而細緻。」

〔六〕黄注：「崔瑗傳有七蘇，無七厲。」

范注：「崔瑗七厲，據本傳應作七蘇。李賢注曰：『瑗集載其文，即枚乘七發之流。』全後漢文自北堂書鈔一百三十五輯得『加以脂粉，潤以滋澤』兩句。」注訂：「此作七厲，或别有一篇也。」

清張雲璈選學膠言卷十五「七發雜文之祖」條：「崔瑗七厲，後漢書子玉本傳但有七蘇，無七厲。傅休奕七謨序云：昔枚乘作七發，馬季長、張平子亦引其源而廣之，馬作七厲，張造七辨（見類聚卷五十七引），據此則七厲乃融作耳，彦和誤也。」後漢書崔瑗傳：「瑗高於文辭，尤善爲書記、箴銘，所著賦、碑、銘、箴、頌、七蘇……凡五十七篇。」集解：「文心雕龍云：『崔瑗七厲。』又傅玄七謨序稱：『馬季長作七厲。』劉勰恐誤以季長爲瑗，則瑗所著仍從傳作七蘇爲是。」

〔七〕校注：「『植』，唐寫本作『指』。按以檄移篇『故其植義颺辭』證之，此當以『植』字爲是。」

校證：「奏啓篇『標義路以植矩』，用法亦同。」

〔八〕黄注：「曹子建七啓序：『昔枚乘作七發，傅毅作七激，張衡作七辯，崔駰作七依，辭各美麗，余有慕之焉。遂作七啓，並命王粲作焉。』粲字仲宣，作者曰七釋。」文選卷三十四收曹子建七啓八首。評注昭明文選於題下注云：「啓，開也。除前小序外，第一首爲序，後七首是啓也。」

何義門曰：「七啓之作，可以希風平子。」（見評注昭明文選）

楊佩瑗云：「以意運，遂欲抗手枚生。」（見文選學評騭第八引）

文選學讀選導言第六評七啓云：「造語之精，敷采之麗，漢代所無。而力趨工整，竟爲儷體開先。」

周注：「七啓說玄微子隱居深山，鏡機子去勸他不要拋棄功名。玄微子認爲『名穢我身，位累我躬』。開頭先有一翻辯論，這是本文特點。於是鏡機子用美食、美服、打獵、宮室、聲色、遊俠、朝廷來打動他，最後說服他出來做官。它描寫舞蹈：『長裙隨風，悲歌入雲。蹻捷若飛，蹈虛遠跖。凌躍超驤，蜿蟬揮霍。翔爾鴻翥，濈然鳧沒。縱輕體以迅赴，景追形而不逮。』劉勰對本篇取其宏壯之美。」

〔九〕范注：「王粲七釋，殘佚。全後漢文輯得十三條。」

周注：「七釋說潛虛丈人避世隱居，有位大夫用七件事來開導他。如：『登俊乂於壠畝，舉賢才於仄微。置彼周行，列於邦畿。九德咸事，百僚師師。於是四海之內，咸變時雍，普天率土，比屋可封。是以棲林隱谷之夫，逸迹放言之士，鑒乎有道，貧賤是恥。』劉勰對本篇取其事理明辨。」「致辨於事理」，謂對事理致力辨析。

自桓麟七說以下〔一〕，左思七諷以上〔二〕，枝附影從，十有餘家〔三〕。或文麗而義暌〔四〕，或理粹而辭駁。

〔一〕訓故：「後漢書：桓麟字元鳳，桓帝初爲議郎。文章志：麟文十八篇，有七説一首。」

范注：「桓麟七説殘佚。全後漢文輯得五條。」

後漢書桓榮傳附桓彬傳：「父麟，字元鳳，早有才惠。桓帝初，爲議郎，入侍講禁中，以直道牾左右，出爲許令，病免。……所著碑、誄、讚、説、書凡二十一篇。」注：「案摯虞文章志，麟文見在者十八篇，有碑九首，誄七首，七説一首，沛相郭府君書一首。」

〔二〕范注：「左思七諷，佚。文選齊安陸王碑文注引左思七略：『閶甲第之廣袤，建雲陛之嵯峨。』七略，當作七諷。指瑕篇云：『左思七諷，説孝而不從，反道若斯，餘不足觀矣。』所謂『文麗而義暌』也。」

注訂：「此篇亦作七諷，或是七諷之外別有七略也。」

〔三〕范注：「上文所舉諸篇外，尚有多篇，其著者，如崔瑗七蘇、張協七命、陸機七徵、左思七諷等作。漢魏以下文人，幾無不作『七』。梁有七林十卷（卞景撰），又有七林三十卷（隋志總集類），洋洋乎大觀矣。」

「十有餘家」，從桓麟到左思之間，除劉勰已舉出的傅毅、崔駰等六家外，還有桓彬、劉廣世、崔琦、李尤、徐幹等，都有七體之作。

〔四〕「暌」，暌違，不合。「義暌」，思想違反正道。斠詮解爲「旨意乖違」。史通序例篇：「枚乘首唱七發，加以七章、七辯，音辭雖異，旨趣皆同。此乃讀者所猒聞，老生之恒說也。」

章士釗柳文指要下、卷十四「七發與晉問」條：「『七』，騷之餘也。自枚乘繼屈原、宋玉、景差、賈誼之徒爲之，而獨揚一幟，賡而和者百家，至千餘年不息。昭明太子輯文選，至揭與曹植、張協並列，而未加可否。洎夫最近，有友人爲言：『七體唯枚生之作爲有政治意義，其餘大抵唱招隱之詞，適得屈、宋、景、枚之反，而索然寡味』。其識絶偉。」

文章辨體序説「七體」引容齋隨筆云：「枚乘七發，創意造端，麗旨腴辭，固爲可喜。後之繼者，如傅毅七激、張衡七辯、崔駰七依、馬融七廣（厲）、曹植七啓、王粲七釋、張協七命、陸機七徵之類，規倣太切，了無新意。及唐柳子厚作晉問，雖用其體，而超然別立機杼，漢晉之間沿襲之弊一洗矣。」

文體明辨序説「七」類：「蓋自枚乘初撰七發，而傅毅七激、張衡七辯、崔駰七依、崔瑗七蘇、馬融七廣（厲）、曹植七啓、王粲七釋、張協七命、陸機七徵、桓麟七説、左思七諷，相繼有作。唯七發、七啓、七命三篇，餘皆略而弗録。由今觀之，三篇辭旨閎麗，誠宜見採；其餘遞相摹擬，了無新意，是以讀未終篇，而欠伸作焉，略之可也。」

觀其大抵所歸，莫不高談宫館，壯語畋獵〔一〕。窮瓌奇之服饌，極蠱媚之聲色〔二〕。甘意摇骨髓〔三〕，豔辭動魂識〔四〕，雖始之以淫侈，而終之以居正〔五〕。然諷一勸百，勢不自反〔六〕；子雲所謂「先騁鄭衛之聲，曲終而奏雅」者也〔七〕。

〔一〕唐寫本「畋」作「田」。斠詮：「（畋、田）古通。禮記王制：『百姓田獵。』……孟子梁惠王：『今王田獵於此。』説文通訓定聲：『田，叚借爲畋。』」

〔二〕「瓌奇」，珍貴奇異。左思吴都賦：「搜瓌奇。」

補注：「文選張衡南都賦：『侍者蠱媚。』善注：『蠱，已見西京賦。』案西京賦『妖蠱艷夫夏姬』，善注：『左氏傳：子産曰：在周易，女惑男謂之蠱。蠱，媚也。』又張衡思玄賦：『咸姣麗以蠱媚』。」

〔三〕校證：「『髓』，原作『體』，楊、徐並云：『當作髓。』案唐寫本、王惟儉本、御覽正作『髓』，今據改。」

校注：「宗經、體性、風骨、附會、序志諸篇，並有『骨髓』之文。」摇骨髓，動摇骨髓，説明感人之深。

〔四〕校證：「『動』，馮本、王惟儉本、御覽作『洞』。」按唐寫本亦作「洞」。校注：「上句云：『摇骨髓』，此文云『動魂識』，嫌複。當以作『洞』爲是。……本書屢用『洞』字，皆指其深度言。『洞魂識』，猶司馬相如上林賦『洞心駭耳』之『洞心』然也。（漢書司馬相如傳上顔注：『洞，徹也。』）」「魂識」，即魂魄。

〔五〕校注：「後漢書文苑下邊讓傳：『作章華賦，雖多淫麗之辭，而終之以正。』」此即第一段所謂七發「始邪末正」之意。

范注：「觀此數語，益信『七』之源於大招。大招取招魂而擴充之，已稍流於淫麗，漢魏撰『七』諸公，更極淫麗，使人厭惡。」

這種文章，到了劉勰的時代，已經接近尾聲，沒有人續作了，所以劉勰對它沒有提出明確的風格要求來。但從「甘意搖骨髓，艷辭動魂識」來看，就可以窺知七體是如何的淫艷了。

紀評：「仍歸重意理一邊，見救弊之本旨，所謂與其不遜也寧固。」

〔六〕文章流別論在評論枚乘七發後接着說：「其流遂廣，其義遂變，率有辭人淫麗之尤矣。崔駰既作七依，而假非有先生之言曰：『嗚呼，揚雄有言，童子雕蟲篆刻，俄而曰壯夫不爲也。孔子疾小言破道。斯文之族，豈不謂義不足而辨有餘乎！賦者將以諷，吾恐其不免於勸也。』」

禮記學記：「知不足，然後能自反也。」「自反」，本謂反求諸己，此處謂反於正道。

〔七〕范注：「漢書司馬相如傳贊曰：『相如雖多虛辭濫說，然要其歸引之於節儉，此亦詩之風諫何異？揚雄以爲靡麗之賦，勸百而風一，猶騁鄭衛之聲，曲終而奏雅，不亦戲乎！』（謂揚雄之論過輕相如也。）」

校證：「唐寫本、御覽無『先』及『衛之』三字。案漢書司馬相如傳贊：『猶騁鄭衛之聲，曲終而奏雅。』疑此文『先』爲『猶』俗文『犹』形近之誤。唐寫本、御覽無之，亦是。」此謂七體諸篇，頗如揚雄所說也。

唯七厲叙賢〔一〕，歸以儒道，雖文非拔群，而意實卓爾矣〔二〕。

〔一〕范注：「『七厲』，當作『七蘇』，即上所謂『植義純正』也。」按前引傅玄七謨序：「馬（融）作七厲，張（衡）造七辨，或以恢大道而導幽滯，或以黜瑰奓而託諷詠……」此處則説「七厲叙賢，歸以儒道」，而馬融又是大儒，似此當指馬融之七厲。唐寫本作「七例」，非。

〔二〕補注：「漢書景十三王傳贊：『夫唯大雅，卓爾不群。』文用此。」

張雲璈選學膠言卷十五「七發雜文之祖」條：「按此於七發以下，得其源流矣。李氏以爲七諫之流，考東方朔在枚叔之後，何得擬之？且七諫自屬騷體，與此不類，故劉氏不數之也。」

以上爲第三段，論述「七」類的作家作品及其寫作特點。

自連珠以下，擬者間出〔一〕。杜篤、賈逵之曹〔二〕，劉珍、潘勖之輩〔三〕，欲穿明珠，多貫魚目〔四〕。可謂壽陵匍匐，非復邯鄲之步〔五〕；里醜捧心，不關西施之嚬矣〔六〕。

〔一〕玉海卷五十四引此文，注云：「文選注引揚雄連珠、杜篤連珠。」此處「連珠」指揚雄所作。

〔二〕黄注：「後漢文苑傳：杜篤所著賦、誄、弔、書、讚、七言、女誡及雜文，凡十八篇。」補注：「杜篤連珠云：『能離光明之顯，長吟永嘯。』（文選蜀都賦注、嵇康幽憤詩注、秀才入軍詩注引）賈逵連珠云：『夫君人者，不飾不美，不足以一民。』（文選景福殿賦注引）」

訓故：「後漢書：賈逵，字景伯，扶風平陵人，歷官中郎將。」

黄注：「賈逵傳：逵作詩、頌、誄、書、連珠、酒令凡九篇。」

〔三〕訓故：「後漢書：劉珍，字秋孫，南陽蔡陽人，歷官衛尉，著誄、頌、連珠，傳於世。」范注：「後漢文苑傳：劉珍著誄、頌、連珠凡七篇。珍連珠佚。潘勖連珠，藝文類聚五十七載其文。」「潘勖」，字元茂，事見魏志衛顗傳及注引文章志。著有擬連珠，今不全。

〔四〕黄注：「參同契（卷上）：魚目豈爲珠，蓬蒿不成櫝。」按文選任昉到大司馬記室箋李善注引韓詩外傳：「白骨類象，魚目似珠。」

〔五〕黄注：「莊子秋水篇：『且子獨不聞夫壽陵餘子之學行於邯鄲與？未得國能，又失其故行矣，直匍匐而歸耳。』」按成玄英疏：「壽陵，燕之邑；邯鄲，趙之都。弱齡未仕，謂之餘子。趙都之地，其俗能行，故燕國少年遠來學步。既乖本性，未得趙國之能，捨己從人，更失壽陵之故。是以用手據地，匍匐而還也。」

〔六〕「嚬」，亦作矉，作顰，皺眉。莊子天運篇：「故西施病心而矉其里，其里之醜人，見而美之，歸亦捧心而矉其里。其里之富人見之，堅閉門而不出；貧人見之，挈妻子而去走。彼知矉美，而不知矉之所以美，惜乎！」

以上列舉杜、賈、劉、潘諸人作品，存者已無多，所評確否，難於驗證；但從劉勰對前面一些作家的片善不遺的態度看，這裏的苛評，可能接近實際。

惟士衡運思，理新文敏〔一〕；而裁章置句，廣於舊篇〔二〕。豈慕朱仲四寸之

瑲乎！〔三〕

〔一〕校證：「唐寫本、玉海作『唯士衡思新文敏』。」范注：「唐寫本無『運』、『理』二字，似非。文選載陸機演連珠五十首（劉孝標注）。」

〔二〕文章辨體序説「連珠」類：「考之文選，止載陸士衡五十首，而曰演連珠，言演舊義以廣之也。」

黄注：「按文章緣起：『連珠，揚雄作。』是連珠非始於班固也。嗣後潘勖擬連珠，魏王粲倣連珠，晉陸機演連珠，宋顔延之範連珠，齊王儉暢連珠，梁劉孝儀探物作艷體連珠。」

于光華文選集評於演連珠題下引傅玄叙曰：「……欲使歷歷如貫珠，易看而可悦，故謂之連珠。」下面接着説：「機復引舊義而廣之也。」

孫月峰曰：「虚詞括事理，而撰語特工麗，構法全本韓公子内外儲來，但彼間排，此則全排也。中有談理處儘入妙，此以知士衡之學非徒藻繪。」（見上書引）

方伯海曰：「連珠之體，雖無指實之事，凡一切持身涉世，應事接物，皆可以意相求。大抵前虚後實，前伏後應，前案後斷，法總不外於賓主反正、開合淺深，用風人比體爲多。一篇之中義取相生相足，必有根據以立言，五十首中，多取於書以演其説。作固不難，學之亦易也。」（同上）

譚獻云：「文字之用，不外事理，駢儷詞夸，不能盡理之精微、事之曲折，乃爲談古文者所鄙

夷。承學之士，先學陸、庾連珠，沈思密藻，析理述事，充之復何所滯？」（同上）

〔三〕唐寫本「仲」作「中」。范注：「列仙傳：『朱仲者，會稽人也。常於會稽市上販珠。魯元公主以七百金從仲求珠，仲乃獻四寸珠，送置於闕，即去。』」黄注：「風俗通：耳珠曰璫。」此句意謂莫非因其羨慕朱仲所獻之大明珠而以篇幅廣大爲美乎？

夫文小易周，思閑可贍〔一〕。足使義明而詞净，事圓而音澤〔二〕，磊磊自轉，可稱珠耳〔三〕。

〔一〕「閑」，悠閑。「贍」，豐潤。以下數句即第一段所云「其辭雖小而明潤」。

〔二〕意謂能使文義明顯而詞藻純净，事理圓通而聲調潤澤。

〔三〕校證：「唐寫本『磊磊』作『落落』。練字篇有『磊落如珠矣』句，才略篇有『磊落如琅玕之圃』句，『磊』『落』聲近通用。」傅玄連珠序：「欲使歷歷如貫珠，易覩而可悦，故謂之連珠也。」班固喻美辭壯，文章弘麗，最得其體。」（全晉文卷四十六）「磊磊」，圓轉貌。此處有衆多而鮮明之意。因爲文章小，所以顯得玲瓏而鮮净。文章辨體序説「連珠」類：「大抵連珠之文，貫穿事理，如珠在貫。其辭麗，其言約，不直指事情，必假物陳義以達其旨，有合古詩風興之義。其體則四六對偶而有韻。」文體明辨序説「連珠」類：「其體展轉，或二或三，皆駢偶而有韻，故工於此者，必『使義明而詞浄，事圓而音澤，磊磊自轉，乃可稱珠』。否則『欲穿明珠，多貫魚目』，惡能免於劉勰之誚邪？」

劉師培論文雜記第七節：「（連珠）首用喻言，近於詩人之比興，繼陳往事，類於史傳之贊詞，而儷語韻文，不沿奇語，亦儷體之別成一派者也。」

以上爲第四段，謂連珠以下之擬作，皆弄巧反拙，惟陸機能推陳出新。從而提出寫連珠的規格要求。

詳夫漢來雜文，名號多品：或典誥誓問〔一〕，或覽略篇章〔二〕，或曲操弄引〔三〕，或吟諷謡詠〔四〕。總括其名，並歸雜文之區；甄別其義，各入討論之域〔五〕；類聚有貫，故不曲述也〔六〕。

〔一〕范注：「班固典引序……李善注：『蔡邕曰：典引者，篇名也。典者，常也，法也；引者，伸也，長也。尚書疏：「堯之常法，謂之堯典。」漢紹其緒，伸而長之也。』此爲以典名篇之始。後漢文苑李尤傳，尤所著有典，是當時文士固有作典者矣。」

黄注：「誥，爾雅：『誥、誓，謹也。』注：『皆所以約勤謹戒衆。』」文章緣起：「誥，漢司隸馮衍作德誥。」文章緣起：「誓，漢蔡邕作艱誓。」范注：「問，如漢武帝元光元年『詔賢良曰……受策察問』之問。」

注訂：「典、誥、誓、問諸體皆載群經。書有二典、湯誥、甘誓。論、孟有諸子問曰。後人摹擬，其以典稱者有班固典引，馮衍有德誥，蔡邕有艱誓，王右軍有告誓帖。問則有兩漢策問之制。典者，説文：『五帝書也，從冊在丌上，尊閣之也。』誥者，劉熙釋名：『上敕下曰誥也。』誓，毛詩傳曰：『師旅能誓。』誓者，約束之也。問，有所質問也，文選有策問類是也。」

〔二〕范注：「覽，未詳。漢來雜文當有以覽名篇者。吕氏春秋有八覽。隋志子類儒家有要覽、正覽，雜家有宜覽、皇覽等。」斠詮：「覽，周視也，觀其大要曰覽。」

黄注：「略，漢藝文志：劉歆總群書而奏其七略。篇，漢藝文志：凡將一篇，司馬相如作；急就一篇，黄門令史游作；元尚一篇，將作大匠李長作。」范注：「然皆屬記文字之書，似非彦和所指，當別有以篇名文者。章，詳下章表篇。」斠詮：「與章表篇之章有別，推舍人意當爲叙述情由之文曰章。如漢元帝時黄門令史游作有急就章。」

〔三〕黄注：「曲，鼓吹曲一曰短簫鐃歌。蔡邕禮樂志：『短簫鐃歌，軍樂也，黄帝、岐伯所作，以建威揚德，風敵勸士也。晉書樂志：武帝令傅玄制鼓吹曲二十二篇以代魏曲。』操，風俗通：閉塞憂愁而作，命其曲曰操。操者，言遇災遭害，困戹窮迫，雖怨恨失意，猶守禮義，不懼不懾，樂道而不失其操者也。」「弄」，范注：「文選王褒洞簫賦：『時奏狡弄。』注：『小曲也。』馬融長笛賦：『聽簉弄者。』注：『簉弄，蓋小曲也。』」黄注：「古今注：箜篌引，朝鮮津卒霍里子高妻麗玉所作也。」文體通釋曰：「操者……自顯志操之琴曲也。」又：「引者……歌曲之導引而長者若引弓也。……漢以來樂府擬作者甚多。」

〔四〕黄注：「吟，古今樂録：張永元嘉技録有吟嘆四曲，一曰大雅吟。」范注：「釋名釋樂器：『吟，嚴也。其聲本出於憂愁，故其聲嚴肅，使人聽之悽嘆也。』……諷，如韋孟諷諫詩。諷與風通。文選甘泉賦注：『不敢正言謂之風。』文體通釋曰：『謡者，省作䚻，徒歌也。詩歌之不合樂者也。爾雅曰：「徒歌謂之謡。」毛詩傳曰：「曲合樂曰歌，徒歌曰謡。」主於有感徒歌，動得天趣。源出……康衢童謡，流有丙之晨童謡，漢邪徑謡（見五行志）。……』詠，如夏侯湛離親詠，謝安洛生詠（世説新語雅量篇）。鄭注禮記檀弓『陶斯咏』曰：『咏，謳也。』正義：『咏，歌咏也，鬱陶情轉暢，故曰歌咏之也。』」

〔五〕唐寫本「入」字無，「討」作「詩」。范注：「凡此十六名，雖總稱雜文，然典可入封禪篇，誥可入詔策篇，誓可入祝盟篇，問可入議對篇，曲、操、弄、引、吟諷、謡、詠可入樂府篇；章可入章表篇；所謂『各入討論之域』也。（覽、略、篇，或可入諸子篇。）」斠詮：「若審察區分其義類，則可分别納入本書其它相似體類之領域中討論。」文體明辨序説「雜著」類：「按雜著者，詞人所著之雜文也；以其隨事命名，不落體格，故謂之雜著。然稱名雖雜，而其本乎義理，發乎性情，則自有致一之道焉。劉勰所云：『並歸體要之詞，各入討論之域（上句與原文不符）。』正謂此也。」

〔六〕「貫」，條貫。「曲」，詳盡。

第五段講上述三種以外的種種雜文名目，説明這些將分别在有關文體中討論。

贊曰：偉矣前修，學堅才飽〔一〕。負文餘力，飛靡弄巧〔二〕。枝辭攢映〔三〕，嚖若參昴〔四〕。慕嚬之心，於焉祇攪〔五〕。

〔一〕校證：『「才」原作「多」，據唐寫本改。體性篇：「才有天資，學慎始習。」事類篇：「才自内發，學以外成，有學飽而才餒，有財富而學貧。」又云：「才爲盟主，學爲輔佐。」才略篇：「然自卿、淵以前，多役才而不課學。」皆以才學對文。』

〔二〕莊子逍遥遊：「怒而飛，其翼若垂天之雲。……風之積也不厚，則其負大翼也無力。」「靡」，輕麗也。「飛靡弄巧」，飛動輕麗的文墨來玩弄工巧。

〔三〕「枝辭」，即上文所云「文章之枝派」，指本篇所論各種雜文。比興篇：「攢雜詠歌，如川之涣。」「攢」，簇聚也。

〔四〕補注：「毛詩小星篇：『嚖彼小星，維參與昴。』傳曰：『嚖，微也；參，伐也；昴，留也。』箋云：『言此處無名之星亦隨伐留在天。』案彦和借譬雜文，正用箋義。」召南小星朱注：「參、昴，西方二宿之名。」這裏指小星。斠詮：「喻其光芒一如參昴二星之微弱也。」

〔五〕注訂：「慕嚬，即效矉也。」

校注：「唐寫本作『慕嚬之徒，心焉祇攪。』按唐寫本是也。今本蓋先誤『徒』爲『於』，因乙

『心』字屬上句耳。……『衹』與『祇』字，字異義别，此當以作『衹』爲是。……詩小雅何人斯：『衹攪我心。』」廣雅釋言：「衹，適也。」徐灝説文解字注箋：「語辭之適，皆借衹敬字爲之，傳寫或省去一點……皆不爲典要。」朱注：「攪，擾亂也。……則適所以攪亂我心而已。」

斠詮：「何人斯：『衹攪我心。』衹鄭箋訓適。用作助詞，亦訓但、只。」二句意謂從事形式模仿，只是徒費心機。

諧讔第十五

校證：「『讔』原作『隱』，元本……汪本、佘本、張之象本、兩京本、何允中本、日本活字本、王惟儉本、鍾本、梁本、清謹軒抄本、日本刊本、王謨本、張松孫本、崇文本作『讔』，與正文釋諧讔之名合。今據改。」

校注：「『隱』唐寫本作『讔』；元本，弘治本、活字本、汪本、佘本、張本、兩京本、胡本……崇文本並同。按『諧隱』字本止作『隱』。然以篇中『讔者，隱也』諭之，則篇題原是『讔』字甚明。」

漢書東方朔傳：「舍人不服，因曰：『臣願復問朔隱語，不知，亦當榜。』即妄爲諧語。」師古注：「諧者，和韻之言也。」

晉郭璞客傲：「進不爲諧隱。」

斠詮：「齊東野語：古之所謂廋辭，即今之隱語。而俗所謂謎。」

劉師培中古文學史宋齊梁陳文學概略總論：「四曰：諧隱之文，斯時益甚也。諧隱之文，亦起於古。昔宋代袁淑所作益繁，惟宋齊以降，作者益爲輕薄。其風蓋昌於劉宋之初，嗣則卞鑠、邱巨源、卞彬之徒，所作詩文，並多譏刺。梁則世風益薄，士多嘲諷之文，而文體亦因之愈卑矣。」

雜記：「茲篇蓋論有韻文之終篇也。其不置雜文之前，不歸雜文之囿者，諧隱無一定之體也。」

張立齋文心雕龍注訂：「諧，齊諧，古有其體，見莊子逍遥遊：『齊諧者，志怪者也。』隱即廋辭也，見國語晉語……斯二者，文章之末流，辭諧義隱，要歸於諷刺，而失於正，故彦和存其說，辨其義，求備於文體之一格，有不可廢者焉。」

「諧」是諧辭，就是詼諧的小文章。「讔」是隱語，就是謎語。參閱朱光潛詩論第二章詩與諧隱。

芮良夫之詩云〔一〕：「自有肺腸，俾民卒狂。」〔二〕夫心險如山〔三〕，口壅若川〔四〕，怨怒之情不一，歡謔之言無方〔五〕。

〔一〕梅注：「芮良夫，周大夫芮伯。『自有肺腸，俾民卒狂』，大雅桑柔篇。」

毛詩大雅桑柔序：「桑柔，芮伯刺厲王也。」鄭箋：「芮伯，畿內諸侯，王卿士也，字良夫。」正義：「文元年左傳引此曰，周芮良夫之詩曰：『大風有隧。』且周書有芮良夫之篇，知字良夫也。」

〔二〕「自有肺腸，俾民卒狂」，鄭箋：「自有肺腸，行其心中之所欲，乃使民盡迷惑也。」正義：「自以己有肺腸，行心所欲，不謀於衆人，任用惡人，乃使下民化之，盡皆迷惑如狂人。」朱注：「狂，惑也。……彼不順理之君，則自以爲善，而不考衆謀，自有私見，而不通衆志，所以使民眩惑，至於狂亂也。」

〔三〕訓故：「莊子：孔子曰：凡人心險於山川，難於知天。」按此見列禦寇。成疏：「人心難知，甚於山川，過於蒼昊，厚深之狀，列在下文。」

〔四〕黄注：「國語：召公曰：防民之口，甚於防川，川壅而潰，傷人必多，民亦如之。」按此見周語上。

周厲王暴虐，國人訾議。厲王怒，使衛國的巫者監視訾議之人，凡被告發者，盡殺之。自此，國人不敢言。厲王以爲禁止了人民的訾議，召公曰：「防民之口，甚於防川……民亦如之。」

〔五〕「謔」是戲謔，嘲笑。「無方」，無常。此謂歡快、戲謔之言是多種多樣，變化無常的。

昔華元棄甲，城者發「睅目」之謳〔一〕；臧紇喪師，國人造「侏儒」之歌〔二〕；並嗤戲形貌，内怨爲俳也〔三〕。

〔一〕梅注：「左傳：宋城，華元爲植，巡功，城者謳曰：『睅其目，皤其腹，棄甲而復，於思於思，棄甲復來。』使其驂乘謂之曰：『牛則有皮，犀兕尚多，棄甲則那？』役人曰：『從其有皮，丹漆若何？』華元曰：『去之，夫其口衆我寡。』」又：「華，去聲。睅音罕。」

左傳宣公二年：「鄭伐宋，宋師敗績，囚華元。……宋人贖華元於鄭。半入，華元逃歸。……宋城，華元爲植，巡功。……」杜注：「睅，出目。」「城者」，指築城的百姓。「睅目」，形容華元監工的眼睛睜得很大。

華元被囚於鄭之後，逃回宋，宋築城，華元主其事。一日，華元監工，築工者歌云：「睅其目……」意謂華元睜大眼睛，挺着肚皮，抛棄甲衣，臨陣敗歸。

〔二〕梅注：「左傳襄公四年：臧紇救鄫侵邾，敗於狐駘。國人誦之曰：『臧之狐裘，敗我於狐駘。我君小子，侏儒是使，侏儒侏儒，使我敗於邾。』」杜注：「臧紇，武仲也。鄫屬魯，故救之。狐駘，邾地。臧紇時服狐裘，襄公幼弱，故曰小子。臧紇短小，故曰侏儒。」邾國攻打鄫國時，臧紇帶着魯國軍隊去救鄫國，却爲邾國所敗。臧紇身子本來不魁梧，這裏也比喻他才能的短小。「國人」謂魯國人。

〔三〕范注：「『内怨爲俳』，『俳』，當作『誹』。放言曰謗，微言曰誹。内怨，即腹誹也。彦和之意，以爲在上者肆行貪虐，下民不敢明謗，則作爲隱語，以寄怨怒之情；故雖嗤戲形貌，而不棄於經傳。與後世莠言嘲弄，不可同日語也。」

斠詮：「彦和之意以爲在上者肆行貪虐，下民不敢明謗，則寄内心之怨怒而爲俳諧之隱語也。范注讀俳爲誹……說雖可通，但仍以不改爲勝。」校注：「按『内』讀曰『納』。說文人部：『俳，戲也。』『内怨爲俳』，即『納怨爲戲』也。」此句意謂内心有了某種怨怒之情用嘲諷的形式來表現。說明這類歌謡是人民對於執政者怨俳諷刺的表現。

又「蠶蟹」鄙諺〔一〕，「貍首」淫哇〔二〕，苟可箴戒，載於禮典。故知諧辭讔言，亦無棄矣。

〔一〕元刻本、弘治本，「蟹」作「解」。馮舒校曰：「應作『蠏』。」

梅注：「禮記檀弓下：『成人有其兄死而不爲衰者，聞子皋將爲成宰，遂爲衰。成人歌曰：「蠶則績而蟹有匡，范則冠而蟬有緌，兄則死而子皋爲之衰。」』范，蜂也。緌謂蟬喙，長在腹下，此嗤兄死者，其衰之不爲兄也。」

鄭注：「蚩（嗤）兄死者。言其衰之不爲兄死，如蟹有匡，蟬有緌，不爲蠶之績，范之冠也。」正義：「成人不爲兄服，聞孔子弟子子皋其性至孝，來爲成宰，必當治不孝之子，故懼而制服。蟹背殻似匡。范，蜂也。蜂頭上有物似冠也。蟬喙長在腹下，似冠之緌。蠶則須匡以貯絲，而今無匡，蟹背有匡，匡自著蟹，非爲蠶設。……亦如成人兄死初不作衰，後畏於子皋，方爲制服。服是子皋爲之，非爲兄施，亦如蟹匡蟬緌，各不關於蠶蜂也。」「鄙諺」，俗語。陳澔注：「成，魯邑名。匡，背殼似匡也。范，蜂也。朱氏曰：絲之績者，必由乎匡之所盛；然蟹之有匡，非爲蠶之績也，爲背而已。首之冠者，必資乎緌之所飾，然蟬之有緌，非爲范之冠也，爲喙而已。兄死者必爲之服衰，然成人之服衰，非爲兄之死也，爲子皋而已。蓋以上二句喻下句也。」

〔二〕梅注：「禮記：『原壤母死，孔子助之沐槨。原壤登木曰：久矣，予之不託於音也。歌曰：貍首之斑然，執女手之卷然。』（貍首之斑，言木文之華也。「卷」與「拳」同，如執女手之拳，言沐槨之滑膩也。）」按此見檀弓下。此段正義曰：「貍首之斑然者，言斲椁材文采似貍之首。執女手之卷然者，孔子手執斤斧，如女子之手卷卷然而柔弱。」嵇康養生論：「耳務淫哇。」「淫哇」，邪曲之聲。劉勰以原壤在服喪期間作歌，非禮之甚，故以爲淫哇。書記篇：「夫文辭鄙俚，莫過於諺，而聖賢詩書，採以爲談，況逾於此，豈可忽哉！」

以上爲第一段，講諧隱的意義和作用，其中舉例説明民歌諺語的教育意義。

諧之言皆也；辭淺會俗，皆悦笑也〔一〕。昔齊威酣樂，而淳于説甘酒〔二〕；楚襄讌集，而宋玉賦好色〔三〕；意在微諷，有足觀者〔四〕。

〔一〕注訂：「此以聲爲訓，因文見義，是爲新解。玉篇作合和調偶諸義，咸不出皆字義也。」

〔二〕梅注：「淳于髡……齊威王之時喜隱，好爲淫樂長夜之飲，沉湎不治，委政卿大夫，百官荒亂，諸侯並侵，國且危亡，在於旦暮。……威王置酒後宮，召髡賜之酒。問曰：『先生能飲幾何而醉？』對曰：『臣飲一斗亦醉，一石亦醉。』威王曰：『先生飲一斗而醉，惡能飲一石哉！其説可得聞乎？』髡曰：『……日暮酒闌，合尊促坐，男女同席，履舄交錯，杯盤狼籍，堂上燭滅，主人留髡而送客，羅襦襟解，微聞薌澤，當此之時，髡心最歡，能飲一石。故曰酒極則亂，樂極則悲；萬事盡然，言不可極，極之而衰。』以諷諫焉。齊王曰：『善。』乃罷長夜之飲。」按此見史記滑稽列傳。尚書五子之歌：「甘酒嗜音，峻宇彫墻。」傳：「甘，嗜無厭足。」

〔三〕黄注：「文選：大夫登徒子侍於楚襄王，短宋玉。玉著登徒子好色之賦，王稱善。」范注引宋玉登徒子好色賦并序。李善注曰：「此賦假以爲辭，諷於婬也。」登徒子好色賦以守德、守禮來勉勵襄王。「讔集」，指會合近臣燕飲後宮而言，不然，與宋玉賦好色無關。詮賦篇：「宋發巧談，實始淫麗。」

〔四〕「微諷」，隱微的諷刺。

及優旃之諷漆城〔一〕，優孟之諫葬馬〔二〕，並譎辭飾説〔三〕，抑止昏暴。是以子長編史，列傳滑稽〔四〕，以其辭雖傾回，意歸義正也〔五〕。但本體不雅，其流易弊〔六〕。

〔一〕史記滑稽列傳「優旃者，秦倡侏儒也。善爲笑言，然合於大道。……二世立，又欲漆其城。

優旃曰：『善，主上雖無言，臣固將請之。漆城雖於百姓愁費，然佳哉！漆城蕩蕩，寇來不能上，即欲就之，易爲漆耳，顧難爲蔭室。』於是二世笑之，以其故止。」

「優旃」，元刻本、弘治本、馮校本作「優孟」，誤。

〔二〕史記滑稽列傳：「優孟者，故楚之樂人也。長八尺。多辯，常以談笑諷諫。楚莊王之時，有所愛馬死。……使群臣喪之，欲以棺槨大夫禮葬之。左右爭之，以爲不可。王下令曰：『有敢以馬諫者，罪至死。』優孟聞之，入殿門，仰天大哭。王驚而問其故。優孟曰：『馬者王之所愛也，以楚國堂堂之大，何求不得，而以大夫禮葬之，薄，請以人君禮葬之。』王曰：『何如？』對曰：『臣請以雕玉爲棺，文梓爲椁，楩楓豫章爲題湊，發甲卒爲穿壙，老弱負土，齊趙陪坐於前，韓魏翼衛其後，廟食太牢，奉以萬户之邑。諸侯聞之，皆知大王賤人而貴馬也。』王曰：『寡人之過一至此乎！爲之奈何？』優孟曰：『請爲大王六畜葬之，以壠竈爲椁，銅歷爲棺，齎以薑棗，薦以木蘭，祭以粳稻，衣以火光，葬之於人腹腸。』於是王乃使以馬屬太官，無令天下久聞也。」

「優孟」，元刻本、弘治本、馮舒校本作「優旃」，誤。

〔三〕「譎」，詭詐，虚假。斠詮：「譎辭飾説，謂詭變僞辭，文巧正説，依違詠歌之間，以寄其諷諭之旨也。……飾説，與飾辭同。戰國策趙策：『虞卿曰：此飾説也。』」

〔四〕史記滑稽列傳索隱：「崔浩云：『滑音骨。滑稽，流酒器也。轉注吐酒，終日不已。言出口成章，辭不窮竭，若滑稽之吐酒。故揚雄酒賦云「鴟夷滑稽，腹大如壺，盡日盛酒，人復藉沽」是也。』又姚察云：『滑稽猶俳諧也。滑讀如字，稽音計也。言諧語滑利，其知計疾出，故云滑稽。』」

史記滑稽列傳索隱又云：「滑，亂也；稽，同也。言辯捷之人言非若是，説是若非，言能亂同異也。」楚辭云：「將突梯滑稽，如脂如韋。」

〔五〕「傾回」，歪邪。「義」，宜，善也。按哀弔篇：「固宜正義以繩理，昭德而塞違。」史傳篇：「是立義選言，宜依經以樹則……遷、固通矣，而歷詆後世，若任情失正，文其殆哉！」

〔六〕「雅」字，元刻本、弘治本、馮舒校本作「雜」，誤。紀評：「文家有必不可作之題，自有必不可作之體格，雖高手無所施其巧，抑或愈工而愈入惡趣，皆所謂本體不雅者也。」「體」，指體制。注訂：「本體不雅——指下文東方、枚皋諸氏之作，丑婦、賣餅之類是也。」

於是東方、枚皋〔一〕，餔糟啜醨〔二〕，無所匡正，而詆嫚媟弄〔三〕，故其自稱爲賦，迺亦俳也〔四〕，「見視如倡」〔五〕，亦有悔矣。

〔一〕漢書東方朔傳：「（東方朔）常爲郎，與枚皋、郭舍人俱在左右，詼啁而已。」漢書枚皋傳：「皋不通經術，詼笑類俳倡，爲賦頌好嫚戲，以故得媟黷貴幸，比東方朔、郭舍人等。皋賦辭中，自言爲賦不如相如，又言爲賦迺俳，見視如倡，自悔類倡也。故其賦有詆諆東方朔，又自詆諆。其文觳骳，曲隨其事，皆得其意。」范注：「案此即彦和所謂詆嫚媟弄，無益時用者，故班固謂『朔與枚皋、郭舍人俱在左右，詼嘲而已』。」

〔二〕斠詮：「餔糟啜醨，謂食其糟粕渣滓，有拾人牙慧之意。孟子離婁：『子之從於子敖來，徒餔啜也。』趙注：『餔，食也；啜，飲也。』楚辭漁父：『衆人皆醉，何不餔其糟而歠其醨？』王注：『糟，即酒滓。醨，即薄酒。』」在這裏是指隨波逐流。

〔三〕校證：「媟，元本、汪本、佘本、張之象本、兩京本誤作『媒』。」

按東方朔與枚皋的情況，並不一樣。據漢書枚皋傳稱：每逢武帝巡遊，皋隨從奉命作賦，「頗詼笑」，其中「尤嫚戲不可讀者」，達數十篇之多。而東方朔在政治上早有抱負。當時，「天下侈靡趨末，百姓多離農畝」，武帝問以化民之道，朔乃陳文帝的儉約，指武帝的「淫侈」。朔還因商韓之語，上書言農戰强國之計。文辭「頗復詼諧」，並非無所「匡正」。朔對武帝措施也有不滿，故借諧辭以「匡正」之。史記東方朔傳：「時坐席中，酒酣，據地歌曰：『陸沉於俗，避世金馬門。宮殿中可以避世全身，何必深山之中，蒿廬之下？』」他「大隱」於朝以存身，他著非有先生論及答客難，抒發失志的苦悶。又倣離騷作七諫，以屈原的窮困自喻。總之，他的諧辭還是有所「匡正」的。

注訂：「詆音抵，訶也。嫚音慢，侮易也。媟，通褻，狎也；弄，玩也。」考異引漢書枚乘傳：「其子皋爲賦好嫚戲，以致得媟瀆貴幸。」斠詮：「謂詆諆，嫚侮，媟狎，戲弄也。」

〔四〕注訂：「俳，戲也。」

〔五〕斠詮：「然諧辭若僅爲智術之遊戲，而無嚴肅之本質，則其『辭雖傾回』，而絶不足以言『意歸義正』。是以『優旃之諷漆城，優孟之諫葬馬，並譎辭飾説，抑止昏暴』，而『東方、枚皋，餔糟啜醨，無所匡正，詆嫚媟弄』，『見視如倡』。衹以『本體不雅』，自必『無益時用』。然而魏晉懿文之士，未免枉轡效尤，莠言鑫出，雖抃袵席，有虧德音，亦文道日漓，而世風澆薄之徵也。」

至魏文因俳説以著笑書〔一〕，薛綜憑宴會而發嘲調〔二〕，雖抃笑衽席〔三〕，而無益時用矣。

〔一〕元刻本、弘治本「文」作「大」，「笑」作「茂」。沈岩録何校本，「大」改「文」。何云：「『文』字以意改。」

范注：「魏志文帝紀未言其著笑書，裴松之注最爲富博，亦未言及，隋志不著録，諸類書亦無引之者，未知何故。魏文同時有邯鄲淳，撰笑林三卷（隋唐志同），馬國翰輯得一卷（玉函山房輯佚書卷七十六）……魏文笑書當亦此類也。」

校證：「『文』原作『大』……案魏文笑書，未詳，黄注亦未言及。疑『大』爲『人』字之誤，指魏人邯鄲淳之笑林也。」

姚振宗隋書經籍志考證子部九，小説家笑林三卷（後漢給事中邯鄲淳撰）：「按文心諧讔篇曰：『至魏文因俳説以著笑書。』或即是書。淳奉詔所撰者，或即因笑書别爲笑林，亦未可知。」

〔二〕訓故：「吴志薛綜傳：綜字敬文，仕吴守謁者僕射。蜀使張奉來聘，綜謿之曰：『有犬爲獨，無犬爲蜀，横目勾身，蟲入其腹。』」

范注：「吴志薛綜傳：『西使張奉於權前列尚書闞澤姓名以嘲澤，澤不能答。綜下行酒，因勸酒曰：「蜀者何也？有犬爲獨，無犬爲蜀，横目苟身，蟲入其腹。」奉曰：「不當復列君吴耶！」綜應聲曰：「無口爲天，有口爲吴，君臨萬邦，天子之都。」於是衆坐喜笑，而奉無以對。』」

斠詮：「薛綜，三國吴竹邑人。樞機敏捷，善於辭令，孫權召爲五官郎中。所著詩、賦、雜論凡數萬言，又……注張衡二京賦。」

〔三〕「笑」字原無，「衽」原作「推」。范注：「『推』，當是『帷』字之誤，抃帷席，即所謂衆坐喜笑也。」

校釋：「按范注説是，上文『憑宴會而發嘲調』，故曰『帷席』。」陳書良文心雕龍校注辨正（中華文史論叢，一九八一年第三輯）：「唯『抃帷席』，語殊不通，疑有脱字，應爲『雖抃笑帷席，而無益時用矣』。『抃笑』一詞亦見於同篇『豈爲童穉之戲謔，搏髀而抃笑哉』。」

沈巖録何校本「雖抃推席」改爲「雖忭懽几席」。趙西陸評范文瀾文心雕龍注：「『推席』不詞，明有誤字。檢本書時序篇云：『傲雅觴豆之前，雍容衽席之上。』衽席連文，知『推』蓋

『袏』形近之譌。（潘重規讀文心雕龍札記曰「『推』疑當作『帷』」，非是。）」注訂：「抃，猶今言鼓掌也，意是雖鼓掌推席，只供笑謔，無益時用也。下文有『忭笑』一詞，此句疑脱笑字，宜作『雖抃笑推席』，諸本似皆誤。」考異：「推席者，推席而起歡喜之態，王校改『推』爲『袏』者誤。」

校證：「『雖抃笑袏席』，原作『雖抃推席』，義不可通。譚云：『有脱誤。』劉師培中古文學史第三課：『推』疑『雅』字。案下文有『抃笑』語，時序篇有『雍容袏席之上』語，此文蓋『抃』下脱『笑』字，『推』爲『袏』形近之誤。今輒爲補正如此。『抃笑袏席』與上文『憑宴會而發嘲調』相承，論説篇『抵噓公卿之席』句意並近。」周注：「抃笑，拍手歡笑。袏席，席，酒席，袏即席。」

然而懿文之士，未免枉轡〔一〕；潘岳醜婦之屬〔二〕，束皙賣餅之類〔三〕，尤而效之〔四〕，蓋以百數〔五〕。

〔一〕易小畜象曰：「君子以懿文德。」正義：「『懿，美也。』」范注：「枉轡，猶言枉道。」注訂：「枉道而趨，失義之正也。」斠詮：「『枉轡，誤入歧途也。』」

〔二〕校注：「按岳文已佚。初學記十九引有劉思真醜婦賦（御覽三八二所引較略），安仁所作，或亦類是。」

〔三〕訓故：「文士傳：束晳字廣微，漢疎廣之後，避難去『疎』之『疋』爲束氏，曾著餅賦，文甚俳諧。」

黄注：「束晳傳：『束嘗爲勸農及麪諸賦，文頗鄙俗，時人薄之。』」范注引餅賦一段，謂「自續古文苑二節録」。餅賦見全晉文卷八十七。

蕭子顯南齊書文學傳論：「王褒僮約，束晳發蒙，滑稽之流，亦可奇偉。」

周注：「束晳餅賦如『行人失涎於下風，童僕空嚼而斜眄；擎器者舐脣，立侍者干咽』，形容中帶有嘲戲。」

〔四〕校證：「『而』舊本作『相』，馮校云『相當作而』。黄注本改。」沈岩本「相」改「而」，「何云：『而』字以意改。」

斯波六郎：「春秋左氏傳僖公二十四年：『尤而效之，罪又甚焉。』又襄公二十一年：『尤而效之，其又甚焉。』意謂知道過錯，還仿效它。」

〔五〕中古文學史第四課魏晉文學之變遷丁總論：「晉人之文，如張敏頭責子羽文、陸雲嘲褚常侍、魯褒錢神論亦均諧文之屬。」

魏晉滑稽，盛相驅扇〔一〕。遂乃應瑒之鼻，方欲盜削卵〔二〕；張華之形，比乎握舂杵〔三〕。曾是莠言，有虧德音〔四〕，豈非溺者之妄笑〔五〕，胥靡之狂歌歟〔六〕！

〔一〕「驅扇」，扇動風氣，喻追逐。

〔二〕范注：「應瑒事未聞其說。」斠詮：「此或謂應瑒形之醜，有如被盜賊削去一半之鷄卵也。」

〔三〕世説新語排調篇：「頭責秦子羽云……『范陽張華……或頭如巾齏杵。』謂頭著巾，形如齏杵也。」

余嘉錫世説新語箋疏：「言其頭小而鋭，如搗齏之杵，而冠之以巾也。」又引程貴震云：「文心雕龍諧隱篇作握春杵。」

斯波六郎：「案世説新語注引頭責子羽文『頭如巾齏杵』恐指『河南鄭詡』，非『范陽張華』。『范陽張華』是『或淹伊多姿態』。或彥和別有所本耶？」

〔四〕「曾是」，乃是。

詩邶風谷風：「德音莫違，及爾同死。」朱注：「德音，美譽也。」

注訂：「詩小雅（正月）：『莠言自口。』傳：『莠，醜也。』」

〔五〕梅注：「『笑』，元作『茂』，朱改，云：溺者必笑出左傳。」訓故：「春秋左傳：越圍吳，趙簡子降於喪食。使楚隆于吳。吳王曰：溺人必笑，吾將有問也。史黯何以得爲君子？」按此見哀公二十年。

斠詮：「左哀二十年傳：『王曰：溺人必笑，吾將有問也。』杜注：『以自喻所問不急，猶溺人不知所爲而反笑也。』呂氏春秋大樂篇：『溺者非不笑也。』高注：『傳曰：「溺人必笑。」雖笑不歡。』」

〔六〕漢書楚元王傳：「楚王戊淫暴，申公、白生二人諫不聽，胥靡之。」注：「晉灼曰：胥，相也。靡，隨也。」師古曰：「聯繫使相隨而服役之，故謂之胥靡，猶今之役囚徒，以鎖聯綴耳。」莊子庚桑楚：「胥靡登高而不懼。」釋文引司馬云：「刑徒人也。」斠詮：「案刑徒皆受拘縛，故稱爲胥靡。」

范注：「漢末以後，政偷俗窳，威儀喪亡。典論曰：孔融體氣高妙，有過人者，然不能持論，理不勝辭，至於雜以嘲戲。又如曹植得邯鄲淳甚喜，誦俳優小説數千言，其不持威儀，可以想見。吴志諸葛恪傳：恪父瑾，面長似驢，孫權大會群臣，使人牽一驢入，題其面曰『諸葛子瑜』。恪跪曰：『乞請筆，益兩字。』因續其下曰『之驢』，舉坐歡喜。君臣之間，竟相戲弄若此。晉尚清談，此風尤盛；故彦和譏爲溺者之妄笑，胥靡之狂歌也。（溺人必笑，見左傳哀公二十年。胥靡，刑徒人也。胥靡狂歌，未知所本，當自吕氏春秋大樂篇『溺者非不笑也，罪人非不歌也』句化出。）」高誘注：「當死强歌，雖歌不樂。」

范注：「隋書經籍志總集類有袁淑誹諧文十卷，是撰誹諧集之始。其文存者，有鷄九錫文、勸進牋、驢山公九錫文、大蘭王九錫文、常山王九命文。」

按：劉勰雖然把諧讔列爲專篇，但却看成游戲文章，很不器重。他説諧辭「本體不雅，其流易弊」，又説它「曾是莠言，有虧德音」。因而對於諧辭的風格特點没有論述。

以上爲第二段，專論歷代諧辭的得失，肯定「意在微諷」能「抑止昏暴」的作品，而批判「無益時用」之作。

讔者，隱也；遯辭以隱意，譎譬以指事也。

明方以智通雅釋詁卷三「廋辭讔喻謂隱書也」條：「晉語：『有秦客廋辭於朝。』注：『廋，隱也。』新序曰：『齊宣王發引書而讀之。』（見雜事二）東方朔曰：『乃與爲隱耳。』（見漢書朔傳）……呂覽審應篇：『成公賈之讔喻。』高注：『讔語。』」

范注：「讔，廋辭也，字本作隱。國語晉語五：『有秦客廋辭於朝。』韋昭注云：『廋，隱也，謂以隱伏譎詭之言，問於朝也。東方朔曰：非敢詆之，與爲隱耳。』」

雜記：「又讖緯所紀，如白玉赤烏之符，黃金紫玉之瑞，祖龍卯金之讖，亦云隱語而已。所不同者，讖緯主驗，隱主譎諫，貌同而實異也。」

陳望道修辭學發凡「析字」類：「衍義析字——衍繹字義的析字也可分作三式……（丙）是彎彎曲曲，演述得似乎有關連又似乎没有關連，必須細細推究才能明白的，叫作演化。例：『開皇中，有人姓出名六斤，欲參（楊）素，齎名紙至省門，遇（侯）白，請爲題其姓，乃書曰「六斤半」。名既入，素召其人，問曰：「卿姓六斤半？」答曰：「是出六斤。」曰：「何爲六斤半？」曰：「向請侯秀才題之，當是錯矣。」即召白至，謂曰：「卿何爲錯題人姓名？」對云：「不錯。」素曰：「若不錯，何因姓出名六斤，請卿題之，乃言六斤半？」對曰：「白在省門，倉卒無處覓秤，既聞道是出六斤，斟酌只應是六斤半。」素大笑之。』（太平廣記二百四十八引啓顔録）這種辭法以前稱爲『繆語』（見下文所引左傳杜注）。繆語就是文心雕龍諧讔篇説的『遯辭以隱意，譎譬以指事』的一種讔語。當初原是一種暗中通情的方法，必須説得對方懂，旁人不懂，才算完全達到了目的。」

注訂：「孟子：『遯辭知其所窮。』『遯』即『遁』本字。」又：「譎譬——詩大序：『主文而譎諫。』論語：『晉文公譎而不正。』説文：『權詐也。』」

斠詮：「案正字通：『讔與隱通。』劉向新序：『齊宣王發隱書而讀之。』隱即讔。爾雅釋詁：『隱，微也。』郭注：『微，謂逃藏也。』此即彦和所謂『讔者，隱也；遯辭以隱意，譎譬以指事也』。」諧辭是以「悦笑」取諷諫，以「譎辭飾説，抑止昏暴」的。而隱言則「遯辭以隱意，譎譬以指事」，可見諧辭隱語都是人們對某事不滿，不得不説，又不便明言直説，只得隱譎示意，以寄怨怒之情。隱語又分兩類，一是「遯辭以隱意」，作品如「喻眢井而稱麥麴」；一是「譎譬以指事」，作品如「伍舉刺荆王以大鳥」。

昔還社求拯於楚師〔一〕，喻眢井而稱麥麴〔二〕；叔儀乞糧於魯人，歌佩玉而呼庚癸〔三〕；伍舉刺荆王以大鳥〔四〕，齊客譏薛公以海魚〔五〕；莊姬託辭於龍尾〔六〕，臧文謬書於羊裘〔七〕。

〔一〕校注：「黄校云：『（社）元作「楊」，（拯）元作「極」。』（此沿梅校）按梅改是。漢書藝文志攷證八、諧語二、文通引，並作『昔還社求拯於楚師』。」校證：「『拯』原作『極』，梅改，王惟儉本亦作『拯』。」按元刻本「拯」字不誤，弘治本始作「極」，形近而譌。

〔二〕升庵文集卷四十六隱書：「左傳：蘧楊求救於楚師，喻眢井而稱麥麴……」梅注：「眢音鴛。」又：「左傳：『楚子伐蕭，還無社與司馬卯言，號申叔展。叔展曰：「有麥麯乎？」曰：「無。」「有山鞠窮乎？」曰：「無。」「河魚腹疾，奈何？」曰：「目於眢井而拯之。」「若爲茅絰，哭井則已。」明日，蕭潰，申叔視其井，則茅絰存，號而出之。』還無社，蕭大夫；司馬卯、申叔展，楚大夫。號平聲，鞠音芎。」「麴」，梅本作麯，乃異體字。按此見宣公十二年。杜注：「還無社，蕭大夫也。司馬卯、申叔展皆楚大夫也。無社素識叔展，故因卯呼之。麥麴、鞠窮所以禦濕，欲使無社逃泥水中，無社不解，故曰無。軍中不敢正言，故謬語也。叔展言無禦濕葯，將病也。無社意解，欲入井，故使叔展視虛廢井，而求拯己。出溺爲拯也。叔展又教結茅以表井也，須哭乃應，以爲信也。號，哭也。」斠詮：「左傳會箋不以杜解爲然，辨證云：『麥麴、鞠窮此二物，醫書無言禦濕者。李時珍引此傳始言之，則未足爲據。』俞樾曰：『此二物實非所以治濕。梁簡文勸醫論曰：「麥麴、芎藭反止河魚之疾。」亦以杜氏所説出乎葯性之外也。夫楚師是時始傅於蕭，尚未知必克與否，何以即教以逃死之策？叔展此問，蓋先探其國中之虛實也。……麥麴之功主於消食，芎藭之用主於去風。食自内積，喻内亂也；風自外來，喻外患也。問有麥麴、山鞠窮者，問消弭内亂，袪除外患之方術也。乃二者俱無，則蕭之君臣束手無策，外之强寇壓境，内之姦民生心，雖楚未能即克，而蕭亦必將自潰矣。故亦問曰：「河魚腹疾奈何？」杜氏誤解上文，謂欲使逃泥水中，故解河魚腹疾，曰無禦濕藥將病。夫逃之法亦多矣，無社之逃於眢井，亦偶然事。叔展何爲必使之逃泥水中，因其不解又再三言之哉？』俞説是也。叔展既知蕭之將潰，因問蕭潰之後，將何以自免，故曰：『河魚腹疾奈何？』無社因曰：『目於眢井而拯之。』乃始告以逃匿之處，令其拯救也。眢井，廢井也。井無水，若目無精也。若，女也。申叔使無社結茅爲絰，標所匿之井，城陷妄出，恐其爲軍人所殺，故待己哭井而應之，哭井即下文『號而出之』，只是讔語，故不云號而曰哭耳。」

〔三〕梅注：「叔儀，吴大夫，姓申。」「左傳：『吴申叔儀乞糧於公孫有山氏，曰：「佩玉縈兮，余無所繫之。旨酒一盛兮，余與褐之父睨之。」對曰：「粱則無矣，粗則有之。若登首山以呼曰：庚癸乎！則諾。」』杜注：『庚，西方，主穀；癸，北方，主水。』」按此見哀公十三年。杜注又云：「申叔儀，吴大夫；公孫有山，魯大夫；舊相識。」「縈然，服飾備也。己獨無以繫佩，言吴王不恤下。」「褐，寒賤之人。言但得視，不得飲。」「軍中不得出糧，故爲私隱。」正義：「食以稻粱爲貴，故以粱表精。若求粱米之飯則無矣。粗者則有之。若我登首山以叫呼『庚癸乎』，女則諾。軍中不得出糧與人，故作隱語爲私期也。庚在西方，穀以秋熟，故以庚主穀。

癸在北方，居水之位，故以癸主水。言欲致餅並致飲也。」

〔四〕綴補：「案漢書藝文志考證引刺作諫。」梅注：「伍舉，楚大夫。」「楚莊王涖政三年，無令發，無政爲也。右司馬御坐而與王隱曰：有鳥止南方之阜，三年不翅不飛不鳴，嘿然無聲，此爲何名？王曰：三年不翅，將以長羽翼；不飛不鳴，將以觀民則。雖無飛，飛必沖天；雖無鳴，鳴必驚人。子釋之，不穀知之矣。」按此見韓非子喻老篇。史記楚世家：「莊王即位三年，不出號令，日夜爲樂，令國中曰：『有敢諫者死無赦。』伍舉入諫……曰：『願有進隱。』曰：『有鳥在於阜，三年不蜚不鳴，是何鳥也？』莊王曰：『三年不蜚，蜚將沖天；三年不鳴，鳴將驚人。舉退矣，吾知之矣。』」

雜記：「史記滑稽列傳：『齊威王之時喜隱……淳于髡説之以隱曰：國中有大鳥，止王之庭，三年不飛又不鳴。王知此鳥何也？王曰：「此鳥不飛則已，一飛沖天；不鳴則已，一鳴驚人。」』案以上兩則，指（楚世家和滑稽列傳）問答詞悉同，知本隱書也。」

〔五〕梅注：「薛公，靖郭君。」又「靖郭君將城薛，客多以諫者。靖郭君謂謁者曰：『毋爲客通。』齊人有請見者，曰：『臣請三言而已，過三言，臣請烹。』靖郭君因見之。客趨進曰：『海大魚。』因反走。靖郭君曰：『請聞其説。』客曰：『君聞大魚乎？網不能止，繳不能過。蕩而失水，螻蟻得意焉。今夫齊，亦君之海也，君長有齊，奚以薛爲？君失齊，雖隆薛城至於天，猶無益也。』靖郭君曰：『善。』乃輟，不城薛。」按此見戰國策齊策一。隱喻靖郭君必須作齊國的屏藩才能生存，從而譏刺他背叛齊的陰謀。

〔六〕梅注：「楚莊姬上楚王書曰：『大魚失水，有龍無尾，墻欲内崩，而王不視。』王問之，對曰：『魚失水，離國五百里也。龍無尾，年四十，無太子也。墻崩不視，禍將成而王不改也。』」古列女傳卷六辨通楚處莊姪云：「初頃襄王好臺榭，出入不時。……莊姪……持幟伏南郊道旁。……王見之，曰：『女何爲者也？』姪對曰『欲言隱事於王……』王曰：『子何以戒寡人？』姪對曰：『大魚失水，有龍無尾，墻欲内崩，而王不視。』王曰：『不知也。』姪對曰：『大魚失水，王離國五百里也，樂之於前，不思禍之起於後也。有龍無尾者，年既四十，無太子也。國無弼輔，必且殆也。墻欲内崩，而王不視者，禍亂且成，而王不改也。』」范注引孫蜀丞曰：「案列女傳『姪』作『姬』。渚宮舊事三引列女傳作『姪』，『姬』字定誤。」

〔七〕梅注：「臧文仲使於齊，齊人繫之獄。遺魯君書曰：『歛小器，投諸台，食獵犬，組羊裘，琴之合，甚思之。臧我羊，羊有母，食我以桐魚，冠纓不足帶有餘。』公得書，與諸大夫議之，莫能知之者。有言：『臧孫母，世家子也，君何不試召而問焉？』於是乃召而語之曰：『吾使臧子之齊，今持書來云爾，何也？』臧孫母泣下衿曰：『吾子拘有木治矣。』公曰：『何以知之？』對曰：『歛小器，投諸台，言取郭萌，内之於城中也。食獵犬，組羊裘，言趣饗戰鬭之士而繕甲兵也。琴之合，甚思之者，言思妻也。臧我羊，羊有母，是告妻善養母也。食我以桐魚，桐者其文錯，錯者所以治鋸，鋸者所以治木也。是有木治繫於獄矣。冠纓不足帶有餘，頭亂而不得梳，饑不得食也。故知吾子拘而有木治矣。』」按此見列女傳卷三列女仁智傳魯臧孫母。

雜記：「隱語亦稱謬書、謬辭、謬語、謬言、廋語、廋辭。」

隱語之用，被於紀傳〔一〕：大者興治濟身，其次弼違曉惑〔二〕。蓋意生於權譎，而事出於機急〔三〕，與夫諧辭，可相表裏者也〔四〕。

〔一〕范注：「紀傳，當作記傳。」「被」，加。「紀傳」指上引左傳、戰國策、史記、列女傳等書。

〔二〕「濟身」，救濟人身。「弼違」，改正過失。「曉惑」，開導迷惑。

〔三〕「權譎」，權變詭詐。「機急」，機密、緊急。

〔四〕淳于髡的故事以飲酒可多可少，引出「酒極則亂，樂極則悲」的道理，與伍舉以不蜚不鳴的鳥比不出號令的王，性質相同，但劉勰把前者歸於諧，後者歸於隱。因爲前者詼諧，後者嚴肅。諧辭和隱語，有同有異，同的是二者語意都委曲，含蓄，有諷刺作用，異的是諧辭語意淺近滑稽，隱語則深奥矜肅，貴在見機。故二者仿佛物之表裏，相反而又相成。

漢世隱書十有八篇〔一〕，歆、固編文，録之賦末〔二〕。

〔一〕黄注：「漢藝文志：隱書十八篇。師古曰：劉向别録云：隱書者，疑其言以相問，對者以慮思之，可以無不喻。」按此見詩賦略。王先謙補注引王應麟曰：「新序：齊宣王發隱書而讀之。」

〔二〕校證：「『賦末』，原作『歌末』，李詳曰：『案「歌末」當作「賦末」，漢書藝文志「雜賦」十二家，隱書居其末。孟堅云：「右雜賦十二家，二百三十三篇。」核其都數，有隱書十八篇在內，則作「賦末」宜矣。』按李說是，今據改。」劉向編録藝文，謂之別録。隱書當爲先秦以來隱語匯編。向子歆因別録所載，總括群篇，論其指歸，以爲七略，班固取七略，删其要，作漢書藝文志，此即所謂「歆、固編文」。今七略、別録均佚，惟漢書藝文志尚存。

昔楚莊、齊威，性好隱語〔一〕。至東方曼倩，尤巧辭述〔二〕。但謬辭詆戲，無益規補〔三〕。

〔一〕黄注：「滑稽列傳：齊威王之時喜隱。索隱曰：喜隱謂好隱語。」校注：「吕氏春秋重言篇：『荆莊王立三年，不聽，而好讔。』新序雜事二：『楚莊王蒞政三年，不治，而好隱戲。』並足爲楚莊王好隱語之證。」注訂：「楚莊事見前『大鳥』注。齊威見戰國策齊策：『鄒忌長八尺有餘而形貌昳麗……入朝見威王云云。』」

〔二〕漢書東方朔傳：「上令倡監榜郭舍人。舍人不勝痛。呼謈。朔笑之曰：『咄，口無毛，聲謷謷，尻益高。』舍人恚曰：『朔擅詆欺天子從官，當棄市。』上問朔何故詆之，對曰：『臣非敢詆之，迺與爲隱耳。』上曰：『隱云何？』朔曰：『夫口無毛者，狗竇也；聲謷謷者，烏哺鷇也；尻益高者，鶴俛啄也。』舍人不服，因曰：『臣願復問朔隱語，不知亦當榜。』即妄爲諧語曰：『令壺齟，老柏塗，伊優亞，狋吽牙，何謂也？』朔曰：『令者，命也；壺者，所以盛也；齟者，齒不正也；老者，人所敬也；柏者，鬼之廷也；塗者，漸洳徑也；伊優亞者，辭未定也；狋吽牙者，兩犬爭也。』舍人所問，朔應聲輒對，變詐鋒出，莫能窮者。」

校注：「按漢書東方朔傳：『指意放蕩，頗復詼諧，辭數萬言』，又叙傳述：『東方贍辭，詼諧倡優。』並曼倩巧辭述之證。」

〔三〕范注：「諧辭與隱語，性質相似，惟一則悦笑取諷，一則隱譎示意，苟正以用之，亦可託足於文囿。然若空戲滑稽，則德音大壞矣。」

「詆」，嘲弄。朔隱語「無益規補」，與上文斥諧辭「無所匡正」、「無益時用」意實一貫。

斠詮：「謬辭，猶謬言，謬語，皆隱語之意。呂氏春秋重言『好讔』注：『讔，謬言。』左傳宣公十二年：『叔展曰：有麥麴乎？曰：無。』杜注：『軍中不敢正言，故謬語也。』」又：「惟有難言之痛故隱，惟有委曲之情故隱，惟有不便直達之意故隱，惟有祇能獨喻之心故隱：由是而有『遯辭』，遯辭固非得已；由是而有『譎譬』，譎譬又可奈何？此所以『意生於權譎，事出於機急』也。故觀古之爲隱，理周要務，必也『會義適時』，始可『振危釋憊』，若徒『謬辭詆戲』，則『無益規補』矣。」

自魏代以來，頗非俳優〔一〕，而君子嘲隱〔二〕，化爲謎語〔三〕。謎也者，廻互其辭，使昏迷也〔四〕。

〔一〕韓非子難三：「俳優侏儒，固人主之所與燕也。」馮舒校本「以」作「已」。

〔二〕校注：「黄校云：『一本無嘲字。』按元本、弘治本、活字本、汪本、佘本、張本、兩京本……並無『嘲』字，是也。此處『隱』字作顯隱之隱解，非嘲隱意也。上云『自魏代已來，頗非俳優』，此言其變爲謎語之故耳。」

考異：「宜作『君子嘲隱，化爲謎語』，語意始全。」

〔三〕劉勰認爲謎語産生於魏代，可能是因爲漢代以前，書上還未出現「謎」字。（錢南揚謎史：周、秦、兩漢之書，不載「謎」字。宋刻本説文解字有之，則後人增入也。）而魏代以後，謎語在文人當中已相當流行。謎語在當時有兩種類型：一類用於鬭智的，如見於世説新語捷悟篇所載「絶妙好辭」等的有關字謎的傳説故事；一類用於嘲諷的，如尹龍虎的箸謎：「咸陽王禧……自洪池東南走，僮僕不過數人，左右從禧者，唯兼防閤尹龍虎。禧憂迫不知所爲，謂龍虎曰：『吾憒憒不能堪，試作一謎，當思解之，以釋毒悶。』龍虎欻憶舊謎曰：『眠則俱眠，起則俱起，貪如豺狼，贓不入己。』都不有心於規刺也。禧亦不以爲諷己，因解之曰：『此是眼也。』而龍虎謂之是箸。」（見魏書卷二十一咸陽王禧傳）

太平廣記東方朔和五色綫載有東方朔和郭舍人鬭謎的故事：「郭舍人以蚊謎問東方朔曰：

『客從東方，且歌且行。不從門入，逾我門墻。游戲中庭，上入殿堂。擊之拍拍，死者攘攘。格鬬而死，主人不傷。』東方朔曰：『利喙細身，晝匿出昏，嗜肉惡烟，指掌所捫。』舍人辭窮。」（太平廣記文末注明「出本傳」，但史記和漢書均無此記載，可能出自他書，或民間傳聞。）漢書本傳：「朔之詼諧，逢占射覆，其事浮淺，行於衆庶，童兒牧豎，莫不眩耀。而後世好事者因取奇言怪語附著之朔。」

宋周密齊東野語：「古之所謂廋詞，即今之隱言也，而俗謂之謎。玉篇『謎』字釋云：『隱也。』人皆知始於黄絹幼婦，而不知自漢伍舉、曼倩時已有之矣。」

黄注：「古詩所鮑照有井字謎。」

清曾廷枚香墅漫鈔卷三子類「古無『謎』字」：「演繁露：『古無謎字……至鮑照集，則有井謎（見卷七）矣。』」此言謎語之興，由隱語演變而生，亦實同而名異也。

〔四〕范注：「説文言部新附『謎，隱語也。從言迷，迷亦聲。』」

「迴互」，謂委婉，變換其辭。修辭學發凡：「現今許多人都把廋語、隱語與所謂謎語混同。但是『謎也者，迴互其辭，使昏迷也』。重在鬬智，而廋語隱語卻重在鬬趣或暗示，中間略有分别：我們或許可以説謎語是從廋語『化』出來的，但不能把廋語、謎語混看爲一件東西。」

斠詮：「迴互，迴轉也。見文選木華海賦『乖蠻隔夷，迴互萬里』李周翰注。」

或體目文字〔一〕，或圖象品物〔二〕，纖巧以弄思，淺察以衒辭〔三〕，義欲婉而正，辭

欲隱而顯〔四〕。荀卿蠶賦，已兆其體〔五〕。

〔一〕范注：「體目文字，謂如世説新語捷悟篇：『魏武嘗過曹娥碑下，楊脩從，碑背上見題作「黄絹幼婦，外孫韲臼」八字。魏武謂脩曰：「解不？」答曰：「解」。魏武曰：「卿未可言，待思之。」行三十里，魏武乃曰：「吾已得。」令脩別記所知。脩曰：「黄絹，色絲也，於字爲『絶』；幼婦，少女也，於字爲『妙』；外孫，女子也，於字爲『好』；韲臼，受辛也，於字爲『辭』。所謂絶妙好辭也。」魏武亦記之，與脩同。』劉注謂『曹娥碑在會稽中，而魏武、楊脩未嘗過江』，事固可疑，然離合解義之法，讖緯中固多有之矣。」

修辭學發凡：「本例並見三國演義第七十一回，知道的人很多，可以説是析字格複合體的活例。其構成方法，都是重用化形衍義兩類，其基本方法：如『絶』先化作『色絲』，再衍義作『黄絹』；『妙』先化作『少女』，再衍義作『幼婦』。餘仿此。」

斠詮：「體，訓分解。目，訓辨識。」前人體目文字之遊戲，最顯著者，無如孔融之離合作郡姓名字詩二首，隱「魯國孔融文舉」六字，可謂爲字謎。

〔二〕范注：「圖象品物，謂如捷悟篇：『楊德祖爲魏武主簿，時作相國門，始構榱桷，魏武自出看，使人題門作「活」字，便去，楊見，即令壞之。既竟，曰，門中活，闊字；王正嫌門大也。』『人餉魏武一桮酪，魏武噉少許，蓋頭上題合字以示衆，衆莫能解。次至楊脩，脩便噉曰：「公教人噉一口也，復何疑！」』又簡傲篇：『嵇康與呂安善，每一相思，千里命駕，安後來，值康不在，喜(嵇喜,康兄)出户延之,不入,題門下作鳳字而去,喜不覺,猶以爲欣。故作鳳字,凡鳥也。』」

「圖象品物」,即今之射物謎語。

〔三〕意謂常用小聰明來賣弄才思,憑膚淺的見解來夸耀文辭。

〔四〕斠詮:「魏代以後,文士頗非俳優,於是諧隱化而爲謎語,此彦和述讔而及於謎也。然讔降而爲謎,若非『義欲婉而正,辭欲隱而顯』,雖『纖巧以弄思,淺察以衒辭』,則亦『童稚之戲謔』而已耳!」

隱與顯意義好象相反,其實是相反而相成的,好的謎語既不能使人一望便知,也不能使人永遠猜不着。

〔五〕黄注:「賦苑荀卿蠶賦,通篇皆形似之言,至末語始云:夫是之謂蠶理。」

梅注:「有物於此,儳儳兮其狀,屢化如神,功被天下,爲萬世文。禮樂以成,貴賤以分;養老長幼,待之而後存;名號不美,與暴爲鄰。功立而身廢,事成而家敗;棄其耆老,收其後世;人屬所利,飛鳥所害。臣愚而不識,請占之五泰。五泰占之曰:此夫身女好而頭馬首者與?屢化而不壽者與?善壯而拙老者與?有父母而無牝牡者與?冬伏而夏游,食桑而吐絲,前亂而後治,夏生而惡暑,喜濕而惡雨。蛹以爲母,蛾以爲父,三俯三起,事乃大已。夫是之謂蠶理。」蠶賦見荀子賦篇。

詮賦篇：「觀夫荀結隱語，事數自環。」斠詮：「案荀卿蠶賦一篇，内容幾全以蠶之形態、生活、功能等描繪影射，可謂爲謎語之濫觴。故彦和之論謎語，而有『已兆其體』之説也。」

游國恩槁庵隨筆十一隱（國文月刊第四十期）：「先秦之世好『隱』，其可考者，齊楚爲最盛。韓非子難三篇：『人有設桓公「隱」者，曰：「一難、二難、三難，何也？」桓公不能射，以告管仲。管仲對曰：「一難也，近優而遠士；二難也，去其國而數之海；三難也，君老而晚置太子。」桓公曰：「善。」不擇日而廟禮太子。或曰：管仲之射隱不得也。』呂氏春秋審應覽重言篇：『荆莊王立，三年不聽（政），而好「讔」。成公賈入諫。王曰：「不穀禁諫者，今子諫，何故？」對曰：「臣非敢諫也，願與君王讔也。」王曰：「胡不設不穀矣？」對曰：「有鳥止於南方之阜，三年不動，將以定其志也；其不飛，將以長其羽翼也；其不鳴，將以覽民則也。是鳥雖無飛，飛將沖天；雖無鳴，鳴將驚人。」「賈出矣，不穀知之矣。」明日，朝，所進者五人，所退者十人。群臣大説，荆國之衆相賀也。』又云：『成公賈之讔也，賢於太宰嚭之説也。太宰嚭之説聽乎夫差，而吴國爲墟；成公賈之讔喻乎莊王，而荆國以霸。』按此事，韓非子喻老篇亦載之，而稍不同。喻老云：『楚莊王涖政三年，無令發，無政爲也。……不穀知之矣（詳見前引梅注）。處半年，乃自聽政。所廢者十，所起者九，誅大臣五，舉處士六，而邦大治。』史記楚世家又以諫莊王者爲伍舉事。世家云：『莊王即位三年，不出號令，日夜爲樂。令國中曰：「有敢諫者，死無赦！」伍舉曰：「願有進隱。」曰：「……吾知之矣。」（見前引范注）』新序雜事第二篇又以諫者爲士慶。雜事第二云：『莊王蒞政，三年不治，而好「隱」戲。社稷危，國將亡。士慶再拜進曰隱（按「曰隱」二字倒）：「有大鳥來，止南山之陽，不蜚不鳴，不審其何故也？」王曰：「此鳥不飛，以長羽翼；不鳴，以觀群臣之慝。是鳥雖不蜚，蜚必沖天；雖不鳴，鳴必驚人。」士慶稽首曰：「所願聞矣。」王大悦士慶之問，而拜之以爲令尹，授之相印。』其詞並大同小異。惟其中所設之『隱』及射者之詞，多爲韻語，則『隱』之爲體應爾。而史記滑稽傳又以此爲淳于髡説齊威王事，蓋傳聞之異也。又按列女傳楚處莊姪傳，處莊姪言『隱』事於頃襄王曰：『大魚失水，有龍無尾，墻欲内崩，而王不視。』王曰『不知也。』對曰：『「大魚失水」者……而王不改也（詳見前引范注）。』（按此與韓非子難三篇所述略同）亦並用韻語。又按史記田敬仲完世家載淳于髡見騶忌子曰：『得全全昌，失全全亡。』騶忌子曰：『謹受令，請謹毋離前。』淳于髡曰：『豨膏棘軸，所以爲滑也；然而不能運方穿。』騶忌子曰：『謹受令，請謹事左右。』淳于髡曰：『弓膠昔幹，所以爲合也；然而不能傅合疏罅。』騶忌子曰：『謹受令，請謹自附於萬民。』淳于髡曰：『狐裘雖弊，不可補以黄狗之皮。』騶忌子曰：『謹受令，請謹擇君子，毋雜小人其間。』淳于髡曰：『大車不較，不能載其常任；琴瑟不較，不能成其五音。』騶忌子曰：『謹受令，請謹修法律而督姦吏。』淳于髡説畢，趨出至門，而面其僕曰：『是人者，吾語之微言五，其應若響之應聲，是人必封不久矣。』所謂『微音』者，即『隱』也，亦多用韻語。此等比喻，似爲『連珠』體之所由倣。又按新序雜事第二篇云：『齊有婦人，醜極無雙，號曰無鹽女。行年三十，無所容入，衒嫁不售，流棄莫執。於是拂拭短褐，自詣宣王，願一見。謂謁者曰：「妾，齊之不售女也。聞君王之聖德，願備後宮之掃除。頓首司馬門外，唯王幸許之。」謁者以聞。於是宣王乃召而見之，謂曰：「亦有奇能乎？」無鹽女對曰：「無有，直慕大王之美義耳。」王曰：「雖然，何喜？」良久曰：「竊嘗喜隱。」王曰：「隱，固寡人之所願也。試一行之。」言未卒，忽然不見。宣王大驚，立發隱書而讀之。退而惟之，又不能得。明日，復更召而問之，又不以「隱」對。但揚目衒齒，舉手拊肘，曰：「殆哉！殆哉！」如此者四。』又按國語晉語五載范文子曰：『有秦客廋辭於朝，大夫莫之能對也，吾知三焉。』韋注云：『廋，隱也；謂以隱伏譎詭之言問於朝也。』是秦人亦喜『隱』也。此並秦以前『隱』語之可考者。至漢世東方朔之徒猶能爲之。漢書藝文志有隱書十八篇，蓋此類也。又其無『隱』之名，而有『隱』之實者，若麥鞠之喻（見宣十二年左傳），庚癸之歌（見哀十三年左傳），齊客海魚之諷（見戰國策齊策一），文仲羊裘之書（見列女傳臧孫母傳），殆難偏舉。乃至莊周之寓言，屈原之離騷，荀卿之賦篇，下逮圖讖歌括，童謠謎語，皆其流也。而我國文學中所謂比興，所謂寄託，所謂婉而多諷，其樹義陳辭莫不以『隱』爲之體。『隱』之時義大矣哉！昔劉彦和已嘗言之，而有未盡，故復考論之如此。」

至魏文、陳思，約而密之〔一〕；高貴鄉公〔二〕，博舉品物，雖有小巧，用乖遠大〔三〕。

〔一〕簡約而精密。

〔二〕黄注：「晉陽秋：高貴鄉公神明爽儁，德音宣朗，景王曰：上何如主也？鍾會對曰：才同陳思，武類太祖。景王曰：若如卿言，社稷之福也。」「高貴鄉公」，曹髦，爲曹丕之孫，其謎語不傳。

〔三〕「遠大」，指上述隱語「興治濟身」、「弼違曉惑」的作用。

夫觀古之爲隱〔一〕，理周要務〔二〕，豈爲童稚之戲謔，搏髀而抃笑哉〔三〕！

〔一〕校注：「『夫觀』二字當乙。詮賦篇『觀夫荀結隱語』，史傳篇『觀夫左氏綴事』，比興篇『觀夫興之託諭』事類……才略……並作『觀夫』，可證。」

〔二〕意謂寓理周至，切合時務。

〔三〕意謂豈但引人拍股爲樂，擊掌助笑而已哉！

校注：「史記李斯傳：『夫擊甕叩缻彈箏，搏髀而歌呼嗚嗚快耳目（文選諫逐客書無目字，是）者，真秦之聲也。』此『搏髀』二字所本。（搏，猶拊也。……樂府篇亦有「拊髀雀躍」語。）」

顏氏家訓書證篇：「春秋說以人十四心爲德，詩說以二在天下爲酉，漢書以貨泉爲白水真人，新論以金昆爲銀，國志以天上有口爲吳，晉書以黄頭小人爲恭，宋書以召刀爲邵，參同契以人負告爲造。如此之類，蓋術數謬語，假借依附，雜以戲笑耳。」

然文辭之有諧讔〔一〕，譬九流之有小説〔二〕。蓋稗官所采〔三〕，以廣視聽〔四〕，若效而不已，則髡袒而入室〔五〕，旃孟之石交乎〔六〕！

〔一〕校證：「汪本、佘本、張之象本、兩京本、王惟儉本『讔』作『隱』。」

〔二〕黄注：「漢藝文志有儒家者流，道家者流，陰陽家者流，法家者流，名家者流，墨家者流，縱横家者流，雜家者流，農家者流，小説家者流。」范注：「漢書藝文志列諸子十家，而云『其可觀者，九家而已。』其一家即小説家也。小説家者流，蓋出於稗官。補注引沈欽韓曰：『滑稽傳「東方朔博觀外家之語」即傳記小説也。文選注三十一引桓子新論曰：「小説家合叢殘小語，近取譬諭以作短書，治身理家有可觀之詞。」』」

校釋：「舍人此書所涉文體，封域至廣，獨不及小説。惟諸子篇有『青史曲綴以街談』一語耳。漢志藝文，小説十五家，千三百九十篇……竅論其實，固由文士之狡獪，亦乃賦家之旁枝，或廣記異聞，供文家之採擷，或虚述逸事，資客座之談諧，大抵出入子史之塗，兼攬詩賦之轡，恣意自游，最爲輕利者也。有于滑稽謔戲之中，亦寓諷戒之意，尤與諧讔之文，沆瀣相通。舍人謂『文辭之有諧讔，譬九流之有小説』，雖非專論小説，而小説之體用，固已較然無爽，不得以罅漏譏之也。」

〔三〕黄注：「漢藝文志：『小説家者流，蓋出於稗官，街談巷語，道聽塗説之所造也。』如淳曰：王者欲知閭巷風俗，故立稗官，使稱説之。師古曰：稗官，小官。漢名臣奏：唐林請省置吏，公卿大夫至都官稗官各減什三是也。」

〔四〕使擴大視聽范圍，多知道些事理。

〔五〕紀評：「『祖而』，疑作『朔之』。」范注：「紀説是。淳于髡、東方朔，滑稽之雄，故云然。」但從全篇所論來看，劉勰對東方朔没有好評，與此處文意不符。且自上文觀之，朔與枚皋的諧語「無所匡正」，惟旃、孟能「抑止昏暴」。是朔、皋同類，而朔不可與髡、旃、孟並列。孟子公孫丑：「雖祖裼裸裎於我側。」「祖」，露臂。考異：「髡祖本史記滑稽列傳中有羅襟盡解而言也。」

〔六〕范注：「史記蘇秦列傳：『此所謂棄仇讎而得石交者也。』」「旃」指優旃，「孟」指優孟；「石交」是金石之交，即知心朋友。

注訂：「按上言『入室』『石交』云者，以爲諧隱一類，爲文章末流，故言如九流之視小説也。其不宜升堂入室，以當金石之交，而與髡、朔、旃、孟爲伍焉。蓋典誥之體，固異於諧隱之流耳。」

第三段講「隱」及其發展而爲「謎」的意義，並評論歷代作家作品的得失。

贊曰：古之嘲隱〔一〕，振危釋憊〔二〕。雖有絲麻，無棄菅蒯〔三〕。會義適時〔四〕，頗益諷誡。空戲滑稽，德音大壞〔五〕。

〔一〕「嘲隱」，指諧辭和隱語。

〔二〕斠詮：「救仁義之顛危，解正道之困僡也。」校注：「按史記滑稽列傳序：『談言微中，亦可以解紛。』」

〔三〕范注：「左傳成公九年引逸詩語。」斠詮引左傳會箋：「菅似茅，滑澤無毛，韌宜爲索，漚及曬尤善。蒯亦菅之類。史記孟嘗君傳：『又蒯緱。』注：『蒯，茅之類，可爲繩。』夫絲可爲帛，麻可爲布，菅蒯皆草，可爲粗用者。言雖有精細之物，然粗物亦不可棄也。」注訂：「諧隱體屬文章末流，用雖不宏，其來已遠，亦如菅蒯之不可棄耳。」

〔四〕會合義理，適應時機。

〔五〕「德音」，注見第二段「有虧德音」。

文心雕龍義證

二

〔南朝梁〕劉勰 著
詹鍈 義證

上海古籍出版社

卷四

史傳第十六

紀評：「彦和妙解文理，而史事非其當行，此篇文句特煩，而約略依稀，無甚高論，特敷衍以足數耳。學者欲析源流，有劉子玄之書在。」

范注：「案史通專論史學，自必條舉細目；文心上篇總論文體，提挈綱要，體大事繁，自不能如史通之周密。然如史通首列六家篇（尚書家、春秋家、左傳家、國語家、史記家、漢書家），特重左傳、漢書二家，文心評論左傳、史、漢，其同一也；史通推揚二體（編年體，紀傳體），言其利弊，文心亦確指其短長，其同二也；至於煩略之故，貴信之論，皆子玄書中精義，而彦和已開其先河，安在其爲敷衍充數乎！」校釋：「紀氏譏其『史事非當行』，『諸子爲譾言』，非知言也。今按此篇以『依經』『附聖』爲綱領，深得史遷著述之遺意，前已論之矣。而『二難』、『兩失』、『四要』，尤得史法之精微。後世子玄作史通，蓋即此意擴言之者，安可宗子玄而祧彦和哉？」

開闢草昧，歲紀綿邈，居今識古，其載籍乎！軒轅之世，史有倉頡，主文之職，其來久矣〔一〕。曲禮曰：「史載筆。」〔二〕史者，使也；執筆左右，使之記也〔三〕。古者左史記言，右史書事〔四〕。言經則尚書，事經則春秋也〔五〕。

〔一〕金毓黻文心雕龍史傳篇疏證（以下簡稱「疏證」）：「說文叙：『黃帝之史倉頡，見鳥獸蹏迒之迹，初造書契。』荀子解蔽篇：『好書者衆矣，然而倉頡獨傳者，壹也。』……史通史官建置篇：『蓋史之建官，其來尚矣。昔軒轅氏受命，倉頡、沮誦，實居其職。』案：倉頡爲黃帝之史，且爲創造吾國文字之祖，傳說已久，是否可信，姑不必論。然黃帝果爲古帝，應有司記載、主文書之史官在其左右。……劉勰梁人，摧論史傳，上及軒轅並不爲過。劉勰固云：『居今識古，其載籍乎！』載籍有徵，何爲置而不言。如說文叙、荀子解蔽，皆爲可徵之文獻，不能去而不取。故劉勰考論吾國史官，仍以倉頡爲始。」（中華文史論叢一九七九年第一輯）

〔二〕校證：「『史載筆』下，梅本有『左右』二字。何允中本、日本活字本、凌本、清謹軒鈔本、日本刊本、王謨本俱無。案梅本『左右』二字，此涉下文『執筆左右』而誤衍；何允中本無之，是也，今據删。」范注：「禮記曲禮上：『史載筆，士載言。』」

疏證：「曲禮：『史載筆。』謂史官從君於會同，則載筆以從也。孔疏：『不言簡牘而云筆者，筆是書之主，則餘載可知。』」

〔三〕校證：「『史者使也，執筆左右』二句八字原脱，梅按胡孝轅本補。按御覽六〇三正有此八字。」

疏證：「若劉勰『史者使也』之義則出於白虎通。其説云：『所以謂之史，何？明王者使爲之也。』陳立疏證云：『漢書杜延年傳注，史、使一也，或作使字。』然愚不敢謂然。蓋以史、使同音而曲爲之解，仍以記事者爲史之義爲正。又案：説文以『記事者』三字釋史，則古所謂史，即爲史官之簡稱，乃專指記事之人而言。至漢魏以後，乃泛稱記事之書爲史，非本義也。」

〔四〕黄注：「（禮記）玉藻：『動則左史書之，言則右史書之。』」校證：「『左史記言，右史書事』，原作『左史記事者，右史記言者』，今據御覽改。漢書藝文志：『左史記言，右史記事，事爲春秋，言爲尚書。』禮記玉藻疏引六藝論：『右史記事，左史記言。』荀悦申鑒時事篇：『左史記言，右史記動，動爲春秋，言爲尚書。』此彦和所本。淺人習見玉藻『動則左史書之，言則右史書之』之文，逕改此書。而不知玉藻『左』『右』字，今亦互譌，黄以周禮書通故三四官四，辨之究矣。」

〔五〕疏證：「至尚書記言，春秋記事，則諸家説皆無異。然尚書未嘗不記事，春秋有左氏傳，傳亦未嘗不記言。文史通義書教篇申此義云：『夫春秋不能舍傳而空存其目，則左史所記之言，不啻千萬矣。尚書典謨之篇記事，而言亦具焉；訓、誥之篇記言，而事亦見矣。古人事見於言，言以爲事，未嘗分事與言爲二也。』」

唐虞流于典謨，夏商被于誥誓〔一〕。洎周命維新〔二〕，姬公定法〔三〕，紬三正以班歷〔四〕，貫四時以聯事〔五〕，諸侯建邦，各有國史〔六〕，彰善癉惡，樹之風聲〔七〕。自平王微弱，政不及雅〔八〕，憲章散紊，彝倫攸斁〔九〕。

〔一〕校證：「『夏商』原作『商夏』，今乙正。」

疏證：「案尚書序，虞書堯典、舜典、大禹謨三篇，皆記堯舜二帝事，藉以流傳於後。故曰：『唐虞流於典謨。』然今文尚書二十八篇，以舜典合於堯典，無大禹謨。僞孔傳本有大禹謨，則贋作也。又今文尚書，商書有湯誓一篇，周書有牧誓、大誥、康誥、酒誥、召誥、洛誥、費誓、秦誓篇，而書序商書又有湯誥、仲虺之誥，皆已久佚。僞孔本有之，亦贋作也。誥以告諭衆民，如今公文之布告。誓以誓師，如今世之誓師文。堯典曰：『光被四表。』被謂被及。言如日光之充被四表也。夏商之事，借所撰誥誓而傳之久矣。故曰：『商夏被於誥誓。』又穀梁傳隱八年云：『誥誓不及五帝。』注謂：『五帝之世，治化淳備，不須誥誓。』此爲劉勰所本。」

〔二〕校證：「『洎』原作『自』，元本……馮本、汪本、張之象本、兩京本、王惟儉本、譚校本作『洎』，今據改。『自』與下文『自平王微弱』字複。」

校注：「『維』元本、弘治本、汪本、佘本、張本、兩京本、合刻本……作『惟』。……詩大雅文王：『周雖舊邦，其命維新。』則作『維』是也。封禪篇『固維新之作也』，亦作『維』。」

斠詮：「（文王）傳云：『乃新在文王也。』陳奂傳疏：『周自太王徙岐，故稱舊邦，維猶乃也，言周自文王而始新之。』周命維新，即周之國運乃新。」

〔三〕疏證：「杜預春秋經傳集解序云：『仲尼因魯史策書成文，考其真僞而志其典禮，上以遵周公之遺制，下以明將來之法。』又曰：『蓋周公之志，仲尼從而明之。』又曰：『其發凡以言例，皆經國之常制，周公之垂法，史書之舊章，仲尼從而修之，以成一經之通體。』……愚謂……姬周隆盛之世，秉政大臣如周公者，前後何限？一切秉屬之周公，不亦拘而鮮通乎？特劉勰所說仍用杜義，以爲有周開基，周公已創史例，以垂將來。故曰『周命維新，姬公定法』也。」

〔四〕梅注：「夏以斗建寅之月爲正，平旦爲朔，法物見，色尚白。周以斗建子之月爲正，夜半爲朔，法物萌，色尚赤。紬者，繫王於正二三月之上也。書『王正月』者，周王之正月也。二月三月皆有王者，二月殷之正月也，三月夏之正月也。王者存二王之後，使統其正朔，服其服色，行其禮樂，所以尊先聖，通三統，師法之義，恭讓之禮，於是可得而觀之。」按此見左傳隱公元年經「元年春王正月」正義引何休說。

黃注：「書甘誓：『怠棄三正。』注：『三正，子、丑、寅之正也。』」

范注：「史記曆書：『紬緝日分。』索隱：『紬緝者，以言造曆算運者，猶若女工緝而織之也。』……彥和紬三正以班歷之義，似用何休說也。」

斠詮：「謂綴集夏、商、周三代之正朔以頒布曆法也。紬音抽，綴集之也。……班，說文：

『分瑞玉也。』此『班布』之本字，今借作『頒』。」

疏證：「所謂『三正』者，謂夏以建寅之月爲正，商以建丑之月爲正，周以建子之月爲正也。史記曆書曰：『夏正以正月，殷正以十二月，周正以十一月，蓋三王之正若循環，窮則反正。』馬融注尚書，亦云：『建子、建丑、建寅，三正也。』漢儒如賈誼、董仲舒皆爲一代帝王之興，必改正朔，易服色。夏以寅月爲正，商以丑月爲正，故周以子月爲正。凡姬周一代制度，説者皆以爲周公所創。周改正朔，定爲建子，以樹三正之法，當亦爲周公所創。紬三正以頒曆，屬周公創法之一也。」

〔五〕梅注：「春秋無事，四時必書首月，如春王正月、夏四月、秋七月、冬十月是也。」

黄注：「杜預春秋序：『記事者，以事繫日，以日繫月，以月繫時，以時繫年。史之所記，必表年以首事。年有四時，故錯筆以爲所記之名。』」斠詮：「謂貫串春夏秋冬四時之統序，以聯叙世事也。」疏證：「所謂『貫四時以聯事』者，杜序所釋綦詳。例如春秋隱公二年，經云：『秋八月庚辰，公及戎盟于唐。』經于『公及戎盟于唐』六字之上，繫以『庚辰』，是爲『以事繫日』。又于『庚辰』二字之上，繫以『八月』，是爲『以日繫月』。又于『八月』二字之上繫以『秋』字，是爲『以月繫時』。至是秋爲隱公二年之秋，可以一覽而知，是爲『以時繫年』。案此書法，爲周室所頒成式之一。……故周代定例，史官書事，必年、時、月、日四者兼具。劉勰立論，蓋用杜義。故以月日上貫四時之法，亦屬之周公也。」

〔六〕校注「按漢書藝文志：『古之王者，世有史官，君舉必書。』申鑒時事篇：『古者，天子諸侯有事必告于廟，廟有二史……君舉必記，臧否成敗，無不存焉。』」

疏證：「後漢書班彪傳載彪略論云：『唐虞三代，詩書所及，世有史書，以司典籍。暨于諸侯，國自有史。』又杜預春秋序：『諸侯亦各有國史，大事書之于策，小事簡牘而已。』……劉勰謂『諸侯建邦，各有國史』，蓋本班論杜序之言。」

斠詮：「杜預序：『周禮有史官，掌邦國四方之事，達四方之志，諸侯亦各有國史。孟子曰：楚謂之檮杌，晉謂之乘，而魯謂之春秋，其實一也。』」

〔七〕校注：「按書僞畢命：『彰善癉惡，樹之風聲。』枚傳：『明其爲善，病其爲惡，立其善風，揚其善聲。』」

疏證：「左傳成公十四年謂：『春秋之稱有五。』其五曰：『懲惡而勸善。』……故劉勰以諸侯各有國史，爲『彰善癉惡，樹之風聲』而作也。」

史通曲筆篇：「史之爲用，記功司過，章善癉惡。」又直書篇：「史之爲務，申以勸戒，樹之風聲。」

〔八〕鄭玄王城譜云：「於是王室之尊，與諸侯無異，其詩不能復雅，故貶之謂之王國之變風。」

疏證：「文、武、成、康，爲周之盛世。昭、穆之世，王政已替。幽厲之世，周道遂衰。宣王中興，劣能自振。當此之時，中朝臣僚所撰之詩，皆謂之雅，以言王政廢興，亦可謂之『政能及雅』也。洎平王東遷，王室微弱，政令僅行于境内，不復遍及于諸侯。是時輶軒使者在王境所采之詩，謂之曰王風，而不復名之爲雅。以其僅言王境之事，已下儕于列國，不復能及天下之事，非王政廢興所由繫也。故劉勰云：『平王微弱，政不及雅。』……又案：『及雅』義同『復雅』。……范甯穀梁傳序云：『列黍離于國風，齊王德于邦君，所以明其不能復雅，政化不足以被群后也。』此……云『政不及雅』者，即政不復雅也。」

〔九〕校注：「按書洪範：『彝倫攸斁。』孔傳：『斁，敗也。』」疏證：「杜預春秋序云：『周德既衰，官失其守。上之人不能使春秋昭明，赴告策書，諸所記注，多違舊章。』案此即『憲章散紊』之證也。孟子滕文公篇曰：『世道衰微，邪説暴行有作，臣弒其君者有之，子弒其父者有之。』注家謂孟子此語，指周室東遷而言。此即『彝倫攸斁』之證也。凡『憲章散紊，彝倫攸斁』二者之失，皆由平王東遷，王室微弱所致。故劉勰舉此，以爲『政不及雅』之證。又范甯穀梁傳序有：『昔周道衰陵，乾綱絶紐，禮壞樂崩，彝倫攸斁。』亦爲劉勰因襲所自。」尚書洪範蔡傳：「彝、常，倫、理也，所謂秉彝人倫也。……此彝倫之所以敗也。」「攸」，語詞。

昔者夫子閔王道之缺〔一〕，傷斯文之墜，静居以歎鳳〔二〕，臨衢而泣麟〔三〕，於是就太師以正雅頌，因魯史以修春秋〔四〕，舉得失以表黜陟，徵存亡以標勸戒〔五〕；褒見一字，貴踰軒冕；貶在片言，誅深斧鉞〔六〕。

〔一〕黄校：「『昔者』二字從御覽增。」疏證：「本文『昔者』二字，潮陽鄭氏據御覽增入，今通行本無之。愚意應從通行本，文義乃順。」又：「『王道衰』一語，已見毛詩序。篇中曰『王道缺』。缺，即衰也。又孟子曰：『王者之迹熄而詩亡，詩亡然後春秋作。』蓋孔子作春秋，由于王者之迹熄。王迹，即王道也。劉勰謂『夫子閔王道之缺』，義出于此。」

范甯穀梁傳集解序：「幽王以暴虐見禍，平王以微弱東遷，征伐不由天子之命，號令出自權臣之門……天下蕩蕩，王道盡矣。」

〔二〕疏證：「孔子曰：『天之將喪斯文也，後至者不得與于斯文也。天之未喪斯文也，匡人其如預何？』注家謂斯文爲禮樂制度之類。玩其語意，即『傷斯文之將墜』也。孔子又曰：『鳳鳥不至，河不出圖，吾已矣夫。』（論語子罕）此所謂『静居以嘆鳳』也。」

范甯穀梁傳序：「孔子覩滄海之横流，迺喟然而嘆曰：『文王既没，文不在兹乎？』言文王之道喪，興之者在己。」

〔三〕梅注：「孔叢子曰：叔孫氏之車子鉏商，樵於野而獲麟焉。衆亦莫之識，以爲不祥，棄之五父之衢。冉有告曰：麕身而肉角，豈天之妖乎？夫子往觀焉，泣曰：麟也。麟出而死，吾道窮矣。乃歌云：唐虞世兮麟鳳游，今非其時來何求？麟兮麟兮我心憂。」按此見記問篇，黄注同。

疏證：「孔叢子爲後人僞作，劉勰之説，别有所本。春秋左傳哀公十四年云：『十四年春，西狩于大野，叔孫氏之車子鉏商獲麟。以爲不祥，以賜虞人。仲尼觀之曰：麟也。然後取之。』同年公羊傳云：『孔子曰：孰爲來哉？孰爲來哉？反袂拭面，涕沾袍。』又曰：『西狩獲麟。孔子曰：吾道窮矣！』案史記孔子世家即取左、公二傳以成文，然無『棄之五父之衢』之語。蓋僞撰孔叢子者别有所本。文曰：『臨衢而泣麟。』蓋用孔叢子，不知其爲僞作也。」

〔四〕范注：「論語八佾篇：『子語魯太師樂，曰：樂其可知也。……』子罕篇：『吾自衛反魯，然後樂正，雅頌各得其所。』」疏證：「合此兩文，所謂就太師以正雅頌也。杜預謂仲尼因魯史策書成文，考其真僞，以正其典禮，此所謂因魯史以修春秋也。劉勰此文，悉本范甯穀梁傳序。序曰：『于是就大師而正雅頌，因魯史而修春秋。……舉得失以彰黜陟，明成敗以著勸誡。……一字之褒，寵逾華衮之贈；片言之貶，辱過市朝之撻。』疏云：『云就大師而正雅頌者，大師，樂官也。詩者，樂章也。以大師掌詩樂，故仲尼自衛反魯，就而正之。』」斯波六郎文心雕龍范注補正：「魏文帝黄初二年以孔羨爲宗聖侯置吏修廟詔：『因魯史而制春秋，就太師而正雅頌。』」

〔五〕疏證：「范序疏又云：『云舉得失以彰黜陟者，謂若儀父能結信于魯，書字以明其陟。杞雖二王之後，而後代微弱，書子以明其黜。云明成敗以著勸戒者，成敗黜陟，事亦相類。謂若葵丘書日，以表齊桓之功。戎伐凡伯，言戎以明衛侯之惡。又定、哀之時，爲無賢伯，不屈夷狄，不申中國，皆是書其成敗，以著勸善懲惡。』又案：范序『成敗』二字，劉勰易爲『存亡』者，功成則存，事敗則亡，二者之義一也。」

〔六〕疏證：「范序疏又云：『言仲尼之修春秋，文致褒貶。若蒙仲尼一字之褒，得名傳竹帛，則寵逾華衮之贈。若定十四年，石尚欲著名于春秋是也。若被片言之貶，則辱過市朝之撻。若宣八年，仲遂爲弑君不稱公子是也。言華衮則上比王公，稱市朝則下方士庶。』……范序『辱過市朝之撻』一語，劉勰易爲『誅深斧鉞』，不過變文以明片言之貶，可畏之甚，而語義又加重。」

徵聖篇：「春秋一字以褒貶，此簡言以達旨也。」

然睿旨幽隱〔一〕，經文婉約，丘明同時，實得微言〔二〕；乃原始要終，創爲傳體〔三〕。傳者，轉也；轉受經旨，以授於後，實聖文之羽翮，記籍之冠冕也〔四〕。

〔一〕校證：「『睿旨』下原有『存亡』二字，徐云：『御覽作「睿旨幽秘，經文婉約」，無「存亡」二字，爲是。』梅云：『二字衍。』黄丕烈云：『案馮本（指馮舒校本）「存亡」校云：「各本衍此二字，功甫本無。」此亦誤衍，御覽亦無。』案史略亦無此二字，今據删。」「睿旨」，深遠的意旨。

〔二〕范注：「漢志云：『有所褒諱貶損，不可書見，口授弟子，弟子退而異言。丘明恐弟子各安其意，以失其真，故論本事而作傳，明夫子不以空言説經也。』」

〔三〕范注：「杜預春秋左氏傳序：『左丘明受經于仲尼，以爲經者不刊之書也。……身爲國史，躬覽載籍，必廣記而備言之。其文緩，其旨遠，將令學者原始要終，尋其枝葉，究其所窮。』（正義云：『將令學者本原其事之始，要截其事之終。尋其枝葉，盡其根本，則聖人之趣雖遠，其賾可得而見。』）」

疏證：「漢志所謂仲尼『有所褒諱貶損，不可書見，口授弟子，退而異言』，此即『睿旨幽隱，經文婉約』之注脚也。」

「左傳成公十四年：『春秋之稱，微而顯，志而晦，婉而成章。』杜氏之釋『微而顯』曰：『文見于此，而起義在彼。』釋『志而晦』曰：『約言示制，推以知例。』釋『婉而成章』曰：『曲從義訓，以示大順。』案曰微、曰晦，其爲幽隱可知。曰約言，曰曲從，其爲婉約可知。是其所謂幽隱婉約，又爲春秋之義例矣。」

易繫辭下：「易之爲書也，原始要終，以爲質也。」正義：「原窮其事之初始……又要會其事之終末。」杜預左傳序：「其文緩，其旨遠，將令學者原始要終，尋其枝葉，究其所窮。」

〔四〕范注：「釋名釋書契：『傳，轉也，轉移所在，執以爲信也。』（廣雅釋言云：『傳，轉也。』）史通六家篇：『左傳家者，其先出於左丘明。孔子既著春秋，而丘明受經作傳。蓋傳者，轉也，轉受經旨，以授後人。或曰：傳者，傳也，所以傳示來世。案孔安國注尚書，亦謂之傳，斯則傳者亦訓釋之義乎？觀左傳之釋經也，言見經文而事詳傳内，或傳無而經有，或經闕而傳存。其言簡而要，其事詳而博，信聖人之羽翮，而述者之冠冕也。』」

疏證：「蓋傳對經而言。經爲高文典册，其長在二尺以上。傳之本字爲專。説文：『專，六寸簿也。』其尺寸小于經，專爲釋經而作。左氏爲春秋經作傳，以論其本事，傳蓋附經以行者也。」

「羽翮」，翅膀，指輔助。

及至縱横之世，史職猶存〔一〕，秦并七王〔二〕，而戰國有策〔三〕。蓋録而弗叙，故即簡而爲名也〔四〕。

〔一〕疏證：「戰國之世，史籍流傳絶少。然劉勰猶謂『從横之世，史職猶存』，何也？考戰國時代，史籍僅有竹書紀年，出自汲冢。今所傳者，雖爲後人僞造，然其文多有依據。……杜預春秋傳後序論及紀年曰：『紀年篇起自夏、殷、周，皆三代王事，無諸國別，惟特記晉國。晉國滅，獨記魏事，下至魏哀王之二十年，蓋魏國之史記也。』據預所言，紀年真本，後半獨記魏事，其爲魏國史官所記，已屬無疑。……戰國策所記，爲『繼春秋之後，訖楚漢之起，二百四十五年間之事』，其爲何人所著，雖不可知；然班彪略論已云：『春秋之後，七國並争，秦并諸侯則有戰國策三十三篇。』此爲劉勰『秦并七王而戰國有策』所本。蓋其書爲秦統一六國時所采輯，其所據者必出于各國之史籍。合以上述紀事，皆爲『從横之世，史職猶存』之證。」

周注：「戰國尚有史官。如史記藺相如傳：『趙王鼓瑟。秦御史前書曰：「某年月日，秦王與趙王會飲，令趙王鼓瑟。」』當時秦趙御史皆主記事，即爲史官。」

〔二〕周注：「秦滅六國是六王，秦王改稱皇帝，去掉王號，所以稱七王。」

〔三〕黃注：「戰國策劉向序：國策或曰國事，或曰短長，或曰事語，或曰長書，或曰修書。臣向以爲戰國時游士輔所用之國，爲之策謀，宜爲戰國策。其事繼春秋以後，迄楚漢之起，二百四十年間之事皆定以殺青，書可繕寫，得三十三篇。」校注：「漢書司馬遷傳贊：『春秋之後，七國並争。秦兼諸侯，有戰國策。』」

補注：「(劉)向蓋改原名國事、短長、事語、長書、修書諸名，然終以劉勰『即簡爲名』爲正。觀其言『戰國有策』，加一有字，則指史策明矣。」

〔四〕疏證：「史通六家篇云：『曁縱横互起，力戰争雄，秦兼天下，而著戰國策。……夫謂之策者，蓋録而不序，故即簡以爲名。或云漢代劉向以戰國游士爲之策謀，因謂之戰國策。』案劉知幾前説，承用劉勰之説，意謂爲記戰國時事之簡策；後説則節録劉向之言；蓋兼取二者之義，案而不斷。李氏補注，是劉勰而非子政，亦未見必然。劉向序本謂：『中書本號，或曰國策，或曰國事。』黃注于『國策』二字上，脱去『中書本號或曰』六字，一似戰國策爲向所命新名，實則不然。玩『或曰國策』四字之義，即知書本名戰國策也。」「叙」，按時叙録。戰國策本不按時叙録，劉向校録，也只略以時次之。

春秋左氏傳疏：「蔡邕獨斷曰：『策者，簡也。』……單執一札，謂之爲簡，連編諸簡，乃名爲策。」
姚範援鶉堂筆記卷四十文心雕龍史傳：「按録而不序，即簡爲名，劉知幾亦同彦和此説。余謂此較向序（指劉向戰國策書録）之義爲優。」

以上爲第一段，講史傳的含義，和從初設史官到戰國時期史書的編寫情況。

漢滅嬴項，武功積年，陸賈稽古，作楚漢春秋〔一〕；爰及太史談，世惟執簡〔二〕；子長繼志，甄序帝勣〔三〕。比堯稱典，則位雜中賢；法孔題經，則文非玄聖〔四〕。故取式吕覽，通號曰紀〔五〕，紀綱之號，亦宏稱也〔六〕。

〔一〕斠詮：「漢高帝劉邦……八載而成帝業，故云武功積年。」
范注：「漢書藝文志春秋類：楚漢春秋九篇。自注：『陸賈所記。』史記陸賈傳索隱：『賈撰記項氏與漢高初起及惠、文間事。』漢志補注引沈欽韓曰：『隋志九卷，唐志二十卷。御覽引之。經籍考不載，蓋亡於南宋。』王先謙曰：『後書班彪傳云：「漢興，定天下，大中大夫陸賈記録時功，作楚漢春秋九篇。」』」
疏證：「班彪『記録時功』一語，即劉勰『漢滅嬴項，武功積年』二語所由出。陸氏之書，既爲叔皮所盛稱，則其内容必甚可觀。」

〔二〕黄注：「太史公自序：司馬喜生談，談爲太史公，仕於建元、元封之間。有子曰遷。太史公發憤且卒，執遷手而泣曰：余先，周室之太史也，自上世嘗顯功名於虞夏，典天官事，後世中衰，絶於予乎？汝復爲太史，則續吾祖矣。談卒三歲，而遷爲太史令。」「執簡」，指擔任史官職務。

疏證：「太史公自序謂：『當宣王時，（官）失其守，而爲司馬氏。司馬氏世典周史。』故太史談有『余先，周室之太史也』一語。此亦劉勰『世惟執簡』之由來也。」

〔三〕校注：「『志』，黄校云：『元作至，胡改。』御覽、史略引，正作『志』。禮記中庸：『夫孝者。善繼人之志，善述人之事者也。』『繼志』二字出此。」又：「『勣』，宋本御覽六百四引作『續』，合字本、喜多本、鮑本並作『續』。按勣、續古今字。然以封禪篇贊『封勒字勣』例之，則此亦當作『勣』，前後始能一律。」「甄」，甄别。

〔四〕范注：「位雜中賢，謂後世帝王不皆賢聖；文非元聖，謂遷不敢比春秋經。自序所謂『述故事整齊其世傳，非所謂作也，而君（君謂壺遂）比之於春秋，謬矣』是也。」

疏證：「蓋壺遂嘗以遷書比于孔子之作春秋，遷謙不敢當，且曰：『君比之于春秋，謬矣。』尋劉勰之旨，以爲孔子删書，首列堯典，即爲『甄序帝勣』，而子長修史，叙帝王事爲本紀，亦爲『甄序帝績』，何以不稱典而稱紀？即由于不敢比堯也。孔子删書之外，又作春秋，後人以春秋列爲六經之一。春秋雖非如尚書之『甄叙帝績』，然假魯史以寓尊王之義，稱周王曰天王，稱正月曰王正月，猶以當代之帝王爲諸侯之共主。且遷之撰本紀，年經月緯，兼詳時日，即用春秋之法，何爲不以春秋名書？即由不敢比孔也。本紀所載堯、舜、禹、湯、文、武之外，兼及世承諸王，下逮秦、楚、漢初，聖賢並載，明昏兼叙，故曰：『位雜中賢。』」

校證：「『玄聖』，原作『元聖』，今改。說已詳原道篇。」

疏證：「後漢書班彪傳附子固典引篇，有曰：『故先命玄聖，使綴學立制。』注：『玄聖，謂孔丘也。春秋演孔圖曰：孔子母徵在夢感黑帝而生，故曰玄聖。』……春秋爲孔子所作，故可題以經號。史記之文，由遷所作，不敢比擬孔子，故曰：『文非玄聖。』按明刊本及今本皆作『元聖』者，蓋由宋人諱『玄』而改。」

〔五〕訓故：「史記：吕不韋，陽翟人，始皇立，尊不韋爲相國，號稱仲父。不韋招致士，厚遇之，使客人人著所聞，爲八覽、六論、十二紀。」

范注：「本紀之名，彦和謂取式吕覽，恐非。史記大宛傳贊兩言禹本紀，正遷所本耳。」

疏證：「吕覽雖有十二紀，以紀一歲十二月，然非史官紀事之作可比。蓋與史記之本紀，僅有幾微之相似。謂爲取式，豈得謂然？惟其前有禹本紀，而子長仍用其名，是爲得之。史通本紀篇云：『昔汲冢竹書，是曰紀年；吕氏春秋，肇立紀號。蓋紀者綱紀庶品，網羅萬物，考篇目之大者，其莫過于此乎！』劉知幾一則曰『吕氏春秋，肇立紀號』；再則曰『綱紀庶品，網羅萬物』；其爲襲用劉勰之説，已極顯然。……本紀爲提綱挈領而作，故子玄謂其『綱紀庶物』，無所不包，而劉勰亦謂爲綱紀之宏稱也。」

清晏世澍沅湘通藝録卷二太史公本紀取式吕覽辨：「按吕覽凡十二紀，八覽、六論，大抵據儒書者十之八九，參以道家、墨家之書理者十之一二，二十餘萬言，頗爲有識者所推重，蓋不韋賓客之所集也。觀其報任安書曰：『不韋遷蜀，世傳吕覽。』又曰：『恨私心有所未盡，鄙陋没世，而文采不著於後世也。』言爲心聲，自比如此，豈非有所欣羡於其素哉！以此知劉舍人之言爲有據，其爲取式無疑也。」

〔六〕「紀綱」，法紀政綱。史記五帝本紀索隱：「紀者，記也。……而帝王書稱紀者，言爲後代綱紀也。」斠詮：「徐灝説文解字注箋：『經傳多綱紀竝言，總持爲綱，分繫爲紀，如網罟，大繩其綱也，網目其紀也。』號，名號也。周禮春官大祝：『辨六號。』鄭注：『號謂尊其名更爲美稱焉。』」

故本紀以述皇王，列傳以總侯伯，〔一〕八書以鋪政體，十表以譜年爵〔二〕，雖殊古式，而得事序焉。爾其實録無隱之旨〔三〕，博雅弘辯之才〔四〕，愛奇反經之尤〔五〕，條例踳落之失〔六〕，叔皮論之詳矣〔七〕。

〔一〕范注：「史記本紀十二，世家三十，列傳七十，書八，表十，共一百三十篇。本篇不言世家，恐有脱誤。疑當據班彪史記論作本紀以述帝王（史記首列五帝本紀，三皇本記司馬貞補撰），世家以總公侯（自序謂三十輻共一轂，此總字所取義），列傳以録卿士，文始完具。史通云：

『蓋紀之爲體，猶春秋之經，繫日月以成歲時，書君上以顯國統。』『紀者，既以編年爲主，唯叙天子一人，有大事可書者，則見之於年月；其書事委曲，付之列傳，此其義也。』（本紀篇）又云：『蓋紀者，編年也；傳者，列事也。編年者，歷帝王之歲月，猶春秋之經；列事者，録人臣之行狀，猶春秋之傳。春秋則傳以解經，史、漢則傳以釋紀。』（列傳篇）又云：『司馬遷之記諸國也，其編次之體，與本紀不殊（各國自用其年），蓋欲抑彼諸侯，異乎天子，故假以他稱，名爲世家。』（世家篇）」

疏證：「班彪略論云：『司馬遷序帝王則曰本紀，公侯傳國則曰世家，卿士特起則曰列傳。』彪以本紀、世家、列傳三者並舉，當爲劉勰所本。……蓋本書文有脱誤使然，否則『列傳以總伯侯』，語不可通。又遺世家而不舉，果何説耶？」

〔二〕梅注：「八書，史記司馬遷作：禮書、樂書、律書、曆書、天官書、封禪書、河渠書、平準書。十表，史記：三代世表、十二諸侯年表、六國年表、秦楚之際月表、漢興以來諸侯年表、高祖功臣侯者年表、惠景間侯者年表、建元以來侯者年表、建元以來王子、侯者年表、漢興以來將相名臣年表。」

疏證：「本紀、世家、列傳、書、表之分，以史通所釋爲最明晰。……其于表，則一見于表歷篇，云：『蓋譜之建名，起于周代。表之所作，因譜象形，故桓君山有云：「太史公三代世表，旁行邪上，並效周譜，此其證歟？」』一見于雜説上篇，云：『觀太史公之創表也，于帝王則叙其子孫，于公侯則紀其年月，列行縈紆以相屬，編字輯𦆟而相排。雖燕趙萬里，而于徑寸之内，犬牙可接；雖昭穆九代，而于方尺之中，雁行有序。使讀者閲文便睹，舉目可詳，此其所以爲快也。』其于志，則論于書志篇，曰：『夫刑法、禮樂、風土、山川，求諸文籍，出于三禮。及班馬著史，别裁書志，考其所記，多效禮經，且紀傳之外，有所不盡。只字片文，于斯備録。語其通博，信作者之淵海也。』……劉勰謂『八書以鋪政體』，政體即典禮之異稱，典禮亦稱政典，從政者必守之典也。體即體要，體要即典要也。又謂『十表以譜年爵』者，凡史記十表皆稱年表，而漢興功臣侯以下諸表，又專爲譜爵而作。其謂『殊古式』者，古史皆編年，而司馬遷改爲本紀、世家、列傳、志、表五體，異乎周代史官所用之成法，故云然也。」「鋪」，鋪陳。「譜」，叙録。

〔三〕訓故：「漢書司馬遷（傳）贊：至于采經摭傳，分散數家之事，甚多疏略，或有牴牾，又其是非頗謬于聖人，然自劉向、揚雄，博極群書，皆稱遷有良史之才，不虚美，不隱惡，故謂之實録。」

〔四〕疏證：「（班彪）略論所云：『善述序事理，辯而不華，質而不俚，文質相稱，蓋良史之才也。』此非所謂『實録無隱之旨，博雅弘辯之才』乎？」周注：「博雅宏辯，論稱：『若遷之著作，采獲古今，貫穿經傳，至廣博也。』」

〔五〕黄注：「揚子法言：『多愛不忍，子長也。仲尼多愛，愛義也。子長多愛，愛奇也。』史記叙傳（事），但美其長，不愛（貶）其短，故曰愛奇。」按黄引法言見君子篇。「尤」，過失。

斠詮：「彪著史記論載於後漢書班彪傳，云：『……其論術學，則崇黃老而薄五經；序貨殖，則輕仁義而羞貧窮；道游俠，則賤守節而貴俗功。』」

〔六〕疏證：「（略論）又云：『至于采經摭傳，分散百家之事，甚多疏略，不如其本，務欲以多聞廣載爲功，論議淺而不篤。』又云：『遷序帝王則曰本紀，公侯傳國則曰世家，卿士特起則曰列傳，又進項羽、陳涉而黜淮南、衡山，細意委曲，條例不經，若遷之著作，采獲古今，貫穿經傳，至廣博也。一人之精，文重思煩，故其書刊落不盡，尚有盈辭，多不齊一。』此非所謂『愛奇反經之尤，條例踳落之失』乎？」

「再細核之，『質而不俚』，即『實録無隱』也。『辯而不華』即『博雅弘辯』也。『文質相稱』，即『實録無隱』而又兼乎『博雅弘辯』也。『采經摭傳，甚多疏略，不如其本，務欲多聞廣載』。即『愛奇反經』也。『細意委曲，條例不經』，『刊落不盡，尚有盈辭』，即『條例踳落』也。又細審（司馬遷）傳贊所云：『其文直，其事核，不虛美，不隱惡，故謂之實録』，即爲本文『實録無隱』之注脚。尤爲固采父作之確證，彪之所論，略具于此，故曰『叔皮論之詳矣』。」「踳落」，乖舛錯落。

〔七〕郭預衡文心雕龍評論作家的幾個特點：「史傳篇沿襲了班彪對史記的批評……没有正確指出史記在文學方面的思想意義和藝術價值，這顯然是受了以儒家爲正宗的思想影響的緣故。」

及班固述漢，因循前業，觀司馬遷之辭，思實過半〔一〕，其十志該富，讚序弘麗，儒雅彬彬，信有遺味〔二〕。至於宗經矩聖之典，端緒豐贍之功〔三〕，遺親攘美之罪，徵賄鬻筆之愆，公理辨之究矣〔四〕。

〔一〕黃注：「漢書叙傳：固探纂前記，綴輯所聞，以述漢書。起于高祖，終于孝平、王莽之誅，十有二世，二百三十年。綜其行事，爲春秋考紀、表、志、傳，凡百篇。」范注：「顏師古注曰：『史遷則云爲某事作某本紀、某列傳。班固謙不言然，而改言述，蓋避作者之謂聖，而取述者之謂明也。』前業，謂太初以前多本史記，太初以後，又本其父班彪後傳數十篇。」校釋：「『司馬遷』御覽作『史遷』是。」疏證：「固之所述，太初以上，取自史記，悉録原文，略易字句而已。太初以下，采取父作六十五篇，當亦尟有改易。試以司馬遷傳贊例之，劉勰已指爲叔皮之論。此外所采，亦未必盡著明。且如向、歆父子及馮商、揚雄之徒所續，亦必間有采獲。然劉勰所謂『因循前業』者，仍指采取父作一端言。又其鈔取史記，適當全書之半，故曰『觀司馬遷之辭，思實過半』。」斯波六郎：「易繫辭下：『知者觀其象辭，則思過半矣。』」

〔二〕梅注：「十志：漢書，班固作律曆志、禮樂志、刑法志、食貨志、郊祀志、天文志、五行志、地理志、溝洫志、藝文志。」周注：「讚序：漢書的本紀、志、列傳末有贊，八表的開頭有序，又全書末有叙傳。」

疏證：「漢書十志，視史記爲博贍整齊。地理、食貨、刑法、藝文四志，尤爲創作。……范曄……嘗曰：『班氏後贊，于理近無所得，唯志可推耳，博贍不可及之。』其見重于前代者如此。史通論贊篇之稱班固曰：『孟堅辭唯温雅，理多愜當，其尤美者有典誥之風，翩翩奕奕，良可咏也。』其説與蔚宗異。蓋蔚宗盛稱自撰之贊爲文之傑思，殆無一字空設，故于班贊有貶詞焉。……今考劉勰于班氏十志，則稱爲『該富』，讚序則稱爲『弘麗』，又以『彬彬儒雅，信有遺味』兼稱十志及贊序，其推許之深，傾服之至，又加于蔚宗一等，信乎其爲傑作也。」

〔三〕後漢書班固傳論：「遷文直而事覈，固文贍而事詳，若固之序事，不激詭，不抑抗，贍而不穢，詳而有體，使讀之者亹亹而不厭。信哉，其能成名也。」「矩」，畫方形的器具，引申爲模仿、學習。

〔四〕黄注：「遺親攘美——史記必稱父談太史公。漢書多踵彪所作後傳而曾不及之。」

又：「後漢書：仲長統，字公理，著論曰昌言。」四庫提要評黄注本云：「『公理』爲仲長統字，此必所著昌言中有辨班固徵賄之事，今原書已佚，遂無可考。觀劉知幾史通，亦載班固受金事，與此書同，蓋昌言唐時尚存，故知幾見之也。乃不引史通互證，而引陳壽索米事爲注，與前漢書何預乎？」

范注：「至于以下四事，當在仲長統昌言中，惜其書佚亡，不能知所以辨之之辭。案漢書叙傳，固自謂『旁貫五經，上下洽通，爲春秋考紀（謂帝紀也）、表、志、傳凡百篇』，又言『凡漢書，叙帝皇……窮人理，該萬方；緯六經，綴道綱；總百氏，贊篇章』。自負甚至，因而有人嫉忌，造作謗語。『宗經矩聖之典，端緒（猶言條理）豐贍之功』二句，當即統證明叙傳説非誇誕之語。漢書贊中數稱司徒掾班彪云云，安得誣爲遺親攘美？」

疏證：「後漢書仲長統傳：『著論名曰昌言，凡三十四篇，十余萬言。』……蓋原書久佚，而公理所辨究者，應在所亡諸篇之中也。然其所論，亦非不可參見。其一爲遺親攘美。考班固所撰漢書叙傳，叙父彪事，無一語及作史記後傳。乃曰：『史臣追述功德，私作本紀，編于百王之末，厠于秦項之列，太初以後，闕而不録。故探纂前記，綴輯所聞，以述漢書。』詳此，則太初以前，出于司馬遷，而太初以後，則固綴輯所聞，而自爲之纂述也。徵後漢書班彪傳所載，則後人何從而知彪曾作史記後傳？徵史通正史篇所載，又何從而知所撰至于六十五篇之多乎？所謂遺親攘美，蓋即指此。……

「其二爲『徵賄鬻筆』，案史通曲筆篇云：『亦有事每憑虛，詞多烏有。或假人之美，借爲私惠；或誣人之惡，持報己仇。若……班固受金而始書，陳壽借米而方傳，此又記言之奸賊，載筆之凶人。』審此，可爲班固『徵賄鬻筆』之證。……

「至公理所論『宗經矩聖之典，端緒豐贍之功』，雖難考見，亦可推尋。漢書叙傳之末節有：『緯六經，綴道綱，總百氏，贊篇章』之語，非所謂『宗經矩聖』乎？又有『準天地，統陰陽』，『窮人理，該萬方』，『函雅故，通古今』之語，非所謂『端緒豐贍』乎？又華嶠之評漢書曰：『固之敘事，不激詭，不抑抗，贍而不穢，詳而有體。』案：非『宗經矩聖』，何以能不激詭，不抑抗？非『端緒豐贍』，何以能『贍而不穢，詳而有體』？蓋公理所論，先闡其長，後張其短，二者兼舉，兩不相妨。『宗經矩聖，端緒豐贍』，舉其長也。『遺親攘美，徵賄鬻筆』，舉其短也。閻若璩云：『公理辨之究矣。辨之究，猶上文論之詳，非辨其誣也。』所論甚允。……」

顧廣圻批注：「困學紀聞十四：『劉允濟曰：班生受金。受金事未詳。』閻若璩曰：『北史柳虯傳：班固致受金之名。』」

校注：「按傅子：『班固漢書，因父得成，遂没不言彪，殊異馬遷也。』（意林五引，今本錯入楊泉物理論中，此從嚴可均全晉文卷四七傅子解題下説。）顏氏家訓文章篇：『班固盜竊父史。』並足證成仲長公理之説。」黄侃曰：「後北周柳虯亦襲其論，此子輿氏所謂好事者爲之，不足信也。」「究」，窮盡。

觀夫左氏綴事，附經間出，於文爲約，而氏族難明〔一〕。及史遷各傳，人始區詳而易覽〔二〕，述者宗焉〔三〕。

〔一〕疏證：「左傳爲釋經而作，亦爲春秋之羽翼，故『或先經以始事，或後經以終義，或依經以辨理，或錯經以合異。』然無論先經後經，爲依經錯經，其爲附經綴事，論者皆無異議。以其附經綴事，語有斷限，故曰『于文爲約』。然左傳紀事，以年爲次、日月先後，秩然可尋。若事屬于一人，則分見于各年之下，散述于諸事之中，漫無統紀，尋繹爲難。且如晉國諸臣，如司空季子，一名胥臣，一名臼季……如趙衰，一名子余，一名趙成子，一名成季，一名孟子余，一名原大夫；如懷嬴，一名嬴女，一名辰嬴；若斯之類，殊難殫舉。非覽杜注，幾無以知之。其于氏族，誠哉其難明也。」

周注：「左氏春秋與孔子春秋本分行，至晉杜預以兩者合併，作春秋左氏經傳集解，左氏才附經間出。間出，迭出。」

趙翼陔餘叢考卷二「左傳叙事人名錯雜」條：「左傳叙事，每一篇中或用名，或用字，或用謚號。蓋當時文法如此。然錯見叠出，幾使人茫然不能識别：如子越椒之亂（見左傳宣公四年），一鬬般也，忽曰鬬般，忽曰子揚；一蔿賈也，忽曰蔿賈，忽曰伯嬴。……此究是古人拙處，史遷以後則無此矣。劉勰亦謂『左氏綴事，氏族難明；及史遷各傳，人始區詳而易覽』也。」

〔一一〕疏證：「史記一書……惟列傳以紀人爲主，凡屬某一人之事，悉具于本傳。其事兼二人以上者，則互有詳略，以免重出。譬諸草木，區以别之，故曰：『史遷各傳，人始區詳而易覽。』」校釋：「『區』下有脱字，天啓本補『别』字，疑當是『分』字。」

校注：「按今本語意欠明，確有脱文。以論説篇『八名區分』、序志篇『則囿别區分』例之，

『區』下當補一『分』字。」

〔三〕周注：「述者宗焉：司馬遷史記爲人物作列傳，爲後來紀傳體的歷史家所取注。」春覺齋論文流別論七：「史傳篇曰：『觀夫左氏綴事……述者宗焉。』此專言史傳之傳。實則，『傳』之爲言『轉』也；『轉受經旨，以授于後』。章實齋文史通義曰：經禮二戴之記，各傳其說，附經而行，雖謂之傳可也。其後支分派別，至於近代，始以録人物者區爲之傳，叙事蹟者區爲之記。」

及孝惠委機，吕后攝政〔一〕，史、班立紀，違經失實〔二〕。何則？庖犧以來，未聞女帝者也〔三〕。漢運所值，難爲後法。牝雞無晨，武王首誓〔四〕；婦無與國，齊桓著盟〔五〕；宣后亂秦〔六〕，吕氏危漢〔七〕，豈唯政事難假，亦名號宜慎矣〔八〕。

〔一〕「委機」，拋棄萬機；即拋棄國家大事。訓故：「史記吕后本紀：惠帝以戚夫人事，因病歲餘，不能起，崩。太子立爲皇帝，號令一出太后。帝壯，出怨言，太后幽殺之，立常山王義爲帝，更名曰弘，不稱元年者，以太后制天下事也。文帝立，大臣以非孝惠子，誅之。」黄注：「漢外戚傳：惠帝以戚夫人事，因病歲餘，不能起，日飲爲淫樂，不聽政，七年而崩。乃立孝惠後宮子爲帝，太后臨朝稱制。」疏證：「此段謂漢書不應爲高后立紀也。范文瀾云：『委機，謂孝惠因吕氏戮戚夫人，以憂疾不聽政而崩。』其説甚是。至云吕后攝政，非謂因孝惠委機而攝政，乃謂孝惠既崩，吕氏立後宫子爲帝，而自臨朝稱制也。」

〔二〕校證：「此二句原作『班史立紀，違經實』，梅據朱于『經』下補『失』字，徐校同。張之象本第二句作『並違經失』，王惟儉本作『史、班立紀，並違經實』，義較長，今從之。」按仍以作「違經失實」爲長。

范注：「按少帝及恒山王弘實孝惠後宫子，八年之間，帝位兩易，班氏爲整齊計，故立高后紀，以省煩擾（如立少帝紀，則文帝有篡竊之嫌）。彦和怵于後世母后臨朝外戚閹宦肆虐，故云違經失實。」

疏證：「史記于高祖本紀之下，繼以吕后本紀，附孝惠七年之事于后紀而不舉其名。至漢書乃爲孝惠立紀，繼以高后，下接孝文。」

〔三〕范注：「説文女部：『媧，古之神聖女化萬物者也。』鄭玄依春秋緯注禮記明堂位云：『女媧，三皇承伏羲者。』鄭不言其爲女身，彦和當即用鄭義也。」疏證：「女媧氏，乃以女媧爲氏，非女身也。……依許説，則女媧氏爲古女帝。然不爲劉勰所取，故曰：『庖犧以來，未聞女帝者也。』」

〔四〕訓故：「書牧誓：古人有言曰：牝鷄無晨，牝鷄之晨，惟家之索。」

范注：「通典六十七載晉庾翼答何充書曰：『中古以上，未有母后臨朝，女主當陽者也，乃起漢耳。』」

〔五〕黄注：「穀梁傳：葵丘之盟曰：毋使婦人與國事。」按此見僖公九年。

〔六〕訓故：「宣后，史記：秦昭襄王母，楚人，姓羋氏，號宣太后。又匈奴傳云：秦昭王時，義渠戎王與宣太后亂，有二子。」

疏證：「宣后爲秦昭王母，事見史記匈奴列傳。傳云：『……宣太后詐而殺義渠戎王于甘泉，遂起兵伐殘義渠，于是秦有隴西、北地、上郡。』審此，則宣太后轉因與戎王亂，得以開邊强國，非宣后能亂秦也。且所謂戎王與宣太后亂，乃淫亂之亂。劉勰取與『吕后危漢』對舉，非其義矣。」

牟世金文心雕龍的范注補正：「『宣后亂秦』和『吕氏危漢』的性質是相同的，都與淫亂毫不相干。史記穰侯列傳：『穰侯魏冉者，秦昭王母宣太后弟也。……昭王少，宣太后自治，任魏冉爲政。』這就是中國歷史上第一個登臺執政的女后。史記范雎列傳：『穰侯，華陽君，昭王母宣太后之弟也；而涇陽君、高陵君，皆昭王同母弟也。穰侯相，三人者更將，有封邑；以太后故，私家富重于王室。及穰侯爲秦將，且欲越韓、魏而伐齊綱壽，欲以廣其陶封。』這就是『亂秦』的部分内容了。」（社會科學戰綫一九八四年四期）

〔七〕黄注：「高后紀：太后以惠帝無子，取後宫美人子名之，以爲太子。惠帝崩，太子立爲皇帝，年幼，太后臨朝稱制。乃立兄子吕台、產、禄，台子通四人爲王，封諸吕六人爲列侯。四年夏，少帝自知非皇后子，出怨言。皇太后幽之永巷，立恒山王弘爲皇帝。太后崩，禄、産謀作亂，悉捕諸吕皆斬之。大臣相與陰謀，以爲少帝及三弟爲王者，皆非孝惠子，復共誅之，尊立文帝。」

范注：「史記吕太后本紀：『諸吕擅廢帝更立，又比殺三趙王，滅梁、趙、燕以王諸吕。』」

疏證：「黄注引漢書高后紀：『太后以惠帝無子，取後宮美人子名之以爲太子。』語有節删，致成大謬。案原文作『太后立姊魯元公主女爲皇后，無子』云云。此所云無子，謂皇后無子，非謂惠帝無子也。」

〔八〕疏證：「劉勰以爲女后立紀，不合古人『牝鷄無晨』，『婦無與國』之訓。謂之『違經』，然不得謂之『失實』。嫌其違經，而爲吕后立紀，則失實彌甚。二者蓋不可得兼，且吕后臨朝稱制，孝惠所不能違，大臣所不能廢，事實尤彰彰矣。史官秉筆爲記，欲不違經，其何可得？劉勰所論，未見其然。

「劉勰一則曰『漢運所值，難爲後法』；再則曰『豈惟政事難假，亦名號宜慎』。蓋鑒于後世母后臨朝，外戚擅權，爲禍甚烈，欲假此以爲鑒戒。吕后稱制，誠難爲法于後世。然所謂『政事難假，名號宜慎』者，乃君人者之事，亦豈史官之所能預哉！」斯波六郎：「春秋左氏傳成公二年：『仲尼聞之曰……唯器與名，不可以假人。』」

張衡司史，而惑同遷固，元平二后，欲爲立紀〔一〕，繆亦甚矣。尋子弘雖僞，要當孝惠之嗣〔二〕；孺子誠微，實繼平帝之體〔三〕；二子可紀，何有於二后哉〔四〕？

〔一〕校證：「『元平二后』，原作『元年二后』，梅從孫汝澄改爲『元帝王后』，其六次本，又改作『元平二后』，張松孫本同，今從之。鈴木亦云：『年疑平字之譌。』」

疏證：「篇中『元帝王后』一語，别本作『元平二后』，意謂『帝王』二字與『平二』近似而訛。然張衡傳明言宜爲元后本紀，自不含平后在内，别本似不可從。」

黄注：「張衡傳：衡以爲王莽本傳但應載篡事而已。至於編年月，紀災祥，宜爲元后本紀。」

疏證：「此文乃劉勰不主爲吕后立紀，並斥張衡建議之謬也。張衡于安順二帝之世，兩爲太史令，嘗疏請專事東觀，收檢遺文，畢力補綴。又條上司馬遷、班固所叙與典籍不合者十餘事，故劉勰有『張衡司史』之言。以其欲爲元后立紀，與史漢之爲吕后立紀同旨，故曰『惑同遷、固』。」

〔二〕梅注：「史記：宣平侯張敖女爲孝惠皇后時，無子，佯爲有身，取美人子名之，殺其母，立所名子爲太子。孝惠崩，太子立爲帝，吕太后幽殺之。復立孝惠後宫子恒山王義，更名曰弘。」按此見吕后本紀。「要」，總。

范注：「子弘實孝惠子，群臣立文帝，故强稱『少帝及梁、淮陽、常山王皆非真孝惠子也。吕后以計詐名他人子，殺其母養後宫，令孝惠子之，立以爲後。』彦和所云『子弘雖僞』，謂僞稱張后子，非謂其非孝惠子也。」

〔三〕梅注：「漢書：孺子嬰，宣帝玄孫，平帝崩，無嗣，王莽迎而立之。」

黄注：「（漢書）王莽傳：平帝崩，時元帝世絶，而宣帝曾孫有見王五人；莽惡其長大，曰：兄弟不得相爲後，乃選玄孫中最幼廣戚侯子嬰。年二歲，托以爲卜相最吉，立之。」

疏證：「案漢書王莽傳：居攝元年三月，立宣帝玄孫嬰爲皇太子，號曰孺子，而莽居攝，爲假皇帝。此即莽鴆平帝之翌年也。……然王莽居攝之日，孺子實未爲君，用以紀年，亦乖史實。……張衡欲爲元后立紀，以存漢統。不惟元后實未稱制，難以上比吕后。且元后崩于王莽建國五年，去莽之亡尚賒十年，將繫何氏之號，以下接更始、光武乎？衡主立紀，其論實謬，然不能以例遷固。……要之，爲高后立紀則是，爲元后立紀則非。至子弘、子嬰，皆無立紀必要。所謂『二子可紀，何有於二后』者，豈得謂之達論哉？」

〔四〕校證：「元本……馮本、汪本、張之象本、兩京本、何允中本、日本活字本、鍾本、梁本、王謨本、崇文本『二后』誤『三后』，馮校云：『三后當作二后。』」

校注：「按作『二后』是。……此乃總駁司馬遷、班固、張衡之辭，『二后』即史、漢所立吕后本紀之吕后，及張衡欲爲元后本紀之元后。」

史通序例篇：「晉齊史例皆云，坤道卑柔，中宫不可爲紀，今編同列傳，以戒牝鷄之晨。竊惟録皇后者編爲傳體，自不可加以紀名。」

趙翼陔餘叢考卷五「漢書」：「又王莽篡位，班書不列入本紀而别爲莽傳，附於卷末，固是。

但其體例，仍以本紀叙事。後漢張衡以爲莽傳但應載篡事；至於編末紀月，宜爲元后本紀（見後漢書張衡傳）。此亦創論。然元后歿後莽尚未敗，則宜何書？……愚謂是時並不必立元后紀而立孺子嬰本紀爲是。孺子嬰被更始所殺之歲，即光武建元建武之歲，年月略無空缺。（原注：「余既創此論，自以爲得作史之法；及閱文心雕龍，有云：『子弘雖僞，要當孝惠之嗣；孺子誠微，實繼平帝之體。二子可紀，何有於二后哉！』則謂王莽傳宜改爲孺子嬰紀。實有先獲我心者。」）」

以上爲第二段，論述史記、漢書之得失。

至於後漢紀傳，發源東觀〔一〕。袁、張所製，偏駁不倫。薛、謝之作，疏謬少信〔二〕。若司馬彪之詳實〔三〕，華嶠之準當，則其冠也〔四〕。

〔一〕訓故：「杜氏通典：東京圖書，悉在東觀。故使名儒碩學，入直其中，撰述國史。」

黄注：「東觀漢記一百四十三卷，起光武至靈帝。劉珍等撰。」

疏證：「史通正史篇記載纂修漢記之始末最詳。謂：『明帝始詔班固與睢陽令陳宗、長陵令尹敏，司隸從事孟異作世祖本紀，並撰功臣及新市、平林、公孫述事作列傳、載記二十八篇。……又詔史官謁者僕射劉珍及諫議大夫李尤雜作紀、表，名臣、節士、儒林、外戚諸傳，起自建武，訖乎永初。事業垂竟，而珍、尤繼卒。復命伏無忌與諫議大夫黄景作諸王、王子、功臣、恩澤侯表，南單于、西羌傳，地理志。至元嘉元年，復令太中大夫邊韶、大軍營司馬崔寔、議郎朱穆、曹壽雜作孝穆、崇二皇及順烈皇后傳，又增外戚傳……寔、壽又與議郎延篤雜作百官表、順帝功臣孫程、郭願……等傳凡百十有四篇，號曰漢記。熹平中，光祿大夫馬日磾、議郎蔡邕、揚彪、盧植著作東觀，接續紀傳之可成者。』……觀上文所述漢記之體，一踵漢書，紀、傳、志、表，無一不備。劉勰舉其多者言之，故稱曰『後漢紀傳』。後漢書之作者，既有十一家之多，而以漢記居先，且皆由帝室命撰，接續而成，爲諸家之所本。故又曰『發源東觀』也。」

〔二〕隋書經籍志：「後漢書九十五卷。」原注：「本一百卷，晉秘書監袁山松撰。」又「後漢南記四十五卷。」原注：「本五十五卷，今殘缺。晉江州從事張瑩撰。」又「後漢記六十五卷。」原注：「本一百卷，梁有，今殘缺，晉散騎常侍薛瑩撰。」又「後漢書一百三十卷。」原注：「無帝紀，吳武陵太守謝承撰。」范注：「案謝承之外，尚有晉祠部郎謝沈後漢書八十五卷。彥和所指，未知何人。」

史通雜説篇：「謝承漢書，偏黨吳越。」匡謬正俗卷五謂承書失實。洪亮吉亦云：「承書最有名，又最先出，而其紕繆非一端。」

疏證：「劉勰謂『袁、張所制，偏駁不倫』者，指袁山松後漢書、張瑩後漢南記而言也。黃奭袁書輯本，謂其文多排叠，喜志災祲，皆非史載所尚。劉勰所謂『偏駁不倫』者，殆謂是歟？劉緦又謂『薛、謝之作，疎謬少信』者，指謝承後漢書、薛瑩後漢記而言也。謝承，吴人；薛瑩，亦吴人……後入晉爲散騎常侍，故隋志稱爲晉人。姚之駰後漢書補逸嘗稱：『謝偉平之書，東漢第一良史也。』惟僅由逸文窺見厓略，未必衷於情實。之駰又論薛瑩之書曰：『讀世祖及顯宗二論，波屬雲委，灝瀚蒼鬱，洵良史乎！』然袁宏後漢紀稱及謝承，而不及薛瑩，豈以其書無可稱道之故。劉緦謂其『疏謬少信』，雖無可考，必非妄語。」

〔三〕黄注：「（晉書）司馬彪傳：彪討論衆書，綴其所聞，起於世祖，終於孝獻，編年二百，録世十二，通綜上下，旁貫庶事，爲紀、志、傳凡八十篇，號曰續漢書。」

〔四〕黄注：「（晉書）華嶠傳：『嶠以漢紀煩穢，慨然有改作之意，起于光武，終於孝獻，爲帝紀十二卷，皇后紀二卷，十典十卷，傳七十卷及三譜，序傳、目録，凡九十七卷。嶠以皇后配天作合，前史作外戚傳以繼末編，非其義也，故易爲皇后紀，以次帝紀。又改志爲典，以有堯典故也。而改名後漢書，奏之。詔朝臣會議。時中書監荀勗、令和嶠、太常張華、侍中王濟，咸以嶠文質事核，有遷、固之規，實録之風，藏之秘府。』」

史通正史篇：「華嶠删定東觀記爲漢後書……自斯已往，作者相繼，爲編年者四族，創紀傳者五家，推其所長，華氏居最。」

史通序例篇：「嶠言辭簡質，叙致温雅，味其宗旨，亦孟堅之亞歟。」

范注：「案史通正史篇論後漢書，於東觀記之下，即論司馬彪、華嶠二書，亦可以證彦和詳實準當之評必非虛也。」

及魏代三雄，記傳互出〔一〕。陽秋魏略之屬〔二〕，江表吴録之類〔三〕，或激抗難徵，或疎闊寡要〔四〕。唯陳壽三志，文質辨洽，荀張比之於遷固，非妄譽也〔五〕。

〔一〕校證：「御覽史略『互』作『並』。」

黄注：「潘岳詩：『三雄鼎足。』注：『三雄即三國之主。』」疏證：「三國史撰者甚多，隋志著録者約二十餘種。厥後陳壽薈萃以爲三國志。本文所舉僅爲四種，不過其厓略耳。黄注引潘岳詩，見文選二十四，題云爲賈謐作贈陸機。所謂注，即李善注。」

〔二〕疏證：「晉孫盛著魏氏春秋二十卷，見晉書本傳及隋志。史通模擬篇有『孫盛魏、晉二陽秋』之語。是知魏氏春秋本名魏陽秋（應爲魏陽秋本名魏氏春秋）。晉簡文帝太后名阿春，故晉人諱『春』，改春秋爲陽秋。本文所云陽秋，指魏陽秋而言也。……

「隋志著録典略八十九卷，魏郎中魚豢撰。舊唐志著録典略五十卷，魏略三十八卷，皆魚豢撰。新唐志則僅著録魏略五十卷。姚振宗考證，謂隋志合典略、魏略爲一書，且多序録一卷，故爲八十九卷。其説是也。今有輯本魏略可考。」

中國中古文學史第四課：「陽秋，謂習鑿齒漢晉陽秋，非謂孔衍漢魏春秋及孫盛魏氏陽秋也。」

〔三〕黄注：「虞溥傳：『溥撰江表傳。卒後，子勃上於元帝，詔藏於秘書。』吴録三十卷，張勃撰。」

疏證：「虞溥江表傳二卷，不見隋志。唐志入雜史。黄注引晉書本傳。而三國魏志少帝紀注亦云：鄱陽内史虞溥著江表傳，粗有條貫。吴録三十卷，著録隋志。史記伍子胥傳索隱……張勃，晉人，吴鴻臚儼之子也，作吴録。」

斠詮：「史通外篇正史篇：『張勃撰吴録，異文錯出，其流最多。』即指此書。」

〔四〕疏證：「三國志裴注曾謂：『孫盛著書，多用左氏，以易舊文。後之學者，將何取信？』又云：『孫盛言諸所改易，非别有異聞，自以意制，多不如舊。』史通模擬篇也謂：『孫盛魏、晉二陽秋，每書年首，必云某年春帝正月。夫年既編帝紀，而月又編帝名，以此擬春秋，所謂貌同心異也。』按此爲魏陽秋之疏失之可考見者。史通題目篇曰：『魚豢、姚察著魏、梁二史，巨細畢載，蕪累甚多，而俱榜之以略。』此又魏略之疏失之可考見者。江表傳及吴録之疏失，則不可考。劉勰『抗激難徵』之論，似指陽秋；『疏略寡要』之論，似指魏略。」

牟注：「激，激切。抗，對抗，指不同於時俗的觀點。晉書孫盛傳中説：『殷浩擅名一時，與抗論者，惟盛而已。』」「難徵」，謂難於徵信。

〔五〕訓故：「晉書：陳壽，字承祚，蜀巴西人，歷官著作郎，撰魏、吴、蜀三國志。張華深善之，曰：當以晉書相付耳。無遷固之語。華嶠傳：嶠書成時，中書監荀勗等咸以嶠文直事核，有遷固風。」「洽」，協調。

校注：「華陽國志後賢志：『陳壽……吴平後，壽乃鳩合三國史，著魏、吴、蜀三書六十五篇，號三國志。……品藻典雅。中書監荀勗、令張華深愛之，以班固、史遷不足方也。』」

疏證：「案劉勰謂其『文質辨洽，荀張比之於遷固』，即本之華陽國志。……惟荀、張二氏常稱華嶠之書文質事核，有遷、固之規，不應於壽同持斯論。二者或有一誤，然必咎在常璩，而與劉勰無涉。」

斠詮：「晉書陳壽傳：『梁州大中正尚書郎范頵等上表曰：故治書侍御史陳壽作三國志，辭多勸戒，明乎得失，有益風化，雖文豔不若相如，而質直過之，願垂采録。』」

至於晉代之書，繁乎著作〔一〕。陸機肇始而未備〔二〕，王韶續末而不終〔三〕，干寶述紀，以審正得序〔四〕；孫盛陽秋，以約舉爲能〔五〕。

〔一〕疏證：「明刊本『繁』字作『繫』，校勘諸家多以『繁』爲誤字。愚謂此文有兩釋義；一謂晉代之書繫乎著作者，晉代以著作郎、著作佐郎任修史之責。……一曰諸家所修之晉史甚繁。如唐修晉書以前晉史有十八家之多……然（劉勰）所舉晉代作者，僅陸、王、干、孫四家，一如所舉撰後漢史諸家之例，然不害其爲作者之繁。由是言之，則今本『繁』字，亦未見其必爲誤也。」

黄注：「晉書：元康二年詔，著作舊屬中書令，秘書既典文籍，宜改爲秘書著作，於是改隸秘書省。著作郎一人，謂之大著作，專掌史任。」按此見職官志。

〔二〕訓故：「通志：陸機晉三祖紀四卷。」史通本紀篇云：陸機只叙其事，而不編年。所以稱其未備。

〔三〕訓故：「南史：王韶之，字休泰，琅邪人。初爲謝琰行軍參軍，私撰晉安帝陽秋。書成，時人謂宜居史職，除著作佐郎，使續後事，訖義熙九年晉安帝崩。」

補注：「隋書經籍志：晉紀四卷，陸機撰。晉紀十卷，宋吴興太守王韶之撰。史通正史篇：晉史：『洛京時，陸機始撰三祖記。晉江左史，自鄧粲、孫盛、王韶之已下，相次繼作。遠則偏記兩帝，近則唯叙八朝。』案：陸機止記宣、景、文三帝，是肇始未備也。宋書王韶之傳：『韶之私撰晉安帝陽秋成，時人謂宜居史職，即除著作佐郎，續後事訖義熙九年。』是續末而不終也。」下距晉亡尚有七年，故謂「不終」。

〔四〕黄注：「（晉書）干寶傳：寶字令升，王導薦之元帝，領國史。著晉紀，自宣帝訖於愍帝，凡二十卷。其書簡略，直而能婉，咸稱良史。」新唐書藝文志列干寶晉紀於編年類，是「審正得序」謂編年審正而有順序。

〔五〕訓故：「（晉書）孫盛傳：盛字安國，累進秘書監，著晉陽秋，詞直而理正，咸稱良史。晉簡文宣鄭太后，諱阿春，故諱云『陽秋』。」

疏證：「干、孫二氏之書，已爲當代所稱，本書才略篇亦云：『孫盛、干寶，文盛爲史，準的所擬，志乎典訓；户牖雖異，而筆彩略同。』是二氏爲劉所盛稱，可與本文互證。史通論之尤詳，二體篇曰：『干寶著書，乃盛譽丘明而深抑子長，其義曰：能以三十卷之約，括囊二百四十年之事，靡有遺也。』又載言篇曰：『干寶議撰晉史，以爲宜準丘明，其臣下委曲，仍爲譜注。於時議者，莫不宗之。』按此所論，皆以彰干寶撰史之長也。又采撰篇曰：『安國之述陽秋也，梁益舊事訪諸故老。夫以芻蕘鄙説，列爲竹帛正言，而輒欲與五經方駕，三志競爽，斯亦難矣。』又模擬篇亦論及晉陽秋。……此則又以明孫盛撰史之得失也。文選著録干氏晉紀總論，誠不愧文盛爲史之譽。詳觀劉知幾所論，則『干寶述紀，以審正得序』，允矣。至孫盛陽秋，僅有輯本。其『以約舉爲能』，則無明徵。」

按春秋經傳，舉例發凡〔一〕。自史漢以下，莫有準的〔二〕。至鄧璨晉紀，始立條例〔三〕。又擺落漢魏〔四〕，憲章殷周，雖湘川曲學〔五〕，亦有心典謨。及安國立例，乃鄧氏之規焉〔六〕。

〔一〕黄注：「春秋序：『發凡以言例。』注：『知隱公七年，凡諸侯同盟，於是稱名之類。有五十條，皆以凡字發明類例。』」疏證：「杜預所釋，以春秋有新舊二例。傳言凡者，是爲舊例，其數五十，周公之所垂法也。傳不言凡，而比於凡者，是爲新例，孔子之所補定也。無論杜釋之爲是爲非，而春秋書法本於凡例，則顯然可見。至其何者爲凡，何者爲例，則一由傳發之。

故劉勰有『春秋經傳，舉例發凡』之語。蓋春秋經傳之凡例，即爲吾國所創之史例。」

周注：「杜預春秋序：『其發凡以言例。』疏：『言發凡五十。』序又稱：『諸稱「書」「不書」「先書」「故書」「不言」「不稱」「書曰」之類，皆所起新舊，發大義，謂之變例。』五十凡是正例，此外還有變例。稱『書』的，如左傳襄二十七年『書先晉（諸侯集會，把晉寫在前），晉有信』。稱『不書』的，隱元年『春正月，不書即位，攝也（隱公攝位）』。稱『先書』的，桓二年『君子以（華）督有無君之心，故先書弒其君』。象這樣春秋的凡例，左傳加以發明。」

〔二〕范注：「班彪論史記，謂其細意委曲，條理不經。范曄謂班氏最有高名，既任情無例，不可甲乙辨（獄中與諸甥姪書）。彥和之説本此。然史漢一爲通史，一爲斷代，皆正史不祧之祖。後之撰史者，無能踰其規範，所謂莫有準的，特以比春秋經傳爲不足耳。」

疏證：「史記有自序，漢書有叙傳，而皆無凡例。三國志則並自序而無之。故曰：『自史漢以下，莫有準的。』史通序例篇云：『昔夫子修經，始發凡例。左氏立傳，顯其區域。科條一辨，彪炳可觀。降及戰國，迄乎有晉，年逾五百，史不乏才。雖其體屢變，而斯文終絶。』詳其所論，亦本於劉勰之旨以立言也。」

〔三〕校注：「『璨』，黄校云：『元作瑛，朱改。』……按當依御覽、史略、玉海四六引作『粲』，始與晉書本傳合。」

訓故：「史通：令升先覺，遠述丘明，重立凡例，勒成晉紀。鄧孫以下，遽躡其蹤，史例中興，於斯爲盛。」按此見序例篇。
黄注：「鄧粲傳：『荆州刺史桓沖請爲别駕，粲以父騫有忠信言，而世無知者，乃著元明紀十篇。』」

〔四〕校注：「『擺落』，黄校云：『一作撮略，從御覽改。』按史略亦作『擺落』。尋繹上下文意，作『擺落』是。陶淵明集飲酒詩：『擺落悠悠談。』」

中國中古文學史第四課：「彦和此篇，於晉人所撰史傳，舍推崇陳壽三志外，其屬於後漢者，則崇司馬彪、華嶠之書（司馬彪撰續漢書，起於世祖，終於孝獻，爲紀、志、傳八十篇，見晉書彪傳。華嶠作後漢書，爲帝紀十二卷，皇后紀二卷，十典十卷，傳七十卷，及三譜序傳目録，凡九十七卷，見晉書嶠傳。今惟彪書八志存），謂勝袁（宏，著後漢紀）謝（吴謝承，著後漢書百三十卷，晉謝沈，作後漢書八十五卷及外傳）薛（瑩，撰後漢紀百卷）張（張瑩，撰後漢南紀五十五卷；張璠，撰後漢紀三十卷）諸作（晉袁山松亦撰後漢書）；其屬於晉代者，惟舉陸（機，撰晉紀四卷，史通謂其直叙其事，竟不編年）干（寶，作晉紀二十卷，晉書謂其書簡略，直而能婉）鄧（粲，撰晉紀十一卷）孫（盛，撰晉陽秋三十二卷，晉書謂其詞直理正）王（宋王韶之，撰晉安紀十卷）五家……是猶論魏吴各史，深抑陽秋（習鑿齒撰漢晉陽秋四十七卷）、吴録（張勃作吴録三十卷）諸書也。」

〔五〕疏證：「晉書鄧粲傳：『著元明紀。』蓋所録者，爲東晉元、明二帝之事。隋志著録晉紀十一卷，注云：『訖明帝。』可資互證。粲，長沙人，故劉勰以『湘川曲學』呼之。」

校證：「舊本『川』皆作『州』，王惟儉本、何校本、黄本、張松孫本作『川』。」斯波六郎：「『川』疑『州』之誤。鄧粲，長沙人，故云湘州。」

校注：「隋書地理志下：『長沙郡，本注：「舊置湘州。」』則『州』字是。戰國策趙策二：『窮鄉多異，曲學多辨。』説苑説叢篇：『窮鄉多曲學。』」「曲學」指偏頗狹隘的言論，也指孤陋寡聞的人。

〔六〕疏證：「粲著晉紀，先立條例。而孫盛晉陽秋效之，故曰『安國立例，乃鄧氏之規』。考晉、宋人撰史之有例者，不止鄧、孫二氏。史通序例篇云：『唯令升先覺，遠述丘明，重立凡例，勒成晉紀。鄧、孫以下，遂躡其蹤。史例中興，於斯爲盛。』據此，則丘明而後，重立史例者，是惟干寶。故劉知幾以『史例中興』稱之。至鄧、孫二氏之史例，乃爲躡蹤干氏。劉勰之語有誤，故劉知幾特爲正之。范曄後漢書、檀道鸞續晉陽秋，皆有例，章懷注數舉範例。故序例篇又曰：『必定其臧否，徵其善惡。干寶、范曄，理切而多功；鄧粲、道鸞，詞繁而寡要。』於是鄧史之例，又得一證。謂其『詞繁寡要』，則又不能無病。無怪乎劉勰以『湘川曲學』稱之也。

「劉勰所見諸晉史，惟鄧、孫二氏有例，而鄧氏在前，故以始立條例歸之。史、漢、三國諸史皆無例，鄧氏不此之從，故曰『擺落漢魏』；上法仲尼、丘明，重立史例，故曰『憲章殷周』。」

范注：「才略篇云：『孫盛準的所擬，志乎典訓。』蓋取法鄧粲也。」

以上爲第三段，評後漢、魏、晉的史書。

原夫載籍之作也，必貫乎百氏〔一〕，被之千載，表徵盛衰，殷鑒興廢，使一代之制，共日月而長存，王霸之跡，並天地而久大〔二〕。是以在漢之初，史職爲盛，郡國文計，先集太史之府〔三〕，欲其詳悉於體國也〔四〕。閱石室，啓金匱，抽裂帛〔五〕，檢殘竹〔六〕，欲其博練於稽古也。

〔一〕斠詮：「百氏謂諸子百家也。漢書叙傳：『緯六經，綴道綱；總百氏，贊篇章。……』彦和以『百氏』作『百家』用者，於此處外，尚有二處見於諸子篇，曰：『及伯陽識禮，而仲尼訪問，爰序道德，以冠百氏。』曰：『斯則得百氏之華彩，而辭氣之大略也。』」

〔二〕疏證：「此言作史旨趣之所在也。載籍即謂史策。凡古之六經，漢魏以來之諸史，皆載籍也。史策所載，上宗六藝，旁賅諸子，無所不包。故曰『貫乎百氏』。今之所以知古，後之所以觀前，亦惟史策有此功用。故曰『被之千載』。史之所記，爲往代盛衰興廢之事，非假記載，莫由徵其盛衰。傳之後世，更可鑒其興廢。周禮以詳官制，儀禮以述節文。兼史漢以下，所立書志諸篇，皆所以詳一代之制。尚書所載，皆王者之迹。春秋所載，皆霸者之迹。秦漢以下諸史所載，治世之迹近王，亂世之迹近霸。然何以欲述一代之制及王霸之迹？蓋使之『共日月而長存，並天地而久大』耳。劉勰蓋以作史旨趣，應不外是。」

〔三〕范注：「史記太史公自序集解引如淳曰：漢儀注：太史公，武帝置，位在丞相上。天下計書，先上太史公，副上丞相。序事如古春秋。遷死後，宣帝以其官爲令，行太史公文書而已。」

疏證：「司馬遷自云：『常厠下大夫之列。』又曰：『僕之先人，非有剖符丹書之功，文史星曆，近乎卜祝之間。固主上之所戲弄，倡優畜之，流俗之所輕也。』如果談、遷官太史公位丞相上，比於三公，則不能以下大夫自稱，更不能以倡優爲喻。即如漢舊儀所説，實有太史公秩二千石之官，亦不得位於丞相之上。漢書律曆志及兒寬傳，皆稱遷爲太史令，而不稱公，即爲漢無太史公一官之反證。司馬貞索隱謂『遷尊其父故稱公』，而斥『位丞相上』之説爲謬，允矣。

「……漢承周制，以太史典藏計書，即官署簿書，可資保藏，以供修史之用者。其正本應上史官，故曰『天下計書先上太史公』。」「文計」，文書計簿。

〔四〕校證：「『也』字原無，玉海有。案各本『國』下有『必』字，屬下句讀；『必』即『也』形近之誤，今據玉海改正。『故其詳悉於體國也』，與下『欲其練於稽古也』句法正同。」

疏證：「周禮天官大冢宰有『體國經野』之語。尚書堯典亦以『曰若稽古』爲起語。注家謂『體國』爲『分國』，『稽古』爲『考古』，『體國經野』爲君相所有事。其事之炳著者，必著記於史官。是唯史官乃能詳細於體國。『曰若稽古』以造典謨，而著之竹帛，掌於史官，故史官必假於竹帛，乃能博練於稽古也。」

校釋：「『必』乃上句末『也』字之譌。『欲其詳悉於體國也』與下『欲其博練於稽古也』，句法相同。言郡國文計體國之事，太史所當詳悉者也。」周禮天官序官：「惟王建國，辨方正位，體國經野，設官分職，以爲民極。」營建國中的宮城門途，如身之有四體，謂之體國，後泛指治理國家。

〔五〕校注：「史記自序：『遷爲太史令，紬史記石室金匱之書。』作『紬』字；漢書司馬遷傳亦作『紬』。顔注：『紬，謂綴集之。』」

〔六〕疏證：「史記太史公自序更有『秦焚滅詩書，故明堂石室金匱玉版圖籍散亂』之語。索隱曰：『案石室金匱，皆國家藏書之處。』墨子天志中篇云：『書於竹帛，鏤之金石。』說文叙云：『著於竹帛謂之書。』……古籍密藏於石室金匱，須啓辟而後能閱覽。故曰：『閱石室，啓金匱。』書之最古者，其竹簡必有殘缺，其縑帛必有斷裂，故曰『抽裂帛，檢殘竹』也。」

是立義選言〔一〕，宜依經以樹則；勸戒與奪，必附聖以居宗〔二〕；然後詮評昭整，苛濫不作矣〔三〕。然紀傳爲式，編年綴事〔四〕。文非泛論，按實而書，歲遠則同異難密，事積則起訖易疎，斯固總會之爲難也〔五〕。或有同歸一事，而數人分功〔六〕，兩記則失於複重，偏舉則病於不周，此又詮配之未易也〔七〕。故張衡摘史、班之舛濫〔八〕，傳玄譏後漢之尤煩〔九〕，皆此類也。

〔一〕范注：「『是』下當有『以』字。」

〔二〕疏證：「劉勰論文，以徵聖、宗經居首。撰史之旨，亦不外是。本篇謂『宗經矩聖之典』，爲公理所辨究之一事，當爲劉勰論史所本。此所謂經，爲春秋之經。此所謂聖，爲孔子之聖。孔子曰：『其義則丘竊取之矣。』是謂立義。太史公曰：『孔子作春秋，筆則筆，削則削，子夏之徒不能贊一辭。』春秋經孔子之筆削，而後謂之爲選言。凡立義選言，皆應以春秋爲極則，故曰『宜依經以樹則』。春秋以褒貶示勸戒，即因褒貶而有所與奪。然非聖人不能得褒貶與奪之公，必取法孔子而後可，故曰『必附聖以居宗』。究而言之，依經附聖，爲劉勰素所持論。迨劉知幾出，以疑古、惑經名篇，始於春秋孔子有駁難之言。」

〔三〕黃注：「謝承曰詮，陳壽曰評。」疏證：「『謝承曰詮，陳壽曰評』二語，出史通論贊篇。……劉勰謂論史能依經附聖，然後詮評得當，否則不免於苛濫。蓋持論苛，則失之過；持論濫，則失之寬。苛而過，濫而寬，皆不得謂之詮評昭整。」「昭整」，昭晰、齊整。斠詮：「是立義選言……苛濫不作矣。」此數句標出作史之準的。

〔四〕范注：「紀以編年，傳以綴事。」疏證：「『紀傳爲式，編年綴事』二語，應爲下二段之綱。此劉知幾撰二體篇之所本也。……蓋自後漢、魏、晉以迄劉勰，作者輩出，要不逾於紀傳、編年二體。紀傳一體爲撰史之正軌，班陳以下莫不因之，故劉勰有『紀傳爲式』之言。編年一體，發生雖早，乃自有馬、班二史，降居次位。如因有兩漢書而別有漢紀，因有晉書而別有晉紀，因有宋書而別有宋略，皆其明證。然編年之史，重於紀事，而不必如列傳之多載文翰。故劉勰又有『編年綴事』之論也。下文一言『總會』，蓋論編年；一言『詮配』，蓋論紀傳。」

〔五〕疏證：「此節論編年之史之難於撰作也。編年之史，莫古於春秋。春秋循魯史記事之法，造語至簡，皆按實而書，故文非泛論。左傳於記事外，間舉凡以示例，或爲『君子曰』以發其旨，是雖有泛論，曾不失按實而書之旨。劉子玄史通煩省篇論左傳曰：『其書自宣、成以前，三紀而成一卷；至昭、襄已下，數年而占一篇。是知國阻隔者，記載不詳；年淺近者，撰錄多備。』此非所謂『歲遠則同異難密』乎？又二體篇曰：『至於賢士貞女，高才儁德，事當沖要者，必盱衡而備言；迹在沈冥者，不枉道而詳說。……論其細也，則纖芥無遺；語其粗也，則丘山是棄。』此非所謂『事積則起訖易疏』者乎？劉知幾在二體篇又謂：『夫春秋者，繫日月而爲次，列時歲以相續。中國外夷，同年共事，莫不備載其是。形於目前，理盡一言，語無重出。』按此語實兼左傳而并言，亦即善於『總會』，而爲編年史之冠冕者。厥後，荀悅效左傳之體而撰漢紀，司馬光更撰通鑑。……年代愈長，總會愈難。」

斠詮：「年代久遠，史有缺文，事類繁多，傳説紛紜；二者於史家皆不易處理，故彦和特發此難。」注訂：「上文叙作史之指歸，此言從事之不易，慎其不易，則指歸易得。」

〔六〕「功」，同「工」。

〔七〕疏證：「此節論紀傳之史之難於撰作也。紀傳一體之史，莫先於史記，而以善於詮配見長。史通二體篇論史記曰：『若乃同爲一事，分在數篇，斷續相離，前後屢出。於高紀，則云語在項傳；於項傳則云事具高紀。又編次同類，不求年月，後生而擢居首帙，先輩而抑歸末章。遂使漢之賈誼，將楚屈原同列；魯之曹沫，與燕荆軻并編。』此論詮配之難，最爲昭晳。而其論旨，則本之劉勰。蓋記一事而涉數人，述一事而分見數傳，欲其無所複重。免於不週，則屬甚難，亦爲紀傳之史之所短。劉勰故特表而出之，亦舉重略輕之旨也。」春覺齋論文流别論七：「化編年爲列傳，成正史之傳體，其例實創自史遷。而劉彦和慮其『事遠則同異難密，事積則起訖易疏，斯固總會之爲難也。或有同歸一事，而數人分功，兩記則失於重複，偏舉則病於不周，此又詮配之未易也』之數語者，可謂深明史體。邵泰衢史記疑問謂功臣表漢九年吕澤已死，而留侯世家漢十一年不應又有吕澤。葉榮甫曰：『史漢並稱良史，乃其中有分一人爲二人，合二人爲一人者。如伯益、伯翳一人爾（見鄭語及後漢地志），史記於陳杞世家之末乃云：「伯翳之後分爲秦。」又云：「垂、益、夔、龍，其後不知所分。」是以翳、益爲二人也。闞止、子我一人爾（見傳哀六年杜預注及史記齊世家賈逵注），史記於田氏完世家乃云：「子我者，闞止之宗人。」又云：「田氏之徒追殺子我及闞止。」是又以一人爲二人。』諸如此類，仁和梁玉繩史記質疑中言之指不勝屈，即所謂同異難密者也。至於同歸一事，則數人分功，兩記則失於重複，偏舉則病于不周。愚按此着史公似有專長，能於複中見單，令眉目皎然，不至於淆亂。但以樊、酈、滕、灌四傳論之，四人悉從高帝，未嘗特將，爲功多同，史公頗患其溷，故於四傳中各異其書法以別之（以下舉例從略）。四人皆從高帝，雖有分功之事，而序事能各判其人，此謂因事設權者也。」

〔八〕范注：「後漢書張衡傳：『衡條上司馬遷、班固所叙與典籍不合者十餘事。』章懷注曰：『衡集其略曰：「易：宓戲氏王天下，宓戲氏没，神農氏作，神農氏没，黄帝、堯、舜氏作。史遷獨載五帝，不記三皇，今宜並録。」又一事曰：「帝系，黄帝産青陽、昌意。周書曰：『乃命少皞清。』清即青陽也。今宜實定之。」』」

疏證：「衡又以爲王莽本傳但應載篡事而已，至於編年月，紀災祥，宜爲元后本紀。……即衡所摘漢書之舛濫也。」

〔九〕范注：「晉書傅玄傳：『玄少時，避難於河内，專心誦學，後雖顯貴，而著述不廢。撰論經國九流及三史故事，評斷得失，各爲區例，名爲傅子。』嚴可均全晉文有傅子輯本，無論後漢尤煩之文。惟史通覈才篇引傅玄云：『觀孟堅漢書，實命代奇作，及與陳宗、尹敏、杜撫、馬嚴撰中興紀傳，其文曾不足觀，豈拘於時乎？不然，何不類之甚者也！是後劉珍、朱穆、盧植、楊彪之徒，又繼而成之，豈亦各拘於時而不得自盡乎！何其益陋也。』三史，謂史記、漢書、東觀漢記。其評斷惜亡佚不可考。」

疏證：「詳史通所引傅玄之語，即本傳所謂『撰論三史故事，詳論得失』。其評論東觀漢記之語，又殆所謂『譏後漢之尤煩』者也。」

以上爲第四段，提出對編寫史書的任務和要求，强調徵聖、宗經，並提出「總會」和「詮配」之難。

若夫追述遠代，代遠多僞。公羊高云：「傳聞異辭。」〔一〕荀況稱：「録遠略近。」〔二〕蓋文疑則闕，貴信史也〔三〕。然俗皆愛奇，莫顧實理。傳聞而欲偉其事，録遠而欲詳其跡，於是棄同即異〔四〕，穿鑿傍説〔五〕，舊史所無，我書則傳〔六〕，此訛濫之本源，而述遠之巨蠹也〔七〕。

〔一〕黄注：「漢藝文志：『公羊傳十一卷。』注：『公羊子，齊人。師古曰：名高。』傳曰：『所見異辭，所聞異辭，所傳聞又異辭。』」

疏證：「此言述遠之史難於徵信，應闕疑爲貴也。所見異辭三語，公羊傳凡三見：一見隱公元年『公子益師卒』下；一見桓公二年，『公會齊侯、陳侯、鄭伯於稷，以成宋亂』下；一見哀公十四年結尾數語。何氏解詁云：『所見者，謂昭、定、哀，己與父時事也。所聞者，謂文、宣、成、襄，王父時事也。所傳聞者，謂隱、桓、莊、閔、僖，高祖、曾祖時事也。』依何氏所詁，則知春秋十二公、二百四十二年之間，已分爲三期。即：第一期爲傳聞期，第二期爲所聞期，第三期爲所見期。所見期最詳最確，然猶不免異辭，況爲所聞期，或遠而爲傳聞期乎？蓋去吾愈遠，則異辭愈多，而愈難信。故劉勰有『追述遠代，代遠多僞』之言也。」

〔二一〕校注：「荀子非相篇：『傳者久則論略，近則論詳；略則舉大，詳則舉小。』舍人所稱，當即此文。然意義適與之反，且與本段亦相舛馳。豈傳寫有誤邪？史通煩省篇亦作『録遠略近』，浦二田通釋卷九已論及之矣。」

疏證：「史通煩省篇云：『昔荀卿有云：録遠略近，則知史之詳略不均，其爲患者久矣。』其文亦同文心。今浦氏通釋本改爲『遠略近詳』。且曰：『史通此文，以涉文心而誤。』理或然也。韓詩外傳（三）亦引荀子之語，文有小異，曰：『夫傳者，久則愈略，近則愈詳。略則舉大，詳則舉細。故聞者聞其大不知其細，聞其細不知其大。是以久而差。』繇此以證『録遠略近』一語，應有舛誤。細審本文，所謂『録遠略近』，似爲録遠宜略之義。下文又云：『録遠而欲詳其迹。』正爲録遠宜略之反義。否則，前後之語意不合。」斯波六郎：「『録遠略近』據上下文義，非是。恐爲『遠略近詳』之誤。」

陳書良：「『録遠略近』不誤，是記録遠古之事簡略於近世之事意。重點在録遠。如改爲『詳近略遠』，則與上文『追述遠代，代遠多僞』，及下文『蓋文疑則闕，貴信史也』不合。又劉知幾史通煩省云：『昔荀卿有云：録遠略近。』二劉所據荀子，殆別本乎？」

文心雕龍校注商兑：「按荀子非相：『傳者，久則論略，近則論詳。』彦和曰『録遠略近』，本與荀子無忤。史通煩省因以爲言：『昔荀卿有云：「録遠略近。」』浦起龍以彦和誤引荀文，作史通通釋，改曰『遠略近詳』。殊不知文心『略』字後省介詞『於』，有比之意，謂作史記録遠代之事，宜比近代的簡略。下文言俗人『愛奇』，作史竟『録遠而欲詳其迹』，恰與此相反，故非之。」

〔三〕校注：「按穀梁傳桓公五年：『春秋之義，信以傳信，疑以傳疑。』」

疏證：「論語：『子曰：吾猶及史之闕文也。』集解引包曰：『古之良史，于書字有疑則闕之。』此爲篇中『文疑則闕，貴信史也』二語所本。」論語爲政：「多聞闕疑，慎言其餘，則寡尤。」

〔四〕斯波六郎：「春秋左氏傳襄公二十九年：『子太叔曰……吉也聞之，棄同即異，是謂離德。』」

〔五〕斠詮：「謂任意牽合，附會雜説也。」

〔六〕校證：「御覽、玉海『傳』作『博』。」

〔七〕范注：「彦和此論，見解高絶，史通疑古、惑經諸篇所由本也。孔子修春秋，託始乎隱，以高祖以來事尚可聞之也。尚書託始於堯舜，以堯舜爲孔子所虚懸之理想人物。……竹書紀年起於夏禹，不必可信。司馬遷撰史記，乃又遠推五帝，作五帝本紀。張衡欲記三皇，司馬貞本其意補三皇本紀。宋胡宏撰皇王大紀，又復上起盤古。愈後出之史家，其所知乃愈多於前人，牽引附會，務欲以古復有古相高，信述遠之巨蠹矣。」

疏證：「此言述遠之訛濫，由於愛奇好異，且不能闕疑之所致也。……劉勰所謂『俗皆愛奇，莫顧實理』者，非指孔子與司馬遷而言也。惟後人説古史者，實多荒誕不經之説。考劉勰以前，流傳乙部之書，如紀年、古文瑣語、穆天子傳，皆出自汲冢，尚爲古史之僅存者。又如逸周書、山海經，行世在汲冢古書之前。太史公且言及山海經，是漢代已有其書矣。至若……著録於隋、唐二志者，林林總總，不可勝數。非失之『棄同即異』，即不免『穿鑿傍説』。且其所説多不爲左傳、國語、國策、史記、漢書所載。若斯之類，正如范君所指『愈後出之史家，所知乃愈多於前人』，故曰：『舊史所無，我書則傳。』」

「尋劉勰立論之旨，凡後代人追述前代史事者，皆謂之述遠，以與下文『同時之枉』一節對舉。……史記述春秋以往之事最略，春秋戰國時事差詳，而記漢代事最詳，甚符荀子『遠略近詳』之旨。然本篇尚論諸史，於左氏則曰『氏族難明』，於史記則曰『愛奇反經』，於後漢史則曰『疏謬少信』，於三國史則曰『激抗難徵』，皆以明述古訛濫之弊。依公羊氏述高祖以上事即爲傳聞，則不免異其辭。依本篇所述，述前代事即爲録遠，録遠則難於求詳。凡『傳聞而欲偉其事，録遠而欲詳其迹』者，皆訛濫之本源也。」

至於記編同時〔一〕，時同多詭，雖定、哀微辭〔二〕，而世情利害〔三〕。勳榮之家，雖庸夫而盡飾；迍敗之士，雖令德而嗤埋〔四〕：吹霜煦露〔五〕，寒暑筆端。此又同時之枉，可爲歎息者也〔六〕。故述遠則誣矯如彼，記近則回邪如此，析理居正，唯素心乎〔七〕！

〔一〕斠詮：「『記編』乃竝列動詞，『記編同時』與上『追述遠代』相對文。」

〔二〕黄注：「史記：『孔子著春秋，隱、桓之間則章，至定、哀之際則微。謂其切當世之文而罔褒，忌諱之辭也。』」疏證：「黄注所舉史記及匈奴傳贊語。」又：「此言時近之枉，又不同於述遠也。公羊傳定公元年：『定、哀多微辭。』解詁云：『孔子畏時君，上以諱尊隆恩，下以避言容身，慎之至也。』史記用公羊家説，故曰：『定、哀之際則微。』」「詭」，欺詐。

〔三〕斠詮直解爲「乃基於世俗之常情與權衡當時之利害，不得不然也」。

〔四〕此處原作：「雖令德而常嗤，理欲吹霜煦露。」校注：「『常嗤』當依御覽、史略改作『嗤理』。『理』即『埋』之誤。上句之『常』字與此句之『欲』字，皆係妄增。」校釋：「舊校：『理欲二字衍。』按御覽作『雖令德而蚩埋』，『蚩』乃『嗤』省，『理』爲『埋』誤，『欲』則『吹』之衍而誤者。」校證：「史略作『嗤埋』。按作『嗤埋』是，今據改。舊本因『埋』誤爲『理』，文不可通，因於『嗤』上加『常』字耳。」「嗤埋」，譏笑而被埋没。「煦」，温暖。

〔五〕斠詮：「謂吹寒氣可凝成嚴霜，呵暖氣可降爲甘露也。」史通雜説上：「左氏之叙事也……談恩惠則煦如春日，紀嚴切則凛若秋霜。」

〔六〕疏證：「史通曲筆篇發揮記近多枉之義最晰，其言曰：『其有舞詞弄札，飾非文過。若王隱、虞預，毁辱相凌；子野、休文，解紛相謝。用舍由乎臆説，威福行乎筆端。斯乃作者之醜行，人倫所同疾也。亦有事每憑虚，詞多烏有。或假人之美，借爲私惠；或誣人之惡，特報己仇。……此又記言之奸賊，載筆之凶人。』又曰：『至如朝廷貴臣，必父祖有傳；考其行事，皆子孫所爲。而訪彼流俗，詢諸故老，事有不同，言多爽實。』又曰：『蓋史之爲用也，記功司過，彰善癉惡，得失一朝，榮辱千載。苟違斯法，豈曰能官。但古來唯聞以直筆見誅，不聞以曲詞獲罪。……故令史臣得愛憎由己，高下在心，進不憚於公憲，退無愧於私室，欲求實録，不亦難乎。』案劉知幾此論，實與劉勰同符。……劉勰云：『勛榮之家……雖令德而常嗤。』實爲子長而後吾國舊史學家之通病。「陳壽謂丁儀、丁廙之子曰：『可覓千斛米見與，當爲尊公作佳傳。』魏收之撰魏書，『性憎勝己，喜念舊惡。甲門盛德，與之有怨者，莫不被以醜言，没其善事。遷怒所及，毁及高曾。』又以楊遵彦爲北齊貴臣，勢傾朝野，撰其家傳甚美。由是世傳其書，號爲穢史。』夫陳壽有良史之目，魏收亦富於史才。一則以求米貽譏，一則以穢史見病。『吹霜煦露，寒暑筆端』，惟魏收一類人，足以當之。

「述古易誣，記近易枉，其趨雖異，厥失惟均。劉勰論史，慨乎言之，足以昭示準的矣。」

〔七〕「素心」，黄本改作「素臣」，注曰：「春秋序：説者以仲尼自衛反魯，修春秋，立素王，丘明爲素臣。」

紀評：「陶詩有『聞多素心人』句，所謂有心人也，似不必改作『素臣』。」

范注：「案紀説是也。素心，猶言公心耳。」

校注：「文選顔延之陶徵士誄：『長實素心。』李注：『禮記曰：「有哀素之心。」鄭玄曰：「凡物無飾曰素。」』江文通文集陶徵君田居詩：『素心正如此。』並以『素心』連文。養氣篇：『聖賢之素心。』尤爲切證。不必泥於本篇所論，而改『心』爲『臣』也。」斠詮：「心地樸素亦曰素心，如陶潛移居詩：『聞多素心人，樂與數晨夕。』文選顔延之陶徵士誄：『弱不爲養，長實素心。』注：『素，無飾也。』」

校釋：「梅子庾以杜預春秋序有『丘明爲素臣』之説，改作『素臣』，以配孔子素王，亦通。」

疏證：「如作『素臣』，則上下文義甚順。否則費解。」又：「此數語爲總結上文之辭。述遠之弊爲誣矯，記近之弊爲回邪，皆與修史之旨無當。述遠以訛濫爲巨蠹，訛濫即誣矯也。記近以同時之枉爲可嘆，同時之枉即回邪也。誣矯、回邪，俱有不可。惟有出於『析理居正』之一途。

「何謂析理？『貫乎百世，被之千載，表徵盛衰，殷鑒興廢』是也。何謂居正？使『一代之制，共日月而長存；王霸之迹，並天地而久大』是也。必如史記之實録無隱，博雅宏辨，乃得謂之析理。又如漢書之宗經矩聖，端緒豐贍，乃得謂之居正。蓋作史必能析理，而後述遠不失於誣矯；必能居正，而後記近不至於回邪。劉勰舉『析理居正』四字，所以箴述古記近之失也。

「素王、素臣之名，既見杜預春秋序，疏復爲之說曰：『……丘明自以身爲素臣，故爲素王作左氏之傳。漢魏諸儒，皆爲此說。』又曰：『素，空也，言無位而空王也。』由此說推之，素臣之義，亦爲無位而空臣。又杜預於隱公元年春王正月下注云：『凡人君即位，欲其體元以居正，故不言一年一月也。』審此，更知左丘明爲素臣，而『體元居正』，亦左氏作傳之始義。蓋劉勰以左氏爲史家之冠冕，故亟稱之以示準。」

若乃尊賢隱諱，固尼父之聖旨，蓋纖瑕不能玷瑾瑜也〔一〕；奸慝懲戒，實良史之直筆，農夫見莠，其必鋤也〔二〕；若斯之科，亦萬代一準焉〔三〕。至於尋繁領雜之術，務信棄奇之要，明白頭訖之序，品酌事例之條，曉其大綱，則衆理可貫〔四〕。

〔一〕范注：「公羊閔公元年傳：『春秋爲尊者諱，爲親者諱，爲賢者諱。』瑾瑜，謂尊者賢者。諱尊賢，懲奸慝，爲作史之準繩。」校注：「左傳宣公十五年：『瑾瑜匿瑕。』」

疏證：「尊謂君，親謂父，賢謂賢士大夫。史貴直筆，而於君親賢士大夫，例須爲之隱諱。此爲公羊家所謂春秋之法。劉勰以『尼父之聖旨』釋之。

「左傳宣公二年：『太史書曰：趙盾弑其君。以示於朝。宣子曰：不然。對曰：子爲正卿，亡不越境，反不討賊，非子而誰？宣子曰：嗚呼！我之懷矣，自貽伊戚。其我之謂矣。孔子曰：董狐，古之良史也，書法不隱。趙宣子，古之良大夫也，爲法受惡。』

「本篇尚論古史，於左氏之外，兼用公羊之説。以春秋爲仲尼所筆削，而爲尊賢隱諱，亦爲尼父之聖旨。」此處「纖瑕不能玷瑾瑜」，謂瑕不掩瑜。

〔二〕校注：「左傳隱公六年：『周任有言曰：爲國家者，見惡如農夫之務去草焉；芟夷藴崇之，絶其本根，勿使能殖，則善者信矣。』」「莠」，狗尾草，是惡草。

〔三〕斟詮：「科，即科條。準，此指準繩。」疏證：「孟子滕文公篇曰：『孔子成春秋而亂臣賊子懼。』應指良史直筆，可收懲奸戒慝之效而言。劉勰喻以農夫之除莠，尚能當理。第自遷、固以下，歷代秉筆之士，其於君上，則寓以隱惡揚善之旨；其於奸慝，則寄以懲惡勸善之法。此爲仲尼以來修史準繩之所在。劉勰所以又謂『若斯之科，亦萬代一準』也。」

〔四〕范注：「史通全書，皆推闡此四句之義，孰謂彦和此篇是敷衍足數者！」

疏證：「此文所舉之四事，乃劉勰所建立之修史總綱也。……『尋繁領雜之術』，即搜集史料之謂也。『務信棄奇之要』，即整理史料之謂也。『明白頭訖之序』，即輯成史著之謂也。初步徵集之史料，是爲原料；繼而整理之史料，是爲長編；最後葺成之史著，是爲定本：此爲修史必經之序，劉勰已備言之矣。

「不特此也，修史尤貴有例，以立載筆之準。劉知幾曰：『國無法則，上下靡定；史無例則，是非莫準。』春秋各國史官，皆依王室所頒之例，以爲載筆之準。唐宋以來，纂修國史，亦莫不先訂凡例。古今一揆，蓋已久矣。是則删成勒定之際，尤貴先立史例。此劉勰所以又有『品酌事例之條』之説也。

「再就上文所述，加以申明。『尋繁領雜之術』，實爲總會。『明白頭訖之序』，屬於詮配。總會之後，必知『務信棄奇之要』，乃能詮配得當。詮配之際，必依『品酌事例之條』，乃究總會之極功。四者缺一，又不可也。總上四事，定爲修史之總綱。握定總綱以修史，則萬殊歸於一本，自可有條不紊。故曰『曉其大綱，則衆理可貫』也。再案史通采撰、探賾、補注諸篇，皆以論『尋繁領雜之術』；浮辭、直筆、曲筆、模擬諸篇，皆以論『務信棄奇之要』；斷限、編次、叙事、序傳、煩省諸篇，皆以論『明白頭訖之序』；六家、二體、本紀、世家、列傳、表歷、書志、論贊、序例諸篇，皆以論『品酌事例之條』。」「品酌事例之條」謂確定評量得失的條例。

然史之爲任，乃彌綸一代，負海内之責，而贏是非之尤〔一〕。秉筆荷擔，莫此之勞〔二〕。遷固通矣，而歷詆後世。若任情失正，文其殆哉〔三〕！

〔一〕校證：「『贏』，舊本皆如此，梅本、黄本作『羸』，不可從。」范注：「『羸』，當作『贏』。贏，賈有餘利也。韓愈不敢作史，恐贏得是非之禍尤耳。」

校注：「按『羸』字是。……羸，受也（左傳襄公三十一年杜注），擔負也。」「彌綸」，包舉。「尤」，責備。

〔二〕范注：「荷擔，猶言負責。」

疏證：「此言修史之責重也。自班固斷代爲史，以撰漢書，後世仍之。故劉勰謂『修史之責，足以彌綸一代』。董狐直筆，見稱於仲尼；魏收穢史，見訾於當代：其『負海内之責，而羸是非之尤』，又爲何如？由此而知秉筆修史之士，其勞亦莫甚矣。蓋上文言曉其大綱，則衆理可貫，是修史尚非難事。此文又言修史之責重，且足以釀生是非，而其勞亦可念。以明修史仍非易事，用以警惕作者。」

〔三〕范注：「遷、固皆良史，而後世尚詆呵之；若褒貶任情，抑揚失正，則生絶胤嗣，死遭剖斵，難乎免於殃戮矣。韓愈不敢撰史，蓋深有見於其難也。」

疏證：「班彪略論謂：『司馬遷論議淺而不篤，其論學術，則崇黄老而薄五經；序貨殖，則輕仁義而羞貧窮；道游俠，則賤守節而貴俗功，此其大敝傷道，所以遇極刑之咎也。』其子固作司馬遷傳，亦用父説爲贊，其文微異。……後漢書班彪附子固傳論云：『彪、固譏遷，以爲是非頗謬於聖人。然其議論，常排死節，否正直，而不叙殺身成仁之爲美，則輕仁義，賤守節愈矣。固傷遷博物洽聞，不能以智免極刑。然亦身陷大戮，智及之而不能守之。嗚呼！古人所以致論於目睫也。』……又史通書事篇云：『傅玄之貶班固也，論國體，則飾主闕而折忠臣；敘世教，則貴取容而賤直節；述時務，則謹辭章而略事實。』……以上皆劉勰所謂歷詆遷、固之辭也。

「篇中『任情失正』四字，對上文『析理居正』而言。惟不能析理者乃任情，不能居正者乃失正。文者，斯文也。『文其殆哉』，即斯文將喪之旨也。遷、固通人，猶爲後世所歷詆。若下於此，而任情失正，則斯文有將喪之懼。以言修史，不亦遠乎！劉勰以慨嘆作結，以明修史之非易事。」

第五段論述修史在「述遠」「記近」中兩種不良傾向，並提出修史的四條大綱。

贊曰：史肇軒黃，體備周、孔。世歷斯編，善惡偕總〔一〕。騰褒裁貶，萬古魂動〔二〕。辭宗丘明，直歸南、董〔三〕。

〔一〕范注：「南齊書魚腹侯子響傳：『劉繪爲豫章王嶷乞葬蛸子響表云：積代用之爲美，歷史不以云非。』稱史爲歷史，即『世歷斯編』之義。」疏證：「或謂此即『世歷斯編』之義。按此云歷史，即歷世之史之義，與今言歷史之義不殊。」斠詮：「言歷代世事之因革變遷，均薈萃於史册，人類行爲之是非善惡，皆總括於其中也。」

〔二〕疏證：「本篇云『軒轅之世，史有倉頡』，是爲『史肇軒黃』。又云『姬公定法』，夫子『因魯史以修春秋』。周公立作史之凡，仲尼奠編年之體，是爲『體備周、孔』。本篇於史、漢以下，兼敘後漢、魏、晉諸家之作，而懲惡勸善之旨以備，是爲『世歷斯編，善惡偕總』。又云：『褒見一字，貴逾軒冕；貶在片言，誅深釜鉞。』是爲『騰褒裁貶，萬古魂動』。」

斠詮：「言因褒揚而騰聲，由貶斥而抑價，史家秉筆，消息萬古。其機如此，足令人心驚魂動也。」

〔三〕訓故：「春秋左傳：崔杼弑莊公。太史書曰：崔杼弑其君。崔子殺之，其弟嗣書，而死者二人。南史氏聞太史盡死，執簡以往，聞既書矣，乃還。春秋左傳：孔子曰：董狐，古之良史也，書法不隱。」按前者見襄公二十五年，後者見宣公二年。

疏證：「史之直筆，應以南、董爲歸；史之辭采，應以左氏爲宗。南、董之直筆，更於春秋見之。本篇曰：『立義選言，宜依經以樹則；勸戒與奪，必附聖以居宗。』此直歸南、董之注脚也。又曰：『丘明同時，實得微言。乃……記籍之冠冕。』此『辭宗丘明』之注脚也。……本文以南、董皆能直筆，故並稱之。」

諸子第十七

梅注：「漢書藝文志：鬻子二十二篇，老子道德二篇，孟子七篇，莊子五十二篇，墨子七十一篇，尹文子一篇，野老十七篇，騶子四十九篇，申子六篇，商子二十九篇，鬼谷子十三篇，尸子二十篇，青史子五十七篇，吕氏春秋二十六篇，荀卿子三十三篇，惠子一篇，列子八篇，韓非子五十五篇，公孫龍子一十四篇，魏公子牟四篇，管子八十六篇，晏子八篇，鄒奭子一十二篇，隨巢子六篇，尉繚子二十九篇，鶡冠子一篇，文子九篇，慎子四十二篇，淮南子内二十一篇、外三十三篇。」

紀評：「此亦泛述成篇，不見發明。蓋子書之文，又各自一家，在此書原爲諷入，故不能有所發揮。」

范注：「案紀氏此説亦誤。柳子厚謂『參之孟荀以暢其支，參之莊老以肆其端』（答韋中立論師道書）。彦和論文，安可不及諸子耶！」

注訂：「諸子之文，别於群經，然説理見道則一也。其先後尊遜有互異者，時與勢有不同耳。故五千言與孔論體相近也，墨、莊、孟、荀體相近也。然旨雖異趣，而其爲文章大宗，派衍無窮，誰有閒言哉！彦和繼史傳之後，有諸子，此必然耳。蓋漢志云：『合其要歸，亦六經之支與流裔也。』紀評『諷入』之説非是。」

饒宗頤文心各篇之取材述略：「諸子用葛洪尚博篇説。」

諸子者，入道見志之書〔一〕。太上立德，其次立言〔二〕。百姓之群居，苦紛雜而莫顯〔三〕；君子之處世，疾名德之不章〔四〕。唯英才特達〔五〕，則炳曜垂文〔六〕，騰其姓氏，懸諸日月焉〔七〕。

〔一〕校證：「玉海五三『入』作『述』。」校注：「按以下文『述道言治』證之，玉海所引蓋是。」

范注：「漢書藝文志曰：『今異家者，各推所長，窮知究慮，以明其指，雖有蔽短，合其要歸，亦六經之支與流裔。』」朱逷先等筆記：「是子書者，凡發表個人意見者，皆得稱之，若論語、孝經者，必子書類也。後人尊孔過甚，乃妄入經類。」

〔二〕左傳襄公二十四年：「大上有立德，其次有立功，其次有立言。」正義：「太上，謂上聖之人也。……老、莊、荀、孟、管、晏、孫、吳之徒，制作子書……皆是立言者也。」

〔三〕論語衛靈公：「群居終日，言不及義，難矣哉。」「顯」是顯達。

〔四〕論語衛靈公：「子曰：君子疾没世而名不稱焉。」「章」，通「彰」。

〔五〕禮記聘義：「圭璋特達，德也。」「特達」，超出一般人之上。

〔六〕校注：「按『曜』當作『燿』。已詳原道篇『繇辭炳曜』條。」「炳曜垂文」，意謂光采照耀，文章流傳。

〔七〕「騰」，飛騰，此處指傳播。

昔風后、力牧、伊尹〔一〕，咸其流也。篇述者，蓋上古遺語，而戰代所記者也〔二〕。

〔一〕漢書藝文志兵、陰陽家有「風后十三篇」，自注：「圖二卷，黄帝臣依託也。」又道家有「力牧二十二篇」，自注：「六國時所作，託之力牧。力牧，黄帝相。」又道家有「伊尹五十一篇」，自

注：「湯相。」小説家有「伊尹説二十七篇」，自注：「其語淺薄似依託也。」

〔二〕校證：「『戰代』，原作『戰伐。』」校注引郝懿行云：「按『伐』疑『代』字之譌。蓋風后、力牧諸篇，皆六國人依託也。」札迻十二：「『戰伐』，元本作『戰代』（馮本、活字本並同）。紀云：『戰伐當作戰國。』案元本是也。銘箴、養氣、才略三篇，並有『戰代』之文。紀校非。」

范注：「風后、力牧、伊尹諸人，非自著書，至戰國時始依託之述于篇耳。」「篇述」，篇章著述。

注訂：「篇述指世所傳風后、力牧諸作，因漢志皆注云依託；惟彦和認爲雖爲戰代依託之作，但上古遺語存焉，未可偏廢也。此見甚卓。」

至鬻熊知道〔一〕，而文王諮詢，餘文遺事，録爲鬻子〔二〕。子自肇始，莫先於兹〔三〕。

〔一〕訓故：「鬻熊，高氏子略：魏相奏記，霍光曰：文王見鬻子，年九十餘。」梅注：「鬻熊，芈姓，楚之先也。」黄注：「子略：鬻子年九十見文王，王曰：老矣。鬻子曰：使臣捕獸逐麋，已老矣；使臣坐策國事，尚少也。文王師焉，著書二十二篇，名曰鬻子。」

〔二〕宋高承事物紀原卷四「集類・子」：「文心雕龍曰：鬻熊作書，題曰鬻子。蓋周初人，此名子之始也。」

四庫提要曰：「考漢書藝文志道家鬻子二十二篇，又小説家鬻子説十九篇，是當時本有二書。列子引鬻子凡三條，皆黄老清静之説，與今本不類，疑即道家二十二篇之文。今本所載與賈誼新書所引六條文格略同，疑即小説家之鬻子説也。今本或唐以來好事之流，依仿賈誼所引，撰爲贋本，亦未可知。觀其標題甲乙，故爲佚脱錯亂之狀，而誼書所引，則無一條之偶合，豈非有心相避，而巧匿其文，使讀者互相檢驗，生其信心歟？且其篇名冗贅，古無此體，又每篇寥寥數言，詞旨膚淺，決非三代舊文，姑以流傳既久，存備一家耳。」

朱遏先等筆記：「彦和所見鬻子已係僞書，惟賈生所引當尚真。」

漢書藝文志道家有鬻子二十二篇。自注：「名熊，爲周師，自文王以下問焉。周封爲楚祖。」小説家又有「鬻子説十九篇」，自注：「後世所加。」

〔三〕紀評：「『自』當作『之』。」沈岩録何校本「自」改「氏」。

校注：「玉海、漢書藝文志考證六引並作『諸子肇始，莫先於斯』。按王氏所引，未必是文心之舊；然今本『自』字實誤。」

漢書藝文志考證卷六道鬻子二十二篇：「劉向别録云：『鬻子名熊，封於楚。』劉勰曰：『鬻熊知道，而文王咨謀，諸子肇始，莫先於斯。』」清周廣業意林注卷一鬻子：「案文心雕龍諸子篇云：『鬻熊知道，而文王諮詢。……子氏肇始，莫先於兹。』政言熊爲諸子之權輿也。然曰録其遺文，則固非自熊手矣。」

注訂：「今傳鬻子，據四庫提要所云：『疑即小説家之鬻子説也。』然漢志所注，是爲文王師，在子類其書最古，故彥和首舉。故曰『子自肇始』也。『子自』二字不誤，紀說及諸本皆以意爲之改訂；言自者，明其所從來也。其肇始之由，莫先於鬻子也。」

及伯陽識禮，而仲尼訪問〔一〕，爰序道德，以冠百氏〔二〕。然則鬻惟文友，李實孔師〔三〕，聖賢並世，而經子異流矣〔四〕。

〔一〕黄注：「史記：老子者，姓李氏，名耳，字伯陽，孔子適周，問禮於老子，謂弟子曰：『老子其猶龍耶？』老子居周久之，見周之衰，遂去，至關，關令尹喜曰：『子將隱矣，彊爲我著書。』迺著書上下篇，言道德之意五千餘言，而去。」

注訂：「禮記曾子問，孔子凡三稱『吾聞諸老聃曰』，是老子識禮也。」

史記老莊申韓列傳：「老子者……姓李氏，名耳，字伯陽，謚曰聃。……孔子適周，將問禮於老子。……於是老子乃著書上下篇，言道德之意五千餘言而去，莫知其所終。」

〔二〕范注：「孔子問禮於老聃，見禮記曾子問篇，當可信。惟著道德經之老子，當即其子爲魏將者，時代遠在孔子後，不得爲孔子師。」

校注：「按呂氏春秋當染篇：『孔子學於老聃。』韓詩外傳五：『仲尼學乎老聃。』白虎通辟雍篇：『孔子師老聃。』潛夫論讚學篇：『孔子師老聃。』後漢書孔融傳：『先君孔子與君先人李老君，同德比義，而相師友。』李注：『家語（按見觀周篇）曰：「孔子謂南宮敬叔曰：『吾聞老聃博古而達今，通禮樂之源，明道德之歸，即吾之師也，今將往矣。』遂至周，問禮於老聃焉。」』據此，舍人之説，實有所本也。」

斠詮：「范注以爲道德經乃老子之子名宗者所造，今人蔣錫昌老子校詁於古代引老經最早之人考一文中，以爲老子一書必成於孔子問禮之老聃，引證確鑿可信。」

〔三〕梅注「文」下注「王」字。

〔四〕校證：「元本、傳校元本無『流』字。」按兩京本無「流」字，元刻本、弘治本均有「流」字。

范注：「彦和意謂鬻子、老聃皆賢者，故其遺文稱子，其實述老子學者亦尊五千言爲經，漢志道家所著鄰氏經傳、傅氏、徐氏經説是也。」

以上爲第一段，叙述子書的性質並追溯諸子的源起。

逮及七國力政，俊乂蠭起〔一〕。孟軻膺儒以磬折〔二〕，莊周述道以翱翔〔三〕，墨翟執儉确之教〔四〕，尹文課名實之符〔五〕，野老治國於地利〔六〕，騶子養政於天文〔七〕，申商刀鋸以制理〔八〕，鬼谷脣吻以策勳〔九〕，尸佼兼總於雜述〔一〇〕，青史曲綴以街談〔一一〕；承流而枝附者，不可勝算〔一二〕；並飛辯以馳術，饜禄而餘榮矣〔一三〕。

〔一〕校注：「漢書藝文志諸子略：『諸子十家，其可觀者九家而已。皆起於王道既微，諸侯力政，時君世主，好惡殊方。是以九家之術，蠭出並作。』」漢書游俠傳序：「陵夷至于戰國，合從連衡，力政争强。」顏師古注：「力政者，棄背禮義，專任威力也。」「俊」，賢才之稱。尚書皋陶謨：「俊乂在官。」史記項羽本紀：「楚蠭起之將。」如淳曰：「蠭起，猶言蠭舞也。衆蠭飛起，交横若舞，言其衆也。」「蠭」，蜂的異體字。

〔二〕黄注：「史記：孟軻，鄒人也。受業子思之門人，述唐、虞、三代之德，是以所如者不合，退而與萬章之徒序詩書，述仲尼之意，作孟子七篇。」按此見孟子荀卿列傳。孟子公孫丑上：「乃所願，則學孔子也。」

中庸：「得一善則拳拳服膺而弗失之矣。」服膺，有信守之義。范注：「禮記曲禮下：『立則磬折垂佩。』正義曰：『臣則身宜僂折如磬之背，故云磬折也。』」此處形容孟子恭謹守禮。

〔三〕黄注：「史記：莊子，名周，其學本歸于老子之言，故著書十餘萬言，大抵率寓言也。楚威王厚幣迎之，許以爲相。周笑曰：無污我，我寧游戲污瀆之中自快，無爲有國者所羈。」

范注：「漢志道家莊子五十二篇，今郭象注本僅三十三篇。莊子内篇首列逍遥遊。文選潘安仁秋興賦注引司馬彪云：『言逍遥無爲者，能遊大道也。』翺翔，猶言逍遥。」

注訂：「莊子書首篇曰逍遥遊，即司馬遷所謂『其言洸洋自恣以適己』也，即述道翺翔之旨。」方孝孺張彦輝文集序：「莊周爲人，有壺視天地，囊括萬物之態，故其文宏博而放肆，飄飄然若雲遊龍鶱不可守。」（四部叢刊遜志齋集卷十二）「翺翔」，自由奔放，顯示莊子文章的風格特點。

〔四〕黄注：「史記：墨翟，宋之大夫，善守禦，爲節用。藝文志：墨子七十一篇。」又：「儉确——太史公自序：墨者亦尚堯舜道，言其德行，曰：堂高三尺，土階三等，茅茨不翦，采椽不刮，食土簋，啜土刑，糲粱之食，藜藿之羹，夏日葛衣，冬日鹿裘。其送死桐棺三寸，舉音不盡其哀。教喪禮必以此，萬民爲之率。使天下法若此。」「墨翟」，附見史記孟子荀卿列傳。

范注：「漢志墨家墨子七十一篇，自注：『名翟，爲宋大夫，在孔子後。』莊子天下篇論墨學曰：『其生也勤，其死也薄，其道大觳。』郭注：『觳，無潤也。』案説文……石部『确，礊石也，确或作殼。』（礊石，謂堅也。）玉篇：『确，磽确。』」文選左思吴都賦：「同年而議豐确乎。」劉注：「确，薄也。」謂瘠薄。墨子有節用、節葬、非樂等篇，故云「執儉确之教」。

〔五〕黄注：「劉向别録：尹文子學本莊老，其書自道以至名，自名以至法，以名爲根，以法爲柄，凡二卷，僅五千言。藝文志：尹文子一篇。注：説齊宣王，先公孫龍。師古曰：劉向云：與宋鈃俱遊稷下。」

范注：「錢大昭曰：『今道藏本上下二篇（大道篇上下），蓋本魏黄初末山陽仲長氏詮次之舊，故隋志已作二卷』。」大道上云：「有形者必有名，有名者未必有形。形而不名，未必失其方圜黑白之實，名而不可不尋名，以檢其差。故亦有名以檢形，形以定名。名以定事，事以檢名。察其所以然，則形名之與事務，無所隱其理矣。」斠詮：「所謂『形以定名，名以定事，事以檢名』，三者相符，則其理無隱，是之謂『課名實之符』也。」「課」，考核。

〔六〕范注：「漢志農家野老十七篇，自注：『六國時在齊楚間。』應劭曰：『年老居田野，相民耕種，故號野老。』王應麟曰：『真隱傳：「六國時人，遊齊楚間，年老隱居，著書言農家事，因以爲號。」』」孟子滕文公上述農家許行云：「賢者與民並耕而食，饔飧而治。」

〔七〕黄注：「史記齊有三騶子。騶衍深觀陰陽消息，而作怪迂之變，終始、大聖之篇，十餘萬言。藝文志：騶子四十九篇。注：名衍，齊人，爲燕昭王師，居稷下，號談天衍。」上引史記見孟子荀卿列傳。

范注：「史記孟荀列傳集解引别録云：騶衍之所言，五德終始，天地廣大，書言天事，故曰『談天』。」

藝文志載騶子屬陰陽家。騶衍通過自然界的陰陽變化來説明政治，所以説「養政于天文」。「養政」，即爲政。與上文「治國」相對成文。

〔八〕黄注：「史記（老莊申韓列傳）：申不害相韓昭侯，學本黄老，而主刑名，著書二篇，號曰申子。商君傳：魏鞅既破魏還秦，封之于商十五邑，號爲商君。藝文志商君二十九篇。」「制理」，制定治理的法令，指用嚴刑峻法。

范注：「漢志法家申子六篇。自注：『名不害，京人。相韓昭侯，終其身諸侯不敢侵韓。』……又法家商君二十九篇。四庫提要曰：『文獻通考引周氏涉筆以爲鞅書多附會後事，擬取他詞，非本所論著。然周氏特據文臆斷，未能確證其非。今考史記稱秦孝公卒，太子立，公子虔之徒告鞅欲反。惠王乃車裂鞅以徇。則孝公卒後，鞅即逃死不暇，安得著書！如爲平日所著，則必在孝公之世，又安得開卷第一篇，即稱孝公之謚！殆法家者流，掇鞅餘論，以成是編。猶管子卒于齊桓公前，而書中屢稱桓公耳。」

郭注：「史記商君列傳：『鞅少好刑名之學。』主張變法，其法，『不告姦者腰斬』，『爲私鬭者各以輕重被刑』，『太子犯法……刑其傅公子虔，黥其師公孫賈』。故云：『刀鋸以制理。』理，吏也，法也。」

斠詮：「漢書刑法志：『中刑用刀鋸。』韋昭注：『刀割刑，鋸刖刑也。』按在此喻嚴刑峻法。」

〔九〕史記蘇秦列傳：「蘇秦者，東周雒陽人也。東事師于齊，而習之于鬼谷先生。」集解：「風俗通義曰：『鬼谷先生，六國時縱横家。』」索隱：「樂壹注鬼谷子書云：『蘇秦欲神秘其道，故假名鬼谷。』」

范注：「鬼谷子一卷。案鬼谷子，漢志不著録。隋志縱横家有鬼谷子三卷。注曰：『周世隱于鬼谷。』玉海引中興書目曰：『周時高士，無鄉里族姓名字，以其所隱，自號鬼谷先生。蘇秦、張儀事之，授以捭闔至符言等十有二篇，及轉丸、本經、持樞、中經等篇。』因隋志之説也。」

注訂：「此指縱横家以口舌辯給之道以策勳，所謂遊説之士者也。」「勳」，謂立功。斯波六郎：「春秋左氏傳桓公二年：『凡公行，告于宗廟，反行，飲至，舍爵策勳，禮也。』」

〔一〇〕訓故：「劉向別録：楚有尸子，疑其在蜀。今案尸子書，晉人，名佼，秦相衛鞅客。鞅誅，佼恐，逃入蜀，著書二十篇。」

范注：「漢志雜家尸子二十篇。自注：『名佼，魯人，秦相商君師之。鞅死，佼逃入蜀。』」又引汪繼培輯尸子序曰：「漢書藝文志雜家尸子二十篇。隋、唐志並同。宋時全書已亡。王應麟漢志考證云：『李淑書目存四卷。館閣書目止存二篇，合爲一卷。其本皆不傳。章懷太子注後漢書（宦者吕强傳）謂尸子書二十篇。十九篇陳道德仁義之紀，一篇言九州險阻水泉所起。劉向序荀子，謂尸子著書非先王之法，不循孔氏之術，劉勰又謂其「兼總雜術」，「術通而文鈍」。今原書散佚，未究大恉。』」「兼總雜術」謂「兼儒墨，合名法」。

〔一一〕校證：「玉海三七『以』作『於』。」按作「於」是。

訓故：「青史子——漢書藝文志注：古史官記事之書，小説家也。」玉海卷三十七：「漢志小説家青史子五十七篇。古史官記事也。」注：「風俗通義引青史子書。」范注：「大戴禮保傅篇：『青史氏之記曰：古者胎教。』隋志梁有青史子一卷。」

漢書藝文志：「小説家者流，蓋出于稗官，街談巷語，道聽途説者之所造也。……閭里小知之所及，亦使綴而不忘。」「曲綴」，詳細記録。明方以智通雅釋詁卷三「綴集青史，言汗青也」條：「文心雕龍云：『青史曲綴於街談。』……風俗通引青史子書（見祀典篇）。大戴禮保傅篇：『青史之記曰：古者胎教。』隋志有梁青史子一卷。」

范注：「案以上十家，並本漢書藝文志，每家舉出一人。惟鬼谷子不見于漢志，彦和時有其書，以爲蘇秦、張儀之師，故特舉之。」

〔一二〕「枝附」謂其它子書，如枝葉依附于根幹。

〔一三〕校注：「孔融薦禰衡表：『飛辯騁辭。』」唐逢行珪鬻子序：「豈如寓言迂恢，馳術飛辯者矣。」

暨於暴秦烈火，勢炎崐岡〔一〕，而煙燎之毒，不及諸子〔二〕。逮漢成留思〔三〕，子政讎校〔四〕，於是七略芬菲〔五〕，九流鱗萃〔六〕，殺青所編〔七〕，百有八十餘家矣〔八〕。迄至魏晉，作者間出〔九〕，讕言兼存〔一〇〕，璅語必録，類聚而求，亦充箱照軫矣〔一一〕。

〔一〕尚書胤征：「火炎崐岡，玉石俱焚。」

斠詮：「崐岡，本指崐崙山。……彦和採用爲歇後語，喻秦火焚書，良窳俱毁，亦即『玉石俱焚』之義。」

〔二〕范注：「史記始皇本紀：『三十四年，丞相李斯請史官非秦紀皆燒之；非博士官所職，天下敢有藏詩書百家語者，悉詣守尉雜燒之。所不去者，醫藥、卜筮、種樹之書。若欲有學法令，以吏爲師。』彦和云『煙燎之毒，不及諸子』，恐非事實。戰國諸子之學，亦有師徒相傳。珍守勿失，其書籍又非如六經之繁重，山巖屋壁，藏匿自易，故至漢代求書，諸子皆出也。論衡書解篇：『秦雖無道，不燔諸子，諸子尺書，文篇具在。』此彦和所本。（趙岐孟子章句題辭亦謂秦不焚諸子。）」

朱邊先等筆記：「王充論衡亦言之，其實非也。何者？經書多言禮制，歷史爲不可移易之物，若子書則各有是非，議論易涉縱横，爲害尤巨，既禁經書，斷無不禁子書之理，其所以不殘缺者亦有故，蓋子書爲當時人書，訓詁易解，而信奉其說者，易于記憶故也。」

〔三〕「留思」，留意，謂留意搜求古籍。

〔四〕范注：「文選魏都賦注引風俗通云：劉向別録『讎校者，一人讀書，校其上下得謬誤爲校；一人持本，一人讀書，若怨家相對爲讎。』」

〔五〕范注：「漢書藝文志總叙曰：『……戰國從衡，真僞分争，諸子之言，紛然殽亂。至秦患之，乃燔滅文章，以愚黔首。漢興，改秦之敗，大收篇籍，廣開獻書之路。迄孝武世，書缺簡脱，禮壞樂崩，聖上喟然而稱曰：朕甚閔焉。于是建藏書之策，置寫書之官，下及諸子傳說，皆充秘府。至成帝時，以書頗散亡，使謁者陳農求遺書于天下。詔光禄大夫劉向校經傳諸子詩賦，步兵校尉任宏校兵書，太史令尹咸校數術（占卜之書），侍醫李柱國校方技（醫藥之書）。每一書已，向輒條其篇目，撮其指意，録而奏之。會向卒，哀帝復使向子侍中奉車都尉歆卒父業。歆於是總群書而奏其七略。（隋志：「哀帝使歆嗣父之業，乃徙温室中書於天禄閣上，歆遂總括群書，撮其指要，著爲七略。」）故有輯略（師古曰：輯與集同，謂諸書之總要），有六藝略，有諸子略，有詩賦略，有兵書略，有術數略，有方技略。今删其要，以備篇籍。』」「芬菲」，意指百花齊放。

〔六〕校證：「『九流鱗萃』舊作『流鱗萃（日本活字本誤卒）止』，梅六次本改。黄本、張松孫本、崇文本並從之。案梅改是。才略篇亦有『鱗萃』之文。」

黄注：「九流，注見正緯篇。」按諧隱篇亦有「九流」之文。

玉海卷五十三頁三下：「梁劉勰云：七略派流，諸子鱗萃。」斠詮：「鱗萃，謂鱗集薈萃，有類聚之義。」

〔七〕後漢書吴祐傳：「恢（祐父）欲殺青簡以寫經書。」李賢注：「以火炙簡令汗，取其青易書，復不蠹，謂之殺青。亦謂汗簡。」一説古人著書，初稿書于青竹皮上，取其易于改抹，改定後再削去青皮，書于竹白，謂之殺青。

范注：「劉向上晏子、列子奏並云：『以殺青書可繕寫。』然則其録奏者，並先殺青書簡也。御覽六百六引風俗通云，劉向别録：『殺青者，直治竹簡書之耳。新竹有汁，善朽蠹。凡作簡者，皆于火上炙乾之。陳楚間謂之汗，汗者，去其汁也。吴越曰殺，殺亦治也。向爲孝成皇帝典校書籍，二十餘年，皆先書竹，改易刊定可繕寫者，以上素也。』（以上皆漢書補注引沈欽韓説）」

〔八〕黄注：「藝文志：凡諸子百八十九家，四千三百二十四篇。」

〔九〕斠詮：「謂魏晉兩代子書之作者時時出現也。」

〔一〇〕梅注：「讕，音闌，逸也，又謾也。元作讇，朱改。」黄注：「藝文志：讕言十篇。注：不知作者。廣韻：讕言，逸言也。」范注：「隋書經籍志子類著録魏晉人所撰書多種，在雜家小説家者尤不鮮。説文言部『讕』或作『譋』。」注訂：「漢志儒家有讕言十一篇。如淳曰：『讕音粲爛。』」斠詮：「讕言，謂遺逸之言，亦即墜聞佚事之義。」

〔一一〕黄注：「韓詩外傳（五）：成王之時，有三苗貫桑而生，同爲一秀，大幾滿車，長幾充箱。」范注：「輿中載物，形如箱篋，因謂之車箱。」

黄注：「照軫——（史記）田敬仲完世家：梁王曰：寡人國小，尚有徑寸之珠，照車前後各十二乘者，十枚。」

范注：「『照軫』，疑當作『被軫』。釋僧祐出三藏記集雜録序曰：『書序之繁，充車而被軫矣。』説文：『軫，車後横木也。』充箱被軫，猶言車不勝載。」

校注：「按『照軫』自通，無煩改字。韓詩外傳十：『魏王曰：若寡人之小國也，尚有徑寸之珠，照車前後十二乘者十枚。』」「照軫」，照車，指文彩。

然繁辭雖積〔一〕，而本體易總〔二〕，述道言治，枝條五經〔三〕。其純粹者入矩，踳駁者出規〔四〕。

〔一〕按元刻本無「辭」字，弘治本、馮舒校本、王惟儉本均有「辭」字。四庫全書考證引「積」作「賾」，幽深難見也。

〔二〕「本體」，指諸子述道言治的根本思想。「易總」，易于概括。

〔三〕序志篇：「唯文章之用，實經典枝條。」

〔四〕玉海卷五十三頁三下引踳作「踳」。「踳駁」，舛謬雜亂，駁雜。左思魏都賦：「非醇粹之方壯，謀踳駁于王義。」

校注：「莊子天下篇：『其道舛駁』，文選魏都賦李注引司馬云：『踳，讀曰舛，乖也；駁，色雜不同也。』是司馬彪本『舛』作『踳』。」綴補：「踳與舛音義並同。」曹學佺批：「諸子亦當辨其純駁。」

禮記月令，取乎呂氏之紀〔一〕；三年問喪，寫乎荀子之書〔二〕：此純粹之類也〔三〕。

〔一〕禮記月令正義引鄭氏目録云：「名曰月令者，以其記十二月政之所行也。本呂氏春秋十二月紀之首章也，以禮家好事抄合之，後人因題之曰禮記，言周公所作，其中官名時事多不合周法。」

趙翼陔餘叢考卷三月令：「不知此篇本呂氏原本，而禮家採入禮記中者。今呂氏春秋現在，可覆按也。……而鄭康成已謂是『不韋春秋之首章，禮家抄合爲記』（見禮記月令正義引）。劉勰亦謂：『月令一篇，取乎吕氏之紀。』」

〔二〕黄注：「荀子禮論前半，褚先生補史記禮書採入；其後半皆言喪禮，三年之喪一段，與禮記三年問同文。」

〔三〕注訂：「吕、荀之作皆子書，然月令、禮書皆爲五經枝條，輔翼正論，故歸于純粹之類也。」陳澧東塾讀書記卷十二諸子書：「韓昌黎進學解，稱孟、荀二儒『吐辭爲經』。（韓集卷十二）……文心雕龍諸子篇云：『其純粹者入矩……三年問喪，寫乎荀子之書，此純粹之類也。』昌黎讀荀子，則云『時若不醇粹』（見卷十一）。劉彦和論禮記所取諸篇，昌黎總論之，言各有當也。」

若乃湯之問棘〔一〕，云蚊睫有雷霆之聲〔二〕；惠施對梁王〔三〕，云蝸角有伏尸之戰〔四〕；列子有移山、跨海之談〔五〕，淮南有傾天、折地之説〔六〕，此踳駁之類也〔七〕。是以世疾諸子混洞虚誕〔八〕。

〔一〕注訂：「莊子逍遥遊：『湯之問棘也是已。』」「棘」，列子作「革」，革、棘古音同。

〔二〕范注：「列子湯問篇：『殷湯問于夏革曰：古初有物乎？夏革曰：古初無物，今惡得物？……江浦之間生幺蟲（幺，細也，亡果反），其名曰焦螟，群飛而集于蚊睫，弗相觸也；棲宿去來，蚊弗覺也；離朱、子羽方晝拭眥，揚眉而望之，弗見其形；䶵俞、師曠方夜擿耳，俛首而聽之，弗聞其聲。唯黄帝與容成子居空峒之上，同齋三月，心死形廢，徐以神視，塊然見之，若嵩山之阿，徐以氣聽，砰然聞之，若雷霆之聲。』」

〔三〕黄注：「藝文志：惠子一篇。注：名施，與莊子同時。」「梁王」，指梁惠王。

〔四〕范注：「莊子則陽篇：『惠子聞之而見戴晉人，戴晉人曰：「有所謂蝸者，君知之乎？」曰：「然。」「有國於蝸之左角者曰觸氏，有國於蝸之右角者曰蠻氏，時相與争地而戰，伏尸數萬，逐北旬有五日而後返。」』按蠻觸相争，係戴晉人對梁王語，非惠施也。」

注訂：「『惠子聞之而見戴晉人』，見猶薦也。是戴晉人之對梁王，由于惠施，故彦和云『惠施對梁王』也。」

〔五〕訓故：「列子湯問：太形、王屋二山，方七百里，高萬仞，愚公懲出入之迂也，聚室而謀移之。又：海中之山曰方丈、蓬萊、瀛洲、員嶠、岱輿，龍伯之國有大人，舉足不盈數步，而暨五山之所。」

列子湯問篇：「太形、王屋二山方七百里，高萬仞，本在冀州之南，河陽之北。北山愚公者，年且九十，面山而居，懲山北之塞，出入之迂也；聚室而謀曰：『吾與汝畢力平險，指通豫南，達於漢陽，可乎？』雜然相許，其妻獻疑曰：『以君之力，曾不能損魁父之丘，如太行、王屋何？且焉置土石？』雜曰：『投諸渤海之尾，隱土之北。』遂率子孫荷擔者三夫，叩石墾壤，箕畚運于渤海之尾。」又：「夏革曰：渤海之東，不知幾億萬里，有大壑焉，實惟無底之谷，其下無底，名曰歸墟。……其中有五山焉：一曰岱輿，二曰員嶠，三曰方壺，四曰瀛州，五曰蓬萊。……龍伯之國有大人，舉足不盈數步，而暨五山之所。」

〔六〕黄注：「漢書淮南王安爲人好書，招致賓客方術之士數千人，作爲内書二十一篇，外書甚衆，又有中篇八卷，言神仙黄白之術，亦二十餘萬言。」又：「淮南天文訓：昔者共工與顓頊争爲帝，怒而觸不周之山，天柱折，地維絶。」

〔七〕論衡談天篇：「儒書言共工與顓頊争爲天子，不勝，怒而觸不周之山，使天柱折，地維絶，女媧銷煉五色石以補蒼天，斷鼇足以立四極。天不足西北，故日月移焉；地不足東南，故百川注焉。此久遠之文，世間是之(言也)。文雅之人，怪而無以非，若非而無以奪，又恐其實然，不敢正議，以天道人事論之，殆虚言也。與人争爲天子不勝，怒觸不周之山，使天柱折，地維絶，有力如此，天下無敵，以此之力與三軍戰，則士卒，螻蟻也；兵革，毫芒也。安得不勝之恨，怒觸不周之山乎？且堅重莫如山，以萬人之力共推小山，不能動也。如不周之山，大山也。使是天柱乎，折之固難；使非柱乎，觸不周山而使天柱折，是亦復難信。顓頊與之争，舉天下之兵，悉海内之衆，不能當也。何不勝之有？且夫天者氣也體邪？如氣乎，雲煙無異，安得柱而折之？……不周爲共工所折，當此之時，天毁壞也，如審毁壞，何用舉之？斷鼇之足以立四極。……夫不周，山也；鼇，獸也。夫天本以山爲柱，共工折之，代以獸足，骨有腐朽，何能立之久？且鼇足可以柱天，體必長大不容于天地，女媧雖聖，何能殺之？如能殺之，殺之何用？足可以柱天，則皮革如鐵石，刀劍矛戟不能刺之，强弩利矢不能勝射也。察當今天去地甚高，古天與今無異，當共工缺天之時，無非墜于地也。女媧人也，人雖長無及天者。夫其補天之時，何登緣階據而得治之？豈古之天，若屋廡之形，去人不遠，故共工得敗之，女媧得補之乎？……儒書之言，殆有所見，然其言觸不周山而折天柱，絶地維，銷煉五石（以）補蒼天，斷鼇之足以立四極，猶爲虚也。何則？山雖動，共工之力不能折也，豈天地始分之時，山小而人反大乎？何以能觸而折之？以五色石補天，尚可謂五石若藥石治病之狀，至其斷鼇之足以立四極，難論言也。」論衡對作篇：「淮南書言共工與顓頊争爲天下，不勝，怒而觸不周之山，使天柱折，地維絶。堯時，十日並出，堯上射九日。魯陽戰而日暮，援戈揮日，日爲卻還。世間書傳，多若等類，浮妄虚僞，没奪正是。心濆涌，筆手擾，安能不論？」

桓譚新論：「淮南子云『共工争帝，地維絶』，亦皆爲妄作，故世人多云短書不可用。」

〔八〕校證：「『世疾諸子混洞虚誕』，原本無『子』字，何校云：『「諸」下疑脱「子」字。』讀書引有，今據補。……黄注本『洞』改『同』，謝删此七字。紀云：『「是以」句有譌脱。』……案范説脱『子』字，與讀書引暗合。下文云：『按歸藏之經……况諸子乎？』上下文正相照應。」沈岩引何校本「洞」改「同」。

范注：「『同』一作『洞』，鈴木云：諸本作『洞』。」又：「諸下脱一『子』字。『混同』，疑當作『鴻洞』。鴻洞，相連貌，謂繁辭也。漢書揚雄傳：『雄見諸子各以其知舛馳，大氐詆訾聖人，即（王念孫曰：即，猶或也）爲怪迂析辯詭辭，以撓世事，雖小辯，終破大道而或衆，使溺于所聞而不自知其非也。』」

校注：「『混洞虛誕』四字平列，而各明一義。『混』謂其雜，『洞』謂其空，『虛』謂其不實，『誕』謂其不經，皆就踳駁方面言。若作『鴻洞』，則爲聯綿詞，與『虛誕』二字不類矣。」

王金凌：「劉勰此語是針對莊子、列子、淮南子的寓言而發，寓言總是借荒唐之語表達其意，但劉勰宗經，故詆爲踳駁、虛誕。」

按歸藏之經〔一〕，大明迂怪〔二〕，乃稱羿斃十日〔三〕，嫦娥奔月〔四〕。殷易如茲〔五〕，況諸子乎？

〔一〕黄注：「帝王世紀：殷人因黄帝易曰歸藏。皇甫謐曰：歸藏易以純坤爲首，坤爲地，萬物莫不歸而藏于其中，故曰歸藏。」

范注：「周禮（春官）太卜掌三易之法。一曰連山，二曰歸藏，三曰周易。鄭注：『夏曰連山，殷曰歸藏。』歸藏爲殷代之易，『殷湯』當作『殷易』。漢志不載歸藏。御覽六百八引桓譚新論云：『歸藏四千三百言。』嚴可均全上古三代文十五輯得八百四十六字，茲録其兩條：『昔者羿善射，彃十日，果弊之（弊應作斃）。』『昔常娥以西王母不死之藥，服之，遂奔月，爲月精。』」

〔二〕斠詮：「大明，謂日月也。管子内業：『鑑於大清，視於大明。』房玄齡注：『大明，日月也。』」

〔三〕訓故：「歸藏易坤開筮云：帝堯降二女以舜妃。又羿彃十日。」梅注：「注見辨騷篇。」斠詮：「乃，猶若也。」校證：「『斃』，舊本及玉海三五皆如此作，黄本改作『弊』。案辨騷篇：『夷羿彃日』，唐寫本『彃』作『斃』，是彦和引用此事，前後正復作『斃』。不必妄意改作。」

〔四〕訓故：「歸藏易：昔常娥以西王母不死之藥服之，遂奔月爲精。」梅注：「嫦娥，羿妻。」

〔五〕校證：「『易』原作『湯』，黄叔琳云：疑作『易』。范注云云。案黄校范説是。今據改。」

至如商、韓〔一〕，六蝨〔二〕五蠹〔三〕，棄孝廢仁〔四〕；轘藥之禍〔五〕，非虚至也。

〔一〕黄注：「史記：韓非者，韓之諸公子也。喜刑名法術之學，爲人口吃而善著書，作孤憤、五蠹、内外儲、説林、説難十餘萬言。」

〔二〕梅注：「商子靳令篇：六蝨：曰禮樂，曰詩書，曰脩善，曰孝悌，曰誠信，曰貞廉，曰仁義，曰非兵，曰羞戰。國有十二者，上無使農戰，必貧至削。十二者成群，此謂君之治不勝其臣，官之治不勝其民，此謂六蝨，勝其政也。」

訓故：「商子弱民第二十：農、商、官三者，國之常食官也。農闢地，商致物，官法民。三官生蝨六：曰歲、曰食、曰美、曰好、曰志、曰行，六者有樸必削。」

范注：「俞樾諸子平議二十：『樾謹案上言六蝨，下言十二者，而中所列凡九事，于數皆不合。疑禮樂詩書孝悌當爲六事；本作曰禮，曰樂，曰詩，曰書，曰脩善，曰孝，曰悌，曰誠信，曰貞廉，曰仁義，曰非兵，曰羞戰，故總之爲十二也。然則何以稱六蝨？曰六蝨二字乃衍文也。六蝨之文見去彊篇。其文曰：「農商官三者，國之常官也。三官者生，蝨官者六：曰歲，曰食，曰玩，曰好，曰志，曰行。」此説六蝨最得。蓋歲也，食也，農之蝨也；玩也，好也，商之蝨也；志也，行也，官之蝨也。去彊篇又曰：「國有禮，有樂，有詩，有書，有善，有脩，有孝，有悌，有廉，有辯。國有十者，上無使戰，必削則亡。」然則商子之意不以此爲六蝨明矣。』」一説，「六」，虚數，言其多。

高亨商君書注譯認爲靳令原文應作：「六蝨：曰禮樂；曰詩書；曰脩善孝弟；曰誠信貞廉；曰仁義；曰非兵羞戰。」「今本衍三個『曰』字。共有六項，所以稱爲六蝨，每項又包括兩小項，所以下文稱『十二者』。」玉海卷五十三：諸子商子：「晉庾峻曰：『秦塞斯路，利出一官，雖有處士之名，而無爵列於朝者，商君謂之六蝸，韓非謂之五蠹。』原注：『文心雕龍云：「商韓之六蝨五蠹。」』」

〔三〕梅注：「韓非曰：亂國之俗，其學者則稱先王之道以藉仁義，盛容服而飾辯説，以疑當世之法，而貳人主之心；其言古（應作談）者，爲設詐稱，借于外力，以成其私，而遺社稷之利；其帶劍者，聚徒屬，立節操，以顯其名，而犯五官之禁；其患（應作串）御者，積于私門，盡貨賂，而用重人之謁，退汗馬之勞；其商工之民，脩治苦窳之器，聚弗靡之財，蓄積待時，而侔農夫之利。此五者，邦之蠹也。」按此見五蠹篇。

〔四〕五蠹中也批判儒家借仁義來欺騙人主。

〔五〕校證：「馮本、汪本、佘本、張之象本、兩京本、王惟儉本、『轘』誤『轅』。」按元刻本亦作「轅」。梅注：「秦孝公以車裂鞅曰轘，韓非飲藥而死。」黄注：「左傳杜預注：車裂曰轘。商君傳：秦孝公卒，太子立，公子虔之徒告商君欲反，秦惠王車裂商君以徇。」又：「史記：秦攻韓，韓王遣非使秦，李斯使人遺非藥，使自殺。」按此見老莊申韓列傳。

公孫之白馬、孤犢〔一〕，辭巧理拙；魏牟比之鴞鳥〔二〕，非妄貶也。

〔一〕訓故：「史記荀卿傳：趙亦有公孫龍，爲堅白同異之辨。」公孫龍子，漢書藝文志列「名家」。黄注：「列子（仲尼篇）：公孫龍誑魏王曰：白馬非馬，孤犢未嘗有母。」

〔二〕黄注：「按列子所述，魏公子牟正深悦公孫龍之辨，所謂『承其餘竅者也』（范注：樂正子輿詆公子牟之忿辭）。莊子秋水篇則異是。龍問牟：『吾自以爲至達已，今聞莊子之言，無所開吾喙，何也？』公子牟有埳井之鼃謂東海之鼈之喻。是『鴞鳥』當作『井鼃』矣。」校證：『鴞』馮本作『梟』。黄注云云。案史記魯仲連傳正義引魯連子：『魯仲連往請田巴曰：先生之言，有似梟鳴。』彥和蓋涉彼而誤。」

莊子秋水：「公孫龍問于魏牟曰：『……吾自以爲至達已。今吾聞莊子之言……無所開吾喙，敢問其方。』公子牟……笑曰：『子獨不聞夫埳（淺）井之蛙乎？』」

校注：「按『井鼃』與『鴞鳥』之形音不近，恐難致誤。以其字形推之，疑『鳥』當作『鳴』，寫者偶脱其口旁耳。……魯連子：『齊辯士田巴，辯於狙丘，議於稷下，毁五帝，罪三王，呰五伯，離堅白，合同異，一日服千人。有徐劫者，其弟子曰魯仲連……往請田巴曰：「……國亡在旦夕，先生奈之何！若不能者，先生之言，有似梟鳴，出聲而人惡之。願先生勿復言！」田巴曰：「謹聞命矣。」（史記魯仲連傳正義、御覽四六四又九二七引）』彼仲連之譏田巴，儗以梟鳴，則魏牟之比公孫，或亦乃爾。蓋皆厭其詹詹多言，不切實用，而方以鴞鳴之可惡也。」

昔東平求諸子、史記，而漢朝不與；蓋以史記多兵謀，而諸子雜譎術也〔一〕。然洽聞之士〔二〕，宜撮綱要；覽華而食實〔三〕，棄邪而採正〔四〕，極睇參差〔五〕，亦學家之壯觀也。

〔一〕黄注：「漢書：『東平思王宇，宣帝子，成帝時來朝上疏求諸子及太史公書。』」

漢書宣元六王傳：「東平思王宇來朝，上疏求諸子及太史公書。上以問大將軍王鳳。鳳曰……諸子書或反經術，非聖人，或明鬼神，信物怪。太史公書有戰國縱横權譎之謀，漢興之初，謀臣奇策、天官災異、地形阨塞，皆不宜在諸侯王，不可予。」

〔二〕「洽聞」，見聞廣博。

〔三〕意謂觀賞其華彩，而吸取其内容。辨騷篇：「玩華而不墜其實。」

〔四〕陳澧東塾讀書記卷十二諸子書：「漢書藝文志云：『觀九家之言，捨短取長，則可以通萬方之略矣。』文心雕龍諸子篇云：『洽聞之士，宜撮綱要，覽華而食實，棄邪而採正。』……澧案隋書經籍志、唐書藝文志、梁庾仲容、沈約皆有子鈔。……皆所謂『捨短取長』者也。」

注訂：「以上數語極精，群經之外，諸子亦不可廢也。讀子之法，覽華而食實，棄邪而採正，十字備之矣。」

楊明照文心雕龍研究中值得商榷的幾箇問題：「諸子篇的『然洽聞之士，宜撮綱要』，是第二段末承上啓下之詞。上文既評介了『諸子』的各個方面，故以『然洽聞之士，宜撮綱要』二句相承。即是説，『諸子』的優缺點雖紛然雜陳，但博學的人，應該抓住它的主要東西；也就是緊接着説的『覽華而食實，棄邪而採正』，可見這裏的『宜撮綱要』，是專指學習『諸子』方面而言，與寫作無甚關係。」

〔五〕「睇」，指注視。「參差」，差別。「極睇參差」，謂極力注視諸子中不同之點。

以上爲第二段，論述先秦諸子的思想内容，並將之分爲純粹與踳駁二類。

研夫孟、荀所述，理懿而辭雅〔一〕；管、晏屬篇，事覈而言練〔二〕；列御寇之書，氣偉而采奇〔三〕；鄒子之説，心奢而辭壯〔四〕；墨翟、隨巢，意顯而語質〔五〕；尸佼、尉繚，術通而文鈍〔六〕。

〔一〕范注：「孟、荀皆戰國大儒，傳孔門之學，不容軒輊於其間。荀子著書，主於明周孔之教，崇禮而勸學。其中最爲口實者，莫過於非十二子及性惡兩篇。王應麟困學紀聞據韓詩外傳所引，卿但非十子，而無子思、孟子，以今本爲其徒李斯等所增，不知子思、孟子後來論定爲大賢耳，其在當時，固亦卿之曹偶，是猶朱、陸之相非，不足訝也。……彥和稱孟荀理懿而辭雅，識力遠勝韓愈大醇小疵之論，宋儒盲攻，更不足道。」「懿」，淵深。才略篇：「荀況學宗而象物名賦，文質相稱，固巨儒之情也。」

蘇洵上歐陽内翰書：「孟子文，語約而意盡，不爲巉刻斬絶之言，而其鋒不可犯。」

方孝孺張彥輝文集序：「荀卿恭敬好禮，故其文敦厚而嚴正，如大儒老師，衣冠偉然，揖讓進退，具有法度。」（四部叢刊遜志齋集卷十二）

〔二〕訓故：「史記：晏嬰者，萊之夷維人，爲齊相，著書七篇，載其行事及諫諍之言，世號晏子春秋。」

范注：「漢志道家：筦子八十六篇（今書存七十六篇，十篇有録無書。）劉向上奏云：『凡管子書，務富國安民，道約言要，可以曉合經義。』又儒家晏子八篇，劉向上奏云：『其書六篇，皆忠諫其君，文章可觀，義理可法，皆合六經之義。又有複重文辭頗異，復列以爲一篇。又有頗不合經術，似非晏子言，疑後世辯士所爲者，故亦不敢失，復以爲一篇。凡八篇。』」「事覈而言練」，故事實在而言詞精練。

〔三〕訓故：「漢書藝文志：列子八篇。注：名禦寇，先莊子，莊子稱之。」范注：「漢志道家：列子八篇。今本出晉張湛，疑即湛所僞造也。張湛列子序云：『往往與佛經相參。』蓋湛時佛學已入中國，故得竊取其意。又云：『特與莊子相似。』蓋莊子書中多稱列御寇，故取材莊子特多。又周穆王篇非汲冢書發見後不能造，尤爲湛僞造之證（穆天子傳晉初出于汲冢）。列子放誕恢詭，故彥和云：『氣偉而采奇。』」

〔四〕周注：「鄒子夸誕，語言汪洋恣肆，所以心奢辭壯。」范注：「心奢辭壯，即史記所謂『其語閎大不經，王公大人初見其術，懼然顧化，其後不能行之者也』。論衡案書篇：『鄒衍之書，瀇洋無涯，其文少驗，多驚耳之言。案大才之人，率多侈縱，無實是之驗，華虛誇誕，無審察之實。』」時序篇：「鄒子以談天飛譽。」「心奢」，心思夸張。

〔五〕范注：「韓非子外儲説左上：『楚王謂田鳩曰：墨子者，顯學也。其體身則可，其言多不辯，何也？曰：今世之談也，皆道辯説文辭之言，人主覽其文而忘其用。墨子之説，傳先王之道，論聖人之言，以宣告人。若辯其辭，則恐人懷其文，忘其用，直以文害用也，故其言多不辯。』漢志墨家隨巢子六篇。隋、唐志並云一卷，意林同。隨巢爲墨翟弟子（班固自注），其書言鬼神災祥，闡發墨子明鬼之義，以爲鬼神賢于聖人。馬國翰玉函山房輯佚書有隨巢子一卷。」王金凌：「墨家學説宣講的對象多爲一般平民，故須文詞質樸，内容顯豁。」

〔六〕訓故：「漢書藝文志：尉繚子三十一篇。馬總云：尉姓，繚名。首篇稱『梁惠王問』蓋魏人。」

范注：「漢志，尸子二十篇，尉繚子二十九篇，並在雜家。雜家者流，蓋出于議官。兼儒墨，合名法，知國體之有此，見王治之無不貫，此其所長也。故彥和稱其術通。漢志兵形勢家有尉繚三十一篇。今所傳尉繚子五卷，二十四篇。胡應麟謂兵家之尉繚，即今所傳，而雜家之尉繚，並非此書；今雜家亡而兵家獨傳。案胡氏之說是也。（晁公武讀書志稱元豐中以六韜、孫子、吳子、司馬法、黃石公三略、尉繚子、李衛公問對頒武學，號曰七書。此兵家之尉繚所以得傳。）」「術通」，法術精通。

鶡冠緜緜，亟發深言〔一〕；鬼谷眇眇，每環奧義〔二〕。情辨以澤，文子擅其能〔三〕；辭約而精，尹文得其要〔四〕。

〔一〕列仙傳：「鶡冠子，或曰楚人，隱居，衣弊履穿，以鶡爲冠，莫測其名，因服成號。著書言道家事，馮煖常師事之。」

范注：「漢志道家：鶡冠子一篇。自注：『楚人，居深山，以鶡爲冠。』今所傳宋陸佃注本凡十九篇。其中世兵篇與賈誼鵩鳥賦文辭多同，彥和所謂亟發深言者，殆指此篇。抱經堂文集十書鶡冠子後：『鶡冠子十九篇，昌黎稱之，柳州疑之，學者多是柳。蓋其書本雜采諸家之文而成。如五至之言，則郭隗之告燕昭者也。伍長里有司之制，則管仲之告齊桓者也。世兵篇又襲魯仲連遺燕將書中語，謂其取賈誼鵩賦之文又奚疑！』」

「緜緜」，謂細語緜緜，連續不絶。「亟」，屢次。

四庫全書總目提要卷一一七鶡冠子：「劉勰文心雕龍稱『鶡冠綿綿，亟發深言』，韓愈集（見卷十一）有讀鶡冠子一首……其説雖雜刑名，而大旨本原於道德，其文亦博辨宏肆。自六朝至唐，劉勰最號知文，而韓愈最號知道，二子稱之，宗元乃以爲鄙淺（見柳集卷四），過矣。」

斠詮：「陸佃鶡冠子序：『其道踳駁，著書初本黄老，而末流通於刑名。此書雖雜黄老刑名，而要其宿時若散亂而無家者，然其奇言奥旨，亦每每而有也。』説與彦和『亟發深言』之説相合。」

〔二〕「眇眇」，范校：「鈴木云：嘉靖本、王本、岡本作渺渺。」

校證：「馮本、汪本、佘本、王惟儉本、古論大觀『奥』作『其』。」元刻本、馮舒校本、兩京本、張之象本，「奥」均作「其」。

范注：「四庫提要曰：『高似孫子略稱其一闔一闢，爲易之神；一翕一張，爲老氏之術，出于戰國諸人之表（子略卷三），誠爲過當。宋濂潛溪集詆爲蛇鼠之智；又謂其文淺近，不類戰國時人，又抑之太甚。柳宗元辨鬼谷子以爲言益奇而道益隘，差得其真。蓋其術雖不足道，其文之奇變詭偉，要非後世所能爲也。』」

論説篇：「轉丸騁其巧辭，飛鉗伏其精術。」「眇眇」，玄遠貌。柳宗元辯鬼谷子：「鬼谷子後出，而險盭峭薄……晚乃益出七篇，怪謬異甚，不可考校，其言益奇，而道益隘。」清周廣業意林注卷二鬼谷子：「按是書始見隋志，前此未録。故柳子厚（按見柳集卷四辯鬼谷子）以爲後出……文心雕龍稱其『脣吻策勳』，又言『鬼谷渺渺，每環奥義』，豈竟不審真僞，爲此虚美哉！」今傳梁陶弘景注本鬼谷子三卷。

〔三〕訓故：「晁補之云：文子姓辛，號計然，受業老子。」黄注：「藝文志：文子九篇。注：老子弟子，與孔子同時，而稱周平王問，似依託者也。」范注：「隋志：文子十二卷，即今所傳本也。其書並引老子之言而推衍之，旨意悉本老子，故云情辨以澤（澤，潤澤也）。」「情辨」，情理辨析。

〔四〕范注：「四庫提要曰：『其書本名家者流，大旨指陳治道，欲自處于虚静，而萬事萬物則一一綜核其實；故其言出入於黄、老、申、韓之間。周氏涉筆謂其自道以至名，自名以至法，蓋得其真。』」

慎到析密理之巧〔一〕，韓非著博喻之富〔二〕，吕氏鑑遠而體周〔三〕，淮南汎採而文麗〔四〕。斯則得百氏之華采〔五〕，而辭氣之大略也〔六〕。

〔一〕史記孟子荀卿列傳：「慎到，趙人。……學黄老道德之術，因發明序其指意。故慎到著十二論。」集解引徐廣曰：「今慎子，劉向所定，有四十一篇。」

漢書藝文志法家：「慎子四十二篇。」自注：「名到，先申韓，申韓稱之。」

范注：「四庫提要曰：『今考其書，大旨欲因物理之當然，各定一法而守之，不求於法之外，亦不寬於法之中。則上下相安，可以清净而治。然法所不行，勢必刑以齊之；道德之爲刑名，此其轉關，所以申韓多稱之也。』」

〔二〕范注：「漢志法家：韓子五十五篇。史記韓非傳：『喜刑名法術，而其歸本於黄老。作孤憤、五蠹、内外儲、説林、説難十餘萬言。』彦和所云博喻之富，殆指内外儲、説林等篇而言。」

情采篇：「詳覽莊韓，則見華實過乎淫侈。」

方孝孺張彦輝文集序：「韓非、李斯，峭刻酷虐，故其文繳繞深切，排搏糾纏，比辭聯類，如法吏議獄，務盡其意，使人無所措手。」

〔三〕史記十二諸侯年表序：「吕不韋者……亦上觀尚古，删拾春秋，集六國時事，以爲八覽、六論、十二紀，爲吕氏春秋。」高誘吕氏春秋序：「爲十二紀、八覽、六論……備天地萬物古今之事，名爲吕氏春秋。」

論説篇：「不韋春秋，六論昭列。」「體周」，謂結體周密。

范注：「漢志雜家：吕氏春秋二十六篇。自注：『秦相吕不韋輯智略士作。』四庫提要曰：

『今本凡十二紀、八覽、六論。紀所統子目六十一，覽所統子目六十三，論所統子目三十六，實一百六十篇，漢志蓋舉其綱也。不韋固小人，而是書較諸子之言獨爲醇正。大抵以儒爲主，而參以道家墨家，故多引孔子、曾子之言。其他如論音則引樂記，論鑄劍則引考工記，雖不著篇名，而其文可案。所引莊列之言，皆不取其放誕恣肆者，墨翟之言，不取其非儒明鬼者，而縱橫之術，刑名之説，一無及焉。其持論頗爲不苟，論者鄙其爲人，因不甚重其書，非公論也。』」斯波六郎：「桓譚新論：秦呂不韋請迎高妙，作呂氏春秋。……乃其事約豔，體具而言微（文選楊德祖答臨淄侯牋注引）。」

〔四〕訓故：「漢書：淮南王劉安招致賓客方術之士，作爲内書二十一篇，外書甚衆。」范注：「漢志雜家：淮南内二十一篇。漢書景十三王傳謂：『淮南王安好書，所招致率多浮辯。』（河間獻王德傳）又淮南王傳：『辯博善爲文辭。』要略曰：『若劉氏之書……理萬物，應變化，通殊類，非循一迹之路，守一隅之指，拘繫牽連之物，而不與世推移也。』」高誘淮南子叙目：「其義也著，其文也富，物事之類，無所不載。」

〔五〕范注：「彦和特舉以上十八家，爲晚周百氏之冠冕（其中淮南一家雖出于漢代，然撰書之人，仍存戰國恣肆高談之風，故得列入），並指明研術諸家之徑途，循此以往，則得百氏之華采也。」

〔六〕校證：「『氣』下原有『文』字。……『文』蓋『之』字之誤衍……今據删。」

范注：「『文』疑是衍字。論語泰伯篇：『曾子曰：出辭氣，斯遠鄙倍矣。』鄭玄注曰：『出辭氣能順而説之，則無惡戾之言出于耳。』彦和謂循此則得諸子之順説，不至爲鄙倍之言所誤也。」

校注：「按無『文』字是。『文』蓋『之』之誤（章表篇「原夫章表之爲用也」，元本等誤「之」爲「文」，是其例），而原有『之』字亦復書出，遂致辭語晦澀。詔策篇『此詔策之大略也』，體性篇『才氣之大略哉』，句法與此相同，可證。」按梅本「氣」字下空二格，無「文」字。

王力主編古代漢語古漢語概論引述上面一段文字後説：「在先秦諸子的著作中，除用論辯文、説明文、記叙文以及寓言體外，還開始表現出個人的風格來。這是因爲那時盛行私人講學，私人著述，所以在語言上表現了個人的風格。」

以上爲第三段，特就風格方面論述先秦諸子的特色。

若夫陸賈新語〔一〕，賈誼新書〔二〕，揚雄法言〔三〕，劉向説苑〔四〕，王符潛夫〔五〕，崔寔政論〔六〕，仲長昌言〔七〕，杜夷幽求〔八〕，咸叙經典〔九〕，或明政術，雖標論名，歸乎諸子〔一〇〕。何者？博明萬事爲子，適辨一理爲論〔一一〕，彼皆蔓延雜説〔一二〕，故入諸子之流。

〔一〕校證：「『新』原作『典』，今據王惟儉本改。」

孫詒讓札迻十二：「『典』當作『新』。新語十二篇，今書具存。史記賈本傳及正義引七録並同，皆不云『典語』。」

黄注：「史記：高帝謂陸生曰試爲我著秦所以失天下，吾所以得之者何，及古成敗之國。陸生乃粗述存亡之徵，凡著十二篇，每奏一篇，高帝未嘗不稱善，左右呼萬歲，號其書曰新語。」

按此見陸賈列傳。

范注：「漢代子書，新語最純最早，大旨皆崇王道，黜霸術，貴仁義，賤刑威，歸本於修身用人。其稱引老子者，惟思務篇引『上德不德』一語，餘皆以孔氏爲宗。所援據多詩、書、春秋、論語之文。紹孟、荀而開賈、董，卓然儒者之言，史遷目爲辯士，未足以盡之（用四庫提要及嚴可均新語叙語，嚴語見鐵橋漫稿五）。」

〔二〕范注：「漢志儒家：賈誼五十八篇。」

范注引抱經堂文集十書校本賈誼新書後云：「新書，非賈生所自爲也，乃習于賈生者，萃其言以成此書耳。過秦論史遷全録其文，治安策見班固書者乃一篇，此離而爲四五，後人以此爲是賈生平日所草創（朱子語録）。豈其然歟！書中爲漢書所不載者，雖往往類説苑、新序、韓詩外傳，然如青史氏之記，具載胎教之古禮，修政語上下兩篇，多帝王之遺訓，保傅篇、容經篇，並敷陳古典，具有源本；其解詩之騶虞，易之『潛龍』、『亢龍』，亦深得經義。魏晉人決不能爲，故曰：是習于賈生者萃而爲之，其去賈生之世不大相遼絶可知也。」

〔三〕漢書揚雄傳：「雄見諸子各以其知舛馳……雖小辯，終破大道而或衆。……故人時有問雄者，常用法應之，譔以爲十三卷，象論語，號曰法言。」

范注引四庫提要曰：「漢書藝文志儒家，揚雄所序三十八篇。注曰：『法言十三。』雄本傳具列其目。凡所列漢人著述，未有若是之詳者，蓋當時甚重雄書也。自程子始謂其『曼衍而無斷，優柔而不決』；蘇軾始謂其『以艱深之詞，文淺易之説』。至朱子作通鑑綱目，始書『莽大夫揚雄死』。雄之人品著作，遂皆爲儒者所輕。若北宋之前，則大抵以爲孟、荀之亞也。」

〔四〕訓故：「漢書：劉向校秘書，採古今紀傳行事之跡，正辭美義，可爲勸戒者，以類相從，爲説苑二十卷。」

范注：「漢志儒家劉向所序六十七篇。自注：『新序、説苑、世説、列女傳、頌圖也。』新序十卷，説苑二十卷，兩書性質略同，彦和特舉一以概之耳。……説苑二十篇，其書皆録遺文佚事，足爲法戒之資者，其例略如韓詩外傳。古籍散佚，多賴此以存。如漢志河間獻王八篇，隋志已不著録，而此書所載四條，尚足見其議論醇正，不愧儒宗。其他亦多可採擇，雖有傳聞異詞，固不以微瑕累全璧矣（節録四庫提要語）。」

〔五〕范注引四庫提要曰：「潛夫論十卷，漢王符撰。後漢書本傳稱其『志意蘊憤，乃隱居著書二十餘篇，以議當世得失，不欲章顯其名，故號曰潛夫論』。今本凡三十五篇，合叙録爲三十六篇，蓋猶舊本。范氏以符與王充、仲長統同傳，韓愈因作後漢三賢贊。今以三家之書相較，符書洞悉政體似昌言，而明切過之；辨别是非似論衡，而醇正過之。前史列之儒家，斯爲不愧。」

〔六〕校證：「『政』，汪本、佘本、張之象本、兩京本、何允中本、日本活字本、梅本、梅六次本、陳本、鍾本、梁本、王謨本、張松孫本、崇文本作『正』。何校作『政』。嚴可均鐵橋漫稿五崔氏政論叙曰：『各書引見，或作「政論」，或作「正論」，或作「本論」，止是一書。』」

訓故：「後漢書：崔寔，字子真，瑗之子也。桓帝初爲郎，明于政體，論當世便事數十條，名曰政論，指切時要，言辯而确，當世稱之。」按此見後漢書崔駰傳附崔寔傳。傳中引仲長統評政論的部分原文。崔駰傳論中又説：「寔之政論，言當世理亂，雖鼂錯之徒不能過也。」又贊曰：「崔爲文宗，世禪雕龍。」

〔七〕訓故：「後漢書：仲長統，字公理，山陽高平人。參丞相曹操軍事，每論説古今及時俗行事。恒發憤嘆息，因著論名曰昌言。」按此見仲長統傳。

范注引鐵橋漫稿五昌言叙曰：「余從群書治要寫出九篇，益以本傳三篇，以意林次第之。本傳：統字公理，山陽高平人，著論三十四篇，十餘萬言。今此收輯，才萬餘言，亡者蓋十八九，而治要所載，又頗删節，斷續佪離，殆所不免，然其闓陳善道，指呵時敝，剴切之忱，踔厲震盪之氣，有不容摩滅者。繆熙伯方之董、賈、劉、揚，非過譽也。神仙家言，儒者所弗道，而昌言有其一篇，故是雜家。」

清周廣業意林注卷五：「仲長統（原注：廖無此字）昌言：廖本無『統』字者，梁避昭明太子諱。故文心雕龍叙諸子曰：『王符潛夫，崔寔政論，仲長昌言，杜夷幽求。』獨於統舉姓。」

〔八〕黄注：「晉書杜夷，字行齊，廬江人，懷帝時舉方正，著幽求子二十篇。」按此見儒林杜夷傳。范注引黄以周儆季雜箸子叙幽求子叙曰：「杜氏家學皆宗儒，至夷一變而入道。其言曰：『道以無爲爲家，清静虚寂，宏廣多包，聖人所宅。』此其宗恉也。」

〔九〕范注：「『咸』一作『或』，作『或』者是。」校注：「『咸』，黄校云：『一作或。』按當從一本作『或』，始與下句一例。訓故本正作『或』。」

〔一〇〕朱遏先等筆記：「『雖標論名，歸乎諸子』，古人云論皆成書，非如後世之單篇論説。」

〔一一〕范注：「『適』，疑當作『述』。論説篇云：『述經叙理曰論。』」斯波六郎：「案『適辨』與上句『博明』相對成文，不應妄改爲『述辨』。」郭注：「適，專主。博與適相對成文。……論語里仁：『無適也。』朱注：『適，專主也。』猶知適有專主之義。」「適辨一理」即只辨一理。余嘉錫四庫提要辨證漢魏以後諸子：「劉勰之言欲使論與子分，然漢魏子書，大抵適辨一理而已，未見其能博明萬事也。」

〔一二〕意謂這些都是牽連到各種事物的雜説。

以上爲第四段，點明兩漢雜説納入諸子的原因。

夫自六國以前，去聖未遠〔一〕，故能越世高談，自開户牖。兩漢以後，體勢漫弱〔二〕，雖明乎坦途〔三〕，而類多依採，此遠近之漸變也〔四〕。

〔一〕孟子盡心下：「去聖人之世，若此其未遠也。」

〔二〕范校「漫」字：「黃云：活字本、汪本作『浸』。」范注：「譚獻校本改『漫』作『浸』，案譚改是也。」

校注：「按譚校是。元本、弘治本……亦並作『浸』。文選陸倕石闕銘：『晉氏浸弱。』是『浸弱』連文之證。樂府篇亦有『自雅聲浸微』語。」

〔三〕校注：「黃校云：『雖』『乎』二字，元作『難』『于』，朱改。按朱改是也。莊子秋水篇：『明乎坦塗。』即此語之所自出。」范注：「坦途，謂儒學。六國以前仍指六國，非謂春秋時代。漢自董仲舒奏罷百家，學歸一尊，朝廷用人，貴乎平正，由是諸家撰述，惟有依傍儒學，採掇陳言，爲世主備鑑戒，不復敢奇行高論，自投文網，故武帝以後，董、劉、揚雄之徒，不及漢初淮南、陸賈、賈誼、晁錯諸人，東漢作者又不及西京，魏晉之世，學術更衰，所謂讕言兼存，璅語必録，幾至不能持論矣。」

郭注：「莊子秋水：『明乎坦途，故生而不説，死而不禍。』此文坦途，承上文『越世高談』説的，非指儒家也。類，大抵。」

〔四〕「依」是依傍，「采」是采取，謂拾人牙慧。「遠」指先秦，「近」指兩漢以後。

校釋：「舍人之意，大抵揚戰國而抑漢晉。戰國諸子，學有本源，文非苟作，雖各得大道之一端，而皆六經之枝條也。漢代已遜其宏深，魏晉尤難與比數。陸語則粗述存亡，賈書亦雜編奏議；揚雄規橅仲尼，劉向採摭往事，衡以著述之體，已非莊墨之儔。潛夫昌言以下，大都務切時要之作，別無新義，未饜研求。故顔之推亦謂『魏晉以來，所著諸子，理重事複，遞相模効，猶屋下架屋，床上施床耳。』洵爲確論。」

嗟夫，身與時舛，志共道申〔一〕，標心於萬古之上，而送懷於千載之下〔二〕，金石靡矣，聲其銷乎〔三〕！

〔一〕他們的志趣隨聖道得以申張。

〔二〕司馬遷報任少卿書：「蓋文王拘而演周易，仲尼厄而作春秋；屈原放逐，乃賦離騷；左丘失明，厥有國語；孫子臏足，兵法脩列；不韋遷蜀，世傳呂覽；韓非囚秦，説難、孤憤；詩三百篇，大底聖賢發憤之所爲作也。此人皆意有鬱結，不得通其道，故述往事，思來者。」唐逢行珪鬻子序：「馳心於萬古之上，寄懷於千載之下，庶垂道見志，懸諸日月。」即本于此篇，而字句小有改易。

〔三〕范注：「金樓子自序篇：『人間之世，飄忽幾何，如鑿石見火，窺隙觀電，螢覩朝而滅，露見日而消，豈可不自序也。』」校注：「按此即序志篇『名踰金石之堅』之意。『其』，豈也。」

郭注：「靡，縻之借字。楚辭九嘆：『名靡散而不彰。』注：『靡散，猶消滅也。』漢書景十三王傳：『今欲靡爛望卿。』注：『靡，碎也。』皆以靡作縻也。」

楊明照從文心雕龍原道序志兩篇看劉勰的思想（文學遺産增刊十一輯）：「諸子篇：『太上立德……懸諸日月焉。』『嗟夫，身與時舛……聲其銷乎！』這裏表面上雖在談諸子，實際無異于自白。特别是序志篇末的『茫茫往代，既沈予聞，眇眇來世，倘塵彼觀』，與諸子篇的『標心于萬古之上，而送懷于千載之下』，寓意大體相同。」

注訂：「自『何者』以下，至『聲其銷乎』，爲此篇總論。一以辨諸子之體與論説之異；一以辨兩漢以降，子類之著作漸衰。最後『標心于萬古之上，而送懷于千載之下』，不啻彦和自道也。故紀評云『隱然自寓』也。」

第五段論述先秦、兩漢諸子的演變，並以感嘆作結。

贊曰：丈夫處世〔一〕，懷寶挺秀〔二〕；辨雕萬物〔三〕，智周宇宙〔四〕。立德何隱？含道必授〔五〕。條流殊述，若有區囿〔六〕。

〔一〕校證：「『丈』原作『大』，王惟儉本，梅六次本作『丈』。鍾本、梁本、日本刊本、張松孫本、崇文本俱從之。今據改。程器篇有『丈夫學文』語。」

校注：「按『丈』字是。程器篇亦有『丈夫』文。南齊書王秀之傳：『（苟）丕乃遺書曰：「……

丈夫處世，豈可寂漠恩榮！」』世説新語言語篇：『士元從車中謂曰：「吾聞丈夫處世，當帶金佩紫。」』並足資旁證。」

〔二〕論語陽貨：「（陽貨）曰：懷其寶而迷其邦，可謂仁乎？」朱注：「謂懷藏道德，不救國之迷亂。」斠詮：「挺秀，謂挺拔俊秀，與衆不同，有『出類拔萃』之義。」

〔三〕情采篇：「莊周云：辯雕萬物，謂藻飾也。」莊子天道篇：「故古之王天下者，知雖落天地，不自慮也；辯雖雕萬物，不自説也。」疏：「宏辯如流，雕飾萬物。」校注：「『辨』淩本作『辯』，按辯字是。」

〔四〕易繫辭上：「知周乎萬物，而道濟天下。」釋文：「知，音智。」校注：「因與上句之『萬物』相避，故作『智周宇宙』。」

〔五〕斠詮直解爲「建立德業，何須隱售？抱負道術，必然傳授」。

〔六〕范注：「李君雁晴曰：『述同術，途也。』」

此謂各種流派的表達方式不同，各有各的區域園地。

論説第十八

元王構修詞鑑衡：「言其倫而析之者，論也。別嫌疑而明之者，辨也。度其宜而揆之者，議也。正是非而著之者，説也。」

劉師培論文雜記：「九家之中，凡能推闡義理，成一家之言者，皆爲論體。儒家之中，如禮記表記、中庸各篇，皆論體也。即道家、法家、雜家、墨家之中，亦隱含論辯兩體。宣口爲說，發明經語大義亦爲說。漢志於發明經義之文即附於本經之下。又賈誼過秦論三篇，亦列於新書，而漢志雜家復有荆軻論五篇，皆論體之列於子者也。」

「說」在此爲游說，與後世所謂「論說文」之說是有區別的。

聖哲彝訓曰經〔一〕，述經叙理曰論〔二〕。論者，倫也〔三〕；倫理無爽〔四〕，則聖意不墜〔五〕。

〔一〕書酒誥：「聰明祖考之彝訓。」傳：「言子孫皆聰聽父祖之常教。」

〔二〕范注：「凡說解談議訓詁之文，皆得謂之爲論；然古惟稱經傳，不曰經論；經論並稱，似受釋藏之影響。魏晉釋老志曰：『釋迦後數百年，有羅漢菩薩，相繼著論，贊明經義，以破外道。皆傍諸藏部大義，假立外問，而以内法釋之。』隋書經籍志以佛所說經爲三部，又有菩薩及諸深解奧義，贊明佛理者，名之爲論。彦和此篇，分論爲二類：一爲述經、傳注之屬；二爲叙理、議說之屬。八名雖區，總要則二。二者之中，又側重叙理一邊，所謂『論也者，彌綸群言，而研精一理者也』。」

〔三〕范注：「釋名釋典藝：『論，倫也，有倫理也。』說文繫傳三十五：『應詰難，揭首尾，以終其事，曰論。論，倫也，同歸而殊塗。』」
玉海卷六十二：「鄭康成曰：論者綸也，可以經綸世務。」
〔四〕范注：「倫，理也；爽，差失也。」
張相古今文綜第一部第一編第一章論文體製：「論者倫也，義取倫理無爽，馳騁横決，良乖古誼。」
〔五〕斯波六郎：「論語子張：『文武之道，未墜於地，在人。』」
以上幾句話是説寫論文要有條理，條理無誤，纔能不失聖人的原意。文選序：「論則析理精微。」就是在論文中要把道理分析得精密細微。

昔仲尼微言，門人追記，故抑其經目，稱爲論語〔一〕；蓋群論立名，始於兹矣〔二〕。自論語已前，經無「論」字〔三〕；六韜二論〔四〕，後人追題乎！

〔一〕校證：「『抑』原作『仰』，今據御覽改。（儀禮）聘禮疏引鄭玄論語序：『易、詩、書、禮、樂、春秋，皆二尺四寸（原作「一尺二寸」，據左傳序疏引鄭氏論語序改）。孝經謙，半之；論語八寸策者，三分居一，又謙焉。』鄭氏此文，正可説明論語謙，不敢稱經之故。徐校『仰』作『押』，未是。『故抑其經目稱爲論語』九字，事物紀原四引作『目爲論語』一句。」
漢書藝文志：「昔仲尼没而微言絶。」師古注：「精微要妙之言。」

范注：「漢書藝文志：『論語者，孔子應答弟子時人及弟子相與言而接聞於夫子之語也。當時弟子各有所記，夫子既卒，門人相與輯而論纂，故謂之論語。』補注引王先慎曰：『皇、邢二疏並云：「論，撰也。」群賢集定，故曰撰。鄭注周禮云：「答述曰語。」以此書所載，皆仲尼應答弟子及時人之辭，故曰語；而在論下者，必經論撰，然後載之，以示非妄語也。』……『仰其經目』，疑當作『抑其經目』，謂謙不敢稱經也。」

春覺齋論文流别論八：「然論語一書，出言爲經，宋儒語録，即權輿於此。（或謂語録出之南宗諸僧，實則非是。）非復後人所作之論體。」

〔二〕劉熙載藝概文概：「劉彦和謂群論立名，始於論語，不引周官『論道經邦』一語，後世誚之，其實過矣。周官雖有論道之文，然其所論者未詳；論語之言，則原委俱在。然則論非論語奚法乎？」

蔣祖怡文心雕龍論叢文心雕龍内容述評：「論語之『論』，是『論纂』之『論』，不是『議論』之『論』或『辯論』之『論』。其實，論説之體，並不始於論語，而且論語中大半是記言記事，不純粹是議論。劉氏因爲『尊聖宗經』，把論語作爲論説文的始祖，這種説法顯然是很勉强的。」

〔三〕晁公武郡齋讀書志别集類上：「余嘗題其後曰：世之詞人，刻意文藻，讀書多滅裂……今勰著書垂世，自謂夢執丹漆器，隨仲尼南行，其自負不淺矣；觀其論説篇稱『論語以前，經無論字，六韜三（當作二）論，後人追題』，是殊不知書有『論道經邦』之言也。」（卷四上）

楊慎批：「按書云『論道經邦』，已有論字矣。」何焯云：「楊駁之是也。後議對篇即引『議事以製』。楊説本之晁子止讀書志。」又云：「『論道經邦』唯見古文尚書，故彦和以爲經無『論』字。」日知録卷二十四司業：「梁劉勰文心雕龍謂『論語以前，經無論字』，今周官篇有『論道經邦』之語，蓋梅賾古文之書其時未行。」

補注：「紀云：『觀此，知古文尚書梁時尚不行於世，故不引「論道經邦」之文，然周禮却有「論」字。』詳案困學紀聞卷十七：『文心雕龍云：「論語以前，經無論字。」晁子止云：不知書有「論道經邦」。』閻箋：『「論道經邦」乃晚出書周官篇，本考工記「或坐而論道」來。』案文達之評據此。又紀聞何箋云：『「論道經邦」本於古文尚書，未可以詆彦和。』又云：『劉彦和或不讀古文尚書。』案此何氏爲彦和左袒。何又云：『書中議對篇即引「議事以製」。』此則何氏卓見，可以證彦和不引『論道經邦』之疎。蓋彦和本文士，於經學不甚置意，且當時並不知古文尚書爲僞也。」

范注：「紀説誤。顧廣圻謂彦和屢引東晉古文，如通變篇、議對篇、麗辭篇、事類篇皆引之。案顧説是也。……案諸家皆誤會彦和語意，遂率斷爲疏漏；其實『論語以前，經無論字』，非謂經書中不見『論』字，乃謂經書中無以論爲名者也。上文云『群論立名』，下文云『六韜二論』，皆指書名篇名言之。」

〔四〕玉海卷六十二頁二十一下：「文心雕龍：『自論語以前，經無論字，六韜二論，後人追題。』注云：『六韜霸典文論、文師武論。』」

何焯批：「今之六韜，亦非本書，乃阮逸雜取古書所引僞撰而成。」

黄注：「漢書藝文志：周史六弢六篇。注：惠、襄之間，或曰顯王時，或曰孔子問焉。師古曰：『即今之六韜也，蓋言取天下及軍旅之事。』按六韜有霸典文論文師武論。」

范注：「後漢書何進傳章懷注曰：『太公六韜篇：第一霸典文論，第二文師武論。』今本文師在六韜爲第一篇，與章懷所舉不合，亦無文論、武論之目，蓋又非唐時之舊矣。」余嘉錫古書校讀法明體例第二：「今本只作文韜、武韜，故黄叔琳注不得其解。」

詳觀論體，條流多品〔一〕；陳政，則與議説合契〔二〕；釋經，則與傳注參體〔三〕；辨史，則與贊評齊行〔四〕；銓文，則與叙引共紀〔五〕。

〔一〕春覺齋論文流别論八：「論之爲體，包括彌廣。議政，議戰，議刑，可以抒己所見，陳其得失利病，雖名爲議，實論體也。釋經文，辨家法，争同異，雖名爲傳注之體，亦在在可出以議論。至於正史傳後，原有贊評之格，述贊非論，仍寓褒貶，既名爲評，亦正取其評論得失，仍論體也，不過名稱略異而已。且唐、宋人之贈序、送序中語，何者非論？特語稍斂抑，而文集詩集之序，雖近記事，而一涉詩文利弊，議論復因而發。歐公至於記山水廳壁之文，亦在在加以憑弔，憑弔古昔，何能無言？有言即論。故曰，論之爲體廣也。」

〔二〕范注：「説文：『論，議也。』廣雅釋詁二：『説，論也。』詳本篇及議對篇。毛公注詩，安國注書，皆稱爲傳。傳即注也。賈逵曰：『論，釋也。』漢書曰贊，後漢書曰論，三國志曰評，其實一也。」「契」，符契。「合契」，與合符同義。

〔三〕注訂：「傳注之體可互參，蓋其旨同，皆説經之義也。」

斠詮：「博物志：『上古去先師近，解釋經文皆曰傳，傳師説也；後世去師遠，或失其傳，故謂之注，注下己意也。前者如左氏，公羊、穀梁之傳春秋，後者如趙岐之注孟子、杜預之注左傳，何休之注公羊。』」

〔四〕梅注：「行音杭。」

史通論贊篇云：「春秋左氏傳每有發論，假『君子』以稱之。史記云『太史公』，既而班固漢書曰『贊』，荀悦漢書曰『論』，東觀漢紀曰『序』，謝承後漢書曰『詮』，陳壽三國志曰『評』，王隱晉史曰『議』。其名萬殊，其義一揆。」

郭注：「頌贊篇：『及遷史固書，托贊褒貶，約文以總録，頌體而論辭，又紀傳後評，亦同其名。』足贊評與論同也。」

〔五〕范注：「『銓』當作『詮』。淮南書有詮言訓，高注曰：『詮，就也。』詮言者，謂譬類人事，相解喻也。史傳多以譔爲之。序，如書序，詩序，序卦，及班固兩都賦序，皇甫謐三都賦序之屬。引，未詳。左思吴都賦注：『南音，徵引也，商角徵羽，各有引。』詩行葦箋云：『在前曰引。』

正義：『引者，率引之義。』」

校注：「按後文『序者次事』即承此而言，『敘』『序』上下不同，應改其一。定勢篇：『史論序注，則師範於覈要。』則此『敘』當改『序』」、文章辨體總論、七修類藁二九引，並作『詮文則與序引共紀』。」斠詮：「本書序志：『夫銓序一文爲易，彌綸群言爲難。』用與此處同。」

明郎瑛七修類稿卷二十九詩文類各文之始：「論者，議也。昭明文選以其有二體：一曰史論……一曰設論……意恐過爲之分。善乎劉勰曰：『陳政，則與議說合契，釋經，則與傳注參體；辨史，則與贊辭齊行；論文，則與序引共紀。』信夫。」

注訂：「銓文者，權衡文章也。有所權衡，則論議興而敘引爲要，故言『銓文則序引共紀』也，『銓』字不誤，范注從詮，非。」又：「敘與序同，引者，吴都賦注『商角徵羽各有引。』爾雅釋詁：『引，陳也。』文選有典引，注：引者，伸也。」牟注：「引指引言。文體明辨序說中講『大略如序而稍爲短簡』，但認爲『唐以前文章未有名「引」者』，班固的典引，宋代謝莊的懷園引等，都和作爲文體的『序引』無關。陸雲有贈顧驃騎二首：有皇、思文，都注：『八章，有引。』茲録其一：『有皇，美祈陽也。祈陽秉文之士，駿發其聲，故能照明有吴，入顯乎晉。國人美之，故作是詩焉。』（見陸清河集卷二）這正是如序而稍簡的『引』。紀，綱目。」（文心雕龍譯注）

文體明辨序說「論」類：「按勰之說如此。而蕭統文選則分爲三：設論居首，史論次之，論又次之。較諸勰說，差爲未盡。然唯設論，則勰所未及。……詳勰之說，似亦有未盡者，愚謂析理亦與議説合契，諷（諷人）寓（寓己意）則與箴解同科，設辭則與問對一致，必此八者，庶幾盡之。故今……廣未盡之例，列爲八品：一曰理論，二曰政論，三曰經論，四曰史論（有評議、述贊二體），五曰文論，六曰諷論，七曰寓論，八曰設論。」

張相古今文綜第一部第一編第一章論之體製：「昔者彦和詮論曰：『彌綸群言，研精一理。』載繹其誼，彌綸群言，則作法也；研精一理，則體製也。文事流別，析而彌增，體製之分，代孳異説，要之彦和政、經、史、文之别，卓哉名言，弗可易矣。兹約以今名，曰論理，曰論文，曰論政，曰論史。

「（甲）論理——述經叙理，是名爲論。……大都義取闡發。子瞻刑賞（刑賞忠厚之至論），荆公禮論，抉摘經心，皆彦和所謂『釋經則與傳注參體』者與？

「（乙）論文——文心雕龍，抉微入奥，論文之著，此爲絶唱……伯仲之間，則子桓典論之論文矣。李文饒之作（李德裕文章論）爲謝靈運傳論而發，異同之致，與陸厥致隱侯書，足資參稽，下此張氏、魏氏二家之論（宋張耒文論，清魏禧論文）亦可觀，斯皆彦和所謂『銓文則與叙引共紀』者也。……

「（丁）論史——古者史臣記載，乃有史論，蕭選特標此目，大抵採自史書。後世之士，讀書論世，間有造述，遂與史傳别出，彦和所謂『辨史則與贊評齊行』者也。迄乎三蘇，蔚爲大觀，駸駸乎自成一體矣。……

「(一)史傳論——子長譔述史記，限以篇終，各著一論，既而班固曰贊，劉知幾氏言之詳矣。但馬、班論列，後世專名爲贊，列入史贊類。」

故議者，宜言〔一〕；説者，説語〔二〕；傳者，轉師〔三〕；注者，主解〔四〕；贊者，明意〔五〕；評者，平理〔六〕；序者，次事〔七〕；引者，胤辭〔八〕。八名區分，一揆宗論〔九〕。

〔一〕范注：「禮記中庸：『義者，宜也。』議，從言，義聲，亦取宜意。説文：『議，語也。』段注曰：『議者，誼也；誼者，人所宜也，言得其宜之謂議。』」

〔二〕范注：「説，即悦懌之悦；悦語，謂悦懌之語。」

〔三〕范注：「釋名釋書契：『傳，轉也，轉移所在，執以爲信也。』王褒作四子講德，而云作傳，文選標爲四子講德論，是傳亦稱論之證。轉師，謂聽受師説，轉之後生也。」「傳者轉師」就是轉相師授，轉相傳授。

〔四〕范注：「儀禮鄭氏注正義曰：『注者，注義於經下，若水之注物。』禮記曲禮正義曰：『注者，即解書之名。』主解爲注，以解釋爲主。」

〔五〕范注：「贊，明也。見頌贊篇。」

〔六〕范注：「廣雅釋詁三：『評，平也。』」斠詮：「平理，謂平量情理。」

〔七〕范注：「『序』與『敘』音義同。易艮『言有序』，文言『與四時合其序』，詩『序賓以賢』，儀禮燕禮『序進』，左宣十二年傳『内官序當以夜』，皆次第之意。陳先生曰：『後漢書馮衍傳：「退而作賦，又自論曰。」自論，即自序也。』」孫梅四六叢話卷十九「序」：「嘗考文心論列諸體，獨不及序；唯論説篇有『序者次事』一語，豈以序爲議論之流乎？」

〔八〕范注：「説文肉部：『胤，子孫相承續也。』胤有繼續之義，引申爲率引之義。文選長笛賦『曲胤之繁會叢雜』，琴賦『曲引向闌』，引與胤同義，故曰『引以胤辭』。」張相古今文綜第一部第一編第五章序録之其餘各體：「引——爾雅：『引，陳也。』詩行葦箋：『在前曰引。』彦和有言：『叙引共紀。』又曰：『引者胤辭。』斯知叙引同體，由來已古。」斠詮：「爾雅釋詁：『胤，繼也。』引伸爲牽導之義。……胤辭，謂牽導篇辭。」

〔九〕范注：「八名之中，傳注爲述經之論，叙引詮解文辭，當屬此類。其餘則皆叙理之論也。」注訂：「八名雖異，皆宗於論，其理一揆也，即下文所謂『彌綸群言，而研精一理』者也。」書孔安國序：「至於夏、商、周之書，雖設教不倫，雅誥奥義，其歸一揆。」釋文：「揆……度也。」正義：「其所歸趣，與墳典一揆，明雖事異墳典，而理趣終同，故所以同入尚書，共爲事教也。」是「一揆宗論」謂根據同一準則，宗屬於論。

論也者，彌綸群言〔一〕，而研精一理者也〔二〕。是以莊周齊物，以論爲名〔三〕；不韋春秋，六論昭列〔四〕；至石渠論藝〔五〕，白虎講聚，述聖通經〔六〕，論家之正體也〔七〕。

〔一〕按御覽作「論者，彌綸群言，而研精一理也」。序志篇：「夫銓序一文爲易，彌綸群言爲難。」總術篇：「況文體多術，共相彌綸。」「彌綸」，包括統攝。易繫辭上：「易與天地準，故能彌綸天地之道。」正義：「彌，謂彌縫補合；綸，謂經綸牽引。」

〔二〕范注：「孫云：御覽無『也』字。」黄校：「精，元脱，朱補。」校注：「按御覽、玉海六二……引並有『精』字，朱補是也。書僞孔傳序：『研精覃思。』……夏侯湛東方朔畫贊：『乃研精而究其理。』並以『研精』爲言。」文選序：「論則析理精微。」這幾句話的意思是説：作論的人要綜合各家不同的意見，經過專門研究，而提出自己的看法來。嚴格來講，這是不容易做到的，所以序志篇説：「彌綸群言爲難。」藝概文概説：「論不使辭勝於理，辭勝理則以反人爲實，以勝人爲名，弊且不可勝言也。文心雕龍論説篇解『論』字有『倫理有無』（按應作「倫理無爽」）及『彌綸群言，研精一理』之説，得之矣。」論衡超奇篇：「論説之出，猶弓矢之發也。論之應理，猶矢之中的。夫射以矢中效巧，論以文墨驗奇，奇巧發於心，其實一也。」

斠詮：「研精，猶言精究，亦即研覈精審之意。三國蜀志譙周傳：『研精六經，尤善書理。』尚書序：『於是遂研精覃思，博考經籍。』孔疏：『於是研覈精審，覃静思慮，以求其理。』」

〔三〕玉海卷六十二於本句下注云：「莊子内篇齊物論第二。」

補注：「紀云：『物論二字相連，此以爲論，似誤。』錢辛楣同年（案錢説見十駕齋養新録卷十九）引王伯厚云：『莊子齊物論非欲齊物也，蓋謂物論之難齊也。』邵子（詩）『齊物到頭爭』，恐誤。按左思魏都賦：『萬物可齊於一朝。』劉淵林注：『莊子有齊物之論。』劉琨答盧諶書：『遠慕老莊之齊物。』文心雕龍論説篇：『莊周齊物，以論爲名。』是六朝人已誤以齊物二字連讀。詳案莊子齊物論郭象注：『夫自是而非彼，美己而惡人，物莫不皆然，是非雖異，而彼我均也。』正是齊物之意。六朝自有此讀，故邵子宗之。其觀物外篇云：『莊子齊物，未免乎較量。』亦讀與詩同，非誤也。文達、少詹，似皆未得其旨。」

〔四〕玉海引於句下注云：「吕氏春秋六論三十六篇。」

黄注：「吕不韋輯吕氏春秋有開春、慎行、貴直、不苟、似順、士容六論，凡三十六篇。」「昭」，明白。

春覺齋論文流別論八：「吕氏春秋是六論，亦各有篇目，不必專爲一事。」

〔五〕玉海引於句下注云：「隋志：石渠禮論四卷，戴聖撰。」

黄注：「（漢書）翟酺傳：『孝宣論六經於石渠。』注：『宣帝詔諸儒講五經於殿中，兼評公羊穀梁同異，上親臨決焉。時更崇穀梁，故此言六經也。石渠，閣名。』」

范注：「漢書宣帝紀：『甘露三年，詔諸儒講五經同異，太子太傅蕭望之等平奏其議，上親稱制臨決焉。』補注引錢大昭曰：『時與議石渠者，可考見者凡二十三人，議奏之見於藝文志者……凡一百六十五篇。易詩二經，獨無議奏，班氏失載之耳。』漢書瑕丘江公傳、劉向傳、韋玄成傳皆載講經石渠事。三輔故事曰：『石渠閣在未央殿北，藏秘書之所。』」又正文夾注謂孫云：御覽「至」下有「於」字。

〔六〕玉海引於句下注云：「肅宗會諸儒講論五經，作白虎通德論。」

校證：「『白虎講聚，述聖通經』二句八字，原作『白虎通講聚述聖言通經』十字，王惟儉本作『白虎講聚，述聖□□通經』，今據御覽、玉海改。」

校注：「『論藝』與『講聚』相對爲文。時序篇：『然中興之後，群才稍改前轍，華實所附，斟酌經辭；蓋歷政講聚，故漸靡儒風者也。』正指章帝會諸儒白虎觀而言，其文亦作『講聚』。今本『通』字，非緣白虎通德論之名，即涉下『通』字而誤。『言』字亦涉上文而衍。御覽及玉海六二引，並無『通』『言』二字，當據删。」

訓故：「後漢書：章帝建初四年，詔諸王諸儒會白虎觀，講議五經同異。帝親臨稱制，如石渠故事，命史臣著爲白虎通德論。」

范注：「後漢書章帝紀：『建初四年冬十一月……下太常、將、大夫、博士、議郎、郎官及諸生、諸儒會白虎觀，講議五經同異，使五官中郎將魏應承制問，侍中淳于恭奏，帝親稱制臨決，如孝宣甘露石渠故事，作白虎議奏。』班固傳：『天子會諸儒，講論五經，作白虎通德論。』儒林傳：『命史臣著爲通議。』」

孫詒讓籀高述林卷四白虎通義考下：「竊嘗以『白虎通義』、『白虎通德論』、『白虎通』三名詳考之，而知『通義』爲建初之原名，『通德論』爲六朝人之題，『白虎通』爲援引之省字也。……文心雕龍論説篇云：『石渠論藝，白虎通講，述聖通經，（原注：「今本述上衍聚字，聖下衍言字，此依御覽引删。」）論家之正軌也。』可證六朝時本，已有『通德論』之題。」

〔七〕玉海卷六十二：「文心雕龍……莊周齊物，以論爲名；不韋春秋，六論昭列。石渠論藝，白虎講聚；述聖通經，論家之正體也。」

文心雕龍雜記：「案述經叙理曰論，故云正體。」

及班彪王命〔一〕，嚴尤三將〔二〕，敷述昭情〔三〕，善入史體〔四〕。

〔一〕訓故：「後漢書：隗囂據隴蜀，問班彪曰：往者周末，戰國並争，天下分裂，意者縱横之事，復起於今乎？彪乃作王命論，以明神器不可妄覬，以諷之。」范注：「後漢書班彪傳：『隗囂擁衆天水，彪乃避難從之。囂問彪曰：「往者周亡，戰國並争，天下分裂，數世然後定；意者從横之事復起於今乎？」……彪既疾囂言，又傷時方艱，乃著王命論，以爲漢德承堯，有靈命之符；王者興祚，非詐力所致；欲以感之，而囂終不寤。』漢書叙傳及文選五十二載王命論。」

〔二〕玉海卷六十二引此句，下注云：「太平御覽引：嚴尤三將論，唐内雜家一卷。（按此見新唐書藝文志丙部，「内」疑丙字之誤。）」

訓故：「通志：嚴尤三將軍論一卷。」

黄注：「王莽傳：大司馬嚴尤非莽攻伐四夷，數諫不從，著古名將樂毅、白起不用之意及言邊事凡三篇，以風諫莽。」范注：「漢書王莽傳下：『尤素有智略，非莽攻伐四夷，數諫不從，著古名將樂毅、白起不用之意及言邊事凡三篇，奏以風諫莽。』三將軍論佚。全後漢文六十一輯得兩條。」

校注：「按後漢書光武帝紀上：『伯升又破王莽納言將軍嚴尤。』李注：『桓譚新論云：「莊尤，字伯石。」此言「嚴」，避明帝諱也。』則此文之稱『嚴尤』乃沿漢避明帝諱而未改復者也。」

〔三〕斠詮直解爲「鋪叙事義，曲昭情理」。

〔四〕斠詮：「史體，史論之體也。」周注謂王命論指出漢高祖「其興也有五：一曰帝堯之苗裔，二曰體貌多奇異，三曰神武有徵應，四曰寬明而仁恕，五曰知人善任使」。文選學引黄先生（侃）曰：「楊嗣復對唐文宗以爲此文矯意以正賊亂，符讖非其所重（舊唐書百七十六），信然。蓋囂亦英傑，故徒可以天命嚇之也。文則浩浩洋洋，風骨遒上。」

魏之初霸，術兼名法〔一〕；傅嘏王粲〔二〕，校練名理〔三〕。

〔一〕范注：「三國魏志武帝紀評曰：『太祖擥申、商之法術，該韓、白之奇策。』國故論衡中論式篇曰：『當魏之末世，晉之盛德，鍾會、袁準、傅玄皆有家言，時時見他書援引，視荀悦、徐幹則勝。此其故何也？老莊刑名之學，逮魏復作，故其言不牽章句，單篇持論，亦優漢世。……上施於政事，張裴晉律之序，裴秀地域之圖，其辭往往陵轢二漢。……夫持論之難，不在出入風議，臧否人群，獨持理議禮爲劇。出入風議，臧否人群，文士所優爲也。持理議禮，非擅其學莫能至。』」

斠詮：「晉泰始元年傅玄上疏有言：『近者魏武好法術，而天下貴刑名。』」中國中古文學史第三課：「魏武治國，頗雜刑名，文體因之漸趨清峻。」朱遏先等筆記：「隋書經籍志所列名家，皆臧否人物，與先秦名家有異。」

〔二〕黄注：「魏志傅嘏，字蘭石，常論才性同異，鍾會集而論之。」按此見傅嘏傳。范注：「世説新語文學篇：『鍾會撰四本論。』劉孝標注曰：『四本者，言才性同，才性異，才性合，才性離也。傅嘏論同，李豐論異，鍾會論合，王廣論離。』」三國志傅嘏傳注引傅子曰：「嘏既達治好正，而有清理識要；好論才性，原本精微，尠能及之。司隸校尉鍾會年甚少，嘏以明智交會。」世説文學篇：「傅嘏善言虚勝，荀粲談尚玄遠，每至共語，有爭而不相喻。裴冀州釋二家之義，通彼我之懷，常使兩情相得，彼此俱暢。（案：劉注引荀粲别傳云：「粲到京邑，與傅嘏談，嘏善名理，粲尚玄遠。」）」中古文學史：「案嘏文載於魏志本傳者，有征吴對、難劉劭考課法各篇。（難劭考課法語語覈實，近於名法家言，是知嘏言名理，實由綜覈名實爲基。）又，藝文類聚所引有請立貴妃爲皇后表、皇初頌。其才性論不傳。」

訓故：「通志：王粲去伐論三卷。」黄注：「魏志王粲著詩賦論議，垂六十篇。」范注：「（王粲傳）注引典略曰：『粲才既高，辯論應機；鍾繇、王朗等雖各爲魏卿相，至於朝廷奏議，皆閣筆不能措手。』全後漢文九十一輯得粲所著論六篇，皆殘缺不完。」

中古文學史：「雕龍以嘏與王粲並言。藝文類聚所引粲文，有難鍾荀太平論……又，安身論……觀此二文，知粲工持論，雅似魏晉諸賢。其它所著，别有儒吏論、務本論、爵論，亦見類聚諸書所引，均於名法之言爲近。魏志粲傳引典略曰：『粲才既高，辯論應機。』豈不信哉？」

〔三〕斠詮：「校練，考校精練；名理，辨名推理，謂名家也。三國魏志鍾會傳：『及壯，有才數技藝，而博學精練名理。』」

迄至正始，務欲守文〔一〕；何晏之徒，始盛玄論〔二〕。於是聃周當路，與尼父争途矣〔三〕。

〔一〕范注：「魏氏三祖，皆有文采。正始中，玄風始盛（正始，齊王芳年號）。高貴鄉公才慧夙成，好問尚辭，有文帝之風。蓋皆守文之主。」

「守文」，遵守成法。後漢書和帝紀：「守文之際，必有内輔，以參聽斷。」新唐書姚崇宋璟傳贊：「故唐史臣稱：崇善應變以成天下之務，璟善守文以持天下之正。」按此「守文」指遵守魏初提倡「老莊形名之學」的成法，不含貶意。中古文學史論魏晉文學之變遷云：「王弼、何晏之文……雖闡發道家之緒，實與名法家言爲近者也。此派之文，蓋成於傅嘏，而王何集其大成。」

〔二〕時序篇：「至明帝纂戎，制詩度曲，徵篇章之士，置崇文之觀，何、劉群才，疊相照耀。」明詩篇：「及正始明道，詩雜仙心，何晏之徒，率多浮淺。」三國魏志何晏傳：「晏爲老莊言，作道德論及諸文賦著述，凡數十篇。」

中古文學史：「三國志（鍾）會傳注引何劭王弼傳曰：『弼幼而察慧，年十餘，好老氏，通辯能言。……裴徽爲吏部郎，弼未弱冠，往造焉。徽一見而異之，問弼曰：「夫無者，誠萬物之所資也。然聖人莫肯致言，而老子申之無已者何？」弼曰：「聖人體無，無又不可以訓，故不説也。老子是有者也，故恒言無，所不足。」尋亦爲傅嘏所知……其論道，附會文致，不如何晏，自然有所拔得，多晏也。……何晏以爲聖人無喜怒哀樂，其論甚精，鍾會等述之。弼與不同。』……案：晏文傳於今者，以景福殿賦（文選）、瑞頌（藝文類聚）、論語集解序爲最著。……據世説文學篇，則晏曾注老子，後見（王）弼注，改以所著爲道德二論，今已不傳。其析理之文，傳於今者，有列子仲尼篇張注所引無名論。其文曰：『……夏侯玄曰：「天地以自然運，聖人以自然用。自然者道也，道本無名，故老氏曰彊爲之名。仲尼稱堯蕩蕩無能名焉，下云巍巍成功，則彊爲之名，取世所知而稱耳，豈有名而更當云無能名焉者邪！」夫唯無名，故可得偏以天下之名名之，然豈其名也哉？……』觀晏此論，知晏之文學，已開晉宋之先，而晏玄所持之理，亦可悉其大略矣。」

中古文學史：「（三國志）曹爽傳：何晏，何進孫也。少以才秀知名，好老莊言，作道德論及諸文賦，著述凡數十篇。

「世説新語文學篇劉注引魏氏春秋曰：晏少有異才，善談易老。

「又引文章叙録曰：晏能清言，而當時權勢，天下談士，多宗尚之。

「又引文章叙録曰：自儒者論，以老子非聖人，絶禮棄學，晏説與聖人同，著論行於世也。」

〔三〕晉書范甯傳載王弼何晏論，其序云：「時以浮虚相扇，儒雅日替，甯以爲其原始於王弼、何晏，二人之罪，深於桀紂。」其論有曰：「王、何蔑棄典文，不遵禮度，游辭浮説，波蕩後生，飾華言以翳實，騁繁文以惑世，搢紳之徒，翻然改轍，洙泗之風，緬焉將墜。」

詳觀蘭石之才性〔一〕，仲宣之去伐〔二〕，叔夜之辨聲〔三〕，太初之本玄〔四〕，輔嗣之兩例〔五〕，平叔之二論〔六〕，並師心獨見〔七〕，鋒穎精密〔八〕，蓋論之英也〔九〕。

〔一〕玉海卷六十二：「文心雕龍……蘭石之才性（傅嘏，嘏論才性同異，鍾會集而論之），仲宣之去伐（隋志王粲去伐論集三卷），叔夜之辯聲（嵇叔夜聲無哀樂論，見世説注），太初之本玄（夏侯玄著樂毅、張良及本無、肉刑論），輔嗣之兩例，平叔之二論（隋志何晏撰老子道德二卷，又見世説，以所注老子爲道德二論），並師心獨見，鋒穎精密，蓋論之英也。李康運命，陸機辨亡（並見文選），宋岱、郭象（晉宋岱周易論一卷，郭象注。選注引郭象論），夷甫、裴頠（裴頠著崇有論，王衍之徒，攻難交至，頠著崇有、貴無二論，以矯虚誕），並獨步當時，流聲後代。」

范注：「傅嘏論才性同，文佚。本傳注引傅子曰：『嘏既達治好正，而有清理識要，好論才性，原本精微，尠能及之。』」

世説文學篇云：「鍾會撰四本論，始畢，甚欲使嵇公一見。」劉注：「魏志曰：會論才性同異，傳於世。四本者，言有才性同、才性異、才性合、才性離也。尚書傅嘏論同，中書令李豐論異，侍郎鍾會論合，屯騎校尉王廣論離。」

〔二〕校證：「『去伐』原作『去代』，王惟儉本、御覽作『去伐』，今據改。」

范注：「札迻十二：案代當作伐，形近而誤。隋書經籍志儒家梁有去伐論集三卷，王粲撰，即此。去伐，言去矜伐。藝文類聚二十三引袁宏去伐論，仲宣論意，當與彼同。」

〔三〕范注：「嵇康聲無哀樂論，全文五千六百五十五字，載本集。世説新語文學篇注引其略曰：『夫殊方異俗，歌笑不同，使錯而用之，或聞哭而懽，或聽歌而戚，然哀樂之情均也。今用均同之情，發萬殊之聲，斯非聲音之無常乎！』」校釋：「大旨謂樂主和調，哀樂在人而異。」其論有云：「聲音自當以善惡爲主，則無關於哀樂；哀樂自當以情感，則無系於聲音。」

〔四〕訓故：「魏志：夏侯玄，字太初。」

范注：「札迻十二：『案本玄論張溥輯太初集已佚。考列子仲尼篇張注引夏侯玄曰：「天地以自然運，聖人以自然用，自然者道也。道本無名，故老氏曰彊爲之名，仲尼稱堯蕩蕩無能名焉，云云。」與本無之義正合。疑即本無論之文。無无玄元，傳寫貿亂，遂成歧互爾。』三國魏志夏侯玄傳：『玄字太初。』注引魏氏春秋曰：『玄嘗著樂毅、張良及本無、肉刑論，辭旨通遠，咸傳於世。』」校注：「太初之本元。按『元』當依御覽、文通及各本作『玄』。」注訂：「太初之作，應爲本無，元字筆誤。」

〔五〕黄注：「魏志：鍾會與山陽王弼並知名，弼好論儒道，辭才逸辯，注易及老子。注：弼，字輔嗣。」按此見鍾會傳。范注：「『兩例』疑當作『略例』。隋志有王弼易略例一卷，邢璹序稱其『大則總一部之指歸，小則明六爻之得失。』彦和或即指此歟？」

校注：「按李治敬齋古今黈：『王弼既注易，又作略例上下二篇。』（卷一）舍人所謂『兩例』，當指易略例上下二篇言之。惜今通行略例本，已非舊觀矣。」

姚振宗隋書經籍志考證六：「王弼兩例，即易老略例，平叔二論即道德論也。」

〔六〕訓故：「世説：何平叔注老子，未畢。見王弼自説其旨，何意多所短，遂不復注，因作道德二論。」

范注：「魏志何晏傳：『晏好老莊言，作道德論及諸文賦，著述凡數十篇。』注：『晏，字平叔。』札迻十二：『按隋書經籍志道家梁有老子道德論二卷，何晏撰。世説文學篇云：「何平叔注老子始成，詣王輔嗣，見王注精奇……因以所注爲道德二論。」是二論即道德論，顯較無疑。考晏有無爲論，見晉書王衍傳，又有無名論，見列子仲尼篇注。（天瑞篇注又引何晏道德論，並舉其總名。）無爲、無名，皆道德經語，殆即二論之細目與？』（如札迻此説，則似無嫌於輔嗣略例之爲總名。）」無名論殘，見列子仲尼篇注引。無爲論殘，見晉書王衍傳。

注訂：「兩例即易略例與老子略例也。二論爲道論、德論，與輔嗣兩例對文。」

〔七〕才略篇：「嵇康師心以遣論」。「師心」，謂心領神會，不拘泥成法。關尹子五鑒：「善弓者師弓不師羿，善舟者師舟不師奡，善心者師心不師聖。」晁無咎跋董元畫：「乃知自昔學者皆師心而不蹈迹。」

綴補：「莊子人間世篇：『夫胡可以及化，猶師心者也。』呂氏春秋制樂篇：『聖人所獨見，衆人焉知其極。』」

〔八〕郭預衡文心雕龍評論作家的幾個特點：「劉勰重視獨到的觀點，是貫徹於文心雕龍全書的。……甚至連王弼的『兩（略）例』，何晏的『二論』，也都和『仲宣之去代（伐）』，叔夜之辨聲』等相提並論，以爲『並師心獨見，鋒穎精密』，與爾後的『江左群談，惟玄是務；雖有日新，而多抽前緒』（論説）者不同。」（文學評論，一九六三年一期）「鋒潁」，謂見解鋒鋭；「精密」，謂論述精密。

〔九〕校證：「『論』原作『人倫』二字，今從御覽、玉海改。」校注：「按作『論』字是。章表篇，『並表之英也』，與此句法相同，可證。彼篇爲章表，故云『表之英』（彼段論「表」）；此篇爲論説，故云『論之英』（此段論「論」）。若作『人倫』，則非其指矣。」

范注：「以上皆正始以前人，故上文云迄於正始。」

至如李康運命〔一〕，同論衡而過之〔二〕；陸機辯亡〔三〕，效過秦而不及〔四〕。然亦其美矣〔五〕。

〔一〕訓故：「魏氏春秋：李康，字蕭遠，中山人。文選康運命論。」范注：「李康運命論載文選五十三，李善注引集林曰：『李康蕭遠，中山人也。性介立，不能和俗，著遊山九吟。魏明帝異其文，遂起家爲尋陽長，政有善績，病卒。』本論大意在明『治亂，運也；窮達，命也；貴賤，時也』，文氣壯利，不可停滯，故駢詞疊調雖衆，初不覺其繁重。視論衡逢遇、累害以下十餘篇，義雖一致，文則不如蕭遠遠矣。」

〔二〕訓故：「後漢書：王充，字仲任，上虞人，著論衡，中有命録篇，又命義篇，故劉孝標辨命論云：『仲任蔽其源，子長闡其惑。』抱朴子曰：世謂王充一代英偉，所著文時有小疵，猶鄧林枯枝，滄海流芥，未易貶者。」

文選學：「運命論——此文氣壯，故駢詞疊調雖衆，初不覺其繁，正欲稍加删節，亦不可得。論其風骨，在於李斯諫逐客、賈誼過秦之間。」又：「蕭遠此篇，與（劉）孝標辨命論，皆言命有主宰，又緣飾儒言以成立其説。」又：「王充論衡言命，有曰『稟氣之命』，有曰『觸值之命』。壽氣篇……無形篇……以命即性，性即氣，人生之有壽夭，由稟氣之有厚薄也。幸偶篇……累害篇……以人之禍福視爲偶然之遭逢，非關命定。卓爾之言，賢於孔、孟遠矣。乃命義篇釋『富貴在天』，又曰『至於富貴所稟，猶性所稟之氣，得衆星之精。衆星在天，天有其象。得富貴象則富貴，得貧賤象則貧賤，故曰在天。……貴或秩有高下，富或貲有多少，皆星位尊卑小大之所授也。』此則不能抉舊説之蒙，又益之以糜惑也。彼既以禍福之至歸之幸不幸，而不知富貴貧賤亦爲偶然之遭逢，宜與禍福同科。悟之於彼而未明之於此，何哉？」

〔三〕黄注：「（晉書）陸機傳：機以祖父世爲將相，有大勳於江表，深慨孫皓舉而棄之，乃論權所以得，皓所以亡，又欲述其祖父功業，作辯亡論二篇。」

范注：「陸機辯亡論上下二首，載文選五十三。李善注引孫盛曰：『陸機著辯亡論，言吴之所以亡也。』」

〔四〕范注：「此論純規過秦。過秦首責子嬰，此則致譏歸命（孫皓降晉，封歸命侯）；過秦言形勢之不足恃，此則言險阻之不能獨憑；過秦嘆子嬰之不能救敗，此則言歸命之不善守成：此用意之相擬也。『吴武烈皇帝慷慨下國』以下，筆致擬『秦孝公據殽函之固』以下；『彼二君子』以下，句法擬『此四君者』以下。過秦累叙六國人物，此亦累叙吴朝人物。過秦有『嘗以十倍之地』以下一節，此有『魏氏嘗藉戰勝之威』以下一節；過秦有『且夫天下非有小弱也』以下一節，此亦有『夫曹劉之將』以下一節；過秦有『故先王見始終之變』一節，此亦有『是故先王達經國之長規』以下一節：此句讀之相擬也。古人每於名篇，不憚因襲，屈宋以後之『九』，枚乘以後之『七』，陳腐可厭；士衡此篇，擬賈雖肖，究嫌碌碌；文又冗繁，故不復録。」文選學：「辯亡論上下上篇頌吴諸主，下篇揚其先功，其以吴亡歸咎於命，特微文見義耳。」又：「此文上下兩篇，更相表裏，亦猶過秦之聯三篇爲首尾也。」又：「過秦三篇爲論文之宗，覆燾無窮。文士著論則效最工者，有士衡辯亡，與曹冏六代論、干寶晉紀總論諸篇。辯亡命意用筆遺辭，全規過秦，模擬之迹尤顯然明白。」又：「按過秦三篇，賈子新書題下無論字。應劭曰：『賈誼書第一篇。』亦不以爲論也。吴志闞澤傳始目爲論（孫權問澤書傳篇賦何者爲美，澤欲諷以明治亂，因對賈誼過秦論最善），左太沖詠史因之，昭明文選又因之。文心諸子篇有賈誼新書，而論説篇但云『陸機辯亡，效過秦而不及』，蓋無專論過秦之詞，則彦和亦不題爲論也。」又：「辯亡機局全學過秦，而風格不類，此時代之異。」

趙西陸評范文瀾文心雕龍注：「三曰：不究本始。……如論説篇：『陸機辯亡，效過秦而不及。』范注云云。按善注引孫盛語，亦見吴志孫皓傳注。（辯當作辨）又晉書陸機傳亦載其辯亡論，且曰：『以孫氏在吴，而祖父世爲將相，有大勳於江表；深慨孫皓舉而棄之，乃論權所以得，皓所以亡。又欲述其祖父功業，遂作辯亡論二篇。』至言辯亡之規範過秦，當以陸士龍與兄平原書『辯亡則已是過秦，對事求當可得耳』爲最先見，亦彦和之所本。范注於此，惜皆失采。」

曹丕云：「余觀賈誼過秦論，發周秦之得失，通古今之制義，洽以三代之風，潤以聖人之化，斯可謂作者矣。」（御覽五九五）

吴忠匡文體小識：「昔賈生著論過秦，其卒章曰：『觀之上古，驗之當世，參之人事，察盛衰之理，審權勢之宜。』鏡往繩來，援彼證此，遂以啓後世論説之法。」

〔五〕范正文夾注：「孫云：明抄本御覽『矣』作『哉』」。」按元刻本無「亦」字。

章學誠詩教上：「過秦、王命、六代、辯亡諸論，抑揚往復，詩人諷諭之旨……曠世而相感，不知悲喜之何從，文人情深於詩騷，古今一也。」

次及宋岱、郭象〔一〕，鋭思於幾神之區〔二〕；夷甫、裴頠〔三〕，交辨於有無之域〔四〕；並獨步當時，流聲後代。

〔一〕范注：「隋書經籍志易家有晉荆州刺史宋岱周易論一卷。晉書郭舒傳有荆州刺史宗岱，疑即宋岱之誤。晉書郭象傳：『郭象字子玄，少有才理，好老莊，能清言，常閒居以文論自娛。永嘉末，病卒。著碑論十二篇。』世説文學篇注引文士傳曰：『象少有才理，慕道好學，託志老莊；時人咸以爲王弼之亞。』又曰：『象作莊子注，最有清辭遒旨。』」校釋：「周易論，亡。」

〔二〕校注：「『幾』，元本、弘治本、汪本、佘本、張本、兩京本、崇文本並作『機』。按『機』字是。已詳徵聖篇『妙極機神』條。」

按徵聖篇范注：「『機』當作『幾』。易上繫辭：『唯幾也，故能成天下之務；唯神也，故不疾而速，不行而至。』韓康伯注云：『適動微之會則曰幾。』」「幾神」：幾微精妙。周注：「幾神之區：極精深的境界；幾，吉之先見，看到事務的預兆。」

范注：「『彦和所謂『鋭思幾神之區』，度宋、郭二人必有專論，今不可考矣。」

〔三〕晉書王衍傳：「王衍字夷甫……魏正始中，何晏王弼等祖述老莊，立論以爲『天地萬物皆以無爲本。無也者，開物成務，無往不存者也。陰陽恃以化生，萬物恃以成形，賢者恃以成德，不肖恃以免身。故無之爲用，無爵而貴矣。』衍甚重之。惟裴頠以爲非，著論以譏之，而衍處之自若。」校釋：「王衍，難崇有論，亡。見裴頠傳。」訓故：「晉書：裴頠字逸民，河東聞喜人，善言名理，歷官侍中。」按裴頠傳：「頠，字逸民。……頠深患時俗放蕩，不尊儒術，何晏、阮籍素有高名於世，口談浮虚，不遵禮法，尸禄躭寵，仕不事事；至王衍之徒，聲譽太盛，位高勢重，不以物務自嬰。遂相放效，風教陵遲。乃著崇有之論以釋其蔽。……王衍之徒攻難交至，並莫能屈。」范注：「魏志裴潛傳裴松之注引陸機惠帝起居注曰：『頠理具淵博，贍於論難，著崇有、貴無二論，以矯虛誕之弊；文辭精富，爲世名論。』」文選學：「裴頠著崇有論（文載晉書本傳）由名家以論無不離有，正虛無論之弊。」

〔四〕世説新語文學篇：「裴成公作崇有論，時人攻難之，莫能折。唯王夷甫來，如小屈。時人即以王理難裴，理還復申。」注引晉諸公贊曰：「自魏太常夏侯玄，步兵校尉阮籍等，皆著道德論。於時侍中樂廣，吏部郎劉漠亦體道而言約，尚書令王夷甫講理而才虛，後進庾敳之徒，皆希慕簡曠。頠疾世俗尚虛無之理，故著崇有、貴無二論以折之。才博喻廣，學者不能究。後樂廣與頠清閒欲説理，而頠辭喻豐博，廣自以體虛無，笑而不復言。」晉書裴頠傳載有崇有論，貴無論亡。崇有論説：「遂闡貴無之議，而建賤有之論。賤有則必外形（外形骸，指放任），外形則必遺制，遺制則必忽防，忽防則必妄禮，禮制弗存，則無以爲政矣。」

然滯有者全繫於形用；貴無者專守於寂寥〔一〕；徒鋭偏解〔二〕，莫詣正理；動極神源〔三〕，其般若之絶境乎〔四〕？逮江左群談，惟玄是務〔五〕；雖有日新，而多抽前緒也〔六〕。

〔一〕「滯」，凝滯。「繫於形用」，謂束縛於有形而實用的事物。老子：「寂兮寥兮。」魏源老子本義第二十一章：「寂兮，無聲；寥兮，無形也。」

〔二〕「鋭」，突出。

〔三〕「神源」，神理的源泉。范注：「動極神源，謂用思至極深之地；即下云般若之絶境也。神源，猶言理源。世説文學篇：『丞相乃嘆曰：向來語，乃竟未知理源所歸。』」「動極」，探究到底。

〔四〕黄注：「晉書曇霍傳：『霍持一錫杖，令人跪曰：此是般若眼。』」「般若」，梵文 prajñā 的音譯，一譯「波羅若」或「波若」，意譯「智慧」。

斟詮：「絶境，與人世斷絶之境地。陶淵明桃花源記：『來此絶境，不復出焉，遂與外人間隔。』」

錢仲聯文心雕龍識小録二「般若」管窺：「觀此知劉氏欲以般若正理，破「有」「無」二種偏執……實與兩晉以來，玄言家、佛教徒關於有無（佛教稱「有」「空」，當時亦使用「有」「無」二字）之論争，及『般若』學説破其偏執之時代學風，有緊密之關係。……「姚秦時，鳩摩羅什譯摩訶般若波羅蜜經，而般若之學，大暢於中國。……羅什門下僧肇著般若無知論、不真空論，暢論萬物皆『有其所以不有，有其所以不無』。……大抵般若空宗，空（無）以破一切法，假（有）以立一切法。空有雙遣，不滯二執，假有真空，體虚如幻，此空宗之中觀，亦般若之絶境。劉勰此文，標般若之旨，以破裴、王有無之執。……特於論説之篇崇有、貴無二論發之。」

〔五〕宋書謝靈運傳論：「在晉中興，玄風獨扇，爲學窮於柱下，博物止乎七篇，馳騁文詞，義殫乎此。」南齊書文學傳論：「江左風味，盛道家之言，郭璞舉其靈變，許詢極其名理……謝混清新，得名未盛；顔、謝並世，乃各擅奇。」時序篇亦云：「自中朝貴玄，江左稱盛。因談餘氣，流成文體。」

〔六〕辨騷：「自風雅寢聲，莫或抽緒。」范注：「世説文學：舊云，王丞相過江左，止道聲無哀樂（嵇康聲無哀樂論）、養生（嵇康養生論）、言盡意（歐陽堅石言盡意論）三理而已，然宛轉關生，無所不入。」「多抽前緒」謂大多引繹前人餘緒，並無若何創發也。

至如張衡譏世，韻似俳説〔一〕；孔融孝廉，但談嘲戲〔二〕；曹植辨道〔三〕，體同書抄〔四〕；言不持正，論如其已〔五〕。

〔一〕譏世論今佚。

校注：「按『韻』字於義不屬，且與下『但談嘲戲』句不倫，疑爲『頗』之形誤。哀弔篇『卒章五言，頗似歌謡』……句法與此相類，可證。（漢書揚雄傳下「雄以爲賦者……又頗似俳優」亦可證。）」

「俳」，元刻本、弘治本均作「排」。馮舒校本亦作「排」，注云：「謝作『俳』。」斠詮：「案字當作『俳』，『徘』、『排』皆『俳』之形誤。」

〔二〕孝廉論今佚。范注：「三國吴志是儀傳注（引徐衆三國評）：『是儀本姓氏，以孔融嘲改姓是。』」

斯波六郎：「案此文與三國評之記事無關，魏文帝典論論文云：『孔融體氣高妙，有過人者，然不能持論，理不勝辭，至於雜以嘲戲。』（魏志王粲傳注引）『雜以嘲戲』，恐指孝廉等而言。」

〔三〕訓故：「曹子建集辨道論大略以左慈、郗儉方士之徒好詭欺衆，言不足信也。」范注：「曹植辨道論列舉當時道士遇怪之語，辨其虚誕，義頗近正，而文實冗庸。」辨道論，見續古文苑卷九。

〔四〕「體同書抄」，謂體制同於抄書。

詩品序：「顔延、謝莊尤爲繁密，於時化之。故大明泰始中，文章殆同書抄。」

校釋：「曹植辨道論。見本集。大旨言方士神仙之説不可信。」周注：「辨道論羅列許多事實，所以體同書抄。」

〔五〕范正文夾注（引黄校）：「汪本作『才不持論，寧如其已』。」

校注：「黄校有誤。張本、胡本作『才不持論，寧如其已』，是也，當從之。漢書嚴助傳『朔、皋不根持論』……文選典論論文『然不能持論』，並以『持論』爲言。此爲評張衡譏世，孔融孝廉、曹植辨道之辭，謂所作不能持論，寧可擱筆也。」按元刻本作「才不持論如其一」，弘治本、馮舒校本俱作「才不持論如其已」，馮校本下注云：「謝作『言不持正，論如其已』。」

以上爲第一段，説明論的意義、類别，並評論先秦到魏晋的論文。

原夫論之爲體，所以辨正然否〔一〕；窮於有數，究於無形〔二〕，迹堅求通，鉤深取極〔三〕；乃百慮之筌蹄〔四〕，萬事之權衡也〔五〕。

〔一〕校注：「論衡超奇篇：『桓君山作新論，論世間事，辨照然否。』又自紀篇：『論説辯然否。』」御覽「辨」作「辯」。

張相古今文綜論之體製：「彦和謂論所以辨正然否。標準斯誼，然則有申，而否則有駁矣。梁劉峻廣絶交論、蘇軾續歐陽子朋黨論，皆所以辨正其然者也。權德輿兩漢論、王荆公周公論，皆辨正其否（駁前人之説）者也。」「辨正然否」就是分清是非。

〔二〕校證：「『窮於有數，究於無形』二句八字，舊作『窮有數，追究無形』二句七字，謝校『窮』下添『於』字，『追』作『迫』，『迫』下加『於』字。梅六次本改如今本，黄本、張松孫本，皆從之。案御覽正作『窮於有數，追於無形』，黄本注云：『兩「於」字從汪本改。』非是。」按元刻本、馮本均無兩「於」字。何本亦無二「於」字。文心雕龍新書本依黄本作「窮於有數，追於無形」，校證「追」改「究」，似不必。

注訂：「『有數無形，指事與理二項而言。事以求證，理以究真，而後然否正，而論切也。故辨爲論之主旨，然否正爲辨之必然也。』有數本指具體有形可數的事物。禮記表記：「仁有數，義有長短大小。」疏：「仁有數者，行仁之道有度數多少也。……言仁有數，則義亦有數；義有長短大小，則仁亦有長短大小，互言之也。」

〔三〕黄本校：「『迹』，一作『鑽』。」校注：「按『鑽』字義長，御覽、文章辨體彙選三九二、文章緣起注引，並作『鑽』。論語子罕：『鑽之彌堅。』當爲『鑽堅』二字所本。」劉師培講漢魏六朝專家文研究（羅常培筆録）十、論各家文章與經子之關係中說：「蓋論理之文，『迹堅求通，鉤深取極』，意尚新奇，文必深刻，如剥芭蕉，層脱層現；如轉螺旋，節節逼深。不可爲膚裏脈外之言，及鋪張門面之語。」陳繹曾文説云：「論宜圓折遠深。」所以能「圓折遠深」，就是鑽探鉤取的結果。

「鑽堅求通，鉤深取極」就是説要打攻堅戰，把道理鑽通，從而鉤取出極其深刻的結論。要像轉螺旋似的，節節進逼，達到最深的一層。要能掃清論述中的一切障礙，才能豁然貫通。易繫辭上：「探賾索隱，鉤深致遠。」正義：「物在深處，能鉤取之。」

〔四〕莊子外物篇：「荃者所以在魚，得魚而忘荃；蹄者所以在兔，得兔而忘蹄。」釋文：「荃……魚笱也。」「蹄，兔網也，又云兔弶也。繫其脚，故曰蹄也。」「荃」即筌，捕魚竹器。後來以筌蹄比喻達到目的的手段，魚兔比喻目的。

〔五〕莊子胠篋：「爲之權衡以稱之，則並與權衡而竊之。」

故其義貴圓通〔一〕，辭忌枝碎〔二〕，必使心與理合，彌縫莫見其隙〔三〕；辭共心密，敵人不知所乘〔四〕。斯其要也〔五〕。

〔一〕范文瀾中國通史簡編修訂本第二編四百二十二頁：「全書只有論説篇偶用『般若』、『圓通』二詞，是佛書中語。」劉勰滅惑論：「明知聖人之教，觸感圓通。」「圓」，無偏缺；「通」，無障礙。楞嚴經卷二十二：「阿難及諸大衆，蒙佛開示，慧覺圓通，得無疑惑。」僧祐出三藏記集卷一緣記部收録胡漢譯經音義同異記：「雖有偏解，終隔圓通。」明詩：「然詩有恒裁，思無定位，隨性適分，鮮能圓通。」封禪篇：「然骨掣靡密，辭貫圓通。」日人興膳宏謂「圓通」作「圓滿的完全性」或「理論的一貫性」解（見興膳宏文心雕龍論文集五十五頁）。

〔二〕李充翰林論：「論貴於允理，不求支離，若嵇康之論文矣。」在論文中要抓住要領，這和翰林論所説「不求支離」以及本篇所説的「辭忌枝碎」是一致的。

〔三〕斠詮：「彌縫——補合之意。左傳僖公二十六年：『彌縫其闕，而匡救其災。』」

〔四〕黄海章劉勰的創作論和批評論（本篇下引黄海章皆同此）：「論之爲體，所以辨正然否。然或然或否，不能止據片面的理由來斷定，而是要通過全面，所以説『義貴圓通』。而辨論的文辭，要能够把握重點，明確地、深入地加以發揮，才能盡其精要，如果瑣碎支離，重點便不能突出，使讀者無從領略作者的要旨，所以説『辭忌枝碎』。『心與理合』是作者的主張能符合客觀的真理，而非出於幻想。『辭共心密』是所運用的辭句，能精密的表現内在的思想。能做到這樣，敵人便無隙可乘了。」（中山大學學報，一九五八年第一期）

按論説篇所謂「彌縫莫見其隙」，「敵人不知所乘」，就是一般所謂「能立」。「能立」是能够伸張自己的主張。如果正面的論據不充分，反面的理由却很强而有力，這樣的論文便完全不能成立。

張相古今文綜第一部第一編第一章論文體製：「班叔皮之論『王命』，李蕭遠之辨『運命』（李康運命論），如雲在空，絪緼變化，劉氏（梁劉峻辯命論）楊氏（清楊繩武六朝論）之作，排比衆説，祥金在冶，所謂『辭共心密，敵人不知所乘』者也。」

〔五〕晉釋慧遠序大智論鈔曰：「論之爲體，位始無方而不可詰，觸類多變而不可窮，或開遠理以發興，或導近習以入深，或闔殊塗於一法而弗雜，或闢百慮於同相而不分，此以絶夫纍瓦之談，而無敵於天下者也。爾乃博引衆經，以贍其辭，暢發義音，以宏其美。美盡則智無不周，辭博則廣大悉備。是故登其涯而無津，挹其流而弗竭。汪汪焉莫測其量，洋洋焉莫比其盛。雖百川灌河，未足語其辯矣；雖涉海求源，未足窮其邃矣。」釋僧叡序大智度論亦云：「其爲論也，初辭擬之，必標衆異以盡美；卒成之終，則舉無執以盡善。釋所不盡，則立論以明之；論其未辯，則寄折中以定之。使靈篇無難喻之章，千載悟作者之旨，信若人之功矣。」雖闡揚佛教，以發玄旨，而作論之要領，固可與彦和之説相參。

是以論如析薪〔一〕，貴能破理〔二〕。斤利者，越理而横斷；辭辨者，反義而取通〔三〕；覽文雖巧，而檢蹟知妄〔四〕。唯君子能通天下之志，安可以曲論哉〔五〕！

〔一〕「如」，范正文夾注：「孫云：御覽作『譬』。」詩齊風南山：「析薪如之何？匪斧不克。」

〔二〕春覺齋論文流别論八：「論者，貴能破理，莊子之齊物，王充之論衡，析理微矣。……鄙意非所見之確，所藴之深，吐辭不能括衆義而歸醇，析理不能抑群言而立幹，不如不作之爲愈。」論文除去「能立」以外，還要能剖析事理，這就是「貴能破理」。黄海章云：「所以造論的人，要能够把事理分析入微，無堅不破，好像利刃劈柴一樣。」「理」本指木柴的紋理。

〔三〕黄海章云：「可是有些人馳騁文辭，不管是否合乎真理，而妄加武斷；或賣弄口辯，故意作爲翻案的文章。」文章流别論：「辯言過理，則與義相失。」

〔四〕校證：「『知』原作『如』，梅六次本、張松孫本、崇文本作『知』。徐、顧俱云：『當作知。』案御覽作『知』，今據改。」黄海章云：「這些作品，初看起來，固然精巧，但按諸實際，不過是歪曲事實的謬論而已！」

〔五〕斯波六郎：「周易同人彖：『唯君子爲能通天下之志。』」正義：「唯君子之人於同（團聚）人之時，能以正道通達天下之志。」

斠詮：「曲論，歪曲議論。」

以上是説：有人仗着自己的文辭鋒利，能説會道，像快刀一樣，不管是否合理，而妄加武斷；或者故意反着説，作翻案文章，勉强求通。這樣的論文，初看起來雖然精巧，而用實踐來檢驗，就會知道它是胡説八道。只有正人君子能够溝通天下人的思想，怎麽可以歪曲事實來狡辯呢！

從劉勰的話來看，他是注重論文要有正確的内容，而不贊成專門耍筆桿子進行詭辯的。桓範世要論序作篇説：「夫著作書論者，乃欲闡弘大道，述明聖教，推演事義，盡極情類，記是貶非，以爲法式，當時可行，後世可修。……而世俗之人，不解作體，而務汎濫之言，不存有益之義，非也。故作者不尚其辭麗，而貴其存道也；不好其巧慧，而惡其傷義也。故夫小辯破道，狂簡之徒，斐然成文，皆聖人之所疾矣。」（全三國文卷三十七）陳亮龍川集書作論法：「大凡論不必作好語言，意與理勝，則文字自然超衆。故大手之文，不爲詭異之體，而自然宏富；不爲險怪之辭，而自然典麗。奇寓於純粹之中，巧藏於和易之内。不善學文者，不求高於理與意，而務求於文彩辭句之間，則亦陋矣。」陳亮提出作論文要重「意」，重「理」，這和本篇所説的「義貴圓通」、「心與理合」之意，正可互相發明。而陳亮所談的作論文要求自然，不貴詭異、險怪的主張，和文心雕龍的基本理論也是非常接近的。

若夫注釋爲詞，解散論體〔一〕，雜文雖異，總會是同〔二〕；若秦延君之注堯典，十餘萬字〔三〕；朱普之解尚書，三十萬言〔四〕：所以通人惡煩，羞學章句〔五〕。

〔一〕紀評：「訓詁依文敷義，究與論不同科，此段可删。」范注：「案紀説非是。陳先生曰：『按此據鄭君六藝論，王氏聖證論言之。』賈逵云：『論，釋也。』是彦和所本。」

周注：「解散論體：注釋中的議論，分散在各條裏，形式上是分散的。」

〔二〕文心雕龍雜記：「案注釋者，依文敷義，分別訓詁，文雖散雜，然總會全注則論矣。世説新語文學篇：何平叔注老子始成，詣王輔嗣，見王注精奇，乃神伏曰：若斯可與論天人之際矣。因以所注爲道德二論。可證。又朱子語類：『漢儒解經，依經演説，晉人則不然，依經而作文。』亦可證。」

郭注改「雜」爲「離」，云：「離文，謂注釋斷續出現正文之下。離雜形近致訛。聲律：『叠韻雜句而必睽。』文鏡秘府引聲律作『離句』，是離雜相近易誤之證。」

校注：「按『雜』當作『離』，字之誤也。禮記學記：『一年，視離經辨志。』鄭注：『離經，斷句絕也。』正義：『離經，謂離析經理，使章句斷絕也。』此『離』字義當與彼同。『離文』，謂離析原書章句，分別作注。即下文所舉『毛公之訓詩，安國之傳書，鄭君之釋禮，王弼之解易』之類是。」王更生文心雕龍范注駁正：「此言離文者，離析文辭，而成若干片斷夾注於章句之下，雖與論辨文完整的成篇不同，但若把各條注釋統合觀之，倒與論文並無區別。正應下句『總會是同』。」

〔三〕黄注：「漢（書）儒林傳：張山拊事小夏侯建，爲博士，論石渠，授信都秦恭延君，恭增師法至百萬言。桓譚新論：秦延君但説『粤若稽古』，即三萬言。」范注：「藝文志六藝敘曰：『博學者又不思多聞闕疑之義，而務碎義逃難，便辭巧説，破壞形體，説五字之文，至於二三萬言。』顔師古注曰：『言其煩妄也。桓譚新論（按見正經第九）云：秦近君（近字誤，當作延）能説堯典篇目，兩字之説，至十餘萬言；但説「曰若稽古」三萬言。』（御覽學部引作二萬言。）」

〔四〕黄注：「（漢書）儒林傳：尚書歐陽氏學，平當授九江朱普公文。桓榮傳：榮習歐陽尚書，事博士九江朱普。」朱普字公文。漢書儒林傳：「林尊事歐陽高爲博士，論石渠，授平陵平當。平當授九江朱普公文，普爲博士。」范注：「後漢書桓郁傳：『初，桓榮受朱普學章句四十萬言，浮辭繁長，多過其實。及榮入授顯宗，減爲二十三萬言。郁復删省定成十二萬言，由是有桓君大小太常章句。』據此傳，『三十萬』言當改作『四十萬』。」

〔五〕范注：「論衡效力篇：『王莽之時，省五經章句，皆爲二十萬，博士弟子郭路，夜定舊説，死於燭下。精思不任，絶脈氣滅也。』西漢之末，五經章句，皆極繁衍，若朱普章句僅三十萬言，則比之他經，不爲太過，范書不應獨言其浮辭繁長矣。通人謂如揚雄、班固之等。揚雄傳：『雄少而好學，不爲章句，訓詁通而已。』後漢書班固傳：『不爲章句，舉大義而已。』」校注：「羞學章句者，除范注引揚雄、班固外，尚不乏人：後漢書桓譚傳：『博學多通，徧習五經，皆詁訓大義，不爲章句。』王充傳：『好博覽而不守章句。』荀淑傳：『博學而不好章句。』盧植傳：『能通古今學，好研精而不守章句。』梁鴻傳：『博覽無不通，而不爲章句。』蓋章句之學，辭過枝離，義鮮圓通，博覽者多所不爲，故舍人云然。」朱遏先等聽文心雕龍筆記：「章句之存於今者，唯趙岐孟子章句，每章有章旨，殊無要誼，故人羞學之。」

校釋：「漢志有歐陽章句三十一卷。沈欽韓曰：『章句者，經師指括其文，敷暢其義，以相教授。左宣二年傳疏，服虔載賈逵、鄭衆、或人三說，解「叔牂曰子之馬然也」，此章句之體也。』斯體之失，往往過繁，卒爲通儒所羞。揚子雲自傳稱『不爲章句，訓詁通而已』，班孟堅傳稱其『不爲章句，舉大義而已』，桓君山傳稱其『博學多通，遍習五經，皆詁訓大義，不爲章句』，王充傳稱其『師事班彪，好博覽而不守章句』：此通儒而鄙章句者也。」

札記辨漢師章句之體：「章句之始，蓋期於明析經理而止。……弟子傳師說者，或更增益其文，務令經義敷暢。至其末流，碎義逃難，便辭巧說，破壞形體，而章句之文於是滋多，秦恭延君增師法至百萬言，說堯典篇目兩字十餘萬言，但說『曰若稽古』三萬言，此則破析經文，與章句之本義乖矣。桓榮受朱普學章句四十萬言，榮減爲二十三萬言，其子郁復删省成十二萬言，是則章句之文可以損之又損，知其多者皆浮辭也。……若其馳逐不反，以多爲貴，學者但記師說，幼童而守一藝，白首而後能言，是以通人恥之，若揚子雲自傳謂不爲章句，訓詁通而已；班固傳亦稱固不爲章句，但舉大義；論衡超奇篇目能說一經者爲儒生，博覽古今者爲通人，知章句之末流，爲人詬病甚矣。然未可因是而廢章句也。經傳章句存者，上有毛傳，次有趙岐之於孟子，王逸之於楚辭，其他東漢經師遺文猶有可參見者，蓋皆雅暢簡易，不如西漢今文諸師之煩，固知章句亦自有可法者在也。詳章句之體，毛公最爲簡潔，其於經文，但舉訓故，又義旨已具序中，自非委曲隱約者，不更敷暢其詞。」

若毛公之訓詩〔一〕，安國之傳書〔二〕，鄭君之釋禮〔三〕，王弼之解易〔四〕，要約明暢，可爲式矣〔五〕。

〔一〕范注：「鄭玄詩譜曰：『魯人大毛公，爲訓詁傳於其家，河間獻王得而獻之，以小毛公爲博士。』大毛公名亨，六國時人；小毛公名萇，西漢趙人。」

〔二〕黄注：「儒林傳：孔氏有古文尚書，孔安國以今文讀之，因以起其家，逸書得十餘篇，蓋尚書兹多於是矣。」按此見史記。范注：「彦和所見尚書孔安國傳，即梅賾僞古文尚書。梅傳實據王肅之注，而附益以舊訓。王肅好賈、馬之學，淵源有自，不得概以僞目之。（鄭康成注古文尚書又書贊『我先師棘下生子安國』云云，是孔氏傳至東漢末尚存也。王肅注更可信爲古文。）」

〔三〕訓故：「後漢書：玄注周易、尚書等凡百餘萬言。」黄注：「鄭玄傳：鄭玄好學，注儀禮、禮記，答臨孝存周禮難，凡百餘萬言。」范注：「文苑英華卷七百六十六，劉子玄引鄭康成自序云：『遭黨錮之事，逃難注禮，黨錮事解，注古文尚書、毛詩、論語，爲袁譚所逼，未至元城，乃注周易。』王鳴盛蛾術編五十八鄭氏著述篇曰：『康成坐黨錮十四年，則是注經三禮居首，閱十四年乃成，用力最深也。』」後漢書鄭玄傳：「鄭玄括囊大典，網羅衆家，删裁繁誣，刊改漏失，自是學者略知所歸。」隋書經籍志經部：周官禮十二卷，鄭玄注。儀禮十七卷，鄭玄注。禮記二十卷，鄭玄注。

〔四〕校證：「玉海無四『之』字。」范注：「孔穎達周易正義序曰：『唯魏世王輔嗣之注，獨冠古今，所以江左諸儒，並傳其學。』」中古文學史：「三國志鍾會傳注引何劭王弼傳曰：『弼幼而察慧，年十餘，好老氏，通辯能言。……弼注易，潁川人荀融難弼「大衍」義，弼答其意，白書以戲之……弼注老子，爲之指略，致有理統；注道略論，注易，往往有高麗言。太原王濟好談，病老莊，嘗云：「見弼易注，所悟者多。」然弼爲人淺而不識物情。正始十年，曹爽廢，以公事免。其秋遇癘疾亡，時年二十四。……』（世説劉注引魏氏春秋亦云：「弼論道，約美不如（何）晏，自然出拔過之。」所云論道約美，即指老易諸注言。）」又：「弼文傳於世者，今鮮全篇，惟易注、易略例、老子注均爲完書。其易略例明象篇曰：……又明爻篇曰：……觀此二則，可以窺輔嗣文章之略，蓋其爲文，句各爲義，文質兼茂，非惟析理之精也。」

〔五〕「式」，法也。朱逷先等筆記：「論説以明晰事理爲貴，故文字不厭其繁，彦和務簡之説非也。」

以上爲第二段，講寫論文的規格要求，附論注釋和論體的異同。

說者，悦也；兑爲口舌〔一〕，故言資悦懌〔二〕；過悦必僞〔三〕，故舜驚讒說〔四〕。

〔一〕訓故：「易象曰：兑，説也。」范注：「説文：『説，説釋也，從言兑聲。』説釋，即悦懌。……（説文：「兑，説也。」）易説卦：「兑……爲口舌。」正義：「取口舌爲言語之具也。」説文通訓定聲：「『説』，叚借爲『悦』。」清凌曙群書答問卷上：「問：『吕氏春秋勸學篇凡説者，兑之也，非説之也，何謂也？』曰：『易序卦：巽者，入也；入而後説之，故受之以兑。』釋名：『兑，物得備足，皆喜悦也。』（見釋天）文心雕龍：『説者，悦也。兑爲口舌，故言咨悦懌。』據此，知爲師者，必先得學者之歡心，而後其説乃可行也。故易（兑卦）象曰：『麗澤兑，君子以朋友講習。』」

〔二〕校證：「『資』原作『咨』。……案作『資』是，銘箴篇：『箴全禦過，故文資確切。』書記篇：『故謂譜者，普也；注序世統，事資周普。』又：『符者，孚也；徵召防僞，事資中孚。』語法與此俱同，今據改。」「言資悦懌」，言出所以使人高興。

〔三〕斠詮：「老子云：『美言不信。』孔子云：『巧言亂德。』彦和蓋化用此二語。」

〔四〕訓故：「書舜典：『帝曰：龍，朕堲（憎疾也）讒説殄行，震驚朕師，命汝作納言，夙夜出納朕命，惟允。』」孔傳：「言我疾讒説，絶君子之行，而動驚我衆，欲遏絶之。」

文體明辨序說「說」條：「按字書：說，解也，述也，解釋義理而以己意述之也。說之名起於說卦，漢許慎作說文，亦祖其名以命篇。而魏晉以來作者絶少，獨曹植集中有二首，而文選不載，故其體闕焉。要之傳於經義，而更出己見，縱横抑揚，以詳贍爲上而已，與論無大異也。」

說之善者，伊尹以論味隆殷〔一〕；太公以辨釣興周〔二〕；及燭武行而紓鄭〔三〕，端木出而存魯〔四〕，亦其美也。

〔一〕黄注：「呂氏春秋：伊尹說湯以至味曰：凡味之本，水最爲始，五味三材，九沸九變。火之爲紀，時疾時徐，滅腥去臊除羶，必以其勝，無失其理。調和之事，必以甘酸苦辛鹹，先後多少，其齊甚微，皆有自起。」按此見本味篇。范注：「嚴可均曰：案漢志道家有伊尹五十一篇，小說家有伊尹說二十七篇，本注：『其語淺薄，似依託也。』此疑即小說家之一篇，孟子以割烹要湯，謂此篇也。（全上古三代文卷一）」史記殷本紀：「伊尹，名阿衡。阿衡欲干湯而無由，乃爲有莘氏媵臣，負鼎俎，以滋味說湯，致於王道。」

〔二〕黄注：「呂氏春秋：呂尚坐茅以漁，文王勞而問取，尚曰：魚求於餌，乃牽其緡，人食於禄，乃服於君，以餌取魚，以禄取人，以小釣釣川而擒其魚，以中釣釣國而擒其萬國諸侯。」

范注：「史記齊太公世家：『呂尚蓋嘗窮困，年老矣，以漁釣奸周西伯。』今六韜文韜文師篇載太公辨釣語。六韜詞意淺近，必出依託。彥和所見，未知即今本文師篇否？」六韜文韜文師第一：「太公曰：釣有三權：祿等以權，死等以權，官等以權。夫釣以求得也，其情深，可以觀大矣。……故以餌取魚，魚可殺；以祿取人，人可竭；以家取國，國可拔；以國取天下，天下可畢。……文王再拜曰：允哉，敢不受天之詔命乎！」

〔三〕黃注：「左傳秦晉圍鄭，鄭伯使燭之武夜縋而出，說秦伯，秦伯與鄭盟，晉亦去之。」左傳僖公三十年：「晉侯秦伯圍鄭，以其無禮於晉。……鄭伯使燭之武見秦伯曰：『秦晉圍鄭，鄭既知亡矣，若亡鄭而有益於君，敢以煩執事；越國以鄙遠，君知其難也。焉用亡鄭以陪鄰。鄰之厚，君之薄也。若舍鄭以爲東道主，行李之往來，共其乏困，君亦無所害。且君嘗爲晉君賜矣，許君焦瑕，朝濟而夕設版焉，君之所知也。夫晉，何厭之有？既東封鄭，又欲肆其西封，若不闕秦，將焉取之？闕秦以利晉，唯君圖之。』秦伯說，與鄭人盟，使杞子、逢孫、楊孫戍之，乃還。」

〔四〕訓故：「史記：田常欲作亂，而憚高、國、鮑、晏，故移其兵伐魯。子貢說曰：不如伐吳，伐吳不勝，民人外怨大臣，內定孤主，制齊者惟君也。田常曰：善。」

黃注：「仲尼弟子傳：端木賜，字子貢，至齊說田常曰：名存亡魯，實困彊齊，智者不疑也。」

范注：「史記仲尼弟子列傳：『田常欲作亂於齊，憚高、國、鮑、晏，故移其兵，欲以伐魯。孔子聞之，謂門弟子曰：「夫魯，墳墓所處，父母之國，國危如此，二三子何爲莫出？」……子貢請行，孔子許之，遂行。至齊，説田常曰……故子貢一出，存魯，亂齊，破吳，彊晉，而霸越。子貢一使，使勢相破，十年之中，五國各有變。』案此事亦見家語屈節解及越絶書内傳陳成恒篇，史公誤採戰國策士虚託之語，絶不可信。伊尹以下四事，惟燭武説秦伯可信。」

注訂：「是子貢以口舌之力，不啻視諸侯如傀儡之在掌中，此説之力也。」

暨戰國争雄，辨士雲涌〔一〕；從横參謀，長短角勢〔二〕；轉丸騁其巧辭〔三〕，飛鉗伏其精術〔四〕；一人之辨，重於九鼎之寶，三寸之舌，强於百萬之師〔五〕；六印磊落以佩〔六〕，五都隱賑而封〔七〕。

〔一〕校證：「『涌』原作『踴』，何校作『涌』。紀云：『踴當作涌。』案史通言語篇，即襲此文，正作『涌』，今據改。」校注：「紀昀云：『踴當作涌。』按文選趙景真與嵇茂齊書：『憤氣雲踴。』是『踴』字自通，無煩改作。」

〔二〕范注：「郝懿行曰：『案劉向戰國策序，國策或曰短長。困學紀聞卷十：蒯通善爲長短説，主父偃學長短縱横術，邊通學短長。』」

校注：「按長短即從横也。史記六國表序：『而從横短長之説起。』田儋傳贊：『蒯通者，善爲長短説。』主父偃傳：『學長短從横之術。』張湯傳：『邊通學長短。』漢書何並傳：『持吏長短從横郡中。』淮南子要略：『故縱横脩短之説生焉。』劉向戰國策序：『中書本號……或曰短長……或曰長書，或曰脩書。……從横短長之説，左右傾側。』並其證。」

漢書張湯傳注：「短長術興於六國時，長短其説隱繆用相激怒也。又蘇秦、張儀之謀，趣彼爲短，歸此爲長，戰國策名長短説也。」史記田儋傳：「太史公曰：蒯通者，善爲長短説，論戰國之權變，八十一首。」索隱：「言欲令此事長，則長説之，欲令此事短，則短説之，故戰國策亦名短長書是也。」注訂：「縱横言其策，長短論其理。」

〔三〕黄注：「鬼谷子有轉丸篇，文闕。」范注：「轉丸、飛鉗，皆鬼谷子篇名。轉丸篇文佚。」斠詮：「轉丸，形容説辭之流利，若彈丸之走盤也。」

〔四〕訓故：「鬼谷子書飛鉗篇謂語飛而鉗以待之。」

困學紀聞卷十諸子「秦、儀即鬼谷子」條：「尹知章序鬼谷子曰：蘇秦、張儀往事之，受捭闔之術十有二章，復受轉丸、胠篋（轉丸、胠篋今亡）三章。然秦、儀用之，裁得温言酒食貨財之賜。秦也儀也，知道未足行，復往見，具言：所受於師，行之，少有口吻之驗耳，未有傾河填海移山之力，豈可更聞至要，使弟子深見其閫奥乎！先生曰：爲子陳言至道。齋戒擇日而往見，先生乃正席而坐，嚴顔而言，告二子以全身之道。文心雕龍（論説篇）云：『轉丸騁其巧辭，飛鉗伏其精術。』」翁注引鬼谷子飛箝篇曰：「引鉤箝之辭，飛而箝之，鉤箝之語，其説辭也。乍同乍異，或量能立勢以鉤之，或伺候見㵎而箝之。」陶宏景注：「飛，謂作聲譽以飛揚之；鉗，謂牽持緘束令不得脱也。」

斠詮：「形容辯術之精巧，若飛鉗之劫人也。」

〔五〕黄注：「（史記）平原君傳：平原君曰：毛先生一至楚，而使趙重於九鼎大吕。毛先生三寸之舌，彊於百萬之師。」

「九鼎」，傳爲夏禹所鑄，見史記封禪書。「九鼎」、「大吕」，皆傳國重器，此處極喻其辯言之珍貴。

〔六〕黄注：「（史記）蘇秦傳：秦喟然嘆曰：使我有雒陽負郭田二頃，吾豈能佩六國相印乎？」補注：「後漢書蔡邕傳：『連衡者六印磊落。』」按此見蔡邕釋誨。「磊落」，錯雜也，指印之多。

〔七〕黄注：「（史記）張儀傳：秦惠王封儀五邑。」補注：「張衡西京賦：『郊甸之内，都邑殷賑，五都貨殖，既遷既引。』案殷音隱，義同。」范注：「爾雅釋言：『賑，富也。』郭璞注曰：謂隱賑富有。字亦作『殷賑』，文選西京賦云：『鄉邑殷賑。』亦作『殷軫』，羽獵賦云：『殷殷軫軫。』」

至漢定秦楚，辨士弭節〔一〕；酈君暨斃於齊鑊〔二〕，蒯子幾入乎漢鼎〔三〕。雖復陸賈籍甚〔四〕，張釋傅會〔五〕，杜欽文辨〔六〕，樓護脣舌〔七〕，頡頏萬乘之階〔八〕，抵噓公卿之席〔九〕；並順風以託勢，莫能逆波而泝洄矣〔一〇〕。

〔一〕范注：「弭，止也，息也。文選子虚賦：『弭節徘徊。』注：『節，所仗信節也。』」斠詮：「弭節，停息仗節，不再出使之意。」

〔二〕史記酈食其傳：「酈生常爲説客，馳使諸侯。燕趙已定，唯齊未下，使酈生説齊王。……淮陰侯聞酈生伏軾下齊七十餘城，乃夜度兵平原襲齊，齊王田廣聞漢兵至，以爲酈生賣己，遂烹酈生。」

〔三〕黄注：「（史記）淮陰侯傳：信方斬，曰：吾悔不用蒯通之計，乃爲兒女子所詐。高祖捕通，欲烹之。通曰：秦失其鹿，天下共逐之，欲爲陛下所爲者甚衆，顧力不能耳，又可盡烹之邪？乃釋通之罪。（原文作「不烹」。）」

〔四〕漢書陸賈傳：「賈以此游漢廷公卿間，名聲籍甚。」王先謙漢書補注引周壽昌曰：「『籍甚』，史記作『藉盛』，蓋言聲名得所藉而益盛也。『甚』與『盛』意同。」

〔五〕范注：「張釋，即張釋之，去『之』字，便文耳。漢書張釋之傳『釋之既朝畢，因前言便宜事。文帝曰：卑之，毋甚高論，令今可施行也。』顔師古注：『令其議論依附時事也。』」史記張釋之列傳：「因前言便宜事。文帝曰：『卑之，毋甚高論，令今可施行也。』於是釋之言秦漢之間事，秦所以失，而漢所以興者久之，文帝稱善，乃拜釋之爲謁者僕射。」漢書爰盎傳贊：「盎雖不好學，亦善傅會。」注：「張晏曰：因宜傅著會合之。」

〔六〕漢書杜欽傳：「帝舅大將軍王鳳以外戚輔政，求賢知自助。奏請欽爲大將軍軍武庫令……後爲議郎，以病免。徵詣大將軍莫府，國家政謀，鳳常與欽慮之。……京兆尹王章言鳳專權蔽主之過，欽令鳳上疏謝罪，乞骸骨，文指甚哀。鳳心慚，稱病篤，欲遂退。欽復説鳳起視事。章死詔獄。衆庶冤之，以譏朝廷。欽欲救其過，復説鳳舉直言極諫。欽之補過將美，皆此類也。」

范注：「漢書杜欽傳（附杜周傳）贊曰：『欽浮沈當世，好謀而成，以建始之初深陳女戒，終如其言，庶幾關雎之見微，非夫浮華博習之徒所能規也。』文辯之語本此贊意。」

注訂：「『深陳女戒，終如其言』，即所謂『文辨』也。」全漢文卷三十一輯杜欽説王鳳等八篇。

〔七〕黄注：「漢書游俠傳：樓護，字君卿……與谷永俱爲五侯上客，長安號曰：谷子雲筆札，樓君卿脣舌。言其見信用也。」范注：「本書知音篇亦稱君卿脣舌。」漢書游俠傳謂樓護「爲人短小精辯」。

〔八〕梅注：「頡頏，音業杭。」范注：「頡頏萬乘，謂酈、蒯、張之屬；抵嘘公卿，謂陸、杜、樓諸人也。」札樸三：「揚雄解嘲：『鄒衍以頡頏而取世資。』夏侯湛東方朔畫贊：『苟出不可以直道也，故頡頏以傲世。』案「頡頏」，猶上下浮沈也。詩：『燕燕于飛，頡之頏之。』傳云：『飛而上曰頡，飛而下曰頏。』」

斯波六郎：「案『頡頏萬乘之階，抵嘘公卿之席』二句，承『雖復陸賈籍甚』以下，不及酈君、蒯子之句。依上句指陸、張，下句應指杜、樓。」

〔九〕黄注：「『抵嘘』，疑作『抵戲』。杜周傳贊：『業因勢而抵陒。』注：『陒，音詭。一説陒讀與戲同，音許宜反，險也。言擊其危險之處。鬼谷子有抵戲篇也。』」范注：「按諧隱篇『謬辭詆戲』，謂嘲戲取説也，此『抵嘘』即『抵戲』之字誤。黄注似迂。」校注：「按『嘘』當作『巇』，鬼谷子有抵巇篇，陶宏景注云：『抵，擊實也；巇，釁隙也。』今本作『嘘』者，蓋誤『山』爲『口』，而又脱其『戈』耳。」注訂：「黄注未安，嘘者出也，抵者拒也。此指音聲相抗而有出入，與上文頡頏對文，疑與蜀都賦『邸頹』二字爲近，或爲一辭而字異，同音相假，古文多此類。」考異：「抵嘘者，言論吐納於公卿之席也。贊云：『呼吸阻勸』者，即爲『抵嘘』注脚。」

〔一〇〕補注：「荀子勸學篇：『順風而呼，聲非加疾也，而聞者彰。』詩秦風（蒹葭）：『遡洄從之，道阻且長。』毛傳：『逆流而上曰遡洄。』」范注：「並順風以託勢，莫能逆波而泝洄，二語精絶。漢代學術文章，皆可作如此觀。」

夫説貴撫會，弛張相隨〔一〕，不專緩頰〔二〕，亦在刀筆〔三〕。范雎之言事〔四〕，李斯之止逐客〔五〕，並煩情入機，動言中務〔六〕，雖批逆鱗〔七〕，而功成計合〔八〕，此上書之善説也。

〔一〕范注：「撫會，猶言合機。」注訂：「撫者因勢，會者適時也。」「弛張相隨」，謂時而鬆弛，時而緊張。明李光縉史記評林增補卷七十九在范雎傳「范雎乃上書」上引劉勰曰：「夫説貴施會，弛張相隨，不專緩頰，亦不在刀筆。」不知何所據。

〔二〕范注：「史記魏豹列傳：『漢王聞魏豹反，謂酈生曰：緩頰往説魏豹，能下之，吾以萬户封若。』漢書高紀注引張晏曰：『緩頰，徐言引譬喻也。』」

〔三〕後漢書劉盆子傳：「酒未行，其中一人出刀筆書謁欲賀。」注：「古者記事，書於簡策，謬誤者以刀削而除之，故曰刀筆。」范注：「不專緩頰，亦在刀筆；謂不僅口説，落於筆札者，亦得稱説。……漢書蕭何傳贊師古注曰：『刀，所以削書也。古者用簡牒，故吏皆以刀筆自隨也。』」

〔四〕訓故：「史記：范雎，魏人，字叔。從王稽入秦，以穰侯欲越韓、魏而伐齊，乃上書曰：『臣聞善厚家者取之於國，善厚國者取之於諸侯。天下有明主則諸侯不得擅厚者，何也？爲其割榮也。』卒逐穰侯，爲秦相。」

黄注：「范雎傳：王稽載雎入秦，説昭王廢王后，逐穰侯，拜爲相。」范注引上書秦昭王（戰國策秦策三又見史記范雎傳）。郭注本改作「范雎之言疑事」。云：「『疑事』，舊脱『疑』字，今校增。史記范雎傳有上秦昭王書，書云：『豈敢以疑事嘗試於王乎？』爾後説昭王廢太后逐穰侯，則所謂『疑事』也。本文『疑事』即用彼文。『言疑事』與『止逐客』相對成文。」「疑事」二字，指廢王后逐穰侯等疑難之事。

〔五〕黄注：「（史記）李斯傳：斯西説秦，秦王拜斯爲客卿。會韓人鄭國來間秦，以作注溉渠。已而覺，秦宗室大臣請一切逐客，斯上書秦王，乃除逐客之令。」

〔六〕范注：「校勘記：『煩字可疑。案煩當作順，檄移篇順誤作煩，可以互證。又封禪篇文理順序，順元誤作煩，是亦一證矣。』韓非子説難篇，精微周密，可作參考。」王金淩：「煩情入機，謂其内容自多端入手，而能切中機要。」「動言中務」謂發言切中要務。

〔七〕韓非説難：「夫龍之爲蟲也，可擾狎而騎也，然其喉下有逆鱗徑尺，人有嬰之，則必殺人。人主亦有逆鱗，説之者能無嬰人主之逆鱗，則幾矣。」

〔八〕何焯校本「合」改「就」。

至於鄒陽之説吴梁〔一〕，喻巧而理至〔二〕，故雖危而無咎矣。敬通之説鮑鄧〔三〕，事緩而文繁，所以歷騁而罕遇也〔四〕。

〔一〕范注：「漢書鄒陽傳陽與吴嚴忌、枚乘等俱仕吴，皆以文辯著名。久之，吴王以太子事怨望，稱疾不朝，陰有邪謀。陽奏書諫，爲其事尚隱，惡指斥言，故先引秦爲喻，因道胡、越、齊、趙、淮南之難，然後乃致其意。其辭曰云云。又陽傳云：『景帝少弟梁孝王貴盛，亦待士。於是鄒陽、枚乘，嚴忌知吴不可説，皆去之梁，從孝王游。陽爲人有智略，忼慨不苟合，界於羊勝、公孫詭之間。勝等疾陽，惡之孝王。孝王怒，下陽吏，將殺之。陽客遊，以讒見禽，恐死而負絫，乃從獄中上書。書奏孝王，孝王立出之，卒爲上客。』」

〔二〕獄中上梁王書也是借古人事跡喻自己忠而無報、信而見疑。「喻巧」之巧，也含有曲盡之意。「理至」，説理周至。

〔三〕黄注：「馮衍傳：衍字敬通。更始二年，遣鮑永行大將軍事，安集北方。衍因以計説永……永既素重衍，乃以衍爲立漢將軍。劉峻廣絶交論注：馮衍與鄧禹書曰：衍以爲寫神輸意，則聊成（應作城）之説，碧鷄之辯，不足難也。」

范注：「後漢書馮衍傳：『馮衍字敬通。更始二年，遣尚書僕射鮑永行大將軍事，安集北方。衍因以計説永云云。』……章懷注曰：『東觀記，衍更始時爲偏將軍，與鮑永相善。更始既敗，固守不以時下。建武初，爲揚化大將軍掾，辟鄧禹府，數奏記於禹，陳政言事。自「明君」以下，皆是諫鄧禹之詞，非勸鮑永之説，不知何據，有此乖違。』嚴可均曰（全後漢文卷二十）：『案章懷注，據東觀記謂是諫鄧禹之詞，非説鮑永。今考建武初，衍未辟鄧禹府，禹亦未至并州。至罷兵來降，見黜之後，始詣鄧禹耳。此當從范書作説鮑永爲是。』據東觀記，衍數説鄧禹，全後漢文僅輯得三條，亡佚殆盡矣。」

〔四〕按此句元刻本以下本作「所以歷聘而罕過也」，梅改「聘」作「騁」，梅本及訓故本又改「過」作「遇」。

梅注：「按後漢書：蘇竟與鄧禹書曰：今日裘與蓑孰急？見雨則裘不用，上堂則蓑不御，此更爲適者也。今敬通逢堂蓑之不御者也。」

訓故：「後漢書：初，王莽遣廉丹討伐山東，辟馮衍爲掾。衍因説曰：將軍之先，爲漢信臣。新室之興，英俊不附。今海内潰亂，人懷漢德，願明公深計而無與俗同。丹不能從。」

范注：「衍在光武時，被黜，仕不得顯，卒至西歸故郡，閉門自保，不敢復與親故通，所謂『歷騁而罕遇』也。」

郭注：「『騁』，柳改作『騁』，非。騁，問也。風骨『珪璋乃騁』，『騁』誤作『騁』。此文不誤。……依劉彦和此文，則説鮑、説鄧皆有之也。馮衍晚不得志，自廢於家，故云『歷騁而罕遇』。」

周注：「事緩：跟當前情勢不切合，迂緩。歷騁罕遇：馮衍初從廉丹，勸廉丹反王莽不成。丹死，從鮑永，擁戴劉玄，拒光武，爲光武所恨，因被黜。」

以上爲第三段，講説的含義，並評論先秦兩漢游説的作品。

凡説之樞要，必使時利而義貞；進有契於成務〔一〕，退無阻於榮身。自非譎敵，則唯忠與信〔二〕。披肝膽以獻主〔三〕，飛文敏以濟辭〔四〕，此説之本也。而陸氏直稱「説煒曄以譎誑」，何哉〔五〕？

〔一〕「貞」，正。「契」，契合。斟詮直解爲「進而有契合於事務成就」。

〔二〕春覺齋論文流别論八：「劉勰曰：『凡説之樞要……退無阻於榮身。』此爲説士言也。學人訓經釋雅，亦皆有説，皆主發明至理而言，名曰經説。近人闡明學理，亦曰學説。獨昌黎之馬説，子厚之捕蛇者説，則出以寓言，此説之變體也。」「譎敵」，對敵人使用譎詐。

〔三〕校注：「按漢書蒯通傳：『臣願披心腹，墮肝膽。』……後漢書郎顗傳：『披露肝膽，書不擇言。』並足證成舍人此説。」

〔四〕斠詮：「飛文敏，飛馳文筆機智之意。……此處藉喻秀麗之文章。梁蕭統文選序：『詞人才子，則名溢於縹囊；飛文染翰，則卷盈乎緗帙。』」直解爲「染翰飛文，竭才智以補濟口辭。」

〔五〕范注：「陸機文賦曰：『論精微而朗暢，説煒燁而譎誑。』李善注曰：『説以感動爲先，故煒燁譎誑。』士衡蓋指戰國策士而言。彦和謂言資悦懌，正即煒燁之義。惟當以忠信爲本，不可流於譎誑。紀氏稱爲樹義甚偉是也。」文論講疏：「按此須分別言之：煒燁之説，即劉勰『言資悦懌』之謂，兼遠符於時利義貞之義。而譎誑之説，劉勰獨持忠信以肝膽獻主之義，反駁陸説，不知陸氏乃述戰國縱横家游説之旨也。王闓運云：『説當回人之意，改已成之事，譎誑之使反於正，非尚詐也。』」李全佳陸機文賦義證：「『飛文敏以騁辭』，所謂『煒燁』也。『忠信』，則與『譎誑』殊科。考莊子天下篇云：『其書雖瓌瑋，而連犿無傷也。其辭雖參差，而諔詭可觀。』釋文：『瓌瑋，奇特也。』成玄英疏：『諔詭，言滑稽也。』陸氏所謂煒燁，猶莊子之瓌瑋也。所謂譎誑，猶諔詭也。説體自如此，劉氏太泥，未可從。」方竑文賦繹志：「説以感悦，亦本尚書。春秋戰國之世，排闔縱横，其用甚顯。煒燁譎誑，所以震眩人心，文心雕龍所謂

『説貴撫會，弛張相隨，不專緩頰，亦在刀筆』者也。」這説明陸機和劉勰論「説」體的時候，都是就游説來立論的，只是游説的態度不同，陸機强調「譎誑」的一面，劉勰强調「忠信」、「肝膽」的一面，因此對於游説文字的風格要求也不完全一致。

後世對於説明文的風格要求之所以不同於文心雕龍，是因爲説的作用起了變化。元人王構修詞鑑衡説：「正是非而著之者説也。」陳繹曾文説明體法：「説宜平易明白。」文章辨體序説「説解」條引盧學士云：「説……以抑揚詳贍爲上。」説的作用既從游説而改爲「正是非」的解説，當然就要求「抑揚詳贍」而且「平易明白」了。論説篇裏所提出的對説的風格要求是專就游説的文章來談的。唐宋以後説解散文的風格，和論文的風格就比較接近了。

第四段講明對「説」的基本規格要求。

贊曰：理形於言，叙理成論〔一〕。詞深人天〔二〕，致遠方寸〔三〕。陰陽莫貳〔四〕，鬼神靡遯〔五〕。説爾飛鉗，呼吸沮勸〔六〕。

〔一〕元刻本缺「叙」字。空一格。弘治本、謝恒抄本亦缺「叙」字，馮舒校云：「『言』下謝本有『叙』字，嘉靖癸卯本亦有。」

斠詮：「叙理成論，即篇首『述經叙理曰論』句之省文，故此處『叙理』實包叙經而言之。」

〔二〕沈巖臨何焯校「深」改「探」。「詞深人天」，謂文詞精深，包括人事與天道。斠詮解爲「詞義精深，人天貫穿」。

〔三〕「致遠」，至遠方也。易繫辭下：「服牛乘馬，引重致遠，以利天下。」呂氏春秋知度篇：「致遠者託於驥。」「致遠方寸」謂論説可傳至遠方，打動人們方寸之心，即上文所説「唯君子能通天下之志」。

〔四〕校證：「『貳』當作『忒』。禮記緇衣：『其儀不忒。』釋文：『忒本或作貳。』是其證。」校注：「『貳』爲『貣』之形誤。『貣』即『忒』也。……揚雄連珠：『陰陽和調，四時不忒。』漢書禮樂志（郊祀歌）：『寒暑不忒況皇章。』臣瓚曰：『忒，差也。寒暑不差，言陰陽和也。』『陰陽莫貳』，即『陰陽不忒』，喻論説之精微。」

〔五〕此謂論説之精微使鬼神也無所遁形，這是從鬼神的靈妙不測上説。

〔六〕上文言：「飛鉗伏其精術。」斯波六郎：「春秋左氏傳襄公二十七年：賞罰無章，何以沮勸？」正義：「沮，止也。」説文通訓定聲：「『沮』假借爲『阻』。」「呼吸阻勸」謂在一呼一吸之間，即可起阻止或勸進的作用。

詔策第十九

宗經篇云：「詔策章奏，則書發其源。」

文心雕龍注訂：「本篇論詔、策、制、敕四體，只稱詔策者，概言之，因四者性相近也。皆上發而下行，一命字庶總之矣。」

「詔」是帝王使用的公文，先秦時没有固定的名稱，到秦代確定爲「詔」。漢代以後，根據用途的不同，又增加了許多新名稱。如制、誥、策、敕，此外還有諭、教、戒、令等，大同小異。

「詔」，是向臣民發布的告示、命令，所以與「令」爲同義詞。例如劉邦的求賢詔等。「制」，本來與詔爲一事。漢代皇帝下令時開頭常有「制詔」二字，可見二者没什麽區别。後來制專用以制定和頒布制度法規。到唐代，因武則天名曌，與「詔」音近，改詔爲制。於是制再次兼有了詔的用途，遇有重大的賞罰、任命時用它。

詔策之「策」，指的是簡策，不是作爲策略講的「對策」。唐代改「策」作「册」，所以詔策篇的「策」，就是唐以後的「册書」，和詔書都屬於替皇帝代筆的下行公文。本篇以「詔策」連文是用作上告下公牘的總稱。

後漢書光武帝紀注引漢制度：「策書者，編簡也。……以命諸侯王、三公，以罪免亦賜策。」可見策與後代的制誥用途相同。例如漢武帝封齊王策、封燕王策等。從漢代起，策又指選拔人材時的試題，又名策問。好的策問本身就是一篇不錯的文章，例如漢武帝賢良策（文選題作賢良詔）、陸機爲晉武帝寫的策秀才文等。後代策字專用於策問，封贈的文書則用册字。

「敕」，又作勅、勑。漢代上級對下級，父祖對子孫都可用敕，南北朝以後才爲皇帝所專用。

皇帝御寓，其言也神〔一〕。淵嘿黼扆〔二〕，而響盈四表〔三〕，唯詔策乎〔四〕！昔軒轅唐虞，同稱爲命〔五〕。命之爲義，制性之本也〔六〕。

〔一〕「寓」，御覽及范注本作「寓」。范云：「説文『宇』，籀文從『禹』，作『寓』。文選沈約奏彈王源：『自宸歷御寓。』字亦作『寓』。『御寓』字應改作『御寓』。」「神」，神聖，指有威靈。

黄注：「（蔡邕）獨斷：『漢天子正號曰皇帝。皇帝，至尊之稱。皇者，煌也；盛德煌煌，無所不照。帝者，諦也；能行天道，事天審諦。』」

注訂：「史記始皇本紀：『二十六年……博士議曰：「上尊號，王爲泰皇。……」王曰：「去泰，著皇，采上古帝位號，號曰皇帝。」』」

〔二〕「黼」，校釋：「審文義當從御覽作『負』。負屬動詞也。」

校注：「按劉説是。儀禮覲禮：『天子衮冕負斧依。』（依與扆通）鄭注：『負，謂背之南面也。』禮記明堂位『天子負斧依，南鄉而立。』鄭注：『負之言背也。』淮南子氾論篇：『負扆而朝諸侯。』高注：『負，背也。扆，户牖之間，言南面也。』……並其證。」

范注：「漢書成帝紀贊曰：『臨朝淵嘿，尊嚴若神。』尚書顧命：『設黼扆。』僞孔傳曰：『扆，屏風，畫爲斧文，置户牖間。』禮記曲禮下：『天子當扆而立。』」

按「嘿」，同「默」。「淵嘿」，深沉静默。淮南子泰族訓：「齊（齋）明盛服，淵默而不言。」「黼扆」，亦作「黼依」、「斧扆」、「斧依」。古代帝王座後的屏風，上有斧形花紋。尚書顧命：「狄設黼扆綴衣。」周禮春官司几筵：「凡封國命諸侯，王位設黼依。」逸周書明堂解：「天子之位，負斧扆南面立。」儀禮覲禮：「天子設斧依於户牖之間。」

〔三〕「四表」，指四方極遠之處。書堯典：「光被四表，格於上下。」正義：「聖德美名，充滿被溢於四方之外。」注訂：「淵嘿二句，即『其言也神』旨。」

〔四〕御覽「唯」上有「其」字。

校注：「按有『其』字較勝。易乾文言：『知進退存亡而不失其正者，其唯聖人乎！』……語式並與此同。」

〔五〕周注：「史記五帝紀：『蚩尤作亂，不用帝命。』尚書堯典：『乃命羲、和。』又舜典：『帝（舜）曰：夔，命汝典樂。』這就是軒轅黄帝、唐堯、虞舜同稱爲命。」

宋高承事物紀原卷二集類「詔」：「又文心曰：『有熊唐虞，同稱曰命。其在三王，事兼誥誓。』」

〔六〕范注：「性，疑作姓。……古人最重得姓……蓋必立功德，始得賜姓也。……制姓，猶言賜姓命姓矣。凡命姓者，亦必授之以官。……彦和之意，以爲命之本義，由於制姓，至三代始事兼誥誓耳。」

斯波六郎：「案『性』不必改。禮記中庸：『天命之謂性。』論衡命義：『命則性也。』可能本於以上諸説。」

注訂：「性即性命之性。制性之本，猶制命之本也。天子至尊，百姓性命之所依託。」

其在三代，事兼誥誓〔一〕。誓以訓戎〔二〕，誥以敷政〔三〕，命喻自天，故授官錫胤〔四〕。易之姤象：「后以施命誥四方。」〔五〕誥命動民，若天下之有風矣〔六〕。降及七國，並稱曰命。命者〔七〕，使也。秦并天下，改命曰制〔八〕。

〔一〕校注：「穀梁傳隱公八年：『誥誓不及五帝。』故舍人云然。」

〔二〕黄注：「書甘誓、湯誓、泰誓、牧誓、費誓、秦誓是也。」注訂：「書有六體，誓其一也。誓有討叛伐罪之意，故曰戎也。」校釋：「御覽『訓』作『誡』，是。」

文體明辨序説「誓」類：「按誓者，誓衆之詞也。蔡沈云：『戒也。』軍旅曰誓。古有誓師之詞，如書稱禹征有苗誓於師，以及甘誓、湯誓、泰誓、牧誓、費誓是也。又有誓告群臣之詞，如書秦誓是也。後世無秦誓之類，而誓師之詞亦不多見，豈非放失之故歟？」「誡戎」，警誡軍旅之事。説文：「誓，約束也。」釋名：「誓，制也。」要約之辭，拘制之義也。故王者或要約軍旅，或誓告群臣曰誓。

〔三〕注訂：「書有大誥、康誥、酒誥、召誥、洛誥、康王之誥是也。」校注：「文選班固典引蔡邕注：『本事曰誥，戎事曰誓。』」「敷政」，施政。

辭學指南「誥」類：「誥，告也，其源起於湯誥。周官大祝六辭，三曰誥；士師五戒，二曰誥。成王封康叔、唐叔，命以康誥、唐誥。漢元狩六年立三子爲王，初作誥。」

文體明辨序説「誥」類：「按字書云：『誥者，告也，告上曰告，發下曰誥。』古者上下有誥，故下以告上，仲虺之誥是也；上以誥下，大誥、洛誥之類是也。考於書可見矣。周禮：士師以五戒先後刑罰，其二曰誥，用之於會同，以諭衆也。秦廢古法，止稱制詔。漢武帝元狩六年，始復作之，然亦不以命官。」

「誥」是對臣民訓誡勸勉的文告。隋唐以後專用於賜爵授官，與制没有什麽區别，所以主管起草這類文件的官員叫「知制誥」。

文章辨體序説「制誥」類：「按周官太祝六辭，二曰命，三曰誥，考之於書，命者以之命官，若畢命、冏命是也。誥則以之播告四方，若大誥、洛誥是也。漢承秦制，有曰策書，以封拜諸侯王公，有曰制書，用載制度之文。若命官，則各賜印綬而無命書也。」

〔四〕黄注：「書微子之命、蔡仲之命、畢命、冏命是也。」「命喻自天」，謂命乃本自上天而曉喻臣下者。

校證：「『胤』，紀本作『允』，此避清諱。」

范注：「春秋元命苞：『命者，天之命也。』萬物咸命於天，故天命單謂之命。授官，謂如唐虞三代之命官。周禮春官典命注：『謂王遷秩群臣之書。』錫胤，謂如軒轅唐虞之命姓。説文：『胤，子孫相承續也。』爾雅釋詁：『胤，繼也。』錫胤，猶言賜姓。大雅既醉：『君子萬年，永賜祚胤。』」

注訂：「命喻自天，皇帝又稱天之子，故曰『自天』也。授官錫允，授官分職，率由天子之命也。」按詩既醉篇說：「君子萬年，永錫祚胤。其胤維何？天被爾禄。」毛傳：「胤，嗣也。」朱注：「言將使爾有子孫者，先當使爾被天禄，而爲天命之所附屬。」也未必是賜姓。郭注：「錫胤，謂以所受之官傳之後嗣也。」

〔五〕訓故：「易：天下有風，姤，后以施命誥四方。」按此姤卦象辭。范注：「姤卦巽下乾上。正義曰：『風行天下，則無物不遇，故爲遇象。』（彖曰：『姤，遇也，柔遇剛也。』故爲遇之象。）后以施命誥四方者，風行草偃，天之威令，故人君法此以施教命，誥於四方也。」程子易傳：「風行地上與天下有風，皆爲周徧庶物之象。而行於地上，徧觸萬物，則爲觀，經歷觀省之象也。行於天下，周徧四方，則爲姤，施發命令之象也。稱后者，后王之所爲也。」

〔六〕注訂：『易之姤象』以下，至『天下之有風矣』，爲命之釋義。」周注：「天下有風，草遇風倒，象人君頒布命令告戒四方，人民望風順服。」

〔七〕按此二「命」字，元刻本、弘治本、馮舒校本皆上字作「令」，下字作「命」。黄注本均作「令」。校注：「兩『令』字，宋本御覽五九三引並作『命』（喜多本同）。按作『命』與下『改命曰制』句符。梅本、凌本、合刻本、何本、崇文本亦並作『命』，不誤。」范注：「説文：『命，使也。』『令，發號也。』漢書東方朔傳：『令者，命也。』賈子禮容語下：『命者，制令也。』戴侗六書故曰：『命者，令之物也。令出於口，成而不可易之謂命。秦始皇改令曰詔，命曰制，即詔與制，可以見命令之分。』朱駿聲通訓定聲云：『按在事爲令，在言爲命，散文則通，對文則别。』」

周禮春官大祝：「作六辭以通上下親疏遠近，二曰命。」注：「項氏曰：上出之爲命，下稟之爲令。」

蔡邕獨斷：「天子命令之别名，一曰命（出君下臣名曰命），二曰令（奉而行之名曰令），三曰政（著之竹帛名曰政）。」

文體明辨序説「命」類：「按朱子云：『命猶令也。』字書：『大曰命，小曰令。』此命、令之别也。上古王言同稱爲命：或以命官，如書説命、冏命是也；或以封爵，如書微子之命、蔡仲之命是也；或以飭職，如書畢命是也；或以錫賚，如書文侯之命是也；或傳遺詔，如書顧命是也。秦并天下，改名曰制。」

〔八〕范注：「史記秦始皇本紀二十六年：『丞相綰等議上尊號，王爲泰皇，命爲制，令爲詔。』獨斷曰：『詔，猶誥也。三代無其文，秦漢有焉。』」

漢初定儀則，則命有四品〔一〕：一曰策書，二曰制書，三曰詔書，四曰戒敕〔二〕。敕戒州部，詔誥百官〔三〕，制施赦命〔四〕，策封王侯〔五〕。策者，簡也。制者，裁也。詔者，告也。敕者，正也〔六〕。

〔一〕范注：「上『則』字疑當作『法』。史記叔孫通列傳：『定宗廟儀法，及稍定漢諸儀法，皆叔孫通爲太常所論著也。』本書章表篇：『漢定禮儀，則有四品。』本篇則五字爲句。」注訂：「『則』與『法』同義，下『則』字似衍。」「儀」，法度。校注：「黄注云：『疑衍一則字，以定儀爲讀。』紀評云：『上則字作法程解，非衍文。』御覽引『則』字不重，『命』字無。按御覽所引是也。章表篇：『漢定禮儀，則有四品。』與此可互發明。紀氏故爾立異，非是。」

〔二〕蔡邕獨斷：「漢天子正號曰皇帝……其言曰制詔……其命令一曰策書，二曰制書，三曰詔書，四曰戒書。」

〔三〕獨斷：「詔書者，詔，誥也。有三品：其文曰：『告某官，官如故事。』是爲詔書。群臣有所奏請，尚書令奏之。下有『制曰：天子答之曰可』（史記始皇本紀集解引蔡邕曰：「群臣有所奏請，尚書令奏之，下有司，曰制。天子答之曰可。」），若下某官云云，亦曰詔書。群臣有所奏請，無尚書令奏『制』字，則答曰『已奏如書』。本官下所當至，亦曰詔。

「戒書，戒敕刺史太守及三邊營官，被敕文曰『有詔敕某官』，是爲戒敕也。世皆名此爲策書，失之遠矣。」

校注：「『部』，宋本、鈔本、活字本、喜多本、鮑本御覽作『郡』。倪刻御覽作『邦』；元本、弘治本……文津本同。按『郡』字是。『部』『邦』皆非也。秦立郡縣後，通稱地方爲州郡，見於史記、漢書、後漢書及隸釋中者，多至不可勝舉。本書檄移篇亦有『州郡徵吏』語。」又：「『誥』，御覽引作『告』。按以下文『詔者，告也』證之，『告』字是。胡廣漢制度：『詔書者，詔，告也。』（後漢書光武帝紀李注引）」

〔四〕獨斷：「制書，帝者制度之命也。其文曰『制詔』，三公赦令、贖令之屬是也。刺史太守相劾奏申，下上遷書，文亦如之。其徵爲九卿，若遷京師近臣則言官，具言姓名；其免若得罪，無姓。凡制書有印，使符下，遠近皆璽封；尚書令印重封；惟赦令、贖令，召三公詣朝堂受制書，司徒印封，露布下州郡。」

校注：「『命』御覽引作『令』。按獨斷上：『制書，帝者制度之命也。……三公赦令、贖令之屬是也。』則此當以作『令』爲是。」

〔五〕獨斷：「策書，策者，簡也。禮曰：『不滿百丈，不書於策。』其制長二尺，短者半之，其次一長一短。兩編，下附篆書，起年月日，稱『皇帝曰』，以命諸侯王三公。其諸侯王三公之薨於位者，亦以策書誄謚其行而賜之，如諸侯之策。三公以罪免，亦賜策，文體如上策而隸書，以尺一木兩行，唯此爲異者也。」

〔六〕范注：「說文：『策，馬箠也。』……經傳多假策爲册。書金縢：『史乃册祝。』鄭注：『册，謂簡書也。』儀禮聘禮正義：『簡者，未編之稱，策是衆簡相連之名。』左氏春秋序正義：『單執一札謂之簡；連編諸簡，乃名爲策。』……

「說文：『制，裁也。從刀從未。未，物成有滋味，可裁斷。』……

「説文：『詔，告也，從言從召，召亦聲。』通訓定聲曰：『按周禮諸職，凡言詔者，皆下告上之辭。周禮職各注皆以告訓詔。』……

「説文：『敕，戒也。』小爾雅廣言：『敕，正也。』虞書：『敕天之命。』傳：『正也。』此彦和所本。」

玉海卷六十四：「獨斷：制者，王者之言，必爲法制也。詔猶告也，三代無其文，秦漢有也（秦稱皇帝命爲制，令爲詔）。」

釋名釋典藝：「詔，照也，人闇不見事則有所犯，以此示之，使昭然知所由也。」

本書書記篇：「制者，裁也，上行於下，如匠之制器也。」

御覽五九三：「漢制度曰：帝之下書有四：一曰策書，二曰制書，三曰詔書，四曰誡勑。策書者，編簡也，其制書二尺，短者半之。……制書者，帝者制度之命，其文曰制詔，三公皆璽封，尚書令即重封。露布州郡者，詔書也。其文曰召某官云如故事。誡敕者謂勑某官，他皆類此。」

文體明辨序説「詔」類：「按劉勰云：古者王言，若軒轅、唐、虞同稱爲命。至三代始兼詔誓而稱之，今見於書者是也。秦并天下，改命曰制，令曰詔，於是詔興焉。漢初，定命四品，其三曰詔，後世因之。夫詔者，昭也，告也。古之詔詞，皆用散文，故能深厚爾雅，感動乎人。」

詩云：「畏此簡書。」〔一〕易稱：「君子以制數度。」〔二〕禮稱：「明神之詔。」〔三〕書稱：「敕天之命。」〔四〕並本經典以立名目。遠詔近命〔五〕，習秦制也〔六〕。

〔一〕訓故：「詩出車：『豈不懷歸，畏此簡書。』」毛傳：「簡書，戒命也。」正義：「古者無紙，有事書於簡，謂之簡書。」朱注：「簡書，冊命臨遣之詞也。」

〔二〕「數度」原作「度數」。校注：「『度數』，元本、弘治本、汪本、佘本、張本、兩京本、胡本、四庫本並作『數度』。按作『數度』與易節象辭合，當據乙。」

訓故：「易：澤上有水，節，君子以制數度，議德行。」按此節卦象辭。數度，謂禮數，法度。

〔三〕「神」原作「君」。范注引陳（漢章）先生曰：「明君之詔，明君當是明神之誤。周禮（秋官）司盟『北面詔明神』是也。」鄭注：「神之明察者，謂日月山川也。」

詩大雅雲漢：「敬恭明神，宜無悔怒。」

〔四〕訓故：「書：帝庸作歌曰：敕天之命，惟時惟幾。」按此見益稷篇。孔傳：「勑，正也。奉正天命以臨民，惟在順時，惟在慎微。」

趙翼陔餘叢考卷二十二敕：「詔敕爲君上之詞，本漢制。文心雕龍曰：『漢初定儀，命有四品。……三曰詔書，四曰戒敕。』蓋本尚書『敕天之命』也。又云：『戒敕爲文，實詔之切者。』然漢以後，敕字猶通用。凡官長之諭其僚屬，尊長之諭其子弟，皆曰敕。」

〔五〕范注：「遠詔，謂書於簡策者，近命，則面諭也。」

禮記祭統：「古者明君爵有德而禄有功，必賜爵禄於太廟，示不敢專也。故祭之日一獻，君降立於阼階之南，南鄉，所命北面，史由君右，執策命之。」

〔六〕文體明辨序説「詔」類：「秦并天下，改命曰制，令曰詔，於是詔興焉。」

以上爲第一段，講詔策的起源，詔敕名目的流變及其基本含義。

記稱絲綸〔一〕，所以應接群后〔二〕。虞重納言，周貴喉舌〔三〕。故兩漢詔誥，職在尚書〔四〕。王言之大〔五〕，動入史策，其出如綍，不反若汗〔六〕。

〔一〕范注：「禮記緇衣：『王言如絲，其出如綸；王言如綸，其出如綍。』注：『言言出彌大也。綍，引棺索也。』綸粗於絲，綍又大於綸。」陳皓注：「綸，綬也。疏云：如宛轉繩。綍，引棺大索也。音弗。」

〔二〕斠詮：「應接本可作應世接物解。彦和用此一詞，另有涵義，所謂應者，下有所請示，而上指發之；接者，下有所建白，而上采納之：上下和衷，則臣屬自能獻替可否，而主上亦便於推行興革矣。』『群后』，謂諸侯。

〔三〕書舜典：「命汝作納言，夙夜出納朕命，惟允。」孔傳：「納言，喉舌之官。聽下言納於上，受上言宣於下，必以信。」詩大雅烝民：「出納王命，王之喉舌。」

〔四〕黄注：「（應劭）漢官儀：尚書，唐、虞官也。書曰：龍作納言。詩曰：惟仲山甫，王之喉舌。秦改稱尚書，漢亦尊此官，典機密也。」

范注：「續漢書百官志三：『尚書令一人。（本注曰：「承秦所置。」）尚書六人，侍郎三十六人。（本注曰：「主作文書起草。」）』劉昭注補曰：『尚書龍作納言，出入帝命。應劭曰：今尚書官，王之喉舌。』」

〔五〕書咸有一德：「萬姓咸曰：大哉王言。」

〔六〕訓故：「易涣九五：『涣汗其大號；涣王居，無咎。』王肅注：「王者出令，不可復返，喻如汗出不還。」

馬國翰目耕帖易卷五：「漢書劉向傳引易曰：『涣汗其大號。』言號令如汗，汗出而不反者也。出善令未能踰時而反，是反汗也。北堂書鈔引王肅易注：『王者出令，不可復反，喻如身中汗出不可反也。』（見卷一百三）與劉説合。劉勰文心雕龍：『其出如綍，不反若汗。』亦用漢書義也。」

是以淮南有英才，武帝使相如視草〔一〕；隴右多文士，光武加意於書辭〔二〕；豈直取美當時，亦敬慎來葉矣〔三〕。

〔一〕范注：「漢書淮南王傳：『時武帝方好藝文，以安屬爲諸父，辨博善爲文辭，甚尊重之。每爲報書及賜，常召司馬相如等視草乃遣。』」

西京雜記卷三：「揚子雲曰：軍旅之際，戎馬之間，飛書馳檄，用枚皋；廟廊之下，朝廷之中，高文典策，用相如。」

〔二〕黄注：「隗囂傳：囂賓客、掾史多文學士。每所上事，當世士大夫皆諷誦之。故帝有所辭答，尤加意焉。」注訂：「新莽末年，囂據隴右也。」按後漢書隗囂傳：「隗囂，字季孟，天水成紀人也。」注：「成紀，縣名，故城在今秦州隴城縣西北。」下句斠詮直解爲「光武有所書答，亦特別留意修辭」。

〔三〕東觀漢記曰：「第五倫每見光武詔書，常嘆曰：此聖主也。當何由一得見，快矣。」

觀文、景以前，詔體浮雜〔一〕，武帝崇儒，選言弘奥〔二〕。策封三王，文同訓典〔三〕；勸戒淵雅，垂範後代；及制誥嚴助〔四〕，即云厭承明廬〔五〕，蓋寵才之恩也〔六〕。孝宣璽書〔七〕，責博于陳遂〔八〕，亦故舊之厚也。

〔一〕「雜」原作「新」。鈴木校勘記：「御覽『新』作『雜』，『雜』字是也。」校注：「『浮雜』，蓋謂文、景以前詔書直言事狀，不似武帝以後之以經典緣飾也。」姚鼐古文辭類纂序：「漢至文、景，意與辭俱美矣，後世無以逮之。光武以降，人主雖有善意，而辭氣何其衰薄也！」看法與劉勰不同。

〔二〕史記儒林列傳序：「及漢興……尚有干戈，平定四海，亦未暇遑庠序之事也。孝惠、吕后時，公卿皆武力有功之臣。孝文時頗徵用，然孝文帝本好刑名之言。及至孝景，不任儒者。……今上即位……武安侯田蚡爲丞相，絀黄老刑名百家之言，延文學儒者數百人。……公孫弘爲學官，悼道之郁滯，乃請曰：『……臣謹案：詔書律令下者，明天人分際，通古今之義，文章爾雅，訓辭深厚，恩施甚美。小吏淺聞，不能究宣，無以明布諭下。』……制曰可。自此以來，則公卿士大夫士吏，斌斌多文學之士矣。」「弘奥」，廣博深奥。

〔三〕梅注：「漢書武帝子齊懷王閎、燕王旦、廣陵王胥，同日立，皆賜策，各以國土風俗申戒焉。」按此見武五子傳。

黄注：「（史記）三王世家有齊王策、燕王策、廣陵王策。太史公曰：『封立三王，天子恭讓，群臣守義，文辭爛然，甚可觀也。』」

按三王世家末附褚先生曰：「蓋聞孝武帝之時，同日而俱拜三子爲王：封一子於齊，一子於廣陵，一子於燕。各因子才力智能，及土地之剛柔，人民之輕重，爲作策以申戒之。」「訓典」，指尚書中的伊訓、堯典等。

〔四〕校證：「『馮舒、黄丕烈俱云：『誥當作詔。』」范注：「黄校『誥』作『詔』，是也。」校注：「按『詔』字是。漢制度：『制書者，帝者制度之命，其文曰「制詔」。』（御覽五九三引）獨斷：『制詔者，王者之言必爲法制也（今本無，此據文選潘勗册魏公九錫文李注及御覽五九三引）。』漢書嚴助傳武帝賜書本作『制詔會稽太守』云云。」

〔五〕黄注：「（漢書）嚴助傳：助以對策擢中大夫。……上問所欲，對願爲會稽太守。武帝賜書曰：『制詔會稽太守：君厭承明之廬，勞侍從之事，出爲郡吏。』注：承明廬在石渠閣外。」「厭承明廬」，不願在朝内做官的意思。「承明廬」，漢代侍臣值宿的地方。

〔六〕「寵才之恩」，指嚴助不願做朝官而要求外任，漢武帝就因愛其才而拜他爲會稽太守。范注：「漢書嚴助傳：『制詔會稽太守，君厭承明之廬，勞侍從之事。懷故土，出爲郡吏。會稽東接於海，南近諸越，北枕大江，間者闊焉，久不聞問，具以春秋對，毋以蘇秦從横。』」要嚴助引用春秋的褒貶善惡來回答，這是給他的榮譽。

〔七〕左傳襄公二十九年：「公還及方城，季武子取卞，使公冶逆，璽書追而與之。」杜注：「璽書，印封書也。」史記秦始皇本紀：「上病益甚，乃爲璽書賜公子扶蘇。」蔡邕獨斷：「璽者，印也，印者，信也。……衛宏曰：秦以前，民皆以金玉爲印……然則秦以來，天子獨以印稱璽，又獨以玉，群臣莫敢用也。」

〔八〕「責博于」，元刻本作「貴博士」，弘治本、汪本、佘本、張之象本、兩京本，俱作「責博士」。梅本改作「賜太守」。孫詒讓札迻十二：「孝宣璽書賜太守陳遂。注云：『賜太守，元作責博士，考漢書改。』……馮校云：『賜太守，元版作責博士，梅鼎祚所改也。當作責博進。』紀云：『當作償博進，改爲賜太守，似非。』案疑當作『責博于陳遂』。此陳遂負博進，璽書責其償，漢書所載甚明。元本惟『于』字譌作『士』，『責博』二字則不誤。梅黃固妄改，紀校亦誤讀漢書，皆不足爲馮也。」

范注：「漢書游俠傳：『陳遵祖父遂，字長子，宣帝微時與有故，相隨博奕，數負進。及宣帝即位，用遂，稍遷至太原太守，乃賜遂璽書曰：「制詔太原太守：官尊禄厚，可以償博進矣。妻君寧（遂之妻名）時在旁，知狀。」遂於是辭謝，因曰：「事在元平元年赦令前。」其見厚如此。』荀悦漢紀云：『杜陵陳遂，字長子。上微時與遊戲博奕，數負遂。上即位，稍見進用，至太原太守，乃賜遂璽書曰：「制詔太原太守，官尊禄重，可以償博負矣。」』」

校證：「按孫説是。此陳遂昔負帝博賚，帝詔戲責其償，故曰『妻君寧在旁知狀』，遂亦知帝戲己，意圖逃債，故謝曰：『事在元平元年赦命前』也。今據改。」錢大昕云：「『進』本作『賚』，指財貨。」

光武撥亂，留意斯文，而造次喜怒，時或偏濫。詔賜鄧禹，稱司徒爲堯〔一〕；敕責侯霸，稱「黄鉞一下」〔二〕。若斯之類，實乖憲章〔三〕。暨明、章崇學，雅詔間出〔四〕。和、安政弛〔五〕，禮閣鮮才〔六〕，每爲詔敕，假手外請〔七〕。

〔一〕「撥亂」，謂撥亂反正，指建立東漢。

梅注：「後漢書：光武以關中未定，鄧禹久不進兵，下敕曰：『司徒，堯也；亡賊，桀也。長安吏人遑遑無所依歸。宜以時進兵鎮慰西京，繫百姓之心。』（鄧禹時爲司徒）」按此見鄧禹傳。司徒本司籍田，負責征發徒役。西漢哀帝時丞相改稱「大司徒」，東漢時改稱「司徒」。

〔二〕訓故：「後漢書：司徒侯霸薦前梁令閻楊，楊素有譏議，帝常嫌之。既見霸奏，大怒，賜霸璽書曰：崇山、幽都何不偶！黄鉞一下無處所。欲以身試法耶？」按此見馮勤傳。李賢注：「崇山，南裔也。幽都，北裔也。偶，對也。言將殺之，不可得流徙也。尚書舜流共工於幽州，放驩兜於崇山。鉞，斧也，以黄金飾之，所以戮人。」

〔三〕注訂：「指於鄧禹不得稱堯，於侯霸不得用黄鉞也。」

〔四〕校證：「『章』原作『帝』，今從御覽改。此統明、章兩朝言之。時序篇『明章』亦誤作『明帝』，與此正同。」校注：「隋書經籍志一：『光武中興，篤好文雅；明、章繼軌，尤重經術。』可資旁證。」

范注：「明帝，如永平二年詔驃騎將三公及幸辟雍行養老禮詔；章帝，如建初四年使諸儒共正經義詔、令選高材生受古學詔，皆所謂雅詔間出者。御覽『帝』作『章』是也。」

周注：「後漢書明帝紀：永平十五年『幸孔子宅，祠仲尼及七十二弟子，親御講堂，命皇太子諸王説經』。永平三年詔：『比者水旱不節，邊人食寡，政失於上，人受其咎。有司其勉順時氣，勸督農桑，去其螟蜮，以及蝥賊。詳刑慎罰，明察單辭。夙夜匪懈，以稱朕意。』又章帝紀：建初三年在白虎觀會諸儒講經。五年詔：『朕思遲直士，側席異聞。其先至者，各以發憤吐懣。』間出，屢出，疊出。」

〔五〕訓故：「後漢和帝、安帝。」校證：「『和安』原作『安和』，今從御覽乙正。」校釋：「宋本御覽作

『和安』，是。按和帝先於安帝也。時序篇『自安、和已下』，亦應乙轉。」

〔六〕「禮閣」，即禮闈，漢尚書省之稱。

黄注：「蕭惠基傳：王儉朝宗貴望，惠基同在禮閣，非公事不私覿也。」按此見南齊書。

〔七〕斯波六郎：「案彦和所謂『禮閣鮮才』之事，非謂外戚擅權。……後漢書周榮傳：『永寧中尚書陳忠上疏薦（周）興曰：臣等既愚闇，而諸郎多文俗吏，鮮有雅才，每爲詔文，宣示内外，轉相求請。』」

建安之末，文理代興〔一〕，潘勗九錫，典雅逸群〔二〕。衛覬禪誥〔三〕，符采炳耀〔四〕，弗可加已。

〔一〕奏啓篇：「魏代名臣，文理迭興。」「文理」，指文章條理，中庸：「文理密察。」

〔二〕梅注：「韓詩外傳：諸侯之有德，天子錫之。一錫車馬，再錫衣服，三錫虎賁，四錫樂器，五錫納陛，六錫朱户，七錫弓矢，八錫鈇鉞，九錫秬鬯，謂之九錫。漢獻帝時，曹操自爲魏公，加九錫，勗爲尚書郎，作文。」

黄注：「魏志：建安十八年，使御史大夫郄慮持節策命曹操爲魏公，加九錫。」

風骨篇：「昔潘勗錫魏，思摹經典，群才韜筆，乃其骨髓峻也。」才略篇：「潘勗憑經以騁才，故絶群於錫命。」

范注：「漢書王莽傳上載張竦爲陳崇草奏，稱莽功德，列舉多條。潘勗册魏公九錫文近擬竦文，遠學尚書，自後大盜移國，莫不作九錫文，如塗附塗，而典贍雅飭，則無有及此者。文選三十五、魏志武帝紀載其文。」

圖書集成文學典第一百四十卷册書部紀事引殷洪小說：「魏國初建，潘勗字元茂，爲册命文，自漢武以來，未有此制，勗乃依商、周，憲章唐、虞，辭義温雅，與誥同風，於時朝士皆莫能措一辭。」

清譚獻評潘勗文云：「所言不夸飾，淵乎茂乎，精神肌理與典誥相通，自是子雲以後有數瑋篇。」又云：「神完氣足，樸茂淵懿，揚、班儔也。」（見于光華文選集評）

〔三〕梅注：「魏志衛覬，漢時爲侍郎，勸贊禪代之義，爲文誥之詔，册命曹丕。」

范注：「三國魏志衛覬傳云：『頃之還漢朝，勸贊禪代之義，爲文誥之詔。』案獻帝諸禪詔引見魏志文帝紀注者，皆覬所作也。」又：「隸釋十九載魏文受禪表，文有殘缺，即彦和所云禪誥也。」

〔四〕校證：「『符采』原作『符命』，徐云：『御覽作「符采」，前詮賦篇有「符采相勝」之句，原道篇有「符采複隱」之句。』按徐説是。宗經篇有『符采相濟』之句，風骨篇有『符采克炳』之句，今據改。」校注：「且『符采』指覬之辭翰言，若作『符命』，則非其旨矣。」

校釋：「御覽作『符采』是也。左思蜀都賦：『符采彪炳。』注：『符采，玉之横文也。』」按「符」

爲玉理，「采」爲玉采，兩相濟勝。「炳曜」，光彩焕發。

自魏晉誥策，職在中書〔一〕，劉放、張華〔二〕，互管斯任〔三〕，施令發號〔四〕，洋洋盈耳〔五〕。魏文帝下詔，辭義多偉，至於作威作福，其萬慮之一弊乎〔六〕！晉氏中興，唯明帝崇才〔七〕，以温嶠文清，故引入中書〔八〕。自斯以後，體憲風流矣〔九〕。

〔一〕黄注：「劉放傳：『黄初初，改秘書爲中書，以放爲監。』王獻之啓瑯琊王爲中書監表：中書職掌詔命，非輕才所能獨任。自晉建國，常命宰相參領。中興以來，益重其任。故能王言彌嬂，德音四塞者也。」

范注：「晉書職官志：『中書監及令。……魏武帝爲魏王，置秘書令，典尚書奏事。文帝黄初初，改爲中書，置監令，以秘書左丞劉放爲中書監，右丞孫資爲中書令。監令蓋自此始也。及晉因之，並置一人。』又：『中書侍郎一人，直西省，又掌詔令。』」

〔二〕三國魏志劉放傳：「劉放，字子棄。……黄初初，改秘書爲中書，以放爲監。……放善爲書檄，三祖詔命有所招喻，多放所爲。」

晉書張華傳：「華學業優博，辭藻温麗，朗贍多通。……初未知名，著鷦鷯賦以自寄。……頃之，遷長史，兼中書郎，朝議表奏，多見施用。……數歲，拜中書令。……晉史及議禮憲章，並屬於華，多所損益。當時詔誥，皆所草定。……惠帝即位……拜右光禄大夫，開府儀同三司，侍中，中書監。」

〔三〕范注：「『互管斯任』，當作『並管斯任』。魏志劉放傳評：『劉放文翰，孫資勤慎，並管喉舌。』此並管語所本。」斯波六郎：「案劉放魏之中書監，張華晉之中書監，故言『互管』。魏志評之『並管』，與此無關。」校注：「玉海（六四）引作『互管』，不誤。」

〔四〕「令」原作「命」。校注：「命，宋本……御覽引作『令』。按『令』字是。書僞冏命：『發號施令，罔有不臧。』贊中『皇王施令』，亦可證。」

〔五〕論語泰伯：「關雎之亂，洋洋乎盈耳哉。」朱注：「洋洋，美盛意。」

〔六〕三國魏志蔣濟傳：「文帝即王位……詔征南將軍夏侯尚曰：『卿腹心重將，特當任使。恩施足死，惠愛可懷。作威作福，殺人活人。』尚以示濟。濟既至，帝問曰：『卿所聞見天下風教何如？』濟對曰：『未有他善，但見亡國之語耳。』帝忿然作色而問其故，濟具以答，因曰：『夫「作威作福」，書之明誡。「天子無戲言」，古人所慎。惟陛下察之！』於是帝意解，遣追取前詔。」

〔七〕范注：「『弊』，當作『蔽』。」斠詮：「『弊』與『蔽』通。」

黄注：「晉明帝紀：欽賢愛客，惟好文辭，當時名臣，自王導、庾亮輩，温嶠、桓彝、阮放等咸見親待。」

〔八〕范注：「明帝手詔以温嶠爲中書令云：『中書之職，酬對多方，斟酌禮宜，非唯文疏而已。非望士良才，何可妄居。卿既以令望，忠允之懷，著於周旋；且文清而旨遠，宜居機密。今欲以卿爲中書令，朝論亦咸以爲宜。』」（藝文類聚四十八引檀道鸞晉陽秋。）

〔九〕校證：「『憲』原作『慮』，梅據朱改，徐校同。按御覽正作『憲』。辨騷篇：『體憲於三代。』」斠詮：「體謂文章之體製體格，憲有取法效法之意。」

以上爲第二段：講歷代詔策的發展變化，並評論代表作家及其作品。

夫王言崇祕，大觀在上〔一〕，所以百辟其刑〔二〕，萬邦作孚〔三〕。故授官選賢，則義炳重離之輝〔四〕；優文封策，則氣含風雨之潤〔五〕；敕戒恒誥，則筆吐星漢之華〔六〕；治戎燮伐，則聲存洊雷之威〔七〕；眚災肆赦〔八〕，則文有春露之滋；明罰敕法〔九〕，則辭有秋霜之烈；此詔策之大略也〔一〇〕。

〔一〕「崇祕」，崇高神聖。易觀卦彖辭：「大觀在上。」正義：「觀者，王者道德之美而可觀也。謂大爲在下所觀，唯在於上。由在上既貴，故在下大觀。」高亨周易大傳今注：「大觀，猶徧觀也。在上，在君上之位。……象君在上俯臨衆臣民，是爲『大觀在上』。」

〔二〕范注：「周頌烈文：『不顯惟德，百辟其刑之。』鄭注禮記中庸曰：『不顯，言顯也。辟，君也。言不顯乎文王之德，百君盡刑之，謂諸侯法之也。』」

〔三〕范注：「大雅文王：『儀刑文王，萬邦作孚。』箋曰：『儀法文王之事，則天下咸信而順之。』」朱注：「孚，信也。……惟取法於文王，則萬邦作而信之矣。」

〔四〕黄注：「易離卦象曰：『離，麗也，重明以麗乎正。』象曰：『明兩作離，大人以繼明照於四方。』」易離卦彖曰：「離，麗也。日月離乎天，百穀草木離乎土，重明以麗乎正，乃化成天下。」周易大傳今注卷二：「本卦是二離相重，離爲日，然則本卦卦象是日兩作，即今朝日升，明朝日又升，相繼不已，以照天下也。」

〔五〕校注：「『風』，御覽、玉海引作『雲』。按易繫辭上：『潤之以風雨。』蓋舍人所本。『雲』字非。」斯波六郎：「疑作『雲』是。詩召南殷其雷毛傳：『山出雲雨，以潤天下。』」「優文」，褒獎的文告。

〔六〕范注：「恒誥，謂可作常道之詔誥。易恒卦象辭：『聖人久於其道，而天下化成。』」周必大宋文鑑序：「典册詔誥，則欲温厚而有體。」注訂：「恒誥，常誥也：常用之誥，非常道之誥。」「筆吐星漢之華」，意謂筆下吐露出銀河群星的光華。

〔七〕黄注：「易震卦象曰：『洊雷震。』程傳：洊，重襲也。上下皆震，故爲洊雷，雷重仍則威益盛。」

左傳成公十六年：「今兩國治戎。」范注：「大雅大明：『燮伐大商。』傳曰：『燮，和也。』箋曰：『協和伐殷之事。』易震卦象辭：『洊雷，震。君子以恐懼修省。』正義曰：『洊者，重也；因，仍也。雷相因仍，乃爲威震也。』」「燮伐」，指會同作戰。

蔡詮：「治戎燮伐，猶言用兵聲討也。」周易大傳今注卷四：「本卦卦象是二雷相重，即雷相繼而作。」

〔八〕尚書舜典：「眚災肆赦。」孔傳：「眚，過；災，害；肆，緩……也。過而有害，當緩赦之。」正義：「春秋言肆眚者，皆謂緩縱過失之人，是肆爲緩也，眚爲過也。言小則恕之，大則宥之。」蔡傳：「肆，縱也。眚謂過誤，災謂不幸，若人有如此而入於刑，則直赦之也。」

孫梅四六叢話卷六「制敕詔册」類說：「爲此者必深明乎帝王運世之原，默契乎日昃勤民之旨；寧樸而無華，寧簡而無浮；選言於訓誥之區，探賾乎皇唐之域。授官命職，備著激揚，閔雨憂農，如傳喟息。使聞者有一見決聖之思，誦之動扶杖往觀之慕，豈不休哉！」

春覺齋論文流别論九：「大抵策命自有程式，唯詔誥一門，非鎔經鑄史，持以中正之心，出以誠摯之筆，萬不足以動天下。唐之興元、奉天，均陸宣公當制，詔書所至，雖驕將悍卒，皆爲流涕，孰謂官中文字不足以感人邪？」

以上的這些説明，大同小異，都是説詔策的風格要求典雅温潤，誠摯感人，而又有嚴峻的威風。比較起來，還是文心雕龍説得更分明一些，更形象一些。

〔九〕范注：「『明罰勑法』，易噬嗑象辭。」

注訂：「易噬嗑象曰：『雷電，噬嗑，先王以明罰敕法。』明罰者，辨其罰也；勑法者，正其法也。」斠詮：「謂彰明其刑罰，以伸張王法也。」

〔一〇〕後漢書周榮傳載安帝永寧中有陳忠論詔令文云：「古者帝王有所號令，言必弘雅，辭必温麗，垂於後世，列於典經。故仲尼嘉唐、虞之文章，從周室之郁郁。」

玉海卷六十四：「文心雕龍曰：『授官則義炳重離之輝，封策則氣含雲雨之潤，勑戒則筆吐星漢之華，治戎則聲有洊雷之威，肆赦則文有春露之滋，明罰則辭有秋霜之烈，此詔策之大略也。』得於心，應於手，朝出九重，暮行萬里，風動草偃，山鳴谷應，布宣德音，涣爲大號，四海震動，沛然若雷霆之發，一字之褒如華衮，一言之感如挾纊，文章之功，侔於造化矣。」

明王褘本集文訓篇：「典謨誓誥，制册令詔，藹爲王言，涣爲大號。……封職則氣含陰雨之潤，授官則義炳重離之明，勑戒則吐星漢之華，治戎則揚洊雷之轟，肆赦則垂滋於春露，明罰則示烈於秋霜。一字之褒，沛漏泉於下地；一言之感，被挾纊於黎蒸。朝出九重，暮行萬里。」（圖書集成文學典引，見六百二十一册）

玉海卷二〇二辭學指南引西山先生（真德秀）云：「曰制，曰誥，是王言也，貴乎典雅温潤，用字不可深僻，造語不可尖新。」（按此見文章正宗）又引東萊先生曰：「詔書或用散文，或用四六，皆得。唯四六者，下語須渾全，不可如表求新奇之對，而失大體。」

文章辨體序說「詔」類引東萊吕氏云：「近代詔書，或用散文，或用四六。散文以深純温厚爲本；四六須下語渾全，不可尚新奇華巧而失大體。」

陳繹曾文說：「詔宜典重温雅，謙沖惻怛之意藹然，制誥宜峻厲典重。」

以上爲第三段，講詔策的基本作法和標準風格。

戒敕爲文，實詔之切者〔一〕，周穆命郊父受敕憲〔二〕，此其事也。魏武稱作敕戒當指事而語，勿得依違〔三〕；曉治要矣。及晉武敕戒，備告百官〔四〕；敕都督以兵要，戒州牧以董司〔五〕，警郡守以恤隱〔六〕，勒牙門以禦衛〔七〕，有訓典焉〔八〕。

〔一〕注訂：「以下述戒敕，别及教命，所謂『實詔之切者』，乃説明詔策雖與戒敕異度，而實同體者也。」按「切」謂峻切，嚴切。翰林論：「誡誥施於弼違。」文選序：「戒出於弼匡。」王通中説問易篇：「子曰：人心惟危，道心惟危，言道之難進也。故君子思過而預防之，所以有誡也。切而不指，勸而不怨，曲而不諂，直而有禮，其惟誡乎？」

〔二〕梅注：「穆天子傳：天子屬官效器，乃命正公郊父受敕憲。」按此見卷一。郭璞注「屬官效器」云：「會官司閲所得寶物。」「郊父」，穆王臣。「憲」，教令。

〔三〕范注：「魏武語無考。」「依違」，反覆不定。

〔四〕范注：「晉武敕戒百官詔，存者有泰始四年責成二千石詔（晉書武帝紀）、太康初省州牧詔

（續漢郡國志三注補引）、泰始五年敕戒郡國計吏（晉書食貨志）。其敕都督、勅牙門諸詔，未見。」

〔五〕「董司」，督責主管部門。周注：「泰始四年責成二千石詔：『揚清激濁，舉善彈違，此朕所以垂拱總綱，責成於良二千石也。於戲，戒哉！』」

〔六〕國語周語上：「勤恤民隱而除其害也。」韋昭注：「恤，憂也；隱，痛也。」周注：「糾舉群吏詔：『二千石長吏不能勤恤人隱，而輕挾私故。』」

〔七〕「牙門」，立牙旗的軍門。國語齊語：「執枹鼓立於軍門。」韋昭注：「軍門立旌爲門，若今牙門矣。」文選張衡東京賦：「戈矛若林，牙旗繽紛。」薛綜注：「兵書曰：牙旗者，將軍之旌。謂古者天子出，建大牙旗，竿上以象牙飾之，故云牙旗。」此處「牙門」指牙門將。

〔八〕「有訓典」，指有訓誥典範，與上述「文同訓典」略同。

戒者，慎也，禹稱「戒之用休」〔一〕。君父至尊，在三罔極〔二〕，漢高祖之敕太子〔三〕，東方朔之戒子〔四〕，亦顧命之作也〔五〕。及馬援已下，各貽家戒〔六〕。班姬女戒，足稱母師也〔七〕。

〔一〕訓故：「書大禹謨：戒之用休，董之用威。」范注：「戒、教、命，雖皆尊長示卑下之辭，然不限之於君臣之際，故彥和於篇末附論之。『戒之用休』……孔傳曰：『休，美也。言善政之道，美以戒之。』」正義：「大雖爲善，或寡令終，故當戒敕之念用美道，使民慕美道行善。」

〔二〕校注：「『罔』，黄校云：『元作同，許改。』按許改非是。『在三同極』者，即國語晉語一欒共子謂『民生於三，事之如一』之意。宋書徐羨之傳：『（元嘉三年詔）民生於三，事之如一，愛敬同極。』……亦可證。」

牟注：「在三，指君、父、師。國語晉語一：『成（晉大夫共叔成）聞之，民生於三，事之如一。父生之，師教之，君食之。……唯其所在，則致死焉。』『在』：韋昭注：『在君父爲君父，在師爲師也。』『罔極』，没有終極。詩經小雅蓼莪：『欲報之德，昊天罔極。』」斠詮：「在三同極者，謂君親師三者之恩，同爲至極也。」考異：「罔極者，言君、父、師三之恩，固罔極也。」

〔三〕訓故：「古文苑載漢高帝敕太子云：吾遭亂世，當秦禁學，自喜謂讀書無益。洎踐祚以來，時方省書，乃使人知作者之意。追思昔所行，多不是。又云：汝見蕭、曹、張、陳諸公侯，吾同時人，倍年於汝者，皆拜。」按此見古文苑卷十。梅注：「漢高祖敕太子曰：吾生不學書，但讀書問字而遂知耳。以此故不大工。然亦足自辭解。今視汝書猶不如吾。汝可勤學習，每上疏宜自書，勿使人也。」上引三段，同在一敕。

〔四〕梅注：「書曰：明者處世，莫尚於中，優哉游哉，於道相從。首陽爲拙，柳惠爲工，飽食安步，以仕代農。依隱玩世，詭時不逢。是故才盡者身危，好名者得華，有群者累生，孤貴者失和，遺餘者不匱，自盡者無多。聖人之道，一龍一蛇，形見神藏，與物變化，隨時之宜，無有常家。」見藝文類聚卷二十三。

〔五〕范注：「尚書顧命僞孔傳：『臨終之命曰顧命。』」此周武王遺囑。

〔六〕後漢書馬援傳：「初，兄子嚴、敦並喜譏議，而通輕俠客。援前在交趾，還書誡之曰：『吾欲汝曹聞人過失，如聞父母之名，耳可得聞，口不可得言也。好論議人長短，妄是非正法，此吾所大惡也，寧死不願聞子孫有此行也。汝曹知吾惡之甚矣，所以復言者，施衿結褵，申父母之戒，欲使汝曹不忘之耳。……』」「貽」，遺留。

范注：「鄭玄千古大儒，後漢書本傳載其戒子益恩書一篇。鄭公出處大端，傳經偉業，仁慈之懷，齊家之道，莫不於此書見之。」

校注：「按劉向集有誡子書（御覽四五九引），時在伏波前，舍人説小誤。繼援而爲家戒者，代有其人：後漢書陳寵傳有陳咸戒子孫文，三國志魏志王昶傳有昶戒子書，晉書王祥傳有祥遺令訓子孫文，類聚二三引有王修誡子書，御覽四五九引有魏文帝戒子書、杜恕家事戒、顔延之庭誥等，是也。」

考異：「楊校舉劉向誡子書小誤者非，以馬書傳世稱著而言。」

〔七〕梅注：「班姬名昭，適曹世叔，號曰大家。作女戒七章：卑弱第一，夫婦第二，敬慎第三，婦行第四，專心第五，曲從第六，和叔妹第七。」

後漢書列女傳曹世叔妻傳：「扶風曹世叔妻者，同郡班彪之女也。名昭，字惠班，一名姬。博學高才。世叔早卒，有節行法度。兄固著漢書，其八表及天文志未及竟而卒，和帝詔昭就東觀藏書閣踵而成之。帝數召入宮，令皇后諸貴人師事焉，號曰大家。……作女誡七篇，有助内訓。其辭曰：『鄙人愚暗，受性不敏，蒙先君之餘寵，賴母師之典訓。……』」注：「母，傅母也。師，女師也。」

列女母儀傳：「大夫美之，言於穆公，贈母（魯九子之寡母）尊號，曰母師。」

教者，效也，言出而民效也〔一〕。契敷五教〔二〕，故王侯稱教〔三〕。昔鄭弘之守南陽，條教爲後所述，乃事緒明也〔四〕。孔融之守北海，文教麗而罕施〔五〕，乃治體乖也〔六〕。若諸葛孔明之詳約〔七〕，庾稚恭之明斷〔八〕，並理得而辭中〔九〕，教之善也。

〔一〕校證：「『言出』范作『出言』，誤。檄移篇：『移者，易也，移風易俗，令往而民隨者也。』句法同。」

范注：「説文：『教，上所施下所效也。』白虎通三教：『教者，效也。上爲之，下效之。』」

春秋元命苞：「天垂文象，人行其事，謂之教。教，傚也，言上爲而下傚也。」隋書百官志：「諸王言曰令，公侯封郡縣者言曰教。」潛確類書：「上爲下效曰教，領之使不犯曰令。」（圖書集成教令部引）

文體明辨序說「教」類：「按劉勰云：『教者，效也，言出而民效也。』李周翰云：『教，示於人也。』秦法，王侯稱教；而漢時大臣亦得用之，若京兆尹王尊出教告屬縣是也。故陳繹曾以爲大臣告衆之詞。」

〔二〕校注：「書舜典：『帝曰：「契，百姓不親，五品不遜，汝作司徒，敬敷五教，在寬。」』孔傳：『布五常之教，務在寬。』」左傳文公十八年：「舉八元，使布五教於四方：父義，母慈，兄友，弟共（恭），子孝。」

〔三〕校注：「文選三十六注引蔡邕獨斷曰：『諸侯言曰教。』（今獨斷無此語。）」文選傅亮爲宋公修張良廟教：「秦法，諸公王稱教，教者，教示於人也。」

〔四〕楊明照文心雕龍范注舉正：「漢書卷六十六鄭弘傳：『弘字穉卿，泰山剛人也。兄昌字次卿。皆明經通法律政事。次卿爲太原涿郡太守，弘爲南陽太守，皆著治迹，條教法度，爲後所述。』」「事緒明」，謂條教頭緒清楚。

〔五〕校證：「『罕施』原作『罕於理』，據御覽引改，此乃『施』誤爲『於』，辭不可通，乃加『理』以足之也。抱朴子清鑒篇云：『孔融、邊讓，文學邈俗，而並不達治務，所在敗績。』此與彥和『文教麗而罕施』意正同。」校注：「按作『文教麗而罕施』是也。困學紀聞：『孔北海答王休教曰：「掾清身潔己，歷試諸難，謀而鮮過，惠訓不倦；余嘉乃勳，應乃懿德，用升爾於王庭，其可辭乎？」文辭温雅，有典誥之風，漢郡國之條教如此。自注云：「然應試諸難，恐不可用。」』（卷十三）實足爲此文注脚。」按此句應作「文教麗而罕施於理」。

訓故：「司馬彪九州春秋：孔融守北海，教令辭氣温雅，可玩而誦。論事考實，難可悉行。」按此見三國魏志崔琰傳注引。北海，西漢郡名，在今山東益都、壽光、昌樂、濰坊、昌邑、高密等地。東漢改爲北海國，孔融曾爲北海相，相當於北海郡太守。教令有告高密縣立鄭公鄉教等，見全後漢文卷八十三。

〔六〕上引九州春秋謂融在北海「但能張磔網羅，其自理甚疏，租賦少稽，一朝殺五部督郵。奸民污吏，猾亂朝市，亦不能治。」可見其治體乖誤。

〔七〕黄注：「諸葛亮傳：陳壽等言：論者或怪亮文彩不艷，而過於丁寧周至。臣愚以爲咎繇大賢也，周公聖人也，考之尚書，咎繇之謨略而雅，周公之誥煩而悉。何則？咎繇與舜、禹共談，周公與群下矢誓故也。亮所與言盡衆人凡士，故其文指不得及遠也。然其聲教遺言，皆經事綜物，公誠之心，形於文墨，足以知其人之意理，而有補於當世。」按此見三國蜀志諸葛亮傳陳壽上諸葛氏集表。

范注：「彦和稱孔明詳約。詳，謂其丁寧周至；約，謂其文彩不艷。」

諸葛亮教令有答蔣琬教、教與軍師長史參軍掾屬等，見全三國文卷五十八。

〔八〕范注：「晉書庾翼傳：『翼，字稚恭，代庾亮鎮武昌，每竭志能，勞謙匪懈，戎政嚴明，經略深遠，人情翕然，稱其才幹。』御覽七百五十四引翼集與僚屬教曰：『頃聞諸君樗蒱有過差者，初爲是政事閑暇，以娛以甘，故未有言也。今知大相聚集，漸以成俗，聞之能不憮然。』又藝文類聚七十四引翼集答參軍于瓚曰：『今惟許其圍棋，餘悉斷。』翼蓋東晉有爲之士，異於清談委蛇者也。」

晉書庾翼傳：「翼字稚恭……翼報（兄冰）曰：『……荊州所統一二十郡，唯長沙最惡。惡而不黜，與殺都督者復何異耶！』翼有風力格裁，發言立論都如此。」

〔九〕校證：「『中』，清謹軒鈔本作『淳』。按『中』讀爲『中失』之『中』，『中』與『得』對文則異，散文則通，作『淳』者，此淺人妄改。」郭注：「謂治理既得當而文辭又適中也。」

自教以下，則又有命。詩云：「有命自天。」明命爲重也〔一〕。周禮曰：「師氏詔王。」明詔爲輕也〔二〕。今詔重而命輕者，古今之變也〔三〕。

〔一〕校證：「『有命自天，明命爲重也』二句九字，原作『有命在天，明爲重也』。謝校『明爲重也』作『明命爲重也』。梅六次本、張松孫本作『有命自天，明命爲重』。日本刊本作『有命在天，命爲重也』。盧云：『當作「詩云：有命自天。明爲重也」。』今按『有命自天』，此詩大雅大明之什文。『有命在天』，乃書西伯戡黎記紂辛語。作『自』爲是。『明命爲重也』句，今參謝、梅、張、盧諸説訂正。」范注：「詩大雅大明：『有命自天，命此文王。』」

〔二〕「師氏詔王，明詔爲輕也」，原作「師氏詔王爲輕命」。

范注：「札迻十二：『黄注云：「案周官師氏職無此文。」案此據（周禮地官）師氏職有「掌以媺詔王」之文，明以臣詔君，爲詔輕於命，非謂周禮有「爲輕命」之文也，黄注繆。』案此句與上『詩云有命自天，明命爲重也』對文，當依梅本作『周禮曰：師氏詔王，明詔爲輕也』。」

校釋：「言臣可詔君，故詔輕於命也。」

盧文弨云：「當作『詩云：「有命自天」。明爲重也。周禮曰：「師氏詔王。」明爲輕也。』下衍一『命』字。」（抱經堂文集十四）

周禮地官司徒：「師氏掌以媺詔王。」鄭注：「告王以善道也。文王世子曰：師也者，教之以事而諭諸德者也。」正義：「媺，美也。師氏掌以前世美善之道以詔告於王，庶王行其美道也。」

〔三〕范注：「凡經典命皆爲上告下之辭，而詔爲下告上之辭。（周禮諸『詔』字，皆以下告上。）自秦以後，詔惟天子用之，而命則凡上告下之通稱，所謂古今之變也。」

注訂：「『周禮』『詔王』之文，是下告上之辭，自秦以後，詔制皆用之於天子，而重與命同，此乃古今之變，故云。」「『師氏』，周禮地官之屬，掌管教育貴族子弟。」

第四段簡論戒、教、命三體之性質及其要領，實際上是本篇的附論。

贊曰：皇王施令，寅嚴宗誥〔一〕。我有絲言〔二〕，兆民伊好〔三〕。輝音峻舉〔四〕，鴻風遠蹈〔五〕。騰義飛辭，渙其大號〔六〕。

〔一〕斠詮：「寅嚴，敬畏也。書無逸：『嚴恭寅畏，天命自度。』蔡傳：『嚴則莊重，恭則謙抑，寅則欽肅，畏則戒懼。』金履祥曰：『嚴恭，敬之齊於外也；寅畏，敬之存於内也。』」宗誥，謂宗法尚書的誥命。

〔二〕注訂：「禮記緇衣：『王言如絲。』參前『絲綸』注。後漢書楊賜傳：『天齊乎人，假我一日。』注：『我，謂君也。』」

斠詮：「絲言，謂王言，即指王之詔策。」

〔三〕「伊」原作「尹」。范注：「尹好，疑當作式好。式，語辭也。」

校注：「按『尹』字於此，實不可解；然與『式』之形音俱不近，似難致誤。疑係『伊』之殘字。漢書禮樂志顔注：『伊，是也。』此亦當作『伊』，而訓爲是。圖書集成一三七引正作『伊』。」

〔四〕「輝音」，謂輝赫的聲音。「峻舉」，高起。

〔五〕「鴻風」，鴻偉的風。「蹈」，謂傳播。

〔六〕校注：「易渙九五：『渙汗其大號。』爲舍人此語所本。」注訂：「參前『不反若汗』注。」程子易傳：「當使號令洽於民心，如人身之汗，浹於四體。」説文：「渙，流散也。」朱熹易經本義：「渙，散也。」

文學典一三七卷「詔命」部引渙卦：大全：「朱子曰：渙汗其大號，號令當教如汗之出，千毛百竅中迸散出來，這箇物出不會反，却不是說那號令不當反，只是取其如汗之散出，自有不反底意思。又曰：涣汗其大號，聖人當初就人身上説出一汗字爲象，不爲無意。蓋人君之號令，當出乎人君之中心，由中而外，由近而遠，雖至幽至遠之處，無不被而及之，亦猶人身之汗出乎中而浹於四體也。」

檄移第二十

漢書高帝紀下：「吾以羽檄徵天下兵。」顔師古注：「檄者，以木簡爲書，長尺二寸，謂之檄，用徵召也。其有急事，則加鳥羽插之，示速疾也。魏武奏事云：『今邊有警，輒露檄插羽。』」檄本來是軍事文書，舉凡罪責、曉慰、軍國徵兵、公府徵吏皆用之。

校釋：「左氏成十三年傳曰：『國之大事，在祀與戎。』威讓之令，戎事之雄文也。銘勒之製，祀典之鴻著也。一以討有罪，一以報成功。皆王言之大者，次於布政垂教一等。故詔策之後，次以檄移、封禪之文。而臣工陳謝糾彈之作，儕類酬獻往復之書，又其次焉。」

斠詮：「檄移爲用，事兼文武。討逆賴檄，順命資移，意用小異，而體義大同，是以彦和二者相提並論也。」檄與移不同處是：移一般用於同級官府之間，檄一般是上對下，有命令的性質。

漢書公孫弘傳：「移病免歸。」注曰：「移書言病也。」移書也叫作移文，類似一般的通告。

震雷始於曜電，出師先乎威聲〔一〕。故觀電而懼雷壯，聽聲而懼兵威。兵先乎聲，其來已久〔二〕。昔有虞始戒於國〔三〕，夏后初誓於軍〔四〕，殷誓軍門之外〔五〕，周將交刃而誓之〔六〕。故知帝世戒兵，三王誓師，宣訓我衆，未及敵人也〔七〕。

〔一〕校注：「漢書禮樂志（安世房中歌）：『靁震震，電燿燿。』又刑法志：『刑罰威獄，以類天之震曜殺戮也。』顔注：『震，謂雷電也。』」斠詮：「出師先乎威聲，謂師旅出征討伐之前，先有威嚴之號令也。」

〔二〕斯波六郎：「史記淮陰侯傳：廣武君對曰：『……兵故有先聲而後實者。』」謂用兵以聲威爲先。

〔三〕梅注：「虞書：『帝曰：咨！禹，惟時有苗弗率，汝徂征。禹乃會群后，誓於師曰：濟濟有衆，咸聽朕命。蠢兹有苗，昏迷不恭，侮慢自賢，反道敗德，君子在野，小人在位，民棄不保，天降之咎。肆予以爾衆士，奉辭伐罪，爾尚一乃心力，其克，有勳。』」按此見大禹謨。司馬法天子之義篇：「有虞氏戒於國中，欲民體其命也。」指爲了使百姓實現其命令而先予警誡。

〔四〕梅注：「有扈氏不服，啓伐之，大戰於甘。將戰，作甘誓，乃召六卿申之。『王曰：嗟，六事之人，予誓告女。有扈氏威侮五行，怠棄三正，天用剿絶其命。今予惟恭行天之罰。左不攻於左，女不恭命；右不攻於右，女不恭命；御非其馬之正，女不恭命。用命賞於祖，不用命戮於社。予則孥戮女。』」按此見尚書甘誓。司馬法天子之義篇：「夏后氏誓於軍中，欲民先成其慮也。」

〔五〕梅注：「夏桀爲虐，政淫荒。而諸侯昆吾氏爲亂，湯乃興師，率諸侯。伊尹從湯。湯自把鉞，以伐昆吾，遂伐桀，作湯誓。『王曰：格爾衆庶，悉聽朕言。非台小子，敢行稱亂。有夏多罪，天命殛之。今爾有衆，汝曰：我后不恤我衆，舍我穡事，而割正夏。予惟聞汝衆言，夏氏有罪，予畏上帝，不敢不正。今汝其曰：夏罪其如台。夏王率遏衆力，率割夏邑，有衆率怠弗協，曰：時日曷喪，予及汝偕亡。夏德若兹，今朕必往。爾尚輔予一人，致天之罰，予其大賚汝。爾毋不信，朕不食言。爾不從誓言，予則孥戮汝，罔有攸赦。』」按此見尚書湯誓。司馬法天子之義篇：「殷誓於軍門之外，欲民先意以待事也。」

〔六〕梅注：「『時甲子昧爽』云云，見前注。」按牧誓云：「時甲子昧爽，王朝至於商郊牧野，乃誓。王左杖黄鉞，右秉白旄以麾曰：……稱爾戈，比爾干，立爾矛，予其誓。……王曰：今予發，惟恭行天之罰，今日之事，不愆於六步、七步，乃止齊焉。夫子勗哉！不愆於四伐、五伐，六伐、七伐，乃止齊焉。勗哉夫子！尚桓桓，如虎如貔，如熊如羆。於商郊，弗迓克奔，以役西土。勗哉夫子！爾所弗勗，其於爾躬有戮。」司馬法天子之義篇：「周將交刃而誓之，以致民志也。」「交刃」，刀刃相交，謂兩軍交戰。

〔七〕校注：「尹文子：『將戰，有司讀誥誓，三令五申之；既畢，然後即敵。』（文選東京賦李注引）」

周注：「有虞屬帝世，夏、商、周是三王，當時宣布誓詞訓教自己軍隊，並不包括敵人。」

至周穆西征，祭公謀父稱「古有威讓之令，有文告之辭」〔一〕，即檄之本源也〔二〕。及春秋征伐，自諸侯出〔三〕，懼敵弗服，故兵出須名〔四〕，振此威風，暴彼昏亂〔五〕。劉獻公之所謂「告之以文辭，董之以武師」者也〔六〕。

〔一〕校證：「『有』上原有『令』字，王惟儉本、御覽無。按國語周語上正作『有威讓之令，有文告之辭』。今據改。」國語周語上：「穆王將征犬戎，祭公謀父諫曰：不可……讓不貢，告不王，於是乎有刑罰之辟，有攻伐之兵，有征討之備，有威讓之令，有文告之辭。」

〔二〕前蜀馮鑑續事始「檄」類：「周穆王令祭公謀父爲威讓之辭，以責狄人之情，此檄始也。」（排印本説郛卷十）范注：「司馬法仁本篇有徵師辭及軍令，録之如下：『冢宰徵師於諸侯曰：某國爲不道，征之。以某年月日，師至於某國，會天子正刑。冢宰與百官布令於軍曰：入罪人之地，無暴神祇，無行田獵，無毀土功，無燔牆屋，無伐林木，無取六畜禾黍器械，見其老幼，奉歸勿傷。雖遇壯者，不校勿敵。敵若傷之，醫藥歸之。』」

〔三〕論語季氏篇：「天下無道，則禮樂征伐自諸侯出。」

〔四〕校注：「漢書高帝紀上：『兵出無名，事故不成。』」吴林伯文心雕龍諸家校注商兑：「按當引禮記檀弓：『師必有名。』」

〔五〕「暴」，揭露。校證：「馮本、汪本、佘本、兩京本、御覽『暴』並作『曝』。」

〔六〕范注：「左傳昭公十三年：『晉人將尋盟，齊人不可，晉侯使叔向告劉獻公曰：抑齊人不盟，若之何？對曰：盟以厎信，君苟有信，諸侯不貳，何患焉！告之以文辭，董之以武師，雖齊不許，君庸多矣。』杜注：『董，督也。庸，功也。討之以辭，故功多也。』」按杜注：「獻公，王卿士劉子。」指周景王卿士。考異：「武師，猶兵衆也。」

齊桓征楚，詰苞茅之闕〔一〕；晉厲伐秦，責箕郜之焚〔二〕；管仲呂相，奉辭先路〔三〕；詳其意義，即今之檄文〔四〕。暨乎戰國，始稱爲檄〔五〕。

〔一〕校注：「『苞』，黃校云：『汪本作菁。』按御覽引作『菁』，元本、弘治本、活字本、佘本、張本、兩京本、胡本、訓故本……同。舍人此文，蓋本穀梁（僖公四年）作『菁茅』。（管子輕重丁篇、韓非子外儲説左上、史記夏本紀、新序雜事四，並有「菁茅」之文。）下云『箕郜』（二地名），此云『菁茅』（禹貢孔傳以爲二物），文本相對。若作『苞茅』（左傳本作「包」，他書多引作「苞」），與左傳雖合，於詞性則失矣。禹貢孔傳：『其所包裹而致者。』左傳杜注：『包，裹束也。』是『包』爲動詞。」「苞茅」，即包束的茅草，用以濾酒去滓。校證：「作『菁茅』者或是別本。」

梅注：「左傳：『齊侯伐楚，楚子使與師言曰：君處北海，寡人處南海，惟是風馬牛不相及也。不虞君之涉吾地也，何故？管仲對曰：昔召康公命我先君太公曰：五侯九伯，汝實征之，以夾輔周室。賜我先君履，東至於海，西至於河，南至於穆陵，北至於無棣。爾貢苞茅不入，王祭不供，無以縮酒，寡人是徵；昭王南征而不復，寡人是問。』」按此見僖公四年。

〔二〕梅注：「左傳：『晉侯使呂相絶秦，曰：我君景公引領西望曰：庶撫我乎！君亦不惠稱盟，利我有狄難，入我河縣，焚我箕郜，芟夷我農功，虔劉我邊垂，我是以有輔氏之聚。』」按此見成公十三年。杜注：「呂相，魏錡子，蓋口宣己命。」魏錡是晉大夫。封於呂，故稱呂相。「箕」，在今山西蒲縣東北。「郜」，在今山西祁縣西。「箕」、「郜」均當時晉地。

〔三〕斠詮：「奉辭，詞本尚書大禹謨：『肆予以爾衆士，奉辭伐罪。』（下文「奉辭伐罪」語本此。）……孔疏：『故我以爾衆士奉此譴責之辭，伐彼有罪之國。』先路，猶言先導。楚辭離騷：『乘騏驥以馳騁兮，來吾道夫先路。』」

〔四〕注訂：「立辭以伐，先聲奪人，皆檄之類。名始戰國，道源春秋。故舉管仲之答楚，呂相之絶秦，以爲之範焉。」

范注：「齊桓公以私忿侵蔡，因便伐楚，本嫌理屈；而管仲對楚人舉召康公之命以夸楚，又舉先君四履以自言其盛，呂相尤多誣秦之辭，故彦和謂『詳其意義，即今之檄文』。」

玉海卷一八七檄書上：「檄，軍書也。晉侯使呂相絶秦，檄書始於此。漢以後方有題。」

春覺齋論文流別論十：「吕相之絶秦，鄭人之拒晉，本無檄文之體，而言則似檄。」

〔五〕元陶宗儀輟耕録卷十八「檄」類：「檄書何所起乎？漢陳琳草檄，曹操見之，頓愈頭風，遂謂檄起於琳。説文：『檄，二尺書。』徐鍇通釋曰：『檄，徵兵之書也。漢高祖以羽檄徵天下兵，有急，則插以羽。』爾雅：『木無枝爲檄。』注：『檄擢直上也。』文心雕龍有張儀檄楚書，隗囂檄亡新文。文選有司馬相如喻蜀檄文，則檄非自琳始也明矣。」

檄者，皦也〔一〕。宣露於外，皦然明白也〔二〕。張儀檄楚，書以尺二〔三〕。明白之文，或稱露布〔四〕。露布者，蓋露板不封，播諸視聽也〔五〕。

〔一〕校證：「明鈔本御覽此『皦』字及下文『皦』字俱作『皎』。銅活字本御覽下『皦』字作『皎』。」説文：「檄，二尺書也，從木，敫聲。」釋名釋書契：「檄，激也，下官所以激迎其上之書文也。」

〔二〕校注：「『露』，御覽引作『布』；玉海二百三引同。按『布』字是，『露』蓋涉下而誤。」范注：「文選序：『書誓符檄之品。』五臣注：『檄者，皦也，喻彼令皦然明白。』一切經音義十：『檄者，皎也。明言此彼，令皎然而識之也。』此本彦和爲説者，彦和又必有所本也。」修詞鑑衡云：「檄者，激發人心而喻之禍福也。」

〔三〕梅注：「史記：『儀相秦，爲文檄告楚相曰：「始吾從若飲，我不盜而璧，若笞我。若善守女國，我顧且盜而城。」』」按此見張儀列傳。索隱：「王劭按春秋後語云：『丈二尺檄。』許慎云：『檄，二尺書。』」范注：「按『丈』是『長』之誤，二尺誤倒。許慎云『檄，二尺書也』，當作尺二書也。『爲檄』即傳檄耳。說文：『檄，二尺書。』段玉裁注曰：『各本作二尺書，小徐繫傳已佚，見韻會者，作尺二書，蓋古本也。李賢注光武紀曰：「說文以木簡爲書，長尺二寸，謂之檄，以徵召也。」與前漢書高帝紀注同。……云尺二寸，與鍇本合。』」

玉海卷二百三辭學指南「檄」類：「檄，軍書也，祭公謀父所謂威責之令，文告之辭。東萊先生曰：『晉侯使呂相絕秦，檄書始於此。』然春秋之世，鄭子家使執訊與書以告趙宣子，晉之邊吏責鄭，王使詹伯辭於晉，王子朝使告諸侯，皆未有檄之名。戰國時，張儀爲檄告楚相，其名始見。漢有羽檄，顏師古曰：『檄以木簡爲書，長尺二寸，有急加鳥羽，示速也。』急就篇注：『檄以木爲之，長二尺。』說文亦云『二尺書』。李左車曰：『奉咫尺之書。』自相如之後，檄書見史策者不可勝紀。揚雄曰：『軍旅之際，飛書馳檄，用枚臯，謂其文敏速也。』唐以前不用四六。」

〔四〕玉海卷一八九兵捷露布一：「通典：『後魏攻戰告捷，欲天下聞知，乃書帛建於漆竿上，名爲露布，自此始也。』」注：「後漢鮑昱傳：『使封胡降檄。』昱曰：當司徒露布。』注：『檄，軍書，若今之露布也。』李雲傳：『露布上書。』注：『謂不封也。』又蜀漢露布天下，告諭伐魏。魏志注：『虞松從司馬宣王征遼東，及破賊，作露布。』世說：『袁宏倚馬前作露布。』後魏彭城王勰曰：『露布者，布於四海，露之耳目。』……隋志有雜露布十二卷，雜檄文十七卷，魏武帝露布文九卷。」

玉海卷二〇三辭學指南「露布」類：「露布之名始於漢。按光武紀注：漢制度曰：『制詔三公皆璽封，尚書令印重封，露布州郡。』祭祀志注引東觀書：『有司奏孝順號露布，奏可。』又鮑昱詣尚書封胡降檄曰：『故事，通官文書不著姓，又當司徒露布。』李雲露布上書，注謂『不封也』。魏改元景初，詔曰：『司徒露布，咸使聞知。』蜀漢建興五年春伐魏詔曰：『丞相其露布天下。』此皆非將帥獻捷所用。……然文章緣起曰：『漢賈洪爲馬超伐曹操作。』而魏志注謂『虞松從司馬宣王征遼東及破賊作露布』。隋志有魏武帝露布文九卷。世説云：『桓温北征，令袁宏倚馬前作露布，手不輟筆，俄成七紙。』則魏晉已有之。」按蔡邕獨斷：「制書者，制度之命也。……惟赦令、贖令，召三公詣朝堂受制書，司徒印封，露布下州郡。」

〔五〕校證：「『露布者，蓋露板不封』句，原無。御覽、容齋四筆十、玉海、事文類聚別集七、文章辨體目録、文體明辨三〇，文通五引此文俱作『露布者，蓋露板不封，布諸視聽也』。今據補。」校注：「按今本文意不足，當以御覽等所引爲是。容齋續筆十引作『露布者，蓋露板不封，布諸觀聽也。』……又按『播』字，當依御覽諸書作『布』。」

封氏聞見記：「露布，捷書之別名也。諸軍破賊，則以帛書建諸竿上，兵部謂之露布。蓋自漢以來有其名。所以名露布者，謂不封檢而宣布，欲四方速知，亦謂之露版。」

通鑑卷二六九後梁紀四：「（晉）王命掌書記王緘草露布，緘不知故事，書之於布，遣人曳之。」胡三省注：「魏晉以來，每戰勝，則書捷狀，建之漆竿，使天下皆知之，謂之露布。露布者，暴白其事而布告天下；未嘗書之於布，而使人曳之也。文心雕龍曰：『露布者，蓋露板不封，布諸觀聽也。』」文章辨體諸儒論作文法「露布」：「文心雕龍又云：『露布者，蓋露板不封，布諸視聽。』近世帥臣奏捷，蓋本於此。」文體明辨序説「按露布者，軍中奏捷之辭也，書辭於帛，建諸漆竿之上，劉勰所謂『露板不封，布諸視聽』者，此其義也。……露布之作，始於魏晉，而杜佑以爲自元魏始，誤矣。又按劉勰檄移篇云：檄或稱露布。豈露布之初，告伐告捷，與檄通用，而後始專以奏捷歟？」

夫兵以定亂，莫敢自專〔一〕，天子親戎〔二〕，則稱恭行天罰〔三〕；諸侯御師，則云肅將王誅〔四〕。故分閫推轂〔五〕，奉辭伐罪〔六〕，非唯致果爲毅〔七〕，亦且厲辭爲武〔八〕。

〔一〕史記周本紀：「武王自稱太子發，言奉文王以伐，不敢自專。」

〔二〕「親戎」，謂親自領兵。

〔三〕校注：「『恭』，元本、弘治本、活字本、汪本、佘本、張本、兩京本、訓故本、合刻本、四庫本作『龔』。……按『恭』、『龔』同音通假。書甘誓：『今予惟恭行天之罰。』吕氏春秋先己篇高注引作『龔』。僞泰誓下：『予一人恭行天罰。』文選東都賦李注引作『龔』。並其證。」

范注：「白虎通論天子自出與使方伯之議：『王法天誅者，天子自出者，以爲王者乃天之所立，而欲謀危社稷，故自出，重天命也。犯王法，使方伯誅之。尚書（甘誓）曰：「今予惟恭行天之罰。」此言開自出伐扈也。王制曰：「賜之弓矢，乃得專伐。」謂誅犯王法者也。』」

〔四〕書甘誓：「天用勦滅其命。」正義：「天子用兵，稱恭行天罰；諸侯討有罪，稱肅將王誅：皆示有所稟承，不敢專也。」校注：「書僞泰誓上：『肅將天威。』」「將」，將命，奉命。此句謂奉帝王之意加以誅伐。

〔五〕陳琳檄吴將校部曲文：「皆我王誅所當先加。」

史記馮唐列傳：「臣聞上古王者之遣將也，跪而推轂，曰：閫以内者，寡人制之；閫以外者，將軍制之。軍功爵賞，皆決於外，歸而奏之。」集解：「韋昭曰：此郭門之閫也。」正義：「閫……謂門限也。」「分閫推轂」，牟注：「史記之前的六韜立將、淮南子兵略中，都有這類説法。」斠詮：「轂爲車輪中心之圓軸，推轂則車前進。」

〔六〕校注：「書僞大禹謨：『肆予以爾衆士，奉辭罰罪。』文選潘岳西征賦李注引作『伐罪』，與此同。」牟注：「國語鄭語載周太史史伯向鄭桓公説：『君若以成周之衆，奉辭伐罪，無不克矣。』韋昭注：『桓公甚得周衆，奉直辭，伐有罪，故必勝也。』」

〔七〕左傳宣公二年：「戎昭果毅以聽之之謂禮。殺敵爲果，致果爲毅。」正義：「兵戎之事，明此果毅以聽之之謂禮。能殺敵人，是名爲果，言能果敢以除賊；致此果敢，乃名爲毅，言能强毅以立功。」

〔八〕斠詮：「厲辭爲武，謂嚴肅號令，師旅兵衆恪實順從，莫敢違逆，是爲威武。左傳襄公三年魏絳所謂『師衆以順爲武，軍事有死無犯爲敬』是也。」

使聲如衝風所擊〔一〕，氣似欃槍所掃〔二〕，奮其武怒〔三〕，總其罪人〔四〕，徵其惡稔之時〔五〕，顯其貫盈之數〔六〕，摇奸宄之膽，訂信慎之心〔七〕，使百尺之衝，摧折於咫書〔八〕，萬雉之城，顛墜於一檄者也〔九〕。

〔一〕黄注：「（漢書）韓安國傳：『安國曰：衝風之衰，不能起毛羽。』注：『衝風，疾風之衝突者也。』」范注：「史記韓安國（長孺）列傳：『衝風之末，力不能漂鴻毛，非初不勁，末力衰也。』」郭注：「九歌河伯：『衝風起兮横波。』注：『衝風，隧風。』」

〔二〕黄注：「史記天官書：『紫宫左三星曰天槍。』所見之國，不可舉事用兵。司馬相如賦：『攬欃槍以爲旌兮。』張揖曰：彗星爲欃槍。」范注：「爾雅釋天：『彗星爲欃槍。』郭璞注：『亦謂之孛，言其形孛孛似掃彗。』説文：『彗，掃竹也。』」

校注：「後漢書崔駰傳（崔篆慰志賦）：『運欃槍以電埽兮。』李注：『欃槍，彗也。』」

〔三〕「武怒」，威怒。左傳昭公五年：「奮其武怒，以報其大恥。」

〔四〕左傳僖公七年：「（管仲）對（齊侯）曰：『君若綏之以德，加之以訓辭，而帥諸侯以討鄭，鄭將覆亡之不暇，豈敢不懼？若揔其罪人以臨之，鄭有辭矣，何懼！』」杜注：「揔，將領也。子華（鄭伯的兒子）奸父之命，即罪人。」斠詮：「揔，同總，聚束也。」此處「總其罪人」，謂率領敵人内部的反對派。

〔五〕校證：「『徵』原作『懲』，王惟儉本、御覽作『徵』，是。今據改。」校釋：「徵者，驗也。『懲』乃『徵』誤。」按其餘各本俱作「懲」，「懲」字不誤，無煩改字。

范注：「稔，熟也。文選任昉奏彈劉整：『惡積釁稔。』」

校注：「曹丕答曹洪書：『今魯罪兼苗桀，惡稔厲莽。』」左傳昭公十八年：「萇弘曰：毛得必亡，是昆吾稔之日也。」杜注：「昆吾，夏伯也。稔，熟也。侈惡積熟，以乙卯日與桀同誅。」

〔六〕范注：「韓非子説林下：『有與悍者鄰，欲賣宅而避之。人曰：「是其貫將滿矣，子姑待之。」答曰：「吾恐其以我滿貫也。」遂去之。』」「貫」，穿；「盈」，滿。「貫盈」，謂穿滿了繩索，表示累積到極點，多指罪惡而言。書泰誓上：「商罪貫盈，天命誅之。」孔疏：「紂之爲惡，如物在繩索之貫（串），一以貫之，其惡貫已滿矣。……故上天命我誅之。」「數」，氣數。校注：「僞孔傳：『紂之爲惡，一以貫之。』左傳宣六年：『使疾其民以盈其貫。』」

〔七〕校注：「書舜典：『寇賊姦宄。』孔傳：『在外曰姦，在内曰宄。』釋文：『宄，音軌。』左傳成公十七年：『長魚矯曰：亂在外爲姦，在内爲軌。』釋文：『軌，一作宄。』」又：「『慎』，御覽引作『順』。……按『順』字是。」「訂」，安定。

〔八〕范注：「戰國齊策五：『千丈之城，拔之尊俎之間；百尺之衝，折之衽席之上。』詩大雅皇矣傳曰：『衝，衝車也。』陸德明釋文曰：『説文作䡴。䡴，陣車也。』正義曰：『衝者，從傍衝突之稱。兵書有作衝車之法。墨子有備衝之篇。』史記張儀列傳：『爲文檄告楚相。』集解引徐廣曰：『一作咫尺之檄。』『咫書』與下『一檄』對文。」「衝」，衝鋒車。「咫」，古尺八寸。

〔九〕黄注：「公羊傳：雉者何？五板而堵，五堵而雉，百雉而城。一曰城高一丈曰堵，三堵曰雉。班固西都賦：『建金城之萬雉。』」范注：「左傳隱公元年杜注：『方丈曰堵，三堵曰雉。一雉之牆，長三丈，高一丈。』正義曰：『定十二年公羊傳曰：「雉者何？五板而堵，五堵而雉。」何休以爲堵四十尺，雉二百尺。……諸説不同，賈逵、馬融、鄭玄、王肅之徒爲古學者，皆云雉長三丈，故杜依用之。』」

以上爲第一段，叙檄之來源，釋檄之名義及其作用。

觀隗囂之檄亡新，布其三逆〔一〕；文不雕飾，而辭切事明〔二〕，隴右文士〔三〕，得檄之體矣〔四〕。

〔一〕後漢書隗囂傳：「更始立，崔、廣等共推囂爲上將軍。囂既立，移檄告郡國。曰：故新都侯王莽，慢侮天地，悖道逆理。昔秦始皇毀壞謚法，以一二數欲至萬世，而莽下三萬六千歲之曆，言身當盡此度。……是其逆天之大罪也。分裂郡國，斷截地絡。……發冢河東，攻劫丘壟。此其逆地之大罪也。……攻戰之所敗，苛法之所陷，饑饉之所夭，疾疫之所及，以萬萬計。其死者則露屍不掩，生者則奔亡流散，幼孤婦女，流離係虜。此其逆人之大罪也。」全文見後漢書本傳。

北堂書鈔一〇三引東觀漢記：「隗囂故宰相府掾吏，善爲文書，每上書移檄，士大夫莫不諷誦之也。」

宋張淏雲谿雜記（見排印本説郛卷三十）「檄書露布所始」條：「文章緣起：『漢陳琳作檄曹操文。』謂檄文起於琳也。以文心雕龍考之，已有張儀檄楚書，隗囂檄亡新文矣。又如司馬相如喻蜀文，文選作喻蜀檄文。則檄不始於陳琳。」按此條又見宋許觀東齋紀事（龍威秘書第五集）。

〔二〕「辭切」，校釋：「宋本御覽作『意切』，是。」

〔三〕詔策篇：「隴右多文士，光武加意於書辭。」按後漢書隗囂傳：「隗囂，字季孟，天水成紀人也。」注：「成紀，縣名，故城在今秦州隴城縣西北。」故稱隗囂爲隴右文士。隴右，即隴西，今甘肅省隴山以西地區。

〔四〕春覺齋論文流別論十：「自東漢訖於季漢，以隗囂之檄新莽，陳琳之檄豫州爲最。囂文簡括嚴厲，數莽逆天、逆地、逆人三大罪，而所謂逆人之罪，狀莽之兇頑殘賊，讀之未有不動色者！至所謂炮烙醇醯之刑，則指燒殺陳良、終帶等二十七人，又以董忠謀叛，收忠宗族，以醇醯、白刃、毒藥、叢棘並一坎而埋之也；文中匪語不精，亦匪狀弗肖，第未知當時出自何人手筆耳。」

陳琳之檄豫州〔一〕，壯有骨鯁〔二〕，雖奸閹攜養〔三〕，章實太甚〔四〕，發丘摸金〔五〕，誣過其虐〔六〕；然抗辭書釁〔七〕，皦然露骨矣〔八〕。敢指曹公之鋒〔九〕，幸哉免袁黨之戮也〔一〇〕。

〔一〕梅注：「琳爲袁紹檄豫州曰：操父嵩，乞丐攜養，因贓假位，輿金輦璧，輸貨權門，竊盜鼎司，傾覆重器……續遇董卓，侵官暴國。於是……收羅英雄，棄瑕取用。故遂與操同諮合謀。……操遂承資跋扈，肆行凶慝，割剥元元，殘賢害善。……爵賞由心，刑戮在口，所愛光五宗，所惡滅三族。……又特置發丘中郎將，摸金校尉，所過隳突，無骸不露。……乃欲摧撓棟梁，孤弱漢室，除滅忠正，專爲梟雄。……幕府奉漢威靈，折衝宇宙，長戟百萬，胡騎千群。奮中黃育獲之士，騁良工勁弩之勢。并州越太行……而角其前；荆州下宛葉，而掎其後。……若舉炎火以焫飛蓬，覆滄海以沃熛炭，有何不滅者哉！」獻帝春秋曰：「操平鄴，謂琳曰：君昔爲本初作檄書，但罪孤而已，何乃以及父祖乎？琳曰：矢在弦上，不得不發也。」爲袁紹檄豫州見文選卷四十四。范注：「三國魏志王粲傳：『陳琳，字孔璋，避難冀州，袁紹使典文章。袁氏敗，琳歸太祖。太祖謂曰：「卿昔爲本初移書，但可罪狀孤而已，惡惡止其身，何乃上及父祖邪？」琳謝罪。太祖愛其才而不咎。軍國書檄，多琳、瑀所作也。』裴注引典略曰：『琳作諸書及檄，草成，呈太祖。太祖先苦頭風，是日疾發，臥讀琳所作，翕然而起曰：「此愈我病。」數加厚賜。』「豫州」，指劉備。時備歸陶謙，謙表爲豫州刺史。文選爲袁紹檄豫州李善注：「魏氏春秋曰：『袁紹伐許，乃檄州郡。』魏志曰：『琳避難冀州，袁本初使典文章，作此檄以告劉備，言曹公失德，不堪依附，宜歸本初也。』」文選學義例第二四標題之誤引趙琴士讀書偶記云：「今案魏志陳琳傳並無此檄，告劉備以下數語，皆（李）善妄增。又案後漢書及魏志袁紹傳，宣此檄時，已在備奔歸紹之後。然則非獨善注妄也，即昭明標題亦不當爲爲袁紹檄豫州。宋胡三省注通鑑，知善之説非也，乃泥於昭明此題，而云蓋帝都許，許屬潁州郡，豫州部屬也，故選專以檄豫州爲言。此似但見文選之題，而未細看陳琳之文，檄首一行云：『左將軍領豫州刺史郡國相守』；左將軍領豫州刺史非劉備而誰，乃以爲指其地言耶？此檄末云：『即日幽、并、青、冀，四州並進，書到荆州，便勒見兵，與建忠將軍協同聲勢，州郡各整戎馬，羅絡境外。』則非專檄豫州可知。裴松之魏志注云：『魏氏春秋載袁紹檄州郡文。』此爲傳其實。故余謂此當題爲陳琳爲袁紹檄州郡討操。左將軍豫州刺史下，郡國相守土，當有告字；如魏檄吴將校部曲云：『尚書令彧，告江東諸將校部曲也。』操檄吴託之彧，紹檄操託之備，皆倚以爲重。二檄俱出陳琳之手，其體例同可知也。彧名而備不名者，尊帝室之胄，又或本有而傳寫遺落未可知也。」在本篇裏也説

「陳琳之檄豫州」，可見爲袁紹檄豫州這個題目又不始於昭明文選了。

〔二〕「骨鯁」，骨力。此文開合縱横，壯駭揚厲，氣勢很盛，故稱。

〔三〕黄注：「陳琳檄（豫州）：司空曹操祖父中常侍騰，與左悺、徐璜並作妖孽。父嵩乞丐攜養，因贓假位，操贅閹遺醜，本無懿德。」曹操本姓夏侯，其父夏侯嵩爲宦官曹騰養子，改姓曹。校釋：「御覽『雖』作『惟』，是。」

〔四〕「章」謂揭露。校證：「『實』原作『密』。梅六次本、徐校本、張松孫本作『實』。按御覽正作『實』，今據改。」校注：「按『實』字較勝。左傳桓公二年：『郜鼎在廟，章孰甚焉。』語意與此同，可證。」

考異：「章，明也。章密者，猶揭其陰私也。密指其發丘摸金而言，章其不可告人之密也，故云太甚，密字是。」

〔五〕斠詮：「陳琳檄文又云：『梁孝王先帝母昆，墳陵尊顯，桑梓松柏，猶宜肅恭。而操帥將吏士，親臨發掘，破棺裸尸，掠取金寶。至今聖朝流涕，士民傷懷。操又特置發丘中郎將，摸金校尉，所過隳突，無骸不露。』」

〔六〕意謂誣陷超過了曹操實際的暴虐。

〔七〕斠詮：「抗辭書釁，謂高抗其言辭，書寫他人之瑕隙也。抗辭，高尚其言辭也。抗辭，詞出漢書揚雄傳：『今吾子迺抗辭幽說，閎意眇指。』亦見應劭風俗通義窮通：『抗辭以拒其侮。』」

釁，瑕隙也。見左傳桓八年『讎有釁，不可失也』杜注。」

〔八〕校釋：「露骨，舊校：『一作暴露。』按御覽正作『暴露』。」

〔九〕校注：「紀昀云：『指，當作攖。』……指字不誤。詩鄘風蝃蝀有『莫之敢指』語。紀氏蓋泥於孟子盡心下篇『莫之敢攖』之文而爲説耳。」

〔一〇〕春覺齋論文流别論十：「陳琳本有兩檄：一代尚書令彧檄吴將校部曲，一則代袁紹檄豫州。其文最著於時，寓嚴切於暇豫之中，疏罪案以詳審之筆，自是文人極軌。兩兩相較，囂則湍瀨奔瀉，一往無留；琳則長川大河，挹注不盡也。」孫月峯評此文曰：「是平鋪體格，中間一曹一袁，短長錯出，以鼓其跌宕之勢。機軸運用，亦在有意無意之間。」（見于光華文選集評）譚獻云：「甚有仗義執言之風。紹勢方盛，故無恭辭。」（同上）李兆洛云：「罪狀皆實跡，故操見而駭。斡旋失策，仍多飾詞，不覺瑕釁自露矣。」（駱鴻凱文選學引）

鍾會檄蜀，徵驗甚明〔一〕；桓温檄胡，觀釁尤切〔二〕：並壯筆也〔三〕。

〔一〕梅注：「魏鍾會檄蜀文曰：今主上聖德欽明，紹隆前緒，宰輔忠肅明允，劬勞王室，布政垂惠而萬邦協和，施德百蠻而肅慎致貢。悼彼巴蜀，獨爲匪民。……是以命授六師，龔行天罰。……今邊境乂清，方内無事，蓄力待時，并兵一向，而巴蜀一州之衆，分張守備，難以禦天下之師。……比年以來，曾無寧歲，征夫勤瘁，難以當子來之民。此皆諸賢所共親見。……誠能深鑒成敗，邈然高蹈，投跡微子之蹤，措身陳平之軌，則福同古人，慶流來裔。」

訓故：「魏志：鍾會，字士季，繇之少子也。景元四年伐蜀，檄曰：蜀相壯見禽於秦，公孫述授首於漢，此皆諸賢所備聞也。明者見危於無形，智者規禍於未萌，豈晏安酖毒懷禄而不變哉！」按魏志鍾會傳：「姜維……與蜀將張翼、廖化等合守劍閣拒會。會移檄蜀將吏士民云云。」

文選檄蜀文李善注：「魏志：鍾會，字士季，潁川人。少敏慧夙成，爲秘書郎。遷鎮西將軍，後爲司徒，謀反於蜀，爲衆兵所殺。」又：「魏志曰：景元四年，令鍾會伐蜀，會至漢中，蜀大將姜維等守劍閣，拒會。會移檄蜀將吏。」

方伯海曰：「按此篇只將形勢强弱，見蜀雖險不足恃，反復開示，以望其降，無一語指斥其君臣，與孔璋檄操文若檄權不同。所以然者，强國非用威，無以折敵人之氣；弱國非用文，無以悦遠人之心。蜀之立國，名義極正，加以先主、武侯治蜀，亦無事可以指斥也。文各有體，合此數篇讀之，其理自見。」（見于光華文選集評）李兆洛云：「檄豫州最壯駭，而詞慚以支；檄吴嘽緩，如不欲戰；皆中有戒心也。魏蜀强弱形見，故言之磊落，獨得文誥體。」（駱鴻凱文選學引）

譚獻云：「不事恢張，亦不加詆毁，搏捖一氣，無不盡之辭。」（見于光華文選集評）

〔二〕校證：「『温』原作『公』，據御覽、徐校本改。」校注：「按上云『鍾會』，此忽云『桓公』，似不倫類。……當以御覽所引爲是。」

訓故：「藝文類聚：『桓温北伐，檄石勒曰：「胡賊石勒，暴肆華夏，齊民塗炭……至使六合殊風，九鼎乖越。……寡人不德，忝荷戎重。……先順者護賞，後伏者蒙誅。……此之風範，想所聞也。」』」按此見卷五十八。范注：「此文缺佚，故未見『覿釁』之語。」「釁」，隙也。

周注：「『晉書桓温傳：『石季龍死，温欲率衆北征。』覿釁，當指看到後趙石季龍死後發生内亂。」

〔三〕春覺齋論文流别論十：「鍾司徒檄蜀，桓司馬檄胡，鍾會雅而桓激。司徒文稱武侯曰孔明，稱姜維曰伯約而不名，以蜀爲漢裔，非開罪於魏之比，魏擁立不正，故能喻蜀以禍福，不能責蜀以大義，用筆頗擅去取之能。石勒荼毒中原，天人同憤，桓温斥曰『胡賊』，非嫚駡也。勒非蜀漢之比，故行文雖激，不害於正。」

周注：「檄蜀文，鍾會有滅蜀的信心，所以話説得强勁有力。……從檄中可以看出雙方的形勢。再像桓温檄胡文：『每惟國難，不遑啓處，撫劍北顧，慨嘆盈懷。』這裏寫出奔赴國難的激越心情，顯示戰爭的正義性。」

以上爲第二段，標舉檄文之代表作品。

凡檄之大體，或述此休明〔一〕，或叙彼苛虐，指天時，審人事，算彊弱，角權勢〔二〕，標蓍龜於前驗〔三〕，懸鞶鑑於已然〔四〕，雖本國信，實參兵詐〔五〕。譎詭以馳旨，煒曄以騰說〔六〕，凡此衆條，莫之或違者也〔七〕。

〔一〕斠詮：「休明，美善而清明也。左氏宣公三年傳：『定王使王孫滿勞楚子，楚子問鼎之大小輕重。對曰：德之休明，雖小，重也。』史記秦始皇本紀：『大義休明，樂於後世。』」

〔二〕「審」，審察。「角」，較量。

春覺齋論文流別論十：「蓋不斥人之罪案，不見己師之出於有名，不張己之兵威，莫望壯士之進而殺敵；且證以天時，審以人事，辨興亡之理，論强弱之勢，此檄文之要領也。」

〔三〕斠詮：「蓍所以筮，龜所以卜。……易繫辭云：『探賾索隱，鈎深致遠，以定天下之吉凶，成天下之亹亹者，莫大乎蓍龜。』」此句意謂利用以前的經驗，來標示預卜的吉凶。

〔四〕校證：「玉海『懸』作『垂』。」按「垂」字義勝。

左傳莊公二十一年：「鄭伯之享王也，王以后之鞶鑑與之。」杜注：「鞶帶而以鑑爲飾也。」此句意謂以已然之事來垂示鑑戒。

〔五〕「國信」，國家的威信。校注：「孫子軍爭篇：『故兵以詐立。』」

〔六〕「譎詭以馳旨」，用詭譎的方式來馳說意旨。文賦：「說煒曄而譎誑。」「煒曄」，光盛貌。此處有夸飾之意。

范注：「御覽五百九十七引李充翰林論：『盟檄發於師旅。』又引充起居誡曰：『檄不切厲則敵心陵；言不誇壯則軍容弱。』一切經音義十：『檄書者，所以罪責當伐者也。又陳彼之惡，說此之德，曉慰百姓之書也。』」

周注：「檄文當本於呂相絶秦，所謂『述此休明』，『叙彼苛虐』，『審人事，算彊弱，角權勢』，『雖本國信，實參兵詐』，這些，在呂相絶秦裏都已具備了。那篇貶低秦國對晉國的幫助，夸大晉國對秦國的好處，强調諸侯的背離秦國，和晉國交好等都是。」

〔七〕校證：「『莫之或違者也』，原作『莫或違之者也』，今從御覽、徐校本乙正。」校注：「按御覽所引是。哀弔篇『莫之或繼也』，句法與此相同，可證。」論語子路篇：「如其善而莫之違也，不亦善乎！如不善而莫之違也，不幾乎一言而喪邦乎！」此彥和所本。

注訂：「衆條，總上列諸說：一、『述此休明』，二、『叙彼苛虐』，三、『天時』，四、『人事』，五、『强弱』，六、『權勢』，七、『標蓍龜』，八、『懸鞶鑑』；然總歸之『兵詐』二字，是檄之用，故曰『莫或違之』也。」

玉海卷二〇三引西山先生（真德秀）曰：「檄貴鋪陳利害，感動人意。」紀評：「此一段語扼要領。」

文鏡秘府論論文體六事，其四說：「魁張奇偉，闡耀威靈，縱氣凌人，揚聲駭物，宏壯之道也。……叙宏壯則詔檄振其響，詔陳王命，檄叙軍容，宏則可以及遠，壯則可以威物。……宏壯之失也誕。……制傷迂闊，辭多詭異，誕則成焉。（宏壯者，亦須準量事類，可得施言，不可漫爲迂闊，虛陳詭異也。）」這一段話雖然是用詔檄兩體來説明宏壯的風格，實際上這類風格可能對於檄更適用一些。但是檄移篇認爲檄「實參兵詐」，可以「譎詭以馳旨」，而文鏡秘府論則認爲「辭多詭異」則成荒誕，因此不贊成「虛陳詭異」，二者似乎有點分歧。其實這裏所説的「譎詭」，也有一定的限制，就是不能完全脱離事實，也就是夸飾篇所説的「夸而有節，飾而不誣」。

故其植義颺辭〔一〕，務在剛健〔二〕，插羽以示迅，不可使辭緩〔三〕；露板以宣衆，不可使義隱〔四〕，必事昭而理辨，氣盛而辭斷，此其要也〔五〕。若曲趣密巧，無所取材矣〔六〕。又州郡徵吏，亦稱爲檄〔七〕，固明舉之義也〔八〕。

〔一〕「植義」，立義，即安排内容。「颺」，傳播。

〔二〕李充起居誡：「檄不切厲則敵心陵，言不誇壯則軍容弱。」斠詮：「所謂切厲誇壯，即所以務剛健也。」

春覺齋論文流别論十：「劉勰之論檄曰：『植義颺辭，務在剛健。』愚謂本無義憤，何由能剛？不衷公道，奚得稱健？若隗囂、桓温、駱賓王（指討武曌檄）三家之文，可云近矣。人品固不足言，而文字實衷彝憲。」薛鳳昌文體論：「氣壯斯剛，理直斯健，知嫚駡無當也。」（商務版一七九頁）

〔三〕范注：「漢書高帝紀：『吾以羽檄徵天下兵。』注：『有急事，則加以鳥羽插之，示速疾也。』封氏聞見記四引魏武奏事：『有警急，輒露版插羽。』」演繁露：「魏武奏事曰：『有急，以雞羽插木檄，謂之羽檄。』」

〔四〕封氏聞見記：「所以名露布者，謂不封檢，露而宣布，欲四方速知。」文章辨體序説「檄」類：「大抵唐以前不用四六，故辭直義顯。昔人謂檄以散文爲得體，信乎！」

魏書彭城王勰傳：「勰從征沔北，高祖令勰爲露布。勰辭曰：臣聞露布者，布於四海，露之耳目。必須宣揚威略，以示天下。」其實檄文之「辭直義顯」或「辭緩」「義隱」，和用不用四六是没有關係的。

〔五〕定勢篇：「符檄書移，則楷式於明斷。」這幾句話就是「明斷」的具體説明。春覺齋論文流别論十：「檄移之文，『必事昭而理辨，氣盛而辭斷』，二語盡之矣。」

册府元龜序曰：「暴揚過惡，張皇威武，使忠義奮發，而邪謀沮壞。諭去就之理，陳逆順之狀，俾之改圖易轍，轉禍爲福。誕告士民，使知不獲已而用兵，非無名而黷武。」「事昭而理辨，氣盛而辭斷」，謂所舉事例非常明白，所講道理理由充足，語氣旺盛，措辭決斷。

〔六〕校證：「何校『才』作『材』。鈴木云：『才當作材。』案文章緣起注『才』誤『裁』。」論語公冶長：「由也好勇過我，無所取才。」斯「才」字是。「曲趣密巧」二句謂如旨趣委曲而又細密纖巧，則無所取矣。

玉海卷二〇三辭學指南「檄」類引李充起居戒云：「軍書羽檄，非儒者之事，但家奉道法，言不及殺，語不虛誕；而檄不切厲，則敵心陵；言不誇壯，則軍容弱。」又引西山先生（真德秀）曰：「露布貴奮發雄壯，少麤無害。不然則與賀勝捷表無異矣。」按真德秀所說的露布，和文心雕龍中所論的稍有區別。孫梅四六叢話卷二十四「檄・露布」類說：「夫檄與露布，六朝不甚區別，故文心合而爲一。唐宋以後，則檄文在啓行之先，露布在克敵之後，名實分矣。至於敵愾，本屬同途，故彥和以『皦然』爲先，西山謂『少麤無害』。若達心而懦，無乃失辭；即美秀而文，猶爲不稱。必其胸藏武庫，抵十萬之甲兵；律中奇音，振五聲之金石。」張相古今文綜第五部第二編第三章「露布」類說：「揆其初制，檄移之屬。彥和論檄云：『明白之文，或稱露布。』斯知用在令下，非取奏御，故魏明帝有露布天下並班告益州文也。迄乎唐制，下之通上，其制有六，三曰露布，兵部奉以奏聞，乃爲表奏之一體矣。」真德秀所說的露布，是就作爲奏的露布來立論的。

〔七〕黄注：「王遜傳：遜爲寧州刺史，未到州（按原文爲「乃以遜爲南夷校尉，寧州刺史。……遜未到州」），遥舉董聯爲秀才。建寧功曹周悦謂聯非才，不下版檄。」按此見晉書。又：「劉訏傳：本州刺史張稷辟爲主簿，主者檄召訏，乃挂檄於樹而逃。」按此見南史。

范注：「後漢書劉趙淳于等傳序：『中興，廬江毛義少節（義字少節）家貧，以孝行稱。南陽人張奉慕其名，往候之。坐定，而府檄適至，以義守令。義奉檄而入，喜動顏色。』李賢注曰：『檄，召書也。』……皆州郡徵吏亦稱爲檄之證。郝懿行曰：『漢書申屠嘉傳：「爲檄召通。」是則公府徵吏，亦稱爲檄。』」

〔八〕文體明辨序説：「又州邦徵吏，亦稱爲檄，蓋取明舉之義，而其詞不存。」「明舉」，公開薦舉。

以上爲第三段，講檄文的寫作特點和規格要求。

移者，易也〔一〕。移風易俗，令往而民隨者也〔二〕。相如之難蜀老，文曉而喻博，有移檄之骨焉〔三〕。及劉歆之移太常，辭剛而義辨，文移之首也〔四〕。陸機之移百官，言約而事顯，武移之要者也〔五〕。

〔一〕范注：「説文：『移，禾相倚移也。』假借爲迻。廣雅釋詁三：『移，□也。』釋詁四：『轉也。』漢書律曆志：『壽王又移帝王録。』王先謙曰：『凡官曹平等不相臨敬，則爲移書。』後漢文「移」字始見於此。」

〔二〕斯波六郎：「禮記樂記：『移風易俗，天下皆寧。』」

注訂：「廣雅釋詁三：『移，避也。』此假借爲『迻』也。漢書揚雄傳注：『以物與人曰移。』又安帝紀注：『移，書也。』韓延壽傳注：『移，猶傳也。』此文移之所由來，蓋引申而用之也。彥和『移風易俗』之釋，因文生義，至爲周洽焉。」

修詞鑑衡云：「移者，自近移遠，使之周知也。」移書的特征是決不限於給與某一人。這是移書的性質與檄相似，與普通書牘相異之點。

御覽五九七引三國典略曰：「衞襄，字叔遼，河東人，修行至孝，州郡嘉之。時有白波賊衆數萬人，官兵誅伐不能平。賊曰：使叔遼要我，願散。於是襄爲移書，即平定。」「令往而民隨」這顯然是把移當作下行公文。而修詞鑑衡的解釋，似乎把移文當作一般的通告。可見移是用在官府之間，或官告民的。

〔三〕史記司馬相如列傳：「相如使蜀，蜀長老多言通西南夷之不爲用。相如欲諫，業已建之，不敢。乃著書籍以蜀父老爲辭，而己詰難之，以風天子，且因宣其使指，令百姓知天子之意。」「骨」指骨架規格。文選難蜀父老一首，列入檄類。

李充翰林論：「盟檄發於師旅，相如諭蜀父老，可謂德音矣。」

東坡志林：「司馬相如諭蜀父老云『以諷天子』。以今觀之，不獨不能諷，殆幾於勸耳。諂諛之意死而不已，獨作封禪書，相如真所謂小人也哉。」（四六叢話卷二一引）

孫執升曰：「武帝雄心好大，相如以詞賦得幸，匡救處少，將順處多。諫獵書是正論，上林賦是逢君，巴蜀檄猶存諷諫，封禪文純是諛詞，此文則在進退之間。」（詳注昭明文選）

李兆洛云：「意雖欲規，實則頌也。解此措語之法，乃能氣壯情駭。」（見文選學引）

春覺齋論文流別論十：「司馬相如之難蜀父老，曉而喻博，有移檄之意。」

〔四〕此書文選標作移書讓太常博士，列入「書」類之後。其序云：「歆親近欲建立左氏春秋及毛詩、逸禮、古文尚書，皆列於學官，哀帝令歆與五經博士講論其義，諸博士或不肯置對。歆因移書太常博士，責讓之。」李善注：「劉歆，字子駿，向少子也。少通詩書，能屬文，爲黄門郎，至中壘校尉。王莽篡位，爲羲和京兆尹，卒。」

文選學義例第二三、誤析賦首或摘史辭爲序：「劉子駿移書責太常博士有序，非序也，乃史辭也。」按此見漢書劉歆傳。移太常博士是以官府書信的形式責讓五經博士的。評注昭明文選本文注：「讓，責也。太常，周之宗伯，識用廣大，謂之博士。」

孫月峯曰：「叙經術廢興，明白有條理，可與史、漢儒林序參看。」（文選集評引）「文移」之文，指政治方面的文事，不與兵革相連。

周注：「劉歆移太常博士，論證堅確。一，今文經『尚書初出於屋壁』，『泰誓後得』，都立學官；古文經得於孔子宅壁中，博士却不肯接受；二，用古文經來校今文經，今文『經或脱簡，傳或脱編』，古文可補今文之缺漏。從而指斥博士『保殘守缺，挾恐見破之私意，而無從善服義之公心，或懷妒嫉，不考情實，雷同相從，隨聲是非』，所以説『辭剛而義辨』。」

〔五〕黄注：「按成都王穎傳：穎表請誅羊玄之、皇甫嵩等；檄長沙王乂使就第；乃與王顒（顒即河間王司馬顒）將張方伐京都。以陸機爲前鋒都督。陸機至洛，與成都王牋曰『王室多故，禍難薦有，羊玄之等乘寵凶豎，專記朝政，皇甫嵩同惡相求，共爲亂階』云云，或機此時有移百官文，後代失傳耳。」

范注：「案陸機至洛與成都王陖，晉書成都王穎、陸機二傳皆不載，引見藝文類聚五十九，黄注微誤。」注訂：「陖文載藝文類聚五十九，『亂階』以下，尚有『至今天子飄颻，甚於贅瘤』云云。黄氏『後代失傳』之語，亦想當然耳。」周注：「稱爲武移，當指移書論軍事。」郭注：「武移，不惟文筆相責難，且以兵革相連者也。」

故檄移爲用，事兼文武，其在金革〔一〕，則逆黨用檄，順命資移〔二〕，所以洗濯民心〔三〕，堅同符契〔四〕，意用小異，而體義大同〔五〕，與檄參伍，故不重論也〔六〕。

〔一〕「金革」，猶言兵革。兵器與甲鎧的總稱。引申指戰爭。

〔二〕校證：「御覽『命』作『衆』，徐校同。」按「逆黨」與「順衆」對文，作「衆」爲是。注訂：「『用檄』、『資移』二句，檄移分野，語極扼要。」

〔三〕校注：「崔寔政論：『洗濯民心，湔浣浮俗。』（意林卷三引）」

〔四〕使民心與在上者牢固一致，若合符契。

〔五〕銘箴篇：「及周之辛甲，百官箴闕，唯虞箴一篇，體義備焉。」「體義」，體制、本義。

〔六〕春覺齋論文流别論十作補充説：「膾炙人口者，則孔稚圭之北山移文爲最瑰邁奇古，巧不傷纖，謔不傷正，雖非文移之正體，而文已足傳。」第四段論移及檄移的區别。

贊曰：三驅弛網〔一〕，九伐先話〔二〕。聲鑑吉凶，蓍龜成敗。摧壓鯨鯢〔三〕，抵落蜂蠆〔四〕。移風易俗〔五〕，草偃風邁〔六〕。

〔一〕「網」原作「剛」。紀云：「『剛』疑作『網』。」校注引郝懿行云：「按『剛』字疑『網』字之譌。」補注：「札迻（十二）云：當作弛網。網譌綱，三寫成剛，遂不可通。呂氏春秋異用篇説湯解網，令去三面，舍一面，與易比九五『三驅失前禽』之文偶合，故彥和兼用之。」易比卦：「王用三驅，失前禽。」王弼注：「夫三驅之禮，禽逆來趣己則舍之，背己而走則射之，愛於來而惡於去也；故其所施，常失前禽也。」斠詮：「弛網，謂留網一面，言寬仁也。」周注：「弛網：呂氏春秋異用：『湯見祝網者置四面，其祝曰：「從天墜者，從地出者，從四方來者，皆離（陷入）吾網。」……湯收其三面，置其一面。』失禽弛網，指王者先德教而後征伐。」

〔二〕黄注：「周禮大司馬『以九伐之法正邦國』。」范注：「周禮大司馬職掌九伐之法。左傳莊公二十九年：『凡師有鐘鼓曰伐。』杜預釋例曰：『鳴鐘鼓以聲其過曰伐。』征伐必先聲其罪，故曰先話。」注訂：「先話，即先聲奪人也。」「九伐」，制裁諸侯違犯王命行爲的九種辦法。周禮夏官大司馬：「以九伐之法正邦國：馮弱犯寡則眚（削地）之，賊賢害民則伐之，暴内陵外則壇（撤職）之，野荒民散則削之，負固不服則侵之，賊殺其親則正之，放弑其君則殘之，犯令陵正則杜之，外内亂、鳥獸行則滅之。」三國志鍾會傳：「方國家多故，未遑修九伐之征也。」校

注：「先話，即篇首『兵先乎聲』之意。」

〔三〕黄注：「左傳：『古者明王伐不敬，取其鯨鯢而封之，以爲大戮，於是乎有京觀。』杜注：鯨鯢，大魚名，以喻不義之人，吞食小國。」按此見宣公十二年。

校證：「『摧』原作『惟』。」補注：「札迻十二：案惟壓，義不可通。惟，黄校元本、馮本、汪本、活字本並作摧，是也，當據正。」斠詮：「摧壓鯨鯢，謂摧折制服不義之人也。」

〔四〕黄注：「左傳：臧文仲曰：君其無謂邾小，蜂蠆有毒，而况國乎！」按此見僖公二十二年。蠆，蝎類毒蟲。校注：「按各本皆作『抵』，與文意不合，疑當作『抵』。説文手部：『抵，側擊也。』（抵音紙。）」

〔五〕校證：「『風』原作『實』，黄注云：『一作實。』徐云：『當是「風」字，本文有「移風」之語，「移實」於義不可通。』按徐説是，今據改。」

〔六〕注訂：「論語：『君子之德風，小人之德草，草上之風必偃。』邁，進也。」按此見顔淵篇。「偃」，倒伏。校注：「書僞君陳：『爾惟風，下民惟草。』枚傳：『民從上教而變，猶草應風而偃。』」斠詮：「草偃風邁，猶言風行草偃，喻德化之易感服大衆也。」

卷五

封禪第二十一

大戴禮保傅：「封泰山而禪梁父。」

禮記禮器：「因名山升中於天。」鄭注：「孝經説曰：封乎泰山，考績燔燎；禪乎梁甫，刻石紀號也。」正義：「封乎泰山者，謂封土爲壇，在於泰山之上；考績燔燎者，謂考諸侯功績，燔柴燎牲以告天。禪乎梁甫者，禪讀爲墠，謂除地爲墠，在於梁甫，以告地也。梁甫是泰山之旁小山也。刻石紀號也者，謂刻石爲文，紀録當代號謚。」

白虎通道德論封禪云：「王者易姓而起，必升封泰山，何？報告之義也。始受命之時，改制應天，天下太平，功成封禪，以告太平。所以必於泰山，何？萬物之始，交代之處也。必於其上，何？因高告高，順其類也。故升封者，增高也。下禪梁甫之基，廣厚也。刻石紀號者，著己之功迹以自勸也。……或曰封者，廣也。言禪者，明以成功相傳也。」

玉海卷九十八郊祀封禪：「袁宏曰：夫揖遜受終，必有至德於天下，征伐革命，則有大功於萬物。是故王者初基，則有封禪之事，以其成功告於神明者也。夫東方者，萬物之所始；山嶽者，靈氣之所宅；故求之物本必於其始，取其所通必於其宅。崇其壇場則謂之封，明其代興則謂之禪。然則封禪者，王者開務之大基也。德不周洽，不得擅議斯事，功不弘濟，不得髣髴斯禮，曠代一有，其道至高。故自黄帝、堯、舜至三代各一得封禪，未有中修其禮者也。夫神道正一，其用不煩，天地易簡，其禮尚質，故藉用白茅，貴其誠素，器用陶匏，取其易從。然封禪之禮，簡易可也；若夫白函玉牒，非天地之性也。文中子曰：封禪之費非古也，徒以夸天下，其秦漢之侈心乎？」

梅注：「封者，增高也；禪者，廣厚也；皆刻石紀號，著己之功績以自効也。」

文選屬符命類。章學誠詩教下：「若夫封禪、美新、典引，皆頌也。稱符命以頌功德，而別類其體爲符命，則王子淵以聖主得賢臣而頌嘉會，亦當別其體爲主臣矣。」

范注：「漢書武帝紀元封元年注引孟康曰：『王者功成治定，告成功於天。封，崇也，助天之高也。刻石紀號，有金策石函、金泥玉檢之封焉。』服虔曰：『增天之高，歸功於天。禪，闡也，廣土地也。』張晏曰：『天高不可及，於泰山上立封，又禪而祭之，冀近神靈也。』」

文體論纂要：「符命者，謂天降瑞應，以爲帝王受命之符。如司馬相如的封禪文，揚雄的劇秦美新、班固的典引皆是。此種文章，實與設辭托諷的賦相遠，而與稱揚功德的頌相近，當歸入頌贊一類。」

注訂：「封禪之説，出於管氏之對桓公，馬遷著爲書，相如有遺奏；其事則隆於秦皇、漢武。

惟二帝惑於方士之説，私慾所鍾，故鐫文告成，明示得意，而非以教諸侯禮也。然大典之施，必有隆重之文，應備一格也。史記封禪書正義云：『泰山上築土爲壇，以祭天，報天之功，故曰封。泰山下小山上除地，報地之功，故曰禪。言禪者，神之也。』」

校釋：「封禪之説，倡自讖緯家而增飾於文士，實逢迎帝王侈心之作。由今觀之，殊無討論之價值。但古既有此體，故彦和亦所不廢。」

文心雕龍雜記：「案封禪大非禮，經典所無。管子封禪之説，乃史遷所引，羼入原書。即本有其説，亦管子設辭，以屈桓公。七十二君云云，不必有其事也。堯典曰：『允恭克讓。』僞舜典亦曰：『温恭允塞。』豈有自頌功德以告天之理？見於史策者，始自暴秦。司馬相如封禪文，古今詬病。林逋詩云：『茂陵他日求遺稿，猶喜曾無封禪書。』其貶封禪，可謂至矣。彦和文必宗經，其所以出此者，正如紀昀所云『自唐以前，不知封禪之非，故封禪爲大典禮，而封禪文爲大著作，特出一門，蓋鄭重之』耳。」

封禪文是爲奪得皇位的統治者歌功頌德，並制造理論根據的文章。這類文章數量是很有限的。

昭明文選把封禪文、劇秦美新、典引三篇文章劃歸一類，取名「符命」。所謂「符命」者，就是説天降瑞應，以爲帝王受天之命的一種符信。拍馬屁的人專門作一種文章，侈陳瑞應，鋪張統治者的功德。這樣的文章，從它的性質來講，叫作「符命」；從它運用的場合來講，就是封禪文。何焯說：「符命，諛佞之祖。」（評注昭明文選司馬相如封禪文篇引）可見就是封建時代的文人也知道封禪是一種騙局，而並不怎麽相信的。但是劉勰對於封禪却非常之重視，封禪篇說：「茲文爲用，蓋一代之典章也。」劉勰雖然對它的規格要求非常嚴格，其實封禪不能算作一種獨立的文體。把封禪文歸入頌贊一類，還是比較合適的。

夫正位北辰〔一〕，嚮明南面〔二〕，所以運天樞〔三〕，毓黎獻者〔四〕，何嘗不經道緯德，以勒皇蹟者哉〔五〕！

〔一〕范注：「爾雅釋天：『北極謂之北辰。』史記天官書：『中宮天極星，其一明者，太一常居也。』……又：『北斗七星，斗爲帝車，運於中央。』」論語爲政：「子曰：爲政以德，譬如北辰，居其所而衆星拱之。」北極星是天地正位，喻帝王居位。

〔二〕范注：「易說卦傳：『離也者，明也。萬物皆相見，南方之卦也。聖人南面而聽天下，嚮明而治，蓋取諸此也。』」正義：「以離爲象日之卦，故爲明也。日出而萬物皆相見也。又位在南方，故聖人法南面而聽天下，嚮明而治也。」「嚮明」，謂天將黎明。

〔三〕「天樞」，北斗七星之第一星；又北極亦名天樞。星經上北斗：「北斗……第一名天樞，爲土星。」後漢書崔駰傳：「重侯累將，建天樞，執斗柄。」揚雄長楊賦：「高祖奉命，順斗極，運天闕。」斠詮：「謂運轉天命之樞機也。天樞，本北極星名……此處喻國之權柄。」

〔四〕黄注：「書益稷：『萬邦黎獻，共惟帝臣。』傳：黎獻，黎民之賢者也。」

范注：「説文：『育或作毓。』尚書益稷：『萬邦黎獻。』孔氏傳：『獻，賢也。』爾雅釋詁上：『黎，衆也。』」

〔五〕「蹟」，通「績」。「勒皇蹟」，謂刻石記帝王功績。

録圖曰〔一〕：「潬潬噅噅〔二〕，棼棼雉雉〔三〕，萬物盡化〔四〕。」言至德所被也。丹書曰：「義勝欲則從，欲勝義則凶。」〔五〕戒慎之至也。則戒慎以崇其德，至德以凝其化〔六〕，七十有二君〔七〕，所以封禪矣〔八〕。

〔一〕校注：「『録』，繹史五黄帝紀引作『緑』。何焯改作『緑』。紀昀云：『録當作緑。』正緯篇：『堯造緑圖，昌制丹書。』以『緑圖』與『丹書』對。此亦應爾。汪本、張本、訓故本並作『緑』。當據改。」

校證：「『録』，張之象本、王惟儉本作『緑』。……案『録』『緑』古通，説詳正緯篇。」

清馬驌繹史卷五黄帝紀：「文心雕龍：『緑圖曰：潬潬噅噅，棼棼雉雉，萬物盡化。』『與物俱化』，緑圖中文也。」顧廣圻批注：「『録圖曰：潬潬噅噅，棼棼雉雉，萬物盡化』四句録圖佚文。」

〔二〕校釋：「『潬潬』，當作『嘽嘽』，喜樂盛也。詩：『徒御嘽嘽。』『潬』，『嘽』之假字也。」注訂：「潬，音善，水相薄也。司馬相如上林賦：『宛潬膠盭。』注：『宛潬，展轉也。』又通灘。嗚，音麾，口不正也，又醜。潬潬嗚嗚者，展轉綜錯也。」詩大雅崧高：「徒御嘽嘽，周邦咸喜。」毛傳：「嘽嘽，喜樂也。」箋：「嘽嘽，安舒。」斠詮：「案楚人謂作樂、高興爲『嗚』。是『潬潬嗚嗚』有安適喜樂之意。」

〔三〕注訂：「爾雅釋詁：『雉，陳也。』棼棼雉雉者，言羅列之多，狀萬物之複雜也。上八字及『萬物盡化』句，皆彥和所見緑圖中語。」書吕刑：「民興胥漸，泯泯棼棼。」正義：「棼棼，擾攘之狀。」斠詮：「棼棼，擾亂貌。……棼，即紛，紛之叚字；雉雉，雜陳貌。則『棼棼雉雉』爲繁雜衆多之意，用與『熙熙攘攘』略同。」

〔四〕「化」，化生。易繫辭下：「萬物化生。」

〔五〕范注：「史記周本紀正義引尚書帝命驗：『季秋之月，甲子，赤雀銜丹書，止於昌户，其言曰：「敬勝怠者吉，怠勝敬者滅。義勝欲者從，欲勝義者凶。」』」「丹書」，見正緯篇注。校注：「按大戴禮記武王踐阼篇：『武王踐祚三日……然後召師尚父而問焉，曰：「黄帝、顓頊之道存乎？意亦忽不可得見與？」師尚父曰：「在丹書。王欲聞之，則齊矣。」……師尚父西面道書之言曰：「敬勝怠者吉，怠勝敬者滅；義勝欲者從，欲勝義者凶。」』」「從」謂順利。儀禮少牢饋食禮：「『占曰從。』鄭注：『從者，求吉得吉之言。』」

〔六〕校注：「按『則』字似不應有，蓋涉上文誤衍者。」「凝」，成也。中庸：「苟不至德，至道不凝焉。」

〔七〕訓故：「史記：管仲曰：古之封泰山、禪梁父者，七十二宗。夷吾所記者，十有二焉。」按此見封禪書。今本管子有封禪篇。尹知章云：「元篇亡，今以司馬遷封禪書所載管子言以補之。」

〔八〕雜記：「案許懋封禪議云：七十二君，夷吾所記，此中世數，裁可得二十餘主：伏羲、神農、女媧、大庭、柏皇、中央、栗陸、驪連、赫胥、尊盧、混沌、昊英、有巢、朱襄、葛天、陰康、無懷、黃帝、少昊、顓頊、高辛、堯、舜、禹、湯、文、武。中間乃有共工霸有九州，非帝之數。云何得有七十二君封禪之事？且燧人以前，至周之世，未有君臣，人心淳樸，不應金泥玉檢，升中刻石，燧人、伏羲、神農三皇，結繩而治，書契未作，未應有鐫文告成。且無懷氏伏羲後第十六主，云何得在伏羲前封太山禪云云？」

昔黃帝神靈〔一〕，克膺鴻瑞，勒功喬岳〔二〕，鑄鼎荆山〔三〕。大舜巡岳，顯乎虞典〔四〕。成康封禪，聞之樂緯〔五〕。

〔一〕校注：「大戴禮記五帝德篇：『孔子曰：黃帝，少典之子也，曰軒轅，生而神靈。』」

〔二〕「喬岳」，亦作「喬嶽」。詩周頌時邁：「懷柔百神，及河喬嶽。」毛傳：「喬，高也。高岳，岱宗也。」知音篇：「閱喬岳以形培塿。」「膺」，承受。

〔三〕史記封禪書：「齊人公孫卿曰：封禪七十二王，唯黄帝得上泰山封。其後黄帝接萬靈明廷，明廷者，甘泉也。……黄帝采首山銅鑄鼎於荆山下。鼎既成，有龍垂胡髯下迎黄帝。」「荆山」，在河南陝縣西。

〔四〕范注：「尚書舜典：『歲二月，東巡守，至於岱宗，柴。五月，南巡守，至於南岳，如岱禮。八月，西巡守，至於西岳，如初。十有一月，朔，巡守，至於北岳，如西禮。』王肅注曰：『岱宗，泰山，爲四岳所宗。燔柴祭天告至。』」

〔五〕范注：「管子封禪篇謂：『周成王封泰山，禪社首。』不記文武二王。史記封禪書云：『紂在位，文王受命，政不及泰山，武王克殷二年，天下未寧而崩。爰周德之洽，維成王，成王之封禪，則近之矣。』後漢書張純傳：『純奏上宜封禪曰：樂動聲儀曰：以雅治人，風成於頌。有周之盛，成康之間，郊配封禪，皆可見也。』彦和所云聞之樂緯，殆即動聲儀也。」

注訂：「樂動聲儀即緯書之關於樂者，故曰樂緯。」斠詮：「按隋書經籍志有樂緯三卷，今其書已佚。」

及齊桓之霸，爰窺王跡〔一〕，夷吾譎陳〔二〕，距以怪物〔三〕。固知玉牒金鏤，專在帝皇也〔四〕。然則西鶼東鰈〔五〕，南茅北黍〔六〕，空談非徵，勳德而已〔七〕。是史遷八書，明述封禪者〔八〕，固禋祀之殊禮〔九〕，名號之祕祝〔一〇〕，祀天之壯觀矣〔一一〕。

〔一〕斠詮直解爲：「乃欲上窺古代聖王之封禪事迹。」指齊桓公想學帝王行封禪禮。

〔二〕校注：「『陳』，黄校云：『當作諫。』……是『諫』字誼勝。奏啓篇『谷永之諫仙』，御覽引作『陳仙』。是『諫』、『陳』易誤之例。詩大序『主文而譎諫』，即『譎諫』二字所出。史記齊太公世家：『桓公稱曰：吾欲封泰山，禪梁父。管仲固諫不聽。乃説桓公以遠方珍怪物至乃得封。桓公乃止。』足爲夷吾譎諫之證。」

〔三〕校證：「張之象本、兩京本、何允中本、日本活字本、凌本、鍾本、梁本、崇文本『距』作『拒』。」

校注：「『距』與『拒』通。」

梅注：「史記封禪書：『齊桓公既霸，會諸侯於葵丘，而欲封禪。管仲曰：「古者封泰山，禪梁父者七十二家，而夷吾所記者十有二焉。……皆受命然後得封禪。」桓公曰：「寡人北伐山戎，過孤竹；西伐大夏，涉流沙，束馬懸車，上卑耳之山；南伐至召陵，登熊耳山以望江漢。兵車之會三，而乘車之會六，九合諸侯，一匡天下，諸侯莫違我。昔三代受命，亦何以異乎？」於是管仲睹桓公不可窮以辭，因設之以事，曰：「古之封禪，鄗上之黍、北里之禾，所以爲盛；江淮之間，一茅三脊，所以爲藉也。東海致比目之魚，西海致比翼之鳥，然後物有不召而自至者十有五焉。今鳳凰麒麟不來，嘉穀不生，而蓬蒿藜莠茂，鴟梟數至，而欲封禪，毋乃不可乎？」於是桓公乃止。』」

〔四〕訓故：「續漢書祭祀志：封禪檢用金鏤五周，以水銀和金以爲泥。玉璽一方寸二分，玉檢方五寸。」

按後漢書祭祀志上：「議封禪所施用。有司奏當用方石再累置壇中，皆方五尺，厚一尺，用玉牒書藏方石。牒厚五寸，長尺三寸，廣五寸，有玉檢。……檢用金縷五周，以水銀和金以爲泥。」「鏤」，黄本改「縷」，據後漢書似應作「縷」。「玉牒」，古代帝王封禪郊祀所用的文書。史記封禪書：「封泰山下東方，如郊祀太一之禮；封廣丈二尺，高九尺，其下則有玉牒書。」「牒」，書板。

應劭漢官儀：「建武三十二年，封泰山，玉牒石檢，金繩石泥。」

〔五〕范注：「爾雅釋地九府：『東方有比目魚焉，不比不行，其名謂之鰈；南方有比翼鳥焉，不比不飛，其名謂之鶼。』」

史記封禪書集解引韋昭曰：「各有一目，不比不行，其名曰鰈。」又「各有一翼，不比不飛，其名曰鶼鶼。」索隱：「鰈，音答。」

〔六〕史記封禪書：「一茅三脊。」集解引孟康曰：「所謂靈茅也。」又「鄗上之黍，北里之禾」集解：「應劭曰：『鄗上，山也，鄗音臛。』蘇林曰：『鄗上、北里皆地名。』」索隱引韋昭云：「設以不可得之物。」「北黍」即北里之黍。「南茅」即江淮間一茅三脊。三脊茅是茅本的一種，封禪時用以濾酒。

〔七〕斟詮直解爲：「皆空言虚語，羌無實證，封禪之所憑藉者，厥唯功勳德業而已。」

〔八〕司馬遷史記：禮書第一，樂書第二，律書第三，曆書第四，天官書第五，封禪書第六，河渠書第七，平準書第八。范注：「『是史遷八書』句不辭，『是』字下疑脱一『以』字。」校證：「王惟儉本『是』下有『以』字。」

〔九〕范注：「史記太史公自序：受命而王，封禪之符罕用。用則萬靈罔不禋祀，追本諸神名山大川禮，作封禪書第六。」斟詮：「禋祀，潔齋以祀天神也。左傳隱公十一年：『吾子孫其覆亡之不暇，而況能禋祀許乎？』杜注：『絜齋以享，謂之禋祀。』……周禮春官大宗伯：『以禋祀祀昊天上帝。』」

〔一〇〕「名」字，黄校：「元作『銘』，朱改。」范注：「紀評云：『銘字不誤。』確甚。銘號猶言刻石紀績。封禪書：『武帝封泰山，封廣丈二尺，高九尺，其下則有玉牒書，書祕。』舊唐書禮儀志三：『玄宗問：玉牒之文，前代帝王何故密之？賀知章對曰：玉牒本是通於神明之意。前代帝王所求各異，或禱年算，或思神仙，其事微密，是故莫知之。』」「銘」，刻。「號」，告。

〔一一〕斯波六郎：「此句嫌文詞不順，且上文云：『固禋祀之殊禮。』此又『祀天』，文不雅順。疑『祀』乃『祝』字之誤，本屬上句。『天』之下似脱『下』字，此句作『天下之壯觀矣』，承上『固禋祀之殊禮，銘號之秘祝』二句。司馬相如封禪文：『皇皇哉斯事，天下之壯觀，王者之丕業。』此句蓋爲彦和之所本。」

以上爲第一段，明封禪之意義及其源流。

秦皇銘岱〔一〕，文自李斯〔二〕，法家辭氣，體乏弘潤〔三〕。然疎而能壯〔四〕，亦彼時之絶采也。鋪觀兩漢隆盛，孝武禪號於肅然〔五〕，光武巡封於梁父〔六〕，誦德銘勳，乃鴻筆耳〔七〕。

〔一〕訓故：「史記：始皇上泰山，禪梁父，刻所立石，其辭曰：皇帝臨位，作制明法，臣下修飭。二十有六年，初併天下，罔不賓服云云。」按此泰山刻石文，見始皇本紀。

黄注：「秦始皇本紀：始皇東行郡縣，上鄒嶧山，立石。與魯諸生議刻石，頌秦德；議封禪，望祭山川之事。遂上泰山，禪梁父，刻所立石。」頌贊篇：「秦政刻文，爰頌其德。」

〔二〕斠詮：「秦皇銘岱，文凡六篇。曰泰山、琅邪臺、之罘、東觀、碣石、會稽刻石，皆李斯所作。王應麟困學紀聞卷十翁元圻輯注引范祖禹之説云：『封禪實自秦始，古未有也。』獨鄒嶧山刻石文，史記不載。此六篇刻石文，悉見頌贊篇。」

〔三〕史記魯仲連傳：「辭氣不悖。」「辭氣」猶語氣，即語言風格。銘箴篇：「銘兼褒讚，故體貴弘潤。」

〔四〕銘箴篇：「至於始皇勒岳，政暴而文澤，亦有疏通之美焉。」「疎」，粗略。

周注：「李斯的泰山刻石，如説：『（皇帝）親巡遠方黎民，登兹泰山，周覽東極。從臣思迹，本原事業，祇誦功德。治道運行，諸産得宜，皆有法式。大義休明，垂於後世，順承勿革。』文章質樸，雖『體乏弘潤，然疏而能壯』，是突出的封禪文。」

〔五〕訓故：「史記·武帝元封元年四月癸卯，上還登封泰山，又禪泰山下趾東北肅然山。」按此見孝武本紀。集解引服虔曰：「肅然，山名，在梁父。」范注引漢書武帝紀：「元封元年夏四月癸卯，登封泰山。詔曰：『遂登封泰山，至於梁父，然後升襢肅然。』」

〔六〕後漢書光武紀下：「中元元年春二月辛卯，柴望岱宗，登封泰山。甲午，禪於梁父。」范注：「凡封泰山，必禪梁父，此云孝武禪號，光武巡封，互文耳。（封泰山祭天，禪梁父祭地。）」

〔七〕「誦」，陳述。校注：「按論衡須頌篇：『古之帝王建鴻德者，須鴻筆之臣褒頌紀載，鴻德乃彰。』」論衡須頌篇：「無鴻筆之論，不免庸庸之名。」又：「鴻筆之奮，蓋斯時也。」「鴻筆」，大手筆，指下面所講司馬相如、張純等人的封禪文、泰山刻石文等。

觀相如封禪〔一〕，蔚爲唱首。爾其表權輿〔二〕，序皇王，炳玄符〔三〕，鏡鴻業〔四〕，驅前古於當今之下，騰休明於列聖之上〔五〕，歌之以禎瑞，讚之以介丘〔六〕，絶筆茲文，固維新之作也〔七〕。

〔一〕黄注：「（史記）司馬相如傳：武帝曰：『相如病甚，可往從悉取其書，若不然，後失之矣。』使書言封禪事。」

所忠往，而相如已死。其妻曰：『長卿未死時，爲一卷書曰：「有使者來求書，奏之。」』其遺札

〔二〕「唱首」，即首唱。注訂：「權輿，爾雅釋詁第一：『權輿，始也。』」「爾」，若乃。斠詮：「彦和所謂表權輿，蓋指相如封禪文篇所云：『伊上古之初肇，自昊穹兮生民，歷選列辟，以迄於秦。率邇者踵武，逖聽者風聲，紛綸葳蕤，湮滅而不稱者不可勝數。繼韶夏，崇號謚，略可道者七十有二君，罔若淑而不留，疇逆失而能存？遐哉邈乎，其詳不可得聞已。』」

〔三〕校證：「『玄』，黄本、張松孫本、紀本作『元』，避清諱。」校注：「文選揚雄劇秦美新：『玄符靈契。』李注：『玄符，天符也。』」

〔四〕「鏡鴻業」，鏡照天下之大業。

〔五〕「休明」，美好清明。潘岳西征賦：「當休明之盛世。」封禪文：「德侔往初，功無與二。」此二句意謂驅使往古列於當今之下，而當今之美業可跨躍於列聖之上。

〔六〕漢書司馬相如傳載封禪文：「微夫斯之爲符也，以登介丘。不亦恧乎？」注：「服虔曰：介，大也。丘，山也。」言登泰山封禪也。

〔七〕詩大雅文王：「周雖舊邦，其命維新。」「維」，語助；「維新」即新。此言兹文雖爲相如絶筆之遺著，而實爲維新之作。

姚鼐曰：「薑塢先生云：封禪文相如創爲之，體兼賦頌。其設意措詞皆翔躡虚無，非如揚、

班之徒誕妄貢諛，爲蹠實之文也。通體結構，若無畔岸，如雲興水溢，一片深茫駿逸之氣。觀揚、班之作，而後知相如文句句欲活。」（文選學引）

李兆洛云：「以允答競業立意，故極波湧雲亂之觀，而仍字字有歸宿。此意揚、班已不能窺，況其下乎？」（同上）

譚獻云：「邁往之韻，峻絶之骨，奇岩之氣，蕭疏之神，頌語不襲商周，幾欲抗手。」又云：「襲舊六爲七，此是何等志趣！海嶽瑰狀，金石奇聲，不可無一，不能有二。」（同上）

孫月峰曰：「規模亦自仲虺誥、伊訓諸篇來，第一味贊誦，中間鋪叙處，彷佛如賦，是後世頌聖之祖。然而諷諫意自寓，正於極力揄揚處微見不足意。」（見文選集評）

何義門曰：「文效書而不襲典謨誥，頌傚詩而不襲雅頌，此長卿之傑作絶思也。奈何後人又紛紛摹倣乎！」（同上）

方伯海曰：「帝王功德，何關封禪不封禪？且所稱七十二君何人？成王所據何典？不過取虞書柴望、武成祭告，而附會其説耳。究竟篇中毫無實在根據，只是子虚烏有，以艱深文其附會。後人險句僻字，貌爲古奥，按之無物，其弊已開於此。世只以作俑歸之子雲，不知子雲生平極模擬長卿，固有所受之也。」（同上）

校釋：「至其揚相如而抑李斯，知此體非法家所長。」

及光武勒碑，則文自張純〔一〕，首胤典謨，末同祝辭〔二〕，引鉤讖〔三〕，叙離合〔四〕，計武功，述文德，事覈理舉，華不足而實有餘矣〔五〕。凡此二家，並岱宗實跡也〔六〕。

〔一〕訓故：「通鑑光武中元元年：上讀河圖會昌符曰：『赤劉之九，會命岱宗。』上感此文，乃詔梁松等，按索河雒讖文，言九世當封禪者三十六事。于是張純等復奏請封禪，上乃許焉。登山以祭，親封玉牒檢。」

又：「（後漢書）祭祀志以光武封泰山刻石碑文：『是月辛卯，柴祭封泰山。甲午，禪於梁陰。以承靈瑞，以爲兆民。永茲一宇，垂於後昆。百寮從臣，郡守師尹，咸蒙祉福，永永無極。』」

黃注：「後漢祭祀志上：建武三十二年二月，上至奉高，遣侍御史與蘭臺令史，將工先上山刻石。」

後漢書張純傳：「張純字伯仁，京兆杜陵人也。……建武三十年，純奏上宜封禪，曰：……宜及嘉時，遵唐帝之典，繼孝武之業，以二月東巡狩，封於岱宗，明中興，勒功勳，復祖統，報天神，禪梁父，祀地祇，傳祚子孫，萬世之基也。中元元年，帝乃東巡岱宗，以純視御史大夫從，並上元封舊儀及刻石文。」紀評：「以下以符命連類及之。」

〔二〕「胤」，繼承。周注：「後漢書祭祀志張純泰山刻石文：『維建武三十有二年二月，皇帝東巡守，至於岱宗，柴，望秩於山川。』這是『首胤典謨』，文章開頭時模仿舜典。文末祝告：『永茲一宇，垂於後昆。百僚從臣郡守師尹咸蒙祉福，永永無極。』即『末同祝辭』。文中還引讖緯，叙離亂，述功德，但缺乏文彩，遠遜封禪文。」

〔三〕黄注：「按文内多引河圖赤伏符、會昌符、孝經鉤命決等書。」郭注：「刻石文中引用鉤讖六條。」注訂：「張純刻石文多引鉤讖之説，蓋光武崇緯學也。」

〔四〕校證：「『合』字原脱。梅據許延祖補『亂』字。徐校本、張之象本、王惟儉本補『分』字。梅六次本、何校本、張松孫本補『合』字。按明詩篇有『離合之發，萌於圖讖』語，今從之。」按明詩篇「離合」與此無關。

梅注：「按光武東封泰山碑有云：宗廟隳壞，社稷喪亡，不得血食。十有八年，揚、徐、青三州首亂，兵革横行，延及荆州，豪傑併兼，百里屯聚，往往僭號。北夷作寇，千里無煙，無鷄鳴犬吠之聲。」據此當仍以補「亂」字爲是。考異：「蓋下言武功，上言離亂，有亂必勘，自相偶屬也。」

〔五〕斯波六郎：「陸機文賦：『要辭達而理舉，故無取於冗長。』」

周注：「『實有餘』指文中講王莽篡位，發生内亂外患。光武興兵誅討，使百姓『得居爾田，安爾宅』。又『建明堂，立辟雍，起靈臺，設庠序』等。寫得較具體，但缺乏辭藻，所以『華不足』。」

〔六〕斠詮：「岱宗，泰山，爲四岳所宗。見尚書舜典『東巡狩至於岱宗』舊傳。二家，蓋指司馬相如與張純二人。」「『實跡』，謂實有的刻石。」

范注：「相如封禪文未聞刻石。風俗通正失篇載武帝泰山刻石文曰：『事天以禮，立身以義，事親以孝，育民以仁，四守之内，莫不爲郡縣。四夷八蠻，咸來貢職。與天無極，人民蕃息，天禄永得。』彦和或誤記。」

及揚雄劇秦〔一〕，班固典引〔二〕，事非鐫石，而體因紀禪〔三〕。觀劇秦爲文，影寫長卿，詭言遯辭，故兼包神怪〔四〕。然骨製靡密〔五〕，辭貫圓通〔六〕，自稱極思〔七〕，無遺力矣〔八〕。典引所叙，雅有懿采〔九〕，歷鑒前作，能執厥中〔一〇〕，其致義會文，斐然餘巧〔一一〕。故稱「封禪靡而不典，劇秦典而不實」〔一二〕，豈非追觀易爲明，循勢易爲力歟〔一三〕！

〔一〕黄注：「揚雄劇秦美新序：『（往時）司馬相如作封禪一篇，以彰漢氏之休。臣……敢竭肝膽，寫腹心，作劇秦美新一篇，雖未究萬分之一，亦臣之極思也。』」六臣注文選本篇李周翰注：「劇，甚也。……是時雄仕莽朝……以秦酷暴之甚，以新室爲美，將悦莽意，求免於禍。非本情也。」

〔二〕黄注：「班固典引序：伏惟相如封禪靡而不典，揚雄美新典而亡實。臣不勝區區，竊作典引一篇。」按文選卷四十八典引，蔡邕注。蔡邕曰：「典引者，篇名也。典者，常也，法也。引者，伸也，長也。」李善注：「尚書疏：堯之常法，謂之堯典。漢紹其緒伸而長之也。」李周翰注：「典者，堯典也。漢爲堯後，故班生將引堯事以述漢德，是命曰典引。」

〔三〕「體因紀禪」，謂體裁因襲紀功封禪之文。

〔四〕文中云：「天剖神符，地合靈契。……其異物殊怪……班乎天下者，四十有八章。」宋史繩祖學齋佔畢：「司馬長卿封禪文，典雅爲西京之宗。然未免託符瑞以啓武帝之侈心，君子已恥之。其後，揚雄倣之，作劇秦美新，尤爲可恥。班孟堅典引亦引符瑞以效尤。唐人作玉牒真紀以美玄宗，尤淺陋。及柳宗元貞符，謂『受命不於天，於其人；休符不於祥，於其仁。惟人之仁，匪祥於天。茲爲貞符哉，未有棄仁而久者也，未有恃祥而壽者也。』遂一洗從前作者之陋，爲可喜也。」

斠詮：「影寫，猶效法也。本書通變篇：『楚之騷文，矩式周人；漢之賦頌，影寫楚世。』揚雄之劇秦美新，蓋效法司馬相如之封禪文而作也。詳劇秦美新自序。」

〔五〕校證：「『製』原作『掣』，義不可通，今改。且疑『骨』亦『體』之壞文。」范注：「章表篇『應物製巧』，御覽作『制』是也。此『骨掣』之『掣』，亦當作『制』。」

校釋：「『掣』，疑當作『制』。『骨制』即『體製』。本書『製』或省作『制』。」校注：「『骨掣』二字不辭，疑當作『體製』。定勢、附會兩篇並有『體制』之文。」「靡密」，謂細密。

〔六〕明詩篇：「然詩有恒裁，思無定位；隨性適分，鮮能圓通。」論説篇：「故其義貴圓通，辭忌枝碎。」日人興膳宏謂：「圓通都作『圓滿的完全性』或『理論的一貫性』解。此爲佛家語。」（見興膳宏文心雕龍論文集）

〔七〕見注〔一〕。

〔八〕文選揚子雲名下李善注：「王莽潛移龜鼎，子雲進不能辟戟丹墀，亢辭鯁議；退不能草玄虛室，頤性全真。而反露才以耽寵，詭情以懷祿，素餐所刺，何以加焉？抱朴方之仲尼，斯爲過矣。」

孫月峰曰：「全是模擬封禪，更加鋪張，兼有轉折波瀾，儘爲宏麗，第機格却顯淺，間有率處弱處，讀之不甚有深味。謂曰『極思』，尚未敢信。」（見文選集評）

孫執升曰：「封禪文於收處微寓箴規，此則全是諛詞矣。沉思苦撰，語古意新，似不肯讓相如獨步。」（同上）

方伯海曰：「揚子雲以法言擬論語，以太玄擬易，始念何嘗不以聖賢自期。迨投閣不死，莽赦其罪，因附會符命，忍恥苟活，自結於莽。至以此等惡機，流穢千秋，厥後綱目書爲『莽大夫揚雄卒』。爲法受惡，無可逭者。嗟乎，莽以符命欺天罔人，當日頌莽功德，萬有餘人。至自許爲『惟清惟默，守道之極』者，而亦爲之。噫，晚節末路之難，此固子雲遭逢之不幸，其亦守道有未極乎？」（同上）

李兆洛云：「誣善之人其詞游，失其守者其辭屈，此文之謂也。然古駿藻邁之氣則與長卿並驅矣。」（文選學引）

譚獻云：「心苦於司馬，詞慎於孟堅，衆流山立，語語金湯。」又云：「順逆集散，與長卿或合或離，紬繹之乃得文章機竅。」又云：「綴句漸有轍迹，劇秦處避重就輕，詞要心苦。」（同上）郭預衡文心雕龍評論作家的幾個特點：「這就一面指出揚雄模擬司馬相如封禪文的缺陷，一面也不完全抹煞它的功力，指出還有值得肯定的地方。顏之推却説：『著劇秦美新，妄投於閣，周章怖慴，不達天命，童子之爲耳。』（顏氏家訓文章篇）」（文學評論一九六三年第一期）

〔九〕范注：「『雅有懿乎』，紀評云：『乎當作采。』案紀説是。本書雜文篇：『班固賓戲，含懿采之華。』亦以『懿采』評班文。時序篇亦有『鴻風懿采』之文。」校釋：「按『乎』乃『采』之形誤字。」按體性篇：「孟堅雅懿，故裁密而思靡。」

〔一〇〕書大禹謨：「惟精惟一，允執厥中。」論語堯曰：「天之歷數在爾躬，允執其中。」中庸之道，稱作事無過無不及爲「執中」。周注：「典引想吸收兩家的長處去其短處，所以能執厥中。」

〔一一〕「致義」二句意謂表達意義，結合文辭，斐然成章。

〔一二〕校證：「『靡』原作『麗』，今據典引改。」又：「『劇秦典而不實』，典引原作『揚雄美新，典而亡實』。」校注：「按『麗』當作『靡』，始與典引合。張瞻劇秦美新注：『相如封禪，靡而不典。』（北堂書鈔卷一百引）蓋襲孟堅文，亦作靡。明詩篇亦有『靡而非典』語。」按後漢書班固傳：「固又作典引篇，述叙漢德。以爲相如封禪靡而不典；揚雄美新典而不實；蓋自謂得其致焉。」顏師古注「靡而不典」云：「文雖靡麗，而體無古典。」又注「典而不實」云：「體雖典則，而其事虛僞，謂王莽事不實。」

何義門曰：「靡而無實，故爲味不長，然自一時之極思也。」見（文選集評）

孫月峰曰：「大約是兼撮馬、揚之勝，中間太模擬處亦可厭，間或錯綜其調，借勢變換，更潤以工詞，運以婉致，雖云襲，而姿態乃更横溢，此却是摹擬三昧。」（同上）

方伯海曰：「以上三篇，皆侈談功德符瑞，大旨同歸於封禪，其間用意却有不同。漢武帝雄才大略，置五經博士，改正朔，易服色，制禮作樂，征伐四方，真有狹小前人之規，故借成王繼體，無所事事來相形。王莽粉飾周官周禮，凡事多假託六藝，以文其奸。故借秦楚書蔑典來相形。此篇以漢承堯後，德比祖宗，事同揖讓，故借夏商二代，皆崛起方隅，征誅革命來相形，文字必由立意，合之答賓、解嘲、客難諸篇讀之，當自得其解矣。」（同上）

李兆洛云：「裁密思靡，遂爲駢體科律。」又云：「語無歸宿，閲之覺茫無畔岸，此其所以不逮卿、雲。」（文選學引）

譚獻云：「琢句益工，結體益順，摹寫馬、揚處有痕。」又云：「詞意不能出馬、揚之外。」（同上）

周注：「麗指用詞藻，如講禾、麟、龜、馬，把禾稱一莖六穗，麟稱雙角一本，龜稱周朝放生的，馬稱翠黃乘龍等，就是用詞藻。不典，照班固的意思該是不合正道。因爲封禪文着重講各種符瑞，不着重講功德，所以是不典。……劇秦敘述王莽功德，像定『懿律嘉量，金科玉條』，

『正嫁娶送終』，『親九族淑賢』，建『明堂辟雍』，『北懷單于』，『經井田，免人役』，等等，仿照訓典的叙述功德，所以是『典』。但王莽用這些來粉飾太平，是假象，所以『不實』，是『詭言遯辭』。就它的文辭模仿訓典説，所以『骨制靡密，辭貫圓通』。

「班固的典引，劉勰稱爲『雅有懿采』，『斐然餘巧』。典引叙漢的功德，象『宣二祖之重光，襲四宗之緝熙。神靈日照，光被六幽。仁風翔乎海表，威靈行乎鬼區。』模仿訓典，所以稱雅；運用詞藻，所以稱采。」

〔一三〕這是説追觀前人的作品，易於明辨其是非、短長，而遵循已有的體勢來進行「影寫」則易於爲力，所以典引之作才顯得效果比較好。

至於邯鄲受命〔一〕，攀響前聲，風末力寡〔二〕，輯韻成頌〔三〕；雖文理順序〔四〕，而不能奮飛〔五〕。陳思魏德〔六〕，假論客主，問答迂緩，且已千言，勞深勣寡〔七〕，飇燄缺焉〔八〕。

〔一〕訓故：「魏書：漢帝使行御史大夫張音持節奉璽綬禪於魏，邯鄲淳乃著大魏受命述，以頌丕之德。文見古文苑。」

范注：「藝文類聚十載邯鄲受命述。」

按三國魏志王粲傳：「潁川邯鄲淳……亦有文采。」注引魏略曰：「淳一名竺，字子叔，博學有才章。……時五官將博延英儒，亦宿聞淳名，因啓淳欲使在文學官屬中。……黄初初，以淳爲博士給事中。」

〔二〕范注：「『風末』當作『風昧』，即通變篇之『風昧』。」斯波六郎：「案『風末』，『風衰』之意，不應妄改。通變篇亦作『風末』者。」校注：「史記韓長孺傳：衝風之末，力不能漂鴻毛；非初不勁，末力衰也。」按通變篇：「風末氣衰也。」

周注：「受命述講魏國封禪：『然後乃勒功岱岳，升中上玄。』燔柴升天告成功；中，成。這文平庸而缺乏力量，所以風末力寡。」

〔三〕邯鄲淳受命述序言：「欲謂之頌，則不能雍容盛懿，列伸玄妙；欲謂之賦，又不能敷演洪烈，光揚緝熙。故思竭愚，稱受命述。」

〔四〕校注：「順，黄校云：『元作煩，一作頗。』……尋繹語意，曹學佺校作『頗』（見凌本、天啓梅本……校語）。極是。」考異：「夫順者，序當以順爲歸……宜從順序爲是。」斠詮直解爲：「雖文理通順，井然有秩。」

〔五〕校注：「按詩邶風柏舟：『静言思之，不能奮飛。』」

周注：「『風末力寡』，『不能奮飛』，就是没有風骨。它叙述曹操的功德，説：『肅清宇内，萬邦有截。師義翼漢，奉禮不越。』叙述曹丕的功德，説：『聖嗣承統，爰宣重光。陳錫裕下，民悦無疆。』所謂『文理順序』。不像封禪文、劇秦美新、典引的鋪張揚厲。但缺乏駿爽的意氣，所以風末；没有模仿訓典，文辭柔弱，所以力寡；這樣缺乏風骨，所以不能奮飛。」

〔六〕黄注：「陳思王集魏德論末曰：固將封泰山，禪梁甫，歷名川以祈福，周五方之靈宇。越八九於往素，踵帝皇之靈矩。流餘祚於黎烝，鍾元吉乎聖主。」

補注：「今本陳思王集魏德論存六百餘字，俱係答辭。案北堂書鈔（一百四）引曹植魏德論：『棲筆寢牘，含光而不朗，矇竊惑焉。』此審是客問語。『矇竊惑焉』四字本張衡西京賦，『矇』，張作『蒙』，義通。」

范注：「曹植魏德論殘缺不全（見藝文類聚十）。」

〔七〕文體明辨序説「符命」類：「按符命者，稱述帝王受命之符也。夫帝王之興，固有天命，而所謂天命者，實不在乎祥瑞圖讖之間。故大電、大虹、白狼、白魚之屬，不見於經，而見於史，史其可盡信邪？後世不察其僞，一聞怪誕，遂以爲符，而封禪以答之，亦惑之甚矣。自其説昉於管仲，其事行於始皇，其文肇於相如，而千載之惑，膠固而不可破。於是揚雄美新，班固典引，邯鄲淳受命述，相繼有作，而文選遂立『符命』一類以列之。夫美新之文，遺穢萬世，淳亦次之，固不足道，而馬班所作，君子亦無取焉。唯柳氏貞符以仁立説，頗協於理，然蘇長公（軾）猶以爲非，則如斯文不作可也。今以其爲一體……而並著其説，庶俾馳騁文藝者知所懲戒，不蹈劉勰『勞深勣寡』之誚云。」

〔八〕周注：「魏德論風力不足，光芒不够，所以飆焰缺焉。」「飆焰缺」是説缺乏雄壯的氣勢。

以上爲第二段，評論秦至曹魏之代表作家作品。

兹文爲用，蓋一代之典章也。搆位之始，宜明大體〔一〕，樹骨於訓典之區，選言於宏富之路〔二〕，使意古而不晦於深，文今而不墜於淺〔三〕，義吐光芒，辭成廉鍔〔四〕，則爲偉矣。雖復道極數殫〔五〕，終然相襲〔六〕，而日新其采者，必超前轍焉〔七〕。

〔一〕鎔裁篇：「履端於始，則設情以位體。」「搆」，通「構」。「搆位」謂構思布局。「大體」在本書中也作「大要」、「體要」，都是指的對某一文體的規格要求和風格要求。通變篇：「是以規略文統，宜宏大體。」

〔二〕辨騷篇：「觀其骨鯁所樹，肌膚所附，雖取鎔經義，亦自鑄偉辭。」風骨篇：「昔潘勖錫魏，思摹經典，群才韜筆，乃其骨髓峻也。」可見樹立文章的風骨，和摹仿經書有關。「訓典」，指尚書中的伊訓、堯典之類。校釋：「必能揄揚盛美，誇張祥禎，而又於頌揚之中，寓以戒慎之義，方爲合作。所謂『樹骨於訓典之區，選言於宏富之路』也。」

〔三〕「意古而不晦於深」是承「樹骨於訓典之區」來説的，「文今而不墜於淺」是承「選言於宏富之路」來説的；一手抓向經典著作學習，一手抓廣泛地選用新近的文辭。

〔四〕注訂：「廉，稜；鍔，刃也。言辭不入俗陋也。」莊子説劍：「天子之劍，以燕谿、石城爲鋒，齊岱爲鍔。」司馬彪注：「鍔，劍刃；一云劍棱也。」説劍篇又云：「諸侯之劍，以知勇士爲鋒，以清廉士爲鍔。……此劍一用，如雷霆之震也，四封之内，無不賓服而聽從君命者矣。」是「辭成廉鍔」謂文辭鋒利而又有説服力。

〔五〕斯波六郎：「揚雄劇秦美新：『是以帝典闕而不補，王綱弛而未張。道極數殫，闇忽不還。』」「極」和「殫」都有盡意。文選李善注：「言天道既極，歷數又殫。」斠詮：「彦和加以引用，則指文體式微，作法已盡。」

〔六〕校注：「嵇中散集琴賦序：『其體制風流，莫不相襲』。」「終然相襲」是因爲寫作封禪文的方術已經窮盡，終於要相襲。黄叔琳云：「能如此，自無格不作。」紀評：「豈惟封禪文固可不作也。」

〔七〕校證：「『采』原作『來』，謝、徐校作『采』，梅六次本改。」校注：「改『來』爲『采』是也。雜文篇有『麟鳳其采』語。」此句意謂在文采上還能日新的必然超過前作。紀評：「數語教人以自爲文，凡文類然。」

第三段，論封禪文之規格和風格要求。

贊曰：封勒帝勣，對越天休〔一〕。逖聽高岳〔二〕，聲英克彪〔三〕。樹石九旻〔四〕，泥金八幽〔五〕。鴻律蟠采〔六〕，如龍如虬。

〔一〕「勣」，同「績」。校注：「詩周頌清廟：『對越在天。』鄭箋：『對，配；越，於也。』」尚書説命

(下)：「敢對揚天子之休命。」傳：「對，答也。答受美命而稱揚之。」爾雅釋言：「越，揚也」。「對越天休」，即對揚天休。

書湯誥：「各守爾典，以承天休。」孔傳：「守其常法，承天美德。」國語周語引湯誥語韋注：「休，慶也。」

〔二〕黄注：「(司馬相如)封禪文：『逖聽者風聲。』」「逖」，遠也。「高岳」，高峻之山岳。

〔三〕校注：「按『聲英』二字當乙，始能與上句之『逖聽』相對。史記司馬相如傳(封禪文)：『蜚英聲。』」「彪」，彪炳，喻高大，洪亮。

〔四〕注訂：「九旻，即九天也。孫子：『善攻者動於九天之上。』書大禹謨：『日號泣於旻天。』」校注：「『九旻』，猶九天，言其高。史記封禪書：『自太山至巔，立石頌秦始皇帝德，明其得封也。』」

〔五〕注訂：「屑金以爲書畫，謂之泥金，用泥金，尊貴之也。」

斠詮：「泥金，指封禪文書玉牒，用金屑調以水銀封篋。……此謂藏泥金之玉牒，書於幽深之方石中也。」「八幽」，八方幽遠的地方。宋書樂志四：曹植聖皇篇：「九州咸賓服，威德洞八幽。」

〔六〕「律」字，范注：「黄云：活字本作『岳』。」校注：「傳録黄、顧合校本，顧廣圻於『逖聽高岳』句下方校云：『岳(活)，嶽。』……非謂『鴻律』之『律』活字本作『岳』也。范氏所引有誤。」斠詮：「鴻律與蟠采相偶。」直解爲「格律弘偉，文采優游」。

章表第二十二

校釋：「敷奏之文，漢分四品，舍人衡論，則約以三類。本篇兼論章、表二品，陳謝之類也。下二篇各論一品，而以啓附奏，以對附議，至其聯誼，則以奏事之末，或云謹啓，故與奏合論，而對策之文，亦曰陳政獻説，合審宜之義也。分合之際，具見别裁。」

注訂：「章表同體，故此篇並而論之，非如檄移諸篇分言之也。章、表古式無别，自秦初定制，而漢立四品，始章是章而表是表也。然立體雖殊，而用事常混，祇可大别，未遑細判。自漢傳經，章句是講，則固屬别裁，其用漸廣矣。是知彦和立論，乃以對揚王庭者爲限耳。」

漢代的章表今已無存。魏晉南北朝把奏議統稱爲表，例如諸葛亮的出師表、曹植的求自試表、李密的陳情表等，只是有的以言政事爲主，有的以表達哀情爲主。後代的表主要用以朝賀、勸進、辭官、謝恩，有的也用於陳述政事。

夫設官分職，高卑聯事〔一〕。天子垂珠以聽〔二〕，諸侯鳴玉以朝〔三〕。敷奏以言，明試以功〔四〕。故堯咨四岳〔五〕，舜命八元〔六〕，固辭再讓之請，俞往欽哉之授〔七〕，並陳辭帝庭，匪假書翰。然則敷奏以言，則章表之義也〔八〕；明試以功，即授爵之典也〔九〕。

〔一〕周禮天官冢宰：「惟王建國，辨方正位，體國經野，設官分職，以爲民極。」又天官大宰：「以八法治官府……三曰官聯，以會官治。」注引鄭司農曰：「官聯，謂國有大事，一官不能獨共，則六官共舉之。聯，讀爲連，古書連作聯。聯，謂連事通職相佐助也。」「高卑聯事」，斠詮：「謂官位有高卑……互相佐助，聯合治理國家大事也。」斯波六郎：「案『聯事』之語，見『小宰』職，即……『以官府之六聯合邦治，一曰祭祀之聯事，二曰賓客之聯事，三曰喪荒之聯事，四曰軍旅之聯事，五曰田役之聯事，六曰斂弛之聯事。凡小事皆有聯。』」

〔二〕禮記玉藻：「天子玉藻，十有二旒，前後邃延。」鄭注：「前後邃延者，言皆出冕前後而垂也。」蔡邕獨斷：「漢明帝採尚書皋陶及周官、禮記以定冕制，皆廣七寸，長尺二寸，繫白玉珠於其端，十二旒。」「聽」，謂聽政。

〔三〕禮記玉藻：「古人君子必佩玉。……周還中規，折還中矩，進則揖之，退則揚之，然後玉鏘鳴也。」又：「朝則結佩。……天子佩白玉而玄組綬，公侯佩山玄玉而朱組綬。」范注：「君臣朝見，無不佩玉，此云諸侯鳴玉，與上天子垂珠對文耳。」

〔四〕范注：「尚書舜典：『敷奏以言，明試以功，車服以庸。』王肅注曰：『敷，陳；奏，進也。諸侯四朝，各使陳進治理之言；明試其言以要其功，功成則賜車服以表顯其能用。』」蔡沈注引程子曰：「敷奏以言者，使各陳其爲治之説，言之善者，則從而明考其功，有功則賜車服以旌異之。」

〔五〕訓故：「書：帝曰：咨，四岳，湯湯洪水方割，蕩蕩懷山襄陵。」按此見堯典。傳曰：「四岳，即羲和之四子，分掌四岳之諸侯。」蔡沈注：「四岳，官名，一人而總四岳諸侯之事也。」左傳襄公四年：「訪問於善爲咨。」

〔六〕梅注：「高辛氏有才子八人：伯奮、仲堪、叔獻、季仲、伯虎、仲熊、叔豹、季貍，忠肅恭懿，宣慈惠和，天下之民謂之八元。世濟其美，不隕其名，以至於堯，堯不能舉。舜臣堯，舉八元，使布五教於四方：父義、母慈、兄友、弟恭、子孝。内平外成。」按此見左傳文公十八年。范注：「舜命八元，似不見於二典。……據左傳此文，知八愷八元，當即舜典二十二人之數，故彦和之八元與四岳並言之。」

〔七〕訓故：「書：伯拜稽首，讓於夔、龍，帝曰：俞，往欽哉。」按此見舜典。「俞」，猶言「然」，表示應允。書堯典：「帝曰俞。」又：「帝曰：往欽哉。」蔡注：「堯於是遣之往治水，而戒以『欽哉』，蓋任大事，不可以不敬，聖人之戒，辭約而意盡也。」校注：「書舜典：『帝曰：「俞。咨！汝平水土，惟時懋哉！」禹拜稽首，讓於稷、契暨皋陶。帝曰：「俞，汝往哉！」』孔傳：『然其所推之賢，不許其讓，故使往宅百揆。』」

〔八〕下「則」字御覽作「即」。郭注：「作『則』與上文『則』字嫌重復；作『即』與下句語調一致。」

〔九〕校注：「後漢書章帝紀：『敷奏以言，則文章可採；明試以功，則政有異迹。』」

至太甲既立，伊尹書誡〔一〕，思庸歸亳，又作書以讚〔二〕。文翰獻替〔三〕，事斯見矣。周監二代〔四〕，文理彌盛〔五〕，再拜稽首，對揚休命〔六〕，承文受册，敢當丕顯〔七〕，雖言筆未分，而陳謝可見〔八〕。降及七國，未變古式，言事於王，皆稱上書〔九〕。

〔一〕梅注：「書太甲上：維嗣王不惠於阿衡，伊尹作書曰：先王顧諟天之明命，以承上下神祇，社稷宗廟，罔不祗肅。天監厥德，用集大命，撫綏萬方。惟尹躬克左右厥辟，宅師。肆嗣王丕承基緒。惟尹躬先見於西邑夏，自周有終，相亦惟終。其後嗣王，罔克有終，相亦罔終。嗣王戒哉，祗爾厥辟。辟不辟，忝厥祖。」

范注：「尚書伊訓序：『成湯既没，太甲元年，伊尹作伊訓。』傳曰：『作訓以教導太甲。』太甲序：『太甲既立，不明，伊尹放諸桐。三年復歸於亳，思庸（念常道）。伊尹作太甲三篇。』太甲上中二篇首有『伊尹作書曰』云云。」

〔二〕梅注：「尚書：惟三祀，十有二月朔，伊尹以冕服，奉嗣王歸於亳。作書曰：『民非后，罔克胥匡以生；后非民，罔以辟四方。皇天眷佑有商，俾嗣王克終厥德，實萬世無疆之休。』」按此見太甲中。亳，商都城。在今河南商丘。校注：「『讚』，黄校云：『元作纘。』按宋本……御覽五九四引正作『讚』，張本同。」按黄氏從梅説改「讚」是。元刻本、弘治本、馮舒校本，均作「纘」。「纘」，繼也。作禮讚義或作繼承意，均可通。

〔三〕黄注：「左傳：君所謂可，而有否焉；臣獻其否，以成其可。君所謂否，而有可焉；臣獻其可，以成其否。」按此見昭公二十年。文選袁宏三國名臣序贊：「入能獻替。」吕向注：「獻，進也；替，廢也。謂事有可者進之，否者替之。」後漢書胡廣傳：「臣以獻可替否爲忠。」「文翰獻替」，用文書來獻可替否。

〔四〕論語八佾：「周監於二代，郁郁乎文哉，吾從周。」

〔五〕禮記三年問：「壹使足以成文理。」孫希旦集解：「文謂文章，理謂條理。」禮記中庸：「文理密察。」頌贊篇：「自商已下，文理允備。」

〔六〕黄注：「左傳僖公二十八年：王策命晉侯爲侯伯。晉侯三辭從命，曰：『重耳敢再拜稽首，奉揚天子之丕顯休命。』受册以出。」校注：「書僞説命下：『敢對揚天子之休命。』枚傳：『對，答也；答受美命而稱揚之。』」

詩大雅江漢第七章：「釐爾圭瓚，秬鬯一卣，告於文人，錫山土田，於周受命，自召祖命。虎拜稽首，天子萬年。」鄭箋：「拜稽首者，受王命策書也。」第八章：「虎拜稽首，對揚王休。……」鄭箋：「對，答；休，美也。」

〔七〕尚書君牙：「丕顯哉，文王謨。」丕本爲語詞，後人承用爲大義；因以丕顯爲大明。左傳僖公二十八年：「奉揚天子之丕顯休命。」杜注：「丕，大；休，美也。」斠詮：「彦和所謂『受命』云者，謂晉侯重耳受周襄王之策命爲侯伯而言也。敢當，猶言不敢當，及語也。」

〔八〕范注：「召虎、重耳皆受命口謝，非如後世有謝章，而陳謝之意可見。郝懿行曰：『案左傳載晉文受策之詞（見僖公二十八年），又韓詩外傳載孔子爲魯司寇之命，及孔子答詞（見卷八）。皆所謂言筆未分者也。』」按總術篇：「顏延年以爲『筆之爲體，言之文也；經典則言而非筆，傳記則筆而非言。』……予以爲發口爲言，屬筆曰翰……經傳之體，出言入筆，筆爲言使，可强可弱。」

文體明辨序説「上書」類：「古人敷奏諫説（音税）之辭，見於尚書、春秋内外傳者詳矣。然皆矢口陳言，不立篇目，故伊訓、無逸等篇，隨意命名，莫協於一；然亦出自史臣之手，劉勰所謂『言筆未分』，此其時也。」

校注：「『言』謂口頭陳辭，『筆』謂書翰，此承上『再拜稽首、對揚休命；承文受册，敢當丕顯』而言。」

〔九〕校證：「『王』黄本作『主』，舊本皆作『王』。」斯波六郎：「作『王』者可從。蓋謂列國之王。」范注：「漢書藝文志春秋家有奏事二十篇，自注：『秦時大臣奏事及刻石名山文也。』王應麟考證曰：『七國未變古式，言事於王，皆稱上書；秦初，改書曰奏。』案王氏説本文心此篇。『主』字疑今本誤，當依改作『王』。」顏氏家訓省事篇：「『上書陳事，起自戰國，逮於兩漢，風流彌廣。原其體度，攻人主之長短，諫諍之徒也；訐群臣之得失，訟訴之類也；陳國家之利害，對策之伍也；帶私情之與奪，遊説之儔也。』」

文體明辨序說：「降及七國，未變古式，言事於王，皆稱上書。秦漢而下，雖代有更革，而古制猶存，故往往見於諸集之中。蕭統文選欲其別於臣下之書也，故自爲一類，而以『上書』稱之。」

以上爲第一段，原章表之由來，周至戰國，皆稱上書。

秦初定制，改書曰奏〔一〕。漢定禮儀〔二〕，則有四品：一曰章，二曰奏，三曰表，四曰議〔三〕。章以謝恩，奏以按劾〔四〕，表以陳請〔五〕，議以執異〔六〕。章者，明也〔七〕。詩云「爲章於天」〔八〕，謂文明也。其在文物，赤白曰章〔九〕。表者，標也〔一〇〕。禮有表記，謂德見于儀〔一一〕，其在器式，揆景曰表〔一二〕。章表之目，蓋取諸此也〔一三〕。

〔一〕范注：「秦改上書爲奏，當亦在始皇二十六年李斯與博士議改命令爲制詔時。留存事始：『漢雜事曰：秦初定制，改書爲奏。漢定禮儀，則有四品：一曰章，二曰奏，三曰表，四曰駮議。』」

周注：「秦朝改臣子上書爲奏，如漢書藝文志春秋家有奏事二十篇，原注：『秦時大臣奏事及刻石名山文也。』」

〔二〕史記禮書：「至秦有天下，悉內六國禮儀，采擇其善。雖不合聖制，其尊君抑臣，朝廷濟濟，依古以來，至於高祖，光有四海，叔孫通頗有所增益減損，大抵皆襲秦制。」

〔三〕蔡邕獨斷：「凡群臣上書於天子者有四名：一曰章，二曰奏，三曰表，四曰駁議。章者需頭，稱『稽首上書』，謝恩、陳事、詣闕通者也。奏者亦需頭，其京師官但言『稽首』，下言『稽首以聞』，其中有所請，若罪法劾案，公府送御史臺，公卿校尉送謁者臺也。表者不需頭，上言臣某言，下言臣某誠惶誠恐，頓首頓首，死罪死罪。左方下附曰某官臣某甲上，文多用編兩行，文少以五行，詣尚書通者也。公卿校尉諸將不言姓，大夫以下有同姓官別者言姓，章曰報聞，公卿使謁者將大夫以下，至吏民，尚書左丞奏聞報可，表文報已奏如書。凡章表皆啓封，其言密事得皂囊盛。其有疑事，公卿百官會議，若臺閣有所正處，而獨執異意者曰駁議。駁議曰：某官某甲議以爲如是；下言臣愚戇議異。其非駁議，不言議異。其合於上意者，文報曰某甲某官議可。」

校證：「蔡邕獨斷、後漢書胡廣傳注引漢雜事，俱作『一曰章，二曰奏，三曰表，四曰駁議』，此彦和所本。議對篇亦作『駁議』。似以作『駁議』爲是也。然下文『議以執異』，即承此言，亦止作『議』。蓋此文雖本獨斷或漢雜事，而彦和自有所筆削，故未可以一概論也。」

御覽五九四引漢書雜事曰：「群臣奏事上書皆爲兩通：一詣后，一詣帝。凡群臣之書通於天子者四品：一曰章，二曰奏，三曰表，四曰駁議。」

〔四〕范注：「晉書劉寔傳載其崇讓論曰：『人臣初除，皆通表上聞，名之謝章，所由來尚矣。……季世所用，不賢不能讓賢，虛謝見用之恩而已。』」按「劾」，檢舉揭發别人。

文體明辨序説「奏疏」類：「然當時奏章，或上災異，則非專以謝恩。至於奏事，亦稱上疏，則非專以按劾也。又按劾之奏，別稱彈事，尤可以徵彈劾爲奏之一端也。又置八儀，密奏陰陽，皂囊封板，以防宣泄，謂之封事。而朝臣補外，天子使人受所欲言，及有事下議者，並以書對。則漢之制，豈特四品而已哉？然自秦有天下，以及漢孝惠，未聞有以書言事者。至孝文開廣言路，於是賈山言治亂之道，名曰至言，則四品之名，亦非叔孫通之所定明矣。」按劾，按察彈劾。續通考職官考：「按察使，掌一省刑名按劾之事。」

〔五〕校釋：「鮑本御覽五九四『陳請』作『陳情』，是。」文體明辨序説「表」類：「按字書：『表者，標也，明也，標著事緒使之明白以告乎上也。』古者獻言於君，皆稱上書。漢定禮儀，乃有四品，其三曰表，然但用以陳請而矣。後世因之，其用寖廣。於是有論諫，有請勸（勸進），有陳乞（待罪同），有進（進書，如唐蕭穎士爲陳正卿進續尚書、宋竇儀進刑統之類是也）、獻（獻物），有推薦，有慶賀，有慰安，有辭（辭官）、解（解官，如晉殷仲文解尚書表是也），有陳謝（謝官、謝上、謝賜），有頌理，有彈劾（漢諸葛亮有廢李平表），所施既殊，故其詞亦異。」

〔六〕「執異」，表示不同意見。

〔七〕范注：「説文：『章，樂竟爲一章，從音，從十。會意。』假借爲彰。『彰，彣彰也。』廣雅釋詁四：『彰，明也。』經傳多以章爲之。」注訂：「禮記樂記：『文章，章之也。』注：『堯樂名也，言堯德章明也。』此假借義。」

〔八〕訓故：「詩：倬彼雲漢，爲章於天。」按此見大雅棫樸。鄭箋：「雲漢之在天，其爲文章，譬猶天子爲法度於天下。」朱注：「章，文章也。」

〔九〕黄注：「（周禮）考工記：畫繢之事，赤與白謂之章。」

〔一〇〕范注：「説文：『表，上衣也，從衣從毛，會意。古者衣裘以毛爲表。』假借爲標。管子君臣篇上：『猶揭表而令之止也。』注：『表，謂以木爲標，有所告示也。』荀子儒行篇：『效有防表。』注：『表，標也。』史記留侯世家：『表商容之閭。』索隱引崔浩曰：『表者，標榜其門里。』釋名釋書契：『下言於上曰表，思之於内，表施於外也。』」文選卷三十七表上李善注：「表者，明也，標也。如物之標表，言標著事序，使之明白，以曉主上，得盡其忠，曰表。三王已前，謂之敷奏，故尚書云『敷奏以言』是也。至秦并天下，改爲表，總有四品：一曰章，謝恩曰章；二曰表，陳事曰表；三曰奏，劾驗政事曰奏；四曰駮，推覆平論，有異事進之曰駮。六國及秦漢，兼謂之上書，行此五事，至漢魏以來，都曰表。進之天子稱表，進諸侯稱上疏，魏已前天子亦得上疏。」

玉海卷二百三辭學指南「表」類：「表，明也，標也，標著事序，使之明白。三王以前，謂之敷奏。秦改爲表。漢群臣書四品，三曰表。（注：不需頭，上言臣某言，下言誠惶誠恐，頓首頓首。左方下附曰：某官臣甲乙上。）陽嘉元年，左雄言孝廉先詣公府文吏課牋奏，又胡廣以孝廉試章奏，然則章表試士，其始此歟？」徐炬事物原始「表」類：「堯咨四岳，舜命九官，並陳詞不假書翰，則敷奏以言，章表之義也。漢時有章表奏駁四等，蓋漢制也。蘇氏演義曰：表者白也，以情旨表白於外也。」

〔一一〕校證：「舊本俱無『于』字。謝、徐、何校補『于』字，黄本補『于』字，案御覽正有『于』字；王惟儉本此句作『言德見儀』。」訓故：「禮記表記記君子之德見於儀表者。」范注：「禮記表記正義引鄭目録云：『名曰表記者，以其記君子之德，見于儀表。』」

〔一二〕校注：「淮南子本經篇：『天地之大，可以矩表識也。』高注：『表，影表。』史記司馬穰苴傳：『先馳至軍，立表下漏待（莊）賈。』索隱：『立表，謂立木爲表，以視日景。』詩鄘風定之方中：『揆之以日。』毛傳：『揆，度也；度日出入，以知東西。』孔疏：『此度日出入，謂度其影也。』」斠詮：「度量日影之長，從以計時辰之儀器曰表，即俗稱日晷。」「器式」，用作標志的器具。

〔一三〕范注：「取諸此，此，指『赤白曰章，揆景曰表』二物。」

以上爲第二段，叙漢朝定上書爲章、表、奏、議四品，並釋其名義及區分。

按七略藝文〔一〕，謡詠必録〔二〕；章表奏議，經國之樞機；然闕而不纂者，乃各有故事，而布在職司也〔三〕。

〔一〕范注：「劉歆撰七略，班固本之述藝文志。」

〔一〕斠詮：「七略有詩賦略，著録各家賦及歌詩等，漢志仍之。」

〔二〕校證：「『布』字原脱。御覽『而』作『布』，謝、徐校『而』下補『布』字，今據改正。」校釋：「御覽『而』作『布』是。」

校注：「按此文之意，蓋謂書奏送尚書者，則藏於尚書；送御史者，則藏於御史；送謁者者，則藏於謁者也。」

注訂：「『各有故事，而在職司』云者，是釋上文『闕而不纂』之故，指七略、藝文所忽，是以下文即言『前漢表謝，遺篇寡存』。」

斯波六郎：「蓋彦和之意謂漢之章表奏議，從故事由其職司保管，簡直不屬劉向之校中秘書之内，亦未著録七略、藝文志之中。」

斠詮：「故事，謂歸例成規。」

陳書良文心雕龍校注辨正：「職司應指九卿中之御史大夫。前漢書百官公卿表序：御史大夫『有兩丞，秩千石。一曰中丞，在殿中蘭臺，掌圖籍秘書……受公卿奏事，舉劾按章。』是御史大夫專管章表。謡咏流傳民間，易失，故須輯録；章表藏於御史，不易失，故不須輯録。東漢亦然，故稱故事。『各』，乃就謡咏與章表言。……『而在職司』之『而』，爲轉折詞，乃言謡咏、章表『各有故事』，而章表在職司。」

前漢表謝，遺篇寡存〔一〕。及後漢察舉，必試章奏〔二〕。左雄奏議，臺閣爲式〔三〕；胡廣章奏，天下第一〔四〕；並當時之傑筆也。觀伯始謁陵之章〔五〕，足見其典文之美焉〔六〕。

〔一〕范注：「感遇謝恩，無當政要，故前漢謝表，彥和時已寡存篇。」

〔二〕後漢書順帝紀：「陽嘉元年十一月辛卯，初令郡國舉孝廉，限年四十以上，諸生通章句，文吏能牋奏，乃得應選。」後漢書左雄傳：「陽嘉元年……雄又上言……請自今孝廉，年不滿四十不得察舉，皆先詣公府，諸生試家法，文吏課牋奏。」察舉，指令郡國舉孝廉等。牋奏，即指章奏。

〔三〕梅注：「後漢書：左雄掌納言，多所匡肅，每有章奏表議，臺閣以爲故事。」按此見左雄傳。後漢書仲長統傳：「光武皇帝……矯枉過直，政不任下，雖置三公，事歸臺閣。」李賢注：「臺閣，謂尚書也。」王先謙引王鳴盛曰：「漢世官府不見臺閣之號。所云臺閣者，猶言宮掖、中秘云爾。……以公府與臺閣並稱，所謂宮中府中也。蓋尚書令、尚書僕射與尚書，皆宦者與士人迭爲之。」

〔四〕梅注：「胡廣始察孝廉，至京師，試以章奏，安帝以廣爲天下第一。」按此見後漢書胡廣傳。范曰：「據此傳，則安帝時孝廉亦試章奏。」

〔五〕范注：「胡廣，字伯始。本傳謂其作官箴四篇。其餘所著詩、賦、銘、頌、箴、弔及諸解詁凡二十二篇，不言有章，其文亡佚無考。」

注訂：「胡廣本傳載廣著百官箴凡四十八篇，及諸解詁凡二十二篇云，謁陵之章未詳。」

〔六〕「典文」謂典章文辭。

昔晉文受冊，三辭從命〔一〕，是以漢末讓表，以三爲斷〔二〕。曹公稱爲表不必三讓〔三〕，又勿得浮華〔四〕。所以魏初表章，指事造實〔五〕，求其靡麗，則未足美矣。

〔一〕訓故：「春秋左傳：晉文公城濮之役，作王宮於踐土。王命内史叔興命晉侯爲侯伯，曰：王謂叔父，敬服王命以綏四國，糾逖王慝。晉侯三辭從命，曰：重耳敢再拜稽首，奉揚天子之丕顯休命。受策以出。」按此見僖公二十八年。「冊」，御覽作「策」。「三辭從命」，見前「敢當丕顯」句下引左傳文。

〔二〕范注：「北堂書鈔『設官』部引應劭漢官儀：『凡拜，天子臨軒，六百石以上悉會，直事卿贊，御史授印綬。公三讓然後乃受之。』據此可知讓表亦以三爲止。」校注：「蔡中郎集東鼎銘：『乃詔曰：「其以大鴻臚喬玄爲司空。」拜稽首以讓。帝曰：「俞。往！」三讓，然後受命。』又西鼎銘：『乃制詔曰：「其以光禄大夫玄爲太尉。」公拜稽首曰：「臣聞之，三讓莫克或從，臣不敢辟。」』並『三讓爲斷』之證。」

〔三〕校證：「馮本、汪本、佘本、梅本、王惟儉本御覽『必』作『止』。」按元刻本亦作「止」。

校釋：「范文瀾注引操上書讓增封曰：『臣雖不敏，猶知讓不過三。』則以『不過』爲是，當據改。」

注訂：「『止』，別本作『必』字，誤。三揖、三讓、三禮，於古爲常，『不必』云者，是爲不辭。曹操語見藝文類聚五十一載操建安元年上書讓增封曰：『臣雖不敏，猶知讓不過三。所以仍布腹心至於四五，上欲陛下爵不失實，下爲臣身免於苟取。』所謂『至於四五』，即『不止三讓』，『爵不失實』及『免於苟取』等意也。」

〔四〕三國魏志武帝紀：「庚子，王崩於洛陽。」注引魏書謂操「雅性節儉，不好華麗，後宮衣不錦繡，侍御履不二采，帷帳屏風，壞則補納，茵蓐取温，無有緣飾」。

〔五〕郭注：「指事造實，猶今言據事直陳。」

至於文舉之薦禰衡〔一〕，氣揚采飛〔二〕；孔明之辭後主，志盡文暢〔三〕；雖華實異旨，並表之英也〔四〕。琳、瑀章表，有譽當時；孔璋稱健，則其標也〔五〕。陳思之表，獨冠群才〔六〕。觀其體贍而律調，辭清而志顯，應物製巧〔七〕，隨變生趣，執轡有餘，故能緩急應節矣〔八〕。

〔一〕訓故：「魏略：孔融薦禰衡表：竊見處士平原禰衡，淑質貞亮，英才卓躒。任座抗行，史魚厲節，殆無以過也。」

孔融薦禰衡表見文選卷三十七。李善注：「范曄後漢書曰：孔融，字文舉，魯國人也。幼有異才，性好學，舉高第，拜御史，歷官至將作大匠，遷少府。曹操既積嫌忌，奏誅之，下獄，棄市。」

後漢書文苑列傳：「禰衡，字正平。……少有才辯，而氣尚剛傲，好矯時慢物。……融亦深愛其才，衡始弱冠，而融年四十，遂與爲交左，上疏薦之曰云云。」

〔二〕典論論文：「孔融體氣高妙，有過人者，然不能持論，理不勝詞，以至乎雜以嘲戲，及其所善，揚、班儔也。」

才略篇：「孔融氣盛於爲筆，禰衡思鋭於爲文，有偏美焉。」氣揚采飛，氣勢昂揚，文采飛動。

孫月峰曰：「不甚斵削，然却有勁氣，大約才有餘，法未盡。」（見文選集評）

何義門曰：「章表多浮，此建安文敝。特其氣猶壯。建安文章，結兩漢之局，開魏晉之派者，此種是也。」（同上）

方伯海曰：「愛士憐才，前輩首推北海，讀此表，其光明磊落之概，高風足千古矣。」（同上）

中國中古文學史：「東漢之文，均尚和緩，其奮筆直書，以氣運詞，實自（禰）衡始。……融之所作，多範伯喈；惟薦衡表，則效衡體，與他篇文氣不同。」

〔三〕校釋：「御覽『文暢』作『文壯』，是。」

黄注：「（蜀志）諸葛亮傳：亮字孔明，後主建興五年，率諸軍北駐漢中，臨發上疏，表見文選。」「志盡」即意盡，謂文義曉然明白，了無隱晦。

范注：「黄式三儆居集二讀蜀志諸葛傳曰：『世傳諸葛武侯有前後出師之表。前表稱郭、費、董、向之賢，足以治宫中營中矣；而後表則追嘆趙、陽、馬、閻諸人之逝，國内乏材。前表云『不宜妄自菲薄，引喻失義』矣，而後表則援引曹操挫衂之師，以薄己責。前表云『兵甲已足，當北定中原，攘除奸凶』矣；而後表則云『不伐賊，王業亦亡，惟坐而待亡，不如伐之』。前表悲壯，後表衰颯。前表意周而辭簡，後表意窘而辭緟。豈街亭一敗，遂足以褫其魄而奪其氣乎！以是知後表之爲贋也。郭沖五事甚重諸葛之權智。裴世期引而駁之，以解謬譽。裴氏既見武侯文集原無後表之篇，所引張儼默記正郭沖五事之比，而疑以傳疑，未及辯駁。且不知後表之贋者，獨不思趙雲傳乎！雲傳曰：『建興五年，隨諸葛亮駐漢中。明年，亮出軍揚聲就斜谷道，曹真遣大衆當之。亮令雲與鄧芝往拒。七年，卒。』而後表作於六年之十一月，已言趙雲之喪，其謬著矣。藉云雲傳七年之字有譌，則傳連記五年、六年、七年之事，無由改七爲六也。武侯文集二十四篇，陳承祚所定，而不載後表；文選録武侯之表，而不題前出師表，則後表之贋，昔人固知之矣。」

李充翰林論：「諸葛亮之表劉主……可謂德音矣。」

孫月峰曰：「真實事情，全無藻飾。」（見文選集評）

郭明龍曰：「忠義自肺腑流出，古樸真率，字字滴淚，與日月争光，不在文章蹊徑論也。然情至而文自生。」（同上）

譚獻云：「與伊訓、洛誥相表裏。」又云：「立誠而後修辭。六藝散矣，賴此類文字淵源不墜。」（同上）

〔四〕校釋：「舍人論表，以文舉薦禰，與孔明出師相比，而並許爲茲體之英製。今觀薦禰表，稱美正平之詞，有曰：『以衡準之，誠不足怪。』曰：『使衡立朝，必有可觀。』曰：『若衡等輩，不可多得。』跌蕩可喜，故曰：『氣揚采飛。』出師表首言國勢危急，使後主自知負荷之重；中間痛恨桓靈，以爲傾頹之鑒；後復喻令自謀，以警其昏庸。情真詞摯，故曰『志盡文壯』。二家之作，雖華實不同，而皆風力遒上，古意未漓，故並舉之，以爲楷式也。」

〔五〕黄注：「陳琳、阮瑀，典論（論文）：『琳、瑀之章表書記，今之雋也。』又：『陳琳，字孔璋。魏文帝與吴質書：『孔璋章表殊健。』』」

周注：「章表如諫何進召外兵：『今將軍總皇威，握兵要，龍驤虎步，高下在心。此猶鼓洪爐燎毛髮耳。夫違經合道，天人所順。而反委釋利器，更徵外助，大兵聚會，强者爲雄，所謂倒持干戈，授人以柄，功必不成，只爲亂階。』筆力甚健。」「標」，謂標舉出衆者。

〔六〕李充翰林論：「表宜以遠大爲本，不以華藻爲先。若曹子建之表，可謂成文矣。」

黄注：「陳思王植傳：『太和二年，植常自憤怨，抱利器而無所施，上疏求自試。五年，植上疏求存問親戚。』」范注：「魏志陳思王植傳載植上疏四篇，其求自試表、求通親親表二篇，採入文選。」

〔七〕校證：「『製』原作『掣』，徐校改。何校作『制』。黄注云：『一作制』。紀云：『制字是。』」校注：「按『掣』字誤，作『製』作『制』均可。」校釋：「作『制』是也。『應物制巧』與下『隨變生趣』句例同。」

周注：「如求自試表，從求自試到感嘆魏的不能用他，中間引證許多史實，曲折變化，情辭並茂，所謂辭清志顯，應物制巧。」

又：「『志顯』所以『辭清』；『志顯辭清』所以『體贍』，這就是表文所要求的詳盡明顯，近似諸葛亮的『志盡文暢』。『志盡』有實，『應物制巧』有華，是『華實相勝』，所以稱他爲『獨冠群才』。如求通親親表説：『近且婚媾不通，兄弟永絶；吉凶之問塞，慶弔之禮廢；恩紀之違，甚於路人；隔閡之異，殊於胡越。』這是志顯辭清。又説：『臣伏以爲犬馬之誠，不能動人，譬人之誠，不能動天。崩城隕霜，臣初信之，以臣心況，徒虚語耳。』這不光是志盡文暢，兼具文彩，所以是華實相勝。」

斠詮作「製」，「應物製巧，謂順應事物情形，裁製巧妙篇章也。」

王金凌釋「體贍」云：「贍謂周備，謂其叙理周備。下文敷理舉統時，强調『必雅義以扇其風，清文以馳其麗』，並使繁約得正，華實相勝，脣吻不滯。與評陳思之表相符。」「志顯」指情意顯明。

〔八〕才略篇：「子建思捷而才儁，詩麗而表逸。」

牟注：「『執轡有餘，故能緩急應節』二句，和本書通變篇『長轡遠馭，從容按節』的用意略同。」

斟詮解爲「控馭文轡，優裕有餘，故能緩急適中，應合節度也。」「緩急應節」，是指節奏進行的快慢能配合文意。

逮晉初筆札，則張華爲儁。其三讓公封〔一〕，理周辭要，引義比事，必得其偶，世珍鷦鷯〔二〕，莫顧章表。及羊公之辭開府，有譽於前談〔三〕；庾公之讓中書，信美於往載〔四〕。序志聯類〔五〕，有文雅焉。劉琨勸進〔六〕，張駿自序〔七〕，文致耿介〔八〕，並陳事之美表也。

〔一〕陸雲與兄平原書評張華文云：「張公文無他異，正自清省，無煩長，作文正爾，自復佳。」才略篇：「張華短章，奕奕清暢。」

晉書張華傳：「華，字茂先，范陽方城人也。……華學業優博，辭藻温麗，朗贍多通。……少自修謹，造次必以禮度。……初未知名，著鷦鷯賦以自寄，其詞曰云云。陳留阮籍見之，嘆曰：『王佐之才也。』由是聲名始著。……朝議表奏多見施用。……封關内侯……進封爲廣武縣侯。……久之，論前後忠勳，進封壯武郡公。華十餘讓，中詔敦譬，乃受。」三讓公封表已佚。

〔二〕鷦鷯賦見文選卷十。李善注：「毛詩曰：『肇允彼桃蟲。』詩義疏曰：『桃蟲，今鷦鷯，微小黄雀也。』」又引臧榮緒晉書曰：「張華……少好文義，博覽墳典，爲太常博士，轉兼中書郎，雖棲處雲閣，慨然有感，作鷦鷯賦。」

東坡志林：「阮籍見張華鷦鷯賦嘆曰：『此王佐才也。』觀其意，獨欲自全於禍福之間耳，何足爲王佐乎？華不從劉卞言，竟與賈氏之禍，畏八王之難，而不免倫、秀之虐。此正求全之過，失鷦鷯本意。」（四六叢話卷二引）

〔三〕黄注：「（晉書）羊祜傳：武帝時，加車騎將軍，開府如三司之儀，祜上表固讓，載文選。」李善注引臧榮緒晉書曰：「羊祜，字叔子，太山人也。能屬文，爲中書郎。陳留王立，封鉅平子。世祖受禪，加散騎常侍。後以祜都督荆州諸軍事，又爲車騎將軍，開府儀同三司。祜表讓，後以祜爲征南大將軍，開府，辟召儀同三司，薨。」

御覽引翰林論：「裴公之辭侍中，羊公之讓開府，可謂德音矣。」「開府」，原指成立府署，自選僚屬。漢代僅三公、大將軍、將軍可以開府，魏晉以後開府的逐漸增多，因此有「開府儀同三司」（開府置官，援照三臺成例）的名號。晉代諸州刺史，多以將軍開府，都督軍事。

周注：「晉武帝以羊祜都督諸軍事，加車騎將軍開府儀同三司。羊祜上表固讓，辭極謙恭，並推薦李熹、魯芝、李胤都可擔當這個職務，所以得到一時稱譽。」

〔四〕范注：「晉書庾亮傳：庾亮，字元規。明帝即位，以爲中書監。亮上書讓曰（文選作讓中書令表，李善注曰：「諸晉書並云讓中書監，此云令，恐誤也。」）云云。」李善注引何法盛晉書：「潁川庾録曰：亮字元規，爲中書郎，肅祖欲使爲中書監，上疏，肅祖納亮言，封永昌公。後遷司馬録尚書事，薨。」

漢末曹操爲魏王，置秘書以典尚書奏事。曹丕稱帝後，改秘書爲中書，以久掌機要的幕僚劉放、孫資分任中書監及中書令，因二人資歷不相上下，故分設兩官而監在令前。

校注：「載，黄校云：『一作册。』按御覽引作『載』；張本、何本、梅本、凌本、合刻本……崇文本同。元本、弘治本、活字本、汪本、佘本、兩京本、胡本作『再』……此當以作『載』爲是。後漢書宦者傳序『無謝於往載』，亦以『往載』爲言。」考異：「載，記載也。」

校證：「『前談』、『往載』，指翰林論爲言。」

周注：「晉書庾亮傳：明帝即位，以亮爲中書監。亮上書辭讓：『臣領中書，則示天下以私矣。何者？臣於陛下，后之兄也。』認爲任用姻戚，易招禍敗，往代成鑒，可爲寒心。措辭謙恭而有遠見。」

〔五〕「聯」原作「顯」。校釋：「御覽『顯類』作『聯類』，是也。羊表歷稱李熹、魯芝、李胤未蒙選拔，自陳不敢苟進之志。庾表歷數西京七族，東京六姓，皆以姻黨榮顯致敗，自陳止足之志，畏禍之情。故曰：『序志聯類。』『聯』字義長。」

〔六〕訓故：「晉書：劉曜之亂，西都不守，元帝稱制江左，劉琨令長史温嶠奉表勸進曰：自京畿隕喪，九服崩離，宣皇之胤，唯有陛下，即欲逡巡，其若宗廟何？」

范注：「晉書劉琨傳：琨，字越石。西都不守，元帝稱制江左，琨乃令長史温嶠勸進。表文載元帝紀。文選卷三十七李善注曰：『何法盛晉書曰：劉琨連名勸進，中宗嘉之。晉紀曰：劉琨作勸進表，無所點竄，封印既畢，對使者流涕而遣之。』」

于光華：「愍帝爲劉曜所殺，瑯琊王睿在江南，時琨在并州，段匹磾在冀州，連名勸睿爲天子，琨作表無所點竄，封印既畢，對使者流涕而遣之。」（文選集評）

方伯海曰：「司馬氏手足相殘，屠滅略盡，故外寇得而乘之，東西二京相繼失陷，懷愍二帝，相繼就虜。自古國家厄運，未有不再傳如此之甚者。但中原群盜割據，四分五裂，除卻江左，無可立國，若非急正位號，更何以係中原之望？表中將位號當正，於事理形勢利害，反覆指陳，真堪一字一淚。但此表雖與匹磾同勸進，而匹磾首鼠兩端，豈是可與同事之人！琨特欲感之以義，結之以誠耳。」（同上）

才略篇：「劉琨雅壯而多風。」中古文學史：「晉代表疏，或文詞壯麗，劉琨勸進表是也。」

〔七〕黄注：「張駿傳：駿上疏曰：臣專命一方，職在斧鉞。勒、雄既死，人懷反正。謂季龍李期之命，曾不崇朝；而皆篡繼凶逆，鴟目有年，遂使桃蟲鼓翼，四夷諠譁，臣之所以宵吟荒漠，痛心長路者也。」按此摘自請討石虎李期表。范注：「晉書張駿傳載請討石虎李期表。不知即彥和所指自序否？」這是説在這篇表中有自序的部分。斠詮謂「駿遣參軍麴護上疏」，自序其討平夷亂，光復晉室之志。疏見晉書卷八十六本傳。

〔八〕辨騷篇：「頦唾可以窮文致。」「文致」，文章情致。楊明照校注拾遺補：「章表篇：『張駿自序，文致耿介。』奏啓篇：『楊秉耿介於災異，陳蕃憤懣於尺一。』皆有感憤之意。」離騷：「彼堯舜之耿介兮。」文選李善注：「耿，光；介，大。」

以上爲第三段，評論兩漢魏晉章表之代表作家作品。

原夫章表之爲用也，所以對揚王庭，昭明心曲〔一〕。既其身文〔二〕，且亦國華〔三〕。章以造闕〔四〕，風矩應明〔五〕；表以致禁〔六〕，骨采宜耀〔七〕。循名課實〔八〕，以文爲本者也〔九〕。

〔一〕校注：「易夬：『夬，揚於王庭。』」斠詮：「對揚王庭，謂對答王命，稱揚王休於朝廷之上也。對揚，詞出詩大雅江漢。」見前「對揚休命」句下注。詩秦風小戎：「亂我心曲。」鄭箋：「心曲，心之委曲也。」

〔二〕范注：「左傳僖公二十四年：『介之推曰：言，身之文也。』」謂自身之文采。

〔三〕范注：「文選顔延年贈王太常詩：『舒文廣國華。』李善注：『國語：季文子曰：吾聞以德榮爲國華。』」按此見魯語上：「且吾聞以德榮爲國華，不聞以妾與馬。」韋昭注：「爲國光華也。」後漢書方術傳上論：「至乃誚譟遠術，賤斥國華。」注：「國華，謂懷道隱逸之士也。」知音篇：「書亦國華，翫繹方美。」此應指國之菁華而言。程器篇：「豈無華身，亦有光國。」

〔四〕范注：「章以謝恩，詣闕拜上，故曰造闕。」

〔五〕「風矩」猶風範。新唐書柳仲郢傳：「元和末及進士第，爲校書郎，牛僧孺辟武昌幕府，有父風矩。僧孺嘆曰：非積習名教，安及此邪？」

〔六〕「禁」，指皇帝居住的地方，如禁中。「致禁」，即傳入宮禁。

〔七〕風骨篇：「若骨采未圓，風辭未練。」「骨采」爲具有剛性美的文章辭采。

〔八〕斯波六郎：「韓非子定法：『術者，因任而授官，循名而責實，操殺生之柄，課群臣之能者也。』」校注：「鄧析子無厚篇：『循名責實。』」「課實」謂考求實在。

〔九〕校證：「『文』字原脱，徐校據御覽補『文』字。梅六次本、日本刊本、張松孫本同。」黄本補「章」字，校云：「原脱，一作文。」校注：「按御覽引有『文』字，校增『文』字是也。此句爲總束章、表之辭，故云『以文爲本』；亦即贊末『辭令有斐』之意也。」考異：「循名課實，當以文爲本，故下有雅義、清文之言，從文是。」

是以章式炳賁〔一〕，志在典謨〔二〕；使要而非略，明而不淺。表體多包〔三〕，情僞屢遷〔四〕，必雅義以扇其風，清文以馳其麗〔五〕。然懇惻者辭爲心使〔六〕，浮侈者情爲文屈〔七〕。必使繁約得正，華實相勝〔八〕，脣吻不滯〔九〕，則中律矣。

〔一〕斠詮：「式，謂體式。炳，説文：明也。」易革卦象曰：「大人虎變，其文炳也。」易賁卦象曰：「山下有火，賁。」正義：「欲見火上照山，有光明文飾也。」全句意爲「章之模式，炳耀文采」。

〔二〕斠詮：「典謨本謂尚書堯典、舜典、大禹謨、皋陶謨；又泛指古聖賢之訓誡。尚書序：『典、謨、訓、誥、誓命之文凡百篇，所以恢宏至道，示人主以軌範也。』」直解爲：「旨在……提供人主作施政之軌範。」

〔三〕考異：「要，體要也，與略字對舉。」范注：「表以陳事，事體多方，故曰多包。」周注：「表有薦舉的，如孔融薦禰衡表；有陳情的，如李密陳情表；有謝恩的，如謝平原内史表；有讓爵勸進的如劉琨勸進表，庾亮讓中書令表等：所以稱『表體多包』。」

〔四〕御覽「僞」作「位」。「情位」即鎔裁篇所謂「情理設位」。斠詮：「情位屢遷，謂設情位理，變化多端也。」又作「情僞」，亦可通。左傳僖公二十八年：「晉侯在外十九年矣……民之情僞，盡知之矣。」易繫辭上：「聖人立象以盡意，設卦以盡情僞。」繫辭下：「情僞相感而利害生。」正義：「情謂情實。僞謂虛僞。」高亨周易大傳今注：「情僞猶誠僞也。」此處「情」指下文「懇惻者」，「僞」指下文「浮侈者」。斯波六郎：「周易繫辭上：『易之爲書也不可遠，爲道也屢遷。』又陸機文賦：『其爲物也多姿，其爲體也屢遷。』李善注：『……文非一則，故曰屢遷。』」

〔五〕春覺齋論文流别論十一：「章表，即今之奏議。古謂『章以謝恩，奏以按劾，表以陳情，議以執異。』今之體裁，唯申賀謝恩，則仍用表式；其餘奏議，通曰奏摺。古之奏議取直，今之奏議取密。直者，任氣攄忠，以所言達其所藴；凡德不聰，僉壬在側，亂萌政弊，一施匡正，一加彈劾，不能以格式拘，亦不必以忌諱避。至於密之爲言，則粉飾補救，俾無罅隙之謂；偶舉一事，上慮樞臣之斥駁，下防部議之作梗；故必再四詳慎，宜質言者，則出以吞吐，故作商量；宜實行者，則道其艱難，曲求體諒，語語加以騎牆，篇篇符乎部式：此安得有佳章表，如彦和所謂『雅義以扇其風，清文以馳其麗』者？」這是從反面的例證來説明「雅義以扇其風，清文以馳其麗」的。

定勢篇：「章表奏議，則準的乎典雅。」

〔六〕校注：「『惻』，黄校云：『元作愜。』馮舒校『惻』。按『惻』字是，御覽引正作『惻』。後漢書樂恢傳『聖人懇惻，不虛言也』……文選任昉齊竟陵文宣王行狀『至誠懇惻』，並以『懇惻』爲言。」考異：「詩國風氓鄭箋云：『言其懇惻款誠。』舍人本此。」校證：「奏啓篇有『温嶠懇惻於費役』語，亦作懇惻。」

〔七〕黄本作「情爲文使」，注云：「一作情爲文屈。」范注：「情爲文使，似宜作情爲文屈。」校釋：「鮑本御覽『使』作『屈』是。」

周注：「『必雅義以扇其風，清文以馳其麗。』義歸雅正，辭求清麗。……這裏，作者所贊美的是『華實相勝』，懇惻者是實有餘而華不足，浮侈者是實不足而華有餘，對這兩類的作品，作者還是肯定懇惻者。像『孔明之辭後主』，是『懇惻者辭爲心使』，但還肯定它是『表之英也』。……表要求意義顯露，這是表文的特點之一，所謂『清』當與文義的明白有關。」

〔八〕校證：「『必使』二字原脱誤，從御覽補正。」

曹丕與吴質書：「孔璋章表殊健，微爲繁富。」他認爲章表的風格繁華富麗是不大好的。李充翰林論：「表宜以遠大爲本，不以華藻爲先。」許文雨文論講疏：「文心雕龍曰：『章表奏議，經國之樞機。』即此以遠大爲本之意也。雕龍又謂章表宜『繁約得正，華實相勝』，正與此不宜先華之旨相發。」

〔九〕「脣吻不滯」，指便於朗讀。

以上這一小段是説章表要有風骨，要求文辭要約明白而不簡略浮淺，情感懇惻而不浮侈，並且語調流暢，合乎音律。

文鏡秘府論論文體六事，其五云：「指事述心，斷辭趣理，微而論顯，少而斯洽，要約之旨也。……論要約則表啓擅其能（表以陳事，啓以述心，皆施之尊重，須加肅敬，故言在於要，而理歸於約）。……要約之失也闕……情不申明，事有遺漏，闕自見焉（謂論心意不能盡申，叙事理又有所闕焉也）。」空海所説的要約，實際上和章表篇所説的「要而非略」、「繁約得正」精神是一致的。

唐牛希濟表章論：「歷觀往代策文奏議及國朝元和以前名臣奏疏，詞尚簡要，質勝於文，直指是非，坦然明白，致時君易爲省覽。夫聰明睿哲之主，非能一一奥學深文、研窮古訓。……況覽之茫然，又不親近儒臣，必使傍詢左右，小人之寵，用是爲幸。倘或改易文意，以是爲非，逆鱗發怒，略不爲難。……蓋不可援引深僻，使夫不喻。……倘端明易曉，必庶幾免於深辟之弊。」（全唐文卷八四五）這些話和劉勰所説的「繁約得正，華實相勝」也稍有出入，而更注重簡要和「質勝於文」，這是爲了易於爲最高統治者所「省覽」而設想的。

玉海卷二〇四辭學指南「表」類：「大抵表文以簡潔精緻爲先，用事不要深僻，造語不可尖新，鋪叙不要繁冗，此表之大綱也。」文章辨體序説「表」類：「大抵表文以簡潔精緻爲先，用事忌深僻，遣語忌纖巧，鋪叙忌繁冗。」

孫梅四六叢話「表」類説：章表要「使温恭之美，著於黼裳；篤棐之忱，形諸簡墨。以之陳謝，則句隨寸草偕春；以之請乞，則字與傾葵共轉；以之薦達，則好賢如緇衣，不啻口出；以之進奉，則宫廷繪無逸，曲牖淵衷；義等格心，功同造膝矣。……又或事有難言，情彌疾首，冀微言以覺寤，匪諧隱以爲儕。」這就把上表時的奴才相，描摹得更加淋漓盡致。

子貢云：「心以制之，言以結之。」〔一〕蓋一辭意也〔二〕。荀卿以爲「觀人美辭，麗於黼黻文章」〔三〕，亦可以喻於斯乎！

〔一〕左傳哀公十二年：「公會吴於橐臯。吴子使太宰嚭請尋盟。公不欲，使子貢對曰：『盟，所以用信也。故心以制之（杜注：制其義），玉帛以奉之，言以結之（杜注：結其信），明神以要之。』」斠詮：「彦和借其語而意略異，謂心以制範文章之事義，即中心思想；言語文辭以構結其事義，以成篇章，故云：『一辭意也。』」此處論情意與文辭如何配合。牟注：「劉勰是斷章取義，借指心以制言，言以結心。」

〔二〕牟注：「一辭意，即神思篇要求言與意『密則無際』的意思。一，統一，一致。要使辭與意結合一致。」

〔三〕校釋：「荀子非相篇曰：『觀人以言，美於黼黻文章。』王念孫曰：『觀本作勸，藝文類聚人部十五引作勸。』此論陳謝之辭，在動人聽聞，以『勸』爲長。」荀子楊倞注：「觀人以言，謂使人觀其言。黼黻文章，皆色之美者。白與黑謂之黼，黑與青謂之黻，青與赤謂之文，赤與白謂之章。」王先謙集解引王念孫曰：「觀本作勸，勸人以言，謂以善言勸人也。故曰：美於黼黻文章。若觀人以言，則何美之有？」章表在感動人主，也可以叫「勸人」之「美辭」。

第四段提示章表之寫作要領及文體風格。

贊曰：敷表絳闕〔一〕，獻替黼扆〔二〕。言必貞明〔三〕，義必弘偉。肅恭節文〔四〕，條理首尾。君子秉文，辭令有斐〔五〕。

〔一〕黄注：「孫楚傳：楚作書遺孫皓曰：竊號之雄，稽顙絳闕。球琳重錦，充於府庫。」按此見晉書。

「敷表」，猶敷奏。「絳闕」，指皇宫前的門闕。文選顏延之赭白馬賦：「簡偉塞門，獻狀絳闕。」李善注引傅玄北都賦：「巍巍絳闕。」

〔二〕黄注：「黼扆，見詔策篇。」

〔三〕校注：「『獻替』二字出國語晉語九及左昭二十年傳。」斠詮直解爲「獻替興革，面對黼扆」。

〔四〕易繫辭下：「天地之道，貞觀者也；日月之道，貞明者也。」「貞明」，正大光明。

〔五〕樂府篇：「辭繁難節。」誄碑篇：「讀誄定謚，其節文大矣。」書記：「若夫尊貴差序，則肅以節文。」鎔裁篇：「然後舒華布實，獻替節文。」附會篇：「夫能懸識湊理，然後節文自會。」斠詮：「節文，謂禮節文飾也。禮記坊記：『禮者因人之情，而爲之節文，以爲民坊者也。』管子心術上：『禮者因人之情，像義之理，而爲節文者也。』」

〔六〕斯波六郎：「周頌清廟：『濟濟多士，秉文之德。』」

禮記大學：「瞻彼淇奧，菉竹猗猗。有斐君子，如切如磋，如琢如磨。」按此詩衛風淇奧篇文，原文作「有匪君子」。朱注：「匪、斐通，文章著見之貌也。」論語公冶長：「斐然成章。」

奏啓第二十三

斠詮：「（奏）可分二類：一曰陳事之奏，『陳政事，獻典儀，上急變』屬之；其性質與陳情之

『表』略近而有異。所謂近者，皆言事也；所謂異者，所言之事有小大之别也；表之所言，臣下之私心；奏之所述，經國之公事。其後亦謂『上疏』，謂其條疏其事以進於上也。二曰按劾之奏，乃李善所謂『劾驗政事』，章表篇所謂『奏以按劾』者也，『劾愆謬』屬之。然此體亦有對象之分；於君上則謂之諫諍，谷永之諫仙是也；於臣下同僚則謂之按劾，孔光之奏董賢等是也。後世又有『彈事』之名，以其彈劾過謬故也。至『啓』爲奏之别條，其字本爲『启』之叚體。……徐炬事物原始云：『張璠漢紀云：「董卓呼三臺尚書以下自詣啓事，然後得行。」此啓事得名之始也。始云啓，末云謹啓，晉宋以下，與表俱用，今止臣下以相往來也。』是則『奏』專用於獻上，『啓』則徧及於平行，兩者並述之於篇者，亦以其體有稍異，而義有同歸也。」

注訂：「奏進、啓開之釋，舍人一本説文，一本尚書。奏專用於獻上，啓則遍及平行，其用頗廣，於體少拘。」

周注：「章表稱『奏以按劾』，按奏事的文章不限於按劾。就本篇的選文定篇看，有報告工作的，如李斯之奏驪山；有頌功德的，如王綰之奏勳德；有陳政事的，如賈誼之務農；有進諫的，如谷永之諫仙；有議禮論學的，如蔡邕銓列朝儀；有按劾的，如孔光之奏董賢等。再説，王綰之奏勳德，是由於秦始皇滅六國後，令臣下議帝號，王綰等因奏秦功德，並議定尊號，所以這篇奏實際上是議對；至於陳政事、議禮，更是屬於議，那末奏啓跟議對的界限並不明確。……古文辭類纂把它們合爲奏議類，是比較恰當的。」

郭注：「作者的用意，以爲奏事之末，常稱謹啓，則啓自是奏的枝流；而歷代對策，本議政事，議對雖有區別，本質相同；所以把啓歸入奏中，叫做『奏啓』，把對納入議内，叫作『議對』。」

昔唐虞之臣，敷奏以言〔一〕；秦漢之輔，上書稱奏〔二〕。陳政事〔三〕，獻典儀〔四〕，上急變〔五〕，劾愆謬〔六〕，總謂之奏。奏者，進也。言敷於下，情進於上也〔七〕。

〔一〕「敷奏以言」，見前章表篇注。

〔二〕論衡對作篇：「上書奏記，陳列便宜，皆欲輔政。今作書者，猶上書奏記，説發胸臆，文成手中，其實一也。夫上書謂之奏，奏記轉易其名謂之書。……由此言之，夫作書者，上書奏記之文也，謂之造作，上書奏記是作也。」

〔三〕「陳政事」，如下文賈誼之務農。周注：「漢書賈誼傳有陳政事疏。」

〔四〕史記賈誼傳：「賈生以爲漢興至孝文二十餘年，天下和洽，而固當改正朔，易服色，法制度，定官名，興禮樂。乃悉草具其事儀法：色上黄，數用五，爲官名，悉更秦之法。」斠詮：「獻典儀，謂貢獻典制禮儀，如下所云『匡衡之定郊』是也。」

〔五〕范注：「陳（漢章）先生曰：『漢書丙吉傳：「驛騎持赤白囊，邊郡發奔命書。」此即所云上急變。』……案漢書車千秋傳云：『上急變，訟太子冤。』師古曰：『所告非常，故云急變也。』師古説是。」「上急變」謂報告緊急情況。

〔六〕注訂：「劾愆謬——如下文谷永之諫仙。」周注：「彈劾罪過，如孔光之奏董賢。」

〔七〕范注：「説文：『奏，進也。』」校證：「『言敷於下，情進於上也』，『言』字原脱，謝補御覽作『敷於下情，進乎上也。』玉海作『敷下情，進於上也』。」按玉海引文爲勝，見卷六十一藝文奏疏類。

秦始立奏〔一〕，而法家少文。觀王綰之奏勳德〔二〕，辭質而義近；李斯之奏驪山〔三〕，事略而意誣〔四〕；政無膏潤，形於篇章矣〔五〕。

〔一〕御覽五九四引漢書雜事曰：「秦初之制，改書爲奏。」

〔二〕梅注：「史記：丞相王綰等議於海上曰：古之帝者，地不過千里，諸侯各守其封域，或朝或否，相侵暴亂，殘伐不止。猶刻金石，以自爲紀。古之五帝三王，知教不同，法度不明，假威鬼神，以欺遠方，實不稱名，故不久長。其身未歿，諸侯背叛，法令不行。今皇帝并一海内，以爲郡縣，天下和平，昭明宗廟，體道行德，尊號大成，群臣相與誦皇帝功德，刻於金石，以爲表經。」

范注：「史記秦始皇本紀：『丞相（王）綰、御史大夫（馮）劫，廷尉（李）斯等皆曰：昔者五帝地方千里，其外侯服夷服諸侯或朝或否，天子不能制。今陛下興義兵，誅殘賊，平定天下，海内爲郡縣，法令由一統，自上古以來未嘗有，五帝所不及。臣等謹與博士議曰：古有天皇，有地皇，有泰皇，泰皇最貴。臣等昧死上尊號，王爲泰皇，命爲制，令爲詔，天子自稱曰朕。』」周注：「這即奏勳德，文辭質直而意義淺顯。」

〔三〕訓故：「蔡質漢儀：李斯治驪山陵上書曰：『臣所將隸徒七十餘萬人，治驪山者已深已極，鑿之不入，燒之不爇，叩之空空；如下天狀。』」按上書言治驪山陵見全秦文卷一。

〔四〕「誣」原作「逕」。校釋：「御覽五九四『逕』作『誣』。按斯治驪山陵上書曰：（略，見上注引。）辭意近於虛飾，故舍人曰：『事略而意誣。』似宜從御覽作『誣』。」校證：「案斯治驪山上書……辭意近於誣誕，故舍人稱其『事略而意誣』，『誣』之作『逕』，此顔氏家訓書證篇所謂『巫混經旁』也。」

〔五〕斠詮：「膏潤，猶膏澤，謂恩澤也。」全句意謂政治上刻薄寡恩，表現在文章上缺乏文采。

以上爲第一段，解釋奏之形成及其意義。

自漢以來，奏事或稱上疏〔一〕。儒雅繼踵，殊采可觀。若夫賈誼之務農〔二〕，鼂錯之兵術〔三〕，匡衡之定郊〔四〕，王吉之勸禮〔五〕，温舒之緩獄〔六〕，谷永之諫仙〔七〕，理既切至，辭亦通暢〔八〕，可謂識大體矣。

〔一〕范注：「漢書蘇武傳：『數疏光過失。』注：『謂條録之。』杜周傳：『疏爲令。』注：『謂分條也。』揚雄傳：『獨可抗疏。』注：『疏條其事而言之。』陳情叙事，必有條理，故奏亦稱上疏。」

疏猶條陳。

陳懋仁文章緣起注：「自漢以來，奏事或稱上疏。師古曰：疏者，疏條其事而言之。」文體明辨序説「奏疏」類：「按奏疏者，群臣論諫之名也，奏御之文，其名不一，故以奏疏括之也。……二曰疏。疏者布也。漢時諸王官屬於其君，亦得稱疏。」

〔二〕黄注：「漢食貨志（上）：文帝即位，躬修儉節，思安百姓。時民近戰國，賈誼説上曰：積貯者，天下之大命也。今敺民而歸之農，使天下各食其力，末技游食之民，轉而緣南畮，則蓄積足而人樂其所矣。」此論積貯疏。

〔三〕校證：「『術』原作『卒』，梅據孫汝澄改『事』，王惟儉本亦作『事』，徐校作『術』。案御覽正作『術』，今據改。」

黄注：「晁錯傳：『匈奴彊，數寇邊，上（按指漢文帝）發兵以禦之。錯上言兵事。』」訓故：「晁錯上言兵事曰：臣聞用兵臨戰合刃之急有三：一曰得地形，二曰卒服習，三曰器用利。」此言兵事疏，全文見漢書本傳。

〔四〕黄注：「漢郊祀志：成帝初即位，丞相匡衡等奏言，帝王之事，莫大乎承天之序；承天之序，莫重於郊祀。宜於長安定南北郊，爲萬世基，天子從之。」此奏徙南北郊，原文見漢書郊祀志下。

〔五〕鈴木虎雄校勘記：「御覽『觀』作『勸』，是也。諸本皆誤。」漢書禮樂志：「是時上（武帝）方征討四夷，鋭志武功，不暇留意禮文之事。至宣帝時，琅邪王吉爲諫大夫，又上疏言：『欲治之主不世出，公卿幸得遭遇其時，未有建萬事之長策，舉明主於三代之隆者也。其務在於簿書斷獄聽訟而已，此非太平之基也。今俗吏所以牧民者，非有禮儀科指可世世通行者也，以意穿鑿，各取一切。是以詐僞萌生，刑罪無極，質樸日消，恩愛寖薄。孔子曰：安上治民，莫善於禮。非空言也。願與大臣延及儒生，述舊禮，明王制，敺一世之民，濟之仁壽之域；則俗何以不若成康？壽何以不若高宗？』上不納其言。」此上宣帝疏言得失節文，詳載王吉本傳。

〔六〕漢書路温舒傳：「路温舒，字長君，鉅鹿東里人也。少牧羊，常編蒲寫書，稍長學律令，治春秋。昭帝時，守廷尉史。宣帝初即位，上書言宜尚德緩刑。」全文見漢書本傳。范注：「説苑貴德篇載此文，無篇首二百五十字。」此尚德緩刑書，其中主張尊德，省法制，寬刑罰，廢治獄。

〔七〕黄注：「漢郊祀志：成帝末年，頗好鬼神，亦以無繼嗣故，多上書言祭祀方術者，皆得待詔。祠祭上林苑中，谷永説上曰：臣聞明於天地之性，不可惑以神怪，盛稱奇怪鬼神，及言世有仙人，皆挾左道，懷詐僞，以欺罔世主。」此説成帝距絶祭祀方術，全文見漢書郊祀志下。論衡效力篇：「谷子雲，唐子高章奏百上，筆有餘力，極言不諱，文不折乏，非夫才知之人不能爲也。」谷子雲，谷永，多次給漢成帝上書，後任大司農。漢書游俠傳謂樓護「與谷永俱爲五侯上客，長安號曰谷子雲筆札，樓君卿脣舌」。

得當。

文鏡秘府論論體篇：「舒陳哀憤，獻納約戒，言唯折中，情必曲盡，切至之功也。」

黄校：「『暢』一作『達』，又作『辨』。」

〔八〕樂府篇：「奇辭切至，則拊髀雀躍。」祝盟篇：「感激以立誠，切至以敷辭。」「切至」，切實得當。

後漢群賢，嘉言罔伏〔一〕。楊秉耿介於災異〔二〕，陳蕃憤懣於尺一〔三〕，骨鯁得焉〔四〕；張衡指摘於史職〔五〕，蔡邕詮列於朝儀〔六〕，博雅明焉。

〔一〕校注：「書僞大禹謨：『嘉言罔攸伏。』枚傳：『善言無所伏，言必用。』」

注訂：「罔伏者，無所伏隱也。」斠詮：「舍人不用傳意，而謂嘉言必發表之。」

〔二〕黄注：「楊秉傳：（桓）帝時微行，幸河南尹梁胤府舍。是日大風拔樹，晝昏。秉因諫曰：王者至尊，出入有常，況以先王法服，而私出槃游，設有非常之變，上負先帝，下悔靡及。」全文見後漢書本傳。

楊明照校注拾遺補：「章表篇：『張駿自序，文致耿介。』奏啓篇：『楊秉耿介於災異，陳蕃憤懣於尺一。』皆有感憤之意。」案耿介有正直之意。楚辭九辯：「獨耿介而不隨兮，願慕先王之遺教。」王注：「執節守度不相傾。」此疏全後漢文卷五十一題爲因風災上疏諫微行；其中有云：「瑞由德至，災應事生。傳曰：禍福無門，唯人自召。」

〔三〕范注：「後漢書陳蕃傳：『時封賞踰制，内寵猥盛。蕃乃上疏諫曰：「……夫獄以禁止姦違，官以稱才理物，若法虧於平，官失其人，則王道有缺。而今天下之論，皆謂獄由怨起，爵以賄成。夫不有臭穢，則蒼蠅不飛，陛下宜採求失得，擇從忠善。尺一選舉，委尚書三公，使褒責誅賞，各有所歸，豈不幸甚！」』章懷注曰：『尺一謂板長尺一，以寫詔書也。』」

〔四〕檄移篇：「陳琳之檄豫州，壯有骨鯁。」

〔五〕黄注：「張衡傳：衡收檢遺文，畢力補綴，條上司馬遷、班固所叙與典籍不合者十餘事。又以爲王莽本傳但應載篡事而已。至於編年月，紀災祥，宜爲元后本紀。又宜以更始之號，建於光武之初。」

後漢書張衡傳：「及爲侍中，上疏請得專事東觀，及撿遺文，畢力補綴。又條上司馬遷、班固所叙與典簿不合者十餘事。」李賢注引衡表曰：「臣仰幹史職，敢徼官守，竊貪成訓，自忘頑愚，願得專於東觀，畢力於紀記，竭思於補闕，俾有漢休烈，比久長於天地，並光明於日月，炤示萬嗣，永永不朽也。」

校注：「『職』，宋本、喜多本、鮑本御覽引作『識』。『識』字是。『史』，指條上司馬遷、班固所叙與典簿不合者；『識』，指上疏論圖緯虚妄，並見後漢書本傳。若作『職』，則非其指矣。」按「史職」與「朝儀」對文。且衡表有「仰幹史職」語，以「職」字爲是。考異：「『史職』指論元后立傳事。」

〔六〕黄注：「蔡邕獨斷：正月朝賀，三公奉璧上殿，向御座北面，太常贊曰：『皇帝爲君，興。』三公伏，皇帝坐，乃進璧。舊儀：三公以下月朝，後省，常以六月朔十月朔旦朝，後又以盛暑省六月朝。故今獨以爲正月、十月朔朝也。冬至陽氣起，君道長，故賀。夏至陰氣起，君道衰，故不賀。」

范注：「後漢書蔡邕傳：『邕上封事曰……夫昭事上帝，則自懷多福；宗廟致敬，則鬼神以著。國之大事，實先祀典，天子聖躬，所當恭事。……臣不勝憤懣，謹條宜所施行七事，表左。』注：『表左，謂陳之於表左也。猶今云如左如右。』案邕所陳，皆整飭朝廷儀法綱紀之事，彦和所云，當即指此。黄注引獨斷文，似非。」按邕所陳之第一事曰：「明堂月令，天子以四立及季夏之節，迎五帝於郊，所以導致神氣，祈福豐年，清廟祭祀，追往孝敬，養老辟雍，示人禮化，皆帝者之大業，祖宗所祗奉也。……竊見南郊齋戒，未嘗有廢，至於它祀，輒興異議，豈南郊卑而它祀尊哉！孝元皇帝策書曰：『禮之至敬，莫善於祭，所以竭心親奉，以致肅祗者也。』又元和故事，復申先典，前後制書，推心懇惻，而近者已來，更任太史，忘禮敬之大，任禁忌之書，拘信小故，以虧大典。……自今齋制，宜如故典，庶答風霆災妖之異。」此與朝儀有關。黄注所引獨斷亦是。

魏代名臣，文理迭興。若高堂天文〔一〕、黄觀教學〔二〕，王朗節省〔三〕，甄毅考課〔四〕，亦盡節而知治矣〔五〕。晉氏多難，災屯流移〔六〕。劉頌殷勤於時務〔七〕，温嶠懇惻於費役〔八〕，並體國之忠規矣〔九〕。

〔一〕「文理」謂文章條理。詔策篇：「建安之末，文理代興。」訓故：「魏志高堂隆傳：青龍中，大治殿舍，有星孛於大辰。隆上疏曰：今之宫室，實違禮度，乃更建立九龍，華飾過前。天彗章灼，始起於房、心，犯帝座而干紫微。此乃皇天子愛陛下，是以發教戒之象，欲必覺寤陛下，不宜有忽，以重天怒。」

〔二〕「黄」原作「王」。黄校云：「元作『黄』，從魏志改。」李詳補注：「案太平御覽九百六引魏名臣奏有郎中黄觀上書云云，『黄』字不當輒改。」校注：「御覽、玉海六一引並作『黄』。類聚八五亦引魏黄觀奏，足以證黄氏徑改爲『王』之非。」斠詮：「御覽卷九〇六：『魏名臣奏曰：時殺禁地鹿者死，郎中黄觀上疏曰：「臣深思陛下所以不早取此鹿，誠欲使亟蕃息，然後大取以爲軍國之用也，然臣竊以爲今鹿但有日耗，終無得多也。」』黄觀疏可考者唯此而已，核其内容殊少涉及教學。舍人所言，或另有他疏，待詳。」

〔三〕范注：「三國魏志王朗傳注引魏名臣奏載王朗節省奏文。」全三國文王朗奏宜節省：「夫所以極奢者，大抵多受之於秦餘。……豈夫當今隆興盛明之時，祖述堯舜之際，割奢務儉之政，除繁崇省之令，詳刑慎罰之教，所宜希羡哉！……宜因年之大豐，遂寄軍政於農事，吏士大小，並勸稼穡。」

〔四〕補注：「太平御覽二百十四（按應作五）引魏名臣奏，駙馬都尉甄毅奏曰：『漢時公卿皆奏事。選尚書郎，試，然後得爲之。其在職，自賚所發書詣天子前發省。便處當事輕重，口自決定。或天子難問，據案處正，乃見郎之割斷才技。魏則不然。今尚書郎，皆天下之選，才技鋒出，亦欲騁其能於萬乘之前，宜如故事，令郎口自奏事，自處當。』案毅奏僅見於此，未知即彥和所指否。魏志文德甄皇后傳『封兄子毅爲列侯，毅數上書陳時政』者是也。」古時按一定的標準考察官吏的功過善惡，分別等差，升降賞罰，謂之「考課」。魏明帝令劉劭作都官考課之法七十二條。

注訂：「『宜如故事，令郎口自奏事』，此關考課事，即彥和所指，甚確。」

〔五〕「盡節知治」，盡臣子應盡之節，知道治理國家。

〔六〕校證：「御覽此句作『世交屯夷』，徐校作『世交屯移』。」「流移」謂流浪移徙。後漢書東夷傳：「會稽東冶縣人有入海行，遭風流移至澶州者，所在絕遠，不可往來。」易屯卦彖曰：「屯，剛柔始交而難生。」「災屯」，即災難。斠詮：「屯，難也，見説文。……案晉代有八王之亂、五胡亂華，遷都江東，桓玄叛亂等事，故云。」斯波六郎：「下文言『劉頌』晉初人，此有『流移』之語，不適切。此句恐應從御覽。」校注：「按作『世交屯夷』是。宋書文帝紀：『（文帝）答曰：皇運艱弊，數鍾屯夷。』又『（元嘉十九年詔）而頻遘屯夷。』南齊書高帝紀下：『（建元元年詔）末路屯夷。』文選傅亮爲宋公求加贈劉前軍表：『臣契闊屯夷。』並其證。」牟注：「屯，艱難。夷，創傷。」

〔七〕黄注：「劉頌傳：除淮南相，頌在郡上疏言封國之制，宜如古典，及六州將士之役，凡數千言。詔褒美之。」晉書劉頌傳：「除淮南相，在官嚴整，甚有政績。……在郡上疏曰：『……振理總綱，要在三條：凡政欲静，静在息役，息役在無爲；倉廩欲實，實在利農，利農在平糶；爲政欲著信，著信在簡賢，簡賢在官久。』……又上疏論律令，爲時論所美。」

〔八〕晉書温嶠傳：「時太子起西池樓觀，頗爲勞費。嶠上疏，以爲朝廷草創，巨寇未滅，宜應儉以率下；務農重兵。太子納焉。……明帝即位，拜侍中，轉中書令。」「懇惻」，謂誠懇痛切。後漢書黄瓊傳：「瓊辭疾讓封六七上，言旨懇惻，乃許之。」

〔九〕周禮天官序官：「惟王建國，辨方正位，體國經野，設官分職，以爲民極。」「體」，劃分；「國」，都城。「體國」也泛指治理國家。「規」謂規勸。

以上爲第二段，叙奏之流變，並論秦、漢、魏、晉代表作家作品。

夫奏之爲筆，固以明允篤誠爲本，辨析疏通爲首〔一〕。强志足以成務，博見足以窮理〔二〕，酌古御今，治繁總要〔三〕，此其體也〔四〕。

〔一〕校注：「左傳文公十八年：『齊聖廣淵，明允篤誠。』杜注：『允，信也；篤，厚也。』」正義：

「明，達也，曉解事務，照見幽微也；允者，信也，始終不愆，言行相副也；篤者，厚也，志性良謹，交游款密也；誠者，實也，秉心純直，布行貞實也。」陳繹曾文說：「奏宜情辭懇切，意思忠厚。」

〔二〕斠詮：「『强』本作『彊』。……國語晉語：『其壯也，彊志而用命。』韋注：『志，識也。』」史記屈原列傳：「博聞彊志，明於治亂，嫻於辭令。」「彊志」，謂强於記憶，即記憶力很强。「成務」，成就事務。易繫辭上：「夫易，開物成務。」注：「務，事也。」神思篇：「博見爲饋貧之糧。」校注：「抱朴子外篇勗學：『廣博以窮理。』」

〔三〕總術篇：「乘一總萬，舉要治繁。」

〔四〕「體」謂大體，大要。即奏書的要領。注訂：「此節至精。文賦：『奏平徹以閑雅。』就文取論，皮相之談，惟彦和『成務』、『窮理』之言，切確不易，非士衡所及也。」斠詮：「明允篤誠者，奏章之精神；辨析疏通者，文詞之要領；强志博見者，作者平日之功夫；酌古御今、治繁總要者，治事之法則。此彦和不易之確論。較乎陸機文賦所云『奏平徹以閑雅』，真不啻干將之於鉛刀矣。」

若乃按劾之奏，所以明憲清國〔一〕。昔周之太僕，繩愆糾謬〔二〕；秦之御史，職主文法〔三〕；漢置中丞，總司按劾〔四〕；故位在鷙擊〔五〕，砥礪其氣〔六〕，必使筆端振風，簡上凝霜者也〔七〕。

〔一〕章表篇：「奏以按劾。」謂按察彈劾。注訂：「明憲所以崇法，清國所以尚治，奏之主體，蓋在於是。」「明憲」，謂彰明法令。「清國」，謂澄清國政。

〔二〕范注：「尚書冏命：『穆王命伯冏爲周太僕正，作冏命。』冏命：『王若曰……惟予一人無良，實賴左右前後有位之士，匡其不及，繩愆糾謬，格其非心，俾克紹先烈。』」孔穎達疏：「木不正者，以繩正之。繩謂彈正。」蔡沈注：「繩，直；糾，正也。」周禮夏官太僕：「掌正王之服位，出入王之大命。」

〔三〕訓故：「通典：御史之名，周官有之，蓋主贊書，而授法令，非今任也。至秦漢乃爲糾察之任。」「主文法」，謂主管法令條文。漢書循吏黄霸傳：「霸爲人明察、内敏，又習文法。」

〔四〕范注：「漢書百官公卿表：『御史大夫，秦官，位上卿。……有兩丞，秩千石，一曰中丞，在殿中蘭臺，掌圖籍祕書，外督部刺史，内領侍御史員十五人，受公卿奏事，舉劾按章。』」

〔五〕范注引陳（漢章）先生曰：「後漢書安帝紀詔曰：『秋節既立，鷙鳥將用。』注云：『將欲糾其罪，同鷹鸇之鷙擊。』」注訂：「説文：『鷙，擊殺鳥也。』禮記儒行：『鷙蟲攫搏。』古字多假『摯』爲『鷙』。一切經音義八：『鷙，猛鳥也。』廣雅：『鷙，執也。』謂能執服衆鳥也。御史中丞主按劾，能使衆官慄服，故曰『位在鷙擊也』。」

校注：「春秋緯感精符：『霜者，刑罰之表也。季秋霜始降，鷹隼擊。王者順天行誅，成肅殺之威。』（白帖一引）漢書五行志上：『金，西方，萬物既成，殺氣之始也。故立秋而鷹隼擊。』又孫寶傳：『今日鷹隼始擊，當順天氣，以成肅霜之誅。』此文所云『鷙擊』，即春秋緯、漢書之『鷹隼擊』也。」

〔六〕「砥礪」，謂磨礪。「氣」，指正氣。

〔七〕范注：「案初學記十二引崔篆御史箴：『簡上霜凝，筆端風起。』此彥和所本。」

觀孔光之奏董賢，則實其奸回〔一〕；路粹之奏孔融，則誣其釁惡〔二〕。名儒之與險士，固殊心焉〔三〕。若夫傅咸勁直，而按辭堅深〔四〕；劉隗切正，而劾文闊略〔五〕：各其志也〔六〕。

〔一〕漢書佞幸傳：「董賢……爲人美麗自喜，哀帝望見，説其儀貌。……繇是始幸。……哀帝崩……賢與妻皆自殺。……莽復風大司徒光奏：『賢質性巧佞，翼姦以獲封侯。父子專朝，兄弟並寵，多受賞賜，治第宅，造冢壙，放效無極，不異王制，費以萬萬計，國爲空虛。父子驕蹇，至不爲使者禮，受賜不拜。罪惡暴著。賢自殺伏辜，死後，父恭不悔過，乃復以沙畫棺，四時之色，左蒼龍，右白虎，上著金銀日月，玉衣珠璧以棺。（師古曰：以此物棺斂也。）至尊無以加。恭等幸得免於誅，不宜在中土。臣請收没入財物縣官。諸以賢爲官者皆免。』……縣官斥賣董氏財凡四十三萬萬。」孔光，魯人，字子夏。治經學，熟習漢朝的制度法令。歷成、哀、平三朝，官至御史大夫、丞相、太師，封侯。當時王莽專權，光謹默自守，終日清談，不及政事，不爲莽所忌，得以保持禄位，漢書有傳。「實其奸回」，證實他的奸邪。

〔二〕范注：「後漢書孔融傳：『曹操既積嫌忌，而郗慮復構成其罪。遂令丞相軍謀祭酒路粹枉狀奏融曰：「少府孔融，昔在北海，見王室不静，而招合徒衆，欲規不軌，云：我大聖之後，而見滅於宋，有天下者，何必卯金刀？及與孫權使語，謗訕朝廷。又融爲九列，不遵朝儀，秃巾微行，唐突宫掖。又前與白衣禰衡跌蕩放言，云：父之於子，當有何親？論其本意，實爲情欲發耳。子之於母，亦復奚爲？譬如寄物瓶中，出則離矣。既而與衡更相贊揚。衡謂融曰仲尼不死。融答曰顔回復生。大逆不道，宜極重誅。」』」

〔三〕范注：「孔光雖名儒，性實鄙佞。彦和謂與路粹殊心，似嫌未允。」注訂：「孔光之於董賢，爲申有罪；路粹之於孔融，則爲誣賢者，居心有殊，未可同論也。」校注：「漢書王莽傳上：『莽以大司徒孔光名儒。』此『名儒』二字所本。程器篇亦有『然子夏（孔光字）無虧於名儒』語。」郭注：「漢書孔光傳：『字子夏，孔子十四世之孫也。』贊曰：『咸以儒宗，居宰相位，服儒衣冠，傳先王語，其醖藉可也。然皆持禄保位，被阿諛之譏。』可知其人固不足稱，此處所論未允。險士，指路粹。路粹，字文蔚，事見魏志王粲傳注。」

〔四〕梅注：「晉書：咸剛簡有大節，風格峻整，識性明悟，疾惡如仇，推賢樂善，常慕季文子、仲山甫之志。好屬文論，雖綺麗不足，而言成規鑒。庾純常嘆曰：長虞（傅咸字）之文，近乎詩人之作矣。……及惠帝即位，楊駿輔政，駿甚憚之。駿弟濟素與咸善，與咸書曰：江海之流混混，故能成其深廣也。……咸答曰……逆畏以直致禍，此由心不直正，欲以苟且爲明哲耳！自古以直致禍者，當自矯枉過直，或不忠允，欲以亢厲爲聲，故致忿耳。……居無何，駿誅。咸爲御史中丞，汝南王亮輔政專權。咸復上書切諫，奏免諸官，京都肅然，貴戚懾伏。時僕射王戎兼吏部，咸奏：戎備位台輔，兼掌選舉，不能謐靜風俗，以凝庶績。至今人心傾動，開張浮競。請免戎官。咸累自上書稱引故事，條理灼然，朝廷無以易之。吳郡顧榮嘗與親故書曰：傅長虞爲司隸，勁直忠果，劾按驚人。雖非周才，偏亮可貴也。」按此見傅咸傳。「勁直」，校注斠詮均謂應作「果勁」，後者謂『果勁』蓋凝鍊晉書傅咸本傳史文『勁直忠果』四字而來」。議對篇：「晉代能議，則傅咸爲宗。」才略篇：「長虞筆奏，世執剛中。」周注：「傅咸按劾皆舉實證不可動搖，所以稱堅深。」

〔五〕訓故：「晉書：劉隗爲丞相司直，奏免護軍將軍戴若思，又以梁龕奏伎，奏彈周顗諸人，史贊其亮直。」「切正」，嚴切正直。

黃注：「劉隗傳：隗遷丞相司直，彈奏不畏彊禦。」

范注引劉隗奏劾祖約與奏劾周筵劉胤李匡文。「闊略」，猶言疏略。後漢書馮衍傳下：「闊略杪小之禮，蕩佚人間之事。」

周注：「晉書劉隗傳：『周嵩嫁女，門生斷道解廬，斫傷二人。建康左尉赴變，又被斫。隗劾嵩兄顗曰：「……縱肆小人，群爲凶害，公於廣都之中，白日刃尉。遠近洶嚇，百姓喧嘩。」』劾文對於罪狀敘述不具體，所以是疏詞簡略。」

〔六〕斯波六郎：「論語先進：『子曰：何傷乎，亦各言其志也。』應璩與從弟君苗君胄書：『然山父不貪天下之樂，曾參不慕晉楚之富，亦其志也。』」斠詮直解爲「亦各有其思想性格之所致也」。

以上爲第三段，論奏書的規格要求及按劾之奏的特點。

後之彈事〔一〕，迭相斟酌〔二〕，雖新日用，而舊準弗差〔三〕。然函人欲全，矢人欲傷〔四〕，術在糾惡，勢必深峭〔五〕。詩刺讒人，投畀豺虎〔六〕；禮疾無禮，方之鸚猩〔七〕；墨翟非儒，目以羊彘〔八〕；孟軻譏墨，比諸禽獸〔九〕；詩禮儒墨，既其如兹；奏劾嚴文，孰云能免！

〔一〕黄注：「六朝御史中丞劾奏曰彈事。文選有沈休文、任彥昇彈事。王准之傳：宋臺諫，除御史中丞，爲百僚所憚。自彪之至准之，四世居此職。准之嘗作五言詩，范泰嘲之：『卿惟解彈事耳。』」按此見南史。

范注：「陳先生曰：『案周書大聚解：「興彈相庸。」爲彈事命名之始。』朱駿聲通訓定聲曰：『衆經音義引仲長統昌言云：「繩墨得拼彈。」後人糾彈譏彈，亦此義也。』文選有彈事類。」

注訂：「説文：『彈，行丸也。』引申爲批彈糾彈之稱。」陳懋仁文章緣起注：「彈，按劾也，按其罪狀而劾治之也。」

文體明辨序説：「又按劾之奏，別稱彈事，尤可以徵彈劾爲奏之一端也。」

〔二〕俞樾群經平議：「白虎通禮樂篇：『周公曰酌，言周公輔成王，能斟酌文武之道而成之也。』……凡酌酒不可太過，亦不可不及，貴適其中。孔明出師表曰『斟酌損益』，以斟酌損益並言，最得古人語意。此傳所謂斟酌者，蓋合公卿以下諸人之言而可否之，取去之也。今俗語凡度量事物皆曰斟酌，乃古語之存者。」

〔三〕校證：「『雖』原作『惟』，與上下文不相銜接，按論説篇有『雖有日新』語，今據改。」斠詮直解爲「雖其使用日漸革新，而舊有之原則標準無或差異」。

〔四〕孟子公孫丑上：「孟子曰：矢人豈不仁於函人哉！矢人唯恐不傷人，函人惟恐傷人。巫匠亦然，故術不可不慎也。」「函人」，製甲之工；「矢人」，製矢之工。

〔五〕校釋：「御覽作『勢入剛峭』，是。」按「勢必深峭」義亦可通，不必改從御覽。此處「深」字即上文「按辭堅深」之深；「術」字亦用上引孟子語，指彈劾之術。

〔六〕訓故：「詩巷伯：取彼譖人，投畀豺虎。」毛傳：「投，棄也。」朱注：「言讒譖之人，物所共惡也。」「畀」，予也。

〔七〕黄注：「（禮記）曲禮（上）：鸚鵡能言，不離飛鳥；猩猩能言，不離禽獸。今人而無禮，雖能言，不亦禽獸之心乎！」

〔八〕校證：「『羊』原作『豕』，御覽作『羊』。案墨子非儒下：『貪於飲食，惰於作務，陷於饑寒，危於凍餒，無以違之。是若乞人，鼸鼠藏而羝羊視，賁彘起。』正以『羊彘』爲言，今據改。」

〔九〕范注：「孟子滕文公下：『楊氏爲我，是無君也；墨氏兼愛，是無父也。無父無君，是禽獸也。』」

是以世人爲文〔一〕，競於詆訶，吹毛取瑕〔二〕，次骨爲戾〔三〕，復似善罵，多失折衷〔四〕。若能闢禮門以懸規，標義路以植矩〔五〕，然後踰垣者折肱，捷徑者滅趾〔六〕，何必躁言醜句，詬病爲切哉〔七〕！

〔一〕「世人」，御覽作「近世」。

〔二〕校注：「韓非子大體篇：『不吹毛而求小疵。』三國志吴志步騭傳：『伏聞諸典校擿抉細微，吹毛求瑕。重案深誣，趨欲陷人。』漢書中山靖王傳：『今或無罪爲臣下所侵辱，有司吹毛求疵，笞服其臣，使證其君。』」

〔三〕校證：「『次』，御覽作『刺』。案史記酷吏傳：『外寬内深次骨。』索隱：『次，至也。李奇曰：「其用法刻至骨」。』此彦和所本。贊文亦作『次骨』。作『刺』者淺人妄改。」黄注：「漢書杜周傳：『周少言重遲，而内深次骨。』注：『其用法深刻至骨。』」「戾」，暴戾。

〔四〕校注：「史記孔子世家贊：『折衷於夫子。』索隱：『……王叔師云：「折中，正也。」』」

〔五〕孟子萬章下：「夫義，路也；禮，門也。惟君子能由是路，出入是門也。」

〔六〕校注：「『趾』，御覽引作『跡』。按『滅趾』與上句之『折肱』對，御覽所引非也。易噬嗑爻辭：『屨校滅趾。』」范注：「踰垣，猶言踰越禮法。捷徑，謂涉邪徑。」黃注：「離騷：『夫唯捷徑以窘步。』」

斯波六郎：「尚書費誓：『無敢寇攘，踰垣牆，竊馬牛，誘臣妾，汝則有常刑。』春秋左氏傳定公十三年：『三折肱知爲良醫。』」

〔七〕御覽「切」作「巧」。注訂：「自『若能』句以下，至『切哉』一節，是爲正規之言，無可易者。故紀評曰『酌中之論』也。」

校注：「禮記儒行：『常以儒相詬病。』鄭注：『詬病，猶恥辱也。』」斠詮：「切，謂切厲也。後漢書蔡衍傳：『言甚切厲，坐免官。』」

是以立範運衡〔一〕，宜明體要〔二〕。必使理有典刑〔三〕，辭有風軌〔四〕，總法家之式〔五〕，秉儒家之文〔六〕，不畏彊禦〔七〕，氣流墨中〔八〕，無縱詭隨〔九〕，聲動簡外，乃稱絶席之雄〔一〇〕，直方之舉耳〔一一〕。

〔一〕「立範運衡」，建立規範，運用權衡。

〔二〕書記篇：「或全任質素，或雜用文綺，隨事立體，貴乎精要。」荀悦漢紀後序：「於是乃作考舊，通達體要，以述漢紀。」「體要」，即大體、大要。

〔三〕詩大雅蕩：「雖無老成人，尚有典刑。」箋：「猶有常事故法，可案用也。」後因用爲模範之意，亦作典型。

斠詮：「『理有典刑』，則明其過謬，不致『吹毛取瑕，次骨爲戾』；『辭有風軌』，則不致『詆訶謾駡，失乎折中』；『總法家之式』則不苟，『秉儒家之文』則有情；『不畏彊禦』，『無縱詭隨』，此則作者之氣節也。」

〔四〕「風軌」，風範。詮賦：「無貴風軌，莫益勸戒。」袁宏三國名臣序贊：「若夫出處有道，名體不滯，風軌德音，爲世作範，不可廢也。」

〔五〕校釋：「『式』，御覽作『裁』，義較長。」校注：「史記自序：『（司馬談論六家要旨）法家不別親疏，不殊貴賤，一斷於法。』據此則作『裁』是。范甯穀梁傳集解序：『公羊辨而裁。』楊疏：『裁，謂善能裁斷。』詁此正合。」

〔六〕注訂：「『總法家之式』則不苟，『秉儒家之文』則有情。」

〔七〕范注：「詩大雅烝民：『唯仲山甫，柔亦不茹，剛亦不吐，不侮矜寡，不畏彊禦。』正義曰：『不畏懼於彊梁禦善之人。』」詩大雅蕩正義又云：「禦善者，見善事而抗禦之，是心不嚮善不從教化之人也。」

〔八〕御覽「流」作「留」。此句意謂正氣流布於筆墨之中。

〔九〕范注：「詩大雅民勞：『無縱詭隨。』傳曰：『詭隨，詭人之善，隨人之惡者。』」朱注：「詭隨，不顧是非而妄隨人也。」斠詮：「不放縱詭譎隨和之鄉愿。」

〔一〇〕黃注：（「後漢書）王常傳：常爲橫野大將軍，位次與諸將絶席。注：絶席，謂尊顯之也。漢官儀曰：御史大夫、尚書令、司隸校尉皆專席，號三獨坐。」按後漢書來歙傳：「賜歙班坐絶席。」後漢書張禹傳：「每朝見特贊，與三公絶席，在諸公之右。」注訂：「絶席者，殊座也，故稱雄。」牟注：「這裏指『總司按劾』的御史大夫而言。」

〔一一〕范注：「易坤文言：『直，其正也；方，其義也。君子敬以直內，義以方外。』」牟注：「韓非子解老：『所謂方者，內外相應也，言行相稱也……所謂直者，義必公正，心不偏黨也。』」

以上爲第四段，論彈事及其規格要求。

啓者，開也〔一〕。高宗云：「啓乃心，沃朕心。」〔二〕取其義也〔三〕。孝景諱啓，故兩漢無稱。至魏國箋記，始云啓聞。奏事之末，或云謹啓〔四〕。自晉來盛啓，用兼表奏。陳政言事，既奏之異條；讓爵謝恩，亦表之別幹〔五〕。必斂飭入規〔六〕，促其音節，辨要輕清〔七〕，文而不侈，亦啓之大略也〔八〕。

〔一〕范注：「説文：『启，開也。啓，教也。』經傳皆以『啓』爲『启』。」注訂：「段玉裁云：『按後人用啓字訓開，乃廢启不行矣。』」服虔通俗文：「官信曰啓。」文體明辨序説：「启，開也，開陳其義也。」

〔二〕高宗，商王武丁。范注：「尚書説命上：『啓乃心，沃朕心，若藥弗瞑眩，厥疾弗瘳。』傳曰：『開汝心以沃我心，如服藥必瞑眩極，其病乃除，欲其出切言以自警。』」正義：「當開汝心所有，以灌沃我心；欲令以彼所見教己未知故也。」

〔三〕校釋：「御覽『取』作『蓋』，是。」

〔四〕范注：「通典一百四載魏劉輔等論賜謚啓，是魏奏亦稱『啓』之證。釋名釋書契：『啓，亦詣也，以告語官司所至詣也。』據此，東漢已有啓矣。留存事始：『沈約書云：景帝名啓，當時俱諱。自魏國牋記末方云謹啓。』」

校注：「事物紀原集類二：『魏國牋記，始云啓，末云謹啓。』並其證。」文體明辨序説「箋」類：「古來君臣同書，至東漢始用箋記：公府奏記，郡將奏箋。……是時太子諸王大臣皆得稱箋，後世專以上皇后太子。於是天子稱表，皇后太子稱箋，而其他不得用矣。」

〔五〕范注：「御覽六百三十四載范甯斷衆公受假故事啓。又一百四十九引東京舊事會稽王道子皇太子納妃啓、晉書孝武文李太后傳道子請崇正文李太妃名號啓。」

清王兆芳文體通釋「啓」：「啓者，本字作『启』，開也，詣也。開启以事，明事之所至詣，上天子與王侯大臣，奏表之變也。……劉勰曰：『晉來盛啓……亦表之别幹。』」牟注：「晉代用『啓』之盛，除范文瀾注所舉范甯一篇，司馬道子二篇外，寫得較多的如陸雲，有國起西園第表啓宜遵節儉之制等六篇，卞嗣之有沙門應致敬啓四篇。用兼表奏：如上舉陸雲表啓宜遵節儉之制，即表啓兼用。當時其他諸啓，也和表奏無大區别。」

〔六〕校證：「『飭』，元本、馮本、汪本、佘本、張之象本、兩京本、梅六次本、張松孫本、吴校本作『徹』，王惟儉本作『轍』，何允中本、日本活字本、梅本、凌本、陳本、鍾本、梁本、徐校本、清謹軒鈔本、日本刊本作『散』，黄本改作『飭』。」按曹能始批梅六次本亦作「斂轍入規」。沈岩録何焯云：「則啓之無取乎冗長明矣。劉、柳之啓，後世之不戾於古者也。」按「轍」、「徹」義通，均指軌轍。黄本臆改爲「飭」，非是。

〔七〕牟注：「辨要：太平御覽卷五九五作『辯要』。才略篇説『典論辯要』，指論述能抓住要害。」

〔八〕范注：「此猶言簡約毋繁耳。」孫梅四六叢話卷十四「啓」類説：「若乃敬謹之忱，視表爲不足（即不到用表的程度），明慎之旨，侔書爲有餘（即書不足以表達），則啓是也。」大抵啓的句式比較短促，而且行文也比較簡約。「不侈」，不浮侈。文體明辨序説：「奏啓入規而忌侈文，彈事明憲而戒善駡，世人所作，多失折衷，此又學者所當知也。」斠詮：「李兆洛駢體文鈔序目曰：『齊梁啓事短篇，藻麗間見，既非具體，無關效法，十而存一，概可知也。』蓋此體之作，惟尚隸事徵典，篇體短促，多者百名而已。故爾時文士，競爲纖巧，以夸雅切。故曰『斂徹入軌，促其音節，辨要輕清，文而不侈，亦啓之大略也』。」

以上爲第五段，釋啓之意義及其體用。

又表奏确切〔一〕，號爲讜言〔二〕。讜者，偏也〔三〕。王道有偏，乖乎蕩蕩〔四〕，矯正其偏〔五〕，故曰讜言也。孝成稱班伯之讜言〔六〕，言貴直也〔七〕。

〔一〕「确」音學。後漢書崔寔傳：「指切時要，言辯而确。」注：「确，堅定也。」銘箴篇：「箴全禦過，故文資确切。」「切」，謂切要。

〔二〕范注：「後漢班彪傳下注，文選典引注，皆云『讜，直言也』。書益稷正義引聲類云：『讜言，美言也。』漢書叙傳顔師古注：『讜言，善言也。』」

斠詮：「讜言，正直之言。説文新附：『讜，直言也。』」

〔三〕范注：「此言『讜者偏也』，疑有脱字，似當云：『讜者，正偏也。』書洪範：『無偏無黨，王道蕩蕩。』」

校注：「按范氏謂有脱字甚是，惟謂作『正偏』，似與下『王道有偏，乖乎蕩蕩』不相應；疑當作『無偏』。書洪範：『無偏無黨，王道蕩蕩。』……足與此文相發。」

校釋：「按讜無偏訓。讜言，美言也，直言也。此當作『讜者，正也。』下文『其偏』上闕字，當作『讜正其偏』。」

〔四〕書「無偏無黨，王道蕩蕩」句下孔傳：「偏，不平。」左傳襄公三年引此二句，杜注：「蕩蕩，平正無私。」

〔五〕校證：「何校云：『「其偏」上當有闕文。』謝，徐校『蕩蕩』下補『矯正』二字，王惟儉本空白二字。黄本於『蕩蕩』下注云：『下有脱字。』今據謝補。」

校注：「按『其』下疑脱『言無』二字，觀上下文意可見。」

〔六〕梅注：「漢書：班伯，况子也。成帝時，以侍中光禄大夫養病久之。……時乘輿幄坐張畫屏風，畫紂醉踞妲己作長夜之樂。上以伯新起，數目禮之，因顧指畫而問伯：『紂爲無道，至於是乎？』伯對曰：『書云「乃用婦人之言」，何有踞肆於朝？所謂「衆惡歸之」，「不如是之甚也」。』上曰：『苟不若此，此圖何哉？』伯曰：『「沈湎於酒」，微子所以告去也。「式號式謼」，大雅所以流連也。詩書淫亂之戒，其原皆在於酒。』上乃喟然嘆曰：『吾久不見班生，今日復聞讜言！』」按此見漢書叙傳。

〔七〕校證：「『貴』上『言』字今補，蓋原作小二，誤奪之。樂府篇：『故陳思稱李延年閑於增損古辭，多者則宜減之，明貴約也。』封禪篇：『録圖曰：「潬潬噅噅，棼棼雉雉，萬物盡化。」言至德所被也。』句法與此同。」斠詮：「案樂府、封禪兩篇所引，皆實録陳思，録圖之言，故於斷語加『明』『言』二字以申明之，今此處所述孝成之稱出於間接叙筆，非直接辭語，句法並非一致，故斷語『貴直也』三字自通，無加『言』字必要。」

自漢置八能，密奏陰陽〔一〕；皂囊封板，故曰封事〔二〕。鼂錯受書，還上便宜〔三〕。後代便宜〔四〕，多附封事〔五〕，慎機密也。夫王臣匪躬〔六〕，必吐謇諤〔七〕，事舉人存〔八〕，故無待泛説也〔九〕。

〔一〕「能」原作「儀」。范注：「『八儀』，疑當作『八能』。後漢書禮儀志中：『正德曰：「八能士各言事。」八能士各書板言事。文曰：「臣某言，今月若干日甲乙日冬至，黄鍾之音調，君道得，孝道褒。」商臣、角民、徵事、羽物，各一板。否則召太史令各板書，封以皂囊，送西陛，跪授尚書。』」王先謙集解：「八能，謂撞鍾，擊鼓、磬，吹管、竽，鼓琴之士……以六器應八音，故曰八能。」「密奏陰陽」，後漢書禮儀志引樂叶圖徵：「八能之士常以日冬至成天文，日夏至成地理。作陰樂以成天文，作陽樂以成地理。」

宋吴曾能改齋漫録卷七「封事」條：「按漢置八儀，密奏陰陽，皂囊封板，故曰封事。」可見宋本即作「儀」，不誤。注訂：「八儀，即八能。廣雅釋言：『儀，賢也。』八能、八賢、八儀一也。下文云：『密奏陰陽，皂囊封板。皆本禮儀志中語，蓋可證也。』」

〔二〕「板」字校證本誤排爲「事」。按各本均作「板」。開明書店版范注本誤排爲「事」，校證本亦沿其誤。兹據改。

黄注：「後漢禮儀志中：日冬至，召太史令各板書，封以皂囊。獨斷：凡章表皆啓封，其言密事，得皂囊盛。」漢官儀：「密奏以皂囊封之，不使人知，故曰封事。」「皂」，黑色。圖書集成文學典一四八卷表章部雜録引鼠璞：「俗謂章奏爲囊封，本於漢。凡章奏皆啓封，至言密事不敢宣泄，則用皂囊重封以進，若州縣之紫袋。劉向懼恭顯之傾危上，乃上封章以諫，其末云：臣謹重封昧死上。漢漏泄之法極重，師丹使吏書奏，丁、傅得其草，以告廷尉，劾治策免。」

文體明辨序説「奏疏」類：「又置八儀，密奏陰陽，皂囊封板，以防宣泄，謂之封事。」

〔三〕黃注：「（史記）鼂錯傳：太常遣鼂錯受尚書伏生所，還，因上便宜事。」南齊書顧憲之傳：「愚又以便宜者，蓋便於公，宜於民也。」

〔四〕校證：「『後代便宜』，黃丕烈云：『案馮本無此四字，校增。』」按元刻本有此四字。

〔五〕范注：「漢書霍光傳：『上令吏民得奏封事，不關尚書。』」

〔六〕范注：「易蹇卦六二：『王臣蹇蹇，匪躬之故。』」正義：「盡忠於君，匪以私身之故，而不往濟君，故曰匪躬之故。」高亨周易古經今注：「蹇蹇，借爲謇謇，古本亦作謇謇。廣雅釋詁：『故，事也。』（此采王引之説）王臣蹇蹇，匪躬之故，言王臣謇謇，忠告直諫者，非其身之事，乃君國之事也。」

〔七〕黃注：「後漢書陳蕃傳：竇太后猶詔蕃曰：忠孝之美，德冠本朝；謇諤之操，華首彌固。」「謇諤」，亦作謇愕，直言也。

晉書武帝紀：「讜言謇諤，所望於左右也。」

〔八〕校證：「黄丕烈云：『舉，活字本作徙。』案禮記中庸云：『其人存，則其政舉。』此彦和所本，作『徙』者誤。」斠詮：「事舉人存，謂所言之政事獲得實行，而其人之名亦存於世也。禮記中庸：『其人存則其政舉。』彦和師其語而不用其義。」

〔九〕郭注：「無待泛説，承上文『必吐謇諤』而言。」

第六段附論「讜言」、「封事」、「便宜」。

贊曰：皂飾司直〔一〕，肅清風禁〔二〕。筆鋭干將，墨含淳酖〔三〕。雖有次骨〔四〕，無或膚浸〔五〕。獻政陳宜，事必勝任。

〔一〕校證：「『飾』原作『飭』，黄丕烈云：『活字本作飾。』今據改。皂飾乃司直之服飾。」按元刻本此字作「飭」。

校釋：「孫詒讓疑『飭』當作『袀』，以『袀』爲皂服也。然『袀』無緣譌爲『飭』，『飭』疑『飾』之誤。皂乃司直之服飾。」

注訂：「飭疑爲飾之筆誤，彦和於古之成語，多用變文，如上八儀之類，則皂飾猶皂服也。」

黄注：「（漢書）百官公卿表：武帝元狩五年，初置司直，掌佐丞相舉不法。」

斠詮：「司直，主判斷正邪曲直之人，指古之諫議大夫、御史大夫……等官而言。詩鄭風羔裘：『彼其之子，邦之司直。』毛傳：『司，主也。』」

〔二〕「風禁」，猶言風紀。

〔三〕困學紀聞卷十九評文「詩會餘蚳之文」條：「夏文莊（竦）表云：詩會餘蚳之文，簡凝含酖之墨。餘蚳，見詩貝錦箋。筆鋭干將，墨含淳酖，出文心雕龍（奏启篇贊）。」「酖」，「鴆」的異體字。「墨含淳酖」，謂按劾之文中，含有淳烈之酖毒也。

〔四〕見前「次骨爲戾」。

〔五〕校注：「論語顔淵：『子曰：浸潤之潛，膚受之愬。』集解：『鄭曰：「譖人之言，如水之浸潤，漸以成之。」馬曰：「膚受之愬，皮膚外語，非其内實。」』」

斠詮：「謂奏劾之文，言必覈實，無有膚受之愬，浸潤之譖，而劾存誣陷也。」

議對第二十四

校釋：「議對者，議政與對策之文也。名用雖殊，其必深明治體，務切時用，言無虚設，義準經訓，瞭然於一代政治之得失，坐言者可以起而行，然後文非妄作。觀彦和所舉漢魏臣工，其所獻替，無不如是。……彦和之時，文浮末勝，尤無足觀，故其此篇，雖揚搉前代作者，實鍼砭當世文風，最爲切要。」

注訂：「研其所宜則議，答其所問乃對。此通義而實一體，但主賓稍疏，而枝幹有異也。故彥和稱對即議之別體是矣。然議有專題，對以循問；固又非奏啓之類，此不可不知也。」

斠詮：「夫開陳政典，上劾變愆，此奏啓之由興；而審謀事宜，應答疑難，則議對之所生也。奏啓、議對，兩者殊塗而同歸，皆所以勸善納忠，獻可替否者也。惟奏啓爲主動進言，議對乃被動獻説，此其大較，亦彥和兩文相次之故也。」

對也稱「對策」，是議之別體。它和詔策篇所論的策書不同，前者是上行公文，後者是下行公文。對策是由於漢代以策取士，而出現的文體，可以認爲是奏議的一個附類。皇帝把要問的問題寫在簡上，稱爲策問；參加選拔的文士把自己的回答寫在簡上交上去，叫作對策。這種對策，到宋朝成爲考試科目之一，所以宋朝的策論特別發達。蘇洵、蘇軾就是這方面的名家。

周爰咨謀，是謂爲議〔一〕。議之言宜，審事宜也〔二〕。易之節卦〔三〕，「君子以制度數，議德行」〔四〕。周書曰：「議事以制，政乃弗迷。」〔五〕議貴節制，經典之體也〔六〕。

〔一〕札記：「説文言部：議，語也。論，議也。謀，慮難曰謀。口部：謀事曰咨。然則議亦論事之汎稱。」「咨」，原作「諮」。校注：「按詩小雅皇皇者華：『載馳載驅，周爰咨謀。』毛傳：『忠信爲周，訪問於善爲咨。咨事之難易爲謀。』鄭箋：『爰，於也。』此舍人所本。……『諮』，俗字，（「咨」已從口，無庸再加言旁。）當依御覽作『咨』，始與詩合。以下文『堯咨四岳』，及書記篇『短牒咨謀』驗之，此原作『咨』也。」按皇皇者華：「周爰咨諏。」朱注：「周，徧；爰，於也。

咨諏，訪問也。使臣自以每懷靡及，故廣詢博訪，以補其不及而盡其職也。……謀，猶諏也，變文以協韻耳。」

明朱荃宰文通卷九「議」類襲用此文云：「詩云：『周爰諮謀』，謂徧於咨議也。」

〔二〕范注：「段玉裁注説文議字曰：『議者，誼也，誼者人所宜也。言得其宜之謂議。』韻會四寘引説文『議，語也』下有『一曰謀也』。」斠詮引匡謬正俗云：「議有宜音。」

注訂：「曲禮：『公事不私議。』莊子齊物論：『六合之内，聖人論而不議。』段氏曰：『議者，誼也，誼者，人所宜也。』是本彦和，蓋古『義』『誼』互通，古今字也。從『義』之字訓宜，皆由『誼』字來也。」

〔三〕斠詮：「節卦兑下坎上，䷻。其卦辭曰：『節，亨，苦節不可貞。』孔疏：『象曰：「節以制度。」雜卦云：「節，止也。」然則節者，制度之名，節止之義。……』」

〔四〕校注：「『度數』活字本御覽引作『數度』。按作『數度』始與易合。前詔策篇亦誤倒。」

易節卦：「象曰：澤上有水，節，君子以制數度，議德行。」「數度」謂禮數、法度。正義：「數度，謂尊卑禮命之多少；德行，謂人才堪任之優劣；君子象節以制其禮數等差，皆使有度；議人之德行，任用皆使得宜。」郭注：「察此文『制』字及下文周書『制』字，皆當作節制解釋，故下文云：『議貴節制』也。」

〔五〕尚書周官：「議事以制，政乃不迷。」孔傳：「凡制事必以古義議度終始，政乃不迷錯。」正義：「凡欲制斷當今之事，必以古之義理議論量度其終始，合於古義然後行之。則其爲之政教乃不迷錯也。」又：「論議時事，必以古之制度如此，則政教乃不迷錯矣。」范注：「弗，應據周官作不。」周官蔡注：「制，裁度也。迷，錯謬也。……蘇氏曰：鄭子産鑄刑書，晉叔向譏之曰：昔先王議事以制，不爲刑辟。其言蓋取諸此。」

文章辨體序説「議」類：「周書曰：議事以制，政乃不迷。眉山蘇氏釋之曰：先王人法並任，而任人爲多，故臨事而議，是則國之大事，合衆議而定之者，尚矣。」

文體明辨序説「議」類：「按劉勰云：『議者，宜也，周爰諮謀以審事宜也。』周書曰『議事以制，政乃不迷』，此之謂也。」

〔六〕「體」，謂體制，體例。

昔管仲稱軒轅有明臺之議〔一〕，則其來遠矣。洪水之難，堯咨四岳〔二〕，宅揆之舉，舜疇五人〔三〕。三代所興，詢及芻蕘〔四〕。春秋釋宋，魯僖預議〔五〕。及趙靈胡服，而季父爭論〔六〕；商鞅變法，而甘龍交辨〔七〕；雖憲章無算〔八〕，而同異足觀〔九〕。

〔一〕訓故：「管子桓公問：黄帝立明臺之議者，上觀於賢也。」「明臺」，傳説爲黄帝議政之所。三國志魏文帝紀延康元年令：「軒轅有明臺之議，放勛有衢室之問，皆所以廣詢於下也。」

〔二〕校注：「書堯典：『帝曰：「咨，四岳！湯湯洪水方割，蕩蕩懷山襄陵，浩浩滔天，下民其咨！

有能俾乂？」僉曰：「於！鯀哉！」』」注見前章表篇「故堯咨四岳，舜命八元」。王通中説問易篇：「文中子曰：議其盡天下之心乎？昔黃帝有合宮之聽，堯有衢室之問，舜有總章之訪，皆議之謂也。大哉乎，拜天下之謀，兼天下之智，而理得矣。我何爲哉，恭己南面而已。」

〔三〕范注：「尚書舜典：『咨，四岳！有能奮庸熙帝之載（奮，起；庸，功；載，事也。訪群臣有能起發其功，廣堯之事者），使宅百揆，亮采惠疇。』（亮，信；惠，順也。求其人使居百揆之官，信立其功順其事者誰乎？）此下命禹作司空，棄作后稷，契作司徒，皋陶作士，垂作共工，所謂五人也。」郭注：「疇即疇咨，詢問之義。魏志管寧傳：『疇咨群公，思求俊乂。』」校釋：「按舜典：舜新命六人：禹、垂、益、伯夷、夔、龍也。此作『五人』，疑誤。又舜典雖有『惠疇』、『疇若』之文，皆訓誰。此言舜疇五人，亦文不成義。『疇』乃『詶』之借字，亦作『譸』，魏元丕碑曰『譸咨群寮』，是也。」按舜典：「納于百揆。」孔傳：「揆，度也。度百事，總百官。」舜所咨疇者五臣，非必如校釋所説爲新命之六人。

校注：「宋本、鈔本、活字本、喜多本、鮑本御覽引，『宅』作『百』，『人』作『臣』……按『百』『臣』二字並是。『百揆』與上『洪水』對。論語泰伯：『舜有臣五人，而天下治。』集解引孔曰：『禹、稷、契、皋陶、伯益也。』……『疇』讀爲『籌』。荀子正論篇：『故至賢疇四海。』楊注：『或曰：疇，與籌同。謂計度也。』是『疇』字於此，亦非不可解者。劉説誤。」舜典蔡傳：「百揆者，揆度庶政之官。惟唐虞有之，猶周之冢宰也。」

〔四〕范注：「詩大雅板：『先民有言，詢於芻蕘。』」朱注：「芻蕘，採薪者。」

〔五〕校證：「『魯僖預議』原作『魯桓務議』。惠棟九曜齋筆記一引其父士奇曰：『案文當云「魯僖預議」，公羊傳僖二十一年：「釋宋公。」傳曰：「執未有言釋之者，此其言釋之何？公與爲爾也。公與爲爾奈何？公與議爾也。」今注劉勰書者，皆不知引。』案惠説是。御覽『務』正作『預』，徐校亦作『預』，『預』與『與』同，轉寫譌爲『務』耳。今據改。」按公羊傳僖公二十一年：「楚人知雖殺宋公，猶不得宋國，於是釋宋公。」春秋傳僖公二十一年：「十有二月，癸丑，公會諸侯盟於薄，釋宋公。」「宋公」，宋襄公，是年秋爲楚人所執。

〔六〕黄注：「（史記）趙世家：武靈王欲胡服。公子成曰：中國者，賢聖之所教也。今王舍此而襲遠方之服，變古之教，逆人之心。王曰：儒者一師而俗異，中國同禮而教離。今叔之所言者，俗也；吾所言者，所以制俗也。公子成曰：王將繼簡、襄之意以順先王之志，臣敢不聽乎。」「季父」，靈王之叔父公子成。

史記趙世家：武靈王欲胡服，謀之於公子成，「公子成再拜稽首曰：『……臣聞中國者，蓋聰明徇智之所居也，萬物財用之所聚也，賢聖之所教也，仁義之所施也，詩、書、禮、樂之所用也，異敏技能之所試也，遠方之所觀赴也，蠻夷之所義行也。今王舍此而襲遠方之服，變古之教，易古之道，逆人之心，而佛學者，離中國，故臣願王圖之也。』」

〔七〕校證：「『辨』，御覽作『辯』，下同。」斟詮：「字雖古通，但此篇論議對，以從言者爲正。」范注：「史記商君列傳：『孝公即用衛鞅。鞅欲變法，恐天下議己。衛鞅曰：疑行無名，疑事無功。且夫有高人之行者，固見非於世，有獨知之慮者，必見敖於民。愚者闇於成事，知者見於未萌。民不可與慮始而可與樂成。論至德者不和於俗，成大功者不謀於衆。是以聖人苟可以彊國，不法其故；苟可以利民，不循其禮。孝公曰：善。甘龍曰：不然。聖人不易民而教，知者不變法而治，因民而教，不勞而成功；緣法而治者，吏習而民安之。衛鞅曰：龍之所言，世俗之言也。常人安於故俗，學者溺於所聞。以此兩者居官守法可也，非所與論於法之外也。三代不同禮而王，五伯不同法而霸。智者作法，愚者制焉；賢者更禮，不肖者拘焉。』」

〔八〕「憲章」，典章制度。「無算」，無足算，謂少。淮南子泰族訓：「日計無算，歲計有餘。」

〔九〕意謂這些議論雖然成爲典章制度的不多，但是主張的同異之點還是可見的。這是對漢代的「楷式昭備」而言。

以上爲第一段，釋「議」之名義及其淵源。

迄至有漢，始立駁議〔一〕。駁者，雜也。雜議不純，故曰駁也〔二〕。自兩漢文明，楷式昭備，藹藹多士〔三〕，發言盈庭〔四〕；若賈誼之遍代諸生，可謂捷於議也〔五〕。

〔一〕黄注：「駁議，見章表篇。」

〔二〕范注：「説文：『駁，馬色不純，從馬，爻聲。』又：『駮，獸如馬，倨牙，食虎豹，從馬，交聲。』駁、駮二字，義絶異。駁議之駁，不應混作駮。通俗文：『黄白雜，謂之駁犖。』」

〔三〕校注：「詩大雅卷阿：『藹藹王多吉士。』毛傳：『藹藹猶濟濟也。』」

〔四〕斯波六郎：「詩小雅小旻：『謀父孔多，是用不集，發言盈庭，誰敢執其咎？』」文體明辨序説「議」類：「蓋古者國有大事，必集群臣而廷議之，交口往復，務盡其情，若罷鹽鐵、擊匈奴之類是也。」

〔五〕梅注：「史記：文皇帝初立，以河南守吴公言賈生年少，頗通諸子百家之書。因召以爲博士。是時賈生年二十餘，最爲少。每詔令議下，諸老先生不能言，賈生盡爲之對，人人各如其意所欲出。諸生於是乃以爲能，不及也。」按此見屈原賈生列傳。范注：「諸生，即諸老先生。……史、漢多稱賈誼爲賈生，蓋尊呼之，非因其年少也。」

至如吾丘之駁挾弓〔一〕，安國之辨匈奴〔二〕，賈捐之之陳於珠崖〔三〕，劉歆之辨於祖宗〔四〕，雖質文不同，得事要矣。

〔一〕「吾丘」原作「主父」，黄校：「當作『吾丘』。」顧校作「吾丘」。校證：「按吾丘壽王駁挾弓事，見漢書本傳，黄、顧校是，今據改。」

斠詮：「茲據御覽五九五及古今圖書集成卷一五〇引訂正。」考異：「此因吾丘壽王與主父偃同傳，載漢書六十四卷中，因而致誤。」

漢書吾丘壽王傳：「丞相公孫弘奏言：『民不得挾弓弩……』上下其議。壽王對曰：『臣聞古者作五兵，非以相害，以禁暴討邪也。安居則以制猛獸而備非常，有事則以設守衛而施行陣。……且所爲禁者，爲盜賊之以攻奪也。……臣恐邪人挾之而吏不能止，良民以自備而抵法禁，是擅賊威而奪民救也。……大不便。』上以難弘，弘詘服焉。」

〔二一〕梅注：「漢書：武帝時，韓安國爲御史大夫，匈奴來請和親，上下其議。大行王恢，燕人，數爲邊吏，習胡事，議曰：漢與匈奴和親，率不過數年即背約，不如勿許，舉兵擊之。安國曰：千里而戰，即兵不獲利。今匈奴負戎馬足，懷鳥獸心，遷徙鳥集，難得而制。得其地不足爲廣，有其衆不足爲彊，自上古弗屬，漢數千里争利，則人馬罷，虜以全制其敝，勢必危殆。臣故以爲不如和親。」

黄注：「漢書韓安國傳：武帝時，匈奴請和親。大行王恢議伏兵襲擊。安國曰：匈奴，輕疾悍亟之兵也，至如猋風，去如收電，難得而制。今使邊郡久廢耕織，以支胡之常事，其勢不相權也。臣故曰勿擊便。」

史記韓長孺列傳：「（武帝）建元六年……安國爲御史大夫。匈奴來請和親，天子下議。大行王恢，燕人也，數爲邊吏，習知胡事。議曰：『漢與匈奴和親，率不過數歲即復倍約。不如勿許，興兵擊之。』安國曰：『千里而戰，兵不獲利。今匈奴負戎馬之足，懷禽獸之心，遷徙鳥舉，難得而制也。得其地不足以爲廣，有其衆不足以爲强，自上古弗屬。漢數千里争利，則人馬罷，虜以全制其敝。且彊弩之極，矢不能穿魯縞；沖風之末，力不能漂鴻毛。非初不勁，末力衰也，擊之不便，不如和親。』群臣議者多附安國，於是上許和親。」

〔三〕范引孫云：「御覽無兩『之』字。」按元刻本、弘治本、張之象本、兩京本、梅本均僅一「之」字，當據删。

校證：「『珠崖』原作『朱厓』，黄注及顧校俱作『珠崖』，按捐之之陳珠崖，見漢書本傳，黄、顧校是，今據改。」

校注：「法言孝至篇：『朱厓之絶，捐之之力也。』作朱厓。……此固不必依漢書本傳作『珠厓』也。」

梅注：「漢書：捐之，賈誼之曾孫也。元帝初即位，上疏言得失，召待詔金馬門。初，武帝征南越，元封元年立儋耳、珠厓郡，皆在南方海中洲居，廣袤可千里，合十六縣，户二萬三千餘，其民暴惡，自以阻絶數犯吏禁。至昭帝時，凡六反，罷儋耳郡并屬珠厓。宣帝時復反。元帝初元元年，又反，發兵擊之。連年不定，上與有司議大發軍，捐之建議以爲不當擊，其略曰：其人父子同川而浴，相習以鼻飲，與禽獸無異，本不足郡縣置也。顓顓獨居一海之中，霧露氣濕，多毒草蟲蛇水土之害，人未見虜，戰士自死，又非獨珠厓有珠犀瑇瑁也。棄之不足惜，不擊不損威，其民譬猶魚鼈，何足貪也！臣愚以爲非冠帶之國、禹貢所及、春秋所治，願遂棄珠厓。」按此見賈捐之傳。珠厓郡在今海南島。

〔四〕黄注：「劉歆武帝廟不宜毁議：孝武皇帝南滅百粤、北攘匈奴，至今累世賴之。天子三昭三穆，與太祖之廟而七。孝宣皇帝舉公卿之議，既以爲世宗之廟，臣愚以爲不宜毁。」札記：「文載漢書韋賢傳，班彪贊曰：考觀諸儒之議，劉歆博而篤矣。」漢書韋賢傳（附賢子玄成傳）：「光禄勳彭宣、詹事滿昌、博士左咸等五十三人皆以爲繼祖宗以下，五廟而迭毁。後雖有賢君，猶不得與祖宗並列。子孫雖欲褒大顯揚而立之，鬼神不饗也。孝武皇帝雖有功烈，親盡宜毁。太僕王舜、中壘校尉劉歆議曰：『……高帝建大業，爲太祖；孝文皇帝德至厚也，爲文太宗；孝武皇帝功至著也，爲武世宗；此孝宣帝所以發德音也。……竊觀孝武皇帝，功德皆兼而有焉，凡在於異姓，猶將特祀之，況於先祖？或説，天子五廟無見文，又説中宗高宗者，宗其道而毁其廟。名與實異，非尊德貴功之意也。……至祖宗之序，多少之數，經傳無明文，至尊至重，難以疑文虚説定也。孝宣皇帝舉公卿之議，用衆儒之謀，既以爲世宗之廟，建之萬世，宣佈天下。臣愚以爲孝武皇帝功烈如彼，孝宣皇帝崇立之如此，不宜毁。』」

若乃張敏之斷輕侮〔一〕，郭躬之議擅誅〔二〕，程曉之駁校事〔三〕，司馬芝之議貨錢〔四〕，何曾蠲出女之科〔五〕，秦秀定賈充之謚〔六〕，事實允當，可謂達議體矣。

〔一〕梅注：「後漢書：建初中，張敏爲尚書，有人侮辱人父者，而其子殺之。肅宗貰其死刑而降宥之，自後因以爲比。是時遂定其議，以爲輕侮法。敏駁議以爲死生之決，宜從上下，有生有殺。若開相容恕，著爲定法者，則是故設姦萌，生長罪隙。又云：未曉輕侮之法將以何禁？必不能使不相輕侮，而更開相殺之路。執憲之吏復容其姦枉云云。」黄注：「張敏傳……敏駁議曰：『使執憲之吏得設巧詐，非所以導在醜不争之義。可下三公、廷尉，蠲除其敝。』議寢不省。敏復上疏，和帝從之。」「斷」，絶，指反對。

札記：「文見後漢書張敏傳。」

〔二〕梅注：「後漢書：永平中，奉車都尉竇固出擊匈奴，騎都尉秦彭爲副。彭在别屯，而輒以法斬人。固奏彭專擅，請誅之。顯宗乃引公卿朝臣平其罪科。躬以明法律，召入議，議者皆然固奏。躬獨曰：『於法，彭得斬之。』帝曰：『軍征，校尉一統於督。彭既無斧鉞，可得專殺人乎？』躬對曰：『一統於督者，謂在部曲也。今彭專軍别將，有異於此。兵事呼吸，不容先關督帥。且漢制棨戟即爲斧鉞，於法不合罪。』帝從躬議。」按此見郭躬傳。

〔三〕梅注：「魏志：曉嘉平中爲黄門侍郎。時校事放曠（應作横），曉上疏，其略曰：遠覽典志，近觀秦漢，雖官名改易，職司不同；至於崇上抑下，顯分明例，其致一也。初無校事之官干與庶政者也。昔武皇帝大業草創，衆官未備。而軍旅勤苦，民心不安，乃有小罪，不可不察，故置校事，取其一切耳。此霸世之權宜，非帝王之正典。其後漸蒙見任，莫正其本，遂令上察宫廟，下攝衆司，官無局業，職無分限，隨意任情，唯心所適。法造於筆端，不依科詔；獄成於門下，不顧覆訊。其選官屬……以刻暴爲公嚴，以循理爲怯弱。外則託天威以爲聲勢，内則聚群奸以爲腹心。大臣恥與分勢，含忍而不言；小人畏其鋒芒，鬱結而無告。至使尹模肆其奸慝，罪惡之著，行路皆知。既非周禮設官之意，又非春秋十等之義。縱令校事有益於國，以禮義言之，尚傷大臣之心，况奸回暴露，而復不罷。是衮闕不補，迷而不反也。於是隨罷校事官。」按此見程昱傳附程曉傳。

札記：「裴注引曉别傳曰：『曉大著文章，多亡失，今之存者不能十分之一。』案如此言，則本文士，故其文峻利允當若是矣。」魏吴皆有校事，爲皇帝或執政耳目，刺探臣民言行。曹操初置校事，至曹丕爲帝，權任益重，上察宫廟，下攝衆官，校事盧洪、趙達等常以憎愛擅作威福。參閲俞正燮癸巳存稿卷七校事考。

周注：「『程曉之駁校事』，並不是魏朝提出校事來商議，是程曉認爲校事官應裁撤，有意見上奏，這又説明議同於奏。」

〔四〕梅注：「魏志：芝，河内温人也。少爲書生。……性亮直，不矜廉隅，與賓客談論，有不可意，便面折其短，退無異言。居官十一年，數議科條所不便者。卒於官，家無餘財。貨錢議本傳不載。」

札記：「黄注引司馬芝傳，今傳無其文，蓋妄引也。晉書食貨志云：魏文帝黄初二年，以穀貴，始罷五銖錢，使百姓以穀帛爲市。至明帝代，錢廢穀用既久，人間巧僞漸多，競濕穀以要利，作薄絹以爲市，雖處以嚴刑，而不能禁也。司馬芝等舉朝大議，以爲用錢非徒豐國，亦所以省刑也，今若更鑄五銖，於事爲便。帝乃更立五銖錢。案芝議可見者，僅此數言而已。」

〔五〕梅注：「晉書：司馬師輔政，是時魏法，犯大逆者誅及已出之女。毋丘儉之誅，其子甸妻荀氏應坐死，其族兄顗與師姻，通表魏帝，以丐其命。詔聽離婚。荀氏所生女芝，爲潁川太守劉子元妻，亦坐死，以懷姙繫獄。荀氏辭詣司隸校尉何曾乞恩，求没爲官婢，以贖芝命。曾哀之，使主簿程咸上議曰：『臣以爲女人有三從之義，無自專之道。出適他族，還喪父母，降其服紀，所以明外成之節，異在家之恩。而父母有罪，追刑已出之女；夫黨見誅，又有隨姓之戮。一人之身，内外受辟。今女既嫁，則爲異姓之妻；如或産育，則爲他族之母……男不得罪於他族，而女獨嬰戮於二門，非所以哀矜女弱，蠲明法制之本分也。臣以爲在室之女，從父母之誅；既醮之婦，從夫家之罰。宜改舊科，以爲永制。』於是有詔改定律令。」按此見刑法志。又見三國志魏書何夔傳注引干寶晉紀。

〔六〕梅注：「晉書：秀，新興雲中人也。少敦學行，以忠直知名。咸寧中，爲博士。賈充卒，下禮官議謚，秀議曰：充無子，舍宗族弗授，而以異姓爲後，悖禮溺情，以亂大倫。昔鄫子養外孫莒公子爲後，春秋書莒人滅鄫。聖人豈不知外孫親耶！但以義推之，則無父子耳。……然則以外孫爲後，絶父祖之血食，開朝廷之禍門。謚法『昏亂紀度曰荒』，請謚荒公。」按此見秦秀傳。

漢世善駁，則應劭爲首〔一〕。晉代能議，則傅咸爲宗〔二〕。然仲瑗博古，而詮貫以叙〔三〕；長虞識治，而屬辭枝繁〔四〕。及陸機斷議，亦有鋒穎〔五〕，而腴辭弗翦〔六〕，頗累文骨〔七〕，亦各有美，風格存焉〔八〕。

〔一〕黄注：「應劭傳：劭凡爲駁議三十篇。」

札記：「後漢書劭傳載有駁韓卓募兵鮮卑議及追駁尚書陳忠活尹次、史玉議二首。」（范注：尹次、史玉二人名。）

〔二〕札記：「晉書禮志載有咸議二社表及駁成粲議太社，又本傳載咸爲司隸校尉，劾王戎，御史中丞解結以咸爲違典制，越局侵官。咸上書自辨，其辭甚繁。李充翰林論（嚴輯）曰：世以傅長虞每奏駁事，爲邦之司直矣。」

〔三〕范注：「後漢書應劭傳：『劭字仲遠。』李賢注引謝承書曰：應氏譜並云字仲遠。續漢書文士傳作『仲援』。漢官儀又作『仲瑗』，未知孰是。」

校證：「尋劉寬碑陰，有『故吏南頓應劭仲瑗』。洪适曰：『漢官儀既劭著，又此碑可據，則知「遠」、「援」皆非也。』竊疑應氏本名劭字仲遠，『劭』『卲』古通，『卲』『遠』義正相應。『瑗』則其別字，『援』即『瑗』之譌誤耳。」「博古」謂博通古事。張衡西京賦：「雅好博古，學乎舊史氏。」

校證：「『以』梅本改作『有』。」按「有」字義長。「詮貫」謂詮衡貫通。王金凌：「這就是能一、能通、能賅、能贍。」

〔四〕「長虞」，傅咸字。奏啓篇：「若夫傅咸勁直，而按辭堅深。」「識治」謂明識治道。周注：「傅咸彈劾王戎，御史中丞解結以咸劾戎違典制。咸駁道：『中丞司隸俱糾皇太子以下，則共對司内外矣。不爲中丞專司内百僚，司隸專司外百僚。自有中丞、司隸以來，更互奏内外衆官，惟所糾得無内外之限也。……司隸與中丞俱共糾皇太子以下，則從皇太子以下無所不糾也。得糾皇太子而不得糾尚書，臣之暗塞，既所未譬。……』這裏的話就是有前後複出的，所謂『屬辭枝繁』。」

〔五〕札記：「案此謂士衡議晉書限斷也。李充翰林論曰：『在朝辨政而議奏出，宜以遠大爲本。陸機議晉斷，亦名其美矣。』……陸文已闕，全晉文（九十七）録其數語。」按初學記二十一引李充翰林論：「士衡之議，可謂成文矣。」斯波六郎：「晉書賈謐傳：『先是朝廷議立晉書限斷，中書監荀勖謂……著作郎王瓚欲……於時依違未有所決。惠帝立，更始議之，謐上議請從泰始爲斷。於是事下三府，司徒王戎、司空張華、領軍將軍王衍、侍中樂廣、黄門侍郎嵇紹、國子博士謝衡，皆從謐議，騎都尉濟北侯荀畯、侍中荀藩、黄門侍郎黄混以爲……謐重執奏戎華之議，事遂施行。』陸機之議，恐亦惠帝時之作。」

周注：「全晉文陸機晉書限斷議：『三祖（指司馬懿、師、昭父子）實終爲臣，故書爲臣之事，不可不爲傳，此實録之謂也。而名同帝王，故自帝王之籍，不可以不稱紀，則追王之義。』按晉追尊司馬懿爲宣帝，師爲景帝，昭爲文帝。紀是用帝王紀年來記大事，這三人都没有稱帝，没有年號，不能紀年，所以記他們的事又像傳。」

〔六〕「腴」原作「諛」。紀評：「『諛』當作『腴』。」范注：「士衡撰文，每失繁富，下云顇累文骨，其作『腴』者是也。」

校注：「御覽引作『腴』。元本、弘治本、汪本、佘本、張本、兩京本……崇文本同。紀説是也。雜文篇『腴辭雲搆』，亦足爲當作『腴』之證。」

〔七〕校釋：「御覽五九五正作『腴』。明刻五家言本同。史稱『陸機服膺儒術，非禮弗動』，觀今存議晉書限斷，不可謂諛，蓋陸文繁富，故病其腴。詮賦篇曰『膏腴害骨』，與此文同意，故曰『顇累文骨』也。」按鎔裁篇：「至如士衡才優，而綴辭尤繁……及雲之論機，亟恨其多。」才略篇：「陸機才欲窺深，辭務索廣，故思能入巧而不制繁。」風骨篇：「若瘠義肥辭，繁雜失統，則無骨之徵也。」

〔八〕夸飾篇説：「雖詩書雅言，風格訓世，事必宜廣，文亦過焉。」本篇論到應劭、傅咸、陸機三人的作品時，概括他們三人的作品説：「亦各有美，風格存焉。」這兩處的風格，都是指風範格局而言。

世説新語德行篇：「風格峻整。」顔氏家訓文章篇：「古人之文，宏才逸氣，體度風格，去今實遠。但緝綴疏樸，未爲密緻耳。」

以上爲第二段，評論兩漢魏晉議體的代表作家作品。

夫動先擬議〔一〕，明用稽疑〔二〕，所以敬慎群務，弛張治術〔三〕。故其大體所資，必樞紐經典，採故實於前代，觀通變於當今〔四〕；理不謬搖其枝〔五〕，字不妄舒其藻。

〔一〕易繫辭上：「擬之而後言，議之而後動，擬議以成其變化。」注：「擬議以動，則盡變化之道。」正義：「『擬之而後言』者……聖人欲言之時，必擬度之而後言也；『議之而後動』者……謂欲動之時，必議論之而後動也。擬議以成其變化者，言則先擬也，動則先議也，則能成盡其變化之道也。」意思是説：凡事行動之前，必先擬度謀議。

〔二〕尚書洪範：「次七曰明用稽疑。」傳：「明用卜筮考疑之事。」朱熹書集傳：「稽疑曰明，所以辨惑也。稽，考也，有所疑，則卜筮以考之。龜曰卜，蓍曰筮。蓍龜者，大公無私，故能紹天之明。」按「明用稽疑」一語，乃尚書洪範篇箕子爲周武王所陳天地大法九類中之第七，下文演述「七、稽疑」説：「汝則大疑，謀及乃心，謀及卿士，謀及庶人，謀及卜筮。」孔傳：「將舉事，而汝則有大疑，先盡汝心以謀慮之，次及卿士衆民，然後卜筮以決之。」

〔三〕校注：「『弛』，宋本……御覽引作『施』。按『施』『弛』古通。……『弛張』二字原出禮記雜記下，然古亦有作『施張』者，古文苑孔融離合作郡姓名字詩『出行施張』……是也。御覽引作『施』，或文心古本如此。」「弛張」，比喻事業的廢興，和處事的寬嚴。韓非子解老：「萬物必有盛衰，萬事必有弛張，國家必有文武，官治必有賞罰。」禮記雜記下：「張而不弛，文、武不能也；弛而不張，文、武弗爲也。一張一弛，文、武之道也。」

〔四〕國語周語上：「賦事行刑，必問於遺訓，而咨於故實。」韋昭注：「故實，故事之是者。」「故實」指足以效法借鑑的舊事。亦可指典故史實。

「通變」，會通演變，指發展變化。文心雕龍有通變篇。

〔五〕此句意謂説理不要在枝節問題上摇擺遊移。

注訂：「自『夫動』以下至『其藻』一節，爲議體主文，説明此類文章之所以不同於其餘者，至精當也。」

又郊祀必洞於禮〔一〕，戎事必練於兵〔二〕，佃穀先曉於農〔三〕，斷訟務精於律〔四〕。然後標以顯義，約以正辭，文以辨潔爲能，不以繁縟爲巧〔五〕；事以明覈爲美〔六〕，不以環隱爲奇〔七〕；此綱領之大要也。若不達政體，而舞筆弄文，支離構辭，穿鑿會巧，空騁其華，固爲事實所擯；設得其理，亦爲遊辭所埋矣〔八〕。

〔一〕校證：「『又』，元本、馮本、汪本、佘本、兩京本、謝抄本作『文』，誤；徐校作『又』；宋本御覽作『其』。」按謝恒抄本馮舒校云：「謝作『又』，『事』下有『必』字。嘉靖癸卯亦作『又』。」

〔二〕校注：「『必』黄校云：『一作要，又作宜。』……按御覽引作『宜』。下文之『先』字『務』字，皆異辭相對；上『郊祀必洞於禮』句，已著『必』字，此不應重出，當以作『宜』爲是。」按「必」字重出亦不爲過。

〔三〕校證：「『佃』，何校本、黄本作『田』，御覽亦作『田』。」考異：「『田』、『佃』、『畋』古通。……詩齊風：『無田甫田。』注：『田，謂耕治之也。』」

〔四〕札記：「『郊祀必洞於禮』四句，論議之文，無一可以陵虚構造，必先習其故事，明其委曲，然後可以建言。虚張議論，而無當於理，此乃對策八面鋒之枝，非獨不能與於文章之數，亦言政者所憎棄也。彦和此四語真扼要之言。」

〔五〕桓寬鹽鐵論水旱篇：「大夫曰：議者，貴其辭約而指明，可於衆人之聽，不至繁文、稠辭、多言，害有司化俗之計。」

御覽五九四引李充翰林論云：「駁不以華藻爲先。」

注訂：「『文以辨潔爲能』兩句，即再申上文『理不謬揺其枝，字不妄舒其藻』之意也。」

〔六〕銘箴篇：「其取事也，必覈以辨。」

〔七〕校證：「『環』原作『深』，今據御覽改。『環』爲彥和習用字。」斠詮：「環隱，謂環迴隱奥也。」按各本俱作「深」，且「深隱」亦習用語，無煩改字。

〔八〕校注：「易繫辭下：『誣善之人其辭游（同遊）。』」

注訂：「『爲遊辭所埋』一節，是釋明議文之不合於『綱領之大要』者之弊端，『設得其理，亦爲遊辭所埋』，則文雖典雅，庸有濟乎？語尤痛切。」

以上這幾句話的意思是説要想對於國家的大政方針進行建議，必須通達政體，具有感性的直接經驗，因爲議體的文章，要以内容爲主。如果過多地堆積浮辭，文章的思想内容反爲浮辭所埋。

昔秦女嫁晉，從文衣之媵，晉人貴媵而賤女；楚珠鬻鄭，爲薰桂之櫝，鄭人買櫝而還珠〔一〕。若文浮於理，末勝其本，則秦女楚珠，復在於兹矣〔二〕。

〔一〕梅注：「韓非子楚王謂田鳩曰：『墨子者，顯學也。其身體則可，其言多而不辨何也？』曰：『昔秦伯嫁其女於晉公子，令秦爲之飾裝，從文衣之媵七十人。至晉，晉人愛其妾而賤公女，此可謂善嫁妾而未可謂善嫁女也。楚人有賣其珠於鄭者，爲木蘭之櫃，薰以桂椒，綴以珠玉，飾以玫瑰，輯以翡翠，鄭人買其櫝而還其珠。此可謂善賣櫝矣，而未可謂善鬻珠也。今世之談也，皆道辯説文辭之言，人主覽其文而忘有用。墨子之説，傳先王之道，論聖人之言以宣告人，若辯其辭，則恐人懷其文忘其直，以文害用也。此與楚人鬻珠，秦伯嫁女同類。』」

按此見外儲説左上。

〔二一〕校注：「『在』宋本……御覽引作『存』。按『在』、『存』二字形近，每易淆混，此當以作『存』爲是。曹子建文集求通親親表：『則古人之所嘆，風雅之所詠，復存於聖世矣。』文選王儉褚淵碑文：『裴楷清通，王戎簡要，復存於茲。』句法並與此同，可證。」

校釋：「晉、宋以後，文體漸尚藻麗，於是有不切事情而騁華辭者，故彥和以貴媵、還珠譬況之，猶今世所謂脱離實際之文也。」

以上爲第三段，提示議體之寫作要領。

又對策者，應詔而陳政也〔一〕；射策者，探事而獻説也〔二〕。言中理準，譬射侯中的〔三〕；二名雖殊，即議之別體也〔四〕。古之造士，選事考言〔五〕。漢文中年，始舉賢良〔六〕，鼂錯對策，蔚爲舉首〔七〕。及孝武益明，旁求俊乂〔八〕，對策者以第一登庸〔九〕，射策者以甲科入仕〔一〇〕，斯固選賢要術也〔一一〕。

〔一〕史記平津侯主父列傳：「太常令所徵儒士各對策。」顏氏家訓省事篇：「陳國家之利害，對策之伍也。」「對策」又略稱爲策。策就是簡策（册），因臣下把意見寫在簡策上而得名。

〔二〕玉海卷六十一引文心雕龍，於此句下注云：「漢書注：射之言授（案當作「投」）也，對策者，顯問以政事。」

黄注：「(漢書)蕭望之傳：望之以射策甲科爲郎。注：射策者，謂爲難問疑義書之於策，量其大小署爲甲乙之科，列而置之，不使彰顯。有欲射者，隨其所取得而釋之，以知優劣。射之言投射也。對策者，顯問以政事經義，令各對之，而觀其文辭，定高下也。」策問時有兩種方式：策問内容不公開，被推選舉薦來應試的人碰到什麽問題回答什麽，稱爲「射策」，也就是抽簽答題；「對策」則題目公開，同時考問許多人，根據每人的答卷來比較優劣。

〔三〕禮記射義：「故天子之大射，謂之射侯。射侯者，射爲諸侯也。射中，則得爲諸侯；射不中，則不得爲諸侯。」

〔四〕注訂：「據此，議之别體蓋有二：一爲對策，二爲射策。然無論其爲對爲射，皆對類也。詔策篇之策，所以異於此者，以其非對也。顯有不同，是所應知。」

〔五〕禮記王制：「司徒論選士之秀者而升之學，曰俊士。升於司徒者，不征於鄉，升於學者，不征於司徒，曰造士。」鄭注：「不征，不給其繇役。造，成也。能習禮則爲成士。」

斠詮：「但在此處用非其義，應作『造就人才』解。王制又云：『樂正崇四術，立四數，順先王詩書禮樂以造士，春秋教以禮樂，冬夏教以詩書，王太子、王子、群后之太子、卿大夫元士之適子，國之俊選皆造焉。』鄭注：『順此四術，而教以成是士也，皆以四術成之。』」

周禮地官鄉大夫職曰：「三年則大比，考其德行道藝而興賢者能者。」鄭注：「賢者，有德行者；能者，有道藝者。」鄭司農云：「興賢者，謂若今舉孝廉。興能者，謂若今舉茂才。」范注：「選事猶言興能；考言猶言興賢，有德者必有言也。」注訂：「選事者，因事以選才；考言者，較言以用事也。」

斯波六郎：「『選事』者，謂以事功選之；『考言』，謂以言論考之。……此之『古之造士，選事考言』，疑與漢書成帝紀鴻嘉二年詔之『古之選賢，傅納以言，明試以功』有關。」

斠詮：「所謂『選事考言』即『考德藝興賢能』之義。又禮記文王世子：『凡語於郊者，必取賢斂才焉。或以德進，或以事舉，或以言揚。』……孔疏：『……或以事舉者，事次德者，雖無德而解世事，或吏治之屬，亦舉用之也。或以言揚者，次事也，揚亦進舉之類。互言之，雖無德無事，而能言語應對，堪爲使命，亦舉用之。』是所謂『選事考言』，亦即『以事舉以言揚』之說。」

文體明辨卷三十四「策問」類引此數語作：「按古者選士，詢事考言而已。漢文中年，始策賢良。」

〔六〕玉海卷六十一引注「中年」爲「十五年」。

文體明辨序說「策問」類：「按古者選士，詢事考言而已，未有問之以策者也。漢文中年，始策賢良，其後有司亦以策試士，蓋欲觀其博古之學，通今之才，與夫剸劇解紛之識也。」

〔七〕范注：「漢書文帝紀：『十五年九月，詔諸侯王公卿郡守舉賢良能直言極諫者，上親策之。』補注引周壽昌曰：『此漢廷策士之始，前此即位二年，詔舉賢良方正能直言極諫者，未聞舉何人。至是始以三道策士，而鼂錯以高第由太子家令遷中大夫。』」漢書鼂錯傳：「後詔有司舉賢良文學士，錯在選中。上親策之曰：『惟十有五年九月壬子，皇帝曰……錯對曰……對策者百餘人，唯錯爲高第，由是遷中大夫。』對策文在本傳。」

〔八〕「俊乂」，賢能的人。尚書皋陶謨：「俊乂在官，百僚師師，百工惟時。」傳：「才德過千人爲俊，百人爲乂。」校注：「漢書儒林傳贊：『自武帝立五經博士，開弟子員，設科射策，勸以官禄。』」書僞太甲上：「『旁求俊彥。』枚傳：『旁，非一方。』又僞説命下：『旁招俊乂。』」

〔九〕玉海卷六十一引，句下注：「公孫弘。」

黄注：「平津侯傳：公孫弘使匈奴還報，不合上意，病免歸。元光五年，詔徵文學，國人固推弘，弘至太常。太常令所徵儒士各對策，百餘人，弘第居下。策奏，天子擢弘對爲第一。」公孫弘對策見漢書平津侯傳。

校注：「尚書堯典：『疇咨，若時登庸。』孔傳：『庸，用也。』」

斠詮：「呂祖謙云：『登庸者，大用之意。』」

〔一〇〕玉海卷六十一於本句下注云：「兒寬以射策爲掌故。」

校注：「漢代射策以甲科入仕者，頗不乏人。漢書匡衡傳：『衡射策甲科，以不應令，除爲太常掌故。』馬宮傳：『以射策甲科爲郎。』翟方進傳：『以射策甲科爲郎。』何武傳：『以射策甲科爲郎。』王嘉傳：『以明經射策甲科爲郎。』」

斠詮：「漢書儒林傳：『平帝時，歲課甲科四十人爲郎中，乙科三十八人爲太子舍人，丙科四十人補文學掌故。』」

〔一〕注訂：「此語舉出對策於議雖爲别體，其特點則專在選賢矣。」

文體明辨序説「策」類：「按説文云：『策者，謀也。』漢書音義曰：『作簡策推問，例置案上，在試者意投射取而答之，謂之射策。若録政化得失顯而問之，謂之對策。』劉勰云：『射策者，探事而獻説也，以甲科入仕。對策者，應詔而陳政也，以第一登庸。皆選賢之要術也。』夫策士之制，始於漢文，晁錯所對，蔚爲舉首。自是而後，天子往往臨軒策士，而有司亦以策舉人，其制迄今用之。」

觀鼂氏之對，驗古明今〔一〕，辭裁以辨，事通而贍，超升高第，信有徵矣〔二〕。仲舒之對，祖述春秋〔三〕，本陰陽之化，究列代之變，煩而不慁者〔四〕，事理明也。公孫之對，簡而未博，然總要以約文，事切而情舉〔五〕，所以太常居下〔六〕，而天子擢上也。杜欽之對〔七〕，略而指事〔八〕，辭以治宣，不爲文作〔九〕。及後漢魯丕，辭氣質素〔一〇〕，以儒雅中策，獨入高第。凡此五家，並前代之明範也。

〔一〕校證：「『驗古明今』，元本、傳校元本、馮本、汪本、佘本、張之象本、兩京本、謝鈔本、吴校本作『驗古今』，謝云：『今上當脱一字。』王惟儉本作『考驗古今』。梅、徐校本作『證驗古今』，其後諸本皆從之。玉海作『驗古明今』。案玉海是。奏啓篇云：『酌古御今。』事類篇云：『援古證今。』句法正同，今據補正。體性篇『擯古競今』，通變篇『競今疎古』，句法亦同。」

〔二〕梅注：「漢書：孝文時，太常遣錯受尚書伏生所，還因上書稱説。詔以爲太子舍人，門大夫，遷博士。又上書。上善之，於是拜錯爲太子家令。是時匈奴彊，數寇邊，上發兵以禦之。錯上言兵事。後詔有司舉賢良文學士，錯在選中。對策者百餘人，唯錯爲高第。」按此見鼂錯傳。

吴訥文章辨體序説「策」類：「按説文：策者，謀也。凡録政化得失，顯而問之，謂之對策，考之於史，實始漢之鼂錯，遇文帝恭謙好問之主，不能明目張膽以答所問，惜哉！」

漢書鼂錯傳：「上詔有司舉賢良文學士。錯在選中。上親策詔之。……時賈誼已死，對策者百餘人，惟錯爲高第，由是遷中大夫。」范甯穀梁傳集解序：「公羊辯而裁，其失也俗。」楊疏：「辯謂説事分明；裁謂善能裁斷。」誄碑篇：「桓彝一篇，最爲辨裁矣。」鼂錯請徙民實邊，守邊備塞，援古證今，剖析利害，規劃制度，頗爲周密，所以稱之爲「事通而贍」。

〔三〕玉海卷六十一於本句下注云：「武帝即位，舉賢良文學之士，策凡三道。」梅注：「仲舒少治春秋。孝景時爲博士。武帝即位，舉賢良文學之士前後百數，而仲舒以賢良對策焉。對既畢，天子以仲舒爲江都相。」按此見漢書董仲舒傳，對策文在本傳。文章辨體序説「策」類：「唯董仲舒學識醇正，又遇孝武初政清明，策之再三，故克罄竭所藴，帝因是罷黜百家，專崇孔氏，以表章六經，厥功茂焉。」

范注：「漢書武帝紀：『建元元年，冬十月，詔舉賢良方正直言極諫之士。丞相綰（衛綰）奏，所舉賢良，或治申、商、韓非、蘇秦、張儀之言，亂國政，請皆罷。奏可。』董仲舒對策不知在何時。案仲舒對策，請罷斥百家，竟成舉首；故丞相衛綰希旨，奏罷賢良之治百家言者。又仲舒傳言武帝即位，仲舒以賢良對策舉首，是其對策在武帝即位之建元元年甚明。」

〔四〕「慁」，通混，混雜，紊亂。按漢書董仲舒傳載仲舒對策曰：「臣謹案春秋之中，視前世已行之事，以觀天人相與之際，甚可畏也。……及至後世，淫佚衰微……上下不和，則陰陽繆盭而妖孽生矣。此災異所緣而起也。……臣謹案春秋之文，求王道之端，得之於正。……然則王者欲有所爲，宜求其端於天。天道之大者在陰陽。陽爲德，陰爲刑；刑主殺而德主生。是故陽常居大夏，而以生育養長爲事；陰常居大冬，而積於空虚不用之處。以此見天之任德不任刑也。……」以下又徵引春秋，究論列代之治亂，武帝在制誥中也稱贊他説：「今子大夫明於陰陽之所以造化，習於先聖之道業。」董仲舒的對策很長，而且旁徵博引，牽涉的面很廣，然而條理分明，所以説「煩而不慁」。

周注：「煩而不慁：文繁而不亂。漢書董仲舒傳：『仲舒以賢良對策。』第一策説：『觀天人相與之際，甚可畏也。國家將有失道之敗，而天乃先出災害以譴告之；不知自省，又出怪異以警懼之；尚不知變而傷敗乃至：以此見天心之仁愛人君而欲止其亂也。』因此主張勉力行善，施行教化，以求天的瑞應福禄。第二策說：德教未行，由於不素養士而官吏暴虐爲奸，因此主張『興太學置明師以養天下之士』，使『諸侯吏二千石皆盡心於求賢』，『則三王之盛易爲而堯舜之名可及也』。第三策說：『人之所爲，其美惡之極乃與天地流通而往來相應。』所以要『務明教化民以成性也』。『春秋大一統者，天地之常經，古今之通誼也。今師異道，人異論，百家殊方，指意不同，是以上亡以持一統，法制數變，下不知所守。臣愚以爲諸不在六藝之科、孔子之術者，皆絕其道，勿使并進。』」

〔五〕梅注：「漢書：弘少時爲獄吏，有罪，免。家貧，牧豕海上。年四十餘，乃學春秋雜說。武帝初即位，招賢良文學士。是時弘年六十，以賢良徵爲博士。使匈奴，還報，不合意，上怒，以爲不能，弘乃移病免歸。元光五年，復徵賢良文學，菑川國復推上弘。弘謝曰：『前已嘗西，用不能罷。願更選。』國人固推弘。弘至太常。上册詔諸儒，弘對策。時對者百餘人。太常奏弘第居下。策奏，天子擢弘對爲第一。召入見，容貌甚麗，拜爲博士，待詔金馬門。」按此見公孫弘傳。

王金凌：「漢書本傳所載公孫弘對策，只在文末引堯、禹、桀、紂證成其說，其餘皆直陳治道，所以稱『簡而未博』。」

郭注：「對策言『天人之道』，『吉凶之效』，『水旱』之由，『仁義禮知四者之宜』，『天命之符』，『人事之紀』，皆極簡要，所以説『簡而未博』。又説『總要以約文，事切而情舉』。」「事切」，指内容切中事務的癥結。「情舉」，情意高舉，謂情意表達明顯。

〔六〕「太常」，官名。秦置奉常，漢景帝中六年更名太常，掌宗廟禮儀。漢代的太常兼管選試。

〔七〕梅注：「漢書：成帝時有日蝕地震之變，詔舉賢良方正能直言士。合陽侯梁放舉欽，欽上對云云。」按此見杜欽傳。

訓故：「漢書：杜欽字子夏，京兆人。元（應作成）帝時，有日蝕地震之變，詔舉直言。合陽侯舉欽。夏，又詔詣白虎殿對策。欽專攻上身與後宫，而實陰爲王氏地云。」見漢書本傳。欽有舉賢良方正對策與白虎殿對策。

〔八〕范注：「略而指事，謂不詳答上問，而篇末切指成帝好色之事。」按杜欽對策末云：「臣聞玩色無厭，必生好憎之心；好憎之心生，則愛寵偏於一人；愛寵偏於一人，則繼嗣之路不廣，而嫉妒之心興矣。如此，則匹婦之説不可勝也。唯陛下純德普施，無欲是從，此則衆庶咸説，繼嗣日廣，而海内長安。萬事之是非，何足備言！」玉海卷六十一於本句下注云：「又谷永、杜鄴直言策。」

〔九〕注訂：「欽對策中有『臣聞玩色無厭，必生好憎之心』云云，指成帝好色之病，以致寡嗣，雖屬對策，而有諷諫之雅，故彦和有『略而指事』，『不爲文作』之言也。『不爲文作』，文指對策，以諷諫之意出乎篇題以外也。」

〔一〇〕校注：「丕，黄校云：『元作平，朱改。』……按三國志吴志闞澤傳裴注引吴録曰：『以字言之，「不」「十」爲「丕」。』玉篇一部：『丕或作㔻。』五經文字：『丕，石經作㔻。』蓋原作『魯㔻』，後因誤『㔻』爲『平』耳。何本、謝鈔本作『丕』，未誤。」

梅注：「後漢書：魯恭弟丕，性沈深好學，兼通五經，以魯詩、尚書教授，爲當世名儒。肅宗詔舉賢良方正，大司農劉寬舉丕。時對策百有餘人，唯丕在高第，除爲議郎。」

黄注：「魯丕傳：丕字叔陵，兼通五經，爲當世名儒。肅宗詔舉賢良方正，劉寬舉丕，時對策者百有餘人，惟丕在高第，關東號之曰『五經復興魯叔陵』。」

札記：「袁宏後漢紀十六載丕舉賢良方正對策文，如左：

『政莫先於從民之所欲，除民之所惡，先教後刑，先近後遠。……精誠之所發，無不感浹。吏多不良，在於賤德而貴功，欲速，莫能修長久之道。古者貢士，得其人者有慶，不得其人者有讓。是以舉者務力行，選舉不實，咎在刺史二千石。書曰：天工人其代之。觀人之道，幼則觀其孝順而好學，長則觀其慈愛而能教，設難以觀其謀，煩事以觀其治，窮則觀其所守，達則觀其所施，此所以核之也。……制度明則民用足。刑罰不中，則於名不正。正名之道，所以明上下之稱，班爵號之制，定卿大夫之位也。獄訟不息，在争奪之心不絶。法者，民之儀表也，法正則民慤。吏民凋弊，所從久矣，不求其本，浸以益甚。吏政多欲速，又州官秩卑而任重，競爲小功，以求進取，生凋弊之俗。救弊莫若忠。故孔子曰：孝慈則忠。治姦詭之道，必明慎刑罰。孔子曰：導之以禮樂，而民和睦，説以犯難，民忘其死。死且忘之，况使爲禮義乎？』」從這裏可以看出它風格「儒雅」，「辭氣質素」。大概是直書所見，未加整理修飾之故。論語泰伯：「出辭氣，斯遠鄙倍矣。」史記魯仲連傳：「辭氣不悖。」「辭氣」猶語氣，指語言風格。

魏晉以來，稍務之麗，以文紀實，所失已多〔一〕，及其來選，又稱疾不會〔二〕，雖欲求文，弗可得也。是以漢飲博士，而雉集乎堂〔三〕；晉策秀才，而麏興於前〔四〕；無他怪也，選失之異耳〔五〕。

〔一〕注訂：「紀實不以事理，徒恃文飾也。故云『所失已多』。」

〔二〕訓故：「晉書：元帝時，以天下喪亂，遠方孝秀，不復策試，到即除署。既經略粗定，乃詔試經，有不中科，刺史太守免官。其後孝秀莫敢應命，有送至京師，皆以疾辭。」按此見孔愉傳附孔坦傳。

范注：「晉書孔坦傳（孔愉傳附）：『先是以兵亂之後，務存慰悦，遠方秀孝到，不策試，普皆除署。至是，帝（元帝）申明舊制，皆令試經，有不中科，刺史、太守免官，太興三年，秀孝多不敢行，其有到者，並託疾。』」

〔三〕梅注：「漢書：鴻嘉二年三月，博士行大射禮，有飛雉集於庭，歷階登堂而雊，後雉又集太常、宗正、丞相、御史大夫、大司馬、車騎將軍之府，又集未央宮承明殿屋上，時大司馬、車騎將軍王音、待詔寵等上言：天地之氣，以類相應，譴告人君，甚微而著，雉者聽察，先聞雷聲，故月令以紀氣。經載高宗雊雉之異，以明轉禍爲福之驗。今雉以博士行禮之日，大衆聚會，飛集於庭，歷階登堂，萬衆睢睢，驚怪連日。經歷三公之府，太常宗正典宗廟骨肉之官，然後入宮，其宿留告曉人，具備深切，雖人道相戒，何以過是？」按此見漢書五行志中之下。

范注：「漢書成帝紀：『鴻嘉二年春，行幸雲陽。三月，博士行飲酒禮，有雉飛集於庭，歷階升堂而雊。』」

郭注：「當時言者以爲成帝『繼嗣不立』，『失行流聞』之戒。劉彥和於此則認爲選舉不當之兆。」

〔四〕梅注：「晉書五行志：（成帝）咸和六年正月，會州郡秀孝於樂賢堂。有麏見於前，獲之。孫盛以爲吉祥。夫秀孝，天下之彥士；樂賢堂，所以樂養賢也。自喪亂之後，風教陵夷，秀孝策試，乏四科之實。麏興於前，或斯故乎？」

〔五〕周注：「這裏說因爲選舉失實，所以發生這種怪異。這是古代的迷信附會。」

郭注：「麏，似鹿非鹿。詩鹿鳴所以燕嘉賓，今麏而非鹿，故云：『無他怪也，選失之異也。』」

以上爲第四段，明對策、射策之異，並舉出對策的代表作。

夫駁議偏辨〔一〕，各執異見；對策揄揚〔二〕，大明治道。使事深於政術，理密於時務，酌三五以鎔世〔三〕，而非迂緩之高談；馭權變以拯俗，而非刻薄之僞論；風恢恢而能遠〔四〕，流洋洋而不溢〔五〕，王庭之美對也〔六〕。難矣哉，士之爲才也！或練治而寡文，或工文而疎治，對策所選，實屬通才〔七〕，志足文遠〔八〕，不其鮮歟〔九〕！

〔一〕注訂：「駁議者雜而論斷，不拘一端也；偏辨者，執一而闡發，不涉其餘也。」此謂偏於辯論。

〔二〕「揄揚」，宣揚。曹植與楊德祖書：「辭賦小道，固未足以揄揚大義，彰示來世也。」

〔三〕「三五」，指三王五霸。楚辭九章抽思：「望三五以爲象兮，指彭咸以爲儀。」王逸注：「三王五伯可修法也。」董仲舒賢良對策：「上之化下，下之從上，猶金之在鎔，惟治者所爲。」校注：「三五，謂三皇五帝。史記孔子世家：『楚令尹子西曰……今孔丘述三五之法，明周召之業。』文選班固東都賦：『事勤乎三五。』劉良注：『三五，三皇五帝也。』按既言「酌取」，又非「迂緩之高談」，仍以指三王五霸爲宜。

〔四〕「恢恢」，寬闊廣大貌。老子七十三：「天網恢恢，疏而不失。」河上公注：「天所網羅，恢恢甚大。」柳宗元答韋中立論師道書：「吾子行厚而辭深，凡所作皆恢恢然有古人形貌。」

〔五〕「洋洋」，形容盛大，衆多。詩衛風碩人：「河水洋洋。」傳：「洋洋，盛大也。」禮記中庸：「洋洋乎如在其上，如在其左右。」「溢」，兩京遺編本作「竭」，是。

〔六〕王通中説問易篇：「叔恬曰：敢問策何謂也？子曰：其言也典，其致也博，憫而不私，勞而不倦，其惟策乎？……文中子曰：廣仁益智，莫善於問。乘事演道，莫善於對。非明君孰能廣問，非達臣孰能專對乎？」

〔七〕校注：「杜恕篤論：『校才選能，莫善於對策。』（意林五引）足與此文相發。」文體明辨序説「策」類：「夫策之體，練治爲上，工文次之。然人才不同，或練治而寡文，或工文而疏治，故入選者劉勰稱爲通才。嗚呼，可謂難也已矣。」

〔八〕黄注：「左傳：仲尼曰：志有之，言以足志，文以足言，不言誰知其志？言之無文，行而不遠。」按此見襄公二十五年載孔子稱子産語，見前徵聖篇注。此處「志足」是就「練治」而言，「文遠」是就「工文」而言。

〔九〕校注：「爾雅釋詁上：『鮮，善也。』」

這一小節是把駁議和對策合起來論述二者的風格特點的。這裏説對策要能通權達變，文章寫得洋洋洒洒，氣度恢宏而遠大，既不迂緩，又不刻薄，方爲上選。

第五段，標駁議、對策之要旨及其準則。

贊曰：議惟疇政〔一〕，名實相課〔二〕。斷理必剛〔三〕，摛辭無懦。對策王庭，同時酌和〔四〕。治體高秉，雅謨遠播〔五〕。

〔一〕「疇」，借爲「譸咨」之「譸」（見前），與籌相通。
〔二〕「課」，考核。周注：「考校名實。」
〔三〕「剛」原作「綱」。札記：「此句與下句一意相足，云摛辭無懦，則此『綱』字爲『剛』字之訛。檄移篇贊『三驅馳剛』，彼文本作『綱』，訛爲『綱』，又訛爲『剛』；此則『剛』反訛『綱』矣。」鈴木云：「『綱』疑當作『剛』。」校證：「按二氏説是，王惟儉本正作『剛』，今據改。」
〔四〕「同時」，會同時務，指上文「理密於時務」；「酌和」，指上文「酌三五以鎔世」。斠詮：「酌和，謂酌取人和也。酌有擇善而取之意。」
〔五〕「秉」，執持。「治體高秉」，謂高舉治國的要領。「雅謨」，雅正的謀議。

書記第二十五

漢書百官志：「王公及大將軍幕府，皆有記室掌章表書記。」典論論文：「書論宜理。」又與吴質書：「元瑜書記翩翩，致足樂也。」文選五臣良注：「記亦書類。翩翩，美貌。言其文雅之致，足爲樂也。」

文章辨體序説「書」類：「昔臣僚敷奏，朋舊往復，皆總曰書。近世臣僚上言，名爲表奏，惟朋舊之間，則曰書而已。蓋論議知識，人豈能同？苟不具之於書，則安得盡其委曲之意哉？」文體明辨序説「書記」類：「按劉勰云：書記之用廣矣（文心雕龍並無此語）。考其雜名，古今多品，是故有書，有奏記，有啓，有簡，有狀，有疏，有牋，有劄，而書記則其總稱也。」

春覺齋論文流別論十二：「姚惜抱謂書之爲體，始於周公之告君奭，於是列國士大夫，或面相告語，或爲書相遺，其義一也。劉彦和分其類曰書、記，姚惜抱則分其類曰書、説。記，奏記也。漢公府用奏記，郡將用奏牋，今則牋記已屏不用，通行者但名『與書』。」

札記：「案箸之竹帛謂之書，故説文曰『箸也』（聿部）；傳其言語謂之書，故説文曰『如也』（序）。是則古代之文，一皆稱之曰書。故（周禮）外史稱『三皇五帝之書』；又小史『以書叙昭穆之俎簋』；又小行人『及其萬民之利害爲一書，其禮俗政事教治刑禁之逆順爲一書，其悖逆暴亂作慝猶（與欲同）犯令者爲一書，其札喪凶荒戹貧爲一書，其康樂和親安平爲一書』。據此諸文，知古代凡箸簡策者，皆書之類。又記者，疏也（説文言部）。疋，記也（説文疋部）。知記之名，亦緣有文字箸之竹帛，不限於告人，故書記之科，所包至廣。彦和謂『書記廣大，衣被事體，筆劄雜名，古今多品』。是真能悉文章之原者。紀氏乃欲删其繁文，是則有意狹小文辭之封域，烏足與知舍人之妙誼哉！」

張相古今文綜書牘類叙録：「彦和有言：『書者，舒也。舒布其言，陳之簡牘。』然自上而下則曰『賜書』，自下而上則曰『上書』。兹列入詔令、表奏兩類。惟上下詶答，言匪政事，體屬筆札者，文以類聚，仍隸於斯。」

注訂：「書、記一也，古無所別，秦漢以後漸分。書者，舒也，達於外者之謂；記者，己也，著於内者之謂。範疇之分，由於所用殊途耳。蓋記類專於人事，分歧較多，故不入於雜文，然以俗習用，又多不可。遂因名之殊，並入之於記中，如本篇中自『譜者』以下所舉者是。彥和所以述之如此者，亦以記爲文章駢枝，其義雖不如書之廣大，而又爲實際之所不可缺者也。紀評以爲宜删自『故云譜者』以下一節，或非的論。」

斠詮：「文心之『書記』相當於昭明文選三十九類中之『牋』與『書』，其在宋姚鉉唐文粹二十二類中則爲『書』。」

從以上各家解釋，可見「書記」主要是指私家文書而言。

大舜云：「書用識哉！」〔一〕所以記時事也。蓋聖賢言辭，總爲之書〔二〕，書之爲體，主言者也〔三〕。揚雄曰：「言，心聲也；書，心畫也。」〔四〕聲畫形，君子小人見矣。故書者，舒也〔五〕。舒布其言，陳之簡牘〔六〕，取象於夬，貴在明決而已〔七〕。

〔一〕范注：「尚書益稷：『帝曰：書用識哉。』傳曰：『書識其非。』」蔡傳：「識音志。……識，誌也。録其過惡以識於册。」

〔二〕校證：「『之』舊本作『尚』，何校本、黄本改。案御覽五九五作『尚』。」按元刻本此處缺頁。明代各本俱作「蓋聖賢言辭，總爲尚書，尚書之爲體，主言者也。」這幾句話的意思是說：書之爲體，來源於尚書，而尚書是以記言爲主的書。義本可通，無煩改字。何焯校改之後，意思反而不如以前明確了。

〔三〕此句如照御覽删去「尚」字，亦可通。但在此句中，「書」仍指尚書而言。

尚書序題孔疏：「聖賢闡教，事顯於言，言愜群心，書而示法。既書有法，因號曰『書』。且言者意之聲，書者言之記，是故存言以聲意，立書以記言，故易曰：『書不盡言，言不盡意。』是言者意之筌蹄，書言相生者也。」

文心雕龍雜記：「姚姬傳云：書之爲體，始於周公之告君奭，於是列國士大夫，或面相告語，或爲書相遺，其義一也。」

〔四〕范注：「語見揚子法言問神篇。李軌注曰：『聲發成言，畫紙成書，書有文質，言有史野。二者之來，皆由於心。』又曰：『察言觀書，斷可識也。』」

法言問神篇：「彌綸天下之事，記久明遠，著古昔之㗊㗊，傳千里之忞忞者，莫如書。故言，心聲也；書，心畫也。」

〔五〕范注：「説文：『書，箸也，從聿、者聲。』説文序曰：『箸於竹帛謂之書。』又曰：『書者，如也。』孝經援神契曰：『書，如也，舒也，紀也。』賈子道德説：『書者，箸德之理於竹帛而陳之，令人觀焉以箸所從事。』」

尚書序題孔疏：「書者，舒也。書緯璿璣鈐云：『書者，如也。』則書者寫其言，如其意，情得展舒也。」

〔六〕黄注：「杜預春秋序：大事書之於策，小事簡牘而已。」文選五臣向注：「大竹曰策，小竹曰簡，木板爲牘。」

〔七〕校注：「『於』，御覽引作『乎』……按元明各本亦皆作『乎』……可見『於』字爲黄氏誤刻。」黄注：「象夬，見徵聖篇。」范注：「易繫辭：『上古結繩而治，後世聖人易之以書契，百官以治，萬民以察，蓋取諸夬。』韓康伯注：『夬，決也。書契所以決斷萬事也。』」按易夬卦：「彖曰：夬，決也。」

三代政暇，文翰頗疎〔一〕。春秋聘繁，書介彌盛〔二〕：繞朝贈士會以策〔三〕，子家與趙宣以書〔四〕，巫臣之遺子反〔五〕，子産之諫范宣〔六〕，詳觀四書，辭若對面〔七〕。又子叔敬叔，進弔書於滕君〔八〕，固知行人挈辭〔九〕，多被翰墨矣〔一〇〕。

〔一〕札記：「古者使受辭命而行，且簡牘繁累，故用書者少。其見於傳，與人書最先，實爲鄭子家。」

〔二〕范注：「左傳襄公八年：『亦不使一介行李。』杜注：『一介，獨使也。』書介，猶言書使。」考異：「書介者，以書爲紹介也。史記魯仲連傳：『勝請爲紹介。』」

〔三〕梅注：「左傳：『晉人患秦之用士會也……乃使魏壽餘僞以魏叛者，以誘士會，執其帑於晉，使夜逸。請自歸於秦，秦伯許之。履士會之足於朝，秦伯師於河西，魏人在東。壽餘曰：

「請東人之能與二三有司言者，吾與之先。」使士會。士會辭曰：「晉人，虎狼也。若背其言，臣死，妻子爲戮，無益於君，不可悔也。」秦伯曰：「若背其言，所不歸爾帑者，有如河。」乃行。繞朝贈之以策曰：「子無謂秦無人，吾謀適不用也。」既濟，魏人譟而還，秦人歸其帑。』楊用修云：觀此，則策，簡也，非鞭也，太白『臨行將贈繞朝鞭』，亦誤用耳。」按此見文公十三年。杜注：「繞朝，秦大夫。」士會，晉人。

札記：「『繞朝贈士會以策』，此用服義也。左傳文十三年正義曰：服虔云：繞朝以策書贈士會。若杜注則云：策，馬撾，臨別授之馬撾，並示己所策以示情。正義曰：杜不然者，壽餘請訖，士會即行，不暇書策爲辭；且事既密，不宜以簡贈人。傳稱以書相與，皆云與書，此獨不宜云贈之以策，知是馬撾。據此，解作馬策，正是。」

范注：「竊疑彦和此文有二誤。士會倉卒歸晉，繞朝何暇書策爲辭（此説本正義）？其誤一也。下文云：『詳觀四書，辭若對面。』案左傳既不載其文，彦和從何詳觀？其誤二也。杜預訓『策』爲馬檛，義優於服虔。」

注訂：「彦和用服虔説，蓋下文『子無謂秦無人』一針見血之言，即策書之意，固如對面，故彦和云云，范注非。」

楊慎升庵文集卷四十三「繞朝贈策」條：「左傳：『士會自秦歸晉，繞朝贈之以策云：子勿謂秦無人，吾謀適不用也。』策，如『布在方策』（按見中庸）之『策』，蓋書也。其下云云，即策文也。蓋士會將歸，繞朝諫止之而秦君不聽；及其行也，又難顯言。故贈之以策書云云，見秦之有人，使歸晉而不敢謀秦也。今以爲鞭策，非也。劉勰文心雕龍曰：『繞朝贈士會以策，子家與趙宣以書，巫臣之遺子反，子産之諫范宣，詳觀四書，辭若對面。』據此，則豈鞭策乎？李白詩：『臨行將贈繞朝鞭。』（按見送羽林陶將軍詩），詩人趁韻之誤耳。」

校注：「按舍人此文用服虔，楊慎、惠棟（左傳補注卷二十）、盧文弨（鍾山札記卷一）、梁玉繩（瞥記卷十九）均有所論證。」斠詮：「彦和蓋假鞭策爲書策，所謂言著於此，而義在於彼者也。」

〔四〕梅注：「春秋文十二（案應作十七）年：諸侯會於扈。左傳：晉靈公不見鄭伯，以爲貳於楚也。鄭公子歸生（子家）使執訊而與之書，以告趙盾（執訊，通訊問之官，爲書與宣子）曰：『寡君……隨蔡侯以朝於執事……請陳侯於楚而朝諸君。……以陳蔡之密邇於楚而不敢貳焉，則敝邑之故也。雖敝邑之事君，何以不免？在位之中，一朝於襄，而再見於君，夷與孤之二三臣相及於絳，雖我小國，則蔑以過之矣。今大國曰：「爾未逞吾志。」敝邑有亡，無以加焉。古人有言曰：「畏首畏尾，身其餘幾？」又曰：「鹿死不擇音。」小國之事大國也，德，則其人也；不德，則其鹿也。鋌而走險，急何能擇？命之罔極，亦知亡矣。將悉敝賦以待於儵。唯執事命之。……居大國之間，而從於强令，豈其罪也！大國若弗圖，無所逃命。』」春覺齋論文流别論十二：「『與書』二字，始見於此。」「『趙宣』，即趙盾，謚宣子。」

〔五〕斯波六郎：「宋刊本御覽（五九五）『遺』作『責』爲是，『責』與下句『諫』相對爲文。」

校注「按書中有『爾以讒慝貪惏事君，而多殺不辜』之語，作『責』較勝。」

梅注：「左傳：楚共王即位，公子嬰齊殺巫臣之族子閻、子蕩及清尹弗忌，及襄老之子黑要，而分其室。巫臣自晉遺之（指二子）書曰：『爾以讒慝貪惏事君，而多殺不辜。余必使爾罷於奔命以死。』」按此見成公七年。

黄注：「左傳：楚子重、子反以夏姬故，怨巫臣，而殺其族，巫臣自晉遺二子書。」

郭注改「遺」爲「責」云：「今依御覽校改。若作『遺』，自與左傳原文相符，疑劉彦和探遺書之意，改遺爲責，與下文『諫范宣』爲對文。」「巫臣」，姓屈，也稱屈巫，楚國貴族，仕於晉。「子反」，楚公子側。

〔六〕梅注：「左傳：晉范匄（宣子）爲政，諸侯之幣重。鄭人病之。二月，鄭簡公如晉，公孫夏相，子産寓書於公孫夏以告匄曰：『子爲晉國，四鄰諸侯不聞令德，而聞重幣，僑（子産名）也惑之。僑聞長國家者，非無賄之患，而無令名之難。夫諸侯之賄，聚於公室，則諸侯貳；若吾子賴之，則晉國貳。諸侯貳則晉國壞，晉國貳則子之家壞。何没没也，將焉用賄！夫令名，德之輿也；德，國家之基也。有基無壞，無亦是務乎！……象有齒以焚其身，賄也。』范匄悦，乃輕幣。」按此見襄公二十四年。「范宣」，士會之孫士匄，食邑於范，謚宣子。

春覺齋論文流别論十二：「春秋去古未遠，雖競尚詐術，而猶崇禮讓。吕相之絶秦，至無理矣，而聽者仍彬彬然。至於子產，則淹博中却含蒼質之氣，語語純實，此『與書』中亦上品也。」

〔七〕札記：「『辭若對面』，觀此益知書所以代言語矣。」注訂：「四書俱見左傳，惟辭之繁簡不同。蓋以深切警惕爲著，故『對面』云者，以其能聳動於人也。」古文辭類纂序「書説」類：「春秋之世，列國士大夫或面相告語，或爲書相遺，其義一也。」

〔八〕「子叔敬叔」原作「子服敬叔」。范注：「禮記檀弓下：『滕成公之喪，（魯）使子叔敬叔弔，進書，子服惠伯爲介。』鄭注：『進書，奉君弔書。』此文子服敬叔應改爲子叔敬叔，子爲男子通稱，叔是其氏，敬叔其謚也。子服惠伯是副使，非奉君弔書者。」子叔敬叔即魯大夫叔弓，謚敬子。

〔九〕校注：「『挈』，宋本、喜多本御覽引作『絜』……按穀梁傳襄公十一年：『行人者，挈國之辭也。』范注：『行人，是傳國之辭命者。』舍人語本此。作絜誤。」「挈辭」，攜帶的文辭。斠詮：「穀梁襄公十一年傳：『楚人執鄭行人良霄，行人者，挈國之辭也。』范甯注：『行人，是傳國之辭命者。』楊疏：『舊解：挈猶傳也。行人傳國使會命，故云挈國之辭也。或以挈爲舉，謂傳舉國命之辭，理亦通耳。』案行人，周禮秋官之屬，有大行人，小行人，掌朝覲聘問之事，漢大鴻臚屬官有行人，其後無聞。」

〔一〇〕謂多寫成文辭。斠詮直解爲「於傳達國君辭命時，已多用書面簡牘，而形之於筆墨矣」。

及七國獻書，詭麗輻湊〔一〕；漢來筆札，辭氣紛紜〔二〕。觀史遷之報任安〔三〕，東方朔之難公孫〔四〕，楊惲之酬會宗〔五〕，子雲之答劉歆〔六〕，志氣盤桓〔七〕，各含殊采；並杼軸乎尺素，抑揚乎寸心〔八〕。逮後漢書記，則崔瑗尤善〔九〕。

〔一〕札記：「七國獻書，今可見者，若樂毅報燕惠王書，魯連遺燕將書，荀卿與春申君書，李斯諫逐客書，張儀與楚相書皆是。」

「湊」原作「輳」。春覺齋論文流別論十二：「七雄游說之士多，詭麗輻輳，步步設爲機械，用以陷人。」

校注：「『輳』，宋本……御覽引作『湊』。……按『湊』字是。說文水部：『湊，水上人所會也。』又車部：『轂，輻所湊也。』『輳』乃俗體，當作『湊』爲正。」按體性篇：「得其環中，則輻輳相成。」事類篇：「衆美輻輳，表裏發揮。」「詭麗輻輳」與「衆美輻輳」義同，是劉勰本習慣於用「輻輳」二字，不必改「輳」爲「湊」。考異：「淮南主術訓『群臣輻輳』凡四見。高注：『若輻之湊轂，故曰輻輳。』」

〔二〕校釋：「鮑本御覽五九五『氣』作『旨』，是。」校注：「『漢來筆札，原非一家，內容自爲複雜，當以作『旨』爲是。」按「辭氣」亦可通。議對篇：「辭氣質素。」

〔三〕文選司馬遷報任少卿書李善注：「漢書曰：遷既被刑之後，爲中書令，尊寵任職。故人益州刺史任安乃與書，責以進賢之義，遷報之。遷死後，其書稍出。史記曰：任安，滎陽人，爲衛將軍，後爲益州刺史。」報任安書又見漢書司馬遷傳，略有删節。

評注昭明文選引原評云：「史遷一腔抑鬱，發之史記，作史記一腔抑鬱，發之此書。識得此書，便識得一部史記。蓋一生心事，盡洩於此也。縱横排宕，真是絶代大文章。」

譚獻云：「周秦渾穆之氣盡變，兩漢精純之體若失，起落皆有千鈞之重。層層逼椶，始出本意，如神龍出没，一掉入於九淵。」（同上）

春覺齋論文流别論十二：「至於漢世，則辭氣紛紜縱恣，觀史遷之報任安，足以見矣。遷之爲史，語至深嚴；獨此書悲慨淋漓，蕩然不復防檢，極力爲李陵號冤，漫無諱忌。幸任安爲秘其書，遷死乃稍出，然讀之但生後人之悲憤，若見之當時，則又有媒孽其短者矣。」

〔四〕校注：「御覽引無『朔』字；『難』作『謁』。按御覽所引是也。此云『東方』，與上句之『史遷』相儷。」

范注：「難公孫書佚。全漢文二十五自初學記十八、御覽四百十輯得東方朔與公孫弘借車書：『蓋聞爵禄不相責以禮，同類之游，不以遠近爲叙。是以東門先生居蓬户空穴之中，而魏公子一朝以百騎尊寵之；吕望未嘗與文王同席而坐，一朝讓以天下半。大丈夫相知，何必撫塵而游，垂髮齊年，偃伏以日數哉？』李詳黄注補正云：『玩其辭氣，似與公孫弘不協，疑即此書矣。』案藝文類聚九十六載弘答東方書佚文曰：『譬猶龍之未升，與魚鼈爲伍；及其升天，鱗不可覩。』或此即弘答朔之難書歟？」

〔五〕文選楊子幼報孫會宗書李善注：「漢書：楊惲，字子幼，華陰人。以才能稱譽，爲常侍騎，與太僕戴長樂相失，坐事免爲庶人。惲見已失爵位，遂即歸家閑居，自治産業，起室，以財自娱。歲餘，友人安定太守西河孫會宗與惲書，誡諫之，言：大臣廢退，當杜門惶懼，爲可憐之意，不當治産業，通賓客，有稱譽。惲乃作此書報之。」

范注：「漢書楊惲傳：惲宰相子，少顯朝廷，一朝晻昧，語言見廢，内懷不服。報會宗書云云。」

孫月峰曰：「是憤怨語，而豪邁自肆，於譎激處見態。」（見文選集評）

春覺齋論文流别論十二：「楊子幼（惲）之報孫會宗，意似湛於農畝，然過自標舉，所謂『酒酣耳熱，仰天擊缶，而呼嗚嗚』者，皆盛氣語。凡身世不與相類者。競摹其作，適足增其枵響而已。」

〔六〕訓故：「古文苑：劉歆與揚雄書，從取方言，雄答以書。」

札記：「歆書、子雲答書並見方言卷首。……按子雲所以不與歆書者，以其書未成，且又無副本，子駿索之甚急，不得不以死自誓也。古人自視其學問如此，不似今人苟自衒價也。」

范注：「方言載劉子駿與揚雄書從取方言，及揚子雲答劉歆書。古文苑十僅載雄答劉歆書。章樵注引洪内翰邁曰：『世傳揚子雲輶軒使者絶代語釋别國方言凡十三卷，郭璞序而解之，其末又有漢成帝時劉子駿與雄書從取方言及雄答書。以予考之，殆非也。雄自序所爲文初無所謂方言，觀其答劉子駿書稱蜀人嚴君平。按君平本姓莊。漢顯宗諱莊，始改曰嚴。法言所稱「蜀莊沈冥」，「蜀莊之才之珍」，「吾珍莊也」，皆是本字，何獨至此而曰「嚴」？又子駿只從之求書，而答云「必欲脅之以威，陵之以武，則縊死以從命也」。何至是哉！既云成帝時子駿與雄書，而其中乃云孝成皇帝，反覆牴牾。又書稱「汝潁之間」，先漢人無此語也。必漢魏之際好事者爲之云。』案洪氏之誤，在未明方言子駿書前『雄爲郎一歲，作繡補靈節龍骨之銘詩三章，及天下上計孝廉，上問異語，紀十五卷，積二十七年，漢武帝時劉子駿與雄書從取方言』數語，乃後人綴補，非雄自著。漢成帝時又是王莽時之語，洪氏不達此意，反復辨説，亦見其考證之疏矣。」

春覺齋論文流別論十二：「揚子雲之報劉歆，則侈述作之事，措詞簡貴高厲，頗脱法言艱深之習，亦以劉歆績學，雄之報書不敢草草，故凌紙怪發，字字生稜。」

〔七〕「盤」舊本作「槃」。校注：「『槃』，宋本……御覽引作『盤』……按以頌贊篇『盤桓乎數韻之辭』例之，作『盤』前後一律。」王金凌文心雕龍文論術語析論：「『志氣』指尺牘中所含的情意。」「盤桓」，曲折，徘徊。

〔八〕校注：「按詩小雅大東『杼柚其空』，釋文：『柚，本又作軸。』是舍人此從或本作也。神思篇『杼軸獻功』，亦然。」文賦：「雖杼軸於予懷，怵他人之我先。」

補注：「陸機文賦：『函緜邈於尺素，吐滂沛乎寸心。』」

斠詮：「杼軸，本織具，此處作『錯綜交織』解。……詩大東：『杼柚其空。』朱傳：『杼，持緯者也；柚，受經者也。』」直解爲「錯綜交織於尺素之上，起伏回旋於寸心之中」。

〔九〕札記：「『崔瑗尤善』，全後漢文四十五載其與葛元甫書佚文，餘無所考。」范注：「後漢書崔瑗傳：『瑗高於文辭，尤善爲書記箴銘。』」

魏之元瑜，號稱翩翩〔一〇〕；文舉屬章，半簡必録〔一一〕；休璉好事，留意詞翰〔一二〕：抑其次也。嵇康絶交，實志高而文偉矣〔一四〕。趙至叙離，迺少年之激切也〔一五〕。至如陳遵占辭，百封各意〔一六〕；禰衡代書，親疎得宜〔一七〕；斯又尺牘之偏才也〔一八〕。

〔一〇〕范注：「魏志文帝紀魏文帝與吴質書：『元瑜（阮瑀字）書記翩翩，致足樂也。』説文：『翩，疾飛也。』翩翩，輕舉敏捷之意。魏志王粲傳注引典略：『太祖嘗使瑀作書與韓遂。時太祖適近出，瑀隨從，因於馬上具草，書成呈之。太祖擥筆欲有所定，而竟不能增損。』典論論文：「琳、瑀之章表、書記，今之雋也。」」

〔一一〕黄注：「（後漢書）孔融傳：融字文舉，魏文帝深好融文辭，募天下上融文章者，輒賞以金帛。」

李充翰林論：「或問曰：何如斯可謂之文？答曰：孔文舉之書，陸士衡之議，斯可謂成文矣。」

〔三〕魏志王粲傳注引文章叙録：「應璩字休璉，博學好屬文，善爲書記文。明帝世，歷官散騎常侍。」

札記：「元瑜、文舉、休璉，文選並載其書牘。」按文選有孔文舉論盛孝章書，阮元瑜爲曹公作書與孫權，應休璉與滿公琰書、與侍郎曹長思書、與廣川長岑文瑜書、與從弟君苗君胄書。

斠詮：「好事，謂樂於興造事端也。魏志王粲傳注引文章叙録，謂其以詩諷曹爽，『多切時要』，又文選卷二十一休璉百一詩李善注引張方賢楚國先賢傳謂：『休璉作百一詩，譏切時事，偏以示在事者，咸皆怪愕，或以爲應焚棄之，何晏獨無怪也。』李充翰林論謂『璩作五言詩百數十篇，以風規治道，蓋有詩人之旨焉。』孫盛晉陽秋謂：『璩作五言詩百三十篇，言時事頗有補益，世多傳之。』由此記載知其作品好譏諷時事，所謂『多切時要』，『咸皆怪愕』，『風規治道』，『頗有補益』云云，皆好事之謂也。」

校注：「應璩集序：『璩博學，好屬文，善爲書記。』（書鈔一百三引）文選『書』類所選二十四篇書中，休璉之作，即有其四。嚴可均全三國文卷三十所輯休璉文，全爲牋書。舍人稱其『留意詞翰』，洵不誣也。」

隋書經籍志載：「梁有應璩書林八卷，夏赤松撰。」可能是夏赤松把應璩寫的大量書札編成八卷，取名書林。

〔四〕范注：「魏志王粲傳注引魏氏春秋曰：『山濤爲選曹郎，舉康自代。康答書拒絶，因自説不堪流俗，而非薄湯武，大將軍聞而怒焉。初，康與東平吕昭子巽及巽弟安親善。會巽淫安妻徐氏，而誣安不孝，囚之。安引康爲證。康義不負心，保明其事。安亦至烈有濟世志力。鍾會勸大將軍因此除之，遂殺安及康。康臨刑自若，援琴而鼓，既而嘆曰：雅音於是絶矣！時人莫不哀之。』文選載絶交書。」

周注：「嵇康與山巨源絶交書説明不能做官：『自惟至熟，有……甚不可者二。……又每非湯武而薄周孔，在人間不止此事會顯世教所不容，此甚不可一也。剛腸疾惡，輕肆直言，遇事便發，此甚不可二也。』康與魏宗室婚，不願助司馬氏，抗節不屈，所以稱他的書爲志高文偉。」又：「志高當指他慕伯成子高的高節，不願出仕。但他的不願出仕，由于對司馬氏篡奪曹魏政權的不滿。」

孫月峰曰：「别傳稱叔夜偉容色，不加飾麗，而龍章鳳姿，文質自然，今此文亦復似之。」又：「『絶交』字立意甚奇，彼時亦只是直吐胸臆，乃遂成一段偉迹，其文格宏闊，亦是古今一篇大文字。」（見于光華文選集評）

何義門曰：「意謂不肯仕耳。然全是憤激，並非恬淡，宜爲司馬昭所疾也。龍性難馴，與阮公作用自别。」（同上）

春覺齋論文流别論十二：「叔夜絶交，較楊子幼爲直率；蓋子幼功名中人，退而治田，尚挾怨望，嵇康山野之性，不嗜膴仕，故攄懷而出，語至儁妙。」

〔五〕校注：「『叙』，黄校云：『元作贈，王性凝改。』按御覽引作『贈』，弘治本……文津本同。『贈』字自通，不必依唐修晉書本傳改爲『叙』也。」按元刻本亦作「贈」。又：「『切』，宋本……御覽引作『昂』。按『昂』字是。」

黄注：「晉文苑傳：趙至與嵇康兄子蕃友善，及將遠適，乃與蕃書叙離，並陳其志。」按此見晉書趙至傳。

范注：「文選趙景真與嵇茂齊書李善注曰：『嵇紹集曰：趙景真與從兄茂齊書，時人誤謂呂仲悌與先君書，故具列其本末。趙至，字景真，代郡人，州辟遼東從事。從兄太子舍人蕃，字茂齊，與至同年相親。至始詣遼東時，作此書與茂齊。』干寶晉紀以爲呂安與嵇康書。二説不同，故題云景真而書曰安。」五臣注：「翰曰：干寶晉紀云：呂安，字仲悌。時太祖逐安於遠郡，在路作此書與嵇康也。嵇紹集云：趙景真與從兄茂齊書，時人誤謂呂仲悌與先君書。時紹以太祖惡安，又康與安同誅，懼時所疾，故移於景真，實安作也。此仍曰趙至，從舊本耳。」

戴明揚嵇康集校注附録與嵇茂齊書之作者以爲：「此書出於呂安，誠無可疑。」與嵇茂齊書云：「若乃顧影中原，憤氣雲踊，哀物悼世，激情風烈。龍睇大野，虎嘯六合，猛氣紛紜，雄心四據。思躡雲梯，横奮八極，披艱掃穢，蕩海夷岳。蹴昆侖使西倒，蹋太山令東覆。平滁九區，恢維宇宙，斯亦吾之鄙願也。」可見其激昂之情。

〔六〕漢書陳遵傳：「陳遵容貌甚偉，略涉傳記，贍於文辭。性善書，與人尺牘，主皆藏去以爲榮。起爲河南太守，既至官，當遣從史西，召善書吏十人於前，治私書謝京師故人。遵馮几，口占書吏，且省官事，書數百封，親疏各有意。河南大驚。」明彭大翼山堂肆考引「百封各意」作「旨意各具」。顏師古注：「占，隱度也，口隱其辭以授吏也。」「占」，口授。心中先隱度其辭而後口授他人書之。

〔七〕梅注：「後漢書：曹操送禰衡於劉表，表及荆州士大夫先服其才名，甚賓禮之。文章言議，非衡不定。後衡侮慢於表，表恥不能容，以江夏太守黃祖性急，故送衡與之，祖亦善待焉。衡爲作書記，輕重疏密，各得體宜。祖持其手曰：處士，此正得祖意，如祖腹中之所欲言也。」按此見文苑禰衡傳。

〔八〕史記匈奴列傳：「文帝遺單于書尺一牘，單于以尺二牘答。」陳懋仁續文章緣起：「尺牘，漢文帝遺匈奴尺一牘。尺牘書之沿也。體務簡達，語貴嫺孅，所用最繁。」明賀復徵文章辨體彙選卷二百五十九尺牘一：「尺牘者，約情愫於尺幅之中，亦簡略之稱也。」

詳總書體〔一〕，本在盡言，言以散鬱陶〔二〕，託風采〔三〕，故宜條暢以任氣〔四〕，優柔以懌懷〔五〕。文明從容〔六〕，亦心聲之獻酬也〔七〕。若夫尊貴差序，則肅以節文〔八〕，戰國以前，君臣同書〔九〕，秦漢立儀，始有表奏〔一〇〕，王公國内，亦稱奏書，張敞奏書於膠后〔一一〕，其義美矣〔一二〕。

〔一〕校釋：「御覽『總』作『諸』，是。」

〔二〕校注：「『言』，御覽引作『所』。按『所』字是，『言』乃涉上句而誤。」鬱陶，指積聚於心的感情。書五子之歌：「鬱陶乎予心。」傳：「言哀思也。」孟子萬章上：「鬱陶思君爾。」

〔三〕考異：「御覽『託』作『詠』。……『託』字爲長，『託』者寄意而非涵詠也。」斠詮：「風度儀采也，賅括言論舉止或態度儀表而言。」

〔四〕校注：「『條暢』，黄校云：『御覽作「滌蕩」。』按『滌蕩』與『條暢』同，淮南子泰族篇：『拊循其所有而滌蕩之。』文子道原篇作『條暢』，是其證。」文選洞簫賦：「條暢洞達，中節操兮。」李善注：「言聲有條貫，通暢洞達，而中於節操。」

〔五〕「優柔」，閑暇自得貌。「懌懷」，使心情喜悦。御覽「柔」作「游」。斠詮：「『優游』與『優柔』兩詞，義本相近，皆可用。……左傳序：『優而柔之，使自求之。』孔疏：『優柔俱訓爲安，寬舒之意也。』舍人於養氣篇云：『志於文也，則申寫鬱滯，故宜從容率情，優柔適會。』與此處用義同。」考異：「滌蕩任氣，所以盡情；優游懌懷，所以適意。從御覽爲長。」

〔六〕「明」，明朗。

牟注：「文明：指上面説的『條暢』而言。從容：指『優柔』而言。」

〔七〕斟詮：「文選班固東都賦：『獻酬交錯。』六臣注銑曰：『獻酬之義，相酬也。』」

黄注：「世説：人問撫軍：『殷浩談竟何如？』答曰：『不能勝人，差可獻酬群心。』」按此見品藻篇。心聲之呈獻與酬答，即思想情感的交流。

文體明辨序説「書記」類：「書記之體，本在盡言，故宜條暢以宣意，優柔以懌情，乃心聲之獻酬也。若夫尊卑有序，親疏得宜，是又存乎節文之間，作者詳之。」

春覺齋論文流別論十二把「書記」叫作「與書」，林紓説：「大抵與書一定之體，果有所見，如先輩之析辨學問可也；至於指陳時政，抗論世局，或叙離悰，或抒積悃。所貴情摯而語馴，能駕馭控勒，不致奔逝，奮其逸足，則法程自在，會心者自能深造之也。」

札記：「『詳總書體，本在盡言』，此數語與『書之爲體主言者也』相應。條暢任氣，優柔懌懷，書之妙盡之矣。自晉而降，丘遲與陳伯之書、徐孝穆在北與楊僕射求還書，皆其選也。」

張相古今文綜第二部第一編「書牘」類第一章叙事之書（上）説：「彦和又云：書體宜條暢以任氣，優游以懌懷，標準斯言，析之爲兩：條暢任氣，屬於叙事；優游懌懷，屬於達情，徐伯魯氏所謂書有議論辭令二體者也。」他在第二章的叙事之書（中）又分出「論政」之書一類，解釋説：「盱衡世變，馳騁其辭，談兵事，核吏治，量國費，備荒政……犖犖大端，洞見癥結。或上言獻替，或私居商榷，爲隨爲激，所持各異，要之詰屈究盡，可見施行，彦和所謂『取象於夬，貴在明決』者也。」他於第四章達情之書又説：「喜怒哀樂，含生大情，敷衽陳詞，可歌可泣，彦和所云『心聲之獻酬』者也。」

注訂：「『散鬱陶』即所以任氣，『託風采』即所以懌懷，據此則文明從容可見，心聲獻酬有託也。」

〔八〕章表篇：「肅恭節文，條理首尾。」誄碑篇：「讀誄定謚，其節文大矣。」斠文體明辨序説「書記上」：「若夫尊卑有序，親疏得宜，是又存乎節文之間，作者詳之。」斠詮：「節文，謂禮節文飾也，因人情以爲節度而存禮敬之容。禮記坊記：『禮者，因人之情，而爲之節文，以爲民坊者也。』管子心術上：『禮者，因人之情，緣義之理，而爲之節文者也。』」

〔九〕黄注：「如樂毅報燕王，燕王謝樂毅，上下無別，同稱書也。」

〔一〇〕黄注：「文章緣起：表，淮南王安諫伐閩表。奏，漢枚乘奏書諫吴王濞。」

〔一一〕梅注：「漢書：張敞爲膠東王相，王母王太后數出游獵，敞奏書諫曰：『臣聞秦王好淫聲，葉陽后爲之不聽鄭衛之樂；楚莊好田獵，樊姬爲之不食鳥獸之肉，口非惡旨甘，耳非憎絲竹也。所以抑心意，絶耆欲者，將以率二君而全宗祀也。禮，君母出門，則乘輜軿，下堂則從傅母，進退則鳴玉珮，内飾則結綢繆。此言尊貴所以自斂制，不從恣之義也。今太后資質淑美，慈愛寬仁，諸侯莫不聞，而少以田獵縱欲爲名，於以上聞，亦未宜也。唯觀覽乎往古，全行乎來今，令后姬得有所法則，下臣得有所稱誦，臣敞幸甚。』書奏，太后止不復出。」按此見張敞傳。

〔三〕校釋：「御覽『其』下有『辭』字，是。」

以上爲第一段，釋書之義用、來源，評論戰國以來各大家之書牘，並總結書之寫作要領。

迄至後漢，稍有名品，公府奏記〔一〕，而郡將奏牋〔二〕。記之言志，進己志也〔三〕。牋者表也，表識其情也〔四〕。崔寔奏記於公府，則崇讓之德音矣〔五〕；黄香奏牋於江夏〔六〕，亦肅恭之遺式矣。

〔一〕「公府」，謂三公之府。范注：「漢書丙吉傳：『昌邑王賀以行淫亂廢，霍光與車騎將軍張安世諸大臣議所立，未定。吉奏記光曰云云。光覽其議，遂尊立皇曾孫。』又杜延年奏記霍光争侯史、吴事，鄭明奏記蕭望之，李固奏記梁商，此皆公府稱奏記之事。（論衡對作篇：『論衡之人，奏記郡守宜禁奢侈，以備困乏。』是上書郡守亦得稱奏記。）」任昉文章緣起：「奏記，漢江都相董仲舒詣公孫弘奏記。」郭注：「後漢書李固傳：『固欲令（梁）商先正風化，退辭高滿，乃奏記曰云云。』故云『公府奏記』。」

〔二〕黄注：「嚴延年傳：『延年新將。』注：新爲郡將也。謂郡守爲郡將者，以其兼領武事也。」按此見漢書酷吏傳。

范注：「説文：『箋，表識書也。』徐鍇曰：『今作牋。』張華博物志文籍考：『或云，毛公嘗爲北海郡守，玄是此郡人，故以爲敬。』案此説雖未得鄭玄箋詩之意，然可見郡民對守將稱牋有自來矣。（郡守兼領武事，故亦稱郡將。）應劭漢官儀曰：『孝廉先試箋奏。』（北堂書鈔設官部引）王隱晉書：『劉官由亭民舉秀才，刺史箋久不成。官指語箋體，然後成。』」

札記：「案箋之與記，隨事立名，義非有别。觀文選所載阮嗣宗奏記詣蔣公，誠爲公府所施；而任彦升到大司馬記室箋，則亦公府也。故知漢來二體非甚分析也。」

文體明辨序説「牋」類：「若班固之説東平，黄香之奏江夏，所謂郡將奏牋者也。是時太子諸王大臣皆得稱牋，後世專以上皇后太子，於是天子稱表，皇后太子稱牋，而其他不得用矣。」

清王兆芳文體通釋「牋」：「牋者，本字作『箋』。……表識所言之情事，上天子與王侯郡將也。劉勰曰：『郡將奏牋。』」

校注：「『奏牋』，宋本……御覽引作『奉牋』。按公府曰『奏記』，郡將曰『奉牋』，正示其名品之異。御覽所引是也。三國志魏志崔林傳：『……杖節統事州郡，莫不奉牋致敬。』宋書孔覬傳，『轉署記室，奉牋固辭。』是『郡將奉牋』，魏宋之世猶然。」

〔三〕文體通釋「奏記」：「記亦志也。進事於王侯大臣，而伸言厥志，奏書之支别也。劉勰曰：『後漢公府奏記，進己志也。』」

〔四〕校注：「『表識』，御覽引作『識表』……元本、弘治本、訓故本同。按説文：『箋，表識書也。』

此舍人説所本（「箋」與「牋」正俗字）。當以作『表識』爲是。」「表識」，明白揭示。

〔五〕訓故：「後漢書：崔寔辟大將軍梁冀府。」按此見崔寔傳。

札記：「崔寔奏記於公府，今無所考。公府蓋謂梁冀，寔嘗爲大將軍冀司馬也。後漢書本傳云：所箸碑、論、箴、銘、答、七言、詞、文、表、記、書凡十五篇。是子真（崔寔字）之文有記。」

斠詮：「德音，猶『令聞』也。見詩豳風狼跋『德音不瑕』朱傳。」

〔六〕黄注：「後漢文苑傳：黄香，字文彊，江夏安陸人，所著賦、牋、奏、書、令，凡五篇。」

校注：「奏，宋本……御覽引作『奉』。按『奉』字是。」

札記：「黄香奏箋於江夏，無考。但本傳叙其所著有箋。」

公幹牋記，麗而規益，子桓弗論，故世所共遺〔一〕，若略名取實，則有美於爲詩矣〔二〕。劉廙謝恩，喻切以至〔三〕；陸機自理，情周而巧〔四〕，牋之爲善者也〔五〕。

〔一〕校注：「『麗』上，御覽引有『文』字。按有『文』字辭氣較勝。」

黄注：「劉楨，字公幹。按魏文帝與吴質書：『公幹五言詩，妙絶當時。』而不言其牋記，故云弗論。文帝字子桓。」

補注：「魏志邢顒傳載楨諫曹植書云：『家丞邢顒，北土之彦，少秉高節，玄静澹泊，言少理多，真雅士也。楨誠不足同貫斯人，並列左右。而楨禮遇殊特，顒反疏簡。私懼觀者將謂君侯習近不肖，禮賢不足，采庶子之春華，忘家丞之秋實，爲上招謗，其罪不小，以此反側。』又王粲傳注引典略楨答魏文帝書云：『楨聞荆山之璞，曜元后之寶；隨侯之珠，燭衆士之好；南垠之金，登窈窕之首；貂𪕽之尾，綴侍臣之幘。此四寶者，伏朽石之下，潛汙泥之中，而揚光千載之上，發彩疇昔之外；亦皆未能初自接於至尊也。夫尊者所服，卑者所修也；貴者所御，賤者所先也。故夏屋初成，而大匠先立其下；嘉禾始熟，而農夫先嘗其粒。恨楨所帶，無他妙飾，若實殊異，尚可納也。』此皆彦和所謂麗而規益者。典論論文但以琳、瑀書記爲儁，而云公幹『壯而不密』，是不重楨之爲文，故言『弗論』。黄注未悉。」札記：「案全後漢文六十五尚輯有楨與曹植書又一首。」

〔二〕王金凌：「劉楨答太子丕借廓落帶書中，引荆山之璞、隨侯之珠、南垠之金、貂貚之尾四寶爲喻，以譏曹丕所服乃卑者所修。辭采甚美……故稱麗。」

〔三〕注訂：「魏文帝與吴質書『公幹五言詩，妙絶當時』，爲此句所本。」明詩篇：「偏美則太沖、公幹。」

〔三〕梅注：「魏志：魏諷反，廙弟偉爲諷所引，當相坐誅。丞相操令曰：叔向不坐弟虎，古之制也。特原不問，徙署丞相倉曹屬。廙上書謝曰：臣罪應傾宗，禍應覆族。遭乾坤之靈，值時來之運，揚湯止沸，使不焦爛。起烟於寒灰之上，生華於已枯之木。物不答施於天地，子不謝生於父母，可以死效，難用筆陳。」按此見劉廙傳。札記：「按劉廙文，魏志目之爲疏。」

「至」，得當。荀子正論：「不知逆順之理，小大至不至之變者也，未可與及天下之大理者也。」楊倞注：「至不至，猶言當不當。」

〔四〕陸機謝平原内史表：「横爲故齊王冏所見枉陷，誣臣與衆人共作禪文，幽執囹圄，當爲誅始。臣……乃與弟雲……岐嶇自列，片言隻字，不關其間，事蹤筆跡，皆可推校。」札記：「黄注以謝平原内史表當之。案表文有云：『崎嶇自列，片言隻字，不關其間，事蹤筆跡，皆可推校，而一朝翻然，更以爲罪。』是士衡本先有自理之文。檢全晉文九十七載有與吴王表二條，則真自理之詞也。文如下：『臣以職在中書，詔命所出。臣本以筆札見知。』『禪文本草，見在中書，一字一蹟，自可分别。』第二條與謝表所舉崎嶇自列之辭相應。」牟注：「晉書陸機傳載：『（趙王）倫將篡位，以（陸機）爲中書郎。倫之誅也，齊王冏以機職在中書，九錫文及禪詔疑機與焉，遂收機等九人付廷尉。賴成都王穎、吴王晏並救理之。』『自理』和『救理』相對而言。陸機得釋後，在對司馬穎、司馬晏的謝吴王表、與吴王表、謝成都王箋中，都對他的被疑受誣有所申辯。表箋均見全晉文卷九十七。」

〔五〕校注：「『爲』，御覽引無，按『爲』字於此實不應有，蓋傳寫者涉下句而衍，當據删。」

原牋記之爲式，既上窺乎表，亦下睨乎書〔一〕，使敬而不懾，簡而無傲〔二〕，清美以惠其才，彪蔚以文其響，蓋牋記之分也〔三〕。

〔一〕牋記介乎書、表之間，一般用於對上，而且主要用於臣下對皇室后妃、太子、王子等表示謝意或賀忱。如吴質答魏太子牋、陳琳答東阿王牋等。

〔二〕校注：「書舜典：『剛而無虐，簡而無傲。』」正義：「簡易之失，入於傲慢，故令簡而無傲。」札記：「謂敬而不懾，所以殊於表：簡而無傲，所以殊於書。」范注：「表有誠惶誠恐，死罪死罪之語。上文云：書體在盡言，宜條暢以任氣，則有類乎傲也。」

〔三〕古今文綜第二部第一編「書牘」類第六章「箋」類説「箋」就是指的「牋記」，並解釋説：「大抵古者自敵以上，此體爲宜，後世亦遂施之儕輩矣。茲本彦和之説，約以今名，析爲兩目：一曰陳述，『敬而不懾，簡而無傲』，庶幾『上窺乎表』者也；一曰議論，『清美以惠其才，彪蔚以文其響』，庶幾『下睨乎書』者也。」按「惠」通「慧」。原道篇：「虎豹以炳蔚凝姿。」注訂：「據彦和清美之言，知牋記有純雜之判，蓋在書表之間耳。記體所涵不一，故下文收譜録諸項，文章體勢無遺類也。」王金凌：「清美與彪蔚是就辭采而言。此處謂才能在牋記中宜表達清美而彪蔚的特徵。」「響」謂聲響。

以上爲第二段，論牋、記之義用及其優秀作者，兼明牋記之寫作要領。

夫書記廣大，衣被事體〔一〕，筆劄雜名，古今多品。是以總領黎庶，則有譜、籍、簿、録；醫歷星筮，則有方、術、占、式〔二〕；申憲述兵，則有律、令、法、制；朝市徵信，則有符、契、券、疏；百官詢事，則有關、刺、解、牒；萬民達志，則有狀、列、辭、諺。並述理於心，著言於翰，雖藝文之末品，而政事之先務也〔三〕。

〔一〕范注：「彥和之意，書記有廣狹二義。自狹義言之，則已如上文所論。自廣義言之，則凡書之於簡牘，記之以表志意者，片言隻句，皆得稱爲書記。章太炎本此而更擴充之，作文學總略篇，可參閱。紀評云：『此種皆係雜文。緣第十四先列雜文，不能更標此目，故附之書記之末，以備其目。然與書記頗不倫，未免失之牽合。況所列或不盡文章，入之論文之書，亦爲不類。若删此四十五行，而以「才冠鴻筆」句直接「牋記之分」句下，較爲允協。』案紀氏不達書記有廣狹二義，故貢此論，其實置之雜文篇中，反爲不倫矣。」

注訂：「此節羅列雜體，統歸於記。六條所包，約二十四則。因俗取名，使文無遺種，事有遵依，然列之於記者，藝文之末品，故不必專篇也，如識不及此，當如紀評所云，豈其然乎？」

校釋：「紀評謂：『二十四品，與書記不倫，未免牽合。』非也。劉成國釋名曰：『書，庶也。記庶物也。亦言著簡紙，永不滅也。』揚子雲法言問神篇曰：『彌綸天下之事，記久明遠，著古昔之㖧㖧，傳千里之忞忞者，莫如書。』曰『紀庶物』，曰『彌綸天下之事』，足見書之爲義，其廣如此，故舍人曰：『書記廣大，衣被事體。』紀氏非之，未明此義。且本書原有附論之列，上篇所涉，固徧及各體之作。二十四品，既不足以設專篇，復不宜略而不論，乃附之書記之末，亦猶雜文篇附及者十六類也。」

斠詮：「事體，事物之大體，事物之體統。後漢書胡廣傳：『練達事體，明解朝章。』」「衣被」，覆蓋，包羅。

〔二〕校證：「『式』原作『試』，馮校云：『試當作式。』何校云：『試一作式。』顧校作『式』。案馮、顧校是。王惟儉本正作『式』，下文亦作『式』，今據改。」

〔三〕注訂：「雜體二十四，統於記篇，於文章爲末，而於政事爲先。苟無所述，失其體要，此作者著意處也。」「達志」，即達意。

故謂譜者，普也〔一〕。注序世統，事資周普〔二〕，鄭氏譜詩，蓋取乎此〔三〕。

籍者，借也〔四〕。歲借民力〔五〕，條之於版〔六〕，春秋司籍，即其事也〔七〕。

簿者，圃也〔八〕。草木區別〔九〕，文書類聚〔一〇〕，張湯、李廣，爲吏所簿，别情僞也〔一一〕。

録者，領也〔一二〕。古史世本〔一三〕，編以簡策，領其名數〔一四〕，故曰録也〔一五〕。

〔一〕校證：「徐校删『故謂』二字，梅六次本剜去『故謂』二字，似可從。」

〔二〕「世統」，謂世類統緒。釋名釋典藝：「統，緒也。主緒人世類相繼如統緒也。」王兆芳文體通釋「譜」：「譜者，籍録也，布也，普也，布事籍録，令周普也。……劉勰曰：『事資周普。』」

〔三〕訓故：「後漢書鄭玄傳：『著毛詩譜。』注云：『玄於詩、禮、論語，爲之作序。此譜亦序之類。

避子夏序名，以其列諸侯世及之次，謂之爲譜。』」

梅注：「毛詩傳鄭玄箋，作詩譜十六篇。」

黄注：「漢藝文志：帝王、諸侯世譜二十卷，古來帝王年譜五卷。」梁書文苑劉杳傳：「王僧孺被敕撰譜，訪杳血脈所因，杳云：『桓譚新論云：太史三世表，旁行邪上，並效周譜。以此而推，當起周代。』」范注：「鄭玄詩譜序曰：『夷、厲以上，歲數不明，太史年表，自共和始。歷宣、幽、平王而得春秋次第，以立斯譜。欲知源流清濁之所處，則循其上下而省之；欲知風化芳臭氣澤之所及，則傍行而觀之。』觀鄭語，知詩譜即詩表。正義云：『譜者，普也。注序世數，事得周普，故史記謂之譜牒，是也。』案正義此文竊取彦和而小變者。」

按史通表歷篇云：「蓋譜之建名，起於周代，表之所作，因譜象形。故桓君山有云：『太史公三代世表，旁行斜上，並效周譜。』」

〔四〕范注：「説文：『籍，簿書也。』尚書僞孔安國序：『由是文籍生焉。』正義：『籍者，借也。借此簡書以記録政事。』孟子滕文公上：『助者，藉也。』趙岐注曰：『藉者，借也，猶人相借力助之也。』此訓『借』説所本。」

〔五〕校注：「禮記王制：『古者，公田藉而不稅……用民之力，歲不過三日。』鄭注：『藉之言借也，借民力治公田。』公羊傳宣公十五年：『古者什一而藉。』何注：『什一以借民力，以什與民，自取其一爲公田。』『籍』與『藉』通。」

〔六〕范注：「釋名釋書契：『籍，籍也，所以籍疏（疏，條列也）人民户口也。』……周禮天官敘官『司書』正義：『籍，今手版。』」

〔七〕訓故：「春秋左傳：周景王謂籍談曰：『昔而高祖孫伯黶司晉之典籍，以爲大政，故曰籍氏。』」按此見昭公十五年。

〔八〕黄注：「漢食貨志：『多張空簿。』注：『簿，計簿也。』」

札記：「藝文志雜家有解子簿書。」

范注：「『簿』字説文無，簿訓圃，同聲爲訓。釋名釋書契：『簿，言可以簿疏物也。』」

〔九〕論語子張：「譬諸草木，區以别矣。」斠詮：「蓋謂草木之樹藝應分區各别也。」

〔一〇〕斠詮：「蓋謂文書紀事，須同類相聚也。」易繫辭上：「方以類聚，物以群分。」

〔一一〕訓故：「史記：張湯爲御史大夫，天子以湯懷詐面欺，使使八輩簿責湯。」按此見酷吏傳。又見漢書張湯傳，師古注：「以文簿次第一一責之。」

訓故：「史記：李廣從大將軍擊匈奴軍，失道，大將軍使長史急責廣之幕府對簿。」漢書李廣傳作「急責廣之幕府上簿」，師古注：「簿，謂文狀也。」

王金凌：「張湯爲三長史所陷，漢武帝以爲張湯懷詐面欺，使使八輩簿責湯。事見史記……張湯傳。李廣從衛青征匈奴，不從命而迷途，衛青使長史急責李廣的幕府對簿，事見史記……李廣傳。由此看來，簿是責罪或爲己罪辯解的文書。……『情』在此當指情實。」

〔一二〕范注：「説文：『録，金色也。』假借爲『録』，古刻本爲書，故曰録也。後漢書和帝紀注：『録，謂總領之也。』」

注訂：「周禮天官職幣：『掌式灋以斂官府都鄙，與凡用邦財者之幣，振掌事者之餘財，皆辨其物而奠其録，以書楬之，以詔上之。』注：『定其録籍。』」

〔一三〕黄注：「（後漢書）班彪傳：『左丘明有記録黄帝以來至春秋時帝王公侯卿大夫，號曰世本一十五篇。』馬總意林：『傅子曰：楚漢之際，有好事者作世本，上録黄帝，下逮漢末。』」章宗源隋書經籍志考證七：「周禮『小史掌邦國之志，定世繫（應作「奠繫世」），辨昭穆』，注曰：『帝繫，世本之屬。』疏曰：『天子謂之帝繫，諸侯謂之世本。』漢書司馬遷傳贊曰：『左丘明有世本，録黄帝以來至春秋時帝王公侯卿大夫祖世所出。』漢藝文志『春秋家』有世本十五篇。……史記序索隱：劉向曰：『世本，古史官明於古事者之所記也。録黄帝以來帝王諸侯及卿大夫繫謚名號，凡十五篇。』」

〔一四〕漢書高帝紀：「民前或相聚，保山澤，不書名數。今天下已定，令各歸其縣，復故爵田宅。」師古注：「名數，謂户籍也。」史記萬石君傳：「元封四年中，關東流民二百萬口，無名數者四十萬。」

〔一五〕文體通釋「録」：「録者，金所刻録節也，領也。總領事物，書於竹節，後世以紙代也。劉勰曰：『古史世本，編以簡策，領其名數。』主於定例編記，領理繁雜。」

方者，隅也。醫藥攻病，各有所主，專精一隅，故藥術稱方〔一〕。

術者，路也〔二〕。算曆極數〔三〕，見路乃明，九章積微〔四〕，故稱爲術，淮南萬畢〔五〕，皆其類也。

占者，覘也〔六〕。星辰飛伏，伺候乃見〔七〕，登觀書雲〔八〕，故曰占也。

式者，則也〔九〕。陰陽盈虛，五行消息〔一〇〕，變雖不常，而稽之有則也。

〔一〕漢書藝文志：「經方十一家。」范注：「太玄周：『周無隅。』注：『方也。』漢書藝文志：『經方者，本草石之寒温，量疾病之淺深，假藥味之滋，因氣感之宜，辨五苦六辛，致水火之齊，以通閉解結，反之於平。』方亦不盡用於醫藥。初學記二十一有韋誕墨方，齊民要術九有誕筆方，言作筆墨之法。」注訂：「方，説文：『併船也。』與旁通。引申爲方向方術之方。左昭二十九年傳：『官修其方。』注：『法術也。』又左閔二年傳：『授方。』注：『百事之宜也。』藥術稱方，皆本斯義。」

〔二〕范注：「説文：『術，邑中道也。』」

〔三〕「算曆極數」，斠詮直解爲「算學、歷法，皆數術之極致」。

〔四〕梅注：「黄帝時，隸首作筭數，筭數之術有九：一曰方田，二曰粟米，三曰差分，四曰少廣，五曰商功，六曰均輸，七曰方程，八曰羸不足，九曰旁要。」黄注：「漢藝文志：凡數術有百九十家，數術者，皆明堂、羲和、史卜之職也。」又：「（後漢書）鄭玄傳：始通京氏易、公羊春秋、三統歷、九章算術。注：三統歷，劉歆所撰。九章算術，周公作也。凡有九篇：方田一，粟米二，差分三，少廣四，均輸五，方程六，傍要七，盈不足八，鉤股九。」

范注：「九章算術九卷，四庫提要曰：『不著撰人名氏，原本久佚，今從永樂大典録出，蓋周禮保氏之遺法。漢張蒼删補校正，而後人又有所附益也。晉劉徽、唐李淳風皆爲之注。自周髀以外，此爲最古之算經。』」按現傳本九章算術分九章：（一）方田，（二）粟米，（三）衰分，（四）少廣，（五）商功，（六）均輸，（七）盈不足，（八）方程，（九）勾股。「積微」，積聚了數學的微妙。

〔五〕訓故：「隋志：淮南王鴻寶萬畢術。」

黄注：「（史記）龜策傳：臣（褚少孫）爲郎時，見萬畢石朱方，傳曰：『有神龜在江南嘉林中。』注（應作索隱）：『萬畢術中有石朱方，方中説嘉林中，故云傳曰。』淮南有萬畢術一卷。」

范注：「黄以周子叙萬畢術叙：『萬畢術舊題漢劉安撰。漢志不著録。史記龜策傳褚先生見萬畢石朱方。梁七録有淮南萬畢經、淮南變化術各一卷。或以爲此即漢志淮南外書之一種，或以爲淮南好方技，後世多依託其名以成書。如淮南九師道訓、淮南八公相鶴經亦皆襲其稱。萬畢未必是劉安外書，然褚少孫見其方，阮孝緒箸其録，其書自古矣。……』案彦和所云萬畢術，似書中多言歷算，當即七録所著之一卷也。」

〔六〕范注：「説文：『占，視兆問也。』方言十：『占，伺視也。凡相候謂之占，猶瞻也。』廣雅釋詁四：『占，譣也。』」

〔七〕黄注：「漢藝文志：『雜占十八家。』雜占者，紀百事之象，候善惡之徵。」札記：「飛伏，晉天文志：自下而上曰飛。案伏者，匿不見也。」

范注：「文獻通考經籍考：『京氏積算易傳三卷，雜占條列法一卷，晁景迂曰：「是書肇乾坤之二象，以成八卦。卦凡八變六十有四，於其往來升降之際，以觀消息盈虚於天地之元。大抵辨三易，運五行，正四時，謹二十四氣，悉七十二候，而位五星，降二十八宿。其進退以幾而爲一卦之主者，謂之世。奇耦相與，據一以超二而爲主之相者謂之應。世之所位而陰陽之肆者謂之飛，陰陽肇乎所配，而終不脱乎本，以隱賾佐神明者謂之伏。」』」

〔八〕校證：「『登』原作『精』，何、黄並云：『疑作登。』」校注：「按作『登』與左傳僖公五年合。中論歷數篇：『人君親登觀臺，以望氣而書雲物爲備者也。』亦可證。」訓故：「春秋左傳：『公既視朔，遂登觀臺以望，而書，禮也。凡分、至、啓、閉，必書雲物，爲備故也。』」按此見僖公五年。杜注：「雲物，氣色災變也。」范注：「精觀，當作登觀。」又：「觀臺，臺上構屋，可以遠觀者也。」

〔九〕范注：「漢書藝文志五行家：『羨門式二十卷。』周禮大史：『大師（大師者，大起軍師也），抱天時與大師同車。』鄭司農曰：『大出師，則大史主抱式以知天時，處吉凶。史官主知天道。

故國語曰：「吾非瞽史，焉知天道？」春秋傳曰：「楚有雲如衆赤鳥夾日以飛。楚子使問諸周大史。」大史主天道。』（國語周語、左傳哀六年）疏曰：『抱式者，據當時占文謂之式，以其見時候有法式，故謂載天文者爲式。』」

斠詮：「説文：『式，法也。』老子：『爲天下式。』注：『式，模則也。』又：『抱一爲天下式。』注：『式，猶則之也。』」

〔一〇〕「盈虚」，猶盛衰。「消息」，猶消長。斠詮：「易豐：『天地盈虚，與時消息。』舍人之造語本此。孔疏：『天之寒暑往來，地之陵谷遷貿，盈則與時而息，虚則與時而消。』文選枚乘七發：『消息陰陽。』李善注：『消，滅也。息，生也。』案惠棟易漢學：『乾盈爲息，坤虚爲消。陰陽消息，循環不已。故易有所謂消息卦。』」

律者，中也。黄鐘調起，五音以正〔一〕。法律馭民，八刑克平〔二〕，以律爲名，取中正也〔三〕。

令者，命也〔四〕。出命申禁，有若自天，管仲下命如流水〔五〕，使民從也。

法者，象也〔六〕。兵謀無方，而奇正有象〔七〕，故曰法也。

制者，裁也。上行於下，如匠之制器也〔八〕。

〔一〕范注：「説文：『律，均布也。』段注曰：『律者，所以範天下之不一而歸於一，故曰均布也。』」

爾雅釋言：『律，銓也。』（説文：「銓，衡也。」）彥和訓律爲中，蓋取平衡中正之義。漢書律曆志：『五聲之本，生於黃鍾之律。九寸爲宮，或損或益，以定商角徵羽。』」校注：「『鐘』，弘治本、汪本……崇文本作『鍾』。按『鐘』與『鍾』古本相通，然以聲律篇『失黃鍾之正響』例之，此應據改爲『鍾』，始能一律。呂氏春秋古樂篇：『昔黃帝令伶倫作爲律，伶倫自大夏之西，乃之阮隃之陰，取竹於嶰谿之谷，以生空竅厚鈞者，斷兩節間，其長三寸九分而吹之，以爲黃鍾之宮。……次制十二筒，以之阮隃之下，聽鳳凰之鳴，以別十二律。其雄鳴爲六，雌鳴亦六。以比黃鍾之宮，適合。黃鍾之宮，皆可以生之。故曰：「黃鍾之宮，律呂之本。」』」孟子離婁上：「不以六律，不能正五音。」

〔二〕周禮大司徒：「以鄉八刑糾萬民：一曰不孝之刑；二曰不睦之刑；三曰不婣之刑；四曰不弟之刑；五曰不任之刑；六曰不恤之刑；七曰造言之刑；八曰亂民之刑。」「平」，公平。

〔三〕黃注：「漢刑法志：蕭何攈摭秦法，取其宜於時者，作律九章。」

〔四〕范注：「説文：『令，發號也。』漢書東方朔傳：『令者，命也。』賈子等齊篇：『天子之言曰令甲令乙是也。』廣雅釋詁四：『令，禁也。』」

明賀復徵文章辨體彙選卷二八〇「私令」類：「劉勰曰：『令者，命也。』王祥訓子孫遺令，李暠戒諸子手令是也。」

〔五〕黃注：「管子：下令於流水之原者，令順民心也。」按此見牧民篇士經。校注：「馮舒云：

『下命當作下令。』按作令始與管子牧民篇及本段合。」綴補：「史記管仲列傳亦云：『下令如流水之原，令順民心。』」

〔六〕黄注：「周禮疏：齊景公時，大夫田穰苴作司馬法。至六國時，齊威王大夫等追論古法，又作司馬法附於穰苴。」

范注：「吕氏春秋仲春紀情欲：『故古之治身與天下者，必法天地也。』高誘注曰：『法，象也。』漢志兵家列兵法多家。班固序曰：『湯武受命，以師克亂而濟百姓，動之以仁義，行之以禮讓，司馬法是其遺事也。自春秋至於戰國，出奇設伏，變詐之兵並作。漢興，張良、韓信序次兵法。』法之本訓爲刑，因上文已有律令，故此專指兵法。」

〔七〕「兵謀無方」，謂無常規。孫子兵法勢篇：「三軍之衆，可使必受敵而無敗者，奇正是也。」又：「戰勢不過奇正，奇正之變，不可勝窮也。奇正相生，如循環之無端，孰能窮之？」「奇正」，指奇兵、正兵的戰術運用。

周注：「奇正有象：兵法以奇正變化仿效各種物象。孫子軍争：『故其疾如風，其徐如林，侵掠如火，不動如山，難知如陰，動如雷霆。』」

〔八〕黄注：「禮記月令：『命有司修法制。』」札記：「史記封禪書索隱引劉向七録云：文帝所造書有本制、兵制、服制篇。」

范注：「説文：『制，裁也。』後漢書蔡邕傳：『制作，國之典也。』」周注：「當指皇帝制定各種制度。」

郭注：「按詔策云：『降及七國，並稱爲令。令者，使也。秦并天下，改命曰制。』彼文制令，乃詔策之異名，本篇制令，應有區別。」

斯波六郎：「淮南子主術：『是故賢主之用人也，猶巧匠之制木也。』」

符者，孚也。徵召防僞，事資中孚〔一〕。三代玉瑞〔二〕，漢世金竹〔三〕，末代從省，易以書翰矣〔四〕。

契者，結也。上古純質，結繩執契〔五〕；今羌胡徵數〔六〕，負販記緡〔七〕，其遺風歟！

券者，束也〔八〕。明白約束，以備情僞〔九〕，字形半分，故周稱判書〔一〇〕。古有鐵券，以堅信誓〔一一〕。王褒髯奴，則券之楷也〔一二〕。

疏者，布也〔一三〕。布置物類，撮題近意，故小券短書，號爲疏也〔一四〕。

〔一〕黄注：「東觀漢記：郭丹初之長安，從宛人陳兆買入關符，以入函谷關。既入，封符乞人曰：不乘使者車不出關。」

范注：「説文：『符，信也。漢制以竹，長六寸，分而相合。』史記律書：『言萬物剖符甲而出也。』是符與孚聲同而通。」

校注：「文選序：『書誓符檄之品。』張銑注：『符，孚也。徵召防僞，事資中孚。』文即襲此，亦可證。又按易雜卦傳：『中孚，信也。』」

注訂：「中孚，易卦名，孚亦信也。中孚，兑下巽上。卦象澤上有風，風行澤上，因稱恩澤下流爲中孚。」

斯波六郎：「周易雜卦：『中孚，信也。』」中孚卦正義：「中孚，卦名也，信發於中，謂之中孚。」

文體明辨序説「符」類：「按字書云：『符，信也。』古無此體，晉以後始有之。」

文體通釋「符」：「符者，信也，孚也。合竹及金玉爲信孚，後世以紙代也。」

〔二〕訓故：「書舜典：輯五瑞。又：頒瑞於群后。傳：瑞，信也。」

黄注：「周禮（春官）：典瑞掌玉瑞玉器之藏。注：瑞，符信也。五帝本紀：修五禮五玉。注：即五瑞也。」

〔三〕訓故：「史記：漢文帝二年九月初與郡國守相爲銅虎符、竹使符。」按此見文帝本紀。集解：「應劭曰：銅虎符，第一至第五，國家當發兵，遣使者至郡合符。符合，乃聽受之。竹使符者，皆以竹箭五枚，長五寸，鐫刻篆書第一至第五。張晏曰：符以代古之珪璋，從簡易也。」范注：「釋名釋書契：『符，付也。書所敕命於上，付使傳行之也。』書敕命於上，爲漸易書翰之始。」

〔四〕札記：「案南朝稱被臺符，被尚書符。其時已用紙，今則稱爲票。符之與票，非奉音轉。」「末代」，指魏晉以後。

〔五〕黄注：「周禮：小宰之職，聽取予以書契。注：書契，謂出予受入之凡要。凡簿書之最目，獄訟之要辭，皆曰契。」

范注：「契，諸書皆訓刻也。釋名釋書契：『契，刻也；刻識其數也。』易下繫辭：『上古結繩而治，後世聖人易之以書契。』李鼎祚周易集解引九家易曰：『古者無文字，其有約誓之事，事大大其繩，事小小其繩。結之多少，隨物衆寡，各執以相考，亦足以相治也。』書序正義引鄭注曰：『書之於木，刻其側爲契。』」斠詮：「説文：『契，大約也。』……契，諸書皆訓爲刻。舍人以結訓契，蓋書契所以結繩而然。」

〔六〕斠詮：「徵數，謂徵信於籌數也。所謂籌數即籌馬計數之具。……今稱賭能記數之物曰籌馬。舍人之造語本此。」

〔七〕注訂：「漢書武帝紀：『初算緡錢。』注：『緡，錢貫。』」

〔八〕范注：「説文：『券，契也。券别之書以刀判契其旁，故曰契券。』釋名釋書契：『券，綣也。相約束繾綣，以爲限也。』」

〔九〕戰國策秦策：「請謁事情。」注：「情，實也。」左傳僖公二十八年：「民之情僞，盡知之矣。」情僞，猶言真僞。王金凌：「由券的功能看來，『情僞』係偏義複詞，意重在僞，謂防備假言背信。『情』在此只有修辭的功能。」

〔一〇〕范注：「周禮小司寇：『聽稱責以傅別。』注云：『傅別，謂爲大手書於一札，中字別之，今之券書也。』秋官朝士：『凡有責（債）者，有判書以治則聽。』鄭司農云：『謂別券也。』漢書高祖紀下：『丹書鐵契。』王先謙補注曰：『通鑑胡注：以鐵爲契，以丹書之。謂以丹書盟誓之言於鐵券。』釋名釋書契：『莂，別也，大書中央，中破別之也。』莂，即契券。」

校釋：「孫詒讓周禮正義曰：『質劑、傅別、書契，同爲券書，則爲手書大字、中字而別其札，使各執其半字。書契，則書兩札，使各執一札。傅別札字半別；質劑則唯札半別，而字全具不半別；書契則書兩札，札亦不半別也。』舍人以『字形半分』釋券，實當爲傅別。曰券者，舉其大名耳。鄭康成周禮注亦謂：『古之質劑，即今之券書，又曰傅別，別或作莂。』蓋通稱則無分，專稱則有別也。」

〔一一〕黄注：「漢高帝紀：與功臣剖符作誓，丹書鐵券。」按漢書原文作「鐵契。」漢書祭遵傳作「丹書鐵券」。

文體明辨序説「鐵券文」：「史稱漢高帝定天下，大封功臣，剖符作誓，丹書鐵券，金匱石室，藏之宗廟。其誓詞曰：『使黄河爲帶，泰山若礪，國以永存，爰及苗裔。』後世因此遂有鐵券文焉。」

〔一二〕梅注：「王褒髯奴：蜀郡王子淵以事到湔，上寡婦楊惠舍。有一奴名便了，倩行酤酒。便

(了)提大杖上冢顛曰：『大夫買便了時，但約守冢，不約爲他家男子酤酒。』子淵大怒曰：『奴寧欲賣邪？』惠曰：『奴大忤人，人無欲者。』子(淵)即決賣券云。奴復曰：『欲使皆上券。不上券，便了不能爲也。』子淵曰『諾』。券文曰：『神爵三年正月十五日，資中男子王子淵從成都安志里女子楊惠買夫時户下髯奴便了，決賣萬五千。奴從百役使，不得有二言。奴不得有姦，私事當關白，奴不聽教，當笞一百。』讀券文徧訖，詞窮咋索，仡仡扣頭，兩手自縛，目淚下落，鼻涕長一尺：『當如王大夫言，不如早歸黄土陌，蚯蚓鑽額；早知當爾，爲王大夫酤酒，不聽作惡。』」

明董斯張吹景集卷三：「按雕龍書記篇云：『王褒髯奴，則券之楷也。』夫『縛箒裁盂』，出子淵之僮約，『癩鬚瘦面』，録文彊(黄香字)之諧語。勰也混之，非其瑕乎？」

札記：「王褒髯奴，即僮約，見全漢文四十二。古文苑章樵注，訛字亦衆，今校定如左(全文節本已見上引)，文爲俳諧之作，非當時果有此約券也。」

范注：「古文苑十七載黄香責髯奴辭，係譏世之文，與券無涉。又載王褒僮約，蓋即責髯奴文。李善東京賦注引亦云王褒責髯奴文。」

校證：「『諧』原作『楷』，御覽作『諧』，謂王褒髯奴，爲券之諧辭也。今據改。」校注：「南齊書文學傳論：『王褒僮約，束晳發蒙，滑稽之流。』亦可作爲旁證。」

文體明辨序説「約」類：「按字書云：『約，束也。』言語要結，戒令檢束皆是也。古無此體，漢王褒始作僮約，而後世未聞有繼者，豈以其文無所施用而略之歟？」

清朱亦棟群書札記卷十三髯奴：「野客叢書：『魯直次炳之玉版詩韻曰：「王侯髯若緑坡竹。」注：「王褒髯奴詞曰：離離若緑坡之竹，鬱鬱若青田之苗。」按古文苑所載髯奴詞，乃黄香所作，非王褒也。褒所著者，僮約耳。』（見卷九）考徐堅初學記：『王褒有奴號髯奴，嘗有辭責其髯曰：我觀人鬚，離離若緑波（按當作坡）之竹，鬱鬱如春田之苗。若子髯既亂且赭，枯槁禿瘁，曾不如犬羊之毛。』（按見卷十九）又王褒僮約：『王子淵從成都女子楊惠買夫時户下髯奴便了。』（原注：奴名）則鬚髯奴辭，正王褒所作，不得從古文苑作黄香而駁之也。文心雕龍：『券者，束也。王褒髯奴，則券之楷也。』此亦指僮約而言。」

〔一三〕范注：「楚辭湘夫人：『疏石蘭兮爲芳。』王注：『疏，布陳也。』」

周注：「疏，分條叙述。疏有分疏分布意，撮舉題目，就切迫的用意，作短書陳述，稱爲疏。短書，短小的書，用短券。」

〔一四〕周禮地官質人：「大市以質，小市以劑。」鄭注：「大市，人民馬牛之屬，用長券；小市，兵器珍異之物，用短券。」

關者，閉也。出入由門〔一〕，關閉當審；庶務在政，通塞應詳〔二〕。韓非云：「孫亶回聖相也，而關於州部。」〔三〕蓋謂此也。

刺者，達也〔四〕。詩人諷刺〔五〕，周禮三刺〔六〕，事叙相達，若針之通結矣〔七〕。解者，釋也。解釋結滯，徵事以對也〔八〕。牒者，葉也。短簡編牒，如葉在枝〔九〕，温舒截蒲，即其事也〔一〇〕。議政未定〔一一〕，故短牒咨謀。牒之尤密，謂之爲籤。籤者，纖密者也〔一二〕。

〔一〕黄注：「唐百官志：諸司相質，其制有三：一曰關，二曰刺，三曰移。」范注：「釋名釋書契：『過，所過所至關津以示之也。』疑此即所謂關。方言十二：『關，閉也。』」斯波六郎：「案上有『百官詢事，即有關刺解牒』，此『關』字，爲百官互相質詢用之公文一種甚爲明顯。范注『過所』云云非是。黄注亦引唐書百官志：『諸司相質，其制有三，一曰關，二曰刺，三曰移。』此『關』即唐志之『關』，可見『關』之遺式。」

〔二〕易節卦：「象曰：不出户庭，知通塞也。」正義：「知通塞者，識時通塞，所以不出也。」牟注：「通塞，政事的順利與險阻。詳，視聽，瞭解。」

〔三〕訓故：「韓子：徐渠問田鳩曰：『陽城義渠，名將也，而措於毛伯。公孫亶回，聖相也，而關於州部。何哉？』田鳩曰：『此無他，主有度，上有術之故也。』」按此見韓非子問田篇。陳奇猷韓非子集釋：「顧廣圻（韓非子識誤問田篇「公孫亶回」條）云：『文心雕龍引此云孫亶回，無公字，省耳。』松皋圓曰：顯學篇：『宰相必起於州部，猛將必發於卒伍。』五蠹篇：『州部之吏操官兵。』楚策：『今僕之不肖，阨於州部。』奇猷案：關，措置也。州部當係指地方小官。」

〔四〕范注：「釋名釋書契：『下官刺曰長刺，長書中央，一行而下之也。又曰爵里刺，書其官爵及郡縣鄉里也。』三國魏志夏侯淵傳注引夏侯湛叙夏侯榮曰：『客百餘人，人一奏刺，悉書其鄉邑名氏，世所謂爵里刺也。』」

注訂：「刺者，猶今之名刺也。」

周注：「刺，當是探事的公文，轉爲謁人的名帖，稱名刺。刺本義爲用尖鋭的物品插入他物，如『以針通結』（用針尖解開綫的疙瘩）。轉爲刺探、偵詢。」

斠詮：「刺，即名刺，俗稱名片，漢時謂之謁，漢末謂之刺。」

〔五〕毛詩大序：「上以風化下，下以風刺上。」

〔六〕黄注：「周禮（秋官）司刺：掌三刺、三宥、三赦之法，以贊司寇聽獄訟。一刺曰訊群臣，二刺曰訊群吏，三刺曰訊萬民。」鄭注：「刺，殺也。訊而有罪，則殺之。」又周禮秋官小司寇：「以三刺斷庶民獄訟之中。一曰訊群臣，二曰訊群吏，三曰訊萬民。」鄭注：「三訊罪定則殺之。」

三刺是古代的審訊定罪制度。刺，指審訊及執行判決。

〔七〕斠詮：「黄帝素問靈樞經卷一『九鍼十二原』曰：『夫善用鍼者，取其疾也，猶拔刺也，猶雪汚也，猶通結也。』」

〔八〕儀禮大射儀：「司馬正命退楅解綱。」鄭注：「解，猶釋也。」三國魏志孫禮傳：「今二郡争界八年，一朝決之者，緣有解書圖畫可得尋案擿校也。」斠詮解「徵事以對」爲「徵驗於實際事例，以對答疑問」。

〔九〕黄注：「左傳：右師不敢對，受牒而退。正義：簡，牒也。牒，札也。」按此見昭公二十五年。范注：「王兆芳文體通釋曰：『札牒者，札，牒也；牒，札也。簡牘之小者，版書之屬也，主於小事通言，簡略明意。源出漢齊人公孫卿奏札書。流有薛宣與陽湛手牒，鍾離意白周樹牒，蜀蒲元與武侯牒。』……孫君蜀丞曰：『説文繫傳牒字下引云：議政未定，短牒諮謀，曰牒簡也。葉在枝也。』御覽六百六引云：『牒者，葉也，如葉在枝也。短簡爲牒，議事未定，故短牒諮謀，牒之尤密謂之籤。』」注訂：「説文：『牒，札也。』段注：『牒之言葉也，葉也，竹部篥義略同。』左昭二十五年：『受牒而退。』司馬貞曰：『牒，小木札也。』……史記三代世表：『余讀諜記。』索隱：『音牒，記系謚之書也。』又説文通訓定聲：『按小簡曰牒，大簡曰册，薄者曰牒，厚者曰牘。』」

〔一〇〕梅注：「路温舒，鉅鹿東皇人也，父爲里監門使，温舒牧羊。温舒取澤中蒲，截以爲牒，編用寫書。稍習善，求爲獄小吏，因學律令。」按此見漢書路温舒傳，師古注：「小簡爲牒，編聯次之。」

按宋本御覽引無此二句，上下文爲「牒者，葉也，如葉在枝也。短簡爲牒，議事未定，故短牒諮謀」，義較順。

〔二一〕「議政未定」，明陳懋仁續文章緣起引作「政議未定」。

〔二二〕校注：「『纖』，黄校云：『一作籤。』……按『籤』字非是。……詮賦篇『言務纖密』，指瑕篇『或精思以纖密』，並以『纖』『密』連文，可證。」

札記：「籤之名蓋起於魏。魏文帝爲諸王置典籤，猶中朝之有尚書爾。」

范注：「説文：『籤，驗也。』桂馥義證曰：『通俗文：「記識曰籤。」……江左有典籤之職，官府畫諾謂之籤押，亦徵驗意。』」

周注：「説文：『籤，驗也。』徐鍇注：『籤出其處爲驗也。』南史呂文顯傳：『府州部内，論事皆籤，前直叙所論之事，後云謹籤，日月下又云某官某籤，置典籤以典之。』這個籤，記事比牒細密。」

狀者，貌也〔一〕。體貌本原，取其事實〔二〕，先賢表謚，並有行狀，狀之大者也〔三〕。列者，陳也。陳列事情，昭然可見也〔四〕。辭者，舌端之文，通己於人〔五〕。子産有辭，諸侯所賴，不可已也〔六〕。

〔一〕范注：「左傳僖公二十八年：『且曰獻狀。』杜注：『責其功狀。』王兆芳文體通釋曰：『狀者，犬形也。形貌也。官民之事臧否之形狀也。解詁曰：……州又狀州中吏民茂才異等。又曰：歲盡，齎所狀納京師，名奏事。……』案後漢書朱浮傳注引應劭漢官儀五經博士舉狀曰：『生事愛敬，喪没如禮，通易、尚書、孝經、論語，兼綜載籍，窮微闡奥，隱居樂道，不求聞達。身無金痍痼疾，世六屬不與妖惡交通，王侯賞賜。行應四科，經任博士，下言某官某甲保舉。』通典有督郵保舉博士狀。」

〔二〕任昉文章緣起：「狀者，貌也。體貌本原，取其事實也。」斠詮：「體貌本謂體態與貌相……舍人此處獨用作動詞，猶言『形容』『描繪』也。……史記始皇本紀：『本原事業，祇誦功德。』」

注訂：「秦策：『王后悦其狀。』注：『貌也。』又漢書東方朔傳：『妾無狀。』注：『形貌也。』」

〔三〕黄注：「楊引傳：引母終，經十三年，哀慕不改，郡縣鄉里三百人上狀稱美。」按此見魏書。

周注：「漢趙充國有條上屯田便宜十二事狀。狀本爲形貌，轉爲叙述事件情狀。」

又：「文章緣起：行狀，漢丞相倉曹傅胡幹作楊元伯行狀。」

文體通釋曰：「行事而趨於正道，既死而親舊門人表其事狀，供誄謚也。初狀之於朝，後亦狀諸戚友。主於追叙行事，得其形貌，源出漢丞相倉曹傅胡幹作楊元伯行狀（文章緣起目），流有闕名裴瑜行狀（後漢史弼傳注引先賢行狀），梁任昉、沈約多行狀。」

文章辨體序説「行狀」類：「按行狀者，門生故舊狀死者行業上於史官，或求銘誌於作者之辭也。文章緣起云：始自漢丞相倉曹傅幹作楊原伯行狀，然徒有其名而亡其辭。」

文體明辨序説「行狀」類：「漢丞相倉曹傅胡幹始作楊元伯行狀，後世因之。蓋具死者世系、名字、爵里、行治、壽年之詳，或牒考功太常使議謚，或牒史館請編録，或上作者乞墓誌碑表之類，皆用之。而其文多出於門生故吏親舊之手，以謂非此輩不能知也。」

清江藩炳燭室雜文行狀説：「文心雕龍云：『狀者，貌也。……先賢表謚，並有行狀，狀之大者也。』蓋三代時誄而謚，於遣之日讀之。後世誄文……『巧於序悲，易入新切』而已。……至典午之時，始有行狀，綜述生平行迹，上之於朝以請謚。任彦昇齊竟陵文宣王行狀，所謂『易名之典，請遵前列』（見文選卷六十），故文心雕龍以狀爲表謚，則狀亦誄之流也。」

〔四〕郭注：「小爾雅廣言：『列，陳也。』」范注：「黄先生曰：『陸機文有自列之言（案司馬遷報任安書已有列字）。又任彦昇奏彈劉整云：輒攝整亡父舊使到臺辯問列稱云云。沈休文奏彈王源云：輒攝媒人劉嗣之到臺辯問，嗣之列稱云云。是列與辭同，即今世讞之供招也。』（按此見前中央大學黄季剛先生遺著專號，一九六二年版札記無之。）吴志孫皓傳注引邵氏家傳：『邵疇詣吏自列。』王符潛夫論有卜列、正列、相列、夢列四篇。列猶辯也。」牟注：「如夢列篇，首先列舉『夢有直、有象、有精、有想、有人、有感、有時、有反、有病、有性』等，然後再逐一加以闡述。」

清張雲璈選學膠言卷十七任彦昇奏劉整列稱條：「篇中供詞，多言列稱。按文心雕龍曰：

『列，陳也。陳列事情，昭然如見也。』」文體通釋「列辭」：「列辭者……陳事於官，條叙之而使上聞也。劉勰曰：『陳列事情，昭然可見也。』」郝懿行文心雕龍輯注批注：「按任彦昇彈事有列辭（見文選卷四十奏彈劉整）。古之傳列，今之供狀也。」王金凌：「列用於辯説事實，使其昭然明白，因此『事情』可作事實解。」

〔五〕黄注：「周書：兩造具備，師聽五辭，五辭簡孚，正於五刑。」按此見尚書吕刑。此「辭」指原告、被告兩方之述詞。

〔六〕訓故：「春秋左傳：子産相鄭伯如晉，晉以我喪故，未之見也。子産使盡壞其館垣而納車馬焉。士文伯讓之。子産曰：『雖君之有魯喪，亦敝邑之憂也。若獲薦弊修垣而行，君之惠也。敢憚勤勞？』趙文子曰：『是吾罪也。』乃改築諸侯之館，叔向曰：『辭之不可已也，子産有辭，諸侯賴之。』」按此見襄公三十一年，引文其大意也。

諺者，直語也〔一〕。喪言亦不及文〔二〕，故弔亦稱諺〔三〕。廛路淺言〔四〕，有實無華。鄒穆公云：「囊漏儲中。」〔五〕皆其類也。太誓云〔六〕：「古人有言：『牝雞無晨。』」〔七〕大雅云：「人亦有言：『惟憂用老。』」〔八〕並上古遺諺，詩書可引者也〔九〕。至於陳琳諫辭，稱「掩目捕雀」〔一〇〕，潘岳哀辭，稱「掌珠伉儷」〔一一〕，並引俗説而爲文辭者也。夫文辭鄙俚，莫過於諺〔二〕，而聖賢詩書，採以爲談；況踰於此，豈可忽哉〔三〕！

〔一〕斠詮：「説文：『諺，傳言也。』尚書周書無逸傳：『俚語曰諺。』按直語無飾故曰諺。」

〔二〕訓故：「孝經：子曰：孝子之喪親也，哭不偯，禮無容，言不文。」按此見喪親章。邢注：「不爲文飾。」情采篇：「孝經垂典，喪言不文。」

〔三〕升庵文集卷六十四諺喭唁同條：「論語云：『由也諺。』諺，俗論也。或作『喭』，見文選注。又作『唁』，劉勰曰『諺』；『喭』、『唁』同一字。『諺者，直語也。廛路淺言，有質無華，喪言不文，故弔亦稱唁。』」

郝懿行批注：「按説文：『諺，傳言也。』『唁，弔生也。』彦和欲混爲一，似未爲得。經史亦無通用之例。」

札記：「案弔唁之唁，與諺語之諺異字。説文：唁，弔生也。諺，傳言也。音近相似，彦和乃合爲一矣。」

注訂：「直語無飾，故曰諺。『喪言不及文』，『淺言無華』，意旨皆同。故『諺』、『唁』可假借通用。唁、喭皆從言，音同形異，意義相假，然彦和實主後者，故詳不及唁，而獨論諺也。」

〔四〕文心雕龍雜記：「廛路淺言，猶云市井之言。」「廛」爲古代城市平民所居之地。

〔五〕訓故：「賈誼新書：鄒穆公令食鳧雁者必以粃，於是倉無粃，而求易於民，二石粟而易一石粃。吏請以粟食之。公曰：去，非而所知也。汝知小計而不知大會。周諺曰：『囊漏貯中。』而獨弗聞歟？」按此見春秋篇。鄒穆公，春秋鄒國國君。

〔六〕校證：「『云』原作『曰』，汪本、佘本、張之象本、王惟儉本闕此字，徐校補『曰』字，兩京本、吴校本是『云』字。案上下文俱作『云』，作『云』字是，今據改。」按元刻本、弘治本俱闕此字。

〔七〕范注：「牝雞語在牧誓。」

注訂：「尚書牧誓：『王曰：古人有言曰：牝雞無晨。牝雞之晨，惟家之索。』」正義：「牝雞之鳴，喻婦人知外事。故重申喻意，云雌代雄鳴，則家盡，婦奪夫政，則國亡。」

〔八〕范注：「大雅無用老語。小雅小弁：『惟憂用老。』無『人亦有言』句。」注訂：「大雅無此文，或彦和所見古今有異乎？」

斠詮：「案『人亦有言』一句，凡四見於詩經大雅……但無『惟憂用老』之語；有之惟見於小雅小弁：『假寐永歎，惟憂用老。』或舍人未檢原文，偶爾記錯。」

〔九〕范注：「『詩書可引』句，楊慎古今諺引作『詩書所引』。」

明陳懋仁續文章緣起「諺」類：「起上古，淺言樸語，出自廛陌，質而無華，有裨世務，故經傳多所引用。若大雅『人亦有言，惟憂用老』；牧誓『古人有牝雞無晨』之類，是也。」

劉師培論文雜記第四節：「蓋古人作詩，循天籟之自然，有音無字，故起源亦甚古。觀列子所載，有堯時謠，孟子之告齊王，首引夏諺，而韓非子六反篇或引古諺，或引先聖諺，足徵謠諺之作先於詩歌。」

〔一〇〕「掩目捕雀」，喻自欺也。黄注：「（後漢書）何進傳：袁紹等欲召外兵向京城以脅太后，進然之。陳琳諫曰：易稱『即鹿無虞』，諺有『掩目捕雀』。夫微物尚不可欺以得志，況國之大事，其可以詐立乎？」

〔一一〕訓故：「潘黄門集楊仲武誄序：子之姑，予之伉儷。」

札記：「掌珠不見潘文。（傅玄短歌行：昔君視我如掌中珠。蓋當世常諺矣。）」

清翟灝通俗編卷二十五服飾掌中珠：「文心雕龍書記篇：『潘岳哀辭，稱掌珠伉儷，引俗説而爲文辭者也。』杜甫寄漢中王詩：『掌中榮見一珠新。』」

〔一二〕劉師培曰：「諺字從言，彦聲。彦訓美士，説文云：『有文人之所言也。』是諺彦爲士之文言，非若後世之諺爲鄙言俗語也。鄙言俗語爲諺字引伸之義。」又：「諺訓傳言，言者直言之謂也。」（論文雜記第四節）

〔一三〕清曾廷枚古諺閒談叙：「及閲劉舍人文心雕龍，云：諺者，直語也。廛路淺言，文詞鄙俚，有實無華，莫過於諺。殆與芻蕘無以異也。然考上古之世，如鄒穆公云『囊漏儲中』，陳琳諫詞『掩目捕雀』，並屬遺諺，先民多引以爲文者，直可與經史相證明。採爲譚説，作爲箴戒，奚可忽哉！」

以上爲第三段，分述書記之筆札雜名六類二十四品之體用。

觀此衆條〔一〕，並書記所總〔二〕：或事本相通，而文意各異，或全任質素，或雜用文綺〔三〕，隨事立體〔四〕，貴乎精要，意少一字則義闕，句長一言則辭妨，並有司之實務〔五〕，而浮藻之所忽也。然才冠鴻筆，多疎尺牘〔六〕，譬九方堙之識駿足，而不知毛色牝牡也〔七〕。言既身文〔八〕，信亦邦瑞〔九〕，翰林之士，思理實焉〔一〇〕。

〔一〕「衆」原作「四」。校注：「『四』，黄校云：『疑作數。』范文瀾云：『四條，疑當作六條。』按『四』字固誤，然『數』、『六』二字之形與『四』均不近，恐難致誤。疑原作『衆』，非舊本殘其下段，即寫出偶脱，故誤爲『四』耳。檄移篇『凡此衆條』，句法與此同，可證。」校證：「案『四』乃『衆』之壞文，檄移篇『凡此衆條』，銘箴篇『詳觀衆例』，樂府篇『觀其北上衆引』，誄碑篇『周胡衆碑』，句法與此相同，俱用『衆』字，今據改。」牟注：「『四條』不誤。上文說：『筆札雜名，古今多品』，則以上六類屬『多品』，每類各四名，即『四條』。下文說：『或事本相通，而文意各異』，正指每類之内的四條而言，如『律』、『令』；『契』、『券』等，就是相通而各異的，各類之間就不存在這種情形。『四條』當是『各類四條』之省。」

〔二〕明梅鼎祚書記洞詮凡例：「譜、籍、簿、録、方、術、占、試，律、命、灋、制、符、契、券、疏，與夫關、刺、解、牒、狀、列、辭、諺，文心雕龍以爲『並書記所總』。其實體異旨歧，自難參混。至於論啓，反别附奏，今則合載。」（卷首）

〔三〕札記：「觀此言，故知文質無常，視其體所宜耳。」

〔四〕范注：「二十四種雜文，各有一定體製，亦猶今世公文及契券等類，不得隨意增損。抱朴子吴失篇：『不識几案之所置，而處機要之職。』是公文有定式之證。」

〔五〕「有司」，謂官吏，職有專司，故曰有司。

〔六〕周注：「鴻筆：指書記外的重要文體。」王金凌：「此謂才能長於其他文類，唯獨不善尺牘。這種現象是因尺牘頗雜世情，須隨事立體，限制較多，其他文類則出以己意，限制較少。」

〔七〕訓故：「列子：秦穆公使九方皋求馬，三月而反。報曰：『已得之，在沙丘。』公曰：『何馬？』對曰：『牝而黄。』使人往取之，牡而驪。穆公弗悦。伯樂曰：『若皋之所觀，天機也。得其精而忘其粗。』馬至，果天下之良馬也。」按此見列子説符篇。原文作「九方皋」，春秋時善相馬者，爲伯樂所稱。吕氏春秋作「九方堙」。九方堙相馬，見吕氏春秋觀表篇。淮南子道應訓：「（秦穆公使九方堙求馬），三月而反報曰：『已得馬矣，在於沙丘。』穆公曰：何馬也？對曰：『牡而黄。』使人往取之，牝而驪。穆公不悦，召伯樂而問之曰：『敗矣！子之所使求者，毛物牝牡弗能知，又何馬之能知？』伯樂喟然太息曰：『……若堙之所觀者，天機也，得其精而忘其粗。』」

〔八〕章表篇：「既其身文，且亦國華。」左傳僖公二十四年：「介之推曰：言，身之文也。身將隱，焉用文之？」

〔九〕斯波六郎：「春秋左傳僖公二十五年：『信，國之寶也，民之所庇也。』又襄公九年：『信者，言之端也，善之主也。』」斠詮：「舍人之造語，蓋本此二者而言。案古之所謂信，多指齎書之使者而言。」

〔一〇〕意謂要考慮處理實務。

紀評：「此處仍以書記結，與中間所列無涉，文意亦不甚相屬，知是前類雜文無類可附，强入之書記篇耳。」

第四段揭出筆札二十四品之寫作要領及其重要性。

贊曰：文藻條流〔一〕，託在筆札。既馳金相，亦運木訥〔二〕。萬古聲薦，千里應拔〔三〕。庶務紛綸，因書乃察〔四〕。

〔一〕宗經篇：「條流粉糅。」

〔二〕札記：「上句謂宜文者，下句謂宜質者。」王逸楚辭章句序：「所謂金相玉質，百世無匹。」「金相」，比喻文章的形式完美。論語子路：「剛毅木訥，近仁。」「木訥」，謂質樸而不善於辭令。詩大雅棫樸：「金玉其相。」

〔三〕顏氏家訓雜藝篇：「江南諺云：尺牘書疏，千里面目。」「萬古聲薦」，謂萬古的聲名可由書札來推薦。

斠詮：「應拔，謂應酬之拔來報往也。……禮記少儀：『毋拔來，毋報往。』……今人每以『拔來報往』爲與人來往頻數之辭。舍人之造語，蓋取義於此。」直解爲「千里應酬，往來報拔」。

〔四〕校注：「易繫辭上：『上古結繩而治，後世聖人易之以書契，百官以治，萬民以察。』許慎說文解字序：『及神農氏結繩爲治，而統其事，庶業其繁，飾僞萌生。黄帝之史倉頡，見鳥獸蹏迒之迹，知分理之可相別異也，初造書契，百工以乂，萬品以察。』」

文心雕龍義證

三

〔南朝梁〕劉勰 著
詹鍈 義證

上海古籍出版社

卷六

神思第二十六

莊子達生篇：「用志不分，乃凝於神。」

論衡卜筮篇：「夫人用神思慮……一身之神，在胸中爲思慮。」

孔融薦禰衡表：「思若有神。」

曹植寶刀賦：「規圓景以定環，攄神思而造像。」

譙周云：「神思獨至之異。」（見三國蜀志杜瓊傳）

吳華覈乞赦樓玄疏：「宜得閒静，以展神思。」

韋昭鼓吹曲：「建號創皇基，聰睿協神思。」

抱朴子尚博篇：「是以偏嗜酸鹹者，莫知其真味；用思有限者，不能得其神。」

三國志陳思王植傳注引魚豢魏略武諸王傳論：「余每覽植之華采，思若有神。」

宗炳畫山水序：「夫理絶於中古之上者，可意求於千載之下，旨微於言象之外者，可心取於書策之內。況乎身所盤桓，目所綢繆，以形寫形，以色貌色也。且夫崑崙山之大，瞳子之小，迫目以寸，則其形莫覩，迥以數里，則可圍於寸眸，誠由去之稍闊，則其見彌小。今張綃素以遠映，則崑閬之形，可圍於方寸之內。豎劃三寸，當千仞之高；橫墨數尺，體百里之迥。是以觀畫圖者，徒患類之不巧，不以制小而累其似，此自然之勢。如是，則嵩華之秀，玄牝之靈，皆可得之於一圖矣。夫以應目會心爲理者，類之成巧，則目亦同應，心亦俱會，應會感神，神超理得。雖復虛求幽巖，何以加焉！又神本無端，棲形感類，理入影迹，誠能妙寫，亦誠盡矣。於是閒居理氣，拂觴鳴琴，披圖幽對，坐究四荒。不違天勵之藂，獨應無人之野，峯岫嶢嶷，雲林森渺，聖賢映於絶代，萬趣融其神思。余復何爲哉？暢神而已。神之所暢，孰有先焉。」（全宋文卷二十注：「張彥遠歷代名畫記引宗炳別傳，又略見御覽七百五十引畫記。」）

王微叙畫：「望秋雲，神飛揚，臨春風，思浩蕩。……綠林揚風，白水激澗。嗚呼！豈獨遠諸指掌，亦以明神降之，此畫之情也。」（歷代名畫記六）

南齊書文學傳論：「屬文之道，事出神思，感召無象，變化不窮。俱五聲之音響，而出言異句；等萬物之情狀，而下筆殊形。」

王昌齡詩格：「詩有三格：一曰生思。文用精思，未契意象，力疲智竭，放安神思，心偶照境，率然而生。二曰感思。尋味前言，吟諷古制，感而生思。三曰取思。搜求於象，心入於境，神會於物，因心而得。」（唐音癸籤引作「詩思有三……」）

宋韓拙山水純全集：「凡未操筆，當凝神着思，豫在目前。所以意在筆先，然後以格法推之，所謂得之於心，應之於手也。」（畫論叢刊上卷，人民美術出版社一九六〇年版）

曹學佺文心雕龍序：「原道以心，即運思於神也。」

郭紹虞中國文學批評史一九三六年版上卷：「劉勰論神，與思並言，故多指興到神來之神，與後世之言神化妙境者不盡同。此蓋遠出莊子，而近受文賦的影響。」

綜合以上徵引的資料和解釋，可以說：「神思」一方面是指創作過程中聚精會神的構思，這個「神」是「興到神來」的神，那就是感興，類似於現代所說的靈感；另一方面也指「天馬行空」似的運思，那就是想象，類似於現代所說的形象思維。

古人云：「形在江海之上，心存魏闕之下。」神思之謂也。文之思也，其神遠矣〔一〕。故寂然凝慮，思接千載；悄焉動容，視通萬里〔二〕。吟詠之間，吐納珠玉之聲；眉睫之前，卷舒風雲之色〔三〕：其思理之致乎〔四〕！

〔一〕黄注：「莊子：『中山公子牟謂瞻子曰：身在江海之上，心居乎魏闕之下，奈何？』」按此見莊子讓王篇。吕氏春秋審爲篇略同，「瞻」作「詹」。高誘注：「身在江海之上，言志放也。魏闕，心下巨闕也。心下巨闕，言神内守也。一説：魏闕，象魏也，懸教象之法，浹日而收之，魏魏高大，故曰魏闕。言身雖在江海之上，心存王室，故在天子門闕之下也。」郭象莊子注與高注「一説」同，可見「心下巨闕」之説不足據。

范注：「彦和引之，以示人心之無遠不届，與原文本義無關。」

注訂：「此二句專提出神思之於文章方面，蓋神思不一其類，以下所言，皆屬文之事也。」

〔二〕陸機文賦：「其始也，皆收視反聽，耽思傍訊，精鶩八極，心遊萬仞。」又：「觀古今於須臾，撫四海於一瞬。」又：「恢萬里而無閡，通億載而爲津。」此謂形象構思（創造想象）不受時間與空間限制，千載以上和萬里以外的事物，都可以想象得到。

文鏡秘府論論文意：「凡屬文之人，常須作意。凝心天海之外，用思元氣之前。」

〔三〕梁簡文帝答新渝侯和詩書：「垂示三首，風雲吐於行間，珠玉生於字里。」此謂通過聽覺想象，當吟詠時能聽到和吟出各種美妙的聲音，通過視覺想象，在眼前能看到風雲變色。

〔四〕世説新語賞譽注引續晉陽秋：「康伯清和有思理。」這句話的語法結構略同於「其思理所致乎」。「思理」的意思略同於現在所謂「思路」，在這裏指的是構思。

斠詮：「言此乃思想理致之極詣，换言之，亦即思想活動之最高境界也。」亦可備一説。

故思理爲妙〔一〕，神與物遊〔二〕。神居胸臆，而志氣統其關鍵〔三〕；物沿耳目，而辭令管其樞機〔四〕。樞機方通，則物無隱貌；關鍵將塞，則神有遯心〔五〕。是以陶鈞文思〔六〕，貴在虚静〔七〕。疏瀹五藏，澡雪精神〔八〕。

〔一〕這句照唐宋散文的寫法是「思理之爲妙也」，意指「形象構思的妙處是」。

〔二〕即物我交融，也就是人的精神和外物互相滲透。札記：「此言内心與外境相接也。内心與外境，非能一往相符會，當其窒塞，則耳目之近，神有不周；及其怡懌，則八極之外，理無不浹。然則以心求境，境足以役心；取境赴心，心難於照境。必令心境相得，見相交融，斯則成連所以移情，庖丁所以滿志也。」賀裳皺水軒詞筌：「稗史稱：韓幹畫馬，人入其齋，見幹身作馬形。凝思之極，理或然也，作詩文亦必如此始工。」

〔三〕文賦：「思風發於胸臆。」體性篇：「才力居中，肇自血氣，氣以實志，志以定言。」孟子公孫丑上：「夫志，氣之帥也；氣，體之充也。夫志至焉，氣次焉。……志壹則動氣，氣壹則動志也。」趙注：「志，心所念慮也。氣，所以充滿形體爲喜怒也。志帥氣而行。」「志」，指思想感情。文鏡秘府論論文意：「夫文章興作，先動氣，氣生乎心，心發乎言，聞於耳，見於目，録於紙。」王金凌謂：「此處之『氣』指元氣。」

〔四〕斯波六郎：「案『物』即上文『神與物遊』之『物』，外物之謂，故下文云：『樞機方通，則物無隱貌。』」「物沿耳目」，是説物由耳目來接觸。易繫辭上：「言行，君子之樞機。」韓注：「樞機，制動之主。」正義：「樞，謂户樞；機，謂弩牙。」國語周語下：「夫耳目，心之樞機也。」蘇軾前赤壁賦：「惟江上之清風，與山間之明月，耳得之而爲聲，目遇之而成色。」

〔五〕雜記：「詞足以達，故無隱；志氣將閉，則神無所居。」文賦：「若夫應感之會，通塞之紀；來不可遏，去不可止；藏若景滅，行猶響起。方天機之駿利，夫何紛而不理。思風發於胸臆，言泉流於脣齒。紛威蕤以馺遝，唯毫素之所擬。文徽徽以溢目，音泠泠而盈耳。及其六情底滯，志往神留，兀若枯木，豁若涸流。」李全佳陸機文賦義證：「『樞機方通，則物無隱貌』，文賦所謂『方天機之駿利，夫何紛而不理』也。『關鍵將塞，則神有遯心』，文賦所謂『六情底滯，志往神留』也。（往猶遯也，留猶滯也。「志往」與「遯心」義同，「神留」與「神行」相反。）」沈約答陸厥書：「故知天機啓則律呂自調，六情滯則音律頓舛也。」魏慶之詩人玉屑卷十：「謝無逸問潘大臨『近曾作詩否？』潘云：『秋來日日是詩思。昨日捉筆，得「滿城風雨近重陽」之句，忽催租人至，令人意敗，輒以此一句奉寄。』」

〔六〕史記鄒陽列傳：「是以聖王制世御俗，獨化於陶鈞之上。」集解引漢書音義：「陶家名模下圓轉者爲鈞。」索隱：「張晏云：『陶，冶；鈞，範也；作器下所轉者名鈞。』」「陶鈞」，比喻創作、造就。「陶鈞文思」是説創作構思。

〔七〕荀子解蔽篇：「心何以知？曰：虚壹而静。心未嘗不臧（藏）也，然而有所謂虚；心未嘗不滿也，然而有所謂壹；心未嘗不動也，然而有所謂靜。……不以所已臧害所將受，謂之虛。……不以夢劇亂知，謂之靜。」楊倞注：「不蔽於想象囂煩而介於胸中以亂其知，斯爲靜也。」可見「虛静」就是要排除雜念。

老子第十六章：「致虛極，守靜篤。」

莊子天道篇：「萬物無足以撓心者故靜也。……水靜猶明，而況精神！……夫虛靜恬淡，寂寞無爲者，天地之平，而道德之至……虛則靜，靜則動，動則得矣。」

淮南子精神訓：「使耳目精明玄達而無誘慕，氣志虛靜恬愉而省嗜欲。」文賦：「收視反聽，耽思傍訊。」又：「罄澄思以凝慮。」養氣篇贊：「水停以鑒，火靜而朗。」

朱子文集大全類編清邃閣論詩：「今人所以事事作得不好者，緣他不識之故。只如箇詩，舉世之人盡命去奔做，只是無一箇人做得成詩。他是不識，好底將做不好底，不好底將做好底，這箇只是心裏鬧不虛靜之故。不虛不靜，故不明，不明故不識，若虛靜而明，便識好物事，雖百工技藝做得精者，也是他心虛理明，所以做得來精。心理鬧，如何見得？」

駱鴻凱文心雕龍物色篇札記：「蓋謂不虛不靜，則如有物障塞於心，而理之在外者，無自而入，意之在內者，無自而出。關鍵不通，斯機情無由暢遂也。」

關於因虛静而攝取詞境的情景，況周頤在蕙風詞話卷一有一段經驗描寫：「人靜簾垂，鐙昏香直，窗外芙蓉葉颯颯作秋聲，與砌蟲相和答。據梧冥坐，湛懷息機。每一念起，輒設理想排遣之。乃至萬緣俱寂，吾心忽瑩然開朗如滿月，肌骨清涼，不知斯世何世也。斯時若有無端哀怨棖觸，於萬不得已即而察之，一切景象全失。唯有小窗虚幌，筆床硯匣，一一在吾目前。」

張嚴文心雕龍文術論詮：「虚静之説，猶佛門『頓悟』、『漸悟』也。頓悟云者，乃忽然而會，猝然而解者也；漸悟云者，謂漸而覺也。夫行文亦然。佳句常於有意無意間得之。比如詩人覓句，有苦思竟日而不得，有積慮經年而未成，及其思也，飄然而來，忽然而會，遂忘盡日累年之苦。此非頓悟而何？」

〔八〕白虎通論五藏六府主性情：「五藏者何也，謂肝心肺腎脾也。」又論五性六情：「内有五藏六府，此情性之所由出入也。」莊子知北遊：「汝齊戒，疏瀹而心，澡雪而精神。」成玄英疏：「疏瀹猶灑濯也，澡雪猶清潔也。」「疏瀹」，通導；「澡雪」，洗滌（林希逸南華真經口義）。

積學以儲寶〔一〕，酌理以富才〔二〕，研閲以窮照〔三〕，馴致以繹辭〔四〕。然後使玄解之宰〔五〕，尋聲律而定墨〔六〕；獨照之匠〔七〕，闚意象而運斤〔八〕。此蓋馭文之首術，謀篇之大端〔九〕。

〔一〕文賦：「傾群言之瀝液，漱六藝之芳潤。」又：「收百世之缺文，采千載之遺韻。」通變篇：「先博覽以精閱，總綱紀而攝契。」事類篇：「經典沉深，載籍浩瀚，揚班以下，莫不取資。」杜甫奉贈韋左丞丈二十二韻：「讀書破萬卷，下筆如有神。」胡仔苕溪漁隱叢話前集卷二十九「六一居士」條：「東坡云：『頃歲，孫莘老識文忠公，乘間以文字問之，云：無他求，惟勤讀書而多爲之，自工。世人患作文字少，而懶讀書；每一篇出，即求過人，如此少有至者。』」清袁守定易齋占畢叢談：「文章之道，遭際興會，攄發性靈，生於臨文之頃者也。然須平日餐經饋史，霍然有懷，對景感物，曠然有會，嘗有欲吐之言，難遏之意。然後拈題泚筆，忽忽相遭，得之在俄頃，積之在平日，昌黎所謂有諸其中是也。捨是雖刓精竭慮，不能益其胸之所本無，猶探珠於淵，而淵本無珠；探玉於山，而山本無玉，雖竭淵夷山以求之，無益也。」

〔二〕嚴羽滄浪詩話詩辨：「詩有別材，非關書也；詩有別趣，非關理也。然非多讀書多窮理，則不能極其致。」

范注：「宜斟酌於周孔之理，辨析於毫釐之間，才富而正，始稱妙才。」

〔三〕斟詮：「前三句論平時準備工夫；謂平日總須多讀書，累積學識，以儲蓄寶藏；多體驗，斟酌情理，以豐富才力；多觀察，研精閱歷，以窮徹照鑒。此三者相需相濟，有其一貫性。」「讀萬卷書，行萬里路」正是古人增進閱歷的方法之一。遠者如司馬遷，後者如顧炎武，都從閱歷中求得對事物的透徹理解。

「研閱以窮照」也可解作對事物的透徹的觀察。宋王楙野客叢談：「曾雲巢畫草蟲，予問何所傳？笑曰：『某少時，取草蟲籠而觀之，窮晝夜不厭；又恐其神之不定也，復就草地間觀之，於是始得其天。方其落筆之際，不知我之爲草蟲，草蟲之爲我也。』」（又見宋羅大經鶴林玉露畫説）

〔四〕「繹」，梅本作「懌」，黄本從之。按元刻本、弘治本、訓故本、梅六次本均作「繹」，今從之。校注「按『繹』字是。……『繹』，理也，尋繹也；『懌』，説也。此當作『繹』，始能與上句『研閲以窮照』句相承。」又：「易坤象辭：『履霜堅冰，陰始凝也；馴致其道，至堅冰也。』正義：『馴，猶狎順也；若鳥獸馴狎然。言順其陰柔之道，習而不已，乃至堅冰也。』」韓非子解老篇：「人希見生象也，而得死象之骨，案其圖以想其生也，故諸人之所以意想者皆謂之象也。今道雖不可得聞見，聖人執其見功以處見其形，故曰：『無狀之狀，無物（象）之象。』」

按「馴致以繹辭」也可解作順着作者的思致或情致以尋繹適當的辭令；這樣「馴致」和「研閲」才能形成對仗。

〔五〕「玄」字，清朝刻本作「元」，避清諱。莊子養生主：「古者謂是帝之縣解。」釋文：「縣音玄。」這是用養生主中「庖丁解牛」的故事。「宰」，宰夫，就是庖丁，這裏以善於用妙法「解牛」的庖丁來比喻具有高度造詣的作家。「玄解之宰」也可解作「妙悟的主宰」，指心。荀子正名篇：「心也者，道之工宰也。」又解蔽篇：「心者，形之君也。」

〔六〕禮記玉藻篇：「卜人定龜，史定墨。」此處「定墨」謂審定繩墨。鎔裁篇：「譬繩墨之審分，斧斤之斲削矣。」借指下筆。論衡亂龍：「夫畫布爲熊麋之象，名布爲侯，禮貴意象，示義取名也。」

〔七〕范注：「莊子天道：『輪扁曰：斲輪徐則甘而不固，疾則苦而不入，不徐不疾，得之於手而應於心，口不能言，有數存焉於其間。臣不能以喻臣之子，臣之子亦不能受之於臣，是以行年七十而老斲輪。』獨照之匠語本此。」淮南子俶真訓：「是故聖人，託其神於靈府……冥冥之中，獨見曉焉；寂漠之中，獨有照焉。」

〔八〕「闚」是「窺」的異體字。「意象」，謂意想中之形象。老子：「惚兮恍兮，其中有象。」韓非子解老：「人希見生象也，而得死象之骨，案其圖以想生也；故諸人之所以意想者皆謂之象也。」易繫辭上：「聖人立象以盡意。」王弼周易略例明象篇：「夫象者，出意者也；言者，明象者也。盡意莫若象，盡象莫若言。言生於象，故可尋言以觀象；象生於意，故可尋象以觀意。意以象盡，象以言著。」在西方心理學中，意象指所知覺的事物在腦中所印的影子；例如看見一匹馬，腦中就有一個馬的形象，這就是馬的意象。其所以譯爲「意象」，是因爲和王弼的解釋類似。

莊子徐無鬼：「郢人堊慢其鼻端若蠅翼，使匠石斲之。匠石運斤成風，聽而斲之，盡堊而鼻不傷。」

這句是説：有獨到見地的作者，能够根據心意中的形象來抒寫。

〔九〕校注：「禮記禮器：『二者居天下之大端矣。』鄭注：『端，本也。』」

夫神思方運。萬塗競萌〔一〕。規矩虚位，刻鏤無形〔二〕。登山則情滿於山，觀海則意溢於海；我才之多少，將與風雲而並驅矣〔三〕。方其搦翰〔四〕，氣倍辭前，暨乎篇成，半折心始〔五〕。何則？意翻空而易奇，言徵實而難巧也〔六〕。

〔一〕僧皎然詩式卷一「取境」條：「有時意静神王，佳句縱横，若不可遏，宛若神助；不然蓋由先積精思，因神王而得乎？」

〔二〕「規矩」指賦予事物以一定的形態。此謂在内容還未成形，還是「虚位」「無形」的時候，也就是在内容的醖釀過程中，就需要加以「規矩」「刻鏤」。

明末方士庶天慵庵隨筆：「山川草木，造化自然，此實境也。因心造境，以手運心，此虚境也。虚而爲實，是在筆墨有無間。故古人筆墨具此山蒼樹秀，水活石潤，於天地之外别構一種靈奇。或率意揮灑，亦皆練金成液，棄滓存精，曲盡蹈虚揖影之妙。」這雖然是論繪畫，也可應用於文學。

〔三〕物色篇：「春秋代序，陰陽慘舒，物色之動，心亦摇焉。……是以獻歲發春，悦豫之情暢；滔滔孟夏，鬱陶之心凝；天高氣清，陰沉之志遠；霰雪無垠，矜肅之慮深。歲有其物，物有其容；情以物遷，辭以情發。一葉且或迎意，蟲聲有足引心。况清風與明月同夜，日月與春林共朝哉！」

王夫之夕堂永日緒論内篇：「情景名爲二而實不可離，神於詩者，妙合無垠。」又：「景以情合，情以景生，初不相離，惟意所適。」

〔四〕「搦翰」，猶本書序志篇「搦筆」；搦，執也。

〔五〕札記：「半折心始者，猶言僅乃得半耳。尋思與文不能相傳，由於思多變狀，文有定形。」

〔六〕末句黄庭堅與王觀復書引「言」作「文」，「巧」作「工」，見豫章黄先生文集卷十九。又見王應麟困學紀聞卷十七「評文」類引。原文曰：「南陽劉勰嘗論文章之難云：『意翻空而易奇，文徵實而難工。』此語亦是沈謝輩爲儒林宗主時好作奇語，故後生立論如此。」何焯注困學紀聞云：「彦和乃謂手爲心使之難，山谷錯會也。」閻若璩注：「按何屺瞻謂山谷引用劉語亦失其本旨。……此乃謂爲文者言不能足其志。」何義門批云：「此二語人皆誤用，彦和自謂詞意難於相副也。」清萬希槐困學記聞五箋集證：「按此乃是手不從心之謂，非好作奇語也。」

文賦序：「每自屬文，尤見其情，恒患意不稱物，文不逮意。蓋非知之難，能之難也。」范曄獄中與諸甥姪書：「文章精進，但才少思難。每於操筆，其所成篇，殆無全稱者。」張懷瓘書斷序：「心不能授之於手，手不能受之於心。」蘇軾答謝氏師書：「求物之妙，如繫風捕影，能使是物了然於心者，蓋千萬人而不一遇也，而況能使了然於口與手乎？」

錢鍾書談藝録附説第十六：「Lessing 劇本 Emilia Gallotti 第一幕第四場有曰：『倘目成即爲圖畫，不須手繪，豈非美事！惜自眼中至腕下，自腕下至毫顛，距離甚遠，沿途走漏不少。』……此皆謂非得心之難，而應手之難也。……夫藝也者，執心物兩端而用厥中。興象意境，心之事也；所資以驅遣而抒寫興象意境者，物之事也。物各有性，順其性而恰有當於吾心，違其性而强有就吾心，其性有必不可逆，乃折吾心以應物。一藝之成，而三者具焉。自心言之，則生於心者應於手，出於手者形於物。……自物言之，則以心就手，以手合物。……夫大家之能得心應手，正先由於得手應心。」

法國一大畫家(Delacroix)嘗嘆：「設想圖畫，意匠經營修改，心目中赫然已成傑構，及夫着手點染，則消失無可把捉，不能移着幅上。」(錢鍾書管錐編第三册引)

張嚴文心雕龍文術論詮：「蓋文意隨情奔放，故曰『易奇』；文辭綴輯不易，故曰『難巧』。製作而一任情感之奔放，必致『意不稱物，文不逮意』。蓋思想之表達，須乞靈於文字，而文字之綴輯，又往往不能盡如理想。故思想發爲言語，已有一層障礙；言語迻譯而爲文字，又是一層障礙。如袁伯修曰：『口舌，代心者也；文章，又代口舌者也。展轉隔礙，已恐不如口舌矣。』故曰：暨乎篇成，半折心始。」

是以意授於思，言授於意〔一〕。密則無際，疏則千里〔二〕，或理在方寸，而求之域表；或義在咫尺，而思隔山河〔三〕。是以秉心養術，無務苦慮〔四〕；含章司契，不必勞情也〔五〕。

〔一〕校釋：「各本皆如此。按兩『授』字疑皆當作『受』。此言文意受之文思，文辭又受之文意。蓋有文意始有文辭，而其本皆在文思也。」張懷瓘書斷：「或筆下始思，困于鈍滯」，「心不能授之于手，手不能受之于心。」而到靈感來時，則「意與靈通，筆與冥會，神將化合，變出無方」。

〔二〕校證：「『疏』王惟儉本作『踈』。」「際」，説文：「壁會也。」段注：「兩牆相合之縫也。」范注：「『密則無際』，即上文所云『樞機方通，則物無隱貌』。『疏則千里』，即上文所云『關鍵將塞，則神有遯心』。」物色篇：「然物有恒姿，而思無定檢，或率爾造極，或精思愈疏。」詩人玉屑卷五：「昔人爲吟詩詩云：『盡日覓不得，此時還自來。』吕居仁云：『或勵精潛思，不便下筆；或遇事因感，時時舉揚：工夫一也。』」

〔三〕校注：「此云『義』，上云『理』，相互爲文。」文賦：「或求易而得難。」又：「理翳翳而愈伏，思軋軋其若抽。」陸厥與沈約書：「夫思有合離，前哲同所不免；文有開塞，即事不得無之。……率意寡尤，則事促乎一日；翳翳愈伏，而理賒於七步。」

〔四〕校注：「詩小雅小弁：『君子秉心。』鄭箋：『秉，執也。』」又詩定之方中：「秉心塞淵。」「秉」有操持的意思，此處是説節制人的精神活動。

僧皎然詩式卷一「取境」條：「『不要苦思，苦思則喪自然之質。』此亦不然。夫不入虎穴，焉得虎子？取境之時，須至難至險，始見奇句；成篇之後，觀其氣貌，有似等閒，不思而得，此高手也。」

〔五〕「含章」是説美質包孕於内。易坤卦六三：「含章可貞。」王弼注：「含美而可正，故曰含章可貞也。」正義：「章，美也。含章，内含章美之道。」柳宗元唐故衡州刺史東平呂君誄：「進於禮司，奮藻含章。」

斠詮：「老子七十九章：『有德司契。』河上公注：『有德之君，司察契信而已。』所謂契信，即『科條』。章太炎檢論卷三：『有德司契，謂科條之在刻朸者也。』『科條』是『法規』，『司契』即掌管法規之意。彦和借用其詞，謂掌握行文規約也。」

文賦：「意司契而爲匠。」李善注：「取捨由意，類司契爲匠。」通變篇：「先博覽以精閲，總綱紀而攝契。」總術篇贊：「思無定契，理有恒存。」可見「司契」就是掌握要領或法則。

養氣篇：「夫耳目口鼻，生之役也；心慮言辭，神之用也。率志委和，則理融而情暢；鑽礪過分，則神疲而氣衰：此性情之數也。……且夫思有利鈍，時有通塞……神之方昏，再三愈黷。是以吐納文藝，務在節宣，清和其心，調暢其氣，煩而即捨，勿使壅滯。意得則舒懷以命筆，理伏則投筆以卷懷。逍遥以針勞，談笑以藥勌，常弄閒於才鋒，賈餘於文勇，使刃發如新，腠理無滯，雖非胎息之萬術，斯亦衛氣之一方也。」

文鏡秘府論論體：「思若不來，即須放情却寬之，令境生。然後以境照之，思便來，來即作文。如其境思不來，不可作也。」又：「然心或蔽通，思時鈍利，來不可遏，去不可留。若又情性煩勞，事由寂寞，强自催逼，徒成辛苦。不若韜翰屏筆，以須後圖。待心慮更澄，方事連緝，非止作文之至術，抑亦養生之大方耳。」

注訂：「蓋彦和本旨貴在自然。本方寸可求，咫尺可見，及求之域表，而思隔山河。此用意之過，疏密失則，工而反拙，通而反澀，皆苦慮勞情之爲患。故詞章之學，雕琢之技，於文章中不爲上乘也。」

以上第一段，爲本文主要部分。講創作構思過程，其中包括現代所謂形象思維的某些特徵。

人之稟才，遲速異分〔一〕；文之制體〔二〕，大小殊功。相如含筆而腐毫〔三〕，揚雄輟翰而驚夢，桓譚疾感於苦思〔四〕，王充氣竭於沈慮〔五〕，張衡研京以十年〔六〕，左思練都以一紀〔七〕；雖有巨文〔八〕，亦思之緩也。

〔一〕文賦：「或操觚以率爾，或含毫而邈然。」

陸厥與沈約書：「王粲初征，他文未能稱是；楊修敏捷，暑賦彌日不獻。率意寡尤，則事促乎一日；翳翳愈伏，而理賒於七步。一人之思，遲速天懸；一家之文，工拙壤隔。」易齋佔畢叢談：「夫一人載筆爲文，而有遲速工拙之不同者，何也？機爲之耳。機啓則文敏而工，機塞則文滯而拙。」

〔二〕按「制體」即體制。

〔三〕訓故：「漢書枚皋傳：『（皋）爲文疾，受詔輒成，故所賦者多。司馬相如善爲文而遲，故所作少而善於皋。』（皋賦辭中自言爲賦不如相如。）」西京雜記二：「司馬相如爲上林、子虛賦，意思蕭散，不復與外事相關，控引天地，錯綜古今，忽然如睡，煥然而興，幾百日而後成。」文賦：「或操觚以率爾，或含毫而邈然。」劉孝綽昭明太子集序：「竊以屬文之體，鮮能周備。長卿徒善，既累爲遲；少孺（枚皋字）雖疾，俳優而已。」

〔四〕桓譚新論祛蔽篇：「余少時見揚子雲之麗文高論，不自量年少新進，而猥欲逮及。嘗激一事而作小賦，用精思太劇，而立感動發病，彌日瘳。子雲亦言：成帝時，趙昭儀方大幸。每上甘泉，詔令作賦，爲之卒暴，思慮精苦，賦成遂困倦小臥，夢其五臟出在地，以手收而內之。及覺，病喘悸，大少氣，病一歲。由此言之，盡思慮，傷精神也。」才略篇：「子雲屬意，辭人最深，觀其涯度幽遠，搜選詭麗，而竭才以鑽思，故能理贍而辭堅矣。」

金樓子：「揚雄作賦有夢腸之談，曹植爲文有反胃之論，言勞神也。」（圖書集成文學典六百三十三册引）

〔五〕校證「『沈慮』原作『思慮』。」

校注：「『思』，事文類聚、群書通要、山堂肆考引作『沉』。按『沉』字較勝。上云『苦思』，此云『沉慮』，文始相對；且複字亦避，當據改。」按群書備考引也作「沈慮」。

後漢書王充傳：「充好論説……乃閉門潛思，絶慶弔之禮，户牖牆壁，各置刀筆，著論衡八十五篇，二十餘萬言。年漸七十，志力衰耗，乃造養性書十六篇，裁節嗜欲，頤神自守。」

論衡對作篇：「愁精神而憂魂魄，動胸中之静氣，賊年損壽，無益於性，禍重於顔回，違負黄老之教，非人所貪，不得已故爲論衡。」

養氣篇：「至如仲任置硯以綜述……暨暄之以歲序，又煎之以日時。」

〔六〕范注：「後漢書張衡傳：『時天下承平日久，自王侯以下莫不踰侈。衡乃擬班固兩都作二京賦，因以諷諫。精思傅會，十年乃成。』」

〔七〕范注「文選三都賦序李善注引臧榮緒晉書曰：『左思，字太沖，齊國人。少博覽文史，欲作三都賦，乃詣著作郎張載訪岷邛之事。遂構思十稔，門庭藩溷，皆著紙筆，遇得一句即疏之。賦成，張華見而咨嗟，都邑豪貴，競相傳寫。』」

太平御覽卷六百思遲類：「晉書曰：左思，字太沖，齊郡臨淄人。思少而好學，年四十未仕，潛思爲三都賦，十年而成，貴勢之家，競相傳寫。又案郭伯通、衛瓘爲思傳曰：思爲三都，改易，死乃止。」「一紀」，十二年。

〔八〕綴補：「案『有』猶『爲』也。下文『雖有短篇』，『有』亦『爲』也。」才略篇：「左思奇才，業深覃思，盡鋭於三都，拔萃於詠史，無遺力矣。」

淮南崇朝而賦騷〔一〕，枚皋應詔而成賦〔二〕，子建援牘如口誦〔三〕，仲宣舉筆似宿構〔四〕，阮瑀據案而制書〔五〕，禰衡當食而草奏〔六〕。雖有短篇，亦思之速也〔七〕。

〔一〕詩經鄘風蝃蝀：「崇朝其雨。」毛傳：「崇，終也。從旦至食時爲終朝。」荀悦前漢紀孝武皇帝紀：「初安（淮南王劉安）朝，上使作離騷賦，旦受詔，食時畢。」孫詒讓札迻卷十二：「按高誘淮南子序：『詔使爲離騷賦，自旦受詔，日早食已上。』即彦和所本也。漢書本傳云：武帝使爲離騷傳（班固楚辭序説同），王逸楚辭序又云『作離騷經章句』，並與淮南序不同。傳及章句非崇朝所能成，疑高説得之。」校證：「今按辨騷篇作『昔武帝愛才，淮南作傳』，則彦和已兩歧其説。尋漢紀武帝紀云：『上使安作離騷賦，旦受詔，日食時畢。』御覽一五〇引漢書亦作『使爲離騷賦』。蓋此事自來兩傳，故彦和兼用之也。天中記三七『賦』作『注』。」

〔二〕梅注：「漢書：枚皋上書北闕，自陳枚乘之子。上得之，大喜。拜爲郎。皋從行，上有所感，輒使賦之。爲文疾，受詔輒成。」按此見枚皋傳。

西京雜記三：「枚皋文章敏疾，長卿制作淹遲，皆盡一時之譽，而長卿首尾温麗，枚皋時有累句，故知疾行無善迹矣。」

顧譚合校本文心雕龍譚復堂墨批：「遲速由於稟才，若垂之於後，則遲速一也。而遲常勝速。枚皋百賦無傳，相如賦皆在人口。」

〔三〕訓故：「楊修答臨淄侯曹子建牋：嘗親見執事握牘持筆，有所造作，若成誦在心，借書於手，曾不斯須少留思慮。」

太平御覽卷六百引魏志曰：「陳思王植……善屬文，太祖嘗視其文，謂植曰：『汝倩人邪？』植跪曰：『言出爲論，下筆成章，顧當面試，奈何倩人？』時鄴銅爵臺新成，太祖悉將諸子登臺，使各爲賦，植援筆立就，太祖異之。文帝嘗欲害植，以其無罪，令植七步爲詩，若不成，加軍法。植即應聲曰：『煮豆燃豆萁，豆在釜中泣。本是同根生，相煎何太急？』文帝善之。」

才略篇：「子建思捷而才儁。」

〔四〕訓故：「王粲傳：粲字仲宣，善屬文，舉筆便成，無所改定，時人常以爲宿構。然正復精意殫（魏志王粲傳作覃）思，亦不能加也。」

才略篇：「仲宣溢才，捷而能密。」

〔五〕校證：「『窜』，原作『案』，梅、吴、何、顧四氏俱謂當作『窜』，王惟儉本作『窜』，今據改。」范注：「魏志王粲傳注引典略曰：『太祖嘗使瑀作書與韓遂。時太祖適近出，瑀隨從，因於馬上具草。書成呈之，太祖擥筆欲有所定，而竟不能增損。』太平御覽卷六百引金樓子曰：『劉備叛走，曹操使阮瑀爲書與備，馬上立成。有以此爲能者，吾以爲兒戲耳。』」

〔六〕范注：「後漢書禰衡傳：『劉表嘗與諸文人共草章奏，並極其才思。時衡出，還見之，開省未周，因毁以抵地。表憮然爲駭。衡乃從求筆札，須臾立成，辭義可觀。表大悦，益重之。』衡傳又曰：『黄祖長子射，時大會賓客，人有獻鸚鵡者，射舉巵於衡曰：「願先生賦之，以娱嘉賓。」禰擥筆而作，文無加點，辭采甚麗。』案草奏一事，當食作賦又一事，彦和云『當食草奏』，殆合兩事而言之。」

〔七〕明人群書備考「文學」類：「有得之於敏者：淮南崇朝而賦騷，枚臯應詔而成賦。「枚臯文章敏疾，受詔輒成，故所賦者多，然不如長卿之温麗，故人有疾行無善迹之論也。「子建如口誦，「曹植七步成章。「仲宣如宿成。

「王粲爲文每下筆立就，人謂宿構。

「阮瑀據案而制書，禰衡當食而草奏。

「王勃藁於腹。

「勃每作碑頌，先磨墨數升，引被覆面而臥。忽起一筆書，文不加點，時人謂之腹藁。

「子野成於心。

「裴子野，梁普通七年，大舉侵魏，敕子野爲移文，受詔立成。武帝目之曰：其形雖弱，其文甚壯。俄又敕爲書諭魏相。其夜受旨，子野謂可待旦方奏，未之爲也。及五鼓，敕催，令速上。子野徐起造筆，昧爽便就。帝深加焉。子野爲文典而速，不尚靡麗。或問其爲文速者，子野答曰：人皆成於手，我獨成於心。

「公權七步而三。

「柳公權從文宗至未央宮，帝駐輦曰：朕有一喜。邊戍賜衣久不時，今中秋而衣已給。公權爲數十言稱賀。帝曰：當賀我以詩。宮人迫之。公權應聲成文，婉切而麗。詔令再賦，復無停思。天子甚悦，曰：子建七步成一詩，爾乃三焉。

劉敞一揮而就。

「敞在西掖時，一日追封皇子公主九人。敞立馬却坐，一揮九制，文明典雅，各得其體。

「敬宗立馬以草詔。

「唐太宗征遼，岑文本卒於行驛，召許敬宗令草駐蹕山破賊詔。敬宗立於馬前，俄頃而就，詞甚典麗，深見嘆賞。又房玄齡在秦王府十年，常典管記，每軍需表奏，駐馬立成，文約理贍，初無草稿。

「袁宏倚馬以成文是也。

「桓温北征，喚袁宏倚馬前作露布文，手不輟筆。李白嘗曰：請日試萬言，倚馬可待。世以倚馬爲李白，非也。

「有得之於遲者：相如濡筆而腐毫。

「揚子雲曰：軍旅之際，戎馬之間，飛書馳驛，用枚皋。廟堂之中，朝廷之上，高文大册，用相如。

「揚雄輟翰而驚夢。

「揚子雲之文思苦而詞艱。

「桓譚疾感於苦思，王充氣竭於沈慮。

「充閉門二十年作論衡。抱朴子曰：充所著文時有小疵，猶鄧林枯枝，滄海流芥，未易貶者。

「張衡研京十年，左思練都一紀。

「左思欲賦三都，乃詣著作郎張載訪岷邛之事，遂搆思十年，門庭厠溷，皆著紙筆，遇成一句，即便疏之。及賦成，豪貴競寫，京師紙貴。

「李建辭制誥之任。

「唐李建知制誥，自以草詔思遲，不願當其任。

「道衡怒户外之人是也。

「隋薛道衡每搆文，必隱空齋，蹋壁而臥，聞户外有人，便怒，其沈思如此。」（以上見圖書集成文學典六百二十一册）

太平御覽卷五百八十六引宋書（謝靈運傳）曰：「顔延之與陳郡謝靈運共以詞采齊名，而遲速懸絶。文帝嘗各勑擬樂府北上篇，延之受詔便成，靈運久之乃就。延之嘗問鮑昭己與靈運優劣，昭曰：謝五言如初發芙蓉，自然可愛。君詩若鋪錦列繡，雕繪滿眼。」

若夫駿發之士，心總要術，敏在慮前，應機立斷〔一〕。覃思之人〔二〕，情饒歧路，鑒在疑後，研慮方定。機敏，故造次而成功；慮疑，故愈久而致績〔三〕。難易雖殊〔四〕，並資博練〔五〕。若學淺而空遲，才疏而徒速〔六〕，以斯成器，未之前聞。

〔一〕黄注：「劉向新序：所以尚干將、莫邪者，貴其立斷也。陳琳答東阿王牋：拂鐘無聲，應機立斷。」文鏡秘府論論體：「又文思之來，苦多紛雜，應機立斷，須定一途。」校注：「詩周頌噫嘻：『駿發爾私。』鄭箋：『駿，疾也；發，伐也。』」此處「駿發」，謂迅速得到啓發，指構思快。説文：「總，聚束也。」

〔二〕漢書董仲舒傳：「下帷覃思。」魏志王粲傳：「然正復精意覃思，亦不能加也。」雜文篇：「揚雄覃思文閣，業深綜述。」范注：「覃思，猶言静思。」才略篇：「左思奇才，業深覃思。」雜記：「覃思乃深思，非苦思。」

〔三〕「機敏」，承上文「敏在慮前，應機立斷」；「慮疑」，承上文「鑒在疑後，研慮方定」。論語里仁：「造次必於是。」注引馬曰：「造次，急劇。」疏：「鄭注云：『造次，倉卒也。』」西京雜記三：「揚子雲曰：軍旅之際，戎馬之間，飛書馳檄，用枚皋。廊廟之下，朝廷之中，高文典册，用相如。」此「造次而成功」，「愈久而致績」之徵。

文賦：「或竭情而多悔，或率意而寡尤。」李全佳陸機文賦義證：「彦和雖主張『天機』、『神思』之説，然又言『率故多尤』、『愈久致績』，是好學尤貴深思，博學尤貴慎思，初未嘗廢思考，矜神速也。世人知其一不知其二，才非駿發，而欲造次成功，幾何其不爲古人所竊笑也。士衡『或竭情而多悔，或率意而寡尤』二語，亦須活看。蓋爲文時雖確有此情形，然不過偶然，而非常然。……豈真『既竭吾才』而終無所就；率爾操觚，反斐然成章哉！」

李笠中國文學述評（一九二八年版）文思之遲速節：「往昔作者，成文遲速，相去之量，有可驚者。權而論之，非惟内質之利鈍，蓋亦有外因焉。屬於外者，復可分爲數端：文辭有順澀，文體有難易，此文藝本身之關係，不影響於思想者也。氣候有寒温，景物有昏明，此因環境之關係於作者精神，而影響於思想者也。前者可借藝術之修養以爲調劑，後者一時之遲速，非永久如此也，皆不足以表示天才。雖然，内質外因，時相混糅，純出天才，不受外之關係者，殊未易覯；則唯有視其所受外因影響之重輕，以爲才捷與否之斷耳。評文之家，互有所偏，兹分崇内與尚外二派，揚榷如次：劉勰云：『人之稟才，遲速異分。……機敏，故造次而成功；慮疑，故愈久而致績。』黄侃謂：『（張衡、左思）二文之遲，非盡由思力之緩，蓋叙述都邑，理資實事，故太沖嘗從文士問其方俗山川，是則其緩亦半由儲學所致也。』綜觀昔人文思遲速，雖不能無外因，要足見其才性；而外因過大者，亦足滑其才性，張、左之文是也。而劉氏漫無區別，不無微失。我故以劉説爲崇内派。

「……黄侃曰：『世固有爲文常速，忽窘於數行；爲文每遲，偶利於一首。』（札記）……雖然，試以二人相較。則同遇駿發之際，而有利鈍焉；同處底滯之境，而有遲速焉；謂非天才不可也。……至張、左等之『類書式』的文章，既非性情之事，不能以常例論。然以張、左之他文考之，未始不足以定其才之遲速也；即以張與左比之，亦未始不可定其遲速也。故以根本言之，不能不舍外而論内。……古人云：『閉門覓句陳無己，對客揮毫秦少游。』（見宋長白柳亭詩話三十）尤足見文才之遲速焉。

「丹鉛總録引唐人云：『潘緯十年吟古鏡，何涓一夕賦瀟湘。』是於題易者反難成，題難者反易就，才之相去，豈不遠哉！李白上韓荊州書曰：『請日試萬言，倚馬可待。』使白言而非妄也，則才之敏者，體裁外物，舉不足以爲撓焉。丹鉛録又引畫家云：『思訓經年之力，道元一日之功。』則藝術之才俱有遲速，不獨文學也。」

〔四〕「難易」指構思的快（易）慢（難）。

〔五〕宋書王弘傳：「弘博練政體，留心庶事。」正緯篇：「四賢博練，論之精矣。」史傳篇：「必閱石室，啓金匱，抽裂帛，檢殘竹，欲其博練於稽古也。」事類篇：「綜學在博，取事貴約，校練務精，捃理須覈。」「博練」，謂博學而又精練。史傳篇：「欲其博練於稽古也。」明劉定之劉氏雜志：「韓退之自云：『口不絕吟於六藝之文，手不停披於百家之篇，貪多務得，繼晷窮年。』其勤至矣。而李翺謂退之下篇時，他人疾書之，寫誦之，不是過也。其敏亦至矣。蓋其取之也勤，故其出之也敏。後之學者，束書不觀，游談無根，乃欲刻燭畢韻，舉步成章，彷彿古人，豈不難哉！」

〔六〕「疏」是粗疏。

是以臨篇綴慮〔一〕，必有二患：理鬱者苦貧，辭溺者傷亂〔二〕。然則博見爲饋貧之糧〔三〕，貫一爲拯亂之藥〔四〕。博而能一〔五〕，亦有助乎心力矣。

〔一〕太平御覽卷五八五引「慮」作「翰」。作「翰」固可通，但風骨篇云「綴慮裁篇」，可見「慮」並非錯字。「綴慮」猶言構思。

〔二〕「溺」有貪意，禮記樂記：「姦聲以濫，溺而不止。」「理鬱」是説思路不通；「辭溺」是説詞藻貪濫，廢話太多。鎔裁篇：「若術不素定，而委心逐辭，異端叢至，駢贅必多。」

〔三〕校證：「（「見」）原作『聞』，何校本、黃注本改。案御覽正作『見』。」事類篇：「然學問膚淺，所見不博。……斯則寡聞之病也。……夫經典沈深，載籍浩瀚，實群言之奧區，而才思之神皋也。……是以將贍才力，務在博見。」可見「博見」是見聞廣博。奏啓篇：「博見足以窮理。」

〔四〕藝概文概：「文心雕龍謂『貫一爲拯亂之藥』，余謂貫一尤以泯形迹爲尚。唐僧皎然論詩，所謂『抛鍼擲綫』（見詩式「明作用」條）也。」雜記：「孔子曰：『賜也，女以予爲多學而識之者與？』對曰：『然，非與？』曰：『非也，吾道一以貫之。』蓋學問無窮，雖博猶陋，所恃者百慮一致之一理耳。然則博學聊以饋貧，舍博學別無他路。貫一爲神思之要，綱舉而衆目張矣。」

〔五〕事類篇：「綜學在博，取事貴約。」所謂「博而能一」，是説既能「博見」，又能「貫一」。以上爲第二段，講創作構思有遲速難易之不同，但總的要求是「博而能一」。

若情數詭雜〔一〕，體變遷貿〔二〕。拙辭或孕於巧義，庸事或萌於新意〔三〕。視布於麻，雖云未費〔四〕。杼軸獻功，煥然乃珍〔五〕。

〔一〕體性篇：「若總其歸塗，則數窮八體。」又：「八體雖殊，會通合數。」「數」謂家數。

又一解：章句篇：「情數運周，隨時代用矣。」「情數」猶情理。老子第五章：「多言數窮。」河上公注：「數，理數也。」

〔二〕文賦：「其爲物也多姿，其爲體也屢遷。」「體」指風格，「貿」是變易。這兩句話暗示下一篇要講體性。「遷貿」，無定。體性篇：「若夫八體屢遷，功以學成。」

〔三〕此謂未經潤色的文章，雖然有「巧義」、「新意」，却難免文辭拙劣，事例平庸。札記：「此言文貴修飾潤色。拙辭孕巧義，修飾則巧義顯；庸事萌新意，潤色則新意出。」文賦：「或言拙而喻巧，或理樸而辭輕。」

〔四〕校證：「『費』，徐、何校作『貴』，梅六次本、張松孫本作『貴』。」校注：「按織麻爲布，其質仍是麻，故云『未費』。……徐㭬校『費』作『貴』，喻林引作『雖未足貴』，皆非。」

陔餘叢考：「古時未有綿布，凡布皆麻爲之。記曰：治其麻絲，以爲布帛是也。」正緯篇：「絲麻不雜，布帛乃成。」

〔五〕「杼軸」一作「杼柚」，織具。詩經小雅大東：「杼柚其空。」朱注：「杼，持緯者也；柚，受經者也。」陳奐疏：「釋文：『柚』又作『軸』。詩小學云：織軸似車軸，故同名。」

范注：「布之於麻，雖云質量相若，若既加杼軸，則煥然可珍矣。」

淮南子説林訓：「黼黻之美，在於杼軸。」文賦：「雖杼軸於予懷，怵他人之我先。」書記：「並杼軸乎尺素，抑揚乎寸心。」

宋陳善捫蝨新話卷五文章傳遠貴於精工條：「世傳歐陽公平昔爲文章，每就紙上净訖，即黏挂齋壁，卧興看之，屢思屢改，至有終篇不留一字者。蓋其精如此。大抵文以精故工，以工故傳遠。三折肱始爲良醫，百步穿楊，始名善射。真可傳者，皆不苟者也。唐人多以小詩著名，然率皆旬鍛月煉，以故其人雖不甚顯，而詩皆可傳，豈非以其精故耶？然人説楊大年每遇作文，則與門人賓客飲博投壺弈碁，語笑諠譁，而不妨熟思。以小方紙細書，揮翰如飛，文不加點。每盈一幅，則命門人傳録，須臾之際，成數千言。如此似爲難及。然歐公、大年要皆是大手，歐公豈不能與人鬬捷哉！殆不欲苟作云耳。」

宋何薳春渚紀聞卷七「作文不憚屢改」條：「自昔詞人琢磨之苦，至有一字窮歲月，十年成一賦者。白樂天詩詞，疑皆沖口而成。及見今人所藏遺稿，塗竄甚多。歐陽文忠公作文既畢，貼之牆壁，坐卧觀之，改正盡善，方出以示人。薳嘗於文忠公諸孫望之處，得東坡先生數詩稿，其和歐叔弼詩云：『淵明爲小邑。』繼圈去『爲』字，改作『求』字，又連塗『小邑』二字，作『縣令』字，凡三改乃成今句。至『胡椒銖兩多，安用八百斛』，初云『胡椒亦安用，乃貯八百斛』。若如初語，未免後人疵議。又知雖大手筆，不以一時筆快爲定，而憚於屢改也。」

洪邁容齋續筆：「王荆公絶句『春風又緑江南岸』，原稿『緑』作『到』，圈去，注曰『不好』，改『過』字，復圈去，改爲『入』，旋改『滿』，凡如是十許字，始定爲『緑』字。」

群書備考「文章」類「歐陽勤於改竄」條：「歐陽公作一小柬，必改竄數四。呂氏蒙訓曰：杜詩云：『新詩改罷自長吟。』文章頻改，工夫自出。近世歐陽以文先貼於壁，臥思竄定，有終篇不留一字者。朱子曰：『六一之文，一唱三嘆。』有人見其醉翁亭記草，前有數十字，序滁州之山，忽大圈了一邊，注『環滁皆山也』一句。」（見圖書集成文學典六二一册）唐子西文録：「吾作詩甚苦，悲吟累日，僅能成篇，初未見可差處，明日取讀，疵病百出，輒復悲吟累日，反覆改正。稍稍加工，數日再讀，疵病復出。如此數日，方敢示人。」隨園詩話：「周元公云：『白香山詩，似平易，間觀所存遺稿，塗改甚多，竟有終篇不留一字者。』余讀公詩云：『舊句時時改，無妨悦性情。』然則元公之言信矣。」也有反對劉勰這種意見的。唐李德裕窮愁志文章篇：「余嘗爲文箴，今載於此，曰：文之爲物，自然靈氣，恍惚而來，不思而至。杼軸得之，淡而無味。琢刻藻繪，珍不足貴。」錢鍾書談藝録附説第十六：「畫以心不以手，立説似新。實則王子安（勃）腹稿，文與可胸有成竹之類，乃不在紙上起草，而在胸中打稿耳。……胸中所位置安排，删削增改者，亦即紙上文字筆墨，何嘗能超越跡象，廢除技巧！紙上起草，本非完全由手，胸中打稿，亦豈一切唯心哉！」

按「杼軸獻功」不僅是文字的鍛煉，而且是形象構思醞釀變换的過程。

至於思表纖旨，文外曲致，言所不追，筆固知止〔一〕。至精而後闡其妙，至變而後通其數〔二〕。伊摯不能言鼎〔三〕，輪扁不能語斤〔四〕，其微矣乎〔五〕！

〔一〕范文瀾中國通史簡編修訂版第二編：「神思篇、物色篇都説，先有外面的事物，沿着人的耳目，感動人的内心……劉勰依據這樣的認識，所以不承認有抽象的文學天才，而主張仔細觀察事物的『要害』，學習作文的法則（「術」），並且要保養體力，使精神常處於飽滿狀態。……即使講到微妙處（「言所不追」處），也並無神秘不可捉摸的感覺。」「追」，謂追及。「言所不追」，謂言語所不能宣達。注訂：「言所不追，筆固知止者，言文筆忌濫，適可而止。趣味宜永，耐人尋思，方稱妙品也。」王元化釋神思篇杼軸獻功説：「作家往往在作品中對於某些應該讓讀者知道的東西略而不寫，或寫而不盡，用極節省的筆法去點一點，暗示一下，這並不是由於他們吝惜筆墨，而是爲了喚起讀者的想象活動。這種在文藝作品中經常出現的現象，就是『思表纖旨，文外曲致，言所不追，筆固知止』。」清葉燮原詩：「要之作詩者，實寫理、事、情。可以言言，可以解解，即爲俗儒之作。惟不可名言之理，不可施見之事，不可徑達之情，則幽眇以爲理，想象以爲事，惝恍以爲情，方爲理至、事至、情至之語。」又：「可言之理，人人能言之，安在詩人之言之？可徵之事，人人能述之，又安在詩人之述之？必有不可言之理，不可述之事，遇之於默會意象之表，而理與事無不燦然於前者也。」

〔二〕斯波六郎：「周易繫辭上：是以君子將有爲也……非天下之至精，其誰能與於此？參伍以變，錯綜其數，通其變，遂成天地之文。極其數，遂定天下之象。非天下之至變，其誰能與於此？」

莊子天道篇：「輪扁曰：……口不能言，有數存焉於其間。」

文賦：「因宜適變，曲有微情。」

宋許尹黄（山谷）陳（後山）詩集注序：「論畫者可以形似，而捧心難言；聞弦者可以數知，而至音難説。天下之理，涉於形名度數者，可傳也；其出於形名度數之外者，不可得而傳也。」

廣雅釋言：「數，術也。」

〔三〕校注：「孫子用間篇：『昔殷之興也，伊摯在夏。』曹操注：『伊尹也。』」史記殷本紀索隱引孫子兵書：「伊尹名摯。」

訓故：「吕氏春秋：湯得伊尹，明日設朝而見之，説湯以至味，曰：鼎中之變，精妙微纖，口弗能言，志弗能喻。」按此見本味篇。

〔四〕訓故：「莊子：輪扁謂桓公曰：以臣之事觀之，斲輪徐則甘而不固，疾則苦而不入，不徐不疾，得之於手而應於心，口不能言，有數存焉於其間。」按此見天道篇。上「至變而後通其數」，暗用輪扁説桓公的話。南齊書文學傳論：「輪扁斲輪，言之未盡。」都是説言語不能盡意，是就理論言不能完全表達寫作巧妙方面説的。

文賦序：「至於操斧伐柯，雖取則不遠；若夫隨手之變，良難以辭逮。」文賦：「是蓋輪扁所不得言，亦非華説之所能精。」

沈約答陸厥書：「韻與不韻，復有精粗，輪扁不能言，老夫也不盡辨此。」史通敍事篇尚簡章以此二語作結，惟顛倒其位置。歐陽修書梅聖俞詩稿後：「工之善者，必得於心，應於手，而不可述之言也。聽之善，亦未得於心而會於意，不可得而言也。……余嘗問詩於聖俞，其聲律之高下，文語之疵病，可以指而告余也；至其心之所得者，不可以言而告也。」

〔五〕三國魏志荀彧傳注引何劭荀粲傳載荀粲的話説：「蓋理之微者，非物象之所舉也。今稱立象以盡意，此非通於意外者也；系辭焉以盡言，此非言乎系表者也。斯則象外之意，系表之言，固蘊而不出矣。」所謂「思表纖旨」、「文外曲致」，也就是荀粲所説「理之微者」，劉勰認爲這些是語言不能表達的。

注訂：「文章至如不能言鼎語斤程度，所謂化工之境，妙止無常，故云『微』也。」

紀評：「及思如希夷，妙絶蹊徑，非筆墨所能摹寫一層，神思之理，乃括盡無餘。」

第三段，談文章修改，講藝術加工的必要性。最後説還有最微妙的地方，不能用語言闡明。

贊曰：神用象通，情變所孕〔一〕。物以貌求，心以理應〔二〕。刻鏤聲律，萌芽比興〔三〕。結慮司契〔四〕，垂帷制勝〔五〕。

〔一〕「用」，與也。孟子公孫丑下：「王由足用爲善。」這是説精神與物象相接觸，就會産生情感的變化。此所謂「象」，是指客觀的物象，而不是主觀的意象。文賦：「遵四時以嘆逝，瞻萬物而思紛。悲落葉於勁秋，喜柔條於芳春；心懍懍以懷霜，志眇眇而臨雲。」這就是「神與物遊」、「神用象通」之所本。

〔二〕「應」字，元刻本、弘治本、佘本、王惟儉本、兩京遺編本均作「勝」，那樣和末句「垂帷制勝」的「勝」字重複。張之象本、梅本並作「應」，今從之。這兩句說：所求於事物的是它的外部形象，而內心通過理性思維形成感應。校注、校證均謂「應」字當作「勝」，解說迂曲，今所不取。劉勰把「物以貌求」和「心以理應」結合起來，說明他已經意識到塑造形象不但不排斥理性，而且需要把寫物圖貌、喻理抒情緊密結合起來。

〔三〕關於「刻鏤聲律」的問題，文心雕龍有聲律篇。僧皎然詩式卷一「用事」條：「今且於六義之中，略論比興。取象曰比，取義曰興，義即象下之意。凡禽獸草木人物名數，萬象之中義類同者，盡入比興……」

運用形象思想，不能不採比、興等手法。可見「萌芽比興」實際上已接觸到如何運用形象化的藝術手法來表達思想感情的問題。比興篇說：「詩人比興，觸物圓覽，物雖胡越，合則肝膽。」文藝創作要通過各種創造性的想象活動，如心理學上講的類比連想（約相當於「比」）、接近連想（約相當於「興」）等等，把本來不相關的東西（「物雖胡越」）聯繫溶合在一起，創作出優美的藝術形象。

〔四〕「結慮」猶之乎上文「臨篇綴慮」的「綴慮」。「司契」亦見上文。

〔五〕校注：「按『垂』，下也。『垂帷』即『下帷』。史記儒林董仲舒傳：『以治春秋，孝景時爲博士。下帷講誦，弟子以久次相受業，或莫見其面。蓋三年，董仲舒不觀於舍園。其精如此。』……漢書叙傳下董仲舒傳述：『下帷覃思，論道屬書。』束晳讀書賦：『垂帷帳以隱几，披紈素而讀書。』……『垂帷制勝』，乃重申篇中『積學』、『博見』之要，非謂將軍之運籌帷幄，決勝千里也。（「制勝」二字出孫子虚實篇。）」

體性第二十七

典論論文：「夫人善於自見，而文非一體，鮮能備善。」又：「夫文本同而末異，蓋奏議宜雅，書論宜理，銘誄尚實，詩賦欲麗，此四科不同，故能之者偏也。唯通才能備其體。文以氣爲主，氣之清濁有體，不可力强而致。」

文賦：「其爲物也多姿，其爲體也屢遷。」

宋書謝靈運傳論：「自漢至魏，四百餘年，辭人才子，文體三變，相如工爲形似之言，二班長於情理之説，子建、仲宣以氣質爲體。」

鍾嶸詩品中：「（張華詩）其源出於王粲，其體華艷，興託不奇。」又：「（陶潛詩）文體省净，殆無長語。」

蕭子顯南齊書文學傳論：「今之文章，作者雖衆，總而爲論，略有三體：一則啓心閒繹，托辭華曠，雖存巧綺，終致迂曲……此體之源，出靈運而成也。次則緝事比類，非對不發……唯覩事例，頓失清采。此則傳咸五經，應璩指事，雖不全似，可以類從。次則發唱驚挺，操調險急，雕藻淫艷，傾炫心魂。……斯鮑照之遺烈也。」

至唐李嶠評詩格把詩分形似、質氣、情理、直置、雕藻、影帶、宛轉、飛動、情切、精華十體。皎然詩式卷一辨體有一十九字把詩分爲高、逸、貞、忠、節、志、氣、情、思、德、誡、閑、達、悲、怨、意、力、静、遠，解釋説：「其一十九字，括文章德體風味盡矣。」其中多數指風格。文鏡秘府論論體：「凡制作之士，祖述多門，人心不同，文體各異。」顯然襲自文心雕龍體性篇。

以上所引各代文論中之「體」字，大致指風格而言。文心雕龍中作爲專門術語用之「體」，含有三方面之意義，其一爲體類之體，即所謂體裁；其二爲「體要」或「體貌」之體，「體要」有時又稱「大體」、「大要」，指對於某種文體之規格要求；「體貌」之體，則指對於某種文體之風格要求。詳見拙撰文心雕龍的文體風格論。而在本篇中「體性」之體，亦屬體貌一類，但指個人風格，它是與作家的個性密切相關的。「體性」之性，即指作家的個性，舊稱「性情」，劉勰認爲它包括「才、氣、學、習」四方面的因素。

札記：「體斥文章形狀，性謂人性氣有殊，緣性氣之殊而所爲之文異狀。然性由天定，亦可以人力輔助之，是故慎於所習。此篇大指在斯。」

夫情動而言形〔一〕，理發而文見〔二〕；蓋沿隱以至顯，因内而符外者也〔三〕。然才有庸儁〔四〕，氣有剛柔〔五〕，學有淺深，習有雅鄭〔六〕；並情性所鑠〔七〕，陶染所凝〔八〕。是以筆區雲譎，文苑波詭者矣〔九〕。

〔一〕詩大序：「情動於中而形於言。」明詩篇：「人稟七情，應物斯感，感物吟志，莫非自然。」詩品序：「氣之動物，物之感人，故摇蕩性情，形諸舞詠。」

〔二〕梅注：「見，音現。」校注：「禮記樂記：『理發諸外。』」情采篇：「五性發而爲辭章。」知音篇：「夫綴文者情動而辭發。」

〔三〕雜記：「案言以足志，文以足言，文之爲義，有符焉爾。斯蓋情理爲宗，不以言文爲本。」此謂文學創作活動是人的思想情感活動的外現過程。内心的思想情感活動是「隱」的，不可見的，但是表現在語言文字上，却是顯然可見的了。

〔四〕魏志王粲傳注引嵇康别傳：「孫登謂康曰：君性烈而才儁，其能免乎！」「儁」謂才智過人。注訂：「『儁』，同『俊』，又作『雋』。」

〔五〕「氣」謂氣質。抱朴子尚博篇：「清濁參差，所稟有主，朗昧不同科，强弱各殊氣。」晉書文苑傳（後記）：「史臣曰：夫賞好生於情，剛柔本於性。」禮記樂記：「是故先王本之情性……使之陽而不散，陰而不密，剛氣不怒，柔氣不懾，四暢交於中，而發作於外。」

〔六〕「習」謂習染。梅注：「雅，大、小雅。鄭，鄭風。」論語衛靈公：「鄭聲淫。」又陽貨：「惡鄭聲之亂雅樂也。」顏氏家訓文章篇：「吾家世文章，甚爲典正，不從流俗。梁孝元在藩邸時，撰西府新文史，訖無一篇見録者，亦以不偶於世，無鄭衛之音故也。」

〔七〕「鑠」，元本、弘治本、汪本、佘本、張之象本、訓故本作「爍」。梅本改「鑠」，黄注本從之。按「鑠」，説文：「銷金也。」與「爍」通，都是熔化的意思。劉劭人物志九徵篇：「蓋人物之本，出乎情性。」「情性」，即本性。顏氏家訓慕賢篇：「人在少年，神情未定。所與款狎，熏漬陶染，言笑舉動，無心於學，潛移暗化，自然似之。」又序致篇：「頗爲凡人之所陶染。」

〔八〕「陶」指陶冶，培養。嵇康明膽論：「夫元氣陶鑠，衆生稟焉；賦受多少，故才性有昏明。唯至人特鍾純美，兼周外内，無不畢備。降此已往，蓋闕如也。」「陶」、「鑠」二字用法本此。

〔九〕事類篇：「文章由學，能在天資。才自内發，學以外成；有學飽而才餒，有才富而學貧。學貧者迍邅於事義，才餒者劬勞於辭情，此内外之殊分也。」

故辭理庸儁，莫能翻其才〔一〕；風趣剛柔，寧或改其氣〔二〕；事義淺深，未聞乖其學〔三〕；體式雅鄭，鮮有反其習〔四〕。各師成心〔五〕，其異如面〔六〕。

〔一〕神思篇：「酌理以富才。」此處意謂辭與理高下是和才之高下一致的。「翻」又與下文「改」

「乖」「反」同義。

〔二〕綴補：「案『風趣』猶風格，風格之剛柔，由人之氣質而定。梅貞亮太乙舟山房文集序：『見其人而知其心，人之真者也。見其文而知其人，文之真者也。人有緩急剛柔之性，而文有陰陽動静之殊。』」傅庚生中國文學批評通論：「人之内蓄於性情毗剛毗柔者爲氣質，流露於文章或雄偉或韶秀者爲氣韻。質剛者其文雄，質柔者其文秀，故彦和云『風趣剛柔，寧或改其氣』也。」沈約與法師書：「周中書風趣高奇，志託夷遠。」

〔三〕事類篇：「舉事以類義，援古以證今。」「事義」，在這裏指具體内容。

漢書司馬相如傳贊：「易本隱以之顯。」文賦：「或本隱以之顯。」論衡超奇：「有根株於下，有榮葉於上；有實核於内，有皮殼於外。文墨辭説，士之榮葉皮殼也。實誠在胸臆，文墨著竹帛，外内表裏，自相副稱。意奮而筆縱，故文見而實露也。」

〔四〕陶弘景與梁武帝論書啓：「唯叔夜、威輦二篇，是經書體式。」「體式」，指體格法式。

〔五〕莊子齊物論：「夫隨其成心而師之，誰獨且無師乎？」郭象注：「夫心之足以制一身之用者，謂之成心。」成玄英疏：「夫域情滯著，執一家之偏見者，謂之成心。」「成心」即成見。林雲銘莊子因：「成心，謂人心之所至，便有成見在胸中，牢不可破，無知愚皆然。」

〔六〕補注：「左傳襄公三十一年：子産曰：人心之不同如其面焉。」陸德明經典釋文序：「各師成心，制作如面。」沈德潛説詩晬語卷下：「性情面目，人人各具。讀太白詩，如見其脱屣千乘；讀少陵詩，如見其憂國傷時。其世不我容，愛才若渴者，昌黎之詩也。其嬉笑怒駡，風流儒雅者，東坡之詩也。即下而賈島、李洞輩，拈其一章一句，無不有賈島、李洞者存。倘詞可餽貧，工同鞶帨，而性情面目，隱而不見，何以使尚友古人者讀其書想見其爲人乎？」徐增而菴詩話：「詩乃人之行略，人高則詩亦高，人俗則詩亦俗，一字不可掩飾，見其詩如見其人。」（見清詩話）錢鍾書談藝録：「心畫心聲，本爲成事之説，實匙先見之明。然所言之物可以飾僞，巨奸爲憂國語，熱中人作冰雪文是也。其言之格調，則往往流露本相。狷疾人之作風，不能盡變爲澄瀞；豪邁人之筆性，不能盡變爲謹嚴。文如其人，在此不在彼也。」

以上爲第一段，説明作品風格與作家個性之關係，而個性特徵又分才、氣、學、習四者立論。

若總其歸塗，則數窮八體〔一〕：一曰典雅，二曰遠奧，三曰精約，四曰顯附，五曰繁縟，六曰壯麗，七曰新奇，八曰輕靡。典雅者，鎔式經誥，方軌儒門者也〔二〕。遠奧者，馥采典文，經理玄宗者也〔三〕。精約者，覈字省句，剖析毫釐者也〔四〕。顯附者，辭直義暢，切理厭心者也〔五〕。繁縟者，博喻醲采，煒燁枝派者也〔六〕。壯麗者，高論宏裁，卓爍異采者也〔七〕。新奇者，擯古競今，危側趣詭者也〔八〕。輕靡者，浮文弱植，縹緲附俗者也〔九〕。

〔一〕此處「八體」指八種風格。定勢篇：「模經爲式者，自入典雅之懿。」

詔策篇：「潘勗九錫，典雅逸群。」又：「武帝崇儒，選言弘奥，策封三王，文同訓典，勸戒淵雅。」

〔二〕「鎔式」，鎔鑄，取法。「經誥」，猶言經典。「誥」，謂康誥之屬。黄庭堅與王觀復書：「惟唐、虞、三代典謨訓誥、春秋、戰國士大夫之詞令最爲古雅。」綴補：「案『方軌』猶『併駕』。戰國策齊策：『車不得方軌。』」（又見史記淮陰侯列傳）。史記蘇秦列傳：「車不得方軌，騎不得並行。」札記：「義歸正直，辭取雅訓，皆入此類。若班固幽通賦、劉歆讓太常博士之流是也。」這不僅是學習經典的形式，而更主要的是學儒家經典的思想。

許文雨文論講疏：「大抵六代文士，以典爲雅。陳思善用史事，康樂善用經語，皆名震一時。彭澤真曠，反有田家語之誚。唐宋詩詞，則頗以真爲雅，塗轍漸殊矣。」

〔三〕范注：「『馥』，當作『複』。總術篇云：『奥者複隱。』雜文篇云：『蔡邕釋誨，體奥而文炳。』「玄」字，元、明各本同，黄注本始改「玄」爲「元」，避清諱。校注：「江文通文集張令爲太常領國子祭酒詔：『必能闡揚玄宗。』……顔氏家訓勉學篇：『何晏、王弼，祖述玄宗。』並其證。」經理，治理也。諸子篇：「鬼谷眇眇，每環奥義。」明詩篇：「阮旨遥深。」札記：「理致淵深，辭采微妙，皆入此類。若賈誼鵩鳥賦、李康運命論之流是也。」斠詮：「案遠奥之體，大抵旨遠辭玄，言曲事隱，以其擷采微妙，有多令人不易辨識者。」按「複采曲文」

指的是表現形式，「經理玄宗」指的是玄學思想。遠奥的作品固然不一定都具有玄學思想，可是「經理玄宗」的作品總是比較思路遥遠而深奥的。

校釋：「疑『馥』當作『複』，『典』當作『曲』，皆字形之誤。複者，隱複也；曲者，深曲也。談玄之文，必隱複而深曲，徵聖篇論易經有『四象精義以曲隱』可證。舍人每以複、隱、曲、奥等詞連用，如原道篇『繇辭炳曜』、『符采複隱』，練字篇『複文隱訓』，徵聖篇『精義曲隱』，總術篇『奥者複隱』，隱秀篇『隱以複意爲工』，又『深文隱蔚，餘味曲包』，序志篇『或有曲意密源，似近而遠』，皆可證此篇所謂『遠奥』之義。」宗經篇云：「易惟談天，入神致用。故繫稱旨遠辭文，言中事隱，韋編三絶，固哲人之驪淵也。」

〔四〕事類篇：「綜學在博，取事貴約，校練務精，捃理須覈。」諸子篇：「辭約而精，尹文得其要。」鎔裁篇：「精論要語，極略之體。」麗辭篇：「魏晉群才，析句彌密，聯字合趣，剖毫析釐。」斟詮：「彦和言精約，即唐宋文家所謂『洗鍊』。洗鍊者，即蕩滌邪穢，清融渣滓，有去蕪存菁，披沙揀金之義。」

校注：「西京賦：『剖析毫釐，擘肌分理。』」文賦：「要辭達而理舉，故無取乎冗長。」札記：「斷義務明，練辭務簡，皆入此類。若陸機文賦、范曄後漢書諸論之流是也。」

〔五〕小爾雅廣詁：「附，近也。」孔安國尚書序：「書序，序所以爲作者之意，昭然義見，宜相附近。」文鏡秘府論論體篇中列出六種風格，其中的「切至」是和「顯附」類似的。「厭」，足也。漢書王莽傳：「克厭上帝之心」。注：「厭，滿也。」「厭心」，同饜心，心裏滿足。意謂用明白的文詞，暢所欲言地表達思想，切合於客觀事理，使讀者内心得到滿足。

斠詮：「所謂顯附之體，即措辭懇直，陳義條暢，切合事理，滿足人心之作品。」札記：「語貴丁寧，義求周洽，皆入此類，若諸葛亮出師表、曹冏六代論之流是也。」

〔六〕校證：「『醲』原作『釀』。」校釋：「按『釀』疑『醲』誤。醲，酒厚也，與博義相應。時序篇有『澹思醲采』句，是其證。」「煒燁枝派」謂分枝佈派色澤絢爛。

議對篇：「文以辨潔爲能，不以繁縟爲巧。」定勢篇：「斷辭辨約者，率乖繁縟。」札記：「辭采紛披，意義稠複，皆入此類，若枚乘七發、劉峻辨命論之類是也。」

〔七〕斠詮：「所謂『壯麗』之體，議論高超，規模宏肆，光輝卓絶，采藻瑰異之作也。」

雜文篇：「陳思七啓，取美於宏壯。」此外它還包括了詩品中所説的「勁健」、「豪放」、「悲慨」，又包括了詞品（郭祥伯）中所説的「雄放」。建安詩歌，特別是曹操之作，其慷慨之氣，昂壯之辭，如龜雖壽中的「老驥伏櫪，志在千里，烈士暮年，壯心不已」，這種不能遏止的「壯心」，向往「千里」馳驅的英雄氣概，形成壯麗風格。

校注：「『卓』疑『焯』之誤。文選揚雄羽獵賦：『隋珠和氏，焯爍其陂。』李注：『焯，古灼字。』（漢書揚雄傳上顔注：「焯爍，光貌。」）左思蜀都賦：『符采彪炳，暉麗灼爍。』（劉注：「灼爍，艷色也。」）嵇康琴賦：『華容灼爍，發采揚明。』古文苑宋玉舞賦：『珠翠灼爍而照曜兮。』（章注：「灼爍，鮮明貌。」）……並其證。」札記：「陳義俊偉，措辭雄瓌，皆入此類。若揚雄河東賦、班固典引之類是也。」

〔八〕「擯古競今」謂厭舊喜新。「危側」謂險僻；「趣詭」，謂情趣詭奇。定勢篇：「自近代辭人，率好詭巧，原其爲體，訛勢所變，厭黷舊式，故穿鑿取新，察其訛意，似難而實無他術也，反正而已。故文反正爲乏，辭反正爲奇。效奇之法，必顛倒文句，上字而抑下，中辭而出外，回互不常，則新色耳。」明詩篇：「儷采百字之偶，争價一句之奇，情必極貌以寫物，辭必窮力而追新。從質及訛，彌近彌澹，何則？競今疏古，風味氣衰也。」風骨篇：「若夫……洞曉情變，曲昭文體，然後能孚甲新意，雕畫奇辭。昭體，故意新而不亂；曉變，故辭奇而不黷。」札記：「詞必研新，意必矜創，皆入此類，若潘岳射雉賦、顔延之曲水詩序之流是也。」李笠翁閒情偶寄云：「琢字練句，雖貴新奇，亦須新而安，奇而確，妥而實，總不越一『理』字。」

〔九〕明詩篇：「晉世群才，稍入輕綺，張、潘、左、陸，比肩詩衢，采縟於正始，力柔於建安。或析文以爲妙，或流靡以自妍。」左傳襄公三十年：「陳，亡國也……其君弱植。」正義：「周禮謂草木皆植物。植爲樹立，君志弱不樹立也。」此處謂文章没有骨力，不能樹立。

札記：「辭須蒨秀，意取柔靡，皆入此類。若江淹恨賦、孔稚圭北山移文之流是也。」才略篇：「殷仲文之孤興，謝叔源之閑情，並解散賦體，縹緲浮音，雖滔滔風流，而大澆文意。」「縹緲」，謂内容不切實。「附俗」，謂隨附世俗。這類作品是輕浮而没有根基的，專注重形式而忽略内容，既阿好世俗，又輕飄飄没有一點分量。

文鏡秘府論論體篇：「凡製作之士，祖述多門，人心不同，文體各異。較而言之：有博雅焉，有清典焉，有綺艶焉，有宏壯焉，有要約焉，有切至焉。夫模範經誥，褒述功業，淵乎不測，詳哉有閒，博雅之裁也。敷演情志，宣昭德音，植義必明，結言爲正，清典之致也。體其淑姿，因其壯觀，文章交映，光彩傍發，綺艶之則也。魁張奇偉，闡耀威靈，縱氣凌人，揚聲駭物，宏壯之道也。指事述心，斷辭趣理，微而能顯，少而斯洽，要約之旨也。舒陳哀憤，獻納約戒，言唯折中，情必曲盡，切至之功也。……凡斯六事，文章之通義焉。苟非其宜，失之遠矣。博雅之失也緩，清典之失也輕，綺艶之失也淫，宏壯之失也誕，要約之失也闌（鈴木虎雄云：當作「闕」），切至之失也直。體大義疏，辭引聲滯，緩之致焉。（文體既大，而義不周密，故云疏；辭雖引長，而聲不通利，故云滯也。）理入於浮，言失於淺，輕之起焉。（叙事爲文，須得其理，理不甚會，則覺其浮；言須典正，涉於流俗，則覺其淺。）體貌違方，逞欲過度，淫以興焉。（文雖綺艶，猶須準其事類相當，比擬叙述，不得體物之貌而違於道，逞己之心而過於制也。）制傷迂闊，辭多詭異，誕則成焉。（宏壯者亦須準量事類，可得施言，不可漫爲迂闊，虛陳詭異也。）情不申明，事有遺漏，闕自見焉。（謂論心意不能盡申，敘事理又有所闕焉也。）體尚專直，文好指斥，直乃行焉。（謂文體不經營，專爲直置，言無比附，好相指斥也。）故詞人之作也，先看文之大體，隨而用心，（謂上所陳文章六種，是其本體也。）遵其所宜，防其所失，（博雅、清典、綺艷、宏壯、要約、切至等是所宜，緩、輕、淫、誕、直等是所失。）故能辭成煉覈，動合規矩。」郭紹虞中國文學批評史第二版：「文鏡秘府論論體篇有博雅、清典、綺艷、宏壯、要約、切至六目，就是本文心雕龍所舉八體，稍加改易而去了新奇、輕靡二體。皎然以十九字括詩之體，司空圖有二十四詩品，雖名目較多，然而没有文心雕龍所説的扼要。」

故雅與奇反，奧與顯殊，繁與約舛〔一〕，壯與輕乖〔二〕，文辭根葉，苑囿其中矣〔三〕。

〔一〕定勢篇：「斷辭辨約者，率乖繁縟。」

〔二〕范注：「案彦和於新奇、輕靡二體，稍有貶意，大抵指當時文風而言。次節列舉十二人，每體以二人作證。獨不爲末二體舉證者，意輕之也。」

郭紹虞中國文學批評史第二版：「劉氏所説的八體，可以歸納爲四類：雅與奇爲一組，奧與顯爲一組，繁與約爲一組，壯與輕爲一組。這四組就是所由構成風格原因的四類。雅與奇指體式言，體式所以會形成這兩種不同的風格，就視其所習，所以説『體式雅鄭，鮮有反其習』。奧與顯指事義言，事義所以會形成這兩種不同的風格，又視其所學，所以説『事義淺深，未聞乖其學』。繁與約指辭理言，構成之因視其才，所以說『辭理庸儁，莫能翻其才』。壯與輕由風趣言，構成之因視其氣，所以說『風趣剛柔，寧或改其氣』。在這裏雅奇、奧顯、繁約、壯輕是兩種相等的不同的風格，雅鄭、淺深、庸俊、剛柔又是兩種相對的表示優劣的評語，兩相配合，固然不能盡當，但是雅奇與習，奧顯與學，繁約和才，壯輕和氣，却是很有關係的，所以我們還可以這樣比附。在此四類之中，再可以綜爲二綱，這即是他所說的『情性所鑠，陶染所凝』。情性出於先天，所以才和氣可以合爲一組，所謂『才有天資』。陶染出於後天，所以學和習又可合爲一組，所謂『學慎始習』。」

〔三〕對於八體的解釋，有的是從思想内容方面來説明的，有的是從表現方法方面來説明的。例如對於「典雅」、「遠奧」的解釋，就包括思想和表現方式。就是對於「壯麗」的解釋「高論宏裁」，對於「新奇」的解釋「擯古競今」，都不僅是形式問題，而且也有思想問題在内。「文辭根葉，苑囿其中矣。」兩句是説内容和形式都包括在這八體之中，因爲文學作品的思想内容是根本，而辭采則是表現於外的東西，可以用葉來比喻。

以上爲第二段，將風格分爲八種基本類型，並把這八種類型列爲四對。

若夫八體屢遷，功以學成〔一〕。才力居中，肇自血氣〔二〕。氣以實志，志以定言〔三〕，吐納英華〔四〕，莫非情性〔五〕。

〔一〕斯波六郎：「陸機文賦：『其爲物也多姿，其爲體也屢遷。』」衡量一位作家，不是某種單一的風格類型所能概括得了的。「八體屢遷，功以學成」是説：一個作家的風格並不是永遠固定不變的。這種風格上的變化是由於學習的結果。

陸游示子遹詩云：「我初學詩日，但欲工藻繪；中年始稍悟，漸若窺宏大。怪奇亦間出，如石漱湍瀨。」這説明他早年和中年不同的作風，並且自述他還有矜「奇」喜「怪」的過程。末了云：「汝果欲學詩，工夫在詩外。」這裏指出學詩者不能只在書本中討生活。「八體屢遷，功以學成」，包涵兩方面意義：一是通過後天的學習，作家的文章風格，可以逐漸變化，繁縟的可以變爲精約，新奇的可以變爲雅正。一是同在一個作家中，通過思想的修養，藝術的鍛煉，風格可以多樣化。例如庾信的作品，早歲工爲淫艷，晚歲即悲涼慷慨，杜甫戲爲六絶句：「庾信文章老更成，凌雲健筆意縱横。」主要是生活歷程起了很大變化所造成，然而也可以説受了北人剛健風格的影響。

校釋：「舍人此篇雖標八體，非謂能此者必不能彼也。今任舉其書評文之語如下，以見其變之繁：

『相如封禪，麗而不典。』（封禪）『揚雄劇秦，典而不實。』（同上）……『相如上林，繁類以成艷。』（詮賦）『枚乘兔園，舉要以會新。』（同上）『子雲甘泉，構深偉之風。』（同上）『桂華雜曲，麗而不經。』（樂府）『赤雁群篇，靡而非典。』（同上）『張衡應間，密而兼雅。』（雜文）『蔡邕釋誨，體奧而文炳。』（同上）『仲宣靡密，發端必遒。』（詮賦）『景純綺巧，縟理有餘。』（同上）『傅毅七激，會清要之工。』（雜文）『孟堅兩都，明絢以雅贍。』（詮賦）」

〔二〕事類篇：「才自内發，學以外成。」風格變化的出發點是人的才力和氣質。而各人才力的不同，又源於不同的氣質。「血氣」，即先天的氣質。「居中」是説居於内心。朱子全書性理中解釋道：「氣一也，主於心者，則爲志氣；主於形體者，則爲血氣。」

〔三〕校注：「按左傳昭公九年：『味以行氣，氣以實志，志以定言。』杜注：『氣和，則志充；在心爲志，發口爲言。』」孟子公孫丑上：「夫志，氣之帥也；氣，體之主也。夫志至焉，氣次焉。」一個人的氣質或文章的氣勢，都是一個人的思想情感的具體反映，而一個人的言語表達方式，也是由他的思想情感所決定的。

唐順之稗編李方叔論文：「李方叔云：文章之不可無者有四：一曰體，二曰志，三曰氣，四曰韻。述之以事，本之以道，考其理之所在，辨其義之所宜，卑高巨細，包括並載而無所遺，左右上下，各在有職，而不亂者，體也。體立於此，折衷其是非，去取其可否，不徇於流俗，不謬於聖人，抑揚損益，以稱其事，彌縫貫穿，以足其言，行吾學問之力，從吾制作之用者，志也。充其體於立意之始，從其志於造語之際，生之於心，應之於言，心在和平，則温厚典雅；心在安敬，則矜莊威重，大焉可使如雷霆之奮，鼓舞萬物，小焉可使如脈絡之行，出入無間者，氣也。」（圖書集成文學典第十一卷引）（李方叔，李廌字，與黄庭堅等共爲蘇（軾）門六君

子，有師友談記）

〔四〕校注：「禮記樂記：『和順積中，而英華發外。』」神思篇：「吐納珠玉之聲。」此處「吐納」，僅有吐意。

〔五〕意謂吐露華美辭采的文學創作，無非是作者的思想情感和個性特徵的綜合表現。有什麼樣的個性，就會有什麼樣的作品風格。

李贄讀律膚説（焚書卷三）：「蓋聲色之來，發於情性，由乎自然，是可以牽合矯强而致乎？故自然發於情性，則自然止乎禮義，非情性之外復有禮義可止也。惟矯强乃失之，故以自然之爲美耳，又非於情性之外復有所謂自然而然也。……莫不有情，莫不有性，而可以一律求之哉！」

方苞望溪先生集外文卷二四進書文選表：「言者，心之聲也。古之作者，其氣格風規，莫不與其人之性質相類。」

是以賈生俊發，故文潔而體清〔一〕；長卿傲誕，故理侈而辭溢〔二〕；子雲沈寂，故志隱而味深〔三〕；子政簡易，故趣昭而事博〔四〕；孟堅雅懿，故裁密而思靡〔五〕；平子淹通，故慮周而藻密〔六〕；仲宣躁競，故穎出而才果〔七〕；公幹氣褊，故言壯而情駭〔八〕；嗣宗俶儻，故響逸而調遠〔九〕；叔夜儁俠，故興高而采烈〔一〇〕；安仁輕敏，故鋒發而韻流〔一一〕；士衡矜重，故情繁而辭隱〔一二〕。觸類以推，表裏必符〔一三〕。豈非自然之恒資〔一四〕，才氣之大略哉〔一五〕！

〔一〕駱鴻凱文選學：「上句斥其材性，下句證以其人之文體。」這樣用以闡明「吐納英華，莫非情性」之義。下舉各例並同。范注：「神思篇『駿發之士』，此『俊』字疑當作『駿』。」這是説賈誼才高，雄姿英發，所以他的文章風格高潔而清雅。才略篇：「賈誼才穎，陵軼飛兔，議愜而賦清，豈虚至哉！」哀弔篇：「自賈誼浮湘，發憤弔屈，體周而事覈，辭清而理哀。」風骨篇：「意氣駿爽，則文風清焉。」

校注：「宋書謝靈運傳論：『縱横俊發，過於延之。』高僧傳唱導論：『辭吐俊發。』是作『俊』亦可。」札記：「史記屈賈列傳：『廷尉乃言賈生年少，頗通諸子百家之書，文帝召以爲博士。是時賈生年二十餘，最爲少。每詔令議下，諸老先生不能言，賈生盡爲之對。』此俊發之徵。」藝概文概：「柳子厚與楊京兆憑書云：『明如賈誼。』（見柳集卷三十）一『明』字，體用俱見。若文心雕龍謂：『賈生俊發，故文潔而體清。』語雖較詳，然似將賈生作文士看矣。」

〔二〕札記：「文選謝惠連秋懷詩注引嵇康高士傳贊曰：『長卿慢世，越禮自放。犢鼻居市，不恥其狀。託疾避官，蔑此卿相。乃賦大人，超然莫尚。』此傲誕之徵。」高傲的人總是傾向於誇誕，言過其實；司馬相如的作品就是文理虚夸，而且辭采泛濫的。詮賦篇：「相如上林，繁類以成艷。」才略篇：「相如好書，師範屈宋，洞入夸艷，致名辭宗，然覆取精意，理不勝辭。」

故揚子以爲文麗用寡者長卿，誠哉是言也。」物色篇也説：「及長卿之徒，詭勢瓌聲，模山範水，字必魚貫，所謂詩人麗則而約言，辭人麗淫而繁句也。」子虛賦和上林賦就是過度誇張，「麗淫而繁句」的代表作。

〔三〕札記：「漢書揚雄傳曰：默而好深湛之思，清静亡爲，少嗜欲。此沈寂之徵。」揚雄性格沉静，喜歡深思，所以他的作品思想情感内隱而意味深長。這類作品可以太玄爲代表。漢書揚雄傳贊：「雄著太玄，劉歆嘗觀之，謂雄曰：空自苦！今學者有禄利，然尚不能易，又如玄何？吾恐後人用覆醬瓿也。」可見太玄在當時就是很不容易懂的。才略篇：「子雲屬意，辭人最深，觀其涯度幽遠，搜選詭麗，而竭才以鑽思，故能理贍而辭堅矣。」隱秀篇：「深文隱蔚，餘味曲包。」詮賦篇：「子雲甘泉，構深偉之風。」練字篇：「揚、馬之作，趣幽旨深。」

校注：「按文選班固典引：『司馬相如洿行無節，但有浮華之辭。』足爲辭溢之徵。」漢書東方朔傳「溢於文辭」，注：「言其有餘也。」

〔四〕札記：「漢書劉向傳曰：向爲人簡易，無威儀，廉靖樂道，不交接世俗。此簡易之徵。」「簡易」是不講究修飾。而且性情寬和舉止坦率。在生活上不講究修飾，轉移到文章的寫作也不講究修飾。因而形成「簡易」的風格。「趣昭」就是明白易懂，就是「顯附」。「事博」就是簡煉，就是「精約」。才略篇説：「新序該練。」可以作爲代表。

困學紀聞卷十七評文：「文心雕龍謂英華出於性情。賈生俊發，則文潔而體清；子政簡易，則趣昭而事博；子雲沈寂，則志隱而味深；平子淹通，則慮周而藻密。」全祖望云：「以簡易稱中壘，亦未確。」又云：「子雲沈寂，其如清净符命之謡何？」翁注：「此云『英華出於性情』，蓋節取其意。」

〔五〕後漢書班固傳：「及長，遂博通載籍，九流百家之言無不窮究。……性寬和容衆，不以才能高人。」故云「雅懿」。封禪篇説：「典引所叙，雅有懿乎？」似乎班固典引可作爲「雅懿」風格的代表作。詮賦篇：「孟堅兩都，明絢以雅贍。」雜文篇：「班固賓戲，含懿采之華。」後漢書班固傳論：「固文贍而事詳。若固之序事，不激詭，不抑抗，贍而不穢，詳而有體，使讀之者亹亹而不倦。」「靡」，細緻。章句篇：「章之明靡，句無玷也。」「體密」，謂體裁綿密。藝概文概：「蘇子由稱太史公疎蕩有奇氣，劉彦和稱班孟堅裁密而思靡。『疎』、『密』二字，其用不可勝窮。」

〔六〕後漢書張衡傳：「衡少善屬文，游於三輔，因入京師，觀太學，遂通五經，貫六藝。雖才高於世，而無驕尚之情，常從容淡静，不好交接俗人。……衡善機巧，尤致思於天文、陰陽、曆算。」才略篇：「張衡通贍。」世説品藻：「世目殷中軍思緯淹通，比羊叔子。」殷中軍謂殷浩，叔子，羊祜字。「淹通」是説學問淵博而能貫通。所以思慮周到而用辭細密。雜文篇：「張衡七辨，結采綿靡。」

〔七〕「競」原作「鋭」。范注：「按程器：『仲宣輕脆以躁競。』此『鋭』疑是『競』字之誤。魏志杜襲傳：『（王）粲性躁競。』此彦和所本。」校注：「按以程器篇『仲宣輕脆以躁競』驗之，『鋭』疑爲『競』之誤。三國志魏志杜襲傳：『魏國既建，爲侍中，與王粲、和洽並用。粲彊識博聞，故太祖游觀出入，多得驂乘；至其見敬，不及洽、襲。襲嘗獨見，至於夜半。粲性躁競，起坐曰：「不知公對杜襲道何等也？」洽笑答曰：「天下事豈有盡邪！卿晝侍可矣。悒悒於此，欲兼之乎？」』據此則『鋭』應作『競』必矣。」

按「躁鋭」亦可通。「鋭」，疾也。史記平原君列傳：平原君將至楚定從約，毛遂自請俱往，謂平原君曰：「譬若錐處囊中，穎脱而出，其末立見。」謂必能自顯其才也。王粲性情急躁而文思敏鋭，所以寫的文章鋒芒外露，表現出果斷的才華來。魏志王粲傳：「善屬文，舉筆便成，無所改定，時人常以爲宿構。然正復精意覃思，亦不能加也。」才略篇：「仲宣溢才，捷而能密。文多兼善，辭少瑕累，摘其詩賦，則七子之冠冕乎？」神思篇：「仲宣舉筆似宿構。」又説：「機敏故造次而成功。」都是這個意思。

〔八〕札記：「魏志王粲傳注引典略載楨平視太子夫人甄氏事。謝靈運擬鄴中集詩序曰：楨卓犖偏人。此氣褊之徵。」按謝靈運擬魏太子鄴中集劉楨詩序曰：「卓犖偏人，而文最有氣，所得頗經奇。」「氣褊」就是性子急躁而不穩定。魏志王昶傳：「東平劉公幹，博學有高才，誠節有大意。然性行不均，少所拘忌。」典論論文説：「公幹壯而不密。」才略篇：「劉楨情高以會采。」鍾嶸詩品評劉楨詩：「仗氣愛奇，動多振絶，真骨凌霜，高風跨俗，但氣過其文，彫潤恨少。」御覽三八五引文士傳曰：「劉楨辭氣鋒烈，莫有折者。」惟顏延之庭誥云：「劉楨五言流靡。」則異議耳。綴補：「駭謂激動。漢書揚雄傳上：『回猋肆其碭駭兮。』師古注：『駭，動也。』」

〔九〕「俶儻」，同「倜儻」。「俶」是「倜」的借字。魏志王粲傳：「（阮）瑀子籍，才藻艷逸而倜儻放蕩，行己寡欲，以莊周爲模則。」明詩篇：「阮旨遥深。」晉書阮籍傳：「籍容貌瓌傑，志氣宏放，傲然獨得，任性不羈，而喜怒不形於色。」「俶儻」，洒脱，不拘束。鍾嶸詩品説：「（阮籍）詠懷之作，可以陶性靈，發幽思，言在耳目之内，情寄八荒之表，洋洋乎會於風雅，使人忘其鄙近，自致遠大，頗多感慨之詞，厥旨淵放，歸趣難求。」是「響逸而調遠」的具體説明。文選阮籍詠懷詩顏延之注：「嗣宗身仕亂朝，常恐罹謗遇禍，因兹發詠，故每有憂生之嗟。雖志在刺譏，而文多隱避，百代之下，難以情測。」可見阮籍詩之所以「響逸而調遠」，是由於他身處亂世，不敢直接面對現實進行斗争的緣故，並不是由於他的性格倜儻不羈。

〔一〇〕魏志王粲傳：「時又有譙郡嵇康，文辭壯麗，好言老莊，而尚奇任俠。」注引嵇康别傳：「孫登謂康曰：君性烈而才儁，其能免乎？」顏延之詠嵇中散有云：「鸞翮有時鎩，龍性誰能馴？」「烈」謂猛烈有火氣。魏志王粲傳注又引嵇喜嵇康傳：「家世儒學，少有俊才，曠邁不群，高亮任性，不修名譽，寬簡有大量，學不師授，博洽多聞。長而好老莊之業，恬静無欲……超然獨達，遂放世事，縱意於塵埃之表。」校注：「世説新語品藻篇：『簡文云：何平叔巧累於理，嵇叔夜儁傷其道。』」明詩篇：「嵇志清峻。」書記篇：「嵇康絶交，實志高而文偉矣。」嵇康的作品所以旨趣高超，風采壯烈，是和他英俊的才華、豪俠的性格一致的。

〔二二〕札記：「晉書潘岳傳曰：岳性輕躁趨世利，與石崇等諂事賈謐，每候其出，輒望塵而拜。構愍懷文，岳之辭也。此輕敏之徵。」范注：「文選籍田賦注引臧榮緒晉書曰：『岳總角辯慧，摛藻清艷。』」才略篇：「潘岳敏給，辭自和暢。」按晉書潘岳傳：「岳美姿儀，辭藻艷麗，尤善爲哀誄之文。少時常挾彈出洛陽道，婦人遇之者，皆連手縈繞，投之以果。遂滿載以歸。」可見他是行爲輕薄而才思機敏的。這樣的人寫出來的作品自然辭鋒顯露（「鋒發」），音韻流暢（「韻流」）。世説新語文學篇劉注引續文章志：「岳爲文，選言簡章，清綺絶倫。」這種清新綺麗的風格也是和潘岳輕浮而機敏的性格一致的。

〔二三〕札記：「晉書陸機傳曰：『機服膺儒術，非禮不動。』此矜重之徵。」「矜重」是説矜持（拘謹）而莊重。這和輕敏的性格是一種鮮明的對照。才略篇：「陸機才欲窺深，辭務索廣，故思能入巧而不制繁。」劉熙載藝概卷二詩概：「劉彦和謂士衡矜重，而近世論陸詩者，或以累句訾之。然有累句，無輕句，便是大家品位。」又藝概文概云：「六代之文，麗才多而鍊才少。有鍊才焉，如陸士衡是也。蓋其思能入微，而才復足以籠鉅，故其所作，皆傑然自樹質幹。文心雕龍但目以『情繁詞隱』，殊未盡之。」這雖然和劉勰對於陸機的評價不同，但「情繁詞隱」

還是能够説明陸機作品的風格的。鎔裁篇：「士衡才優，而綴詞尤繁。及雲之論機，亟恨其多。」哀弔篇：「陸機之弔魏武，序巧而文繁。」世説新語文學篇引孫興公云：「潘文爛若披錦，無處不善。陸文若排沙簡金，往往見寶。」又云：「潘文淺而净，陸文深而蕪。」晉書潘岳傳：「史臣曰：機文喻海，韞蓬山而育蕪；岳藻如江，濯美錦而增絢。」潘陸二人風格的不同是和他們二人的才性有關係的。

本段説明每位作家作品的風格時，有三方面值得重視：第一，劉勰本着内容與形式相結合的原則，來評定風格，如説「文潔而體清」，「理侈而辭溢」，「志隱而味深」，「趣昭而事博」等等。第二，劉勰没有把作家創作中偶然出現的風格現象作爲定論。文心雕龍的許多篇章，對一位作家的風格定評，大抵是一致的，如對於賈誼、班固等人，可見劉勰評述作家及其作品的風格時，不是斷章取義，他對作家的作品作過精密的研究，才下結論。第三，在考慮作家的才能和性情時，劉勰相當重視作家的政治態度和情操。「賈生俊發」、「長卿傲誕」，所用詞匯就含有褒貶。本篇説「安仁輕敏」，「仲宣躁競」，程器篇説「潘岳詭禱於愍懷」，「仲宣輕脆以躁競」，對照一下，就可以看出劉勰對他們的政治態度或生活作風有所批評。

〔一三〕斯波六郎：「周易繫辭上：『引而伸之，觸類而長之。』淮南子精神訓：『外爲表而内爲裏。』」

意林魏子：「君子表不隱裏，明暗同度。」李贄讀律膚説：「蓋聲色之來，發於情性，由於自然，是可以牽合矯强而致乎？……故性格清徹者，音調自然宣暢；性格舒徐者，音調自然疏緩；曠達者，自然浩蕩；雄邁者，自然壯烈；沉鬱者，自然悲酸；古怪者，自然奇絶。有是格，便有是調，皆情性自然之謂也。莫不有情，莫不有性，而可以一律求之哉！然則所謂自然者，非有意爲自然而遂以爲自然也。若有意爲自然，則與矯强何異？故自然之道，未易言也。」（焚書卷三）

明屠隆白榆集卷三王茂大修竹亭稿序：「士之寥闊者語遠，端亮者語莊，寬舒者語和，褊急者語峭，浮華者語綺，清枯者語幽，疎朗者語暢，沉着者語深，譎蕩者語荒，陰鷙者語險。讀其詩，千載而下如見其人。」

清薛雪一瓢詩話第一八一條：「悒快人詩必瀟灑，敦厚人詩必莊重，倜儻人詩必飄逸，疏爽人詩必流麗，寒澀人詩必枯瘠，豐腴人詩必華贍，拂鬱人詩必悽怨，磊落人詩必悲壯，豪邁人詩必不羈，清修人詩必峻潔，謹勅人詩必嚴整，猥鄙人詩必萎靡；此天之所賦，氣之所稟，非學之所至也。」

王通文中子中説事君篇：「子謂文士之行可見：謝靈運小人哉；其文傲，君子則謹；沈休文小人哉！其文冶，君子則典。鮑照、江淹，古之狷者也，其文急以怨；吴筠、孔珪，古之狂者也，其文怪以怒；謝莊、王融，古之纖人也，其文碎；徐陵、庾信，古之夸人也，其文誕。或問孝綽兄弟，子曰：鄙人也，其文淫。或問湘東王兄弟，子曰：貪人也，其文繁；謝朓，淺人也，其文捷；江總，詭人也，其文虚。皆古之不利人也。子謂顔延之、王儉、任昉有君子之心焉，其文約以則。」

宋吴處厚青箱雜記卷七：「白居易賦性曠遠，其詩曰：『無事日月長，不羈天地闊。』此曠達者之詞。孟郊賦性褊隘，其詩曰：『出門即有礙，誰謂天地寬？』此褊隘者之詞也。然則天地又何嘗礙郊？孟郊自礙耳！王文康公賦性質實重厚，作詩曰：『棗花至小能成實，桑葉惟柔解吐絲，堪笑牡丹如斗大，不成一事只空枝。』此亦質實重厚之詞也。」

馮時可雨航雜録「文如其人」條：「永叔侃然，而文温穆；子固介然，而文典則。蘇長公達，而文遒暢；次公恬，而文澄蓄。介甫矯厲，而文簡勁（以上又見鄭瑗井觀瑣言）。文如其人哉，人如其文哉！」（圖書集成文學典卷一〇引）

方孝孺張彦輝文集序：「司馬相如有俠客美丈夫之容，故其文綺曼姱都，如清歌繞梁，中節可聽；賈誼少年意氣慷慨，思建事功而不得遂，故其文深篤有謀，悲壯矯訐；揚雄齪齪自信，木訥少風節，故其文拘束愨願，模擬窺竊，蹇澀不暢，用心雖勞，而去道實遠。」

屠隆抱桐集序：「襄陽蕭遠，故其聲清和；長吉好異，故其聲詭激；青蓮神情高曠，故多閎達之詞；少陵志識沉雄，故多實際之語。」（明刻本白榆集卷二）

〔一四〕吴林伯文心雕龍諸家校注商兑：「按恒資，猶養氣『斯實中人之常資』的『常資』。『資』即體性『才有天資』的『天資』，謂人的先天稟賦。在劉勰看來，這種稟賦，人各有定，不能相互交换。恰如典論論文所謂『雖在父兄，不能以移子弟。』故曰『恒資』或『常資』。」

〔一五〕紀評：「此亦約略大概言之，不必皆確。百世以下，何由得其性情，人與文絶不類者，況又不知其幾耶？」札記：「才氣之大略，此語甚明，蓋謂因文觀人，亦但得其大端而已。」按風格和才氣的關係也只是大體一致，所以劉勰説是「才氣之大略」。以上爲第三段，舉賈誼、司馬相如等十二位作家爲例，證明作家個性與作品風格「表裏必符」。

夫才有天資〔一〕，學慎始習。斲梓染絲〔二〕，功在初化；器成綵定，難可翻移。故童子雕琢〔三〕，必先雅製〔四〕。沿根討葉，思轉自圓〔五〕。

〔一〕綴補：「案『有』猶『由』也。班彪王命論：『是故窮達有命，吉凶由人。』有、由互文，有與由同義。鍾嶸詩品序：『觀古今勝語，多非補假，皆有直尋。』陳學士吟窗雜録本『有』作『由』，正有、由同義之證。」

〔二〕黄注：「斲梓，周書：『若作梓材，既勤樸斲。』」按此見尚書梓材。古代多用梓制器，因即以泛指木材。「染絲」，語本墨子所染：「子墨子言，見染絲者而嘆曰：『染於蒼則蒼，染於黄則黄，所入者變，其色亦變。……故染不可不慎也。』」梓因斲而成器，絲因染而成色，一成莫變，故云「功手，再來探討各種具體的表現手法，思路自然圓融通暢，無往不利。這種理論，劉勰在宗經以上四句是說：學習具有高雅風格的經典著作，是形成健康風格的根本修養。從根本來着得與於圓也明矣。」

談藝録：「余按彦和文心亦偶有『思轉自圓』（體性）、『骨采未圓』（風骨）等語，乃知圓者，詞意周妥，完善無缺之謂，非僅音節諧美……而已。若夫僻澀嘔啞，爲字之妖，爲文之吃，則不得與於圓也明矣。」

其它各種風格的作品。

〔五〕斯波六郎：「陸機文賦：『或因枝以振葉，或沿波而討源。』」「沿根討葉」，指從典雅的作品到其它各種風格的作品。

〔四〕謂開始從事寫作，就必須取法乎上。

〔三〕斯波六郎：「法言吾子：『或問吾子少而好賦？曰然，童子雕蟲篆刻。』」曹學佺批：「此入門之時要端正也，學者不可以不知。」

陸德明經典釋文序云：「至於處鮑居蘭，玩所先入。染絲斲梓，功在初變；器成采定，難復改移。」似據此文而稍有改易。

論衡率性篇：「詩曰：『彼姝者子，何以與之？』傳言：譬如練絲，染之藍則青，染之丹則赤。十五之子，其猶絲也。其有所漸，化爲善惡，猶藍丹之染練絲，使之爲青赤也，青赤一成，真色無異，是故楊子哭歧道，墨子哭練絲也，蓋傷離本，不可復變也。」

在初化」。這裏用以比喻學慎始習。

篇裏表現得最分明。他説：「若稟經以製式，酌雅以富言，是仰山而鑄銅，煮海而爲鹽也。」

八體雖殊，會通合數〔一〕，得其環中〔二〕，則輻輳相成〔三〕。故宜摹體以定習〔四〕，因性以練才〔五〕。文之司南，用此道也〔六〕。

〔一〕易繫辭：「聖人有以見天下之動，而觀其會通。」正義：「觀看其物之會合變通。」此處的意思是這八種風格類型雖然各自不同，然而其間的互相會通之處，都是有規律可循的。史通敘事：「然章句之言，有顯有晦。顯也者，繁詞縟説，理盡於篇中；晦也者，省字約文，事溢於句外。然則晦之將顯，優劣不同，較可知矣。」這就説明遠奥、顯附、精約、繁縟之間可以會通。

〔二〕莊子齊物論：「彼是莫得其偶，謂之道樞。樞始得其環中，以應無窮。」郭注：「夫是非反覆相尋無窮，故謂之環。」疏：「環者假有二竅，中者其空一道，環中空矣，以明無是無非。」范注：「莊子則陽篇：『冉相氏得其環中以隨成。』郭象曰：『居空以隨物而物自成。』」唐釋湛然止觀輔行傳宏決莊子古注：「以圓環内空體無際，故曰環中。」司空圖詩品：「超以象外，得其環中。」此處「環中」謂中空之處，指車轂。

〔三〕漢書叔孫通傳：「四方輻輳。」注：「輳，聚也，言如車輻之聚於轂也。字或作『湊』。」「輻」，車輪中直木。車輻集中於軸心叫做輻輳。這兩句話的意思是以典雅風格爲核心，其它的因素就可以圍繞着典雅組成比較健康的風格，而不致流於「輕靡」、「新奇」的風格也會得到適當的控制（即定勢篇説的「執正以馭奇」），就象車輻輳合在車轂上組成完整的車輪一般。這就是説，只要抓住關鍵，則各種風格就可形成多樣化的統一。

〔四〕在開始練習寫作的時候，應該慎重地選擇學習對象，以端正寫作道路。「摹體以定習」就是摹仿一種風格來確定自己的創作方向。

〔五〕「因性以練才」就是順着自己的性情，學習和自己的個性比較接近的風格，這樣來鍛煉自己的才能。

葛洪抱朴子外篇卷四十辭義：「夫才有清濁，思有修短；雖並屬文，參差萬品：或浩瀁而不淵潭，或得事情而辭鈍，違物理而文工。蓋偏長之一致，非兼通之才也。闇於自料，强欲兼之，違才易務，故不免嗤也。」

明皇甫汸曰：「作詩須量力度才，就其近似者而模放之，久則成家矣。若性質恬曠而務求華艷，才情綺麗而强擬沈鬱，始雖效顰，終失故步，所謂『行歧路者不至，懷二心者無成』也。」（文體明辨序説文章綱領引）

駱鴻凱文選學讀選導言十五：「學古人文，宜取性之所近，斯可收事半功倍之效。若性質恬曠而務求華艷，才情綺麗而强擬沈鬱，始雖效顰，終失故步。昔蘇子瞻不好史記，方望溪不喜漢書、柳文。誠知所取捨也。今取文選諸家之文，標其絶特，聊資模楷，學者試就性近而致力焉，賢於百家旁騖無復準的者遠矣。

「喜典重厚實之文，法班固、蔡邕、陸機。

「喜俊逸流連之文，法潘岳。

「喜辭令美妙之文，法任昉。

「喜研撢名理剖析精微之文，法嵇康。

「喜句凝字鍊章法綿密之文，法陸機。

「清代文家如汪中學范、任，周濟學干寶，李兆洛學蔡，諸子皆知度材準性，就其近似者而模仿之，久乃卓然名家，真吾輩之前師矣。」

〔六〕「司南」，猶指南。韓非子有度：「故先王立司南以端朝夕。」「道」，指方法。

第四段指出寫作不能完全依靠天資，還須側重學習，尤其要一開始就因性之所近，向雅正的作品學習，才能融會貫通。

贊曰：才性異區〔一〕，文體繁詭〔二〕。辭爲肌膚〔三〕，志實骨髓〔四〕。雅麗黼黻〔五〕，淫巧朱紫〔六〕。習亦凝真〔七〕，功沿漸靡〔八〕。

〔一〕世説新語文學注引魏志：「（鍾）會嘗論才性同異，傳於世。四本者，言才性同，才性異、才性合、才性離是也。」

校注：「按抱朴子外篇勗學：『才性有優劣。』」

〔二〕校證：「『體』，舊本皆作『體』，梅本、凌本、梅六次本、黄注本、張松孫本、紀本、四庫輯注本作『辭』。案『體性』對言，所以敷篇題之旨，作『辭』者誤。」

〔三〕校證：「『肌膚』原作『膚根』。范注：『膚根，根當作葉。』按當作『肌膚』。附會篇：『事義爲骨髓，辭采爲肌膚。』以『骨髓』與『肌膚』對文，與此正同，今據改。辨騷篇亦云：『骨鯁所樹，肌膚所附。』」

校注：「漢書禮樂志：『夫樂本性情，浹肌膚而藏骨髓。』淮南子原道篇：『不浸於肌膚，不浹於骨髓。』抱朴子外篇辭義：『屬筆之家，亦各有病；其淺者，則患乎妍而無據，證援不給，皮膚鮮澤，而骨骾迴弱也。』皆用人體爲喻，以『肌膚』、『皮膚』與『骨髓』或『骨骾』對舉，表其淺深之異。則此亦當如是。」

〔四〕按此二句與情采篇「情者文之經，辭者理之緯」義同。

法國布封論風格説：「只有意思能構成風格的内容，至於辭語的和諧，它只是風格的附件。」（見論風格，譯文一九五七年九月）

〔五〕徵聖篇：「然則聖文之雅麗，固銜華而佩實者也。」班固離騷序：「然其文弘博雅麗，爲詞賦宗。」

斠詮：「謂作品之典雅壯麗者，猶如黼之配黻，分青别白，相得而益彰。」

情采篇：「五色雜而成黼黻。」「黼黻」，古禮服上繡飾之文。白與黑相間叫做黼，黑與青相間叫做黻。

〔六〕正緯篇贊：「世歷二漢，朱紫騰沸。」論語陽貨：「惡紫之奪朱也，惡鄭聲之亂雅樂也。」朱注：「朱，正色；紫，間色。」按「朱紫」謂間色亂正色。後漢書陳元傳：「夫明者獨見不惑於朱紫。」此句意謂巧麗過分，便會造成「紫之奪朱」。

〔七〕黄注：「『凝』一作『疑』。」紀云：「『疑』字是。莊子（達生）『乃疑於神』，正作『疑』字。後人或作『凝』，或作『擬』，皆不知妄改。」范注：「案凝字似不誤。上文云『陶染所凝』，此云『習亦凝真』。真者才氣之謂，言陶染學習之功，亦可凝積而補成才氣也。」

文心雕龍諸家校注商兑：「按莊周每言天人，而『天』與『人』對，則天爲自然。自然的特點是『真』，真與僞相反。莊子漁父：『真者，精誠之至也。所以受於天也。』因此，或以『真』指代自然。『凝』如尚書皋陶謨『庶績其凝』，中庸『至道不凝』的『凝』，鄭玄皆訓爲『成』。體性『凝』字兩見，也都當訓『成』。」

〔八〕漸靡，漸染也。春秋繁露天道施：「外物之動性，若神之不守也。積習漸靡，物之微者也。」漢書淮南衡山濟北王傳贊：「亦其俗薄，臣下漸靡使然。」師古注：「靡謂相隨從。」漸漬，猶浸潤，逐漸受到感染。時序篇：「蓋歷政講聚，故漸靡儒風者也。」以上兩句是説，學之既久，習慣成自然，才可以逐步達到成功的地步。

風骨第二十八

世説賞譽篇：「殷中軍道右軍清覽貴要。」注引晉安帝紀：「(王)羲之風骨清舉也。」世説容止篇：「時人目王右軍飄如遊雲，矯若驚龍。」

晉書赫連勃勃載記論：「其器識高爽，風骨魁奇，姚興覩之而醉心，宋祖聞之而動色。」

宋書武帝紀：「身長七尺六寸，風骨奇特。家貧大志，不治廉隅。」又引桓玄語：「昨見劉裕，風骨不恒，蓋人傑也。」南史宋武帝紀：「風骨奇偉，不事廉隅小節。」

南史蔡樽傳：「風骨梗正，氣調英嶷。」

北史梁彦光傳：「少岐嶷，有至性，其父每謂所親曰：此兒有風骨，當興吾宗。」

新唐書趙彦昭傳：「少豪邁，風骨秀爽。」

高適答侯少府詩：「性靈出萬象，風骨超常倫。」

謝赫古畫品録：「六法者何？一、氣韻生動是也，二、骨法用筆是也，三、應物象形是也，四、隨類賦彩是也，五、經營位置是也，六、傳移模寫是也。」氣韻生動是其它各種要素的複合。創作能達到氣韻生動的首要條件是筆致。骨法用筆就是筆致，就是所謂骨梗有力。錢鍾書管錐篇改此段標點爲「一、氣韻，生動是也；二、骨法，用筆是也；三、應物，象形是也；四、隨類，賦彩是也；五、經營，位置是也；六、傳移，模寫是也。」(第四册)説亦可通。

古畫品録在第一品五人中，有曹不興，評語云：「不興之迹，殆莫復傳，唯秘閣之内一龍而已。觀其風骨，名豈虚哉！」

唐張彦遠歷代名畫記：「昔謝赫云：『畫有六法，自古畫人罕能兼之。』彦遠試論之曰：古之畫或遺其形似，而尚其骨氣，以形似之外求其畫，此難與俗人道也。……夫象物必在乎形似，形似須全其骨氣，骨氣形似，皆本於立意，而歸乎用筆，故工畫者必善書。……至於臺閣、樹石、車輿、器物，無生動之可擬，無氣韻之可侔，直要位置向背而已。……至於鬼神人物，有生動之可狀，須神韻而後全，若氣韻不周，空陳形似，筆力未遒，空善賦彩，謂非妙也。」

後畫録：「隋王仲舒北面孫公，風骨不逮，精熟婉順，名輩所推。」

宗白華中國美學史中重要問題的初步探索第三題中國古代的繪畫美學思想三，骨力、骨法、風骨：「筆有筆力……這種力量是藝術家内心的表現，但並非劍拔弩張，而是既有力，又秀氣。這就叫做『骨』。『骨』就是筆墨落紙有力、突出，從内部發揮一種力量，雖不講透視却可以有主體，對我們産生一種感動力量。骨力、骨氣、骨法，就成了中國美學中極重要的範疇，不但使用於繪畫理論中……而且也使用於文學批評中（如文心雕龍有風骨篇）。」（文藝論叢第六輯）

齊王僧虔能書録（説郛卷第八十七）：「王獻之，晉中書令，善隸藁，骨勢不及父，而媚趣過之。」

法書要録卷一南齊王僧虔論書：「郗超草書，亞於二王，緊媚過其父，骨力不及也。」

梁武帝書評（説郛卷第八十七）：「蔡邕書骨氣洞達，奕奕如有神力。」「蔡邕書骨氣洞達，爽爽有神。」

梁袁昂書評（説郛卷第八十六）：「王右軍書如謝家子弟，縱復不端正者，爽爽有一種風氣。……陶隱居如吴興小兒，形容雖未成長，而骨體甚駿快。」

唐李嗣真書品後（法書要録卷三）中下品七人：「宋文帝有子敬（王獻之字）風骨，超縱狼藉，翕焕爲美。」

唐張懷瓘書議（法書要録卷四）：「然智則無涯，法固不定。且以風神骨氣者居上，妍美功用者居下。」其評草書云：「然草與真有異，真則字終意亦終，草則行盡勢未盡，或烟收霧合，或電激星流，以風骨爲體，以變化爲用。有類雲霞聚散，觸遇成形；龍虎威神，飛動增勢。」

唐竇泉述書賦下（法書要録卷五）：「太宗則備集王書，聖鑒旁啓。……兼風骨，摠法禮。……開元應乾，神武聰明，風骨巨麗，碑版崢嶸。」

唐張懷瓘書斷中（法書要録卷八）：「虞則内含剛柔，歐則外露筋骨，君子藏器以虞爲優，族子纂書有叔父體則，而風骨不繼。」

魏書祖瑩傳：「瑩以文學見重，嘗語人云：『文章須自出機杼，成一家風骨，何能共人同生活也！』蓋譏世人好偷竊他文以爲己用。」

風骨泛指風格。對風骨的理解，文心雕龍的研究者意見非常分歧，以下只引證幾條較有説服力的看法。

楊炯王勃集序：「嘗以龍朔初載，文場變體，争搆纖微，競爲雕刻。糅之金玉龍鳳，亂之朱紫青黄，影帶以徇其功，假對以稱其美，骨氣都盡，剛健不聞。（勃）思革其弊，用光志業。……兄勔及勮，磊落詞韻，鏗鍧風骨，皆九變之雄律也。弟助及勛，總括前藻，網羅群思，亦一時之健筆焉。」

盧照鄰南陽公集序：「兩班叙事，得丘明之風骨；二陸裁詩，含公幹之奇偉。」

陳子昂與東方左史虬修竹篇序：「文章道弊五百年矣。漢魏風骨，晉宋莫傳。」

盧藏用陳氏别傳：「陳子昂……尤善屬文，雅有相如、子雲之風骨。」

大唐新語：「張説、徐堅同爲集賢學士。……堅謂説曰：諸公昔年皆擅一時之美，敢問孰爲先後？説曰：……許景先之文，有如豐肌膩體，雖穠華可愛，而乏風骨。」（又見舊唐書楊炯傳）

殷璠河岳英靈集序：「貞觀末標格漸高，景雲中頗通遠調，開元十五年後，聲律風骨始備矣。」又集論：「璠今所集，頗異諸家，既閑新聲，復曉古體，文質半取，風騷兩挾，言氣骨則建安爲傳，論宫商則太康不逮。」

河岳英靈集劉眘虚小序：「頃東南高唱者數人，然聲律宛態，無出其右，唯氣骨不逮諸公。」

又陶翰小序：「既多興象，復備風骨。」

又高適小序：「然適詩多胸臆語，兼有風骨，故朝野通賞其文。」

又岑參小序：「參詩語奇體峻。」

又崔顥小序：「顥年少爲詩，名陷輕薄，晚節忽變常體，風骨凜然。」

又薛據小序：「據爲人骨鯁有氣魄，其文亦爾。」

又王昌齡小序：「昌齡以還四百年内，曹、劉、陸、謝，風骨頓盡。頃有太原王昌齡，魯國儲光義頗從厥遊，且兩賢氣同體别，而王稍聲峻。」

日本近藤元粹輯評本王孟詩集詩話部分：「（朱）文公又云：王維以詩名開元間，遭禄山亂，陷賊中不能死。事平，復幸不誅，其人既不足言，詞雖清雅，亦萎弱少氣骨。」

從上引資料，可以看出「風骨」一詞在人物品評，畫論、書評以及詩文評論中都是經常出現，而且它的含義是一致的。

梅注引楊用脩云：「左氏論女色曰：美而艷。美猶骨也，艷猶風也。文章風骨兼全，如女色之美艷兩致矣。」又於本篇「文明以健」句下引楊批云：「引『文明以健』尤切，明即風也，健即骨也。詩有格有調，格猶骨也，調猶風也。」

曹學佺在風骨篇首批云：「風骨二字雖有分重，然畢竟以風爲主。風可包骨，而骨必待乎風也。故此篇以風發端，而歸重於氣，氣屬風也。」曹學佺的意思是説，氣屬於風的一個方面，而在「風骨」二者之中，風又居於主導的方面。黄叔琳在風骨篇論氣的一段加頂批説：「氣即風骨之本。」紀昀又反駁黄氏評語説：「氣即風骨，更無本末，此評未是。」這樣一來，反而把問題弄混了。

馬茂元說風骨：「風能動物，猶文章之能感動人心。從這個意義來說，風便是文學作品的感染力。」風骨的特徵「在於明朗、健康、遒勁而有力」（文匯報一九六二年七月十二日）。

寇效信論風骨：「『風』，是作家駿爽的志氣在文章中的表現，是文章感染力的根源，比擬於物，猶如風；『骨』，指文章語言端直有力，骨鯁遒勁，比擬於物，猶如骨。二者合組成詞。」（文學評論一九六二年第六期）

劉禹昌文心雕龍選譯風骨篇：「繼體性篇歸納爲八種藝術風格之後，又提出這種在他心目中認爲最理想的標準藝術風格。這種風格，劉勰簡稱之爲『雅麗』的風格。徵聖篇說：『聖文之雅麗，固銜華而佩實者也。』它具有清新、剛健、明朗、壯麗等美的特點，大致相當於後世批評家所說的『陽剛之美』的藝術風格。」（長春，一九六三年一期）

劉大杰主編中國文學批評史上册：「風骨中固然具有思想感情的內涵，而其主要所指，是一種表達思想感情的風清骨峻的藝術風格。……劉勰認爲，具有風骨的作品，必然是思想感情表現鮮明爽朗，語言精要勁健，形成剛健有力的風格。這種風格是作家『意氣駿爽』和『結言端直』的表現。」

詩總六義，風冠其首〔一〕，斯乃化感之本源〔二〕，志氣之符契也〔三〕。

〔一〕毛詩序：「風，風也，教也，風以動之，教以化之。……故詩有六義焉：一曰風，二曰賦，三曰比，四曰興，五曰雅，六曰頌。上以風化下，下以風刺上，主文而譎諫，言之者無罪，聞之者足以戒，故曰風。」孔穎達正義：「風之所吹，無物不扇，化之所被，無往不霑，故取名焉。」雜記：「風骨與六義無涉，信劉彦和所云，則雅頌皆無風骨乎？」以上兩句謂風能起感化作用而且是志、氣的一種標誌。

〔二〕曹學佺文心雕龍序：「風者，化感之本原，性情之符契。詩貴自然，自然者，風也。辭達而已，達者，風也。緯非經匹，以其深瑕；歌同賦異，流於侈靡。……豈非風振則本舉，風微則末墜乎！故風骨一篇，歸之於氣，氣屬風也。」郭紹虞主編中國歷代文論選注：「由於風是生活抒情詩，所以感染力特别强，義是就其特色而言的。本文取義於此，故下云『化感之本源』。」王運熙文心雕龍風骨箋釋（本篇下引同此）：「國風的教化感發作用與風骨的藝術感染力量……内涵並不相同。」（中華文史論叢一九八三年第二輯）

〔三〕范注：「本篇以風爲名，而篇中多言氣。廣雅釋言：『風，氣也。』莊子齊物論：『大塊噫氣，其名爲風。』詩大序：『風以動之。』蓋氣指其未動，風指其已動，國風所陳，多男女飲食之事，故曰『化感之本源，志氣之符契』。」郭紹虞主編中國歷代文論選（以下簡稱文論選）：「范文瀾云：『……蓋氣指其未動，風指其已動。』案：未動是説蘊藏在作者内心，已動是説表現於作品。兩者相一致，故云符契。」「符契」，表徵。

「風」是屬於思想感情（即志氣）一方面的。劉勰在創作論方面同意曹丕「文以氣爲主」的主張，他更進一步把氣具體化，運用文章的飛動風神把它表現出來，所以説「風」是「志氣之符契」。劉勰在談氣的時候，往往「志氣」並舉，因爲志是「氣之帥」。蔣祖怡風清骨峻：「樂府篇『志感絲篁，氣變金石』兩句，是『志氣之符契』一句的解釋。」（文心雕龍論叢）王運熙：「章表篇云：『至於文舉之薦禰衡，氣揚采飛；孔明之辭後主，志盡文暢。』這是講志氣如何表現爲文風，采飛文暢，正是氣揚志盡的符契。」

是以怊悵述情，必始乎風〔一〕；沈吟鋪辭，莫先於骨〔二〕。故辭之待骨，如體之樹骸〔三〕；情之含風，猶形之包氣〔四〕。結言端直，則文骨成焉〔五〕；意氣駿爽，則文風清焉〔六〕。

〔一〕楚辭九辯：「然怊悵而無冀。」注：「怊悵，恨貌也。」集韻：「怊悵，失意。」明詩篇：「怊悵切情。」

校注：「按此專就『怊悵』爲言，則當據情采篇『蓋風雅之興，志思蓄憤』解之。史記自序：『詩三百篇，大抵聖賢發憤之所爲作也。』漢書食貨志上：『男女有不得其所者，因相與歌詠，各言其傷。』公羊傳宣公十五年何休解詁：『男女有所怨恨，相從而歌：飢者歌其食，勞者歌其事。』並足與此相發。」

王運熙：「上文云『風冠其首』，此承上文而言，故云『述情必始乎風』。」

舒直略談劉勰的風骨論：「『怊悵述情，必始乎風』，這就是説：在描述我們情感的時候，首先必須注意到能不能感動人。這個『始』字的提示意義是很大的。」（光明日報一九五九年八月十六日）

〔二〕「沈吟」，謂進行反復思考時低聲吟咏。「莫先於骨」下楊慎批：「此分風骨之異，論文之極妙者。」

寇效信論風骨：「『辭』需待『骨』，鋪寫詞語以植文『骨』爲先決條件。（「莫先於骨」的「先」，不應作時間先後解，而是「首要」、「先決」或「第一位」的意思。）」

〔三〕葉燮原詩云：「六朝之作，大約沿襲字句，無特立大家之才。勰之言『沈吟鋪辭，莫先於骨，故辭之待骨，如體之樹骸』，斯言爲能探得本原。」

黄海章中國文學批評簡史：「『辭之待骨，如體之樹骸』，人無骸骨，則形不能自樹，文無骨幹，則辭不能自樹。骨是什麽？在内容方面説，就是充實的思想，真摯的感情，豐富的想象，有了這些才能構成文學，好象人身的骨幹一樣。在形式方面説，則爲結構嚴整，文辭精煉。……『情之含風，猶形之包氣』，有形無氣，則成爲僵死的形骸；有情無風，則乾巴巴地没有感人的力量。這裏所謂風，是指表情生動鬱勃，有如長風吹動。但如果不是一往情深，蘊結於中，非吐不可，也就没有長風吹動的氣勢。這和内容決定形式的看法，根本上還是一致的。」

〔四〕孟子公孫丑上：「氣，體之充也。」管子心術下：「氣者，身之充也。」黄海章談風骨：「這是説明風骨的重要性。人有骸骨，肉體才能樹立起來；有血氣周流全身，才不會變成僵化的尸體。辭和骨，情和風的關係，也是這樣。」張煦侯試論劉勰的語言風格：「在文心雕龍中，其（風骨）所指的基本内容，雖然不外乎『情』和『辭』。可是情能『含風』，就不是毫無生氣的情，辭則『樹骨』，就不是毫無斤量的辭。這是『力』的要素在語言運用上和文學創作上的形象化。他創用了這個具有比喻義的字做術語，使學習他的論著的人們，對『情』和『辭』這兩個詞的意義内容，在認識上就都有了深化。這是名詞比喻義的例子。」（合肥師範學院學報一九六二年三期）

〔五〕林紓春覺齋論文論文十六忌忌直率節：「劉彦和曰：『結言端直，則文骨成焉。』可見言固貴直，惟文骨成後，則結言始成端直。若直率之直，安言文骨？又安知結言？吕東萊論文十九弊，一曰直。彦和之言，東萊詎不之知？此『直』字亦正指直率之直。」按劉勰所説的「端直」是正直，不是直率。范注：「辭之端直者謂之辭，而肥辭繁雜亦謂之辭。惟前者始得文骨之稱，肥辭不與焉。」王運熙：「結言端直，謂遣詞造句正直挺拔。骨的正面意義原指人物骨骼端直。世説新語賞譽：『王右軍目陳玄伯壘塊有正骨。』有正骨，即指骨骼端直。」舒直略談劉勰的風骨論：「『結言端直』寫文章的時候，要説真實而正確的話，不要詭巧的言辭。徵聖篇説：『正言所以立辯。』宗經篇説：『義直而不回。』都是這句話的很好的注解。」

〔六〕梅注：「『清』，一作『生』。」考異：「駿爽則清，從『清』爲長。」斯波六郎：「作『生』是。『生』與上句『成』爲對。」綴補：「按作『生』義長。莊子人間世篇：『天下有道，聖人成焉；天下無道，聖人生焉。』亦以『成』、『生』對言，與此同例。」郭紹虞、王文生文心雕龍再議：「『意氣駿爽，則文風清焉』，指的是文學作品思想感情的清新激越。『結言端直，則文骨成焉』，指的是文學作品語言結構的準確嚴密。劉勰認爲，文學的感染力，固然有待於文采修飾的外在之美，更重要的是來自上述兩個方面完滿結合所産生的内在的美。」王運熙：「氣爽風清是建安風骨的特徵。樂府篇：『魏之三祖，氣爽才麗。』……意氣駿爽，所以詩歌富有風骨。」宗白華中國美學史中重要問題的初步探索骨力骨法風骨：「畫一隻老虎，要使人感到它有『骨』。『骨』，是生命和行動的支持點（引伸到精神方面，就是有氣節、有骨頭，站得住），是表現一種堅定的力量。……『骨』是否只是一個詞藻（鋪辭）的問題？我認爲『骨』和詞是有關係的。但詞是有概念内容的，詞清楚了，它所表現的現實形象或對於形象的思想也清楚了。『結言端直』，就是一句話要明白、正確，不是歪曲，不是詭辯。這種正確的表達，就産生了文骨。但光有『骨』還不够，還必須從邏輯性走到藝術性，才能感動人。所以『骨』之外還要有風。『風』可以動人，『風』是從情感中來的。中國古典美學理論既重視思想——表現爲

『骨』，又重視情感——表現爲『風』。一篇有風有骨的文章就是好文章，這就同歌唱藝術中講究『咬字行腔』一樣。咬字是骨，即結言端直；行腔是風，即意氣駿爽動人情感。」「辭之待骨……則文風清焉。」從這幾句話看出「風」是屬於感情方面的，作品裏有一種動人的力量，好象人的身上有氣一樣。如果作者的意志奔放爽朗，文章的風格就是清明的。「骨」是屬於思想方面的，文辭要有骨力，就好象身體要靠骸骨來支撐一樣。怎樣才能寫得有骨力呢？那就需要義正辭嚴。

若豐藻克贍，風骨不飛，則振采失鮮，負聲無力〔一〕。是以綴慮裁篇，務盈守氣〔二〕，剛健既實，輝光乃新〔三〕。其爲文用，譬征鳥之使翼也〔四〕。

〔一〕詩品上評陸機詩云：「才高詞贍，舉體華美。氣少於公幹，文劣於仲宣。」「振采」，舒發辭采。「負聲無力」，語本莊子逍遥遊：「風之積也不厚，則其負大翼也無力。」封禪篇：「至於邯鄲受命……風末力寡……雖文理順序，而不能奮飛。」范注：「『豐藻克贍』下四語，謂瘠義肥辭，其弊若此。」舊唐書楊炯傳：「許景先之文，如豐肌膩理，雖穠華可愛，而微少風骨。」（又見大唐新語）趙西陸評范文瀾文心雕龍注：「風骨篇『若豐藻克贍……負聲無力』，即文賦所云『或寄辭於瘁音，徒靡言而弗華』之意。」

〔二〕神思篇：「是以臨篇綴慮，必有二患。」左傳昭公十一年：「單子會韓宣子於戚，視下，言徐。叔向曰：『單子其將死乎？……今單子爲王官伯，而命事於會，視不登帶，言不過步，貌不道(導)容，而言不昭矣。不道不共(恭)，不昭不從，無守氣矣。』」正義：「言無守身之氣，將必死。」此處是說：構思寫文章，一定要守身的志氣充足。剛强健壯的氣既充實，發出的光采才新鮮。

〔三〕這幾句話的意思是：辭藻太繁富了，而没有風骨、没有飛動之勢，不生動，那麽辭就不鮮明，聲調也萎弱無力。救治之方就是要使文章骨梗有力，神情飛動，譬征鳥之使翼。劉勰對於「風骨」和「采」的關係不是並列起來看的，而是有主有次的，他認爲「剛健既實，輝光乃新」。玉海卷二百一辭學指南：「朱文公曰：前輩有氣骨，故其文壯，今人只是於枝葉上粉澤爾。」斯波六郎：「周易大畜彖曰：『大畜，剛健篤實輝光日新其德。』黄注已引周易此文注之矣。但據周易音義所謂鄭以『日新』絶句，『其德』連下句，彦和或當從鄭説者。」

〔四〕范注：「禮記月令：『季冬之月，征鳥厲疾。』正義曰：『征鳥，謂鷹隼之屬也。時殺氣盛極，故鷹隼之屬取鳥捷疾嚴猛也。』此以征鳥氣盛爲喻。」王運熙：「『其爲』二句説文章風骨之作用，猶如猛禽展翅。猛禽羽翮勁健，故能高翔；文章風骨清峻，則有飛動之美。」

故練於骨者，析辭必精〔一〕；深乎風者，述情必顯〔二〕。捶字堅而難移〔三〕，結響凝而不滯〔四〕，此風骨之力也〔五〕。

〔一〕「析辭必精」，諸子篇：「辭約而精，尹文得其要。」麗辭篇：「魏晉群才，析句彌密，聯字合趣，剖毫析釐。」

〔二〕「述情必顯」，宗經篇：「子夏歎書，昭昭如日月之明，離離如星辰之行，言昭灼也。」以上四句説明具有風骨的作品，必然文辭精練，情感顯明。

春覺齋論文應知八則風趣：「風趣者，見文字之天真，於極莊重之中，有時風趣間出。故劉彦和曰：『深乎風者，述情必顯。』譚格亦言：『文章止要有妙趣，不必責其何出。』然亦由見地高，精神完，於文字境界中綽然有餘，故能在不經意中涉筆成趣。」

〔三〕文論選注：「捶字，鍛鍊語言，即上文説的『析辭』。堅，指精鍊準確，表現力强。」舒直略談劉勰的風骨論：「『捶字堅而難移』，這就是在表達情意的時候，要選擇堅定不移的字眼，要運用適足以表達那種思想感情的辭藻。」

〔四〕札記：「結響凝而不滯者，此緣意義充足，故聲律暢調。凝者，不可轉移。聲律以凝爲貴，猶捶字以堅爲貴也。不滯者，由思理圓周，天機駿利，所以免於滯澀之病也。」「結響」，言組合成悦耳的音調。原道篇：「林籟結響，調如竽瑟。」「凝」，凝重，徐引聲曰凝。皎然詩式：「詩有四深……用律不滯，由深於聲對。」

文鏡秘府論論文體六事其一云：「博雅之失也緩，體大義疏，辭引聲滯，緩之致焉。……辭雖引長，而聲不通利，故云滯也。」馬茂元說風骨：「以氣運辭，故語言健勁挺拔，『捶字堅而難移』；以氣『負聲』，故音調頓挫低昂，『結響凝而不滯。』韓愈曾說：『氣盛則言之短長與聲之高下皆宜。』（答李翊書）正可作劉勰的話的注解。」

〔五〕王運熙：「陳子昂與東方左史虬修竹篇序論風骨有云：『漢魏風骨，晉宋莫傳。……一昨於解三處見明公詠孤桐篇，骨氣端翔，音情頓挫，光英朗練，有金石聲。……不圖正始之音，復睹於兹；可使建安作者，相視而笑。』骨氣端翔，謂風骨端直飛翔。光英朗練，謂風格鮮明爽朗。音情頓挫，有金石聲，與此處『捶字』二句息息相通。捶字堅而結響凝，故有金石之聲。陳子昂對風骨的理解，當是受到劉勰此篇影響。」

若瘠義肥辭，繁雜失統，則無骨之徵也〔一〕。思不環周，索莫乏氣〔二〕，則無風之驗也〔三〕。

〔一〕范注：「辭必與義相適。若義瘠而辭過繁，則雜亂失統，失統即無骨矣。唐文粹卷八十四杜牧答莊充書曰：凡爲文以意爲主，以氣爲輔，以辭彩章句爲之兵衛。未有主彊盛而輔不飄逸者，兵衛不華赫而莊整者。四者高下圓折步驟，隨主所指，如鳥隨鳳，魚隨龍，師衆隨湯武，騰天潛泉，橫裂天下，無不如意。苟意不先立，止以文彩辭句繞前捧後，是辭愈多而理愈亂，如入闤闠，紛紛然莫知其誰，暮散而已。」議對篇：「及陸機斷議，亦有鋒穎；而腴辭弗剪，頗累文骨。亦各有美，風格存焉。」詮賦篇：「繁華損枝，膏腴害骨。」世說新語輕詆篇：「舊目韓康伯，捋肘無風骨。」注引說林：「范啓云：韓康伯似肉鴨。」世說新語品藻篇：「蔡叔子云：韓康伯雖無骨幹，然亦膚立。」晉衛鑠筆陣圖（說郛卷八十六）：「善筆力者多骨，不善筆力者多肉。多骨微肉者謂之筋書，多肉微骨者謂之墨猪。多力豐筋者聖，無力無筋者病。」梁武帝又答陶隱居論書第二書（法書要録卷二）云：「純骨無媚，純肉無力。……自然之理也。若抑揚得所，趣舍無違，值筆廉斷，觸勢峰鬱，揚波折節，中規合矩。分間下注，穠纖有方，肥瘦相和，骨力相稱。」

〔二〕「索莫乏氣」，元刻本作「索課乏風」，弘治本作「索課乏氣」。梅氏於「莫」字下注云：「元作『課』，楊改。」於「氣」字下注云：「元作『風』，楊改。」校證：「吴云：『「索課」疑是「牽課」之誤。』按吴說可存，養氣篇有『牽課才外』語。」何焯云：「疑是『牽課』。」考異：「索莫者，蕭索寂寞也，『莫』通『寞』。『風』字連用犯重，作『氣』是。」張華勵志詩：「四氣鱗次，寒暑環周。」「環周」謂環旋周回。「思不環周」謂思路不周密圓通。「索莫」，沮喪、寂寥、無生氣貌。鮑照擬行路難之九：「今日見我顔色衰，意中索莫與先異。」

〔三〕這幾句話的意思是：如果内容很薄弱，而堆砌大量的辭藻，這堆辭藻又雜亂而不統一，就證明是没有骨力的。如果思理不圓通，不活躍，乾巴巴地缺乏生氣，那就證明是没有風神的。從以上這些比喻和説明來看，風骨是一種鮮明、生動、凝煉、雄健有力的風格。

昔潘勗錫魏，思摹經典，群才韜筆，乃其骨髓峻也〔一〕。相如賦仙，氣號凌雲〔二〕，蔚爲辭宗〔三〕，乃其風力遒也〔四〕。能鑒斯要，可以定文，兹術或違，無務繁采〔五〕。

〔一〕梅注：「魏志：漢獻帝策命曹操爲魏公，加九錫，文曰云云（原文略），操上書謝曰云云（原文略）。」

潘勗字元茂，建安十八年（公元二一三年）漢獻帝策命曹操爲魏公，加九錫，策文爲潘勗所作，載文選三十五及三國志魏志武帝紀。「韜筆」，猶言擱筆；群才擱筆，謂壓倒當時許多作者。

范注：「潘文規範典誥，辭至雅重，爲九錫文之首選。其事鄙悖而文足稱者，練於骨之功也。」

考異：「峻，説文：高也。」「骨髓峻」謂骨力高超。

太平御覽卷五九三引殷洪（應作芸）小説：「魏國初建，潘勗字元茂，爲策命文，自漢武已來，未有此制，勗乃依商周憲章，唐虞辭義，温雅與典誥同風。於時朝士，皆莫能措一字。……

及晉王爲太傅，臘日大會賓客，勗子蒲時亦在焉。宣王謂之曰：尊君作封魏君策，高妙信不可及。吾曾聞仲宣亦以爲不如。」

詔策篇：「潘勗九錫典雅逸群。」才略篇：「潘勗憑經以騁才，故絶群於錫命。」

何義門評潘勗册魏公九錫文云：「全仿尚書行文。」（于光華文選集評引）

方伯海評云：「裒輯尚書、左、國以成文，渾樸質穆。」（同上）

王金凌：「潘勗册魏公九錫文，今人多謂辭雖典雅，事不足録，但劉勰處齊梁之際，而六朝禪代，莫不如此。縱然劉勰不以爲然，亦口不能言，而稱其骨峻，是因爲鎔式經誥之故。」

〔二〕梅注：「史記：司馬相如拜爲孝文園令。天子既美子虚之事，相如見上好仙道，因曰：上林之事，未足美也。尚有靡者。臣嘗爲大人賦，其辭曰云云。相如既奏大人之頌，天子大悦，飄飄有凌雲之氣，似遊天地之間意。西京雜記：相如將獻賦，未知所爲，夢一黄衣翁謂之曰：可爲大人賦。遂作大人賦，言神仙之事以獻之，賜錦四疋。」

「凌」，升也。

揚雄曾批評大人賦云：「往時武帝好神仙，相如上大人賦欲以風，帝反縹緲有凌雲之志，由是言之，賦勸而不止明矣。」（漢書揚雄傳）

王運熙：「大人賦述遊仙之事，漢武讀後飄飄有凌雲之氣。劉勰認爲這種强大的藝術感染力，來自作品具有飛動的風骨，因爲作品骨氣端翔，所以讀後使人氣概凌雲。」

〔三〕補注：「漢書叙傳述司馬相如『蔚爲辭宗，賦頌之首』。」顔師古注：「蔚，文采盛也。」

〔四〕裴子野雕蟲論：「曹劉偉其風力。」王運熙：「大人賦文賦接近楚辭，較爲簡練，風貌較爲清明爽朗，有飛動之致，故劉勰舉以爲作品有風力之範例。」「風力遒」，謂有巨大的感染力。

〔五〕文論選注：「『斯要』和『兹術』爲互文，都是指風骨在文章中的作用。上兩句説：掌握了這個要領，就可用以駕馭文辭；下兩句説，違反了這個方法，那也無須追求華采了。」

范注：「風骨並善，固是高文；若不能兼，寧使骨勁，慎勿肌豐；瘠義肥辭，所不取也。」

「定文」，謂寫定文章。

馬茂元説風骨：「劉勰並不反對藻采，文中把『風骨乏采』比作『鷙集翰林』，認爲也是個缺點。不過采只能是風骨的補充，附麗於風骨而爲風骨服務。離開了風骨，也就談不上采，所以説『兹術或違，無務繁采』。和情采篇所説，是相一致的。」

以上爲第一段，指出風骨的含義、特點，並從正反兩面説明鍛鍊風骨的要領。

故魏文稱「文以氣爲主，氣之清濁有體，不可力强而致」〔一〕。故其論孔融，則云「體氣高妙」〔二〕；論徐幹，則云「時有齊氣」〔三〕，論劉楨，則云「有逸氣」〔四〕。公幹亦云：「孔氏卓卓，信含異氣，筆墨之性，殆不可勝〔五〕。」並重氣之旨也〔六〕。

〔一〕「氣」是作家内在的東西，發之於外始成爲「風」。

炳宸曹丕的文學理論——釋「體」與「氣」：「體」與「氣」的含義，陳鍾凡、羅根澤、朱東潤、郭紹虞的意見就很有出入，但歸納起來，關於氣的解釋，不外才氣、個性、聲調語氣三説，「體」則只有風格一説。

按抱朴子尚博篇：「清濁參差，所稟有主，朗昧不同科，强弱各殊氣。」似乎氣之清濁有清朗、濁昧之不同，也有强弱之不同，仍屬於生理的範疇。「體」應指體質。論衡無形篇：「人以氣爲壽，形隨氣而動；氣性不均，則於體不同。」

「强」是勉强。王運熙：「曹丕認爲氣有偏清偏濁之分，各有定體，出於稟賦，非後天之力所能勉强。」

〔二〕典論論文：「孔融體氣高妙，有過人者，然不能持論，理不勝辭。」

「體氣」，由體質所形成的氣質。三國吴志王蕃傳：「蕃體氣高亮，不能承顔順旨。」王運熙：「體氣，兼指作者的氣質和作品的氣貌。章表篇云：『文舉之薦禰衡，氣揚采飛。』才略篇：『孔融氣盛於爲筆。』説明孔融意氣昂揚，文采飛動。」

〔三〕典論論文：「王粲長於辭賦，徐幹時有齊氣，然粲之匹也。」李善注：「言齊俗文體舒緩，而徐幹亦有斯累。」文選學引黄侃説：「文帝論文主於遒健，故以齊氣爲嫌。」文論選注：「論衡率性篇：『楚越之人處荘嶽（齊街里名）之間，經歷歲月，變爲舒緩，風俗移也。』故曰：齊舒緩。』此齊氣爲舒緩之鐵證。逸氣是贊美之辭，齊氣乃是不足之稱，所以本文於『時有齊氣』

一句之後，又來一轉筆，說『然粲之匹也』。」元刻本、弘治本「齊」作「濟」，誤。

王運熙：「徐幹，北海劇縣（今山東昌樂縣西）人，故有齊氣。」

〔四〕訓故：「魏志：劉楨字公幹。文帝與吴質書曰：『公幹有逸氣，但未遒耳。』」

體性篇：「公幹氣褊，故言壯而情駭。」元刻本、弘治本以下各種明刻本，俱作「時有逸氣」。黄注本删去「時」字。校注：「以魏文與吴質書論之，當以無『時』字爲是。諸本蓋涉上『時有齊氣』句而衍。」

顔氏家訓文章篇：「凡爲文章，猶乘騏驥，雖有逸氣，當以銜勒制之，勿使流亂軌躅，放意填坑岸也。」才略篇：「劉楨情高以會采。」

「逸氣」，奔放之氣。

文選劉楨雜詩下半：「釋此出西城，登高且遊觀。方塘含白水，中有鳧與雁。安得肅肅羽，從爾浮波瀾。」何焯云：「所謂『公幹有逸氣』，於此見之。」（見評注昭明文選）文鏡秘府論論文意：「漢魏有曹植、劉楨，皆氣高出於天縱，不傍經史，卓然爲文。」

顔氏家訓文章篇：「古人之文，宏材逸氣，體度風格，去今實遠。」

體性篇：「公幹氣褊，故言壯而情駭。」詩品上評劉楨詩：「仗氣爱奇，動多振絶，真骨凌霜，高風跨俗，但氣過其文，雕潤恨少。」謝靈運擬魏太子鄴中集劉楨詩序：「卓犖偏人，而文最有氣，所得頗經奇。」葛立方韻語陽秋卷二十：「公幹嘗有贈從弟詩云：『亭亭山上松，瑟瑟谷中風。風聲一何盛！松枝一何勁！』其寄意如此。」明胡應麟詩藪内編卷二：「公幹才偏，氣過詞；仲宣才弱，肉勝骨。」

〔五〕范注：「劉楨論孔融文佚。觀其語意，推重融文甚至。」文論選：「所謂異氣，即曹丕典論論文所説『孔融體氣高妙，有過人者』。」章表篇：「文舉之薦禰衡，氣揚采飛。」「卓卓」，高超。「筆墨」二句，斠詮直解爲「用筆佈墨所表現之才性，絶非常人所可爭勝」。詩品中評宋征虜將軍王僧達云：「征虜卓卓，殆欲度驊騮前。」郭預衡文心雕龍論一代文風：「當劉勰以氣代言風骨的時候，這『氣』就成了一個特殊的概念。它這時已經不是可清可濁，可剛可柔的『氣』，而是專指一種剛健之氣了。風骨篇説『綴慮裁篇，務盈守氣，剛健既實，輝光乃新』云云，就是指的這一種氣説的。劉勰當時以這樣的『氣』來論文，實際上也是……提倡一種剛健的文風。」（北京師大學報一九六三年第一期）

〔六〕顔氏家訓文章篇：「文章當以理致爲心腎，氣調爲筋骨，事義爲皮膚，華麗爲冠冕。」黄海章談風骨：孔融秉性剛强，意氣駿爽，故其文章的表現爲體氣高妙；徐幹爲人恬淡優柔，性近舒緩，故其文章的表現，具有高逸之氣。然而總括建安文學的特點是『慷慨以任氣，磊落以使才』（明詩），也就是所謂『建安風骨』。」以上這一小段説明氣在文學創作中的重要意義。

夫翬翟備色〔一〕，而翾翥百步〔二〕，肌豐而力沉也〔三〕。鷹隼乏采，而翰飛戾天〔四〕，骨勁而氣猛也〔五〕。文章才力，有似於此。

〔一〕校注：「按爾雅釋鳥：『伊洛而南，素質，五采皆備，成章，曰翬。』」説文：「雉五采皆備曰翬。」

〔二〕翾，梅注：「音諼。」又：「翟，山雉，尾長。」説文：「翾，小飛也。」九歌東君：「翾飛兮翠曾。」説文：「翥，飛舉也。」

莊子養生主：「澤雉十步一啄，百步一飲。」

文心雕龍雜記：「雉飛無過百步。周禮考工記匠人：『王宫門阿之制五雉。』注：『雉長三丈，高一丈。』鄭君雖未明言雉飛止三丈，其意可得而説也。此云翾翥百步，亦言其飛不遠，下云采乏風骨可證。」

〔三〕「力沉」，力弱。雉有華麗的羽毛，但不能高飛，與下文的鷹隼恰恰相反，用以比喻文章有文采而乏風骨或有風骨而乏文采的兩種現象。

〔四〕校注：「按詩小雅小宛：『宛彼鳴鳩，翰飛戾天。』毛傳：『翰，高；戾，至也。』」

陸璣毛詩草木鳥獸蟲魚疏：「隼，鷂屬也。」

〔五〕劉師培講漢魏六朝專家文研究三十：「勁氣貫中，則風骨自顯。」

唐徐浩論書（法書要録卷三）：「近古蕭（蕭子雲）、永（智永）、歐（歐陽詢）、虞（虞世南），頗傳筆勢；褚（褚遂良）、薛（薛稷）已降，自鄶不譏矣。然人謂虞得其筋，褚得其肉，歐得其骨，當矣。夫鷹隼乏彩，而翰飛戾天，骨勁而氣猛也。翬翟備色，而翺翔百步，肉豐而力沉也。若藻曜而高翔，書之鳳凰矣。歐虞爲鷹隼，褚薛爲翬翟焉。……初學之際，宜先筋骨，筋骨不立，肉何所附？用筆之勢，特須藏鋒，鋒若不藏，字則有病。」

若風骨乏采，則鷙集翰林；采乏風骨，則雉竄文囿〔一〕。唯藻耀而高翔，固文章之鳴鳳也〔二〕。

〔一〕范注：「紀評曰：『風骨乏采是陪筆，開合以盡意耳。』案紀説非是。夏侯湛昆弟誥、蘇綽大誥之屬，不得謂爲無風骨，而藻采不足，故喻以鷙集翰林。采乏風骨，則齊梁文章通病也。」「鷙」，猛禽，即指上文的「鷹隼」。文選揚雄長楊賦李善注：「韋昭曰：翰，筆也。善曰：翰林，文翰之多若林也。」文賦：「鬱雲起乎翰林。」「翰林」，翰墨之林，猶言文章的領域，與下面的「文囿」爲互文。

〔二〕范注：「王應麟辭學指南引此文作：『若藻耀而高翔，固文章鳴鳳也。』」斯波六郎：「詩大雅卷阿：『鳳皇鳴矣，於彼高岡。』」鄭箋：「鳳皇鳴於山脊之上者，居高視下，觀可集止，喻賢者待禮乃行，翔而後集。」

校證：「『章』原作『筆』，御覽、玉海、記纂淵海、文通二一，作『章』。案『文章』承上『文章才力』而言，作『文章』是。今據改。」校注：「按章句篇『文筆之同致也』，亦以『文筆』爲言，則此『筆』字似不誤。文選何晏景福殿賦：『故能翔岐陽之鳴鳳。』」

梅注：「楊批：此論發自劉子，前無古人。徐季海移以評書，張彥遠移以評畫，同此理也。」

清尤侗西堂雜組三集卷三曹德峿詩序：「詩云至者，在乎道性情，性情所至，風格立焉，華采見焉，聲調出焉。無性情而矜風格，是鶩集翰苑也；無性情而炫華采，是雉竄文囿也；無性情而夸聲調，亦鴉噪詞壇而已。」

校釋：「蓋自魏文倡文氣之論，至於齊梁，澌滅已盡，文體日衰，而藻采獨盛，故舍人以『風清骨峻』矯之。觀其設喻一節，以風骨與采對言，而反覆明其相關之切：既以『翬翟備色』而『肌豐力沉』，『鷹隼乏采』而『骨勁氣猛』，以明風骨與采不可偏廢，又以『鶩集翰林』，斥風骨之乏采，『雉竄文囿』，嗤采之乏風骨，而以『藻耀而高翔』者，許爲『文章之鳴鳳』，以見其相成相濟之用，可謂深切著明，辭周理備矣。」

詩品序説：「幹之以風力，潤之以丹采，使味之者無極，聞之者動心，是詩之至也。」就是説風骨與藻彩並重才是詩之極至。詩品上評曹植詩説：「骨氣奇高，詞采華茂。……陳思之於文章也，譬人倫之有周孔，鱗羽之有龍鳳。」曹植詩之所以成爲「鱗羽」中之「龍鳳」，就是因爲「藻耀（詞彩華茂）而高翔（有風力）」的緣故。詩品上評劉楨詩説：「真骨凌霜，高風跨俗。但氣過其文，雕潤很少。」就是説劉楨詩的風骨高而文采不足。

以上爲第二大段，指出氣與風骨的關係，並主張風骨必須有文采相配合。

若夫鎔鑄經典之範〔一〕，翔集子史之術〔二〕，洞曉情變，曲昭文體〔三〕，然後能孚甲新意〔四〕，雕畫奇辭。昭體故意新而不亂，曉變故辭奇而不黷〔五〕。

〔一〕校證：「『鑄』，馮本、汪本、佘本、張之象本、兩京本，作『冶』，玉海同。」按元刻本亦作「冶」。校注：「『鑄』、『冶』於此均通。」

王運熙：「這一小段講鍛鍊風骨之法，内容與通變篇息息相通。……劉勰認爲從上古到晉宋，文學發展愈來愈趨向綺麗新奇，因而缺乏風骨。他認爲要扭轉這種文風，必須重視學習古代儒家經典質樸剛健的優點。故通變云：『矯訛翻淺，還宗經誥。斯斟酌乎質文之間，而櫽括乎雅俗之際，可與言通變矣。』此處『熔鑄經典之範』也是這個意思。」

屠隆文論：「易之沖玄，詩之和婉，書之莊雅，春秋之簡嚴……無後世文人學士纖穠乖巧之態，而風骨格力高視千古。若禮檀弓、周禮考工記等篇，則又峰巒峭拔，波濤層起，而姿態橫生，信文章之大觀。」（由拳集卷二十三）

〔二〕「翔集」，論語鄉黨：「色斯舉矣，翔而後集。」朱注：「言鳥見人之顔色不善則飛去，回翔審視而後下止，人之見幾而作，審擇所處，亦當如此。」「翔集子史之術」，謂詳察而採輯，字本論語，而命意微異。

〔三〕「情變」，情感的變化。明詩篇：「故鋪觀列代，而情變之數可監。」沈約宋書謝靈運傳論：「若夫平子艷發，文以情變，絶唱高蹤，久無嗣響。」

文賦：「若夫豐約之裁，俯仰之形，因宜適變，曲有微情。」曲昭，本有一偏、細事之意，引申爲詳細、詳盡之意。「曲昭」，謂詳盡明瞭。

周勛初梁代文論三派述要：「劉勰就曾提出『曲昭文體』的要求，『昭體故意新而不亂』（風骨）。本來哪一方面的題材適合於用哪種文體來表現，這是古人在長期的寫作過程中積累下了無數的經驗之後所取得的認識。借鑒於此，可以防止内容形式的失調；因有規範可循，易使文章得體。」（中華文史論叢第五輯）

〔四〕黄注：「後漢章帝詔：方春生養，萬物莩甲，宜助萌陽，以育時物。」

「莩」，梅本、黄注本作「孚」，並校云：「汪作『莩』」。校注：「按元本、弘治本、活字本、佘本、張本、兩京本……崇文本亦并作『莩』……按釋名釋天：『甲，孚甲也，萬物解孚甲而生也。』易解象辭：『百果草木皆甲坼。』孔疏：『百果草木皆莩甲開坼。』是『孚』『莩』相通之證。『孚』之通『莩』，猶『包』之通『苞』矣。」「莩甲」，萌生。漢書律曆志：「方春生食，萬物莩甲。」後漢書章帝紀同。注：「莩，葉裏白皮也。」

禮記月令：「其日甲乙。」鄭注：「萬物皆解孚甲，自抽軋而出。」又詩小雅大田箋：「孚甲始生。」疏：「米外之粟皮。」

〔五〕王運熙：「昭體二句，承上文謂如能曲昭文體，洞曉情變，就會使文章具有新穎的構思而不雜亂，具有奇麗的文辭而不淫濫。黷，濫。」定勢篇：「密會者以意新得巧，苟異者以失體成怪。」

郭預衡文心雕龍論一代文風：「當劉勰强調學習雅製的時候，常常是和創造新意聯係在一起，並非單純提倡模古。矯枉而不失正，這是難能可貴的。關於這一點，在風骨篇裏更有鮮明的論述。如：『若夫鎔鑄經典之範……曉變故辭奇而不黷。』這樣看來，劉勰反對宋齊的『詭巧』、『形似』的文風，卻不是籠統地否定新奇的作品。恰恰相反，他認爲學習經典正是爲了『孚甲新意』和『雕畫奇辭』的。只要是『意新而不亂』、『辭奇而不黷』的作品，劉勰並不反對。

「他在這裏比較明確地闡述了關於文學創作的學習與創新的看法。所謂『孚甲新意』，這在當時是相當新穎的意見。也是相當正確的意見。劉勰在這裏反對了『愛奇』，也提倡了創新。劉勰的這種主張和某些復古的論調，有本質的不同。『辭人愛奇』是當時的主要傾向，但復古的傾向也不是絕對没有。如果離開『孚甲新意』而侈談學習古人，勢必也要走向另一個極端。……劉勰關於這個問題的看法是比較正確的。劉勰在通變篇還講過『望今制奇，參古定法』的話，這也可以和風骨篇的意思互相補充。

「從風骨篇所説的『鎔鑄經典之範，翔集子史之術』看來，劉勰所提的向古代學習的主張，又非局限於儒家經典，所指的範圍還是比較廣泛的。這和通變篇所説的『先博覽以精閱』有同樣的意思。」

以上一小段，指出鍛鍊文章風骨的基本原則。

若骨采未圓，風辭未練〔一〕，而跨略舊規〔二〕，馳鶩新作〔三〕，雖獲巧意，危敗亦多〔四〕。豈空結奇字〔五〕，紕繆而成經矣〔六〕！周書云：「辭尚體要，弗惟好異。」〔七〕蓋防文濫也。

〔一〕這兩句的意思是説風骨和辭彩還未達到圓熟的地步。

〔二〕「跨略」，忽視。

〔三〕「馳鶩」，離騷：「忽馳鶩以追逐兮。」文選揚雄解嘲：「故世亂，則聖哲馳鶩而不足。」張銑注：「馳鶩，謂奔走也。」

王運熙：「定勢篇云：『自近代辭人，率好詭巧，原其爲體，訛勢所變，厭黷舊式，故穿鑿取新。……故文反正爲乏，辭反正爲奇。效奇之法，必顛倒文句，上字而抑下，中辭而出外，回互不常，則新色耳。』這可以説是對『跨略舊規，馳鶩新作』現象的一種具體説明。」

〔四〕范注：「藝文類聚二十五梁簡文帝誡當陽公大心書：『立身先須謹重，文章且須放蕩。』放蕩之教，彦和所譏爲『危敗亦多』者也。」

王運熙：「劉勰認爲，如果違棄相承的舊規或舊式，片面追求新奇，則文章必疵病叢生，所謂『危敗亦多』。定勢所謂『失體成怪』，『逐奇而失正』，都是指的這種危敗現象。」以上這几句話的意思是：如果風骨和辭彩並没有達到運用圓熟的地步，而丢掉舊日的規格要求，去追逐新異的作品，這樣「雖獲巧意，危敗亦多」。

〔五〕黄注：「（漢書）揚雄傳：『劉棻嘗從雄學作奇字。』」文論選：「空結奇字，即明詩篇所説『儷采百字之偶，争價一句之奇』，當時習尚的文風。」斟詮：「奇字，指生硬之詞，冷僻之字也。」王運熙：「空結奇字，即指片面追求新奇辭藻，逐奇失正的現象。」

〔六〕范注：「經，常也，言不可爲常道。矣字疑當作乎。」文論選：「經，常；成經，成爲一種法式。這句是慨嘆的語氣，與下文『習華隨侈，流遁忘反』相呼應。意思説：豈可使這種空結奇字的錯誤風尚，長久下去而成爲法式。」

禮記大傳：「五者，一物紕繆，民莫得其死。」鄭注：「紕繆，猶錯也。」孫希旦集解：「紕繆，乖錯而失其道也。」「繆」，亦與「謬」同。史記集解序：「固之所言，雖時有紕繆，實勤成一家。」

校注：「『經』，元本、弘治本、活字本、汪本、張甲本、何本、胡本、訓故本、梅本……作『輕』；文通、四六法海、諸子彙函同。何焯改『經』。……按『輕』字是，『經』則非也。『空結奇字，紕繆成輕』，殆即體性篇所斥『輕靡』之『輕』。『矣』字亦未誤。此文句式，與序志篇『豈取騶奭之群言雕龍也』同。『豈』猶其也（見經傳釋詞卷五）。尋繹文意，實非疑問語氣。」

考異：「據下文『蓋防文濫』，輕字是。廣韻：『輕，重之對也。』此言空結奇字，紕繆而不爲人所重也。」

〔七〕尚書畢命：「政貴有恒，辭尚體要，不惟好異。」孔傳：「辭以體實爲要，故貴尚之。若異於先王，君子所不好。」正義：「言辭尚其體實要約，當不惟好其奇異。」徵聖篇：「書云：辭尚體要，弗唯好異。故知……體要所以成辭，辭成無好異之尤……微辭婉晦，不害其體要。」綴補：「惟猶在也。物色篇：『吟詠所發，志惟深遠；體物爲妙，功在密附。』惟、在互文，惟與在同義。」尚書畢命蔡傳：「趣完具而已之謂體，衆體所會之謂要。」王運熙：「劉勰引用周書之語，把體要作爲精要理解。……精要的反面是麗藻紛披，蕪雜煩濫。」

然文術多門，各適所好，明者弗授，學者弗師〔一〕。於是習華隨侈〔二〕，流遁忘反〔三〕。若能確乎正式〔四〕，使文明以健〔五〕，則風清骨峻，篇體光華〔六〕。能研諸慮〔七〕，何遠之有哉〔八〕！

〔一〕范注：「『明者弗授，學者弗師』，即神思篇所云：『伊摯不能言鼎，輪扁不能語斤。』」桓譚新論：「學者既多蔽晦，師道又復缺然，此所以滋昏也。」

〔二〕「習華隨侈」，習於浮華，追隨淫侈。

〔三〕斯波六郎：「後漢書張衡傳：『上書陳事者曰……夫情勝其性，流遯忘反。』」校注：「文選張衡東京賦：『若乃流遁忘反，放心不覺。』」

莊子外物：「夫流遁之志，決絶之行。」成疏：「流蕩逐物，逃遯不反。」「習華隨侈」與「體要」相反，結果是跟着浮華侈靡的文風隨波逐流，墮落下去而不知道回頭。可見劉勰對當時文壇流行的「輕靡」風格有所不滿，才提出風骨論來補偏救弊的。

〔四〕易乾文言：「確乎其不可拔。」「確」，堅也。「乎」，於也。「正式」，指雅正的體式。

〔五〕校注：「按易同人彖辭：『文明以健，中正而應。』」

梅注：「楊批：引『文明以健』尤切。明，即風也。健，即骨也。詩有格有調，格猶骨也，調猶風也。」

〔六〕王運熙：「篇體，指整篇的體制風格。時序云：『正始餘風，篇體輕澹。』此處謂只有那種風格清明勁健的作品，才能光彩照人。」

詩品中評袁宏詩云：「彦伯咏史，雖文體未遒，而鮮明緊健，去凡俗遠矣。」

黄海章談風骨：「英姿颯爽，魄力雄健，而又采藻繽紛，即所謂『風清骨峻，篇體光華』。這種主張，對南朝文士專從辭藻聲律方面來争奇競巧的頽風，無疑地起了一種矯正作用。」

〔七〕校注：「易繫辭下：『能説諸心，能研諸侯之慮。』王弼周易略例明爻通變篇、李鼎祚周易集解序，並引作『能研諸慮』。舍人此語，當用易繫，是所見本亦無『侯之』二字也。」文論選：

「意謂能鑽研上面所説各方面的道理，則不難達到『風清骨峻』的境界。」「諸慮」，指以上「鎔鑄經典之範」等各項考慮。

〔八〕斯波六郎：「論語子罕：『子曰：未之思也夫？何遠之有哉！』春秋左氏傳昭公二十一年：『死如可逃，何遠之有！』」

第三段，進一步從反正兩方面説明鍛鍊風骨的途徑和方法。

贊曰：情與氣偕，辭共體並〔一〕。文明以健，珪璋乃聘〔二〕。蔚彼風力〔三〕，嚴此骨鯁〔四〕。才鋒峻立，符采克炳〔五〕。

〔一〕校注：「按禮記樂記：『事與時並，名與功偕。』舍人語式步此。」按「辭共體並」之「體」，應指「曲昭文體」之「體」。王運熙：「『情與』二句意思説：在作品中，情思與意氣，文辭與體制風格，都是密切相關的。」

〔二〕校證：「『聘』原作『騁』，據馮本、汪本、佘本、王惟儉本改。顧校亦作『聘』。禮記儒行篇：『儒有席上之珍以待聘。』此彦和用字所本。」校注：「『騁』，元本、弘治本、活字本、汪本、佘本、張本、兩京本、胡本，訓故本……作聘。按禮記聘義：『以圭璋聘，重禮也。……圭璋特達，德也。』鄭注：『特達，謂以朝聘也。』孔疏：『行聘之時，唯執圭璋特得通達。』據此，則作聘者是也。又本贊上四句用勁韻，下四句用梗韻；若作『騁』，其韻雖與梗韻通用（騁在靜韻），然

『並』字則羈旅無友矣。」

斯波六郎：「案『珪璋』謂珪璋特達之才。改爲『聘』非必要。」

斠詮：「此『騁』乃孔融薦禰衡表所謂『飛辯騁辭，溢氣坌涌』及吴志華覈傳所謂『飛翰騁藻，光贊時事』之『騁』，有展露使才，馳譽文壇之義。非席珍待聘，接淅歷聘而已也。且本贊全用上聲二十三梗韻，非上四句用去聲二十四敬（勁）韻，下四句用二十三梗韻。『騁』、『鯁』、『炳』三字固在梗韻，『並』之本字爲『竝』，雖在上聲二十四迥韻，而梗、迥緊相毗鄰，古本相通。若改『騁』爲『聘』，即屬二十四敬韻。如此則起聯用上聲迥韻，頷聯用去聲敬韻，腰尾兩聯復用上聲梗韻，支離破碎，大非彦和他贊用韻一貫之成例矣。故無論就文義及韻律言，仍以舊貫不改爲勝。」又：「换言之，文章之情辭朗麗而氣體雅健者，則如持有圭璋美玉具備高貴品德之君子，乃可馳譽文壇也。」

〔三〕校注：「文選陸機贈賈謐詩：『蔚彼高藻，如玉之闌。』李善注：『蔚，文貌。』」

〔四〕「鯁」，本意爲魚骨，此處指骨。骨鯁比喻義正辭嚴，故云嚴。漢書杜欽傳：「朝無骨鯁之臣。」「嚴」，嚴峻，峭拔。檄移篇説：「陳琳之檄豫州，壯有骨鯁。」誄碑篇説：「觀楊賜之碑，骨鯁似典。」奏啓篇説：「陳蕃憤懣於尺一，骨鯁得焉。」

〔五〕校注：「按文選左思蜀都賦：符采彪炳。」注訂：「符采指辭藻而言。」文論選：「文采纔能焕發出來。有諸内而形諸外，表裏相符，故云符采。」宗經篇：「符采相濟。」詮賦篇：「麗詞雅義，符采相勝。」

「才鋒峻立」，斠詮：「言作品之才華高峻，筆鋒横厲。」牟世金文心雕龍創作論新探（下）：「符采……舊注多指『玉之横文』，劉勰雖沿舊説，但還有其具體命意。『符』，信也，本是合以取信的意思；用『符采』指玉紋，正取玉的花紋和玉合而爲一之義。文心雕龍中多次用到『符采』二字，正取此義。……『符采克炳』，正指『蔚彼風力』與『嚴此骨鯁』兩個方面的統一。劉勰認爲，能使這兩個方面高度統一、兼善並美的作者，纔是『才鋒峻立』。……這是强調：有才華的作家，就應使『風』與『骨』、情與言能『密則無際』地結合起來。」（社會科學戰綫一九八二年第二期）

通變第二十九

易繫辭上：「參伍以變，錯綜其數通其變，遂成天地之文。」又：「闔户謂之坤，闢户謂之乾，一闔一闢謂之變，往來不窮謂之通。」又：「是故形而上者謂之道，形而下者謂之器，化而裁之謂之變，推而行之謂之通。」

易繫辭下：「通其變，使民不倦，神而化之，使民宜之，易窮則變，變則通，通則久。」

公孫龍子（道藏本）有通變論。

孫子九變篇：「故將通於九變之（地）利者，知用兵矣。將不通於九變之利者，雖知地形，不能得地之利矣。」杜佑注：「九事之變，皆臨事制宜，不由常道，故言變也。」賈林注：「將帥之任機權，遇勢則變，因利則制，不拘常道，然後得其通變之利。」又九變篇題下曹操注：「變其正，得其所用九也。」王晳注：「晳謂九者數之極。用兵之法當極其變耳。逸詩云：九變復貫。」

論衡自紀篇：「充書既成，或稽合於古，不類前人。或曰：『謂之飾文偶辭，或徑或迂，或屈或舒。謂之論道，實事委璅，文給甘酸。諧於經不驗，集於傳不合；稽之子長不當，内之子雲不入。文不與前相似，安得名佳好，稱工巧？』答曰：『飾貌以强類者失形，調辭以務似者失情。百夫一子，不同父母，殊類而生，不必相似；各以所稟，自爲佳好。文必有與合，然後稱善，是則代匠斲不傷手，然後稱工巧也。文士之務，各有所從，或調辭以巧文，或辯僞以實事。必謀慮有合，文辭相襲，是則五帝不異事，三王不殊業也。美色不同面，皆佳於目；悲音不共聲，皆快於耳。酒醴異氣，飲之皆醉；百穀殊味，食之皆飽。謂文當與前合，是謂舜眉當復八采，禹目當復重瞳。』」

議對篇：「采故實於前代，觀通變於當今。」

神思篇：「至變而後通其數。」

物色篇：「古來辭人，異代接武，莫不參伍以相變，因革以爲功，物色盡而情有餘者，曉會通也。」

顔氏家訓書證篇：「所見漸廣，更知通變。」

蕭子顯南齊書文學傳論：「若無新變，不能代雄。」

皎然詩式卷五復古通變體條：「作者須知復變之道，反古曰復，不滯曰變。若惟復不變，則陷於相似之格，其狀如駑驥同廐，非造父不能辨。能知復變之手，亦詩人之造父也。……又復變二門，復忌太過，詩人呼爲膏肓之疾，安可治也？……如陳子昂復多而變少，沈、宋復少而變多，今代作者，不能盡舉。吾始知復變之道，豈惟文章乎？在儒爲權，在文爲變，在道爲方便。後輩若乏天機，强效復古，反令思擾神沮。何則？夫不工創術，而欲彈撫干將、太阿之鋏，必有傷手之患，宜其誡之哉！」

紀評：「齊梁間風氣綺靡，轉相神聖，文士所作，如出一手，故彦和以通變立論。然求新於俗尚之中，則小智師心，轉成纖仄，明之竟陵、公安，是其明徵，故挽其返而求之古。蓋當代之新聲，既無濫調，則古人之舊式，轉屬新聲，復古而名以通變，蓋以此爾。」文論選：「這話深得劉勰補偏救弊的用心，不過復古和通變並不是一回事，不能説是『復古而名以通變』。把繼承和創新結合起來，才是『通變』精意之所在。」

札記：「陸士衡曰：『收百世之闕文，采千載之遺韻。謝朝華於已披，啓夕秀於未振。』此言通變也。」

文心雕龍講疏：「易繫辭曰：『化而裁之謂之變，推而行之謂之通。』又曰：『變通者，趣時者也。』又曰：『神農氏没，黄帝、舜、堯氏作，通其變，使民不倦，神而化之，使民宜之。』『易窮則變，變則通，通則久。』彥和以通變名篇，蓋本於此。正義曰：『黃帝以上，衣鳥獸之皮，其後人多獸少，事或窮乏，故以絲麻布帛而製衣裳，是神而變化，使民得宜也。』」

校釋：「此篇本旨，在明窮變通久之理。所謂變者，非一切舍舊，亦非一切從古之謂也，其中必有可變與不可變者焉；變其可變者，而後不可變者得通。可變者何？舍人所謂文辭氣力無方者是也。不可變者何？舍人所謂詩賦書記有常者是也。舍人但標詩賦書記者，略舉四體，以概其餘也。詩必言志，千古同符，賦以諷諭，百手如一，此不可變者也。故曰：『名理相因，有常之體。』若其志孰若，其辭何出，作者所遇之世，與夫所讀之書，皆相關焉，或質或文，或愉或戚，萬變不同，此不可不變者也。故曰：『文辭氣力，無方之數。』準上所論，舍人於常變之界，固分之甚明矣。然觀其訶斥當世文士之語，則似所謂變者，亦不過欲復古耳。不知舍人之世，作者競學宋人，簡文帝與湘東王書、裴子野雕蟲論，俱致譏詆之辭，可證。」

斯波六郎：「通變——此語蓋據繫辭上傳，但其義互異。此篇之用法，『通』者與前人之作相通，即師古之意。『變』者時代之變化，即作者之創作。從『參伍因革，通變之數也』觀之，『參伍』謂『變』，『因革』謂『通』（物色第四十六：「莫不參伍以相變，因革以爲功。」），從『望今制奇，參古定法』觀之，上句謂『變』，下句謂『通』，范氏注三謂『此篇雖旨在變新復古』云云，蓋據自黃侃札記『所謂變者，變世俗之文』語，恐非彥和之所謂『變』之意。」

馬茂元說通變：「『窮則變，變則通，通則久。』是周易的一句名言，符合於客觀事物矛盾運動的規律。然而把它具體地運用到文學理論上，則自劉勰始。」

文論選本篇説明：「通變……提出了文學發展中的繼承與革新問題，表現了劉勰的文學歷史觀點，與時序相表裏。」

斠詮：「『通變』云者，通達窮塗，變化舊體，而使之推陳出新之謂也。……彦和以爲文學在歷史發展過程中，有其源遠流長之一面，亦有其日新月異之一面。此所謂『通』與『變』，從繼承與革新觀點言，此爲對立之統一，辯證之結合。」

夫設文之體有常〔一〕，變文之數無方〔二〕，何以明其然耶？凡詩、賦、書、記〔三〕，名理相因〔四〕，此有常之體也。文辭氣力〔五〕，通變則久〔六〕，此無方之數也〔七〕。

〔一〕南齊書張融傳載其門律自序：「夫文豈有常體，但以有體爲常。政當使常有其體。」

斠詮：「體，謂體制，包括風格、題材、文藻、辭氣等項。即宗經篇所謂『體有六義』之體，亦即附會篇所謂『情志爲神明，事義爲骨鯁，辭采爲肌膚，宫商爲聲氣』之四事。」

〔二〕斠詮：「數，謂技術。廣雅釋言：『數，術也。』荀子勸學：『其數則始乎誦經。』楊注及吕覽察賢『任其數而已矣』高注並同。『變文』指文字之驅遣而言。」

禮記檀弓上：「左右就養無方。」鄭注：「方，猶常也。」

按明詩篇：「嚴、馬之徒，屬辭無方。」諧隱篇：「怨怒之情不一，歡謔之言無方。」書記篇：

「兵謀無方，而奇正有象，故曰法也。」鎔裁篇：「立本有體，意或偏長；趨時無方，辭或繁雜。」附會篇：「夫文變無方，意見浮雜。」時序篇：「於是史遷、壽王之徒，嚴終、枚皋之屬，應對固無方，篇章亦不匱。」

〔三〕校注：「按自明詩第六至書記第二十五，皆研討文體者，勢不能一一標出，故約舉首尾篇目以包其餘。舍人『論文叙筆』，原無辨騷在内，此亦一證也。」

〔四〕「名理」，名稱與實理。三國志魏志鍾會傳：「及壯，有才數技藝，而博學精練名理。」名理本指考核名實和辨名析理。劉勰用於文論，名指各種文章體裁的名稱，理指各種體裁所以然之理，即其所具有的思想藝術的特性，如「詩言志」，賦「體物寫志」，賦、頌、歌、詩的藝術風格，以「清麗」爲特徵等等。

〔五〕文論選：「氣力，猶言風格。」劉禹昌云：「氣力——即體性篇所説的『氣以實志，志以定言』的氣，風骨篇所説的『綴慮裁篇，務盈守氣』的『氣』；表現在作品裏又叫作『風』、『風力』。」（見文心雕龍選譯——通變篇，長春一九六三年九月號，本篇以下所引同）

〔六〕文論選：「謂推陳出新才有永恒的生命。」易繫辭下「通其變」，「易窮則變，變則通，通則久」，韓康伯注：「通物之變，故樂其器用，不能倦也。通變則無窮，故可久也。」

〔七〕意謂：這在創作中是變化無常，没有一定方法的。按「設文之體」就是鎔裁篇的「設情以位體」，意思是説根據思想情感安排的文章體制是有常規的，而文章變化的方術是不固定的。

例如詩、賦、書、記等體裁各有一定的規格要求，這種體制是有常規可循的。至於文章的辭采風格，則日新月異，没有固定的方術可循。

名理有常〔一〕，體必資於故實〔二〕；通變無方〔三〕，數必酌於新聲〔四〕。故能騁無窮之路，飲不竭之源〔五〕。

〔一〕意謂「名」與「理」之間是有常軌的。

〔二〕校注：「按國語周語上：『賦事行刑，必問於遺訓而咨於故實。』韋注：『咨，謀也。故實，故事之是者。』『咨』與『資』通。文選吴質在元城與魏太子牋即作『資於故實』。」「資」，憑借，借鑒。「故實」，已有的實際和成法，指過去的創作經驗，即寫作所必須遵守的慣例。議對篇：「採故實於前代，觀通變於當今。」

〔三〕「通變無方」語出易繫辭上：「生生之謂易，成象之謂乾，效法之謂坤，極數知來之謂占，通變之謂事，陰陽不測之謂神。」「（易）範圍天地之化而不過，曲成萬物而不遺，通乎晝夜之道而知，故神無方而易無體。」

〔四〕斠詮：「新聲，新作歌曲。國語晉語：『平公説新聲。』……此處借以喻文之時新格調。」明詩篇：「仙詩緩歌，雅有新聲。」文選陸機文賦李善注引臧榮緒晉書：「陸機，字士衡，與弟雲勤學，天才綺練，當時獨絶，新聲妙句，係踪張、蔡。」詩品上評謝靈運詩：「名章迥句，處處間起，麗典新聲，絡繹奔會。」文心雕龍講疏：「體即指詩賦書記諸體，數即指文辭氣力。詩賦不可以作論說，書記不可以作祝盟，此必資於故實，而不可變者也。文辭氣力，氣謂語氣，力謂語氣之强弱疾徐，則必隨時代而遷移，故能歷世雖久，而聲采常新。」范注：「此篇要旨在變新復古，而通變之術，要在『資故實，酌新聲』兩語，缺一則疏矣。」

〔五〕斟詮：「騁無窮之路，指其數能酌於新聲而言；飲不竭之源，指其體能資於故實而言。」前者近於創新，後者近於繼承。以上這幾句話的意思是説：各種體裁的名稱及其所以然之理，是有常規可循的，各種體裁的規格要求必須從古人的作品裏取得借鑒；而文章的變化是無窮的，所以寫作方法要參考新興的作品。這就是講繼承和創新的關係。

劉禹昌：「由於劉勰没有認識到社會生活是文學創作的真正源泉，所以他錯誤地認爲古代遺產是創作的源泉，只要能豐富地繼承，那就象『飲不竭之源』一樣，新的創作就自然源源而來，這顯然是一種錯誤的認識。」

然綆短者銜渴〔一〕，足疲者輟塗〔二〕，非文理之數盡，乃通變之術疎耳〔三〕。故論文之方，譬諸草木，根幹麗土而同性，臭味晞陽而異品矣〔四〕。

〔一〕黄注：「莊子：『綆短者不可以汲深。』」按此見至樂篇。「綆」，汲水的井繩。「銜渴」，含渴，即口渴。

荀子榮辱篇：「短綆不可汲深井之泉，知不幾者不可與及聖人之言。」漢書酷吏義縱傳：「上怒曰：『縱以我爲不行此道乎？』銜之。」師古注：「銜，含也。」張立齋考異：「口含心感皆謂之銜。詩豳風：『勿士行枚。』箋云：『初無行陳銜枚之事。』」

〔二〕「輟塗」，言中途停止不前。「塗」，通途。斯波六郎：「論語雍也：『子曰：力不足者，中道而廢。』」文選顔延之陶徵士誄：「輟塗殊軌者多矣。」五臣注：向曰：「及其中塗輟止。」斠詮：「此明不能通古變今之害。」

〔三〕意謂這並不是寫作方法已經窮盡，只是不善推陳出新罷了。

〔四〕注訂：「文本自然，理出無極，其數不可盡也。至於通變在己，因時而異，故術有疏密耳。」校注：「易離象辭：『離，麗也。日月麗乎天，百穀草木麗乎土。』王注：『麗，猶著也。』詩小雅湛露：『湛湛露斯，匪陽不晞。』毛傳：『陽，日也。晞，乾也。』左傳襄公八年：『季武子曰：「誰敢哉！今譬於草木，寡君在君，君之臭味也。」』杜注：『（君之臭味）言同類。』又襄公二十二年：『公孫僑對曰：「……謂我敝邑，邇在晉國，譬諸草木，吾臭味也。」』杜注：『晉鄭同姓故。』又按『晞』，翰墨園本誤作『睎』（芸香堂本原不誤），范注本同，非是。」周注：「同性，同屬植物。異品，構成各種品種。……同性比喻文體有一定，異品比喻通變沒有定規。」

劉禹昌：「譬諸草木三句——句式和語義本自論語子張：『譬諸草木，區以別矣。』比喻對歷代文學作品評論，應看到它們的共同性，同時也應看到它們的差別性。」

黃海章文心短論：「文章的體裁，如詩賦、書記等，後代和前代名目相同，而就中國傳統的説法，詩主『言志』，賦尚『鋪陳』。一則着重主觀情志的表現，一則着重客觀事物的描繪，後代和前代的傾向，還是一致的，然而文辭的繁簡，氣勢的剛柔，却可以有多樣的不同。同在一個藝術園地中，可以開出許多異品奇花，所謂『根幹麗土而同性，臭味晞陽而異品』。所以從『名理相因』來看，是『有常』；而從『文辭氣力』來看，又不礙其爲通變。」（學術研究一九六三年二期）

以上爲第一段，論文章寫作要既有繼承，又有所革新。

是以九代詠歌〔一〕，志合文則〔二〕。黃歌斷竹〔三〕，質之至也。唐歌在昔，則廣於黃世〔四〕；虞歌卿雲〔五〕，則文於唐時〔六〕。夏歌「雕墻」〔七〕，縟於虞代；商周篇什〔八〕，麗於夏年。至於序志述時，其揆一也〔九〕。

〔一〕范注：「楚屬于周，故云九代。」九代，指黃帝、唐、虞、夏、商、周（包括楚國）、漢、魏、晉（包括宋初）。」

〔二〕校釋：「舊校：『則原作財，許無念改。』按當作『別』，所謂變也。」郭注：「『志合』，指通，即下文所謂『序志述時，其揆一也』。『文別』，指變，即九代詠歌，各有不同也。」考異：「易有『天則』，見乾卦，書有『王則』，見無逸。則，法也，文則，文之法也。」吳林伯文心雕龍諸家校注商兑：「郭璞爾雅圖贊珪：『永觀厥祭，時維文則。』通變『文則』本此，而含義不同，猶陸機文賦云『文律』。通變下文曰：『文律運周。』曰『文則』，曰『文律』，詞異義同。」（社會科學戰綫一九八二年三期）

〔三〕章句：「二言肇於黄世，竹彈之謡是也。」梅注：「黄歌，黄帝時歌也。其彈歌曰：斷竹續竹，飛土逐宍（宍，古『肉』字）。吳越春秋曰：越王欲謀復吳，范蠡進善射者陳音。音楚人也。越王請音而問曰：孤聞子善射，道何所生？音曰：臣聞弩生於弓，弓生於彈，彈起於古之孝子，不忍見父母爲禽獸所食，故作彈以守之，歌云云。」按此見卷五。黄注：「按所歌者本黄帝時竹彈謡。」范注：「案彦和謂此歌本於黄世，未知何據，書缺有間，不可考矣。」

明胡侍真珠船卷三斷竹歌：「按吳越春秋：『陳音曰：古者人民樸質……死則裹以白茅，投於中野。孝子不忍見父母爲禽獸所食，故作彈以守之，絶鳥獸之害。故歌曰：斷竹，續竹；飛土，逐宍。於是神農、黄帝弦木爲弧，刻木爲矢。』（見句踐陰謀外傳）蓋斷竹之歌即竹彈之謡，神農前已有之，不肇於黄帝之世。」

〔四〕札記：「案上文『黄歌斷竹』，下文『虞歌卿雲，夏歌「雕墻」』，『斷竹』、『卿雲』、『雕墻』，皆歌中字，此云『在昔』，獨無所徵，倘昔爲蜡之譌與？禮記載伊耆氏蜡辭，伊耆氏，或云堯也。」范注：「竊按蜡辭非歌，『在蜡』亦非句中語，或彦和時有此歌爾。」文論選：「『在昔』可能是傳説中唐堯時代作品。劉勰時代可能還存在，而後已失傳。『在昔』當亦是首句。廣於黄世——比黄帝時代有所發展。」

郝懿行批注：「按尚書大傳：『談然乃作大唐之歌，其樂曰：舟張辟雍，鶬鶬相從。八風回回，鳳皇喈喈。』（按見虞夏傳）此即唐歌也。黄氏注引卿雲，而不知引此，何耶？」

郭注：「『在昔』爲『載蜡』之訛。『載蜡』，即『始爲蜡』也。『載』，始也。孟子滕文公：『自葛載。』禮記郊特牲：『伊耆氏始爲蜡……祝曰：「土反其宅，水歸其壑，昆蟲毋作，草木歸其澤。」』注：『伊耆氏，古天子號也。或云即帝堯。』」「廣於黄世」，郭譯爲「比斷竹歌的二字成句是擴大了」。

〔五〕訓故：「尚書大傳：『舜將禪禹，百工相和而歌卿雲。帝歌曰：卿雲爛兮，糺縵縵兮，日月光華，旦復旦兮。八伯咸進，稽首而和歌曰：明明上天，爛然是陳，日月光華，弘予一人。』」按此見卷一。

竹書紀年載此歌，「卿」作「慶」。朱珔説文叚借義證謂「卿」爲「慶」之假借。

〔六〕比唐堯時增添了文彩。校證：「馮本、汪本、王惟儉本、玉海二九、又一〇六、詩紀別集一、六朝詩乘總録無『則』字，徐校補。」按元刻本亦無「則」字。

注訂：「文於唐時，言卿雲之歌，其文盛於蜡祭之文也。」

〔七〕校注：「『雕』，玉海一百六引作『彫』。按作『彫』與書僞五子之歌合。」五子之歌：「内作色荒，外作禽荒；甘酒嗜音，峻宇雕墻；有一於此，未或不亡。」注訂：「『縟於虞代』，言『雕墻』之歌又繁縟於卿雲之辭，世愈後文愈盛也。」

〔八〕范注：「商詩，指商頌，彦和用毛詩古文説。」注訂：「篇什指商周頌雅而言。」

〔九〕斯波六郎：「孟子離婁上：『先聖後聖，其揆一也。』」趙岐注：「揆，度也。言聖人之度量同也。」「揆」，尺度，準則。

范注：「自『斷竹』之質，至商周之麗，所謂『酌於新聲』、『通變無方』也。考其根柢，要皆序志述事，其揆則一。彦和於商周以前，不稱『後模前代』，而稱之曰『其揆一也』，明商周以前之文，皆本自然之趨向，以序志述時爲歸。至楚漢以下，則謂之矩式影寫，顧慕瞻望，而終之曰：『競今疎古，風味氣衰』，據此以觀，文章須順自然，不可過重模擬。」文論選：「其揆一也，猶言其道一也。二句意謂無論古今，文章用以序志述時，這一點是相同的。」

劉禹昌：「在通變理論中，劉勰提出『序志述時』的共同性，和各時代藝術風格的多樣性。這條理論也是比較深刻的。」

又：「歷代文質因時而變。……斷竹反映了黄帝時期狩獵生活的基本特點，表現了人民的矯健的性格，風格是質樸的；卿雲表現虞舜時代『政阜民暇』『心樂聲泰』（時序）的基本特徵，就比較文雅。但無論文或質，這些作品同樣完成了『序志述時』的任務。所以説『九代詠歌，志合文則』。九代詠歌，文質互異，所以知其有所變；但這些作品，總是符合文學叙述時事（述時），表現思想感情（序志）這一基本規律的，所以知其有所通。……其次，作家在創作的時候，還必須根據現實的要求調劑雅俗……所謂雅俗相劑，一方面見其對文學傳統的繼承而通於雅；一方面又能符合實際生活要求而變於俗。」

黄海章文心短論：「『序志』是發抒作者的情志，『述時』是反映時代的面目。時代的治亂興衰，直接影響到作者的思想感情，所以序志述時不能根本劃分爲二。時序篇説：『歌謡文理，與世推移。』『文變染乎世情，興廢繫乎時序。』明瞭這個道理，則文學的變遷是有其不變的道理存在的（時代不同，心理各異）。但就它的功用來説，還是一致的（「序志述時，其揆一也」）。」

暨楚之騷文，矩式周人〔一〕；漢之賦頌，影寫楚世〔二〕；魏之篇製，顧慕漢風〔三〕；晉之辭章，瞻望魏采〔四〕。

〔一〕范注：「楚騷，古詩之流，故曰矩式周人。」辨騷篇：「自風雅寢聲，莫或抽緒，奇文鬱起，其離騷哉！固已軒翥詩人之後，奮飛辭家之前。」即以爲楚辭取法周詩。

〔二〕時序篇：「爰自漢室，迄至成哀，雖世漸百齡，辭人九變，而大抵所歸，祖述楚辭，靈均餘影，於是乎在。」章炳麟國故論衡辨詩篇：「言賦者多本屈原。漢世自賈生惜誓上接楚辭，鵩鳥亦多方物；及相如大人賦自遠遊流變，枚乘又以大招、招魂，散爲七發。其後漢武帝悼李夫人，班婕妤自悼，外及淮南、東方朔、劉向之倫，未有出屈、宋、唐、景外者也。」

〔三〕「篇」，黄本作「策」。校注：「『策』，黄校云：『元作「薦」，許無念改；一本作「篇」。』按萬曆梅本作『策』……天啓梅本作『篇』……此當以作『篇』爲是。明詩篇：『江左篇製，溺乎玄風。』語式與此同，可證。其作『薦』者，乃『篇』之形誤。」校證：「『篇』原作『薦』……王惟儉本、梅六次本改『篇』，張松孫本從之。案作『篇』是。『製』原作『制』，今改。」「篇製」猶言篇章、篇翰，泛指一般作品，跟下文「晉之辭章」是一樣的。

斠詮：「『顧慕，説文：『顧，環視也。慕，習也。』二字連詞，有『嚮往』之意。」周注：「魏的五言詩，繼承漢的古詩十九首而有發展；魏的抒情小賦繼承漢末趙壹的刺世疾邪賦等小賦而有發展，所以説『顧慕漢風』。」

〔四〕斠詮：「鍾嶸詩品序云：『太康中，三張、二陸，兩潘、一左，勃爾復興，踵武前王，風流未沫，亦文章之中興也。』前王，指其前文『曹公父子，平原兄弟』而言。彦和所謂『瞻望魏采』，亦即仲偉『踵武前王』之意。」瞻望，猶仰望。

搉而論之〔一〕。則黄、唐淳而質，虞、夏質而辨〔二〕，商、周麗而雅〔三〕，楚、漢侈而艷〔四〕，魏、晉淺而綺〔五〕，宋初訛而新〔六〕。從質及訛，彌近彌澹〔七〕。何則？競今疏古，風末氣衰也〔八〕。

〔一〕校證：「『搉』原作『確』，王惟儉本、黄注本及崇文本作『搉』，今從之。」校注：「『搉』，元本、弘治本、汪本……作『確』……按諸本非是，『搉』，揚搉也。」注訂：「另本作『確』，誤。漢書叙傳：『揚搉古今。』」王叔珉綴補：「搉，猶較也，謂大較也。」

〔二〕文論選：「質而辯——樸實而明確。」

〔三〕劉禹昌：「劉勰認爲象詩經的風、雅詩篇，是思想既雅正，藝術又麗則的『文質彬彬』的代表作，因此，那是最合乎標準的詩作，爲後世詩歌創作學習的典範。徵聖篇説：『聖文之雅麗，固銜華而佩實者也。』詮賦篇：『麗詞雅義，符采相勝。文雖新而有質，色雖糅而有本。』作爲辭賦創作藝術的最高標準。」

〔四〕風骨篇：「楚艷漢侈。」漢賦文辭侈靡，比楚辭有所發展。

張煦侯試論劉勰的語言風格：「『楚漢侈而艷』的『艷』字易解，『侈』字難明。按本書辨騷篇，以『夸誕』和『典誥』對舉，夸飾篇又説：『宋玉景差，夸飾始盛。』這都説的楚人騷賦有些『夸誕』和『夸飾』之處。這『夸誕』和『夸飾』也就是『侈』。所謂『侈而艷』者，『侈』以理言，『艷』以辭言。體性篇説：『長卿傲誕，故理侈而辭溢。』可以作證。」（合肥師院學報一九六二年第三期）

〔五〕范注：「陸雲與兄平原書曰：『文章當貴經綺（經是輕之誤），如謂後頌（雲作登遐頌）語如漂漂，故謂如小勝耳。』輕綺，即此云『淺綺』。」校注：「『綺』，六朝詩乘總録引作『浮』。按明詩篇：『晉世群才，稍入輕綺。』則作『浮』非是。沈約宋書謝靈運傳論：『降及元康，潘、陸特秀，縟旨星稠，繁文綺合。』亦可證。」

明詩篇：「晉世群才，稍入輕綺，張、潘、左、陸，比肩詩衢，采縟於正始，力柔於建安。或析文以爲妙，或流靡以自妍。」這是「魏晉淺而綺」的具體闡釋。

中國中古文學史第四課總論：「彦和以魏晉之文爲淺者，亦以用字平易，不事艱深，即練字篇所謂『自晉以來，用字率從簡易』也。」

〔六〕范注：「孫德謙六朝麗指曰：『文心通變篇：「宋初訛而新。」謂之訛者，未有解也。及定勢篇則釋之曰：「自近代辭人，率好詭巧，原其爲體，訛勢所變。厭黷舊式，故穿鑿取新。察其訛意，似難而實無他術也，反正而已。……回互不常，則新色耳。」觀此，則訛之爲用，在取新奇也。顧彼獨言宋初者，豈自宋以後，即不然乎？非也。通變又曰：「今才穎之士，刻意學文，多略漢篇，師範宋集。」則文之反正喜尚新奇者，雖統論六朝可矣。』」

張煦侯又云：「『綺』字易明，『淺』字難識。按明詩篇説：『何晏之徒，率多浮淺。』定勢篇說：『綜意淺切者類乏醞藉。』通變篇引桓君山説：『予見新進麗文，美而無采。』可見『淺』以意言，『綺』以辭言。『乏醞藉』和『無采』，都是意不足的象徵；另一方面，所剩的僅僅是徒然的綺了。再拿『宋初訛而新』說，『新』字易識，『訛』字難知。按指瑕篇把單字中無關於情而『指以爲情』的作『情訛』，序志篇把『辭人爱奇，言貴浮詭』者稱爲『訛濫』，可見『訛』字是指的用詞造句的一種歪風。再看定勢篇說：『近代辭人，率好詭巧……反正而已。』又說：『新學之鋭，則逐奇而失正。』可見『訛』字就是用詞造句的反正或失正。」

〔七〕范注：「説文：『澹，水摇也。』又『淡，薄味也。』彌澹，應作彌淡。」斯波六郎：「案此借『澹』爲『淡』。時序第四十五『篇體輕澹』、『澹思濃彩』，亦其例。不必改字。」「澹」，指内容淡薄無味。

〔八〕校證：「『末』原作『味』，徐云：『味字誤，當作末。』梅六次本、張松孫本改作『末』。……案作『末』是，今據改。説已詳封禪篇。」

范注：「『風味』，疑當作『風昧』。『風昧』與『風清』相對。説文：『昧，闇也。』小爾雅廣詁：『昧，冥也。』孫君蜀丞曰：『按作末是也。封禪篇云：風末力寡。與此意同。』」

校釋：「『孫人和校作『末』，是也。按韓安國匈奴和親議：『衝風之末，力不能漂鴻毛，非初不勁，末力衰也。』舍人蓋用此語。封禪篇有『風末力寡』語同此。」詩品序評東晉時期的詩是「淡乎寡味」，並説它「建安風力盡矣」，可互相參證。

曹學佺批：「古今一風也，通變之術，亦主風矣。」

以上是説：從黄帝、唐堯時質樸，到宋初的訛濫，越到後來，味道越淡薄。在他看來，商周時代的經書，就文章風格來説，是「麗而雅」，最適中。

黄海章文心短論：「劉勰以爲九代詠歌，雖有不同，但『從質及訛，彌近彌澹』。换句話説，儘管是愈變而愈新，其實是愈變而愈奇詭，愈乏味。所以『矯訛翻淺，還宗經誥』。」

劉大杰主編中國文學批評史：「他認爲黄、唐、虞、夏文學的特色是質勝於文；楚、漢、魏、晉以迄宋初的文學是文勝於質；而商周則是麗而能雅，文質彬彬。這當然是就各時代文學的主要面貌和傾向而言，例如説『楚漢侈而艷』，主要是就辭賦説的，對漢代詩歌、散文就不完全適用。至於黄、唐、虞、夏時代，根本没有産生書面文學，更談不到質勝於文了。」又：「由於從宗經立場出發，劉勰對於後代文學的發展，認識是不足的，對它們的批評也有些是不正確的，他甚至認爲商周以後的文學是每況愈下，這表現了劉勰文學思想中的消極的一面。」

今才穎之士，刻意學文，多略漢篇，師範宋集〔一〕，雖古今備閲，然近附而遠疏矣〔二〕。夫青生於藍〔三〕，絳生於蒨〔四〕，雖踰本色，不能復化〔五〕。

〔一〕范注：「南齊書武陵昭王曄傳：『曄作短句詩，學謝靈運體，以呈上。高帝報曰：見汝二十字，諸兒作中最爲優者。但康樂放蕩，作體不辨有首尾。安仁、士衡深可宗尚，顔延之抑其次也。』此略漢篇師宋集之證。」

校注：「梁書文學下伏挺傳：『爲詩慕謝靈運，至其合也，殆無愧色。時人咸謂康樂之有王籍，如仲尼之有丘明，老聃之有嚴（莊）周。』……並足爲『師範宋集』之證。」

校釋：「舍人之世，作者競學宋人，簡文帝與湘東王書、裴子野雕蟲論俱致譏詆之辭，可證。……簡文但論學之不善者，裴氏則直以舍本逐末爲宋賢流弊。」

〔二〕劉禹昌：「『多略漢篇』四句——這是論述齊梁時期的作者忽視對古代豐富文學遺産的學習和繼承的不良現象。情采篇説：『遠棄風雅，近師辭賦，故體情之製日疏，逐文之篇愈盛。』指瑕篇説：『雅頌未聞，漢魏莫用。……斯實情訛之所變，文澆之致弊。』可互相參證。」

「附」，接近。

〔三〕荀子勸學篇：「青取之於藍，而青於藍。」藝文類聚引作「青出於藍而青於藍」。太平御覽百卉引作「青生於藍而青於藍」。

〔四〕黄注：「爾雅『茹藘』注：『今之蒨也，可以染絳。』疏：『今染絳蒨也，一名茹藘，一名茅蒐。』詩疏廣要注：『本草，茜根，可以染絳，一名蒨。』」范注：「爾雅釋草：『茹藘，茅蒐。』郭注：『今之蒨也，可以染絳。』此言習近略遠之弊。」「蒨」，茜草。「絳」，大紅色。

〔五〕青和絳雖然超過了藍和蒨本來的顔色，但不能再有什麼變化。比喻只「師範宋集」，文章不可能有什麼創新發展。

桓君山云：「予見新進麗文，美而無采，及見劉揚言辭，常輒有得。」〔一〕此其驗也。故練青濯絳，必歸藍蒨〔二〕；矯訛翻淺，還宗經誥〔三〕。斯斟酌乎質文之間，而隱括乎雅俗之際〔四〕，可與言通變矣。

〔一〕范注：「桓譚語當是新論佚文。劉、揚，謂子駿、子雲也。」校注：「按新論：『譚見劉向新序，陸賈新語，乃爲新論。是君山之於新序奉爲述作典範，推崇極矣。』本書諸子、體性、時序、才略四篇，亦皆以劉向與揚雄並舉。更可作爲旁證。范説恐非。」

〔二〕元刻本、弘治本「絳」作「錦」。校注：「按此爲回應上文『夫青生於藍，絳生於蒨』之辭，作『錦』非是。」急就篇注：「練者，煮縑而熟之也。」「練」、「濯」，皆有染意。「必歸藍蒨」，必須歸靠藍草和蒨草。

〔三〕劉禹昌：「言要想矯正『淺而綺』、『訛而新』的形式主義文風，必須以風雅、典誥爲學習典範。」

看來，劉勰的挽救方法只有「矯訛翻淺，還宗經誥」，這樣就又回到「宗經」的路上去。他認爲只有宗經，才能在質文之間、雅俗之間斟酌適當，算是懂得「通變」的道理了。

劉禹昌：「當他分析這種(形式主義)頹風所造成的原因時，他没有能認識到這是由於那個時期統治階級的文人的頽廢没落、逃避現實、思想腐朽、生活空虚所造成的，而只看到一些次要的，如作者的主觀愛好不正確，没有繼承古代優良傳統等，因此，他企圖挽回頽風的辦法，『矯訛翻淺，還宗經誥』，只是治標，不能『挽狂瀾於既倒』。」

「矯訛翻淺，還宗經誥」，就是宗經篇所説的「若稟經以制式，酌雅以富言，是即山而鑄銅，煮海而爲鹽也」。

黄海章文心短論：「『矯訛翻淺，還宗經誥』，是運用儒家文學觀點，來抨擊南朝的形式主義、唯美主義，使文學都是有爲而發，都會有政治作用和教育作用。他所主張的，是貫徹『經誥』的精神，而非模仿『經誥』的形式。看似『復古』，其實含有『創新』的意義。雖然『參古定法』，同時還要『望今制奇』。他明白説出『斟酌乎質文之間，而檃括乎雅俗之際，可與言通變矣』。今古兼顧，雅俗奇正兼收，從而創造出新文學、新風格，這樣做去，是不會走回頭路的。」

〔四〕「檃」元本、弘治本作「隱」，古籍中可通用。荀子性惡篇：「故枸木必將待檃括烝矯然後直。」楊倞注：「檃括，正曲木之木也。烝，謂烝之使柔；矯，謂矯之使直也。」淮南子修務訓：「木直中繩，揉以爲輪；其曲中規，檃括之力。」鎔裁篇：「職在鎔裁，檃括情理，矯揉文采也。」以上爲第二段，從歷代作家作品的發展情況，看歷代文風及其承前啓後的關係，强調繼承與革新並重。

夫誇張聲貌，則漢初已極〔一〕。自兹厥後，循環相因〔二〕；雖軒翥出轍〔三〕，而終入籠内〔四〕。

〔一〕范注：「此特舉一例言之耳，其實歷代皆有新創作，可資模範，不必拘泥於漢初也。」注訂：「是指馬、揚諸氏之作而言。」詮賦篇：「漢初詞人，順流而作：陸賈扣其端，賈誼振其緒，枚、馬同其風，王、揚騁其勢；皋、朔以下，品物畢圖。」夸飾篇：「自宋玉、景差，夸飾始盛。相如憑風，詭濫愈甚。故上林之館，奔星與宛虹入軒；從禽之盛，飛廉與鷦鷯俱獲。及揚雄甘泉，酌其餘波，語瓌奇則假珍於玉樹，言峻極則顛墜於鬼神。」

〔二〕「循環相因」，史記高祖本紀：「三王之道如循環，終而復始。」「因」，沿襲。史記平準書：「太倉之粟，陳陳相同。」

〔三〕「軒翥」，楚辭遠遊：「鸞鳥軒翥而翔飛。」補注：「方言：翥，舉也。」辨騷篇：「固已軒翥詩人之後，奮飛辭家之前。」「軒翥」，高飛貌。

〔四〕宗經篇：「所以百家騰躍，終入環内者也。」高飛離開了舊轍，可是還在籠子裏面。斠詮：「文家之立言，雖云千變萬化，而謀篇裁章，畢竟有法度可循，不容漫無歸心者，亦猶是也。」看來他雖然在贊語裏説「文律運周，日新其業」，實際上他並不贊成絶對的日新月異，他要在「宗經」的口號下對當時的形式主義文風有所匡正，而他所提出來的文學發展觀，是「循環相因」，不是直向前進的。

枚乘七發云：「通望兮東海，虹洞兮蒼天。」〔一〕相如上林云：「視之無端，察之無涯；日出東沼，月生西陂。」〔二〕馬融廣成云：「天地虹洞，固無端涯；大明出東，月生西陂。」〔三〕揚雄校獵云：「出入日月，天與地沓。」〔四〕張衡西京云：「日月於是乎出入，象扶桑於濛汜。」〔五〕此並廣寓極狀〔六〕，而五家如一。諸如此類，莫不相循〔七〕，參伍因革〔八〕，通變之數也〔九〕。

〔一〕文選枚乘七發原文是：「秉意乎南山，通望乎東海，虹洞兮蒼天，極慮兮崖涘。」李善注：「虹洞，相連貌也。」意謂一直望到東海，遠遠地與蒼天融成一片。

〔二〕「月生西陂」，校注：「按當依上林賦作『入乎西陂』。此蓋寫者涉下廣成頌『月生西陂』而誤。」文選李善注：「張揖云：日朝出苑之東池，暮入於苑西陂中。善曰：漢宮殿簿曰：長安有西陂池、東陂池。」

清孫志祖文選考異卷一「上林賦入乎西陂」：「按文心雕龍通變篇引上林賦，作『月生西陂』，然張揖注云：『日朝出苑之東池，暮入於苑西陂中。』則不當作『月生』也。與馬融廣成頌『大明出東，月生西陂』，辭旨自別。」

梁章鉅文選旁證「上林賦入乎西陂」條：「按張揖注云云，則不當作『月生』也。」

〔三〕校證：「『固』原作『因』，梅按頌文改。」

馬融字季長，後漢茂陵人，經學家兼文學家。廣成頌見後漢書卷六十馬融傳，又見全後漢文卷十八。廣成頌原文作：「大明生東，月朔西陂。」「廣成」，漢代宮殿名。校注：「按後漢書馬融傳作『大明生東，月朔西陂』。李注：『朔，生也。』此引『生』爲『出』、『朔』爲『生』，非緣舍人誤記，即由寫者涉上下文而誤。」馬融傳李賢注：「虹洞，相連也。禮記（禮器）曰：『大明生於東，月生於西。』鄭注曰：『大明，日也。』言池水廣大，日月出於其中也。」王先謙集解：「錢大昕曰：『虹洞與鴻絧同。』惠棟曰：『淮南子云：水靡濫振蕩，與天地鴻洞。高誘云：鴻，大也；洞，通也。』」

〔四〕校證：「梅云：『校當作羽。』文通二一作『羽』。」校注：「按『沓』當依漢書揚雄傳上作『杳』。顔注云：『謂苑囿之大，遥望日月皆從中出入，而天地之際杳然縣遠也。說者反以杳爲沓，解云重沓；非惟乖理，蓋已失韻。』今此作『沓』，寫者蓋依文選改也。」羽獵賦見文選卷八「畋獵」類。

王先謙漢書補注：「選『杳』作『沓』。應劭曰：『沓，合也。』據應說，則所見本作『沓』。孫志祖云：楚辭天問：『天何所沓？』王逸注：『沓，合也。言天與地會合何所？』子雲蓋祖屈原之說。」

〔五〕校注：「按『於』字不可解，蓋涉上句而誤者。當依西京賦作『與』。續歷代賦話十四引作『與』，殆據賦文改也。」文選卷二西京賦李善注：「言池廣大，日月出入其中也。淮南子曰：

『日出暘谷，拂於扶桑。』楚辭曰：『出自陽谷，入於濛汜。』」扶桑，神樹名，日出處。山海經海外東經：「湯谷上有扶桑，十日所浴，在黑齒北。居水中，有大木，九日居下枝，一日居上枝。」天問：「出自湯谷，次於蒙汜。」王逸注：「汜，水涯也。言日出東方湯谷之中，暮入西極蒙水之涯也。」

〔六〕劉禹昌：「廣寓極狀——言廣闊的觀察和極力的描繪。寓，據左傳『得臣與寓目焉』，寓目即屬目，注視的意思。」周注：「廣寓，廣泛比喻。寓，寄托，托喻。極狀，極力形容。」

〔七〕紀評：「此段言前代佳篇，雖巨手不能凌越，以見漢篇之當師，非教人以因襲，宜善會之。」范注：「彥和雖舉此五家爲例，然非教人屋下架屋，摸擬取笑也。」

〔八〕易繫辭上：「參伍以變，錯綜其數，通其變，遂成天地之文。」注：「參，三也；伍，五也。略舉三五，諸數皆然也。」荀子成相：「參伍明，謹施賞罰。」文論選：「參伍因革——有因有革，繼承與創作參錯運用的意思。按上面所舉，是古今相因的例子，説明通變並不一定要盡變前人。」明詩篇：「宋初文詠，體有因革。」

按：在藝術形式方面，劉勰對辭的夸張描寫，舉出漢朝五位賦家的描繪作爲例證，説明描寫方式大都是繼承前人而又有所變化。就他所舉的對於大海和天地日月的描寫來看，變化是不大的，所以他才得出「五家如一」、「莫不相循」的結論。他也説「參伍因革，通變之數也」，就是説通變的方術是有因襲、有革新，繼承與創造交替運用，但在他舉出的「五家如一」的例子裏，並没有把創造的因素顯示出來。他指出「雖軒翥出轍，而終入籠内」，意思是説雖然想高飛遠馳越出軌轍，始終離不開固定的圈子。這種説法，實質上是抹煞了創造性。象曹操的觀滄海，雖然以同類的文辭來描寫大海和天地日月，却用來象徵他博大的胸懷，不是單純的寫景，豈不就躍出圈子了嗎！

遊國恩槁庵隨筆十二賦家蹈襲：「楚辭遠遊云：『往者余弗及兮，來者吾不聞。』東方朔七諫初放襲之云：『往者不可及兮，來者不可待。悠悠蒼天兮，莫我振理。』莊忌哀時命又襲之云：『哀時命之不及古人兮，夫何餘生之不遘時？往者不可攀援兮，來者不可與期。』展轉抄襲，了無新義。至陳子昂登幽州臺歌更總括其意曰：『前不見古人，後不見來者。念天地之悠悠，獨愴然而涕下！』意猶是也，而鑄詞獨偉，所謂『師其意不師其辭』者也。後人或不知其所本，輒驚爲奇作。不知子昂之化臭腐爲神奇也。」（國文月刊第四十期）

周振甫詩詞例話仿效和點化一節引王世貞藝苑卮言卷三：「魏武帝樂府：『東臨碣石，以觀滄海。……日月之行，若出其中；星漢燦爛，若出其裏。』其辭亦有本。相如上林云：『視之無端，察之無涯。日出東沼，月生西陂。』馬融廣成云：『天地虹洞……月生西陂。』揚雄校獵云：『出入日月，天與地沓。』然覺揚語奇，武帝語壯。又『月生西陂』語有何致，而馬融復襲之？」下面振甫説：「文學創作中的點化手法是多種多樣的，一種是比前人説得更具體，更豐富，創造出新的境界。比方司馬相如上林賦：『視之無端，察之無涯。』指上林地方廣闊無邊，這是概念的説明。下文説：『日出東沼，月生西陂』，比較具體些，還缺乏形象描寫。揚雄校獵賦作：『出入日月，天與地沓。』第二句説，在那裏境界廣闊，望出去天與地合而爲一，這樣説就有新意。曹操在觀滄海裏説成：『日月之行，若出其中，星漢燦爛，若出其裏。』把星漢的形象加進去，配上山島、秋風、洪濤的描寫，内容更豐富，境界更開闊，色彩更鮮明，構成新的意境，就比司馬相如的話更具體生動了。這就是善於點化的一例。再像馬融廣成頌作：『天地虹洞，固無端涯。』同司馬相如的話一樣，也是概念的。又説：『大明出東，月生西陂。』也講日東升月西升，只是换個字面。這樣的模仿是要不得的，它既没有加上新東西，又不能豐富原來的話，就談不上點化了。」

〔九〕斯波六郎：「周易繫辭上：『參伍之變，錯綜其數。通其變，遂成天地之文，極其數，遂定天下之象。』

物色篇：『古來辭人，異代接武；莫不參伍以相變，因革以爲功。』實際上也是通變的過程，它是體現了通變的規律性的，所以説：『參伍因革，通變之數也。』」

以上爲第三段，舉出漢代辭賦中五家作品説明在互相因襲中又有所改變。

是以規略文統，宜宏大體〔一〕。先博覽以精閲〔二〕，總綱紀而攝契〔三〕；然後拓衢路〔四〕，置關鍵〔五〕，長轡遠馭，從容按節〔六〕。憑情以會通〔七〕，負氣以適變〔八〕；采如宛虹之奮鬐〔九〕，光若長離之振翼〔一〇〕，迺穎脱之文矣〔一一〕。

〔一〕文論選：「規劃文章的綱領，應該得其大體，即掌握住根本原則的意思。」「宏」，擴大、發揚。斠詮：「統，謂統系，統紀。……大體，猶言全局規模。淮南子汎論訓：『觀小節，足以知大體。』莊子天下：『後世之學者，不幸不見天地之純，古人之大體，道術將爲天下裂。』」

〔二〕神思篇：「積學以儲寶，酌理以富才，研閱以窮照。」滄浪詩話：「詩有別材，非關書也；詩有別趣，非關理也。然非多讀書，多窮理，則不能極其致。」文心雕龍講疏：「覽必博，閱必精，然後能識取舍之義，應隨時之變。若不博不精而好變古，必有陷滓之憂矣。」

〔三〕文選陸機文賦：「意司契而爲匠。」五臣注：「司、理，契、要，匠、宗也……立意以理要爲宗。」攝契即抓住文章要點。神思篇：「含章司契，不必勞情也。」「契」，栔之假借。説文：「栔，刻也。」「攝契」，從事雕刻，喻寫作。

〔四〕劉禹昌：「衢路——四達的道路，這裏用來比喻作品的思想主題。章句篇説：每一句是『聯字以分疆』，而全章則是『總義以包體』，句與章的關係是『區畛相異，而衢路交通矣』。作品的這一句和那一句的意思是有區別的，各有它們不同的分工，但是作品的思想主題，則是貫通着全章的每一句，所以劉勰用『區畛』（田間小道）和『衢路』（大路）的關係予以説明。」

〔五〕校證：「『置』，汪本、兩京本作『直』，謝校作『置』。」「置關鍵」指安排重點而言。

黃海章文心短論：「談到關鍵的設置，也隨着路向的拓展而不同。所謂關鍵，主要指篇章的結構。如何分別主次？如何突出重點？如何聯貫首尾？如何流通氣勢等等。這在前人有一定的法度可循，但是拘囚於法度之中，不能縱橫變化於法度之外，只是死文而不是活文，能做到這樣，便真正能『通變』了。」

〔六〕校注：「按文選孫楚爲石仲容與孫皓書：『長轡遠御（「御」、「馭」古今字），妙略潛授。』南齊書孔稚圭傳：『乃上表曰：「……長轡遠馭，子孫是賴。」』」

斠詮：「從容，舉動也。禮緇衣：『從容有常。』疏：『謂舉動有其常度。』中庸：『從容中道。』王念孫曰：『謂一舉一動莫不中道也。』按節，猶言安節，謂節奏安和，有按步就班之意。陸機文賦：『然後選義按部，考辭就班。』」

黃海章文心短論：「『長轡遠馭，從容按節』是告訴我們要有遠大的眼光，持久的精神，從容的態度，不要局限於小成，也不要急於求成，才能醞釀以成變化之功。」

〔七〕「會通」，易繫辭上：「聖人有以見天下之動，而觀其會通。」此處「會通」即繫辭中的「觀其會通」，指領會掌握事物發展變化中的關鍵問題（貫通之處），亦即通過借鑒古代的經籍，領會掌握古今文學的通要。

〔八〕「適變」，易繫辭下：「易之爲書也不可遠，爲道也屢遷，變動不居，周流六虛，上下無常，剛柔相易，不可爲典要，唯變所適。」謂適應文學發展變化的潮流。

范注：「竊案『憑情以會通，負氣以適變』二語，尤爲通變之要本。蓋必情真氣盛，骨力峻茂，言人不厭其言，然後故實新聲，皆爲我用。若情匱氣失，效今固不可，擬古亦取憎也。」說文：「負，恃也。」「氣」，才氣。

〔九〕范注：「文選張衡西京賦：『瞰宛虹之長鬐。』薛綜注曰：『鬐，脊也。』」張銑注：「宛，謂屈曲也。鬐，虹鬣也。」

〔一〇〕校證：「『光』原作『毛』，梅據曹學佺改。」考異：「從光是，與上采偶。」校注：「按曹改是。漢書禮樂志：『長麗前掞光耀明。』臣瓚曰：『長麗，靈鳥也。故相如賦（大人賦）曰：「前長麗（漢書作「離」）而後矞皇。」舊說云：「鸞也。」』師古曰：『麗，音離。』」黃注：「張衡思玄賦：『前長離使拂羽兮。』注：『長離，朱雀也。』」劉禹昌：「張衡思玄賦呂延濟注：『長離，南方朱鳥鳳也。』朱鳥，天上二十八宿南方七宿的總稱，古代神話把它人格化了，比做鳳凰，叫它靈鳥。」

〔一一〕黃注：「（史記）平原君傳：毛遂曰：臣今日請處囊中耳。使遂蚤得處囊中，乃脱穎而出，非特其末見而已。」沈巖臨何焯校本「穎脱」改「脱穎」。

若乃齷齪於偏解〔一〕，矜激乎一致〔二〕；此庭間之迴驟〔三〕，豈萬里之逸步哉〔四〕！

〔一〕黃注：「張衡西京賦：『獨儉嗇以齷齪。』注：『齷齪，小節也。』司馬相如難蜀父老：『委瑣齷齪。』注：『齷齪，局促也。』」文選鮑照放歌行：「小人自齷齪。」呂延濟注：「齷齪，短狹貌。」

〔二〕范注：「致，至也。一致猶言一得。」斯波六郎：「抱朴子辭義：『夫才有清濁，思有修短，雖並屬文，參差萬品，或浩瀁而不淵潭，或得事情而辭鈍，違物理而言功，蓋偏長之一致，非兼通之才也。』」文論選：「片面地强調，誇耀一得之見。」「矜激」，驕傲偏激。

〔三〕范注：「楚辭嚴忌哀時命：『騁騏驥於中庭兮，焉能極夫遠道。』王逸注曰：『言騏驥一馳千里，乃騁之中庭促狹之處，不得展足以極遠道也。』」「迴」，謂曲折回旋。「驟」，說文：「馬疾步也。」這好比在院子裏打着圈子跑馬。

〔四〕「逸」是快。意爲這哪裏是萬里長途上奔馳呢！札記：「彦和此言，爲時人而發，後世有人高談宗派，壟斷文林，據其私心以爲文章之要止此，合之則是，不合則非，雖士衡、蔚宗，不免攻擊，此亦彦和所譏也。」

第四段指出通變的基本方法和要求。

贊曰：文律運周〔一〕，日新其業〔二〕。變則堪久〔三〕，通則不乏〔四〕。趨時必果〔五〕，乘機無怯〔六〕。望今制奇〔七〕，參古定法〔八〕。

〔一〕文賦：「普辭條與文律。」「文律」，文章的規律。校注：「曹子建集朔風詩：『四氣代謝，懸景運周。』」「運周」，運轉不停。

〔二〕易繫辭上：「盛德大業至矣哉！富有之謂大業，日新之謂盛德。」

〔三〕校證：「『堪』原作『其』，梅疑作『可』，吴校作『堪』，今據改。」校注：「『其』，黄校云：『疑作可』。『其』字與上句重出固非，然與『可』之形不近，恐難致誤。改『堪』亦未必是。疑原作『甚』，非舊本闕其末筆，即寫者偶脱。」考異：「從『可』從『堪』皆通，從甚則非。」按沈巖臨何焯校本「其」改「堪」。易繫辭上韓康伯注：「通變則無窮，故可久也。」

〔四〕「通則不乏」，語意出自易繫辭上：「是故闔户謂之坤，闢户謂之乾，一闔一闢謂之變，往來不窮謂之通。」

〔五〕易繫辭下：「吉凶悔吝者，生乎動者也。剛柔者，立本者也。變通者，趣時者也。」

以上兩句意謂只要適應發展變化的要求，文學就會有永存的生命力。

〔六〕校注：「『怯』，黄校云：『一作跲。』天啓梅本作『跲』。元本、弘治本……作『法』；何本、凌本、合刻本、梁本……崇文本作『怯』。按『法』字蓋涉末句『參古定法』而誤。以其形推之，『怯』與『法』較近，當以作『怯』爲是。」考異：「『法』字誤。跲，躓也。……怯，多畏也，義皆可通，從『怯』爲長。」

〔七〕「望今制奇」，要看準今天文學發展的動向來出奇制勝。

〔八〕范注：「抱朴子尚博篇：『俗士多云：「今山不及古山之高，今海不及古海之廣，今日不及古日之熱，今月不及古月之朗。」何肯評今之才士，不減古之枯骨！』今亦有勝於古者，豈可一概論乎！望今制奇，參古定法，彥和固不教人專事效古也。」

斠詮：「此二語蓋與漢書武帝紀元狩六年詔所謂『稽諸往古，制宜於今』二句，詞異而義同也。……『望今制奇，參古定法』，彥和固不教人專事效古也。」

周勳初梁代文論三派述要：「蕭統在文選序中也提出了類似『通變』的學說。『若夫椎輪爲大輅之始，大輅寧有椎輪之質？增冰爲積水所成，積水曾微增冰之凛。何哉？蓋踵其事而增華，變其本而加厲。物既有之，文亦宜然。隨時變改，難可詳悉。』這是說藝術形式與藝術手法是隨着時代發展的，向美的方向發展的。於此不能有保守觀點，這等於說的『文律運周，日新其業』，『變則其久』，『望今制奇』。」（中華文史論叢第五輯）

袁宏道雪濤閣集序（鍾伯敬增定本袁中郎全集卷一）：「文之不能不古而今也，時使之也。妍媸之質，不逐目而逐時。是故草木之無情也，而鞓紅鶴翎，不能不改觀於左紫溪緋。惟識時之士，爲能隄其隤而通其所必變。夫古有古之時，今有今之時，襲古人語言之迹，而冒以爲古，是處嚴冬而襲夏之葛者也。

「騷之不襲雅也，雅之體窮於怨，不騷不足以寄也。後之人有擬而爲之者，終不肖也，何也？彼直求騷於騷之中也。至蘇、李述別及十九等篇，騷之音節體致皆變矣，然不謂之真騷不可也。古之爲詩者，有泛寄之情，無直書之事；而其爲文也，有直書之事，無泛寄之情；故詩虛而文實。晉、唐以後，爲詩者有贈別、有叙事；爲文者有辨說，有論叙。架空而言，不必有其事與其人，是詩之體已不虛，而文之體已不能實矣。古人之法，顧安可概哉？夫法因於敝而成於過者也。矯六朝駢麗飣餖之習者，以流麗勝，飣餖者固流麗之因也。然其過在輕纖，盛唐諸人，以闊大矯之；已闊矣，又因闊而生莽，是故續盛唐者，以情實矯之。已實矣，又因實而生俚，是故續中唐者，以奇僻矯之。然奇則其境必狹，而僻則務爲不根以相勝，故詩之道，至晚唐而益小。有宋歐、蘇輩出，大變晚習，於物無所不收，於法無所不有，於情無所不暢，於境無所不取，滔滔莽莽，有若江河。今之人徒見宋之不唐法，而不知宋因唐而有法者也。如淡非濃，而濃實因於淡。然其弊至以文爲詩，流而爲理學，流而爲歌訣，流而爲偈誦，詩之弊又有不可勝言者矣。」

郭紹虞、王文生文心雕龍再議：「關於繼承與革新，在對待文藝傳統，處理古與今的關係上，劉勰以『通變』來表述二者的正確關係，既反對『循環相因』，又反對『近附而遠疏』；主張有所繼承，又有所革新。如果只有繼承而無革新，則文學無所發展；如果只講革新而無繼承，則文學必然流於貧乏。『變則其久』、『通則不乏』，只有二者互相補充，纔能『日新其業』，使文學創作產生出新作品，創造出新成就，繼承與革新，古與今兩個方面不能偏廢，但也不容等量齊觀。在劉勰看來，『今』是出發點，是主要的一面，所以要『望今制奇』，『參古定法』，所以要『趨時必果，乘機無怯』。總的説來，劉勰用『通變』對正確處理繼承與革新、古與今的關係，作了概括的説明，包含着辯證法的思想。」（光明日報一九七八年十月三十一日）

定勢第三十

文鏡秘府論論對屬：「然文無定勢，體有變通。」

札記：「吾嘗取劉舍人之言審思而熟察之矣。彼標其篇曰定勢，而篇中所言，則皆言勢之無定也。其開宗也，曰『因情立體，即體成勢』，明勢不自成，隨體而成也。……又曰循體成勢，因變立功，明文勢無定，不可執一也。舉桓譚以下諸子之言，明拘固者之有所謝短也。終譏近代辭人以效奇取勢，明文勢隨體變遷，苟以效奇爲能，是使體束於勢，勢雖若奇，而體因之弊，不可爲訓也。贊曰『形生勢成，始末相承』，明物不能有末而無本，末又必自本生也。凡若此者，一言蔽之曰：體勢相須而已。」下面解釋「勢」說：「『勢』當爲『埶』，『埶』者『臬』之假借。」把「勢」當成古代插在地上測日影的標杆。「以其端正有法度，則引申爲法度之稱。」又說：「言氣勢者，原於用臬之辨趨向。」「文之有勢，蓋兼二者之義而用之（即指法度和氣勢）。」

范注：「此篇與體性篇參閱，始悟定勢之旨。所謂勢者，既非故作慷慨，叫囂示雄，亦非强事低回，舒緩取姿；文各有體，即體成勢，章表奏議，不得雜以嘲弄，符册檄移，不得空談風月，即所謂勢也。……人之才性不同，善此者不必善於彼……若夫兼解俱通，惟淵乎文者爲能，偏才之士，但能郛郭不踰。體勢相因，即文非最優，亦可以無大過矣。」又云：「勢者，標準也，審察題旨，知當用何種體制作標準。標準既定，則意有取舍，辭有簡擇，及其成文，止有體而無所謂勢也。」

似對全篇用意不甚瞭然於懷。郭紹虞中國古典文學理論批評史也把「勢」解作「標準」，但未加說明。

校釋：「統觀此篇，論勢必因體而異，勢備剛柔奇正，又須悦澤，是則所謂勢者，姿也，姿勢爲聯語，或稱姿態；體勢，猶言體態也。」

郭注：「勢是作品所表現的語言姿態，即語調辭氣。本篇論述決定作品語言姿態的條件，所以叫定勢。」

周注：「按照不同的内容來確定不同的體制和風格，這就是定勢。」

王元化劉勰風格論補述：「劉勰提出體勢這一概念，正是與體性相對。體性指的是風格的主觀因素，體勢則指的是風格的客觀因素。」（見文心雕龍創作論）

施友忠文心雕龍英譯本把「勢」解釋作風格，把定勢這一題目譯爲風格的選定。

王金凌定勢篇疏釋：「體勢即今之所謂風格。體勢見於才質、内容、形式、體要的融合中，並非在此四者之外，别有體勢。」又：「若嚴格地説，只有勢才是風格。但我國文字……往往爲了便於誦讀，而將二個以上的字結合成詞……而結合時，這些字也語意相關，於是有偏義複詞，體勢即其一例。」（見文心雕龍文論術語析論）

寇效信釋體勢：「對自然界事物來説，『勢』指它一定的姿態；對文章來説，『勢』則含有風格的意思。但這種風格，不是作家的個人風格，而是文體風格。」又：「從劉勰的論述來看，『勢』包括文體風格，但不等於文體風格。『勢』字的本義，有趨勢的意思，作爲文學理論術語的『勢』，同樣有趨勢之意。……『勢』這一概念的内涵，應包括這樣幾點：（一）一定的文體風格；（二）形成這一風格的必然趨勢；（三）造成風格趨勢的作家的慕習。一句話，『勢』就是由作家的慕習所決定的形成文體風格的必然趨勢。」（見文心雕龍學刊第一輯）

涂光社文心雕龍「定勢論」淺説：「倘將含有風格因素的術語，如象文心中的『體』、『體勢』、『勢』統統不加區別地釋爲風格，至少是忽略了它們各自不能取代的特點，這樣做造成了概念上的混亂。」又：「『定勢』是創作過程擇『術』的一部分，『勢』與現代文論中的表現方式在概念上有某些相近之處。」（文學評論叢刊第十三輯，下同）但他又説：「各個藝術種類、各種題材内容都有一種適應自己需要的最完美的表現方式，這種表現方式就是這種藝術或題材内容的標準風格。」接着又引黑格爾美學第一卷裹的話説：「風格就是服從所用材料的各種條件的一種表現方式。」這是自相矛盾的。

涂光社又説：「釋『勢』須考慮三方面因素：其一……『勢』是靈活多變可以相機制宜的……其二，『勢』即『體』而成，創作體制各自都有特點，它們對『勢』有風格上的要求；『勢』還受作家藝術表現上傾向性的影響，受作家藝術素養和創作個性的制約。因此，『勢』含有風格的因素。其三，劉勰是將『勢』作爲一種適應『情』與『體』需要的『術』來論述的。」前兩點可以成立，第三點把「勢」作爲一種「術」來看待，就没有根據。

按程器篇說：「孫武兵經，辭如珠玉，豈以習武而不曉文也。」劉勰不僅欣賞孫子兵法的文章，而且學習孫子兵法中樸素的辯證觀點，並把它運用於文學理論。孫子十三篇中有勢篇，曹操注：「用兵任勢也。」孫子兵法對「形」、「勢」的分析是文心雕龍定勢篇的主要來源。

明李夢陽駁何氏論文書：「作文如作字，歐、虞、顏、柳，字不同而同筆。筆不同，非字矣。不同者何也？肥也，瘦也，長也，短也，疏也，密也。故六者勢也，字之體也，非筆之精也。」

蔡邕篆勢：「體有六篆，巧妙入神。……揚波振擊，龍躍鳥震。延頸脅翼，勢似淩雲。……若行若飛，岐岐翾翾。」

又隸勢：「隨事從宜，靡有常制。……或長邪角趣，或規旋矩折。脩短相副，異體同勢。……奇姿譎誕，不可勝原。」可見書法中的筆勢有一種動態的美。

在定勢篇里，「勢」和「體」聯係起來，指的是作品的風格傾向，這種趨勢本來是變化無定的。通變篇說：「變文之數無方。」「勢」就屬於通變篇所謂「文辭氣力」這一類的。這種趨勢是順乎自然的，但又有一定的規律性，勢雖無定而有定，所以叫作「定勢」。

「定勢」是要運用「文變」之「術」的，但「勢」的本身並不是「術」。「定勢」的內容，也牽涉到風格的模仿和習染問題，勢的本身並不限於文體風格。

夫情致異區〔一〕，文變殊術，莫不因情立體〔二〕，即體成勢也〔三〕。勢者，乘利而爲制也〔四〕。

〔一〕世説新語文學篇："「其夜清風朗月，聞江渚間估客船上有詠詩聲，甚有情致。」又賞譽："「殷中軍道韓太常曰：康伯少自標置，居然是出群器，及其發言遣辭，往往有情致。」"顔氏家訓文章篇："「詩云：『蕭蕭馬鳴，悠悠旆旌。』毛傳云：『言不諠譁也。』吾每嘆此解有情致。」"

斠詮："「晉書孫綽傳：『高情遠致。』區……類也。論語子張：『區以別矣。』此處宜作『品類』解。……『情致異區，文變殊術』，與體性篇贊語『才性異區，文體繁詭』，辭雖小異，義實相通。」"

王金凌："「人秉七情，應物斯感，而才性學習之不同，其所感所思也就千差萬別，因此説『情致異區』。至於媒介技巧的運用亦變化多端。故稱『文變殊術』。」"

〔二〕一位作家在不同的場合進行創作，由於「情致異區」，就會「文變殊術」，就會表現爲不同的風格。辨騷篇説："「騷經、九章，朗麗以哀志；九歌、九辯，綺靡以傷情；遠遊、天問，瓌詭而惠巧；招魂、招隱，耀艷而深華。」"以上所説的「朗麗」、「綺靡」、「瓌詭」、「耀艷」等等，就很清楚地指出了屈原不同作品的不同風格。以賦爲例：詮賦篇説："「原夫登高之旨，蓋覩物興情，情以物興，故義必明雅；物以情觀，故詞必巧麗。……文雖新而有質，色雖糅而有本。此立賦之大體也。」"這就是作賦之前如何「因情立體」的。所謂「立體」，就是確立某一體裁作品的規格要求和風格要求。屬於文體論的各篇裏，對每種體裁的文章有什麼規格要求和風格要求，都有所論述。那就講的是「因情立體」。寇效信釋體勢：「『體』這一概念包括三個方面：（一）文章的不同類別；（二）成『體』的原則和方式；（三）特定的風格要求。這三點緊密結合，三位一體。」我們認爲他所説的第一方面，可以叫作「體裁」，第二方面可以叫做「體制」，也就是「大體」。

〔三〕校釋：「此篇首曰：『因情立體，即體成勢』。……舉證明之，則如離騷、九章之體，以抒怨悱之思，故文勢纏綿而往復；遠遊、九歌之體，託情神怪之事，故文勢恢麗而佹僪；變風、變雅，以序述亂離，風刺淫蕩，勢自難於雍容；兩都、二京，以原本山川，極命草木，勢自入於閎侈；又如漢魏古詩多切近人事，故明雅而切附；淵明變而寄興田園，故疎野而沖曠；靈運變而放志山水，故巉岩而蕭散；梁陳而下，宫體日興，志思淫蕩，故穠艷而綺麗，皆自然之勢也。又如詠戰伐者必激昂，叙兒女者定柔婉，寫離亂者含悲辛，記遊宴者多酣暢，此又雖一人之作，亦必因情而立體，即體而成勢者也。」

〔四〕孫子計篇：「計利以聽，乃爲之勢，以佐其外；勢者，因利而制權也。」王晳注：「勢者，乘其變者也。」張預注：「自此而後，略言權變。」鄭友賢十家注孫子遺説：「計利之外所佐者何？勢。曰：兵法之傳有常，而其用之也有變。常者，法也；變者，勢也。」孫子解釋「勢」字的這句話是説：勢就是趁着有利的條件而進行機動。

如機發矢直，澗曲湍回，自然之趣也〔一〕。圓者規體，其勢也自轉；方者矩形，其勢也自安〔二〕。文章體勢〔三〕，如斯而已。

〔一〕「機」，機弩。弓弩上所設機括（發箭的機件）。像弩機一發，射出去是直的；曲折的山澗中形成的湍流必然有回旋，這都是自然的趨勢。下面又說：「譬激水不漪，槁木無陰，自然之勢也。」「趣」和「趨」古代是通用的，「自然之趣」就是自然的趨勢。孫子勢篇說：「激水之疾，至於漂石者，勢也；鷙鳥之疾，至於毁折者，節也。是故善戰者，其勢險，其節短。勢如彍弩，節如發機。」這些比喻也是從孫子兵法來的。又虚實篇：「兵無常勢，水無常形，能因故變化而取勝者，謂之神。」講的都是一個道理。

〔二〕此處謂圓以規成體，方以矩成形。例如球體是圓的，它的重心不穩定，因此它的趨勢就是轉動。一個立方體或長方體，它的各面多呈矩形，因此它就趨於安定。這幾句話也是有來源的。孫子勢篇説：「故善戰者，求之於勢，不責於人，故能擇人而任勢。任勢者，其戰人也，如轉木石。木石之性，安則静，危則動，方則止，圓則行。故善戰人之勢，如轉圓石於千仞之山者，勢也。」尹文子大道上：「圓者之轉，非能轉而轉，不得不轉也；方者之止，非能止而止，不得不止也。」所謂「自然」者，就是不得不然。可見定勢篇的「勢」，就是靈活機動而自然的趨勢。

墨子法儀：「百工爲圓以規。」淮南子原道訓：「員者常轉，自然之勢也。」爲圓之器曰規，爲方之器曰矩。孟子離婁上：「不以規矩，不能成方圓。」

紀評：「行乎其不得不行，轉也；止乎其不得不止，安也。」

〔三〕嵇康琴賦：「若論其體勢，詳其風聲，器和故響逸，張急故聲清。」諸子篇：「兩漢以後，體勢漫弱。」文章的這種趨勢是乘着一時的「因勢利導」而自然形成的。它没有一定之規，猶之乎箭從弩機上發出去是直的，水從澗中流出是迂回的，都是自然的趨勢。圓體或立方體的趨勢是由「體」本身來決定的。文章的「體」與「勢」之關係也是如此。

定勢篇的「勢」，一般指的是趨勢或傾向，「勢」和「體」聯係起來，則指的是作品風格的傾向。

是以模經爲式者，自入典雅之懿〔一〕；效騷命篇者，必歸艷逸之華〔二〕；綜意淺切者，類乏醞藉〔三〕；斷辭辨約者，率乖繁縟〔四〕。譬激水不漪〔五〕，槁木無陰，自然之勢也。

紀評：「自篇首至『自然之勢』一段，言文各有自然之勢。」

〔一〕范注：「宗經篇：『稟經以製式。』」體性篇：「典雅者，鎔式經誥，方軌儒門者也。」

「懿」，美。凡是取法於儒家經典的作品，自然具有雅正之美。

風骨篇：「潘勗錫魏，思摹經典。」詔策篇：「潘勗九錫，典雅逸群。」

〔二〕范注：「辨騷篇贊：『驚才風逸，艷溢錙毫。』」

才略篇：「相如好書，師範屈、宋，洞入夸艷，致名辭宗。」

〔三〕校注：「『藉』，兩京本、何本、梅本、凌本、合刻本……崇文本作『籍』。按『醖藉』又作『温藉』、『蘊藉』或『緼藉』，其『藉』字無作『籍』者。兩京本等作『籍』，誤。漢書薛廣德傳：『廣德爲人，温雅有醖藉。』服虔曰：『寬博有餘也。』」王念孫曰：「服説及顔注義縱傳是也。（按義縱傳：『少温藉。』注：『言無所含容也。』）不必分『醖』爲醖釀，『藉』爲薦藉也。」見王先謙漢書補注。

〔四〕校注：「『斷』，黄校云：『一作斲。』徐𤊹云：『當作斲。』按『斷』字不誤。『斷辭』二字出易繫辭下。徵聖、比興兩篇亦並用之。」徵聖篇：「易稱辨物正言，斷辭則備。」比興篇：「斷辭必敢。」

斠詮：「審上下文義，此處以作『斲辭』爲勝。斲辭猶修辭。」議對篇：「文以辨潔爲能，不以繁縟爲巧。」

〔五〕注訂：「説文無『漪』字，集韻：『音猗，水波也。』初學記：『水波如錦文曰漪。』左思吴都賦『刷盪漪瀾』，注：『漪瀾，水波也。』」

傅庚生中國文學欣賞舉隅：「意必深蓄，而以自然出之，不應矯設其意而出於勉强，是『激水不漪』之説也；辭必深練，而以至巧出之，不應平庸其辭，而出於率易，是『槁木無陰』之説也。」

劉勰提出：凡是「模經爲式者」，作品風格自然趨向於「典雅」；「效騷命篇者」，作品風格自然趨向於「艷逸」。這主要是由後天的習染造成的。

體性篇指出：「雅與奇反，奥與顯殊，繁與約舛，壯與輕乖。」本篇裏又進一步提出：「綜意淺切者」，一般説來，就不會有含蓄的風格；「斷辭辨約者」，一般説來，就不會有繁縟的風格。這也是自然的趨勢。

以上爲第一段，闡明定勢所依據的規律和基本原則，重點在説明文之有勢出於自然。

是以繪事圖色，文辭盡情；色糅而犬馬殊形，情交而雅俗異勢〔一〕。鎔範所擬，各有司匠〔二〕；雖無嚴郛，難得踰越〔三〕。

〔一〕紀評：「自『繪事圖色』以下，言勢無定格，各因其宜，當隨其自然而取之。」

校釋：「『情交』。按各本皆如此，以文義求之，『交』乃『駮』之殘字。『情駮』與上句『色糅』爲類，作『交』無義。」

綴補：「案『情交』與『色糅』自爲類，無煩改字。『交』與『殽』聲義並近，説文：『殽，相錯雜也。』交亦雜也，莊子刻意篇：『不與物交，淡之至也。』淮南子原道篇『交』作『殽』（今本「殽」誤「散」，王念孫雜志有説）。文子道原篇、自然篇並作『雜』。明『交』、『殽』並有雜義。糅亦雜也，儀禮鄉射禮：『無物，則以白羽與朱羽糅。』鄭玄注：『糅，雜也。』淮南子精神篇：『審乎無瑕，而不與物糅。』高誘注：『能審順之，故不與物相雜糅也。』並其證。」

〔二〕南齊王融永明九年策秀才文：「且有後命，事資鎔範。」善注：「應劭曰：『鎔，錢模也。』禮記：『孔子曰：然後範金合土。』鄭玄曰：『範，鑄作模器用也。』」五臣翰注：「鎔，銷；範，法也。」鎔範，此處指學習對象。「擬」，模擬。「司匠」，主司制作之匠事。有些作家是「模經爲式」，有些作家「效騷命篇」，所以説：「鎔範所擬，各有司匠」。

〔三〕黄注：「説文：『郛，郭也。』西京賦：『經城洫，營郭郛。』」斟詮：「法言吾子：『虐政虐世，然後知聖人之爲郛郭也。』注：『郛郭限内外，禦姦宄，聖人崇仁義，正愆違。』彦和用於此處有界限之意。」

這裏用繪畫來比擬文章的寫作。在繪畫時，不同的顏色雜糅，形成犬馬等各種物體形象；在寫作時，不同的情感交融，形成雅俗等各種風格傾向。我們在規劃文章的體制時，總要向前人來學習，而作爲學習對象的風格流派，都是各有師承，各有特殊的精神面貌的。其間對立的風格傾向，雖然没有嚴格的界限，但總是「難得踰越」這個風格流派的界限的。

然淵乎文者，並總群勢；奇正雖反，必兼解以俱通；剛柔雖殊，必隨時而適用〔一〕。若愛典而惡華，則兼通之理偏〔二〕；似夏人争弓矢，執一不可以獨射也〔三〕。若雅鄭而共篇，則總一之勢離〔四〕；是楚人鬻矛譽楯，兩難得而俱售也〔五〕。

〔一〕札記：「『並總群勢』至『剛柔雖殊，必隨時而適用』——此明言迭用柔剛，勢必加以銓別，相其所宜，既非執一而鮮通，亦非雜用而不次。」這是說：在寫作上有深刻修養的人，善於綜合各種的風格，無論是新奇的、雅正的，剛性的、柔性的，都能够融會貫通，隨時應用。

「淵乎文者」往往不爲一種風格流派所局限，而具有多樣化的風格，並且這些多樣化的風格又是統一於他的主導風格傾向的。就李白來説，他的主導傾向是浪漫主義的，但也有現實主義的詩篇，如丁都護歌之類。他的主導風格是豪放飄逸而具有剛性美的，但也有寫男女柔情的詩篇，如子夜吴歌之類。同樣，杜甫是現實主義詩人，有些作品富有浪漫主義氣息，如望嶽之類。他的主導風格是沉郁頓挫，可也有情調明快的詩篇，如聞官軍收河南河北之類。無論是李白或杜甫，其多樣化的風格傾向，都統一於他們本人的主導風格。尤其是杜甫的詩，可以説是集各種風格流派之大成。所以元稹在唐工部員外郎杜甫墓係銘裏説：「至於子美，蓋所謂上薄風雅，下該沈、宋，言奪蘇、李，氣吞曹、劉，掩顔、謝之孤高，雜徐、庾之流麗，盡得古今之體勢，而兼人人之所獨專矣。」

王安石説杜甫詩「悲懽窮泰，發斂抑揚，疾徐縱横，無施不可。故其詩有平淡簡易者，有綺麗精確者，有嚴重威武若三軍之帥者，有奮迅馳驟若泛駕之馬者，有淡泊閑静若山谷隱士者，有風流醖藉若貴介公子者」（見胡仔苕溪漁隱叢話前集卷六引遯齋閑覽）。胡元瑞也説：「杜詩正而能變，變而能化，化而不失本調，不失本調而兼得衆調，故絶不可及。」（見胡震亨

唐音癸籤卷六評彙二）

張戒歲寒堂詩話：「王介甫只知巧語之爲詩，不知拙語亦詩也。山谷只知奇語之爲詩，不知常語亦詩也。歐陽公詩專以快意爲主，蘇端明專以刻意爲工，李義山詩只知有金玉龍鳳，杜牧之詩只知有綺羅脂粉，李長吉詩只知有花草粉蝶。惟杜子美則不然，在山林則山林，在廊廟則廊廟，遇巧則巧，遇拙則拙，遇奇則奇，遇俗則俗，或放或收，或新或舊，一切事，一切意，一切物，無非詩者。」

朱熹朱子文集大全類編：「李太白詩，不專是豪放，亦有雍容和緩底，如首篇『大雅久不作』，多少和緩！陶淵明詩，人皆説是平淡，據某看，他自豪放，但豪放來得不覺耳。其露出本相者，是詠荆軻一篇，平淡底人，如何説得這樣言語出來？」

潘德輿養一齋詩話：「微之、少游，尊杜至極，無以復加。而其所以尊之之由，則徒以包衆家之體勢姿態而已。於其本性情，厚倫紀，達六義，紹三百者，未嘗一發明也。」

〔二〕文鏡秘府論論體：「而近代作者，好尚互舛，苟見一塗，守而不易，至令摛章綴翰，罕有兼善，豈才思之不足，抑由體制之未該也。」

〔三〕御覽三四七引胡非子：「一人曰：『吾弓良，無所用矢。』一人曰：『吾矢善，無所用弓。』羿聞之曰：『非弓，何以往矢？非矢，何以中的？』令合弓矢而教之射。」羿，夏射官，故云「夏人」。

劉勰認爲一個作家的風格不應有所偏好，如果只喜歡典雅的風格，而厭惡華麗的風格，這就偏於一方，不合乎「兼通」之理。這是説只有一種單調的風格，或者只偏愛一種單調的風格，那必然有很大的片面性，而不能成爲偉大的作家。法國自然科學家布封在論風格中就説：「一個大作家絶不能只有一顆印章，在不同的作品上都帶有同一的印章，這就暴露出天才的缺乏。」（布封文鈔，人民文學出版社一九五八年版）明屠隆與王元美先生云：「今夫天有揚沙走石，則有和風惠日；今夫地有危峰峭壁，則有平原曠野；今夫江海有濁浪崩雲，則有平波展鏡；今夫人物有戈矛叱咤，則有俎豆晏笑：斯物之固然也。借使天一於揚沙走石，地一於危峰峭壁，江海一於濁浪崩雲，人物一於戈矛叱咤，好奇不太過乎？將習見者厭矣。文章大觀，奇正、離合、瑰麗、爾雅、險壯、温夷，何所不有？」（由拳集卷十四）

〔四〕俞元桂作家與風格：「對立的風格是不能在一篇作品裏統一起來的，作品的風格要建立在統一的、協調的基礎上。『若雅鄭而共篇，則總一之勢離。』破壞了統一和協調，風格就不存在了。但是一篇作品在統一、協調的前提下，可以兼有幾種風格，可以是典雅的，同時又是精約的，只要它不是對立的風格。」（熱風一九六二年第一期）不過在一篇文章裏，既有典雅的風格，又有輕靡的風格，就失去了統一。這就是説一位作家可以有多樣化的風格傾向，具體到一篇作品裏，卻不能兩種對立的風格傾向同時存在。「多樣化的統一」這一美學原理的提出，不能不説是文心雕龍的極大創見。

〔五〕訓故：「韓子：客曰：人有鬻矛譽楯者，譽其楯之堅，物莫能陷也。俄而又譽其矛曰：吾矛之利，於物無不陷也。有應之曰：以子之矛，陷子之楯，何如？其人弗能應也。」黄注同。

范注：「韓非子難一：『楚人有鬻楯與矛者，譽之曰：吾楯之堅，物莫能陷也。又譽其矛曰：吾矛之利，於物無不陷也。或曰：以子之矛，陷子之楯，何如？其人弗能應。』總一，猶言一體，雅體不得雜以鄭聲也。」「總一之勢」，猶言統一之勢。

校注：「按此文失倫次，當作『是楚人鬻矛楯，譽兩，難得而俱售也』，始能與上文『似夏人爭弓矢，執一，不可以獨射也』相儷。舍人是語，本韓非子難一篇，原文范注已具（黄注所引見難勢篇）。若作『鬻矛譽楯』，既與韓子『兩譽矛楯』之説舛馳，復與本篇上文『雅鄭共篇，總一勢離』之意不侔，當校正。」

按原文亦可通，不必臆改。

是以括囊雜體，功在銓别〔一〕，宫商朱紫，隨勢各配〔二〕。

〔一〕校注：「『功』，黄校云：『一作切，從御覽改。』按改『功』是也。徵聖篇『功在上哲』，體性篇『功在初化』，物色篇『功在密附』，句法並與此同，可證。廣博物志卷二九引，亦作『功』。」

范注：「易坤六四：『括囊無咎無譽。』正義：『括，結也。囊，所以貯物。』功在銓别，即所謂定勢。」

斠詮：「括囊有包羅兼顧之意。後漢書鄭玄傳：『括囊大典，網羅衆家。』」

「勢」是「隨變主功」，「乘利而爲制」的。爲了發揚多樣化的風格傾向，作家可以「括囊雜體」，使不同風格的表現手法相互參合，這就是「契會相參」。但是在「括囊雜體」的時候，要進行「銓別」，不能「使雅鄭而共篇」，所以說「功在銓別」。

〔二〕札記：「宫商謂聲律，朱紫謂采藻，觀此知文質之用都無定準。」這裏是說：對於各種體裁的作品來説，隨着各體文章的規格要求，「宫商朱紫，隨勢各配」。文心雕龍講疏：「隨勢各配——聲采之用都無定準，如章表奏議，無取宫商，史論序注，非必紫朱也。」這是説各種的聲調和采色，在文章中都是順着自然之勢配合的。

章表奏議，則準的乎典雅〔一〕；賦頌歌詩，則羽儀乎清麗〔二〕；符檄書移，則楷式於明斷〔三〕；史論序注，則師範於覈要〔四〕；箴銘碑誄，則體制於弘深〔五〕；連珠七辭，則從事於巧艷〔六〕：此循體而成勢，隨變而立功者也〔七〕。

〔一〕章表篇：「章以謝恩，奏以按劾，表以陳請，議以執異。」元刻本、弘治本「典雅」作「雅頌」。校證：「『典雅』原作『雅頌』，何校本、黄本從御覽改。案記纂淵海七五亦作『典雅』。」「準的」，準則。章表篇：「章式炳賁，志在典謨。」又說：「表體多包，情僞屢遷，必雅義以扇其風，清文以馳其麗。」奏啓篇：「夫奏之爲筆，固以明允篤誠爲本，辨析疏通爲首。」又：「若乃按劾之奏……必使理有典刑，辭有風軌。」議對篇：「議貴節制，經典之體也。」從上所引，可見劉勰主張表章奏議，以典雅爲準則。

俞元桂劉勰對文章風格的要求：「議的應有風格是『必樞紐經典，採故實於前代，觀通變於當今，理不謬摇其枝，字不妄舒其藻……然後標以顯義，約以正辭。……』所謂『志在典謨』『樞紐經典』，『顯義』『正辭』都是典雅的意思。」（文學遺産增刊第十一輯）

〔二〕易漸上九：「鴻漸於陸，其羽可用爲儀。」孔疏：「其羽可用爲物之儀表，可貴可法也。」比喻爲表率。

〔三〕書記篇：「符者，孚也，徵召防僞，事資中孚。三代玉瑞，漢世金竹，末代從省，易以書翰矣。」

札記：「案南朝稱被臺符，被尚書符。其時已用紙，今則稱爲票。符之與票，非奉音轉。」范注：「説文：『符，信也。漢制以竹，長六寸，分而相合。』……釋名釋書契：『符，付也。書所敕命於上，付使傳行之也。』書敕於上，爲漸易書翰之始。」

詮賦篇：「情以物興，故義必明雅；物以情觀，故詞必巧麗；麗辭雅義，符采相勝……此立賦之大體也。」頌讚篇：「頌惟典雅，辭必清鑠。」明詩篇：「四言正體，則雅潤爲本；五言流調，則清麗居宗。」從上所引，可見劉勰主張賦、頌、歌、詩以清麗爲表率。

〔四〕「覈要」，覈實要約。校注：「『師』，御覽五八五引作『軌』，記纂淵海七五文斷、廣博物志引同。按通變篇『師範宋集』，才略篇『師範屈宋』，皆以『師範』連文，此似以作『師』爲是。」

史傳篇：「紀傳爲式，編年綴事，文非泛論，按實而書。」又：「至於尋繁領雜之術，務信棄奇之要，明白頭訖之序，品酌事例之條。曉其大綱，則衆理可貫。」論説篇：「原夫論之爲體，所以辨正然否。……故其義貴圓通，辭忌枝碎。」序、注皆論體，論説篇：「注者主解，序者次事，一揆宗論……要約明暢，可爲式矣。」由上所引，足徵史論序注，則以覈要爲師範。

〔五〕「弘深」，弘潤精深。銘箴篇：「箴全御過，故文資确切；銘兼褒贊，故體貴弘潤；其取事也必覈以辨，其摛文也必簡而深。」誄碑篇：「碑實銘器，銘實碑文。」碑也要求「弘潤」，至於誄也大體相同，所以説箴銘碑誄，以弘深爲體制。嵇康琴賦：「體制風流，莫不相襲。」

〔六〕雜文篇：「自連珠以下……足使義明而辭净，事圓而音澤。」又：「枚乘摛艷，首製七發。」又：「自七發以下，作者繼踵。……枝附影從，十有餘家。……甘意摇骨髓，艷詞動魂識。」又：「負文餘力，飛靡弄巧。」故曰：「連珠、七辭，則從事於巧艷。」詩經小雅十月之交：「黽勉從事，不敢告勞。」

曹丕典論論文：「夫文本同而末異，蓋奏議宜雅，書論宜理，銘誄尚實，詩賦欲麗。」文賦：「詩緣情而綺靡，賦體物而瀏亮，碑披文以相質，誄纏綿而悽愴，銘博約而温潤，箴頓挫而清壯，頌優游以彬蔚，論精微而朗暢，奏平徹以閑雅，説煒曄而譎誑。」這都是説明每一體裁作品風格要求的。

文鏡秘府論論體：「至如稱博雅則頌論爲其標（頌明功業，論陳名理，體貴於弘，故事宜博；

理歸於正，故言必雅也），語清典則銘讚居其極（銘題器物，贊述功能，皆限以四言，分有定準，言不沈膇，故聲必清，體不詭雜，故辭必典也），陳綺艷則詩賦表其華（詩兼聲色，賦叙物象，故言資綺靡，而文極華艷），叙宏壯則詔檄振其響（詔陳王命，檄叙軍容，宏則可以及遠，壯則可以威物），論要約則表啓擅其能（表以陳事，啓以述心，皆施之尊重，須加肅敬，故言在於要，而理歸於約），言切至則箴誄得其實（箴陳戒約，誄述哀情，故義資感動，言重切至也）：凡斯六事，文章之通義焉。」

〔七〕校證：「『循』，御覽、記纂淵海作『脩』。『脩』『循』隸書形近之誤。」綴補：「循、隨互文，循亦隨也。淮南子原道篇：『循天者，與道遊者也（高誘注：循，隨也）。隨人者，與俗交者也。』循隨互文，與此同例。」

這句是説：文學作品的風格傾向是隨着每一體的規格要求而變化的。范注：「本書上篇列舉文章多體，而每體必敷理以舉統，即論每體應取之勢。」則是把「循體而定勢」的「體」，當作體裁來講，而誤「舉統」爲「定勢」。實則「舉統」是舉出每一體裁的作品的共同綱領，這種規格要求是有相對穩定性的，而風格傾向是隨時在變化的。這種趨勢隨着每一體裁的作品的規格要求而變化，例如章表奏議，隨着它的規格要求，它的風格自然趨向於典雅；賦頌歌詩，隨着它的規格要求，它的風格自然趨向於清麗，這就是「循體而成勢」，「勢」有時是由「體」來定的。郭注：「然而有時亦可以兼解俱通，並非執一不變，故云：『隨變而立功』也。」

一位作家的多樣化的風格，又具體地表現在各種不同體裁的作品中。歐陽修在他的詞裏，表現出一派柔情，但在他的朋黨論和與高司諫書裏，却是義正辭嚴，慷慨激昂的。不同的思想情感，有不同體裁的作品來表現，而每一種體裁的作品内部却有共同的規格要求。

雖復契會相參，節文互雜〔一〕，譬五色之錦，各以本采爲地矣〔二〕。

〔一〕「雜」字各本俱同，唯校證徑改作「變」而未出校語，疑是筆誤。

郭注：「『契會』，猶言會合。『節文』在此指節奏文采。『契會相參，節文互雜』，謂各體之勢可以融會貫通也。」

「契會相參」，承「括囊雜體」言，「節文互雜」承「宫商朱紫」言。節，節奏，指宫商。文，文采，指朱紫。附會篇：「夫能懸識腠理，然後節文自會。」

〔二〕范注：「此言文辭雖貴通變，而勢之大本不得背離。」郭注：「『本采』，本來采色，如章表以典雅爲本采，賦頌以清麗爲本采是也。『地』即質地，繪畫時所用的粉本。」

「勢」是「隨變立功」，「乘利而爲制」的。爲了發揚多樣化的風格傾向，作家可以「括囊雜體」，使不同風格的表現手法相互參合，這就是「契會相參」。「契」是兩方面的契合，「會」是多方面的會合，二者可以參合着運用，但在「括囊雜體」的時候，要進行「銓别」，不能「使雅鄭而共篇」，所以説「功在銓别」。在形成多樣化的風格傾向時，也可以「節文互雜」，使「宫商朱紫，隨勢各配」，但是這種百花齊放式的「五色之錦」，還是要「各以本采爲地」，意思是説任何豐富多采的風格傾向，都要以它的「本采」，也就是它的「體制」作爲基礎，這樣圍繞着「本體」來進行的聲調和辭采的配合，都要順着自然之勢，而且以主導風格爲中心，纔不致「使總一之勢離」。例如「史論序注」，可以有多樣化的風格傾向，然而它的主導傾向總是論據充實，要言不繁。在這一前提下，並不妨礙「百花齊放」。這就是「定勢」。

以上爲第二段，説明寫作過程中，定勢規律、原則的具體運用。

桓譚稱「文家各有所慕，或好浮華而不知實覈〔一〕，或美衆多而不見要約」。陳思亦云：「世之作者，或好煩文博採，深沈其旨者；或好離言辨句〔二〕，分毫析釐者。所習不同，所務各異。」言勢殊也〔三〕。

〔一〕范注：「桓譚語無考，當在新論中。」「實覈」即「覈實」。

抱朴子外篇卷四十辭義：「夫才有清濁，思有修短，雖並屬文，參差萬品；或浩瀁而不淵潭，或得事情而辭鈍，違物理而文工，蓋偏長之一致，非兼通之才也。闇於自料，强欲兼之，違才易務，故不免嗤也。」

〔二〕校證：「『句』原作『白』。案聲律篇云：『雙聲隔字而每舛，疊韻離句而必睽。』章句篇云：『離章合句。』麗辭篇云：『魏晉群才，析句彌密，聯字合趣，剖毫析釐。』皆與此『離言辨句』意相近。『句』『白』形近致誤耳。」

范注：「陳思語無考。」

潘重規讀文心雕龍札記：「按『白』疑當作『句』，形近之訛。練字篇亦引陳思言：『揚、馬之作趣幽旨深，讀者非師傳不能析其辭，非博學不能綜其理。』又麗辭篇云：『至魏晉群才，析句彌密，聯字合趣，剖毫析釐，皆與離言辨句之旨合。』」（見制言四十九期，一九三九年二月）

雜記：「案『白』字疑當作『句』，形近而誤。」

禮記學記：「一年視離經辨志。」「離經」，分經文的句逗。「離言」猶斷句。

〔三〕文賦：「誇目者尚奢，愜心者貴當。」校釋：「末言好尚一殊，體勢因異，此就習尚言也。」

劉楨云：「文之體指，虛實强弱〔一〕，使其辭已盡而勢有餘，天下一人耳，不可得也〔二〕。」公幹所談，頗亦兼氣〔三〕。然文之任勢〔四〕，勢有剛柔，不必壯言慷慨，乃稱勢也〔五〕。

〔一〕校證：「『虛』字原脱。徐引謝在杭云：當作『文之體指，虛實强弱』。按謝説是，今據補。」

札記：「文之體指實强弱句有誤，細審彦和語，疑此句當作文之體指貴强，下衍『弱』字。」

范注：「竊案抱朴子尚博篇云：『清濁參差，所稟有主，朗昧不同科，强弱各殊氣。』疑公幹語當作文之體指，實殊强弱，抱朴語或即本之公幹也。故下文云：『公幹所談，頗亦兼氣。』詩品云『魏文學劉楨，其源出於古詩，仗氣愛奇，動多振絶，真骨凌霜，高風跨俗，但氣過其文，雕潤恨少。』案此亦公幹尚氣之證。」

校釋：「按此段引劉公幹語而正之，公幹原文已佚，陸厥與沈約書有『劉楨奏書，大明體勢之致』語。『體』下疑脱一『勢』字，此句當作『文之體勢貴强』。『指』、『弱』二字衍，『實』又『貴』之誤。」

郭晋稀改作「文體之勢，實殊（依范注校增「殊」字）强弱」，注云：「作『體指』義不可通。本篇論體勢，指或勢之音訛也，故校改。陸厥與沈約書：『劉楨奏書，大明體勢之致』，可以證也。本篇下文又云：『然文之任勢，勢有剛柔，不必壯言慷慨，乃稱勢也。』亦申述此文，三用勢字，亦可爲證。」

校注：「『實』下似脱一『有』字。原文作『文之體勢，實有强弱。』」諸子篇：「兩漢以後，體勢漫弱。」

〔二〕劉楨對富於氣勢的作品特别推崇，故云：「使其辭已盡而勢有餘，天下一人耳，不可得也。」

〔三〕郭注：「風骨：『公幹亦云：孔氏卓卓，信含異氣，筆墨之性，殆不可勝。』原文亦不可考。大抵劉楨本有論氣勢之文，今已亡失耳。」

曹丕與吴質書：「公幹有逸氣。」詩品謂劉楨「仗氣愛奇」。

〔四〕孫子勢篇：「故善戰者，求之於勢，不責於人，故能擇人而任勢，其戰人也如轉木石。」「任勢」，就是運用有利的勢，首先是順應固有的自然趨勢。

〔五〕王金凌：「劉楨認爲勢既有力的含意，力總是以强爲佳，因此主張文學風格亦以陽剛爲佳。劉勰就針對這一點提出反駁，而説劉楨的意見涉及個性（氣）問題。剛的反面是柔而不是弱，文學風格亦然，柔也是力的表現，因此勢有剛有柔。」李德裕窮愁志文章篇：「鼓氣以勢壯爲美，勢不可以不息，不息則流宕而忘返。亦猶絲竹繁奏，必有希聲窈眇，聽之者悦聞；如川流迅激，必有洄澓逶迤，觀之者不厭。」

又陸雲自稱：「往日論文，先辭而後情，尚勢而不取悦澤。及張公論文，則欲宗其言。」〔一〕夫情固先辭〔二〕，勢實須澤〔三〕，可謂先迷後能從善矣〔四〕。

〔一〕訓故：「陸清河集與兄平原書：往日論文，先辭而後情，尚潔而不取悦澤。嘗憶兄道張公父子論文，實欲自得，今日便欲宗其言。」札記：「『尚勢』，今本陸士龍集作『尚潔』，蓋草書『勢』『絜』形近，初訛爲『絜』，又訛爲『潔』也。」范注：「悦澤，謂潤色。與兄平原書曰：『久不作文，多不悦澤，兄爲小潤色之，可成佳物。』」「悦澤」，謂悦目的色澤。「張公」，指張華。「宗其言」，信從他的話。漢焦延壽易林訟之師：「鳧得水没，喜笑自啄，毛羽悦澤。」

〔二〕體性篇：「情動而言形。」情采篇：「爲情而造文。」物色：「辭以情發。」

〔三〕范注：「勢實須澤，猶言文之體式雖合，而辭句之潤色，所以助成文體，安可忽乎！」陸雲自己承認「尚勢而不取悦澤」。劉勰則認爲氣勢只是「勢」之一種，具有剛性美的氣勢固然是「勢」，具有柔性美而悦人眼目的華澤也是「勢」。

〔四〕斯波六郎：「周易坤：『先迷後得。』」

王金凌：「潤澤頗不易明，大抵而言，造成潤澤須賴三方面的工夫：一爲文意委曲，以表現作者温厚之意。二爲調適駢散的句法，以使辭氣（即誦讀的旋律）婉轉。三爲字質温和，以引起讀者平和的感情，避免强烈的煽動性字眼，或庸弱而不起眼的字詞。」

又：「劉勰此段義脈是：先以桓譚、曹植的話點明風格（氣勢）有不同類别。其次藉劉楨的話表明並非只有剛强才算體勢，陰柔也是體勢的一種。最後則藉陸雲的話説明剛勢須以潤澤調濟。」

以上爲第三段，評述前人的勢論。

自近代辭人，率好詭巧〔一〕，原其爲體，訛勢所變〔二〕，厭黷舊式，故穿鑿取新，察其訛意，似難而實無他術也〔三〕，反正而已〔四〕。

〔一〕序志篇：「辭人愛奇，言貴浮詭。」

〔二〕范注：「通變篇曰：『宋初訛而新。』齊梁承流，穿鑿益甚，如江淹恨賦：『孤臣危涕，孽子墜心。』强改『墜涕危心』爲『危涕墜心』，於辭不順，好奇之過也。」

此二句意謂他們作品的體制，是錯誤的趨勢造成的。

〔三〕徐復文心雕龍正字：「按『訛』字疑本作『譌』，『爲』字之誤。上句當在『難』字處句絶，義自通貫。」按原文可通，不必改正。

斠詮：「六朝文人拘虚於對仗聲律，因而顛倒文句，訛變語法，亦技窮途末，實非得已，所謂『似難而實無他術』，意在斯乎！」

郭注：「指瑕：『晉末篇章，依希其旨，始有賞際奇至之言，終有撫叩酬即之語，每單舉一字，指以爲情。夫賞訓錫賚，豈關心解；撫訓執握，何預情理？雅頌未聞，漢魏莫用。懸領似如可辯，課文了不成義，斯實情訛之所變，文澆之致弊。而宋來才英，未之或改，舊染成俗，非一朝也。』可與此文參看。」

〔四〕劉大杰主編中國文學批評史：「劉勰非常重視作品思想内容的『正』，這種意見廣泛地表現在文心雕龍各篇中，如：『固宜正義以總理，昭德而塞違，割析褒貶，哀而有正，則無奪倫矣。』（哀弔）『諧之言皆也，辭淺會俗，皆悦笑也。昔齊威酣樂，而淳于説甘酒，楚襄讌集，而宋玉賦好色，意在微諷，有足觀者。及優旃之諷漆城，優孟之諫葬馬，並譎辭飾説，抑止昏暴。是以子長編史，列傳滑稽，以其辭雖傾回，意歸義正也。』（諧隱）『是立義選言，宜依經以樹則，勸戒與奪，必附聖以居宗；然後詮評昭整，苛濫不作矣。……遷固通矣，而歷詆後世；若任情失正，文其殆哉！』（史傳）從上面的例證可以看出劉勰對各體文章都强調内容的『正』，所謂『正』就是儒家的所謂『正道』。劉勰認爲只有這樣，才能使文章發揮有助於教化和修身的效果。因爲重視作品内容的規正及其作用，劉勰對一些追求華美形式而缺乏這種内容的作品，往往提出批評。」

這段的意思是説：這種詭奇巧麗的風格，是從錯誤的風格傾向變來的。他們所以「穿鑿取新」，是由於内容貧乏，專以形式的彫琢取勝，這種違反正常的表現方式，看起來好象很難，實際上正説明他們没有别的辦法，只有走違反正規的道路。

故文反正爲乏〔一〕，辭反正爲奇〔二〕。效奇之法，必顛倒文句，上字而抑下，中辭而出外〔三〕，回互不常，則新色耳〔四〕。

〔一〕元刻本，弘治本「乏」作「之」。

范注：「左傳宣公十五年：『故文反正爲乏。』孔疏引服虔云：『言人反正者，皆乏絶之道也。』」

斟詮：「竹添光鴻左傳會箋：『説文正字作正，乏字作乏，正字之反即爲乏字，正是常也，人反常則妖災生，萬物空竭矣，左氏假文字以見義。』」

〔二〕陸侃如、牟世金文心雕龍譯注：「劉勰所謂『奇』，在不同場合，有不同意義：有時作褒詞用，含有卓越不凡的意思；有時作貶詞用，含有怪誕反常的意思；須根據上下文的具體情況細加區別。這一段裏所說的『奇』，大都含貶意，與第二段所說『奇正雖反，必兼解以俱通』中的『奇』是有區別的。」

〔三〕校釋：「齊梁之文，於字句之潤飾務工，音律之諧和務切。於時作者，遂有顛倒文句以爲新奇者，舍人所訾爲『訛勢』也。例如江淹別賦『孤臣危涕，孽子墜心』，本危心墜涕也。又恨賦『意奪神駭，心折骨驚』，本骨折心驚也。」

世說新語排調：「孫子荆少時欲隱，語王武子當枕石漱流，乃曰『漱石枕流』。王曰：『流可枕，石可漱乎？』孫曰：『所以枕流，欲洗其耳；所以漱石，欲礪其齒。』」斠詮：「孫氏之强詞奪理，亦足徵當時之文風。」

「中辭而出外」是說：一個句子裏的辭彙，本來在句中的，卻把它提到句前或句後。

〔四〕校注：「文選木華海賦：『乖蠻隔夷，廻（回或體）互萬里。』翰曰：『廻互，廻轉也。』」「回互」，回旋互變。北史王劭傳：「劭復回互其字，作詩二百八十篇奏之。」「則新色耳」，就成了新奇的彩色了。

文選學文選指瑕：「觀此則奇之爲用，在取新色。崇賢嘗於恨賦『孤臣危涕，孽子墜心』注曰：『心當云危，涕當云墜。江氏愛奇，故互文以見義。』又於別賦『心折骨驚』注曰：『亦互文也。』」諧隱：「謎也者，迴互其辭，使昏迷也。」

劉勰對新奇和雅正兩種風格傾向，主張「奇正雖反，必兼解以俱通」。但是從宋齊以來，文人總是以新奇取勝。他們「效奇之法，必顛倒文句，上字而抑下，中辭而出外」。其實這種新奇，只是色采的新奇，所以下文説：「回互不常，則新色耳。」

通變篇范注引孫德謙六朝麗指曰：「文心通變篇：『宋初訛而新。』謂之訛者，未有解也。及定勢篇則釋之曰：『自近代辭人……則新色耳。』觀此，則訛之爲用，在取新奇也。顧彼獨言宋初者，豈自宋以後，即不然乎？非也。通變又曰：『今才穎之士，刻意學文，多略漢篇，師範宋集。』則文之反正喜尚新奇者，雖統論六朝可矣。……文而專求新奇，爲識者嗤鄙，在所不免。然而論乎駢文，自當宗法六朝，一時作者並起，既以新奇制勝，則宜攷其爲此之法。吾試略言之：有詭更文體者，如韋琳之有䱉表，袁陽源之有鷄九錫文並勸進，是雖出於游戲，然亦力趨新奇，而不自覺其訛焉者也。有不用本字，其義難通，遂使人疑其上下有闕文者，如任彥昇爲范始興作求立太宰碑表：『阮略既泯，故首冒嚴科。』『故』即『固』字，自假『固』爲『故』，而文意甚明者，轉至不可解矣。此亦新奇之失，訛於一字者也。又北山移文：『道帙長殯。』此『殯』字借爲埋没意，且其文究非移檄正格，猶可説也。而江文通爲蕭拜太尉揚州牧表：『若殞若殯。』説文：『殯，屍在棺，將遷葬柩，賓遇之。』今文果從本義，則殯爲死矣。章表之體，理宜謹重，何必須此『殯』字，蓋亦惟務新奇，訛謬若此也。以上二者，皆係用字之訛，以爲茍不如此，不足見其新奇耳。他如鮑明遠石帆銘『君子彼想』，恐是想彼君子，類彦和之所謂顛倒文句者。句何以顛倒？以期其新奇也。又庾子山梁東宫行兩山銘『草緑衫同，花紅面似』，其句法本應作『衫同草緑，面似花紅』，今亦顛之倒之者，使之新奇也。或曰銘爲韻文，所以顛倒者，取其音叶，其説是也。以吾言之，律賦有官韻，無可如何而顛倒其文句；既非律賦，凡爲駢偶文字，造句之時，可放筆爲之，無容倒置。然則此銘兩句，其有意取詭者，亦好新奇之道也。其餘則『哲如仁』之類，一言蔽之，不離乎新奇者近是。雖然，記有之：『情欲信，辭欲巧。』禮家且云爾，又何病夫新奇哉？」

夫通衢夷坦，而多行捷徑者，趨近故也〔一〕。正文明白，而常務反言者，適俗故也〔二〕。然密會者以意新得巧〔三〕，苟異者以失體成怪〔四〕。

〔一〕校注：「按老子第五十三章：『大道甚夷，而民好徑。』河上公注：『夷，平易也。』離騷：『夫唯捷徑以窘步。』」

〔二〕「適俗」，迎合不正常的風氣。

〔三〕斠詮：「密會，心領神會之意。唐崔融報李少府書：『心靈密會，許子以烟霄鸞鳳之交。』崔氏殆或用彦和詞彙。」陸、牟譯注：「密會，和下句『苟異』相反，是密切結合的意思，指與『舊式』相同。」「密會」亦可作密附解。物色篇：「體物爲妙，功在密附，故巧言切狀，如印之印泥，不加雕削，而曲寫毫芥。」

〔四〕范注：「彦和非謂文不當新奇，但須不失正理耳。上文云：『章表奏議則準的乎典雅，賦頌歌詩則羽儀乎清麗。』言文章措辭勢有一定，若顛倒文句，穿鑿失正，此齊梁辭人好巧取新之病也。繹彦和之意，措辭貴在得體，貴在雅正。世之作者或捃摭古籍艱晦之字，以自飾其淺陋，或棄當世通用之語，而多雜詭怪不適之文，此蓋採訛勢而成怪體耳。」

王金凌：「這段話主要在批評晉宋文風，當時文士厭倦傳統的風格（體勢），因此要求新求變，但不得當則流於詭巧，即通變篇所説的『宋初訛而新』。劉勰並不反對求新求變……不過用這種方法時應注意『密會』，也就是貼切的表達文意，否則就成了『訛意』、『訛勢』，指瑕篇即針對訛意而發。」

舊練之才，則執正以馭奇；新學之鋭，則逐奇而失正；勢流不反，則文體遂弊〔一〕。秉兹情術，可無思耶〔二〕！

〔一〕這是説：熟練的老手，能够依照雅正之路來駕馭新奇的文風，而那些急於求新的人，卻一味追逐詭奇的文風而失去正道。這種趨勢如果發展下去不回頭，文章的體制就敗壞了。

〔二〕「情術」，即本文開始所説的「情致異區，文變殊術」。「秉兹情術」二句，意謂要掌握這些情致和方術，能不加以考慮嗎！

風格分奇正，這也是受了孫子兵法的啓發。孫子勢篇説：「三軍之衆，可使必受敵而無敗者，奇正是也。……凡戰者，以正合，以奇勝。故善出奇者，無窮如天地，不竭如江河。……聲不過五，五聲之變，不可勝聽也。色不過五，五色之變，不可勝觀也；味不過五，五味之變，不可勝嘗也；戰勢不過奇正，奇正之變，不可勝窮也。奇正相生，如循環之無端，孰能窮之？」所不同者，孫子兵法講究出奇制勝，劉勰運用到文學方面，卻主張「舊練之才，則執正以馭奇；新學之鋭，則逐奇而失正。勢流不反，則文體遂弊」。他所以這樣主張，是針對當時的形式主義文風而發。

奇和正是一對矛盾。劉勰並不是絶對地反對新奇，只是叫人們不要專門地追逐新奇而失去正道。他之所謂「正」，一是明白曉暢，本篇說：「正文明白，而常務反言者，適俗故也。」第二方面是雅正，就是詩文要有典雅的風格。體性篇裏就把「典雅」和「新奇」當作兩種對立的風格來看待，而比較推重典雅的風格。奇和正是對立面，劉勰的意圖是想把這兩種對立的風格統一起來。如欲使「奇正雖殊，必兼解以俱通」，須要抓住「雅正」作爲作品風格的主導方面，來駕馭「新奇」的作風，並不是完全排斥新奇的寫法。所以説「舊練之才，必執正以馭奇」。但是當時的風氣是片面地追求新奇，變本加厲，把雅正的傳統優點都不要了，所以説「新學之鋭，則逐奇而失正」。

劉勰對於新奇的風格傾向並不是完全反對的，他在明詩篇裏論當代的詩風說：「儷采百字之偶，爭價一句之奇，情必極貌以寫物，辭必窮力而追新。此近世之所競也。」就没有完全否定，也没有完全肯定。他在通變篇中主張「望今制奇」，但還要「參古定法」。問題的關鍵就在對於「奇」與「正」的關係如何擺法。齊梁形式主義文風所以日熾，就是「逐奇而失正」的結果。「勢」本來是隨「體」而變化的，片面地追求新奇趨勢，形成一股逆流，反過來會破壞了作品的體制。所以説「勢流不反，文體遂弊」。

這股逆流，對於當時和後代文風的惡劣影響很大。糾正這種衰弊的文風，只有從内容和形式的關係上來端正認識，只有「因勢利導」，才可能「情」、「采」凝結成爲一個整體。所以定勢篇下面緊接着就是情采。在情采篇特别提出形式要服務於内容，假如「爲文而造情」的話，必然走向「淫麗而煩濫」的道路。

第四段批判違反定勢規律和原則的惡劣傾向，並提出「執正以馭奇」的要求。

贊曰：形生勢成，始末相承〔一〕。湍迴似規，矢激如繩〔二〕。因利騁節，情采自凝〔三〕。枉轡學步〔四〕，力止壽陵〔五〕。

〔一〕孫子虛實篇：「兵無常勢，水無常形。」勢篇：「治亂，數也；勇怯，勢也；强弱，形也。」孫子形篇的末句是：「勝者之戰民也，若決水於千仞之谿者，形也。」下面緊接勢篇，正預示了「形生勢成，始末相承」的道理。此處「形」指「體」，「體」是始而「勢」爲末。

涂光社：「『因情立體』爲化無形爲有形的過程，也就是『形生』的過程。整個作品的表現形式始於『情』，形於『體』，成於『勢』。『始末相承』意在强調規律的方向性和完整性。」

〔二〕校注：「按『廻』、『回』之或體。此爲回應篇首『淵曲湍回』之辭，當作『回』，前後始一致。（篇末「回互不常」亦作「回」。）」

斠詮：「言湍由於衝擊力猛，故其廻旋有似圓規；箭因爲發射力强，故其激進儼如直繩也。」

「湍廻似規，矢激如繩」這是自然的趨勢。元刻本「繩」作「澠」，誤。

〔三〕孫子計篇：「勢者，因利而制權也。」又勢篇：「鷙鳥之疾，至於毁折者，節也。是故善戰者，其勢險，其節短。勢如彍弩，節如發機。」「節」，節制，主要是控制距離，抓住時機。善於作戰的人，射箭時要抓住時機，控制距離，「節如發機」突然射出。「節」要象射箭一樣，逼近看準，然後發射。郭注：「『因利』，因勢利導。騁節，通變：『長轡遠馭，從容按節。』」説亦可通。明詩篇：「文帝、陳思，縱轡以騁節。」

〔四〕校注：「『枉』，元本、弘治本、汪本、佘本、張本、兩京本、胡本、訓故本、謝鈔本作狂；何本、萬曆梅本……崇文本作『征』。徐𤊹校『枉』；馮舒云：『狂，疑作枉。』按以諧隱篇『未免枉轡』例之，『枉』字是。『狂』、『征』皆非。晉書藝術傳論：『然而碩學通人，未宜枉轡。』亦以『枉轡』爲言。」

斠詮：「枉轡，謂駕御偏差，喻邪曲傾向。禮記曲禮：『執策分轡。』疏：『轡，御馬索也』。」

〔五〕校證：「『壽』原作『襄』，王惟儉本作『壽』。謝云：『當作壽。』徐校同。」范注：「顧校作『壽』。

作『壽陵』是。本書雜文篇：『可謂壽陵匍匐，非復邯鄲之步。』正作『壽陵』不誤。莊子秋水篇：「子獨不聞夫壽陵餘子之學行於邯鄲與？未得國能，又失其故行矣，直匍匐而歸耳。」最後劉勰嘲笑了放棄自己特點而一味模仿的人，如莊子所説的壽陵餘子「邯鄲學步」那樣愚蠢。

卷七

情采第三十一

禮記表記：「子曰：情欲信，辭欲巧。」

桓寬鹽鐵論殊路：「内無其質，而外學其文，雖有賢師良友，若畫脂鏤冰，費日損巧。」

論衡超奇篇：「有根株於下，有榮葉於上；有實核於内，有皮殼於外。文墨辭説，士之榮葉皮殼也。實誠在胸臆，文墨著竹帛，外内表裏，自相副稱，意奮而筆縱，故文見而實露也。」

文賦：「詩緣情而綺靡。」又：「理扶質以立幹，文垂條而結繁。」

文章流别論：「古詩之賦，以情義爲主，以事類爲佐。」

范曄獄中與諸甥姪書：「常謂情志所託，故當以意爲主，以文傳意。以意爲主，則其旨必見；以文傳意，則其詞不流。然後抽其芬芳，振其金石耳。」

本書附會篇：「必以情志爲神明，事義爲骨髓，辭采爲肌膚，宫商爲聲氣。」定勢篇：「因利騁節，情采自凝。」徵聖篇：「志足而言文，情信而辭巧。」宗經篇：「義既挺乎性情，辭亦匠於文理。」

頌讚篇：「及三間橘頌，情采芬芳。」鎔裁篇：「萬趣會文，不離辭情。」才略篇：「劉楨情高以會采。」序志篇：「至於剖情析采，籠圈條貫。」最後兩句意謂如能剖析情采，就能包羅無遺，貫穿一切。

南齊書文學傳論：「或全據古語，用申今情……惟睹事例，頓失情采。」

清謹軒藍格舊鈔本評：「風骨之溢，宜爲情采，故當表裏成篇。」

紀昀評：「因情以敷采，故曰情采。齊梁文勝而質亡，故彦和痛陳其弊。」

札記：「舍人處齊梁之世，其時文體方趨於縟麗，以藻飾相高，文勝質衰，是以不得無救正之術。此篇恉歸，即在挽爾日之頹風，令循其本，故所譏獨在采溢於情，而於淺露樸陋之文未遑多責，蓋揉曲木者未有不過其直者也。雖然，彦和之言文質之宜，亦甚明瞭矣。首推文章之稱緣於采繪，次論文質相待本於神理，上舉經可以證文之未嘗質，文之不棄美，其重視文采如此，曷嘗有偏畸之論乎？然自義熙以來，力變過江玄虚沖淡之習而振以文藻，其波流所蕩，下至陳、隋，言既隱於榮華，則其弊復與淺露樸陋相等，舍人所譏，重於此而輕於彼，抑有由也。綜覽南國之文，其文質相劑，情韻相兼者，蓋居泰半，而蕪辭濫體，足以召後來之謗議者，亦有三焉：一曰繁，二曰浮，三曰晦。繁者，多徵事類，意在鋪張；浮者，緣文生情，不關實義；晦者，竄易故訓，文理迂回。此雖篤好文采者不能爲諱。愛而知惡，理固宜爾也。或者因彦和之言，遂謂南國之文，大抵侈艷居多，宜從屏棄，而别求所謂古者，此亦失當之論。蓋侈艷誠不可宗，而文采則不宜去；清真固可爲範，而樸陋則不足多。若引前修以自張，背文質之定律，目質野爲淳古，以獨造爲高奇，則又墮入邊見，未爲合中。方乃標樹風聲，傳詒來葉，借令彥和生於斯際，其所譏當又在此而不在彼矣。故知文質之中，罕能不越，或失則過質，或失則過文。救質者不得不多其文，救文者不得不隆其質。」

饒宗頤論文選賦類區分情志之義答（李）直方：「以情志區別文體，蕭選已然，其賦之庚辛癸分志、哀傷、情三大類。幽通、思玄、歸田、閑居屬志，高唐、神女、登徒、洛神屬情。論語云：『隱居以求其志，行義以達其道。』此窮達之殊歸。昭明所録，賦之言志者，皆窮居求志之文也。蕭選之撰，後於文心。……昭明分體，往往斟酌於任（昉）、劉（勰）之間。『情』『志』區分之顯尤不可忽。漢賦以來，言志之作，若劉歆遂初、崔篆慰志，他如顯志、愍志以至元吴萊之尚志，俱以志爲名，并求志道志之作，此一途也。張衡之定情、蔡邕之静情、應瑒之正情、陶潛之閑情（按「閑」字即「閑邪存誠」之「閑」），言情而欲定之、静之、正之、閑之，將以抑流蕩之邪心，而歸於正，此又一途也。其所謂『情』大抵指人欲而言（董子云：「情者人之欲也。」），與『以情緯文』之情異趣。……（詩以導情，使歸於正，説亦同此。）蕭選於『哀傷』之外，别分『情』一項，仍是舊義。彥和之論『情采』，且標舉『情文』（二字本之陸雲），其所謂『情』，乃廣義之情（猶云 emotion）。蕭統文學見解，仍在正情，彥和則言攄情耳。此兩家之不同，不可不察也。」（見文心雕龍研究專號）在情采篇中，「情志」是統一的，只是「志」更偏重於思想因素而已。

聖賢書辭，總稱文章〔一〕，非采而何〔二〕？

〔一〕論語公冶長：「夫子之文章，可得而聞也。」何晏集解：「章，明也；文，彩。形質著見，可以耳目循。」

周禮考工記：「畫繢之事……青與赤謂之文，赤與白謂之章。」

〔二〕范注：「禮記樂記：『文采節奏，聲之飾也。』文采文章，皆修飾章明義。」

論衡書記篇：「或曰：士之論高，何必以文？答曰：夫人有文質乃成。物有華而不實，有實而不華者。易曰：『聖人之情見乎辭。』出口爲言，集札爲文，文辭施設，實情敷烈。」

序志篇：「古來文章，以雕縟成體。」

斠詮：「『文章』與『彣彰』有別。前者猶言文辭，後者猶言文采。章太炎文學總略：『傳曰「博學於文」，不可作「彣」。雅曰「出言有章」，不可作「彰」。古之言文章者，不專在竹帛諷詠之間。孔子稱堯舜「焕乎其有文章」，蓋君臣、朝廷、尊卑、貴賤之序，車輿、衣服、宫室、飲食、嫁娶、喪祭之分，謂之「文」；八風從律，百度得數，謂之「章」。文章者禮樂之殊稱矣。夫命其形質曰文，狀其華美曰彣；指其起止曰章，道其素絢曰彰。凡彣者必皆成文，凡成文者不皆彣。』章氏所謂文章，與彦和本篇聖賢書辭之文章，涵義廣狹不同，然章氏所稱之彣彰，即彦和所言之采也。」

黄春貴文心雕龍之創作論：「文章二字之意義，在説文解字曰：『文，錯畫也；章，樂竟也。』

聯結成詞，本泛指一切形色錯雜，聲韻諧和，具有文采之藝術事物而言，而古聖先賢既以之爲著述言論之代名，遂指作品之辭采而言。」（臺灣文史哲出版社，一九七八年版）

夫水性虛而淪漪結〔一〕，木體實而花萼振〔二〕，文附質也〔三〕。虎豹無文，則鞹同犬羊〔四〕；犀兕有皮，而色資丹漆〔五〕：質待文也〔六〕。

〔一〕文選木華海賦：「芒芒積流，含形內虛。」「漪」，元刻本、弘治本、汪本、兩京本作「猗」。詩經魏風伐檀：「河水清且淪猗。」毛傳：「淪，小風水成文，轉如輪也。」「猗」石經殘碑作「兮」。朱注：「猗與兮同，語辭也。」徐堅初學記：「水波如錦文曰漪。」范注引陳（漢章）先生曰：「淪漪，猶吴都賦云『刷蕩漪瀾』，劉淵林注：『漪瀾，水波也。』瀾即漣漪之漣。毛詩釋文亦云：猗，本亦作漪。」詩經伐檀：「河水清且漣漪。」文選左思吴都賦：「濯明月於漣漪。」五臣向注：「漣漪，細波紋。」

〔二〕校注：「『花』，元本、弘治本、活字本、汪本、佘本、張本、兩京本、胡本、何本、訓故本……崇文本作『華』。『華』字是。（孫志祖讀書脞録卷七謂古書「花」皆作「華」，魏晉間始有之。是「華」與「花」古今字也。）……詩小雅常棣：『常棣之華，鄂不韡韡。』鄭箋：『承華者曰鄂。』說文𠌶部『韡』下引詩作『萼』。」「萼」，花朵之外被，所以護花瓣者。左傳文公十六年杜注：「振，發也。」即開放。

蘇軾南行前集叙：「山川之有雲，草木之有華實，充滿勃鬱，而見於外。夫雖欲無有，其可得耶！」

郭紹虞、王文生文心雕龍再議：「關於内容與形式，他意識到二者是互相依存、互相影響的。……浮虚的水可以産生波紋，堅實的樹木才能開放花朵，説明特定的内容決定特定的形式。」

〔三〕春秋繁露玉杯：「文著於質。」類編：「著，附也。」

〔四〕論語顔淵：「子貢曰……文猶質也，質猶文也；虎豹之鞟，猶犬羊之鞟。」集解：「孔曰：皮去毛曰鞟。虎豹與犬羊別，正以毛文異耳。」「鞟」亦作「鞹」。説文：「鞹，去毛皮也。」

〔五〕范注：「左傳宣公二年：『宋城，華元爲植，巡功。城者謳曰……（華元）使其驂乘謂之曰：牛則有皮，犀兕尚多，棄甲則那？役人曰：從其有皮，丹漆若何？』」爾雅釋獸：「兕，似牛。犀，似豕。」

劉法立關於文心雕龍的注解：「牛皮塗上丹漆，不僅使甲具有色彩之美，並且使甲更加堅韌，不怕刀砍箭穿，而且甲色彩斑斕，穿戴起來，威武雄壯，在戰場上又能起到威懾敵人的精神作用。劉勰此語，形象説明了内容要通過一定的形式表現出來，完美的形式不僅能正確地表現内容，而且還有加强内容的積極作用。」（光明日報一九七八年六月三日）

荀子議兵篇：「楚人鮫革犀兕以爲甲，鞈如金石。」

論衡書解篇：「龍鱗有文，於蛇爲神；鳳羽五色，於鳥爲君。虎猛毛蚡蜦，龜知背負文。四者體不質，於物爲聖賢。且夫山無林則爲土山，地無毛則爲瀉土，人無文則爲樸人。」

〔六〕禮記表記：「子曰：虞夏之質，殷周之文，至矣。虞夏之文，不勝其質；殷周之質，不勝其文。」

韓非子解老篇：「禮爲情貌者也，文爲質飾者也。夫君子取情而去貌，好質而惡飾。夫恃貌而論情者，其情惡也；須飾而論質者，其質衰也。何以論之？和氏之璧，不飾以五采，隋侯之珠，不飾以銀黄：其質至美，物不足以飾之。夫物之待飾而後行者，其質不美也。」劉勰用語雖出於此，但論點不同。

若乃綜述性靈〔一〕，敷寫器象〔二〕，鏤心鳥跡之中〔三〕，織辭魚網之上〔四〕，其爲彪炳縟采名矣〔五〕。

〔一〕「性靈」亦見本書原道篇及序志篇。

宋書顏延之傳庭誥：「含生之氓，同祖一氣，等級相傾，遂成差品。遂使業習移其天識，世服没其性靈。」顏氏家訓文章篇：「至於陶冶性靈，從容諷諫，入其滋味，亦樂事也。」是「性靈」謂性情。「綜述性靈」是説抒情。

〔二〕易繫辭：「形而上者謂之道，形而下者謂之器。」原道篇：「有形之器，其無文歟！」夸飾篇：

「形器易寫。」「器象」，器物的形象。「敷寫」，鋪叙。「敷寫器象」，是説狀物。

〔三〕説文解字序：「黄帝之史倉頡，見鳥獸蹏迒之跡，知分理之可相别異也。初造書契。」梅注：「楊用脩云：鳥跡，字也。魚網，紙也。」「鳥跡」注詳見練字篇。「鏤心」，謂刻畫心思，指深刻細緻地構思。

〔四〕梅注：「愚按東觀漢記曰：黄門蔡倫，字敬仲，典作尚方，用樹皮及敝布魚網作紙。」後漢書宦者蔡倫傳：「倫乃造意，用樹膚、麻頭及敝布、魚網以爲紙。」「織辭」，編組文辭。

〔五〕「采」，元刻本、弘治本、兩京本、張之象本、王惟儉本並作「彩」。「彪炳」，文采焕發。鍾嶸詩品：「文體相輝，彪炳可翫。」「縟采」，豐富多采。徐復文心雕龍正字：「按『名』字與句意不協，疑爲『多』字之誤。『彪炳縟采』義亦相因，八字作一句讀。」校注：「『名』，喻林引作『明』。按釋名釋言語：『名，明也，實使分明也。』徐氏引作『明』，蓋以意改。」王叔岷綴補同。

故立文之道〔一〕，其理有三：一曰形文〔二〕，五色是也。二曰聲文〔三〕，五音是也；三曰情文〔四〕，五性是也〔五〕。五色雜而成黼黻〔六〕，五音比而成韶夏〔七〕，五情發而爲辭章〔八〕，神理之數也〔九〕。

〔一〕「立文之道」，謂形成文采的方法。

〔二〕「形文」，形中之文，這是説繪畫中有文采。

〔三〕禮記樂記：「聲成文，謂之音。」「聲文」，聲中之文。這是説音樂中有文采。

〔四〕饒宗頤文心雕龍探原：「『情文』二字，出陸雲與兄札『此是情文』語。」

曹學佺批：「形、聲之文本於情。」「情文」，情中之文。

錢鍾書談藝録：「文心雕龍情采篇云：立文之道有三：曰形文，曰聲文，曰情文。人之嗜好各有所偏，好詠歌者，則論詩當如樂；好雕繪者，則論詩當如畫；好理趣者，則論詩當見道；好性靈者，則論詩當言志；好於象外得懸解者，則謂詩當如羚羊挂角，香象渡河。而及夫自運謀篇，倘成佳構，無不格調、詞藻、情意、風神，兼具各備。」

〔五〕「五性」，漢書翼奉傳：「五性不相害，六情更興廢。」注：「晉灼曰：『翼氏五性：肝性静，静行仁，甲己主之；心性躁，躁行禮，丙辛主之；脾性力，力行信，戊癸主之；肺性堅，堅行義，乙庚主之；腎性智，智行敬，丁壬主之也。』」大戴禮文王官人：「民有五性：喜、怒、欲、懼、憂也。」

〔六〕周禮考工記：「白與黑謂之黼，黑與青謂之黻。」尚書益稷篇孔傳：「黼，若斧形；黻，兩己相背。」正義：「黼文如斧形，蓋半白半黑似斧刃白而身黑。黻，謂刺繡爲己字，兩己字相背也。」注訂：「引伸爲色彩爛然者，皆稱黼黻。」

〔七〕徐𤊹校：「『夏』，一作『頀』。」漢書禮樂志：「舜作招，禹作夏。」顔師古注：「招，讀韶。」周禮春官大司樂：「舞大夏以祭山川。」注：「禹治水敷土，言其德能大中國也。」詩經周頌時邁鄭箋：「樂歌大者稱夏。」韶，舜樂；夏，禹樂。此處泛指音樂。校注：「『比』，讀如史記樂書『協比聲律』、漢書食貨志上『比其音律』之『比』。（顔注：「比，謂調次之也。比音頻二反。」）」

〔八〕「五情」，王惟儉本作「五性」。馮舒校、何焯校均謂：「『情』，疑作『性』。」陶潛形影神：「身滅名亦盡，念之五情熱。」文選曹植上責躬應詔詩：「形影相弔，五情愧赧。」劉良注：「五情，喜、怒、哀、樂、怨也。」

董仲舒元光元年舉賢良對策：「性者生之質也，情者人之欲也。」陸機演連珠：「情生於性。」校注：「按此句爲承上文『三曰情文，五性是也』之辭，實應作『性』。大戴禮記文王官人篇『民有五性』，白虎通性情篇『人稟陰陽氣而生，故内懷五性六情』……並以五性爲言。……當據改。」

白虎通性情篇：「性者陽之施，情者陰之化也。人稟陰陽氣而生，故内懷五性六情。情者，静也；性者，生也。此人所稟六氣以生者也。」又云：「六情者何謂也？喜怒哀樂愛惡，謂六情，所以扶成五性。」

〔九〕原道篇：「研神理而設教。」注訂：「神理之數者，指黼黻、韶夏、辭章由五色具采、五音成樂、五性居心，莫非自然之妙理，而假數術以得之者也。」

饒宗頤云：「案神理實具二義：一爲自然宇宙義……文心原道之『研神理而設教』，正緯之

『神教』，即此類；一爲精神義，文心下半部首論神思，易言精義入神，法言問神，以至世説之稱『神筆』皆此類。有時融會二義，神理之數是也。自魏以來，以神理入文辭者，多兼二義立訓。陳思誄父曰：『人事既關，聰鏡神理。』非通天人而何？康樂述祖德云：『拯溺由道情，龕暴資神理。』非局於人事可知。至於『事爲名教用，道以神理超』，亦人、天對比。故言神理必溯及宇宙義，不能以人滅天。……彦和論文，往往如是。自然之文，『誰其尸之，亦神理而已』。文生於自然，内情性而外形聲，五色、五音、五性，其數均五，以『事數』論，得稱爲神理之數。」（見文心雕龍聲律篇與鳩摩羅什通韻，油印本）

按「其理有三」和「神理之數」的理是一個意思，他不能解釋這種原理，故稱神理。

孝經垂典，喪言不文〔一〕；故知君子常言未嘗質也〔二〕。老子疾僞，故稱「美言不信」〔三〕；而五千精妙〔四〕，則非棄美矣。莊周云「辯雕萬物」〔五〕，謂藻飾也。韓非云「艷乎辨説」〔六〕，謂綺麗也。綺麗以艷説，藻飾以辯雕〔七〕，文辭之變，於斯極矣。

〔一〕孝經喪親章：「孝子之喪親也，哭不偯，禮無容，言不文，服美不安，聞樂不樂。」「典」，典範，典章。「垂典」，傳下法則。

〔二〕「常」，元刻本、弘治本以下均作「甞」，梅六次本始改作「常」，訓故本同。注訂：「除喪言不文外，知君子居常之言率有文也。作『甞』字非。」

論衡書解篇：「德彌盛者文彌縟，德彌彰者人彌明。大人德擴，其文炳；小人德熾，其文斑。官尊而文繁，德高而文積。」

〔三〕訓故：「老子：『信言不美，美言不信。』」按此見第八十一章。陸賈新語輔政：「美言似信，聽之者惑。」

〔四〕史記老莊申韓列傳：「於是老子乃著書上下篇，言道德之意五千餘言而去。」

〔五〕訓故：「莊子：『古之王天下者，知雖落天地，不自慮也；辯雖雕萬物，不自說也。』」按此見天道篇。釋文：「說音悅。」成玄英疏：「宏辯如流，雕飾萬物，而付之司牧，終不自言也。」「辯」，巧言。「辯雕萬物」就是用巧言來雕飾萬物。

〔六〕「乎」原作「采」。范注：「韓非子外儲說左上：『范且、虞慶之言，皆文辯辭勝，而反事之情。……夫不謀治强之功，而艷乎辯說文麗之聲，是卻有術之士，而任壞屋折弓也。』此云『艷采』，『采』豈『乎』字之誤與？」校證：「案范說是，今據改。」「艷乎辯說」，就是以辯說爲美。

斯波六郎：「案據今本韓非子，『豔』訓歆羨之意，應解爲『人主豔辯說文辭之聲』。然彥和引用此文疑係見『豔采』之『辯說』者。下文承此句謂『綺麗以豔說』可證。因是此『采』字不必爲『乎』之誤，寧謂所見者爲韓非子之異文也。」

〔七〕此二句句式與辯騷篇「騷經、九章，朗麗以哀志；九歌、九辯，綺靡以傷情」同。意謂用綺麗的詞句來美化説辭，用藻飾來辯雕萬物。

研味孝老〔一〕，則知文質附乎性情〔二〕；詳覽莊韓，則見華實過乎淫侈〔三〕。若擇源於涇渭之流〔四〕，按轡於邪正之路〔五〕，亦可以馭文采矣〔六〕。

〔一〕校證：「『孝』，何允中本，日本活字本、梅六次本……崇文本作『李』。彙函本作『孔』。」紀評：「『李』當作『孝』，『孝老』猶云『老易』，六朝人多此生捏字法。」補注：「詳案：此段首引孝經老子，次引莊周韓非，其下總詞則云『研味李老，詳覽莊韓』。紀以『李』當爲『孝』，是也。『李』字易譌爲『孝』。列女傳班倢伃傳『寡孝之行』譌爲『寡李』，可以取證。」按「孝」指孝經，自元刻本以來不誤，不應改「李」。

〔二〕此謂文章的華美或質樸依附於各人的性情。陸機文賦：「理附質以立幹，文垂條而結繁。」

〔三〕左傳文公五年：「且華而不實，怨之所聚也。」本書徵聖篇：「然則聖文之雅麗，固銜華而佩實者也。」韓非子解老：「有以淫侈爲俗，則國之傷也，若以利劍刺之。」「華實過乎淫侈」謂華與實的關係如流於淫侈（也就是華而不實）就會成爲過失。

〔四〕詩經邶風谷風：「涇以渭濁。」毛傳：「涇渭相入而清濁異。」舊説涇濁渭清，潘岳西征賦：「北有清渭濁涇。」此處用選擇清流和正路來比喻情采不可偏廢，采過於情就是擇濁流，趨邪路。

〔五〕序志篇：「按轡文雅之場，環絡藻繪之府。」「按」，控制。「按轡」指停住車馬不前進。文選論注：「『涇渭之流』和『邪正之路』均指文風而言：情辭相符，爲正，爲清；辭過於情則淫侈，爲邪，爲濁。」

〔六〕蕭統答湘東王求文集及詩苑英華書：「夫文，典則累野，麗亦傷浮，能麗而不浮，典而不野，文質彬彬，有君子之致；吾嘗欲爲之，但恨未逮耳。」以上數語正是蕭統「麗而不浮，典而不野」之説之所本。

夫鉛黛所以飾容，而盼倩生於淑姿〔一〕；文采所以飾言，而辯麗本於情性〔二〕。故情者文之經，辭者理之緯〔三〕；經正而後緯成，理定而後辭暢〔四〕：此立文之本源也〔五〕。

〔一〕詩經衞風碩人：「巧笑倩兮，美目盼兮。」毛傳：「倩，好口輔也。盼，白黑分。」

〔二〕梅注本於本句下引楊慎批云：「予嘗戲云：美人未嘗不粉黛，粉黛未必皆美人。奇才未嘗不讀書，讀書未必皆奇才。」漢書王褒傳：「辭賦大者與古詩同義，小者辯麗可喜。」「辯麗」，詞采鮮明美麗。

〔三〕左傳昭公二十八年：「經緯天地曰文。」杜注：「經緯相錯，故織成文。」宋書謝靈運傳論：「二祖、陳王，咸蓄盛藻，甫乃以情緯文，以文被質。」

〔四〕吳林伯文心雕龍情采篇義疏（本篇下引吳氏語同此）：「增韻：『定，正也。』辟重而變。」（齊魯書社古典文學論叢第二輯）注訂：「文以足言，言以足志，而志以達情。然情忌詭邪，居心必正，心正由理真也；理真而後情足，情足而後志立，志立而後言發。此文所由成，故曰理定而後辭暢。」劉永濟校釋認爲「理定」應改作「情定」，而不知「情」字在這裏的用法，一方面包括「性」（「辯麗本於情性」就是情性連言）；一方面包括「理」，「情者文之經，辭者理之緯」是「情」「理」和「文」「辭」都互文見義，可見情采篇的「情」是包括思想因素的。

〔五〕紀評：「此一篇之大旨。」

以上爲第一段，說明情與采的密切關係。文學作品必須有文采，但文和采是由質和情決定的，文采只起修飾作用，所以說「情者文之經，辭者理之緯」。

昔詩人什篇〔一〕，爲情而造文〔二〕；辭人賦頌〔三〕，爲文而造情〔四〕。何以明其然〔五〕？蓋風雅之興，志思蓄憤〔六〕，而吟詠情性以諷其上〔七〕，此爲情而造文也。諸子之徒〔八〕，心非鬱陶〔九〕，苟馳夸飾〔一〇〕，鬻聲釣世〔一一〕，此爲文而造情也〔一二〕。

〔一〕「詩人」指詩經的作者。詩經編次，雅頌詩十篇爲什，後遂稱詩篇爲「篇什」或「什篇」。

〔二〕論衡超奇篇：「心思爲謀，集札爲文，情見於辭，意驗於言。……精誠由中，故其文語感動人深。是故魯連飛書，燕將自殺；鄒陽上書，梁孝開牢。書疏文義，奪於肝心，非徒博覽者所能造，習熟者所能爲也。」

本書體性篇：「夫情動而言形，理發而文見。」定勢篇：「情固先辭。」物色篇：「辭以情發。」知音篇：「夫綴文者，情動而辭發。」章表篇：「懇惻者辭爲心使。」

〔三〕王叔珉綴補：「案『辭人』謂宋玉以下辭賦諸子，宋玉以上則不然也。晉摯虞文章流別論：『前世爲賦者，有孫卿、屈原，尚頗有古詩之義。至宋玉，則多淫浮之病矣。……古詩之賦，以情義爲主，以事類爲佐。』」

吴林伯：「世人有時稱賦爲頌，王褒作洞簫賦，漢書王褒傳稱作洞簫頌。揚雄作羽獵賦，序文明言『賦』，而正文又作『頌』。東漢馬融作廣成賦……後漢書馬融傳又稱頌。唐李周翰文選注：『賦之言頌者，頌亦賦之通稱也。』清何焯說：『古人賦頌，通爲一名。』（文選西征賦眉批）故或曰賦，或曰頌，或合而言之曰賦頌，其義相同。」

〔四〕曹學佺批：「詩與賦別，正在情文先後。」

法言吾子篇：「詩人之賦麗以則，辭人之賦麗以淫。」

張戒歲寒堂詩話卷一：「詩序云：『情動於中而形於言，言之不足，故嗟嘆之。』子建、李、杜，皆情意有餘，洶湧而後發者也。劉勰云：因情造文，不爲文造情。若他人之詩，皆爲文造情耳。」

范注：「漢書禮樂志曰：『夫民有血氣心知之性，而無哀樂喜怒之常，應感起物而動，然後心術形焉。』食貨志上曰：『男女有不得其所者，因相與歌詠，各言其傷。』公羊宣十五年傳注曰：『男女有所怨恨，相從而歌。飢者歌其食，勞者歌其事。』可知詩人什篇，皆出於性情，蓋苟有其情，則耕夫織婦之辭，亦可觀可興。漢之樂府，後世之謠諺，皆里閭小子之作，而情文真切，有非翰墨之士所敢比擬者。即如古詩十九首，在漢代當亦謠諺之類，然擬古詩者，如陸機之流，果足與抗顔議論短長乎！彦和『詩人什篇，爲情而造文；辭人賦頌，爲文而造情』，寥寥數語，古今文章變遷之迹，盛衰之故，盡於此矣。」

〔五〕莊子胠篋篇：「何以知其然邪？」

〔六〕詩大序：「詩者志之所之也，在心爲志，發言爲詩。」司馬遷史記自序：「夫詩書隱約者，欲遂其志之思也。」又報任安書：「詩三百篇，大抵聖賢發憤之所爲作也。」時序篇：「幽、厲昏而板蕩怒，平王微而黍離哀。」

李贄雜説：「且夫世之真能文者，比其初皆非有意於爲文也。其胸中有如許無狀可怪之事，其喉間有如許欲吐而不敢吐之物，其口頭又時時有許多欲語而莫可所以告語之處，蓄極積久，勢不能遏。一旦見景生情，觸目興嘆，奪他人之酒杯，澆自己之壘塊。」（焚書卷三）

〔七〕詩大序：「國史明乎得失之迹，傷人倫之廢，哀刑政之苛，吟咏情性以風其上，達於事變，而懷其舊俗者也。」

〔八〕校注：「按上文以『詩人』、『辭人』分言，則此處之『諸子』承『辭人』，非謂九流十家。」

〔九〕僞古文尚書五子之歌：「鬱陶乎予心。」孔傳：「鬱陶，言哀思也。」正義：「鬱陶，精神憤結積聚之意。」孟子萬章上：「鬱陶思君爾。」釋文：「鬱陶，思之甚而氣不得伸也。」宋玉九辯：「豈不鬱陶而思君兮。」王逸注：「鬱陶，憤念蓄積盈胸臆也。」

〔一〇〕吴林伯：「夸飾有二義：一者本書夸飾所云，謂語言的夸張，一者此之所云，浮華。」王符潛夫論務本：「今賦頌之徒，苟爲饒辯屈蹇之辭。」本書哀弔篇：「奢體爲辭，則雖麗不哀。必使情往會悲，文來引泣，乃其貴耳。」夸飾篇提出要「夸而有節，飾而不誣」。

〔一一〕「釣世」，作僞來騙取世人對自己的稱讚。「鬻聲釣世」，謂賣聲名釣取世譽，猶之乎説沽名釣譽。綴補：「『鬻聲』猶賣名。莊子天地篇：『獨弦哀歌以賣名聲於天下者乎！』」

〔一二〕此段梅引楊慎批云：「屈原楚辭，有疾痛而自呻吟也。東方朔以下，擬楚辭，强呻吟而無疾痛者也。」

抱朴子應嘲篇：「非不能屬華艶以取悦，非不知抗直言之多咎，然不忍違情曲筆，錯濫真僞，欲令心口相契，顧不愧景，冀知音之在後也。」范注：「心口不契，即彦和下文所譏者。宋書王微傳載微與從弟僧綽書曰：『文詞不怨思抑揚，則流澹無味。』夫怨思發於性情，强作抑揚，非爲文造情而何？」

故爲情者要約而寫真〔一〕，爲文者淫麗而煩濫〔二〕。而後之作者，採濫忽真〔三〕，遠棄風雅，近師辭賦〔四〕，故體情之製日疎〔五〕，逐文之篇愈盛〔六〕。

〔一〕銘箴篇：「觀其約文舉要，憲章戒銘。」諸子篇：「辭約而精，尹文得其要。」論説篇：「要約明暢，可爲式矣。」議對篇：「然總要以約文，事切而情舉。」定勢篇：「或美衆多，而不見要約。」「要約」就是簡明扼要。

〔二〕文賦：「言寡情而鮮愛，辭浮漂而不歸。」范注：「陸雲與兄平原書曰：『此是情文，但本少情，而頗能作氾説耳。』」章表篇：「然懇惻者辭爲心使，浮侈者情爲文屈。」宋包恢答曾子華書：「蓋本無情而牽强以起其情，本無意而妄想以立其意，初非彼有所觸而此乘之，彼有所擊而此應之者。故言愈多而愈浮，詞愈工而愈拙，無以異於草木金石之妖聲也。況在心爲志，發言爲詩，今日多不思詩自志出者也。不反求於志，而徒外求於詩，猶表邪而求其影之正也，奚可得哉！」唐順之答茅鹿門書：「今有兩人，其一人心地超然，所謂真千古隻眼人也。即使未嘗操紙筆，呻吟學爲文章，但直據胸臆，信手寫出，如寫家書，雖或疏鹵，然絶無烟火酸餡習氣，便是宇宙間一樣絶好文字。其一人猶然塵中人也，雖其顓顓學爲文章，其於所謂繩墨布置，則盡是矣；然翻來覆去，不過是這幾句婆子舌頭語，索其所謂真精神與千古不可磨滅之見，絶無有也，則文雖工而不免爲下格。此文章本色也。即如以詩爲喻：陶彭澤未嘗較聲律，雕句文，但信手寫出，便是宇宙間第一等好詩。何則？其本色高也。自有詩以來，其較聲律，雕句文，用心最苦，而立説最嚴者，無如沈約，苦卻一生精力，使人讀其詩，祇見其綑縛齷齪，滿卷累牘，竟不曾道出一句好話。何則？其本色卑也。」（荆川集卷七）

吴林伯：「爲情造文，能用精簡的辭語，表達真實的情感，而情感的真實，乃是辭語精簡的決定因素。至若爲文造情，隨意虚造，修辭不能立誠，文采勢必淫麗煩濫。」

〔三〕黄春貴文心雕龍之創作論：「舍人認爲創作之動機有二：一則已蓄積憤悱情感而進行創作者，謂之『爲情而造文』。『爲情而造文』，乃誠中形外，心口如一，由於情感之激動而述作，其爲文必然精要簡約而抒寫真實。一則徒用華麗辭藻而奉行故事者，謂之『爲文而造情』。『爲文而造情』，則採濫忽真，欺世盜名，情采篇所謂『志深軒冕，而汎詠皋壤；心纏幾務，而虚述人外。』其所創作，口是心非，僅爲辭藻之堆砌而已。」（臺灣文史哲出版社，一九七八年版）

〔四〕宗經篇：「建言修辭，鮮克宗經。是以楚艷漢侈，流弊不還。」

〔五〕「體情」，體現情感。姚永樸文學研究法：「夫人性内涵，而外著爲情，其同焉者性也，其不同焉者情也。惟情有不同，斯感物而動。性亦不能不各有所偏，故剛柔緩急，胥於文章見之。苟不能見其性情，雖有文章，僞焉而已，奚望不朽哉！」

〔六〕李諤上隋高帝革文華書：「江左齊梁，其弊彌甚。貴賤賢愚，唯務吟詠。……競一韻之奇，争一字之巧。」

故有志深軒冕〔一〕，而汎詠皋壤〔二〕；心纏幾務〔三〕，而虛述人外〔四〕。真宰弗存〔五〕，翩其反矣〔六〕。

〔一〕校注：「按莊子繕性篇：『古之所謂得志者，非軒冕之謂也。』成疏：『軒，車也；冕，冠也。』陸機謝平原内史表稱作官是『服冕乘軒』。古制，大夫以上官乘軒服冕，因借用軒冕以指官位爵禄。

〔二〕黄注：「莊子：山林與，皋壤與，使我欣欣然而樂與！」按此見知北遊。「汎」，浮泛。「皋壤」，澤邊地，此處指隱居。

〔三〕「幾」同「機」。「機務」，機要之政務。嵇康與山巨源絶交書：「機務纏其心，世故繁其慮。」物色篇：「山林皋壤，實文思之奥府。」

〔四〕後漢書陳寵傳：「（尹勤）篤性好學，屏居人外。」宋書隱逸傳：「孔淳之遇沙門釋法崇，因留共止，遂停三載，法崇嘆曰：『緬想人外，三十年矣，今乃傾蓋於兹，不覺老之將至也。』」「人外」，世外。

〔五〕莊子齊物論：「必有真宰，而特不得其朕。」此處「真宰」指真心，或真情；心是身的主宰，故曰「真宰」。

〔六〕詩經小雅角弓：「騂騂角弓，翩其反矣。」毛傳：「翩然而反。」「翩其反矣」，原是形容弓的，此借以形容爲文與作者内心相反。

范注：「劉歆作遂初賦，潘岳作秋興賦，石崇作思歸引，古來文人類此者甚衆，然不得謂其必無皋壤人外之思。蓋魚與熊掌，本所同欲，不能得兼，勢必去一，而反身緑水，固未嘗忘情也。故塵俗之縛愈急，林泉之慕彌深。彦和所譏，尚非伊人。若夫庸庸禄蠹，鄙性天成，亦復摇筆鼓舌，虚言遐往，斯則所謂『真宰弗存，翩其反矣』者也。」

吴林伯：「晉宋以來，玄學風行，荒侈的官吏、文士，公然清談老莊，僞裝恬淡……若西晉的石崇在荆州刺史任内，竟『搶劫殺人，以致巨富』（東晉王隱晉書），生活極端荒侈（世説新語汰侈），他與『趨世利』的潘岳『諂事賈謐，每候其出，輒望塵而拜』（晉書潘岳傳）。可是他因仕途傾軋失利，作思歸引，揚言『少有大志，夸邁流俗，晚節更樂放逸，篤好林藪，傲然有凌雲之操』。潘岳和石崇一樣，他作閑居賦，以老莊自飾，聲稱『覽止足之分，庶浮雲之志』，又作秋興賦，表示要『消遥乎山川之際，放曠乎人間之世』。與潘岳、石崇同時的陸機，孫吴亡後，去洛陽投靠晉室，奔競權貴之門，惟利禄是圖，可是他作贈潘尼詩，則云『遺情市朝，永志丘園』。謝靈運……仕宋，自謂才能宜參機要，被貶永嘉太守，意不自得，則大修别墅，雇用僮僕，放浪山水……飾其高蹈。或曰『心放俗外』，『投吾心於高人』（山居賦），或曰『昔余遊京華，未嘗廢丘壑』（齋中讀書），清顧炎武斥其『以文章欺人』（日知録）。」

夫桃李不言而成蹊〔一〕，有實存也〔二〕；男子樹蘭而不芳〔三〕，無其情也。夫以草木之微，依情待實；況乎文章，述志爲本〔四〕，言與志反，文豈足徵〔五〕！

〔一〕漢書李廣傳贊：「李將軍死之日，天下知與不知，皆爲流涕。……諺曰：『桃李不言，下自成蹊。』」師古注：「蹊，謂徑道也。言桃李以其華實之故，非有所召呼而人争歸趣，來往不絶，其下自然成徑，以喻人懷誠信之心，故能潛有所感也。」

〔二〕「實」，果實。文論選注：「這裏比喻有真實情感的文章，才能使人百讀不厭。」

〔三〕淮南子繆稱訓：「男子樹蘭，美而不芳。繼子得食，肥而不澤。情不與相往來也。」文論選注：「這裏用以比喻情感虚僞的文章，就不可能有强烈的感染力。」

〔四〕左傳昭公二十五年：「是故審則宜類，以制六志。」杜注：「爲禮以制好惡喜怒哀樂六志。」正義：「此六志，禮記謂之六情，在己爲情，情動爲志，情志一也。」

〔五〕論語八佾：「夏禮吾能言之，杞不足徵也；殷禮吾能言之，宋不足徵也。」徵聖篇：「然則志足而言文，情信而辭巧，乃含章之玉牒，秉文之金科矣。」

札記：「若夫『言與志反』，劉氏所呵。察此過愆，非昔文所獨具。夫『志深軒冕，而汎詠皋壤，心纏幾務，而虚述人外』。此之諼詐，誠可笑嗤，還視後賢，豈無其比？博弈飲酒而高言性道，服食鍊藥而呵罵浮屠，乞丐權門而誇張介超，不窺章句而傅會六經，從政無聞而空言經濟，行才中人而力肩道統，此雖其文過於顔、謝、庾、徐百倍，猶謂之采浮華而棄忠信也，焉得謂文勝之世士有夸言，質勝之時人皆篤論哉？」

錢鍾書談藝録：「夫虚説遊詞，如史通曲筆、書事兩篇所糾者，固無論矣。即志存良直，言有徵信，而措詞下筆，或輕或重之間，每事跡未訛，而隱幾微動，已滲漏走作，彌近似而大亂真。……至遺山絶句云：『心畫心聲總失真，文章寧復見爲人！高情千古閒居賦，争識安仁拜路塵？』則視此又進一解。匪特紀載之出他人手者，不足盡據。即詞章宜若自肺腑中流出，寫心言志，一本諸己，顧亦未必見真相而徵人品。吴處厚青箱雜記卷八云：『文章純古，不害爲邪；文章艷麗，不害爲正。世或見人文章鋪張仁義道德，便謂之君子，及花草月露，便謂之邪人，兹亦不盡也。』因舉宋廣平、張乖崖、韓魏公、司馬温公所作側艷詞賦爲證。魏叔子雜説卷二謂：『文章自魏晉以降，不與世運遞降。古人能事已備，有格可肖，有法可學，日夕揣摩，大奸能爲大忠之文，至拙能襲至巧之語。雖孟子知言，亦不能以文章觀人。』此二者則與遺山詩相發明。吴氏謂正人能作邪文，魏氏及遺山皆謂邪人能作正文。……固不宜因人而斥其文，亦祇可因文而惜其人，何須固執有言者必有德乎？」

又：「又無行如劉子駿，遂初賦曰：『處幽潛德，抱奇内光，守信保己，竊比老彭。』亦儼然比丘尼也。蓋自王莽之擬周公，以至揚（雄）、劉等之擬孔子，君臣一代，莫非心聲失真者。以文觀人，自古所難。……心畫心聲，本爲成事之説，實尟先見之明。然所言之物，可以飾僞，巨奸爲憂國語，熱中人作冰雪文是也。」

以上爲第二段，列舉「爲情而造文」與「爲文而造情」的利弊，批判了後世重文輕質的傾向，提出了文章應以「述志爲本」的主張。

是以聯辭結采，將欲明理〔一〕。采濫辭詭，則心理愈翳〔二〕。固知翠綸桂餌，反所以失魚〔三〕，言隱榮華〔四〕，殆謂此也。是以衣錦褧衣〔五〕，惡文太章；賁象窮白〔六〕，貴乎反本〔七〕。

〔一〕「理」字，自元刻本至訓故本、馮舒校本不誤，梅本、何允中本以下改「理」爲「經」，非是。張文潛答李推官書曰：「理勝者，文不期工而工；理愧者，巧爲粉澤而隙開百出。此猶兩人持牒而訟，直者操筆，不待累累，讀之如破竹，橫斜反覆，自中節目。曲者雖使假詞於子貢，問字於揚雄，如列五味而不能調和，食之於口，無一可愜，何況使人玩味之乎？故學文之端，急於明理。夫不知爲文者，無所復道，如知文而不務理，求文之工，世未嘗有是也。」

〔二〕「心理」，内心的思想。方言：「翳，掩也。」郭璞注：「謂掩覆也。」文章流別論：「麗靡過美，則與情相悖。」

〔三〕校注：「按闞子：『魯人有好鈎者，以桂爲餌，黄金之鈎，錯以銀碧，垂翡翠之綸，其持竿處位即是，然其得魚不幾矣。故曰：「鈎之務不在芳飾，事之急不在辯言。」』（御覽八三四引）」「翠綸」，用翡翠裝飾釣魚繩；「桂餌」，用肉桂作釣餌。

清袁守定佔畢叢談談文：「爲文紆朱拖紫，有何性靈？綴玉裝金，究屬尸氣。劉舍人所謂『采濫辭詭，心理愈翳，翠綸桂餌，反所以失魚』也。」這是説美麗的文采，目的在於表現内容；而淫濫過度的文辭，反而使内容模糊。

〔四〕爾雅釋草：「木謂之華，草謂之榮。」楊慎批：「莊子云：言隱於榮華。」按此見齊物論。成玄英疏：「榮華，浮辯之詞，華美之言也。只爲滯於華辯，所以隱蔽至言。」這句是説：言語的涵義爲浮華之詞所蔽。

議對篇：「若不達政體，而舞筆弄文，支離構辭，穿鑿會巧，空騁其華，固爲事實所擯；設得其理，亦爲遊詞所埋矣。」

顔氏家訓文章篇：「齊世有辛毗者……嗤鄙文學，嘲劉逖云：君輩辭藻，譬若榮華，須臾之翫，非宏才也。」

〔五〕范注：「詩衛風碩人：『碩人其頎，衣錦褧衣。』正義曰：『錦衣所以加褧者，爲其文之大著也。故中庸云：「衣錦尚絅，惡其文之大著」是也。』」「褧」，套在外面的麻布衣。

〔六〕易序卦云：「賁者飾也。」雜卦云：「賁，無色也。」

梅注：「易云：上九，白賁無咎。」按此見賁卦。賁卦象曰：「白賁無咎，上得志也。」王弼注：「處飾之終，飾終反素，故在其質素，不勞文飾而無咎也。以白爲飾，而無患憂，得志者也。』「窮白」，謂賁的卦爻最終的上九是「白賁」。

斠詮：「窮，終也，極也。指賁卦之上九，以其居卦之終極位也。此句言賁卦之象，終極於上九一爻之白賁者，素飾也。」

校注：「按説苑反質篇：『孔子卦得賁，喟然仰而嘆息，意不平。子張進，舉手而問曰：「師聞賁者吉卦，而嘆之乎？」孔子曰：「賁非正色也，是以嘆之。吾思夫質素，白當正白，黑當正黑。夫質又何也？吾亦聞之：丹漆不文，白玉不雕，寶珠不飾。何也？質有餘者，不受飾也。」』舍人語意，殆宗於此。黄、范兩家注皆僅引易賁上九之辭，似有未盡。」

〔七〕易賁卦朱熹注：「賁極反本，復於無色，善補過失，故其象如此。」斠詮：「謂飾之窮白，盡去其華，貴乎歸反本素也。」

宗經篇：「是以楚艶漢侈，流弊不還。正末歸本，不其懿歟！」文心雕龍雜記：「反本在於宗經。」文論選注：「窮白即返本之意。這裏用以説明華麗的文辭要歸之於自然。」

杜甫虢國夫人：「却嫌脂粉涴顔色，淡掃蛾眉朝至尊。」這種打扮就是合乎「賁象窮白，貴乎反本」的原理的。

校釋：「文之有采，亦非故爲雕琢也。蓋人情物象，往往深賾幽杳，必非常言能盡其妙，故賴有敷設之功，亦如治玉者必資琢磨之益，繪畫者端在渲染之能，逕情直言，未可謂文也；雕文傷質，亦未可謂文也，必也參酌文質之間，辨別真僞之際，權衡深淺之限，商量濃淡之分，以求其適當而不易，而後始爲盡職。故文藝之事，自古有難言之妙；論文之理，從來鮮圓到之言，所重在乎救弊，而學者要能舉一反三。黄氏札記指爲矯枉過直，豈知言哉！」

夫能設模以位理〔一〕，擬地以置心〔二〕，心定而後結音〔三〕，理正而後摛藻〔四〕。使文不滅質，博不溺心〔五〕，正采耀乎朱藍，間色屏於紅紫〔六〕，乃可謂雕琢其章〔七〕，彬彬君子矣〔八〕。

〔一〕校證：「『模』原作『謨』，謝云：『當作模。』徐校同。案日本刊本、四六法海十作『模』，今據改。」校注：「按何本、别解本作『模』；文通、四六法海同。」按崇文本亦作「模」，今從之。論衡物勢篇：「今夫陶冶者，初埏埴作器，必模範爲形。以土曰型，以金曰鎔，以木曰模，以竹曰範，四者一物而材别也。」

「設模以位理」，意指設定模式以安排思路。

〔二〕范注：「『地，即定勢篇「各以本采爲地」之地。』」

斠詮：「此二句乃作者將抽象之行文方法，作爲具體之事物以説明。謂作家之寫作，須能首先設定篇章模式，以安排其所欲表達之情理，其次擬計辭采之質地，以佈置其所要興發之心象。……地：……猶言質地。論語八佾篇：『繪事後素。』朱注：『先以粉地爲質，而後施五彩。』」

陸、牟譯注：「進行創作應該樹立一個正確的規範來安置作品的内容，擬定一個適當的基礎來表達作家的心情。」

按「擬地以置心」意指設身處地，細心體會。

〔三〕此句郭晉稀譯爲：「中心思想安排定了再來調聲協律。」斠詮：「結音，謂調協聲律，即所謂『聲文』是也。」

〔四〕「摛藻」，鋪陳辭藻。班固答賓戲：「摛藻爲春華。」斠詮：「摛藻，謂舒布辭藻，即所謂『形文』是也。」

〔五〕范注引孫蜀丞曰：「莊子繕性篇云：『知而不足以定天下，然後附之以文，益之以博，文滅質，博溺心。』郭注：『文、博者，心質之飾也。』」成玄英疏：「質是文之本，文華則隱滅於素質。博是心之末，博學則没溺於心靈。惟當絶學而棄文，方會無爲之美也。」此處「博」指辭采的繁盛。「溺」，淹没。

〔六〕范注：「『紅紫』，疑當作青紫。上文云：正采耀乎朱藍。」斯波六郎：「案朱，正采；紅，間色。上文『朱』下文『紅』不相妨。而青是正采，若改此『紅』作『青』，違反事實。禮記玉藻：『衣正色，裳間色。』正義云：『皇氏云：正謂青、赤、黄、白、黑，五方正色也。不正謂五方間色，緑、紅、碧、紫、駵黄是也。』」校證：「今按『紅紫』不誤，蕭子顯南齊書文學傳論：『亦猶五色之有紅紫，八音之有鄭衛。』

亦以『紅紫』爲間色。」

校注：「環濟要略：『正色有五，謂青、赤、黃、白、黑也。間色有五，謂紺、紅、縹、紫、流黃也。』（御覽八一四引）論語鄉黨：『紅紫不以爲褻服。』皇侃義疏：『紅紫，非正色也。……侃案：五方正色：青、赤、白、黑、黃；五方間色：緑爲青之間，紅爲赤之間，碧爲白之間，紫爲黑之間，緇爲黃之間也。故不用紅紫，言是間色也。』荀子正論篇：『衣被則服五采，雜間色。』楊注：『服五采，言備五色也。間色，紅碧之屬。』法言吾子篇：『或問蒼蠅紅紫。』段注：『謂如今粉紅、桃紅。』……又按禮記王制：『屏之四方。』鄭注：『屏，猶放去也。』」按赤白相間爲紅，赤青相間爲紫。

〔七〕詩經大雅棫樸：「追琢其章，金玉其相。」毛傳：「追，雕也。金曰彫，玉曰琢。相，質也。」說苑修文篇引棫樸此句，「追」即作「雕」。「章」，花紋。詩經原意是說：雕琢器物的花紋，金玉是器物的本質。此處只說「雕琢其章」，其實兼有「金玉其相」意，比喻文章的形式固然要美，但不能忽視思想内容。

〔八〕論語雍也：「文質彬彬，然後君子。」集解引包咸曰：「彬彬，文質相半之貌。」

章表篇：「繁約得正，華實相勝，脣吻不滯，則中律矣。」

范注：「昭明太子答湘東王求文集及詩苑英華書曰：『夫文典則累野，麗亦傷浮，能麗而不浮，典而不野，文質彬彬，有君子之致。吾嘗欲爲之，但恨未逮耳。』」

注訂：「按自『夫能』句以下至末，明一篇主義在心定理正，而後無滅質溺心之病，方可謂彬彬者矣。」

札記：「蓋聞修辭立誠，大易之明訓，無文不遠，古志之嘉謨。稱情立言，因理舒藻，亦庶幾彬彬君子，孰謂中庸不可能哉？」

杜牧答莊充書：「凡爲文以意爲主，以氣爲輔，以辭采章句爲之兵衛。未有主彊盛而輔不飄逸者，兵衛不華赫而莊整者。四者高下圓折步驟，隨主所指，如鳥隨鳳，魚隨龍，師衆隨湯武，騰天潛泉，橫裂天下，無不如意。苟意不先立，止以文采辭句繞前捧後，是言愈多而理愈亂，如入闤闠，紛然莫知其誰，暮散而已。是以意全勝者，辭愈樸而文愈高；意不勝者，辭愈華而文愈鄙。是意能遺辭，辭不能成意，大抵爲文之旨如此。」

劉熙載藝概卷一文概：「『聖人之情見乎辭』，爲作易言也。作者情生文，斯讀者文生情。易教之神，神以此也。使情不稱文，豈惟人之難感，在己先不誠無物矣。」

第三段明確了「采濫辭詭」的危害，要求因情敷采，文質兼備。

贊曰：言以文遠〔一〕，誠哉斯驗。心術既形〔二〕，英華乃贍〔三〕。吴錦好渝〔四〕，舜英徒艷〔五〕。繁采寡情，味之必厭〔六〕。

〔一〕左傳襄公二十五年引仲尼曰：「志有之，言以足志，文以足言。不言誰知其志？言之無文，行而不遠。」後兩句原意是語言没有文彩，就不能到遠方去當使者。此處借用，以指立言必有文采，始可流傳久遠。

〔二〕禮記樂記：「夫民有血氣心知之性，而無哀樂喜怒之常，應感起物而動，然後心術形焉。」鄭注：「術，所由也。形，猶見也。」管子有心術篇。隱秀篇：「夫心術之動遠矣。」「心術」，本謂運用心思的方法，此處指内心的活動。「形」，見也，見廣雅釋詁；指具體表現出來。

〔三〕「英華」，文章的辭藻。「贍」，豐富、充足。

〔四〕「好」，讀去聲，等于説容易。「渝」，變也。見爾雅釋言。郭注：「謂變易。」此處謂褪色。

〔五〕校注：「『舜』，元本、弘治本、汪本、佘本、張本、兩京本、胡本、訓故本作『蕣』……按詩鄭風有女同車：『顔如舜華。』説文艸部『蕣』下引作『舜』，是二字通。」毛傳：「舜，木槿也，英，猶華也。」陸璣草木蟲魚疏：「舜，一名木槿，今朝生暮落者也。」本草綱目「木槿」：「李時珍曰：此花早開暮落，故名曰蕣，猶僅榮一瞬之義。」斠詮：「言姑蘇美錦，花樣翻新，却容易褪色；木槿芙蓉，朝開暮落，徒鮮艷一時。……舜英，即木槿，日本稱木芙蓉，或簡稱芙蓉。」

〔六〕「采」，元刻本、張之象本、梅本均作「彩」。文賦：「言寡情而鮮愛，辭浮漂而不歸。」李善注：「不歸，不歸於實也。」鎔裁篇：「雖翫其采，不倍領袖。」總術篇：「視之則錦繪，聽之則絲簧，味之則甘腴，佩之則芬芳。」

鎔裁第三十二

文賦：「要辭達而理舉，故無取乎冗長。……考殿最於錙銖，定去留於毫芒，苟銓衡之所裁，固應繩其必當。」

抱朴子外篇辭義：「屬筆之家，亦各有病。其深者則患乎譬煩言冗，申誡廣喻，欲棄而惜，不覺成煩也。其淺者則患乎妍而無據，證援不給，皮膚鮮澤而骨骾迴弱也。」

札記：「作文之術，誠非一二言能盡，然挈其綱維，不外命意修詞二者而已。意立而詞從之以生，詞具而意緣之以顯。二者相倚，不可或離。意之患二：曰雜，曰竭。竭者不能自宣，雜者無復統序。辭之患二：曰枯，曰繁。枯者不能求達，繁者徒逐浮蕪。枯竭之弊，宜救之以博覽；繁雜之弊，宜納之於鎔裁。舍人此篇，專論其事。尋鎔裁之義，取譬於範金、製服。範金有齊，齊失則器不精良；製服有制，制謬而衣難被御。洵令多寡得宜，修短合度，酌中以立體，循實以敷文，斯鎔裁之要術也。然命意修詞，皆本自然以爲質，必其駢拇縣疣，誠爲形累；鳧脛鶴膝，亦由性生。意多者未必盡可訾謷，辭衆者未必盡堪删剟；惟意多而雜，詞衆而蕪，庶將施以鑪錘，加以剪截耳。又鎔裁之名，取其合法；如使意鬱結而空簡，辭枯槁而徒略，是乃以銖黍之金，鑄半兩之幣；持尺寸之帛，爲縫掖之衣，必不就矣。或者誤會鎔裁之名，專以簡短爲貴，斯又失自然之理，而趨狹隘之途者也。」

注訂：「鎔主化，化所以鍊意；裁主删，删所以修文。表裏相應，内外相成，而後章顯文達。」「鎔」是冶金，比喻對内容的提煉，就是通常所説的煉意。「裁」是裁衣，比喻剪裁浮辭，就是通常所説的煉辭。

本篇説：「規範本體謂之鎔，剪截浮詞謂之裁。」提煉作品的主要内容，使它合乎規範，即是鎔，經過這種提煉的工夫，可以使文章綱領分明。通過剪截浮詞，可以使文章不蕪雜。如果不經過「鎔」的過程，就容易産生「一意兩出」的現象，使得内容重複。如果不經過翦裁過程，就容易産生「同辭重句」，使得文章冗贅。

情理設位〔一〕，文采行乎其中。剛柔以立本，變通以趨時〔二〕。立本有體，意或偏長〔三〕；趨時無方，辭或繁雜〔四〕。蹊要所司〔五〕，職在鎔裁〔六〕。隱括情理〔七〕，矯揉文采也〔八〕。

〔一〕校注：「『設』下兩京本、胡本有『乎其』二字。按兩京本、胡本非是。易繫辭上：『天地設位，而易行乎其中矣。』舍人語式步此。」情采篇：「設模以位理。」「設位」，安排位置，即佈局。寇效信釋三準（本篇下引寇氏語同此）：「在創作中，『情理』之『位』已設定……文采就有所附麗，所以説『文采行乎其中』。……『位』是情理在文章中的位置……就是思想感情在文章中的安排。」（文心雕龍學刊第二輯）

〔二〕范注：「剛柔，指性氣言；變通，指文辭言。」斠詮：「舍人所謂剛柔，指性氣言……性情陽剛或陰柔，決定文章風格之『雄放』或『婉約』，故體性篇曰：『氣有剛柔。』又曰：『風趣剛柔，寧或改其氣。』」郭注：「立本……本指作品的主題思想（中心思想），立本即奠定主題思想也。」

易繫辭下：「剛柔者，立本者也；變通者，趣時者也。」韓注：「立本況卦，趣時況爻。」「立本」本來是就卦説的，「趣（通趨）時」本來是就卦爻説的。在這裏是説首先確立一篇文章屬於剛性或柔性的風格，這是根本，是屬於思想感情方面的。「趨時」是追隨時勢，「變通以趨時」就是適應不同的情況而隨時變通。這是屬於文辭方面的。通變贊：「趨時必果。」定勢篇：「剛柔雖殊，必隨時而適用。」

〔三〕「立本有體」就是定勢篇所説的「因情立體」。「體」是體制，既指文章的體裁，也包括對這一體裁的規格要求和風格要求。這句話的意思是説由思想感情來樹立根本有一定的規格要求，但文意並不是處處都合乎規格要求的，它有時偏於冗長。

黄海章文心短論：「『意或偏長』即指意義過多，有如亂枝叢出，砍伐爲難，非加以隱括，必不能中乎規矩。」

斠詮：「『立體』之本，與下文『設情以位體』之體，詞異而義通，實即『規範本體謂之鎔』之『本體』。在此處指作品之情理，換言之，即作品之基本思想。」

類似於這種解釋的，如寇效信釋三準：「『體』也可以叫作『本體』，指文章的根本、主體。這個『本體』，是由『意』（情理）構成的。」

按文鏡秘府論論體：「故詞人之作也，先看文之大體，隨而用心（謂上陳文章六種，是其本〔眼心鈔作「大」〕體也）。遵其所宜，防其所失。故能辭成練覈，動成規矩。」其中所謂「文章六種」，即博雅、清典、綺艷、宏壯、要約、切至，可見「大體」或「本體」也可指體制。

〔四〕通變篇：「夫設文之體有常，變文之數無方。」「無方」就是「無常」。「趨時無方」是説隨機應變沒有常軌，因爲文辭有時繁雜，不可能有固定的方法來適應情況的要求。

〔五〕斠詮：「蹊要，猶言重要塗徑。」資治通鑑漢紀：『獻帝建安十二年，虜亦遮守蹊要。』注：『蹊，徑路也。蹊要，徑路要處也。』三國魏志田疇傳：『虜亦遮守蹊要，運不得進。』」

〔六〕「職」，所司之事。

〔七〕「檃括」，荀子性惡篇：「故枸木必將待檃括烝矯然後直。」楊倞注：「檃括，正曲木之木也。烝，謂烝之使柔；矯，謂矯之使直也。」又大略篇：「乘輿之輪，太山之木，示諸檃括。」注：「檃括，矯揉木之器也。」淮南子修務訓：「木直中繩，揉以爲輪；其曲中規，檃括之力。」

〔八〕「矯揉」，就是「矯輮」。易説卦：「坎爲矯輮。」疏：「使曲者直爲矯，使直者曲爲輮。」「矯揉」有糾正意。以上兩句大意是，使文章的情理和文采都納入正規。

規範本體謂之鎔〔一〕，剪截浮詞謂之裁〔二〕。裁則蕪穢不生，鎔則綱領昭暢〔三〕，譬繩墨之審分，斧斤之斲削矣〔四〕。

〔一〕「本體」，指思想内容，即情理。「規範本體」，使思想内容納入一定的規範，即納入一定的綱領中。

〔二〕校注：「『剪』，何本、凌本……崇文本作『翦』。按正字作『前』（説文刀部：「前，齊斷也。」），經傳多假『翦』爲之，『剪』乃俗體。何本等作『翦』是也。」書僞孔傳序：「芟夷煩亂，翦截浮辭。」史通浮詞篇：「昔夫子斷唐虞以下讫於周，翦截浮詞，撮其機要。」

〔三〕范注：「文以情理爲根本，辭采爲枝葉；鎔所以治情理，使綱領清晰，裁所以治辭采，使蕪穢不生。」

〔四〕「審分」，指審定曲直，分辨曲直。又「分」音奮，界限。「審分」，也可解作畫定去取界限。斠詮：「此二句分承上文『鎔』與『裁』而言。」

駢拇枝指，由侈於性；附贅懸肬，實侈於形〔一〕。一意兩出〔二〕，義之駢枝也〔三〕，同辭重句，文之肬贅也〔四〕。

〔一〕元刻本、弘治本無「由」字。

莊子駢拇：「駢拇枝指，出乎性哉，而侈於德；附贅縣疣，出乎形哉，而侈於性。」成疏：「駢，合也；拇，大指也。謂足大拇與第二指相連爲一指也。枝指者，謂大拇指旁生一指成六指也。出乎性者，謂此駢枝二指亦稟自然性命生分中有之。侈，多也。」釋文：「王云：『性者，受生之質；德者，全生之本。駢拇枝指與生俱來，故曰，出於性。附贅懸肬，形既具而德附焉，故曰出於形。』崔云：『侈，過也；德，容也。』」荀子正名：「生之所以然者謂之性。」楚辭九章惜誦：「反離群而贅肬。」洪補注：「贅肬，瘤腫也。」

〔二〕校證：「『二』原作『二』，兩京本、王惟儉本、黄丕烈校本作『一』，今據改。」校注：「按『一』字是。『一意兩出』，始爲『義之駢枝』。若作『二』，則不相應矣。」綴補：「劉琨重贈盧諶詩：『宣尼悲獲麟，西狩泣孔丘。』所謂『一意兩出』也。」

〔三〕麗辭篇：「劉琨詩言：『宣尼悲獲麟，西狩涕孔丘。』若斯重出，即對句之駢枝也。」韻語陽秋卷一：「選詩駢句甚多，如『千憂集日夜，萬感盈朝昏』；『萬古陳往還，百代勞起伏』；『多士成大業，群賢濟洪績』之類，不足爲後人法。」文鏡秘府論文二十八種病：「第二十七，相重，謂意義重疊是也。或名枝指也。詩曰：『驅馬清渭濱，飛鑣犯夕塵。川波張遠蓋，山日下遥輪。柳葉眉行盡，桃花騎轉新。』（已上有「驅馬」、「飛鑣」，下又「桃花騎」，是相重病也。）又曰：『遊雁比翼翔，飛鴻知接翮。』第二十八，駢拇者，所謂兩句中道物無差，名曰駢拇。如庾信詩曰：『兩戍俱臨水，雙城共夾河。』此之謂也。」

〔四〕訓故本「肬」字作「疣」。沈亞之送韓静略序：「裁經綴史，補之如疣，是文之病煩久矣。」（又見困學紀聞卷十七）綴補：「張華雜詩：『遊雁比翼翔，歸鴻知接翮。』此『同辭重句』也。」「同辭重句」，也不能一概否定。有時，作者爲突出某一觀點，也不厭重複。如李斯諫逐客書：「今取人則不然。不問可否，不論曲直，非秦者去，爲客者逐。」易繫辭上：「言天下之至賾而不可惡也，言天下之至動（從鄭本）而不可亂也。」史通敘事篇：「自茲（班、馬）已降，史道陵夷，作者蕪音累句，雲蒸泉湧。其爲文也，大抵編字不隻，捶句皆雙，修短取均，奇偶相配。故應一言蔽之者，輒足爲二言；應以三句成文者，必分爲四句。彌漫重沓，不知所裁。」

以上爲第一段，解釋「鎔裁」的意義及其作用。

凡思緒初發〔一〕，辭采苦雜；心非權衡，勢必輕重〔二〕。是以草創鴻筆〔三〕，先標三準。履端於始〔四〕，則設情以位體〔五〕；舉正於中，則酌事以取類〔六〕；歸餘於終，則撮辭以舉要〔七〕。

〔一〕「思緒」，等於説思路。「緒」，端緒。

〔二〕「權衡」，就是秤。「輕重」，指或輕或重。二句意謂：不像天平秤那麼準，勢必有過輕或過重的偏差。

〔三〕論語憲問：「爲命，裨諶草創之。」「鴻筆」，各本俱作「鳴筆」，黄本「鳴」改「鴻」。紀評云：「當作『鳴』，後『鳴筆之徒』句可證。」校注：「按紀説非是。論衡須頌篇（原文已見封禪篇「乃鴻筆耳」條下）、抱朴子佚文（「雖鴻筆不可益也」，意林卷四引）並有『鴻筆』之文。封禪篇『乃鴻筆耳』，書記篇『才冠鴻筆』，亦並作『鴻筆』。」

〔四〕左傳文公元年：「先王之正時也，履端於始，舉正於中，歸餘於終。」杜預注：「步曆之始，以爲術之端首……舉中氣以正月，有餘日則歸之於終，積而爲閏。故言歸餘於終。」孔疏：「履，步也。謂推步曆之初始，以爲術曆之端首。」又曰：「日月轉運於天，猶如人之行步，故推曆謂之步曆。」又：「舉月之正半在於中氣。……歸其餘分置於終末，言於終末乃置閏也。」

困學紀聞卷六「左氏正時之義合素問言」條：「素問：立端於始，表正於中，推餘於終，而天度畢矣。」注：「謂立首氣於初節之日，示斗建於月半之辰，退餘閏於相望之後。此可以發明左氏正時（文元年）之義。」

古人制曆，以十九年爲一章，每章有七個有閏月的年，以一章爲一單元，把節候月日分配均匀。步算曆法的人，要從入章這一年的冬天開始，因爲這個冬至是一章的開始，故稱「履端於始」。從冬至到下一年的冬至，應爲三百六十五日有餘，但若以月圓月盡爲標準，每年只能有三百五十四日。這樣十二個月有了大小之分，每月所得的日子有多有少，很可能導致節氣的不準確。節氣不準，即月不正。於是只有取中氣以正月。所謂中氣，就是「節氣」的「氣」。二十四個節氣，十二爲節，在月初；十二爲氣，這個氣應居於每月之正中（月半），叫中氣。這個月的月半如果有了中氣，便算正確。因爲要取中氣以正月，故稱「舉正於中」。每月賸一日有餘，歸之於終，積成一月，置作閏月，故稱「歸餘於終」。此處「履端於始」、「舉正於中」、「歸餘於終」只是借用左傳文公元年的話，作爲首先、其次、最後的代詞。與原來的含義無關。「履」，踐，走。「履端於始」，即開始走第一步。

〔五〕范注：「此謂經營之始，心中須先歷此三層程序。首審題義何在，體應何取；次採集關於本題之材料；最後審一篇之警策應置何處。蓋篇中若無出語（陸雲與元平原書中數言出語，出語即警策語），則平淡不能動人，故云撮辭以舉要。始、中、終，非指一篇之首中尾而言，彥和蓋借左傳文公元年語以便文詞耳。」

劉永濟釋劉勰的三準論：「他所謂『三準』，乃是指從作者内心形成作品的全部過程中所必然有的三個步驟。這三個步驟都各有其適當的一定的準則，所以謂之爲『三準』……「他所謂『位體』，是說作者内心懷抱着的某種思想感情的整個體系，首先要將它建立起來，作爲全篇的骨幹，然後『酌事』方有所依據，所以說『設情以位體』。其次，作品中所用的事或理，又必須與他的思想感情極其相類，非常切合，也就是必須與形成他的思想感情的客觀事物一致。所以說『酌事以取類』。再其次，有了與『情』相類的『事』，然後方能依據這些『事』

的内容和性質，來『屬采附聲』。而這種『屬采附聲』的工拙，是關於作者的藝術手段的高下。作者的藝術手段高，則他的作品中的『事』與『物』，就能光輝燦爛，發生搖蕩人們心靈的力量。……這樣，必然是作品中所敷設的詞句都是『事』與『物』的主要的部分，所以説『撮辭以舉要』。劉氏的『三準』論，雖然看來似乎是三者平列的，但是却是以『情』爲其餘兩者的根本。」（文學研究，一九五七年二期）

劉大杰主編中國文學批評史：「所謂『三準』，首先是指根據所要表現的情志即思想内容來確定體製，其次是善於引證事類即典故成語來表達内容，再次是運用警策語句，突出重點。」

寇效信：「『位』和『體』（本體），指思想内容在文章中的位置及其主幹（主體）。所謂『設情以位體』，就是給作者所要表達的思想感情在文章中確立一定的位置，並確定其主幹，就是説，爲了避免『意或偏長』的毛病，爲了使文章内容條科分明，首尾圓合，在構思階段就要把所要表達的思想内容的内在邏輯搞清楚，把什麽是中心思想，什麽是中心思想下的分枝都考慮到，並給他們一一地確立明確的位置。」

按「先標三準」，就是標出煉意的三項步驟。鎔裁篇開頭説「情理設位」就是寫文章首先由思想感情來奠定基礎。「設情以位體」的「體」，是體制，既指文章的體裁，也包括對這一體裁的風格要求。所謂「設情以位體」就是在思想感情的基礎上安排用什麽體裁來寫，規格要求和風格要求是什麽。以賦爲例，所謂「設情以位體」，除去説明什麽樣的思想感情要用賦的體裁表現外，還要擬定對這篇賦的規格要求和風格要求。這裏面首先決定表現的是剛性的還是柔性的情感，這就是上文所説的「剛柔以立本」。剛性的或者柔性的情感，都有它不同的風格要求，這就是上文所説的「立本有體」。「設情以位體」就是根據情感的性質對作品體制作不同的安排。

以上所舉五種解説，主要分歧在對「體」字的理解：一種認爲指思想感情的主體，一種認爲指體制。可以並存。

文鏡秘府論定位篇：「凡制於文，先布其位，猶夫行陣之有次，階梯之有依也。先看將作之文，體有大小（若作碑、誌、頌、論、賦、檄等，體法大；啓、表、銘、贊等，體法小也）；又看所爲之事，理或多少。體大而理多者，定制宜弘，體小而理少者，置辭必局。須以此義，用意準之，隨所作文，量爲定限。謂各準其文體事理，量定其篇句多少也。既已定限，次乃分位，位之所據，義別爲科（雖主一事爲文，皆須次第陳叙，就理分配，義別成科。其若夫、至如、於是、所以等皆是科之際會也），衆義相因，厥功乃就（科別所陳之義，各相準望，連接以成一文也）。故須以心揆事，以事配辭（謂人以心揆所爲之事，又以此事分配於將作之辭），總取一篇之理，析成衆科之義（謂以所爲作篇之大理，分爲科別小義）。」

〔六〕易繫辭下：「其稱名也小，其取類也大。」其次，取用正確的合適的材料，就要斟酌用典。事類篇：「事類者，蓋文章之外，據事以類義，援古以證今者也。」「酌事以取類」是斟酌選擇事例來説明問題的時候，要選取類似的和内容貼切的典故。祖保泉事類談屑：「『事』指的是文章中所寫的事物。所謂『酌事』，即提煉題材，所謂『取類』，即……取其與文情相類，或取其能體現文情。」（油印本）

〔七〕兩句説：歸到餘下的事，就是要用精煉的言辭來突出要點。「撮」，攝取。「舉要」就是擬出要點或者列出内容提綱。

札記：「『草創鴻筆』以下八語，亦設言命意謀篇之事，有此經營。總之意定而後敷辭，體具而後取勢，則其文自有條理。舍人本意，非立一術以爲定程，謂凡文必須循此所謂始、中、終之步驟也，不可執詞以害意。舍人妙達文理，豈有自制一法，使古今之文必出於其道者哉！近世有人論文章命意謀篇之法，大旨謂：『一篇之内端緒不宜繁多。譬如萬山旁薄，必有主峰，龍衮九章，但挈一領，否則首尾衡決，陳義蕪雜。』（按此見曾國藩復陳右銘太守書）其言本於舍人，而私據以爲戒律。蔽者不察，則謂文章格局皆宜有定，譬如案譜著棋，依物寫貌，戕賊自然以爲美，而舉世莫敢非之，斯未可假借舍人以自壯也。章實齋古文十弊有一節論文無定格，其論閎通，足以藥拘攣之病，與劉論相補苴。兹録於左：

『古人文成法立，未嘗有定格也。傳人適如其人，述事適如其事，無定之中有一定焉。知其意者旦暮遇之；不知其意，襲其形貌，神弗肖也。往余撰和州志故給事成性傳，性以建言著稱，故采録其奏議。然性少遭亂離，全家被害，追悼先世，每見文辭，而猛省之篇，尤沈痛可以教孝，故於終篇全録其文。其鄉有知名士賞余文曰：「前載如許奏章，若無猛省之篇，譬如行船，鷁首重而柁樓輕矣，今此娶尾，可謂善謀篇也。」余戲詰云：「設成君本無此篇，此船終不行耶？」蓋塾師講授四書文義，謂之時文，必有法度，以合程式；而法度難以空言，則往往取譬以示蒙學；擬於房屋，則有所謂間架結構；擬於身體，則有所謂眉目筋節；擬於繪畫，則有所謂點睛添毫；擬於行家，則有所謂來龍結穴；隨時取譬，然爲初學示法，亦自不得不然，無庸責也。惟時文結習，深錮腸腑，進窺一切古書古文，皆此時文見解，動操塾師啓蒙議論，則如用象棋枰布圍棋子，必不合矣。』」

以上爲第二段，標舉「三準」闡明在構思階段如何進行鎔意。

然後舒華布實，獻替節文〔一〕。繩墨以外，美材既斲〔二〕，故能首尾圓合〔三〕，條貫統序〔四〕。若術不素定，而委心逐辭〔五〕，異端叢至，駢贅必多〔六〕。

〔一〕「舒」，舒展。「華」，指辭藻。「布」，鋪陳。「實」，指思想内容。

校證：「『替』，原作『贊』，徐云：『「贊」當作「替」，後有「獻替」之句。』梅本、王惟儉本作『替』。黄注云：『疑作「質」。』」按附會篇云：「獻可替否，以裁厥中。」作「替」字是。注訂：「獻者進也，替者廢也。」

「節」，指節奏音韻；「文」，指文采。「節文」即音韻文采。定勢：「雖復契會相參，節文互雜。」又「節」亦可解作調節。考異：「獻替有興廢取舍之義，故曰節文。」

寇效信：「所謂『舒華布實，獻替節文』，就是具體的寫定工作。『舒華布實』就是在文章中具體舒寫辭采，鋪排內容，把頭腦中的構思變成文章。『獻替』，即取舍，『節文』指文章的語言辭采。『獻替節文』就是選擇或運用語言來表現思想內容，也就是『討字句』。」

〔二〕「美材」，好的木材，比喻文章所用的好材料。「斵」，砍削。大意是：美材之在繩墨以外的，也去掉了。

文心雕龍講疏：「以三準之術，經營篇章，則辭在繩外，雖美必斵。意有條貫，雖繁不亂。」

寇效信：「只有以『三準』爲內容的工作做好了，『繩墨之外』的多餘的駢贅去掉了，『美材』經過斵削，寫成的文章就能『首尾圓合，條貫統序』。」

范注：「『然後舒華布實』至『美材既斵』，謂既形之於文，仍須隨時加以修飾之功。」

〔三〕「首尾圓合」，前後圓滿吻合。

〔四〕「統」，元、明各本皆作「始」，黄本改「統」。「條貫」，有條理。「統序」，有次序，有層次。

〔五〕注訂：「三準不施，率爾操觚，即術不素定也。」

〔六〕「異端」，指繩墨以外的東西。

文鏡秘府論定位篇：「其爲用也，有四術焉：一者，分理務周（謂分配其理，科別須相準望，皆使周足得所，不得令或有偏多偏少者也）；二者，叙事以次（謂叙事理須依次第，不得應在前而入後，應入後而出前，及以理不相干，而言有雜亂者）；三者，義須相接（謂科別相連，其上科末義，必須與下科首義相接也）；四者，勢必相依（謂上科末與下科末，句字多少及聲勢高下，讀之使快，即是相依也。……）。理失周，則繁約互舛（多則義繁，少則義約，不得分理均等，是故云舛也）；事非次，則先後成亂（理相參錯，故失先後之次也）；義不相接，則文體中絕（兩科際會，義不相接，故尋之若文體中斷絕也）；勢不相依，則諷讀爲阻（兩科聲勢，自相乖舛，故讀之以致阻難也）。若斯並文章所尤忌也。」

故三準既定，次討字句〔一〕。句有可削，足見其疎；字不得減，乃知其密〔二〕。精論要語，極略之體〔三〕；游心竄句，極繁之體〔四〕。謂繁與略，隨分所好〔五〕。引而申之，則兩句敷爲一章〔六〕；約以貫之，則一章删成兩句〔七〕。

〔一〕「字」，元、明各本均作「定」，黄本改。

〔二〕史通叙事篇：「又叙事之省，其流有二焉：一曰省句，二曰省字。如左傳宋華耦來盟，稱其先人得罪於宋，魯人以爲敏。夫以鈍者稱敏，則明賢達所嗤，此爲省句也。春秋經曰：『隕石於宋五。』夫聞之隕，視之石，數之五，加以一字太詳，減其一字太略，求諸折中，簡要合理。此爲省字也。其有反於是者，若公羊（當作穀梁）稱郤克眇，季孫行父秃，孫良夫跛，齊使跛者逆跛者，秃者逆秃者，眇者逆眇者。蓋宜除『跛者』已下句，但云『各以其類逆』。必事加再述，則於文殊費，此爲煩句也。漢書張蒼傳云：『年老口中無齒。』蓋於此一句之内，去『年』及『口中』可矣。夫此六文成句，而三字妄加，此爲煩字也。然則省句爲易，省字爲難。洞識此心，始可言史矣。苟句盡餘賸，字皆重複，史之煩蕪，職由於此。」楊樹達漢文文言修詞學：「劉氏此議非也。夫齊人類逆，事本滑稽，故傳文特作煩言，以增興趣，若如劉氏所改，文詞雖省，韻味索然矣。魏伯子論文：『如劉説，簡則簡矣，於神情特不生動。』是也。」

〔三〕書記篇：「隨事之體，貴乎精要。意少一字則義闕，句長一言則辭妨。」春覺齋論文用筆八則「用省筆」條：「劉彦和曰：『精論要語，極略之體。』試問不精不要，又何能略？學者爲文欲求略，當先求精。惟蓄理足者，始有眼光；有眼光，始知棄取；知棄取，則儘我所爲，全局在握，省於此則留詳於彼，伏於前必待應於後。要之，詳處非難，省處難也。」

〔四〕「游心」，游蕩心思。「竄句」，竄改文句。莊子駢拇：「駢於辯者，壘瓦結繩，竄句游心於堅白同異之間。」釋文引司馬彪云：「竄句，謂邪説微隱，穿鑿文句也。」王先謙莊子集解：「案竄易文句游蕩心思於堅白同異之間也。」

校注：「按此謂文之繁略，各有其體。『極略之體』，則『精論要語』不見其少；『極繁之體』，則『游心竄句』未嫌其多。」

楊明照劉勰論創作過程中的煉意和煉辭：「『精論要語……極繁之體。』『極』之云者，謂能盡其能事的意思。這幾句是説：繁略各有所尚，貴於能得體。極盡略之能事的作品，則『精論要語』未見其少；極盡繁之能事的作品，則『游心竄句』不嫌其多。如水經江水注所描繪的三峽，與李白的下江陵，一繁一略，但都各盡其妙。……這説明『極略之體』與『極繁之體』在創作上都需要，未可偏廢。」（四川文學一九六二年十月號）

斠詮：「舍人所謂『游心竄句，極繁之體』，即鍾嶸詩品序所謂『意游文散，嬉成流移，文無止泊，有蕪漫之累』是也。」

范注：「文選載干寶晉紀總論與晉書元帝紀所載詳略不同，亦可以觀翦裁之法則。」

〔五〕注訂：「所謂繁略隨分所好者，隨分際之所當施，應繁則繁，應略則略也。」

「隨」，元本、弘治本以下各本皆作「適」。校證：「王惟儉本、黄本作『隨』，今據改。」

校注：「按『適』字是。明詩篇『隨性適分』，養氣篇『適分胸臆』，並以『適分』爲言，可證。」按「適分」、「隨性」義同。

張嚴文心雕龍文術論詮：「如太史公寫藺相如『完璧歸趙』、『澠池之會』，一言一動，一筆不漏，咸足示相如之性格與膽識，故專用重筆。寫廉頗三伐齊、二伐魏、一伐燕，功勞莫大，而太史公僅以三四十字表出，以爲此乃兵家常事，軍人本分，是良將所共有，不必辭費也。至廉頗爲何嫉忌藺相如，爲何負荊謝罪，與失勢得勢時之對待賓客，與晚年亡命，一飯斗米，肉十斤，被甲上馬下馬，示尚可用等情節，則又刻劃精細，使讀者知廉頗之爲人。短處是度量褊狹，長處是重義氣，識大體，此太史公之筆法也，是知『適分所好』亦言繁略並可，隨作者性之所好，固不必拘執也。」

論衡自紀篇：「充書文重。或曰：『文貴約而指通，言尚省而趨明。辯士之言要而達，文人之辭寡而章。今所作新書出萬言，繁不省，則讀者不能盡；篇非一，則傳者不能領。被躁人之名，以多爲不善。語約易言，文重難得。玉少石多，多者不爲珍；龍少魚衆，少者固爲神。』答曰：『有是言也。蓋寡言無多，而華文無寡。爲世用者，百篇無害；不爲用者，一章無補。如皆爲用，則多者爲上，少者爲下。累積千金，比於一百，孰爲富者？蓋文多勝寡，財寡愈貧。世無一卷，吾有百篇；人無一字，吾有萬言。孰者爲賢？今不曰所言非而云泰多，不曰世不好善而云不能領，斯蓋吾書所以不得省也。夫宅舍多，土地不得小；户口衆，簿籍不得少。今失實之事多，華虛之語衆，指實定宜，辯争之言，安得約徑？韓非之書，一條無異，篇以十第，文以萬數。夫形大衣不得褊，事衆文不得褊。事衆文饒，水大魚多。帝都穀多，王市肩摩，書雖文重，所論百種。按古太公望，近董仲舒，傳作書篇百有餘，吾書亦纔出百，而云泰多，蓋謂所以出者微，觀讀之者不能不譴呵也。河水沛沛，比夫衆川，孰者爲大？蟲繭重厚，稱其出絲，孰爲多者？」

元王構修辭鑑衡卷二「繁簡」條：「文有以繁爲貴者，若檀弓『石祁子沐浴佩玉』，莊子之『大塊噫氣』用『者』字；韓子送孟東野序用『鳴』字，上宰相書『至今稱周公之德』，其下又有『不衰』二字。凡此類則以繁爲貴也。文有以簡爲貴者，若舜典『至於南岳如岱禮，西岳如初』；孟子『獻子之友五人，其三人則予忘之』；史記：事在某人傳。凡此類則又以簡爲貴也。但繁而不厭其多，簡而不遺其意，乃爲善矣。」（據叢書集成翻指海本）

〔六〕斯波六郎：「周易繫辭上：『引而伸之，觸類而長之。』」史繩祖學齋呫嗶：「前赤壁賦末尾一節，自『惟江上之清風，與山間之明月』，至『相與枕藉乎舟中，不知東方之既白』，却只是用李白『清風明月不用一錢買，玉山自倒非人推』（襄陽歌），一聯十六字，演成七十九字，愈奇妙也。」

〔七〕論語里仁：「吾道一以貫之。」「約」，約束，壓縮。史通敍事篇：「夫敍事者，或虛益散辭，廣加閑説，必取其所要，不過一言一句耳。苟能同夫獵者漁者，既執而置鈞必收，其所留者唯一筌一目而已。則庶幾駢枝盡去，而塵垢都捐，華逝而實存，滓去而瀋在矣。」學齋呫嗶：「東坡泗州僧伽塔詩：『耕田欲雨藝欲晴，去得風順來者怨。』此乃隱括劉禹錫何卜賦中語曰：『同涉於川，其時在風；沿者之吉，泝者之凶。同藝於野，其時在澤；伊穜之利，乃穋之厄。』坡以一聯十四字，而包盡劉禹錫四對三十二字之義也，蓋奪胎換骨之妙。」徵聖篇：「故知繁略殊形，隱顯異術；抑引隨時，變通會適。」

思贍者善敷，才覈者善删〔一〕。善删者字去而意留〔二〕，善敷者辭殊而意顯〔三〕。

字删而意闕，則短乏而非覈〔四〕；辭敷而言重，則蕪穢而非贍〔五〕。

〔一〕「覈」，謹嚴，切實。

此段玉海卷二〇四辭學指南引作：「文心雕龍曰：思贍者善敷，才覈者善删。善删者字去而意留，善敷者辭殊而義顯。字删而意缺，則短；辭敷而言重，則蕪。」

斠詮：「案善敷之例，如周書君陳：『爾惟風，下民惟草。』僅七字。而劉向説苑：『夫上之化下，猶風之靡草。東風，則草靡而西；西風，則草靡而東。在風所由，則草爲之靡。』文長三十二字，是『思贍者善敷』之徵也。善删之例，如左傳定公四年：『楚人爲食，吴人及之；奔，食而從之。』奔，言楚人奔也，奔前省二字。食而從，言吴人食楚人之食也，食前省二字。是『才覈者善删』之徵也。」

〔二〕張嚴論詮：「文章原可隨情長短，因事增減。惟行文之道，必辭達而理舉，無取乎冗長；須理宜而義著，莫尚乎簡約。昔高祖大風歌僅三句，荆卿易水歌僅兩句，馮諼彈鋏歌僅一句，而慷慨含悲、飲恨之情，已流露無遺。故簡者不必求繁，其義亦明；繁者無須求簡，其義亦顯。李調元賦話云：『論詩有摘句之圖，選賦亦有斷章之義。蓋一篇之中，玉石雜糅，棄置則菁英可惜，甄采則瑕病未除；不得不掇礫搴稂，略存去取。』此與彦和所論，可以互相發明。」

史通叙事篇：「蓋作者言雖簡略，理皆要害。故能疎而不遺，儉而無闕。譬如用奇兵者，持一當百，能全克敵之功也。若才乏儁穎，思多昏滯，費詞既甚，叙事才周。亦猶售鐵錢者，以兩當一，方成貿遷之價也。」

玉海卷二〇一辭學指南：「后山攜所作謁南豐，因留款語。適欲作一文字，事多，因託后山爲之，成數百言。南豐云：『大略也好，只是冗字多。』后山請改竄。南豐取筆抹數處，每抹處連一兩行，凡削去一二百字。后山讀之，則其意尤全。因嘆服，遂以爲法。」

魏凝叔日録論文：「東房言：『作文者，善改不如善删。』此可謂學簡之法。然句中删字，篇中删句，集中删篇，所易知也。善作文者，能於將作時删意，未作時删題，便省卻多少筆墨。能删題，乃真簡矣。」

吕氏春秋貴公：「荊人有遺弓者，而不肯索，曰：『荊人遺之，荊人得之，又何索焉？』孔子聞之，曰：『去其荊而可矣。』」

史通點煩：「孔子家語曰：『魯公索氏將祭而忘其牲。孔子聞之曰：「公索氏不及二年矣。」一年而亡。門人問曰：「昔公索氏忘其祭牲，而夫子曰不及二年必亡，今果如期而亡，夫子何以知然？」』右除二十四字。」按指「昔公索氏」至「如期而亡」二十四字。

〔三〕「意」字，范注引鈴木：「玉海、嘉靖本、王本、岡本並作『義』。」

世説新語文學：「桓宣武命袁彦伯作北征賦，既成，公與時賢共看，咸嗟嘆之。時王珣在坐云：『恨少一句，得「寫」字足韻當佳。』袁即於坐攬筆益云：『感不絶於余心，泝流風而獨寫。』公謂王曰：『當今不得不以此事推袁。』」

〔四〕洪邁容齋隨筆：「歐陽公進新唐書表曰：『其事則增於前，其文則省於舊。』夫文貴於達而已，繁與省各有當也。史記衛青傳：『校尉李朔、校尉趙不虞、校尉公孫戎奴，各三從大將軍獲王。以千三百户封朔爲涉軹侯，以千三百户封不虞爲隨成侯，以千三百户封戎奴爲從平侯。』漢書但云：『校尉李朔、趙不虞、公孫戎奴，各三從大將軍。封朔爲涉軹侯，不虞爲隨成侯，戎奴爲從平侯。』比於史記，五十八字中省二十三字，然不若史記樸贍可喜。」（見「文章繁省各有當」條）李笠中國文學述評：「今案班書言『從大將軍』而不言『獲王』，則功績不明；言封王而不言户，則禄養缺如。非惟文情有損，實於史蹟多晦矣。」

〔五〕魏際瑞伯子論文：「文章煩簡，非因字句多寡，篇幅長短。若庸絮懈蔓，一句亦謂之煩；切到精詳，連篇亦謂之簡。」（文學津梁本）

陳騤文則上：「文簡而理周，斯得其簡也；讀者疑有闕焉，非簡也，疎也。春秋書曰：『隕石於宋五。』公羊傳曰：『聞其磌然，視之則石，察之則五。』公羊之義……是簡之難也。」

楊明照煉意和煉辭：「文章的繁略本由内容來決定，該繁則繁，該簡則簡。……假如只是單純地爲了删、敷而不顧及其内容，勢必導致『字删而意闕』和『辭敷而言重』的不良後果。舉例説吧，柳宗元的段太尉遺事狀當中最精采的一個片斷是：『（郭）晞一營大譟……吾戴吾頭來矣。』這是多麽緊張的場面；段秀實的英勇機智，作者描述得異常出色。『吾戴吾頭來矣』句，尤能傳出段秀實既頑强又從容的神態。就拿煉辭來要求，已經滿够『字不得減』的標準了。可是宋祁把它采入新唐書本傳，只作『吾戴頭來矣』。重文雖省，語意卻不醒豁。難怪邵博要加以指責：『去二「吾」字，便不成語……「吾戴頭來」者，果何人之頭耶？』（見聞見後録卷一四）這幾句評語，大可作爲『字删而意闕』的注脚。至於『辭敷而言重』的事例，史通言之甚詳。除叙事、煩省兩篇一再論述外，另有點煩篇舉例示範。」

范注：「裁字之義，兼增删二者言之，非專指删減也。此節極論繁略之本原，明白不可復加。」

斠詮：「此節論辭之裁法，分删與敷兩橛言之，如何使其字删而意留，辭敷而言殊，此固繫於作者之才思，而揆事配辭，準體實限，亦有術存焉。」

文鏡秘府論定位篇：「故自於首句，迄於終篇，科位雖分，文體終合。理貴於圓備，言資於順序，使上下符契，先後彌縫（上科與下科，事相成合，如符契然；科之先後，皆相彌縫，以合其理也），擇言者不覺其孤（言皆符合不孤），尋理者不見其隙（隙，孔也。理相彌合，故無孔也），始其宏耳。又文之大者，藉引而申之（文體大者，須依其事理，引之使長，又申明之，便成繁富也）；文之小者，在限而合之（文體小者，亦依事理，豫定其位，促合其理，使歸約也）。申之則繁，合之則約。善申者，雖繁不得而減（言雖繁多，皆相須而成義，不得減之令少也）；善合者，雖約不得而增（言雖簡少，義並周足，不可謂之使多）。合而遺其理（謂合之傷於疏略，漏其正理也），疏穢之起，實在於茲（理不足，故體必疏。義相越，故文成穢也）。皆在於義得理通，理相稱愜故也。若使申而越其義（謂申之乃虚相依托，越於本義也），此固文人所宜用意。或有作者，情非通晤，不分先後之位，不定上下之倫，苟出胸懷，便上翰墨，假相聚合，無所附依，事空致於混淆，辭終成於隙碎。斯人之輩，吾無所裁矣。」

陳望道修辭學發凡「省略」類，舉左傳、穀梁傳、國語、禮記、史記、説苑等書所載驪姬向晉獻公譖害太子申生一件事爲例，可以見同叙一事，有詳有略，各有側重。

左傳：「姬謂太子曰：『君夢齊姜，必速祭之。』太子祭于曲沃，歸胙于公。公田，姬寘諸宫六日，公至，毒而獻之。公祭之地，地墳；與犬，犬斃；與小臣，小臣亦斃。姬泣曰：『賊由太子。』太子奔新城（曲沃），公殺其傅杜原款。或謂太子：『子辭，君必辯焉。』太子曰：『君非姬氏，居不安，食不飽；我辭，姬必有罪。君老矣，吾又不樂。』曰：『子其行乎？』太子曰：『君實不察其罪，被此名也以出，人誰納我？』」（僖公四年）

穀梁傳：「麗姬又［謂君］曰：『吾夜者夢夫人趨而來，曰「吾苦飢」；世子之宫已成，則何爲不使祠也？』故獻公謂世子曰：『其祠！』世子祠。已祠，致福於君，君田而不在。麗姬以酖爲酒，藥脯以毒。獻公田來，麗姬曰：『世子已祠，故致福於君。』君將食，麗姬跪曰：『食自外來者，不可不試也。』覆酒於地而地賁；以脯與犬，犬死。麗姬下堂而呼啼曰：『天乎天乎！國，子之國也，子何遲於爲君？』君喟然嘆曰：『吾與汝未有過切，是何與我之深也！』

使人謂世子曰：『爾其圖之！』世子之傅里克謂世子曰：『入自明！入自明則可以生！不入自明則不可以生。』世子曰：『吾君已老矣，已昏矣。吾若此而入自明，則麗姬必死，麗姬死則吾君不安。所以使吾君不安者，吾不若自死；吾寧自殺以安吾君。』」（僖公十年）

國語：「驪姬以君命命申生曰：『今夕君夢齊姜，必速祠而歸福。』申生許諾。乃祭於曲沃，歸福於絳。公田，驪姬受福，乃寘鴆於酒，寘堇於肉。公至，召申生獻。公祭之地，地墳。申生恐而出。驪姬與犬肉，犬斃；飲小臣酒，亦斃。公命殺杜原款。申生奔新城。……人謂申生曰：『非子之罪，何不去乎？』申生曰：『不可。去而罪釋，必歸於君，是怨君也；章父之惡，取笑諸侯，吾誰鄉而入？內困於父母，外困於諸侯，是重困也；棄君去罪，是逃死也。吾聞之：仁不怨君，智不重困，勇不逃死。若罪不釋，去而必重，去而罪重，不智；逃死而怨君，不仁；有罪不死，無勇，去而厚怨，惡不可重，死不可避，吾將伏以俟命。』」（晉語二）

禮記：「晉獻公將殺其世子申生。公子重耳（申生異母弟）謂之曰：『子蓋（當爲盍）言子之志於公乎？』世子曰：『不可。君安驪姬，是我傷公之心也。』曰：『然則蓋行乎？』世子曰：『不可，君謂我欲弒君也。天下豈有無父之國哉；吾何行如之？』」（檀弓上）

史記：「驪姬謂太子曰：『君夢見齊姜，太子速祭曲沃，歸釐於君。』太子於是祭其母齊姜於曲沃，上其薦胙於獻公；獻公時出獵，置胙於宮中。驪姬使人置毒藥胙中。居二日，獻公從獵來還，宰人上胙獻公，獻公欲饗之。驪姬從傍止之曰：『胙所從來遠，宜試之。』祭地，地墳；與犬，犬死；與小臣，小臣死。驪姬泣曰：『太子何忍也！其父而欲弑代之，况他人乎？且君老矣，旦暮之人，曾不能待，而欲弑之！』……太子聞之，奔新城。獻公怒，乃誅其傅杜原款。或謂太子曰：『爲此藥者乃驪姬也，太子何不自辭明之？』太子曰：『吾君老矣，非驪姬，寢不安，食不甘。即辭之，君且怒之。不可。』或謂太子曰：『可奔他國。』太子曰：『被此惡名以出，人誰内我？我自殺耳！』」（晉世家）

説苑：「晉驪姬譖太子申生於獻公，獻公將殺之。公子重耳謂申生曰：『爲此者非子之罪也，子胡不進辭？辭之必免於罪。』申生曰：『不可。我辭之，驪姬必有罪矣。吾君老矣，微驪姬寢不安席，食不甘味，如何使吾君以恨終哉？』重耳曰：『不辭，則不若速去矣。』申生曰：『不可，去而免於死，是惡吾君也。夫彰父之過而取笑諸侯，孰肯内之？入困於宗，出困於逃，是重吾惡也。吾聞之，忠不暴君，智不重惡，勇不逃死。如是者，吾以身當之。』」（立節篇）

日知録卷十九「文章繁簡」條：「辭主乎達，不論其繁與簡也。繁簡之論興，而文亡矣。史記之繁處，必勝於漢書之簡處。新唐書之簡也，不簡於事而簡於文，其所以病也。（錢氏曰：「文有繁有簡，繁者不可簡之使少，猶之簡者不可增之使多。左氏之繁，勝於公、穀之簡，史記、漢書互有繁簡，謂文未有繁而能工者，亦非通論也。」）

「『時子因陳子而以告孟子。』此不須重見而意已明。『齊人有一妻一妾而處室者。其良人出，則必饜酒肉而後反。其妻問所與飲食者，則盡富貴也。其妻告其妾曰：良人出，則必饜酒肉而後反。問其與飲食者，盡富貴也，而未嘗有顯者來。吾將瞯良人之所之也。』『有饋生魚於鄭子產，子產使校人畜之池。校人烹之，反命曰：始舍之，圉圉焉，少則洋洋焉，攸然而逝。子產曰：得其所哉！得其所哉！校人出，曰：孰謂子產智？予既烹而食之，曰得其所哉！得其所哉！』此必須重叠而情事乃盡。此孟子文章之妙；使入新唐書，於齊人則必曰：『其妻疑而瞯之。』於子產則必曰：『校人出而笑之。』兩言而已矣。是故辭主乎達，不主乎簡。」

以上爲第三段，從文章字句的繁略疏密論述寫作階段的翦裁問題。

昔謝艾、王濟〔一〕，西河文士〔二〕。張駿以爲艾繁而不可删〔三〕，濟略而不可益。若二子者，可謂練鎔裁而曉繁略矣〔四〕。

〔一〕黄注：「（晉書）張重華傳（張重華，東晉前涼王）：主簿謝艾，兼資文武。」注訂：「晉書王渾傳並載子濟事云：『王渾，字玄沖，太原晉陽人也。……濟字武子，少有逸才，風姿英爽，氣蓋一時。好弓馬，勇力絶人。善易及莊老，文詞俊茂，伎藝過人，有名當世。』」濟善清言，飾辭令，官至太僕，有集二卷。

〔二〕「西河」，郡名。在今山西中部。

〔三〕校證：「『駿』原作『俊』。梅云：當作駿。案王惟儉本正作『駿』，今據改。」章表篇「張駿自序」，亦作「駿」。范注：「張駿，字公庭，十歲能屬文。傳見晉書八十六。謝艾見駿子重華傳。駿語無聞。」

〔四〕「練」，熟練，這裏指擅長，會。

至如士衡才優〔一〕，而綴辭尤繁〔二〕；士龍思劣，而雅好清省〔三〕。及雲之論機，亟恨其多〔四〕，而稱「清新相接，不以爲病」〔五〕，蓋崇友于耳〔六〕。

〔一〕晉書陸機傳：「機天才秀逸，辭藻宏麗。」

〔二〕才略篇：「陸機才欲窺深，辭務索廣，故思能入巧，而不制繁。士龍朗練，以識檢亂，故能布采鮮净，敏於短篇。」

校注：「世説新語文學篇：『孫興公云：陸文若排沙簡金，往往見寶。』劉注：『文章傳曰：「機善屬文，司空張華見其文章，篇篇稱善，猶譏其作文大治，謂曰：人之作文，患於不才，至子爲文，乃患太多也。」』又：『孫興公云：「……陸文深而蕪。」』並足證成舍人此説。」

〔三〕晉書陸機傳附陸雲傳謂：「（雲）六歲能屬文，性清正，有才理，少與兄機齊名，雖文章不及機，而持論過之，號曰『二陸』。」

陸雲與兄平原書：「雲今意視文，乃好清省。」

困學紀聞卷二十雜識：「文心雕龍云：士衡才優，而綴辭尤煩；士龍思劣，而雅好清省。今觀士龍與兄書：往日論文，先辭而後情，尚絜而不取色澤（案「色」，何本作「悦」，宋板陸士龍集本作「悦」）。」

〔四〕「亟」，屢次。陸雲與兄平原書：「兄文章之高遠絶異，不可復稱言，然猶皆欲微多，但清新相接，不以此爲病耳。若復令小省，恐其妙欲不見。」又：「兄文方當日多，但文實無貴於爲多。多而如兄文者，人不饜其多也。」又：「文章實自不當多。古今之能爲新聲絶曲者，又無過兄，兄往日文雖多瑰鑠，至於文體，實不如今日。……張公文無他異，正自清省無煩長，作文正爾，自復佳。兄文章已顯一世，亦不足復多自困苦。適欲白兄可因今清静，盡定昔日文，但當鈎除，差易爲功力。」又：「二祖頌甚爲高偉……然意故復謂之微多，『民不輟嘆』一句謂可省。」又一書：「兄丞相箴小多，不如女史箴清約耳。」

〔五〕羅常培筆録劉師培漢魏六朝專家文研究九蔡邕精雅與陸機清新：「陸士龍與兄平原書每評論士衡文章之得失，就其所論推其所未論，可資隅反之處頗多。其中有云：『往日論文，先辭而後情，尚潔而不取悦澤。嘗憶兄道張公父子論文，實自欲得。今日便欲宗其言。兄文章之高遠絶異，不可復稱言。然猶皆欲微多，但清新相接，不以此爲病耳。』（全晉文卷一百二）今觀士衡文之作法，大致不出『清新相接』四字。『清』者，毫無蒙混之迹也；『新』者，惟陳言之務去也。士衡之文，用筆甚重，辭采甚濃，且多長篇。使他人爲之，稍不檢點，即不免蒙混，或人云亦云。蒙混則不清，有陳言則不新。既不清新，遂致蕪雜冗長。陸之長文皆能清新相接，絕不蒙混陳腐，故可免去此弊。他如嵇叔夜之長論所以獨步當時者，亦祇意思新穎，字句不蒙混而已。」

〔六〕尚書君陳：「惟孝友于兄弟。」補注：「詳案此謂陸雲推尊其兄，語近歇後。後漢書史弼傳：『陛下隆於友于。』曹植求通親親表：『今之否隔，友于同憂。』自後遂以友于爲常語。陶公詩亦云：『再喜見友于。』彥和又無論矣。」白居易與元九書：「凡人爲文，私於自足，不忍於割裁，或失於繁多，其間妍媸益又自惑，必待交友有公鑒無姑息者，討論而削奪之，然後繁簡當否得其中矣。」

夫美錦製衣，修短有度，雖翫其采，不倍領袖。巧猶難繁，況在乎拙！〔一〕而文賦以爲榛楛勿剪〔二〕，庸音足曲〔三〕，其識非不鑒〔四〕，乃情苦芟繁也〔五〕。

〔一〕「巧」、「拙」都指作者而言。議對篇：「文以辨潔爲能，不以繁縟爲巧。」

〔二〕「榛楛」，惡木。文賦：「石韞玉而山輝，水懷珠而川媚。彼榛楛之勿翦，亦蒙榮於集翠。綴下里於白雪，吾亦濟夫所偉。」文選李善注：「榛楛，喻庸音也。以珠玉之句既存，故榛楛之辭亦美。」又曰：「言以此庸音而偶彼嘉句，譬以下里鄙曲綴於白雪之高唱，吾雖知美惡不倫，然且以益夫所偉也。」

朱珔文選集釋：「廣雅：木叢生曰榛。荀子勸學篇注：『楛，濫惡也。』賦意若草木之叢雜濫惡，未剪除也。」許文雨文論講疏：「謂草木雖有叢雜濫惡，而一旦翠鳥來集，亦可增其美觀。喻庸拙之文，亦添榮生色於警策之句也。」

〔三〕文賦：「故踸踔於短垣，放庸音以足曲。」「足曲」，湊足樂曲。這是説平凡的辭句，配合着美妙的辭句，也顯得美妙。

〔四〕「鑒」，明察也。

〔五〕校證：「『芟』原作『紶』，梅改。按本贊正作『芟繁』。」

夫百節成體，共資榮衛〔一〕。萬趣會文〔二〕，不離辭情。若情周而不繁〔三〕，辭運而不濫〔四〕，非夫鎔裁，何以行之乎〔五〕？

〔一〕上百的關節構成一個身體，必須依靠血脈的流通。「榮（營）衛」，指血脈。黄帝内經素問熱論：「營衛不行，五藏（臟）不通。則死矣。」范注：「素問湯液醪醴論：『榮衛不可復收。』注：『榮衛者，氣之主。』」

斠詮：「吕氏春秋開春：『飲食居處適，則九竅，百節，千脈，皆通利矣。』……百節，言人身之各關節也。……榮衛，素問痺論：『榮者，水穀之精氣也；衛者，水穀之悍氣也。』亦作『營衛』。靈樞營衛生會篇：『穀氣入於藏府，清者爲營，濁者爲衛，營在脈中，衛在脈外，營用不休，五十而復大會；陰陽相貫，如環無端。』據此，營即動脈血，衛即静脈血。」

〔二〕「趣」，旨趣。「會文」，會合成文。

〔三〕「周」，周密。

〔四〕「運」，運用、運行。綴補：「周、運互文，運亦周也。周髀算經：『凡日月運行四極之道。』趙嬰注：『運，周也。』」

〔五〕論語爲政：「其何以行之哉！」

斟詮：「文章端賴情辭，所謂『情者文之經，辭者理之緯，經正而後緯成，理定而後辭暢。』惟情之患，患在雜與竭，辭之患，患在枯與繁，若欲『情周而不繁，辭運而不濫』，則宜救之以鎔裁。故曰：『非夫鎔裁，何以行之乎？』此一語歸題，可知彦和之用心矣。」

第四段，總結繁略正反兩方面的教訓，進一步强調鎔裁的重要性。

贊曰：篇章户牖，左右相瞰〔一〕。辭如川流〔二〕，溢則汎濫。權衡損益，斟酌濃淡。芟繁剪穢，弛於負擔〔三〕。

〔一〕「瞰」，觀望。文章好比門窗的配置，左右觀望而能對稱。

斟詮：「言篇章之組織嚴密，段落清楚，好比房屋之户牖通明，左右對映，空氣自然流暢也。」

〔二〕校注：「詩大雅常武：『如川之流。』蔡邕何休碑：『辭述川流。』」

〔三〕校注：「按左傳莊公二十二年：『赦其不閑於教訓，而免於罪戾，弛於負擔。』杜注：『弛，去離也。』」

聲律第三十三

釋慧皎高僧傳十三經師論云：「始有魏陳思王曹植深愛聲律，屬意經音，既通般遮之瑞響，又感漁山之神製；於是删治瑞應本起，以爲學者之宗，傳聲則三千有餘，在契則四十有二。」

文賦：「暨音聲之迭代，若五色之相宣；雖逝止之無常，固崎錡而難便；苟達變而識次，猶開流以納泉；如失機而後會，恒操末以續顛；謬玄黄之秩叙，故淟涊而不鮮。」

沈約宋書謝靈運傳論：「夫五色相宣，八音協暢，由乎玄黄律吕，各適物宜。欲使宫羽相變，低昂互節，若前有浮聲，則後須切響；一簡之内，音韻盡殊；兩句之中，輕重悉異。妙達此旨，始可言文。」

南齊書陸厥傳：「汝南周顒善識聲韻，（沈）約等文皆用宫商，以平上去入爲四聲，以此制韻，不可增減，世呼爲永明體。」

文鏡秘府論天卷引隋陸善經四聲指歸：「宋末以來，始有四聲之目，沈（約）氏乃著其譜，論云：起自周顒。」

紀評：「即沈休文與陸厥書而暢之，後世近體，遂從此定制。齊梁文格卑靡，此學獨有千古。」

范注：「彦和於情采、鎔裁之後，首論聲律。蓋以聲律爲文學要質，又爲當時新趨勢，彦和固教人以乘機無怯者，自必暢論其理。而或者謂彦和生於齊世，適當王沈之時，又文心初成，將欲取定沈約，不得不枉道從人，以期見譽，觀南史舍人傳，言約既取談，大重之，謂深得文理，知隱侯所賞，獨在此一篇矣。」

注訂：「自魏有李登聲類之説出，則文章聲律之説乃宏；自梁沈約以後，則文章聲律之説乃精；自彦和此篇之説出，則文章聲律之説始大定。」

劉勰在原則上是支持沈約的四聲論的，所以文心雕龍中有聲律篇，專門討論這個問題。從聲律篇來看，劉勰並不完全贊成沈約所設的「八病」的人爲限制。過去有人誹謗劉勰説他巴結權貴，爲了迎合沈約的心理，纔故意寫了聲律篇，來投其所好，因而文心雕龍一書得到沈約的贊賞，這顯然是不符合事實的。

劉勰並不完全贊成沈約的聲病説。因爲沈約的四聲八病説，主要講的是人爲的音律，而聲律篇中所闡發的則偏重於自然的音律。

夫音律所始，本於人聲者也〔一〕。聲含宫商〔二〕，肇自血氣〔三〕，先王因之，以制樂歌〔四〕。故知器寫人聲〔五〕，聲非效器者也〔六〕。

〔一〕校注：「按禮記樂記：『凡音之起，由人心生也；人心之動，物使之然也。感於物而動，故形於聲。』」

斠詮：「音律，音樂之規律，如律呂、宮調等。漢書武帝紀：『協音律，作詩樂。』晉書阮咸傳：『咸妙解音律，荀勗與咸論音律，自以爲遠不及也。』」

綴補：「呂氏春秋音初篇：『凡音者，産乎人心者也。感於心，則蕩乎音。』」

〔二〕校注：「含，何本、凌本、梁本……作『合』。按『合』字非是。『聲含宮商』，猶言聲含有宮商耳，非謂其合於宮商也。白虎通論姓篇：『人含五常而生，正聲有五：宮、商、角、徵、羽。』」

考異：「上言本於人聲，故下言含。含本内發，合由外鑠，從含是。」

注訂：「漢書律曆志：『五聲之本，生於黄鍾之律。九寸爲宮，或損或益，以定商、角、徵、羽。』禮記禮運：『五聲六律十二管，還相爲宮也。』注云：『五聲：宮、商、角、徵、羽。』」

〔三〕體性篇：「才力居中，肇自血氣。」「血氣」，這裏指天賦的生理基礎。

〔四〕「先王因之，以制樂歌」，是説利用天然的言語的美，來製作樂調，寫成詩歌。

〔五〕校注：「淮南子本經篇：『雷震（霆）之聲，可以鼓鐘寫之。』高注：『寫猶放斆也。』此『寫』字亦當作放斆解。」

斠詮：「文獻通考卷一百三十：『先儒以爲依人聲而制樂，託樂器以寫音，樂本效人，人非效樂者也。』馬端臨蓋亦襲用彥和語意。」

〔六〕校證：「『效』原作『學』。梅云：『當作效。』范云：『學器當作效器。』毛詩大序：『情發於聲，聲成文謂之音。』正義曰：『原夫作樂之始，樂寫人音，人音有小大高下之殊，樂器有宮徵商羽之異，依人音而制樂，託樂器以寫人，是樂本效人，非人效樂。』……此據以改正。」

校注：「『學』，黄校云：『當作效。』……按『學』字不誤。廣雅釋詁三：『學，效也。』詁此正合。物色篇：『喓喓學草蟲之韻。』尤爲切證。」

朱星文心雕龍聲律篇詮解（本篇以下引朱氏語同此）：「該文首段提出音律的起源問題。他以爲『音律所始』是『本於人聲』。美的人聲就發展爲樂歌，再制樂器來配合歌聲。所以樂器是寫歌聲的，不是歌聲去學樂器的。」（天津師院學報一九七九年第一期）

郭紹虞聲律説考辨（見照隅室古典文學論集下編）：「在這兒，『聲含宮商，肇自血氣』，即王融所謂『宮商與二儀並生』之意。此所謂宮商，乃指人聲的宮商，是音律之所始，所以可以歌。而顏憲子（即顏延之，見詩品序）所説的律呂音調，則正是效器的律呂音調，是想把吟的音節，去遷就歌的音節，於是只能把固定的字音分爲宮商角徵羽五類，而成爲效器的宮商了。這顯然是不合理的。因爲器寫人聲，以人聲爲主，所以歌譜既定，人聲的宮商能隨之而抑揚，而使之合於樂律。這樣的『聲效樂器』是自然的。反過來，假使以樂器爲主，而强調聲效樂器，那必然會使文字的讀音湊合樂律的宮商。從前者講，器寫人聲，是根據文字讀音的宮商，所以對於文字的讀音倒是可宮可商的。從後者講，聲效樂器，由於樂器的宮商有定，於是也要使文字的讀音同樣固定，使之膠於一字，所以這樣的『聲效樂器』是不自然的，不合理的。」

故言語者，文章神明樞機，吐納律呂，脣吻而已。

札記：「案彥和此數語之意，即云言語已具宮商。文章下當脱二字，者下一豆，神明樞機四字一豆，吐納律呂四字一豆。」范注：「案文章下疑脱『關鍵』二字，言語謂聲音，此言聲音爲文章之關鍵，又爲神明之樞機，聲音通暢，則文采鮮而精神爽矣。至於律呂之吐納，須驗之脣吻，以求諧適，下贊所云『吹律胸臆，調鍾脣吻』，即其義也。神思篇用關鍵樞機字。」校證：「案范氏説可從，今據以補正。」

校釋：「按『文章』下疑脱『管籥』二字。」

徐復文心雕龍正字：「札記曰：文章下當脱二字。按疑脱聲氣二字。附會篇云：情志爲神明，宮商爲聲氣云云，其義與此略近。」

朱星：「不單歌聲有音律，一般語言也有音律。所以説：『言語者，文章神明，樞機吐納，律呂脣吻而已。』劉勰在此對言語作了一個全面的解釋，除了文章神明（這是思想内容等）外，還有形式上的部分，就是樞機吐納（這是字句的吐屬），律呂脣吻（這是音韻問題）。不單詩歌講韻律，一般的文章語言都要講求。」

「律呂」，古正樂律之器，相傳黄帝時伶倫截竹爲筒，以筒之長短，分別聲音之清濁高下，樂器之音，即依以爲準則。分陰陽各六，陽爲律，陰爲吕，合稱十二律。即黄鍾、大蔟、姑洗、蕤賓、夷則、無射、林鍾、南吕、應鍾、大吕、夾鍾、中吕。

「樞機」，比喻事物運動的關鍵。神思篇：「物沿耳目，而辭令管其樞機。」又：「吟詠之間，吐納珠玉之聲。」

南齊書文學傳論：「文章者，蓋情性之風標，神明之律吕也。」

説「文章」下脱二字，或補「關鍵」二字，或補「管籥」二字，或補「聲氣」二字，都無根據。這幾句話的意思是説：言語是文章中表達情志的關鍵，至於言語中律吕之吐露，無非靠脣吻調節而已。

古之教歌，先揆以法，使疾呼中宫，徐呼中徵〔一〕。夫徵羽響高，宫商聲下〔二〕；抗喉矯舌之差，攢脣激齒之異〔三〕，廉肉相準〔四〕，皎然可分〔五〕。

〔一〕札記：「韓非子外儲説右上曰：『夫教歌者，使先呼而詘之，其聲反（顧廣圻曰：反當作及。）清徵者乃教之。一曰：教歌者先揆以法，疾呼中宫，徐呼中徵。疾不中宫，徐不中徵，不可謂（與爲同）教。』案韓非之言，乃驗聲之術，彦和引用以爲聲音自然之準，意與韓子微異。」顧炎武音論卷中「古人四聲一貫」條：「五方之音，有遲疾輕重之不同。……故注家多有疾言徐言之解；而劉勰文心雕龍謂『疾呼中宫，徐呼中徵』。（原注：「韓非子外儲説右上篇有此語。」）夫一字而可以疾呼徐呼，此一字兩音三音之所繇昉已。」

斠詮：「韓子之言，乃樂工驗聲之術，並非聲音自然之準。彦和引之藉以表明宫商角徵羽之各有其聲調，非可混同一氣，觀於下文『廉肉相準，皎然可分』之語可知。」

〔二〕校證：「『夫徵羽響高，宫商聲下』，原作『夫商徵響高，宫羽聲下』。」

札記：「案此二句有訛字。當云宫商響高，徵羽聲下。周語曰：『大不踰宫，細不踰羽。』禮記月令鄭注云：『凡聲尊卑，取象五行，數多者濁，數少者清。』案宫數八十一，商數七十二，角數六十四，徵數五十四，羽數四十八（詳見律曆志），是宫商爲濁，徵羽爲清，角清濁中，彦和此文爲誤無疑。」校釋：「按黄引經典及鄭注證原文有誤，是也。其所改之句，非也。當作『徵羽響高，宫商聲下』。」校證據以改訂。

〔三〕札記：「『抗喉』二句此言聲所從發，非蒙上爲言。」

范注：「抗喉矯舌，攢脣激齒，皆歌時發聲之狀。」聲母還有舉喉音，卷舌音，撮脣音，抵齒音的不同。「抗」，舉；「矯」，曲。

〔四〕札記：「樂記云：『使其曲直繁瘠，廉肉節奏，足以感動人之善心而已矣。』注曰：『曲直，歌之曲折也，繁瘠廉肉，聲之鴻殺也。節奏，闋作進止所應也。』正義曰：『曲謂聲音回曲，直謂聲音放直，繁謂繁多，瘠謂節約，廉謂廉稜，肉謂肥滿。』案從鄭注，廉肉屬樂器言，不屬人聲言。」正義又曰：「鴻謂麄大，殺謂細小。」按上文既言「抗喉矯舌之差，攢脣激齒之異」，則此處所謂「廉肉」仍應指人聲，即語音的洪細。

「準」，度也，見廣韻。後漢書律曆志：「相驗準度。」即比較。

〔五〕「皎然」，明白清楚。

朱星：「抗喉是喉音，矯舌是舌音，攢脣是脣音，激齒是齒音，這正是聲紐分五音：喉、牙、舌、齒、脣的分析。只是把牙音與齒音合並了，或者因限於四個排句，故意未提。至於『廉肉相準』，止是韻部的基本分析。廉是瘦，肉是肥，也就是寬、窄音。在語音學上説，正是韻部中元音的洪細之别。切韻的反切下一字，即分元音洪細，這個秘密到宋元等韻學家纔揭發出來，分韻部元音爲四等，即一等、二等、三等、四等。而宋元的四等的意義，又到清江永纔給解釋出來，説『一等洪大，二等次大，三四皆細，而四尤細』。這個解釋正是高元音、低元音、前元音、後元音的區别。如此，劉勰在這數句中，把字音的三方面——聲、韻、調，都作扼要的分析了。」

今操琴不調，必知改張〔一〕，摘文乖張〔二〕，而不識所調。響在彼絃，乃得克諧，聲萌我心，更失和律〔三〕，其故何哉？良由外聽易爲巧，而内聽難爲聰也〔四〕。故外聽之易，絃以手定；内聽之難，聲與心紛〔五〕；可以數求，難以辭逐〔六〕。

〔一〕黄注：「董仲舒策：『竊譬之琴瑟不調，甚者必解而更張之，乃可鼓也。』」范注：「操琴不調，必知改張，語本漢書董仲舒傳對策文。」斠詮：「改張，猶言更張，有解開弦索重新施張之意。……宋書樂志：『琴瑟殊未調，改弦當更張。』」

〔二〕校證：「『摛』原作『摘』，何允中本、日本活字本、凌本、梅六次本、鍾本、梁本、日本刊本、王謨本、張松孫本、崇文本作『摛』，今據改。」校注：「按『摛』字是。樂府、詮賦、銘箴、程器四篇，並以摛文連文之句。左思七諷：『摛文潤世。』」

〔三〕此二句意謂語音根據内心的情思發出，反而失去和諧。司馬貞補史記序：「其中遠近乖張，詞義踳駁。」「乖張」，猶乖戾，違反正常之意。

〔四〕校證：「『由』下『外聽易爲巧而』，六字原無，王惟儉本有『外聽易爲□而』六字。范云：『案□或是巧字。』案王惟儉及范校是，今據補。然余猶疑□或是『力』字，以封禪篇有『追觀易爲明，循勢易爲力』句，與此正復相似也。」按元刻本亦作「良由外聽難爲聰也」。校釋：「按王本是，當據增，『爲』下缺文或是『力』字。」校注：「黄校云：『(内)元作外，王改。』又云：『由下王本有外聽易爲□而六字。』按王本所有六字是也。下文『外聽之易』、『内聽之難』云云，即承此引申，如今本，則踸踔而行矣。弘治本、活字本、汪本、佘本、張本、兩京本、胡本、謝鈔本作『良由外聽難爲聰也』，『聽』下『難』上即脱『易爲□而内聽』六字。喻林八九引此文，作

『良由外聽易爲察，内聽難爲聰也』。正足以補訂今本之誤脱。」

綴補：「喻林八九引此作『良由外聽易爲察，内聽難爲聰也』，是也。下文『故外聽之易，絃以手定；内聽之難，聲與心紛』，緊承此言之。」

郭紹虞蜂腰鶴膝解：「外聽指樂聲言，内聽則指詩文的聲律言。樂聲之高下有定，所以錯誤易别；詩文聲律之標準無定，一向没有固定的標準，所以『内聽難爲聰』。」（照隅室古典文學論集下册）

〔五〕校釋：「舍人『内聽』之説最精。蓋言爲心聲，言之疾徐高下，一準乎心。文以代言，文之抑揚頓挫，一依乎情。然而心紛者言失其條，情浮者文乖其節。此中機杼至微，消息至密，而理未易明。故論者往往歸之天籟之自然，不知臨文之際，苟作者襟懷澄澈，神定氣寧，則情發肺腑，聲流脣吻，自如符節之相合。……作者用得其宜，則聲與情符，情以聲顯。文章感物之力，亦因而更大。然其本要在乎澄神養氣，不可外求，故曰『内聽』。」

劉勰把聽樂的聲音來進行調整，叫作「外聽」，把吟誦時聽文章或詩歌的音調叫作「内聽」。「外聽」的調弦，用手來定弦就行，所以容易。而文學作品的聲調之紛亂與心情的紛亂有關，所以不容易調整。正因爲文學作品的聲調美難以聽出來，所以要利用語音之美來制定一些原則。

王金凌：「至於『和體抑揚』係指平仄的安排，安排適當，自然和諧。……一句之中由幾個聲調組合而成，於是構成了旋律，而旋律的和諧與否，就有賴於調聲之術了。但調聲之術實在太難了，其所以爲難，有三項原因：一、變化太多。若每句五字，每字可用四聲，則其變化的可能性太多。二、聲病的限制。三、撰述詩文時，往往先義而後聲。這才是選和至難的主要原因，因爲義既定，聲若犯病，則須改聲，改聲之後新字未必能配合原來的文義。然而文學畢竟不是音樂，仍須以情志爲主，因此時常不得不犯聲病。」

〔六〕范注：「内聽之難，由于聲與心紛，故欲求聲韻之調諧，可設律數以得之，徒騁文辭，難期切合也。『凡聲有飛沈』以下，即言和諧聲律之法則。」「數」謂數度，喻詩文之聲律。「難以辭逐」與神思篇「言所不追」意同。斯波六郎：「莊子天道：『口不能言，有數存焉於其間。』陸機文賦：『若夫隨手之變，良難以辭逮。』」

「聲與心紛」，聲萌於心，而又與内心的思想感情有時不一致。

以上爲第一段，首先以樂律比喻文章之聲律，然後比論外聽内聽之難易。

凡聲有飛沈〔一〕，響有雙疊〔二〕。雙聲隔字而每舛，疊韻離句而必睽〔三〕；沈則響發而斷〔四〕，飛則聲颺不還，並轆轤交往，逆鱗相比〔五〕，迕其際會〔六〕，則往蹇來連〔七〕，其爲疾病，亦文家之吃也〔八〕。

〔一〕校證：「文鏡秘府論四聲論引『聲』作『音』。」高僧傳卷十三曇智傳後云：「時有道朗、法忍、智欣、慧光，並無餘解，薄能轉讀，道朗捉調小緩，法忍好存擊切，智欣善能側調，慧光喜騁飛聲。」

〔二〕校注：「『雙疊』，黄校云：『二字脱，楊云：「有字下諸本皆遺翕散二字。」謝云：「據下文，當作雙疊二字。」』按謝説……是也。劉善經四聲論篇引，正作『響有雙疊』。」校證：「馮本、梅六次本、陳本、黄注本、王謨本作『雙疊』。何允中本、日本活字本、清謹軒鈔本……作『高下』，張之象本作『動静』。……案文鏡秘府論、玉海四五，正有『雙疊』二字，今據補。」按元刻本「雙疊」二字缺。

〔三〕校證：「『離』原作『雜』，據文鏡秘府論改。謂用疊韻字各在一句也。『而』，文鏡秘府論作『其』。」

「睽」，本作「暌」，違背。不合。

補注：「周春雙聲疊韻譜（卷七）論文心雕龍此段云：案飛者揚也，沉者陰也。雙聲隔字而每舛者，雙聲必連二字，若上下隔斷，即非真雙聲。疊韻雜句而必睽者，疊韻亦必連二字，若雜於句中，即非正疊韻。雙疊得宜，斯陰陽調合。轆轤交往，逆鱗相比者，總指不單用也。迂其際會，謂陰陽不諧，雙疊不對，乃文字之吃，便成疾病矣。」

札記：「此即隱侯所云前有浮聲，後須切響，兩句之中，輕重悉異者也。飛謂平清，沈謂仄濁。雙聲者二字同紐，叠韻者二字同韻。一句之内，如雜用兩同聲之字，或用二同韻之字，則讀時不便，所謂雙聲隔字而每舛，叠韻雜句而必暌也。一句純用仄濁，或一句純用平清，則讀時亦不便，所謂沈則響發而斷，飛則聲颺不還也。」

范注：「雙聲隔字而每舛，即八病中傍紐病也。文鏡秘府論五（西卷）引元氏云：『傍紐者，一韻之内有隔字雙聲也。』又引劉滔云：『重字之有關關，叠韻之有窈窕，雙聲之有參差，並興於風詩矣。王玄謨問謝莊何者爲雙聲？何者爲叠韻？答云：懸瓠爲雙聲，碻磝爲叠韻。時人稱其辨捷。如曹植詩云：「壯哉帝王居，佳麗殊百城。」即「居、佳」「殊、城」是雙聲之病也。凡安雙聲，唯不得隔字，若「踟蹰」、「躑躅」、「蕭瑟」、「流連」之輩，兩字一處，於理即通，不在病限。』

「叠韻雜句而必暌，即八病之小韻病也。文鏡秘府論五（西卷）引或云：『凡韻居五字内急，九字内小緩。』又引劉氏曰：『五字内犯者，曹植詩云「皇佐揚天惠」，即「皇揚」是也。十字内犯者，陸士衡擬古歌云「嘉樹生朝陽，凝霜封其條」，即「陽霜」是也。若故爲叠韻兩字一處，於理得通，如飄颻、窈窕、徘徊、周流之等，不是病限，若相隔越，即不得耳。』雜句，文鏡秘府論一引此文作離句，疑作離者是，離亦隔也，謂叠韻字在句中隔越成病也。」

考異：「『雜』字對上句『隔』字而言，隔離雜混也。……且隔字暌字，亦具離義，王校從『離』，殊非。」

〔四〕范注：「沈則響發而斷，文鏡秘府論一（天卷）引此作『如斷』，案作『如』義較優。」

〔五〕札記：「『轆轤交往』二語，言聲勢不順。黄注引詩評釋之，大謬。」范注：「案轆轤二語，文鏡秘府論引作『鹿盧交往』，逆鱗相批（『批』字恐誤，似當作『比』）。漢書雋不疑傳：『檑其劍。』顔注引晉灼曰：『古長劍首以玉作井鹿盧形。』鹿盧，亦作轆轤。韓非子説難篇：『夫龍之爲蟲也，柔可狎而騎也。然其喉下有逆鱗徑尺，若人有嬰之者，則必殺人。』彦和以井鹿盧喻聲韻之圓轉，逆鱗相比喻聲律之靡密。」

考異：「『鹿盧』即『轆轤』，見西京賦，『轆轤』乃後起字。」

注訂：「轆轤喻圓轉如意，逆鱗喻比附密切。」史記天官書：「危東六星，兩兩相比。」「相比」，謂排列緊密。

朱星：「八病中前四病：平頭、上尾、蜂腰、鶴膝，是聲調平仄問題，後四病中大韻、小韻是叠韻問題，正紐、旁紐是雙聲問題。韻文的音律，無非是把這字音的三方面作美的和諧的組織安排。要錯綜搭配，不可重複單調，要象轆轤，象逆鱗。雙聲除雙聲詞可連用，否則分開用即有損音律美。……關於雙聲的二病最不易懂，尤其是正紐。詩人玉屑、文鏡秘府論、金針詩格、唐音癸籤等都没有説清，到劉師培中古文學史纔説清。原來正紐是二句中有同聲的雙聲字，如『家、嫁』分在二句中，即犯正紐病。八病中雖分聲、韻、調三方面，但實際上雙聲二病，並不重要。齊梁『音律論』在韻文中主要是韻與調二者，尤其是調。因韻明顯，而調隱藏。」

往日撰四聲五音及其在漢魏六朝文學中之應用一文，涉及這方面的問題，摘引如下：「今按『飛沈』猶言揚抑，義指四聲，非關清濁。王士禎師友詩傳續録云：『平聲爲揚，入聲爲抑；去聲爲揚，上聲爲抑。』大意雖是，尚差一間。……按齊梁之際，吴地讀音，『飛』者揚上，當是上聲；『沈』者抑下，當是去聲。劉勰云『飛則聲颺不還』，其意乃謂一句之中，如上聲字過多，則其聲飛颺而不能回環。至其謂『沈則響發而斷』（文鏡秘府論天卷引此作「如斷」，按作「如」義較長），則又似入聲。其不言平上去入而稱『飛』『沈』者，乃係舉『飛』『沈』以概四聲，猶稱『春秋』以概四季也。彦和之意，無論平上去入，若一種聲調之字連續過多，則讀時均有蹇礙，故須『轆轤交往』，若逆鱗之相比。此即謝靈運傳論所謂『若前有浮聲，則後須切響』，南史陸厥傳所謂『兩句之内，角徵不同』也。」（見中華文史論叢第三輯）

又：「尚有待申論者，則『切響』本是斬切之響，其義當指入聲。蓋入聲附有塞聲韻尾，此韻尾後只存閉塞，其音斬絶，如刀之斷切，故曰切響。而『切響』又與『響發如斷』之『沈』聲，極爲相似。顧炎武音論卷中論『四聲之始』云：『今考江左之文，自梁天監以前，多以去、入二聲同用，以後則若有界限，絶不相通。』段玉裁六書音均表古四聲説云：『古平、上爲一類，去、入爲一類。上與平一也，去與入一也。上聲備於三百篇，去聲備於魏晉。』而陸法言切韻序亦稱『秦隴則去聲爲入』，或者是時四聲雖備，而去聲新起，與入聲尚不易區分歟？……兹所考證，以旋律之高低爲五音，以字調之升降爲四聲，以四聲之抑揚爲『飛沈』，爲『浮聲』『切響』。」

所謂「飛」「沈」，就是字調的抑揚，這是構成沈約「四聲論」的音調基礎。所謂「雙叠」，是構成沈約「八病説」的聲韻基礎。劉勰並没有像沈約那樣「碎用四聲」，而只是從原則上指出飛揚的字調和沈抑的字調，要像「轆轤交往」似地交互錯雜地使用，對於雙聲叠韻也只提出極爲粗略的禁忌。

〔六〕校證：「『迕』原作『迂』。紀云：『當作迕。』文鏡秘府論正作『迕』，今據改。」范注：「案『迂』『迕』二字均通，謂若錯失音律之際會，則往蹇來連也。」「際會」，指飛沈雙叠之適當配合。「迂」，元刻本、弘治本作「迃」。按「迃」、「迂」本一字。補注：「迂其際會，謂陰陽不諧，雙叠不對，乃文字之吃，便成疾病矣。」文賦：「如失機而後會，恒操末以續顛，謬玄黄之袟叙，故淟涊而不鮮。」

〔七〕黄注：「『往蹇來連』，易蹇卦六四爻辭。」王弼注：「往則無應，來則乘剛；往來皆難，故曰往蹇來連。」校注：「四聲論篇引『蹇』作『謇』；『連』作『替』。按『蹇』『謇』通用，『替』字非是，舍人此語用易蹇六四爻辭。孔疏：『蹇，難也。……馬(融)云：連，亦難也。』」

〔八〕朱星：「八病的規則是死的，基本規律是平仄和諧，不和諧就成了『文吃病』，等於説不正字音，即成口吃病。」

黄注：「吃，韓非傳：『非爲人口吃不能道説，而善著書。』注：『吃，語難也。』」范注：「聲律謬誤，則喉脣糾紛，猶人之病口吃也。」説文：「吃，言蹇難也。」

雜記：「文家之吃——吴翌亭先生云：言音韻不調，如人之吃也。蓋當時駢偶盛行，故文章家無不留意於此。迨後散體既興，自非治詞賦者，即已置之不講。不知音聲一道，其疾徐高下，抑揚抗墜之分，不獨有韻之文有之，即無韻之文亦有之。特寄之有韻之文者，其得失易見，寄之無韻之文者，其得失難知。青按：……漫叟詩話：東坡作吃語詩曰：江干高居堅關扃，耕犍躬駕角掛經。孤航繫舸菰茭隔，笳鼓過軍鷄狗驚。……」

夫吃文爲患，生於好詭，逐新趣異〔一〕，故喉脣糺紛〔二〕；將欲解結，務在剛斷〔三〕。左礙而尋右，末滯而討前〔四〕，則辭轉於吻，玲玲如振玉〔五〕；辭靡於耳〔六〕，纍纍如貫珠矣〔七〕。

〔一〕校證：「『趣』王惟儉本作『趨』。」

在劉勰看來，「吃」的毛病，生於不循自然，「好詭」，「逐新趣異」，就由於不循自然。

〔二〕「糺紛」，同糾紛。

〔三〕范注：「文鏡秘府論四（南卷）曰：『若文繫於韻，則量其韻之多少，若事不周圓，功必疏闕。與其終將致患，不若易之於初。然參會事情，推校聲律，動成病累，難悉安穩。如其理無配偶，音相犯忤，三思不得，足以改張。或有文人昧於機變，以一言可取，殷勤戀之，勞於用心，終是棄日，若是之輩，亦膠柱之義也。』此説頗可推暢彦和之意。」

朱星：「治病的辦法在『剛斷』。剛斷即不要舍不得把美詞割愛變换，不讓它『以辭害意』。這正是『聲律論』的主張。」

〔四〕札記：「『左礙而尋右』二句，此與士衡音聲迭代，五色相宣之説同恉，究其治之之術，亦用口耳而已，無他妙巧也。（鍾）記室云：清濁通流，口吻調利。蓋亦有尋討之功焉，非得之自然也。」

范注：「左礙尋右，末滯討前，即以聲律之數，求其糾紛所在也。」

文鏡秘府論論體：「然文無定方，思容通變，下可易之於上，前可迴之於後，研尋吟咏，足以安之，守而不移，則多不合矣。」

朱星：「當然劉勰並没有强調到『寧聲毋意』。實在不好變换的還有一個補救辦法，即『左礙而尋右，末滯而討前』。這正是唐宋詩人拗救一法所本。如果掌握了聲律，就可自由變化。拗救正分本句救，即一句中上下字相救；對句救，即二句中相對互救。」

文賦云：「或仰偪於先條，或俯侵於後章；或辭害而理比，或言順而義妨。離之則雙美，合之則兩傷。考殿最於錙銖，定去留於毫芒。苟銓衡之所裁，固應繩其必當。」殆爲此節命意之所本。

〔五〕校證：「『辭』，清謹軒鈔本、詩紀別集二作『聲』。」

注訂：「玲，説文：『玉聲。』振玉見原道篇『金聲玉振』注。」

〔六〕「靡」，分散也。又與摩通。莊子馬蹄：「喜則交頸相靡。」「相靡」，即相摩也。

〔七〕禮記樂記：「故歌者上如抗，下如墜，曲如折，止如槀木，倨中矩，句中鉤，纍纍乎端如貫珠。」正義：「纍纍乎感動人心，端正其狀，如貫於珠。言聲音感動於人，令人心想形狀如此。」郭注：「劉彦和雖用樂記，然指聲律調和則字字珠圓玉潤而言，與孔穎達正義用鄭注不必相同。」

是以聲畫妍蚩〔一〕，寄在吟咏，滋味流於下句〔二〕，風力窮於和韻〔三〕。

〔一〕文賦：「或寄辭於瘁音，言徒靡而弗華。混妍蚩而成體，累良質而爲瑕。」札記：「聲畫，即謂文。揚子法言曰：『言，心聲也；書，心畫也。』」范注：「此云聲畫，猶言文章聲韻。」

沈約答陸厥書：「若以文章聲韻，同弦管之聲曲，則美惡妍蚩，不得頓相乖反。」

郭紹虞蜂腰鶴膝解：「不講聲律，不注意調節求和的方法，便成爲『蚩』，一講聲調以求和，便成爲『妍』，妍蚩之分，即在吟咏之間。」

注訂：「『聲畫妍蚩』二句，此言文章美惡，不在初見，必加吟咏而後覺也。」

斯波六郎：「『是以聲畫妍蚩』以下，謂文章之美醜，專視吟咏的調子。」

〔二〕校證：「『滋味流於下句』原作『吟咏滋味，流於下句』，梅據商改『下』爲『字』。謝云：『吟咏二字似衍。』梅六次本删『吟咏』二字。案謝說是，文鏡秘府論正作『滋味流於下句』，今據改。」

按元刻本、弘治本俱作「下句」。梅本「寄在吟咏」下空兩格，沈巖臨何焯校本在空格中添「吟咏」二字。

校注：「『吟咏』二字原係誤衍……孫氏不審，而欲再增『字句』二字以彌縫之，非是。」

斠詮：「作『下』者，蓋誤認下句『和韻』之『和』字爲動詞，欲與對文而然，而不知『字句』與『和韻』皆平行詞，各包兩事。黄引馮本作『字』不作『下』，是乃彦和之原文，商改正是。」

詩品序：「五言居文詞之要，是衆作之有滋味者也。」顔氏家訓文章篇：「至於陶冶性靈，入其滋味，亦樂事也。」

劉大櫆論文偶記：「神氣者，文之最精處也；音節者，文之稍粗處也；字句者，文之最粗處也。余謂論文而至於字句，則文之能事盡矣。蓋音節者，神氣之迹也；字句者，音節之矩也。神氣不可見，於音節見之；音節無可準，以字句準之。」

〔三〕校證：「『風力』原作『氣力』，據文鏡秘府論改。」范注：「文鏡秘府論四聲論引此作『滋味流於下句，風力窮於和韻』。……下句，猶言安句造句。和與韻爲二事，下文分言之。范曄獄中與諸甥姪書曰：『常恥作文士文，患其事盡於形，情急於藻，義牽其旨，韻移其意，雖有能者，大較多不免此累。』又曰：『手筆差易，文不拘韻故也。』」推究至盡曰「窮」。「風力」，風神骨力，這是説作品的風力，歸終要表現在「和韻」的問題上。

朱恕之文心雕龍研究第七節自然音律説：「彦和所講的音律只是『和律』，那就是要看字句是否流暢，音調是否和諧。在吟咏誦讀之間來分辨它的『聲畫妍蚩』。所以創作文學，是應該力求語句之自然，聲調之和諧，要如同『林籟結響』之『調如竽瑟』，『泉石激韻』之『和若球鍠』，那自然就可以達到『聲轉於吻，玲玲如振玉；辭靡於耳，纍纍如貫珠』了。」

異音相從謂之和，同聲相應謂之韻〔一〕。韻氣一定，故餘聲易遺；和體抑揚，故遺響難契〔二〕。

〔一〕梅注：「楊（慎）云：『東』『董』是和，『東』『中』是韻。」楊慎丹鉛總録卷十五文用韻：「文心雕龍聲律篇云：『異音相從謂之和，同聲相應謂之韻。韻氣一定，故餘聲易遺；和體抑揚，故遺響難契。』宋詞之曲，皆於仄韻用和音以叶平聲。蓋以平聲爲一類，而上去入三聲附之。如『東』『董』是和，『東』『中』是韻也。」補注引周春雙聲疊韻譜卷七：「和者，即雙聲也，故曰異音相從。韻者即疊韻也，故曰同聲相應。雙聲故曰難契、至難，疊韻故曰易遺、甚易。」按此解大誤。

札記：「案一句之内，聲病悉祛，抑揚高下，合於脣吻，即謂之和矣。沈約云：十字之文，顛倒相配。正謂此耳。」

范注：「『異音相從謂之和』，指句内雙聲疊韻及平仄之和調；『同聲相應謂之韻』，指句末所用之韻。『韻氣一定，故（「故」，四聲論引作「則」，是）餘聲易遣』，謂擇韻既定，則餘韻從之；如用東韻，凡與同韻之字皆得選用。『和體抑揚，故遺響難契』，謂一句之中，音須調順，上下四句間，亦求和適。此調聲之術，所以不可忽略也。……陳先生曰：『彥和此文，實本左傳晏子曰：「和與同異，和如羹焉。」聲亦如味，清濁、大小、短長、疾徐、哀樂、剛柔、遲速、高下、出入周疏以相濟也。若琴瑟之專一，誰能聽之！同之不可也如是。』故彥和本之謂異音相從也。」

郭紹虞中國文學批評史第一版：「在沈約說是聲病，照劉勰說是韻和。四聲即是韻的問題，劉勰所謂『同聲相應謂之韻』也。怎樣使之同聲相應呢？此即永明體的條件所謂『以平上去入爲四聲，以此制韻，不可增減』者是。……八病即是『和』的問題，此又劉勰所謂『異音相從謂之和』者。怎樣又是異音相從呢？則又永明體的條件所謂『五字之中，音韻悉異；兩句之内，角徵不同』者是矣。……叶韻取其同聲相應，摛辭取其異音相從。能如是才盡音律之能事。」

羅根澤中國文學批評史：「劉勰於『吃』之外，又提出所謂『和』、『韻』。後人之研究文心雕龍者，好以此與四聲八病之説相緣附。其實劉勰所謂韻，就是韻文的韻脚，所謂和就是文章的聲調。韻有規律，譬如用東韻，則任意選擇東韻之字，所以説『韻氣一定，故餘聲易遺』。和是自然的，並没有一定的規律，所以説『和體抑揚，故遺響難契』。這也足以證明劉勰的音律説是一種自然的音律説，和沈約等人的人爲的音律説，並不全同（自然也有相同的地方）。」

校釋：「和者，一句之中，平仄有相間相重之美也。韻者，各句之末同用一韻之字也。」

〔一一〕范注：「『故餘聲易遺』：鈴木云：文鏡秘府論、玉海『故』作『則』。」

校證：「古鈔本文鏡秘府論無『故』字。日刊本文鏡秘府論『故』作『則』。」又：「文鏡秘府論『契』下有『矣』字。」

校注：「『遺』，岡本作『遺』。按岡本蓋涉上而誤。『遺響』與『餘聲』對文。文選洞簫賦有『吟氣遺響』語。」

文鏡秘府論天卷引隋劉善經四聲論：「吴人劉勰著雕龍篇云：『音有飛沈……故遺響難契矣。』此論，理到優華，控引弘博，計其幽趣，無以間然。但恨連章結句，時多澀阻，所謂能言之者也，未必能行者也。」

紀評：「句末韻脚，有譜可憑。句内聲病，涉筆易犯。非精究音學者不知。故往往閲之斐然，而誦之拗格。彦和特抽出另言，以此之故。」

郭紹虞中國文學批評史第一版：「不過韻的關係，昔人猶多知之，和的問題實自此時始起，亦可知和的問題素不講究，所以選和至難。而且韻氣一定，所以雖以四聲制韻，而猶易遵循。和體抑揚，其條件至多，所以更覺得遺響難契了。沈約所謂『宫羽相變，低昂舛節，若前有浮聲，則後須切響。一簡之内，音韻盡殊，兩句之中，輕重悉異』云云，完全是指和的問題。……選和既難，所以對於八病云者，在當時已不必絕對的避忌。」

校釋：「和、韻之理，舍人謂和難而韻易。蓋和者，一句之中，平仄有相間相重之美也。韻者，各句之末，同用一韻之字也。用韻者，一韻既定，餘句從之，如首韻用東，則餘句自可用同、從、童、紅等字，雖無韻書，而口吻易調，故曰易也。至於平仄相間，變化甚多，齊梁之際，四聲始分，韻書未定，作者每苦不能分別，故曰難也。」

郭紹虞蜂腰鶴膝解：「劉氏聲律一篇，有講四聲的地方，所以説『韻氣一定』，所以説『作韻甚易』。實則劉氏此文，主恉並不在是。他通篇所述畢竟還重在求和方面。他是以『聲有飛沈』去説明八病中的前四病的；而『響有雙疊』之語，則是用來解釋八病中之後四病的。正因『聲有飛沈』，所以可説『和體抑揚』。不有飛沈之聲，那來抑揚之和？其實這正是沈約『輕重悉異』説的發揮。」（照隅室古典文學論集下編）

又：「作家所注意的只在去病，理論家所注意的則在求和。求和的方法一時雖不能逐條舉出，但只須注意抑揚兩個字，自會達到求和的目的。這就是劉勰比沈約更高一着之處。此後發明平仄的抑揚律，就是朝這條路綫進行所獲得的成就。於是，很自然地從永明體演進爲律體了。律體既規定了求和之法，也自然簡化而易於奉行了。」

王力中國古典文論中談到的語言形式美：「『同聲相應謂之韻』，韻就是韻脚，是在同一位置上同一元音的重複，這就形成聲音的迴環，産生音樂美。但是劉勰所强調的不是這一句，而是『異音相從謂之和』。所以他跟着就説：『韻氣一定，故餘聲易遣；和體抑揚，故遺響難契。屬筆易巧，選和至難；綴文難精，而作韻甚易。』這就是説，同聲相應是容易做到的，異音相從是難做到的。這和麗辭篇所論『反對爲優，正對爲劣』的道理是相通的。依一般的見解，異音相從應該是不和。現在説異音相從正是爲了和，這也和麗辭篇所説的『理殊趣合』是同一個道理，音樂上的旋律，既有同聲相應，也有異音相從。假如只有同聲相應，没有異音相從，那就變爲單調了。」

「什麼是『異音相從謂之和』呢？范文瀾同志認爲是『指句内雙聲疊韻及平仄之和調』（文心雕龍注第五五九頁），這是對的。所謂『八病』，雖然舊説紛紜，莫衷一是，實際上就是避同求異，如雙聲的字不能同在一句（連綿字不在此例），句中的字不能跟韻脚的字疊韻，五言詩第五字不得與第十五字同一聲調，等等。宋書謝靈運傳論説：『夫五色相宣……始可言文。』沈約在這裏也是特别强調了『殊異』的作用。

「律詩的平仄格式是逐漸形成的，而平仄的講究主要還是求其『異音相從』。一句之中，平仄交替成爲節奏，這是異；一聯之中，出句的平仄和對句的平仄相反，這又是異。後聯和前聯相黏（第三句與第二句平仄相同，等等），似乎是爲了求同，實際上還是爲了求異，因爲失黏的結果，是前後兩聯的平仄雷同。」（文藝報一九六二年第二期）

朱星：「韻是同聲相應，和是異音相從，也就是説：『韻』是相同的和諧律，『和』是相反的和諧律。『韻』在句末，『和』在句中。『韻』即押韻，『和』即平仄。平仄要求相反對立。平仄相對，又分本句對立與二句對立。本句對立，即平平仄仄，二句對立即上句用平平仄仄，下句用仄仄平平。二字爲一節奏，所以二字同平或同仄。用韻有定，指用韻處及押韻字，所以『餘聲易遺』。至於和體是平仄抑揚，所以是難於安排得很合適。」

「遺響難契」，校釋：「平仄以相間相重爲美，苟一句之中，平聲太多，或兩句之中，平仄不協，則誦之不能諧適。此事必在四聲既定之後，古人不知也。例如古詩：『同心而離居，憂傷以終老。』同心五字皆平也。子虚賦：『岑崟參差，日月蔽虧，罷池陂阤，下屬江河。』『岑崟參差』、『罷池陂阤』八字皆平也。其平仄不協者，尤不勝枚舉。」

饒宗頤劉勰文藝思想與佛教：「至其聲律篇……揭出『和』與『韻』二大法則。實則二者之分，正爲華、梵論音不同之處。慧皎高僧傳經師論云：『東土之歌也，則結韻以成詠；西方之讚也，則作偈以和聲。』語可互證。故知彼所謂『和』，乃運用梵讚轉聲之法，以論漢土詩歌之音律。印度聲明之誦法，所謂『唄匿』（bhanaka）唱時音義悠揚曲折以取態。劉氏云『和體抑揚』，即由梵唱體會而出。設非會通華、梵，識其大體，烏能爲此論乎？」（見文心雕龍研究

專號）

按：「韻氣一定」，押韻有一定的規則，比較容易。「和體抑揚」，所以「選和至難」，如何選用飛沈的字調，使它聲音調和，要靠「內聽」，是很難的。但是到了唐朝，還是根據「轆轤交往」的原則，逐步形成音調和諧的律詩。

屬筆易巧，選和至難，綴文難精，而作韻甚易〔一〕，雖纖意曲變〔二〕，非可縷言，然振其大綱，不出兹論〔三〕。

〔一〕校注：「『選』上，兩京本、胡本有『而』字。按有『而』字，始與下『綴文難精，而作韻甚易』相儷。」

郝懿行批注：「按古音通叶處多，故曰作韻甚易。」

劉大杰主編批評史：「劉勰指出：有韻之文要比無韻之筆爲難，但押韻卻比選和容易。」

朱星：「一般説無韻之文（筆）容易做，但它也要講究平仄，所以極難。有韻之文（文）是難做的，但押韻這件事卻並不難。劉氏只提出『和』（平仄），未明提『節奏』，但在『選和』之中，已具有節奏的道理。」

劉師培文説和聲第三：「……故宣之於口，或音涉鉤輈；若繩之以文，則體乖排偶。此則彦和所謂『作韻甚易』，『選和至難』者也。」

總術篇：「今之常言，有文有筆，以爲無韻者筆也，有韻者文也。」文鏡秘府論文筆十病得失：「文者，詩賦、銘頌、箴讚、弔誄等是也；筆者，詔策、檄移、章奏、書啓等是也。」

〔二〕校證：「『意』梅六次本、張松孫本作『毫』。」紀批：「『纖意』當作『纖毫』。」校注：「按『毫』字較勝。」

〔三〕「振」，舉。郭紹虞蜂腰鶴膝解：「『凡聲有飛沈』，這一段，正是解釋八病之説。……他不過因爲『纖意曲變，非可縷言』，所以不必列舉八病之目。『然振其大綱，不出兹論』，所以又只舉『和體抑揚』之論。」

以上爲第二段，列舉聲律失調之病，然後説明調和聲律的原理和方法。

若夫宮商大和〔一〕，譬諸吹籥〔二〕；翻迴取均〔三〕，頗似調瑟〔四〕。瑟資移柱〔五〕，故有時而乖貳；籥含定管，故無往而不壹〔六〕。陳思、潘岳，吹籥之調也；陸機、左思，瑟柱之和也〔七〕。概舉而推，可以類見〔八〕。

〔一〕莊子齊物論：「泠風則小和，飄風則大和。」斠詮：「『大和』一作『太和』，語出易乾彖辭：『各正性命，保合大和，乃利貞。』集注：『太和，陰陽會合沖和之氣也。』此處喻音律之和諧。」

〔二〕公羊傳宣公八年：「籥者何？籥舞也。」何注：「籥，所吹以節舞也。吹籥而舞，文樂之長。」爾雅釋樂：「大籥謂之産。」郭璞注：「籥如笛，三孔而短小。」詩經邶風簡兮：「左手執籥。」毛傳：「籥，六孔。」風俗通卷六：「籥之器，竹管三孔，所以和衆聲也。」郭沫若甲骨文字研究釋龢言以爲籥當爲編管樂器，即排簫，并以爲爾雅「大籥謂之産」之「産」爲「笙」字之譌。

〔三〕黄注：「取均，新唐書楊收傳：『旋宮以七聲爲均，均言韻也。』」文選卷十八成公綏嘯賦：「音均不恒，曲無定制。」李善注：「『均』，古『韻』字也。鶡冠子曰：五聲不同均，然其可喜一也。」陸、牟注：「這幾句中的『和』、『均』是泛指，和上段所謂的『和』難『韻』易不同，所以下面又有『瑟柱之和』的説法。」

〔四〕黄注：「調瑟——揚子法言：以往聖人之法治將來，譬猶膠柱而調瑟。」此見先知篇。膠柱鼓瑟見史記趙奢傳。

〔五〕按琴瑟繫弦之木曰「柱」。李商隱錦瑟詩：「一弦一柱思華年。」校注：「按淮南子氾論訓：『譬猶師曠之施瑟柱也，所推移上下者，無尺寸之度，而靡不中音。』」

〔六〕斠詮：「此申述宮商大和與翻迴取均所以懸殊，以明文家之用韻，雖可力强而致，惟不若自然之和諧也。……乖貳，本訓乖離攜貳。晉書羊曼傳：『王敦既與朝廷乖貳。』此處作『差錯』解。」

紀評：「此又深入一層，言宮商雖和，又有自然勉强之分。」

〔七〕范注：「此謂陳思、潘岳吐音雅正，故無往而不和。士衡語雜楚聲，須翻迴以求正韻，故有時而乖貳也。左思，齊人，後乃移家京師，或思文用韻，有雜齊人語者，故彦和云然。」

校釋：「舍人以吹籥喻陳思、潘岳之文，以調瑟譬陸機、左思之作。一則曰『宮商大和』，一則曰『翻迴取均』，於曹潘、陸左，分別極清。其釋籥瑟之異，則曰：『籥含定管，瑟資移柱。』蓋籥管有定，無往不協，瑟柱無常，時或乖調，以喻曹潘篇篇諧適，左、陸每有乖貳也。其意揚曹、潘而抑左、陸。按潘、陸齊名，當時論者，每喜並舉，無所優劣。惟孫綽謂『潘文爛若披錦，無處不善；陸文若排沙簡金，往往見寶』，論同舍人，可證吹籥調瑟之義（孫語見世説文學篇引）。潘、陸之優劣既明，曹、左之異同斯見。而舍人論文不貴繁縟之旨，亦緣此而愈顯。」

朱星：「至於陳思、潘岳比作籥，陸機、左思比作瑟，是説前兩人用的正聲，後兩人有方音。正是下文的『士衡多楚……失黄鍾之正響』。」

〔八〕札記：「『宮商大和』至『可以類見』。按此謂能自然合節與不能自然合節者之分。曹、潘能自然合節者也，陸、左不能自然合節者也。紀評未憭。」

以上爲第三段，舉例説明自然音律和人工音律的區别。

又詩人綜韻〔一〕，率多清切〔二〕，楚辭辭楚〔三〕，故訛韻實繁〔四〕。及張華論韻，謂士衡多楚〔五〕，文賦亦稱取足不易〔六〕，可謂銜靈均之聲餘〔七〕，失黄鍾之正響也〔八〕。

〔一〕札記：「此詩人對下楚辭而言，則指三百篇之詩人。」易繫辭：「錯綜其數。」疏：「綜謂綜聚。」

〔二〕文選劉楨贈徐幹詩：「拘限清切禁，中情無由限。」五臣劉良注：「清切，猶嚴切也。」「切」謂切合，「清切」，清晰準確。

〔三〕「楚辭辭楚」，是劉氏已知屈、宋之作雜陳方言，其音多楚，故讀之不協也。楊慎批：「偉長饒齊氣，士衡多楚聲。」

〔四〕「訛韻」，即不切之韻。

日知録卷五樂章：「古之詩大抵出於中原諸國，其人有先王之風，諷誦之教，其心和，其辭不侈，而音節之間，往往合於自然之律。楚辭以下，即已不必盡諧。」原注：「文心雕龍言：楚辭『訛韻實繁』。」

陳鍾凡中國韻文通論第三章詩騷之比較曾引此數語而申論之云：「此其所辨，兩者音韻之異同，非音律之差别也。」

〔五〕范注：「陸雲與兄平原書：『張公語雲云：兄文故自楚，須作文，爲思昔所識文。』觀雲諸書中論韻者，如：『李氏云雪與列韻，曹便復不用；人亦復云，曹不可用者，音自難得正。』（所云李氏，豈即李登與？曹或指陳思王也。）又如：『徹與察皆不與日韻，思惟不能得，願賜此一字。』又如：『音楚，願兄便定之。』觀此諸語，知當時無標準韻書，故得正韻頗不易也。」

〔六〕「取足」，原作「知楚」。札記：「案文賦云：『亮功多而累寡，故取足而不易。』彥和蓋引其言以明士衡多楚，不以張公之言而變。『知楚』二字乃涉上文而訛。」校證：「案黄説是。『知楚』二字即『取足』形近之訛，今據改。」李善注這兩句話説：「言其功既多爲累蓋寡，故以取足而不改易其文。」莊適注：「本文推廣其意，謂文中雖明知有楚音，而以功多累寡之故，因以取足而不易之。」

許文雨文賦講疏：「謂取足於此（指言以足志，文以足言），而不另易者，蓋申上『極無兩致，盡不可易』之旨。理極言盡，故曰『取足』。無兩致，不可益，故曰『不易』。」沈巖校本：「何云：知楚不易，今文賦無此語。」

綴補：「案今本文賦有『亮功多而累寡，故取足而不易』二句，與彥和所引不符。或記憶偶失，或今本文賦有脱文。」

〔七〕校注：「按『聲餘』當乙，始能與正響相對。上文『餘聲易遺』亦與『遺響難契』對。」

〔八〕黄鍾、大吕之音，古代認爲是正聲。

朱星：「劉勰誤會楚辭非正響，又多訛韻，只有詩經纔是正聲雅音。其實楚辭用韻與詩經用韻全同，清古音學家已證明此事。」

紀批：「此一段又言韻不可參以方音。」

日知録卷二十九方音：「荀子每言『案』，楚辭每言『羌』，皆方音。劉勰文心雕龍云：『張華論韻，謂士衡多楚，可謂銜靈均之聲餘，失黃鍾之正響也。』」

凡切韻之動〔一〕，勢若轉圜〔二〕，訛音之作，甚於枘方〔三〕，免乎枘方，則無大過矣〔四〕。

〔一〕札記：「此言文中用韻，取其諧調，若雜以方音，反成詰詘。」范注：「自陸法言撰切韻，方言雖歧，而詩文用韻，無不正矣。」注訂：「切韻者，切合用韻之意。與陸法言切韻無關，范注誤。」校注：「按此承上文『詩人綜韻，率多清切』二句，非謂講求反切之切韻。」文鏡秘府論論對：「若言不對，語必徒申；韻而不切，煩詞枉費。」斠詮：「切韻，謂聲韻之平仄諧調也。」

〔二〕漢書梅福傳：「昔高祖納善若不及，從諫如轉圜。」注：「轉圜，言其順也。」鈴木云：「『圜』，玉海作『圓』。張之象本、兩京本均作『圓』。『圜』『圓』通。」南史王弘傳附王筠傳載沈約轉述謝朓語云：「好詩圓美流轉如彈丸。」

〔三〕黃注：「宋玉九辯：『圓鑿而方枘兮，吾固知其鉏鋙而難入。』」注：枘，刻木耑所以入鑿。「枘」，木端入孔處。

朱星：「切韻與訛音對舉，可知切韻是指正確的韻。如果運用好，則勢若轉圜，和暢無礙。

如果作出訛音，就等於納方枘於圓鑿，格格不入。」

〔四〕紀批：「言自然也。」

練才洞鑒〔一〕，剖字鑽響；疎識闊略〔二〕，隨音所遇。若長風之過籟〔三〕，南郭之吹竽耳〔四〕。

〔一〕「練」，精練。「洞鑒」，深識。

〔二〕「疎識」，一作「識疎」。校注：「識疎，黄校云：『汪本作疎識。』按汪本是也，『疎識』、『闊略』，詞性始能相偶。元本、弘治本、佘本、張本、梁本、四庫本亦并作『疎識』。」考異：「疎識與識疎一也。闊略所以狀疎識，無所謂相偶與對文耳。」漢書王莽傳：「闊略思慮。」師古注：「闊，寬也。略，簡也。」「寬簡」，引申爲忽略。論衡實知篇：「衆人闊略，寡所意識。」

〔三〕黄校云：「『籟』字下，王本有『流水之浮花□□□鄭人之買櫝』十三字。」校注：「按兩京本、胡本有『流水之浮花，鄭人之買櫝』十字，與訓故本略同。尋繹上下文意，實不應有。『長風』，『南郭』二句皆以音喻，『流水浮花』，『鄭人買櫝』，於此頗不倫類，疑爲淺人妄增。淮南子齊俗篇：『若風之過簫，忽然感之，各以清濁應矣。』許注：『簫，籟也。』」綴補：「宋玉高唐賦：『長風至而波起兮。』」

莊子齊物論：「夫大塊噫氣，其名爲風。是唯無作，作則萬竅怒呺。而獨不聞之翏翏乎（郭象注：長風之聲）？山林之畏佳（郭注：大風之所扇動也），大木百圍之竅穴，似鼻、似口、似耳……前者唱于而隨者唱喁。泠風則小和，飄風則大和，厲風濟則衆竅爲虛。」下文又云：「子游曰：地籟則衆竅是已，人籟則比竹是已。敢問天籟？」此處當指地籟而言。

〔四〕梅注：「『南』原作『東』，葉循父改。」

韓非子内儲説上七術篇：「齊宣王使人吹竽，必三百人，南郭處士請爲王吹竽，宣王説之，廩食以數百人。宣王死，湣王立，好一一聽之，處士逃。」

補注：「札迻云：『南，元本、汪本、活字本、馮本並作東。注云：元作東，葉循父改。紀云：東郭吹竽，其事未詳。若南郭吹竽，則於義無取；殆必不然。按葉循父校改南，據韓非子内儲説上七術篇改也。今檢新論審名篇云：「東郭吹竽而不知音。」袁孝政注亦以齊宣王東郭處士事爲釋，則南郭自有作東郭者，不必定依韓子也。但濫竽事終與文意不相應耳。』」

札記：「『彦和之意正同新論，亦云不知音而能妄成音，故與長風過籟連類而舉。章先生云：當作「南郭之吹于」耳，正與上文相連。莊子：「前者唱于而隨者唱喁。」此本南郭子綦語，而彦和遂以爲南郭事。儷語之文，固多此類。後人不知「吹于」之義，遂誤加竹耳。』侃謹案：如師語亦得，但原文實作『東郭』，自以孫説爲長。」范注：「『案晉書劉寔傳崇讓論：『南郭先生不知吹竽者也。』南郭、東郭皆可通。剖字鑽響，謂調聲有術；隨音所遇，謂偶然而調。長風過籟、南郭吹竽，皆以喻無術馭聲者。」朱星：「練才洞鑒之人，必能剖字，研究其聲韻；至於識疎闊略之人，盲目地隨音所遇，不知掌握，必然如長風過籟，發生許多雜音；東郭吹竽，不諳宮商，爲識者所笑。」綴補：「案古詩紀、喻林引此並作東郭，與原本同。蓋韓非子舊本『南郭處士』或有作東郭者。」

古之佩玉，左宮右徵〔一〕，以節其步〔二〕，聲不失序。音以律文，其可忽哉〔三〕！

〔一〕梅注：「禮記：『古之君子必佩玉，右徵角，左宮羽，趨以采齊，行以肆夏。』采齊、肆夏皆樂名。」按此見玉藻篇。「行以肆夏」下尚有「周還中規，折還中矩，進則揖之，退則揚之，然後玉鏘鳴也」。禮記集説：「徵角宮羽，以玉聲所中言也。」「左宮右徵」，謂左面的玉器撞擊時發出宮音，右面的發出徵音。

〔二〕莊適注：「采齊，樂章名，以爲趨走之節。肆夏，同陔夏，樂章名，以爲行步之節。」

〔三〕校證：「『忽』原作『忘』，據王惟儉本改。」徐復正字：「按作『忽』字是。書記篇云『豈可忽哉』，與此同義。」

朱星：「佩玉叮噹以節步趨，這説明端正的走道，還要按節奏，才能聲不失序。因此，音有律文的作用。……音的律文有二：一是正音法的，不要有訛音，這是消極的；一是諧音法的，即押韻選和，這是積極的，使音律更和諧有美感。」

劉師培文説和聲第三：「昔梁元帝之論文也，謂『宫商靡曼，脣吻遒會。』（原注：見金樓子立言篇）劉彦和文心雕龍亦曰：『聲不失序，音以律文。』欲求立言之工，曷以此語爲法乎？」

「其」，猶豈。左傳僖公五年：「一之爲甚，其可再乎！」

第四段，舉具體作家以示正聲與訛韻之别，説明文中用韻，須取諧調，不可雜以方音。

贊曰：標情務遠，比音則近〔一〕。吹律胸臆〔二〕，調鐘脣吻〔三〕。聲得鹽梅〔四〕，響滑榆槿〔五〕。割棄支離〔六〕，宫商難隱〔七〕。

〔一〕「情」字，明徐元太喻林文章門引作「清」（見卷八十八）。

斠詮：「言標舉情感，務求高遠；排比音韻，則力謀習近。此承篇首『音律所始本於人聲』立説。謂吟咏性情，必重音律。」按「比」謂「逆鱗相比」之「比」。「近」謂切近。

〔二〕校注：「按吹律用伶倫之崑崙斷竹制十二筒效鳳凰之鳴以别十二律事，見吕氏春秋古樂篇（原文已具書記篇『黄鍾調起，五音以正』條）。」

〔三〕校證：「『鐘』何校作『鍾』。」黄注：「（漢書）揚雄傳：師曠之調鍾，竢知音者之在後也。注：晋平公鍾，工者以爲調矣。師曠曰：『臣竊聽之，知其不調也。』至於師涓而果知鍾之不調，是師曠欲善調之鍾，爲後世之有知音。」范注：「吕氏春秋長見篇：『師曠欲善調鐘，以爲後世之知音者也。』」「鐘」，喻指律呂。「調鐘」，調和律呂。按此二句義應爲吹律管靠胸腔，調和音調靠脣吻。

〔四〕校注：「書僞説命下：『若作和羹，爾惟鹽梅。』枚傳：『鹽，鹹；梅，酸。羹須鹹醋以和之。』」「鹽梅」，調味品，喻音之調和。

〔五〕范注：「禮記内則：『堇荁枌榆，免薧滫瀡以滑之。』鄭注：『謂用調和飲食也。』此文『槿』是『堇』之假字。釋文云：『堇，菜也。』」陳澔注：「堇，菜名。荁似堇而葉大。榆之白者名枌。免，新鮮者；薧，乾陳者；言堇荁枌榆四物或用新，或用舊也。滫，説文：久泔也。瀡，滑也。滫瀡，滫之滑者也。」又：「荁音丸，免音問，薧音考，滫，思酒切；瀡音髓。」「滫瀡」，調和食物之法，浸以淅米汁，使柔滑。

斠詮：「言聲調得中，則抑揚有致，宛若鹽梅之和羹湯；音韻滑利，則詠嘆生情，不啻榆槿之調飲食。……此二句隱括篇中和聲諧韻兩層而言之。」

〔六〕斠詮：「莊子人間世：『支離疏者，頤隱於齊，肩高於頂。』釋文：『支離疏，司馬云：形體支離不全貌，疏，其名也。』又莊子德充符：『闉跂支離。』釋文：『司馬云：言脚常曲行，體不正卷縮者。』」

范注：「支離，指上文逐新趨異之流。」

〔七〕札記：「二句，言聲病既袪，宫商自正也。」

斠詮：「言文章之用韻，如能割捨抛棄支離不正之聲病，宮商大和之正響自然騰躍而出矣。」

章句第三十四

論衡正説：「夫經之有篇也，猶有章句；有章句也，猶有文字也。文字有意以立句，句有數以連章，章有體以成篇，篇則章句之大者也。謂篇有所法，是謂章句復有所法也。」

鎔裁篇：「引而申之，則兩句敷爲一章；約以貫之，則一章删成兩句。」

毛詩關雎篇末章句正義：「自古而有篇章之名，與詩禮俱興也，故那序曰『得商頌十二篇』，東山序曰『一章言其完』是也。句則古者謂之爲言，論語云：『詩三百，一言以蔽之，曰思無邪。』則以『思無邪』一句爲一言。左氏曰：『臣之業在揚之水卒章之四言。』謂第四句『不敢告人』也。及趙簡子稱『子大叔遺我以九言』，皆以一句爲一言也。秦漢以來，衆儒各爲訓詁，乃有句稱。論語注云『此我行其野』之句是也。句必聯字而言，句者局也，聯字分疆，所以局言者也。章者，明也，總義包體，所以明情者也。篇者，偏也，言出情鋪，事明而偏者也。然字之所用，或全取以制義，『關關雎鳩』之類也；或假辭以爲助，者、乎、而、只、且之類也。句者，聯字以爲言，則一字不制也。」

劉大櫆論文偶記：「積字成句，積句成章，積章成篇，合而讀之，音節見矣，歌而詠之，神氣出矣。」

札記：「結連二字以上而成句，結連二句以上而成章，凡爲文辭，未有不辨章句而成工者也。……彦和此篇，言句者『聯字以分疆』，又曰『因字而生句』，又曰『句之清英，字不妄也』，又曰『句司數字，待相接以爲用』。其於造字之術，言之晢矣。然字之所由相聯而不妄者，固宜有共循之途轍焉。前人未暇言者，則以積字成句，一字之義果明，則數字之義亦必無不明。」

又：「一、釋章句之名……説文：樂竟爲一章……言樂竟者，古但以章爲施於聲音之名，而後世則泛以施之篇籍。舍人言：『章者，明也。』此以聲爲訓，用後起之義傅麗之也。……説文曰：『句，曲也。』句之名，秦漢以來衆儒爲訓詁者乃有之，此由諷誦經文，於此小邁，正用鈎識之義。舍人曰：『句者，局也。』此亦以聲爲訓，用後起之義傅麗之也。詩疏曰：『古者謂句爲言……』案古稱一言，非必詞意完具，但令聲有所稽，即爲一言，然則稱言與稱句無別也。總之，句、讀、章、言四名，其初但以目聲勢，從其終竟稱之，則爲章；從其小有停邁言之，則爲句、爲曲、爲讀、爲言。降後乃以稱文詞意完具者爲一句，結連數句爲一章。……舍人此篇云：積章爲篇，篇之彪炳，章無疵也。又云：篇有小大。蓋猶是本古誼以爲言。今謂集數字而顯一意者，謂之一句；集數意以顯一意者，謂之一章。……或傳一人，或論一理，或述一事，皆謂之一篇而已矣。」

「章句」的章，不像現代書裏一章一節那麼長。在上古時代的演奏中，一次小停頓就是一章。像詩經裏很短的一篇詩，就可以分成好幾章。在古代的經書、子書中，一篇文章裏的較小的意義單位，也叫一章。漢朝人的章句之學，就是研究在什麽地方分章，什麽地方斷句的。這裏所講的「章」，實際上相當於後代文章中的段。章句的「句」，也不是現代語法中所説的句，而是説話時一個停頓的單位。

趙仲邑文心雕龍譯注章句篇題解：「對章句的名稱和作用解釋了以後，劉勰説明了詞、句、章、篇之間内在的聯係。顯然他對於一篇作品是看作一個有機的整體的，因而他認爲要使作品完美無缺，便得從用詞入手。其次他認爲章句和思想内容的關係千變萬化，應怎樣處理，没有一成不變的方法，不過統一的要求還是有的，那就是要求詞句配搭得當，順理成章，使内在的思想感情爲血脈貫注，使文章的首尾連成一體。由於『因字而生句』，『積句而成章』，所以他最後還談了句中字數、换韻和使用虚字的問題。」

夫設情有宅，置言有位〔一〕，宅情曰章〔二〕，位言曰句〔三〕。故章者，明也；句者，局也。局言者，聯字以分疆；明情者，總義以包體〔四〕：區畛相異，而衢路交通矣〔五〕。

〔一〕注訂：「宅者，有範圍也。位者，有定位也。故範圍以章，定位以句。」

〔二〕范注：「説文：『宅，所寄也。』國語魯語上：『宅，章之次也。』謂章明情志，必有所寄而次序顯晰也。」周注謂國語魯語原意爲「住宅是有章服（禮服，指官員）的人的住宿處。這裏借用這話給章和宅以新的意義」。

〔三〕劉師培左庵外集國文雜記：「文心雕龍云『置言有位』『位言曰句』。所謂位言者，即綴字有次序之謂也。」

〔四〕范注：「鄭注堯典『平章百姓』曰『明也』。説文：『句，曲也。』局亦曲也。毛詩關雎正義：『句必聯字而言，句者，局也；聯字分疆，所以局言者也。章者，明也；總義包體，所以明情者也。』即本彦和爲説。」

校釋：「舍人釋章爲『明』，釋句爲『局』，雖非章句之本義（樂竟爲一章。句者，曲也），然最足明章句之用。蓋情思之發，必有其曲折次序，而章以宅情，必隨其曲折次序而分布之，貴能昭晰。故詩文章數無定，其施設之變亦至夥。例如芣苢三章，初言往采，故曰『采之』、『有之』，次言采事，故曰『掇之』、『捋之』，末言采獲已多將歸之事，故曰『袺之』、『襭之』。三章不可減爲二，不必增爲四，而春原采苢之事如見矣。其他一意而數章者，非複也，所謂一唱三歎，言之不足，故重言之，所以盡其致也。至句之訓局，其義亦精。一句之字，短或二三，長不過八九，意行其中，彌見局促。故造句貴無冗字，而前後句相承之間，尤貴有次。如『隕石於宋五』、『六鷁退飛過宋都』，則幾乎一字不可易，此春秋所以謹嚴也。孔穎達釋關雎章句，即采劉義。其言曰：『句必聯字而言……所以明情者也。篇者，偏也，言出情鋪，事明而偏者也。』其下復取詩中分章制句之式以爲例，亦可與舍人此篇相發，正可參看。」「包體」是把各句的内容匯成一個整體。「章」是安排思想感情，即安排内容的單位，「句」是安排語言的單位。把語言劃成小的格局，就需要把某些字聯合起來，和另外的一些字分清疆界，這就是斷句。爲了使思想感情更加明晰，把同一内容的句子總合在一起，這就是一章。

文鏡秘府論定位：「凡製於文，先布其位，猶夫行陣之有次，階梯之有依也。先看將作之文，體有大小（若作碑、誌、頌、論、賦、檄等，體法大；啓、表、銘、贊等，體法小也）；又看所爲之事，理或多少（叙人事、物類等事，理有多者，有少者）：體大而理多者，定製宜弘；體小而理少者，置辭必局。須以此義，用意準之，隨所作文，量爲定限（謂各準其文體事理，量定其篇句多少也）。既已定限，次乃分位，位之所據，義别爲科（雖主一事爲文，皆須次第陳叙，就理分配，義别成科，其若夫、至如、於是、所以等，皆是科之際會也），衆義相因，厥功乃就（科别所陳之義，各相準望連接，以成一文也）。故須以心揆事，以事配辭（謂人以心揆所爲之事，又以此事分配於將作之辭）。總取一篇之理，折成衆科之義（謂以所爲作篇之大理，分爲科别小義）。」

史通叙事篇：「夫飾言者爲文，編文者爲句，句積而章立，章積而篇成。篇目既分，而一家之言備矣。古者行人出境，以詞令爲宗；大夫應對，以言文爲主。况乎列以章句，刊之竹帛，安可不勵精雕飾，傳諸諷誦者哉！」

〔五〕黄注：「蜀都賦：『瓜疇芋區。』注：區，界畔也。周禮：十夫有溝，溝上有畛。畛，田界。」

「區」，區域。「畛」，界也。「衢路」，四通八達之道路。說文：「四達謂之衢。」荀子勸學篇：「行衢道者不至。」楊倞注：「孫炎云：衢，交通四出也。」郭注：「『區畛相異』，指句與章區域不同；『衢路交通』，指章句之間互相溝通。」

夫人之立言，因字而生句，積句而成章〔一〕，積章而成篇〔二〕。篇之彪炳，章無疵也〔三〕；章之明靡〔四〕，句無玷也；句之清英〔五〕，字不妄也〔六〕；振本而末從，知一而萬畢矣〔七〕。

〔一〕校注：「『成章』，元本、弘治本、汪本、佘本、張本、兩京本、胡本、訓故本、文津本作『爲章』。翰苑新書序、唐音癸籤四引同。按作『爲章』，與下句之『成篇』始不重出，是也。論衡正說篇：『文字有意以立句，句有數以連章，章有體以成篇。』」考異：「曰生曰爲曰成，含義各殊。」

〔二〕札記：「若乃篇章之分，一著簡册之實，一著聲音之節，以一篇所載多章皆同一意，由是謂文義首尾相應爲一篇，而後世或即以章爲篇，則又違其本義。案詩三百篇，有一篇但一章者，有一篇累十六章者，此則篇章不容相混也。其他文籍，如易二篇不可謂之二章，孟子七篇不可謂之七章，老子著書上下篇，不可謂之二章。自雜文猥盛，而後篇章之名相亂。」斠詮引左培文式曰：「章法非篇法也，篇法乃一篇之提、反、虛、實、挑、繳、結也。所謂章者，片段之謂。就一篇中，股股貫串，句句接續，乃成章片。」

〔三〕黄春貴文心雕龍之創作論（本篇下引黄氏語同此）：「是以裁章爲謀篇之基幹，欲謀求彪炳可玩之篇，必先裁製完美無疵之章，猶人身之有四支百骸，必先求各部發育正常，而後始有十全十美之體軀也。」「彪炳」，文采焕發。左思蜀都賦：「符采彪炳，暉麗灼爍。」

〔四〕注訂：「相如上林賦：『靡曼美色。』張揖注：『靡，細也。』」

〔五〕校注：「『清』，何本、凌本……王本並作『青』。按『青』非是。時序篇『結藻清英』，程器篇『昔庾元規才華清英』，亦並作『清英』。文選西都賦：『鮮顥氣之清英。』『清英』二字即出於此。」考異：「釋名：『清，青也。』義可通而字異，從『清』是。」

〔六〕范注：「字不妄用，論詳練字篇，此篇專論章句。」

這是説寫文章的時候，必須先寫出字句，然後才形成篇章。但構思的時候，要先從全局着想，先命意謀篇，分開段落，然後選詞造句。整篇文章立意光彩焕發，分段才能没有毛病；每段的意思都很明細，造句才能不出差錯；句子造得干净利落，遣字才能不落虚妄。

〔七〕説文：「振，舉救也。……一曰奮也。」「振」又謂振動。

校注：「按莊子天地篇：『記曰：通於一而萬事畢。』」成疏：「一，道也。夫事從理生，理必包事，本能攝末，故知一萬事畢。」

劉師培漢魏六朝專家文研究四論謀篇之術：「劉彦和云：『夫人之立言……字不妄也。』此謂立言次第須先字句而後篇章；而臨文構思，則宜先篇章而後字句。蓋文章構成，須歷命意、謀篇、用筆、選詞、鍊句五級。必先樹意以定篇，始可安章而宅句。若術不素定，而委心逐辭，異端叢至，駢贅必多。故無論研究何家之文，首當探其謀篇之術。……均須就命意、謀篇、用筆、選詞、鍊句五項，依次求之，謀篇既定，段落即分。大抵文之有反正者，即以反正爲段落；無反正者，即以次序爲段落。（如論説之類有反正兩面，碑銘即無反正，頌不獨無反正，且無比喻，匡衡、劉向之文以正面太少，故用比喻甚多。）模擬古人之文，能研究其結構、段落、用筆者，始可得其氣味；能了解其轉折之妙者，文氣自異凡庸。若徒致力於造句鍊字之微，多見其捨本逐末而已矣。」馬建忠馬氏文通序：「劉氏文心雕龍云：『夫人之立言……知一而萬畢矣。』顧振本知一之故，劉氏亦未有發明。」

朱星文心雕龍的修辭論（油印本，本篇下引朱氏語同此）説這一小段「提出章、句、字相生相依的關係」。又説：「從形式上是積字成句，積句成章，積章成篇，但從構思寫作上，正是相反；先考慮全篇中心思想即主題以及有關的論點或事例，然後考慮分多少章；分章確定後，再造句用字。章、句、字三者，互相連繫影響是對的。而字（詞）是句的基礎，句是章的基礎，章是篇的基礎。一個字（詞）用壞了，就影響一句，一句用壞了就影響一章；一章壞了就影響整篇。這也是正確的。這種整體觀點正是針砭當時不顧篇章，只顧在字句上用工夫，只求一句一字之新奇，甚至只追求一字，而忘了一句，更忘了一章一篇。」

以上爲第一段，釋章句之義並説明篇、章、句、字之間的關係。

夫裁文匠筆〔一〕，篇有小大；離章合句，調有緩急；隨變適會，莫見定準〔二〕。句司數字，待相接以爲用〔三〕；章總一義，須意窮而成體〔四〕。

〔一〕斠詮：「匠，謂計畫製作也。小爾雅廣詁：『匠，治也。』」

〔二〕注訂：「小大指巨細長短言，緩急指情采聲律言。蓋思本多方，義有廣狹，隨分所定，假以辭章，筆無餘瀋，意竟所懷，則篇成矣。故大小隨施之所宜，而緩急由於興之所運，故云『隨變適會，莫見定準』者此也。」「離章」，即分章。

黄春貴：「此言章句之安排，必須隨從事物之變遷，適應情理之際會，因時制宜，未有一定之準式。」

張嚴文心雕龍文術論詮：「調有緩急，謂句度也。蓋句長者調緩，句短者調促，如：『毋巧使人疑夫不以情居瘠者乎哉！』『孰有執親之喪而沐浴佩玉者乎？』此句長而調緩之例也。『華而睆，立孫，畏，厭，溺』此句短而調促之例也。又句長者婉柔，句短者明健，如檀弓句潔而多變化，孔子家語改檀弓語，句多差忒。文則曰：『春秋文句，長者踰三十餘字，短者止於一言。』此一則以三十餘不謂多，一則以一言而不謂少，隨變適會者也。」

〔三〕范注：「關雎正義曰：『句者聯字以爲言，則一字不制也。以詩者申志，一字則言蹇而不會，故詩之見句，少不減二，即祈父、肇禋之類也。』案此説亦通於一切文筆，凡一字不得成爲句，句必集數字而後成。」

斯波六郎：「周易繫辭下：『易之爲書也……爲道也屢遷，變動不居，周流六虚，上下無常，剛柔相易，不可爲典要（韓注：不可立定準也），唯變所適。（韓注：變動貴於適時，趣舍存乎其會也）。』」

〔四〕黄春貴：「所謂章者，用在顯現情理，每章總束一義，必須情理完具，乃能成就其體段。故在一篇文章之中，應擇取同屬一義者合成一章，凡與章旨無關，内容空洞，或文句晦澀，章旨不明者，不可牽入。……歸有光項脊軒志曰：『項脊生曰：蜀清守丹穴，利甲天下，其後秦皇帝築女懷清臺。劉玄德與曹操争天下，諸葛孔明起隴中，方二人之昧昧於一隅也，世何足以知之！余區區處敗屋中，方揚眉瞬目，謂有奇景，人知之者，其謂與埳井之蛙何異？』此一章中，文句頗多晦澀，稱謂雜亂，弊端叢生。故蔣祖怡文章學纂要中責其全篇缺乏凝聚性，援例薄弱，章旨欠清。」

斠詮：「體即體段，謂大體段落，猶言體要。書畢命：『辭尚體要。』蔡傳：『趣完具而已之謂體，衆體所會之謂要。』集説……引王氏樵曰：『趣謂辭之合趣，趣不完具則未能達意，而理未明，趣完具而已，則爲枝衍説，皆不可謂之體。人身上有領，下有要，乃體之關會處。事理之有要，亦猶是也。』」「體」，這裏指章。
日人齋藤拙堂文話：「一篇之中，有數行齊整處，數行不齊整處，齊整中不齊整，不齊整中齊整，或緩或急，或顯或晦，間用之，此李性學之説，所謂章法也。猶四支百體，或圓或方，或長或短，或大或小，其形各異，而各得其所也。然頭領自爲頭領，手足自爲手足，不相接續則亦不能成體矣。」（見黄春貴文心雕龍之創作論引）
紀評：「此一段論章法。」

其控引情理，送迎際會〔一〕，譬舞容迴環，而有綴兆之位〔二〕，歌聲靡曼，而有抗墜之節也〔三〕。

〔一〕斠詮：「此段論章句之安排，必須照顧全局，於題材中動境之遇合，既已過往則控制情理以遣送之，尚未來臨則牽引情理以迎接之：務使上下有所呼應，首尾得以圓合，譬如舞容之迴轉旋環，歌聲之輕細柔和，進退抗墜，皆有一定之樂位節奏也。」
對此二句之解釋，譯注本中衆説紛紜，不再一一徵引。按上引文鏡秘府論定位篇云：「體大而理多者，定製宜弘；體小而理少者，置辭必局，須以此義，用意準之，量爲定限（謂各準其文之文體事理，量定其篇句多少也）。」「送迎際會」乃就上文「句司數字，待相接以爲用」而言，上引定位篇云：「位之所據，義别爲科（雖主一事爲文，皆須次第陳叙，就理分配，義别成科，其「若夫」、「至如」、「於是」、「所以」等，皆是科之際會也）。」又云：「又文之大者，藉引而申之（文體大者，須依其事理，引之使長，又申明之，便成繁富也）；文之小者，在限而合之（文體小者，亦依事理，豫定其位，促合其理，使歸約也）。申之則繁，合之則約。」劉勰所説「控引情理」，控謂控制，即促合其理，使歸於約；引謂引申，即引之使長，成爲繁富。文鏡秘府論又云：「其爲用也，有四術焉：一者，分理務周；二者，叙事以次；三者，義須相接（謂科別相連，其上科末義，必須與下科首義相接也）；四者，勢必相依。理失周，則繁約互舛；事非次，則先後成亂；義不相接，則文體中絶（兩科際會，義不相接，故尋之若文體中斷絶也）。」「際會」，即交接會合。「迎」謂迎接上文，「送」謂瀉送下文。「送迎際會」乃是利用「若夫」、「至如」、「於是」、「所以」等，使上下文義相接。

〔二〕禮記樂記：「行其綴兆，要其節奏，行列得正焉。」鄭注：「綴，表也，所以表行列也。……兆，域也，舞者進退所至也。」

范注：「禮記樂記：『屈伸俯仰，綴兆舒疾，樂之文也。』正義曰：『綴，舞者行列相連綴也；兆，位外之營兆也。』」郭注：「綴兆之位，謂樂舞者進退之位。」

〔三〕范注：「禮樂記：歌者上如抗，下如隊，曲如折，止如槁木。」

吕氏春秋本生篇：「靡曼皓齒，鄭衛之音，務以自樂。」列子周穆王：「簡鄭衛之處子娥媌靡曼者，施芳澤，正蛾眉，設笄珥……以滿之。」張湛注：「靡曼，柔弱也。」

尋詩人擬喻，雖斷章取義〔一〕，然章句在篇，如繭之抽緒〔二〕，原始要終〔三〕，體必鱗次〔四〕。啓行之辭，逆萌中篇之意〔五〕；絶筆之言，追媵前句之旨〔六〕。故能外文綺交，内義脈注〔七〕，跗萼相銜〔八〕，首尾一體〔九〕。

〔一〕斯波六郎：「春秋左氏傳襄公二十八年：『賦詩斷章，取所求焉。』」
杜注：「言如賦詩者取其一章而已焉。」此處「詩人」指詩經的作者。
郭注：「本文云：『尋詩人擬喻，則斷章取義』，則指作詩之人，擬譬事物，引用史實，義取一端也。兩不相同。」
牟注：「喻，曉喻，説明。斷章取義，這是對作詩而言，和説詩者割裂原意的『斷章取義』不同，指詩經分章，各寫一相對獨立的内容。」

〔二〕校注：「按文選張衡南都賦：『白鶴飛兮繭曳緒。』李周翰注：『猶蠶繭曳絲緒而相連。』」

〔三〕易繫辭：「易之爲書也，原始要終，以爲質也。」正義：「言易之爲書，原窮其事之初始……又要會其事之終末。」此處舉詩經爲例，説明一篇文章中的「章」、「句」等大小構成單位必須首尾呼應。

〔四〕「體必鱗次」，謂在體制上一定象鱗片那樣緊密聯接。
黄春貴：「所謂『體必鱗次』，即章節之宜先宜後，應作妥善之布置，若『事乖其次，則飄寓而不安』。唐彪作文譜曰：『文章當先當後，苟得其宜，雖命意措詞，不甚過人，而大概已佳。若位置失宜，當先反後，雖詞采絢爛，思路新奇，亦紊亂不成文矣，故先後位置，治文者不可不細心斟酌也。』蓋順序之可貴，關係於命意措詞者如是。譬如國策范雎説秦王首二章曰：「范雎至，秦王庭迎范雎，敬執賓主之禮，范雎辭讓。是日見范雎，見者無不變色易容者。秦王屏左右，宫中虚無人，秦王跪而進曰：『先生何以幸教寡人？』范雎曰：『唯唯。』有間，秦王復請，范雎曰：『唯唯。』若是者三。秦王跽曰：『先生不幸教寡人乎？』范雎謝曰：『非敢然也。臣聞昔者吕尚之遇文王也，身爲漁父，而釣於渭陽之濱耳。若是者，交疏也已。一説而立爲太師，載與俱歸者，其言深也。故文王果收功於吕尚，卒擅天下，而立身爲帝王。向使文王疏吕望，而弗與深言，是周無天子之德，而文武無與成其王也。今臣羈旅之臣也，交疏於王，而所願陳者，皆匡君臣之事。處人骨肉之間，願以陳臣之陋忠，而未知王心也，所以王二問而不對者是也。』」

「上文首章，先言秦王接見范雎，繼言秦王跪而請教，再言秦王長跪請問是否不肯教，次章范雎先答非敢不教，繼引述文王、吕尚之事跡，再言己疏於王，因未知王心，故不對也。凡此所述，皆按情理之自然發展，一步緊挨一步，井井有條，前後一貫。若秩序凌亂，不照常軌，則不易明其所指。……於此，知『内義脈注』、『體必鱗次』，實乃安排章節之途徑。蓋義不脈注，則血氣呆滯，文之情理難於通暢。體不鱗次，則關節脱離，文之機神無從顯現。雖飣餖羣湊，勉强成篇，終必支離破碎，辭不達意，尚何貴乎章法之有哉！」

〔五〕黄注：「詩小雅：『元戎十乘，以先啓行。』啓行，喻始也。」按此見六月。朱注：「啓，開；行，道也。猶言發程也。」

其弊者，則如文賦云：「或仰逼於先條，或俯侵於後章。」

〔六〕范寧春秋穀梁傳序：「因事備而終篇，故絶筆於斯年。」此處取「終篇」之義。

「追媵」，承接。釋名釋親屬：「侄娣曰媵。媵，承也，承事嫡也。」

校證：「『媵』原作『勝』，梅據謝改，徐校同。案謝、徐改是。王惟儉本正作『媵』。附會篇云：『若首唱榮華，而媵句憔悴。』理可互參。」

〔七〕以上是説：章句在篇裏，象蠶繭抽絲一樣，從頭到尾，要順着次序一層挨一層地排列。開頭的話，就要把篇中的内容事先暗示出來。末尾的結束語，又要回應前面的内容。這樣儘管表面上辭采交錯，而内中的義脈還是貫注的。注訂：「綺交，相綜錯也。脈注，相貫串也。」

文鏡秘府論論體：「故將發思之時，先須惟諸事物合於此者。既得所求，然後定其體分，必使一篇之内，文義得成（篇，謂從始至末使有文義，可得連接而成也）；一章之間，事理可結（章者，若文章皆有科别，叙義可得連接而成事，以爲一章，使有事理，可結成義）。通人用思，方得爲之。大略而論：建其首，則思下辭而可成；陳其末，則尋上義不相犯；舉其中，則先後須相附依：此其大指也。」

校釋：「此篇於分章造句之法，但挈其大綱，所謂言之有序也。大而一篇之中各章之後先，小而一句之中各字之次第，皆有天然之秩序。賦情則情之曲折，記事則事之本末，論理則理之層次，皆天然之秩序也。作者苟當情懷澄澈，事理通明之會，則安章宅句，自成條理。至於其間變化波瀾之妙，正側穿插之奇，短長高下之度，輕重隱顯之限，回互激射之勢，則非法所能拘，亦非言所能盡。大抵天才開朗者，杼柚寸心，自然靈妙。屈、宋之辭賦，則抒情之正則也。子長之史記，則記事之極軌也。莊、孟之文辯，則論理之崇規也。此四子者，言不失其友紀，而又變化無端，可謂『外文綺交，内義脈注』者矣。」

黄春貴：「所謂内義脈注，即各章之間，内在義理，彼此貫注。否則各章獨立，不相綴屬，東鱗西爪，徒見支離破碎。……試以杜工部九日藍田崔氏莊詩爲例：『老去悲秋强自寬，興來今日盡君歡。羞將短髮還吹帽，笑倩旁人爲正冠。藍水遠從千澗落，玉山高並兩峯寒。明年此會知誰健，醉把茱萸仔細看。』此詩中以『老去悲秋强自寬，興來今日盡君歡』二句爲啓行之辭，逆萌中篇『羞將短髮還吹帽，笑倩旁人爲正冠』之意。『羞將短髮還吹帽』暗寫一『悲』字，笑倩旁人爲正冠』暗寫一『歡』字。『藍水遠從千澗落，玉山高並兩峰寒』，明爲寫當時當地之景物，暗中則藉水流山兀，亘天地以永生，以反襯人壽幾何，寄朝露無常之深慨，乃引出『明年此會知誰健，醉把茱萸仔細看』之束筆。持茱萸而看仔細者，老人悲明歲之未必能重把茱萸，乃不忍遽捨，而還原脈注於『老去悲秋强自寬，興來今日盡君歡』之主旨矣。」

〔八〕黄注：「詩小雅（常棣）『鄂不韡韡』，箋：『承華者曰鄂。不，當作柎；柎，鄂足也。』疏：『鄭以爲華下有鄂，鄂下有柎，由華以覆鄂，鄂以承華，華鄂相覆而光明，猶兄弟相順而榮顯。』」范注：「『柎』、『不』聲同，『柎』字亦作『跗』。」注訂：「説文無『萼』，詩傳皆作『鄂』，文選江文通雜體詩『青松挺秀萼』，注：『鄂與萼同。』」斠詮：「萼，爲花之最外部，亦曰外花被，多呈緑色。……花承於萼，萼托於跗。」

管子地員篇：「朱跗黄實。」尹知章注：「跗，花足也。」

黄春貴：「蓋章句在篇，不啻蠶繭之抽取絲頭，由始至終，排比緊湊，層次井然。起筆宜暗示跡象，埋伏線索，爲中篇預留後步；結筆應約制轠轤，檢閱過脈，爲前文收拾場面；然後篇首與篇尾，乃能渾然一體。……故知章節之安排，首宜内義脈注，次則體必鱗次，二者之外，别無坦途。」

〔九〕紀評：「與鎔裁篇一段參看。」

朱恕之文心雕龍研究創作論第三節論字句篇章：「章雖然是一篇的一部分，實際就等於一篇的縮小；其寫作並不比一篇容易。所以彦和説：『改章難於造篇。』那麽要想做到『章之明靡』，應該怎樣呢？章句篇説：『然章句在篇……首尾一體。』因爲是『章總一義』，所以在寫一段文章的時候，必須前後照應，『首尾一體』。不但形式上要有適當的聯絡；並且意義上要能够貫串；是所謂『外文綺交，内義脈注』了。文章是『積章而成篇』的。裁章要是順序無疵，那當然就能做到『篇之彪炳』了。」

若辭失其朋，則羈旅而無友〔一〕；事乖其次，則飄寓而不安〔二〕。是以搜句忌於顛倒〔三〕，裁章貴於順序〔四〕，斯固情趣之指歸，文筆之同致也〔五〕。

〔一〕左傳莊公二十二年：「羈旅之臣。」杜注：「羈，寄也。旅，客也。」校證：「『朋』原作『明』。謝云：『玩贊語，「明」當作「朋」。』梅、徐改『朋』，王惟儉本亦作『朋』。」考異：「下句『羈旅而無友』，及『飄寓而不安』，皆承『朋』字而來，從『朋』是。」校注：「按楚辭九辯：『廓落兮，羈旅而無友生。』（舊校云：『一無生字。』）文選張衡思玄賦：『顝羈旅而無友兮。』」

〔二〕黄春貴：「若果辭句之綴屬，失其比附，則如旅客之寄跡外鄉，孤寂而無友朋；事理之叙述，背其順序，則似寓人之飄流異國，杌隉而不安定。」

〔三〕説文：「搜，求也。」札記約論古書文句異例舉「倒句」之例云：「左傳閔公二年：『爲吴太伯不亦可乎！猶有令名，與其及也。』（順言當云：與其及也，猶有令名。）禮記檀弓篇：『蓋殯也，問於郰曼父之母。』（順言當云：問於郰曼父之母，蓋殯也。）」

〔四〕黄春貴：「章旨既明，則章節之安排，應隨情理之發展，循序漸進，原始要終，首尾一貫。……故知裁章之妙，貴在變化曲折，波瀾起伏。但一篇中之各章，一章中之各句，其先後次第，皆應有天然之秩序。是以章節之安排，自有條理步驟可循。大抵章節之安排，要在前後貫串，一氣呵成。……唐彪讀書作文譜曰：『葛屺瞻曰：文有一字不貫，則爲死字；一句不貫，則爲死句；一段不貫，則爲死局。至於關鍵緊要處有一絲不貫，則通篇文字皆死。縱使摛辭華藻，不過如對木偶人耳，豈能動人心目乎！』可知裁章之術，貫串重於美辭。唐氏作文譜又曰：『文章不貫串之弊有二：如一篇中有數句先後倒置，或數句辭意稍礙，即不貫矣。承接處字句或虛實失宜，或正反不合，氣即不貫矣。二者之弊，雖名文亦多有之，讀文者不當以名人之文，恕於審察，必細心研究，辨析其毫釐之差。』此雖云全篇文章不能貫串之弊，裁章之際，亦多有此弊端發生。」

文鏡秘府論文二十八種病：「第二十四，雜亂。凡詩發首誠難，落句不易。或有制者，應作詩頭，勒爲詩尾；應可施後，翻使居前，故曰雜亂。假作憶友詩曰：『思君不可見，徒令年鬢秋。獨驚積寒暑，迢遰阻風牛。粵余慕樵隱，蕭然重一丘。』釋曰：『粵余』一對，合在句端；『思君』一對，合居篇末。然則篇章之內，義別爲科，先後無差，文理俱暢；混而不別，故名雜亂。」

〔五〕斠詮：「指歸，語出郭璞爾雅序：『夫爾雅者，所以通訓詁之指歸。』疏：『言書所以通暢古今之言，訓道物之貌，使人知其指意歸趣也。』」牟注：「同致：趨向相同。和上句『指歸』二字義近。」

附會篇：「若統緒失宗，辭味必亂；義脈不流，則偏枯文體。……是以駟牡異力，而六轡如琴；並駕齊驅，而一轂統輻；馭文之法，有似於此。去留隨心，修短在手，齊其步驟，總轡而已。」

范注：「彦和論文，最惡詭詭，此語尤極明通。蓋文之善者，情高理密，辭氣聲調，言而有物，斯爲可貴。……或者不察，以爲艱澀可以文鄙淺，綺語可以市寵悦，舍本逐末，務尚怪奇，是猶德行卑下，而服上古冠服以衒鬻也。」

札記：「六、論安章之總術。舍人此篇，當與鎔裁附會二篇合觀，又證以文賦所言，則於安章之術灼然無疑矣。此篇云：『句司數字，待相接以爲用……文筆之同致也。』案此文所言安章之法，要於句必比叙，義必關聯。句必比叙，則浮辭無所容；義必關聯，則雜意不能羼。章者，合句而成，凡句必須成辭，集數字以成辭，字與字必相比叙也，集數句以成章，則句與句亦必相比叙也；字與字比叙，而一句之義明，句與句比叙，而一章之義明；知安章之理無殊乎造句，則章法無紊亂之慮矣。文心云：引而伸之，則兩句敷爲一章，約以貫之，則一章删成兩句。夫句可展爲章，章可删爲句，知章句之理本無二致矣。一章所論，必爲一意，一意非一句所能盡，故必累句以明之，而此諸句所言，皆趣以明彼之一意，或以啓下文、後句之意，或以足上旨，使去其一句，則義因之以晦，横增一句，則義因之不安，蓋句中一字之增損，足以累句，章中一句之增損，亦足以累章，若知義必關聯，則二意兩出、同辭重句之弊可以祛矣。然臨文安章，每苦杌隉，操末續顛，勢所不免，是故鎔裁篇説安章要在定準，準則既定，奉以周旋，則首尾圓合，條貫統序，文成之後，與意合符，此則先定章法，後即獻替節文，亦安章之簡術也。凡篇章立意，雖有專主，而枝分條别，賴衆理以成文，操毫時既有牽綴之功，脱槀後復有補苴之事，文不加點，自古所稀，易句改章，文士常習，是以舍人復有附會之篇，以明修潤之術，究其要義，亦曰總綱領，求統緒，識腠理，會節文而已。大抵文既成篇，更有增省，必須俯仰審視，細意彌縫，否則删者有斷鶴之憂，補者有贅肬之誚，尺接寸附，爲功至煩。故曰：『改章難於造篇，易字艱於代句，此已然之驗也。』文賦曰：『或仰逼於先條，或俯侵於後章，或辭害而理比，或言順而義妨，離之則雙美，合之則兩傷，考殿最於錙銖，定去留於毫芒，苟銓衡之所裁，固應繩其必當。』此文所言安章之術雖簡，實足包括舍人三篇之言。至言銓衡所裁，應繩必當。注云：言銓衡所裁，苟有輕重，雖應繩墨，須必除之，則章法謹嚴極矣。總之，安章之術，以句必比叙，義必關聯爲歸，命意於筆先，所以立其準；删修於成後，所以期其完。首尾周密，表裏一體，蓋安章之上選乎。」

以上爲第二段，論章句組織之法。

若夫章句無常〔一〕，而字有條數〔二〕，四字密而不促，六字格而非緩〔三〕，或變之以三五，蓋應機之權節也〔四〕。

〔一〕「章」，原作「筆」。校證改作「篇」：「『篇』原作『筆』，蓋偏旁相涉而誤。上文『啓行之辭，逆萌中篇之意；絶筆之言，追媵前句之旨』即以篇句爲言，此文承之。」

校釋：「筆句，各本皆如此。『筆』乃『章』誤，審文可知。紀氏因誤文妄譏，殊可哂。」又：「紀評此書，頗多淺語。即如此篇，乃有二誤。次段本兼包章句，紀評以爲先論章法，而指『筆句無常』以下爲論句法。謂『論句法但考字數，無所發明』。不知『筆句無常』以下爲另一段。『筆句』實『章句』之譌，一誤也。末段三節，一論字數，二論轉韻，三論發聲助語之詞，皆於分章造句，所關至切，紀評乃指爲『類及』，無甚高論，二誤也。」

斠詮謂應作「章句」，云：「此實承上文『搜句』『裁章』二句之以章句爲言也。」

補注：「『章句無常』四句——詳案：錢少詹十駕齋養新録（卷十六）據此云：駢儷之文，宋人謂之四六，梁時文筆，已多用四字六字矣。」

〔二〕校證：「『條』何允中本、日本活字本、凌本作『常』。」范校：「『條』，鈴木云：閔本作『常』。」考異：「『常』字犯重，從『條』是。」

斠詮校改此句爲「字數有條」，云：「『字數有條』原倒作『字有條數』，不辭費解。……兹徵『章句無常』對文，並依文義移正。上句承上『離章合句，莫見定準』而言；下句爲下『四字，六字，變以三五』云云而發。且『有條』成語，見書盤庚『若網在綱，有條而不紊』。『有條』與『無常』之相偶，平仄諧和，亦明轉天然。」注云：「條，猶理也。見廣雅釋詁。孟子萬章：『金聲也者，始條理也；玉振之也者，終條理也。』戴震孟子字義疏證：『在物之質曰肌理，曰文理，得其分則有條而不紊，謂之條理。』彥和下文所云：『四字密而不促，六字裕而非緩』云云，即無韻之文，句中字數可稽之條理也。」

〔三〕范注：「説文：『格，木長貌。』是格有寬長之義。」校注：「按『格』字於此費解，殆『裕』之形誤。説文：『裕，衣物饒也。』廣雅釋詁三：『裕，寬也。』是裕有饒、寬二誼，上云四字密而不促，此云六字裕而非緩，斯其旨矣。」

四六叢話凡例云：「四六之名，何自昉乎？古人有韻謂之文，無韻謂之筆。梁時沈詩任筆，劉氏三筆六詩是也。駢儷肇自魏晉，厥後有齊梁體，宫體，徐庾體，工綺遞增，猶未以四六名也。唐重文選學，宋目爲詞學，而章奏之學，則令狐楚以授義山，別爲專門。今考樊南甲乙始以四六名集，而柳州乞巧文云『駢四儷六，錦心繡口』，又在其前。辭學指南云：制用四六，以便宣讀，大約始於制誥，沿及表啓也。」

〔四〕錢大昕十駕齋養新録四六：「駢儷之文，宋人或謂之四六。謝伋四六談麈、王銍四六話是也。考文心雕龍章句篇有云：『筆句無常，而字有常數；四字密而不促，六字格而非緩；或變之以三五，蓋應機之權節也。』則梁時文筆，已多用四字六字矣。」

斠詮：「權節，謂權宜節適。國語齊語：『察其四時，權節其用。』管子小匡：『權節具備，其械器用。』楊注：『權，計輕重所宜也；節，爲之節適也。』」

黄春貴：「夫造句用字，或長或短，未有定數，取其適於聲氣而已。就大體而言，則四字六字最爲適中。變以三五，乃因時際會，而有權宜節適耳。」「權節」，變通的法度。

文鏡秘府論定位篇：「篇既聯位而合，位亦累句而成。然句無定方，或長或短，長有逾於十，如陸機文賦云：『沈辭怫悦，若游魚銜鉤而出重淵之深；浮藻聯翩，猶翔鳥纓繳而墜層雲之峻。』（下句皆十一字也。）短有極於二，如王褒聖主得賢臣頌云：『翼乎，若鴻毛之順風；沛乎，若巨鱗之縱壑。』（上句皆兩字也。）在於其内，固無待稱矣（謂十字已下，三字已上，文之常體，故不待稱也）；然句既有異，聲亦互舛，句長聲彌緩，句短聲彌促，施於文筆，須參用焉（雜文筆等皆句字或長或短，須參用也。其若詩、贊、頌、銘，句字有限者，非也）。就而品之，七言已去，傷於大緩，三言已還，失於至促；惟可以間其文勢，時時有之。至於四言，最爲平正，詞章之内，在用宜多，凡所結言，必據之爲述。至若隨之於文，合帶而以相參，則五言、六言，又其次也。至如欲其安穩，須憑諷讀，事歸臨斷，難用辭窮（言欲安施字句，須讀而驗之，在臨時斷定，不可預言者也）。然大略而論，忌在於頻繁，務遵於變化（若置四言、五言、六言等體，不得頻繁，須變而參用也）。假令一對之語，四句而成（筆皆四句合成一對），使用四言，以居其半，其餘二句，雜用五言、六言等（謂一對語内，二句用四言，餘二句或用五言、六言、七言是也），或經一對、兩對已後，乃須全用四言（若一對四句，并全用四言也），既用四言，又更施其雜體（還謂上下對内，四言與五言等參用也），循環反復，務歸通利。然『之』、

『於』、『而』、『以』，間句常頻，對有之，讀則非便，能相迴避，則文勢調矣（謂「而」、「以」、「之」、「於」等間成句者，不可頻，對體同）。其七言、三言等，須看體之將變，勢之相宜，隨而安之，令其抑揚得所。然施諸文體，互有不同：文之大者，得容於句長（若碑、誌、論、檄、賦、誄等，文體大者，得容六言已上者多），文之小者，寧取於句促（若表、啓等，文體法小，寧使四言已上者多也）。何則？附體立辭，勢宜然也。細而推之，開發端緒，寫送文勢，則六言、七言之功也；泛叙事由，平調聲律，四言、五言之能也；體物寫狀，抑揚情理，三言之要也。雖文或變通，不可專據（謂有任人意改變，不必盡依此等狀），叙其大抵，實在於玆。其八言九言二言等，時有所值，可得施之，其在用至少，不復委載也。」

黃春貴：「遍照金剛論句中字數，據自彥和，惟分析更臻細緻耳。」

札記：「七論句中字數。此篇言句中字數，兼文筆二者言之。無韻之文，句中字數，蓋無一定，彥和言『四字密而不促，六字格（案「格」爲「裕」之誤）而非緩，或變之以三五，蓋應機之權節也』。此謂無韻之文，以四字六字爲適中（密而不促，裕而非緩，即謂得緩急之中，變以三五，但爲權節，則四字六字爲合中明矣……）。蓋猶拘於當時文體，其實句中字數，長短無恒，特古人文章即是言語，若遇句中字多，無害中加稽止，觀前所引詩大雅、左傳文而可明也。至後世之文，則造句不宜過長……自四六體成，反之者變爲古文，有意參差其句法，於是句度之長，有古所未有者，此又不足以譏四六也。……夫文之句讀，隨乎語言，或長或短，取其適於聲氣，拘執四六者固非，有意爲長句者亦未足範也。」王易修辭學本論第一章第九節口調：「如但照章句法，由修飾方面觀之，必有不滿，即所謂口調不順是也。欲救斯弊，或變更意義上之句讀，或在同一句讀内增加語音之數，是即句讀法也。如六朝通行四六文，即句讀法之一種。故文心雕龍云：『四字密而不促，六字格（裕）而非緩』，即所以説明修辭法應用音調之原理也。「句讀法乃應用形式美之兩面，即適應於統一及變化，均整之音數，或使其長短參差。文心雕龍又云：『或變之以三五，蓋應機之權節也。』」朱星：「以四字六字爲正，三字五字爲變，實是指當時流行的駢體文，正是四字六字爲主，以三字句五字句的散聯作穿插。四字六字都是成雙字的句，適合對偶。三言五言是不成雙字的句。……駢文取其雙，詩歌取其單。五言七言後起而轉盛，原因是五七言乃從四六言發展而來，具有雙單兼有之妙。」

至於詩頌大體，以四言爲正〔一〕，唯「祈父」「肇禋」，以二言爲句〔二〕。尋二言肇於黄世，竹彈之謡是也〔三〕；三言興於虞時，元首之詩是也〔四〕；四言廣於夏年，洛汭之歌是也〔五〕；五言見於周代，行露之章是也〔六〕。六言七言，雜出詩騷〔七〕，兩體之篇〔八〕，成於西漢〔九〕。情數運周，隨時代用矣〔一〇〕。

〔一〕明詩篇：「若夫四言正體，則雅潤爲本。」文章流別論：「夫詩雖以情志爲本，而以成聲爲節；然則雅音之韻，四言爲正，其餘雖備曲折之體，而非音之正也。」札記：「此彦和説所本。詩疏則云：句者聯字以爲言，則一字不制也，以詩者申志，一字則言蹇而不會，故詩之成句，少不減二，即「祈父」、「肇禋」之類。三字者，『綏萬邦』、『屢豐年』之類。四字者，『關關雎鳩』之類。五字者，『誰謂雀無角』之類。六字者，『昔者先王受命』、『有如召公之臣』之類。七字者，『如彼築室於道謀』之類。八字者，『十月蟋蟀入我牀下』之類。其外更不見九字十字者。據沖遠之言，則詩無九字，蓋自楚辭有之。漢人賦句有十餘字者，以不歌而誦，故無嫌也。」

〔二〕梅注：「小雅云：『祈父，予王之爪牙。』周頌云：『肇禋，迄用有成，維周之禎。』」按祈父毛傳：「祈父，司馬也，職掌封圻之兵甲。」周頌維清鄭箋：「文王受命始祭天。」祈父凡三章，每章第一句，皆「祈父」二字爲句。「禋音因。肇，始；禋，祀；迄，至也。此亦祭文王之詩。」

〔三〕通變篇：「黄歌『斷竹』，質之至也。」困學紀聞卷五樂：「文心雕龍云：『二言肇於黄世，竹彈之謡是也。』原注：『竹彈歌，見吴越春秋（句踐陰謀外傳）。』」

〔四〕梅注：「虞書：帝庸作歌曰：『敕天之命，惟時惟幾。』乃歌曰：『股肱喜哉，元首起哉，百工熙哉。』皋陶拜手稽首，颺言曰：『念哉，率作興事，愼乃憲，欽哉。』……乃賡載歌曰：『元首明哉，股肱良哉，庶事康哉。』又歌曰：『元首叢脞哉，股肱惰哉，萬事墮哉。』」黄注：「按『哉』爲語助，以喜、起、熙，明、良、康爲韻，是三言也。」按此見尚書益稷篇。原道篇：「元首載歌。」

〔五〕梅注：「洛汭之歌，注見明詩篇。」黄注：「洛汭，五子之歌也。」明詩篇：「太康敗德，五子咸怨。」范注「史記夏本紀：『帝啓崩，子帝太康立。帝太康失國，昆弟五人，須於洛汭，作五子之歌。』」

〔六〕梅注：「行露之章，注見明詩篇。」明詩篇：「按召南行露，始肇半章。」范注：「詩召南行露篇（「雖速我獄」，「雖速我訟」四句皆四言，故曰半章）：誰謂雀無角，何以穿我屋？誰謂女無家，何以速我獄？雖速我獄，室家不足。誰謂鼠無牙，何以穿我墉？誰謂女無家，何以速我訟？雖速我訟，亦不女從。」

文鏡秘府論論文意：「或曰：夫詩有三四五六七言之别，今可略而叙之。三言始於虞典元首之歌，四言本出南風，流於夏世，傳至韋孟，其文始具。六言散在騷雅。七言萌於漢。五言之作，召南行露已有濫觴，漢武帝時，屢見全什，非本李少卿也（已上略同古人）。」按此係用皎然詩議之論。

〔七〕文章流别論：「古之詩有三言四言五言六言七言九言。古詩率以四言爲體，而時有一句二句雜在四言之間，後世演之，遂以成篇。古詩之三言者，『振振鷺，鷺于飛』之屬是也。漢郊廟歌多用之。五言者，『誰謂雀無角，何以穿我屋』之屬是也，於俳諧倡樂多用之。六言者，『我姑酌彼金罍』之屬是也，樂府亦用之。七言者，『交交黃鳥止於桑』之屬是也，於俳諧倡樂多用之。古詩之九言者，『洞酌彼行潦挹彼注茲』之屬是也，不入歌謡之章，故世希爲之。」范注：「此文本於摯虞流别論，彼論有九言，而彥和不説者，顔延年庭誥所謂詩體本無九言者，將由聲度闡緩，不協金石之故也（顔説引見關雎正義）。」

范注：「蓋六言七言雜出詩騷，未有全篇用之者。趙翼陔餘叢考二十三曰：『任昉云「六言始於谷永」（見文章緣起），然劉勰云：「六言七言，雜出詩騷。」今按毛詩「謂爾遷於王都」，「曰予未有室家」等句，已開其端，則不始於谷永矣。或谷永本此體創爲全篇，遂自成一家。然永六言詩今不傳。後漢書孔融傳：「融所著詩、頌、碑文、六言、策文、表，檄。」其曰六言者，蓋即六言詩也，今亦不傳（古文苑載融六言詩，僞作不可信）。古六言詩間有可見者：文選注引董仲舒琴歌二句；邊孝先解嘲「寐與周公通夢，静與孔子同意」；三國志注曹丕答群臣勸進書自述所作詩曰：「喪亂悠悠過紀，白骨縱横萬里，哀哀下民靡恃，吾將佐時整理，復子明辟致仕。」據此，是六言詩成於漢代也。』（曹丕雖爲魏主，亦得屬之於漢。）「至七言詩則吴檢齋先生絸齋筆記曰：『後漢書東平王蒼、杜篤、崔琦、崔瑗、崔寔等傳，並云著七言若干篇，班固傳則有六言若干篇。由是推之，知漢人稱詩，皆以四言爲限，其六言七言八言者，或本爲琴歌，或質稱六言七言八言，皆不與之詩名也。漢人七言之詞，今世已不數見，唯文選李注所引數事而已。西京賦注引劉向七言曰「博學多識與凡殊」，王仲宣贈士孫文始詩注引劉歆七略（是劉向七言之譌）曰「宴處從容觀詩書」，嵇叔夜贈秀才入軍詩注引劉向七言曰「山鳥群鳴動我懷」，張景陽雜詩注引劉向七言曰「朅來歸耕永自疏」。案李引七言四句，其三句以「殊」、「書」、「疏」爲韻，明其同出一篇。吳越春秋所載窮劫等曲，通首皆七言，此書出趙長君手，後漢人也。又史游急就章以七言成句，蓋今時里閭歌訣之類，亦可以證漢世民間七言之行用，彦和所指成於兩漢者，其即六言七言二體乎！」明詩篇：「至於三六雜言，則出自篇什。」

陔餘叢考卷二十三七言：「金玉詩話謂七言起於柏梁。然劉勰謂出自詩騷。孔穎達舉『如彼築室於道謀』（見小雅小旻）爲七言之始。……顧寧人謂『楚辭招魂、大招，去其「些」、「只」，即是七言』。（見日知録卷二十一）……至柏梁則通體皆七言，故後世以爲七言始耳。」

郭注：「離騷中各句去『兮』字，多六言。七言如『紛吾既有此内美』，『恐年歲之不吾與』，皆是。」牟注：「詩經，如豳風七月中的『五月斯螽動股，六月莎鷄振羽』等爲六字句；『二之日鑿冰沖沖，三之日納於凌陰』等爲七字句。」

〔八〕校證：「『兩』原作『而』，謝、梅俱云：『疑有脱字。』梅六次本改『而』爲『兩』，王惟儉本、馮本『而』下空一格。今從梅六次本。范謂：『「而體之篇」疑當作「二體之篇」。「二體」指上六言、七言。』其言與梅氏暗合。任昉稱『六言始於谷永』，而文選注數引劉向七言，則梅、范所定爲可從矣。今據改。」訓故本作「而體之□篇」。沈巖録何焯朱筆校語云：「馮校『兩』作『而』，『而』下闕一字。」又有墨筆校語云：「而全體之篇成於兩漢。」

校釋：「梅子庚曰：『而下疑有脱字。』按當是『雜』字，雜體者，一篇之中，言之長短不一。漢魏樂府多有之。」

考異：「篇中述二言曰肇，三言曰興，四言曰廣，五言曰見，六言七言曰雜出詩騷，至而□體之篇曰成。成，總也，全也，至兩漢而諸體備，故曰成也。然脱字應作『五』，不應爲『二』，不然應爲『諸』或『衆』字，於義可通。則梅本范注皆不可從，王校從梅、范據改亦誤。」

〔九〕校證：「『西』原作『兩』，今從梅六次本、徐校本改。」范校：「『兩』，鈴木云：梅本作『西』。」

周注：「兩體之篇，六言詩，如漢武帝西極天馬歌：『天馬徠兮從西極，經萬里兮歸有德，承靈威兮障外國，涉流沙兮四夷服。』七言詩，如淮南王劉安八公操：『煌煌上天照下土兮，知我好道公來下兮，公將與予生毛羽兮，超騰青雲蹈梁甫兮。……』」

〔一〇〕後漢書班超傳上疏：「臣前與官屬三十六人奉使絶域……於今五載，胡夷情數，臣頗識之。」「情數」即情況。又一解，斠詮：「數，理也。老子：『多言數窮。』」

牟注：「運周，運轉不停，和通變篇中『文律運周』的『運周』二字意同。」

張嚴論詮：「情數，實涵時文之變，句度之變，句中字數，及詩之句數（行數）等意義。彦和言

『情數運周，隨時代用』，此知詩無新舊，而體有古今也。蓋詩之爲體，是語言之精鍊，假手文字以具現，故有韻者爲詩，無韻者亦得稱詩。其準的在乎意境，所謂别才、别趣是也。」

黄春貴：「劉彦和所謂『情數運周，隨時代用』，繁簡各隨其理之自然，未可一概而論。……魏冰叔日録雜説曰：『上古純龎之氣，因時遞開，其自簡而之繁，質而之文，正而之變者，至兩漢而極。』此言爲文繁簡，隨時代趨勢而然。其謂至兩漢而極，實則自兩漢以後，亦是如此。劉師培論文雜記曰：『西漢之書，言辭簡直，故句法貴短，以二字成一語，而形容事物，不爽錙銖。東漢之文，句法較長，由簡趨繁，昭然不爽。』」

以上爲第三段，論句的字數。

若乃改韻從調〔一〕，所以節文辭氣〔二〕。賈誼、枚乘，兩韻輒易；劉歆、桓譚，百句不遷〔三〕：亦各有其志也〔四〕。昔魏武論賦〔五〕，嫌於積韻，而善於貿代〔六〕。陸雲亦稱「四言轉句，以四句爲佳」〔七〕。觀彼制韻，志同枚、賈，然兩韻輒易，則聲韻微躁〔八〕；百句不遷，則脣吻告勞〔九〕；妙才激揚〔一〇〕，雖觸思利貞〔一一〕，曷若折之中和，庶保無咎〔一二〕。

〔一〕校證：「何允中本、日本活字本『若』作『而』。」

范校：「鈴木云：案『從』疑作『徙』。」校注：「按鈴木説是。文選嵇康琴賦『改韻易調』，晉書文苑袁宏傳『移韻徙事』，可資旁證。」考異：「按下文『兩韻輒易』，則鈴木疑作『徙』可從。」

〔二〕樂府篇：「聲來被辭，辭繁難節。」

斠詮：「節，謂節度，節制，有調節之意。禮記曲禮：『不踰節。』疏：『不踰越節度。』禮記仲尼燕居：『樂也者，節也。』疏：『節，制也。言樂者使萬物得其節制也。』論語泰伯篇：『出辭氣，斯遠鄙倍矣。』朱注：『辭，言語。氣，聲氣也。』」

校釋：「舍人論文家用韻，主魏武『資代』之説，而參以『折中』之論，可謂圓到無餘藴矣。惟節文辭氣之義，則尚藴而未發，蓋此事自有天機人力之分；任天機者，靈變無常，而其失也雜；用人力者，整飭有法，而其失也滯，惟極人力之工而仍不傷其天機，運天機之巧，而能輔之以人力，庶幾近美。推原其本，要不離乎情思，而修辭之功次之。情思流行，辭氣稱之者，天機利也；辭氣焕發，而修辭從之者，人力臻也。參以前篇所論，斯理自明。」

朱星文心雕龍聲律篇詮解：「劉勰以爲改韻從調，今説换韻轉韻，包括同平仄聲的韻部和變平仄聲的韻部二法，作用是可以節文辭氣，免於單調。」

注訂：「『辭』字或係衍文，不然或是『調』字之誤。」

〔三〕札記：「觀賈生弔屈原及鵩賦，誠哉兩韻輒易，惜誓（惜誓僞託賈誼，不可信）及枚乘七發乃不盡然。彦和又謂劉歆、桓譚百韻不遷，子駿賦完篇存者惟遂初賦，固亦四句一轉也。」

〔四〕隨園詩話卷六：「顧寧人言：『三百篇無不轉韻者，唐詩亦然。惟韓昌黎七古，始一韻到底。』(按見日知録卷二十一)余按文心雕龍云:『賈誼、枚乘,兩韻輒易;劉歆、桓譚,百韻不遷,亦各從其志也。』則不轉韻詩,漢魏已然矣。」

〔五〕校證:「馮、何並云:賦,玉海二〇四作『詩』。」校注:「按魏武論賦語不可考;何焯疑爲魏文,亦未言所出。」

〔六〕閻若璩尚書古文疏證第七十四:「又按顧氏音學五書言『文人言韻,莫先於陸機文賦』。余謂文心雕龍:『昔魏武論賦,嫌於積韻,而善於資代。』晉書律曆志:『魏武時,河南杜夔精識音韻,爲雅樂郎中令。』二書雖一撰於梁,一撰於唐,要及魏武杜夔之事,俱有韻字。知此學之興,蓋於漢建安中。不待張華論韻,何況士衡?故止可曰古無韻字,不得如顧氏云起晉宋以下也。」(卷五下)「積韻」,重複同韻。

校證:「『貿』原作『資』,馮校云:『玉海作貿。』何、吴校亦作『貿』,今據改正。神思篇有『遷貿』語。」

校注:「按金石例九、文斷引亦作『詩』、『貿』,當據改。」

斠詮:「貿者,變易也。梁昭明太子答晉王書:『炎涼始貿,觸興自高。』」

〔七〕札記:「八、論句末用韻。彦和引魏武之言,今無所見。士龍説見與兄平原書。書云:『四言轉句,以四句爲佳。』彦和謂其志同枚、賈。其云『折之中和,庶保無咎』者,蓋以四句一轉則太驟,百句不遷則太繁,因宜適變,隨時遷移,使口吻調利,聲調均停,斯則至精之論也。

若夫聲有宮商，句中雖不盡調，至於轉韻，宜令平仄相間，則聲音參錯，易於入耳。魏武『嫌於積韻，善於資代』，所謂善於資代，即工於換韻耳。」陸雲與兄平原書：「文中有『於是』、『爾乃』，於轉句誠佳，然得不用之益快，有故不如無。又於文句中自可不用之，便少亦常。云四言轉句，以四句爲佳。……喜霽『俯順習坎，仰熾重離』，此下重得如此語爲佳，思不得其韻，願兄爲益之。」范注：「詳士龍此文，所論者乃賦也。玉海、詞學指南引魏武論賦作『論詩』，詩賦亦得通稱。『資代』作『貿代』，是。『貿』，遷也。南齊書樂志永明二年尚書殿中曹奏定朝樂歌詩云：『尋漢世歌篇，多少無定，皆稱事立文，並多八句，然後轉韻。時有兩三韻而轉，其例甚寡。張華、夏侯湛亦同前式，傅玄改韻頗數，更傷簡節之美。近世王韶之、顏延之並四韻乃轉，得賒促之中。顏延之、謝莊作三廟歌，皆各三章，章八句，此於序述功業詳略爲宜，今宜從之。』觀此文知彥和所謂折之中和者，是四韻乃轉也。」注訂：「『資代』從玉海作『貿代』亦通，資用貿遷也。」考異：「資，取也，亦通。」

〔八〕「躁」，急迫。

〔九〕章表篇：「脣吻不滯。」校證：「『告』，何允中本，日本活字本、凌本、鍾本、梁本、日本刊本、王謨本作『言』。」

〔一〇〕周注：「激揚，激濁揚清，指韻有抑揚。」牟注：「激揚，指作者的才情高昂。」

〔一一〕郭注：「易乾文言：『利者義之和也，貞者事之幹也。』『利物足以和義，貞固足以幹事。』……

譯『利貞』爲和平中正。」

牟注：「觸思利貞，構思順利、貞正。」周注：「利貞，無咎：都是易經中語。這是説，雖然文思暢達而正確，何如用韻適中，庶幾保證没有差錯。折中，即要轉韻，但不要轉得太急。」

紀評：「此因句法而類及押韻及語助，論押韻特精，論語助亦無高論。」

〔三〕中庸：「喜怒哀樂之未發謂之中，發而皆中節謂之和。」

用韻和轉韻也跟情韻有關，兩韻一轉，顯得急促，百韻不變，使人厭倦。因此，劉勰主張折中：要轉韻，不要轉得太急。

注訂：「彦和改韻轉句，主折中之言，以四句爲佳，此蓋當時所尚，流爲隋唐近體之制，乃成定制矣。……『四韻乃轉，得賒促之中。』與彦和旨同，足證當時時論之所歸焉。」

朱星云：「劉氏同意可以轉韻，這也是避免單調，又可免於脣吻告勞。……一首長的詩，幾十個韻不轉，讀起來總是這一口腔姿式，的確會感到疲勞厭倦。但轉韻又不可太多太急，兩韻就轉必然顯得用韻零亂，給人不完整之感。因兩韻剛剛上口就轉别的韻，真是麻煩，也會生厭煩之感。又兩韻即轉，這兩韻又顯得太孤單。當然兩韻即可獨立成一韻組，其中一個起韻，一個押韻，但『韻力』太單薄……兩韻就轉，除非全詩都是如此兩韻就轉，這就從多數孤立中抵消其孤立之感了。因此轉韻的規律，不可一韻到底，百句不遷，實際上也不會都有這許多合適的同韻字，必然要夾些僻韻險韻，這就不好了。也不可二韻就轉，最好是中和的四韻才轉。」

以上爲第四段，論詩賦用韻。

又詩人以兮字入於句限〔一〕，楚辭用之，字出於句外〔二〕。尋兮字成句〔三〕，乃語助餘聲。舜詠南風，用之久矣〔四〕，而魏武弗好〔五〕，豈不以無益文義耶！

〔一〕校注：「按『詩人』，謂詩三百篇作者。『句限』猶言句内。」如詩蓼莪「父兮生我」，兮字即用在句内。清黄生字詁：「『兮』，歌之曳聲也，凡風雅興多曳聲於句末，如『葛之覃兮』之類。楚辭多曳聲於句中，如『吉日兮辰良』……之類。句末則其聲必嘽緩而悠揚，句中則其聲必趨數而噍殺。此今樂古樂之别。又『兮』字惟用之詩騷，則文無取於此，然老子云：『豫兮若冬涉川，猶兮若畏四鄰』云云，已開後世文士之習。」

〔二〕校證：「『字出於句外』原作『字出句外』。謝云：『當作出於句外。』今定從張之象本及徐校本。謂以兮字成句，無預於六言七言之數。所謂『語助餘聲』而已。」

考異：「補『於』字殊贅，王校非。」

「句外」，如楚辭橘頌：「深固難徙，廓其無求兮。蘇世獨立，横而不流兮。」韻脚是「求」和「流」，「兮」字在韻脚後，所以説句外。詩品序：「夏歌曰：『鬱陶乎予心。』楚謡曰：『名余曰正則。』雖詩體未全，然是五言之濫觴也。」離騷原文係「名余曰正則兮」，鍾嶸謂爲五言者，即由此故。

〔三〕校注：「『成』，元本、弘治本、汪本、佘本、張本、兩京本、胡本、訓故本、文津本作『承』。按『承』字是。」

考異：「『承』字固通，凡語句餘聲，用『兮』承句，而指歸有未竟，氣韻有未結，不得言成也。從承爲是。」郭注：「承謂承上啓下。」此言詩人造句，常於句中加入助辭「兮」字，以補辭語之餘聲。

〔四〕禮記樂記：「昔者舜作五弦之琴以歌南風。」明詩篇：「舜造南風之詩。」黄注：「家語：舜彈五弦之琴，造南風之詩，其詩曰：『南風之薰兮，可以解吾民之慍兮；南風之時兮，可以阜吾民之財兮。』」按此見辨樂解。

〔五〕何焯校云：「『武』疑作『文』。」魏武詩不用兮字。

至於夫惟蓋故者，發端之首唱〔一〕；之而於以者，乃劄句之舊體〔二〕；乎哉矣也者〔三〕，亦送末之常科〔四〕。

〔一〕文鏡秘府論句端：「屬事比辭，皆有次第，每事至科分之別，必立言以間之，然後義勢可得相承，文體因而倫貫也。」

〔二〕牟注：「『劄』，同『扎』，刺入。」周注：「劄句，在句中。」「之」、「而」、「於」、「以」是作連接詞的。吴訥文章辨體引諸儒總論作文法「詩文助辭」條云：「文有助辭，猶禮之有儐，樂之有相也。禮無儐則不行，樂無相則不諧，文無助則不順。檀弓曰：『勿之有悔焉耳矣。』孟子曰：『寡人盡心焉耳矣。』檀弓曰：『我弔也與哉。』左氏傳曰：『獨吾君也乎哉。』凡此一句而三字連助，不嫌其多也。左氏傳曰：『其有以知之矣。』又曰：『其無乃是也乎。』此二句六字成句，而四字爲助，亦不嫌其多也。檀弓曰：『南宫縚之妻之姑之喪。』樂記曰：『不知手之舞之足之蹈之也。』凡此不嫌用『之』字爲多。禮記曰：『言則大矣美矣盛矣。』此不嫌用『矣』字爲多。檀弓曰：『美哉輪焉。』論語曰：『富哉言乎。』凡此四字成句，而助辭半之，不如是文不健也。左氏傳曰：『美哉泱泱乎大風也哉，表東海者其太公乎，國未可量也。』此又每句終用助，讀之殊無齟齬艱辛之感。詩人用助辭，多用韻在其上，有用『也』辭，若『何其處也，必有與也』；有用『而』辭，若『俟我於著乎而，充耳以素乎而』；有用『矣』辭，若『陟彼砠矣，我馬瘏矣』；有用『忌』辭，若『抑磬控忌，抑縱送忌』；有用『兮』辭，若『其實七兮』，『迨其吉兮』；有用『之』辭，如『知子之順之，雜佩以問之』；有用『止』辭，如『既曰庸止，曷又從止』；有用『且』辭，如『椒聊且，遠條且』。又禮記散文亦有韻協，如曰：『禮行於郊，而百神受職焉；禮行於社，而百貨可極焉；禮行於祖廟，而孝慈服焉；禮行於五祀，而正法則焉。』」

〔三〕校證：「『矣』，凌本作『已』。案史通浮詞篇：『是以伊惟夫蓋，發語之端也；焉哉矣兮，斷句之助也。』即本此文，亦作『矣』，凌本未可從。」又：「『者』字原缺，徐校補。案以上文句法求之，當有『者』字，今據補。」考異：「儷句之作，率如此，補『者』字非。」

〔四〕郭注：「科，條也；常科，即通例。」

史通浮詞篇：「夫人樞機之發，亹亹不窮，必有徐音足句爲其始末，是以『伊』、『惟』、『夫』、『蓋』，發語之端也；『焉』、『哉』、『矣』、『兮』，斷句之助也；去之則言語不足，加之則章句獲全。」

玉篇：「也，所以窮上成文也。」顏氏家訓書證篇：「也，語已及助句之辭，有結上文者，若論語『亦不可行也』之屬是也。有起下文者，若『夫子之至於是邦也』之屬是也。」

明盧亦緯助語辭：「發語之端，用一『蓋』字，即是大凡之意。欲作語之時，將通理一平普看，卻議論此事，文中有『大抵』爲起句者者亦同。」又：「聲隨語發，意不加重，且不訓本字義，此等字多有之。」

清王鳴昌辯字訣：「蓋一句中，必用虛字以爲襯貼，或用於句首，或用於句中，皆曰襯語，先輩所謂助語是也。」

清袁仁林虛字説：「語辭何以無義，緣其字本爲語中襯貼之聲，離語則不能自立。」

清張文炳虛字注釋：「『夫』亦發端字，與『蓋』相似，但『夫』字是爲將指此事此物此理而發，與『蓋』字作推原者不同，『夫人幼而學之』是也。」

清劉淇助字辨略：「禮記曲禮：『故君子式黄髮。』鄭注云：『發句言故，明此衆篇雜辭也。』愚案此句文義與上不屬，故知是發語之辭，與承上起下者別也。」

容齋隨筆「孟子書百里奚」條：「柳子厚復杜温夫書云：『生用助字，不當律令。』所謂『乎』、『歟』、『耶』、『哉』、『夫』、『也』者，疑辭也。『矣』、『耳』、『焉』、『也』者，決辭也。今生則一之，宜考前聞人所使用與吾言類且異，精思之，則益也。予讀孟子『百里奚』一章，曰：『曾不知以食牛于秦繆公之爲汙也，可謂智乎？不可諫而不諫，可謂不智乎？知虞公之將亡，而先去之，不可謂不智也。時舉於秦，知繆公之可與有行也，而相之，可謂不智乎？』味其所用助字，開闔變化，使人之意飛動。此難以爲温夫輩言也。」馬氏文通自序據此言曰：「虚字所助，蓋不外此三端。」楊樹達高等國文法中，亦據此而將虚字分爲語首助辭、語中助辭、語末助辭三種。

朱星：「這一小段確實很多發明。……首先，他分出這些字，確是真正的虚字，但到明清後一批研究虚字的書把範圍擴大了，也把虚字的性質混淆了，把一些代詞、形容詞、動詞、副詞也混進去了。所以對虚字有廣狹義之分。廣義的指具體的詞爲實字，抽象的詞爲虚字，如此必然具體的字少，抽象的字多。狹義的指無概念之字爲虚字，反之是實字，如此，必然虚字少而實字多。……爲求科學分類的嚴格性，當取狹義。……不可説我國歷來對虚字沒有一個正確的認識與界限，好像到了馬氏文通……才開始明確了虚字的性質，劃清了界限。」

清人陳仲魚簡莊集有對策一篇，發明虚字之條例，堪稱詳備，全文已見范注引。

據事似閑，在用實切〔一〕。巧者迴運，彌縫文體〔二〕，將令數句之外，得一字之助矣〔三〕。外字難謬，況章句歟〔四〕！

〔一〕校證：「『閑』，張之象本作『閒』。」牟注：「據事，稱引事理。閑，空，指没有實際意義。」周注：「虛詞不像實詞那樣有實在意義，在句中像閑散的字，可是在表達各種語氣和語意轉折等方面，有切實作用。」

〔二〕文鏡秘府論定位：「故自於首句，迄於終篇，科位雖分，文體終合。理貴於圓備，言資於順序，使上下符契，先後彌縫（上科與下科，事相成合，如符契然；科之先後，皆相彌縫，以合其理也），擇言者不覺其孤（言皆符合不孤），尋理者不見其隙（隙，孔也，理相彌合，故無孔也），始其宏耳。」

朱星：「劉氏明確了這些字的性質爲『助』爲『外』，且創『外字』一名。語助一詞，漢末已有，如尚書微子：『予顛隮若之何其。』鄭注：『其，語助也。』禮記檀弓：『何居，我未之前聞也』。鄭注：『居讀如姬姓之姬，齊魯之間語助也。』至於外字，乃由於『數句之外，得一字之助』而得名。在章句篇還説：『又詩人以兮字入於句限，楚辭用之，字出句外。』他把字分爲内外，内爲主，外爲輔爲助，並非都列在句外（指句頭句尾），當然多數都列在句頭句尾。把内外解爲主助，是可以成立的，真是『據事似閑，在用實切』，一語説透了虛字的作用。……可惜『外字』一名没有被大家注意而行開。

「又次，他把虛字分爲三類：一是發端的，二是送末的，三是中間劄句的。三分類雖簡單而極概括，後來講虛字分類的有劉淇助字辨略，分助字爲三十類……分的雜亂不堪，不如劉勰所分三大類爲簡要。

「最後……劉氏對『兮』字的看法是『尋兮字成句……豈不以無益文義耶？』（章句）以爲『兮』是無益文義，所以『魏武弗好』，這就講不通了。『兮』在詩經、楚辭中都用了很多，魏武不用是體裁有變化，不是無益文義就不用。當然它與『乎』、『哉』、『矣』、『也』等有區別，是純粹表聲虛字，缺少它也不會影響句中的意義與表情，但還有其他無益文義的虛字，不能因此就不用。」

〔三〕劉淇助字辨略：「一字之失，一句爲之蹉跎；一句之誤，通篇爲之梗塞。」以上數句的意思是説有巧思的人迴環運用虛字，可以把文句的本體彌縫連繫起來。善於運用虛字，將使數句之外用上一個虛字就會得到助益。在駢四儷六的文章中，提出如何運用虛字，這是劉勰的卓見。孫德謙六朝麗指論虛字：「作駢文而全用排偶，文氣易致窒塞。即對句之中，亦當少加虛字，使之動宕。六朝文如傅季友爲宋公求加贈劉前軍表：『俾忠貞之烈，不泯於身後，大賚所及，永及於後人。』任彦昇宣德皇后令：『客游梁朝，則聲華藉甚，薦名宰府，則延譽自高。』邱希範永嘉郡教：『才異相如，而四壁徒立，高慚仲蔚，而三徑没人。』或用『於』字，或用『則』字，或用『而』字，其句法乃栩栩欲活。至庾子山謝滕王集序啓：『譬其毫翰，則風雨争飛；論其文采，則魚龍百變。』更覺躍然紙上矣。然如去此虚字，將『譬其』『論其』易爲藻麗之字，則平板而不能如此流利矣。於是知文章貴有虚字旋轉其間，不可落入滯相也。」以上所舉皆所謂「得一字之助也」。

范注又引陸以湉冷廬雜識云：「作文固無取冗長，然用字有增益而愈佳者。如歐陽公作晝錦堂記云：『仕宦至將相，富貴歸故鄉，此人情之所榮，今昔之所同也。』後增二字，『仕宦而至將相，富貴而歸故鄉』，乃覺更勝。又作史炤山亭記云『元凱銘功於二石，一置茲山，一投漢水』，章子厚謂宜改作『一置茲山之上，一投漢水之淵』，方爲中節，公喜而用之。黄山谷題仁宗飛白書跋末云『譬天地之高厚，贊日月之光華，臣知其不能也』，集中作『臣自知其不能也』，增『自』字語意乃足。於此知作文之法，不得概以簡削爲高。」范注：「審是則文家雖立意求簡，遇字句中有宜增者，仍依文益之，斯正所以善用其簡者歟？」

張煦侯試論劉勰的語言風格：「他（劉勰）在章句篇中曾給虚字以正確的評價，那就是『據事似閑……得一字之助矣』。那就是説，善用虚字是『巧者』的事。所謂『彌縫文體』，就是説：對於需要聯貫的地方一定要把它很熨貼地聯貫起來，文章如果專用排偶，也就是專用實字砌成整句，並且句句獨立，中間没有關聯詞語，這樣，前人所謂『潛氣内轉』那樣駢文的佳境，就永遠達不到。」

錢鍾書談藝録：「按詩用虚字，劉彦和文心雕龍第三十四章句篇結語已略論之。蓋周秦之詩騷，漢魏已來之雜體歌行，如楊惲拊缶歌、魏武帝諸樂府、蔡文姬悲憤詩、孔雀東南飛、沈隱侯八景詠，或四言，或五言，或七言，或長短句，皆往往使語助以添迤邐之概，而極其觀於射洪之幽州臺歌，太白之蜀道難、戰城南。宋人雜言一體，專仿此而不能望項背也。五言則唐以前斯體不多。如十九首：『同心而離居』，『故人心尚爾』。……其他用『之』字、『哉』字、『而』字句，多不勝舉。六代則徐幹一作，仿製者尤多。入唐則李杜以前，陳子昂、張九齡使助詞較夥，然亦人不數篇，篇不數句，多摇曳以添姿致，非頓勒以增氣力。唐以前惟淵明通文於詩，稍引厥緒，朴茂流暢，别開風格。如『結廬在人境，而無車馬喧。』……」

（八三——八六頁）

注訂：「『况章句歟』以上一節，唯論助字。助字之用，爲句首句中句末之所必須，亦假之以爲轉换語氣，或結束語氣之用。」

〔四〕牟注：「外字，外加的字，即虚字。難謬，患其謬誤。難，釋名釋語言：『憚也，人所忌憚也。』」

第五段論虚詞及其用法。

贊曰：斷章有檢，積句不恒〔一〕，理資配主〔二〕，辭忌失朋〔三〕。環情草調〔四〕，宛轉相騰〔五〕。離合同異〔六〕，以盡厥能〔七〕。

〔一〕斠詮：「言裁斷章節有一定之檢式，而累積詞句則無不變之恒例。檢，即檢式，有法度之意。荀子儒效：『禮者所以爲群臣尺寸尋文檢式也。』」

牟注：「斷章，分章。……積句不恒，即前面所説的『筆句無章』。」周注：「積句不恒……即積句成章没有一定，只要上下銜接，而多少不定。」

〔二〕黄注：「易豐：初九，遇其配主。」言情理之陳述用以配合主題。

〔三〕梅注：「『失』，元作『告』，謝改。」考異：「篇中有『辭失其朋，則羈旅而無友』，即贊語所本，從『失』是。」

〔四〕校注：「『草』，黄校引孫注云：『當作節。』按孫説於文意雖通，於致誤之由則失，未可從也。疑原是『革』字，『革』其形誤。『革』，改也（易革卦鄭注），更也（詩大雅皇矣毛傳）。『革調』，即篇中『改韻從調』之意也。」

校證：「『草』，梅引孫汝澄云：『當作節。』徐校『草』作『革』。案『草』讀如詔策篇『視草』，神思篇『草奏』，練字篇『草律』，附會篇『草表』、『更草』之『草』，自通，不煩改字。」郭注解爲需圍繞文情變革聲律。

〔五〕牟注：「宛轉，委婉曲折。明詩篇所説『宛轉附物』，物色篇所説『隨物之宛轉』，都指情與物

吕氏春秋愛士篇：「晉人已環繆公之車矣。」高注：「環，圍也，謂周旋圍繞之也。」

象的密切結合。這裏承上句之意，指情與音韻的密切結合。騰，奔馳，飛騰，比喻得到很好的表達。」

郭注：「謂如此能使文情宛轉、文辭騰躍。」

〔六〕校注：「『合同』，黄校云：『王本作同合。』元本、弘治本、活字本、汪本、佘本、張本、兩京本、崇文本亦並作『同合』。按『合同』『同合』，其義固無異也。」

斠詮：「此處『離同合異』句即上文『離章合句』句之改寫，詞雖異而義實同。且此句型與上文『環情革調』相對成文，若『同合』互倒，則不相倫矣。」

〔七〕斠詮：「言分離相同之意趣而爲章，聯合相異之詞字而成句，必也句既清英，而章又明靡，乃可相得益彰，克盡其分章造句之功能焉。」

麗辭第三十五

説文：「麗，旅行也。鹿之性，見食急必旅行，從鹿丽。禮：『麗皮納聘。』蓋鹿皮也。」段注：「此麗之本義。其字本作丽，旅行之象也。後乃加鹿耳。……見食急而猶必旅行者，義也。……聘禮曰：『上介奉幣儷皮。』……『儷』即『麗』之俗。鄭注：『儷皮，兩鹿皮也。』鄭意麗爲兩，許意麗爲鹿，其意實相通。」斠詮：「按：旅行，謂結侶而行也，亦即『駢行』之意。蓋麗古文但作丽，象兩兩相比之形。此云『麗辭』，猶言駢儷之辭，爲修辭中對偶之一法。案駢爲二馬並駕之義。二馬並駕，須兩兩相儷，齊一步驟，故對偶之文稱駢文儷辭也。」

史通通釋覈才篇於「盧思道雅好麗詞」句釋云：「文心雕龍有麗詞篇，論駢儷體。」

劉申叔先生遺書文説耀采篇第四：「由古迄今，文不一體。然循名責實，則經史諸子，體與文殊，惟偶語韻詞，體與文合。……觀於文字之古義，可以識文章之正宗矣。況易以六位而成章，書爲四言之嚆矢，太師采詩，咸屬韻語，宣尼贊易，首肇文言，遐稽六藝之書，半屬偶文之體。……惟對待之法未嚴，平側之音未判，乃偶寓於奇，非奇别於偶。……故訓辭爾雅，抽句匪單，或運用疊詞，或整列排語，三代文體，即此可窺。……東周以降，文體日工。……韓非著書，隱肇連珠之體；荀卿成相，實爲對偶之文。……西漢文人，追蹤三古，而終軍有奇木白麟之對，兒寬擄奉觴上壽之辭，胎息微萌，儷形已具。迨及東漢，文益整贍，蓋踵事而增，自然之勢也。故敬通、平子之倫，孟堅、伯喈之輩，撰厥所作，咸屬偶文。……或掇麗字以成章，或用駢音以叶韻。……若夫當塗受籙，太始開基……才思雖弱於西京，音律實開夫典午。六朝以來，風格相承。……故文選勒於昭明，屏除奇體；文心論於劉氏，備列偶詞。體制謹嚴，斯其證矣。」

札記：「文之有駢儷，因於自然，不以一時一人之言而遂廢。然奇偶之用，變化無方，文質之宜，所施各别。或鑒於對偶之末流，遂謂駢文爲下格；或懲於俗流之恣肆，遂謂非駢體不得名文；斯皆拘滯於一隅，非閎通之論也。惟彦和此篇所言，最合中道。」

范注：「説文：『麗，旅行也。』古文作『丽』，象兩兩相比之形。此云麗辭，猶言駢儷之辭耳。

原麗辭之起，出於人心之能聯想。既思雲從龍，類及風從虎。此正對也。既想西伯幽而演易，類及周旦顯而制禮，此反對也。正反雖殊，其由於聯想一也。古人傳學，多憑口耳，事理同異，取類相從，記憶匪艱，諷誦易熟，此經典之文所以多用麗語也。凡欲明意，必舉事證，一證未足，再舉而成；且少既嫌孤，繁亦苦贅，二句相扶，數折其中。昔孔子傳易，特製文、繫，語皆駢偶，意殆在斯。又人之發言，好趨均平，短長懸殊，不便脣舌；故求字句之齊整，非必待於耦對，而耦對之成，常足以齊整字句。魏晉以前篇章，駢句儷語，輻輳不絕者，此也。」

許文雨文論講疏：「說文鹿部云：『麗，旅行也。』段玉裁曰：『此麗之本義，其字本作「丽」，旅行之象也。後乃加鹿耳。周禮：「麗馬一圉，八麗一師。」注曰：「麗，耦也。」禮之「儷皮」，左傳之「伉儷」，說文之「驪駕」，皆其義也。兩相附則爲麗。易曰：「離，麗也。日月麗乎天，百穀草木麗乎土。」是其義也。麗則有耦可觀。㸚部曰：「麗爾，猶靡麗也。」是其義也。兩而介其間，亦曰麗，離卦之一陰麗二陽是也。』此解『麗』有耦義、兩義。故麗辭即世所謂駢體文也。彥和此篇題雖宗駢，而亦兼斥駢文之弊，終主之以駢散兼用之說。至於駢文成立原理，彥和固已昭揭篇端，尤徵偉識。」

饒宗頤文心雕龍探原：「梁世朱澹遠有語對十卷，語麗十卷，見隋志（又見金樓子聚書篇）。」

校釋：「文學之用對偶，實由文字之質性使然。我國文字單體單音，故可偶合。」

王力中國古典文論中談到的語言形式美：「中國古典文論中談到的語言形式美，主要是兩件事：第一是對偶，第二是聲律。……所謂麗辭，就是對偶。

「惟有以單音節爲主（即使是雙音詞，而詞素也是單音節）的語言，纔能形成整齊的對偶。在西洋語言中，即使有意地排成平行的句子，也很難做到音節相同。那樣只是排比，不是對偶。」（文藝報，一九六二年第二期）

宗白華中國美學史中重要問題的初步探索易經的美學（二）麗卦：「麗者并也。麗加人旁，成儷，即并偶的意思，即兩個鹿并排在山中跑。這是美的景象。在藝術中，如六朝駢儷文，如園林建築中的對聯，如京劇舞臺上的形象的對比，色采的對稱等，都是并儷之美。這説的麗卦又包含有對偶、對稱、對比等對立因素，可以引起美感的思想。」（文藝論叢第六輯）

程兆熊文心雕龍講義：「中國語言文字上之對偶性，構成中國語言文學上特有之對稱與對比之美。」

造化賦形〔一〕，支體必雙〔二〕，神理爲用〔三〕，事不孤立〔四〕。夫心生文辭〔五〕，運裁百慮〔六〕，高下相須，自然成對〔七〕。

〔一〕注訂：「自然演變而有所成就者，謂之造化，亦即天地之謂。淮南原道篇：『與造化者俱。』注曰：『天地，一曰道也。』」

〔二〕校注：「按左傳昭公三十二年：『（史墨）對曰：「物生有兩……體有左右。」』杜注：『謂有兩。』」

詩經鄘風相鼠：「相鼠有體。」毛傳：「體，支體。」孟子公孫丑「則具體而微」句劉熙注：「體，四肢股肱也。」呂氏春秋孝行：「能全支體以守宗廟，可謂孝矣。」

〔三〕原道篇：「研神理而設教。」又：「誰其尸之，亦神理而已。」情采：「五色雜而成黼黻……神理之數也。」按此處「造化」與「神理」對文，義亦相近。「神理」即天理。

〔四〕文鏡秘府論論對屬：「凡爲文章，皆須對屬；誠以事不孤立，必有配疋而成。」文論講疏：「至於世間萬事，禍福倚伏，正反對立，是非横生，美丑善惡，胥相對待。語及彝倫，上下如君臣，平峙如夫婦，義歸攸敘，勢難缺一。吾人辨析事理，造文記述，有舉此見彼之科，著因同求異之律。此又劉勰所云『神理爲用，事不孤立』者也。」李兆洛駢體文鈔序：「天地之道，陰陽而已，奇偶也，方圓也，皆是也。陰陽相並俱生，故奇偶不能相離，方圓必相爲用，道奇而物偶，氣奇而形偶，神奇而識偶。孔子曰：『道有變動故曰爻。爻有等故曰物。物相雜故曰文。』又曰：『分陰分陽，故易六位而成章，相雜而迭用。』文章之用，其盡於此乎！」蓋即發明彦和此義。

〔五〕原道：「心生而言立，言立而文明，自然之道也。」「心生文辭」即創作文辭。

〔六〕「運裁百慮」，各種思慮都加以運用裁度。

〔七〕詩經小雅谷風：「習習谷風，維風及雨。」毛傳：「風雨相感，朋友相須。」「相須」，謂相配合。

札記：「一曰高下相須，自然成對。明對偶之文依於天理，非由人力矯揉而成也。」按「高下」猶言天地，天須地，地亦須天，故云「高下相須」，言雖天高地卑，而彼此互相依賴，「自然成對」。

注訂：「自然成對，與下文『率然對爾』同旨。老子：『故有無相生，難易相成，高下相傾，音聲相和，前後相隨。』即自然成對之理。人之口語往還，皆本自然，其一字一語相對，猶老氏之所謂『高下相傾，音聲相和』之理也。」

王忠林文心雕龍所述辭格析論：「劉氏以爲天地化生萬物，肢體自然成雙作對，天地間許多事物也都是偶立不孤的。而文辭的對偶，也是依於這種自然的道理，絶不是人力矯揉而成的。」（見王更生編文心雕龍研究論文選粹）

唐虞之世，辭未極文〔一〕，而皋陶贊云：「罪疑惟輕，功疑惟重。」〔二〕益陳謨云：「滿招損，謙受益。」〔三〕豈營麗辭，率然對爾〔四〕。

〔一〕「辭未極文」謂文辭尚未極盡采藻。

〔二〕校證：「『云』舊作『文』，黄注本改。」按元刻本作「文」。黄注：「見虞書大禹謨。」孔傳：「刑疑從輕，賞疑從重。」正義：「罪有疑者，雖重從輕罪之；功有疑者，雖輕從重賞之。」

〔三〕大禹謨：「益贊於禹曰：惟德動天，無遠弗届，滿招損，謙受益，時乃天道。」孔傳：「自滿者人損之，自謙者人益之，是天之常道。」

〔四〕校證：「『爾』汪本、佘本、張之象本、王惟儉本、馮本、詩紀別集二作『耳』。」按元刻本、弘治本作「耳」。

札記：「次曰『豈營麗辭，率然對爾』。明上右簡質，文不飾琱，而出語必雙，非由刻意也。」

注訂：「語出自然，應答天成，則麗句之形，原非造做。」

易之文、繫，聖人之妙思也〔一〕。序乾四德，則句句相銜〔二〕；龍虎類感，則字字相儷〔三〕；乾坤易簡，則宛轉相承〔四〕；日月往來，則隔行懸合〔五〕：雖句字或殊，而偶意一也〔六〕。

〔一〕文繫，指乾坤之文言與繫辭上、下。

〔二〕梅注：「易文言曰：元者，善之長也；亨者，嘉之會也；利者，義之和也；貞者，事之幹也。君子體仁足以長人，嘉會足以合禮，利物足以和義，貞固足以幹事，君子行此四德者，故曰，『乾，元亨利貞』。」易乾卦：「乾，元亨利貞。」元亨利貞即「四德」。

「序」，同「叙」。「相銜」，相銜貫。

校證：「『馮本、汪本、張之象本、王惟儉本、詩紀『句』作『八』，徐校作『句』。」按元刻本「句句」作「八句」，易乾文言序四德正是八句。故「八」亦可通。

〔三〕梅注：「易：『九五曰：飛龍在天利見大人。何謂也？子曰：同聲相應，同氣相求，水流濕，火就燥。雲從龍，風從虎，聖人作而萬物覩。本乎天者親上，本乎地者親下，則各從其類也。』」按此見乾文言。「類感」，同類事物相互感應。

文鏡秘府論論對：「文詞妍麗，良由對屬之能；筆札雄通，實（疑脱「賴」字）安施之巧。若言不對，語必徒申；韻而不切，煩詞枉費。元氏云：『易曰：「水流濕，火就燥。雲從龍，風從虎。」書曰：「滿招損，謙受益。」』此皆聖作切對之例也。」

〔四〕梅注：「繫辭：乾道成男，坤道成女，乾知大始，坤作成物。乾以易知，坤以簡能，易則易知，簡則易從；易知則有親，易從則有功；有親則可久，有功則可大；可久則賢人之德，可大則賢人之業。易簡而天下之理得矣。天下之理得，而成位乎其中矣。」按此見易繫辭上。韓注：「天地之道不爲而善始，不勞而善成，故曰易簡。」以上這段繫辭，不僅每兩句成一對偶，而且前後文意婉轉相承。

〔五〕梅注：「日往則月來，月往則日來，日月相推而明生焉。寒往則暑來，暑往則寒來，寒暑相推而歲成焉。」按此見易繫辭下。「懸合」，指日月與寒暑隔行相對。這一小段繫辭，前四小句同後四小句，兩兩相對。

文鏡秘府論論對屬：「在於文筆，變化無恒。或上下相承，據文便合，若云『圓清著象，方濁成形』，『七曜上臨，五嶽下鎮』（「方」、「圓」，「清」、「濁」，「象」、「形」，「七」、「五」，「上」、「下」，是其對）；或前後懸絶，隔句始應，若云『軒轅握圖，丹鳳巢閣；唐堯秉歷，玄龜躍淵』（「軒轅」、「唐堯」，「握圖」、「秉歷」，「丹鳳」、「玄龜」，「巢閣」、「躍淵」是也）；或反義并陳，異體而屬，若云『乾坤位定，君臣道生。或質或文，且昇且降』（「乾坤」、「君臣」、「質文」、「昇降」並反義，而同句陳之，「乾坤」與「君臣」對，「質文」與「昇降」對，是異體屬也）；或同類連用，别事方成，若云『芝英蓂莢，吐秀階庭；紫玉黄銀，揚光岩谷』（「芝英蓂莢」與「紫玉黄銀」，「階庭」與「岩谷」，同類連對，而别事相成）：此是四途，偶對之常也。比事屬辭，不可違異。故言於上，必會於下；居於後，須應於前。使句字恰同，事義殷合（若上有四言，下還須四言；上有五字，下還須五字。上句第一字用「青」，下句第一字即用「白」、「黑」、「朱」、「黄」等字，上句第三字用「風」，下句第三字即用「雲」、「烟」、「氣」、「露」等。上有雙聲、叠韻，下還即須用對之）。猶夫影響之相逐，輔車之相須也。」

清程杲四六叢話識語：「雕龍所引孔子繫易，四德句句相銜，龍虎字字相儷；乾坤易簡，宛轉相承；日月往來，隔行懸合。凡後世駢體對法，莫不悉肇於斯。」

〔六〕札記：「三曰句字或殊，偶意一也。明對偶之文，但取配儷，不必比其句度，使語律齊同也。」斠詮：「意能相耦，亦謂麗辭也。」

至於詩人偶章〔一〕，大夫聯辭〔二〕，奇偶適變，不勞經營〔三〕。

〔一〕范注：「『詩人偶章』指詩三百篇。『大夫聯辭』，指左傳、國語所記列國大夫朝聘應對之辭。」周注：「詩人偶章……如召南行露：『誰謂雀無角？何以穿我屋？誰謂女無家，何以速我獄？雖速我獄，室家不足！誰謂鼠無牙，何以穿我墉？誰謂女無家，何以速我訟？雖速我訟，亦不女從！』以上爲第二章、第三章，這兩章相對。」

〔二〕斯波六郎：「案上句『詩人偶章』，指詩三百篇而言，此句應指楚辭。大夫即三閭大夫，謂屈原也，或亦宜解爲含宋玉在内。」斠詮：「惟核與下文『奇偶適變』之承句，此『大夫』仍以汎稱爲勝，實指則近泥矣。」

才略篇云：「及乎春秋大夫，則修辭聘會，磊落如琅玕之圃，焜耀似縟錦之肆。」本文「大夫聯辭」似指此而言。

牟世金范注補正：「『大夫聯辭』中的麗辭如：『不有外患，必有内憂』（國語晉語六），『臣聞國君服寵以爲美，安民以爲樂，聽德以爲聰，致遠以爲明』（國語楚語上）。」

〔三〕札記：「四曰奇偶適變，不勞經營。明用奇用偶，初無成律，應偶者不得不偶，猶應奇者不得不奇也。」文論講疏：「此論駢散之各有所宜也。」

郭注：「如左氏宣公三年，楚子問鼎，王孫滿對辭中有云：『商紂暴虐，鼎遷於周。德之休明，雖小重也；其奸回昏亂，雖大輕也。天祚明德，有所底止。成王定鼎於郟鄏，卜世三十，卜年七百，天所命也。周德雖衰，天命未改，鼎之輕重，未可知也。』便是駢散兼行。」

斠詮：「言其辭句或散行或駢儷，隨機應變，不須刻意經營也。此二句承上詩與左、國而言，只證秦漢以上偶言，並出自然也。彦和言外之意，示人不必揚偶抑奇。此節所以舉揚、馬、張、蔡者，以見辭意並偶之漸也。蓋文之用奇用偶，初無定則，可奇者不能不奇，可偶者不能不偶，固無事乎勉强，任其自然可耳。」

自揚、馬、張、蔡，崇盛麗辭，如宋畫吴冶〔一〕，刻形鏤法〔二〕，麗句與深采並流，偶意共逸韻俱發〔三〕。

〔一〕校證：「『宋畫吴冶』原作『宋盡吴冶』，朱云：『宋畫吴冶，語出淮南子（修務篇）。』梅據朱改。吴校作『宋爐吴沼』，非是。」校注：「按何本、謝鈔本作『宋畫吴冶』，未誤。」范注：「揚雄、司馬相如、張衡、蔡邕，兩漢文人之首。莊子田子方篇：『宋元君將畫圖，衆史皆至，受揖而立，舐筆和墨，在外者半。有一史後至者，儃儃然不趨，受揖不立，因之舍。公使人視之，則解衣般礴羸。君曰，可矣，是真畫者也。』吴越春秋闔閭内傳：『干將作劍，采五山之鐵精，六合之金英，候天伺地，陰陽同光，百神臨觀，天氣下降。而金鐵之精不銷。……干將妻乃斷髮剪爪，投入爐中，使童女童男三百人鼓橐裝炭，金鐵乃濡，遂以成劍。』淮南子修務訓：『夫宋畫吴冶，刻刑鏤法，亂修曲出。其爲微妙，堯、舜之聖不能及。』高誘注：『宋人之畫，吴人之冶，刻鏤刑法，亂理之文，修飾之巧，曲出於不意也。』」

〔二〕「刻形鏤法」，刻畫形貌，雕鏤法式、圖樣。這裏用畫圖和煉冶的加意修飾提煉來比寫作。

〔三〕文鏡秘府論論文意：「或云：今人所以不及古者，病於儷詞。予云：不然。（先正時人，兼非劉氏。）六經時有儷詞，揚、馬、張、蔡之徒始盛。『雲從龍，風從虎』，非儷耶？但古人後於語（「古」字原缺，據皎然詩議補），先於意，因意成語，語不使意，偶對則對，偶散則散。若力爲之，則見斤斧之跡，故有對不失渾成，縱散不關造作，此古手也。」

至魏晉群才，析句彌密〔一〕，聯字合趣，剖毫析釐〔二〕。然契機者入巧，浮假者無功〔三〕。

〔一〕劉師培論文雜記九：「東京以降，論辯諸作，往往以單行運排偶之詞（載於後漢書之文，莫不如是，即專家之文集，亦莫不然），而奇偶相生，致文體迥殊於西漢（東漢之儒，凡能自成一家言者，如論衡、潛夫論、申鑒、中論之類，亦能取法於諸子，不雜排偶之詞。論衡語意尤淺，其文在兩漢中殆別成一體者）。建安之世，七子繼興，偶有撰著，悉以排偶易單行（如加魏公九錫文之類，其最著者也）；即非有韻之文（如書啓之類是也），亦用偶文之體，而華靡之作，遂開四六之先，而文體復殊於東漢。其變遷者一也。西漢之書，言詞簡直，故句法貴短，或以二字成一言（如史記各列傳中是也），而形容事物，不爽錙銖（且能用俗語方言以形容其實事）。東漢之文，句法較長，即研鍊之詞，亦以四字成一語（未有用兩字即成一句者）。魏代之文，則合二語成一意（或上句用四字，下句用六字，或上句用六字，下句用四字，或上句下句皆用四字，而上聯咸與下聯成對偶，誠以非此不能盡其意也，已開四六之體）。由簡趨繁（此文章進化之公例也），昭然不爽，其變遷者二也。西漢之時，雖屬韻文（如騷賦之類），而對偶之法未嚴（西漢之文，或此段與彼段互爲對偶之詞，以成排比之體，或一句之中，以上半句對下半句，皆得謂之偶文，非拘於用同一之句法也，亦非拘拘於用一定之聲律也）。東漢之文，漸尚對偶（所謂字句之間互相對偶也）。若魏代之體，則又以聲色相矜，以藻繪相飾，靡曼纖冶，致失本真（魏晉之文，雖多華靡，然尚有清氣。至六朝以降，則又偏重詞華矣）。其變遷者三也。」

斟詮：「彦和略舉『魏晉群才』，所以鍼時俗也。蓋駢儷之風，始於子建，盛於晉初，而靡於六朝。子建雖尚工整，猶不失東京典型。至晉太康，漸趨繁縟矣。」

〔二〕校注：「『剖』，黄校云：『一作割。』元本、弘治本、汪本、佘本、張本、兩京本……崇文本，亦並作『割』。文選西京賦『剖析毫釐』，即此語之所自出，不作『割』。體性篇『剖析毫釐』，亦可證。黄氏依何校改『剖』，是也。」

「合趣」，謂配合情趣。文論講疏：「蓋文章略内容而重外形，故惟以鋪張爲事，麗辭爲主。如司馬相如、揚雄輩好羅列事物，而用偶句；其後張衡、蔡邕輩，專以華富爲旨，四六對偶之調漸多。柳宗元謂文章至東漢而衰，所謂八代之衰，始於此矣。曹植以曠世之逸才，專攻偶儷之文；鄴下七子奮而和之，競尚綺麗之辭；陸機、潘岳傚之，終現四六横流之世。南渡以後，文氣日趨卑弱，溯其所自，則漢賦開之也。」「自揚、馬、張、蔡」至「剖毫析釐」，文論講疏：「此段論屬對由自然而趨巧密。」

〔三〕這是説運用巧思，自然合機才好，虚浮假冒，勉强拼湊是没有功效的。謝榛四溟詩話：「詩曰：『覯閔既多，受侮不少。』初無意於對也。十九首云：『胡馬依北風，越鳥巢南枝。』屬對雖切，亦自古老。六朝惟淵明得之，若『芳草何茫茫，白楊亦蕭蕭』是也。」史通叙事篇：「其爲文也，大抵編字不隻，捶句皆雙，修短取均，奇偶相配，故應一言蔽之者，輒足爲二言，應以三句成文者，必分爲四句。」此即此所謂「浮假」。

注訂：「自『詩人偶章』至『浮假者無功』一段，就中『不勞經營』申明上文『自然成對』及『率然對偶』之旨。『深采並流』二句，述麗句偶意，極文章妙趣之旨。『魏晉群才』，申麗體文章演變之迹至魏晉爲極，沿至六朝，稍靡浮假，又正其失。」

斠詮：「契，合也。機，指思理。華嚴經疏：『契理合機。』浮，虚妄也。」

以上爲第一段，論麗辭的形成原因及其源流梗概。

故麗辭之體，凡有四對：言對爲易，事對爲難〔一〕，反對爲優，正對爲劣〔二〕。言對者，雙比空辭者也；事對者，並舉人驗者也；反對者，理殊趣合者也〔三〕，正對者，事異義同者也〔四〕。

〔一〕程杲四六叢話識語：「四六主對，對不可以不工，雕龍所論言對、事對、反對、正對，盡之矣。至謂言對易，事對難，反對優，正對劣，其所謂難者，若古『二十四考中書，三十六年宰輔』（見唐詩紀事卷五十四「温庭筠」條），『秦塞重關一百二，漢室離宫三十六』（見駱賓王文集卷九帝京篇）之類，比事皆成絶對，故難也。近時繙類書，舉故事，往往一意衍至數十句，不惟難者不見其難，亦且劣者彌形其劣。……

「四六中以言對者，惟宋人采用經傳子史成句爲最上乘，即元明諸名公表啓，亦多尚此體，非胸有卷軸，不能取之左右逢源也。以事對者，尚典切，忌冗雜，尚清新，忌陳腐。否則陳陳相因，移此儷彼，但記數十篇通套文字，便可取用不窮。況每類皆有熟爛故事，俗筆伸紙，便爾撏撦，令人對之欲嘔。然又非必捨康莊而求僻遠也，要在運筆有法，或融其字面，或易其稱名，或巧其屬對，則舊者新之，頓覺别開壁壘，莊子所謂臭腐化爲神奇也。

「……偶對上下句一事相承，或有各用故事者，必須意義聯貫，不得艮限貽誤。」

〔二〕何焯云：「補之論詩，必取反對，讀彦和此論，益歎老友根柢堅牢，必不可易。」（沈巖録）

校釋：「正者，雙舉同物以明一義，詞逕而意重，故曰劣。反者，並列異類，以見一理，語曲而義豐，故曰優。然作者行文亦隨宜遣筆，初無絀正崇反之見，未可因舍人此論，而拘於一格也。」

文鏡秘府論論對屬：「至若上與下，尊與貴，有與無，同與異，去與來，虛與實，出與入，是與非，賢與愚，悲與樂，明與暗，濁與清，存與亡，進與退，如此等狀，名爲反對者也（事義各相反，故以名焉）。除此以外，並須以類對之：一二三四，數之類也；東南西北，方之類也；青赤玄黄，色之類也；風雲霜露，氣之類也；鳥獸草木，物之類也；耳目手足，形之類也；道德仁義，行之類也；唐、虞、夏、商，世之類也；王侯公卿，位之類也。及於偶語重言，雙聲疊韻，事類甚衆，不可備叙。」

秋耘一得詩話：「劉勰提出過『反對爲優，正對爲劣』的主張，因爲『反對』是用意義相反或不同的詞來相對，上下兩句從不同的角度來表達同一的意境，内容一定比較豐富；『正對』是用意義大致相同的詞來相對，上下兩句的涵義不免重複，内容一定比較單調。前者如『那堪玄鬢影，來對白頭吟』（駱賓王），後者如『冠蓋非新里，章華即舊臺』（杜審言）。孰優孰劣，一讀就可以分辨出來。」（詩刊一九六三年第二期）

周振甫詩詞例話對偶：「正對是並列的事物相對。反對是相反的事物互相映襯。在詩中正對很多，反對很少。所以用正反來分優劣的話在律詩中並不適用。像杜甫詠懷古迹的『支離』、『飄泊』、『三峽』、『五溪』都是正對。反對的例子如書大禹謨『滿招損，謙受益』，陸游秋夜讀書『白髮無情侵老境，青燈有味似兒時』。律詩中絕大多數是正對，古人並不認爲『正對爲劣』，因爲用詩來抒情達意，不可能要求對偶的句子都是意義相反的。」

王力中國古典文論中談到的語言形式美：「拿今天的話來説，言對就是不用典故，事對就是用典故，反對就是反義詞或意義不同的詞相對，正對就是同義詞或意義相近的詞相對。「劉勰輕視言對，這是跟駢體文的體裁有關的。從藝術觀點説，這個作用不大。杜甫、王維等許多大詩人許多著名的對句，如『感時花濺淚，恨別鳥驚心』，『明月松間照，清泉石上流』，也都是言對，不是事對。」

〔三〕何焯義門讀書記卷三「文選沈約應王中丞思遠詠月『高樓切思婦，西園游上才』」：「劉彦和曰：『言對爲易，事對爲難，反對爲優，正對爲劣。』思婦，上才，一憂一樂，『理殊趣合』者也。」

〔四〕「事對」要舉出人的兩種事例作爲驗證，就是用典故，所以比較難；而「言對」只是舉兩句不用典故的話在字面上成對，所以比較容易，但不見得就不好。「理殊趣合」是説用兩種不同的事理，從不同的角度來合成一種意趣，它字面上相反，實際上相成，反襯比較有力，所以説「反對爲優」。「事異義同」是説舉的事例不同，但是意義相同，意思重複，如劉勰所舉的例子：「漢祖想枌榆，光武思白水。」漢高祖、漢光武都是帝王，「想枌榆」「思白水」都是思念他們的家鄉，像這樣内容單調，當然差一點；如果是意義相近，那種正對還是很好的。而且後代的律詩中有很多有名的對句是正對。這四種對偶是兩兩交錯的，言對、事對裏有正對、反對，正對、反對裏也有言對、事對。

斠詮：「唐初上官儀因之而創爲六對、八對之説；去其重，則得的名（一曰正名）、同類、異類、雙聲、叠韻、聯緜(一曰連珠)、雙擬、回文、隔句九種。詩法詳論更擴爲二十七種，文鏡秘府論三論對擴爲二十九種，殊覺繁碎。」茲摘引其重要者如下：

文鏡秘府論二十九種對：「第一，的名對(又名正名對，又名正對，又名切對)。的名對者，正也。凡作文章，正正相對。上句安『天』，下句安『地』；上句安『山』，下句安『谷』；上句安『東』，下句安『西』；上句安『南』，下句安『北』；上句安『正』，下句安『斜』；上句安『遠』，下句安『近』；上句安『傾』，下句安『正』。如此之類，名爲的名對。……詩曰：『東圃青梅發，西園綠草開；砌下花徐去，階前絮緩來。』釋曰：上二句中：『東』『西』是其對，『園』『圃』是其對，『青』『綠』是其對，『梅』『草』是其對，『開』『發』是其對。下二句中『階』『砌』是其對，『前』『下』是其對，『花』『絮』是其對，『徐』『緩』是其對，『來』『去』是其對。如此之類，名曰的名對。……又曰：『送酒東南去，迎琴西北來。』釋曰：『迎』『送』詞翻，『去』『來』義背，下言『西北』，上説『東南』，故曰正名也。……又曰：『日月光天德，山河壯帝居。』有虛名實名，上對實名也。……元兢曰：正對者，若『堯年』、『舜日』。堯、舜皆古之聖君，名相敵，此爲正對。若上句用聖君，下句用賢臣；上句用『鳳』，下句還用『鸞』；皆爲正對也。如上句用『松桂』，下句用『蓬蒿』；松桂是善木，蓬蒿是惡草，此非正對也。

「第二，隔句對。隔句對者，第一句與第三句對，第二句與第四句對。如此之類，名爲隔句對。詩曰：『昨夜越溪難，含悲赴上蘭；今朝逾嶺易，抱笑入長安。』釋曰：『第一句「昨夜」

與第三句「今朝」對，「越溪」與「逾嶺」是對；第二句「含悲」與第四句「抱笑」是對，「上蘭」與「長安」對；并是事對，不是字對。如此之類，名爲隔句對。……」

「第五，互成對。互成對者，『天』與『地』對，『日』與『月』對，『麟』與『鳳』對，『金』與『銀』對，『臺』與『殿』對，『樓』與『榭』對。兩字若上下句安之，名的名對；若兩字一處用之，是名互成對，言互相成也。詩曰：『天地心間静，日月眼中明；麟鳳千年貴，金銀一代榮。』釋曰：第一句之中『天地』一處，第二句之中『日月』一處，第三句之中『麟鳳』一處，第四句之中『金銀』一處，不在兩處用之，名互成對。……

「第六，異類對。異類對者，上句安『天』，下句安『山』；上句安『雲』，下句安『微』；上句安『鳥』，下句安『花』；上句安『風』，下句安『樹』；如此之類，名爲異類對。非是的名對，異同比類，故言異類對。……詩曰：『天清白雲外，山峻紫微中；鳥飛隨去影，花落逐摇風。』釋曰：上句安『天』，下句安『山』，『天』『山』非敵體，『白雲』『紫微』亦非敵體；第三句安『鳥』，第四句安『花』，『鳥』『花』非敵體，『去影』『摇風』亦非敵體：如此之類，名爲異類對。……又如以『早朝』偶『敵人』，非類是也。元氏曰：『異對者，若來禽、去獸，殘月、初霞。』此『來』與『去』，『初』與『殘』，其名不同，名爲異對。異對勝於同對。……

「第十一，意對。詩曰：『歲暮臨空房，涼風起坐隅；寢興日已寒，白露生庭蕪。』又曰：『上堂拜嘉慶，入室問何之，日暮行采歸，物色桑榆時。』釋曰：『歲暮』『涼風』非是屬對，『寢興』

『白露』罕得相酬，事意相因，文理無爽，故曰意對耳。……

「第十四，同對。同對者，若大谷、廣陵；薄雲、輕霧，此『大』與『廣』，『薄』與『輕』，其類相同，故謂之同對。同類對者，雲、霧，星、月，花、葉，風、烟，霜、雪，酒、觴，東、西，南、北，青、黄，赤、白，丹、素，朱、紫，宵、夜，朝、旦，山、岳，江、河，臺、殿，宫、堂，車、馬，途、路。」

長卿上林賦云〔一〕：「修容乎禮園〔二〕，翱翔乎書圃〔三〕。」此言對之類也。宋玉神女賦云：「毛嬙鄣袂，不足程式；西施掩面，比之無色。」〔四〕此事對之類也。仲宣登樓賦云〔五〕：「鍾儀幽而楚奏，莊舄顯而越吟。」〔六〕此反對之類也。孟陽七哀云〔七〕：「漢祖想枌榆〔八〕，光武思白水〔九〕。」此正對之類也〔一〇〕。

〔一〕校證：「『賦』字原脱，梅補。案梅補是。吟窗雜録二七引正有『賦』字。」

校注：「『賦』，黄校云：『元脱，補。』按本書引賦頗多，其字出兩字外者，皆未著賦字，此不應補。通變、事類兩篇並有『相如上林云』之句，尤爲切證。梅氏補一『賦』字。蓋求與下『宋玉神女賦云』句相配耳。其實此『賦』乃淺人所增，匪特與本書選文稱名之例不符，且與下『仲宣登樓』、『孟陽七哀』二句亦不相偶也。」

〔二〕文選李善注引郭璞曰：「禮所以整威儀，自修飾也。」「修容」，修飾容儀。

〔三〕文選李善注引郭璞曰：「尚書所以疏通知遠者，故遊涉之。」這兩句説的是學習禮儀和講究學問的事。

〔四〕校證：「『鄣』，吟窗雜録作『反』。按文選載玉原文作『鄣』，不作『反』。」李善注：「慎子曰：毛嬙、先施，天下之姣也，衣之以皮倛，則見者皆走；易之以玄錫，則行者皆止。先施、西施，一也。嬙，音墻。」「程式」，法式。

斠詮：「言古之絶世佳麗，若毛嬙見神女則以袖遮身，羞與較量其裝束式樣；西施見神女，亦以手掩面，相形之下，頓覺失卻顏色也。……莊子齊物論：『毛嬙、麗姬，人之所美也。』釋文：『毛嬙，古美人，一曰越王美姬也。』掩袂，謂以袖遮蔽也。程式，謂較量式樣。」

〔五〕范校：「鈴木云：閔本、岡本有『賦』字。」校證：「『賦』字原無，據吟窗雜録、何允中本、日本活字本、凌本、鍾本、梁本、日本刊本、王謨本、崇文本補。」

〔六〕黄注：「左氏傳：晉侯觀於軍府，見鍾儀，問之曰：南冠而縶者誰也？有司對曰：鄭人所獻楚囚也。使税之。問其族，對曰：伶人也。使與之琴，操南音。范文子曰：樂操土風，不忘舊也。」按此見成公九年。

訓故：「（史記）陳軫傳：軫曰：越人莊舄仕楚執珪，有頃而病。楚王曰：舄故越之鄙細人也，今仕楚執珪，富貴矣，亦思越不？中謝對曰：凡人之思故，在其病也，彼思越則越聲，不思越則楚聲。使人往聽之，猶尚越聲也。」何焯評：「鍾儀二句亦事對而又有反正者也。」

鍾儀被幽囚做俘虜，莊舄貴顯爲别國大夫，兩人所處境遇恰好相反，但兩人不忘本的情操是一致的。所以是「理殊趣合」。

補注：「仲宣登樓四句——庾信哀江南賦：『班超生而望反，温序死而思歸。』亦祖仲宣，而詞並美麗。」

蔡義江對屬分類例釋（油印本，唐詩討論會論文）：「言對、事對都有需要，也各有所長，難以强分優劣，所以只論難易；其實，難易也並不完全是絶對的。反對、正對，殊異者爲反對，雷同者爲正對。這涉及到内容效果問題，所以有優劣之分。……

「但是應該看到：劉勰的所謂『反對』、『正對』，含義還比較狹隘，還不足以用來説明後來更富於變化的種種對偶形式。比如。……登樓賦中的例子，不論是鍾儀楚奏，還是莊舄越吟，説的仍都是身居異地者不能忘懷故國的事，而且兩者操土音、作鄉聲也是相仿的；所不同的只是一則在幽囚之中，一則居顯達之位。……儘管『幽』與『顯』相反，但彼此『志』還是同的。這樣的『反對』，實在是末異而本同，它與所謂『事異義同』的『正對』差别還是比較小的。這樣的分類，反映了齊梁人的對偶，一般的説來，比之於唐人的對偶較爲拘板這一事實。」

〔七〕黄注：「張載，字孟陽，本集有七哀詩二首。」范注：「張載七哀詩二首載文選二十三，無此二句，蓋别有一首用水字韻，昭明不採，故亡逸也。」

〔八〕黄注：「漢郊祀志：高祖詔御史令豐治枌榆社。」

斠詮：「漢書郊祀志：『高祖禱豐枌榆社。』注：『鄭氏曰：枌榆，鄉名也，社在枌榆。』按豐爲漢高祖故邑，江蘇沛縣之西，位桑家河南岸。」

〔九〕訓故：「（文選）東京賦：『龍飛白水，鳳翔參墟。』注：白水，謂南陽白水縣，世祖所起之處也。」世祖，即漢光武。

〔一〇〕校釋：「舍人本謂言、事二對，皆有反正，篇中但舉事對反正之例，未及言對，今補舉於此。陸機演連珠曰：『萬邦凱樂，非説鍾鼓之娱；天下歸仁，非感玉帛之惠。』此言凱樂不因鍾鼓之娱，歸仁不待玉帛之惠者，以見感化流行之用，有賢於鍾鼓玉帛也。『事異義同』，言對之正也。又曰：『虚己應物，必究千變之容；挾情適事，不觀萬殊之妙。』此言中虚者明，懷塞則暗，『理殊趣合』，言對之反也。」

王力中國古典文論中談到的語言形式美：「反對爲優，正對爲劣，這倒是一條寶貴的藝術經驗。……『鍾儀幽……莊舃顯……』（『幽』和『顯』是反義詞），二者的優劣是顯而易見的。……『理殊趣合』，這是用不同的道理來達到同一的意趣，表面上是相反，實際上是相成。這樣的對偶是内容豐富的對偶。……『事異義同』，因爲兩個句子從字面上看來雖然不同，實際上只表示了同一的意思。這樣的對偶是内容貧乏的。

「正因爲這個意見是對的，所以後人常常拿它來衡量詩的優劣。王籍入若耶溪：『蟬噪林逾静，鳥鳴山更幽。』這是被人傳誦的名句。但是蔡寬夫詩話説：『晉宋間詩人造語雖秀拔，然大抵上下句多出一意。』他舉了王籍這兩句詩批評説：『非不工也，終不免此病。』

「正對走到了極端，自然是詩家之所大忌。所以詩論家有『合掌』的戒律。所謂『合掌』，也就是同義詞相對。

「因此關於對偶，我們不要單看見古人求同的方面（字數相等是同，詞性相等也是同），同時還要看見古人求異的方面。後者比前者更加重要。古人在對偶中特别强調相反，强調對立，强調不同。……

「總起來説，古典文論中談到的語言形式美，不管是在對偶方面，或者是在聲律方面，都是從多樣中求整齊，從不同中求協調，讓矛盾統一，形成了和諧的形式美。」

朱星文心雕龍的修辭論：「言對、事對又與正對、反對相交錯。如果是事對，又是反對，如『鍾儀幽而楚奏，莊舃顯而越吟』最好。事對用正對，則反不如言對用反對。言對用正對，則更平淡，有重複之感。但所謂難易優劣，也不是絶對的。如陸贄奏議幾乎都是言對，卻很好。言對宜乎説理寫景，事對宜乎抒情叙事，正對宜乎迴環反覆，而要不覺重複，反對宜乎對照比喻，而要避免參差。這兩種缺點，劉氏都指出來了。」

按「言對」與「事對」的區分，是根據形式的外在的標準。「正對」與「反對」是有關内容意義方面的分類，根據的是内容的、内在的標準。主要意思的方向相同的是「正對」，方向相反的是「反對」。

凡偶辭胸臆，言對所以爲易也〔一〕；徵人之學〔二〕，事對所以爲難也；幽顯同志〔三〕，反對所以爲優也；並貴共心〔四〕，正對所以爲劣也〔五〕。又言對事對，各有反正〔六〕，指類而求，萬條自昭然矣〔七〕。

〔一〕「偶辭胸臆」，對偶發自内心，不需典故。

〔二〕校證：「『徵』原作『微』，梅云：當作『擬』。徐校作『徵』。唐云：『當作徵。蓋用事則人之學可見矣。』梅六次本改作『徵』，日本刊本、張松孫本、崇文本皆從之。」校注：「按晉宋以降，隸事之風日盛，舍人曾列事類一篇論之；上文亦明言『事對爲難』。由弘治本、汪本等作『微』推之，必原是『徵』字。元本、活字本、謝鈔本正作『徵』，未誤。」王更生文心雕龍范注駁正：「按『之』爲『資』之音誤，應依文義改。神思篇：『難易雖殊，並資博練，若學淺而空遲，才疏而徒速，以斯成器，未之前聞。』事類篇：『才爲盟主，學爲輔佐……表裏相資，古今一也。』又曰：『夫經典沈深，載籍浩瀚，實群言之奥區，而才思之神臯也。揚、班以下，莫不取資。』凡斯所論，皆足以説明欲贍文才，必資博學，以此推之，此處『之』必爲『資』之音誤無疑。」斠詮也同意這種校改。但此僅可備一説，因無論古今，「之」、「資」二字俱不同音。而「徵人之學」意謂事對作爲一種徵舉人驗的學問，義亦可通，無煩改字。

馬叙倫修辭九論云：「事對之義，藉昔事以彰今情，始作者不期而遇，繼體者徵人之學，腹之儉富，無與辭原。惟用之宜，誠助情采。若陳之茂寧德皇后哀疏曰：『十年罹難，終弗返於蒼梧；萬國銜冤，徒盡簪於白柰。』朱弁出使久拘表曰：『節上之旄盡落，口中之舌徒存。歎馬角之未生，魂飛雪窖；攀龍髯而莫逮，淚灑冰天。』斯雖援徵故實，不異吐露胸懷。外豖之功，似擲於虛牝；内誠之暴，頗賴於華辭。獨難喻於流俗，非有傷於雅篇。至若悲内兄而云感口澤，傷弱子而曰心如疑。北面事親，别舅擒渭陽之詠；堂上養老，送兄賦柏山之悲。用事若斯，何貴舉驗。劉勰、顏推，所以並著以爲戒也。」（見許文雨文論講疏麗辭篇注引。）

〔三〕斠詮：「謂鍾儀幽晉，莊舄仕楚也，此異事也；一楚奏，一越吟，此同志也。」

〔四〕（沈巖録）何焯云：「並貴謂高祖、光武。」紀評：「『貴』當作『肩』。」校注：「按上文之『幽顯同志』云云，是就所舉登樓賦例言；此處之『並貴共心』云云，則指所舉七哀詩例言。高祖、光武俱爲帝王，故云『並貴』；想枌榆、思白水，同是念鄉，故云『共心』。紀説誤。」校證：「『並貴共心』廣博物志二九作『並對苦心』。」

〔五〕「反對」指事物的反襯關係，這樣取得相反相成、加深意趣、豐富内容的積極作用，所以説「反對爲優」。「正對」指事物的並列關係，事物並列有時意義重複，所以説「正對爲劣」。劉勰這種提法也是相對而言，並非説正對一定就不好。事實上很多有名的對偶句都是正對，例如王勃的「落霞與孤鶩齊飛，秋水共長天一色」，杜甫的「兩個黄鸝鳴翠柳，一行白鷺上青天」，李商隱的「春蠶到死絲方盡，蠟炬成灰淚始乾」等。

〔六〕校證：「『又言對事對』，原作『又以事對』，今從紀説改正。又紀謂『又言對事對』二句當在

『指類而求』二句之下，於文義乃順。今所不從。」
校釋：「『又以事對，各有反正』，按疑當作『又言事二對，各有反正』，或『言對事對，各有反正』。」

〔七〕紀評：「『又以』四句，當云『指類而求，萬條自昭然矣。又言對事對，各有反正』，於文義乃順。」范注：「按『萬』字衍，『自』爲『目』之誤，當作『指類而求，條目昭然』，即上所云四對也。」
校注：「按『萬條』，喻其多。如它篇之言『衆條』『衆例』然。『萬』字非衍文，『自』字亦未誤。『指類而求，萬條自昭然矣』，即觸類自能旁通之意。原謂由已論列者類推，並非複述上之『四對』，范説誤。」

以上爲第二段，論述對偶之類型，逐一舉例説明，並比較其難易優劣。

張華詩稱「遊雁比翼翔，歸鴻知接翮」〔一〕，劉琨詩言〔二〕「宣尼悲獲麟，西狩泣孔丘」〔三〕，若斯之類，即對句之駢枝也〔四〕。

〔一〕范注：「張華雜詩見玉臺新詠。」張華有雜詩三首，此二句見第三首。
雜記：「案文選陸倕石闕銘：『懸書有附，委篋知歸。』李善云：『懸書，則懸法也。委篋，則藏書也。重用之，故變文耳。』亦同此例。」

〔二〕校證：「『言』字原在『詩』字上，梅、徐乙正。按王惟儉本、詩紀亦作『詩言』。」

〔三〕校注：「『泣』，元本、弘治本、活字本、汪本、佘本、張本、兩京本、何本、合刻本、崇文本作『涕』。按晉書琨傳作『泣』；文選作『涕』。舍人原作何字雖不可知，然其義固無害也。」范注：「劉琨重贈盧諶詩見文選，亦載晉書本傳。」李善注：「公羊傳曰：哀公十四年春，西狩獲麟。何以書？記異也。孔子曰：孰謂來哉，孰謂來哉！反袂拭面，涕泣沾袍。」

〔四〕文選旁證云：「謝惠連秋懷詩：『雖好相如達，不同長卿慢。』相如、長卿一人兩用。古人詩文多有之。易林隨之履曰：『申公顛倒，巫臣亂國。』臨之晉曰：『平國不君，靈公殞命。』後漢書馮衍傳顯志賦：『款子高於中野兮，遇伯成而定慮。』范冉傳：『甑中生塵范史雲，釜中生魚范萊蕪。』宋書恩倖傳序：『胡廣累世農夫，伯始致位卿相，黄憲牛醫之子，叔度名動京師。』及本書劉琨贈盧諶『宣尼』云云，皆同此體也。」駱鴻凱曰：「按顔延年車駕幸京口侍遊蒜山作：『周南悲昔老，留滯感遺民。』一事而分用，句法與『宣尼』二語同，此類兼舉名字分嵌二句中，雖有本，不可爲式。」

傅庚生文學欣賞舉隅對偶與用事：「詩文之對偶，一應求其工，再應避其複。兩句對仗雖工穩，而意涉複叠者，謂爲合掌，云若兩手之雖分左右，乃同具五指也。文心雕龍麗辭篇云：『張華詩稱……即對句之駢枝也。』蔡寬夫詩話云：『晉宋間詩人，造語雖秀拔，然大抵上下句多出一意，如「魚戲新荷動，鳥散餘花落」，「蟬噪林愈静，鳥鳴山更幽」之類，非不工矣，終不免此病。其甚乃有一人名而分用之者，如劉越石「宣尼悲獲麟，西狩泣孔丘」，謝惠連「雖好相如達，不同長卿慢」等語，若非前後相映帶，殆不可讀，然要非全美也。唐初餘風猶未殄，陶冶至杜子美殆浄盡矣。」然而杜工部客至云：『花徑不曾緣客掃，蓬門今始爲君開。盤飧市遠無兼味，樽酒家貧只舊醅。』頷頷兩聯，意亦涉於合掌也。」

紀評：「『張華』一段，申反對、正對；『是以』以下，申言對、事對；『若氣無』以下，就四對推入一層，言對偶雖合法，而無骨采亦不可。」

斯波六郎：「按紀氏改上文『又以』以下四句之順序關係，解『張華』以下之文句如右所引，但既已如前條所述，不必要改『又以』四句之順序，此處『張華』以下之文句，應作論對偶之弊病解。」

是以言對爲美，貴在精巧；事對所先，務在允當〔一〕。若兩事相配，而優劣不均〔二〕，是驥在左驂，駑爲右服也〔三〕。若夫事或孤立，莫與相偶〔四〕，是夔之一足〔五〕，跉踔而行也〔六〕。

〔一〕校證：「吟窗雜録『在』作『於』。」

〔二〕「兩事相配」，宋晏殊類要卷三十二譬論語引作「兩字相犯」。校注：「紀昀云：『事當作言。』按紀説非是。下文『若夫事或孤立，莫與相偶』，蓋言事奇無匹，故承云：『是夔之一足，跉踔而行也。』此云事對不均，故承云：『是驥在左驂，駑爲右服也。』」校證：「吟窗雜録『配』作『對』。」

〔三〕校證：「『驥』，吟窗雜録作『驪』。『爲』，吟窗雜録作『居』。」

斠詮：「驂，三馬也。見説文。謂一車駕三馬名驂也。鄭風大叔于田『兩驂如舞』，鄭箋：『在旁曰驂。』服，駕也，乘也。易繫辭：『服牛乘馬。』又詩鄭風大叔于田『兩服上襄』，鄭箋：『兩服，中央夾轅者。』」

魏禧日録論文：「文之工者，美必兼兩，每下一筆，其可見之妙在此，却又有不可見之妙在彼。譬如作屋，左砂高聳，右砂低卸，必須培高右砂方稱。拙者輿土填石，人一見知爲補石砂之闕，巧者只栽竹樹，令高與左齊，人一見只賞嘆林木幽茂之妙，而不知其意實補右砂低卸也。」

黄春貴文心雕龍之創作論：「對偶之造句用字，如不細加斟酌裁定，易犯『不均』，形同怨耦。所謂驥驂駑服，豈公平哉！如宋人陳巖肖庚溪詩話所引宋景文詩曰：『捫虱須逢英俊士，釣鰲豈在牛蹄灣？』又引東坡一聯曰：『聞説騎鯨遊汗漫，亦嘗捫虱話悲辛。』對句雖工穩，然以小物對大物，終嫌不均。」

〔四〕校證：「『若夫事或孤立』，吟窗雜録作『若美事孤立』。『相』，吟窗雜録作『爲』。」

文鏡秘府論論文意：「夫語對者，不可以虛無對實象。若用『草』與『色』爲對，即虛無之類是也。」又：「凡文章不得不對，上句若安重字、雙聲、疊韻，下句亦然。若上句偏安，下句不安，即名爲離皮；若上句用事，下句不用事，名爲缺偶。故梁朝湘東王評詩云：『作詩不對，本是吼文，不名爲詩。』」

文鏡秘府論論對屬：「若其上昇下降，若云『寒雲山際起，悲風動林外』（「山際」在上句第三、第四言，是昇；「林外」在下句第四、第五字，是降），前複後單，若云『日月揚光，慶雲爛色』（「日月」兩事是複，「慶雲」一物是單），語既非倫，事便不可。然文無定勢，體有變通，若又專對不移，便復大成拘執。可於義之際會，時時散之。

「夫屬對者，皆并見以致辭（謂并見事類以成辭，假令云：「㛹娟翠竹，聲韻金風；的歷紅荷，光垂玉露。」「翠竹」與「紅荷」，「金風」與「玉露」，是異事并見也。凡爲對者，無不悉然也）；不對者，必相因以成義（謂下句必因上句，止憑一事以成義也。假令叙家世云：「自兹以降，世有異人。」叙先代云：「布在方策，可得言焉。」叙任官云：「我之居此，物無異議。」叙能官云：「望之於君，固有慚色。」叙瑞物云：「委之三府，不可勝記。」叙帝德云：「魏魏蕩蕩，難得名焉。」皆下句接上句以成義也）。何則？偶辭在於參事（凡爲對屬，皆偶其辭，事若不變，辭便有闕，故須參用，始得成之也），孤義不可別言故也（若不取對，即須就一義相因以置言，故不可用別也）。

「在於文章，皆須對屬，其不對者，止得一處二處有之。若以不對爲常，則非復文章（若常不對，則與俗之言無異）。就如對屬之間，甚須消息。遠近比次，若叙瑞云『軒轅之世，鳳鳴阮隃；漢武之時，麟遊雍時』（持「軒轅」對「漢武」，世懸隔也）；大小必均，若叙物云『鮒離東海，得水而游；鵬翥南溟，因風而舉』（將「鮒」擬「鵬」，狀殊絶也）；美醜當分，若叙婦人云『等毛嬙之美容，類嫫母之至行』（「毛嬙」、「嫫母」，貌相妨也）；强弱須異，若叙平賊云『摧鯨鯢如折朽，除螻蟻若拾遺』（「鯨鯢」、「螻蟻」，力全校也）。苟失其類，文即不安。以意推之，皆可知也。而有以『日』對『景』，將『風』偶『吹』，持『素』擬『白』，取『鳥』合『禽』，雖復異名，終是同體。若斯之輩，特須避之。故援筆措辭，必先知對，比物各從其類，擬人必於其倫。此之不明，未可以論文矣。」

〔五〕范注：「韓非子外儲説左下：『魯哀公問於孔子曰：「吾聞古者有夔一足，其果信有一足乎？」』」

〔六〕黄注：「莊子（秋水）：『夔謂蚿曰：吾以一足，趻踔而行，予無如矣。』陸德明釋文：『夔，一足獸也。』成疏：『跳躑快樂而行天下，簡易無如我者。』」校注：「『趻』譚獻校作『踸』，元本、弘治本、汪本、佘本、張本、兩京本、胡本、訓故本、謝鈔本、四庫本作『踸』。……按『趻』字説文所無，新附有『踸』字。楚辭東方朔七諫：『馬蘭踸踔而日加。』文賦：『故踸踔於短垣。』江文通文集鏡論語『寧踸踔於馬蘭』，是古人率用『踸』字。又按舍人此文本莊子秋水篇，黄氏所注是也。」

校證：「『跉』，馮本、汪本、宗本、張之象本、王惟儉本、吟窗雜録、天中記三七、詩紀、六朝詩乘總録作『踸』。案『跉』與『踸』古通，莊子秋水篇：『夔謂蚿曰：「吾以一足跉踔而行。」』宋本道藏、成疏本、文選文賦注，『跉』並作『踸』。」成疏：「跉踔，跳躑也。」

文鏡秘府論二十九種對：「或曰：夫爲文章詩賦，皆須屬對，不得令有跛、眇者。跛者，謂前句雙聲，後句直語，或復空談，如此之例，名爲跛。眇者，謂前句物色，後句人名，或前句語風空，後句山水：如此之例，名眇。何者？風與空則無形而不見，山與水則有蹤而可尋，以有形對無色：如此之例，名爲眇。或云：景風心色等，可以對虚，亦可以對實。今江東文人作詩，頭尾多有不對。」

山海經大荒東經：「東海中有流波山，入海七千里。其上有獸，狀如牛，蒼身而無角，一足，出入水則必風雨，其光如日月，其聲如雷，其名曰夔。」斠詮：「踸踔，行無常貌，或行不進貌。踔一作卓。王念孫曰：『跉卓與踸踔同，一作踸踔，跛者行一前一却，不定之義。』」

若氣無奇類，文乏異采〔一〕，碌碌麗辭，則昏睡耳目〔二〕。

〔一〕紀評：「『若氣無』以下，就四對推入一層，言對偶雖合法，而無骨采亦不可。」牟世金范注補正：「周易乾文言：『同聲相應，同氣相求……本乎天者親上，本乎地者親下，則各從其類也。』孔疏：『各從其類者，言天地之間共相感應，各從其氣類。』全三國文卷二十五鍾會與蔣斌書：『巴蜀賢智文武之士多矣，至於足下、諸葛思遠，譬諸草木，吾氣類也。』氣類，同類也，彦和借指對偶。『氣無奇類』即『無奇特之氣類』，所謂『碌碌麗辭』是也。」

〔二〕馬叙倫云：「遠誦王勃、楊炯之體，近擿吴綺、章藻功之作，皆彦和所謂碌碌者也。此藻麗之病也。」（文論講疏引）

注訂：「『兩事』疑不誤，此指反對爲優，正對爲劣而言也。下文『若夫』云云，是指或反或正，其相偶必相稱，不然便如跉踔而行也。若『氣無』云云以下，是指修辭立言，宜求精巧有異采，不可碌碌乏味也。」

劉大杰批評史：「『若氣無奇類……則昏睡耳目』，是針對堆砌辭藻，缺乏風骨的作品而發。」

斠詮：「此四句總論言事二對庸冗之病。蓋彦和就四對推進一層，以爲對偶雖稱合度，若無骨采，亦不謂之工。」

又：「無論言對或事對，若辭氣既無瑰奇事類相與配偶，文句又乏特殊丹采可資點染，而一味飣餖，幫湊，勉强駢麗其辭，則讀之者必感耳昏目眩，沈沈欲睡矣。此蓋犯『庸冗』之弊，有以致之。」

必使理圓事密，聯璧其章〔一〕。迭用奇偶，節以雜佩〔二〕，乃其貴耳〔三〕。類此而思，理自見也〔四〕。

〔一〕校注：「按『其』疑『共』之誤。」按「聯璧其章」謂其章采如聯璧，「其」字不誤。

斠詮：「詩文對偶，貴華麗，尤貴事理，表裏相依庶幾得之。……若爲求對偶，而忘事理，則無可取焉。王直方詩話曰：『東坡有言：世間事，忍笑爲易，惟讀王祈大夫詩，不笑爲難。祈嘗謂東坡云，有竹詩兩句，最爲得意，因誦曰：「葉垂千口劍，幹聳萬條槍。」坡曰：「好則極好，則是十條竹竿，一個葉兒也。」』蓋以云幹已萬而葉止千者，求其字對之工，乃忘其理之忤也。遯齋閑覽曰：『李廷彦獻百韻詩於一達官，其間有句云：「舍弟江南殁，家兄塞北亡。」達官惻然傷之曰：「不意君家凶禍，重併如此。」廷彦遽起自解云：「實無此事，但圖對屬親切。」』此雖不過過甚其辭以佐笑噱者，然拗花者莫脱其萼，學者允宜三思。」

〔二〕札記：「終曰『迭用奇偶，節以雜佩』，明綴文之士，於用奇用偶，勿師成心，或捨偶用奇，或專崇儷對，皆非爲文之正軌也。」

校注：「按詩鄭風女曰鷄鳴：『雜佩以贈之。』毛傳：『雜佩者，珩、璜、琚、瑀、衝牙之類。』朱傳：『雜佩，左右佩玉也。上横曰珩，下繫三組，貫以蠙珠：中組之半，貫一大珠曰瑀；末懸一玉，兩端皆鋭曰衝牙；兩旁組半，各懸一玉，長博而方，曰琚；其末各懸一玉，如半璧而内向，曰璜。又以兩組貫珠上繫珩兩端，下交貫於瑀，而下繫於兩璜，行則衝牙觸璜而有聲也。』」

張嚴論詮：「大抵文章氣勢，繫乎句法。而句之奇偶，影響氣勢極鉅。奇句比較流美，偶句比較凝重，奇所以振其氣，偶所以植其骨。故散文不得獨奇，駢體未許獨偶也，二者必奇偶兼用，三五其變，始成統一諧和之致。觀彥和文心五十篇，莫不奇偶迭用。譬如以情采篇爲例：『聖賢書辭，總稱文章，非采而何？』（奇句）『夫水性虛而淪漪結，木體實而華萼振，文附質也。』（奇句）『虎豹無文，則鞹同犬羊，犀兕有皮，而色資丹漆；質待文也。』（奇句）『若乃綜述性靈，敷寫器象；鏤心鳥跡之中，織辭魚網之上；其爲彪炳縟采名矣。』（奇句）由此可知，奇句之用，在乎引發下文，或結束上文，其功用不惟辭氣矣。惟奇句力弱，偶句氣王，偏於偶者板滯，偏於奇者緩散。奇偶互用，可以成雄奇變化之文。故曰『迭用奇偶，節以雜佩，乃其貴耳』。」

程兆熊文心雕龍講義：「『理圓事密』，則有其文辭上調和與統一之美。『迭用奇偶』，則有其文辭上之平衡與變化之美。」可見能運用得當，是可以發揮美的效用的。

〔三〕文心雕龍講疏：「文之有麗辭，實本乎自然，經傳諸子之文，駢句偶意，不可勝舉，彼非有意爲之，故彥和曰：『高下相須，自然成對。』又曰：『豈營麗辭，率然對爾。』又曰：『奇偶適變，不勞經營。』又曰：『迭用奇偶，節以雜佩，乃其貴耳。』凡此諸語，皆明奇偶無定，唯取其適。而自魏晉以來，競爲纖巧。亦猶聲韻本出自然，而沈約以來，益深靡麗之病。夫文形文聲貴得自然之美，强以人爲之規矩擬之，必不可得矣。」

包世臣藝舟雙楫文譜：「討論體勢，奇偶爲先；凝重多出於偶，流美多出於奇。體雖駢，必有奇以振其氣勢；雖散，必有偶以植其骨，儀厥錯綜，致爲微妙。尚書『欽明文思』一字爲偶。『安安』叠字爲偶。『允恭克讓』二字爲偶，偶勢變而生三，奇意行而若一。『光被四表，格於上下』，語奇也，而意偶。『克明峻德』四字一句奇。『以親九族』十六字四句偶，『協和萬邦』十字三句奇，而『萬邦』與『九族』『百姓』語偶，『時雍』與『黎民於變』意偶，是奇也而偶寓焉。『乃命羲和』節奇，『若天』『授時』隔名爲偶，中六字綱目爲偶。『分命』『申命』四節，體全偶而詞悉奇。『帝曰咨』節奇，『期三百』十七字參差爲偶。『允釐』八字顛倒爲偶，而意皆奇。故雙意必偶，『欽明』『允恭』等句是也；單意可奇可偶，『光被』『允釐』等句是也。雖文字之始基，實奇偶之極軌，批根爲説，而其類從。」（文論講疏引）

朱星文心雕龍的修辭論：「『迭用奇偶，節以雜佩，乃其貴耳』，也基本上是承認奇偶可混用，但話很含糊。從表面看，他似乎提倡駢散混合體，不贊成純散文或純駢文，但實際上他是提倡駢文而夾用散文句，他自己寫的文心雕龍就是如此。他反對純散文，但也不會同意散文中夾些駢句，因此並不是提倡駢散混合體，他實在是主張駢文中夾些散句。」

〔四〕校注：「『自』，黄校云：『汪本作斯。』按元本、弘治本、活字本、佘本、張本、兩京本、胡本……亦並作『斯』，是也。章表篇『事斯見矣』，語意與此同，可資旁證。」

第三段列舉構成麗辭應該避免的四種毛病：一、重出，二、不均，三、孤立，四、庸碌。最後提出要求：「理圓事密」，在對偶中要有奇句調節。

贊曰：體植必兩，辭動有配〔一〕。左提右挈〔二〕，精味兼載〔三〕。炳爍聯華，鏡靜含態〔四〕。玉潤雙流，如彼珩珮〔五〕。

〔一〕周注：「體植：四體（肢）成立。」「體植必兩」即「造化賦形，支體必雙」之意。「動」，輒，每。

文論講疏：「劉勰云：『造化賦形，支體必雙。』是則宇宙現象，凡屬動植，草木鳥獸昆蟲，舉莫能例外，矧夫人類哉！其或畸狀異類，支離其體，肬贅其形，則悉成自後天，無非病態，吾人造寫物色，著之文辭，反映表現，有似投影，烏有形影而互歧，與真實之頓乖者乎？故劉勰又云：『體植必兩，辭動有配。』明乎斯旨，已至於世間萬事，禍福倚伏，正反對立，是非橫生，美醜善惡，皆相對待。語及彝倫，上下如君臣，平峙如夫婦，義歸攸叙，勢難缺一。吾人辨析事理，造文記述，有舉此見彼之科，著因同求異之律。此又劉勰所云『神理爲用，事不孤立』者也。」

斠詮：「次句謂『心生文辭，運裁百慮，高下相須，自然成對』也。」

〔二〕補注：「四字出史記張耳陳餘傳。」按漢書張耳陳餘傳：「夫以一趙尚易燕，況以兩賢王左提右挈，而責殺王，滅燕易矣。」注：「提挈，言相扶持也。」

〔三〕校釋：「嘉靖本『味』作『未』，按當作『末』，精末，猶言精粗也。因『末』誤『未』，『未』又誤作『味』也。」

校證：「『味』，張之象本作『末』。按『精味』之『味』猶辨騷篇所謂『諷味』，附會篇所謂『辭味』、『道味』，總術篇所謂『義味』之『味』，作『未』誤。」

斠詮：「四句(「精末兼載」)謂『雙比空辭，並舉人驗』也。」

〔四〕斠詮：「五、六句謂言對精巧，事對允當，則『理圓事密，聯璧其章』矣。案炳爍聯華，言上下聯詞華明麗，如並蒂蓮花，光明灼耀，彼此輝映也。江淹蓮華賦：『畫臺殿兮雲霞，圖緗絹兮炳爍。』炳，説文：『明也。』玉篇：『明著也。』易革：『大人虎變，其文炳也。』爍，音碩，説文新附：『灼爍，光也。』蔡邕彈棊詩：『光爍如電。』鏡靜含態，言對鏡靚妝，揚眉瞬目，一顰一笑，其人之容態，莫不畢現於鏡中也。此喻上下聯應配合均勻，始可珠聯璧合，相得益彰。」周注：「炳爍聯華：並開的花光彩照耀。鏡靜含態：鏡清明含容物態。物照鏡成雙，與聯華並指對偶。」陸機演連珠：「鏡無畜影，故觸形則照。」

〔五〕校注：「按禮記聘義：『昔者，君子比德於玉焉：温潤而澤，仁也……叩之，其聲清越以長。』淮南子説山篇：『夫玉潤而澤有光，其聲舒揚。』『雙流』，謂其光澤與聲，以喻麗辭之須講求藻飾及聲律也。」

「玉潤雙流」指上文「麗句與深采並流」。斠詮：「七、八句謂麗辭之體，必『迭用奇偶，節以雜佩，乃其貴耳』。」周注：「珩珮：成雙的玉佩。國語晉語：『白玉之珩六雙。』」禮記玉藻：「古之君子必佩玉，右徵角，左宫羽，趨以采齊，行以肆夏。」「珩」，雜佩的一種。

卷八

比興第三十六

周禮春官大師：「教六詩：曰風，曰賦，曰比，曰興，曰雅，曰頌。」鄭玄注：「賦之言鋪，直鋪陳今之政教善惡。比，見今之失，不敢斥言，取比類以言之。興，見今之美，嫌於媚諛，取善事以喻勸之。……鄭司農（衆）云：『……比者，比方於物也；興者，託事於物。』」

周禮春官大司樂：「以樂語教國子：興、道、諷、誦、言、語。」鄭玄注：「興者以善物喻善事。」

何晏論語集解在陽貨篇「詩可以興」句下引孔安國說：「興，引譬連類。」

文章流別論：「比者，喻類之言也。興者，有感之辭也。」

鍾嶸詩品序：「故詩有三義焉：一曰興，二曰比，三曰賦。文已盡而意有餘，興也；因物喻志，比也；直書其事，寓言寫物，賦也。宏斯三義，酌而用之。干之以風力，潤之以丹采，使味之者無極，聞之者動心，是詩之至也。若專用比興，患在意深，意深則詞躓。若但用賦體，患在意浮，意浮則文散，嬉成流移，文無止泊，有蕪漫之累矣。」

毛詩正義：「比云見今之失，取比類以言之，謂刺詩之比也。興云見今之美，取善事以勸之，謂美詩之興也。其實美刺俱有比興者也。」（卷一）

史通敘事：「昔文章既作，比興由生，鳥獸以媲賢愚，草木以方男女，詩人騷客，言之備矣。」

皎然詩式卷一「用事」條：「今且於六義之中，略論比興。取象曰比，取義曰興。義即象下之意。凡禽魚草木人物名數，萬象之中，義類同者，盡入比興。關雎即其義也。」

呂與叔詩說拾遺引程頤語曰：「興有興喻之意，比則直比之而已，『蛾眉』、『瓠犀』是也。」

胡寅與李叔易書（斐然集卷十八）引李仲蒙之言曰：「叙物以言情，謂之賦，情盡物者也；索物以託情，謂之比，情附物者也；觸物以起情，謂之興，物動情者也。」（又見困學紀聞卷三）

詩人玉屑卷十三引黄徹說：「賦者，鋪陳其事；比者，引物連類；興者，因事感發。」

朱熹：「興者，先言他物以引起所詠之辭也。」（關雎集傳）又：「比者，以彼物比此物也。」（螽斯集傳）又：「賦者，敷陳其事，而直言之者也。」（葛覃集傳）

朱熹詩傳綱要：「興者，托物興辭，初不取義。」

朱熹楚辭集注：「賦則直陳其事，比則取物爲比，興則托物興詞。」

明李東陽懷麓堂詩話：「詩有三義，賦止居一，而比興居二。所謂比興者，皆托物寓情而爲之者也。蓋正言直述則易於窮盡而難於感發。惟有所寄託，形容摹寫，反覆諷詠，以俟人之自得，言有盡而意無窮，則神爽飛動，手舞足蹈而不自覺，此詩之所以貴情思而輕事實也。」

藝概卷二詩概：「興與比有闊狹之分，蓋比有正而無反，興兼反正故也。」

札記：「題云比興，實側注論比，蓋以興義罕用，故難得而繁稱。原夫興之爲用，觸物以起情，節取以託意，故有物同而感異者，亦有事異而情同者，循省六詩，可榷舉也。」

又：「案後鄭以善惡分比興，不如先鄭注誼之確。且牆茨之言，毛傳亦目爲興，焉見以惡類惡，即爲比乎？至鍾記室云：文已盡而意有餘，興也；因物喻志，比也。其解比興，又與詁訓乖殊。」

羅根澤中國文學批評史第二篇第一章第三節：「賦、比、興的説法，大概起於漢初的經師。漢初有三家詩，齊詩亡於魏，魯詩亡於晉，只有韓詩尚存其半。韓詩采用賦比興的説法的。解爲興者，如芣苢，韓詩序云：『傷夫有惡疾也。』……解爲比者，如鷄鳴，韓詩序云：『讒人也。』……毛詩與韓詩顯然不同，如芣苢，韓詩認爲是興，毛認爲是賦；鷄鳴，韓詩認爲是比，毛也認爲是賦；伐檀，韓認爲是賦，毛卻認爲是興。」又第三篇第九章第五節：「漢代經學家所謂比興，含有美刺的意義，六朝文論家所謂比興則是一種文學方法。」

朱自清詩言志辨比興説：「毛傳『興也』的『興』有兩個意義，一是發端，一是譬喻：這兩個意義合在一塊兒才是『興』。」

程俊英詩經的比興：「第一，興多在發端，所以也稱爲起興。第二，比的運用，總是以好比好，以不好比不好。但興含比義時，有時也可起反襯作用，如以好反襯不好等。第三，興是詩人先見一種景物，觸動了他心中潛伏的本事和思想感情而發出的歌唱。興是觸物起情，所以興句多在詩的開頭，而比句則在章中。第四，比僅聯繫局部……興則不然，詩的開頭兩句，往往貫串全章，甚至全篇。例如關雎的作者，看見雎鳩水鳥關關的叫……『關關雎鳩，在河之洲』的興句，便標示了本詩的主要內容，就是『君子』追求『淑女』的主題。」（文學評論叢刊第一輯）

黄春貴文心雕龍之創作論：「比者，爲一種類似之聯想，亦即類似之譬喻，以丙譬喻甲，甲與丙之間，必有一類似之乙。英人李查兹修辭學原理（I. A. Richards: Philosophy of Rhetoric, 1936, London）曰：『極大之距離，可以譬喻合一，憑藉本意與媒介物，直接兩物之類似，而此本意與媒介物，則由於共同之情狀，使吾人將其合而爲一。』其形式可簡寫如：

甲→（乙）→丙譬喻

甲與丙代表二種不同之事物，乙爲其類似之點。試以宋玉登徒子好色賦爲例：『眉如翠羽，肌如白雪。』句中眉與肌各爲甲，爲正義。羽與雪各爲丙，爲譬喻。翠與白各爲乙，爲甲與丙之類似點。再以白居易秦中吟爲例：『繒帛如山積，絲絮似雲屯。』句中繒帛與絲絮各爲甲，爲正義。山與雲各爲丙，爲譬喻。積與屯各爲乙，爲甲與丙之類似點。此種形式，爲比之正例。」

又：「興者，爲一種繼起之聯想，即由甲聯想至丙，甲與丙之間不必類似，甚至相對者，無不可據以表述。……蓋繼起之聯想，重在前後衍生之關係，一因一果，不求形似，隨興所之。其形式可簡寫如下：

甲→（乙）→丙聯想

其中甲與丙代表二種不同之事物，乙爲其類似之點。由甲聯想至丙，其類似點乙不必存在。……此種純興之體，嚴粲詩緝舉例甚多。如周南葛覃：『葛之覃兮，施於中谷，維葉萋萋。黄鳥于飛，集於灌木，其鳴喈喈。』嚴粲注云：『興之不兼比者也。述后妃之意若曰：葛生覃延，而施移於谷中，其葉萋萋然茂盛。當是時，有黄鳥集於灌生之木，聞其鳴聲之和喈喈然，我女工之事將興矣。』……凡此皆見景生情，偶然感發，無迹可尋。」

詩文弘奥〔一〕，包韞六義〔二〕，毛公述傳〔三〕，獨標興體〔四〕，豈不以風通而賦同〔五〕，比顯而興隱哉〔六〕！

〔一〕「詩文」，指詩經的文字。

校證：「張松孫本、紀本，『弘』作『宏』，避清諱。」爾雅釋詁：「弘，大也。」正義：「弘者，含容之大也。」易坤卦：「含弘光大。」「弘奥」，深廣。

〔二〕詩大序：「故詩有六義焉：一曰風，二曰賦，三曰比，四曰興，五曰雅，六曰頌。」正義：「然則風、雅、頌者，詩篇之異體；賦、比、興者，詩文之異辭耳。大小不同而得並爲六義者，賦、比、興是詩之所用，風、雅、頌是詩之成形。用彼三事，成此三事，是故同稱爲義，非别有篇卷也。」

〔三〕黄注：「漢藝文志：毛詩故訓傳三十卷，毛公之學，自謂子夏所傳。」漢書儒林傳：「毛公，趙人也，爲河間獻王博士。」後漢書儒林傳：「趙人毛萇傳詩，是爲毛詩。」鄭玄詩譜：「魯人大毛公爲訓詁，傳於其家，河間獻王得而獻之，以小毛公爲博士。」陸璣毛詩草木蟲魚疏：「荀卿授魯國毛亨，毛亨作訓詁傳以授趙國毛萇，時人謂亨爲大毛公，萇爲小毛公。」總術篇：「述經曰傳。」

〔四〕清惠周惕詩説卷一：「毛公傳詩，獨言興不言比、賦，以興兼比、賦也。人之心思，必觸於物而後興，即所興以爲比而賦之，故言興而比、賦在其中，毛公之意，未始不然也。文心雕龍曰：『毛公述傳，獨標興體。』以『比顯而興隱』。」困學紀聞卷三賦比興諸説條：「鶴林吴氏（全謝山云：名泳）論詩曰：『興之體足以感發人之善心。毛氏自關雎而下，總百十六篇，首繫之興，風七十，小雅四十，大雅四，頌二，注曰：「興也。」而比賦不稱焉。蓋謂賦直而興微，比顯而興隱也。』朱氏又於其間增補十九篇，而摘其不合於興者四十八條，且曰：『關雎，興詩也，而兼於比；緑衣，比詩也，而兼於興。頍弁一詩，而比興賦兼之。』則析義愈精矣。」原注：「文心雕龍曰：毛公述傳，獨標興體，以比顯而興隱。鶴林之言本於此。」王元化再釋比興篇「擬容取心」説：「由於劉勰仍保持着漢人體法相兼的觀點，既把比興當作藝術方法看待，又把比興當作由藝術方法所塑造的藝術形象看待，所以篇中才有『比體』、『興體』之稱。」

〔五〕校證：「梅六次本、張松孫本『通』改『異』。」紀云：「『異』字是。」札記：「風通，『通』字是也。詩疏曰：『賦者，鋪陳今之善惡，其言通正變，兼美刺也。』」范注：「詩大序正義曰：『風之所吹，無物不扇，化之所被，無往不霑，故取名焉。』五行大義引翼奉説：『風通六情。』」校注：「按『通』，謂通於美刺；『同』，謂同爲鋪陳。天啓梅本改『通』爲『異』，非是。」

斠詮：「隋蕭吉撰五行大義引漢翼奉齊詩説：『風通六情。』此即彦和『風通』之所本。詩大序孔疏：『風之所吹，無物不扇，化之所被，無往不霑，故取名焉。』亦可爲『風通』一詞之注脚。孔疏又曰：『賦者，鋪陳今之政教善惡，其言通正變，兼美刺也。』蓋即所謂『賦同』之意義所在。」因風通六情，容易識别，故曰「風通」。

郭紹虞六義説考辨最後的總結其十四：「自來注家，對於比顯興隱之説論説頗多，但對風通賦同之説則都没有提。案『風通賦同』很難理解，各家均云『通一作異』假使説『風異賦同』，那麼風指各國之風，當然可説是『異』，賦則介於體用之間，當然可説是『同』。假使照『通』字來講，只能説『風』通於賦、比、興三體，但對『賦同』之説又多少有些牽强了。但是我們對於劉勰把風賦比興連起來講，卻認爲是一個值得注意的問題。」其十九説：「如果專從文學的觀點來看，那麼風可以説是一切詩歌的總名，而賦與頌，則是詩體的散文化，比興二者可以看作是詩體，也可以看作是詩法。……在劉勰的論點裏，約略可以看出以上這個意思。或者再從另一個角度來看，那麼風是抒寫主觀情緒的詩，賦是描繪客觀現實的詩，所以風賦可以連稱。這在劉勰論點中，也可説是比較明顯的。」

郭紹虞文論札記三則第一則六義説與六詩説云：「劉勰文心雕龍於賦頌則分篇立論，對比興則合篇剖析，而在比興篇中又特標『風通賦同，比顯興隱』之語，完全合於六詩次序，這是他的通達卓識之處。」（以上均見照隅室古典文學論集下編）

郭注：「『風通』，風爲詩之體裁，其創作方法包括賦比興三者，故毛公作傳，無需標出。」

牟世金范注補正：「毛詩序正義：『六義次第如此者，以詩之「四始」以風爲先，故曰風。風之所用，以賦、比、興爲之辭，故於風之下即次賦、比、興，然後次以雅、頌。雅、頌亦以賦、比、興爲之，既見賦、比、興於風之下，明雅、頌亦同之。』據此可知，『風通』指風（包括雅、頌）通用賦、比、興之法；而賦又『通正變，兼美刺』，具有一般詩的共同性。」

〔六〕詩大序正義：「比之與興，雖同是附託外物，比顯而興隱，當先顯後隱，故比居興先也。毛詩特言興也，爲其理隱故也。」陳奂詩毛氏傳疏引吴毓汾説：「蓋好惡動於中，而適觸於物，假以明志，謂之興，而以言於物則比矣，而以言乎事則賦矣；要迹其志之所自發，情之不能已者，皆出於興。……傳言興凡百十六篇，而賦比不及之，乃賦、比易識耳。」劉師培論文雜記第二十一：「興之爲體，興會所至，非即非離，詞微旨遠，假象於物，而或美或刺，皆見於興中。比之爲體，一正一喻，兩相譬況，詞決旨顯，體物寫志，而或美或刺，皆見於比中。故比興二體，皆構造虚詞，特興隱而比顯，興婉而比直耳。」

清陳啓源毛詩稽古編卷二十五：「毛公獨標興體，朱子兼明比賦；然朱子所判爲比者，多是興耳。比興雖皆託喻，但興隱而比顯，興婉而比直，興廣而比狹。……興比皆喻而體不同：興者興會所至，非即非離；言在此，意在彼；其詞微，其旨遠。比者，一正一喻，兩相譬況；其詞決，其旨顯；且與賦交錯而成文，不若興語之用以發端，多在首章也。」劉熙載藝概詩概：「詩序正義云：比與興雖同是附託外物，比顯而興隱，當先顯而後隱，故比居先也。毛傳特言興也，爲其理隱故也。案文心雕龍比興篇云：毛公述傳，獨標興體，豈不以風異而賦同，比顯而興隱哉！正義蓋本於此。」又：「『取象曰比，取義曰興』，語出皎然詩式，即劉彦和所謂比顯興隱之意。」

校釋：「舍人此篇以比顯興隱立説，義界最精。蓋二者同以事物況譬，特有隱顯之别，而無善惡之分。『比』者，作者先有此情，亟思傾洩，或嫌於逕直，乃索物比方言之。『興』者，作者雖先有此情，但藴而未發，偶觸於事物，與本情相符，因而興起本情。前者屬有意，後者出無心；有意者比附分明故顯，無心者無端流露故隱。」

故比者，附也；興者，起也〔一〕。附理者，切類以指事〔二〕；起情者，依微以擬議〔三〕。起情，故興體以立〔四〕；附理，故比例以生〔五〕。比則蓄憤以斥言〔六〕，興則環譬以寄諷〔七〕。蓋隨時之義不一，故詩人之志有二也〔八〕。

〔一〕毛詩正義卷一孔疏：「比者，比方於物，諸言『如』者，皆比辭也。」又：「興者，託事於物，則興者，起也。取譬引類，起發己心。詩文諸舉草木鳥獸以見意者，皆興辭也。」

斠詮：「比附，謂以近似者相比也。晉書索靖傳：『枝條順氣，轉相比附。』」又：「興者，起也。此所謂起，外物興起其感情也。」

〔二〕斠詮：「蓋詩人於操觚之前，已先自有情，當其表出之時又嫌於率直，於是假物託情，比方以出之，故曰『附理者，切類以指事』。案：切類，謂切取類似。……指事，謂指明事實。」要把一種事理説清楚，用類似的例子作比附，舉的比喻必須與要説的事理密切相關，這就叫「切類以指事」。

文鏡秘府論六志：「二曰比附志。比附志者，謂論體寫狀，寄物方形，意託斯間，流言彼處。即假作贈別詩曰：『離情弦上急，別曲雁邊嘶。低雲百種鬱，垂露千行啼。』釋曰：無方叙意，寄急狀於弦中；有意論情，附嘶聲於雁側。上見低雲之鬱，託愁氣以合詞；下屬垂露懸珠，寄啼行而奮筆。意在妝頰，喻説鮮花；欲述眉形，假論低月。傳形在去，類體在來，意涉斯言，方稱比附。」林東海解釋説：「想表現容貌漂亮，用漂亮的鮮花作比；想表現眉毛的彎曲，用彎曲的新月作比。容顏漂亮，是妝頰和鮮花的相似點；形狀彎曲，是眉毛和新月的相似點。有了相似點，即文心雕龍比興所説的『切象』，這樣才成爲貼切的比喻。」（詩法舉隅）

〔三〕斠詮：「蓋詩人雖有此情，但蘊而未發，偶爲客觀事物所觸動，因有此感情之湧現。如杜甫詩：『東閣官梅動詩興。』故曰：『起情者依微以擬議。』案：依微，謂依託微物。微物，小物也。文選禰衡鸚鵡賦：『知禽鳥之微物。』擬議，謂擬度議論。易繫辭：『擬議以成其變化。』孔疏：『聖人欲言之時，擬度之而後言；欲動之時，必議言之而後動，則能成盡其變化之道也。』」

詩大雅大明「惟予侯興」毛傳：「興，起也。」爾雅、説文都訓「興」爲「起」。「起」和「啓」也是同音通假字，就是啓發的意思。由微小的事物引起情感的觸動而進行構思，這就叫「起情者依微以擬議」，這也就是下面説的「稱名也小，取類也大」。

〔四〕王季思説比興第六段：「詩人的感情，偶然觸物而發，這便是興。文心雕龍……以附理與起情區別比興，可説語簡而意該。第一，興者，起也。它是詩人情感的最先觸發，所以在未有詩意象之先。比者，附也，必定先有了意象，再拿別的事物來附託他。這在創作程序上實有先後之不同。如關雎一詩，是詩人先有感於雎鳩之和鳴，因而起了求淑女以配君子的意象，這便是興。如柏舟詩：『我心匪石，不可轉也；我心匪席，不可卷也。』是詩人先有了我心不可轉和不可卷的意象，才拿石和席來反比的。再如伯兮詩：『其雨其雨，杲杲出日。願言思伯，甘心首疾。』是先有了屢思伯而伯不來的意象，才拿『其雨其雨，杲杲出日』來相比，這便是比。……第二，興以起情，比以附理。這情理的不同，更是比興的最大區別。李仲蒙説：『索物以託情謂之比，觸物以起情謂之興。』因爲比是經過詩人的思索的，所以取比之物和所比之事，二者之間不但理類上必有相合之處，而且要愈切合愈足以表現詩人的思力。所以説『附理者，切類以指事』。」（國文月刊第三十四期）

〔五〕斠詮：「案比例本謂相比擬之例式也。東觀漢紀鮑昱傳：『比例輕重，非其事類，錯雜難知。』此處猶言『比體』，作比之例式解。」「例」，體例。

郭紹虞、王文生論比興：「在劉勰看來，比不是簡單的比喻，而是一種比附事理的方法。……他把興説成是『激發感情』，但不是簡單的『託事於物』，而是『觸物以起情，節取以託意』（黄侃札記），既通過接觸事物來激發感情，又選取事物某一方面作突出描寫來寄託思想。劉勰認爲比興關係到内容與形式兩個方面，它是貫穿藝術創作過程的思維方法，也是一種表現方法。劉勰對比興的闡述主要是繼承鄭衆的傳統，但又有着明顯的巨大的發展。」（文學評論一九七八年第四期）

〔六〕「蓄」本作「畜」。校注：「按『畜』當作『蓄』，音之誤也。説文艸部：『蓄，積也。』又田部：『畜，田畜也。』是二字意義各别。情采篇：『蓋風雅之興，志思蓄憤。』尤爲切證。何本、梁本、别解本、岡本、尚古本、王本、鄭藏鈔本、崇文本作『蓄』，不誤。……當據改。」考異：「通志六書略：『蓄，通作畜。畜有數音，昌六反音觸，喜郁反音緒。』後人取緒音常作蓄。」「斥言」，指斥而言。後漢書蔡邕傳贊：「斥言金商，南徂北徙。」注：「謂對事於金商門，指斥而言無隱諱也。」

黄海章續文心短論：「可貴的，是指出『比則蓄憤以斥言』和鄭玄『見今之失，不敢斥言，取比類以言之』的説法，恰好成一個鮮明的對比。鄭玄的態度是軟弱的，没有什麽反抗性的，而劉勰一則説『蓄憤』，再則説『斥言』。作者胸中所蓄積的無窮的悲憤，到了不能遏止的時候，才借詩歌盡情傾注出來，敢於對統治者大聲斥責。如碩鼠是人民群衆憤怒的呼聲。何草不黄是征人憤怒的呼聲，這種『蓄憤斥言』的詩歌，發展到杜甫、白居易，便達到了高度。而這種理論，發展到李贄，更達到了高峰。」（中山大學學報一九六三年第四期）

情采篇：「風雅之興，志思蓄憤，而吟咏情性以諷其上。此爲情而造文也。」如曹植贈白馬王彪詩：「鴟梟鳴衡軛，豺狼當路衢。」借鴟梟豺狼，來比喻離間他們兄弟的小人，加以嚴厲的咒詛，就是「比則蓄憤以斥言」的一種顯例。

李贄雜説：「且夫世之真能文者，比其初皆非有意於爲文也。其胸中有如許無狀可怪之事，其喉間有如許欲吐而不敢吐之物，其口頭又時時有許多欲語而莫可所以告語之處，蓄極積久，勢不能遏。一旦見景生情，觸目興嘆；奪他人之酒杯，澆自己之壘塊；訴心中之不平，感數奇於千載。」（李氏焚書卷三）這是説明爲什麽要「蓄憤斥言」。

〔七〕校證：「『寄』原作『記』，王惟儉本、徐校本、梅六次本、張松孫本作『託』，張之象本作『寄』。案作『寄』是，『寄』以音近譌爲『記』，『記』又以形近改爲『託』耳。」校注：「按『記諷』不辭，『寄』字亦誤。當作『託』爲是。此云『託諷』，下云『託喻』，其意一也。漢書叙傳下司馬相如傳述：『寓言淫麗，託風（顔注：「風讀曰諷。」）終始。』文選顔延之五君詠：『寓辭類託諷。』並以託諷連文。（史通序傳篇亦有「或託諷以見其情」語）訓故本作『託』，未誤，當據改。」「環譬」，迴環譬喻，而不直言。

詩大序孔疏：「賦云鋪陳今之政教善惡，其言通正變，兼美刺也。……其實美刺俱有比興者也。」（毛詩正義卷一）郭紹虞、王文生論比興：「孔穎達的意思是説，在文學創作中，往往是賦、比、興三法同時並用，並不象鄭玄所説只有刺詩用比，頌詩用興。鄭玄的機械分類，顯然不符合文藝創作的實際。」

沈巖録何焯旁批：「二語亦兼採康成之意，然不以美刺分，便圓活不滯。」

何焯鈍吟雜録評：「千古區分比興二字，莫善於文心雕龍。比興篇云：『比者，附也；興者，起也。……比則蓄憤以斥言，興則環譬以託諷。』較之康成，尤圓通不滯。」（卷四）

黄海章續文心短論：「『興則環譬以託諷』，即委婉譬喻，以寄其諷刺之思。和『蓄憤斥言』的表現手法有所不同。他以『比顯而興隱』，所以諷刺之意就要隱約以求，如黄鳥之詩，是對三良的哀悼，也是對秦穆公用賢人來殉葬的諷刺。劉勰指出興的諷刺作用，來反對南朝風雲月露之詞，是有着進步意義的。」

王運熙談中國古代文論中的比興説：「劉勰又云：『比則畜憤以斥言，興則環譬以托諷。』把比興同詩的内容聯繫起來，似乎同鄭玄之説相近，實則不然。劉勰這兩句話不是在爲比興意義下解説，而是在講了意義後進一步指出比興可以發生的作用。『畜憤斥言』，可以是比發生的作用，但詩中的比不一定都是『畜憤斥言』，比興篇中所舉比的例子，如詩經中的『金錫以喻明德，珪璋以譬秀民』，就不是什麽『畜憤斥言』，至於所舉辭賦中的一些例子，就更是純屬表現技巧的範圍了。所以……劉勰對比興意義的解釋屬於鄭衆、孔穎達、朱熹這一派。」（文藝論叢第四輯）

按：當内心蓄積了憤激之情的時候，用比喻直斥統治者，如「碩鼠碩鼠，勿食我黍」就是。下面説：「興之託喻，婉而成章。」可見劉勰認爲興可以起譬喻的作用，不過這種譬喻是利用委婉迴環的方式，來寄託諷刺之情。象焦仲卿妻就是利用「孔雀東南飛」來寄托對婚姻悲劇的諷刺的。可惜劉勰在比興篇所舉起興的例子没能説明問題。

朱星文心雕龍的修辭論：「劉氏分析很好，但用詞上有些地方容易引人誤會。如興之託喻環譬，好似與比無别。其實興也有些比義，但主要不在比上，所以當説二者都是雙綫條的，有主有從：比則被喻者是主，而喻是從；興則被興者是主，興是從。」

又：「比興所不同者，比則主從不同物而同德性，興則主從不同物又不同德性。比則主從關係密，興則主從關係疏；比則主從對面相照，興則主從前後相隨，從作前導；比明顯容易懂，興隱不易爲人注意。其實比興界限很清楚。如『關關雎鳩』引起男女相戀，雎鳩也有一些比義。『蒹葭蒼蒼』，引起懷念伊人，蒹葭則毫無比義。這是興。……劉氏對興未加分析

（其實也可分爲二種：一種是純粹的，如「蒹葭蒼蒼」，一種是興而兼比的，如「關關雎鳩」）。」

〔八〕斯波六郎：「周易隨象：『隨時之義大矣哉。』」詩人根據周易的凡事隨時變化並非一律的教義，修辭有着運用比興的兩種不同的主觀要求，有時用比，有時用興，完全根據具體需要，由詩人主觀上及時作出決定。

黎錦熙修辭學比興篇：（本篇下引黎氏語皆同此）：「以上定比興的界説。」

札記：「彦和辨比興之分，最爲明晰。一曰起情與附理，二曰斥言與環譬，介畫憭然，妙得先鄭之意矣。」范注：「謹案師説固得，然彦和解比興，實亦兼用後鄭説。」

以上爲第一段，論比興的意義、特點和作用。

觀夫興之託諭〔一〕，婉而成章〔二〕；稱名也小，取類也大〔三〕。「關雎」有别，故后妃方德〔四〕；尸鳩貞一，故夫人象義〔五〕。義取其貞，無從於夷禽〔六〕；德貴其别，不嫌於鷙鳥〔七〕。明而未融〔八〕，故發注而後見也〔九〕。

〔一〕「諭」字，圖書集成本作「喻」，是。「託喻」謂託物喻意。

文鏡秘府論六義：「四曰興。皎曰：『興者，立象於前，後以人事諭之，關雎之類是也。』王云：『興者，指物及（文筆眼心抄作「反」）比其身説之爲興，蓋託諭謂之興也。』」

〔二〕左傳成公十四年：「春秋之稱，微而顯，志而晦，婉而成章，盡而不汙，懲惡而觀善。」杜注：

「婉，曲也。謂曲屈其辭，有所辟諱，以示大順，而成篇章。」

斠詮：「蓋興體不從正意描寫，往往就他物之與正義相符者，曲譬妙喻，以託諷者也。故曰『婉而成章』。」

羅大經鶴林玉露：「詩莫高乎興，聖人言語亦有專是興者，如『逝者如斯夫，不捨晝夜』，『山梁雌雉，時哉時哉』，無非興也。特不曾隱括叶韻爾。蓋興者因物感觸，言在於此，而意寄於彼，體會乃識，非若比賦之直言其事。故興多兼比賦，而比賦不兼興，古詩皆然。」

〔三〕校注：「按易繫辭下：『其稱名也小，其取類也大。』韓注：『託象以明義，因小以喻大。』」孔疏：「『其稱名也小』者，言易辭所稱物名多細小，若見豕負塗噬臘肉之屬，是其辭碎小也。『其取類也大』者，言雖是小物，而比喻大事，是所取義類而廣大也。」

王元化釋比興篇「擬容取心」説（附釋二）：「首先把繫辭下這句話運用於文學領域的是司馬遷，他評述離騷説：『其稱文小而其旨極大，舉類邇而見義遠。』（按此屈原列傳文）這一説法當也給與劉勰一定影響。」（文心雕龍創作論）

楊明照文心雕龍研究中值得商榷的幾個問題：「『稱名也小，取類也大』，劉勰是借用周易繫辭下的語句來説明『興』的表現手法的。它的確切注脚，即下文所説的『關雎有別……夫人象義』。『稱名也小』，指『關雎有別』、『尸鳩貞一』二句；『取類也大』，指『故后妃方德』、『故夫人象義』二句。這幾句的意思，只是説詩人使用『興』的手法是因小以喻大。」（文史第

五輯）

「名」，名物。「稱」，舉也。「稱名也小，取類也大」，就是説，可以通過對少量事物的描繪，概括較爲深廣的内容。

〔四〕黄注：「詩小序：關雎，后妃之德也。」「后妃方德」，謂比方后妃之德。

毛傳：「興也。關關，和聲也，雎鳩，王雎也，鳥摯而有別。水中可居者曰洲。后妃説樂君子之德，無不和諧，又不淫其色，愼固幽深，若關雎之有別焉，然後可以風化天下。夫婦有別，則父子親；父子親則君臣敬；君臣敬則朝廷正；朝廷正則王化成。」

鄭箋：「摯之言至也；謂王雎之鳥雌雄情意至，然而有別。」

朱熹詩集傳關雎篇説：「周之文王，生有聖德，又得聖女姒氏以爲之配，宫中之人於其始至，見其有幽閒貞静之德，故作是詩。言彼關關然之雎鳩，則相與和鳴於河洲之上矣；此窈窕之淑女，則豈非君子之善匹乎？言其相與和樂而恭敬，亦若雎鳩之情摯而有別也。後凡言『興』者，其文意皆放此。」

鄭樵六經奥論：「『關關雎鳩』……是作詩者一時之興，所見在是，不謀而感於心也。凡興者，所見在此，所得在彼，不可以事類推，不可以義理求也。『興』在鴛鴦，則『鴛鴦在梁』，可以美后妃也；『興』在鳲鳩，則『鳲鳩在桑』，可以美后妃也。『興』在黄鳥，在桑扈，則『緜蠻黄鳥』，『交交桑扈』可以美后妃也。如必曰關雎，然後可以美后妃，他無預焉，不可以語詩也。」

黎錦熙：「毛傳既標作『興也』，而所下的解釋實是説比。興和比是向來没有明確的界限的，而且全部毛傳有興無比，似乎六義之比就包含在興之中。劉勰對於『毛公述傳，獨標興體』這件事没有辦法，只好説『比顯而興隱』，若問究竟怎樣纔叫做隱呢？説來説去……歸根一句話：『興之託諭』是要『發注而後見』的。……總之，『比』『興』兩義，不是全不相干，只是着重在興；興中不妨有比。大抵觸景生情，其情必有與景相關之點；感物興懷，其物必有與懷相印之端：此相關之點與相印之端，大半由於類似，所以興中有比，有時非比不興，惟所比者或偏畸而不全，或朦朧而難晰；劉勰所謂『起情者依微以擬議』，又曰『明而未融』，用釋『興隱』之義，亦非全無道理。即如洲上雎鳩共處，加以關關的鳴聲，至少可以比配偶的相得而和樂。詩人偶見，遂興此感；或覯愛人，憶以爲喻。」

〔五〕黄注：「詩小序：『鵲巢，夫人之德也。國君積行累功以致爵位，夫人起家而居有之，德如鳲鳩，乃可以配焉。』」

鄭箋：「鵲之作巢，冬至架之，至春乃成，猶國君積行累功，故以興焉。興者，鳲鳩因鵲成巢而居有之，而有均壹之德，猶國君夫人來嫁，居君子之室，德亦然。」

札記：「召南毛傳云：『鳩，鳲鳩，秸鞠也。鳲鳩不自爲巢，居鵲之成巢。』曹風傳云：『鳲鳩之養其子，朝從上下，暮從下上，平均如一。』爾雅注云：今布穀也，江東呼穫穀。」「夫人象義」，謂象徵夫人之義。

校注：「按詩曹風鳲鳩：『鳲鳩在桑，其子七兮，淑人君子，其儀一兮。』如訓故本，是舍人此文所指，爲曹風之鳲鳩矣（王氏注即引曹風鳲鳩）。然元明各本皆作『夫人象義』，則所指乃召南之鵲巢。上云『后妃方德』，此云『夫人象義』，正相匹對。王本作『淑人』嫌泛，非也。」

〔六〕「夷」字，圖書集成本作「彝」。札記：「『從』當爲『疑』字之誤。」

講疏：「案國策秦策注曰：『從，合也。』義取其貞，無從於夷禽，猶言僅取貞義，非謂與夷禽（夷禽，常禽也，謂鳲鳩）合德也。」

綴補：「案『從』讀爲『縱』，説文：『縱，一曰捨也。』『無從』猶言『無捨』，似無煩改字。」

校注：「按『從』，讀曰『縱』。説文糸部：『縱，緩也；一曰捨也。』（後漢書譙玄傳注：「縱，捨也。」）夷，常也。『無從於夷禽』，言常禽如鳲鳩亦可歌詠，而不捨棄也。」

〔七〕范注：「家語好生篇：『孔子曰：小辯害義，小言破道。關雎興於鳥而君子美之，取其雌雄之有別；鹿鳴興於獸而君子大之，取其得食而相呼。若以鳥獸之名嫌之，固不可行也。』……但有一端之相似，即可取以爲興，雖鳥獸之名無嫌也。釋皎然詩式曰：『取象曰比，取義曰興。』」

札記：「『釋文：『摯本亦作鷙。』陸璣疏云：『雎鳩，大小如鴟，深目，目上骨露，幽州人謂之鷲。』而揚雄、許慎皆曰：『白鷹似鷹，尾上白。』」「鷙鳥」，凶猛的鳥。邵晉涵爾雅正義：「雎鳩，魚鷹也。」

〔八〕斯波六郎：「春秋左氏傳昭公五年：『明夷之謙，明而未融，其當旦乎。』杜注：『融，朗也。』」孔疏：「融是大明，故爲朗也。」

〔九〕斠詮：「蓋興體之表出，僅以二三言爲發端，而目的則在烘託正義，非加訓釋，不易曉識也。故曰『明而未融，故發注而後見也』。」

札記：「夫柏舟命篇，邶、鄘兩見。然邶詩以喻仁人之不用，鄘詩以譬女子之有常。杕杜之目，風雅兼存，而小雅以譬得時，唐風以哀孤立，此物同而感異也。『九罭』『鱒魴』，『鴻飛遵渚』，二事絶殊，而皆以喻文公之失所。『牂羊墳首』，『三星在罶』，兩言不類，而皆以傷周道之陵夷。此事異而情同也。夫其取義差在毫釐，會情在乎幽隱，自非受之師説，焉得以意推尋。彦和謂明而未融，發注後見；沖遠謂毛公特言，爲其理隱：誠諦論也。」

劉師培論文雜記第二十一：「毛氏釋獨標興體，則以興體難知，非解不明，若比賦二體，讀詩者皆可知之，無俟贅述也。若朱傳則兼標三體，且誤以興爲比。」

黎錦熙：「以上論詩人之興。」又：「若用純文學的眼光看來，所謂興義有三：一曰興兼比；取象粗似，並『不求肖』，或緣『聯想』，『偏畸不全』，上舉例解，皆屬此義。二曰『興不兼比』，專『求辭洽』，遂『如襲來』（興起只是『襲來』一個冒頭，『洽』着幾隻韻脚而已）。南飛孔雀，寧涉惡姑？（顧頡剛寫歌雜記云：『如『孔雀東南飛，五里一徘徊』，原與下邊的『十四能織素……』一點没關係。……詩人原只要説『窈窕淑女，君子好逑』，但嫌太平調了，所以先説一句『關關雎鳩，在河之洲』，它的重要的意義，只在洲、逑的協韻。」）三曰『興却兼賦』：舟在河中，杕生道左，若不發注，安知非賦？日照九州，興即賦耳（歌謡云：「太陽一出照九州，幾多歡樂幾多愁？幾家夫婦同羅帳，幾家飄零在外頭？」自是晨起即景興感耳）。……已上三義，究屬何義，惟彼作者，乃能自知。所謂『理隱』，即不可知。不可知者，何必『緣飾』？必『緣飾』者，正爲説經，『經則有義，乃增緣飾』，前已言之。今論修辭，當知興者，只是『興起』，『以意逆志』，三義皆通，各憑主觀，自由説解，去泰去甚，期通情理，不須執著，亦毋庸非難也（毛傳只言『興』而不言『比』，其理極易知，因爲興可包比……）。」

且何謂爲比？蓋寫物以附意〔一〕，颺言以切事者也〔二〕。故金錫以喻明德〔三〕，珪璋以譬秀民〔四〕，螟蛉以類教誨〔五〕，蜩螗以寫號呼〔六〕，澣衣以擬心憂〔七〕，卷席以方志固〔八〕，凡斯切象，皆比義也〔九〕。

〔一〕范注：「『意』，鈴木云：疑當作『理』。」明郭子章喻林序：「詩有六義，其三曰比。言之貴喻，上矣。……靡不託物以附意，颺言以切事。」（卷首）

考異：「意指理之所歸。切事附意而後理得，故上文言附理，此言附意也。鈴校非。」

〔二〕尚書益稷：「皋陶拜手稽首颺言。」傳：「大言而疾曰颺。」正義：「颺聲大言。」

左傳昭公二十八年：「子少不颺。」杜注：「顔貌不揚顯。」時序篇：「颺言讚時。」「颺言」，明顯之言，本篇「颺言」義同，承上文「比顯」説。「切事」，切合事理，下文言比「以切至爲貴」。郭紹虞、王文生論比興：「『寫物以附意，颺言以切事』，也就是通過描寫事物的形象來顯示意義，用夸張的語言來突出事理。」

〔三〕梅注：「淇奥詩：有斐君子，如金如錫。」范注：「詩衛風淇奥：『瞻彼淇奥，緑竹如簀，有匪君子，如金如錫，如圭如璧。』毛傳曰：『金錫練而精，圭璧性有質。』」黎錦熙：「毛傳云云，説得欠明瞭。朱集傳把句子改了一改，就很有意思：『金錫言其鍛煉之精純，圭璧言其性質之温潤。』文心雕龍云：『金錫以喻明德。』（後來錫賤了，又易鎔化，現在不可再拿來比君子之德。）究竟詩人本意是否比『德』，却還可疑；也許是比他身分的尊貴和隆重，看本詩下四句（寬兮綽兮，猗重較兮，善戲謔兮，不爲虐兮）便可證明。」

斯波六郎：「周易晉象：『君子以自昭明德。』大學：『大學之道，在明明德。』正義謂『明德』爲『光明之德』，即美德。」

〔四〕梅注：「詩大雅卷阿序曰：『卷阿，召康公戒成王也，言求賢用吉士也。』其第十一章曰：『顒顒卬卬，如圭如璋，令聞令望，豈弟君子，四方爲綱。』箋云：『王有賢臣，與之以禮義相切磋，體貌則顒顒然敬順，志氣卬卬然高朗，如玉之圭璋也。』」黎錦熙：「圭（珪）是王者拿來封諸侯的瑞玉，瑞即信的意思（猶今委任狀），其制有上圓下方的，有上鋭下方的（取法於天圓地方之意）；璋就是半圭。毛傳：『顒顒，温貌；卬卬，盛貌。』君子的儀容，温温和和的而又昂昂然，這只有古代貴族們雙手捧着的這種尊貴的瑞玉好作比喻了。鄭箋云云，横加『切磋』之義，已覺有些蛇足。至於魏徐幹中論引此詩而解説云：『舉圭璋以喻其德，貴不變也。』朱集傳：『顒顒、卬卬，尊嚴也；如圭如璋，純潔也。』這都是離開『顒顒卬卬』來解釋這個比喻的，就不能不各隨己意在圭璋上找出『不變』和『純潔』等屬性來。文心雕龍云『圭璋以譬秀民』，『秀民』字見斠酌，因而爾雅説：『顒顒卬卬，君之德也。』但小序説這篇詩是『召康公戒成王也，言求賢用吉士也』。劉氏的『秀民』，大約是根據『賢』和『吉士』説的。」

斠詮：「秀民，民之秀出者也，見國語齊語『其秀民之能爲士者必是賴也』句韋注。」

〔五〕梅注：「小宛詩：『螟蛉有子，蜾蠃負之，教誨爾子，式穀似之。』箋曰：『蒲盧取桑蟲之子，負持而去，煦嫗養之以成其子，喻有萬民不能治，則能治者將得之。』」

黎錦熙：「毛傳：『螟蛉，桑蟲也。』（爾雅同。陸璣云：『桑上小青蟲。』）蜾蠃，蒲盧也。（爾雅同，説文引作『蠕蠃』云：『細腰蜂也。』）……依鄭箋：『式，用；穀，善也。』朱集傳：『螟蛉有子，則用善而似之可也。』方玉潤説爲『反跌下文』云：『螟蛉之子，尚且相類；況爾親生，獨不能相肖乎！』都不近情理。至於鄭箋説是『喻有萬民不能治，則能治者將得之。……今有教誨女之萬民用善道者，亦似蒲盧言將得而子也。』是拘泥小序而生出來的曲解。文心雕龍云：『螟蛉以類教誨。』現在『螟蛉』即用爲『養子』的稱呼，成隱喻的常語。」

釋文：「螟蛉，俗謂之桑蟃，一名戎女，即細腰蜂。」

黄注：「揚子法言：『螟蛉之子，殪而逢蜾蠃，祝之曰：類我，類我，久則肖之矣。』」（按此見學行篇）

〔六〕札記：「大雅蕩傳云：『蜩，蟬；螗，蝘也。』箋云：『飲酒號呼之聲，如蜩螗之鳴。』」大雅蕩：「靡明靡晦，式號式呼，俾晝作夜。文王曰：咨！咨爾殷商，如蜩如螗，如沸如羹。」陳奐云：「螗，蟬之大者，析言之也。」黎錦熙：「鄭箋承上章説，蜩螗沸羹，是比鬧酒。方玉潤解釋説：『沈湎於酒，縱淫無度。……以故朝政無大無小，悉近喪亡。則夫人情怨亂，咨嗟嘆息，不啻如蟬之鳴，如羹之沸，無時能静，無地能清也。』大抵這兩句詩的比喻，是就上下文所賦而渾舉之，統指當時政象和社會情狀，所謂『亂七八糟，一塌糊塗』而已。現在普通文言中，已把『蜩螗沸羹』作了這樣的隱喻。」

馬瑞辰毛詩傳箋通釋：「謂時人悲嘆之聲，如蜩螗之鳴。」

〔七〕梅注：「邶風柏舟詩：『心之憂矣，如匪澣衣。』」傳曰：「如衣之不澣矣。」箋云：「衣之不澣，則潰辱無照察。」黎錦熙：「匪澣衣是身上没有洗濯的骯髒衣服，拿來比喻發愁時説不出來的心象。文心雕龍『澣衣以寫心憂』，未免辭害意。」劉勰爲求文句對仗，「澣衣」省去「匪」字。

〔八〕校證：「『卷席』原作『席卷』。」校注：「『席卷……按元本、弘治本、活字本、佘本、張本、兩京本、胡本、四庫本亦並作『卷席』……是也。上云『澣衣』，此云『卷席』，文始相儷。」梅注：「邶風柏舟……又云：『我心匪席，不可卷也。』」范注：「詩邶風柏舟：『我心匪石，不可轉也，我心匪席，不可卷也。』箋云：『言己心志堅平，過於石席。』」黎錦熙：「且爲比者，非必正言。語屬否決，意實比喻，則無比辭，實同於有。柏舟云云，毛傳：『石雖堅，尚可轉；席雖平，尚可卷。』文心雕龍『席卷以方志固』，這句法是屬於第（三）條（先言通則，結以比例）的。」陳啓源毛詩稽古編總詁舉要六義：「毛公獨標興體，朱子兼明比賦，然朱子所列爲比者，多是興耳。比興雖皆託喻，但興隱而比顯，興婉而比直，興廣而比狹。劉舍人論比體，以『金錫』、『圭璋』、『澣衣』、『席卷』之類當之。然則比者以彼況此，猶文之譬喻，與興絶不相似也。」

〔九〕黎錦熙：「謂所比是抽象的情德。」「切象」猶上文「取類」「切類」，即取譬之意。莊適注：「案上文所舉諸例，皆取物寓意者也。」

至如「麻衣如雪」〔一〕，「兩驂如舞」〔二〕：若斯之類，皆比類者也〔三〕。

〔一〕范注：「詩曹風蜉蝣：『蜉蝣掘閲，麻衣如雪。』傳曰：『如雪，言鮮絜。』」黎錦熙：「胡承珙曰：『古者布衣皆謂之麻衣……如雪者，見其功之至精。』依普通的眼光看來，雪比麻衣，自只重在牠的屬性『白』，但因這篇詩依小序説是『刺奢也』，毛傳謂蜉蝣早生夕死，猶有羽翼，以自修飾，以見曹國雖貧，而衣服還講究漂亮，故比白倒不在乎，而『鮮潔』和『精緻』的意思，卻不能不在『雪』的屬性裏特提出來，作這比喻的解釋，以符序意。」

〔二〕范注：「詩鄭風大叔于田：『大叔于田，乘乘馬，執轡如組，兩驂如舞。』正義曰：『兩驂之馬，與兩服馬和諧，如人舞者之中於樂也。』」黎錦熙：「四匹馬中央駕轅的叫兩服；在旁的叫兩驂。四馬一齊往前跑，兩驂更起勁，象和着音樂的跳舞似的。」

〔三〕范注：「此所舉兩例，皆取事物以比形狀，與上所云比義者略殊。」

林東海説興象：「所説的『比類』和『比義』，就是明喻和隱喻，指的是修辭手法，即陳望道修辭學發凡中所説的『積極修辭』。這種修辭借助事物的具體形象，運用富於感性因素的語言，來表達思想感情。」（文學評論叢刊第一輯）

黎錦熙：「以上論詩人之比（分爲『意義』與『事類』兩大宗）。」

黄春貴文心雕龍之創作論：「所謂比義者，取外物以比義理，有説明之作用。所謂比類者，取外物以比狀態，有形容之作用。

「夫義理之難知者不能説，即以易知者説明之；義理之抽象者不能説，則以具體者説明之。墨子小取篇曰：『譬也者，舉他物而以明之也。』王符潛夫論釋難篇曰：『夫譬喻也者，生於直告之不明，故假物之然否以彰之。』凡此皆指比有説明之作用。……

「比既有説明之作用，故用於論説，極易得人首肯，用於辯難，更易使人心服矣。試觀戰國策中游説之士，孰不以設喻見長？即孟子書中辯論之語，亦皆以譬喻勝人，如五十步與百步之喻，舉一隅與見輿薪之喻，折枝與挾太山之喻，兩兩相比，義理自顯。」

按：用具體形象來比抽象的品德，叫作「比義」，如「金錫以喻明德」就是；也可以把具體的事物只取其類似的某一點來相比，叫作「比類」，象「麻衣如雪」就是。這種類比的手法，可以應用於多方面：「或喻於聲，或方於貌，或擬於心，或譬於事。」

楚襄信讒〔一〕，而三閭忠烈〔二〕，依詩製騷，諷兼比興〔三〕。炎漢雖盛，而辭人夸毗〔四〕，諷刺道喪〔五〕，故興義銷亡〔六〕。於是賦頌先鳴〔七〕，故比體雲構〔八〕；紛紜雜遝〔九〕，信舊章矣〔一〇〕。

〔一〕校證：「『楚襄』原作『襄楚』，梅六次本，張松孫本改作『衰楚』。馮校云：『襄楚當作楚襄。』何校本、黄注本作『楚襄』，今從之。班固離騷贊序：『至於襄王，復用讒言，逐屈原在野。又作九章賦以風諫。』此彦和所本。」

考異：「衰楚對下炎漢，從衰是。」

〔二〕「三閭」，屈原爲三閭大夫，主管昭、屈、景三家貴族的事。

〔三〕札記：「王逸楚辭章句離騷序云：『離騷之文，依詩取興，引類譬喻，故善鳥香草以配忠貞，惡禽臭物以比讒佞，靈修美人以配於君，宓妃佚女以譬賢臣，虬龍鸞鳳以託君子，飄風雲霓以喻小人。』案離騷諸言草木，比物託事，二者兼而有之。故曰『諷兼比興』也。」范注：「辨騷篇曰：『虬龍以喻君子，雲蜺以譬讒邪，比興之義也。』諷兼比興，『諷』當作『風』。楚騷，楚風也。」

楊明照文心雕龍范注舉正：「『諷』字不誤。漢書藝文志詩賦略：『楚臣屈原，離騷愛國，作賦以風（顔注：「風讀曰諷。」），有惻隱古詩之義。』（王逸楚辭章句離騷序：「離騷之文，依詩取興，引類譬喻。」又後序：「屈原履忠被譖，憂悲愁思，獨依詩人之義，而作離騷，上以諷諫，下以自慰。」即其義也。）下文『炎漢雖盛，而辭人夸毗，詩刺道喪，故興義銷亡』，正承此而言，若改作『風』，則不諧矣。」

斯波六郎：「今更以彦和自身之言求之，以補足楊氏之説。辨騷第五云：『譏桀、紂之猖披，傷羿、澆之顛隕，規諷之旨也。』明詩第六云『逮楚國諷怨，離騷爲刺』皆足證此文『諷』字之正解。」

胡念貽論賦比興：「屈原詩中的這種比喻，不是通過章首起興的句式來表現，按説不應該和興相混。後世稱之爲比興，是從文心雕龍而來。……比興篇比和興是分述的，這裏却合而言之。既然楚辭是『諷兼比興』，把它的比喻稱爲『比興』，似乎就有了根據了。然而它和詩經中的『興兼比』完全不同。劉勰爲什麽説它『諷兼比興』呢？是根據王逸楚辭章句。這裏（王逸）所説的『依詩取興』，是來自漢代經師講詩經『興義』的穿鑿附會之説。」（文學評論叢刊第一輯）

〔四〕范注：「詩大雅板傳曰：『夸毗，體柔人也。』正義引李巡曰：『屈己卑身求得於人曰體柔。』」

爾雅釋訓：「夸毗，體柔也。」郭注：「夸毗，屈己卑身，以柔順人也。」此類辭人，當以枚皋、王褒爲代表。漢書枚皋傳稱皋「詼笑類俳倡，爲賦頌，好嫚戲，以故得媟黷貴幸」。武帝出遊，皋便從行，每受詔作賦，「曲隨其事」，皆得帝意。漢書王褒傳稱：「宣帝時修武帝故事……上數從褒等放獵，所幸宫館，輒爲歌頌……議者多以爲淫麗不急。……後太子體不安，詔使褒等皆之太子宫，朝夕誦讀奇文及所自造作……太子喜褒所爲甘泉及洞簫頌，令後宫貴人左右皆誦讀之。」

〔五〕校證：「『諷』原作『詩』，曹學佺曰：『詩，當作諷，興起乎風，比近乎賦，興義銷亡，故風氣愈下。』按曹説是。王惟儉本正作『諷』，譚校亦作『諷』，今據改。」范注：「詩刺，當作諷刺。」斯波六郎：「案『詩刺』謂詩人之諷刺，不必改爲『諷刺』。依上文言『依詩製騷』，下文言『倍舊章矣』可知。……又關於詩刺字之用例，見奏啓第二十三之『詩刺讒人』。」考異：「『詩』字承上依詩句而言。疑當作『諷刺』者，誤以與『興義銷亡』句相偶也。然此文宜四句一氣讀，均兩用『故』字，上言『詩刺』，下言『比體』，所以説明炎漢雖盛，而辭人夸毗也。范注非。」

〔六〕校注：「按漢書藝文志：『楚臣屈原，離讒憂國，皆作賦以風，咸有惻隱古詩之義，其後宋玉、唐勒，漢興，枚乘、司馬相如下及揚子雲，競爲侈麗閎衍之詞，没其風諭之義。』足與舍人此文相發。」莊適注：「漢時詩中偶有興體，賦頌則無之。」

王季思說比興：「詩中用興，在漢魏樂府，還時常可以見到。齊梁以下，便少見了。倒是民間歌謡裏，直到現在，還很普遍地運用着。文心雕龍比興篇以爲『炎漢雖盛，而辭人夸毗，詩刺道喪，故興義銷亡』。范文瀾文心雕龍注（按應作講疏）以爲『興之爲義，觸物起感，寄託無端，不特使讀者莫測吾意之所在，即作文之人，境遷事過，自讀恐亦不能全憭，至於比之爲用，可明難言之意，可寫難狀之形，故後世作者多用比而罕用興也。』雖似言之成理，但我以後人詩中所以少見興義，實由下述三個原因：後人作詩，往往先有主題，再事思索，所以出於用心苦吟者多，得之自然觸發者少，此其一。齊梁以後，聲律之説漸行，繩墨之來愈嚴，自然之趣愈少，此其二。還有一點，是齊梁以後人論詩，每喜摘一二句來批評；作者也往往有了中間或末尾的句子，再湊成全篇的。……即使初成之句，實係觸興而得，而因爲不在篇首，讀者自然也不把它當作興了。如謝靈運的『池塘生春草，園柳變鳴禽』，杜甫的『無邊落木蕭蕭下，不盡長江滚滚來』，便是篇中之興。李白的『相思黄葉落，白露點蒼苔』，李長吉的『昨日菖蒲花，今朝楓樹老』，便是篇末之興。」（國文月刊第三十四期）

白居易與元九書：「噫，風雪花草之初，三百篇豈捨之乎？顧所用何如耳。設如『北風其涼』，假風以刺威虐也；『雨雪霏霏』，因雪以愍徵役也。……皆興發於此，而義歸於彼，反是者可乎哉？然則『餘霞散成綺，澄江静如練』，『歸花先委露，别葉驟辭風』之什，麗則麗矣，吾不知其所諷焉。故僕所謂『嘲風月，弄花草』而已。」

黄叔琳評：「非特興義銷亡，即比體亦與三百篇中之比差別。大體是賦中之比，循聲逐影，擬諸形容，如鶴鳴之陳誨，鴟鴞之諷諭也。」

朱星文心雕龍的修辭論：「詩騷是賦比興都有，到漢賦只有賦比，而興逐漸銷亡了。但在五言詩中興還是被廣泛運用，並未銷亡。如古詩十九首『青青陵上柏，磊磊澗中石，人生天地間，忽如遠行客』，首二句是興，第四句是比，第三句是賦。又如『冉冉孤生竹，結根太山阿；與君爲新婚，兔絲附女蘿』，首二句是興，第四句是比，第三句是賦。把賦比興連在一起，可説是修辭的一種新發展。」

斠詮：「良由漢賦鋪陳夸飾，直比事類，雖間有興義之句，但隱於『紛紜雜遝』之辭，漸至『日用乎比，月忘乎興，習小而棄大，所以文謝於周人也』。」

〔七〕斯波六郎：「春秋左氏傳襄公二十一年：『然臣不敏，平陰之役，先二子鳴。』杜注：『十八年晉伐齊及平陰，州綽獲殖綽、郭最，故自比於鷄鬬勝而先鳴也。』」離騷：「恐鵜鴂之先鳴。」此處喻辭賦儘先出現。

〔八〕范注：「『故比體雲構』，『故』字疑衍。」「雲」喻盛。「構」，製作。「雲構」謂風起雲涌。

〔九〕「雜遝」，雜亂衆多。

〔一〇〕范注：「『信』當作倍，倍即背也。」校證：「案舊章謂漢以來賦頌，『信舊章矣』猶言『由來久矣』。詮賦篇：『信興楚而盛漢矣。』雜文篇『信獨拔而偉麗矣』，議對篇『信有徵矣』，句法與此同，范說未可從。」

詩大雅嘉樂：「不愆不忘，率由舊章。」此處「舊章」指舊有章法。觀斠詮：「舊章乃指屈原依詩而製之騷體，而漢人賦頌，比體雲構，興義銷亡，故云倍舊章。細審於下文『辭賦用比忘興，習小棄大，所以文謝於周人』云云，正蒙此『倍舊章』之語而言。上下文意，顯而易見。若如王說，解『信舊章矣』爲由來久矣，文頗難通。」

牟注：「文心雕龍全書無『背』字，正緯篇說：『經正緯奇，倍擿千里。』『倍』即用背意。」

考異：「范注疑作倍者，因上有『炎漢雖盛，而辭人夸毗』，又興義銷亡，比體遝雜，是反乎舊章也。故疑作『倍』，義自可通。但王校云云，指舊章爲漢以來賦頌之體，誤一。『信舊章』之『信』，解作誠然是舊章之是從，則與上諸句不協，誤二。再引詮賦篇『信』字句與此句法相同，則自『炎漢雖盛』，至『舊章矣』，概不可通，誤三。」

文心雕龍講疏：「彦和以『興』名篇，而文中所言，側重於比。至於比之爲用，可明難言之意，可寫難狀之形，故後世作者多用比而罕用興也。」又曰：「漢代辭人，專志賦頌……藻采多而情感薄，故罕見興義。」

以上爲第二段，從詩經中舉例說明比興之並用，楚辭也繼承這個傳統，但漢以後，興亡而比盛。

夫比之爲義，取類不常：或喻於聲，或方於貌，或擬於心，或譬於事〔一〕。宋玉高唐云：「纖條悲鳴，聲似竽籟〔二〕。」此比聲之類也〔三〕。枚乘菟園云〔四〕：「焱焱紛紛〔五〕，若塵埃之間白雲。」此則比貌之類也〔六〕。賈生鵩鳥云：「禍之與福，何異糾纆？」〔七〕此以物比理者也。王褒洞簫云：「優柔温潤，如慈父之畜子也。」〔八〕此以聲比心者也。

〔一〕黄春貴文心雕龍之創作論：「劉勰嘗分比體爲四類，唯因交相爲用，輾轉相比，可至於無窮。……由於前述四類交遞爲用，遂衍生爲後述之六類焉。杜牧樊川文集李賀詩集序曰：『元和中，韓吏部亦頗道其歌詩：「雲煙綿聯，不足爲其態也；水之迢迢，不足爲其情也；春之盎盎，不足爲其和也；秋之明潔，不足爲其格也；風檣陣馬，不足爲其勇也；瓦棺篆鼎，不足爲其古也；時花美女，不足爲其色也；荒國陊殿，梗莽丘隴，不足爲其怨恨悲愁也；鯨呿鼇擲，牛鬼蛇神，不足爲其虚荒誕幻也。」』據此則更可將比體分爲九類矣。」

黄春貴：「至若狀態之難以説明者，則取類似之外物巧爲形容之。魏慶之詩人玉屑卷六引梅堯臣之言曰：『必能狀難寫之景，如在目前。』此種寫景功夫，即形容之作用也。……由於此輩名家，繪述山川風土，描寫雲霞景物，極盡形容之能事，後世文人，推波助瀾，其流益廣。……

「不僅寫景者如此，凡無可説明而不得不以形容出之者，亦每以譬喻以極其窮。如聲音不易説明，則用譬喻以形容之。白居易琵琶行曰：『大弦嘈嘈如急雨，小弦切切如私語。嘈嘈切切錯雜彈，大珠小珠落玉盤。間關鶯語花底滑，幽咽流泉水下灘。』此即彦和所謂『比聲之類』。再如人之丰神體態不易説明，亦多用譬喻以形容之。如曹植洛神賦曰：『其形也，翩若驚鴻，婉若游龍，榮曜秋菊，華茂春松。髣髴兮若輕雲之蔽月，飄颻兮若流風之迴雪。遠而望之，皎若太陽升朝霞；迫而察之，灼若芙蕖出緑波。穠纖得衷，修短合度。肩若削成，腰如約素。延頸秀項，皓質呈露。芳澤無加，鉛華弗御。』此即比興篇所謂『比貌之類』。凡此種種，皆藉譬喻以見形容之妙也。」

〔二〕「纖條」，細枝也。文選高唐賦：「纖條悲鳴，聲似竽籟，清濁相和，五變四會。」五臣向注：「纖，細也，風吹細條，似竽籟之聲。竽，笙屬；籟，簫也。」

〔三〕黎錦熙：「拿樂器的聲音比風動樹林枝條的聲音，物雖不同類，還同是聲音，不算上乘。」

〔四〕詮賦篇：「枚乘菟園，舉要以會新。」

〔五〕枚乘梁王菟園賦：「西望西山：山鵲野鳩……被塘臨谷；翱翔群熙，交頜接翼……往來霞水，離散而没合，疾疾紛紛，若塵埃之間白雲也。」黎錦熙據古文苑及藝文類聚改「焱焱」爲「疾疾」。焱，矣歛切。焱焱，光彩也。梅注：「音標。」

李詳補注：「札迻云：案枚賦見古文苑，『焱焱』作『疾疾』，誤，當據此正之。」

校注：「按從三『火』之『焱』與從三『犬』之『猋』音義俱别。枚乘此段寫鳥，合是『猋』字。『猋猋紛紛』，蓋形容衆鳥『往來霞水，離散没合』之變化多端，不可名狀。」校證徑作「猋猋」。

〔六〕校證：「以上下文例求之，（「則」字）不當有，今删。」

〔七〕校證：「『鳥』原作『賦』，顧云當作『鳥』。案以上下文例求之，顧校是，今據改。」

校注：「此段所引高唐、菟園、洞簫、長笛、南都諸賦，皆未著『賦』字，此亦應爾。詮賦篇亦引菟園、洞簫、鵩鳥諸賦，而鵩鳥正不作鵩賦。」黎錦熙：「鵩鳥賦：『禍兮福所倚，福兮禍所伏。憂喜聚門兮，吉凶同域。……夫禍之與福兮，何異糾纆。』鵩鳥賦只是談理，卻善用比。」文選李善注：「字林曰：『糾，兩合繩；纆，三合繩。』應劭曰：『禍福相與爲表裏，如糾纆繩索相附會也。』臣瓚曰：『糾，絞也；纆，索也。』鶡冠子曰：『禍與福如糾纆也。』」五臣向注：「糾纆，繩索也。兩股相纆，言禍福相糾纆亦如之。」

〔八〕校證：「『畜』原作『愛』，梅云：『本賦作「畜」字。』黄本據改。」校注：「『畜』，元本、弘治本、活字本、汪本、佘本……崇文本作『愛』……何焯改『畜』……按梅本有校語云：『本賦作畜字。』是黄氏據文選洞簫賦改爲『畜』也。意舍人所見本有作『愛』者，不然，『愛』『畜』二字之形不近，何由致誤？」

綴補：「案明嘉靖本『畜』作『愛』，古詩紀引同。」

黄注：「〔王褒洞簫賦：〕聽其巨音，則周流汜濫，並包吐含，若慈父之畜子也。〔又云：〕優柔温潤，又似君子。」五臣向注：「聞其大音，周流汜濫而廣遠，並包衆聲，吐含和樂，乃如慈父之於子也，包含仁愛以養之。……畜，養也。」黎錦熙謂：「（劉勰）引此賦句誤；且宜云『以心比聲』（即依原句，亦當作「以聲比於心」講）。這段除雷霆外，都是與聲不相干的事物，乃比喻法的上乘。」「畜」，撫養。

馬融長笛云：「繁縟絡繹，范蔡之説也。」〔一〕此以響比辯者也〔二〕。張衡南都云：「起鄭舞，蠒曳緒。」〔三〕此以容比物者也〔四〕。若斯之類，辭賦所先〔五〕；日用乎比，月忘乎興〔六〕；習小而棄大，所以文謝於周人也〔七〕。

〔一〕文選「絡繹」作「駱驛」。李善注：「辭旨繁縟，又相連續也。説文曰：『縟，彩飾也。』范雎、蔡澤，並辯士也。」五臣銑注：「范，范雎也，説秦而爲秦相；蔡，蔡澤也，説范雎而代其相位，皆辯士也。笛聲繁多相連不絶，如范雎、蔡澤之説辭也。」

〔二〕黎錦熙：「此隱喻法。」

〔三〕校證：「『蠒曳』原作『蠒抽』，梅案本賦改。」張衡南都賦：「坐南歌兮起鄭儛，白鶴飛兮繭曳緒。」李善注：「楚辭曰：『二八齊容起鄭舞。』王逸曰：『鄭國儛也。』白鶴飛兮繭曳緒，皆舞人之容。」「蠒曳緒」，猶蠶曳絲緒而相連。

〔四〕范注：「此云以容比物，似當作以物比容也。」

斯波六郎：「案從上文『此以聲比心者也』、『此以響比辯者也』之例推之，原文『以容比物』爲佳。『起鄭舞』謂『容』，『璽曳緒』謂物。上文之『此以物比理者也』疑或不應作『此以理比物者也』耶？」

〔五〕「辭賦所先」即「辭賦所重」。

〔六〕札記：「自漢以來，詞人鮮用興義，固緣詩道下衰，亦由文詞之作，趣以喻人，苟覽者恍惚難明，則感動之功不顯。用比忘興，勢使之然，雖相如、子雲，未如之何也。然自昔名篇，亦或兼存比興，及時世遷貿，而解者祇益紛紜，一卷之詩，不勝異説。九原不作，烟墨無言。是以解嗣宗之詩，則首首致譏禪代；箋杜陵之作，則篇篇繫念朝廷。雖當時未必不託物以發端，而後世則不能離言而求象。由此以觀，用比者歷久而不傷晦昧，用興者説絶而立致辨争。當其覽古，知興義之難明，及其自爲，亦遂疏興義而希用，此興之所以浸微浸滅也。」

講疏：「案屈原製騷，義同風雅，自漢代辭人，專志賦頌，乏諷刺之義，故日用乎比，月忘乎興，蓋藻多而情感薄，故罕見興義也。」此處雖然詳比略興。但是劉勰蓋兼重比興，所以指斥辭人的用比忘興。

校釋：「考興之爲義，雖精於比；而其爲用，則狹於比。其故有二：一者興之託物，但節取與情相發之一義以發端，不易敷爲全篇。國風之詠關雎，九歌之賦秋蘭是也。比則依情託義，可以曲折相附。詩之螽斯，賦之窮鳥是也。二者興者物來感情，出於無心，違論後人難以意逆，即作者當時，亦或流露於不自覺。而賦體本以敷布爲用。敷布云者，蓋有經營結構之功，與無心而發者異趣。是以唐詩宋詞，託興尚多；而漢魏辭賦，興義轉亡，體實限之也。舍人此篇辭意，雖惜興義之銷亡，而薄比體之代用，然於比興二體盛衰之故，已能窺見本源。」

〔七〕注訂：「周人之作指三百篇。『謝』猶『遜』也。」黎錦熙：「以上論賦家之比，並分類。」王元化釋比興篇「擬容取心」說：「由於他堅持比興必須綜合在一起，因此肯定了『諷兼比興』的離騷，而批評了『用比忘興』的辭賦。他側重論比的原因，正針對了漢季以來『興義銷忘』的現象而發的。這不但不是對興義的忽略，相反倒是對興義的重視。比興篇說：『炎漢雖盛……信舊章矣。』分明含有貶責的意思。至於下文說到魏晉以來的辭賦『日用乎比……所以文謝於周人也』，就可作爲這一點的明證。照劉勰看來，如果不能通過現實表象去揭示現實意義，而僅僅把藝術形象作爲可描寫外在現象的單純手法，那麽，這就變成一種『習小而棄大』的雕蟲小技了。『用比忘興』也就是徒知切象，不知示義，徒知擬容，不知取心的意思。」

至於揚、班之倫，曹、劉以下，圖狀山川，影寫雲物，莫不織綜比義〔一〕，以敷其華，驚聽回視〔二〕，資此效績〔三〕。

〔一〕校證：「『織』原作『纖』，何、黄並云：『疑作織。』案作『織』是，正緯篇亦有『織綜』語，今據改。」

札記：「『纖』當爲『織』字之誤。」「織綜」，錯綜交織。

〔二〕校注：「『漢書揚雄傳上（甘泉賦）：『目駭耳回。』顔注：『言驚視聽也。』文選李注：『蒼頡篇曰：駭，驚也。回，謂回皇也。』』「回皇」，眩惑。

〔三〕左傳文公八年：「效節於府人而出。」杜注：「效猶致也。」「致績」，獲得成績。

斠詮：「興之爲體，可謂至矣妙矣，託象以明義，因小以見大……惟其『依微以擬義』，隱而不顯，又『明而未融』，必待先賢之『發注而後見』，淺學無由覘其奥府，遂使後世文人避難趣易，重比忘興……而辭賦之作，趣以喻人，苟取義差在毫釐，會情寄在幽隱，則感人之功不顯，動人之情晦澀矣。故曹、劉以下，莫不織綜比義，亦無怪其然也。」

又安仁螢賦云：「流金在沙。」〔一〕季鷹雜詩云：「青條若總翠。」〔二〕皆其義者也〔三〕。故比類雖繁，以切至爲貴〔四〕；若刻鵠類鶩〔五〕，則無所取焉〔六〕。

〔一〕訓故：「潘岳螢火賦：『飄飄熲熲，若流金之在沙。』岳字安仁。」「熲」，同「炯」。楚辭九思哀歲：「神光兮熲熲。」

〔二〕校注：「『雜』，元本、弘治本、活字本、汪本、佘本、兩京本、胡本、訓故本、文津本作『春』。……按文選卷二九題作雜詩，覆按其詞，實寫暮春（篇首即箸「暮春」二字）景象，似以作『春』爲是。」校證：「徐校作『雜』，案季鷹雜詩，文選入雜詩内，詩中正有『青條若總翠』語。作『春』者誤。」

考異：「從春者，以其詩爲詠春草也。然目爲雜詩者，雜體中有寫春之句也，從『雜』是。」

范注：「張翰雜詩：『青條若總翠，黄華如散金。』詩載文選。」黎錦熙：「翠，翡翠，緑玉；又青羽鳥，羽可爲飾。」又：「這黄華是指三月間開的菜花，田園林野，到處都有，所以像散金。」李白金陵送張十一再遊東吴：「張翰黄花句，風流五百年。」即指此。

〔三〕斯波六郎：「『義』疑『美』之誤。蓋與論説第十八『然亦其美矣』同一句法。」

〔四〕「切至」，貼切。祝盟篇：「感激以立誠，切至以敷辭。」劉勰主張比要恰如其分地説明事物，使物、辭、意三者貼切。

郭紹虞、王文生論比興：「文心雕龍早就提出：『比類雖繁，以切至爲貴。』詩品序也説過：『古今勝語，多非補假，皆由直尋。』『切至』就是準確，即是切；『直尋』就是直接源自生活，即是『類』。明清作者發揚這一思想，一再强調比法的這一特點，所以……説：『貼切此人此事，絲毫不容假借，方是題目佳境。』（隨園詩話卷一）」

紀評：「亦有太切轉成滯相者。」札記：「切至之説，第一不宜沿襲，第二不許蒙籠，紀評謂太切轉成滯相，按此乃措語不工，非體物太切也。」注訂：「體物太切者，詞必滯塞，蓋切不切以詞爲歸。黄氏所謂不工，紀氏所謂轉滯，皆指修詞而言，故太切則詞必滯，此不易之論，黄氏之説非。」

〔五〕梅注：「『鵠』元作『鶴』，謝改。」黄注：「馬援與兄子書：『效伯高不得，猶爲謹敕之士，所謂刻鵠不成尚類鶩者也。』」按此即誡兄子嚴敦書。「鵠」是天鵝，「鶩」是野鴨。

史通叙事：「洎乎中代，其體稍殊，或擬人必以其倫，或述事多比於古。……而今之所作，有異於事。其立言也，或虚加練飾，輕事雕彩。或體兼賦頌，詞類俳優，文非文，史非史。譬夫烏孫造室，雜以漢儀，而刻鵠不成，反類於鶩者也。」

〔六〕黎錦熙：「以上比之雜例，並批評。」

第三段舉例説明比的類别及其運用變化，總的要求是「以切至爲貴」。

贊曰：詩人比興〔一〕，觸物圓覽〔二〕。物雖胡越，合則肝膽〔三〕。擬容取心〔四〕，斷辭必敢〔五〕。攢雜詠歌〔六〕，如川之渙〔七〕。

〔一〕王元化釋比興篇「擬容取心」説：「根據劉勰的説法，比興含有二義。分别言之，比訓爲『附』，所謂『附理者，切類以指事』。興訓爲『起』，所謂『起情者，依微以擬議』。這是比興的一種意義。還有一種意義，則是把比興二字連綴成詞，作爲一個整體概念來看。比興篇的篇名以及贊中所謂『詩人比興』，都是包含了更廣泛的内容的。在這裏，『比興』一詞可以解釋作一種藝術性的特徵，近於我們今天所説的『藝術形象』一語。」

日人坂田新文心雕龍比興篇疏：「比興一詞與詩人諷諫之意關係密切，再考慮到後代對『興託』『興寄』這些近義詞的發揮……文心雕龍中比興一詞的意義……是指受萬象觸發而産生的、成爲文學産生契機的感興。」（中華文史論叢一九八五年第二輯）

〔二〕「圓」，精密。我國古代學者，每以圓象事物。周易繫辭：「圓而神。」淮南子主術訓：「智圓。」佛家翻譯佛書，尤慣用圓，若楞嚴經「圓妙」，「圓音」，「圓通」，「圓融」，圓覺經「圓悟」，「圓覽」，「圓照」。劉勰通佛理，作本書亦多言「圓」。麗辭：「理圓事密。」風骨：「骨采未圓。」論説：「故其義貴圓通。」體性：「思轉自圓。」明詩：「思無定位，鮮能圓通。」知音：「故圓照之象，務先博觀。」總術：「自非圓鑒區域，大判條理。」指瑕：「慮動難圓。」雜文：「事圓而音澤。」本篇曰「圓覽」，言精密觀察。

〔三〕校注：「按淮南子俶真篇：『是故自其異者視之，肝膽胡越。』（莊子德充符篇作「楚越」）高注：『肝膽，喻近；胡越，喻遠。』舍人語意本此。黄注引莊子外，復引孔叢子以釋胡越，不啻畫蛇添足矣。附會篇：『善附者，異旨如肝膽；拙會者，同音如胡越。』語意與此亦同。」文學上的高手，通過類似聯想（約相當於比）和接近聯想（約相當於興），能把毫不相關的東西來相比，這就是「物雖胡越，合則肝膽」。這樣就創造出更優美的形象來。

〔四〕「擬容」出於易繫辭上：「聖人有以見天下之賾，而擬諸其形容，象其物宜，是故謂之象。」詮賦篇：「觸興致情，因變取會，擬諸形容，則言務纖密；象其物宜，則理貴側附。」

王元化釋比興篇「擬容取心」説：「『擬容取心』合起來的意思：塑造藝術形象，不僅要摹擬現實的表象，而且還要攝取現實的意義，通過現實表象的描繪，以達到現實意義的揭示。」又：「他認爲比屬於描繪現實表象的範疇，亦即擬容切象之義。興屬於揭示現實意義的範疇，亦即取心示理。」

鍾子翱、黄安禎劉勰論寫作之道：「此指比興兼用。擬容，比擬形貌；比多如此。取心，攝取事物的内在意義；興多如此。」

張少康中國古代文學創作論：「『擬容』是對物象的描繪，而對物象的描繪並不只限於它的外表形態，也包括它的内在精神。而『取心』則主要是取作者寓於所擬之『容』的『心』。當然作者之『心』是借物象之含義而體現出來的，物象中所包含的現實意義雖有它的客觀性，但在文學藝術中，它是作爲作者意圖的體現者而出現的。」

〔五〕黄注：「史記李斯傳：趙高曰：顧小而忘大，後必有害；狐疑猶豫，後必有悔。斷而敢行，鬼神避之，後必有功。」

斠詮：「決斷文辭，必須果敢。」「斷辭」亦可解作措辭。

〔六〕「攢雜」，聚集，指將比興交織在詩賦中。

〔七〕札記：「『涣』字失韻，當作『澹』，字形相近而誤。澹淡，水貌也。」

牟注：「涣，水盛貌。詩經鄭風溱洧：『溱與洧，方涣涣兮。』毛傳：『春水盛貌。』」

夸飾第三十七

范注：「案比興篇云：『夫比之爲義，取類不常，或喻於聲，或方於貌，或擬於心，或譬於事。』蓋比者，以此事比彼事，以彼物比此物，其同異之質，大小多寡之量，差距不遠，殆若相等。至飾之爲義，則所喻之辭，其質量無妨過實，正如王仲任（充）所云：『譽人不增其美，則聞者不快其意；毁人不益其惡，則聽者不愜於心。聞一增以爲十，見百益以爲千。』莊子亦云：『兩喜必多溢美之言，兩惡必多溢惡之言。』夸飾之文，意在動人耳目，本不必盡合論理學，亦不必盡符於事實，讀書者不以文害辭，不以辭害意，斯爲得之。說文：『夸，奢也。從大，于聲。』艸部：『芋，大葉，實根駭人，故謂之芋也。』今從大、于會意，有大過驚人之義。彦和所謂『驗理則理無可驗，窮飾則飾猶未窮』者也。」

注訂：「夸，說文：『奢也。』吕氏春秋下賢篇：『富有天下而不騁夸。』注：『夸，詫而自大也。』又周書謚法：『華言無實曰夸。』又與『誇』同。經典中多用『誇』。誇，詞誕也，亦見說文。則『夸』『誇』字通。『飾』，與『拭』通，說文：『刷也。』刷治潔清之也。凡踵事增華，皆謂之飾，則引伸之義，大戴勸學：『遠而有光者飾也。』據此所謂夸飾者，壯其辭以爲之飾，使覽之者加意焉，此夸飾之的也。」

至於夸飾之作用，札記謂：「總而言之，文有飾詞，可以傳難言之意；文有飾詞，可以省不急之文，文有飾詞，可以摹難傳之狀；文有飾詞，可以得言外之情。」

傅庚生中國文學批評通論（本篇所引傅氏語同此）：「左思三都賦序云：『且夫玉巵無當，雖寶非用；侈言無驗，雖麗非經。而論者莫不詆訐其研精，作者大氐舉爲憲章，積習生常，有自來矣。余既思摹二京，而賦三都，其山川城邑，則稽之地圖；其鳥獸草木，則驗之方志；風謡歌舞，各附其俗；魁梧長者，莫非其舊。何則？發言爲詩者，詠其所志也；升高能賦者，頌其所見也。美物者貴依其本，讚事者宜本其實。匪本匪實，覽者奚信？』則以科學之態度臨文，不諳夸飾之旨，不但翦揚、馬之甚泰，且廢班、張之潤色，非知文之論已。皇甫謐三都賦序云：『古人稱不歌而誦謂之賦，然則賦也者所以因物造端，敷弘體理，欲人不能加也。引而申之，故文必盡美；觸類而長之，故辭必盡麗。』……『因物造端』，極美盡麗，契於飾矣；『觸類而長』，『人不能加』，幾於夸矣。而一歸之『美麗之文』，説勝太沖多許。」

黄春貴文心雕龍之創作論（斠詮略同）：「夸飾之方式無窮，要而言之，不外放大或縮小兩大類，各依時間、動作、性質、數量，又可分爲四種：

（甲）放大之夸飾：所謂放大，乃推廣範疇，極言其大之描述。指時間，極言其快；指動作，極言其速；指性質，極言其壯；指數量，極言其多。正如銀幕上之放大鏡頭，在重要時刻，將劇情予以一種放大之影像也。

（一）指時間之快者——莊子知北遊：『人生天地間，若白駒之過隙，忽然而已。』

（二）指動作之速者——六韜軍勢：『巧者一決而不猶豫，是以疾雷不及掩耳。』

（三）指性質之壯者——駱賓王爲徐敬業討武曌檄：『班聲動而北風起，劍氣沖而南斗平。暗嗚則山嶽崩頹，叱咤則風雲變色。』

（四）指數量之多者——戰國策齊策：『臨淄之途，車轂擊，人肩摩，連衽成帷，舉袂成幕，揮汗成雨。』

（乙）縮小之夸飾：所謂縮小，乃放大之反，極言其小之描述。指時間，極言其慢；指動作，極言其緩；指性質，極言其弱；指數量，極言其少。髣髴銀幕上之遠縮鏡頭，將各方之事物集中於一微細之焦點也。

（一）指時間之慢者——詩經王風葛屨：『一日不見，如三秋兮。』

（二）指動作之緩者——水經江水注：『朝發黄牛，暮宿黄牛，三朝三暮，黄牛如故。』

（三）指性質之弱者——陳琳檄吴將校部曲文：『孫權小子，未辨菽麥，要領不足以膏齊斧，名字不足以洿簡墨。』

（四）指數量之少者——司馬遷報任安書：『假令僕伏法受誅，若九牛亡一毛，與螻蟻何以異？』」

「至於放大與縮小夸飾，對比映襯，交替用者，亦在在有之。如司馬遷報任安書：『人固有一死，或重於泰山，或輕於鴻毛，用之所趨異也。』一言其重，一言其輕，以見人死之聲價懸殊。……

北史文苑傳序：『及明皇御曆，文雅大盛。學者如牛毛，成者如麟角。』一言極多，一言極少，以見學成之不易也。」

按：夸飾含有夸張和修飾兩方面的意義，也可以説是夸張性的修飾。

夫形而上者謂之道，形而下者謂之器〔一〕。神道難摹〔二〕，精言不能追其極〔三〕；形器易寫〔四〕，壯辭可得喻其真〔五〕。才非短長，理自難易耳〔六〕。

〔一〕易繫辭上：「是故形而上者謂之道，形而下者謂之器。」正義：「道是無體之名，形是有質之稱。凡有以無而生，形由道而立。是先道而後形。是道在形之上，形在道之下，故自形外已上者謂之道也；自形内而下者謂之器也。形雖處道器兩畔之際，形在器不在道也。既有形質，可爲器用，故云形而下者謂之器也。」

〔二〕易觀卦彖辭：「觀天之神道，而四時不忒，聖人以神道設教，而天下服矣。」正義：「神道者，微妙無方，理不可知，目不可見，不知所以然而然，謂之神道。」正緯：「夫神道闡幽，天命微顯。」

〔三〕斠詮：「精言，猶微言。呂覽精諭：『有事於此，而精言之而不知。』高注：『精，微。』漢書藝文志：『昔仲尼没而微言絶。』顏師古注：『精微要妙之言。』」神思篇：「言所不追，筆固知止。」「追其極」謂盡情表達出來。

〔四〕斠詮：「形器，謂有定形之器也。」易繫辭上：「形乃謂之器。」韓注：「成形曰器。」文選袁宏三國名臣序贊：「形器不存，方寸海納。」

〔五〕此句意謂夸大的文詞可能表達事物的真象。

雜文篇：「高談宫館，壯語畋獵。」「壯詞可得喻其真」是説藝術的夸張爲了更美更善地體現生活的真實。例如：

杜甫古柏行：「霜皮溜雨四十圍，黛色參天二千尺。」沈括夢溪筆談卷二十三譏謔門：「四十圍乃是徑七尺，無乃太細長乎？……此亦文章之病也。」宋范鎮東齋紀事卷四：「杜工部云『黛色參天二千尺』，其言蓋過，今才十丈。古之詩人，好大其事，率如此也。」（又見胡仔苕溪漁隱叢話卷八引王直方詩話。）宋黄朝英爲杜甫辯護説：「存中性機警，善九章算術，獨於此爲誤何也？古制以圍三徑一，四十圍即百二十尺。圍有百二十尺，即徑四十尺矣，安得云七尺也？若以人兩手大指相合爲一圍，則是一小尺，即徑一丈三尺三寸，又安得云七尺也？武侯廟柏，當從古制爲定。則徑四十尺，其長二千尺宜矣；豈得以細長譏之乎？」（漁隱叢話前集卷八引靖康緗素雜記，今本湘素雜記無此條）陳望道修辭學發凡説：「那便犯了照字直解的錯誤。」宋王觀國學林卷八：「子美潼關吏詩曰：『大城鐵不如，小城萬丈餘。』世豈有萬丈餘城耶？姑言其高耳，『四十圍』，『二千尺』者，姑言大且高也。詩人之言當如此，而存中乃拘拘然以尺寸校之，則過矣。」（又見漁隱叢話前集卷八）宋范温詩眼：「余遊武侯廟，然後知古柏詩所謂『柯如青銅根如石』信然，決不可以改，此乃形似之語；『霜皮溜雨四十圍，黛色參天二千尺』，『雲來氣接巫峽長，月出寒通雪山白』，此激昂之語。不如此則不見柏之大也。」（見漁隱叢話前集卷八）別林斯基一八四二年二月的俄國文學：「一個人在偉大畫家所畫肖像中，甚至比他在銀板照片上的影像還更像自己，因爲偉大的畫家用突出的綫條把隱藏在這個人內心中的一切東西，也許是構成這個人的秘密的一切東西，全都鈎勒出來了。」（別林斯基論文學，譯文據馬克斯列寧主義美學原理）

〔六〕二句謂並非作家之才有長短、高下，而是道理本身有難易之別。

故自天地以降，豫入聲貌〔一〕，文辭所被，夸飾恒存〔二〕。雖詩書雅言〔三〕，風格訓世〔四〕，事必宜廣，文亦過焉〔五〕。

〔一〕范注：「禮記曲禮：『定猶與也。』釋文：『本作豫。』郭注：「先事曰豫。禮記樂記：『禁於未發之謂豫。』」

注訂：「豫入聲貌者，言聲貌皆天地自然之所素定也。禮記中庸：『凡事豫則立。』注：『素定也。』」

〔二〕「被」，被及。二句意謂凡是用文辭寫出來的作品，夸飾總是經常存在的。

〔三〕論語述而：「子所雅言，詩書執禮，皆雅言也。」

〔四〕徐復文心雕龍正字：「按『格』字疑當作『俗』。議對篇云：『風格存焉。』宋本御覽誤作『風俗』。但此『風格』似係『風俗』之誤。」校證：「顧校本、黄丕烈引馮本，『格』作『俗』。」范注：「詩大序：『風，教也。』緇衣：『言有物而行有格。』注曰：『格，舊法也。』」「訓世」，起到教育作用。

斯波六郎：「『格』蓋『俗』之誤。『風俗』謂風化俗，與『訓世』相對爲句。」

考異：「風格承詩書雅言，風俗則失其指歸，從『俗』非。」

校注：「『格』，謝(恒)鈔本作『俗』。顧廣圻校作『俗』。按『風格訓世』，不可通，作『俗』是也。『風』讀爲『諷』。『風俗訓世』即詩大序『風，諷也，教也；風以動之，教以化之』之意。慧皎高僧傳序：『明詩、書、禮、樂，以成風俗之訓。』語意與此同，尤爲切證。」

吴林伯文心雕龍諸家校注商兑：「『風格』是説辭采的法規，猶文心章表曰『風矩』，奏啓曰『風軌』，劉氏從其論文『宗經』的觀點出發，指出經典中的詩書都是雅正的語言，它以辭采的法規訓示世間作者，而『夸飾』即是其中之一。因此下文在論述詩的夸飾以後，接言這些夸飾的詩篇是『大聖所録，以垂憲章』，與上文『風格訓世』一貫。」

〔五〕「事必宜廣」謂事態需要擴大，「過」謂夸大超過原形。斠詮：「彦和以爲夸飾乃創作之勢所必然，雖雅正如詩書，亦多夸飾之筆，况以有限之文辭，欲達無窮之情意，遑可拘循表態，墨守成規。故曰：『事必宜廣，文亦過焉。』」

是以言峻則嵩高極天〔一〕，論狹則河不容舠〔二〕，説多則子孫千億〔三〕，稱少則民靡孑遺〔四〕；襄陵舉滔天之目〔五〕，倒戈立漂杵之論〔六〕，辭雖已甚〔七〕，其義無害也。

〔一〕梅注：「大雅：『嵩高維嶽，峻極於天。』」

范注：「詩大雅崧高：『崧高維嶽，駿極於天。』傳曰：『崧，高貌，山大而高曰崧。嶽，四嶽也。駿，大；極，至也。』釋文：『駿，音峻。』」

斠詮：「『嵩』與『崧』同。『峻』、『駿』正叚字。」

汪中釋三九中：「禮記雜記：『晏平仲祀其先人，豚肩不揜豆。』豚實於俎，不實於豆。豆徑尺，併豚兩肩，無容不揜。此言乎其儉也。樂記：『武王克商，未及下車，而封黄帝、堯、舜之後。』大封必於廟，因祭策命，不可於車上行之。此言乎以是爲先務也。詩：『嵩高維岳，峻極於天。』此言乎其高也。此辭之形容者也。……辭不過其意則不鬯，是以有形容焉。」

（述學）

〔二〕梅注：「衛風：『誰謂河廣？曾不容舠。』」

札迻：「案詩衛風河廣：『曾不容刀。』釋文云：『刀，字書作舠。』（廣雅釋器及釋名釋舟並作「舠」，同。）彦和依字書作『舠』（説文舟部云：「舠，船行不安也，從舟，刖省聲，讀若兀。」與詩「容刀」字音義俱别）。」

范注：「衛風河廣：『誰謂河廣，曾不容刀。』箋曰：『不容刀亦喻狹，小船曰刀。』釋文：『刀如字，字書作舠。説文作𦨴，並音刀。』」

〔三〕梅注：「詩假樂篇。」范注：「大雅假樂：『干禄百福，子孫千億；穆穆皇皇，宜君宜王。』箋曰：『干，求也。十萬曰億。天子穆穆，諸侯皇皇，成王行顯顯之令德，求禄得百福，其子孫亦勤行而求之，得禄千億。』」

論衡藝增云：「尚書『協和萬國』……猶詩言『子孫千億』矣。美周宣王之德，能慎天地，天地祚之，子孫衆多，至於千億。言子孫衆多可也，言千億增之也。夫子孫雖衆，不能千億。詩人頌美，增益其實。按后稷始受邰封，訖於宣王，宣王以至外族内屬，血脈所連，不能千億。夫千與萬，數之大名也。萬言衆多，故尚書言『萬國』，詩言『千億』。」又儒增篇云：「百與千，數之大者也。實欲言十，則言百，百則言千也。詩曰：子孫千億。」

〔四〕梅注：「詩雲漢篇。」范注：「大雅雲漢：『周餘黎民，靡有孑遺。』箋曰：『黎，衆也。周之衆民多有死亡者矣。今其餘無有孑遺者，言又飢病也。』正義：『孑然，孤獨之貌。言靡有孑遺，謂無有孑然得遺漏。』朱注：『孑，無右臂貌；遺，餘也。言大亂之後，周之餘民無復有半身之遺者。』」

陳奂詩毛氏傳疏：「靡有孑遺，是無遺民之義。民因饑饉，餓死無存，此是極盡之詞耳。」説文：「孑，單也。」

孟子萬章上：「雲漢之詩曰：『周餘黎民，靡有孑遺。』信斯言也，是周無遺民也。」

論衡藝增篇：「詩曰：『維周黎民，靡有孑遺。』是謂周宣王之時，遭大旱之災也。詩人傷旱之甚，民被其害，言無有孑遺一人不愁苦者。夫旱甚則有之矣，言無孑遺一人，增之也。夫周之民，猶今之民也。使今之民也，遭大旱之災，貧羸無蓄積，扣心思雨。……天之旱也……富貴之人必有遺脱者矣。而言靡有孑遺，增益其文，欲言旱甚也。」

〔五〕梅注：「書堯典：『湯湯洪水方割，蕩蕩懷山襄陵，浩浩滔天。』孔傳：『湯湯，流貌。洪，大；割，害也。』又：『懷，包；襄，上也。包山上陵，浩浩盛大若漫天。』」

「目」，言也。穀梁傳閔公元年：「其不目，而曰仲孫，疏之也。」注：「不目，謂不言公子慶父。」

〔六〕梅注：「書武成：前徒倒戈，攻於後，以北，血流漂杵。」范注：「尚書僞武成：『罔有敵于我師。前徒倒戈，攻于後，以北，血流漂杵。』正義：『孟子云：「盡信書，不如無書，吾於武成取二三策而已。仁者無敵於天下，以至仁伐不仁，如何其血流漂杵也？」是言不實也。』」

閻若璩尚書古文疏證卷八第一百十九：「余謂諸説皆可，獨『漂杵』之論不然。所以孟子特爲武王辨白，正以有害於義。」

〔七〕孟子離婁下：「仲尼不爲已甚者。」「已甚」，太過。此謂用辭雖然有過火的地方，但在意義上没有妨害。

孫德謙六朝麗指：「文心雕龍夸飾篇：『言高則峻極於天，言小則河不容舠。』嘗引詩以明夸飾之義。吾謂夸飾者，即是形容也。詩經而外，見於古人文字者，不可殫述。……尚書武成篇：『罔有敵于我師，前徒倒戈，攻于後以北，血流漂杵。』此史臣鋪張形容之辭，孟子則謂『盡信書則不如無書，以至仁伐不仁，而何其血之流杵』。夫書爲孔子所删定，孟子豈欲人之不必盡信哉！特以書言血流漂杵，當知此爲形容語，不可遽信其真也。遽信其真，不察其形容之失實，而拘泥文辭，因穿鑿附會以解之，斯真不善讀書矣。故通乎形容之説，可以讀一切書，而六朝之文，亦非苟馳夸飾，乃真善於形容者也。」

楊樹達漢文文言修辭學第十章誇張〔三〕：「論衡語增篇云：『察武成之篇，牧野之戰，血流浮杵，赤地千里。』……論衡藝增篇云：『夫武成之篇，言武王伐紂，血流浮杵，助戰者多，故至血流如此。皆欲紂之亡也，土崩瓦解，安肯戰乎？言血浮杵，亦太過焉。死者血流，安能浮杵？案武王伐紂於牧之野，河北地高壤，靡不干燥，兵頓血流，輒燥入土，安得杵浮？且周殷士卒，皆賫盛糧，無杵臼之事，安得杵而浮之？』文心雕龍夸飾篇云：『襄陵舉滔天之目……辭雖已甚，其義無害也。』樹達按：劉氏以爲夸飾者得之，孟子似誤以爲實事矣。」

且夫鴞音之醜，豈有泮林而變好〔一〕？荼味之苦，寧以周原而成飴〔二〕？並意深褒贊，故義成矯飾〔三〕。

〔一〕梅注：「魯頌：『翩彼飛鴞，集於泮林，食我桑黮，懷我好音。』」札記：「詩毛傳云：『鴞，惡音之鳥也。』」「鴞」，貓頭鷹。鄭箋：「懷，歸也。言鴞恒惡鳴，今來止於泮水之木上，食其桑黮，爲此之故，故改其鳴，歸就我以善音，喻人感於恩則化也。」朱注：「泮水，泮宫之水也。」斠詮：「泮林，泮宫之林木也。說文：『泮，諸侯鄉射之宫，西南爲水，東北爲墻。』文獻通考學校考：『朱子曰：王制論學，天子曰辟雍，諸侯曰泮宫。』」

〔二〕范注：「詩大雅綿：『周原膴膴，堇荼如飴。』箋云：『廣平曰原，周之原地，在岐山之南，膴膴然肥美，其所生菜，雖有性苦者，甘如飴也。』」朱注：「飴，餳也。」朱駿聲曰：「古以芽米熬之成液，今或用大麥爲之，再和之以饊，則成餳。」即今麥芽糖。

〔三〕荀子性惡篇：「古者聖王以人之性惡，以爲偏險而不正，悖亂而不治，是以爲之起禮義，制法度，以矯飾人之情性而正之。」斠詮：「矯飾，謂作僞文飾也。後漢書章帝紀：『俗吏矯飾外貌，似是而非。』案：矯，詐也。見玉篇。此處用之，作過份夸飾解。」

顧隨先生夸飾篇後記上：「把劉勰的夸飾同王充的藝增比較一下，顯而易見有兩點不同：一、對於夸飾，王充取否定的態度，劉勰卻是肯定的。二、王充就讀者的效果而言，他說：『譽人不增其美，則聞者不快其意，毁人不益其惡，則聽者不愜於心。』劉勰就夸張的動機而有言，他說：『並意深褒贊，故義成矯飾。』……關於第二，劉勰和王充似乎相反，實則相成；有了前者的動機，才有後者所說的效果。說得再清楚一點，就是：正是爲了譽人增美，使聞者快意，毁人增惡，使聽者愜心，才能够『並意深褒贊，故義成矯飾（存心要把一個人説得更好一點，所以就用藝術夸張的手法）』。倘使作者的情感和感覺不真實，不深刻，縱使譽人增其美，聞者也不會快其意；縱使毁人益其惡，聽者也不會愜於心了。這不盡是語言技巧的問題。」（河北日報，一九五九年六月七日）

又夸飾篇後記中：「劉知幾的『望表而知裏』。——史通的第二十一篇是浮詞，它的内容有關於藝術夸張。劉知幾在這一篇裏説：『至於本事之外，時寄抑揚（時時帶着褒貶），此乃得失稟於片言，是非由於一句。』這樣論史，就很近於夸飾篇的論文：『並意深褒贊，故義成矯飾。』而劉知幾説得更完全些，因爲劉勰只提到了褒，而忘記了貶。

「劉知幾在作上面那一結論以前，曾舉出了史書上的幾個例子。其中一個是史記酷吏傳寫郅都説：匈奴人都怕郅都，紮個草人，説是郅都，用箭來射，也射不中。劉知幾認爲這是史記的夸張地方。但是他認爲史家可以這樣寫。他不象王充那樣死板地求真。」

大聖所録，以垂憲章〔一〕。孟軻所云〔二〕，「説詩者不以文害辭，不以辭害意」也〔三〕。

〔一〕「憲章」，謂法制。晉書張華傳：「晉史及儀禮憲章並屬於華。」

〔二〕校證：「何允中本、日本活字本、梅本、凌本、梅六次本、鍾本、梁本、日本刊本、王謨本、張松孫本，無『所』字。馮本、汪本、佘本、張之象本、兩京本、四庫本無『云』字。王惟儉本『云』作『謂』。」按元刻本無「云」字。何義門校於「云」字上加「所」字。

宋范温詩眼：「激昂之言，孟子所謂『不以文害意，不以辭害志』，初不可形迹考，然如此，乃見一時之意。」（見胡仔苕溪漁隱叢話前集卷八）激昂之言即夸飾之詞。

〔三〕孟子萬章上：「故説詩者，不以文害辭，不以辭害志，以意逆志，是爲得之。」趙岐注：「文，詩之文章，所引以興事也；辭，詩人所歌詠之辭；志，詩人志所欲之事；意，學者之心意也。」焦循正義：「辭謂篇章也。」又以爲：「詩之文章，即辭之文采也。」二句意謂解説詩經的人不要因爲表面的文采修飾而妨害對整個辭句的理解，也不要因爲某些辭句而妨害對作者用意的理解。

以上爲第一段，從事理本身以及詩書運用夸飾的傳統經驗説明夸飾在文學創作中的必要性。

自宋玉、景差，夸飾始盛〔一〕。相如憑風〔二〕，詭濫愈甚〔三〕。故上林之館，奔星與宛虹入軒〔四〕；從禽之盛，飛廉與焦明俱獲〔五〕。

〔一〕黄注：「（文選）風賦：『楚襄王遊於蘭臺之宮，宋玉、景差侍。』注：『宋玉、景差，楚大夫。』」景差作品大都亡佚。

范注：「揚雄法言吾子篇：『或問：「景差、唐勒、宋玉、枚乘之賦也益乎？」曰：「必也淫。」「淫則奈何？」曰：「詩人之賦麗以則，辭人之賦麗以淫。」』屈原，詩人之賦也，尚存比興之義；宋玉以下，辭人之賦也，則夸飾彌盛矣。」

史記屈原列傳：「屈原既死之後，楚有宋玉、唐勒、景差之徒者，皆好辭而以賦見稱；然皆祖屈原之從容辭令，終莫敢直諫。」校注：「文選皇甫謐三都賦序：宋玉之徒，淫文放發，言過於實，誇競之興，體失之漸，風雅之則，於是乎乖。」

按宋玉登徒子好色賦：「天下之佳人，莫若楚國。楚國之麗者，莫若臣里。臣里之美者，莫若臣東家之子。東家之子增之一分則太長，減之一分則太短，著粉則太白，施朱則太赤，眉如翠羽，肌如白雪，腰如束素，齒如含貝。嫣然一笑，惑陽城，迷下蔡。然此女登墻窺臣三年，至今未許也。登徒子則不然。其妻蓬頭攣耳，齞（音硯）脣歷齒，旁行踽僂，又疥且痔。登徒子悦之，使有五子。王熟察之，孰爲好色者矣。」傅庚生中國文學欣賞舉隅：「此言美醜皆似太夸，然愈夸乃愈見其文筆之可喜也。」

黄春貴：「此言夸飾文學之盛行，始於宋玉、景差之徒，彼二人者，上承屈原之流沫，下啓漢賦之先鞭，張皇鋪陳，崇尚淫麗，漸失詩人比興之義。」

〔二〕「憑」，憑借，依據。

斯波六郎：「范注：『漢書司馬相如傳：相如既奏大人賦，天子大悦，飄飄有陵雲氣游天地之間意。』案『憑風』乘其風勢之意，承上句之『……夸飾始盛』，且應下文之『……酌其餘波』。范注引相如文無任何關係。辨騷第五之『是以枚賈追風』，論説第十八之『並順風以託勢』，與『風』有類似之意。」

斠詮：「言司馬相如依憑宋玉景差之夸飾風氣也。……此風字承上句『夸飾始盛』而言。」

〔三〕體性篇：「長卿傲誕，故理侈而辭溢。」校注：「按史記司馬相如傳：『無是公言天子上林，廣大山谷水泉萬物，及子虛言楚雲夢所有甚衆，侈靡過其實。』」

梁玉繩史記志疑卷三十四「無是公言天子上林廣大……侈靡過其實」條附案：「左思三都賦序、文心雕龍夸飾篇並稱相如之賦詭濫不實。余謂上林地本廣大，且天子以天下爲家，故所叙山谷水泉，統形勝而言之。至其羅陳萬物，亦惟麟鳳蛟龍一二語爲增飾。觀西京雜記、三輔黄圖，則奇禽異木，貢自遠方，似不全妄。况相如明著其指，曰子虛、烏有、亡是，特主文譎諫之義爾。不必從地望所奠，土毛所産，而較有無也。程氏雍録（卷九）曾辨之。」

〔四〕范注：「文選上林賦：『於是乎離宫别館，彌山跨谷。……奔星更於閨闥，宛虹拖於楯軒。』李善注：『奔，流星也。行疾，故曰奔。』如淳曰：『宛虹，屈曲之虹也。』應劭曰：『楯，欄檻也。』司馬彪曰：『軒，楯下版也。』」

〔五〕校證：「『焦明』原作『鷦鷯』，梅云：『案本賦作焦明。』王惟儉本作『焦明』。案此淺人習見『鷦鷯』，鮮見『焦明』，致誤，今據改正。」

范注：「又（上林賦）：『於是乎背秋涉冬，天子校獵。……椎蜚廉，弄獬豸……捷鵕鸃，揜焦明。』郭璞曰：『飛廉，龍雀也，鳥身鹿頭。』李善曰：『揜，取也。』樂汁圖曰：『焦明狀似鳳凰。』」

案鷦鷯應依本賦作焦明。」

「從」，縱也。「從禽」，謂天子出獵，侍者驅逐禽鳥，使隨從天子，供其射獵。

斠詮：「從禽，謂追逐禽獸。易屯：『即鹿無虞，以禽從也，君子舍之。』從，逐也，見詩齊風還『並驅從兩肩兮』毛傳。」廣雅釋鳥：「焦明，鳳凰屬也。」

及揚雄甘泉〔一〕，酌其餘波〔二〕；語瓌奇則假珍於玉樹〔三〕，言峻極則顛墜於鬼神〔四〕。

〔一〕「甘泉」，漢宮名，本因秦離宮，原來即奢侈，而武帝復增修之。揚雄作甘泉賦以諷。

〔二〕斠詮：「酌其餘波，謂參取司馬相如之流風餘韻也。酌，參酌擇取之意。……餘波……此處指水之末流言，引申有『流風餘韻』之意。」

〔三〕「瓌」，即瑰；「瓌奇」，珍貴奇異。

黃注：「揚雄甘泉賦：『翠玉樹之青葱兮。』注：『漢武帝故事曰：上起神屋，前庭植玉樹，珊瑚爲枝，碧玉爲葉。』」
斠詮：「假珍，見左思三都賦序：『假稱珍怪，以爲潤色。』」
〔四〕黄注：「甘泉賦：鬼魅不能自逮兮，半長途而下顛。注：言鬼魅至此亦不能上，至半途而顛墜也。」范注引李善注曰：「逮，及也。爾雅曰：顛，隕也。」

至東都之比目〔一〕，西京之海若〔二〕，驗理則理無可驗〔三〕，窮飾則飾猶未窮矣〔四〕。

〔一〕范注：「文選班固西都賦曰：『揄文竿，出比目。』李善注曰：『説文曰：揄，引也。音頭。』『爾雅曰：東方有比目魚焉，不比不行，其名謂之鰈。』此云東都，蓋誤記也。」
〔二〕范注：「文選張衡西京賦：『海若游於玄渚。』薛綜注曰：『海若，海神。』」又：「顧千里曰：『左太沖三都賦序云：然相如賦上林而引盧橘夏熟，揚雄賦甘泉而陳玉樹青葱。班固賦西都而嘆以出比目，張衡賦西京而述以游海若。』」
〔三〕校證：「『可』原作『不』，紀云：『不驗當作可驗。』案紀説是，今據改。」徐復正字：「不驗疑當作以驗，『不』『以』形近。」
〔四〕「未窮」，是説尚未極盡夸張之能事。
斯波六郎：「案此一節應本於三都賦序之『然相如賦上林而引盧橘夏熟……於義則虚而無徵』。就中之『假珍於玉樹』及『驗理則理無可驗』，直據彼之『假稱珍怪』及『於義則虚而無徵』，殆不容疑。」

「王觀國學林『三都賦序』條爲司馬相如諸人辯護，謂『盧橘夏熟』云云，正所以見上林之富麗，四海之嘉木珍果，莫不移植其中；玉樹亦非指天産，本不限於地域；『以出比目』所以極言感格之所致，雖魚鳥之飛潛，亦有不召而致者；『以遊海若』蓋言武帝好神仙，治太液池，有蓬萊、方丈、瀛洲、壺梁，象海中神仙之宅，龜魚之屬以俟神人。是則左思所列舉以爲疵病者，固未必盡當。」（郭紹虞著中國文學批評史引）

又子雲羽獵〔一〕，鞭宓妃以饟屈原〔二〕；張衡羽獵，困玄冥於朔野〔三〕。孌彼洛神〔四〕，既非魑魅〔五〕；惟此水師〔六〕，亦非魍魎〔七〕。而虚用濫形，不其疎乎〔八〕！此欲夸飾其威，而忘其事義睽刺也〔九〕。

〔一〕校注：「『羽』，黄校云：『一作校。』元本、弘治本、活字本、汪本、佘本、張本、兩京本、崇文本亦並作『校』。……以通變篇引『出入日月，天與地沓』二句而標爲『校獵』證之，此當依諸本作『校』，前後始能一律。黄氏從梅校徑改爲『羽』，非是。」

徐復正字：「按通變篇云『揚雄校獵』云云，則彦和固作『校』字矣。又作校與下文羽獵字不複。校獵者，以木相貫穿，總爲闌校，遮止禽獸，而獵取之。」

考異：「『校獵』見司馬長卿上林賦：『天子校獵。』又揚子雲羽獵賦序：『故聊因校獵，賦以風之。』此『校獵』二字所本。且以『羽獵』兩見，故此用『校』也，所以別下句張衡羽獵也。非如揚校所云，更與『出入日月』二句無關。」

〔二〕黄注：「揚雄羽獵賦：鞭洛水之宓妃，餉屈原與彭、胥。漢書音義：宓妃，宓羲氏之女，溺死洛水爲神。」文選李善注：「鄭玄曰：『彭，彭咸也。』晉灼曰：『胥，伍子胥也。』『饟』，漢書、文選皆作『餉』。『饟』爲『餉』之或字，饋食也，有款待意。離騷：『求宓妃之所在。』」駱鴻凱文選指瑕引黄侃云：「二句各爲一事，不得聯説其誼。此彦和之疏。」評注昭明文選：「二句寓遠色好德意。」

〔三〕校證：「黄注本、王謨本、張松孫本、紀本、四庫輯注本，『玄』作『元』，避清諱。」黄注：「左傳：『昧爲玄冥師。』注：『玄冥，水官，昧爲水官之長。』又：『共工氏以水紀，故爲水師而水名。』按張衡羽獵賦文不全，無『困元冥於朔野』之語。」范注：「嚴可均輯全後漢文有張衡羽獵賦殘文，無『困玄冥於朔野』語。」

羽獵賦五臣向注：「羽，箭也，言使士卒負箭而獵也。」

左傳昭公十八年：「禳火於玄冥回禄。」杜注：「玄冥，水神。」禮記月令：「孟冬之月……其神玄冥。」鄭注：「玄冥，少皞氏之子曰脩曰熙，爲水官。」張衡思玄賦：「前長離使拂羽兮，後委水衡乎玄冥。」文選李善注：「家語：『季康子曰：吾聞玄冥爲水正。』」

〔四〕校證：「馮本、汪本、佘本、張之象本、『孌』作『欒』，徐校作『孌』。」按元刻本亦作「欒」。

斯波六郎：「『孌彼洛神』據詩邶風泉水之『孌彼諸姬』而來者。」毛傳：「孌，好貌。」

〔五〕校證：「『魑魅』，舊本皆如是，梅六次本改作『罔兩』，而黄注本、王謨本、張松孫本、紀本等從之，誤矣。」

黄注：「左傳：『魑魅罔兩，莫能逢之。』注：『魑，山神，獸形；魅，怪物。罔兩，水神。』」按此見宣公三年。

〔六〕校注：「『師』，元本、弘治本、活字本、汪本、佘本、張本、兩京本、崇文本、作『怪』。……國語魯語下：『木石之怪，曰夔蝄蜽；水之怪，曰龍罔象。』左傳宣公三年：『魑魅罔兩。』杜注：『魅，怪物。』是怪字未誤。黄本作『師』，蓋據天啓梅本改也。」

按此處「水師」承上文「玄冥」而言，下句又云「亦非魍魎」，可見不應作「水怪」。斠詮：「水師，古之水官。左傳昭十七年：『共工氏以水紀，故爲水師而水名。』」

〔七〕校證：「『魍魎』原作『魑魅』，今從謝、徐校改。王惟儉本、文通二二正作『魍魎』。」

〔八〕「不其疎乎」，史通雜説下：「且雄哂子長愛奇多雜，又曰不依仲尼之筆，非書也，自序又云不讀非聖之書。然其撰甘泉賦（當云羽獵賦）則云『鞭宓妃』云云，劉勰文心已譏之矣。」

趙西陸評范文瀾文心雕龍注：「彦和聯説其誼，實其疏舛，其後劉知幾史通雜説篇復據以析揚子法言，亦爲失考。」

〔九〕校證：「『此欲夸飾其威，而忘其事義睽剌也』，原作『此欲夸其威而飾（原脱，梅補）其（何、黄並云「下有闕字」）事睽刺也』，今改。」

校注：「黄校云：『（飾），元脱，（其）下有闕字。』按何本、謝鈔本有『飾』字，梅補是也。『事』下加豆，文義自通，非有闕脱也。」

校釋：「按此句當作『此欲夸飾其威，而忘其事義睽刺也』。」

潘重規文心雕龍札記：「按：『此欲夸其威而其事義睽刺也』，正承上『鞭宓妃』『困玄冥』而言，不增飾字，文義本明。」徐復文心雕龍正字：「按此句不脱，疑而字當在下句義上，正讀爲『此欲夸其威，飾其事而義睽刺也』，語自通順。」「睽」，乖也；「刺」，戾也。

事類篇：「事類者，蓋文章之外，據事以類義，援古以證今者也。」

至如氣貌山海，體勢宮殿〔一〕；嵯峨揭業〔二〕，熠耀焜煌之狀〔三〕，光采煒煒而欲然〔四〕，聲貌岌岌其將動矣〔五〕。莫不因夸以成狀，沿飾而得奇也〔六〕。

〔一〕范注：「謂如孫興公遊天台山賦、木玄虚海賦、郭景純江賦、王文考魯靈光殿賦、何平叔景福殿賦之類，並見文選。」

〔二〕黄注：「西京賦：『嵯峨崨嶫。』上林賦：『嵯峨嶕嶫。』」按「嵯峨」亦作「嵳峩」、「嵯峩」、「嶻嶭」。
文選魯靈光殿賦：「嵯峨嶵（崔）嵬。……飛陛揭孽。」李善注：「揭孽，高貌。」

〔三〕「熠耀」，光明貌。文選潘岳笙賦：「爛熠爚以放豔。」又何晏景福殿賦：「光明熠爚。」李善注：「説文：熠，盛光也。爚，火光也。」説文：「焜，煌也。」急就篇：「靳靷鞊韉色焜煌。」注：「色焜煌者，言其光采盛也。」傅毅舞賦：「鋪首炳以焜煌。」

〔四〕魯靈光殿賦：「煒煒煌煌。」李善注：「彩色衆多，眩曜不定也。」「然」，同「燃」。

〔五〕孟子萬章下：「天下殆哉，岌岌乎。」趙注：「岌岌乎，不安貌也。」漢書韋賢傳：「岌岌其國。」顔注：「岌岌，危動貌。」

〔六〕校注：「按『狀』疑當作『壯』，與下句之『奇』對。篇首亦言『壯辭』也。」

劉綬松文心雕龍初探：「夸飾不僅可以加强文章描摹現實的力量，而且還可以增添文章瑰奇的風貌。『因夸以成狀，沿飾而得奇』，的確是文學描寫現實的一種不可缺少的有效方法。」（文學研究一九五七年第二期）

劉勰肯定夸飾手法的必要性。像描寫山海的氣貌，宮殿的體勢時，要寫出樓臺的壯觀，寫出光采欲燃，岌岌可危的形勢。「莫不因夸以成狀，沿飾而得奇」，都是依靠「夸飾」才能把千奇百怪的形狀具現出來。

以上爲第二段，論夸飾在兩漢辭賦中的發展情況及其運用之得失。

於是後進之才，奬氣挾聲〔一〕；軒翥而欲奮飛〔二〕，騰擲而羞跼步〔三〕。辭入煒燁，春藻不能程其豔〔四〕；言在萎絶，寒谷未足成其凋〔五〕。談歡則字與笑並〔六〕，論感則聲共泣偕〔七〕。信可以發蘊而飛滯〔八〕，披瞽而駭聾矣〔九〕。

〔一〕斠詮：「左氏僖二十八年傳：『皆獎玉寶，無相害也。』杜注：『獎，助也。』……此處作助長解。……孟子萬章篇：『不挾長，不挾貴。』集注：『挾者，兼有而恃之之稱。』此處作『依恃』或『憑藉』解。」「獎氣挾聲」謂助長這種風氣，憑藉這種聲勢。

〔二〕楚辭遠游：「鸞鳥軒翥而翔飛。」洪興祖補注：「方言：『翥，舉也。楚謂之翥。』」「軒翥」，飛舉貌。文選班固典引：「三足軒翥於茂樹。」詩經邶風柏舟：「静言思之，不能奮飛。」「奮飛」謂高飛。

〔三〕校注：「『擲』，元本、弘治本、汪本、佘本、張本、兩京本……崇文本作『躑』。……按『躑』爲『蹢』之後起字，『擲』又『躑』之俗體，當據改爲『躑』。」「蹢」，跳躑也。考異：「説文無『躑』字，始見於荀子禮論篇。釋文『蹢』又作『躑』。『擲』、『躑』古通，非俗體，楊氏説誤。」「跼步」，踟躕不前的步子。「跼」，同「局」，曲也。跼躅，行不進也。梁元帝與劉知藏書：「帝釋於馬，經丘園而跼步。」

〔四〕斠詮：「煒燁，一作煒曄，盛明貌。郭璞山海經圖丹木贊：『丹木煒燁，沸沸玉膏。』」廣雅釋詁：「程，示也。」

此類作品，如庾信春賦：「宜春苑中春已歸，披香殿裏作春衣。新年鳥聲千種囀，二月楊花滿路飛。河陽一縣併是花，金谷從來滿園樹。一叢香草足礙人，數尺遊絲即横路。開上林而競入，擁河橋而争渡。出華麗之金屋，下飛燕之蘭宫。釵朵多而訝重，髻鬟高而畏風。眉將柳而争緑，面共桃而競紅。影來池裏，花落衫中。苔始緑而藏魚，麥纔青而覆雉。吹簫弄玉之臺，鳴佩凌波之水。移戚里而家富，入新豐而酒美。石榴聊汎，蒲桃醱醅。芙蓉玉碗，蓮子金杯。新芽竹筍，細核楊梅。緑珠捧琴至，文君送酒來。」

〔五〕劉向别録：「鄒衍在燕。燕有谷，地美而寒，不生五穀。鄒子居之，吹律而温氣至，而生黍。」（見文選廣絶交論注引，又見全漢文卷三八）離騷：「雖萎絶其亦何傷兮，哀衆芳之蕪穢。」王注：「萎，病也；絶，落也。」劉峻廣絶交論：「叙温郁則寒谷成暄，論嚴苦則春叢零葉。」此類作品如：鮑照蕪城賦：「澤葵依井，荒葛罥塗，壇羅虺蜮，階鬬麏鼯，木魅山鬼，野鼠城狐，風嗥雨嘯，昏見晨趨，饑鷹厲吻，寒鴟赫雛。伏獻藏虎，乳血飡膚。崩榛塞路，峥嶸古馗。白楊早落，塞草前衰。稜稜霜氣，蔌蔌風威，孤蓬自振，驚砂坐飛，灌莽杳而無際，叢薄紛其相依。通池既已夷，峻隅又已頹。直視千里外，唯見起黄埃。凝思寂聽，心傷已摧。」

〔六〕校證：「字與笑並，徐校『字』作『容』。」校注：「文賦：『思涉樂其必笑，方言哀而已歎。』抱朴子外篇嘉遁：『言歡則木梗怡顔如巧笑，語戚則偶象嚬嘁而滂沱。』並足與此文相發。」

〔七〕夏承燾關於陸機文賦的三個問題：「文賦：『信情貌之不差，故每變而在顔。思涉樂其必笑，方言哀而已嘆。』……就是後來夸飾篇裏所説的『談歡則字與笑並，論慼則聲共泣偕』，都是説作者的『情』與『貌』是一致的，即詩序所謂『情動於中而形於言』，誠中形外，必定表裏如一。陸、劉兩家都是引申、老話，基本上是正確的。」（文藝報一九六二年第七期）

〔八〕「信」字，元刻本、弘治本均作「言」，「信」字義長。

此言夸飾可以使蘊藏在内心的意志迸發出來，滯塞在内心裏的感情奔放出來。

〔九〕「披瞽」，打開瞎子的眼睛；「駭聾」，震驚聾子的耳鼓。「披」，開也。

枚乘七發：「當是之時，雖有淹病滯疾，猶將伸傴起躄，發瞽披聾而觀望之也。」

傅庚生：「此自作者爲喚起他人之同情，必倚夸飾，然後果而言之也。警愚駭者必倍其辭，矯枉曲者必過其正，夸飾固行文之妙諦矣。」

劉勰認爲夸飾具有巨大的感染力量，他説：「辭入煒燁，春藻不能程其豔；言在萎絶，寒谷未足成其凋。」寫到光輝燦爛處，春草都不能和它比豔；寫到枯萎衰竭處，寒谷也没有那樣荒凉。甚至寫到歡樂處，字字含笑；寫到悲戚處，帶着哭聲。只有這樣，才可以震驚讀者，激動人心。這是説不僅描寫景物可以採用夸飾；即表現主觀的感情，也可以採用。

注訂：「自『於是』至『披瞽而駭聾矣』，言夸飾固情理爲文之一脈，有不可廢者。」

明何三畏何氏類鎔卷十五文苑類文章襲用此文作：「論慼則聲共泣偕，談歡則字與笑並，亦可以發幽而起滯，披瞽而駭聾矣。」

以上爲第三段，論兩漢以後作家運用夸飾的藝術力量。

然飾窮其要，則心聲鋒起〔一〕；夸過其理，則名實兩乖〔二〕。若能酌詩、書之曠旨〔三〕，翦揚、馬之甚泰〔四〕，使夸而有節，飾而不誣〔五〕，亦可謂之懿也〔六〕。

〔一〕「窮」，窮究。「要」，要領，要旨。法言問神：「言，心聲也；書，心畫也。」李軌注：「聲發成言，畫紙成書。書有文質，言有史實。二者之來，皆由於心。」此處以「心聲」代文辭。荀子王制篇：「嘗試之説鋒起。」楊注：「鋒起，謂如鋒刃齊起，言鋭而難拒也。」後漢書光武帝紀：「莽末，天下連歲災蝗，寇賊鋒起。」注：「字或作『蜂』，言多也。」

〔二〕「理」，即上文「驗理則理無可驗」之理，亦即常理。容齋隨筆「文士矜夸過實」條：「文士之文，有矜夸過實，雖韓文公不能免，如石鼓歌極道宣王之事偉矣，至云：『孔子西行不到秦，掎摭星宿遺羲、娥。陋儒編詩不收拾，二雅褊迫無委蛇。』是謂三百篇皆如星宿，獨此詩如日月也。二雅褊迫之語，尤非所宜言。今世所傳，石鼓之詞尚在，豈能出吉日、車攻之右！安知非經聖人所删乎？」

〔三〕「曠」，廣雅釋詁：「遠也。」「曠旨」，指夸張所表現的深廣的意旨。

〔四〕校注：「按老子第二十九章：『是以聖人去甚、去奢、去泰。』韓非子楊權：「故去甚去泰，身乃無害。」「泰」，過甚。

紀評：「文質相扶，點染在所不免，若字字摭實，有同史筆，實有難於措筆之時。彦和不廢夸飾，但欲去泰去甚，持平之論也。」

中國文學欣賞舉隅：「文學既以竦動人之視聽，以喚起其同情心爲目的，增其辭以明之，不足爲病也。世人賞鑑文學，尋行數墨，以求其所描述之事蹟，非同實歷其境，耳聞目見之也。心中固先懷一虛構之成見，作者不以『夸飾』彌其陷，宜讀者之把卷索然矣。豈好夸哉？不得已也。然此猶有意爲文之謂。而吴雨僧詩學總論云：『柳宗元詩：「一身去國六千里，萬死投荒十二年。」又陳其年（清陳維崧）詩：「百年骨肉分三地，萬死悲哀併九秋。」夫二人之艱難困苦，雖至其極，然尚未死，即人死亦只一次，乃曰萬死，是切摯之筆也。……切摯有二法：或加增其數量，故改其事理。所謂改易其事理者，即詩人感情深摯激切之時，所言實與真理實象不合，與世中常情相悖，而寫來又但覺其逼真，而顛撲不破是也。』則夸飾乃出於作者情性之本真，其感人固有其宜也。故夸飾亦必有節，若不恤情性之原，增之靡足誕而不經，逾其限度，往往令人失笑。過猶不及，允執厥中。」

郎加納斯論崇高第三十八節，在談到夸張時説：「知道極限在何處是必要的；由於一經跨過極限，夸張的效果就會破壞無餘，因爲在這種場合，它一方面會因過於牽强而瓦解，另一方面亦會産生與希望相反的效果。」

〔五〕「誣」，歪曲，妄誕。

傅庚生：「（夸飾）仍宜以『有節』『不誣』爲準繩。猶云『子孫千億』，雖侈泰之甚，不以爲爽；若謂『天有二日』，不過增一而已，必詫其不倫也。」

「夸而有節，飾而不誣」，是説夸飾必須建立在客觀真實的基礎上，運用夸飾須有一定的限度，如果作家毫無根據，或毫無節制地亂夸一通，那就不僅不能增加作品的感染力量，而且會給人以妄誕不經的感覺。

文章流别論：「夫假象過大，則與類相遠，逸辭過壯，則與事相違；辯言過理，則與義相失；麗靡過美，則與情相悖。」

詩人玉屑卷十一「竹詩」條引王直方詩話記東坡嘲王祈大夫竹詩「葉垂千口劍，幹聳萬條槍」曰：「好則極好，則是十條竹竿，一個葉兒也。」又「鷺鷥詩」條引荆湖近事：「張仲達詠鷺鷥詩云：『滄海最深處，鱸魚銜得歸。』張文寶曰：『佳則佳矣，争奈鷺鷥嘴脚太長也。』」

嚴有翼藝苑雌黄：「吟詩喜作豪句，須不畔於理方善。……余觀李太白北風行云『燕山雪花大如席』，秋浦歌云『白髮三千丈』，其句可謂豪矣，奈無此理何！」（見詩人玉屑卷三）

謝榛四溟詩話卷一：「太白曰：『燕山雪花大如席，片片吹落軒轅臺。』景虚而有味。」

魯迅漫談「漫畫」：「漫畫要使人一目了然，所以那最普通的方法是『誇張』，但又不是胡鬧。……所以漫畫雖然有誇張，却還是要誠實。『燕山雪花大如席』，是誇張，但燕山究竟有雪花，就含着一點誠實在裏面，使我們立刻知道原來有這麼冷。如果説廣州雪花大如席，那

可就變成笑話了。」（且介亭雜文二集）

〔六〕札記：「古文有飾，擬議形容，所以求簡，非以求繁，降及後世，誇張之文，連篇積卷，非以求簡，祇以增繁，仲任所譏，彦和所誚，固宜在此而不在彼也。」

校釋：「六朝文人承兩漢賦體大行之後，各體文章，多以敷布之法爲之，故誇飾之用爲最盛。誇飾逾量，則真采匿而浮僞成。舍人論文，抑浮僞而崇真采，故斥相如爲『詭濫』，病子雲、平子爲『虚用濫形』。末段『酌詩書之曠旨，翦揚馬之甚泰』，論旨甚正。蓋自比興以下四篇，皆論文家修辭之法也。夫文字之功用有限，文人之情意無窮，修辭之法，所以運有限之文字，成無限之妙用，亦即所以達無窮之情意也。故文意待辭修而益明，而修辭以能使意明爲限度，過此限度，亦足損意，舍人舉例，已足證明。」

又：「賦家之文，固以侈陳爲用，不廢誇飾，然敷設太甚，真意轉濟。是以相如賦仙，原以諷帝，而武帝讀之，反若凌雲；子雲美新，原非頌莽，而後世覽者，轉譏失節。蓋君子立言，亦不朽之業，貴能準情而發，未可徒務馳騁筆墨之工，而甘蹈諂誣之失也。此篇所謂『夸而有節，飾而不誣』，與太沖『侈言無驗，雖麗非經』之語，實相沆瀣，亦古賢文德之論也。」

第四段論運用夸飾的基本原則。

贊曰：夸飾在用，文豈循檢〔一〕？言必鵬運〔二〕，氣靡鴻漸〔三〕。倒海探珠，傾崑取琰〔四〕。曠而不溢，奢而無玷〔五〕。

〔一〕典論論文：「譬諸音樂，曲度雖均，節奏同檢。」注：「蒼頡篇曰：『檢，法度也。』」

斠詮：「言夸張增飾之應用，自有其必要，文章寫作豈可循一定之法式？」

〔二〕黄注：「莊子：北冥有魚，其名爲鯤，化而爲鳥，其名爲鵬，海運則將徙於南冥。」玉篇：「運，行也。」莊子逍遥遊：「鵬之背，不知其幾千里也……是鳥也，海運則將徙於南冥。」此言作品之言詞，必求如大鵬之運行。

〔三〕黄注：「鴻漸，易漸卦爻。」

校注：「漢書公孫弘傳贊：『公孫弘、卜式、兒寬皆以鴻漸之翼，困於燕爵。』顔注引李奇曰：『漸，進也。鴻一舉而進千百者，羽翼之材也。』説文非部：『靡，柀（今字用披）靡也。』」此處「靡」有勝過之義。易漸卦初六：「鴻漸于干。」王注：「鴻，水鳥也，漸進之義，始於下而升者也。」「氣靡鴻漸」謂氣勢勝過鴻雁之漸進飛翔。

〔四〕「琰」，美玉。

尚書胤征：「火炎崐岡，玉石俱焚。」孔傳：「崑山出玉。」吕氏春秋重己：「人不愛崑山之玉，江漢之珠，而愛己之一蒼璧小璣。」

史記趙世家：「昆山之玉不出。」「傾崑取琰」，謂把崑山翻個個兒盡取其美玉。

〔五〕「曠」字，即上文「酌詩書之曠旨」之「曠」，含有深廣之意。所謂廣即上文「事必宜廣」之廣。

莊子人間世：「夫兩喜必多溢美之言，兩怒必多溢惡之言。」郭象注：「溢，過也。」

詩經大雅抑：「白圭之玷，尚可磨也；斯言之玷，不可爲也。」「玷」本謂玉的斑點，引伸爲缺點。「溢」指泛濫，過份。末句謂夸張而無流弊。

事類第三十八

後漢書陳寵傳：「時司徒辭訟，久者數十年，事類溷錯。……寵爲司徒鮑昱撰辭訟比七卷，決事科條，皆以事類相從。」

後漢袁康越絶書越絶篇叙外傳記：「因事類以曉後世。」

論衡别通篇：「人不博覽者，不聞古今，不見事類，不知然否。」

風俗通正失：「推事類，似不及太宗之事。」

魏文帝答卞蘭教：「賦者，言事類之所附也。」（見魏志卞后傳注引魏略）

文章流别論：「古詩之賦以情義爲主，以事類爲佐。今之賦，以事形爲本，以義正爲助。情義爲本，則言省而文有例矣。事形爲本，則言富而辭無常矣。文之繁省，辭之險易，蓋由於此。夫假象過大，則與類相遠；逸辭過壯，則與事相違；辯言過理，則與義相失；麗靡過美，則與情相悖。此四過者，所以背大體而害政教，是以司馬遷割相如之浮説，揚雄疾詞人之賦麗以淫也。」

詩品序：「夫屬詞比事，乃爲通談。若乃經國文符，應資博古，撰德駁奏，宜窮往烈。至乎吟詠情性，亦何貴於用事？『思君如流水』，既是即目；『高臺多悲風』，亦唯所見；『清晨登隴首』，羌無故實；『明月照積雪』，詎出經史！觀古今勝語，多非補假，皆由直尋。顏延、謝莊，尤爲繁密，於時化之。故大明、泰始中，文章殆同書鈔。近任昉、王元長等，詞不貴奇，競須新事，爾來作者，寖以成俗。遂乃句無虛語，語無虛字，拘攣補衲，蠹文已甚。但自然英旨，罕值其人。詞既失高，則宜加事義，雖謝天才，且表學問，亦一理乎！」

南齊書文學傳論：「今之文章，作者雖衆，總而爲論，略有三體。……次則緝事比類，非對不發，博物可嘉，職成拘制，或全借古語，用申今情，崎嶇牽引，直爲偶説，唯覩事例，頓失精采，此則傅咸五經，應璩指事，雖不全似，可以類從。」

札記：「道古語以剴今，道之屬也。取古事以託喻，興之屬也。意皆相類，不必語出於我；事苟可信，不必義起乎今，引事引言，凡以達吾之思而已，若夫文之以喻人也，徵於舊則易爲信，舉彼所知，則易爲從。故帝舜觀古象，太甲稱先民，盤庚念古后之聞，箕子本在昔之誼，周公告商而陳册典，穆王詳刑而求古訓，此則徵事徵言，已存於左、史之文。凡若此者，皆所以爲信也。尚攷經傳之文，引成事述故言者，不一而足。……降及百家，其風彌盛。詞人有作，援古尤多。夫滄浪之歌，一見於孟子，『素餐』之詠，遠本於詩人。彦和以爲屈、宋莫取舊辭，斯以未爲誠論也。逮及漢魏以下，文士撰述，必本舊言，始則資於訓詁，繼而引録成言（漢代之文幾無一篇不采録成語者，觀二漢書可見），終則綜輯故事。爰自齊梁，而後聲律對偶之文大興，用事采言，尤關能事。其甚者，捃拾細事，爭疏僻典，以一事不知爲恥，以字有來歷爲高，文勝而質漸以漓，學富而才爲之累；此則末流之弊，故宜去甚去泰，以節止之者也。然質文之變，華實之疏，事有相因，非由人力，故前人之引言用事，以達意切情爲宗，後有繼作，則轉以去故就新爲主。陸士衡云：『雖杼軸於余懷，怵他人之我先，苟傷廉而愆義，故雖愛而必捐。』豈惟命意謀篇，有所懷想，即引言用事，亦如斯矣。是以後世之文，轉視古人增其繁縟，非必文士之失，實乃本於自然。今之訾謷用事之文者，殆未之思也。……嘗謂文章之切，莫切於事類，學舊文者不致力於此，則不能逃孤陋之譏，自爲文者不致力於此，則不能免空虛之誚。試觀顔氏家訓勉學、文章二篇所述，可以知其術矣。」

校釋：「文學用典，亦修辭之一法，用典之要，不出以少字明多意。其大别有二：一用古事，二用成辭。用古事者，援古事以證今情也；用成辭者，引彼語以明此義也。」

注訂：「彦和以事類樹篇，蓋戒用事之必取諸經籍，取辭不違乎典誥，依情達理，循其成俗，事用乎古，辭取乎常，庶文章之道，精求本末，不事駭俗，斯真得之耳。」

斠詮：「『事類』一詞，原謂隸事以類相從也。……彦和用之，蓋論文章之徵引古事成辭，以類推事理，所謂『據事以類義，援古以證今』，亦修辭之一法，即常言『用典』(或曰「引用」)是也。用典其所以必證之於史實先例，或訴之於權威輿論者，乃利用世人對史實先例之尊重，及對權威輿論之崇奉心理，以加强自己言論之説服力耳。而其要在能以片言數字，闡明比較繁複或隱微之寓意，用典與比興不同，後者純係作者創意聯想，自行取事作譬；而前者則是借用現成之古事成辭，以引證或比喻當前之實況，如此，自可增益文章之典贍氣氛。」

事類篇裏所講的，相當於現代修辭學裏的引用。所謂事類：指類似的事實或言辭。這比通常所說「典故」的範圍要大得多。

祖保泉事類談屑：「在駢文中以典故、成辭爲裝點，已成爲一個不可忽視的因素。但是在文章中用典故、引成辭有它的兩面性；運用得當，借古事以申今情，則『不啻自其口出』；運用不當，則紕繆叢生。劉勰注意到了這個創作上的實際問題，試圖加以解決，撰事類篇。六朝人對用典故、引成辭這種修辭現象，稱謂不一：稱爲『事類』的有之；稱爲『事義』的有之；稱爲『用事』的也有之。」（油印本）

事類者，蓋文章之外，據事以類義，援古以證今者也〔一〕。昔文王繇易〔二〕，剖判爻位〔三〕，既濟九三，遠引高宗之伐〔四〕，明夷六五，近書箕子之貞〔五〕：斯略舉人事，以徵義者也〔六〕。

〔一〕這句是說在文章的主體以外，又根據類似的事例，來說明意義，引用古典來以古證今。校注：「按『事類』非自己出，故曰『外』。」

張煦侯試論劉勰的語言風格：「他所下的定義是『事類者，蓋文章之外，據事以類義，援古以證今者也』。這樣，『用事』的動機是在於求證，而不在於炫博，是『立言』的事，而不僅僅是詞章的事。不難看出，他對於故事或成說，都是把它當作推理過程中的材料看待，並且力避繁瑣，總求其能够解決問題的。……他是從『辨正然否』出發，來教人怎樣占有有用的事類的。」（合肥師範學院學報，一九六二年第三期）

〔二〕「繇」，卜兆的占詞。左傳閔公二年：「成風聞成季之繇。」服虔注：「繇，抽也，抽出吉凶也。」漢書文帝紀：「占曰：大横庚庚。」顔師古注：「李奇曰：庚庚，其繇文也；占，謂其繇也。」斠詮：「繇易，謂推演易理也。」

〔三〕辨析每卦六爻的位置。

〔四〕既濟䷾，共六劃，稱六爻，六爻中陽爻的符號是⚊，以九稱之；陰爻的符號是⚋，以六稱之。九三，即倒數第三爻爲陽爻，其爻辭是：「高宗伐鬼方（北方國名），三年克之。」斠詮：「既濟，卦名，離下坎上，定也。見易雜卦。案卦象爲水在火上，水火相交爲用，事無不濟，即無不安定也。爻辭：『九三，高宗伐鬼方，三年克之。』正義：『高宗者，殷王武丁之號也。九三處既濟之時，居文明之終，履得其位，是居衰末而能濟者也。高宗伐鬼方，以中興殷道，事同此爻，故取譬焉。』」武丁距文王時代頗遠，故云「遠引」。

〔五〕黄注：「易明夷：六五，箕子之明夷，利貞。」范注：「正義曰：『六五取比闇君，似箕子之近殷紂，故曰箕子之明夷也。』孔穎達論文辭誰作曰：『武王觀兵之後，箕子始被囚奴，文王不宜豫言箕子之明夷。』據此，彦和用事亦小誤也。」注訂：「此條范注據孔説，認爲彦和小誤者，非。蓋近者似也，非絶對之辭。況孔説居後，據後人之説以糾前人，非注書例也，范注非。」按箕子與文王同時，故云「近書」。「近」對「遠」而言，並非近似。

明夷䷣，共六爻。六五，即倒數第五劃是陰爻，其爻辭是：「箕子之明夷（傷），利貞（正）。」周注：「明夷，明而被傷，指商紂王無道，箕子諫不聽，裝瘋爲奴僕。利貞，有利於守正。」斠詮：「明夷，卦名，離下坤上。夷者，傷也。見易序卦。此卦日入地中，其象於人事，爲闇主在上，明臣在下，不敢顯其明智。爻辭：『六五，箕子之明夷，利貞。』正義：『六五，取比闇君，似箕子之近殷紂，故曰箕子之明夷也。利貞者，箕子執志不回，闇不能没，明不可息，正不憂危，故曰利貞。』」

明夷六五象辭：「箕子之貞，明不可息也。」正義：「息，滅也。象稱明不可息者，明箕子能保全其貞，卒以全身爲武王師也。」

〔六〕「舉人事」就是舉以前的故事。這是爲説明某種意義，略舉古人的事迹來作徵驗。「舉事徵義」，就是引用事例來證明所要表達的意義，以證其説。

朱星文心雕龍的修辭論：「劉氏所説易經箕子、高宗之事，以及書經上引述古語，實在都算不得典故，只是典故由此發展而成。因爲典故的典是語出經典，即成辭；故是故事，故實，即人事。但與引叙古語引叙故事爲證的不同，主要是在組織上語氣上，成爲典故必須是壓縮的一個詞或短語或一句或在四六二句中，用一種代言體的口氣説出。……而典故又以『故』爲中心，所以當初稱『事類』或『用事』（詩品稱用事）。」

至若胤征羲和〔一〕，陳政典之訓〔二〕；盤庚誥民，敘遲任之言〔三〕：此全引成辭，以明理者也〔四〕。

〔一〕梅注：「書：惟仲康肇位四海，胤侯命掌六師。羲和廢厥職，酒荒于厥邑。胤侯承王命徂征，告于衆曰：嗟予有衆，聖有謨訓，明徵定保，先王克謹天戒，臣人克有常憲。百官修輔，厥后惟明明。每歲孟春，遒人以木鐸徇于路。官師相規，工執藝事以諫。其或不恭，邦有常刑。惟時羲和，顛覆厥德，沉亂於酒，畔官離次，俶擾天紀，遐棄厥司。乃季秋月朔，辰弗集于房。瞽奏鼓，嗇夫馳，庶人走。羲和尸厥官，罔聞知。昏迷于天象，以干先王之誅。政典曰：先時者殺無赦，不及時者殺無赦。今予以爾有衆，奉將天罰，爾衆士同力王室，尚弼予，欽承天子威命。火炎崐岡，玉石俱焚。……」「胤」，國名。上所引見尚書夏書胤征。書序：「羲和湎淫，廢時亂日，胤往征之，作胤征。」傳：「羲氏、和氏，世掌天地四時之官，自唐、虞至三代，世職不絶，承太康之後，沈湎於酒，過差非度，廢天時，亂甲乙，胤國之君，受王命往征之。奉辭罰罪曰征。」

〔二〕校證：「『政』，馮本、汪本、佘本、張之象本、兩京本、何允中本、日本活字本、王惟儉本、清謹軒鈔本、日本刊本、王謨本、顧校本作『正』，按胤征本文是『政』字，作『正』者非。」按元刻本亦作「正」。范注：「僞孔傳曰：『政典，夏后爲政之典籍，若周官六卿之治典。』」這是引政典的話來告誡兵衆。

〔三〕梅注：「書盤庚……汝曷弗告朕，而胥動以浮言，恐沈于衆，若火之燎于原，不可嚮邇，其猶可撲滅，則惟汝衆。自作弗靖，非予有咎。遲任有言曰：人惟求舊，器非求舊，惟新。……自今至于後日，各恭爾事，齊乃位，度乃口，罰及爾身，弗可悔。」按此見盤庚上。盤庚，尚書商書篇名。書序：「盤庚五遷，將治亳，殷民咨胥怨，作盤庚三篇。」傳：「盤庚，殷王名。……遲任，古賢人。言人貴舊，器貴新，汝不徙，是不貴舊。」這是用來勸説人民遵舊法，聽從遷都。

〔四〕「全引成辭以明理者」，就是爲表明某種事理，完全引用別人現成的話來作證據。這是爲了給自己的觀點提供論據，或者使自己的文章寫得生動有力，需要引用典故、成語、格言來作支持。這些典故中的事例都是古人成功的經驗或失敗的教訓，這些成語、格言，古人的著作或者聖哲的語録，都是從長期的經驗中歸納出來的，而且具有「衆所週知」的特點，可以增加文章的説服力，而且「明理引乎成辭，徵義舉乎人事」這種寫作法則本身也是「經籍之通矩」，就是從經書中總結出來的通用的規矩準繩。

然則明理引乎成辭，徵義舉乎人事，迺聖賢之鴻謨〔一〕，經籍之通矩也〔二〕。大畜之象〔三〕：「君子以多識前言往行。」〔四〕亦有包於文矣〔五〕。

〔一〕校注：「按『鴻謨』、『通矩』，謂『舉人事』與『引成辭』二者，則『謨』當作『模』。情采篇『夫能設謨以位理』，其誤『模』爲『謨』與此同。」

〔二〕「通矩」，通用的規矩法則。

〔三〕范注：「周易大畜：『象曰：君子以多識前言往行，以畜其德。』正義曰：『君子則此大畜，物既大畜，德亦大畜，故多記識前代之言，往賢之行，使多聞多見以畜積己德。』」大畜，易卦名，乾下艮上。

〔四〕這句話本來是説「君子」爲提高自己的道德修養，要多多地記住古人的美言善行作準則。考異：「梅本旁注『行』字下有『以畜其德此』五字，凌本、黄本俱無。按當從梅本補，王失校。」

〔五〕「亦有包於文矣」，謂寫文章也包括在内，就是説積累資料也要「多識前言往行」，以備寫文章時引用。

劉大杰主編中國文學批評史：「説文章要運用古事成辭以説明道理，是『聖賢之鴻謨，經籍之通矩』，都是對駢體詩文的某些修辭手段强調過當，不但意見偏頗，且與事實不合。……麗辭篇、事類篇强調文章運用對偶和古事成辭的必要性，並引用經典之文來作證明；事實上運用對偶和古事成辭，只是經文的少數的並不常見的現象。在這個問題上，事實上並不是經文確以對偶、用典的重要修辭手段，使劉勰得以此作標準來加以提倡；而是劉勰首先確認作文必須對偶和用典，然後援引經文的少數例子來證成自己的論點。這種論證是主觀片面而不是實事求是的。劉勰爲了糾正當時不健康的文風，企圖以經文爲依據，建立一個思想藝術標準，因而不適當地解釋並誇大了經文的語言特色。」

以上爲第一段，釋事類在文章中的作用，並舉經書爲例。

觀夫屈宋屬篇，號依詩人〔一〕，雖引古事，而莫取舊辭〔二〕。唯賈誼鵩賦，始用鶡冠之説〔三〕，相如上林，撮引李斯之書〔四〕，此萬分之一會也〔五〕。

〔一〕辨騷篇：「離騷之文，依經立義。」王逸楚辭章句序：「屈原履忠被譖，憂愁悲思，獨依詩人之義，而作離騷。」

〔二〕辨騷篇：「固知楚辭者……雖取鎔經意，亦自鑄偉辭。」朱星：「劉氏説屈宋賦只引古事，還没引舊辭，到賈誼鵩賦才引述鶡冠子之説，其實屈宋賦中所引古事都還不算後來的典故，而賈誼引述鶡冠子的話也非後來的用典。用典與引典引語不同；用典必須把古人成言壓縮成爲一個詞，一個短語，或一句作爲代言體，即化爲如自己的話説出，也就是不得加引號。……「一般説用事産生後於用典，漢初賈誼鵩鳥賦：『彼吴强大兮，夫差以敗。……傅説胥靡兮，迺相武丁。』這是引事，不是用事。宋玉神女賦：『毛嬙鄣袂，不足程式；西施掩面，比之無色。』這是引喻，也不是用事。司馬相如上林賦：『奏陶唐氏之舞，聽葛天氏之歌。千人唱，萬人和。』這也是引喻。……總之，這些也可説是廣義的用事，這當然起源很早，至於狹義的正式的用事，即用故事來代自己説話，是魏晉後的事。劉氏所説是廣義的用事，他是主張用事的。」

〔三〕黄注：「漢藝文志：鶡冠子一篇。注：楚人，居深山，以鶡爲冠。按賈誼鵩鳥賦中多用鶡冠子語。」范注：「賈誼鵩賦語多與鶡冠子世兵篇同。」諸子篇：「鶡冠緜緜，亟發深言。」范注：「漢志道家鶡冠子一篇，自注：『楚人，居深山，以鶡爲冠。』今所傳宋陸佃注本凡十九篇，其中世兵篇與賈誼鵩鳥賦文辭多同，彦和所謂亟發深言者，殆指此篇。抱經堂文集十書鶡冠子後：『鶡冠子十九篇，昌黎稱之，柳州疑之，學者多是柳。蓋其書本雜采諸家之文而成。如五至之言，則郭隗之告燕昭者也，伍長里有司之制，則管仲之告齊桓者也。世兵篇又襲魯仲連燕將書中語，謂其取賈誼鵩賦之文又奚疑！』」校注：「按『賦』當作『鳥』，已詳比興篇『賈生鵩賦』條。」

鵩鳥賦中用鶡冠子的甚多。如「憂喜聚門兮，吉凶同域……越棲會稽兮，勾踐霸世」，鶡冠子世兵篇作「禍乎福之所依，福乎禍之所伏。……憂喜聚門，吉凶同域。……越棲會稽，勾踐霸世」。此外尚有。

雜記：「案枚乘上吴王書，『夫以一縷之任，繫千鈞之重』，『難以復出』，凡七十餘字，亦全用孔叢子語，但鶡冠、孔叢子，後人皆疑僞託，不知誰爲先後也。」

〔四〕訓故：「李斯諫逐客書：『建翠鳳之旗，樹靈鼉之鼓。』司馬相如上林賦：『建翠華之旗，樹靈鼉之鼓。』」

補注：「詳案相如大人，影寫遠遊，枚叔七發，攈摭呂覽，亦所謂『取舊辭』也。」

〔五〕綴補：「戰國策韓策三：『萬分之一也。』史記張釋之列傳：『有如萬分之一。』」「萬分之一會」謂偶然的會合。

及揚雄百官箴〔一〕，頗酌於詩書，劉歆遂初賦，歷叙於紀傳〔二〕，漸漸綜採矣〔三〕。

〔一〕元刻本「揚」作「楊」。

校證：「『百』原作『六』，梅改。王惟儉本作『百』。」

范注：「揚雄作十二州二十五官箴，不得云『揚雄百官箴』（百官箴之名，起自胡廣），『百』疑是『州』之誤。録一首以示例：兗州箴：『悠悠濟河，兗州之寓；九河既導，雷夏攸處；草繇木條，漆絲絺紵；濟漯既通，降丘宅土（以上並見禹貢）。成湯五徙，卒都於亳，盤庚北渡，牧野是宅。丁感雊雉，祖己伊忠；爰正厥事，遂緒高宗。厥後陵遲，顛覆湯緒；西伯戡黎，祖伊奔走。致天威命，不恐不震（以上事俱見商書各篇）；婦言是用，牝鷄司晨（見牧誓）；三仁既知，武果戎殷。牧野之禽，豈復能耽；甲子之朝，豈復能笑。有國雖久，必畏天咎；有民雖長，必懼人殃。箕子歔欷，厥居爲墟（箕子作麥秀之歌）。牧臣司兗，敢告執書。』」

考異：「揚雄百官箴爲未竟之作，故只有二十五箴，胡廣補之。作『百』者用其成數。曰六者，指六官之制而言也。范注謂百官箴起自胡廣者非。」

校釋：「按胡廣補揚、崔官箴，合稱百官箴，舍人或用後起之名也。」

牟世金文心雕龍范注補正：「案范説非是。彦和在銘箴篇曾説：『至揚雄稽古，始範虞箴，作卿尹、州牧二十五篇。及崔、胡補綴，總稱百官。』可證他認爲百官箴是崔、胡等人補充揚雄之作而成。史實正是如此。後漢書胡廣傳云：『初，揚雄依虞箴作十二州二十五官箴，其九箴亡闕。後涿郡崔駰及子瑗，又臨邑侯劉騊駼增補十六篇，廣復繼作四篇，文甚典美。乃悉撰次首目，爲之解釋，名曰百官箴，凡四十八篇。』這説明『百官』之稱，本非實數，而四十八篇中又以揚雄之作最多。所以古文苑卷十五，就以揚雄的光禄勛箴等，總名爲百官箴。則原文揚雄百官箴未必有誤。」

〔二一〕黄注：「劉歆集有遂初賦，按賦中感往寓意，皆紀傳中事。」范注：「古文苑載劉歆遂初賦，其序略曰：歆以論議見排擯，志意不得，之官（歆出爲五原太守）經歷故晉之域，感今思古，遂作斯賦，以嘆往事而寄己意。」

牟注：「紀傳：泛指史書。本書諧隱篇説的『隱語之用，被於紀傳』，與此同意。遂初賦中講到周、晉史事甚多。」

周注：「劉歆遂初賦：哀衰周之失權兮，數辱而莫扶。執孫蒯於屯留兮，救王師於余吾。

（左傳襄公十七年：「衛石買、孫蒯伐曹，取重丘。曹人訴於晉。」十八年：「晉人執衛行人〔外交官〕石買於長子，執孫蒯於純〔屯〕留，爲曹故也。」又成公元年：「晉侯使瑕嘉平戎於王〔使周王與戎和好〕。……劉康公徼戎〔趁戎不設備加以襲擊〕……敗績〔大敗〕於徐吾氏〔戎名〕。」）過下虒而嘆息兮，悲平公之作臺。（左傳昭公八年：「今宫室崇侈，民力雕盡。……於是晉侯方築虒祁之宫。」）背宗周而不恤（憂）兮，苟偷樂而惰怠。（左傳襄公二十九年：「晉平公，杞出也〔母杞國人〕，故治杞〔給杞國築城〕。……子大叔曰：『……晉國不恤周宗〔周的宗族姬姓國〕之闕，而夏肄〔餘〕是屏〔城，給夏代之餘的杞國築城〕，其棄諸姬，亦可知也已。』」）遂初賦的叙述，根據春秋左傳（即紀傳）。」

〔三〕「綜採」，綜合採用各書。

此處論文章運用典故始於揚、劉。才略篇：「卿、淵以前，多役才而不課學；雄、向以後，頗引書以助文，此取予之大際，其分不可亂者也。」

至於崔班張蔡〔一〕，遂捃摭經史〔二〕，華實布濩〔三〕，因書立功〔四〕，皆後人之範式也。

〔一〕范注：「後漢書崔駰傳：『駰字亭伯，少游太學，與班固傅毅同時齊名。』後漢崔氏文學甚盛，此崔與班同稱，則崔駰也。班謂班固，張謂張衡，蔡謂蔡邕。」

〔二〕黃注：「漢藝文志『捃摭遺逸』注：捃摭，謂拾取之。」范注：「説文：『攈，拾也。』字亦作『攟』作『捃』。又：『拓，拾也。』字或作『摭』。漢書刑法志：『蕭何攈摭秦法，取其宜於時者，作律九章。』」

〔三〕范注：「文選張衡東京賦：『聲教布濩。』薛綜注曰：『布濩，猶散被也。』」校注：「『濩』，元本、弘治本、汪本、佘本、張本、兩京本、胡本、訓故本作『護』。按『護』、『濩』同音通假。文選司馬相如封禪文『我氾布護之』作『護』；上林賦『布濩閎澤』、揚雄劇秦美新『布濩流衍』作『濩』，是其相通之證。『布濩』之作『布護』，猶『大濩』之作『大護』然也。郭璞上林賦注：『布濩，猶布露也。』」校證：「『濩』，汪本、佘本、張之象本、兩京本、王惟儉本誤『護』。」

「華實」，華采與事實。明詩篇：「華實異用，唯才所安。」

考異：「布濩，流衍之意，作『護』者誤。周禮春官『大司樂』賈疏作大濩，『護』與『濩』音同而不相通，通者皆俗譌也。楊注非。」

〔四〕「因書立功」，謂因引書見功效。

以上爲第二段，列舉兩漢文人引用古書之例。

夫薑桂因地，辛在本性〔一〕，文章由學，能在天資〔二〕。才自内發〔三〕，學以外成，有學飽而才餒〔四〕，有才富而學貧〔五〕。學貧者，迍邅於事義〔六〕；才餒者，劬勞於辭情〔七〕：此内外之殊分也〔八〕。

〔一〕校證：「『因』原作『同』，御覽五八五作『因』，『因』與下文『由』對言。韓詩外傳七：『薑桂因地而生，不因地而辛。』……此彦和所本，今據改。」韓詩外傳七：「宋玉因其友見楚襄王，襄王待之無以異，乃讓其友。友曰，夫薑桂因地而生，不因地而辛。」亦見新序。校注：「按『因』字是，『同』，其形誤也。宋玉集序：『宋玉事楚懷王，友人言之宋玉，玉以爲小臣。王議友人，友曰：「薑桂因地而生，不因地而辛。」』（書鈔三三引）」

〔二〕「天資」，范正文夾注：「孫云：明抄本御覽作『才資』。」校注：「『資』，御覽引作『才』。……何焯改『才』。按『才』字是。下文屢以『才』『學』對言，即承此引申。若作『資』，則上下不應矣。」校證：「御覽、記纂淵海七五『由』作『沿』。」

〔三〕范注：「鈴木云：御覽『才』上有『故』字。」校注：「按有『故』字，於義爲長。」體性篇：「才力居中。」

〔四〕元刻本、弘治本「學飽」作「飽學」。校證：「張之象本『餒』下有『者』字，涉下文『學貧者』句而誤衍。」

〔五〕校證：「張之象本『貧』下有『者』字，涉下文『學貧者』句而誤衍。」

〔六〕易屯卦：「迍如邅如。」「迍邅」，難行不進貌。

體性：「事義淺深，未聞乖其學。」

元刻本、弘治本無「學貧」二字。

「迍邅」，猶困難。這句是説在用典時就會發生困難。

〔七〕詩經邶風凱風：「母氏劬勞。」毛傳：「劬勞，病苦也。」斠詮：「爾雅釋詁郝懿行義疏：『劬勞者，力乏之病也。』」

范注：「南齊書文學傳論云：『緝事比類，非對不發，博物可嘉，職成拘制，或全借古語，用申今情，崎嶇牽引，直爲偶説，唯覩事例，頓失精彩。』此即所云學飽才餒之人。郎廷槐師友詩傳録……述張歷友之説曰：『嚴滄浪有云：詩有別才，非關書也。詩有別趣，非關理也。此得力於後天者，學力也。非才無以廣學，非學無以運才，兩者均不可廢。有才而無學，是絶代佳人唱蓮花落也；有學而無才，是長安乞兒著宮錦袍也。』」

〔八〕「分」字，范注：「御覽作『方』，顧校作『方』，孫云：明抄本御覽作『貧』。鈴木云：案御覽作『分』不作『方』。」校注：「『分』，黃校云：『御覽作方。』按宋本……御覽作『分』……文斷引同，是也。莊子逍遥遊『定乎内外之分』，亦可爲此當作『分』之證。」校證：「鮑本御覽『分』作『方』，顧校作『方』。案『分』字不誤，莊子逍遥遊：『定乎内外之分。』此彦和所本。」考異：「因才自内發，學以外成，故内外殊分也。」

才略篇：「此取與之大際，其分不可亂者也。」

顏氏家訓文章篇：「學問有利鈍，文章有巧拙。鈍學累功，不妨精熟，拙文研思，終歸蚩鄙。但成學士，自足爲人；必乏天才，勿强操筆。吾見世人，至於無才思，自謂清華，流布醜拙，亦以衆矣。」

是以屬意立文〔一〕，心與筆謀，才爲盟主，學爲輔佐，主佐合德，文采必霸〔二〕；才學褊狹，雖美少功〔三〕。

〔一〕「立」，范校：「孫云：御覽作『於』。」

考異：「禮冠義：『而後禮義立。』立，成也。屬意成文，較『於』字爲長。又『文』與『言』同。左傳襄二十四年：『穆叔曰：其次立言。』立文，猶立言也，從立是。」

〔二〕范正文夾注：「孫云：御覽無『主佐』二字，『德』作『得』。明抄本御覽亦無『主佐』二字，『德』作『纓』。」

「霸」，謂稱雄一時。

校注：「『德』，倪本、活字本、鮑本御覽引作『得』。按『合德』二字出易乾文言。漢書律曆志上『衡權合德』，鶡冠子天則篇『與天地合德』，隸釋桐柏淮源廟碑『五嶽四瀆，與天合德』，並以『合德』爲言，則作『得』非也。」

考異：「『德』『得』古通。合德，言主與佐合也。」

斠詮：「謂天才與學養配合相得也。……郎廷槐師友詩傳録述漁洋之説曰：『司空表聖云：不著一字，盡得風流。此性情之説也。揚子雲云：讀千賦則能賦。此學問之説也。二者相輔而行，不可偏廢。若無性情而侈言學問，則昔人有譏點鬼録，獺祭魚者矣。學力深，始見性情，此一語是造微破的之論。』」

〔三〕紀評：「此一段言學欲博。」

雜記：「諸葛亮云：才須學也，學須才也。非才無以成學，非學無以養才。」

滄浪詩話：「夫詩有別材，非關書也；詩有別趣，非關理也；而古人未嘗不讀書不窮理，所謂不涉理路，不落言筌者上也。……近代諸公，作奇特解會，以文字爲詩，以議論爲詩，以才學爲詩，以是爲詩，夫豈不工，終非古人之詩也。」

明李維楨大泌山房集卷十一：「夫詩人雖小道，其才必豐於天，而其學必極於人。就其才之所近而輔之以學，師匠高而取精多，專習凝領之久，神與境同，手與心謀，非可襲而致也。」

夫以子雲之才，而自奏不學，及觀書石室，乃成鴻采〔一〕。表裏相資，古今一也〔二〕。故魏武稱張子之文爲拙〔三〕，然學問膚淺〔四〕，所見不博，專拾掇崔、杜小文〔五〕，所作不可悉難，難便不知所出〔六〕，斯則寡聞之病也〔七〕。

〔一〕訓故：「揚雄答劉歆書：雄爲郎之歲，自奏少不得學，而心好沈博絶麗之文，願不受三歲之奉，且休脱直事之繇，得肆心廣意以自克就。有詔可，不奪奉，令尚書賜筆墨錢六萬，得觀書於石渠（按古文苑本「渠」作「室」）。」下文云：「如是後一歲，作繡補、靈節、龍骨之銘詩三章。成帝好之，遂得盡意。」

「石室」，即石渠閣，漢代皇家的藏書室，用石頭建成。

補注：「詳案左思魏都賦劉逵注引作『得觀書於石室』。北堂書鈔九十七、一百三引並同。戴氏震方言疏證、錢氏繹方言箋疏，於揚答劉書，咸據選注及雕龍此篇改爲石室，且左賦所用石室，與日、色、革爲韻，必無誤理。黄注不究室之與渠所由致誤，亦其疏也。」

〔二〕「表裏」指學與才，猶上文言「内外」。

黄叔琳批：「才稟天授，非人力所能爲，故以下專論博學。」

〔三〕趙仲邑注：「張子……現據三國志邴原傳裴松之注引邴原别傳，定爲張範。」

校注：「按『張子』未審爲張範否？邴原别傳：『河内張範，名公之子也。其志行有與（邴）原符，甚相親近。（曹操）令曰：「邴原名高德大，清規邈世，魁然而峙，不爲孤用。聞張子頗欲學之。吾恐造之者富，隨之者貧也。」』（三國志魏志邴原傳裴注引）」

〔四〕范注：「『然』字疑衍。」校注：「按『然』猶『乃』也（見經傳釋詞卷七），非衍文。」

〔五〕注訂：「崔、杜似指崔駰、杜篤而言。」校注：「按崔駰父子及杜篤皆有雜文，見嚴可均全後漢文卷二八又卷四四至卷四七。」崔駰見銘箴篇，杜篤見誄碑篇。

〔六〕范注：「魏武語止『難便不知所出』句。」雜記：「案『難』去聲。楊慎云：宋人所謂用則不差，問則不知。」「難」，問難，指追究。

所見不廣，專門摘取崔、杜兩人的短篇來寫作，寫出的東西經不起一一去考問，一考問便不知道出處，這是淺見寡聞的毛病。

〔七〕紀評：「此一段言學欲博。」

夫經典沈深，載籍浩瀚〔一〕，實群言之奥區，而才思之神皋也〔二〕。揚班以下，莫不取資，任力耕耨，縱意漁獵〔三〕，操刀能割〔四〕，必列膏腴〔五〕；是以將贍才力，務在博見〔六〕，狐腋非一皮能温〔七〕，鷄蹠必數千而飽矣〔八〕。

〔一〕校注：「『瀚』，元本、弘治本、活字本、汪本、佘本、張本、兩京本、胡本、訓故本、謝鈔本作『汗』。……按『汗』、『瀚』音同得通。」

考異：「司馬相如上林賦：『采色浩汗。』字又作『瀚』，見淮南俶真篇『浩浩瀚瀚』，是『汗』『瀚』古通也。」「浩瀚」，本形容水之廣大，亦比擬言論之衆多。

〔二〕范注：「文選張衡西京賦：『爾乃廣衍沃野，厥田上上，實惟地之奥區神皋。』李善注：『廣雅曰：「皋，局也。」謂神明之界局也。』」五臣銑注：「神者，美言也。澤畔曰皋。」是「神皋」謂神明之皋壤。

宗經篇贊：「文章奥府。」黄春貴文心雕龍之創作論：「此言古聖先哲垂訓之經典，諸子百家立論之書籍，皆吾人充實見聞之寶庫，倘能流覽多讀，期之歲月，則前言往行，耳熟能詳，行文用典何憂貧窶！」

〔三〕校注：「按抱朴子外篇鈞世：『然古書雖多，未必盡美，要當以爲學者之山淵，使屬筆者得采伐漁獵其中。』」

〔四〕校注：「按左傳襄公三十一年：『猶未能操刀而使割也。』（六韜文韜守土篇：「操刀必割。」）」

牟注：「賈誼陳政事疏引黄帝曰：『操刀必割。』漢書賈誼傳注引太公曰：『操刀不割，失利之期。』言當及時也。」

〔五〕校注：「『列』，黄校云：『汪作裂。』按元本、弘治本、活字本、佘本、張本、兩京本、何本、胡本、崇文本亦並作『裂』。按説文刀部：『列，分解也。』又衣部：『裂，繒餘也。』是『分裂』字本應作『列』，然古多通用不别。」

考異：「史記項羽本紀『分列天下』，盧綰傳『故得列地』，漢書作『咸得裂地』。『列』、『裂』古通。」

〔六〕神思篇：「博見爲饋貧之糧。」

札記：「且夫文章之事，才學相資，才固爲學之主，而學亦能使才增益。故彦和云：『將贍才力，務在博見。』然則學之爲益，何止爲才裨屬而已哉。然淺見者臨文而躊躇，博聞者裕之於平素，天資不充，益以彊記，彊記不足，助以鈔撮，自呂覽淮南之書，虞初百家之説，要皆探取往書，以資博識。……惟論文用事，非可取辦登時，觀天下書必徧而後爲文，則皓首亦無操觚之事。故凡爲文用事，貴於能用其所嘗研討之書，用一事必求之根據，觀一書必得其績效，期之歲月，瀏覽益多，下筆爲文，何憂貧窶？若乃假助類書，乞靈雜纂，縱復取充篇幅，終恐見笑大方。蓋博見之難，古今所共，俗學所由多謬，淺夫視爲畏途，皆職此之由矣。」黄春貴：「爲文用典，必須平日餐經饋史，霍然有懷，然後振翰操紙，自可信手拈來，左右逢源。舍是雖殫思苦慮，不能益其胸之所本無，猶探珠於淵而淵本無珠，拍玉於山而山本無玉，雖竭淵夷山以求之，無益也。……故用典之法，首在廣博涉獵，以充實見聞。神思篇曰：『積學以儲寶。』又曰：『難易雖殊，並資博練。若學淺而空遲，才疎而徒速，以斯成器，未之前聞。』……可知先天之才力固然重要，而後天之學養，更不可缺，唯有兩者相輔相成，庶幾乎才富學博，乃成鴻采。故雜文篇贊曰：『偉矣前修，學堅才飽，負文餘力，飛靡弄巧。』杜甫所謂『讀書破萬卷，下筆如有神』，亦即此意。」

〔七〕慎子知忠：「粹白之裘，蓋非一狐之皮也。」「粹」一作「狐」，「皮」一作「腋」。意林二引慎子作：「狐白之裘，非一狐之掖。」

〔八〕范注：「淮南子説山訓：『天下無粹白狐，而有粹白之裘，掇之衆白也。善學者，若齊王之食鷄，必食其蹠，數十而後足。』高誘注曰：『蹠，鷄足踵也，喻學取道衆多然後優。』彦和語即本淮南文。淮南又本吕氏春秋用衆篇。『數千』似當作『數十』，數千不將太多乎！」

校注：「按古人爲文，恒多夸飾之詞，舍人於前篇言之備矣。如鷄蹠數千，即爲太多，則所謂周游七十二君者，其國安在？白髮三千丈者，其長誰施耶？吕氏春秋用衆篇：『善學者，若齊王之食鷄也，必食其跖（與蹠同）數千而後足。』是舍人此文，本吕子也。且本篇立論，務在博見，故謂『狐腋非一皮能温，鷄蹠必數千而飽』；皆喻學者取道衆多，然後優也。」

是以綜學在博〔一〕，取事貴約〔二〕，校練務精，捃理須覈〔三〕，衆美輻輳〔四〕，表裏發揮〔五〕。劉劭趙都賦云〔六〕：「公子之客，叱勁楚令歃盟〔七〕；管庫隸臣，呵强秦使鼓缶〔八〕。」用事如斯，可稱理得而義要矣〔九〕。

〔一〕吟窗雜録卷三十七：「詩有四貴，綜學貴博，取事貴要，校練貴精，捃理貴覈。」黄叔琳批：「徒博而校練不精，其取事捃理不能約覈，無當也。」

〔二〕校注：「『約』，吟窗雜録三七作『要』。按『要』字非是。孟子離婁下：『孟子曰：博學而詳説之，將以反説約也。』袁準正書：『學莫大於博，行莫過於約。』（御覽六一二引）並以『博』與『約』對舉。」

雜記：「吴翌亭云：文之至者，問學不可不勤，見聞不可不廣。而至於字裏行間，却不專以繁徵博引爲此中之長技。自古能文之士，固有力破萬卷，博及群書，而下筆之時，乃不見有一字，此乃融化痕迹，而納之於神味之中，爲文家之上乘。蓋作文之道，與數典異。數典之長，惟恐其不詳盡，苟一有不及，即不免譾陋之譏。行文者惟有所棄，而後能有所取。所取愈廣，則其所棄亦愈多。故精華既集，則糟粕自除，臭腐能蠲，則神奇益顯。若論諸體之中，惟有考據一門，不得不以援引舊聞爲事。然其一篇佳處，亦全在斷制數語。古人所謂讀書得間者，此類是也。」

〔三〕考異：「綜學、取事、校練、捃理，四句一貫，故下言衆美，指此四事也，從『理』是。」

斠詮：「校練，考校簡選也。三國志魏志鍾會傳注：『弼與鍾會善，會論議以校練爲家。』」

祖保泉事類談屑解這四句說：「博學是前提；所見不博，則没有多少典故可出之於筆下。在文中用典要簡約；堆垛典故，則文章必然流於滯澀。選擇要精確，要完全符合表情達意的要求，否則必然産生乖謬。由典故所表明的道理，應該經過核實是合用的，否則將無益於『據事以類義，援古以證今』。」

黄海章劉勰的創作論和批評論：「所謂『約』、『精』、『覈』，即是去其糟粕，取其精華。如果多叙細事，多用僻典，『以一事不知爲恥，以字字有來歷爲高』，則文章變成『事類統編』，毫無生意。」用典，光是個書簍子還不行，還要善於選取事例典故。「是以綜學在博，取事貴約，校練務精，捃理須覈」，就是説積累學問要博，但用典時貴在少而精，選取的事理須經過考核，要精練。

〔四〕校注：「『輳』，元本、弘治本、汪本、張本、兩京本、訓故本、四庫本作『湊』。按『湊』字是，已詳書記篇『詭麗輻輳』條。」「輻湊」，聚集。

〔五〕校證：「『揮』，汪本、佘本、張之象本、何允中本、日本活字本、梅本、凌本、梅六次本、鍾本、梁本、四庫本、王謨本、張松孫本作『輝』。徐校作『揮』。」元刻本「揮」作「輝」。何焯校「輝」改「揮」。按「輝」字義長。

黄春貴：「吾人於充實見聞，多識前言往行之餘，固應知所抉擇，衡情酌理，適得其要，則用典之際，不致繆訛矣。……故爲文用典，當以情義爲主，擇事類之宜者佐之，斯爲美善。」

〔六〕元刻本、弘治本「劭」作「邵」，「云」上有「客」字。校證：「何允中本、日本活字本、凌本『賦』上有『客』字，崇文本『賦』上有『無』字；汪本、佘本、張之象本、兩京本、梅本、鍾本、梁本……四庫本『賦』下有『客』字，王謨本『賦』下有『有』字。梅六次本剜去『客』字，馮校云：『「客云」，「客」字疑衍。』而黄注本、張松孫本從之，是也。」訓故：「魏志：劉劭，字孔才，嘗作趙都賦，明帝美之。」按此見劉劭傳。范注：「嚴可均全三國文三十二輯趙都賦佚文漏輯此條。」

〔七〕范注：「公子之客，謂平原君之客毛遂迫楚王定盟。」梅注：「史記：平原君與楚合從，言其利害，日出而言之，日中不決。毛遂按劍歷階而上，謂平原君曰：『從之利害，兩言而決耳。今日出而言從，日中不決，何也？』楚王謂平原君曰：『客何爲者也？』平原君曰：『是勝之舍人也。』楚王叱曰：『胡不下！吾乃與而君言，汝何爲者也？』毛遂按劍而前曰：『王之所以叱遂者，以楚國之衆也，今十步之内，王不得恃楚國之衆也。合從者爲楚，非爲趙也。吾君在前，叱者何也？』謂楚王之左右曰：『取鷄狗馬之血來！』毛遂奉銅盤而跪，進之楚王曰：『王當歃血而定從，次者吾君，次者遂。』遂定從於殿上。」「歃血」，訂盟者飲牲口之血以示誠意。

〔八〕梅注：「史記：秦王使使者告趙王，欲與王爲好會於西河外澠池。趙王遂行。藺相如從，遂與秦王會澠池。秦王飲酒酣曰：『寡人竊聞趙王好音，請奏瑟。』趙王鼓瑟。秦御史前書曰：『某年月日，秦王與趙王會飲，令趙王鼓瑟。』藺相如前曰：『趙王竊聞秦王善爲秦聲，請奉盆缻秦王，以相娛樂。』秦王怒不許。於是相如前進缻，因跪請秦王，秦王不肯擊缻。相如曰：『五步之内，相如請得頸血濺大王矣！』左右欲刃相如，相如張目叱之，左右皆靡。於是秦王不懌，爲一擊缻。相如顧召趙御史書曰：『某年月日，秦王爲趙王擊缻。』」按此見藺相如列傳。

禮記檀弓下：「（趙）文子……所舉於晉國管庫之士七十有餘家。」鄭注：「管庫之士，府史以下，官長所置也。舉之於君，以爲大夫士也。」

黄注：「左傳：『輿臣隸，隸臣僚。』注：『隸，謂隸屬於吏也。』」按此見昭公七年。

訓故：「按相如本宦者繆賢舍人，故云管庫隸臣。」

〔九〕滄浪詩話詩法六：「不必太着題，不必多使事。」陶明濬詩説雜記論使事云：「不欲多使事者，因事不易使，如將兵者多多益善，非有淮陰之才，萬不能勝任。要須以情義爲主，以事類爲佐，乃能操縱在我，進退自如。詠物之作，非專用典也，必求其婉言而諷，小中見大，因此及彼，生人妙語，乃爲上乘也。詠古之作，非專使事也。必了然古今之成敗興衰之所由，發潛德之幽光，誅奸佞於已死，垂爲鑒戒，昭示無窮也。」

紀評：「此一段言擇欲精。」

故事得其要，雖小成績，譬寸轄制輪，尺樞運關也〔一〕。或微言美事，置於閑散〔二〕，是綴金翠於足脛，靚粉黛於胸臆也〔三〕。

〔一〕黄注：「文子：『五寸之關，能制開闔，所居要也。』」

范注引孫蜀丞曰：「黄以周輯子思子卷六云：『終年爲車，無一尺之軫，則不可以馳。』黄以周云：『淮南子繆稱訓云：「終年爲車，無三寸之鎋，不可以驅馳；匠人斲户，無一尺之楗，不可以閉藏。」即取子思子之文而少變之。』『三寸』，當作『一寸』，文心雕龍事類篇『寸轄制輪，尺樞運關』，即其義也。」

宋晏殊類要卷三十二譬喻語引作：「故爲文用事，雖小成績。譬寸轄制輪，尺樞運閼。」

斠詮：「淮南繆稱所云寸轄尺楗，即彦和此二語所本。轄，軸端鍵也。」

「樞」，門上的轉軸。樞軸爲機關運轉的中軸，所以説「尺樞運關」。「楗」是門閂，與此處不合。

〔二〕校證：「張之象本『閑』作『閒』。馮本、汪本、佘本、張之象本、兩京本脱『散』字。王惟儉本作『閒□』。」按元刻本即脱「散」字。

〔三〕楊慎丹鉛續録卷六雜識「翠足粉胸」條：「劉勰云：『綴金翠於足跗，靚粉澤於胸臆。』以喻失其所施也。」「靚」，玉篇：「妝飾也。」

劉歆移書讓太常博士：「及夫子没而微言絶，七十子卒而大義乖。」「微言」，精微之言。

校注：「史記相如傳（上林賦）：『靚莊刻飭。』集解引郭璞曰：『靚莊，粉白黛黑也。』」

以上爲第三段，説明才與學的關係，强調才與學必須「表裏相資」，並進而論述博見、博學的必要性。

凡用舊合機，不啻自其口出〔一〕；引事乖謬，雖千載而爲瑕〔二〕。陳思，群才之英也〔三〕。報孔璋書云〔四〕：「葛天氏之樂，千人唱，萬人和〔五〕，聽者因以蔑韶夏矣。」〔六〕此引事之實謬也〔七〕。

〔一〕斯波六郎：「尚書秦誓：『人之彦聖，其心好之，不啻如自其口出。』」

顔氏家訓文章篇：「沈隱侯曰：文章當從三易：易見事，一也；易識字，二也；易讀誦，三也。邢子才常曰：沈侯文章用事，不使人覺，若胸臆語也，深以此服之。祖孝徵亦嘗謂吾曰：沈詩云『崖傾護石髓』，此豈似用事耶？」宋周輝清波雜志「爲文當從三易」條：「沈隱侯曰：古儒士爲文，當從三易：易見事，一也；易識字，二也；易誦讀，三也。邢子才曰：沈隱侯文章用事不使人覺，若胸臆語，深以此服之。杜工部作詩，類多故實，不似用事者。是皆得作者之奥。樊宗師爲文奥澀不可讀，亦自名家。才不逮宗師者，固不可效其體。劉勰文心雕龍論之至矣。」

斠詮：「文心情采篇：『虎豹無文，則鞟同犬羊；犀兕有皮，而色資丹漆。』前二句櫽括論語顏淵『文猶質也，質猶文也。虎豹之鞟，猶犬羊之鞟』句。後二句櫽括左傳宣二年『使其驂乘謂之曰：牛則有皮，犀兕尚多，棄甲則那？役人曰：從其有皮，丹漆若何』句。彦和據此，重新綴輯，使與『質待文也』句相融會，而用舊合機，不啻自其口出也。」

黄春貴：「大約用典之佳者，貴能推陳出新，無異於出自一己之創作，譬如水中著鹽，運化無迹，不使人覺。文章乃日新之物，若食古不化，拾人牙慧，一派陳腔濫調，豈不令人生厭！故原本古事成辭，用典時卻須重加鑄造，别出心裁。否則邯鄲學步，未得古人之旨，亦忘自我之能矣。……夫善紉者無隙縫，工繪者無漬痕，用典若斯，緊著題意，融化而不澀，用事而不爲事使，則面目精神，方能一新。史記用古人語，漢書用史記文，而其面目精神，則史記也，漢書也，非古人也。」

〔二一〕「引事」二句：一旦引用錯了，千百年後也洗刷不掉。

朱星：「劉氏又提出要用的合機，正是貴約、得要、合機三原則。合機即不失真。……當時還須用的妥貼自然，不勉强，不晦僻。有時爲了求對，往往勉强湊數，這在大作家也有時不免。如庾信小園賦中『心則歷陵枯木，髮則睢陽亂絲』，按宋書五行志、應劭漢官儀均記豫章郡有樟樹久枯而忽更榮茂，又呂氏春秋記墨子見染素絲而嘆，『亂絲』當作『素絲』，以喻白髮，又不說墨子而説睢陽，因睢陽故屬宋國，而墨子是宋人，如此轉折用典，實嫌隱晦。又歷陵枯木乃枯而復生，今只取其枯木，則不如另換一事以喻心如枯木。這是用事不妥貼之處。因此用事的要求還須合適，即不牽强；須通曉，不晦僻。不晦僻，實分不晦不僻，不僻即用平常經史上事，不用稗史雜書上的事；不晦是雖可含蓄寫，但不可太過份，搞成晦塞不可通。如魏伯子論文上記載一人喜用典，把請人指正一語改『指正』爲『斧正』，繼思『斧正』易解，於是改爲『郢正』，因莊子上有郢人善運斧。如此求隱，故作拐彎，就使人不解了。……到齊梁極弊之際，爲文者下筆即是駢儷雙數，不敢用隻字單句，同時又是對對用事，不用事好象帶了孝太素了似的，甚至不管寫的什麽，都要用事，這決非劉氏的意思。」

顏氏家訓文章篇：「自古宏才博學，用事誤者有矣。百家雜説，或有不同，書儻湮没，後人不見，故未敢輕議之，今指知決紕繆者，略舉一兩端以爲誡。詩云：『有鷕雉鳴。』又曰：『雉鳴求其牡。』毛傳亦曰：『鷕，雌雉聲。』又云：『雉之朝雊，尚求其雌。』鄭玄注月令亦云：『雊，雄雉鳴。』潘岳賦曰：『雉鷕鷕以朝雊。』是則混雜其雄雌矣。詩云：『孔懷兄弟。』孔，甚也；懷，思也：言甚可思也。陸機與長沙顧母書述從祖弟士璜死，乃言『痛心拔腦，有如孔懷』。心既痛矣，即爲甚思，何故言『有如』也？觀其此意，當謂親兄弟爲『孔懷』。詩云『父母孔邇』，而呼二親爲『孔邇』，於義通乎？異物志云：『擁劍狀如蟹，但一螯偏大爾。』何遜詩云『躍魚如擁劍』，是不分魚蟹也。漢書：『御史府中列柏樹，常有野鳥數千棲宿其上，晨去暮來，號朝夕鳥。』而文士往往誤作烏鳶用之。抱朴子說項曼都詐稱得仙，自云『仙人以流霞一杯與我飲之，輒不飢渴』。

「而簡文詩云『霞流抱朴椀』，亦猶郭象以惠施之辨爲莊周言也。後漢書：『囚司徒崔烈以鋃鐺鏁。』鋃鐺，大鏁也，世間多誤作金銀字。武烈太子亦是數千卷學士，嘗作詩云：『銀鏁三公脚，刀撞僕射頭。』爲俗所誤。」

〔三〕指瑕篇：「陳思之文，群才之俊也。」

〔四〕范注：「陳思報孔璋書佚。」

〔五〕梁玉繩史記志疑卷三十四「司馬相如傳聽葛天氏之歌，千人唱，萬人和」條附案：「文心雕龍事類篇曰：『陳思報孔璋書云……致斯繆也。』余謂千唱萬和，此賦乃總承上文，非專言葛天，謬在陳思，不在相如。」

〔六〕韶，舜樂；夏，禹樂。

〔七〕匡謬正俗卷七：「西征賦：丞屬號而守闕，人百身以納贖。趙廣漢傳：廣漢下廷尉獄，吏民守闕號泣者數萬人，或言：『臣生無益於縣官，願代趙京兆死，得收養小民。』延壽傳無此語，安仁論延壽之死，所舉廣漢之請代，則用事之不審焉。」駱鴻凱文選學：「汪師韓文選理學權輿有選注訂誤一卷，凡選文用事之誤，李注曾加糾舉者，悉爲摘出。」

按葛天之歌，唱和三人而已〔一〕。相如上林云：「奏陶唐之舞，聽葛天之歌，千人唱，萬人和。」〔二〕唱和千萬人，乃相如推之〔三〕，然而濫侈葛天，推三成萬者，信賦妄書，致斯謬也〔四〕。

〔一〕范注：「吕氏春秋古樂篇：『昔葛天氏之樂，三人操牛尾，投足以歌八闋。』」

〔二〕范注：「文選司馬相如上林賦：『奏陶唐氏之舞，聽葛天氏之歌，千人唱，萬人和，山陵爲之震動，川谷爲之蕩波。』」陶唐氏即堯。校釋：「『陶唐』乃『陰康』之誤。史記相如傳同。師古注曰：『陶唐當爲陰康，傳寫字誤耳。』梁玉繩史記志疑卷三十四曰：『人表有陰康氏。』吕氏春秋：『陰康作舞。』按梁説是也。今文選亦誤作『陶唐』。」按史記、文選既作「陶唐」，則彦和所見亦同，不必據顔師古注改作「陰康」。

〔三〕校證：「『推之』原作『接人』，梅云：『當作「推之」二字。』崇文本作『推之』，今據改。」

考異：「梅本疑作『推之』者，據下文『推三成萬』而言也。紀評疑作『增入』者，據上文『唱和千萬人』而言也。俱可以通，姑兩存之。」

紀評：「千人萬人，自指漢時之歌舞者，不過借陶唐葛天點綴其事，非即指上二事也。子建固誤，彦和亦未詳考也。」這是説，司馬相如的意思，是講後世宫廷奏歌，有千萬人唱和，並不是指原來的葛天氏歌的體制。

補注：「篇中『接人』乃『接入』之譌。古人引書，據前人引申之説，并爲本書，此例多有。紀云：千人萬人自指漢時之歌、舞者，誠爲不錯（覩相如賦聽葛天氏之歌下一「聽」字，則「千人唱萬人和」必非原文明矣）。而陳思亦非爲巨謬也。」

〔四〕梁章鉅文選旁證「千人倡萬人和」條：「六臣本及尤本『倡』作『唱』。……按此賦千倡萬和，乃總承上文，非專屬葛天。當由陳思誤用，不得以此譏相如矣。」（卷十一）

牟注：「這裏，劉勰不論上林賦之誤，而評曹植之論，當與文學描寫與論述文不同有關。曹植的『信賦妄書』，正是忽略了這種區别。」

陸機園葵詩云：「庇足同一智，生理合異端。」〔一〕夫葵能衛足，事譏鮑莊〔二〕；葛藟庇根，辭自樂豫〔三〕。若譬葛爲葵，則引事爲謬〔四〕；若謂庇勝衛，則改事失真〔五〕。斯又不精之患。

〔一〕范注：「陸機園葵詩二首，文選載其一首，彦和所引詩本集載之，作『庇足同一智，生理各萬端』，『合異』當是『各萬』之誤。」「生理」，生存之理。詩之下兩句云：「不若聞道易，但傷知命難。」

〔二〕左傳成公十七年：「秋七月壬寅，（齊靈公）刖鮑牽而逐高無咎。……仲尼曰：『鮑莊子之智不如葵，葵猶能衛其足。』」杜注：「葵傾葉向日，以蔽其根，言鮑牽居亂，不能危行言孫。」「鮑莊」，名牽，謚莊子，齊大夫。

〔三〕梅注：「左傳：宋昭公將去群公子。樂豫曰：『不可。公族，公室之枝葉也，若去之，則本根無所庇廕矣。葛藟猶能庇其本根，故君子以爲比，況國君乎！此諺所謂庇焉而縱尋斧焉者也，必不可，君其圖之。』」按此見文公七年。杜注：「葛之能藟蔓繁滋者，以本枝蔭庥之多。」「樂豫」，宋國司馬。「葛藟」，葛藤類植物。

〔四〕「引事爲謬」，梅本「爲」字旁墨注一「實」字。

牟注：「引事爲謬，指園葵詩是詠葵，不應誤用葛的典故。」

〔五〕郭注：「陸機園葵詩本以詠葵，則當用『衛足』，今用『庇足』，則詠葛藟矣。所以説『斯又不精之患』。」

黄春貴：「自古博學宏才，用典誤者多矣。情不相類，則枉情以就事；義不符辭，則害義以徇辭，於是削足適履，張冠李戴之弊，相因而生。……考其弊端，乃用典而不抉擇有以致之。」

祖保泉事類談屑：「第一例錯在把『昔葛天氏之樂，三人操牛尾，投足以歌八闋』，改爲『千人唱，萬人和』，這是『改事失真』。第二例把『衛足』錯成『庇足』；而『衛足』、『庇足』兩個典故皆出自左傳，一個是孔子用『葵猶能衛其足』爲比喻來嘲譏鮑牽，一個是樂豫用『葛藟猶能庇其本根』爲比喻來反對宋昭公將去群公子的主張。『園葵』不説『衛足』，而云『庇足』。也是『改事失真』。」

紀評：「此一段以曹、陸爲鑒，言用事宜審。」

夫以子建明練，士衡沈密〔一〕，而不免於謬。曹洪之謬高唐〔二〕，又曷足以嘲哉！夫山木爲良匠所度〔三〕，經書爲文士所擇，木美而定於斧斤，事美而制於刀筆〔四〕，研思之士，無慚匠石矣〔五〕。

〔一〕「明練」，精明熟練。「沈密」，深沈細密。

〔二〕「曹洪」原作「曹仁」。二人皆曹操從弟。范注：「文選有陳琳爲曹洪與魏文帝書。『曹仁』當是『曹洪』之誤。書云：『蓋聞過高唐者，效王豹之謳。』李善注引孟子淳于髠曰：『昔王豹處淇，而河西善謳；綿駒處高唐，而齊右善歌。』彦和譏曹洪之謬高唐，謂綿駒誤作王豹也。文帝答洪書佚（李善注爲曹洪與文帝書引兩條）。其中當有嘲辭。」校證：「案范説是，今改。」

淳于髡語見告子下。

郭注：「是與魏文帝書以『綿駒』誤作『王豹』；不然，則以『河西』誤作『高唐』，兩者必居其一。」

按此文當作過高唐者效緜駒之歌，但文人用之誤。

校釋：「范文瀾注……謂『仁』當作『洪』，然實陳代曹作，彦和未加分别。」駱鴻凱文選學：「今按此文本孔璋爲曹洪作，故彦和即以爲曹洪耳。」

校注：「按上文明言『夫以子建明練，士衡沈密，而不免於謬』，故此承之曰：『曹仁（當作洪）之謬高唐，又曷足以嘲哉！』意即曹洪非子建、士衡之比，其謬綿駒爲王豹，固無足嘲也。似與曹丕答洪書之是否有嘲辭無關。」

〔三〕訓故：「左傳：『山有木，工則度之。』」案此見隱公十一年。「度」，度量。

〔四〕二句説：木材的美好取定於斧斤的砍削，事例的美受刀筆的制約。古以刀刻字，故稱刀筆。斠詮：「後漢書劉盆子傳：『臘日大會，酒未行，其中一人出刀筆書謁欲賀。』注：『古者記事於簡冊，謬誤者，以刀削而除之，故云刀筆。』此處喻生花妙筆。案刀所以削誤，筆所以記事，刀筆爲二物，非命刀爲刀筆也。」這是説經籍中有豐富的資料，可供文人引用，但是如何才能運用得宜，推陳出新，這就在於研思之士的「刀筆」了。

〔五〕黄注：「莊子：匠石之齊，見櫟社樹，匠石不顧，曰：此不材之木也。嵇康琴賦：匠石奮斤。」莊子徐無鬼篇：「郢人堊墁其鼻端，若蠅翼，使匠石斲之，匠石運斤成風，聽而斲之，盡堊而鼻不傷，郢人立不失容。」「石」，匠人名。

第四段舉前人用典之誤，要求用事引文必須準確。

贊曰：經籍深富，辭理遐亘〔一〕。皜如江海〔二〕，鬱若崑鄧〔三〕。文梓共採，瓊珠交贈〔四〕。用人若己〔五〕，古來無懵〔六〕。

〔一〕「亘」，綿亘，連綿不斷。「遐亘」，源遠流長，謂永遠流傳。

斠詮：「言古聖先賢之經傳，諸子百家之典籍，義理深遠，文辭富美，不僅傳播遥遠，抑且影響綿久也。」

〔二〕孟子滕文公上：「江海以濯之，秋陽以暴之，皜皜乎不可尚已。」焦循正義：「皜皜，謂孔子盛德，如天之元氣皓旰。」

斠詮：「言如長江大海之流澤浩汗，若崑崗、鄧林之蘊藏豐盛也。『皜』與『皓』（説文作「晧」）同。……又『皜』與『浩』通。史記河渠書：『瓠子決兮將奈何？皓皓旰旰兮閭殫爲河。』漢書溝洫志作『瓠子決兮將奈何？浩浩洋洋慮殫爲河』。文選木華海賦『襄陵廣舄，瀇滉浩汗』，注：『翰曰：瀇滉浩汗，廣大貌。』晉書孫楚傳：『三江五湖，浩汗無涯。』」

〔三〕校注：「按文選張衡西京賦『珍物羅生，焕若崑崙』，李注：『山海經（海内西經）云：崑崙之墟，有珠樹、文玉樹。』又『嘉卉灌叢，蔚若鄧林』，李注：『山海經（海外北經）曰：夸父與日競走，渴飲河渭，不足；北飲大澤，未至，道渴死。棄其杖，化爲鄧林。』」

斠詮：「崑鄧，謂崑岡與鄧林。崑岡，崑崙山别名。……鄧林，夸父杖化生之林。一説即桃林，在楚之北境。」

〔四〕校證：「『採』顧本作『采』。」

黄注：「吴越春秋：越王使木工伐木，天生神木一雙，陽爲文梓，陰爲楩柟。」墨子公輸篇：「荆有長松、文梓、楩柟、豫章。」「文梓」，梓樹，文理明顯細密，所以叫文梓。按古以梓爲木王，梓最耐朽，故用以制器。

斯波六郎：「晉書載記赫連勃勃傳：『刻石都南頌其功德曰……搜文梓於鄧林，採繡石於恒嶽。』」

〔五〕斯波六郎：「尚書仲虺之誥：『用人惟己。』（傳：用人之言，若自己出。）」用典還要用得自然，「凡用舊合機，不啻自其口出」，也就是「用人若己」，引用别人的故事或成語要用得合適，和自己嘴裏説的話没有什麽兩樣。這樣不露生湊痕迹，才算用得活。

李曰剛文心雕龍講疏：「前言往行，載籍紛紛，必須充實見聞，知所抉擇，始可『用人若己』，而『事得其要』。」再曰：「又博學之後，貴能融會貫通，匠心獨運，始可『推陳出新』，而『自其口出』。」（黄春貴引）

斠詮：「顔氏家訓論文章曰：『邢子才嘗曰：「沈侯文章用事，不使人覺，若胸臆語也。」深以此服之。』文選載沈休文新安江水至清淺深見底貽京邑遊好一首云：『願以潺湲水，沾君纓上塵。』此用『滄浪之水清兮，可以濯我纓』，了無痕迹可見。又別范安成詩云：『夢中不識路，何以慰相識？』乃用韓非子：『六國時，張敏與高惠二人爲友，每相思不能得見，敏於夢中往尋，但行至半途，即迷不知路，遂回，如此者三。』而讀之真若出其胸臆焉。凡此用典之佳者，率皆知所抉擇，故得事理精切，用人若己。」

〔六〕「懵」，無知貌。「懵」同「懜」，説文：「懜，不明也。」按才略篇：「然子建思捷而才儁，詩麗而表逸，子桓慮詳而力緩，故不競於先鳴，而樂府清越，典論辯要，迭用短長，亦無懵焉。」斠詮：「言引用他人之成言故事，果若出自一己之手筆，而非囫圇吞棗，斷章取義，則於古來著述，亦無懵懵不明之虞矣。」説文：「瞢，目不明也。」

練字第三十九

札記：「舍人言練字者，謂委悉精熟於衆字之義，而能簡擇之也。其篇之亂者曰：依義棄奇。此又著文之家所宜奉以周旋者也。」又：「今欲明於練字之術，以馭文質諸體，上之宜明正名之學，下亦宜略知説文、爾雅之書，然後從古從今，略無蔽固，依人自撰，皆有權衡，釐正文體，不致陷於鹵莽，傳譯外籍，不致失其本來，由此可知練字之功，在文家爲首要，非若鍛句煉字之徒，苟以矜奇炫博爲能也。」

「練字」的「練」是選擇，「練字」就是選用適當的字；和唐宋以後詩話文評中所講的煉字不盡相同，但也有關係。

范注：「章句篇以下，麗辭、比興、夸飾、事類四篇所論，皆屬於句之事。而四篇之中，事類屬於麗辭，以麗辭所重在於事對也。夸飾屬於比興，以比之語味加重，則成夸飾也。練字篇與上四篇不相連接，當直屬於章句篇。章句篇云：『積字而成句。』又云：『句之清英，字不妄也。』練訓簡，訓選，訓擇，用字而出於簡擇精切，則句自清英矣。詞學指南引宋景文云：『人之屬文，有穩當字，第初思之未至也。』即此義矣。本篇首段教人貫練雅頌，總閱音義，此探本之論也。又恐作者好怪，若樊宗師、宋子京之流，用字艱僻，義背隨時，則告之曰：『趣舍之間，不可不察。』『義訓古今，興廢殊用。』太史公撰史，凡用尚書之文，必以訓詁字代之，誠千古文章之準繩矣。」

情采篇：「立文之道，其理有三：一曰形文，五色是也。二曰聲文，五音是也。……」范注：「形文，如練字篇所論；聲文，如聲律篇所論。」日人户田浩曉注解練字篇也説：「聲律是就聽覺的立場，去討論文學的音樂性，練字篇則就視覺的立場，去討論文學美術的問題。」

參考：户田浩曉文心雕龍練字篇之現代意義，斯文二四卷十一期（昭和十七年）；又文心雕龍練字篇之修辭學的考察，大東文化大學漢學會誌一（昭和三十三年）。

徐麗霞文心雕龍練字篇之修辭學考察：「練字篇所討論的重點，即是這文字形象於文章修辭裏所造成的視覺美感效果。……雖然有人認爲練字的意義，應該看得更廣泛些，不當僅僅拘囿於字體的外形，我則斟酌劉勰的著作本意，不敢苟同。也有人認爲修辭學中有關字眼、詩眼的鍛鍊發端於練字篇，因此考察練字的修辭觀，闡釋必涉及此一問題。其實，字眼詩眼的鍛鍊是練字後的一種必然趨向結果……但我們只能説原始的討論中可以包孕此趨向結果的隱含基因，卻不能肯定此趨向結果早已被劉勰明顯地附諸公開的叙述。」（見王更生編文心雕龍研究論文選粹）

夫文象列而結繩移〔一〕，鳥跡明而書契作〔二〕，斯乃言語之體貌，而文章之宅宇也〔三〕。蒼頡造之，鬼哭粟飛〔四〕；黄帝用之，官治民察〔五〕。

〔一〕「文象」，校釋：「按各本皆如此，疑當作『爻象』。易繫辭下曰：『八卦成列，象在其中矣；因而重之，爻在其中矣。』此言聖人因八卦象可治民事，故以易結繩。下句始及造文字之事，疑『文』乃『爻』字形誤。」按全文均與爻象無關，且「爻」字亦於板本無據，不當改。「文象」，文字形象，即最初之象形文字。

范注：「易繫辭下：『上古結繩而治，後世聖人易之以書契，百官以治，萬民以察，蓋取諸夬。』」

尚書序：「古者伏羲氏之王天下也，始畫八卦，造書契，以代結繩之政，由是文籍生焉。」釋文：「書者，文字；契者，刻木而書其側，故曰書契也。」

〔二〕范注：「吕氏春秋君守篇：『蒼頡作書。』高誘注：『蒼頡生而知書，寫仿鳥跡以造文章。』許慎説文解字叙：『黄帝之史倉頡見鳥獸蹏迒之迹，知分理之可相别異也，初造書契。』」

〔三〕范注：「言語之體貌，猶曰言語之符號。文章之宅宇，謂文章寄託於字體。」注訂：「體貌即語言之形成，宅宇即文章之寄寓，皆字句之功用也，故語言文章全託於字。」

〔四〕訓故：「淮南子：昔者蒼頡作書，而天雨粟，鬼夜哭。」按此見本經訓。高誘注：「蒼頡始視鳥跡之文造書契，則詐僞萌生。詐僞萌生，則去本趨末，棄耕作之業，而務錐刀之利。天知其將餓，故爲雨粟。鬼恐爲書文所劾，故夜哭也。」

〔五〕梅注：「字源云：太昊時始有文字，黄帝變爲古文。又云：庖犧氏作龍書，炎帝作穗書，倉頡變古，寫鳥迹，作鳥迹篆，少昊作鳳書，高陽作科斗書。」

黄注：「官治民察，見徵聖篇『象夬』注。」上引易繫辭下：「百官以治，萬民以察。」

先王聲教，書必同文〔一〕；輶軒之使，紀言殊俗〔二〕，所以一字體，總異音〔三〕。

〔一〕「先王聲教」四字已見徵聖篇（唐寫本）。尚書禹貢：「朔南暨聲教，訖於四海。」正義解聲教爲「聲威文教」。

范注：「禮記中庸：『非天子不議禮，不制度，不考文。今天下車同軌，書同文，行同倫。』周禮秋官大行人：『七歲屬象胥，論言語，協辭命。九歲屬瞽史，諭書名，聽聲音。』即天子考文之事。」

〔二〕訓故：「風俗通：周秦常以歲八月，遣輶軒之使，採異代方言，藏之秘府。」按此見風俗通義序。「輶軒」，輕車。古代帝王的使臣多乘輶車，後因稱使臣爲「輶軒使」。

范注：「方言劉歆與揚雄書：『三代周秦軒車使者遒人使者以歲八月巡路，求代語僮謠歌戲。』説文：『迈，古之遒人，以木鐸記詩言。』説文序曰：『分爲七國，言語異聲（桂馥義證曰：如鄭注三禮齊、秦、楚人語），文字異形。』（桂氏曰：「今所傳刀布文不合古籀者，皆列國之異形。」）」「紀言殊俗」即紀言於殊俗。

〔三〕綴補：「管子君臣上篇：『書同名，車同軌……此先王之所以一民心也。』名猶文也。亦即字也。」

説文解字叙：「分爲七國……言語異聲，文字異形。秦始皇帝初兼天下，丞相李斯乃奏同之，罷其不與秦文合者。」「總異音」，總匯各地的不同方言。

周禮保氏〔一〕，掌教六書〔二〕。秦滅舊章，以吏爲師〔三〕，及李斯删籀而秦篆興〔四〕，程邈造隸而古文廢〔五〕。

〔一〕校釋：「按諸本作『保章氏』，誤。保章氏世守天文之變，與保氏異職，其誤無疑。」

校注：「黄校云：『保下，張本有章字。』按元本、弘治本、活字本、汪本、佘本、兩京本、崇文本亦並有『章』字……皆非也。『教以六書』見地官保氏，非保章氏也。」

校證：「舊本『保』下俱有『章』字，黄注本删。案掌教六書，此地官保氏職，黄本删是。」

〔二〕范注：「周禮地官保氏：『養國子以道，乃教之六藝。……五曰六書。』鄭衆注：『六書：象形、會意、轉注、處事、假借、諧聲。』」

說文敘：「周禮八歲入學，保氏教國子，先以六書：一曰指事……二曰象形……三曰形聲……四曰會意……五曰轉注……六曰假借。」

〔三〕范注：「史記秦始皇本紀三十四年：『李斯請史官非秦記皆燒之。非博士官所職，天下敢有藏詩、書、百家語者，悉詣守、尉雜燒之……若欲有學法令，以吏爲師。』」「舊章」，即舊有典籍。

〔四〕校證：「『及』，紀本誤『乃』。」梅氏音義：「籀音胄，周太史名。」

〔五〕梅注：「漢書（藝文志）：蒼頡七章者，秦丞相李斯所作也。爰歷六章者，車府令趙高所作也。博學七章者，太史令胡毋敬所作也。文字多取史籀篇，而篆體復頗異，所謂秦篆者也。是時始造隸書矣。起於官獄多事，苟趨省易，施之於徒隸也。」范注：「說文序曰：『秦始皇帝初兼天下，丞相李斯乃奏同之，罷其不與秦文合者。斯作倉頡篇，中車府令趙高作爰歷篇，太史令胡毋敬作博學篇，皆取史籀大篆，或頗省改，所謂小篆者也。』又曰：『四曰左書，即秦隸書。秦始皇帝使下杜人程邈所作也。』」

說文叙：「是時秦燒滅經書，滌除舊典，廢史卒，興戍役，官獄職務繁，初有隸書。」「程邈」，秦始皇時御史。原爲獄吏，因事下獄，在獄中將民間習用的字體整理成隸書。

漢初草律，明著厥法，太史學童，教試六體〔一〕；又吏民上書，字謬輒劾；是以馬字缺畫，而石建懼死，雖云性慎，亦時重文也〔二〕。

〔一〕校注：「『草』，元本、弘治本、活字本、汪本、佘本、張本、兩京本……崇文本作『章』。……按『章』字非是。漢書藝文志：『漢興，蕭何草律（顏注：草，創造之），亦著其法。』舍人此文所本也。」校證：「『草』，舊本俱作『章』，黃注本改。」訓故：「漢藝文志：漢興，蕭何草律，亦著其法，曰：『太史試學童，能諷書九千字以上，乃得爲史。又以六體試之，課最者以爲尚書、御史、史書令史（尚書令史、御史令史、史書令史）。吏民上書，字或不正，輒舉劾。』六體者，古文、奇字、篆書、隸書、繆篆、蟲書。注：『篆書謂小篆，蓋秦始皇使程邈所作也，隸書亦程邈所獻。』」王更生文心雕龍范注駁正：「按『教試』應移在『學童』之前，於文法始合，徵漢書藝文志小學家序，當乙正。又『六體』爲『八體』，乃淺人據今本漢志之誤字而改，據王先謙漢書補注引李賡芸徵説文叙應訂正。」李曰剛斠詮亦稱：「『教試』原倒在『學童』下，於文法不合，徵漢書藝文志小學家序乙正。又『八體』原作『六體』，乃淺人據今本漢志之誤字而改，據王先謙漢書補注引李賡芸徵説文叙訂正。補注：『李賡芸曰：「説文叙云：『學僮十七以上始試，諷籀書九千字，乃得爲吏，又以八體試之。』此『六』乃『八』之誤。據説文叙言：王莽時甄豐改定古文有六體。蕭何時止有八體，無六體也。」先謙曰：六當爲八，李説是也。上文（指漢志小學家書目「八體六技」）明言八體，是班氏非不知有八體者，且此數語與説文序吻合，不應事實歧異，淺人見下「六體」字（此釋亡新所定六體，上所云六伎也）而妄改也。』剛按王引李説甚精，應從之。」又：「説文叙：『自爾秦書有八體，一曰大篆，二曰小篆，三曰刻符，四曰蟲書，五曰摹印，六曰署書，七曰殳書，八曰隸書。漢興有草書。尉律：學僮十七已上始試，諷籀書九千字，乃得爲史（各本作「吏」，今依江式傳改正），又以八體試之，郡移太史並課，最者以爲尚書史，書或不正，輒舉劾之。』」漢太史掌天文、曆法，修史書。

〔二〕漢書石奮傳：「（長子）建爲郎中令，奏事下（史記萬石君傳作書奏事，事下），建讀之，驚恐曰：『書馬者與尾而五，今乃四，不足一，獲譴，死矣。』其爲謹慎，雖他皆如是。」校注：「『慎』，漢書藝文志考證四引作『謹』，按王氏避宋孝宗諱改『慎』爲『謹』，非所見本有異也。」

王應麟漢書藝文志考證卷四小學：「字或不正，輒舉劾。原注：『劉勰云：馬字缺畫，而石建懼死。雖云性謹，亦時重文也。』」

至孝武之世，則相如譔篇〔一〕。及宣成二帝〔二〕，徵集小學〔三〕，張敞以正讀傳業〔四〕，揚雄以奇字纂訓〔五〕，並貫練雅頌〔六〕，總閱音義〔七〕，鴻筆之徒〔八〕，莫不洞曉。

〔一〕訓故：「漢藝文志：武帝時，司馬相如作凡將篇，無複字。」「譔」，撰的異體字，述也。凡將篇，字書名，七字一句。

〔二〕范注：「漢書揚雄傳贊：『劉棻嘗從雄學作奇字。』據藝文志及説文序張敞正讀在孝宣時，揚雄纂訓在孝平時。此云宣成二帝，疑『成』是『平』之誤。」校釋以爲范注「疑『成』是『平』之誤，是也」。注訂：「范注謂『成』是『平』之誤，非是。此言徵集小學始自宣成，非指某人某時言也。」

〔三〕校證：「何允中本、日本活字本、凌本、鍾本、梁本、清謹軒鈔本、日本刊本、王謨本、崇文本，『集』作『習』。」

〔四〕訓故：「漢藝文志：倉頡多古字，俗師失其讀。宣帝時徵齊人能正讀者，張敞從受之，傳至外孫之子杜林，爲訓故。漢書杜鄴傳：鄴少孤，其母張敞女。鄴壯，從敞子吉學問。得其家書。吉子竦又幼孤，從鄴學問。亦著於世，尤長小學。鄴子林，清静好古，亦有雅材……其正文字過於鄴、竦，故世言小學者由杜公。」

范注：「説文序曰：『孝宣時，召通倉頡讀者，張敞從受之。涼州刺史杜業，沛人爰禮，講學

考異：「漢自孝宣至孝平，頗重小學，張敞、揚雄諸作皆在此時。歷孝宣、元、成、平諸帝，作輟不一。漢志所載，未必爲全。而本文所指，概言其略，故曰宣、成。」

大夫秦近亦能言之。孝平時，徵禮等百餘人，令説文字未央廷中，以禮爲小學元士，黄門侍郎揚雄采以作訓纂篇。』」

〔五〕梅注：「漢書（藝文志）：『至元始中，徵天下通小學者以百數，各令記字於庭中。揚雄取其有用者以作訓纂篇，順續蒼頡，又易蒼頡中重複之字，凡八十九章。』」「奇字」，王莽時六書之一，大抵根據戰國時通行於六國的文字，加以改變而成。説文所引，有「倉」之奇字「仓」等。

〔六〕范注：「『並貫練雅頌』，『頌』是『頡』字之誤。下文云：『雅以淵源詁訓，頡以苑囿奇文。』」校釋：「范注『頌』乃『頡』誤。是。即後文之爾雅、蒼頡。」注訂：「雅頌爲三百篇略詞，貫練雅頌者，猶言熟習而上本雅頌。且雅頌爲通辭，范注云：『頌』是『頡』之誤。以下文『雅以』『頡以』爲説，是誤解下文也。『雅以』者，指爾雅而言，『頡以』者，指蒼頡一篇而言，與此無涉。」「貫練」，謂貫通熟練。

〔七〕「總閲音義」，謂全面考察讀音與義訓。

〔八〕校證：「『鴻』原作『鳴』，梅據朱改作『鴻』。」考異：「鳴筆，言文之善者也。假筆墨以出之故曰鳴筆。韓退之曾本之爲文，是徵鳴字之用較鴻爲長，朱改非是。」

且多賦京苑〔一〕，假借形聲〔二〕；是以前漢小學，率多瑋字〔三〕，非獨制異，乃共曉難也〔四〕。

〔一〕注訂：「如兩都、兩京、南都、三都諸賦。」綴補：「案『京苑』疑本作『宮苑』，此就前漢言之，前漢辭賦家如司馬相如、揚雄之徒，多賦宮、賦苑，無賦京者。」

〔二〕周注：「假借形聲：用通假字來描繪形象聲音。」

〔三〕注訂：「瑋，瑰瑋不通俗也，即上文所謂奇字。」

〔四〕范注：「劉申叔先生論文雜記曰：『西漢文人，若揚、馬之流，咸能洞明字學，故選詞遣字，亦能古訓是式，非淺學所能窺。（所用古文奇字甚多，非明六書假借之用者，不能通其詞也。）東漢文人，既與儒林分列（案如班固、張衡之倫，仍有西漢風軌，不可一概論），故文詞古奧，遠遜西京（此由學士未必工作文，而文人亦非真識字）。魏代之文，則又語意易明，無俟後儒之解釋。』」校注：「按『異』謂異體；『難』謂難字。」牟注：「制異：制造奇異。共曉難：指揚雄、司馬相如等都通曉難字。」譯爲「這並非他們特意要標新立異，而是當時的作家都通曉難字」。斠詮：「言不獨制作奇異，而詞字訓義古奧，非淺學之士所易共曉也。」按釋「難」爲「難字」，似類「添字解經」。練字篇首先從文字源流講起，説明西漢文人精通文字學，他們的作品裏往往有古文奇字，非常難認。劉勰不贊成用難字，觀全文可知。

暨乎後漢，小學轉疎〔一〕，複文隱訓，臧否大半〔二〕。

〔一〕范注：「後漢書馬援傳注引東觀記曰：『援上書：「臣所假伏波將軍印，書伏字，犬外嚮。城皋令印，皋字爲白下羊，丞印四下羊，尉印白下人，人下羊。即一縣長吏，印文不同，恐天下不正者多。符印所以爲信也，所宜齊同。」薦曉古文字者，事下大司空正郡國印章。奏可。』說文序曰：『今雖有尉律不課，小學不修，莫達其說久矣。』（莫達六書之說也。）此皆小學轉疏之證。」

〔二〕元刻本無「否」字，「大」作「太」。

黄注：「東京賦注：凡數三分有二爲大半。」

范注：「『複文』，謂如有長字斗字而重作馬頭人之長，人持十之斗。『隱訓』，謂詭僻之訓，如『屈中爲蟲』，『苛之字止句也』之類。『臧否大半』，『大』疑是『亦』字之誤，謂後漢之文，有深於小學者，有疎於小學者，臧否各半也。」

斯波六郎：「案『複文隱訓』要爲難解之文字。所謂『複』，所謂『隱』，分用『複隱』之語。如區別『複文』與『隱訓』，則前者謂字形複雜難懂者之意，後者則字形簡單，而使其意義難懂者之意。范氏解『複文』爲異體文字，解『隱訓』爲詭僻之字義，其說難從。其舉『馬頭人之長』以下之四例於説文解字叙，據俗字任何方面而言，皆是標示無稽之字義說例，與此之『複文隱訓』無關。『臧否大半』，後漢人之文字用法，其大半皆用爲非難之意。」

綴補：「案複、隱同義，原道篇『符采複隱』，總術篇『奥者複隱』，並同例。『複文』謂字體不明；『隱訓』謂訓釋不明。」

周注：「臧否大半：大半是不通小學的。臧否，好壞，這裏當是偏義複詞，指壞。」

及魏代綴藻，則字有常檢〔一〕，追觀漢作，翻成阻奥。故陳思稱〔二〕：「揚馬之作，趣幽旨深，讀者非師傳不能析其辭〔三〕，非博學不能綜其理〔四〕。」豈直才懸〔五〕，抑亦字隱。

〔一〕朱星文心雕龍的修辭論：「到了漢末魏晉，反切法發明盛行了，音義書也産生了，如孫炎爾雅音義。進一步編出了韻書，有反切，有釋義，這比秦漢蒼頡篇、急就篇、凡將篇等明確了，因此古代的字體字義的規範化逐漸形成。」

〔二〕范注：「陳思語無考。」

〔三〕校注：「『傳』，凌本、祕書本、張松孫本、崇文本作『傅』。（梅本作「傅」。）按作『傅』非是。三國志魏志國淵傳：『二京賦，博物之書也。世人忽略，少有其師，可求能讀者從受之。』足與此相發。」

〔四〕校證：「馮本、汪本、佘本，『綜』誤『縹』，徐校作『綜』。」

〔五〕校證：「鍾本、梁本、清謹軒鈔本、崇文本，『直』誤『真』。」

校注：「按『真』字誤。詔策篇：『豈直取善當時，亦敬慎來葉矣。』亦以『豈直』連文。」

「直」，僅。

斠詮：「才懸，謂才學懸殊。字隱，謂用字隱僻。」

自晉來用字，率從簡易，時並習易，人誰取難〔一〕？今一字詭異，則群句震驚〔二〕，三人弗識，則將成字妖矣〔三〕。後世所同曉者〔四〕，雖難斯易；時所共廢，雖易斯難〔五〕：趣舍之間，不可不察〔六〕。

〔一〕斠詮：「言並時之人，皆習慣於平易，有誰取重於艱深乎！」

〔二〕牟注：「群句震驚：很多句子都受其影響。」

顏氏家訓文章篇：「沈隱侯曰：文章當從三易：易見事，一也；易識字，二也；易讀誦，三也。」范注：「沈約謂文章當從三易，其二爲易識字，蓋恐一字詭異，震驚群句也。」

〔三〕注訂：「簡易爲難免，字隱則弊重。隱之極，則高深莫測，便成妖矣。」

范注：「袁守定佔畢叢談曰：『庾持善字書，每屬辭，好爲奇字，世以爲譏。夫字體數萬，人所常用，不過三千，若摭拾古僻不可識者以炫奇，此劉舍人所謂字妖也。然則奇字遂不可用乎？可用也。史遷「更遣長者扶義而西」，不曰「仗義」而曰「扶義」，有扶持之意也；范史「鄧彪仁厚委隨，不能有所匡正」，不曰「委靡」而曰「委隨」，有隨從之意也；又左雄疏「或因罪咎引高求名」，不曰「務高」，而曰「引高」，有借飾之意也；南史沈約云「此公護前，不讓則羞死」，不曰「護過」而曰「護前」，「前」字所包更廣也。必用此字，其義乃安，其義乃盡耳。然即此便是奇字，非以不可識者爲奇也。』」

〔四〕斯波六郎：「鈴木先生校勘記曰：『後字可疑。』謹案：『後』疑『然』字之誤。蓋與指瑕第四十一『然世遠者太輕，時同者爲尤矣』句法同。」

〔五〕綴補：「按兩『斯』字並與『實』同義。」

〔六〕顏氏家訓書證篇曰：「吾昔初看説文，蚩薄世字，從正則懼人不識，隨俗則意嫌其非，略是不得下筆也。所見漸廣，更知通變，救前之執，將欲半焉。若文章著述，猶擇微相影響者行之；官曹文書，世間尺牘，幸不違俗也。」案此與彥和趣舍之語相發明。

黃叔琳批：「六經之文，有三尺童子胥知者，有師儒宿老所未習者，豈有一定之難易哉？緣於世所共曉與共廢耳。」

此段意謂大家習慣於用簡易的字，這是人之常情，誰還喜歡用難字呢？至於難易的標準，劉勰說：只要是通用的字，就容易認；不通用的字，就難認。寫文章的時候，在字的取舍之間，要以「世所同曉」者爲準，「時所共廢」的不用。這種見解有很大的進步性。

朱星文心雕龍的修辭論：「『晉末用字，率從簡易』，正是一種客觀趨勢，是一種好現象。文學語言之美不在用些奇古艱深之字，而正要竭力避免此等字。因此劉氏提出當時衆人所共曉這一標準，『時並習易』這一現象，當被肯定。這『易』當包字形與字義二者，如『義訓古今，興廢殊用』，可知義也當取今義，字音可推知也要用今音，如果有易字常用字今字以及今義今音而不用，而偏偏去找些生僻字難字古字以及古義古音來代替，這正是不老實的態度。」

以上爲第一段，論文字的起源與流變，而歸接到用字難易的取舍問題。

夫爾雅者，孔徒之所纂，而詩書之襟帶也〔一〕；倉頡者〔二〕，李斯之所輯，而鳥籀之遺體也〔三〕；雅以淵源詁訓，頡以苑囿奇文〔四〕，異體相資，如左右肩股〔五〕，該舊而知新，亦可以屬文〔六〕。

〔一〕梅注：「揚雄答郭威書曰：爾雅，孔門游、夏之儔所記，以解釋六藝也。記言：史佚教其子以爾雅，爾雅者，小學也。文言：孔子教魯哀公學爾雅。爾雅之出遠矣。學者皆云周公所記也。『張仲孝友』之類，後人所增耳。」校證：「『纂』原作『慕』，梅據許改。徐校同，王惟儉本作『纂』。」

黄注：「西京雜記卷三：郭威以爾雅周公所制……余嘗以問揚子雲，子雲曰：『孔子門徒游、夏之儔所記，以解釋六藝者也。』」范注：「鄭玄駁五經異義曰：『玄之聞也，爾雅者，孔子門人所作，以釋六藝之旨，蓋不誤也。』」

論衡是應：「爾雅之書，五經之訓詁。」「襟帶」指必備的輔助物，猶衣之有襟帶。

斠詮：「魏張揖進廣雅表云：『昔者周公纘述唐虞，宗翼文武，克定四海，勤相成王，六年制禮，以導天下，著爾雅一書，以釋其義。今俗所傳三篇爾雅（按即漢志所著録云三卷）或言仲尼所增，或言子夏所益，或言叔孫通所補，或言沛郡梁文所考。皆解家所説，先師口傳，既無正驗聖人所言，是故疑不足能明也。』案：依近世諸家考證，大致以周公作釋詁造其端，七十子又爲解釋六經而增加釋言、釋訓等篇，秦漢間經師更遞相補益而成書。……郭璞序其要用云：『夫爾雅者，所以通詁訓之指歸，叙詩人之興詠，總絶代之離詞，辨同實而殊號者也。誠九流之津涉，六藝之鈐鍵，學覽者之潭奥，摛翰者之華苑也。若乃可以博物不惑，多識於鳥獸草木之名者，莫近於爾雅。』」

〔二〕校注：「『倉』，元本、弘治本、汪本、佘本、張本、兩京本……崇文本作『蒼』。『倉』與『蒼』音同得通。然此與篇首『蒼頡造之』及贊中『蒼雅品訓』前後不一律，應改其一。」

〔三〕梅注：「鳥跡籀文。」范注：「『鳥籀』當作『史籀』。藝文志云：『蒼頡七篇者，秦丞相李斯所作也。……文字多取史籀篇。』説文序亦云：『斯作倉頡篇，取史籀大篆。』倉頡所載皆小篆，而鳥蟲書別爲一體，以書幡信，與小篆不同。」

校注：「按『鳥』字不誤。『籀』，即史籀簡稱，『鳥』蓋指蒼頡初作之書言（説文序云：「黄帝之史倉頡，見鳥獸蹏迒之跡……初造書契。」呂氏春秋君守篇：「蒼頡作書。」高注：「蒼頡生而知書，寫倣鳥跡，以造文章。」）。舍人謂之『鳥籀』，正如許君之云『古籀』（説文序云：「今叙篆文，合以古籀。」）然也。情采篇『鏤心鳥跡之中』，亦以『鳥跡』代替文字。且此文與上相儷，上云『詩書襟帶』，此云『鳥籀遺體』，詞性相同；若作『史籀』，則奇觚矣。說文序云：『及宣王太史籀著大篆十五篇，與古文或同（或同二字，據繫傳本增）或異。……斯作倉頡篇……皆取史籀大篆，或頗省改。』或之云者，不盡然之詞，是大篆中存有古文之體，而蒼頡篇亦必有因仍之者。漢志云：『文字多取史籀篇。』則蒼頡所載，不盡爲小篆，又可知矣。故舍人槩之曰：『鳥籀之遺體也。』鳥蟲書自別爲一體，許君列爲亡新時六書之一，雖未著其緣起，然厠於佐書之後（見說文序），其爲後起無疑；舍人豈不是審，而置於史籀之上哉！」

注訂：「范注云：『鳥籀當作史籀。』非是。彦和辭旨在述李斯輯作，遵所沿習，鳥篆與籀書，皆古之遺文也。『多取』與『取』之爲言，略述其所本也。且斯之所作，統小篆言之，其中秦六體之書皆所包括，故此並言『鳥籀』爲是。」

〔四〕校證：「『詁』舊本作『誥』，馮校云：『誥當作詁。』何校本、黃注本改。」按元刻本作「雅以淵淵誥訓」。弘治本「詁」作「誥」。

斠詮：「言爾雅爲訓詁之淵源；倉頡爲奇文之苑囿也。『以』，猶『爲』也。左傳定十年：『封疆社稷是以。』」「奇文」，即奇字。

〔五〕斠詮：「承上文而綜合言之，謂訓詁字義之爾雅與彙總字形之倉頡篇，兩者體制不同，而彼此需濟，相互爲用，一若左右肩股相輔相成，學者必須兼籌並顧，始可恢弘其效用也。」

〔六〕論語爲政：「子曰：温故而知新，可以爲師矣。」斠詮：「言學者既淹貫往古字形異體之變遷，又通曉近今義訓殊用之廢興，而明其本末，知所趣舍，則操觚綴文，自能得心應手，而運用裕如矣。」「該」，兼備。

若夫義訓古今，興廢殊用〔一〕，字形單複，妍媸異體〔二〕，心既託聲於言，言亦寄形於字〔三〕，諷誦則績在宫商〔四〕，臨文則能歸字形矣〔五〕。

〔一〕黄春貴文心雕龍之創作論：「練字篇曰：『義訓古今，興廢殊用。』此至當之論也。例如：記軍旅之事，在左傳曰某師，在史記曰某軍；在左傳曰某帥師，在史記曰某將兵；在左傳曰伐，在史記曰擊；在左傳曰圍，在史記曰攻；在左傳曰致師，在史記曰挑戰。而文人用字，每喜勦取古人字義，以相矜耀，殊爲不稱。」

〔二〕校注：「『媸』，元本、弘治本、汪本、佘本、張本、訓故本、梅本……作『蚩』。按作『蚩』是。已詳聲律篇『是以聲畫妍蚩』條。」

〔三〕斯波六郎：「法言問神：『言，心聲也；書，心畫也。』」

〔四〕校證：「『績』舊本作『續』，徐校作『績』，梅六次本、黄注本、張松孫本、崇文本改『績』。」按元刻本、弘治本「績」作「續」，沈巖臨何焯校本「續」改「績」。

〔五〕校釋：「古人謂爲文首在識字，蓋文字以代言語，有是語必有是字，而文章者，言語之最精者也，精語必得美字以達之。西漢以來，辭賦繁興，寫象山海，摹略萬物，尤貴有文字以供敷設，故賦家如相如、子雲，號稱博識，相如有凡將篇，子雲有訓纂、方言，皆字學之書也。今檢其所爲文，凡名狀之詞，爲類尤富。又文字自秦篆解散以後，形體日趨簡易，詭更任情，變體彌夥。漢世已感識字不易，故在上則有熹平石經之刻，在下則有叔重説解之書。降及魏晉，行楷又盛，點畫偏旁，更異漢隸，重以書法爲時所尚，於是結構但取美觀，筆畫無嫌移易，而識字更難，此舍人所以有是正文字之論也。而同時沈休文亦有『爲文當從三易』之説。北朝顔氏之推尚論文章，亦及文字。知此事之在當時，久爲識者所重視矣。」

斠詮：「言諷誦之功績，在求脣吻之間，吐納律呂，而可辨別夫聲韻之飛沉强弱；臨文之能事，欲使胸臆之際，卷舒風雲，則必歸依於字形之難易妍媸。」「能」謂功能，與上句「績」字相對。

日人興膳宏在介紹出三藏記集中胡漢譯經音義同異記時云：「此文作者在論述之初先對言辭和文字所起的作用下了定義：『夫神理無聲，因言辭以寫意；言辭無迹，緣文字以圖音。故字爲言蹄，言爲理筌，音義合符，不可偏失。是以文字應用，彌綸宇宙，雖迹係翰墨，而理契乎神。』這是一種正統觀念，本諸易繫辭傳『書（文字）不盡言，言不盡意』所表達的『意——言——文字』這一公式。而文心雕龍練字篇『心既託聲於言，言亦寄形於字。諷誦則績在宮商，臨文則能歸字形矣』，也是與這一理論呼應的。」（見興膳宏文心雕龍論文集）

以上爲第二段，論作家在文字學方面的修養，認爲作家要善於練字，必須兼通字體古今興廢之變。

是以綴字屬篇，必須揀擇〔一〕：一避詭異，二省聯邊〔二〕，三權重出〔三〕，四調單複。詭異者，字體瓌怪者也〔四〕。曹攄詩稱〔五〕：「豈不願斯遊，褊心惡呶呶〔六〕。」兩字詭異，大疵美篇；況乃過此，其可觀乎〔七〕！

〔一〕校證：「『揀』原作『練』，徐云：『練當作揀。』案廣博物志二九正作『揀』，今據改。」綴補：「案『練擇』複語，『練』借爲『柬』，爾雅釋詁：『柬，擇也。』字亦作揀，廣雅釋詁：『揀，擇也。』」

校注：「按埤蒼：『練，擇也。』（文選七發李注引）是『練』字未誤。」考異：「練字不誤。前漢禮樂志：『練時日。』練者選也。王校非。」

〔二〕今所見「聯邊」二字以宋玉高唐賦爲最早，然尚不若漢賦之多。

〔三〕校注：「出，黄校云：『元作幽，欽愚公改。』兩京本、何本……作出……按欽改是。」校證：「『出』原作『幽』，謝云：『一作出。』梅據欽叔陽改『出』，徐校同。案王惟儉本、吟窗雜録正作『出』。」按元刻本、弘治本作「幽」，誤。

清王芑孫讀賦卮言造句：「練字曰：『三權重出。』古賦惟大篇不禁重出，若千言以内，初無累牘風雲，連篇月露之事；况於律賦，即虚字鬭接，大宜檢點。」

〔四〕「詭異」，指希奇古怪的字。

〔五〕校證：「『攄』，紀本誤作『據』。才略篇謂：『曹攄清靡於長篇。』即其人也。」梅注：「曹攄，字顔遠。」范注：「曹攄詩無考。」

校注：「三國志魏志曹休傳裴注引文士傳曰：『（曹）肇孫攄與齊人左思俱爲記室督從中郎。』（唐修晉書良吏攄傳略同）詩品中：『季倫（石崇字）、顔遠，並有英篇。』其詩丁福保全晉詩（卷四）據文選及文館詞林輯得七首，惜漏此二句。」

〔六〕「詾呶」，喧譁聲。注訂：「詾音凶，又音匈，衆言也。荀子解蔽篇：『以爲詾詾。』又作哅哅。」「呶」，梅注：「呶，音鐃，讙聲也。詩小雅：『載號載呶。』」按此見賓之初筵。「褊心」，心地狹窄。詩魏風葛屨：「維是褊心，是以爲刺。」鄭箋：「魏俗所以然者，是君心褊急，無德教使之耳。」

斠詮：「言豈不願參與此次遊樂乎？只爲褊急之心厭惡喧擾讙囂而已。『詾』或作『訩』，與『哅』同。荀子解蔽：『掩耳而聽者，聽漠漠而以爲哅哅。』注：『哅哅，喧聲也。』」

〔七〕如唐詩怪澀派，除了參用散文句法、辭賦手法，便以好使奇字怪句擅場。即如韓愈，他的詩句也是滿布奇字生詞，如陸渾山火的「虎熊麋豬逮猴猿，水龍鼉龜魚與黿，鴉鴟雕鷹雉鵠鵾，燖炰煨爊孰飛奔」等句，搜奇抉怪，極盡詭異之能事。

聯邊者，半字同文者也〔一〕。狀貌山川，古今咸用，施於常文，則齟齬爲瑕〔二〕，如不獲免，可至三接〔三〕，三接之外，其字林乎〔四〕！

〔一〕劉向別録「戰國策書録」條云：「本字多脱誤爲半字。以趙爲肖，以齊爲立。」清袁守定佔畢叢談卷五談文：「劉舍人論文……有忌聯邊之説，聯邊者，半字同文，如『江』、『淮』、『河』、『漢』是也。」王利器文心雕龍新書序録：「梁僧祐梵漢譯經音義同異記（見釋藏卷一）説：『梵書製文，有半字滿字：所以名半字者，義未具足，故字體半偏，猶漢文「月」字，虧其傍也。所以名滿字者，理既究竟，故字體圓滿，猶漢文「日」字，盈其形也。故半字惡義，以譬煩惱；滿字善意，以譬常往。又半字爲體，如漢文「言」字；滿字爲體，如漢文「諸」字，以「者」配「言」，方成「諸」字。「諸」字兩合，即滿之例也。「言」字單立，即半之類也。』」饒宗頤劉勰文藝思想與佛教：「如練字篇之言『省聯邊』。『聯邊』者，劉氏釋爲『半字同文者也』。此亦當時梵文之術語，僧祐曾作梵文譯經音義同異記，謂『梵文有半字滿字之分。半字者，義未具足；滿字者，理乃究竟』。『半字』一辭，言悉曇者常用之。劉氏習於佛理，故無意中借梵言以著論。」唐音癸籤卷四法微三：「用字一避詭異，二省聯邊（原注：謂半字同文，如偏旁從山從水之類。不獲免，可至三接；三接外，同字林矣）。」

興膳宏云：「劉勰認爲在文字使用方面必須具備四種心得，其二即『省聯邊』。『聯邊者，半字同文者也。』即把兩個以上字體半邊偏旁相同者連在一起，稱爲『聯邊』。下邊又説：『狀貌山川，古今咸用。』就是説辭賦等在描寫山川等自然景色時，往往采用把若干有『山』字偏旁或『氵』字偏旁的連用的技巧。如司馬相如上林賦中的『深林巨大，嶄岩參嵯』和形容激流時的『洶涌滂潰，滭浡滵汩』等都是有『山』偏旁或『氵』偏旁的『半字同文』之例。這樣自然地使用『半字』一語，雖不另加考索，倒也毫無從佛教用語轉來的不協調感。而且前漢末劉向别録中『戰國策書録』條云：『本字多脱誤爲半字。以「趙」爲「肖」，以「齊」爲「立」。』可見此語的來歷直可追溯到佛教傳入中國之前。儘管如此，推敲之餘，認爲練字篇中的『半字』與同異記中『半字』爲同根所出，大概還是和事實相去不遠的。」

〔二〕校注：「『齟齬』，黄校云：『元作鉏鋙，朱改。』何焯『鋙』改『語』。黄丕烈所校元本作『鉏語』。……按『鋙』乃『語』之殘誤。楚辭九辯：『圓鑿而方枘兮，吾固知其鉏鋙而難入。』廣韻八語『齬』下云：『齟齬，不相當也；或作鉏鋙。』是『鉏語』即『齟齬』也。」校證：「『齟齬』原作『鉏鋙』，梅據朱改，徐校同。」注訂：「説文：『齒不相值曰齟齬。』音咀語。」喻不協調。

〔三〕黄注：「按三接者，如張景陽雜詩『洪潦浩方割』，沈休文和謝宣城詩『别羽汎清源』之類。三接之外，則曹子建雜詩『綺縞何繽紛』，陸士衡日出東南隅行『璚珮結瑶璠』，五字而聯邊者四，宜有字林之譏也。若賦則更有十接二十接不止者矣。」

斠詮：「半字同文者，約有五類，以張平子西京賦爲例：

一、左同文者：木則樅栝椶柟，梓棫楩楓。

二、右同文者：鳥則鸛鶖鴰鴇，鴐鵝鴻鶤。

三、上同文者：草則蔵莎菅蒯，薇蕨荔芃。

四、下同文者：其中則有黿鼉巨鼈。

五、周同文者：表嶢闕於閶闔。

喜用聯邊者，無非以字形之重疊炫人，掉弄玄虛，於義則無所取，故宜避忌，如不獲免，可至三接而已。」

〔四〕斠詮：「案六朝文士，好用同形聯邊字，往往一句之中，字字同形聯邊者，如西京賦『鱣鯉鱮鮦，鮪鯢鱨魦』句，海賦『湝泼潋灩，浮天無岸；沖瀜沆瀁，渺瀰湠漫，波如連山』句，任意堆垛，類同兒戲，故彥和有此呼籲也。」

重出者，同字相犯者也〔一〕。詩騷適會〔二〕，而近世忌同，若兩字俱要，則寧在相犯〔三〕。故善爲文者，富於萬篇，貧於一字〔四〕。一字非少，相避爲難也〔五〕。

〔一〕校證：「『字』，吟窗雜録作『事』。」對偶句裏要權衡輕重，盡量避免重複字。楊樹達漢文文言修辭學第四章變化：「古人綴文，最忌複沓。劉勰之論練字也，戒同字相犯，是其事也。欲逃斯病，恒務變文。左氏傳於同一篇中稱舉同一人者，名字號謚，錯雜不恒，幾乎令人迷惑，斯爲極變化之能事者矣。」

重出之病所造成的修辭缺陷，一是破壞精簡原則，二是破壞聲律美感。

黄春貴：「鎔裁篇亦曰：『同辭重句，文之肬贅也。』蓋文章用字本已無多，重出則更見其少，其弊不啻叠床架屋，鮮有不單薄寡味者，故古人多所避忌。列子湯問篇曰：『瓠巴鼓琴，而鳥舞魚躍。』荀子勸學篇曰：『昔者瓠巴鼓瑟，而流魚出聽；伯牙鼓琴，而六馬仰秣。』梁玉繩瞥記曰：『列子瓠巴鼓琴，荀子作鼓瑟，蓋因下有伯牙鼓琴，改爲瑟也。』」

〔二〕雜記：「案詩之變風變雅及離騷，皆煩冤勃鬱，故文字不嫌其重沓。物色篇云：『詩人感物，連類不窮。』又云：『離騷代興，觸類而長，物貌難盡，故重沓殊狀。』林畏盧云：楚辭如九章惜誦之『莫之白』『莫察……無路』『莫吾聞』積沓而下，不外一意，胡以讀之不覺其沓？由積愫莫伸，悲憤中沸，口不擇言而發，惟其無可伸愬，故沓。惟沓，乃愈見其衷情之真，若無病而呻，便不是矣。」「適會」，適應際會，指根據情況而適當運用重複的字。徵聖篇：「抑引隨時，變通適會。」章句篇：「隨變適會，莫見定準。」

校注：「按三百篇中同字相犯者，不一而足；離騷如『非世俗之所服』，『退將復修吾初服』，『判獨離而不服』，即重出三『服』字。」

〔三〕紀評：「複字病小，累句病大，故寧相犯。」范注：「曹子建棄婦篇二十四語中，重二庭韻，二靈韻，二鳴韻，二成韻。潘岳秋興賦用二省字。唐人詩亦多有重押韻者，殆所謂『兩字俱要，則寧相犯』也。」

校注：「按如鄭白渠歌『池陽谷口』與『億萬之口』，二『口』字相犯；孤兒行『命獨當苦』與『不敢自言苦』，二『苦』字相犯之類是（顧炎武日知録卷二一有「古人不忌重韻」條）。」

斠詮：「言詩經、騷辭之行文，適應當時情境，用字不嫌重出，而魏、晉、南北朝尚駢儷，則忌同犯。但若兩字俱屬必要，寧可聽其相犯，毋庸勉强避免也。俞樾諸子平議於荀子樂論云：『古人用韻不避重複。如采薇（詩小雅），首章連用二『玁狁之故』句，正月（小雅）一章連用二『自口』字，十月之交（小雅）首章連用二『有聲』字，召旻（大雅）卒章連用二『百里』字，並其例也。』」

〔四〕范注：「陸雲與兄平原書云：『未能補所欲去，「徹」與「察」皆不與「日」韻，思惟不能得，願賜此一字。』此雖因拘韻之故，亦貧於一字之例也。」

困學記聞卷十八評詩：「韓文公云：『六字常語一字難。』（按見昌黎集卷七記夢詩）文心雕龍謂：『善爲文者，富於萬篇，貧於一字。』」

隨園詩話卷二第十五條：「改詩難於作詩，何也？作詩，興會所至，容易成篇；改詩，則興已過，大局已定，有一二字於心不安，千力萬氣，求易不得，竟有隔一兩月，於無意中得之者。劉彦和所謂『富於萬篇，窘於一字』，真甘苦之言。」

朱星文心雕龍的修辭論：「他明説這是詩賦的戒律，不是文的，因此『善爲文者』這『文』指『文筆』之『文』。『雖文不必有』，『施於常文』的『文』是指一般的文，『半字同文者也』的『文』是指字。『肥字積文』的『文』又指篇。當加區别。前三條都是禁例，第四條實在也是禁在一句中用純單或純複字。這四條既都是消極的，而且都是屬於字形的事。」

〔五〕斠詮：「彦和所謂『權重出』，欲人避免重出，但非反對重出，遇有不得不重出則重出之，良以『一字非少，相避爲難』耳。……宋俞文豹吹劍録云：『大江東去詞，三「江」、三「入」、二「國」、二「生」、二「故」、二「如」、二「千」字，以東坡則可，他人固不可。然語意到處，他字不可代，雖重無害也。今人看人文字，未論其大體如何，先且指點重字。』」

單複者，字形肥瘠者也〔一〕。瘠字累句，則纖疎而行劣〔二〕；肥字積文，則黯黕而篇闇〔三〕；善酌字者，參伍單複，磊落如珠矣〔四〕。凡此四條〔五〕，雖文不必有，而體例不無〔六〕。若值而莫悟，則非精解〔七〕。

〔一〕「單複」，是説字形有肥有瘦。

〔二〕「纖疎」，稀疎。郭注：「『纖疎而行劣』，謂字字簡單，則全行不美觀。『黯黕而篇闇』，謂字字繁複，則篇章暗淡。」

〔三〕校證：「『黕』，原作『默』，梅據朱改。」注訂：「嘉靖本作『黯默』，誤。范注從朱改作『黕』，亦非。黄本作『黓』，是，宜從。劉向九嘆：『望舊邦之黯黓兮。』注：『黯黓，暗也。』」考異：「從『黯』是。參注訂。又按『黓』與『默』，皆音曕，義同，字可互通。」斠詮：「言黑氣默默，而篇闇淡無光矣。」

〔四〕斠詮：「言單體瘠字與複體肥字錯雜組句，則如珠之有大小，磊磊落落調配有致也。參伍，猶錯雜也。……易繫辭：『參伍以變，錯綜其數。』……後漢書蔡邕傳：『連衡者六印磊落。』」「『磊落』，謂多而錯雜。雜文篇：『磊磊自轉，可稱珠耳。』」「『磊落如珠』，喻字行疏密有致，相互連貫。

黄春貴：「一輕一重，虚盈太過，皆無可觀。善用字者，則能參伍錯綜，使單體之瘠字，與複體之肥字，調協和諧，交互爲用，如珠之有大有小，磊磊落落，貫串有致也。」

〔五〕曹景元完善的藝術形式與藝術形式美：「練字篇，這裏講的四條都是不關字的意義而只關係文字的形體的。劉勰很懂得藝術意識（「心」或「情」）的物質體現手段（「言」、「字」）的外在形式自身的審美意義，他爲它尋找規律。就文字説，避免『字體瓌怪』，少用『半字同文』，權衡『同字相犯』，調劑『字形肥瘠』，其目的顯然是爲了文字自身的視覺形象的美。如果用通常稱爲『形式法則』的用語來説，這無非是追求一篇文字的形體的整齊、均衡而又富有變化而已。……古典文學講究的『練字』，不只是説要選擇錘煉出最能充分表達内容的詞句來，而且包括尋求文字本身形式美的意義在内。」（光明日報一九六二年五月三十一日）

〔六〕范注：「『而體例不無』，似當作『而體非不無』。」注訂：「『不無』者言可存其一例也，范注非。」王更生文心雕龍范注駁正：「按『例』字不誤……所謂『體例不無』者，即綜言上列四條，綴字屬篇，必須練擇之意。若改作『非』，則下承之『若值而莫悟』，則非精解』，便失去根據，故知范校不可從。」考異：「范意以『非』字偶上『不』字，而不知上句『必有』，而下句『不有』，『有』字犯重，而音節不勁。上言『不有』，下對『不無』，句法協律。范注殊非。」

〔七〕校證：「玉海四五，『莫』作『不』。」斠詮：「言屬文時若遇上列四忌，而不悟改正，則非真知練字之道者也。」「值」，遇也。校釋：「至此篇所舉『四忌』，雖似無關大體，然在詩家亦爲要務。特其所論乃在形體之間，初無關於意義，當合章句、麗辭、指瑕、物色等篇觀之，而後文家字句之精蘊始得也。」

以上爲第三段，叙述有關練字法的心得，提出四條應注意的事項。

至於經典隱曖，方册紛綸〔一〕，簡蠹帛裂，三寫易字〔二〕，或以音訛，或以文變。子思弟子，「於穆不似」〔三〕，音訛之異也。晉之史記，「三豕渡河」，文變之謬也〔四〕。

〔一〕中庸：「文武之政，布在方册。」正義：「在布列於方牘簡册。」

程大昌演繁露卷七：「方册云者，書之於版，亦或書之竹簡也；通版爲方，聯簡爲册。」

〔二〕抱朴子遐覽篇：「故諺曰：書三寫，『魚』成『魯』，『虛』成『虎』。」

〔三〕「似」，原作「祀」。孫詒讓札迻十二：「『祀』當作『似』。詩周頌『於穆不已』，毛傳引孟仲子說，正義引鄭譜云：『孟仲子者，子思弟子。』又云：『子思論詩「於穆不已」，孟仲子曰「於穆不似」。』此彦和所本。」范注：「案弘明集劉勰滅惑論云：『是以「於穆不祀」，謬師資於周頌。』周頌維天之命正義曰：『此傳雖引仲子之言，而文無不似之義，蓋取其所説，而不從其讀，故王肅述毛，亦爲「不已」，與鄭同也。』殆彦和所見毛傳引孟仲子説作『不祀』歟！」校注：「『祀』，孫詒讓札迻云當作『似』。按孫説是也。玉海四五、困學紀聞三、漢書藝文志攷證二引並作似。」校證：「『似』原作『祀』。孫詒讓曰：『……此彦和所本也。今所傳歐陽修輯本鄭譜箋殘闕，無此二文。』案孫説是。玉海正作『似』，今據改。弘明集載彦和滅惑論云：『是以於穆不祀，謬師資於周頌。』亦當據此作『似』。『似』之誤『祀』，此又音訛之異也。又舊本『音』上有『者』字，玉海無，以下『三豕渡河』句例之，亦當無，此蓋涉『音』字形近而誤衍，今據删。」「於穆」，贊嘆之辭。詩周頌清廟「於穆清廟」，毛傳：「於，嘆辭也；穆，美。」朱注：「天命，即天道也；不已，言無窮也。」劉勰滅惑論：「漢明之世，佛經始過，故漢譯言，音字未正。『浮』音似『佛』，『桑』音似『沙』，聲之誤也。以『圖』爲『屠』，字之誤也。羅什語通華戎，識兼音義，改正三豕，固其宜矣。五經世典，學不因譯，而馬、鄭注説，音字互改。是以『於穆不祀』，謬師資於周頌；允塞安安，乖聖德於堯典。」

〔四〕訓故：「家語：子夏見讀史志者云：『晉師伐秦，三豕渡河。』子夏曰：『非也，己亥耳。』讀者問諸晉史，果曰『己亥』。」按此見七十二弟子解。

范注：「吕氏春秋察傳篇：『子夏之晉，過衛，有讀史記者，曰：「晉師三豕涉河（意林作「渡河」）。」子夏曰：「非也，是己亥也。夫己與三相近，豕與亥相似。」至於晉而問之，則曰「晉師己亥渡河」也。辭多類非而是，多類是而非，是非之經，不可不分。』」

綴補：「風俗通義正失篇：『晉師己亥渡河，有「三豕」之文。』劉子審名篇：『三豕渡河，云彘行水上。』『渡』字並與此同。」

梁書裴子野傳范縝表：「且（子野）章句洽悉，訓故可傳，脱置之膠庠，以弘奬後世，庶一夔之辯可尋，三豕之疑無謬也。」

興膳宏謂本段述及「古典文章的晦澀起因於其原文的混亂」。「文變」，就是「字訛」。

尚書大傳有「別風淮雨」〔一〕，帝王世紀云「列風淫雨」〔二〕。「別」「列」「淮」「淫」，字似潛移〔三〕。「淫」、「列」義當而不奇，「淮」、「別」理乖而新異〔四〕。傅毅制誄，已用

「淮雨」；元長作序，亦用「別風」〔五〕；固知愛奇之心，古今一也〔六〕。

〔一〕盧文弨鍾山札記卷一：「尚書大傳：『越裳以三象重九譯而獻白雉，其使請曰：吾受命吾國之黄耇曰：久矣天之無別風淮雨，意者中國有聖人乎！』鄭康成注：『淮，暴雨之名也。』自後諸書所引皆作『烈風淫雨』。若説苑辨物篇、書舜典正義、詩蓼蕭臣工及周頌譜正義所引，皆無有作『別風淮雨』者。劉彦和雕龍練字篇有云：『尚書大傳有別風淮雨，帝王世紀云列風淫雨。別、列、淮、淫，字似潛移。淫、列義當而不奇，淮、別理乖而新異。傅毅製誄，已用淮雨；元長作序，亦有別風。』（今本脱此二句，宋本有之。）案古文苑載傅毅靖王興誄云：『白日幽光，淮雨杳冥。』但其文不全。今雕龍誄碑篇所載，爲後人易以『氛霧杳冥』矣。蔡中郎集中有太尉楊賜碑云：『烈風淮雨，不易其趣。』今俗間本『淮雨』改作『雖變』，余所見者宋本。安知『烈風』不亦出後人所改乎！元長序無考。惟陸士龍九愍有『思振袂於別風』（按見士龍集卷七）之語，於彦和所舉之外，又得此二證。困學紀聞：『周書王會「東越海蛤」，或誤爲「侮食」，而王元長曲水詩序用之，其「別風淮雨」之類乎！』」按此見困學紀聞卷十九評文「海蛤誤侮食」條。

綴補：「案『有』、『云』互文，『有』猶『云』也。廣雅釋詁一：『云，有也。』文選陸士衡答賈長淵詩：『公之云感，詒此音翰。』李善注引應劭漢書注曰：『云，有也。』並有、云同義之證。」

斠詮：「尚書大傳，舊題伏勝撰，鄭玄注。據玄序文乃勝之遺説，而其徒張生等録之也。梁章鉅退庵隨筆曰：『其文或説尚書或不説尚書，大抵如易乾鑿度、春秋繁露，與尚書經義在離合之間，而古訓舊注，往往而在。』其書久已殘闕，清人輯本以陳恭甫壽祺定本八卷最爲完備。」尚書大傳周傳：「久矣天之無別風淮雨，意者中國有聖人乎！」

〔二〕斠詮：「帝王世紀，書名，一卷，晉皇甫謐撰。『列風』，即『烈風』。論語鄉黨：『迅雷風烈必變。』『淫雨』，亦作『霪雨』，過量之雨也。」

〔三〕「潛移」，顔氏家訓慕賢篇：「潛移暗化，自然似之。」

〔四〕馬國翰目耕帖卷十書四：「書序，微子之命下有歸禾、嘉禾二篇，俱佚。尚書大傳有『嘉禾』，當是佚篇之文。中記越裳氏使請曰：『吾國之黄耇曰：久矣天之無別風淮雨。』帝王世紀作『烈風淫雨』。劉勰文心雕龍：『烈、淫義當而不奇，別、淮理違而新異。』則知玄晏所見本當不誤也。」

〔五〕斠詮：「傅毅，字武仲，東漢茂陵人，博學能文，章帝以爲蘭臺令史，拜郎中，與班固、賈逵共典校書，文雅顯於朝廷。元長，乃王融（西元四六七—四九三）字，瑯邪臨沂人，王僧達之孫……博涉有文材，爲太子舍人。永明九年，三月三日武帝幸芳林園，禊宴朝臣，使融爲曲水詩序，文藻富麗，當世稱之，有文集十卷。」

校釋：「盧文弨文心雕龍輯注書後曰：『此下有「元長作序，亦用別風」八字。』按盧氏係據吴仲伊校本。書後謂吴仲伊本出錢惟善，其字句異同勝盧氏自有本者，録出爲書後，但不知盧氏所有爲何本。……又按李慈銘日記曰：『別者，烈字形近之誤；淮者，淫字音近之借也。』又曰：『文心雕龍謂淮、別字新異，引傅毅用淮雨，王融用別風爲證。』是李所見本亦有『元長作序，亦用別風』八字，參誄碑篇。」（誄碑篇「雰霧杳冥」下校釋云：「盧文弨文心雕龍輯注書後曰：『傅毅作北海靖王興誄云：「白日幽光，淮雨杳冥。」古文苑所載，其文不全。今見此書誄碑篇者，又爲後人改去「淮雨」，易以「氛霧」二字矣。鄭康成注大傳云：「淮雨，急雨之名。」是不以爲字誤，而詩正義引大傳，竟改作「列風淫雨」，蓋義僻則人多不曉也。』按鄭注『暴雨之名』，盧又誤作『急雨』。又按練字篇，彥和已引傅誄而斥爲愛奇，則亦不從鄭說也。」）

校證：「『元長作序，亦用別風』二句八字原無。何校云：『「淮雨」下當闕王元長曲水詩序用「別風」字。』吴校云：『淮雨下當缺王元長曲水詩序作別風事。』盧文弨文心雕龍輯注書後所據吴校本作『元長作序，亦用別風』。而盧氏鍾山札記一『別風淮雨』條引宋本，亦有此二句，顧校亦補此二句，今據補。」

牟注：「亦用別風：查文選、王甯朔集（漢魏六朝百三家集）和全齊文卷十三所載王融的曲水詩序，均無『別風』二字。『元長作序，亦用別風』八字，文心雕龍明清諸本均無。范文瀾注，劉永濟、王利器校，均以盧文弨說爲主（盧以爲宋本文心雕龍有此二句），或注或補。按此處文意似應有此二句始全，但可疑有三：一、盧文弨所見是何宋本？二、今存王融的序文，並無『別風』二字；三、劉勰所論作家，止於晉末宋初，宋以後作者，他認爲『世近易明，無勞甄序』(才略)，王融(公元四六八—四九四年)是比劉勰生年略晚的同時人，恐難論及。」按元刻本亦無此二句。東漢末年名士韓融，亦字元長。後漢書卷六十二韓紹傳：「子融字元長。少能辨理而不爲章句。聲名甚盛，五府並辟。獻帝初，至太僕。年七十卒。」但全後漢文不見著録。不知是其人否。

〔六〕傳以愛奇而沿用譌文，譌文亦遂藉文人之保護而存在。

史之闕文〔一〕，聖人所慎〔二〕，若依義棄奇，則可與正文字矣〔三〕。

〔一〕斯波六郎：「論語衛靈公：『子曰：吾猶及史之闕文也，有馬者借人乘之，今亡矣夫！』漢書藝文志：『古制書必同文，不知則闕，問諸古老。至於衰世，是非無正，人用其私，故孔子曰：「吾猶及史之闕文也，今亡矣夫！」蓋傷其寖不正。』」

校注：「按論語衛靈公篇：『子曰：吾猶及史之闕文也，今亡矣夫！』集解引包咸曰：『古之良史，於書字有疑，則闕之，以待知者。』……又按春秋經桓公十四年『夏五』，杜注：『不書月，闕文。』又莊公二十四年『郭公』，杜注：『無傳，蓋經闕誤也。』並足爲此文注脚。」

〔二〕論語爲政：「多聞闕疑，慎言其餘，則寡尤。」按上引呂氏春秋察傳云：「辭多類非而是，多類是而非，是非之經，不可不分，此聖人之所慎也。」

〔三〕紀評：「胸富卷軸，觸手紛綸。自然瑰麗，方爲巨作。若尋檢而成，格格然著於句中，狀同鑲嵌，則不如竟用易字。文之工拙，原不在字之奇否，沈休文三易之説，未可非也。若才本膚淺，而務於炫博以文拙，則風更下矣。」范注：「紀説甚是。用字以達意曉人爲主，彦和云『依義棄奇』，誠取舍之權衡也。」

李漁窺詞管見：「琢句鍊字，雖貴新奇，亦須新而妥，奇而確。妥與確，總不越一理字。欲望句之驚人，先求理之服衆。」

斠詮：「言屬文用事，以達意曉人爲主，不必矜奇立異。能如此，則可與正文字矣。」「依義棄奇」二句謂依據文義安排用字而擯棄愛奇之病，即可參與訂正文字了。

第四段論後世在寫作中沿訛習奇之弊，提出用字要「依義棄奇」。

贊曰：篆隸相鎔〔一〕，蒼雅品訓〔二〕，古今殊跡，妍媸異分〔三〕。字靡異流，文阻難運〔四〕，聲畫昭精，墨采騰奮〔五〕。

〔一〕斠詮：「篆隸相鎔，謂我國文字，自蒼頡初造之鳥篆，進而爲史籀之大篆，再進而爲李斯之小篆，復進而爲程邈之隸書，皆由前者之鎔化，而成後者之鑄造，彼此相因不斷演變，而始有今日完型之楷書也。彦和曰：『李斯删籀而秦篆興，程邈造隸而古文廢。』説文序所謂『或頗省改，以趣約易』是也。……廣韻：『鎔，鎔鑄。』……是鎔有『鎔化鑄造』之義。……彦和用於此處，寓有演進之意。」

〔二〕「品」，品量。斠詮：「謂蒼頡品字形，爾雅訓字義，前文所謂『雅以淵源詁訓，頡以苑囿奇文，異體相資，如左右肩股』是也。」

〔三〕校注：「按此『媸』字，亦當從元本、弘治本、活字本、汪本、佘本、張本、兩京本、訓故本、梅本、謝鈔本等改作『蚩』。」「古今殊跡」，古今字體不同。「妍媸異分」，承前文「字形單複，妍媸異體」而來。

〔四〕札記：「『異』當作『易』。」考異：「從『易』是，據下『難』字爲偶，於義亦通。」斠詮：「此二句承前文『自晉以來，率從簡易，時並習易，人誰取難』而言。靡，有順俗之意。荀子儒效：『積靡使然也。』楊注：『靡，順也。』」牟注：「靡，順，指順時。……阻指違時。這兩句是對前面所論『世所共曉』和『時所共廢』等意的總結。運，運行，和上句『流』字意近。」

〔五〕斠詮：「此二句承前文『並貫練雅頡，總閱音義，鴻筆之徒，莫不洞曉』及『諷誦則績在宮商，臨文則能歸字形矣』而言。聲謂聲律，指音節宮商之諧叶；畫，謂筆畫，指字形單複之調度也。」按「聲」謂字音，「畫」謂字形。「昭精」，昭明精當。「墨采」，墨迹文采。「騰奮」，生氣蓬勃，富有活力。禮記曲禮上：「行，前朱鳥而後玄武，左青龍而右白虎。」正義引何胤云：「如鳥之翔，如蛇之毒，龍騰虎奮，無能敵此四物。」

隱秀第四十

顔延之右光禄大夫西平靖侯顔府君家傳銘：「誰其來遷，時聞遠祖，青州隱秀，爰始貞居。」

史通叙事篇：「然章句之言，有顯有晦。顯也者，繁詞縟説，理盡於篇中；晦也者，省字約文，事溢於句外。……夫能略小存大，舉重明輕，一言而巨細咸該，片語而洪纖靡漏，此皆用晦之道也。……丘明受經，師範尼父。夫經以數字包義，而傳以一句成言，雖繁約有殊，而隱晦無異。故其綱紀而言邦俗也，則有士會爲政，晉國之盗奔秦；邢遷如歸，衛國忘亡。其款曲而言人事也，則有犀革裹之，比及宋，手足皆見；三軍之士，皆如挾纊：斯皆言近而旨遠，辭淺而義深，雖發語已殫，而含意未盡，使夫讀者望表而知裏，捫毛而辯骨，覩一事於句中，反三隅於字外。晦之時義不亦大哉！」紀昀史通削繁卷二評：「顯晦云云，即彦和隱秀之旨。」

皎然詩式卷二「池塘生春草」，「明月照積雪」評曰：「客有問予：謝公二句優劣奚若？予因引梁征遠將軍評爲隱秀之語。且鍾生既非詩人，安可輒議？徒欲聾瞽後來耳目。且如『池塘生春草』，情在言外，『明月照積雪』，旨冥句中，風力雖齊，取興各别。古今詩中，或一句見意，或多句顯情。王昌齡云：『「日出而作，日入而息」，謂一句見意爲上。』事殊不爾。……其有二義，一情一事。事者，如劉越石詩曰云云是也。情者，康樂公『池塘生春草』是也。抑由情在言外，故其辭似淡而無味，常手覽之，何異文侯聽古樂哉！謝氏傳曰：『吾嘗在永嘉西堂作詩，夢見惠連，因得「池塘生春草」。』豈非神助乎！」

歐陽修六一詩話：「聖俞嘗語余曰：『詩家雖率意，而造語亦難，若意新語工，得前人所未道者，斯爲善也。必能狀難寫之景，如在目前，含不盡之意，見於言外，然後爲至矣。……』余曰：『……狀難寫之景，含不盡之意，何詩爲然？』聖俞曰：『作者得於心，覽者會以意，殆難指陳以言也。雖然，亦可略道其髣髴。若嚴維「柳塘春水漫，花塢夕陽遲」，則天容時態，融和駘蕩，豈不如在目前乎？又若温庭筠「鷄聲茅店月，人跡板橋霜」，賈島「怪禽啼曠野，落日恐行人」，則道路辛苦，羈愁旅思，豈不見於言外乎？』」

宋張戒歲寒堂詩話卷上：「沈約云：『相如工爲形似之言，二班長於情理之説。』劉勰云：『情在詞外曰隱，狀溢目前曰秀。』梅聖俞云：『含不盡之意見於言外，狀難寫之景如在目前。』三人之論，其實一也。」

清馮班鈍吟雜録卷五：「詩有活句，隱秀之詞也。直叙事理，或有詞無意，死句也。隱者，興在象外，言盡而意不盡者也；秀者，章中迫出之詞，意象生動者也。」

郝懿行批注：「按神思篇云：『思表纖旨，文外曲致。』其隱之謂乎？陸士衡云：『苕發穎豎，離衆絶致。』（按見文賦）其秀之謂乎？」

劉熙載藝概詞曲概：「詞以鍊章法爲隱，鍊字句爲秀。秀而不隱，是猶百琲明珠，而無一綫穿也。」

羅根澤中國文學批評史："風骨是文字以内的風格，至文字以外，或者説是溢於文字的風格，劉勰特別提倡隱秀。特設隱秀篇，云：『夫心術之動遠矣……篇中之獨拔者也。』又云：『夫隱之爲體……川瀆之韞珠玉也。』由此知隱秀，尤其是隱，是基於文字而卻溢於文字的一種風格。"（一九五八年版）

周汝昌文心雕龍隱秀篇舊疑新議："總術之前一篇，名曰附會，其中有兩句：『扶陽而出條，順陰而藏迹。』此所説即一篇之中的文術上的隱秀——秀與隱兼之理。"（河北大學學報一九八三年二期）

按"隱"是指"隱篇"，就是内容含蓄的作品。從"隱篇"和"秀句"的關係來看："秀句"可以説是"隱篇"的眼睛和窗户，通過"秀句"打開"隱篇"的内容。

夫心術之動遠矣〔一〕，文情之變深矣〔二〕。源奥而派生〔三〕，根盛而穎峻〔四〕。是以文之英蕤〔五〕，有秀有隱〔六〕。隱也者，文外之重旨者也〔七〕；秀也者，篇中之獨拔者也〔八〕。隱以複意爲工，秀以卓絶爲巧〔九〕，斯乃舊章之懿績，才情之嘉會也〔一〇〕。

〔一〕斠詮："禮記樂記：『應感起物而動，然後心術形焉。』彦和語意本此。神思篇：『文之思也，其神遠矣。』意與此同。"莊子天道："此五末者，須精神之運，心術之動，然後從之者也。"成疏："術，能也；心之所能，謂之心術也。"是"心術"謂心計，或運思的方法。情采篇："心術既形，英華乃贍。」

〔二〕斠詮：「樂記：『是故情深而文明，氣盛而化神，和順積中，而英華外發。』孔疏：『志起於内，内慮深遠，是情深也。言之於外，情由言顯，是文明也。』」

〔三〕斠詮：「派，即流別之意。説文：『派，水之衺流別也。』注：『流別者，水歧分之謂。』」

〔四〕斠詮：「宗經篇云：『根柢盤深，枝葉峻茂。』意與此同。穎，末也，見説文。詩大雅生民：『實穎實粟。』疏：『言其穗重而穎垂也。』案禾本科植物之花下具有二苞曰穎，稱其花曰穎花，而其果實特稱穎果。故此處之穎兼包華實兩者而言。」「穎」，稻麥的穗。史記魯周公世家：「唐叔得禾，異母同穎。」集解引徐廣曰：「穎即穗也。」

〔五〕校證：「吟窗雜録三七，『英』作『精』。」

斠詮：「英蕤，本謂美異之花，文選嵇康琴賦：『鬱紛紜以獨茂兮，飛英蕤於昊蒼。』李善注：『説文曰：蕤，草木花（垂）貌。』故此處『英蕤』之用法與『英華』略同，謂精采之表現於外者……指文之精義與辭華兩者而言。」文賦：「播芳蕤之馥馥。」

〔六〕校證：「吟窗雜録『有秀有隱』作『有隱有秀』。」

〔七〕范注：「重旨者，辭約而義富，含味無窮。陸士衡云『文外曲致』，此隱之謂也。」斠詮：「『隱以複意爲工』，仍指辭之情理内藴，餘韻無窮，是爲含蓄之體。」

「重旨」就是「複意」，就是説文章要有曲折重複的意旨。所謂重複的意旨，就是除去表面的一層意思之外，還有言外之意，所以是「文外之重旨」。校證：「吟窗雜録無（後一）『者』字。藝苑巵言此句作『文之重旨』。」

〔八〕范注：「獨拔者，即士衡所云『一篇之警策』也。所謂出語，即秀句也。」黄叔琳評：「陸平原云『一篇之警策』，其秀之謂乎？」劉師培在論文章有生死之别的講題中説：「有警策而文采傑出，即隱秀篇之所謂『秀』。」（見羅常培記録漢魏六朝專家文研究）他又説：「剛者以風格勁氣爲上，柔以隱秀爲勝。凡偏於剛而無勁氣風格，偏於柔而不能隱秀者皆死也。」（同上）劉師培在這裏所説的「勁氣風格」，就是「風骨」。「風骨」和「隱秀」是對立的兩種風格，一偏於剛，一偏於柔。黄侃補隱秀篇對「秀」的意義作了許多解釋，其實他説來説去，都是從文賦「立片言而居要，乃一篇之警策」二句敷演出來的，和黄叔琳評没有出入。

用「獨拔」來解釋「秀」字，是從秀穗的意思引申出來的。爾雅釋草：「木謂之華，草謂之榮，不榮而實者謂之秀，榮而不實者謂之英。」秀字的原義就是秀穗，所以隱秀篇在形容「秀」這種風格時，説它「譬卉木之耀英華」。從秀字的本義，隱秀篇又引申出兩層意思。一層是秀出，就是「獨拔」，也就是「卓絶」，是説它超出於其它部分之上；另一層意思是秀麗，所以才「譬卉木之耀英華」，或者説是「英華曜樹」。雜文篇説：「觀枚氏首唱，信獨拔而偉麗矣。」把「獨拔」與「偉麗」連文，都是和「秀」的意思接近的。校證：「吟窗雜録無（後一）『者』字。藝苑卮言此句作『文之獨拔』。」

〔九〕黄侃補文心雕龍隱秀篇：「然則隱以複意爲工，而纖旨存乎文外；秀以卓絶爲巧，而精語峙乎篇中。」

傅庚生文學賞鑒論叢論文學的隱與秀：「『心術之動』指的是作者思想感情的萌動，『文情之變』指的是因思想感情的萌動而氤氲以出的想象。『源奥而派生』的自然以『複意爲工』，『根盛而穎峻』的自然以『卓絶爲巧』；要緊的是『秀』本有『根』，『隱』亦有『源』。抛卻了思想感情的根本，便成了無源之水，無根之木。」

漢魏六朝專家文研究七論文章有生死之别：「凡文章有勁氣，能貫串，有警策而文采傑出（即文心雕龍隱秀篇之所謂「秀」）者，乃能生動。」又：「任（昉）文能於極淡處傳神，故有生氣。猶之遠眺山景，可望而不可及，實即劉彦和之所謂秀也（每篇有特出之處謂之秀，有含蓄不發者謂之隱）。學任之淡秀可有生氣，學蔡（邕）、陸（機）之風格勁氣，亦可有生氣。此殆文章剛柔之異耳。陸、蔡近剛，彦昇近柔。」

〔一〇〕張嚴文心雕龍文術論詮：「文章情辭並重，辭餘於情，雖工亦拙；情餘於辭，雖淺亦深。善爲文章者，必辭約而指博，以字攝句，以句攝篇，説出者少，不説出者多。亦古人所謂『用意十分，下語三分』也。彦和言『隱以複意爲工』，即謂『用意十分』也；言『秀以卓絶爲巧』，即謂『下語三分』也。故文章不可説盡，辭以含蓄爲貴。」

以上爲第一段，釋「隱秀」之意義。

夫隱之爲體，義生文外〔一〕，秘響傍通〔二〕，伏采潛發〔三〕。譬爻象之變互體〔四〕，川瀆之韞珠玉也〔五〕。

〔一〕校證：「『生』原作『主』，汪本、佘本、張之象本、兩京本、王惟儉本、何校本作『生』。紀云『生字是』，今據改。」神思篇：「文外曲致。」

考異：「文内以義爲主，闡發引申，則屬之文外，則義見，故從『生』也。」

皎然詩式重意詩例：「兩重意已上，皆文外之旨。若遇高手如康樂公，覽而察之，但見情性，不覩文字，蓋詩（一作詣）道之極也。」

司馬光迂叟詩話：「古人爲詩，貴於意在言外，使人思而得之。近世詩人惟杜子美最得詩人之體，如春望：『國破山河在，城春草木深。感時花濺淚，恨別鳥驚心。』『山河在』，明無餘物矣。『草木深』，明無人矣。花鳥，平時可娛之物，見之而泣，聞之而恐，則時可知矣。他皆類此，不可遍舉。」

〔二〕校注：「按『傍』當作『旁』，原道篇『旁通而無滯』，其明徵也。」（剡山石城寺石像碑有「妙應旁通」語。）

考異：「『祕』，正字通：『俗從禾作秘，譌。』又按『傍』字見詩小雅：『王事傍傍。』集韻並通旁，亦近也，宜作旁。易乾卦『旁通情也』，爲舍人所本。」

斠詮：「祕響，謂祕而不宣之心聲。旁通，語出易經乾文言：『六爻發揮，旁通情也。』孔疏：『言六爻發越揮散，旁通萬物之情也。』周易虞氏義：『當爻交錯，謂之發揮；全卦對易，謂之旁通。』如比䷇，卦辭集解引虞氏曰：『與大有旁通。』大有䷍，卦辭集解引虞氏曰：『與比旁通。』虞氏以爲凡卦除以其本卦之含義解釋外，尚可以其旁通之含義解釋之。朱子本義：『旁通，猶言曲盡。』胡炳文曰：『曲盡其義者，在六爻而備全其德。』又法言問明：『或問行，曰：旁通厥德。』注：『動静不能由一塗，由一塗不可以應萬變，應萬變而不失其正者，惟旁通乎！』彦和取作比喻，以爲根據文意相關之義理，可推斷出作祕而不宣之心聲。」

譚獻復堂詞録叙：「又其爲體，固不必與莊語（牟注：正論）也，而後側出其言，旁通其情，觸類以發，充類以盡；甚且作者之心未必然，而讀者之用心何必不然。」

〔三〕原道篇：「文王患憂，繇辭炳曜，符采複隱，精義艱深。」宗經篇：「故繫稱旨遠辭文，言中事隱。」

劉綬松古典文學理論中的風格問題：「文章必須耐人咀嚼、尋味，然後才能給讀者留下深刻的印象，並能深深地打動讀者的心靈，所以文章又最好是有『文外之重旨』。隱秀篇說：『隱之爲體，義主文外，秘響傍通，伏采潛發。』這就是說，文章須有弦外之音，言外之意，『使味之者無極，聞之者動心』（詩品），如果文章淺露，不耐思索，它的藝術力量，就顯得微薄了。」（紅

旗一九六二年第三期)

袁行霈魏晉玄學中的言意之辨與中國古代文藝理論:「這裏所説的重旨、複意、秘響、伏采，都是指言辭之外不盡的意味，劉勰用一個『隱』字加以概括。『隱』，不是不欲人知，而是不欲明言，讓讀者通過自己的藝術聯想和想象領會其中的深意，這正是中國詩歌藝術的妙諦。」(見古代文學理論研究第一輯)

不僅詩歌如此，明唐志契繪事微言「丘壑藏露」條説:「善露者未始不藏，善藏者未始不露。……若主露而不藏，便淺而薄。景愈藏，境界愈大；景愈露，境界愈小。」山静居論畫:「石翁(王石谷)風雨歸舟圖，筆法蒼率，作迎風堤柳數條，遠沙一抹，孤舟簑笠，宛在中流。或指曰:『雨在何處?』僕曰:『雨在畫處，在無畫處。』」

〔四〕校證:「『互』原作『玄』，馮校云:『玄疑作互。』梅據王改。」考異:「『玄』『互』形近易譌，作『互』是。下文贊曰:『辭生互體，有似變爻。』足證。」漢儒説易，以易卦上下兩體相交可以互取象者，謂之互體，亦曰互卦。左傳莊公二十二年:「陳侯使筮之，遇觀䷓之否䷋。」注:「坤下巽上觀，坤下乾上否。觀六四爻變而爲否。……易之爲書，六爻皆有變象，又有互體，聖人隨其義而論之。」疏:「易之爲書，揲蓍求爻，重爻爲卦。爻有七、八、九、六，其七、八者，六爻並皆不變。……其九、六者，當爻有變，每爻別爲其辭名之曰象。……每爻各有象辭，是六爻皆有變象。二至四、三至五兩體交互各成一卦，先儒謂之互體。聖人取其義而論之，或取互體，言其取義爲（無）常也。」按觀䷓自二至四爻爲坤☷，自三至五爻爲艮☶，故云兩體交互各成一卦。或以易卦上下分象亦爲互體，如鄭注既濟䷾九五爻云「互體爲坎」，旅䷷初六爻云「互體爲艮☶」是也。牟注：「原卦爻辭對所占卜之事難以説通，便取『互體』。劉勰即以其『取義無常』，來比喻『文外之重旨』可以『祕響旁通』。」周注：「觀卦中含有坤卦、艮卦稱互體。這裏指一卦的爻象含有别卦，比喻含蓄的意思。」

〔五〕斠詮：「荀子勸學篇：『玉在山而草木潤，淵生珠而崖不枯。』……陸機文賦：『石韞玉而山輝，水懷珠而川媚。』」

故互體變爻〔一〕，而化成四象〔二〕；珠玉潛水，而瀾表方圓〔三〕。

〔一〕説文：「爻，交也。」徐灝曰：「爻者交錯之義。」易繫辭上：「爻者，言乎變者也。」繫辭下：「爻也者，效天下之動者也。」蓋交錯則變動矣。

〔二〕易繫辭上：「易有四象，所以示也。」正義引莊氏曰：「四象謂六十四卦之中，有實象，有假象，有義象，有用象，爲四象也。」徵聖篇：「四象精義以曲隱。」四象指用六十四卦來表示各種現象。卦是符號，從符號上看不出各種現象來，所以它的意義是曲折隱晦的。

周注：「上引遇觀䷓之否䷋，裏面有互體，有變爻。觀卦倒數第四爻⚋變爲否卦的⚊，成爲兩個卦，其中☷是坤，『坤，土也』；☴是巽，『巽，風也』；☰是乾，『乾，天也』。觀卦的風☴變爲否卦的天☰，居於土☷上，『山也』。『有山之材，而照之以天光，於是乎居土上。』故曰：『觀國之光，利用賓于王。』這裏☴是風，☷是土，☰是天，是實象；『風爲天於土上，山也』，是假設的象；『有山之材而照之以天光』，是義象；『觀國之光利用賓于王』，是用象。根據變爻就産生四象。四象見徵聖注。」

〔三〕范注：「藝文類聚八引尸子：『凡水，其方折者有玉，其圓折者有珠。』淮南子地形訓：『水圓折者有珠，方折者有玉。』黄侃補文心雕龍隱秀篇贊曰：『川含珠玉，瀾顯圓方。』論衡自紀篇：『或曰……玉隱石間，珠匿魚腹，非玉工珠師，莫能採得。寶物以隱閉不見，實語亦宜深沈難測。……答曰：玉隱石間，珠匿魚腹，故爲深覆，及玉色剖於石心，珠光出於魚腹，其猶隱乎？吾文未集於簡札之上，藏於胸臆之中，猶玉隱珠匿也。及其荴露，猶玉剖珠出乎？』」傅庚生文學賞鑑論叢論文學的隱與秀：「什麽叫做『隱』？就是深蔚含蓄。『言有盡而意無窮』是它的特質，『此時無聲勝有聲』是它的奇致。試一讀姜堯章過吴淞時所作的點絳脣：『燕雁無心，太湖西畔隨雲去。數峰清苦，商略黄昏雨。第四橋邊，擬共天隨住。今何許？憑欄懷古，殘柳參差舞。』……這裏是情與景的交融，這裏是深曲之筆表達出深曲的情懷。『瀾表方圓』，由於有『珠玉潛水』。——這便是『隱』。」

周注：「這裏指寫得含蓄的，在文辭上會有種種表現。」劉勰把「隱」比作「珠玉潛水，而瀾表方圓」。這個「瀾」就是「波起辭間，是謂之秀」，所以我們可以「觀瀾而索源」。知音篇說：「沿波討源，雖幽必顯。」就是這個意思。

始正而末奇，内明而外潤〔一〕，使玩之者無窮〔二〕，味之者不厭矣〔三〕。

〔一〕牟注：「始正末奇：對『隱』的特點而言。始讀之覺其正常，最後才感到奇特。」「明」，指明朗而不淺露。

〔二〕「玩之者無窮」，意謂玩之者感覺其意無窮。既然「隱」並不等於晦澀，那就要掌握一定的尺度，要做到「内明而外潤，使玩之者無窮，味之者不厭」。

〔三〕詩品序：「幹之以風力，潤之以丹彩，使味之者無極，聞之者動心，是詩之至也。」明陸時雍詩鏡總論：「工部七律，蘊藉最深，有餘地，有餘情，情中有景，景外含情，一詠三嘆，味之不盡。」

彼波起辭間，是謂之秀〔一〕。□乎□音〔二〕，宛乎逸態〔三〕。若遠山之浮烟靄〔四〕，孌女之靚容華〔五〕。然烟靄天成，不勞於粧點；容華格定〔六〕，無待於鎔裁〔七〕。深淺而各奇〔八〕，穠纖而俱妙〔九〕。若揮之則有餘〔一〇〕，而攬之則不足矣。

〔一〕「詞」，黄注本作「辭」。

周注：「波起：指突出。所以是秀。」

〔二〕此句徐𤊹校本和曹批梅六次本俱作「□乎□音」。馮舒校本作「□手□音」。何義門校本「乎」改「手」，頂批：「一有『纖麗』二字，馮校本闕。」黄注本作「纖手麗音」，下注：「纖麗字缺。」

〔三〕「逸」，超乎流俗者。「逸態」，高超的姿態。

〔四〕曹批梅六次本「浮」字缺。馮、徐二校本有「浮」字。

姚鼐與魯絜非書：「自諸子而降，其爲文無弗有偏者。其得於陽與剛之美者，則其文如霆，如電，如長風之出谷，如崇山峻崖，如決大川，如奔騏驥，其光也如杲日，如火，如金鏐鐵；其於人也，如馮高視遠，如君而朝萬衆，如鼓萬勇士而戰之。其得於陰與柔之美者，則其文如升初日，如清風，如雲，如霞，如烟，如幽林曲澗，如淪如漾，如珠玉之輝，如鴻鵠之鳴而入寥廓。其於人也，謬乎其如嘆，邈乎其如有思，暝乎其如喜，愀乎其如悲。……夫文之多變，亦若是已。糅而偏勝可也。偏勝之極，一有一絶無，與夫剛不足爲剛，柔不足爲柔者，皆不可以言文。」（惜抱軒文集卷六）以姚鼐的話來看，偏於柔性美的文章也不是毫無剛氣。「彼波起辭間，是謂之秀」，這正和姚鼐所説的「如淪如漾」類似；「若遠山之浮烟靄」，「譬諸裁雲製霞」，這正和姚鼐所説的陰柔之美「如雲，如霞，如烟」類似。

〔五〕詩齊風甫田：「婉兮孌兮。」「靚」，用脂粉來妝飾。

斠詮：「孌女之靚容華，謂若美女之妝飾華麗容色也。孌，美好貌。廣雅釋詁：『孌，好也。』詩小雅車舝：『思孌季女逝兮。』毛傳：『孌，美貌。』靚，妝飾也，見玉篇及廣韻。文選左思蜀都賦：『袨服靚妝。』劉曰『靚謂粉白黛黑也』。」曹植美女篇：「容華耀朝日，誰不希令顏。」又雜詩：「南國有佳人，容華若桃李。」

〔六〕「格」，格式，格度。牟注：「這裏指樣式。」

〔七〕「鎔裁」，馮舒校本作「裁鎔」，徐校本和曹批梅六次本作「鎔裁」。比喻對容貌的修飾。

〔八〕本篇末段云「朱綠染繒，深而繁鮮；英華曜樹，淺而煒燁」，就是「深淺而各奇」。

〔九〕徐校本和曹批梅六次本作「穠」。馮校本作「嬝」。范注：「字典無『嬝』字，應是『穠』字之誤。」曹植洛神賦：「穠纖得中，修短合度。」五臣翰注：「穠，肥；纖，細也。」

斠詮：「言美人之豐腴或纖弱各有其美妙也。穠，穠麗，指豐腴而言；纖，纖弱，指清瘦而言：此喻文辭之繁儉。」

〔一〇〕「揮」，散也。看起來，「秀」似乎偏於柔性美，所以説這種秀美「若揮之則有餘，而攬之則不足矣」。因爲它没有骨力。這種秀美，用花的顏色來比，是「深淺而各奇」，用少女的姿容來比，是「穠纖而俱妙」。

以上爲第二段，多方設喻，説明隱秀的風格特點。

夫立意之士，務欲造奇，每馳心於玄默之表〔一〕；工詞之人，必欲臻美，恒溺思於佳麗之鄉〔二〕。嘔心吐膽，不足語窮〔三〕；煅歲煉年，奚能喻苦〔四〕！

以下言如何到達隱秀的境地。「隱」指意言，「秀」指詞言。

〔一〕「玄默」，沈静寡言。漢書刑法志：「孝文即位，躬脩玄默。」「表」謂儀表。這可見「隱篇」之所以形成，是由立意的深遠來的。

斠詮：「玄默，沈静寡言也。……漢書古今人表注：『老子玄默，孔子所師。』淮南子主術訓：『天道玄默，無容無則。』」

〔二〕黄注本「詞」作「辭」。徐校本「思」作「心」，曹批梅六次本「恒」字缺筆作「恒」。

謝脁入朝曲：「江南佳麗地，金陵帝王州。」

饒宗頤劉勰文藝思想與佛教：「隱秀篇區隱爲複意，而秀爲美辭，亦復一神一形，内外相資。尚形之文，徒具外美，而内則枵然無物；故『工辭之人，必欲臻美，恒溺思於佳麗之鄉』，職是故也。劉氏蓋針對六朝文人之通病，有秀而無隱，换言之，即有形而無神是矣。」

〔三〕「語」字，徐校本和曹批梅六次本俱闕。桓譚新論祛蔽篇：「余少時……嘗激一事而作小賦，用精思太劇，而立感動發病。彌日瘳。（揚）子雲亦言成帝時，趙昭儀方大幸，每上甘泉，詔令作賦，爲之卒暴，思慮精苦，賦成遂困倦小臥，夢見其五臟出在地，以手收而納之。及覺，病喘悸，大少氣。病一歲。由此言之，盡思慮，傷精神也。」

李商隱李賀小傳：「母使婢探囊中，見所書多，即怒曰：是兒要嘔出心肝乃已耳。」

〔四〕校證：「『奚』，（毛子晉刻本）作『莫』。」馮校：「『喻』，錢本注云『一作愈』。」

神思篇：「張衡研京以十年，左思練都以一紀。」周注：「創作的所謂自然，並不是可以隨便寫成，還需要苦心經營。」

「煅煉」，同「鍛鍊」。杜甫奉贈太常張卿垍二十韻：「顧深慙鍛鍊，才小辱提攜。」

故能藏穎詞間，昏迷乎庸目〔一〕；露鋒文外，驚絶乎妙心〔二〕。使醞藉者畜隱而意愉〔三〕，英鋭者抱秀而心悦〔四〕。譬諸裁霞製雲〔五〕，不讓乎天工〔六〕；斲卉刻葩〔七〕，有同乎神匠矣〔八〕。

〔一〕馮舒校本「乎」作「于」。徐校本和曹批梅六次本作「乎」。這句是説深隱的餘味，不是毫無欣賞能力的人所能體會的。

〔二〕校證：「『妙』毛作『遐』。」此句論秀。「妙心」，善於理解的讀者。

〔三〕「畜」字，黄注本作「蓄」，按「畜」、「蓄」在此可通。「醞藉」，同「蘊藉」。後漢書桓榮傳：「榮被服儒衣，温恭有蘊藉。」李賢注：「蘊藉，猶言寬博有餘也。」此處指有含蓄。

知音篇説：「醖藉者見密而高蹈，浮慧者觀綺而躍心。」又説：「夫惟深識鑒奥，必歡然内懌。」

〔四〕所謂秀出之句，也就是一篇裏面形象特别鮮明、秀美、突出的句子，正因爲它「狀溢目前」，有如「英華曜樹」，所以才能「露鋒文外，驚絶乎妙心，使……英鋭者抱秀而心悦」，也就是能「動心驚耳」。

〔五〕馮校本作「裁雲製霞」，徐校本、曹批梅六次本作「裁霞製雲」。據校證毛本亦作「裁霞製雲」。

〔六〕馮本原抄作「天上」，注云：「上當作工。」

〔七〕「卉」，草的總稱。「葩」，花。

周注：「斲卉刻葩，本於列子説符：『宋人有爲其君以玉爲楮葉者，三年而成，鋒殺莖柯，毫芒繁澤，亂之楮葉中而不可别也。』」

〔八〕「神匠」，神工巧匠。

故篇中乏隱〔一〕，若宿儒之無學〔二〕，或一叩而語窮〔三〕；句間鮮秀，如鉅室之少珍〔四〕，若百詰而色沮〔五〕。斯並不足於才思，而亦有愧於文詞矣〔六〕。

〔一〕馮校本「故」字作「若」。徐校本和曹批梅六次本均作「故」。何義門校「故」改「若」。

〔二〕「若」，何義門改「等」。黄注本從之。校證：「毛作『若』。」

〔三〕説「故篇中乏隱，若宿儒之無學，或一叩而語窮」，又説「不足於才思」，可見「隱」以立意爲主。「隱秀」這種風格，指的是情意深隱，不把全部内容和盤托出，而用極精煉的語言暗示出來，這就是宗經篇所謂「根柢槃深，枝葉峻茂，辭約而旨豐，事近而喻遠」。因爲「若篇中乏隱，等宿儒之無學，或一叩而語窮」，就變得内容淺薄，經不起玩味了。

〔四〕「鉅」，馮校本作「巨」。「巨室」謂世家大族。孟子離婁上：「爲政不難，不得罪於巨室。」

〔五〕馮本、徐本、曹批梅六次本「詰」字俱闕。沈巖臨何焯校本注明：「『百』下一有『詰』字。何云：『少珍』，馮本有，『詰』字闕。」句意謂：倘使多問問就神色沮喪。校證：「毛補（詰字）。」

〔六〕「有」字，馮本作「無」，注云：「『無』當作『有』。」「詞」字，黃注本作「辭」。「愧」字，曹批梅六次本、黃注本作「媿」，馮、徐作「愧」。

以上爲第三段，論如何形成隱秀以及缺乏隱秀對文辭的影響。

將欲徵隱，聊可指篇：古詩之「離別」〔一〕，樂府之長城〔二〕，調遠旨深〔三〕，而復兼乎比興〔四〕。陳思之黃雀〔五〕，公幹之青松〔六〕，格剛才勁〔七〕，而並長於諷諭〔八〕。叔夜之□□，嗣宗之詠懷〔九〕，境玄思淡〔一〇〕，而獨得乎優閒〔一一〕。士衡之□□，彭澤之□□〔一二〕，心密語澄〔一三〕，而俱適乎□□〔一四〕。

〔一〕「古詩之離別」，指的是古詩十九首中的「行行重行行，與君生別離」一首。這首詩不直說離別之苦，人都瘦了；却説「衣帶日已緩」；不説自己的幽怨，却説「棄捐勿復道，努力加餐飯」。情調是微婉隱曲的。但是通過「胡馬依北風，越鳥巢南枝」兩句比喻的話，就把主人公的心情完全烘托出來。

〔二〕黄注：「樂府古辭有飲馬長城窟行。長城，蒙恬所築也，言征客之至長城而飲其馬，婦思之，故爲長城窟行。」

梁啓超中國韻文裏頭所表現的情感談到含蓄蘊藉的表情法時説：「有一種起興是和下文有情調上的聯係，大多是觸景生情，就眼前所見所聞的景物，引起情感的波動。例如飲馬長城窟行：『青青河畔草，綿綿思遠道。遠道不可思，夙昔夢見之。』看到了河畔的春草綿綿不斷，延向遠方，引起她對遠方愛人的相思。」

這首詩所表現的情意也是很微婉曲折的，然而通過「枯桑知天風，海水知天寒」兩句，運用比興的手法，就把懷望遠人歸來的孤悽心情透露出來了。

余冠英：「其中『枯桑』兩句是説：枯桑雖然没有葉，仍然感到風吹，海水雖然不結冰，仍然感到天冷。比喻那遠方的人縱然感情淡薄，也應該知道我的孤悽，我的想念。」（樂府詩選）

〔三〕「調遠旨深」，此據徐校本和曹批梅六次本。馮舒校本作「詞怨旨深」。按「調遠旨深」意長。

〔四〕周注：「『行行重行行』詩中『胡馬依北風，越鳥巢南枝』，是興，含有希望游子不忘故鄉的意思。『浮雲蔽白日』，是比喻。李善注：『以喻邪佞之毁忠良。』樂府詩飲馬長城窟行的『青青河畔草』興起『綿綿思遠道』。又『枯桑知天風，海水知天寒』，比喻游子的感受風寒。」

〔五〕「陳思之黄雀」，指的是野田黄雀行。這首詩是曹植看到好友丁儀、丁廙兄弟被曹丕所殺，自己無力營救，爲抒發内心的憤恨而寫的。他不敢直書其事，用了許多曲筆。但是通過「高樹多悲風，海水揚其波」兩句形象的比喻，就把環境的險惡暗示出來。

〔六〕「公幹之青松」，指的是劉楨贈從弟三首中的第二首。這首詩的頭兩句「亭亭山上松，瑟瑟谷中風」，用形象的對比，就把作者不畏强暴的性格鮮明地表現出來。

〔七〕「格剛才勁」，從贈從弟詩中表現得比較突出。全詩説：「亭亭山上松，瑟瑟谷中風。風聲一何盛，松枝一何勁。冰霜正慘悽，終歲常端正。豈不罹凝寒，松柏有本性。」可見深隱的作品並不一定都是柔性的。

姚鼐海愚詩鈔序説：「苟有得乎陰陽剛柔之精，皆可以爲文章之美。陰陽剛柔，並行而不容偏廢。有其一端而絶亡其一，剛者至於僨强而拂戾，柔者至於頹廢而闇幽，則必無與於文者矣。」（惜抱軒文集卷四）

〔八〕野田黄雀行説：「利劍不在掌，結交何須多？不見籬間雀，見鷂自投羅？」從這裏可以看出諷諭之意。

周注：「曹植野田黄雀行：『不見籬間雀，見鷂自投羅。羅家得雀喜，少年見雀悲。拔劍捎羅網，黄雀得飛飛。』用少年救雀來比喻救人患難，是諷諭。劉楨贈從弟：『亭亭山上松……松柏有本性。』比喻有節操，也是諷諭。」

〔九〕「詠懷」二字，馮校本缺，此據徐校本和曹批梅六次本。

校證謂此二句毛本作「叔夜之疎，嗣宗之放」。

〔一〇〕「淡」，徐校本作「澹」，按「淡」謂淡泊，亦作澹泊。「境玄思淡」，境界玄遠，思想淡泊。

〔一一〕徐校本「優」作「幽」。何義門校本「閒」改「閑」，黃注本從之。

體性篇：「嗣宗俶儻，故響逸而調遠。」文選阮籍詠懷詩顏延之注：「嗣宗身仕亂朝，常恐罹謗遇禍，因茲發詠，故每有憂生之嗟，雖志在刺譏，而文多隱避，百代之下，難以情測。」可見阮籍的「優閒」只是表面現象。他的本志是在進行諷刺，但是又怕「罹謗遇禍」，所以運用比興，而「文多隱避」。只是他這種「隱」，使「百代之下，難以情測」，就有點近於晦澀了。

〔一二〕事類篇說：「士衡沈密。」體性篇說：「士衡矜重，故情繁而辭隱。」

何焯云：「四句（錢）功甫本闕八字，一本增入『疎放豪逸』四字。『適乎』下闕二字，一本有『壯采』二字。」（見過録沈巖校本）校證：「姚範曰：『案此蓋舉嵇、阮、陸、陶之傳篇耳。錢功甫，名允治，長洲人，無子，遺書散逸。』方東樹曰：『允治父穀，字叔寶，以善畫名家，博雅好學，取宋人鄭虎臣吳都文粹，增益百卷，以備吳中故實，故功甫藏書最富，見有學集。』」

黃注：「陶潛傳：潛字淵明，或云字元亮，爲鎮軍建威參軍，後爲彭澤令。」校證謂毛本作「士衡之豪，彭澤之逸」。

〔一三〕「心密語澄」，心思細密，語言清澄。

〔一四〕黃注：「一本有『壯采』二字。」校證謂毛本有「壯采」二字。

如欲辨秀，亦惟摘句〔一〕。「常恐秋節至，涼飈奪炎熱。」意悽而詞婉，此匹婦之無聊也〔二〕。「臨河濯長纓，念子悵悠悠」，志高而言壯，此丈夫之不遂也〔三〕。「東西安所之？徘徊以徬徨。」心孤而情懼，此閨房之悲極也〔四〕。「朔風動秋草，邊馬有歸心。」氣寒而事傷，此羈旅之怨曲也〔五〕。

〔一〕文鏡秘府論南卷引唐元兢古今詩人秀句序：「似秀句者，抑有其例。皇朝學士褚亮，貞觀中，奉勅與諸學士撰古文章巧言語，以爲一卷，至如王粲『灞岸』，陸機尸鄉，潘岳悼亡，徐幹室思，並有巧句，互稱奇作，咸所不録。他皆效此。諸如此類，難以勝言。……常與諸學士覽小謝詩，見和宋記室省中，詮其秀句，諸人咸以謝『行樹澄遠陰，雲霞成異色』，誠爲得矣，抑絶唱也。夫夕望者莫不鎔想烟霞……有一於此，罔或孑遺。」

〔二〕「常恐」二句，見舊傳爲班婕妤所作怨歌行。詩中通過團扇的唯恐秋風送爽而被棄捐，來象徵棄婦的愁怨，所以使人一看到這兩句，就辨別出它是「意悽而詞婉，此匹婦之無聊也」。鍾嶸詩品上：「團扇短章，詞旨清捷，怨深文綺，得匹婦之致。」「婕妤」，宫中女官名。「無聊」，哀傷。楚辭王逸九思逢尤：「心煩憒兮意無聊。」

〔三〕「悵」字，馮校本作「長」，誤。此二句見舊傳爲李陵與蘇武詩的「嘉會難再遇」一首，它通過「臨河濯長纓」的鮮明形象，顯示出主人公的壯志未遂。「悠悠」，憂思貌。鍾嶸詩品上説李陵詩「文多悽愴，怨者之流。陵，名家子，生命不諧，聲頹身傷」。此處所謂秀，並不純粹是柔性美，象這兩句，就是「志高而言壯」的。「纓」，結在頷下的帽帶。

〔四〕「東西」二句見樂府古辭傷歌行。通過這兩句的刻劃，顯示出主人公徘徊徬徨，夜不能寐，無所適從的形象。從這個形象也就象徵出一位思婦「心孤而情懼」的極度悲愁的胸懷。「悲極」，徐校本作「極悲」。

或謂：「明詩篇說：『至成帝品録，三百餘篇，朝章國采，亦云周備。而辭人遺翰，莫見五言。所以李陵、班婕妤見疑於後代也。』這是劉勰對相傳爲李陵、班婕妤的五言詩爲僞所下的論斷。……而補文中的『「常恐秋節至，涼飆奪炎熱」，意淒而詞婉，此匹婦之無聊也。「臨河濯長纓，念子悵悠悠」，志高而言壯，此丈夫之不遂也』……舉這樣的例證，豈不是與明詩篇的論斷相矛盾？不稱班婕妤而稱匹婦，前後也不一致。」按顏延年庭誥論詩：「逮李陵衆作，總雜不類，元是假託，非盡陵制。」顏延年説「非盡陵制」，可見他並没有全部否定李陵詩，而且認爲其中的「善篇」，有其可悲之處。裴子野的雕蟲論也說：「其五言爲家，則蘇、李自出。」明詩篇的話是說：漢書藝文志中不見文人有五言，所以李陵、班婕妤的五言詩被後人懷疑。劉勰對這個問題只是存疑，並没有直接表示自己的意見。「嘉會」一首，縱然不是李陵作的，在劉勰以前早已存在，而且不失爲「善篇」。引來作爲例證，説明「丈夫之不遂」的心意，也没有肯定是李陵作的，所以和明詩篇的論點並没有什麼矛盾。至於所謂班婕妤怨歌行，文選李善注於本題下引歌録曰：「怨歌行，古詞，然言古者有此曲，而班婕妤擬之。」按漢書班婕妤傳引了她寫的賦，並没有提到她寫怨歌行或擬怨歌行古詞。怨歌行中寫的主人公是一個一般的女性，和班婕妤的身份不相稱。近代人的研究，多認爲這首詩就是無名氏的怨歌行古辭。劉勰稱她爲「匹婦」，没有什麽不可以，既不是抄襲鍾嶸詩品，和明詩篇的論點也没有什麽矛盾。

〔五〕「朔風」二句見晉人王讚雜詩。詩一開頭就造成了一種陰寒而感傷的氣氛，邊地的馬既然都起歸鄉之念，當然人更思歸，所以知道全詩是「羈旅之怨曲」。「羈旅」，就是作客他鄉。左傳莊公二十二年「羈旅之臣」，杜注：「羈，寄也；旅，客也。」宋書謝靈運傳論：「至於先士茂製，諷高歷賞。……子荆『零雨』之章，正長（王讚字）『朔風』之句，並直舉胸情，非傍詩史。」也是説明「朔風」兩句所表露的感情是很鮮明的。

校證：「『朔風』，馮本、汪本、兩京本、王惟儉本無『朔』字；張之象本作『涼風』，何允中本、日本活字本、梅本、凌本、梅六次本、鍾本、梁本、文通二一、日本刊本作『涼飆』。詩紀四作『朔風』，黄注本改『朔風』。」按元刻本無「朔」字。

綴補：「詩品中評晉著作王讚詩：『正長「朔風」之後。』即指此。」

以上爲第四段，舉出具體作家作品來説明隱篇秀句。

凡文集勝篇，不盈十一；篇章秀句，裁可百二〔一〕。並思合而自逢，非研慮之所求也〔二〕。或有晦塞爲深，雖奥非隱〔三〕；雕削取巧，雖美非秀矣〔四〕。

〔一〕「裁」，通「才」，僅。説文通訓定聲：「『裁』，假借爲『才』，與用『纔』、『財』同。」漢書功臣表：「裁什二三。」顔師古注：「『裁』與『纔』通。十分之内，纔有二三也。」

〔二〕校注：「求，黄校云：『元作果，謝改。』……按『果』與『求』之形音俱不近，恐難致誤。疑原是『課』字，偶脱其言旁耳。」校證改作「課」：「『課』原作『果』，梅從謝改『求』。徐校同，胡本作『得』。今按『果』是『課』之壞文。諸子篇『課名實之符』，章表篇『循名課實』，議對篇『名實相課』，指瑕篇『課文了不成義』，才略篇『多役才而不課學』，即其義。陸機文賦：『課虚無以責有，叩寂寞而求音。』則『課』亦有責求意，今據改。」綴補：「案謝改『果』爲『求』，是也。『求』，隸書作『𠦜』，與『果』形近，因致誤耳。」考異：「楊校、王校皆非，從謝改作『求』是。」按馮校本、徐校本、曹批梅六次本俱作「求」，不誤。

這裏劉勰所説的是「篇章秀句」，「思合而自逢，非研慮之所求」，並不是説一切具有含蓄風格的作品都是妙手天成的。

傅庚生文學賞鑑論叢論文學的隱與秀：「什麽叫做『秀』？就是韶美英露，『思合而自逢，非研慮之所求』的。試一讀謝康樂在永嘉登池上樓詩：『……徇禄及窮海，卧痾對空林，衾枕昧節候，褰開暫窺臨。……初景革緒風，新陽改故陰；池塘生春草，園柳變鳴禽。……』這新鮮的意趣，兜地上心來，在意識上偶然畫了一條印痕，吟哦伸紙時，虧它又騷騷地奔赴腕下，這樣才凝聚成『池塘生春草』絶唱千古——詩人甚至於説它是有『神助』——的名句。——這便是『秀』。」

趙仲邑注：「從神思、體性、事類各篇中，可以知道劉勰對於學習修養是重視的，對於他在這裏説的『思合而自逢』，應理解爲學習修養的結果。」

〔三〕「晦塞爲深，雖奥非隱」，只見於馮校本和曹批梅六次本，徐校本未補此二句。其它各種元明刊本均無此二句，當是從宋本補入。紀昀在這兩句上方批曰：「精微之論。」

考異：「此八字爲傳抄誤脱，上二句應『隱以複意爲工』而發，下二句係應『秀以卓絶爲巧』而發，非淺筆僞增，宜補入。」

何景明與李空同論詩書：「若閑緩寂寞以爲柔澹，重濁剜切以爲沉著，艱詰晦塞以爲含蓄，野俚輳積以爲典厚，豈惟繆於諸義，亦併其俊語亮節，悉失之矣。」

劉熙載藝概卷一：「文心雕龍以『隱秀』二字論文，推闡甚精。其云晦塞非隱，雕削非秀，更爲善防流弊。」

神思篇：「覃思之人，情饒歧路，鑒在疑後，研慮方定。」

劉綬松古典文學理論中的風格問題：「含蓄與晦澀有别，而明朗也並不是淺露。如果文章本無深意，而僅以僻字拗句文其淺露，則又是值得反對的不良傾向了。所以在貴含蓄而抑淺露的同時……又重明朗而輕晦澀：『晦塞爲深，雖奥非隱。』」

「隱秀」之「隱」和體性篇所説的「遠奧」並不相同。練字篇説：「及魏代綴藻，則字有常檢。追觀漢作，翻成阻奧。故陳思稱揚、馬之作趣幽旨深，讀者非師傳不能析其辭，非博學不能綜其理。豈直才懸，抑亦字隱。」這種「字隱」，是由用古奧的字所造成的，所以這種深奧是晦澀的，這並不是真正的深隱的風格。

既然「隱」並不等於晦澀，那就要掌握一定的尺度，要做到「内明而外潤，使翫之者無窮，味之者不厭」的地步。詩裏不明白説出的意思，別人看了自然明白，是「隱」；別人看不懂，要費很大的勁去猜還猜不透，是晦澀，使人不能領會其中的奧妙。然而含蓄得不够，又會流於淺露，使人讀了覺得缺乏餘味。

周汝昌文心雕龍隱秀篇舊疑新議：「總術（篇）中又特爲提醒説：『辯者昭晰，而淺者亦露。奧者複隱，而詭者亦曲。』這就是毫釐千里，求秀而流爲淺陋，務隱而失之詭曲，則似是而非，流弊滋生了。」

〔四〕物色篇：「不加雕削，而曲寫毫芥。」

黄侃補隱秀篇：「若故作才語，弄其筆端，以纖巧爲能，以刻飾爲務，非所云秀也。」

文心雜記：「錢基博云：隱者文外之重旨，秀者篇中之獨拔，而要歸於自然會妙。或有晦塞爲深，雖奧非隱；雕削取巧，雖美非秀矣。道生自然，彦和論文之宗旨。晦塞爲深者，孫樵、劉蜕是也，至樊宗師而極。雕削取巧者，徐陵、庾信是也，至王、楊、盧、駱而甚。」

傅庚生文學欣賞舉隅：「隱之工者，含蓄而幽遠，耐人玩味，而弊在或失之奥塞；秀之工者，俊逸而疏快，妙比天成，而弊在或失之奇突。沈伯時云：『夢窗深得清真之妙，但用事下語太晦處，人不易知，白石清勁知音，亦未免有生硬處。』所議爲允也。……「文學之極詣，必有其辭足以載其意，其意足以貫其辭。嘔心以爲秀者，必取其辭能爲輔；溺思以爲隱者，必希其意可以暢；悖此則或流於汗漫迷所歸，或嫌其堆砌鄰于晦矣。」又：「意境，主也；辭句，賓也。意高而辭不足以起之，則主慢賓客矣，失之奇突矣；辭煉而意不足以帥之，則喧賓奪主矣，失之奥塞矣。辭意之中倚，實隱秀之得失也。」黄海章劉勰的創作論和批評論：「譬如揚雄的文章，假艱深以文淺陋，不能説他是『隱』；顔延之的詩篇，錯采鏤金，不能説他是『秀』。這種界綫是要劃清的。」

故自然會妙，譬卉木之耀英華〔一〕；潤色取美，譬繒帛之染朱緑〔二〕。朱緑染繒，深而繁鮮；英華曜樹，淺而煒燁〔三〕。隱篇所以照文苑，秀句所以侈翰林〔四〕，蓋以此也。

〔一〕原道篇：「傍及萬品，動植皆文：龍鳳以藻繪呈瑞，虎豹以炳蔚凝姿；雲霞雕色，有踰畫工之妙；草木賁華，無待錦匠之奇：夫豈外飾，蓋自然耳。」郭注：「『自然會妙』，蘇東坡云：『文章本天成，妙手偶得之。』即此意。」

〔一〕「繒」，帛之總名。

〔二〕文學賞鑑論叢論文學的隱與秀：「這篇的主旨，不外兩層意思：第一，是論文學的風格有隱與秀的不同；第二，是説隱可以『潤色取美』，秀却要『自然會妙』。」傅庚生中國文學批評通論：「司空圖詩品品『自然』之格云：『俯拾即是，不取諸鄰，俱道適往，着手成春。如逢花開，如瞻歲新，真予不奪，强得易貧。幽人空山，過水采蘋，薄言情晤，悠悠天鈞。』詩之挺秀者也。品『委曲』之格云：『登彼太行，翠遶羊腸，杳靄流玉，悠悠花香。力之於時，聲之於羌，似往已迴，如幽匪藏。水理漩洑，鵬鳳翱翔，道不自器，與之圓方。』詩之蓄隱者也。大抵文學之造深著痛快之境者，其觸發文思也驃疾，『俯拾即是』，妙奪天工，秀之美者也。文學之擅委曲含蓄之場者，其細繹文思也紆徐，『如幽匪藏』，曲盡人意，隱之美者也。」

〔三〕皮朝綱從文心雕龍隱秀篇看劉勰的美學觀：「英華曜樹之美和朱緑染繒之美——謝榛四溟詩話：『作詩雖貴古淡，而富麗不可見。譬如松篁之於桃李，布帛之於錦綉也。』周紫芝竹坡詩話引東坡語：『大凡爲文，當使氣象峥嶸，五色絢爛，漸老漸熟，乃造平淡。』韻語陽秋：『大抵欲造平淡，當自組麗中來，落其華芬，然後可造平淡之境。』『平淡而有思致』，『平淡而到天然處，則善矣。』劉勰所主張的『自然會妙』，就是這種絢爛之後歸於『平淡』的境界。説詩晬話：『經營而反於自然。』劉勰所要求達到的『自然會妙』，正是這種點化後的自然。」（四

川師院學報一九七九年四期）

這幾句話的意思是自然美和人工美並重。「自然會妙」的，象樹上的花朵，「淺而煒燁」，就是說色淺顯而光采照人。「潤色取美」的，則象綢子上染的紅緑色一樣「深而繁鮮」。只有「雕削取巧」的過分修飾，才是「雖美非秀」的。夸飾篇裏提出：「使夸而有節，飾而不誣，亦可謂之懿也。」只有在内容空乏或在毫無内容的情况下，文章才過分地强求雕飾，這就是「雕削取巧」，它和「潤色取美」是不同的。「自然會妙，譬卉木之燿英華」，是説如何形成「秀句」；「潤色取美，譬繒帛之染朱緑」，是説如何形成「隱篇」。「朱緑染繒，深而繁鮮」，是説的「隱」；「英華曜樹，淺而煒燁」，是説的「秀」。這就是「辭淺而義深」，「隱」與「秀」相反而實相成的道理。

黄侃既没有看清「潤色」和「雕削取巧」的區别，又没有看出「潤色」和「隱」的關係，他所作的補隱秀篇説：「故知妙合自然，則隱秀之美易致；假於潤色，則隱秀之實已乖。故今古篇章，充盈篋笥，求其隱秀，希若鳳麟。」（文心雕龍札記）又説：「隱秀之篇，可以自然求，難以人力致。」（同上）這樣把「隱篇」和「秀句」混爲一談，而完全否定了潤色的作用。

〔四〕「侈」，多也。管子侈靡：「善而末事起不侈。」注：「侈謂饒多也。」

「隱篇」二句是據曹批梅六次本，其它各本都把這兩句話錯簡成一句「秀句所以照文苑」，就使人難以索解。紀批：「此『秀句』乃泛稱佳篇，非本題之『秀』字。」這簡直是望文生義，無法自圓其說。

斠詮把「秀句」臆改爲「隱秀」，仍然是「夔之一足」，不能自圓其說。

「文苑」、「翰林」就是文壇。這三句話的意思是説：文壇上所以有這許多「隱篇」、「秀句」光彩照人，是「自然會妙」和「潤色取美」的結果。

第五段説明隱與晦澀、秀與雕琢的區别，以及「自然會妙」與「潤色取美」的關係。

贊曰：深文隱蔚〔一〕，餘味曲包〔二〕。辭生互體，有似變爻〔三〕。言之秀矣，萬慮一交〔四〕。動心驚耳〔五〕，逸響笙匏〔六〕。

〔一〕「蔚」，指文采而言。此句謂深刻的文辭含蓄而多彩。斠詮與王更生文心雕龍范注駁正臆改此句爲「文隱深蔚」，與下句「餘味曲包」失去對偶，不足信。

〔二〕「曲」，指曲折、隱僻。黄侃補隱秀篇：「夫文以致曲爲貴，故一義可以包餘。」司空圖與李生論詩書：「文之難，而詩之難尤難。古今之喻多矣，而愚以爲辨於味，而後可以言詩也。……詩貫六義，則諷諭、抑揚、渟蓄、温雅，皆在其間矣。……王右丞、韋蘇州澄澹精緻，格在其中，豈妨於遒舉哉！賈浪仙誠有警句，視其全篇，意思殊餒，大抵附於蹇澀，方可致才，亦爲體之不備也，矧其下者哉！噫！近而不浮，遠而不盡，然後可以言韻外之致耳。」所謂「韻外之致」、「味外之旨」，所謂味在「鹹酸之外」，就是「深文隱蔚，餘味曲包」。姜夔白石道人詩説：「語貴含蓄。東坡云：『言有盡而意無窮者，天下之至言也。』山谷尤謹於此，清廟之瑟，一唱三嘆，遠矣哉！後之學詩者可不務乎？若句中無餘字，篇中無長語，非善之善者也。句中有餘味，篇中有餘意，善之善者也。」

文學賞鑑論叢論文學的隱與秀：「二十四詩品論含蓄一則：『不著一字，盡得風流。語不涉己，若不堪憂。是有真宰，與之沉浮。如淥滿酒，花時返秋。悠悠空塵，忽忽海漚。淺深聚散，萬取一收。』就是象徵『深文隱蔚，餘味曲包』的妙境。『是有真宰，與之沉浮』，含蓄的主宰仍然在作者内蓄的思想感情，浮者自浮，沉者自沉。……

「隱美就要含蓄不盡，秀美則是不恤説盡的；前者説盡了就是『續鳧』，後者偏不説盡就是『截鶴』。韶秀的作品，我們雖不相信是『神助』，卻需要真地由作者『觸著』，寫出來便能『狀溢目前』。……含蓄的作品，要作者通過生活的感受，在思想感情上真地有所蓄積，虔誠地寫出。有時並不是故意要掉筆花，卻自然而然地象神龍見首不見尾的一般，『情在詞外』，特别耐人咀嚼。若只是假意地半推半就，含糊其詞，就難免要模糊晦澀，令人如在霧裏看花了。……

「這種文學藝術的風格，好像光瑩温潤的美玉，它映射出光瑩的特質，便是秀美；包韞着温潤的特質，便是隱美。極詣的作品，會炫惑了我們的眼睛，摘不出哪一句是秀，也辨析不出它是在怎樣地孕度着隱。……嚴滄浪所説的：『盛唐諸人，惟在興趣……言有盡而意無窮。』説的便是天人合，隱秀參的境界；只可惜把話説得有些虚玄，未免也『不可凑泊』了。」錢鍾書談藝録：「滄浪不云乎？言有盡而意無窮，其意若曰：短詩未必好，而好詩必短。意境悠然而長，則篇幅相形見短矣。古人論文，有曰『含不盡之意，見於言外』；有曰『讀之惟恐易盡』。……篇終語了，令人惘惘依依。少陵排律所謂『篇終接混茫』者是也。」又「意境有餘則篇幅見短」。「按此意在吾國首發於文心雕龍隱秀篇，所謂『情在詞外曰隱，狀溢目前曰秀』，又謂『餘味曲包』。少陵寄高適岑參三十韻有云：『意愜關飛動，篇終接混茫。』終而曰『接』，即八哀詩張九齡之『詩罷地有餘』，正即滄浪謂『有盡無窮』之旨。」

〔三〕斟詮：「言辭之内在本情與外在纖旨，互爲體用，其寓意託興，有似卦象之兩體，互爲爻變。」牟注：「『辭生互體』二句：指意義深富而含蓄的文辭，也像周易卦爻的變化一樣，可以産生『取義無常』的作用。」

〔四〕深隱的内容，不是在篇中平均分佈的，而是要把極度繁複的思想感情，通過一個着力點透露出來，就是所謂「言之秀矣，萬慮一交」，這樣才顯得言有盡而意無窮。

〔五〕斯波六郎：「枚乘七發：『涌觸並起，動心驚耳。』」

〔六〕校注：「按文選古詩『今日良宴會』首：『彈箏奮逸響。』」

斟詮：「言此種契合天機之音聲，足以驚心動聽，宛若具有十三管之笙匏之吹奏，不同凡響也。……笙匏，樂器名，古以匏爲之，共十三管，列置匏中，施簧管底，吹之發聲。」應劭風俗通義聲音：「音者，土曰塤，匏曰笙。」按秀出之句，是説它超出於其它部分之上，而特别能震人心弦，所以形容它説「動心驚耳，逸響笙匏」。

本篇補文的真僞問題：

古今圖書集成考證考隱秀篇云：「案此篇『瀾表方圓』以下缺一葉，永樂大典所收舊本亦無之，今坊本乃何焯校補。」

四庫全書總目提要卷一百九十五文心雕龍提要：「是書自至正乙未刻於嘉禾，至明弘治、嘉靖、萬曆間，凡經五刻，其隱秀一篇皆有闕文。明末，常熟錢允治稱得阮華山槧本，抄補四百餘字，然其書晚出，别無顯證，其詞亦頗不類。」

紀昀評：「癸巳（一七七三）三月，以永樂大典所收舊本校勘，凡阮本所補悉無之，然後知其真出僞撰。」又云：「『此一頁詞殊不類，究屬可疑。『嘔心吐膽』，似摭玉溪李賀小傳『嘔出心肝』語，『煅歲鍊年』，似摭六一詩話周樸『月煅季鍊』語，稱淵明爲彭澤，乃唐人語，六朝但有徵士之稱，不稱其官也。稱班姬爲匹婦，亦摭鍾嶸詩品語。此書成於齊代，不應述梁代之説也。且隱秀三段，皆論詩而不論文，亦非此書之體，似乎明人僞託，不如從元本缺之。」

黄侃札記：「詳此補亡之文，出辭膚淺，無所甄明。且原文明云『思合自逢，非由研慮』；即補亡者，亦知不勞妝點，無待裁鎔；乃中篇忽羼入『馳心』、『溺思』、『嘔心』、『鍛歲』諸語，此之矛盾，令人笑詫，豈以彥和而至於斯？至如用字之庸雜，舉證之闊疏，又不足誚也。」

按文心雕龍神思篇說：「揚雄輟翰而驚夢」，這是根據桓譚新論來的。新論祛蔽篇說：「余少時……嘗激一事而作小賦，用精思太劇，而立感動發病。彌日瘳。（揚）子雲亦言成帝時，趙昭儀方大幸，每上甘泉，詔令作賦，爲之卒暴，思慮精苦，賦成遂困倦小臥，夢見其五臟出在地，以手收而内之。及覺，病喘悸，大少氣。病一歲。由此言之，盡思慮傷精神也。」才略篇也說：「子雲屬意，辭人最深。……而竭才以鑽思。」這些都和隱秀篇補文中所說的「嘔心吐膽，不足語窮」的狀態是一致的，不見得劉勰「嘔心吐膽」這句話就出於李商隱李賀小傳中所說的「嘔出心肝」。又按神思篇說：「張衡研京以十年，左思練都以一紀。」這是說：張衡寫二京賦，「精思博會，十年乃成」（據後漢書張衡傳）。左思作三都賦，「遂構思十稔，門庭藩溷，皆著紙筆，遇得一句，即疏之」。這和隱秀篇補文「煅歲煉年，奚能喻苦」，正可以互相印證。歐陽修六一詩話論周樸詩說，當時人稱周樸寫詩「月煆季鍊」，那比劉勰說的「煆歲煉年，奚能喻苦」分量要輕得多，不見得隱秀補文的「煆歲煉年」一句話是從歐陽修來的。見到隱秀篇和鍾嶸詩品卷上都曾稱班婕妤爲「匹婦」，就說隱秀篇補文是抄的詩品，尤其不成理由。至於紀批說：「稱淵明爲彭澤，乃唐人語，六朝但有徵士之稱，不稱其官也。」這尤其荒唐。鮑照鮑氏集卷四有效陶彭澤體詩一首，怎麽能説「六朝但有徵士之稱」呢？紀評所說「且隱秀三段，皆論詩而不論文，亦非此書之體」，這也是很武斷的。實際上具備「隱秀」這兩種風格特點的作品，主要是詩歌，那麽在這補文裏舉的隱秀的例子，都是詩篇和詩句，又有什麽與全書體例不合之處呢！

周汝昌文心雕龍隱秀篇舊疑新議（以下簡稱「新議」）：「他（紀昀）説『嘔心吐膽』這種話像是從李商隱所作的李賀小傳中『嘔出心肝』來的。又説『煅歲煉年』像是從歐陽修六一詩話中『歲煅季煉』而來的，等等。然而這僅僅是他的『疑』，而不曾另有良證確據。……難道不可以『疑』成相反的可能：李商隱所寫的那種怎見得就是『首創』……又安知不是從彦和之語化生而來的呢？……劉彦和説了很多『鏤心』（情采），『鐫思』（才略），『疏瀹五藏（臟）』（神思），『雕琢情性』（原道）的話，爲什麽紀氏不疑『詞殊不類』？爲什麽一到『嘔心』，便非説這是從李義山偷來的不可呢？……『左思練都以一紀』（神思），不是也和『煉年』相近嗎？爲什麽非説它是從歐陽修詩話偷來的不可呢？……

「紀氏的另一個疑點是：『且隱秀三段皆論詩而不論文，亦非此書之體。』這實在也不成爲很堅强的論據。比如比興篇，如何又去論傳記？聲律篇，怎麽又去繩經史？比興篇雖兼論詩賦，慨嘆賦不及詩，實以詩爲主眼。聲律自然也可包括銘贊之類，但主要精神仍然是説詩篇的事。……依此而言，『四百字』之内，又要立論，又要舉大量經史子集之種種例，那非得『宋本』原『脱兩板』才對了！紀氏的邏輯性都不嚴密，一先假定『匹婦』一語是偷自鍾嶸的，對不對他不管了，緊跟着就又判決：劉勰『成書於齊代』，怎麽會采及梁代鍾某之語？你看，這也成爲一條證嗎？

「最近的疑僞論證新提出的一條理由是，補文中的主張嘔心煅歲的刻意而求，與彥和『自然會妙』相違反，可見其僞。……這樣議論……可能太執一端了。試看，彥和本篇的結束就是『兩扇』并舉的，一是『自然會妙』，有如卉木耀英華；一是『潤色取美』，好比繒帛染朱綠。對這兩種隱秀，彥和並未軒輊，只說一個『淺而煒燁』，一個『深而繁鮮』，同是『照文苑』而『侈翰林』的。事實明明白白，天工人巧，常須湊泊，誰說彥和是主張一味『自然』的呢？

「其實，只要平心靜氣地讀讀補文，可以看出他是說，隱秀應爲立意之士、工辭之人所刻苦以求之事，而此人工，可侔天巧。這正是彥和的理論主張的一貫性。」

按皎然詩式卷一取境條說：「『不要苦思，苦思則傷自然之質。』此亦不然。夫不入虎穴，焉得虎子？取境之時，須至難至險，始見奇句。成篇之後，觀其氣貌，有似等閑，不思而得，此高手也。」文鏡秘府論論文意：「或曰：詩不要苦思，苦思則傷於天真。此甚不然。固須繹慮於險中，采奇於象外，狀飛動之句，寫冥奧之思。夫希世之珠，必出驪龍之頷，况通幽含變之文哉！但貴成章以後有其易貌，若不思而得也。『行行重行行，與君生別離』，此似易而難到之例也。」（按此條係引皎然詩議）宋何薳春渚紀聞卷七也說：「自昔詞人琢磨之苦，至有一字窮歲月，十年成一賦者。白樂天詩詞，疑皆沖口而成。及見今人所藏遺稿，塗竄甚多。」這都説明貌似自然的作品有些是鍛煉而來的。或謂：「鍛煉一詞，唐以前多用於給人製造罪名講。」恐也未必。論衡率性篇說：「冶工鍛煉，成爲銛利。」就不是給人製造罪名。劉勰對論衡是很熟悉的。爲什麽就不可以沿着這個路子，而用爲詩文的鍛煉呢？文學作品的鍛煉，主要指的是文字的修改加工。方干鄭明府詩：「文章鍛煉猶相似，年齒參差不較多。」就是指文句的加工。在詩文修改過程中，苦心鍛煉是不足爲奇的，何况是比較深隱的作品呢？

周注又謂：「劉勰在原道裏提出『自然之道』，在文體論、創作論裏多次提到『自然』，這是他論文的宗旨之一。因此『嘔心吐膽』，『鍛歲煉年』是違反他主張自然的論文宗旨的，不是他的意思。」

周汝昌新議：「文心一書，上半部是『文體』，下半部是『文術』。其中一篇，就叫總術，試聽其言：『凡精慮造文，各競新麗，多欲練辭，莫肯研術。』『才之能通，必資曉術。』『是以執術馭篇，似善弈之窮數；棄術任心，如博塞之邀遇。』……所以他的主張是：必須像弈者，『術有恒數，按部整伍，以待情會』。……可見他從來不曾倡導『純任自然』。就算是『自然會妙』吧，那也必須是精於文術的作家，作够了『按部整伍』的工夫之後，才能有『以待情會』的結果。……所以，在彦和看來，文學創作都是『精慮』而『造』，哪有真正不『慮』而成『文』的人和事呢？

「明白了這一點，那麼再看補文，就不應認爲它與彦和的『創作思想』『文藝理論』有什麼抵觸難通。補文中所顯示的層次是：

「（一）先比作烟靄、容華；（二）隨即指出烟靄容華是天然的，而文學並不是靠天然；（三）所以才要刻意於隱秀之方，研練之術；（四）這種『人巧』的文，也與『自然』同爲至美，所以說『不讓乎天工』，『有同乎神匠』了。

「在此，我們還應回顧彦和在剛一開卷就説的——『雲霞雕色，有踰畫工之妙；草木賁華，無待錦匠之奇』。而隱秀正謂『譬諸裁雲製霞，不讓乎天工；斲卉刻葩，有同乎神匠矣』。這一點也不是什麽『矛盾』『衝突』，正是相反相成，一事兩説。彦和意謂：天然的美，象是人間的良工巧匠畫出織成的那様綺麗，而人間的文，也正像天工神匠的創作品一般美妙了。我覺得，這正是常山之蛇，首尾相應，雖是互喻，却當然是以『人巧』的『文』爲主來講話的：連那『無識之物』都『鬱然有彩』，我們這『有心之器』反能『無文』嗎？這種語意，不煩多講而自明，但是却仍然有人誤會，以爲彦和是反對『畫工』『錦匠』者，只取一味『自然』。而因此之故隱秀補文乃爲大相逕庭云云。這就去事實太遠了吧。」

本篇補文的來源，已在文心雕龍板本叙録介紹徐𤊹校本、馮舒校本、曹批梅六次本和沈巖臨何焯批校本時作了説明。詳見拙撰文心雕龍的風格學中文心雕龍的隱秀論的第一部分文心雕龍隱秀篇補文的真僞問題。我們所以説本篇補文是根據宋本翻刻，主要是根據曹批梅六次校定本在本篇末尾所附朱謀㙔（鬱儀）的跋語。跋云：

「朱鬱儀曰：隱秀中脱數百字，旁求不得，梅子庾既以注而梓之。萬曆乙卯（一六一五年）夏海虞許子洽於錢功甫萬卷樓檢得宋刻，適存此篇，喜而録之，來過南州，出以示余，遂成完璧，因寫寄子庾補梓焉。子洽，名重熙，博奥士也，原本尚缺十三字，世必再有別本可續補者。」

從補刻的朱謀㙔隱秀篇跋語看來，錢功甫家藏書有「萬卷樓」之稱，錢功甫於萬曆甲寅（一六一四年）從阮華山買到宋刻本文心雕龍珍藏後，第二年（萬曆乙卯）許重熙就從他家裏過録，帶給朱謀㙔。錢謙益列朝詩集小傳閏集宗室十人：「寧藩中尉貞静先生謀㙔……明興以來……諸王子孫，好學修行，比西京之劉向者……未有如鬱儀者也。著書百有十二種，皆手自繕寫，稿至數易，未嘗假手小胥。」而且朱謀㙔從弱冠以來，「手抄雕龍，諷味不舍晝夜」。在一五九三年寫文心雕龍跋時，就説已下了三十多年的功夫，到一六一五年看到抄補的隱秀篇時，就已對文心雕龍這部書下了五十多年的功夫了。補的這四百多字如果是假的，豈能瞞得過朱謀㙔的眼力！

值得注意的是增補的隱秀下半篇兩板，字的刻法和原板有區别，其中「凡」字刻作「凢」，「盈」字刻作「盈」，「緑」字刻作「綠」，「煒」字刻作「焳」，都和其它各篇的這些字的筆畫不同。最特别的是「恒溺思於佳麗之鄉」的「恒」字缺筆作「恒」，這顯然是避宋真宗的諱。可見抄補隱秀篇時，就照着宋刻的原樣模寫，而梅子庾補刻這兩板時，也照着宋本的原樣補刻。

明朝中晚期還没有根據缺筆鑒定板本的風氣，假如阮華山作僞，怎麽會僞造得那麽周到呢？明朝人的確有僞造古書和亂改古書的事，但這多半是私家刻書坊幹的。像隱秀篇的補文，在萬曆年間迭經許多學者、藏書家和畢生校勘文心雕龍的專家鑒定校訂過，而且補文當中還有避宋諱缺筆的字，顯然是根據宋本傳抄翻刻的。而且假如明人僞造這段補文，儘可以完全補起來，爲什麽故弄玄虚，還要闕十三個字呢？如果硬説補文是明人僞造的，那麽朱謀㙔這段跋語也必然是僞造的。爲什麽這段跋語交代補文的來源這麽清楚，而且人證物證俱在。何况朱謀㙔是朱明王朝的宗室，這樣高貴的王孫，有誰敢僞造他的跋語呢？

楊明照謂宋本文心雕龍「不僅明清公私書目未見著録，其它文獻……也無一語提及」。其實不然。本篇上引補文的校語，字句頗有出入，根據不像出於一本。如何焯義門先生集卷九跋云：「隱秀篇自『始正而末奇』，至『朔風動秋草』『朔』字，元至正乙未刻於嘉禾者，即缺此一葉，此後諸刻仍之。胡孝轅、朱鬱儀皆不見完書，錢功甫得阮華山宋槧本鈔補，後歸虞山，而傳録於外甚少。康熙庚辰心友（名焯）弟從吴興賈人得一舊本，適有鈔補隱秀篇全文。」這個「舊本」，可能就是從宋本系統來的。

清吴騫拜經樓藏書題跋記卷四：「胡夏客曰：『隱秀篇書脱四百餘字，余家藏宋本獨完。』……夏客字宣子，海鹽人孝轅先生子也。然據所録補四百餘言，尚不無魯魚。爰復爲校訂，録於簡端。」楊明照根據何焯説胡夏客的父親胡震亨没有看見宋本文心雕龍，就斷定胡夏客家藏宋本文心雕龍也是假的。其實胡震亨没見過的本子，胡夏客完全可能入藏。朱謀㙔到了晚年才看到宋本文心雕龍，也説得很明確。至於説錢允治、朱謀㙔等爲什麽對宋本文心雕龍的其它篇章没有進行校勘，我們用馮舒的跋語來作答覆，那就是「别篇頗同此本」，用不着一一列舉了。

清盧文弨鍾山札記卷一：「劉彦和雕龍練字篇有云：『……傅毅製誄，已用淮雨；元長作序，亦有别風。』（今本脱此二句，宋本有之）」可見盧文弨也見過宋本。怎麽能説所有文獻「無一語提及」呢！

周汝昌新議：「若論此事，也不能孤立簡單地對待。今世所存『宋本』，作作統計，是否每部書都是前有來龍，後有去脈，著録分明，略未湮埋迷藏過的？有無忽得一宋本，未詳何自，而且非贋鼎可比的？因爲錢功甫第一次發現是『得阮華山宋本』，宋本者，應指刊本，而非影寫和抄寫本……抄本當可竄入明人僞託之文詞。若是刊本，是否有明仿宋板之書？或某書真有過全部基本宋板而個別篇頁抽换或楔入僞品之例？此在專家，考論若能加詳，説服自然較力，否則只執着於該書之『宋本』未詳來去之迹，即認爲『可疑』——進而斷其爲僞，恐怕從論證方法上説，是稍嫌粗略孟浪的。

「又如，有人説：『今所見元本，每半葉十行，行二十字，其款式當出宋本，則所脱一葉當爲四百字；今明人抄補者乃爲四百十一字，即此亦足以知其爲僞撰矣』云云。……斷讞者的依據是差了『十一字』，比四百字的涵量要『超溢』，而朱（謀㙔）氏清楚記明了許自錢處得宋刻原本實缺『十三字』。那麽，所謂缺十三字，不知是否都是『占了格子』的？如果缺文就是指文詞缺漏不具，那個所缺的『十三字』與所『溢』的『十一字』，豈不正説明問題？十一與十三之差只是兩個格子的事情，則可否是空格或墨釘的『占位』？……如果有可能是如所擬的情形，則『四百十一字』在那一板面上又是完全『容納』得下的了。」

札記：「案此紙亡於元時，則宋時尚得見之，惜少徵引者，惟張戒歲寒堂詩話引劉勰云：『情在詞外曰隱，狀溢目前曰秀。』此真隱秀篇之文。今本既云出於宋槧，何以遺此二言？然則贋跡至斯愈顯，不待考索文理而亦知之矣。」

周汝昌新議：「張戒在其詩話中，一共有兩次引及了彦和的文心，在卷上，有一處説：『劉勰云：因情造文，不爲文造情。』……劉彦和在什麽時候説過了『因情造文，不爲文造情』這樣的九個字的原文呢？——那麽……又是什麽理由使黄氏等人一眼認定並一口咬定那『隱秀逸文』十二個大字就是『宋本文心雕龍原文』，並且如此鐵案，不可動摇的呢？……

「張戒所謂的『情在詞外曰隱，狀溢目前曰秀』十二個字，不是原文，也可以從隱秀始終未逸之文來審辨。蓋彦和在文章開始，已經爲隱爲秀下了『界説』。即：『隱也者，文外之重旨者也。秀也者，篇中之獨拔者也。』以後又説：『夫隱之爲體，義生文外……』『〔彼波起辭間，是謂之秀……〕』（補逸文）那麽，劉彦和還要在『原文』中另一處第三次地爲隱秀下定義嗎？……張戒……所謂『情在詞外』，其實就是指原文的『義生文外』的話。……至於所謂『狀溢目前』則字面現象上是傳本文心此篇中所無的，可是已經補逸的文字中，則確乎有『遠山烟靄』『孌女容華』的比喻，又説：『揮之則有餘。』這不正就是『狀溢目前』的意思嗎？假令彦和原文實在只有『獨拔』和『卓絶』是説『秀』的話，那麽張戒這位宋人當然是留不下『狀溢目前』的印象了。」

又：「但是我並不是即此認爲鈔補之文毫無問題了。這問題主要表現爲缺字太多。……這些『空字』處，今存的補文都不高明，肯定是後來妄人爲『求全』而以意填入的。這些壞字，當然增加了紀昀等人的『詞殊不類』的感覺。……將所感覺到的疑點，統統歸結到一個『明人僞託』上去，實在是一個過於簡單化的、容易造成是非顛倒的思想方法。」

《中國古典文學叢書》已出書目

詩經今注	高亨注
楚辭集注	[宋]朱熹撰　黄靈庚點校
楚辭今注	湯炳正、李大明、李誠、熊良智注
司馬相如集校注	[漢]司馬相如著　金國永校注
揚雄集校注	[漢]揚雄著　張震澤校注
張衡詩文集校注	[漢]張衡著　張震澤校注
阮籍集	[魏]阮籍著　李志鈞等校點
陸機集校箋	[晉]陸機著　楊明校箋
陶淵明集校箋(修訂本)	[晉]陶潛著　龔斌校箋
世説新語箋疏(修訂本)	[南朝宋]劉義慶撰　余嘉錫箋疏　周祖譔等整理
世説新語校釋(增訂本)	[南朝宋]劉義慶撰　[南朝梁]劉孝標注　龔斌校釋
鮑參軍集注	[南朝宋]鮑照著　錢仲聯增補集説校
謝宣城集校注	[南朝齊]謝朓著　曹融南校注集説
江文通集校注	[南朝梁]江淹著　丁福林、楊勝朋校注
文心雕龍義證	[南朝梁]劉勰著　詹鍈義證
詩品集注(增訂本)	[梁]鍾嶸著　曹旭集注
文選	[梁]蕭統編　[唐]李善注

蕭繹集校注	[南朝梁]蕭繹著　陳志平、熊清元校注
玉臺新咏彙校	吴冠文、談蓓芳、章培恒彙校
王績集會校	[唐]王績著　韓理洲校點
王梵志詩校注(增訂本)	[唐]王梵志著　項楚校注
盧照鄰集箋注	[唐]盧照鄰著　祝尚書箋注
駱臨海集箋注	[唐]駱賓王著　[清]陳熙晉箋注
王子安集注	[唐]王勃著　[清]蔣清翊注
陳子昂集(修訂本)	[唐]陳子昂撰　徐鵬校點
孟浩然詩集箋注(增訂本)	[唐]孟浩然著　佟培基箋注
王右丞集箋注	[唐]王維著　[清]趙殿成箋注
李白集校注	[唐]李白著　瞿蜕園、朱金城校注
高適集校注(修訂本)	[唐]高適著　孫欽善校注
杜詩趙次公先後解輯校	[唐]杜甫著　[宋]趙次公注　林繼中輯校
新刊校定集注杜詩	[唐]杜甫著　[宋]郭知達輯注　聶巧平點校
新定杜工部草堂詩箋斠證	[唐]杜甫著　[宋]魯訔編　[宋]蔡夢弼會箋　曾祥波新定斠證
杜詩鏡銓	[唐]杜甫著　[清]楊倫箋注
錢注杜詩	[唐]杜甫著　[清]錢謙益箋注
杜甫集校注	[唐]杜甫著　謝思煒校注
岑參集校注	[唐]岑參著　陳鐵民、侯忠義校注
戴叔倫詩集校注	[唐]戴叔倫著　蔣寅校注
韋應物集校注(增訂本)	[唐]韋應物著　陶敏、王友勝校注
權德輿詩文集	[唐]權德輿撰　郭廣偉校點
王建詩集校注	[唐]王建著　尹占華校注
韓昌黎詩繫年集釋	[唐]韓愈著　錢仲聯集釋

韓昌黎文集校注	[唐]韓愈著　馬其昶校注 馬茂元整理
劉禹錫集箋證	[唐]劉禹錫著　瞿蜕園箋證
白居易集箋校	[唐]白居易著　朱金城箋校
柳宗元詩箋釋	[唐]柳宗元著　王國安箋釋
柳河東集	[唐]柳宗元著　[宋]廖瑩中輯注
元稹集校注	[唐]元稹著　周相録校注
長江集新校	[唐]賈島著　李嘉言新校
張祜詩集校注	[唐]張祜著　尹占華校注
三家評注李長吉歌詩	[唐]李賀著　[清]王琦等評注 蔣凡校點
樊川文集	[唐]杜牧著　陳允吉校點
樊川詩集注	[唐]杜牧著　[清]馮集梧注
温飛卿詩集箋注	[唐]温庭筠著　[清]曾益等箋注
玉谿生詩集箋注	[唐]李商隱著　[清]馮浩箋注 蔣凡校點
樊南文集	[唐]李商隱著　[清]馮浩詳注 錢振倫、錢振常箋注
皮子文藪	[唐]皮日休著　蕭滌非、鄭慶篤整理
鄭谷詩集箋注	[唐]鄭谷著 嚴壽澂、黄明、趙昌平箋注
韋莊集箋注	[五代]韋莊著　聶安福箋注
李璟李煜詞校注	[南唐]李璟、李煜著　詹安泰校注
張先集編年校注	[宋]張先著　吴熊和、沈松勤校注
二晏詞箋注	[宋]晏殊、晏幾道著　張草紉箋注
樂章集校箋	[宋]柳永著　陶然、姚逸超校箋
梅堯臣集編年校注	[宋]梅堯臣著　朱東潤編年校注
歐陽修詩文集校箋	[宋]歐陽修著　洪本健校箋

歐陽修詞校注	[宋]歐陽修著　胡可先、徐邁校注
蘇舜欽集	[宋]蘇舜欽著　沈文倬校點
嘉祐集箋注	[宋]蘇洵著　曾棗莊、金成禮箋注
王荆文公詩箋注(修訂版)	[宋]王安石著　[宋]李壁箋注 高克勤點校
王令集	[宋]王令著　沈文倬校點
蘇軾詩集合注	[宋]蘇軾著　[清]馮應榴注 黄任軻、朱懷春校點
東坡樂府箋	[宋]蘇軾著　[清]朱孝臧編年 龍榆生校箋
東坡詞傅幹注校證	[宋]蘇軾著　[宋]傅幹注 劉尚榮校證
欒城集	[宋]蘇轍著　曾棗莊、馬德富校點
山谷詩集注	[宋]黄庭堅著　[宋]任淵、史容、 史季温注　黄寶華點校
山谷詩注續補	[宋]黄庭堅著　陳永正、何澤棠注
山谷詞校注	[宋]黄庭堅著　馬興榮、祝振玉校注
淮海集箋注(修訂本)	[宋]秦觀撰　徐培均箋注
淮海居士長短句箋注	[宋]秦觀著　徐培均箋注
賀鑄詞集校注	[宋]賀鑄著　鍾振振校注
清真集箋注	[宋]周邦彦著　羅忼烈箋注
石門文字禪校注	[宋]釋惠洪撰　周裕鍇校注
石林詞箋注	[宋]葉夢得著　蔣哲倫箋注
樵歌校注	[宋]朱敦儒著　鄧子勉校注
李清照集箋注(修訂本)	[宋]李清照著　徐培均箋注
吕本中詩集箋注	[宋]吕本中著　祝尚書箋注
陳與義集校箋(附年譜)	[宋]陳與義著　白敦仁校箋
蘆川詞箋注(修訂本)	[宋]張元幹著　曹濟平箋注

朱淑真集校注	[宋]朱淑真著　[宋]鄭元佐注 任德魁校注
劍南詩稿校注	[宋]陸游著　錢仲聯校注
放翁詞編年箋注(增訂本)	[宋]陸游著　夏承燾、吴熊和箋注 陶然訂補
渭南文集箋校	[宋]陸游著　朱迎平箋校
范石湖集	[宋]范成大撰　富壽蓀標校
范成大集校箋	[宋]范成大撰　吴企明校箋
于湖居士文集	[宋]張孝祥著　徐鵬校點
稼軒詞編年箋注(定本)	[宋]辛棄疾撰　鄧廣銘箋注
辛棄疾詞校箋	[宋]辛棄疾著　吴企明校箋
姜白石詞編年箋校	[宋]姜夔著　夏承燾箋校
後村詞箋注	[宋]劉克莊著　錢仲聯箋注
劉辰翁詞校注	[宋]劉辰翁著　吴企明校注
瀛奎律髓彙評	[元]方回選評　李慶甲集評校點
雁門集	[元]薩都拉著 殷孟倫、朱廣祁校點
揭傒斯全集	[元]揭傒斯著　李夢生標校
高青丘集	[明]高啓著　[清]金檀注 徐澄宇、沈北宗校點
唐寅集	[明]唐寅著　周道振、張月尊輯校
文徵明集(增訂本)	[明]文徵明著　周道振輯校
震川先生集	[明]歸有光著　周本淳校點
海浮山堂詞稿	[明]馮惟敏著 凌景埏、謝伯陽標校
滄溟先生集	[明]李攀龍著　包敬第標校
梁辰魚集	[明]梁辰魚著　吴書蔭編集校點

沈璟集	[明]沈璟著　徐朔方輯校
湯顯祖詩文集	[明]湯顯祖著　徐朔方箋校
湯顯祖戲曲集	[明]湯顯祖著　錢南揚校點
白蘇齋類集	[明]袁宗道著　錢伯城校點
袁宏道集箋校	[明]袁宏道著　錢伯城箋校
珂雪齋集	[明]袁中道著　錢伯城點校
喻世明言會校本	[明]馮夢龍編著　李金泉點校
警世通言會校本	[明]馮夢龍編著　李金泉點校
醒世恒言會校本	[明]馮夢龍編著　李金泉點校
隱秀軒集	[明]鍾惺著　李先耕、崔重慶標校
譚元春集	[明]譚元春著　陳杏珍標校
張岱詩文集(增訂本)	[明]張岱著　夏咸淳輯校
陳子龍詩集	[明]陳子龍著　施蟄存、馬祖熙標校
夏完淳集箋校(修訂本)	[明]夏完淳著　白堅箋校
牧齋初學集	[清]錢謙益著　[清]錢曾箋注　錢仲聯標校
牧齋有學集	[清]錢謙益著　[清]錢曾箋注　錢仲聯標校
牧齋雜著	[清]錢謙益著　[清]錢曾箋注　錢仲聯標校
牧齋初學集詩注彙校	[清]錢謙益著　[清]錢曾箋注　卿朝暉輯校
李玉戲曲集	[清]李玉著　陳古虞、陳多、馬聖貴點校
吴梅村全集	[清]吴偉業著　李學穎集評標校
歸莊集	[清]歸莊著

顧亭林詩集彙注	[清]顧炎武著　王蘧常輯注 吴丕績標校
安雅堂全集	[清]宋琬著　馬祖熙標校
龔鼎孳詞校注	[清]龔鼎孳著　孫克强、鄧妙慈校注
吴嘉紀詩箋校	[清]吴嘉紀著　楊積慶箋校
陳維崧集	[清]陳維崧著　陳振鵬標點 李學穎校補
屈大均詩詞編年校箋	[清]屈大均著　陳永正等校箋
屈大均詞箋注	[清]屈大均著　陳永正箋注
秋笳集	[清]吴兆騫撰　麻守中校點
漁洋精華録集釋	[清]王士禛著 李毓芙、牟通、李茂肅整理
聊齋志異會校會注會評本	[清]蒲松齡著　張友鶴輯校
敬業堂詩集	[清]查慎行著　周劭標點
納蘭詞箋注	[清]納蘭性德著　張草紉箋注
方苞集	[清]方苞著　劉季高校點
樊榭山房集	[清]厲鶚著　[清]董兆熊注 陳九思標校
劉大櫆集	[清]劉大櫆著　吴孟復標點
儒林外史彙校彙評(增訂版)	[清]吴敬梓著　李漢秋輯校
小倉山房詩文集	[清]袁枚著　周本淳標校
忠雅堂集校箋	[清]蔣士銓著　邵海清校 李夢生箋
甌北集	[清]趙翼著　李學穎、曹光甫校點
惜抱軒詩文集	[清]姚鼐著　劉季高標校
兩當軒集	[清]黄景仁著　李國章校點
惲敬集	[清]惲敬著　萬陸、謝珊珊、林振岳 標校　林振岳集評

茗柯文編	[清]張惠言著　黄立新校點
瓶水齋詩集	[清]舒位著　曹光甫點校
龔自珍全集	[清]龔自珍著　王佩諍校點
龔自珍詩集編年校注	[清]龔自珍著　劉逸生、周錫䪖校注
水雲樓詩詞箋注	[清]蔣春霖著　劉勇剛箋注
人境廬詩草箋注	[清]黄遵憲著　錢仲聯箋注
嶺雲海日樓詩鈔	[清]丘逢甲著　丘鑄昌標點

文心雕龍義證

四

〔南朝梁〕劉勰 著

詹鍈 義證

上海古籍出版社

卷九

指瑕第四十一

顏氏家訓文章篇：「自子游、子夏、荀况、孟軻、枚乘、賈誼、蘇武、張衡、左思之儔，有盛名而免過患者，時復聞之，但其損敗居多耳。每嘗思之，原其所積，文章之體，標舉興會，發引性靈，使人矜伐，故忽於持操，果於進取。今世文士，此患彌切，一事愜當，一句清巧，神厲九霄，志凌千載，自吟自賞，不覺更有傍人。」

又：「吴均集有破鏡賦。昔者邑號朝歌，顏淵不舍；里名勝母，曾參斂襟：蓋忌夫惡名之傷實也。破鏡乃凶逆之獸，事見漢書，爲文幸避此名也。……梁世費旭詩云：『不知是耶非。』殷澐詩云：『飄颻雲母舟。』簡文曰：『旭既不識其父，澐又飄颻其母。』此雖悉古事，不可用也。世人或有文章引詩『伐鼓淵淵』者，宋書已有『屢遊』之誚，如此流比，幸須避之。北面事親，別舅摛渭陽之詠，堂上養老，送兄賦桓山之悲，皆大失也。舉此一隅，觸塗宜慎。……凡代人爲文，皆作彼語，理宜然矣。至于哀傷凶禍之辭，不可輒代。蔡邕爲胡金盈作母靈表頌曰：『悲母氏之不永，

然委我而夙喪。』又爲胡顥作其父銘曰：『葬我考議郎君。』袁三公頌曰：『猗歟我祖，出自有嬀。』王粲爲潘文則思親詩云：『躬此勞悴，鞠予小人，庶我顯妣，克保遐年。』而並載乎邕、粲之集，此例甚衆。……陳思王武帝誄，遂深『永蟄』之思；潘岳悼亡賦，乃愴手澤之遺：是方父於蟲，匹婦於考也。蔡邕楊秉碑云：『統大麓之重。』潘尼贈盧景宣詩云：『九五思龍飛。』……今爲此言，則朝廷之罪人也。王粲贈楊德祖詩云：『我君餞之，其樂洩洩。』不可妄施人子，況儲君乎？」

紀評：「文字之瑕，殊不勝指。此標舉數篇以示戒，毋以挂漏爲疑。」

札記：「此篇所指之瑕，凡爲六類：一、文義失當之瑕；二、比擬不類之瑕；三、字義依稀之瑕；四、語音犯忌之瑕；五、掠人美辭之瑕；六、注解謬誤之瑕。雖舉證稀闊，正宜引申以求。觀顏氏家訓、匡謬正俗諸書，知文士屬辭，實多瑕纇。古人往矣，誠宜爲之掩藏，然覆車之軌，無或重跡，別白書之，亦所以示鑒也。竊謂文章之瑕，大分五族，而注謬之瑕不與焉。一曰體瑕；二曰事瑕；三曰語瑕；四曰字瑕；五曰勦襲之瑕。體瑕者，王朗雜箴，乃置巾履；陳思文誄，旨言自陳是也。事瑕者，相如述葛天之歌，千唱萬和；曹洪謬高唐之事，不記綿駒是也。語瑕者，陳思之聖體浮輕，潘岳之將反如疑是也。字瑕者，詭異則若喲呶，依稀則若賞撫是也（以上舉例，皆本原書）。勦襲之瑕，蘇綽擬周書而作大誥，揚雄擬易而作太玄是也（此本顏君說）。總之，古人之瑕，不可不知，己文之瑕，亦不可不檢。元遺山詩曰：『撼樹蚍蜉自覺狂，書生技癢愛論量，老來留得詩千首，卻被何人較短長。』今之人欲指斥前瑕者，豈可不知斯旨哉！」

范注：「吾人屬文，志在行遠，而文字之疵瑕，與夫意義之疏誤，誰能自免？正賴同好之士，礱諸錯諸，以求完密。顏氏家訓文章篇云：『江南文制，欲人彈射；知有病累，隨即改之。』此其雅量，誠非山東鄙俗所能夢想者矣。竊謂評時人之文，不可稍雜意氣；評古人之文，不可略存成心；持商量之誠意，發和悅之德音；獻替臧否，孰不喜納？所謂雖古人復生，亦不得罪其誹謗者也。」

駱鴻凱文選學餘論二指瑕：「『夏后之璜，不能無纇，隨侯之璧，不能無瑕。自古在昔，先民有作，時或神思失照，檢括未周，豈無病累之句，以害錦繡之篇？知音君子爲之詆訶其非，不更文飾其過，斯固作者之諍友，後生之炯鑒也。昔陳思定敬禮之文，任昉削仲寶之牘，張融賦海，恨不道鹽，彥伯序征，益韻寫送，此得之並世，聞義則徙者也。顏監匡謬，掎摭及於末微；知幾點煩，丹黄爛其盈幅。此遇諸異代，摭實而談者也。彥和論文，亦嘗舉昔人之疵以誡後學，其言散見，諍難非一。復著指瑕專篇詳之。」案此引文「隋侯之璧」一語，即有用事之失，也是一「瑕」。

又：「吾觀文心一書，指摘創痏，歷詆前文，嘗舉王朗雜箴，『乃置巾履』（銘箴）；陳思文誄，『旨言自陳』（誄碑）；『聖體浮輕』，『浮輕有似於蝴蝶』；『尊靈永蟄』，『永蟄可擬於昆蟲』（指瑕，又金樓子立言篇亦有此語）。凡若此類，爲病非淺，而昭明概從裁汰，不入選樓。黄門初仕南朝，俗好擊難，家有詆訶，亦嘗著其說於家訓文章篇。……諸所彈射，言皆覈實。而是衆作，文選并刊削弗載。」

校釋：「觀舍人此篇所論，知文章漢魏以來，作家彌盛，篇章乃繁。疵累既生，糾彈遂出，此固事勢所必然，亦評文家之天責也。篇中所舉陳思、安仁之瑕，亦見金樓子及顏氏家訓，此序志篇所謂不以同爲病也。家訓文章篇尚有數條：吴均賦破鏡，則『擇題不慎』之瑕也；『是耶』『雲母』之句，則『聲音嫌疑』之瑕也；『伐鼓淵淵』之語，則『引詩不當』之瑕也；『渭陽桓山』之辭，則『用事訛濫』之瑕也；其譏蔡王之文，則『代言未允』之瑕也；斥『大麓』『九五』等語，則措詞失體之瑕也。凡此諸條，本篇雖未論及，亦在所當戒。蓋文章瑕疵，更僕難數，略陳梗概，所以示秉筆爲文，不宜疏略耳。」

斠詮：「文之瑕病亦多矣，彦和所指陳乃至顏訓所補述，特不過魏晉名家無意鑄成之過錯，或近世文士有心掉弄之玄虚，皆其犖犖大者而已，若就修辭細節而言，世人所易蹈故襲常之缺失，檢閲故籍，不一而足。」以下引傅隸樸中文修辭學第十四章疵累：「凡舉鋒犯、傷盡、背禮、繁蕪、簡失、雅謬、重複、矛盾、標異、語意未完等十一目，各先之以叙説，繼之以若干示例。」此外，章學誠古文十弊亦可互參。

管仲有言：「無翼而飛者聲也；無根而固者情也。」〔一〕然則聲不假翼，其飛甚易；情不待根，其固匪難〔二〕；以之垂文〔三〕，可不慎歟！

〔一〕札記：「案管子戒篇文曰：『管仲復于桓公曰：無翼而飛者聲也（注：出言門庭，千里必應，

故曰無翼而飛），無根而固者情也（注：同舟而濟，胡越不患異心，故曰無根而固），無方而富者生也。公亦固情謹聲，以嚴尊生，此謂道之榮。』案彦和引此，斷章取義，蓋以無翼而飛，無根而固，喻文之傳於久遠，易爲人所記識，即後文『文章歲久而彌光，若能櫽栝一朝，可以無慚千載』之意。亦即贊『斯言一玷，千載弗化』意。」

〔二〕校注：「『匪』，兩京本、胡本、文津本作『非』。按作『非』與金樓子立言下篇合。」斠詮：「『匪』『非』古通。説文通訓定聲：『匪，假借爲非。』廣雅釋詁四：『匪，非也。』」

〔三〕校注：「『垂』，兩京本、胡本作『綴』。按此爲申述上文之辭，作『綴』嫌泛。原道、諸子、程器三篇，並有『垂文』語。金樓子亦作『垂』。」郭注：「『之』，指聲與情。聲音有當與不當，即下文所説的『比語求蚩，反音取瑕』。情感有合禮與不合禮，如潘岳『悲内心』『傷弱子』。所以説：『以之垂文，可不慎歟？』」

古來文才〔一〕，異世爭驅〔二〕；或逸才以爽迅，或精思以纖密〔三〕，而慮動難圓〔四〕，鮮無瑕病〔五〕。

〔一〕「才」，金樓子立言下篇作「士」。按「才」字與下第二句複，當以作「士」爲長。

〔二〕校證：「兩京本『異』作『畢』。」

〔三〕二句意謂有的才華卓越，爽朗迅捷；有的思慮精純，用心細密。

〔四〕校注："『圓』，金樓子作『固』。按本書屢用『圓』字，『固』字蓋涉上文而誤。"校證："『圓』，金樓子立言下作『固』，『固』疑『周』譌。"考異："『圓』即『周』，諸本作『圓』，不誤。"札記："『慮動』二句，本陳思。"又："金樓子立言篇下有『管仲有言』，至『施之尊極，不其嗤乎』云云，與此篇校，但少『或逸才以爽迅』二句耳。"

〔五〕"慮動難圓，鮮無瑕病"，儘管有的人用思很精細，但思想活動總是難以面面俱到，所以很少没有毛病的。

以上爲第一段，論古來文學寫作，瑕疵爲常見現象，應當謹慎避免。

陳思之文，群才之俊也〔一〕，而武帝誄云"尊靈永蟄"，明帝頌云"聖體浮輕"〔二〕。浮輕有似於胡蝶〔三〕，永蟄頗疑於昆蟲〔四〕，施之尊極〔五〕，豈其當乎〔六〕！

〔一〕校證："『俊』，金樓子作『雋』，御覽五九六作『儁』。"校注："『儁』與『俊』同（見玉篇人部）；『雋』，『儁』之省。"

〔二〕訓故："陳思王集武帝誄：『幽闥一扃，尊靈永蟄。』冬至獻襪頌：『翱翔萬域，聖體浮輕。』"聖體指魏明帝。校證："案『聖體浮輕』，語出子建冬至獻襪頌，董斯張吹景集卷三『子建未可輕詆』原注已言之，劉氏誤引。"説文段注："凡蟲伏爲蟄。"

〔三〕校注："『浮輕』，御覽五九六引作『輕浮』；事文類聚別集五引同。按此『浮輕』與下文『永

蟄』，皆承接上文，不應彼此差池。金樓子亦作『浮輕』。」

校證：「『胡』，馮本、汪本、佘本、何允中本、日本活字本、梅本、凌本、梅六次本，鍾本、梁本……四庫本、王謨本、張松孫本、崇文本作『蝴』，御覽、事文類聚同。」按元刻本亦作「蝴」。明董斯張吹影集卷三「子建未可輕詆」條：「劉彦和文心雕龍，摘陳思瑕語，謂其誄武帝云『聖體浮輕』，誄明帝云『尊靈永蟄』（楊明照：按「聖體」「尊靈」二句當互易；「誄明帝」之「誄」當作「頌」），至以蝴蝶昆蟲譏之。案廣雅曰：『二氣相接，輕清爲天。』（楊注：按見釋天，「二」當作「三」）宣夜曰：『天無質，日月衆星自然浮生虚空之中。』（楊注：見書鈔卷一四九、御覽卷二等引抱朴子）以天擬父，蒼蒼者亦韓憑所化乎？繫辭云：『龍蛇之蟄，以存身也。』蟄龍不可以喻死君，則飛龍獨可以喻生君乎？文人相輕，直是不度德，不量力。今栲然其腹，而侈東莞之譏彈者，亦榆枋之笑也。」

〔四〕校注：「『疑』，金樓子作『擬』，御覽、事文類聚引同。按漢書何武王嘉師丹傳贊：『董賢之愛，疑於親戚。』顔注：『疑，讀曰擬；擬，比也。』意舍人此文，原是『疑』字。金樓子等作『擬』，蓋改引也。」

潘重規云：「『擬於』與『有似』義近。彦和此文但謂『浮輕』一詞有似描寫胡蝶，『永蟄』一詞有似叙述昆蟲。」（見斠詮引）顔氏家訓文章篇：「陳思王武帝誄，遂深永蟄之思；潘岳悼亡賦，乃愴手澤之遺：是方父於蟲，匹婦於考也。」趙注：「岳集所載悼亡賦無此句。」郝懿行顔

氏家訓斠記文章篇「陳思王武帝誄遂深永蟄之思潘岳悼亡賦乃愴手澤之遺」條：「案文心雕龍指瑕篇云：『永蟄頗疑於昆蟲。』又云：『潘岳悲内兄，則云感口澤。』此云悼亡賦愴手澤，今檢潘集，都未見此二語，何也？」文鏡秘府論十四例：「輕重錯謬之例：陳王之誄武帝，遂稱『尊靈永蟄』；孫楚哀人臣，乃云『奄忽登遐』（子荆王驃騎誄。此錯謬一例也，見顔氏傳）。」

〔五〕斠詮：「尊極，指父與君言。禮記喪服小記：『養尊者必易服。』鄭注：『尊謂父兄。』君位曰極，如登極，取至高無上之意。」

綴補：「事文類聚引『之』作『於』，義同。」

〔六〕「豈其當乎」，校注：「金樓子作『不其嗤乎』。按御覽、事文類聚引並作『不其蚩（與嗤通）乎』，與金樓子合。」考異：「蚩、當皆通……兩存爲是。」校證：「顧校『其』作『有』。」

左思七諷〔一〕，説孝而不從〔二〕，反道若斯〔三〕，餘不足觀矣〔四〕。潘岳爲才，善於哀文〔五〕，然悲内兄，則云感口澤〔六〕，傷弱子，則云心如疑〔七〕。禮文在尊極〔八〕，而施之下流〔九〕，辭雖足哀，義斯替矣〔一〇〕。

〔一〕札記：「左思七諷，今無考，然六朝人實有太不避忌者。」范注：「左思七諷文已殘佚，説孝語無可考見。」

〔二〕「説孝而不從」，文心雕龍注訂：「此語即論語『子曰無違』旨。」

〔三〕校注：「『道』，文通二五引作『古』。按雜文篇：『自桓麟七説以下，左思七諷以上……或文麗而義睽，或理粹而辭駁……唯七厲叙賢，歸以儒道。』則七諷之『説孝不從』，當是違反『儒道』。原道篇贊『炳燿仁孝』，諸子篇『至如商韓，六蝨五蠹，棄孝廢仁』，程器篇『黄香之淳孝』，足見舍人爲重視『孝』者，故以『反道』評之。若作『古』，則非其指矣。」

〔四〕論語泰伯：「子曰：如有周公之才之美，使驕且吝，其餘不足觀也矣。」

〔五〕校注：「按王隱晉書：『潘岳善屬文，哀誄之妙，古今莫比，一時所推。』（書鈔一百二引）晉書潘岳傳説潘岳『尤善爲哀誄之文』。哀弔篇説潘岳的哀辭『義直而文婉，體舊而趣新，金鹿、澤蘭，莫之或繼也』。」

〔六〕訓故：「禮玉藻：父没而不能讀父之書，手澤存焉爾。母没而杯圈不能飲焉，口澤之氣存焉爾。」范注：「案潘岳悲内兄文，今已無考。」李笠中國文學述評：「惟潘集悼亡賦無『手澤』云云，劉謂悲内兄或近是。」

〔七〕訓故：「檀弓：孔子觀送葬者曰：善哉爲喪乎……其往也如慕，其反也如疑。潘岳金鹿哀辭：『將反如疑，回首長顧。』金鹿，岳幼子也。」校注：「曹植於其首女金瓠之殤所作哀辭，有『悲弱子之無愆』（曹集九）語，是『弱子』爲嬰孩通稱。」

斠詮：「如疑，語本禮記檀弓：『孔子在衛，有送葬者，而夫子觀之曰：「善哉爲喪乎，足以爲德矣；小子識之。」子貢曰：「夫子何善爾也？」曰：「其往也如慕，其反也如疑。」』鄭注：『慕，謂小兒隨父母啼呼；疑者，哀親之在彼，如不欲還然。』孔疏：『疑者，謂凡人意有所疑，則徬徨不進，今孝則哀親在外，不知神之來否，如不欲還然，故如疑。問喪云：「其反也如疑。」鄭注云：「疑者，不知神之來否。」與此相兼乃是。』」按潘文或指將反時，如疑心金鹿還没有死，未必是用禮記典故。

〔八〕牟注：「禮，指禮記。尊極，這裏指父母。詔策篇曾説：『君父至尊，在三罔極。』本篇所用兩個『尊極』，都和『至尊』義同，可用以指君，也可用以指父母。」

〔九〕楊樹達漢文文言修辭學附録文病若干事：「按金鹿乃岳幼子，故劉云施之下流。」

〔一〇〕斠詮：「替，廢滅之義。書大誥：『不敢替帝命。』舊傳：『不敢廢天命。』國語周語：『令德替。』韋注：『替，滅也。』」

若夫君子擬人，必於其倫〔一〕，而崔瑗之誄李公〔二〕，比行於黄虞〔三〕，向秀之賦嵇生，方罪於李斯〔四〕；與其失也，雖寧僭無濫〔五〕，然高厚之詩，不類甚矣〔六〕。

〔一〕校注：「禮記曲禮下：『儗人必于其倫。』鄭注：『儗猶比也。』是『擬』當作『儗』，始與曲禮合。歷代賦話續集（十四）引作『儗』，蓋意改也。」

〔二〕札記：「文無考。然漢文多有此類，不足爲嫌。」范注：「後漢書謝夷吾傳載班固薦表，崔文當亦此類。」按頌讚篇：「又崔瑗文學……雖致美於序，而簡約乎篇。」誄碑篇：「孝山、崔瑗，辨絜相參。觀其序事如傳，辭靡律調，固誄之才也。」書記篇：「逮後漢書記，則崔瑗尤善。」

校注：「按子玉誄文已佚。以其時考之，『李公』未審爲李固否？固曾爲太尉，且有盛名（見後漢書郎顗傳及固本傳），對瑗亦極推崇（見後漢書瑗本傳）。見誅後，瑗爲之作誄，諒合情理。」

後漢書崔瑗傳：「時李固爲太山太守，美瑗文雅，奉書禮致殷勤。」周注：「李公當指李固，爲後漢大臣，以正論忤梁冀被害。用他來比黃帝、虞舜，實非其倫。」

牟注：「與崔瑗（公元七八——一四三年）同時的『李公』（姓李而爲三公者），有三：李修、李郃、李固。李固卒於一四七年，李修爲太尉在公元一一一至一一四年，略早；李郃在公元一一七至一二六年兩度爲司空、司徒，所以指李郃的可能性較大。」

〔三〕校注：「『黃、虞』，謂黃帝、虞舜。漢書王莽傳贊：『而莽晏然，自以黃、虞復出也。』文選揚雄劇秦美新：『著黃、虞之裔。』陶淵明集贈羊長史詩：『慨然念黃、虞。』」

〔四〕訓故：「向秀傳：嵇康被誅，秀作思舊賦云：昔李斯之受罪兮，嘆黃犬而長吟。悼嵇生之永辭兮，顧日影而彈琴。」

文選思舊賦李善注：「史記曰：『趙高治斯，榜掠千餘，不勝痛，自誣服。……乃具斯五刑，論要斬咸陽。斯出獄與其中子三川守由俱執，顧謂其中子曰：「吾欲與若復取黄犬出上蔡東門逐狡兔，豈可得乎？」遂父子相哭，夷三族。』文士傳云：『嵇康臨死，顔色不變，謂兄曰：「向以琴來不？」兄曰：「已來。」康取調之，爲太平引。曲成，嘆息曰：「太平引絶於今日邪？」』」

文選學餘論二指瑕：「按思舊賦云：『昔李斯之受罪兮，嘆黄犬而長吟。悼嵇生之永辭兮，顧日影而彈琴。』此以李相之臨死張皇，反形叔夜之從容就戮。正言叔夜勝於李相，非以嘆黄犬媲顧影彈琴也。彦和説誤。」

〔五〕校證：「『僭』原作『降』，梅據孫汝澄改。」梅注：「左傳：蔡聲子曰：歸生聞之，善爲國者，賞不僭而刑不濫。賞僭則懼及淫人，刑濫則懼及善人。若不幸而過，寧僭無濫。與其失善，寧其利淫。」按此見襄公二十六年。

范注：「寧僭，謂崔瑗之誄李公；無濫，謂向秀之賦嵇生。左傳哀五年杜注：『僭，差也。濫，溢也。』」

〔六〕校證：「『厚』原作『原』，馮校云：『原當作厚。』黄注本改。」校注：「按黄氏改『原』爲『厚』是。高厚之詩不類，見左傳襄公十六年。」黄注：「左傳：晉侯與諸侯宴于温，使諸大夫舞，曰：歌詩必類。齊高厚之詩不類。」左傳襄公十六年：「晉侯與諸侯宴於温，使諸大夫舞，曰：

『詩歌必類。』齊高厚之詩不類。荀偃怒且曰：『諸侯有異志矣。』使諸大夫盟高厚，高厚逃歸。」杜注：「齊有二心故。」孔疏：「歌古詩，各從其恩好之義類，高厚所歌之詩，獨不取恩好之義類，故杜云齊有二心。劉炫云：『歌詩不類，知有二心者，不服晉，故違其令。違其令，是有二心也。』」

雜記：「左傳襄十六年：『齊高厚之詩不類。』彥和引此，乃結束上文擬不於倫之意。」

牟注：「這裏是借用高厚故事，用『不類甚矣』表示雖不得已時，可以『寧僭無濫』，但所比不能過分不倫不類。」

凡巧言易標，拙辭難隱，斯言之玷，實深白圭〔一〕，繁例難載，故略舉四條〔二〕。

〔一〕校注：「按詩大雅抑：『白圭之玷，尚可磨也；斯言之玷，不可爲也。』毛傳：『玷，缺也。』」斯波六郎：「春秋左氏傳僖公九年：『君子曰，詩所謂白圭之玷，尚可磨也；斯言之玷，不可爲也。』杜注：『言此言之缺難治，甚於白圭。』」

〔二〕范注：「陳思比尊于微，一也；左思反道，二也；潘岳稱卑如尊，三也；崔、向僭濫，四也。」以上爲第二段，舉魏晉文人的作品爲例指出四條毛病：一是用詞不當，二是論孝反道，三是尊卑不分，四是比擬不倫。

若夫立文之道〔一〕，惟字與義。字以訓正，義以理宣〔二〕，而晉末篇章，依希其

旨〔三〕，始有賞際奇至之言〔四〕，終有撫叩酬即之語〔五〕，每單舉一字，指以爲情〔六〕。夫賞訓錫賚，豈關心解〔七〕？撫訓執握，何預情理〔八〕？雅頌未聞〔九〕，漢魏莫用，懸領似如可辯，課文了不成義〔一〇〕，斯實情訛之所變，文澆之致弊〔一一〕。而宋來才英，未之或改，舊染成俗，非一朝也〔一二〕。

〔一〕「道」指門徑、方法。左傳定公五年：「吾未知吳道。」注：「道猶法術也。」

〔二〕注訂：「字得訓解而後確，義必循理而後揚也。」斠詮：「言用字以順訓得其正解，命義以合理獲所宣達也。」

〔三〕校證：「兩京本『希』作『稀』。」元刻本作「俙」。注訂：「『希』通『稀』。」范文瀾云：「依希其旨，即語意模糊不清。」（中國通史簡編三編二册）

〔四〕校證：「『始』，何允中本，日本活字本，鍾本，梁本誤『斯』。文通『賞』作『實』。案文選沈休文宋書謝靈運傳論『諷高歷賞』（此事黄侃所舉），任彦昇王文憲集序『綴賞無地』，謝靈運擬魏太子鄴中集詩序『賞心樂事』，如此之等，上非故訓，下異方言，相沿習用，不以爲異；而當時驟讀，頗費摸索，故彦和謂之情澆文訛也。文通作『實』，誤。」

札記：「『賞際奇至』『撫叩酬即』二語，今不知所出。」范注：「此節……聊引世説新語數事説之。賞際奇至（『至』疑當作『致』）或即如文學篇：『謝公因子弟集聚，問毛詩何句最佳。遏

稱曰：「昔我往矣，楊柳依依，今我來思，雨雪霏霏。」公曰：「訏謨定命，遠猷辰告。」謂此句偏有雅人深致。』詩三百篇似不得單指一二句以爲最佳，然各以己之所喜，謂有深致，似尚無大過。又如劉注引郭璞別傳曰：『璞奇博多通，文藻粲麗，才學賞豫，足參上流。』又：『孫興公作庾公誄。袁羊曰：見此張緩。於時以爲名賞。』晉書文苑顧愷之傳：『嘗爲箏賦成，謂人曰：吾賦之比嵇康琴，不賞者必以後出相遺；深識者亦當以高奇見賞。』六朝人好言賞，然如上例，似不應致譏。……或其甚者，竟舉一字以爲賞。李諤上書謂『爭一字之巧』殆指此歟！」注訂：「賞際奇至此言文成當賞鑑之際，而有驚奇高至之感，至猶致也。」斠詮：「賞際奇至，猶言『賞會奇致』，亦即『欣賞領會奇異情致』之意也。際，說文：『壁會也。』段注：『兩墻相合之縫也。』廣雅釋詁四：『際，會也。』賞際，猶言賞會，宋書謝弘微傳：『唯與族子靈運、瞻、曜、弘微，並以文義賞會。』『至』，與『致』通。莊子外物：『然則厠足而墊之致黄泉。』釋文：『致，至也，本亦作至。』禮記禮器：『禮也者，物之致也。』鄭注：『致之言至也。奇致，猶言奇趣。』字彙：『致，趣也。』南史蕭範傳：『招集文士，率意題章，亦時有奇致。』謝朓敬亭山詩：『要欲追奇趣，即此陵丹梯。』」

〔五〕校證：「『有』原作『無』，鈴木云：『當作有。』案作『有』義長，今據改。」又：「『即』，謝云：『當作酢。』文通作『酢』。案文選謝靈運南樓望所遲客云『即事怨睽攜』，沈休文鍾山詩應西陽王教云『即事既多美』，謝玄暉敬亭山詩云『即此陵丹梯』，當即彦和所指，不當作『酢』。日本刊

本『即』移『酬』上。」

范注：「札記曰：『無當作有。』謝校曰：『即當作酢。』……撫叩酬酢，或即如（世説）言語篇：『顧司空未知名，詣王丞相。丞相小極，對之疲睡。顧思所以叩會之，因謂同坐曰：「昔每聞元公（顧榮）道公協贊中宗，保全江表，體小不安，令人喘息。」丞相因覺，謂顧曰：「此子珪璋特達，機警有鋒。」』」

斠詮作「終有撫叩即酬之語」，校云：「『即酬』原倒作『酬即』，據鈴木引岡本乙正。」「撫叩即酬，猶言隨機叩問，即口酬答也。撫，讀如『撫今思昔』之撫。説文：『撫，一曰揗也。』説文『揗』字段注：『廣雅釋詁曰：「循，順也。」今人撫循字，古蓋作揗。』説文通訓定聲：『揗，段借爲循。』揗、順皆隨義。酬即酬酢，有應對之義。蒼頡篇：『主答客曰酬，客酬主人曰酢。』易繫辭上：『是故與酬酢。』注：『酬酢，猶應對也。』沈約與范述曾詩：『仰酬睿旨。』……謝靈運應暘詩：『調笑輒酬答，嘲謔無慚沮。』」

〔六〕范注：「單舉一字，指以爲情，或即如（世説（排調篇：『庾園客詣孫監，值行，見齊莊在外，尚幼而有神意。庾試之曰：「孫安國何在？」即答曰：「庾稺恭家。」庾大笑曰：「諸孫大盛，有兒如此。」又答曰：「未若諸庾之翼翼。」還語人曰：「我故勝，得重喚奴父名。」』注引孫放別傳曰：『放應機制勝，時人仰焉。』」

郭注：「『單舉一字』，即不言『賞際』，單説『賞』；不言『撫叩』，單説『撫』。『指以爲情』，謂用

一字表達二字之義。」

斠詮直解爲：「主客問對之時，往往但對片言單字，指事類情，以相嘲謔也。」

〔七〕范注：「說文：『賞，賜有功也。』廣雅釋詁三：『撫，持也。』」札記：「夫賞訓錫賚四句用賞者，如沈休文宋書謝靈運傳論之『飆高歷賞』；用撫者，如傅季友爲宋公修張良廟教之『撫事彌深』。」

雜記：「案屈原懷沙有『撫情效志』語。」

爾雅釋詁：「錫，賜也。」「賚，予也。」「賚」，說文亦訓賜。

牟注：「心解，内心領會。禮記學記：『雖終業，其去之必速。』鄭注：『學不心解，則亡之易。』」

校注：「文選謝靈運遊南亭詩『賞心唯良知』，又鄴中集詩序『賞心樂事』，謝朓之宣城出新林浦向板橋詩『賞心於此遇』，沈約游沈道士館詩『寄言賞心客』，任昉王文憲集序『綴賞無地』，並用賞字關心解之例。又按漢書酷吏尹賞傳：『尹賞，字子心。』古人立字，展名取同義。是賞關心解，漢人已用矣。」

〔八〕校注：「文選傅亮爲宋公修張良廟教『微管之歎，撫事彌深』，又『撫事懷人』，謝靈運從游京口北固應詔詩『撫志慚場苗』，顏延之宋文皇帝元皇后哀策文『撫存悼亡』，並用『撫』字預情理之例。」

斠詮：「撫，廣雅釋詁訓持。而執，持也，見詩簡兮『左手執籥』句鄭箋。廣雅釋詁亦訓持。漢書食貨志：『輕微易藏，在乎把握。』是撫之本訓爲執持掌握也。」又：「情理，謂情趣理會，此處二字上名下動，非平行複合詞，與上文『心解』一詞相對。後漢書廉范傳：『情理之樞，亦有開塞之感焉。』」

〔九〕郭注：「撫訓執揗，本訓也；撫訓撫問、垂詢，引申義也；故云：『撫訓執握，何預情理。』」

校釋：「『始有賞際奇至之言』二句，頗難索解。覩下文獨標『賞』『撫』二字，用相詆訶，則晉人文中，或有『賞際奇至』『撫叩酬酢』等詞，舍人病其用字訛義，致意義依希。然以錫賚作心解之意，用執握指情理爲言，乃文家引申本義而用之之法，初不必爲瑕累。蓋一字初本一義，及文家轉相引申，而後數義一字。如都本先王宗廟所在地，而詩有『洵美且都』，則以爲都閑矣；史記有『姣冶嫺都』，則以爲都雅矣。蓋都城爲人物萃薈之地，才質閑美者衆，異於他方，故引申爲閑雅之義。……以此論彼，事同一例，不得曰『雅頌未聞』也。」

向長清文心雕龍淺釋譯此數語云：「開始時有『賞』、『際』、『奇』、『至』這樣的字眼，後來又有『撫』、『叩』、『酬』、『酢』這樣的語言。每單單舉一字，就認爲它能表示一種情理。例如『賞』字，世説新語有『于時以爲名賞』；又如『撫』字，傅季友爲宋公修張良廟教中便有『撫事彌深』。『賞』字本來訓爲『錫』和『賚』，『撫』則訓爲『執』和『握』，這和他們所謂的心解和情理又有什麽關係？沈約宋書謝靈運傳論中的『飆高歷賞』，郭璞别傳的『才學賞豫』，傅季友爲宋

公修張良廟教的『撫事彌深』，其中的『賞』字和『撫』字，指的都不是賞賜與持握，簡直不知所云。以上所舉的『賞』、『際』、『奇』、『至』與『撫』、『叩』、『酬』、『酢』的含義，都是雅頌中所無，漢魏時代的文士所未嘗用過的。」

校注：「此段專就文字訓詁言，『頌』，疑當作『頡』。『雅』，謂爾雅；『頡』，謂倉頡篇也。」

〔一〇〕郭注：「懸領，猶言憑空領會。課，責也，引申有推求之義。課文，推敲文字。」

〔一一〕斠詮：「情訛，猶言情僞。詩小雅正月：『民之訛言，亦孔之將。』鄭箋：『訛，僞也。』澆，猶言文薄。文選李康運命論：『文薄之弊，漸於靈景。』翰注：『文德之澆薄。』」

札記：「案晉來用字有三弊：一曰造語依稀，如『賞』『撫』二字之外，戒嚴曰『纂嚴』，送別曰『瞻送』，解識曰『領悟』，契合曰『會心』。至如品藻稱譽之詞，尤爲模略，如嵇紹劭長，高坐淵箸，王微邁上，卞壼峯距，王恭亭亭直上，王忱羅羅清疎，叩其實義，殊欠分明，而世俗相傳，初不撢究。二曰用字重複，容貌姿美，見於魏書，文豔博富，亦載國志，此皆三字稠疊；兩字複語，尤難悉數。三曰用典飾濫，呼徵質曰『周鄭』，謂霍光爲『博陸』，言食則『糊口』，道錢則『孔方』，稱兄則『孔懷』，論婚則『宴爾』，求莫而用爲『求瘼』，計偕而以爲『計階』，轉相祖述，安施失所，比喻乖方，斯亦彥和所云文澆之致弊也。」

駱鴻凱文選學餘論二指瑕：「按用『賞』者，文選如沈休文宋書謝靈運論傳之『諷高歷賞』，任彥昇王文憲集序之『綴賞無地』（謝靈運擬魏太子鄴中集詩序亦有「賞心」之語）。用『撫』

者，如傅季友爲宋公修張良廟教之『撫事懷人』，爲宋公求加贈劉前將軍表之『撫事永念』。用『即』者，如謝靈運南樓中望所遲客之『即事怨睽攜』，沈休文遊鍾山詩之『即事既多美』，謝玄暉敬亭山詩之『即此陵丹梯』。此類上非故訓，下異方言，後人沿習，不以爲異。而當時驟讀，頗費摸索。謂之『情訛』『文澆』，非過語也。」

注訂：「此節專論『單舉一字，指以爲情』之非。特舉『賞』『撫』二字爲例，所謂『情訛』『文澆』者是也。」

曹學佺批：「此段駁得不是。」

〔三〕斯波六郎：「尚書胤征：『舊染汙俗，咸與惟新。』」

近代辭人，率多猜忌，至乃比語求蚩〔一〕，反音取瑕〔二〕，雖不屑於古，而有擇於今焉〔三〕。

〔一〕校證：「何允中本、日本活字本、鍾本、梁本、日本刊本『蚩』作『媸』。」

牟注：「比語：和字音相同或相近的字並列。蚩：缺點。」

〔二〕札記：「金樓子雜記篇上云：『宋玉戲太宰屢游之談，流連反語，遂有鮑照伐鼓、孝綽布武、韋粲浮柱之作。』（案「伐」「布」「浮」皆雙聲，惟「布」今屬于幫紐，清濁小異，然則三語一也。）顏氏家訓文章篇云：『世人或有文章引詩「伐鼓淵淵」者，宋玉已有屢游之誚（案此事今無

考）。如此流比，幸須避之。』此云『比語』『反音』者，如吴志『成子閣』反『石子岡』，晉書『清暑』反『楚聲』，宋書『袁愍孫』反『殞門』，齊書『東田』反『癲童』，『舊宮』反『窮廐』，梁書『鹿子開』反『來子哭』，南史『叔寶』反『少福』，此所謂求蚩取瑕也。（此所謂比語求蚩，只在比語反音，而唐宋以來，並忌字音，如宋人笑「德邁九皇」爲「賣韭黄」，明太祖疑「爲世作則」爲「爲世作賊」。）然則彦和云『不屑於古，有擇於今』者，豈虚也哉！」

札記注「高厚之詩不類」云：「六朝人常好引此事以譏人。金樓子雜記篇上：『何僧智者，嘗于任昉坐賦詩而言其詩。任云：「卿詩可謂高厚。」何大怒曰：「遂以我爲狗號！」（高厚切狗，厚高切號）任逐後解説，遂不相領。』」

校釋：「比語：按諸本皆作『比』，疑切字之誤，下言反音，詞異義同，皆指其時反切之學也。」又：「切語求蚩，反音取瑕，實當時之習尚。蓋音韻之學初興，文人多習反切之語，至用相戲謔，有因而生隙者，故舍人舉以爲戒。觀金樓子所記數事可知也。」

范注：「反音取瑕，如『高厚』、『伐鼓』之類是。比語求蚩，如『是耶非』、『雲母舟』之類是。金樓子捷對篇云：『羊戎好爲雙聲，江夏王設齋使戎鋪坐。戎曰：「官教前床，可開八尺。」王曰：「開床小狹。」戎復曰：「官家恨狹，更廣八分。」又對文帝曰：「金溝清泚，銅池摇漾，既佳光景，當得劇基。」』洛陽伽藍記載郭氏婢對人曰：『郭冠軍家。』其人曰：『此婢雙聲。』婢曰：『儜奴慢駡。』此即周顒體語之類。亦與反語同爲言語聲變之法；而六朝南北皆有此風

習矣。」

顔氏家訓文章篇：「梁世費旭詩云：『不知是耶非？』殷澐詩云：『飖颺雲母舟。』簡文曰：『旭既不識其父，澐又飄颺其母。』此雖悉古事，不可用也。世人或有文章引詩『伐鼓淵淵』者，宋書（一本作「宋玉」，當誤）已有屢游之誚；如此流比，幸須避之。」王利器集解：「『是耶』之『耶』爲父，『雲母』之『母』爲母，即比語求蚩之證；下文『伐鼓』又反音取瑕之證也，此皆所謂『諱避精詳』者也。」

雜記：「顧炎武云：南北朝人作反語，多是雙反，韻家謂之正紐倒紐。史之所載，如晉孝武帝作清暑殿，有識者以清暑反爲楚聲。楚聲爲清，聲楚爲暑也。宋明帝多忌，袁粲舊名袁愍，爲隕門。」

〔三〕范注：「彦和云：『不屑於古，有擇於今。』謂此雖不雅，然習俗爲是，作者亦不可不留意，以免世之猜忌也。」

注訂：「率多猜忌——率用比辭反音，施之於文，情近諧謔，猜忌易生也。故云：『不屑於古，有擇於今焉。』有擇者，戒濫用也。文鏡秘府論西卷：『翻語病者，正言是佳詞，反語則深累是也。如鮑明遠詩云：「鷄鳴關吏起，伐鼓早通晨。」「伐鼓」正言是佳詞，反語則不祥，是其病也。崔氏云：「伐鼓反語腐骨，是其病。」』」

斯波六郎：「案范氏釋『不屑於古』爲不雅，此寧謂與『不顧於古』意略同，謂『比語、反音之

事，不顧古之問題』之意。『不屑』與『不顧』相近，從序志第五十『同之與異，不屑古今』之用例可知。」

劉勰指摘他那個時代的文人「率多猜忌」，利用反切音的方法來諷刺別人，係這種輕薄的作風，他認爲是古人不屑爲的。

牟注：「上舉諸忌，古代是没有的，如漢武帝李夫人歌中曾説『是耶非耶』；詩經小雅采芑中的『伐鼓淵淵』等。」

又製同他文，理宜刪革，若排人美辭〔一〕，以爲己力〔二〕，寶玉大弓，終非其有〔三〕。全寫則揭篋，傍采則探囊〔四〕，然世遠者太輕，時同者爲尤矣〔五〕。

〔一〕「刪革」，刪節改變。校注：「『排』，黄校云：『王本作掠。』何焯云：『排，疑作採。』按説文手部：『排，擠也。』廣雅釋詁三：『排，推也。』其訓與此均不愜，當以作『掠』爲是。左傳昭公十四年：『己惡而掠美爲昏。』杜注：『掠，取也。』詁此正合。若作『排』，則與下幾句文不屬矣。」校證：「『排』王惟儉本作『掠』。吴云：疑作『採』。」斯波六郎：「作『掠』者應從。」

〔二〕校注：「按左傳僖公二十四年：『竊人之財，猶謂之盜；况貪天之功，以爲己力乎？』」

〔三〕黄注：「春秋：『盜竊寶玉大弓。』左傳杜氏注：『盜謂陽虎也。寶玉，夏后氏之璜；大弓，封父之繁弱。』」校注：「按黄、范兩家注均止引春秋經定公八年『盜竊寶玉大弓』以注，於義未

備。當再引九年『得寶玉大弓』句，『終非其有』之意始明。」

春秋經定公八年：「盜竊寶玉大弓。」杜注：「盜謂陽虎也。……寶玉，夏后氏之璜；大弓，封父之繁弱（弓名）。」左傳定公八年：「陽虎劫公與武叔，以伐孟氏。……陽氏敗。陽虎脱甲，如公宫，取寶玉大弓以出。」九年：「夏，陽虎歸寶玉大弓。」杜注：「無益近用，而只爲名，故歸之。」左傳會箋：「陽虎取本國之重器，將以賂外國以求容，徐思其不義之甚，故歸之。」陔餘叢考卷四十「竊人著述」條：「顧寧人謂：昔人著述，往往自藏其名而托之於古人，如張霸『百二尚書』之類（見日知録卷十八）。今人則好竊人詩文以爲己作，此誠風尚之愈變愈下也。然昔人亦有竊人著作者，蔡邕疏云：『今待詔之士，或竊成文，虚冒姓氏。』（見後漢書蔡邕傳）是漢末已有此風。世説：『向秀注莊子未竟而卒，郭象遂竊爲己注。』（文學篇）劉勰亦云：『排人美詞，以爲己力，寶玉大弓，終非己有。』」

〔四〕訓故：「莊子：將爲胠篋、探囊、發匱之盜而爲守備，則必攝緘縢，固扃鐍，此世俗之所謂知也。」范注：「莊子胠篋篇：『將爲胠篋、探囊、發匱之盜而爲守備……然而巨盜至，則負匱揭篋擔囊而趨。』造文之士，能杼軸己懷，不相剽賊，斯免瑕累矣。」莊子集釋引釋文：「揭，三蒼云：舉也，擔也，負也。」「揭篋」，是把箱子扛走，比喻全文剽竊。

〔五〕范注：「世遠者太輕，時用者爲尤，謂竊取古辭，是輕薄無行；掠取時説，將自招咎尤。」指瑕篇對于剽竊別人的辭句也是極端反對的。別人的文章無論多麽好，抄來終歸不是自己

的，無論是全抄或者「旁采」，都是盜竊行爲。

清袁守定時文蠡測第三十四則「言不可襲人之詞」：「曲禮曰：『毋勦説。』言不可𢯱取他人之言以爲己有也。劉舍人曰：『全寫則揭篋，傍采則探囊。』襲人之詞，古人至比之爲盜，可不戒哉！」

注訂：「此言掠人美詞，以爲己力之非，剽竊古人者嫌輕浮，剽竊時人者類盜賊，其過爲尤甚焉。」

校釋：「蹈襲依倣之風，東漢以後爲最盛（仲長統昌言已有「竊他人之記以成己説，爲學士三姦之一」之論）。能者爲之，是爲與古人爭勝，劣者則不免於剽竊之譏矣。此舍人所以有『揭篋』『探囊』之論也。」

斯波六郎：「案范氏『輕』釋爲輕薄，『尤』釋爲咎尤，但『輕』與『尤』應解爲比較竊取罪之輕重之意。如此『然』字亦有着落。」

黄叔琳評：「嘗疑韓昌黎云：『惟古於詞必己出，降而不能乃剽賊，後皆指前公相襲。』所謂必己出者，將如何？非比杜撰之比也。然不杜撰，恐又入於相襲矣。昌黎謂樊紹述『文從字順』，果可信乎？」

以上爲第三段，舉出宋齊以來文章方面的毛病，一是字義依稀，二是語音犯忌，三是掠人美辭。

若夫注解爲書，所以明正事理；然謬於研求，或率意而斷〔一〕。西京賦稱中黄育、獲之儔〔二〕，而薛綜謬注，謂之閹尹〔三〕，是不聞執雕虎之人也〔四〕。

〔一〕范注：「紀評曰：『此條無與文章，殊爲汗漫。』案論説篇云：『若夫注釋爲詞，解散論體，離文雖異，總會是同。』據此，注解爲文，所以明正事理，尤不可疏忽從事，貽誤後學。何晏見王弼老子注，乃以所注作道德二論，郭象注莊子，亦即以意闡發，無異單篇之論，注與論本可通也。彦和於本篇特爲指説，殊存微意，紀氏譏之，未見其可。」

注訂：「注解爲書，當即文章之類，若專就辭章而言，亦不可廢。……故紀説當再詳也。」

〔二〕校證：「『儔』原作『疇』，日本刊本作『儔』，案文選西京賦：『迺使中黄之士，育、獲之儔。』字正作『儔』，今據改正。」

〔三〕訓故：「李善文選注：『尸子曰：中黄伯曰：余左執太行之獶而右搏雕虎。』戰國策：范雎説秦王曰：烏獲之力焉而死，夏育之勇焉而死。』」按此見秦策三。梅注：「中黄，國名，多出勇力之士。」札記：「按今本西京賦薛綜注，删去閹尹之説。」范注：「張衡西京賦『迺使中黄之士，育、獲之儔』。李善注：『尸子曰……而死。』案薛綜未見此説，當爲李善所删去。」薛綜，字敬文，三國吴人。西京賦李注：「舊注是者因而留之，並於篇首題其姓名。其有乖謬者，臣乃具釋，並稱臣善以别之。他皆類此。」今文選薛注無「閹尹」句，此善因注有未是，從而去之也。校注：「張雲璈選學膠言（卷二西京賦薛綜注條）、梁章鉅文選旁證（卷三西京賦「中

黄之士」條）並謂今文選薛注無閹尹之説，蓋爲李善删去。」漢書百官公卿表：『諸僕射署長，中黄門皆屬焉。』注：『中黄門，奄人，居禁中，在黄門之内給事者也。』而不知中黄爲人名，中黄門爲少府之屬官，一字之差，謬以千里焉。……閹尹，亦作奄尹，主領宦豎之官。吕氏春秋仲冬紀：『命閹尹。』注：『閹，宫官。尹，正也。』」

〔四〕校釋：「注解之文，亦論説之一體。舍人論説篇言之甚明，故此篇申論瑕疵，舉謬解之例。紀評詆其『無與文章』，乃後世文士辨體未精之見也。漢儒通經識字，訓解古書，多本師説，精確者固多，固陋墨守之失，亦在所不免。他若諸子之解詁，辭賦之注釋，事出文士，匪由經師，則其失尤多。舍人此篇，亦但舉一隅以示例耳。」

又周禮井賦，舊有疋馬〔一〕；而應劭釋疋，或量首數蹄〔二〕，斯豈辯物之要哉〔三〕！

〔一〕范注：「周禮地官小司徒：『乃經土地，而井牧其田野。九夫爲井，四井爲邑，四邑爲丘，四丘爲甸，四甸爲縣，四縣爲都，以任地事，而令貢賦。凡税斂之事。』鄭注引司馬法曰：『六尺爲步，步百爲畮，畮百爲夫，夫三爲屋，屋三爲井，井十爲通，通爲匹馬。』正義曰：『三十家使出馬一匹，故曰通爲匹馬。』」

〔二〕校證：「『劭』，馮本、汪本、佘本作『邵』。」按「邵」字當是從元刻本而誤。范注：「今存風俗通

無釋匹之文。藝文類聚九十三引風俗通云：『馬一匹，俗説相馬比君子，與人相匹。或曰：馬夜行，目明照前四丈，故曰一匹。俗説度馬縱横，適得一匹。或説馬死賣得一匹帛。或云，春秋左氏説，諸侯相贈乘馬束帛，束帛爲匹，與馬相匹耳。』（惠棟九曜齋筆記卷一引「匹」作「疋」，此處作「諸侯相贈，乘馬束帛；帛爲疋，與馬之相疋耳」。又曰：「今風俗通無此語，非全書也。」）按此皆與量首數蹄説未合。説文：『匹，四丈也。』漢書食貨志：『布廣二尺二寸爲幅，長四丈爲匹。』」

〔三〕「辯」字校證作「辨」。「辯」、「辨」通。

原夫古之正名，車兩而馬疋〔一〕，疋兩稱目〔二〕，以並耦爲用〔三〕。

〔一〕范注：「尚書牧誓：『戎車三百兩。』傳：『車稱兩。』風俗通：『車有兩輪，故稱爲兩；猶履有兩隻，亦稱爲兩。』段玉裁注説文匹字云：『凡言匹敵匹耦者，皆於二端成兩取意（二丈爲一端，二端爲兩，每兩爲一匹）。凡言匹夫匹婦者，於一兩成匹取意。兩而成匹，判合之理也，雖其半亦得云匹也。馬稱匹者，亦以一牝一牡離之而云匹，猶人言匹夫也。』案本篇『疋』字皆當作『匹』。孟子告子：『力不能勝一匹雛。』孫奭音義云：『匹，丁公著作疋。』是也。『疋』即『匹』字之譌，蓋漢隸『匹』有變『儿』爲『小』而作『⿷匚小』者，見武榮、馮緄等碑，故俗又譌爲『疋』。且以『匹』爲『匹偶』之『匹』，『疋』爲『丈疋』之『疋』，則尤譌也。」

斠詮：「正名，謂辯定事物之名稱。論語子路：『必也正名乎。』注：『正百事之名。』」

〔二〕校注：「『疋』，黄校云：『元脱，楊補。』……按張本、何本、謝鈔本正有『疋』字，未脱。」按元刻本、弘治本無第二「疋」字。郭注：「『目』作動詞用。『匹兩稱目』，謂馬以匹稱之，車以輛目之也。」是「稱目」猶稱謂。

〔三〕斠詮：「『並』，正字作『竝』，説文：『竝，併也，從二立。』耦，兩人也。考工記匠人『二耜爲耦』疏：『兩人耕爲耦。』案凡二人皆爲耦。左氏襄公二十九年傳：『射者三耦。』杜注：『二人爲耦。』」牟注：「風俗通義：『車一兩，謂兩兩相與爲體也。原其所以言「兩」者，箱轅及輪，兩兩而耦，故稱「兩」耳。』（藝文類聚卷七十一）」

蓋車貳佐乘〔一〕，馬儷驂服〔二〕，服乘不隻，故名號必雙，名號一正，則雖單爲疋矣〔三〕。疋夫疋婦〔四〕，亦配義矣〔五〕。

〔一〕范注：「禮記少儀：『乘貳車則式，佐車則否。貳車者，諸侯七乘，上大夫五乘，下大夫三乘。』鄭注：『貳車佐車，皆副車也。朝祀之副曰貳，戎獵之副曰佐。』」梅：「乘，去聲。」校注：「此文淆次，當乙作『車乘貳佐』，始能與下句『馬儷驂服』相對。『車乘貳佐』者，謂車乘有貳車、佐車也。」

〔二〕詩經鄭風大叔于田：「叔于田，乘乘黄，兩服上襄，兩驂雁行。」鄭箋：「兩服，中央夾轅者。

襄，駕也。」正義曰：「小戎云：『騏駵是中，騧驪是驂。』驂中對文，則驂在外；外者爲驂，則知内者爲服。」

斠詮：「『儷』，字本作『麗』，謂併馬也。……案『儷』與『駢』，古多連用。説文：『駢，駕二馬也。』段注：『併馬謂之儷駕，亦謂之驂。』『馬儷驂服』謂駕車用的成對的馬有驂馬有服馬。」

〔三〕校證：「凌本謂『元脱楊補』者爲此『疋』字，誤。」黄注：「左傳：『匹夫無罪。』……正義曰：『士大夫以上則有妾媵，庶人惟夫婦相匹。其名既定，雖單亦通。故書傳通謂之匹夫匹婦也。』按易中孚象曰：『馬匹亡。』謂四與初絶，如馬之亡其匹也。可證訓匹之義，正與匹夫匹婦一例。」

宋程大昌演繁露卷十四「馬匹」：「馬以匹爲數，自古言匹馬，皆一匹也。文侯之命有『馬四匹』，不知當時何指？韓詩外傳謂：『馬夜行，目光所及，與匹練等；或曰匹，言價與匹帛等。』不知孰是？因讀劉勰文心雕龍，其説爲長。」

清周廣業意林注卷四：「文心雕龍云：『古名車以『兩』，馬以『匹』者，車貳佐乘，馬匹驂服……匹夫匹婦，猶此義也。』案古者士以上皆有妾媵，惟庶人無之。夫婦合而成家，古舉匹爲名。因之呼單丁隻妻亦云匹。」

注訂：「楚辭懷沙：『獨無匹兮。』注：『雙也。』故雙又曰匹，隻亦曰匹。孟子：『以先于匹夫者。』注：『一夫也。』」

斠詮：「左氏桓公十年傳：『匹夫無罪。』……説文通訓定聲：『匹者先分而後合。故雙曰匹，隻亦曰匹，猶獨曰特，配亦曰特也。曰：上古質樸，衣服短狹，二人衣裳惟共一匹，故曰匹夫匹婦也。』」

〔四〕注訂：「説苑：『湯武失其民，則爲匹夫。』或曰：『上古質樸，衣服短狹，二人衣裳，惟共用匹，故曰匹夫匹婦也。』段氏釋匹之説本此。」

〔五〕黄注：「爾雅釋詁：『匹，合也。』疏：『匹者，配合也。』」范注：「白虎通：『匹，偶也，與其妻爲偶，陰陽相成之義也。』」注訂：「配義者，有配合之義也，故雖單而言匹。」校證：「兩京本、王惟儉本、顧校本『矣』作『也』。演繁露十四引此句作『如匹夫匹婦之稱匹是也』，字亦作『也』。何校『矣』改『也』。」

校注：「『矣』，元本、弘治本、活字本、汪本、佘本、張本、兩京本、訓故本、四庫本作『也』。馮舒校『矣』作『也』（何焯校同）。按『也』字是。既與上『則雖單爲疋矣』句避複，語氣亦較勝。」

夫車馬小義，而歷代莫悟〔一〕；辭賦近事，而千里致差〔二〕；況鑽灼經典〔三〕，能不謬哉！

〔一〕郭注：「兩句指應劭釋『兩』釋『匹』。」

〔二〕校注：「禮記經解：『易曰：「君子慎始，差若毫釐，繆以千里。」』史記自序：『易曰：「失之

毫釐，差以千里。」』集解引徐廣曰：『今易無此語，易緯有之。』（按見易乾鑿度）」郭注：「兩句指薛綜注西京賦。」

〔三〕「鑽灼」，古卜法。鑽龜裏甲使薄，然後燃荆焞以灼所鑽處，使兆坼見於表面，憑之以定吉凶。儀禮士喪禮：「楚焞置於燋，在龜東。」鄭注：「楚，荆也。荆焞所以鑽灼龜者。」後人混鑽灼爲一事，引申而爲鑽研之義。

夫辯疋而數首蹄〔一〕，選勇而驅閹尹〔二〕，失理太甚，故舉以爲戒。丹青初炳而後渝〔三〕，文章歲久而彌光，若能隱括於一朝〔四〕，可以無慚於千載也〔五〕。

〔一〕校證：「『疋』原作『言』，徐校作『疋』，梅六次本改『疋』。今從之。『首』字，馮本、汪本、佘本、王惟儉本脱，徐補『首』字。他本作『筌』字。鍾本、梁本、梅六次本、日本刊本作『首』字，今從之。」

范注：「夫辯言而數筌蹄，應依一作『辯匹而數首蹄。』」校注：「萬曆梅本作『夫辯言而數筌蹄』，校云：『（筌）一作首。』天啓梅本作『夫辯疋而數首蹄』，校云：『（首）元作筌。』何本、凌本、梁本、秘書本、謝鈔本、岡本、尚古本、崇文本作『夫辯言而數首蹄』。弘治本、活字本、汪本、佘本、兩京本、胡本、訓故本……脱一『首』字。（徐𤊹校補「首」字）按大戴禮記小辯篇：『爾雅以觀於古，足以辯言矣。』上文有『量首數蹄』語，則作『夫辯言而數首蹄』爲是。」按元刻

本作「夫辨言而數蹄」。辨、辯通。

〔二〕斠詮：「指薛綜注張衡西京賦『中黄育、獲』之誤。」

〔三〕校注：「法言君子篇：『或問聖人之言炳若丹青，有諸？曰：「吁，是何言與！丹青初則炳，久則渝。」』李注：『丹青初則炳然，久則渝變；聖人之書，久而益明。』」

〔四〕校訂：「『隱』『栝』二字，説文互訓。荀子法行篇：『隱栝之側多枉木。』大略篇：『示諸隱栝。』注云：『隱栝，矯楺木之器也。』『栝』又作『括』。又尚書大傳：『子贛曰：隱括之旁多曲木，良醫之門多疾人，砥礪之旁多頑鈍。』」

斠詮：「隱栝，原爲矯制邪曲之器，引申而爲糾正之義。」

〔五〕校證：「何允中本、日本活字本、凌本、鍾本、梁本、王謨本、岡本、崇文本『慚』作『愧』。」按元刻本作「慙」。

贊曰：羿氏舛射〔一〕，東野敗駕〔二〕。雖有儁才〔三〕，謬則多謝〔四〕。斯言一玷，千載弗化〔五〕。令章靡疚，亦善之亞〔六〕。

〔一〕御覽八十二引帝王世紀：「羿有窮氏，未聞其姓，其先帝嚳以世掌射……羿與吴賀北遊，（賀）使羿射雀左目，羿引弓射之，誤中左（右）目，羿俯首而媿，終身不忘。」

校注：「符子：『夏王使羿射於方矢之皮，征寸之的。乃命羿曰：「子射之中，則賞子以萬金

之費；不中，則削子以十邑之地。」羿容無定色，氣戰於胸中，乃援弓而射之，不中；更射之，又不中。』（御覽七四五引）與帝王世紀所載者不同。」

〔二〕梅注（訓故同）：「莊子：東野稷以御見莊公，進退中繩，左右旋中規；莊公以爲文弗過也，使之鉤百而反。顔闔遇之，入見曰：稷之馬將敗。公密而不應。少焉，果敗而反。公曰：子何以知之？曰：其馬力竭矣，而猶求焉，故曰敗。」按此見達生篇。

〔三〕校證：「馮本、汪本、佘本、兩京本『雋』作『雋』。」按元刻本正作「雋」。

〔四〕牟注：「謝，慚愧。文選顔延年贈王太常：『屬美謝繁翰。』李善注：『謝，猶愧也。』上文説没有瑕病的文章『可以無愧於千載』，這裏反過來説，有了謬誤，就是『千載弗化』的慚愧。」

〔五〕斠詮：「言著述立言，一有瑕疵，雖千載而後，亦不能改變其缺失也。化，變化也。荀子正名：『狀變而實無别，而爲異者，謂之化。』」

〔六〕札記：「此言文章但求無病。顔氏家訓文章篇曰：『學爲文章，先謀親友，得其評論者，然後出手，慎勿師心自任，取笑傍人也。自古執筆爲文者，何可勝言？至于宏麗精華，不過數十篇耳。但使不失體裁，辭意可觀，遂稱才士。要須動俗蓋世，亦俟河之清乎！』」「靡」，無也。「疚」，病也。

斠詮：「言寫作美好文章而無病憾，亦可謂善之次也。……蓋古有所謂三不朽，立言乃其次也。左氏襄公二十四年傳：『太上有立德，其次有立功，其次有立言。雖久不廢，此之謂不

朽。』」牟注：「善……即練字篇說的『善爲文者』。」

總之，指瑕篇舉的若干事例都比較零散，没有規納成規律。文中指出的這些毛病，也大都屬于修辭學的范疇。大體可以説是消極修辭，通過具體事例，告訴人們不要如何如何做而已。

養氣第四十二

管子内業篇：「氣道（導）乃生，生乃思，思乃知，知乃止矣。」又：「是故此氣也，不可止以力，而可安以德……敬守勿失，是謂成德，德成而智出，萬物果得。」這種認爲可以通過「敬守勿失」的養氣功夫來促進人的思維和觀察能力的見解正是劉勰養氣説的濫觴。

嵇康琴賦：「可以導養神氣，宣和情志。」

札記：「養氣謂愛精自保，與風骨篇所云諸『氣』字不同。此篇之作，所以補神思篇之未備，而求文思常利之術也。神思篇曰：『樞機方通，則物無隱貌，關鍵將塞，則神有遯心。是以陶鈞文思，貴在虚静，疏瀹五藏，澡雪精神。』又云：『秉心養術，無務苦慮，含章司契，不必勞情也。』文賦亦曰：『應感之會，通塞之紀，來不可遏，去不可止，或竭情而多悔，或率意而寡尤，雖兹物之在我，非餘力之所勠。』以二君之言觀之，則文思利鈍，至無定準，雖有上材，不能自操張馳之術。但心神澄泰，易於會理；精氣疲竭，難於用思。爲文者欲令文思常贏，惟有弭節安懷，優遊自適，虚心静氣，則應物無煩，所謂明鏡不疲於屢照也。然心念既澄，亦有轉不能構思者，士衡云：『理翳

翳而愈伏，思乙乙其若抽。』雖使閉聰塞明，一念若興，仍復未静以前之狀，故彦和云：『意得則舒懷命筆，理伏則投筆卷懷。』亦惟聽其自然，不復强思以自困。若云心虚静者，即能無滯於爲文，則亦不定之説也，大凡爲學爲文，皆有弛張之數，故學記云：『君子之於學也，藏焉，修焉，息焉，遊焉。』注云：『藏，謂懷抱之；修，習也；息，謂作勞休止之謂息；遊，謂閒暇無事之謂遊。』然則息遊亦爲學者所不可缺，豈必終夜以思，對案不食，若董生下幃，王劭思書，然後爲貴哉？至於爲文傷命，益有其徵，若夫相如含筆而腐毫，揚雄輟翰于驚夢，桓譚疾感于苦思，王充氣竭于思慮，彦和既舉之矣。後世若杜甫之性耽佳句，李賀之嘔出心肝，又有吟成一字，撚斷數髭，二句三年，一吟淚流，此皆銷鑠精膽，蹙迫和氣，雖有妙文，亦自困之至也。又人才有高下，不可强爲，故顔氏家訓云：『鈍學累功，不妨精熟；拙義研思，終歸蚩鄙。但成學士，自足爲人，必乏天才，勿强操筆。』此言才氣庸下，雖使瀝辭鐫思，終然無益也，大抵年少精力有餘，而照理不深，雖用苦思，而文章未即工妙；年齒稍長，略諳文術，操觚之際，又患精力不能赴之。此所以文鮮名篇，而思理兩致之匪易也。恒人或用養氣之説，盡日遊宕，無所用心，其于文章之術未嘗研鍊，甘苦疾徐未嘗親驗，苟以養氣爲言，雖使頤神胎息，至于百齡，一旦臨篇，還成岨峿。彦和養氣之説，正爲刻厲之士言，不爲逸遊者立論也。」

校釋：「本篇申神思未竟之旨，以明文非可强作而能也。神思篇云：『神居胸臆，而志氣統其關鍵。』又云：『方其搦翰，氣倍辭前。』又云：『秉心養術，無務苦慮，含章司契，不必勞情。』彼

篇以虛静爲主，務令慮明氣静，自然神王而思敏。本篇『率志委和』，『優柔適會』，及『清和其心，調暢其氣』，亦即求令虛静之旨，然細繹篇中示戒之語，如曰『鑽礪過分』，曰『争光鬻采』，曰『慚鳬企鶴，瀝辭鐫思』，言外蓋以箴其時文士，苦思求工，以鬻聲譽之失也。」

郭紹虞中國文學批評史：「養氣篇所説的『氣』，其義與『神』相近，指的是神氣。所以説：『率志委和，則理融而情暢；鑽礪過分，則神疲而氣衰。』神和氣是相提並論的。這些話就是神思篇所説的『陶鈞文思，貴在虛静』。所以説：『是以吐納文藝，務在節宣。清和其心，調暢其氣。』這樣，在人講，是氣旺神酣之時；就文講，成機神洋溢之境。……」（一九六一年版）

郭注：「作者認爲：生理的血氣與心理的志氣是相關連的，血氣剛健，則志氣清明；心理的志氣，又是與作品的文氣相關連的，志氣清明，則文氣流暢。所以寫了養氣這篇論文。」

斠詮：「養氣者，『保愛精神』之謂也。此由彦和開篇『昔王充著述，制養氣之篇』一語，可得其旨意。……孟子……養氣之法，純取之於内心，不假旁求，與彦和論文之取法於未來之『守静』、『致虛』、『節宣』、『適會』者異趣。觀彦和所言養氣，重在使精神勿過於多用，多用則氣衰，至精神疲乏之時，應即捨去，使精神充沛，心意舒暢，至臨文之際，自能游刃有餘矣。與王充所言，皆偏重乎外。而後世文家言文氣之培養，仍頗多本孟子之意以發揮之者，因此養氣而亦有内外之分。」

張少康中國古代文學創作論論「感興」云：「劉勰在神思篇中説：『是以秉心養術，無務苦

慮；含章司契，不必勞情。』已經涉及到了感興培養問題。他在養氣篇中認爲神思高潮時的感興現象乃是人的神氣旺盛，精力充沛時才可能有的；如果精神過于疲勞，情緒低落，氣衰力竭，就不可能出現感興現象。爲此，劉勰提出要使藝術構思進入感興狀態，就必須養氣保神。……人的氣是神的具體體現，神旺神疲怎麼才能看出來呢？它就反映在氣盛氣衰上，所以養氣也即是保神。」

王鍾陵中國古代文論中兩種不同的「養氣」說：「劉勰的『養氣』論是在古代哲學『精氣』說的基礎上産生的。文心雕龍養氣篇開篇即云：『昔王充著述，制養氣之篇，驗己而作，豈虚造哉！』……而王充的『精氣』説及其建立在『精氣』説基礎上的『養氣』説……又是來源于先秦宋鈃、尹文學派的。……

「論衡中對『元氣』運動特點的表述，也同宋、尹的論述有其一脈相承之處。管子内業篇説：『氣道（通）乃生，生乃思。』這是説氣是流通的。『勿煩勿亂，和乃自成』（内業）一語，則是説氣要『和』，王充説：『是故氣不通者，彊壯之人死，榮華之物枯。』（論衡别通）『血脈不調，人生疾病；風氣不和，歲生災異。』（論衡譴告）。也是抓住『通』與『和』這兩點來説的，這種論述對劉勰養氣篇有着明顯的影響。

「根據宋、尹的説法，謹守精氣就能『昭知天下，通于四極』（管子心術下）。而要養氣……辦法就是虚其欲而静其心。……虚静以持守精氣，持守精氣，乃能使耳目聰明，筋骨强壯，乃能産

生很大的智慧，以至『遍知天下，窮于四極』。這就是爲什麽虚静對于思維活動來説被看作是『首術』『大端』的原因，這便是虚静、養氣、神思三者統一的理論基礎。……

「如果説劉勰的『養氣』説是建立在宋、尹、王充『精氣』説的基礎上的，那末以韓愈爲代表的古文家的『養氣』説則是建立在孟子『知言養氣』説的基礎上的。劉勰的『養氣』説側重在文與思的結合上，與養生論密切相關。古文家的『養氣』説則側重在文詞的結合上，與道德修養説相互交融。」（文學評論叢刊第十八輯）

昔王充著述，制「養氣」之篇〔一〕，驗己而作〔二〕，豈虚造哉〔三〕！

〔一〕范注：「論衡自紀篇：『章和二年，罷州家居，年漸七十，時可懸輿。……髮白齒落，日月逾邁，儔倫彌索，鮮所恃賴，貧無供養，志不娱快。歷數冉冉，庚辛域際，雖懼終徂，愚猶沛沛。乃作養性之書凡十六篇。養氣自守，適時則酒，閉明塞聰，愛精自保。適輔服藥引導，庶冀性命可延，斯須不老。』」

論衡自紀篇上言「養性」，下言「養氣」，乃以兩者爲同義語。本篇也就直稱充「制『養氣』之篇」，非謂充的著述，于養性書外，別有養氣篇。

〔二〕「驗己而作」，經過自身檢驗而作。

傅庚生文論主氣説發凡：「王充云著養性之書，養氣自守。彦和謂爲驗己之作，以弁養氣之

篇；然仲任意在『愛精自保』，不關文事也。」（國文月刊第三十五期）

〔三〕論衡對作篇：「夫論説者閔世憂俗，與衛驂乘者同一心矣。愁精神而幽魂魄，動胸中之静氣，賊年損壽，無益於性。禍重於顔回，違負黄、老之教，非人所貪，不得已，故爲論衡。」

夫耳目鼻口，生之役也〔一〕；心慮言辭，神之用也〔二〕。率志委和〔三〕，則理融而情暢〔四〕；鑽礪過分，則神疲而氣衰〔五〕。此性情之數也〔六〕。

〔一〕校注：「按吕氏春秋貴生篇：『夫耳目鼻口，生之役也。』高注：『役，事也。』」意謂耳目鼻口是生命所役使的。

〔二〕心思言辭要費精神的。范注：「史記自序司馬談論六家要旨云：『凡人所生者，神也；所託者，形也。神大用則竭，形大勞則敝，形神離則死。』」

〔三〕斠詮：「『率，依循也。中庸：『天命之謂性，率性之謂道。』疏：『言依循性之所感而行，不令違越。』率志，猶言率意。晉書阮籍傳：『籍率意獨駕，不由徑路，車跡所窮，慟哭而反。』委和，見莊子知北遊篇：『（身非汝有，）是天地之委形也。生非汝有，是天地之委和也。性命非汝有，是天地之委順也。』俞樾平議：『司馬云：「委，積也。」於義未合。國策齊策：「願委之於子。」高注：「委，付也。」成二年左傳：「王使委於三吏。」杜注曰：「委，屬也。」天地之委形，謂天地所付屬之形也。』莊子所謂『委和』，原爲『付屬和順之氣』之意，彦和借用其詞，而

稍變其義，可作『放任自然』解。」

〔四〕「理融」，謂思理融和。

〔五〕范注：「抱朴子至理篇：『身勞則神散，氣竭則命終。』彦和論文以循自然爲原則，本篇大意，即基於此。蓋精神寓於形體之中，用思過劇，則心神昏迷。故必逍遥針勞，談笑藥勌，使形與神常有餘閑，始能用之不竭，發之常新，所謂遊刃有餘者是也。」斠詮：「鑽礪過分，謂鑽研磨礪，超過才分也。……晉書王敦傳：『任不過分，役其所長。』分謂才分，亦即才量。」按「過分」亦可作過度解。

王金凌文心雕龍文論術語析論認爲養氣之氣指元氣。他解釋此一小段云：「耳目口鼻是感覺器官，器官收納萬物，進而思考。若思考過度，則元氣耗弱，體能不繼，於是思考轉爲遲鈍。因此需要調養深息，恢復元氣。元氣可以説是體能，氣息盛衰即體能强弱的關鍵。劉勰在行文中常將氣息和元氣互用。」論衡言毒篇：「萬物之生，皆稟元氣。」又無形篇：「人以氣爲壽，形隨氣而動，氣性不均，則于體不同。」

〔六〕牟注：「數，自然之數。明詩篇的『情變之數』、情采篇的『神理之數』，和這裏『性情之數』的『數』字義同。」

張少康中國古代文學創作論：「提倡『率志委和』，反對『鑽礪過分』，這就是神思篇所説的『無務苦慮』，『不必勞神』之意。其中心是强調要順乎自然，不要勉强而作。率志，是隨着自

己的心志；委和，是附合天地之和，亦即自然之意。……要使創作順乎自然，理融情暢，自然就有興會標舉之妙。」

斠詮：「仲任所謂『髮白齒落』者，血氣衰老之象徵；『不娛』『懼徂』者，志氣蕭索之表現；其所以著養性之書，欲『閉明塞聰』『服藥引導』者，無非爲『愛精自保，性命可延』耳。彦和即基此認識，以爲生理之血氣與心理之志氣相關聯，血氣健旺則志氣清明；而心理之志氣又與作品之文氣相關聯，志氣清明則文氣流暢。是則欲求志氣清明、文氣流暢者，首須保愛精神，一己之血氣健旺，此則養氣篇之所爲作也。故曰：『率志委和，則理融而情暢；鑽礪過分，則神疲而氣衰：此性情之數也。』」

夫三皇辭質〔一〕，心絶於道華〔二〕；帝世始文〔三〕，言貴於敷奏〔四〕；三代春秋，雖沿世彌縟〔五〕，並適分胸臆〔六〕，非牽課才外也〔七〕。戰代枝詐〔八〕，攻奇飾説〔九〕；漢世迄今，辭務日新，争光鬻采〔一〇〕，慮亦竭矣〔一一〕。

〔一〕校注：「『皇』，兩京本、胡本作『王』。按『王』字非是。孝經緯援神契：『三皇無文。』（周禮地官保氏賈疏引）是其證。」「『三皇』之説不一，最常見者，史記補三皇本紀以伏羲、女媧、神農爲三皇，僞孔安國尚書序及皇甫謐帝王世紀以伏羲、神農、黄帝爲三皇。

〔二〕老子第三十八章：「夫禮者，忠信之薄而亂之首。前識者，道之華而愚之始。是以大丈夫處

其厚，不居其薄，處其實，不居其華。」王注：「前識者，前人而識也。」禮記曲禮正義引老子云：「禮者忠信之薄，道德之華，爭愚之始。」

綴補：「莊子知北遊篇：『禮者，道之華。』」斠詮：「心絕於道華，心胸斷無紛華盛麗之意念也。……史記禮書：『自子夏，門人之高弟也，猶云：「出見紛華盛麗而說，入聞夫子之道而樂，二者心戰，未能自決。」而況中庸以下，漸漬於失教，被服於成俗乎？』岡白駒曰：『悅華麗與樂道義，二者戰於胸中。』此處『道』與『華』字雖並舉，而義則偏取。」

〔三〕牟注：「帝世：指堯舜時期。檄移篇：『帝世戎兵，三王誓師。』和這裏的『帝世』所指略同。……始文：原道篇：『唐虞文章，則煥乎始盛。』與『帝世始文』完全一致。」

「帝世」，五帝之世，指少昊、顓頊、高辛、堯、舜（據尚書序及帝王世紀）。

〔四〕「敷奏」，鋪陳而言之也。尚書舜典：「五載一巡守，群后四朝，敷奏以言。」孔傳：「敷，陳；奏，進也。諸侯四朝，各使陳進治理之言。」奏啓篇：「昔唐虞之臣，敷奏以言。」

〔五〕「沿世」，隨着時世。「彌縟」，日益華麗。

〔六〕明詩篇：「隨性適分。」「分」，即下文「器分」，謂才分。文賦：「思風發於胸臆。」「適分胸臆」，言文思發自心中時適合自己的器分。恰好與下文「牽課才外」相反。

〔七〕興膳宏文心雕龍與出三藏記集：「出三藏記集序：『牽課羸志。』」又：「六朝人用『牽課』之例可舉二例如下：韻府謝莊與江夏王義恭箋有云：『牽課尪瘵，以綜所忝。』及徐陵答族人

梁東海太守長孺書云：『牽課疲朽，不無辭制。』」「牽課」，牽强，課求；意即强求。「才外」，才力以外。

〔八〕校注：「『枝』，兩京本、胡本、訓故本、岡本作『技』。徐𤊹校『枝』作『譎』。按『枝』與『技』於此均費解，與『譎』之形亦不近，恐非舍人之舊。疑當作『權』。權，俗作权。蓋初由權作权，後遂譌爲枝(或技)耳。」

斠詮：「謂戰國時代縱横游談，競尚妍巧詭詐也。技，説文：『巧也。』……技詐，猶言巧詐。韓非子説林上：『故曰巧詐不如拙誠。』」

〔九〕論語爲政：「攻乎異端。」「攻」謂攻求。「攻奇飾説」謂攻求新奇，文飾説辭。

〔一〇〕「鬻」，誇耀，賣弄。注訂：「彦和旨重自然，雖文采之道，不必返於上古之辭質，亦不可鬻采，所謂『攻奇飾説』，『辭務日新』。即『牽課才外』之弊也。」

〔一一〕黄春貴文心雕龍之創作論：「此言春秋上世，皆適從才分，以直抒一己胸臆之心意，非借助外力以牽强修飾也。明詩篇曰：『隨性適分。』鎔裁篇曰：『隨分所好。』其著書立説，既順循意志，所以優裕有餘。戰國以下，則竭盡思慮，鋪采争豔，巧爲修飾説辭，適反本性，所以疲累不堪。」

故淳言以比澆辭，文質懸乎千載〔一〕；率志以方竭情〔二〕，勞逸差於萬里；古人所以餘裕，後進所以莫遑也〔三〕。

〔一〕牟注：「淮南子齊俗訓：『澆天下之淳。』高誘注：『澆，薄也；淳，厚也。』」秦漢以上之文，均甚樸質，如擊壤歌，是自然的天籟，作者一點不費力。揚雄甘泉賦與之比較，真是「淳言以比澆辭，文質懸乎千載」。

〔二〕句意謂：隨意寫作，和竭力苦思、神志衰頹相對比。斯波六郎：「陸機文賦：『是以或竭情而多悔，或率意而寡尤。』」斠詮：「方，比較之意。論語憲問：『子貢方人。』孔云：『比方人也。』禮檀弓：『服勤至死，方喪三年。』孔疏：『方，謂比方也。』」

〔三〕孟子公孫丑：「豈不綽綽然有餘裕哉！」「莫遑」，無閑暇。范注：「時移世遷，質不勝文，彥和非欲人復返三代以前也。其意亦猶神思篇所云『秉心養術，無務苦慮，含章司契，不必勞情』云爾。」

以上爲第一段，論述養氣對于創作的重要性，並舉例説明古今作者勞逸不同，因而作品殊異。

凡童少鑒淺而志盛，長艾識堅而氣衰〔一〕，志盛者思鋭以勝勞〔二〕，氣衰者慮密以傷神。斯實中人之常資〔三〕，歲時之大較也〔四〕。

〔一〕古以三十歲以前爲「少」，即青年。黄注：「曲禮：五十曰艾。」孔疏：「髮蒼白色如艾也。」校注：「吕氏春秋去宥篇：『人之老也，形益衰而智益盛。』高注：『老者見事多，所聞廣，故智

益盛。』」方言：「東齊、魯、衛之間，凡尊老謂之艾。」王金凌：「此處旨在説明思考時老少體能的差異，氣與精氣都指元氣。」

〔二〕「勝勞」，勝任疲勞。

〔三〕論語雍也：「中人以上，可以語上也；中人以下，不可以語上也。」「常資」，一般的天資。

〔四〕「歲時」，年齡。史記貨殖列傳序：「此其大較也。」索隱：「大較，猶大略也。」

若夫器分有限〔一〕，智用無涯〔二〕；或慚鳧企鶴〔三〕，瀝辭鐫思〔四〕。於是精氣内銷〔五〕，有似尾閭之波〔六〕；神志外傷，同乎牛山之木〔七〕。怛惕之盛疾〔八〕，亦可推矣〔九〕。

〔一〕校證：「『器』，何允中本、日本活字本、凌本作『氣』，涉下文『精氣』而誤。」世説新語賢媛：「王江州夫人語謝遏曰：汝何以都不復進，爲是塵務經心，天分有限。」北史趙贶趙芬等列傳論曰：「故知人之分器，各有量限；大小云異，不可相踰。」魏書蕭寶寅傳：「器分定於下，爵位懸於上。」斠詮：「器分，指器量才分。」

〔二〕補注：「莊子養生主篇：吾生也有涯，而知也無涯。以有涯隨無涯，殆已。」郭注：「生也有涯，所稟之分各有涯也。……若以有限之性，尋無極之知，安得而不困哉？」

〔三〕范注：「莊子駢拇：『是故鳧脛雖短，續之則憂；鶴脛雖長，斷之則悲。故性長非所斷，性短

非所續，無所去憂也。』」

注訂：「此喻違乎性情之數，背乎自然之道。」

斠詮：「謂慚媿鳧之足短，而企望鶴之足長，以喻人之悔恨自己之才能薄弱而羨慕他人之智慧高强也。」

〔四〕斠詮：「瀝，説文：『漉也。一曰水下滴瀝也。』瀝有過濾之義，故可作洗練解。」「鐫」，刻劃。

〔五〕論衡論死：「人之所以生者，精氣也。」漢書藝文志經方類：「及失其宜者，以熱益熱，以寒增寒，精氣内傷，不見于外，是所獨失也。」

〔六〕校注：「『波』，兩京本、胡本作『洩』。按『洩』字蓋出後人妄改，不如『波』字義長。」

黄注：「莊子：『北海若曰：天下之水莫大于海。萬川歸之，不知何時止而不盈，尾閭泄之，不知何時已而不虚。』注：尾閭，海東川名。」按此見莊子秋水篇。文選嵇康養生論「而泄之以尾閭」，李注：「司馬彪曰：『尾閭，水之往海外出者也。』一名沃燋，在東大海之中。尾者，在百川之下，故稱尾；閭者聚也，水聚族之處，故稱閭也。」

〔七〕校證：「『木』，兩京本作『伐』。文通無『乎』字。」校注：「木，兩京本、胡本作伐。按伐字亦出後人妄改。」考異：「上言波，下言木，實字相偶，從木是。」范注：「孟子告子上：『牛山之木嘗美矣，以其郊於大國也，斧斤伐之……牛羊又從而牧之，是以若彼濯濯也。』」趙岐注：……「牛山，齊之東南山也。……濯濯，無草木之貌。」

〔八〕校證：「張之象本『怛』誤『恒』。『盛』，梅六次本改『成』，『成』、『盛』古通。」范注：「說文：『怛，憯也。』毛詩匪風：『中心怛兮。』傳云：『怛，傷也。』文選嵇康幽憤詩：『怛若創痏。』說文：『惕，驚也。』一切經音義七：『惕，怵惕，悚懼也。』怛惕有迫促傷害之義，『盛』一作『成』，是。」注訂：「怛惕者傷害心性，違養氣之道，以致有盛疾之累，『盛』作『成』亦通。怛音達。」校注：「按『恒』字誤。史記文帝紀：『（後二年）憂苦萬民，爲之怛惕不安。』是『怛惕』連文之證。『盛』讀平聲，在器中曰盛。史記文帝紀集解引應劭注『怛惕盛疾』，猶言疾在怛惕之中，即憂能傷人之意也。」斠詮改爲「怛惕之成疾」，釋云：「謂憂傷勞瘁而成疾病也。」

〔九〕王金凌：「劉勰批評『智用無涯』者之焦思苦慮，說他們『精氣内銷，有似尾閭之波；神志外傷，同乎牛山之木。』這種說法明顯地繼承了宋、尹以至王充『愛精自保』的觀點。劉勰不僅在養氣篇中，一再地反對『銷鑠精膽，蹙迫和氣』；而且在神思篇中，也提出了『秉心養術，無務苦慮』的要求。」

黄春貴文心雕龍之創作論：「大抵言之，童年少壯氣力有餘，而照理不深，雖用苦思，文章未即工妙。長老耆艾識見精確，然年齒已大，操觚之際，又患氣力衰頽。故知鑒淺志盛，識堅氣衰，過猶不及，謂之兩失，惟長艾者守静致虚以養氣，童少者刻苦自厲以向學乃可。」

至如仲任置硯以綜述〔一〕，叔通懷筆以專業〔二〕，既暄之以歲序〔三〕，又煎之以日時〔四〕，是以曹公懼爲文之傷命〔五〕，陸雲歎用思之困神〔六〕，非虚談也。

〔一〕梅注：「謝承後漢書曰：王充於宅内門户墻柱，各置筆硯簡牘，見事而作，著論衡八十五篇。」

補注：「北堂書鈔著述篇引謝承後漢書：『王充貧無書，往市中省所賣書，一見便憶，門墻屋柱，皆施筆硯，而著論衡。』」

「綜述」，綜合論述。

〔二〕訓故：「後漢書曹襃傳：襃字叔通，博雅疏通，常憾朝廷制度未備，慕叔孫通爲漢禮儀，晝夜研精，沉吟專思，寢則懷抱筆札，行則誦習文書，當其念至，忘所之適。」「專業」，即指研精專思。校證：「『叔』原作『敬』，梅據孫汝澄改。案王惟儉本正作『叔』不誤。」

考異：「梅本注云：『叔元作敬，孫無撓改。』敬通，馮衍字；叔通，曹襃字。因襃傳有沈吟專思之語，從孫是。」

〔三〕斠詮改「暄」作「晅」，注云：「晅，集韻：『許元切，日氣也。』易說卦傳：『日以烜之。』……釋文：『烜，乾也。』而乾有乾燥、乾涸、乾耗、乾竭諸義，此處可作『銷耗』解。左傳僖十五年：『外彊中乾。』注：『外雖有彊形，而内實乾竭。』」

離騷：「春與秋其代序。」故稱年曰「歲序」，謂每年四季按次序交替。

〔四〕牟注：「煎：熬。喻苦思的折磨。抱朴子内篇道意：『若乃精靈困於煩憂，榮衛消於役用，煎熬形氣，刻削天和。』」

〔五〕范注：「曹公語未詳。金樓子立言上：『顏回希舜，所以早亡；賈誼好學，遂令速殞；揚雄作賦，有夢腸之談；曹植爲文，有反胃之論。生也有涯，智也無涯。以有涯之生，逐無涯之智，余將養性養神，獲麟於金樓之制也。』」

校注：「按曹公，檄移、章表兩篇及此凡三見，它篇則稱魏武，當是曹操。魏略：『陳思王精意著作，食飲損減，得反胃病也。』（御覽三七六引）抱朴子佚文：『揚雄作賦，有夢腸之談；曹植爲文，有反胃之論。言勞神也。』（海録碎事十八引）」

〔六〕訓故：「陸雲與兄平原書：『兄文章已自行天下，多少無所在，且用思困人，亦不事復及。』」見全晉文卷一〇二，下句云：「以此自勞役。」

李笠中國文學述評迷溺之境：「揚子雲作甘泉賦，病至一歲；桓譚作小賦，亦成病。金樓子曰：『曹植爲文，有反胃之論。』（立言篇）劉彦和云：『曹公懼爲文之傷命，陸雲嘆用思之困神。』（養氣篇）蓋所受命意修詞上之工力困苦，其害尚淺；所受哀情刺激之精神痛苦，其影響於身體甚大也。否則，偶作小賦，有何工力之足病乎？」

以上爲第二段，説明不善養氣，導致神傷氣衰之害。

夫學業在勤，〔功庸弗怠〔一〕，〕故有錐股自厲〔二〕，〔和熊以苦之人〔三〕。〕志於文也，則有申寫鬱滯〔四〕，故宜從容率情〔五〕，優柔適會〔六〕。

〔一〕黄叔琳批：「學宜苦而行文須樂。」校證：「兩京本、何允中本、日本活字本、凌雲本、梅六次本、鍾本、梁本、日本刊本、王謨本、黄注本、張松孫本、崇文本，『故有錐股自厲』句上，有『功庸弗怠』一句四字，句下有『和熊以苦之人』一句六字。盧云：『按下六字，吴本無。當本脱四字，不學者妄增成之，而忘其年代之不合也。』案盧説是，傳校元本、汪本、佘本、張之象本、梅本、馮校本等，正無此二句，今據删。」校注：「『功庸弗怠』『和熊以苦之人』二句，元本、弘治本、活字本、汪本、佘本、張本……無。何焯云：『和熊，唐人事。此後人謬增。』按兩京本、何本、胡本、訓故本、天啓梅本有此二句（以後各本從之）。尋繹文意，實不必有，確出後人謬增。」

〔二〕訓故：「戰國策：蘇秦乃發書，陳篋數十，得太公陰符，伏而誦之，讀書欲睡，引錐自刺其股。」綴補：「御覽三七二引史記：『蘇秦握錐自厲。』」

斠詮：「戰國策秦策：『説秦王，書十上，而説不行。歸至家，妻不下紝，嫂不爲炊，父母不與言。蘇秦乃夜發書，陳篋數十，得太公陰符之謀，伏而誦之，簡鍊以爲揣摩。讀書欲睡，引錐自刺其股，血流至足。』……説文通訓定聲：『厲，叚借爲勵。』後漢書杜詩傳：『將帥自厲。』」

注：『厲，勉也。』」「厲」，鞭策。

〔三〕沈巖批：「何本無『和熊』六字。」范注：「盧文弨抱經堂文集十四文心雕龍集注書後：『養氣篇故有錐股自厲，和熊以苦之人，案下六字，吴本無。……年代之不合也。』新唐書柳仲郢

傳：『母韓善訓子，故仲郢幼嗜學，嘗和熊膽丸使夜咀嚥以助勤。』」

考異：「『功庸』四字似原脱。六朝文體及四六，率雙起雙收，無『功庸』句則不免夔足之譏。下面『和熊』句以原缺，後人妄加，典引失時。」

〔四〕校注：「何焯云：『志疑作至。』（紀昀説同）兩京本、胡本也下有『含氣無依』四字；滯下有『玄解頓釋之輩』六字。何紀説是。訓故本正作『至』。樂府篇『精之至也』，唐寫本誤『至』爲『志』；史傳篇『子長繼志』，元本等又誤『志』爲『至』。是『至』『志』二字易淆誤之證。兩京本、胡本多出二句，亦爲後人妄增。」

〔五〕莊子山木：「情莫若率。……率則不勞。」林希逸注：「率，循其自然之意。」斠詮：「『從容率情』與首節『率志委和』詞異義同。」太平御覽卷六「思遲」類：「李翰，天寶中寓居陽翟，爲文精密，用思苦澀，常從陽翟令皇甫曾求音樂，每思涸則奏樂，神逸則著文。」

〔六〕杜預春秋左氏傳序：「優而柔之。」孔疏：「優、柔俱訓爲安，寬舒之意也。」

神思篇：「秉心養術，無務苦慮；含章司契，不必勞情也。」

斠詮：「『適會』亦見章句篇：『隨變適會，莫見定準。』會……此處宜作際會解。所謂際會，即指心神與物境遇合時所產生之感應與興象也。章句篇云：『控引情理，送迎際會』用與此同。」徵聖篇：「抑引隨時，變通適會。」

張少康中國古代文學創作論論「感興」：「怎樣才能使創作順乎自然，『率志委和』呢？劉勰

認爲關鍵是要使神志清醒，具有虛静的狀態，而不要被許多雜事雜念所干擾。……藝術創作是一種艱苦的勞動，但它又不同于孜孜不倦地研究學問，而有自己的特殊規律。它不需要『錐股自厲』，而要求『從容率情，優柔適會』，必需在心平氣和、神情舒暢的狀態下，方能從容自若，文思泉湧；如果『銷鑠精膽』，『蹙迫和氣』，違反了自然之性，那麽就會喪失感興，靈感不來，也就無法寫好作品。」文鏡秘府論論文意：「夫作文章，但多立意。令左穿右穴，苦心竭智，必須忘身，不可拘束。思若不來，即須放情却寬之，令境生。然後以境照之，思則便來，來即作文。如其境思不來，不可作也。」

若銷鑠精膽〔一〕，蹙迫和氣〔二〕，秉牘以驅齡，灑翰以伐性〔三〕，豈聖賢之素心，會文之直理哉〔四〕！

〔一〕「鑠」，通「爍」，熔化。「銷鑠」猶消耗。文選枚乘七發：「雖有金石之堅，猶將銷鑠而挺解也。」李善注引賈逵國語注：「鑠，銷也。」

〔二〕斠詮：「禮記祭義：『有和氣者必有愉色。』荀子正名：『性之和所生。』注：『和，陰陽衝和之氣也。』」「蹙迫」，逼迫。

〔三〕斠詮：「謂操持簡牘以疾促年壽，揮灑翰墨以摧殘生命也。驅齡，猶言馳年，謂疾促年壽

也。……伐性，見呂氏春秋本生篇：『靡曼皓齒，鄭衛之音，務以自樂，命之曰伐性之斧。』亦見韓詩外傳：『徼幸者，伐性之斧也。……』案：性即生命。左傳昭八年：『莫保其性。』注：『性，命也。民不敢自保其性命。』」范注：「論衡效力篇：『賢者有雲雨之知，故其吐文萬牒以上，可謂多力矣。世稱力者，常褒烏獲。然則董仲舒、揚子雲，文之烏獲也。秦武王與孟説舉鼎不任，絶脈而死。少文之人，與董仲舒等湧胸中之思，必將不任，有脈絶之變。王莽之時，省五經章句皆爲二十萬，博士弟子郭路，夜定舊説，死於燭下，精思不任，絶脈氣滅也。』」紀評：「此非惟養氣，實亦涵養文機，神思篇虚静之説，可以參觀。彼疲困紛擾之餘，烏有清思逸致哉！」

〔四〕陶潛歸園田居：「素心正如此，開徑望三益。」又移居：「聞多素心人，樂與數晨夕。」「素心」，純樸的心境。「會文」，會合文辭，即寫作。「直理」，正道。

傅庚生文論主氣説發凡：「養氣篇云：『夫耳目鼻口……亦衛氣之一方也。』此篇亦係闡説養衛靈感而善乘之以爲文之理。允宜既閟于中，乃肆于外，未可『慚鳧企鶴，瀝辭鐫思』。充其氣而衛以宜，乃謂善養浩然也。靈感之來去，既不受意識之支配，故『銷鑠精膽，蹙迫和氣』，非『會文之直理』，靈感成熟，既仍倚學驗之沾溉，故『錐股自厲，和熊以苦』，劉氏以入養氣之篇也。云『學業在勤，功庸弗怠』，雖以反襯吐納文藝之宜調暢清和，亦兼示養氣之藉重

學功也。又云『從容率情，優柔適會』，猶謂創作之輒憑靈感也。然則養氣云者，質言之，即充實意識界之經驗，以濬其源，而善乘靈感之湧現以存其迹也。」

且夫思有利鈍〔一〕，時有通塞〔二〕，沐則心覆〔三〕，且或反常〔四〕；神之方昏，再三愈黷〔五〕。

〔一〕陸雲與兄平原書（陸士龍集卷八）：「方當積思，思有利鈍。」

〔二〕文賦：「若夫應感之會，通塞之紀，來不可遏，去不可止。」神思篇：「樞機方通，則物無隱貌；關鍵將塞，則神有遯心。」時機有通有塞。「通塞」，泛謂人事的順逆。

〔三〕訓故：「左傳：晉文公之豎頭須求見，公辭焉以沐。謂僕人曰：『沐則心覆，心覆則圖反，宜吾不得見也。』僕人以告，公遽見之。」按此見僖公二十四年。孔疏引韋昭云：「沐則低頭，故心反覆也。」

〔四〕「且或反常」，甚至會違反常情去考慮問題。

〔五〕校注：「按易蒙：『初筮告，再三瀆。』釋文：『瀆，亂也。』『瀆』、『黷』古今字。」斯波六郎：「說文『黷』字下引易曰：『再三黷。』」

王金凌：「利鈍通塞，互相交織，便形成了構思過程中文思開塞的種種情況：有時似若不思，妙手偶得；有時偶一觸發，天機駿通；又有時再三苦思，經久方通；還有的時候，愈思

愈昏，體、智俱傷，所思乃成『反常』。」

是以吐納文藝〔一〕，務在節宣〔二〕，清和其心，調暢其氣〔三〕，煩而即捨，勿使壅滯〔四〕，意得則舒懷以命筆，理伏則投筆以卷懷〔五〕，逍遥以針勞，談笑以藥勌〔六〕，常弄閑於才鋒〔七〕，賈餘於文勇〔八〕，使刃發如新〔九〕，腠理無滯〔一〇〕，雖非胎息之邁術〔一一〕，斯亦衛氣之一方也〔一二〕。

〔一〕神思篇：「吟詠之間，吐納珠玉之聲。」「文藝」，文章技巧。「吐納文藝」指寫作。

〔二〕斠詮：「節宣謂既有節制而又能宣散也。」校注：「按申鑒俗嫌篇：『或問曰：「養有性乎？」曰：「養性秉中和，守之以生而已。」』」左傳昭公元年：「君子有四時，朝以聽政，晝以訪問，夕以脩令，夜以安身，於是乎節宣其氣。勿使有所壅閉湫底。……故君子節宣其氣，勿使有所壅閉滯底。」杜注：「宣，散也。」竹添光鴻左傳會箋：「宣，通也，與壅閉湫底對。節者，爲之節通也。」斯波六郎：「尚有抱朴子内篇釋滯第八『任情肆意，又損年命，唯有得其節宣之和，可以不損』等足資參考。蓋此語爲當時道家之常用語。」

〔三〕校證：「『調』，何允中本、日本活字本、凌本、日本刊本、王謨本作『條』。案書記篇有『條暢』語。」

校注：「『調』，何本、淩本、别解本、岡本、尚古本、王本、鄭藏鈔本、崇文本作『條』。按以書記篇『故宜條暢以任氣』例之，作『條』是。文選王褒四子講德論：『進者樂其條暢。』古文苑劉歆遂初賦：『玩琴書以條暢兮。』並以『條暢』爲言。」

王金凌：「『清和其心』即神思篇所説『虚静』的方法，若要虚静，必得體先安適。體要安適，必得氣息調暢。氣息不暢，則體不安適，體不安適，心則分想而不能虚静，文思自然壅滯不通。此處精膽、和氣、氣都指元氣。調氣則指氣息。」

張少康中國古代文學創作論論「感興」：「劉勰在這裏着重從精神修養的角度來講靈感的培養，『清和其心，調暢其氣』，只有當藝術家處于一種最佳的精神狀態時，才能够促使靈感的爆發，興會的到來。……一個藝術家雖然有豐富的生活經驗，如果不能『清和其心，調暢其氣』，也是决不可能産生靈感的。」

〔四〕補注：「左傳昭公元年：『先王之樂，所以節百事也，故有五節，遲速本末以相及。中聲以降，五降之後，不容彈矣。於是有煩手淫聲，慆堙心耳，乃忘平和，君子弗聽也。物亦如之，至於煩乃舍也已，無以生疾。』又曰：『勿使有所壅閉湫底，以露其體。』杜注：『湫，集也，底，滯也；露，羸也。』」

文鏡秘府論論文意：「意欲作文，乘興便作，若似煩即止，無令心倦，常如此運之，即興無休歇，神終不疲。」

〔五〕校證：「『意得』兩京本作『理鎔』，馮本墨釘。」校注：「按『理鎔』與下句『理伏』重出一字，非是。」又：「文賦：『理翳翳而愈伏。』」論語衛靈公：「邦無道則可卷而懷之。」晉書王沈傳：「王沈鬱鬱不得志，乃作釋時論，其辭曰：『先卷而後舒。』」卷舒相對成文。「卷」，收斂；「舒」，開展。

文鏡秘府論論體：「心或蔽通，思時鈍利，來不可遏，去不可留。又情性煩勞，事由寂寞，强自催逼，徒成辛苦。不若韜翰屏筆，以須後圖。待心慮更澄，方事連緝。非止作文之至術，抑亦養生之大方耳。」

文鏡秘府論論文意：「凡神不安，令人不暢無興。無興即任睡，睡大養神。常須夜停燈任自覺，不須强起。强起即惛迷，所覽無益。紙筆墨常須隨身，興來即録。若無筆紙，羈旅之間，意多草草。舟行之後，即須安眠。眠足之後，固多清景，江山滿懷，合而生興，須屏絶事務，專任情興。因此，若有製作，皆奇逸。看興稍歇，且如詩未成，待後有興成，却必不得强傷神。」

范文瀾中國通史簡編修訂版第二編：「劉勰……主張仔細觀察事物的『要害』，學習作文的『法則』（『術』），並且要保養體力，使精神常處于飽滿狀態。養氣篇説人的精神，依附于身體，養神首先在養身，感到勞倦，必須休息。」

許可讀文心雕龍筆記：「作家在進行創作構思時，如果真是阻礙太大，甚至弄得糊里糊塗

的，簡直是無法繼續下去了，這時又該怎麼辦？劉勰以爲這時最重要的是要使頭腦冷静下來，清醒下來，『是以陶鈞文思，貴在虛静，疏瀹五臟，澡雪精神』（神思），『是以吐納文藝，務在節宣，清和其心，調暢其氣』（養氣）。這時也可以暫時把創作工作丢下來，『煩而即捨，勿使壅滯』（養氣），必須要等到你的思維已經清晰了，而且要感覺得有一種不得不寫的内心要求時，然後再提起你的筆，所以説『意得則抒懷以命筆』。當思想源泉已經枯竭了的時候，如果還是『鑽礪過分，則神疲而氣衰』。這反而會戕殺創作的靈感的。」

〔六〕「勬」，「倦」的異體字。莊子讓王：「逍遥于天地之間而心意自得。」明李日華紫桃軒又綴卷三：「劉舍人勰論作文云：『清和其心，調暢其氣……逍遥以針勞，談笑以藥倦。』此用暇持滿之法也。天下事皆然，寧指文哉！」

〔七〕斟詮：「謂掉弄閒情之際顯露才華鋒鋩也。」

〔八〕黄注：「左傳：齊高固曰：欲勇者賈余餘勇。」左傳成公二年：「齊高固入晉師，桀石以投人，禽之，而乘其車，繫桑本焉，以徇齊壘。曰：『欲勇者賈余餘勇。』」杜注：「賈，賣也。言己勇有餘，欲賣之。」楊伯峻注：「賈，買也。……杜注謂『賣也』非。」此處謂行文時有餘勇可賈。

〔九〕補注：「莊子養生主篇：『庖丁曰：臣之刀十九年矣，所解數千牛矣，而刀刃若新發於硎。』釋文：『硎音刑，磨石也。』」

〔一〇〕校證：「『腠』原作『湊』。據兩京本、王惟儉本改。」呂氏春秋先己篇：「用其新，棄其陳，腠理遂通。」高誘注：「腠理，肌脈。」史記倉公扁鵲列傳：「君有疾在腠理。」亦作「湊理」。素問生氣通天論：「氣血以流，湊理以密。」一說爲肌肉的文理。素問舉痛論：「寒則腠理閉。」張志聰集注：「腠理者，肌肉之文理，寒氣容之，則腠理閉而氣不通。」

儀禮鄉射禮：「進腠。」鄭注：「腠，膚理也。」此處「腠理」指文之條理。

〔一一〕校注：「『邁』，元本、弘治本、汪本、張本、兩京本、胡本、訓故本作『萬』。廣博物志二九引同。按『萬術』與下句『一方』對，是也。」

斯波六郎：「『邁』恐『萬』字之誤。『萬術』蓋萬全之術之意，對下句『一方』。」斠詮：「謂內功之萬應秘術也。」

黄注：「漢武內傳：王真習閉氣而吞之，名曰胎息。行之斷穀一百餘年，肉色光美，力並敵人。……宋史藝文志有臥龍隱者胎息歌一卷。」補注：「後漢書方術傳：『王真能行胎息胎食之方。』章懷注：漢武內傳曰：王真字叔經，上黨人，習閉氣而吞之，名曰胎息。」「胎息」是煉氣的一種內功，即氣功。

抱朴子內篇釋滯：「得胎息者，能不以鼻口噓吸，如在胞胎之中，則道成矣。」

〔一二〕王元化文心雕龍創作論：「他在養氣篇中還硬把道家方士的『胎息』、『吐納』、『衛氣』之類長生久視之術，應用到文學創作活動方面，從而使一些精華部分交織在糟粕之中。」

黄春貴文心雕龍之創作論：「綜觀舍人所言養氣，旨在使精神勿過於多用，多用則氣衰。至精神疲憊時，應即捨去，使氣力旺盛，心意舒暢，臨文之際，自然綽綽有餘。……大凡爲學爲文，皆有張弛之數，惟有聽任自然，不可强思以自困。」

第三段根據文學創作的特點講養氣的方法。

贊曰：紛哉萬象，勞矣千想〔一〕。玄神宜寶〔二〕，素氣資養〔三〕。水停以鑒〔四〕，火靜而朗〔五〕。無擾文慮，鬱此精爽〔六〕。

〔一〕二句意謂：天地間萬象紛紜，令人千思萬想爲勞。

〔二〕校證：「『玄』，黄注本作『元』，避清諱。」

向長清注：「玄神，清静的神態。漢書揚雄傳：『人君以玄默爲神，澹泊爲德。』」

〔三〕「素氣」，即元氣。

〔四〕校注：「莊子德充符：『人莫鑑於流水，而鑑於止水。』成疏：『鑒，照也。夫止水所以留鑒者，爲其澄清故也。』又：『平者，水停之盛也。』成疏：『停，止也。』」

〔五〕句意謂：火在不摇晃的時候才明朗。

〔六〕左傳昭公二十五年：「心之精爽，是謂魂魄。魂魄去之，何以能久？」

注訂：「鬱字有積精存養之義。」「『鬱』，茂，旺盛。

校注：「左傳昭公七年：『用物精多，則魂魄强。是以有精爽。』」杜注：「爽，明也。」正義：「精，亦神也；爽，亦明也。精是神之未著，爽是明之未昭，言權勢重，用物多，養此精爽，至于神明也。」

王元化神思篇虛静説柬釋：「『水停以鑒，火静而朗』，正可作爲他的虛静説的自注。所謂水之停、火之静都是以達到明鑒的積極目的爲出發點的。這正和前人所謂『明鏡不疲于屢照』的道理一樣。因此，老莊的虛静説和劉勰的虛静説恰恰形成了鮮明的對照。老莊把虛静視爲返樸歸真的最終歸宿，作爲一個終點；而劉勰却把虛静視爲唤起想象的事前準備，作爲一個起點。老莊提倡虛静的目的是爲了達到無知無欲、混混噩噩的虛無之境；而劉勰提倡虛静的目的却是爲了通過虛静達到與虛静相反的思想活躍、感情焕發之境。一個消極，一個積極，兩者的區别是顯而易見的。」（中華文史論叢第三輯）

附會第四十三

史記袁盎鼂錯列傳太史公曰：「袁盎雖不好學，亦善傅會。仁心爲質，引義忼慨。」索隱述贊：「袁絲公直，亦多附會。」漢書袁盎傳贊同。注引張晏曰：「因宜附著合會之。」清翟灝通俗編卷十七言笑傅會：「漢書袁盎傳：『雖不好學，亦善傅會。』……傅亦作附。……文心雕龍有附會篇。」

漢書酈陸朱劉叔孫傳贊稱陸賈「從容平、勃之間，附會將相以强社稷」。此「附會」指融和協調。陸機漢高祖功臣頌亦謂陸賈「附會平、勃，夷凶剪亂」。

文選賈誼鵩鳥賦：「夫禍之與福，何異糾纆？」李善注引應劭曰：「禍福相與爲表裏，如糾纆索相附會也。」

後漢書賈逵傳論：「賈逵能附會文致，最差貴顯。」注：「賈逵附會文致，謂引左氏明漢爲堯後也。」

三國志魏書鍾會傳注引何劭王弼傳：「其論道傅會文辭，不如何晏。」

紀評：「附會者，首尾一貫，使通篇相附，而會於一，即後來所謂章法也。」

札記：「晉書文苑左思傳載劉逵三都賦序曰：『傅辭會義，抑多精致。』彦和此篇，亦有『附辭會義』之言（『傅』『附』同類通用字），正本淵林，然則附會之説舊矣。循玩斯文，與鎔裁、章句二篇所説相備。然鎔裁篇但言定術，至於術定以後，用何道以聯屬衆辭，則未暇晰言也。章句篇致意安章，至於章安以還，用何理以斟量乖順，亦未申説也。二篇各有『首尾圓合』，『首尾一體』之言，又有『綱領昭暢』，『内義脈注』之論，而總文理定首尾之術，必宜更有專篇以備言之，此附會篇所以作也。附會者，總命意修辭爲一貫而兼草創討論修飾潤色之功績也。」

范注：「後漢書張衡傳：『時天下承平日久，自王侯以下莫不踰侈，衡乃擬班固兩都作二京賦，因以諷諫，精思傅會，十年乃成。』」

又：「鎔裁篇云：『草創鴻筆，先標三準。……然後舒華布實，獻替節文；繩墨以外，美材即斲，故能首尾圓合，條貫統序。若術不素定，而委心逐辭，異端叢至，駢贅必多。』案附會篇即補成彼篇之義，討論如何而能『首尾圓合，條貫統序』，如何而能異端不至，駢贅盡去之術也。附與會二者，其用不同。彥和云：『附辭會義，務總綱領。』是『附』對辭言，『會』對義言；『群言雖多，而無棼絲之亂』，善附之謂也；『衆理雖繁，而無倒置之乖』，善會之謂也。」

王元化文心雕龍創作論：「所謂附會也就是指作文的謀篇命意，布局結構之法。」

斠詮：「所謂『附會』，附即附辭，會即會義，所以論述作家應如何附麗辭采與會合事義，以求群言有所聯屬，衆理得以融和，寫作之形式與內容前後一致。……案即今之謀篇是也。……下筆之初，審題之始，即應聚來題材之義理，統貫篇章之首尾，確定何者應保留，何者應刪去，聯接上下文之辭氣段落，綜合全篇之形式內容，雖其言辭滋多，思理繁富，而可使之錦綺交錯，脈落貫注，不致踰越主題之範疇。苟爲文而不知謀篇，則雖千言萬語，盈篇累牘，而散漫無紀，曷足貴哉！」

又：「蓋彥和論文從內容決定形式出發，乃其一貫主張，『附辭』與『會義』雖相提並論，實質會義是目的，附辭是手段，辭爲義而附，義非爲辭而會，必也千言萬語，抱定主題，始屬當行之作。」

按鎔裁篇主要是講文意如何鍛煉，文辭如何剪裁的問題。至於在一篇文章中，內容如何安

排，以及怎樣圍繞内容組織成結構完整的篇章，劉勰則在附會篇裏進行了專門的論述。

「附會」就是「附辭會義」的簡稱。「會義」是把文意會合成一個整體，「附辭」是使文辭密切結合内容來安排。

何謂附會？謂總文理〔一〕，統首尾，定與奪，合涯際，彌綸一篇〔二〕，使雜而不越者也〔三〕。若築室之須基構〔四〕，裁衣之待縫緝矣〔五〕。

〔一〕禮記三年問：「壹使足以成文理，則釋之矣。」孔疏：「使足以成文章義理。」孫希旦集解：「文，謂文章；理，謂條理。」顔延之庭誥：「文理精出。」「總文理」就是把文章義理綜合在一起，來確定主題。

〔二〕易繫辭上：「故能彌綸天地之道。」孔疏：「彌，謂彌縫補合，綸爲經綸牽引。」序志：「彌綸群言爲難。」「彌綸」猶綜合。

「統首尾」是使整篇文章從頭到尾保持統一；「定與奪」是決定哪些應該保留，哪些應該去掉；「合涯際」是使文意上下相承接的地方密合無間；「彌綸一篇」是把全篇綜合組織起來。「雜而不越」就是内容雖多，文辭雖雜，都不要越出主題之外。

郭紹虞、王文生文心雕龍再議：「這就是説，附會的目的在於整理作品的内容形式，聯接文章的篇章結構，決定取捨增删，融合各個部分，使之成爲完整的整體。」

〔三〕斯波六郎：「周易繫辭下：『其稱名也，雜而不越。』韓注：『備物極變，故其名雜也。各得其序，不相踰越，况爻繇之辭也。』」郭注：「『雜而不越』即下文所謂『衆理雖繁，而無倒置之乖；群言雖多，而無棼絲之亂』。」

文心雕龍創作論釋附會篇「雜而不越」説：「韓康伯注：『備物極變，故其名雜也。各得其序，不相逾越。』焦循易章句説：『雜』謂『物相雜』，『不越』謂『不逾其度』。韓氏、焦氏的注疏都認爲這句話是在説明易象萬物變化之理，一方面萬物萬事變動不居，另一方面萬物萬事的變化又都不能超出天尊地卑的限度。劉勰把這句話用於文學領域以説明藝術結構問題，顯然已舍去了繫辭下的本義。根據附會篇來看，『雜』是指藝術作品的部分而言，『不越』是指不超出藝術作品的整體一致性而言。『雜而不越』的意思就是説藝術作品的各部分、各細節在表面上千差萬别，彼此不同，可是實際上，它們都應該滲透着共同的目的性，爲表現共同的内容主旨自然而然地結合爲一個整體，使表面不一致的各部分、各細節，顯示了目的方面和主旨方面的一致性。……

「在藝術結構問題中，『雜而不越』這個命題首先在於説明藝術作品是單一（劉勰又稱之爲「約」）和雜多（劉勰又稱之爲「博」）的統一。從單一方面來説，藝術作品必須首尾一貫，表裏一致。在這一點上，藝術和理論有某種相似之處。理論要求邏輯推理的一貫性，使所有的論點聯結爲一條不能拆開的鏈鎖，一環扣一環地向前發展，以説明某個基本思想原則。藝

術也同樣要求形象細節的一貫性，使所有的描寫圍繞着共同的主旨，奔赴同一個目標，而不允許越出題外的駢拇枝指存在。劉勰説『一物攜二，莫不解體』，『繩墨以外，美材既斲』，就是把藝術作品的單一性作爲作家的取捨標準看待的。……

「從雜多方面來説，藝術作品又必須具有複雜性和變化性，通過豐富多采的形式去表現豐富多采的意蘊。……劉勰用『雜』這個字來表明藝術作品的雜多性，還可以舉詮賦篇爲證。詮賦篇説：『文雖雜而有質，色雖糅而有本。』在這裏『雜』『糅』二字同義，都是代表雜多的意思。顯然，劉勰是把『雜』作爲肯定意義提出來的，以與單調、貧乏、枯窘相對立。」

〔四〕「基構」，謂基礎結構。王驥德曲律章法：「作曲，猶造宮室者然。工師之作室也，必先定規式，自前門而廳、而堂、而樓，或三進，或五進，或七進，又自兩廂而及軒寮，以至廩、庾、庖、湢、藩垣、苑榭之類，前後、左右、高低、遠近，尺寸無不了然胸中，而後可施斤斲。作曲者亦必先分段數，以何意起，以何意接，何意作中段敷衍，何意作後段收煞。整整在目，而後可施結撰。」（中國古典戲曲論著集成第四册）

李漁閑情偶寄結構第一：「至於結構二字，則在引商刻羽之先，拈韻抽毫之始，如造物之賦形，當其精血初凝，胞胎未就，先爲製定全形，使點血而具五官百骸之勢。倘先無成局，而由頂及踵，逐段滋生，則人之一身，當有無數斷續之痕，而血氣爲之中阻矣。工師之建宅亦然，基址初平，間架未立，先籌何處建廳，何方開户，棟需何木，梁用何材，必俟成竹了然，始可揮

斤運斧。倘造成一架，而後再籌一架，則便於前者不便於後，勢必改而就之，未成先毀，猶之築舍道旁，兼數宅之匠資，不足供一廳一堂之用矣。」

〔五〕閑情偶寄密針綫：「編戲有如縫衣，其初則以完全者剪碎，其後又以剪碎者湊成。剪碎易，湊成難。湊成之工，全在針線緊密；一節偶疏，全篇之破綻出矣。」

夫才童學文〔一〕，宜正體製〔二〕，必以情志爲神明〔三〕，事義爲骨髓〔四〕，辭采爲肌膚，宮商爲聲氣〔五〕；然後品藻玄黄〔六〕，摛振金玉〔七〕，獻可替否〔八〕，以裁厥中〔九〕。斯綴思之恒數也〔一〇〕。

〔一〕校證：「『才童』原作『才量』，今據御覽五八五引改。體性篇『童子雕琢，必先雅製』，文意正與此相同。辨騷篇『童蒙拾其香草』，養氣篇『童少鑒淺而志盛』，亦謂童子學文之事耳。」范注：「『才量學文』，『量』疑當作『優』，或係傳寫之誤。殆由學優則仕意化成此語。」趙西陸評范文瀾文心雕龍注：「案太平御覽五百八十五引作『才童』，知『量』蓋『童』之譌。體性篇云：『童子雕琢，必先雅製。』與此可互證。推彦和之意，不過謂學慎始習耳；與學優則仕意何與耶？」校注：「御覽引『量』作『童』，極是，『量』其形誤也。」

〔二〕「體製」也作「體制」，包括體裁及其在情志、事義、辭采、宮商等方面的規格要求，也包括風格。

〔三〕莊子齊物論：「勞神明爲一，而不知其同也。」林希逸謂「神明猶精神」（南華真經口義）。黄帝内經靈蘭秘典論：「心者，君主之官也，神明出焉。」荀子解蔽：「心者，形之君也，而神明之主也。」文章流别論：「夫詩雖以情志爲本，而以成聲爲節。」

〔四〕范注：「顔氏家訓文章篇云：『文章當以理致爲心腎，氣調爲筋骨，事義爲皮膚，華麗爲冠冕。』與彦和此文略同。」

趙西陸評范文瀾文心雕龍注：「范注引鈴木校云：『髓』，御覽作『鯁』。案：『髓』當作『鯁』。本書辨騷篇云：『骨鯁所樹，肌膚所附。』亦以骨鯁與肌膚對舉，是其證。景宋本御覽五百八十五引正作『鯁』。」

校證：「『骨髓』宋本御覽作『骨骾』。『骨骾』『骨髓』俱彦和習用語。辨騷篇『觀其骨鯁所樹，肌膚所附』，以『骨鯁』與『肌膚』對文，則從宋本御覽作『骨骾』亦通。（『鯁』當依説文作『骾』，宋本御覽不誤。）」校注：「按『骨髓』『骨鯁』，其義無甚出入；然以辨騷篇『骨鯁所樹，肌膚所附』例之，當以御覽所引爲是。」

考異：「文心屢用『骨鯁』，義含梗介。此用『骨髓』者，骨外指事，髓内指義，精義内含，均可曰髓，與他文所指有殊。楊校取例失旨，非是。從『髓』是。」斟詮：「體性篇贊語有『辭爲肌膚，志實骨髓』之對語，以不改爲勝。」

鍾嶸詩品序：「詞既失高，則宜加事義；雖謝天才，且表學問，亦一理乎！」梁書文學傳：

「詞采妍富，事義畢舉。」

王元化文心雕龍創作論：「我們可以把『情志』解釋爲作家的思想感情，『事義』解釋爲作家對於事物意義的理解和揭示。『情志』和『事義』結合起來，就產生了藝術作品的內容主旨。在藝術作品中内容主旨統攝了各部分、各細節，正如人的有機體中，内在生命統攝了所有的肢體和所有的器官一樣。」

〔五〕白居易與元九書：「感人心者，莫先乎情，莫始乎言，莫切乎聲，莫深乎義。詩者：根情，苗言，華聲，實義。」

斠詮：「章句篇云：『若乃改韻從調，所以節文辭氣。』故曰：『以宮商爲聲氣。』」

劉勰首先肯定思想感情是文章中最根本的東西，猶之乎人的神經中樞，事義是用事例、用典故類比説明作品的含義的，這就是具體内容或題材，猶之乎人身上的骨髓，是支撑人的身體的。辭采相當於人的肌肉和皮膚，是表面的，附着在人身的骨幹上的。「宮商」是説文章的聲調，它類似人的聲音和氣息。

〔六〕校證：「『玄』，黄注本作『元』，避清諱。」校注：「原道篇『夫玄黄色雜』，詮賦篇『畫繪之著玄黄』，皆以『玄黄』連文。」

漢書揚雄傳下：「爰及名將尊卑之條，稱述品藻。」顔師古注：「品藻者，定其差品及文質。」

顔氏家訓涉務：「吾見世中文學之士，品藻古今，若指諸掌。」此處「品藻」謂品評藻飾。

〔七〕孟子萬章：「集大成也者，金聲而玉振之也。」趙岐注：「振，揚也。」原道篇：「必金聲而玉振。」「摛」，傳播。「金」，鐘屬；「玉」，磬。劉勰取鎔孟子之文，而義不同。此謂講求聲律，要象鐘磬播揚的聲音那樣鏗鏘。

〔八〕校注：「按國語晉語九：『夫事君者，諫過而賞善，薦可而替否，獻能而進賢。』韋注：『替，去也。』」左傳昭公二十年：「君所謂可，而有否焉，臣獻其否，以成其可；君所謂否，而有可焉，臣獻其可，以去其否。」文選袁宏三國名臣序贊：「入能獻替。」呂向注：「獻，進也；替，廢也；謂事有可者進之，否者替之。」

〔九〕斯波六郎：「尚書大禹謨：『惟精惟一，允執厥中。』」蔡傳：「自無過不及之差，而信能執其中矣。」」「裁」，謂裁奪。

〔一〇〕校證：「『恒』，舊本作『常』，黄注本改『恒』。案御覽作『恒』。」校注：「按御覽引作『恒』；訓故本、謝鈔本同。（何焯校作「恒」。）『恒』『常』古多通用。」范文瀾文心雕龍講疏：「將造文章，必先有情志；情志既動，始求事義；事義既明，表而出之，是謂辭采；協於口吻，是謂宫商，此四者文章之要素也。有此要素而後標準定，可者取之，否者替之，以裁厥中，定標準之謂也。是爲綴思之初所宜知者。」

凡大體文章〔一〕，類多枝派，整派者依源，理枝者循幹〔二〕。是以附辭會義，務總綱領〔三〕，驅萬塗於同歸，貞百慮於一致〔四〕；使衆理雖繁，而無倒置之乖；群言雖

多，而無棼絲之亂〔五〕。

〔一〕斟詮：「淮南子氾論訓：『夫牛蹏之涔不能生鱣鮪，而蜂房不容鵠卵，小形不足以包大體也。』此處『大體』一詞，有『體大思精』之意，猶言鴻篇鉅製，作體制宏偉解。」文鏡秘府論定位：「先看將作之文，體有大小……體大而理多者，定制宜宏；體小而理少者，置辭必局。」

〔二〕注訂：「整派者依源，理枝者循幹，即『彌綸一篇，使雜而不越』之旨。」文賦：「或因枝以振葉，或沿波而討源。」文章的章節好比樹的枝幹，水的流派。想克服雜亂的缺點，要「整派者依源，理枝者循幹」，順着源頭去整理各個支流派別，順着樹幹去整理樹枝。「源」和「幹」指的是作品所要表現的主題思想，要使文章的各個部分都爲表達主題思想服務。

〔三〕「務總綱領」，務必要抓住全篇綱領。文心雕龍再議：「究竟根據什麽原則來組織安排呢？劉勰提出『務總綱領』，也就是『以情志爲神明，事義爲骨髓，辭采爲肌膚，宫商爲聲氣』，把突出作家的思想感情作爲統帥全篇的主體。」

〔四〕范注：「貞，正也。」釋名釋言語：「貞，定也。」説文通訓定聲：「『貞』，叚借爲『正』，爲『定』。」校注：「按易繫辭下：『天下同歸而殊塗，一致而百慮。』」劉綬松文心雕龍初探：「材料的排比和篇章的安頓，是一定要取決於文章的内容和體裁的。

這樣，才不致於渙漫無章，顛倒失序。附會篇所說的『附辭會義，務總綱領』，也是同樣的意思。附會篇說：『凡大體文章……此附會之術也。』『整派者依源，理枝者循幹』，說的還是文章的篇章結構須取決於文章的內容。『源』和『幹』不是別的什麼，而是作品所要表現的基本思想；『整派』『理枝』是不能不依據『源』和『幹』的需要的。把構成作品總體的各個部分擺在適宜的位置上，讓他們在各個不同的崗位上來爲表達作品的基本思想服務，這就是『驅萬塗於同歸，貞百慮於一致』，也是作品的結構的總的目的。」周注：「萬塗同歸，百慮一致：指各段的段落大意都不離開全篇的主旨。」文心雕龍創作論：「他（劉勰）以爲藝術構思的任務就在於把單一和雜多兩個看來似乎矛盾的方面統一在一起，以做到『雜而不越』，從單一中現出複雜，從雜多中現出和諧，從而迫使各種不一致的成份趨於一致的目標。這就是『驅萬塗於同歸，貞百慮於一致』。」「音樂中的五聲，繪畫中的五色，文學作品中的參差細節，全都要依靠作家的這種本領而會聚一堂，表現和諧之美。總術篇所謂『乘一總萬，舉要治繁』，『譬三十之輻，共成一轂』。亦闡發此旨。」

〔五〕「而無倒置之乖」，此善會之謂。

左傳隱公四年：「臣聞以德和民，不聞以亂，以亂，猶治絲而棼之也。」釋文：「棼，亂也。」此謂各種思想雖然很複雜，但不要有顛倒的毛病；話雖然說得多，但不要寫得亂糟糟的。

札記：「王輔嗣之説易也，曰：衆之所以得咸存者，主必致一也。……彦和此篇，言整派者依源，理枝者循幹，驅萬塗於同歸，貞百慮於一致，使衆理雖繁，而無倒置之乖，群言雖多，而無棼絲之累，自非明致一之義，烏能言之如此簡易哉！雖然，文之所詮，必爲一而不能有兩出矣，而所以詮則無定，假令所詮易了，雖一言可明，所詮繁細，則必集衆多所詮以成一所詮，此彦和所云大體文章，類多枝派者也。」

扶陽而出條，順陰而藏跡〔一〕，首尾周密，表裏一體〔二〕：此附會之術也。

〔一〕梅注：「楊批：二語雖出吕氏春秋，移以論文，殆可以哭鬼舞神矣。」

王利器文心雕龍校證序録：「今按楊批二語云云，乃是爲下數第三句的『夫畫者謹髮而易貌，射者儀毫而失墻』而發。吕氏春秋處方篇原文作『今夫射者儀毫而失墻，畫者儀髮而易貌』。緣楊眉批跨在當行『扶陽而出條』云云，與次行『夫畫者謹髮而易貌』云云之間，梅氏便認爲『扶陽而出條』二句是吕氏春秋，試問這是什麽樣子的吕氏春秋呢？」

范注：「扶陽出條，謂辭義之宜見於文者；順陰藏跡，謂辭義之不必見於文者。」

校注：「按後漢書崔駰傳（達旨）：『故能扶陽以出，順陰而入。』莊子漁父篇：『人有畏影惡迹而去之走者，舉足愈數而迹愈多，走愈疾而影不離身；自以爲尚遲，疾走不休，絶力而死。不知處陰以休影，處静以息迹。』」

吳林伯商兑：「扶陽二句，實本達旨，而辭義略異。是説作者傅會辭義，扣緊主題，好比樹木緣着春夏的陽氣生枝條，順着秋冬的陰氣收藏形迹，就這樣地遵循自然的秩序，使辭義『首尾周密，表裏一體』而不顛倒、錯亂。」按「扶陽而出條」即秀出之意；「順陰而藏跡」即隱蓄之意。此謂文意雖有顯有晦，然須「首尾周密，表裏一體」。

〔二〕文心雕龍再議：「至於『附會』的美的標準，則是『首尾周密，表裏一體』，即首尾銜接，前後一致，渾然一體。」

斠詮：「首尾周密，即鎔裁篇所謂『首尾圓合，條貫統序』；表裏一體，即章句篇所謂『外文綺交，内義脈注』。黄季剛先生札記云：『循玩斯文，與鎔裁、章句二篇所説皆備。』良然。」

夫畫者謹髮而易貌，射者儀毫而失墻〔一〕，鋭精細巧，必疏體統〔二〕。故宜詘寸以信尺，枉尺以直尋〔三〕，棄偏善之巧，學具美之績〔四〕，此命篇之經略也〔五〕。

〔一〕訓故：「吕氏春秋處方篇：『今夫射者儀毫而失墻，畫者儀髮而易貌，言審本也。』」范注：「（高誘）注：『儀，望也。』淮南子説林訓：『畫者謹毛而失貌，射者儀小而遺大。』注：『謹悉微毛，留意於小，則失其大貌，儀望小處而射之，故能中，事各有宜。』此謂謀篇之始，宜規畫大體，明立骨幹。體幹既立，然後整理枝派，獻替可否，以裁厥中。若僅知鋭精細巧，則體幹必有倒置棼亂之失。『易貌』，疑當作『遺貌』。遺貌，即失貌也。」注訂：「易者，輕忽也，范注

非是。」

校注：「按『易』字未誤。『易，輕也』（左傳襄公十五年杜注）；『輕，易也』（禮記樂記鄭注）；詁此並無不合。『謹髮易貌』，即重小輕大之意。不必準吕氏春秋處方篇、淮南子説林篇之『失貌』，而改『易』爲『遺』也。」

斠詮：「吕氏春秋處方篇云云，高注：『儀，望也。睎望毫毛之微，而不視堵牆之大，故能中也。畫者，睎毫髮，寫人貌，儀之於象，不失其形，故曰易貌也。射必能中，畫必象人，故曰審本。』孫鏘鳴曰：『注未明。文心雕龍附會篇引此二語下言「鋭精細巧，必疏體統」，似謹於小而忽於大之意。』許維遹集釋：『孫説是。説文：「儀，度也。」「度」有慎義。「易」爲「傷」之借字。説文：「傷，輕也。」此謂畫者謹慎其髮，而輕易其貌。淮南説林篇襲此文作「畫者謹毛而失貌，射者儀小而遺大」，語尤明。』」

〔二〕校證：「『鋭精細巧』，兩京本作『或鋭精細』；汪本、佘本『巧』作『乃』，徐校作『巧』。」按元本、弘治本「巧」作「乃」，誤。

校釋：「所謂『細巧』，即百義衆辭也；所謂『體統』，即全篇一意也。」

清孫鏘鳴吕氏春秋高注補正「處方篇今夫射者儀毫而失牆畫者儀髮而易貌」條：「按文心雕龍附會篇引此二語，下言『鋭精細巧，必疎體統』，似謹於小而忽於大之意。」（國故月刊第三册）此謂在細微末節上太下功夫，必然忽略了整個的體系。

〔三〕梅注：「詘音屈，信讀作申。」黄注：「文子：老子曰，屈寸而伸尺，小枉而大直，聖人爲之。」斯波六郎：「淮南子氾論：『詘寸而伸尺，聖人爲之，小枉而大直，君子行之。』」校注：『信』讀爲伸。尸子：『孔子曰：詘寸而信尺，小枉而大直，吾爲之也。』（御覽八百三十引）淮南子氾論篇：『詘寸而伸尺，聖人爲之；小枉而大直，君子行之。』高注：『寸，小；尺，大。枉，曲也。』孟子滕文公下：『且志曰：「枉尺而直尋。」宜若可爲也。』」按此語朱熹集注云：「枉，屈也；直，伸也。八尺曰尋。枉尺直尋……所屈者小，所伸者大也。」下文孟子又說：「且夫枉尺而直尋者，以利言也。」

〔四〕此處「具」同「俱」。「具美」，整體完美。

〔五〕斠詮：「左傳昭七年：『天子經略。』杜注：『經營天下，略有四海，故曰經略。』此處作『經營要略』解。」

黄春貴文心雕龍之創作論：「蓋畫工之寫人像，但謹毛髮之細節，每輕容貌之大體；射手之瞄鵠的，祇重毫釐之微準，而失堵牆之輪廓。爲文謀篇，有類於此。若徒聚精會神以鑽研字句之纖巧，必然疏忽全篇文章之體統。職是之故，即宜遺小就大，取長捨短，拋棄一偏小善之技巧，熟習整體完美之佳績。學者爲文，不可不三復斯言也。」

以上爲第一段，解釋附會的意義並説明附會在寫作中的重要性及其基本原則。

夫文變無方〔一〕，意見浮雜〔二〕，約則義孤，博則辭叛〔三〕，率故多尤〔四〕，需爲

事賊〔五〕。

〔一〕校證：「『無』原作『多』，馮本、汪本、佘本、兩京本、何允中本、日本活字本、王惟儉本、鍾本、梁本、日本刊本、王謨本、崇文本作『無』，御覽亦作『無』，今據改。明詩篇云：『屬辭無方。』諧讔篇云：『歡謔之言無方。』書記篇云：『兵謀無方。』通變篇云：『變文之數無方。』文與此正同。」

校注：「『多』，黄注云：『汪作無。』按御覽引作『無』；元本、弘治本……崇文本同。通變篇『變文之數無方』，與此意同，當以作『無』爲是。」考異：「『無方』與『多方』旨同，從『多』從『無』皆通。」

〔二〕斠詮：「『文變無方，意見浮雜』，此二句乃偶語，相對成文：前者對附辭言，後者對會義言。其造句語法，與神思篇『情數詭雜，體變遷貿』、體性篇『才性異區，文體繁詭』、通變篇『設文之體有常，變文之術無方』等語句，固始終一貫。……此『意見』一詞與上句『文變』相對，謂意思見解也。浮雜，猶言過雜，書泰誓中：『惟受罪浮於桀。』傳：『浮，過也。』『浮』與『無』對，乃副詞，不作浮泛解。」

〔三〕校注：「『叛』，弘治本、汪本、佘本作『判』。徐𤊹校『判』爲『叛』。按易繫辭下：『將叛者，其辭慚。』此『辭叛』二字所本。作『判』誤。」按元刻本作「叛」，不誤。

郭注：「謂用事太簡約，則義不顯，用事太多則辭相矛盾也。文賦：『或仰偪於先條，或俯侵

於後章，或辭害而理比，或言順而義妨。』亦『博則辭叛』之事也。」文心雕龍創作論：「照劉勰看來，作家如果只注意單一性，就會形成『約則義孤』的缺陷；如果只注意雜多性，又會産生『博則辭叛』的弊病。」

〔四〕校注：「『率』，御覽引作『變』。按文賦：『或率意而寡尤。』舍人反其意而用之，與下『需爲事賊』句各明一義。作『變』非是。」

〔五〕校證：「『御覽『需』誤『而』，『賊』誤『賤』。」范注：「左傳哀公十四年：『需，事之賊。』釋文：『需，疑也。』謂率爾操觚，事不經思，固多尤悔；若意見浮雜，遲疑失斷，亦文之賊也。」注訂「此指『文變多方，意見浮雜』而言，況過約則近陋，故曰義孤；過博則近浮，故云辭叛。斟酌不協，取捨未當，故多尤而爲事之賊也。此附會至艱之境耳。」

且才分不同，思緒各異，或製首以通尾〔一〕，或尺接以寸附〔二〕，然通製者蓋寡，接附者甚衆〔三〕。若統緒失宗，辭味必亂，義脈不流，則偏枯文體〔四〕。

〔一〕「製」，製作，「製首以通尾」，從篇前到篇尾作通盤打算。

〔二〕校證：「『尺』，舊本作『片』，黄注本改『尺』。案御覽正作『尺』。」范注：「尺接寸附，由於體統之疏，苟能總挈綱領，顛末合序，則無此累矣。章句篇云：『搜句忌於顛倒，裁章貴於順序。』亦此義也。」

〔三〕「通製」即「製首以通尾」，「接附」即「尺接以寸附」。這是說在章節的安排上也有個別差異：有少數人從頭到尾作通盤打算；多數人卻是想一段寫一段，想一句寫一句，尺接寸附。

〔四〕「統緒」，體統和端緒。「宗」，主也，本篇謂主題，即重心。

這是說：象後者那樣，文章失去重心，辭采的韻味必然混亂，脈絡也不貫通，造成文章「偏枯」的毛病。郭注：「列子楊朱：『大禹不以一身自利，一體偏枯。』偏枯，即半身不遂。」牟注：「黃帝内經素問風論：『風之傷人也，或爲寒熱……或爲偏枯。』」

文心雕龍創作論：「『義脈不流，則偏枯文體』，這句話不僅把藝術作品作爲有機體看待，要求各個部分都要顯示整體統一性，而且還指出了藝術作品中必須要有一種主導力量，象脈管裏循環着的血液似的賦予各部分以生氣，使它們活起來。照劉勰看來，如果把藝術作品比之於人的有機體，就『必以情志爲神明，事義爲骨髓，辭采爲肌膚，宫商爲生氣』。這裏所說的『情志』和『事義』就是上面說的『義脈』。……作爲整體統一性的内容主旨，是藝術作品的内在方面，而一切部分，一切細節則是藝術作品的外在方面。劉勰按照他一貫主張的『因内而符外』的觀點，把『義脈』作爲主導力量，毫無例外地滲透着目的一致性。這樣，作家對於自然形態的各個細節，就不能漫無選擇，兼收並蓄，而應該捨去其中瑣碎部分，提煉其中能够突出内容主旨的特徵部分，從而熔鑄成表裏一致的藝術形象。附會篇說：『畫者謹髮而易貌，射者儀髮而失牆……故宜詘寸以信尺，枉尺以直尋。』就是根據這個原則提出來的。

……從内容主旨出發，根據内容主旨的要求去處理所有部分，安排所有細節，毫不愛惜地拋棄一切多餘的裝飾，無用的贅疣，那怕它們是作者感到最得意的精心結撰也在所不顧，這就是劉勰關於藝術構思的根本觀點。他在附會篇所説的『附辭會義，務總綱領』和鎔裁篇所説『繩墨以外，美材即斲，故能首尾圓合，條貫統序』，亦皆闡發此旨。作者掌握了這個原則，就可以去留隨心，修短在手，使藝術作品的所有部分、所有細節雜而不越，和諧一致，向着共同的目標奔馳前進。」

夫能懸識腠理〔一〕，然後節文自會〔二〕，如膠之粘木，石之合玉矣〔三〕。

〔一〕校證：「『腠』原作『湊』，據兩京本、王惟儉本、日本刊本改。」校注：「按『腠』字是。『懸識腠理』，用扁鵲見蔡桓公（史記扁鵲傳、新序雜事二作齊桓侯）事，見韓非子喻老篇。」黄注：「史記扁鵲傳：扁鵲過齊，桓侯客之，入朝見曰：君有病在腠理，不治將深。」范注：「鄭注儀禮鄉射禮：『腠，膚理也。』」郭注改「懸」爲「玄」，云：「『玄』元作『懸』，聲之誤也。『玄』、『弦』、『懸』常通用，如玄圃、弦圃、懸圃，一也。『玄』，妙也。」後漢書郭玉傳：「腠理至微。」注：「腠理，皮膚之間也。」斠詮：「此處喻文章組織條理。」

〔二〕校注：「節文，黄校云：『一作文節。』元本、弘治本、活字本、汪本等作『文節』，按誄碑、章表、定勢、鎔裁、章句五篇，並有『節文』之詞；御覽亦引作『節文』。『文節』非是。」校證：「『節

文』原作『文節』，黄注本乙。案御覽正作『節文』。」

斠詮：「節文，本謂『品節文章』，見孟子離婁上：『禮之實，節文斯二者是也。』……彦和之所謂節文，實指文之聲調色采，與夫情志義理，包外形與内容二者而言之也。」校釋：「夫辭附義會，文成統緒者，司契在心，故文識尚焉。識以明理，理得則文無舛節，故曰：『懸識腠理，節文自會。』」

〔三〕梅注：「合音罨。」「石之合玉」，原作「豆之合黄」。范正文夾注：「孫云：『御覽五八五豆作石，黄作玉。』」又：「（鈴木）校勘記：『石之合玉，謂玉石之聲，其調和合也。』」趙西陸評范文瀾文心雕龍注：「案『豆』疑當作『白』（蘄春黄氏説）。本書頌贊篇：『徒張虚論，有如黄白之僞説。』黄注引吕氏春秋（别類篇）曰：『相劍者曰：白所以爲堅也，黄所以爲牣也。黄白雜，則堅且牣，良劍也。』是其義。」潘重規讀文心雕龍札記：「先師黄君曰：『豆疑當作白。』……白謂錫，黄謂金，金錫合冶以爲劍。考工記：『金錫之齊。』是其義也。又頌讚篇：『徒張虚論，有如黄白之僞説。』則本書固已黄白連用矣。」

校注第一版：「『豆之合黄矣』，御覽五八五引作『石之合玉矣』。按兩文皆通，蓋喻附會之確切也。」

校證：「『石之合玉』原作『豆之合黄』。黄侃曰：『豆疑當作白。』黄氏蓋以吕氏春秋别類篇『相劍者曰：白所以爲堅也，黄所以爲牣也，黄白雜則堅且牣，良劍也』之事説之。然頌讚篇

已斥黄白之説爲僞，彦和當不至自相牴牾如此。今從謝本、御覽改正。『石之合玉』，謂石之韞玉，混沌元包，故附合無間也。」

徐復文心雕龍刊誤：「『豆之合黄』四字，宋本御覽文部一引作『石之合玉』，較爲近之。惟『合』疑『含』字之誤。此正承上『懸識湊理』句言之。明詩篇云『叔夜含其潤』，宋本御覽文部一引『含』譌作『合』，其誤正同。又班固賓戲曰：『和氏之璧，韞於荆石。』『韞』正訓『含』，可以移釋此句。」

斠詮：「言玉産於石中，爲石之結晶體，與石合而爲一者也。説文：『玉，石之美者。』……文賦：『石韞玉而山暉。』皆石玉相合之證。」

孟二冬讀文心雕龍隨筆一則：「劉勰在此節中，是要説明只有妙解文章條理的人，才能聲調、色彩與文情緊密結合，而這兩個比喻也正是互文見義的。校勘記謂：『石之含玉，謂玉石之聲，其調和合也。』這樣解釋誠然義通，但就字面而言，與上文的『膠之粘木』相聯綴則甚不恰當。若順其上文『如膠粘住木頭那樣緊密』，而下文就應是『象石包含玉那樣相連』。這樣説是否有根據呢？……玉在石中者曰璞。孟子梁惠王即有『今有璞玉於此』。最著名的要數『和氏璧』。韓非子和氏謂『王乃使人理其璞，而得寶焉』。這都説明玉與石從來都是互相生存，聯係十分密切的，人們也常常拿來相提並論。就劉勰在文心雕龍中以此爲喻，也並非絶無僅有的。總術篇：『落落之玉，或亂乎石；碌碌之石，時似乎玉。』這豈不是對『石之

合玉』最恰當的解釋嗎？」（文學遺産一九八一年一期）

是以駟牡異力，而六轡如琴〔一〕；〔並駕齊驅，而一轂統輻〔二〕：〕馭文之法，有似於此。去留隨心，修短在手〔三〕，齊其步驟，總轡而已〔四〕。

〔一〕校注：「『駟』御覽引作『四』。何本、凌本、梁本、秘書本、岡本、尚古本、王本、鄭藏鈔本、崇文本亦並作『四』。按作『四』是也。詩小雅車舝：『四牡騑騑，六轡如琴。』（毛詩中句有「四牡」者，凡二十七見，皆不作「駟」。）」鄭箋：「如御四馬騑騑然，持其教令，使之調均，亦如六轡，緩急有和也。」孔疏：「如善御者之使四牡之馬，騑騑行而不息，進止有度，執其六轡，緩急調和，如琴瑟之相應也。」陳奐疏：「如琴，言調和也。六轡以御四馬，喻御衆之有禮法。」

〔二〕校證：「『六轡如琴』句下，梅六次本、黄注本、張松孫本有『並駕齊驅，而一轂統輻』二句九字，舊本俱無，御覽亦無，今據删。」

校注：「御覽引無此句。活字本、汪本、佘本、張本、何本……崇文本亦並無之。按尋繹文意，此二句實不可少。元本、弘治本、兩京本、胡本、訓故本、謝鈔本、四庫本未脱。天啓梅本與上『駟牡』二句夾行刻。」按元本、弘治本均無此二句，楊氏校勘有誤。老子第十一章：「三十輻共一轂。」所以説「一轂統輻」。

校釋：「按此二句嘉靖本、五家言本均無，御覽五八五引亦無，似後人所加。」

考異：「下二句宜存，蓋四句統演馭文之馭字義，王校刪非。」

〔三〕二句意謂：文字或去或留、文章或長或短，都在於作者的得心應手。下句亦可解作轡繩長短都在御者手中。

〔四〕黄注：「家語：善御馬者，正身以總轡。」按此見執轡篇。荀子禮論：「故君子上致其隆，下盡其殺，而中處其中，步驟馳騁厲鶩不外是矣。」郭注：「孝經鈎命訣：『三皇步，五帝驟，三王馳。』故後世以步驟連文。」

以上爲第二段，論附會的方法，説明謀篇命意的通病，要求有全局觀點，注意文章的整體性。

故善附者異旨如肝膽〔一〕，拙會者同音如胡越〔二〕。改章難於造篇，易字艱於代句〔三〕。此已然驗也〔四〕。

〔一〕莊子德充符：「自其異者視之，肝膽楚越也。」成玄英疏：「……肝膽生本同一體也，楚越迢遞相去數千。」

〔二〕黄注：「賈誼傳：胡粤之人，生而同聲，及其長而成俗，累數譯不能相通，行有雖死而不相爲者，則教習然也。」按此見漢書。比興篇：「物雖胡越，合則肝膽。」斠詮：「同音如胡越，語襲荀子勸學篇：『干越、夷、貉之子，生而同聲，長而異俗，教使之然也。』自前『夫文變無方』至此『已然之驗也』止，是爲行文時言。總言謀篇布局之旨。」

〔三〕文心雕龍講疏：「練字篇云：故善爲文者，富於萬篇，貧於一字，一字非少，相避爲難也。」隨園詩話卷八：「北史文苑傳稱庾自直爲隋煬帝改詩，許其詆呵；帝必削改至於再三，俟其稱善而後已。……第『改章難於造篇，易字艱於代句』，劉勰所言，深知甘苦矣。」

「改章難於造篇」，指修改某些意義不明確，游離於主題之外，與上下文義不銜接的章節，這必須善於附會，所以比另寫一篇要難。「易字艱於代句」，指更換一個精當的字，使句子通暢，意義明確，更富於表現力，這必須善於煉辭，所以比另造一句要困難。

〔四〕賈誼論時政疏：「故疏者必危，親者必辭，已然之效也。」

昔張湯擬奏而再却〔一〕，虞松草表而屢譴〔二〕，並理事之不明〔三〕，而詞旨之失調也〔四〕。及倪寬更草〔五〕，鍾會易字，而漢武歎奇，晉景稱善者，乃理得而事明，心敏而辭當也〔六〕。以此而觀，則知附會巧拙，相去遠哉！

〔一〕校注：「『擬』，宋本、鈔本御覽引作『疑』；廣博物志二九、文通引同。元本、弘治本、活字本、汪本、佘本、張本、兩京本、何本、胡本、訓故本、梅本……崇文本亦並作『疑』。馮舒、何焯校『疑』爲『擬』，黃氏從之。按應作『擬』。『擬』爲動詞，『擬奏』始能與下句之『草表』相儷。各本作『疑』，蓋狃於漢書兒寬傳『有疑奏已再見却矣』句而改耳。殊不知彼文之『疑奏』，乃指所草之奏言；此處之『擬奏』，則就草擬其奏之事言。所指固不同也。」

訓故：「漢書兒寬傳：張湯爲廷尉，有疑奏，已再見却矣。掾史莫知所爲，寬爲言其意，掾史因使寬爲奏。奏成，即時得可。異日湯見，上問曰：前奏非俗吏所及，誰爲之者？湯言兒寬。上曰：吾固聞之久矣。」

漢書兒寬傳：「（兒寬）善屬文……張湯爲廷尉。廷尉府盡用文史法律之吏，而寬以儒生在其間，見謂不習事，不署曹，除爲從史，之北地視畜數年。還至府，上畜簿，會廷尉時有疑奏，已再見却矣。掾吏莫知所爲。寬爲言其意，掾吏因使寬爲奏。奏成，讀之皆服。以白廷尉湯，湯大驚，召寬與語，乃奇其材，以爲掾。上寬所作奏，即時得可。異日湯見上，問曰：『前奏非俗吏所及，誰爲之者？』湯言兒寬。上曰：『吾固聞之久矣。』湯由是鄉學，以寬爲奏讞掾。」

〔二〕梅注：「世語曰：司馬師命中書令虞松作表，再呈輒不可意，命松更定，經時，松思（竭）不能改。心存之，形於顏色。鍾會察其有憂，問松。松以實答。會取視，爲定五字，松悅服，以呈師。師曰：不當爾耶！」又：「晉景，司馬師。」按此見三國魏志鍾會傳注引。范注：「舉此兩事，蓋以證善附善會之義。」

〔三〕校注：「『理事』，御覽引作『事理』。按銘箴篇『何事理之能閑哉』，雜文篇『致辨於事理』，議對篇『事理明也』，指瑕篇『所以明正事理』，並作『事理』。則此當以御覽所引爲是（論衡宣漢篇有「核事理之情」語）。」

〔四〕校證：「『詞』，兩京本、王惟儉本、鍾本、梁本、崇文本作『辭』，御覽、廣博物志同。」按元刻本作「辭」。

〔五〕校注：「『倪』，元本、弘治本、汪本、佘本、張本、兩京本、胡本、訓故本作『兒』……馮舒校『倪』作『兒』。按以時序篇『嘆兒寬之擬奏』驗之，此必原作『兒』也。漢書（卷五八有傳）作『兒』，『亻』旁後加。」

〔六〕「心敏」，文思敏鋭。

以上爲第三段，舉例説明附會的作用。

若夫絶筆斷章，譬乘舟之振楫〔一〕；〔會詞切理，如引轡以揮鞭〔二〕。〕克終底績〔三〕，寄在寫以遠送〔四〕。

〔一〕紀評：「此言收束亦不可苟。詩家以結句爲難，即是此意。」斟詮：「斷章，語出左氏襄公二十八年傳：『賦詩斷章。』杜注：『譬如賦詩，取其一章而已。』此處但借用其詞，有『分斷章節』之義。振楫，謂收整槳楫也。中庸：『振河海而不洩。』鄭注：『振猶收也。』詩小雅采芑：『振旅闐闐。』鄭箋：『振，猶止也。』」直解爲「譬若駕駛舟船之收整槳楫，必須聚精凝神一氣貫注」。一説「振楫」即揮動船槳，一定要用力。

〔二〕校證：「『譬乘舟之振楫』句下，梅六次本、黄注本、王謨本、張松孫本、崇文本皆有『會詞切

理，如引轡以揮鞭』二句十字，舊本俱無，今從舊本。」
校注：「弘治本、活字本、汪本、佘本、張本、何本、萬曆梅本、合刻本……無此二句。按此二句亦不可少。元本、兩京本、胡本、訓故本、四庫本、崇文本未脱（天啓梅本此二句夾行刻）。」
按元刻本無此二句，楊氏校勘有誤。
校釋：「按嘉靖本、五家言本無此二句，下作『克終底績，寄在遠以寫送』，與絶筆二句爲偶。詳審文義，此段乃論文家結尾之法，故曰『絶筆斷章』，曰『克終底績』，不應復有會詞切理之言。惟『寄在』句或有訛誤，『寫送』乃六朝文人常語，猶今言收束有餘韻也。本書詮賦篇有『寫送文勢』之言，此言致終篇之功，在收筆有不盡之勢也。」

〔三〕「底」，原作「底」。校注：「按『底』當作『底』。已詳詮賦篇『底績於流制』條。（鄭藏鈔本作「底」，未誤。）」斠詮：「底績，謂致功也。書禹貢：『覃懷底績，至於衡漳。』此處有獲致創作功效之意。」

尚書舜典：「乃言底可績。」孔傳：「底，致。」釋文：「底音之履反。王云：致也。馬云：定也。」

〔四〕校證：「『寄在寫以遠送』梅六次本改作『寄深寫遠』，而黄注本等從之。舊本『寫』下無『以』字，梅據沈天啓補。案『克終底績，寄在寫以遠送』，與上『絶筆』二句爲偶，詮賦篇亦有『寫送文勢』之語，惟『寄在』句仍疑有訛誤耳。哀弔贊曰：『寓言以送。』『送』字義同。」

校注：「元本、活字本作『寄在寫遠』，喻林八八引同。弘治本、汪本、佘本作『寄在寫遠送』；張本、何本、萬曆梅本、凌本、合刻本、梁本、秘書本、謝鈔本、岡本、尚本作『寄在寫以遠送』。按諸本皆誤。疑當作『寄在寫送』。『寫送』六朝常語。已詳詮賦篇『迭致文契』條。」

徐復文心雕龍正字：「寄深寫遠——按詮賦篇云：亂以理篇，迭致文契。宋本御覽引下句作『寫送文勢』，與此意略同。疑此『寫遠』亦爲『寫送』之誤，皆指文勢矣。」

斠詮改作「寄深寫送」，是。

郭注：「寄深寫送，謂寄深情以瀉送也。」

文鏡秘府論定位：「開發端緒，寫送文勢，則六言、七言之功也。」王利器校注：「文心雕龍附會篇云：『寄深寫送。』則『寫送』爲六朝、唐人習用語。器按：詩經小雅蓼蕭：『既見君子，我心寫兮。』毛傳：『輸寫其心也。』鄭箋：『我心寫者，輸其情意無留恨也。』漢書趙廣漢傳：『輸寫心腹。』……寫送與輸寫義同。」

世說新語文學篇「桓宣武命袁彦伯作北征賦」條注引晉陽秋：「(袁)宏嘗與王珣、伏韜同侍温坐，温令韜讀其賦，至『致傷於天下』，於此改韻。云：『此韻所詠，慨深千載。今於「天下」之後便移韻，於寫送之致，如爲未盡。』」

若首唱榮華，而媵句憔悴〔一〕，則遺勢鬱湮，餘風不暢〔二〕。此周易所謂「臀無膚，其行次且」也〔三〕。惟首尾相援，則附會之體，固亦無以加於此矣〔四〕。

〔一〕文選班固答賓戲：「朝爲榮華，夕爲憔悴。」
斠詮：「榮華，本謂草木之發花。禮王制：『草木榮華。』爾雅釋草：『木謂之華，草謂之榮。』此處有蓬勃生動之義。」
牟注：「淮南子説林訓：『有榮華者，必有憔悴。』」「媵」，送也。「媵句」即結句。
〔二〕校證：「兩京本、王惟儉本『餘』上有『而』字。」
注訂：「『媵句憔悴』、『餘風不暢』皆謂結筆總章，不可率意。」
校注：「左傳昭公二十九年：『鬱湮不育。』杜注：『鬱，滯也；湮，塞也。』釋文：『湮，音因。』」鍾嶸詩品中評謝朓詩：「善自發詩端，而末篇多躓，此意鋭而才弱也。」
〔三〕范注：「易夬卦九四爻辭：『臀無膚，其行次且。』」
校注：「『且』，弘治本、汪本、張本作『雎』。徐𤊹云：『雎當作且。』何焯改『且』。按廣雅釋訓：『趑雎，難行也。』玉篇隹部：『雎，次雎，行難也。』是『雎』字自可，不必依易夬卦爻辭改爲『且』也。」按元刻本作「雎」。
斠詮：「次且，行不進也。……字亦作趑趄，文選張載劍閣銘：『一人荷戟，萬夫趑趄。』李善注：『趑趄，難行也。』」
〔四〕校證：「鍾本、梁本、日本刊本、崇文本『體』下有『也』字。」
章句篇：「然章句在篇，如繭之抽緒。原始要終，體必鱗次。啓行之辭，逆萌中篇之意；絶

筆之言，追勝前句之旨；故能外文綺交，内義脈注，跗萼相銜，首尾一體。」文鏡秘府論論體：「大略而論，建其首，則思下辭而可承；陳其末，則尋上義不相犯；舉其中，則先後須相附依，此其大指也。」宋陳善捫蝨新話卷二「作文貴首尾相應」條：「桓温見八陣圖曰：此常山蛇勢也，擊其首則尾應，擊其尾則首應，擊其中則首尾俱應。予謂此非特兵法，亦文章法也。文章亦要宛轉回復，首尾相應，乃爲盡善。山谷論詩文亦云：每作一篇，先立大意，長篇須曲折三致意，乃成篇耳。此亦常山蛇勢也。」

把各個部分的順序組織好，「使首尾相援」，像古人所説的「常山蛇」似的「擊其首則尾應，擊其尾則首應，擊其中則首尾俱應」（孫子九地篇原文「應」作「至」），這様就算達到無以復加的地步了。

如柳宗元送薛存義序，開頭一段是「河東薛存義將行，柳子載肉於俎，釃酒於觴，追而送之江之滸，飲食之。」結尾云：「吾賤且辱，不得與考績幽明之説；於其往也，故賞以酒肉而重之以辭。」全文首尾，以設宴送别相呼應，使整篇貫穿一氣，即是「首尾相援」。第四段説明要寫好結尾，使能「首尾相援」。

贊曰：篇統間關，情數稠疊〔一〕。原始要終〔二〕，疏條布葉〔三〕。道味相附〔四〕，懸緒自接〔五〕。如樂之和，心聲克協〔六〕。

〔一〕郭注：「詩小雅車舝：『間關車之舝兮。』傳：『間關，設舝也。』陳奐疏：『以舝設車軸間曰間關。』此處以間關指車舝，即車轂。篇章統一於中心思想猶車輻統一於車轂也。兩句本當作『情數稠疊，篇統間關』，今作『篇統間關，情數稠疊』者，倒句就韻也。」神思篇：「若情數詭雜，體變遷貿。」

校注：「按此與下句『情數稠疊』相對，而各明一義。『篇統間關』，喻結構之曲折；『情數稠疊』，喻内容之繁富。則『間關』二字，與詩小雅車舝之『間關』異趣。漢書王莽傳下：『間關至漸臺。』顔注：『間關，猶言崎嶇展轉也。』後漢書鄧騭傳：『騭等辭讓不獲，遂逃避使者，間關詣闕。』李注：『間關，猶崎嶇也。』又荀彧傳論：『荀君乃越河冀，間關以從曹氏。』李注：『間關，猶展轉也。』解此並合。」

〔二〕易繫辭：「原始要終，以爲質也。」考慮到開頭結尾，即上文所謂「制首以通尾」。

〔三〕「疏」，分佈也。

〔四〕「道」謂文理，内容。「味」，滋味，韻味。本篇：「統緒失宗，辭味必亂。」

〔五〕「懸緒自接」，懸浮的思緒自會銜接。斠詮：「言文之情理與神韻能互相依附，則紛亂支離之思緒將自然銜接矣。」

〔六〕黄注：「左傳：如樂之和，無所不諧。」按此見襄公十一年。法言問神篇：「言，心聲也。」「心聲克協」，就是説作品的文辭能够諧協。亦可解作作者的心思與聲律可以諧調無間。

下面援引西方文論中類似附會的關於文章整體性的論述以資比較：亞里斯多德詩學第七章：「所謂『完整』，指事之有頭、有身、有尾。所謂『頭』，指事之不必然上承他事，但自然引起他事發生者；所謂『尾』恰與此相反，指事之按照必然律或常規自然的上承某事者，但無他事繼其後；所謂『身』，指事之承前啓後者。所以結構完美的佈局不能隨便起訖，而必須遵照此處所說的方式。」又第八章：「在詩裏，正如在別的摹仿藝術裏一樣，一件作品只摹仿一個對象；情節既然是行動的摹仿，它所摹仿的就只限於一個完整的行動，裏面的事情要有緊密的組織，任何部分一經挪動或删削，就會使整體鬆動脱節。要是某一部分可有可無，並不引起顯著的差異，那就不是整體中的有機部分。」

賀拉斯詩藝：「如果畫家作了一幅畫像：上面是個美女的頭，長在馬頸上，四肢是由各種動物的肢體拼湊起來的，四肢上又覆蓋着各色羽毛，下面長着一條又黑又醜的魚尾巴……如果你們看見這幅圖畫，能不捧腹大笑嗎？……有的書就像這種畫，書中的形象就是病人的夢魘，是胡亂構成的，頭和脚可以屬於不同的族類。……總之，不論作什麽，至少要作到統一、一致。」朱光潛説：「賀拉斯還把和諧整體的要求推廣到風格方面。他反對爲着炫耀，在作品中插進一些色彩特别鮮艷的與上下文不協調的詞藻。他把這種賣弄詞采的段落取了一個有名的諢號——『大紅補釘』。」（西方美學史）

郎吉弩斯論崇高第四十章：「文章要靠佈局才能達到高度的雄偉，正如人體要靠四肢五官的配合才能顯得美。整體中任何一部分如果割裂開來孤立地看，是没有什麽引人注意的，但是把所有各部分綜合在一起，就形成一個完美的整體。」朱光潛説：「從此可見……他認爲完滿一致的整體就是和諧，也就是美。」（西方美學史）

總術第四十四

神思篇：「心總要術。」

札記：「此篇乃總會神思以至附會之旨，而丁寧鄭重以言之，非别有所謂總術也。篇末曰：『文體多術，共相彌綸，一物攜貳，莫不解體，所以列在一篇，備總情變。』然則彦和之撰斯文，意在提挈綱維，指陳樞要明矣。……今當取全文而爲之銷解，庶覽者毋惑焉。若夫練術之功，資於平素，明術之效，呈於斯須。割情析采，籠圈條貫，摛神性，圖風勢，苞會通，閲聲字，其事至多，其例至密，其利害是非之辨至紛紜。必先之以博觀，繼之以勤習，然後覽先士之盛藻，可以得其用心，每自屬文，亦能自喻得失。真積力久，而文術稠適，無所滯疑，縱復難得善文，亦可退求無疚，雖開塞之數靡定，而利病之理有常。顔之推云：『但使不失體裁，辭意可觀，遂成才士。』言成就之難也。是以練術而後爲文者，如輪扁之引斧，棄術而任心者，如南郭之吹竽。繩墨之外，非無美材，以不中程而去之無吝；天籟所激，非無殊響，以不合度而聽之者告勞。是知術之於文，等於

規矩之於工師，節奏之於矇瞍，豈不先曉解而可率爾操觚者哉？若夫曉術之後，用之臨文，遲則研京以十年，速則奏賦於食頃，始自用思，終於定稿，同此必然之條例，初無歧出之衢途。蓋思理有恒，文體有定，取勢有必由之準臬，謀篇有難畔之綱維，用字造句，合術者工而不合術者拙，取事屬對，有術者易而無術者難。聲律待術而後安，采飾待術而後美，果其辨之有明通之識，斯爲之無憒惑之虞。雖文意細若秋毫，而識照朗於鏡鐩。故曰『乘一總萬，舉要治繁』也。」

校釋：「術之本義，説文曰：『邑中道也。』引申之，凡可由之以行者曰術。禮記樂記：『然後心術形焉。』注：『術，所由也。』是其證矣。此以具體之物，名抽象之義也。術之訓道，訓法，皆此類。由法再引申之，又訓藝。……總括言之，術有二義：一爲道理，一指技藝。本篇之術屬前一義，猶今言文學之原理也。……舍人論文，每以文與心對舉，而側重在心。本篇所謂總者，即以心術總攝文術而言也。……紀氏既以文章技藝視此術字，又於所謂總者，未能致思，故謂辨明疑似一段，與上下文不相屬。」

范文瀾中國通史簡編（修訂本）第二編：「劉勰……不承認有抽象的文學的天才，而主張仔細觀察事物的『要害』，學習作文的法則（「術」）……文心雕龍的根本宗旨，在於講明作文的法則，使讀者覺得處處切實，可以由學習而掌握文術，即使講到微妙處（「言所不追」處），也並無神秘不可捉摸的感覺。」

陸、牟注：「劉勰稱藝術構思爲『馭文之首術』（神思），稱繼承與革新爲『通變之術』（通變），

甚至論『風骨』也説『兹術或違，無務繁采』（風骨）。所以，這裏的『術』概括了劉勰所論各種創作原理、方法和技巧。」

文心雕龍注訂：「總術者，總論行文之術也。篇中云：文體多術。又云：備總情變者，即命題之旨。術者，運筆措辭之法式也。……故知能控引制勝，全在於術，而術又全賴於學耳。」

斠詮：「總論文術之當講求也。……術者，謀篇、安章、運筆、措辭之法式也。」

郭注：「本篇題解，各家注釋，頗有分歧。……今以爲：總就是總持，也就是駕馭，術就是道術，也就是方法。本篇論述駕馭全篇的重要性，所以標名總術。但是駕馭什麽，本篇未曾暢論。實質上他説要駕馭的，就是徵聖所説的繁、略、顯、隱四項，宗經所説的：風、情、事、義、體、文六義；也就是上篇所論的各體的體要，下篇所論的剖情析采各項。從駕馭體要和安排情采來談寫作手法。

「作者認爲總持全篇比注意某一方面爲重要，所以説『陸氏文賦，號爲曲盡，然汎論纖悉，而實體未該』。由於此，必然認爲研術比練辭爲重要，所以他反對『多欲練辭，莫肯研術』。他進一步指出創作有客觀規律，全文有發展邏輯，一個作家如果拋棄創作的客觀規律，主觀片面，隨心所欲，必然要失敗的。所以他再三强調『執術馭篇』，反對『棄術任心』。」

劉勰對於寫作原則和寫作方法是非常重視的。從神思到附會，講了許多文學理論、寫作方法和修辭手段之後，專門寫了一篇總術，從總的方面論述了寫作法則的重要性。所謂「總術」是

總文心諸篇所言之「術」合而論之，不是在講寫作的具體技巧，是針對當時文人「多欲練辭，莫肯研術」，只注意細節，而忽視整體來講的。

今之常言〔一〕，有文有筆；以爲無韻者筆也，有韻者文也〔二〕。夫文以足言〔三〕，理兼詩書〔四〕；別目兩名，自近代耳〔五〕。

〔一〕范注：「宋翔鳳過庭録云：『所謂今之常言者，蓋謂當時功令有此別目也。元刻作「令」，俗刻改爲今。』案宋説迂，『令』自是『今』字之誤。」

校注：「『令』，黄校云：『元作令，商改。』徐𤊹『令』改『今』。按『今』字是，元本、覆刻汪本、張本、兩京本、何本、胡本、訓故本、謝鈔本、四庫本並作『令』，不誤。」按弘治本亦作「令」。

〔二〕趙翼陔餘叢考卷二十二詩筆：「陸游筆記：『六朝人謂文爲筆。』（見老學庵筆記卷九）……不知六朝人之稱文與筆，又自有別。文心雕龍曰：『今俗常言：無韻者，筆也；有韻者，文也。』是六朝人以韻語爲文，散行爲筆耳。按南史沈約傳：『謝玄暉善爲詩，任彦昇工於筆，約兼而有之。』……則六朝所謂文筆，當以劉勰言爲據也。」

阮元揅經室集續集卷三文韻説：「福問曰：『文心雕龍云：今之常言，有文有筆，以爲無韻者，筆也；有韻者，文也。據此，則梁時恒言，有韻者，乃可謂之文。而昭明文選所選之文，不押韻腳者甚多，何也？』曰：『梁時恒言，所謂韻者，固指押韻腳，亦兼謂章句中之音韻，即

古人所言之宫羽，今人所言之平仄也。』」

札記：「『今之常言』八句，此一節爲一意，論文筆之分。案彦和云：文筆别目兩名自近代；而其區叙衆體，亦從俗而分文筆，故自明詩以至諧讔，皆文之屬；自史傳以至書記，皆筆之屬。雜文篇末曰：漢來雜文，名號多品；書記篇末曰：筆劄雜名，古今多品。詳雜文名目猥繁，而彦和分屬二篇，且一曰雜文，一曰筆札，是其論文叙筆，囿别區分，疆畛昭然，非率爲判析也（諧讔篇曰：文辭之有諧讔，譬九流之有小説。是彦和之意，以諧讔爲文，故列史傳前）。書中多以文筆對言，惟事類篇曰『事美而制於刀筆』，爲通目文翰之辭。鎔裁篇『草創鴻筆，先標三準』，爲兼言文筆之辭。頌讚篇『相如屬筆，始讚荆軻』，爲以筆目文之辭。蓋散言有别，通言則文可兼筆，筆亦可兼文（劉先生云「筆不該文」，未諦），審彼三文，棄局就通爾。」

文心雕龍校證序録：「總術篇説：『今之常言，有文有筆；以爲無韻者筆也，有韻者文也。』他以爲這是『今之常言』，顯然這是當時一般文人對文學的認識反映在對各種文體的態度。不過他只籠統的説這是有韻和無韻之分而已，他並没有告訴我們具體的内容怎樣。……空海（七七四——八三五）文鏡秘府論西册文筆十病得失引文筆式道：『製作之道，唯筆與文：文者，詩賦銘頌箴讚弔誄等是也；筆者，詔策移檄章奏書啓等是也。即而言之，韻者爲文，非韻者爲筆。』日本國見在書目有文筆式二卷，不詳撰人，當即此書。這就是當文筆之説

盛行的時代應運而生的小册子。又日本沙門了尊悉曇輪略圖鈔七引□遊（源爲憲云）：『詩賦銘頌箴讚弔（原誤「序」）誄謂之文，詔（原誤「紹」）策檄移章奏書啓謂之筆。』又日本二中曆十二書體曆文筆：『文：詩，賦，銘，頌，箴，讚，弔，誄。筆：詔，策，移，檄，章，奏，書，啓。今按有韻爲文，無韻爲筆。』了尊自序，紀年爲『弘安滿數之歲』（一二八六），二中曆於元德二年（一三三〇）稱『今上』，則爲後醍醐朝作品，他們所出的文筆之分，與空海所引的全然相同；再拿去和文心雕龍的編目比較，並無一差二錯，由是可知劉彦和是把文筆之分搞得一清二楚，以便教人『務先大體，鑑必窮源』了。」

郭紹虞文筆説前後期的一貫性説：「劉勰所謂『有韻爲文，無韻爲筆』是指的押脚韻，而對於調和句子中的聲律則稱爲『和』。」（見照隅室古典文學論集下册文筆説考辨）

朱恕之文心雕龍研究關於文筆一節：「在文心中提到文筆的地方，有的是可以看做泛論文章的文學術語用的。如風骨篇『群才韜筆』，鎔裁篇『草創鴻筆』，章句篇『裁文匠筆』，又『若夫筆句無常』，風骨篇『唯藻耀而高翔，固文筆之鳴鳳也』，凡此之屬，對於文筆，看來只是泛泛的稱用，並没有什麽界限。有的也可以看做隨俗而區分的。文筆的區分，在當時本來是倡行之事；所以彦和在立文的時候，也就不免流露出這樣的品評。如檄移篇『鍾會檄蜀……桓公檄胡……並壯筆也』，章表篇『左雄奏議……蓋當時之傑筆也』，奏啓篇『奏之爲筆』，書記篇『漢來筆札，辭氣紛紜』，時序篇『庾以筆才逾親』，才略篇『孔融氣盛於爲筆，禰衡

思銳於爲文』，又『長虞筆奏』，凡此之屬，看來都是從俗來評論的。」

〔三〕校注：「按左傳襄公二十五年：『仲尼曰：「志有之，言以足志，文以足言。」』『詩』，謂有韻之文；『書』，謂無韻之文。」

〔四〕楊明照文心雕龍研究中值得商榷的幾個問題：「這一篇本是綜述從神思到附會所論文術的重要性的，爲什麼又涉及文體的問題呢？劉勰的意思大概這樣，文術是由文體而來，在强調研術之前，應該從過去有關文體的區分説起。明詩到書記之所以放在上篇論叙，從這裏也就可以看出用意所在。……『夫文以足言，理兼詩書』是所持的理由；『詩』『書』是韻文和散文的代詞，『詩』就有韻之文言，『書』就無韻之文言，並非專指詩經和書經。『別目兩名』的『兩名』，是指的『文』和『筆』。」（文史第五輯）

〔五〕「目」是稱。

郭紹虞文筆説考辨文筆區分與駢文發展的關係：「駢文發展了，和韻文的區別更明顯了，和其他散文如『言』和『語』之類也有區別了，於是只能把這一種駢體文稱之爲『筆』，以示區別，使它不同於韻文，也不同於一般的『言』和『語』。所以文筆之分最初是有韻無韻之分。」又：「劉勰説得很清楚……他在文心雕龍中所謂近代，往往是指南朝劉宋以後的。」

又文筆説的前期與後期：「劉勰以爲『文以足言，理兼詩書』，詩指有韻之文，書指無韻之文，何必多此一舉？所以説『別目兩名，自近代耳』。」

札記：「文筆以有韻無韻爲分，蓋始於聲律論既興之後，濫觴於范曄、謝莊。」又：「聲律論既興，濫觴於范曄、謝莊，而王融、謝朓、沈約揚其波，以公家之言不須安排聲韻，而當時通謂公家之言爲筆，而立無韻爲筆之説，其實『筆』之名非自無韻得也。然則屬辭爲筆，自漢以來之通言；無韻爲筆，劉宋以後之新説。要之，聲律之説不起，文筆之别不明。故梁元帝謂『古之文筆，今之文筆，其源又異』。」

斠詮：「彦和本不主張有文筆之分，故云：『别目兩名，自近代耳。』惟當時風氣使然，故彦和序志篇亦有『若乃論文叙筆，則囿别區分』之語，於二、三、四、五卷之論文體，分爲有韻文十篇，無韻文十篇，且曰：『上篇以上，綱領明矣。』」

論衡超奇篇：「文軌不尊，筆疏不續也。豈無憂上之吏哉？乃其中文筆不足類也。」其中雖然用了「文筆」二字，但不是並列關係。

周注説明：「總術是創作論的總論，因爲全書的序言放在末了，所以創作論的總論也放在創作論的末了。在文體論裏，是按照文和筆分類的，所以創作論的總論也從文和筆談起。」

顔延年以爲：「筆之爲體，言之文也〔一〕；經典則言而非筆，傳記則筆而非言〔二〕。」請奪彼矛，還攻其盾矣〔三〕。何者？易之文言，豈非言文！若筆果言文〔四〕，不得云經典非筆矣。將以立論，未見其論立也〔五〕。

〔一〕校注：「按『文』謂文采，猶云言之文飾者也。」

郭紹虞文筆説考辨文筆説的前期與後期：「由於文學語言之日趨駢化，即序事傳記之文也少散文單行之體，那麽同樣是無韻，而中間有『筆』和『語』的區别……所以顔延年説：『筆之爲體，言之文也。』」又經典的兩重性：「詩三百篇全屬韻文，而易之文言『偶句凡四十有八，韻語凡三十有五』（研經堂集書梁昭明太子文選序後），也不能説是『言』。所以劉勰非之。」

饒宗頤文心雕龍探源四劉勰思想與宗炳顔延之之關係文筆之辨，以「史傳」入筆：「顔氏『精於論文』（詩品），其論文筆之語，不見於現存之庭誥，惟文心、總術篇云：『夫文以足言……傳記則筆而非言。』略窺梗概，測其意似顔氏區爲言、筆、文三等，而以史傳歸入『筆』之範圍，筆亦言之有文者也。彦和以史傳、諸子納於筆中，未始非基於顔氏之説，總術篇對顔氏多加非難，論者以爲未當。（見逯欽立説文筆，歷史語言研究所集刊第十六本）考其重視諸子，乃受葛洪之影響，其采及史傳，則又根據延之傳記屬於筆之説，彰彰明甚。」

陸、牟注：「顔延之認爲經書（如尚書）文采很少，所以屬於言，傳記（如左傳）文采稍多，所以屬於筆。」

〔二〕范注：「顔延年謂『經典則言而非筆，傳記則筆而非言』，此『言』字與『筆』字對舉，意謂直言事理，不加彩飾者爲『言』，如尚書之類是；言之有文飾者爲『筆』，如左傳、禮記之類是；其

有文飾而又有韻者爲『文』。顔氏分爲三類，未始不善，惟約舉經典傳記，則似嫌籠統。蓋文言經典也，而實有文飾，是經典不必皆『言』矣；况詩三百篇又爲韻文之祖耶！」

〔三〕校注：「按韓非子難一篇：『楚人有鬻楯與矛者，譽之曰：「吾楯之堅，物莫能陷也。」又譽其矛曰：「吾矛之利，於物無不陷也。」或曰：「以子之矛陷子之楯，何如？」其人弗能應也。』」

按又見韓非子難勢篇。

〔四〕校證：「『果』原作『不』。黄侃云：『「不」字爲「爲」字之誤。』今案『不』字乃『果』字草書形近之誤，此承顔説而爲言也。故改爲『果』字。序志贊『文果載心』，句法同。」

校釋：「按黄説是也，而所改之『爲』字，猶未的。『不』乃『果』之壞字，承顔説而言果也。」

斠詮：「潘重規氏云：『規案「不」似「乃」字形近之誤。韓子内儲説下：「因請立齊爲東帝而不能成也。」顧廣圻曰：「不當作乃。」亦「乃」誤爲「不」也。』潘説然，兹據改。」

〔五〕文心雕龍注訂：「未見其論立，駁顔氏之説，蓋未許文筆之强分也。」

札記：「顔延年之説，今不知所出，宜在所著之庭誥中。蓋顔氏嘗多論文之辭，而頗多疏失，如詩品下引王融之言曰：『宫商與二儀俱生，自古詞人不知之，唯顔憲子（即延之之謚）乃云律吕音調，其實大謬。』延之論音律而見誚於元長，亦猶論言筆而見誚於彦和矣。顔氏之分言筆，蓋與文筆不同，故云『筆之爲體，言之文也』，此文謂有文采，經典質實，故云非筆，傳記廣博，故云非言，然易明有文言，是經典亦可稱筆，彦和以此駁之，殊爲明快。」

予以爲發口爲言，屬筆曰翰〔一〕，常道曰經，述經曰傳〔二〕。經傳之體，出言入筆〔三〕，筆爲言使，可强可弱〔四〕。六經以典奧爲不刊〔五〕，非以言筆爲優劣也〔六〕。

〔一〕校注：「論衡書解篇：『出口爲言，集札爲文。』又：『出口爲言，著文爲篇。』又按以下文『出言入筆，筆爲言使』及『非以言筆爲優劣也』驗之，『屬筆曰翰』，當乙作『屬翰曰筆』。」

王更生范注文心駁正：「『翰筆』二字互倒。案上文：『筆之爲體，言之文也。』『經典則言而非筆，傳記則筆而非言。』皆以筆與言對文，此處上句爲『發口爲言』，自亦應以『言』對『筆』；下文『出言入筆，筆爲言使』，及『非以言筆爲優劣也』，皆承此『言』『筆』對文而言，作『翰』者乃淺人所妄易，應依文理、辭例改。」

梁元帝金樓子立言篇下：「古人之學者有二，今人之學者有四。夫子門徒，轉相師受，通聖人之經者，謂之儒。屈原、宋玉、枚乘、長卿之徒，止於辭賦，則謂之文。今之儒，博窮子史，但能識其事，不能通其理者，謂之學。至如不便爲詩如閻纂，善爲章奏如伯松，若此之流，汎謂之筆。吟詠風謡，流連哀思者，謂之文。筆退則非謂成篇，進則不云取義，神其巧慧，筆端而已。至如文者，惟須綺縠紛披，宫徵靡曼，脣吻遒會，情靈摇蕩，而古之文筆，今之文筆，其源又異。」

札記：「案文筆之别，以此條爲最詳明。其於聲律以外，又增情采二者，合而定之，則曰有情采韻者爲文，無情采韻者爲筆。」但這是文筆之分的新發展，並不能代表劉勰的主張。

札記：「『顏延之以爲筆之爲體』至『非以言筆爲優劣也』，此一節爲一意，先序顏延之言筆之分，中舉證以駁之，終述己意以折顏。」斠詮：「顏延之贈王太常詩：『屬美謝繁翰。』注：『屬，綴。』……漢書揚雄傳（長楊賦）：『故藉翰林以爲主人。』注：『翰，筆也。』」郭注：「此承上文言、筆、經、傳四者而分別釋之，此句釋筆耳。」「翰」，詞翰，即文札書信之類。

〔二〕校注：「論衡書解篇：『聖人作其經，賢者造其傳，述作者之意，采聖人之志　故經須傳也。』博物志四：『聖人制作曰經，賢者著述曰傳。』」

〔三〕郭注：「『出言入筆』謂出之於口，筆之於書。」

〔四〕范注：「强弱，猶言質文。」此謂筆是言所驅使，可以使它文采多些少些。

〔五〕校證：「『六』原作『分』。黄注云：『疑有脱誤。』黄侃云：『分當作六。』案黄説是，今改。」劉歆答揚雄書：「是縣諸日月，不刊之書也。」范注：「文心書中，屢以文筆分類，此處蓋專指顏氏分經傳爲言、筆論之。」校釋：「范注……不從黄校，恐非。」

〔六〕札記：「予以爲以下數語，言屬翰（原作「筆」，依本文校改）皆稱爲筆，而經傳又筆中之細名。同出於言，同入於筆，經傳之優劣在理，而不以言筆爲優劣也。信如此言，則上一節所云文筆之分，何不可以是難之。以此而觀，知彦和不堅守文筆之辨明矣。」

昔陸氏文賦，號爲曲盡〔一〕；然汎論纖悉〔二〕，而實體未該〔三〕。故知九變之貫匪

窮，知言之選難備矣〔四〕。

〔一〕文賦序：「故作文賦，以述先士之盛藻，因論作文之利害所由，他日殆可謂曲盡其妙。」李善注：「委曲盡文之妙理。」

〔二〕斠詮：「汎論纖悉，謂博説作法之利害頗爲詳細也。……論語學而：『汎愛衆而親仁。』劉寶楠正義：『廣雅釋言：汎，博也。』……纖悉，亦作孅悉。漢書食貨志：『古之治天下，至孅至悉也。』注：『孅，細也。悉，盡其事也。』」

〔三〕札記：「此一節言陸氏文賦所舉文體未盡，而自言圓鑒區域大判條例之超絶於陸氏。案文賦以辭賦之故，舉體未能詳備，彦和拓之，所載文體，幾於網羅無遺。然經傳子史，筆劄雜文，難於羅縷，視其經略，誠恢廓於平原，至其詆陸氏非知言之選，則亦尚待商兑也。」郭紹虞文筆説考辨經典則言而非筆的問題：「劉勰只看到偏重形式技巧的弱點，想挽救這種形式主義傾向的文風，才强調内容，强調情志，所以他的有韻無韻之説也就只能成爲文章中的文筆之分。他把當時的文筆之説放在總術中談，所以説『筆爲言使，可强可弱』。下文他再接着説：『昔陸氏文賦……實體未該。』可能他即因文賦没有講到内容實質的問題，也即没有講到宗經徵聖的問題，所以是『實體未該』。他没有理解到『實體』與宗經問題没有多大關係。」

斠詮：「實體未該，實辨文體之異同則未該備也。……楚辭招魂：『招具該備。』注：『該，亦

備也。』」

郭注：「今案黄氏以『體』爲『文體』恐非。一、此篇論總術，而涉及文體，似不關切要；二、此言『實體』，非言『文體』，亦非單獨言『體』，黄氏舍去『實』字，專釋『體』字，謂『體』爲『文體』，猶或可通，謂『實體』爲『文體』，則難爲説也。今以爲『實體』猶今言要點、實質也，指總術而言。」

〔四〕校證：「『貫』原作『實』，梅據楊改云：『漢書（武帝紀）引逸詩：「九變復貫，知言之選。」』案王惟儉本正作『貫』。『窮』原作『躬』，梅據孫汝澄改，王惟儉本作『躬』。」

訓故：「漢書武帝元朔元年春三月詔：詩云：九變復貫，知言之選。」按此見武帝本紀。范注：「應劭曰：逸詩也。……師古曰：『貫，事也。選，擇也。』」校釋：「貫字之義，孟康訓爲道，師古訓爲事，皆非也。荀子天論，有『不知貫不能應變』之文，楊倞注曰：『貫，條貫也。』條貫即一貫，一貫者，不變之常理，與九變對文，意甚分明。舍人所謂九變之貫，即指文學原理而言。蓋辭有質文，因時而異，理無二致，不以代殊，故曰『九變之貫』，猶言萬變之宗也。逸詩『九變復貫』，貫亦一也，猶言九變而復於一也。數極於九，至九則復歸於一，故曰『復貫』也。」「匪窮」，無窮。全句意謂事物的變化是無窮的。文體的變化既然無窮，懂得這種變化的人可算是難得了。

郭注：「『九變』，承上文『汎論纖悉』而言，指各種文情變化。『貫』，即論語『吾道一以貫之』

的『貫』，唯此處作名詞用，承上文指『實體』，即謂總術。……兩句蓋謂陸機雖『汎論纖悉』而不談總術，所以非『知言之選』也。」

凡精慮造文，各競新麗，多欲練辭，莫肯研術〔一〕。落落之玉，或亂乎石；碌碌之石，時似乎玉〔二〕。精者要約，匱者亦尠；博者該贍，蕪者亦繁〔三〕；辯者昭晳〔四〕，淺者亦露；奥者複隱，詭者亦曲〔五〕。或義華而聲悴，或理拙而文澤〔六〕。

〔一〕即風骨篇所謂「文術多門，明者弗授，學者弗師，習華隨侈，流連忘反」也。郭注：「此齊梁通病，故鄭重言之。」

這是他批評當時的文風，一般文人在用心思作文的時候，只在詞句的選擇上下功夫，追求新奇華麗，而不肯鑽研寫作法則。這個「術」是包括了寫作的根本原則和具體方法在内的。由於「莫肯研術」，結果是玉石不分。

校釋：「此二句斥但講枝末，而忽視本原者之辭也。講枝末者，但求敷藻設色之法，諧聲協律之功，若今傳四聲八病之説，繁苛枝碎，殆其遺矣。」

〔二〕黄注：「老子法本：不欲琭琭如玉，落落如石。」注訂：「老子第三十九章：『不欲琭琭如玉，落落如石。』河上公注：『碌碌喻少，落落喻多。』此言多少易混，而玉石難分也。下文『調鐘』至『何必窮初終之韻』，皆演此義。」

校證：「案老子三十九章：『不欲碌碌若玉，落落若石。』此彥和所本。晏子春秋内篇下亦云：『堅哉石乎！落落，視之則堅，無以爲久，是以速亡也。』此文『碌碌』『落落』，疑當互易。」校注：「後漢書馮衍傳下：『又自論曰：馮子以爲夫人之德，不碌碌如玉，落落如石。』李注：『老子德經之詞也。言可貴可賤，皆非道真。玉貌碌碌，爲人所貴；石形落落，爲人所賤。』疑此處『玉』『石』二字淆次。」

朱謙之老子校釋：「『琭琭』或作『碌碌』，或作『淥淥』，又作『禄禄』，又作『鹿鹿』。『落落』，或作『珞珞』，或作『硌硌』，蓋皆一聲之轉與傳寫之異，古人通用。」張松如老子校讀：「琭琭、碌碌，玉美貌；珞珞、落落，石惡貌。」

斠詮改作「碌碌之玉，或亂乎石；落落之石，時似乎玉」。謂：「碌碌然溫潤之玉，間或外形與石相混，落落然堅緻之石，有時表現與玉無殊，比喻無術者外表雖與有術者無甚區别，而有術者之素養則與無術者大相逕庭也。……落落，王弼注：『石堅貌。』碌碌，廣韻：『石綠色。』」

〔三〕校證：「『蕪』原作『無』，梅據朱改。徐校同；案王惟儉本正作『蕪』。」

鎔裁篇：「辭敷而言重，則蕪穢而非贍。」

〔四〕校注：「『晢』，元本、弘治本、汪本、佘本、張本、兩京本作『哲』。按『晢』字是。已詳徵聖篇『文章昭晰以象離』條。」明詩篇：「驅辭逐貌，唯取昭晰之能。」

〔五〕校證：「『曲』原作『典』，誤，今改。『匱尠』，『蕪繁』，『淺露』，『詭曲』，皆聯字爲義，若作『詭典』，則文不成義也。宗經篇、頌讚篇俱有『纖曲』語，曲字義與此同。明詩篇『清典可味』，今本『典』皆作『曲』，此本書『典』『曲』二字互誤之證。」校釋：「按此『典』字亦應作『曲』字，詳體性篇『馥采典文』校語。」

〔六〕注訂：「精、匱，博，蕪，辯、淺，奥、詭八項，論玉石相混之弊，故有『義華聲悴，理拙文澤』之言也。」

文賦：「或辭害而理比，或言順而義妨。」神思篇：「拙辭或孕於巧義，庸事或萌於新意。」雜文篇：「陳思客問，辭高而理疏；庾敳客咨，意榮而文悴。」

劉勰提出的四種壞典型「匱」（貧乏）、「蕪」（蕪雜）、「淺」（淺薄）、「詭」（詭奇），表面上卻和四種好典型「精」（精密）、「博」（淵博）、「辯」（雄辯）、「奥」（深奥）有相似的地方：精練的人，文章簡單扼要；可是文思貧乏的人，字數也寫得少。淵博的人，文章材料豐富完備，可是文筆蕪雜的人，寫起來也很繁多。雄辯的人，文章明白清楚；淺薄的人，辭句也很顯露。深奥的人，寫的比較複雜含蓄；故作詭奇的人，文章也曲折難懂。有的文章内容豐富而聲調不響亮；有的文章思理拙劣而文采豐潤。

知夫調鐘未易〔一〕，張琴實難〔二〕。伶人告和〔三〕，不必盡窕槬之中〔四〕；動用揮扇〔五〕，何必窮初終之韻〔六〕？魏文比篇章於音樂〔七〕，蓋有徵矣〔八〕。

〔一〕綴補：「呂氏春秋長見篇：『晉平公鑄爲大鐘，使工聽之，皆以爲調矣。師曠曰：「不調，請更鑄之。」平公曰：「工皆以爲調矣。」師曠曰：「後世有知音者，將知鐘之不調也。臣竊爲君恥之。」至於師涓，而果知鐘之不調也。』（又見淮南子脩務篇）」

〔二〕漢書禮樂志：「辟（譬）之琴瑟不調，甚者必解而更張之，乃可鼓也。」「張琴」，在琴上張弦定音。

〔三〕斯波六郎：「國語周語下：『二十四年鐘成，伶人告和，王謂伶州鳩曰：鐘果和矣。對曰：未可知也。』」

〔四〕訓故：「左傳：周景王將鑄無射，伶州鳩曰：夫音，樂之輿也，而鐘，樂之器也。窕則不咸，槬則不容，今鐘槬矣。」

校證：「『槬』，汪本、佘本作『瓜』，『瓜』下有『棓』字，此一字誤爲二字也。梅本『槬』下有『棓』字，注云：『窕槬二字見國語（當云見左傳昭公二十一年）。「棓」字衍。』梅六次本剜去『棓』字。馮本、張之象本、兩京本、何允中本、日本活字本、王惟儉本、凌本、鍾本、梁本、日本刊本，王謨本、張松孫本，崇文本俱無『棓』，今從之。」

范注：「左傳昭公二十一年：『天王將鑄無射。泠州鳩曰：王其以心疾死乎？……小者不窕，大者不槬，則和於物。物和則嘉成。』杜注：『窕，細不滿；槬，橫大不入。』『棓』字衍，當删。」校注：「『棓』，黄校云：『字衍。』元本、弘治本、活字本、張本、兩京本、何本、胡本、訓故

本……並無『㮰』字。按『㮰』當據删。蓋寫者誤重『㮁』字未竣時，知其爲衍，故未全書，傳寫者不察，亦復書出，遂致文不成義。」「中」，適中。

注訂：「窕，細小不充，㮁，横大不入，此言雖伶人告和，其中音節巨細，或不盡相容也。㮁，音化。」

斠詮謂：「『㮁』應作『摦』。」洪亮吉春秋左傳詁：「徐鉉新附有『摦』字，五經文字本收『摦』字，云『户化反，見春秋傳』，則此字不應從木旁。」左傳會箋：「小大以聲言。窕，輕薄細小也。……玉篇：『瓠，胡化切，寬也。』廣韻云：『寬也，大也。』」（見斠詮引）

〔五〕范注：「『動用揮扇』二句，未詳其義。」

綴補：「此承上文『張琴實難』而言。『動、用、揮、扇』四字叠義。（古書四字叠義之例甚多，詳拙著史記伯夷列傳斠證「此其尤大彰、明、較、著者也」條。）易繫辭下：『變動不居。』虞注：『動，行也。』方言六：『用，行也。』動、用並可訓行，則用亦猶動矣。廣雅釋詁一：『揮，動也。』集韻：『扇，一曰動也。』用、揮、扇並有動義，故與動字叠用。上文言『張琴實難』，則動、用、揮、扇琴之時，不必窮初終之韻也。」

楊明照文心雕龍研究中值得商榷的幾個問題：「『知夫調鐘未易……何必窮初終之韻』，都是以音樂的演奏鐘和琴相喻。從結構層次上分析，『伶人告和，不必盡窕㮁之中』是承『調鐘』句；『動用揮扇，何必窮初終之韻』，則承『張琴』句。從文字含義上考索，『伶人告和』見

國語周語下，『窕槬』見左傳昭公二十一年，都屬於周景王鑄無射鐘的故實，這裏用來比方寫作的技巧； 那麽主張『辭動有配』（麗辭篇贊）的劉勰，於『動用揮扇，何必窮初終之韻』兩句，可能也是用了典故的。 桓譚新論琴道篇：『雍門周以琴見孟嘗君……雍門周引琴而鼓之：徐動宮、徵，揮角、羽； 初終，而成曲。 孟嘗君遂歔欷而就之。』（文選豪士賦序李善注、説苑善説篇文略同，惟「初」誤作「切」。）只因今本文心雕龍誤『角』爲『用』，誤『羽』爲『扇』，致面目全非，幾不易於索解。」

注訂：「按『扇』疑爲『羽』字，蓋形近而譌，大禹謨：『舞干羽於兩階。』傳：『羽，翳也，舞者所執。』據下文『初終之韻』及『比篇章於音樂』句，知『揮扇』應作『揮羽』，則得其解矣。 蓋此節言文得體要爲貴，於辭筆大小纖巨之間，有不必盡、不必窮者，必有通才，方可制勝也。」

潘重規講壇一得：「余謂『扇』或爲『羽』之誤，然觀察文義脈絡，『伶人告和』承『調鐘未易』，『動用揮扇』承『張琴實難』，故此語必就張琴立言，方合文理。 許生學仁對曰：『江淹別賦「琴羽張兮鍾鼓陳」，「動用揮羽」蓋謂揮琴之羽聲也。』余謂此解可通，『動用』當爲『動角』，許生即檢文選別賦李善注云：『琴羽，琴之羽聲。 説苑曰：「雍門周以琴見孟嘗君，微揮角羽。」張晏甘泉賦注曰：「聲細不過羽。」』又檢説苑本書善説篇曰：『雍門子周引琴而鼓之，徐動宮徵，微揮羽角，切終而成曲。 孟嘗君涕浪汗增欷而就之。』又引蔡邕琴賦云：『爾乃清聲發兮五音舉，韻宮商兮動角羽，曲引與兮繁弦撫。』彥和此文『動角揮羽』，即用説苑善説及

蔡邕琴賦之成文，辭義犒然，因明白矣。」（見一九七八年四月四日中國文化學院創新週刊第二一三期）

校注一九八二年增訂版主張改「用」爲「角」，改「扇」爲「羽」，並引説苑善説篇爲證，但校改説苑「切終」（見上引）之「切」字爲「初」，注云：「原誤作『切』，據桓譚新論改。」

斠詮改「動用揮扇」爲「田連揮羽」，云：「『田連』原誤倒作『動用』，『揮羽』原誤改爲『揮扇』，此句殆本嵇康琴賦『田連操張』一語而來。茲審文義並衡與上文『伶人告和』（此語相當於嵇賦之「伶倫比律」）偶句訂正。案『田』先形誤爲『用』，傳寫者以『用連』不辭，又改『連』爲『動』而乙之。語雖勉通，而不知與上文『伶人』不相對應矣。又『揮羽』謂操琴之羽聲也，有『操張』之意，語出説苑善説篇，淺人不習見，乃改爲『揮扇』以就之，則不得其解矣。……『動用揮扇』一語，校訂爲『動角揮羽』，就字之形誤而論，僅更正『用』『扇』二字，甚合情理。惟『動角』『揮羽』二詞皆平列對稱，與上文『伶人』、『告和』二詞一縱一横之性格有異，非麗辭常態，故茲校但擇從其下『揮羽』，而割愛其上『動角』，而乙改原文爲『田連』耳。」按李曰剛如此校改，既無板本根據，解釋亦過於迂曲，不足信。「窮初終之韻」，從始至終都符合音律。

〔六〕斠詮「何必窮初終之韻，嵇康琴賦：『及其初調，則角羽俱起，宮徵相證。……洋洋習習，聲烈遐布。含顯媚以送終，飄餘響乎泰素。』又曰：『於是器泠弦調，心閑手敏。……初涉淥水，中奏清徵，雅昶唐堯，終詠微子。』又曰：『既豐贍而多姿，又善始而令終。』」

〔七〕訓故：「魏文帝典論論文：『文以氣爲主，氣之清濁有體，不可力强而致。譬之音樂，曲度雖均，節奏同檢，至於引氣不齊，巧拙有素，雖在父兄，不能移其子弟。』」

〔八〕札記：「此一節言作文須術，而無術者之外貌，有時與有術者外貌相同。譬諸調鐘張琴，其事匪易，而庸工奏樂，亦時有可取，究之不盡其術，則適然之美不足聽也。」

夫不截盤根，無以驗利器〔一〕；不剖文奧〔二〕，無以辨通才〔三〕。才之能通，必資曉術〔四〕。自非圓鑒區域，大判條例〔五〕，豈能控引情源〔六〕，制勝文苑哉〔七〕！

〔一〕黃注：「虞詡傳：『不遇槃根錯節，何以別利器乎？』」按此見後漢書。「盤」，謂盤曲。

〔二〕范注：「陳先生曰：『不判文奧』，『文』字當是『窔』之誤。班孟堅答賓戲：『守窔奧之熒燭，未仰天庭而覩白日也。』『窔』與『文』字形近故誤。杜詩『文章開窔奥』，又本此文。」

郭注：「窔，室之東南隅；奧，室之西南隅；皆指隱蔽之處。」

注訂：「文奧亦即文妙。『窔』與『文』，筆劃疏密大別，陳説非。」

〔三〕典論論文：「唯通才能備其體。」

〔四〕此二句意謂要想作一個通才，必然有賴於通曉寫作法則。

〔五〕范注：「圓鑒區域，謂審定體勢，上篇所論是也。大判條例，謂舉要治繁，下篇所論是也。」

饒宗頤劉勰文藝思想與佛教：「按圓覺經云：『證大圓覺妙莊嚴域。』即所謂『圓鑒區

域』矣。」

熊公哲劉勰評傳：「圓鑒區域，謂審定體式。圓者，周也，概也；上篇謂概論，故謂之綱。大判條例，析明馭文要術。判者，剖也，析也；下篇爲析論，故爲目。」

斠詮：「『圓鑒區域』，謂圓滿鑒識文之各種體制也。本書上編二、三、四、五卷文體論二十篇之『論文叙筆、囿別區分』是也。『大判條例』，謂全盤瞭解文之一切作法也。本書下編六、七、八、九卷文術論二十篇之『剖情析采，籠圈條貫』是也。」

〔六〕校注：「『情』，黄校云：『元作清。』梅本作『清』，校云：『當作情。』按梅校是。『情源』與下句之『文苑』對。訓故本、梁本、謝鈔本正作『情』，未誤。章句篇『控引情理』，亦其旁證。」

校證：「『情』，原作『清』。梅云：『當作情。』王惟儉本、黄注本作『情』。案作『情』是。章句篇：『控引情理。』」

斠詮：「謂掌握情理源泉，而可得心應手也。」郭注：「控引即駕馭，即總術之總。」

〔七〕札記：「自篇首至『知言之選』句，乃言文體衆多。自此以下，則明文體雖多，皆宜研術，即以證『圓鑒區域，大判條例』之不可輕。紀氏於前段則云『汗漫』，於次節則云與前後二段不相屬，愚誠未喻紀氏之意也。」

以上爲第二段先批評陸機文賦研術未精，進而申論總術之重要性。

是以執術馭篇，似善弈之窮數〔一〕；棄術任心〔二〕，如博塞之邀遇〔三〕。故博塞之

文，借巧儻來〔四〕，雖前驅有功，而後援難繼〔五〕；少既無以相接，多亦不知所删，乃多少之並惑〔六〕，何妍媸之能制乎〔七〕！

〔一〕孟子告子上：「今夫弈之爲數，小數也。不專心致志，則不得也。」趙岐注：「弈，博也，或曰圍棊。論語曰：『不有博弈者乎？』數，技也。」「窮」，謂窮究。詩品序：「至若詩之爲技，較爾可知。以類推之，殆均（一作同）博弈。」

〔二〕校注：「棄，黄校云：『元作築。』按元本、弘治本、活字本、汪本、佘本、張本、兩京本、胡本……作『無』……以梅校『元作築』推之，改棄是也。陸士衡文集五等諸侯論『棄道任術』，句法與此相同，亦可證。」校證：「『棄』，原作『築』，梅改。徐校同。案馮本、汪本、佘本、張之象本、兩京本、王惟儉本、四庫本作『無』。」「任心」，猶任意。

注訂：「『棄術任心』者，理本乎自然；文則精於法式，故任心雖是，而棄術則非。棄術任心，蓋失之於野，而不文矣。自此句以下，至『何妍蚩之能制乎』，皆闡此弊。」

〔三〕黄注：「許慎説文：博，局戲也。六箸十二棋也。又行棋相塞曰博塞。」校證：「兩京本『邀遇』作『邀遊』。」范注：「『説文竹部：『簙，局戲也；六箸，十二棊也。古者烏曹作簙。』玉裁曰：『古戲今不得其實。箸，韓非所謂博箭，招魂注云：「箟簬作箸。」故其字從竹。』」

注訂：「『邀遇』即下文『借巧儻來』之旨，心存倖致也。」

校注：「按『邀』，求也（文選廣絶交論李注引賈逵國語注）。『遇』，偶也（爾雅釋言），得也

(孟子離婁下趙注)。『博塞邀遇』,喻『棄術任心』以從事撰述,如博徒之希求偶得然。下文『故博塞之文,借巧儻來』云云,即承此而言。文選西京賦『不邀自遇』(薛注:「不須邀遂,往自得之。」)似爲『邀遇』二字之所自出。兩京本、胡本作『邀遊』,蓋據莊子駢拇篇『則博塞以遊』句臆改,而昧其與上下文之不愜也。」莊子駢拇:「問穀奚事,則博塞以遊。」釋文:「塞,博之類也。」林希逸云:「投瓊曰『博』,不投瓊曰『塞』。瓊猶今骰子也。」

〔四〕黄注:「莊子:軒冕在身,非性命也。物之儻來,寄也。」按此見繕性篇。成疏:「儻者,意外忽來者耳。」新方言釋言:「吴楚皆謂不意得之者爲儻來。」

錢大昕恒言録卷二「常語」類「儻來」:「今人以不期而至者曰儻來。莊子:『軒冕在身,非性命也。物之儻來,寄也。』文心雕龍:『博塞之文,借巧儻來。』」

〔五〕楊明照文心雕龍研究中值得商榷的幾個問題:「(這)兩句是指不『研術』而從事寫作所産生的一種毛病,『前驅』和『後援』都是以行軍喻行文。兩句的意思是説,前部分雖然寫得很成功,後面一差了就配不上,難乎爲繼。」

〔六〕校注:「『並』,黄校云:『元作非,許改。』按許改是也。何本、謝鈔本正作『並』。老子第二十二章:『少則得,多則惑。』舍人語似本此。」

綴補:「『非』蓋『并』之誤。韓非子二柄篇:『故劫殺擁蔽之主,非失刑德,而使臣用之。』『非』亦『并』之誤,與此同例。」

〔七〕校證：「『媸』原作『蚩』，據何允中本、日本活字本、日本刊本改。」校注：「按『蚩』字未誤，無煩改作。已詳聲律篇『是以聲畫妍蚩』條。又按『制』字與上下文意不符，疑爲『别』之誤。抱朴子外篇自序：『夫才未必爲增也，直所覽差廣，而覺妍蚩之别。』可資旁證。」考異：「蚩、媸互通。」斠詮：「『蚩』、『媸』正俗字。雷浚説文外篇十五、俗字廣韻七之『媸』字下云：『説文無媸字。』後漢書趙壹傳：『榮納由於閃揄，孰知辨其蚩妍。』陸士衡文賦序：『妍蚩好惡，可得而言。』……蚩即媸。」

若夫善弈之文，則術有恒數〔一〕；按部整伍〔二〕，以待情會〔三〕；因時順機，動不失正〔四〕。數逢其極，機入其巧，則義味騰躍而生〔五〕，辭氣叢雜而至〔六〕。視之則錦繪，聽之則絲簧，味之則甘腴，佩之則芬芳〔七〕。斷章之功，於斯盛矣〔八〕。

〔一〕斠詮：「『術，指運思、謀篇、安章、遺辭等文術。』『恒數』，指一定的規律。」

〔二〕斠詮：「按照部署，整飭行列也。……張衡西京賦：『整行伍。』」文賦：「選義按部，考辭就班。」「按部整伍」，按照部類，整頓行伍。意指按部就班地作好準備。

〔三〕「情會」，謂情理之會合。

〔四〕斯波六郎：「後漢書班彪傳論：『行不踰方，言不失正。』」

文賦：「方天機之駿利，夫何紛而不理。思風發於胸臆，言泉流於脣齒。紛葳蕤以馺遝，唯毫素之所擬。文徽徽以溢目，音泠泠以盈耳。」

〔五〕莊子逍遥遊：「我騰躍而上。」

注訂：「自『若夫』以下，説明研術之效。」又：「『動不失正』，指心言。『機入其巧』，以術論。文心立意，八字盡之矣。」

「數逢其極，機入其巧」，便是情感來臨的徵象。作家憑藉創作的靈感，敏鋭地洞悉事物的本質特徵及真趣所在，頓時筆底妙趣横生，意味盎然。

〔六〕札記：「此言曉術之後，未必所撰皆工，初求令章靡疚，所謂『數逢其極，機入其巧，則義味騰躍而生，辭氣叢雜而至』也。然不知『恒數』者，亦必無望於『機入其巧』矣。」「『叢雜』，猶紛紛。」

范注：「此節（「是以執術馭篇……叢雜而至。」）極言造文必先明術之故。本篇以總術爲名，蓋總括神思以下諸篇之義，總謂之術，使『思有定契，理有恒存』者也。或者疑彦和論文純主自然，何以此篇亟稱『執術』，譏切『任心』，豈非矛盾乎？謹答之曰：彦和所謂術者，乃用心造文之正軌，必循此始爲有規則之自然；否則狂奔駭突而已。棄術任心者，有時亦或可觀，然博塞之文，借巧儻來，前驅有功，後援未必能繼，不足與言恒數也。若拘滯於間架格律，則又彦和之所訶矣。」

〔七〕黄叔琳評：「四者兼之爲難，可視可聽而不可味，尤不堪嗅者，品之下也。」札記：「『視之則

錦繪』四句，此頌文之至工者，猶文賦末段所云『被金石』、『流管弦』耳。黄氏評四者兼之爲難，直是囈語。」

范注：「『視之則錦繪』，辭采也；『聽之則絲簧』，宫商也；『味之則甘腴』，事義也；『佩之則芬芳』，情志也。」

〔八〕「斷章」，謂分章布局也。章句篇：「尋詩人擬喻，雖斷章取義，然章句在篇，如繭之抽緒，原始要終，體必鱗次。」此處「斷章」，泛指寫作方法。

注訂：「曰錦繪，曰絲簧，曰甘腴，曰芬芳。觀、聽、味、佩，四者兼備，文章極品，亦若是而已矣。」

以上是説文章高手，根據正常的方術，按部就班，等待情思的來臨，然後順應時機，做得恰到好處，這樣在感興觸發時寫出來的文章，「視之則錦繪……佩之則芬芳」，在内容形式各方面，都做到盡善盡美的地步。

以上爲第三段，以博弈爲喻申論總術之功效。

夫驥足雖駿，纆牽忌長〔一〕，以萬分一累〔二〕，且廢千里。

〔一〕范注：「戰國策韓三：『段干越人謂新城君曰：王良之弟子駕，云取千里馬，遇造父之弟子。造父之弟子曰：「馬不千里。」王良弟子曰：「馬，千里之馬也；服，千里之服也。而不能取

千里，何也？」曰：「子縲牽長。」故縲牽於事，萬分之一也，而難千里之行。』」高注：「縲牽，謂轡也。」

校注：「『縲』，黃校云：『元作纏，許改。』按張本、何本、謝鈔本作『縲』，許改是也。」

綴補：「張華勵志詩：『縲牽之長，實累千里。』」

文選李善注：「縲，索也，以御馬也。千里之馬，繫以長索，則爲累矣。」

〔二〕范注：「萬分一累，謂如指瑕篇所論，練字篇所指四條，若值而不悟，亦萬分一累也。」

況文體多術，共相彌綸〔一〕，一物攜貳〔二〕，莫不解體。所以列在一篇，備總情變〔三〕，譬三十之輻，共成一轂〔四〕，雖未足觀，亦鄙夫之見也〔五〕。

〔一〕范注：「文之精神，曰情志，曰事義；文之聲貌，曰辭采，曰宮商。此四要素者，皆有一定之軌途，神思篇以下論之詳矣。故曰：『文體多術，共相彌綸。』言不可缺一也。」易繫辭上：「故能彌綸天地之道。」疏：「彌謂彌縫補合，綸爲經綸牽引也。」

〔二〕斠詮：「攜貳，謂離異不相親附也。『攜』爲『儶』之叚字，見說文通訓定聲。說文：『儶，有二心也。』段注：『古多叚「攜」爲之。』」廣雅釋詁：『儶，離也。』左傳閔公元年：『閒攜貳，覆昏亂，霸王之器也。』注：『離而相疑者，則當因而閒之也。』文公七年：『親之以德，皆股肱也。誰敢攜貳？』」「攜貳」，在此指作品中某一部分不協調，如練字篇：「今一字詭異，則群句

震驚。」

〔三〕校注：「按謂神思以下各篇也。」

楊明照文心雕龍研究中值得商榷的幾個問題：「篇末的最後幾句是劉勰對他的創作論所作的簡介：『文體多術，共相彌綸』，是説創作的原理原則衆多，而又互有關聯；『一物攜貳，莫不解體』是説缺少任何一方面（或部分）的研討，理論的系統就不完整；『所以列在一篇，備總情變』，是説分别寫成一些專篇，來詳論創作上的各種原理原則及其變化；『譬三十之輻，共成一轂』，是比方他的全部創作理論，係由各個專篇組成的統一體；『雖未足觀』是謙辭；『亦鄙夫之見也』，則寓有自負之意。這些都可以從本篇在下半部中所擺的位置和文意看得出來的。」

蔣祖怡多欲練辭莫肯研術：「『列在一篇』的『一篇』，應該就指這總術篇，而不是……『寫成一些專篇來詳論創作上的各種原理與變化』。因爲下邊『譬三十之輻，共成一轂』兩語可證。此兩語係用老子十一章：『三十輻共一轂，當其無，有車之用。』……黄侃以爲總術『乃總會神思以至附會之旨，而叮嚀鄭重言之，非别有所謂「總術」也』，所以是『無』；但又總括神思以至附會之旨，所以又『有車之用』。如果以『車』爲喻，則神思、通變、附會等『術』，都是『車輻』，而總術篇則是『車轂』，轂中虚，但有車之用。」（文心雕龍論叢）按蔣説是。「備總情變」謂全面總結文情的變化。

〔四〕范注：「老子十一章：『三十輻共一轂，當其無，有車之用。』」

〔五〕校注：「按曹子建集與楊德祖書：『今往僕少小所著辭賦一通，相與夫街談巷説，必有可采，擊轅之歌，有應風雅。匹夫之思，未易輕棄也。』舍人此語，蓋其自謙，猶子建云『匹夫之思』然也。」

第四段説明在各篇之外另作總術篇的用意。

贊曰：文場筆苑，有術有門〔一〕。務先大體，鑑必窮源〔二〕。乘一總萬，舉要治繁〔三〕。思無定契，理有恒存〔四〕。

〔一〕「門」，謂法門。

〔二〕校證：「『源』汪本、佘本作『深』。」校注：「按『深』字失韻，非是。」王若虚文辯：「定體則無，大體須有。」

斠詮：「言作家務先樹立中心思想，爲全文之骨幹，而圓鑒文之各種體勢，窮引情理源泉也。大體，語出孟子告子：『從其大體爲大人，從其小體爲小人。』趙注：『大體，心思禮義；小體，縱恣情欲。』朱注：『大體，心也。小體，耳目之類。』亦以喻重要之義理。……此處指文之命意主題而言，亦即今語所謂中心思想之謂也。」

序志篇：「振葉以尋根，觀瀾而索源。」

〔三〕校釋：「本篇所謂總者，即以心術總攝文術而言也。夫心識洞理者，取舍從違，咸皆得當，是爲『通才』之鑒，理具於心者，義味辭氣，悉入機巧，是爲『善弈之文』。然則文體雖衆，文術雖廣，一理足以貫通，故曰『乘一總萬，舉要治繁』也。」斯波六郎：「乘一總萬，疑與謝靈運山居賦之『乘此心之一豪，濟彼生之萬里』句有關。」物色篇：「以少總多，情貌無遺。」斠詮：「言然後駕馭此中心思想以總聚千頭萬緒之情理，標舉綱要，釐治紛繁也。蓋『情數詭雜』，可以一理推，『體變遷貿』，可以一術訂。推一理以制群篇，乘一術以馭衆變。所謂『乘一總萬，舉要治繁』也。」這裏是强調文章的整體性。

〔四〕明詩篇：「然詩有恒裁，思無定位。」物色篇：「然物有恒姿，而思無定檢。」斠詮：「言人類思想本無固定之型式……宇宙事理則有永恒之存在，因而文之創作亦有永恒之條例也。」「契」，模子，模式。札記：「八字最要。不知思無定契，則謂文有定格，不知理有恒存，則謂文可妄爲，救此二流，洛惟舍人矣。」

時序第四十五

序志篇：「崇替於時序。」曹學佺批：「時序者，風之遞降也。觀風可以知時，如薰風主夏，朔

風主冬之類。」黄叔琳評：「文運昇降，總萃此篇。」

校釋：「本篇總論十代文運昇降之故，文皆順序，區段分明。然贊有『辭采九變』之言，詳審篇旨，蓋除宋齊不論外，自上古至兩晉，文章風氣，約有九變也。」

斠詮：「時序一詞，凡有三解：一謂時年之先後。史記蘇秦傳論：『列其行事，次其時序。』一謂時節之更迭，陸機贈尚書郎顧彦先詩：『凄風迕時序，苦雨隨成霖。』一謂時世之變遷，意與時運同。此處即用其第三義。本篇所以論述『時運交移』與『質文代變』之關係；質言之，亦即説明時代對於文學之影響，故以時序名之耳。彦和以爲時代之貿遷，政治之嬗變，勢必影響作家之情感與文學之盛衰，故曰：『歌謡文理，與世推移，風動於上，而波震於下者也。』又曰：『文變染乎世情，興廢繫乎時序，原始以要終，雖百世可知也。』是以唐虞歌頌，『心樂而聲泰』；建安篇什，『梗概而多氣』；東晉『辭意夷泰，詩必柱下之旨歸，賦乃漆園之義疏』。匪特此也，又以爲文學之發展，與前代作家之産品不可分割，如謂屈宋騷辭之艶説奇意，出乎縱横之詭俗；漢賦九變，而大抵所歸，祖述楚辭。此二端之論列……涉及文學發展規律之兩重要因素，則爲碻切不移之事實。夫文學既爲反映時代之産品，則時代有其氣運風潮，文學自亦不能不隨之而演變。」

本篇是專門論述文學與時代的關係的。文藝與時代的關係，在周、秦、兩漢的著作裏已經見到了。孟子萬章下：「誦其詩，讀其書，不知其人可乎？是以論其世也。」禮記樂記：「凡音者，生人心者也。情動於中，故形於聲。聲成文謂之音。是故治世之音安以樂，其政和；亂世之音怨

以怨，其政乖；亡國之音哀以思，其民困。聲音之道與政通矣。」這是講音樂的情調與政治的關係。詩大序：「情發於聲，聲成文謂之音。治世之音安以樂，其政和；亂世之音怨以怒，其政乖；亡國之音哀以思，其民困。……上以風化下，下以風刺上，主文而譎諫，言之者無罪，聞之者足以戒，故曰風。至於王道衰，禮義廢，政教失，國異政，家殊俗，而變風變雅作矣。」這是用來説明一代的詩風。本文按照時代順序，從原始社會一直到南齊，把每一朝代的文學特點與當代的政治和社會生活聯繫起來，並對於歷代文學的史的發展作了系統的闡述。其中主要從政治環境來説明文學演變的情況，但也注意到學術思想、社會風氣與文學的關係。這樣把文學與政治、社會的關係，緊密地結合起來。

時運交移〔一〕，質文代變〔二〕，古今情理，如可言乎〔三〕！

〔一〕斠詮：「時運，猶言氣運，謂時世運會。班彪北征賦：『諒時運之所爲兮，永伊鬱其誰想。』」

〔二〕由于時代風氣的不同，有的朝代文章尚「質」（就是比較樸素），有的時代尚「文」（就是講究修飾）。史記平準書：「物盛而衰，時極則返，一質一文，終始之變也。」史通言語篇：「夫天地久長，風俗無恒，後之視今，亦猶今之視昔，而作者皆怯書今語，勇效昔言，不其惑乎？苟記事則約附五經，載語則依憑二史，是春秋之俗、戰國之風，亙兩儀而並存，經千載而如一，奚以今來古往，質文之屢變者哉！」這是根據劉勰「時運交移，質文代變」

的論點，與歷代文學的實際情況而得出來的結論。

〔三〕二句意謂：古今文學變化的情理，似乎可以談論了。「如」，或者，不敢確定的口氣。

昔在陶唐〔一〕，德盛化鈞〔二〕，野老吐「何力」之談〔三〕，郊童含「不識」之歌〔四〕。有虞繼作，政阜民暇〔五〕。「薰風」詩於元后〔六〕，「爛雲」歌於列臣〔七〕。盡其美者〔八〕，何乃心樂而聲泰也〔九〕。

〔一〕説文「陶」字下云：「陶丘有堯城，堯嘗所居，故堯號陶唐氏。」

〔二〕校注：「按漢書馮野王傳：『野王、立相代爲太守，歌之曰……政如魯衛德化鈞。』」「鈞」通「均」，同等也，此處意爲普及。

斠詮：「漢書馮野王傳：『吏民嘉美野王、立相代爲太守，歌之曰：大馮君，小馮君，兄弟繼踵相因循。聰明賢智惠吏民，政如魯衛德化鈞，周公康叔猶二君。』案尚書堯典：『克明俊德，以親九族；九族既睦，平章百姓；百姓昭明，協和萬邦；黎民於變時雍。』論語泰伯：『子曰：大哉堯之爲君也，巍巍乎！唯天爲大，唯堯則之。蕩蕩乎民無能名焉，巍巍乎其有成功也，焕乎其有文章。』彦和所謂『德勝化鈞』，蓋指此而言。」

〔三〕梅注：「帝王世紀：帝堯之世，天下太和，百姓無事，有老人擊壤而歌曰：日出而作，日入而息，鑿井而飲，耕田而食，帝力何有於我哉！」

范注：「文選謝靈運初去郡注：『周處風土記曰：「擊壤者以木作之，前廣後鋭，長四尺三寸，其形如履，將戲，先側一壤於地，遥於三四十步以手中壤擊之，中者爲上。」論衡曰：「堯時百姓無事，有五十之民，擊壤於塗。觀者曰：大哉堯之德也！擊壤者曰：吾日出而作，日入而息，鑿井而飲，耕田而食，堯何力於我也？」』帝王世紀擊壤歌蓋據此而附會成之。」按論衡藝增：「傳曰：有年五十擊壤于路者，觀者曰：大哉堯德乎。擊壤者曰：吾日出而作，日入而息，鑿井而飲，耕田而食，堯何等力？」

〔四〕梅注：「列子：堯治天下五十年，不知天下治與不治，乃微服遊於康衢，聞童謡云：立我蒸民，莫匪爾極，不識不知，順帝之則。」訓故同。按此見列子仲尼篇。郭注：「『含』與『吟』通，史記淮陰侯列傳『吟而不言』，謂『含而不言』也。此處則吟不識之歌也。」

〔五〕校證：「『暇』疑作『殷』。法言孝至篇『殷民阜財』，文選張衡西京賦『百物殷阜』，皆以『殷』『阜』對文。」

考異：「政阜民暇，孟子有『今國家閒暇』，堯有『擊壤之歌』，爲民暇之所本，似無可疑。王校據法言改定，非是。」

綴補：「古詩紀别集一引『暇』作『安』，『薰』作『南』。」

〔六〕孔子家語辯樂解：「舜彈五弦之琴，造南風之詩，其詩曰：『南風之薰兮，可以解吾民之愠兮；南風之時兮，可以阜吾民之財兮。』」「元后」，元首，指舜。范注：「詩於元后，疑當作詠

於元后。」注訂：「『詩於元后』之『詩』字，與下文『歌』字用同，皆動字也。范注疑作『詠』，非。」文論選：「尸子云：『舜作五弦之琴，以歌南風。』」明詩篇：「至堯有大唐之歌，舜造南風之詩，觀其二文，辭達而已。」

校注：「按『詩』字自通。史記樂書：『高祖過沛，詩三侯之章。』又司馬相如傳（封禪文）：『詩大澤之博。』其『詩』字正作動詞用也。」

書大禹謨：「汝終陟元后。」孔傳：「元，大也。大君，天子。」

〔七〕斠詮：「爛雲，指卿雲歌。尚書大傳虞夏傳：『維十有五祀，卿雲聚，俊乂集，百工相和而歌卿雲，帝乃倡之曰：卿雲爛兮，糺縵縵兮，日月光華，旦復旦兮。』」通變篇：「虞歌卿雲，則文於唐時。」

詩品序：「昔南風之詞，卿雲之頌，厥義敻矣。」

劉綬松文心雕龍初探：「不同歷史時代的社會生活……在某種程度内影響和形成了文學作品的不同的藝術風格。所以野老的『何力之談』（擊壤歌）和郊童的『不識之歌』（康衢謡），只能産生在『德盛化鈞』的陶唐時代；薰風和爛雲那樣充滿了和樂聲音的歌詩，只能出現在『政阜民暇』的有虞時代。（……這些歌的本身都不大可靠，但我們認爲，即使是僞託的，作僞者也是根據了他所瞭解和想像的上古時代的生活特點把它們擬造出來的。所以劉勰據它們立論並不是全無根據的。）」（文學研究一九五七年二期）

〔八〕斯波六郎：「論語八佾：『子謂韶，盡美矣，又盡善也。』」

〔九〕校注：「按范注以『何』字屬上句讀，非是。史記李將軍列傳：『尉曰：「今將軍尚不得夜行，何乃故也？」』晉書明帝紀：『元帝異之，明日宴群僚，又問之。對曰：「日近。」元帝失色曰：「何乃異間者之言？」』南史張融傳：『上（齊高帝）曰：「何乃遲爲！」』又沈昭略傳：『逢王景文子約，張目視之曰：「汝是王約耶？何乃肥而癡！」約曰：「汝沈昭略耶？何乃瘦而狂！」』……並『何乃』連文之證。」

「心樂而聲泰」，是說太平盛世，人們心裏快樂，唱出的歌謠，聲音和泰。

禮記樂記：「樂者，音之所由生也，其本在人心之感於物也。是故……其樂心感者，其聲嘽以緩。」又：「凡音者，生人心者也。情動於中，故形於聲，聲成文謂之音。是故治世之音安以樂，其政和。」

校釋：「陶唐世質，民謡樸野，及虞廷賡歌，有雍容之美，乃心樂聲泰之文，此一變也。」

至大禹敷土，「九序」詠功〔一〕，成湯聖敬，「猗歟」作頌〔二〕。逮姬文之德盛，周南勤而不怨〔三〕；大王之化淳，邠風樂而不淫〔四〕。幽厲昏而板蕩怒〔五〕，平王微而黍離哀〔六〕。故知歌謡文理〔七〕，與世推移〔八〕，風動於上，而波震於下者也〔九〕。

〔一〕書禹貢：「禹敷土，隨山刊木，奠高山大川。」馬注：「敷，分也。」蔡傳：「分土別地，以爲九州

也。」「九序詠功」，見原道篇。「敷」是分布治理。明詩篇：「及大禹成功，九序惟歌。」「九功惟叙，九叙惟歌」，語見僞古文尚書大禹謨。「九功」指水、火、金、木、土、穀、正德、利用、厚生。

〔二〕黄注：「鄭康成詩譜：湯受命定天下，後世有中宗、高宗者，此三主有受命中興之功，時有作詩頌之者。商德之壞，武王伐紂，封紂兄微子啓爲宋公，七世至戴公時，大夫正考父校商之名頌十二篇於周太師，以那爲首，其首章曰：『猗歟那歟！』」

范注：「詩商頌長發：『湯降不遲，聖敬日躋。』箋曰：『湯之下士尊賢甚疾，其聖敬之德日進。』商頌那篇首句曰：『猗與那與！』傳曰：『猗，嘆辭；那，多也。』」

〔三〕訓故：「詩小序：關雎、麟趾之化，王者之風，故繫之周南，言化自北而南也。」范注：「勤而不怨，謂周南汝墳之詩。汝墳序曰：『汝墳，道化行也。文王之化行乎汝墳之國，婦人能閔其君子，猶勉之以正也。』」孔疏：「臣奉君命，不敢憚勞，雖則勤苦，無所逃避，是臣之正道，故曰勉之以正也。」

斯波六郎：「春秋左氏傳襄公二十九年：『吴公子札來聘……請觀於周樂，使工爲之歌周南、召南，曰：「美哉！始基之矣，猶未也。然勤而不怨矣。」』杜注：『周南、召南，王化之基。猶有商紂，未盡善也。未能安樂，然其音不怨怒。』」杜奉符燕學記言：「論語記載言關雎樂而不淫，關雎爲周南首篇，而與季子稱邠風之言相同。又季子稱周南曰：始基之矣，猶未

也。夫云始基，當遠溯至公劉、太王二君之時，以農事教天下，致王業，邠風七月之詩是也。『勤而不怨』，最適宜于稱邠風；『始基之矣』，亦宜公劉、太王之世。又左傳載歌樂次第，唯豳風秦風與相傳詩經之次不合，其他皆恰合無間。豈『樂而不淫』之豳風，非今見之邠風乎？勤而不怨之周南、召南，非今傳之周南、召南乎？或者季子、孔子之言皆稱嘆于詩歌之聲，未可就詩義以求之也。」注訂：「勤而不怨，謂葛覃、卷耳、芣苢、汝墳諸詩，范注謂汝墳一章者非。」

〔四〕「大王」元刻本、弘治本均作「太王」。黄注：「詩譜：豳者，后稷之曾孫曰公劉者，自邰而出，所徙戎狄之地名。至商之末世，太王又避戎狄之難，而入處於岐陽。成王之時，周公避流言之難，出居東都，思公劉、太王居豳之職，憂念民事至苦之功，以比序己志。後成王迎而反之。太史述其志，主於豳公之事，故别其詩以爲豳國變風焉。」按此見詩豳譜。范注：「樂而不淫，謂東山四章樂男女之得及時也。」

斯波六郎：「左傳襄公二十九年：『爲之歌豳曰：美哉，蕩乎，樂而不淫，其周公之東乎？』」

案東山第四章寫男女婚姻事。

注訂：「豳風樂而不淫者，謂七月、東山之詩，七月述農田之樂而不及於私，東山述遠征之歸，有室家之好，而情止乎禮，皆樂而不淫意也。」

〔五〕訓故：「詩小序：板，凡伯刺厲王也。蕩，召穆公傷周室大壞也，厲王無道，天下蕩蕩，無綱

紀文章，故作是詩也。」范注：「板、蕩皆厲王時詩，此云幽、厲，蓋連類言之。」鄭玄詩譜序：「自是而下，厲也，幽也，政教尤衰，周室大壞。十月之交、民勞、板、蕩，勃爾俱作，衆國紛然，刺怨相尋。」

〔六〕訓故：「詩黍離傳：周既東遷，大夫行役至於宗周，過故宗廟宫室，盡爲禾黍，閔周室之顛覆，彷徨不忍去，故賦其所見。」范注：「王風黍離序曰：黍離，閔宗周也。周大夫行役，至於宗廟，過故宗廟宫室，盡爲禾黍，閔周室之顛覆，彷徨不忍去而作是詩也。」

〔七〕附會篇：「總文理，統首尾。」「文理」，謂文章理路。

〔八〕斠詮：「楚辭漁父『聖人不凝滯於物而能與世推移。』案淮南子『倏忽變化，與物推移』，高注：『推移，轉易也。』有演變之意。」

〔九〕校證：「『也』字原無。范云：『者下當有也字。』案范説是，今據補。」校注：「郝懿行云：『按「者」下疑有「也」字。』按郝説是。當據增。」

范文瀾文心雕龍講疏：「歷代文學之興衰，與政治有密切關係。故彦和云：『歌謡文理，與世推移；風動於上，而波震於下。』案此篇所舉，自春秋以前，皆屬歌謡之類。蓋詩歌本以言志，古人風俗素樸，心有所感，動輒形諸吟詠，初未有如後世之長篇累牘，下筆千百言者。況彼時竹簡繁重，刀削爲勞；言志寫情，尤以詩歌爲利便；故論上古文學，詩實足以代表之。」劉綬松古典文學理論中的風格問題：「文學風格與時代的關係，劉勰大致認爲表現在兩個

方面。第一，文章的風格與世道的治亂有關。……由于周初的政治『德盛』『化淳』，所以便出現了『勤而不怨』、『樂而不淫』的詩風；到了平王東遷前後，民生彫敝、宗國殘破的現實，又使得當時的詩歌有了憤怒和哀怨的情調。我們今天雖然不完全同意劉勰對某些詩的分析，但他從文學與時代的關係上來探討作家作品的風格，却是應該肯定的。」（紅旗一九六二年六期）

由于厲王、幽王的昏憒，引起詩經中板、蕩等詩篇那樣激怒的風格；由于平王東遷，國勢衰微，引起黍離詩那樣哀傷的風格。于是作者得出初步結論説：「故知歌謠文理，與世推移」，意思是説歌謠的寫作思路，是隨着時代的推移而變化的。但底下緊接着説：「風動於上而波震於下者」，這就顯示出儒家的自上而下的「風化論」：上面有什麼樣的政治，下面就有什麼樣的波動。

校釋：「三代之文，由詠功頌德，變而爲刺淫譏過，此一變也。」

春秋以後，角戰英雄〔一〕，六經泥蟠〔二〕，百家飆駭〔三〕。方是時也，韓魏力政〔四〕，燕趙任權，五蠹六蝨〔五〕，嚴於秦令〔六〕，唯齊楚兩國，頗有文學。

〔一〕「角戰」，猶角逐。「角」，競争較量。

〔二〕黄注：「班固答賓戲：泥蟠而天飛者，應龍之神也。」校注：「按法言問神篇：『龍蟠于泥，蚖

其肆矣。』」李軌注：「龍蟠未昇。」言六經不用，如龍之蟠屈于泥塗。

〔三〕「飆駭」，言如風起雲湧。喻百家争鳴。

〔四〕郭注：「力政，即力征，謂强力征伐。……禮記王制、漢書五行志作『力政』。國語吴語作『力征』。」諸子篇：「逮及七國力政，俊乂蠭起。」

〔五〕諸子篇：「至如商韓，六蝨五蠹，棄孝廢仁，轘藥之禍，非虚至也。」注見諸子篇義證。

〔六〕校證：「汪本、佘本、兩京本、王惟儉本『秦』作『奏』，詩紀别集一同。」按元刻本、弘治本均作「嚴于奏令」。何批秦改奏。按「秦」字是。秦尚法制，用商鞅、韓非，所以説嚴于秦令。奏啓篇説：「秦始立奏，而法家少文，觀王綰之奏勳德，辭質而義近；李斯之奏驪山，事略而意逕；政無膏潤，形於篇章矣。」

齊開莊衢之第〔一〕，楚廣蘭臺之宫〔二〕，孟軻賓館〔三〕，荀卿宰邑〔四〕，故稷下扇其清風〔五〕，蘭陵鬱其茂俗〔六〕，鄒子以談天飛譽，騶奭以雕龍馳響〔七〕，屈平聯藻於日月〔八〕，宋玉交彩於風雲〔九〕。觀其艷説，則籠罩雅頌〔一〇〕。故知煒燁之奇意〔一一〕，出乎縱横之詭俗也〔一二〕。

〔一〕史記孟子荀卿列傳：「騶奭者，齊諸騶子，亦頗采騶衍之術以紀文。於是，齊王嘉之，自如淳于髡以下皆命曰列大夫，爲開第康莊之衢，高門大屋尊寵之。」正義：「開第康莊之衢，言爲

諸子起第於要路也。」

〔二〕訓故：「蘭臺，見夸飾篇『景差』注。」范注：「文選風賦：『楚襄王遊于蘭臺之宫，宋玉、景差侍。』」「廣」，擴充。「蘭臺」，在湖北鍾祥縣東。

〔三〕諸子篇：「孟軻膺儒以磬折。」孟子公孫丑下：「孟子將朝王，王使人來曰：寡人如就見者也。」趙岐注：「孟子雖仕齊處師賓之位，以道見敬。……王欲見之，先朝，使人往謂孟子云，『寡人如就見』者，若言就孟子之館相見也。」「賓館」，賓於館，指作客於齊。

〔四〕梅注：「史記：荀卿，趙人，年五十始來遊學于齊。齊襄王時，而荀卿最爲老師。齊人或讒荀卿，荀卿乃適楚，而春申君以爲蘭陵令，因家蘭陵。于是推儒墨道德之行事興壞，序列著數萬言而卒。因葬蘭陵。」蘭陵在今山東棗莊市東南舊嶧縣。

〔五〕訓故：「史記孟子傳：自騶衍與齊之稷下先生，如淳于髡、慎到、環淵、接子、田駢、騶奭之徒，各著書言治亂之事，以干世主，豈可勝道哉！索隱曰：稷，齊之城門也，謂齊之學士集于稷門之下也。」

梅注：「史記：齊王開第康莊之衢，高門大屋。覽天下諸侯賓客，言齊能致天下賢士。自騶衍與齊之稷下先生，如淳于髡、慎到、環淵、接子、田駢、騶奭之徒，各著書言治亂之事。」

斠詮：「史記田敬仲世家：『宣王喜文學，遊説之士，自如鄒衍、淳于髡、田駢、接子、慎到、環淵之徒七十六人，皆賜列第，爲上大夫，不治而議論，是以齊稷下學士大盛，且數百人。』於此

可見稷下諸子講學風氣之盛矣。」

〔六〕范注：「劉向荀子敘：『蘭陵多善爲學，蓋以孫卿也。長老至今稱之。曰，蘭陵人喜字爲卿，蓋以法孫卿也。』」「鬱」，積累。「茂」，美。此謂蘭陵受了荀卿的感化而蔚成美俗。

諸子篇「三年問喪，寫乎荀子之書，此純粹之類也。」又：「研夫孟、荀所述，理懿而辭雅。」才略篇：「荀况學宗，而象物名賦，文質相稱，固巨儒之情也。」

〔七〕注訂：「漢書藝文志：『鄒子四十九篇。』注：名衍，齊人，爲燕昭王師，居稷下，號談天衍。」諸子篇：「鄒子養政於天文。」訓故：「談天、雕龍，見諸子篇。」史記孟子荀卿列傳：「鄒衍之術迂大而閎辯；奭也文具難施。……故齊人頌曰：談天衍，雕龍奭。」集解：「劉向別録曰：鄒衍之所言，五德終始，天地廣大，書言天事，故曰談天衍。騶奭修衍之文飾，若雕鏤龍文，故曰雕龍奭。」序志篇：「豈取騶奭之群言雕龍也。」

〔八〕范注：「史記屈原列傳：『推此志也，雖與日月争光可也。』」「藻」，辭藻。此句亦可解爲屈原賦在描寫時往往言及日月。如離騷有「日忽忽其將暮。吾令羲和弭節兮」，「折若木以拂日兮」，「前望舒使先驅兮」。羲和，日御。望舒，月御。

〔九〕范注：「文選有宋玉風賦、高唐賦（高唐賦「朝雲」）。」才略篇：「屈、宋以楚辭發采。」

斠詮：「宋玉有風賦賦大王雄風與庶人雌風之懸殊，又有高唐賦賦雲氣之變化無窮。」

〔一〇〕斠詮：「籠罩，覆蓋之意。文選夏侯湛東方朔畫贊：『謿哂豪傑，籠罩靡前。』銑曰：『朔皆籠

罩在於心胸也。』」

〔二〕「煒燁」，光彩燦爛。文選陸機文賦：「説煒爗而譎誑。」「煒」，一作暐。「燁」，一作曄。

〔三〕校釋：『「故知煒燁之奇意，出乎縱横之詭俗」二句，深得屈、宋文體流變之故，與實齋章氏論戰國文體出於行人辭命之説，可謂曠世同調。屈子亦近縱横家也。」劉勰認爲文學風格不僅受政治的影響，也受社會風氣的影響。戰國時期，由于縱横家的詭辯之風，影響到文學方面，則形成詼詭離奇講求藻采的風格。所以説：「故知暐燁（光彩煥發）之奇意，出乎縱横之詭俗也。」

文心雕龍講疏引劉申叔曰：「漢志所載，詩賦首列屈原，而唐勒、宋玉次之。其學皆源于古詩，雖體格與三百篇漸異，然屈原諸人，皆長于辭令，有行人應對之才。西漢詩賦，其見于漢志者，如陸賈、嚴助之流，並以辯論見稱，受命出使，是詩賦雖别爲一略，然實縱横家之派别矣。」

斠詮：「章學誠校讎通義云：『古之賦家者流，原本詩、騷，以出入戰國諸子。假説問對，莊、列寓言之遺也；恢廓聲勢，蘇、張縱横之體也；排比諧隱，韓非、儲説之屬也；徵材聚事，吕覽叙輯之義也。』」

以上爲第一段，指出文學和時代的關係，並論述從堯舜到戰國的文學發展。

爰至有漢，運接燔書〔一〕，高祖尚武，戲儒簡學〔二〕。雖禮律草創〔三〕，詩、書未

遑〔四〕，然大風、鴻鵠之歌，亦天縱之英作也〔五〕。

〔一〕諸子篇：「暨於暴秦烈火，勢延崑岡。」訓故：「秦始皇本紀：李斯奏請史官，非秦記皆燒之，非博士官所職，天下敢有藏詩書百家語者，悉詣守尉雜燒之。令下三十日不燒，黥爲城旦。制曰可。」

〔二〕訓故：「史記酈食其傳：騎士曰：沛公不喜儒，諸客冠儒冠來者，沛公輒解其冠，溺其中。」「簡」，傲慢忽略。

〔三〕黄注：「漢禮樂志：漢興，撥亂反正，日不暇給，猶命叔孫通制禮儀，以正君臣之位。未盡備而通終。律曆志：漢興，方綱紀大基，庶事草創，襲秦正朔，以北平侯張蒼言，用顓頊曆比于六曆。」

范注：「藝文志：『漢興，蕭何草律。』刑法志：『蕭何捃摭秦法，取其宜于時者作律九章。』」

〔四〕校注：「按史記陸賈傳：『陸生時時前説稱詩書。高帝罵之曰：「迺公居馬上而得之，安事詩書？」』論衡佚文篇：『高祖始令陸賈造書，未興五經。』並足爲『詩書未遑』之證。」

〔五〕樂府篇：「觀高祖之詠大風，孝武之嘆來遲，歌童被聲，莫敢不協。」范注：「（史記）高祖本紀：『高祖擊筑，自爲歌詩曰：「大風起兮雲飛揚，威加海内兮歸故鄉，安得猛士兮守四方。」』」大風歌，漢高祖還歸過沛時作。

「鴻鵠之歌」，梅注：「史記：『漢高帝欲易太子，吕后劫留侯爲畫計。留侯曰：「此難以口舌

争也。」令太子卑辭安車，因使辯士固請商山四皓來，以爲客。及上燕置酒，太子侍，四人從太子。上怪之，問曰：「彼何爲者？」四人前對，各言名姓，爲壽已畢，趨去。上召戚夫人，指示四人者曰：「我欲易之，彼四人輔之，羽翼已成，難動矣。吕后真而主矣。」戚夫人泣，上曰：「爲我楚舞，吾爲若楚歌。」歌曰：「鴻鵠高飛，一舉千里。羽翮已就，横絶四海。横絶四海，當可奈何？雖有矰繳，尚安所施！」』」案此見留侯世家。論語子罕篇：「固天縱之將聖。」「天縱」，上天所賦予的。

施及孝惠〔一〕，迄於文景，經術頗興〔二〕，而辭人勿用〔三〕。賈誼抑而鄒枚沈〔四〕，亦可知已〔五〕。

〔一〕斠詮：「施及，猶言『延及』。莊子在宥：『夫施及三王。』釋文：『施，延也。』」

〔二〕范注：「孝文時，論語、孝經、孟子、爾雅皆置博士（趙岐題辭），又立韓生詩及申公詩（史記儒林傳。後漢書翟酺傳：置一經博士），景帝又置齊轅固生詩及春秋，胡毋生、董仲舒公羊博士，故云『經術頗興』。漢書惠帝紀：『四年除挾書律。』」

注訂：「趙岐孟子注題辭：『孝文皇帝欲廣遊學之路，論語、孝經、孟子、爾雅皆置博士，後罷傳記博士，獨立五經而已。』」

〔三〕校注：「按漢書司馬相如傳：『會景帝不好辭賦。』足爲舍人此説之證。」

〔四〕黄注：「賈誼傳：天子議以誼任公卿之位，絳、灌、東陽侯、馮敬之屬盡害之，乃毁誼曰：雒陽之人，年少初學，專欲擅權，紛亂諸事。於是天子後亦疎之，不用其議，以誼爲長沙王太傅。」又：「枚乘傳景帝召拜乘爲弘農都尉，乘久爲大國上賓，與英俊並遊，得其所好，不樂郡吏，以病免官。」按以上均見漢書。范注：「（漢書）鄒陽傳：鄒陽者，齊人也。遊於梁，與故吴人莊忌夫子、淮陰枚生之徒交……介於羊勝、公孫詭之間，勝等疾鄒陽，惡之梁孝王。孝王怒，下之吏，將欲殺之。鄒陽客遊以讒見禽，惡死而負累，乃從獄中上書，書奏梁孝王，孝王使人出之，卒爲上客。」注訂：「按賈誼抑而鄒枚沈，抑沈指賈誼被疎而陽下獄、乘免官也。」

〔五〕校釋：「漢初人士多習縱横長短之説，而賦家如賈誼、司馬相如、枚乘、嚴忌、鄒陽之徒，皆有戰代馳説之習，但高祖已厭縱横，文景務崇清净，故賈誼抑而鄒枚沉，於是縱横之士，無所用之，乃折入辭賦；及武帝之世，此風已成，而賦人亦漸爲帝王所重，其間因緣，固甚明白。舍人二語，已足窺見本源。……惟漢初縱横馳説之士，雖不容於王朝，而其時諸侯，如吴、梁、淮南，皆承戰國養士之風，士之習長短、善辭賦者，遂乃遊食藩封，以資貴顯。故武帝以前，王朝雖辭人勿用，藩國則文彩足觀。本篇於此，付之闕如，似不免于疎闊。」

逮孝武崇儒，潤色鴻業〔一〕，禮樂争輝，辭藻競鶩〔二〕：柏梁展朝讌之詩〔三〕，金堤製恤民之詠〔四〕，徵枚乘以蒲輪〔五〕，申主父以鼎食〔六〕，擢公孫之對策〔七〕，嘆倪寬之擬

奏〔八〕，買臣負薪而衣錦〔九〕，相如滌器而被繡〔一〇〕。

〔一〕黄注：「漢武帝紀贊：孝武初立，表章六經，興太學，號令文章，焕焉可述。後嗣得遵洪業，而有三代之風。」校注：「按班固兩都賦序：『至於武、宣之世，乃崇禮官，考文章，内設金馬、石渠之署，外興樂府協律之事，以興廢繼絶，潤色鴻業。』」李善注：「言能發起遺文，以光讚大業也。」

〔二〕「鶩」，奔馳。范注：「（漢書）嚴助傳：『公孫弘起徒步，數年至丞相，開東閣，延賢人，與謀議，朝覲奏事，因言國家便宜。上令助等與大臣辯論，中外相應以義理之文，大臣數詘。』」

〔三〕校證：「玉海九『讌』作『燕』。」柏梁詩相傳爲漢武帝元封三年與臣僚在柏梁臺飲宴時所作的聯句。詳見明詩篇義證。

〔四〕訓故：「漢溝洫志：武帝既封禪，發卒數萬人塞瓠子決河，上悼功之不成，乃作歌。卒塞瓠子，築宫其上。『金堤』是黄河在瓠子決口時所築的堤，瓠子在今河北濮陽（按：今屬河南省）。名曰宣防。（漢書）王尊傳：河水盛溢，泛浸瓠子金堤。」

梅注：「漢書：孝文時，河決酸棗，東潰金堤。於是東郡大興卒塞之。其後三十六歲，孝武元光中，河決于瓠子。自河決瓠子後二十餘歲，歲因以數不登。上乃使汲仁、郭昌發卒數萬人塞瓠子決河。於是上以用事萬里沙，則還自臨決河，湛白馬玉璧，令群臣從官，自將軍以下，皆負薪塞決河。是時東郡燒草，以故薪柴少，而下淇園之竹，以爲揵。上暨臨河決，悼功

之不成，乃作歌曰：『瓠子決兮將奈何？浩浩洋洋，慮殫爲河。殫爲河兮地不得寧，功無已時兮吾山平。吾山平兮鉅野溢，魚弗鬱兮柏冬日。正道弛兮離常流，蛟龍騁兮放遠遊。歸舊川兮神哉沛，不封禪兮安知外！皇謂河公兮何不仁，泛濫不止兮愁吾人。齧桑浮兮淮泗滿，久不反兮水維緩。』一曰：『河湯湯兮激潺湲，北渡回兮迅流難。搴長茭兮湛美玉，河公許兮薪不屬，薪不屬兮衛人罪，燒蕭條兮噫乎何以御水！隤林竹兮揵石菑，宣防塞兮萬福來。』於是卒塞瓠子，築宮其上，名曰宣防。」按此見溝洫志。漢書司馬相如傳：「嫛姍勃窣上金堤。」注：「言水之隄塘堅如金也。」

〔五〕梅注：「漢書（枚乘傳）：武帝自爲太子，聞乘名，及即位，乘年老，乃以安車蒲輪徵乘。」按漢書顔師古注：「蒲輪，以蒲裹輪。」

〔六〕訓故：「史記主父偃傳：尊立衛皇后，及發燕王定國陰事，偃有功焉。大臣皆畏其口，賂遺累千金，人或説偃曰：太横矣。主父曰：『丈夫生不五鼎食，死即五鼎烹耳。』」「申」通伸。此處有提升意。孟子梁惠王下：「前以三鼎而後以五鼎與？」趙注：「禮，士祭三鼎，大夫祭五鼎也。」四書逸箋云：「五鼎皆用羊豕，而魚腊配之。」

梅注：「漢書：主父偃，齊國臨淄人也。學長短縱横術，晚迺學易、春秋、百家之言。遊齊諸子間，諸儒生相與排儐，不容于齊。家貧，假貸無所得，北遊燕、趙、中山。皆莫能厚客，甚困。以諸侯莫足遊者。元光元年，迺西入關，見衛將軍。衛將軍數言上，上不省。資用乏，

留久，諸侯賓客多厭之。迺上書闕下，朝奏，暮召入見。是時徐樂、嚴安亦俱上書，言世務。書奏，上召見三人，謂曰：『公皆安在？何相見之晚也！』迺拜偃、樂、安皆爲郎中，偃數上疏言事，遷謁者中郎，中大夫。歲中四遷。偃説上，上輒從其計。大臣皆畏其口。賂遺累千金，或説偃曰大横。偃曰：『臣結髮遊學四十餘年，身不得遂。親不以爲子，昆弟不收。賓客棄我。我阸日久矣。丈夫生不五鼎食，死則五鼎烹耳。吾日暮，故倒行逆施之。』」按此見主父偃傳。

〔七〕文論選：「指漢武帝以公孫弘關于『禁民不得挾弓弩』的奏命臣下討論的事情。詳見漢書吾丘壽王傳。」按議對篇：「公孫之對，簡而未博，然總要以約文，事切而情舉，所以太常居下，而天子擢上也。」黄注：「史記平津侯傳：公孫弘使匈奴還報，不合上意……病免歸。元光五年，詔徵文學，國人固推弘，弘至太常。太常令所徵儒士各對策百餘人，弘第居下。策奏，天子擢弘對爲第一。」范注：「公孫弘對策，見議對篇注。」

〔八〕校證：「『倪』原作『兒』，何允中本、日本活字本、梅本、凌本、梅六次本、陳本、日本刊本、王謨本、張松孫本、崇文本、詩紀作『倪』，附會篇亦作『倪』，今改。」

校注：「『擬』，元本、活字本、汪本、佘本、張本、兩京本、胡本、文津本作『凝』；詩紀别集一、漢魏詩乘總録、湯氏續文選二七同。訓故本、謝鈔本作『疑』。馮舒校作『擬』。鈴木云：『（擬）當作疑。』按『凝』、『疑』並誤。此云『擬奏』，明指寬所爲奏，其非『已再見却』之『疑奏』

可知。不然，漢武何爲稱嘆耶？且『擬奏』始能與上句之『對策』相對。」附會篇「昔張湯擬奏而再却……及倪寬更草……而漢武歎奇。」訓故：「漢書兒寬傳：張湯爲廷尉，有疑奏，已再見却矣。掾史莫知所爲，寬爲言其意，掾史因使寬爲奏。奏成，即時得可。異日湯見，上問曰：『前奏非俗吏所及，誰爲之者？』湯言兒寬。上曰：『吾固聞之久矣。』」

〔九〕訓故引漢書朱買臣傳。按漢書朱買臣傳：「家貧……常艾薪樵賣以給食，擔束薪行且誦書。……上拜會稽太守。上謂買臣曰：『富貴不歸故鄉，如衣繡夜行。今子何如？』」

〔一〇〕訓故：「漢書司馬相如傳：相如與文君俱之臨邛，盡賣車騎，買酒舍，乃令文君當壚。相如身自著犢鼻褌，與庸保雜作，滌器于市中。後爲中郎將，至蜀，太守以下郊迎，縣令負弩矢先驅，蜀人以爲寵。」

斠詮：「漢書百官公卿表：『侍御史有繡衣直指，出討奸猾，治大獄，武帝所制，不常置。』注：『師古曰：衣以繡者，尊繡之也。』按此云被繡，蓋指相如奉使建節責唐蒙，諭巴蜀，略定西南夷而言。」

於是史遷、壽王之徒〔一〕，嚴、終、枚臯之屬〔二〕，應對固無方〔三〕，篇章亦不匱，遺風餘采，莫與比盛。

〔一〕漢書司馬遷傳：「遷爲太史令。……遷既刑之後，爲中書令，尊寵任職。」訓故：「史記吾丘壽王傳：年少以善格五，召待詔，後爲光禄大夫侍中。」「格五」，古代博戲名。

〔二〕訓故：「漢書嚴安傳：安，臨菑人，以故丞相史上書，爲騎馬令。」牟注：「嚴，指嚴助。……按漢書嚴助傳，嚴助與朱買臣、吾丘壽王、司馬相如、嚴安、枚皋、終軍等同時，『並在左右』（都在漢武帝身邊）……但劉勰這裏所講到的，是一些『篇章亦不匱』的文人，嚴助傳説他曾『作賦頌數十篇』，嚴安則無。」訓故引漢書終軍傳。按漢書終軍傳：「終軍，字子雲，濟南人也。少好學，以辯博能屬文，聞於郡中。……至長安，上書言事，武帝異其文，拜軍爲謁者給事中。」黄注：「枚皋傳：皋不通經術，詼笑類俳倡，爲賦頌好嫚戲，以故得媟黷貴幸，比東方朔、郭舍人等，而不得比嚴助等得尊官。」

〔三〕明詩篇：「嚴、馬之徒，屬辭無方。」

越昭及宣，實繼武績〔一〕，馳騁石渠〔二〕，暇豫文會〔三〕，集雕篆之軼材〔四〕，發綺縠之高喻〔五〕；於是王褒之倫，底禄待詔〔六〕。

〔一〕徐復文心雕龍正字：「按『績』疑當作『蹟』，繼蹟猶繼踵矣。」郭注：「漢書王褒傳：『宣帝時，

修武帝故事，講論六藝群書，博盡奇異之好。』故云『實繼武績』。」

〔二〕黄注：「石渠見論説篇。」按論説篇：「至石渠論藝，白虎講聚，述聖通經，論家之正體也。」「石渠」，閣名，漢宮中藏書之處。范注：「昭帝年少，在位日淺，至宣帝時，始立大小夏侯尚書、大小戴禮，施、孟、梁丘易，穀梁春秋。」斠詮：「（漢書）宣帝紀甘露三年詔，補注引錢大昭曰：『時與議石渠者，可考見者凡二十三人，議奏之見於藝文志者凡一百六十五篇。……』漢書瑕丘江公傳、劉向傳、韋玄成傳皆載講經石渠事。案：馳騁，即宣帝紀所謂『上親稱制臨決』之意。石渠，閣名。三輔黄圖：『石渠閣，蕭何造，其下礱石爲渠，以導水，若今御溝，因爲閣名。所藏入關所得秦之圖籍。至於成帝，又於此藏秘書焉。』後漢書楊終傳：『宣帝博徵群儒，論定五經於石渠閣。』」後漢書方術傳：「光武尤信讖言，士之赴趣時宜者，皆馳騁穿鑿争談之也。」是「馳騁石渠」者乃當時文士。

〔三〕斠詮：「暇豫，閒暇豫樂也。國語晉語：『主孟啗我，我教兹暇豫事君。』韋昭注：『暇，閒也；豫，樂也。』文會，有關於學問文章之集會也。論語顔淵：『君子以文會友，以友輔仁。』」郭注：「漢書王褒傳：『神爵、五鳳之間，天下殷富，數有嘉應，上頗作歌詩，欲興協律之事。』蓋所謂暇豫文會。」

〔四〕文論選：「雕篆，即雕蟲篆。軼材，有非凡之材的人。法言吾子篇：『或問：「吾子少而好賦？」曰：「然，童子雕蟲篆刻。」』蟲，蟲書；刻，刻符。蟲書、刻符都是學童所習，所以説童子雕蟲篆刻，以喻作賦乃是襞積奇字以成篇，也是少年人的玩意兒。」校注：「漢書王褒傳：『褒既爲刺史作頌，又作其傳，益州刺史因奏褒有軼材。上（宣帝）廼徵褒。』」

〔五〕梅注：「揚子法言：『或問：「吾子少而好賦？」曰：「然，童子雕蟲篆刻。」俄而曰：「壯夫不爲也。」或曰：「賦可以諷乎？」曰：「諷則已，不已，吾恐不免於勸也。」或曰：「霧縠之組麗。」曰：「女工之蠹矣。」』漢書：『宣帝時脩武帝故事，講論六藝群書，博盡奇異之好，徵能爲楚辭九江被公，召見誦讀，益召高材劉向、張子僑、華龍、柳褒等，待詔金馬門。上頗作歌詩，欲興協律之事。丞相魏相奏言知音善鼓雅琴者渤海趙定、梁國龔德，皆召見待詔。於是益州刺史王襄欲宣風化於衆庶，聞王褒有俊材，請與相見，使褒作中和、樂職、宣布詩，選好事者，令依鹿鳴之聲習而歌之。褒既爲刺史作頌，又作其傳。益州刺史因奏褒有軼材。上廼徵褒。既至，詔褒爲聖主得賢臣頌。上令褒與張子僑等並待詔，數從褒等放獵。所幸宫館，輒爲歌頌。第其高下，以差賜帛。議者多以爲淫靡不急，上曰：「『不有博弈者乎？爲之猶賢乎已。』辭賦大者與古詩同義，小者辯麗可喜。辟如女工有綺縠，音樂有鄭衛，今世俗猶皆以此虞説耳目，辭賦比之，尚有仁義、風諭、鳥獸草木多聞之觀，賢於倡優博弈遠矣。」』」按此見王褒傳。

〔六〕訓故：「左傳：叔向曰：底禄以德。」按此見昭公元年，杜注：「底，致也。底音旨。」校注：「是『底』當作『厎』。」

自元暨成〔一〕，降意圖籍〔二〕，美「玉屑」之譚〔三〕，清金馬之路〔四〕，子雲鋭思於千首〔五〕，子政讎校於六藝〔六〕，亦已美矣。

〔一〕黄注：「漢元帝紀：孝元皇帝，宣帝太子也。宣帝微時生民間，宣帝即位，立爲太子。壯大，柔仁好儒。宣帝崩，太子即皇帝位。漢成帝紀：孝成皇帝，元帝太子也。元帝崩，即皇帝位。」

〔二〕斠詮：「降意，猶言降心、悉心、傾心，亦即『留意』之意。後漢書賈逵傳：『肅帝降意儒術，特好古文尚書、左氏傳。』由於是説皇帝，所以用『降意』。」范注：「漢書元帝紀贊：『元帝多材藝，善史書，少而好儒，及即位，徵用儒生，委之以政。貢、薛、韋、匡（貢禹、薛廣德、韋賢、匡衡），迭爲宰相。』成帝紀：『成帝好經書。』又贊曰：『博覽今古。』」

〔三〕「美玉屑之譚」，元刻本以下俱作「笑玉屑之諫」。梅本于「笑」字下注云：「當作美。」「諫」字下注云：「當作談。」黄叔琳據改。范注：「周禮天官玉府注：『王齊，當食玉屑。』論衡書解篇：『玉屑滿篋，不成爲寶。』」

文論選：「世説新語賞譽：『胡毋彦國吐佳言如屑，後世領袖。』譚，即談。這裏指關於文學的談論。」

斠詮：「美玉屑之談，指詔劉向校定諸子詩賦而言。玉屑，喻百家之珍説，出典論衡書解篇：『或曰：古今作者非一，各穿鑿失經之實傳，違聖人質，故謂之蕞殘，比之玉屑。故曰：蕞殘滿車，不成爲道；玉屑滿篋，不成爲寶。……答曰：聖人作其經，賢者造其傳。……書亦爲本，經亦爲末；末失事實，本得道質。折累二者，孰爲玉屑？』案所引謂世以述作書記，每多穿鑿附會，比之蕞殘玉屑，而不知諸子尺書采聖志以立言，文義與經相薄，未嘗違離道真，安可謂爲不成道寶乎？又以此一詞喻詩賦之佳句，晉王澄與人書：『彦國吐嘉言如玉屑。』」

〔四〕范注：「史記褚先生補滑稽列傳：『東方朔歌曰：「陸沈於俗，避世金馬門。」』金馬門者，官署門也。門傍有銅馬，故謂之金馬門。」注訂：「按金馬門，武帝時列士待詔之所。」這句指對文人的重視。

〔五〕詮賦篇：「繁積於宣時，校閲於成世，進御之賦，千有餘首。」藝文類聚引桓子新論：「余素好文，見子雲工爲賦，欲從之學。子雲曰：能讀千賦則善爲之矣。」按此見道賦篇。西京雜記卷二：「或問揚雄爲賦。雄曰：『讀千首賦，乃能爲之。』」

〔六〕黄注：「漢藝文志劉歆七略有六藝略。詳諸子篇。」按諸子篇：「逮漢成留思，子政讎校，於

是七略芬菲，九流鱗萃。」漢書藝文志：「至成帝時，以書頗散亡，使謁者陳農求遺書於天下，詔光禄大夫劉向校經傳諸子詩賦。……會向卒，哀帝復使向子侍中奉車都尉歆卒父業。歆於是總群書而奏其七略，故有輯略，有六藝略，有諸子略，有詩賦略，有兵書略，有術數略，有方技略。」「六藝」，指六經。才略篇：「舊説以爲……歆學精向，然……新序該練，璿璧産於崐崗，亦難得而踰本矣。」

爰自漢室，迄至成哀〔一〕，雖世漸百齡〔二〕，辭人九變〔三〕，而大抵所歸，祖述楚辭〔四〕，靈均餘影，於是乎在〔五〕。

〔一〕黄注：「漢哀帝紀：孝哀皇帝，元帝庶孫，定陶恭王子也。成帝無子，立爲皇太子，成帝崩，即皇帝位。」

〔二〕斠詮：「西漢自……漢王即皇帝位起，至孝哀帝……崩，傳世凡有二百零二年之久，其曰『漸百齡』者，蓋漸有累積之意，漸百齡即累百年也。」

〔三〕范注：「漢書武帝紀元朔元年詔，臣瓚注『九變』曰：『九，數之多也。』」校釋：「九變，如以高、惠迄成九代釋之，義殊未安。蓋文變不可以代論，且按文義求之，亦與『九』數不符也。是則此『九變』之『九』乃虚數，與『九變之貫』意同。……不可與贊中『九

變』之『辭』混同。」

〔四〕范注：「藝文志屈原賦類凡二十家，三百六十一篇，視陸賈、孫卿、客主三類爲特多。」郝懿行批注：「按『九變』詳總術篇注。楚、漢侈艷，大抵同歸，故云祖述者也。」

校注：「按宋書謝靈運傳論：『自漢至魏……是以一世之士，各相慕習，源其飆流所始，莫不同祖風騷。』文選李注引續晉陽秋曰：『自司馬相如、王褒、揚雄諸賢，代尚詩賦，皆體則風騷。』並足與此相發。」

注訂：「文體導源六經，戰國以降，其變有二：一爲離騷之詭麗，二爲緯書之恢奇。是以此云辭人九變，而皆祖述靈均也。」

〔五〕校釋：「戰國諸子朋興，齊、楚稱盛，齊尚雄辯，楚富麗辭，皆出縱横之詭俗；西漢文變雖多，不外屈、宋餘響，此三變也。」

以上爲第二段，論述西漢文學的情況。

自哀平陵替〔一〕，光武中興〔二〕，深懷圖讖〔三〕，頗略文華。然杜篤獻誄以免刑〔四〕，班彪參奏以補令〔五〕；雖非旁求，亦不遐棄〔六〕。

〔一〕黄注：「漢平帝紀：孝平皇帝，元帝庶孫，中山孝王子也，哀帝崩，即皇帝位。」左傳昭公十八年：「于是乎下陵上替，能無亂乎？」疏：「在下者陵侮其上，在上者替廢其位，上下失分，能

無亂乎？」按「陵替」猶陵夷，下陵上替，言上下皆頹廢不思振作。

〔二〕黄注：「後漢光武帝紀：光武皇帝諱秀，長沙定王之後，誅王莽，復漢。」

〔三〕後漢書方術傳：「光武尤信讖言。」後漢書光武帝紀：「宛人李通等以圖讖説光武。」李賢注：「圖，河圖也。讖，符命之書。讖，驗也，言爲王者受命之徵驗也。」正緯篇：「光武之世，篤信斯（讖緯）術，風化所靡，學者比肩。沛獻集緯以通經，曹褒選讖以定禮，乖道謬典，亦已甚矣。」

〔四〕梅注：「後漢書：篤少博學，不修小節，不爲鄉人所禮。居美陽，與美陽令遊。數從請託，不諧，頗相恨，令怒，收篤，送京師。會大司馬吴漢薨，光武詔諸儒誄之，篤於獄中爲誄，辭最高，帝美之，賜帛免刑。」按此見後漢書文苑杜篤傳。訓故引東觀漢記略同。

〔五〕元刻本「奏」作「表」。校證「『奏』原作『表』，梅據張振豪改。」梅注：「後漢書：班彪避地河西，大將軍竇融以爲從事，深敬待之，接以師友之道。彪乃爲融畫策事漢，總西河以拒隗囂。及融徵還京師，光武問曰：『所上章奏，誰與參之？』融對曰：『皆從事班彪所爲。』帝雅聞彪材，因召入，舉司隸茂才，拜爲令。」按此見班彪傳。「補令」，授職爲縣令。

誄碑篇：「杜篤之誄，有譽前代。」注訂：「吴漢誄見藝文類聚。」

〔六〕斯波六郎：「尚書太甲：『旁求俊彦。』」又：「詩周南汝墳：『既見君子，不我遐棄。』」按太甲上篇孔傳：「旁，多方。」「遐」，遠也。

及明章叠耀〔一〕，崇愛儒術，肄禮璧堂〔二〕，講文虎觀〔三〕，孟堅珥筆於國史〔四〕，賈逵給札於瑞頌〔五〕；東平擅其懿文〔六〕，沛王振其通論〔七〕；帝則藩儀，輝光相照矣〔八〕。

〔一〕黄注：「後漢明帝紀：孝明皇帝諱莊，光武第四子也。」校證：「『章』原作『帝』。范云：『講文虎觀……此是章帝事。疑「明帝叠耀」，當作「明章叠耀」，「帝」與「章」形近而譌。』按范説是。詔策篇：『明章崇學』，今本『章』亦誤爲『帝』，與此正同。今據改。」注訂：「范注據『講文虎觀』爲章帝事，疑『明帝叠耀』，當作『明章叠耀』，『帝』與『章』形近而譌，固是。惟叠耀指承光武崇儒而言，下則連類及之，固亦通也。」校注：「按既云『叠耀』，則非一帝。范説是也。……論衡佚文篇：『孝明世好文人，並徵蘭臺之官，文雄會聚；今上（章帝）即令（當作命），語求亡失，購募以金，安得不有好文之聲？』」

〔二〕訓故：「璧堂，璧雍、明堂也。」黄注：「通鑑：明帝永平二年，上帥群臣躬養三老五更於辟雍，禮畢……上自爲下説，諸儒執經問難於前，冠帶縉紳之士，圜橋門而觀聽者，蓋億萬計。」范注：「後漢書桓榮傳：『永平二年三雍初成，拜榮爲五更。每大射養老禮畢，帝輒引榮及弟子升堂、執經，自爲下説。』章懷注曰：『三雍，宫也。謂明堂、靈臺、辟雍。』」

〔三〕訓故：「見論説篇。」按論説篇：「至石渠論藝，白虎講聚，述聖通經，論家之正體也。」黄注：

「後漢書章帝紀：建初四年……詔……諸生諸儒會白虎觀，講議五經同異，帝親稱制臨決，如孝宣甘露石渠故事，作白虎議奏。」「白虎觀」，討論經學之所。

〔四〕黄注：「國史，見史傳篇『述漢』注。」按史傳篇：「及班固述漢，因循前業。」黄注：「漢書叙傳：固探篹前記，綴輯所聞，以述漢書。起於高祖，終於孝平王莽之誅，十有二世，二百三十年，綜其行事，爲春秋考紀表志傳，凡百篇。」後漢書班固傳：「除蘭臺令史。……成世祖本紀。遷爲郎，典校秘書，固又撰功臣、平林、新市、公孫述事，作列傳載記二十八篇奏之。帝乃復使終成前所著書……故探撰前記，綴集所聞，以爲漢書。」

〔五〕校注：「崔駰奏記竇憲：『珥筆持牘。』文選曹植求通親親表：『執鞭珥筆。』李注：『珥筆，戴筆也。』劉良注：『珥，插也。』」斠詮：「古史官入朝，常插筆於冠側，以便記録，謂之珥筆。」

校證：「『札』原作『禮』，『瑞』原作『端』，梅據張振豪改。案王惟儉本正作『瑞』。」

梅注：「後漢書：賈逵，性愷悌，多智思。俶儻有大節，尤明左氏傳、國語，爲之解詁五十一篇。永平中，上疏獻之。顯宗重其書，寫藏密館。時有神雀，集宫殿官府，冠羽有五彩色。帝異之，以問臨邑侯劉復，不能對。薦逵博物多識，帝乃召見逵，問之。對曰：『昔武王纘父之業，鸑鷟集在岐，宣帝威懷戎狄，神雀仍集，此胡降之徵也。』帝敕蘭臺給筆札，使作神雀頌，拜爲郎。」按此見賈逵傳。「瑞頌」，指神雀頌。

〔六〕訓故：「後漢東平憲王傳：蒼少好經書，雅有智思，上光武受命中興頌，帝甚善之。」

後漢書東平憲王蒼傳：「蒼少好經書，雅有智思。……是時中興三十餘年，四方無虞，蒼以天下化平，宜修禮樂；乃與公卿共議定南北郊冠冕車服制度及光武廟登歌、八佾舞數。……薨，詔告中傳封上蒼自建武以來章奏及所作書記賦頌七言別字歌詩，並集覽焉。」此句意指劉蒼擅長深美之文。

〔七〕訓故：「沛王，見正緯篇。」按正緯篇：「沛獻集緯以通經。」後漢書沛獻王輔傳：「好經書，好說京氏易、孝經、論語傳及圖讖，作五經論，時號之曰沛王通論。」

〔八〕注訂：「帝則藩儀者，帝京之法則，藩署之儀禮也。」郭注：「『帝則』，帝王典則，指上文『肆禮璧堂，講文虎觀』。『藩儀』，藩王儀型，指東平、沛獻二王而言。」

自和安已下〔一〕，迄至順桓〔二〕，則有班傅三崔，王馬張蔡〔三〕，磊落鴻儒〔四〕，才不時乏，而文章之選，存而不論〔五〕。

〔一〕校證：「『和安』原作『安和』，今乙正。」校注：「按『安和』二字當乙，始合時序。詔策篇『安和政弛』句，誤與此同。」

〔二〕黄注：「後漢帝紀：孝和皇帝諱肇，肅宗第四子也。孝安皇帝諱祜，肅宗孫也。孝順皇帝諱保，安帝之子也。孝桓皇帝諱志，肅宗曾孫也。」

〔三〕黄注：「班（固）、傅（毅）、三崔（駰、瑗、寔）、王（延壽）、馬（融）、張（衡）、蔡（邕）。俱見前。」

後漢書崔駰傳：「駰字亭伯……年十三，能通詩、易、春秋，博學有偉才，盡通古今訓詁百家之言。善屬文，少遊太學，與班固、傅毅同時齊名。……中子瑗……字子玉，鋭志好學，盡能傳其父業。……明天官、曆數、京房易傳、六日七分。諸儒宗之。與馬融、張衡特相友好。瑗子寔。寔，字子真……少沈静，好典籍。……明於政體，吏才有餘，論當世便事數十條，名曰政論。」范曄論曰：「崔氏世有美才，兼以沈淪典籍，遂爲儒家文林。」范注：「黄注謂王爲王延壽，延壽附見文苑王逸傳，似不得列馬、張、蔡之前。此王疑指王充。充傳曰：『師事扶風班彪，好博覽而不守章句。家貧無書，常遊洛陽市肆，閲所賣書，一見輒能誦憶，遂博通衆流百家之言。』章懷注引謝承書曰：『謝夷吾薦充曰：充之天才，非學所加，雖前世孟軻、荀卿，近漢揚雄、劉向、司馬遷不能過也。』馬融傳：『融才高博洽，爲世通儒，教養諸生，常有千數。涿郡盧植、北海鄭玄，皆其徒也。』張衡傳：『衡少善屬文，遊於三輔，因入京師，觀太學，遂通五經，貫六藝，雖才高於世，而無驕尚之情。』蔡邕傳：『少博學，師事太傅胡廣，好辭章、數術、天文，妙操音律。』」

文論選謂「王」指王逸。

校注：「才略篇：『二班兩劉，奕葉繼采……傅毅、崔駰，光彩比肩，瑗、寔踵武，能世厥風者矣。……馬融鴻儒，思洽識高。……王逸博識有功，而絢彩無力。延壽繼志，瓌穎獨標，其善圖物寫貌，豈枚乘之遺術歟！張衡通贍，蔡邕精雅，文史彬彬，隔世相望。』所叙東漢作家，

即有王延壽在内（並無王充）；名次先後，亦復與此略同。則『王』爲『王延壽』，當無疑義。詮賦篇曾稱『延壽靈光』，爲『辭賦英傑』之一，是舍人之於延壽，推崇已極。且仲任原非文士，而本篇又專論文運升降；諸子篇尚未叙及其論衡，則此處之非王充，更可知矣。范說誤。」

〔四〕牟注：「磊落，衆多的樣子。論説：『六印磊落以佩。』」「磊落」亦可形容儀態俊偉。此處又引申而指其學問之高明瑰偉。郭注：「論衡超奇：『故夫能説一經者爲儒生；博覽古今者爲通人；采掇傳書，以上書奏記者爲文人，能精思著文，連接篇章者爲鴻儒。故儒生過俗人，通人勝儒生，文人踰通人，鴻儒超文人。』本文『鴻儒』即論衡中之『鴻儒』，本文『文章之選』即論衡中之『文人』也。『選』，善也。」

〔五〕斯波六郎：「莊子齊物論：『六合之外，聖人存而不論。』」此處「存而不論」，是説當時並不注意文章，所以把文章放在一邊，置之不論。

然中興之後，群才稍改前轍，華實所附，斟酌經辭〔一〕，蓋歷政講聚〔二〕，故漸靡儒風者也〔三〕。

〔一〕范注：「事類篇曰：『至於崔、班、張、蔡，遂捃摭經史，華實布濩，因書立功，皆後人之範式也。』」牟注：「華，文章的藻飾。實，作品的内容。附，依附，根據。史傳：『立義選言，宜依經以樹

則；勸戒與奪，必附聖以居宗。』斟酌，考慮取捨。」

〔二〕「歷政講聚」，謂歷朝聚集儒生講學。郭注：「『歷政講聚』指『肄禮璧堂，講文虎觀』而言。」

〔三〕體性篇贊：「習亦凝真，功沿漸靡。」郭注：「『漸靡』謂漸染感化也。」由于漢光武迷信讖緯，不重視文學，加上明帝「崇愛儒術」，于是「中興之後，群賢稍改前轍」，這時文學沾染了儒學的風氣，以經書作爲寫文章的範本，自然風格質樸，不那麽講究華彩了。劉勰提倡「徵聖」、「宗經」，對東漢文風反而是比較推崇的。

校釋：「東漢中興以後，順、桓以前，稍改西京之風，漸靡經生之習，由麗辭而爲儒文，此四變也。」

降及靈帝，時好辭製，造羲皇之書〔一〕，開鴻都之賦〔二〕，而樂松之徒，招集淺陋，故楊賜號爲驩兜，蔡邕比之俳優〔三〕，其餘風遺文，蓋蔑如也〔四〕。

〔一〕訓故：「後漢靈帝紀：孝靈皇帝諱宏，肅宗玄孫也。蔡邕傳：初，帝好學，自選皇羲篇五十章……」

文論選：「『羲皇』疑爲『皇羲』。後漢書蔡邕傳：『初，（靈）帝好學，自造皇羲篇五十章。因引諸生能爲文賦者，本頗以經學相招，後諸爲尺牘及工書鳥篆者，皆加引召，遂至數十人。侍中祭酒樂松、賈護多引無行趨勢之徒，並待制鴻都門（藏書和講學之所）下，憙陳方俗閭里

小事，帝甚悦之，待以不次之位。……邕上封事曰：「……夫書畫辭賦，才之小者。匡國理政，未有其能。……而諸生競利，作者鼎沸，其高者頗引經訓風諭之言，下則連偶俗語，有類俳優，或竊成文，虚冒名氏。」』後漢書楊賜傳：『光和元年，有虹蜺畫降於嘉德殿前。……（賜）乃書對曰：……鴻都門下，招會群小，造作賦説，以蟲篆小技見寵於時，如驩兜、共工（皆舜時凶臣）更相薦説。』」

〔二〕校注：「後漢書靈帝紀：『（光和元年）始置鴻都門學生。』李注：『鴻都，門名也，於内置學。』後漢紀靈帝紀中：『（光和元年）初置鴻都門生，本頗以經學相招，後諸能爲尺牘詞賦及工書鳥篆者，至數千（應作十）人。或出典州郡，入爲尚書侍中，封賜侯爵。』」

斠詮：「鴻都與辟雍同，蓋設學而兼藏書之府。」

〔三〕「驩兜」，唐堯時人，與共工、三苗、鯀稱四凶。書舜典：「流共工于幽州，放驩兜于崇山。」

〔四〕補注：「漢書東方朔傳贊：『其流風遺書，蔑如也。』師古注曰：『言辭義淺薄不足稱。』」校注：「法言淵騫篇：『世稱東方生之盛也，言不純師，行不純表，其流風遺書，蔑如也。』」范注：「按東漢辭質，建安文華，鴻都門下諸生其轉易風氣之關鍵歟？」何焯批：「建安詞人後魄兆於此矣。」

校釋：「靈帝以後，學貴墨守，文亦散緩，其時作者，類多淺陋，比之俳優；文章風氣，由盛而衰，此五變也。」

自獻帝播遷〔一〕，文學蓬轉〔二〕，建安之末，區宇方輯〔三〕。魏武以相王之尊，雅愛詩章〔四〕；文帝以副君之重，妙善辭賦〔五〕；陳思以公子之豪，下筆琳瑯〔六〕；並體貌英逸〔七〕，故俊才雲蒸〔八〕。

〔一〕黄注：「後漢獻帝紀：孝獻皇帝諱協，靈帝中子也，初封陳留王，董卓立之。建安二十五年，禪於魏。贊曰：獻生不辰，身播國屯。」注訂：「獻帝播遷者，指爲董卓所挾，遷都西京，卓死又爲李傕、郭汜所争持，迨入許就曹始安，而漢運亦終矣。」斠詮：「播遷，流離遷徙也。盧諶贈劉琨書：『王室喪師，私門播遷。』」

〔二〕黄注：「西征賦：飄萍浮而蓬轉。」范注：「文學蓬轉，猶言文學之士流離失所。」注訂：「文學蓬轉者，天下大亂，文學一類亦隨之凋零，而勢之所趨，如轉蓬莫定，兵禍相仍，文理道喪。范注稱文學之士流離失所者非。之士二字妄代古人增益尤謬，正緯篇有『學者比肩』，此不言學者而曰文學，知非指士子言也。」斠詮：「蓬轉，喻流徙無常，若秋蓬之隨風飄轉，無所止託也。」

〔三〕「區宇方輯」，是説天下纔安定。「區宇」猶言天下四方。「輯」，安靖。注訂：「曹操晉魏王，吕布、二袁皆除，中原乂安，故云『區宇方輯』也。」

〔四〕范注：「三國魏志文帝紀評注引典論自序曰：『上雅好詩書文籍，雖在軍旅，手不釋卷。』金

樓子興王篇：『魏武帝御軍三十餘年，手不捨書，晝則講軍策，夜則思經傳，登高必賦，被之管絃，皆成樂章。』」「雅」意猶「很」；又素常，向來。

趙西陸評范文瀾文心雕龍注：「案魏志武帝紀裴注引魏書曰：『太祖御軍三十餘年，手不捨書。晝則講武策，夜則思經傳。登高必賦，及造新詩，被之管絃，皆成樂章。』」

〔五〕漢書疏廣傳：「太子國儲副君。」曹丕于二一七年立爲魏王太子。

校證：「『詩章』兩京本作『篇翰』。馮本脱此二字。」按元刻本「詩章」二字缺。

范注：「文帝紀：『帝好文學，以著述爲務，自所勒成垂百篇。』陳壽評曰：『文帝天資文藻，下筆成章，博聞彊識，才藝兼該。』」

典論自叙：「余少誦詩論，及長而備歷五經四部，史、漢、諸子百家之言，靡不畢覽，所著書論詩賦凡六十篇。」

〔六〕校注：「『瑯』，元本、弘治本、汪本、佘本、張本、兩京本、何本、梅本、凌本、合刻本……崇文本作『琅』。按『瑯』，『琅』之俗體，當以作『琅』爲正。才略篇『磊落如琅玕之圃』，亦作『琅』。」

斠詮：「琳琅，珠玉之類。尚書禹貢：『厥貢惟球琳琅玕。』傳：『球琳皆玉名；琅玕，石而似玉。』」

指瑕篇：「陳思之文，群才之俊也。」黄注：「陳思王植，字子建。善屬文，鄴銅爵臺新成，太祖悉將諸子登臺，使各爲賦，植援筆立成，可觀。太祖甚異之。」范注：「陳思王植傳評注引

魚豢曰：『余每覽植之華采，思若有神。』」

〔七〕戰國策齊策三：「孟嘗君令人體貌而親郊迎之。」鮑彪注：「體貌，有禮容也。」黄注：「（漢書）賈誼傳：『體貌大臣。』注：『體貌，謂加禮容而敬之。』」

〔八〕郭注：「『雲蒸』猶言雲起。」注訂：「雲蒸，盛也。」

范注：「陳思王傳注引植與楊修書曰：『昔仲宣獨步於漢南，孔璋鷹揚於河朔，偉長擅名於青土，公幹振藻於海隅，德璉發迹於大魏，足下高視於上京。當此之時，人人自謂握靈蛇之珠，家家自謂抱荆山之玉也。吾王於是設天網以該之，頓八紘以掩之，今盡集兹國矣。』」宋書謝靈運傳論：「至於建安，曹氏基命。二祖陳王，咸蓄盛藻。」以上是説由于曹氏父子提倡文學，尊重有英才的作家，所以傑出的大才都雲集他們的門下，使建安文學達到了鼎盛時代。

仲宣委質於漢南〔一〕，孔璋歸命於河北〔二〕，偉長從宦於青土〔三〕，公幹徇質於海隅〔四〕，德璉綜其斐然之思〔五〕，元瑜展其翩翩之樂〔六〕。

〔一〕三國志魏書王粲傳：「粲字仲宣。……以西京擾亂……乃之荆州依劉表。表以粲貌寢而體弱通侻，不甚重也。表卒，粲勸表子琮令歸太祖，太祖辟爲丞相掾，賜爵關内侯。」文論選：「漢南：荆州在漢水之南。這句指王粲曾依荆州劉表後歸順曹氏。」「委質」，向君

主獻禮，表示獻身。國語晉語九：「臣聞之，委質爲臣，無有二心。」韋昭注：「言委贄于君，書名于册，示必死也。」舊亦用爲歸順之意。三國志蜀書黄忠傳：「先主南定諸郡，忠遂委質，隨從入蜀。」

校注：「左傳僖公二十三年：『策名委質。』孔疏：『策，簡策也。質，形體也。古之仕者，於所臣之人，書己命於策，以明繫屬之也。拜則屈膝而委身體於地，以明敬奉之也。』」

斠詮：「委質，猶言『委贄』，有『託仕』之意。（國語）晉語（九）：『……臣委質於翟之鼓，未委質於晉之鼓也。臣聞之，委質爲臣，無有二心。』韋注：『質，贄也。士贄以雉，委質而退。』左傳僖公二十三年：『策名委質，貳乃辟也。』杜注：『名書於所臣之策，屈膝而君事之，則不可以貳也。……』孔疏：『質，形體也。拜則屈膝，而委身體於地，以明敬奉之也。』竹添光鴻會箋：『史記（仲尼弟子列傳：「子路後儒服委質，因門人請爲弟子。」）索隱引服注云：「古者始仕，必先書其名於策，委死之質於君，然後爲臣，示必死節於其君也。」始仕必是爲士，士之贄以雉，雉必用死。……此正服氏所謂「委死之質於君，示必死節」之義。……所謂委質者，委贄於庭，不敢送君前也。故謂仕爲委質。一讀質如字，解爲形體，即形質之質，謂委致其身也。……然非古義。杜謂屈膝爲委質，未是也。』」

〔一二〕「歸命」，身命歸投。三國志魏書王粲傳：「廣陵陳琳，字孔璋……琳避難冀州，袁紹使典文章。袁氏敗，琳歸太祖。」文論選：「河北：指冀州。這句指陳琳曾依冀州袁紹，後歸順

曹氏。」

斠詮：「歸命，謂歸順也。三國吴志孫亮傳評：『既蒙不死之詔，復加歸命之寵。』文選陸機辨亡論：『降及歸命之初，典刑未滅，故老猶存。』李善注：『吴志曰：孫皓降晉，賜號歸命侯。』」

〔三〕三國志魏書王粲傳：「北海徐幹，字偉長……幹爲司空軍謀祭酒掾屬，五官將文學。」斠詮：「青土，青州……北海郡，古青州之地。曹植與楊德祖書：『偉長擅名於青土。』善注：『徐偉長居北海郡，禹貢之青州也，故云青土。』」

〔四〕三國志魏書王粲傳：「東平劉楨，字公幹……楨以不敬被刑，刑竟署吏。」注訂：「劉楨東平人，地近海，故云徇質于海隅也。」

綴補：「『徇質』疑本作『徇身』，涉上文『委質』字而誤。」斠詮：「徇者從死之謂；質者體也。徇質聯詞，殆即『獻身』『致身』之意。」

〔五〕三國志魏書王粲傳：「汝南應瑒，字德璉。」又曹丕與吴質書：「德璉常斐然有述作意，其才學足以著書，美志不遂，良可痛惜。」才略篇：「應瑒學優以得文。」

〔六〕三國志魏書王粲傳：「陳留阮瑀，字元瑜……瑀少受學於蔡邕。建安中，都護曹洪欲使掌書記，瑀終不爲屈。太祖並以琳、瑀爲司空軍謀祭酒，管記室，軍國書檄多琳、瑀所作也。」曹丕與吴質書：「元瑜書記翩翩，致足樂也。」

文選與吴質書劉良注：「翩翩，美貌。」「書記」，指書札奏記。書記篇：「魏之元瑜，號稱翩翩。」

文蔚休伯之儔〔一〕，子叔德祖之侣〔二〕，傲雅觴豆之前〔三〕，雍容衽席之上〔四〕，灑筆以成酣歌〔五〕，和墨以藉談笑〔六〕。

〔一〕訓故：「典略：路粹，字文蔚，與陳琳等俱爲太祖典記室。繁欽字休伯，以文才機辯，少得名於汝潁，爲丞相主簿。楊修字德祖，太尉彪之子也，爲丞相倉曹屬主簿。」按此據三國志魏書王粲傳裴松之注引。

〔二〕校證：「『子叔』原作『子俶』，梅改『于叔』。按宋本三國志王粲傳注：淳字『子叔』，今據改。」校釋：「按『于叔』乃『子淑』之誤。邯鄲淳字子淑，黄初中爲博士給事中，舊作『子俶』，『俶』亦『淑』誤。」校注：「『于叔』，黄校云：『元作子俶。』元本、活字本作『子叔』。」按元刻本作「子俶」，楊氏校勘有誤。惟邯鄲淳字仍應據宋本三國志魏書王粲傳裴注引魏略作「子叔」。才略篇：「丁儀、邯鄲，亦含論述之美，有足算焉。」又：「路粹、楊修，頗懷筆記之工。」

〔三〕校證：「『傲』，何允中本、日本活字本、清謹軒鈔本、日本刊本作『俊』。徐云：『「雅」亦杯類。疑「雅」字或「岸」字。』」文論選：「傲，狂放。雅，風雅。傲雅連文，猶言放誕風流。」

「觴豆」，酒器、食器。國語吴語：「觴酒豆肉。」

校注：「按『傲雅』、『俊雅』均不辭，徐𤊹疑『雅』爲『岸』字，是也。序志篇贊『傲岸泉石』，正以『傲岸』連文，且與下句之『咀嚼』相對。則此亦當作『傲岸』，始能與『雍容』對也（「傲岸」雙聲，「雍容」疊韻）。晉書郭璞傳（客傲）：『傲岸榮悴之際，頡頏龍魚之間。』語式與此同，可證。……今本『雅』字，蓋涉次行『雅好慷慨』句而誤。」按「傲雅」謂傲岸而風雅，不必改字。

〔四〕「雍容」，形容態度温和大方，從容不迫。牟注：「史記司馬相如傳：『從車騎，雍容閒雅，甚都。』衽，床席，這裏『衽席』連用，指坐席。曹丕與吴質書回憶與徐幹、陳琳、應瑒、劉楨等共處的情形：『昔日遊處，行則同輿，止則接席，何嘗須臾相失！每至觴酌流行，絲竹並奏，酒酣耳熱，仰而賦詩，當此之時，忽然不自知樂也。』『傲雅』二句，就是指這種生活。」

〔五〕「酣歌」，適興高歌。

〔六〕斯波六郎：「莊子田子方：『宋元君將畫圖，衆使皆至，受揖而立，舐筆和墨在外者半。』」「藉」，助也。孟子滕文公上：「助者藉也。」趙岐注：「猶人相借力助之也。」

觀其時文，雅好慷慨〔一〕，良由世積亂離，風衰俗怨，并志深而筆長〔二〕，故梗概而多氣也〔三〕。

〔一〕范注：「藝文類聚五十五陳思王前録序曰：『余少而好賦，其所尚也，雅好慷慨，所著繁多，

雖觸類而作，然蕪穢者衆。』」

〔二〕「志深」，情志深遠。「筆長」，長於用筆。

〔三〕「梗概」，黄注：「劉楨魯都賦云：『貴交尚信，輕命重氣，義激毫毛，怨成梗概。』是直作感概用也。」范注：「梗概、慷慨，聲同通用，袁宏詠史詩『周昌梗概臣』，亦慷慨之意。」斠詮：「梗概，謂意氣激昂也。」徐復文心雕龍正字：「按梗概與忼慨聲近，故本書多假用。詮賦篇云：『彦伯梗概，情韻不匱』，亦同。」

明詩篇：「暨建安之初，五言騰踊：文帝、陳思，縱轡以騁節；王、徐、應、劉，望路而争驅。并憐風月，狎池苑，述恩榮，叙酣宴；慷慨以任氣，磊落以使才。造懷指事，不求纖密之巧；驅辭逐貌，唯取昭晰之能。此其所同也。」

劉師培中國中古文學史第三課論漢魏之際文學變遷：「建安文學，革易前型，遷蜕之由，可得而説：兩漢之世，户習七經，雖及子家，必緣經術。魏武治國，頗雜刑名，文體因之，漸趨清峻。一也。建武以還，士民秉禮。迨及建安，漸尚通侻：侻則侈陳哀樂，通則漸藻玄思。二也。獻帝之初，諸方棊峙，乘時之士，頗慕縱横，騁詞之風，肇端于此。三也。又漢之靈帝，頗好俳詞，下習其風，益尚華靡，雖迄魏初，其風未革。四也。」

又：「文心雕龍諸書，或以魏代文學與漢不異。不知文學變遷，因自然之勢。魏文與漢不同者，蓋有四焉：書檄之文，騁詞以張勢，一也；論説之文，漸事校練名理，二也；奏書之文，

質直而屏華，三也；詩賦之文，益事華靡，多慷慨之音，四也。」

劉師培講漢魏六朝專家文研究六論文章之音節：「劉彥和云：洎夫建安，『雅好慷慨』，以其文多悲壯也（例如陳琳爲袁紹檄豫州文，壯有骨鯁，克舉其詞）。大凡文氣盛者，音節自然悲壯；文氣淵懿靜穆者，音節自然和雅；此蓋相輔而行，不期然而然者。」

郭紹虞中國文學批評史第一版：「在劉氏之先，謝靈運擬魏太子鄴中集詩序，其品評文人即重在際遇方面，其評王粲云：『家本秦川貴公子孫，遭亂流寓，自傷情多。』評陳琳云：『袁本初書記之士，故述變亂事多。』評徐幹云：『少無宦情，有箕潁之心，故仕世多素辭。』評劉楨云：『卓犖偏人，而文最有氣，所得頗經奇。』評應瑒云：『汝潁之士，流離世故，頗有飄薄之嘆。』評阮瑀云：『管書記之任，故有優渥之言。』評曹植云：『公子不及世事，但美遨遊，然頗有憂生之嗟。』此雖並不重在說明其歷史的關係，然已很能着眼於文學與環境的影響。故知劉氏所言，不過據此以推到論世的方面耳。」

劉綬松古典文學理論中的風格問題：「『志深而筆長』，『梗概而多氣』，是說詩人寄慨遙深，詞氣高亢，曹操的步出夏門行、短歌行、苦寒行等詩，以及當時其他詩人的一些作品，的確具有這樣的風格，而這正是『世積亂離，風衰俗怨』的時代在文學創作上的反映。」這種時代風格就是後人所說的「建安風骨」或「建安風力」。它的特點是激昂慷慨。這是由于漢魏之際是一個封建集團割據、戰禍深重的時代，許多作家處于世風衰弊、人民怨恨的長期離亂生活

之中，在思想感情上對這種社會現實體會得比較深刻，而又長于表達技巧，所以寫來感慨萬端而富于氣勢。這幾句話確實對于建安文學的時代風格抓得很準。這一類的作品除上引曹操的詩篇外，還有例如曹丕的燕歌行，曹植的白馬篇、贈徐幹、送應氏，王粲七哀、登樓賦，劉楨贈從弟、雜詩，陳琳遊覽二首之二，阮瑀怨詩等等。

校釋：「漢末大亂，民怨沸騰。魏武雄興，志存戡定；文帝纂業，雅好詞華，影響所及，文風亦慷慨而多氣，此六變也。」

至明帝纂戎〔一〕，制詩度曲〔二〕；徵篇章之士，置崇文之觀〔三〕；何劉群才〔四〕，迭相照耀。

〔一〕文論選：「明帝曹叡，在位十三年，自公元二二七年至公元二三九年。纂，與『纘』通，繼承。戎，大。詩大雅烝民：『纘戎祖考。』大雅韓奕句同。謂繼承光大祖考的事業。鄭玄解戎爲汝，意謂繼承汝祖考的事業。本文『纂戎』是歇後語，即作繼承祖業解。」

校注：「左傳襄公十四年：『纂乃祖考。』杜注：『纂，繼也。』……文選陸機答賈謐詩『誕育洪胄，纂戎於魯』……李善並引烝民詩句以注，尤爲切證。此云『纂戎』，與下云『纂業』意同。」

〔二〕黄注：「漢書：元帝吹洞簫，自度曲。注：自隱度作新曲。」按此見元帝紀。據舊譜自制新

曲，叫「自度曲」。

〔三〕黄注：「魏志：明帝（青龍）四年，置崇文觀，徵善屬文者以充之。」按此見三國志魏書明帝紀。

〔四〕范注：「御覽五八七引文士傳：青龍元年詔何楨曰：『揚州别駕何楨，有文章才，試使作許都賦。成上不封，得令人見。』此可見明帝褒揚文士之切。魏志曹爽傳：『何晏，何進孫也。少以才秀知名，好老莊言，作道德論及諸文賦著述凡數十篇。』又劉劭傳：『劭嘗作趙都賦，明帝美之。詔劭作許都、洛都賦。時外興軍旅，内營宫室，劭作二賦，皆諷諫焉。』凡所撰述，法論、人物志之類百餘篇。」

才略篇：「劉劭趙都，能攀于前修。」論説篇：「何晏之徒，始盛玄論。於是聃周當路，與尼父争塗矣。」

少主相仍〔一〕，唯高貴英雅〔二〕，顧盼合章〔三〕，動言成論〔四〕。於時正始餘風〔五〕，篇體輕澹〔六〕，而嵇阮應繆，並馳文路矣〔七〕。

〔一〕注訂：「少主相仍，指廢帝芳、高貴鄉公髦、及常道鄉公奂，諸帝以年少，立廢迭起，皆出之權臣也。」「仍」，繼。

〔二〕校證：「何允中本、日本活字本、凌本、鍾本、梁本、清謹軒鈔本、日本刊本、王謨本、崇文本，

『貴』下衍『鄉』字。王謨本『鄉』下更有『公』字，則又由旁記誤入者也。詩紀『雅』誤『雄』。」

黄注：「魏志：高貴鄉公諱髦，東海定王之子也，齊王芳廢，大臣立之，爲成濟所弒。」范注：「魏志高貴鄉公紀評：『高貴（鄉）公才慧夙成，好問尚辭，蓋亦文帝之風流也。』」

〔三〕校注：「按『盼』當作『眄』，已詳辨騷篇『則顧盼可以驅辭力』條。」

范注：「鈴木云：『合』，岡本作『含』。」又：「金樓子雜記篇下：『高貴鄉公賦詩，給事中甄歆、陶成嗣各不能著詩，受罰酒。』宴會賦詩，是顧盼含章也，『合章』應據岡本作『含章』。」

校證：「日本刊本『合』作『含』。按原道篇、徵聖篇、神思篇有『含章』語，下文亦云：『文帝以貳離含章』，疑作『含』是。」易坤卦爻辭「含章可貞」。注：「含美而可正者也。」「含章」，謂含有文彩。

〔四〕范注：「動言成論，謂如論帝王優劣之差，幸太學問諸儒經義等事。」文論選：「見三國志魏志三少帝紀及注引魏氏春秋。」諧隱篇：「高貴鄉公，博舉品物，雖有小巧，用乖遠大。」注訂：「『顧盼』『動言』形容才敏。『合章』者，擅於辭；『成論』者，備於理，皆言文理之富也。」

〔五〕黄注：「世說：『王丞相與殷中軍共談，嘆曰：正始之音，正當爾耳。』又：『王敦見衛玠曰：不意永嘉之中，復聞正始之音。』」按前段見文學篇，後段見賞譽篇。

〔六〕明詩篇：「正始明道，詩雜仙心，何晏之徒，率多浮淺。唯嵇志清峻，阮旨遥深，故能標焉。」

注訂：「魏王芳改元正始，時何晏、王弼輩，尚老莊，即明詩篇所謂『率多浮淺』，『詩雜仙心』。

下開兩晉清談之風，故此云『篇體輕澹』，蓋概括言之耳。」「澹」，謂恬淡。

日知録卷十三：「正始時，名士風流，盛於雒下。乃其棄經典而尚老莊，蔑孔法而崇放達，視其主之顛危，若路人然，即此諸賢之倡也。自此以後，競相祖述。」

〔七〕三國志王粲傳：「（阮）瑀子籍，才藻艷逸，而倜儻放蕩，行己寡欲，以莊周爲模則，官至步兵校尉。時又有譙郡嵇康，文辭壯麗，好言老莊，而尚奇任俠。至景元中，坐事誅。應瑒弟璩，璩子貞，咸以文章顯。」裴注引文章叙録曰：「璩字休璉，博學好屬文，善爲書記文。貞，字吉甫，少以才聞，能談論。正始中，夏侯玄盛有名勢，貞常在玄坐作五言詩，玄嘉玩之。」又劉劭傳：「劭同時東海繆襲，亦有才學，多所述叙。官至尚書光禄勳。」

劉師培中古文學史：「按彦和此論，蓋兼王弼、何晏諸家之文言，故言『篇體輕澹』。其兼及嵇、阮者，以嵇、阮同爲當時文士，非以輕澹目嵇、阮之文也。即以詩言，嵇詩可以輕澹相目，豈可移以目阮詩哉！」

注訂：「范注引劉申叔之言，謂彦和此論，非以輕澹目嵇、阮之文也。此論或不盡然，蓋嵇、阮皆尚老、莊，雖阮詩之辭濃意鬱，而超然之旨，隱然可稽，所謂輕者脱俗，澹者遠務，非屬微詞，謂其爲文體性，自屬正始之風耳。」

校釋：「魏明以後，玄言漸盛，慷慨之氣，至此稍衰，『篇體輕澹』，此七變也。」

以上爲第四段，論述三國時代文學的情況。

逮晉宣始基〔一〕，景文克構〔二〕；并跡沉儒雅〔三〕，而務深方術〔四〕。至武帝惟新〔五〕，承平受命〔六〕；而膠序篇章〔七〕，弗簡皇慮〔八〕。降及懷愍，綴旒而已〔九〕。

〔一〕校注：「國語周語下：『自后稷之始基靖民。』」

〔二〕訓故：「晉宣、景、文、武、懷、愍，晉書：司馬懿，字仲達，仕魏爲太尉。武帝即位，追謚宣皇帝。懿長子師，字子元，仕魏爲大將軍，追謚景皇帝。師弟昭，字子上，仕魏封晉王，追謚文皇帝。昭子炎，字安世，受魏禪，謚武皇帝。懷皇帝諱熾，武帝第二十五子也。惠帝無嗣，立爲皇太弟，在位六年，爲劉曜執歸，弒之。孝愍皇帝諱鄴，吴孝王晏之子也。初封秦王，懷帝遇害，大臣立之，在位四年，爲劉曜執歸弒之。」斠詮：「書大誥：『厥子乃弗肯堂，矧肯構？』傳：『以作室喻治政也。父已致法，子乃不肯爲堂基，况肯構立屋乎？』後以謂父創子繼能成功業者曰『肯堂肯構』。此以『克構』與上句『始基』對言，乃謂晉宣始創立國基，景、文能擴大帝業耳。」

〔三〕「跡沉儒雅」，謂形跡雖深藏於儒雅之中。

〔四〕郭注：「務深方術，謂專爲權術志在篡奪也。」范注：「晉宣帝司馬懿、景帝師、文帝昭，皆志深篡竊，不暇文事。」

〔五〕文論選：「惟新，詩大雅文王：『周雖舊邦，其命維新。』指司馬炎代魏建立晉王朝。」

〔六〕「承平」，謂治平相繼。漢書食貨志：「王莽因漢承平之業。」

〔七〕禮記王制：「夏后氏養國老於東序，養庶老於西序。……周人養國老於東膠。」鄭注：「皆學名也。……東序、東膠亦大學。」孟子梁惠王：「謹庠序之教。」趙注：「庠序，教化之宫也。殷曰序，周曰庠。」

〔八〕郭注：「論語堯曰：『簡在帝心。』『弗簡皇慮』謂不繫于帝王之思慮也。」

〔九〕黄注：「公羊傳：『君若贅旒然。』言爲下所執持東西耳。『贅』亦作『綴』。」校注：「公羊傳襄公十六年：『君若贅旒然。』何注：『旒，旂旒。贅，繫屬之辭。……以旂旒喻者，爲下所執持東西。』釋文：『贅，本又作綴。』」范注：「懷帝熾、愍帝鄴，並爲匈奴劉聰所虜。」後漢書張衡傳：「君若綴旒，人無所麗。」比喻君主爲大臣挾制，實權旁落。詩品序：「爾後陵遲衰微，迄於有晉。」蓋正始明道，詩學微矣。

注訂：「綴旒者，謂懷、愍八王亂後虚擁帝位而已。」

然晉雖不文，人才實盛〔一〕：茂先摇筆而散珠〔二〕，太沖動墨而横錦〔三〕，岳湛曜聯璧之華〔四〕，機雲標二俊之采〔五〕；應傅三張之徒〔六〕，孫摯成公之屬〔七〕，并結藻清英，流韻綺靡〔八〕。前史以爲運涉季世〔九〕，人未盡才〔一〇〕；誠哉斯談，可爲嘆息〔一一〕！

〔一〕「人才」元刻本、弘治本俱作「文才」。校證：「『人』，兩京本、詩紀、六朝詩乘總録作『文』。」「不文」，不講究文學。

詩品序：「晉太康，三張二陸，兩潘一左，勃爾復興，踵武前王，風流未沫，亦文章之中興也。」

〔二〕范注：「晉書張華傳：張華，字茂先。陸機兄弟志氣高爽，自以吳之名家，初入洛，不推中國人士，見華一面爲舊，欽華德範如師資之禮焉。華在晉初聲譽最盛，名輩亦高，故彥和首稱之。」明詩篇：「茂先凝其清。」章表篇：「逮晉初筆札，則張華爲儁。其三讓公封，理周辭要，引義比事，必得其偶，世珍鷦鷯，莫顧章表。」才略篇：「張華短章，奕奕清暢，其鷦鷯寓意，即韓非之説難也。」

注訂：「張華在晉初領袖群倫，陸氏弟兄及左太沖輩皆出其下。」

詩品中評張華詩云：「其體華艷，興託不奇，巧用文字，務爲妍冶。」此云「摇筆而散珠」亦言文字之妍冶也。詩源辨體云：「茂先如『朱火清無光，蘭膏坐自凝』，『佳人處遐遠，蘭室無容光』，『巢居知風寒，穴處識陰雨，不曾遠别離，安知慕儔侶』等句，其情甚麗。」

〔三〕范注：「左思，字太沖，見晉書文苑傳。」明詩篇：「張、潘、左、陸，比肩詩衢，采縟於正始，力柔於建安，或析文以爲妙，或流靡以自妍，此其大略也。」又：「偏美則太沖、公幹。」

〔四〕訓故：「晉書夏侯湛傳：『湛幼有盛才，文章宏富，善構新詞，而美容觀，與潘岳友善，每行止同輿接茵，京都謂之連璧。』」才略篇：「夏侯孝若，具體而皆微。」

翰林論：「潘安仁爲文也，猶翔禽之羽毛，衣被之綃縠。」

〔五〕訓故：「(晉書)陸機傳：太康末，與弟雲俱入洛，造張華，華素重其名，如舊相識，曰：伐吳

之役，利獲二俊。」才略篇：「陸機才欲窺深，辭務索廣，故思能入巧，而不制繁。士龍朗練，以識檢亂，故能布采鮮净，敏於短篇。」

〔六〕黄注：「晉文苑傳：應貞，字吉甫，璩之子也。善談論，以才學稱。帝於華林園宴射，貞賦詩最美。」按此見晉書應貞傳。范注：「史臣論曰：『應貞宴射之文，極形言之美，華林群藻，罕或疇之。』晉書傅玄傳：『玄字休奕，少孤貧，博學善屬文，後雖貴顯，而著述不廢，撰傅子百四十首，數十萬言，並文集百餘卷，行於世。玄子咸，字長虞。好屬文論，雖綺麗不足，而言成規鑒。庾純常嘆曰：長虞之文，近乎詩人之作矣。』張載及其弟協，協弟亢，並稱三張。張載，字孟陽。張協，字景陽。張亢，字季陽。」才略篇：「吉甫文理，則臨丹成其彩。」又：「傅玄篇章，義多規鏡。」明詩篇：「景陽振其麗。」才略篇：「孟陽、景陽，才綺而相埒。」詩品上評張協詩：「詞彩葱蒨，音韻鏗鏘。」

〔七〕范注：「(晉書)孫楚傳：『楚，字子荆。』本傳載王濟銓楚品狀云：『天才英博，亮拔不群。』摯虞傳：『虞，字仲洽，少事皇甫謐，才學通博，著述不倦。』成公綏，字子安，見文苑傳。文選嘯賦注引臧榮緒晉書曰：『綏少有俊才，辭賦壯麗。』」詮賦篇：「士衡、子安，底績於流制。」才略篇：「成公子安，選賦而時美。」頌讚篇：「摯虞品藻，頗爲精覈。」

〔八〕「結藻清英」，謂文詞精萃。「流韻綺靡」，謂情韻柔美。蕭統文選序：「略其蕪穢，集其清英。」鍾嶸詩品：「詩緣情而綺靡。」宋書謝靈運傳論：「降及元康，潘、陸特秀，律異班、賈，體

變曹、王，縟旨星稠，繁文綺合。」

〔九〕范注：「晉史作者多家，彦和稱『前史』之論，未知本於何家也。」牟注：「前史，指前人所著晉史。」「季世」，末世。

〔一〇〕注訂：「人未盡才者，上文所舉，晉知名之士，以世亂浮沉，多不能善終，如張、潘、二陸皆以誅死，惜長才之未盡，故結語有嘆息之言也。」

周注：「『人未盡才』：指生當八王之亂，文士有被害的。如張華拒絶參與趙王倫篡位，被殺。潘岳被孫秀誣爲謀反，被殺。陸機爲成都王穎將兵與長沙王乂戰，兵敗，被誣謀反，與弟雲俱被殺。」

牟注：「西晉作家中，左思、張載、張協都鬱鬱不得志，而退歸鄉里。張華、陸機、陸雲、潘岳、劉琨等都被殺，摯虞則在荒亂中餓死。」

〔一一〕這一小段是説，晉朝有很多人才，且寫出不少文采焕然、風格柔美的詩文，只是因爲世運已變，人不能盡其才。

校釋：「西晉承流，文家苦其清淡，乃有『結藻清英，流韻綺麗』之文，此八變也。」

元皇中興，披文建學〔一〕，劉、刁禮吏而寵榮〔二〕，景純文敏而優擢〔三〕。

〔一〕訓故：「晉元帝紀：元皇帝諱睿，字景文，琅琊恭王覲之子也。愍帝崩，即皇帝位。」

晉書元帝紀：「建武之年……置史官，立太學。……四年，置周禮、易、儀禮、公羊博士。」「披文建學」，謂覽文籍，建立學校。

牟注：「晉書孔愉（附坦）傳：『先是，以兵亂之後，務存慰悦，遠方秀孝到，不策試，普皆除署。至是，帝（元帝）申明舊制，皆令試經，有不中科，刺史、太守免官。』」

〔二〕訓故：「劉隗傳：隗字大連，雅習文史，善求人主意，元帝深器遇之。」又：「刁協傳：協字玄亮，久在中朝，諳練舊事，朝廷凡所制度，皆稟于協焉。」

何焯云：「禮吏二字未詳，似謂刁協諳悉舊章，劉隗精於吏事。」

范注：「隗、協皆剛嚴不阿，排抑豪彊，諸刻碎之政，皆云二人所建。此云禮吏，猶云重禮法之吏。」「禮吏」，秉禮執法之吏。晉書謂隗「遷丞相司直，委以刑憲」。奏啓篇：「劉隗切正，而劾文闊略，各其志也。」

〔三〕范注：「（晉書）郭璞傳：『璞字景純。……璞好經術，博學有高才，而訥於言論，詞賦爲中興之冠。……璞著江賦，其辭甚偉，爲世所稱。後復作南郊賦，帝見而嘉之，以爲著作佐郎。』」明詩篇：「所以景純仙篇，挺拔而爲俊矣。」才略篇：「景純艷逸，足冠中興，郊賦既穆穆以大觀，仙詩亦飄飄而凌雲矣。」

逮明帝秉哲〔一〕，雅好文會〔二〕，升儲御極〔三〕，孳孳講藝〔四〕，練情於誥策，振采於辭賦〔五〕，庾以筆才逾親〔六〕，温以文思益厚〔七〕，揄揚風流〔八〕，亦彼時之漢武也。

〔一〕曹批：「『秉哲』，一作『東哲』，亦通。與『升儲』一句覺有照應。」校注：「秉哲，黄校云：『元作東哲。』徐𤊹校作『秉哲』。按作『秉哲』是。書酒誥：『經德秉哲。』（孔傳：「能常德持智也。」）『秉哲』二字，當出於此。……覆刻汪本、張乙本、何本、訓故本、謝鈔本、續文選作『秉哲』，未誤。」按元刻本作「東哲」。「秉哲」，謂天賦聰明。范注：「世説新語夙惠篇載：明帝數歲，對長安與日遠近，睿知天成，故云秉哲。」

〔二〕晉書明帝紀：「幼而聰哲。……性至孝，有文武才略。欽賢愛客。雅好文辭。當時名臣自王導、庾亮、温嶠、桓彝、阮放等，咸見親侍。嘗論聖人真假之意，導等不能屈。」

〔三〕「升儲」，登太子位。「御極」，登帝位。

〔四〕「孳孳」，不倦，指經常關懷。

牟注：「司馬紹在復徵任旭虞喜爲博士詔中説：『……喪亂以來，儒雅陵夷，每覽子衿之詩，未嘗不慨然。』」

〔五〕范注：「手詔以温嶠爲中書令，是練情於誥策也。（見詔策篇）藝文類聚九七載蟬賦殘文，是振采於辭賦也。大寧中，復徵任旭、虞喜爲博士（晉書虞喜傳），是孳孳講藝也。」按詔策篇：「晉氏中興，唯明帝崇才，以温嶠文清，故引入中書，自斯以後，體憲風流矣。」

牟注：「晉明帝手詔以温嶠爲中書令：『中書之職，酬對多方，斟酌禮宜，非唯文疏而已；非望士良才，何可妄居？卿既以令望，忠允之懷，著於周旋；且文清而旨遠，宜居機密。』……

從明帝對『中書之職』的重視，説明他是練於詔策的。」

〔六〕訓故：「庾亮傳：亮，明穆皇后之兄也。與温嶠俱爲太子布衣之好，明帝即位，拜中書監。」才略篇：「庾元規之表奏……亦筆端之良工也。」范注：「章表篇曰：『庾公之讓中書，信美於往載。』逾親，當作愈親。」斯波六郎：「案『逾』，益也，與『愈』通。不必要改爲『愈』。」

〔七〕訓故：「温嶠傳：嶠字太真。明帝即位，拜侍中，機密大謀，皆所參綜。」注訂：「益厚者，與上文愈親二字爲對文，以機密詔令，温皆參與，故言益厚。」

〔八〕文選班固西都賦：「雍容揄揚。」李善注：「揄，引也。揚，舉也。」「揄揚風流」，指明帝提拔風流名士。

及成康促齡，穆哀短祚〔一〕，簡文勃興〔二〕，淵乎清峻〔三〕，微言精理，函滿玄席〔四〕，澹思濃采，時灑文囿〔五〕。

〔一〕訓故：「晉書：成皇帝諱衍，字世根，明帝長子也，在位十七年。康皇帝諱岳，字世同，成帝同母弟也，在位二年。穆皇帝諱聃，字彭子，康帝子也，在位十七年。哀皇帝諱丕，字千齡，成帝長子也，在位三年。」郭注：「成帝在位八年（應爲十七年），二十二歲死；康帝在位二年，二十三歲死；穆帝在位十七年，十九歲死；哀帝在位四年，二十五歲死；本當云『成穆促齡，康哀短祚』，此以時序，故云『成康促齡，穆哀短祚』也。」

〔二〕訓故：「晉書簡文帝紀：簡文皇帝諱昱，字道萬，元帝之少子也。帝少有風儀，善容止，留心典籍，不以居處爲意，凝塵滿席，湛如也。」「勃」，興起或奮發的樣子。

〔三〕明詩篇：「嵇志清峻。」晉書簡文帝紀：「清虚寡欲，尤善玄言。」

斠詮：「案清峻即清高之意。三國魏志常林傳：『以林節操清峻，致之公輔。』」

〔四〕校證：「馮本、汪本、佘本、兩京本、何允中本、王惟儉本『函』作『亟』，詩紀同。黄注本『玄』作『元』，避清諱。下同。」斯波六郎：「豹軒先生校勘記曰：『亟字是也。』竊案『亟』與下文之『時』字對。」按元刻本函作「亟」。綴補：「函亟正俗字。」函有包容意。何批「函」改「亟」。

校注：「按何（焯）改『亟』是。……『亟』，讀爲器。數也，屢也。『微言精理，亟滿玄席』二語，即晉書簡文帝紀所謂『尤善玄言……不以居處爲意，凝塵滿席，湛如也』之意。此云『亟滿玄席』，下云『時灑文囿』，文正相對。猶諸子篇『鶡冠緜緜，亟發深言；鬼谷眇眇，每環奥義』之『亟』與『每』對然也。」

〔五〕校注：「『濃』，元本、活字本、汪本、佘本、張本、兩京本、胡本、訓故本作『醲』。……按『醲』字是。說文酉部：『醲，厚酒也。』詁此正合。」綴補：「『醲』、『濃』古通。」「澹思」，周注：「指玄談。」

至孝武不嗣，安恭已矣〔一〕。其文史則有袁殷之曹〔二〕，孫干之輩〔三〕，雖才或淺深，珪璋足用〔四〕。

〔一〕訓故：「晉書孝武帝諱曜，字昌明，簡文第三子也，在位二十四年。安帝諱德宗，孝武帝長子也，在位二十年。恭帝諱德文，安帝同母弟也，劉裕廢安帝立之，在位二年，禪於宋。」范注：「晉書孝武帝紀：『孝武皇帝諱曜，字昌明，簡文帝第三子也。初，簡文帝見讖曰：「晉祚盡昌明。」及帝之在孕也，李太后夢神人謂之曰：「汝生男，以昌明爲字。」及産，東方始明，因以爲名焉。簡文帝後悟，乃流涕。』晉祚至孝武始移，故云至孝武不嗣。晉書安帝紀：『帝不惠，自少及長，口不能言，雖寒暑之變，無以辨也。凡所動止，皆非己出。初讖云：「昌明之後有二帝。」劉裕將爲禪代，故密使王韶之縊帝而立恭帝，以應二帝云。』恭帝立二年爲劉裕所篡弒，故云安恭已矣。」

〔二〕范注：「晉書文苑袁宏傳：『袁宏，字彦伯。宏有逸才，文章絶美。曾爲詠史詩，是其風情所寄，撰後漢紀三十卷及竹林名士傳三卷，詩賦誄表等雜文凡三百首，傳于世。』」詮賦篇：「彦伯梗概，情韻不匱。」才略篇：「袁宏發軫以高驤，故卓出而多偏。」

訓故：「殷仲文傳：仲文少有才藻，桓玄將爲亂，使總領詔命，以爲侍中，領左衛將軍。玄九錫，仲文之辭也。」范注：「殷仲文傳：『……仲文善屬文，爲世所重。謝靈運嘗云：「若殷仲文讀書半袁豹，則文才不減班固。」言其文多而見書少也。』」

〔三〕范注：「孫盛傳：『盛字安國。盛篤學不倦，自少至老，手不釋卷。著魏氏春秋、晉陽秋，並造詩賦論難復數十篇。晉陽秋詞直而理正，咸稱良史焉。』干寶傳：『干寶，字令升……寶少

勤學，博覽書記。寶撰搜神記凡三十卷，又爲春秋左氏義外傳，注周易、周官凡數十篇。及雜文集皆行於世。』」才略篇：「孫盛、干寶，文勝爲史，準的所擬，志乎典訓，户牖雖異，而筆彩略同。」史傳篇：「干寶述紀，以審正得序；孫盛陽秋，以約舉爲能。」

〔四〕文心雜記：「風骨篇贊云：『珪璋乃騁。』物色篇：『珪璋挺其惠心。』案：詩『如圭如璋，令聞令望』，即彦和所本。」按所引詩見大雅卷阿。「珪璋」比喻才能，此處言文才足用。

自中朝貴玄，江左稱盛〔一〕，因談餘氣，流成文體〔二〕。是以世極迍邅〔三〕，而辭意夷泰〔四〕，詩必柱下之旨歸〔五〕，賦乃漆園之義疏〔六〕。

〔一〕「中朝」，斠詮：「晉書裴嶷傳：『裴長史名重中朝，而降屈在此。』彦和用之，舊指西晉而言。」校證：「『馮本、兩京本、詩紀、六朝詩乘『稱』作『彌』。馮校云：『稱當作彌。』」校注：「『稱』，弘治本、兩京本、胡本、訓故本作『彌』；詩紀別集引同。馮舒云：『稱當作彌。』何焯云：『稱，意改彌。』按『稱』俗作『称』，『彌』又作『弥』，二字形近易誤。此當以作『彌』爲是。說苑修文篇：『德彌盛者，文彌縟。』即『彌盛』二字之所自出。章表、書記兩篇，並有『彌盛』之文。」按元刻本正作「彌盛」。

〔二〕「談」，謂清談。注訂：「流成文體者，指許詢、孫綽輩，上承正始餘風，盡變詩、騷之體，故下有柱下、漆園之説也。」

〔三〕「迍邅」，難行貌，謂困難而不能前進。這裏指亂世的多災多難。

〔四〕「夷泰」，平夷通泰。這是説玄言作品没有反映出喪亂時代的面貌。

〔五〕史記張蒼傳索隱：「周秦皆有柱下史，謂御史也。所掌及侍立恒在殿柱之下，故老聃爲周柱下史。」「旨歸」，宗旨。校注：「漢書東方朔傳贊：『柱下爲工。』應劭曰：『老子爲周柱下史。』……文選王康琚反招隱詩：『老聃伏柱史。』李注引列仙傳曰：『李耳爲周柱下史。』」

〔六〕黄注：「史記：莊子者，蒙人也，名周，嘗爲蒙漆園吏。」明詩篇：「江左篇制，溺乎玄風，嗤笑徇務之志，崇盛忘機之談。袁、孫以下，雖各有雕采，而辭趣一揆，莫能争雄，所以景純仙篇，挺拔而爲儁矣。」

世説新語文學篇注引續晉陽秋：「正始中，王弼、何晏好莊老玄勝之談，而世遂貴焉。至過江，佛理尤盛，故郭璞五言，始會合道家之言而韻之。(許)詢及太原孫綽，轉相祖尚，又加以三世之辭，而詩、騷之體盡矣。詢、綽並爲一時文宗，自此作者悉體之。至義熙中，謝混始改。」

以上是説：隨着清談風氣的傳播、流變而形成一種文風。結果是在艱難的歲月裏，作品的內容和辭氣都十分安閑。劉勰對于這種文風是持否定態度的。

沈約宋書謝靈運傳論：「有晉中興，玄風獨振，爲學窮於柱下，博物止乎七篇。……自建武暨於義熙，歷載將百，雖綴響聯辭，波屬雲委，莫不建言上德，托意玄珠，遒麗之辭，無聞

焉爾。」

詩品序：「永嘉時，貴黄老，稍尚虚談，於時篇什，理過其辭，淡乎寡味。爰及江表，微波尚傳，孫綽、許詢、桓、庾諸公詩，皆平典似道德論，建安風力盡矣。」

南齊書文學傳論：「江左風味，盛道家之言，郭璞舉其靈變，許詢極其名理。仲文玄氣，猶不盡除；謝混清新，得名未盛。顔、謝並起，乃各擅奇，休、鮑後出，咸亦標世。」

宋書何尚之傳：「尚之爲丹陽尹，立宅南郭外，置玄學，聚生徒。東海徐秀，廬江何曇、黄回，潁川荀子華，太原孫宗昌、王延秀，魯郡孔惠宣，並慕道來遊，謂之南學。」劉師培南北文學不同論：「江左詩文，溺於玄風，辭謝雕采，旨寄玄虚，以平淡之詞，寓精微之理，故孫、許、二王，語皆平典。由嵇、阮而上溯莊周，此南文之别一派也。」

黄海章論劉勰的文學主張：「這是説東晉文士清談老莊的風氣，係承襲正始及西晉而來。他們在時代極度紛亂中，找不到正當的出路，在統治者高壓之下，不敢對政治有所批評，因而逃避現實，以莊老自娱。在他們輕淡玄遠的制作中，看不出時代的色彩。這並非時代和文學絶緣，而是時代極度的紛亂和政治上采取高壓手段的結果。」

校釋：「元帝南渡，君臣晏安，士氣頹廢，加以玄風大扇，故『世極迍邅，而辭意夷泰』，此九變也。」

故知文變染乎世情，興廢繫乎時序〔一〕，原始以要終〔二〕，雖百世可知也〔三〕。

〔一〕校證：「『知』，汪本、佘本、張之象本、兩京本、梅本、謝鈔本、詩紀作『治』。梅云：『治衍。』徐校作『知』。……凌本、梅六次本以下諸本皆作『知』。」此謂文學風格的變化，主要是受社會風俗的感染，而文壇的盛衰是和時代的遞嬗有關的。

〔二〕易繫辭下：「易之爲書也，原始要終，以爲質也。」史傳篇：「乃原始要終，創爲傳體。」杜預春秋左傳序：「其文緩，其旨遠，將令學者原始要終，尋其枝葉，究其所窮。」章句篇：「原始要終，體必鱗次。」附會篇：「原始要終，疎條布葉。」春秋左傳序正義：「將令學者本原其事之始，要截其事之終，尋其枝葉，盡其根本。」孔疏：「原窮其事之初始……又要會其事之終末。」此謂探究事物發展的起源和結果。

〔三〕論語爲政：「其或繼周者，雖百世可知也。」注訂：「『故知』以下，至『可知也』一段，總上所論，説明文體演變與廢之原因，其經緯蓋有二端，世情與時序而已。是皆係乎趨勢之自然，人爲之好惡，故云『原始要終，百世可知』也。」

以上爲第六段論述東晉文學的情況，及其與時代的關係。

自宋武愛文〔一〕，文帝彬雅〔二〕，秉文之德〔三〕，孝武多才，英采雲構〔四〕。自明帝以下，文理替矣〔五〕。

〔一〕訓故：「宋書：武皇帝劉氏諱裕，彭城人，受晉恭帝禪。文皇帝諱義隆，武帝第三子也。檀

道濟廢營陽王立之。孝武帝諱駿，文帝第三子也，初封武陵王，起兵誅元凶劭即位。明皇帝諱彧，文帝第十一子也，初封湘東王，廢帝被弒，大臣迎立之。」范注：「宋書武帝紀下：永初二年，車駕幸延賢堂，策試諸州郡秀才孝廉。三年，詔建國學。齊書王儉傳謂宋武帝好文章，天下悉以文采相尚。」斯波六郎：「此句之下，疑脱一句。」宋書武帝紀：永初三年詔：「便宜博延胄子，陶獎童蒙，選備儒官，弘振國學，主者考詳舊典，以時施行。」

〔二〕南史宋文帝本紀：「（元嘉十五年）立儒學館於北郊，命雷次宗居之。」「（十六年）上好儒雅，又命丹陽尹何尚之立玄學，著作佐郎何承天立史學，司徒參軍謝元立文學。各聚門徒，多就業者。江左風俗，於斯爲美，後言政化，稱元嘉焉。」南史臨川王義慶傳：「上（文帝）好爲文章，自謂人莫能及。」「彬」，形容文雅，如彬彬有禮。

〔三〕斯波六郎：「詩周頌清廟：『濟濟多士，秉文之德。』」毛傳：「執文德之人也。」郭注：「秉文之德，謂繼承文帝德業也。」

〔四〕校注：「『搆』，元本、弘治本、汪本、佘本、張本、兩京本、祕書本、謝鈔本作『構』。按作『構』是。已詳雜文篇『腴辭云搆』條。」考異：「焦循孟子正義：『構與搆通。』雷復説文外篇：『構搆爲南宋人避諱字。』説文有構無搆，搆爲後起字，從構是。」范注：「南史孝武紀：『帝少機穎，神明爽發，讀書七行俱下，才藻甚美。』」詩品下：「孝武詩彫文織綵，過爲精密。」斠詮：

「晉書庾懌傳：『侍中劉劭曰：柏梁雲構，大匠先居其下。……』彥和用之，蓋喻辭采之繁盛。」

〔五〕校證：「（自明帝以下）『帝』字原脱，梅補；王維儉本有。」校注：「何本、謝鈔本並有『帝』字。」范注：「南史明帝紀：『帝好讀書，愛文義。在藩時，撰江左以來文章志，又續衛瓘所注論語二卷。及即大位，舊臣才學之士，多蒙引進。泰始六年，立總明觀，徵學士以充之，置東觀祭酒、訪舉各一人，舉士二十人。分爲儒、道、文、史、陰陽五部學。』明帝以下，謂歷後廢帝、順帝而宋亡矣。」「文理」，文章義理。「替」，衰廢。

中古文學史第五課：「宋代文學之盛，實由在上者之提倡。南史臨川王義慶傳謂：『文帝好文章，自謂人莫能及。』南史孝武紀謂：『帝少讀書，七行俱下，才藻甚美。』齊書王儉傳亦謂：『宋武帝好文章，天下悉以文采相尚。』又宋書明帝紀亦謂：『帝愛文義，撰江左以來文章志。』均其證也。」

爾其縉紳之林〔一〕，霞蔚而飇起〔二〕；王袁聯宗以龍章〔三〕，顔謝重葉以鳳采〔四〕，何范張沈之徒〔五〕，亦不可勝也〔六〕。蓋聞之於世，故略舉大較〔七〕。

〔一〕斟詮：「助字辨略卷一：『爾其，賦更端語也。』文選張衡南都賦：『爾其地勢，則武闕關其西，桐柏揭其東。』」

〔二〕「蔚」，雲氣彌漫貌。又文彩華美。

〔三〕訓故：「宋書：王僧達，少好學，善屬文，爲始興王濬參軍，歷任中書令。王微，少好學，無不通覽，善屬文，年十六舉秀才，除南平王鑠右軍諮議參軍。素無宦情，稱疾不就。」又：「宋書：袁淑博涉多通，好屬文，辭采遒艷，縱横有才辯，彭城王起爲祭酒。後遷至左衛率，元凶將爲弑逆，淑諫見害。淑兄湛，湛兄子顗，顗從弟粲，並有名。」

范注：「王袁二姓，文士多人，故曰聯宗。」「聯宗」，謂聯合不同宗之兩姓而並稱之。

黄注：「世説：顧彦先八音之琴瑟，五色之龍章。」「龍章」，比喻文才之盛，如龍之多文鱗。

〔四〕黄注：「水經注：廬山上有三石梁，吴猛將弟子登山過此梁，見一翁坐桂樹下，山川明净，風澤清曠，嘉遁之士，繼響窟巖，龍潛鳳采之賢，往者忘歸矣。」

斠詮：「顔延之赭白馬賦：『維宋二十有二載，盛烈光乎重葉。』注：『沈約宋書曰：文帝諱義隆，武帝第三子也。烈，業也，自武至文，故曰重葉。毛萇詩傳曰：葉，世也。』鳳彩……比喻文辭之美，如鳳之多采羽也。」

〔五〕文論選：「何，指何尚之，字彦德，『愛尚文義，老而不休，與太常顔延之論議往反』，宋書卷六十六有傳。何承天，有『所纂文及文集並傳於世』，宋書卷六十四有傳。何長瑜，宋書謝靈運傳稱其才亞(謝)惠連。范，指范泰、范曄父子。泰字伯倫，『博覽篇籍，好爲文章……撰古今善言二十四篇及文集傳于世』，宋書卷六十有傳。曄，字蔚宗，『博涉經史，善爲文章』，宋書

卷六十九有傳。張，指張永、張敷。永，字景雲，『涉獵書史，能爲文章』，宋書卷五十三有傳。敷，字景胤，『好讀玄書，兼屬文論』，宋書卷六十二有傳。沈，指沈懷文，字思明，『少好玄理，善爲文章』，『撰南越志及懷文文集並傳于世』，宋書卷三十四有傳。

中古文學史第五課論宋代文學云：「至於宋代，其詩文尤爲當時所重者，則爲顏延之、謝靈運。顏、謝而外，文人輩出，以傅亮、范曄、袁淑、謝瞻、謝惠連、謝莊、鮑照爲尤工。若陸展、何長瑜、何承天、何尚之、沈懷文、王誕、王僧達、王微、張敷、王韶之、王淮之、殷淳、殷沖、殷淡、江智深、顏竣、顏測、釋慧琳，亦其次也。又案：宋代臣僚，若謝晦、蔡興宗、張永、江湛、孔琳之、蕭惠開、袁粲、劉勔，亦有文學。自是而外，別有鮑令暉、荀伯子、孔寧之、謝恂、荀雍、羊璿之、蘇寶、王曇生、顧願、江邃之、袁炳、卞鑠、吴邁遠、王素諸人。此可證宋代文學之盛矣。」

斠詮：「是知彦和所謂『王、袁聯宗』者，王指王誕、王僧達、王微、王韶之、王淮之、王曇生、王素等，袁指袁淑、袁粲、袁敳、袁炳等；『顏、謝重葉』者，顏指顏延年及其二子顏竣、顏測，謝指謝靈運、謝瞻、謝惠連、謝莊、謝晦、謝恂等；所謂『何、范、張、沈』者，何指何長瑜、何承天、何尚之等，范指范泰、范曄父子，張指張敷、張永等，沈指沈達文、沈達遠兄弟。」

〔六〕校證：「范云：『勝字下疑脱「數」字。』王惟儉本『勝』下有『□』。案文心他篇，如程器、序志，雖俱有『不可勝數』之文；然此文作『勝』亦通，言何、范、張、沈之徒，亦不可度越也。風骨篇

亦云：『筆墨之性，殆不可勝。』」注訂：「自篇首，皆列舉漢晉以來帝王之尚文倡雅，兼及衰微之世，至此舉『縉紳之林』，言南朝文士之盛也，故曰『不可勝也』。范注謂勝字下疑脱『數』字，未明何所指。」

〔七〕「大較」，大略，梗概。詩品序：「元嘉中，有謝靈運，才高詞盛，富艷難蹤，固已含跨劉、郭，凌轢潘、左。」又：「謝客爲元嘉之雄，顔延年爲輔。」南齊書文學傳論：「顔謝並起，乃各擅奇。」北齊邢邵蕭仁祖集序：「昔潘陸齊軌，不襲建安之風；顔謝同聲，遂革太元之氣。」（又見御覽五八六引三國典略）

暨皇齊馭寶〔一〕，運集休明〔二〕。太祖以聖武膺籙〔三〕，高祖以睿文纂業〔四〕，文帝以貳離含章〔五〕，中宗以上哲興運〔六〕：并文明自天，緝熙景祚〔七〕。

〔一〕訓故：「南齊高帝紀：高皇帝諱道成，字紹伯，姓蕭氏，仕宋封齊王，受宋禪。南史齊高帝蕭道成，廟號太祖，武帝蕭賾，廟號世祖，文惠太子蕭長懋，追尊爲文帝，廟號世宗。明帝蕭鸞，廟號高宗，並無中宗高祖。」「馭寶」即登帝位。

〔二〕斠詮：「左傳宣公三年：『……德之休明，雖小，重也；其姦回昏亂，雖大，輕也。』案德之休明，謂德美而明也。」

〔三〕「籙」，圖籙，天神所與之册命，君主有天下曰膺圖受籙。斠詮：「文選張衡東京賦：『高祖膺籙受圖，順行天誅。』……膺，受也。……籙，符命之書。」

〔四〕郝懿行云：「按『高』疑『世』字之譌。」范注：「武帝廟號世祖，此云高祖，高是世之誤。」「睿」，明智，智慧，封建時代專作頌揚帝王的用語。

爾雅釋詁：「纂，繼也。」「纂業」，謂繼承前人基業。

〔五〕「貳離」，黄注：「易離卦象曰『重明以麗乎正』。象曰『明兩作離』。」范注：「易離卦象曰：『明兩作離，大人以繼明照于四方。』」

注訂「貳離含章，言承統重明以繼文運也。」易坤六三：「含章可貞。」王弼注：「含美而可正。」孔疏：「章，美也。」所以凡内含美德就叫「含章」。

文論選：「貳離，次於日月的意思，太子代稱，指太子地位次于天子。語本易離卦象曰云云。離爲日，日爲明。離卦☲上下二體都是離，故云『明兩作離』。」

牟世金文心雕龍范注補正：「案文惠以早年立儲，武帝多委以重任。文惠太子傳云：太子『既正位東儲，善立名尚，禮接文士，畜養武人，皆親近左右，布在省闥。……（永明）五年冬，太子臨國學，親臨策試諸生。……太子以年長臨學，亦前代未有也』；以至『尚書曹事亦分送太子省視』。正以文惠太子的這種特殊地位，永明六年，武帝下詔曰：『獄訟之重，政化所先。太子立年作貳，宜時詳覽，此訊事委以親決。』此所謂『作貳』，即任太子。范注所引象

辭，王注：『繼謂不絶也；明照，相繼不絶曠也。』孔疏：『明兩作離者，離爲日，日爲明，今存上下二體，故云明兩作離也。』由是可知，彥和乃借『貳離』以指太子，與本篇『文帝以副君之重』中的『副君』略同。貳，副也；離，日也，明也。」

〔六〕斠詮：「『貳離』二字在此，有嗣續前代徽光之意。」

郝懿行云：「『中』疑『高』字之譌。」四庫提要謂黄注本「時序篇中論齊無太祖、中宗……皆不附和本書」。范注：「中宗不知何帝。按明帝號高宗，豈『中』爲『高』之誤歟？齊書鬱林王紀：『皇太后令曰：太祖以神武創業，草昧區夏；武皇以英明提極，經緯天人；文帝以上哲之資，體元良之重。』此彥和所本。」注訂：「范注引齊書稱此爲彥和所本，彼時齊書未出，彥和何從本之，疏甚。」又：「彥和生于齊世，其所稱高宗、中宗不無所本，與史書二者之間必有一略。惟明帝以下，廢和二帝，祚皆不永，無可稱號。」

〔七〕校證：「『熙』原作『遐』，梅云：『疑作熙。』案梅説是。詩周頌清廟之什維清：『維清緝熙，文王之典，肇禋，迄用有成，維周之禎。』又昊天有成命：『昊天有成命，二后受之，成王不敢康，夙夜基命宥密。於緝熙，單厥心，肆其靖之。』此即彥和所本，今據改。」校釋：「按元作『緝熙』不誤。此用『維清緝熙』也。」毛傳：「緝熙，光明也。」「景祚」，洪福。

今聖歷方興〔一〕，文思光被〔二〕；海岳降神，才英秀發〔三〕；馭飛龍於天衢，駕騏驥於萬里〔四〕。經典禮章，跨周轢漢〔五〕；唐虞之文，其鼎盛乎〔六〕！鴻風懿采，短筆

敢陳〔七〕？颺言讚時〔八〕，請寄明哲〔九〕。

〔一〕校證：「『歷』，梅本、凌本、梅六次本、日本刊本作『曆』。」「今聖歷」謂今上聖皇歷數也。指東昏侯或齊和帝。

劉汝霖東晉南北朝學術編年：「按文心雕龍時序篇序齊代之後，有『今聖歷方興』之語，知爲梁開國時之言。且觀其干沈約之情形，亦似無位者。梁書本傳稱其於天監初起家奉朝請，則爲文心雕龍當在天監最初之時，故誌其事於此（天監元年）。」

郝懿行批注：「劉氏此書，蓋成于蕭齊之季，東昏之年。故其論文，盛夸當代，而不與詮評。著述之體，自其宜也。」

清劉毓崧通誼堂集書文心雕龍後：「觀於時序篇云：『暨皇齊馭寶，運集休明……今聖歷方興，文思光被』云云。此篇所述，自唐虞以至劉宋，皆但舉其代名，而特於齊上加一皇字，其證一也。魏晉之主，稱謚號而不稱廟號，至齊之四主，惟文帝以身後追尊，止稱爲帝，餘並稱祖稱宗，其證二也。歷朝君臣之文有褒有貶，獨於齊則竭力頌美，絕無規過之詞，其證三也。東昏上高宗之廟號，係永泰元年八月事，據高宗興運之語，則成書必在是月以後。梁武受和帝之禪位，係中興二年四月事，據皇齊馭寶之語，則成書必在是月以前。其間首尾相距，將及四載，所謂『今聖歷方興』者，雖未嘗明有所指，然以史傳核之，當是指和帝而非指東昏也。」

〔二〕校證：「『光』原作『充』，黄注本據梅引一本改。」書堯典：「欽明文思安安，允恭克讓，光被四表。」孔傳：「光，充。」郭注：「光被，廣被也。」釋文引馬云：「經緯天地謂之文，道德純備謂之思。」

校注：「書堯典：『欽明文思安安，允恭克讓，光被四表。』孔傳：『光，充也。』『光被』原非僻詞，諸本又皆作『充被』，疑舍人原從傳文作『充』。」

〔三〕周注：「海岳，偏義複詞，即岳。」校注：「『岳』兩京本作『嶽』。按詩大雅崧高：『維嶽降神，生甫及申。』毛傳：『嶽，四嶽也：東嶽，岱；南嶽，衡；西嶽，華；北嶽，恒。……嶽降神靈和氣，以申甫之大功。』鄭箋：『降，下也。』釋文：『嶽，字亦作岳。』」又：「文選左思蜀都賦：『王褒韡曄而秀發。』」

〔四〕「馭飛龍於天衢」，周注：「易乾文言：『時乘六龍以御天也。』喻登位。」

〔五〕「轢」，超越也。

〔六〕注訂：「自『今聖』以下，至『鼎盛乎』，皆稱頌之詞，泛無所指，證文心之作在齊季也。」周注：「論語泰伯：『子曰：大哉，堯之爲君也！……焕乎其有文章。』」校注：「『其』元本、兩京本、胡本作『甚』。按『甚』字非是。漢書賈誼傳：『天子春秋鼎盛。』注引應劭曰：『鼎，方也。』」

〔七〕紀評：「闕當代不言，非唯未經論定，實亦有所避於恩怨之間。」注訂：「末四句總結上文，言『敢陳』屬自歉，言『請寄』爲問道也。」

〔八〕「颺」同「揚」。書益稷：「臯陶拜手稽首颺言。」傳：「大言而疾曰颺。」疏：「颺聲大言。」

〔九〕「寄」謂「寄望于」。校釋：「宋齊世近，作者尚多生存，又皆顯貴，舍人存而不論，非但是非難定，且亦有所避忌也。故列代雖十，而衡論文變，止及晉世。」

第七段論述宋齊文學的情況。

贊曰：蔚映十代〔一〕，辭采九變〔二〕。樞中所動，環流無倦〔三〕。質文沿時，崇替在選〔四〕。終古雖遠，曖焉如面〔五〕。

〔一〕范注：「郝懿行曰：『蔚映十代，並數蕭齊而言也。才略篇及於劉宋而止，故云九代而已。』」「蔚映」，文彩照映。「十代」指唐、虞、夏、商、周、漢、魏、晉、劉宋、蕭齊。

〔二〕文論選：「據劉永濟的解釋：唐、虞爲一變，三代爲二變，戰國、西漢爲三變，東漢爲四變，靈帝以後爲五變，建安爲六變，正始爲七變，西晉爲八變，東晉爲九變。與上文『辭人九變』之『九』指虛數者不同。」

〔三〕黄注：「鶡冠子：物極則反，命曰環流。」按莊子齊物論：「彼是莫得其偶，謂之道樞。樞始得其環中，以應無窮。」莊周認爲取消一切是非、彼此的差别，不使其對立（偶）起來，這就是所謂「道」的關鍵（道樞）。掌握了這個關鍵，就象處于一個圓環的中心，可以周轉貫通，應付無窮。

文論選：「莊子齊物論：『樞始得其環中，以應無窮。』樞，門樞。中，空。環是門上下兩橫檻的洞，圓空如環，以承受樞的旋轉。樞得環中，便旋轉自如，而應無窮。這裏比喻文學在各個時代的發展變化。無倦，無已。」

李笠中國文學述評：「絜其要點，約有四端：一曰『心樂而聲泰』，薰風、爛雲之詩是也。二曰『暐曄之奇意，出乎縱横之詭俗』，春秋以後，『百家飇駭』之文是也。三曰『志深而筆長，梗概而多氣』，建安之末，『世積亂離，風衰俗怨』，曹王諸子之文是也。四曰『運涉季世，人未盡才』，茂先、太沖、岳、湛、機、雲之屬，『結藻清英，流韻綺麗』之文是也。……由劉氏之説，文學變遷，不外政教、學術與世故三者有以構成之。析而論之，則三代以前，學術未盛，文學受政教之影響者少；三代以下，思想日以發達，文學受學術之影響者多。」

斠詮：「言朝廷有所策動於其上，士臣從而效行於其下，周流如環，無復滯倦也。樞中，猶言『中樞』。……此處用作朝廷之稱。管子樞言注：『樞者居中以運外，動而不窮。』環流，圍繞而流也。説苑雜言：『環流九十里。』又鶡冠子：『物極則反，命曰環流。』注：『其周流如環。』」

〔四〕斠詮：「言詩文之樸質或華麗，順緣時代而推移，故文風之興盛或衰微，亦由此而可推算也。選，説文通訓定聲：『選，假借爲算。』集韻：『算，説文：數也。或作選。』書盤庚上：『世選爾勞。』舊傳：『選，數也。』」

〔五〕范注：「校勘記：『按曖當作僾，此用祭義「僾然必有見乎其位」文。』」校證：「『曖』原作『曠』，今據馮本、汪本、佘本、張之象本、兩京本、王惟儉本改。誄碑篇：『曖乎若可覿。』與此辭意同。」文心雕龍正字：「按作『曖』字是。誄碑篇云：『論其人也，曖乎若可覿。』可覿與如面義近。」潘重規文心雕龍札記：「作『曖』爲是。説文無『曖』字，有『僾』，云：『仿佛也。』」注訂：「『曠』又作『曖』，二字義皆可通，承上文『終古雖遠』而來。『如面』者言雖綿遠，而思慮所及，有如覿面耳。范注『曖當作僾』非。按『曖』、『靉』、『薆』、『僾』義皆互通。曖焉如面者，仿佛若面也，無煩改從。」

斠詮：「言上古去今雖已遥遠，而其詩文風尚，仍隱約恍如面見也。」

校注：「『曠』，黄校云：『汪作曖。』元本、弘治本、活字本、兩京本、胡本、訓故本作『曖』。……按『曠』字未誤。説文日部：『曠，明也。』詁此並無不合。曹子建集與吴質書：『申詠反覆，曠若復面。』可資旁證。才略篇贊：『無曰紛雜，皎然可品。』彼云『皎然』，此云『曠焉』，意相若也。」

考異：「『曖』字見廣韻，隱也。又見楚辭，王注：暗也。説文：曠，明也。曖、曠義皆可通。從『曠』爲長。」

卷十

物色第四十六

顏延年秋胡：「日暮行采歸，物色桑榆時。」

任昉奉和登景陽山：「物色感神遊，升高悵有閱。」九日侍宴樂遊苑：「物色動宸眷，民豫降皇情。」

蕭統答玄圃園講頌啓令：「銀草金雲，殊得物色之美。」

水經注巨馬水注：「川石浩然，望同積雪，故以物色受名。」

文選賦有「物色」類。李善注曰：「四時所觀之物色之賦。」又云：「有物有文曰色，風雖無正色，然亦有聲。」

文鏡秘府論論文意：「猶如水中見日月，文章是景，物色是本，照之須了見其象也。」

困學紀聞卷十九評文「俗語皆有所本」條：「物色出淮南子。」閻若璩云：「何不云出月令？淮南時則訓：『仲秋之月，察物色，課比類。』月令：『仲秋之月，察物色，必比類。』」

范注：「本篇當移在附會篇之下，總術篇之上。蓋物色猶言聲色，即聲律篇以下諸篇之總名，與附會篇相對而統於總術篇，今在十卷之首，疑有誤也。」校證：「案范氏獻疑是。序志篇云：『崇替於時序，褒貶於才略，怊悵於知音，耿介於程器，長懷序志，以馭群篇。』彥和自道其篇次如此；物色正不在時序、才略間，惟此篇由何處錯入，則不敢決言之耳。」

按文選賦的物色類中收風賦、秋興賦、雪賦、月賦四篇，可見「物色」所指的是風、花、雪、月，春、夏、秋、冬之類。范氏謂「物色」即聲律篇以下諸篇之總名，亦不盡然。

校釋：「此篇宜在練字篇後，皆論修辭之事也。今本乃淺人改編，蓋誤認『時序』爲時令，故以物色相次。」

按劉永濟在下邊對本篇的解說，也不限於「論修辭之事」，似與上引這段按語矛盾。

考異：「序志篇載，自『崇替於時序』以下，言才略、言知音、言程器、言序志，共五篇，每卷五篇，而物色篇不在內。而時序在九卷五篇中，是物色篇之位，當移出十卷以外，而時序當移入十卷之中也，故時序篇依彥和自序次第當無可疑。惟據總術篇云『多少之非惑，何妍媸之能制』，及『按部整伍，以待情會』四句，意既秉總術之旨，還須物色之也。是物色之必繼總術以發之也。故物色篇當在總術篇之下爲宜。且以兩篇次序緊接，易致顛倒，若遠移於總術之上或非也。范氏之疑則是，而位置似不可從。」

王達津劉勰論如何描寫自然景物：「這一篇專論是他論作品思想內容與形式統一的觀點和

反對當時形式主義文風一個重要組成部分，同時它也在描寫自然景物方面提出了前人所未發的見解。……劉勰認爲描寫自然絶不是單純地描寫自然，這還是爲了抒詩人之情志……是和體性篇所説的『氣以實志，志以定言，吐納英華，莫非情性』相一致的，所以他也就反對形式主義地理解對自然的描寫。」

又：「黄宗羲景州詩集序説：『詩人萃天地之清氣，以月露風雲花鳥爲其性情，其景與意不可分也。月露風雲花鳥之在天地間俄頃滅没，而詩人能結之不散，常人未嘗不有月露風雲花鳥之咏，非其性情，極雕繪而不能親也。』這一段話確實可以説是劉勰的見解最明晰的詮釋和發展。」（光明日報一九六一年八月二十日）

春秋代序〔一〕，陰陽慘舒〔二〕；物色之動，心亦摇焉〔三〕。蓋陽氣萌而玄駒步〔四〕，陰律凝而丹鳥羞〔五〕；微蟲猶或入感，四時之動物深矣〔六〕。

〔一〕離騷：「日月忽其不淹兮，春與秋其代序。」王注：「代，更也；序，次也。春往秋來，以次相代。」

詩品序：「若乃春風春鳥，秋月秋蟬，夏雲暑雨，冬月祁寒，斯四候之感諸詩者也。」

〔二〕校注：「按文選張衡西京賦：『夫人在陽時則舒，在陰時則慘。』薛綜注：『陽，謂春夏；陰，謂秋冬。』張銑注：『舒，逸也；慘，戚也。』」注訂：「慘，方言：『慘，殺也。』舒，張也。此言慘

舒，陰陽卷舒變化之意。」梁劉孝標廣絶交論：「陽舒陰慘。」元稹叙詩寄樂天書：「日月遷逝，光景慘舒。」

周注：「陸機文賦『悲落葉於勁秋』是陰慘，『喜柔條於芳春』是陽舒。」

〔三〕左傳昭公二十四年：「諸侯之師，乃心搖焉。」禮記樂記：「凡音之起，由人心生也。人心之動，物使之然也。感於物而動，故形於聲。……樂者，音之所由生也，其本在人心之感於物也。……凡音者，生人心者也。情動於中，故形於聲，聲成文謂之音。……夫民有血氣心知之性，而無哀樂喜怒之常，應感起物而動，然後心術形焉。」詩品序：「氣之動物，物之感人，故搖蕩性情，形諸舞詠。」

〔四〕黄注：「大戴禮夏小正：十有二月，『玄駒賁。玄駒也者，螘也。賁者何也？走於地中也』。法言：『吾見玄駒之步。』」按此見先知篇。「步」，行、走。

斠詮：「古今注問答釋義：『牛亨問曰：蟻名玄駒者何也？曰：河内人並河而見人馬數千萬，皆如黍米遊動往來，從旦至暮，家人以火燒之，人皆是蚊蚋，馬皆是大蟻，今人呼蚊蚋曰黍民，名蟻曰玄駒也。』」案：「螘」，即蟻。

〔五〕大戴禮記夏小正：「八月……丹鳥羞白鳥。丹鳥也者，謂丹良也。白鳥也者，謂蚊蚋也。其謂之鳥何也？重其養者也。有翼者爲鳥。羞也者，進也，不盡食也。」孔疏：「丹鳥以白鳥爲珍羞，故云丹鳥羞白鳥。……丹良是蟲，乃謂之鳥，是重其所養之物，不盡食之，雖蟲而謂之

鳥也。但未知丹良是何物，皇氏以爲丹良是螢火。今案：爾雅釋蟲郭氏等諸釋，皆不云螢火是丹良，未聞皇氏何所依據。」

吴林伯文心雕龍物色義疏（本篇所引吴氏語皆同此）：「崔豹古今注：『螢蟲，一名丹良，一名丹鳥。』夏小正：『丹鳥羞白鳥，羞也者，進也，不盡食也。』謂藏之備冬月之養。故本篇羞與上文步相對爲文，引伸爲藏，謂潛伏。」（油印本）

「陰律」，陰氣。古代用音律辨别氣候，所以也可以用「陰律」代替「陰氣」。

注訂：「漢書律曆志：『律有十二，陽六爲律，陰六爲呂。』律爲通稱，故此言陰律不言陰呂也。」

周注：「漢書律曆志：『南呂（陰律之一），南，任也，言陰氣旅（衆）助夷則（陽律之一）任成萬物也。位於西，在八月。』即八月陰律凝聚。」

范注：「按『丹良』即『螳蜋』之轉音，丹良即螳蜋也。八月螢食蚊蚋，恐無是理。」

〔六〕漢崔駰上四巡頌表：「臣聞陽氣發而鶬鶊鳴，秋風厲而蟋蟀吟，氣之動也。」

若夫珪璋挺其惠心〔一〕，英華秀其清氣〔二〕；物色相召，人誰獲安〔三〕？

〔一〕文選劉峻辨命論：「臣觀管輅，天才英偉，珪璋特秀。」

「珪璋」，一作「圭璋」，比喻高貴的人品，用來美化士大夫。後漢書劉儒傳：「郭林宗常謂儒

口訥心辨，有圭璋之質。」吳林伯：「晉書陸雲傳：『觀夫陸機、陸雲……挺珪璋於秀實。』」「珪璋」喻才華的超越。……廣雅：「挺，出也。」言突露。

范注：「『惠』與『慧』通。」斯波六郎：「按『惠心』見陸機日出東南隅行：『淑貌耀皎日，惠心清且閑。』如此『惠心』即『蕙心』。『蕙心』見鮑照蕪城賦：『東都妙姬，南國麗人，蕙心紈質，玉貌絳脣。』」說亦可通。

〔二〕吳林伯：「英華，花，喻佳麗的辭采。論語子罕：『子曰：苗而不秀者有矣夫。』朱注：『吐華曰秀。』本篇喻傾吐。」以上二句亦可解作「挺珪璋之惠心，秀英華之清氣」。

〔三〕校注：「按國語晉語四：『姜曰……日月不處，人誰獲安？』」

是以獻歲發春〔一〕，悅豫之情暢〔二〕；滔滔孟夏〔三〕，鬱陶之心凝〔四〕；天高氣清，陰沈之志遠〔五〕；霰雪無垠〔六〕，矜肅之慮深〔七〕。

〔一〕范注：「楚辭招魂亂辭：『獻歲發春兮，汩吾南征。』王注：『獻，進。言歲始來進，春氣奮揚，萬物皆感氣而生，自傷放逐，獨南行也。』」

〔二〕「豫」，「愉」之假借。「悅豫」就是愉悅。

〔三〕范注：「九章懷沙：『滔滔孟夏兮，草木莽莽。』王注：『滔滔，盛陽貌也。史記作陶陶。』」

〔四〕尚書五子之歌：「鬱陶乎予心。」傳：「鬱陶，憂思也。」疏：「憤結積聚之意。」按楚辭九辨：

「豈不鬱陶以思君兮，君之門以九重。」吴林伯：「本篇謂人當初夏，心情困悶。」

〔五〕黄注：「宋玉九辨：『泬寥兮天高而氣清。』王注：『秋天高朗體清明也。』」

〔六〕黄注：「楚辭九章：『霰雪紛其無垠兮。』」按此見涉江篇。王注：「霰，雨雪雜。垠，畔岸也。」

〔七〕「矜肅」，端莊嚴肅，此處謂引起詩人對國事深重的思慮。

歲有其物，物有其容〔一〕；情以物遷，辭以情發〔二〕。一葉且或迎意〔三〕，蟲聲有足引心。况清風與明月同夜，白日與春林共朝哉〔四〕！

〔一〕校注：「按左傳昭公九年：『事有其物，物有其容。』杜注：『物，類也；容，貌也。』」

〔二〕劉綬松文心雕龍初探：「『情以物遷，辭以情發』這兩句很扼要地闡釋了自然環境與文學的密切關係。只有真正地對自然環境有了深刻的感受，而這種感受迫使人們不得不用藝術語言（辭）將它表現出來，這樣産生出來的作品，才能够具有感人的力量。」

劉大杰批評史：「『情以物遷，辭以情發』兩句，扼要地説明了人們的感情隨着自然景物的變化而變化，而文辭則又是由於感情的激動而産生的。」

明詩篇：「人稟七情，應物斯感。感物吟志，莫非自然。」

知音篇：「夫綴文者情動而辭發。」體性篇：「情動而言形，理發而文見。」

〔三〕范注：「淮南子説山訓：『見一葉落而知歲之將暮。』」「迎」，猶引也，謂引起情意。

〔四〕駱鴻凱物色篇札記（本篇所引駱氏語皆同此）：「『春秋代序，陰陽慘舒』至『白日與春林共朝哉』此言寫景文之所由發生也。……陸機文賦曰：『悲落葉於勁秋，喜柔條於芳春。』鍾嶸詩品序曰：『氣之動物，物之感人，摇蕩性靈，形諸舞詠。』又曰：『若乃春風春鳥，秋月秋蟬，夏雲暑雨，冬月祁寒，斯四候之感諸詩者也。』昭明答湘東王求文集及詩苑英華書曰：『或日因春陽，其物韶麗，樹花發，鶯鳴和，春泉生，暄風至，陶嘉月而嬉游，藉芳草而眺矚；或朱炎受謝，白藏紀時，玉露夕流，金風時扇，悟秋山之心，登高而遠託；或夏條可結，倦於色而屬詞；冬雪千里，覩紛霏而興詠。』簡文帝答張纘謝示集書曰：『至如春庭落景，轉蕙承風，秋雨且晴，簷梧初下，浮雲生野，明月入樓，時命親賓，乍動嚴駕……是以沈吟短翰，補綴庸音，寓目寫心，因事而作。』蕭子顯自序曰：『若乃登高極目，臨水送歸，風動春朝，月明秋夜，早雁初鶯，開花落葉，有來斯應，每不能已也。』陳後主與詹事江總書曰：『每清風朗月，美景良辰，對群山之參差，望巨波之滉瀁，或翫新花，時觀落葉，既聽春鳥，又聆秋雁，未嘗不促膝舉觴，連情發藻。』此諸家之言，皆謂四序之中緣景生情，發爲吟咏，與劉氏之意正同。」（黄侃札記附録）

以上爲第一段，論述自然景色與文學的關係，説明季節變化打動作者的心，使他產生創作

顧望。

是以詩人感物，聯類不窮〔一〕；流連萬象之際〔二〕，沈吟視聽之區〔三〕。寫氣圖貌〔四〕，既隨物以宛轉〔五〕；屬采附聲〔六〕，亦與心而徘徊〔七〕。

〔一〕「聯類」，聯想類比之意。

駱鴻凱：「詩人感物，連類不窮者，明三百篇寫景之辭所以廣也。賦體之直狀景物者姑置無論，即比興之作，亦莫不假於物。事難顯陳，理難言罄，輒託物連類以形之，此比之義也。外境當前，適與官接，而吾情鬱陶，借物抒之，此興之義也。比有憑而興無端，故興之爲用，尤廣於比。……夫其託物在乎有意無意之間，而取義僅求一節之合，興之在詩，所以爲用無窮也。」

〔二〕孟子梁惠王：「從流下而忘反，謂之流；從流上而忘反，謂之連。」

〔三〕「沈吟」，低聲吟咏。

〔四〕駱鴻凱：「氣謂物之神氣。」蔣祖怡物色篇試釋：「『寫氣』指神似，『圖貌』指形似。」按「氣」謂氣氛。詮賦：「寫物圖貌，蔚似雕畫。」

〔五〕校注：「按莊子天下篇：『與物宛轉。』成疏：『宛轉，變化也。』」

〔六〕駱鴻凱：「采謂物之色采也。『既隨物以宛轉』，『亦與心而徘徊』，二語互文足義，猶云寫氣

圖貌，屬采附聲，既隨物以宛轉，亦與心而徘徊也。夫氣貌聲采，庶彙各殊，倂色揣稱，夫豈易事？……自非入乎其内，令神與物冥，亦安能傳其真狀哉？王夫之云：『池塘生春草、明月照積雪、蝴蝶飛南園，皆心中目中與相融洽，一出語時即得珠圓玉潤。』又云：『會景而生心，體物而得神，則自有靈通之句，參化工之妙，若但於句求巧，則性情先爲外蕩，生意索然矣。』觀此，知心物未融，則寫景未能臻工妙者也。」

郭注：「『寫氣圖貌』承上文『流連萬象』而言，『屬采附聲』承上文『沉吟視聽』而言，『聲采』，非文章之聲采，乃風物之聲采也。」

〔七〕紀評：「隨物宛轉，與心徘徊八字，極盡流連之趣，會此，方無死句。」

校釋：「本篇申論神思篇第二段論心境交融之理。神思舉其大綱，本篇乃其條目。蓋神物交融，亦有分別，有物來動情者焉，有情往感物者焉：物來動情者，情隨物遷，彼物象之慘舒，即吾心之憂虞也，故曰『隨物宛轉』；情往感物者，物因情變，以内心之悲樂，爲外境之懽戚也，故曰『與心徘徊』。前者文家謂之無我之境，或曰寫境；後者文家謂之有我之境，或曰造境。前者我爲被動，後者我爲主動。被動者，一心澄然，因物而動，故但寫物之妙境，而吾心閑静之趣，亦在其中，雖曰無我，實亦有我。主動者，萬物自如，緣情而異，故雖抒人之幽情，而外物聲采之美，亦由以見，雖曰造境，實同寫境。是以純境固不足以謂文，純情亦不足以稱美，善爲文者，必在情境交融，物我雙會之際矣。」劉永濟釋三準：「劉氏是主張『情』屬

於『物』的。作者的思想感情（「情」）是從觀察『物』的『萬象』而興起的（覩物興情）。而且作者的思想感情，與他所處的時代及環境是分不開的。所以他的作品中的『氣』與『貌』，就不能不依着他『視聽』所感受的『物』而『宛轉』，而他的作品中的『采』與『聲』不能不隨着他內心所興起的『情』而『徘徊』。這就與唯物主義的『反映論』有着相似的意義了。」

黄海章續文心短論：「『詩人感物，聯類不窮。……沈吟視聽之區』，這些話是告訴詩人們就視聽所及的範圍，要不斷地觀察，同時又要不斷地沉思，才能把物和情融在一起。『寫氣圖貌……亦與心而徘徊。』初看起來，好象作者運用心思，把客觀事物的精神、狀貌、色采、聲音，描繪得惟妙惟肖，便完成了任務，在景物當中，不必滲透着作者的情感，實在並不是這樣。一是景物無窮，首先須經過作者的選擇；二是如何描繪，也須經過作者的匠心經營。」（中山大學學報一九六三年第四期）

斠詮：「謂三百篇之作者，欣賞千變萬化之景物，耽樂忘返，吟咏耳聞目見之聲色，沈思入迷。描寫神氣，圖摩狀貌，既依隨風物之變遷，以委曲盡妙；敷繪色采，比附聲響，亦配合內心之感應，以斟酌至當。是知寫景欲臻於工妙，必須心物交融而後可。」

按這一小段的意思是：詩人受到外物的感染時，會引起無窮的類似聯想。當他在各種自然現象之間流連徘徊的時候，他是隨着景物的變化而委曲宛轉地寫出它們的神態象貌的。當他在耳聞目見的聲色之中沈吟的時候，他所運用的藻采和音調，是和他的心情動蕩一致的。

這是說一方面要恰切地描繪出景物的感性形象，一方面也要表達出作者對景物的感受。

故灼灼狀桃花之鮮〔一〕，依依盡楊柳之貌〔二〕，杲杲爲出日之容〔三〕，瀌瀌擬雨雪之狀〔四〕，喈喈逐黄鳥之聲〔五〕，喓喓學草蟲之韻〔六〕。

〔一〕范注：「毛詩周南桃夭：『桃之夭夭，灼灼其華。』傳曰：『灼灼，華之盛也。』」陳奂詩毛氏傳疏：「小箋云：『灼灼』，即『焯焯』之假借。焯，明也。因之凡色之光華明盛者皆謂之焯，亦謂之灼矣。廣雅：灼灼，明也。玉篇：灼灼，華盛貌。『盛』與『明』同義。」

〔二〕范注：「小雅采薇：『昔我往矣，楊柳依依。』」「依依」，柔弱貌。世説新語文學篇：「謝公因子弟集聚，問毛詩何句最佳？謝玄曰：『昔我往矣，楊柳依依。今我來思，雨雪霏霏。』」王夫之薑齋詩話：以爲此詩妙在「以樂境寫哀，以哀景寫樂，一倍增其哀樂」。

〔三〕范注：「衛風伯兮：『其雨其雨，杲杲出日。』傳曰：『杲杲然日復出矣。』」説文：「杲，明也。」

〔四〕校證：「『瀌瀌』，鈴木云：『當作麃麃。』案小雅魚藻之什角弓作『瀌瀌』，漢書劉向傳作『麃麃』，則作『瀌瀌』者古文詩，作『麃麃』者今文詩也。不必改字。」范注：「小雅角弓：『雨雪瀌瀌。』箋曰：『雨雪之盛瀌瀌然。』」「瀌瀌」，雨雪交加貌。

校注：「按今小雅角弓作『瀌瀌』。陳奂詩毛氏傳疏卷二二云：『瀌瀌，疑詩本作麃麃，後人

加水旁耳。韓詩外傳四、荀子非相篇、漢書劉向傳作應應。』鈴木氏蓋本陳氏爲説也。又按角弓釋文『雨音於付反』。是原讀去聲，屬動詞。若讀上聲，則與上句『出日』之『出』詞性不合矣。」

〔五〕范注：「周南葛覃：『黄鳥于飛，集於灌木，其鳴喈喈。』傳曰：『喈喈，和聲之遠聞也。』」「黄鳥」，黄鸝。「喈喈」，衆鳥和鳴聲。「逐」，追逐。

〔六〕范注：「召南草蟲：『喓喓草蟲，趯趯阜螽。』傳曰：『喓喓，蟲聲也。』」「學」，仿效。「韻」，聲韻。

斠詮：「如『灼灼』、『依依』、『杲杲』、『瀌瀌』、『喈喈』、『喓喓』等，皆爲複詞疊語，前四者所以狀物，後二者所以形聲。『參差』雙聲，以寫荇菜之錯落；『沃若』疊韻，以寫桑葉之豐潤：皆爲連語形容詞。所以使聲采瞻麗，音節和諧。」

楊慎丹鉛雜録「詩文須有來歷」條：「先輩言杜詩韓文無一字無來歷，余謂自古名家皆然，不獨杜、韓兩公耳。劉勰云：灼灼狀桃花之鮮，依依盡楊柳之貌，喈喈逐黄鳥之聲，喓喓學鴻雁之響。雖復思經千載，將何易奪？信哉其言！試以灼灼舍桃而移之他花，依依去楊柳而著之別樹，則不通矣。」

黄海章續文心短論：「至於表現手法，劉勰以爲要能高度概括集中，即用最精煉的詞句，來顯示豐美的内容。如用『灼灼』來形容桃花的鮮艷，用『依依』來形容楊柳的當風，用『喈喈』

來形容黄鳥的鳴聲，用『喓喓』來形容草蟲的清韻，僅僅兩個字，而能繪色繪聲，所謂『以少總多，情貌無遺』。描頭畫角，看起來似乎精細，其實是毫無生氣的。」

皎日嘒星，一言窮理〔一〕；參差沃若〔二〕，兩字連形〔三〕。並以少總多，情貌無遺矣〔四〕。雖復思經千載，將何易奪〔五〕？

〔一〕范注：「王風大車：『謂予不信，有如皦日。』傳曰：『皦，白也。』召南小星：『嘒彼小星，維參與昴。』傳曰：『嘒，微貌；小星，衆無名者。』一言即一字也。」釋文：「『皦』，又本作『皎』。」玉篇：「理，文也。」

〔二〕范注：「周南關雎：『參差荇菜，左右流之。』正義曰：『后妃言此參差然不齊之荇菜，須嬪妾左右佐助而求之。』衛風氓：『桑之未落，其葉沃若。』傳曰：『沃若，猶沃沃然。』」東城題跋卷三評詩人寫物：「詩人有寫物之功。『桑之未落，其葉沃若』，他木殆不可當此。林逋梅花詩云『疏影横斜水清淺，暗香浮動月黄昏』，決非桃李詩。皮日休白蓮花詩云『無情有恨何人見，月曉風清欲墮時』，決非紅梅詩。此乃寫物之功。」薑齋詩話：「蘇子瞻謂『桑之未落，其葉沃若』，體物之工，非沃若不足以言桑，非桑不足以當『沃若』，固也。然得物態，未得物理。『桃之夭夭，其葉蓁蓁』、『灼灼其華』、『有蕡其實』，乃窮物理。『夭夭』者，桃至拱把以上，則液流蠹結，花不榮，葉不盛，實不蕃，小樹弱枝，婀娜妍

茂，爲有加耳。」

〔三〕「連形」，元刻本、弘治本以下各本皆如此，惟黄注本作「窮形」。校注：「何焯『連』改『窮』。按『連』字是，『參差』、『沃若』皆連語形容詞（『參差』雙聲連語，『沃若』叠韻連語），故云。上云『窮理』，此云『窮形』，殊嫌重出。黄氏從何校改『連』爲『窮』非是。」考異：「『連』、『窮』並通。『窮』字從下句情貌無遺句來，從『窮』爲長。」綴補：「作『窮』，蓋涉上文『一言窮理』而誤。」郭注：「『兩字連形』，謂用『參差』兩字形容荇菜，『沃若』兩字形容桑葉也。」

〔四〕吴林伯：「情貌，即下文『窺情風景之上，鑽貌草木之中』的『情貌』，謂自然景象的情況和形貌。」楊明照文心雕龍研究中值得商榷的幾個問題：「『一言窮理』，原是緊承上句『皎日嘒星』説的；『兩字窮形』，也是緊承上句『參差沃若』説的。……『以少總多，情貌無遺』二句是對上一節所下的總評。意在説明詩三百篇的作者善於使用『灼灼』、『依依』、『杲杲』、『瀌瀌』、『喈喈』、『喓喓』、『皎』、『嘒』、『參差』、『沃若』等形容詞來描繪自然景物。儘管每處只有一兩個字，卻能使形象鮮明，維妙維肖。劉勰明明是説的『情貌無遺』。」王達津劉勰論如何描寫自然景物：「這些引用詩三百篇的例證，大都是情兼比興，物盡形神之似的。『以少總多』是説用詞的簡潔，而情貌無遺，正是後人所説不但要形似，還要神似，

而這描寫的所以能够『神似』，却是由於自然景物與作者的思想感情息息相通，並且是由作者的思想感情給添加了生氣的。」

徐季子「乘一總萬」與「以少總多」：「劉勰十分推崇詩中『兩字窮形』、『一言窮理』，洗鍊的藝術手法。一言就把道理講清，兩字能將形貌描透，多少有點夸張，但他從中總結出一條『以少總多，情貌無遺』和總術篇的『乘一總萬，舉要治繁』，這四句話聯繫起來看，說劉勰早在一千多年前就提出了典型化的藝術方法，也不算過分吧。客觀事物是無窮的，景色變化是無常的，要把無窮的事物，無常的景物在一首詩中全部反映出來勢不可能，也沒有必要。因此要『以少總多』『舉要治繁』，把自然界紛然雜陳，繁複衆多的景象，用麗而約的藝術語言描繪出來，而且要描繪得『情貌無遺』。……少而能總多，就是要求具體和概括的統一。『乘一總萬』可以從一聯想到萬，『以少總多』可以從少中見到多，詩人所描繪的藝術形象既是『情貌無遺』形象鮮明，又能『總多』『總萬』，具有一定的廣度和深度。」（社會科學輯刊一九八〇年第二期）

郭紹虞、王文生：文心雕龍再議：「關於文學與現實，劉勰的貢獻在於用變化發展的觀點進一步闡述了二者的關係。他認爲季節的更迭，自然的變化，通過作用於人的思想感情而影響文學創作。……他根據這種認識，作出了『歲有其物，物有其容；情以物遷，詞以情發……』的結論。

「他認爲事物的形貌，不可能盡加描繪，『物貌難盡』，僅僅憑着一系列辭藻去模山範水是畫也畫不完，寫也寫不盡的。即便是對細節作詳盡的刻劃，也可能損害整體的神情，『畫者謹髮而易貌，射者儀毫而失牆。』（附會）因此，他反對『近代以來，文貴形似』那種追求表面真實的作法，而提倡『以少總多，情貌無遺』，也就是要用概括的方法來反映現實。」

〔五〕范注：「古人形狀之詞，確有心會神領，百思而無得移易者，朱謀瑋駢雅網羅甚富，可資採獲。」

及離騷代興〔一〕，觸類而長〔二〕，物貌難盡，故重沓舒狀〔三〕，於是嵯峨之類聚〔四〕，葳蕤之群積矣〔五〕。及長卿之徒，詭勢瓌聲〔六〕，模山範水，字必魚貫〔七〕，所謂詩人麗則而約言，辭人麗淫而繁句也〔八〕。

〔一〕駱鴻凱：「此云離騷，包楚辭而言。」

〔二〕嵇康琴賦：「其餘觸類而長，所致非一，同歸殊途，或文或質。」陸、牟譯爲「所寫事物觸類旁通而有所發展」。范注：「詮賦篇云：『及靈均唱騷，始廣聲貌。』」

〔三〕周注：「重沓，指多用複詞。舒狀，叙述形狀。爾雅釋詁：『舒，叙也。』」斠詮：「顔氏家訓書證：『俗間又有「黯黯」（音沓）語，蓋無所不施，無所不容之意也。』重沓，是多饒積厚之意。」

〔四〕綴補：「案喻林引於作如，義同。」「嵯峨」，峻險突兀之貌。楚辭招隱士：「山氣巃嵸兮石嵯峨。」

王逸注：「嵯峨……峻蔽日也。」五臣注：「嵯峨，高貌。」

〔五〕楚辭七諫初放：「上葳蕤而防露兮。」王注：「葳蕤，盛貌。」補注：「葳蕤，草木垂貌。」

校注：「楚辭離騷：『余既滋蘭之九畹兮，又樹蕙之百畮；畦留夷與揭車兮，雜杜衡與芳芷。』又九歌山鬼：『辛夷車兮結桂旗，被石蘭兮帶杜衡；折芳馨兮遺所思，余處幽篁兮終不見天。』並『葳蕤群積』之證。」

駱鴻凱：「『嵯峨之類聚，葳蕤之群積』云者，謂寫山水草木之詞漸趨繁富也。茲舉例如次：

「山峻高以蔽日兮，下幽晦以多雨，霰雪紛其無垠兮，雲霏霏而承宇。（涉江）

「上高巖之峭岸兮，處雌蜺之標顛，據青冥而攄虹兮，遂儵忽而捫天。（悲回風）

「右寫山。

「朝騁鶩兮江皋，夕弭節兮北渚。鳥次兮屋上，水周兮堂下。（湘君）

「馮崑崙以瞰霧兮，隱岷山以清江，憚涌湍之磕磕兮，聽波聲之洶洶。（悲回風）

「右寫水。

「嫋嫋兮秋風，洞庭波兮木葉下。（湘夫人）

「雷填填兮雨冥冥，猿啾啾兮狖夜鳴，風颯颯兮木蕭蕭。（山鬼）

「右寫風雲。

「秋蘭兮麋蕪，羅生兮堂下，緑葉兮素莖，芳菲菲兮襲予。（少司命）

「秋蘭兮青青，緑葉兮紫莖。（同上）

「右寫草木。」

〔六〕「詭勢瓌聲」，謂追求詭奇的聲勢。

〔七〕黄注：「易剥卦：六五，貫魚以宮人寵，無不利。」三國魏志鄧艾傳：「將士皆攀木緣崖，魚貫而進。」晉書范汪傳：「玄冬之月，沔、漢干涸，皆當魚貫而行，推排而進。」謂如魚游之先後相續也。

駱鴻凱：「字必魚貫者，謂好用連語雙聲叠韻諸聯綿字也。此蓋因揚、馬之流，精通小學，故能撮字書之單詞，綴爲儷語，或本形聲假借之法，自鑄新詞。劉氏所謂揚、馬之作，旨趣幽深，讀者非師傳不能析其辭，非博學不能綜其理也。」

范注：「司馬相如上林賦：『蕩蕩乎八川分流，相背而異態。……汩乎混流，順阿而下，赴隘陿之口，觸穹石，激堆埼。沸乎暴怒，洶涌澎湃，滭弗宓汨，偪側泌瀄……於是乎崇山矗矗，巃嵸崔巍，深林巨木，嶄巖嵾嵯。九嵕巀嶭，南山峨峨……』狀貌山川，皆連接數十百字，漢賦此類極多，所謂字必魚貫也。」

練字篇：「聯邊者，半字同文者也。狀貌山川，古今咸用，施於常文，則齟齬爲瑕，如不獲免，

可至三接。三接之外，其字林乎？」

〔八〕范注：「法言吾子篇：『詩人之賦麗以則，辭人之賦麗以淫。』」「麗以則」指美麗典雅，「麗以淫」指侈麗放蕩。

漢書藝文志：「大儒孫卿及楚臣屈原，離讒憂國，皆作賦以諷，咸有惻隱古詩之義。其後，宋玉、唐勒，漢興，司馬相如，下及揚子雲，競爲侈麗閎衍之詞，没其諷諭之義。是以揚雄悔之曰：『詩人之賦麗以則，辭人之賦麗以淫。』」

黄海章續文心短論：「『物貌難盡』，有時用幾個簡單的字來形容，還不够，所以發展到離騷，『嵯峨』、『葳蕤』一類重疊的字眼，就大量出現了。但主要的目標，還在曲盡事物的情態，用以寄托作者的心情。等到司馬長卿一般辭賦家出來，便一味鋪張揚厲，對事物作夸大的描寫，而無真實的情感存乎其間，就不免『淫麗而繁濫』了。」

王達津劉勰論如何描寫自然景物：「物色篇中批判了長卿之徒模山範水的無意義，指出詩人麗則而約言，辭人麗淫而繁句的巨大差别，這也正是『要約寫真』和『淫麗煩濫』（情采）兩條道路的分歧。」

至如雅詠棠華，或黄或白〔一〕，騷述秋蘭，緑葉紫莖〔二〕；凡摛表五色〔三〕，貴在時見〔四〕，若青黄屢出，則繁而不珍〔五〕。

〔一〕范注：「小雅裳裳者華：『裳裳者華，或黄或白。』箋曰：『華或有黄者，或有白者，興明王之德，時有駮而不純。』」

校注：「詩小雅裳裳者華：『裳裳者華，或黄或白。』毛傳：『興也。裳裳，猶堂堂也。』……是『裳裳』爲形容詞。……『華』亦泛稱。……據此，則『棠華』之『棠』，非緣舍人誤記，即由寫者臆改。」斠詮：「彦和『裳』作『棠』，亦同音假借字。」吴林伯：「説文：『裳，或作常。』廣雅：『常常，盛也。』『常』又通『棠』，小雅常棣，御覽引作『棠棣』。本篇『棠華』，爲『裳裳者華』的省略。」陳奐引説文：「裳裳，盛貌。」又引廣雅：「常常，盛也。」

〔二〕訓故：「楚辭九歌少司命：『秋蘭兮青青，緑葉兮紫莖。』」

〔三〕吴林伯：「説文：『摛，舒也。』舒，發布，本篇與『表』連文，謂描繪。」

〔四〕周禮春官大宗伯：「時見曰會。」注：「時見者，言無常期。」范注：「此言五色之字不可屢見。時見猶言偶見。」

斠詮：「時見，謂適時而見也。論語憲問：『夫子時然後言。』邢疏：『但中（去聲）時然後言。』中時，即適時也。」

吴林伯：「論語先進鄭玄注：『諸侯時見曰會。』『時見』出此。『時』，論語憲問『時然後言』，又鄉黨『不時不食』的『時』，應時。『見』同『現』。『時見』，應時出現。」

〔五〕詩品序：「學謝朓，劣得『黄鳥度青枝』，徒自棄於高明，無涉於文流矣。」按「黄鳥度青枝」見

齊虞炎玉階怨。

范注：「此言五色之字不可屢見，『黃鳥度青枝』所以見譏於記室也。」

駱鴻凱：「此言寫景文不宜多用五色之詞也。昔人誚爲詩好用珠玉等字者爲七寶粧。」

文鏡秘府論文二十八種病：「第二十三，落節。凡詩詠春，即取春之物色；詠秋，即須序秋之事情。或詠今人，或賦古帝，至於雜篇詠，皆須得其深趣，不可失義意。假令黃花未吐，已詠芬芳；青葉莫抽，逆言蓊鬱；或專心詠月，翻寄琴聲；或□意論秋，雜陳春事。或無酒而言有酒，無音而道有音；並是落節。……又詠春詩曰：『何處覓消愁，春園可暫遊。菊黃堪泛酒，梅紅可插頭。』釋曰：菊黃泛酒，宜在九月，不合春日陳之。或在清朝，翻言朗夜，并是落節。」

黃海章續文心短論：「『摘表五色……則繁而不珍』，告訴作家貴白描，不貴粧點。不在乎多用青黃赤白一類采色的字面，而在於無采色中顯示出采色來。」紀評：「此病易犯，近體尤忌之。」

以上爲第二段，舉出古代作品中描寫自然景色的範例，强調學習詩經中「以少總多」的寫作方法，反對辭賦家堆砌辭藻的傾向。

自近代以來，文貴形似〔一〕。窺情風景之上，鑽貌草木之中〔二〕；吟詠所發，志惟深遠〔三〕；體物爲妙〔四〕，功在密附〔五〕。故巧言切狀〔六〕，如印之印泥〔七〕；不加雕削，

而曲寫毫芥〔八〕。故能瞻言而見貌，即字而知時也〔九〕。

〔一〕「形」字，元刻本、弘治本、汪本、佘本、兩京本作「則」。梅本以下作「形」。校注：「按『則』字非是。宋書謝靈運傳論：『相如工爲形似之言。』詩品上：『晉黄門侍郎張協，巧構形似之言。』顔氏家訓文章篇：『何遜詩實爲清巧，多形似之言。』並其證。宋趙次公蘇軾書鄢陵王主簿所畫折枝詩『論畫以形似』句注引作『形似』，是所見本未誤。」

詩品中評鮑照云：「善製形狀寫物之詞。」

文鏡秘府論論體中所列有十體，其中「形似體」云：「形似體者，謂貌其形而得其似，可以妙求，難以粗測者是。詩曰：『風花無定影，露竹有餘清。』又云：『映浦樹疑浮，入雲峰似滅。』如此即形似之體也。」

中興間氣集評于良史詩「工於形似」。王昌齡説：「了然境象，故得形似。」（唐音癸籤卷二）「古人形似之語，如鏡取形，燈取影也。」（范温潛溪詩眼，見苕溪漁隱叢話卷八）蘇軾書鄢陵王主簿所畫折枝：「論畫以形似，見與兒童鄰，賦詩必此詩，定知非詩人。詩畫本一律，天工與清新。」（蘇東坡集前集卷十六）又説：「得其精神而略其形似。」（見陶明濬詩説雜記卷八）張彦遠在論畫六法中，即反對「氣韻不周，空陳形似」。歷代名畫記卷一：「今之畫，縱得形似而氣韻不生，以氣韻求其畫，則形在其間矣。」

綴補：「宋胡仔苕溪漁隱叢話前集八：『詩眼云：形似之意，蓋出於詩人之賦，「蕭蕭馬鳴，

悠悠旆旌」是也。古人形似之語，如鏡取形，燈取影也。』鍾嶸詩品上評謝靈運詩，詩品中評顏延之詩及鮑照詩，並云『尚巧似』。似即形似也。」

〔二〕這兩句是説山水詩人專門在觀察和描繪上用功夫。紀評：「此刻畫之病，六朝多有。」

〔三〕這兩句是説這些人作詩用心思很深。

張嚴論詮：「彦和言『近代以來，文貴形似』，實指謝靈運輩所作而言。蓋謝等偏好自然，亦肇端於憤世嫉俗。而當時文士多與僧徒交往，深山幽谷，遊踪所至，美景所觸，心之所感，皆一一發而爲詩文，此所謂『志惟深遠』者也，乃謝等所作過於雕琢，且雜糅易、老莊及佛理等，玄虚特甚，文字鮮有真趣。故彦和謂『窺情風景之上，鑽貌草木之中』，此其言刻畫之病也。」

〔四〕詮賦：「鋪采摛文，體物寫志也。」「體物」，即描寫外物。

〔五〕駱鴻凱：「『體物爲妙，功在密附』數語，劉氏雖以此評當時，實亦凡寫景者所當奉爲準則也。蓋物態萬殊，時序屢變，摛辭之士所貴憑其精密之心，以寫當前之境，庶閲者於字句間悠然心領，若深入其境焉。如此則藻不徒抒，而景以文顯矣；不則狀甲方之景，可移乙地；摹春日之色，或似秋容。勦襲雷同，徒增厭苦，雖爛若縟繡亦何用哉？

「峴傭説詩云：『寫景須曲肖此景。「渡頭餘落日，墟裏上孤烟。」確是晚村光景。「兩邊山木合，終日子規啼。」確是深山光景；「黄雲斷春色，畫角起邊愁。」確是窮邊光景。「野徑雲俱黑，江船火獨明。」確是暮江光景。』觀此，則山水文章之貴於密附，益可見矣。

「詩塵云：『寫景之句，以雕琢工致爲妙品，真境湊泊爲神品，平淡率真爲逸品。如「芳草平仲緑，清夜子規啼」（沈佺期），「明月松間照，清泉石上流」（王維），「雨中山果落，燈下草蟲鳴」（王維），「緑樹村邊合，青山郭外斜」（孟浩然），「松生青石上，泉落白雲間」（賈島），「泉聲入秋寺，月色徧寒山」（于武陵），皆逸品也。如「日落江湖白，湖來天地青」（王維），「四更山吐月，殘夜水明樓」（杜甫），「柳塘春水漫，花塢夕陽遲」（嚴維），「雞聲茅店月，人跡板橋霜」（温庭筠），皆神品也。其他登妙品者，則不可枚舉也。』按此所謂逸品，所謂神品，皆指其『功在密附』言之。」

〔六〕詩品序：「五言居文詞之要，是衆作之有滋味者也，故云會於流俗，豈不以指事造形，窮情寫物，最爲詳切者耶？」

〔七〕校注：「『如印之印泥』，按呂氏春秋適威篇：『若璽之於塗也，抑之以方則方，抑之以圓則圓。』」

斯波六郎：「淮南子齊俗：『凡將舉事，心先平意清神，神清意平，物乃可正，若璽之抑埴（高注：璽，印也；埴，泥也）。正與之正，傾與之傾。』（説文解字抑字段注：「璽之抑埴，即今俗云，以印印泥也。此抑之本義也。」）」

范注：「明詩篇云：『宋初文詠，體有因革，莊、老告退，而山水方滋。……情必極貌以寫物，辭必窮力而追新，此近世之所競也。』續漢書祭祀志上：『以水銀合金以爲泥，玉璽一方，寸

二分。』」

〔八〕「不加雕削」，指純粹的客觀的描寫。「曲寫毫芥」，委曲詳盡，描摹入微。「毫」，兔毛。「芥」，芥子。

〔九〕校證：「『即』原作『印』，何校、黄注云：『疑作即。』按黄説是，今據改。下文『即勢會奇』，宗經篇『即山而鑄銅』，史傳篇『棄同即異』，用法同。」

考異：「印字從上文印泥而來，此練句法也。見徵聖篇『辭成無好異之尤』句法，作『即』可通，但『印』字或不爲誤。」

辨騷篇：「論山水，則循聲而得貌；言節候，則披文而見時。」

黄春貴文心雕龍之創作論：「物色篇曰：『自近代以來，文貴形似……故能瞻言而見貌，即字而知時也。』舍人雖以此評當時之山水文章，務求描繪逼真，體貼入微，趨向形式主義，流爲總術篇所謂『理拙而文澤』之弊病，實亦寫景文者所當奉爲圭臬也。」

駱鴻凱：「此節與明詩所論，皆明劉宋以後詩賦寫景之異於前代也。」

郭注：「『吟咏所發』以下，至『即字而知時也』，以爲描摩原則，在於以情志爲本，然後以密附爲功，非承上文『文貴形似』而言，上文爲批判宋代文詠『文貴形似』而發也。」

這幾句話的意思是他們描寫的景物很貼切，猶如印泥印出來的一般，非常細致，點點滴滴都寫到。使讀者一看就知道這是什麼景色，什麼季節。

然物有恒姿，而思無定檢〔一〕，或率爾造極，或精思愈疎〔二〕。且詩騷所標，並據要害〔三〕，故後進鋭筆，怯於争鋒〔四〕。莫不因方以借巧，即勢以會奇〔五〕，善於適要〔六〕，則雖舊彌新矣〔七〕。

〔一〕注訂：「明詩篇云：『詩有恒裁，思無定位。』句法同旨。」

荀子儒效篇：「禮者所以爲群臣尺寸尋丈檢式也。」

文選陸機演連珠：「動循定檢。」李善注引蒼頡篇：「檢，法度也。」

〔二〕文賦：「或操觚以率爾，或含毫而邈然。」

這幾句是説：景物有固定的姿態，思緒卻没有固定的規則。有的好像滿不在乎，就寫到登峰造極的地步；有的用盡心思，反而差得很遠。

桓譚新論祛蔽篇：「賞激一事而作小賦，用精思太劇，而立感動發病，彌日瘳。」張衡與崔瑗書：「竭己精思，以揆其意。」

湯顯祖集卷三十二合奇序：「予謂文章之妙，不在步趨形似之間。自然靈氣，恍惚而來，不思而至。……米家山水人物，不用多意，略施數筆，形像宛然，正使有意爲之，亦復不佳。故夫筆墨小技，可以入神而證聖。」

宋葉夢得石林詩話：「『池塘生春草，園柳變鳴禽』，世多不解此語爲工，蓋欲以奇求之耳。

此語之工，正在無所用意，猝然與景相遇，借以成章，不假繩削，故非常情所能到。」隨園詩話（卷四）：「蕭子顯自稱：『凡有著作，特寡思功，須其自來，不以力構。』此即陸放翁之『文章本天成，妙手偶得之』也。薛道衡登榻構思，聞人聲則怒；陳後山作詩，家人爲之逐去貓犬，嬰兒都到別家，此即杜少陵所謂『語不驚人死不休』也。二者不可偏廢。蓋詩有從天籟來者，有從人巧得者，不可執一而求。」

駱鴻凱：「『物有恒姿』，至『或精思愈疏』：謂物之姿態有恒，而人之運思多變，或率爾操觚，竟能密合，或鏤心洒翰，能益浮詞也。尋心物之感，其機至微，其時至速。故有卒然遇之，不勞而獲者，亦有交臂失之，回顧已遠者，此中張弛通滯之數，雖有上材，恒不能自喻其故，文家常言，以爲天機駿利，易於燭物，六情厎塞，難於用思，通塞之宜，文之工拙分焉，斯誠不刊之論矣。」

陸機文賦有云：「夫應感之會，通塞之紀……或竭情而多悔，或率意而寡尤。……吾未識夫開塞之所由也。」郭注：「陸機認爲『竭情多悔，率意寡尤』，在於思考有通塞，至於通塞之由，則無法解釋。劉彥和亦認爲『率爾造極，精思愈疏』，在於『物有恒姿，思無定檢』；如果『志惟深遠』，加以『密附之功』又能『入興貴閑，析辭尚簡』，問題便可解決。所以在理論上，劉氏對於『思有通塞』之由，已能進一步探討，較陸機有所發展。」

〔三〕「標」，元刻本、兩京本、張之象本、梅本、凌本、張松孫本等均作「摽」。此處「摽」謂摽幟，義與

後漢書皇甫嵩傳：「（張）角等知事已露，晨夜馳勑，諸方一時俱起，皆著黄巾爲標幟。」校證、校注於此均失校。

斠詮：「要害，關係重要之處也。漢書西南夷傳：『大司農豫調穀積要害處。』注：『要害者，在我爲要，於敵爲害也。』此處喻風物之特點。」張嚴論詮：「要害，詩指『一言窮理，兩字窮形』而言，騷指『觸類而長，物貌難盡』而言，蓋詩騷並能攝物象之精微，窺造化之靈秘也。」

〔四〕「鋭筆」，指精於寫作之人。

斠詮：「争鋒，猶言争勝。漢書張良傳：『楚人劇急，願上慎毋與楚争鋒。』史記絳侯周勃列傳：『難與争鋒。』」

〔五〕定勢篇：「舊練之才，則執正以馭奇；新學之鋭，則逐奇而失正。」郭注：「『因方』謂依據詩騷描摹風景的方法。」周注：「即勢以會奇——順着文勢而寫出新奇的景象。」

駱鴻凱：「文章變化之法，古人有不易其意而别造新語，或規摹其意而形容之者，有翻意者，有點化成句者，有用意造語不嫌雷同者，而且文詩賦詞得相通變，學者措意於此，其於劉氏所謂『因方借巧，即勢會奇』，可以知所從事矣。」

〔六〕這句的意思是善於體會要領，就可以推陳出新。黄叔琳評：「化臭腐爲神奇，秘妙在此。」

斠詮：「適要，謂適得窔要，即俗語『恰到好處』之意。」文賦：「因宜適變，曲有微情。」牟注：「適要，抓住要點，和上文説的『據要害』意思相同。」

王達津劉勰論如何描寫自然景物：「『詩騷所標，並據要害……則雖舊彌新矣。』這是他主張描寫自然要抓到自然最主要的特點，但後進之士根據前代詩人的方法筆勢加以變化，也還是可以被允許的，這正像王維詩『漠漠水田飛白鷺，陰陰夏木囀黃鸝』（積雨輞川莊作），是根據別人的詩，加上了『漠漠』、『陰陰』二詞，但卻描寫出了悠悠長夏的情貌一樣。」隨園詩話卷一：「自古文章所以流傳至今者，皆即情即景，如化工肖物，着手成春，故能取不盡而用不竭。不然，一切語古人都已説盡，何以唐、宋、元、明才子輩出，能各自成家而光景常新耶？」

〔七〕駱鴻凱：「『詩騷所標並據要害』，至『善於適要，雖舊彌新』此言寫景變化之法也。夫文貴自出心裁，獨標新穎，謝朝華之已披，啓夕秀於未振，焉取規模仿效，致來因襲之譏？然寫花鳥，繪烟嵐，則誠有不盡爾者。蓋物色古今所同，遠視黃山，氣成葱翠，適當秋日，草盡萎黃，古有此景，今亦無以異也。是故古人之作，雖已泄宇宙之秘，窮化工之妙，清辭麗句，膾炙文林，然後賢有作，倘能即勢會奇，因方借巧，妙得規摹變化之訣，自成化腐爲新之功。又況意之爲用，其出不窮，同叙一景而以悲愉各異，則後者初非襲前，如『落日照大旗，馬鳴風蕭蕭』（杜甫後出塞），與『蕭蕭馬鳴，悠悠旆旌』（詩大雅角弓篇），一叙愁慘之象，一狀整暇之容，語同而意别，特作者臨文偶然湊合，非相襲也。同賦一物而比興不同，則諸作各擅其勝，如同一詠蟬，虞世南『居高聲自遠，端不藉秋風』，是清華人語；駱賓王『露重飛難進，風多響易沉』，是患難人語；李商隱『本以高難飽，徒勞恨費聲』，是牢騷人語。此因比興之不同而各

據勝境也。由此觀之，雨滴空階，月照積雪，亭皋葉下，池塘草生，凡諸美景，雖至不可紀極之世，言之亦無害爲佳構，李文饒所謂文章譬諸日月，雖終古常見而光景常新，不其然哉！」

是以四序紛迴〔一〕，而入興貴閑〔二〕；物色雖繁，而析辭尚簡〔三〕；使味飄飄而輕舉，情曄曄而更新〔四〕。

〔一〕「四序」，謂四時也。魏書律曆志：「四序遷流，五行變易。」

校注：「潘岳秋興賦：『四時忽其代序兮，萬物紛以迴薄。』」「紛迴」，紛去沓來之意。

〔二〕校釋：「舍人論文家體物之理，皆至精粹，而『入興貴閑』，『析辭尚簡』二語尤要。閑者，神思篇所謂虛静也，虛静之極，自生明妙。故能撮物象之精微，窺造化之靈祕，及其出諸心而形於文也，亦自然要約而不繁，尚何如印印泥之不加抉擇乎？」四時景色很繁，又總是不斷循環來往，但感物起興却要極虛静，這樣才可以在有意無意之間，抓住最感人的意興。

駱鴻凱：「然欲令機恒通而鮮塞，亦自有術。劉氏神思篇云：陶鈞文思，貴在虛静。……此雖爲一切文言，而寫景尤要。是故綴文之士，苟能虛心静氣以涵養其天機，則景物當前，自能與之默契，抽毫命筆，不假苦思，自造精微，所謂信手拈來，悉成妙諦也。不則以心逐物，物足以擾心，取物赴心，心難於照物，思慮雖苦，終如繫影捕風矣。」

養氣篇：「是以吐納文藝，務在節宣，清和其心，調暢其氣，煩而即舍，勿使壅滯，意得則舒懷

以命筆，理伏則投筆以卷懷。逍遥以針勞，談笑以葯勌。常弄閑於才鋒，賈餘於文勇。」皆本篇「貴閑」之意。

〔三〕「析」字，元刻本、弘治本、兩京本、張之象本等均作「折」，梅本於「折」改作「枏」，張松孫本從之。凌本、黄本折並作「析」。「枏」與「析」同，「折」則爲誤字。校證、校注於此均失校。

曹學佺批「是以四序」四句：「此風雅也。」

張嚴論詮：「彦和之言『四序紛迴，而入興貴閑，物色雖繁，而析辭尚簡』，紀昀以爲『四語尤見精妙』。蓋文家惟『入興貴閑』者，始能『瞻言而見貌』，惟『析辭尚簡』者，方得『即字而知時』。此舍『會通』而外，曷克有此？」

蔣祖怡：「『析辭尚簡』針對『青黄屢出，繁而不珍』。」郭注：「『析辭尚簡』，即上文所謂『一言窮理』，『兩字連形』，反對『字必魚貫』，『青黄屢出』。」

〔四〕「曄曄」，光采貌。校證：「『更新』，吟窗雜録三七作『恒鮮』。」校注：「晉書文苑左思傳：『張華見而嘆曰：「班、張之流也，使讀之者盡而有餘，久而更新。」』」

這幾句話的意思就是用簡練的辭句描寫繁富的景色，使得詩味飄飄如微風吹拂，情趣盎然而又格外清新。

駱鴻凱：「『四序紛迴，而入興貴閑』至『情曄曄而更新』數語尤精。四序紛迴，入興貴閑者，蓋以四序之中，萬象森羅，觸於耳而寓於目者，所在皆是，苟非置其心於翛然閒曠之域，誠恐

當前好景，容易失之也。陶詩：『采菊東籬下，悠然見南山。山氣日夕佳，飛鳥相與還。此中有真意，欲辯已忘言。』因采菊而見山，一與自然相接，便見真意，而至於欲辯忘言，使非淵明擺落世紛，寄心閒遠，曷至此乎？物色雖繁，析辭尚簡者，蓋以一時之内，一地之間，物態皆極繽紛，表之於文，惟須約其詞旨，務令略加點綴，即已真境顯然；陶詩『曖曖遠人村，依依墟裏烟。狗吠深巷中，雞鳴高（桑）樹顛（歸園田居）』四語，著墨不多，而村墟景象，如溢目前，若事鋪陳，誠恐累牘連篇有所不盡也。『味飄飄而輕舉，情曄曄而日新』者，味即文味，情即文情也。夫既以閒曠之興領略自然之美，則觀察真矣；復以簡至之辭攝取物象之神，則技術巧矣。寫景如是，而文之情味有不引人入勝者哉？」

王達津劉勰論如何描寫自然景物：「『四序紛迴，而入興貴閑（自然）……情曄曄而更新。』要表達景物的形神兼似，和詩人的真實思想感情傾向，由於感召無端，興來的很自然，所以描寫自然就必須要極其自然，使它能達到情景交融，境界完整，神貌兼備，天衣無縫的地步。像王維詩『竹喧歸浣女，蓮動下漁舟』（山居秋暝）就令人頗有此感。」

古來辭人，異代接武〔一〕，莫不參伍以相變〔二〕，因革以爲功〔三〕，物色盡而情有餘者〔四〕，曉會通也〔五〕。

〔一〕郭注：「通變舉枚乘、司馬相如等五家爲例之後，云：『此並廣寓極狀，五家如一，諸如此類，

莫不相循，參伍因革，通變之數也。』此文所云正與彼文同意。」

〔二〕易繫辭上：「參伍以變，錯綜其數。」荀子成相：「參伍明，謹施賞刑。」注：「參伍猶錯雜也。」禮記曲禮：「堂上接武。」鄭注：「武，迹也。」

〔三〕「因革」，或因循舊式，或變革。「因」，沿襲。通變篇：「望今制奇，參古定法。」

〔四〕蔣祖怡物色篇試釋：「『物色盡』的『盡』和上文的『物貌難盡，故重沓舒狀』的『盡』字，都是『詳盡』的意思。」（文心雕龍論叢）「情有餘」是説富於情趣，能傳神。

〔五〕易繫辭：「聖人有以觀其會通。」疏：「觀看其物之會合變通。」此處「會通」指對傳統精神的融會貫通。

郭注：「『會通』，即附會與通變。」蔣祖怡物色篇試釋：「温庭筠商山早行詩：『雞聲茅店月，人迹板橋霜。』歐陽修效之云：『鳥聲梅店雨，野色柳橋春。』歐詩不如温作。因爲就這兩詩的關係而論，是屬於『通變之術』的，而歐詩之病，則在乎此十字没有内在緊密的聯繫，則又屬於『附會之術』的範圍，物色篇以『會』、『通』並提，是有道理的，而宋人詩『渡船滿板霜如雪，印我青鞋第一痕』，則師温詩之意，不師温詩之辭與格調，此詩中『早』的意境宛然在目，自較歐詩爲優。」

若乃山林臯壤〔一〕，實文思之奥府〔二〕；略語則闕，詳説則繁〔三〕。然屈平所以能洞監風騷之情者〔四〕，抑亦江山之助乎〔五〕？

〔一〕莊子知北游：「山林與？皋壤與？使我欣欣然而樂與？」離騷王逸注：「澤曲曰皋。」「皋壤」，澤畔。江總棲霞寺碑：「步林壑，陟皋壤。」

〔二〕注訂：「『山林皋壤，實文思之奥府』，言文章之成，概取諸物色而已，一篇重點，全繫此句。」

〔三〕因爲「山林皋壤」是文思奥府，所以作家不能略而不語；如果象司馬相如之徒，「模山範水，字必魚貫」，那就詳説則繁了。

〔四〕校證：「能改齋漫録七、海録碎事十八，無『能』字『監』字，詩紀『監』作『鑒』。」

斠詮：「『洞監風騷之情』，在此乃謂體察詩人情感而創作騷辭，不應順字而解釋。」

〔五〕校證：「兩京本『乎』作『也』。」

能改齋漫録卷七：「劉勰文心雕龍物色篇云：『若乃山林皋壤，實文思之奥府……然屈平所以洞風騷之情者，抑亦江山之助乎？』故唐張説至岳陽，詩益淒惋，人以爲得江山之助。」何焯批：「唐人謂燕公岳州以後，詩思淒婉，得江山之助，蓋出於此。岳州在江南，屈子所放之地也。」校注：「海録碎事卷十八有此文，亦無『能』字『監』字。以聲律篇『練才洞監』例之，『監』字似不可少。又按新唐書張説傳：『既謫岳州，而詩益悽婉，人謂得江山之助云。』王勃鄜縣兜率寺浮屠碑：『野曠川明，風景挾江山之助。』（王子安集卷十五）楊億許洞歸吴中詩：『騷人已得江山助。』（西崑酬唱集卷下）宋祁江山宴集序：『江山之助，出楚人之多才。』（景文集卷九七）並本此爲説。」

駱鴻凱：「『若乃山林皋壤』至『抑亦江山之助乎』，此言物色之有助於文思也。彼靈均之賦，隱深意於山河，寄遥情於木末，烟雨致其綿渺，風雲託其幽遐，所謂得助江山，誠如劉說。他若靈運山水，開詩家之新境，柳州八記，稱記體之擅場，並皆得自窮幽攬勝之功，假於風物湖山之助。林巒多態，任才士之品題，川岳無私，呈寶藏於文苑。所謂取不盡而用不竭者，其此之謂乎？」楚於山則有九疑、南嶽之高，於水則有江、漢、沅、湘之大，於湖瀦則有雲夢、洞庭之巨浸，其間崖谷洲渚，森林魚鳥之勝，詩人謳歌之天國在焉。故湘君一篇，言地理者十九，雖作者或有意鋪陳，然使其不遇此等境地以爲文學之資，將亦束手而無所憑藉矣。王夫之楚辭通釋序例：「楚澤國也，其南沅、湘之交，抑山國也。疊波曠宇，以蕩遥情，而迫之以崟嶔戌削之幽菀，故推宕無涯，而天采矗發，江山光怪之氣莫能掩抑。」郭注：「作者著物色，以爲文章有借於江山風物之助；然反對『文貴形似，窺情風景之上，鑽貌草木之中』。於此不能不辯也。」

第三段，評論晉宋以來作家「文貴形似」的偏向，强調抓住物色的要點，繼承前人的描寫方法而加以革新，做到「物色盡而情有餘」。

贊曰：山沓水匝，樹雜雲合〔一〕。目既往還，心亦吐納〔二〕。春日遲遲〔三〕，秋風颯颯〔四〕；情往似贈，興來如答〔五〕。

〔一〕斠詮：「言高山重疊，而流水縈洄；緑樹雜生，而白雲飄合也。……廣韻：『沓，重也。』集韻：『沓，重複也。』匝，周也，有環繞之意。」

〔二〕神思：「吟詠之間，吐納珠玉之聲。」斠詮：「言眼目瀏覽美麗景色，既然睠顧不捨；内心感受旖旎風光，亦以吐洩爲快也。往還，謂睠顧不捨，有易林『目不得闔』之義。吐納，正反複詞，在此但取吐義。」

〔三〕詩豳風七月：「春日遲遲。」傳：「遲遲，舒緩也。」孔疏：「遲遲者，日長而暄之意，故爲舒緩。計春秋漏刻，多少正等。而秋言淒淒，春言遲遲者，陰陽之氣感人不同。張衡西京賦云：『人在陽則舒，在陰則慘。』然則人遇春暄，則四體舒泰，春覺晝景之稍長，謂日行遲緩，故以遲遲言之。」

〔四〕楚辭九歌山鬼：「風颯颯兮木蕭蕭。」校注：「説文風部：『颯，風聲也。』（此依段注本）」

〔五〕斠詮：「言吟詠客多愁善感，對風物嚮往情深，好似贈言寄意。大自然毓秀鍾靈，爲詩人借來興會，恍如酬答知音。」郭注：「『情往似贈』，謂景物移人情感之深。『興來如答』，指景物引人感發興起之快。」何義門批：「贊詞之美，莫過於此。」駱鴻凱：「『贊曰山沓水匝』至『興來如答』，此與本篇首節意同。紀昀曰：諸贊之中，此爲第一。正因題目佳耳。」

王達津劉勰論如何描寫自然景物：「雖然最先是由於景物的美的感召，但必須有與之相適應的感情動蕩于心，相互起着作用，所以他在贊語中說：『情往似贈，興來如答。』那也就是必須把自己之情融入客觀大自然的景物中，又從對充滿了自己激情的大自然景色的欣賞與描繪中更深一步寄托自己的情懷。……這也就是說：真正描寫大自然的美，主客觀是不可能分離的。」又說：「（物色的）感召只是『情以物遷』、『情往似贈』之開始，『辭以情發』、『興來如答』則是進入創作過程。」

錢鍾書管錐編第三册：「『心亦吐納』、『情往似贈』，劉勰此八字已包賅西方美學所稱『移情作用』（Law of imputation）。」

才略第四十七

後漢書胡廣傳載史敞等薦廣書：「廣才略深茂，堪能撥煩。」

魏劉邵人物志：「膽力絶衆，才略過人，是謂驍勇。」

晉書明帝紀：「太子性至孝，有文武才略，欽賢愛客，雅好文辭。」

序志篇：「崇替於時序，褒貶於才略。」

紀評：「時序篇總論其勢，才略篇各論其人。」

校釋：「本篇與時序篇相輔。時序所論，屬文學風尚之高下流變，論世之事也。本篇所重，

在比較作品之長短，作家之同異，知人之事也。」又：「本篇以才略標目，而篇首乃揭『辭令華采』四字，其義亦可得而言也。才略者，才能識略之謂也，屬之人。發而爲辭令，蔚而成華采，則屬之文。而辭令華采之中，又含筆與文二類。故篇中涉及文體，至爲廣泛。上自詩賦，下及書記，皆在揚搉之列，與本書上篇所品論，旨趣無二。又辭令華采之發，固源於才略，而才略所資，則以性情爲土壤，以學術爲膏澤，二者得而後可以滋長，此以本末言之則然也。至篇中評隲之語，或稱『才穎』，或稱『學精』，或稱『識博』，或稱『理贍』，或稱『思鋭』，或稱『慮詳』，或稱『氣盛』，或稱『力緩』，或稱『情高』，或稱『文美』，或稱『辭堅』，或稱『體疎』，或稱『采密』，或稱『意浮』，用字甚雜，似無分於本末，然細繹之，要不出性情學術，才能識略，辭令華采諸端。蓋衡文者操術有四：一論其性情，二考其學術，三研其才略，四賞其辭采。本篇隨文立言，蓋亦互文見義之例也。」

郭紹虞關於文心雕龍的評價問題及其它：「才略篇中一方面講到才和時有關係，而另一方面更多地講到才性和文章體制風格的關係。」（文學遺産選集第三輯）

沈謙文心雕龍批評論發微（本篇以下所引沈氏語皆同此）：「才略者，才能謀略之謂也。……批評作品，首則論作家之文才。彦和才略篇檢論歷代作家文才之概略。自二帝三王，迄於劉宋，述其最者，統於一篇，評洽體要，以見楷模。紀評云：『上下百家，體大思精，真文囿之巨觀。』信然偉矣！彦和論虞、夏有皐陶、夔、益、五子四家，商、周有仲虺、伊尹、吉甫三家，春秋有薳敖、隨會、趙衰、公孫僑、子太叔、公孫揮六家，戰代有屈原、宋玉、樂毅、范雎、蘇秦、荀况、李斯

七家，兩漢有陸賈等三十三家，魏、晉則有曹丕等四十四家，總共九十八家。」（第四章批評實例第二節才略）

斟詮：「才略……本指才能謀略而言。彥和本篇其所以以才略標目者，乃檢論歷代作家『文才之概略』耳。……原時序所論，屬文學風尚之高下流變，論世之事也；才略所論，在比較作品之長短，作家之同異，知人之事也。必參稽互察，文章之面目、精神及其價值，始可顯現衡定。此亦孟子萬章篇所謂『頌其詩，讀其書，不知其人可乎？是以論其世也』之義。」

才略篇是專門評論作家的才思的。「才略」就是才思和識略。

九代之文〔一〕，富矣盛矣；其辭令華采，可略而詳也〔二〕。虞、夏文章，則有皋陶六德〔三〕，夔序八音〔四〕，益則有贊〔五〕，五子作歌〔六〕，辭義温雅，萬代之儀表也〔七〕。

〔一〕通變篇「是以九代詠歌」，郭注：「九代指唐、虞、夏、商、周、漢、魏、晉、宋而言，與時序中稱十代對勘可知。」

郝懿行批注：「按時序篇贊稱『蔚映十代』，並數蕭齊而言也。茲篇及於劉宋而止，故云九代而已。」

注訂：「九代者，篇中首稱虞、夏，繼述商、周，春秋屬周，秦列戰代，漢、晉、魏而下，迄於劉宋，共九代也。」

〔二〕校釋：「『詳』疑『言』誤。」斠詮：「案此『詳』非與『略』反，乃『審議』之謂也。不煩改字。說文：『詳，審議也。』」「辭令華采」指藝術表現形式。

〔三〕訓故：「書皋陶謨：日嚴祗敬六德，亮采有邦。」尚書虞書皋陶謨：「皋陶曰：『寬而栗，柔而立，愿而恭，亂而敬，擾而毅，直而温，簡而廉，剛而塞，彊而義，彰厥有常，吉哉！日宣三德，夙夜浚明有家。日嚴祗敬六德，亮采有邦。』」孔傳：「性寬弘而能莊栗；和柔而能立事；慤愿而能恭恪；亂，治也，有治而能謹敬；擾，順也，致果爲毅；行正直而氣温和；性簡大而有廉隅；剛斷而實塞；無所屈撓，動必合義。……有國諸侯，日日嚴敬其身，敬行六德，以信治政事，則可以爲諸侯。」孫星衍尚書今古文注疏：「此六德，鄭(玄)意以爲『亂而敬』至『彊而毅』之文。」注訂：「六德者，九德之中有其六也。」

〔四〕訓故：「舜典：『帝曰：「夔，命汝典樂，教胄子，八音克諧，無相奪倫。」』」夔，虞舜時樂官。尚書舜典：「四海遏密八音。」孔傳：「八音：金、石、絲、竹、匏、土、革、木。」釋文：「八音謂金鐘也，石磬也，絲琴瑟也，竹篪笛也，匏笙也，土塤也，革鼓也，木柷敔也。」

校注：「書僞益稷：『夔曰：「戛擊鳴球，搏拊琴瑟以詠，祖考來格。虞賓在位，群后德讓。下管鼗鼓，合止柷敔，笙鏞以間，鳥獸蹌蹌，簫韶九成，鳳皇來儀。」夔曰：「於！予擊石拊石，百獸率舞，庶尹允諧。」』此並『夔序八音』之辭。」

〔五〕尚書大禹謨：「益贊于禹曰：『惟德動天，無遠弗届。滿招損，謙受益，時乃天道。帝初于歷

山，往于田，日號泣于旻天，于父母。負罪引慝，祇載見瞽瞍，夔夔齋慄，瞽亦允若。至誠感神，矧兹有苗？』」「益」，舜臣。

〔六〕明詩篇范注：「史記夏本紀：『帝啓崩，子帝太康立。帝太康失國，昆弟五人，須于洛汭，作五子之歌。』……僞古文尚書載五子之歌。」

〔七〕管子形勢解：「儀者，萬物之程式也；法度者，萬民之儀表也。」「儀表」，典範。

商周之世，則仲虺垂誥〔一〕，伊尹敷訓〔二〕，吉甫之徒，並述詩頌〔三〕，義固爲經，文亦師矣〔四〕。

〔一〕黄注：「書序：湯歸自夏，至于大坰，仲虺作誥。」按此見仲虺之誥。孔傳：「仲虺，臣名，爲湯左相奚仲之後，以諸侯相天子。會同曰誥。」

〔二〕黄注：「書序：成湯既歿，太甲元年，伊尹作伊訓。」按此見伊訓。孔疏：「伊尹以太甲承湯之後，恐其不能纂修祖業，作書以戒之。史叙其事作伊訓。」

〔三〕訓故：「詩大雅嵩高、烝民，皆尹吉甫作也。詩烝民：『吉甫作誦，穆如清風。』又嵩高：『吉甫作誦，其詩孔碩。』」范注：「詩大雅崧高、烝民、韓奕、江漢皆尹吉甫美宣王而作。」「誦」，詩也，謂可誦者也。尹吉甫，周房陵人，宣王修文武大業，玁狁進迫京邑，吉甫奉命北伐，逐之太原而歸。

校注：「按舍人明言吉甫之徒，並述詩頌，則所指當非尹吉甫一人之作。黄、范兩家止引詩大雅嵩高、烝民、韓奕、江漢四篇以注，似有未盡。據毛詩序：公劉、泂酌、卷阿皆召康公戒成王而作；雲漢爲仍叔美宣王而作；常武爲召穆公美宣王而作；駉爲史克頌魯僖公而作。如益以刺詩，作者則更多也。」

〔四〕范注：「『文亦師矣』句有缺字，疑『師』字上脱一『足』字。」注訂：「『文亦師矣』，言上述諸作，既爲文章之楷模，亦足以爲後人之師法也。范注非。」斠詮：「范説是。『文亦足師』與『義固爲經』相對，因句末有矣字，淺人以爲上下句字不相偶，而妄删『足』字耳。」牟注：「按徵聖篇所説：『徵之周孔，則文有師矣。』『足師』似太重，『亦師』稍輕。」

及乎春秋大夫，則修辭聘會，磊落如琅玕之圃〔一〕，焜燿似縟錦之肆〔二〕，薳敖擇楚國之令典〔三〕，隨會講晉國之禮法〔四〕，趙衰以文勝從饗〔五〕，國僑以修辭扞鄭〔六〕，子太叔美秀而文〔七〕，公孫揮善於辭令〔八〕，皆文名之標者也〔九〕。

〔一〕斠詮：「聘會，謂聘問與會同也。」「磊落」，衆多雜沓貌。後漢書蔡邕傳：「連衡者六印磊落。」「琅玕」，美石。書禹貢：「厥貢惟球、琳、琅玕。」孔傳：「琅玕，石而似玉。」説文：「琅，琅玕，似珠者。」「圃」，圖書集成本引作「囿」。

〔二〕「焜」，光明貌。「焜燿（耀的異體字）」，猶言輝煌。「縟」，繁密的采飾。「肆」，商店。斠詮：

「焜燿，光輝照燿也。左氏昭三年傳：『不腆先君之適，以備内官，焜燿寡人之望。』疏：『服虔云：燿，照也；焜，明也。』」

〔三〕校證：「『敖』原作『教』，梅據曹改。徐校同，王惟儉本作『敖』不誤。」校注：「按何本、訓故本、謝鈔本正作『敖』，曹改徐校是也。」「『薳』，姓，春秋時楚有蔿敖，亦作『薳』。梅注：「薳敖，即孫叔敖，元作教，曹改。」訓故：「左傳：『隨武子曰：蔿敖爲宰，擇楚國之令典，百官象物而動，軍政不戒而備，能用典矣。』蔿敖，即蔿艾獵，孫叔敖也。」按此見宣公十二年。

孔疏：「釋詁云：令，善也。」斠詮引左傳會箋：「此寓軍政於常職者，即楚國之令典，而蔿敖之所酌古以施於今，故曰擇。」「擇」，謂選用。

〔四〕梅注：「隨會，士會。」「隨」，姓，周隨侯之後；春秋時國滅，子孫以國爲氏。一説晉士會食采於隨，其後以爲氏。訓故：「左傳晉士會平王室，王享之殽烝，武子私問其故。王曰：王享有體薦，宴有折俎。公當享，卿當宴，王室之禮也。武子歸而講求典禮，以修晉國之法。」此見宣公十六年。「王曰」，原文作「王聞之，召武子曰」。士會執晉政，卒謚武子。

〔五〕校證：「『衰』原作『襄』，梅據曹改，徐校同。王惟儉本作『衰』，不誤。」校注：「按曹改徐校是。何本、訓故本、謝鈔本正作『衰』。」梅注：「左傳（僖公二十三年）：『秦穆公饗晉公子重耳。子犯曰：「偃不如衰之文也，請使衰從。」公子賦河水，公賦六月。趙衰曰：「重耳拜

賜。」公子降拜，稽首；公降一級而辭焉。襄曰：「君稱所以佐天子者命重耳，重耳敢不拜？」』」

〔六〕「國僑」，春秋鄭大夫公孫僑，字子産。博洽多聞，爲政寬猛相濟。時當晉楚争霸，鄭處兩大之間，子産内以禮法馭强宗，外以口舌折强國，鄭得不被兵革者數十年。徵聖篇：「鄭伯入陳，以文辭爲功。」黄注：「左傳：鄭子産獻捷于晉，晉人問陳之罪，子産對之。仲尼曰：『志有之，言以足志，文以足言。』晉爲伯，鄭入陳，非文辭不爲功。慎辭哉！」按此見襄公二十五年。這是説鄭國攻入陳國，晉國來責問，子産作了正確的回答。

校注：「按陸士龍文集晉故散騎常侍陸府君誄：『國僑殞鄭，邦無竽笙。』亦稱子産爲國僑。」

〔七〕訓故：「左傳：子産之爲政也，擇能而使之，馮簡子能斷大事，子太叔美秀而文，公孫揮能知四國之爲，而辨其大夫之族姓、班位、貴賤、能否，而又善爲辭令。」按此見襄公三十一年，「又」作「尤」。梅注：「子太叔，游吉。」「美秀」，左傳杜注：「其貌美，其才秀。知諸侯所欲爲。」

〔八〕校證：「『揮』，舊本作『翬』，馮舒云：『翬當作揮。』黄注本改『揮』。案左襄二十四年、三十年、三十一年傳，皆以公孫揮與子羽錯舉，作『揮』者是。」何焯改「揮」。「公孫揮」，字子羽，事鄭簡公爲行人。校注：「按公孫揮字子羽（左傳襄公二十四年），則本是翬字（古人立字，展名取同義。子羽名翬，猶羽父之名翬也）。黄本依馮、何校作『揮』，蓋據左傳襄公三十一年

（原文黄、范兩家注已具）文耳。」梅本作「輩」，注云「子羽」。論語憲問：「爲命，裨諶草創之，世叔討論之，行人子羽脩飾之，東里子產潤色之。」

〔九〕「標」，出色。何焯批云：「『標』字下，疑脱一『著』字。」

戰代任武，而文士不絕：諸子以道術取資〔一〕，屈宋以楚辭發采〔二〕，樂毅報書辨而義〔三〕，范雎上疏密而至〔四〕，蘇秦歷説壯而中〔五〕，李斯自奏麗而動〔六〕，若在文世，則揚班儔矣〔七〕。荀况學宗，而象物名賦〔八〕，文質相稱，固巨儒之情也〔九〕。

〔一〕「資」，地位，聲望。

〔二〕時序篇：「屈平聯藻於日月，宋玉交彩於風雲。」

〔三〕校證：「『而』原作『以』，徐云：『當作而。』案以下文句法求之，徐説是。今據改。」按元刻本、弘治本「辨」作「辯」。訓故：「樂毅傳：毅爲燕昭王破齊，獨莒即墨未服。昭王死，惠王即位，齊之田單聞之，乃縱反間於燕曰：齊兩城不下者，聞樂毅與燕新王有隙，欲連兵且留齊。惠王乃使騎劫代將，而召樂毅。樂毅畏誅，遂西降趙。惠王使人讓之，毅報以書。」按此見史記，其書有云：「夫免身立功，以明先王之迹，臣之上計也；離毀辱之誹謗，墮先王之名，臣之所大恐也；臨不測之罪，以幸爲利，義之所不敢出也。臣聞古之君子，交絶不出惡聲，忠臣去國，不絜其名。臣雖不佞，數奉教於君子矣。恐侍御者之親左右之説，不察疏遠之行，

故敢獻書以聞。」

范注：「燕策二：『昌國君樂毅爲燕昭王合五國之兵而攻齊，下七十餘城，盡郡縣之以屬燕。三城未下，而燕昭王死，惠王即位，用齊人反間，疑樂毅而使騎劫代之將，樂毅奔趙；趙封以爲望諸君。……燕王悔……乃使人讓樂毅，且謝之。……望諸君乃使人獻書報燕王曰云云。』」「辨」，明辨。

〔四〕論説篇：「范睢之言事，李斯之止逐客，並煩情入機，動言中務，雖批逆鱗，而功成計合，此上書之善説也。」按范睢上秦昭王書見戰國策秦策三，又見史記范睢傳。

斟詮：「兹節録其書中之末尾數語，以見其言事之纖密而至要矣。其言曰：『語之至者，臣不敢載之於書，其淺者又不足聽也。意者臣愚而不概於王心邪？亡其言臣者賤而不可用乎？自非然者，臣願得少賜遊觀之閒，望見顔色。一語無效，請伏斧質。』」

牟注：「史記范睢列傳：『穰侯、華陽君，昭王母宣太后之弟也；而涇陽君、高陵君，皆昭王同母弟也。穰侯相，三人者更將，有封邑。以太后故，私家富重於王室。……范睢乃上書曰：臣聞明主立政，有功者不得不賞，有能者不得不官，勞大者其禄厚，功多者其爵尊，能治衆者其官大。故無能者不敢當職焉。……』這説明范睢上書正『以太后故』而發，史傳篇説的『宣后亂秦』即指此事。但范睢在獻書昭王中，既未講太后專政，又未説穰侯等無功受禄，却觸及當時秦國存在問題的實質。這就是所謂『密而至』。」

〔五〕范注：「蘇秦説辭見史記本傳及戰國策。」斠詮：「蘇秦歷説六國，辭皆壯偉，而能切中事情。」「壯而中」，雄壯而中肯。

〔六〕文選李斯上書秦始皇（即諫逐客書），李注：「史記曰：李斯者，楚上蔡人也。西説秦，秦拜斯爲客卿，會韓使鄭國來閒秦，以作溉渠，已而覺。秦室大臣皆言秦王曰：諸侯人來秦者，祇爲其主遊閒秦耳，請一切逐客。李斯議亦在逐中，斯乃上書秦王，乃除逐客之令，復李斯官。」

斠詮：「李斯諫逐客書引見論説篇『李斯之止逐客』注。麗而動，言其文辭華麗而動人也。」

〔七〕校注：「按文選典論論文：『及其所善，揚班儔也。』」斠詮：「諸子之書説皆有可觀，其在偏重武功之七國，皆不以能文見稱，若在崇尚文治之盛世，則亦揚雄、班固之儔匹也。」

〔八〕黄注：「史記索隱：荀卿名況。卿者，時人相尊而號爲卿也。有雲、蠶、箴等賦，見荀子。」詮賦篇：「於是荀況禮、智，宋玉風、釣，爰錫名號，與詩畫境，六義附庸，蔚成大國。述客主以首引，極聲貌以窮文，斯蓋别詩之原始，命賦之厥初也。」諸子篇：「研夫孟、荀所述，理懿而辭雅。」

斠詮：「言荀況爲一代學術宗師，而其象形事物之韻語，名之曰賦也。」「象物」，描寫物象。

〔九〕校證：「謝云：『情』疑當作『精』。」按「情」自可通。

以上爲第一段，評先秦作家。

漢室陸賈，首發奇采，賦孟春而選典誥，其辯之富矣〔一〕。賈誼才穎，陵軼飛兔〔二〕，議愜而賦清〔三〕，豈虛至哉〔四〕！

〔一〕補注：「札迻云：案『賦孟春』蓋漢藝文志陸賈賦三篇之一，『選典誥』當作『進典語』。諸子篇云：『陸賈典語』，竝誤以新語爲『典語』也。（史記陸賈傳：凡著十二篇，每奏一篇，高帝未嘗不稱善，號其書以新語。「進」即謂奏進也。）『進』、『選』，『語』、『誥』，皆形近而誤。」范注：「漢志陸賈賦三篇，當有篇名孟春者，彥和時尚存，今則無可考矣。札迻十二云云，據孫説當作進新語。」沈巖臨何焯校：「『辯』下或無『之』字。」「辯」謂巧言。校釋：「按『語』誤作『誥』，是也；『選』乃『撰』字，二字古通。司馬相如封禪書：『歷選列辟。』史記作『撰』，徐廣曰：『撰一作選。』是其證。不必據漢書改作『進』也。」詮賦篇：「漢初詞人，循流而作，陸賈扣其端，賈誼振其緒，枚、馬播其風，王、揚騁其勢。」注訂：「『選典誥』者，意爲選辭成章類典誥體也，如韓退之平淮西碑之類。新語一書梁以前或有別名，彥和不得兩誤云。」校注：「按此文本無誤字，孫説未可從。漢書藝文志詩賦略列賦爲四家，陸賈賦其一也。詮賦篇亦云：『秦世不文，頗有雜賦。漢初詞人，順流而作，陸賈扣其端。』是此處之『首發奇采』，當專指陸賈之賦而言，未包其新語在内。因諸子戰國已臻極盛，新語乃屬於『體勢浸弱』、『類多依採』之流，舍人於諸子篇曾明言之，豈能又以『首發奇采』相許？則『典誥』非新語之誤，更可知矣。『賦孟春而選典誥』，蓋止論賈之孟春賦，本爲

一事，非謂其既賦孟春，又撰新語也。史傳篇：『是立義選言，宜依經以樹則。』……封禪篇：『樹骨於訓典之區，選言於弘富之路。』然則『賦孟春而選典語』，殆謂賈之孟春賦，選言於典誥乎？」

牟世金文心雕龍的范注補正：「才略與詮賦之別，是評論作家總的才華或據其詩賦，或據其散文，往往取其主要成就而言，故既論陸賦，又兼新語，是完全可能的。改字爲『新語』並無確證，不必以臆測强改。彥和於詩文之名，每多活用，聯繫諸子篇之『陸賈典語』考察，亦非誤字，乃合於典語之新語也。此處之『進典語』義同。辨騷有云：『故其陳堯舜之耿介，稱湯武之祗敬，典誥之體也。』新語中稱道堯、舜、湯、武、周、孔者正多；現存新語十二篇，差不多篇篇如是。四庫全書總目卷九十一新語條説，其書『大旨皆崇王道，黜霸術，歸本於修身用人……所援據多春秋、論語之文，漢儒自董仲舒外，未有如是之醇正也。』這正是彥和稱新語爲典語或以其合於『典誥之體』的原因。」

沈謙：「陸賈首發奇采……其辯之富矣。』言炎漢興起，陸賈開古賦之先河，奇葩異采，一枝獨秀，賦著孟春，奏進新語，騁辭諷説，其辯閎博而富麗矣。」

〔二〕「陵」，通「凌」，超越。「軼」，超過。

黄注：「吕氏春秋：飛兔騕褭，古之駿馬也。」范注：「漢書賈誼傳：『文帝召誼爲博士，是時誼年二十餘，最爲少，每詔令議下，諸老先生未能言，誼盡爲之對，人人各如其意所出，諸生

於是以爲能。』吕氏春秋離俗覽：『飛兔騕褭，古之駿馬也。』」高注：「日行萬里，馳若兔之飛，因以爲名也。」議對篇：「賈誼之遍代諸生，可謂捷於議也。」

〔三〕校證：「『愜』原作『揠』，徐云：『揠，一作美。』黄注本改作『愜』。」沈巖臨何焯校本：「揠，一本闕疑，他本或改愜字。」「愜」，愜當，恰當。　體性篇：「是以賈生俊發，故文潔而體清。」哀弔篇：「自賈誼浮湘，發憤弔屈，體同而事覈，辭清而理哀，蓋首出之作也。」奏啓篇：「若夫賈誼之務農……理既切至，辭亦通暢，可謂識大體矣。」

漢書賈誼傳贊：「劉向稱賈誼言三代與秦治亂之意，其論甚美，通達國體，雖古之伊、管，未能遠過也。」明屠隆文論：「賈、馬之文，疏朗豪宕，雄健雋古。其蒼雅也，如公孤大臣，龐眉華美，峨冠大帶，鵠立殿庭之上，而非若山夫野老之翛然清枯也；其葩艷也，如王公后妃，珠冠繡服，華軒翠羽，光彩射人，而非若妖姬艷倡之翩翩輕妙也。」（由拳集卷二十三）

論賈誼的話是説賈誼的才華出衆，表現在構思敏捷上，他的構思比「飛兔」跑得還快，可是他在漢文帝宫廷上作的議對很愜當，「人人各如其意所欲出」（史記賈誼傳），他寫的賦也清而不雜。　這就顯示了他的非凡的才思。

〔四〕沈謙：「言賈誼才思敏鋭，超越駿馬之捷足；　策議愜當而賦辭清峻，豈無真性實學而能至哉！」

枚乘之七發〔一〕，鄒陽之上書〔二〕，膏潤於筆，氣形於言矣〔三〕。仲舒專儒，子長純

史，而麗縟成文，亦詩人之告哀焉〔四〕。

〔一〕雜文篇：「及枚乘摛艷，首製七發，腴辭雲搆，夸麗風駭。蓋七竅所發，發乎嗜欲，始邪末正，所以戒膏粱之子也。」又：「自七發以下，作者繼踵。觀枚氏首唱，信獨拔而偉麗矣。」

〔二〕論説篇：「至於鄒陽之説吴、梁，喻巧而理至，故雖危而無咎矣。」

范注：「鄒陽見時序篇注。」時序篇「賈誼抑而鄒枚沈」，范注：「史記鄒陽傳：鄒陽者，齊人也，遊於梁，與故吴人莊忌夫子、淮陰枚生之徒交。上書而介於羊勝、公孫詭之間。勝等疾鄒陽，惡之梁孝王。孝王怒，下之吏，將欲殺之。鄒陽客遊以讒見禽，恐死而負累，乃從獄中上書，書奏梁孝王，孝王使人出之，卒爲上客。」鄒陽上書吴王一首，於獄中上書自明一首，均見漢書本傳並文選第三十九卷。

〔三〕沈謙：「枚乘作七發以啓迪楚太子，鄒陽獄中上書以感悟梁孝王，筆鋒犀利若膏油之潤澤，言泉充沛似雲氣之流利矣。」

〔四〕范注：「藝文類聚三十有董仲舒士不遇賦，司馬遷悲士不遇賦。詩小雅四月：『君子作歌，維以告哀。』箋云：『告哀，言勞病而愬之。』」

牟世金文心雕龍創作論新探（下）：「作爲『專儒』的董仲舒和『純史』的司馬遷，却能以士不遇賦、悲士不遇賦等，抒發他們懷才不遇的哀情。董仲舒、司馬遷和桓譚、王逸的不同，就在于他們能運用『麗縟』的文辭來抒寫其悲哀之情。」（社會科學戰綫一九八二年第二期）

沈謙：「董仲舒乃專門儒者，司馬遷爲純粹史家，而各有士不遇賦，以抒寫一己之悲慨，麗辭縟采，蔚成文章。」

相如好書〔一〕，師範屈宋〔二〕，洞入夸艷〔三〕，致名辭宗〔四〕。然覈取精意〔五〕，理不勝辭〔六〕，故揚子以爲「文麗用寡者長卿」〔七〕，誠哉是言也！

〔一〕范注：「漢書司馬相如傳：『（相如）少時好讀書。』」

〔二〕樂府篇：「朱、馬以騷體製歌。」

〔三〕詮賦篇：「相如上林，繁類以成艷。」體性篇：「長卿傲誕，故理侈而辭溢。」夸飾篇：「相如憑風，詭濫愈甚。故上林之館，奔星與宛虹入軒；從禽之盛，飛廉與鷦鷯俱獲。」定勢篇：「是以模經爲式者，自入典雅之懿；效騷命篇者，必歸艷逸之華。」

〔四〕斠詮：「漢書叙傳：『文艷用寡，子虚烏有，寓言淫麗，託諷終始，多識博物，有可觀采，蔚爲辭宗，賦頌之首。述司馬相如傳第二十七。』」

〔五〕校證：「『覈』原作『覆』，兩京本作『復』，徐校作『覈』，清謹軒鈔本作『覈』，范云：『覆疑當作覈。』按作覈是。今據改。」校釋認爲「覈取」二字應作「覆蔽」，云：「按此言相如之文夸艷，致精意覆蔽也。『取』乃『蔽』誤。」考異：「周禮冬官考工記注：『詳察曰覆。』集韻：『覆，審也。』王校從范注據改，非。」校注：「『覈』字是。……銘箴篇『其取事也必覈以辨』，元本、弘

治本、活字本、汪本等亦誤『覈』爲『覆』，與此同。」
沈謙：「言司馬相如……夸飾淫艷，致有一代辭宗之名。然而審察其精思妙意，則情理不能勝過文辭。」
斠詮：「覆訓審，見爾雅釋詁，謂詳察之也。以校斠學立場言，凡原文訓故可通，改作形似聲近之字而其義又未勝者，仍以不改爲是。」又：「覆取精意，謂審察擇取其精思妙意也。」
〔六〕校注：「按典論論文：『然不能持論，理不勝詞。』」
〔七〕范注：「法言君子篇：『文麗用寡，長卿也。』」封禪篇：「故稱封禪麗而不典。」麗辭篇：「自揚、馬、張、蔡，崇盛麗辭，如宋畫吳冶，刻形鏤法，麗句與深采並流，偶意共逸韻俱發。」程器篇：「彼揚、馬之徒，有文無質，所以終乎下位也。」物色篇：「及長卿之徒，詭勢瓌聲，模山範水，字必魚貫，所謂詩人麗則而約言，辭人麗淫而繁句也。」斠詮：「班固司馬相如傳叙亦有『文麗用寡』之語。」

王褒構采，以密巧爲致〔一〕，附聲測貌〔二〕，泠然可觀〔三〕。子雲屬意，辭義最深〔四〕，觀其涯度幽遠〔五〕，搜選詭麗，而竭才以鑽思〔六〕，故能理贍而辭堅矣〔七〕。

〔一〕范注：「騁麗之文，始於王褒聖主得賢臣頌，故云以密巧爲致。」「密巧」，細密工巧。此句也可能是「以密致爲巧」，但不可輕改。

〔二〕詮賦篇：「子淵洞簫，窮變於聲貌。」他的描繪音樂的方法，是善用比附，所以叫作「附聲」。「測貌」，揣量形貌。比興篇：「王褒洞簫云：優柔温潤，如慈父之畜子也。」

〔三〕范注：「莊子逍遥遊：『夫列子御風而行，泠然善也。』郭注：『泠然，輕妙之貌。』」沈謙：「言王褒構彩，以嚴密工巧爲極致，附合聲響，測擬形貌，輕妙可觀。」這是説王褒在寫作時，重視描寫的細密和精巧，他在繪聲繪形方面，非常輕妙。

〔四〕校證：「『義』原作『人』，梅云：『疑誤。』范云：『人當作義，俗寫致訛。』案范説是。下文『理贍辭堅』，即承此言。今據改。」

校注：「按范説是。漢書揚雄傳贊：『今揚子之書，文義至深。』可證此文『人』字確爲『義』之誤。『辭義最深』即『文義至深』也。」

注訂：「辭人最深者，辭人中之最爲深湛者，故下有『涯度幽遠』之言，范注非。」校釋：「按『人』乃『采』之誤。」

牟世金范注補正：「竊疑『人』字不誤。『辭人』爲彦和習用詞。如『近代辭人』、『辭人賦頌』、『辭人愛奇』等，全書共有十四次。范注所引揚雄傳語，適足以證揚雄乃『辭人(之)最深』者。倘依范説，謂『義深』猶可，謂『辭深』則不可。案原意首論全人：『辭人最深。』次分論内容，形式：『涯度幽遠，搜選詭麗。』豈非正合全書通例？改『人』爲『義』，雖亦有可説，惜梅、范皆疑而無徵。後之從者，亦無補證。」

〔五〕斟詮：「涯度幽遠：謂造詣深遠也，指其立義言。……涯度猶言津涯或涯限。」周注：「涯度，内容的廣度和深度。」

〔六〕范注：「漢書揚雄傳：『雄少而好學……默而好深湛之思。』子雲多知奇字，亦所謂搜選詭麗也。搜選詭麗，辭深也；涯度幽遠，義深也。」桓譚新論：「揚子雲才智聞達，卓絶於衆，漢興已來，未有此也。」詮賦篇：「子雲甘泉，構深瑋之風。」哀弔篇：「揚雄弔屈，思積功寡，意深文略，故辭韻沈膇。」雜文篇：「揚雄覃思文閣，業深綜述。」封禪篇：「觀劇秦爲文，影寫長卿，詭言遯辭，故兼包神怪。然骨掣靡密，辭貫圓通，自稱極思，無遺力矣。」練字篇：「揚雄以奇字纂訓，並貫練雅頌，總閲音義。……故陳思稱揚、馬之作，趣幽旨深，非博學不能綜其理。豈直才懸，抑亦字隱。」體性篇：「子雲沈寂，故志隱而味深。」時序篇：「子雲鋭思於千首……亦已美矣。」知音篇：「揚雄自稱心好沈博絶麗之文，其事浮淺，亦可知矣。」劉孝綽昭明太子集序：「子淵淫靡，若女工之蠹；子雲侈靡，異詩人之則。」

〔七〕沈謙：「揚雄綴屬意思，於辭人最爲深湛，觀其造意幽遠，砌辭詭麗，而竭盡才情以鑽研苦思，故能義理富贍而文辭堅實也。」論揚雄的話是説揚雄盡自己的才力去鑽研思考，用意最深，所以能够做到文理豐富，而文辭堅實。

桓譚著論，富號猗頓〔一〕，宋弘稱薦，爰比相如〔二〕，而集靈諸賦，偏淺無才〔三〕，故

知長於諷諭，不及麗文也〔四〕。

〔一〕校證：「兩京本『論』作『號』，『號』作『侔』。」黄注：「論衡：『挾君山之書，富於積猗頓之財。』」按此見論衡佚文篇。

校注：「按淮南子氾論篇高注：『猗頓，魯之富人。』孔叢子陳士義篇：『猗頓，魯之窮士也。耕則常飢，桑則常寒。聞陶朱公富，往而問術焉。朱公告之曰：「子欲速富，當畜五牸。」於是乃適西河，大畜牛羊於猗氏之南。十年之間，其滋息不可計。貲擬王公，馳名天下。以興富於猗氏，故曰猗頓。』（文選過秦論「陶朱、猗頓之富」，李注亦引孔叢子此文。黄注引水經注非是。）」按此又見史記貨殖列傳。斠詮：「後漢書桓譚傳：『譚著書言當世行事二十九篇，號曰新論。』」

〔二〕訓故：「後漢書：宋弘字仲子，京兆人，歷官大司空。光武嘗問弘通博之士，弘薦沛國桓譚，才學洽聞，幾及揚雄、劉向。」范注：「後漢書宋弘傳：『帝嘗問弘通博之士，弘薦沛國桓譚，才學洽聞，幾能及揚雄、劉向父子。』此云『爰比相如』，恐誤。」郭注本改作「爰比揚雄」，斠詮改作「爰比揚、劉」，皆不足據。

〔三〕黄注：「藝文類聚有桓譚集靈宫賦。」藝文類聚七十八載譚賦曰：「余少時爲中郎，從孝成帝出祠甘泉、河東，見部先置華陰集靈宫。宫在華山下，武帝所造，欲以懷集仙者王喬、赤松子，故名殿爲存仙。端門南向山，署曰望仙門。竊有樂高眇之志，即書壁爲小賦以頌美曰云

云。」集靈宮賦又名仙賦。周注：「寫修仙、得道、遊行、不死，内容偏淺，又無才華。」

〔四〕范注于「論」字下引鈴木云：「疑當作『諭』。」校證：「『諭』原作『論』，徐云：『論當作諭。』鈴木説同。案作『諭』是，今據改。」校注：「按『論』字不誤。『諷』指其諷諫之疏（見後漢書本傳）言，『論』則指新論。此以君山之『諷、論』並舉，正如後文評徐幹之以『賦、論』連言然也。上疏與新論皆屬於筆類，與辭賦異，故云『長於諷論，不及麗文』。」這幾句話的意思是説：桓譚，雖然有人把他和司馬相如相比，而他寫的賦「偏淺無才」，可見他長于諷諭議論，而不善于寫華麗的文章。

敬通雅好辭説，而坎壈盛世〔一〕，顯志自序〔二〕，亦蚌病成珠矣〔三〕。

〔一〕梅注：「敬通，馮衍字。」「壈」，同廩。「坎壈」，困頓，不得志。楚辭九辯：「坎廩兮貧士失職而志不平。」牟注：「其現存作品以説辭最多，如説廉丹、計説鮑永、説鄧禹書等，見全後漢文卷二十。」

〔二〕訓故：「後漢書：馮敬通以與新陽侯交結，得罪，不得志，乃作賦自厲，命其篇曰顯志。顯志者，言光明風化之情，昭章玄妙之思也。」按後漢書馮衍傳：「後衛尉陰興、新陽侯陰就以外戚貴顯，深敬重衍，衍遂與之交結。……衍由此得罪……西歸故郡，閉門自保，不敢復與親故通。建武末，上疏自陳曰：『臣伏念……惶恐自陳，以救罪尤。』書奏，猶以前過不用。衍

不得志，退而作賦，又自論曰：『馮子以爲夫人之德，不碌碌如玉，落落如石。……眇然有思凌雲之意。乃作賦自厲，命其篇曰顯志，顯志者，言光明風化之情，昭章玄妙之思也。其辭曰云云。』衍娶北地任氏〔女〕爲妻，悍忌，不得畜媵妾，兒女常自操井臼，老竟逐之，遂埳壈於時。然有大志，不戚戚於賤貧。居常慷慨嘆曰：『衍少事名賢，經歷顯位，懷金垂紫，揭節奉使，不求苟得，常有凌雲之志。三公之貴，千金之富，不得其願，不概於懷。貧而不衰，賤而不恨，年雖疲曳，猶庶幾名賢之風。修道德於幽冥之路，以終身名，爲後世法。』」賦文載本傳。

〔三〕淮南子說林訓：「明月之珠，蚌之病而我之利也。」高注：「蚌，大蛤，中有珠。」「蚌」即「蚌」字。

錢鍾書詩可以怨：「文心雕龍才略講到馮衍：『敬通雅好辭說……顯志自序，亦蚌病成珠矣。』就是說他那兩篇文章是『鬱結』『發憤』的結果。劉勰淡淡帶過，語氣不像司馬遷那樣强烈。……『病』是苦痛或煩惱的泛指，不限於司馬遷所說『左丘失明』那種肉體上的害病，也兼及『坎壈』之類精神上的受罪。北朝有個姓劉的人也認爲困苦能够激發才華，一口氣用了四個比喻，其中一個恰好和南朝這個姓劉人所用的相同。劉晝劉子激通：『梗柟鬱蹙以成縟錦之瘤，蚌蛤結痾而銜明月之珠，鳥激則能翔青雲之際，矢驚則能踰白雪之嶺，斯皆仍瘁以成明文之珍，因激以致高遠之勢。』」（文學評論一九八一年一期）

牟世金文心雕龍范注補正：「案蚌病之説，見藝文類聚卷九十七鱗介部下蚌：『淮南子曰：明月之珠，螺蚌之病，而我之利也。』」論説篇：「敬通之説鮑、鄧，事緩而文繁，所以歷騁而罕遇也。」牟世金文心雕龍創作論新探（下）：「這位雅好辭説、『歷騁而罕遇』的馮衍，在文學創作上還有所成就，正由于他坎壈于盛世的不幸，而在顯志賦中表達了這種不幸之情。所以劉勰用『蚌病成珠』來喻其文學成就。馮衍以能寫其不幸而『成珠』，這就有力地説明，所謂文學才華，主要是指作者抒寫情志的才能。」

清袁守定佔畢叢談卷五談文：「柳子厚永州之役，著作始工；坡公海南文字，筆力益勁；昌黎陽山後諸作，醇乎其醇；楊用修編錮雲南，著作之富，甲於一代。古人文章，窮而愈進，劉舍人所謂『蚌病成珠』，是也。」

二班兩劉〔一〕，奕葉繼采〔二〕，舊説以爲固文優彪，歆學精向〔三〕，然王命清辯〔四〕，新序該練〔五〕，璿璧産於崐岡〔六〕，亦難得而踰本矣〔七〕。

〔一〕梅注：「二班：彪、固；兩劉：向、歆。」

〔二〕「奕葉」，猶言奕世，一代接一代。文選潘岳楊仲武誄：「伊子之先，奕葉熙隆。」

〔三〕校注：「按傅子：『或問劉歆、劉向孰賢？傅子曰：向才學俗而志忠，歆才學通而行邪。』（書鈔九五、御覽卷五九九引）即此可見舊説之一斑。」宋書謝靈運傳論：「班固長於情理之説。」

〔四〕論説篇：「及班彪王命……敷述昭情，善入史體。」范注：「王命論，見論説篇注。」論説篇范注：「後漢書班彪傳：『隗囂擁衆天水，彪乃避難從之。囂問彪曰：「往者周亡，戰國並争，天下分裂，數世然後定。意者從横之事，復起於今乎？」彪既疾囂言，又傷時方艱，乃著王命論，以爲漢德承堯，有靈命之符；王者興祚，非詐力所致。欲以感之，而囂終不寤。』漢書叙傳及文選五十二載王命論。」「清辯」，清晰明辯。

〔五〕黄注：「漢書劉向傳：向采傳記行事，著新序、説苑凡五十篇。」諸子篇范注〔四十二〕：「新序十卷，説苑二十卷，兩書性質略同。……崇文總目云：『新序所載，皆戰國、秦、漢間事。』以今考之，春秋時事尤多，漢事不過數條，大抵採百家傳記以類相從。……在諸子中猶不失爲儒者之言也。」

李申耆駢體文鈔稱許劉向：「文氣厚重，後人無能及者。」「該練」，完備而精練。

〔六〕「璿」，梅注：「音旋。」「璇」的異體字，美玉。「琨岡」，崐山，産美玉。元刻本「崐岡」作「昆岡」。

〔七〕沈謙：「彪之王命論，思清理辯；向之新序，事該辭練。璿玉瑞璧，非崐崘山脊不能産生；固文、歆學，淵源有自，亦難得踰越其本根也。」

傅毅、崔駰，光采比肩，瑗、寔踵武〔一〕，能世厥風者矣〔二〕。杜篤、賈逵，亦有聲於文〔三〕，跡其爲才也〔四〕，崔、傅之末流也〔五〕。

〔一〕黄注：「後漢書：崔駰，博學有偉才，善屬文，少游太學，與班固、傅毅同時齊名。子瑗，鋭志好學，盡能傳其父業。瑗子寔，少沈静，好典籍。」梅注：「後漢書崔駰傳贊云：崔爲文宗，世禪雕龍。」時序篇：「自安、和已下，迄至順、桓，則有班、傅、三崔，王、馬、張、蔡，磊落鴻儒，才不時乏。」時序篇范注：「後漢書崔駰傳：『駰字亭伯，年十三，能通詩、易、春秋，博學有偉才，盡通古今訓詁百家之言，善屬文。少游太學，與班固、傅毅同時齊名。駰子瑗。瑗，字子玉，鋭志好學，盡能傳其父業。……瑗子寔。寔，字子真，少沈静，好典籍。明於政體，吏才有餘，論當世便事數十條，名曰政論。』范曄論曰：『崔氏世有美才，兼以沈淪典籍，遂爲儒家文林。』又贊曰：『崔爲文宗，世禪雕龍。』」

〔二〕校證：「『能』原作『龍』，王惟儉本作『能』，徐校作『能』，黄注本、王謨本、崇文本俱改作『能』。」考異：「『能』『龍』並通，可兩存。」

〔三〕范注：「後漢書賈逵傳：『逵所著經傳義詁及論難百餘萬言。又作詩、頌、誄、書、連珠、酒令，凡九篇，學者宗之，後世稱爲通儒。』又文苑杜篤傳：『篤所著賦、誄、弔、書、讚、七言、女誡及雜文，凡十八篇。又著明世論十五篇。』本傳載其論都賦一篇。」賈逵著有神雀頌，今不存。

〔四〕校證：「黄注本删『也』字，今據舊本補。」考異：「『也』字衍。此句與下句義屬一貫，王校非。」「跡」，考也。

〔五〕誄碑篇：「杜篤之誄，有譽前代。吴誄雖工，而他篇頗疎，豈以見稱光武，而改盼千金哉！」雜文篇：「自連珠以下，擬者間出，杜篤、賈逵之曹……欲穿明珠，多貫魚目。可謂壽陵匍匐，非復邯鄲之步；里醜捧心，不關西施之嚬矣。」

李尤賦銘〔一〕，志慕鴻裁〔二〕，而才力沈膇〔三〕，垂翼不飛〔四〕。馬融鴻儒〔五〕，思洽識高〔六〕，吐納經範，華實相扶〔七〕。

〔一〕梅注：「『尤』原作『充』，王改。」訓故：「後漢書獨行傳：李充字大遜，陳留人，不言著述。又晉中興書：李充，字弘度，江夏人，著學箴。然此在賈逵之後，馬融之前，則李尤也。尤在和帝時拜蘭臺令，有幽谷諸賦，并車（四庫全書考證：『有幽谷諸賦，孟津諸銘。』刊本脱『孟津』二字，據李蘭臺集增）諸銘，而賈逵仕明帝時，馬融仕順、桓時，以序觀之，乃李尤無疑。」

〔二〕牟世金范注補正：「查李尤之賦，今殘存函谷關賦等五篇，縱有巨制，但其尚存銘文八十餘篇，多是四句十六字的短篇，最長的刻漏銘也不足百字，豈能『鴻裁』僅指賦而排除銘？詮賦篇末論及李尤；銘箴篇則云：『李尤積篇，義儉辭碎。蓍龜神物，而居博弈之中；衡斛嘉量，而在臼杵之末；曾名品之未暇，何事理之能閑哉！』既不閑事理，其於『神物』『嘉量』之類銘文，自然處理不當。故『志慕鴻裁』當指其欲寫意義重大之作。詮賦篇有『鴻裁之寰域』，辨騷篇有『才藻者菀其鴻裁』（范注謂取熔屈、宋制作之大義），此篇之『志慕鴻裁』，異於

詮賦而近於辨騷，不可混爲一談。」

〔三〕黄注：「左傳成公六年：『獻子曰：民愁則墊隘，於是乎有沈溺重膇之疾。』杜注：『沈溺，濕疾；重膇，足腫。』」梅注：「膇，音墜。」

〔四〕黄注：「易明夷卦初九：『明夷于飛，垂其翼。』」范注引「翼」作「羽」。銘箴篇黄注：「文章流別論：『尤自山河都邑至刀筆笇契，無不有銘，而文多穢病。』」銘箴篇：「李尤積篇，義儉辭碎。」

牟注：「這裏喻才力低下。『才力沈膇，垂翼不飛』，和風骨篇的『翾翥百步，肌豐而力沈也』意近。」

〔五〕范注：「後漢書馬融傳：『融才高博洽，爲世通儒。所著賦、頌、碑、誄、書、記、表、奏、七言、琴歌、對策、遺令凡二十一篇。』」

沈謙：「漢和帝時，李尤作函谷賦與并車銘，其心仰慕鴻大體製，而才力沈滯板重，如鳥之患風濕足腫者，羽翼低垂，不克奮飛。」

〔六〕校證：「『識』原作『登』，梅六次本改。」校注：「按元本、弘治本、活字本、汪本、佘本、張本、兩京本、何本、胡本……崇文本並作『登』，原非誤字；黄氏從梅、何校作『識』，非是。『思洽登高』，蓋謂其善於辭賦也。（「登高能賦」，見詩鄘風定之方中毛傳及漢志。）范書本傳所叙季長撰述，即以賦爲稱首；今存者尚有琴賦、長笛賦、圍棊賦、樗蒲賦、龍虎賦等篇（見嚴輯全

後漢文卷十八）。而長笛一賦，且登選樓。是季長所作，以賦爲優，故云『思洽登高』。本篇評論作者，皆就其最擅長者言。若作『識高』，則空無所指矣。何況『登』與『識』之形音俱不近，焉能致誤？出三藏記集齊竟陵王世子撫軍巴陵王法集序：『雅好辭賦，允登高之才。』南齊書文學傳論：『卿、雲巨麗，昇堂冠冕；張、左恢廓，登高不繼。』亦並以『登高』二字指賦。（詮賦篇亦有「原夫登高之旨」語。）」

綴補：「漢書藝文志：『傳曰：登高能賦，可以爲大夫。』（今詩鄘風定之方中毛傳「登」作「昇」，義同。）此云『思洽登高』，謂馬融能賦也。作『識』，蓋後人不得其義而妄改；或涉下文『博識有功』而誤。」「洽」，廣博。「思洽」，思路博洽。按「識高」亦可通。

〔七〕牟注：「經範，儒家經典的規範。……相扶，互相支持，指形式和内容配合很好。」

郭注：「『吐納經範』，謂選辭用意皆以經書爲典範。」

沈謙：「言馬融爲當代鴻儒，才思浹洽，能登高作賦，屬文辭皆以經典爲規範，辭采華麗而義理典實，左提右挈，相得益彰。」

王逸博識有功〔一〕，而絢采無力〔二〕。延壽繼志〔三〕，瓌穎獨標〔四〕，其善圖物寫貌，豈枚乘之遺術歟〔五〕？

〔一〕范注：「後漢書文苑王逸傳：『王逸，字叔師，南郡宜城人也。著楚辭章句行於世。其賦、

誄、書、論及雜文凡二十一篇。又作漢詩百二十三篇。子延壽，字文考，有儁才，少遊魯國，作靈光殿賦。後蔡邕亦造此賦，未成；及見延壽所爲，甚奇之。遂輟翰而已。曾有異夢，意惡之，乃作夢賦以自厲，後溺水死，時年二十餘。」

斠詮：「王逸楚辭章句自序：『淮南王安及班固、賈逵各作離騷章句，其餘十五卷闕而不說，又義多乖異，事不要括。今臣復以所識所知，稽之舊章，合之經傳，作十六卷章句，雖未能究其微妙，然大指之趣略可見矣。』舍人所謂『博識有功』指此。」牟注：「楚辭章句九思序：『逸，南陽人，博雅多覽。』」

〔二〕校證：「『采』，舊本皆作『綵』，黄注本作『采』。」

儀禮聘禮「絢組」注：「彩成文曰絢。」「絢采」謂絢爛的辭采。舒直劉勰文學理論的中心問題：「劉勰在序志篇說：『褒貶於才略。』他褒貶的標準是什麽呢？仍然是他的基本主張：是否文質并茂。他贊美荀卿的賦是『文質相稱』，稱許揚雄的賦是『理贍而辭堅』，推崇馬融的辭章是『華實相扶』，欽仰張衡的文辭是『文史彬彬』。至如司馬相如的賦，雖然『洞入夸艷，致名辭宗』，但是『理不勝辭，文麗用寡』；王逸的文章，雖然是『博識有功』，但是『絢采無力』。」

〔三〕斯波六郎：「博物志：『王延壽，逸之子也。魯作靈光殿初成，逸語其子曰：「汝寫狀歸，吾欲爲賦。」文考遂以韻寫簡，其父曰：「此即好賦，吾固不及矣。」』（御覽五八七引）」

〔四〕郭注：「瓌穎獨標，謂鋒芒特出也。」

〔五〕郭注：「因七發亦長于『寫物圖貌』，故靈光殿賦得『枚乘之遺術』。」詮賦篇：「延壽靈光，含飛動之勢。」

張衡通贍，蔡邕精雅〔一〕，文史彬彬〔二〕，隔世相望〔三〕。是則竹柏異心而同貞〔四〕，金玉殊質而皆寶也。

〔一〕范注：「後漢書張衡傳：『衡所著詩、賦、銘、七言、靈憲、應間、七辯、巡誥、懸圖，凡三十二篇。及爲侍中，上書請得專事東觀，收檢遺文，畢力補綴。書數上，竟不聽。及後之著述，多不詳典，時人追恨之。』范曄論曰：『崔瑗之稱平子曰：「數術窮天地，制作侔造化。」（章懷注：瑗撰平子碑文也。）』又蔡邕傳：『邕所著詩、賦、碑、誄、銘、讚、連珠、箴、弔、論議，獨斷、勸學、釋誨、叙樂、女訓、篆勢、祝文、章表、書記，凡百四篇，傳於世。』又曰：『邕前在東觀，與盧植、韓說等撰補後漢記，會遭事流離，不及得成，因上書自陳，奏其所著十意。』范曄贊曰：『邕實慕静，心精辭綺。』」論衡超奇：「博覽古今者爲通人。」「通贍」，指才學廣博豐富。劉師培漢魏六朝專家文研究九蔡邕精雅與陸機清新：「至於蔡中郎之文，亦絶無繁冗之弊。文心雕龍才略篇云『蔡邕精雅』，實爲定評。精者，謂其文律純粹而細緻也；雅者，謂其音節調適而和緩也。今觀其文，將普通漢碑中過於常用之句，不確切之詞，及辭采不稱，或音節

不諧者，無不刮垢磨光，使之潔淨。故雖氣味相同，而文律音節有別。凡欲研究蔡文者，應觀其奏章若者較常人爲細；其碑頌若者較常人爲潔；音節若者較常人爲和：則於彦和所稱『精雅』當可體味得之。」

〔二〕論語雍也：「質勝文則野，文勝質則史，文質彬彬，然後君子。」牟注：「文史彬彬，指張衡、蔡邕都文史雙全。後漢書張衡傳：『永初中，謁者僕射劉珍、校書郎劉騊駼等著作東觀，搜集漢記，因定漢家禮儀。上言請衡參論其事，會並卒。而衡常嘆息，欲終成之。及爲侍中，上疏請得專事東觀，收檢遺文，畢力補綴。』又蔡邕傳：『邕前在東觀，與盧植、韓説等撰補後漢記，會遭事流離，不及得成，因上書自陳，奏其所著十意（即十志）。』」

〔三〕何焯批：「世傳蔡是張之後身，故云隔世相望。」清姚振宗隋書經籍志考證别集類後漢中郎將蔡邕集十二卷引此語，原注：「裴頠語林曰：『（張）衡之初死，蔡邕母始孕。此二人才貌相類，時人云：邕是衡之後身。』（御覽卷三百六十又三百九十六引）故劉勰有是言。」斠詮解「隔世相望」爲「隔桓帝之世，而前後輝映」。牟世金范注補正：「案李解可備一説，語林語既不可靠（張衡一三九年卒，蔡邕一三三年生），亦無關係。世，三十年也。張衡爲侍中，請專事東觀，在順帝陽嘉年間（一三二——一三五）；蔡邕校書東觀，在靈帝熹平初（一

七三年左右），正好相隔一世。」

按詮賦篇：「張衡二京，迅發以宏富。」奏啓篇：「張衡指摘於史職，蔡邕銓列於朝儀，博雅明焉。」明詩篇：「至於張衡怨篇，清典可味。仙詩緩歌，雅有新聲。」又：「故平子得其雅。」事類篇：「至于崔、班、張、蔡，遂捃摭經史，華實布濩，因書立功。」體性篇：「平子淹通，故慮周而藻密。」

誄碑篇：「自後漢以來，碑碣雲起。才鋒所斷，莫高蔡邕。觀楊賜之碑，骨鯁訓典；陳、郭二文，詞無擇言；周、胡衆碑，莫非清允。其叙事也該而要，其綴采也雅而澤。清詞轉而不窮，巧義出而卓立。察其爲才，自然而至。」頌讚篇：「蔡邕樊渠，并致美於序，而簡約乎篇。」

〔四〕校注：「按楚辭東方朔七諫初放：『若竹柏之異心。』」沈謙：「張衡才通學贍，蔡邕思精辭雅，無論文章史傳，均彬彬得體，隔桓帝之世而前後輝映。是則猶如翠竹之與蒼柏，雖心性有異而堅貞則同。」

劉向之奏議，旨切而調緩〔一〕；趙壹之辭賦，意繁而體疎〔二〕；孔融氣盛於爲筆〔三〕，禰衡思鋭於爲文，有偏美焉〔四〕。潘勗憑經以騁才，故絶群於錫命〔五〕；王朗發憤以託志，亦致美於序銘〔六〕。

〔一〕訓故：「此段叙東漢不宜有劉向，且向前已見，此『向』字恐誤。」何焯批：「『向』字疑誤。」

范注：「漢書劉向傳：『向自見得信於上，故常顯訟宗室，譏刺王氏及在位大臣；其言多痛切，發於至誠。』『旨切調緩』，向文確評。」「緩」，寬舒。

牟注：「劉向的奏議，多爲當時外戚專政、漢室危急的情況而發，但或以災異凶吉論時政，如條災異封事等；或以大量歷史事實諫用外戚，如極諫用外戚封事等（均見漢書劉向傳）。」

〔二〕梅注：「趙壹，字元叔。」黄注：「後漢文苑傳：壹恃才倨傲，爲鄉黨所擯，乃作解擯。後屢抵罪，友人救得免，乃爲窮鳥賦以謝恩。又作刺世疾邪賦，以舒其怨憤。」范注：「後漢書文苑趙壹傳載其窮鳥賦一篇；賦末繫詩二首，其一曰：『河清不可俟，人命不可延。順風激靡草，富貴者稱賢。文籍雖滿腹，不如一囊錢。伊優北堂上，抗髒倚門邊。』其二曰：『埶家多所宜，欬唾自成珠；被褐懷金玉，蘭蕙化爲芻。賢者雖獨悟，所困在群愚。且各守爾分，勿復空馳驅。哀哉復哀哉，此是命矣夫！』所謂體疏，殆此類也。」

「體疏」，謂體裁粗疏。斠詮：「傳載其窮鳥賦一篇，意已嫌繁，又賦末繫詩二首，體不密緻，益見空疏。」

〔三〕范注：「文選採録孔融書表，是氣盛於爲筆之證。」按章表篇：「至於文舉之薦禰衡，氣揚采飛。」典論論文：「孔融體氣高妙，有過人者。」風骨篇：「公幹亦云：孔氏卓卓，信含異氣；筆墨之性，殆不可勝。」

斠詮：「魏文論孔融曰：『體氣高妙，有過人者，然不能持論，理不勝辭，以至雜以嘲戲。』故

曰：『孔融氣盛於爲筆。』又後漢書孔融傳所載爲劉表郊祀隱不班示疏，馬日磾不宜加禮議，肉刑議，及文選所載薦禰衡表、與曹操論盛孝章書、報曹操書，皆氣盛於筆之作。范蔚宗謂『融負其高氣，志在靖難，而才疏意廣，迄無成功』，又謂其『發辭偏宕，多致乖忤』。」牟注：「張溥孔少府集題辭：『東漢詞章拘密，獨少府（孔融官至少府）詩文，豪氣直上。』」

〔四〕范注：「禰衡作鸚鵡賦，文無加點，辭采甚麗，是思鋭於爲文也。」按神思篇：「禰衡當食而草奏。」書記篇：「禰衡代書，親疏得宜。斯又尺牘之偏才也。」「有偏美」，謂各有偏長。後漢書禰衡傳：「（劉）表嘗與諸文人共草章奏，并極其才思。時衡出，還見之，開省未周，因毀以抵地。表憮然爲駭。衡乃從求筆札，須臾立成，辭義可觀。」

〔五〕詔策篇：「潘勗九錫，典雅逸群。」風骨篇：「昔潘勗錫魏，思摹經典，群才韜筆，乃其骨髓峻也。」

〔六〕魏志王朗傳：「朗著易、春秋、孝經、周官傳，奏、議、論、記，咸傳于世。」奏啓篇：「王朗節省，甄毅考課，亦盡節而知治矣。」校注：「按銘箴篇：『至于王朗雜箴，乃置巾履，得其戒慎，而失其所施。觀其約文舉要，憲章武銘，而水火井竈，繁辭不已，志有偏也。』此云『致美於序銘』，蓋指其『憲章武銘』諸作而言。」

然自卿、淵已前，多役才而不課學〔一〕；雄、向已後，頗引書以助文〔二〕。此取與之大際〔三〕，其分不可亂者也。

〔一〕校證：「『役』原作『俊』，今從史通雜説下引改。」校注：「按『俊』字於義不屬，當是『役』之形誤。左傳成公二年：『以役王命。』杜注：『役，事也。』此當作『役』，而訓爲事。史通雜説下篇：『昔劉勰有云：「自卿、淵已前，多役才而不課學；向、雄已後，頗引書以助文。」』是所見本未誤。」「課」，考驗。

〔二〕校證：「『雄向』史通作『向雄』。」

事類篇：「觀夫屈宋屬篇，號依詩人，雖引古事，而莫取舊辭。唯賈誼鵩賦，始用鶡冠之説；相如上林，撮引李斯之書，此萬分之一會也。及揚雄百官箴，頗酌於詩書；劉歆遂初賦，歷叙於紀傳，漸漸綜採矣。至於崔、班、張、蔡，遂捃摭經史，華實布濩，因書立功，皆後人之範式也。……夫以子雲之才，而自奏不學，及觀書石室，乃成鴻采。……夫經典沉深，載籍浩瀚，實群言之奥區，而才思之神皋也。揚、班以下，莫不取資。」按此數語論文章運用典故始於揚劉。

趙西陸評范文瀾文心雕龍注：「言文章用典之所始也。史通雜説篇引此『雄向』作『向雄』，且申其義云：『近史所載，亦多如是。故雖有王平所識，僅通十字；霍光無學，不知一經。而述其言語，必稱典誥。良由才乏天然，故事資虚飾者矣。』」這幾句話總論兩漢作家的傾向説：司馬相如、王褒以前的作品，多憑役使才情，而不講求學問；從揚雄劉向以後的作品，就講究引用古書來助長文采了。可見才華和學問是兩回事，漢朝前期和後期的作家是各有

偏向的。

〔三〕事類篇：「學貧者迍邅於事義，才餒者劬勞於辭情，此內外之殊分也。」郭注：「『取與之大際』，謂創作傾向的大限。」

以上爲第二段，評論兩漢作家。

魏文之才，洋洋清綺〔一〕，舊談抑之，謂去植千里。然子建思捷而才儁〔二〕，詩麗而表逸〔三〕。子桓慮詳而力緩，故不競於先鳴〔四〕；而樂府清越〔五〕，典論辯要〔六〕，迭用短長，亦無懵焉〔七〕。但俗情抑揚，雷同一響〔八〕，遂令文帝以位尊減才，思王以勢窘益價，未爲篤論也〔九〕。

〔一〕尚書伊訓：「聖謨洋洋，嘉言孔彰。」傳：「洋洋，美善。」「清綺」，清暢綺麗。

〔二〕「儁」，「俊」的異體字。淮南子泰族訓：「故智過萬人者謂之英，千人者謂之俊。」文選曹植與楊德祖書題下李注引典略曰：「臨淄侯以才捷愛幸。」魏志陳思王植傳評：「陳思文才富艷，足以自通後葉。」魚豢魏略武諸王傳論曰：「植之華采，思若有神。」（魏志任城王等傳注引）神思篇：「子建援牘如口誦。」詩品上：「陳思之於文章也，譬人倫之有周、孔，鱗羽之有龍鳳。……故孔氏之門如用詩，則公幹升堂，思王入室。」三國魏志陳思王植傳：「太祖嘗視其文，謂植曰：『汝倩人耶？』植跪曰：『言出爲論，下筆

成章，顧當面試，奈何倩人？』時鄴銅爵臺新成，太祖悉將諸子登臺，使各爲賦。植援筆立成，可觀，太祖甚異之。」

〔三〕章表篇：「陳思之表，獨冠群才。」

〔四〕梅注：「子桓，曹丕字。」斯波六郎：「春秋左氏傳襄公二十一年：『然臣不敏，平陰之役，先二子鳴。』杜注：『十八年晉伐齊，及平陰，州綽獲殖綽郭最，故自比於鷄鬬勝而先鳴也。』」

魏志文帝紀評：「文帝天資文藻，下筆成章，博聞彊識，才藝兼該。」詩品中評魏文帝：「所計百許篇，率皆鄙質如偶語。」

王世貞藝苑巵言卷三：「曹公莽莽，古直悲涼。子桓小藻，自是樂府本色。子建天才流麗，雖譽冠千古，而實遜父兄。何以故？材太高，辭太華。」

王夫之薑齋詩話夕堂永日緒論第三十條：「建立門庭，自建安始。曹子建鋪排整飾，立階級以賺人升堂，用此致諸趨赴之客，容易成名。伸紙揮毫，雷同一律。子桓精思逸韻，以絶人攀躋，故人不樂從，反爲所掩。子建以是壓倒阿兄，奪其名譽。實則子桓天才駿發，豈子建所能壓倒耶？故嗣是而興者，如郭景純、阮嗣宗、謝客、陶公，乃至左太沖、張景陽，皆不屑染指建安之羹鼎，視子建蔑如矣。」又第三十二條：「曹子建於子桓，有仙凡之隔。而人稱子建，不知有子桓，俗論大抵如此。」夕堂永日緒論外編：「試取曹子桓典論論文……讀之，古人作文字，研慮以悦心，精嚴如此。」

〔五〕校注：「按禮記聘義：『叩之，其聲清越以長。』鄭注：『越，猶揚也。』」「清越」，清新激越。樂府篇：「至於魏之三祖，氣爽才麗，宰割辭調，音靡節平。觀其北上衆引，秋風列篇，或述酣宴，或傷羈戍，志不出於淫蕩，辭不離於哀思，雖三調之正聲，實韶夏之鄭曲也。」

〔六〕序志篇：「典論密而不周。」馮舒校本「辯」作「辨」。典論，新唐書藝文志列儒家，五卷，今佚，其中只有論文一篇獨完。此處主要指典論論文。「辯要」，辯析扼要。

〔七〕「懵」，懵然無知。蕭子顯南齊書文學傳論：「建安一體，典論短長互出。」典論論文批評建安七子，能從短長兩方面着眼。其論應瑒則曰「和而不壯」；論劉楨則曰「壯而不密」；論孔融則曰「體氣高妙，有過人者，然不能持論，理不勝辭」；論王粲則曰「長於辭賦……然於他文未能稱是」。「無懵」，謂能識别清楚。

〔八〕禮記曲禮：「毋雷同。」注：「雷之發聲，物無不同時應者。」

〔九〕綴補：「漢書董仲舒傳：『至向曾孫龔，篤論君子也。』」「篤論」，確當的評論。范注：「鍾嶸列思王於上品，文帝於中品。明詩篇曰：『兼善則子建、仲宣。』是彦和之意，亦以子建詩優於文帝也。而樂府清越，典論辯要，則亦特有所長，不得一概抑之。彦和此説，誠是篤論。」校釋：「今試舉二曹之長短，以驗舍人之言。鍾嶸詩品，列子建於上品，謂：『其源出於國風，骨氣奇高，詞采華茂，情兼雅怨，體被文質，粲溢今古，卓爾不群。』又曰：『陳思之於文

章，譬人倫之有周、孔。』其推許之至如此。其論子桓，則列之中品，謂：『其源出於李陵，頗有仲宣之體，則所計百許篇，率皆鄙直如偶語，惟「西北有浮雲」十餘首，殊美贍可翫，始見其工。不然，何以詮衡群彦，對揚厥弟？』此論與舍人不同，殆即本篇所指『俗情抑揚』乎？由今觀之，文帝才麗而思放，思王藻深而情鬱；藻麗乃當世之同風，放、鬱則二家之殊致。然放者易流，鬱者難盡；放者通俛近誕，鬱者善感彌真，此陳思之所以能得人之同情也。本篇『位尊減才，勢窘益價』二語，最足説明此故。而鍾評抑子桓太甚，故舍人獨持異議。察舍人之意，謂二子亦互有短長，所異者，子建『思捷而才儁』，子桓『慮詳而力緩』，以捷儁較詳緩，得名自易。初魏武甚愛子建，幾有奪嫡之事，殆即以此。魏志任城陳蕭王傳評注引魚豢典略武諸王傳論曰：『余覽植之華彩，思若有神。以此推之，太祖之動心，良有以也。』而子桓之所以終得繼體，或亦其處慮詳密所致歟？此蓋從二人才性而概論之也。至其論文帝，則以辯要許其典論，以清越贊其樂府；論思王，則以詩篇兼善，比於仲宣，以章表體贍，冠於群才。所謂『迭用短長』，語尤斟酌。」

仲宣溢才，捷而能密〔一〕，文多兼善〔二〕，辭少瑕累〔三〕，摘其詩賦，則七子之冠冕乎〔四〕！

〔一〕校證：「徐云：『溢字誤，疑作清。』又云：『疑「異」才。』」考異：「『溢才猶才溢也。』溢字不

誤。」魏文帝與吴質書：「仲宣獨自善於辭賦，惜其體弱，不足起其文。至於所善，古人無以遠過。」魏志粲傳引典略曰：「粲才既高，辯論應機。」范注：「文選曹植王仲宣誄曰：『强記洽聞，幽讚微言；文若春華，思若湧泉；發言可詠，下筆成篇。』」神思篇：「仲宣舉筆似宿構。」體性篇：「仲宣躁競，故穎出而才果。」論説篇：「仲宣之去伐……並師心獨見，鋒穎精密，蓋論之英也。」魏志王粲傳：「初粲與人共行，讀道邊碑。人問曰：『卿能闇誦乎？』曰：『能。』因使背而誦之，不失一字。觀人圍棊，局壞，粲爲覆之；棊者不信，以帊蓋局，使更以他局爲之，用相比校，不誤一道，其彊記默識如此。性善算，作算術，略盡其理。善屬文，舉筆便成，無所改定，時人常以爲宿構。然正復精意覃思，亦不能加也。著詩、賦、論、議垂六十篇。」

〔二〕明詩篇：「兼善則子建、仲宣。」

〔三〕論説篇：「傅嘏、王粲，校練名理。」

〔四〕黄注：「魏文帝典論：今之文人，魯國孔融文舉，廣陵陳琳孔璋，山陽王粲仲宣，北海徐幹偉長，陳留阮瑀元瑜，汝南應瑒德璉，東平劉楨公幹，斯七子者，於學無所遺，於辭無所假，咸以自騁驥騄於千里，仰齊足而並馳。」「摘」，選取。范注：「詩品云：『陳思以下，楨稱獨步。』又云：『公幹升堂，思王入室。』而稱仲宣爲『在曹、劉間，别構一體，方陳思不足，比魏文有餘』。仲偉與彦和小有出入。」

琳瑀以符檄擅聲〔一〕；徐幹以賦論標美〔二〕；劉楨情高以會采〔三〕；應瑒學優以得文〔四〕；路粹、楊修，頗懷筆記之工〔五〕；丁儀、邯鄲，亦含論述之美〔六〕：有足算焉〔七〕。

〔一〕檄移篇：「陳琳之檄豫州，壯有骨鯁，雖奸閹攜養，章實太甚，發丘摸金，誣過其虐，然抗辭書釁，皦然露骨矣。敢指曹公之鋒，幸哉免袁黨之戮也。」章表篇：「琳瑀章表，有譽當時；孔璋稱健，則其標也。」書記篇：「符者，孚也。徵召防僞，事資中孚。三代玉瑞，漢世金竹，末代從省，易以書翰矣。」陳琳有爲曹洪與魏文帝書，文選載琳檄豫州、檄吴將校部曲。書記篇：「魏之元瑜，號稱翩翩。」神思篇：「阮瑀據案而制書。」時序篇：「元瑜展其翩翩之樂。」典論論文：「琳、瑀之章表書記，今之雋也。」又與吴質書：「孔璋章表殊健。」魏志王粲傳：「太祖並以琳、瑀爲司空軍謀祭酒，管記室，軍國書檄，多琳、瑀所作也。」

〔二〕詮賦篇：「偉長博通，時逢壯采。」明詩篇：「王、徐、應、劉，望路而爭驅。」曹丕與吴質書：「偉長獨懷文抱質，恬淡寡欲，有箕山之志，可謂彬彬君子矣。著中論二十餘篇，成一家之言，辭義典雅，足傳於後。」范注：「全三國文五十五中論序曰：『君之性常欲損世之有餘，益

俗之不足，見辭人美麗之文，並時而作，曾無闡弘大義，敷散道教，上求聖人之中，下救流俗之昏者。故廢詩賦頌銘贊之文，著中論之書二十二篇。』」典論論文：「幹之玄猿、漏巵、圓扇、橘賦，雖張、蔡不過也。」

〔三〕范注：「文選謝靈運擬魏太子鄴中集詩序：『劉楨卓犖偏人，而文最有氣，所得頗經奇。』」按明詩篇：「偏美則太沖、公幹。」體性篇：「公幹氣褊，故言壯而情駭。」典論論文：「劉楨壯而不密。」曹丕與吴質書：「公幹有逸氣，但未遒耳。」沈謙：「劉楨才情高妙而能會合辭采。」斠詮：「所謂壯、逸、卓犖、有氣、真骨、高風，皆情高之表現。」

牟注：「皎然詩式鄴中集：『鄴中七子，陳王最高。劉楨辭氣，偏正得其中。不拘屬對，偶或有之。語與興驅，勢逐情起，不由作意，氣格自高，與十九首其流一也。』因不爲文作，而是『勢逐情起』，就能『以情會文』『氣格自高』。此論與劉勰足相發明。」

〔四〕范注：「文選文帝與吴質書：『德璉常斐然有述作之意，其才學足以著書。』」按時序篇：「德璉綜其斐然之思。」序志篇：「應論華而疏略。」沈謙：「應瑒學識優越而得豐贍文理。」牟注：「應瑒和陳琳、徐幹等，都同時死於建安二十二年（二一七）的一次大疫，所以著書未成。仍『得文』不少。應瑒現存十多篇賦和幾篇書論，詩六首。」

〔五〕范注：「魏志王粲傳注：『粹後爲軍謀祭酒，與陳琳、阮瑀等典記室，誣奏孔融而殺之（見奏

啓篇）。融誅之後，人覩粹所作，無不嘉其才而畏其筆也。』又陳思王植傳注引典略曰：『楊脩，字德祖，建安中舉孝廉，除郎中；丞相請署倉曹屬主簿。是時軍國多事，脩總知内外，事皆稱意。』」

按時序篇：「文蔚（路粹字文蔚）、休伯之儔，子叔（邯鄲淳字子叔）、德祖之侶，傲雅觴豆之前，雍容衽席之上，灑筆以成酣歌，和墨以藉談笑。」曹植與楊德祖書：「昔仲宣獨步於漢南，孔璋鷹揚於河朔，偉長擅名於青土，公幹振藻於海隅，德璉發跡於此魏，足下高視於上京。當此之時，人人自謂握靈蛇之珠，家家自謂抱荆山之玉。……然此數子，猶復不能飛軒絶跡，一舉千里。」路粹有爲曹公與孔融書等。楊脩有答臨淄侯箋等。

〔六〕訓故：「魏略：丁儀，字正禮，沛郡人，與臨淄侯善，數稱其才。太祖既有意立植，而儀又贊之，幾奪嫡者數矣。文帝立，誅之。」范注：「魏志陳思王植傳注引魏略曰：『丁儀字正禮……太祖辟儀爲掾，到與論議，嘉其才朗。』藝文類聚五十四載儀刑禮論一篇。王粲傳注引魏略曰：『邯鄲淳，字子叔，博學有才章。』藝文類聚十載淳受命述。」黄注：「魏志：自潁川邯鄲淳、繁欽，陳留路粹，沛國丁儀、丁廙，弘農楊修，河内荀緯等，亦有文采，而不在此七人之列。」

中國中古文學史引丁儀刑禮論後，加案語云：「東漢論文，如延篤仁孝之屬，均詳引經義以論斷，其有直抒己見者，自此論始。魏代名理之文，其先聲也。」

〔七〕斯波六郎：「論語子路：『斗筲之人，何足算也？』」

劉劭趙都，能攀於前修〔一〕；何晏景福，克光於後進〔二〕；休璉風情，則百壹標其志〔三〕；吉甫文理，則臨丹成其采〔四〕。

〔一〕校證：「『劭』，馮本、汪本作『邵』。」事類篇：「劉劭趙都賦云：『公子之客，叱勁楚令歃盟；管庫隸臣，呵强秦使鼓缶。』用事如斯，可稱理得而義要矣。」范注：「三國魏志劉劭傳：劭字孔才。劭嘗作趙都賦，明帝美之。嚴可均全三國文三十二輯趙都賦佚文，漏輯此條。」時序篇：「何、劉群才，迭相照耀。」魏志王粲等傳評：「劉劭該覽學籍，文質周洽。」

〔二〕黄注：「晏字平叔，有景福殿賦。文選注：魏明帝將東巡，恐夏熱，故於許昌作殿，名曰景福。既成，命賦之，平叔遂有此作。」范注：「文選何平叔景福殿賦注引典略曰：『魏明帝將東巡……命人賦之，平叔遂有此作。』」明詩篇：「正始明道，詩雜仙心。何晏之徒，率多浮淺。」論說篇：「平叔之二論，並師心獨見，鋒穎精密，蓋人倫之英也。」

沈謙：「何晏之景福殿賦，亦堪光昭後進之文士。」

〔三〕黄注：「應璩傳：璩字休璉。曹爽秉政，多違法度。璩爲詩以諷焉。子貞，字吉甫。少以才聞，能談論。楚國先賢傳：應休璉作百一詩譏切時事，編以示在位者，咸皆怪愕，以爲應焚棄之，何晏獨無怪也。樂府廣題：百者數之終，一者數之始，士有百行，終始如一，故云百

一。」按明詩篇：「若乃應璩百一，獨立不懼，辭譎義貞，亦魏之遺直也。」文選李善注：「據百一詩序云：『時謂曹爽曰：公今聞周公巍巍之稱，安知百慮有一失乎？』百一之名，蓋興於此也。」書記篇：「休璉好事，留意詞翰。」牟注：「風情，作者的懷抱、意趣。晉書袁宏傳：『曾爲咏史詩，是其風情所寄。』」

〔四〕補注：「詳案藝文類聚卷八有晉應貞臨丹賦云：陟縣岡之迢遞，臨窈谷之濬遐，覽丹源之洌泉，眷懸流之清派云云。貞，字吉甫。」「臨丹」，在出丹砂的水上。

沈謙：「應休璉富於風雅情趣，以譏切時事之百壹詩標明其志節；應吉甫深於文章義理，則以臨丹賦蔚成其辭采。」

稽康師心以遣論〔一〕，阮籍使氣以命詩〔二〕。殊聲而合響，異翮而同飛〔三〕。

〔一〕梅注：「『遣』，疑作『造』。」校注：「按『遣』字自通，無煩它改。」黄注：「晉書嵇康傳：康以爲神仙稟之自然，非積學所得。至於導養得理，則安期、彭祖之倫可及，乃著養生論。」范注：「嵇康養生論見文選。本集有答向子期難養生論、聲無哀樂論、釋私論、管蔡論、明膽論、難張遼叔自然好學論、難張遼叔宅無吉凶攝生論。魏晉群才，叔夜作論爲最富矣。」「師心」，自出心裁，謂心領神會，不拘泥成法。論説篇：「叔夜之辨聲……並師心獨見，鋒穎精密，蓋人倫之英也。」書記篇：「嵇康絶交，實志高而文偉矣。」體性篇：「叔夜儁俠，故興高而

采烈。」
斠詮：「師心，謂依循心靈之妙用，神明而變化之，不拘泥於成法也。……關尹子五鑑：『善弓者師弓不師羿，善舟者師舟不師奡，善心者師心不師聖。』太玄經窮：『師在心也。』注：『師，循也。』」體性篇：「各師成心，其異如面。」

〔二〕黄注：「阮籍傳：『籍作詠懷詩八十餘篇，爲世所重。』顔延年曰：説者謂阮籍在晉文代，常慮禍患，故發此詠耳。」范注：「晉書阮籍傳：『籍容貌瓌傑，志氣宏放，傲然獨得，任性不羈，而喜怒不形於色，能屬文，初不留思。作詠懷詩八十餘首，爲世所重。』文選採録十七首。」魯迅魏晉風度及文章與藥及酒之關係：「劉勰説：『嵇康師心以遣論，阮籍使氣以命詩。』這『師心』和『使氣』便是魏末晉初的文章的特色。正始名士和竹林名士的精神滅後，敢於師心使氣的作家也没有了。」（而已集，魯迅全集卷三）「使氣」，任其志氣。史記魏其武安侯列傳：「灌夫爲人，剛直使氣。」劉禹錫效阮公體：「昔賢多使氣，憂國不謀身。」明詩篇：「唯嵇志清峻，阮旨遥深，故能標焉。」體性篇：「嗣宗俶儻，故響逸而調遠。」

〔三〕「翮」，本指羽毛的硬管，引申爲鳥翅。時序篇：「而嵇、阮、應、繆，並馳文路矣。」劉申叔曰：「此節以論推嵇，以詩推阮，實則嵇亦工詩，阮亦工論，彦和特互言見異耳。」又云：「嵇、阮之文，艷逸壯麗，大抵相同。若施以區别，則嵇文近漢孔融，析理綿密，阮所不逮。阮文近漢禰衡，託體高健，嵇所不及，此其相異之點也。」（中國中古文學史）

王世貞藝苑卮言：「嵇叔夜土木形骸，不事雕飾。想於文亦爾。如養生論、絶交書，類信筆成者。或遂重犯，或不相續，然獨造之語，自是奇麗超逸，覽之躍然而醒。詩少涉矜持，更不如嗣宗。吾每想其人，兩腋習習風舉。」元好問論詩三十首評阮籍詩云：「縱橫詩筆見高情，何物能澆塊磊平。老阮不狂誰會得？出門一笑大江横。」

魏晉風度及文章與藥及酒之關係：「竹林的代表是嵇康和阮籍。……他們七人中差不多都是反抗禮教的。」「嵇、阮二人的脾氣都很大，阮籍老年時改得很好，嵇康就始終都是極壞的。」「嵇康的論文比阮籍更好，思想新穎，往往與古時舊説反對。」（魯迅全集卷三）

張華短章〔一〕，奕奕清暢〔二〕，其鷦鷯寓意〔三〕，即韓非之説難也〔四〕。

〔一〕范注：「陸雲與兄平原書：『張公文無他異，正自情省無煩長；作文正爾自復佳。』」

牟注：「張華今存永懷賦、歸田賦等，都較短。」

〔二〕斠詮：「奕奕，閑雅姣美之貌。詩商頌那：『萬舞有奕。』傳：『奕奕然閑也。』又詩魯頌閟宫：『新廟奕奕，奚斯所作。』箋：『奕奕，姣美也。』」明詩篇：「茂先凝其清。」時序篇：「茂先摇筆而散珠。」

〔三〕范注：「文選鷦鷯賦注引臧榮緒晉書曰：『張華少好文義，博覽墳典。爲太常博士，轉兼中書郎。雖棲處雲閣，慨然有感，作鷦鷯賦。』」其序語云：「鷦鷯，小鳥也……色淺體陋，不爲

人用；形微處卑，物莫之害。……彼鷙鶚鵾鴻，孔雀翡翠……翰舉足以沖天，觜距足以自衛，然皆負矰嬰繳，羽毛入貢，何者？有用於人也。夫言有淺而可以託深，類有微而可以喻大，故賦之云爾。」

〔四〕陳奇猷韓非子集釋説難篇引舊注：「夫説者有逆順之機，順之招福，逆而制禍，失之毫釐，差之千里，以此説之所以難也。」

按章表篇：「逮晉初筆札，則張華爲儁。其三讓公封，理周辭要，引義比事，必得其偶，世珍鷦鷯，莫顧章表。」

牟注：「二者都有全身避害的寓意。」

左思奇才〔一〕，業深覃思〔二〕，盡鋭於三都〔三〕，拔萃於詠史〔四〕，無遺力矣。潘岳敏給，辭自和暢〔五〕，鍾美於西征〔六〕，賈餘於哀誄〔七〕，非自外也〔八〕。

〔一〕「奇」，元刻本、弘治本、馮校本作「立」。校證：「馮本、汪本、佘本、兩京本、王惟儉本、詩記別集四、六朝詩乘總録『奇』作『立』，即『奇』之壞文。徐校作『奇』。」

〔二〕雜文篇：「揚雄覃思文閣，業深綜述。」世説文學篇「左太沖作三都賦初成」，注引思别傳：「博覽名文，遍閱百家。……思爲人無吏幹而有文才。」

〔三〕校證：「何允中本、日本活字本、淩本、日本刊本、王謨本，『鋭』作『粹』，誤。」詮賦篇：「太沖、安仁，策勳於鴻軌。」神思篇：「左思練都以一紀。」時序篇：「太沖動墨而横錦。」

晉書文苑左思傳：「左思字太沖，齊國臨淄人也。貌寢口訥，而辭藻壯麗，不好交遊，惟以閑居爲事。造齊都賦一年乃成。復欲賦三都……乃詣著作郎張載訪岷邛之事，遂構思十年，門庭藩溷皆著筆紙，遇得一句，即便疏之。」

文選三都賦注引臧榮緒晉書：「左思，字太沖，齊人也。少博覽文史，欲作三都賦，乃詣著作郎張載，訪岷邛之事，遂構思十稔，門庭藩溷，皆著紙筆，遇得一句，即疏之。徵爲秘書，賦成，張華見而咨嗟，都邑豪貴，競相傳寫。三都者，劉備都益州號蜀，孫權都建業號吴，曹操都鄴號魏。思作賦時，吴、蜀已平，見前賢文之是非，故作斯賦，以辨衆惑。」

〔四〕范注：「文選左思詠史八首。」明詩篇：「偏美則太沖、公幹。」詩品上：「謝康樂嘗言：左太沖詩、潘安仁詩，古今難比。」

沈謙：「詠史八首亦見文選。皆託古諷今，藉古人古事以抒寫一己之懷抱與不平之作。詩品評云：『文典以怨，頗爲精切，得諷諭之致。』」

〔五〕何焯批：「『自』疑作『旨』。」黄校從之。綴補：「『旨』，俗書作『𠤀』，與『自』形近，又涉下文『自外』字而誤。」考異：「上稱敏給，承『自』字亦是，不煩改從。」

「敏給」，猶言敏捷。史記夏本紀：「禹爲人敏給克勤。」體性篇：「安仁輕敏，故鋒發而韻流。」

莊子徐無鬼：「有一狙焉，委蛇攫搔，見巧乎王。王射之，敏給搏捷矢。」成疏：「敏給，猶速也。……箭往雖速，狙皆接之，其敏捷也如此。」

文選潘岳籍田賦注引臧榮緒晉書：「潘岳字安仁，滎陽中牟人，總角辯慧，摛藻清艷，鄉邑稱爲奇童。」

世説新語文學篇注引晉陽秋曰：「岳夙以才穎發名，善屬文，清綺絶世，蔡邕未能過也。」又引續文章志曰：「岳爲文，選言簡章，清綺絶倫。」

晉書潘岳傳史臣曰：「機文喻海，韞蓬山而育蕪；岳藻如江，濯美錦而增絢。」

〔六〕斯波六郎：「春秋左氏傳昭公二十八年：『子貉早死無後，而天鍾美於是。』」「鍾」，聚集。

黄注：「晉書潘岳傳：岳爲長安令，作西征賦，述所經人物山水，文清旨詣。」范注：「文選潘安仁西征賦注引臧榮緒晉書：『岳爲長安令，作西征賦述行，歷論所經人物山水也。』李善注：『岳，滎陽中牟人。晉惠元康二年，岳爲長安令，因行役之感，而作此賦。岳家在鞏縣東，故曰西征。』」

〔七〕斯波六郎：「春秋左氏傳成公二年：『欲勇者，賈余餘勇。』」養氣篇：「賈餘於文勇。」此處則謂行有餘力則從事於哀誄。祝盟篇：「潘岳之祭庾婦，奠祭之恭哀矣。」誄碑篇：「潘岳構

意，專師孝山，巧於序悲，易入新切。所以隔代相望，能徽厥聲者也。」哀弔篇：「及潘岳繼作，實踵其美。觀其慮贍辭變，情洞悲苦，叙事如傳，結言摹詩，促節四言，鮮有緩句；故能義直而文婉，體舊而趣新，金鹿、澤蘭，莫之或繼也。」書記篇：「潘岳哀辭，稱掌珠伉儷，並引俗説而爲文辭者也。」指瑕篇：「潘岳爲才，善於哀文。」晉書夏侯湛潘岳張載等傳論：「安仁思緒雲騫，詞鋒景焕。……潘著哀詞，貫人靈之情性。」

〔八〕牟注：「非自外：指潘岳擅於寫哀誄，是由其内心的情感決定的。陳祚明采菽堂古詩選：『安仁情深之子，每一涉筆，淋漓傾注，宛轉側折，旁寫曲訴，刺刺不能自休。夫詩以道情，未有情深而語不佳者。』（卷十一）」

陸機才欲窺深，辭務索廣〔一〕，故思能入巧，而不制繁〔二〕。士龍朗練〔三〕，以識檢亂〔四〕，故能布采鮮净，敏於短篇〔五〕。

〔一〕黄注：「世説（文學篇）：『孫興公云：潘文淺而净，陸文深而蕪。』」校注：「文賦：『言恢之而彌廣，思按之而逾深。』此『深』『廣』二字所本。」

〔二〕范注：「世説新語文學篇注引文章傳：『機善屬文，司空張華見其文章，篇篇稱善。猶譏其作文大治，謂曰：人之作文，患於不才；至子爲文，乃患太多也。』」哀弔篇：「陸機之弔魏武，序巧而文繁。」雜文篇：「自連珠以下，擬者間出。……唯士衡運思，理新文敏，而裁章置

句，廣於舊篇。」史傳篇：「至於晉代之書，繁乎著作。陸機肇始而未備。」議對篇：「及陸機斷議，亦有鋒穎，而腴辭弗剪，頗累文骨。」書記篇：「陸機自理，情周而巧。」體性篇：「士衡矜重，故情繁而辭隱。」鎔裁篇：「至如士衡才優，而綴辭尤繁。士龍思劣，而雅好清省。及雲之論機，亟恨其多，而稱『清新相接』，不以爲病，蓋崇友于耳。夫美錦製衣，脩短有度，雖翫其采，不倍領袖。巧猶難繁，況在乎拙！而文賦以爲『榛楛勿剪，庸音足曲』，其識非不鑒，乃情苦芟繁也。」序志篇：「陸賦巧而碎亂。」

世説新語文學篇引孫興公云：「潘文爛若披錦，無處不善；陸文若排沙簡金，往往見寶。」

詩品上評潘岳云：「翰林歎其翩翩然如翔禽之有羽毛，衣服之有綃縠，猶淺於陸機。謝混云：『潘詩爛若舒錦，無處不佳；陸文如披沙簡金，往往見寶。』嶸謂益壽輕華，故以潘爲勝。翰林篤論，故歎陸爲深。余常言：陸才如海，潘才如江。」

詩品上評陸機詩：「尚規矩，不貴綺錯，有傷直致之奇，然咀嚼英華，厭飫膏澤，文章之淵泉也。」

文選文賦李注引臧榮緒晉書曰：「陸機，字士衡，與弟雲勤學，天才綺練，當時獨絶，新聲妙句，係蹤張、蔡。」

宋書謝靈運傳論：「降及元康，潘、陸特秀，律異班、賈，體變曹、王，縟旨星稠，繁文綺合。」

〔三〕校證：「『練』元作『陳』，梅據王嘉弼改，徐校同。按王、徐改是。事類篇有『明練』語。」校

注：「按『練』字是。何本作『練』，文通引同。事類篇『子建明練』，『明練』與『朗練』同。」沈謙：「意境爽朗，文辭洗練。」

〔四〕校證：「『亂』，王惟儉本作『辭』。」「檢」，謂檢束制約。

〔五〕牟注：「敏：這裏指慧。短篇：與兄平原書中說自己『才不便作大文……大文難作』。」這幾句話通過對陸機、陸雲兄弟的比較，顯示了才思的畸輕畸重。陸機要求窺探深奧的妙理，而務求從多方面搜選辭藻，所以他用思很精巧，而不能克制繁縟的毛病。陸雲寫的文章明朗精練，他的才識足以檢束雜亂的因素，所以他的文章風格鮮明清浄，以短篇見長。可見不同的才思會形成不同的風格。張溥漢魏六朝一百三家集陸清河集題詞：「集中大文雖少，而江、漢同名。劉彦和謂其『布采鮮浄，敏於短篇』，殆質論歟？」

孫楚綴思，每直置以疎通〔一〕；摯虞述懷，必循規以温雅〔二〕；其品藻流別，有條理焉〔三〕。

〔一〕范注：「晉書孫楚傳：『楚才藻卓絶，爽邁不群，多所陵傲，缺鄉曲之譽。晉文帝遣符邵、孫郁使吴，將軍石苞令楚作書遺孫皓。』本傳及文選均載楚書。觀其指陳利害，深切著明，措辭率直，無所隱避，殆所謂直置疎通也。直置不可解，『置』或『指』之誤歟？」按時序篇：「孫、

摯、成公之屬，並結藻清英，流韻綺靡。」程器篇：「孫楚狠愎而訟府。」注訂：「直置者，直言以指意也。」

校注：「按范説誤。此二句當是指其詩言，非謂所作遺孫皓書也。『子荆零雨之章』（楚詩首句爲「晨風飄岐路，零雨被秋草」），沈約（宋書謝靈運傳論）曾稱之；鍾嶸（詩品中）亦特爲標舉；蕭統且以入選。『直置疎通』，蓋即休文所謂『直舉胸情，非傍詩史』也。文鏡秘府論地卷十體篇：『直置體者，謂直書其事，置之於句者是。』是『置』字未誤。宋書劉穆之傳：『穆之曰：「……而公（指劉裕）功高勳重，不可直置。」』又謝方明傳：『（劉穆之）白高祖曰：「謝方明可謂名家駒，直置便自是台鼎人。」』梁書文學下伏挺傳：『挺致書（徐勉）以觀其意曰：「……懷抱不可直置。」』江文通集雜體詩殷東陽首：『直置忘所宰。』亦並以『直置』連文。評文論事皆用此二字，足見爲當時常語。」

吴林伯文心雕龍校注商兑：「按書品宗炳：『放逸屈攝，頗效康許，量其直置孤梗，是靈運之流。』江淹詩云：『直置忘所宰。』『直置』本爲成詞，不煩改字。廣雅：『直，正也。』知音『置辭』，廣韻：『置，設也。』直置，謂正直設辭。晉書孫楚傳稱楚『爽邁不群，多所陵傲』，常意不自得。觀其征西官屬送于陟陽候作詩，沿莊周齊物之論，泯離合、死生、吉凶、大小之知，以此消遣人間煩惱。沈約宋書謝靈運傳論曰：『子荆零雨之章』能『直舉胸臆』。其井賦表示『絶彼淫俗，安此樸真，俗尚其華，我篤其信』。爲石苞與孫皓書勸皓降晉，指陳利害，深切著

明。這些都是『直置疏通』之證。」「疏通」，謂疏通事理。

牟注：「直舉、直尋、直置諸説，都大致意近。疏通：通暢。奏啓：『辨析疏通爲首。』」

〔二〕范注：「晉書摯虞傳載虞思遊賦，其序曰：『虞嘗以死生有命，富貴在天。天之所祐者，義也；人之所助者，信也。履信思順，所以延福；違此而行，所以速禍。然道長世短，禍福舛錯。怵迫之徒，不知所守，蕩而積憤，或迷或放。故借之以身，假之以事，先陳處世不遇之難，遂棄彝倫，輕舉遠遊，以極常人罔惑之情；而後引之以正，反之以義。推神明之應於視聽之表，崇否泰之運於智力之外，以明天任命之不可違，故作思遊賦。』循規温雅，即指思遊賦也。」

牟注：「述懷：晉書摯虞傳載他的思遊賦，末二句是：『樂自然兮識窮達，澹無思兮心恒娱。』正是其述懷之作。循規以温雅：指遵循天命而辭義温和雅正。」

〔三〕頌讚篇：「摯虞品藻，頗爲精覈。至云雜以風雅，而不變旨趣，徒張虛論，有似黄白之僞説矣。」序志篇：「流别精而少巧。」序志篇范注（十三）：「晉書摯虞傳：『虞撰文章志四卷，又撰古文章，類聚區分爲三十卷，名曰流别集，各爲之論。辭理愜當，爲世所重。』文鏡秘府論云：『摯虞之文章志，區别優劣，編輯勝辭。』」詩品序：「摯虞文志，詳而博贍，頗曰知言。」斠詮：「品藻者，定其差品及文質也。」又：「至仲洽論文，特重各體作品之流别，頗切實用，而觀念亦極準確。」

牟注：「流别：流派，指不同文體的源流演變。」

傅玄篇章，義多規鏡；長虞筆奏〔一〕，世執剛中〔二〕；並楨幹之實才〔三〕，非群華之韡萼也〔四〕。

〔一〕范注：「晉書傅玄傳：『玄性剛勁亮直，不能容人之短。司空王沈與玄書曰：省足下所著書，言富理濟，經綸政體，存重儒教，足以塞楊、墨之流遁，齊孫、孟於往代，每開卷，未嘗不嘆息也。玄子咸，字長虞，剛簡有大節，風格峻整，識性明悟，疾惡如讎，推賢樂善，嘗慕季文子、仲山甫之志，好屬文論，雖綺麗不足，而言成規鑒。』」

斠詮：「規鏡，言其規箴可爲鑒戒也。與『規鑒』同。」

〔二〕黄注：「世執：咸，玄子也。易蒙卦彖：『以剛中也。』師卦彖：『剛中而應。』」注訂：「『世執』言傅玄兩代繼世，文有剛中之德。」

斠詮：「世執剛中，言玄、咸父子兩代繼世，執持剛中之德。易蒙卦彖辭：『初筮告，以剛中也。』」牟注：「世代堅持剛强正直。」「剛中」，剛毅中正。

程器篇：「傅玄剛隘而詈臺。」奏啓篇：「若夫傅咸勁直，而按辭堅深……各其志也。」議對篇：「晉代能議，則傅咸爲宗。……長虞識治，而屬辭枝繁。」

〔三〕校證：「『楨』，馮本、汪本、兩京本、王惟儉本、詩紀、六朝詩乘作『柂』。」校注：「『楨』，黄校

云：『汪作杶。』元本、弘治本、活字本、張本、兩京本、胡本、訓故本、四庫本亦並作杶……皆非也。程器篇贊：『貞幹誰則？』『貞』爲『楨』之借字，可證。」書費誓：「峙乃楨榦。」「榦」亦作「幹」。「楨幹」，支柱，骨幹。亦作貞幹。論衡語增：「夫三公鼎足之臣，王者之貞幹也。」沈謙：「傅玄個性剛勁耿直，其文義多所規箴，可爲鑒戒。傅咸之筆札奏章，承襲父風，累世主持剛正，同爲國家之骨幹人才。」晉書傅玄傳：「玄少時避難於河內，專心誦學，後雖顯貴，而著述不廢，撰論經國九流及三史故事，評斷得失，各爲區例，名爲傅子……並文集百餘卷行於世。……史臣曰：『……傅玄體彊直之姿，懷匪躬之操，抗辭正色，補闕弼違，諤諤當朝，不忝其職者矣。及乎位居三獨，彈擊是司，遂能使臺閣生風，貴戚斂手。雖前代鮑、葛，何以加之？』」

〔四〕斠詮：「韡萼，明盛之花萼，以喻文辭之藻美也。韡，音偉，說文：『韡，盛也。』詩小雅常棣：『常棣之華，鄂不韡韡。』傳：『韡韡，光明也。』」

成公子安選賦而時美〔一〕，夏侯孝若具體而皆微〔二〕，曹攄清靡於長篇〔三〕，季鷹辨切於短韻〔四〕，各其善也〔五〕。

〔一〕校證：「『選』，鈴木云：『當作撰。』按『撰』、『選』古通。史記司馬相如傳：『歷撰列辟。』集解：『徐廣曰：撰，一作選。』正緯篇：『曹褒撰讖。』唐寫本『撰』作『選』，是其證。又日本刊

本『時』作『辭』。」

校注：「按『選』讀爲『撰』。嚴可均全晉文卷五九所輯子安文，以賦爲最多；其嘯賦，曾選入文選。」其他有天地賦、雲賦等二十餘篇。

范注：「晉書文苑成公綏傳：『綏少有俊才，詞賦甚麗。』」詮賦篇：「士衡、子安，底績於流制。」時序篇：「孫、摯、成公之屬，並結藻清英，流韻綺靡。」文選嘯賦注引臧榮緒晉書：「綏少有俊才，辭賦壯麗。」

〔二〕斯波六郎：「孟子公孫丑上：『子貢曰……昔者竊聞之，子夏、子游、子張，皆有聖人之一體，冉牛、閔子、顏淵，則具體而微。』」趙岐注：「體者，四枝股肱也。……具體者，四枝皆具。……體以喻德也。」此處「具體而皆微」，謂内容大體具備而規模都較小。

黄注：「按湛作周詩、昆弟誥，正如謝公評揚都賦所云：事事擬學，而不免儉狹者也。」范注：「世説新語文學篇注：『文士傳曰：「夏侯湛，字孝若，有盛才，文章巧思，善補雅辭，名亞潘岳。」』湛集載其叙曰：『周詩者，南陔、白華、華黍、由庚、崇丘、由儀六篇，有其義而亡其辭，湛續其亡，故曰周詩也。』其詩曰：『既殷斯虔，仰説洪恩；夕定晨省，奉朝侍昏；宵中告退，鷄鳴在門；孳孳恭誨，夙夜是敦。』晉書夏侯湛傳載其昆弟誥一篇，純模尚書。本傳謂湛著論三十餘篇，別爲一家之言。」按時序篇：「岳、湛曜聯璧之華。」晉書夏侯湛潘岳張載等傳論：「孝若掞蔚春華，時標麗藻。」

〔三〕范注：「曹攄，字顔遠。晉書在良吏傳。文選載其五言思友人詩、感舊詩各一首。文館詞林載贈韓德真、贈石崇、贈王弘遠、贈歐陽建、答趙景猷五首，並四言長篇，殆即彦和所指。」按練字篇：「曹攄詩稱：『豈不願斯遊，褊心惡呥呶。』兩字詭異，大疵美篇。況乃過此，其可觀乎！」

〔四〕校證：「『季鷹』，馮本、汪本、佘本、謝鈔本、詩紀誤作『李膺』。」范注：「文選張季鷹雜詩注引王儉七志曰：『翰，字季鷹，文藻新麗。』」按比興篇：「季鷹雜詩云『青條若總翠』，皆其義者也。」

「季鷹」，元刻本作「李膺」。

校注：「世説新語識鑒篇劉注引文士傳：『張翰，字季鷹。有清才美望，博學善屬文，造次立成，辭義清新。』足與此説相印證。」

牟注：「辨切，辨明切實。……文選卷二十八録其雜詩一首。鍾嶸詩品稱許：『季鷹「黄華」之唱……得虬龍片甲，鳳皇一毛。』即指雜詩中的『黄華如散金』句。」

〔五〕沈謙：「成公綏撰作辭賦，時有優美之佳構；夏侯湛具備各體，但無廣大之特色；曹攄之長篇四言，詞句清新而流靡；張翰之短篇韻文，明辨而切當。以上四家，均各具優點。」

孟陽、景陽，才綺而相埒〔一〕，可謂魯衛之政，兄弟之文也〔二〕。劉琨雅壯而多風〔三〕，盧諶情發而理昭〔四〕，亦遇之於時勢也〔五〕。

〔一〕校注：「『景陽』，元本、弘治本、活字本、汪本、佘本、張本、兩京本、何本、胡本、梅本、凌本、合刻本、祕書本、謝鈔本、彙編本、清謹軒本作『景福』，文通引同。梅慶生於『景福』下注『殿賦』二字。馮舒云：『福當作陽。』按史傳未言張載撰有景福殿賦，梅注誤。舍人一則曰『才綺而相埒』，再則曰『可謂魯衛之政，兄弟之文也』，則當以作『景陽』爲是。」

詩品上：「晉黄門郎張協，其源出於王粲，文體華净，少病累。又巧構形似之言。雄於潘岳，靡於太沖，風流調達，實曠代之高手。詞采葱蒨，音韻鏗鏘，使人味之，亹亹不倦。」

明詩篇：「張、潘、左、陸，比肩詩衢，采縟於正始，力柔於建安，或析文以爲妙，或流靡以自妍，此其大略也。」

黄注：「詩品序：『晉太康中，三張、二陸、兩潘、一左，勃爾復興，踵武前王，風流未沫，亦文章之中興也。』按三張：載字孟陽，協字景陽，亢字季陽。」時序篇：「應、傅、三張之徒，並結藻清英，流韻綺靡。」銘箴篇：「唯張載劍閣，其才清采。」明詩篇：「景陽振其麗。」

〔二〕斯波六郎：「論語子路：『子曰：魯衛之政，兄弟也。』」

牟注：「鍾嶸詩品列張協爲上品，張載爲下品，是僅就二人的五言詩而論。張溥張孟陽景陽集題辭：『景陽文稍讓兄，而詩獨勁出。蓋二張齊驅，詩人之間互有短長。若論才家庭，則伯難爲兄，仲難爲弟矣。』」

詩品下：「晉中書張載，乃遠慚厥弟。」古直箋：「按三張並稱，惟亢遠遜。孟陽七哀，亦何慚

於厥弟耶？」

〔三〕校證：「『風』，王惟儉本作『諷』。」陳騤文則：「考工記之文……雄健而雅。」可知壯、雄、健等字，並不傷雅。范注：「晉書劉琨傳：『琨爲匹磾所拘，自知必死，神色怡如也。爲五言詩，贈其别駕盧諶。琨詩託意非常，攄暢幽憤，遠想張、陳（張良、陳平），感鴻門、白登之事，用以激諶。諶素無奇略，以常詞酬和，殊乖琨心。重以詩贈之，乃謂琨曰：『前篇帝王大志，非人臣所言矣。』文選載琨答盧諶四言詩一首，又重贈盧諶五言一首。重贈詩載琨本傳，即諶所謂『帝王大志非人臣所言』者也。」按祝盟篇：「劉琨鐵誓，精貫霏霜，而無補於晉漢，反爲仇讎。」章表篇：「劉琨勸進……文致耿介，並陳事之美表也。」沈謙釋「多風」爲「富有風操」。

詩品序：「先是郭景純用儁上之才，變創其體；劉越石仗清剛之氣，贊成厥美，然彼衆我寡，未能動俗。」

元好問論詩三十首評劉琨云：「曹劉坐嘯虎生風，四海無人角兩雄。可惜并州劉越石，不教横槊建安中。」

寇效信論風骨：「劉越石遭永嘉之亂，國破家亡，心懷鬱結，欲匡世濟俗而不可得。這種憤世濟俗的情志，發而爲詩歌，必然慷慨悲歌，淒越動人，『雅壯而多風』。」（文學評論一九六二年六期）

〔四〕范注：「（晉書）盧諶傳：『諶，字子諒，清敏有理思。好老莊，善屬文。』彦和稱盧諶『情發而理昭』，蓋指其上表理劉琨，本傳所謂『文旨甚切』者也。表文載劉琨傳。」黄注：「盧諶傳：劉琨敗喪，諶抗表理琨，文旨甚切。……諶才高行潔，爲一時所推。值中原喪亂……淪陷非所。」

詩品中評劉琨、盧諶詩云：「其源出於王粲，善爲悽戾之詞，自有清拔之氣。」劉熙載藝概詩概：「劉公幹、左太沖詩壯而不悲，王仲宣、潘安仁悲而不壯，兼悲壯者，其惟劉越石乎？」中古文學史：「盧諶，字子諒。文選覽古詩注引徐廣晉紀：諶有才理。」

〔五〕牟注：「『遇之於時勢』：指劉琨、盧諶均遭西晉末年的動亂。劉琨答盧諶書説：『昔在少壯，未嘗檢括，遠慕老莊之齊物，近嘉阮生（籍）之放曠……自頃輈張，困於逆亂，國破家亡，親友凋殘。負杖行吟，則百憂俱至；怏然獨坐，則哀憤兩集。』（文選卷二十五）」

景純艷逸，足冠中興〔一〕。郊賦既穆穆以大觀〔二〕，仙詩亦飄飄而凌雲矣〔三〕。

〔一〕訓故：「晉書：郭璞博學有高才，詞賦爲中興之冠。嘗作南郊賦，帝嘉之，以爲著作佐郎。」按此見郭璞傳。

范注：「世説新語文學篇注引璞别傳：『文藻粲麗，詩賦誄頌，並傳於世。』」詮賦篇：「景純綺巧，縟理有餘。」雜文篇：「景純客傲，情見而采蔚。」時序篇：「景純文敏而優擢。」

校注：「太平廣記卷十三郭璞條引李弘範翰林明道論：『景純善於遥寄，綴文之士，皆同宗之。』詩品中：『晉弘農太守郭璞，憲章潘岳，文體相輝，彪炳可翫，始變永嘉平淡之體，故稱中興第一。』並足與舍人此説相發。」

〔二〕郊賦即南郊賦，見全晉文，已殘缺。禮記曲禮下「天子穆穆」，孔疏：「云天子穆穆者，威儀多貌也。天子尊重，故行止威儀多也。」斠詮：「穆穆，有雍容華美之貌。」

〔三〕校注：「『淩』，元本、活字本、兩京本、胡本作『陵』。按『飄飄淩雲』，用司馬相如奏大人賦事，史記相如傳作『淩』，漢書作『陵』。『淩』、『陵』古通。以風骨篇『相如賦仙，氣號凌雲』例之，作『淩』前後一律。」

斯波六郎：「史記司馬相如傳：『相如既奏大人之頌，天子大説，飄飄有凌雲之氣，似游天地之間意。』」

沈謙：「郭璞文辭艷麗秀逸，足稱東晉中興之冠。其南郊賦既雍容肅穆而蔚爲大觀，遊仙詩亦高遠出塵，有凌駕雲霄之概。」

明詩篇：「所以景純仙篇，挺拔而爲俊矣。」詩品中：「晉弘農太守郭璞詩……翰林以爲詩首。但遊仙之作，辭多慷慨，乖遠玄宗，而云『奈何虎豹姿』，又云『戢翼棲榛梗』，乃是坎壈詠懷，非列仙之趣也。」范注：「文選郭景純遊仙詩七首，李善注曰：『凡遊仙之篇，皆所以滓穢塵網，錙銖纓紱，飡霞倒景，餌玉玄都。而璞之制，文多自叙，雖志狹中區，而辭無俗累，見非

前識，良有以哉！』」例如「赤松臨上游，駕鴻乘紫烟」即所謂飄飄凌雲。世説新語文學篇注引檀道鸞續晉陽秋曰：「至過江，佛理尤盛，故郭璞五言，始會合道家之言而韻之。」札記：「據檀道鸞之説，是東晉玄言之詩，景純實爲之前導，特其才氣奇肆，遭逢險艱，故能假玄語以寫中情，非夫鈔録文句者所可擬況。」詩品序：「郭景純用儁上之才，變創其體。」

許文雨文論講疏：「按永嘉以還，爲詩理過其辭。江表諸公詩，皆平典似道德論，故潘岳、郭璞起而變革其體，中興之功不可没也。」

庾元規之表奏，靡密以閑暢〔一〕；温太真之筆記，循理而清通〔二〕：亦筆端之良工也〔三〕。

〔一〕時序篇：「庾以筆才逾親。」程器篇：「昔庾元規才華清英，勳庸有聲，故文藝不稱，若非台岳，則正以文才也。」章表篇：「庾公之讓中書，信美於往載。」章表篇范注〔二二〕：「晉書庾亮傳：庾亮，字元規，明帝即位，以爲中書監，亮上書讓曰云云。（文選作讓中書令表，李善注曰：『諸晉書並云讓中書監。此云令，恐誤也。』）」沈謙釋「靡密以閑暢」爲「輕麗縝密而閑適舒暢」。

〔二〕時序篇：「温以文思益厚。」詔策篇：「晉氏中興，唯明帝崇才，以温嶠文清，故引入中書。」奏

啓篇：「温嶠懇惻於費役，並體國之忠規矣。」温嶠爲中書令，明帝詔曰：「中書之職，酬對多方，斟酌禮宜，非唯文疏而已，非望士良才，何可妄居？」「卿既以令望，忠允之懷，著於周旋；且文清而旨遠，宜居深密。今欲以卿爲中書令，朝論亦咸以爲宜。」（藝文類聚四十八引檀道鸞晉陽秋。）「循理」，遵循道理。

〔三〕斯波六郎：「韓詩外傳卷七：『是以君子避三端：避文士之筆端，避武士之鋒端，避辯士之舌端。』」

孫盛干寶，文勝爲史〔一〕，準的所擬〔二〕，志乎典訓〔三〕，户牖雖異〔四〕，而筆彩略同。

〔一〕「干寶」，元刻本、弘治本作「子實」，馮校本作「于寶」。校證：「『干寶』原作『子實』，梅改，徐校同。王惟儉本亦作『干寶』。」時序篇：「其文史則有……孫、干之輩，雖才或淺深，珪璋足用。」

史傳篇范注〔三五〕：「隋志：『晉陽秋三十二卷（訖哀帝，孫盛撰）。』考證云：『晉書孫盛傳：盛字安國，著晉陽秋，詞直而理正，咸稱良史。』」又〔三四〕：「隋志：『晉紀二十三卷（干寶撰，訖愍帝）。』考證云：『晉書干寶傳：寶，字令升，著晉紀，自宣帝訖於愍帝，五十三年，凡二十卷，其書簡略，直而能婉，咸稱良史。』史通……載言篇曰：『干寶議撰晉史，以爲宜準

丘明。』……序例篇曰：『惟令升先覺，遠述丘明，重立凡例，勒成晉紀。鄧、孫以下，遂躡其蹤。』」此謂孫盛、干寶以文才見長而爲史官，與論語雍也篇「質勝文則野，文勝質則史」取義不同。

〔二〕牟注：「準的，標準。擬，仿效，學習。」

〔三〕牟注：「典訓：指尚書中的堯典、伊訓之類。」郭注：「史通序例：『令升先覺，遠述丘明。』故云：『準的所擬，志乎典訓。』」則以「典訓」泛指經典，亦可通。

〔四〕史傳篇：「干寶述紀，以審正得序；孫盛陽秋，以約舉爲能。按春秋經傳，舉例發凡。自史、漢以下，莫有準的。至鄧璨晉紀，始立條例。又擺落漢魏，憲章殷周，雖湘川曲學，亦有心典謨。及安國立例，乃鄧氏之規焉。」「户牖」，喻指流派。

袁宏發軫以高驤，故卓出而多偏〔一〕；孫綽規旋以矩步，故倫序而寡狀〔二〕；殷仲文之孤興〔三〕，謝叔源之閑情〔四〕，並解散辭體，縹渺浮音〔五〕。雖滔滔風流，而大澆文意〔六〕。

〔一〕袁宏見晉書九十二文苑傳。明詩篇：「袁、孫已下，雖各有雕采，而辭趣一揆，莫與争雄。」時序篇：「其文史則有袁、殷之

曹……雖才或淺深，珪璋足用。」詮賦篇：「彦伯梗概，情韻不匱。」世説新語文學篇注引晉陽秋：「袁宏少有逸才，文章絶麗。曾爲詠史詩，是其風情所寄。」鍾嶸詩品：「彦伯詠史，雖文體未遒，而鮮明緊健，去凡俗遠矣。」

斠詮：「發軫猶言發軔。……文選曹植王仲宣誄：『發軫北魏，遠迄南淮。』向注：『軫，車也。』高驤猶言高舉，文選嵇康琴賦：『參辰極而高驤。』向注：『驤，舉也。』」直解爲「開篇如駕輕就熟，昂首騰驤，故其氣勢拔卓特出，但多偏宕激越之處」。

〔一一〕校注：「按『狀』疑當作『壯』。舍人謂其『倫序寡壯』，蓋如鍾嶸詩品序之評爲『平典似道德論』然也。興公詩由文館詞林所載四首及江淹所擬者觀之，確係『規旋矩步，倫序寡壯』。」

札記：「續晉陽秋（宋永嘉太守檀道鸞撰，書已佚，此見困學紀聞及文選注引）曰：『許詢及太原孫綽，轉相祖尚，又加以三世之辭，而風騷之體盡矣。詢、綽並爲一時文宗，自此學者悉化之。』據檀道鸞之説……若孫、許之詩，但陳要眇，情既離乎比興，體有近於伽陀，徒以風會所趨，仿效日衆，覽蘭亭集詩，諸篇共恉，所謂琴瑟專一，誰能聽之？達志抒情，將復焉賴？謂之風騷道盡，誠不誣也。」

「規旋矩步」，循規蹈矩，比喻墨守成規。晉書張載傳：「今士循常習故，規行矩步，積階級，累閥閲，碌碌然以取世資。」

「倫序」，猶言倫次、秩序。范注：「孫興公遊天台山賦多用佛老之語，不甚狀貌山水，與漢賦

窮形盡貌者頗異。」牟注：「寡狀，缺乏形象描繪。」誄碑篇：「及孫綽爲文，志在碑誄，温、王、郗、庾，辭多枝雜，桓彝一篇，最爲辨裁矣。」晉書孫綽傳：「綽，字興公，少以文才垂稱，於時文士，綽爲其冠，温、王、郗、庾諸公之薨，必須綽爲碑文。」藝文類聚四十五有綽所撰丞相王導碑、太宰郗鑒碑，四十七有太尉庾亮碑，皆殘闕，桓彝碑全佚。

〔三〕范注：「世說新語文學篇：『殷仲文天才弘贍。』注引續晉陽秋：『仲文雅有才藻，著文數十篇。』」校證：「『孤』，何校、黄注云：『疑作秋。』……顧校作『狀』。案仲文南州桓公九井作詩有『獨有清秋日，能使高興盡』之句。」校注：「『孤』，黄校云：『疑作秋。』（此襲何焯說）按文選載仲文南州桓公九井作詩，有『獨有清秋日，能使高興盡』句，何氏蓋據此爲言。然由江淹雜體詩殷東陽首標目爲『興矚』，及所擬全詩觀之，『孤』字似未誤。（『孤興』二字出文賦）」考異：「上有『獨有』一辭，『孤』字不誤。」牟注：「孤興，即謂孤高之興。」

〔四〕校證：「宋本、王惟儉本、陳本、清謹軒鈔本、日本刊本『閑』作『閒』。」校注：「按謝混之『閑情』，除文選所載游西池詩足以取證外，江淹雜體詩謝僕射首專以『遊覽』標目，亦可得其仿佛。」

訓故：「宋書：謝混，字叔源，小字益壽，安之孫也。風華爲江左第一，歷官尚書左僕射。」世

説新語文學篇注引檀道鸞續晉陽秋曰：「（許）詢、（孫）綽並爲一時文宗，自此學者悉化之。至義熙中，謝混始改。」詩品序：「逮義熙中，謝益壽斐然繼作。」詩品序：「逮義熙中以謝益壽、殷仲文爲華綺之冠。」詩品中評謝瞻、謝混、袁淑、王微、王僧達詩：「其源出於張華，才力苦弱，故務其清淺，殊得風流媚趣。」諸家多以殷、謝並舉，如宋書謝靈運傳論云：「仲文始革孫、許之風，叔源大變太元（孝武年號）之氣。」南齊書文學傳論云：「仲文玄氣，猶不盡除，謝混情新，得名未盛。」文選游西池詩注引臧榮緒晉書：「混善屬文。」中國中古文學史：「（以上）彦和所舉，舍庾亮、温嶠兼擅事功，孫盛、干寶尤長史才外，均以文學著名。」

〔五〕沈謙：「謝混之西池詩，有『美人愆歲月，遲暮獨如何』之句，抒閒情。皆打破辭賦俳偶之體裁，恍惚有無，辭語浮華，不切實際；雖輕靡放逸，流爲風尚，而其文義大爲澆薄矣。」斟詮：「縹渺浮音，辭氣浮華虚無恍惚，不著實際者也。縹渺，恍惚有無之意。……體性篇：『輕靡者，浮文弱植，縹渺附俗者也。』彦和以爲殷、謝二家之文，殆即輕靡之體，故有此語。」

〔六〕斟詮：「滔滔風流，謂輕靡放逸，泛濫無歸也。滔滔，泛濫之意。論語微子：『滔滔者天下皆

是也。』集解：『孔曰：滔滔，風流之貌。』」

以上爲第四段，評論兩晉作家。

宋代逸才，辭翰鱗萃〔一〕，世近易明，無勞甄序〔二〕。觀夫後漢才林，可參西京〔三〕；晉世文苑，足儷鄴都〔四〕；然而魏時話言，必以元封爲稱首〔五〕；宋來美談，亦以建安爲口實〔六〕。何也？豈非崇文之盛世〔七〕，招才之嘉會哉〔八〕！嗟夫，此古人所以貴乎時也〔九〕！

〔一〕「鱗萃」，猶鱗集。張衡西京賦：「瓌貨方至，鳥集鱗萃。」

〔二〕「甄序」，按次第甄別。范注：「此亦猶時序篇不論當代之意。」

〔三〕黄注：「光武都洛陽，長安在西，故曰西京。而文人遂以前漢爲西京。」

〔四〕黄注：「文選：魏曹操都鄴，相州是也。」

〔五〕黄注：「漢書漢武帝紀：上還，登封泰山，降坐明堂。……以十月爲元封元年。」斠詮：「稱首，第一傑出之意。文選司馬相如封禪文：『前聖之所以永保鴻名而常爲稱首者，用此。』」校注：「詩大雅抑：『告之話言。』毛傳：『話言，古之善言也。』史記司馬相如傳：『（封禪文）宜爲稱首者，用此。』」

綴補：「左文六年傳：『著之話言。』杜注：『話，善也。作爲善言遺戒。』『話言』猶『善言』，故

與『美談』對文。」

〔六〕校注：「公羊傳閔公二年：『魯人至今以爲美談。』書僞仲虺之誥：『予恐來世以台爲口實。』孔傳：『恐來世論道我放天子常不去口。』」按此「口實」指話柄，與本篇意不合。

〔七〕斟詮：「盛世……此處指西漢武帝元封之時代而言。」

〔八〕斟詮：「嘉會，難得之運會。……此處指建安之運會而言。」

郭注：「『豈非崇文之盛世，招才之嘉會哉！』論述了文學興盛與當時政治上帝王的提倡，是分不開的。」

〔九〕范注：「論衡案書篇：『夫俗好珍古不貴今，謂今之文不如古書。夫古今一也。才有高下，言有是非，不論善惡，而徒貴古，是謂古人賢今人也。……才有淺深，無有古今；文有僞真，無有故新。』彥和之意同此。」

校注：「淮南子原道篇：『聖人不貴尺之璧，而重寸之陰，時難得而易失也。』」按此二解均與上文意不聯貫。

斟詮：「是則彥和於詮評文才之外，又特重文章之時會，無其時會，雖有儁才，亦未由馳騁。孟子有言：『雖有知慧，不如乘勢；雖有鎡基，不如待時。』」按此見公孫丑上。

校釋：「本篇行文……於鋪叙之中，有義例三焉。一曰單論，二曰合論，三曰附論。……合論之義，或因父子，或以兄弟，或係同時而名聲相埒，或屬朋友而微尚相同；又或緣比較優

劣而合論，或欲辨明異同而合論。附論者，大都附庸時流之士。單論者，類能獨標一體，或則瑜不掩瑕，又或特出一時風會之外者也。然則此篇事本衡文，而義同史傳，故能……具見九代人才之高下，苟非卓裁，曷克臻此！」

又：「舍人論文家長短異同之處，每具卓識。……篇中論二班兩劉，不同舊説；論子桓、子建，亦異俗情。以遺論、命詩，分屬嵇阮；以深廣、朗練，區判機、雲。論張、蔡、孫、干，則由異以見同；評建安群彦，則各標其所美；謂仲宣弁冕七子，稱景純足冠中興，皆特識所存，足資後學研味者也。」

第五段，説明爲什麽對宋代作家略而不論，並作小結，説明文才與時代的關係。

贊曰：才難然乎〔一〕，性各異稟〔二〕。一朝綜文，千年凝錦〔三〕。餘采徘徊，遺風籍甚〔四〕。無曰紛雜，皎然可品〔五〕。

〔一〕論語泰伯：「才難，不其然乎？」注：「人才難得，豈不然乎？」

〔二〕斠詮：「性包才氣二者而言。體性篇云：『才有庸儁，氣有剛柔，故辭理庸儁，莫能翻其才，風趣剛柔，寧或改其氣。……各師成心，其異如面。』故文之庸儁剛柔，莫不決定於作家才性氣稟之差異。」

〔三〕斠詮：「言一旦綜述文理，千載凝成錦繡也。所謂『凝錦』，亦即『合組列錦之義。西京雜

記：『司馬相如友人盛覽嘗問以作賦，相如曰：「合纂組以成文，列錦繡以爲質。」覽乃作合組歌、列錦賦。』」

周注：「綜文：組織文辭。凝錦：集成錦繡。指文辭可以傳後。」

〔四〕校注：「『籍』，張本作『藉』。按史記陸賈傳：『陸生遊漢廷公卿間，名聲藉盛。』漢書作『籍甚』。是『藉』『籍』本通。然以論説篇『雖復陸賈籍甚』證之，則此亦當作『籍』，前後始能一律。」漢書補注引周壽昌曰：「籍甚，史記作藉盛，蓋言聲名得所藉而益盛也。」

牟注：「徘徊，反復回旋，指作品長期流傳。」

〔五〕斠詮：「言莫謂歷代篇章紛綸繁雜，而作品之徒具外觀，羌無實義，所謂『色厲内荏』，亦即所謂『金玉其外，敗絮其中』者，不乏其數，而文才之優劣高下，自有其品第，固彰彰明也。」

贊語的意思是説：寫文章的高才是的確難得的，因爲人的稟性不同。由於稟性不同，才思不同，在歷代文壇上，表現出種種紛雜的作家和作品。但是不要説它紛雜迷亂，還是可以清清楚楚地進行品評的。

知音第四十八

禮記樂記：「凡音者，生於人心者也；樂者，通於倫理者也。是故知聲而不知音者，禽獸是也；知音而不知樂者，衆庶是也；唯君子爲能知樂。是故審聲以知音，審音以知樂，審樂以知

政，而治道備矣。是故不知聲者，不可與言音；不知音者，不可與言樂，知樂則幾於禮矣。」

呂氏春秋本味篇：「伯牙鼓琴，鍾子期聽之。方鼓琴而志在泰山，鍾子期曰：『善哉乎鼓琴，巍巍乎若泰山。』少選之間，而志在流水，鍾子期又曰：『善哉乎鼓琴，湯湯乎若流水。』鍾子期死，伯牙破琴絶絃，終身不復鼓琴。」

列子湯問篇：「伯牙善鼓琴，鍾子期善聽。伯牙鼓琴，志在登高山。鍾子期曰：『善哉！峩峩兮若泰山。』志在流水，鍾子期曰：『善哉！洋洋兮若江河！』伯牙所念，鍾子期必得之。子期死，伯牙絶弦，以無知音者。」

劉向雅琴賦：「末世鎖才兮知音寡。」

古詩十九首(「西北有高樓」)：「不惜歌者苦，但傷知音稀。」

曹丕與吴質書：「昔伯牙絶絃於鍾期，仲尼覆醢於子路，痛知音之難遇，傷門人之莫逮。」

抱朴子尚博篇：「援琴者至衆，而夔、襄專知音之難。」

序志篇：「怊悵於知音。」

南齊書文學傳論：「藴思含毫，遊心内運，放言落紙，氣韻天成，莫不稟以生靈，遷乎愛嗜，機見殊門，賞悟紛雜。若子桓之品藻人才，仲治之區判文體，陸機辨於文賦，李充論於翰林，張眎摘句褒貶，顔延圖寫情興，各任懷抱，共爲權衡。」

知音篇是專門講文學鑑賞和批評的。劉勰把對樂曲的欣賞和鑑别作爲比喻，一開始就感

嘆：「知音其難哉！音實難知，知實難逢。」所以篇名叫作知音。在知音篇裏一方面講文學藝術之難以理解和鑑别，另一方面分析知音人難得的原因。

知音其難哉！音實難知，知實難逢〔一〕，逢其知音，千載其一乎〔二〕！

〔一〕紀評：「『難』字一篇之骨。」

史通鑒識篇：「若乃老經撰於周日，莊子成於楚年，遭文、景而始傳，值嵇、阮而方貴。若斯流者，可勝紀哉！故曰：廢興，時也；窮達，命也。適使時無識寶，世缺知音，若論衡之未遇伯喈，太玄之不逢平子，勢將烟燼火滅，泥沈雨絶，安有殁而不朽，揚名於後世者乎？」

吴氏林下偶談「知文難」條：「柳子厚云：『夫爲文之難，知之愈難耳。』是知文之難甚於爲文之難也。蓋世有能爲文者，其識見猶倚於一偏，况不能爲文者乎！昌黎毛穎傳，楊誨之猶大笑以爲怪。誨之蓋與柳子厚交游，號稍有才者也。東坡謂南豐，太白集如贈懷素草書歌並笑矣乎等篇，非太白詩，而濫竽集中。東萊編文鑑，晦庵未以爲然。以諸有識者，所見尚不同如此，則俗人之論易爲紛紛，宜無足怪也。故韓文公則爲時人笑且排，下筆稱意，則人必怪之，歐公作尹師魯墓銘，則或以爲疵繆。……」（圖書集成六二一册文學典）

〔二〕斠詮：「王褒聖主得賢臣頌：『上下俱欲，懽然交欣，千載一會，論説無疑。』」

斯波六郎：「袁宏三國名臣序讚：『夫萬歲一期，有生之通塗；千載一遇，賢智之嘉會。』」綴

補：「邯鄲淳答贈詩：『聖主受命，千載一遇。』」杜甫南征詩：「百年歌自苦，未見有知音。」

夫古來知音，多賤同而思古〔一〕，所謂「日進前而不御，遥聞聲而相思」也〔二〕。昔儲説始出〔三〕，子虚初成〔四〕，秦皇、漢武，恨不同時〔五〕；既同時矣，則韓囚而馬輕〔六〕。豈不明鑒同時之賤哉〔七〕！

〔一〕「同」，同時代。綴補：「淮南子脩務篇：『世俗之人，尊古而賤今。』」論衡超奇篇：「俗好高古而稱所聞。前人之業，菜果甘甜；後人新造，蜜酪辛苦。」白居易與元九書：「夫貴耳賤目，榮古陋今，人之大情也。僕不能遠徵古舊，如近歲韋蘇州歌行，才麗之外，頗近興諷；其五言詩又高雅閑淡，自成一家之體。今之秉筆者誰能及之？然當蘇州在時，人亦未甚愛重，必待身後，人始貴之。」

〔二〕斠詮：「鬼谷子内揵篇：『君臣上下之事，有遠而親，近而疏，就之不用，去之反求，日進前而不御，遥聞聲而相思。』陶弘景注：『分違則日進前而不御，理契則遥聞聲而相思。』……楚辭九章涉江：『腥臊並御。』王注：『御，用也。』荀子禮論：『時舉而代御。』楊注：『御，進用也。』禮記曲禮下：『婦人不當御。』注：『御，接見也。』」

桓譚新論閔友篇：「玄經，數百年其書必傳。世咸尊古卑今，貴所聞，賤所見也，故輕易之。」柳宗元與友人論爲文書：「嗟乎！道之顯晦，幸不幸繫焉；談之辯訥，升降繫焉；鑒之頗正，好惡繫焉；交之廣狹，屈伸繫焉；則彼卓然自得以奮其間者，合乎否乎，是未可知也。而又榮古陋今者比肩疊跡，大抵生則不遇，死而垂聲者衆焉。」

〔三〕史記老莊申韓列傳：「（韓非）故作孤憤、五蠹、内外儲、説林、説難十餘萬言。……人或傳其書至秦。秦王見孤憤、五蠹之書，曰：『嗟乎！寡人得見此人與之游，死不恨矣。』」

〔四〕漢書司馬相如傳：「蜀人楊得意爲狗監，侍上。上讀子虛賦而善之，曰：『朕獨不得與此人同時哉？』得意曰：『臣邑人司馬相如自言爲此賦。』上驚，乃召問相如。相如曰：『有之。然此乃諸侯之事，未足觀，請爲天子游獵之賦。』……賦奏，天子以爲郎。」

〔五〕論衡佚文篇：「韓非之書，傳在秦庭，始皇歎曰：獨不得與此人同時！」

〔六〕史記老莊申韓列傳：「韓王……乃遣非使秦。秦王悦之，未信用。李斯、姚賈害之，毁之，秦王以爲然，下吏治非。李斯使人遺非藥，使自殺。」

抱朴子廣譬篇：「貴遠而賤近者，常人之用情也；信耳而疑目者，古今之所患也。是以秦王歎息於韓非之書，而想其爲人。漢武慷慨於相如之文，而恨不同世。及既得之，終不能拔，或納讒而誅之，或放之乎冗散。」「馬輕」，謂司馬相如未爲漢武帝所重用。

〔七〕漢書揚雄傳下：「時大司空王邑，納言嚴尤，聞雄死，謂桓譚曰：『子常稱揚雄書，豈能傳於

後世乎？』譚曰：『必傳，顧君與譚不及見也。凡人賤近而貴遠，親見揚子雲禄位容貌不能動人，故輕其書。』」

論衡齊世篇：「述事者好高古而下今，貴所聞而賤所見，辨士則談其久者，文人則著其遠者。畫工好畫上代之人，秦漢之士，功行譎奇，不肯圖今世之士者，尊古卑今也。貴鵠賤雞，鵠遠而雞近也。使當今説道深於孔、墨，名不得與之同；立行崇於曾、顔，聲不得與之鈞：何則？世俗之性，賤所見，貴所聞也。有人於此，立義建節，實核其操，古無以過，爲文書者肯載於篇籍，表以爲行事乎？作奇論，造新文，不損於前人，好事者肯舍久遠之書，而垂意觀讀之乎？揚子雲作太玄，造法言，張伯松不肯一觀，與之併肩，故賤其言。使子雲在伯松前，伯松以爲金匱矣。」

又須頌篇：「俗儒好長古而短今……信久遠之僞，忽近今之實。」又案書篇：「夫俗好珍古不貴今，謂今之文不如古書。夫古今一也，才有高下，言有是非，不論善惡，而徒貴古，是謂古人賢今人也。……蓋才有淺深，無有古今；文有僞真，無有故新。」

典論論文：「常人貴遠賤今，向聲背實。」

抱朴子尚博篇：「世俗率神貴古昔，而黷賤同時……雖有益世之書，猶謂之不及前代之遺文也。是以仲尼不見重於當時，太玄見蚩薄於比肩也。俗士多云今山不及古山之高，今海不及古海之廣，今日不及古日之熱，今月不及古月之朗；何肯許今之才士不減古之枯骨？重

所聞，輕所見，非一世之所患也。昔之破琴剿弦者，諒有以而然乎。」又鈞世篇：「其於古人所作爲神，今世所著爲淺，貴遠賤近，有自來矣。故新劍以詐刻加價，弊方以僞題見寶也。是以古書雖質樸，而俗儒謂之墮於天也；今文雖金玉，而常人同之於瓦礫也。」江淹雜體詩序（全梁文十八）：「又貴遠賤近，人之常情；重耳輕目，俗之恒蔽。是以邯鄲託曲於李奇，士季假論於嗣宗，此其效也。」柳宗元與楊京兆憑書：「凡人可以言古，不可以言今。桓譚亦云：親見揚子雲，容貌不能動人，安肯傳其書？誠使博如莊周，哀如屈原，奥如孟軻，壯如李斯，峻如馬遷，富如相如，明如賈誼，專如揚雄，猶爲今之人，則世之高者至少矣。由此觀之，古之人未始不薄於當世，而榮於後世也。」

至於班固、傅毅〔一〕，文在伯仲，而固嗤毅云「下筆不能自休」〔二〕。及陳思論才，亦深排孔璋，敬禮請潤色，嘆以爲美談，季緒好詆訶，方之於田巴〔三〕，意亦見矣。故魏文稱「文人相輕」，非虚談也〔四〕。

〔一〕傅毅，字武仲，東漢詩賦家，章帝時爲蘭臺令史，與班固、賈逵共典校書。後爲車騎將軍竇憲主記室。竇憲遷大將軍，以之爲司馬，班固爲中護軍。

〔二〕典論論文：「文人相輕，自古而然。傅毅之於班固，伯仲之間耳，而固小之，與弟超書曰：『武仲以能屬文爲蘭臺令史，下筆不能自休。』」「休」，謂休止。元李治敬齋古今黈：「『下筆不能自休』者，正斥其文字汗漫無統耳。」文選集評於本句下注云：「是譏其冗散。」

〔三〕曹植與楊德祖書：「以孔璋（陳琳）之才，不閑（習）於辭賦，而多自謂能與司馬長卿同風，譬畫虎不成，反爲狗者也。……昔丁敬禮嘗作小文，使僕潤色之，僕自以才不過若人，辭不爲也。敬禮謂僕：『卿何所疑難？文之佳惡，吾自得之。後世誰相知定吾文者耶？』吾常歎此達言，以爲美談。……劉季緒才不能逮於作者，而好詆訶文章，掎摭利病。昔田巴毀五帝，罪三王，呰（毀）五霸於稷下，一旦而服千人。魯連一説，使終身杜口。劉生之辯，未若田氏；今之仲連，求之不難，可無歎息乎！」

訓故：「魏略：丁廙，字敬禮，儀之弟。」

劉季緒，名脩。文選李善注：「摯虞文章志曰：劉表子，官至樂安太守，著詩賦頌六篇。」

又：「魯連子曰：齊之辯者曰田巴，辯於狙丘，而議於稷下。」魯連即魯仲連。

奏啓篇：「是以世人爲文，競於詆訶……多失折衷。」

〔四〕明張雲璈選學膠言：「此習由來已久，厥後北史魏收傳：收與邢邵俱以才名，互相訾毀。邵云：『江南任昉，文體本疏，魏收非直模擬，亦大偷竊。』收聞之云：『伊常於沈約集中作賊，何竟道我偷任！』邢邵傳：袁翻以文章位望稱先達，嘗有貴人初授官，大宴客，翻與邵俱在

座，翻意主人必託己爲讓表，主人竟命邵作之，翻甚不悦，每謂人云：『邢家小兒常客作章表，自買黄紙寫而送之。』皆此類也。」清人趙翼陔餘叢考卷四十文人相輕條，也舉了類似的事例，又歷舉文人尊古卑今的陋習，可參閲。

至如君卿脣舌〔一〕，而謬欲論文，乃稱「史遷著書，諮東方朔」〔二〕，於是桓譚之徒，相顧嗤笑。彼實博徒〔三〕，輕言負誚，况乎文士，可妄談哉！

〔一〕論説篇：「樓護脣舌。」樓護，字君卿，漢書游俠傳謂護：「齊人。……爲人短小精辯，論議常依名節，聽之者皆竦。與谷永俱爲五侯上客。長安號曰：『谷子雲筆札，樓君卿脣舌。』」「脣舌」，謂口才。

〔二〕補注：「詳案此事無考。史記太史公自序索隱：『桓譚云：遷所著書成，以示東方朔，朔皆署曰太史公。』此史遷著書諮東方朔之證。惟彦和指此爲君卿所稱而譚嗤之。不識譚此言上下仍有詆君卿之説否？姑識於此，以俟達者論之。」范注：「孝武紀索隱亦引此説，據彦和此文，則是桓譚笑樓護之説，索隱誤記。」注訂：「此桓譚引樓説以爲嗤笑，非索隱誤記也。范注非。」

〔三〕史記袁盎傳：「劇孟博徒。」集解引如淳曰：「博蕩之徒，或曰博戲之徒。」

故鑒照洞明〔一〕，而貴古賤今者，二主是也〔二〕；才實鴻懿〔三〕，而崇己抑人者，班曹是也〔四〕；學不逮文〔五〕，而信僞迷真者〔六〕，樓護是也。醬瓿之議，豈多歎哉〔七〕！

〔一〕斠詮：「謂鑒識照察洞徹分明也。」

〔二〕范注：「二主謂秦皇、漢武。」

〔三〕斠詮：「鴻懿，鴻大深美也。論衡超奇：『連結篇章，必大智鴻懿之俊也。』」

〔四〕范注：「班曹謂班固、曹植。」元刻本無「者」字。

〔五〕斠詮：「學不逮文，謂所學不與於文，亦即不及學文也。樓護以醫術見稱，文學非其所長，故云然。」

〔六〕「信僞迷真」，不僅限於文學，也見於美術。清董棨養素居畫學鉤沈：「作畫不多，識見不廣，師傳不真，必執一己之見，妄爲評論。每以虚靈爲纖弱，著眼爲疏忽，沉厚爲滯鈍；反是則滯鈍也而以爲沉著，纖弱也而以爲虚靈，疏忽也而以爲蕭散，見笑大方，不勝枚舉，誠莊子所謂『夏蟲不可語冰』者歟！」（畫論叢刊下卷）

〔七〕斠詮：「漢書揚雄傳贊：『而鉅鹿侯芭，嘗從雄居，受其太玄法言焉。劉歆亦嘗觀之，謂雄曰：「空自苦，今學者有禄利，然尚不能明易，又如玄何？吾恐後人用覆醬瓿也。」雄笑而不答。』案：醬瓿，即醬罏。顏氏家訓文章篇之論揚雄曰：『著劇秦美新，妄投於閣，周章怖慴，不達天命，童子之爲耳。桓譚以爲勝老子，葛洪以爲方仲尼。使人歎息！此人直以曉算術，

解陰陽，故著太玄經。……且太玄今竟何用乎？不啻覆醬瓿而已。』」以上爲第一段，論知音難逢。關於知音難逢的問題，作者首先從歷史上舉出事例，説明了三個方面的原因：第一，是「貴古賤今」；第二是「崇己抑人」，即「文人相輕」；第三是「信僞迷真」，那就是學識淺薄，誤信訛傳而不明真相。由於這三方面的障礙，文學作品很難得到知音人。

夫麟鳳與麏雉懸絶〔一〕，珠玉與礫石超殊〔二〕，白日垂其照〔三〕，青眸寫其形〔四〕。然魯臣以麟爲麏〔五〕，楚人以雉爲鳳〔六〕，魏民以夜光爲怪石〔七〕，宋客以燕礫爲寶珠〔八〕。形器易徵〔九〕，謬乃若是；文情難鑒，誰曰易分〔一〇〕！

〔一〕公羊傳哀公十四年：「麟者，仁獸也。」何休注：「狀如麕，一角。」詩召南野有死麕釋文：「『麕』，本亦作『麏』。……」草木疏云：「『麏，麞也。』『麏』，鹿類，似鹿而較小。

〔二〕説文：「礫，小石也。」桓寬鹽鐵論刺議：「玉石相似而異類。」

〔三〕校注：「按徐幹中論治學篇：『譬如寶在於玄室，有所求而不見。白日照焉，則群物斯辨矣。』」

〔四〕「青眸」，黑眼珠。劉楨魯都賦：「蛾眉青眸，顔若霞雪。」史記扁鵲傳：「越人之爲方也，不待切脈、望色、聽聲、寫形。」「寫形」，謂仔細觀察形貌。

〔五〕春秋經哀公十四年：「春，西狩獲麟。」左傳：「春西狩於大野，叔孫氏之車子鉏商獲麟，以爲不祥，以賜虞人。仲尼觀之，曰：『麟也。』然後取之。」公羊傳：「有以告者曰：『有麕而角者。』孔子曰：『孰爲來哉！孰爲來哉！』」孔叢子記問：「叔孫氏之車子曰鉏商，樵於野而獲獸焉。衆莫之識，以爲不祥，棄之五父之衢。冉有告孔子曰：『麕身而肉角，豈天之妖乎？』夫子曰：『今何在？吾將觀焉。』遂往，謂其御高柴曰：『若求（冉有名求）之言，其必麟乎！』到視之，果信。」冉有爲季氏宰，故云「魯臣」。

〔六〕梅注：「尹文子曰：楚人擔山雉者，路人問：『何鳥也？』擔雉者欺之曰：『鳳皇也。』路人曰：『我聞有鳳皇，今始見之。汝販之乎？』請買千金，弗與，請加倍，乃與之。將欲獻楚王。經宿而鳥死。路人不遑惜其金，惟恨不得以獻楚王。……王聞之，感其欲獻於己，召而厚賜之，過買鳥之金十倍。」按此見尹文子大道上。

〔七〕校證：「『民』原作『氏』，據淩本、梅六次本改。」校注：「按以上下文例之，『民』字是。尹文子大道下篇所謂魏之田父者也。」鄒陽獄中上書自明：「夜光之璧。」梅注：「尹文子曰：魏田父有耕於野者，得寶玉徑尺，弗知其玉也，以告鄰人。鄰人陰欲圖之，謂之曰：怪石也。畜之弗利其家。田父雖疑，猶豫以歸。置於廡下，其夜玉明光照一室。田父大怖……遽而棄之於遠野。鄰人盜之以獻魏王。魏王召玉工相之，玉工望之，再

拜賀曰：大王得天下之寶，臣未嘗見。王問其價，玉工曰：此玉無價以當之。五城之都，僅可一觀。魏王賜獻玉者千金，長食上大夫之祿。」按此亦見大道上。

〔八〕梅注：「闕子曰：宋之愚人得燕石於梧臺之東，歸而藏之以爲寶。周客聞而觀焉。主人齋七日，端冕玄服以發寶，革匱十重，緹巾十襲。客見之掩口而笑曰：此特燕石也，其與瓦甓不殊。」按水經淄水注謂古梧宫之臺東，即闕子所謂宋愚人得燕石處。玉函山房輯佚書據以輯入闕子，謂太平御覽卷五十一誤作「闕子」。然文選應璩百一詩注及藝文類聚卷六石部引均作闕子，當以「闕子」爲是。

綴補：「景宋本白帖一引荀子：『宋之愚人，得燕石於梧桐臺之東（桐字疑衍）』云云（又見御覽四九九、事文類聚前集十四）。」（文與上引闕子略同）

〔九〕易繫辭上：「形而下者謂之器。」「徵」，證驗也。紀評：「此似是而非之見，雖相賞識，亦非知音。」

〔一〇〕抱朴子尚博篇：「德行爲有事，優劣易見；文章微妙，其體難識。」史通鑒識篇：「物有恒準，而鑒無定識，欲求銓核得中，其唯千載一遇乎？」

夫篇章雜沓〔一〕，質文交加〔二〕，知多偏好〔三〕，人莫圓該〔四〕。慷慨者逆聲而擊節〔五〕，醖藉者見密而高蹈〔六〕，浮慧者觀綺而躍心，愛奇者聞詭而驚聽〔七〕。會己則

嗟諷，異我則沮棄〔八〕，各執一隅之解，欲擬萬端之變〔九〕。所謂「東向而望，不見西牆」也〔一〇〕。

〔一〕紀云：「又進一層。」斠詮：「『雜沓』，衆多貌。揚雄甘泉賦：『駢羅列布，鱗以雜沓兮。』」

〔二〕「質文交加」是説有的以樸素見長，有的以華麗見長。

〔三〕曹植與楊德祖書：「人各有好尚。蘭茝蓀蕙之芳，衆人所好，而海畔有逐臭之夫；咸池、六莖之發，衆人所共樂，而墨翟有非之之論，豈可同哉！」

李翺答朱載言書：「天下之語文章，有六説焉。其尚異者，則曰文章辭句奇險而已；其好理者，則曰文章叙意苟通而已；其溺於時者，則曰文章必當時；其病於時者，則曰文章不當時；其愛難者，則曰文章宜深不當易；其愛易者，則曰文章宜通不當難。此皆情有所偏，滯而不流，未識文章之所主也。」（李文公集卷六）

魏慶之詩人玉屑引臨漢隱居詩話：「沈括存中，吕惠卿吉甫，王存正仲，李常公擇，治平中同在館下談詩。存中曰：『韓退之詩乃押韻之文耳，雖健美富贍，而格不近詩。』吉甫曰：『詩正當如是，我謂詩人以來，未有如退之者。』正仲是存中，公擇是吉甫，四人交相詰難，久而不決。公擇忽正色謂正仲曰：『君子群而不黨，公何黨存中也？』正仲勃然曰：『我所見如是，顧豈黨耶？以我偶同存中，遂謂之黨；然則君非吉甫之黨乎！』一座大笑。」

蔡寬夫詩話：「文章大概亦如女色，好惡只係於人。」

〔四〕「圓該」，圓通該備，即面面俱到。抱朴子辭義篇：「五味舛而並甘，衆色乖而皆麗。近人之情，愛同憎異。貴乎合己，賤乎殊途。夫文章之體，尤難詳賞。苟以入耳爲佳，適心爲快，尟知忘味之九成，雅頌之風流也。所謂考鹽梅之鹹酸，不知大羹之不致，明飄飖之細巧，蔽於沈深之弘邃也。」斯波六郎：「此文特表現『會己則嗟諷，異我則沮棄』，與彼文之『貴乎合己，賤於殊途』甚近。」

〔五〕此謂激昂慷慨的人聽了昂揚悲壯的樂聲而擊節歎賞。

〔六〕校證：「『藉』，紀本誤『籍』。」考異：「藉、籍古通。」文賦：「故夫夸目者尚奢，愜心者貴當，言窮者無隘，論達者唯曠。」隱秀篇：「使醖藉者蓄隱而意愉。」「密」指沈密幽隱的作品。「高蹈」是説高興得舉足頓地，猶之乎説手舞足蹈。

〔七〕「浮慧」，浮華巧慧。「綺」，比喻詞藻華美的作品。「詭」，謂詭奇的作品。

〔八〕顔氏家訓文章篇：「邢子才、魏收俱有重名，時俗準的，以爲師匠。邢賞服沈約而輕任昉，魏愛慕任昉而毁沈約，每於談讌，辭色以之，鄴下紛紜，各有朋黨。祖孝徵嘗謂吾曰：『任、沈之是非，乃邢、魏之優劣也。』」清薛雪一瓢詩話：「從來偏嗜，最爲小見。如喜清幽者，則絀痛快淋漓之作爲憤激，爲叫囂；喜蒼勁者，必惡宛轉悠揚之音爲纖巧，爲卑靡。殊不知天地賦物，飛潛動植，各有一

性。——何莫非兩間生氣以成此？理有固然，無容執一。」（見清詩話）吳調公文心雕龍知音篇探微：「元好問素以慷慨蒼涼見長。對于以清剛風格著名的六朝詩人劉琨確是五體投地，而對于擅長刻苦錘鍊，形成寒瘦奇警風格的唐詩人孟郊，却極盡挖苦之能事。他的論詩絶句云：『東野窮愁死不休，高天厚地一詩囚。』這就不能不説是『會己則嗟諷，異我則沮棄』了。」（古代文學理論研究第三輯）

〔九〕「擬」，是度量、衡量。這是説去衡量千變萬化不同風格的作品。

〔一〇〕黄注：「淮南子：東面而望，不見西墻；南面而視，不覩北方。」按此見淮南子氾論訓。校注：「吕氏春秋去宥篇：『東面望者，不見西墻。』」抱朴子廣譬篇：「觀聽殊好，愛憎難同。飛鳥覩西施而驚逝，魚鼈聞九韶而深沉。故衮藻之粲焕，不能悦裸鄉之目；采菱之清音，不能快楚隸之耳；古公之仁，不能喻欲地之狄；端木之辯，不能釋繫馬之庸。」定勢篇：「桓譚稱文家各有所慕，或好浮華而不知實覈，或美衆多而不見要約。陳思亦云：世之作者，或好煩文博彩，深沉其旨者；或好離言辨白，分毫析釐者。」按「音實難知」有兩方面的原因：一方面是作品本身不容易鑒别，劉勰舉了古代的例子説明就是有形的器物也難以辨别，而「文情難鑒，誰曰易分」，文學作品裏的思想感情是很難鑒别的，那就更不容易分清高下。另一方面是「知多偏好」，人們由於性格和愛好的不同而主觀

片面，往往是「會己則嗟諷，異我則沮棄」，合乎自己口味的作品，讀起來擊節歎賞；不合自己口味的作品，就見了討厭，丢在一邊。結果是「東向而望，不見西墻」，各執成見，難以全面。

以上爲第二段，分析「音實難知」的原因。

凡操千曲而後曉聲〔一〕，觀千劍而後識器〔二〕；故圓照之象〔三〕，務先博觀〔四〕。

〔一〕校注：「按桓譚新論：『成少伯工吹竽，見安昌侯張子夏鼓瑟，謂曰：「音不通千曲以上，不足以爲知音。」』（御覽卷五八一引，嚴可均全後漢文卷十佚此條）」

〔二〕范注：「意林引新論曰：『揚子雲工於賦，王君大習兵器。予欲從二子學。子雲曰：能讀千賦則善賦。君大曰：能觀千劍則曉劍。諺曰：伏習象神，巧者不過習者之門。』」按此見道賦篇。

曹植與楊德祖書：「蓋有南威之容，乃可以論於淑媛；有龍淵之利，乃可以議於斷割。」

〔三〕「圓照」，謂靈覺圓融澈照。「圓」指圓滿無缺，「照」指洞照内外，瑩澈無隔。圓覺經：「一切如來本起因地，皆依圓照清净覺相，永斷無明，方成佛道。」「圓照之象」，謂文字是圓明寂照中所現形象。

劉勰梁建安王造剡山石城寺石像碑：「況種智圓照，等覺徧知，揚萬化於大千，摛億形於法

界。……月喻論其跡隱，鏡譬辨其常照。」神思篇：「研閱以窮照。」世説新語假譎篇劉孝標注：「種智有是，而能圓照。」興膳宏文心雕龍與出三藏記集：「僧祐弘明集序有云：『夫覺海無涯，慧境圓照。』其後唐代佛陀多羅譯圓覺經（大正藏十七）亦云：『生死涅槃，同於起滅，妙覺圓照，離於華翳。』……知音篇中以『鏡』與『照』配合使用，構成『照辭如鏡』之句。是故能顯一切事物現象的智慧，稱爲『大圓鏡智』或『大圓照智』。」（興膳宏文心雕龍論文集）

〔四〕郭紹虞、王文生文心雕龍再議：「劉勰對文學批評論的另一重要貢獻是注重批評者的修養。在知音篇裏，他指出文學批評上『賤同思古』、『貴古賤近』的錯誤傾向，以及『各執一隅之解，欲擬萬端之變』的主觀主義分析方法的缺點，認爲必須提高批評者的修養。而修養中需要首先强調的就是『博觀』。『凡操千曲……務先博觀』，這段話十分清楚，『博觀』也就是廣泛地學習、觀察、分析、鑒別。他認爲這種鍛鍊，是培養全面分析作品才能的基礎，事實上也就是强調實踐的重要性。」

閱喬岳以形培塿〔一〕，酌滄波以喻畎澮〔二〕，無私於輕重〔三〕，不偏於憎愛，然後能平理若衡，照辭如鏡矣〔四〕。

〔一〕詩周頌時邁：「懷柔百神，及河喬岳。」傳：「喬，高也，高岳，岱宗也。」後因稱高山曰「喬岳」。「培（音瓿）塿」，小阜也。本作「附婁」或「部婁」，左傳襄公二十四年：「部婁無松柏。」魏都賦注引作「培塿」。說文：「附婁，小土山也。」

〔二〕校注：「『澮』，元本、弘治本、活字本、汪本、佘本、張本、兩京本、胡本作『﨔』。按『﨔』，字書所無，當以作『澮』爲是。爾雅釋水：『注溝曰澮。』釋名釋水：『注溝曰澮；澮，會也，小溝之所聚會也。』滄波以大言，畎澮以小言。書益稷：『濬畎澮巨川。』亦以畎澮連文。」「滄波」，指滄海之波。「畎澮」，田間小溝。書益稷：「濬畎澮距川。」孔傳：「一畝之間，廣尺深尺曰畎。」按史記夏本紀作「浚澮畎致之川」，集解引鄭注云：「畎澮，田間溝也。」「酌」謂酌取。

〔三〕楚辭嚴忌哀時命：「執權衡而無私兮，稱輕重而不差。」

這兩句話强調了比較和分析的重要性。

「輕重」，指對作品評價的高低，像權衡一樣，有客觀的標準，不根據私心偏見。

〔四〕斠詮：「批評家應保持客觀公正之胸衿，捨去一己之偏嗜，就作品整體而評鑑，始能平理若衡，照辭如鏡。若心存成見，以有色眼鏡觀察作品，則必南轅北轍，背道而馳矣。」知音篇裏提出來的解決辦法，首先是「博觀」。經多見廣，自然成爲鑑别的内行，不致於「信僞迷真」，而且要「無私於輕重，不偏於憎愛」，克服了「偏好」的缺點，克服了畸輕畸重的私心，「然後能平理若衡，照辭如鏡矣」，那就是評論文理象秤那樣公平，剖析文辭象鏡子那樣分明。

是以將閱文情〔一〕，先標六觀〔二〕：一觀位體〔三〕，二觀置辭〔四〕，三觀通變〔五〕，四觀奇正〔六〕，五觀事義〔七〕，六觀宫商〔八〕。斯術既形〔九〕，則優劣見矣〔一〇〕。

〔一〕雜文篇：「苑囿文情，故曰新殊致。」「文情」，指作品的文辭與情思。

〔二〕「觀」，作名詞用。先從六方面去觀察。饒宗頤文心雕龍探原：「六觀之術，按劉邵人物志有八觀篇，此參其説。」

〔三〕鎔裁篇：「情理設位，文采行乎其中。」又云：「履端於始，則設情以位體。」「位體」，指根據作者所要表達的思想感情確定文體。

「觀位體」就是觀察「設情以位體」做得怎樣，看是不是根據思想情感來安排文章的體制，是不是根據體裁明確了規格要求。劉勰以封禪文爲例，提出：「搆位之始，宜明大體，樹骨於訓典之區，選言於宏富之路，使意古而不晦於深，文今而不墜於淺。」（封禪篇）此即「位體」之義。

〔四〕詳見麗辭、鎔裁、章句、練字、指瑕等篇。

〔五〕「觀通變」，是觀察在繼承與革新方面做得怎樣，是不是能够推陳出新。這個問題主要見於通變篇。

〔六〕「奇正」有兩種含義：一種是奇異和正常，一種是新奇和雅正。前者的「奇」是對離騷型的浪漫主義説的，劉勰主張以正爲主，以奇爲副，要「酌奇而不失其貞（正）」（辨騷），「執正以馭

奇」(定勢);後者的「奇」,是針對南朝的形式主義、追逐新奇説的,他反對「逐奇而失正」(定勢)。奇與正是一對矛盾,要觀察在奇與正的關係上處理得怎樣,是否能够「執正以馭奇」,不致「逐奇而失正」。

〔七〕觀「事義」,是觀察在文章寫作中能否像在事類篇説的「舉事以類義,援古以證今」,就是舉出和要説明的論點類似的事例作爲論據,或者運用典故來「以古證今」。具體事例,主要取材於與主題有關的現實生活;但在南朝用典風氣盛行的時候,取材於古代經史的典故就成了很重要的來源。鍾嶸詩品序説:「詞既失高,則宜加事義,雖謝天才,且表學問。」

〔八〕觀「宫商」,是觀察宫商角徵羽五音在詩賦等韻文裏是否調配得適當,這裏指的是作品的音律,就是在詩賦和駢文中,詞句的聲、韻、調要按既定格律作適當的安排,其中主要的是四聲問題。詳見聲律篇。

〔九〕校證:「廣博物志二九『形』作『行』。」校注:「『行』字誤。情采篇贊『心術既形』,句法與此同,可證。」「斯術」,即是指上面所説的六觀。這句是説六種觀察方術既已形成。

〔一〇〕文心雕龍再議:「有的同志認爲,劉勰的『六觀』,多注意形式方面的問題,這是他的缺點。其實不然。先標六觀是爲了進一步窺閲文情。『六觀』的缺點並不在此,而在於它没有把根據社會生活評價作品思想内容這樣重要的一點概括到他的批評論中去,儘管他在分析文學現象時已經這樣實踐。」

以上爲第三段，針對以上所存在的問題，提出來的解决辦法，首先是「博觀」，經多見廣，自然成爲鑑别的内行，而且對作品要作全面的觀察，克服成見和私心，接着提出觀察作品的六項具體方術。這「六觀」雖然多半注意藝術形式方面的問題，其實「先標六觀」，還是爲了正確理解和評價作品的思想内容。自然，這裏所提出來的「六觀」，由於時代的推移，已不適合於當前廣大讀者和批評家的實際要求，但有規律可尋還是古今一致的。

夫綴文者情動而辭發〔一〕，觀文者披文以入情〔二〕，沿波討源〔三〕，雖幽必顯〔四〕。世遠莫見其面，覘文輒見其心〔五〕。豈成篇之足深〔六〕，患識照之自淺耳〔七〕。

〔一〕毛詩序：「情動於中而形於言。」體性篇：「夫情動而言形，理發而文見。」物色篇：「情以物遷，辭以情發。」

〔二〕校證：「『文』兩京本作『尋』。辨騷篇、時序篇俱有『披文』語。文選陸士衡文賦：『碑披文以相質。』此彦和所本。兩京本不可從，王惟儉本『文』又作『辭』，亦不可從。」辨騷篇：「言節候則披文而見時。」

校注：「『披文』，元本、活字本、胡本作『披尋』；訓故本作『披辭』。按訓故本是也。上句既言『綴文者情動而辭發』；則此當作『觀文者披辭以入情』，始能相應。」「披」謂披閱。這是説讀者通過披閱作品的文辭深入領會作者的思想感情。

〔三〕文賦：「或因枝以振葉，或沿波而討源。」「波」，指外在的文辭形式；「源」，指内在的思想感情。

〔四〕意謂即使隱微也一定會使它顯露。

〔五〕「覘」，觀察，有鑽研之意。論衡佚文篇：「賢聖定意於筆，筆集成文，文具情顯，後人觀之，以見正邪，安宜妄記！足蹈於地，跡有好醜；文集於札，志有善惡。故夫占跡以睹足，觀文以知情。」抱朴子鈞世篇：「蓋往古之士，匪鬼匪神。其形器雖冶鑠於疇曩，然其精神布在乎方策。情見乎辭，指歸可得。」陸游上辛給事書：「某聞前輩以文知人。……必有是實，乃有是文。夫心之所養，發而爲言，言之所發，比而成文，人之邪正，至觀其文則盡矣決矣，不可復隱矣。」（渭南文集）

〔六〕郭注：「論語公冶長：『巧言、令色、足恭，左丘明恥之，丘亦恥之。』此文足深與彼文足恭，兩足字義同，過也。」按「足深」亦可解作足够深刻。抱朴子鈞世篇：「且古書之多隱，未必昔人故欲難曉，或世易語變，或方言不同，經荒歷亂，埋藏積久，簡編朽絶，亡失者多。或雜續殘缺，或脱去章句，是以難知，似若至深耳。」

〔七〕「識照」，猶言鑑别力。按此處元刻本、兩京本、黄本均作「自淺」，弘治本「自」作「目」，張之象本、梅本、凌本從之。何焯「自」作「目」。雖可兩通，但仍以從元本作「自」爲勝。校證、校注均失校。

以上是說，儘管「音實難知」，但是看文章的人，通過披閱文章深入作者的内心。這樣猶之乎沿着餘波去探討水源，雖然作者有幽深的含意也可以顯露出來。深入理解了作者的含意，自然就可以作出正確的批評了。

夫志在山水，琴表其情〔一〕，況形之筆端，理將焉匿？故心之照理〔二〕，譬目之照形，目瞭則形無不分〔三〕，心敏則理無不達。

〔一〕吕氏春秋本味篇，見題下注。

〔二〕「心」是就讀者方面説；「理」是就作品方面説。這兩個「理」字指思路。

〔三〕孟子離婁上：「胸中正，則眸子瞭焉；胸中不正，則眸子眊焉。」注：「瞭，明也。」

然而俗鑒之迷者〔一〕，深廢淺售〔二〕，此莊周所以笑折楊〔三〕，宋玉所以傷白雪也〔四〕！

〔一〕校證：「鑒，原作『監』，鈴木云：『宜作鑒。』案鈴木説是。王惟儉本正作『鑒』。本贊『妙鑒迺訂』語，即承此爲言，亦作『鑒』。今據改。」考異：「監，察也，領也，攝也。韻會通作鑑、鑒。禮王制：『天子使其大夫爲之監，監於方伯之國。』上『監』讀去，下『監』讀平。又書酒誥：『人無於水監，當於民監。』鈴木説非。」

〔二〕作品含意深刻的不爲人理解而遭廢棄，意思浮淺的容易受人賞識。

〔三〕梅注：「莊子曰：大聲不入於里耳，折楊、皇荂，則嗑然而笑。是故高言不止於衆人之心，至言不出，俗言勝也。」按此見天地篇。「荂」，古華字。成疏：「折楊、皇華蓋古之俗中小曲也，玩狎鄙野，故嗑然動容，同聲大笑也。」大聲，咸池、六英之樂。嗑，笑聲。

〔四〕文選宋玉對楚王問：「客有歌於郢中者，其始曰下里、巴人，國中屬而和者數千人；其爲陽阿、薤露，國中屬而和者數百人；其爲陽春、白雪，國中屬而和者數十人。引商刻羽，雜以流徵，國中屬而和者，不過數人而已。是其曲彌高，其和彌寡。」屬和，跟着别人唱。「白雪」，古琴曲。郭茂倩樂府詩集卷五十七：「謝希逸琴論曰：『劉涓子善鼓琴，制陽春、白雪曲。』琴集曰：『白雪，師曠所作商調曲也。』唐書樂志曰：『白雪，周曲也。』張華博物志曰：『白雪者，太帝使素女鼓五十弦瑟曲名也。』」諸説不同，要皆指高雅之音。梁簡文帝與湘東王書：「玉徽金銑，反爲拙目所嗤；巴人、下里，更合郢中之聽。陽春高而不和，妙聲絶而不尋，竟不精討錙銖，覈量文質，有異巧心，終媿妍手。是以握瑜懷玉之士，瞻鄭邦而知退；章甫翠履之人，望閩鄉而嘆息。」宋陳善捫蝨新話「文章由人所見」條：「文章似無定論，殆是由人所見爲高下耳。只如楊大年、歐陽永叔皆不喜杜詩，二公豈不知文者？而好惡如此。晏元獻公嘗喜誦梅聖俞『寒直猶著底，白鷺已飛前』之句，聖俞以爲此非我之極致者，豈公偶自得意於其間乎？歐公亦云：

『吾平生作文，惟尹師魯一見展卷疾讀，五行俱下，便曉人深意處。』然則於餘人當有所不曉者多矣。所謂文章如精金美玉，自有定價，不可以口舌增損者，殆虚語耶？雖然，陽春、白雪，而和者數人，折楊、黄華，則啞然而笑。自古然矣。」

昔屈平有言：「文質疏内，衆不知余之異采。」〔一〕見異唯知音耳〔二〕。揚雄自稱「心好沈博絶麗之文」〔三〕，其事浮淺〔四〕，亦可知矣。

〔一〕黄注：「屈平九章：『文質疏内兮，衆不知余之異采。』」按此見懷沙篇。王逸注：「采，文采也。言己能文能質，内以疏達，衆人不知我有異藝之文采也。」洪興祖補注：「内，舊音訥。疏，通也。訥，木訥也。」蔣驥山帶閣注楚辭：「文質，文之不豔者。」

這是説文采不華豔，顯得迂闊而不善表達。屈原本來是講的德行，這裏引來指文章。

〔二〕校釋：「按兩『異』字應作『奥』，後人據誤本楚辭改此文耳。觀下文『深識鑒奥』可知。」文論選注：「史記屈原列傳：『文質疏内兮，衆不知余之異采。』集解引徐廣曰：『異一作奥。』」此「異」「奥」形近易誤之證。

斠詮：「按不改字自通。異采者，殊異之文采也。」

另外，文心雕龍中還兩用「異采」字。體性篇：「壯麗者，高論鴻裁，卓爍異采者也。」麗辭篇：「若氣無奇類，文乏異采，碌碌麗辭，則昏睡耳目。」

吴調公文心雕龍知音篇探微：「這裏的所謂見異，決不僅僅指才能出衆，還包括能識别作家和作品之所以出衆的個性特色。」（古代文學理論研究第三輯）

徐中玉文心雕龍「見異唯知音耳」説：「『異采』不僅指文采，也應包括通過作品所表現出來的品格與才能。……但『見異』還有另外一些重要内容：劉勰見出了各家作品之『異』處，承認其中有些『異』處實際正是其出衆不凡處。」（油印本）

〔三〕校注：「按古文苑揚雄答劉歆書：『雄爲郎之歲，自奏少不得學，而心好沈博絶麗之文。』」按此語已見事類篇黄注引。

〔四〕「其事浮淺」，范注：「疑當作『不事浮淺』。」校釋：「按『其』疑『匪』誤，此言雄好深奥之文，匪從事於浮淺可知。故下曰『深識鑒奥，歡然内懌』也。」校注：「『其』下，訓故本有一白匡。按今本上下文意不相應。『其』下疑脱一『不』字。」校證：「今按疑當作『共事浮淺』，意謂揚雄自稱心好沈博絶麗之文，則世俗之共事浮淺，亦可知矣。王維儉本『其』下有□。」

斠詮：「『共事浮淺』，承上文『俗監之迷者，深廢淺售』而言，亦與上文屈平所謂『衆不知余之異采』之意相偶。若如范楊二氏之校，則語意直致，上下文不相貫串矣。」

吴林伯商兑：「『其事浮淺』，乃就上文引雄語論斷，『其』下省略『不』字，實爲『其不事浮淺』，正與下文『深識鑒奥』一貫。論説：『曹植論道體同書抄，言不持正，論如其已。』『如其已』，猶春秋左傳昭三十一年『不如其已』。古人爲行文之便，自有省『不』之例。」

綴補：「案『事』猶『於』也。『其於浮淺亦可知』，意謂揚雄決不好浮淺之文也。」

夫唯深識鑒奥〔一〕，必歡然内懌〔二〕，譬春臺之熙衆人〔三〕，樂餌之止過客〔四〕。蓋聞蘭爲國香，服媚彌芬〔五〕；書亦國華〔六〕，翫繹方美〔七〕。知音君子，其垂意焉。

〔一〕校證：「『深識』疑當作『識深』。」徐復文心雕龍正字：「按『深識』疑當作『識深』，與『鑒奥』二字詞性均同。」校注：「按『鑒奥』疑當乙作『奥鑒』，與『深識』對。此云『深識奥鑒』，與聲律篇之『練才洞鑒』，句法正相似也。」按「奥鑒」二字過於生硬。

〔二〕「内懌」，内心喜悦。論衡佚文篇：「誠見其美，懽氣發於内也。」

〔三〕「熙」，校證本誤印作「照」。老子二十章：「衆人熙熙，如享太牢，如登春臺。」「如登春臺」亦作「如春登臺」。「熙熙」，和樂聲，見左傳襄公二十九年「廣哉熙熙乎」杜注。

范注：「俞樾諸子平議（平議老子）曰：『如春登臺與十五章若冬涉川一律。河上公本作如登春臺，非是。然其注曰：「春陰陽交通，萬物感動，登臺觀之，意志淫淫然。」是亦未嘗以春臺連文。其所據本亦必作春登臺，今傳寫誤倒耳。文選閑居賦注引此已誤。』案如俞説，則彦和時已誤矣。釋藏卷八釋道安十二門經論序：『世人遊此，猶春登臺。』是晉代尚不誤也。」

牟注：「總術篇『落落之玉』也是取河上公本，可見劉勰這裏説『春臺』是據河上公本老子。」

〔四〕梅注：「老子曰：樂與餌，過客止。」按此見第三十五章，王弼注：「樂與餌則能令過客止。」此謂音樂與食物，可使過客止步。

何焯批：「『餌』或作『肆』。」謝恒抄本「樂」作「藥」，馮校：「『藥』當作『樂』。」

斠詮：「此言觀審文章，若能深入文情，沿波以討源，縱使文義深奥，亦必顯然易見。人心之察照事理，敏慧者無不通達，亦唯見識深遠，鑒察隱微，始於詩文欣欣然内心悦愛，譬若衆人之登臨春日亭臺，喜樂無邊，路客之經過美音香餌，留連不已也。」

〔五〕左傳宣公三年：「鄭文公有賤妾曰燕姞（其乙反），夢天使與己蘭曰：『余爲伯鯈。余，而祖也。以是爲而子（注：以「蘭」爲汝子名），以蘭有國香，人服媚之如是。』」注：「媚，愛也，欲令人愛之如蘭。」「服」，佩也。「國香」，香甲於一國者。

〔六〕斠詮：「國華，國之榮華。此處可作『國寶』解。國語魯語上：『季文子曰：吾聞以德榮爲國華。』晉書衛瓘張華傳論：『忠爲令德，學乃國華。』」魯語韋昭注：「國華，爲國光華也。」

〔七〕校證：「『繹』原作『澤』，據王惟儉本改。」校注：「按訓故本作『繹』，是。繹，尋繹也。」謂引其端緒而尋究之。以上是説：欣賞它，分析它，纔顯得美。正像蘭花要佩戴它，愛護它，纔更覺得香一樣。

考異：「『澤』與上『媚』字爲對文……作繹非。」此亦可備一説。

第四段指出做好鑒賞和批評工作，要「沿波討源」，深入到作品的内部；要提高藝術趣味，

「識深鑒奥」，並經過細致的體會和玩賞，才能成爲知音。

贊曰：洪鍾萬鈞〔一〕，夔、曠所定〔二〕。良書盈篋，妙鑒迺訂〔三〕。流鄭淫人〔四〕，無或失聽〔五〕，獨有此律〔六〕，不謬蹊徑〔七〕。

〔一〕校注：「『鍾』，何本、訓故本、凌本、謝鈔本、别解本、岡本、尚古本……作『鐘』。按『鍾』與『鐘』通。文選張衡西京賦：『洪鍾萬鈞。』薛注：『三十斤曰鈞。』」宗經篇：「譬萬鈞之洪鍾，無錚錚之細響矣。」

〔二〕書舜典：「帝曰：夔，命汝典樂。……夔曰：於，予擊石拊石，百獸率舞。」此夔善樂爲樂官之證。

孟子離婁上：「師曠之聰。」趙注：「師曠，晉平公之樂太師也。」

以上二句言萬鈞之洪鐘，乃識音之夔、曠所定。

斯波六郎：「吕氏春秋察傳：『孔子曰：昔者舜欲以樂傳教於天下，乃令重黎舉夔於草莽之中而進之，舜以爲樂正，夔於是正六律，和五聲，以通八風，而天下大服。』又長見：『晉平公鑄爲大鐘，使工聽之，皆以爲調矣。師曠曰：不調。請更鑄之。平公曰：工皆以爲調矣。師曠曰：後世有知音者，將知鐘之不調也，臣竊爲君恥之。』」揚雄解難：「師曠之調鐘，俟知音者之在後也。」（漢書揚雄傳）抱朴子尚博篇：「援琴者至

衆，而夔、襄專知音之難。」

〔三〕這句是説有美妙的識鑒才能評定高下。

〔四〕論語衛靈公：「放鄭聲，遠佞人。鄭聲淫，佞人殆。」禮記樂記：「鄭聲好濫淫志。」文選魏文帝善哉行：「流鄭激楚。」「流鄭」，流蕩的鄭聲。「淫人」，使人意志淫濫。

〔五〕曹植與楊德祖書：「鍾期不失聽，於今稱之。」「失聽」，言聽錯，在此比喻對作品的理解錯誤。

〔六〕「此律」指批評鑒賞的規律。主要指「六觀」。

〔七〕「蹊徑」，門徑。「不謬蹊徑」，謂不致發生方向錯誤。

程器第四十九

漢書東方朔傳：「武帝既招英俊，程其器能，用之如不及。」顏師古注：「程謂量計之也。」

論衡程材篇：「世名材爲名器，器大者盈物多。然則儒生所懷，可謂多矣。」

紀評：「此一篇彦和亦憤而著書者。觀時序篇，此書蓋成於齊末，彦和入梁乃仕，故鬱鬱乃爾耶？」

雜記：「兹篇爲本書之終篇，四十八篇以上，文之體用具矣。殿以程器者，體用華也，程器實也。無器何有於用？孔門四科，首德行而末文學。故孔子曰：『文莫吾猶人也，躬行君子，則吾

末之有得。』又曰：『行有餘力，則以學文。』蓋德行爲文之本，有德有文，相得益彰；無德有文，徒爲文過濟惡之資。宇宙間何貴有此文哉！然則以上四十八篇，與茲篇等量齊讀可也。即先讀茲篇，而後讀四十八篇亦可也。又『形而上謂之道，形而下謂之器』，器者所以求道。彦和首原道而終程器，示我周行矣。又顏氏家訓文章篇云：『文章之體，標舉興會，發引性靈，使人矜伐，故忽於持操，果於進取。今世文士，此患彌切，一事愜當，一句清巧，神厲九霄，志凌千載，自吟自賞，不覺更有傍人。加以砂礫所傷，慘於矛戟，諷刺之禍，速乎風塵。』亦與此篇相發。」

校釋：「紀評謂舍人『此篇亦有激之談，不爲典要』，真所謂俗監之迷者也。今細繹其文，可得二義：一者，歎息於無所憑藉者之易招譏謗；二者，譏諷位高任重者怠其職責，而以文采邀譽。於前義可見爾時之人，其文名籍甚者，多出於華宗貴胄，布衣之士不易見重於世。蓋自魏文時創爲九品中正之法，日久弊生……宋齊以來，循之未改。……至隋文開皇中，始議罷之，是六代甄拔人才，終不出此制，於是士流咸重門第，而寒族無進身之階，此舍人所以興歎也。於後義可見爾時顯貴，但以辭賦爲勳績，致國事廢弛。蓋道文既離，浮華無實，乃舍人之所深憂，亦文心之所由作也。」

王元化劉勰身世與士庶區別問題：「劉勰在這篇文章中論述了文人的德行和器用，借以闡明學文本以達政之旨。其中寄慨遥深，不僅頗多激昂憤懣之詞，而且也比較直接正面地吐露了自己的人生觀和道德理想。紀昀評程器篇云云，這個説法雖然也看出一些問題，可是由於他拘

於傳統偏見，不僅没有進一步去發掘其中意藴，究明劉勰的憤懣針對哪些社會現象，反而只是籠統地斥之爲『有激之談，不爲典要』就一筆帶過了。……劉永濟……顯然把劉勰的憤懣歸結到士庶區別問題上面。」（中華文史論叢一九七九年第一輯）

注訂：「文心一書首篇原道，論文人必守之則，此篇程器論文人當勉之行，兩作相應，爲本書之要，首尾應，用心遠，立意深，不可不察也。至於篇末云：『雕而不器，貞幹誰則？』蓋若有深慨焉。」

斠詮：「程器者，量計器用材能之謂也。……案『程』本爲度量之總名，荀子致仕：『程者，物之準也。』禮記月令：『按度程。』注：『程爲器所容者。』又度也，見吕氏春秋愼行篇『後世以爲法程』句注。……本篇旨在論文行並重。文心首篇原道言……『有心之器其無文歟？』宗經篇云：『夫文以行立，行以文傳，四教所先，符采相濟。』是德行爲器之用，文爲器之采。必也言則成章，動則成德，積德内充而辭章外發，方不愧爲文行兼備之彬彬君子。……文心論文，始於原道，終於程器，前者陳文人必守之極則，後者示文人當勉之實行。首尾應合，用意可謂深遠矣。」

按「器」是材器，這個材器和現在一般所説的文學創作才能不是一個意思，它指的是具有道德人品和識見的「棟樑之材」。「程器」就是衡量一個作家有没有這種包括道德品質、政治識見在内的全面的修養。

周書論士，方之梓材〔一〕，蓋貴器用而兼文采也〔二〕。是以樸斲成而丹雘施〔三〕，

垣墉立而雕杇附〔四〕。

〔一〕斠詮：「梓材，尚書周書篇名，原意謂木工之治作器材也。書序：『成王既伐管叔、蔡叔，以殷餘民封康叔，作康誥、酒誥、梓材。』傳：『告康叔以爲政之道，亦如梓人治材。』孫星衍注：『史遷説：周公旦懼康叔齒少，爲梓材，示康叔可法則。』疏：『梓者，梓人。史記正義曰：「若梓人爲材，君子觀爲法則也。梓，匠人也。」』案梓人即孟子滕文公篇之『梓匠』。趙注：『梓匠，木工也。』」

〔二〕斠詮：「器，所以爲用者。論語：『君子不器。』集解：『器，各周其用。』左氏隱五年傳：『其材不足以備器用。』注：『器用，軍國之器也。』王褒聖主得賢臣頌：『夫賢者，國家之器用也。』是則彥和所題『程器』云者，涵有『程度器用』之義。以爲所貴乎士者，自當深其程度，備其器用，有文藻身，有行勵德，『文質彬彬，然後君子』者也。……良以士之所貴者器用材能，不徒以雕章琢句、咬文嚼字爲能事。他根據周書論『士』的標準，提出要『貴器用而兼文采』，就是首先要能成大器，在政治上有大用，再兼有寫文章的才華。」

〔三〕范注：「尚書梓材：『若作室家，既勤垣墉，惟其塗塈茨。若作梓材，既勤樸斲，惟其塗丹雘。』傳曰：『爲政之術，如梓人治材爲器，已勞力樸治斲削，惟其當塗以漆丹以朱而後成，以言教化亦須禮義然後治。』」

孫星衍注：「治木器曰梓。樸，未成器也。雘，青丹也。」孫疏：「説文云：『樸，木素也。斵，斫也。』……喻政事修舉乃有成。如作梓材，既勤力治其素質，當思加以采也。」

斯波六郎：「案孔傳梓材此文，喻『爲政之術』，但彦和此之用法，必與孔傳不一致。彦和之用法，已見徐幹中論：『器不飾則無以爲美觀，人不學則無以有懿德，有懿德，故可以經人倫，爲美觀，故可以供神明。故書曰：若作梓材，既勤樸斵，惟其塗丹雘。』（治學第一）」

〔四〕范注：「五子之歌：『峻宇雕墻。』説文：『杇，所以塗也。秦謂之杇，關東謂之槾。』」校注：「『杇』，弘治本、汪本、佘本、張甲本、萬曆梅本、謝鈔本作『朽』，張乙本作『巧』；何本、凌本、合刻本……崇文本作『墁』。按元本、活字本、訓故本作『杇』；喻林八八引作『圬』。是『朽』爲『杇』之誤，『巧』爲『圬』之誤。『圬』，『杇』之或體。當以作『杇』爲正。論語公治長篇：『子曰：朽木不可雕也，糞土之牆不可杇也。』（集解引王肅曰：「杇，鏝也。」史記仲尼弟子傳「杇」作「圬」，「鏝」作「墁」）即此『雕杇』二字之所自出。何本等作『墁』，其義雖通，恐非舍人之舊。」

而近代辭人〔一〕，務華棄實。故魏文以爲「古今文人，類不護細行」〔二〕。韋誕所評，又歷詆群才〔三〕。後人雷同〔四〕，混之一貫〔五〕。吁，可悲矣〔六〕！

〔一〕校證：「『辭』，王惟儉本作『詞』。」

〔二〕校證：「『人』下原有『之』字，梅、徐、馮並云：『之字衍。』王惟儉本、文通二五無『之』字。按魏文與吴質書本無『之』字，今據删。」馮舒校云：「『文人』下衍『之』字。」

補注：「魏文帝與吴質書：古今文人類不護細行，鮮能以名節自立。」「細行」，謂小節。南史顏延之傳：「文人不護細行，古今之所同焉。由夫聲采所加，故取忤於人者也。觀夫顏、謝之於宋朝，非不名高一代，靈運既以取斃，延之亦躓當年。向之所貴，翻成害己者矣。」

〔三〕訓故：「文章叙録：韋誕，字仲將，太僕端之子，魚豢嘗舉王、阮諸人以問誕，誕對曰：『仲宣傷於肥戇，休伯都無格檢，元瑜病於體弱，孔璋實自麤疏，文蔚性頗忿鷙。』」范注：「三國魏志王粲傳注引魚豢曰：『尋省往者魯連、鄒陽之徒，援譬引類以解締結，誠彼時文辯之儁也。今覽王、繁、阮、陳、路諸人前後文旨，亦何昔不若哉！其所以不論者，時世異耳。余又竊怪其不甚見用，以問大鴻臚卿韋仲將，仲將云：「仲宣傷於肥戇，休伯都無格檢，元瑜病於體弱，孔璋實自麤疏，文蔚性頗忿鷙。」……然君子不責備於一人，譬之朱漆，雖無楨幹，其爲光澤，亦壯觀也。』」

〔四〕「雷同」，人云亦云。禮記曲禮上：「毋雷同。」鄭玄注：「雷之發聲，物無不同時應者，人之言當各由己，不當然也。」

〔五〕「一貫」，一樣。韓非子顯學：「磐不生粟……今商官技藝之士亦不墾而食，是地不墾，與磐石一貫也。」

校注：「按呂氏春秋過理篇：『亡國之主一貫。』高注：『貫，同也。』」

綴補：「『混之一貫』，按『之』猶『爲』也。莊子德充符篇：『以可不可爲一貫。』此文之『之』，彼文之『爲』，其義一也。論衡氣壽篇：『何以知不滿百爲夭者，百歲之壽也。』劉子隨時篇：『非橡、綆之貴，而珠、玉之賤。』『之』亦並與『爲』同義。」

〔六〕「古今文人類不護細行」，就是説文人大都不注意品行方面的細節，後人也附和這種論調，把文人看作是「無行」的，劉勰認爲這是一種「可悲」的現象。

以上爲第一段，總論文人應注意品德修養。

略觀文士之疵：相如竊妻而受金〔一〕，揚雄嗜酒而少算〔二〕，敬通之不循廉隅〔三〕，杜篤之請求無厭〔四〕，班固諂竇以作威〔五〕，馬融黨梁而黷貨〔六〕，文舉傲誕以速誅〔七〕，正平狂憨以致戮〔八〕，仲宣輕脆以躁競〔九〕，孔璋傯恫以麤疎〔一〇〕，丁儀貪婪以乞貨〔一一〕，路粹餔啜而無恥〔一二〕，潘岳詭禱於愍懷〔一三〕，陸機傾仄於賈郭〔一四〕，傅玄剛隘而詈臺〔一五〕，孫楚狠愎而訟府〔一六〕。諸有此類，並文士之瑕累〔一七〕。

〔一〕史記司馬相如傳：「卓王孫有女文君，新寡，好音，故相如……以琴心挑之……文君竊從户窺之，心悦而好之，恐不得當也……夜亡奔相如，相如乃與馳歸成都。」又：「其後，人有上書言相如使蜀時受金，失官。」顔氏家訓文章篇：「司馬長卿竊貲無操。」

〔二〕漢書揚雄傳：「雄家素貧，嗜酒，人希至其門。時有好事者，載酒肴，從游學。」范注：「漢書揚雄傳：『……家産不過十金，乏無儋石之儲，晏如也。』彦和謂其少算，豈指是與？顔氏家訓云：『揚雄德敗美新。』」按此見文章篇。校注：「按桓譚新論：『揚子雲爲郎，居長安，素貧。比歲亡其兩男，哀痛之，皆持歸葬於蜀，以此困乏。子雲察達聖道，明於死生，不下季札；然而慕戀死子，不能以義割恩，自令多費而致困貧。（御覽五五六引）舍人所謂少算，蓋指此也。」

牟注：「少算，文選劇秦美新注引李充翰林論：『揚子論秦之劇，稱新之美，此乃計其勝負，比其優劣之義。』少算即諷其美新之失。李善注評揚雄説：『王莽潛移龜鼎，子雲進不能辟戟丹墀，亢辭鯁議；退不能草玄虚室，頤性全真，而反露才以耽寵，詭情以懷禄，「素餐」所刺，何以加焉！』」

〔三〕校注：「按『循』當作『修』，『修』與『脩』通，『循』蓋『脩』之誤（古籍中多有此例）。漢書揚雄傳：『不修廉隅。』又元后傳：『（王）禁有大志，不修廉隅。』並其證也。」

考異：「循，説文：『行順也。』爾雅釋詁：『率，循也。』史記循吏列傳：『奉職循理，亦可爲治。』廣雅：『循，述也。』與修字義近而用同。且『循』『修』二字有輕重深淺程度之略别，『循』字不誤，楊校非。」

黄注：「馮衍傳：衍字敬通。顯宗即位，人多短衍文過其實，遂廢於家。衍與婦弟書，數婦

之惡，有云：以室家之故，捐棄衣冠，心專耕耘，以求衣食。」范注：「後漢書馮衍傳：『衍娶北地任氏女爲妻，悍忌不得畜媵妾，兒女常自操井臼，老竟逐之，遂埳壈於時。』章懷注引衍集與婦弟任武達書醜詆其婦，詞極慘苦。注又引衍與宣孟書，似又出其後妻，其人之鄙薄可知。宋書王微傳：『光武以馮衍才浮其實，故棄而不齒。』」顏氏家訓文章篇：「馮敬通浮華擯壓。」按「廉隅」指品行方正，有節操。禮記儒行：「近文章，砥礪廉隅。」

〔四〕訓故：「東觀漢記：杜篤與美陽令交遊，數從請託，不諧，頗相恨。令怒，收篤送京師。」「請求」，指向人請託。「厭」，滿足。

後漢書文苑傳：「杜篤字季雅，京兆杜陵人，博學不修小節，不爲鄉人所禮。居美陽，與美陽令游，數從請託不諧，頗相恨。令怒，收篤送京師。會大司馬吴漢薨，光武詔諸儒誄之，篤於獄中爲誄，辭最高，帝美之，賜帛免刑。」

〔五〕黄注：「（後漢書）班固傳下大將軍竇憲出征匈奴，以固爲中護軍，與參議，及竇憲敗，固先坐免官。固不教學諸子，諸子多不遵法度，吏人苦之。」范注：「顏氏家訓曰：班固盜竊父史。」

郝懿行文心雕龍輯注批注：「按燕然山銘，固所作也。諂竇之實，注不及之，何也？困學紀聞卷二：『漢董賢册文（見漢書佞幸董賢傳）言「允執其中」，蕭咸謂：「此堯禪舜之文，非三公故事。」（亦見董賢傳）班固筆之於史矣，而固紀憲之功（按指封燕然山銘）曰「納於大麓」（見書舜典），「維清緝熙」（見周頌維清），其諛甚於董賢之册。此固所以文姦言而無忌

憚也。』」

斯波六郎：「按范氏所引不適切。彦和所云，指何事實，今不得詳，本傳有載『初洛陽令种暠嘗行，固奴干其車騎，吏椎呼之，奴醉罵，暠大怒，畏憲不敢發，心銜之』之事，以説明『作威』之一面也。尚書泰誓下：『獨夫受，洪惟作威。』又洪範：『惟辟作福，惟辟作威，惟辟玉食。』」

〔六〕訓故：「後漢書：馬融奏廣成頌，忤鄧氏，又因自劾，太后怒，禁錮之。融懲前事，遂爲梁冀草奏奏李固。又作大將軍西第頌，爲正直所羞。」黄注：「馬融傳……論曰：馬融奢樂恣性，黨附成譏，固知識能匡欲者鮮矣。」補注：「黄注引融傳不及黷貨，今當添入。融傳：『先是融有事忤大將軍梁冀旨，冀諷有司奏融在郡貪濁免官。』惠棟後漢書訓纂引三輔決録云：融爲南郡太守，二府以融在郡貪濁，受主記掾岐肅錢四十萬，融子又强受吏白向錢六十萬，布三百疋，以肅爲孝廉，向爲主簿。」

校注：「按左傳昭公十三年：『晉有羊舌鮒者，瀆貨無厭。』杜注：『瀆，數也。』『瀆』、『黷』，古今字。」「貨」是財物，「黷貨」謂貪污財貨。

〔七〕訓故：「張璠漢記：『時天下草創，曹、袁之權未分。孔融建明，不識時務。又天性豪爽，頗推平生之意。狎侮太祖，太祖外雖寬容，而内不能平，卒誅之。』」

注訂：「顏氏家訓曰：『馬季長佞媚獲誚。』」

後漢書孔融傳：「融字文舉……負其高氣，志在靖難，而才疎意廣，迄無成功。」「時年飢兵興，操表制酒禁，融頻書爭之，多侮慢之辭。既見操雄詐漸著，數不能堪，故發辭偏宕，多致乖忤。」「曹操既積嫌忌，而郗慮復構成其罪，遂令丞相軍謀祭酒路粹枉狀奏融曰：『少府孔融……又前與白衣禰衡跌蕩放言云：「父之於子，當有何親？論其本意，實爲情欲發耳。子之於母，亦復奚爲？譬如寄物缻中，出則離矣。」大逆不道，宜極重誅。』書奏下獄，棄市，時年五十六。」

范注：「意林引傅玄傅子：『漢末有管秋陽者，與弟及伴一人避亂俱行。天雨雪，糧絕，謂其弟曰：今不食伴，則三人俱死。乃與弟共殺之。得糧達舍，後遇赦無罪，此人可謂善士乎？孔文舉曰：「管秋陽愛先人遺體，食伴無嫌也。」荀侍中難曰：「秋陽貪生殺生，豈不罪耶？」文舉曰：「此伴非會友也，若管仲啖鮑叔，貢禹食王陽，此則不可。向所殺者猶鳥獸而能言耳。今有犬齧一狸，狸齧一鸚鵡，何足怪也？」』觀文舉此論，可見其誕之甚。宋書王微傳：『諸葛孔明曰：來敏亂郡，過於孔文舉。』金樓子立言篇亦載文舉食人語，文小異。」

校注：「按袁淑弔古文：『文舉疏誕以殃速。』（類聚四十引）『速，召也。』（詩召南行露毛傳）」

〔八〕黄注：「後漢文苑傳：禰衡，字正平，少有才辯，而氣尚剛傲……後爲黄祖所殺。」范注：「禰衡傲誕事，詳後漢書本傳，後竟爲黄祖所殺。」

後漢書文苑傳：「禰衡，字正平……少有才辯而氣尚高傲……好矯時慢物。唯善魯國孔融及弘農楊修，常稱曰：大兒孔文舉，小兒楊德祖，餘子碌碌，莫足數也。……融既愛衡才，數稱述於曹操，操欲見之，而衡素相輕疾，自稱狂病，不肯往，而數有恣言。操懷忿，而以其有才名，不欲殺之。於是遣人送之劉表，劉表及荆州士大夫先服其有才名，甚賓禮之。……後復侮慢於表，表恥不能容，以江夏太守黄祖性急，故送衡與之。……後黄祖在蒙衝船上大會賓客，而衡言不遜順，祖慙，乃訶之。……令五百將出，欲加箠，衡方大罵，祖恚，遂令殺之。」

顔氏家訓文章篇：「孔融、禰衡，誕傲致殞。」

〔九〕體性篇：「仲宣躁競。」

三國志魏志杜襲傳：「魏國既建，爲侍中，與王粲、和洽並用。粲强識博聞，故太祖遊觀出入，多得驂乘；至其見敬，不及洽、襲。襲嘗獨見，至於夜半。粲性躁競，起坐曰：『不知公對杜襲道何等也？』洽笑答曰：『天下事豈有盡邪！卿晝侍可矣。悒悒於此，欲兼之乎？』」校注：「范文瀾云：『王粲「輕脆躁競」，未知其事。韋誕謂其「肥戇」，疑「脆」「肥」皆「鋭」之譌也。』……三國志魏志王粲傳：『（劉）表以粲貌寢而體弱通侻（裴注：通侻者，簡易也），不甚重也。』侻與脱通（韋誕謂其「肥戇」之「肥」字，亦「脱」之誤）。疑此處『脆』字爲『脱』之形誤。後漢書列女曹世叔妻傳：『（女誡：）若夫動静輕脱。』……顔氏家訓風操篇：『不可陷

於輕脱。』並以『輕脱』爲言。舍人稱『仲宣輕脱』與劉表之以爲『通倪』同，皆謂其爲人簡易也。』「通脱」，放蕩不拘小節。校證：「『輕脆』疑作『輕倪』。」

綴補：「廣雅釋詁一：『脆，弱也。』『輕脆』猶『輕弱』也。魏文帝與吴質書：『仲宣獨自善於辭賦，惜其體弱，不足起其文。』三國志魏志王粲傳：『（劉）表以粲貌寢而體弱通倪，不甚重也。』兩『弱』字並與此『脆』字同義。」

斠詮：「顔氏家訓文章篇云：『王粲率躁見嫌。』『率』即輕脱，『躁』即躁競。躁競，謂躁急競勝也。」

〔一〇〕黄注：「廣韻：『傯恫，不得志也。』」

校注：「按『傯恫』當與『謥詷』同。三國志魏志程昱傳附孫曉傳：『其選官屬，以謹慎爲粗疏，以謥詷爲賢能。』又臧霸傳：『從事謥詷不法。』玉篇言部：『謥，謥詷，言急也。』魏略：『（韋）仲將云……孔璋實自麤疏。』（三國志魏志王粲傳裴注引）後漢書皇后紀上：『輕薄謥詷。』注：『言忽遽也。』與玉篇釋同。顧廣圻校：『顔氏家訓：「陳琳實號麤疏。」（按見文章篇）』」

斠詮：「傯恫，猶言奔競。抱朴子交際：『傯恫官府之間。』」

〔一一〕校注：「按『貨』字與上『黷貨』重出，疑爲『貸』之形誤。史記孔子世家：『遊説乞貸，不可以爲國。』又王翦傳：『將軍之乞貸，亦已甚矣。』又韓王信傳：『旦暮乞貸蠻夷。』梁書任昉傳：

『世或譏其多乞貸。』鹽鐵論疾貪篇：『乞貸長吏。』並以『乞』『貸』連文。」

斠詮：「魏志陳思王植傳裴注引魏略曰：『丁儀字正禮，沛郡人也。父沖宿與太祖親善，時隨乘輿。……聞儀爲令士，雖未見，欲以愛女妻之。以問五官將，五官將曰：「女人觀貌，而正禮目不便，誠恐愛女未必悦也。以爲不如與伏波子楙。」太祖從之。尋辟儀爲掾。到與論議，嘉其才朗，曰：「丁掾，好士也，即使兩目盲，尚當與女，何況但眇？是吾兒誤我！」時儀亦恨不得尚公主，而與臨菑侯親善，數稱其奇才，太祖既有意欲立植，而儀又共贊之。及太子立，欲治儀罪……欲儀自裁，而儀不能，乃對中領軍夏侯尚叩頭求哀，尚爲涕泣而不能救。後遂因職事收付獄殺之。』案貪婪，謂貪愛財貨也。……乞貸，謂乞求貸免一死也。……後漢書順帝紀：『其餘務從寬貸。』此言儀之貪婪，殆指其恨不得尚魏公主；乞貸殆指其叩頭乞求貸免於夏侯尚歟？」

〔一二〕斯波六郎：「孟子離婁上：『孟子謂樂正子曰：子之從於子敖來，徒餔啜也。我不意子學古之道，而以餔啜也。』趙注：『樂正子本學古聖人之道，而今隨從貴人，無所匡正，故言不意子但餔啜也。』路粹就學蔡邕，後從曹操，無所匡正，承其文旨，指作枉孔融罪狀之奏文等事（魏志王粲傳注引典略）。」

注訂：「後漢書孔融傳：『曹操既積嫌忌，而郗慮復構成其罪，遂令丞相軍謀祭酒路粹枉狀奏融曰：「……大逆不道，宜極重誅。」書奏，下獄棄市。』注：『典略曰：粹字文蔚，陳留人，

少學於蔡邕。』路粹貪位弄文而誣賢達，故云無恥也。又顏氏家訓曰：『路粹隘狹已甚。』亦指此事而言。」斠詮：「粹之承指奏融罪，亦徒求飲食耳，恥何與焉！」

校注：「按奏啓篇：『觀孔光之奏董賢，則實其奸回；路粹之奏孔融，則誣其釁惡。名儒之與險士，固殊心焉。』斥粹爲『險士』，書中尚無類似評騭，是於其行徑，鄙之極矣。疑此句所指，仍爲『枉狀奏融』事。……典略：『及孔融有過，太祖使粹爲奏，承旨數致融罪。融誅之後，人覩粹所作，無不嘉其才而畏其筆也。』（三國志魏志王粲傳裴注引）粹之『承旨數致融罪』，『誣其釁惡』，非『餔啜無恥』者，豈甘爲之耶？」

〔一三〕校證本作「潘岳詭譸於愍懷」：「『譸』，舊本作『禱』，黄注本改『譸』。又『懷愍』，原作『愍懷』，今乙正。」校注：「『譸』，元本、弘治本、活字本、汪本、佘本、張本、兩京本……崇文本作『禱』。……按『禱』字是。『詭禱』，即晉書愍懷太子傳所謂『使潘岳作書草，若禱神之文』者也。」

黄注：「晉書愍懷太子傳：賈后將廢太子，詐稱上不和。召太子置别室，逼飲醉之。使潘岳作書草若禱神之文，有如太子素意，因醉而書之。令小婢以紙筆及書草使太子依而寫之，後以呈帝，廢太子。」校證改「愍懷」爲「懷愍」，誤。

考異：「此指潘岳草禱神之文。受賈后之旨，以害愍懷太子也。詭禱本此，『禱』字不誤。又譸，音詶，見説文。書無逸：『譸張爲患。』又與『籌』通，玉篇：『譸，張誑也。』黄本作『譸』，

非。」「詭」，欺詐也。

〔一四〕黄注：「（晉書）陸機傳：『機好遊權門，與賈謐親善，以進趣獲譏。』（晉書）郭彰傳：『彰，賈后從舅也，與賈充素相親遇，賈后專朝，彰與參權勢，賓客盈門，世人稱爲賈、郭。』」范注引顏氏家訓曰：「陸機犯順履險。」

斠詮：「傾仄，謂傾倒邪側也。……漢書蕭望之傳：『傾仄見詘。』師古注：『言其不能持正，故議論大事，見詘於天子也，仄，古側字。』」

〔一五〕晉書傅玄傳：「玄天性峻急，不能有所容。轉司隸校尉，謁者以宏訓宫爲殿内，制玄位在卿下。玄恚怒，厲聲色而責謁者。謁者妄稱尚書所處。玄對百僚而罵尚書以下，御史中丞庾純奏玄不敬，玄又自表不以實，坐免官。」

〔一六〕校證：「『狠』，馮本、汪本、兩京本、作『佷』，王惟儉本作『恨』，日本刊本作『悢』。」校注：「『狠』，黄校云：『汪作佷。』馮舒校作『佷』。按『佷』字是。元本、弘治本、活字本、張本、兩京本、胡本亦並作『佷』。……逸周書謚法篇：『愎佷（與「佷愎」同）遂過曰刺』，易林恒之噬嗑『狼戾復（與「愎」通）佷』，並其證也。」綴補：「案『狠愎』字正作『很』，『佷』、『狠』並俗。」（晉書）孫楚傳：「楚參石苞驃騎軍事，楚既負其材氣，頗侮易於苞。初至，長揖曰：『天子命我參卿軍事。』因此而嫌隙遂構。苞奏楚與吴人孫世山共訕毁時政，楚亦抗表自理，紛紜經年。」「訟府」，與軍府互控。

〔一七〕斯波六郎：「『有』疑當作『如』。」綴補：「有，猶如也（有、如同義，吴昌瑩經詞衍釋三有説）。」梁書文學傳後贊引姚察曰：「魏文稱古今之文人鮮能以名節自全，何哉？夫文者妙發性靈，獨拔懷抱，易邈等夷，必興矜露，大則凌慢侯王，小則傲蔑朋黨，速忌離訧，啓自此作。若夫屈、賈之流斥，桓、馮之擯放，豈獨一世哉！蓋恃才之患也。」顔氏家訓文章篇：「然而自古文人，多陷輕薄：屈原露才揚己，顯暴君過；宋玉體貌容冶，見遇俳優；東方曼倩滑稽不雅；司馬長卿竊貲無操；王褒過章僮約；揚雄德敗美新；李陵降辱夷虜；劉歆反覆莽世；傅毅黨附權門；班固盜竊父史；趙元叔抗竦過度；馮敬通浮華擯壓；馬季長佞媚獲誚；蔡伯喈同惡受誅；吴質詆忤鄉里；曹植悖慢犯法；杜篤乞假無厭；路粹隘狹已甚；陳琳實號麤疎；繁欽性無檢格；劉楨屈强輸作；王粲率躁見嫌；孔融、禰衡誕傲致殞；楊修、丁廙扇動取斃；阮籍無禮敗俗；嵇康凌物凶終；傅玄忿鬭免官；孫楚矜誇凌上；陸機犯順履險；潘岳乾没取危；顔延年負氣摧黜；謝靈運空疎亂紀；王元長凶賊自貽；謝玄暉侮慢見及。凡此諸人，皆其翹秀者，不能悉紀，大較如此。」

文既有之，武亦宜然。古之將相，疵咎實多：至如管仲之盜竊〔一〕，吴起之貪淫〔二〕，陳平之污點〔三〕，絳灌之讒嫉〔四〕。沿茲以下，不可勝數。

〔一〕訓故：「吕氏春秋：管仲與鮑叔同賈南陽，及分財利，仲嘗欺鮑叔，多自取。」

范注：「説苑尊賢篇：『鄒子説梁王曰：管仲，故成陰之狗盜也，天下之庸夫也。齊桓公得之以爲仲父。』」郝懿行批注：「按禮雜記下篇，但言『管仲遇盜，取二人』，而説苑鄒子遂有管仲盜竊之説，恐亦好事者爲之爾。」

〔二〕黄注：「吴起傳：起聞魏文侯賢，欲事之，文侯問李克曰：吴起，何如人哉？李克曰：起貪而好色，然用兵，司馬穰苴不能過也。」按此見史記。

〔三〕史記陳丞相世家：「絳侯灌嬰等咸讒陳平曰：臣聞平家居時，盜其嫂。事魏不容，亡歸楚；歸楚不中，又亡歸漢。今日大王尊官之，令護軍。臣聞平受諸將金，金多者得善處，金少者得惡處。平，反覆亂臣也。」「污點」，猶言污染。

〔四〕史記賈誼傳：「天子議以賈生任公卿之位，絳、灌、東陽侯、馮敬之屬盡害之。」正義：「絳、灌，周勃、灌嬰也。」

孔光負衡據鼎，而仄媚董賢〔一〕；况班、馬之賤職，潘岳之下位哉〔二〕！王戎開國上秩，而鬻官囂俗〔三〕，况馬、杜之磬懸〔四〕，丁、路之貧薄哉〔五〕！然子夏無虧於名儒〔六〕，濬沖不塵乎竹林者〔七〕，名崇而譏減也〔八〕。

〔一〕詩商頌長發：「實唯阿衡，實左右商王。」傳：「阿衡，伊尹也。」箋：「衡，平也。伊尹，湯所依倚而取平。」斠詮：「負衡據鼎，言位居相國之尊也。古稱宰相曰衡宰……又稱三公大臣曰

鼎輔或鼎臣。……仄媚，卑側求媚也，仄，同側。書冏命：『無以巧言令色便辟側媚。』疏：『側媚者，爲僻側之事，以求媚於君。媚，愛也。』」

漢書佞幸傳：「董賢……父恭，爲御史，任賢爲太子舍人。……爲人美麗自喜。哀帝望見，説其儀貌……拜爲黄門郎，由是始幸……寵愛日甚。爲駙馬都尉侍中……常與上臥起。嘗晝寢，偏藉上褏，上欲起，賢未覺，不欲動賢，乃斷褏而起，其愛至此。賢亦性柔和便辟，善爲媚以自固。……初，丞相孔光爲御史大夫，時賢父恭爲御史，事光。及賢爲大司馬，與光並爲三公，上故令賢私過光，光雅恭謹，知上欲尊寵賢，及聞賢當來也，光警戒衣冠出門待，望見賢車乃却入。賢至中門，光入閤，既下車，乃出拜謁，送迎甚謹，不敢以賓客鈞敵之禮，賢歸，上聞之喜。」

〔二〕牟注：「班固爲蘭臺令史，位終竇憲的中護軍，被殺。馬融官至武都太守，拜議郎。比之陳平、孔光等，官位都很低微。潘岳雖熱中名位，官至太傅主簿，即被殺。」

〔三〕訓故：「晉書：王戎，字濬沖，與嵇、阮諸人爲竹林之遊，戎嘗後至，阮籍曰：俗物復來敗人意。戎笑曰：卿輩意亦復可敗耶！……後以平吴功，封安豐侯。戎爲吏部，南郡太守劉肇賂戎筒中細布五十端，爲司隸所糾。帝雖不問，然爲清慎者所鄙。」范注：「（晉書）本傳：『戎以晉室方亂，慕蘧伯玉之爲人，與時舒卷，無蹇諤之節，自經典選，未嘗進寒素，退虚名，但與時浮沈，户調門選而已。』」

斠詮：「開國上秩，謂封號開國，官居上爵也。」

「囂俗」謂囂謗於世俗，即遭謗於世俗。

〔四〕范注：「馬、杜謂司馬相如、杜篤。」

國語魯語上：「室如懸磬，野無青草，何恃而不恐？」韋昭注：「懸磬，言魯府藏空虛，但有榱梁，如懸磬也。」

牟注：「漢書司馬相如傳：『文君夜亡奔相如，相如與馳歸成都，家徒四壁立。』」

〔五〕斠詮：「言丁儀、路粹皆家道貧薄也。（後漢書瞿實傳）（南史宋文元袁皇后傳）：『袁氏貧薄，每就上求錢，皇后贍之。』」

〔六〕漢書孔光傳：「孔光字子夏，孔子十四世之孫也。」漢書王莽傳：「莽以光爲舊相名儒，天下所信。」

〔七〕校證：「馮本、汪本、佘本、兩京本『濬』誤『璿』，徐校『濬』。」按元刻本作「璿」。

「竹林」是嵇康、阮籍、王戎等七人遊息之所，世稱「竹林七賢」。「塵」謂污染。

晉書王戎傳：「（王戎）嘗經黄公酒壚下過，顧謂後車客曰：『吾昔與嵇叔夜、阮嗣宗酣暢於此，竹林之遊，亦預其末。自嵇、阮云亡，吾便爲時之所羈紲。今日視之，雖近，邈若山河。』」

〔八〕王元化劉勰身世與士庶區别問題：「『古之將相……丁、路之貧薄哉！』——這裏列舉的前人，僅西晉王戎時間最近，且出身勢豪（晉書王戎傳説他「好興利，廣收八方園田，水碓周遍

天下，積實聚錢，不知紀極」），其餘管仲以下諸人，已經年代綿邈，似乎與士庶區别問題無關。細審其旨，我們可以看出，劉勰在這裏含有借古諷今的深意，表面似在指摘古代將相，實際卻是箴砭當時顯貴。奏啓篇以『不畏强禦，氣流墨中，無縱詭隨，聲動簡外』的强項敢言作風爲楷式。諧隱篇用『心險如山，口壅若川，怨怒之情不一，歡謔之言無方』來解釋民間嘲謔産生的原因，也都是從這種精神出發的。」

若夫屈賈之忠貞，鄒枚之機覺〔一〕，黄香之淳孝〔二〕，徐幹之沈默〔三〕，豈曰文士，必其玷歟〔四〕？

〔一〕訓故：「漢書：鄒陽、枚乘俱上書諫吴王濞，不聽，去遊梁，後濞竟以謀逆誅滅。」漢書鄒陽傳：「吴王濞……陰有邪謀，陽奏書諫……吴王不内其言。……於是鄒陽、枚乘、嚴忌知吴不可説，皆去之梁。」「機覺」，機敏、警覺。

〔二〕後漢書文苑傳：「黄香……年九歲失母，思慕憔悴，殆不免喪。事父至孝。香家貧，内無僕妾，躬執苦勤，盡心奉養。年十二，太守劉護聞而召之，署門下孝子，甚見愛敬。遂博學經典，究精道術，能文章，京師號曰：天下無雙，江夏黄童。肅宗詔香詣東觀，讀所未嘗見書。和帝時，官至尚書令，祗勤物務，憂公如家。在位多所薦達，遷魏郡太守，坐事免。」

〔三〕黄注：「魏志：徐幹字偉長。魏文帝書：『偉長懷文抱質，恬淡寡欲，有箕山之志，可謂彬彬

君子矣。著中論二十餘篇，成一家之言，辭義典雅，足傳於後。』」范注：「魏志王粲傳注引先賢行狀：『幹清玄體道，六行修備，聰識洽聞，操翰成章，輕官忽祿，不耽世榮。』」斯波六郎：「案黄注引曹丕又與吴質書，范氏别引先賢行狀，或補黄注之意，果如此，則寧引王昶戒子姪書所云：『北海徐偉長，不治名高，不求苟得，澹然自守，惟道是務，其有所是非，則託古人以見其意，當時無所褒貶。吾敬之重之，願兒子效之。』（魏志王昶傳）『沈默』之注，較爲適切。」

〔四〕「玷」，玉的缺點，引申爲人的過失。

注訂：「句本魏文與吴質書『類不護細行』語。」

以上爲第二段，列舉歷代文人在品德上的缺點，繼論將相在品德上亦有缺失，但又舉屈原等完善之文人作爲對照，以見未必文人皆無行。

蓋人稟五材，修短殊用〔一〕；自非上哲，難以求備。然將相以位隆特達〔二〕，文士以職卑多誚；此江、河所以騰涌，涓流所以寸折者也〔三〕。名之抑揚〔四〕，既其然矣；位之通塞，亦有以焉〔五〕。

〔一〕「五材」，有二解：（一）指五行。左傳襄公二十七年：「天生五材，民並用之，廢一不可。」杜注：「金、木、水、火、土也。」（二）六韜龍韜論將：「將有五材十過。所謂五材者，勇、智、仁、

信、忠也。」序志：「夫人肖貌天地，稟性五才。」「五材」，即五才。

〔二〕斠詮：「特達，謂特殊通達也。……後引用爲特出之義。世説新語：『王丞相謂顧和曰：此子珪璋特達，機警有鋒。』」按此見言語篇。

牟注：「特達：超出儕輩之上。這裏和下句『多誚』對舉，指受到特别原諒。王褒四子講德論：『夫特達而相知者，千載之一遇也。』這是指文人受朝廷的特殊知遇。從這個意義看，劉勰的『將相以位隆特達』，更有深刻的諷意。」

〔三〕校注：「『湧』，顧廣圻校作『涌』。按『湧』爲『涌』之或體，顧校是。」

范注：「陳先生曰：『江、河所以騰涌，涓流所以寸折。』語意本荀子王霸篇：『小巨分流者，亦一若彼，一若此也。』」「騰涌」，指水勢奔騰。「涓流」，謂涓涓細流。

牟注：「寸折：喻職卑的文士在發展道路上困難曲折極多。」

〔四〕「抑揚」，校證本誤作「揚抑」。

〔五〕牟注：「這個原因，既包括上述『將相以位隆特達』的一面，也指下述文人是否達於政事的一面，反映了劉勰既不滿於現實，而又存有一定幻想的思想。」

王元化劉勰身世與士庶區别問題：「這一段話最早爲魯迅所重視，他曾經在摩羅詩力説中加以援引並指出説：『東方惡習盡此數語。』從這段話裏，我們可以清楚看到劉勰對於當時等級森嚴的門閥制度所産生的種種惡習感到了憤懣和不平。正如校釋所説，他一方面慨歎

於布衣寒族無所憑藉而易招譏謗，另一方面不滿於貴胄士流位高任重而常邀虛譽。史傳篇：『勳榮之家，雖庸夫而盡飾；迍敗之士，雖令德而常嗤。吹霜煦露，寒暑筆端，此又同時之枉，可爲嘆息者也！』劉勰推崇『良史直筆』，而指摘某些史臣文士專以門閥高低作爲褒貶的標準，亦同申此旨。」

摩羅詩力説四：「顧窘戮天才，殆人群恒狀，滔滔皆是，寧止英倫（按指裴倫 Byron 事）。中國漢晉以來，凡負文名者，多受謗毁，劉彦和爲之辯曰：『人稟五材，修短殊用，自非上哲，難以求備。然將相以位隆特達，文士以職卑多誚，此江、河所以騰涌，涓流所以寸折者。』東方惡習，盡此數言。」

郭注：「本段實感慨於身世之言。」

劉勰對「文人無行」問題進行辯護説：人往往有偏材，「自非上哲，難以求備」。作了將相的那般達官貴人，他們的品行不一定比文人好，然而他們的政治地位高，有權有勢，名位高了，就減少了人家對他們的諷刺。而文人的職位，一般是低下的、卑賤的，稍有不慎，就往往受到別人的譏誚。劉勰對於這一點是憤懣不平的。但是由於時代的局限，劉勰没有看到這是由士族和寒門之間的階級差異造成的惡習，反而引起他從事政治活動的願望。所以才説：「安有丈夫學文而不達於政事哉！」

蓋士之登庸〔一〕，以成務爲用〔二〕。魯之敬姜，婦人之聰明耳；然推其機綜，以方

治國〔三〕。安有丈夫學文〔四〕，而不達於政事哉〔五〕！

〔一〕斠詮：「登庸，謂升而用之也。書堯典：『疇咨若時登庸。』孔疏：『堯任羲和，衆功已廣，復求賢人，欲任用之。』呂祖謙曰：『登庸者，大用之意也。』」

〔二〕斠詮：「成務，謂成就事業也。」易繫辭上：「夫易，開物成務，冒天下之道，如斯而已者也。」疏：「言易能開通萬物之志，成就天下之務。」

〔三〕訓故：「國語：敬姜，公父文伯之母也。方績，文伯曰：『以歜之家，而主猶績，懼忓季孫之怒也。』歎曰：『……昔聖王之處民也，擇瘠土而處之，勞其民而用之。男女效績，愆則有辟，古之制也。』」按此見魯語下。

梅注：「國語曰：公父文伯退朝，其母方績。文伯曰：『以歜之家，而主猶績，懼忓季孫之怒也，其以歜爲不能事主乎！』其母嘆曰：『魯其亡乎！……昔聖王之處民也，擇瘠土而處之，勞其民而用之，故長王天下。夫民勞則思，思則善心生；逸則淫，淫則忘善，忘善則惡心生。沃土之民不材，逸也；瘠土之民莫不嚮義，勞也。……自庶人以下，明而動，晦而休，無日以怠。王后親織玄紞，公侯之夫人加以紘綖，卿之内子爲大帶，命婦成祭服，列士之妻加之以朝服。自庶士以下，皆衣其夫。……男女効績，愆則有辟，古之制也。』」

顧廣圻校：「列女傳：文伯相魯，敬姜謂之曰：吾語汝：治國之要，盡在經矣。夫幅者所以正曲枉也，不可不彊，故幅可以爲將。畫者所以均不均，服不服也（按見母儀魯季敬姜傳）。」

范注引李雁晴此下復有「故畫可以爲正。推而往引而來者，綜也；綜可以爲開内之師」數句，始與正文「推其機綜，以方治國」相應。

斠詮：「機綜，機杼之綜縷也。黄庭堅題王仲弓兄弟巽亭詩：『溪毛亂錦纈，候蟲響機綜。』用語本諸彦和。」

〔四〕校注：「『丈』，汪本、佘本、張本、兩京本、胡本並作『大』。按此文爲反應上文『魯之敬姜，婦人之聰明耳』之詞，『大』字非是。諸子篇贊『丈夫處世』，元本、活字本等亦誤『丈』爲『大』也。」按元刻本、弘治本亦作「大」。

〔五〕王元化劉勰身世與士庶區別問題：「這裏以婦人聰明來説明學文以達政之旨，寓有箴貶時弊之意。當時士族多不問政事，流風所扇，雖所謂英君哲相亦不能免，甚至武人亦沿其流。朝士曠職，多見寬容。齊書褚淵傳稱：『貴仕素資，皆由門庭，平流進取，坐至公卿。則知殉國之感無因，保家之念宜切。』梁書何敬容傳載姚察之論曰：『宋世王敬弘，身居端右，未嘗省牒。風流相尚，亦流遂遠。望白署空，是稱清貴，恪勤匪懈，終滯鄙俗。是使朝經廢於上，職事墮於下。』陳書後主紀論曰：『自魏正始、晉中朝以來，貴臣雖有識治者，皆以文學相處，罕關庶務，朝章大典，方參議焉。文案簿領，咸委小吏，浸以成俗。迄至於陳，後主因循，未遑改革。』這類情況，史不絶書，幾乎隨處可見。士流不問政事是由於尚於玄虚，貴爲放誕。事實上，玄談在當時已成了登仕之階。世説新語曾記張憑因清談得到劉真長賞識而被舉爲

太常博士。任彦昇在爲蕭揚州作薦士表中更直截了當地提出『勢門上品猶當格以清談』。這些都説明了屬言玄遠方能入仕。劉勰在明詩篇中也批評了江左玄風『嗤笑徇務之志，崇盛亡機之談』的不良傾向。議對篇則以貴媵還珠之喻斥責了『不達政體』的浮華文風。這種批評和程器篇『學文達政』的主張是聲氣相通，原則同貫的。」

彼揚、馬之徒，有文無質，所以終乎下位也〔一〕。昔庾元規才華清英〔二〕，勳庸有聲〔三〕，故文藝不稱〔四〕；若非台岳〔五〕，則正以文才也〔六〕。

〔一〕校注：「文選班固典引序：『司馬相如洿行無節，但有浮華之辭，不周於用。』」

〔二〕文選庾亮讓中書令表注：「何法盛晉書：潁川庾録曰：亮，字元規，爲中書郎。肅祖欲使爲中書監，上疏，肅祖納亮言，封永昌公，後遷司馬録尚書事，薨。」章表篇范注：「晉書庾亮傳：庾亮，字元規，明帝即位，以爲中書監，亮上書讓曰云云。」晉書庾亮傳：「亮美姿容，善談論，性好莊老，風格峻整。……元帝爲鎮東時，聞其名，辟西曹掾。及引見，風情都雅，過於所望，甚器重之。」

〔三〕斠詮：「勳庸，猶勳功、勳勞。……周禮天官司勳：『民功曰庸。』詩王風兔爰：『我生之初尚無庸。』鄭箋：『庸，勞也。』」

〔四〕大戴禮文王官人：「有隱於知理者，有隱於文藝者。」「文藝」，指文章之學。

〔五〕斠詮：「台岳，三公宰相之位。……案台岳指三台四岳。三台，本爲天之三台星，以應國之三公：太尉，司徒，司空。……書堯典：『帝曰：咨四岳。』傳：『四岳……分掌四岳之諸侯，故稱焉。』」

〔六〕牟注：「文才：房玄齡等『史臣』認爲，庾亮的文才比他的治才更高，所以説：『然其筆敷華藻，吻縱濤波，方駕搢紳，足爲翹楚。而智小謀大，昧經邦之遠圖；才高識寡，闕安國之長算。』（晉書庾亮傳論）劉勰則多稱其『筆』才，『庾以筆才逾親』（時序）；『庾元規之表奏，靡密以閑暢』（才略）；『庾公之讓中書，信美於往載』（章表）等。」

文武之術，左右惟宜〔一〕。郤縠敦書，故舉爲元帥〔二〕，豈以好文而不練武哉〔三〕！孫武兵經〔四〕，辭如珠玉，豈以習武而不曉文也！

〔一〕吴林伯文心雕龍諸家校注商兑：「司馬法：『文與武，左右也。』」牟注：「左右惟宜，指文武兼備。」向德方文心雕龍諸家校注質疑：「易泰：『以左右民。』或詩長發：『實左右商王。』因爲程器的本意不是説文臣武將，而是指文材武略，應該互相輔助。……上引易詩的『左右』，就是輔助之意。」（社會科學戰綫一九八三年第二期）

〔二〕校證：「汪本、佘本、兩京本，『敦』誤『郭』。」

黄注：「左傳：晉侯蒐於被廬，作三軍，謀元帥。趙衰曰：郤縠可。臣亟聞其言矣，説禮樂而敦詩書。」按此見僖公二十七年。疏：「説，謂愛樂之；敦，謂厚重之。心説禮樂，志重詩書。」

〔三〕王元化劉勰身世與士庶區別問題：「劉勰爲什麽以文人習武作爲衡量梓材之士的標準呢？此説人多以爲異。但是，我們如果參照一下當時的時代背景，也就不難發現劉勰倡立此説的由來。史稱『齊梁之際，内難九興，外寇三作』，劉勰撰文心雕龍正在此時。當時中原淪喪已久，北魏遷都洛陽，出兵南侵，蕭齊皇朝不僅毫無禦侮決心，反而不斷演出了自相殘殺的醜劇。南渡後，士族偏安江左，過着糜爛腐朽的生活，耽好聲色，體羸氣弱。這一點，可引顔氏家訓勉學篇的一段文字來説明：『梁朝全盛之時，貴游子弟，多無學術，至於諺云：「上車不落則著作，體中何如則秘書。」無不熏衣剃面，傅粉施朱，架長檐車，跟高齒屐，坐棋子方褥，憑斑絲隱囊，列器玩於左右，從容出入，望若神仙。夫射御書數，古人並習，未有柔靡脆弱如齊梁子弟者。士習至此，國事尚可問哉？』劉勰就是在這種情況下提出文事武備並重之論的。」按劉勰傳「父尚，越騎校尉」，是個武官。

校釋：「此以文事武備並重，初覩之甚異，實亦深中時弊之論也。顔之推家訓有論梁世士大夫文弱之弊二節，證以舍人之言，知蕭梁以前，士習已然矣。家訓涉務篇曰：『梁世士大夫，皆尚褒衣博帶，大冠高履，出則車輿，入則扶侍。郊郭之内，無乘馬者。』又曰：『及侯景之

亂，膚脆骨柔，不堪行步，體羸氣弱，不耐寒暑，坐死倉卒者，往往而然。建康令王復，性既儒雅，未嘗乘騎，見馬嘶歕陸梁，莫不震慴，乃謂人曰：「正是虎，何故名爲馬乎？」其風俗如此。』又勉學篇曰：『梁朝全盛之時……國事尚可問哉？』（見上引）然則舍人此論，不特有斯文將喪之懼，實懷神州陸沉之憂矣。」

饒宗頤文心雕龍探原劉勰文學見解之淵源：「一曰：文與武。詩云：『允文允武。』禮云：『故可以爲文，可以爲武。』左傳：『有文事者，必有武備。』文武本自異途，彥和則合一之，既主華實相勝，且力倡文武兼資。故譏『揚、馬之徒，有文無質，所以終乎下位』，而言『文武之術，左右爲宜』。郤縠、孫武可爲楷式，是以『摛文必在緯軍國』，此雖本周書梓材之説，貴器用而兼文采，實亦取乎詩『允文允武』之意，與晉宋文人見解迥殊，要亦依經以立論者也。」

〔四〕范注：「史記孫子傳：『孫武以兵法見於吳王闔廬。闔廬曰：子之十三篇，吾盡觀之矣，可以小試勒兵乎？對曰：可。』正義引七録云：孫子兵法三卷。案十三篇爲上卷，又有中下二卷。」呂氏蒙訓「孫子文章妙處」條：「孫子十三篇，論戰守次第，與山川險易、長短、小大之狀，皆曲盡其妙。摧高發隱，使物無遁情，此尤文章妙處。」

孫星衍孫子兵法序：「其書通三才五行，本之仁義，佐以權謀，其説甚正，古之名將用之則勝，違之則敗，稱爲兵經。比於六藝，良不媿也。」

以上爲第三段，提出文人不但應注意道德品質，還要通曉軍政大事，做到能文能武。

是以君子藏器，待時而動〔一〕，發揮事業〔二〕；固宜蓄素以弸中〔三〕，散采以彪外〔四〕，楩柟其質，豫章其幹〔五〕。

〔一〕校注：「易繫辭下：『君子藏器於身，待時而動。』疏：「猶若君子藏善道於身，待可動之時而興動。」

〔二〕斯波六郎：「周易坤文言：『君子黄中通理，正位居體，美在其中，而暢於四支，發於事業，美之至也。』此『發揮事業』之下，疑文辭脱一句。原道第一有『發揮事業，彪炳辭義』。事業與辭義相對。」

〔三〕校注：「『弸』，元本、弘治本、汪本、張本、兩京本、胡本作『剛』；何本、梅本、凌本、合刻本、梁本……岡本、尚古本作『綳』。……佘本、訓故本……崇文本並作『弸』。按『剛』、『綳』字皆誤。法言君子篇：『或問：「君子言則成文，動則成德，何以也？」曰：「以其弸中而彪外也。」』李注：『弸，滿也。』即舍人『弸中』二字所本（下句亦用「彪外」二字）。」校證：「『弸』，陳本、鍾本、梁本、梅本、梅六次本、日本刊本、張松孫本作『綳』。馮本、汪本、兩京本、馮校本作『剛』。案揚子法言君子篇：『弸中而彪外。』此彦和所本。司隸校尉魯峻碑：『弸中獨斷，以效其節。』亦作『弸中』。説文：『弸，弓彊貌。』引伸爲凡彊之稱，作『綳』作『剛』皆誤。」「素」，指人的才德。注訂：「弸音崩，又讀上聲。……廣雅：『滿也。』」

〔四〕校證：「『采』原作『悉』，梅據龔方中改，徐校同。案王惟儉本作『采』，不誤。」揚子法言君子

篇李注：「彪，文也。積行内滿，文辭外發。」

考異：「上言蓄素，此言散采，從梅本是。」

〔五〕黄注：「陸賈新語：『楩柟豫章，天下之名木，立則爲大山衆木之宗，仆則爲世之用。』」范注：「漢書司馬相如傳：『其北則有陰林巨樹，楩柟豫章。』服虔曰：『豫章，大木也。』顔注：『楩，音便，即今黄楩木也。柟音南，今所謂楠木。』史記司馬相如傳正義：『按温活人云：豫，今之枕木；章，今之樟木也。二木生至七年，枕樟乃可分别。』」「質」，指木質，

摛文必在緯軍國，負重必在任棟梁〔一〕；窮則獨善以垂文，達則奉時以騁績〔二〕。若此文人，應梓材之士矣〔三〕。

〔一〕校證：「『負』原作『賢』，梅據龔改。案馮本、兩京本、王惟儉本作『負』，今據改。」校注：「元本、弘治本、活字本、汪本、佘本、張本、兩京本……並作『負』。按龔改是也。」這兩句説寫文章的目的在於經邦緯國，肩負重任則是爲了作棟梁之材。

〔二〕斯波六郎：「孟子盡心上：『窮則獨善其身，達則兼善天下。』」論語述而：「用之則行，捨之則藏。」顔氏家訓文章篇：「朝廷憲章，軍旅誓誥，敷顯仁義，發明功德，牧民建國，施用多途。」

〔三〕黄評：「此篇於文外補修行立功，制作之體乃更完密。」

校釋：「末段總論此篇要旨作結，全篇文意，特爲激昂，知舍人寄慨遥深，所謂發憤而作者也。」

王元化劉勰身世與士庶區别問題：「此説出於儒家。孔子：『用之則行，捨之則藏。』孟子：『得志，澤加於民；不得志，修身見於世。窮則獨善其身，達則兼善天下。』是其所本。這種人生觀決定了劉勰的憤懣和不平，不會超越『在邦無怨，在家無怨』的儒家思想界綫。紀昀説他由於鬱鬱不得志而發憤著書，這個論斷，大體不差。諸子篇『身與時舛，志共道申』的感歎，也同樣説明了『窮則獨善以垂文』的道理。

「根據上面的引文和説明來看，程器篇在許多場合都對士庶區别這一社會現象提出了批評，而這種批評是正符合於一個貧寒庶族的身份的。」

第四段提出理想的「君子」要有文有質，寫文章的目的在於經邦緯國，作棟梁之材。

贊曰：瞻彼前修，有懿文德〔一〕。聲昭楚南，采動梁北〔二〕。雕而不器〔三〕，貞幹誰則〔四〕？豈無華身，亦有光國〔五〕。

〔一〕斠詮：「言瞻望古之先賢，有美文亦有美德也。」校注：「按易小畜象辭：『君子以懿文德。』」抱朴子尚博篇：「或曰：德行者，本也；文章者，末也。故四科之序，文不居上。抱朴子答曰：且文章之與德行，猶十尺之與一丈，謂之餘事，未之前聞。……且夫本不必皆珍，末不

必悉薄，譬若飾繡之因素地，珠玉之居蜯石，雲雨生於膚寸，江河始於咫尺，爾則文章雖爲德行之弟，未可呼爲餘事也。」

〔二〕范注：「聲昭楚南，謂屈、賈；采動梁北，謂鄒、枚。」

〔三〕校注：「按法言寡見篇：『或曰：「良玉不彫，美言不文，何謂也？」曰：「玉不彫，璵璠不作器。」』『雕』與『彫』通。」「雕而不器」，只修飾文采而不提高才德。

〔四〕郭注：「『貞幹』，即『貞榦』，亦即『楨榦』。尚書費誓：『峙乃楨榦。』」按論衡語增：「夫三公鼎足之臣，王者之貞幹也。」築牆所用的木柱，豎在兩頭的叫楨，豎在兩旁的叫幹。引申爲支持、骨幹。

〔五〕斠詮：「三國志吴志陸凱傳：「皆社稷之貞幹，國家之良輔。」斠詮：「易乾文言：『貞者事之榦也。』程傳：『貞者榦事之用也。』本義：『榦木之身，而枝葉所依以立者也。』莊子列御寇：『以仲尼爲貞幹，國其有瘳乎？』成疏：『言仲尼有忠貞幹濟之德。』」以上兩句，「言士之文才雖美，而德行未修者，猶如玉之雖經雕琢而不作器，誰可爲忠貞幹濟之準則乎？」才略篇：「並楨幹之實才，非群華之韡萼也。」

〔五〕斠詮：「言欲治國必先修身，豈有未華美身行而可光寵國家乎？……光國，猶華國。陸雲張二侯頌：『文敏足以華國。威略足以振衆。』」按此二句之意：文人注重品德，不僅有增本身的華采，而且能爲國争光。

序志第五十

孔安國尚書序：「書序，序所以爲作者之意。」

本篇云：「長懷序志，以馭群篇。」

陳懋仁文章緣起注：「序者，所以序作者之意，謂其言次第有序，故曰序也。」

紀評：「此全書之總序。古人之序皆在後，史記、漢書、法言、潛夫論之類，古本尚斑斑可考。」如呂氏春秋之叙意篇，史記之太史公自序，論衡之對作篇與自紀篇，抱朴子之外篇自叙均在後。至蕭統編文選，鍾嶸作詩品，乃將序提至書前。

本篇就是全書的自序。篇名所以叫「序志」，是作者通過這篇書序來表達自己的志願。本篇説明寫這部書的意義、動機和目的，也介紹了全書的主要内容和組織結構，以及作者寫書的態度。

夫文心者，言爲文之用心也〔一〕。昔涓子琴心，王孫巧心〔二〕，心哉美矣，故用之焉〔三〕。古來文章，以雕縟成體〔四〕，豈取騶奭之群言「雕龍」也〔五〕！

〔一〕校注：「按文賦：『余每觀才士之所作，竊有以得其用心。』」章學誠云：「古人論文，惟論文辭而已。自劉勰氏出，本陸機之説，而昌論『文心』。」（文史通義文德）

〔二〕梅注：「楊用脩云：涓子琴心見列仙傳。」黄注：「文選注：涓子，齊人，好餌術，隱於宕山，著琴心三篇。」札記：「涓子，蓋即史記孟子荀卿列傳之環淵。環淵，楚人，爲齊稷下先生（此列仙傳所以稱爲齊人），言黄老道德之術，著書上下篇（琴心蓋即此書之名，猶王孫子一名巧心也）。『環』，一作『蠉』，一作『蜎』，聲類並同。」范注：「漢書藝文志道家：『蜎子十三篇。』自注：『名淵，楚人，老子弟子。』又儒家：『王孫子一篇。』自注：『一曰巧心。』清人嚴可均、黄以周、馬國翰都有輯本。嚴曰：『王孫是姓，不知其名。』」

文選王儉褚淵碑文：「間以琴心。」李善注引列仙傳：「涓子作琴心三篇。」嵇康琴賦李善注亦引列仙傳：「涓子者，齊人……其琴心三篇有條理焉。」胡應麟少室山房筆叢卷三甲部經籍會通：「王孫子一篇，見漢志儒家。注：『一名巧心。』劉勰雕龍末所稱『王孫巧心』即此。」

〔三〕梅注：「『焉』字元脱，按廣文選補。」校證：「馮本、汪本、佘本、兩京本、王惟儉本、梁書本傳『故』上有『夫』字。」

校注：「黄校云：『一本（故）上有「夫」字；（焉）元脱，按廣文選補。』梁書劉勰傳、佘本、訓故本、謝鈔本並有『夫』字『焉』字……元本、弘治本、活字本、汪本、張本、兩京本、胡本並有『夫』字。按尋繹語氣，『夫』字當有，屬上句讀。論語子罕：『子曰：苗而不秀者，有矣夫！秀而不實者，有矣夫！』即『矣夫』連文之證。」

綴補：「案明馮琦經濟類篇五四引作『心哉美矣，夫故用之焉』。梁書劉勰傳同。『夫故』複

語，夫猶故也。莊子應帝王篇：『而以道與世亢，必信。夫故使人得而相汝。』（又見列子黄帝篇）論衡死僞篇：『先君必欲一見群臣百姓也，夫故使欒水見之於是也。』亦並以『夫故』連文，與此同例。黄本無夫字，非也。明嘉靖本作『心哉美矣，夫故用之』，脱『焉』字。」斠詮：「『夫故，複語，『夫』亦『故』也，説見裴學海古書虚字集釋卷十『夫』字條。」按裴氏集釋專釋先秦兩漢之書，未必適用於齊梁。

「心哉美矣」可能有兩方面的含義：一以爲心是美的，一以爲「心」這個詞是美的。注訂：「『琴心、巧心云者，明『心』字所本，『雕龍』二字亦本史記『雕龍奭』而不盡同其義，故曰豈取云云。」

〔四〕情采篇：「聖賢書辭，總稱文章，非采而何？」范注：「釋名釋言語：『文者，會集衆綵以成錦繡，會集衆字以成辭義，如文繡然也。』」札記：「此與後章『文繡鞶帨』離本彌甚之説，似有差違，實則彦和之意，以爲文章本貴修飾，特去甚去泰耳。全書皆此旨。」

〔五〕校證：「『豈』讀爲『冀』，文選曹子建朔風詩：『豈云其誠。』李注引蒼頡云：『豈，冀也。』禮記檀弓下釋文：『「庶覬」音冀，本又作「幾」，音同。』」又：「『取』，兩京本作『效』，讀書引十二同。徐校亦同。」按元刻本、弘治本以下，「取」均作「效」。

校注：「按梁書、活字本、宗本、訓故本、四庫本並作『取』……原道篇『取象乎河洛』，奏啓篇

『取其義也』，書記篇『取象於夬』，又『蓋取乎此』，其『取』字義並與此同，則作『效』非是。又按蔡中郎文集故太尉喬公廟碑：『文繁雕龍。』以『雕龍』一典喻文，當以此爲首見。」按元刻本、訓故本「騶」作「鄒」。「之」字，佘本、訓故本、廣文選四二引並無。

考異：「言豈取者，是用雕龍一辭，而非效法雕龍之體，從取爲長。」

史記孟子荀卿列傳：「騶奭者，齊諸騶子，亦頗采騶衍之術以紀文。……騶衍之術，迂大而閎辯，奭也文具難施……故齊人頌曰：談天衍，雕龍奭。」集解：「劉向別録曰：騶衍之所言五德終始，天地廣大。盡言天事，故曰『談天』。騶奭修衍之文，飾若雕鏤龍文，故曰『雕龍』。」漢書藝文志：「鄒奭子十二篇。」原注：「齊人，號曰雕龍奭。」後漢書崔駰傳贊：「崔爲文宗，世禪雕龍。」章懷注引劉向別録曰：「言騶奭脩飾之文，若雕龍文也。」文選卷三十六任昉宣德皇后令：「文擅雕龍。」李善注：「七略曰：鄒奭子，齊人。齊爲之語曰『雕龍赫赫』，言鄒奭之術，文飾之若雕鏤龍文。」五臣注：「良曰：言專擅於文，若雕鏤之彩飾成也。」時序篇：「騶奭以雕龍馳響。」劉向新序雜事（五）葉公好龍：「屋室雕文以寫龍。」

凌廷堪校禮堂文集祀古辭人劉舍人勰云：「雕龍兮命篇，匪談天兮好奇。」

斠詮：「劉向別録云：『騶奭修衍之文，飾若雕鏤龍文，故曰雕龍。』而此雕龍與史記鄒奭『頗樂騶衍之術，文具難施』而得『雕龍奭』渾號，其文無異，其義則不盡相同，故曰：『豈取騶奭之群言雕龍也！』然則文心乃就才情而論文，雕龍乃就技巧而論文，如易今題，則宜曰『論文

章之原理與技巧』，亦即論文章之義法也。」又：「豈，反詰詞，與此句末『也』字語氣相應，古『也』字讀如『邪』。王利器讀『豈』爲『冀』，殆以『也』字爲決斷詞而然，非其義。」李慶甲文心雕龍書名發微：「『豈』字除用作否定副詞外，還可用作推度副詞，在陳述句中表示『大概』、『也許』的意思，在反問句中則可解釋爲『難道不是』的意思。」他譯這句話爲：「難道不是由於前人曾用以稱贊過修飾語言有如雕刻龍文的騶奭，因而也采用了它嗎？」（油印本）説亦可通。

按這幾句話的意思是説：他的書所以取名「雕龍」，是因爲自古以來的好文章都是經雕飾而成的，像龍文一樣雅麗。但這種雕飾是順乎自然的，哪裏像騶奭那樣寫文章，像雕鏤龍文一樣費勁，致使群衆稱他爲「雕龍奭」呢！這説明劉勰主張寫文章要用心思表現出自然之美，而不要雕琢過分。這是針對當時的文風而發的。文鏡秘府論序：「不尋千里，蛇珠自得；不煩旁搜，雕龍可期。」合於劉勰本旨。

夫宇宙綿邈〔一〕，黎獻紛雜〔二〕，拔萃出類〔三〕，智術而已。歲月飄忽，性靈不居〔四〕，騰聲飛實〔五〕，制作而已〔六〕。夫肖貌天地〔七〕，稟性五才〔八〕，擬耳目於日月〔九〕，方聲氣乎風雷〔一〇〕，其超出萬物，亦已靈矣〔一一〕。形同草木之脆〔一二〕，名踰金石之堅，是以君子處世，樹德建言〔一三〕，豈好辯哉？不得已也〔一四〕！

〔一〕校證：「『綿』，兩京本作『寥』。」抱朴子暢玄：「緜邈乎其遠也。」

〔二〕校證：「『黎』，兩京本誤『文』。尚書益稷：『萬邦黎獻。』僞孔傳：『獻，賢也。』此彦和所本。按『文』字與下文不應，非是。書益稷：『萬邦黎獻。』此『黎獻』二字所自出。封禪篇曾用之。諸子篇：『百姓之群居，苦紛雜而莫顯。』語意與此略同，亦可證。」范注：「黎獻謂衆賢。」注訂：「黎獻，黎民之賢者也，見書蔡注。」

大誥：『民獻有十夫。』封禪篇亦有『黎獻』語。」校注：「『黎』，兩京本、胡本作『文』。按『文』

〔三〕「類」字，元刻本、弘治本作「穎」。校證：「『類』，汪本、兩京本誤『穎』。孟子公孫丑篇：『出乎其類，拔乎其萃。』此彦和所本。」

〔四〕校證：「廣文選原校云：『「性」或作「聖」。』『居』，兩京本作『過』，誤。李詳云：『孔融論盛孝章書：「歲月不居。」』此彦和所本。」

校注：「陸機嘆逝賦：『時飄忽其不再。』」

斠詮：「性靈，即精氣。陶弘景答趙英才書：『任性靈而直往。』不居，謂不停息。禮記月令：『師興不居。』注：『不居謂衆風行不休止也。』」

蔣祖貽序志篇疏證（本篇以下引蔣氏語皆同此）：「性靈，作『生命』解。王充論衡自紀篇『著養性之書十六篇』，會稽典録作養生之書可證。按文心原道篇：『惟人參之，性靈所鍾，是謂三才。』又文心情采篇：『綜述性靈，敷寫器象。』此兩處均應解爲『靈慧之性』，即人類所獨具

的智慧與才能。『性靈不居』也可以解釋爲一個人的生命和智慧不能長存於宇宙之間，只有著書立説纔能流傳於後世。……本篇贊内『生也有涯，無涯惟智』等語亦有此意。」（見文心雕龍論叢）

〔五〕黄注：「封禪文：『蜚英聲，騰茂實。』」宋書謝靈運傳論：「爰逮宋氏，顔、謝騰聲。」「實」，指成果。

〔六〕清袁守定佔畢叢談卷五談文：「蘇文忠曰：『生前富貴，死後文章。』（見集注分類東坡詩卷十三薄薄酒首）劉舍人曰：『歲月飄忽，性靈不居，騰聲飛實，制作而已。』……若既無補於國家，又無與於斯道……與蜉蝣之朝生暮死何異？」葉長青文心雕龍雜記：「此即諸子篇所謂入道見志之書。太上立德，其次立言，百姓之群居，苦紛雜而莫顯；君子之處世，疾名德之不章。唯英才特達，則炳耀垂文，騰其姓氏，懸諸日月。彦和蓋隱然自寓。」

〔七〕元刻本、弘治本「夫」下有「有」字。校證：「『夫』下汪本、張之象本、兩京本、梅本、黄注本、讀書引有『有』字，謝云：『「有」宜作「其」。』梅云：『衍。』梅六次本，據曹改『有』爲『自』，日本刊本從之。佘本、王惟儉本、天中記三七、廣文選、梁書並無『有』字或『自』字，今據删。」補注：「詳案漢書刑法志：『夫人宵天地之額，懷五常之性。』彦和語本此。顔注：『宵義與肖同。額，古貌字。』」札記：「此『有』字當作『人』字。」校釋：「此文『有』字一作『自』，皆『肖』

字之誤而衍者。」

綴補：「天中記三七、經濟類編、喻林八六引此並無『有』字，梁書同。『有』蓋肖字之誤而衍者。」

〔八〕「五才」元刻本、弘治本以下均作「五行」，黄注本改。校證：「案作『才』是，程器篇：『人稟五材。』梁書亦作『才』。」徐復文心雕龍正字：「按作『行』字是。原道篇云：『爲五行之秀，實天地之心。』語與此同。惟程器篇有『人稟五材』句，則作『才』亦通。」按「五才」就是「五行」：金、木、水、火、土。後漢書馬融傳：「五才之用，無或可廢。」

〔九〕校注：「『擬』，兩京本作『娛』。按『娛』字非是。靈樞經邪客篇：『天有日月，人有兩目。』……論衡祀義篇：『日月猶人之有目。』並足爲此文當作『擬』之證。」

范注：「淮南子精神訓：『是故耳目者日月也；血氣者風雨也。』孫君蜀丞曰：『春秋繁露人副天數篇：「耳目戾戾，象日月也；鼻口呼吸，象風氣也。」』」

注訂：「擬耳目於日月者，極其明也；方聲氣於風雷者，大其志也。」

〔一〇〕元刻本、弘治本、兩京本「乎」作「於」。

郭注：「『擬耳目於日月，方聲氣乎風雷』，即肖貌天地也。」校注：「按靈樞經邪客篇：『天有風雨，人有喜怒；天有雷電，人有音聲。』論衡祀善篇：『風猶人之有吹煦也，雨猶人之有精液也，雷猶人之有腹鳴也。』」

王金凌：「董仲舒春秋繁露人副天數篇説云云（見上引）。劉勰稍變其文，以聲象雷，以氣象風，則『氣』在此指氣息，屬元氣一類。」

〔一一〕雜記：「此即原道篇所謂『兩儀既生，惟人參之。性靈所鍾，是謂三才，爲五行之秀，實天地之心』。」

〔一二〕校證：「佘本、王惟儉本、天中記、廣文選、梁書『同』作『甚』。」

校注：「『同』，梅校云：『梁書作甚。』（馮舒校同）徐𤊹校作甚。……下句云：『名踰金石之堅。』疑『甚』字是。」

斠詮：「形甚草木之脆，名踰金石之堅。古詩十九首：『盛衰各有時，立身苦不早；人生非金石，豈能長壽考？奄忽隨物化，榮名以爲寶。』彦和蓋化用此義。」

〔一三〕諸子篇：「君子之處世，疾名德之不章。」斯波六郎：「尚書泰誓下：『樹德務滋，除惡務本。』」

左傳襄公二十四年：「太上有立德，其次有立功，其次有立言。雖久不廢，此之謂不朽。」

〔一四〕校注：「『辯』，元本、弘治本、汪本、張甲本、兩京本、何本、胡本……崇文本作『辨』。……按『辨』字非是。孟子滕文公下：『孟子曰：「予豈好辯哉？予不得已也！」』即此文所本，原是『辯』字。梁書、元本、活字本、佘本、張乙本、梅本、凌本……四庫本、張松孫本，亦並作『辯』，未誤。」此處楊氏校語於元本兩歧。按元刻本此字稍嫌模糊，但仍可確定爲「辨」字。

注訂：「此節言人雖爲萬物之靈，然其易朽如草木之脆弱，必樹德建言以垂美名於後世，則人之精神可永，此爲文心作者之主旨。上段是釋此書命名之所由來，此段述一己志向之所歸趨。」

「歲月飄忽……不得已也」，典論論文：「蓋文章，經國之大業，不朽之盛事。年壽有時而盡，榮樂止乎其身，二者必至之常期，未若文章之無窮。是以古之作者，寄身於翰墨，見意於篇籍。」

以上爲第一段，説明書名之由來和自己著書立説的志向。

予生七齡〔一〕，乃夢彩雲若錦，則攀而採之。齒在踰立〔二〕，則嘗夜夢〔三〕執丹漆之禮器〔四〕，隨仲尼而南行；旦而寤，迺怡然而喜〔五〕。大哉聖人之難見也〔六〕，乃小子之垂夢歟〔七〕！自生人以來，未有如夫子者也〔八〕。

〔一〕梅注：「梁書無『生七齡』以下十四字。」校證：「宗本、廣文選、梁書無『予生七齡』以下十四字。」

〔二〕論語爲政：「三十而立。」

〔三〕元本、弘治本、汪本、張之象本、兩京本無「夜」字，「夢」字以下缺三百二十二字，下接「（觀瀾而）索源」。校證：「徐云：『「夢」字下脱落三百餘字，楊用脩補。』」

綴補：「梁書、南史劉勰傳並無『則』字，蓋涉上文『則攀而採之』而衍。」

〔四〕校注：「按史記儒林傳序：『陳涉之王也，而魯諸儒持孔氏之禮器，往歸陳王。』」史記孔子世家贊：「車服禮器。」札記：「丹漆之禮器，蓋籩豆也。」注訂：「禮器不僅籩豆之類，此是夢境，無指實也。」

〔五〕校證：「王惟儉本無『迺』字。」

綴補：「案御覽六百一引梁書、南史並作『寤而喜曰』。」

〔六〕校證：「紀本『也』誤『哉』。御覽六〇一引梁書，此句上有『曰』字。」

校注：「按南史勰傳亦有『曰』字。尋繹文氣，當以有『曰』字爲勝。」又：「按芸香堂本、翰墨園本『也』誤作『哉』，非是。」

〔七〕校證：「廣文選、讀書引、梁書『乃』作『迺』。王惟儉本『歟』作『與』。」

雜記：「此孔子『文不在兹』，及夢見周公之意，不必膠柱鍥舟也。」

「小子之垂夢」，猶云垂夢與小子。

〔八〕校注：「『人』，南史作『靈』。按『靈』字非是。『人』當作『民』，蓋唐避太宗諱而未校復者也。孟子公孫丑上：『子貢曰……自生民以來，未有夫子也。』即此文之所自出。原道篇『曉生民之耳目矣』，亦作生民。」

敷讚聖旨〔一〕，莫若注經，而馬、鄭諸儒〔二〕，弘之已精〔三〕，就有深解，未足立

家〔四〕。唯文章之用，實經典枝條〔五〕，五禮資之以成〔六〕，六典因之致用〔七〕。君臣所以炳焕〔八〕，軍國所以昭明〔九〕，詳其本源，莫非經典〔一〇〕。

〔一〕斠詮：「敷讚聖旨，謂敷陳讚述聖人之微言大義也。」

〔二〕馬、鄭，指馬融、鄭玄。馬融注孝經、論語、尚書、詩、易、三禮，著有三傳易同說。鄭玄是馬融弟子，注有論語、孝經、尚書、三禮和毛詩箋等。

〔三〕校證：「張松孫本、紀本、讀書引『弘』作『宏』，避清諱。」斠詮：「弘謂廓而大之也。論語衛靈公：『人能弘道，非道弘人。』廣雅釋詁：『弘，大也。』」此處謂發揚光大。

〔四〕范注：「鈴木云：御覽無此二句。」「就」，即使。抱朴子外篇自叙：「乃計作細碎小文……未若立一家之言。」

注訂：「『未足立家』云者，此文心成書寄意所在，蓋馬、鄭前修已精，於建言事業，別不見途徑也。故云。」

〔五〕校證：「御覽引梁書，『枝條』作『之條枝』。」

校注：「按今梁書、南史勰傳並同今本，御覽所引非是。諸子篇：『述道言治，枝條五經。』尤爲切證。」注訂：「云經典枝條者，言文章之用，輔翼群經，亦學體要之不可忽者，其爲效至宏，故下云五禮六典，君臣軍國，皆從用字上發揮。」顔氏家訓文章篇：「夫文章者，原出

五經。」

〔六〕校證：「御覽引梁書，『成』下有『文』字。」禮記祭統：「凡治人之道，莫急於禮；禮有五經，莫重於祭。」鄭玄注：「禮有五經，謂吉禮、凶禮、賓禮、軍禮、嘉禮也。」

〔七〕校證：「御覽引梁書『之』下有『以』字。」周禮天官冢宰：「太宰之職，掌建邦之六典，以佐王治邦國。一曰治典，以經邦國，以治官府，以紀萬民；二曰教典，以安邦國，以教官府，以擾萬民；三曰禮典，以和邦國，以統百官，以諧萬民；四曰政典，以平邦國，以正百官，以均萬民；五曰刑典，以詰邦國，以刑百官，以糾萬民；六曰事典，以富邦國，以任百官，以生萬民。」

校注：「按御覽所引非是。論語八佾：『子語魯太師樂曰：「樂其可知也：始作，翕如也；從之，純如也，皦如也，繹如也，以成。」』易繫辭上：『備物致用。』是『以成』、『致用』皆有所本也。」

〔八〕范注：「論語泰伯：『子曰，大哉，堯之爲君也！……煥乎其有文章。』集解：『煥，明也。其立文垂制又著明。』」

〔九〕兩句意指君臣關係和軍國大事都更上軌道。

〔一〇〕黄注：「非，一作外。」校注：「按以宗經篇『莫非寶也』，誄碑篇『莫非清允』，體性篇『莫非情

性』例之，『外』字非是。」范文瀾中國通史簡編：「序志篇説，本來想注儒經，但馬融、鄭玄已經注得很精當，自己即使有些獨到的見解，也難得自成一家，因爲文章是經典的枝條，追溯本源，莫非經典，所以改注經爲論文。這裏説明劉勰對文學的看法，就是文學的形式，可以而且必須有新變（通變篇），文章的内容卻不可離開聖人的大道（原道篇、徵聖篇、宗經篇），文心雕龍確是本着這個宗旨寫成的。」（修訂版第二編）

而去聖久遠，文體解散〔一〕，辭人愛奇，言貴浮詭〔二〕，飾羽尚畫〔三〕，文繡鞶帨〔四〕，離本彌甚，將遂訛濫〔五〕。

〔一〕才略篇：「殷仲文之孤興，謝叔源之閑情，並解散詞體，縹渺浮音。」「文體解散」，謂文章的體制散亂。

〔二〕定勢篇：「自近代辭人，率好詭巧，原其爲體，訛勢所變。厭黷舊式，故穿鑿取新。察其訛意，似難而實無他術也，反正而已。故文反正爲乏，辭反正爲奇。」

〔三〕斠詮：「喻徒尚文飾，有失本真，辭華而情僞也。莊子列御寇：『哀公問於顔闔曰：「吾以仲尼爲貞幹，國其有瘳乎？」曰：「殆乎圾乎！仲尼方且飾羽而畫，從事華辭，以支爲旨，夫何足以上民？」』宣穎曰：『羽有自然文采，飾而畫之則務人巧。』成疏：『修飾羽儀，喪其真性也。』」

徵聖篇：「顔闔以爲仲尼飾羽而畫。」

〔四〕斯波六郎：「法言寡見篇：『今之學也，非獨爲之華藻也，又從而繡其鞶帨。』李注：『鞶，大帶也；帨，佩巾也。』」按李注下文又云：「衣有華藻文繡，書有經傳訓解也。」後漢書儒林傳論引寡見篇此文，注云：「喻學者文繁碎也。」

〔五〕范注：「通變、定勢二篇已論之。」「本」，指經典。「訛濫」，訛謬氾濫。

南齊書文學傳論：「今之文章，作者雖衆，總而爲論，略有三體：一則啓心閑繹，託辭華曠，雖存巧綺，終致迂迴，宜登公宴，本非準的，而疎慢闡緩，膏肓之病，典正可采，酷不入情。其體之源，出靈運而成也。次則緝事比類，非對不發，博物可嘉，職成拘制。或全借古語，用申今情，崎嶇牽引，直爲偶説，唯覩事例，頓失清采。此則傅咸五經，應璩指事，雖不全似，可以類從。次則發唱驚挺，操調險急，雕藻淫豔，傾炫心魂，亦猶五色之有紅紫，八音之有鄭、衛，斯鮑照之遺烈也。」

李諤上隋高帝革文華書：「江左齊梁，其弊彌甚，貴賤賢愚，唯務吟詠。遂復遺理存異，尋虚逐微，競一韻之奇，争一字之巧。連篇累牘，不出月露之形；積案盈箱，唯是風雲之狀。」

明詩篇：「儷采百字之偶，争價一句之奇；情必極貌以寫物，辭必窮力而追新。此近世之所競也。」

情采篇：「而後之作者，採濫忽真，遠棄風雅，近師辭賦，故體情之製日疎，逐文之篇愈盛。」

風骨篇：「於是習華隨侈，流遁忘反。」

斠詮：「夸飾篇：『自宋玉、景差，夸飾始盛；相如憑風，詭濫愈甚。……然飾窮其要，則心聲鋒起；夸過其理，則名實兩乖。』此所謂『濫』也。則濫之爲用，在尚浮誇也。」

紀評：「全書針對此數語立言。」

注訂：「自『文體解散』以下，至『將遂訛濫』，言於文章上欲作整理工夫，全書概旨，咸本於此。」

蓋周書論辭，貴乎體要〔一〕；尼父陳訓，惡乎異端〔二〕。辭訓之異，宜體於要〔三〕。於是搦筆和墨，乃始論文〔四〕。

〔一〕尚書畢命：「政貴有恒，辭尚體要，不惟好異。」孔傳：「辭以體實爲要，故貴尚之。若異於先王，君子所不好。」蔡沈書集傳：「趣完具而已之謂體，衆體所會之謂要。」集說引夏氏僎曰：「體則具於理而無不足，要則簡於辭而亦不至於有餘，謂辭理足而簡約也。」又引王氏樵曰：「趣謂辭之旨趣，趣不完具則未能達意，而理未明，趣完具而不已，則爲枝辭衍說，皆不可謂之體。人身上有領，下有要，乃體之關會處，事理之有要，亦猶是也。」徵聖篇：「書云：『辭尚體要，弗惟好異。』故知正言所以立辯，體要所以成辭。」吳林伯文心雕龍序志義疏（本篇以下引吳氏語皆同此）：「體要，即本篇下文『體於要』，體，本也，言辭以要約爲本，因與『浮詭』

相反。」（遼寧社會科學輯刊一九八一年六期）「體要」，猶精要，具體而概括，此又一解。

〔二〕左傳哀公十六年稱孔子死，魯哀公悼之曰：「嗚呼哀哉，尼父。」論語爲政：「子曰：攻乎異端，斯害也已！」「異端」，謂不合正道者。斠詮：「此處異端，指其時辭人言務浮詭，文遂訛濫而言。」

〔三〕校釋：「『異』疑『奧』誤。史記屈原列傳：『文質疏内兮，衆不知予之異采。』集解引徐廣曰：『異一作奧。』此異、奧形近易誤之證。辭訓二句，即總上『周書論辭，尼父陳訓』四句之義而言之也。……惡異端，即不好異，故此總説奧義，惟舉體要耳。」按詮賦篇：「雖讀千賦，愈惑體要。」書記篇：「隨事立體，貴乎精要。」雜文篇：「此立體之大要也。」林紓春覺齋論文述旨第六節：「文心雕龍徵聖第二有曰：『正言所以立辯，體要所以成辭。』是言一本於易，一本於書，推而言之，則知此者，作文乃無死句，論文亦得神解。何謂正言？本聖人之言，所以抗萬辯也。何謂體要？衷聖人之言，所以鑄偉辭也。」牟世金范注補正：「『周書論辭』之『辭』，『尼父陳訓』之『訓』，各不相同，一是『辭尚體要』，一是『攻乎異端』，這就是所謂『辭訓之異』。聖人和經書所説雖異，但都應領會其主要精神；『宜體於要』，此之謂也。」按「異」字可通，非「奧」之誤。

〔四〕綴補：「案御覽引梁書『於是』作『由是』。」校注：「『筆』，何本、凌本、合刻本、梁本、岡本、尚古本、王本、鄭藏鈔本、崇文本作『管』；讀

書引、莒州志同。按『筆』、『管』於此並通，然梁書、南史作『筆』，則『管』字或出後人臆改。」斯波六郎：「莊子田子方：『宋元君將畫圖，衆史皆至，受揖而立，舐筆和墨，在外者半。』」斟詮：「和墨，即調墨。」

以上爲第二段，説明寫這部書的目的是爲了闡發儒家經典來糾正當時浮詭訛濫的文風。

詳觀近代之論文者多矣：至於魏文述典〔一〕，陳思序書〔二〕，應瑒文論〔三〕，陸機文賦，仲治流別〔四〕，弘範翰林〔五〕，各照隅隙〔六〕，鮮觀衢路。或臧否當時之才〔七〕，或銓品前修之文〔八〕，或汎舉雅俗之旨〔九〕，或撮題篇章之意。

〔一〕校證：「『於』，佘本、王惟儉本、廣文選、梁書作『如』。」綴補：「案經濟類編引『於』作『如』，梁書同。『如』猶『於』也。」「述典」，指典論論文。典論全書已佚，只存論文、自序兩篇。論文見於文選卷五十二，亦非全文。

〔二〕指陳思王曹植與楊德祖書，見文選卷四十二。

〔三〕指應瑒文質論，見藝文類聚卷二十二，輯入全後漢文卷四十二。札記：「案此文汎論文質之宜，似非文論。以黄注指爲此篇，故録之。」吴林伯：「劉勰所謂『文』，包括自然、典制、文學、藝術等，故本篇直以文質論爲文論。」

〔四〕指摯虞文章流別論。校注：「『治』，文津本作『洽』。芸香堂本、翰墨園本、思賢講舍本、崇文

本同。按『洽』字誤，已詳頌讚篇『而仲治流別』條。」晉書摯虞傳：「虞撰文章志四卷……又撰古文章類聚區分爲三十卷，名曰流別集，各爲之論，辭理愜當，爲世所重。」全書已佚，輯文見全晉文卷七十七。（張溥、嚴可均、張鵬一等人均有輯本。）玉海卷五十四：「隋志：『總集者，以建安之後，辭賦轉繁，衆家之集，日以滋廣。晉代摯虞，苦覽者之勞倦，於是採擿孔翠，芟翦繁蕪，自詩賦下，各爲條貫，合而編之，謂爲流別。』『摯虞文章流別集四十一卷（梁六十卷。志二卷，論二卷）。』」

〔五〕校證：「張松孫本、紀本、讀書引『弘』作『宏』，避清諱。」

李充翰林論，全書已佚，全晉文卷五十三輯得八條。范注又從文選中輯得兩條。

訓故：「隋經籍志：『翰林論三卷，晉著作郎李充撰。』晉書：『李充，字弘度，江夏人。歷官大著作郎，注尚書及周易旨六論、釋莊論二篇，詩賦雜文二百四十首行於世。』傳中不言有翰林論，而玉海引翰林論，亦云弘範。」

札記：「李充，晉書字弘度，此云宏範，或其字兩行。文僅存數條……觀其所取，蓋以沈思翰藻爲貴者，故極推孔、陸，而立名曰翰林。」

吴林伯：「晉書李充傳稱充字弘度。世説新語言語劉孝標注引晉何法盛晉中興書，文選任彦升王文憲集序李善注引王隱晉書，陸公佑新刻漏銘李善注引臧榮緒晉書，亦均以充字弘度。惟明鈔本太平廣記云李弘範翰林明道論，則弘度、弘範本爲二人，弘範之論乃明道之

作，與弘度之論文者不同。劉勰以弘度爲弘範，是記憶之誤，玉海因之，亦曰弘範。或以晉書李充傳不言充作翰林論，遂疑翰林論非充作，非也。」

〔六〕校注：「淮南子説山篇：『受光於隙照一隅。』」

〔七〕晉書阮籍傳：「籍雖不拘禮教，然發言玄遠，口不臧否人物。」「臧否當時之才」，如典論論文，曹植與楊德祖書。

〔八〕南齊書文學傳論：「若子桓之品藻人才，仲治之區判文體，陸機辨於文賦，李充論於翰林，張眎摘句褒貶，顏延圖寫情興，各任懷抱，共爲權衡。」

劉師培中古文學史第四課：「晉人論文之作，以陸機之賦爲最先。觀其所舉文體，惟舉賦、詩、碑、誄、銘、箴、頌、論、奏、説，不及傳狀之屬，是即文筆之分也。又陸雲答兄平原書多論文之作，于文章得失，詮及細微，其于前哲，則伯喈、仲宣之作，多所詮評，其于時賢，則張華、成公綏、崔君苗之文，並多評騭。二陸工文，于斯可驗。自是以外。其論及文體正變及各體源流者，晉人撰作，亦多可採。如傅玄七謨序、連珠序，推論二體之起源，旁及漢魏作者之得失（均見藝文類聚引）。皇甫謐三都賦序（文選）、左思三都賦序（文選）、衛權三都賦略解序、劉逵蜀都吳都賦注序（並見晉書左思傳），推論賦體之起源，與漢儒『鋪陳』之訓，宛爲符合（又郭象文碑銘論，今不傳）。其著爲一書者，則有摯虞文章流別論二卷，今群書所引尚十餘則（見嚴輯全晉文），于詩、賦、箴、銘、哀詞、頌、七、雜文之屬，溯其起源，考其正變，以明古今

各體之異同，于諸家撰作之得失，亦多評品，集古今論文之大成。又李充翰林論五十四卷，今群書所引，亦僅七則（見全晉文），大抵于各體之文，均舉佳篇爲式。彦和論文，多所依據，亦評論文學之專書，彙而觀之，足知晉代名賢，于文章各體，研覈至精，固非後世所能及也。」

〔九〕曹植與楊德祖書：「夫街談巷説，必有可采；擊轅之歌，有應風雅；匹夫之思，未易輕棄也。」

魏典密而不周〔一〕，陳書辯而無當〔二〕。應論華而疏略〔三〕，陸賦巧而碎亂〔四〕。流別精而少功〔五〕，翰林淺而寡要〔六〕。

〔一〕傅庚生批評通論：「論文不過典論中之一篇，備一格者，自不同於論文之專著。『不周』不足爲其瑕纇。且創論成篇，能兼及文體、理論與品評諸目，而識多精確，意極平直。文氣之論，實祭先河，致足多也。」文論選：「典論論文分析作家作品不同的氣，各種文體不同的特徵，比較細密，但仍然只是引了端緒，未能就這些問題作全面周到的闡發，故云『密而不周』。」陳鍾凡中國文學批評史：「以典論論文評人僅及七家，論文止於四體故也。」

〔二〕傅庚生批評通論：「陳思王與楊德祖書：『昔仲宣獨步於漢南，孔璋鷹揚於河朔，偉長擅名於青土，公幹振藻於海隅，德璉發跡於此魏，足下高視於上京。』贊揚而已，無與於品藻。又云：『辭賦小道，固未足以揄揚大義，彰示來世也。昔揚子雲，先朝執戟之臣耳，猶稱「壯夫

不爲」也。吾雖德薄，位爲藩侯，猶庶幾勠力上國，流惠下民，建永世之業，留金石之功，豈徒以翰墨爲勳績，辭賦爲君子哉？』亦似未知重視文學本身之價值。故楊脩復牋以駁之云：『今之賦頌，古詩之流，不更孔公，風雅無別耳。脩家子雲，老不曉事，彊著一書，悔其少作，若此，仲山周旦之徒，則皆有諐乎！君侯忘聖賢之顯迹，述鄙宗之過言，竊以爲未之思也。若乃不忘經國之大美，流千載之英聲，銘功景鍾，書名竹帛，此自雅量素所蓄也，豈與文章相妨害哉！』子建蓋長於創作，而絀於批評者。『辯而無當』，所評甚允。」

陳鍾凡中國文學批評史：「陳思王與楊德祖書中列序當時文士曰：『今世作者，可略而言……』所舉僅六子，視子桓去阮瑀、孔融而增楊脩，對於諸家文學茫無定評。其下又曰：『僕嘗好人譏彈其文，有不善者，應時改定。』是亦重視批評學者。然又曰：『有南威之容，乃可以論於淑媛；有龍泉之利，乃可以議於斷割。劉季緒才不逮於作者，而好詆訶文章，掎摭利病。昔田巴毀五帝，罪三王，呰五霸於稷下，一旦而服千人；魯連一說，使終身杜口。劉生之辯，未若田氏；今之仲連，求之不難，可無嘆息乎！』不知批評文學與文學之區別也。至言『辭賦小道，未足揄揚大義，彰示來世也。昔揚子雲先朝執戟之臣，猶稱壯夫不爲』，則不知文學之價值，故謂其『辯而無當』。」文論選：「曹植與楊德祖書譏嘲陳琳不長辭賦，劉季緒才不能逮於作者，論好尚不同，不以辭賦爲君子等，其言皆閎辯，但破多於立，故彥和認爲無當。」

〔三〕陳鍾凡中國文學批評史：「應瑒文質論云：『丕泰易趨，道無攸一；二政代序，有文有質。』蓋言文質之宜，非論文也。不識彦和所謂『疏略』者，果指此否？」批評通論：「應瑒文質論，汎論文質之宜，似非文論，今即之以求衡文之準，自感其『華而疏略』矣。」饒宗頤文心雕龍探原劉勰文學見解之淵源：「自應瑒著文質論（其文多用韻），以爲『二政代序，有文有質』，而歸結於『言辨國典，辭定皇居，然後知質者不足，而文者有餘』。此説可與魏文『文章經國之大業』相表裏，而所重則在『文』也。若彦和之論，則云『古來文章以雕縟成體』（序志篇），而『篇章雜沓，質文交加』（知音篇），『然懇惻者辭爲心使，浮侈者情爲文使，繁約得正，華實相勝，脣吻不滯，則中律矣』（章表篇）。是則舒文載實之説，所重乃在乎『質』矣。故彦和責應氏之論爲『華而疏略』，職是故也。」吴林伯：「應瑒文質論辭采光華，然以『文』爲『泰』，以『質』爲『否』，通篇抑『質』揚『文』，與孔子『文質彬彬』，與劉勰『文附質』、『質待文』之旨相背，故曰疏略。」

〔四〕總術篇：「昔陸氏文賦號爲曲盡，然汎論纖悉，而實體未該。」斠詮：「所謂『纖悉』、『未該』，即『巧而碎亂』之意。」札記：「碎亂者，蓋謂其不能具條貫。然陸本賦體，勢不能如散文之叙録有綱，此與總術篇所云，皆疑少過。」傅庚生批評通論：「（陸賦）獨以用賦體申明，條貫難明，陸雲所指『文適多體，便欲不清』，殆亦謂此。重以自陳甘苦，有輪扁難言之累，故彦和謂其『巧而碎亂』也。」

〔五〕校證：「『功』原作『巧』，王惟儉本、廣文選、梁書作『功』，今據改。」

校注：「巧，黄校云：『梁書作功。』紀昀云：『功字是。』按史記自序（司馬談論六家要指）：『儒者博而寡要，勞而少功。』此『少功』二字所本。（下「翰林」句用「寡要」二字。）當以作『功』爲是。張乙本、訓故本、謝鈔本正作『功』；廣文選、經濟類編、廣文選删、漢魏六朝正史文選同，當據改。」

考異：「巧、功並通。惟史記『勞而少功』，不足據改，蓋勞可言功，而精可論巧，故從巧爲長。」

顔延年庭誥：「摯虞文論，足稱優洽。」文鏡秘府論：「李充之製翰林，褒貶古今，斟酌利病，乃作者之師表。摯虞之文章志，區别優劣，編緝勝辭，亦才人之苑囿。」

〔六〕郭紹虞曰：「玉海六十二引作『博而寡要』，竊以爲劉氏所下評語，於魏文、陳思諸家均是優劣互見，當以博爲近是。」

校注：「『淺』，玉海六二引作『博』。按詩品序：『李充翰林，疎而不切。』所評與舍人略同。玉海所引，或伯厚意改之也。」郭紹虞批評史上卷：「今就嚴可均全晉文所輯諸條考之，大都是於每體中擇其尤佳者，略加評論，以爲標準。……此外如鍾嶸詩品『潘岳』條稱：『翰林嘆其翩翩然如翔禽之有羽毛，衣服之有綃縠。』王楙野客叢談『百一詩』條亦引有『應休璉作五言詩百數十篇，有詩人之旨』。則又就一人之作而加以評論者，惟均嫌瑣屑，此劉勰所以譏

其寡要歟？」

鍾嶸詩品序：「陸機文賦，通而無貶；李充翰林，疎而不切；王微鴻寶，密而無裁；顔延論文，精而難曉；摯虞文志，詳而博贍，頗曰知言。觀斯數家，皆就談文體，而不顯優劣。」斟詮：「詩品論『翰林疏而不切』，所謂『疏』乃廣泛之意，與彦和之所謂『博』，詞異而義同。『不切』即『寡要』也。且『博而寡要』語出史記太史公自序傳：『儒者博而寡要，勞而少功。』此彦和所本，與上句『精而少功』對文。楊以爲『或伯厚意改』，臆度無據，未可從。審文鏡秘府論謂『李充之製翰林，褒貶古今，斟酌利病』，則其涉論之廣博，可想而知；又黄季剛先生札記謂『翰林論所取，蓋以沈思翰藻爲貴』者，則其非『淺』明矣。斟酌再四，仍以順從各句筆序義例，依玉海訂正爲勝。」

又君山公幹之徒〔一〕，吉甫士龍之輩〔二〕，汎議文意，往往間出〔三〕，並未能振葉以尋根，觀瀾而索源〔四〕。不述先哲之誥〔五〕，無益後生之慮。

〔一〕全後漢文所輯桓譚新論佚文中，有三數條涉及文論。但其中求輔篇、道賦篇雖有論文之説，無關宏旨。

論衡定賢篇：「世間爲文者衆矣，是非不分，然否不定，桓君山論之，可謂得實矣。論文以察實，則君山漢之賢人也。」案書篇：「論説世疑，桓君山其上也。」

論衡超奇篇推崇桓譚：「又作新論，論世間事，辯照然否，虚妄之言，僞飾之辭，莫不證定。彼子雲、子長之徒，君山爲甲。」文心中存君山論文三條：哀弔篇：「相如之弔二世，全爲賦體，桓譚以爲其言惻愴，讀者歎息。」通變篇：「桓君山云：予見新進麗文，美而無采，及見劉揚言辭，常輒有得。」定勢篇：「桓譚稱文家各有所慕，或好浮華而不知實覈，或美衆多而不見要約。」

〔二〕應貞，字吉甫，爲應璩之子，西晉學者。隋書經籍志録應貞集一卷，佚。三國志王粲傳稱應貞「以文章顯」，裴注引文章叙録稱應貞「能談論」。其論文語無考。

蔣祖貽：「吉甫論文語恐指其百一詩注。」札記：「士龍與兄平原書牘，大抵商量文事。」陸雲與兄平原書凡數十通，大率討論文事，但過涉瑣碎，無關宏旨。

〔三〕校注：「史記自序：『詩書往往間出矣。』」在這裏是説桓、劉諸人偶有論文的話，但屬於一般議論。

〔四〕校注：「孟子盡心上：『觀水有術，必觀其瀾。』趙注：『瀾，水中大波也。』」斯波六郎：「陸機文賦：『或因枝以振葉，或沿波而討源。』」

〔五〕校證：「兩京本『誥』作『謨』。」「誥」，教訓。注訂：「先哲之誥，指周、孔諸經。」王運熙文心雕龍序志「先哲之誥」解謂此處：「所謂根源，係指儒家經典，而葉、瀾比喻後代

的文章。序志上文云：『唯文章之用，實經典枝條……詳其本源，莫非經典。』比喻上下呼應，意思更爲明顯。……按先哲指古代聖人。徵聖云：『夫作者曰聖，述者曰明，陶鑄性情，功在上哲。』也以上哲稱聖人。」（油印本）

以上爲第三段，評論魏晉以來的文論著作，認爲其不足之處是「不述先哲之誥，無益後生之慮」。

蓋文心之作也，本乎道〔一〕，師乎聖〔二〕，體乎經〔三〕，酌乎緯〔四〕，變乎騷〔五〕，文之樞紐，亦云極矣〔六〕。若乃論文敘筆〔七〕，則囿別區分〔八〕，原始以表末〔九〕，釋名以章義〔一〇〕，選文以定篇〔一一〕，敷理以舉統〔一二〕，上篇以上，綱領明矣〔一三〕。

〔一〕「本乎道」是以道爲本原，於是乎有原道篇。

〔二〕「師乎聖」是以儒家的聖人爲師，於是乎有徵聖篇。徵聖篇云：「徵之周、孔，則文有師矣。」所以說「師乎聖」。

〔三〕「體乎經」是以經書爲主來定體制。宗經篇：「故文能宗經，體有六義。」

〔四〕「酌乎緯」是對於緯書要斟酌去取，就是對於其中「無益經典」（正緯）的部分要去掉，對於其中「有助文章」（正緯）的部分要酌量吸收，於是乎有正緯篇。

〔五〕「變乎騷」說明楚辭是風雅的變體。於是乎有辨騷篇。

宋胡寅題酒邊詞：「詩出於離騷、楚辭，而離騷者，變風、變雅之怨而迫、哀而傷者也；其發乎情則同，而止乎禮義則異。」（宋六十名家詞）朱熹謂楚辭中「凡其寓情草木，託意男女，以極遊觀之適者，變風之流也。叙事陳情，感今懷昔，不忘君臣之義者，變雅之類也」（楚辭集注）。文體明辨序說：「按楚辭，詩之變也。……風雅既亡，乃有楚狂鳳兮、孺子滄浪之歌，發乎情，止乎禮義，與詩人六義不甚相遠，但其辭稍變詩之本體，而以兮字爲讀，則楚聲固已萌蘖於此矣。」古文辭類纂序：「辭賦類者，風雅之變體也。」

〔六〕校證：「汪本、張之象本、兩京本、日本刊本、讀書引『亦云』作『云亦』，誤。明詩篇：『亦云周備。』亦作『亦云』。」「極」，盡也。劉勰認爲文章的關鍵莫過於這五篇了。

〔七〕元刻本、弘治本、張之象本、兩京本無「乃」字。

札記：「六朝人分文筆，大概有二途：其一以有韻者爲文，無韻者爲筆；其一以有文采者爲文，無文采者爲筆。謂宜兼二説而用之。」范注：「論文叙筆，謂自明詩至哀弔皆論有韻之文，雜文、諧讔二篇，或韻或不韻，故置於中；史傳以下，則論無韻之筆。」

〔八〕校證：「『囿』，汪本作『品』，兩京本作『派』。馮本墨釘。」「囿別區分」是説分門別類，就是劃分成小類。

斟詮：「囿別區分，謂畫定封域，以別白大類；排比品目，以分見各體也。囿，封域之意。説

文：『囿，苑有垣也。』段注：『凡分別區域曰囿。』……論語子張篇：『區以別矣。』朱注：『區，猶類也。』」

〔九〕「原始以表末」是論述每一體文章的起源和流變。「末」謂末流。

校注：「『末』，訓故本作『時』，注云：『一作來。』按『來』蓋由『末』致誤。元本、弘治本、汪本、張甲本、兩京本、胡本作『時』，是也。文心上篇自明詩至書記，於每種文體皆明其緣起，故曰：『原始以表時。』若作『末』，則多所窒礙。因文體之次要者，舍人往往僅一溯源而已，並未詳其流變也。」

〔一〇〕「釋名以章義」，是解釋各種文體名稱的含義，就是從每一體文章的命名上來表明這類文章的性質。

〔一一〕「選文以定篇」，是選出各種文體的代表作品來加以評定，就是評論每一體文章的代表作家和代表作品。

〔一二〕「敷理以舉統」，是敷陳事理來舉出文章的體統，就是説明每一體文章的規格要求，或標準風格。

札記：「『原始以表末』四句，謂明詩篇以下至書記篇，每篇叙述之次第。兹舉頌讚篇以示例：自『昔帝嚳之世』起，至『相繼於時矣』止，此『原始以表末』也。『頌者容也』二句，『釋名以章義』也。『若夫子雲之表充國』以下，此『選文以定篇』也。『原夫頌惟典雅』以下，此『敷

理以舉統』也。」

雜記：「茲舉明詩篇以示例：自『大舜云』起，至『莫非自然』，此釋名以章義也。『昔葛天氏樂辭云』起至『其來久矣』，原始以表末也。『自商及周』起，至『而綱領之要可明矣』，選文以定篇也。以下敷理以舉統。」

〔一三〕「上篇」猶今之言「上編」。「上篇」之「上」，元刻本、弘治本、張之象本、兩京本作「一」，誤。

至於割情析采〔一〕，籠圈條貫〔二〕，摛神性〔三〕，圖風勢〔四〕，苞會通〔五〕，閱聲字〔六〕，崇替於時序〔七〕，褒貶於才略，怊悵於知音〔八〕，耿介於程器〔九〕，長懷序志，以馭群篇〔一〇〕，下篇以下，毛目顯矣〔一一〕。

〔一〕校證：「『割』，張之象本、兩京本、王惟儉本作『剖』。」校注：「按元本、弘治本、汪本、張甲本、兩京本、胡本、訓故本、四庫本作『剖情析采』，是也。『割』字亦當據改。」

校證：「佘本、廣文選、梁書『采』作『表』。」按文心雕龍有情采篇，「剖情析采」就是剖析情采。

范注：「剖情析采，情指神思以下諸篇，采則指聲律以下也。」

〔二〕校證：「馮本、汪本、張之象本、兩京本、日本刊本『籠』上有『必』字。」

蔣祖貽：「『籠圈』即『概括』之意，夸飾篇『雖軒翥出轍，而終入籠内』可證。『條貫』即『條理』之意。史記屈原傳：『治亂之條貫，靡不畢見。』東方朔答客難：『以管窺天，以蠡測海，以筳

撞鍾，豈能通其條貫，考其文理，發其聲音哉！』文心鎔裁篇亦有『故能首尾圓合，條貫統序』之語。其中的『條貫』，均爲『條理』之意。『籠圈條貫』蓋即『概括文章的條理』。」

斠詮：「謂籠罩表裏，以圈守規範；條舉理障，以貫通變化也。籠圈，本指管制禽獸之籠檻圈牢……此處作動詞用。籠，正字通云：『總括也。』……圈，閑束之意。……枚乘上重諫吴王書：『積聚玩好，圈守禽獸。』……彦和以情采二字，包舉作文之内外要求。如自第六卷神思以至第九卷總術二十目，皆所以示學者以規矩準繩與理論體系。就其範類籠而圈之，故云籠圈；因其統序條而貫之，故云條貫。彦和於列論創作規範二十目外，又於第十卷提出批評理障，如時序、才略、知音、程器四目，以會通歷代文章之變化，亦條貫之謂也。」

〔三〕校證：「馮本、汪本、兩京本、凌本、鍾本、梁本、日本刊本、崇文本『性』誤『往』。」「摛」，發，布。「神性」，指神思、體性兩篇。

〔四〕「圖」，繪寫。「風勢」，指風骨、定勢兩篇。

〔五〕校證：「馮本、汪本、兩京本『苞』作『包』，『包』上有『幽遠』二字；張之象本『苞』作『包』，『包』上有『以』字。凌本、鍾本、梁本、日本刊本、崇文本、讀書引『苞』上有『幽遠』二字。王惟儉本『苞』作『包』。」考異：「『苞』『包』古通。郭忠恕佩觿集云：『草名之苞，當通厥包之包。』從包是。」「苞」，苞舉。「會、通」，指附會、通變兩篇。

〔六〕「閱」，覽，察。「聲字」，指聲律、練字兩篇。

〔七〕校注：「『替』，梁書、廣文選、經濟類編、廣文選删、漢魏六朝正史文選作『贊』。張乙本、訓故本同。佘本作『暜』。按説文竝部：『暜，廢也；一曰偏下也，暜，或从㚘从曰。』則『贊』、『暜』均爲『暜』之誤（「替」爲「暜」之俗體）。時序篇贊『崇替在選』，尤其明證。國語楚語下：『藍尹亹曰：「吾聞君子唯獨居思念前世之崇替者。」』即『崇替』二字所本也。」校證：「時序篇、祝盟篇俱有『崇替』語。」「崇替」，興廢，盛衰。時序篇叙歷代文運之升降。

〔八〕「怊悵」，元刻本、弘治本以下諸明刻本並作「怡暢」。校證：「梅據王嘉丞改。王惟儉本正作『怊悵』。按作『怊悵』是，梁書正作『怊悵』，明詩篇、風骨篇亦有『怊悵』語。」「怊悵」，惆悵。楚辭七諫謬諫：「然怊悵而自悲。」

校注：「按梁書正作『怊悵』；廣文選、經濟類編、廣文選删、漢魏六朝正史文選、佘本、張乙本、何本、訓故本、别解本、謝鈔本、岡本、尚古本同。王改是也。舍人於知音篇中所露怊悵之情，極爲顯明。若作『怡暢』，則非其指矣。」

〔九〕離騷：「彼堯舜之耿介兮。」「耿介」，光明正大。

校注：「按程器一篇，舍人抑鬱不平之氣，溢於辭表。則此『耿介』二字含義，與離騷或九辯之『耿介』異趣。章表篇：『張駿自序，文致耿介。』奏啓篇：『楊秉耿介於災異，陳蕃憤懣於尺一。』皆有感憤之意。文選潘岳秋興賦：『宵耿介而不寐兮，獨展轉於華省。』謝惠連秋懷詩：『耿介繁慮積，展轉長宵半。』陸機猛虎行：『眷我耿介懷，俯仰愧古今。』劉鑠擬青青河

邊草詩：『良人久徭役，耿介終昏旦。』應璩與滿公琰書：『追惟耿介，迄於明發。』與舍人所用『耿介』意，正相合也。」

〔一〇〕牟注：「『長懷』，申述作者的情懷。『長』，引長。」

〔一一〕注訂：「『毛目』者，細目也。」校注：「抱朴子外篇君道：『操綱領以整毛目。』南齊書顧憲之傳：『舉其綱領，略其毛目。』又高逸顧歡傳：『綱領既理，毛目自張。』弘明集柳憕答梁武帝敕：『振領持綱，舒張毛目。』並以綱領與毛目對言。」

蔣祖貽：「『毛目』，細目。漢書刑法志：『毛舉細故。』晉書天文志：『枉矢如流星，蒼黑蛇行，望之若有毛目，長數匹著天。』黄注引子華子以爲『毛舉其目』云云，恐非是。」

位理定名〔一〕，彰乎大易之數〔二〕，其爲文用，四十九篇而已〔三〕。

〔一〕蔣祖貽：「文心情采篇：『設模以位理。』『位理』，指安排各篇先後之『理』。『定名』，指每篇題目之推敲。文心每篇先後及每篇題名，都是經過作者的慎重考慮的。」

〔二〕范注：「易上繫：『大衍之數五十，其用四十有九。』……『大易』，疑當作『大衍』。」校注：「按范説是。凌廷堪祀古辭人九歌：『探大衍兮取數。』（校禮堂集卷六）已疑『易』字爲誤矣。」「衍」，推演也。孔疏引京房云：「五十者，謂十日、十二辰、二十八宿也。」

斯波六郎：「按彦和據繫辭之文，故意改『大衍』爲『大易』。以『大易』稱易之例，見正緯第

四，又見抱朴子喻蔽篇。」

斠詮：「易上繫：『大衍之數，五十，其用四十有九。』王弼曰：『演天地之數，所賴者五十也，其用四十有九，則其一不用也。不用而用以之通，非數而數以之成，斯易之太極也。四十有九，數之極也。』孔疏：『馬季長云：「易有太極，謂北辰也。太極生兩儀，兩儀生日月，日月生四時，四時生五行，五行生十二月，十二月生二十四氣。北辰居位不動，其餘四十九轉運而用也。」是以太極之一，兩儀之二，日月之二，四時之四，五行之五，十二月之十二，二十四氣之二十四，合計之爲五十。太極不動，除一則爲四十九耳。』」清焦循易通釋：「大衍猶言大道。」

〔三〕「四十九篇」不包括序志，一說不包括原道。按仍以前說爲妥。

以上爲第四段，介紹全書基本内容及寫作體例。

夫銓序一文爲易〔一〕，彌綸群言爲難〔二〕。雖復輕采毛髮〔三〕，深極骨髓〔四〕，或有曲意密源，似近而遠，辭所不載，亦不勝數矣〔五〕。

〔一〕校證：「梁書『序』作『叙』。」何義門批：「序一作叙。」

郭注：「銓序，謂衡量論述。銓序一文者，如李充翰林論：『陸機議晉斷，亦其美矣。』『相如喻蜀父老，可謂德音矣。』又如鍾嶸詩品序：『陳思贈弟，仲宣七哀，公幹思友，阮籍詠懷，子

卿雙𣊬，叔夜雙鸞……是皆五言之警策者也。』」

〔二〕易繫辭上：「易與天地準，故能彌綸天地之道。」正義：「彌謂彌縫補合，綸謂經綸牽引，能補合牽引天地之道，用此易道也。」中庸朱注：「綸者，比其類而合之也。」原道篇：「彌綸彝憲。」附會篇：「彌綸一篇。」「彌綸」兩字連用有綜合組織、整理闡明之意。郭注：「彌綸群言，謂綜合作家而論創作，如文心雕龍是也。」曹學佺批：「彦和雖是子類，然會其大全，要之中正，所以爲難。」

〔三〕校注：「『復』，黄校云：『一作或。』徐𤊹云：『梁書作「雖復」；伯元改爲「或」，又重下「或」字。』何焯改『或』。按元本、弘治本、活字本、汪本、張甲本、兩京本、何本、胡本、訓故本、梅本、謝鈔本、四庫本作『復』，與梁書同。論説、封禪、定勢三篇，並有『雖復』之文，則作『復』是。」

校證：「廣文選『復』作『或』，謝校作『或』。汪本、張之象本、兩京本、讀書引『采』作『採』。」

〔四〕「骨髓」比喻寫作中的根本問題。

「毛髮」比喻寫作中的枝節問題。

〔五〕校證：「汪本、張之象本、兩京本、王惟儉本『不』下有『可』字。謝、徐校俱删『可』字。」

校注：「馮舒於『不』下沾『可』字。按元本、弘治本、汪本、張甲本、兩京本、胡本、訓故本並有『可』字。以程器篇『不可勝數』例之，馮沾『可』字是也。」

校證：「汪本、張之象本、兩京本無『矣』字。」「或有曲意密源……不可勝數矣」，神思篇：「思表纖旨，文外曲致，言所不追，筆固知止。……伊摯不能言鼎，輪扁不能語斤，其微矣乎？」意極相似。

及其品列成文〔一〕，有同乎舊談者，非雷同也〔二〕，勢自不可異也。有異乎前論者，非苟異也，理自不可同也〔三〕。同之與異，不屑古今〔四〕，擘肌分理〔五〕，唯務折衷〔六〕。按轡文雅之場〔七〕，環絡藻繪之府〔八〕，亦幾乎備矣〔九〕。

〔一〕校證：「佘本、廣文選、梁書『列』作『評』，馮本墨釘。黄注云：『一作許。』『許』當作『評』。王惟儉本『品列』作『評品』。」

校注：「『列』，黄校云：『一作許。』徐𤊹校『評』。何焯校同。按梁書、廣文選……作『評』；佘本、張乙本、訓故本同。徐、何校是也。黄氏校語『許』字，當爲『評』之誤。」

〔二〕禮記曲禮：「毋雷同。」鄭玄注：「雷之發聲，物無不同時應者；人之言當各由己，不當然也。」宋玉九辨：「世雷同而炫耀兮。」劉歆移書讓太常博士斥世之學者「不考情實，雷同相從，隨聲是非」。

〔三〕札記：「『及其品列成文』七句——此義最要。同異是非，稱心而論，本無成見，自少紛紜。故文心多襲前人之論，而不嫌其鈔襲，未若世之君子必以己言爲貴也。即如頌讚篇大意本

之文章流別，哀弔篇亦有取於摯君，信乎通人之識，自有殊於流俗矣。」

注訂：「勢自不可異者，指古人論定之作；理自不可同者，就一己創見之言。苟無創見，則不必輕於反古。既爲論定，則不必慳於服膺。同異之間，皆忠恕之旨，偉哉彦和此論也。」

〔四〕斠詮：「屑，顧也。後漢書馬廖傳：『盡心納忠，不屑毁譽。』」

〔五〕「擘肌分理」，喻剖判之精密也。文選張衡西京賦：「剖析毫釐，擘肌分理。」注：「雖毫釐肌理之間，亦能分擘。」牟注：「這裏是比喻對文學理論的分析。」

〔六〕補注：「史記孔子世家贊：『言六藝者，折中於夫子。』索隱：『離騷：「明五帝以折中。」王叔師云：「折中，正也。」宋均云：「折，斷也。中，當也。言欲折斷其物而用之，與度相中當也。」』案小司馬所引離騷在今九章中惜誦篇，王注殊不瞭悉，故置彼引此。中與衷通。」周勳初梁代文論三派述評：「劉勰曾經介紹過自己的論文要旨：『擘肌分理，唯務折衷。』所謂折衷，就是分析同一事物矛盾着的兩端，較其得失，然後取其所長，棄其所短，融合成爲一種較全面平穩的理論。這種做法雖有時不免流於調和，但若處理得當，則其中確可包含若干辯證法的因素。」（中華文史論叢第五輯）

〔七〕斠詮：「『按轡文雅之場』，謂折衝於文雅之場屋，即能控引思理之韁轡，左右逢源，應付裕如也。『按轡』，按抑韁轡，使馬徐行。史記周勃傳（當爲絳侯周勃世家）：『亞夫軍細柳，上自勞軍，之細柳軍壁門，士吏謂從屬車騎曰：「將軍約，軍中不得驅馳。」於是天子按轡徐行。』」

〔八〕校證：「佘本、何允中本、日本活字本、梅本、凌本、梅六次本、鍾本、梁本、謝鈔本、日本刊本、王謨本、張松孫本、讀書引『環』上有『而』字。兩京本『繪』誤『膾』。原道篇有『藻繪』語。情采篇：『藻飾以辯雕。』『藻飾』、『藻繪』義同。」

「按轡」、「環絡」，指巡視。斠詮：「謂涉獵於藻繪之府庫，亦可掌握辭采之籠頭，得心應手，優遊不迫也。『環絡』，收繞籠頭，使馬駐足。」

〔九〕校釋：「舍人『幾乎備矣』之言，即陸士衡『蓋所能言者具於此云』之意。」

但言不盡意〔一〕，聖人所難〔二〕；識在缾管〔三〕，何能矩矱〔四〕？茫茫往代，既沈予聞〔五〕；眇眇來世〔六〕，倘塵彼觀也〔七〕。

〔一〕斯波六郎：「周易繫辭上：『子曰：「書不盡言，言不盡意。」』孔疏：『意有深邃委曲，非言可寫，是言不盡意也。』」文賦：「至如操斧伐柯，雖取則不遠，若夫隨手之變，良難以辭逮。」蓋文章之事，神思爲貴。大匠能與人以規矩，不能使人巧也。

〔二〕校證：「馮本、汪本、張之象本、兩京本、何允中本、日本活字本、王惟儉本、日本刊本、王謨本、讀書引『聖人』作『前聖』。」

〔三〕校證：「馮本、汪本、張之象本、兩京本、王惟儉本『缾』作『瓶』。黄丕烈引活字本、廣文選作『缾』。」考異：「『瓶』、『缾』同，『缾』俗字，見正字通。」

左傳昭公七年：「雖有挈瓶之知，守不假器。」注：「挈缾，汲水，喻小知。」謂雖僅有挈瓶汲水之小知。莊子秋水篇：「是直用管窺天，用錐指地也，不亦小乎？」「缾管」，形容見識微小。

〔四〕校證：「『矩矱』原脱『矱』字，梅據許補。案梁書正作『矩矱』。馮本、汪本作『規矩』。張之象本、兩京本作『規短』，『短』即『矩』誤。」

校注：「元本作『規矩』。按『矩矱（音獲）』一作『榘矱』。離騷：『求榘矱之所同。』楚辭哀時命：『上同鑿枘於伏戲兮，下合矩矱於虞唐。』王注：『矩，法也；矱，度也。』」

〔五〕校證：「『沈』，佘本、唐文選、梁書作『洗』。盧云：『「沈」似當作「況」，「況」與「貺」古通用。』紀云：『「洗」字是。』器按戰國策趙策上『武靈王平晝閒居』章：『常民溺於習俗，學者沈於所聞。』即彦和所本，盧、紀説俱未是。」

校注：「『商子更法篇：『夫常人安於故俗，學者溺於所聞。』漢書揚雄傳下（解嘲）：『使溺於所聞，而不自知其非也。』『溺聞』，亦『沈聞』也。其作『洗』者，乃『沈』之形誤。」斯波六郎：「鈴木先生校勘記云：梁書作『洗』是也。『洗』字與『塵』字相對。」

綴補：「案經濟類編引『沈』作『洗』，梁書同。『洗』蓋『沈』之誤；或淺人所改。『沈』猶『溺』也。此彦和自謙之辭。戰國策趙策：『學者沈於所聞。』商君書更法篇、史記商君傳、新序善謀篇並云：『學者溺於所聞。』『沈』、『溺』同義，此其驗矣。」

斟詮引潘重規讀文心雕龍札記：「參詳辭義，此文似應作『洗』字。彦和著書，博採前修，自

抒卓見，故曰：『不述先哲之誥，無益後生之慮。』其書初成，未爲時流所稱，乃至負書干沈約於車下，其傍徨求索，寄懷來者，懼遂湮滅，没世無聞，衷情蓋可想見。夫先哲洗我之蒙蔽，而我不能貽後生以讜言，斯志士之大痛也。『茫茫往哲，既洗予聞。』此彦和受知於前哲者也。『眇眇來世，倘塵彼觀。』則己之著述，能入來世之目與否未可知也。倘者冀望之辭，亦未可必之辭也。前聞沃我，故曰『洗』；人觀己作，故謙言『塵』。塵洗文義，正相鋒對。故知作洗爲長。若沈聞溺聞，則是爲見聞所蔽，非彦和此文之意旨矣。」斠詮：「洗有推陳出新，承先啓後之意，若作『沈聞』，固然有高自傲視，目空往古之嫌，與下句不相貫串；即作『況聞』，亦未免傍人門户，耳食陳言之疚，與上文無以圓説。權衡輕重，皆不若洗字爲得。」

〔六〕校證：「馮本、汪本、張之象本、兩京本、何允中本、日本活字本、王惟儉本、鍾本、梁本、日本刊本、王謨本、讀書引『眇眇』作『渺渺』。」斠詮：「渺眇，音同義通。文賦：『志眇眇而臨雲。』注：『眇眇，高遠貌。』」

〔七〕校證：「『倘』，佘本、廣文選、梁書作『儻』；馮本、汪本、張之象本、兩京本、何允中本、日本活字本、梅本、王惟儉本、凌本、梅六次本、陳本、鍾本、梁本、日本刊本、四庫本、王謨本、吴本、張松孫本、崇文本、讀書引作『諒』。」綴補：「案『倘』猶『或』也，『塵』猶『汙』也。此亦彦和謙辭。程器篇：『濬沖不塵乎竹林者，名崇而譏減也。』『塵』亦『汙』也，與此同例。」

校證：「廣文選、梁書無『也』字。謝云『一本無也字』。」

范注：「諸子篇曰：『嗟夫！身與時舛，志共道申，標心於萬古之上，而送懷於千載之下，金石靡矣，聲其銷乎！』」

第五段闡述評論作家作品和對待文學理論的態度和方法。

贊曰：生也有涯，無涯惟智〔一〕。逐物實難，憑性良易〔二〕。傲岸泉石〔三〕，咀嚼文義〔四〕。文果載心，余心有寄〔五〕。

〔一〕校注：「按莊子養生主篇：『吾生也有涯，而知也無涯。』釋文：『（知）音智。』」

〔二〕郭注：「兩句承上文而言，逐物實難，亦即承養生主下文：『以有涯隨無涯，殆已。』憑性良易，又用養生主『依乎天理，因其固然』也。」

斟詮：「謂以短促之壽命，追逐無涯之知識，實在困難，但憑天賦之才情，抒寫自發之靈感，畢竟容易也。」

蔣祖怡：「『逐物』即『隨物』。楚辭河伯：『乘白黿兮逐文魚。』『逐』與『隨』同義。『逐物實難』句係指『窮盡物理爲難』之意。而『憑性良易』句則指『性情之所好』，即下文的『傲岸泉石，咀嚼文義』，亦即隱居而論文是比較容易做到的。這是解釋自己何以不從事注經以求立名，而要從事於論文以傳後的原因。」

吴林伯：「逐物一般指俗士追逐名利，以滿足私欲。嵇康贈秀才入軍詩：『流俗難悟，逐物不還。』又答難養生論：『欲以逐物害性。』本篇『逐物』指汲汲求仕。」結合劉勰在寫文心雕龍時尚未入仕的背景，這樣解也可通。「憑性」，指憑性之所好，指下文的「傲岸泉石」。

〔三〕「傲岸」，謂高傲之性，與世異也。校注：「晉書郭璞傳（客傲）：『傲岸榮悴之際，頡頏龍魚之間。』」札記：「鮑照代輓歌：『傲岸平生中，不爲物所裁。』」

〔四〕文論選：「『傲岸泉石』二句——意思是自己不願富貴，而要傲岸在山水之間，探索、鑽研寫作的方法。」

〔五〕校注：「按文選皇甫謐三都賦序：『是以孫卿、屈原之屬，遺文炳然，辭義可觀。存其所感，咸有古詩之意。皆因文以寄其心，託理以全其制。』」

文論選：「意謂假使文能載道，那麽我的心就寄在文心雕龍一書了。」

主要引用書目

周易正義　魏王弼、晉韓康伯注，唐孔穎達正義　中華書局影印十三經注疏本
周易略例　魏王弼撰　四部叢刊本
尚書正義　漢孔安國傳，孔穎達正義　中華書局影印本
書集傳　宋蔡沈傳　世界書局影印宋元人注四書五經本
尚書大傳　漢伏勝撰，鄭玄注　四部叢刊本
毛詩正義　漢毛亨傳，鄭玄箋　中華書局影印本
詩集傳　宋朱熹注　世界書局影印四書五經本
詩毛氏傳疏　清陳奂撰　商務印書館國學基本叢書本
韓詩外傳集釋　漢韓嬰撰，許維遹校釋　中華書局本
周禮注疏　漢鄭玄注，唐賈公彦疏　中華書局影印本

儀禮注疏　漢鄭玄注，唐賈公彦疏　中華書局影印本
禮記正義　漢鄭玄注，唐孔穎達正義　中華書局影印本
大戴禮記　漢戴德撰，北朝周盧辯注　四部叢刊本
春秋左傳正義　晉杜預注，唐孔穎達正義　中華書局影印本
春秋公羊傳注疏　漢何休注，唐徐彦疏　中華書局影印本
春秋繁露　漢董仲舒撰，清凌曙注　中華書局本
春秋穀梁傳注疏　晉范寧注，唐楊士勛疏　中華書局影印本
論語注疏　魏何晏集解，宋邢昺疏　中華書局影印本
孝經注疏　唐玄宗注，宋邢昺疏　中華書局影印本
爾雅注疏　晉郭璞注，宋邢昺疏　中華書局影印本
孟子注疏　漢趙岐注，宋孫奭疏　中華書局影印本
四書章句集注　宋朱熹撰　中華書局新編諸子集成本
經典釋文　唐陸德明撰　中華書局影印黄焯斷句本
説文解字注　漢許慎著，清段玉裁注　上海古籍出版社影印本
説文通訓定聲　清朱駿聲撰　中華書局影印斷句本
方言　漢揚雄著，晉郭璞注　四部叢刊本

釋名　漢劉熙撰　四部叢刊本

廣雅疏證　魏張揖撰，清王念孫疏　中華書局影印校點本

史記　漢司馬遷撰，唐司馬貞索隱，張守節正義　中華書局標點二十四史本

漢書　漢班固撰，唐顔師古注　中華書局標點本

漢書補注　清王先謙補注　商務印書館本

後漢書　宋范曄撰，唐李賢注　中華書局標點本

三國志　晉陳壽撰，南朝宋裴松之注　中華書局標點本

晉書　唐房玄齡等撰　中華書局標點本

宋書　梁沈約撰　中華書局標點本

南齊書　梁蕭子顯撰　中華書局標點本

梁書　唐姚思廉撰　中華書局標點本

南史　唐李延壽撰　中華書局標點本

隋書　唐魏徵撰　中華書局標點本

舊唐書　五代晉劉昫撰　中華書局標點本

新唐書　宋歐陽修撰　中華書局標點本

國語　三國吴韋昭注　商務印書館本

戰國策　漢高誘注　上海古籍出版社標點本
列女傳　漢劉向撰　四部叢刊本
華陽國志　晉常璩撰　商務印書館國學基本叢書本
通典　唐杜佑撰　中華書局重印商務本
史通通釋　唐劉知幾撰，清浦起龍釋　商務印書館國學基本叢書本
文史通義　清章學誠著　中華書局標點本
中國通史簡編（修訂本）　范文瀾著　人民出版社版
荀子集解　周荀況撰，唐楊倞注，清王先謙集解　中華書局諸子集成本
老子校釋　朱謙之撰　中華書局新編諸子集成本
莊子集釋　清郭慶藩編　中華書局新編諸子集成本
列子集釋　楊伯峻撰　中華書局新編諸子集成本
管子集校　郭沫若、聞一多、許維遹撰　科學出版社版
商君書注譯　高亨撰　中華書局版
韓非子集釋　陳奇猷撰　上海人民出版社版
墨子閒詁　清孫詒讓撰　中華書局重印商務本
十一家注孫子　曹操等注，郭化若譯　中華書局上海編輯所版

呂氏春秋集釋　許維遹撰　文學古籍刊行社版
淮南鴻烈集解　漢劉安撰，高誘注，劉文典集解　商務印書館版
新序　漢劉向撰　四部叢刊本
説苑　漢劉向撰　四部叢刊本
法言　漢揚雄撰，晉李軌注　四部叢刊本
論衡集解　後漢王充著，劉盼遂集解　中華書局版
白虎通　漢班固撰　四部叢刊本
風俗通義校注　漢應劭撰，王利器注　中華書局版
人物志　魏劉劭撰，北魏劉昞注　文學古籍刊行社版
西京雜記　舊題漢劉歆撰，疑爲梁吴均撰　四部叢刊本
抱朴子内外篇　晉葛洪撰　中華書局諸子集成本
抱朴子内篇校釋　王明撰　中華書局版
金樓子　梁蕭繹撰　四部叢刊本
劉子集校　相傳北齊劉晝撰，林其錟、陳鳳金集校，考辨作者爲劉勰　上海古籍出版社版
顔氏家訓集解　北齊顔之推撰，王利器集解　上海古籍出版社版
焚書　明李贄著　中華書局版

容齋隨筆五集　宋洪邁撰　商務印書館版
能改齋漫録　宋吴曾撰　上海古籍出版社版
困學紀聞　宋王應麟撰，清翁元圻注　商務印書館版
日知録集釋　明顧炎武撰，清黄汝能箋　掃葉山房刻本
陔餘叢考　清趙翼撰　中華書局版
藝文類聚　唐歐陽詢等撰　上海古籍出版社版
初學記　唐徐堅撰　中華書局版
太平御覽　宋李昉等編　四部叢刊三編本
太平廣記　宋李昉等編　中華書局版
玉海附辭學指南　宋王應麟編　清嘉慶康基田校本
説郛　明陶宗儀編　清順治刊一百二十卷本
世説新語箋疏　宋劉義慶撰，梁劉孝標注，余嘉錫箋　中華書局版
古畫品録　南齊謝赫撰，王柏敏注譯　人民美術出版社版
歷代名畫記　唐張彦遠撰　人民美術出版社畫論叢刊本
法書要録　唐張彦遠撰　津逮秘書本
古今圖書集成　清陳夢雷等撰　中華書局影印本

四庫全書總目提要　清永瑢等纂　中華書局影印斷句本
增訂四庫簡明目録標注　清邵懿辰撰，邵章續録　上海古籍出版社版
楚辭補注　漢王逸章句，宋洪興祖補注　中華書局版
楚辭集注　宋朱熹注　上海古籍出版社版
楚辭通釋　清王夫之撰　中華書局上海編輯所版
文選　梁蕭統編，唐李善注　中華書局影印宋淳熙本
文選六臣注　四部叢刊本
文選集評　清于光華撰　掃葉山房石印本題名評注昭明文選
玉臺新詠箋注　陳徐陵編，清吴兆宜注　中華書局校點本
樂府詩集　宋郭茂倩編　中華書局校點本
古文苑　宋章樵注　四部叢刊本
全上古三代秦漢三國六朝文　清嚴可均輯　中華書局影印本
先秦漢魏晉南北朝詩　逯欽立輯校　中華書局版
蔡中郎集　漢蔡邕撰　四部備要本
曹操集　中華書局編
魏武帝魏文帝詩注　黄節注　人民文學出版社版

曹植集校注　趙幼文校注　人民文學出版社版
嵇康集校注　戴明揚校注　人民文學出版社版
阮步兵詠懷詩注　魏阮籍著，黄節注　人民文學出版社版
陸機集　中華書局校點本
陸士龍集　晉陸雲撰　四部備要本
謝康樂詩注　南朝宋謝靈運著，黄節注　人民文學出版社版
鮑參軍集注　南朝宋鮑照著，錢仲聯校注　中華書局上海編輯所版
弘明集　梁僧祐撰　四部叢刊本
柳宗元集　中華書局版
豫章黄先生文集　宋黄庭堅著　四部叢刊本
三曹資料彙編　河北師範學院古典文學教研組編　中華書局版
魏晉南北朝文學史參考資料　北京大學中國文學史教研室選注　中華書局版
詩品注　梁鍾嶸著，陳延傑注　人民文學出版社版
文鏡秘府論校注　日僧空海撰，王利器校注　中國社會科學出版社版
六一詩話　宋歐陽修著；白石詩説　宋姜夔著；滹南詩話金王若虚著　人民文學出版社版
苕溪漁隱叢話　宋胡仔編　人民文學出版社版

詩人玉屑　宋魏慶之編　中華書局上海編輯所版

文則　宋陳騤著；文章精義　宋李塗著　人民文學出版社版

詩藪　明胡應麟撰　上海古籍出版社版

歷代詩話　清何文焕輯　中華書局版

歷代詩話續編　清丁福保輯　中華書局版

文章緣起　舊題梁任昉撰，明陳懋仁注；修詞鑑衡　元王構撰；文説　元陳繹曾撰；日録論文　清魏禧撰　均見文學津梁　民國周鍾游編　有正印刷所印

文章辨體序説　明吴訥撰；文體明辨序説　明徐師曾撰　人民文學出版社版

漢魏六朝百三家題辭注　明張溥撰，殷孟倫注　人民文學出版社版

四溟詩話　明謝榛撰；薑齋詩話　清王夫之撰　人民文學出版社版

原詩　清葉燮撰；一瓢詩話　清薛雪撰；説詩晬語　清沈德潛撰　人民文學出版社版

隨園詩話　清袁枚撰　人民文學出版社版

昭昧詹言　清方東樹撰　人民文學出版社版

藝概　清劉熙載撰　上海古籍出版社版

四六叢話　清孫梅撰　商務印書館版

春覺齋論文　林紓撰　人民文學出版社版

中國中古文學史論文雜記　劉師培撰　人民文學出版社版

漢魏六朝專家文研究　劉師培講，羅常培筆録　獨立出版社版

文學研究法　姚永樸撰　京華印書局版

古漢語修辭學資料匯編　鄭奠譚全基編　商務印書館版

修辭學比興篇　黎錦熙撰　商務印書館版

談藝録（補訂本）　錢鍾書撰　中華書局版

文選學　駱鴻凱撰　中華書局大學用書本

中國文學欣賞舉隅　傅庚生撰　陝西人民出版社版

文學賞鑑論叢　傅庚生撰　陝西人民出版社版

文論講疏　許文雨撰　臺北正中書局版

魯迅全集　人民文學出版社版

照隅室古典文學論集　郭紹虞撰　上海古籍出版社版

文藝心理學　朱光潛撰　朱光潛美學文集第一卷　上海文藝出版社版

文學風格論　歌德等著，王元化譯　上海譯文出版社版

中國文學批評史　陳鍾凡著　中華書局版

中國文學批評史　郭紹虞著　商務印書館大學叢書三卷本

又一部　郭紹虞著　上海古籍出版社版

中國古典文學理論批評史上册　郭紹虞著　人民文學出版社版

中國文學批評通論　傅庚生著　商務印書館版

中國文學批評史　羅根澤著　中華書局上海編輯所版

中國文學批評史　劉大杰主編　上海古籍出版社版

中國文學批評簡史　黄海章著　廣東人民出版社版

中國文學理論批評史　敏澤著　人民文學出版社版

中國文學批評論文集　王焕鑣編著　臺北正中書局版

中國歷代文論選（增訂本）　郭紹虞主編　上海古籍出版社版

雕龍集　牟世金著　中國社會科學出版社版

中國古代文學創作論　張少康著　北京大學出版社版

文心雕龍札記　黄侃著　中華書局上海編輯所版

文心雕龍講疏　范文瀾著　一九二五年天津新懋印書館印本

文心雕龍補注　清黄叔琳注，紀昀評，李詳補注　一九二六年中原書局本

文心雕龍注　范文瀾著　開明書店本，人民文學出版社本

文心雕龍雜記　葉長青撰　一九三三年葉氏自印本

文心雕龍　莊適選注　商務印書館版

文心雕龍研究　朱恕之撰　一九四四年南鄭縣立民生工廠印

文心雕龍校釋　劉永濟著　中華書局上海編輯所版　劉氏另有文心雕龍徵引文録油印講義本，未見刊行

劉子文心雕龍校讀　日人橋川時雄用漢文寫成　油印本　只見前五篇

文心雕龍新書　王利器編　巴黎大學漢學研究所出版

文心雕龍新書通檢　未注明編者　巴黎大學漢學研究所出版

文心雕龍校證　據文心雕龍新書增訂而成　上海古籍出版社版

文心雕龍校注　增訂本名文心雕龍校注拾遺　楊明照撰　上海古籍出版社版

文心雕龍譯注　就文心雕龍選譯增訂而成　陸侃如、牟世金著　山東人民出版社版

文心雕龍選譯　周振甫撰　中華書局版

文心雕龍注釋　周振甫撰　人民文學出版社版

文心雕龍注譯　就文心雕龍譯注十八篇增訂而成　郭晉稀撰　甘肅人民出版社版

文心雕龍譯注　趙仲邑撰　漓江出版社版

劉勰論創作　陸侃如、牟世金著　安徽人民出版社版

劉勰和文心雕龍　陸侃如、牟世金著　上海古籍出版社版

劉勰與文心雕龍　詹鍈著　中華書局版
文心雕龍詮釋　張長青、張會恩撰　湖南人民出版社版
文心雕龍淺釋　向長清釋　吉林人民出版社版
劉勰論寫作之道　鍾子翔、黄安禎撰　長征出版社版
文心雕龍簡論　張文勳、杜東枝著　人民文學出版社版
文心雕龍文學理論研究和譯釋　杜黎均撰　北京出版社版
文心雕龍創作論　王元化著　上海古籍出版社版
文心雕龍的風格學　詹鍈著　人民文學出版社版
文心雕龍散論　馬宏山撰　新疆人民出版社版
日本研究文心雕龍論文集　王元化選編　齊魯書社版
劉勰的文學史論　張文勳撰　人民文學出版社版
文心雕龍繹旨　姜書閣撰　齊魯書社版
興膳宏文心雕龍論文集　彭恩華編譯　齊魯書社版
文心雕龍論叢　蔣祖怡著　上海古籍出版社版
文心雕龍學刊第一輯，第二輯　齊魯書社版
中日學者文心雕龍學術討論會論文選輯　中華文史論叢一九八五年第二輯　上海古籍出版

社版

臺港有關文心雕龍研究書目

英譯本文心雕龍（The Literary Mind and the Carving of Dragons）　施友忠譯　美國哥倫比亞大學出版社第一版，一九五九　臺北中華書局中英對照本，一九七〇　香港中文大學出版社增訂本，一九八三

文心雕龍注訂　張立齋撰　臺北正中書局，一九六七

文心雕龍講義　程兆熊撰　香港鵝湖學社出版，一九六三

文心雕龍研究專號　饒宗頤主編　香港龍門書店出版，一九六五

大學文選第九、十期合刊——文心雕龍專號　易蘇民編　臺北昌言出版社，一九六七

文心雕龍評解　李景濚撰　臺南翰林出版社，一九六七

文心雕龍新解　李景榮撰　臺南翰林出版社，一九六八

文心雕龍批評論（碩士論文）　李宗慬撰　臺灣師範大學國文研究所集刊第十號，一九六六

文心雕龍通識　張嚴撰　臺北商務印書館，一九六九

劉勰明詩篇探究　劉振國撰　私立文化書院碩士論文，一九六九

文心雕龍選注　周康燮編　香港龍門書店雜採翻印大陸注釋，一九七〇
唐寫文心雕龍殘本合校　潘重規校　香港新亞研究所出版，一九七〇
文心雕龍論文集　鄭蕤撰　臺北光啓出版社，一九七二
文心雕龍與佛教道義疏證　石壘撰　香港雲在書屋，一九七一
文心雕龍析論　李中成撰　臺北大聖書局，一九七二
劉勰、鍾嶸論詩歧見析論　陳端端撰　臺灣輔仁大學碩士論文
文心雕龍文術論詮　張嚴撰　臺北商務印書館，一九七三
劉勰年譜　王金凌編　臺灣文津出版社，一九七三；臺北嘉新水泥文化基金會印行，一九七六
文心雕龍考異　張立齋撰　臺北正中書局，一九七四
文心雕龍綴補　王叔珉撰　臺北藝文印書館，一九七五
文心雕龍研究論文集　黃錦鋐等撰　臺北驚聲文物供應公司印，一九七五
文心雕龍的樞紐論與區分論　藍若天撰　臺北商務印書館，一九七五
譯注文心雕龍選（文學津梁叢書）　陳弘治等譯　臺北文津出版社，一九七四
文心雕龍論文集第一册　陳新雄、于大成主編　臺北木鐸出版社，一九七六，内收一九四九年
以前之論文
文心雕龍釋義　彭慶環撰　臺北華星出版社，一九七六

語譯詳注文心雕龍 黄錦鋐指導，王久烈等譯注 臺北弘道文化事業有限公司，一九七六
文心雕龍術語研究（碩士論文） 陳兆秀撰 臺灣私立中國文化學院，一九七六
文心雕龍批評論發微 沈謙撰 臺北聯經出版社，一九七七
文心雕龍導讀 王更生撰 臺北華正書局，一九七七
重修增訂文心雕龍研究 王更生撰 臺北文史哲出版社，一九七九
文心雕龍與儒道思想的關係 韓玉彝撰 臺灣輔仁大學碩士論文，一九七七
六朝文論 廖蔚卿撰 臺北聯經出版社，一九七八
文心雕龍之創作論 黄春貴撰 臺北文史哲出版社，一九七八
文心雕龍研究論文選粹 王更生編 臺北育民出版社，一九八〇
文心雕龍范注駁正 王更生撰 臺北華正書局，一九七九
文心雕龍之文學理論與批評 沈謙撰 臺北華正書局，一九八一
魏晉南北朝文學思想史論 張仁青撰 臺北文史哲出版社，一九七九
文心雕龍文論術語析論 王金凌撰 臺北華正書局，一九八一
文心雕龍講疏（總論） 唐亦男著 内收序志、原道、徵聖、宗經、正緯、辨騷六篇 臺北蘭臺書局，一九七四
文心雕龍分析研究 高風撰 晨光出版社，一九八〇

文心雕龍與詩品研究　莊嚴出版社編輯部編　内收建國後大陸論文十一篇　臺北莊嚴出版社，一九七八

文心雕龍與詩品之詩論比較　馮吉權撰　臺北文史哲出版社，一九八一

文心雕龍論文集　内收有斯波六郎文心雕龍范注補正漢文譯本　黄錦鋐編譯　臺北學海出版社，一九七九

文心雕龍研究　龔菱撰　臺北文津出版社，一九八二

增補五版中國文學論集　徐復觀著，其中半數爲研究文心雕龍之論文　臺灣學生書局，一九八二

劉勰文學理論的比較研究　紀秋郎撰　臺灣大學外文研究所博士論文

文心雕龍斠詮　李曰剛撰　臺北「國立」編譯館中華叢書編審委員會，一九八二

文選索引　斯波六郎編　臺北正中書局，一九七一

日本書目

文心雕龍索引　岡村繁編　廣島文理科大學漢文研究室出版，一九五〇；采華書林改訂版，一九八二

文心雕龍　興膳宏譯　筑摩書房世界古典文學全集（第二十五卷），一九六八

文心雕龍　目加田誠譯　東京平凡社中國古典文學大系(第五十四卷)，一九七四

文心雕龍　户田浩曉譯　東京明治書院新釋漢文大系第六十三卷，一九七四；第六十四卷，一九七八

匈牙利英文書目

中國三至六世紀的文體論(Genre Theory in China in the 3rd－6th Centuries—Liu Hsich's Thesry of Poetic Genres) Ferenc Tōkei 著　布達佩斯(Akademiai Kiado，Budapest)出版，一九七一